格萨尔

〔卷二〕

降边嘉措 编纂

作家出版社

作者简介

降边嘉措，男，藏族，1950 年 8 月参加中国人民解放军，并随军进藏到拉萨，参与了进军西藏、解放西藏的全过程。

1956 年 9 月调入北京民族出版社，从事藏文翻译和编辑出版工作。在长达 24 年的时间里，主要从事马列著作、毛泽东著作以及党和国家重要文献藏文版的翻译出版工作。

1980 年报考中国社会科学院民族文学研究所并被录取，成为我国藏族的第一位副研究员。主要从事藏族文学的研究和翻译，重点是藏族英雄史诗《格萨尔》，是这一项目的负责人和学科牵头人，著作有《〈格萨尔〉初探》《〈格萨尔〉与藏族文化》《〈格萨尔〉论》《走近格萨尔》《格萨尔王》《格萨尔王全传》（合著）《格萨尔唐卡画册》（合著）《〈格萨尔〉的历史命运》《新中国〈格萨尔〉事业的奋斗历程》等，主持编纂 40 卷、51 册藏文版《格萨尔》精选本，主编《〈格萨尔〉大辞典》。

英雄诞生

斩九头雪猪子

觉如刚出生就如同三岁的孩子

觉如参加岭国的赛马大会

岭国的美女们观看赛马

岭国万众欢腾庆祝格萨尔荣登宝座

目录

前 言

一

《格萨尔》是藏族人民集体创作的一部伟大的英雄史诗，凝聚着藏族人民的聪明才智和创造精神。她历史悠久，卷帙浩繁，精深博大，规模宏伟，内容丰富，千百年来，在藏族群众中广泛流传，深受藏族人民的喜爱。在中华民族母亲河长江、黄河、澜沧江三江流域地区，在辽阔壮丽的雪域高原，在巍峨的喜马拉雅山周边地区形成一个宽阔的《格萨尔》史诗流传带，不但是藏族文化，同时也是喜马拉雅山地区多民族文化圈的一个重要组成部分。正因为如此，在实施“一带一路”方针的过程中，《格萨尔》具有特殊的重要战略地位和巨大影响。

《格萨尔》代表着古代藏族民间文化的最高成就，可以说是反映古代藏族社会历史的一部百科全书式的伟大作品。她不仅是一部杰出的文学作品，而且有很高的学术价值、美学价值和欣赏价值，是藏族文化宝库中一颗璀璨的明珠，是藏族人民智慧的结晶。

西藏是祖国领土不可分割的一个重要组成部分。藏族是祖国大家庭56个兄弟民族不可分割的一个重要成员，藏族文化是历史悠久、灿烂辉煌的中华文化不可或缺的一个重要部分，因此，《格萨尔》也是中华文化宝库中的一个瑰宝，是中华民族共同的精神财富。

《格萨尔》这部古老的史诗，凝聚着我们中华民族的伟大精神，体现着我国各族人民追求公平、正义、富裕、美好的幸福生活的崇高理想，是研究古代藏族社会历史、经济生产、阶级关系、民族交往、意识形态、道德观念、风俗习惯、宗教文化等问题的一部无可替代的珍贵资料。

《格萨尔》作为一部不朽的英雄史诗，她是在藏族古代的神话、传说、诗歌和谚语等民间文学丰厚的基础上产生和发展起来的。她通过对主人公格萨尔一生不畏强暴，不怕艰难险阻，以惊人的毅力和神奇的力量，征战四方，降妖伏魔，惩恶扬善，抑强扶弱，造福百姓的英雄业绩的描绘，热情讴歌了正义战胜邪恶、光明战胜黑暗的伟大斗争。降妖伏魔、惩恶扬善、除暴安良、抑强扶弱、维护公理、主持公道、消除苦难、造福百姓、铲除人间不平、伸张社会正义的主题思想，像一根红线，贯穿了整部史诗。正因为《格萨尔》反映了人民的疾苦，表达了人民的心声，在深受苦难的藏族人民当中引起强烈共鸣。这是《格萨尔》这部古老的史诗世代相传，历久不衰的重要原因。

值得注意的是：这种鲜明的主题思想，积极健康的精神力量，是世界上产生在人类童年时期的其他史诗所没有的，也是藏族文化史上其他文学艺术作品所没有的。

《格萨尔》这部古老的史诗在广阔的历史背景下，以恢弘的气势和高度的艺术技巧，反映了藏民族发展的重大历史阶段及其社会的基本结构形态，表达了人民群众的美好愿望和崇高理想，描述了纷繁复杂的民族关系及其逐步走向团结、走向统一的过程，揭示出历史发展的必然趋势，昭示了团结、统一、和平、安定、富裕、祥和是藏族人民世世代代热烈追求的美好愿望和崇高理想，也是祖国大家庭里各族人民共同的美好愿望和崇高理想。同时也形象地、生动地反映了藏民族形成和发展的历史进程，是一部形象化、艺术化的藏族历史。

同希腊荷马史诗和印度史诗一样，《格萨尔》是世界文化宝库中一颗璀璨的明珠，是中华民族对人类文明的一个重要贡献。国际学术界有人对《格萨尔》给予高度评价，将它称作“东方的《荷马史诗》”。

与世界上其他一些著名的英雄史诗相比，藏族英雄史诗《格萨尔》有两个显著特点：

第一，她世代相传，至今在藏族群众，尤其是农牧民当中广泛流传，是一部活形态的英雄史诗。

第二，她是世界上最长的一部英雄史诗，有 120 多部、100 多万诗行，假若全部翻译成汉文，约有 2000 多万字。

就我们现在掌握的材料来看，世界上最早的英雄史诗是《吉尔伽美什》，它代表着古代巴比伦文学的最高成就，有 3000 多行诗，用楔形文字分别记述在 12 块泥板上。

在世界文学史上，思想上、艺术上的成就最高、流传最广、影响最大的是《伊利亚特》和《奥德赛》。《伊利亚特》共 24 卷，15693 行。《奥德赛》也是 24 卷，12110 行。

这两部史诗是欧洲最早的文学巨著，相传是古希腊的伟大诗人荷马所作，

因此又称《荷马史诗》。

与之齐名的还有印度史诗《罗摩衍那》和《摩诃婆罗多》。《罗摩衍那》全书分为7篇。旧的本子约有24000颂，按照印度的计算法，一颂为两行，共48000行。最新的精校本已缩短到18550颂，37100诗行。

《摩诃婆罗多》是一部内容十分丰富的长诗。全书分成18篇，各篇有长有短，每一篇又分成一些章节，用另一些篇名分别概括这些章节的内容，一般说有10万颂，也就是说有20多万诗行。在《格萨尔》被发掘整理之前，被认为是世界上最长的史诗，而享有盛誉。

我们可以将它们称作世界五大史诗。仅就篇幅来讲，《格萨尔》比上述五大史诗的总和还要多，堪称世界史诗之冠。

《格萨尔》这部宏伟的诗篇，世代相传，从遥远的古代吟诵至今，还将继续流传下去。她像喜马拉雅山那样宏伟雄奇，像长江黄河那样源远流长，奔腾不息，永葆艺术青春。

仅从《格萨尔》产生、流传、演变和发展的历史这一侧面，人们也可以清楚地看到：我们伟大的祖国是一个统一的、多民族的大家庭，各族人民亲密团结，艰苦奋斗，共同缔造了我们伟大的祖国，同时也创造了丰富多彩、灿烂辉煌的中华文明，不断丰富和发展了中华文化的内涵。

《格萨尔》的产生、流传、演变和发展过程，是藏族历史上少有的一种文化现象，在我们伟大祖国多民族的文学发展史上，乃至世界文学史上也不多见。它本身就是一首诗篇，一首悲壮苍凉的诗篇，一首大气磅礴的诗篇，一首洋溢着蓬勃生机、充满着青春活力的诗篇，一首孕育着创造精神、闪烁着智慧光芒的诗篇。

二

藏族有句谚语：“岭国每人嘴里都有一部《格萨尔》。”岭国，这里泛指古代藏族地区。这句谚语的意思是说，生活在雪域之邦的每一个藏民，都会讲述《格萨尔》故事。还有一句谚语：“有《格萨尔》流传，地方就兴旺；没有《格萨尔》流传，地方就衰亡。”就是说：《格萨尔》的盛衰，关系到一个民族、一个地方的盛衰兴亡。这些话未免有些夸大，却反映了这样一个客观事实：《格萨尔》历史久远，流传广泛，影响深远，深受藏族群众的喜爱。成为藏族社会文化生活中的一个重要内容。

同其他民族史诗和民间文学作品一样，《格萨尔》基本的传播方式有两种：一是靠人民群众，尤其是他们当中优秀的说唱艺人一代又一代口耳相传；二是靠手抄本与木刻本保存和传播。而最基本、最主要的是靠众多的民间艺人世代相传。手抄本和木刻本的基础也是民间艺人的口头说唱。从本质上讲，《格萨尔》是人民群众，主要是他们当中的说唱艺人用嘴唱出来的，而不是僧俗文人用手写出来的。因此，我们可以说，在《格萨尔》的流传过程中，那些才华出众的民间说唱艺人，起到了巨大的作用。

《格萨尔》说唱艺人，藏语称作“仲肯”，或“仲哇”，意为讲故事的人。千百年来，《格萨尔》能够在世界屋脊之上广泛流传，历久不衰，主要应该归功于那些优秀的民间说唱艺人。他们是史诗最直接的创造者、最忠实的继承者和最热情的传播者，是真正的人民艺术家，是最受群众欢迎的人民诗人。在他们身上，体现着人民群众的聪明才智和伟大创造精神。那些具有非凡的聪明才智和艺术天赋的民间说唱艺人，对继承和发展藏族文化事业做出了不可磨灭的贡献，永远值得我们和子孙后代怀念和崇敬。假若没有他们的非凡才智和辛勤劳动，《格萨尔》这部伟大的史诗将会湮没在历史长河中，藏族人民乃至整个中华民族，将会失去一份宝贵的文化珍品。

虽然《格萨尔》是一部深受广大人民群众喜爱的伟大史诗，但是，由于种种原因，在历史上她从来没有能够得到有组织、有系统的搜集整理，一直只是在民间流传，自生自灭。这种情况严重地妨碍了《格萨尔》自身的保存和传播，使她不能在更大范围内发挥作用和影响。而且，随着许多优秀的《格萨尔》说唱艺人默默去世，人亡歌息，致使大量说唱资料未能保存下来，不少珍贵的手抄本、木刻本以及珍贵的文物古籍也令人痛心地散失了。

有人将敦煌学和《格萨尔》学加以比较。这两个学科的确有一定的可比性。早在 20 世纪 30 年代，我国著名的国学大师陈寅恪先生曾发出这样的感慨：敦煌学是辉煌学，又是伤心学。中华民族创造了灿烂辉煌的敦煌艺术，但是，长期的封存废弃，被淹没在历史的尘埃之中；偶然重见天日，敦煌的宝库即被外国人所掠夺和盗窃，大量珍贵文物或者被毁坏，或者流失到国外。敦煌学的故乡在中国，敦煌学的研究成果却出在国外。这是我们中华民族学术史上一段屈辱的历史。中华人民共和国成立以后，这段屈辱的历史被彻底洗刷，敦煌学揭开了崭新的篇章。

《格萨尔》的命运也大体如此。藏族人民创造了伟大的英雄史诗《格萨尔》，但是，在政教合一的封建农奴社会，在思想文化领域，神权占统治地位，劳动人民创造的文化受到压制和排斥。那些才华出众的民间流浪艺人被当作乞丐，遭到歧视。他们说唱的史诗，被贬斥为“乞丐的喧嚣”，不能登艺术的殿堂。在科学意义上，进行《格萨尔》研究的第一批专著，产生在国外；研究《格萨尔》的第一个学术机构在国外建立；第一批向国外介绍《格萨尔》的英文版、法文版和俄文版等各种外文译本，出自外国学者之手。喜马拉雅山南麓小小的山国——不丹王国，早在20世纪60年代，就在联合国教科文组织的资助下，出版了30集的《格萨尔》丛书，是当时国际上最完善的一套整理本。我国在很多方面都处于落后状态。

中华人民共和国成立以后，广大藏族人民与全国各族人民一样获得翻身解放，劳动人民成了社会的主人，同时也成了文化的主人。中华人民共和国的成立，使《格萨尔》这部古老的史诗获得了新的艺术生命力。党和国家对《格萨尔》的搜集整理和学术研究非常关心和重视，尤其是改革开放以来，研究取得了巨大成就。国家加大了民族民间文学的抢救和保护力度，在“六五”“七五”“八五”期间，《格萨尔》连续三次被列入国家哲学社会科学重点科研项目。这一事业现在还在持续，这是一项跨世纪的文化建设工程。

由于搜集整理工作取得的巨大成就，我们已经拥有世界上任何国家、任何民族所没有的、无比丰富的、鲜活的第一手资料。这使得我们的学术研究建立在坚实的基础之上，充满了生机与活力，具有强烈的现实针对性，而不是无源之水、无本之木。在这一学科领域，我们应该，也是可以大有作为的，为世界史诗理论的发展，做出我们中国的特殊贡献。与此同时，在丰富和活跃人民群众，尤其是农牧民群众的文化生活，创造社会主义藏族新文化方面，《格萨尔》学术研究日益显示出她巨大的优势和作用。

经过半个多世纪，尤其是改革开放40年坚持不懈的努力，我国已经形成了一支以藏族为主，有汉族、蒙古族、土族、回族等几个民族成分，包括说唱、搜集、整理、翻译、出版、学术研究在内的老、中、青三结合的《格萨尔》工作队伍。一批专门从事《格萨尔》研究的博士生和硕士生正在健康成长，为《格萨尔》事业输入了新鲜血液，充满朝气和活力，表明我们的事业后继有人，兴旺发达；发表了一批有一定学术水平的专著和论文，从根本上扭转了我国《格萨尔》研究的落后状况。不少国内外学者认为，《格萨尔》的事业发展很快，已成为中国藏学，乃至民族民间文学领域最为活跃的学科之一，一个以马克思主义文艺思想为指导，有中国特色的《格萨尔》学的科学体系已初步形成，并不断发展；她潜在的巨大学科优势、丰富的文化内涵，也日益为人们所认识，在继承和弘扬藏族优秀传统文化、建设社会主义民族新文化的事业中，必将发挥巨大作用，产生深远影响。

现在，我们可以自豪地说：我国《格萨尔》研究的落后状况从根本上得到了改变，《格萨尔》这一学科令人伤心的时代已经永远地结束了。《格萨尔》学再不是一门伤心学，而是一门辉煌学，一门让藏族人民，同时也让我们整个中华民族值得骄傲和自豪的学科。这一宏伟的事业，本身也是一首歌，一首动人的歌，一首可歌可泣的歌，一首饱含着艰辛的苦水和喜悦的泪花的歌，一首催人泪下、激人奋进的歌，也是一首劳动者之歌，创造者之歌。我们在为创造民族的、社会主义的藏族新文化，为丰富和发扬中华文化的优良传统，为中华民族的伟大复兴，为各民族兄弟同胞的共同繁荣昌盛，尽一份责任，做一点贡献。这也是习近平主席倡导的“中国梦”的一个组成部分。

从中华人民共和国成立之初，即 20 世纪 50 年代到 21 世纪，这项事业仍然在进行当中，这是一项前所未有的跨世纪的文化建设工程。这项工程，规模之大，时间之长，参加人数之多，涉及面之宽广，成就之显著，影响之深远，在藏族文化史上是一个前无古人的壮举，在我国多民族文学发展的历史上也不多见。所有这一切，充分体现了党和国家对保护和弘扬藏族优秀传统文化的高度重视，对藏族人民的亲切关怀，同时也体现了党和国家对祖国优秀传统文化的保护和弘扬。

改革开放以来，我们在史诗的研究方面不断取得新的进展和成就，在国内外学术界也产生了很大的影响，藏文《格萨尔》已经流传到世界许多国家，其中部分章节被翻译成英、俄、德、法、日、印地、尼泊尔、芬兰等语言。《格萨尔》研究在国际藏学界已经牢固地占有一席之地，《格萨尔》的研究已经成为一门国际性的学科。

为了进一步弘扬中华民族优秀的文化遗产，向世界充分展示我们在《格萨尔》方面所取得的巨大成就，我国政府向联合国教科文组织提出了将《格萨尔》诞生千周年活动作为 2002—2003 年度联合国教科文组织参与项目的申请。2001 年 10 月，在巴黎召开的联合国教科文组织第 31 届大会上，与会成员一致通过此项提案。这是此次大会上，我国唯一被列入的周年纪念项目。2006 年 5 月，《格萨尔》入选国务院公布的第一批国家级非物质文化遗产名录。2009 年 9 月，《格萨尔》被列入联合国教科文组织人类非物质文化遗产代表作名录。

这些情况充分表明，《格萨尔》在不断地走出国门、走向世界，我国的《格萨尔》事业也得到国际社会的承认和高度评价，在世界史诗文化研究领域占据重要的一席。

中华人民共和国成立以来，我国在《格萨尔》事业方面所取得的巨大成就的深远意义，就在于它让世界以崇敬的目光重新审视这个被雪山环抱的民族，重新审视她的历史、她的文化，彻底改变了我国史诗研究的落后状况，也彻底改变了世界史诗的文化版图，在世界史诗发展的历史上，牢固地树立起《格萨尔》崇高的、不可动摇的地位，使其被誉为“东方的《荷马史诗》”。《格萨尔》与《荷马史诗》，一个代表古代东方文明，一个代表古代西方文明，交相辉映，堪称人类文明史上两颗辉煌的明珠。《格萨尔》在学术文化领域为伟大祖国赢得了荣誉。

三

《格萨尔》是一个规模宏伟、内容丰富的名副其实的英雄格萨尔的传奇故事。它不仅讲了格萨尔从诞生到逝世，即从天界到人间，又从人间返回天界的全部过程，还讲了英雄诞生之前和逝世之后的故事。民间艺人在说唱时，常常用这样三句话来概括史诗的全部内容："上方天界遣使下凡，中间世上各种纷争，下面地狱完成业果。"

"上方天界遣使下凡"，是指诸神在天界议事，决定派天神之子格萨尔到世间降妖伏魔，惩恶扬善，抑强扶弱，拯救黎民百姓出苦海。

"中间世上各种纷争"，讲的是格萨尔从诞生到返回天界的全过程，这一历史，构成了格萨尔的全部英雄业绩，也是史诗的主体部分。

"下面地狱完成业果"，是说格萨尔完成使命，拯救坠入地狱的母亲、妻子、岭国的众英雄，以及一切受苦受难的众生，超度他们的亡灵，功德圆满，然后返回天界。

《格萨尔》的结构，不同于世界上一些著名的史诗，有它自己独特的结构艺术。按照著名说唱艺人扎巴老人和桑珠老人的说法，由"天界篇""降魔篇"和"地狱篇"三个部分组成。

"天界篇"由《天界占卜九藏》《英雄诞生》《赛马称王》等分部本组成，相当于"序篇"，主要讲述作为天神之子的格萨尔，为了降妖伏魔，造福百姓，从天界来到人间，经历各种磨难，最后在赛马大会上取得胜利，成为"岭国"——古代藏族的一个小邦国家的君王。史诗里说，格萨尔具备人、神、念（藏族传说中的一种地方守护神）三种品格，是一位半人半神的英雄，是藏族人民在长期的历史发展过程中，塑造的一个理想中的英雄形象。

《格萨尔》里说，由于魔怪兴妖作乱，闹得人世间不得安宁，黎民百姓苦不堪言。格萨尔降临人间，就是要降伏这些妖魔鬼怪。征战四方，降妖伏魔，成为"降魔篇"的主要内容，也是整部史诗最精彩、最吸引人的部分。"降魔篇"包括四部降魔史，即《魔岭大战》《霍岭大战》《姜岭大战》和《门岭大战》。

格萨尔降伏"四大魔王"的英雄业绩，构成了史诗的主体部分。

假如把《格萨尔》这部卷帙浩繁、结构宏伟的史诗，比作一座雄伟的艺术宫殿，那么，这四部降魔史，就是支撑这座艺术宫殿的四根栋梁。如果拿人体来比喻，就是一个人生命力运行的经络系统。其他各部，都可以看作是从这里派生出来的。降伏四大魔王之后，世间还有许多妖魔在危害百姓，兴妖作乱，格萨尔的英雄业绩也远未完成。于是又出现了许多新的分部本——“宗”。“宗”越来越多，按照内容、情节、规模和篇幅，被划分为“18 大宗”“18 中宗”“18 小宗”，此外又派生出若干个更小的宗。

所谓“宗”，在藏语里是城堡、堡垒的意思。在《格萨尔》里，“宗”，指的是古代藏族社会的部落联盟，或小邦国家。格萨尔征服一个部落联盟或小邦国家，就构成一个相对完整的故事，也形成一个独立的分部本，即“宗”，意译就是“征服小邦国家（或部落联盟）的故事”。“18 大宗”，讲的就是格萨尔征服 18 个小邦国家（史诗里自然被夸张成很大的“魔国”）的故事。“18 中宗”“18 小宗”和几十个更小的宗，就是相对来讲，比较小的“国家”或部落联盟。“18”，在藏语里表示多数，并不是实数。

从这个意义上讲，《格萨尔》是反映古代藏族部落社会发展历史的一部史诗。迄今为止，在世界文学史上，还没有一部像《格萨尔》这样全方位、多层次、多角度地反映部落社会的史诗，也没有这样的文学作品。这正是《格萨尔》巨大的社会意义、重要的学术价值、非凡的艺术魅力之所在。

最后是“地狱篇”，包括《地狱救母》《地狱救妻》《地狱大圆满》和《安定三界》等部。

这一部分的内容，基本上没有重大变化，民间艺人们有一种传统的说法：这一部讲的是格萨尔大王完成降伏妖魔的大业，准备返回天界。但当他回望人间，却不见自己的生身母亲郭姆，也不见爱妃珠牡和阿达娜姆。仔细一看，母亲和爱妃以及岭国很多战死的英雄和将士，还在地狱里遭受苦难。格萨尔十分愤怒，直奔地狱，砸了阎王殿，拯救母亲和爱妃，一起返回天界。

救了母亲和妻子，格萨尔发现岭国众多战死的将士，因战争而死亡的许许多多岭国百姓也堕入了地狱。格萨尔是大智大勇的“天神之子”，是“世界雄狮大王”，不能只顾岭国将士和百姓，他负有“拯救众生出苦海”的使命。格萨尔又超度所有沦入地狱之苦的众生的亡灵。因此，内容不断得到扩展。

在长期流传过程中，由于众多优秀的民间艺人和广大群众的共同创造，史诗的内容不断得到丰富和扩展，枝蔓横生，像葡萄串一样，越来越多，发展到 120 多部，最终成为世界上最长的英雄史诗。

整部史诗以英雄格萨尔为中心联结全篇，以事件为中心组织各部，形成连环扣式的结构安排，一波未平，一波又起，或者一波刚平，一波又起，使得整个史诗一环扣一环，波澜迭起，引人入胜，扣人心弦。每一个分部本，都讲述一个相对独立的故事，包括三个内容，它们之间既有联系，又有区别。这种连环扣式的艺术结构，也是《格萨尔》作为民间说唱艺术的一个重要特点。

这种结构艺术，极其有利于拍摄系列电影、电视连续剧、系列动画片，或

“折子戏”。

这部《英雄格萨尔》，也是根据这种艺术结构编写的，基本上能够反映整部《格萨尔》的完整性和统一性，也能体现《格萨尔》作为一部史诗的散韵结合、有说有唱的艺术特点。

四

一部真正的有艺术生命力的伟大作品，不仅能够对当时和今后的文学事业发展产生广泛而深远的影响，而且也会对其他艺术形式的发展产生极大的促进和推动作用，把一个民族文学艺术的水平推进到一个新的高度。正是在这个意义上，马克思说：“希腊神话不只是希腊艺术的武库，而且是它的土壤。”茅盾称史诗是“神话之艺术化”，并进一步指出：“《荷马史诗》是欧洲艺术发展的源泉和土壤”。

假若说古希腊的《荷马史诗》是欧洲文学艺术发展的土壤和源泉，对欧洲乃至整个世界文学艺术的发展产生了经久不衰的影响，那么，古老的《格萨尔》则是藏族文学艺术取之不尽、用之不竭的源泉，是藏族文学艺术赖以长久发展的丰厚沃土，对藏族各种艺术形式的繁荣发展，产生了巨大的促进和推动作用。随着藏族地区文化建设事业的发展，《格萨尔》文化的多形态发展也日益蓬勃兴旺。

当前，我国的《格萨尔》事业，又发展到一个崭新的阶段。中华人民共和国成立以后，尤其是改革开放以来，尽管我国的《格萨尔》事业取得了举世瞩目的巨大成绩，但到目前为止，主要还在从事搜集整理和抢救工作，只有少数一些汉文译本，英文和其他外文的翻译，尚未提到日程。而我们祖国是一个有56个民族、13亿人口的大国，作为一个有5000多年历史的文明古国，在国际上也具有重大影响。仅有藏文本，影响面很小，无法让《格萨尔》这部伟大的史诗走向全中国，走向全世界，在文化艺术领域发挥更多更大的影响和作用。

电影、电视剧这种艺术形式，拥有亿万观众，因此，一些关心《格萨尔》事业的人，早就提出，应将《格萨尔》改编成电影、电视剧以及动画片等其他艺术形式。这也是希腊史诗和印度史诗这些世界上著名的史诗共同走过的艺术道路。2003年，美国好莱坞斥巨资拍摄希腊史诗《伊利亚特》，获得巨大成功，被称作“2004年全球必看的四部大片之一”。紧接着，将欧洲著名的史诗《尼伯龙根之歌》和《贝奥武夫》改编成电影，与《伊利亚特》齐名，号称“世界三大史诗巨片”。最近几年，他们又拍摄了一些具有世界影响的史诗性巨片。

与此同时，作为创造了史诗巨著的印度也把他们的民族史诗搬上银幕，拍摄了一些具有世界影响的史诗巨片。

《格萨尔》不但是藏族文化宝库中的一个魂宝，而且是中华民族共同的精神财富。与《荷马史诗》和印度史诗一样，《格萨尔》也是世界文化宝库中一颗璀璨的明珠，是中华民族对人类文明的一个重要贡献。正如钟敬文教授生前一再强调的那样：“《格萨尔》是属于全人类的。”

中华人民共和国成立以来，我国虽然在《格萨尔》的搜集整理和学术研究方面取得了巨大成就，但是，不容讳言的一个客观事实是，在运用多种艺术形式改编民族史诗、充分挖掘她丰富的文化内涵方面，却远远落后于欧美各国和邻邦印度。

正是鉴于这种情况，中国华夏文化遗产基金会、中国唐卡文化研究中心和北京金色度母影视传媒有限公司决定与有关部门合作，将《格萨尔》搬上银幕，彻底改变我国史诗题材艺术再创作，尤其是影视创作方面的落后局面。

这不但具有重要的艺术价值，而且有重要的政治意义和现实意义，对于维护祖国统一，加强民族团结，增强文化自信，构建和谐社会，增进祖国大家庭的凝聚力、向心力和亲和力，都具有十分重要的意义，在国际上也会产生积极影响。

与此同时，让《格萨尔》走向全中国，走向全世界，让更多的人了解她，认识她，热爱她，保护她，弘扬她，在振兴中华、文化大发展的宏伟事业中，发挥更多更大的作用，在文化艺术领域，为伟大祖国赢得更多更大的荣誉。

五

与搜集整理、学术研究和编纂出版工作取得的巨大成就相比，翻译出版工作却远远落后于形势发展的需要和群众（读者）的要求和希望。中华人民共和国成立 60 多年了，改革开放也 40 年了，但是，因种种原因，《格萨尔》汉文版的翻译出版工作至今没有能够有组织、有计划地进行，外文版的翻译工作，基本上没有起步。这种情况，严重地影响和阻碍了《格萨尔》文化的传播和自身的发展。

我们伟大祖国是一个统一的、多民族的、以汉族为主体的大家庭，汉语是我国各民族同胞共同的母语，使用广泛，影响巨大。因此只有藏文版《格萨尔》，而没有将她翻译成汉文，极大地限制、阻碍了《格萨尔》自身的传播和发展。

系统地、完整地、高质量高水平地翻译《格萨尔》，是一个宏大的系统工程，不是我个人能够胜任、完成的，但是，又急需概括地向广大的汉族和各民族的同胞介绍《格萨尔》。早在 20 世纪 80 年代初，也就是我们中国社会科学院少数民族文学研究所成立之初，民族民间文学方面的前辈专家和我们研究所的老领导周扬、钟敬文、季羡林、贾芝、马学良、王平凡等同志，就提出了在搜集整理取得一定成绩的基础上，编纂一部汉文版《格萨尔》的要求，并将这个任务交给了我。

我与我的学生吴伟一起，经过几年努力，编纂了汉文版《格萨尔王全传》，1985 年由宝文堂出版。以后又经修改补充，先后由作家出版社和五洲出版社再版，并在宝岛台湾出版了繁体字的《格萨尔王全传》。

从《格萨尔王全传》第一版出版到现在，已经 30 多年了。30 多年来，《格萨尔》事业又有巨大发展。《全传》远远不能适应形势发展的需要。

当前，《格萨尔》正向大众化、多元化、产业化方向发展，电影、电视剧、戏剧、藏戏、歌舞、评书、动漫、游戏、微信，全面发展，全面开花，形势喜人，形势也逼人。越来越多的人想了解《格萨尔》，为了这个目的，我编写了这部《英雄格萨尔》。这部书以《格萨尔王全传》为基础，以我主编的 40 卷、51 册藏文《格萨尔》精选本为框架（这套精选本若全部翻译成汉文，约有 2000 多万字），参考扎巴和桑珠两位最杰出的《格萨尔》艺人的说唱本，同时吸收近几十年来的研究成果，编纂而成。

在编纂这部《英雄格萨尔》的同时，我在主持编写两部著作：主编《〈格萨尔〉提要》、主编《〈格萨尔〉大辞典》，连同这部《英雄格萨尔》，可以称作当前我国《格萨尔》文化的三大工程。它们互相参照，互为补充。《〈格萨尔〉提要》是资料性的，汇集了到目前为止我国《格萨尔》搜集整理、编辑出版所取得的成就，人们可以从中了解到《格萨尔》的全貌。《〈格萨尔〉大辞典》是学术性和通俗性相结合的一部大型工具书。

六

经过多年的艰苦努力，《英雄格萨尔》全部完稿，正在做最后的修改润色，准备付梓之时，我们兴奋地聆听和学习了习近平主席在十三届全国人民代表大会第一次会议闭幕式上发表的题为《新时代属于每一个人》的重要讲话。

习近平主席指出：“人民是历史的创造者，人民是真正的英雄。波澜壮阔的中华民族发展史是中国人民书写的！博大精深的中华文明是中国人民创造的！历久弥新的中华民族精神是中国人民培育的！”

习近平主席说：“中国人民的特质、禀赋不仅铸就了绵延几千年发展至今的中华文明，而且深刻影响着当代中国发展进步，深刻影响着当代中国人的精神世界。中国人民在长期奋斗中培育、继承、发展起来的伟大民族精神，为中国

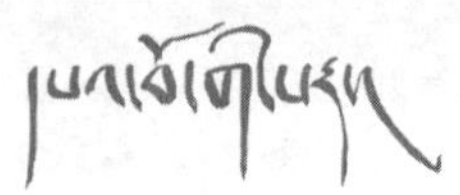

发展和人类文明进步提供了强大精神动力。”

习近平主席强调指出：“中国人民是具有伟大创造精神的人民。在几千年历史长河中，中国人民始终辛勤劳作、发明创造，我国产生了老子、孔子、庄子、孟子、墨子、孙子、韩非子等闻名于世的伟大思想巨匠，发明了造纸术、火药、印刷术、指南针等深刻影响人类文明进程的伟大科技成果，创作了诗经、楚辞、汉赋、唐诗、宋词、元曲、明清小说等伟大文艺作品，传承了格萨尔王、玛纳斯、江格尔等震撼人心的伟大史诗，建设了万里长城、都江堰、大运河、故宫、布达拉宫等气势恢弘的伟大工程。”

在这篇重要讲话中，习近平主席把中国人民的伟大创造精神，概括为五个方面，即伟大思想巨匠；伟大科技成果；伟大文艺作品；伟大史诗；伟大工程。

在这五个“伟大创造”中，包括藏族英雄史诗《格萨尔王》和布达拉宫。这是藏族人民对伟大祖国的贡献，是藏族人民的光荣和骄傲，也是全国各族人民共同的光荣和骄傲。

前面谈到，中华人民共和国成立以后，尤其是改革开放以来，党和国家对藏族英雄史诗的搜集整理和学术研究工作非常关心和重视。但是，作为党和国家最高领导人、各族人民的领袖发表重要讲话，对藏族史诗《格萨尔王》给予高度评价，称她为“震撼人心的伟大史诗”，其意义就非同寻常。党的十八大以来，习总书记非常关心、高度重视保护和弘扬具有悠久历史的中华民族的优秀文化传统，做了一系列重要指示。习总书记多次讲到英雄史诗《格萨尔王》，使我们深受鼓励和教育。

习近平主席这篇重要讲话的题目就叫《新时代属于每一个人》，使我们深受启发、教育和鼓舞，精神振奋，意气风发。“新时代属于每一个人”，我们生逢其时，每一个人都应该以主人翁的态度，以高度的责任感和使命感，为新时代做一份光荣的贡献。

作为一个《格萨尔》工作者，我们决不辜负习总书记的亲切关怀和谆谆教导，认真学习，深刻领会，兢兢业业，扎扎实实，做大做强《格萨尔》文化事业，开创我国《格萨尔》文化事业的新局面，以报答习总书记的亲切鼓励和谆谆教导。

降边嘉措
2018 年 3 月 22 日于北京

第一章

雪域之邦民众遭苦难 祈求天神来降妖伏魔

被雪山环绕的雪域高原，是我们这个星球上最高的地方，人们称她是离太阳最近的地方。

在这片离太阳最近、古老而又神奇的土地上，到处都流传着一部古老的传说。从长江、黄河的源头地区，到雅鲁藏布江流域；从金沙江、澜沧江、怒江流域，到狮泉河、象泉河、孔雀河流域；从阿尼玛沁雪山、唐古拉山到昆仑山、喜马拉雅山周边地区；从嘉绒地区到阿里高原；从如诗如画的若尔盖大草原，到广袤无垠的藏北草原；从一望无际的果洛草原、玉树草原，到温暖湿润的门域地区；从多彩多姿的德格、色达，到四季如春的波密、林芝；从位于三江源的青海湖畔，到神奇瑰丽的羊卓雍措湖畔；从大渡河河谷、金沙江河谷，到被称作世界第一大峡谷的雅鲁藏布大峡谷，藏族的先民们世世代代、祖祖辈辈，一代又一代，传诵着一首不朽的诗篇，她的名字叫《格萨尔》。

传说很久很久以前，在北方极地和天湖之间，草木茂盛，猛兽遍布。在一个峡谷中间，有一块黑色巨石，状如牦牛，巨石下压着铁蝎子三兄弟，兄弟三个一个咬着一个的尾巴，环抱在一起，谁也摆脱不了谁，痛苦万分。一天，从东方五台山来了一位金刚，看见巨石下的蝎子三兄弟，顿生怜悯之心，把铁杵扔过去，巨石立即被击得粉碎。三个蝎子得救了，它们感到十分喜悦，立即对天神祈祷，又希望从此获得解脱。但是，由于它们前世罪孽深重，又转世变成了九个头连在一起的雪猪子，形状丑陋，行动不便，惨不忍睹。

在三十三天界居住的梵天王看见后，认为这是不吉利的征兆，立即挥动水晶宝剑，将雪猪子的九个头齐刷刷地斩断。它们立即变成四个黑头，三个红头，一个花头和一个白头。四个黑头滚下坡时，向天祈祷：我们是恶魔的精灵，但

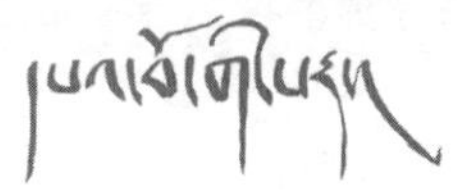

愿来世能变成白业[1]善法的仇敌，世界的主宰。这四个黑头，后来果然变成北方魔国的鲁赞王、霍尔国的白帐王、姜国的萨丹王、门国的辛赤王，这便是危害世界安宁、涂炭生灵的四大魔王的来历。

三个红头先是滚下山坡，第一个头又滚到丘陵地带，后来转世成为辛巴梅乳泽；第二个头又滚上山，变成禅师桑结嘉；第三个头后来转世成霍尔国的唐泽玉周。那个花头滚得很远，边滚边祈祷：但愿来世能投生在一个白业善法昌盛的地方。后来他降生在岭国，叫切喜古如，但未能成就大业。

最后一个白头将一把黄花抛向天空，虔诚祈祷：但愿来世能变成降伏黑魔的屠夫[2]，拯救众生的上师，主宰世界的君王。他的善心感动了上苍，成了威震四方、名扬天下的英雄——格萨尔。

那时候，雪域之邦的上空突然被迷雾笼罩，一片灰茫茫的景象，又不时混沌穿梭，搅乱了原本宁静湛蓝的天空。不经意间倏地降下黑、白、紫、红等各色刺眼的光团，分别散落在岭噶布的四周，又瞬息消失不见了。这些光团所到之处都留下一道道深而厚的黑色印迹，所触到之物都化为黑炭或齑粉。而后更是惊鸿遍野，百兽乱窜，草木枯萎，庄稼无收，六畜疲病……种种不祥的迹象使人们陷入了极度恐慌。

世尊阿弥陀佛转动念珠，知道这是四个黑头投生转世的征兆，他们即将变成四大魔王——北方魔王鲁赞、霍尔国的白帐王、姜国的萨丹王和门国的辛赤王，会毁坏白色善业，危害黎民百姓，雪域之邦的黑发藏民将陷入苦难深渊。他念诵咒语，将一道佛光降在牛尾洲无量光神宫上。白玛陀称祖师见状，立即双手合十，迎向佛光，只见有一金刚杵置于八瓣莲花之中，闪耀着五色光彩。他将世尊阿弥陀佛的教言记在心里，等待那一天的到来。

数年之间，雪域之邦的黑头藏人如同生活在无底的深渊，时时刻刻都有不幸的事情发生，分分秒秒都有愤恨的怨念，使得这里开始刮起了一阵阵邪恶的妖风，这股风带着罪恶，带着魔鬼到来。晴朗的天空变得阴暗，嫩绿的草原变得枯黄，善良的人们也变得十分邪恶，他们不再相亲相爱。霎时间，刀兵四起，硝烟弥漫。

人们纷纷向天祈祷，祈求慈悲的天神拯救受苦受难的众生。

天神对众生的苦难感到怜悯，为他们虔诚的祈祷所感动。为了消灭恶魔，造福众生，天神为众生连续做了三次降伏恶魔的法事，以求得众生安乐。但是，

1　白业：指善良、正义的事。

2　屠夫：这里没有贬义，称赞其是降妖伏魔、惩恶扬善的大英雄。

王室中罪恶深重的奸臣想尽一切办法来阻止降魔法事，因此，降魔法事没有能够完成。

降伏恶魔的良好机缘被错过，恶魔更加猖獗起来，从雪域之邦的边地侵入腹心地区。一群群妖魔横行无忌，无恶不作，他们吃人肉、喝人血、吞人骨、扒人皮。因此，雪域之邦这个阳光灿烂、美丽富饶的地方，变成了一片苦海；安居乐业的众生，遭到了前所未有的涂炭。

大慈大悲的观世音菩萨[1]，看到雪域之邦的众生遭受深重苦难，心中大为不忍，就向极乐世界的救主阿弥陀佛恳请道：

西方极乐世界的教主阿弥陀，
请看看不净轮回[2]的地方！
您的慈悲最无偏无向，
请您给雪域藏地苦难的众生发一道佛光。

世尊阿弥陀佛稍微转动了一下脖颈，一道金光立即为观世音菩萨指明了方向。阿弥陀佛告诉观世音菩萨：在三十三天神境里，父王梵天威丹噶尔和王母曼达娜泽有一个王子叫德确昂雅。德确昂雅和天妃所生的儿子叫推巴噶瓦[3]，他的前世是白梵天王的第十五个神子博朵噶布，将降生在南赡部洲人世间。他将以天神之子的身份降生人间成为世间的大英豪。只有他能教化众生，使雪域之邦脱离恶道，众生享受太平安乐的生活。请你前去牛尾洲[4]，把我的这些话告诉白玛陀称祖师，他就知道该怎么办了。

观世音菩萨得到世尊的明训，立即向牛尾洲飘去。

1　观世音菩萨：即观音菩萨，为佛教佛祖之一，通常与大势至同为阿弥陀佛左右胁侍，合称“西方三圣”。佛经说此菩萨广化众生，示现种种现象，名为“普门示现”；有说三十三化身，有说三十二化身。一般塑像或图像为女相，在藏族地区则为男相。

2　轮回：佛教中所说的“六道轮回”即天神、修罗、人类、畜生、饿鬼和地狱。意为如车轮回旋不停，众生在三界六道的生死世界循环不已。六道中，前三者叫作“三善道”，后三者叫作“三恶道”，亦称三毒。

3　推巴噶瓦：意为闻者欢喜。

4　牛尾洲：亦称拂尘洲，佛书所说南赡部洲西方海岛名，八中洲之一。

第二章

观世音牛尾洲传教谕
罗刹王色究天护神子

这牛尾洲位于南赡部洲的北面，是罗刹[1]居住的地方。坐落在牛尾洲的莲花光无量宫的大乐自成殿，更是雄伟森严，气势恢宏。到了这里，就是狱帝阎罗也要惧怕，梵天王也要退缩，魔王毕纳雅噶也要避让，普通人根本不能也不敢接近这个地方。但是，为了拯救众生出苦海，观世音决定到这个令人胆寒的地方走一遭。他将真身隐去，变作一个头戴蚌壳的罗刹孩子，身上罩着一团盾大的白光。这团吉祥的佛光保护着菩萨，使他不受邪气的侵扰。

当观世音菩萨来到牛尾洲东门的时候，被守城的罗刹大臣热恰郭敦看到了。热恰郭敦看着观世音的化身，心中好生奇怪："这是个什么人呢？说他是神吧，他又像个罗刹孩子；说他是罗刹吧，周身又被祥瑞的白光笼罩。对于众生来说，牛尾洲这个地方，不要说看，就是听了也会让人不寒而栗，心惊胆战。这个面目生疏的小孩竟敢到这里来，一定有什么大事相托。"热恰郭敦想不透，也猜不出这个小孩的来意，于是问道：

陌生的孩子你从哪里来？
来到这里做什么？
牛尾洲是万恶的血海，
罗刹的食欲比火还热，
女罗刹的魔手比水还长，
找肉吃的罗刹比风还快。
古老的谚语说得好：
如果心中没有难以忍受的痛苦，
无须在水中自溺；

1 罗刹：八部魔之一。八部魔为：乾泪魔、毗舍魔、鸠盘茶、饿鬼、龙、臭饿鬼、夜叉、罗刹。

如果没有遭受极大的冤屈，
不必把财宝送进官府。
你这乳臭未干的孩子，
来到这里究竟有何事？
你是什么地方人？
你的父母又是谁？

热恰郭敦问毕，眨着眼睛等待回答。观世音菩萨想了想，答道："我名叫利群慈悲之骄子，父亲是普遍救主[1]大菩萨，母亲是空性[2]法灯氏。今早从德庆坝子来，来向陀称长官叙说一件重要的事。"

热恰郭敦看着这个小孩子，轻蔑地说："有什么事对我说吧！"

"俗谚说：'五谷丢在草地上不会长出庄稼，种子撒在田里才会结出硕果。'对您讲了没有用，还是请您通报一声。我是非见白玛陀称祖师不可。"

罗刹大臣见这小孩不肯对他说，生气了："我们罗刹王白玛陀称管辖下的王朝，在古昔之时，法令比雷霆还严厉，领土比天之所覆还要大，权力比罗睺[3]星还厉害，不要说你一个流浪边地的小孩子，就是像我这样近在身边的内大臣，也常常要无罪被处罚。自从我们有了新的大王，人们在心理上逐渐具备了空性、仁慈以及勇猛、平和四种品德；大家的行动变得一致了，犹如照一个样子裁的衣衫，照一个规格做的念珠一样。但是，如同在圣洁的神殿里不容混杂草木那样，在我们的牛尾洲，仍然不能让一般的闲杂人员混入。你要见我们大王，请问你有朝拜神庙的哈达吗？有拜见上师的布施吗？有谒见长官的礼品吗？"

童子听了罗刹大臣这一番话，毫不犹豫地告诉他："当然有，我有礼品三十种：教法方面有六字真言，道的方面有六波罗蜜多，外面有客观六境，内里有主观六识，中间有器官六门。你看这些能作为觐见礼吗？"

罗刹大臣见那童子对他说话并无丝毫畏惧，反倒显示出一股凛然正气，心中大为不悦："要朝拜扎日神山，就得靠九节藤杖！要赶加吾司山沟的路程，总得给他白银元宝。你的那些礼品，究竟是大还是小呢？"

"大也不算大，自己身体只是一弓见长，但它是宝贵的人身。小也不算小，如果会想，它就是今世和来世无穷的资财和食粮，要什么就能有什么，是难得

1　救主：指三世救主，也叫三救主，为文殊、观音、金刚持。
2　空性：佛教术语，即无自性性。
3　罗睺：古印度占星术名词。古印度天文学将"黄道"和"白道"降交点叫"罗睺"，升交点叫"计都"，同日、月、金、木、水、火、土合称"九曜"。因日食和月食现象发生在黄白二道交点附近，故又把罗睺当作食（蚀）神。古印度占星术认为罗睺能支配人间吉凶福祸。

的如意宝。如果不会想，它就是三毒轮回的沉底石，是欢乐和痛苦的根源，是藏污纳垢的皮囊。”

“那好，你在这里等着，让我去请示大王。”罗刹大臣再也无言答对，只得进宫禀报。

白玛陀称祖师是长寿佛，为了拯救众生，弘扬白业善法，他能根据不同的需要，变幻不同的形象。为了教化凶恶的罗刹，他变作威严的形象，来到牛尾洲，被称为白玛陀称祖师。此刻他正坐在铺着华丽整齐的垫子、镶着金子饰品的宝座上，双目微闭，一心想着法性对人们的意义。对外边发生的事，热恰郭敦和童子的对话，他都知道得清清楚楚。但是，见热恰郭敦进来，他仍装作不知道的样子问：“喂，今天早上谁在唱不动听的歌，说无意义的话？他是不是想把什么重要的事情托付于人？”

罗刹大臣心中暗想：“俗谚讲：大王坐在宝座上，两只小眼睛能望到四方；太阳运行于天空，光明普照到世界；浓云遮蔽空中，甘霖降在大地。”照这么说，大王已经知道了一切，可他还是要老老实实地回答大王的发问：“威震四方的大王啊，在罗刹城德庆奔庄查穆的外城仁慈大殿门口，有一个非人非魔的小孩。说他不是神吧，他背上有一圈白光；说他是神吧，长得又像个罗刹孩子。他说他有造福众生的大事，要向您禀报。”

白玛陀称祖师脸上绽出微笑：“俗谚说：‘作为引导者的上师，只要信徒能够改过，比对上师贡献百样贡品还要欢喜；作为威震一方的长官，只要百姓忠实于他，比对长官奉送百样礼品还要高兴；有福分的事业领袖，看见善兆，比获得百样财宝还要喜欢。’今天是个吉日，这是个祥瑞兆头，你去宣示：神龙土地及八部[1]众人，无论是谁，都可以马上到这里来！”

当罗刹大臣从宫门出来时，哪里还有什么童子的影子。在童子原来站着的地方，只剩下一株八瓣金莲花，金莲花的花蕊上有一个白色的“舍”字，八个花瓣上依次写着“嗡、嘛、呢、叭、咪、吽、舍、啊”八个字。奇怪的是，这朵金莲花还能发出声音，念诵着这八个字。

罗刹大臣热恰郭敦好生奇怪。他暗自思量着：眼前的事，叫我怎样禀告大王、说给大臣、传达给奴仆们呢？他细细思量了十二次，自己出了二十五个主意[2]以后，心想：如果空性的心不泯灭，大丈夫的心计是不会穷尽的；如果舌头不让牙齿咬掉，智者的话是说不完的；如果任双脚无限制地走去，弯曲的道路是不会有尽头的；如果不用绿色的河水浇灭，红色火焰的燃烧哪里会有限度。

1　八部：即佛经神话传说中所说的“天龙八神”，包括天神、龙、药叉、阿修罗等。

2　这是一句藏族谚语，意为经过反复思考、斟酌。

眼下这件事，并非没有灵验的猪舍利[1]，不是没有意义的哑巴话。今天早上的这个童子，可能是个什么化身。这朵金莲花，一定是由他所变幻。可这朵金莲花要不要拿给大王呢？罗刹大臣又思量了十二次，给自己出了二十五个主意。他想，大王已经说了，对于有福的人是需要吉兆的，无论是神是鬼，都可带来；这朵金莲花，是个无物的虹影，一定是个吉兆。于是，他捧起那朵金莲花，径直走进宫门，朝白玛陀称祖师走去。谁知还没有走近大王，手上的金莲花忽然化作一道白光，一下钻进大王的胸口去了。

罗刹大臣的心像是被那道白光突然照亮了似的，观世音菩萨想说的话突然从他的嘴里说了出来：

> 嗡嘛呢叭咪吽啳！
> 莲花盛开的国度里，
> 世尊阿弥陀佛请明鉴！
> 上品莲花全知的宝库，
> 幻化大王请思量！
> 在难以教化的藏区，
> 雪山环绕的国度里，
> 发了邪愿的鬼魅们，
> 九个王臣在横行！
> 东面有魔王罗赤达敏，
> 南面有魔王萨丹毒冬，
> 西面有魔王古噶特让，
> 北面有魔王鲁赞穆布，
> 还有宇泽威的小儿子，
> 土地魔王念热哇，
> 狮子魔王阿塞琪巴，
> 凶恶的魔王辛赤杰布。
> 世间的妖魔和鬼怪，
> 有形的敌人和无形的恶魔，
> 唆使藏民走向恶道，
> 让众生遭受苦难。

1　舍利：梵语，即佛骨。猪舍利，即猪骨头。古人认为猪是最蠢笨的，猪骨头自然没有灵验。这是句谚语，意思是说，总是事出有因。

能拯救众生的是神子推巴噶瓦，
五位佛陀[1]为他授记[2]，
三世救主给他加持[3]。
该是他降生人世的时候了。

威震世间的白玛陀称祖师听罢，顿时笑容满面，心中无限喜悦：

啊呀善哉大菩萨，
闻声解脱的大菩萨，
犹如众星之中的明月，
宛若草原上的雪莲花，
诸佛的事业集于一身，
一切胜者的智慧聚于一处，
愿众生脱离苦海，
到达幸福的彼岸。

大慈大悲的观世音菩萨见白玛陀称祖师已经接受了十方诸如来佛所托付的事情，便到普陀洛迦山去了。

初十那天，是一个空行勇父[4]聚会的喜庆节日。白玛陀称祖师决定在这一天里让神子降生。他在“法界遍及”的三昧[5]里坐定后，口中默诵着，顿时从他的头顶发出一道绿色的光。这光又分作两道，一道射进了法界普贤的胸口，另一道射进了圣母朗卡英秋玛的胸口。从法界普贤的胸口里，闪出一支五尖的青色金刚杵，杵的中间标着“吽”[6]字。这金刚杵一直飞到扎松噶维林园里，钻进了天神太子德确昂雅的头顶，天神太子顿时变成了“马头明王”[7]。从圣母朗卡英秋玛的胸口里，闪出一朵十六瓣的红莲花，花蕊上有一个“啊”字。这朵

1　五位佛陀：为黄次第起佛、红无量光佛、绿弋成就佛、白不动佛和青不动佛。密宗称为五始佛。
2　授记：佛教名词，即“记别”，为佛经十二部之一。内容是：佛为弟子预计死后生处，特别是预计未来成佛的劫数、国土、佛名、寿命等事。
3　加持：佛教用语。一般指以佛力佑护众生。密宗解为大日如来与众生互相照应，说大日如来以大慈大悲佑众生，此为“加”；众生能够接受大日如来的佑助，此为“持”。
4　空行：女神；勇父：男性神，空行的配偶。
5　三昧：梵文的音译，佛教名词。是“定”“正受”或“等待”的意思。即止息杂虑，心专注于一境，正受所观之法，能保持不昏沉、不散乱的状态。为佛教修行方法之一。
6　梵语的真言里，有三个常见的字，即嗡、啊、吽，代表身、口、心，其中的嗡象征身，啊象征口，吽象征心。
7　马头明王：护法神之一种。

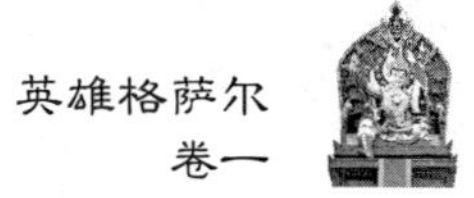

莲花飘呀飘，一直飘到天女居玛德泽玛的头顶，天女变成了“金刚亥母”[1]。

化身为“马头明王”的神太子和化身为“金刚亥母”的天女，双双进入三昧之中，发出一种悦耳的声音，这声音震动着十方如来佛的心弦。十方如来佛将他们的各种事业化作一个金刚交叉的十字架，飞入神太子的头顶中，被大乐之火熔化后，注入天女的胎中。顷刻间，一个威光闪耀、闻者欢喜、见者得到解脱的孩子，被八瓣莲花托着，降生在天女的怀抱中。这孩子一诞生，立即朗声念诵百字真言，念罢，又唱起指示因果[2]的歌曲：

嗡嘛呢叭咪吽誓！
五佛世尊请鉴知，
愿我和齐天诸众生，
都得到五佛的圣智。
要想从六道轮回里解脱，
须向三宝[3]皈依。
要想摆脱痛苦的深渊，
须发菩提善心。
世间众生万万千，
爱憎忧苦日日添。
高位者苦恼地位会降低；
低贱者苦于兵税及差役；
强暴者苦恼事业不到头；
弱小者苦于他人相凌欺；
富有者苦恼财富不能保；
贫穷者苦于冻饿和衣食。
人生苦恼寿有限，
四百种病如风袭。
猝然横祸死者多，
命中注定难相逆。
好汉生时有雄心，

1　金刚亥母：女神。

2　因果：佛教依据未作不起、已作不失的理论，认为事物有起因，必有结果，“善因”有“善果”，“恶因”有“恶果”。

3　三宝：佛教名词。梵文意译：佛教称佛、法、僧为“三宝”。佛，指释迦牟尼；法，即佛教教义；僧，指继承、宣扬佛教教义的僧众。

死时身上一土堆。
富人生前不舍财，
死时殡仪犹如水点灯。
高踞宝座的王侯，
寿终之时也将头枕地。
穿着绫罗的王后，
死时也要火烧身。
具备六种武艺的勇士，
也要让鹰雕去扯肝撕肠。
具备六种智慧的主妇，
也要让黑绳把四肢捆绑[1]。
缠绕了一生的衣和食，
死后只有赤身空手去。
六道中没有佛心的愚者，
不要轻狂须谨慎。
长官不要把因果来倒置，
强者不要把弱者来凌欺，
富者要供奉和布施，
普通人也要常把佛经念，
精进谨慎才能如意！

在嘉雅桑多白日山上的白玛陀称祖师听到了神子的歌，知道他灌顶[2]授记的时候到了。在这个时候，是需要诸佛加以保护的。白玛陀称祖师口中念念有词，身上不断地闪射出佛光，去鼓动诸佛：额上发出一道白光，鼓动了色究竟天的毗卢遮那佛的心弦；胸口发出一道青光，鼓动了喜现佛士阿育佛的心弦；肚脐发出一道黄光，鼓动了吉祥庄严佛士宝生佛的心弦；喉头发出一道红光，鼓动了西方极乐世界阿弥陀佛的心弦；下身发出一道绿光，鼓动了上业佛士不空成就佛的心弦。同时作歌将真谛结果告诉大家：

1　指死后遗体要被人用黑牦牛绳捆绑，要送去天葬或水葬。
2　灌顶：佛教密宗传法的一种仪式。

嗡，清除五毒[1]的五圣智[2]，
从无生界发起大誓愿，
清净五行[3]的五天女[4]，
从无天界为众生把事办。
世间凡人有俗谚：
没有教法的上师，
技艺虽好也难服众。
违背誓言的弟子，
忏悔虽多也难弥补。
无人拥护的长官，
权势虽高也难号令。
没有礼貌的下属，
才谋虽好也难提携。
不带利刃的武器，
鞘柄虽好也难破敌。
没有辅助的六种药，
色味虽好难把病医。
没有肥料的土地里，
虽播六谷也不会有收益。
请赐权力及赞誉，
请赐利刃和柄鞘，
请赐加护的良药医六道，
教化众生的事业在此一遭。

上天诸佛受了白玛陀称祖师的鼓动，纷纷行动起来。色究竟天的毗卢遮那佛，从额头上发出一道光，光芒遍照十方，把十方诸如来加护的“嗡”字，聚在一起，变作一个八辐轮子。这轮子飞至神子所在的天宫中，作歌曰：

嗡！从法界圣智诞生的勇士，

1　五毒：佛经中指贪欲、嗔怒、愚痴、嫉妒、疑惑。
2　五圣智：即五佛。
3　五行：佛典中指布施行、持戒行、忍辱行、精进行、止观行。《涅槃经》又指圣行、梵行、天行、婴儿行、病行。
4　五天女：五部空行母。空行母，即女神。

赐名给他叫推巴噶瓦。
愿他以身降伏四敌，
遇到他者不再堕恶道，
看见他者能够到净地，
闻他声者罪孽能除尽，
他已经得到了佛法的灌顶授记。嗡！

轮子歌罢，一下钻进神子的额际中。从这一天起，神子取名为推巴噶瓦，意为闻者欢喜。就是说，听到他的名字，众生没有不感到欢欣鼓舞的。他也是博朵噶布的转世。

东方喜现佛士阿育佛从胸口发出一道亮光，化作一切佛心所加护的五尖青色金刚杵，钻入神子的胸口里。神子得到了三昧宝库中的一切。五类神众用宝瓶装满甘露，给他洗浴身体：

好男儿神子推巴噶瓦，
已除去三毒业障，
具备了三佛身体，
得到金刚的灌顶授记。

吉祥庄严佛士宝生佛，从肚脐间发出一道光，把一切佛的诸功德和福分聚集在一起，化作一种宝物燃烧的形象，钻入神子的肚脐里。又把十地菩萨所用的戒指、长短胸链、衣物等装饰品，一起给神子穿戴得整整齐齐，然后为他祝福：

祝愿你戴上这桂冠，
地位崇高吉祥圆满！
愿戴上这对耳环和项链，
名誉齐天吉祥圆满！
愿穿上这珍贵华丽的衣服，
摧毁魔军吉祥圆满！
尊贵的神子推巴噶瓦，
已得到宝物的灌顶授记。

西方极乐世界的世尊阿弥陀佛，从喉头发出一道光，把一切如来佛的语言化作一朵红莲花，钻入神子的喉头，使他得到了六十种音律的福报。又把一个象征一切如来佛誓言的五个尖子的金质金刚杵，从空中降到了神子的右手，并且唱道：

这金刚杵是誓言的象征，
愿你履行拯救众生的诺言，
上面的天神曾授权，
下面的龙王开了宝库门，
黑色魔王黄霍尔[1]，
有形无形[2]都征服。
普度众生的神子推巴噶瓦，
他已得到莲花的灌顶授记。

上方圆满佛士的世尊不空成就佛，从下身发出一道光，清除了一切众生的嫉妒业障，把一切如来佛的事业，化作一个绿色的十字架，钻入神子推巴噶瓦的下身，使他得到了事业无边的神威；又把一个象征一切如来佛的四种事业自然成功的白色银铃，从空中降到神子的左手，并灌顶授记：

你是佛陀功行满，
从和平慈悲的云层中，
闪出雷霆的火星，
推毁孽障的山岭。
那追求资财的上师，
要用智者的教义制服。
那狂妄自大的长官，
要降下因果来制服。
那自夸逞能的妇女，
要降灾难来制服。
赐给金刚武器于你手，
心识遍于法界金刚界，
菩萨慈悲集于你一身，
愿你破敌事业自然成，

1　黄霍尔：泛指居住在藏族地区北方的古代游牧民族。
2　这是一句佛语，指有形的敌人和无形的敌人。

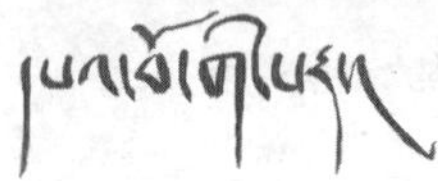

神子推巴噶瓦啊，
已得到事业的灌顶授记。

五位世尊给神子推巴噶瓦灌顶授记之后，尊贵的愤怒明王[1]和诸神，也给神子授予四种灌顶[2]。从此，神子推巴噶瓦就具备了举世无双的无量功德，他能够拯救弱者，镇压强暴者，是保护黑发藏民的战神。早上是降伏妖魔的屠夫，晚上是超度众生的上师，文武双全的君王。只待降生人间，普度众生。

1 愤怒明王：一种护法神。
2 四种灌顶：即宝瓶灌、密灌、智灌、句灌，是佛法中的一种仪式。

第三章

畏艰难神子不愿下凡
占九卦天神谆谆教诲

话说居住在三十三界天幸福天宫中的神子推巴噶瓦，享受着千万年才得以享受的各种荣华富贵，沉浸在安然自得的幸福生活之中，他早已淡忘了要去人间降妖除魔的宏愿。当白玛陀称祖师宣布他将要转世人间时，他极不情愿，强烈推托，生怕自己难以胜任。因为他清楚地记得轮回转生的种种痛苦和摧残，自己已在天界、龙界、念界轮回转生了无数次，历经他人无法形容的劫难，所以他选择了逃避，或许也在等待着什么。

想此苦衷无法向众神解释清楚，推巴噶瓦闷声走出了神殿。

大梵天王看出这孩子的心事和顾虑，只缘于他那不同寻常的经历：很久很久以前，这神子曾是他这三十三界天宫之王大梵天的第十五个儿子，他聪敏伶俐，生性贤良，在众神子中最讨自己的欢喜。在投生作为我的神子之前，他在上方清净界轮回投生了五百次，又在下方不清净界轮回投生了五百次。在上方天界以天神身份静修三百天年[1]；在中间念[2]界以念神身份静修近一百念年；在下方龙界以龙神身份静修近六十龙年[3]。然后又投生于人世间，以上等贵人、下等贫民的身份投生无数次，终于有一天，才转世投生到大圆满无量光佛殿，成为我的爱子，取名博朵噶布。但是，诸天神偏以为只有博朵噶布才能完成降妖伏魔、拯救众生的佛业，作为天父也只好应允。

梵天王由此想起了那时的情形：

博朵噶布端坐在无量光佛殿莲池中一朵巨大的黄色莲花之中，如同一朵鲜艳无比、含苞待放的花。博朵噶布静思默想，回忆起自己的身世，无数万年的

1　天年：按照藏传佛教的说法，一“天年”，相当于世上数万年。

2　念：古代藏族先民传说中的一种厉神，汉语中没有相应的词来表达，只好意译为“念”。一“念年”，也相当于世上数万年。

3　龙年：传说一“龙年”，也相当于世上数万年。

投生转世，历经磨难，备受艰辛，没有享受过几天安静舒心的日子，怎么又让我到下方人世间去？神子思绪万千，感叹命运如此多舛，诸神对自己如此不公。恰在这时，天神的使者来到莲花池畔，不由分说，将他请到神殿，诸神庄严地坐在神坛上，受众神委托，依照尊者无量光佛向博朵噶布宣示，由于四方妖魔作乱，白业善法有遭受毁灭的危险，雪域之邦已变成一个大的屠宰场，众生遭受着深重的苦难。你博朵噶布早上是降妖伏魔的屠夫，晚上是拯救众生的上师，只有你能担当此重任。

神子博朵噶布双手合十，双膝跪地，向众神请求：我不愿再投生到人世间去，从前多次投生转世，受尽了苦难，再不愿受这种苦。

众神你一言，我一语，告诉博朵噶布，你一定要到人世间去，只有你才能完成这一重大使命。

神子博朵噶布心想，我经历说不完的苦难，无数次轮回转世，好不容易才又来到上方清净界，在父王身边，与众兄弟享受欢快的日子，又要让我到祸乱不止、苦难深重的人世间。我是怎么也不去，但诸神众口一词，看来我无论怎么请求祈祷也没有用。于是神子想出了隐遁藏匿的主意。

坐在神坛上的诸神还在庄严肃穆地教诲，趁他们不注意，博朵噶布化作一道白光，消逝了。白光直射到东方雪山之巅的不动罗汉[1]住地，寻求这位法力无边的罗汉保护。博朵噶布认为这位罗汉高居于雪山之巅，神佛不易找到，自己可以平安无事。

众神不知神子的去向，到处找也找不到。极乐世界怙主无量光佛和世尊白度母[2]用他们智慧的目光环顾四方，突然发现神子正在东方雪山之巅不动罗汉住地的后花园里采摘鲜花，就让白玛陀称祖师幻化成一个八岁大小的童子，也到花园里去采花。白玛陀称祖师幻身去到那里，假装无意地问神子：“你在这里做什么？”神子回头一看，来的是一个神采奕然、风度翩翩的美少年，回答说：“我在这里享用无尽的资粮[3]。”说完两人一起在花园里流连嬉戏，度过了一段美好时光。白玛陀称祖师知道该是请神子博朵噶布回去的时候了，于是那童子说道：“我俩到雪山之巅去，好不好？听说那里有很多好玩的地方。”神子听到还有更好玩的去处，便同意一同登上雪山之巅。

二人携手来到雪山之巅，首先映入眼帘的是两只正在互相追逐玩耍的雪白狮子。这吸引了神子，神子看得出神，心里甚是喜悦，依然没有觉察到身边的

1　不动罗汉：按照佛教的说法，是六种罗汉之一。自性最极利根罗汉，不问受或不受妙欲迷醉，皆能现法乐住，永不退失者。

2　白度母：度母是女神，有白度母、绿度母等二十一种。

3　无尽的资粮：梵语，梵音译作“三摩地”，指具有无限的福报，能使身心愉悦。

这个童子的真正来意。忽然，他叫了一声："你快看啊……"蓦地，发现那个童子并没有看狮子玩耍，而是目不转睛地盯着自己。再定睛一看，发现原来是白玛陀称祖师的幻化之身。没等祖师说一语，立即化作一道白光飞向佛祖的故乡——灵鹫山上，那是佛祖传布般若经的地方。

在灵鹫山附近有一个叫玛哈叭喇的大草原，那里放牧着一群骏马，神子幻化成一匹五彩的骏马，在马群中纵情驰骋。童子知道，神子博朵噶布为了不让人认出，故意幻化成智慧神驹[1]，但还是被白玛陀称祖师认出来，带回天界。途经东方嘉纳的五台山时，神子博朵噶布看到文殊大佛胸中射出的光芒形成一座巨大的坛城，神子暗自思忖，我若能藏在这个坛城之中，别人是不会发现的。于是又化作一道白光，走到文殊大佛跟前，双手合十顶礼，真诚地说："诸神都要我到人世间去，降妖伏魔，弘扬佛法，可是我不想去，请大佛允许我暂时在这里躲避一阵子。"文殊大佛顿生怜悯之心，将神子藏在一个大钵[2]之下。

白玛陀称祖师无奈返回天界，告诉诸神博朵噶布在途中逃逸，不知去向。无量光佛、释迦牟尼佛、无量寿佛、大日如来佛[3]、法身普贤如来[4]佛、报身大悲观世音菩萨等众神知道神子博朵噶布正在被文殊菩萨保护，又派白玛陀称祖师去请求文殊菩萨放神子回天界。文殊菩萨听后大怒，说："我没有见到什么博朵噶布，没有见到什么神啊佛啊到我这里来。"白玛陀称祖师见此状，不好惹怒文殊菩萨，便只身回来告知众神。

文殊菩萨作为大佛竟然敢说假话，还做生气状，大慈大悲的观世音菩萨听后更加愤怒，来到文殊菩萨面前，斥责他道："当此众生遭受大灾大难、需要神子去拯救之时，你若胆敢不交出博朵噶布，我要把你的道场五台山彻底摧毁，不留一点儿痕迹。"说完便将自己的身躯变作上顶蓝天、下触大地的巍峨大山，右手将五台山举起，准备将它砸得粉碎，莫如地动山摇。文殊菩萨见状，心想，神子有难，向我求救，我理应伸出援手帮助他；但是，若不把他交出去，恐怕会遭遇灾难性后果。神子博朵噶布知道文殊菩萨的为难之处，于是自己从大钵之下走出来，答应众神愿意回到天界去。于是众神将神子博朵噶布带回了天界。

就这样，神子回到天宫中静思了大约两个多月时间，但是他还是没有做好下界去的准备，心里还是诸多的不情愿。有一天，他秘密地走出天界，行走在

1　智慧神驹：传说中是出生在灵鹫山附近的一种骏马。

2　钵：比丘乞食用具，石质或铁质，色黑如鸦睛，形如半截禽卵。大钵容量六十三抄（半掬），小钵三十二抄，介于其间者为中钵。小钵是比丘尼所用。这里说文殊大佛用大钵将神子覆盖。

3　大日如来佛：又称明照佛。梵音译作毗卢遮那。佛教五佛之一。

4　普贤如来：藏语称"贡都桑布"，原义为"完美无缺，尽善尽美"，一些高僧大德亦被尊称为"贡都桑布"。本教称之为"报身"或"应身"。

虚空之中，忽然看见居住在虚空中的世间命运主宰者丹金噶瓦纳布[1]。这丹金噶瓦纳布上午头戴上方嘉噶的法帽，晚上脚蹬下方嘉纳的靴子，腰间系着卫藏四翼[2]的腰带，具有威震三界[3]的气势，手里拿着一个能够震动世界的大风箱。神子见状，灵机一动立即化作一股风，钻进大风箱之中。他心想，这回我藏在这里，诸神应该不会再找到我了。丹金噶瓦纳布并没有发现有什么东西钻进风箱，只觉得手中的风箱突然变得沉重，他用力抖动，突然从风箱里钻出一个比水晶还要晶莹剔透的童子，丹金感到很惊奇，就问他道："你是谁？到这里来做什么？"

神子双手合十顶礼，恭敬地说："我是大梵天的儿子博朵噶布，从前受过许多苦，现在居住在无量光佛的神殿，但是神、龙、念三界神异口同声地要我到下界去降妖伏魔，我不愿意去，所以到你这里来躲藏。"丹金说："既然你不愿住在华丽的神殿，要到我这里来避难，那就住下吧，我会尽力关照，你就放心吧。"

观世音菩萨得知丹金噶瓦纳布把神子藏匿起来了，也幻化成一个比水晶还要晶莹透亮的小孩子，来到丹金跟前，问："丹金尊者，你在虚空之中做什么？"丹金回答说："我在锻造箭、刀、矛三种利器。"那个比水晶还要透亮的孩子又问："你有没有看到一个小男孩？"丹金回答说："我在虚空中走动，什么也没有看见。"那孩子又追问："那你看到一个比水晶还透亮的孩子吗？"丹金笑着说："你自己就是一个比水晶还要透亮的孩子，你还找什么'比水晶还透亮的孩子'？"

观世音菩萨暗自思忖，看来不让白玛陀称祖师用法力来降伏[4]这个丹金，他是不会把孩子交出来的。立即到白玛陀称祖师那里，对他说："神子被丹金藏匿，您这位大师若不去用点非常的法力降伏，他是不会把神子交出来的。"

白玛陀称祖师立即走到丹金跟前，左手叉腰，右手托着一尊金刚，沉下脸来，严厉地说："在你的大风箱里藏着什么？"吓得丹金说不出话来，只愣愣地看着白玛陀称祖师。白玛陀称祖师接着说："你头戴上方嘉噶的法帽，脚蹬下方嘉纳的靴子，腰间系着卫藏四翼的腰带，具有威震三界的气势，你好不威风啊！你违背佛祖的教诲，杀戮众生，罪孽深重，今天我要降伏你。"说完，丹金

1　丹金噶瓦纳布：以山羊为其坐骑的一尊世间护法神，译作"骑羊护法"。

2　传统上把整个青藏高原划分为上部、中部和下部三大区域。上部指"阿里三围"；中部指卫藏四翼，即今以拉萨、日喀则为中心的地区，下部指朵康"四水六岗"地区。"四水"，指金沙江、黄河、怒江、澜沧江等四大河流域；"六岗"，指色莫岗、察瓦岗、麦堪岗、波博岗、玛扎岗、木雅岗等六大山区。
藏胞认为，拉萨、日喀则地区生产的腰带最为华贵。

3　三界：佛语，指欲界、色界和无色界。

4　法力降伏，藏语称"当拉达"，是专指宗教上一种特殊的法力和手段将对手降伏，让其受自己支使，不同于一般的用武力征服对方。按照藏传佛教的说法，白玛陀称祖师特别擅长用这种法力降妖伏魔，使其受自己支使。在整部《格萨尔》里有很多关于这方面的描述。

立即匍匐在地，虔诚地说："受人尊崇的上师，过去的事是我错了，现在你要我做什么，我就做什么。"白玛陀称祖师说："你现在马上把神子给我带来吧。"

丹金把风箱放在白玛陀称祖师面前后，神子自己从风箱里走出来，俯首拜见白玛陀称祖师。白玛陀称祖师对神子说："你现在就同我一起到天界去吧。"移动目光，又对丹金说："从今天起，你要保证不杀生，不作恶，要为众生做善事。如果你继续作恶，我就要用最严厉的法术降伏你。"丹金连连磕头，保证按照白玛陀称祖师的教诲去做，并将铁锤、钳子和风箱这些锻造杀人武器的工具恭恭敬敬地交给白玛陀称祖师，并保证以后再也不做杀生的罪孽。

就在白玛陀称祖师教诲丹金的时候，神子博朵噶布化作一道彩虹消失了。

白玛陀称祖师没有办法，只好返回天界，向大救主无量光佛禀报。无量光佛召集众生商议，会占卜的占卜，会打卦的打卦，看神子究竟跑到什么地方去了。白玛陀称祖师自己将法冠抛向天空，又扔到地上，观看有什么征兆显示。如此反复仔细观看后，发现神子正藏在远方大海之中一个神奇的大帐篷里，得到白玛苏丹女王的庇护。为了保护神子，大海之上刮起了巨大的风浪，将帐篷遮蔽，使外人不容易发觉。于是，在数十万空行母的护卫下，白玛陀称祖师走到大海之中，来到大帐篷前，要白玛苏丹女王交出神子。

女王辩解道："我没有看到什么神子，他想到这里，首先要跨过大海，没有谁能跨越这浩瀚无边的大海。即便能跨越大海，也不能走进这巨大的风暴；即便能走进这巨大的风暴，也不能走进这彩虹般神奇的殿堂。"

白玛陀称祖师说："女王你不要这么说。当前南赡部洲里妖魔横行，白色善业面临毁灭的危险，你不要把神子藏起来，他有降妖伏魔的重大使命。"

女王从彩虹般神奇的殿堂走出去，向下观望，正如白玛陀称祖师所言，众生正在遭受深重苦难，亟待神子去拯救。于是，女王就将神子请出，交给白玛陀称祖师，请他飞回天界，完成应尽的使命。

神子回到天界，安静地住了几天，但他的心绪一直不得安宁。一天，趁众神不注意，他偷偷地到释迦牟尼佛前，诉说心中的疑惑。他说："受人敬仰的释迦牟尼佛，您是弘扬佛法、拯救众生的救世主，我想在您这里得到救助。"佛祖问他："你是不是神子博朵噶布？"神子回答说："是。"佛祖说："感谢你到我这里来。"他俩相谈甚欢，非常投缘，神子在这里一连住了十二天。

而在无量光佛神殿，诸神又找不到神子，急得上下忙得团团转。白玛陀称祖师占了一卦，说："在卫藏地方有一座神奇的殿堂，那是释迦牟尼佛居住的地方，神子会不会到他那里去？"无量光佛说："那就辛苦你去看看吧。"白玛陀称祖师便沿着彩虹之路，乘着太阳的光芒，用比闪电还快的速度到达释迦牟尼殿堂门口，对门卫说："我曾经在这里降伏七个鬼蜮，现在有两鬼蜮已经逃跑。"

这时，佛祖释迦牟尼从殿堂里出来，彼此相遇。佛祖向白玛陀称祖师微微点头，说：“大师缘何到此？”白玛陀称祖师微微一笑，说：“我是来找神子博朵噶布的。”

佛祖请白玛陀称祖师到佛殿里面，二人进行一番密切交谈，畅聊几盏茶后，佛祖把神子博朵噶布请了出来，劝慰他说：“你现在应该与我们一起回到天界去。”神子没有办法，见佛祖不愿挽留自己，只好答应与他们一起返回天界。临行前，佛祖又谆谆教导神子：“此前，我已经多次跟你说过，为了拯救众生出苦海，你应该排除万难，尽快到人世间去。”

神子博朵噶布站起来，恭恭敬敬地向他们两位磕了三个头，以示拜别。

回到天宫神殿中，神子坦诚地对众神说：“你们要我到人世间，拯救黑发藏民的苦难，但是我考虑再三，还是不能到那个地方去，请你们想一想，那里的人饲养牝牦[1]、母犏牛和奶黄牛，挤下来香甜的牛奶，喝下的牛奶有海水那么多，制成珍贵的酥油，堆积起来有山那么大。但是，当牝牦、犏牛和黄牛老了，没有乳汁可挤，就将它们宰杀，牛肉让孩子吃，牛血让孩子喝，牛皮做衣让孩子穿。牦牛、公犏牛和公黄牛，役使它们去驮运和耕地，等到不能役使时，就将它们送到屠宰场，一面磨刀一面品尝它们的肉，让孩子吃它们的肉，喝它们的血，牛皮做衣让他们穿，骏马、骡子和毛驴，作为经商的工具，从东方嘉纳运茶到藏地，又从西方嘉噶运丝绸布匹到达藏地。经商途中用鞭子抽打，让它们迅速奔跑不停留，只给一点水和草料，待到衰老无用时，就将它们喂野狗，雕鸠活将眼珠叼，尚未断气就被野狗咬。哪有一点慈悲怜悯之心？那个地方没有人念经信佛，欢喜时高歌狂舞声震天，悲痛时哭泣之声遍大地。彼此怨恨相仇杀，诬陷蔑视尊贵者，寺院殿堂遭毁坏，这样的地方我绝对不去。你们当中有很多人能够去，请让他们去拯救受苦受难的众生。”

王佛大日如来听罢，微微一笑，说：“神子，你不能这么讲，从天界能够到人世间的佛很多，但能够降伏四方妖魔的，却只有神子你一个，这是你神圣的使命。”

神子听罢，不直接回答大日如来的话，说今天身体有些不适，便离开神殿，来到莲花园中，在一朵巨大的黄色莲花之上游玩。神、龙、念三界的诸神知道神子不愿到人世间去，但认为最近以来他天上人间到处奔波，一定很劳累，暂时不会到哪里去，就让他在莲园里玩一会儿吧。

而此时，神子却敏捷地注意到他们放松了对自己的管制，从莲花之上一跃而起，幻化成一只白色的青蛙，飞到龙宫鲁毒仓那里去了。神子对龙神鲁毒仓

1　牝牦：即母牦牛。

说："我从天界来，想到龙宫来住，请您保护我，不要对别人讲。"龙神鲁毒仓心想，这么漂亮一位神子从天界来到我龙宫，是我们龙界的福分，也是一种吉祥的征兆。于是将神子请到一间住满蛇和蛙的小宫殿，拿出龙宫最好的食物请神子享用。

在天界，神、龙、念三界的诸神发现神子不见了，四处寻找，都没有找到，占卜也失去了灵性，不灵验了，仿佛整个世界被迷雾遮蔽，就连空行母的慧眼也看不见什么。观世音菩萨非常生气，他把戴在手腕上的水晶佛珠撸下，撒向虚空。霎时，虚空中卷起狂风，山摇地动，如同发生强烈地震；大海波涛翻涌，巨浪滔天，水晶珠子如冰雹般降落到龙宫的蛇和蛙身上。一颗硕大的珠子落在一只白蛙后背，镶嵌进去，怎么取也取不出来。过了一些时候，观世音菩萨用他智慧之眼一看，看到神子藏在鲁毒仓的宫殿。观世音知道要从龙宫中把神子带上来是非常困难的事情，正不知想什么办法好。恰在这时，白度母来到跟前，说："快到桑东白日神山[1]去请白玛陀称祖师，他会有办法的。"观世音菩萨立即到桑东白日神山去见白玛陀称祖师，告诉他："神子藏到龙宫鲁毒仓那里去了，请您赶快去把他找回来。"在外部拂尘洲[2]圣地，里面莲花光环照射下，在宝石制作的法床上，白玛陀称祖师头戴莲花法冠，周围用盛开的莲花镶边，顶部插上金刚针杵，上面再用鹏鸟的羽毛装饰，身披三套法衣，手托吉祥大钵，与观世音菩萨一起到众神聚集的地方，众神对祖师说："神子藏到鲁毒仓那里去了，您看有什么办法把他请来。"

白玛陀称祖师说："办法是有的，但若不答应博朵噶布提出的条件，就是把他请来，依然会逃逸。"

众神说："我们可以满足神子提出的任何条件，那就有劳您去将他请来。"

白玛陀称祖师便幻化成神医三兄弟，来到龙宫。当时龙宫里正流行一种很严重的瘟疫，尤其以麻风病和黄水疮最为严重，导致有的成为残疾，有的眼瞎，有的耳聋，有的成哑巴，整个龙宫痛苦不堪。白玛陀称祖师幻化成的三个医师立即帮助龙宫的患者治病，哑巴会说话了，盲龙能看清世界了，残疾龙变健康了，麻风病和黄水疮都治愈了。龙王便将三位医师请到龙宫，拿世上罕见的奇珍异宝，大批马、牛、羊等牲畜，送给医师，表示酬谢。三位神医将这些珍宝送给东方玛沁邦拉神山左边的帕热万户长和茹赤万户长，然后在龙宫的吉祥泉水里施放六味药品，诵经祈福，不但把龙宫里所有的疾病都治愈了，菩提树上结出了从未结过的硕大果实，丝绸、金、银、铜、铁、珊瑚、珍珠、玛瑙等奇

1　桑东白日神山：传说是白玛陀称祖师所居净土名。
2　拂尘洲：又称"罗刹国"，佛语，为罗刹鬼生聚之地。传说是白玛陀称祖师居住的地方，因此他有降伏罗刹的法力。

珍异宝，取之不尽，用之不竭，红、白、甜三食[1]比过去更加丰盛。龙王米贡噶布的王子桑玛云丹也变得更加英俊，与三位神医实际上是一位神医相见，彼此都十分喜悦，白玛陀称祖师对龙子桑玛云丹说："以后你会有大有作为的一天。"赐给他甘露，并为他祈福。龙王和龙子非常高兴，并向"医师"表示感恩。这时，白玛陀称祖师现出真容，说："我的儿子到龙宫里来了，现在在什么地方？"

龙王说："我这里没有什么孩子，怎么说您的儿子到龙宫来了？"又说："您到龙宫帮我们治愈各种疾病，为了报答对您的恩情，您需要龙宫里的任何宝贝，马、牛、羊等牲畜，我都可以供献给您。"

白玛陀称祖师说："我什么宝贝都不要，白梵天王的儿子博朵噶布在你这里，你赶快把他带来。"白玛陀称祖师的神态变得严峻，口气也十分严厉，但龙王还是不愿把神子交出来。

白玛陀称祖师十分气愤，想把龙王拉到天空。于是，白玛陀称祖师立即幻变成一只巨大无比、具有神力的大鹏鸟，嘴尖像青铜铸成的那样尖利，鹏爪像黑铁铸成的那样坚硬。它左边的翅膀一伸展，能够遮盖上方的嘉噶；右边的翅膀一伸展，可以覆盖下方的嘉纳；身子能够覆盖整个南赡部洲，十分凶猛可怖。龙王猜想这只大鹏就是白玛陀称祖师的幻化身，立即把自身幻变成一条有九个头的黑色毒蛇，这毒蛇比大鹏鸟还要大且极长无比：若它横躺在大海之中，只要稍微一动，大海就像沸腾一样，海浪直搏云天，大地摇动如同发生剧烈地震，整个南赡部洲都要倾覆。这时，白玛陀称祖师施用法力，用坚硬的鹏爪抓住黑蛇的脖子，用尖利的鹏嘴咬住蛇头，将毒蛇向天空中拉扯，蛇头被拉到上方三十三界天时，蛇身在大海里连半截身子都还没有浮出海面。龙王心想，白玛陀称祖师幻化的鹏鸟连我龙王的半截身子都拉不动，看他还有什么能耐！于是便安稳地躺在大海之中，任凭白玛陀称祖师摆弄。

这时，白玛陀称祖师也变化方法，用锋利的铁嘴一截一截地将蛇身咬断吞食。这一下使龙王感到恐惧，心想：这样吞下去，岂不把我的整个身子都吞掉了吗？看来不能违抗白玛陀称祖师的旨意。然后他恭敬地说："我为违抗了白玛陀称祖师的旨意而感到内疚，敬请原谅。从今以后，我要听您的教诲，请您饶恕我，我立即把神子交给您，现在请您随我到我的龙宫来。"

大鹏鸟立即恢复白玛陀称祖师的真身，给龙王灌顶加持。龙王从内心里对白玛陀称祖师表示信服，将龙宫珍藏的蓝色宝石做成的曼扎[2]一个、白色神索

1　红、白、甜三食：红指肉食，白指牛奶、奶酪、酥油等奶制品，反映了在游牧时代，这些是最好的食品。整部《格萨尔》里多次提及这些食品，认为是最珍贵的佳肴。

2　曼扎：梵文音译，本教和佛教徒多用供品之一。

一支，献给祖师，然后将白玛陀称祖师迎至龙宫。只见那里有五颜六色各种青蛙，其中一只蛙的后背上嵌有一颗水晶珠子，龙王对白玛陀称祖师说："他就是神子博朵噶布。"龙王将水晶珠子取出交给白玛陀称祖师，白色青蛙也立即变成英俊的神子博朵噶布。白玛陀称祖师慈祥地对神子说："我们一起回天界去吧！"

于是，他们慢慢地走出龙宫，浮出水面。与龙宫众位拜别后，白玛陀称祖师把神子迎请回了天界。在众神议事的时候，神子到天庭花园去游玩。

有一天，白玛陀称祖师把神子叫去，对他开示道："黑发藏民正蒙受深重苦难，神子你不要违背众神的期望和旨意，贪图安乐享受，赶紧到雪域之邦，降伏妖魔，拯救众生。有大慈大悲观世音菩萨为你加持，有姑母朗曼噶姆为你降预言、指路径。你有什么要求和希望，不要有顾虑，请坦率地讲出来。"神子听罢，站起来说："无上尊者白玛陀称祖师，您是三世佛的公德集于一身，具有无边的法力，如今在南赡部洲，尤其是黑发藏民居住的地方，妖魔横行，善法无彰，一片黑暗，在那样的地方，我怎么能够去弘扬白业善法？"

法身普贤如来、报身大悲观世音菩萨来到神子跟前，对他说："神子不用担心，你去降伏妖魔，弘扬佛法，有安乐大道菩萨为你加持，五佛[1]为你灌顶，十万空行母在保佑你，神、龙、念及诸战神都在帮助你。众生如果不蒙受苦难，要佛法有什么用？神子你快到人世间，拯救受苦受难的黑发藏民。"

神佛开示，神、龙、念和诸战神表示愿意帮助神子成就伟业，神子再没有托词，就对着众神说："你们大家都愿意帮我，那么，请你们从佛祖诞生的地方请来八十位大成就者、八十个鹰鹫。"

没过多久，八十位大成就者来到天界，对神子说："我们愿意成就你的事业。"

神子站在黄色莲花之上说："人世间黑发藏民遭受苦难，我有降伏妖魔、拯救众生的责任。"八十个鹰鹫对神子说："我们可以幻化成八十匹战马跟着你去。"

神子说："这还不够，我还要英雄九兄弟帮助我，还要一个惯于耍手腕、施计谋的叔叔。"马头明王拍着胸脯说："我可以做你的叔叔，我可以给你惹下雪山那样庞大的祸端，闯下大海那样宽广的麻烦。"

神子点头表示满意，又说："我还需要一个能干的烹茶者[2]。"白度母说："我可以做你的烹茶者，为你操持起居。"

神子略一思索，说："八十位勇士需要八十位空行母做烹茶者，谁能够去？"众神答应在金刚亥母的住地，在众多的空行母里选八十位空行母，做八十位勇

1　五佛：指大日如来、不动如来、宝生如来、无量光如来和不空成就如来。

2　烹茶者：烹茶者，有两层意思，一是伺候主人的女佣；二是指家庭的主妇。在游牧社会，男的出去放牧，妇女在家当家，在家庭里的地位很高。《格萨尔》里说，格萨尔的王妃珠牡也称"烹茶者"，她是白度母的化身。

士的烹茶者。这时，女神朗曼噶姆走到神子跟前，说："作为梵天的妹妹，我可以给我亲爱的侄儿传授预言。"白玛陀称祖师说："我也会在必要时给你降预言。"

丹金噶瓦纳布为神子锻造他需要的九种武器，还承诺神子需要什么降魔武器，他都能够制造。神子高兴地说："能够这样做，非常之好。可是你还要帮我从虚空中召唤十万个神的铁匠，从中间召唤十万个念的铁匠，从下界龙宫召唤十万个龙的铁匠，锻造战神的九种武器和其他勇士所需要的武器。此外还需要你做什么，我会慢慢地告诉你。"

然后神子到天界去拜见十六尊者[1]和八大近佛子[2]。神子走到他们跟前，问道："我肩负下界除魔的重担，会有诸多凶险和不测，你们会怎样保护和帮助我呢？"十六罗汉说："神子，你在降妖伏魔的时候，我们会帮助消除你身上意的障碍，会为你祈祷长寿健康，祝愿你佛法昌盛、众生幸福。"

八大近佛子说："我们会帮助你消灭有形的和无形的妖魔，并把它们超度到极乐世界。降伏土地神和水妖，让他们为你所用。为了造福众生，祈祷年年岁岁风调雨顺，五谷丰登。"

神子又问诸神："在降伏妖魔之后，要把他们的灵魂超度到极乐世界，否则他们会继续转世为妖魔，危害众生，谁能帮助他们往生夺舍[3]？"

诸神回答说："运用法力能够往生夺舍的就是你博朵噶布，其他谁也没有这个本事。"

神子不相信自己有这样的能力，问道："我有这样的法力吗？"

白玛陀称祖师说："你有这样的法力。"又说："我会帮助你打开十二种宝藏[4]的石门。"

白玛陀称祖师又用质问的口气问神子："你还有什么需求和不满足的地方？"

神子说："我还有很多需要，容我想一想再谈。"忽然化作一道白光，飞到一朵硕大的黄色莲花之上，像彩虹一样消失在花蕊之中。实际上，神子还是不愿意到人世间去，趁众神不注意，再次藏了起来，飞到六臂护法那里去了。

护法的侍从们见到神子到来，便恭恭敬敬地将他请到六臂护法跟前。

在燃烧着火焰的殿堂之中，六臂护法端坐在法台之上，神情威严庄重，宁静肃穆，见神子走进殿堂，双手合十，高兴地说："欢迎你来到我的殿堂，你是降妖伏魔的勇士，弘扬佛法善业担大任，消灭黑色魔道建奇功。因此我愿意帮

1 十六尊者：俗称十六罗汉，按照佛教的说法，是受释迦牟尼之命，主持佛法的十六罗汉。
2 近佛子：指佛祖最得意的弟子文殊等八大菩萨。
3 往生夺舍：本教和佛教共同使用的一种宗教仪轨，指一个人往生——死亡之后，上师要帮助死者的灵魂往生净土，或进入其他尸体借尸还魂。
4 泛指藏在山里的宝藏十分丰富，不是实指十二种。

助你，做你坚强的后盾。”恰在这时，白玛陀称祖师运用幻化之术来到六臂护法的殿堂，问道：“有一位天神之子到您这里来了没有？”护法说：“有一位神子来到我这里，但不知是不是您说的那一位？”护法把神子请出来，白玛陀称祖师说：“正是这一位。”

六臂护法说：“为了成就降妖伏魔的伟业，我把最有法力的武器献给你。”神子表示感谢，说：“既然你们大家都这样关心我和帮助我，我就不再犹豫，决心到人世间去，降妖伏魔，造福百姓。”

白玛陀称祖师非常高兴，说：“那好，今晚我们就住在护法的殿堂，明天清晨一起飞回天界。”

当天晚上，六臂护法拿出最好的美味食品供祖师和神子享用，殿堂里响起了世间难得听闻的美妙仙乐，还有无数空行母翩翩起舞，令人陶醉。面对如此美景，神子又陷入了沉思：我若到人世间，那里妖魔横行，烽烟四起，战乱不断，血流成河，尸积如山；天灾人祸，生灵涂炭，饥寒交迫，饿殍遍野，苦不堪言，哪里能享受得了如此美妙的生活？！

可能是机缘未到，神子的决心又动摇了：我还是不要到人世间去的好，找一个偏僻安静的地方躲藏起来。趁着护法和白玛陀称祖师忘情地品美味、听仙乐、欢愉交谈的时候，神子端坐在一片祥云之上，飞往北方金刚手菩萨和多闻天王所居宫殿，来到大天王多闻子[1]跟前，请求保护。

大天王多闻子知道他是肩负重大使命的神子，便对他说：“诸位天神和神、龙、念三界都把希望寄托在你身上，你不要犹豫，不要动摇，不要贪图安乐，赶快到人世间去完成你的使命。我也会尽一切努力使你完成伟业。”

神子博朵噶布听了多闻子的一番教诲，既感到懊丧又有所醒悟：本来我是求大天王来庇护我，没有想到他与众神一样，还是要求我到人世间去。正在这时，白玛陀称祖师和六臂护法一同来到多闻天王宫殿。多闻天王恭敬地迎接他们两位，并请求白玛陀称祖师给自己加持、灌顶，敬献了很多珍贵的宝物，然后送神子与祖师一起返回天界。

祖师与神子沿着彩虹飞到西方极乐世界，去拜会怙主无量光佛，无量光佛对神子开示道：“神子回到天界非常好，你是祖师大弟子，文武殊胜，法力无边，能够为众生谋福祉。你千万次投生转世，历经磨难，具有降妖伏魔的法力和功德，再也不要观望和犹豫，赶快降临人世间！”

神子听闻，感到心悦诚服，向无量光佛恭恭敬敬地磕了三个头，然后说：“在西方极乐世界，金子铸成的莲花宝座上，端坐着无量光佛，我向您虔诚顶

1　多闻子：梵音译作毗沙门，佛书所说北方一神名。

礼。博朵噶布神子我，在三界无数次转世投生，清净界和不清净界都经历过，但没有成就什么事业。十方如来和空行母，诸多天神与护法，托付重任予我身，但因我心被污垢遮蔽，不明白自己的使命，想方设法逃避了九次。请众神原谅我的无知和鲁莽。四方妖魔横行无忌，雪域黑发藏民不愿陷入苦海之中，痛苦万分。我决心遵照神佛的嘱托，立即降生到雪域，降妖伏魔救度众生，不再犹豫，不再动摇。”

于是，怙主无量光佛给神子博朵噶布传授大圆满灌顶，白玛陀称祖师在神子的额头正中加持“嗡”字白色光环，使他具有智慧之眼；在喉头用红色之光加持“啊”字光环，使神子的声音洪亮无比，弘扬佛法传遍三界；胸部用一道蓝光显现出“吽”字，象征从东方妙善世界得到众佛的加持；从肚脐射出一道黄色的光，显现出“底”字，象征从南方华丽界得到宝生如来[1]的加持；从隐秘处射出一道绿光，显现出“什”字，象征得到圆满法的加持。这时，天空中显现出五种不同的祥光，象征“嗡、啊、吽、底、什”五个字，全部融入到神子的身、口、意之中。这五个字同时发出悦耳的声音，响彻虚空和大地，久久不息，为神子博朵噶布祝愿祈福。

本来，神子博朵噶布得到诸佛的嘱托和加持，应该降生人世间，但因心障未除，心智未开，不愿到人世间去，连续逃避九次，都被神佛召回。逃避九次之后，神子博朵噶布发愿，决心到人世间降妖伏魔，造福众生。可是，众神在天界议论，认为机缘尚未成熟，应该让神子博朵噶布再经受一次磨难。

天神为了让博朵噶布看明白人世间的疾苦，几度轮回将他转生为凡界平民，才又转生为天神太子德确昂雅之子——推巴噶瓦。

虽然有五位世尊为他授记灌顶，但推巴噶瓦依然留恋天界神仙的美好生活，不愿到人世间受苦受难，他说：“虽然阿弥陀佛有预言，天神的儿子将会降生人间，去解除黑头凡人们的苦难，可是天父不是有三个儿子吗？为什么一定就要是我？在这儿，我位列仙班，享受着无限的幸福与欢乐，如今却要让我脱下这身华美的衣袍去穿俗人的衣裳，这是一种倒退，只能让我哀伤。算了，我还是不甘去尘世的。”

推巴噶瓦的哥哥东琼噶布、弟弟龙树威琼一听他这样说，他们也很不情愿。人间不如天上，更何况还得让这仙界的身体死去了才能去人间投胎呢。他们商量过来、商量过去，无非都是“你去”之类的推诿之词。推来推去，到最后推巴噶瓦只好说：“既然大家都不想去，那么就来一场公平的比赛吧，要是谁输了，谁便去人间。我看我们比上三轮，第一轮比射箭，第二轮比抛石头，第三轮比掷骰子！”

1　宝生如来：按照佛教徒的说法，指的是五佛中在南方的佛陀。

推巴噶瓦的这个主意不仅两个兄弟同意，所有的天神也都觉得这个主意不错，在众神的围观下，三次比赛，推巴噶瓦一次未赢。他焕发着纯金般的容颜此时像是被霜打过一般，坐在镶嵌着红珊瑚和绿松石的宝座上一言不发，心里下定决心绝不妥协。

为了使他顺从，白玛陀称祖师反反复复地向他诉说人间的种种苦难，以及今后不能弘扬白色善业对天界的影响。天神耐心地说道："除了你没有人能够征服那些恶魔，他们的力量在日益增长，他们是白色善业与天界的敌人。神子推巴噶瓦呀，请不要拒绝你所肩负的光荣使命，只有你才能创造伟业，造福百姓，使众生免遭苦难，解除痛苦，请让众生在你伟大的功绩中欢天喜地生活吧！"

面对白玛陀称祖师滔滔不绝的鸿篇大论，推巴噶瓦实在找不到任何反驳的理由，但他又委实不甘心这样俯首听命。灵机一动，他对白玛陀称祖师为难道："在这幸福的三十三界天中，我祖父是伟大的白梵天王威丹噶尔，祖母是声名卓著的王母曼达娜泽。而我是举世无双的天神之子，在那凡间怎么能够有与我这神圣的身份匹配的家庭？你若非得要我下凡间，那么必须答应我九个条件，如若不然，你还是另外委派其他的天神吧。"

于是推巴噶瓦不疾不徐地将他的九个条件说出来，并且自信满满地以为能够把白玛陀称祖师难倒：

我是曾发下誓愿，
教化众生降伏妖魔。
现在有了慈悲的利箭，
要有良弓才能射向靶面。
要使甘雨降人间，
大海的蒸汽要浓如烟。
要是父母不造血和肉，
神子哪能投生在人间。
慈悲的大师听我言，
降生人间要条件：
我要父亲出自念界之神，
凡有祈求皆能如愿；
我要生身母亲来自龙族，
没有亲疏厚薄在世间。
我要匹永不死亡的骏马，
它能像闪电一般，

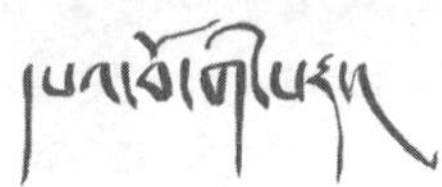

一转眼横越长空与世界四大洲，
要能解人兽之意，说人兽之语；
我要一副镶着宝石的马鞍；
我要一顶头盔、一副铠甲和一柄非人间铸造的宝剑；
我要一张弓和大小与之能够相配的羽箭，
箭杆是角质而非木质；
我要两位英雄做伙伴，
他们不老不少，风华正茂，
要像阿修罗一般精强力壮；
我要一个妻子，
她的美丽绝世无双，
使见者神迷颠倒，
甘愿为她赴汤蹈火效命疆场；
我还要极乐世界的几位天神也下凡人间，
做我的辅助，
其余的天神以后必须有请必到！
尊贵的天神，
现在请你来决定，
列位大神，
也请你们来决定。
我神子的九个要求是否能够办到？

话毕，他又心满意足地回到自己的座椅上，得意洋洋地看着白玛陀称祖师与众位大神为此做出激烈讨论。白玛陀称祖师就推巴噶瓦提出的九个条件一一严肃而认真地卜了九卦。卦毕，他对推巴噶瓦说道："神子呀！你就不用犹豫不决了，与妖魔们战斗是你逃不过的责任，你的条件在你还是博朵噶布的时候已经明了，那么我现在就一一向你说明你要如何取得他们。"

"白度母做你的妻子；嘉拉多支与沙拉阿巴做你的战友；你的父亲是神族好后裔美丽岭国的森伦王。"

然后白玛陀称祖师转向众神说道："你们所有被点到了名的人，应当马上去准备你们要担任的事情。"

并又继续向推巴噶瓦说道："至于武器、盔甲，许久前我已用符咒将它们收藏起来，等到机缘到来，你便能够完好无损地拿到这些东西。朗瓦扎雅将化身成神驹，与你一起投生到人间，它的体态毛色美好绝伦，它会协助你成就大业。

在场的全体天神、女神、法师都会有求必应，并在战斗时全力支持你。而我在虚空之中，也在你的身边，陪伴你直到完成大业。现在只有你要作为生身母亲的人不在这里，她属于龙族，我会想办法将她带到人间。推巴噶瓦好神子，你的要求我都会替你圆满，愿你不再食言！”

白玛陀称祖师又对神子推巴噶瓦教诲道：

你曾以大乘[1]无上的菩提心，
发过不能超越的大金刚誓。
利他的事业现已来临：
在那晴朗的天空里，
日月没有闲居的权利；
世间有了疫和病，
草木药物没有闲居的权利；
在敌我轮流的爱憎中，
黑头凡人没有休息的权利。
为了教化藏区的众生，
认识因果的关系，
颂扬三宝的威力，
请你立即就到雪域去。
山神、战神、地方神，
还有威尔玛护法神，
也将同你一道去。
派大乐手印空行母，
为了方便慈悲性，
在四周十八个国家里，
要摧毁那有形的敌人，
还要制服那无形的魔鬼。
好男儿，莫懈怠，
谆谆教诲要牢记！

1　大乘：指大乘佛教。

第四章

求卦神解疑惑除灾难
治瘟疫求回报得龙女

白玛陀称祖师心想，神子要去拯救众生，当然需要那些能够成就事业的条件，我也应该为他选择一个土地肥沃、民众善良的地方，选择好他的生身父母和家族。于是按照卦象，为神子寻那托世之地。天神大睁双眼，向众山环绕的雪域之邦上、中、下三个地方望去。上面的阿里地方，普让为雪山所围绕，古格为岩石所围绕，茫玉为冰川所围绕，这就是所谓的“阿里三围”。中间的卫藏四部落是玉如、卫如、耶如和圆如，又称“卫藏四如”。下面的“朵康六岗”，是玛扎岗、波博岗、察瓦岗、色莫岗、麦堪岗、木雅岗。此外还有黄河、长江、澜沧江、怒江等四条大河，四个农业区和四座大城，四个神秘地带。他看了又看，竟没有看到具备神子推巴噶瓦降生条件的地方。

白玛陀称祖师叹了口气，闭上眼睛，怎么办呢？他静静地想着，一定要为神子找到一块圣洁吉祥的地方。他又睁开眼睛，从上到下细细地察看，突然发现，在“朵康六岗”的中心，有一个叫岭的地方，上岭八大色巴、中岭文布六部落、下岭穆姜四部落。在中岭和下岭的交界处，有一个十善俱全、繁荣昌盛的部落，这正是幸福的太阳自己升起的地方。

地方选好了，再则就是要为神子选择父母和家族。在雪域藏区，最古老的六大氏族是直贡的居热氏、达隆噶司氏、萨迦昆氏、法王朗氏、琼布贾氏、乃东拉氏。这些族姓虽然很大，但缺少教化的缘分。白玛陀称祖师又继续在藏族最著名的九个氏族里寻找。这九个氏族是：噶、卓、咚三氏，赛、穆、董三氏，班、达、扎三氏。在岭地中，果然有一个穆布董族姓的人家。这一家有三个女儿，最小的一个叫江穆萨。江穆萨嫁给曲纳潘后，生了个儿子叫森伦，森伦天性善良，器量宽宏，性情温顺，完全可以做神子推巴噶瓦在人间的生身父亲。

父亲找到了，那么母亲呢？神子的母亲应该是龙族，还要设法到龙族中去找才能找到。

在龙族中，也有四种不同的族姓：王族、婆罗门[1]、庶民和贱民。为神子选生身母亲，当然不能在庶民和贱民当中选，只有到清净的龙宫中去挑选。白玛陀称祖师想好了一个人——龙王邹纳仁庆的小女儿梅朵娜泽。她若降临人世，自然会得到战神九兄弟和马头明王的保护。让她做神子推巴噶瓦的母亲，是再合适不过的了。但是，怎样才能把梅朵娜泽从龙宫里请出来呢？白玛陀称祖师略一思忖，想出了一个办法。

再说那龙王邹纳仁庆所属的龙宫中，众龙自由自在地过着和平、清静的海中生活。这一天，随着一声巨大的轰响，一头四岁的犏牛[2]冲进了大海。这犏牛东碰西闯，所经之处，立即疫病流行，没有谁能医治得了，也没有人知道这疫病发起的原因。众龙极为惊慌，海底失去了往日的安乐和宁静，到处是一片混乱。病龙的呻吟声响遍龙界的各个角落。众龙哪里知道，这正是白玛陀称祖师为了得到龙女梅朵娜泽，把疫病的毒菌塞进了犏牛的牛角，又对犏牛施以咒术，才使得整个龙界陷入混乱。

众龙纷纷向龙王邹纳仁庆禀报这疫病流行的情况，倾诉着疫病给龙族带来的苦痛。这声音是那样的悲恸：

水晶宝座上面的龙王邹纳仁庆啊，
请细听我们的诉说！
在我们龙的世界里，
突然降下了巨大的灾难，
龙世界充满了疫病。
不知这是前世的冤业，
还是暂时的厄运，
我们不知道怎样才能治好它！
健康无病的安乐，
除非得病不会想得起。
一生的欢乐与幸福，
不到临死不会想得起。
不发生极大的灾难，
不会想起上师的恩惠；
不受到严重的损失，

1　婆罗门：梵文译音。在嘉噶将人分为四种姓氏，即四个阶层，婆罗门是指贵族僧侣阶层。
2　犏牛：公黄牛和母牦牛交配所生的第一代杂交牛，公犏牛无生殖能力，母犏牛可以和牦牛交配繁殖后代，产于我国西南地区。

不会想起官长的庇护；
不发生特大的灾荒，
不会懂得节俭的重要。
也许是我们的行为出了差错，
菩萨降灾来惩罚我们！
这究竟是怎么回事啊，
到底应该怎么办？

龙王邹纳仁庆被众龙的呻吟和悲恸闹得心神不宁。他也很奇怪这次的疫病是怎么产生的，为什么来得这么突然，这么严重，一点儿征兆也没有。他心中暗自思量：没有震天霹雳鸟不会飞，鸟不飞则马不惊，马不惊则头不会破。龙世界的灾难到底是什么原因？一定是人世间来了大术士。可我们龙族的先知者，应该是什么都能未卜先知的，为什么这次疫病没有先知呢？莫不真是应了俗谚中的话："念经时适逢上师的声音嘶哑，布施时适逢施主的手指僵硬，赛跑时适逢马儿脖颈发颤，狩猎时适逢猎狗突发暴喘。"我们的先知被什么眯了眼睛、塞了耳朵、失去知觉，也未可知。现在，我们要想知道龙世界发生疫病的原因，就一定要到外面去请一个上师来。那么，请谁呢？在勒多玛雪地方，有一个卦神叫多吉昂噶，就派龙子朗哇司旦到勒多玛雪去请卦神吧。龙王邹纳仁庆把自己的意思向众龙一说，众龙那忧愁、痛苦之心才得到一丝安慰。

白玛陀称祖师闻知龙王派龙子去请卦神多吉昂噶，连忙施用法术，对卦神吩咐道："到了龙宫要如此这般地对龙王说……"

再说龙子朗哇司旦施用神通，刹那间到了勒多玛雪那个地方，向卦神多吉昂噶献上了一面宝镜，然后对他说："世间的卜筮首领，先知的神变大王，具有天眼的全知者啊，我们清净的龙世界里发生了从前没有过的事情，十八种不同的疫病，在龙世界到处蔓延。不知道是什么缘故，或者是因什么过失而发生，不知道要用什么方法和什么药物来治疗。我的父王邹纳仁庆专门派我来请您这赡部洲土地上最有名望的卦神多吉昂噶，务必请您快速起程，拯救龙世界的众生。"

卦神多吉昂噶想起了白玛陀称祖师的吩咐，忙说："啊，好啊！中部的煞和下部的龙，是亲弟兄一样的近邻。俗谚说：'草虽生长得凌乱，风来时却倒向一边；高空的星星虽然分散，却是同升同逝在蓝天。'龙世界有了灾难，我怎么能说不去呢？"

说罢，他把三百六十根卦绳、五百个卦板、一百五十个算卦的骰子、三十二支神箭、三百六十件算卦的图表连同卦书，驮在五十头具有神变的骡子身上，和龙子朗哇司旦同往龙宫里去。

当二人来到龙境司巴玉措湖畔时，龙王邹纳仁庆早已等候多时，寒暄一番之后，龙王急不可耐地对卦神说：

龙世界遭受了灾难，
不知道有效的祈祷是什么，
请求卦神您算一算！
请您拉开卜卦绳，
请将卜卦的图表摆起来，
请将骰子掷一掷，
请将神箭供案头，
需要什么即时就准备，
只盼早些听回音！

卦神多吉昂噶并不怠慢，立刻对龙王说："为了占龙王贵体康健的卦、占龙众疾病原因的卦、占重大政事的卦，若不准备好应用的物件、修行的东西和供奉的物品，那就等于亵渎了神灵。"

"需要什么东西，请卦神明示。"龙王毕恭毕敬，诚惶诚恐地说。

"请准备一条清净洁白的卦单子，十三支金色箭尾神箭，五十种各色各样的宝物，白鹫鸟的翎毛，白绵羊的右前腿，没有锈的玻璃镜。"卦神神色庄重地吩咐着。

龙宫里的宝物都是现成的，拿来就是。不多时，打卦所需要物品一应俱全，只等卦神净手打卦了。

多吉昂噶把清净洁白的卦单子摆在面前，用绸子把十三支金尾箭装饰起来；把白鹫鸟的翎毛插在白绵羊的右前腿上，系上没有锈的玻璃镜；把五十种宝物摆在毡毯上面，挂起三百六十种占卦图表；把占卦用的木片排列起来，结上三百六十根卜卦绳子，嘴里念念有词：

喂，上方神圣的庙堂里，
神圣的占卜首领，
还有班色、托色、达色三公子！
喂，有占卜传统的战神！
喂，玛桑念族的总管刚温！
喂，预知世间一切的汤布！
请你们保佑占卜灵验如神。

将那雾气遮蔽的卜卦疑难隐晦，
扰乱占卜的障碍，
和不知不显的恶魔阻碍统统除尽！
擦去上面如云的遮盖，
擦去下面如雾的笼罩，
擦去中间如尘的瘴气。
擦得比那明亮的玻璃还洁净，
磨得比那白色的玉石还精美。
在清净的龙的国度里，
让不净的疾病所压伏。
这件事最初打从哪里发生？
中间的缘由是什么？
对此怎样做才有效？

卦神将需要占卜的缘由说过之后，平地忽然起了一阵清风，白绵羊腿上的鹫鸟翎毛轻轻地抖动着，神箭上的绸子也飘了起来，占卦用的图表哗哗作响。卦神多吉昂噶凝神闭目，并不理会眼前发生的一切，龙王邹纳仁庆和龙子龙孙们的心情却格外紧张起来。

过了很久很久，卦神睁开双目，并不看跪在一旁的群龙，清了一下喉咙，念诵道：

啊呀呀！卦象显示明白，
你们且听仔细！
卦头虽好卦体重，
外方高来自方低，
祈祷祭祀才能有效益。
在这龙的世界里，
不曾有过这种灾害与病疾，
那是因为在人的世界里，
藏王曾邀请祖师建庙宇。
龙心未报受处罚，
由于那个报应所引起，
中间发生了内乱，
火势猛烈能燎原，

若不施行有效的方法，
龙的世界就要变成废墟。
南赡部洲人世间，
有个清除污浊的白玛陀称祖师。
若不把他请到此，
没有办法，没有妙计。
雪域藏区有俗语：
“临到死时别惜财，
遇到财物别迟疑，
遇到事情要果断。”
这事龙王请注意。

龙王邹纳仁庆听罢，心中明白了解除疾病灾难的妙法，也知道卦神的要求，心中暗想：一辈子所积攒的财产，是为了一个人的吃穿，如果对于宝贵的生命没有益处，财物再多也都如同幻影。想到此，他把十三驮贵重的宝物作为酬金献给了卦神多吉昂噶，感谢他指明因果缘由的大恩。

既然只有白玛陀称祖师才能拯救龙族众生出苦海，那么，派谁去请大师呢？又到哪里去请呢？

庶民增巴贞纳的儿子耶瓦真噶自告奋勇，要去请白玛陀称祖师，喜得众龙连连欢呼。龙王邹纳仁庆见耶瓦真噶能为自己和龙族众生排忧解难，十分高兴。

“龙子耶瓦真噶，你是派出的使者，射出的箭，如果能把白玛陀称祖师请来，不论说什么都要接受，叫做什么都要照办。”说罢，将龙宫的如意宝瓶和清凉克火宝物作为谒见礼品，让耶瓦真噶快去快回。

白玛陀称祖师预知龙宫将来邀请，刹那间，运用神通，来到黄河边丹抵山莲花水晶洞里住下了。

龙子耶瓦真噶也靠着白玛陀称祖师的神力，预先知道了祖师居住的地方，径直来到莲花水晶洞谒见祖师。白玛陀称祖师装作一无所知地问道：“身穿绫罗衣衫，顶戴右旋海螺，头缠水蓝头巾，骑着长角羚羊，手拿宝物宝瓶的孩子，你是神、龙、念哪一族？到这里来做什么？”

龙子见问，忙将玻璃如意宝瓶和清凉克火的宝物献到祖师面前，深深地施了一礼：“今世和来世唯一的救主啊！我是下界的龙种，是龙王邹纳仁庆派来的使者，有事情向您诉说。”

龙子耶瓦真噶把龙世界发生的一切，以及卦神占卜的事向白玛陀称祖师从头到尾叙述了一遍，恳请祖师怜恤龙族众生，快快救众生出苦海。

白玛陀称祖师心想火速去龙宫，嘴上却故意刁难起来：

要我去龙境，
须把话讲明。
要请大山做客人，
需要一个大滩来安顿，
否则大山不能动。
要引江水穿峡谷，
需用黄金铺河道，
不然江水难流通。

龙子想起龙王临行前的吩咐，毫不犹豫地接受了白玛陀称祖师的要求："您说要什么就要什么，您说怎么办就怎么办。"

祖师见龙子答应得爽快，便不再推诿，对耶瓦真噶说："既然如此，就请您先行一步，我随后就到。"

白玛陀称祖师稍待片刻，便来到了玛哲湖的龙宫，见龙宫内外的病龙们，一个个东倒西歪，龙角在背后乱动，龙尾在下边摇摆不停，呻吟之声犹如雷吼，痛苦号叫，不绝于耳。在龙城的玻璃宫顶上，龙太子勒巴恰贝也病得像釜中的游鱼一样，焦躁不安。白玛陀称祖师看罢，心中大为不忍。来到龙宫的金座上坐下后，龙王邹纳仁庆亲自捧着盛满精良果品的红珍珠碟子，又献上甘露香茶，对白玛陀称祖师说："今世和来世的大恩救主啊，大驾降临，我们不胜感激！请您快救救我们龙族众生吧。"

白玛陀称祖师说："俗谚道：'天高可搭梯子，地低可挖地道，硬的石崖用凿子凿，流水上面造船搭桥。'病总是能治的，但你们打算用什么做礼品呢？"

"请祖师明示。"

祖师说："请备办各种甘露、木料和各种净水；黄色的金、白色的银、红色的铜、绿色的松耳石、透明的水晶；威武的狮子、如意的黄牛、凶猛的牦牛、白色的绵羊和矫健的山羊；还要洁白无垢的桌单、右旋的白螺、花瓣丰满的白莲花、白色的三节神箭。明天一早，将病龙们集合在青草滩上，我自有办法调治。"

第二天一早，在碧绿的草滩上，病龙们跛的背着、瞎的引着、瘸疾的扶着、剧痛的鼓着勇气，有伙伴背的背着，无伙伴背的爬着，早已来到草滩上。

白玛陀称祖师建起了名为"圣者狮子怒吼"的坛场，将除污秽的用品，用陀罗尼咒加持之后，在五种宝瓶里，灌满了五种动物的奶汁，掺上植物药水，以果木之烟，用仙草蘸着五种净水，洒在供物上，又念起除秽经文。没过多久，病龙们立即得到解脱，跛的跳起舞、哑的唱起歌、瞎的能见佛面、聋的能听法音。喜得龙王邹纳仁庆连连说道：“该怎样酬谢祖师呢？该怎样报答祖师的恩德呢？”

龙太子看着金宝座上的白玛陀称祖师，向父王禀道：“祖师对我们的恩德太大了，就是用珠宝充满三千世界，也是应该的。但是，祖师是不会接受我们许多礼物的，就献上些区区礼物，表表我们的心意吧。”龙太子遵照母后旨意，给白玛陀称祖师献上了酬礼：如意宝珠十三个、祛暗宝珠十三个、祛暑宝珠十三个、琉璃饰品八十驮、黄金十五大升还有珍珠念珠。

谁知祖师不看酬礼时还满面春风，一看礼物脸上顿时阴云密布：“你们这个龙族部落，难道不懂得知恩报恩吗？”

一看祖师动怒，慌得龙王赶快上前：“礼物太轻了，大慈大悲的祖师啊，请您不要动怒，您希望我们用什么酬报您，您怎么说就怎么办。”

“既然这样，把您的夫人德噶娜姆叫来见我，我有话对她说。”

龙王和龙子龙孙们一听，吃了一惊：啊！上师怎么会说这样的话呢？这下德噶娜姆的贞洁怕是保不住了。可祖师要请，只能照办。

龙王将王后领到白玛陀称祖师面前后，上师吩咐大家都出去。所有的龙，特别是龙王邹纳仁庆，心神不安地走了出去。

白玛陀称祖师对德噶娜姆说：“你们龙族回报我恩情的礼物实在太少太少，甚至连香甜可口的食物和美貌的女子都没有。那些花花绿绿的松耳石和黄澄澄的金沙，不过只是一些荒野上无主又无用的石头而已，吃又吃不得，穿也穿不上。我想要的谢礼是你龙宫有的，但是不知你们是否肯给？”

“那当然，只要宫中有，上师尽管拿去就是。”德噶娜姆战战兢兢地回答着。

“听说你家有几位公主名声很大，能献上一个给我吗？”

一句话把王后羞得不知如何是好，只答了声“是”就退了出去。

王后十分羞涩而又为难地把白玛陀称祖师的要求一说，龙王心里暗暗叹气：这位骚上师，好不知羞。看来，这事不答应是不行的。可是，龙王为难了，三个公主中，大公主郭琼噶姆，已经许配了北方夜叉[1]王噶堪的公子；二公主卡察鲁姆措，已经许配了嘉纳的哈米巴扎王；只有三公主梅朵娜泽尚未许配人家。可她长得太难看了，祖师肯定不会要她。怎么办呢？龙王急得团团转，一些足智多谋的龙大臣商议后，给龙王献计道：“这位上师，好似那长颈大雕，无疑要落在死牛身上；又像那长爪豹子，肯定要寻找死狗尸体。我们何必局限于三位公主呢？我们可以在龙族中多挑几个眉清目秀、体态优美的女子，献给祖师，供她挑选。”

1　夜叉：八部魔之一。八部魔见前注。

龙王一听大喜，立即选了四个女子连同三位公主一同打扮起来。六个美女头上佩着如意宝珠，身上穿着绫罗绸缎，打扮得像春天的新竹、夏天的花朵、秋天的满月，只有三公主梅朵娜泽肤色绀青，身材矮小。

七个女子被送到上师面前。六个美女个个忸忸怩怩，局促不安。白玛陀称祖师左看右看，指着梅朵娜泽对众龙说："这个女儿杏眼桃腮，长得真好。俗谚说：'过美离群，过饱回吐。'这个女子美得恰到好处。"

祖师的一番话，直笑得老婆子心肺震荡，老头子昏厥过去，壮年人肝肠发痛，年轻人眼珠充血。

祖师并不管众人怎样发笑，只是要龙王答应把梅朵娜泽送给他。龙王点头应允后，白玛陀称祖师又提出要求："那么，你要给她三件东西做嫁妆：一是绿帐房'唐雪恭古'；二是十六包《大般若波罗蜜多经》；三是龙畜绿角乳牛。"

龙王应承下来要给龙女的嫁妆，可就是有点舍不得女儿。他对梅朵娜泽说道："为了使龙国平安，解除病痛，父王我不得不忍痛答应用女儿你做谢礼。俗话说'只有鹫鸟才会老死在巢中，女子没有老在父亲家'。你离家而去乃是世情与本分。我的女儿呀，无论你要什么样的嫁妆，父王都会满足你！"

梅朵娜泽是一个有灵性的女子，她向父王表示感谢，她知道命里注定自己要担负一项重要的使命。

第二天一早，龙族宫中所有宫妃与大臣全部一起出行，为龙女送行。龙王邹纳仁庆作歌云：

白玛陀称祖师请垂听，
最初迎你到龙宫，
因为龙类患了多种奇特病，
为了除病请上师，
你欣然应允救众生。
以大悲心悯龙国，
用五智慧胜妙药，
解除五毒烦恼病，
烧五种木如云烟。
为报天神救命恩，
以五种珍品做孝敬，
松石黄金不如意，
把龙女供奉给你。
大恩父母嫁女日，

若不永远负起娘家的责任，
仅仅一点嫁妆吾心何能安？
在前面有你大师做引导，
在后面有我父母做后盾，
人龙恩情甚为大，
这是用歌说实情。

龙王歌完，殊胜的因缘已经缔结，白玛陀称祖师也异常高兴。所谓“以供物使上师满意，加持力也就越大；用嫁妆使新娘满意，则父母之心越安宁”。白玛陀称祖师为龙界祝福，愿从今以后，永无病魔之苦。

龙女梅朵娜泽与父王、母后以及众姐妹洒泪告别，跟随祖师浮海而去。

白玛陀称祖师带着龙女梅朵娜泽来到雪域之邦，这是世界上最高、最圣洁的地方，心想，应该先找个施主把这女儿托付与他，便问龙女的心意如何。龙女见祖师要为自已择夫，心中茫然不知所措，一时竟不知该如何回答，心里暗自思量：怎么，祖师又不要我了呢？

见龙女摇头，白玛陀称祖师脱下帽子说：“你的去处，我为你占一卦吧。”说着，将帽子抛向空中，只见那帽子在然洛敦巴坚赞的帐房上面化作一团红光，落了下去。白玛陀称祖师已于神通照见了，知道帽子落到了然洛敦巴坚赞的家中，便对龙女说：“喏，红光闪现处，就是你的夫家。你暂去那里居住，三年之后我再派传承人来找你。”说罢，祖师化作一道白光，腾空而飞，来到敦巴坚赞的帐房前。

也就在头一天夜里，敦巴坚赞得到一个奇异的梦兆，他梦见一个白人，有光团围绕，手中抱着一个甘露瓶交给他，说道：“明天一早若有人到你门前，无论他说什么你都要答应下来，这样你就能得到殊胜无比的福报。”

说完那白人便消失不见了。敦巴坚赞醒来以后非常高兴，遂急急忙忙起身，穿戴整齐，在门口观望。

不一会儿见到一个器宇轩昂的法师打扮模样的男子，他后面跟着一位牵着犏牛的年轻貌美女子，牛背上还驮着很多东西。这样看来有些像梦境预言，又有些不像，他想知道是不是昨夜梦中预言的贵人，便上前问道：“两位远方来的客人呀，你们这是从哪里来？要到哪里去呀？犏牛背上驮着的可是什么？请在这里坐坐，我们闲谈一会儿吧。”

白玛陀称祖师回答道：“我们从牛尾洲来，要到牛尾洲去。此行是为了众人无上的事业而来，也是为了你然洛敦巴坚赞而来的。”

白玛陀称祖师随即唱道：

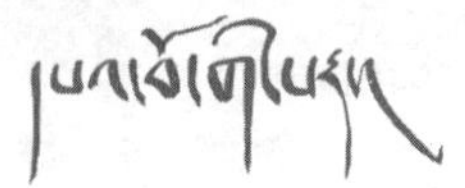

我本自牛尾洲而来，
为三界众生之利，
为救龙族出苦海，
为报恩龙王献女，
我把她带到郭部来。
来此目的有因缘，
梅朵娜泽龙宫女，
做你郭部好女儿，
“唐雪恭古”绿帐房，
做你敦巴坚赞的家底，
十六包《大般若波罗蜜多经》，
做你敦巴坚赞的供养，
这龙畜绿角乳牛，
作为你敦巴坚赞的财产。
还有梅朵娜泽龙宫女，
要做你的女儿勿放弃。
敦巴坚赞你威望高，
郭部落土地自宽广，
随心所欲都能齐全。
善男子！
我不能久留要回牛尾洲，
我离开太久罗刹会放肆。
以上所言都是真心话，
有朝一日，主子来临时，
你把女子和财产全交给他。
在此期间，她的苦乐全看你。

听完了白玛陀称祖师的歌曲后，然洛敦巴坚赞非常痛快地就答应道：“很好！有句谚语说得好：‘灿烂的草坪福极好，不请蜜雨客自来；春季三月福报好，不请杜鹃客自来；宽广水田福报好，不请南云客自来；敦巴坚赞福报好，不请龙女客自来。”

然后然洛敦巴坚赞向白玛陀称祖师献歌：

邹纳龙王好女儿，
做我郭部一小姐，
龙经作为供养田，
犏牛作为畜中首。
上师之言岂敢违？
弟子若违上师命，
缘分将是堕狱因；
仆人违背主子命，
管吃管穿成多余。
我会永保她快乐，
待她如家中神明，
绝不会使她受苦，
侍奉她犹如双亲。
等到大师何时转，
财产交给本主人。
我以三宝做保证，
假使违背了誓言，
愿堕地狱，
永不得解脱。

白玛陀称祖师听完点头说好，又嘱咐了一些好好待她的话，便化成一道白光，往天空而去。

龙女在郭部落住了两个月，神子要求的所有条件都已准备齐全，一切安排妥当之后，白玛陀称祖师又回到神子推巴噶瓦身边，最后训诫他道：

嗡，阿弥陀佛，
在自明五光的佛土里，
五位佛祖请鉴证！
愿消除众生的五毒业障，
谒见神圣智慧的尊容！
有福分的好男儿你请听！
完成和平、增广、权威、严厉的事业，
教化五浊世间的众生，
现已有了方法和助应。

现成的土地和属民，
生身的父亲和母亲，
有保护你的佛和菩萨，
有可依靠的护法空行[1]，
有保护善事的地方神，
还有金刚护法神，
本着你拯救世界的本分，
按照预言依次做！
对雪域之邦的众生，
慈悲不要太少，好男儿！
对于应教化的罪恶众生，
本事不要太少，好男儿！

神子推巴噶瓦知道降临凡间、普度众生的时机已到，于是就结束了在天界的寿命。

1 护法空行：护法女神。

第五章

吉兆现总管王求解梦
时机至大修士说预言

再说人世间，位于南赡部洲中心东部，雪域之邦所属的朵康地区，有个土地肥沃、百姓富裕的地方，人们叫它“岭噶布”，意为白色首善之地。岭噶布又分上、中、下三部。上岭地域宽阔，风景秀美，草原上花红草绿，色彩缤纷。中岭丘陵起伏，常被薄雾笼罩，像仙女头上披着薄纱。下岭平坦如冰湖，在阳光下反射着夺目的银光。岭噶布的前边，群山陡立；岭噶布的后边，峰峦蜿蜒。各个部落的帐房如群星密布，牛羊如天上的云朵。岭噶布真是个辽阔富庶、景色如画的好地方。

岭地老总管绒察查根就住在上岭一个名叫“莲花日出”的小屋里。他是大修士古古日巴[1]的化身，岭地三十位英雄他为首，岭地三十个头人他占先，岭地三十个掌权者他为冠。

这一天，总管绒察查根早早地就睡下了，睡得又香又甜。没有多大工夫，他好像觉得天亮了，东面的玛杰邦日山顶上，出了一轮金色的太阳。这太阳光照亮了整个藏地，在那太阳的正中间，有一杆金子做的金刚杵。突然，金刚杵向下飞来，落在岭地中部的神山吉杰达日顶上。太阳还高高地挂在天上，月亮又升起来了。这月亮好像也和往常的不一样，在曼阑山的山顶上，被众星围绕着，光辉照射在周围的神山上。弟弟森伦王手中拿着一把白绸做顶、绿绸镶边、黄绸做流苏、金子做把的大伞，从天边走了出来。他手里那把伞，覆盖着西方大食国邦合山以东，东方嘉纳的战亭山以西，南方嘉噶的日曼以北，北方霍尔的运池湾以南的所有地方。西南方天空里的一片彩云上，一个戴着莲花冠的上师骑着一头白狮子，右手拿金刚杵，左手拿三叉戟，由一个身着红衣，头戴骨头饰品的女子引导着。他一边走，一边对绒察查根说：“总管勿睡快起身，普陀落山太阳升，若要日光照岭地，我唱支歌你来听！”说罢唱道：

1　古古日巴：古印度的一个大修行者，传说他有很多化身，绒察查根是其中之一。

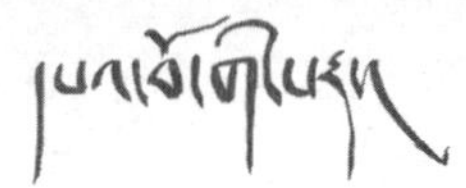

今天丁酉孟夏初，
上弦初八清晨间，
岭地将有吉兆现，
长系高贵的凤凰类，
仲系著名的蛟龙类，
幼系鹰雕狮子类，
族众斑纹老虎类，
十三日开会聚众民，
上自高贵的上师，
下至普通的百姓，
在东方发白之时，
集会在玛迦林神庙中，
前半月十五日以前，
要向战神们念颂辞。
以金木玉柏为首，
好木盖成祭房十三栋；
战神之旗做中心，
竖起吉祥大旗十三种；
用多闻子大氅做标志，
建立召福法事十三门。
具有福分的大王前，
以贵人伦珠为首领，
跳起庆祝的舞蹈十三种；
富有运气的妇人前，
以嘉洛噶妃为首领，
唱出祈祷的歌曲十三种；
以甘美的甜食为首品，
十三种素食献贵客；
吉兆肯定在藏区，
岭地必然有福音。
大摆宴席这一天，
务必整齐莫慌乱；
端茶献酒这一天，

好女儿小腿勿打颤；
宾客来到家门时，
从容大方莫细观。
吉兆降临那一天，
好男儿们心莫乱。
若能听懂是喜讯，
终生难逢的大事件，
祝吉祥心愿都实现！

绒察查根刚要问个仔细，那上师和女子飘然而逝，太阳和月亮也都隐去，急得他大叫起来，方知刚才所闻所见乃是一场梦。

绒察查根从梦中惊醒后，只觉得浑身非常舒服，心情十分愉快，头脑也异常清醒，梦中所闻所见记得明明白白。他立即大声呼唤仆人噶丹达鲁，口吻失去了往日的和缓。当仆人噶丹达鲁慌慌张张地来到总管的房间时，只见绒察查根早已把衣服、靴子穿得整整齐齐，端端正正地高坐在宝座上。

噶丹达鲁心中纳闷，按照平日的规矩，他每天要念五万遍六字嘛呢真言，二十一遍祝祷词，把洒净水、烧香等一切仪式做完，总管才会起床，今天这是怎么了？俗话说：巍巍雪山一方塌陷，象征着狮子要出山寻食，百兽将不能安宁；雄伟的峰峦云遮雾罩，预示着将有滂沱大雨，天空一定不会晴朗；长官已从宝座起身，仆从们将不得安宁。

不容噶丹达鲁再往下细想，总管开口说话了：“喂，你听着！刚才我做了一个梦。这梦是以往祖宗三代没有听说过的，是岭地的子孙三代难以得到、青天难以覆盖、大地难以容载的，不知黑发藏人是否能消受得了。可这个梦究竟是什么意思呢？我要请修行成道的上师汤东杰布来为我圆梦，可他能不能来呢？”

“能的，汤东杰布上师一定会来的。”噶丹达鲁连声应着。

“喂！要请汤东杰布上师，还要给杰唯伦珠和嘉洛敦巴坚赞二人写信。对，就这么办，现在你先去烧些茶来。”

噶丹达鲁来到大厨房，用“福德大腹”壶冲茶，叫上火夫索朗雅培，边唱着“献茶歌”，边转回总管的小屋：

这金子制成的茶具，
象征着“上岭”的色氏八兄弟；
这内部充溢的酥油汁，
象征着“中岭”的文布六家族；

这火焰消除黑暗放光明，
象征着“下岭”的穆姜四家族。
第一道供茶献神佛，
三宝地位比天尊；
第二道供茶献神祇，
吉祥安乐威名扬四方；
第三道供茶献龙王，
富庶好比雨倾盆；
第四道供茶献长官，
四方敌人都镇服。
幸福美满由此生，
大吉大利由此长，
愿寿命比金刚岩还牢固，
愿权势比须弥山[1]还要稳，
愿福气就像如意宝树盛，
愿命运犹如大地一样平。

绒察查根听了赞歌，心中更加高兴，忙吩咐侍从喜饶嘉措给杰唯伦珠和嘉洛敦巴坚赞二位大人写信，请他们到岭地来圆梦。同时，又派出了像麻雀群似的使者，带着总管的信件，分别到“上岭”的色氏八部落、“中岭”的文布六部落、“下岭”的穆姜四部落，还有噶珠秋部落、丹玛十二万户、黑白东科部落、达绒十八部落等处下达通知，要各部落的属民们，于本月十五日，正当日月相对之时，雪山戴上金冠之际，在岭地大会场聚会。

该请的人，凡能请到的，都去请了，只有大修士汤东杰布还没有请到。他是一个没有固定住处的弃世者，一生漂泊，萍踪浪迹，谁知道他现在在什么地方呢？该派人到什么地方去请他呢？

岭地总管绒察查根在为如何才能请到汤东杰布发愁时，白玛陀称祖师早已知道此事。他的佛光一下子罩住了正在修行的大修士汤东杰布，立即向他发出预言：“你快到岭噶布地方去，岭地众生有件大事需要你的帮助，快去！快去！”

汤东杰布遵照白玛陀称祖师的预示，来到了上岭噶布。这天，正是初十日，大修士在城门口作歌曰：

1　须弥山：古印度传说中的山名，汉译“妙高山”。以它为人们所住世界的中心，日月环绕此山回旋出没，三界诸天地也依之层层建立。它的四方有东胜神、南赡部、西牛贺、北俱芦四个洲。

叫声施主长官听我言，
投生南赡部洲事事难，
若不修永远安乐的佛法，
如同前往蕴藏丰富的宝山，
毫无所获，空手而还。
不愿施财的富人，
犹如恶鬼守仓库，
没有勇气享用真可怜。
如若不肯放布施，
财富再多犹如朽木，
毫无生气，虽有若无。
布施是获得福分之路，
布施能使财富名声两增长，
布施是消灾避难的大善事，
因此经常要把布施放！
请对我这周游四方的弃世汉，
赐给食物结个缘，
我为您念经祈祷做法事，
吉祥神佛满天空，
愿地位崇高吉祥圆满；
吉祥正法满世间，
愿权势发达吉祥圆满；
吉祥僧众满大地，
愿福分广大吉祥圆满；
献上这喜庆的歌曲，
愿岭地吉祥圆满。

正在静坐发愁的绒察查根听到这歌声，觉得非同一般，立即精神振奋。再透过金质花纹的窗孔向外看，见来者长发披肩，长须飘拂，棕褐色坎肩上，戴着以青色修行绳子贯穿的胸链，外面裹着白色的袈裟，耳朵上戴着海螺饰品，手里拿着一根藤杖。绒察查根不见犹可，一见顿生敬仰之心，心里更加肯定眼前的修行者一定是汤东杰布。这事多奇怪呀，正是应了俗谚上的话："有了福气，路途也平坦；有了勇气，武器也锐利；有了缘分，收获也会多。"他正在发愁不知到何处去请大修士，菩萨已把他引导到岭地来了。但是，为了稳重起见，他还是要试探他一下："大修士，辛苦了。俗话说，道行若不能解脱自己，慈悲利他是很难的事，会唱小曲的修行者，您从哪里来？有什么话要说？"绒察查根想了想，又细细地打量着眼前的修行者：

第一耳饰是白海螺，
第二手杖是白藤子，
第三身穿白袈裟，
三白好似从天降。
第一头发是青色，
第二胡须青如丝，
第三修行胸链是纯青，
三青好似从龙宫来。
第一皮肤是棕褐色，
第二坎肩是棕色染，
第三头盖饮器[1]是棕褐色。
好像来自棕褐色的董氏族[2]。

绒察查根见修行者并不回答自己的问话，又问："大修士，您有什么修行阅历？有什么行为戒律？有什么教化众生的智慧？有什么高深玄妙的学问？有没有降妖伏魔的本领？有没有镇服四方的权力？有没有统治四方的威望？有没有崇高无上的道行？如果您能回答我，布施的食品任您取。"

任凭绒察查根在自己身上上下打量，汤东杰布不动声色，沉稳的脸像一湖秋水。待绒察查根又问了许多之后，他才开口说："你这大族的权威长官，想拿大话来试探，想拿言语来诘难。俗语说得好：'假如自己没有钢刀，绝不会让人切肉吃；假如自己没有钱财，绝不会向他人把利取；假如自己没有学问，绝不拿教义压服人。'人称我汤东杰布大修士。"

接着又唱道：

嗡！愿能亲见法身面！
啊！愿报身佛土都清净！

1　头盖饮器：用头盖骨做的饮器。
2　董氏族：传说是古代藏族的六大氏族之一，以棕褐色作为自己的标志。

吽！愿化身利生事成功！
从轮回中拯救出弱小的众生，
因此有了汤东杰布的声名。
见解广大无偏私，
修行多年得要领，
毫无伪善和狡黠。
老总管你声誉震远近，
如何不闻我汤东杰布名。
施主若不虔诚信仰来布施，
修行者何必怀恨争食物。
我本无暇来此地，
只因白玛陀称祖师预示我，
才来同总管议大事。
既然总管不信任，
我应速速离开你！

歌罢，汤东杰布扭头便走。老总管捧着一条绣有千朵莲花的哈达，跪在大修士面前，一连叩了三个响头："慈悲的大修士汤东杰布，修行成道的汤东杰布，是我不识上师的尊容，是我出言不逊伤了上师，还请上师对众生怀着慈悲心，这千朵莲花哈达献给您，恳请上师多宽恕。"绒察查根见汤东杰布并不答话，又唱道：

太阳是未经邀请的客人，
若不以温暖光辉去照射，
运行四洲有何用？
甘霖是未经邀请的客人，
若不能滋润辽阔的田野，
黑云四起有何用？
上师您是未经邀请的客人，
若不在岭地行教化，
修行成道有何用？
请您留在岭噶布，
教化众生三年整；
恳请修士宽恕我，

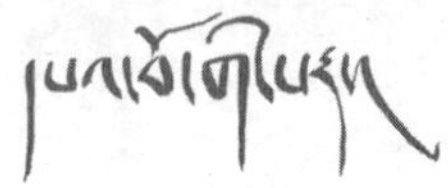

普度众生是大事情。

看到绒察查根言辞恳切，汤东杰布知道教化众生的时机已到，白玛陀称祖师的预言已成事实，便答应在岭地居住三年。

就在绒察查根派去送信的使者还未到达之时，住在噶吾色宗的杰唯伦珠也做了一个梦，梦见一个骑着黄马，穿戴螺胄、金甲的人对他说："岭六部共同的大业，好坏吉凶全要靠你做，你要早早做准备。"这人说完就走，杰唯伦珠大人一觉醒来，心中好生奇怪，忙打一卦问吉凶，卦是上上大吉。卦盘尚未收起，仆人来报：有使者前来送信。杰唯伦珠大人心里一下明白了梦中所得的预示，吩咐快请使者进来。使者进门，老总管的信件和礼品一起呈递给大人，并讲了岭地出现吉兆，总管邀请大人前去岭地共议大事语。

杰唯伦珠略一沉吟："若要答应你吧，应如俗谚所说：'大人、大海和大山，最好定居勿乱动；大政要事如若太忙乱，大官定会流浪到边塞；须弥山摇动如过多，四方的房屋会倒塌；大海如果起波澜，大地会被洪水淹。'若不答应你吧，昨晚我所做的梦和总管信中所言是相契合的。再说，总管大人的言语是不轻易出口的，结果如何，虽然不能预料，但确实是件很重要的事情，我还是去的好。"

杰唯伦珠大人说罢，骑上他的千里一盏灯的白顶坐骑，带着八个随从，向上岭地方驰去。

与此同时，睡在名为"腾学公古"大帐房的嘉洛敦巴坚赞也得了一梦。梦见一位穿着白衣、缠着绸子头巾、自称为觉庆东饶的修士，手里捧着如意金盆，骑着一头名叫"雪山狮子"的神牛，对他说："富人嘉洛不要睡，快到门外看分明，门外正在畅谈岭地的好兆头，怎样办好公事你自明！"嘉洛敦巴坚赞惊醒后，马上来到门外，果然有上岭派来的使者在门口等候。使者向嘉洛请安问好后，把总管怎样得到预言等情况详细地向嘉洛禀明。

嘉洛敦巴坚赞见了总管的信，又听了使者的话，立即骑上叫作"九百独角"[1]的骏马，带了两名仆人，向岭地奔去。

十三日这天，四种事业的上师长官——具有加持力的上师汤东杰布、具有权势的大人杰唯伦珠、福分丰厚的富人敦巴坚赞、智慧广大的长官绒察查根等人在扎喜果勒大会堂中聚会了。老总管特地取出"白昼平安""吉祥盘龙团花""千朵莲花"等三种上品哈达献给被请来的三位上师，拿出镶有龙花的金

1　九百独角：马本无角，但传说在很多马群中会有一两匹长角的马，那是最好的马，相当于凤毛麟角。"九"，言其多。

碗“甘直”[1]、变化的“宰浸木”[2]和三匹黄色金龙库缎，赠给三位上师。丰盛的筵席上，金盆里盛满了酥油汤醍醐，三种甜食、三种牲畜的嫩肉和三种面食的糕点摆满了席面。老总管绒察查根兴奋地说：“今天，为了表示天上星宿的吉兆而撑起了八辐轮子的宝盖，为了表示地下座位的崇高吉祥而铺上了八瓣莲花的坐垫，为了表示政教事业的光耀功德而挂起了吉祥八宝[3]的幔帘。初八日清晨东方发白的时候，我做了个像预言似的、天上地下都没有过的梦。如果把它说出来，有人会说，春天的梦里什么都会出现，夏天的草地上什么都会生长！如果将它隐瞒了，诚恐上界的神灵会处罚我，六族岭地会受祸殃。所以，这次特向全智的上师卜卦，向见识广博的长官请求指示，向有福的富人求教，渴望详为赐示！”说完，绒察查根又把初八日梦中所闻所见详细地向在座的上师们禀告了一遍。

大修士汤东杰布微笑着唱道：

嗡！法界本来是无生，
啊！为了可怜不灭的众生，
吽！我来解释这个神奇的梦。
老总管请仔细听！
你是光明神祇的后裔，
是修行成道的法统。
你具有无限的聪明才智，
因此做的并非错乱的梦。
玛沁山顶出太阳，
光辉照耀岭噶布。
这是圣知慈悲的阳光，
象征岭地百业俱兴。
飞驰而来的金色金刚杵，
落在吉嘉山之巅，
象征从天而降的英雄，
要在总管领地里诞生。
地方神祇来相会，

1　甘直：一种盛圣水的器皿。
2　宰浸木：传说中一种神奇的、能够自己变幻的法器。
3　吉祥八宝：即吉祥八相，分别为：一、宝伞；二、金鱼；三、宝瓶；四、妙莲；五、右旋白螺；六、吉祥结；七、胜幢；八、金轮。

是在迎接拯救藏区的英雄。
曼阑山中现月牙，
象征哥哥是愤怒金刚的化身。
金山顶上众星闪烁，
象征着丹玛要做事业臣。
格卓山上现长虹，
象征着祖宗乃是众神生。
玛旁湖上光笼罩，
象征着生母来自大海龙宫。
森伦手中持华盖，
象征着人间生父是森伦。
伞顶的白色象征着善业，
伞旁的红色象征行权三界。
镶边的绿色象征威猛的事业，
黄色流苏象征十方都兴盛。
伞柄黄金所制成，
象征众生事业似黄金。
那华盖覆盖着四方，
是威震四方的象征，
神族居住的岭噶布，
十八部落皆平等。
勿错时机赶快做，
岭地聚会议事情。
从今日起看今后，
所有心愿如法成。

汤东杰布大修士的一席话，顿使人们觉得心明眼亮。杰唯伦珠大人的心里感到从未有过的欣慰。他说：“今天的事，正应了俗话所说的：如果没有信仰，就难得到加持；如果没有福气，就难得到财宝；如果不务农事，就难得到庄稼；如果没有努力，就难得到成功。我们现在要赶快召集岭地六部落，举行大会，还要在玛噶里拉滩祭祀战神，修法召福，准备举行盛大的庆祝仪式。”

嘉洛等人也忙连声附和：“是啊，我们要赶快准备。”

会场准备好了，扎营的白帐房不计其数，好像草原上的鲜花；冒起的烟柱，赛过浓云；人们穿戴着节日的盛装，犹如百花争妍；马匹的步伐整齐，好像三秋的五谷成熟。营帐围成一圈，中央支起的是一顶巨大的议事帐篷，像一座雪山，盖着金顶，犹如旭日初升。大帐篷里边，设有金座银座，座上铺着虎皮豹皮，帐篷中挂满了绫罗彩幔，五彩缤纷，煞是好看。

集会的海螺吹起来了。以长官达绒色彭为首的长系的人，像猛虎出山；以色吉阿噶为首的仲系的人，如蛟龙出海；以奔巴曲鲁达彭为首的幼系的人，似飞箭穿梭。前排金座的最上首，请大修士汤东杰布上师坐；右排的银座，请总管绒察查根坐；左排的螺座，请杰唯伦珠大人坐；前排的檀木座，请色吉阿噶坐；斑纹虎皮的软垫座，请达绒长官色彭坐；斑点豹皮的软垫座，请玛细长官晁杰坐；月圆形的软垫上，请千总饶泽协曲坐；右面缎垫座位上，请豪杰雅德塔巴坐；左面缎垫座位上，请弟弟沁伦森禅坐；中间的缎垫座位上，请玉雅贡布冬图坐；左右中间的叠垫上，请咚赞达彭阿杰坐；青年勇士右排的上首，请白赛拉协噶布坐；青年勇士左排的上首，请色巴奔奇琼尼奔坐；噶卓富者排座的上首，请噶德曲炯贝纳与嘉洛敦巴坚赞坐；丹玛万户的座位上首，请察香丹玛绛查坐；黑白冬科氏族的上首，请白噶塔巴坚赞坐。此外，诸勇士以下，万、千、百、十户以上，德高望重者坐上面，年幼的晚辈坐下面。人有头、颈、肩三部，牛有角、背、尾三部，地有山、川、谷三部。少者从长，是寺院的法规。违反法规要受上师的处治，王法的惩罚。

众人按照尊卑长幼坐定之后，总管绒察查根讲了自己梦到吉兆和汤东杰布大修士圆梦的预言，人们顿时欢腾起来，纷纷议论：岭地就要降生一位神人了，我们应该怎样迎接这位神人的降生呢？要做的事情太多了，杰唯伦珠大人是这样吩咐的：

富有者嘉洛敦巴坚赞，
是福分最大的施主，
你主持筹办庆祝宴会。
米钦、色彭、塔巴等三人，
总管、晁杰、森禅等六人，
百户、扎泽、玉雅等九人，
咚赞、玛杰、达彭、尼玛坚赞等十三人，
要集合岭地三部所属的人马，
收集粮食、香火和供品，
战旗、彩箭[1]、山神的献品，

1　彩箭：藏俗婚礼中，交与新娘，或插在房顶系有彩色哈达的箭。

甲胄、供品、放生的畜生。
噶妃、嘉妃、绒妃等三人，
柔妃、智妃、饶妃等三人，
达措、曲珍、索朗曼，
班宗、德吉、央桑等十三位尊贵的妇人，
跳起舞来唱起歌。
岭地诸多英雄们，
记住你们的职责。
待到十五日月交辉时，
菩萨将为我们降神子。

人们兴高采烈地准备着，准备迎接在岭地诞生的大英雄。

第六章

报兄仇嘉察伐郭部落
占箭卦森伦得龙王女

当神子在天界等待投生时，白玛陀称祖师开始为寻找天神降生人世的人间父母而奔波。大师为神子所选的父姓是岭地古老的姓氏穆布董氏王族。这个王族传到曲潘纳布这一辈上，分成了三支。曲潘纳布娶了三个妃子，生了三个儿子，一个叫赛妃，生子名叫拉雅达噶；一个叫纹妃，生子名叫赤绛班杰；一个叫姜妃，生子名叫札杰奔梅。三子分为长系、仲系和幼系。幼系的札杰奔梅生子托拉奔，托拉奔生子曲纳潘。曲纳潘娶了三个妃子，名叫绒妃、噶妃和穆妃。岭地总管绒察查根就是绒妃的儿子。噶妃生子玉杰，在与霍尔打仗时，陷入霍尔人手中。穆妃生子森伦，他是婆罗门赖晋的化身，所以外表温柔，内心也很善良。总管绒察查根娶妃梅朵扎西措，生了三子一女：长子玉彭达杰，次子琏巴曲杰，三子昂欧玉达，女儿娜姆玉珍。森伦娶了个嘉纳女子娜噶卓玛为妃，于水牛年阳历十二月初一日生了一个儿子。这孩子一生下来就非同一般，面如满月，眉清目秀，并且长得很快，一个月比别的孩子一年长得还要大。上师祝他长命富贵，叔伯替他祈祷，姨姆们为他歌舞。家里人给他取名协鲁尼玛让夏，外面人叫他奔巴嘉察协噶。在他出生后的十三天中，家里为他大设宴席，庆祝他诞生。长系的长官拉布朗卡森协、仲系的长官岭庆塔威索朗和幼系的长官绒察查根三人，各以一条吉祥圆满哈达系在协噶的颈上。总管绒察查根为他祝福道："大部族拉德噶布啊，这是幸福的先行，是权力发达的预兆，是梦兆实现的开始，是降伏四魔的发端。"

嘉察协噶很快就长大了。长大以后，人们又称他嘉察大人。一天，东方嘉纳的皇帝，将他的三个外甥——姜国王子聂赤噶庆、霍尔王子拉布雷保与嘉察协噶一同叫到了嘉纳皇宫。皇帝赐给他们很多金银珠宝，其中最珍贵的当数每人得到的一匹马、一把战刀和一副铠甲。三位王子领到这些赏赐以后无比欢喜，随即带着随从眷属返回各自的国家。

而就在嘉察外出的这段时间里，郭部落与岭部落因为边界纠纷而发生了战

争，总管王绒察查根的儿子琏巴曲杰被郭部落的人杀死。岭地的人悉知嘉察莽撞英勇的个性，因此所有人都将堂兄遇害的事情隐瞒了下来。

有一天嘉察外出打猎，在一处清水流淌的山泉旁边猎杀到了一头野鹿。这时岭国的流浪乞丐母子二人恰好也来到了这里，那乞丐婆子为了讨好嘉察，分得他的鹿肉，于是她对嘉察说道："尊贵的嘉察大人呀，你回来了就太好了！去年你去了嘉纳，郭部落与岭部落的人打起仗来了，总管王的儿子也被郭部落的人杀死了，眼下岭国的人都说您要是在家且平安，您要是外出的话岭地可真的就要遭殃了。"

她又将战事的始末原原本本地向嘉察述说，听得他怒火中烧，一时之间犹如万箭穿心那样难受。于是翻身上了宝马，快马扬鞭，直奔总管王跟前。

老总管见已瞒不住侄儿，也不愿意再举兵伐郭，就对嘉察说："虽然琏巴曲杰死了，可我们也算为他报了仇，郭地的男子全部被我们杀尽，只剩下一群寡妇。只有然洛敦巴部族，没有受到伤害，因为他们有龙王和厉神的庇护，龙女就在他的营中，这不是我们所能战胜的。侄儿啊，还是不要轻动刀兵为好。"

可嘉察协噶为兄报仇心切，无论老总管怎样劝说也无济于事。绒察查根见不能制止侄儿，只好同意和他一起出征去讨伐郭部落，为儿子琏巴曲杰报仇。

嘉察的另一位叔叔晁通可不这样想，他觉得：嘉察这个人，是一个敢揪狮子耳朵、能生擒白狮子的人。如果让他和弟兄们带着部队去郭地，肯定能扫平郭地。那么，龙王的女儿和龙宫的财宝也将归他所有。他想，这怎么可以呢？

晁通皱着眉头，想出了一个主意：一定要给郭部落报个信，这次为他们做一件好事，以后就可以请求他们，把龙女给我。龙女要是能归了我，不愁得不到龙宫的财宝。咳，即便得不到财宝，只要有了龙女，成了龙王的女婿，也是再好不过的了。想到此，晁通立即修书一封："然洛敦巴坚赞阁下，达绒官人晁通启禀：为了给总管儿子报仇，以奔氏协噶为首的弟兄们已经集合，后天就要进兵郭地。如果作战，你们肯定无力招架，还是及早回避为好。这次我为你们做了好事，将来要对你们有所要求，切勿忘记！"

写毕，将信拴在箭尾，口中念念有词，举弓搭箭，书信随着箭响，很快到了郭地。

然洛敦巴坚赞见到信，慌忙通知郭地各部族所剩的妇幼老少们赶快逃命，自己也带着家眷老小，拔起帐篷，准备逃避。龙宫的帐房和大般若经等宝物，给哪匹强壮的骡马也驮不动，只有那头龙畜绿角乳牛才能驮得起来。

郭部落的人开始逃跑了，可龙畜乳牛驮着龙宫的财宝却向后跑。奇怪的是，除了龙女梅朵娜泽，任何人也看不见它。龙女本来是骑马而行的，见乳牛向后跑，掉转马头就去追。马却不愿往回走，龙女只得下马，徒步去追乳牛。平日温顺的绿角乳牛，忽然暴躁起来，四蹄腾空，梅朵娜泽怎么也追不上。龙女大声喊叫，可谁也听不见。在黄河川的旷野荒郊里，龙女紧紧地跟着乳牛。龙女走多快，乳牛走多快；龙女坐下休息，乳牛也停下来吃草，始终保持着就要追上而又追不上的距离。梅朵娜泽累极了，又饥又渴，痛苦万分。

再说嘉察带着岭地的兵马，很快来到郭地，看到的只是一片旷野，除了一些牲畜的粪便以外，什么都没有。

看到这种情况，嘉察愣住了。他感到奇怪，郭地的人都逃到哪里去了呢？他们怎么会逃跑呢？莫不是上天有灵，让我们不能扫平郭地？不行！无论他们逃到哪里，我们也要追上他们。嘉察把自己的想法一说，森达等岭地的年轻勇士们纷纷表示赞成，恨不得马上能追上郭部落的人。

晁通则反对追击："我们又不知道他们在什么地方，到哪里去追？我们还是回去的好。"

有些年老怕事的人也随声附和着。

就在两种意见争执不下的时候，老总管说话了："我们岭地的兵，无论到什么地方，没有空手而归的道理。我看还是请森伦算个卦，看看郭地的人到什么地方去了，我们应该怎么办？"

没有人反对绒察查根的主意。在旷野荒郊，没有齐全的占卜用具，森伦便用箭占了一卦。卦辞说："再过一顿饭的工夫，刀不必出鞘，箭不必上弦，美女和宝物唾手可得。"

晁通一听，心中暗笑，语气中充满了讥讽之意："在这旷野里，如果刀不出鞘，箭不上弦，就能得到美女和宝物，那么所得之物就应该全部归你所有。"

"好，今日之事，就依达绒官人晁通的意思办。我们现在就休息，吃饭。"老总管是很相信森伦弟弟的，也相信他的卦辞，他不愿意和晁通再费唇舌。

不说岭部落兵马休息吃饭，再说龙女梅朵娜泽跟在龙畜乳牛后面跑着，跑着。她累极了，心想挡住牛头，坐下休息，可怎么也跑不到牛的前面去，心里一着急，脚底下被什么东西绊了一下，跌倒了。龙女又困又乏，又渴又饥，跌在地上，想闭上眼睛休息一下再爬起来，谁知眼睛一闭，竟然睡着了。

这时，一个身穿红色丝绸衣服的小孩来到她的面前，给她倒满了一松耳石桶的奶汁，告诉她："这是阿姐给你的，阿姐让我告诉你，你现在一定要跟着乳牛后面跑，它会把你带到你应该去的地方。你为众生办事的时机已经到了。"

梅朵娜泽见小孩要走，忙上前要拉住他问个端详，谁知一使劲，竟从梦中醒来，满满的一松耳石桶奶汁放在自己面前，小孩早已不知去向。她心中不禁暗暗感谢父王和阿姐对自己的护佑。她一边祈祷着，一边将奶汁喝干了，体力好像立即得到了恢复。乳牛像是知道梅朵娜泽又有了劲似的，跑得比刚才还要快，龙女也更用心地追赶着。跑到郭地达吉隆多沟时，与岭地兵马相遇了。

刚刚吃罢饭的岭兵，几乎都看见了朝他们这边飞奔而来的一人一牛。这乳牛见到岭地兵马，忽然站住了，回头在等着自己的女主人。梅朵娜泽只顾追牛，并没有看周围的情况，忽然见牛站住了，心中好不喜欢。她一把抓住牛角，这才发现眼前的千军万马，不禁大吃一惊。

岭兵也为龙女的美貌惊呆了。眼前的这个美女，容光似湖上的莲花，莲花上闪耀着日光；黑白分明的眼睛好像蜜蜂，蜜蜂在湖上飞舞；身体丰腴似夏天的竹子，竹子被风吹动；柔软的肌肤如润滑的酥油，润滑的体肤用嘉纳的绸缎包裹；头发似梳过的丝绫，丝绫涂上了玻璃熔液。

贪财好色的晁通更为龙女的美貌所迷住，忙抢上前一步，说："啊，对面来的仙女般的姑娘啊，你是投奔岭地来的吗？我们是去追郭部落敌人的岭部兵马，请你告诉我们，他们现在在哪里？姑娘你又是从哪里来的？"

龙女梅朵娜泽心中暗想：我是郭然洛敦巴坚赞的养女啊，怎么能让郭部落的人们落在他们手中呢？！眼下，除了我的身世可以告诉他们以外，其他什么也不能对他们说。梅朵娜泽想了想，便对面前的岭地将士们说：

你们若不认识我，
佛陀空行是我前世；
富庶安乐的龙宫，
是我今世投生地；
龙王邹纳是我父，
三女之中我最小；
梅朵娜泽是我名，
献给了祖师白玛陀称，
转赐给郭部然洛家，
说不是终身是暂寄。
郭部发生事变时，
部落不知去何地。
我只顾追赶这乳牛，
远离部落到这里。
若是神佛指引求慈悲，
若是魔鬼所引也难躲避。
古人早有谚语道：
父母、配偶和住处，

三者都是前世命中定；
苦乐、祸福和财富，
命运的图画早画成。
现在我只要回龙界，
来到此地不由我自己。
我未死之时跟着乳牛走，
我死之后也要为众生办好事。

岭地人马听了龙女梅朵娜泽的一番话，半信半疑。老总管决定班师回岭地，森伦忽然说：“达绒长官说过，这次出征，所得战利品，要给我作为占卦的酬劳。”

晁通马上反悔：“这女子不是战利品。”

岭地的公证人威玛拉达出来调解道：“因为这是然洛敦巴坚赞的家产，应该是战利品。常言道，话从口出，快马难追；箭从弦发，难用手捉。龙宫大般若经一十六包和龙宫帐房唐雪恭古这两样东西，应该做岭地的公共财产；这女子和龙畜乳牛，应给森伦，作为他占卦的酬劳。”

众家弟兄都说好，晁通也无可奈何。他真是后悔至极。

岭人都班师回部落，请龙女上马，但马没有鞍子。龙女忽然想起一件事，对总管说：“去年夏天，我在对面石山旁边玩，一个小孩给了我一副金鞍和松耳石辔，并且悄悄告诉我：‘你不要把它带到别的地方去，也不要告诉任何人，到了用得着它的时候，你自来取用就是。’所以那副鞍辔一直放在石山嘴上的那个洞里，不知现在还在不在。”

绒察查根立即派人去找，派去了几拨都没有找到，最后只得让龙女自己去。梅朵娜泽一去，就把金鞍拿了回来。到此时，众人确信她是龙女无疑，众兄弟欢呼：“格索！”呼唤神佛，回到岭地。

第七章

生妒意嘉妃欺凌郭姆 受离间龙女遭遣荒郊

森伦把美丽的龙女领到家中，家里马上变得异常光明。嘉妃娜噶卓玛一见，心中很不愉快。因为梅朵娜泽过于漂亮，又有吉祥的兆头，嘉妃很怕她凌驾于自己之上，所以不愿与龙女同住一处。

老总管看在眼里，心中暗想：上师预言将有一个神子降生在岭部落，那他的母亲必定是这个龙女。这样，嘉察和神子就不能是一母同胞了，可爱的嘉察协噶不知是否能够尽其天年，但这话又不能说。好在嘉妃并不知道这件事，关系还不大。

森伦另备了一顶精巧的小帐房，扎在娜噶卓玛的帐房旁边；又收拾出一套干净的家庭用具，供梅朵娜泽使用。嘉妃也给了龙女骡、马各一匹，犏牛、母牦牛各一头，母绵羊一只，给龙女的家取名为"四门福院"，给龙女取名为"郭妃娜姆"，简称郭姆。智慧空行[1]母转世的梅朵娜泽倒也能随遇而安。只是那头龙畜乳牛，只有梅朵娜泽亲自去挤奶，才有奶汁。而且无论早晚，只要去挤，牛奶总是没有个完。因此人们互相传着："吉祥的白色乳牛，有一百三十个奶头，非龙女无人能挤奶，非松耳石桶不能承受。"

人们越是喜爱龙女，娜噶卓玛的心中就越难受，所以总是挑各种鸡毛蒜皮的小事与她争吵。这样使得本来喜好清净的森伦王每天都要因为家中小事烦恼，他想自己已经不再年轻，在调解家庭琐事和保持自己宁静心性之间很难做出抉择，于是干脆直接收拾好行囊去了远方朝圣。

森伦王离开家乡以后，娜噶卓玛对待郭姆反倒是一副慈眉善目的样子，其实心里究竟如何，她在心里自然有一番打算。一天她将郭姆叫到跟前，说道："郭姆呀，你把我儿子嘉察的宝马套上鞍鞯，牵到托央森奇玛附近的山上去放牧吧。我昨天晚上得了一个好梦，天神说要让具足吉祥的贤德妇人去那松石一

1　智慧空行：密宗女神名，空行母之一。

般的草原上牧马，这马儿扬起四蹄，能够掘出宝藏，为岭地带来莫大的福气。放眼岭国，哪里还有人比得上你这位来自龙宫的仙女。所以呀，今天的这趟差事真的非你莫属了。”

郭姆在心中暗暗叫苦，有谁不知道要去到托央森奇玛牧场需要翻过魔鬼横行的山口。然而嘉妃又把话说到这个地步，要是不去吧，又会有损龙宫吉祥的美名，于是她只好在心中默默祈祷父王与白玛陀称王的保佑，独自牵着嘉察的白马往山口走去。当她到达山口的时候，果然见到狂风中飘荡着几条黑影，也不见上师与父王的身影。龙女回想起来自己在龙宫被母亲与众位姐妹呵护得如同宝珠，可来到岭地以后，要做人间各种繁重家务不说，更要忍受嘉妃的百般刁难。她越想越伤心，便在山口掩面痛哭起来，哭着哭着，恍恍惚惚地进入了梦幻的境地。

白梵天王在六百天人的拥护下自天空缓缓飘来，他柔声对着郭姆说道：“邹纳龙王的好女儿，你不用害怕，也不要对白色善业失去信心，在你身上肩负着一项伟大的使命，为了三界众生的福祉，日后你还会遭受更大的磨难。”

说着白梵天王走到她的面前，手里拿着一盏金杯，里面盛满了圣水。

“这杯水里有一百一十位大成就者加持的法力，喝下去能帮你不受妖气和各种魔法的伤害。而你的父王与白玛陀称祖师也会一直守护在你身边。”

白梵天王将圣水倒进一个装饰有八宝吉祥图的白玉碗中，看着龙女一饮而尽，然后便在仙乐飘飘的环境中隐去了。龙女醒过来，口中还有圣水的甘甜，心中立刻又升起了无限的信心。而不知在什么时候，山口的妖风也已经完全停息，碧蓝的天空满是祥瑞的清风。郭姆踏着轻快的步伐翻过山口，将马儿放牧在碧草茵茵的草原上，心中无限欢喜。到了夜晚，当郭姆牵着喂得饱饱的马儿回来的时候，嘉妃娜噶先是一惊，连话也未与郭姆说半句便钻进了自己的帐房。

这样又过了几个月。一天晚上，郭姆做了一梦，梦见一个上师对她说：“你的帐房下角，有一个像蛤蟆似的石山，你要马上搬到它的前面去住。告诉森伦，要他保守这个秘密。”

森伦欣然答应郭姆的请求，将她的小帐房移至蛤蟆山前。郭姆的一切应用物品，都由嘉察协噶供给。他并不问父母，郭姆要什么便给什么，郭姆也待他如亲生儿子。老总管见状，心里很欣慰，深感像嘉察这样的孩子实在难得，于是也就放了心。

这一天，郭姆吃罢饭，来到湖边散步消遣，清清的湖水缓缓波动。她用手掬起一捧湖水，一饮而尽，顿时觉得精神畅快。望着自己在湖中的倒影，想起自己只身离开龙宫已经整整三年，梅朵娜泽禁不住思念起父母和美丽的龙宫：

不唱歌曲哪能行，

不唱歌曲情难禁。
欢乐时唱歌使人欢笑，
愁苦时唱歌安慰人心。
救主、本尊[1]、佛教这三宝，
请勿离开我龙女！
说什么三女权利都平等，
说什么要把我送到乐土。
有恩的父王言而无信，
将我忘记已三年整。
在这陌生的人世上，
我无救主孤苦伶仃。
听不见龙的声音已历三春，
金座上的父王是否知道此情？

梅朵娜泽思念父母，两眼噙满泪水，慢慢地滴落在湖中。泪水变作珍珠，一粒粒沉到湖底。龙王邹纳仁庆化作一青面男人，骑着一匹青马，来到女儿面前，关切地说："女儿不要抱怨，不是我和上师没有关照你，也不是我和你母亲不想念你，这是因为各人的定数不同。"

龙王邹纳仁庆见女儿面带泪痕，给她念了一首谚语：

生在天上的日和月，
要苍天将它们把握。
金色的太阳绕行四洲，
黑暗的夜色障蔽明月，
是日月宿命所应得。
大地上形成的草山，
要随夏秋改变颜色。
而石山却无冬夏永远洁白，
并不为季节所左右，
这是草山石山命中所应得。
我龙王邹纳的三个女儿，
长女和次女留龙境，

1　本尊：密乘的不共依怙主尊佛及菩萨。

上师要小女儿来人间，
这是女儿命中所应得。

龙王念罢，取出一个如意宝珠，又对梅朵娜泽说：“女儿不要怨父王，你的命运该如此，而且你现在确实处在乐境，嘉察协噶待你如亲生父母，不久你就要有自己的儿子。父王把这如意宝珠交给你，你需要什么就会有什么。记住，在你的儿子诞生之前，宝珠切莫离身。”说完，龙王钻进水里不见了。

龙女手捧着父王亲赐的宝珠，顿时感到像是住在家里一样，浑身温暖舒畅，不知不觉地竟睡着了。

一朵白云由西南飘来，白云上站着白玛陀称祖师。祖师来到梅朵娜泽面前，将一个五叉金质金刚杵放在她的头顶上：“有福分的女子啊，自从你与父王离别，并未有一刻离开我。现在该是你为藏地百姓做善事的时候了。”

祖师又说：“记住，今年三月初八日，是神子投胎的时辰。他是藏地周围四大城、八小城及边地十二小国的首领，是降伏妖魔的厉神，是黑发藏人的君王。

“还要记住，神子出生时，要在上腭涂上上师的长命水。初次要用头顶进饮食，同时要祭祀邦拉神，要厉神给他穿第一次衣服，降敌之初要祭天。这些话你要牢牢地记住。”

龙女一觉醒来，白玛陀称祖师早已不知去向。梅朵娜泽心中不胜感激，对祖师更加敬仰。

到了三月初八的晚上，梅朵娜泽与森伦睡在一起，梦中却见一个金甲黄人不离左右。前次梦中所见的金刚杵，发出嘶嘶的响声，竟钻进了自己的头顶。早晨醒来，觉得全身轻松愉快；几天之中，普通的饮食不用吃了，平常的衣服也不需要穿了。

当确定有了身孕之后，森伦与郭姆都异常开心，却有两个人犹如失了魂魄一般，郁郁寡欢。娜噶卓玛生怕有天郭姆再生下一个儿子，影响嘉察今后在幼系的地位。而另外一位晁通大人又是为什么担心呢？夜里晁通得了一梦，在一片荒凉的大滩上平地刮起了一阵风，仿佛幻变一般，大滩上长满了青草，每片草叶上闪闪放光的并非露珠，而是各种耀眼的珍宝。接着这片草滩上奇珍异草开始疯长起来，蔓延到了整片天地。也顾不得天还没有亮，他赶紧起身占了一卦，得到的结果是岭地将会有一位大人物要到来。他想到流传在岭地的一些预言，又变得惴惴不安起来。倘若不把幼虎扼杀在母亲的子宫中，那么等到将来爪牙长全，是要骑到大人的头上作威作福的。这一天，达绒王来到了森伦家的大帐，然而他要找的却不是兄长。

“尊贵的嘉妃嫂嫂呀，想你当年如花美貌，从嘉纳皇宫嫁到这偏远的牧场，为了幼系的血脉延续你可是立了大功，养育了我那如皓月一般的侄儿嘉察。可我这兄弟也太不知好歹了，自从有了年轻的龙女，便把嫂嫂你的功劳忘记一般。郭姆可真是好能耐呀！把森伦王迷惑得找不到方向不说，就连嘉察也是每天跟在她后面，要是不知道的人呀，还以为郭姆才是嘉察的母亲呢。”

娜噶卓玛怎么会不知道晁通是个爱好搬弄是非之人，平日里不太待见他，但他此时所言，就像是一根根针头扎进她柔软的心中。

“可不用你晁通王费心了，看看你对你家丹萨的脸色，可不比森伦王给我的好。你这样的人也配来数落我吗？”

“嫂嫂怎么可以与我家丹萨黄脸婆比？你是出生嘉纳皇宫的贵公主，黄金哪能和黄铜相提并论。再说我不是为你考虑吗？提起我那嘉察侄子，叔叔我的心里可是骄傲得很呀，岭噶三系中，无论长者还是青年，谁不把嘉察看作是明天耀眼的太阳？可是郭姆怀孕的消息传出去以后，很多人便不这样认为了。大家以为只有依靠龙族的力量，才能壮大岭地的势力，现在大家都盼着龙子出生呢，以至于嘉察为岭国立下的战功早就被遗忘了。嘉察糊涂呀！看他比谁都盼望郭姆的孩子早日出生。”

“可不是嘛，还每天说些疯话。说什么‘将来一定要辅佐弟弟成为岭地的大王’。”

“现在岭国所有的人都像是被酥油蒙上了眼睛，这郭姆毕竟是来历不明的女人，究竟是龙族还是妖魔尚且不知，就算真的是龙女，生下来的孩子也非我族类，有什么资格称作是神族后裔？现在我们两人的心思就像碧空的太阳一样明朗，可千万不要等到以后妖魔之子五毒俱全了才懊悔呀！”

晁通一边说着，一边眼睛滴溜溜地看着满腹心思的娜噶卓玛。她似乎也像是想到了什么，定了定神然后对晁通说道：“现在岭国上下都着了魔障，我当然知道应该怎么做。”

几天以后，娜噶卓玛满脸挂笑地对森伦王说道：“郭姆可是从高贵的龙宫而来，如今又怀上了孩子，这样大的好事，怎么不好好庆贺一番？快在高山上悬旗挂彩，快在山脚下烧香供神，应该大摆酒肉宴席，让所有岭地的人都来好好庆贺一番。”

听嘉妃这样一说，森伦王心里别提有多高兴，这孩子还尚在胎中，就已经有如此祥瑞之气，竟然连嘉妃都能敞开胸怀了，那么将来岭地众人一定也能彼此团结，森伦王连连称好。嘉妃又说：“我也是想要大摆宴席的，可是酥油、糌粑这些自己能做，可是野兽的肉却没有。你应该带着叔叔们去远方打野牛，为贺神子做岭地从未有过的丰盛宴席。”

森伦王觉得这话很有道理，又在总管王面前说了很多吉利的好话，怂恿英雄大众一起去远方打猎。嘉察当然也很热心这样血性男儿们热衷的打猎事项，众人准备好后，便浩浩荡荡地向远方出发了。

不久，幼系的英雄们猎杀到了很多的野牛、黄羊等等野物，多得一时之间无法全部运回营地。于是晁通主动请缨，说是回去调人来帮忙搬运。众人也说好，便由他先回去报信。几天以后晁通回来了，看来一副满怀心事的模样，森伦问他为何一副愁眉不展的模样，只听晁通说道："为了迎接神子降生，我部族不辞劳苦地来远方狩猎。难道是我们对龙女过于呵护？她竟然越来越不将我们放在眼里了。说什么'我的儿子是龙王亲孙，是黑头藏人的领袖，凭什么要去迎接他们？'这样说话实在是不像话呀！"

见森伦王皱眉不语，晁通便也点到为止。究竟发生了什么事情呢？原来自男人们外出之后，娜噶在郭姆的饭食中放了毒药，但是因为有白梵天王赐的圣水，虽说母子二人保住了性命，但是却让郭姆神志不清。晁通回来以后，与娜噶二人将计就计，先让岭国的人将她赶出部落再寻方法。

森伦当然知道郭姆的个性，当下并未对晁通的话语做出任何反应，但还是在心里犯了一下嘀咕，于是带领各位兄弟不分昼夜地往家里赶。幼系部落的人都来山口迎接得胜归来的队伍，可森伦并没有在人群中看到郭姆，见他失落的样子，晁通又在进言："我昨天不是跟哥哥说了吗？这女人可是你帽子里装不下的头盔。你已经走累了，还是先喝点酒吧！"

森伦王的苦酒一杯接着一杯。而在家中，娜噶卓玛趁着郭姆不清醒的时候将她的辫子剪掉，然后自己托上金盘去向丈夫献酒。森伦问起她家里的情况时，娜噶嗤之以鼻地说道："郭姆说她可是尊贵的龙女，现在又怀着岭噶神族的后裔，她怎么能来跟你们这些凡夫俗子敬酒呢？"

森伦一听火冒三丈，趁着酒兴冲回家去。听到丈夫在帐房外面叫骂，龙女这才慢慢清醒过来，她摸摸自己的辫子竟然不知所去，如果这副模样让他看到可该如何是好呀。于是她将自己关在房中，任凭森伦说些什么，她就是不答话、不开门。森伦酒劲上来，加之气急攻心，竟然昏死了过去，晁通赶紧上去给他泼了冷水："我眼珠子一样的哥哥呀，你做长官，我是随从。你要是为此有个三长两短，我可应该怎么办呀？既然你和郭姆情分已断，但看在她是龙族后裔的分上，还是分给她一点财产将她送回娘家吧！"

总管王觉得事有蹊跷，这毕竟是弟弟的家务事，不便多管，但他又想起来多年前的汤东杰布大师的预言，深信郭姆怀的孩子会是岭国的希望，无论如何也不能让郭姆回去。于是在他的劝说下，森伦没有遣送郭姆回龙宫，而是在娜噶的安排下，将家中老弱病残的牛羊分给郭姆，又再给她一顶破烂的帐篷，赶她到阴山沟里去待产。

第八章

出祥瑞神子降临岭国
设毒计晁通弄巧成拙

虽说怀着身孕的郭姆过了一段时间的苦日子，却因为有龙族亲人和天神的接济照应，日子倒也过得清闲。到了虎年腊月十五日这天，郭姆自觉与往日不同，身体变得像棉絮一样软，内外透明，无所障蔽。而此时，岭国的大地也开始震动起来，约莫黄昏时分，郭姆先生下一条黑色的长蛇，一落地就唱道："我是梵天之友黑毒蛇，用着我时我就来。"

唱完便隐身而去。又生下来一个金黄色的人："我是哥哥黄金蟾，用着我时我就来。"

又生下来一个绿松石颜色的人："我是弟弟绿玉蟾，用着我时我就来。"

又生下来七个黑铁鹰："我们是铁鹰七兄弟，用着我们便一起来。"

又生下来一只人头大雕："我是人头大雕，用着我时我就来。"

又生下来一条红铜色的狗："我是红铜狗，用着我时我就来。"

这些东西落地之后便都不见了，最后郭姆生下来一个羊肚子一样圆圆的肉蛋，这个时候因为生产劳累，都没有看看这东西她便昏昏睡去了。当天夜里，森伦王家里所有的母牛、母羊、母马都产下了小犊子。天空中雷声轰鸣，降下花雨，半空中响起悦耳的仙乐，郭姆的帐房被一团彩云所笼罩。嘉妃娜噶看见郭姆的帐房上方闪着金光，感到十分惊讶，立即通知晁通王一起来到了郭姆的破帐房前。

帐房里面还是没有动静，晁通在外面喊道："以往每天日头没有出山以前，就见你郭姆在帐外挤奶，今天郭姆你犯什么懒？"

还是没有人应声，晁通与娜噶两人便走了进去，郭姆身体虚弱得似睡非睡，而在她的脚边有一个巨大的肉蛋，晁通预感着不是吉祥的兆头，于是拿起随身携带的宝刀向这肉球劈了下去。却见这肉球里面是个红光满面的孩童，他食指向天指着，站起身来，做出要拉弓的模样，他厉声说道："我将来要做黑头凡人的君王，制服你们这些凶狠残暴的强人！"

晁通与娜噶二人被吓了一跳，刚生下来的小孩就能说人话，将来可要怎样的了得，趁现在众人还未知晓，得马上将这个怪胎除掉。他将这孩子从地上提起来的时候，虚弱的郭姆想要起身阻止，却听那晁通骂道："你果然是个邪恶的妖女，无论岭噶上下，远至大食嘉噶，从未听过有妇人产下如此奇怪之物，你若留他，必然成为岭国的祸害！"

说着，他提起孩子的一只脚，用尽生平最大的力气将他的头在石头上面碰了三下，然后又将他摁在地上。不料这孩子却站起身哈哈大笑起来，目无惧色地盯着这个想要将自己置于死地的对手。

虽然晁通十分惊慌，但他还是很快镇定了下来，在娜噶的协助下，他在屋子里找来一块破布，将孩子严严实实地包裹起来，在帐房附近挖了一个大坑，又在他身上压了很多荆棘和大石头，再将坑洞填埋起来。随后两人扬长而去。郭姆拖着虚弱的身体爬到埋葬孩子的旁边，哭得伤心欲绝："我可怜的孩子呀，刚刚的事情都是由前世的因果业力所致，阿妈我会请上师超度你到西方极乐世界。"

突然从地底传出孩子说话的声音："妈妈别哭，我没有死，我是天神的儿子，死亡与我没有缘分。我在晁通手中受到虐待是吉祥的兆头，他埋葬我，表明我要获得躺卧的土地；覆盖我的石头，象征我的权力犹如磐石般稳固；这些荆棘是我锋利的刀剑矛三种武器的象征；而他包裹我的布，则是未来我的王袍。妈妈你不要为我哭泣，我到神界去探望我的七梵友兄弟，三天以后我会再回来的。"

说完，众神从天空中将一道白光降在埋葬孩子的坑洞上方，天神们为他搬开石头，刨开土块，将他擦拭得干干净净地带回到了众神的居所。

晁通回到家中，想起那孩子的模样和他下那样的重手，他竟然还能够站起来，心中越想越不是滋味，于是他将郭姆生下怪胎的事情报告给了总管王，却谎说孩子是个怪物死胎，他只好亲手将他埋葬。总管王长长地叹了一口气，他捋捋胡须，不免有些悲情地说道："看来我岭噶布迎接贵人的时机尚未到来。"他想郭姆毕竟是龙王的女儿，被驱逐不说，现在孩子又夭折，如果森伦不去探望也说不过去，于是吩咐森伦去看看郭姆。嘉察怎么能够相信他弟弟会是一个死胎，他随父亲到了郭姆的帐房，却见帐房被一团彩云所笼罩。郭姆的怀中抱着一个可爱的婴儿，众人看着孩子可爱的模样，却都疑惑不解。嘉察问："这是怎么回事？"

他母亲嘉妃娜噶卓玛说道："郭姆生下了这个孩子竟然像是三岁的孩童，一定是中了妖法，也不知对岭地有益还是有害。"

嘉察抱过孩子，看了又看，心中非常高兴："真是可喜可贺呀！今天才算了却我的心愿，我也有弟弟了。他今天刚生下，就已经长成三岁孩子的体魄。穆布董氏的家族中，白色的狮子用乳汁喂养、大雕用翅膀孵育的神变之子，已经生了许多，现在又生了这个在母胎里就已经六艺俱全的金翅鸟一样的孩子。”可能是由于前世的缘分吧，这刚刚诞生的神子，见了嘉察，猛然坐起，神采飞扬，显得非常高兴，并做出各种亲热的动作。嘉察把自己的脸贴在孩子的脸上，“常言说得好，两兄弟在一起，是打败敌人的铁锤；两匹骡马在一起，是发财的基础。我弟兄二人，无论做什么事，都不愁成功不了。我的这个弟弟，暂时起个名字，就叫他觉如吧”。说罢把孩子交给郭姆，并嘱咐她：“从今以后，要以绸缎和三种素食[1]将他好好养育。”

再说晁通王心中暗想：曲潘纳布氏族里，长、仲、幼三个世系，总根子原是一个，分支并无上下。但是，自从汉妃生下嘉察协噶以后，幼系的力量日渐强大。这回郭姆又生了个儿子，有森伦为父亲，龙王为外祖父，龙女本身又是神所派遣、龙所鼓动。父亲强大，母亲厉害，若不将他及早除掉，将来一定是后患无穷。

但是很快地，晁通毒计又生上了心头。第三天早上，他骑上“古古饶宗”马，带上拌有郁姆鸠戒剧毒的白酥油团子和蜂蜜、蔗糖等食品，来到郭姆的帐房。

“啊，可喜呀，郭姆有了儿子，便是我的侄儿了。现在才生下几天，身体便和三岁的孩子一样，这在穆布董氏的后裔说来，并不奇怪。我做叔叔的，特地准备了干净的素食，给孩子吃了，对他以后获得权势是有好处的。”

说罢，把自己带来的甜食全部让觉如吃了下去。晁通暗自得意：那么多的甜食油脂，不要说一个婴儿，就是个壮男子也消化不了，况且还涂了毒药，觉如只有死路一条。

晁通注视着觉如，觉如却一点异样的变化都没有。殊不知觉如早用风力将毒药化为一道黑气，顺着指头缝排解出去了。

晁通见此计不能害死觉如，又想起一个人来。此人乃黑教术士，名叫贡巴热杂。他修行法术，专能勾夺众生灵魂。过去几次请他，都能如愿，如今要想让觉如丧命，还是非他不可。晁通心中想着害人，脸上却笑容满面：“这个孩子是天难覆、地难载的，要请一位上师来，给他灌顶，作长寿祈祷。我马上去请，你们在这里铺上干净的毯子。”

贡巴热杂已经预料到晁通要来找他。听了晁通的请求，贡巴热杂暗自思忖，要杀死觉如，三日之内是不成问题的，因为他还未长成熟，龙的福运还未圆满。而我的威力，能将金刚般的石山粉碎，可以把南方的苍龙弄到平地上来，哪有不能胜他之理！贡巴热杂心中料定自己能胜觉如，嘴上却说：“啊，达绒官人，不是我不尊重长官的命令，实在是仆人不能胜任。如果发了不能遵守的誓言，

1　三种素食：指牛奶、酥油和糖。

是要被拖到地狱里去的。”

晁通一听，忙行九叩之礼：“天地之间，您的威力是无敌的，这次无论如何要请您走一趟。将觉如除掉，我不会亏待您，您的冬夏生活费用，不会短缺。”

“既然官人如此心诚，我马上就去，觉如今晚必死无疑。”

晁通听罢，欣喜异常，立即回到郭姆的帐房，对郭姆说：“今天我本想到上师贡噶那里去，在路上碰见贡巴热杂老人，请他占了一卦。他说三天之内，将有大难。因为嘉妃和嘉察对他的恩德太重，他要来保护你们。”

觉如望着晁通慌慌张张离去的背影，对母亲说：“今天我降伏老妖贡巴热杂的时机已到，快拿四个石子来。”

郭姆将四个石子递给觉如，觉如将石子按前后左右摆好，闭眼静坐，心中默默呼唤诸神。

贡巴热杂从修行室起行，到第一个山口时，嘴里念一声“拍”，空中的神都不见了，但九百个身穿甲胄的神依然围绕着觉如。到第二个山口时，贡巴热杂又念一声“拍”，下面的龙王都消失了，但九百个眷属依然安在。到了可以看见帐房的地方，老妖又念了一声“拍”，中间的厉神都不见了，但觉如呼唤的护法神依然存在。

就在贡巴热杂到达帐房的同时，觉如抛出了四个石子。九百个白甲人、九百个青甲人、九百个黄甲人、九百个空行神兵同时出现在贡巴热杂面前，吓得老妖扭头就跑。觉如将化身留在郭姆身边，真身去追赶贡巴热杂。

贡巴热杂飞快地跑回自己修行的山洞，觉如马上以神通搬来如牦牛大的一块磐石，堵住洞门。贡巴热杂遂把每日修炼的供神之物抛了出来，石崖震得轰隆隆响。他又把每月的供品抛了出来，石崖炸开了一个缺口。觉如变化成白玛陀称祖师的模样坐在那里，贡巴热杂无奈，最后把全年的供品抛了出来，石崖发出猛烈的霹雳般的声音。觉如将那石洞化为霹雳室，老妖想抛出的东西，竟一点也未能抛出洞外，非但没有损害觉如，反把自己炸为粉末。

觉如除掉了贡巴热杂，马上变作贡巴热杂的模样来见晁通。他要晁通报恩，其他的供养且不论，单只要手杖作谢礼。

原来，晁通家有一根天上的魔鬼献给象雄黑教贤人的手杖，名叫姜噶贝噶。这是鬼神的宝物，念动真言，可以快步如飞，行止如意。据说这根手杖和供奉求福的彩箭一起绑在旃檀柱上，任何人也不能触动它。觉如认为现在是索取这个宝物的时候了。

晁通一听觉如已死，心中异常高兴，但听到贡巴热杂要他家的宝物魔杖，又非常舍不得。可是贡巴热杂的意思说得很明白，如果不把手杖给他，他就要把害死觉如的事告诉总管和嘉察。假如他们知道自己害死了觉如，那还有自己的活路吗？晁通心里害怕，禁不住打了个冷战。俗话说：权力被别人夺去，头发被树梢缠住，就会身不由己。现在已经没有别的办法了，他要什么只好给什么。况且他已经老了，不会活得太久，等他死了，宝物还归我晁通所有。想到这里，晁通心一横，把宝杖交给了觉如的化身——贡巴热杂。

第二天，晁通越想越生疑，不知觉如是不是真的死了，也不知贡巴热杂在做什么。他想去郭姆的帐房，又想去贡巴热杂的修行室，最后决定还是先去贡巴热杂的修行室看看。

他来到离修行山洞不远的地方，见洞中冒出一缕缕青烟，知道贡巴热杂正在洞中。晁通快步走到洞门口，见洞门被一个大磐石堵住，只有两个被捣开的窟窿。他顺着窟窿向里望去，见洞内一切都非常凌乱，贡巴热杂的头朝下，面色紫黑，手杖就在他的身边放着。

晁通见贡巴热杂已死，心想，得把手杖拿回去。他立即变成一只小老鼠，钻进洞内。到了里面，手杖突然不见了。晁通以为这是由于自己变成了老鼠而不可见的缘故，遂将头还了原形，可还是看不见手杖。他心里一阵发慌，马上念起咒语，想使自己的身子也还原，谁知竟不能如愿。他更慌了，想要马上出洞去，于是再次念起咒语，想把头再变成鼠头，以便钻出洞去，但也不能如愿。他哪里知道，这正是觉如的法力在他身上起了作用！

当觉如来到洞门口时，一下发现了晁通变化的人头鼠身。觉如装作不知地说："这个怪东西，一定是个吃人的魔鬼，我要用他害人的办法来杀掉它。"

晁通吓得嘴唇发抖，好似柳叶被风吹动，上下牙碰得直响，央求道："尊贵的觉如啊！你不是常人，是神子，是佛祖，是上师和本尊，虽然愤怒，也不记在心里。我是你的叔叔晁通王，不要杀我，救救我，你说什么我都答应。"

"啊，叔父，现在你的幻变身子恢复不了原形，这是因为你对岭地产生了黑心。你认为你达绒地方的兵马强壮，但是这种强壮是不能战胜外敌的，只能引起内讧。这种内讧，会危及岭地的利益，因此你要发誓，对岭地不使坏心，不在内部起争斗。如果你从内心里答应，我可以使你的身体还原。"

晁通哪里顾得上细想，马上发了誓。觉如还请了三个证人：一个是马头明王，一个是达拉梅巴，一个是岭地的《大般若波罗蜜多经》。

觉如见晁通已发誓，遂使其还原成人形，自己也以真身回到母亲身边。

晁通见非但害不成觉如，还险些丧了自己的命，自知力不能敌觉如，但又不甘心就这样失败，每日里叹息不止。

觉如在岭地过了四年。在此期间，他降伏了杂曲河和金沙江一带的无形体鬼神，为众生办了许多好事。

第九章

传授记推巴噶瓦得道
施幻术觉如母子被逐

到了壬午年十二月十五日——觉如降生岭地五周年这一天黎明时分，他在睡梦中又得到白玛陀称祖师的授记：

觉如神子听！
有此一段事。
鸟王大鹏的幼雏，
有一根乘风的羽毛。
若不腾空飞翔，
有没有六翅有何区别？
勇猛的兽王的子孙，
有绿鬣和三种武艺，
若不到雪山顶上，
三艺圆不圆满有何区别？
神子降生到人间，
具备所向无敌的神通，
若不去征服世界，
有没有神通有何区别？
降生的地方在美丽的岭地，
居住的地方是黄河之畔，
好地方黄河流域莲花谷，
好日子甲申年正月初一，
好事情神通归掌握，
好部落六族自然到手里。

白玛陀称祖师唱罢，又俯身在觉如耳边低语了半晌，然后飘然离去。

觉如把白玛陀称祖师的话牢牢记在心里。他要遵照上师的旨意，离开此地，到黄河流域去。但要离开岭地，也必须遵照上师指示的办法去做。

一天，觉如对郭姆说："母亲啊，我的头上要一顶帽子，脚上要一双鞋子，身上要一件好衣服。"说罢，骑着姜噶贝噶手杖走了。

到了赛玉山，觉如杀死了黄羊妖魔弟兄三个，做了一顶不好看的帽子，把黄羊角也镶在上面，羊角高高地竖着。晚上到了老总管的牛圈里，把七个牛魔偷偷杀死，做了一件不好看的牛皮破边衣服；把牛尾巴也系在衣服上，长长地拖着。半夜里，他又到晁通的马圈里，将马魔杀死，做了一双不好看的红色马皮靴子，又把马兰草根倒过来，缝在上面。

郭姆见觉如把自己打扮得这样令人害怕又讨厌，心里很奇怪，便问觉如为什么要这样做。

觉如回答说："常言道，自己的事情自己来解决，那比上司官长的金字公文还要强；自己的事情自己来做主，那比居高位的一千个金座还要强。我要离开奔氏居住的地方，这样，我觉如上面没有官长，属下没有百姓，即使世上的人都成了我的敌人，我也没有什么可畏惧的。我们母子没有家产，就不必瞻前顾后；我们母子没有亲属，就不需要为顾情面、奉承别人而多费精力。我们走吧，哪里的太阳暖和，哪里的地方安乐，我们便往哪里去。"

郭姆没有表示什么，觉如继续照自己的想法办。他把自己住的地方变成肉山血海，拿人肉当食品，拿人血当饮料，拿人皮当地毯。这种状况，不要说人见了害怕，就连神鬼也寒心，罗刹也变色。人们纷纷传说，神子觉如已经变成恶魔，变成了红脸罗刹，但是没有人能降伏他。

觉如母子二人来到澜沧江畔，觉如忽然想起应该征服澜沧江对面山上以吃小孩为生的罗刹鬼。于是让妈妈将自己绑在双胎马驹上，渡江到对面山上去，看见罗刹正在吃着四五个小孩子，他对罗刹女说道："罗刹姐姐长命百岁！给我一点火吧，我给你出个好主意。"

"我给了你火，你能给我出什么主意呢？"

罗刹女这样问，觉如回答道："你住在这里，除了吃小孩其他什么都吃不到，不如到对面山上去。"

"可是我没有办法到对面山上去呀。"

觉如把双胎马驹的尾巴拴在罗刹的脖子上，说："你跟我来。"

走到河中心，罗刹的脖子被拉断，立刻就沉到河底了。

这以后，觉如前往蛇头山口，途经一条像婴儿咽喉似的狭路，正遇到一个水妖在出游，他知道降伏这个水妖的时机已经到来了，就对妈妈说："妈妈，你随后来，我先去看看道路好不好走。”

他到前面时，那个妖魔正张开大口等着呢。觉如暗暗呼唤天神，在八十尺长的一根皮条末端，拴上铁钩抛出去。铁钩钩在了妖怪的心脏上，将他拖出水面杀死了。

后来，觉如母子二人，就在蛇头山口安了家。觉如上山捕鹿，拿石块打野马，打杀周围山上的野兽。然后用死肉垒屋墙，拿兽头围院落，使血液汇成了海子。他还把附近山沟的商旅过客抓来，关进牢房，饿了吃人肉，渴了喝人血，用人皮做坐垫，把人尸撇滩头。这情景，使鬼神看见了也惊心，罗刹目睹也厌恶，八部厉魔发现了，也心惊胆战。这一带的商路交通被觉如截断，约有一年半之久。

又过了一段时间，达绒家的七名猎人来到觉如住的地方附近打猎。在未狩猎之前，他们在森林里打夜铺住下来。觉如立即把那里的七个黑人黑马找到眼前，命令他们在三个月之内，不许把达绒的猎人放走；并对猎人和马匹做了在这期间内不死的加持，留在那里。然后，觉如又显示杀死猎人七人七马的神变，把人尸和马尸排列起来，堆放在那里。来到山上寻找达绒家丢失的马匹和猎人的人们，认出了这些人和马。大家都在议论说：“猎人被觉如吃了。”

然而却没有一个人敢到觉如面前去。

得知这些情况，老总管绒察查根心中忧虑万分，从预兆上来说，觉如无疑是来征服四方妖魔的神子。可现在的行为，纯粹是破坏岭国内部的法规。若说这是别有用意，那究竟为什么要如此呢？如果长期置之不理，岭国的法规就要被毁灭。

应该怎么办呢？总管王满心忧虑，在半梦半醒之间，只见格萨尔在天界的姑母朗曼噶姆骑着无鞍鞯的白狮降临虚空，她对总管王授记道：

黄金宝座上的大首领，
总管绒察查根你细听。
鸟王大鹏的幼雏，
好像暂时落入人家，
展翅随风翱翔的日子里，
若不到如意树枝上去，
主人的房屋有可能尘土四扬。
毒蛇头上的宝珠，
虽然由穷人得到手里，
如若没有享用的缘分，

遇到能够保卫珍物的强者，
穷人也不能消受那宝珠。
神子变化成为人，
诞生地是吉祥之所，
如若不能将降魔基地——
黄河两岸来占领，
占据着岭地家乡有何益！
在那澜沧江和金沙江之间，
大象行走嫌路窄，
骏马驰骋嫌路短，
和要教化的霍尔相距又太远。
善恶颠倒的预示和征兆，
标志着白业战神遭厄运。
为洗净岭地法律的污垢，
勿留觉如，把他撵出去。
今后三年时间内，
澜沧金沙会被白绫覆盖，
野马的蹄子要抬上天去，
黄河流域的白螺供柱上，
要用五种珍宝来装饰。

天母这样说完以后便隐去了，总管王的心里突然跟一面明镜似的，连日来的担忧也一并散去。而此时，达绒王家也派了仆人来跟总管王报告。把觉如是怎样将那七个猎户生吞活剥的又添油加醋地说了一通。总管王很不耐烦他的唠叨，于是捋捋胡须说道：“你说的这些坏事真的可靠吗？再怎么说觉如也是奔巴王的弟弟。俗话说一口能吞大海的人，肚量应该有天那么大；两膀能抱起大山的人，力量应该像地那么大。我想最好还是让他们自便吧，觉如母子好歹是龙王的亲戚，就算他们是罗刹厉鬼，那么我们也是毫无办法的。晁通王可是岭国法术最厉害的人，如果就连他自己也不敢去面对觉如，又何况是我们呢？”

总管王将晁通家的仆人打发走了以后又亲自去了嘉察那里，将天母的预言说给了嘉察听，知晓了天机的两个人商量好了要守口如瓶。等到初八那天，在晁通王的坚持下举行了岭国英雄会。晁通当着众人的面说道：“兄长总管、侄儿嘉察，还有各位到场的神岭子孙们，今天请大家来到这里商议觉如的事情，并不是我晁通有意要为难侄儿。想我达绒王，有哪个时刻不是把岭国的荣誉放在首位？觉如对于我而言，就像俗话说的‘身上无疼痛，大病在心里’，我总是在想他是不是被罗刹恶鬼迷了心窍，如何做一场驱邪的道场，如何治好他那疯癫的病。”

然后他又将本来已经夸大了的觉如的事情再夸张地讲述了一遍，并说一定要当着大家的面占上一卦。结果卦象上说“只有除掉觉如，岭噶才能安宁”。这样的卦辞可让嘉察大人十分担心，总管王出来主持公道，他唱道：

在岭国达塘查茂地，
请把总管绒察歌儿听，
就像藏族俗语说，
肉类酥油糖食最香甜，
吃多了也会生疾病。
天神赐的神子觉如，
暂时虽然危害岭噶布，
岭国福运好像也完了，
这是说个笑话给你们听。
只要地上有潮气，
绿草总会从中生，
只要命纹在额头，
祸害会变成好事情，
勇武在身的小伙子，
敌人再多也会把战利品来夺。
上面讲的这些道理，
六大部落可听清。
法律庄严需肚量大，
语言是流水需要探源头，
说达绒人被觉如杀死，
究竟有谁可以做证人？
现在要驱逐觉如出岭国，
这是处分犯法的人。
请问要如何驱逐他？
由一百个上师吹法螺来赶他，
或者一百个青年放箭来赶他，

或一百个姑娘扬灰来赶他。
如果觉如没有罪，
半分人命没有错伤过，
待到真相大白后，
谁人应该为错怪后悔？
觉如本来是穆布董氏好后裔，
又是邹纳龙王好外孙，
没罪受罚本来不合理。
因此嘉察协噶你请听，
弟弟要被流放到边陲，
所需一切都由你来准备。
现在要从达塘会场上，
岭国青年小伙子们，
谁敢答应说我去，
若有人愿意走一趟，
赶快出来报名字，
六大部落岭噶人，
请把这话记心里。

但是，究竟派谁去把大家的决定告诉觉如呢？没有人愿意去。嘉察伤心地叹了口气："既然众家兄弟都不愿去，那我就去告诉弟弟吧。"

下臣察香丹玛绛查见嘉察大人满面悲戚之色，知道他不忍离别弟弟觉如，便走上前去："尊贵的奔氏协噶，请您坐在金座上不要走，应该由我丹玛前去。"

察香丹玛绛查骑马来到觉如的住地，看到的是人皮撑起的帐房，肠子做的帐房绳，人尸和马尸砌成的短墙和一座小山似的尸骨，不禁毛骨悚然。但是他仔细思量，又暗自奇怪，就是把岭地的人马全都杀死，也不见得有这么多的尸骨，除了变幻出来的外，不会是别的。想到这里，他心里不再害怕，摘下帽子向觉如挥动，觉如马上跑下山坡，请他进帐房。

走到帐房跟前时，那些尸骨像烟雾一样地消失了，不洁净的幻象也没有了。帐房里面香气荡漾，浓郁扑鼻，令人身心愉快，神志清明。觉如以天神饮食待丹玛，君臣之间，亲密异常。觉如对丹玛作了许多预言，对自己的真相，也作了一些暗示。察香丹玛绛查发愿：生生世世愿为君臣，永不相离。

觉如听了，立即说："臣子丹玛你先回去，就说你没有敢到觉如跟前去，只是喊了一下。刚才我说的话和你看到的事情，暂时不要让别人知道。切记！切记！"

丹玛遵旨回到岭地，说觉如简直是活生生的罗刹。就在这时，传来消息，又有几个岭人被觉如吃掉了。晁通马上命令：“大家披甲戴盔，手执兵器！”

嘉察不以为然地说：“哪里用得着这样大惊小怪，达绒官人去令他悔罪，驱逐出境就可以了，再不要惊动他人。”

老总管命令一百名女子每人拿一把灰，准备诅咒、驱逐觉如。

嘉察心中大为不忍，说：“觉如是穆布董氏的后裔，是龙王邹纳仁庆的外孙，是我协噶心肝一样的弟弟，是母亲郭姆的第一个儿子。对他撒灰诅咒，对战神也是不恭敬的，不应该这样做。但是，为了不违背岭国的法规，可用一百把糌粑来驱逐他。”

郭姆母子被召到众人跟前。觉如头戴难看的黄羊皮帽，身穿难看的牛皮衣服，脚穿红红的马皮靴子，骑着姜噶贝噶手杖，模样令人厌恶。他却把母亲郭姆打扮得比以前更加美丽动人，骑在骒马卓洛托嘉上，好像太阳出山一般。

岭人一见郭姆母子，心神立即不能自主，纷纷议论起来：“觉如多可怜呀！”

“郭姆多美丽呀！”

心灵被感化了的岭部众生，把以前的可怕情景都忘得一干二净，对于眼下觉如的处境十分担心，眼里充满泪水。

嘉察将乘马、驮牛和一应物品还有护送之人早已准备妥当，只等送觉如上路。

觉如心中也很舍不得离开哥哥，他用一种只能让嘉察听见的话对他说：“嘉察哥哥啊，我此去，是因为天神所预言的时机已到。我走之后，您不必担心。护送我的人和物品等，我什么也不需要。玛沁邦拉山神和黄河流域的土地神已经派人来迎接我了，昨天已经到这里了。”

嘉察协噶心中猛然醒悟，刚要对觉如说些什么，见觉如已把脸转向大家，临行前他要向岭部落的人说几句话：“善良的人们啊，我觉如并没有做什么危害众生的事情，以后你们会慢慢明白。我觉如无罪而被放逐出境，虽不妥当，是叔父的命令；虽不公正，是先业所定。我走后，你们应照善业行事，然后将事情的真假是非弄清。现在叔伯严厉的命令下，我觉如不再逗留，即当前行。”

说罢，骑上姜噶贝噶手杖，从吉普地方向北走去。上师们吹螺号诅咒驱逐，但螺声却像迎接觉如一样地在他面前呜呜而鸣。勇士们尽力射箭驱魔，但利箭却像给觉如敬献彩箭一样，接连落在他的手中。那些糌粑供品，也像雪片一样地纷纷在他母子面前飘落，落在郭姆手中的绫带里。郭姆大声呼喊：“请原谅吧，尊贵的白玛陀称祖师，本尊神旺钦锐巴，空行益喜嘉措，天母朗曼噶姆，司寿珠贝杰姆，嫂嫂郭嘉噶姆，哥哥东琼噶布，弟弟龙树威琼，战神念达玛布，父王邹纳仁庆，山神格卓念布，地方神吉杰达日等为我母子做救主，并做旅途的保护神。愿岭地的人、物、财三种福祉，一切享受，也

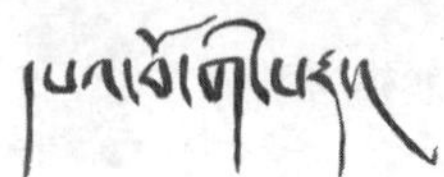

像大海汇集小溪、母马后面跟着马驹、父母后面跟随子女一样，挤挤扎扎地随着我母子来吧！”

郭姆的呼声在山间久久回荡，十三沟的山林和山神吉杰达日都向郭姆母子前进的方向围拢过来。到如今，吉普地方的地势，还保留着当时的样子。

第十章

玛沁山神示谕传教诲
岭国英雄挥师察瓦绒

觉如和母亲郭妃娜姆就这样在玛域深山峡峪之中过着恬淡节俭的生活。那里人烟稀少，“称朋道友”的只有乌鸦，同住同行的只有自己的影子，对话搭腔的只有山谷回声。

有一天，郭姆的神子觉如头戴一顶不雅观的野羊皮红帽子，身穿一件不合身的硬边牛犊皮筒子，脚蹬一双不顺眼的红马皮靴，用几根马尾系着当鞋带，将长花纹的抛石器掖在腰间，短花纹抛石器扣在食指上，来到了玛科如扎中部坝子上，猎获了几只魔魂依附的野鹿、岩羊，稍微休息了一会儿，就像是受到了神的摆布一样，不久便昏昏沉沉地入睡了。

但见那：广阔的天空彩云缝隙里，来了那位玛沁邦拉山神，胯下一匹鹅黄神马，右手持标枪，枪缨头上飘，左手托吐宝鼬，由三百六十位天兵护佑，笑眯眯地鸟瞰着神子觉如，唱起预言歌道：

嗡嘛呢叭咪吽誓。
鲁阿拉塔拉塔拉热，
塔拉鲁益兰鲁热。
若不知这是什么地方，
碧空万里彩云端，
若不知我是哪一个，
外相是玛沁邦拉山，
内相是多闻天王神。
觉如长官和我玛沁，
犹如身影难离分。
就在今年这一载，
阳火虎年才能成功，

第一天干太岁合，
九宫八卦也相应，
第三时机已成熟，
吉祥三好备齐整，
天神助你定能成功。
察瓦绒的下部地，
白崭叠集像雄鹰绒，
在那坚固的岩丛里，
处处堆积箭雕翎，
埋藏是祖师白玛陀称。
为来世超度众妖魔，
箭支藏在察瓦绒，
父辈财产该儿继承。
察瓦绒那个囊拉王，
本系龙王神通广，
并有群魔之胆量，
如果今年不征服，
再无机会将他降，
他是毁法的大仇敌，
由岭国调伏理应当。
现在神子觉如你，
变作红色马明王，
向达绒阿努司潘
假托马头明王将他诳。
你就说——
喝罗刹血的雕翎箭，
只有达绒是主人。
听懂了请记在心里，
听不懂不再做解释。

歌罢，神子觉如从睡梦中醒来，抬头一看，那玛沁邦拉山神像彩虹一样地在天空消失了，觉如打死了很多魔魂依附的野兽，回到阿妈的身边，说了许多家常话。

最后，他对阿妈说："今天，玛科如扎中部居住的那位大地之主玛沁邦拉山神，给孩子觉如我做了预言教诲，说是叫我去征服察瓦绒箭宗，还说有神仙协助。若将察瓦绒箭宗取到手，便能够请来嘉噶佛法和征服周围的那些大宗。我不能停留，要到岭国去，阿妈请您多保重，不需多久我们母子便重逢，这些肉献给阿妈您享用，这是众空行母宴会之物。我可以去享受神仙的玉液琼浆，请不必为我操心。”

阿妈郭姆想：“我这个儿子虽然年幼，但聪明伶俐，武艺高强，与众不同，并不需要我教他干这干那。”便放心地休息去了。

再说那神子觉如戴上那不雅观的野羊皮帽子，穿上那不合身的硬边牛犊皮筒子，蹬上那不顺眼的红马皮靴，用几根马尾系起当鞋带。他遇上大山大步跨，遇上小山小步走，不多时就回到了岭国。

在达绒阿努司潘的城堡东面的阳台上，他变成一只神鸟。那神鸟上身黄，黄似金；下身白，白似银；腰间花，赛玛瑙；嘴爪黑，黑似铁。这时候，在天幕尚未拉开，繁星还未给太阳让道，天河还没有摆尾，水源头青霜还未融化，乌鸦尚未早饮，高山头尚未戴金帽，懒汉还没有生火，懒婆娘还没有掏灶灰，觉如幻化的神鸟向达绒阿努司潘唱起了预言歌：

嗡嘛呢叭咪吽誓。
阿拉塔拉塔拉热，
塔拉鲁益兰鲁热。
若不知这是什么地方，
司潘长官的大营房；
若不知我是哪一个，
北方天神马头明王。
司潘长官别睡觉，
睡觉之人没文才，
上师睡觉法坛废，
长官睡觉法规衰，
长辈睡觉没威信，
武士睡觉战必败，
妇女睡觉败家业，
卵石睡觉长藓苔，
老树睡觉根腐烂，
别睡了请你快起来！
叫你听并非是说教，

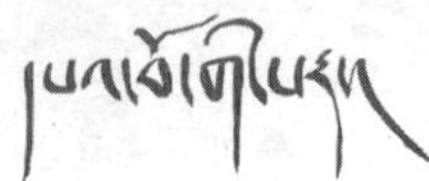

听懂和佛经一般同。
今年这个火虎年，
天干太岁八卦好，
吉祥三好备齐整。
察瓦绒的下部地，
白岩叠集像雄鹰绒，
在那坚固的岩丛里，
处处堆集箭雕翎，
白玛陀称祖师藏的宝，
岭噶将领是主人，
喝罗刹血的雕翎箭，
南赡部洲也难找寻。
若将这箭支取到手，
万事如意遂人心，
除了达绒再无主，
速速集合六部人。
而且那囊拉国王，
今年他要走厄运，
若不攻下这小宗，
今后机会难找寻。
他是佛门的公敌，
也是岭国的敌人，
调伏那个囊拉王，
收取伏藏箭雕翎，
攻取周围十八宗，
上方护佑有众神灵。
带领岭国众兵丁，
发兵攻取察瓦绒，
小股偷袭万万不行。
行军要像大河奔流，
扎营要像大海稳定。
察绒囊拉国王他，
本系龙王有神通，
胆量赛过众妖精。

其弟鲁萨奔玛他，
赛过神仙力大无穷，
机智灵活赛鹞鹰，
勇猛善斗如猛虎，
尚有战将十二名。
下管万户十二个，
个个马壮兵又精，
但是岭国定能胜。
绒岭二虎这场恶战，
很早以前就有火种，
从前董氏尼玛列钦，
砍竹子去到察瓦绒，
十八骡驮雕翎箭，
被察瓦人抢掠一空，
那时节留下仇和恨，
今年要去把账清。
正义之战神护佑，
这教诲莫当耳旁风。
听懂了是忠言甘露，
听不懂解释也无用。

唱完之后，达绒阿努司潘马上起来，给神鸟奉献了很多嘉纳白麦和各种粮食，对于马头明王的教诲，心里觉得非常高兴。

天一亮，各地敲起了法鼓，不断地吹起了海螺法号。很快地将这个消息传给了上、中、下岭噶各地。

三天之后，岭国的三十员战将、七员大将、鹞鹰狼三员统领、长辈如须弥山、箭竹似的武士、出水芙蓉似的少年等，盔旗、队旗簇拥，刀枪闪闪，护身结累累。敌人见了心惊胆寒，亲朋见了高兴喜欢，深恩父母见了祈祷祝愿。在达塘查茂大坝上人山人海，刀光剑影，大家一起进了“通瓦衮敏”大军宝帐，各自按照职位高低就座。香茶美酒如孔雀飞舞，鲜肉奶酪似雄狮跳跃。正当大家轮番把盏之际，达绒阿努司潘身穿红缎子锦袍，系一条蜂窝花纹腰带，头戴右旋莲花帽，吊着红丝线穗子，上插一支孔雀翎，脚穿九纹彩虹皮靴，系一条生丝编制的靴带，威风凛凛地走来，将预言告诉了大家。唱道：

阿拉塔拉塔拉热，
塔拉鲁益兰鲁热，
若不知这是什么地方，
达塘贡玛大会场，
若不知我是哪一个，
达绒阿努司潘是大将。
若不知这是什么歌，
达绒的猛虎咆哮歌。
说一说今年这一年，
在岭噶弟兄的宴会上，
并非平安无事享安康。
若问这是为什么，
北方北的最上方，
北方北的最下方，
在那荷花宝垫上，
北方神主马明王，
对达绒阿努司潘我，
预示教诲说得细详。
第一天干太岁合，
九宫八卦也相应，
吉祥三好备齐整。
察瓦绒的下部地，
白岩叠集像雄鹰绒，
在那坚固的岩丛里，
处处堆集箭雕翎。
白玛陀称藏的宝，
父辈产业儿子取，
装备岭军的好武器。
战胜敌人的策略，
调动部队摆阵势。
运筹帷幄做部署，
全靠总管大叔您。
懂了是耳中甘露蜜，
听不懂歌词没解释。

唱完这支歌后，右排座首第一席上，金钱豹皮坐垫上，打开智慧天门的总管王绒察查根想：在十二年前的预言里，便说是要征服察瓦绒箭宗，现在已是时候了，岭国绝对不能错过这个机会，于是用缓慢长调唱道：

嗡嘛呢叭咪吽誓，
阿拉塔拉塔拉热，
塔拉鲁益兰鲁热，
若不知这是什么地方，
达塘贡玛大会场，
若不知我是哪一个，
岭国查普山口上，
公鹞“咯咯”叫的地方，
母鹞“嗦嗦”叫的地方，
鹞子学飞的地方，
“囊宗曲姆”鹞子城，
智慧开启亮似天窗，
绒察查根是总管王，
在敌人眼中是魔王。
就在今年这年岁，
北方神灵马明王，
向司潘长官授教诲。
说要征服察瓦绒，
神明教诲无欺诳。
当然还不止这些，
不是去年是前年，
和大叔一起主仆三，
到察瓦绒弄箭支。
察瓦那些年轻人，
硬叫我们把差税支，
粗野蛮横不讲理。
当然还不止这些，
董氏的尼玛列钦他，
砍竹子去到察瓦绒，

十八骡驮雕翎箭，
被察瓦人抢劫一空。
此仇不报是女人，
血债不索是孬种。
就在今年这时候，
神明教诲授予我等，
卦辞和教诲也相同，
当然要攻取察瓦绒。
察瓦绒那个好地方，
地形气候我全通，
尤其是那个囊拉王，
骄傲自大又蛮横。
秉性主观自恃高明。
兄弟鲁萨红臂龙，
法力高强武艺精，
还有战将十二名，
下属万户十二个，
全是马壮兵也精。
虽如此岭国英雄们，
武艺高强赛神明，
聪明机智似鹞鹰，
刁恶凶猛像大虫，
这样勇猛的军队，
攻必克来战必胜。
虽如此还应说几句，
雄鹰翱翔在天空，
飞翔高度若不控，
飓风会削掉翅羽翎，
饿狼行走在山丘，
若不瞻前又顾后，
会被牧童抛石器打破头。
众英雄开赴前线去，
若不懂合力围顽敌，
面对狡猾的敌人，

会被敌人吃掉的。
南下察绒打仗时，
进攻要像江河奔驰，
扎营要像海洋稳定，
不可小股去偷袭。
东方扎下一营盘，
尼奔达雅做统领，
噶德贝纳做副将，
加上巴拉森达阿东，
莫放敌人往东逃窜。
南方扎下一营盘，
阿努司潘做统领，
念察阿丹做副将，
加上东曲鲁布达潘，
莫放敌人往南逃窜。
西方阿柏昂钦地，
嘉察协噶做统领，
察香丹玛做副将，
再加江布多吉玉杰，
莫放敌人往西逃窜。
其余英雄好汉们，
速速排队出营门，
一旦和敌人交上手，
定要冲锋建功勋。
杀敌立功不怕死，
论功行赏有标准，
如果谁敢投降敌人，
胆小如狐当逃兵，
对无耻犯法的行为，
军法从事不容情。
从今之后第三天，
岭兵出征察瓦绒，
战略战术和布阵，
以后逐步再商议，

在座诸位请记心中。

唱毕，大家对总管大叔的话非常赞成，各自回营去了。

三天之后，天刚蒙蒙亮，岭国三十员战将、七员大将、鹞鹰狼三员统领、须弥山似的长辈、箭竹似的武士们饱餐之后，纷纷鞴马鞍，戴嚼扣。刀枪闪闪，长寿结累累，盔旗、队旗前簇后拥，此时此景，胆小鬼见了心惊胆战，英雄们见了兴高采烈，亲朋们见了洒泪惜别，父母亲见了祝福祈祷。

勇士们按各营次序排好队列，花绿绿、光闪闪地出发了。

岭国的娘姨妇女们一直送了三“萨库”[1]之远，多次献茶敬酒。嘉洛森姜珠牡手捧五条红、白哈达，唱了一支祝愿吉祥的歌：

鲁阿拉塔拉塔拉热，
塔拉鲁益兰鲁热。
虔诚祈祷三宝神，
莫离开稳坐在天灵，
稳坐天灵请赐福，
若不知这是什么地方，
这是玛域官大路，
若不知我是哪一个，
嘉洛姑娘名森姜珠牡。
今天这良辰吉日里：
岭噶大将三十员，
统领部队发大兵，
出征前往察瓦绒，
讲几个比喻可赞成？
冈底斯雪山像水晶，
雪山雄狮三艺精，
狂风暴雪漫天飞，
绿鬣雪狮才显本领。
广阔蓝天风起云涌，
玉龙吼声震太空，

1　萨库：藏语意为“地段”“路程”，不是实指路程的距离。送了三“萨库”，表明是很远的路程。

彤云密布暴雨降，
玉龙咆哮才显本领。
平川广袤大地上，
肥田沃土五谷丰，
犏牛在地上勤耕耘，
肥沃土地才显本领。
岭国英雄天兵们，
喜欢有一个敌对手，
英雄好汉才显本领。
今天岭兵出征去，
和天神预言相一致，
征服箭宗有把握，
取得胜利毋庸置疑。
朵康岭的护法神，
与我天兵同出击，
助我壮士更英勇，
助我骏马更速疾。
这条吉祥的白哈达，
白梵天王的福寿巾，
临行献给“琪居”营，
不是饯行是团聚，
愿不久就回来团聚。
这条无垢的黄哈达；
临行献给“珍居”营，
不是饯行是团聚，
这条洁净的绿哈达，
是米衮白龙心爱宝，
临行献给“琮居”营，
不是饯行是团聚，
愿不久就回来团聚。
但愿妖魔早调伏，
早早收取箭宗福，
去者留者早团圆，
祝愿吉祥满天空，

大地处处遂人愿。

歌毕，一而再、再而三地敬酒送别之后，森伦王说：“此次察岭之战，需不需要将觉如那个孩子叫来呢？”

大家还没有来得及回活，达绒长官晁通说：“这次察岭之战，如同猛虎厮杀，还是不叫觉如去的好；别弄得没有打着敌人，内部先打杀起来。”

正当大家考虑大叔的话有无可取之处的时候。总管王说：“就照大叔说的办，暂时也可以不通知觉如。”

“琼居”的头领们虽然不以为然，但是，谁也没有说什么。于是众人策马扬鞭，陆续出发了。

走了九天，来到察瓦绒官大道上，安营扎寨之后，砍柴人如冰雹蹦跳，背水人如群雀飞跃，茶汽烟雾难分辨，炊烟缭绕漫天空，白帐篷遮天盖地，骏马群遍布山川，使人眼花缭乱，心思难以平静。就餐完毕，众首领聚集在总管王的宝帐之内，开会商议着这次战争。

此时，护法长矛之上，缠绕着八吉祥[1]图和轮王七宝图的五色彩绸，矛柄牢固地插在宝帐门口，当龙脑、檀香等香料熏了一会儿之后，突然间，矛尖之上，金光闪烁。只见那矛尖上，郭姆的神子觉如像八岁的小孩子一样，赤裸裸地坐在上面，谁也不知道他是从哪里来的，个个觉得惊奇。

正当众人观看之时，觉如用“长寿”歌调，唱了这支歌：

嗡嘛呢叭咪吽。
阿拉塔拉塔拉热，
塔拉鲁益兰鲁热。
若不知这是什么地方，
坚固的矛尖垫子上，
若不知我是哪一个，
玛麦郭姆觉如儿，
圣地嘉噶金刚寺，
八十位“珠钦”请协助。
一请朗曼噶姆姑姑，
二请妹妹特勒沃楚，
三请大哥东琼噶布，

1　八吉祥：即“吉祥八宝”。

四请弟弟龙树威琼。
恭请众位来协助，
助我事事心满意足，
岭噶的英雄众好汉，
莫将觉如抛在后边，
现在我在矛顶上，
若较量请来我跟前。
岭国的伯叔弟兄们，
听我把缘由摆一摆：
黎明前阳光射出时，
星光消失需忍耐，
为了驱赶世上黑暗，
红太阳不得不出来。
天空乌云密布时，
阳光被遮也需忍耐，
为协助禾苗果实成熟，
甘霖不得不落下来。
雪狮抖鬣发威时，
大象不悦也需忍耐，
为了震慑众鸟兽，
不得不大吼下山来。
无能的觉如到来时，
有人不乐也得忍耐，
为了成就大事业，
不来一趟也不应该。
我还有言语请听着：
北方草原的小野马，
无能加入骏马行列，
在无边平川比赛时，
才能知谁个善越野。
雄踞高山的小鹏雏，
无能加入飞鸟行列，
在无际天空飞翔时，
才知谁个善飞跃。

深居野谷的觉如我，
无能加入好汉行列，
在面对敌人拼杀时，
才知谁勇谁胆怯。
别当真我是开玩笑，
无知的顽童耍贫嘴，
连篇累牍说废话，
也会冒犯众长辈。
岭兵前来察瓦绒，
是一件大事才出征，
人人都要立战功，
骏马个个要向前冲。
一为黑头众藏人，
二为岭噶的利益，
三为获取细颈箭，
四为调伏众魔敌。
为办成以上四件事，
英雄们并肩战到底，
请大家同心又协力，
四部将士统一指挥，
岭国天兵要记心里，
岭噶的父老兄弟们，
虽然不需要觉如我，
但我非常想诸位，
坐不住方才赶来的。
奉上三句肺腑言，
值得听请记在心里，
不愿听敬请多原谅，
我没想长期留这里。
听懂了是忠言甘露，
听不懂不必做解释。

唱毕，向岭国“琪居”方面看，个个点头示意，那些信赖觉如的勇士弟兄，都觉得在察岭龙争虎斗之际，不通知觉如是不合适的，都诚感内疚，由于触犯了“琪居”的痛处，晁通大叔想：“这个裹着人皮的恶魔觉如，到底还是来了。现在斗又斗不过他，恨也不行。打不成敌人，内部先打起来。反正他说在这里待不多久，如果能叫他快点走就好了。”

这时，神子觉如往上跳了一肘高。稍一停留，便像彩虹一样消失了。

“琼居”方面和其他对觉如怀有好意的官员、英雄，以及全体军民对神子觉如的神通变化，表示惊奇而崇拜。

他们想：“哎！为什么不多待一会儿呢？”

觉如到哪儿去了呢？

第十一章 觉如化美女囊拉上当 鲁萨逞威风嘉察建功

神子觉如为了骗取察瓦绒箭宗囊拉王的信任，削弱他的威风，变化了一个发辫乌黑、身材苗条、非常媚人的姑娘，来到了察瓦绒的国王居住地东噶金宗城堡里。

察瓦绒囊拉王威风凛凛地端坐在“任钦旺杰”黄金宝座上，一阵花雨降过之后，突然在他的面前，出现了一位不知从何而来的媚态诱人的姑娘。国王一见姑娘，淫欲之心像被狂风吹动一样，不由自主地摇晃着，他贪心地唱道：

阿拉塔拉塔拉热，
塔拉鲁益兰鲁热，
若不知这是什么地方，
东噶金宗城堡里；
若不识我是哪一个，
我是人君囊拉王。
美丽的姑娘听我言，
先问姑娘哪里来？
再问姑娘往何方？
白藤的美妙体，
说话像“知萨”[1]弹琵琶。
父亲出身哪家名门？
母亲是哪个贵族家？
娘家婆家在何处？
问您有没有意中人？

1　知萨：传说中的乐仙，即音乐女神。

不要隐瞒说仔细，
在这东噶金宗里，
最好是给我做伴侣，
教我知识和武艺，
三年再也少不得。
国王我和姑娘您，
人间一对好夫妻，
神仙也会拍手称贺，
愿意听请记在心里，
听不进我还有歌曲。

那姑娘听了，姿态袅娜，面带笑容，往国王面前挪动了一步，躬身下拜，国王的善根被拜掉了三分之一。那姑娘献媚地唱道：

阿拉塔拉塔拉热，
塔拉鲁益兰鲁热。
若不知这是什么地方，
东噶金宗城堡里，
囊拉国王寝宫里，
若不识我是哪一个，
下界龙王水晶宫，
公主泽丹是龙王女。
父王生长在长门，
母后也是名门女，
姑娘聪明又伶俐。
人间救星国王您，
听我对您讲仔细，
贵体威严赛须弥，
说话如同霹雳轰，
智慧如海洋深无比，
定是龙王变化的。
国王您和我两个，
人间一对好夫妻，
神仙也在拍手称贺，

国王伴侣需高贵，
龙王公主才降临。
我还有话请听清楚，
外边来的铁镰刀，
会砍掉家里的大梁。
察瓦绒这块土地上，
八代君主不兴旺，
外面修的那磁铁城，
倒霉的旗幡一栽上，
一来对察瓦有妨害，
二来不利于囊拉王，
不能留赶快拆净光。
还有鲁萨奔玛弟，
今年大劫要轮头上，
坐静一月才无伤。
自在天表相未显前，
千万不可上战场，
只有坐禅才无妨碍，
万事才能如愿以偿。
听懂了请您记心里，
听不懂我还有歌唱。

歌罢，察瓦绒囊拉王想：这姑娘和我想到一起了。按她对一切因果善恶的考虑，连同预示的情况来判断的话，她一定是下界龙王派来帮助我的。这不但能使我的地方繁荣昌盛，而且还能使我在众多国家之中名声大振。想到这里，心中一阵满意，面上露出了笑容。

那姑娘当晚便住在东噶金宗城堡里。和国王爱慕异常，颠鸾倒凤，国王沉醉于两性生活之中，昏昏沉沉，感到十八经络好像被切断了一样。

第二天，天一亮，众位君臣将领都来到了。大会议厅内进行商讨。这时，皇后杨敏措醋意大发：她口不乐发辫甩动，头不乐像“扎如”摇摆，眼不乐电光闪闪，鼻不乐怒气吁吁，气得一句话也说不出来。国王和那姑娘也觉得有点害羞。

姑娘说道：“尊贵的国王陛下，昨天我所禀报之事，请不要忘记，越快越好，定会有更大的成就。今天姑娘我没空陪伴，不久还要来拜见国王，有什么话以后再禀告。”说完，便消失得无影无踪了。

察瓦绒的君臣们根本就没有想到敌军会来进攻，毫无戒备，闲谈几句之后，便各自散去。

就在这个时候，岭国的君臣们正在商议着谁打头阵，如何进攻之法。总管王绒察查根说：“今日首战，对手在武艺实力各方面，都与往常不同，因此，色巴尼奔达雅前往为好。”众人都点头赞成。

第二天，色巴尼奔达雅骑上鹅黄战马，带领金甲骑兵五十名，全副武装，旌旗招展，盔旗、队旗簇拥，如同猛虎下山一样猛冲过去。岭国的人们看到如此浩荡的队伍，个个赞叹不已。

几天之后，他们君臣们来到了四大坝地方，远远地望见了察瓦东噶金宗城堡。

这时，那位察瓦绒囊拉王从阳台上也看到了他们的大队人马，对内臣们说道：“河那边的黄色人马，骏马奔驰烟尘滚滚，咬牙切齿咯咯作响，战旗刀枪风起云涌，骑兵武士前呼后拥，勇猛者跑在最前面。昨天那个姑娘说，外来的铁镰刀，会毁坏家里的大梁。这是不是说，这些人马就是对着我们来的，究竟是友是敌，需要赶快派人去察看一下。”

这时，英勇无畏、聪明智慧的大臣森格康逊自告奋勇，带领铁甲骑兵一百名，如同滚木礌石一样，向尼奔冲去。当他来到距离一箭之地时，森格康逊勒住马缰唱道：

嗡嘛呢叭咪吽。
阿拉塔拉塔拉热，
塔拉鲁益兰鲁热。
若不知这是什么地方，
这是阎王的屠宰场，
若不知我是哪一个，
我是阴曹阎罗王。
请天界多吉折噶神，
和十二护法做后盾，
囊拉王地位与天齐。
察瓦这个好地区，
闲人不许到这里。
察瓦绒的囊拉王，
十二万户管辖区，
文臣武将十二位，

鲁萨奔玛是御弟，
禀性如钢水沸腾，
普天之下无匹敌。
当他长到三岁时，
敢于来犯的强敌，
也难跳上他大拇指。
听着黄人黄马你，
你们是从何处来？
如今要往哪里去？
你的主子叫什么？
直截了当说清楚，
话语、箭支直的好，
道路、弓弩需弯曲。
若有半句虚假话，
我就对你不客气。

色巴尼奔达雅听了，抽出一支金箭搭在弦上，唱道：

嗡嘛呢叭咪吽誓。
阿拉塔拉塔拉热，
塔拉鲁益兰鲁热，
若不知这是什么地方，
察瓦绒的管辖区，
若不识我是哪一个，
东方圣土岭国地，
色巴尼奔谁不知，
砸敌人的铁榔头，
幼弱视我是父母尊。
察瓦绒和岭噶布，
无故怎能惹是非。
很早以前有一日，
咚族尼玛列钦他，
奉命取箭察瓦区，
十八骡驮雕翎箭，

全被你们抢了去。
此仇今天我要报，
牛羊丢失由我找。
财产纠纷该索要，
无故不会将命讨。
按我岭噶规矩办，
好汉单个来对阵，
骏马分别比输赢，
察岭这场猛虎斗，
今天我俩是对手，
你是察绒一名将，
我是岭国一强手，
你若向后退一步，
不算好汉是女流，
我若向后退半步，
不如一只癞皮狗。
没空和你瞎胡诌。

话一落音，一支利箭射了出去，但没有射中。森格康逊也还了一箭，也没有射中。于是两个人拼起刀来，杀了一杯茶工夫，不分胜负，色巴尼奔达雅实在不服，他想：今天若不杀了这妖魔，夺下头功，对整个战局全然不利。想到这里，在马上将身子向右一歪，从地上捡起一块羊肚子一般大的石头，照着森格康逊的胸口猛甩过去，正中要害，护心宝镜被打得粉碎，森格康逊跌下马来，色巴上前取了首级。岭国将士们趁势冲杀过去，如同冰雹打茅草一样，杀得敌人七零八落，四散奔逃。

察瓦绒东噶金宗城堡里，鲁萨奔玛看到兵将们败下阵来，顿时火冒三丈，头发隙里冒着血气，脸上迸发出火星，从城堡顶上狠劲甩出一块野牛肚子般的石头，打在尼奔身上，打得尼奔丧魂落魄，滚下马来。兵士们急忙向前救护，给他服了起死回生丸，不一会儿，便苏醒了过来，翻身上了马鞍，连砍五十多个敌兵，岭兵也死伤了二十多人，阵地上尸横遍野，随后自收兵回营。

尼奔带领众将士回营之后，将敌人的头颅和手臂摆放在营房门口，大家欢呼跳跃，乩神献供，共庆胜利。尼奔获得了英勇杀敌的奖赏。

此时，察瓦绒君臣正在商议对策，察绒囊拉王歪坐在“任钦旺杰”黄金宝座之上唱道：

阿拉塔拉塔拉热，
塔拉鲁益兰鲁热，
若不知这是什么地方，
东噶金宗城堡里，
日光融融的大会堂，
若不识我是哪一个，
金光灿灿的宝座上，
只有我天神囊拉王。
向湛蓝无垠天空里，
祈祷命主九眼神，
察瓦的金刚白骡神，
十二位龙女护法神，
请来帮助囊拉天神。
就说今年这些事，
岭噶发兵察瓦绒，
对岸“欣唐甲姆”坝，
四路大军把营扎，
伐我幼树当柴烧，
取我流水将茶熬，
青草喂了他们的马，
岭噶蛮横罪难饶，
当然不只这几条。
过去一段时间里，
察瓦绒的客商旅，
前往嘉纳做生意，
一伙八人骡百匹。
上岭噶的年轻人，
抢去商品和牲畜，
杀死无辜血染衣。
再说今天这一天，
黄人黄马来惹是非。
一股凶悍的小部队，
叫什么色巴尼奔的，

蛮横发兵到这里。
杀死了森格康逊将，
连同精兵五十几，
像做梦一样全消失。
三连串地将我欺，
大臣们怎能忍下去，
现在实在难姑息。
察绒上下三大部，
速派信差下通知。
对岭噶这些穷鬼，
若不驱赶不如狗彘。
明天早晨天一亮，
鲁萨奔玛兄弟您，
多吉米玛大将军，
带领三百名骠骑，
去到岭营驻扎区。
血债要用血来逐，
东西丢失要寻觅。
血债若不让血来还，
如同胆怯的老狐狸。
东西丢失若不找，
犹如姑娘失纺锤。
岭国众多的英雄们，
虽然未曾亲眼觅，
但是早已听说过的——
总管大叔威名扬，
足智多谋将山移，
那达绒阿努司潘，
是威名远扬大力士，
有个叫噶德贝纳的，
驱使神鬼做奴隶，
有个察香丹玛将，
神箭手威名谁不知，
有个名叫达潘的，

长矛天下谁能敌?
有个嘉察死小子,
胆大包天勇猛无比。
岭国那个小觉如,
神通广大武艺精,
杀掉这些便获胜,
杀不掉这些怎能行?
是英雄一定要取胜,
按国王命令去冲锋。
从今以后的日子里,
举国上下众儿男,
拿起武器保家园。
四大臣和青壮年,
四方城门把守严。
在座诸位要记心间。

话音刚落，御弟鲁萨奔玛和大将多吉米玛二人哼哼发作，恨不得马上冲出帐去。

第二天，天快要亮的时候，神子觉如来到了岭营右方，接连喊了三声:“司潘！司潘！……如今大敌当前，岭兵个个蒙头大睡打呼噜，简直使我觉如无法容忍。”有的人被这喊声惊醒，睁眼一看，看到大帐角落里，觉如光着身子，一眨眼便不见了。

达绒长官晁通想:“觉如这个披着人皮的妖精，白天自己不睡觉，晚上也不让人安静一会儿，事事逞能，胡说八道，实在令人气恼。察岭这次战争，谁也没有告诉他，他却匆匆忙忙地跑了来，这种事真令人费解。”

岭国的官兵们，除晁通外，都觉得觉如讲得很有道理，他们想:真说不定敌兵会突然来到，个个马上爬了起来，整装鞴马，随时准备应付万一。

天刚亮，御弟鲁萨奔玛，将左边的山搬到右边，再将右边的山搬到左边，像顶天柱一样，威严可怖地伫立在营房门口，达绒晁通等个别的胆小鬼们见了，哪敢待在营房里，早已逃之夭夭了。

鲁萨奔玛一言不发，张弓向岭营中射了一箭，箭速如同闪电，箭声犹如响雷落地一样，岭国一百多名铁甲兵一下子早倒在了地上，因为他是个魔崽子，那毒箭冒出滚滚浓烟，连岭国的诸神也不敢正眼相看。

随后，色巴尼奔达雅、文布阿鲁巴森、达绒长官司潘等人冲向前去，拦住了他的去路，乱砍乱射了一阵，好像豌豆撒在鼓上一样，一点也没有伤着他。五位英雄不顾一切地再次冲向前去，将他紧紧抱住；拼命地往后拖，好像小孩拖野牛一样，难动分毫。

鲁萨奔玛径直来到中营，五位英雄紧紧跟随，再次乱砍乱射了一通，只砍下了他的三块甲片，无济于事。

此时，达楚托拉曾波左手勒住马缰，右手拔出宝剑，连砍几下，砍落了几块甲片，差一点伤着他。

鲁萨奔玛想：此人虽然年幼，倒也力大无穷，武艺高强，与众不同。看他的穿戴，像个将门之后，随拔出“哈拉东角”宝剑，在上空一甩，砍了下去；达楚托拉曾波被劈成两半，死于非命。

色巴尼奔达雅看到兄弟被杀，再也无法忍耐，紧紧追赶鲁萨奔玛不放，箭射刀砍，也无济于事。正当这时，中营里冲出来了奔巴嘉察协噶和大将丹玛，二人上前挡住去路，砍杀一阵，鲁萨奔玛连连还击，不分胜负，各自回营去了。

此时，大将多吉米玛从营房左边沟岭营杀了过来，达潘迎面接住，将彩缨长矛对准胸口狠狠地一刺，火星四溅，随即又拔出宝剑，在空中一挥，劈面砍了下来，只砍下了八个甲片。达潘后退三步，虔诚地祈求天、地、龙神保佑他的正义行为。祈祷之后，再次奋力将长矛刺去，刺个正着，矛尖从后脊梁冒了出来，多吉米玛翻身落马，达潘枭了首级，众将士像狼入羊群一样砍杀过去，杀伤了很多敌人。

鲁萨奔玛见势头不对，赶快收拾残兵，掉转马头，押着后阵而去。在回去的路上，同以甲本尼玛伦珠为首的五名甲本相遇，厮杀了起来，一连杀了五人之后，冲出重围，将宝剑挂环扣在拇指上，脚踩鞍镫唱道：

阿拉塔拉塔拉热，
塔拉鲁益兰鲁热。
若不识这是什么地名，
通往察瓦的大路径。
若不识我是哪一个，
囊拉国王是我长兄，
鲁萨司巴冲敦是我名。
龙王公子和小龙我，
发怒时谁也阻拦不成。
天空白云无量宫，
恭请命主九眼神，

乘骑哺乳母老虎，
十万命主护左右，
今天请来助小龙，
助我首战第一功。
马踏岭噶尸骨如山，
杀得战场血染红。
满意吧！岭国娃娃兵。
上岭噶的小子们，
无故犯我察瓦绒。
一无仇来二无怨，
怨恨满天为哪般？
岭国孽障想干什么？
残杀无辜惹事端。
本来就是这样的：
家马要和野马比，
藏北草原走一走，
若到羌塘大草原，
风吹枯叶顺水流。
只有那点小力气，
与野马相比不害羞，
鹞鹰要和大鹏比，
就到蓝天试一试，
划破长空翱翔时，
凌厉暴风断鹰翅，
只有这点小艺技，
与大鹏相比要羞死，
查茂岭国的好汉们，
无故侵犯察绒地，
当我鲁萨到来时，
岭兵胆怯如大闺女，
纺锤做武器要羞死，
只有丁点小勇气，
守住家门也算本事。
岭营里的有名将，

要一个一个来比试，
以众欺人要羞死。
英雄官兵一连串，
拿我鲁萨没法办，
四营大兵实可怜。
听着岭营众将官，
谁不服气速出战，
若不个个来较量，
怎能知道谁是好汉？
听懂了是忠言相告，
听不懂活该你心烦。

唱完之后，他想：看哪个敢出来试试我的宝刀，我就结果了他的性命。此时，奔巴嘉察协噶因为达楚托拉曾波阵亡，而无比痛苦。又听到这些蛮横无理之词，真乃火冒三丈，两膀肌肉跳动，拇指痒痒，下颌抽搐，脑袋像要爆炸一样，说道："这个妖魔鲁萨杀了我很多岭国弟兄，如今还在岭营门口恶毒谩骂，简直欺人太甚。"便打算冲出去，几位头领也劝阻不住。这时，总管大叔绒察查根恳切地规劝道："贤侄，且住。今天听大叔进上一言。常言道：别人有的值得羡慕，自己有的应该满意。今天不必出战，再不会有什么战功了，就听大叔的话吧。"嘉察终于被劝住了。

鲁萨也认为今天再也不会有仗可打了，于是掉转马头，带领着残部回到了东噶金宗城堡，将达楚托拉曾波的人头、盔旗摆上，众人纷纷观看议论："观此人相貌和着装，定是权贵名门之子。"

三天之后，南方山谷六部落之精兵三千余众，在军师虚吉曾波和大将囊甲伦珠、小将达玛东丹、无敌将森琼拉贵的带领下，来到了东噶金宗城里，在城里安顿住下之后，军师和大将们来到了宫殿的中楼，君臣们商议着如何为阵亡的两位将领报仇之策。

岭国方面因为损失了以达楚托拉曾波为首的五位甲本和数量众多的士兵，个个手足无措，纷纷议论："从来没有见到过那个叫什么鲁萨的魔鬼，箭支武器对他都毫无用处。"色巴尼奔达雅想：若不能为阵亡的兄弟报仇，怎能忍心坐视，便说道："这样吧！岭国的文臣武将们，一为阵亡的兄弟报仇，二因敌人如此猖狂，今天该我尼奔出征。"边说边准备冲出去。

丹玛道："如此说来，岭国的君臣们，自己的仇，如果都要自己去报，以后若沿用成习，那还了得。您尼奔不必亲自前往。而且察岭之战仅是个开头，以后报仇的机会有的是。众位官员大人请不要再往前冲，各自守住中营。我保证要叫那老妖魔鲁萨的心血洒在地上。”大家听了，个个点头称是。

奔巴嘉察协噶因为当天被劝阻，没有出阵，便暗暗下定决心：明天若不给鲁萨一点厉害看看，我嘉察岂不和死人一样吗？

此时，双方按兵不动，罢战休息去了。

神子觉如算定制服那妖魔的时机尚未成熟，嘉察纵然出阵，不但无济于事，而且还会对嘉察有所伤害，现在只有去往察瓦绒，改变囊拉国王君臣主意，除此之外别无他法。

觉如来到东噶金宗城上空不远的地方，仍然变化成原来的那位姑娘，在低空中来回飞翔。

囊拉国王刚一看到，便说：“美丽媚人的龙王公主，上次在东噶金宗城，刚刚相会，便如同彩虹消失一般不知去向，今日再会尊容，真是令人心醉，速请来陪我谈谈，才能使我心满意足。”

觉如变化的姑娘答道：“众生的救星国王陛下，姑娘我的知心话，上次已向您禀报过，国王您没有放在心上，如果这样下去，野蛮的岭国魔鬼们，恐会伤害御弟鲁萨他的身体。而且察绒的官兵，支撑七天都很困难。为此，姑娘对陛下说的话，赶快去办且莫忘记。姑娘我不能久留，要到下界龙宫，为众花调颜涂色。国王您如果有意，定然再来相会。”话毕，便消失不见了。

国王听了姑娘的话，异常诚信，马上命令兄弟鲁萨奔玛前去“达瓦益启”禅房，严守禅规坐静。同时命令马上拆除城墙，臣民人等虽然不愿拆除，但是，国王命令严厉，谁也不敢谏阻，便将城墙彻底拆毁了。

四天之后，天刚蒙蒙亮，奔巴嘉察协噶将“白肩凤凰”战马鞴上马鞍，戴上嚼扣，系上白甲腰带，头戴白盔，佩带武器刀、箭、矛三眷属，全副武装，威武雄壮，率领二十名亲兵，以无可阻挡之势，向东噶金宗城进发。

察瓦绒的君臣们见了，马上派先锋魔将虚杰国波和米纳道钦两人，率领五十名士兵，冲到了嘉察跟前。那魔将虚杰国波一马当先，右手撒出雷鸣般的冰雹，左手食指上放一座大山，红发根根竖起，黑青脸上杀气腾腾，一眼看去，与常人大不一样。

奔巴嘉察协噶想：这是个有形的人，还是无形的鬼，先唱支歌摸摸底细再说。遂将锋利的“雅司噶臣”宝刀从鞘内拔出唱道：

嗡嘛呢叭咪吽。
阿拉塔拉塔拉热，
塔拉鲁益兰鲁热。

若不知这是什么地方，
这个地方叫察瓦绒，
若不识我是哪一个，
在我未到人间时，
在上界神仙位班里，
我是神子昂雅噶波，
三十位神子我为尊。
当我降生到岭国后，
奔巴嘉察是我名。
神子觉如的大兄长，
嘉纳国王的御外甥。
造孽的坏蛋魔鬼你，
我还有话说与你听：
三十三天神沟正法，
和罪恶魔鬼的变幻术，
想要较量万万不能。
善恶到头各有报，
现时现报是非明。
我手中握的这宝刀，
嘉纳国王亲手赠。
白梵天王的灵魂铁，
多吉列巴锻铸成。
淬火用的是罗刹血！
毒蛇肉汁打磨成，
大鹏犄角做刀柄。
宝刀刀头这样好，
如彤云密布压林梢，
宝刀护手这样好，
如同仙人戴莲花帽，
宝刀刀环这样好，
好像彩虹架的帐篷，
宝刀水纹这样好，
如同蓝天飘彩云，
宝刀刀背这样美，

犹如羊湖泛波纹；
宝刀刀刃寒光闪，
犹如冬日结寒冰，
举刀挥舞向天空，
犹如天狗冲月宫，
回手插入剑鞘时，
好像天铁落埃尘。
劈面砍向敌人时，
犹如岩石遭雷轰。
我这扭转乾坤刀，
挥向谁人也化成粉。
今天劈向老魔你，
没时间同你磨嘴皮，
你要将这话记心里。

唱毕，嘉察心想：先看他如何回答，而后再判断他是个什么东西，用宝刀结果了他。稍等了一会儿，魔将虚杰国波将刀环扣在拇指上，唱道：

鲁阿拉塔拉塔拉热，
塔拉鲁益兰鲁热。
东噶金宗城的城外面，
若不知我是哪一个，
虚杰国波大英雄，
囊拉王的内侍臣，
英雄虎胆赛狮子，
武艺高超比电疾。
镇压敌人的阎罗王，
亲戚朋友的父母官，
大臣之中是至尊的。
静守自己城堡时，
禀性柔和像绸子，
愤怒冲向敌人时，
残暴如同铁蒺藜，
哪个胆敢冲撞我，

不放他跑出三步去。
今天碰到的白娃娃，
想必就是岭嘉察。
久仰大名今得见，
如同宝贝到手中。
漂亮的嘉察小白脸，
没有等我发邀请，
今天到此我欢迎，
锋利的宝刀做哈达，
敬献与您表表虔诚。
虽如此还要说明白，
梅花鹿头上长双角，
自己以为了不起，
碰上猎手有什么本事？
刁恶婆娘的懒女子，
在爹妈面前了不起，
出了远门有什么本事？
你这个嘉察大傻瓜，
在玛域觉得了不起，
虚杰面前有什么本事？
在岭国养成的恶习，
到察瓦绒来没用处。
你那“塔桑乌鲁”破刀子，
说是左右乾坤的，
牛皮吹了一大堆，
这样的吹牛我不会，
我手中握的这宝刀，
如果一刀劈下去，
坚硬顽石也两边飞。
若用刀尖刺天空，
兜率天也要被击毁，
如果一刀砍下海，
九天之内海枯见底，
如果宝刀砍仇敌，

好像镰刀将草刈。
这柄无敌的宝刀！
要砍下嘉察的首级。
将你的人头献国王，
做我今天的战利品。
你那一点小部队，
若不将它化肉泥，
大将虚杰算死尸。

唱完这支歌后，便向嘉察冲了过去，奋力一砍，一点也没有伤到嘉察。嘉察的愤怒火焰从心底冒出，说道："呀！你这个蛮不讲理的魔将，老虎贪吃卡喉咙，狐狸迅跑要碰鼻子，狮子发威要堕悬崖，信不信走着瞧。"说完，两人拼起刀来，厮杀了一阵，不分胜败。

魔将虚杰想：这是怎么搞的？我这宝刀以往无论砍谁，从来没有不被斩的，今天怎么一点神力也没有呢？必须想个办法才好。便说道："呀！这样吧，奔巴嘉察协噶！今天你不会败给我，我也不会输给你，咱俩不必打了，好不好？"

嘉察答道："以佛经发誓，我俩都是好汉，今日见面，无论战多久，定要分个输赢，绝不能就此善罢甘休。"他想："这人刀枪不入，如何是好。"遂将宝刀插入鞘内，用左手抓住虚杰的脑门，右手用劲掐住他的脖子，狠狠地往怀里一拉。虚杰也抓住了嘉察的双膀，死死地搂住不放。嘉察咬紧牙关，越掐越紧，逼得虚杰无法喘气，两眼一瞪，从马上滚了下来，死了。

这时，魔将米纳道钦冲向嘉察，连砍三刀，却也对他毫无伤害。嘉察协噶一气之下，向他还了一刀，他被劈作两半，死了。嘉察枭了两魔将首级，砍下双手，又追杀了一阵，杀伤了很多察瓦绒的兵士，而后拨马回转，收兵回营去了。

察瓦绒的君臣们看到虚杰两员魔将失利，吹米囊甲国波如同闪电一样，飞快地向嘉察追了过来。

嘉察想：观看此人，力大无比，需得先唱支歌，摸摸他的底细，才好对付。

于是勒转马头，右手握着"雅司噶臣"宝刀，左手稍微将缰绳一紧，说道："呀！你这个笨蛋，大块肉上又添来一小块肥的。你是察瓦的什么将官？听我嘉察唱支歌吧。"

鲁阿拉塔拉塔拉热，
塔拉鲁益兰鲁热。
祈祷上界梵天，

中界古拉格卓神，
下界龙王邹纳仁庆。
朵岭众位护法神，
莫懈怠助我奔巴成功。
若不知这是什么地方，
察瓦绒的地界上。
三谷洁白大雪山，
雪山盘踞着雪狮子，
小狮子抖擞绿玉鬣。
三山腰布满檀香树，
森林里面伏猛虎，
斑斓猛虎繁殖处。
三谷底江河汇集起，
水中鱼獭常游弋，
金眼水獭的繁殖地。
四山汇拢好风景，
坚固的银水生铁城。
无敌嘉察是我名。
名叫嘉察嘉后裔，
嘉纳国王御外甥，
名叫奔巴是十万，
十万大军我统领，
并非随便取名字，
名副其实不吹嘘。
你这魔鬼红妖怪，
嘉察面前来送命。
你这该死的短命鬼，
是何官衔叫何名？
有什么本事和战功？
英雄好汉没说的，
辩论比武有时机，
打起来没有后退的。
胆小鬼也没说的，
手摸刀柄心战栗，

一打起来往后缩，
小子你千万别如此。
今天一早我的功绩，
虚杰大将被掐死，
又劈了道钦大力士，
二人倒在血泊里。
后面那一群胆小鬼，
要杀光一点不费力，
有几个叫我放了生，
见了吧？你这该死的。
现又添个战利品，
你把命送到我手里。
可怜你这个鬼崽子，
想逃难以跑三步，
想打怎敢和我比。
尸骨马上碎九段，
灵魂如鬼火随风飞。
武器、马匹、头和手，
拿到岭营展览去，
你的下场只有如此。
有何遗嘱快点讲！
一定传达到你家里。
再不然跪下求饶吧！
我带你去岭噶幸福地，
问岭噶要不要放马的。
再不然派你去放羊，
干哪个全由你自己，
如果想立什么战功，
鬼崽子你来试一试，
看你刀锋利不锋利，
小鬼崽将马放过来，
看你马跑得疾不疾，
乖乖将本事使出来，
看你能有什么武艺。

千百英雄聚集起，
哪个敢同我嘉察比，
敢比的才算了不起，
千百骏马聚集起，
甲贯索噶是最快的，
敢比的才真了不起，
千百利剑聚集起，
“雅司噶臣”最锋利，
敢比的才真了不起。
问魔崽听懂了没有？
听懂了是耳中蜜露，
听不懂自己去考虑。

嘉察唱毕，稍静片刻。

吹米囊甲国波抽出宝剑说道：“呀！你这个嘉察，在你们岭国部落里有很高威望，算是一个比较有胆量的。但我可不是那种磕头求饶的人。”便唱道：

阿拉塔拉塔拉热，
塔拉鲁益兰鲁热。
若不知这是什么地方，
察瓦绒的官道上；
若不识我是哪一个，
我叫吹米囊甲国波。
国王的军师幻术多，
专取仇敌将心血喝，
哪个能比我更恶。
父系是红色山神种，
母系是残忍的恶龙族，
驾驭恶龙武艺娴熟。
在和敌人交手时，
迅如闪电难防御，
面对面地厮杀时，
犹如霹雳击岩石，
在未遇上你之前，

不曾无故将人噬。
在这察瓦大道上，
上自嘉噶佛法国，
下至嘉纳法律地，
兵匪客商无论谁，
对我察绒囊拉王，
只能叩拜献厚礼，
哪个敢来胡乱嚷？
无法无天的上岭人，
无故陈兵到察绒。
残杀无辜倒血泊，
此仇不报非英雄。
猛虎睡卧的窝门口，
怎容花狐来嚣张，
定叫它没有好下场，
饿狼睡卧的窝门口，
怎容山羊乱蹦跳，
定将它鲜血洒沟壕，
鹞鹰自守在窝里，
怎容云雀耍伎俩，
定叫它羽毛满天飞，
察绒自守自边境，
怎容岭国来欺凌，
定叫你嘉察把命送。
我察绒将领行列中，
也有几个鬼短命，
赢了它怎能算英雄。
现在囊拉国王他，
权势地位与天齐，
御弟鲁萨奔玛他，
武艺高强赛霹雳，
驾前文武心赤诚，
坚固赛过金刚石。
察绒一十二万户，

秣马厉兵赛冰雹，
你想取胜是徒劳。
嘉察你这可怜虫，
愚蠢无知太狂妄，
还叫囊甲国波我，
向你祈求来投降。
这件事亏你想得出，
癞皮狗的脖子下，
雪狮怎能待得住？
猫头鹰的卵翼下，
鸟王大鹏怎栖息？
岭国恶魔铁蹄下，
英雄怎能低声下气？
你若放马我也放，
我马同样有四蹄，
你若挥刀我也挥，
身上披挂无二样，
你逞英雄我更强，
发出誓言是一样的，
岭国娃你别吹大牛，
较量一下分雄雌，
光说废话没意思。
听懂了是耳中蜜露，
听不懂也不解释，
你要将这话记心里。

歌唱完之后，囊甲国波将马缰一提，宝剑在天空一挥，向嘉察冲了过来。

嘉察怒发冲冠，举起锋利的“雅司噶臣”宝刀，在头顶上一旋，说道:“呀！你这个野心勃勃的混蛋，自吹是吹米囊甲国波，那太好了，我要的就是你，今天战场的头一功，先杀个吹米血染红，而后再取囊拉国王的首级，如果不能做到，我就没有脸面活在这个世上。”遂举起“雅司噶臣”宝刀砍了过去，由于吹米的护法神扎曾和多吉折噶暗中护佑，所以未能动他半根毫毛，吹米反手还了一剑，反将嘉察的甲片砍落了三片。

嘉察想:“过去遇到的无论哪个英雄，从来没有在我身上留过半丝的刀痕，这个人砍下我三个甲片，这不是对我的极大污辱吗？”他火冒三丈，忍无可忍。暗暗地祈求天、地、龙神护佑，使出全身力气，一刀砍去，也是吹米恶贯满盈，“嚓”的一声，被劈成了两半。嘉察枭了首级，砍下手臂，回岭营去了。

岭营里看到嘉察和众将士们凯旋，一拥而上，呼啸声、喊叫声连成一片，犹如晴天雷鸣，将嘉察迎进营里。将敌人首级、手臂摆列在军营中间，供大家观看。总管王大叔和伯叔弟兄们想：“奔巴嘉察协噶果然武艺高强，胆略超人，天下无敌呀！”

察瓦绒方面的君臣们都为这许多英雄将领，把命断送在嘉察一人之手，而心中不服。议论纷纷地说：“若不报此仇，誓不为人。”

此时，大将群中，吹米囊甲伦珠说道：“在座的诸位君臣们！查茂岭的这些穷鬼，派来大军如洪水，残杀很多将和兵，我们一点没惹他，拨弄是非罪难容，我们怎能忍气吞声，麻木不仁？该死的嘉察浪荡鬼，今天一个上午，虚杰大将身首分离，践踏我大营血肉横飞，出水芙蓉一样的骄子，也一命呜呼见了阎王，此仇如果不报，我还算什么智多星？”他一边说着，一边热泪盈眶地打算往外走。

他的弟弟玉琼国波说道：“呀！尊敬的大哥，今天请不要去了，此仇可以慢慢报，如果你非去不可的话，请将我也带上，如果大哥有个三长两短，兄弟我还活在世上干什么。”一边说着，双手紧抱大哥大哭了起来。当天也就没有出战。

第二天天一亮，吹米弟兄俩各带百名骑兵出发了。

岭营里看到敌人来了，前营的巴拉森达阿东全身披挂，骑上“东日达噶”骏马，一溜白光出了前营，拦住了吹米囊甲伦珠的去路。吹米囊甲伦珠拔出宝剑唱道：

阿拉塔拉塔拉热，
塔拉鲁益兰鲁热，
若不知这是什么地方，
下察绒察热山脚下，
通往察瓦的大道上，
若不识我是哪一个，
被杀大哥的小弟弟，
我名吹米囊甲伦珠。
就说今年这时日，
查茂岭的这行为。
究竟为何难尽言。

我们未曾惹他们，
他侵犯我们闹声喧，
罪恶敌兵如雹降，
残杀多少好儿男，
蹂躏无辜起祸端。
察瓦绒的这地方，
如意珍宝库藏地，
高山果树更茂密，
山上绵羊群连群，
山腰遍布藤和竹，
细颈箭的出产地，
山下遍布花果树，
五谷杂粮丰登地，
和平繁荣幸福地，
无故遭到魔鬼欺，
如果不能以牙还牙，
我这吹米算僵尸。
今天碰到这白骑士，
看样像是巴拉森达，
吹米心愿要实现啦。
祈求天空仙界上，
命主噶拉旺姆神，
欢声笑语乐哈哈，
百万命主护左右，
今天帮吹米立战功，
为给大哥报仇怨，
保佑我意愿能完成。

听完这支歌后，巴拉森达阿东将“列钦”宝刀从鞘内抽出了一半，说道：“呀！英雄的吹米，你如果是好汉、刀利的话，我俩比个高低是很容易的，先听我唱个歌吧！”唱道：

鲁阿拉塔拉塔拉热，
塔拉鲁益兰鲁热。

若不识这是什么地方，
察瓦绒的这地方，
杀戮察瓦绒大将，
吹米之辈的屠宰场，
若不识我是哪一个，
幸福的朵康岭国地，
森达阿东人中之狼，
无敌手赛过活阎王，
这口“列钦”杀人刀，
同阎王拘牌一个样，
这匹“东日达噶”马，
力大无比像大鹏王，
全都是真实无虚妄。
听着你这个吹米娃，
我们岭国的天兵，
有理由前来察瓦绒，
这个有什么想不通？
稍加思索便分明。
不知道要从头说起，
过去很早那时日，
你们抢了岭人箭支，
岭国无辜被惩罚，
第一个原因从此起。
若要再讲第二个，
察瓦绒这块好土地，
伏藏库中有箭支，
白玛陀称祖师的伏藏，
该由岭国人来取，
儿子继承父遗产，
察瓦人不该来干预。
再讲原因第三个，
察绒这块美土地，
是佛法国王管辖的，
罪孽深重的个别人，

私自占有是不行的。
自从生下囊拉王，
还有鲁萨他兄弟，
两个强盗掌了权，
变成了魔鬼造孽地。
上行百商被杀害，
下行千客遭抢劫，
汉藏间商路被隔阻。
上不皈依嘉噶佛法，
下不接收嘉纳法制，
在中间成了黑暗窟。
为调伏罪恶黑魔鬼，
建立慈悲的佛法城，
是我岭人的职责，
为此事岭兵来察绒。
察瓦君臣们请听真，
对魔鬼斩草要除根，
将察绒变成佛法地，
打开箭支伏藏门。
这三件事不完成，
不回岭国老家门。
察瓦诸位君臣们，
不必急着来送死，
查茂岭的兵将们，
打算前来拜访您。
到东噶金宗城堡里，
看看有些什么玩意，
打算看看囊拉王，
有何神通何灵气，
看看大臣大将们，
有何智慧何本事，
再看万户十二个，
有多少壮丁和马匹，
以往岭人的功绩，

将察瓦绒的五大将，
连同兵丁几百几，
像风卷残云无踪迹。
在这今天一天里，
傲慢的吹米你两个，
连同手下的众小兵，
若不杀个片甲无存，
显得岭将没本事。
在森达阿东的气头上，
森罗阎王也难逃避；
列钦大刀所到之处，
神仙招架也来不及；
东日骏马所到处，
疾风望尘也莫及。
今天若放你逃回去，
森达阿东简直是死尸，
你要将这话记心里。

说完，巴拉森达阿东挥动“列钦”大刀砍了过去，只见冒出一片火星，但对他却毫无损害。他也向巴拉反砍过去，没有伤着，只是砍落了五个甲片，但痛得巴拉差点从马上坠落下来。巴拉心底怒火燃烧，将手中列钦大刀一挥，狠狠地砍了下去，“咔嚓”一声正中右臂，右臂被砍落地下。但因他是个真正的魔鬼，不能马上致死。他左手抓着巴拉的胸脯，两人摔起跤来，厮打了好一会儿，谁也没有取胜。森达阿东想：此人虽已被砍下一臂，还这样难对付，如此看来，那魔鬼鲁萨又由谁来对付呢？还有什么办法去征服十八大国呢？如果不将他杀死，放他活着回去的话，我还怎样活在这个世上！于是他用左手抓住吹米的胸口，右手拔出“追纳罗杰”匕首，向他的黑白心交界处刺去，他的灵魂正好在此，被击中了要害，翻身落马而死。巴拉枭了首级，拔下盔旗，后卫部队如同狼入羊群一样，杀伤吹兵不计其数。

这时，其弟吹米玉琼国波从营房左边向岭营砍杀过来，杀伤了许多人马，血流成河。

噶德曲炯贝纳头上无盔毛发蓬松，身不披甲大氅黑油油，法力无边“叶”死“啪”倒。力大无比如同大象发疯一样，像鹰抓兔子一般，将吹米玉琼国波从马上抓了过来，高高地举在空中，说道：“呀！你这个该死的吹米，我往上抛，把你抛上天，让你看看赡部洲是个什么样子，往下摔将你摔进深山峡谷，叫你乱石滩上洒脑浆。若有父母快留遗嘱，若有上师、本尊快祈祷吧！”说完，将他朝一块像马那样大的大石头上摔去，摔得他粉身碎骨。后卫大军一拥而上，漫山遍野地追杀敌兵，喊杀声，口哨声，震撼山谷。

察瓦绒的残兵当晚回到了东噶金宗城堡。囊拉王听了战败的汇报之后，怒火中烧，说道:“现在上岭噶人，杀了我们这么多的兵将，此仇如果不报，怎能忍耐下去，小弟鲁萨奔玛，七天之后修炼结束，如果不派鲁萨去，看来是很难打赢的了。为此，众位大臣大将们，趁此休整七日，若有来犯者，就说暂时息战，以后怎么办，等一等再说。”于是大家都四散去了。

岭国方面也没有发动进攻，按兵休息。

第十二章 丹玛神箭射杀小鲁萨 囊拉独骑怒闯大岭营

七天之后，御弟鲁萨修炼完毕，前来议事厅和察瓦君臣们共同商议退敌之策。当鲁萨听了战败的情况之后，非常气愤，再也无法稳坐在垫子之上，说道："岭国那个自称英雄的嘉察，果真如此狂妄。我要和他亲自交锋，若不能砍下他的人头，誓不为人。"他气得两眼电光闪闪，双肩不停地耸动，牙齿咬得咯咯直响。

第二天天一亮，鲁萨带领亲自挑选的精兵百名，向岭营奔去。

岭营的人见了，慌乱了一阵之后，一时没有人敢于出阵。当鲁萨将要来到岭营近前时，吹了一声口哨，如同炸雷一般，山摇地动。他勒转马缰，唱了这支英雄短歌：

阿拉塔拉塔拉热，
塔拉鲁益兰鲁热。
无际的天空彩云处，
祈求命主九眼神，
助我取得敌肝心。
若不知我是哪一个，
囊拉国王小弟弟，
名叫鲁萨威震乾坤。
察瓦绒的擎天柱：
专门制服无敌之人。
天上雷公和鲁萨我，
谁人不知无敌将军。
君臣在大厅聚会时，
压镇黄金宝座之人。

战略会议商讨时，
最后决策做出之人。
难对付的敌人出现时，
挖心催命的引魂人。
弱者遇难求救时，
救命护佑之大恩人。
囊拉王和鲁萨我，
如同日月挂天空，
诸位大将和大臣，
拱卫如同众群星。
属下的精兵和壮马，
犹如毒刺遍地生，
哪样不是真实情？
老实话儿告诉你，
岭营的这些穷鬼，
胆小鬼面前装英雄，
英雄面前如耗子。
就说嘉察那死东西，
说在当面在墙角，
说在墙角又面前立，
不敢和鲁萨打照面，
称英雄嘉察真丢人，
佩带着武器要羞死。
全副武装都一样，
今天必须比雄雌。
披挂的宝剑都一样，
今天看谁的更锋利。
各自都称英雄将，
今天必须见高低。
以往这些日子里，
胆大放肆的嘉察你，
将虚杰大将为首的，
吹米将士全杀死。
他们那里你行得通，

在我这里难放行。
英雄鲁萨大门口，
怎容岭鬼扎大营？
天地作合也难答应。
请听我把比喻讲：
平川上沙子筑高墙，
洪水冲毁难抵挡，
高空寒风刮得紧，
雄鹰翱翔难阻挡，
高山悬崖陡又峻，
野牛攀缘难阻挡，
岭国兵多手脚多，
难挡鲁萨向前闯。
听着还有话要奉送：
黑鹞鹰的铁爪子，
若逞威把羊叼天空，
在小小雀鼠的身上，
哪里能够显威风？
年轻猎手的毒箭，
若射只射猛虎心，
在小小动物的身上，
哪里能够称心意？
我英雄鲁萨的宝剑，
一挥叫嘉察身首离，
在胆小岭兵的身上，
利剑哪能得满足？
出来出来嘉察娃，
英雄气派像大虫，
厉声吼叫赛蛟龙，
为何今天不吭声？
听到没有岭国娃，
听懂了是耳中蜜露，
听不懂自己去考虑。

奔巴嘉察协噶一听到鲁萨的话，霎时怒容满面，咬牙切齿。气从心头起，火从胆边生，手指痒痒，臂膀肌肉颤动，下巴颏抽搐，思绪如海潮翻滚，遂勒紧“白肩凤凰”肚带，扎紧白铠甲系带，佩带刀、箭、矛三眷属武器，向鲁萨冲去，举起“雅司噶臣”宝刀，在头顶上一挥唱道：

嗡嘛呢叭咪吽。
阿拉塔拉塔拉热，
塔拉鲁益兰鲁热。
若不知这是什么地方，
察瓦绒这块美地方，
岭国天兵驻扎地，
若不知我是哪一个，
坚固的银水生铁城，
无敌嘉察是我名。
玉龙吼声所到处，
嘉察美名也传闻，
岭营之中一名将，
制服顽敌之大将军，
救护亲朋之大恩人，
小心听着鲁萨崽，
正如你说的那个样：
山谷奔泻的大洪水，
沙坝面前气高昂，
波浪翻滚若无节制，
大桥架在脖子上。
碧空翱翔的雄鹰，
寒风面前志气扬，
高度如果无节制，
凌厉急风断翅膀。
盘踞羌塘的大野牛，
悬崖峭壁难阻挡，
奔跑跳跃若无节制，
滚落悬崖筋骨伤。
蛮横的鲁萨小魔鬼，

小兵面前发疯狂，
上阵若是不自量，
嘉察手中把命丧。
鲁萨你也太狂妄，
叫嘉察出来为哪桩，
不必大声来喊我，
岭兵早已从天降，
不仅来战果也辉煌，
玉鬣蓬松的雪狮子，
如果害怕小毛驴，
怎能盘踞雪山顶，
浑身武艺怎么显示？
茂密林中的斑斓虎，
如果害怕野山羊，
只身在密林怎居住？
鲜肉怎能吃得上？
羌塘草原的小野马，
如果害怕小豺狗，
平川野地怎敢跑？
怎能寻找水草吃？
岭噶营里一名将，
如果害怕小鲁萨，
四营大兵怎么统率？
怎样冲锋把敌杀？
朵康岭的众将士，
自从来到察瓦绒，
匹匹战马争头名，
人人冲锋立战功。
你察瓦大将吹米们，
从反岭军那天起，
有没有一个活着回。
可怜你至今还不悔，
再说奔巴嘉察我，
来拜访东噶金宗城。

你两位虚杰先行官，
连囊甲国波共三名，
兵马人等数不清，
无需一天便杀干净。
那时鲁萨哪去了？
今天从哪儿转回营？
过去我到处把你找，
渴望早日会到你，
拖到今天才相遇。
就在今天这一天，
鲁萨你和嘉察我，
若不拼个你死我活，
空话连篇有什么说？
今天你到战场来，
也是想嘉察才来的，
我天天盼望鲁萨你，
天长日久终有期，
想到一起真巧合，
呼应合拍是奇遇。
短兵相接搏斗时，
请别后退莫逃匿。

唱完歌的同时，他俩犹如陡壁上滚下来的大石头一样，撞在了一起，厮杀了好一阵子，两人都没有受伤。只是鲁萨的盔旗被“雅司噶臣”宝刀砍了下来，撒落了一地，鲁萨吓了一跳，当他发觉嘉察刀枪不入的时候，立即勒转马头，向兵营角上跑去，嘉察在后面紧追不放。

正当这紧急的时刻，色巴尼奔达雅想：这个杀死我兄弟的仇人鲁萨，如果让他今天活着跑掉，那怎么能行。遂骑上鹅黄战马，挥舞着宝刀，冲到了鲁萨面前，同嘉察一起前后夹击，厮杀了一阵。由于那天鲁萨劫数未到，再加上察瓦绒的护法神在暗中竭力护佑，所以，他身上只是火花四溅，什么也没有伤着；他也多次反手砍向嘉察和尼奔，连一个甲片也未能碰落下来。

鲁萨想：今天的战功也只有这点儿了。遂勒转马头，顺手砍杀了十多个岭兵，抑制着满腔的愤怒，一溜烟地去了。他除了损失了二十多名士兵之外，其余的都跟随在他的后面，吵吵嚷嚷地离开了。

岭兵也没有再去追赶。

鲁萨回到东噶金宗城堡，禀报了出征的情况，囊拉王说道："呀！呀！兄弟，鲁萨奔玛，前几天和岭营作战，将色巴长官之弟、达楚托拉曾波的人头，作为战利品，鲜血淋漓地拎了回来，并且将岭营搅得一片血海，杀死杀伤许多岭兵。今天上午，不仅同岭国名将嘉察和尼奔对阵，而且又杀伤了很多岭兵，带着自己的士兵，精神饱满地回来了，这很好，除你之外，去的将领们，别说立战功了，活着回来都很难。"接着，摆上了香茶、美酒、鲜肉、酥油，庆功祝贺。

岭营里正在召开紧急会议，都说如果不马上除掉那个叫鲁萨的魔鬼的话，对岭地部落弟兄们的安全是有很大威胁的。

正当人们惊叹鲁萨的英勇机智之时，大将丹玛绛查从护身符盒里取出了五条洁白的哈达奉献在诸臣面前说道："呀！这样的话，岭国的叔伯大臣们听着，以前上战场的岭国英雄们，没有一个不立战功的。这次对付鲁萨那个老魔鬼，小臣丹玛不得不去一次了，请大家考虑。"

大家说，如果只是丹玛一人前往，能对付得了鲁萨吗？因此，还是多去几个将领为好。

总管王大叔说："大臣丹玛和别的将领不一样，他机智勇敢，箭法高强，定能成功。"大家都点头赞成大叔的决定。

第二天天一亮，大臣丹玛绛查全身披挂，盔旗如彩虹飘飘，刀、箭、矛三眷属银光闪闪，跨上"欧珠丹巴"骏马，带领五十名精壮骑兵出发了，岭国的人们都等候着他的好消息。

当丹玛的将士们来到了东噶金宗城堡附近时，丹玛"咯嘿嘿——"大喊三声，高声道："呀！听着，察瓦绒的君臣们，特别是你这个鲁萨奔玛小鬼头，今天快到丹玛跟前来，若不敢来就是胆小的狐狸。"

稍微过了一会儿，鲁萨听了丹玛的叫喊声，怒火万丈，当他刚从宫殿的正门出来时，丹玛将护法神箭搭在弦上。他想：如果这一箭不能射中他的鼻子的话，那就很难取得胜利了。说道："呀！你这该死的鲁萨娃，不要忙着送死，我还有话对你讲，而后再慢慢地较量不晚。"便唱道：

嗡嘛呢叭咪吽。
上祈求神灵梵天，
下祈求龙王祖邬纳仁庆，
中祈求古拉格卓神。
扎拉本古自在神，
噶岭众位护教神，

今天来协助丹玛臣，
一口将仇敌血饮尽。
若不知这是什么地方，
东噶金宗城门附近，
若不识我是哪一个，
幸福的岭国腹心地，
奔巴王和丹玛臣，
如同日月照乾坤。
雪山狮子成双对，
如同雄鹰恋岩顶，
因此才称为大臣，
丹玛为何叫丹玛？
丹玛河水阴阳分。
丹部有万户十二个，
人称丹玛是毒海，
出征之时做先行，
凯旋回归压后阵，
若有弱者掉了队，
匹马单枪救回家门。
乳牙生出时就爱箭，
百发百中技艺精，
这些实话你要记清。
鲁萨小子再往下听，
昨天你那土匪行为，
打个比方是这样的：
想赚钱的生意人，
钱财如果赚不到，
长途跋涉是徒劳的，
得不到活该讨苦吃。
爱打扮的村姑娘，
若不能守住夫家业，
穷打扮授人以笑柄，
心思淫荡众人羞。
追求知识的学者们，

若不能利人又利己，
苦心钻研是徒劳的，
忌妒不服活受罪。
逞强的鲁萨奔玛你，
没斩过岭国一个人，
人马空跑徒劳无益，
只顾逃命要羞死。
鲁萨你这个小妮子，
无能还跑到岭营地，
是对岭人看不起。
出口谩骂嘉察将，
敢同司潘比高低，
干了这么多罪恶事，
惹得我丹玛生了气。
为此今天这日子里，
在岭国英雄们面前，
我是立了军令状的。
在今天天黑这以前，
鲁萨丫头的首级，
若不血淋淋拿过来，
丹玛和死人无差异。

歌一唱完，丹玛将神箭射了出去，正中鲁萨心脏的黑白间隙之间，箭头差一点从后心透出来，因为他是真正的魔鬼之子，所以不能马上致死。鲁萨左手紧抓着刺进心窝的神箭，右手拔出“哈拉东角”宝剑，在头顶上挥舞着向丹玛冲了过来，厮杀了一阵，胜负难分。鲁萨忍不住箭伤的疼痛，赶紧掉转马头逃回，刚跑进东噶金宗城堡大门，便从马上跌落下来，呜呼哀哉了。

英雄察香丹玛绛查想：从来没有见过这等箭射心窝、威风仍然不减的妖魔，今天虽然没有拿到他的首级，谅他也绝对活不成，这也是可以使岭国的人们高兴的。便掉转马头回营而去了。

那支神箭也带着血污回到了箭袋里来。

丹玛回到岭营，大家见他胜利归来，都非常高兴。他说：“岭国诸位君臣们，今日小臣立微功，首先我从箭袋里，请出食肉饮血箭，射向老魔鲁萨心，未能置他于死地，复向丹玛冲过来。我俩正在拼刺时，他掉转马头逃回宗，首级虽未拿到手，谅他定然活不成，很快就能见分明。岭噶父老兄弟们，大家可以放宽心。”

总管王绒察查根说道：“我原想大将丹玛定能成此大功，果然不出所料，这太好了。现在收服察瓦绒箭宗已经是易如反掌了。这样吧！明天天一亮，东曲鲁布达潘您，英雄中的一好汉，派去前往察瓦绒。谁敢阻挡砍他头，祝您马到便成功。后天太阳上山顶，岭国四营部队，准备拔营出发。将察瓦绒东噶金宗城堡，四面团团包围，具体怎样打法和人员调动事宜，慢慢再做商议。”总管大叔说完，个个点头称是。

这时，郭姆的神子觉如，身着不合适的衣帽，神不知鬼不觉地来到了岭营，说道：“上查茂岭的人们！丹玛武艺高强，那老魔鲁萨已经死了。”说完，一转眼便不见了。

察瓦绒的君臣们听说鲁萨身亡，犹如心脏落地一样，悲痛欲绝。将鲁萨的遗体收拾好之后，囊拉王心情极其悲恸，泪如断线珍珠，气如野牛呼呼。肩膀如牛鼻抽搐颤动，咬牙切齿，怒不可遏地说道：“呀！察瓦绒的官员们，如今已经到了这步田地，鲁萨奔玛好兄弟，有了他就有了一切，没有他就失去了一切。今天他战场失利，如同我丢了江山一样。没有了鲁萨兄弟的囊拉，我活在人间也没有乐趣。明天一大早，我要找岭国的嘉察和丹玛算账，一是要热吃他的肉，二是要生喝他的血，三是我囊拉死在战场上。除了这三个结局，我就不做人了。”他坐卧不安，踱来踱去，大臣们虽然一再地劝慰，但他也怒气难消。

第二天黎明，察瓦囊拉王顶盔贯甲，披挂刀、箭、矛三眷属武器，跨上“诺布琼学”战马，两员大将随后紧跟，带领精壮骑兵百名，向岭营奔去。

岭营里看到敌人来了，英雄们个个迅速披挂整齐，严阵以待。察瓦君臣们直冲嘉察右营，嘉察和大臣丹玛二人出阵迎敌。察绒囊拉王拔出“聂索古姆”宝剑，在头顶上一挥唱道：

阿拉塔拉塔拉热，
塔拉鲁益兰鲁热。
祈求上界天宫里，
仙界九眼命主神，
察瓦金刚白骡神，
山下十二位护法神，
助我囊拉王建功勋。
若不识这是什么地方，
下察绒囊热大山口，
若不识我是哪一个，

人间君主囊拉王，
取这个名字四海扬。
若说我这天神之王，
威势大过白梵天王，
因此称我囊拉王，
荣华富贵赛过龙王，
英勇胆略胜过狮王，
美名传扬赛玉龙吼，
兵马多似沙粒飞扬，
宫殿牢固如金刚岩，
权势地位无法估量。
我察瓦绒的囊拉王，
上下所有的各邻国，
全是由衷地爱戴我，
并非表面来奉迎，
哪个还敢说犯边境，
只有岭国的乞讨兵，
无故侵犯察瓦绒。
察瓦绒这好地方，
奶酪一样多平静，
被岭人搅得血染红。
察瓦绒大臣大将们，
特别是鲁萨奔玛他，
是国王我的亲兄弟，
坏蛋丹玛射杀了他，
岭人坏事已做尽。
就在今天这日子，
为察瓦阵亡诸将士，
倘若不能将此仇报，
国王我活着没乐趣。
岭噶各营的将领们，
有种的就该前面立。
今天出来算英雄，
战胜我囊拉算本事，

囊拉战败自认输，
谁胜谁负看今日。
这混乱的消耗战，
全是无辜白送死。
当然还有这些比喻：
大鹏未飞上天空时，
雄鹰自以为了不起，
当它看到大鹏时，
雄鹰技艺难展施。
未听过雪狮怒吼时，
猛虎以为爪牙锋利，
雪狮发威抖玉鬣，
猛虎技艺难展施。
未见白唇奔跑时，
家马自以为了不起，
白唇表演长跑时，
家马怎敢来比试。
绿色杜鹃未鸣时，
百灵以为口舌伶俐，
杜鹃引吭高歌时，
百灵气也不敢出。
囊拉王我未上阵，
岭君臣以为了不起，
今天囊拉到此地，
哪个敢来比高低？
是不是马上便清楚。
听着我还有话说：
我如东方初升的太阳，
普照岭国四部落，
只要黑暗不逍遁，
天天出来驱黑魔。
我这山口白野狼，
到处走动吃绵羊，
不把羊群吃干净，

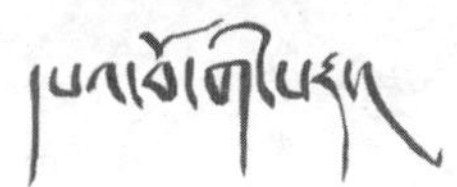

翻山越岭走四方。
我如技艺高超的鹞子，
遍游天空抓鸟雀，
不将鸟雀抓干净，
继续再抓不放过。
察绒囊拉赞普我，
踏破岭营血流成河，
不将岭兵铲除净，
还要到处去搜索。
岭国这群土匪们，
来到我这察瓦绒，
莫非岭噶部落里，
遭了天灾大不幸，
饥肠辘辘难忍受，
流浪乞讨到察绒。
否则来我察绒地，
丝毫借口也找不成。
为此在这前几天，
我心胸宽阔没理睬，
察瓦绒和你们岭噶，
无故打仗不应该。
国王我克制高姿态，
反认为软弱逼过来，
是否可欺你看明白。
今天囊拉赞普我，
头一回来到你岭营，
看看我胆识行不行？
岭噶部落的头头们，
可想过会有何结局？
识时务者是俊杰，
要投降赶快插白旗，
想乞求饶命脱头盔。
否则打从今天起，
一叫岭营遍尸体，

二要鲜血流满地，
三要你们喊后悔，
做不到不能算天神。
听说敢到我口边的，
只有两个小娃娃，
过去虽未见过面，
估计可能是嘉察，
还有一个是丹玛，
如果是便是这样的：
雄鹰我从天边来，
没想到遇上这岩石，
你这高耸的白岩石，
雄鹰降落正合适；
猎人我从山脚来，
没想到碰上鹿儿你，
公鹿走动在山岗上，
箭射才有了好时机；
渔夫我来到大河边，
没想到碰上鱼儿你，
你这嘴馋的小鱼儿，
垂钓才有了好时机；
囊拉我来到岭营边，
没想到碰上好汉你，
嘉察你今天上了阵，
给了我报仇好时机。
败将丹玛没有胆，
只会暗地耍手腕，
箭射鲁萨归了天。
胆小鬼远处放暗箭，
真英雄宝刀面对面。
战利品今天早送到，
嘉察、丹玛将两员，
宝刀锋利砍上几段。
说话如果做不到，

囊拉如同狗一般。

歌刚唱完，大将丹玛本想答话，不料奔巴嘉察协噶抢先一步，唱了一支英雄短歌：

鲁阿拉塔拉塔拉热，
塔拉鲁益兰鲁热。
祈求无欺的三宝神，
以平静法身的胸怀，
凶猛可怖的尊容，
调服恶魔之法力，
做护法助我成功。
若不识这是什么地方，
这地方名叫察瓦绒，
察绒在此要败阵，
岭噶在此要取胜！
若不识我是哪一个，
东方岭噶神州地，
牢固的银水生铁城，
奔巴嘉察是我名。
常绿林中之檀香木，
江河水中的甘露浆，
岭国英雄中一上将。
自从慈母生下我，
离开娘怀到如今，
曾与无数人较量，
从未输给过任何人。
特别是今年这时候，
领兵来在察瓦绒，
你察瓦绒的君臣们，
被杀得没人敢出门，
连同军队老百姓，
犹如流沙被大水冲。
再说昨天一后晌，

大将丹玛上战场，
鲁萨兄弟一命亡。
残留的察瓦君臣们，
个个流泪心悲伤，
呼天抢地满庭院，
您好受吗囊拉王？
没良心的囊拉王，
坐视兵死将军亡，
是出外还是得了病？
为何藏在小黑屋里，
直到今天才出场？
今天你来到阵地上，
并非是英雄来逞强，
被逼得无法才出场。
以往西藏有谚语：
失去男人的小寡妇，
不得不去拿箭支，
死了女人的光棍汉，
不得不操持家务事，
这谚语比得多合适。
实可怜你这囊拉王，
想坐宝座不牢靠，
想逃又怕人耻笑，
又没人替你上战场，
惊慌失措你太匆忙，
今天来到阵地上，
不得不装出英雄相。
在英雄嘉察我面前，
小小的天神算什么，
即便是白梵天王来，
我也不会输给他。
我再奉劝你一句：
大森林已被火烧尽，
斑斓虎伤心又悲凄，

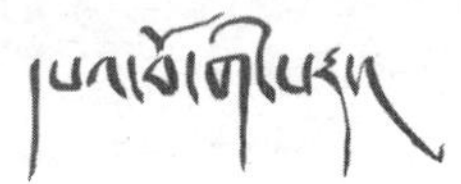

还有它那张花虎皮，
取来给甲胄做装饰。
岩石已遭炸雷击，
皂雕伤心又悲凄，
还有它那白翎毛，
取来给箭支做装饰。
湖水干涸见了底，
金鱼伤心又悲凄，
还有它那鲜嫩肉，
取来给英雄摆宴席。
察绒已被岭国毁，
囊拉娃痛苦又伤悲，
还有囊拉的心肝肺，
取来给英雄添光辉。
这样你好受不好受，
只会说大话会吹牛，
做不到不如不张口。
绒岭战争到现在，
你察瓦占了什么便宜？
岭国赤子托拉曾波，
为国尽忠捐了躯。
除此外英雄将士们，
生气勃勃无损失。
你察瓦绒的智多星，
上至鲁萨奔玛将，
下至披甲的雇佣兵，
死伤多少谁数得清？
你还要吹牛脸不红。
自称天上太阳的你，
光辉很想照岭国，
如今落入天狗嘴，
才知能否驱黑魔。
山垭口的白狼你，
当然想吃白羊羔，

今天碰上甩石鞭，
才知羊群灭不掉。
善于抓捕的铁嘴鹞，
当然很想抓雀鸟，
今日毒刺扎翅膀，
才知雀鸟灭不掉。
察绒赞普囊拉你，
当然很想搅岭营，
性命送入嘉察手，
才知岭营灭不成。
巴掌大的小察绒，
任你囊拉逞威风，
这在岭国土地上，
横行霸道行不通。
岭国地方是神部落，
都是天宫神种姓，
权势地位与天齐，
降妖伏魔是天命。
尤其是神子觉如，
现在虽然还年轻，
武艺高强有神通。
不多久在这赡部洲，
一降伏妖魔皈善业，
二弘扬佛法度众生，
三攻取藏地十八宗，
四要赡部洲归一统。
为了完成这四美事，
没物质条件怎能行，
细颈箭这个小伏藏，
在你南方察瓦绒，
白玛祖师藏下的，
除了岭噶谁敢动，
父辈产业子继承。
箭支伏藏收取后，

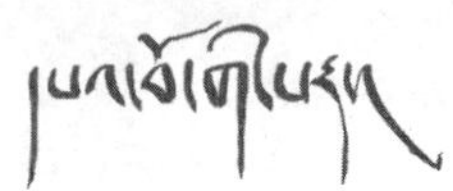

顺手拿下东噶金宗城，
妖魔之王调伏后，
魔鬼地域佛法传颂，
你若愿意就该高兴。
不愿意也不能作罢，
这些话你要记心中。

这支歌一唱完，嘉察和丹玛便向着察绒君臣三人冲去，刀来剑往，杀了一阵，嘉察的“雅司噶臣”宝刀砍落了囊拉王左肩上的几块甲片，白花花撒落一地，虽未伤及皮肉，却也疼痛难忍。囊拉王怒火满腔，寸步不让，向嘉察连连进逼，却毫无伤害，他想：“嘉察这人刀枪不入，怎能取胜。”于是掉转马头向左营逃去，嘉察紧紧追赶。突然，文布迟雄国波和囊拉王撞个正着。文布迟雄国波向囊拉王猛砍一刀，只砍下了三个甲片，未能伤着身体。囊拉王举起宝刀在头上一挥，正中迟雄国波肩膀，迟雄国波便一命呜呼了。

再说丹玛和察瓦大将阿丹琼扎厮杀在一起，不分胜败，正在鏖战之际，巴拉森达阿东和噶德曲炯贝纳从前营里冲了出来，阿丹琼扎回头一看，恐被四面包围，便迅速地转回马头，向囊拉王后面追了过去。此时念察阿丹从左营角上射出了一支金羽箭，正中阿丹琼扎心口，令他翻身落马而死。

囊拉王和大将拥珠绕赛带领残兵，在左营刚刚聚齐，司潘、念察阿丹、达潘等人赶杀了上来，嘉察、丹玛等英雄们也杀了过来，察瓦兵士土崩瓦解，伤亡惨重。

岭国将士将囊拉王团团围住，刀砍箭射，对他毫无损伤。岭国方面也死伤了一百多人。大将拥珠绕赛护卫着囊拉王，拨转马头，卷起一阵狂风，从前营角上逃跑了。岭兵们掩杀了一阵，各自收兵回营而去。

这一阵，察瓦绒方面损失了七十多名将士，君臣二人带领残兵回到了东噶金宗城堡，各自就座，摆上宴席，边吃边喝边议。

岭国方面也因为文布迟雄国波阵亡而焦急忧伤。

奔巴嘉察协噶说道：“文布迟雄国波是十万精兵中的佼佼者，今天失落在囊拉王之手，而且又损失了百多名兵士，如果这样长期对敌拖延下去，会使敌人气焰更加嚣张。因此，必须按照前天大叔的安排行事。从明天起，调动我们的全部军队，将察瓦绒东噶金宗城团团围住，无论是哪个胆敢往外冲，绝不能放他活着回去，至于囊拉王嘛，由我嘉察一人对付，众位英雄兄弟，就不必来插手了。七天之内一定要把敌人全部歼灭。至于箭宗如何收取，待以后慢慢商议，望诸位切切牢记。”岭国父老兄弟们个个点头称是。

第二天，天蒙蒙亮的时候，四营的全体将士哗啦啦披挂了起来，吃饱喝足之后，给骡马鞴鞍戴嚼，收拾帐篷，驮起驮子，一切准备停当。察香丹玛绛查带领四营将士做前队，走在最前面出发了。

奔巴嘉察协噶压着后阵，旗幡招展，刀光闪闪，五光十色，飒爽英姿，战马嘶鸣，马蹄嘚嘚，威风凛凛，令人眼花缭乱，雄赳赳气昂昂地紧跟前队走去。

此刻，察瓦囊拉王在阳台上向前方一看，看到岭国将士们已经来到了“折琼弓阿”路口。他想：呀！呀！现在岭国的英雄兵将全部出动，看样子是想包围东噶金宗城堡了，今天如果出战，不但不能取胜，反会遭到更大的失败。眼下若有御弟鲁萨在此，也可以商议商议，还可以给敌人来个迎头痛击，可惜，他现在不在，将领们也都葬送在了岭人之手，现在怎么个打法，就看国王我自己了，还有什么办法呢？趁我还没有死，尽量多杀他几个岭兵，最好是嘉察或者司潘，哪怕有一个陪我送葬也好，再不然将丹玛或别的将领多杀他几个也好，最后即便是自己死了，又有什么后悔的呢？他越想越气，越气越恨，对侍臣们唱道：

阿拉塔拉塔拉热，
塔拉鲁益兰鲁热。
高高的天空云隙里，
无能的命主九眼神，
为何看不见我的苦？
难道九眼全挖尽？
半空彩虹帐篷里，
土地神噶娃旺姆您，
对敌仁慈对我狠，
爱憎颠倒是非不分。
在那坚固的城堡里，
您这位多杰折噶神，
引狼入室到家门，
家里财富送敌人，
察瓦绒的众乡民，
纵然一时冒犯您，
降此大祸怎忍心？
敌人干坏事那么多，
连个不字也不敢说，
察瓦的神龙魔妖们，

低声下气太丢人。
以往虔诚地供奉您，
关键时刻全无用，
今后再不指望您。
以往您遂了岭人愿，
现在还去护岭人，
岭人心愿未满足前，
怎肯帮我察瓦绒，
听君自便不求情。
听着众位臣仆们，
我有话语对您言，
看天边乌云已布满，
灿烂太阳被遮掩，
看草原白霜遍大地，
万千小花遭摧残，
看森林火焰熊熊燃，
林中禽兽遭厄难，
看大湖四周遍渔夫，
湖中金鱼遭凶险，
看岭国大兵已逼近，
皇宫陷入了包围圈，
是不是这样臣民们？
有何想法讲给我听，
众生不分贵和贱，
谁不爱惜自己性命？
都一样不愿丧残生。
虽如此岭国和察绒，
没完没了的鬼战争，
并非是我囊拉王，
贪生怕死不出征。
察瓦绒的众百姓，
一要人身有自主，
二要做事任己行，
三要父业子继承，

四要迁徙自做主，
这四项固有自主权，
今后能否保得住？
君臣要往一处想，
战争自卫目的清楚。
但是今年这年头，
做事处处都别扭，
兵将勇气并不差，
武器锋利没生锈，
我杀敌如同石击山，
敌砍我如同切酥油。
因此在以往几天里，
我们察绒众将领，
不惜牺牲去冲锋，
英雄顽强上战场，
结果没有立下战功，
反把鲁萨为首的，
还有几员勇战将，
很多士兵全阵亡。
面对阵前岭官兵，
确实无法再较量，
因此剩下的众将官，
连同臣仆和将相，
趁着还未送命前，
速到岭营去投降。
这是发自肺腑言，
值得一听就去做，
并非我胆小胡乱说，
考虑后果才这样说，
这件事你们细思索，
如果长期打下去，
取胜丝毫没把握，
不可再愚蠢干下去，
无故造成更大牺牲，

大将拥珠绕赛你，
不要跟我囊拉冲，
守住宫殿待家中，
有朝一日东噶金宗城，
被岭部队一占领，
殷勤接待要机灵，
皇后杨敏措为首，
带领臣仆众百姓，
为使家乡得安宁，
想方设法多求情。
至于囊拉国王我，
纵然死上千百回，
此仇定要血来报，
纵然死了也不反悔，
岭国嘉察他和我，
武艺胆量差不多，
不拼个狗死狼留，
定要拼出一个结果。
你等留下的将士们，
不可为了国王我，
无需一同上战场，
无需一同见阎罗，
以上我说的这些话，
记在心上好处多。
奉劝臣仆眷属们，
不要伤心把泪落，
打开吃用库房门，
取出酥油和奶酪，
茶酒牛奶新鲜肉，
连同香甜各种水果，
城堡上下内外的，
将士百姓团团坐，
庆祝宴会摆一个。
岭国魔鬼到来时，

千万不可泪悲啼，
说高兴当然没理由，
愁眉苦脸也无益，
在座的亲朋好友们，
垂头丧气大可不必。
擦干眼泪望一望，
在折琼弓阿大道上，
岭国部队在蠕动，
盔旗飘动迎长风，
白盔银甲放光明，
英雄个个抖威风，
战马驰骋嗒嗒响，
各色盔旗分外鲜明。
岭国英雄的各路兵，
前后有序排列齐整。
哎呀上岭噶的人，
队伍整齐兵马精，
乍看令人肃然起敬。
各路将官众英雄，
谁能辨认说得清？
认出人马是什么样子，
将这些一一记心中。

说毕，大将拥珠绕赛向岭营仔细地察看之后，说道：“尊敬的国王陛下，岭国的将领部队，我能约略地辨认一二，具体地说是这样的。”便唱了这支歌：

阿拉塔拉塔拉热，
塔拉鲁益兰鲁热。
若不识这是什么地方，
东噶金宗宫殿里，
幸福明亮寝宫里，
君主座前第一席。
诸位当然认识我，
拥珠绕赛是我名氏。

从我一十三岁起，
为察绒国王扶社稷，
老父王在世那时日，
多次外出做生意，
金银绸缎珠宝货，
人间少有的珍奇，
国王库房囤积满，
财富和龙王一样的。
接着王子囊拉你，
长大成人登基日，
皇位稳固国势旺，
察瓦绒国政您驾驭，
我坐在察瓦大臣席。
承蒙国王您器重，
大臣之中我为首席，
内外大事信任我，
国王对我多爱慕，
下属臣民都拥护，
臣朋好友都信服。
这些事并非拥珠我，
有什么才能了不起，
全靠国王您的洪福。
若论大臣我这人，
虽没有胆略和智慧，
但也从来无二心，
忠心耿耿正直认真，
为保国王的社稷，
想干什么未曾办不成，
可是今年这一年，
正像国王您说的，
心中想做什么事，
办起来总是不顺心，
虽如此也从不灰心。
眼前打的这一仗，

并非君臣不一心，
并非战略有错误，
也非战术有矛盾，
并非战士不勇敢，
但是仍然没取胜，
全是难违的命运。
再说国王救星您，
考虑全面又周到，
对皇后将士百姓们，
安排出路找退道，
给我们嘱咐和教导，
不得已只有这样好，
但现在时辰尚未到。
国王找敌人去拼死，
臣仆将士们去投敌，
世上哪会有这种事？
对岭国那些死仇敌，
国王您坐镇在城堡，
我等将士去决一死。
若用尽办法还不济，
查茂岭的将士们，
如果冲进了城堡里，
那时囊拉国王您，
不得不亲自厮杀时，
大将拥珠绕赛我，
誓同国王同生死，
如果我为国不尽忠，
活在世上有什么意思，
禀请国王记心里。
启奏人君囊拉您，
进犯的岭国众将士，
人马将官我知底细，
若问为何我知道，
前半生喜欢做生意，

上岭噶去过好几次，
曾和六部落将军们，
交换财物做生意，
他们的人马全熟悉，
个个的履历也知道些。
上次咱们君臣们，
趁杀入岭国的时机，
再次查看他们底细。
陛下请往那边看：
折琼弓阿大道边，
第一队的最前面，
那青马飞奔赛杜鹃，
“欧珠丹巴”马个个称赞。
青人如同龙发怒，
那是老将丹玛绛查。
一千将士青盔旗，
察香丹玛的父子兵。
后面跟那匹黄骠马，
二骑金黄一勇士，
尼奔大将似铁锤，
骏马快如金鸟飞，
“昂巴色弓”是马名字，
后面一千黄盔旗，
上岭色巴的众兵士。
后面跟那个白勇士，
白净面皮那个人，
金玉耳环亮晶晶，
巴拉森达阿东是他名。
慢慢腾腾那白马，
“东日达噶”是骏马名，
后面一千白盔旗，
是弓日部落众英雄，
后面跟的那黑勇士，
是个有名的大力士，

阿努司潘是他名氏。
那匹迅跑的黑山马，
“波若东强”是骏马名。
后面跑的那白骑士，
海螺白脸光闪闪，
用脚敲马往前奔，
那是英雄念察阿丹。
胯下一匹能征马，
“岗日江泽”是马名，
后面跟那个褐勇士，
会念密咒耍伎俩，
投掷“索喀”制敌人，
叔父晁通世无双。
座下骑的那匹马，
“古古饶宗”是魔障。
后面那千名红盔旗，
达绒长官的众将士。
随后跟的那黑勇士，
毛发蓬松无头盔，
黑色大氅无甲胄，
力大能将大山移，
驱神役鬼有神通。
曲炯贝纳是他名，
胯下一匹追风马，
“龙纳杰决”是马名。
后面一千黑盔旗，
噶珠部落的父子兵。
后面跟的那灰骑士，
运筹帷幄兵法精，
克敌制胜的智多星，
绒察查根是他名，
胯下一匹枣红马，
“夏江折果”是马名。
后面跟的那紫勇士，

手持“吐雾毒蛇”矛，
横冲直撞踏敌营，
达潘狠毒鬼神惊，
座下那匹垂头马，
“持力皂雕”是马名，
后面一千白盔旗，
琼居木巴天神兵。
后面跟的红骑士，
红光满面血染成，
冲向敌人如厉鬼，
“才热泽规”是他名，
座下那匹昂头马，
嘉纳骏马“凤翅红”，
红盔旗千名紧跟随，
珍居文布众兵丁。
四营兵马的后卫，
那年轻英雄白面容，
奔巴嘉察有威名，
坐骑名曰“白肩凤凰”。
羌塘草原将它生，
这样马一匹就算行，
做娘的要是生孩子，
这样孩一个就算行。
他后面三个白勇士，
嘉察的三名警卫兵，
“折琼弓阿”大道上，
岭国部队来势汹，
定是包围东噶金宗城。
明知是这样还要等，
束手无策怎应承，
在座诸位记心中。

唱完这支歌后，他想：面对这来势凶猛的岭国部队，确实也难以对付，现在只有国王带领我们全体臣仆百姓一起投降这条路了。这样一来，虽然我们归属了岭国，君臣们还会按等级给予合适的待遇的，而且还会在白色善法的管辖下得到自己管自己的权利。但是国王不但不愿意信仰白色善业，而且傲慢成性。如果这样陈禀，只能使他更加生气，所以只好随国王的便好了。唉！这也太难办了。

君臣们眼睁睁地看着岭兵将他们包围了起来。

随后，按照国王的旨意，给城里所有的将士们摆上了军宴，大吃大喝：还按照各自的需求，赏赐了金银玉石、玛瑙、绸缎、武器等，以资鼓励，因此，大将臣仆们个个争先恐后，要求杀敌立功，喧闹声一片。

此时，岭国的将士们陆续派出部队，想尽一切办法，控制察瓦绒的一切路口，派兵堵住退路，像大水倾泻一样在东噶金宗城的正面——“鲁热西塘”大坝上安营扎寨，白帐篷扎满了平坝，战马遍布山坡，背水的如鸟雀飞跃，捡柴的似乱石滚滚，茶汽浓如烟雾，炊烟弥漫天空，看着眼花缭乱，令人胆战心惊，黑压压一片，将敌人围了个水泄不通。

第二天，大将察香丹玛绛查全身披挂整齐，如同杜鹃飞向天空一样，直奔东噶金宗城。察瓦大将达热卡色带领二十余名骑兵，出离城门，将要冲到丹玛跟前时，他拔出宝刀，举向天空，一句话也不说，便杀了过去。丹玛也拔出宝刀，两人厮杀了一阵，不分高下。丹玛想：此人只能智取，不可力敌。便迅速地向左方一闪，砍杀了达热卡色背后的六七名士兵，其余的兵士四散奔逃，丹玛迅速地甩开了那个魔将，拉开距离之后，迅即抽出“食肉白翎”神箭，搭在弦上，唱了这支激励箭支的短歌：

阿拉塔拉塔拉热，
塔拉鲁益兰鲁热。
若不识这是什么地方，
东噶金宗城城门外，
若不识我是哪一个，
岭国大将丹玛绛查。
听着察将小魔崽，
今天你我咱们俩，
虽然已经比了剑，
谁也不能将谁杀。
箭矛宝刀三武器，
若不会它的使用法，
佩挂在身上做什么？
竹造就细颈箭，

锋利镰刀砍你时，
觉得疼没有箭细颈？
皂雕翎毛贴在身，
轻松些没有箭细颈？
锐利铁镞装上时，
威风些没有箭细颈？
尾梢涂上红朱砂，
漂亮些没有箭细颈？
当你插在箭袋时，
暖和些没有箭细颈？
当你搭在弦上时，
想飞翔没有箭细颈？
箭细颈你往哪里走？
想高些直奔敌额头，
舐吮鲜血脑髓流，
想低些飞向敌胸口，
敌人心血饮个够。
我若射出的箭不准，
怎能称得上神箭手？
该射的距离箭不到，
臂膀拇指力不够。
欲射之的若不中，
算我这射手是盲人。
你这“食肉白翎”箭，
为您喜欢吃大肉，
快飞向敌人把肉吞，
为满足您喝鲜血，
速去将敌人心血饮。
护佑善业的天地神，
神通广大的“威尔玛”神，
岭噶善地护法神，
为我箭支把道引，
速去追索敌鬼魂。

歌音落的同时，箭支射了出去，正中察瓦战将达热卡色脑门的十字中心，将天灵盖和头盔一起抛向了天空，使他滚鞍落马而死。后边的士兵们见了，没有一个敢接近丹玛的，只敢在远处射箭，虽然像冰雹一样射向丹玛，但因为有盔甲和护法神护佑，对他毫无伤害。丹玛挥舞着宝刀，“咯嘿嘿”叫着向察兵扑了过去，一连砍杀了九名察兵，剩下的五名逃回了城堡。

大将丹玛回到岭营，众人齐来庆贺。

察瓦绒的君臣们共同商议，囊拉王说：“我昨天不是已经说了嘛，你们这些将士就是前去厮杀，也不过是白白送命而已，你们总是不信，看吧！今天在一个岭国人手里，又送了战将达热卡色和十五名士兵的性命，面对岭国雄兵铺天盖地而来，是片刻也守不住的。因此，从明天起，我囊拉亲到岭营，定要拼个死活输赢，如果这样拖延下去，察瓦将士只有白白地损耗，绝不会有什么好的结果。大家都记住我的话吧！”大家听了，个个拉长了脸，谁也拿不出一点主意来。

此时皇后杨敏措想：这个囊拉赞普究竟是被魔岭国的神所驱使呢，还是他寿限已尽了呢？为什么他那要打仗的决心，谁也无法扭转呢？但是，为了尽到自己的责任，免生后悔，若不将自己的想法陈述出来，怎能坐得住呢？遂向国王献上一条人间最长的哈达，唱道：

阿拉塔拉塔拉热，
塔拉鲁益兰鲁热。
上求白“囊特”天上神，
下求黑“萨特”地下神，
中求花“巴特”人间神，
玉山姊妹神三尊。
若不识这是什么地方？
东噶金宗城宫殿里，
在囊拉赞普御驾前，
我是何人当然知。
出生在紫色姜国地，
材玛长官的小妹子，
出嫁来在察瓦绒，
陪囊拉赞普做皇妃。
以往这些日子里，
囊拉地位与天齐，
文臣武将排成行，

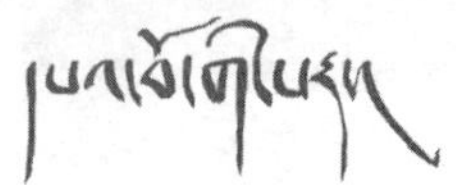

举国繁荣又富裕，
内部和睦外无敌。
在那幸福欢乐中，
一心想欢度这一生，
从未想到有今日，
一生苦乐大不同。
但在今年这时候，
上岭噶的众贼兵，
遍地布满察瓦绒。
说我们杀人又越货，
说是为了取箭宗，
蛮横无理找借口，
实想吞并王的社稷，
杀死了察瓦鲁萨将，
还有臣仆众将士，
发大兵围困我城堡，
迟早要杀死囊拉您，
犹如狸猫等耗子。
偏偏您这囊拉王，
慌忙沙场去应战，
吉祥兆头不会出现。
因此我皇后杨敏措，
白天饭食难下咽，
夜晚睡觉难入眠，
不知道这事该咋办。
大臣拥珠绕赛你，
还有臣仆众将官，
你们是否有什么高见？
太平安乐日子里，
头脑清醒有主意，
遇上困难危急时，
没有人带头说一句，
是不敢还是无主张，
闷坐一旁无言语。

按我女人的想法，
今年察岭这战火，
无论过去胜与败，
不管最后什么结果，
国王心中早有数，
而且已经讲明白，
要我们投降岭国，
我等遵从您旨意，
我们要做的就这些。
虽如此您这囊拉王，
再不必固执上战场，
君臣们大家在一起，
活着总比死了强，
请国王好好想一想。
从今后对待岭国兵，
同他们莫提再较量，
同把谈判的办法想。
囊拉王地位要保持，
察瓦绒生存要考虑，
虽没有过去那样好，
绝不会生活不下去。
举例说明是这样的：
阳春三月的嫩草苗，
虽然暂时遇旱魃，
只要根子不干枯，
发芽之日终有期。
夏令三月的绿杜鹃，
虽然暂时难鸣啼，
只要躯体不更换，
来年啼鸣终有期。
秋时三月垂杨柳，
虽然暂时叶落地，
只要树干不干枯，
来年自有发芽日。

囊拉赞普的权势，
虽被岭国强占去，
只要国王您健在，
夺回权势待时机。
这次战争到今日，
剩下的君臣和将士，
为了能一同活下去，
大家都来出主意。
在查茂岭的管辖下，
你如果不愿受委屈，
待到战争过去后，
寻找机会去姜地，
会同哥哥材玛长官，
萨丹王联合在一起，
统领大军几十万，
毁灭岭国不留痕迹，
到那时才能出口气。
这是皇后我的心意，
怎么办请您多考虑，
唱错了请您多原谅，
走了调子我忏悔，
君王请您记心里。

皇后唱完之后，在座的文臣武将们异口同声地说，按照皇后杨敏措说的办，对目前和将来都有好处。大家一再地劝说国王，而国王根本不愿意向岭国投降，说道："你们众将官和皇后都一致同意按我说的办，这样很好，我囊拉也就放心了，就这样定了。至于囊拉我本人在无耻的岭人面前，低三下四，确实半天也活不下去，大家不要再劝我了。如果我死了之后，皇后杨敏措和大臣拥珠绕赛，你俩要好好商量，想出个妥善的办法来，带领全体属民百姓，大家团结一致，不要到处流浪。争取自治权，争取在自己的家园生活下去，别的再也没话可说了，大家执行去吧！"在座的人听了国王的话，个个忧心忡忡地散去了。

第二天一早，察瓦囊拉王全身披挂，跨上"诺布琼学"战马，独自出了宫殿大门，刚走了几步，察将达姆阿钦、雅麦森琼拉珪、小将达玛道登率领精壮骑兵敢死队员三百六十名，争先恐后紧跟囊拉王，如冰雹骤降，哗啦啦，地动山摇。

刹那间，围拢在国王身旁，囊拉王一见，后面跟来了这么多将士，心想：人多伤亡多，这是对我们很不利的。怎么这样不听我的话呢？唉！有什么办法呢？

当察瓦君臣们接近岭营时，岭国将士们早已披挂整齐，各路将领们分别离开了各自的门口，张弓搭箭，严阵以待。奔巴嘉察协噶奋不顾身，迎着察瓦君臣们的来路冲了过去。囊拉王一见嘉察，怒火万丈，抽出宝刀，将马一拍，如狂风一样，从察瓦将士们中间冲了出来。仇人见面，分外眼红，更是一言不发，拼杀了起来。囊拉王一剑砍落了嘉察协噶右臂上的几个甲片，嘉察更加愤怒，在马上欠了一下身，说道："呀！你这个囊拉王，今天咱俩要不拼个你死我活，我嘉察还算得上什么男子汉？"随即举起锋利的"雅司噶臣"宝刀，狠命地一砍，也是囊拉王命该归天，正中头盔鹏翎，脑壳劈成了两半，翻身落下马来。

岭兵们看到囊拉王落马，摇旗欢号，"咯咯嗦嗦……"杀声震天，大喊大叫："今天要将察瓦魔鬼，杀死的杀死，活捉的活捉，一个也不能跑掉！"岭营里除了留少数的老兵看门之外，四营将士全部上马，如同铁环一样，将察瓦绒兵将团团围住，可怜察瓦将士在枪林箭雨之中，死伤惨重。

察瓦将士们看到国王被杀，如同铁水浇心，悲愤交加，不顾个人生死，用箭、矛、剑各种武器，拼命厮杀，霎时间尸骨挡道，血流成河。尤其那个察将达姆阿钦杀了很多岭兵。正当这时，达绒阿努司潘追了上来，举起"东纳理森"宝刀，正好砍在他的脖子上，像砍芫根一样，头滚落地上，死了。

小将达玛道登一见，向司潘冲杀过来，连砍三刀，没有砍中。司潘想："此人厉害，我把他活捉过来，叫大家看看热闹。"当他将宝刀往鞘内插时，他掉转马头逃跑了。他和雅麦森琼拉珪并肩向西边的岭国琼居营冲去，杀死了木巴三十七名将士，岭兵抵挡不住，像打开了大门一样，一百三十多名察兵一下子冲出了岭兵包围圈，木巴部百夫长囊迟拉噶同达玛道登厮杀了一阵，达玛道登一剑砍伤了囊迟拉噶的左腿，血流如注。囊迟拉噶紧咬嘴唇，反刺一刀，正中达玛道登胸部，从右肋骨直捅到背后，两人一起从马上滚了下来，同归于尽了。

正当奔巴嘉察协噶大杀大砍察瓦士兵之时，看到木巴部的将士们伤亡很大，赶紧掉转马头，向察瓦大将森琼拉珪杀了过去，一刀将他劈成两半，死了。

此时，岭兵包围圈内活着的五十三名察瓦士兵，全被岭兵活捉，岭国将士凯旋回营，将俘虏分交各营看管。大摆宴席，庆贺三日，放假休息去了。

察瓦的残兵逃回城堡，禀报了战败的经过之后，皇后杨敏措和众位将士个个悲痛万分，号啕大哭。

大将拥珠绕赛一再劝慰皇后，邀请余下的将官和老年长辈在议事厅按席就座，说道："呀！不幸的察绒长官们！大家纵然悲伤哀恸，岭国敌人会可怜我们吗？现在我等幸存，大家都来献计献策，我拥珠要先说几句，能否采纳请考虑。”说完，便唱了这支歌：

深邃不显的蓝天空，
祈求慈悲的大救星，
无欺的三宝请听着，
无偏的朋友最公正。
请慧眼向下察众生，
时刻体察救亡灵。
万分悲恸向您呼吁，
莫将囊拉打入恶趣。
若不知这是什么地方？
这里是以往君臣们，
欢聚一堂的议事厅，
今天无主的奴才们，
悲恸伤感心绪不宁，
悲喜贵贱本无定，
不仅我们要遇上，
人间规律都一般同。
因此上要放宽心胸，
不祥的败局已判定，
是因为囊拉寿已终，
察绒臣民没福气，
延缓商议也说不清。
岭奔巴嘉察很粗暴，
“雅司噶臣”狠又凶。
因为有了这些原因，
人间的太阳囊拉王，
才到另一个世间去，
留下臣仆暗无天日，
神魂无主难度日，
究竟该做些什么事，
谈不出什么好主意，
有条下策要说仔细。
幸存的我等将士们，

面对岭噶这般强敌，
是绝对无法对付的。
按照囊拉王的遗嘱，
投降的时刻已临期，
趁岭国英雄将士们，
尚未攻入宫殿时，
早日和谈是上计。
因此明天天一亮，
派位能干的大臣去，
前往岭营去商议，
献上一条白哈达，
各种礼品要备齐，
作为奉献的慰问品，
该做的事情速办去。
明后天岭国大将们，
一定会来到皇宫里，
到那时皇后你为首，
率领臣仆和卫士，
还有察绒的众百姓，
以后该怎样过日子，
只要能勉强活下去，
可以和他们多商议。
从本年本月本日起，
察绒战士和小伙子，
不可表现仇恨情绪，
莫顶撞岭人惹是非。
仇恨对岭人不济事，
反会使自己吃大亏，
大臣我想法是如此，
能否采纳请考虑。
如果察瓦众将士，
为了报仇雪国耻，
纵然战到最后一个，
只要大家心能齐，

我也不会不同意。
趁现在还能做选择，
利害选择要仔细。
现在我提的这议题，
同囊拉遗嘱没背离，
为了保护众多性命，
这番话全是好心意，
一个人提的好主意，
百人赞成才能实施，
最后若是无出路，
众议之事不后悔。
以往囊拉的卫队，
大将臣仆都在时，
没能阻挡住岭国兵，
最后的结果只如此。
查茂岭的军营里，
除了个别的将领外，
有名的大将和好汉，
个个健在没损失。
要想对他们行报复，
大家一定要心齐，
在座诸位记心里。

这个歌唱完之后，大家都觉得投降为好，谁也无心再打下去。一时间鸦雀无声，没有人说一句话。此时，众望所归的长辈森格拉旺大人说道："呀！在座的乡亲们！大将拥珠他所发的议论很中肯，我觉得再也想不出更好的办法了。明天太阳出来时，大将拥珠绕赛你做好前往岭营的准备，拖延下去没有好处，而且我方落入岭人之手的将士，在尚未受到残酷折磨时，早些拯救他们为好。"他的意见得到了大家一致的赞成。

第二天，大将拥珠绕赛主仆五人赶着满载礼品的三匹骡子前往岭营。岭人看到察瓦绒的几个勇士赶着满载货物的骡子，朝着岭营方向而来，不像是来打仗的，像是来和谈的。正当他们议论的时候，总管大叔说："事到如今，前来投降的可能性很大，大家要安静，先派几个人前去问一问。"色巴部落的一个十夫长和三名士兵迅即迎上前去，拥珠主仆们慌忙跳下马来，向前详细地叙述了前来投降的诚意。十夫长道："好啊！你们在这里稍等一会儿，我将你们的意见向长官们禀报过后，再向你们回话。"

十夫长回到营里，向总管王、司潘及嘉察汇报，经过商量后说："你去将他们带来。"

随后，在总管王的议事宝帐里，邀请了长、仲、幼三系首领，以及各路英雄将领们，各按官职就座之后，正当大家安然自在地议论之时，察将拥珠绕赛带领四名仆从，抬着各种礼品进了宝帐，在司潘、嘉察、总管王面前各献了五匹彩色哈达，又向在座的将领们各献了一条洁白的哈达，手上捧着一条人间最长的哈达，打算唱歌的时候，总管王大叔说："大臣，你就坐下来说吧！"于是拥珠绕赛便坐在中排的尾座上，脱下帽子，清了清嗓子，唱了这支祈求的歌：

阿拉塔拉塔拉热，
塔拉鲁益兰鲁热。
虔诚地向您做祈祷，
祈祷无欺的三宝神，
察瓦多吉折噶神，
还有十二尊护法神，
请您一心地护佑我，
助我办成这心头事。
若不知这是什么地方，
在鲁热协塘查茂里，
天兵大营驻扎地，
若不识我是哪一个，
在杂玛本龙学钦部，
神圣的日扎城堡里，
拥珠绕赛是察瓦臣，
今年已七十四。
从我祖祖辈辈起，
虔诚信法求善业，
老头我的前半生，
察绒老父王执政时，
到上下各地做生意，
也曾去过上岭噶，
在座的各位高龄者，

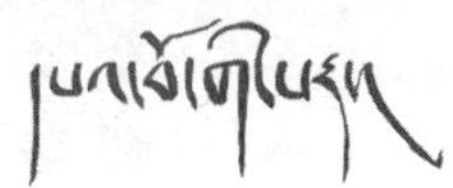

细看似曾都认识。
现在我算什么呢？
嘁我拥珠绕赛吧！
并非我有什么智谋，
阅历丰富才任大臣，
我就是这样一个人。
在今天良辰吉日里，
岭国的伯叔长辈们，
哈达引导谒尊颜，
有机会禀报我心思，
小臣心中乐滋滋。
在岭噶天兵大营里，
如日月当空照山林，
四营驻扎在海中央，
伯叔们威严赛须弥，
众英雄围绕似金山，
无敌的嘉察和司潘，
犹如日月两耳环，
幸福欢乐的岭噶国，
洁白的宝帐多敞宽，
君臣文武欢乐愉快，
如同日月恩泽宽，
犹如高山稳固庄严，
赛过大海平静宽广，
魁梧的身躯看不够，
在威严的尊驾前，
不敢乱说冒犯天颜，
只能简单地唱几句。
六部天兵将士们，
来到炎热的狭谷地，
当然是很辛苦的，
为成大事心也欢喜，
今念察岭这战争，
并非无缘也无故，

也无需闹到这田地，
这雕翎箭支的库藏，
和普通箭支不一样。
岭国确实需要它，
我这炎热的狭谷地，
有它无它都无妨。
你们前来的天兵们，
若想将它得到手，
无需战争把人伤。
如果需要细颈箭，
送封信来说一说，
不必这样摆战场，
箭支可以送岭国，
青竹造箭无不可，
竹并非不再生，
察瓦绒竹子砍不完，
只要不缺神箭手，
箭支保证敞开供应，
但是岭国君臣们，
曾与谁人捎过信息？
没想到这样难结局。
那天清晨一大早，
尼奔将军到此地，
我们察瓦人见到后，
询问是从哪来的？
心想上下的过路官，
找我察瓦囊拉王，
定是拜访求见的。
但是从来没想到，
前来侵犯我土地，
为了问清真实情，
派了大将森格康逊，
没有说上三句话，
将森格康逊一行人，

全都杀死在埃尘地。
察瓦囊拉两弟兄，
惹得他俩怒火起，
因此君臣兵士们，
忍无可忍兵刃举，
怎能坐视不反击。
以上是察岭的纠纷，
究其因应该怪谁呢？
我也只能说到这里。
从那以后到昨天，
我君臣将士肩并肩，
反抗报复勇往直前。
在兕犀野牛的面前，
黑牦牛怎能不败阵，
在白唇野马的后面，
家马难以追后尘！
在岭噶英雄的面前，
察将怎敢比输赢，
在无敌嘉察的面前，
囊拉取胜不可能。
过去造下弥天大罪，
今日大祸降自身，
江山丢失命归阴。
岭人心愿要实现，
箭库已在手不费劲，
查茂岭的将士们，
欢欢乐乐乘胜前进。
周围黑暗的荒僻地，
白色善业的光辉，
正是弘扬的好时机。
小臣我禀报三件事：
一在东噶金宗城里，
孀居皇后杨敏措，
还有我等小臣仆，

连同百姓众无辜，
同天朝百姓一样待，
保护他们生活幸福。
二是皇后杨敏措，
和普通妇女不一样，
心地诚实禀性善良，
对岭国从来无成见，
而且就在这前几天，
还劝说过囊拉王。
虽然劝说一而再，
国王根本听不进去，
皇后没做过越轨事，
因此请您多照顾。
皇后晚年请多优待，
尽量照顾给予乐趣。
三是俘虏的察瓦兵，
请释放他们回家中。
拥珠为这三件事，
今天前来拜见诸公，
献上一条白哈达，
一张华丽的猛虎皮，
九件礼品摆整齐，
恭恭敬敬地献给您，
礼品虽然很轻薄，
眼睛刚能看得到，
望乞笑纳莫见怪，
叩请甘露沐弱苗，
诚惶诚恐做祈祷。
诸位父老兄弟们，
莫住这荒凉坝子上，
恭请诸位皇宫去，
献上美酒摆宴席，
财宝仓库所有钥匙，
准备移交岭噶手里，

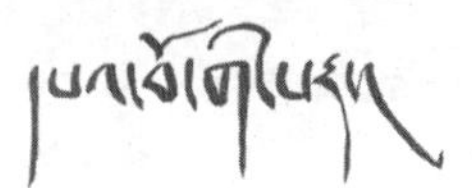

在座诸位请牢记。

大军宝帐里首席座上总管大叔，右边坐着森伦和司潘，左边坐着晁通和嘉察。大家听完这支歌后，总管王绒察查根大叔看了察臣拥珠绕赛一眼，微笑着说道："呀！这么说，你这个察瓦大臣拥珠绕赛，很会识别事情的好坏，前前后后的事情该怎么样做，你都说得很清楚，这些合乎情理的话，我们都听进去了。我们岭国的大军之所以要到察瓦绒来，主要是来取箭宗的，正如大臣你说的那样。如果不使用武力，采取和谈的方法，也是可以解决的，但事情并非如此简单，察瓦囊拉王和鲁萨奔玛为首的几个罪恶魔鬼，那是必须镇服的，而且现在时机已经成熟，同时，那个箭宗无论藏在何处，都该挖取，现在挖取的时间已到，它是今后岭国征服很多大宗的必不可少的物质条件，也是今后要打开的数百个门户之中的第一个吉祥之门。刚才你谈的三件大事，待商讨之后再慢慢答复你。但是，大叔我的意见：仇敌一投降，就要像自己的孩子一样对待。所以说，你所提的那些要求，一定会使你满意的，现在你应该高高兴兴，得恩图报，不可忘恩负义，是非颠到。应该虔诚地舍出一切力量，为普度众生的佛教善业而效力。今后根据你的功绩再给予犒赏，你要记在心里。"大臣拥珠绕赛听了非常高兴，站起来低头弯腰地说道："啊！拉索！没有比这再大的恩典了，卑职我从今以后，诚心诚意地为岭国效劳。"而后给他的脖子上回敬了一条很长的哈达，他一步一退地直退到帐篷门外，才转身而去。

当察瓦主仆们来到了他们歇住的白凉篷里就座之后，岭国的厨师们给他们送来了茶、酥油、肉、奶酪等极其丰盛的美味佳肴，并通知他们可以将俘虏领走。当他们吃喝过后，分散在各营的俘虏被集中了起来，交给了他。大家非常高兴地回到了东噶金宗城堡，向大家汇报了成功的谈判之后，个个都很高兴地商议着迎接岭国将士们入城的事宜。

岭国君臣们也各自回营去了。

第二天，全体将士尽情欢乐，直到晌午之后，囊拉死不服输，阴魂不散，力图报复。他变化成一个极其凶恶的魔鬼，向岭营反扑过来，刹那间，岭营里四面八方，狂风暴雨，雷鸣电闪，飞沙走石，遮天盖地，鬼哭狼嚎，山摇地动，各路营房东倒西歪，天昏地暗，面对面看不见人，那恶魔血脸黑紫，顶天立地，好一个庞然大物，钢盔铜甲，甲片上鲜血淋漓，右手将一座大山高高举起，左手食指尖上冒着火舌，直向岭营烧来，双脚踏在岭营两边，紧咬嘴唇，血红的眼睛圆睁，脑袋摇摇晃晃，别说是胆小鬼和小孩子不敢看他一眼，就连大将嘉察也有些胆怯，不敢和他交锋。岭国的英雄和长辈们想：今天这个察瓦的护法神，大力士魔鬼如此凶恶，岭营里是要有几个人丧命的。于是纷纷祈求各自的本尊护佑，别无他法。

正当这危急之时，突然，岭营中央响起了一声尖锐刺耳的口哨，令人毛骨悚然。在五彩缤纷虹光闪烁之中，神子觉如穿着他那不雅观的衣服，把短花纹抛石器掖在腰间，在长花纹抛石器上放了一块羊肚子般大的石头说道："呀！好啊！岭国的英雄们！你们是来斗敌的，还是来逃命的？若想逃命赶快找路逃，若要斗敌快到帐篷外面来。自吹神通广大、降妖伏魔、变化无穷的人们，今天怎么不出来了？岭噶的这些小帐篷，一个一个倒在地，叫敌人看了多可笑，亲人见了啼笑皆非，大难没有压到脖子上，还以为自己了不起，今天都来看一看，我像不像是个讨饭的孤儿。"崇拜觉如的人们听了，心中暗暗发笑，幸灾乐祸看热闹，觉如面对这个囊拉鬼魂，可怜而又爱慕，恻隐之心使他消除了忌恨。

在囊拉鬼魂的眼里，神子觉如变得十分威武高大，如同大山一样，全身发出灵光火焰，好像会把自己烧掉一样，较量之心顿时全消。心惊胆战地打算逃跑。但是，他看到四面八方一片火网，实在无法逃脱，正在手足无措之时，手中的那座大山滑落在了地上，发出一声巨响，翻起一团黑红的烟尘，好像乌云一样笼罩着岭营的上空，毒气呛得岭人恶心呕吐，个个用衣服包着头，动也不敢动。神子觉如将抛石器连同石头拉紧，对准魔鬼囊拉，唱了这支恐吓杀威歌：

尊贵的救星三宝神，
永远护佑在我天灵，
普度众生的大慈悲，
救星观世音作导引。
人间的魔鬼恶霸们，
求告北方马明王神，
祝愿您平息人间事端，
消除心绪烦乱之根。
若不知这是什么地方，
古来的察瓦协塘坝，
现在叫协塘屠杀场，
被阎王使者抓住后，
死鬼的灵魂随风扬。
被世间恐怖所迫的，
往死后道路走的人，
请三宝神灵发慈悲。
我生在岭国名觉如，

郭察孤儿没出息。
是穆布董族的后代，
住玛麦山谷地荒僻。
牛鬼蛇神的镇压者，
善业胜幢的扦插者，
罪恶的魔旗毁灭者，
外表是无知小孩子，
实际上神通大无比。
怒容满面驱神鬼，
普度众生善良心地，
为了赡部洲的事业，
文武并用软硬兼施。
降妖伏魔头一宗，
今年从察瓦先开始，
你囊拉鲁萨两祸首，
还有罪恶的众鬼魅。
虽被岭营所歼灭，
我觉如本人无异议，
还要收取箭支库，
祈祷的事业已临期，
抗拒是无济于事的。
囊拉弟兄和众魔将，
硬要同岭国做仇敌，
杀伤岭兵五百六，
还有几名领兵将士。
没克制的囊拉王，
虽死仍然不改悔，
仇恨岭国罪上加罪。
总言之你的这一生，
好事不曾干一宗，
死不瞑目还想逞凶。
现灵魂投入恶魔身，
心狠手毒毁岭营，
前来报复决不宽容。

你这长期地做坏事，
有朝一日要报应，
欲做何事要自做主：
看天上人间多幸福，
看地狱牲畜多痛苦，
这些都是善恶报应，
要想由己万不能。
为此你这囊拉鬼，
若还让你造孽去，
时间长了怎能行？
今天我要杀死你，
将造孽的丑恶躯壳，
用我花吾朵灭踪迹，
罪恶心灵冥灭后，
超度你前往天堂去。
我这长纹的花吾朵，
将它的来历说一流：
右边四棱长花绳，
好像玉龙腾空跃，
左边浑圆长花绳，
犹如银蛇飞下坡，
“吾体”圆眼绕四圈，
犹如河海起旋涡，
“吾龙”花纹大口囊，
好像鲨鱼卷鼻梁，
鞭穗赛过玉龙鬣，
好似彩虹挂天空，
柔软的鞭鞘扁又白，
好像哈达飘长空，
凌空旋转的呼啸声，
犹如盛夏炸雷鸣，
石头抛出中目标，
像天铁坠落地流平。
这八大神功花吾朵，

白方山岗虹光闪，
善方神灵爱又喜，
黑暗角落吐火舌，
黑方魔鬼全烧毁。
佩在身上战神护，
掖在腰间显威风。
战场上能克敌制胜，
当强盗能夺财害命，
放家里能招财进宝，
做生意能买卖兴隆。
这白的是用羊毛做，
像千头绵羊如云朵，
这黑的是牛毛做，
像百头牦牛放山坡。
外表神气的花吾朵，
粉碎人间众妖魔，
内有灵感的花吾朵，
追索魂灵逃不脱，
吾龙扣在手指上，
好比是——
你灵魂在我手中握。
鞭鞘压在拇指下，
标志着——
我要打哪往哪儿落。
石头放在“吾体”里，
标志着——
威风凛凛镇万恶。
“吾”右阳方办法多，
“吾”左阴方有灵感，
办法灵感聚吾体，
神奇的灵石放上边，
借助善业慈悲力，
甩石响声伴作曲，
命中囊拉你胸口，

哪有比这更安逸的？
莫要埋怨我觉如，
我本是三位一体佛。
只有靠我才幸福，
你要有强烈的决心，
前往极乐世界去。

唱完这支歌后，因为囊拉注定该由觉如调伏，所以也就相信了觉如，他诚恳地忏悔道："这么说，尊贵的觉如，您是神子的化身，神通广大难以估量，心地善良常发慈悲，是专门调伏顽敌的英雄，我囊拉罪恶深重，以往造孽特别多，已经到了地狱的边缘，如今您拉了我一把。感谢您呀！众生的救星，今后无论多少代，常到驾前来听教诲，三门虔诚地信守白业善法，祈祷来世得到超度。"

觉如说："这很好嘛！如今囊拉国王你听了我的话，你的这种忏悔和愿望，一定要坚持下去，现在我马上送你上西天极乐世界去。"那甩石"轰隆"一声，响声犹如天崩地裂，像勇士射箭一样将他的灵魂送到无量光佛尊前，连同战争双方阵亡的全部将士的灵魂也一起送到了人神转世的荷花光宫去了。了结了天空一样的清净三界之空性。觉如也随之悄然而去。

岭国将士目睹了觉如如何征服这个恶魔的情景，个个心悦诚服，纷纷赞扬觉如的功绩。大家想，在没有完全取得箭宗之前，觉如能留下来那该多好啊！

傍晚的时候，大家把吹倒了的帐篷重新架起来，平平安安地休息去了。

第二天，太阳一上山，岭噶的营帐迁到了东噶金宗广场附近，将领们商定了要往宗里面搬迁，四部的将士们先后出发，在皇宫四周，搭好帐篷之后，察瓦绒城里看到岭国的伯叔将领们来了，东噶金宗城堡上空马上升起了白云般的香烟，挂起了五彩缤纷的幡伞，花花绿绿，迎风招展。敲锣打鼓，吹螺号，拼铙钹，欢声雷动，人声鼎沸。宫殿的大门路两旁，也修起了晚香灶，各种香草的烟云在东噶金宗城上空缭绕，如云似雾一般遮盖了大地。当岭国的文臣武将们如同璎珞一样，英姿飒爽地来到宫殿门口之时，大臣拥珠绕赛身着盛装礼服，手捧洁白哈达，恭恭敬敬地迎到城门外边。皇后杨敏措由数名宫女陪同，笑容满面，身着绸缎衣服，佩戴各种珍宝，苗条的身材胜过天仙，洁白的哈达盖在手上，上面放着一只吠琉璃宝瓶，瓶里插着颜色鲜艳的花朵，姗姗地来到宫殿门外丹墀之下迎接。岭国君臣们来到了宽敞明亮的议事大厅，大家就座之后，摆上了以"卓拆丹芝"为头盘的各种香甜糕点，举行了盛大宴会。接着捧出了一斗白米，上面摆着各个库房的钥匙，端端正正地放在座中首领面前，岭国君臣和察瓦大臣拥珠绕赛互赠礼品之后，进行着亲切的交谈。

第三天，打开了所有的库房门，大量的比较好的茶叶、小麦、青稞、大米之类都尽量地分给四部落各营的将士们。其余的金银、玛瑙、珊瑚、绸缎、氆氇[1]、武器等则适当地取出一部分，不分大小，每人都可得一份。

其中最宝贵的一件是金柄红宝石如意，另一件是高二指、长一拃多、白黄红蓝四色、"希杰旺扎"图案的子母绿宝石制成的"曼札"，第三件是大拇指那么粗、差不多有一肘长的玛瑙鞭，鞭身上缠着红珍珠串。这三件宝物作为岭国的福宝，用彩绸包起单独存放。另外还有一些奇珍异宝均原封不动地盖章封存着。还剩下很多玛瑙、珊瑚、玉石、珍珠、金银、绸缎等全部赏给了皇后和大臣拥珠绕赛，伯叔长官们都来到了宫殿上层卧室间的阳台上观赏着察瓦绒的风光美景。

此时突然听到一声喊叫："岭噶的头领们！赶快过来！"大家不知这是谁在唤叫，莫明其妙地来到了议事大厅，就座之后，神子觉如从人群中跳了出来唱道：

呀！听着岭国英雄将，
达绒阿努司潘将，
奔巴嘉察协噶将，
虎豹般将领排两行。
当恶魔铁蹄蹂躏时，
莫说和敌人去对阵，
连个阿拉也不敢唱。
觉如我如果迟一步，
您早已死了七八回。
司潘长官和嘉察您，
自以为天下无匹敌，
那天的样子难描绘。
晁通长官和噶德您，
自诩是魔鬼的天敌，
那天看你们真差劲。
觉如我和这吾朵，
武器不算是多好的，
那天用着还算可以。
只要自己有本事，

1　氆氇：藏语译音，手工生产的一种羊毛织品。品种甚多，一般用作衣料。

石头也能当武器，
没有比这话更对的。
无法对付的粗暴鬼，
我一石打中他鼻子，
岭将士才算松了气。
昨晚三更半夜时，
察瓦多吉折噶神，
下察瓦十二护法神，
都来朝拜我觉如。
后天十五那一天，
细颈箭的库房门，
是开启的吉日良辰。
开启白岩丛集的，
岩石门的金钥匙，
已经送到觉如手。
今天交与晁通你，
明天清早天一亮，
箭库就要取到手。
以往察岭这战争，
岭国父老兄弟们，
英雄没有不立功，
战马没有不冲锋。
唯独“古古饶宗”马，
四蹄没有踏入战场，
只有聪明的晁通你，
没见过敌人什么模样。
并不是马儿有了病，
也不是你人有了疾，
在敌人没有消灭前，
晁通人马的本事，
当然不愿意让人知。
岭噶父老兄弟们，
吃上了酒肉和美味，
分得绸缎和金银，

这样坐着当然安逸。
这样不行快起来，
办事还是早办好，
吃喝放后边才踏实。
本来岭国长官们，
敌人来了要人帮，
宴会之上把人忘。
苦差事全由仆人做，
好吃好喝有长官享，
那些无耻的恶长官，
还要辱骂仆人们，
这是人们常说的话，
岭国长辈要记心间。

达绒大叔不以为然地说道：“在察岭大战之中，对付了一个小魔鬼，也要吹这样大的牛吗？”

觉如说：“我没有立什么功，却大吹其牛，我和大叔本来就是同宗的嘛！”大家都哈哈大笑起来。在场的父老兄弟们对觉如更加敬仰和爱戴了。

达绒阿努司潘稍微向后一退，腾了个坐的地方插话道：“现在觉如不要忙，请在这里多待一会儿。”

觉如说：“我不能多待，如果被人看见了，会给你司潘和嘉察丢脸的，现在你们还是就位讨论正事吧！我要到城堡阳台上玩去了。”他做了个要往门外走的样子便不见了。

第二天，太阳上山的时候，所有的长辈和高级将领们各带三十名勇士，人欢马叫，高高兴兴地向察瓦宗的下河谷藏有箭支的“喜日拉孜”白石岩走去，那石岩很高，正面陡峻光滑，中央有几块突出的白石，好像镶嵌的珠宝一样，闪闪发光，看得出这便是箭库所在。到了跟前之后，众将士滚鞍下马，采集了各种香草，堆积起来，点火烧香烟，霎时间，白色的烟云布满了天空，大家对天祈祷。

这个时候，达绒长官晁通从众人行列里走了出来，来到了一块像卧像一样的白石头旁，大腿压着二腿坐着，将装有库房钥匙的利箭，搭在弓弦之上，唱道：

阿拉塔拉塔拉热，
塔拉鲁益兰鲁热。

心意宽敞的无量营，
救星次旺任增活佛，
请珠聂上师护佑我，
笑容满面赐福寿，
慈悲赐福汇成云，
成就甘露如雨倾盆，
旺扎瑞柏的坛城里，
祈求本尊马明王，
身语意的金刚神，
请对我身心多赐福。
恐怖的血海翻波浪，
烈火熊熊的宝帐里，
拉硅红缨的矛尖上，
双目凝视细观望。
若不知这是什么地方，
察瓦藤竹箭宗里，
喜日拉孜石崖下，
若不识我是哪一个，
萨曾司隆三岔口，
坚固的波若年宗里，
这本是猛虎心脏地，
长系穆布董的后裔，
七十万达绒户之首，
董达绒晁通是名氏，
岭切具族的雪山上，
那无比威严的雄狮，
除了我达绒还有谁？
降生后直到八岁时，
达绒长官晁通我，
治服克则热巴罗刹鬼。
岭琼居和“绒”之战，
将要败给敌人时，
琪居营猛虎吼叫声，
吓跑了绒国小狐狸。

凶恶敌人面前立，
对敌人需要凭实力，
从不求援兵救自己。
在我岭噶天朝里，
心善如牧童放羊子，
若遇敌人来进犯，
凶恶如冰雹禾稼袭，
在这以往的日子里，
四周敌人被镇压，
岭国善法扎根基，
南赡部洲各国家，
羡慕晁通人人知，
是旃檀还是杨柳树，
不必说闻闻便知晓，
是黄铜还是真金子，
不必说掂掂便知晓，
是不是绿色杜鹃鸟，
不必说听听便知晓，
我伟大达绒的历史，
不必说想想便知晓，
并非是自吹和自擂，
真实的历史谁不晓？
如果说句实在话，
今年岭国大兵举，
前来察瓦的目的，
神仙已向人告知。
无论是说的或唱的，
张口闭口说箭宗，
剑拔弩张刀兵，
血流成河人头落地，
武装冲突的胜利，
最终是属于岭国的。
如无人开启箭支库，
打了胜仗有何意思。

察岭之间战争起，
主要为的这箭宗，
名利双收的大事情，
注定该由我完成。
我若完成这重任，
算不算立了一大功？
咱这岭噶部落里，
深谋远虑是总管家，
请对岩石来一招吧！
诡计多端属觉如，
请对岩石露一手吧！
喜欢自吹的将军们，
对这岩石试一下吧！
若讲过去的谚语，
在那辽阔的平川地，
骏马跑得是最快的。
在那耕耘的土地里，
没有犏牛是不行的。
春光明媚三月里，
悦耳动听是杜鹃啼，
掌握昼夜时辰的，
没有雄鸡是不行的，
这些话谁说不真实？
征服梦幻的无形鬼，
数小子觉如有本事，
到亲手去干实事时，
没有大叔是不行的，
岭国子孙代代传，
不过是时间的问题，
哪个都能做件好事，
不做事怎会过日子？
对付察瓦绒魔鬼们，
年轻小子们打先锋，
开启这箭支库房门，

年迈的大叔我担承。
未来赡部洲土地上，
岭噶君臣将士们，
要征服藏地十八宗，
这些箭支急需用，
拿到箭支便回岭营。
你们勇敢的小伙子，
个个在战场逞英雄，
大叔我由衷的高兴，
打个比方便能说明，
玉鬣雪狮善登高，
标志着雪山窝巢好；
欢蹦乱跳的金眼鱼，
证明着大海深无底，
成群结队的梅花鹿，
标志高山水草丰富，
岭国后代英雄壮，
证明祖先血统高尚，
后代英雄前辈有光，
老子英雄儿好汉，
岭国幼辈建奇功，
以往可以自夸奖，
大叔成功在今天，
请大家都来看热闹。
银箭装上鹍鹏羽，
宝贵黄金做靠尾，
上面镶嵌翠绿玉，
笔直箭头更精致，
缚上奇妙的金钥匙，
搭在洁白的弓弦上，
凭着臂力拉满弓，
对准面前的金刚岩，
喜日拉孜是山岩名，
像水晶楼阁一层层，

坚硬无缝的滑溜面，
像珍珠镶嵌青草坪，
看我利箭将它射中。
一要打开殿堂门，
二要箭支似流水，
三要满足岭人愿，
三事不成怎算晁通，
事不成我也无地自容。
听着天龙夜叉怪，
尤其是库房守卫神，
有魔力的护法神，
前世白玛陀称祖师，
嘱托词能否记得真？
开启这箭支仓库时，
不可有恶意的忌妒，
要为别人做好事，
高尚的品德不可无。

歌唱完之后，箭支射了出去，因为那天是开启箭库的吉祥日子，护佑善法的天、地、龙神都来协助，加上神子觉如洁白无瑕的心境，虔诚地祝愿祈祷，还有大叔自己本尊神的奋发努力，弓箭发出了一声经久不息的极其悦耳的声音，天边如波浪撞击海岸一般起伏摇晃，盛夏的雷鸣声深沉不断，在灿烂的阳光下，下起了绵绵的细雨，鲜艳的彩虹挂在天空，出现了许多奇特的现象。在这吉兆出现之时，大叔的箭支射中了白岩石的正中央，如同打开了殿堂之门，好像千人同声吼叫一样的一声巨响，霎时间，金、银、玉、珊瑚、铜、铁、海螺等各种箭尾的箭支，从山洞里哗啦啦涌了出来，岭国的官兵们见了，个个惊喜万状，赞不绝口。

不一会儿，箭支不流了，大家一拥而上，各人都尽力扛了一大捆箭支，堆在一个宽敞的地方，堆得像楼房一样高，因为当天无法运回城去，便派了三名随从到城里去准备驮运的骡马。

总管大叔说：“谁进去看看山洞里还有没有别的东西。”几位将领来到了山洞口旁，抬头一看，看到里面有一个光彩夺目的布幔，心想，这是什么东西呢？总管大叔认为很可能还会有什么珍贵的宝藏，绝不能放过，便说道：“今天这吉祥的大事，只有达绒大叔才有福气去，有头有尾地完成。必须千方百计地将山洞里的宝藏全部拿到手才好。”

晁通大叔想，天神预示中只说有箭支，没有说有别的，估计不会再有什么了。如果有的话，在这陡峭的悬崖上，谁也没有办法上去，只有我凭着神力魔法才能拿到手。不如趁此机会，将总管王、嘉察、觉如这些人奚落一下才好。又一想，现在已经是黄昏时候了，觉如那小子也有不少鬼点子，说不定他也会突然出现的，说多了反而不妙，便改口道：“呀！这么说的话，按照总管王的吩咐，那山洞里面还有一些宝藏，我可以取出来，但是，当我们遇到单枪匹马的敌人时，派了那么多精壮兵马去对付，取得了一点点胜利，便像玉龙吼叫一样地赞不绝口，犹如山顶的‘玛尼堆’一样还在增添升高。而今获取这些宝藏，至关重要，如果取不到手，那是很大的憾事，这等大事只有我这老迈的达绒大叔不辞辛劳地去取了，请长辈和将领们动也不要动，等着看热闹吧！还希望你们不要过河拆桥，把我忘了。”晁通大叔说完，刹那间浑身上下威光四射，“嗖”的一声，跳在半空中，犹如飞鸟归巢一样，飞进了山洞。

定睛一看，山洞深处有一尊功德无量的密咒主金刚手菩萨，右方石台上有一只金质长寿宝瓶，瓶里盛满了甘露水。还有一件白玛陀称祖师的下衣，一双靴子。在一个“天铁”制成的箱子里有很多五彩绸制成的“护身结”，一个黄缎子小口袋装有很多像豌豆大小一样的黑丸子，晁通大叔将这些东西拿到之后，转身一看，里屋门槛上有一个一指长的吠陀仙女像，一支矛头、矛尾都是铁制的长矛，将它取到手后，在下面一点，又看到一根怒容降魔杵，晁通大叔打算拿走，可是杵尖紧紧地插在岩石缝里，怎么也拔不出来。大叔想：看来这件只好留下了，这样也可以给看管宝藏的罗叉妖留下个牵挂。想到这里遂将两尊佛像往怀里一揣，其余的东西用白玛陀称祖师的下衣一包，背在背上，手持长寿宝瓶，来到洞口，向下一看，岭国官兵个个都在翘首观望。大叔他像雄鹰一样落在了大家面前，众人见了，对大叔的神通赞叹不已，乐得哈哈大笑，向他围了上来，晁通大叔站起来说道：“大家拥到我这里，像小市民围观杂货摊一样，这是干什么呀？我的这些极其珍贵的宝贝，都是‘热通用卓’，不能随地摆放，快去取一件干净的能摆得下这些东西的垫子来。”大家听了，马上动手垒了一个石礅，上面铺上了绸缎，烧燃了香粉烟，熏了四周，大叔这才将东西摆放在上面，又说道：“呀！各位将领们！尤其是总管王，请来观赏观赏这些宝物吧，藏地谚语常说，带有偏见的人，会说释迦牟尼也有缺点。今天我的行为虽然像太阳一样光明正大，但也会像乌云遮盖太阳一样的受到诽谤。”他一边说一边摸着下巴胡子，风趣地笑了一笑，眨了眨眼睛。

总管王觉得这晁通，做了一件像马尾一样细的小事，吹起牛来却像大河奔流，说不上三句话，总是要中伤伯叔将领们几句。但是今天，他取得了这么多令人羡慕的宝贝，也只好让他吹吹牛了。无论如何，今天是岭噶如愿以偿的吉祥日子，最好是不说不吉利的话。想到这里，他微微笑了一下说道："呀！达绒长官大叔，您是名副其实的马头明王的化身，密咒幻术，样样精通，办成了这么多了不起的大事，大家只会高兴，绝不会有非议的，以后应该给你庆功发奖。"全体官员们一个接一个地将珍宝伏藏举向头顶，祈求祷告。当晚大家便在岩石旁住了下来。

次日一大早，大批骡马到来之后，各种珍宝连同箭支驮了三百余驮向城里而去。进城之后，将那些佛像和神药放在议事厅的正座上，箭支分类捆扎，箭头向上摆得整整齐齐的。将领们就座之后，摆上了丰盛的宴席。达绒大叔说："是不是把这些箭支分了才好呢？"司潘接着说："好就这样，具体怎么分法请总管王拿个主意吧！"总管王觉得神子觉如还年幼，从察瓦绒得来的这些箭支和珍宝，大多数还是暂时封存起来为好。于是说道："依我看，珍宝和箭支，现在不一定全部分完，先拿出一部分按照各自的官衔分给在座的官兵们，其余的全部带回岭国，再商议看该怎么个分法，大家看怎么样？"嘉察说："好啊！总管大叔您干脆决定分多少，怎么个分法，请具体地谈一谈。"总管王说："呀！今天暂时就这样分吧！"便唱道：

阿拉塔拉塔拉热，
塔拉鲁益兰鲁热。
祈求上师和本尊，
三宝神莫离我天灵。
若不知这是什么地方，
东噶金宗城宫殿里，
宽敞明亮的议事厅，
若不知我是哪一个，
绒察查根是我的名。
岭国人的大头目，
见多识广的智多星。
在攻击敌人战场上，
总指挥岭国四营兵，
在分配缴获物品时，
是毫无偏私正直人，
曾有过如花风流年，
也未曾傲慢不讲理，

曾经过很多苦难日，
也未曾流过泪一滴，
对上从来不忌妒，
对下从来不欺辱，
别人悲苦我不舒服，
没做过幸灾乐祸事。
为了建立岭国基业，
忠心耿耿尽天职。
称总管并不想当官，
岭噶上下都敬羡。
只因为沉着又耿直，
小小的人物受高职。
纵有智慧心急躁，
身居要职会衰凋，
是否这样走着瞧。
再说岭国将领们，
今念察岭这战争，
察瓦战败岭国赢，
主要是岭国将士勇，
神仙预言很及时，
觉如变化幻术妙，
上师护法坚强支持，
这四个因素的成绩。
为此这上品的箭支，
应献在上师本尊处，
一是作为吉祥礼物，
二是表彰将士功绩，
三是作为长寿箭福。
镶有金银玛瑙的箭，
九十支箭做一束，
五色彩绸捆扎好，
献上礼品吉祥物。
第二是觉如小官人，
看起来是个毛孩子，

实际上神鬼难捉摸，
他的魔法与先知，
自称天下数第一，
说上三天也说不完，
以往无人相匹敌。
就说这次察瓦绒，
和岭国之间起战争，
岭噶君臣和将士，
战胜敌人取箭支，
这一帆风顺的大事，
是觉如预先做通知，
灭了强敌才得箭支。
为此向觉如小官人，
献点礼品做表示：
海螺质的玉尾箭，
数上一百五十支，
头尾装天铁的长矛，
吉祥供品第二批，
岭国本土的地方神，
还有众位护法神，
作为胜利的酬谢，
喜悦的祥物做礼物，
各种箭尾的灵光箭，
数出整整六十支，
作为献礼的第三批。
接着是达绒长官您，
打开了箭支库房门，
获得了很多稀世珍，
名利双收该给奖品，
洁白的长哈达，
外加一驮金尾箭，
五颜六色长寿结。
再添护身药七丸，
为了报恩献您面前。

尾上镶着珊瑚的箭，
数出一百三十支，
加上三粒护身丸，
酬谢权高势重的，
统领四营的总长官，
献在司潘您面前。
尾上镶着白银的箭，
数出一百三十支，
一样多的护身丸，
岭噶英雄中一明珠，
献在嘉察您的面前。
岭国的大小众头领，
每人分箭九十支，
护身丸全都一般同。
大叔我和森伦俩，
未上战场杀敌人，
虽无什么大功绩，
深谋远虑做事认真，
为了岭国的基业，
不辞劳苦日夜操心，
总之对长辈伯叔们，
为了尊敬年迈人，
奉上金箭百零八，
护身丸药一视同仁，
今天都分这一份。
此外立有大功者，
诸位将领英雄们，
都有应得的奖品。
过去各个时期里，
论功行赏发奖品，
今天给英雄好汉们，
每人平分五十根，
四营的兵卒全有份，
一人得箭二十五根，

再给三粒神药护身。
察瓦绒皇后和大臣，
彩绸结每人发一根，
为恢复察瓦绒元气，
留彩绸包裹箭三根，
白玛陀称祖师靴一双，
加上衣物的一部分，
这些全该留给你们。
其余神像有两尊，
剩下的箭支那部分，
察瓦的三件福宝物，
带往岭国去保存。
暂时留下做公物，
对整个岭噶有好处，
在座诸位请记住。

唱完这支歌后，大家都点头赞成。

正当将士们都得到箭支之时，突然听到议事大厅前阳台上空，铙钹、六弦琴、唢呐、手鼓等各种器乐齐鸣，悦耳动听。在天边彩虹的尽头，神子觉如身着平时的衣装来到了跟前，将摆设的宝物和箭支仔细看了一下之后，说道，“呀！达绒长官大叔！这次攻取箭宗，您做了一件惊天动地的大事，这太好了，大叔您和其他的长辈们不一样，您千方百计地为使觉如我功成名就，立下了奇妙的大功。在我觉如还没有土地和山川之前，大叔便将黄河之阳六条山谷的地方全给了我，对我觉如大恩大德。为了觉如今后的奇功伟业，还希望大叔您出更多的力啊！一是为了感谢您以往的恩典，二是为了今后您能更多地辅助，三是为了当前事业的发展，献给大叔您这条洁白的哈达——一点微薄的表示吉祥的上等礼品。”说完，将哈达搭在了晁通的脖子上。

大叔想：“过去我对觉如从来不怀好意，从来没有想为他做一件好事，但是，件件事情确实都适得其反，都给他做成了好事。这样一来，他不但没有记恨我，反而还说了许多感恩的话，说不定说的是心口不一的话呀！怎能令人置信呢？只好随他的便算了，说也占不住理，顶也顶不过他，到头来落得自己下不了台。但是，今天他献给我一条哈达，还是合情合理的呀！”便笑嘻嘻地昂首挺胸地站着。

觉如问道：“今天你们都分得了利箭，给我留了一份没有？”

嘉察站起来将分好的一份送到了他的面前说道："这些就是你的一份。"

觉如十分高兴，笑容满面地说："今天我这没有出息的觉如，也被当作岭国的一员，分了这么多东西，太高兴了。现在仇敌已被征服，军用急需品已经拿到手，趁父老兄弟们团聚之时，觉如我很想唱一支歌，请诸位听着：

阿拉塔拉塔拉热，
塔拉鲁益兰鲁热。
祈祷三位一体佛，
永恒法身虚空里，
天成受用身升太阳，
驱黑暗发出化身光。
若不识这是什么地方，
宽敞的察瓦山谷旁，
东噶金宗城宫殿里，
岭噶父老兄弟们，
欢欢乐乐的聚会场，
你们当然认识我。
东方玛域那地方，
荒山野谷无日光，
三峰高耸入蓝天，
日月二星绕山梁，
右山黝黑的森林里，
猛兽呼啸震山岗。
左山青绿草坪上，
野兽成群闹嚷嚷，
后山坚固的白崖上，
寒风凛冽鹰翱翔。
每天太阳一出来，
虎豹熊罴满山岗，
狼狈合伙耍计谋，
雄鹰鹞子同翱翔。
野禽野兽集散地，
吃肉喝血乐似天堂。
每天黑夜一到来，

妖魔鬼怪齐出场，
走来走去闹嚷嚷，
怪声号叫如雷鸣，
哭闹吼声乱嚷嚷。
猫头鹰怪叫一阵阵，
狐狸嗥叫更恓惶。
如此偏僻恶劣地，
恶毒野兽逞疯狂，
觉如我日夜受威胁，
胆战肉跳心发慌，
实在无法度时光，
狠毒的长官害无辜，
上方之命难违抗。
觉如我的苦难史，
岭噶哪个不知晓？
哎哟哟，这是开玩笑。
我觉如幸福又快乐，
岭噶人没有享受过，
在那幽静的山谷里，
修习善法心快活，
若不在山间寂静地，
难得超生的安稳处，
因此幽静的神圣地，
三世佛祖福田圣地，
尊者智者依止圣地，
上师上师赐福圣地。
空行母益友留住地，
此生贪婪割弃圣地，
修行功果完成之地，
此聚福圣地哪求取？
自从离开慈母怀，
向佛从善将恶弃，
空行现才能拜法身，
入眼的社会像儿戏。

虚妄空幻是本性，
福孽因果由自取，
思想智慧相结合，
禅定心专能做到，
低级情绪全能抛弃，
身形变化都自如，
欲往何方只须臾，
无蔽三世佛心中出。
如此奇特的功德，
靠清净才能修行成。
觉如我有此清净地，
全靠大叔将恩施，
以后慢慢报答于您。
诸位岭国君臣们，
我还要再说话一席：
阳春三月不到底，
不知杜鹃在何处，
如今立夏头一月，
便闻得鸣啼悦耳声，
如今若不认真听，
杜鹃并非随时鸣。
不到盛夏六月底，
看不到青稞抽长穗，
如今立秋头一月，
便看到满库金粮食，
若不认真去享用，
六谷并非随时熟。
察瓦兵未被消灭前，
虽不知晁通在何处，
这次幸福的头一天，
看晁通怎样取箭库，
若不赞扬不捧场，
再无表彰的好时机。
这次向晁通大叔您，

奉献奖品是应该的，
该献还是献为好，
才合觉如我心意，
收取细颈箭支库，
是众小宗的头一起，
攻取大宗有了条件，
这是必须庆贺的，
是岭国长远的利益。
在这欢乐幸福日，
觉如我今天要招福，
三十三天神灵满天庭，
护法、财神满苍穹，
扎拉维玛遍山峰，
功德的光彩闪闪亮，
悦耳山歌一阵阵，
欢快的笑语堆面容，
请赐给成就和幸福。
祈求北天王大财神，
吉祥的财源仙女们，
还清财神毗沙门，
如意宝物似雨附临，
上界神仙位班里，
白梵天王和诸天神，
如神的长寿和安乐，
日月光辉驱暗昏，
下界龙王水晶宫，
噶吾、觉波诸龙王，
龙王享用的各种宝，
如同甘霖从天降。
中界人间大地上，
扭转乾坤的众天王，
众人所欲的财和佛，
吉祥四部福全降。
轮王珍贵宝七种，

扬善祛恶有功力，
八吉祥图、八吉祥物，
“炯希”精华全招来。
精彩表演和悦耳语，
香甜可口的美味食，
贴体舒适的柔软衣，
五欲福运全招来。
坚固盔甲锋利武器，
通灵迅疾的马和骡，
牦牛、奶牛与羊子，
四蹄畜福运全招来。
儿孙满堂的家庭，
绸缎五谷满库房，
长寿祛病增财扬佛，
如愿以偿全召来。
善于自卫能反击，
勇敢顽强又机智，
兵种齐全的大部队，
野战军福运全召来。
装上羽毛的三节竹，
天铁箭头穿敌心，
上等武器是英雄饰，
雕翎箭福运全招来，
五色彩绸饰箭杆，
今日摇箭旗招福运。
人间大地的福运物，
从天而降似下雨，
如同雾气从地里冒，
如同风雪半空飞，
福运福物到这里，
如同甘霖溶入海里，
祝愿福物永远灵验，
愿长寿药液四方溢，
愿长寿福结不松扣，

愿长寿丸药永保效益，
愿福运权势得发迹，
愿家园丰收增享用，
愿征服强敌将财取，
愿乡亲百年常欢聚，
愿千秋吉祥又如意。
愿持教智者福寿长，
愿教诲之业得成就。
愿佛门施主得发福，
愿佛法弘扬无尽期。
在这辽阔的大地上，
愿疫病战争自消失，
愿甘霖及时粮畜旺，
愿众生幸福永安逸。
……

当吉祥福庆之歌唱到这里之时，爱戴觉如的人们从心眼里对他更加诚信，原来对他不太感兴趣的人也产生了赞慕之心。

察瓦绒皇后杨敏措和大臣拥珠绕赛也带领察瓦臣仆们前来拜见觉如，聆听教诲，听着听着，也打心眼里产生了异常崇敬之情，借依自己的财产能力，向觉如奉献了绸缎金银等礼品。尤其是皇后杨敏措，敬献的全是上好的绸缎金银，非常丰富。她姗姗地来到觉如面前，从手腕上将金镯取下，献给觉如，含着眼泪禀道："皈依佛祖、尊贵的觉如，恩重如山的英雄大丈夫，久仰大名，早欲拜见聆听教诲，今天得以拜谒，犹如久旱逢甘雨、口渴得饮甘露一样，了却了平生心愿，真是悲喜交加、局促不安哪！我们这些没护佑的残生，今生来世感恩戴德。没有善心的坏蛋囊拉两兄弟，全都走上了来世之道，感谢您将他救离了恶趣之地，请尊贵至宝的大人超脱他们吧！"

觉如说道："信徒杨敏措听着，您的愿望已经实现，囊拉他寿终之时，我已超度他升了西天。三宝慈悲无虚妄，觉如我诚心诚意，已为战场上阵亡的人们，按照品级全部送入了善趣，要知道他们会越来越幸福，是无需您哀伤的。现在你还在这无常的生死轮回之下，想一想是走善道，还是走恶道？如果心神不定，只有三宝才能拯救，因此，必须虔诚地皈依佛祖，勤奋地弃恶从善，过去造的孽要痛改前非，今后誓不再犯。多施舍，转经，皈依六字真言，三门努力向善。听懂了吗，杨敏措？"

皇后、大臣和仆役们听了，个个心悦诚服、无比欢欣，异口同声赞扬而去。

觉如又说："现在你们众位将士准备凯旋回家吧！我这一份箭，暂请司潘长官和嘉察二位代为保存，等我需要的时候，请如数还给我好吗？"

丹玛说道："这次请觉如你和伯叔将士们一起到上岭噶去一趟，而后再回玛麦，拜见母亲何如？"

觉如笑了一笑，说道："我这叫花子觉如，和你们一道走，一不会骑马，二不会长途跋涉，这样对众位长官来说，走着不方便，住着不得劲儿，所以现在我就不去了。岭噶布是大地的中心，要不了多久，觉如我不但要经常来，而且还准备长期地住下去。到了那时，咱们谈天论地，摆龙门阵，说什么都可以啊。"说完，天空中音乐悦耳，霞光闪亮，一眨眼觉如就不见了。

在座的伯叔长官们看到觉如的行踪，听到教诲人们的道理，觉得可信而又奇妙，认为今后需要依靠觉如的想法油然而生，顿时鸦雀无声，个个陷入了沉思。

达绒司潘说道："我想现在我们全体官兵，自今日起五天之后准备出发，因此，明天先派人到岭地送信。库藏的箭支和路上不太急需的东西，驮骡驮马，大多数军民都可以先走。这样行不行？请大家商议。"大家都说："这样很好。"

第二天，岭国长、仲、幼三系，各派了一名勇士回去送信。这三天官兵们在皇宫南面的大坝子上，搭起帐篷、凉篷，大摆喜庆军宴，吃喝玩乐，尽情享受。同时，抽空将驮运的行李、吃喝用品，全部收拾停当。

在宴会的第二天，在一个大凉篷的下面，色巴尼奔达雅在丹玛和巴拉的陪同下，召见皇后杨敏措和大臣拥珠绕赛，连同属下察瓦各乡部落头面人物，待人员到齐，按位就座之后，宣布任命皇后和大臣为治理察瓦绒部落之首领，颁布十善法律和规章守则五条，要求男女人等拥护遵守，严肃认真执行。并要求各乡部落头人在各大道路口，众人密集之处张贴。布告的内容是这样写的：

察瓦大地所居贵贱众生全体周知：

殊胜佛尊师徒并雪域一神妙莲观世音菩萨灵光普照雪域全区，尤其大蕃、朵康地区，自从政教合一、法力无边的洁光驱逐邪恶的极端的黑暗势力以来，全体乡民均能辨别善恶果报，坚信善恶弃取无疑。但是，中了邪魔的囊拉国王弟兄为首，加上几个邪门祈祷转生的武将，为虎作伥，蹂躏全区生灵，人民遭受严重残害，为了调伏恶魔，神灵给了明示。我岭噶官兵遵照神的预示，不顾生死安危，抛弃踌躇，历经数战，终于使上述君臣，统被诛戮。同时圆满地收取了箭支库藏，从此，本地域所有生灵，均走上了今生来世皆善的理想境界，望我全体百姓安分守己，安居乐业。察瓦皇后、老臣依此法令，广泛地宣传此布告，并带头执行，恒心修习。若有心怀敌意，明知故犯者，决不姑息，定要依法查处，此利害所关，要善于选择，切莫误入歧途，切切。

嘉岭文武职事官员全体

火兔年萨噶月吉日布

宴庆三天之后的天刚黎明，赶骡马驮子的人便先出发了。当太阳照到山顶的时候，除留守的二千三百名勇士之外，其余的全部上马依次出发了。察瓦绒的几名执事要员手捧香茶美酒，一直送到“折琼弓阿”大道上。

五天之后，岭噶的伯叔长官们和留下的一千三百名后卫部队也上了路，看热闹的群众像蚂蚁破了巢穴一样，长长地排列在道路两旁，烧香柴熏烟，察瓦皇后和大臣带领三十名仆从一直送到察瓦官大道上，献上茶酒奶酪等，敬献哈达已毕，岭噶的君臣们跨上战马，欢欢喜喜满意而归。

当岭噶官兵们先后回到家乡之后，家乡的众多的男女老少都前来迎接，有的还接得很远。当前后官兵统统到齐之后，第二天，大联欢的宴会便开始了，一直开了七天，不分君臣，不分贵贱，男女老少都来跳舞唱歌，尽情嬉耍，夜以继日。

七天之后，请来了岭噶的护佑救星至尊上师们，敬献了哈达，请求摸顶赐福。出征的官兵们敬献了库藏物品和上品箭支。上师和伯叔将臣们一起，为供奉护法神、土地神，赞扬护福战神，举行了盛大的供奉。祝愿善方神、人权势昌盛，恶方妖魔衰败没落，政教合一的权势像上弦月一样与日俱增。

随后将两尊伏藏佛像、延寿甘露妙瓶、护身避弹丸药和原箱包装长寿结，全存放在上师处，伏藏箭支清查过后，一并存放在“一见解脱”殿堂之内。接着请上师们返回寓所，伯叔将官们也各回自家城堡。

第十三章 为报恩商人修建宫殿 避天灾岭人迁居玛域

郭姆母子在黄河下游拉隆松多地方住了下来。天神和地方神都在暗中保护着他们。

在离他们不远的堪隆六山，被可恶的地鼠占据着。它们挖开了山巅的黑土，咬断了山腰的灌木，吃掉了平原的野草。人到那里，被尘土笼罩；牛到那里，饥饿而死。觉如知道，消灭这些地鼠恶魔的时机已到，遂在抛石器里放上三个羊腰子大的石子，口中念诵咒语，将石子打出去。一阵雷鸣般的轰响，三个石子正好打中鼠王扎哇卡且、扎哇米茫和地鼠大臣扎哇那宛。其余的地鼠也都被石子震得头破血流，纷纷死去。

鼠害已除，人害仍然横行无忌。一天，上拉达克的大商人白登晋美、朗嘉洛桑和拉达曲噶三人带着伙计七十余人，用两千多匹骡子，驮着金银绸缎等箱子前往嘉纳，经过阿钦纳哇查莱地方，被七名霍尔人抢劫。觉如用法力杀死了霍尔人，夺回了商人们被抢的财物。商人们千恩万谢，一定要将财物分一半给觉如。觉如用手一推："现在不要东西。今后你们凡是去嘉纳经商，路过此地，要给我觉如送见面哈达，并献嘉茶做礼品。现在，请你们暂时到黄河川的玛卓鲁古卡隆去，帮助我修一座宫殿，一切费用由我供给。从今后，无论你们到什么地方，我都会保护你们。"

商人们有了报恩的机会，当然欣然从命。后来又来了几拨商人，觉如用同样的办法把他们挽留下来，帮助修造宫殿。

当商人们来到黄河川玛卓鲁古卡隆时，看到那里有座四层楼的宫殿，宫殿四周还有四座小城。觉如要他们修一座房顶突出的大殿。觉如发给每百人的食物是：糌粑一口袋，酥油一包，茶叶一包，肉和面各一包，并告诉他们："我发给你们的食物吃完以后，就可以回来，即便没有完工，也没有关系。"

商人们的食物在宫殿完工之前一直没有吃完。宫殿建成之后，商人们继续去做买卖。由于觉如的关心和照顾，他们的买卖一直很兴隆。

在觉如满八岁那年，他知道岭地百姓迁居黄河流域的时机已到，遂向龙王邹纳仁庆求雨，并请求八部鬼神帮助，在岭地降雪。

大雪从十月初一开始日夜不停地降落，直下得岭地一片洁白，山顶上的树，也只能望见树梢。

岭地的人们心中焦急，老总管绒察查根比别人更急。看样子，雪不会很快止住，但要继续在这里住下去，岭地的人畜，恐怕一个也保不住，得马上迁往别处才是。但是应该迁到哪里去呢？老总管派出好汉四人，向四方去寻找一个可以迁居的地方。

四个好汉分别向四方走去。向上下方和绒地去的人，走了好多天，不见雪停。这原是八部鬼神的变化，使一切现象改观，所以岭人看到的，是与岭地完全相同的雪景。

向黄河川方向去的人，详细地看了那里的地形，看到澜沧江、金沙江和查水三条河流与黄河川交界处，黄河源头桑钦科巴、黄河腹地卢古则热、黄河下游拉隆松多，以及玉隆噶达查茂等地区，山上墨绿，平原紫黑。那山川的牧草，让岭六部的牛羊三年也吃不尽。岭地的好汉看中了这块地方，但不知这块地方的主人是谁，如果不经允许，便随意迁来，是会引起战争的。

好汉们不知该到何处去问询，这时迎面正好来了几个马帮，他们是去向觉如贡献礼品、交纳税款的嘉纳和藏地的商旅。好汉们忙上前问道："好人们，你们这里的主人是谁？要借地方，该和谁讲？"

"此地以前是旷野荒郊，无人为主，商旅通行，困难很多。特别是霍尔强盗经常出来拦路抢劫，不让通行。后来在拉隆松多地方来了个叫觉如的，他不是人，是鬼神的君王，神威无限。我们向他敬献哈达、茶叶，求得他的保护，才能够昂首扬眉地来往通行。你们要借地方，应该向觉如王请求。"商人们说完，赶着马走了。

好汉们一听这地方是觉如的，面面相觑，不知说什么好。觉如是被岭地驱逐出来的，怎么好再去见他？怎么好再去向他借地方呢？

四个好汉回到岭地，岭六部的人马上集合，询问他们探路的情况。好汉们把看到的情况一一说了，老总管、嘉察及丹玛心中明白，按照预言，迁徙黄河川的时机已到，但表面上却佯装不知。

嘉察说："现在没有雪的地方是黄河川，而那里的主人又是觉如，六部公众中，我奔氏可去。但是觉如的行为与乡俗不合，思想与别人不同，稼穑与时节不合。因此我一个人去，恐怕无济于事，我们六部均应派出代表和我同去，向觉如求情。"

听了嘉察的话，察香丹玛绛查、达绒官人晁通、甲本色吉阿干、嘉洛敦巴坚赞、噶德曲炯贝纳等五人表示愿与嘉察同去。于是岭六部的六名代表启程向黄河川进发。

觉如早已知道他们要来，为了杀杀这些好汉的傲气，当他们锦缎攒簇地出现在玉隆噶达查茂的时候，觉如昂首挺胸地迎面走来，手拿抛石器，挡住了他们的去路：

六名盗匪听我唱，
下官名叫觉如王。
你们竟敢闯到此，
等待你们的是死亡。
我手里拿的抛石器，
是千位战神的命根子，
我瞄准你们的前面，
炸毁石崖如霹雳。
然后再抛出一石子，
将你六人全毁灭。
六匹马做我的战利品，
看什么妖魔鬼怪还敢来！

觉如唱罢，抛出手中的石子，石子带着灿灿的火星，将石崖砸得粉碎；轰隆隆的巨响，震耳欲聋。

嘉察协噶立即跳下马，从怀里掏出一条雪白的哈达："尊贵的阿吉觉吉[1]啊，长命百岁的觉如啊！在这陌生的黄河川里，陌生的人是嘉察协噶，还有岭地的五智士，我们到此地，有话对你说。"于是唱道：

黄嘴野牛的犄角，
碰上谁也要抵坏身体，
却从来没有抵自己的牛犊。
红色母虎的锋利牙齿，
什么人碰上也要被吃掉，
却不会咬噬亲生的幼虎。
岭地足智多谋的诸好汉，

1 阿吉觉吉：是觉如的爱称。

和哥哥为求情来此地，
拿石子对付是否妥当？
觉如弟弟请听仔细：
岭地被大雪覆盖，
大批牲畜遭饥馑，
欲向奔氏后裔觉如你，
求借黄河川之宝地。
最好能借三年整，
至少也以六个月为期。
……

不等嘉察唱完，觉如早就跑上前去，抱住了嘉察："原来是哥哥协噶和岭地的亲人们。我没有认出来，请不要见怪，我母子住在这个强盗横行、魔煞打尖的地方，只能小心从事啊！"说罢，把一行六人让进家中。

这帐篷外面看来很小，里面却极为宽敞，富丽堂皇。端上的茶点、酒菜、饮食，也似天神的食品，百味俱全。觉如又听嘉察等人把详细情况讲了之后，给六个人每人一条"吉祥圆满"哈达，一枚金藏币，同时高兴地答应了嘉察等人的请求。

六个人很快返回岭地，召集岭六部商议移居黄河川。因为在那里，草尖上开着美丽的花朵，草腰里沾着露水，草根里聚着酥油汁。在那里，有英雄驰骋的大道，有男女购物的集市，有赛马休息的草滩，即使无财宝，也能使人欢乐。而且觉如的意思很明白，岭人可随意住在那里，没有什么时间的限制，也不需要缴什么地租。觉如将嘉藏商旅建造的宫殿城堡，也都无偿地送给岭地百姓，作为见面礼。

岭地的首领们一致同意，尽快移居黄河川。老总管绒察查根决定，十二月初十日，岭地全部人马一律在黄河川的德雅达塘查茂会合，等候觉如给大家分配领地。

每个人都是喜气洋洋的，却又琢磨不透觉如将怎样给他们划分地区。特别是晁通，心中更是惶恐，害怕觉如把坏地方划分给他。所以他急急地赶路，终于抢在其他部落之前到了黄河川。到了那里，他的第一件事就是请觉如到他的帐房里做客，拿出了牛犊咂了三年以上的乳牛的奶子[1]，又香又甜的酥油和奶渣制成的食品，以及肥美的绵羊肉，然后毫不掩饰地向觉如提出了自己的要求：

1　牛生犊后，经过三年以上仍未断奶，其奶质最好。

“侄子是想啥成啥的，请侄子关照，给我分配一块好些的地方。”

觉如心里好笑，但还是点点头，答应了。

十二月初十这天，岭地人马在黄河川的德雅达塘查茂会合了。觉如头戴礼帽，身穿礼服，足蹬闪亮的马靴，站在岭六部人马面前，精神振奋，神采飞扬，令人崇敬而又有几分畏惧。

觉如首先向大家介绍黄河川的地理位置，然后唱道：

上面插入嘉噶地区，
下面插入嘉纳地区，
前面插入阿钦霍尔地区，
后面插入阿底绒地区。
此地黄河有三曲，
第一曲是岭部的地界，
二、三曲是霍尔地区叫昂塘。

接着，觉如开始分配领地：

黄河川则拉色卡多，
天文好似八辐轮，
地文好似八瓣莲，
中间小山具有八吉祥。
这是最好的地方，
是适于官人居住的领地。
我把它划给尼奔达雅，
长系色氏八弟兄住在此地。
黄河川最好的山沟白玛让夏，
是大鹿跳跃游戏的地方，
是黄嘴巴野牛磨角的地方。
草吃不完，野牛失犊子，
林烧不尽，麋鹿可存身，
是大丈夫居住的地方。
我把它划分给弟弟巴森，
仲系文布六部落在此居住。
黄河中游的则拉以上，

野花儿开遍芳草地。
玛卓卓鲁古卡扎地方，
凉风来缴纳草税，
河水来缴树木税。
靠山好似挂上帘幕，
黄河好似摆上净水。
这是大势力的官长居住地，
我把它划分给叔父总管王。
黄河阴面的札朵秋峡谷，
有一百零八座雄伟宝塔，
一千零二十二个坛庙。
这是下界母龙举行礼拜地，
是龙畜牛羊杂居地，
是辖地广大的官人居住地，
我把它划分给我父森伦王。
黄河下游的鲁古以上，
有如利箭插在箭筒里。
司巴科茂绒宗地方，
不分冬夏均降雪，
不分春秋皆刮风。
叫人时，魔女来应声，
叫狗时，狐狸来答应。
是骒马不到九岁之时，
不生马驹的地方；
是小牛犊不吮干九次乳，
不生牛犊的地方；
是绵羊未满三岁时，
不生羊羔的地方。
有关隘如咽喉的峡路，
有平原如莲花开放。
这是强悍的男子居住的地方，
我把它划分给叔父晁通王。

如此这般，每一个头人和首领都得到了自己的领地，觉如和母亲郭姆仍旧住在黄河下游自己的小帐房里。

岭地众生，人人满意，个个欢喜。只有晁通，心里不情愿，却又不能露在脸上，因为这毕竟不是在岭地，觉如的力量也更加强大了。

十二月十五日，觉如打开库房，搬出了金质的释迦牟尼佛、白螺的观世音菩萨、自然长成的松耳石度母、法螺噶牡江札、法鼓赛威维丹、铙钹尼马珠札、锦旗扎拉颤东等法器，还有掘藏所得宝珠七对，供在香楼之上。觉如吩咐岭人精勤地进行朝拜。

从此，岭地六部的民众在黄河川开始了新的生活。

第十四章　降预言觉如担当大任　假授记晁通谋划宏图

岭部落的众臣民，在黄河川安安稳稳地住了下来。此地粮草丰美，牛羊肥壮，确实是个好地方。看到百姓们安居乐业，觉如像是完成了一项重大使命。他欲往玛麦玉隆松多地方去进行新的开拓，又恐岭地众生不允，于是又像在岭地居住时一样，变化出许多事端，令人厌恶生嫌，终于又一次让人将他母子驱逐出黄河川，去往那妖魔逞凶、煞神横行之地——玛麦玉隆松多地方。

觉如虽然身处逆境，但他圣洁的心愿却没有动摇，白天与人们对歌戏谑，晚上和赞神掷骰玩耍，午夜与夜叉魔鬼赌输赢。他以各种百变的神通将地方上的妖魔鬼怪一一降伏，将蛮荒的玛麦玉隆松多地方变成了一块祥瑞的土地。不知不觉地，觉如长到了十二岁，正值藏历铁猪年。

这一年寅月初八日，天色尚未破晓，觉如还在熟睡的时候，天母曼达娜泽在众空行母的簇拥下，骑着白狮子降到觉如身边，附在觉如的耳边轻轻唱了一支歌：

在那棋盘似的田畦里，
青青禾苗粗又壮，
若无累累果实来点缀，
长势再好只能当饲草，
颗粒无收空惆怅。
在那高高的蓝天里，
无数星星在闪光，
若无皎月来辉映，
星星再多也不亮，
大地一片黑茫茫。
在那花花岭国里，

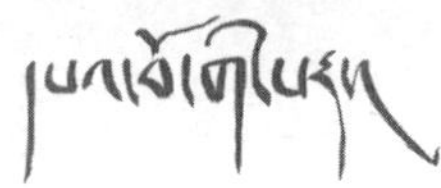

觉如神变百怪又千奇，
若不称王掌国政，
如果仅把叔叔来震慑，
神变只能毁美誉。
出自乌仗那里的千里驹，
混迹北方野马群；
和你同年同月同日生，
今年若不将它擒，
如虹消逝难觅寻。
天神为你选美妻，
嘉洛的珠牡长成人。
你若今岁不娶过门，
达绒家也想与她配成婚。
无她辅佐你伟业难告成。
明日凌晨天刚放亮时，
你应化作马头明王神，
向那晁通降下假授记，
要他宴请岭国兄弟们；
宴席必须达绒家操持，
告诉他：王位、财宝与珠牡，
作为赛马的赌注，
他的玉佳马能取胜，
珠牡定是他家的人！
骏马需用套索擒，
美女要以幻术取；
勇士喜鞣猛虎皮，
虎皮作装添豪气。

觉如似睡非睡，又听天母在说："孩子啊，在明天这个时候，你要变化成马头明王，去给晁通降下预言，告诉他必须立即举行赛马大会，将王位、七宝[1]，还有岭地最美丽的姑娘——嘉洛家的森姜珠牡女，作为赛马的彩注。还要告诉

1 七宝：佛教名词。《法华经》以金、银、琉璃、砗磲、玛瑙、珍珠、玫瑰为七宝。但佛经中说法不一。

他，赛马的最后胜利定属他的玉佳马。”

觉如猛地醒了过来，睁眼看着四周，周围黑洞洞的一片，天母早已离去。可天母的旨意却牢牢记在心中。他想天母说得对，过去这十二年中，我觉如好像莲花隐匿于污泥之中，除了母亲郭姆外，谁也不知道我是什么人。我虽为众生做了很多好事，可谁也不知道我在做些什么，反而常让人误解。现在到了我公开显示本领的时候了，必须遵从天母的旨意，参加赛马，夺取王位。

为夺得王位，他要做的第一件事，就是让达绒的长官晁通王来主持赛马大会。此时，晁通正在专心致志地修法，修的正是护法神马头明王，这真是天赐良机。到了初九日的后半夜，觉如化作只乌鸦，趁晁通半修法半昏睡的时候，给他唱了一支预言歌：

此地是壁乌达绒宗，
我是红面马头明王神，
达绒莫睡听我降授记！
古有民谚说得好：
星罗棋布的田畦里，
撒播青稞盼望雨及时，
南方祥云此时不降雨，
寒冬下雪时已迟。
晁通修持马头明王法，
重大事儿盼加持，
神灵此际不保佑，
事后预言已过时。
明日你就做准备，
召集岭国弟兄们，
不分贵贱全邀请，
宴会由你家来主持。
嘉洛家的珠牡女，
宝库里的七宝珍，
美丽岭国国王位，
作为赌彩赛马定输赢。
王位定由你家坐，
珠牡的丈夫出自你家庭，
弟兄三十匹骏马里，

玉佳马定能夺头名。

晁通睁眼看时，只见那觉如变化的乌鸦已飘然隐没到他所供奉的护法神像——马头明王中去了。晁通对预言深信不疑，立即翻身起来，向马头明王连连叩头，又对王妃丹萨讲了马头明王给他的预言，让王妃也马上为赛马会做好准备：

丹萨赛措玛莫要睡懒觉，
贪睡的人儿无安闲。
石头贪睡集尘埃，
大树贪睡根腐烂。
大师贪睡戒不严，
官吏贪睡法松散。
女人贪睡家业败，
武士贪睡敌凶顽。
五更天明北神降授记，
他说六个部落须会聚。
岭国弟兄要齐宴请，
宴席由我家来主持，
财富、宝座和珠牡女，
下作赌注赛马论输赢。
还说森姜珠牡属于我，
金轮宝座我坐定，
岭国的王位我继承。
崇高的权势与珍宝，
同作美饰炫耀在头上，
两相结合越来越显耀。
无耻的伴侣与靴筒，
两相结合越来越低下，
最后扔到门外无人要。
还有话儿对你讲：
要想取物手腕莫僵硬，
要想赛跑膝弯莫颤抖。
成就好似神圣的旌旗，

莫让玷污衰败的污垢。
庆典如同纯净的白铜，
莫让长出怨恨的铜锈。

赛措玛！你快起来！
迎宾酒宴快快去安排。
甜美的酥酪糕多备办，
可口的鲜肉要堆成山，
馨香的美酒要汇成海。
三种上等好茶准备全，
盛入吉祥的铜壶中，
配上晶盐与牛犊奶。
熬出的奶茶味道鲜，
宴席要丰盛又气派。
贵人库存的财物，
越是施舍越增多，
家财万贯无福禄，
不穿不用也变没有。
珍宝奉送不心痛，
是给知心的挚友。

丹萨想了想，过去曾耳闻，岭地的王位、七宝和珠牡，已由神明们预言给了觉如，而且觉如善于变化，恐怕这预言也是他假造的。她觉得应该对晁通说明白："我的王啊，不要相信深更半夜的乌鸦叫，那不是神灵是恶鬼，不是预言是欺骗。我的王啊，俗话说'天黑逼着人躺下，深夜不得不睡眠；起床要受天明的驱遣，白昼催人忙耕田'。四种安排人人都照办，为什么唯独愤怒王正相反？这样不待天明就把你催赶起来，这不是好兆头呀！劝你今晚安安稳稳睡，明日与众商议也不晚……"

不等王妃把话说完，晁通想起了马头明王的预言：

上等人将心给神佛，
心中明亮像太阳；
中等人将心归于王，
自由自在不彷徨；

下等人将心归老婆，
命中注定不兴旺。

晁通心想，只有下等人才会听老婆的话，我堂堂达绒的长官晁通王当然是上等人，当然要听神明的预言。再说，那岭地的七宝、王位，特别是那个令人难以忘怀的珠牡姑娘，要是能把她娶进家来，就是什么都不要，我也心满意足了。

晁通越想越高兴，马头明王的预言正合他的心意。特别是他的玉佳马，在岭地首屈一指，赛马的胜利非它莫属。只是有一件事令他担心，那就是珠牡是否愿意作赛马的彩注？如果她同意，那就绝对有把握将她娶进家门。晁通转念又想，万一珠牡进了门，和丹萨肯定合不来，那岂不委屈了珠牡。不要说让珠牡受委屈，就是她稍不顺心，我晁通王也会感到不安。丹萨这个贱婆娘，不如趁现在就把她赶走，免得将来生事，反而不好。想到这些，晁通恶狠狠地对丹萨说：

羊唇毒舌的贱丹萨，
竖起两耳听我讲，
天神若不悲悯来启迪，
你必定神思混乱智昏昏。
马头明王亲自降授记，
你竟说引来灾难是祸根。
冲撞了吉兆本应受处惩，
念你生儿育女的情分，
暂且饶恕这次不处分。
达绒城堡的内当家，
珠牡到来就由她当，
宝库、金箱、寝宫锁，
全要交到珠牡手。
贱妇丹萨的一双手，
从今去拿木碗和瓢勺，
若是情愿你留下，
若不情愿就请走！
三春大地春意浓，
寒冰不得不解冻，
三秋严霜来催促，

成熟的庄稼不得不收获。
丹萨眼看要飘零受冷落，
故此你只好抱怨神，
当珠牡像太阳东升起，
丹萨如鸱鸮的眼睛要失明。
珠牡俊美像朵圣洁花，
开在达绒海子岸边上，
众眼把她当甘露饱尝，
愤怒王似蜂儿迷恋她。
丹萨是普通的邦金花，
已曾在草原艳丽开放，
可惜岁月的冰霜摧残，
如今似脚垫任人践踏。
前世命运来安排，
今生受苦躲不过。
我家食物储藏最丰富，
你不愿动手就一旁坐。
愤怒王的公主晁牡措，
精明能干可以伴珠牡，
盛大宴席她定能办妥。

说完，又吩咐他的家臣阿盔塔巴索朗道：

阿盔塔巴索朗啊！
不要停留快快动身走！
在那玛蒂亚达上滩中，
法鼓迅敲吹法螺，
单独通知嘉察协噶，
司彭跟前秘密把消息说。
岭国英雄召集齐，
当众传达我旨意：
莲花鲜艳要遭冰雹袭，
岭国弟兄不抢先要悔不及，
森姜貌美别的部落要娶。

为此全国举行赛马会，
嘉洛森姜珠牡与仆役，
还有珍藏的七宝珍，
作为赛马赌彩看谁争夺去。
由我达绒家来操持，
商讨大事的盛宴席。
邀请众兄弟来赴宴，
上旬初十要作决议，
中旬十五赛马要举行。

丹萨被晁通的一番话气得直发抖。俗话说：“逼债的山主躲不了，老来额头上的皱纹抹不掉。”当年我丹萨年轻貌美，像草原上的娇艳花朵，被晁通娶进家门。这许多年来，我为他生儿育女，操持家务。如今我老了，他喜新厌旧，对半辈子夫妻想一脚踢开，把我的良言当恶语。欲和他争辩，又恐他说出更难听的话来，吵得合家不安宁。神明们总是公正的，我倒要看看这个小人的下场。丹萨寻思着，不再说什么，仍旧像往日一样，不动声色地安排家务，不声不响地为晁通准备宴席。

第十五章 晁通设盛宴筹划赛马 岭人发善愿迎接觉如

寅月初十日，当太阳给高山戴上金冠的时候，岭地的三十位英雄弟兄，其中有八英雄、七勇士、三战将，在各个部属的簇拥下，应晁通的邀请来到达绒地方赴会。只见一队队旌旗招展、一行行盔缨摇颤，好不威风。

晁通王的家臣阿盔塔巴索朗奉主人之命，向前来赴会的各位英雄说明晁通王已得到马头明王的预言，并宣布即将举行赛马大会。要和大家商量的是，在十五日这天举行赛马会是不是恰当?

“那么，赛马的得胜者有什么奖励呢？”嘉察协噶问。

“呵，你还没听明白？预言中说得很清楚：岭地七宝、王位和珠牡，作为这次赛马的彩注。”阿盔塔巴索朗摇头晃脑地说。他也像主人一样，相信赛马的胜利一定属于达绒家的玉佳马。晁通一旦成了岭地的大王，那么，他就不再是家臣了，而是，而是……他还没想出主人会封他个什么官。说完，他仍怕有人没听清楚，又唱了起来：

古人有句谚语说：
欲求美女的人很多，
达到愿望的却很少；
欲求庄稼好的人很多，
获得丰收的却很少；
以箭、马、骰子作竞赛，
想得彩的人多，中彩的少。
珠牡是岭地的美女，
王位是岭地的权力，
七宝是岭地的宝藏，
要凭快马去获取。

谁的马儿跑得快，
谁能得胜遂心意，
天意人心都相合，
得不到时别失意。

嘉察和森达等众兄弟早就明白了晁通的用意，他是想通过赛马，合理合法地登上岭地的金子宝座，取得统治岭地的大权，还能得到美貌出众的森姜珠牡。虽然众人心里明白，也不满意晁通的做法，却又无法反驳晁通那冠冕堂皇之语。所以众人并不说什么，而是把目光转向总管王绒察查根，看他怎样说。

总管王也在思索着如何对付晁通的阴谋。他忽然想起了十几年前神明给自己的预言：十二岁夺得赛马彩注，犹如东山顶上升起金太阳。

一想起这个预言，老总管满脸的皱纹绽开了，微笑着说："哦！阿盔塔巴索朗，你说得极是，赛马夺彩是件很好的事，是最光明正大地取得王位、财宝和珠牡的办法。大家都知道，森姜有倾国倾城的貌，嘉洛有万贯家财，谁也无法比。那就按神的预言，都下作赛马的赌彩好了。"绒察查根略一停顿，接着说："不过，残冬腊月，数九寒天，此时若要赛马，上山去吧，山上冰封雪盖，下谷去吧，谷底风沙弥漫，要在冻土上赛马，英雄们有掉下悬崖的危险，战马也有摔伤的可能。依我看还是把正式比赛的时间延后一点好。是不是可以邀请岭国所有的人，不分贵贱，十五日都去赴宴，具体赛马的事，就在宴会上商议？"

嘉察明白了总管王叔叔的意思，延长赛马日期，是为了通知觉如，让他做好准备，所以也就点头表示同意。

到寅月十五日，只有五天的时间。尽管这样，晁通仍旧嫌慢，他恨不得赛马大会能马上举行，巴不得十五日这天不是商议宴会，而是实实在在的赛马大会。早一天赛马，他就能早一天登上王位，早一天占有七宝，早一天得到珠牡。这五天的时间，在晁通看来，简直比五年还要长。晁通心如火焚，急不可耐地度过了这最难挨、也最忙碌的五天。他要把宴会办得尽可能地丰盛、堂皇，以显示他的富有和精明。晁通还有一个从未告诉别人，也不可能让人知道的想法：他要通过这次宴会——赛马的预备会，获取人们对他的好感，以便称王以后能顺利地统治岭部落。

寅月十五日终于来到了。前来参加宴会的人真多啊，像须弥山一样威严的叔伯，像海面结冰一样沉稳的姑嫂，像弦上待发的竹箭似的青年，像夏天的花朵一样美丽的姑娘，纷纷拥向达绒仓的大帐。这可忙坏了负责安置座位的大公证人威玛拉达。他忙里忙外，依照各人在岭国中的地位，唱名邀请大家入席。他唱道：

玛沁塞巴的索多神，
天神、龙神与赞神，
威尔玛与守舍护法神，
今日请助我中证人！
此地在达绒城堡旁，
名叫贡噶热瓦是会场，
赤雄郭姆是议事大幕帐。
如不认识我是何人，
威玛拉达人称中证人。
今日是个喜庆好天气，
一喜众兄弟齐欢聚，
二喜有引来吉祥的授记。
三喜英雄共商赛马事，
四喜达绒家设宴席。
五喜临门设庆典，
由我中证人来排次序。
上首银质排椅上，
上等彩缎做坐垫。
第一位请奔巴嘉察协噶，
第二位请色巴尼奔达雅，
第三位请文布阿鲁巴森，
第四位请穆姜仁庆达鲁，
四位公子请依次快入席！
中央累叠的厚垫上，
缎子坐垫紧相连。
第一位请叔叔总管王，
第二位请达绒愤怒王，
第三位请森伦卡玛王，
第四位请朗卡森协，
第五位请古如坚赞，
第六位请敦巴坚赞，
第七位请噶如尼玛坚赞，
第八位请纳如塔巴坚赞，

取名坚赞的四位请入座，
其他的叔叔伯伯也请入席。
右边累叠的厚垫上，
草豹花皮做坐垫。
第一位请达绒长官司潘，
第二位请噶德曲炯贝纳，
第三位请东曲鲁布达潘，
第四位请巴拉森达阿东，
第五位请察香丹玛绛查，
第六位请巴贵念察阿丹，
第七位请东赞郎都阿班，
第八位请贵波尼玛吾珠，
上请英雄们依次快入席！
左边累起的厚垫上，
花斑虎皮做坐垫。
第一位请米钦杰瓦，
第二位请东本侧泽，
第三位请甲本色刚门，
第四位请玉雅贡布，
第五位请色巴布琼，
第六位请仓巴俄鲁，
第七位请达宗俄鲁，
第八位请申察俄鲁，
三位俄鲁请入座！
其他按官职请快入席！
右角边累叠的厚垫上，
花斑豹皮做坐垫。
第一位请绒察罗布拉塔，
第二位请昂琼玉叶梅朵，
第三位请嘉洛布雅竹吉，
第四位请角阿巴色达瓦，
第五位请空巴布叶嘉察，
第六位请嘉纳长官森森，
第七位请文布江赤昂青，

第八位请穆巴协噶江扎，
以上弟兄们请依次快入座！
左角边累叠的厚垫上，
白花熊皮做坐垫。
第一位请岭钦达巴索郎，
第二位请阿巴布叶班觉，
第三位请公正裁决人达潘，
第四位我中证人威玛拉达，
第五位请神医贡噶尼玛，
第六位请卦师衮协梯布，
第七位请星象家拉吾央噶，
第八位请幻术师卡切米玛，
以上请亲友们依次快入座。
后排右角的绸垫上，
第一位请嘉洛森姜珠牡，
第二位请莱琼鲁姑查娅，
第三位请总管王女儿玉珍，
第四位请卓洛拜噶娜泽，
第五位请察香女儿泽珍，
第六位请亚塔女儿赛措，
第七位请达绒女儿晁牡措，
请七位岭国美人先入座！
以下请岭国美女依次快入座！
后排左角丝垫上，
第一位请藏妃扎西拉措，
第二位请汉妃娜噶卓玛，
第三位请卡热妃色措，
第四位请帕钦热妃格措，
其他的母亲姨母也请快入！
长长的单层垫子上，
第一位请蕃雏米琼卡德，
第二位请干仆郭曲巴杰达育，
第三位请阿盔塔巴索朗，
第四位请漆协布叶古如，

以上请按老少快入座!
白色法帐的最高处,
不用我请上师自有座。
今日盛宴要欢乐,
敬请诸位每人唱支歌。
欢迎各位美女舞一曲,
叔叔伯伯聚议要快乐。
愿蓝天莫对此生嫉妒,
愿大地莫对此有怨尤,
愿藏区莫对此夸饰出灾祸。

大公证人将岭地有地位、有财富的人安置完毕后，其他人无需安排，各自找自己喜欢的地方席地而坐。人们吃着像甘霖一样的果实、肉类和点心，喝着像河流一样的酒和茶。吃饱了、喝足了，小伙子们唱起了欢乐的歌，姑娘们则随着歌声跳起轻柔、美丽的舞。

正当人们纵情欢乐的时候，达绒王晁通从席间站起来，将举办宴席的原因，北神马头明王降下预言的经过，举行赛马将会带来的欢乐，对大家唱道:

在三十位英雄中,
武艺虽高要分等级;
在岭噶布众多的部落中,
百姓需要个总首领;
此番举行赛马会,
胜者为王率众生。
在我这白色的大帐中,
不分贵贱人人平等。
上至四位贵公子,
下至古如叫花子,
都有参加赛马的权利,
都有夺得王位的可能。
马儿跑得快与慢,
在于一夜的草和水;
英雄汉子强与弱,
在于一生的修行;

骏马彩注得或失，
标志着事业灭与兴。
赛马日期何时为宜？
跑道要长或要短？
敬请弟兄们细商议。

晁通内心虽然藏着不可告人的目的，但他偏偏长了张抹了蜜的嘴，生就一副伶牙俐齿，白的可以说成黑的，方的可以说成圆的，死的可以说成活的。今天他唱的这支歌，似乎句句都在维护公众的利益，得胜的机会和权利人人平等，似乎没有人能驳得了他的话，众英雄似乎也没有觉察隐藏在花言巧语后面的居心有何不善，也就按吩咐进行了讨论。

绒察查根总管王也不想揭穿晁通的阴谋，因为他相信神灵给岭地的预言，相信觉如是赛马的得胜者。可今天，在这岭部落百姓团聚的地方，唯独不见觉如母子。如果不通知觉如前来赛马，怎能取得赛马的胜利？如果觉如不来，晁通的阴谋岂不得逞了吗？想到这里，总管王首先站起来对大家说："根据今年天上星宿的运行，地上时令的推算，上界天神的预言，总之，不管从哪方面来看，举行赛马夺彩的比赛，没有不适合的，我总管王决定举行。不过，对穆布董氏的人，不管他住在岭国上部，还是岭国的下部，都应该一个不漏地通知到。不然，事后又来说：'没有通知我，我不知道，赌彩应有我的一份。'那时候扯起皮来，就会像常言说的那样：'糊涂女人冬天搅拌冻乳酪，不但出不了酥油，反冻僵了双手；愚蠢男人冬天冻土上跑马，不但压不住地皮，反碰伤了身体。'而且要岭国上上下下的人，在这么冷的天，老远地跑来观看赛马比赛，他们嘴上不说，心里也会不满。何况在这种情况下，骏马也无法驰骋。到了天气温暖的五六月间，不仅是赛马的好时间，而且对于观看赛马的人，也是一件高兴的事。"

总管王言外之意，是想争取一点时间，以便把觉如叫回来参加比赛。这层意思，嘉察协噶听得明白，只是不好明说罢了。嘉察心想，叔叔不好说的话，应该由我来讲，于是急忙说道："如此说来，岭国这次赛马会，是由叔叔晁通倡议，由总管王决定的。俗话说得好：'肉虽少是绵羊的一个腿儿，马虽小是千里马的一个马驹，人虽小是叔叔的一个侄子。'如今穆布董氏的王室后裔，我嘉察协噶的弟弟、绒察的哥哥、郭姆阿妈的亲生子，说他是一小块肉吧，可他到底还是从吉祥羔羊身上割下的一小块，不管他怎样不如你的意，可总还是你晁通叔叔的亲侄儿。郭姆阿妈也是龙王邹纳仁庆的公主，森伦王的王妃，也算是岭国的一件珍宝。当初他母子二人并无任何过失，却被驱逐流放。如今岭国举行争夺王位、财宝与珠牡的赛马比赛，再不叫他回来参加，我小支的族人决不答应，我们也懒得去赛什么马、夺什么彩。目前，我可怜的弟弟觉如，背井离乡，无产无业，栖身于洞穴之中，顾不得自己高贵的出身，与狗争夺骨头，与鸡抢食酒糟。就他那副样子，在赛马中哪有夺魁中彩的希望啊！但在众兄弟聚宴时，连最末尾的席位也不给他，不是也做得太过分了点吗？我的这番话对还是不对？请大伙在心里掂量掂量吧！”

听了总管王和嘉察两人的言谈，晁通心里嘀咕：“这该死的觉如，是个未见过世面的下贱货，也是一个没见过寺庙玷污座次的蹩脚僧。当他还在娘胎里时，他阿妈郭姆就坏透了。可总管王还巴巴儿地念着他，嘉察那小子也紧跟在后面，一个劲地嚷着要把他找回来，好让他夺魁中彩。不过，我看觉如倒缺少这些心计，这个十二岁的小娃娃，不用说他在赛马中夺不了魁，中不了彩，他这号人，就是到了嘴边的口福，还要用舌头顶出去，抑或是在赛马中夺了魁和彩，恐怕也会把得到的王位、财宝与珠牡拱手送给别人。小支的人对他那样器重，丹萨也把他吹得神乎其神，我看是把黄铜当成了真金，觉如他并不看重自己。”随即他顺水推舟地又说道：“嘉察协噶说得对，作为森伦王的贵公子、郭姆的亲骨肉，觉如他没能来赴宴，叔叔我也感到很内疚。不过，这怨不得我，应该去叫他的不是我，而是你们小支的人。现在最要紧的是议决赛马的路程和比赛的时间。”

晁通的儿子东赞郎都阿班早已忍耐不住，口出狂言：“我们岭地的赛马，若路程太短，会遭别人嘲笑，若跑的阵势不热烈，会遭别人羞辱。所以，我们要使赛马会名扬世界，应将赛马的起点定在嘉噶的地方，终点定在嘉纳。”

众家兄弟都觉得东赞说大话，自然不爱听。仲系的森达用讥讽的口吻回敬了东赞：“哦，要说举办一个名扬世界的赛马会，起点应该在碧空，终点应该在海底，彩注应该是日月，岭部落的百姓也应该去天空中观看赛马。”

众家兄弟和百姓们听了森达的话，都捧腹大笑，这话说得太妙了。东赞红了脸，脖子上的青筋也在一蹦一蹦地跳，但又无话可说。

还是嘉察协噶止住了大家的笑，提出了一个切实可行的办法，让大家信服，也为东赞解了围。

最后采纳了嘉察的意见，赛马的起点在阿玉底山，终点在古热石山，烧香祈祷应在鲁底山顶上举行，百姓们应该在拉底山顶看热闹。时间定在水草丰美、天气温暖的夏天。总管王见大致的方案已经定了下来，又怕在座的英雄，尤其是晁通王会反悔，于是他说：“如此重大的事情，我担心弄不好会引起弟兄之间的不和，故请中证人及公正裁决人唱支秉公裁决的歌。”

此时，中证人已经安排了宴席的座位，公正而又享有威望的裁决人达潘，自然明白这话是针对自己说的，于是用欢乐回环调，唱了一支百议一决的歌。他唱道：

一请天神白梵天，
二请念神格卓王，
三请邹纳仁庆海龙王，
祈请今日助我岭国人！
达潘我虽是调解人，
三大条件具备才有权势。
一是前世注定有福威，
二是正直无私如准绳，
三是子继父职得封赐。
今年举行赛马会，
必要的条件都具备：
一有和煦的阳光来照射，
二有适宜的地温与湿气，
三有空中玉龙阵阵鸣，
四有太空降下霖霖雨。
绿色草原花烂漫，
夏日融融好节气。
岭国弟兄人人去赛马，
觉如更不能不参赛。
应当派人去迎请来，
中不中彩由他命安排，
岭国举行的赛马会，
比赛精彩古来稀，
如此喜讯应该传出去，
要让世界人人都得知。
看谁在赛马中把魁夺，
手持神矛、神箭把彩获。
七样宝珍从前未细说，
如今一件一件说明确：
一为威慑三界的金宝座，
二为天姿国色的美珠牡，
三为嘉洛家祖传的七宝，
四为一十二卷济龙经，

五为龙王黑色的大帐篷，
六为木雏达宗古城堡，
七为岭国子民十二万户。
上自岭国最高贵的总管王，
下至最低贱的古如要饭娃，
谁有本事谁夺去，
叔叔伯伯决议如此做。
岭国上师十三人，
以衮噶、格杰、塔奔为主体，
祝祷天神多保佑！
煨桑[1]祭祀颂战神。
保佑战马不受伤和损，
保佑兄弟不受鄙薄与欺凌。
要义也如上面讲分明，
还有几句要叮咛：
公心好似初三的月牙儿，
不圆自会渐圆更光明。
私心像那十六的月轮，
虽圆自会缺损黑沉沉，
权势是世间的装饰品，
作为赛马赌彩太珍奇，
人人都想获得归自己，
若存私心会起纠纷，
岭国由此不会得安宁，
赛马如此不如不举行。
能否中彩要看是否有福气，
岂由畜生的快慢定输赢，
此生若无称王的缘分，
坐骑再快也不行，
乍听此话无道理，
却是真情非儿戏。

1　煨桑：桑，藏语，祭祀用的物品，多用柏树枝或带香味的灌木枝做成。煨，动词，“煨桑”就是焚香祭神。

今年岭国的赛马会，
本是天意与人愿。
祝愿北神授记能应验，
祝愿众愿能实现！
祝愿上师赐加持，
祝愿本尊除灾难！
祝愿护法保佑建伟业，
祝愿地方神灵保平安！
祝愿吉祥如意人心快。
我言句句是好意，
岭国众人牢牢记心间！

对公道正直的人，人人钦佩，这确实是一条真理，众英雄听了达潘的裁决，个个都认为很有道理，表示决心照办，然后欢欢喜喜地各自回自己的部落去了。

俗话说，穿山羊皮的裁决人作出的决定，穿虎皮袍子的推不翻，但其中也有三个人各存私念，另有打算。首先是嘉察协噶，他虽不想夺彩登位，但总担心赌彩会被东赞夺去，因此暗下决心：我必须枕戈待旦，只要英雄的勇气未丧尽，就不能让晁通的阴谋得逞。达绒王晁通却在担心：觉如要是回到岭国，后果就不堪设想，要千方百计阻止觉如参加众兄弟的比赛行列。可怜的乞丐古如，一贫如洗，他正为身上没有绫罗绸缎，没有奇珍异宝，不能去参加比赛而发愁呢！

第十六章 珠牡承情寻觉如母子 神子幻化试姑娘心意

赛马的时间和路程均已商定，岭部落的人对赛马的事已无人不知、无人不晓。但是，被驱逐出去的觉如怎么样了呢？总管王惦念着他母子二人，嘉察常在梦中和弟弟相见，岭部落的百姓们也盼望着他们母子早日回来。特别是要让觉如知道赛马这件事，叫他回来参加比赛，夺得王位。但是派谁去告诉这个消息呢？如果没有合适的人去，觉如母子是绝不会回来的。要是觉如不回来，那么靠谁去战胜晁通，戳穿晁通的阴谋呢？

老总管伤透了脑筋，想来想去，还是想不出合适的人选。正当绒察查根苦无计策时，嘉察和丹玛来见他。总管王想，或许他们有办法？

嘉察和丹玛果然是来给叔叔出主意的。他们说，要请觉如母子回岭地，非森姜珠牡姑娘不可。

老总管的眼睛突然一亮，心中高兴极了，怎么没想起这个主意来呢？于是吩咐嘉察马上到嘉洛家，对森姜珠牡说明这个情况，一定让她去接觉如。

嘉察和丹玛奉命来到嘉洛的牧场上，在帐房中见到了森姜珠牡和她的阿爸嘉洛敦巴坚赞。这父女二人也正在说着赛马大会的事，只听敦巴坚赞说："他们母子本来就没什么错，驱逐出岭地是不应该的。现在，到了这个关键时刻，正是他母子回来的时候了。"

"谁知道那些所谓坏事竟是觉如变化出来的呢？！"珠牡想起了正是自己看见了觉如变化出吃人、杀人的景象，然后报告给老总管，觉如母子才被驱逐的事。她心里一直在懊悔，要不是自己的报告，觉如母子绝不会被赶出岭地。可是现在错已铸成，有什么办法呢？有的过失可以弥补，有的错误永难追悔。珠牡在心中默默地念诵着："总管王啊，可一定要派个合适的人去请觉如母子回来啊。况且，我已经成了赛马的彩注，如果觉如不回来，那赛马得胜的一定是晁通，可晁通是个什么东西，我怎么能嫁他？"

那嘉洛森姜珠牡，乃是白度母仙女的化身，她出身高贵，为人正直，聪明睿智，胆量过人。对自己倾心的伴侣，信誓旦旦，忠贞不渝。处处知廉耻，事事有主见，能言会道，善于体察人意，和谁都能和睦相处，确实具有妙龄少女的所有美德。所以岭国上上下下的人都对她十分钦佩，她那苗条身姿，像修竹一样柔软婀娜；她那美丽的面庞，像皎月般明媚动人。黑油油的乌发披在身后，水灵灵的双眼清澈迷人。海螺般洁白整齐的牙齿，柔嫩细腻的肌肤，唇上有莲花图案，舌上有“嗡”字花纹，说出的话语甜美婉转，很懂得如何去博得男人的欢心。啊！她确实是一块完美的璞玉。不管怎样挑剔，也找不出半点瑕疵，不管在哪一方面去看她，都令人叹服陶醉。她左右的头发两边分，中间梳个凤凰在展翅，为使大批秀发不散乱，右边压着世界罕见的琥珀，为使小小的辫子不松散，上面系着松耳石和珊瑚的彩蹟。斑驳耀眼的猫眼石项链，镶嵌着红珊瑚珠粒，绿色的松耳石念珠和红宝石的呷乌佩在胸前。手腕上戴着蓝宝石的手镯，手指上戴着闪着太阳光辉的金戒指。身穿水獭皮镶边的九宫叠翠花缎大氅，绸缎的藏靴上，绣着三道彩虹。天生丽质的珠牡，在绫罗绸缎的裹束、珠光宝气的辉映中更显得美艳无比。鲜妍的莲花被她夺去光彩，日月在她面前显得暗淡无光，修炼得道的仙翁，见了她也会燃起欲火，阎王爷也会对她唯命是从。所以，岭部落把她作为赛马的彩注，是很有吸引力的。岭噶布英雄的人们，无论尊卑，无论长幼，大家对能得到珠牡，比起王位和七宝来说，欲望更加强烈。

见嘉察和丹玛来访，敦巴坚赞和珠牡父女俩忙起身相迎。二人说明来意后，心性耿直的英雄丹玛唯恐珠牡不愿前往，又提起觉如母子被逐出岭地的原因。说得敦巴坚赞低头不语，说得珠牡羞愧难当。嘉察见状，忙安慰说：“俗谚说：‘与其把珍宝交给敌人，不如把它送给流水。’在这争夺王位的关键时刻，为了百姓能过上安乐的日子，必须把觉如请回来。觉如是勇武之圣，他一定能战胜晁通，得到彩注。这样，藏区百姓才能消除灾祸，珠牡姑娘才会得到安慰。现在，只有珠牡去接觉如，他们母子二人才肯回来。”

嘉察的话说得在理，敦巴坚赞连连点头，同时，也深深打动了珠牡。珠牡抬起头望着嘉察说：“岭噶布的大英雄嘉察，觉如的哥哥嘉察，你可知道我心中的苦痛？自从觉如被放逐，我从没有快乐，尽是痛苦，虽有六贤的良药，心中的痛苦难除。如果我去能把觉如接回来，就是拼上性命，我也要把这件事办好。”

嘉察和丹玛没有想到珠牡这么痛快就答应了，并且如此诚心诚意、情真意切。他们被珠牡的一番真挚动情的言语感动了，衷心为她祝福，愿她此去，圆满成功。

第二天，珠牡像天使般骑着心爱的卓米琼如马，带上路上所需用的什物、干粮，单人独骑动身去玛麦地方。

此时，住在玛麦的觉如，预知珠牡要来，对母亲郭姆说道：“阿妈呀！今天嘉洛家的森姜珠牡要到咱们家，我要去接她。”还没等母亲回答，觉如早就跑得无影无踪了。

这一天，当珠牡行至东柏日出的侧谷时，一片旷野荒郊，杳无人烟。眼看天色突然灰暗起来，珠牡以为要变天，急忙打马快步前进。就在这时，像是从天边飞出、平地升起似的来了一黑人黑马，手里拿着黑色长矛，横在珠牡的马前。

黑人并不说话，只是细细地打量眼前这个美丽的姑娘。只见她身体轻盈得像柔枝修竹，面容似初升明月，双颊似涂朱抹红，水汪汪的一双大眼睛正惊恐地瞪着自己。还有那黑油油的一头长发披在脑后，上面有琥珀、松耳石和珊瑚的发压，胸前挂着玛瑙的项链和红宝石的护身佛盒，玉手上戴着蓝宝石的手镯和金指环，枣红袍子上镶着獭皮边，锦缎靴子上绣着彩虹般的丝线。

珠牡见面前这人，面如黑炭，目似铜铃，狰狞可怖，早已吓得三魂出窍。令人惊奇的是，僵了半天，这黑人只是目不转睛地看着自己，既不动手，也不说话，不知是何道理。珠牡定了定神，刚要说话，面前的黑人终于开口了：

若不认识这地方，
这是夹庆瑶梅珠库；
若不认识我是谁，
柏日尼玛坚赞有名望。
我是左边铁来右边铜，
铜臂铁身金刚头。
敌人的肉当菜吃，
敌人的血当酒喝，
敌人的财宝当战利品，
我从来说到就办到，
也不知道什么叫慈悲心。
美丽动人的姑娘啊，
你身段秀美像天女，
饰品佩戴如星星。
富有和美丽难聚集，
为何聚于你一身？
你是哪家的尊贵女，
婆家又是哪氏族？
我俩似乎有前缘，
不然为何在这来相聚。

上策给我当伴侣，
珍贵饰品仍伴你身；
中策做一次情人，
首饰马匹要离你身；
下策是光着身子回家去，
三条道路随你决定。

珠牡听了强盗这一番话，料定自己在劫难逃。心想，一个清白女子，怎能做强盗之妻？她索性心一横，宁死不屈。谁知这样一想，反倒不怕了，把眼睛一闭，只等受死。没料到过了半天，不见动静。睁眼一看，这黑人仍旧像先前一样细细地看着她。珠牡忽然又燃起了求生的欲望，于是对强盗说："要珠宝，可以给你，要首饰，也可以给你。可马匹不能给，情人不能做，伴侣更不用提。如果你是好汉，就放我这弱女子一条生路，我还有大事要做，要去接觉如回去。"

珠牡一边说着，一边伤心地抹起了眼泪。柏日尼玛坚赞，差点儿没笑出声来，他像哄孩子似的劝慰道："行了！行了！就算你说得对，我就不把你这个美人儿抢走该可以了吧！不过，你许给我的那些东西，在第七天的早晨一定要给我送到这里来。今天嘛，可以先放你走。但是为了证实你的话真实可信，得把你手上的金戒指取下来交给我。你刚才在歌词中提到觉如，我倒要问问，这个觉如是个什么东西？是头家畜呢，还是一只野兽？"

珠牡道："他是人。岭国有人欺侮他，轻蔑地称他'觉如''吃鼠娃''拖鼻涕''鬼脖豁嘴'。他这人古怪得很，把他供在神里吧，他会变成鬼，把他放在鬼里吧，他又怨恨神。看见富人饿死他会欢喜死，看见英雄被狗咬伤他会笑破肚皮。王侯之身，金玉之体，如今沦为乞丐，他反倒高兴得了不得。他抛弃万贯家财，却去与无尾地鼠争夺水草，以人参果充饥。他本是穆布董族的后代，森伦王所生的王子，嘉察的弟弟。早在娘胎里时，就被逐放流落边荒，我如今就是去接他的。"

说完，将金戒指送到柏日尼玛坚赞之手，约定七天之后的早晨就在原处相会，然后分手各自上路。

觉如拿着戒指，边走边想："这是我格萨尔雄狮大王和珠牡王妃首次相见的见面礼，可得好好保存！"

当那黑人黑马消失得无影无踪之后，珠牡继续往前走，天色忽又明朗起来，旷野荒郊也不见了。只见对面叫七座沙山的一个沙岗上，出现了七个人。经过刚才的惊吓，现在终于看见人了，珠牡心中惊喜万分。不等她走近，那七人七马停住了，大概是途中休息吧。珠牡打马快步上前，见为首的那个人，正安闲地倚在一块大石头旁，其他人在整理行囊，烧水做饭，忙作一团。珠牡一看这为首之人，顿时呆住了。真美啊，珠牡还从未见过这么英俊的少年。肤色像海螺肉一样洁白细嫩，双颊像涂了胭脂一样红润。服饰华丽，仪态端庄。他正喜滋滋、笑眯眯地坐在那里，像是没看见珠牡一般。

珠牡的心被眼前这美少年深深地吸引了。她忘记了自己要干什么，忘记了时间，忘记了使命。甚至连自己也忘记了，只是大睁双眼，怔怔地站在那里。可那个英俊少年似乎没有感到她的存在，并不理睬呆立在面前的珠牡，这是珠牡以前绝没有遇见过的事。在岭地，她一出门，能和她说上一句话，在别人看来是一种幸福；能听到她的回答，对别人来说，更是一种享受。可眼前这个人，只是悠闲地摆弄着手里的一根不知名的干草棍，对岭噶布的美人竟视若无睹。

半晌，珠牡才像从梦境中醒来一样，她感到了从未有过的耻辱。在这美少年面前，自己还不如他手中的一根草棍。珠牡拨转马头正要离去，美少年说话了：

若不认识我，
我是嘉噶大臣柏尔噶，
要去岭地求婚从此地路过。

珠牡一听，又站住了。这个美少年要去岭地求婚，不知是谁家的女儿。要是，要是……珠牡一阵心跳，脸红了。

这一切都没有逃过柏尔噶的眼睛：

听说森姜珠牡美艳，
听说敦巴坚赞富有。
不知是真是假，
不知我是不是能娶她。

听到此，珠牡刚才的那种自卑感消失了。她忍不住摸了摸自己的珊瑚发压和黄金护身符，心中暗想：“果然珠牡的名声大，连嘉噶人都知道岭地有我珠牡。幸好刚才饰物没被强盗夺去，只是少了一只金指环。不过，这也没什么。”珠牡想着，把头昂了起来，又听到那俊美的嘉噶人继续说：

上等女人如天仙，
福寿荣华都俱全；
中等女人像明月，

随着权势呈圆缺；
下等女人似尖刀，
挑拨是非有本领。
上等女人如良药，
对于众人都有益；
中等女人像水晶，
损益无定随缘移；
下等女人似毒花，
没有真心对伴侣。
姑娘比山上的野草多，
情投意合的比黄金少，
我不缺黄金缺情侣。
姑娘啊，
我长途跋涉到此地。
姑娘啊，
我不娶珠牡只要你。

听了嘉噶大臣的话，珠牡又喜又悲。喜的是自己的美貌终于使这个骄傲的王子倾倒；悲的是，天下的男人莫不都是这样见一个爱一个？他尚且不知我是谁，就要丢了珠牡来娶我，真是个貌美的负心人。但是，这一闪念的悲哀却被欣喜之情压倒了。珠牡几乎不能自持，女性本能的羞涩仍使她尽量隐匿着自己的欣喜，但是眼中流露出的却是脉脉含情的目光。她为自己的貌美骄傲，为能获得美少年的爱慕自豪。她的矜持已降到了最低限度，她的笑容再也不能掩饰。她如醉如痴，无比欣喜，又骄傲地对柏尔噶说：

在这玛麦七沙山顶，
高耸着白石崖上的珍宝；
被称为神采绰约的灵鹫，
身上六翼丰满的就是我。
在这玛麦七沙山腰，
竖立着白雪山上的珍宝，
被称为神骏轶群的白狮，
头上绿鬣丰满的就是我。
在这玛麦七沙山下，

站立着岭噶布的珍宝，
人称丰姿明媚的珠牡，
身上聚集着青春娇容的就是我。
天鹅在玛旁湖中生活，
绝不会弃湖飞向他方，
大臣您既想念着森姜珠牡，
轻易把珠牡丢掉岂不悲伤！
珠牡已成为岭噶布赛马的彩注，
谁有神速的快马就能娶我珠牡，
若不能参加赛马大会，
能用黄金铺地也别想娶珠牡。
南方炎热地区的箭竹，
树上白头鹫鸟的翎羽，
能否粘得坚牢，取决于胶汁，
两者和谐就能作为箭囊的装饰。
用藏地高山上的清水，
泡南方嘉噶的红花，
能否泡出香汁，在于水的冷热，
两者和谐就能成为净瓶中的琼液。
您嘉噶大臣柏尔噶，
要娶珠牡快到岭部落去。
岭噶布要举行赛马会，
赛马得胜我们才能成夫妻。

听珠牡说完，嘉噶人似乎有些不信面前这女子就是森姜珠牡。他用疑惑的口吻问:“人生面不熟，你用什么来证明你就是珠牡？”

珠牡犹豫一下，取出自己带的长寿酒，这本是为请觉如准备的。瓶口是用嘉洛家的火漆印章封的，这印章就是最好的证明。

嘉噶大臣见了酒瓶，说一定要尝尝这酒才能确信她是珠牡。为了证实自己的话，珠牡不假思索地打开瓶口，正要取杯给他倒些酒喝，谁知那酒竟像着了什么魔法似的，径直流向那嘉噶人之口。珠牡大为诧异，本意是想让他略尝一下就收回来的，结果却一滴未剩。莫非是上天作美，要成全我二人做夫妻？若果真如此……

嘉噶人饮了珠牡的美酒，面颊更加红润，洋溢着青春的光彩，显得更英俊漂亮了。他要立即动身去参加赛马会。他说他一定能取胜，一定会取胜。但是他不要王位，不要财宝，只要珠牡。娶了珠牡，就带着她回嘉噶。嘉噶的皇宫比藏区的好得多。

珠牡被这美少年迷住了，她依偎在他的身边，说不尽的柔情蜜语。为了不忘记这定情的地方，他们在身旁的大石头上刻了记号。大臣把一只水晶镯子戴在珠牡的手腕上，珠牡把自己的白丝带系了九个结子送给大臣，相约在赛马大会上见面，然后才难舍难分地离开了。

珠牡哪里知道，前次的黑人强盗和刚刚分手的嘉噶大臣，都是觉如为了试试她的忠贞而变化的，谁知她竟上了当。

珠牡翻过一座不大不小的山，只见前面又有一座不高不矮的山横在面前。使她惊惧的是，山坡上有数不清的无尾地鼠洞，每个洞前都坐着一个觉如。见到这般情景，珠牡又像见到黑人强盗一样心悸。她不敢再向前走，就躲在一块巨石后面定定神。

过了一会儿，珠牡把头探了出来，觉如已把化身收到一起。珠牡见到的只有一个觉如，正在宰杀一只硕大的无尾地鼠。珠牡壮着胆子从巨石后面走出来，大喊了三声“觉如”。

觉如见珠牡那胆战心惊的样子，又想起她对嘉噶大臣的柔情蜜语，决定要惩罚她一下。于是假装把珠牡当作女鬼，一边拿起抛石器，一边念道：

玛麦好，玛麦好，
无尾地鼠满地跑，
领土属地鼠，
权势属魔妖。
自从觉如来此地，
执掌了妖魔的生死簿，
觉如是地鼠的死对头，
鬼怪地鼠全驯服。
女鬼为何到玛麦，
敲掉你的牙齿拔掉你的头发，
再引你灵魂出关隘，
方知我觉如的厉害。

觉如唱完，投出秽物，击中珠牡的牙齿和头发，嘴里的牙齿掉得一颗不剩，像条倒空了什物的口袋；头发被拔得精光，头顶光秃秃的像把铜勺子，她悲痛欲绝，哭倒在地。觉如对此毫不理会，径自回到家中，对母亲言道："阿妈郭姆啦！今天珠牡到我们家来，她前面跑着许多厉鬼，后面跟着无数妖魔，我已经为她镇伏了，如今珠牡正待在一块大马石旁号啕痛哭呢！"

觉如此举实际是在接新妇过门时，将她周围的魔障清除干净，使珠牡身上更增添光彩，可惜珠牡还一点不知。

郭姆听说珠牡来了，心中先是一阵喜，又听说她在哭，不由得又是一阵惊。她急忙来到珠牡身边，询问她为何落泪。珠牡详细地陈述了这次来玛麦路上所受的辛苦和被打掉牙齿和拔尽头发的遭遇。郭姆听了，再看看她那副伤心可怜的模样儿，心中不免可怜起姑娘来，暗暗责怪觉如，忙安慰道："好姑娘！你不要悲伤，快起来跟我到家去吧！我那顽皮的觉如，啥事都爱显点神通，你这点小毛病，不要紧！不要紧！我去叫觉如，让她还给你一副更好的美貌，总可以了吧！"

边说边把珠牡扶至家中。觉如见了，故意装作吃惊的样子说："啊嘿！原来竟是珠牡来了，我还以为是个女鬼呢？真该死！真该死！不过，你既然来了，干吗不直接到这儿来呢？在外面高声大气地喊啥？你要真不想见我，又巴巴地跑到玛麦来干什么？再说，你要说一声'我是珠牡'，不就可以不出现这场乱了吗?！不过，事情过都过去了，后悔也无益，咱们还是谈谈你的来意吧！"

珠牡听了，哭笑不得，只好将自己所受的委屈和嘉察派她来接回他母子的事，说了一遍。

"为了赛马会，总管王命嘉察来找我父女俩，让我来接你母子回去，参加赛马，夺取彩注。我珠牡顾不得路途远，也没有害怕妖魔，一心一意来寻你们母子，没想到你却把我当成了鬼，把我弄成了比鬼还要可怕的样子，让我怎么再回岭噶布，让我怎么再见人？"

觉如听了暗笑：怎么去见人？恐怕是没法去见那俊美的嘉噶大臣了吧。可他一见珠牡那副可怜巴巴的样子，又不想再去捉弄她，于是一本正经地说："让你恢复美貌并不难，而且还能变得比原来更加美丽。只是还有一件事，要烦劳你去替我办。"

"不要说一件事，就是十件、百件，我也答应你。"珠牡急于摆脱这副鬼模样。

"这件事可不那么容易，我要去赛马，现在却连一匹像样的马都没有。"

"这好办，阿爸的马厩里有良马百匹，任你挑选。"

"你阿爸的百匹马中，哪一匹能比得上晁通的玉佳马？"

"这……"珠牡语塞了。

"这匹关系到我一辈子的事业之马，现在还在那百马百子的野马群中，它是非马亦非野马的千里宝驹，除了妈妈郭姆和你二人之外，谁也捉不住它。所以，我要请你帮忙。”觉如用期待的目光看着珠牡。“野马……我……能行？”珠牡并非胆小，只是怕自己不行，反而耽误了大事。

“行！马能听懂人的话，如果捉不住，你尽力喊我的哥哥和弟弟，他们会用日月神索来帮助你们。”

珠牡点了点头，答应了，心却仍旧悬着。觉如见珠牡答应了自己的条件，也马上作法还珠牡美貌。他除去一切杂念，进入禅定状态。根据世间的习俗，做出迎娶新妇和招财纳福的样子，用召请善神调，唱了一支为珠牡加持的歌。他歌道：

三十三天众神与护法，
今日快来帮助我觉如！
神仙东琼噶布好哥哥，
白色身躯长着凤凰头，
欢欢喜喜乐呵呵，
身居三十三天仙界中，
收来仙姬众神采，
赐予珠牡让她更娇艳。
龙子龙树威琼好弟弟，
绿色身躯长着巨蟒头，
高高兴兴住在水晶宫，
身居下界龙宫中，
收来龙女诸妙音，
赐予珠牡一张巧嘴舌！
念神塔勤俄噶金好姐姐，
女人身躯披着鹫羽翎，
妩媚的双眼闪秋波，
身居天地之间的半空中，
收来汉藏的福禄，
赐予珠牡福寿智慧多！
尊雅隆达和威尔玛，
守舍神与众护法，
今日助我觉如神力得炫耀。
那星月般明媚的面庞，
那莲花般鲜妍的容貌，

那黑蜂般油亮的秀发，
赐予珠牡美丽貌更娇！
那乐神琴弦动听的琴声，
那杜鹃婉转的歌唱，
那嘉陵频嘉鸟的鸣叫，
赐予珠牡语言更精妙！
那征服三界的力量，
那威慑三域的威光，
那使权势者倾倒的魅力，
赐予森姜珠牡把群超！
愿她比以往更娇艳，
愿她天姿国色世无双，
愿她是岭国姑娘中的骄傲，
愿她世界美后王冠戴头上。
愿所唱歌词句句能实现，
愿祈祷字字全应验！

觉如唱完歌，用手轻轻抚摸珠牡的头和脸，珠牡不仅长出了浓密的头发、洁白如玉的牙齿，脸也变得光洁如明月，而且出脱得更加婀娜多姿，亭亭玉立，光彩照人。郭姆妈妈举起一面镜子，珠牡看见了自己比原来更加美丽的容颜，羞涩地捂住了脸。

此时她惊魂稍定，才顾得上向四周仔细观看，见觉如母子住的帐篷补丁打补丁，帐篷内又脏又臭，心中好不自在，在帐篷外犹犹豫豫，不敢迈进一步。觉如见她欲进不进的样子，立刻朝天上瞧了一眼，将天龙八部招来，顿时雷声隆隆，霹雳阵阵，冰雹大作，天和地被搅得昏昏沉沉，仅有那顶小小的帐篷还可暂时栖身，只好闪进身去躲避。觉如见她进到帐篷里面，忙拿出无尾地鼠肉和人参果等神人加持过的百味仙肴款待。珠牡经过长途跋涉，再加上觉如长时间的"考验"折磨，早已经累得疲惫不堪，饥渴难忍。此时见到可以充饥的食物，哪还顾得上去问是什么东西，顿时狼吞虎咽起来，一会儿就把摆上的食物吃个精光。过不了一会儿，心中作呕，吃下的东西全吐了出来，弄得满帐篷都是污物。此后，这片土地上人杰地灵，物产丰富。

第十七章 神佛助力得千里宝驹 珠牡妙语赞江噶佩布

经历一番折腾，珠牡休息了好长一段时间才恢复过来。

将觉如的要求细细想了一遍："若不擒获那马，看来别无他法。觉如乃是神变莫测之人，他说有那么一匹马，只怕未必当真。俗话说：'自己若没有宝贝，到山中哪能寻觅？'不过，如果真要有呢，那肯定是一匹不同寻常的神马，那马究竟长得啥样？不仔细问个明白，随随便便去瞎找，岂不是白跑路吗？"于是，她作歌询问那野马的特征：

觉如神子交给我重任，
神马要我去擒拿。
可知牲畜有主不能乱擒捉，
可知郭姆不会去偷马。
可知野骡难当座下骑，
可知野牛不能当家畜养。
他人的牲口岂能牵回家，
牵回家后也无脸驾驭它。
这马并非山上野骡类，
这马不属一般骏马群，
长相却与野骡不差半毫分。
似马非马漫游在山野，
叫人细想古怪又奇闻。
倘若是天神的成就品，
自然会到觉如的手心。
倘若是龙王的宝贝，
必定会到郭姆的家门。

找人须得留下姓和名，
丢物凭借特征去找寻。
那骏马它有啥特征？
无主的牲口毛色有何异？
游荡在山头怎识别？
如今请你觉如说分明！
我把你的指令去执行。

“珠牡！你说得很对，若不说明那马的特征，你自然无法擒捉。”

觉如说完后，用长寿不变调，将那匹马的来历以及它现在所在的地方，用歌唱的方式介绍道：

生我育我的亲阿妈，
美貌无双的好森姜，
想听，绸环似的双耳请细听！
愿思，雪山似的心灵请推敲！
田地、种子与雨露，
必须具备才能长庄稼。
弩箭、强弓和指拇，
缺一不可才能把敌杀。
觉如、阿妈同珠牡，
三人齐心才能擒神马。
世事不公不怪因缘欺，
方法欠妥并非天生成。
自古因果报应本是实，
可世上相信有几人？
父母之恩似海深，
报答慈恩有几人？
亲戚邻里口如蜜，
心底诚恳有几人？
心思像那千层胄，
一面暗来一面明。
笑脸美言似彩绘，
眼前虽好转眼即难寻。

森姜珠牡愿捉千里驹，
嘴里答应内心不愿行，
阿妈上山去擒千里马，
肉眼瞧见抓获却不易，
为此更须求助众神灵。
要紧的话儿珠牡请牢记！
世界无边又无际，
千里马家乡却在玛扎地；
那般勒日扎圣山顶，
住着觉如终身的坐骑。
它和我同时降生在人世，
种马乃是天马噶尔波，
叫它天马噶尔波有原因，
出自东方玛青骐骥型。
母马名叫马达卓姆，
叫它马达卓姆有来历，
投生野马胎中来长成，
此马神骏不似那野马群。
要辨真伪特征要记心，
全身不是浅红是赤赭，
毛似宝石又红润，
耳尖生长鹫翎一小撮，
四蹄生有鼓风轮。
与众马不同的特点有九个：
那魔鹞似的前额上，
长着黄鼠狼的后颈脖；
那山羊似的长脸，
长着弱兔般的前下颌；
那青蛙似的眼圈里，
长着毒蛇般的眼珠子；
那牝獐似的鼻腔中，
长着绸袋般的软鼻膜；
那魔鬼侦探似的尖耳朵，
长着鹫鹰羽毛一小撮。

特点不止九点整十个，
一点一滴你别弄错。
它与众马不同点还有很多，
七种动物的头和耳，
在它身上也全具有，
结实的肌腱十八个，
二十个关节不算多，
暗记三十二处遍全身，
骏马的本领它具有，
要飞，展翅蓝天任遨游，
要说，人类的语言也会说。
能听人话通灵性，
弄清特征就不会错，
不仅如此还有不同处，
它同百匹种马正戏耍，
它同百匹母马在欢乐。
摇尾向着龙王打招呼，
翘首朝着天神在唱歌。
我跑我跑前蹄在讲说，
我飞我飞后蹄在吆喝。
命运相系的千里马，
福禄具备的穷觉如，
前世有缘不得不相逢，
岭地去与不去它了悟，
天神、护法莫停留，
助我阿妈把马捕捉，
天神、护法与上师，
让珠牡牢记莫心粗。

郭姆阿妈和珠牡姑娘听完觉如的介绍，在天神、龙神、念神的协助下捉马去了。当她们来到穆兰木山口，往山那边一瞧，只见在藏地般勒日扎山的山坡上，有的野马在山顶漫游，有的又在山谷的草坪上啃吃青草。再仔细一看时，发现那与众不同的千里驹啊！长着碧玉般的尾巴和绿鬃、红宝石一样的长毛，毛尖上彩虹闪烁、四蹄不住地跳跃。从前面看如“里嘎玛[1]”直立，从后面看又像鹫鹰扑食。轻快得像狐狸般的下肢，长着鱼儿游走似的花纹，那肌肉发达的大腿肚上，有个共鸣鸟一样的小胸脯，四条大腿上各有一个毛旋，四只小腿长得一般均匀。与众马不同的十三个本领隐秘的地方，好似那鹞鹰密集。珠牡见后，对郭姆阿妈唱道：

上师、天神与护法，
祈来助我把唱献上。
此地若不知是何处，
乃是穆兰木山口好地方，
直接往那山仔细瞧，
好似国王坐在宝座上。
汉人称它“冬青拈拈”山
藏人称它“般勒日扎”山，
彩云朵朵山巅绕，
绿野青草遍山腰，
山脚百花吐芬芳，
争芳斗艳齐开放。
神驹住在此山上，
混迹白口野马群，
与百匹母马正亲密，
与百匹幼驹正欢畅。
尾和鬃与清风正戏耍，
毛梢闪烁彩虹五色光。
马儿时有时无看不真，
有时出现无数的幻影。
顶上有神变的大鹏展翅飞，
后面是海螺雄狮傲然立，
前方有凶猛的老虎在跃腾。
双眼、心脾和腿膀，
肩头、软骨与肋胁，
好似聚集无数的鹞鹰，

1　里嘎玛：一种巨大的神柱。

好似神马云集在一起，
此是幻影不是真形。
实实存在唯有千里驹，
若对它言它能解人意，
若要它飞它能上天庭。
世上宝马虽有千千万，
唯有此马不同实奇闻。
不同特征珠牡记心间，
擒获要靠天神、护法神，
捕捉要看郭姆阿妈的本领。

郭姆顺着珠牡的指点，看见了那匹千里马，心里非常高兴。心想：我要擒获那匹神驹，除了靠天神的保佑，三宝的法力和前世的因缘，单靠我是无法捉住它的。我儿觉如既说它通人性，又会说人语，在向天神和三宝求助之时，不妨顺便用歌词唱出它与觉如的渊源，兴许它能理解。于是用吉祥六变调歌道：

在头顶胜乐脉轮上，
坐着祖师白玛陀称，
与那降生的东琼噶布神，
请快来帮助我郭姆女，
抛出仙索擒住千里驹，
在喉间受用脉轮上，
坐着本尊马头明王神，
指点生灵预言真，
请快来帮助我郭姆女，
抛出仙索擒住千里驹。
在心坎佛法脉轮上，
坐着本尊众神灵，
与那不凡的龙树威琼神，
请快来帮助我郭姆女，
抛出仙索擒住千里驹，
在肚脐幻化脉轮上，
坐着无形的众空行，
与那降临的妲莱威噶，

请快来帮助我郭姆女，
抛出仙索擒住千里驹。
在私处护乐脉轮上，
坐着诸多护法神，
与那亲生的骨肉觉如儿，
请快来帮助阿妈莫迟疑，
抛出仙索擒住千里驹。
众位天神、护法鼓足劲，
齐心合力把神驹擒，
绳头交到郭姆手中方能停。
千里马哟！听仔细！
我有几句话儿对你提：
迅猛如飞的金管箭，
装入箭囊英雄做美饰，
倘若克敌之时无效益，
箭头锋不锋利无区别。
英勇可爱的好男儿，
人世间把他当精英，
倘若不能歼敌护亲人，
子嗣有无无差别。
六谷禾穗是田地的装饰，
生长茂盛田野更美丽，
倘若粮食收不进家门，
花蕾开不开放无差别。
千里驹是骏马的装饰，
点缀须弥山更壮丽，
倘若不配金鞍当坐骑，
步伐神不神速无差别。
阿爸、阿妈生儿女，
并非想生就能生，
生下亦不一定就中意，
生男生女由那前世命注定。
姑娘长得丑与俊，
儿子是懦弱还是有勇气，

并非依父母意愿来决定，
决定了也不一定就如意，
乃是由因果早注定。
觉如、神马与郭姆，
并非想要聚会就能相会，
想能相会也不能成现实，
乃是上界天神安排定，
为此觉如的坐骑千里驹，
今日做我郭姆的好帮衬，
郭姆喂你豌豆与青稞，
汉茶熬汁为你解饥渴；
四方的鞍罩用羊毛织，
马王你由我饲养也确定，
更有几言对你神马讲：
观看今年岭国的形势，
王位、财富与珠牡女，
下作赌注赛马定输赢，
先要有匹神马千里驹，
其次夺彩领先登王位，
最后实现天神的使命，
一步一步觉如早已定。
先知先觉的千里驹，
与福德齐天的觉如儿，
命运相依形影紧相依。
据说叫你一声通人性，
看你一眼定然体人意，
既是如此快来莫迟疑。
倘若留下必然受贫困，
温饱无着有谁来怜惜，
不如随我去做和他事，
以神变普度众生灵，
帮助岭地早日得统一。
征服妖魔战乱息，
安定世界享太平，

宝马呀！请你在心里牢牢记。

唱完，朝前走去。其他的野马见了，一匹匹都四散逃跑。唯独那匹神马对郭姆依依恋恋，表现出高兴的样子，用马嘶长鸣调对郭姆唱道：

若不知此地是何地，
般勒日扎圣山久闻名。
若不知道我是何人，
上界天神派我当使者，
虚空念神把我当财神，
地上众马的命运由我定，
马王江噶佩布是我名。
郭姆阿妈请你听仔细，
我有几言对你说分明。
若不饲养野兽变不成家畜，
若无勤奋理想只能成泡影。
若无福分难得享富贵，
若无缘分儿女难成人。
我马中之王千里驹，
三年住在纳玛雄地面，
三年库惹杂中度光阴，
三年玉枝峨地挨日子，
三年般勒山里啃草根。
三夏没有避雨的房子，
山中漂泊游荡好悲辛。
三冬身无毯片御寒冷，
呼呼寒风刺骨痛穿心。
三春腹中未得三口食，
饥肠辘辘难熬实可怜。
孤苦伶仃过了十二春，
久盼鞍鞯迟迟不降临，
十二春秋付那东流水，
神驹从无主人来问津。
人前缺少炫耀的鞍鞯，

睡卧没有温暖的房斤，
口中未尝精美的食物，
暮想朝思件件都不成，
桩桩事儿也未遂心。
何曾听见觉如的名字？
哪得见着郭姆的身影？
如今千里神驹变老骥，
训导教练实在难领会，
天神的使命我完不成。
要想完成寿命也不长，
四方嘴衔不住马衔铁，
毛毡垫裹不紧六面身。
倘若三春不播下种子，
哪来三秋六谷得丰收；
倘若三冬不饲养乳牛，
哪来三春丰收的酥油；
倘若平时不驯养马匹，
临到战时何处能寻求。
神驹不留此地受清苦，
也不去普度众生世间走。
觉如无我倘若不懊悔，
与其像动物一般要自觅食，
不如返归天庭更自由。
听懂我歌如耳中蜜，
不听我歌也无所求。

神马唱完，准备像雄鹰一样展翅飞向蓝天，郭姆此时只得专心专意地向神灵祈祷。这时，从天空的白云之中，天神、龙神和念神等的部众多得像光束下的尘埃，簇拥着觉如的仙兄东琼噶布、仙弟龙树威琼、仙姐妲莱威噶等从天而降。他们将仙绳的套环套住了神马的脖子，把仙绳的一端交到郭姆的手中。仙人们撒下吉祥的花朵，布下彩虹的穹隆，显现出无数的奇兆。郭姆擒住了神马，从山上慢慢走下山来，她一边走一边想：这匹神马呀！全靠天神、龙神和念神擒获。单是套它的绳子就非同一般，是一条神通广大的捆仙绳。这匹可爱的宝马，也非同寻常，它既通人性，又会说人语，还长着翱翔天宇的丰满翅膀。这些特点都是岭国其他的骏马所没有的，对此应该夸赞一番才对。想到此，回过头来，对珠牡问道："啊！嘉洛森姜珠牡，你们富有的嘉洛家好马成千上万，岭国三十位弟兄各人都有一匹绝妙的坐骑，你看有这样的神马吗？"

问毕，正准备唱支歌来夸耀那匹神异的骏马，由于那匹马的本领还未到施展的时候，需要珠牡赞颂的时机还未成熟。马害怕受擒，猛然一惊，像一头展翅的雕鹰，奋力搏击，冲向蓝天，郭姆紧紧抱住马脖，像一个护轮悬挂在马颈下面。当神马在空中升腾了一定高度之后，嘉纳、嘉噶、波斯、藏区、姜地和魔国等，都清清楚楚地出现在他们的脚下。这时，神马用马嘶长鸣不变调对郭姆唱道：

附在身体的诸位胜乐神，
附在经脉的男女众空行，
附在灵魂之上的三身佛，
请对我神马多照应，
助我利益众生事业得完成！
此处若不知是何处，
乃是众鸟飞经的天庭。
往下看啊！河山多娇！
那像鹰落平地的，
是嘉噶圣山灵鹫山；
那像大象躺卧的，
是嘉纳圣山峨眉山；
那像五佛冠帽的，
是内地圣山五台山；
那像水晶瓶似的，
是修持圣地冈底斯山。
此乃南赡部洲四圣山，
巍巍峨峨庄严人称赞。
那像上师身披法衣的，
是卫地雅拉香波山；
那像悬挂白绫罗幔的，
是当雄的念青唐拉山；
那像雄狮傲立的，
是南部的古哈日加山；

那像斑斓猛虎豹子的，
是东部的俄德贡杰山。
此乃雪域高原四圣山，
白雪皑皑雄奇真好看。
郭姆阿妈再仔细看！
那云遮雾绕的地方，
天昏地暗白昼如夜晚，
是北部穆巴曲初山，
那像黑人抖动发辫的，
是北部上方觉卧朗日山。
那像钉着黑铁楔子的，
是魔鬼的堡垒夏如郎木城，
人们又叫它邦纳卡若古角。
是觉如降魔的所在，
是宝驹我利益众生的处所，
也是修持无漏等持的去处，
郭姆请你千万记心窝！
那像白朵玛敬神的，
是霍尔白帐王的巴落则吉山，
那像血练封锁的，
是霍尔亚塞郭姆宫。
是觉如和我必去的战场，
是珠牡最初流落的地方，
是施展神变谋略的场所，
郭姆请千万记心中！
那像身披黑衣的，
南方门域的卡夏纽日山；
那像铁杵插入地面的，
是肃地的雪若暴费山。
那像罗刹发怒的红岩，
是索加日巴的断岸，
那像铁铸石砌的堡垒，
有人称它邦帛热玉宗，
桑门珠林宗也有人称呼，

辛赤王居住在这座城堡。
是黑魔悬吊天绳的处所，
是觉如将要远征的去处，
是宝马我驰骋的地域，
是白翎羽箭供应地，
郭姆请千万记心里！
那像老人巡哨的，
是定日米千卡赤山；
那像杜鹃停在石上的，
是喇达拉察俄山，
那如毒液沸腾的，
是白白都革毒湖水，
那如黑色天柱屹立的，
是姜地萨丹王祖居的城郭，
名字又叫雅托升姆赤。
是觉如将来教化的处所，
是宝马我利益众生的去处，
是善法不得弘扬的僻壤，
是百肚鱼儿称愿的地域，
郭姆请千万记心上！
此外的山峰还有很多处，
恕我不再一一来叙述。
若要夸赞神马的长处，
岭国若无人来歌颂我，
由你郭姆赞扬我不服。
神马与众有何不相同，
唯有嫂嫂珠牡她了悟，
倘若她不出面来赞颂，
郭姆请我去岭国难留住。
神驹我返回仙境多舒服，
明白我歌似心中的甘露，
不明白我歌我也不在乎。

宝马唱完，刹那间像耍魔术一样，来到了内地的五台山，哪知觉如早就等候在那里了。他对着那马打了三鞭，那马一摇一晃飞驰而去，最后降落在原来的般勒山顶。郭姆身一着地欢天喜地地牵着马从山上走下来。森姜珠牡见了，忙道："郭姆阿妈！咱们既然把马捉住了，还是快走的好，等把马交到觉如手里，我俩的心愿也就算完成了。"边说着话，边牵着马朝觉如跑去。哪料还未到觉如跟前，那马先冲了过去，珠牡和郭姆两人去捉也没有捉住，珠牡急得高喊："觉如！觉如！马跑了！"

觉如一点也不着急，对郭姆说道："阿妈！你松手好了。和我命运相系的千里驹，今天是我俩相会之期，它不会再跑掉的。"郭姆心想：我儿说的也是，从过去的教训来看，这马若不借助法力，单靠我个人的力量是无论如何也抓不住的。于是将手中的绳子扔在马背上，那马见了觉如，如同孩子依恋母亲一般，亲热地跑了过去。觉如用手轻轻地长时间地抚摸着它，然后，手握仙绳，对珠牡言道："呀！阿姐森姜珠牡，天上来的千里马我已经弄到手，现在可以去岭地了。过去，我母子对马毫不熟悉，你是嘉洛的女儿，是成群骏马的主人，对岭国弟兄的三十匹骏马你也了如指掌，就请鉴别鉴别这匹马吧！马分上、中、下三等，它算得上哪一等呢？它和弟兄们的坐骑能够并列在一起吗？一般的马有什么好处？我这匹马又有什么特点？你请说说看！"

出身富贵、家有九群骏马的森姜珠牡，当然知道马的优劣，她很小的时候，就听阿爸说过，于是就将一般马的情况和神马的特点，用九狮六变调歌唱道：

我向三宝虔诚做祈祷，
愿如头饰顶礼不分离，
今日做我的好帮衬，
所唱的歌词句句成现实。
郭姆的公子觉如啊！
我有几句话儿对你提。
藏民有句好谚语：
"上师的功德若不知，
供奉如同酥油抹石底；
显密经教若不领会，
念经与鹦鹉学舌无差异；
为人不知自己的身世，
如同混迹林中的猕猴；
财宝的价值分不清楚，
好似陌生人把路径迷。"

若不知骏马的特征，
只会将普通马儿称骐骥。
良马里面分四大类，
骥宁、穆肯、柏朵与多哇。
多哇马种体长则为好，
柏朵马种结实才算佳，
穆肯马种体粗人称妙，
骥宁马种轻巧受人夸。
上等多哇如同旭日升，
四面八方好似垒砌成；
中等多哇像拉丝绳，
外部松弛内部紧；
下等多哇像铁牛，
皮儿薄薄长躯形。
马的长相分三类：
凤凰脸型是上品，
山羊面孔居中等，
鹿子脸蛋是下品。
马的腿型分三类：
牛腿、鹿腿、山羊腿，
牛腿第一，鹿腿次，
山羊腿排在最劣等。
马的齿型分七类：
一如野骡齿腔宽且深，
二如白面黄牛齿偏斜，
三如绵羊牙齿白且细，
有此三种牙齿马儿居上等。
四如贪梦猛虎獠牙伸，
五如涉漠骆驼上垂齿，
六如猪牙四面起疙瘩，
有此三种牙齿是次品。
七如骑马齿沟狭小数中等。
毛质不同也分五大类：
一似鹿毛粗且长，

二似虎毛短而壮，
有此毛质马最佳。
三似狐毛软且长，
四似熊毛短欠佳，
有此毛质马最差。
五似驴毛不软又不刚！
算是中等的马匹不算差。
马蹄类型分七种：
上部美观像木碗，
边沿磨损似铜瓣花，
陡直短小如铁猪蹄，
此三种蹄型马最佳。
四边卷缩蹄心无凹陷，
蹄面平平无后踵，
周围无边又圆滑，
此三种蹄型马算差。
四弯三直的蹄型属中流马。
良马的骨节若细分，
最上面的是后颈，
颈骨一圈一圈的是佳品。
中间的骨节是脊椎，
脊椎骨三节弯曲的算优等。
下面的骨节是马蹄，
蹄骨厚而短人人称上品。
耳朵后面是头颅，
太高不如低的好，
尾巴后面是臀部，
低的又不如高的强。
腿肚似怀胎母马的乳房，
突起不如铺展好；
端直且厚的头顶，
高耸倒比低垂的强，
颈鬃犹如白绸飘，
长的要比短的好，

竖鬃好似擎天柱，
高的更比低的强。
喉颈如同绷直的绸带，
长的比短的要受看。
锁骨内面是肺叶，
小巧更比硕大佳。
外肋骨里面是肾脏，
凸突要比凹陷的好，
鼓起聚在肋下更算佳。
腹部肋骨齐整人赞赏，
盛气的肺脏要宽大，
盛血的肝脏要小巧，
盛食的肠子需粗壮，
盛血的心脉薄算佳。
五脏六腑如此是良马。
大大的头上要顶帽，
耳大如同帽子头上罩，
小小的腿上需要鞋，
四只粗蹄好像鞋穿好。
十六个脊椎第一节，
一升青稞要能放下。
眼耳之间要隐秘，
头顶与鼻子之间要窄狭。
鬃毛与肩胛之间要秘藏，
四肢要似人工堆砌粗且壮，
像四只小羊分立一般样。
一般的良马已经做介绍，
五种善跑的饿马再表一表：
鹞胸、牛肩如狮立的马，
能用长鞭赶着马群跑。
竖鬃如镐头嘴的马，
能在夜间用绳把野牛垂。
腰弓、胁宽粗壮的马，
能用马嚼把鹿头敲。

兔头、圆鼻孔、荞麦眼的马，
能将山上的野兔叼。
似鼠似虎跳跃奔腾的马，
追云捕月驰骋赛飞鸟。
五种善跑的饿马说完了，
再把善走的四种马儿说：
“贾绛乌巴拍波”马，
驰骋百里汗水不湿毛，
“佟绛竹古白协”马，
驰骋千里路迢迢。
“赤绛卡瓦岗博”马，
驰骋万里不嫌劳。
“奔扎仓巴奔登”马，
驰骋十万路遥遥。
骏马与一般马儿不一般，
头顶有七种动物的特点。
一有牦牛的前额，
二有青蛙的眼圈，
三有毒蛇般嗔恨的眼珠；
四有雪白雄狮的鼻孔，
五有勇猛老虎的嘴唇，
六有耳际鹫毛一小撮，
七有长角牡鹿的下颌，
骏马必须具备的特征，
这匹千里驹七样都齐全。
除此以外还有许多的特点，
每匹骏马的身上，
都有十八个肌腱，
样子与一般马匹不一般。
肌腱像乌鸦交颈的，
长在马的前额上；
肌腱像老虎拥抱的，
长在马的后脑上；
肌腱像胃里充水的，

长在马的双颊上；
肌腱像一条鱼儿的，
长在马的背肋上；
肌腱像玉龙钻洞的，
长在马的腋窝上；
肌腱像羊毛堆集的，
长在马的头顶上；
肌腱像猪窝蛇穴的，
长在马的大腿上；
肌腱像青稞袋子的，
长在马的胫骨上；
肌腱像线团圆圆的，
长在马的大腿内侧上；
肌腱像后藏钹形的，
长在马的肚子上；
肌腱像粗壮食指的，
长在马的尾巴上。
骏马肌腱所有的特点，
这匹千里驹无一少，
十全十美的骏马说得上。
除此骏马还有特征：
头顶端端且厚平，
腮骨丰满又匀称，
下颌两侧突出有三指，
脸颊上部又似手掌形，
抬头时颈项长而细，
俯下身脖子粗壮挺精神。
肩胛的骨头宽且薄，
肩膀粗短福挨紧，
小腿笔直又敏捷，
鞍下的骨骼两边分，
脊椎三节微弯曲，
肋骨长得像羽翎。
大腿虽短膝盖却不细，

髋骨的形状是长条形，
四肢纤瘦且长细，
胫骨笔直膝弯深，
四个踝关节短而大，
尾椎粗短尾毛要长伸。
十二个关节非寻常，
这匹千里驹一个也不少，
故此尊称它为马中神。
以上乃是一般夸赞马，
这匹神驹更值得颂赞：
毛色赛过红宝石，
它与众马不一般。
美艳如彩虹灿烂，
奔驰似流星闪烁。
马头明王神变来，
赤兔神驹人钦羡。
红艳艳的全身毛梢上，
天神马头明王在旋绕；
直直的鬃和长长的马尾上，
无数歼敌战神在旋绕；
皎洁雪白的皓齿上，
消除病魔的神祇在旋绕；
油光光的胸脯上，
福寿兴旺的神灵在旋绕；
耳朵尖一撮鹫毛上，
洞察三界的慧眼在旋绕；
飞快如风轮的腿膀上，
一生听令的战神在旋绕；
铁花瓣似的四蹄上，
征服四魔的战神在旋绕。
这匹江噶佩布马中王，
是解脱轮回的象征；
那美丽高昂的头颅，
是赞美三宝的象征；

那匀称协调的身躯，
是菩提心续纯熟的象征；
那毛长厚密的尾和颈，
是神变无边的象征；
那明亮放光的眼珠，
是明察善恶的象征；
眼珠成双又成对，
是洞悉轮回与涅槃的象征；
那始终如一的丰姿，
是指明万物皆空的象征；
那漂亮受看的双耳，
是点明二谛的象征；
那集中为一的头颈，
是二则为一的象征；
那装饰身体的六根，
是施行六度的象征；
那踢踏跳舞的四蹄，
是四方利他的象征；
那浅黄泛白的胸脯，
是未染轮回污垢的象征；
有时它能够说人语，
是语言虚假无凭的象征；
有时它能飞上九霄云，
是万象皆为幻术的象征；
对人温顺又依恋，
是用慈智利益众生的象征；
绳索套住被绷断，
是事业兴旺的象征；
任人乘骑无怨恨，
是普度众生的象征；
步伐平稳又迅速，
是善巧方便众生的象征。

唱到这里，珠牡略一停顿，想了想，意犹未尽，接着唱道：

如此赞颂普通马不合适，
天生神驹受之无愧心。
哎呀呀，真高兴！
千里驹，真神奇！
天降神驹人夸称。
岭地三十匹骏马中，
东赞的玉佳铁青马，
据说有大鹏的本领，
此项本领不算啥稀奇，
仅仅具备动物的本能。
察香丹玛的“神骥银灰”马，
晁通的坐骑“黑尾豺”，
据说能通人性说人话。
大家都夸不寻常，
其实用不着惊讶，
巧嘴动物许多能讲话。
雅麦森达骑的“千山腾”，
嘉察的“白肩凤凰”马，
总管王的“骡头枣骝”马，
虽说具备千里马的本领，
但亦无需大吃惊，
它外面的长相与心灵，
无一不是动物的本性。
你的神驹非凡品，
外表虽是动物的身体，
内部却有佛陀心，
它由马头明王变，
见它能不堕地狱，
骑它能载你上天宇。
如此出类超群的神驹，
今日得见真稀奇。
我亲眼见的事情更惊人，
擒它的是天神、龙神和念神，

套马的是神变的捆仙绳。
上天它有飞翔的翅膀，
落地它有驰骋的四蹄，
温顺更像家养的良驹，
如此好马世间真难寻。
飞时展翅九霄云，
大鹏难与它比高低，
跑时速猛如风吹，
岭国的骏马无一能比赢。
觉如你的赤兔神宝马，
是追风腾云的千里驹。
宝马既然已到你手里，
觉如快同我回岭地，
赛马夺魁易如反掌事，
你的宝马定能跑第一。
觉如赛马必然登王位，
珠牡永远属于你。
神驹呀，
珠牡的颂词句句真，
岭噶布需要你，
我珠牡的终身也全靠你！
听懂我歌是你有福气，
听不懂我歌也不解释，
觉如你请记心里。

前世的宿缘，使珠牡对神马的赞颂恰到好处。神马听了，感到非常高兴，顺从地站在觉如身边，等待着主人跨上它的腰背。它将带着觉如去夺取赛马的胜利。

第十八章 施障眼试探珠牡情谊 定真心应允宝马鞍鞯

觉如收服了千里宝驹江噶佩布，三人立即动身，返回居住的地方。珠牡自赞颂了宝马之后，自认为此马必定取得赛马的胜利，自己的丈夫必然是觉如无疑，所以，对觉如和郭姆已像亲人一般，认为终身有靠。

三人本应平安无事，迅速返回家里，谁知那觉如竟又想起珠牡与嘉噶英俊少年的私情，心中难免愤然。眼见珠牡欢天喜地的神态，觉如又起了试探、捉弄珠牡之心，便对珠牡说："千里驹虽然已经捉到，但并未调教纯熟，又没有马鞍和辔头，如果骑上去，就有摔死的危险。如果我死了，岂不是你珠牡的过错。依我说，还是让妈妈牵着宝驹走在后头，我俩先行。可是，你骑在马上，我拖着条棍子，恐怕跟不上你哩！"

"那请你骑在我的马上，我跟着马走，我能跟得上。"

珠牡对觉如已深信不疑，根本没有想到他会捉弄自己。

"那好吧。"

觉如说着，大摇大摆地骑在珠牡的骒马卓穆的背上，悠闲自得地往前走，珠牡快步跟着马，并无半句怨言。走了一阵，只见对面山上有一只獐子探头探脑地看着他们。觉如假装没看见，却悄声对珠牡说："这畜生乃是阴山的獐魔彭拉若琼，它在打我们的主意。你现在唱支歌，它能听得懂的，趁它听歌的时候，我用套索把它逮住。"

珠牡见那獐子长得确实与常见的不同，不觉心中疑惑，恐怕这又是觉如的变化吧！况且在这样的山上，怎么会有獐子呢？即便有，也一定不难捕捉，为什么一定要我唱歌？可觉如说了，不唱是不行的。唱什么好呢？珠牡略一思索，便唱了起来：

在那阴山的山道上，
站着一只獐魔，

想走不走，想留又难留，
觉如已经看中了它哟，
我珠牡想的是麝香和獐肉。

不等珠牡唱完，觉如已经用绳索套住了獐子的脖子。哪知这畜生身粗力大，竟拖着觉如直向珠牡扑来，反而把觉如手中的绳索缠到了珠牡身上。珠牡挣扎着，却不得脱身。一急之下，她随手捡起一块石头，只敲一下，那獐子便倒地而死。獐子一死，把珠牡吓了一跳。她没有想到偌大一只獐子，竟如此不经打，想一个姑娘家能有多大力气，怎么就把一个大獐子砸死了呢？

一见珠牡砸死了獐子，觉如大为不悦："珠牡姐姐，降伏这只獐魔的人应该是我，你为什么要先动手把它砸死？还说什么想着麝香和獐肉，没想到你这么漂亮的姑娘，却是个爱财贪吃的女子，岭噶布的人一定不了解你，我得把你这个毛病告诉百姓们。"

"觉如，快不要这样讲。砸死獐子不是我的本意，可现在獐魔已死，你要我怎样呢？"珠牡不怕苦、不怕死，只怕名誉扫地。她想自己的美名已在岭地传扬，怎能让觉如把她的毛病讲。

"那么，也好，只要你答应我一件事，我就给你保密。"觉如见珠牡怕名誉受损，便趁势提出要求。

"你说吧，只要我珠牡能办到的，我答应就是。"

"这事对你来说很容易，就是要借你父亲宝库里的两件东西：一是黄金辔头'如意珠'；二是黄金后鞧'愿成就'。这两件东西配宝马，才好参加赛马会。"

"觉如，我答应。"

珠牡虽然知道从宝库中取出这两件父亲心爱的东西，并不是一件容易的事，但是为了自己的名誉，为了觉如的胜利，她必须这么做。她相信，父亲也会同意的。

二人不再说话，默默地向前走。在快到玛噶岭拉朗贡玛地方时，觉如突然用他的棍子没头没脑地向坐骑打去。那骒马卓穆哪里受过这样的毒打！它顿时惊得四蹄扬起，飞快地向前蹿去，很快就越过一道山口，把珠牡远远地甩在了后边。

珠牡见觉如无缘无故打自己心爱的卓穆，早已心疼得不行，刚要阻止，那马已转过山口，不见了踪影。珠牡紧追慢赶地朝前跑，刚跑过山口，顿时被眼前的景况吓得大惊失色：只见觉如的头在一块头一般大的石头旁边扔着，眼睛睁得老大老大。十几步开外，一只带着袍袖的胳膊挂在小树上。离小树不远处，一条穿着靴子的腿扔在路边；还有那内脏啊、肠肚啊，乱七八糟地散了一地，血肉模糊，惨不忍睹。珠牡长这么大，连家里宰杀牛羊都不敢近前去看，哪里见过这种场面。刚才还是个活生生的人，还在向自己借后鞧和辔头，眨眼间竟变成身首分离。这究竟是怎么回事？珠牡扭头一看，只见卓穆马大汗淋漓地站在她的身边，马镫上还倒挂着觉如的一条腿。珠牡怕极了，她想等郭姆妈妈，可哪里见得到郭姆的影子！到了这个地步，珠牡也顾不得害怕了，她强忍着心中的悲痛，把觉如的头、胳膊和腿收在一起。不过，觉如那两只眼睛，不管珠牡怎样抚摸，也不闭上。听老人说，死不瞑目是心中有事。觉如啊，我知道，你的大业未成，就此身亡，自然是不能瞑目的。只怪我珠牡没有紧紧跟着你，只怪我的卓穆马跑得太急。可觉如你，为什么要那么狠命地打我的马呢？

珠牡一边整理着觉如的尸体，一边怨恨自己。觉如那两只不闭的眼睛，竟像活着时一样，死死盯着珠牡。珠牡心想：人们常说，不能让阴间的人看阳世的事，我也不能让觉如睁着眼睛到阴间去。珠牡无奈，只好在觉如的眼睛里撒了一把灰，又用白石块为觉如砌了一个冢。

安葬了觉如之后，珠牡跪在石冢前放声大哭："觉如啊，我珠牡本以为有了宝马，有了鞍辔，你就能夺得赛马的彩注，我珠牡也就终身有靠了。现在看来，今生今世，你是不能成就大业了。既然你已身亡，我珠牡活在世上还有什么意思？觉如啊，如果你在天有灵，就等等我吧，我珠牡不能与你成为人间夫妻，那就到天上相会吧。"

哭罢，珠牡骑上卓穆马，朝柏日毒海走去。来到海边，珠牡双手合十，对天祈祷：愿上苍保佑我珠牡和觉如的灵魂一起升入西方乐土吧。祷颂完毕，刚要往海里跳，只见那波涛汹涌的黑色海水一浪紧似一浪地朝她而来，像是要吞掉一切。珠牡不敢再看，忙用衣襟蒙住眼睛，双腿一夹马肚子，向海中跃去。

谁知，那卓穆马竟像被什么拖着似的，不仅不向前跳，反而向后退着步子。珠牡心想，莫非这马不愿随我而去？那么也好，就让卓穆自己回去吧，也好给父母带个信。珠牡拍了拍卓穆的脖子："卓穆啊，我心爱的马。你不愿随我去，就回岭噶布吧。如今觉如已死，我珠牡不愿独自活在人世。我与觉如心意不分离，同生同死成一体。觉如已先行到净土，我珠牡要紧紧随他去。珠牡的心愿若能成就，死虽痛苦也幸福，愿卓穆马早日回去，愿爸爸妈妈吉祥如意。"卓穆听了珠牡的话，更加向后退去。珠牡心中奇怪，翻身跳下马，一眼看见正揪着马尾巴的觉如。珠牡一惊，一屁股坐在地上，这才明白过来，刚才不过是觉如的变化所致，珠牡破涕为笑。

觉如见珠牡笑了，就笑嘻嘻地对珠牡说："呀！好一个森姜珠牡！俗语说得好:‘公鹿在乐不可支的时候号哭，猫头鹰在晚上痛苦难挨的时候发笑，老狼吃饱被撑得难受时对肉发愁。’那么您森姜珠牡呢，是不是为你长得漂亮而号哭?是不是为你家的富有而发愁?是不是因为你家的权势大而痛苦?若不然，怎么会往毒海里跳呢?既然你觉得死去更安乐，为什么又害怕得闭起眼睛?你这是什么用心?蒙上眼睛能挡住什么?岭噶布的人们都知道你的容貌美丽、心地善良，尚不知你如此怕死。我一定要把你的事告诉嘉察哥哥和岭噶布的百姓们，让他们都认识你。”

“你，你……”珠牡一时答不上话来。

“况且，我觉如并没有死去，你就用灰填了我的眼睛，用石块压着我的身子，这又是为什么呀?”觉如继续逗着珠牡。

珠牡不听则罢，一听此话，又急又气，她申辩道:“觉如!你怎么可以这样说话，难道我珠牡的一番好意竟变成了狼心狗肺不成?我原以为你去世了，又惊又怕，所以才那样的悲伤。我怎么会想到你在变幻身形，捉弄我?你怎么能把这些事说给岭噶布的人听呢?”

“我觉如的禀性就是常常喜欢开开玩笑宽宽心，请你不必当真。你不让我对人说，我就不说，但你必须答应借我两件东西!”

“你要借什么?只要珠牡办得到，一定借给你。”

“那当然。我要借的，一是你家的盘花黄金鞍，二是四方形九宫毡，只有用这两件东西来装饰我的宝驹，我才能参加赛马会。”

“觉如放心，我一定办到就是!”

珠牡非常爽快地答应下来。

觉如和珠牡又向前走了一阵，到了七座沙山跟前，这正是珠牡和嘉噶大臣柏尔噶相会的地方;那块巨大的石头上，还刻着明显的标记。珠牡一见这块石头，心中突突乱跳，忙催促觉如快走。可觉如偏说累了，要在此地休息片刻。珠牡不好过分勉强，只好怀着忐忑不安的心情，随着觉如坐下休息。觉如不偏不倚地靠在那块石头旁，那姿势与嘉噶美少年一模一样。珠牡似乎明白了些什么，心里显得更加慌乱，脸上一阵红一阵白。而觉如并无任何不寻常的反应，只是显得很疲乏似的倚在石头上，双眼微闭，像是要睡着一样。珠牡见觉如这般模样，心中稍安。

突然，一大群无尾地鼠出现了，它们叽叽吱吱地叫着，围着觉如和珠牡乱跑。一只硕大的无尾地鼠，脖子上缠着先前珠牡赠给嘉噶大臣的那条白丝带，在觉如和珠牡面前停住了:我是无尾地鼠的大法臣通噶巴黎咪，今天特来拜会觉如。这条九个结的白丝带，是珠牡姑娘给嘉噶大臣柏尔噶的赠品，是发了三次誓的物品。大臣把它转送给我就回去了，临行时让我告诉觉如您:

若把全部财产寄托在马上，
有一天会变成叫花子；
若把全部心意交给女人，
有一天会倒霉打单身。
过于珍爱饲养的马匹，
会把主人踢在地；
过于珍爱自己的儿女，
会把父母当仇敌。
过于积蓄食物和财宝，
将会为它把命丧；
过于相信女人的贞操，
总有一天会遭殃。
珠牡貌美好像没头脑，
一天冷热变化真不少；
这样的姑娘当彩注，
会把觉如引上歧途。

大地鼠唱罢，把白丝带抛向觉如，便钻进石洞里去了。随即，其他地鼠也无影无踪了。

觉如看着珠牡惨白的脸，非常得意地说："呀！我原以为知道你的为人，谁知你竟会做出这等风流事。我想这地鼠的话不会有错，我们到家里再说吧。"说着，他把丝带揣进怀里，站起来就走。

珠牡吓得连解释的力气都没有了，何况她也没什么好解释的。此时此刻的珠牡，脑子里像一团乱麻，乱糟糟的理不出个头绪。没有别的办法，她只能听凭觉如的发落。她见觉如并不多讲，只得跟着他往前走。前面不远处，就是珠牡碰到黑人黑马的地方了。一只蜜蜂嗡嗡嗡地唱着、哼着，那声音好听极了。慢慢地，那嗡嗡声变得非常清晰，珠牡清楚地听到蜜蜂在对他们说话："觉如啊，你看到那朵花上的金指环了吗？那就是珠牡送给柏日尼玛坚赞的信物，我把它偷来送给你。"

觉如马上走到那朵花前，取下指环，在阳光的照耀下，指环闪着金光。

"嗯，果然是嘉洛家的指环。这只金指环，只有戴在你森姜珠牡手上才会更好看，可你怎么会轻易地把它送人呢？"觉如举着指环，来到珠牡面前。

"这指环是珠牡姐姐的吧？"

珠牡一点力气也没有了，她羞愧无言地垂下了头。

“你呀，美丽的姑娘，名扬岭噶布的森姜珠牡，仅在接我的路上，就搞出了这么多见不得人的名堂，谁知你这一辈子还会弄出多少事来？这件事一定要告诉总管王和嘉察，还要告诉你的父亲，他是怎么管教女儿的，为何使你变得如此胆大妄为？”

现在珠牡全明白了，来时路上看见的黑人妖魔和嘉噶少年，都是出自觉如所变，目的是为了试探自己。可自己是个浅薄的女子，竟不辨真伪，做出了那些事，怎么能不让觉如生气呢？珠牡想起了自己和嘉噶大臣柏尔噶的柔情蜜语，更觉得羞愧难当。她扑通一下跪在地上，希望得到觉如的原谅。如果觉如不能谅解，那也要把话说完，才能死而无憾。

尊贵而又有先知的觉如啊，
求您宽宏大量听我禀告：
“不知而错叫众生，
知之而错是佛陀。”
过去无知无识做错了事，
今天明白了我悔过。
对玛玉隆多的嘉噶客，
竟倾心悦意是我不好；
在您神变的彩虹中，
不辨真伪是我的错；
在我心猿意马的虚妄上，
是您的辔头左右着我。
过去的意识像疯狂的大象，
今后愿随觉如心不变。
我珠牡在此立下誓言，
同时对觉如表示祝愿，
第一愿您智慧如海洋，
第二求您不要把我嫌弃，
第三祝您发挥威力坐王位，
第四愿岭噶布的百姓幸福齐天。

觉如见珠牡幡然悔悟，心中高兴，嘴上却说：“您说的这些话还不错，知错认错能改错，就能得到正果。我觉如心中为变化所空，你珠牡心中为错误所空。

错误与变化要分清，错误会消逝如彩虹。”

珠牡见觉如原谅了自己，自然欣喜，更加确信自己的丈夫除觉如外绝非他人。见郭姆牵着千里驹跟了上来，珠牡马上想到，现在宝马的鞍辔已经俱全，唯独缺一根马鞭。见觉如正望着自己，立即对觉如说：“无需您开口，我一定把马鞭与鞍辔一起送给您。”

觉如开心地笑了。珠牡高兴得脸上像绽开了一朵花。郭姆妈妈虽然不明白发生了什么事，但见觉如和珠牡笑得那样甜，她也咧开了嘴。

第十九章

晁通玩计谋欲占神驹 敦巴顾大局奉献宝鞍

“觉如和郭姆回来喽！”

“珠牡把觉如接回来啦！”

……

岭噶布的人们奔走相告，因为觉如的归来，对人们来说是件大事。特别是琼居的人们，他们是把赛马胜利的希望寄托在觉如身上的啊！岭噶布的众兄弟们一下围住了觉如和郭姆，说不完的问候话，道不完的离别语。但他们最关心的，还是郭姆手中的那匹千里驹，因为这匹马太不同一般了。

在欢迎他们的人群中，没有达绒晁通王。觉如用眼睛搜寻着，因为种种原因，他太想见到这位叔叔了。刻不容缓，觉如把妈妈安排一下，就牵着千里驹向晁通家走去。来到门口，觉如朗声叫道：“叔叔，觉如到您门上来了，请给我宴席，给我马料！”

晁通闻声走出门来，首先看到的不是觉如，而是觉如手中牵着的千里驹江噶佩布。这真是匹世上难寻的宝马啊！晁通心中赞叹着，盯着宝马看了好一会儿，才把目光转向觉如。

“哎呀，好侄儿，听说你回来了，我正要去迎接，偏巧又有点事绊住了。前几天商量赛马的事，你不在，可叔叔并没有忘了你，宴席还给你留着哩！”

看到晁通盯着宝驹的那种贪婪的眼神，觉如心中暗笑。他想，晁通一定又在打宝驹的主意了。这晁通本来就是那种连针尖大的好处也不放过的人，对宝驹，这关系到岭噶布的王位由谁来坐的大事，他怎么能不关心呢？

果然，晁通开口了。

“我的好侄儿，你这匹马是谁的呀？从哪里弄来的？我怎么从来没见过？”

觉如冷笑一声：“在我被逐的时候，这马还在老马的肚子里，叔叔怎么会见过呢？我家老骒马生下它以后，我觉如因为无料喂养，只得把它放在山中，从未调教过。现在看来，像匹野马似的，能不能骑，只等赛马会上试一试。”

晁通听觉如说前两句话的时候，心中有些紧张。因为觉如被逐，主谋正是他晁通。后来看觉如并没有继续讲下去，而把他的宝马说成野马一样，心中又暗自高兴。

“哦，觉如，我的好侄儿，赛马的时候，必须要有体格强健、脚步迅速、身材高大、性情温驯、模样好看的马来当坐骑。我看你这匹马，好像并不具备这些优点，对你参加赛马很不利。依我说，不如让我们叔侄做一次马的生意……”

“做生意？”

“是啊，叔叔有一匹绿鬃白海骝马，是在马群中左挑右选选出来的，给你当坐骑一定很合适。我们俩换匹马，你还要多少找头，叔叔都答应你。”

觉如笑了。

“做买卖当然可以，但必须双方情愿。这匹马性子很烈，却是匹难得的好马；若不卖掉它又无法调教，若卖掉它又实在可惜。如果叔叔能给我母子冬夏的花费，再给十三匹绸缎、十三锭马蹄元宝、十三包黄金，我就可以考虑和您交换。不过，您的马我觉如得能骑，我的马您也能饲养才行。”

晁通一时高兴，只听见了觉如答应和他换马，并没有听出觉如的话里有话。

第二天，晁通准备了上好的花茶，三岁犊儿的牦牛乳，香甜的点心，荤素食品，美味水果和多年的陈酒，真是碟盘纷陈，堆积如山。另外，把觉如要的换马的找头——十三匹绸缎、十三锭马蹄元宝、十三包黄金，也都准备齐全。刚要派人送去，觉如就牵着马来了。晁通真是从心里高兴，更加相信马头明王的预言是无比正确、无比灵验的。现在，只要把觉如的这匹马换到手，赛马大会上就可以稳坐王位了。

晁通笑吟吟地把觉如接进他的大帐：“好侄儿，东西都在这，包你完全满意。过去我们叔侄二人在一起的时间太短，没机会说话，今天我们要好好说会儿话。”

觉如见帐房里堆了那么多吃的、喝的，不动声色地说：“叔叔既然准备了，那我就收下，只是这么多东西我怎么能拿得走呢？”

“这个不用侄儿操心，我派管家送去就是。”说着，晁通吩咐管家把送给觉如的东西立即送到郭姆的帐房中去。

觉如这才坐下来。

“叔叔有什么吩咐，请说吧。”

“叔叔不是吩咐，是拉家常。拉家常中也有些处世的道理要说给觉如听。”于是晁通唱道：

幼年、青年和老年，

是人生旅途的三装饰。
青少年时有慈父母，
常乐到老福无止。
上师、弟子和施主，
是修行人的三装饰。
勤修法师徒双方悦，
修得正果都欢喜。
首领、大臣和属民，
是世间福禄的三装饰。
德政感人君臣悦，
保民怀德都欢喜。
父叔、弟兄和子侄，
是部落声誉的三装饰。
以计服敌双方悦，
相亲相爱亲人都欢喜。
婆婆、女儿和儿媳，
是家庭兴旺的三装饰。
心口一致双方悦，
长久相安都欢喜。
亲人、友人和熟人，
是世间快乐的三装饰。
相互有利双方悦，
赤诚无私三欢喜。
太阳、月亮和星星，
是湛湛青天的三装饰。
温暖的阳光照世界，
同在宇宙不分离。
云雾、雷鸣和甘霖，
是茫茫太空的三装饰。
相互为伴相互依，
共传福音为大地。
草籽、庄稼和果实，
是肥沃土地的三装饰。
安排人畜得安乐，

争艳增辉不相离。
爸爸、叔叔和侄儿，
合为岭噶布的三装饰。
共谋良策降四敌，
安乐相伴不分离。

晁通唱完，亲热地望着觉如，目光中还透着得意。心想，觉如一定会感激他的教诲。谁知觉如把眉毛一扬，说道："叔叔的话说完了，我也要说几句。"接着唱道：

小孩无知亦无识，
青春年少不懂事；
老来昏聩无羞耻，
常乐到老不如死。
佛僧心骄图权力，
弟子违法又乱纪；
施主挽着吝啬结，
护法守纪是自欺。
首领的心钻在钱袋里，
大臣们哄上对下欺；
属民们无辜受处罚，
说什么保民怀德都欢喜？
父亲叔叔的诡诈比山大，
弟兄们的心机如臭尸；
子侄无权被赶到边地，
降敌保亲也无益。
婆母的心比虚空黑，
儿媳的行为比山羊野，
女儿心中求贪欲，
长久相安恐难得。
亲人最后抱仇恨，
相识最后把脸翻，
亲友最后打官司，
赤诚无私难上难。

太阳落到西山去，
云遮月亮黑漆漆，
星星要被曙光赶，
碧空装饰三分离。
浓云已被风吹散，
苍龙躲藏不见面，
甘霖消失在天边，
难传福音为大地。
草籽已被野牛吃，
粮食装进仓库里，
成熟的水果烂在地，
花朵争艳只一时。
爸爸森伦心眼痴，
叔叔晁通有心机，
侄儿觉如受折磨，
难以为伴自分离。

觉如唱完，用嘲讽的目光望着晁通，像是在说：我答得不错吧，讲的都是你心底里的话。

晁通见觉如过于机敏伶俐，在这方面自己恐怕不是他的对手，待要说他几句，又怕把事情弄僵，只得赔笑说："人生一辈子，苦乐当然不会少，就看怎么说了。我们且不管这些，就请侄儿看马吧。"

"马是不用看的，如果叔叔肯用玉佳马换，我们还可再商量。如果不同意，我看就不用谈了。"

"你？！"晁通怎么肯舍得用玉佳马换他觉如的这匹野马呢？

"叔叔不肯吗？"觉如故意逗晁通。

"侄儿不要说笑话，玉佳马是我达绒家的稀世珍宝，岂肯轻易将它给人。"

"玉佳马是你的珍宝，江噶佩布就不是我的珍宝了吗？我怎么可以轻易把它给你呢？"

"那也好，买卖是双方情愿的事，既然你不愿意，那就请你把找头拿回来。"

"拿出来的东西再收回去，好像藏地还没有这个规矩。难道叔叔要破例吗？"说完，觉如牵着千里宝驹江噶佩布扬长而去。

晁通气得直喘粗气，一心指望到赛马会上出这口气。

过了不久，觉如选择了一个吉日良辰，牵上宝马，来到嘉洛家门前，大声

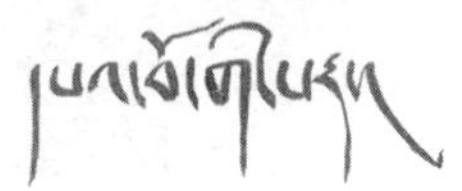

高喊：“哎！森姜珠牡！你说要给我的马鞴鞍，要给我人献鞭，还要对马鞭做祈祷祝愿，现在是行动的时候了！”

森姜珠牡的父亲敦巴坚赞见觉如到来，立刻设下宝座，铺上缎垫，摆出美食佳肴宴请觉如。并且还献上吉祥的哈达作为觐见的礼物，用歌唱向觉如陈述道：

内为成就白玛陀称，
密为菩萨持金刚，
外为热噶罗刹王，
王宫就在乌仗那，
持明的白玛陀称请洞察！
我是何人倘若不知道，
前世为财神布禄持金刚。
曾布施白玛陀称在乌仗那，
森姜珠牡的亲阿爸，
嘉洛敦巴坚赞富一方。
嘉洛、鄂洛与卓洛，
三位亲兄弟同样的富豪。
一日兄弟三人把山上，
不知何处来了一上师，
他德也高来道也高，
听他讲经能证解脱果，
见他定然拜倒在脚下，
近他立刻杂念全部抛。
他前面挂着什么看不清，
他后面驮着什么也茫茫。
见面之后上师对我讲：
鞍、辔、鞭、垫四大件，
乃是龙王邹纳仁庆的宝藏，
交给你嘉洛好好保存下，
到时天神之子从天降，
神通广大来你家，
请将四件宝物都献上，
我儿竹吉庸庸无本领，
定然不是神仙降凡尘，

我女珠牡才华她具备，
可惜是一女钗裙。
回忆当初你父选妃时，
选中美貌龙女郭姆，
势大犹似大地托山河，
权大如同苍穹罩万物。
又像是感受又像是梦，
一切征兆应验你觉如。
高高岩峰冲云天，
并非为鹫鹰特安排，
鸟王有缘才来盘旋。
葱茏柏树树参天，
并非为杜鹃长成材，
神鸟有缘来盘旋。
藏蛟卧龙的沧海，
并非为鱼儿聚百川，
鱼儿有缘才来游玩。
嘉洛敦巴财富上万贯，
并非为觉如集聚财，
因有觉如才有源泉。
财富如同宝贝一圆环，
福泽似金钩能钩来。
投什么娘胎不由自己选，
宝座单凭马快夺不来。
短命的，妙手也难延年，
性恶的，铁匠不能再锻改。
前世的缘分用马争不去，
今生的命运无法去阻拦。
若用智慧去猜测，
岭国王位与宝座，
森姜珠牡的夫主，
上天把觉如来安排。

嘉洛敦巴坚赞唱完，森姜珠牡献上马鞍和马鞭，然后她用敲击神鼓的六颤调，唱了一支启迪神马显示本领的歌，她唱道：

在庄严刹土上，
至尊救度佛母请明察，
通达明智助我把歌唱。
这匹枣红马儿不寻常，
耳尖有撮鹫鹰毛，
耳听八方的本领里面藏。
如意神鞭耳际三鞭响，
太重了怕震断马毛，
太轻了无法显露真相，
用力不大又不小，
若有本领今日请显扬。
这匹枣红马儿真是好，
毒蛇般的怒眼往外瞧，
眼观六路的本领里面藏。
如意神鞭眼前三鞭响，
太重了怕震断马毛，
太轻了无法显露真相，
用力不大又不小，
若有本领今日请显扬。
这匹枣红马儿实在妙，
鼻孔与雪狮鼻孔一个样，
嗅辨百味的本领里面藏，
如意神鞭鼻旁三鞭响，
太重了怕震断马毛，
太轻了无法显露真相，
用力不大又不小，
若有本领今日请显扬。
这匹枣红马儿人人夸，
猛虎般的舌头长在嘴巴上，
品尝百味的本领内中藏，
如意神鞭嘴边三鞭响，
太重了怕震断马毛！

太轻了无法显露真相，
用力不大又不小，
若有本领今日请显扬。
这匹枣红马儿真雄壮，
行如风吹红旗在展扬，
感知一切的本领内中藏，
如意神鞭身侧三鞭响，
太重了怕震断马毛，
太轻了无法显露真相，
用力不大又不小，
若有本领今日请显扬。
这匹枣红马儿是神马，
心脏和那霓虹宫殿一个样，
大梵天神的智慧内中藏，
如意神鞭心窝之畔三鞭响，
太重了怕震断马毛，
太轻了无法显露真相，
用力不大又不小，
若有本领今日请显扬。
四大聚合的马儿本善跑，
可惜山高险阻把它挡，
驰骋的本领被掩藏，
森姜用真畜启迪它显扬；
具备佛陀智慧的马儿本神妙，
可惜五毒迷了它心窍，
取舍分明的本领被掩藏，
森姜用真言启迪它显扬；
拥有慈悲圣智的马儿法力大，
可惜二执玷污心迷茫，
明空了悟的本领被掩藏，
森姜用真言启迪它显扬。
响鼓雷迫震四方，
鼓槌不击声难响，
神鞭启迪这匹千里马，

成就丰功伟业的本领得显扬。
这九宫星图的马鞍垫，
最上乘的羊毛织成质好，
是龙王邹纳仁庆的珍宝，
绵羊的灵魂依附在垫中央。
今日献给你的千里马，
尊贵如意的觉如啊，
愿你登上金宝座，
统一天下做人王。
这九道雕花的金银鞍，
前鞍鞒金铸后鞍鞒银子打，
是虚空念神的珍宝，
骏马的灵魂鞍内藏。
今日献给你的千里马，
尊贵如意的觉如啊，
愿你降伏众妖魔，
布施僧众把白业来弘扬。
如意的黄金辔头世无双，
成就的金子后鞧难寻找；
是上界天神的珍宝，
牛儿的灵魂辔中藏。
今日献给你的千里马，
尊贵如意的觉如啊，
愿你保佑罪孽深重的众生
脱离无边苦海升天堂。
白螺鞍镫丝绸挂，
龙筋肚带和绎胸绳索，
是下界地神的珍宝，
今日献给你的千里马，
尊贵如意的觉如啊，
愿你武功文治安天下，
利益众生民富国又强。
辔索像那黑蛇一样长，
鞍韂上锦缎九层垫得高，

皮毡上八吉图案绣得妙，
是世间人类宝贵的珍藏。
今日献给你的千里马，
尊贵如意的觉如啊，
愿你拯救百姓享安康，
岭国由你来当国王。
藤条鞭子细又长，
如意宝贝嵌柄上，
空行母的丝带在鞭鞘飘，
嘉洛家视它为宝藏。
今日献给你的千里马，
尊贵如意的觉如啊，
愿你舍弃十恶行国法，
十善的佛法大弘扬。
雪白哈达长又长，
它是寿绸预示寿命长，
它是令旗预兆权力大，
它是福带喻义财兴旺。
吉祥哈达挂在你颈上，
尊贵如意的觉如啊，
愿你长寿似那哈达无限长，
灾难不染如它洁无瑕，
教化乐土如绸柔软又宽广，
丰功伟绩成名远播扬。
这匹千里马非寻常，
受天神委派把尘世降，
出生在那须弥山顶上。
擒获它的是郭姆与森姜，
由你觉如驰骋走四方。
今日献上宝物装饰马，
赛马超过众马强中强。
尊贵如意的觉如啊，
愿嘉洛家的财产你当家，
做我森姜珠牡的好夫郎。

愿神驹四蹄如同风轮转，
愿你将众马远远抛后边，
愿你夺得第一了心愿！
愿上师、父母享平安，
愿你所有心愿都实现！
为此这首儿歌不一般，
觉如请你牢牢记心间。

珠牡唱完这段马赞，给骏马鞴上鞍具，又向觉如敬献马鞭，并对马鞭做了美好的祝愿，然后一起走向赛马场地。

第二十章　赛马会群英大展雄姿　起争执七女各怀心思

盛大的赛马会就要举行了。美丽可爱的玛隆草原充满了欢乐的气氛，杜鹃在唱，阿兰雀在叫，天空蓝得像宝石，白云白得像锦缎。花儿红了，草儿绿了，草原似乎变得更广阔了。

达塘查茂会场上，人头攒动，如山似海。姑娘们穿出了自己最心爱的、平日舍不得穿的衣服，互相嬉笑着、打闹着、追逐着，像一朵朵盛开的鲜花。连那些平日弓身驼背的老阿爸、老阿妈也穿着簇新的衣服，喜笑颜开地挤在人群中，使劲挺着腰，追忆着自己年轻时的一些趣事，倒也像年轻了许多似的。然而，会场上最令人瞩目的，还是那些参加赛马的英雄、勇士。你看：那上岭色巴八氏以琪居的九个儿子为首的人，如同猛虎下山一般。众弟兄一律黄锦缎袍、黄鞍鞯，在阳光照耀下，显得富丽堂皇、灿烂夺目。

那中岭文布六氏以珍居的八大英雄为首的人，如同降在大地的白雪一般，众弟兄一律白锦缎袍、白鞍鞯，在阳光下泛着银光。

那下岭穆姜四氏以琼居的七勇士为首的人，如同布满云雨的太空一般。众弟兄一律宝蓝锦缎袍、蓝鞍鞯，在阳光下放射着琉璃般的光芒。

还有那右翼的噶部，左翼的珠部，达绒的十八大部，达伍穆措玛布部落，富有的嘉洛部落，丹玛河谷的阴山阳山地带、察香九百户等等，无不锦衣彩鞍，人人充满豪情。

没有人不认为自己是胜利者，没有人以为自己不会夺得王位。人人都在祈祷神灵，而且坚信神灵会帮助自己。你看：达绒长官晁通王，还有他的儿子东赞和达绒十八部落的弟兄们，把头昂得高高的，自以为胜利在握。在他们看来，举行赛马大会的预言是马头明王讲给晁通王的，这是神灵给他们的护佑。而玉佳马又是岭噶布公认最快的骏马，没有谁的马赛得过它。所以，达绒部落的人早把那王位视为已有，认为赛马会不过是做个样子罢了。

长系的众家兄弟，位居长房。他们认为不能丢了长房的身份，而且，如果神灵有眼，就该把这王位让给长房来坐才是。所以他们是个个摩拳擦掌，人人信心百倍。

仲系的弟兄们位居中房。他们认为，以往的好事轮不到他们，要趁今天赛马的机会，合理地夺得王位，也为本房争口气。八大英雄早把骏马驯养得油光水滑，跑起来像是在草上飞。

以总管王绒察查根为首的幼系，虽位于下房，但他们早就心中有数。总管王时时记起十二年前白玛陀称祖师给他的预言，这次赛马会，本来就应该是为觉如准备的，就是要让觉如堂而皇之地坐上王位。所以，他们根本不相信晁通说的什么马头明王的预言，也不像晃通和东赞那样大喊大叫，更不像长系和仲系两房人那样虚荣好胜。他们心中有底，这王位是属于下房的，只有他们的觉如才配娶珠牡做王妃。可是，觉如并没有在他们的行列中。觉如到哪里去了？怎么还不来？总管王和嘉察用眼睛扫视着四周，琼居的弟兄们也焦急地寻找着觉如。

“觉如来了！”人群中不知是谁先看见了觉如，大喊了一声，人们不觉为之一振。这下可好了，达绒东赞的对手来了，玉佳马的对手来了。森姜珠牡也来到了姐妹们身边。她心中暗自高兴：在人们面前出现的，将不再是过去的穷孩子觉如，而是打扮得体体面面、富丽堂皇的觉如，是自己未来的丈夫，是岭噶布的大王。珠牡这样想着，不觉把头微微昂起，表现出一副骄傲公主、未来王妃的样子。

这时，珠牡注目观看，一下愣住了。她怀疑自己的眼睛出了毛病，便使劲地揉了一下，没错，是觉如。可他，他怎么会这副样子呢？只见他：头戴一顶又破又不合尺寸的黄羊皮宽檐帽，身穿一件绽开口子的牛犊皮硬边破袄，脚踩一双露出了脚趾的皮制红勒靴子，就连马上的金鞍和银镫也变得破烂不堪了。这哪里是来参加比赛的，分明是个叫花子。

幼系的众弟兄一见觉如这副落魄的样子，顿时大失所望。一个个垂头丧气地走开了，离觉如远远的，生怕他的晦气玷污了他们。只有嘉察和总管王心中明白，虽然觉如让人看着不顺眼，可这岭噶布的王位，定是他稳坐无疑。但是他们也不多说话，只静静地等着赛马开始。

珠牡的眼前一片黑暗，心凉了半截。她简直不能相信面前这个破衣烂袄的要饭花子将成为自己的丈夫。她真想哭，特别是看到觉如那弓身驼背、一副没见过世面的样子，心里更难受。忽然，一只蜜蜂飞来，在珠牡耳边轻轻唱了几句，珠牡顿时笑了，笑得那么好看。她明白了，眼前的觉如，不过又是他的化身而已。自己一时心急，竟忘了觉如的神变本领。

只有达绒晁通王见了觉如这副样子非常高兴。他想，这下可好了，自己没了对手，达绒家不会再担心彩注会落入觉如手中。除了高兴，晁通的另一个感觉是非常放心，所以在赛马场上，只有他对觉如显得格外亲热。此时，晁通更加相信马头明王的预言无比正确，他对琼居那些神情沮丧的弟兄们高声喊道："弟兄们，准备好啊，打起精神，赛马就要开始了。"

这喊声分明透露出得意和骄狂。当然，一看到觉如那副经不得阵仗的样子，再看看晁通那春风得意的神情，人们确信：今日得胜者，除他以外，不会是别人。

在阿玉底山下，众家勇士们不先不后，一字排开了，只听得一声法号长鸣，宣布赛马开始。一匹匹骏马像一团团滚动着的云彩，在草地上向前飞驰着。很快，岭噶布大名鼎鼎的三十位英雄跑到了前面：色巴、文布和穆姜，对内称为三虎将，对外称为"鹞、雕、狼"。他们是岭噶布的心、眼、命根子，是岭噶布的画栋和雕梁。他们的马儿跑得快，不是在跑像飞翔。

以嘉察为首的岭噶布七勇士，是保护百姓的七豪杰，是七十万大军的总首领，犹如七座黄金山，像大地一样能负重。他们的马儿蹄不停，犹如长虹舞天空。

以总管王为首的四叔伯，是岭噶布大事的决策人，也是祖业的继承人。见多识广的四叔伯，犹如冈底斯神山的四大水，是灌溉田地的甘露汁。他们的马儿腾九霄，好似狂风卷黄尘。

以昂琼玉叶梅朵为首的岭噶布十三人，是青年英雄的生力军，犹如十三支神箭，是降伏魔敌的好武器。十三匹马好像浓云旋，长啸奔腾震大地。

具有福命的二兄弟，是米庆杰哇隆珠和岭庆塔巴索朗；具有毅勇的二兄弟，是甲本赛吉阿干和东本哲孜喜曲；这四兄弟是岭噶布的四面旗，是支撑帐幕的四绳索，是修盖房舍的四根柱，是四翼兵马的统率人，正直无邪亦无私。他们的马儿犹如大鹏鸟，好似碧空走流星。

嘉洛敦巴坚赞等四位，是持宝幢的四兄弟，犹如白狮子的四只爪，是雪山岭噶布的美装饰。他们在福德之中位最高，众人祝愿他们永不衰老福寿长。他们的马儿跑得飞快又轻柔，好似青龙腾九霄。

俊美的三兄弟以阿格仓巴俄鲁为首，犹如镂花镶玉的刀鞘与箭袋，是岭噶布俊秀丰盛的标志。他们骑着藏地雪山马，好似天空飞雪花。

威玛拉达和达潘，是岭噶布的大证人和公正判断者，是成百意见的最后决定者，是成百会议的最后总结人。他们的眼睛观察善恶明如镜，他们的命令恰似锋利无比的钢刀。威玛拉达骑着"金毛飞"，达潘胯下是"金黄黄"，往日为别人排难解纠纷，今日也参加比赛欲称王。

一股股如云似雾的青烟从鲁底山袅袅升起，给这隆重、热烈的赛马场罩上了一层神秘的色彩。

在鲁底山上，有十三个供烧香敬神的神房，人们在那里已经烧起祭神的柏树枝和一种叫“桑”的树枝。香烟缭绕，布满天空。佛灯也在神器的坛城周围燃起，灯火闪耀，扑朔迷离。只听螺声呜呜，人们匍匐在地，口中念念有词，向天神、护法神祈祷，为战神唱赞歌。

在拉底山上观看赛马的人们，心情一点也不比参加赛马的人轻松。就连那平日最活泼的七姊妹，也紧张得瞪大眼睛，唯恐漏掉赛马场上的每一个细小的变化。在岭噶布的重大活动中，最善于打扮的要数姑娘们，而在姑娘们中打扮得最漂亮的要算七姊妹。重要的不是她们的服饰有多么绮丽，而是她们那婀娜的丰姿、照人的光彩和动人的神态。所以只要她们一出现，立即会引起众人的注目。可她们不但毫不在意，反倒愿意让众人多看自己几眼。

眼看赛马场上的马群越来越远，莱琼鲁姑查娅忽然想起一件事，便低声对珠牡说：“珠牡姐姐，我昨晚忽然做了个梦，梦见……”

“别那么小声，老跟珠牡嘀嘀咕咕！有什么话，大声讲出来，让我们也听听！”卓洛拜噶娜泽故意对莱琼说。

“是嘛，也让我们听听。”几个姑娘纷纷凑近了。她们看不清赛马场上的情景，又不甘寂寞，就恢复了她们活泼风趣的本性。

“嗯，好吧！”莱琼鲁姑查娅把水灵灵的俏眼一扬，爽快地答应着。她见众姐妹把目光都聚在自己身上，心中好不得意，一得意，不由得要唱几句：

嘉洛、鄂洛和卓洛，
有钱时被称为叔伯三兄弟，
无钱时被称为叔伯三奴仆；
珠牡、莱琼和娜泽，
有钱时被称为三姊妹，
无钱时被称为三奴仆。

“谁要听你说这个。”娜泽有些不高兴。

“莱琼，你不是说昨晚做了个什么梦吗？说说你的梦。”珠牡也不想听莱琼那格言般的演唱。

“你们不要急嘛，我总要先教导教导你们，然后再给你们讲故事啊！”莱琼调皮地说着，又唱了起来：

在昨夜香甜的睡梦中，
梦见玛隆义吉金科地，

大鹏苍龙空中嬉；
梦见狮虎地上驰，
大象奋力在行走，
彩虹的穹隆更美丽。
梦见武勇凌太空，
能力像是镇大地，
没到天际返回来，
没到地面悬空中。
梦见古日的天湖中，
太阳浓云相竞技，
浓云虽在太空飞，
烈日光辉照天际。
我莱琼祝愿日光好，
温暖舒畅心欢喜。

唱罢，莱琼把小嘴一闭，不说话了。

“完了？”晁通的女儿晁牡措问。

莱琼点了一下头，似乎不想再说什么。

“这是什么意思呢？”晁牡措显然没听懂。不仅她没听懂，旁边几个姑娘也直摇头。只有珠牡心如明镜，却含而不露，微笑不语。

“哪位姐姐能解我的梦呢？”莱琼又扬了扬眉毛。

“我试试！”总管王的女儿玉珍不像晁牡措那样愚钝，也不喜欢莱琼的轻狂，更做不到珠牡的沉稳。她是个心急嘴快、机敏聪慧的姑娘。她看了看周围的姐妹，也唱道：

长系的神魄依大鹏，
仲系的神魄依青龙，
幼系的神魄依雄狮，
达绒的神魄依猛虎，
弟兄们的神魄依大象，
倘若武勇上能凌太空，
下能镇大地，
定是神武无比的好象征。
可听了莱琼唱罢梦，

武勇、本领却不行，
骏马不能夺取黄金座，
穹隆架出七彩虹。
太阳和浓云在天湖上竞争，
象征着觉如是龙所生；
浓云消逝太阳照碧空，
象征着苦行要解除。
烈日灿烂升太空，
是觉如登上王位的好兆头；
光辉照遍全世界，
是觉如为大众做事圆满的好兆头；
祝愿日光金灿灿，
是觉如给众生造福的好兆头。

玉珍唱罢，不仅莱琼高兴，而且珠牡也微微点着头表示同意。只是那晁牡措像被激怒了的母狮子，身子像蛇一样，烦躁不安地扭来扭去；头发像黄牛尾巴似的甩来甩去，她真是气极了。既然玉佳马是岭噶布公认的快马，那么她阿爸坐王位已确定无疑，可这两个臭丫头却胡说王位是觉如的。这还了得！不要说觉如得不到王位，就是这样说说也是不可以的。于是，晁牡措气急败坏地“哼”了一声，叫鲁姑查娅听着：

脏地方尘土飞扬遮碧空，
青草香花都不生；
赃官脑子里多诡诈，
颠倒是非和曲直；
坏妈妈的丫头多自大，
却没有智慧和聪明；
有道上师说话前，
无知和尚抢先哇啦啦；
有识长官考虑前，
无知大臣训斥吧吧吧；
未知主人口味前，
女仆炒菜当当当。
眼睛还未看见家宅门，

就想把婢女去克扣；
三顿饭食不知在何方，
就自以为是狗的主人。

那莱琼和玉珍听了晁牡措这一番没头没脑的像话不是话、像骂不是骂的斥责，一时蒙住了。她们哪里知道晁牡措心里的想法，正不知该怎样回敬她几句，晁牡措又开口了：

你说觉如穷是好象征，
是好象征你去等；
你说觉如苦是好兆头，
是好兆头你去应；
你说乞丐觉如是神子，
既是神子你去配婚姻。

莱琼和玉珍这才明白晁牡措发火的原因，是因为她们二人说梦和圆梦的言辞激怒了她。二人刚要回敬，珠牡轻轻拽了一下她俩的袍襟，示意不要理她。莱琼把小嘴一噘，很不高兴。玉珍却明白了珠牡的用意，也认为不必与她计较，只有让她看到赛马的结果，才能让她自己打自己的嘴巴，自己骂自己。

那晁牡措见没人搭腔，以为众人被她说得无言以对，便更加肆无忌惮起来：

黄金宝座将属玉佳马，
森姜珠牡将属晁通王，
嘉洛的财富要归达绒仓，
岭噶布定属我父王。
男子汉、公马、雄犏牛，
外表不美哪会有内才？
譬如空心的肺做菜，
嚼之无物也不饱肚。
外形是流浪叫花子，
内看也是空肚皮，
觉如的马儿像老鼠，
不像在跑像在爬。
掉在弟兄们后面像啄食，

又像达勒虫儿用鼻向前拱，
倒数第一的锦旗虽然少，
觉如一定能拿到。

众家姐妹虽不理会晁牡措的恶言恶语，但莱琼和玉珍的脸却早被气得通红。只有珠牡像是没听见什么似的，依旧笑着，微微昂起头，细细地观察赛马场。

第二十一章 降三妖神子驰骋赛场 戏众人觉如试探忠奸

那赛马场上，比赛进行得正激烈。晁通骑着玉佳马跑在最前头，觉如骑着江噶佩布落在最后头，嘉察一边扬鞭疾驰，一边不时回头望着觉如。可觉如偏不看他，倒像是要观察大地的美丽风景，不紧不慢地走着、走着……

赛马会的盛况空前。因为路程已经跑了一小半，觉如不由自主地用腿夹了一下马肚子，千里驹加快了脚步。其他各家英雄弟兄们更是打马扬鞭。晁通和他的玉佳马始终跑在这支赛马队伍的最前面。

正在这个时候，天空出现了一片像绵羊一样大的乌云。像是着了魔一样，这片乌云越来越大，天色变得越来越黑。接着，一声霹雳划破了浓厚的云层，眼看就要降下一场冰雹。

是这里的气候变化无常呢，还是神灵故意与赛马会作对？不是，都不是，原来是这阿玉底山的虎头、豹头、熊头三妖魔在作怪。那虎头妖说："今天岭噶布举行赛马会，人人腿肚子向后弯，膝盖向前突，马一跑，弄得满山尘土飞扬，还有马的粪便。这些脏东西都丢给我们，怎么得了……"

"就是，他们不光把雪山踏得摇晃，还把草原也破坏了……"熊头妖憨声憨气，本不善言辞，却又憋不住要说。

"真不知我们邻山的山神们，怎么能容忍这些人在山上胡闹。我们今天要不给他们点颜色看看，以后随便什么人都敢在山上胡闹。那些嘉纳的茶商、藏地的马帮，再不会向我们脱帽致敬。那些上师、官人，乃至牧人、穷汉，再也不会列石供奉我们。这怎么得了，这怎么得了。"一向舌尖嘴巧的豹头妖喋喋不休地说着。

三妖一致认为，一定要给岭噶布的人们一点颜色看看，于是召集了他们属下的黑暗魔军，布上乌云，散下霹雳。当三妖正要把冰雹降下的时候，突然觉得周身不自在起来。

原来，那觉如早把三妖的行为看在眼里。有觉如在，怎能容忍妖魔横行？！偌大一个赛马会，岂有被妖魔搅了的道理？如不降伏这三妖，岭噶布的人们迟早要受其害。顷刻间，觉如已将神索抛向空中，三妖一下子被绑到觉如的马前。

三妖见了天神之子，顿时失了灵气，连连叩头，表示愿意归顺觉如，愿意为神子效力。

觉如见状，命他们立即收起乌云，回归山门听命，从今往后再不准作恶伤人，否则绝不轻饶。

乌云顿时逝去，阳光比先前更加灿烂、明媚，玛麦地方的女仙立即给觉如献上了三件宝：充满甘露的水晶净瓶、开启古热石山宝矿的钥匙和一条长一丈五尺的八宝三吉祥丝绸哈达。觉如降妖有功，不仅为凡间众生免除了灾祸，也为仙家减去了不少麻烦。

觉如谢过女仙，立即打马追赶赛马的队伍，一瞬间就赶上了走在最后的驼背古如。觉如一见古如那一弓一弓吃力的样子，觉得好笑，就故意逗他：

我是觉如向上翘[1]，
你是古如驼着腰[2]，
我你二人相配合，
你看这样好不好？
觉如、古如相伴行，
我俩一同来赛跑，
得了彩注我俩分，
欠了债务我俩还。

那古如一听，顿时烦躁起来。他看觉如这副穷酸相，还说什么能得彩注；跑在了最后，还要和我配合，这配合大概没有别的意思，一定是要我和他平分债务。我绝不能和他做伴配合，我可不愿意替他还债。让他死了这条心吧！于是，古如虎着脸对觉如说："你别打我的主意了，古如没有那么傻，平白无故替你还债。现在我俩早就失去获得彩注的希望了。如果天神肯帮助我获得彩注，我决不和你平分；如果你得了彩注，我也不稀罕，我更不会替你还债。你我是白雪与红火，两者不相容，更说不上什么配合。"

"古如啊，我觉如可是一片好心，我是看你驼着背，怪可怜的，真心愿意

1　觉如，意为向上翘、挺起之意。
2　古如，意为俯下、驼背之意。

帮助你，你怎么这样说话呢？你不后悔吗？”觉如还想给古如一个机会。古如一听此话，不禁哈哈大笑：“可怜？帮助？哈哈……你大概还不知道我驼背的好处吧。我古如，上为岭噶布的神驼，若没有我则神仙要衰败；我中为岭噶布的富驼，若没有我则富者要衰败；我下为岭噶布的福驼，若没有我则福禄要衰败。你没听那岭噶布人唱的歌吗？

上弦的月牙弯着好，
它把碧空装饰得好；
丰年的穗头弯着好，
填满众生的仓房好；
太空的彩虹弯着好，
天地靠它衔接好。
男子汉驼时武艺强，
女人们驼时见识高，
兵器弯时好厮杀，
坡路弯时好赛跑。”

“觉如啊，我虽比不得那富翁，但比起你觉如来也算是个富人。我有九头犏牛、九块水田、九个儿子和九个女儿，春冬两季不会缺水酒，秋夏两季我家的乳酪多。觉如啊，你怎么可以和我相配合？我是决不和你配合的。”

觉如听了，说道：“古如，我何尝不是想的珠牡和金宝座呢？不过珠牡她实在是太好太好，我觉如又实在是太穷太穷，争夺的英雄，个个又是那样的厉害，我不知如何是好。今天早上，听说珠牡将古如、觉如配搭在一起，还说，不管谁得到了赌彩，都得拿出来平分，因此我才将实情告诉你。要是我夺得了赌彩，你真的不要？到时候不后悔？告诉你吧，嘉洛家的财主、珠牡的丈夫、岭国的国王，不管我参不参加赛马比赛，通通都是我的。只是你古如与我无缘，既然不愿与我配搭，那就按你说的办，咱们各走各的路。不过，你最好不要跟在我的马屁股后面，我这匹马是匹神马，当心它踹倒你。除此以外，我还有几句话对你讲：

弯刀会刺伤自身，
弯角会戳瞎自己眼睛，
弯臂的手会打自己的脸，
驼背的嘴会啃自己的腿，

倒扣的瓶子盛不了水，
弯曲的彩虹不能当衣服。
外面身体弯曲是由于病，
病若发作小心要老命；
里面心意弯曲是自私，
私心太重会变成疯子。
百人走向山上去，
驼子就像头当腿；
百人向上立起时，
驼子就像向下睡；
弟兄们跑马向前去，
古如跑马向后退。”

觉如唱完，打马就要向前跑。古如被觉如的歌气得直发抖。他拼命地想直起腰，和觉如讲理，可那驼背却怎么也直不起来。古如想：赛马的彩注，我和觉如反正都没份了，可这坏觉如太气人，说什么也不能让他跑到我的前面去。于是，他举起马鞭朝自己的白额驼马没头没脑地乱打起来。那马被古如这一打，顿时乱蹦乱跳，左右闪动，把觉如挡在了后面。觉如心中暗笑古如的愚蠢，轻轻拍了一下江噶佩布的右耳，那宝驹立即明白了主人的意思，腾起一蹄，把古如的白额驼马踢到路旁的一个土坑里，与此同时，又把离了鞍尚未落地的古如吞入口中。古如像是走进了一座神庙，有金顶红墙，还有闪闪发光的金佛像。古如正待跪下求神灵保佑，那宝驹又一使劲，把古如连同一团粪便一起送到了外面。古如一屁股坐在马粪上，一点也没有摔伤。他那坐骑白额驼马立即走上前来，舔着古如的手。古如颤抖着站起身来，望着早已跑得没有踪影的觉如，心中一阵懊悔，不觉长叹一声，垂头丧气地骑着马转了回去。

宝驹江噶佩布载着觉如飞也似的向前奔去，越过了一匹又一匹良马，超过了一群又一群赛马人。很快，他赶上了走在前面的岭噶布三个美男子之一的仓巴俄鲁。觉如看看时间还早，就拍了拍江噶佩布的脖子。宝驹知道主人又要和谁搭话了，顿时把步子放慢。

觉如看了看仓巴俄鲁，他确实很美：闪光的额头，玫瑰色的腮，珍珠般的牙齿，星星般的眼睛；身着素白锦缎袍，胯下一匹“藏地雪山”马，好一个银装素裹的美少年。觉如心中暗自称赞，但不知这外表俊美的少年心地如何，还要试上一试才行。

“呵，俊美的俄鲁，你可认识我？”

俄鲁只顾赛马，并未注意觉如对他的观察。听见叫他，回头见是觉如，立即回答："当然，岭噶布的人可以不认识狮子，可没有人不认识觉如您哪！"

"哦？那我要你帮帮忙行吗？"

"当然，请说吧！"俄鲁毫不犹豫地回答。

"你看我们两人，多么不一样啊！你那么俊美，我这么丑陋；你那么富有，我这么穷困。我们都是在一个天地之间生存的人，为什么要有区别呢？我们应该一样才是，你肯帮助我像你一样漂亮、富有吗？"觉如说话的时候并不看俄鲁，说完话却使劲盯住他。

俄鲁心想：这个觉如，神通广大，变幻无穷，你是佛子和菩萨为了普度众生才神变成人体的。因此，岭国要是有福分将他收纳，不用说做黑头人的首领，就是做鬼神的统帅也是完全可以的。这次他显现出丑陋的形貌，唱的那支歌，八成是为了考验我。

"这个？……当然，我愿意帮助你，等赛过马，你到我家，把财产分给你一半就是。"俄鲁只犹豫了一下，仍不失慷慨。

"可我等不了那么久呀？"

"那我现在有什么东西可以给你呢？嗯，这样吧，就把我这顶珍贵的禅帽送给你吧。"

觉如当然知道这顶帽子的好处，并且已经看出这美少年的心地确实也同外表一样美。可这帽子的好处，俄鲁是否也知道呢？该不是把它当作一件普通的礼物送给我的吧？想到此，觉如故意不屑地说："送顶帽子管什么用呢？它能使我变得俊美，还是富有？"

"觉如啊，难道你不知道这顶帽子的好处？这是我们琪居供奉的宝物。你想漂亮吧？长得漂亮不能使人有温饱，美丑不仅凭皮肤，还要从人的心上看。你没听过歌里唱的吗？青年英俊由于有武装，若无勇气不过是懦夫；女儿美艳由于好衣服，若无见识不过是荡妇。这顶帽子虽不能使你漂亮，却能给你比漂亮更多的好处。"

"哦？那你说说看。"

"你看这帽顶装饰的四根羽毛，它象征着走遍四方无阻拦。你再看：

这四侧象征四大洲，
八角象征八中洲；
折折起来两面平，
脱下来成为四方形；
三股流苏向下垂，

五害三毒不染身；
四侧色白洁而柔，
戴上它自心变光明；
六瓣莲叶绿茵茵，
六道众生得解脱；
左右的耳叶高高耸，
知识与智慧用不尽。

“觉如公子啊，请你接受这顶帽子吧，它与你没有一处不相称。”

觉如心中暗喜，接过帽子戴在头上，把自己的黄羊皮帽子揣在怀中。他把玛麦女仙所献的水晶净瓶和八宝三吉祥丝绸哈达送给了俄鲁，祝俄鲁变得更俊美、更富有。

觉如又向前跑去，超过了许多兄弟。他忽然看见算卦人衮协梯布，心中暗想，人人都说他算卦最灵验，现在时间还早，我何不让他给我算一卦。想着，他来到衮协梯布的身旁，和衮协梯布并辔而行：“大卦师，久闻您的大名，今天我觉如也想请您算一卦。”

“噢，觉如公子想问什么？”衮协梯布并未减慢速度。

“哦，我在想，嘉噶法王的宝座，嘉纳皇帝的江山，还有那十八个边地的许多国家的王位，这些都不是凭快速骏马得来的，可我们岭噶布为什么要凭快马来夺天下呢？马快就能成为岭噶布的王，马慢就将沦为岭噶布的奴，这不是件很奇怪的事吗？”

“这不是我能回答的问题。”算卦人衮协梯布皱了皱眉头。

“这我知道，我并不要你回答，我只是请大卦师算算我觉如是不是能得彩注？”

“觉如公子，若在平日，我可以做布卦毯、澄神静虑，至诚至信地为您祈祷卦神。可今天不行了，在这鞭缰争先后、马耳分高低的时候，我只能为您用布卦的绳子算个速卦，望觉如公子不要见怪。”

“当然，只要算得准，我一定重重谢你！”

衮协梯布一边跑马，一边祈祷打卦。不一会儿，卦师兴奋地喊了起来：“觉如啊，这真是个好卦象，好卦象啊！

第一降下了天空的魄结，
这是如青天覆盖的卦象，
这是能镇住江山的卦象，

象征着你能做岭噶布的王。
第二降下了大地的魄结，
这是在大地建立根基的卦象，
这是能使百姓安居乐业的卦象，
象征着你能做好国王。
第三降下了大海的魄结，
这是千万条水聚拢的卦象，
这是合家团圆的卦象，
象征着你能做珠牡的如意郎。”

觉如笑了，这衮协梯布果然名不虚传，他的卦辞真是再准不过的了。觉如献给他一条洁白如雪的哈达，作为酬谢之物。

觉如又跑了一阵，突然变颜变色地呻吟起来，一脸的病相，身体也像支持不了似的，一下子滚鞍落马，趴在地上，一边呻吟一边喊着："哎呀呀，我好痛，好痛哟！"

大医师贡噶尼玛恰巧从觉如身边路过，他赶忙勒住马询问："觉如公子怎么了，病了吗？"

"是啊，八年来的流浪生活，使我痼疾缠身。医生啊，能不能给我点药吃啊？"

贡噶尼玛为难了，因为药囊没有带在身边，虽有些救急的药品，但不知是不是能治觉如的病。一看觉如那副疼痛不堪的样子，医生心疼了。他立即下马，蹲在觉如面前："觉如啊，是哪里痛，很痛吗？待我替你看看脉，再给你一些药吃。"

医生把手按在觉如的手腕上，觉如还在哼哼："痛啊，我这上身像是热症，痛得如火灼心；腰间像是寒症，痛得如冰刺骨；下身像是温症，痛得如沸水浇。我的内心像是要破裂，外部身体像是已衰败，中部脉络像是已断绝。医生啊，真是我觉如要死了吗？"

觉如说完，贡噶尼玛也诊完了脉，用奇异的目光看着觉如："觉如啊，病分风、胆、痰三种，是由贪、嗔、痴而生。这三者相互混合，才生出四百二十四种疾病。我看你这脉象与病体不相符。你这脉中根本无病症，四大调和无渣滓，缘起之脉澄又清。要么是我医生诊断得错，要么这脉象是幻觉，要么觉如在装病。觉如啊！不必如此，你的脉象好，你的事业能成功，彩注自然归你得。"

觉如一下从地上跳起来，脸上的病相早已烟消云散。他一边把哈达缠在医生的脖子上，一边笑着说："岭噶布都说贡噶尼玛的医道高明，今日一试，果然不同一般。医生啊，赛马会后再见吧。"

觉如上马疾驰，刹那间追上了总管王绒察查根。觉如笑嘻嘻地叫了一声：“叔叔。”

“这半日你到哪里去了？你若再不快些赶上，晁通就要抢下王位了。”绒察查根虎着脸，语气中带着深深的责怪。

“怎么会呢？叔叔，不会的。您心里应该清楚，上天安排的宝座，怎么会让畜生夺去呢？上师和神明都可以作证，我在赛马途中，已经为大家办了不少好事。当然，还看到不少热闹。”觉如想起刚才的一切，特别是和驼背古如的对话，不由得又笑了起来。

“觉如，不可把赛马当儿戏，快跑吧。不然天神也不会保佑你。”总管王说着，打了一下觉如的马屁股，宝驹江噶佩布猛地向前一蹿，远远地离绒察查根而去。

第二十二章 赛马会夺魁荣登金座 雄狮王封臣造福岭地

那晁通骑在骏马上，好不悠闲自在，眼见赛马的终点古热石山已经相距不远，他心中暗自高兴。本来这次赛马会的劲敌只有觉如一个，可到现在，却不见觉如的踪影，可见马头明王的预言一点不错。这王位，这七宝，还有美丽无双的森姜珠牡，都要归我达绒家所有了……晁通正暗自高兴、乐不可支的时候，忽见觉如已经跑到自己眼前。顿时，就像在燃烧的干柴上泼了一瓢冷水似的，晁通的喜悦心情踪迹皆无，可表面上还要装出一副镇定自若的样子。他笑容可掬地问觉如："呵，侄儿，你怎么现在才跑到这儿？你看谁能得到今天的彩注？"

从晁通若无其事的外表，觉如早已看到了他那紧张的内心，所以故意要捉弄一下这位自作聪明的人："叔叔啊，我已经在金座前跑了两次了，但并不敢坐上去。现在参加赛马的众家兄弟，一个个累得满头大汗，马累得四腿打颤，谁知还能不能有人跑到终点，坐上金座呢？！"

晁通听说觉如已经在金座前跑了两次，不禁心头一紧；当听到觉如没敢坐那金座，突然又松了一口气。但他还得想办法稳住这个叫花子，说服觉如自动放弃夺取王位的赛马。于是，他又笑眯眯地说："跑到终点的人是会有的，可坐上王位也不见得是件好事。这赛马的彩注，对年轻无知的人来说，不过是引诱他们的工具。得到彩注，只会给家庭增加麻烦和困难，给自己带来不利。你没听到歌里唱的吗？"

那"光辉灿烂"的法鼓，
实际上是木头上蒙着一层皮；
那"雪白响亮"的法螺，
实际上是只空虫壳；
那"雷鸣龙吟"的铙钹，
本体是青铜的乐器。

宰它不会有肉和油脂，
挤它不会流出乳汁，
穿它不会有温暖，
吃它也不能充饥。
那粪堆中的花朵，
颜色鲜艳枝叶茂，
做供品却要玷污神灵；
没有见识的嘉洛女，
眼看起来虽中意，
作为伴侣却是搅家精；
那有毒的甜果实，
吃起来嘴中虽很甜，
下到肚里会让你丧命；
做那许多部落的首领，
听起来耳中似好受，
实际上痛苦负担重。

"觉如啊，叔叔是一片好心、一番好话来忠告你，不要再为彩注奔忙了吧。"

觉如一听晁通哇啦哇啦说了这许多，冷笑了一声说："既然赛马的彩注会带来这么多厄运，那么你还是不要受害了吧，我觉如是什么都不怕的。觉如从来都把好处让别人，把坏处留给自己。现在，就让我觉如去承担这彩注带来的恶果吧。"说着，他扬鞭打马而去，留给晁通王的，只是一股股尘埃。

晁通见到这般情景，顿时醒悟过来：自己是被觉如捉弄了。这正是：本欲骗别人，最终骗自己。此时的晁通又悔又恨，又气又恼，他一时不知说些什么才好，因为只剩下摇头叹气的份了。但他不甘心，扬鞭催马，继续往前跑。

转瞬间，觉如追上了嘉察协噶。望着哥哥的背影，觉如突然心生一计。

只见嘉察身穿白镜甲，胯下"白肩凤凰"马，腰间暗藏宝刀，正在奋力打马前进。那白背马已累得鬃毛汗湿，四蹄打颤，连长嘶的劲儿似乎都没有了。突然，嘉察面前出现了一黑人黑马，挡住了他的去路。嘉察只听那黑人说："喂，嘉察！听人说，嘉洛家的财富和森姜珠牡都交给你了，你快快把她（它）交出来，留你一条活命；如果敢说个'不'字，马上叫你鲜血流满三条谷。"

嘉察一听此言，气得牙齿咬得咯咯响："黑人妖魔，你别梦想，我们岭噶布的七宝和姑娘岂能交与你，就连我也没有权利享用。能够称王的，只有我的弟弟觉如，他才有这种权利。如果你识相的话，趁早闪开一条路，不然叫你下地

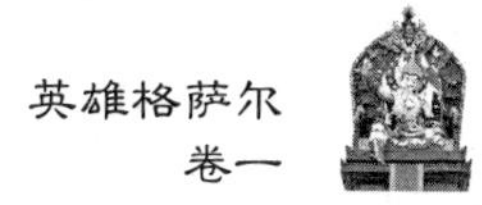

狱去见阎王。”

“我要是不闪开呢？”黑人妖魔狞笑着，露出一排带血的牙齿。

“那好！”嘉察从怀中抽出宝刀，向黑魔用力劈去。嘉察的宝刀扑了个空，险些从马上闪下来。黑人黑马早就不见了，只见觉如端端正正地坐在宝马江噶佩布背上，他对嘉察协噶微笑着说：“协噶哥哥，请你不要劈！不要怪我，我是怕万一岭噶布发生什么事情，特别是弟兄们发生争斗时，你是不是能秉公处理，能不能保住王位，我是在试探你呀！”

嘉察方知是碰上了觉如的化身，马上正色道：“心爱的觉如，我的好弟弟，哥哥的心意你不用试，天神对你早有预言——降伏四魔，天上地下，所向无敌。我嘉察除了为弟弟效劳，并无别的想法，请弟弟快快扬鞭飞马，早早夺得王位。”

“怎么？哥哥你不想要王位和岭噶布吗？你若不想要，我这个叫花子更不需要它！”说着，觉如翻身下马，把身上的牛犊皮袄也脱了下来，安闲地坐在地上不动了。

嘉察一见，也慌忙下马。

“觉如弟弟啊，重要的不是王位，而是为众生办好事，为了众生的事业，我们在所不辞。现在你若松懈麻痹，不仅会丧失王位，还会给百姓带来灾祸。你看，万一在公众面前晁通夺去了王位，你觉如就是再有神变，又有什么用呢？觉如啊，为了岭噶布的百姓，你快快上马飞驰吧！”

觉如一听，嘉察哥哥的话句句在理。再看天色不早了，晁通已遥遥领先，距金座很近很近，绝不能再耽搁了；再耽误一会儿，将终生遗憾，此番下界也就不能了却心愿了。

觉如飞身上马，朝终点驰去。

晁通心里别提多高兴了。现在距金座只有咫尺之遥，只要玉佳马再向前一跃，他就可以稳坐金座，向岭噶布宣告他是胜利者，赛马的彩注将归他达绒家了，让那些不服气的人嫉妒去吧。他高兴得使劲一夹马肚子，向金座冲去。

但是玉佳马并没有像晁通所希望的那样向前奔驰，反而腾空向后退去。晁通眼见距金座越来越远，惊得大叫起来。好一会儿，他才想起应该勒住马缰，可无论怎么勒，玉佳马不但不停下来，反倒更快地向后退去。晁通想，莫非金座前有什么魔鬼？但他再也顾不得许多，立即滚下马来，要徒步跑到金座上去。

玉佳马一下子跌翻在地，呼呼地喘着粗气，哀哀地鸣叫着。晁通又跑了回来，他实在不忍心把自己的马扔下。他用手抚摸着玉佳马的鬃毛，玉佳马不再鸣叫了，却仍在不停地喘着粗气。他又用力拉了拉马缰，想把它拉起来和自己一起走。玉佳马把眼睛闭上了，又咴咴地鸣叫起来。晁通明白，它是再也走不动了。可是，眼见后面的人已经跟了上来，他把心一横，决定丢下他的玉佳马，用力朝金座奔跑。但是那两只不听使唤的脚，像是踏在滚筒上一般，无论怎么跑，都不能靠近金座，只是在原地踏步。他累得气喘吁吁，汗流满面。再一转身，玉佳马就躺在自己的脚边，瞪着两只悲哀的眼睛，像是在说："主人，救救我吧，救救我吧！"

晁通的心软了，又要停下来看看他的马，救救它。就在此时，觉如骑着宝驹江噶佩布风驰电掣般地飞到了眼前。晁通一见觉如，浑身的肌肉紧缩，再也顾不得玉佳马，又朝金座跑去。觉如见他如此模样，在一旁冷笑了两声。

晁通听见觉如冷笑，不由得怒火中烧："臭叫花子，你在笑我吗？"

"尊贵的叔叔，你是在和我说话吗？"

晁通王索性不跑了，他质问觉如道："你为什么要和我过不去，为什么偏要夺我达绒家的金座？"

"金座是你达绒家的？"

"那当然。这是马头明王早已预言过的，岭噶布哪个不知？"

"那么，好吧，我站着不动，让你自己去跑，怎么样？"

"觉如，你不要再给我耍这套把戏，你不离开这里，我是没法靠近金座的。"

"那是为什么？刚才我并不在你身边呀！"

晁通暗想："对呀，刚才觉如并不在我身边，莫非马头明王的预言错了？难道这金座不属我达绒家，难道这赛马的彩注不该被我得到？"晁通望着玉佳马那可怜的目光，扑通一声跪在地上，抱着它的脖子大哭起来。

"叔叔，你还想得到赛马的彩注吗？"

"不！不！我什么都不想，什么都不要。只是，我的玉佳马，我的玉佳马呀！"晁通声嘶力竭地哭叫着。

"那么，如果我能医好你的玉佳马，你肯把它借给我用用吗？"

晁通的哭声戛然止住，连连点头道："任凭觉如吩咐，只要玉佳马同以前一样。"

"我要往嘉纳驮茶叶，借它去驮一趟，你看怎么样？"

"好，好！"晁通现在早已把金座置之度外，一心只希望玉佳马赶快好起来。

觉如把马鞭向上一挑，玉佳马霍地站了起来；觉如又在玉佳马的耳边低语了几句，玉佳马一扫刚才那副疲惫不堪的神态，变得像赛马前那样精神抖擞了。

晁通一见玉佳马恢复了原状，那夺金座的欲望又死灰复燃了。他一把拉过玉佳马的缰绳，翻身就要上马，却被觉如止住了："叔叔，玉佳马只能往回走。如果你再想去夺金座，那么玉佳马就会永远站不起来了。"原来，觉如早就从晁通的目光中看出了他的野心。

晁通虽不甘心，却也无可奈何。他再次感到觉如的威慑力，不敢轻举妄动；既然金座已经无望得到，还是保全玉佳马的性命要紧。

觉如来到金座前面站定，并不忙着坐上去，而是细细地打量着眼前这辉煌耀眼的金座。为了它，多少人急红了眼；为了它，多少马累吐了血；为了它，晁通不惜花费重金举办赛马会；为了它，连我的宝马也显得不轻松。它仅仅是个金座椅吗？不！它是权力的象征，是财富的象征，是……觉如环顾四周：天，蓝蓝的；草，青青的；雪山闪着银光，岩石兀然耸立。这一切的一切，都要归坐上金座的人统理了。想到此，觉如安然地登上了金座。

刹那间，天空出现了朵朵祥云，在穹隆中，吉祥长寿五天女乘着色彩缤纷的长虹，拿着五彩装饰的箭和聚宝盆；王母曼达娜泽捧着箭囊和宝镜；嫂嫂郭嘉郭姆掌着宝矿之瓶，率领着部属和众多空行者显现于前。

千里驹江噶佩布立于金座一侧，长长地嘶鸣了三声，顿时，大地摇动，山岩崩裂，水晶山石的宝藏之门大开。玛沁邦拉、厉神格卓、龙王邹纳仁庆等人献茶，众神捧着胜利白盔、青铜铠甲、红藤盾牌、玛茂神魄石镶着劲带、战神神魄所依的虎皮箭囊、威尔玛神魄所依的豹皮弓袋、千部不朽的长寿内衣、战神的长寿结腰带、威镇天龙八部的战靴……觉如被众神围着，一一穿戴整齐。曜主的大善知识又献上宝雕弓，玛沁邦拉拿出犀利无比的宝刀，格卓捧出征服三界仇敌的长矛，龙王邹纳仁庆拿出九庹长青蛙神变索，多吉勒巴拿出能运千块磐石的投石索，战神念达玛布拿出霹雳铁所制的水晶小刀，嘉庆辛哈勒拿出劈山斧。这种种宝物皆饰于觉如一身，加上华丽的服饰，顿时使他变成了仪表堂堂、威武雄壮的大丈夫。

许多童子，手持法鼓、法螺、铙钹、令旗等，吹吹打打，热烈地祝贺觉如登上王位。

前来参观赛马的人们被眼前的景况惊住了。他们有生以来，还是第一次看到众神如此美妙的歌舞和仙乐，恍然若梦，痴痴呆呆的不知道自己该做些什么好了。

自从降生以来，觉如犹如被乌云遮住的太阳、陷在污泥中的莲花，虽然为众生做了许许多多的好事，却不为人所知，反而处处受贬，被迫漂流四方，历尽艰辛。这大概也是天王令其吃遍人间之苦再做君王，方能体谅下情，为众生多办好事。至此，觉如登上王位，称作世界雄狮大王格萨尔罗布扎堆。

众神随着奇妙的仙乐，热烈地祝贺一番之后，慢慢地消失了。岭噶布的人们像是被什么提醒了一样，呼地拥向金座，向雄狮大王格萨尔欢呼。这发自心底的欢呼声，震得山摇地动，天上的彩云随之飘舞，海中的浪花随之翻飞。

人们欢呼啊，太阳终于驱散了乌云，莲花终于冲破了污泥，岭噶布终于有了自己的君王，众生就要过上和平安宁的日子了。

格萨尔大王怎么不说话？该让我们的雄狮大王说几句话了。人们的心愿是一致的，人群立即从欢声鼎沸变得寂静无声了。

雄狮大王格萨尔从金灿灿的宝座上站了起来。他当然知道人们的心里在想什么。看着欣喜若狂的臣民们，他略微顿了一下，开口道：“赛马的众弟兄啊，岭噶布的众百姓，我本是天神之子、龙王的外孙，今日自称为雄狮大王格萨尔罗布扎堆。我降临人间已经一十二载，历尽艰辛，遍尝苦难。今日终于登上金座，乃是上天的旨意，不知众生是否诚服。”

岭噶布的百姓们匍匐在地。他们早已看见格萨尔登上金座的时候，上有天神撒花雨，中有厉神布彩虹，下有龙神奏仙乐。他们怎能不服从？他们不但心悦诚服，而且感到这是他们虔诚地祈祷上天的结果。上天被他们的诚心感动了，这才派了神子下界称王。

格萨尔见众人心悦诚服，虔诚之至，便开始封臣点将：“既然如此，我来封臣：奔巴嘉察协噶为镇东将军，主要防御萨丹王的姜国人；森达阿东为镇南将军，防御南方魔王辛赤；察香丹玛为镇西将军，防御黄霍尔人；绒察阿丹为镇北将军，防御戎、魔二地人。

“除了岭国的公敌外，我格萨尔并无私敌；除了黑头藏民的公法外，格萨尔自己并无私法。从今后，我们岭噶布的众臣民，有了十善的法纪，就要把那十恶的法纪抛弃。只要我们齐心努力，众生就能长享太平。”

万众同声欢呼，心悦诚服地拥戴格萨尔为岭噶布的雄狮大王。

在众人的欢呼声中，总管王绒察查根捧着穆布董姓的家谱和五部法旗，一起献给了雄狮大王：

在那黄金宝座上，
坐着世界雄狮王，
面如红枣牙如雪，
格萨尔本领世无双。
上有稀奇宝幢与旗幡，
中有众人在歌唱，
下有龙族的好供养，
甘霖普泽花开放。
上天神仙喜洋洋，
世间百姓欢舞且歌唱，
下界群龙高兴布祥云，
地狱魔类失败在悲伤。
这一面白色旗，

是象征太阳光辉的旗；
这一面黄色旗，
是赞颂权势的旗；
这一面红色旗，
是象征吉祥的旗；
这一面绿色旗，
是拜谒天母的见面旗；
这一面青色旗，
是龙王邹纳的见面旗。
将这家谱献给您，
愿您和臣民不分离；
将这法旗献给您，
愿您为众生谋福利。

老总管刚刚祝愿完毕，岭噶布众兄弟纷纷上前献礼：嘉察协噶献上一顶胜利白盔，上面饰有“太阳自现”的丝缨、“吉祥九层”的胜幢、“鹫鸟柔羽”的凤缨、“神之哨兵”的羽翎。嘉察见自己的弟弟觉如终于登上王位，心情无比激动。他衷心祝愿格萨尔大王的盔帽永稳固，愿格萨尔大王的权势高如碧空。

丹玛献上了青铜铠甲和红藤盾牌，铠甲上堆集着背旗和寿结，盾牌上闪耀着彩虹和浓云。

七英雄献上了“千部不朽”的七寿衣；八勇士献上了威镇八部的战靴；琪居的弟兄们献上了神魄箭囊、豹皮弓袋和回旋盘绕的宝雕弓；珍居的弟兄们献上了犀利无比的宝刀、征服三界的长矛和九庹青蛙神索；琼居的兄弟们献上了霹雳制成的水晶刀，闪耀着紫色的电光。

众家兄弟齐声祝愿威猛的雄狮大王格萨尔：

愿您镇压黑魔王，
愿您铲除辛赤王，
愿您打败霍尔王，
愿您降伏萨丹王，
愿您征服四大魔，
愿您把四方黑暗齐扫光！

晁通也走上前来，叩首庆贺。此时的晁通王，不再像准备赛马时那样猖狂，也不像赛马途中那样得意，他的心中失去了光明。岭噶布的百姓在欢庆，而他只有羞愧和忧愁；岭噶布的众家兄弟在祝贺觉如称王，他却恨不得把觉如一口吞在嘴里嚼烂。仇恨，深深地埋在了晁通的心里。有朝一日，他要报此大仇，以平息自己心头之恨。他现在虽然心中有千仇万恨，但是不能表现出来，表面上仍旧装作高兴的样子，庆贺觉如称王。格萨尔佯装不知，不但收下了他的哈达，还把先前答应给他达绒仓的所依品——苦行时用的棍棒和财神的布袋一一赐给了他，又嘱咐他说："这是我的化生之物，今日赐给你，日后在射杀魔王鲁赞时，我还要借来一用。"

晁通连连叩首："大王放心，我一定精心保管，何时需用，一定及时奉上。"天神们又撒下一片雨一般的花朵，岭噶布的众生敲响了名为"光辉灿烂"的法鼓，吹起了称作"雪白响亮"的法螺，打起了叫作"雷鸣龙吟"的铙钹，姑娘们边跳边唱：

快乐呀，雄狮王！
欢喜呀，岭噶布人！

森姜珠牡从轻歌曼舞的姑娘们中间走出来了，用长哈达托着嘉洛仓的福庆所依的宝物——财神所用的长柄吉祥碗，内盛长寿圣母的寿酒和甘露精华，笑吟吟地献到了雄狮大王面前。然后，为格萨尔唱了一支美好的祝愿歌：

尊贵的雄狮王格萨尔啊，
我是嘉洛森姜珠牡女。
献上拜见的彩绫十三种，
还有美酒吉祥碗中盛。
披这彩绫能长寿，
喝这美酒能办大事情。
在您金山似的身体上，
犹如彩霞环绕相拥抱，
愿武器的光泽和您的光辉，
永远灿烂辉煌！
在您雄伟的身体上，
放射着珍宝的彩光，
愿常享受福利的甘雨，
与众生永不离，雄狮王！

在我娇嫩的身体上，
俏丽面庞邬波罗花上，
荡漾着灵活的眼睛，
敬献给您，雄狮王！
在曲折的道路上，
在办理众人的大事中，
我犹如影子随你身，
永不分离，雄狮王！

众姐妹随着珠牡的歌声，跳得更加轻盈。珠牡的眼睛里荡漾着快乐的光彩，比平日更显得婀娜妩媚，楚楚动人。格萨尔的心猛地一动，立刻走下金座，与珠牡二人双双起舞，走进了众臣民中间，陶醉在众百姓欢歌曼舞的喜庆之中。

自从赛马夺彩、格萨尔正式称王以后，岭噶布的百姓相安无事，日子过得平静、安乐。臣民们喜在心里，笑在脸上，雄狮大王格萨尔终于让他们过上了好日子。

格萨尔纳森姜珠牡为王妃，二人恩恩爱爱，如鱼得水。珠牡爱大王英俊、勇敢，格萨尔爱王妃美貌、勤劳。过了不久，按照规矩，格萨尔又娶了梅萨绷吉等十二个姑娘为妃，加上珠牡，就成为著名的“岭噶布十三王妃”。

第二十三章

天母谕示大王修正法
黑魔作恶梅萨遭掳掠

在格萨尔大王的治理下，岭国的百姓们过着像乳酪一般平静的幸福生活。这一天，格萨尔出宫巡视，来到邦炯秋姆草场。那里是石山与雪山的交界处。只见这里雪山的雪白得耀眼，草场的草绿得喜人。白、绿之间，是一些既不长草也没有雪的乱石滩，而这石头又恰恰是红褐色的。红褐色的石滩既把草场和雪山分开，又把二者连在一起，构成了一幅美丽、质朴的画面。岭噶布的马群、牛群和羊群，分别被放牧在草场的右方、左方和中央。那一头头雪白、肥壮的绵羊，像是雪山上滚下来的雪，又像海中的珍珠，在绿草如茵的大草甸子上滚动着、漂游着。

看着眼前的美丽景象，格萨尔大王甚感惬意。一阵倦意袭来，格萨尔脱下身上的袍子，把头伸进袍子右边的袖筒，脚伸进左边的袖筒，像张弓一样，在草场的卓措湖旁睡着了。

就在格萨尔酣睡之际，天母朗曼噶姆驾着彩云，从三十三天上界、清净的天国里冉冉飘下。芬芳扑鼻的香气顿时充溢四野。格萨尔被这香气所染，睡得更加香甜。

天母附在格萨尔的耳边，轻轻地呼唤着："推巴噶瓦，好孩子，不要贪睡快快起。快去东方查姆寺，修学大力降魔法。时间限定三七二十一日，这是白梵天王的命令。好孩子，快快去，别忘记，修法要带梅萨王妃去。"

说完，天母被五色彩虹环绕着，飘然而去。留下的是沁人心脾的芬芳和催人奋起的预言。

格萨尔毫不怠慢，立即起身返回上岭噶，一边走一边盘算着：为了降伏一切恶魔，摧毁所有魔军，我必须像佛祖释迦牟尼激励的大力愤怒王用五种神力降伏恶魔那样，修成愤怒大力法。修法的时机已到，我一定要遵从天母的旨意，带着梅萨王妃立即前往东方查姆寺闭关[1]修行。

1　闭关：密宗修法的一种方式。在闭关修法时，关门不出，除伺候修法的人以外，不能与任何人接触，故名"闭关"。

回到上岭噶，格萨尔把要带梅萨一起去闭关修行的打算一说，珠牡不高兴了："哎呀，大王，看你说些什么话，你闭关修法，理应我去伺候，要梅萨去干什么？"

"珠牡啊，这是天母的旨意，我看你还是留在家中伺候阿妈的好。"格萨尔见珠牡不高兴，连忙解释。

珠牡舍不得离开大王。她可不愿意让梅萨去陪大王。她想了想，心中有了主意。

珠牡找到了梅萨，对她说："为了降伏妖魔，大王要去东方查姆寺修猛烈愤怒王大力法，命我同去，做修法侍从。你就同阿妈住在一起吧，等闭关修法后，我们再见面。"

梅萨对珠牡的话将信将疑。她知道珠牡爱出头露面，所以才找借口想跟大王一起去修法。不管怎么说，我得忍让才是。梅萨并未说什么，点头答应了。

珠牡满心欢喜地跑回来对格萨尔说："大王啊，不是我不让梅萨陪您去，实在是最近她的身体不大好。闭关修法是件苦事，就让她在家歇息歇息，还是让我陪大王前去为好。"

格萨尔本来就喜欢珠牡，虽然也喜欢梅萨，但毕竟又差了一层。要梅萨陪同，本是天母的旨意，听珠牡说梅萨身子不爽，也就不再勉强，乐得和珠牡同去闭关修法。

格萨尔大王闭关修法，已过了第一个七天。这天夜里，留在岭噶布的梅萨做了一个噩梦：梦见从上沟刮来了红风，从下沟刮来了黑风，她自已被卷进风里刮走了。梅萨又惊又怕又不明白。第二天一大早，她就带上自己亲手做的甜食，到查姆寺来找格萨尔大王。她迫不及待地要见到大王，问问大王自己的梦是什么意思，会不会发生什么可怕的事。因为大王是可以未卜先知的，他一定能替自己圆梦，也能保护自己。

当梅萨来到查姆寺附近的一眼泉水边时，恰巧遇见珠牡前来背水。一见梅萨绷吉，珠牡心中有些不快，面露愠色，不高兴的心情也带到了话里："梅萨，有什么事吗？"

梅萨顾不得饥渴和疲劳，也顾不得看珠牡的脸色，急急地说："阿姐珠牡，昨天夜里我做了个噩梦，好吓人啊！我是来向大王禀报这个梦的，烦劳阿姐给我通报一声。"

珠牡答应着，背着水走了。可她并没有把梅萨的梦告诉格萨尔，甚至连这个想法都没有。转了一圈，当她背着空桶回到泉边时，却这样对梅萨说："阿姐梅萨，我已为你通报过了。大王说，总的来讲，梦本非真，由迷乱起，特别是妇人的梦，就更不能相信。你就回去吧，反正再过两个七天，我们就都回去了。"

梅萨听了珠牡的话，只觉得鼻子发酸，泪水充满眼眶，可怜巴巴地望着珠牡：

“那，好吧。阿姐珠牡，请你把我带来的甜食献给大王，把我的梦再给大王讲一遍，一定要问问主何吉凶。”说完，梅萨的泪水流到腮边，一扭头，又顺着来路转了回去。

珠牡心中也很不好受，但一想到大王的恩爱，想到现在正在修法的大王是不能打扰的，她还是决定不把梅萨的话告诉格萨尔，但把梅萨带来的甜食献给了大王。

“哎，这甜食像是梅萨做的，她来了？家里出什么事了吗？”

珠牡心中一惊，表面上却像没事人一样，语气中带着嗔怪：“大王说的什么话？梅萨做的甜食，有金子吗？有玉石吗？梅萨能做的甜食，我也一样会做。大王不必多想，还是一心修法才是。”

格萨尔不再说什么，默默地吃着。心情却怎么也不能像先前那样平静。

虽然大王传话说不过只是妇人做的无关紧要的梦，但是梅萨的心中却越来越不安。她多想面见大王，可又有阿姐珠牡从中阻拦，梅萨在心里叹了一口气，想着还是把自己的事情做好吧，只愿能够平安等到大王出关的那一天。

就在格萨尔闭关修法的最后一天，这天，梅萨像往常一样，在帐篷外的草地上织着布，忽然之间，出现了和她噩梦中一模一样的情景，从上沟刮来了红风，从下沟刮来了黑风，大风中间，有一个高大可怕的人，他面色漆黑，看起来既凶恶又残暴，把梅萨妃子就像老雕捉羊羔一样，捉到空中带走了。婢女玛蕾桂桂急得不知如何是好，于是赶紧跑到查姆寺，敲格萨尔大王的门，大声喊道：“格萨尔大王啊，不好了！梅萨王妃被黑魔抢走了，抢到半空中去了！大王快点回岭噶吧。”

格萨尔一听，骑马就要去追黑魔，却被天母朗曼噶姆的歌声拦住了：

在此地的这个汉子啊，
慌慌张张乱跑真愚痴！
你的头颅虽然大，
你却没有好脑子。
以前我曾告诫你，
让你带梅萨闭关去。
这些话再三跟你说，
但你不曾听一句。
不领梅萨留家中，
却被妖魔抢了去。
现在你往哪里跑，

盲追乱赶是空的。
要降伏黑妖魔，
现在还不到时机。
雪山顶上的白狮子，
若要玉鬣长得好，
别下平原，住山里；
森林中的斑纹虎，
若要花纹长得好，
不要外出，住洞里；
大海深处的金眼鱼，
若要鳞甲长得好，
别到岸边，住海里。
以前我曾告诉你，
闭关修法要带梅萨去。
你却私自改主意，
不把我的话记心里。
你要降伏黑妖魔，
现在还不到时机。
不要追赶快回去，
修养到智勇具备齐。

听了天母的话，格萨尔追悔莫及。现在是追不能追，不追又实在太憋气，心中不悦，脸上也没了笑意。但一想到天母的话，一想到要把梅萨从黑魔手中救出，格萨尔就又增添了决心和勇气。他更加发奋地修习降魔的法术和武艺，等待着搭救梅萨的时机。

第二十四章 为救梅萨雄狮意降魔 欲留夫君珠牡献药酒

抢走梅萨的妖魔是谁呢？他又是怎样得知格萨尔闭关修法的消息？事情就坏在晁通手里。

在北方亚尔康魔国，八山四口鬼地、采然穆布平原，有一座九个尖顶的魔宫。那抢走梅萨的黑妖鲁赞就住在这座宫殿里。这个凶恶的黑魔王，身体像山一样高大，长着九个脑袋，九个脑袋上边长着十八个犄角。身上爬满了黑色毒蝎，腰上盘绕着九条黑色毒蛇。手和脚共长有四九三十六个像铁钩一样的铁指甲，比鹰爪还要坚利十分。他高兴的时候面带着怒容和杀气，生气的时候用嘴和鼻呼气。他嘴内呼气，像爆发的火山烟雾；鼻内呼气，像刮起了毒气狂风。在他身边，聚集了一群妖臣和侍婢，他们是：外大臣狗嘴羊牙，内大臣喝血魔童，出使大臣长翅乌鸦，办事大臣黑尾雄狼，女巫遍知无误，女婢花牙女奴，侍卫诵经老媪，还有具有法力的巫师二十九人。特别是黑魔的父王黑大力士和黑魔的妹妹阿达娜姆，更是武艺超群，万夫莫敌。

就在格萨尔闭关的第七天头上，黑魔鲁赞正在闲坐，晁通派人送来了书信，诉说岭噶布内情：大王格萨尔正在闭关，爱妃梅萨留在家里，正是入侵岭噶布的大好时机。黑魔鲁赞见信，高兴得露出狰狞的笑容。他早就听说了，岭噶布的十三王妃，除了珠牡，就数梅萨漂亮。他想象着梅萨那窈窕的身姿就要属于他鲁赞，心里就像长了刺一样，再也按捺不住。他迅速驾起黑云，带领妖臣魔将，抢了梅萨，席卷了岭噶布。当格萨尔得知此事时，鲁赞早已回到魔地。

格萨尔在天母预言的指示下，加紧修习降魔的法术和武艺。不久之后的一天，格萨尔大王又来到岭地的蕨麻海草场，把马群赶到草场的右边，把牛群赶到草场的左边，把羊群赶到草场的中间，自己以酣畅快乐环形寝卧方式，进入梦乡。这时，半空中，烟云缭绕，彩虹灿烂，天母朗曼噶姆，现身在烟云彩虹当中，威光压服三界，她敦促格萨尔大王赶紧起身，因为降伏四方魔王的时机已经到来。

这是格萨尔盼望已久的大事，他哪敢怠慢，马上找来王妃珠牡，告诉她天母的旨意：

上边雪山水晶宫，
雪山狮子绿玉鬣。
它是世间百兽王，
降妖伏魔大英雄。
但是仰看云层中，
青龙吟吼天下惊。
如果敌不过青龙把命丧，
头上白长了绿玉鬣。
下边檀香碧树林，
猛虎斑纹如火焰。
它是四爪兽中王，
如花斑纹多灿烂。
但是往下看村中，
长尾巴老狗须满面。
如果敌不过老狗丧性命，
长了六种斑纹也羞惭。
岭噶森珠达孜宫，
雄狮王金甲光灿烂。
你是世间众生王，
能降四魔是好汉。
请你往北看魔国，
命尽的老妖是鲁赞。
你如敌他不过丧性命，
穿着黄金铠甲也丢脸。

“珠牡啊，我的爱妃，我就要去北方魔地，家里的事情多劳你。”格萨尔说完，跨上宝驹江噶佩布就要离去，珠牡却拉住了马缰：“大王啊，我的心上人！雪山上的白狮子，应该在雪山上炫耀威力；森林中的花斑虎，应该在森林里逞威风；雄狮大王是世间众生的大王，显示威武应在我们岭噶布。就是天母有旨意，你也不要匆忙去。吃了甜食喝了酒，路上也不受饥渴。”说着，珠牡把格萨尔扶下战马，献上自己做的甜食和醇美的陈酒。格萨尔哪里知道，珠牡为了留住大王，竟在那酒中偷偷放了健忘的药。格萨尔吃喝完毕，药性发作，倒头便睡，早把那去北国降魔的事忘在了脑后。

不知过了多少天，在一个十五月圆之夜，天母朗曼噶姆又出现在格萨尔的宫中。此时，格萨尔和珠牡正双双睡在床上，天母附在格萨尔耳边说着："格萨尔啊，雄狮王，闲居静养不应当。现在到了降魔日，搭救梅萨且莫忘。你若再怠慢再迟疑，那就不能降魔反被妖魔欺。"

格萨尔猛地翻身坐起，天母已驾云离去，隐隐约约地还能听见她那悦耳动听的歌声：

白雪山上雄狮王，
绿鬣盛时要显示；
大森林中斑斓虎，
斑纹丰满要显示；
大海深处金眼鱼，
六鳍丰满要显示；
达孜宫中的雄狮王，
英勇威武要显示。
今日再不听我言，
岭噶众生要受损失。

格萨尔揉了揉眼睛，猛然记起前番天母给自己的旨意，都是因为贪酒误了大事。一看身边的珠牡睡得正熟，就决定不叫醒她，免得她又拖住自己，多费口舌。

第二十五章 征北地格萨尔托国事 话别离珠牡妃挽亲人

格萨尔悄悄起来，叫醒了侍女阿琼吉和里琼吉，吩咐她俩去背水烧茶；又叫起了侍女玛蕾桂桂，吩咐她去召集众人，商议出兵北地。

阿琼吉和里琼吉忙着背水烧茶，那火焰烧得像猛虎跳，风箱拉得像野牛叫。紫烟像彩云飞，茶气像晨雾绕。阿琼吉和里琼吉知道烧柴的方法和诀窍：黄刺是乌鸦，应当摞着烧；刺鬼是魔神，应当压着烧；羊粪是饿鬼，应当撒着烧；劈柴是英雄，应当堆着烧；柏树是好友，应当挑着烧；麦秸是青年，应当摆着烧。阿琼吉和里琼吉把火烧得旺旺的，一会儿就茶香四溢，充满整个灶房。

王妃珠牡也醒了，她见几个侍女里外忙乱，大王格萨尔也不在身边，甚为惊异，不知道发生了什么事。

格萨尔走进房里，见珠牡已醒，立即吩咐她："快去打开宝库大门，取出我的胜利白盔；再把我的世界披风甲，临风抖三回；取出我的红刃白把水晶刀，再把九万神箭[1]准备好；牛角弓、硬盾牌、金鞍银镫准备好。"

珠牡并不说话。她心里明白，大王又要出征了。前次敬酒拖住了他，这次是不是还要敬一杯酒呢？恐怕仅仅再敬酒是不行的了。那么，怎么办呢？还要想办法阻止大王去魔地才是呀！珠牡心里这样想着，还是去宝库取来了格萨尔所需的物品。

侍女玛蕾桂桂来到白水晶山的山顶，点火煨桑，同时"格格格"地呼喊着，不多时，岭噶布的三十位英雄战将、十一名王妃以及众多的臣民百姓，都聚集在大广场上。格萨尔当众宣布要去北地降伏黑魔鲁赞，守卫岭噶布的事情就交给嘉察协噶代理。

众人俯首听命。当格萨尔大王跨上宝驹江噶佩布，就要出发的时候，只见王妃森姜珠牡跪着挡在马前。格萨尔一见，心往下一沉，随即下了马，双手搀

1　九万神箭：即九万良友箭，是格萨尔的一种神箭。

起心爱的王妃，缓缓地对她说：“珠牡啊，我的爱妃，今与王妃离别，我心如针刺，现去北地降魔，是命中注定之事。还望王妃不要心焦，好好服侍妈妈，岭噶布的事也需要你多操持。”

珠牡眼含热泪，接过阿琼吉献上的美酒，叫道：“大王啊，请喝下我这碗酒吧！”

有权的人喝了它，
心胸广阔如天大；
胆小的人喝了它，
走路没伴心不怕；
英雄好汉喝了它，
战场英勇把敌杀。
这酒向上供天神，
能保铁甲金盔像坚城；
这酒向右供念神，
能保右手射箭力无穷；
这酒向左供龙神，
能保左手拉硬弓。
这是大王御用酒，
这是愁人安乐酒。
唱快乐歌需要这酒，
跳狂欢舞需要这酒。
大王喝下这碗酒，
珠牡劝你不要走。

看着珠牡的泪眼，望着王妃手中的美酒，格萨尔没有去饮它。他还是耐着性子对王妃说：“爱妃珠牡啊，我俩本是从天上一同下凡到岭地的，上边有天神来指使，中间有念神发宏愿，下边有龙神立誓约。现在天母传神旨，要我到北地去降魔，如果违背神旨意，我俩就要永分离。爱妃啊，快快留步让我去。”

珠牡听了大王的话，眼中的泪水润湿了她那玫瑰色的腮，像是带着露水的梨花，更显得娇柔、妩媚。她任凭泪水洒落，语气中有忧又有怨：“大王啊，藏地有句古谚语，听我珠牡说仔细：雪山不留要远走，留下白狮子住哪里？大海不留要远走，留下金眼鱼住哪里？森林不留要远走，留下花母鹿住哪里？岭噶布大王不留要远走，留下珠牡托身在哪里？”

“珠牡啊，雪山走远还留下手掌大的山间，白狮子可以住那里；大海走远还留下明镜大的水面，金眼鱼可以住那里；森林走远还留下鞍垫大的草木，花母鹿可以住那里；格萨尔走远还有嘉察哥哥在这里，珠牡王妃就有所倚。”

珠牡见好言语不能打动大王的心，不觉动了气：“我有一件流苏珠宝衣，还有金银首饰在箱里，大王若在岭噶布我为你穿戴，大王若离去，我就用火烧、用石砸，永远不要它。”

格萨尔见珠牡生气，心中也很不高兴：“好言相劝你不听，不听我就不再理你了。放开手，让我走！”

珠牡把手中的马缰拽得更紧，由生气变成了愤怒：“好君王下令臣民欢喜，坏国王说话是骗自己。当初三个大王争相娶我，我在百人之中选中了你。你脚穿难看的破马靴，头戴尖尖破皮帽，身穿百洞烂皮袄，是我珠牡可怜你。现在我成了路边石，随你踢来又踢去，如果你还认我做王妃，就听我话留这里。”

格萨尔听珠牡说出这般绝情之话，顿时火往上冒：“好啊，森姜珠牡，原来你是外表奶白茶红容颜好，却是个内心狠毒的坏主妇，这样泼辣的女人我怎能要？再若无理定把你丢掉！”说完，格萨尔不再听珠牡说话，打马就走。那珠牡并没有放开马缰，所以被江噶佩布拖出足有十几丈远。珠牡又气又急，一下子昏了过去，也就松了手。

恍恍惚惚，格萨尔大王又像是站到了珠牡的面前：那张脸好像十五的月亮白生生，双颊好像放光的红珊瑚，两眼好像破晓的启明星，牙齿好像珍珠串，身躯魁伟好像须弥峰，心地仁慈好像白绸子，语音美妙好像玉笛声。珠牡慢慢睁开双眼，大王不见了，只听见周围的一片呼唤声：“王妃，醒醒！”

“啊，王妃醒了！”

其他妃子见珠牡醒来，忙倒茶端饭。可珠牡见不到大王，哪有心思吃喝。她一摆手，群妃退下，侍女阿琼吉和里琼吉上来侍候：“王妃，有什么吩咐？”

珠牡像是没看见二侍女，像是没听见她俩的话，低低地唱着自己心中忧伤的歌：

没有白雪的干枯山，
白狮子住下来心不安；
没有清水的烂泥塘，
金眼鱼住下来不吉祥；
没有森林的茅草滩，
老虎住下心烦乱；

岭大王不在岭噶布，
珠牡姑娘心忧愁。

珠牡的歌虽唱得轻，阿琼吉和里琼吉却听得真。她们为王妃担心，却又想不出什么办法来替王妃排忧解难。二人正不知如何是好，珠牡说话了："阿琼吉，里琼吉，快快替我鞴马去。我一会儿也不能留在这里，没有大王的生活我一天也不能过下去。我要随大王去北方，不管多远多苦我也要随他去。"

"这……"二侍女面面相觑，见王妃面带怒容，不敢不从命，慌慌忙忙地去鞴马。

第二十六章 痴心珠牡策马追大王 多情神子佑妻返故乡

珠牡的心定了。趁着二侍女鞴马的时间，她美美地吃了一顿饭。马一鞴好，她立即出宫，头也不回地去追大王。

珠牡马不停蹄地追赶，经过无数山山岭岭和谷地平川。终于在北方一个名叫纳查贡的水草滩追上了格萨尔。雄狮王正在这里休息，宝驹江噶佩布在一边慢慢地吃着青草。大王又以酣畅快乐的环形寝卧方式安睡着。珠牡立即扑到格萨尔面前，搂住大王的脖子，如泣如诉地呼唤着大王："大王啊，你好狠心，把我一个人丢在岭噶布！没有靠山，没有力量，知心的话儿说给谁听？大王啊，如果你实在要去北方，珠牡我也不拦你，让我和你一同去吧！我的好大王，好丈夫，你听见了吗？你醒醒啊！"

格萨尔早就醒了，听了珠牡的哭诉，他心里一阵阵发酸。是啊，和珠牡结婚三年了，三年来恩恩爱爱不曾分离。此去北方降魔，少则半年，多则一载，让她一个人怎么生活呢？格萨尔想着，把珠牡搂在怀里，答应带她去北方。珠牡一听此言，又高兴，又激动，加上旅途的疲乏，她躺在格萨尔的怀里很快睡熟了。

格萨尔看着珠牡那张绽开笑容的脸，替她轻轻擦去腮边的泪水，轻轻亲了亲那丰满的额头，思虑着如何带珠牡一同去北方降魔。

不知过了多久，空中又响起一阵悦耳动听的仙乐，天母朗曼噶姆驾着祥云出现了。伴着仙乐，天母对格萨尔唱道：

白雪山脚两头猛狮子，
一头要出征转山边，
另一头要守在水晶石洞边；
辽阔苍天上两条小青龙，
一条打雷转天边，

另一条守在密云间；
巍巍高山两头壮野牛，
一头红角野牛转远山，
另一头守护阴山和阳山；
红石岩上两只白胸鹰，
一只高飞上青天，
另一只守护在巢边；
莽莽森林里两只花斑虎，
一只求食偷伏在林边，
另一只守护在洞里边；
滔滔大海里两条金眼鱼，
一条奋鳍转海边，
另一条守护深海间；
岭噶布的大王和王妃，
大王降伏四魔走天边，
王妃要守护在家园。

听了天母的歌，格萨尔明白此去降魔是不应该带珠牡的。可是，珠牡怎么办呢？天母似乎明白格萨尔的心思，给他出了个主意："大丈夫不能心太软，心里愁苦也不必。趁着珠牡熟睡时，快快离去别犹豫。我自有办法送她回去。"

格萨尔听了天母的话，轻轻把珠牡放在一块平坦的大石头上，狠了狠心，骑上马走了。

珠牡实在是太累了，特别是听了大王答应带她去魔地的话，心里也踏实了。所以，她这一觉睡得特别香，特别沉。但是，睡得再香总有醒来的时候。当珠牡一觉醒来，早已不见了大王，知道他又丢下自己偷偷地走了。珠牡急忙上马，她还要像以前那样，一定要追上雄狮王。

走了没多远，一条大河横在珠牡面前，河对岸有一位头戴法冠、身穿法衣的上师，正倚着一株檀香树作法。珠牡沿着河的上游、下游跑了一个来回，也没有找见渡口，就冲着对岸的上师大声喊道："喂，有道行的上师，为众生做善事的上师，你可见过一个行路人过河去了？"

"什么样的行路人？"

"长着白螺牙齿紫面皮，穿着岭地的金甲衣，骑着火红的千里驹。"

"看见了，看见了。只是这个人已走远，姑娘你是无法追上他的。"

"不，他是我的丈夫，我的大王，我一定要追上他。"

“姑娘啊，这个地方名叫黑魔沟，这个海是老魔的寄魂海，这个地方不干净，姑娘家最好别靠近。再说，这条大河你是没有办法过来的呀！”

珠牡听了上师的话，无可奈何，却又不甘心就这样转回去，便对上师这样说：“有道行的上师啊，请你帮帮我，只求你帮我一件事，有几句话要对我的大王说。”接着她唱道：

他曾对我发过誓，
活着绝不抛弃我；
口里的誓言是这样说，
纸上的字句是这样写，
石头上面也是这样刻。
我一心一意恋大王，
他却狠心丢下我；
我今生和他相伴的缘分只到此，
发愿来世相见在天国。
请别忘姑娘托付的话，
见到大王一定对他说！

珠牡唱完，看着上师，又望了望眼前的大河，叹了口气，慢慢地转了回去。

原来那上师乃是格萨尔所变，听了珠牡的一番话，格萨尔的心一下子悬了起来，回岭噶布的路途遥远，大王开始担心起了珠牡在回乡路上的安危。

森姜珠牡独自走在返回岭国的路上，当她来到一个大荒滩上，这时格萨尔大王的梵友变成了两匹黑色的野狼，一左一右，在珠牡王妃的黑骒马两旁跑着。珠牡很害怕，于是在心里唱着祈求着：

东方碧玉国土中，
慈悲白度母长寿尊，
请在不显国土保佑我，
别让我苦虑又惊心。
你是格萨尔大王头上保护神，
今天请你做我珠牡的送行人。
路口野狐在狂嗥，
沟垴枭鸟在乱叫；
在这左边和右边，

还有野狼在驰走。
无头鬼魂唱野歌，
无身怪物伸两手；
更有无腿的怪东西，
吱吱哇哇乱叫吼。
这个荒滩像一张牛皮铺展开，
那个山头像一堆心肺堆积起。
这条大河沸腾像血海，
那棵老树瘦长像人尸。
这样的地方谁见过？
真是要把人吓死。
天母朗曼噶姆您请听，
姑娘我送格萨尔大王来此地。
大王他只身一人去北方，
将我独自留在这荒滩里。
我想起大王真伤心，
他怎么忍心把我抛弃？
以前我在嘉洛父亲家，
无数大王争着要我嫁，
我在百王之中选了格萨尔，
我在万众之中选了穷孩子。
岭国的人们嘲笑又讽刺，
大恩父母又气又责骂。
哪个不对我鄙视？
哪个不说我低下？
等到被称为大王妃，
心上人又要去北地。
把我丢在这个鬼地方荒滩里，
我和马之外还有谁？
知心的黑骒马你听着，
最好是把我送到大王的所在地，
其次是把我送到寺院里，
最次是把我送回嘉洛父亲家里去。
黑骒马你快步疾如风，

现在珠牡我有苦也有乐。
我俩别停快快走，
岭噶家里有快乐，
快快回到岭国去！

珠牡这样唱了以后，已经是日落西山，天色昏黑。她又开始操心起了夜里应该在哪里栖身。正当如此担忧的时候，有一只黑老鸦飞到珠牡的身边，落在一个黑色的岩石前。珠牡下马往岩石下一看，那里有足够一个人吃饱的饭食，有够喂饱一匹马的草料，有够一个人和一匹马喝饱的一汪清水，这些都是格萨尔大王的梵友们为她准备好的。这一晚珠牡就安安心心地在岩石下住了下来，第二天一早，骑着她的黑骡马返回到家乡。

第二十七章 推巴噶瓦擒魔国美女 阿达娜姆讲降妖秘法

眼见珠牡远去，格萨尔心中大为不忍。想起那回岭噶布的路途遥远，又荒无人烟，珠牡一个孤身女子，真要有个一差二错，我怎么对得起她。我去北方降魔，为的是救出妃子梅萨，如果梅萨尚未救出，珠牡倒先有了闪失，岂不让我心痛？特别是一想起珠牡的种种好处，格萨尔的思念之情更切，不觉唱出了一曲忧愁的歌：

我为降魔留荒滩，
王妃珠牡独自回转；
北方吹来刺骨的寒风，
眼看太阳就要落山；
珠牡的衣服比绫罗薄，
狂风夹雪会冻坏她；
荒无人烟的大草滩，
母鹿嘶叫会惊着她；
高高的石山土山上，
野牛吼叫会吓着她。

人心焦啊，我心更焦。人们常说：指示正路的善良人少，心无旁骛的修行者少，永远知耻的朋友少，买卖正直的商人少，信仰不变的弟子少，和睦相处的夫妻少。自从纳珠牡为妃，我们相亲相爱整整三载，难道真的为了搭救梅萨而丢了珠牡不成？

格萨尔唱罢又想，想了又唱，一时起了转回岭噶布的心思。他真是放心不下珠牡，尽管她发了脾气，说了绝情的话，那不过是因为深深恋着自己罢了。

“推巴噶瓦，你忘记在天界所发的誓愿了吗？”一个声音从空中飘来，柔和中透着威严。这是天母朗曼噶姆发了话。每当格萨尔在危难之时，天母总能及时来到他的身边，给他预言，给他教诲，帮助他摆脱困境、解除危难。

“你到北方去，仅仅是为了梅萨吗？不！更重要的是降伏妖魔、解救众生。这是你自己发下的宏愿，是天神给你的使命，是众生对你的希望。现在，你不能退却，不要彷徨，往前走吧，珠牡自有我来保护，你的七个梵友[1]，也会帮助她回岭噶布。”

天母的一席话，如一声惊雷，使格萨尔幡然醒悟，一下子从迷蒙中得到解脱。是的，我不能回去，不降伏黑魔鲁赞，我是绝对不能回去的。

格萨尔匍匐在地，对天祈祷，深感天母的指教之恩，发出自己的誓言：

岭噶布的雄狮大王格萨尔，
要降伏害人的黑妖魔！
我要放出利箭如霹雳，
射中魔头把血喝。
我要斩断恶魔的寄魂，
搭救众生出魔窟。

说完，格萨尔骑马向北方奔去，比以前跑得更快更急。他要把思念珠牡之情化作力量，一年的路程走一月，一月的路程走一天，一天的路程只走做一顿饭的时间。

经过了一山又一山，走过了一谷又一谷。这一天天色将晚，格萨尔来到一座像心一样的山前。山顶上有一座四四方方的城，城的四面竖着用尸体做的幢幡，观之令人毛骨悚然。格萨尔心中暗自揣测，这恐怕就是魔地了吧。但是，不管怎么说，今晚也要在这住上一夜。想着，格萨尔下了马，走上前去叩门。

沉重的城门吱吱呀呀地开了一条缝，从里面走出一个天仙般的姑娘，没有说话前先唱了四句歌：

人找死才来到罗刹门前，
虫找死才来到蚂蚁洞边；
门前的这位从哪里来？
大概是天神送给我的晚餐。

1　七个梵友：即梵友七兄弟，是格萨尔大王的一种保护神。

唱罢，姑娘眨了眨眼睛："喂，我说你这敲门人，怎么跑到我们魔国来了？看你长得还不同常人，暂且饶你一命。要是鲁赞看见你，再想逃跑难上难。喂，你还站着干什么？快快逃命去吧！"

格萨尔并没有走的意思，倒回了四句歌：

人要降魔来找罗刹，
虫吃蚂蚁来到蚁窝；
雄狮大王格萨尔我，
先要降伏你这女魔！

唱罢，格萨尔上前一步，揪住了魔女的前襟，一把将她推倒在地，姑娘佩戴的金银珠宝装饰品也花花绿绿地撒了一地。格萨尔用膝盖抵住姑娘的胸口，从腰间抽出白把水晶刀，又唱道：

我降魔大王怒火万丈高，
你这魔女死期已来到。
高飞天空的红大鹏，
能以下贱的黑龙来果腹；
站立雪山顶上的猛狮子，
能把南方的玉龙来降伏；
四爪山王花老虎，
能把众多野兽镇伏住；
苍海中的大鲸鱼，
能以水中鱼类为食物；
我这手中水晶刀，
能剜你心剖你腹。

格萨尔的尖刀直逼魔女的喉头："说，你是谁？这是什么地方？黑魔鲁赞在哪里？"

魔女被尖刀逼着，自知不是格萨尔的对手，只得说实话："我是北方一魔女，阿达娜姆是我名，黑魔鲁赞是我兄，这里是岭与魔国的交界处，我兄命我守边地。雄狮大王啊，格萨尔，久闻大王名声好，好像南赡部洲水龙吟。美丽的孔雀爱玉龙，一听到龙声喜在心。大王啊，格萨尔，你夺去了姑娘我的心。"

听了魔女阿达娜姆的诉说，格萨尔收起了尖刀："你愿意帮助我去降伏黑魔鲁赞吗？”

“听凭大王吩咐！”

“他可是你的亲哥哥啊！”

“是啊，可我早已过够了这魔国的生活。如果大王不嫌弃，我愿做您的终身伴侣，请您做这铁城的主人。口莫焦，我有好茶酒；身莫焦，我有白罗帐；心莫焦，有我阿达娜姆来解忧。”

雄狮大王被阿达娜姆的诚心感动了，被姑娘的美貌迷住了。看她那玉洁冰清的肌肤，那窈窕婀娜的身姿，那闭月羞花的容貌，叫格萨尔怎能不动心！

格萨尔和阿达娜姆姑娘就这样成了亲。每日里，夫妻二人形影不离。外出，阿达娜姆陪大王跑马打猎；回家，阿达娜姆为大王唱歌跳舞。就这样，不知过了多少日子。有一天，格萨尔突然想起妖魔未除，自己怎么能安心住在这里？可又怕阿达娜姆不让他走。如果得不到她的帮助，降伏鲁赞就不那么容易了。想到这些，格萨尔变得闷闷不乐，聪明的阿达娜姆全都看在眼里。她知道大王的心事，也知道留不住他，便决定帮助大王去降魔。

这一天，阿达娜姆做了一桌丰盛的宴席，格萨尔大为不解：“王妃，有什么喜事，这样大摆宴席？”

“为大王饯行啊！”

“饯行？”

“是啊，鲁赞不除，大王怎么会安心在这里住下去？今天我就要给大王好好说说降魔的方法，帮助大王得胜利。”

“啊，我的妃……”格萨尔没有说下去。他没想到阿达娜姆竟是这样的明白事理，以大业为重，竟比那森姜珠牡还要胜过几分。格萨尔又想起了珠牡几次阻拦他来北方降魔的事。

“大王啊，从此再往北去，还会遇到很多很多妖魔，碰到很多很多困难。我把这只戒指给你，你如此这般……一定会顺利的。”阿达娜姆褪下手上的戒指，郑重地交给格萨尔大王，又附在他耳边细细地说了半日。格萨尔连连点头，明白了降魔的奥秘。

格萨尔大王与王妃阿达娜姆依依不舍地分了手，按照阿达娜姆所指明的路，启程前往。

第二十八章 依计谋示信物过三关 施神力赢妖魔降秦恩

走了半日，果然如阿达娜姆所说，先看见一条像大象一样横卧着的白色山岭。山右边，有一座像黑蛇下坡似的桥梁。格萨尔过了桥，又看见一片好像奶汁一样白的海。这海水好惹人喜欢，格萨尔喝了一些，也给宝驹饮了一些，似乎还不过瘾，索性跳进海里，洗了个澡，真是舒服极了。本想在这里好好睡上一觉，又想起阿达娜姆的嘱咐，顿时打消了这个念头。雄狮王又继续往前走，没走多远，一座黑猪鬃一样的山挡在面前。山的旁边，是一片黑茫茫的海，看着令人恐惧。但是，格萨尔大王怎么会怕这些！他正要好好地看看这座山、这片海，突然，从黑海中钻出一条熊一般大的黑狗来。格萨尔知道，这就是魔狗古古然杂。只听魔狗大叫一声“站住”，一下子蹿到格萨尔面前。

格萨尔一见魔狗古古然杂张着血盆大口、立起两爪，就要扑过来的样子，微微笑了笑，把阿达娜姆的戒指举到了面前：“古古然杂，不要见了谁都喊‘站住’，我是阿达娜姆的丈夫。这戒指是阿达娜姆给我的定情之物。你不欢迎反倒要咬我，见了魔王我要告你的状！”

魔狗被那闪闪发光的戒指晃得睁不开眼睛，又听说格萨尔是阿达娜姆的丈夫，心想，阿达娜姆的厉害谁人不知，哪个不晓，还是少惹是非为好！于是就说：“啊，啊，不知大驾光临，恕我老狗无礼。您请，请到海子里休息！”古古然杂实在是没话找话。它明知格萨尔不会到黑海里休息，却还要这样说。

“不必了，我还要赶路。”格萨尔收起了戒指，扔给古古然杂一块肥牛肉。魔狗高兴地叼着牛肉，跳进黑海里去了。

格萨尔又往前走，眼前出现两条路，一条是白色，一条是黑色。阿达娜姆说过，白路是活路，黑路是死路。格萨尔顺着白路往前走，一会儿，就看见一座坚固的红色三角城坐落在高高的花石山边。城头上，用五个骷髅做屋檐，用刚死的人的尸体做旗幡。一个长着三个头的妖魔，正立在城门口，见了格萨尔，没有说话先唱歌：

单身行人你听着，
你已踏入魔国界。
魔国英雄有三个：
三头妖魔次褚我，
五头噶达有毒者，
九头魔王是鲁赞，
劝你不要把妖魔惹。
进入魔国要比武，
射箭、舞矛、耍大刀，
若会武艺可以住这里，
不会趁早把命逃。

唱完，三头妖次褚的六只眼睛一齐射向格萨尔。见格萨尔也正盯着他，他心中暗自惊奇，哪来这么大胆的人，不但敢往魔地走，还敢使劲盯着我，真稀奇！

格萨尔听三头妖次褚抬出魔国的英雄来吓唬他，他也要回敬几句才是：

三头妖魔你听清，
我从岭噶来此城。
岭国四英雄最著称：
我父森伦王得狮名，
叔父达绒长官得虎名，
英雄森达阿东得熊名，
总管绒察查根得鹰名。
阿达娜姆是我终身侣，
赞王多吉托归是我名。
远处射箭近处舞刀，
不远不近挥长矛，
武艺不精怎能来魔地，
今晚我一定要住这里。

格萨尔边唱边把阿达娜姆的戒指拿了出来。在日落的黄昏中，戒指的光辉显得更加耀眼夺目。三头妖闭上了五只眼睛。他认识阿达娜姆的戒指，哪敢再怠慢，忙把格萨尔请进城里，摆上好茶饭，送上好饮食。格萨尔并不吃他的东西，只是假意说又困又累需要休息。三头妖次禇信以为真，又忙把格萨尔让进自己的宫中，陪同他一起睡下了。半夜里，格萨尔拿起三头妖的割草刀，将次禇的三个头一齐砍掉，头也不回地骑马而去。他不能回头，因为阿达娜姆吩咐过，如果他回头，三头妖就会复活。

格萨尔算是过了第二道关口。天亮时分，他来到一座像五个指头竖起的高山旁边。这里是一个很大很大的草场，一个长着五个头的妖魔正放牧着黑白两色的羊群。自从进入魔国，格萨尔发现，这里没有五颜六色，除了黑色就是白色，山是这样，海是这样，羊群也是这样。格萨尔还发现，魔国的大小妖魔见了人，都是后说话先唱歌。这个五头妖魔也是如此。听，他开始唱了：

这是如意园的大草场，
我是鲁赞的魔大臣，
噶达秦恩是我名。
骑凡马的小伙子，
你来是从哪里来？
你去是向何方去？

格萨尔早已习惯这套问话的方式，便不慌不忙，铿锵有力地回答说：

我是播撒善良种子的人，
我是拔除罪孽根子的人，
我是岭噶布的治国人，
我是断鲁赞魔命的行刑人。
我是熔化黑铁魔的烈火，
我是烧焦霍尔草山的闪电，
我是烤干姜国毒海的火焰，
我是医治一切疾病的药丸。
我是引天上甘露的月光，
我是勇武无敌的战神，
我是攻破五毒的智慧者，
我是引导众生的如来佛。
我是击碎魔军的铁锤，
我是郭姆妈妈的亲儿，
我是岭国的大首领，

雄狮大王格萨尔。

五头妖秦恩一听是格萨尔，顿时警惕起来。他虽然从未见过雄狮王，但格萨尔的名字已传四方；都说他是妖魔的死对头，不知自己是不是他的对手。在魔国，五头妖的武艺只在鲁赞之下。如今见到格萨尔，他想和雄狮王比试比试，于是向格萨尔提出比武，一比射箭，二比摔跤。格萨尔欣然应允。秦恩马上立了五九四十五个靶子，它们是：九只绵羊、九只山羊、九层铠甲、九个铜锅、九副鞍木。

格萨尔将九万良友箭抽出，默念助箭辞。念毕，搭箭开弓。弓弦响，箭离弦，闪电般的红黄火焰遮天盖地，如同燃烧的羽毛一样。利箭射穿了五九四十五只箭靶，在空中打了个旋，又回到格萨尔的箭囊中。

五头妖秦恩看呆了，看傻了。他活到偌大年纪，经过、见过的不算少，可从来没见过这样的神箭。他不再展示自己的箭法，服输了。于是进行第二项比赛——摔跤。

格萨尔念动召请天神的咒语，只一下，就把牧羊老汉秦恩摔倒在地。格萨尔用膝盖抵住五头妖的胸口，掏出白把水晶刀，愤怒中带着得意地说：

有力的绿鬣白狮子，
在雪山之巅得胜利；
两翅无力的猫头鹰，
在枯树中间败到底；
花纹斑斓的小老虎，
在檀香林中得胜利；
皮毛似针的硬刺猬，
在冰冻黑水边败到底；
神变英雄汉格萨尔，
在妖魔之地得胜利；
五头的魔大臣牧羊妖，
在肮脏的泥坑中败到底。

五头妖魔你听着，
针尖虽小能要人的命，
我人虽小能把妖魔降！
如果你还想活命，

老老实实为我办事情；
如果有半点不应承，
现在就要你的命！

五头妖秦恩一听，自己还有活命的希望，立即答应为格萨尔办事，并讲了自己的身世：“我本生在绒国，后被鲁赞抢来，绒国的人也被鲁赞抢掠，这才在魔国住了下来，成了五头妖魔。这样的日子现在就要结束了，我愿随大王去岭噶布，做个善良百姓。”

格萨尔见老汉说得情真意切，深受感动，饶了他的命，并让他立即去鲁赞的九尖魔宫，看看魔王在干什么，王妃梅萨在做什么。

秦恩给格萨尔宰了一头肥牛，又献上一百碗酒，告诉他：“大王啊，您一边吃肉，一边喝酒，一边鞣皮子，吃完肉还要砸碎骨头吃骨髓。我去去就来。”

第二十九章 仙鹤衔命迷惑寄魂鸟 梅萨含恨倾吐心中苦

就在格萨尔大王进入魔国的同时，魔王鲁赞的寄魂鸟也飞到魔地，它落到魔王寄魂山九尖高城顶上，铁城发出很大的响声。老魔听见以后就说：“哎呀呀，坚硬的寄魂山怎么了？”

梅萨王妃自从被抢到魔国，每天每夜，时时刻刻都在心里祈祷着有朝一日格萨尔大王能将她拯救出苦海。因此但凡魔国有什么风吹草动，梅萨都会以为是大王来了，千方百计地哄骗着老魔，要他放松警惕。于是她赶紧斟上满满一杯酒向老魔敬献道：“大王呀，这是魔鸟落在山顶，是你我二人白头偕老的吉祥预兆呀。”

老魔心存疑虑，又招架不住梅萨这般温柔，只好暂时由那寄魂鸟停在屋顶，自己则留在城堡中与妃子把酒言欢。

不一会儿，梅萨的寄魂仙鹤也飞来了，她怕魔鸟知道格萨尔大王已经来到魔地，做出对格萨尔大王不利的事，于是也很快地落到九尖高城的山顶上，停在它身边说道：“鸟王你来了吗？你是魔王寄魂鸟吗？我是上岭噶的鸟儿，是梅萨绷吉妃的寄魂鸟。你是大鹏鸟的侄儿，我是白仙鹤后代，今天我们有缘遇一起。你是魔王的命根鸟，专为救主随叫随到；我是梅萨绷吉的命根鸟，来到这里是为了告诉她，不要再贪图岭国雄狮大王的虚名，如今晁通才是岭噶布的掌权人，那觉如母子现在在荒凉的黄河川，每日除了猎捕兔子再无其他本事。这以后鸟王你和我，对魔王夫妻俩要照看。我们要给他们做益友，看看他们是否都平安。我们要时时照顾他们，一同来到寄魂九尖山。现在鲁赞魔王国，山山岭岭一切平安。我俩应当各回自家去，你回西方嘉噶国，去住大天海清净宫；我回美丽的岭国，去住水晶白山城。”

仙鹤这样说了以后，鸟答道：“白仙鹤呀，你说的这些话很有道理，我们两个其实是近亲，这次见面真有幸。我是魔王鲁赞的寄魂鸟，从他出生到现在，先后三次来到此地。以往每次落到这九尖山顶，鲁赞率大妖小妖，先问我一路是否劳顿，再敬献我乳酪与清水。为何此番却是如此冷遇。我是轻信了那花黄水鸭的话语，它说那龙女的坏儿子已经启程来到魔地，要把魔王鲁赞的性命来取。看来我是多心忧虑，既然魔国各方平安，那么我们两个各自回去吧！”

说完，魔鸟头也不回地飞走了，仙鹤听它这一番话，也是对魔国丧失了信心，以后怕是永远都不会再来魔地了，于是它这才放心地飞回了岭地。

此时，五头妖魔秦恩带着格萨尔交给他的任务，来到魔城九尖宫殿，看见了魔王鲁赞和王妃梅萨绷吉正悠闲自在地坐着。一见秦恩进宫，鲁赞忙问："啊，我的大臣，你的身体好吗？黑色白色的牲畜都平安吗？国内各地方都安静吗？没有什么敌人来作乱吗？”

“大王在上，容臣子如实禀告：国内各地都很安静，没有什么敌人敢来作乱。啊，多蒙大王庇佑，臣子的身体也很好！”秦恩拜过大王和王妃后，缓缓地回答着鲁赞的问话。

“哎呀，我的大臣，我好像嗅到了生人的气味，这怕是你带来的吧？”鲁赞不愧是魔王，一下从秦恩的身上嗅到了非同寻常的气味。

“怎么会呢？大王，我每天都要放牧羊群，昨天，有一头白羊得了病，我把它杀了，可能溅在身上一些血，或者留下些膻味吧！”秦恩唯恐鲁赞追问自己，急忙解释。

“噢，也许是。”鲁赞将信将疑。“臣啊，你远道而来，坐下休息吧，我还要出去巡视一回呢。王妃，你陪秦恩坐坐。”说着，鲁赞走了出去。

秦恩知道，老魔是不放心。可这也正好给了他和王妃说话的机会。

“啊，王妃，”见鲁赞走出去，秦恩马上对梅萨说，“昨天有个过路的嘉噶商人，他说是从岭噶布来的。”

“哦，他说了些什么？”梅萨本来是懒洋洋的不想和秦恩说话，可一听他讲从岭噶布来了人，顿时有了精神。

秦恩心中暗笑，格萨尔总算没有白来，他的妃子心中还在想念岭噶布。于是，他故意慢吞吞地说："他说岭国现在已经没有王，格萨尔已死了一年多。"

“什么，你说什么？”梅萨心中着急，顾不得掩饰自己的焦虑之情。自从被鲁赞抢到魔地来，鲁赞对她真可谓下了功夫，把其他王妃都搁置一边，每日里陪她吃喝玩乐。梅萨吃的是最香最美的食品，穿的是最柔软最漂亮的衣服。老魔对她是百依百顺，梅萨说东他绝不往西。只有一条，老魔不许梅萨思念岭噶布，更不许提起半个岭噶布的字眼儿。所以，梅萨尽管享受着荣华富贵，心中还是不免常常思念家乡，想念她的大王，只是不敢有半点流露罢了。但是，今天一听秦恩说格萨尔已死，她可就憋不住了。

秦恩见梅萨急成这副模样，忙又缓和了口气："也许是我耳聋没听准，也许是他讲错了话，要不然，我带他到这里来见见王妃，您当面问问他。”

“好吧，你把他带到后宫。记住，别让老魔鲁赞知道。”

“臣子明白。”秦恩高兴地回去了。

秦恩回来的时候，格萨尔已吃完了肉，喝完了酒，鞣完了皮子，正在砸骨髓吃。老汉高兴地把见到梅萨的情形告诉了他，格萨尔把手中的骨头一扔，立即随秦恩去见梅萨。

自秦恩走后，梅萨心乱如麻，原指望有朝一日大王会来搭救自己出魔地，哪想到大王竟先她而去。今天且把那嘉噶商人叫来问问，如若是真，那她就不想再活下去了；如若是假，那……那定要让五头妖把他吃掉，谁让他尽说些乱人心思的话呢？！

梅萨正兀自想着，秦恩已把格萨尔带了进来。秦恩装作呵斥格萨尔的样子，故意大声说：“嘉噶商人，今天王妃有话当面问你，你可要说实话呀！”说着，秦恩给王妃鞠了一躬，退了出去。

梅萨望着这“嘉噶商人”，那面孔似曾相识；不，岂止是相识，简直是太熟悉了。

格萨尔也直瞪瞪地看着梅萨，那美丽的头饰遮不住憔悴的面容，那华丽的衣服盖不住瘦弱的身形，她比在岭国时瘦多了。

格萨尔慢慢脱下嘉噶商人的外衣，露出了雄狮王的服饰。梅萨也脱去魔妃的服饰，只剩下洁白、单薄的内裙。大王和王妃紧紧地搂在一起，梅萨轻轻地抽泣着，格萨尔大王也潸然泪下。

突然，梅萨猛地从格萨尔的臂膀中挣脱出来，大叫着：“不要骗我，你这老魔！如今你又变化出格萨尔的样子来试探我！我知道，格萨尔已经死了，死了一年多。今天，我也不活了！”说着，梅萨就向柱子撞去。

格萨尔王眼疾手快，将梅萨一把拉住，又搂在怀里：“梅萨，我的妃，你怎么了？怎么连我也认不得了？为了你，我跋山涉水，历尽艰辛，你怎么反倒把我当老魔？”

“你真是雄狮王？”

“你不相信？”

“那么我问你……”

梅萨一一向格萨尔询问岭国的特征，格萨尔对答如流，梅萨这才相信：眼前的这个人，真是自己日夜思念的雄狮大王格萨尔。梅萨生怕自己穿着魔国的服饰、头戴魔国的饰品会对大王有所冲撞，于是赶快去掉魔国的衣饰，换上岭国的服装，方才敢走上前去，抱住格萨尔大王伤心地痛哭起来。

第三十章 设圈套得魔王绝命法 除鲁赞救魔国脱苦海

“大王啊，那，你快带我逃出去吧！”

“妃子不要心焦，等降伏了老魔我们再走不迟。”

“这……”梅萨有些迟疑。她不是不愿意让格萨尔降伏老魔，而是怕大王打不过老妖反遭伤害。梅萨把格萨尔带到魔王的宫里：“大王啊，你看看，这是鲁赞的床，这是鲁赞吃饭的碗，这是鲁赞的铁弹、铁箭。”

格萨尔在床上一躺，像个婴儿一样，只占了床的一角。他又想端那饭碗，拿那铁弹、铁箭，竟拿不起来。梅萨见状，忙劝道：“要想打败老魔，是很难很难的啊！”

“那么，我就不要降伏这黑魔了吗？妃子梅萨，你一定知道降魔法，还要帮助我才是。”

“这样吧，我把老魔的黄母牛杀了给你吃掉，你就会长大的。”梅萨说着，动手杀了牛，又把它煮熟。格萨尔一口气吃了这头牛，身体顿时变得又高又大。老魔的床睡不下他了，拿老魔的饭碗和铁弹、铁箭更是轻而易举。格萨尔心中十分高兴，梅萨也欣喜地说：“这下，降伏妖魔就有希望了。”

梅萨叫格萨尔仍旧回秦恩那里去住，等明天再来告诉他降魔的办法。

这天夜里，梅萨对老魔鲁赞说：“大王啊，不好了，我做了一个梦，梦见我右边的发辫被剪掉了，这恐怕不是什么好兆头。如果大王有个三长两短，叫我怎么办呢？昨天听秦恩老汉说，岭国的格萨尔要来北方降魔呢，不知什么时候就会到这里。您对于您自己的寄魂海、寄魂树、寄魂牛，还要多加小心才好啊！”

老魔呵呵一笑：“妃子不必担心，我的寄魂海是仓库里的一碗癞子血，把这碗打翻，寄魂海才会干；我的寄魂树，只有用我仓库的金斧子砍三次，才会断；我的寄魂牛，只有用我仓库里的玉羽金箭去射，才会死。我的头上发间，有十八个犄角，它连着须弥山，大鹏金翅鸟飞来它才能断；头发中间有一个蝎子肉瘤，康地大黑雕飞来，才能把它吃掉；我的两个眼珠，嘉噶的白胸鹰飞来，才能将它们掏出；我额间的虎毛，要嘉纳的小黑鹰飞来，才能把它弄断；我背后的肉瘤，铁花鸟七兄弟来了才能挖出；我的胃和肠，只有红铜狗来了才能吃掉；我手脚的指甲是老雕爪，比刀剑更加锋利，要用无热海龙王九尺毒蛇绳捆上才能死；我嘴出烟云和火焰，鼻喷毒气和瘟疫，半空霹雷闪电才能够破解。如果没有这些，就算是用任何武器也不能对我造成一点损伤，即使有些小伤，用灰尘一撒就能痊愈。在我睡熟的时候，我的额间有一条闪闪发光的小鱼儿，这是我的寄魂。在鱼儿闪光的时候被箭射中，我才能死。”

说完这些，老魔鲁赞忽然后悔起来：“爱妃啊，这些事可千万不能让外人知道，不然，我就真的没命了。”

梅萨又假意温柔地说道：“那么你的财宝究竟有多少呢？你万一有个什么事情，我以后又该怎样依靠呀？”

魔王想想，对梅萨说：“我们两个若是碰到格萨尔，你拿白色布袋，我拿黑色布袋，所有的财宝就都能装进这两个袋子里面带走了。”

“妃子明白。”梅萨真高兴，竟这样轻而易举地知道了老魔的秘密。天亮时，梅萨假意关心老魔：“大王啊，为了保险，您还是出去巡视一下吧，万一格萨尔来了，也好早些对付他。”

老魔对梅萨的话深信不疑，而且他也真有些不放心，吃过早饭就出去巡视了。

魔王鲁赞离开以后，格萨尔大王来到梅萨绷吉这里。梅萨对格萨尔大王说：“老魔的性命寄魂之处，我全都知道了。”

给大王做了美味可口的饭菜之后，她说：“大王！你到库房里把那满装毒血的头盖骨碗拿上，走到上沟的岔路口，把毒血倒在老魔寄魂海里，别回头看，一直回来。”

格萨尔大王去库房，拿出满盛毒血的头盖骨碗，骑上神马，到老魔寄魂海，把毒血倒在海里，用木棒搅了一搅。格萨尔大王又凭神通，变了一只乌鸦，把老魔寄魂猫头鹰赶到老魔面前，啄死后，飞走了。魔王看见后就想：“我到上沟口来了八天，今天看见这个不祥之兆，好像是格萨尔来了。”于是赶快回到王宫中。

格萨尔大王先他一步回到梅萨这里，梅萨又给格萨尔大王做了好饭，待大王吃好后，就在灶火底下，挖了一个九层深坑，让格萨尔大王进到坑里坐着。坑口用大石头盖上，上面放一盆水，里面撒上各种鸟毛，四外撒上灰，按上手指印，上边放上宰过的黄牛肠子，最上边放些乱草和树木。这样安放完了，梅萨一个人坐在那里。老魔鲁赞回来，一进门就说：“哎呀呀，又一个不祥之兆，格萨尔来了吗？我的身体怎么这样不好受？梅萨，你把我的卦书明镜拿来，把我的卦线神通灯拿来。”

梅萨把算卦的卦线卦书，在她的腋下过三次，在脚下踩三次，在门槛下拉三次，这样做了以后，才给了老魔鲁赞。老魔鲁赞按着卦辞所说的念诵完毕，然后拿起卦线算了三次。第一次卦辞说，格萨尔正对着自己的面来了，老魔惊叹："哎呀呀，这是什么话？"

第二次卦辞说：格萨尔还隔着一个大滩，隔着一个大海，隔着九座山九道沟呢。第三次卦辞说：各种鸟毛堆满了，他好像是已经死了，他的骨头上，已经长了草，长了树木了。算完卦后，老魔这才敢安心地睡下。

第二天早上，梅萨又说："你还是到三岔路口去看看！"

老魔想想觉得有些道理，便又起身走了。

老魔走后，格萨尔大王从深坑出来，梅萨又给格萨尔大王做了香甜可口的好饭食。吃完饭，梅萨说道："大王，你拿这把斧子，到上沟沟口，把老魔的寄魂树砍倒，砍倒后，不要回头看，请直接回来。"

格萨尔大王按照梅萨所说，像昨天一样，前往上沟沟口，把老魔寄魂树砍了三斧。砍得快要断了的时候，格萨尔大王变了一头野猪，把老魔寄魂海边的土全都翻了过来。老魔一见，大动肝火，拿起一块大石头就打。没打到野猪身上，却打到海里，打得泥水翻滚，寄魂海立刻干涸了。老魔一看，大为惊疑。又赶紧往回走，格萨尔大王早已回到梅萨这里，藏进坑中，很好地隐藏起来了。梅萨自己还像以前那样，一个人坐在那里。老魔一进门就说："哎呀呀，我鼻子闻到了人的气味，岭国格萨尔没来吗？我的寄魂海快干了，我的身体很不舒服。梅萨呀，你把我的卦线拿来，把卦书拿来！"

梅萨答道："你说什么？确实有人的气味，我不是人是什么呢？"

说完，还像昨天一样，把卦线、卦书都给了老魔。老魔还像以前那样，打了卦。看到卦象说："格萨尔还离得远着呢，隔着山，隔着水，隔着关隘险道，隔着大岛小岛，障碍多着呢，一时是来不到的。"

于是他又安心睡下了。第二天一早他对梅萨说："我还要到上沟沟口看看去，我还要在石山、雪山等处巡视三十天。"

魔王走后，格萨尔大王又从坑里出来，梅萨说道："今天，大王你可去沟的中间，把老魔的寄魂野牛用箭射死，不要回头看，一直回来。"

说完，把玉羽金箭给了格萨尔大王。格萨尔大王拿着箭，骑上马到了中沟，把野牛一箭射得气息奄奄时，格萨尔大王又变为一只老鹰，落到老魔寄魂树顶上。老魔一见大怒，用大石头一打，没打着老鹰，却把寄魂树打倒了。老魔更加惊疑，便回来了。这期间格萨尔大王先到，梅萨又像先前一样，把格萨尔大王藏在坑里。老魔鲁赞回来，一进门就说："今天不是说你女人不是人。我闻到了岭人的气味，格萨尔他来了，好像是离这里不远了。我的寄魂树也倒了。快把我的卦书、卦线拿来！"

梅萨答："我是岭人，当然我有岭人的气味。"

说完就把卦线、卦书都给了老魔。老魔算了卦，仔细观察卦辞。

"黑黑的九尖城墙，灰灰的九层地洞，正对着你前来，近呢无限近，远呢还隔着大海。"

鲁赞大叫道："啊！魔妃，他来了，藏在灶火坑里！"

说完，就掘灶火坑，一掘掘出了很多乱草和树木。老魔就问："魔妃，这是什么？"

梅萨说："灶火坑里要放草和树木。没有草和树木，血统要断的。"

老魔又掘第一层，掘出了一些腐烂的肠子。就问梅萨："这是什么？"

梅萨说："不好了，不好了，你把神的肚子掘坏了，露出肠子来了。现在不要再掘了，这下面哪里会有格萨尔？"

但是，老魔不听，还往下掘，掘出了水。老魔就问："梅萨，这是什么？"

梅萨说："老魔呀，你掘到大海了，不得了，我可要走了！"

她正要走的时候，老魔也害怕了，又把土盖上，出来后说："梅萨！你这样胆子小啊！"

说完又睡下了。天亮时，老魔说："今天，我要去中沟一带看十天。"

老魔走后，梅萨又让格萨尔大王出了地坑，做了香甜可口的吃食，格萨尔大王吃完饭后，摇身一变，变成只豺狗，到了中沟，跳到老魔寄魂野牛身上乱咬。老魔鲁赞看见大怒，拿起一块大石头就打，没有打着豺狗，却把野牛打死了。老魔心里更是疑惑，回家来了。此时格萨尔大王又先他一步回来了。梅萨说道："今天晚上，是降伏凶恶老魔鲁赞的时候了。"

于是就给格萨尔大王吃了富有营养、增加力气的食物。吃完以后，把格萨尔大王藏在自己的房子里。不一会儿，老魔回来就说："梅萨绷吉，怎么啦？我的宫里，格萨尔没来过吗？我的寄魂野牛也被杀死了，我心里非常不舒服。今天晚上不打卦了。打卦，卦象也看不明白。你这女人的心，像沟里的流水一样，是不坚定的呀！"

说完就睡下了，老魔的寄魂海已经干涸，寄魂树已经砍断，寄魂野牛已经被杀死，老魔一气，身上的铁蝎子和手脚上的毒蛇，都消失得无影无踪。天神、龙神、厉神，让凶恶无比的鲁赞老魔处于昏迷沉睡状态，不分白天夜晚，都像半生不死一样。这时，梅萨对格萨尔大王说："现在正是降伏老魔的时候了。"

于是装了一口袋石头，放在老魔的身边，把自己穿的衣服，裹在石头袋子上，好像是她自己穿着衣服坐在老魔身边那样。此时格萨尔大王背上箭囊中的神箭都想要争相建功，急得簌簌作响。老魔听见声音，问："梅萨绷吉，我听见有箭的响声。"

梅萨绷吉答道："这是我纺线的声音。"

鲁赞说："纺线的声音是这样啊？"

格萨尔大王又紧了一紧宝弓的弓弦，老魔听见紧弓弦的声音。

"梅萨绷吉，这是什么声音？"

梅萨答道："是我缠线球的声音。"

老魔说："缠线球是这样声音啊？"

这时，梅萨绷吉悄悄地对格萨尔大王说："大王啊，你看老魔额头，有白光闪烁，像小鱼儿一样，快对准那里射箭！"格萨尔大王于是唱了个请箭神的歌。老魔听见后就说："梅萨！我听见有唱歌声。"

"阿姐卓玛的寄魂玉蜂，在珊瑚瓶中，时常发出声音，好像唱歌。"

"妃子你说得对。"

老魔说完这话，又睡着了。这以后，格萨尔大王从口袋里取出了三颗白米粒，撒到半天空里，唱了一个鼓舞神箭的歌，歌道：

这个地方你若是不认识，
这是北亚尔康八山地，
九尖宫里住魔王。
我这个人你若是不认识，
我是上岭噶大部落，
岭国格萨尔降妖王。
我射箭定能中魔头，
我做事定能利众生。
我在三个家乡居住时，
要用一寸见方的酥油来上供。
我在三个异乡居住时，
要用三颗白米粒来上供。
严霜没打过它的苗，
虫子没咬过它的根，
用它供上天神、龙神和厉神，
都来助我杀敌人。
白梵天王造弓上端，
邹纳龙王造弓下端，
红色厉神造弓把手。
雷电天龙都来齐，

为我射箭助臂力，
箭头射中老魔头，
凡我所想都如意！

格萨尔大王唱完后，立刻射出雕翎箭。因天空昏黑，看不见东西，没有射中。老魔听见就问：“是什么呀？”

梅萨说：“是我把金瓢丢到金桶中的声音。”

接着，格萨尔大王又用鸦翎箭一射，正中老魔鲁赞额间的小鱼上。老魔一跃而起，叫道：“梅萨，你骗了我！若不是格萨尔，我的敌人是哪里来的呀！”

说罢，便怒气冲冲地去按梅萨，只按到空衣服。于是下地寻找，走到了梅萨身边。格萨尔大王想再射一箭，又怕射到梅萨，没有射。因为在室内力量施展不开，两个人你抓我扯，拖出室外。梅萨很害怕，只站在旁边看着。格萨尔大王和老魔两个互相抓着站起来，又互相抓着按下去。他俩正准备用兵器来打，梅萨绷吉跑过来说：“你俩不要用兵器打，只有用手厮打，才能知晓谁是真英雄。”

格萨尔大王和老魔都说可以。于是互相扭住厮打。最后，格萨尔大王有些支持不住，眼看要打败了，梅萨说：“第一次算魔王鲁赞胜，再第二次抓着扭打。第二次谁胜谁败，才能确定。”

于是两个又互相扭打起来。格萨尔大王看着要胜了，老魔突然使出大力气一甩，格萨尔大王跌倒在地。梅萨心里很着急，很害怕，格萨尔大王很快爬起来说：“古语说，男揪女打要三次。来！我俩再来第三次。”

梅萨赶紧附和，当两个又重新扭打在一块时，梅萨很快跑去，拿来一些豆子和灶灰，把灶灰撒到格萨尔大王脚底下，把豆子撒在老魔脚底下。老魔看见了就说：“梅萨，这是干什么？我的脚下撒豆子，他的脚下撒灶灰，是为什么？”

梅萨说道：“他的脚下撒灶灰，是要用灶灰堵住他的嘴。你的脚下撒豆子，是你要胜利的预兆呀！”

老魔说：“这很好，那么你要好好帮助我。”

格萨尔大王暗暗召请天神、龙神、厉神，使出大力，把老魔一丢，老魔在豆子上边站不稳，摔倒在地上。这时，大王使出更大的力气，按住老魔不叫他起来。梅萨也上前来和格萨尔大王一起，用十九尺长绳子，像缠线球一般把老魔捆了起来。梅萨说道：“大王啊！我去把老魔姐姐的寄魂玉蜂取来。若不把他姐姐杀死，那她来了，我们两个是打不过她的。我走后，这个老魔的身体，千万别让任何人碰！”

梅萨走后，格萨尔大王感到很累，正在休息时，一个小鸟儿飞来，对格萨尔大王说：“无论如何，请让我小鸟儿碰下老魔吧！”

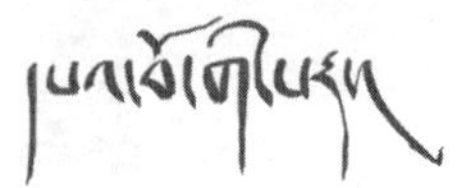

说完流下了眼泪。格萨尔大王心想：你一个小鸟儿碰上一碰，有什么要紧，便欣然同意了。小鸟儿用嘴碰了一下老魔的嘴然后飞走了。不大一会儿，梅萨把玉蜂拿了来，就问："谁碰老魔身体没有？"

格萨尔大王说："谁也没有来，只有一个小鸟儿飞来碰了一下。"

"这事不妙，大王快把老魔杀死！"

格萨尔大王抽出红刃斩妖宝刀，把老魔从腰部切成上下两段。这时，有银水从上段尸体向下段尸体慢慢流淌。梅萨说："这个小鸟儿，是老魔的寄魂鸟。如果时间久了，这银水要淌遍全身。那时，箭射不死，刀砍不伤，赶快把银水涂在自己和神马额头上。"

这时，老魔的姐姐卓玛，嘴像岩洞，眼像光洞，牙像长矛，两个长奶头，一个搭在肩上，一个托在手上，大声叫嚷道："谁把我的弟弟杀死了？"

说完就跳到跟前，格萨尔大王也愤怒地站起来。梅萨把珊瑚瓶献给大王，大王把瓶里的玉蜂倒了出来，抓住蜂腰，把它向上仰了一仰，老魔的姐姐也向上仰了一仰，把它向下弯了一弯，老魔的姐姐也向下弯了一弯。他立即把玉蜂的腰切断，老魔的姐姐也张开大嘴死了。

降伏了魔王鲁赞和他的妖怪姐姐以后，格萨尔大王把老魔的一口袋臭虫用火烧掉，把他的尸体压在黑塔底下，修了一个慈悲三摩地。把老魔的灵魂超度到清净国土。此时，格萨尔到魔国才三个月零九天。

此后大王仍用秦恩为大臣，在魔国做了大善事，又住了两年零三个月。

第三十一章 白帐王遣四鸟寻美女 黑乌鸦进谗言引祸端

岭噶布的东北面，是霍尔人居住的地方。霍尔的天帝因其名叫霍尔赛庆[1]，所以，又称他们为黄霍尔。到了吉乃亥托杜王这一辈时，黄霍尔的区域变得更加广大，日子过得也很火红。吉乃亥托杜王有三个儿子，因为他们分别住黑、白、黄三种颜色的帐篷，所以被人称为黑帐王、白帐王和黄帐王。三个儿子长得很快，武艺都很高强，其中要数次子白帐王的武艺最精湛。

到火龙年，也就是格萨尔到北地降魔的第三个年头，霍尔白帐王的王妃——嘉纳的噶斯突然病逝。白帐王过不得孤独的生活，便召集群臣商议，要选一个堪称天下美女的人做他的新王妃。大臣会议商议后，决定派宫中饲养的会说话的鸽子、孔雀、鹦鹉和乌鸦出去，前往世间各地找寻一位堪做王妃的美女。

四只鸟奉命飞了出去，当来到一处三岔路口时，鹦鹉说话了："我们这四只鸟啊，虽说是'派出的使者射出的箭'，但也是大王指哪儿我们就要到哪儿，身不由己。一个既要能做白帐大王的王妃，又能做拉吾王子的继母，还要能做霍尔江山的主妇和辛巴们的主母，这样的美女到哪里去寻？再说，即便找到了，也不见得能娶得来；要是娶不来，就得出兵去抢，一动刀枪，不知要死多少人马。那个时候，罪魁祸首就是我们四只鸟了。依我说，我们还是不要做这种遭人埋怨、受人责骂的事吧。"

"那大王已经派我们出来了，我们怎么回去交差呢？"一向温顺的鸽子，发愁不能交差。

"是啊，我们怎么回去呀！"美丽的孔雀张了张漂亮的尾屏，语气中流露出焦急和担心。

"我看，我们都回故乡去吧，鸽子回嘉纳，孔雀回黄河边，我回门域，只是乌鸦没有故乡，你就随便找个地方去吧。"鹦鹉早就打好了主意。

1　赛庆：意为大黄色；霍尔赛庆即黄霍尔。

鸽子、孔雀都说这个主意好，于是，三只鸟高高兴兴地回自己的故乡去了。

只有乌鸦不听鹦鹉的话。见三只鸟各自回归故里，它是又气又喜。气的是这三只鸟在白帐王的宫中都比自己受宠：鸽子温顺，孔雀美丽，鹦鹉嘴巧，唯独自己，又丑又笨；雪白的鸽子喂白米，蓝色的孔雀喂青稞，五色粮食喂鹦鹉，给乌鸦却只喂酒糟。可现在，最受宠的鸟却最先忘了大王的恩典，这多让人生气啊！乌鸦生气之余也感到欢喜，因为三只鸟的离去，恰恰给了它讨好大王的机会。这一次，它一定要为大王选一个天下最美丽的女人，以报答大王对它的不太多的恩典。

乌鸦不辞辛苦地飞呀飞，飞过一城又一城，飞过一地又一地，飞到南又飞到北，飞到东又飞到西，找呀找，寻呀寻，始终没能找到一个它心目中的美人。

这一天，乌鸦飞到了美丽的岭国。它有些泄气了。如果再找不到美人，它也不想再回霍尔国了，因为没有完成任务，四只鸟所要受的惩罚将全部落在它身上。而且，白帐王会加倍地处罚它，说不定还会要它的命。

岭国，这美丽的地方，天龙尽情吟哦，杜鹃嘹亮歌唱，百灵婉转嘤鸣。在这里，乌鸦忘却了自己的烦恼和忧愁。它尽情地飞呀飞，不知不觉间飞到了达孜城的吉祥胜利宫，在松石梁大宝帐前，乌鸦飞不动了。呀，天下的美人竟藏在这里！

这里是格萨尔大王的宝帐——王妃珠牡居住的地方。雄狮王去北方降魔，一去三载不回转。三年来，珠牡无心梳妆。这天，是岭国的吉祥的日子，天上的星宿、人间的时辰、空中的太阳都特别美好，珠牡的心情也比往日好多了。她想起大王临行时曾经说过，早则两年，迟则不会过三年，无论如何三年中，一定凯旋回家园。现在，大王走了整整三年了，也许大王要回来了吧，我还是把自己梳理打扮一下，也好迎接大王。想着，珠牡叫来了侍女阿琼吉和里琼吉，让她们帮她洗发梳头。梳洗完毕，主仆三人坐在大帐前，欣赏着天空中美丽的彩云，以及远处的青山、近处的绿树和各种鸟的鸣唱。王妃这种少有的好情绪，使阿琼吉和里琼吉也受到感染，显得格外愉快。她俩一个劲地给珠牡讲些吉祥的事，唯恐败了王妃的好兴致。

就在这个时候，乌鸦飞到了这里。它被珠牡的美貌惊呆了。王妃那美丽的容颜，真是天上难找、地上难寻。莲花再鲜艳，也会显得黯淡；仙女再美丽，也要让她三分。乌鸦高兴得哇哇唱道：

我展开黑铁般的翅膀，
人间天上到处飞翔。
飞过多少花花世界，

见过多少美丽姑娘，
却没有一个人啊，
比得上这女子的俊俏模样。

“啊，珠牡姑娘，久闻你长得漂亮，今日一见，才知道果然不寻常。你本是格萨尔的妃子，如今却独守空房。可惜呀，可惜你美妙的青春，守着空房独自悲伤。我乌鸦是霍尔白帐王的使臣，为我大王寻妃忙。像你这般美貌的人儿，正好和白帐王配成双。我们大王年轻力壮，武艺高强，统领十二万人家，还有数不清的牛羊。你要是做了他的妃子，荣华富贵任你享，强似在这守空房。”

乌鸦说得洋洋得意，珠牡听得怒火满腔。真是晦气，偏偏在这高兴的时候见到这灾难鸟，她对两个女伴唱道：

喂！喂！两位亲密的女伴，
自幼一起放牧羊羔，
从小一起采摘鲜花，
在我岭噶布的土地上，
以往根本没有这种鸟，
今晨为何飞来这乌鸦，
你们听清它说些啥？
那贼妖鸟竟然说：
“嘉洛家的珠牡呀，
丈夫没死守活寡，
与其住在岭噶布，
不如到霍尔那国家！
愿做霍尔白帐王妃不？
愿做拉吾王子继母吗？
愿做霍尔江山主妇不？
愿做辛巴们的主母吗？
天地之间大路上，
汉藏两地区域内，
比上霍尔繁华地，
走遍各地难寻觅。”
你这妖鸟黑乌鸦呀，
白昼传播坏兆头，

夜晚带来凶恶梦，
经常传播大灾难，
到处带来坏气氛！

珠牡唱完，便抓起一把灰向乌鸦撒去，哪知这灶灰非但没有撒在乌鸦身上，反倒把自己的小松石发压摔在了地上。乌鸦一见，立即啄起小松石发压，展翅向霍尔国飞去。

珠牡主仆三人，把这不祥的事情隐瞒下来，没有敢告诉任何人。

自从派出四鸟，白帐王每天都在焦急地等待着。屈指算来，四鸟已派出百日，为什么还不见回还呢？他命大臣辛巴[1]梅乳泽到城外打探，愿四只鸟儿早日传来寻到美人儿的好消息。

这天辛巴爬到雅泽城最高的地方，向四面八方眺望，没有鸽子、孔雀和鹦鹉的踪影，却见乌鸦落在大幡杆顶上。辛巴问那乌鸦是否为大王带来了好消息，但这乌鸦却是个心眼极多的家伙，它想要是对辛巴说了，那么它乌鸦的功劳自然就被辛巴抢去了，因此对辛巴说："辛巴呀！我对你可没有什么好说的。"

说罢，它径直飞向王宫中，落在大王的宝座一边，把珠牡的松石发压放在大王面前，白帐王一见着晶莹碧绿的宝石，知道乌鸦一定给他带来了好消息，忙问道："乌鸦，你辛苦了，快快对我说，美丽的姑娘在哪里？"

黑乌鸦摆开一副又饥又渴、疲劳至极的架势，先用歌词把鸽子、孔雀、鹦鹉的坏话唱道：

若不知道这地方，
一城竟然有三名，
有人叫它"白色千峰城"，
有人叫它"红色高厦城"，
有人叫它"十万铠甲城"，
它是白帐大王的都城。
白帐虎帽大王呀，
请听御鸟我报告：
鸽子、孔雀和鹦鹉，
连同我乌鸦四只鸟，
能懂人言会说话，

1　辛巴：原义为屠夫，这里作英雄讲。

是您养的寄魂鸟。
雪白的鸽子喂白米，
蓝色孔雀喂青稞，
五色粮食喂鹦鹉，
虽然您派的差事总是一样多，
但我乌鸦得到的却是酒糟。
现在鸽子回嘉纳去了，
孔雀回黄河洼去了，
鹦鹉也回到了门域，
对大王的事不肯办，
对您的恩情不思报，
以怨报德太无义，
以水报酒实可恼。
我小小鸟儿黑乌鸦，
心中不忘白帐王，
没有一处没到过，
没有一地没寻访，
天地之间各小邦，
汉藏地区各山岗，
语言习俗不尽同，
父母姓氏不一样，
美貌女子虽很多，
堪做大王妃子的，
堪做王子继母的，
堪做江山主妇的，
堪做辛巴们主母的，
却没有一个够理想。

听完乌鸦所述经过情形，白帐王气得火冒三丈，恨不得一口吞了它们。他忙吩咐侍卫宰杀白嘴神羊来犒赏乌鸦，又催问美女在哪里。

乌鸦摇摇头，就是不说。白帐王无奈，又杀了长毛神牛，黑乌鸦还是摇头，它嫌白帐王太小气。为了美女，白帐王忍痛杀了雁黄色的神马给它吃。乌鸦依然摇头，还想得到更大的好处。可是一看白帐王怒气冲冲、面露杀机的神色，乌鸦不敢再讨价了，立即唱道：

乌鸦我到了岭噶布，
在那龙盘虎踞的宝地上，
天龙闪现吟长空，
杜鹃唱歌声嘹亮，
百灵婉转呈吉祥，
高贵辉煌宫殿里，
四四方方毡毯上，
九梁松石宝帐中，
住着森姜珠牡女，
真是世间美姑娘。
皮肤就像白锦缎，
肉色润泽如红绢，
灵活明亮鹞鹰眼，
眉如新月弯又弯。
前进一步能值骏马百匹，
好像天仙舞翩跹，
虽有百匹骏马也难换；
后退一步能值紫骡一百匹，
好像飞天下云间，
虽有紫骡百匹也难换；
浓密的黑发能值犏牛一百头，
根根发辫是珍珠宝石串，
虽有百头犏牛也难换；
一笑能值百只羊，
舌尖自现“阿”字形，
虽有百只绵羊也难换。
她是世间姑娘的顶尖儿，
大地上女儿的装饰品，
岭国女儿中一精英，
若数美女只有她一人，
冬天她比太阳暖，
夏天她比月亮凉，
遍身花香赛花朵，

蜜蜂成群绕身旁，
人间美女虽无数，
只有她才配大王，
大王一见必倾心。
她本是格萨尔心爱妃，
森姜珠牡美名扬。
格萨尔远征去北方，
如今她正守空房。
莫失良机把她抢，
松石发压可为证，
唯有老鸦我最忠诚。
……

“啊，太好了，神灵赐给我这良机，我马上就把她娶过来。”白帐王根本不想再听乌鸦聒噪，恨不得马上把珠牡抢到身旁。

白帐王的大臣辛巴梅乳泽，在一旁听了乌鸦和大王的对话，心中暗想：无故向岭国兴兵，不仅违背了上天好生之德，也会给百姓带来灾难。岭国虽小，雄狮王却异常厉害，师出不义，何以胜人，大王怎么不明白呢？为了避免大王后悔，梅乳泽劝道：“大王啊，我们和岭国，不曾有过战争，和睦共处了这么多年，为了一个妃子，就要大动干戈？就是你把珠牡抢来了，那雄狮王岂肯善罢甘休？大王还是再好好想一想吧。”辛巴又说：“是不是派灾难鸟再去看一看？”

白帐王对辛巴梅乳泽的劝告很不以为然，他一心只想得到岭国和美女森姜珠牡，说道：“我黄霍尔和岭噶布，无论两国领土的大小、兵马的多寡、国王的强弱，没有哪一方面比不过他们的，那穷小子觉如有什么本领我很清楚。这次出兵，只要我黄霍尔先发制人，定能获胜，最后必将岭人消灭无遗，任何不幸也不会降临。但辛巴说派灾难鸟再去侦察也是个好主意。”

灾难鸟奉命飞往岭噶，将岭地的情况一探究竟。

再说岭国的珠牡王妃，自从看见乌鸦和丢了松石发压以后，心中一直惴惴不安。侍女阿琼吉和里琼吉也心怀忐忑，特别是见王妃那刚露出点阳光的脸又笼罩上了一层更厚的阴云，更是不知道说什么才好。

这天夜里，珠牡做了一个梦，梦见山崩地裂，洪水滔天，砸坏了岭国的房屋，淹没了岭国的牛羊。她还梦见鹞魔乱飞，恶狼下山，群马被冲散，牛羊被霸占。珠牡被噩梦惊醒，吓得出了一身冷汗。她忽然想起当年梅萨给她讲的梦以及后来梅萨被黑魔抢走的事。她想莫非真有什么灾难要降临岭噶布吗？一定是！而且，这灾祸恐怕就要降到自己头上。大王啊，三年了，你怎么还不回返？惊恐之中，珠牡更加思念格萨尔大王。她叫醒了阿琼吉和里琼吉，把自己的梦说给她俩听。二人听罢，惊叫起来："王妃，不好！梅萨王妃就是做了噩梦以后被抢走的。前几天黑老鸹来为霍尔王说亲，说不定霍尔国要出兵来抢王妃呢！"

主仆数人惊慌不安。正在这时，霍尔国硕大无比的灾难鸟来到苍龙吟啸的宝地，一落在松石九梁宝帐顶上，好端端的金柱就突然坼裂，结实的系帐绳同时挣断，用以扯紧帐绳的红宝石滑车突然散脱，九梁宝帐摇摇欲坠。珠牡慌忙跑到门前，只见一只奇丑无比而凶残的大鸟落在宝帐之上，珠牡喊道："健壮的虎士玉达呀！快来看呀！宝帐篷顶上落下了这样难看的大鸟，你能不能把它射下来？"

玉达取来弓箭，但被灾难鸟羽翎闪耀的威光所震慑，却没敢射，又跑进帐内，从天窗里看到鸟儿的十二根尾翎。他一箭射去，尾翎散落地下，而灾难鸟却飞走了。之后，这灾难鸟在岭国上上下下好好地侦察了一番，才返回霍尔。

这时珠牡对侍女里琼吉说："以前黑乌鸦替霍尔说亲，现在灾难鸟又来窥探，绝不会是好事儿，你赶快向总管王禀报去吧。"

这些不祥的征兆里琼吉与主子一同目睹，她的心里也是惴惴不安，她赶紧到总管王绒察查根的帐房，将黑乌鸦与灾难鸟的事情一同禀报，不料总管王却说："在这龙盘虎踞之地，怎么会有这种事情发生呢？常言说：'骡子赛跑没有后劲，女人说话不可相信'。岭国神族各大部落，像凝固的乳酪那样平静，你现在却像搅鲜血一样乱搅一气，这会有什么好处呢？"

里琼吉说："俗话说：'天不得不亮，因为太阳在后面催着'，不是我里琼吉多嘴，是主人派我来传话。珠牡王妃马上就到，到底怎么办她来了再说，请赶快召集神族各部聚会吧！"

于是总管王立即命人打起法鼓，大声吹起法螺，书信如天上飘落的雪片，信使如小鸟飞去，通知岭国各部大众，次日太阳照耀山头时，一起在达塘查茂滩集合。

第三十二章 岭国英雄热烈议灾鸟 老将丹玛奋勇探敌情

森姜珠牡带着灾难鸟的十二根尾翎径直前往达塘查茂会场，把这些尾翎放在英雄们聚会的中间，然后焦急地唱道：

在这达塘查茂场中，
圣岭神族英雄们，
宝伞纷纭的上师们，
盔甲闪光的长官们，
缨旗飘飘的青年们，
山花般烂漫的姑娘们，
寿结翩翩的孩子们。
高处的请坐在树上听，
低处的请坐在湖边听，
请听我珠牡报告这事情：
昨天上午那时光，
飞来一只贼鸟儿，
丑态怪样难形容，
右边翅膀向东展，
左边翅膀向西伸；
体大赛过三头牛，
巨齿森列如青峰，
每根羽翎粗而长，
好像武士的胳膊一样壮。
它忽然落在宝帐顶，
绷断了结实的系帐绳，

我忙给仆人玉达说，
快快拿出宝雕弓，
快快杀死这畜生；
玉达一箭未虚发，
射落了十二根大尾翎。
各部落首领可知晓，
这件事情重如山！
若问这事的根与源，
要回想到三年前，
雄狮王北往的那一年，
各部的英雄弟兄们，
马队护送了十八站，
牛队护送了二十站，
徒步护送了二十又五天。
送到北方曲隆纳查贡玛地，
大王开导了各位长官，
早则两个年头里，
迟则不会过三年，
无论如何三年中，
一定凯旋回家园。
他正要跨马上征鞍，
又勒住缰绳站马前：
我到北地降魔去，
定有敌人来侵犯，
三大山头常巡逻，
三大谷口置哨探，
三大山腰勤侦察，
三大平川严防范。
大王谆谆告诫说：
不要挥兵侵犯人，
如果敌人来进犯，
奋勇抗击无悔怨！
大王这些告诫话，
大家是否铭在心？

现在发生的这件事，
我珠牡觉得很蹊跷，
一来白昼有凶兆，
二来夜晚现噩梦，
三来灾难鸟临头实不幸，
想有好事万不能，
望各位英雄细商量。

唱毕，达绒部落的晁通心想：“这些尾翎看起来是霍尔灾难鸟‘岗噶绕桑’身上的，很可能是白帐王要率领兵马进攻岭国了，所以提前派鸟儿来侦察。听珠牡歌曲的意思，是要各大部落都警觉起来，随时抗击黄霍尔，那霍尔非吃大亏不可！不如把这鸟儿冒充成格萨尔的神鸟，就说是大王要从北方回国了，这是一只来送信的神鸟岂不更好？”因此，他假惺惺地说道：“嘉洛家的珠牡姑娘呀！可千万别把吉祥的兆头颠倒着胡乱说，只有我了解这鸟儿的来历，也只有我能认出这几根翎毛！”说毕，他打着心里的小算盘，编派起来，说起了这些翎毛都是吉祥的象征，是尊贵的格萨尔大王因为思念家乡的兄弟才派了鸟儿来送信，还一味地劝说用不着巡逻放哨。他这样乱说一气可瞒不过总管王绒察查根，他连忙制止晁通：“晁通呀！你真是强不知以为知，胡吹一气。这些羽翎的来历我很了解。对我们岭国来说，要出一件大事呢！黄霍尔肯定要对圣岭神族打主意，来场突然攻击！”

大家听到总管王这样说，立刻警觉起来，仔细地听老总管继续对大家说道：“我到过霍尔好多次，霍尔地方有这种鸟，名叫‘岗噶绕桑’，也有人叫‘奇刍灾鸟’。它是白帐王的寄魂鸟，这根白色翎毛是白帐王的命根翎，这根黑色翎毛是黑帐王的命根翎，这根黄色的翎毛是黄帐王的命根翎，这根紫色的翎毛是辛巴梅乳泽的命根翎。此外的这些鸟翎是霍尔其他部落的命根翎。神族各部的大众呀，一定要遵从大王的指示，要在谷口派巡逻，要在山头派哨探，要在山腰派侦察，一定要防止敌人来进犯！”

嘉察协噶一听这些话，脸上布满了乌云，盛怒的眼睛里放射着电火一样的红光，他从马背上跳下来，大声对着众兄弟说：“霍尔和岭噶布从来都没有过新仇旧恨，白帐王不该无事生非结下冤仇。不过世事难料，还是应该派人出去巡逻，我英勇的嘉察可去，敏捷的丹玛可去，神速的东赞也能去。如果单骑怕误事，长系派出七骑兵、仲系派出七骑兵、幼系派出七骑兵，二十一骑士可一同去把霍尔探个究竟。”嘉察劝告大家：“树木小时容易砍，火势小时容易灭，虎皮要从头上鞣，对待敌人则要迎头痛击！”

总管王说："奔巴嘉察呀！不愤怒时是大慈大悲的观世音，愤怒时是马头明王，你还是耐心听听我这老人的言语吧。长、仲、幼三系应该各派三名骑士前去侦察。但在如此众多的好汉当中，究竟派谁去，还需要大家好好商议商议。"

嘉察听完更加着急，他急切地说："总管王伯伯呀！请您别倚老卖老了，既然说是要派人去侦察，又说这样的人不能去，那样的人不能去，究竟要派什么样的人才对？究竟派谁去才合适呢？"

嘉察的目光一一扫过在座的岭地各部英雄，最后目光落在丹玛的身上。丹玛家与岭国王室向来亲如骨肉，在岭地没有像他这样的英雄好汉，也没有像他这样的神射手，他沉稳又机敏，但凡托付给他的事情没有办不好的。此番前去侦察的任务再也找不到比丹玛更加合适的人了，于是嘉察将重任托付给他。

丹玛与嘉察亲如兄弟，只要嘉察一声令下，哪怕是去魔窟送死，他丹玛也不会皱一下眉头。与兄弟们告别，他跳上银灰马，说走就走。

这时，珠牡右手边的侍女端着斟满香茶的金壶，左手边的侍女端着斟满美酒的银壶，她的手中拿着长寿结、吉祥绫锦和哈达作为礼品，真诚地祝愿英雄丹玛平安归来。

丹玛带着二十一骑兵，出了岭国往前走。没过多久，策马扬鞭，单人独骑，来到了霍尔白色的大道上，在最高的山顶上往霍尔那边眺望：只见红色的玉朗贡哇四方大滩上，挤满了霍尔黑红十二部的军队。滩上人山人海，炊烟笼罩，弥漫四野，仿佛连一根绣花针也插不进去。丹玛再仔细观看，霍尔军右翼是白帐部，左翼是黄帐部，中军是黑帐部，其余的山川九部分成三队，跟在这三支军队后面，先锋部队是霍尔辛巴们组成的两万巴图鲁[1]大军，所有营门都朝着岭国。

1　巴图鲁：意为勇士。

第三十三章 细说探报灾鸟获奖赏 占卜吉凶卦女受惩罚

当岭国的人在议论灾难鸟的时候，霍尔三位大王正在白帐王的大营中与所有官员聚会，白帐王说:“派灾难鸟出去侦察已经八天了，怎么还不见回来?辛巴，你赶快去找一找！”

于是梅乳泽从白帐、黄帐、黑帐三部中各抽了一百名骑士，分头四处寻找。终于在石片堆积起来的“扎日雅玛”大山的洞隙中发现了那只丢了尾巴的灾难鸟，它羞愧地躲藏在那里，辛巴等人便带着它回到军营。灾难鸟在吃了一个人的尸体、喝了一桶血之后才慢慢地将它侦察到的情况一一细说。

听它说完，霍尔君臣顿时鸦雀无声，过了好一会儿黄帐王才说:“灾难鸟这些话听起来好像一点都没有不真实的，毕竟是关乎霍尔生死存亡的大事，还是请女卦师吉尊益西来卜一卦才好。”

担任警卫的大将、炮石手杂庆听了这话，立即跨上“声风翼宵”骏马去找吉尊益西了。

吉尊益西是霍尔噶尔柏纳亲王的女儿，不仅长得漂亮，且天资聪慧，能掐会算。她的卦是极灵验的，所以在霍尔国很受人喜爱，也被人尊重。一听白帐王要她算卦，吉尊益西带着虎皮卦毯、白螺卦箭、红袖子卦绸、绿松石骰子等物来见白帐王。白帐王让吉尊益西算算此次出征能否达到目的、取得胜利。

听了霍尔王算卦的原因，吉尊益西说，不需要算卦，用“梦占法”就行了。于是她布起“占坛”，插上白、黑、花色的三支彩箭，供上炒面、酥油和各种食物。她一边喃喃祈祷，一边睡下，霎时鼾声大作，睡起觉来。过了很长一段时间，她忽然翻身跳了起来。这时，花色和黑色两支彩箭已经扑倒，只有白色彩箭还在坛上兀立着。她唱起梦中所见的情景：

霍尔地方有三位大仙师，
虎头、豹头和熊头，

专门掌管着教法事；
霍尔地方供着三位神巫，
鱼头、螺头和鹫头，
专门从事请神和占卜。
我就是黄河六谷螺头巫，
晚上做梦白天说兆示，
具有“有漏”[1]之先知。
在我开始睡眠时，
经历了三段光明镜，
最初因六聚心不安，
中间有六因未睡成，
最后做了这样的梦：
梦见跛人和跛马，
从岭噶来到霍尔境，
觉拉吉祥神坛被捣毁，
骏马被掠去一大群。
又梦见岭方斑斓虎，
牙齿尖尖血淋淋，
白人白马单独行，
千名武士去性命。
又梦见狐狸抖毛茸，
伪装出豹子金钱纹，
黑狗翘起熊尾巴，
伪装狮子披绿鬣，
把自己窝巢让恶狼，
敌亲不分大坏种，
刮起狂风引暴雨，
浓云密布岭噶布，
最后由于轻风过，
云消雨止天放晴。
又梦见金翅大鹏夸羽翎，

1　有漏：佛教用语，指人由于烦恼等所产生的过失、苦果，在迷妄的世界中流转不停，难以脱离生死苦海，故称之为有漏。

平滩上跌下黑雕四弟兄，
一头鹞子羽毛脱落净，
六指儿全被鲜血染红。
又梦见雅拉赛吾雪山顶，
拉则[1]之上狮子蹲，
面向阿钦夸绿鬣，
黄毛狐狸吓破胆，
惊慌乱跳倒滩中。
此后梦见乌云中，
万钧雷霆下降猛，
电舌刺向阿钦滩，
白石崖从根殛无踪。
又梦见猛虎蹿出檀香林，
向着霍尔夸笑纹，
日哇部落遭厄运。
又梦见黄河以北毒雾漫，
黄河以南阳光灿，
一明一暗二者间，
白帐的螺座四撤散，
黄帐大梁成两段。
所有披箭从尾劈两半，
羽翎、箭杆没有一支全；
贵重宝弓一一被折散，
没有一把弓还有弓弦；
矛尖、矛缨离矛杆，
锋利矛枪一支也难见。
只有一支箭羽翎全，
只有一张弓有筋弦，
只有一把刀鞘全，
只有一支矛有尖。
还梦见圆圆白海螺，
跌入草地哈拉洞，

1　拉则：藏语音译，在山口或路口堆砌石堆，并插上各种经幡和彩旗，表示用以敬山神、镇妖魔。

蓝蓝的天空起乌云。
熊熊火焰所指处，
小腿跑断难脱身。
恶蛇之舌所伸处，
毒液飞溅不饶人。
又见狮娃用爪击岩石，
金刚石崖也粉碎。
山坡上面礌石滚，
想逃也是逃不及。
滩中骤然起狂风，
却没有地方可躲避。
十八大滩成血海，
十八大谷满尸骨，
山狼见血生厌恶，
老鹰见肉也呕吐。
女城穹隆遭摧毁，
美丽孔雀落网里。
神铁铜闸成飞灰，
不朽的卐字图付火炬。
……

对付岭国，白帐王以为成竹在胸，请来女卦师不过是为了讨一些吉利话，让君臣上下齐心进攻。却不想被这女妖人触了霉头，不等她唱完，白帐王大声叱喝道："呸！你这妖女，满口胡言，没有一句能听，说什么一个人竟然能够消灭成千上万的大军！格萨尔在不在人世还不知道哩，你竟然说他要把霍尔地方弄得草干水枯、山川皆平！怎么可能会有这样的事情，像你这般胡说八道、造谣惑众的人怎么还能留在世上！"

说罢就命辛巴梅乳泽等十九位大辛巴，将吉尊益西五花大绑起来，命他们处决这妖女。他们将她带到山后，梅乳泽说："白帐大王今天发疯了吧，女卦师的话真假还没弄清，说杀就杀，真是狂暴得不可一世。这样一意孤行，天神会惩罚的呀！今天黄昏以前，恐怕就会有啥征兆。这个女巫万万杀不得，还是把她放了吧！"

其他辛巴都同意梅乳泽的意见，结果还是把吉尊益西放了，大家回去给白帐王谎报说："已经杀了。"

第三十四章 丹玛用计智掠霍尔马 辛巴出战被削天灵盖

再来说丹玛，见霍尔军队这阵势，看来是铁了心要侵犯岭国。他立刻吩咐二十一骑兵马上回去报告，他还要仔细观察，见机行事。丹玛心想：作为英勇的大将，要是今天不能给他们一点颜色，可真是比死了还难受呢。于是他不慌不忙地从阳山采来冬青，从阴山采来柏枝，从山谷采来香茅草，煨起桑来。随着香烟如白云般袅袅升上天空的时候，丹玛唱起了赞颂战神的歌，准备只身挡住霍尔的兵马。突然，丹玛的银灰马说话了："霍尔的兵马多如牛毛，我们只一人一马，若直接去攻击，肯定会碰壁。我们不如假扮成跛人、跛马，你徒步行走，我空鞍前进，等到了霍尔军的面前，再猛烈冲击。"

丹玛听完这话，正合心意，便伪装成跛人，那马儿也装得一瘸一瘸的，一同步行到了山下。

这时，辛巴梅乳泽说道："尊敬的白帐王，雅拉赛吾山坡上，出现了跛人、跛马，吉尊益西说的话灵验了。这恐怕要出一些蹊跷的事儿哩！"

丹玛走到离军营不远的土丘后，立即放下白盔的遮檐，束紧白甲，把腰间的武器缚好，把银灰色马肚带扯紧，跃上马背，像红色闪电一样冲入霍尔军营之中。迎面正好是辛巴的军营，他连续斫倒了几座大帐，踏翻了十八处锅灶，锅灶的烟尘四处飞腾，笼罩了大地，遮黑了天空。丹玛又催马直冲出去，把霍尔在阴山、阳山和山谷里放牧的战马赶到一起。喊声震撼大地，充满天空，他从容地将马赶走了，而霍尔国君臣的五匹寄魂马也正在这群马中间。

眼看着丹玛赶走了霍尔的战马，辛巴梅乳泽又来劝告白帐王："大王啊，我们还是不要进兵岭国了吧。你看这跛人跛马就如此厉害，如果岭国大军一来，还会有我们的好结果吗？不要为了一个女子伤这么多人的性命吧。我们霍尔的美女多得很，大王说要谁就娶谁。"

不料白帐人王却反唇相讥："我只要珠牡，梅乳泽不要再多言！岭国的跛人跛马抢走了你的马，你不去追马，反倒来这里嚼舌头。平日里你是勇冠三军的大将，今天怎么变得如此胆小了？！那好吧，如果你害怕岭国人，那就回去好了。”

听了白帐王一席话，梅乳泽的脸一下子绯红起来，像用鲜血染红了的灯笼。他立即戴链披甲，给能飞的海骝马鞴鞍戴绊，右边箭囊中密密的披箭像黑刺一样排列着，左边挂“具毒燃炽”宝刀，带上像野羊角那样的弯弓，嘴里喷着火焰，鼻内冒出青烟。三千六百名辛巴每人手持一箭，系着彩绸，好像天空闪电样，急急出去追赶丹玛。

这时，丹玛想道：后边追赶来的这些人，究竟是谁呢？一边想着，一边赶着马群慢慢地走。走了一阵，将要到达霍尔雅拉赛吾山右侧时，梅乳泽紧催坐骑，疾驰而来。丹玛这时已看清远处来人是梅乳泽，想道：“必须用计把这个人压服下去，若单凭武力，恐一时难以制胜。”

追上了丹玛的梅乳泽也动了一些心眼，他没有隐瞒自己的名讳，便对丹玛说：“我们霍尔的军队要前往嘉纳，你这岭国的黑矮子为什么无端偷袭。难道你是仗着格萨尔大王的名声吗？我霍尔国岂能容你小觑？如果你今天硬是要赶走我们的马，那可别怪我辛巴要造杀孽了！”

丹玛知道这个人名声很大，武艺高强，果然威武，但他丹玛好歹也是岭国响当当的英雄人物，便说道：“我不过是上岭的牧羊人，早上才刚刚穿上这一身的盔甲，全因飞鸟来送信，说是你霍尔国将要侵犯我们岭噶布，所以岭国派出了我这牧羊人来探听消息。如今你霍尔逼上来，我岭国也不得不还击。我的英勇可能不如你，但是我今天宁愿做一只战斗老虎去送死，也不会像狐狸一样夹着尾巴逃跑！”

丹玛身份是假，但英勇迎战的决心天地可鉴。梅乳泽也在心里猜测这个谎称牧羊人的岭人就是丹玛，只是不敢太肯定，用大话肯定是吓不倒他的，只有射一支箭给他看看，他害怕了，才会丢下马走。

这样想的时候，霍尔的白、黑、花三个魔神，用魔法摄来三只苍鹰在天空飞翔盘旋。辛巴说：“喂！岭国的紫色娃娃，你的脖子等着流血吧！我对中间那头怎样处置，对你也是同样对待！”

他一箭射去，只见箭尖上迸发出魔神变化出来的三团马粪大小的火焰，流星一样正射在中间那只小鹰身上，那小鹰不左不右，端端落下来掉在丹玛的面前。丹玛想道：这鹰就象征着岭国，预兆有点儿不妙呢。而且箭尖上能够迸发出火焰一样的流星。我的箭头虽然也能百发百中，但是迸射出火焰却是不能够的。

正当他这样想的时候，天母朗曼噶姆把霍尔三王的魂魄、福禄和生命摄在三只野狼身上，出现在山麓，让它们做丹玛的箭靶。见此情景，丹玛厉声吼道：“梅乳泽呀！你能射箭我也能射，你看吧，我怎么收拾中间那匹野狼也就怎么收拾你！”

说完，搭弓上箭。一箭射去，正中中间那只野狼。立刻卷来一阵黑风，把那狼抛在梅乳泽面前。辛巴从空中抓住狼腿，口喷火焰，鼻冒青烟，并从马肚带和马镫眼中吹出火来，顿时把狼毛烧焦，然后囫囵着一口吞了下去。这时，丹玛又连射五箭，混迹在马群中的五匹寄魂马被一一射死。丹玛又转向其余的那些马，大喊一声，把马群赶向岭国大路跑去。丹玛这才把坐骑勒住，停了下来。梅乳泽看见霍尔君臣五匹寄魂马被射死，马群又被赶走，勃然大怒，抽出一箭，按在弓上，拔出“具毒燃炽”宝刀，把刀柄上的环扣套在拇指上，然后说道：“岭国放山羊的娃娃呀！你干的这几件事太歹毒、太过分了，给两大部落惹下了祸端，给你们岭国带来了灾难，你看着吧！”

他的箭一一射出，雪山的青石板纷纷坠落，森林中树木一片片倒下，石崖哗啦啦地坍塌，草地上尘土飞扬。又一箭直向丹玛射来，丹玛“咻”地下马一闪，那箭正中白盔上，把中间的红缨整个射了下来。丹玛赶紧地拾起来，心中暗叫不好：“这支红缨象征着幼系奔巴王室的门户，现在被他射落，是否雄狮大王深陷魔地险境？还是嘉察性命将绝？”又想：“梅乳泽的箭法虽然神奇，把雪山都毁坏了，却没有伤到我丹玛分毫。我若还他一箭，定要伤其要害。”

他将弓箭搭上，大声说道：“梅乳泽呀！射箭可不能像你，我既不射山，也不射马，你看我怎么射你！”

说时迟那时快，话音刚落，射出一箭，正中梅乳泽的五尖凤盔前盔梁，并从后盔梁中间穿出。他的头像开了天窗一样，削去了巴掌大一片头盖骨。梅乳泽立即晕了过去，跌下马来。丹玛很快跑到辛巴前一看，只见那片头盖骨掉在一边，那箭斜插在地上。从梅乳泽头顶伤口上看，脑膜还在突突地跳动。丹玛正想用马鞭一搅，将他置于死地。这时银灰色马说道：“丹玛呀！梅乳泽这个人上一世在天国与格萨尔王是亲兄弟，这次侵犯岭国的罪恶是白帐王干的。至于他对霍岭两国看成是自己的左右两只眼睛一样，并无仇视之心，如果你把他弄死了，雄狮王会怎么说无法预料，还是把他留下吧。”

丹玛觉得马的话颇有道理，于是把那片头盖骨放入弓袋，启程回返。当太阳落到西山顶时，他翻过雅拉赛吾山，在暮色苍茫中回到岭国。

丹玛走了之后，霍尔军营中的白帐王方才想起梅乳泽尚未回营，连忙询问他的行踪，派人到处寻找。当辛巴们将少了半块头盖骨、半死不活的梅乳泽抬到白帐王面前，霍尔三个大王和成千上万的巴图鲁，黑红十二部落的官兵，人人惶惶不安，愁眉苦脸。

白帐王派来却达尔王的小儿子、噶尔哇部落的歇庆。他精通医术与历算，经过一段时间的治疗，梅乳泽才慢慢恢复过来。

而丹玛将从霍尔赶回来的马匹分给了岭地的各大部落，偏偏落下了达绒部落。因为晁通在议论灾难鸟时欺骗过大家，丹玛对此十分恼火，晁通当然也因此事耿耿于怀。

第三十五章

嘉察单骑勇闯霍尔营
珠牡俐齿暗讽达绒王

时间一天天地过去，一个皓月当空的夜晚，只见一位穿着白色盔甲的勇士骑着一匹白马，像煞神一般直奔去霍尔的白色大道，照着大军驻营的地方冲了过去。

辛巴梅乳泽暗自想道："来了一骑白人白马，吉尊益西的话怕是又要应验了。这人好像是嘉察，恐怕要被他弄得血流成河了。"

这时霍尔军营的辛巴们察觉到了异动，却又对这突然的变故不知道该作何反应。嘉察直冲正中白帐王的大营，踏翻了帐房，把旗杆砍成了三截，并割下白帐的一片幕帘。

若是白帐王这时住在帐中，定然成了嘉察的刀下之鬼，不过白帐王狡猾异常，因为担心岭军突然袭营，所以大王的帐篷不过形同虚设，他自己每天轮流睡在不同的小帐之中。嘉察找不到老贼，遂把锅灶边的十八个伙夫劈成一堆，又将放养在阴山、阳山和山谷中的马群全部收拢一起，往岭国的方向驱赶。

嘉察走后，以黄帐王、黑帐王为首的所有君臣，一起来到白帐王跟前请安压惊。辛巴梅乳泽又不失时机地劝道："我早就听说了预言，不要和岭国死作对，那天的一个牧羊人就偷袭了营地，我辛巴也被他砍伤。今天来的这人更是勇猛异常，岭地的无名英雄尚且如此之多，更不要说那些有名的好汉，大王还是收兵为好。"

这白帐王时时刻刻都想着抱得美人归，哪里听得下任何人的劝告，只要是劝他打消念头的人，几乎都被他划到了敌人的行列，因此对于辛巴自然没有好话："明明是你懦弱无能，把一世英名付诸流水。自觉惭愧，无法开脱，所以在我头上找碴儿，至于被抢走的马，还是必须给我追回。辛巴梅乳泽呀！你说起大话像猛虎，遇事像打哈欠的狐狸。此番去追回马匹，就不劳烦你了！"

说完他转向霍尔奔巴部落中的一位名叫冬旋的大将，允诺他如果此战胜利，就赏他三十匹骏马，还封他做万户大首领。领到命令，冬旋立刻戴上雪山三峰盔，身穿红鼠雁翎甲，腰悬斩断烈焰刀，另带利矛和弓箭，率领着一千花缨队伍追着嘉察出去了。

嘉察早就料到霍尔的追兵会赶过来，现在稍事休息，等到待会儿杀个痛快，定能给岭国留下美名。于是他翻身下马，坐在一处高岗上等待。不多时，只见尘土飞扬，霍尔骑士踏着飞扬的尘土，奔驰而来，领兵的冬旋单枪匹马跑在前面。

嘉察暗自思量：看着盔缨和士兵拿武器的架势，似乎是霍尔奔巴六部的射手，遂以逸待劳，等在那里。

冬旋也是狡猾之人，他在普通一箭射不到的地方停了下来，骑在马上冲着嘉察大喊道："岭国的白脸汉，你人虽彪悍，不过一个；马虽暴烈，不过单骑。我要一箭把你射个透明窟窿，把马群赶回去！"

嘉察未料这小将出手如此迅速，话音未落一箭便射了过来，未曾提防，被他射中了上、下两片铠甲相连的缝隙里。幸好贴身穿着雄狮大王赐予的战神紫绶衣，刀枪不入，箭未插入身体。他把箭拿出来，挥起雅司宝刀，喊道："你射出这样没劲的箭，一点皮肉都伤不了，女人们也觉得害羞。只敢从远处射人，算什么英雄！我要当面和你用刀对拼，看看谁高谁低！"

他扬起犀利的雅司宝刀，催动胯下加霞白马，像狂风一样向前冲去。冬旋见势不妙，急忙向后射出一箭，勒转马头，转向另外一边拼命逃去。嘉察抽出一箭，搭在白螺宝弓上，喊道："你这个软骨头逃不了，我这支催命箭，不把你背上射个窟窿就不算英雄！"

说罢，稳稳一箭，正中冬旋肩胛背脊之间，箭头从前胸穿出，冬旋从马上跌下。嘉察赶上斩下首级，拿上盔缨，把甲胄及刀、弓等兵器缚在冬旋的马上。那一千名士兵，有的在放冷箭，有的在大喊："逃呀，快逃呀！"嘉察扑上前去，把那些士兵一部分赶入黄河波涛之中，一部分赶下悬崖，剩下的像被老鹰捕捉的小鸡似的滚作一团，大都死于刀下，仅留下年纪较大的喀康一人，让他骑上一匹割去了尾巴和鬃毛的马，带去口信给白帐王："你黄霍尔白帐王，如果胆敢到我岭噶布来，我们已准备了一百人给你献茶，我嘉察在雅拉赛吾山侧亲自恭候。这次，除了我赶的马群外，你们又送来武器及全套盔甲一千副，鞴鞍骏马一千匹，均如数收到，即日带回岭国。"

岭国上下所有人都在议论嘉察与丹玛的英雄事迹，晁通六个儿子中的长子——英勇的念察阿丹也在想："嘉察和丹玛君臣两人，掠来了这么多骏马，给岭国有马的每人一匹，无马的每人两匹。只有爸爸晁通，因为惹是生非，没得到应得的一份，但这也怪不得别人。雄狮大王对待我、嘉察和丹玛，向来一视同仁，从无差别。我若不能和他二人一样，给大王献上骏马，那就太丢脸了，嘉察也会不高兴。因此，我必须从霍尔手中夺得不少于他二人赶回的马匹，只要是神族大众，不论是谁，都不偏不倚地把马匹分给他们。”

这样想着，他勇武焕发，好像绿鬣丰满的雄狮，铠甲、武器就像雄狮张舞的爪牙，骑上骏马“雪山腾”，像兽王蹿出雪山一般，来到岭国达塘查茂会场，向总管王以及岭国的众家兄弟表明了心愿，然后立刻就想要出发。

所有英雄都被阿丹的英雄气概感染，暗想着等到阿丹回来，也要做下一个单骑英雄。可是阿丹的父亲达绒长官晁通王却生气万分。他挡在阿丹前面，就像一只老山羊靠在破墙上似的，怒冲冲地呵斥道：“你这只知道屙屎的娃儿，闭上你的嘴！彪悍的英雄到处有，最厉害还是黄霍尔，你能敌过辛巴的大刀？你能敌过神箭手阿俄的利箭？你有多钦那么大的力气吗？你能与白帐王为敌吗？还是老老实实地待在这儿吧，让老子去！”

晁通的话令众英雄十分错愕，虽然都不同意，但想不出来阻挡他的理由。总管绒察查根在心里想道：这个家伙是从外边毁坏圣岭的锤子，是从内部毁坏圣岭的斧子。他这一去，绝不会干出好事的！本来他去不去都没有关系，但这是个吹大话不知羞耻的家伙，要是不让他去，说不定会像黑狗似的躺在地上耍赖，干脆还是放任不管，任凭他去。

就在这时候，森姜珠牡前来敬茶、敬酒、祝愿，希望他不要给岭国丢脸，随即软言细语，绵里藏针地唱道：

玛域长官晁通啊！
请您勒住骏马蹄，
请您稳坐金鞍垫，
请您蹬稳花镫盘，
我有话儿说在前！
从前藏民谚语说：
“牧羊人喜欢单独走，
打瞌睡会把羊儿丢；
年轻人喜欢独经商，
会把货送到强盗手；
小驮牛独行贪草吃，
会被狼拧着鼻子走，
叔叔们背矛单独行，
把侄儿送到敌人手。”

这谚语脍炙众人口。
玛域长官晁通啊！
自岭王曲潘纳布到今天，
从没有中断过征战，
掠来的财物马匹数不清，
人未伤损马未残。
祖传的天铁“霹雳剑”，
从未落在敌人手，
饿了没有用它换肥肉，
渴了没有用它换美酒。
岭国的三十位英雄汉，
对内好比满把丝线拧成绳，
对外好像长矛列满大滩中，
敌人来犯时矛尖齐举起，
朋友到来时用刀共分食。
长系没有自恃为长房，
仲系没有自恃为剽悍，
幼系没有自恃为矫健。
祈请五部大力空行母，
给晁通王坐骑添神速，
四部大乐者愤怒母，
给叔叔出征以护佑，
愿叔叔在进击的道路上，
把敌人像搓虎皮从头上鞣，
对战斗如弯弓从正面弯，
把狼如猎狗从后面接。
长命百岁的叔叔啊！
有句不好听的心里话，
“上釉的陶瓮不能里外翻夺”，
叔叔勿忘记心间，
正确与否请叔叔想一番，
曲有错误我忏悔，
言词冒犯请包涵。

珠牡的这些话，击中了晁通的隐私，这时他已把茶喝完，酒只喝了一半，气得鼻孔翻卷，胡须直立，把剩下的酒泼在地下，勒转马头说道："霍尔和岭国黎民不安，兴师动众的祸根子，就是你这个败家子！我事业攸关，不得不去，你恶言相讥，居心何在？"

说罢，尘土滚滚，向前驰去。

第三十六章

施幻术晁通三闯敌营
怕丢命懦夫几欲叛变

玛域长官晁通王，翻过山去，正巧碰到霍尔黑红十二部大军操练兵马。只见右翼白帐部队，白盔缨幡，遮天蔽日；左翼部队，黄盔缨幡，布满虚空；中间黑帐部队，黑盔缨幡，遍及大地。后面，紧接着奔巴部落的花缨部队三个队，日巴部落的绿缨部队三个队，噶尔哇部落的铁青鸡毛顶部队三个队，年加部落的水绫虎纹顶部队三个队，更噶的白布豹尾顶部队三个队，以及岔保、岔肖、顿巴三部落的白、黑缨幡部队九个队。排在最前边的是辛巴血缨军，射出的箭好像天上下了一场冰雹、长方旗幡纷纷飘扬，武器充塞天空，人马遍布草原，吓得晁通丧魂失魄，浑身发抖，一句话也说不出来，顿时昏晕过去。

停了一会儿，晁通醒过来对他的马儿说道："弓腰黑鬃马你快往下看呀！霍尔十二部大军，就像布满天空的繁星，我们可不敢再往前走了。你看，他们像是排着队朝我们冲过来呢，我们快往家里跑吧！"

马儿说："不是向这边来的，他们正在操练兵马呢，等一等，就会平安无事了。"

过了一会儿，霍尔各个部落都回到了自己的营地，地面上静悄悄的，只有缕缕炊烟，直上空中。

晁通又对马儿说："他们可能看见我愤怒王到了，所以坚守着自己的阵地，不敢往这边来了吧！"

他在心里想着：像这样众多的军队，谁知道能干出多少大事，嘉察与丹玛怎么会敢往这样的军营中冲击，也不知道他们施了什么阴谋诡计，竟然赶回来那么多的马匹。

马儿也看出他的怯懦，于是说道："你在叔伯面前穿上了铠甲，在婶娘面前带上了干粮，事先把话说得那么满，现在要是不能取得战绩，肯定是要丢脸的，就连我这个畜生都在替你脸红。在岭国的时候，你不是最擅长把青石充作松耳石、把黄铜充作真金的虚虚实实的把戏吗？"

马儿这样半是嘲笑、半是鼓励的话语一出，晁通还真是有了主意。他利用神变之法，伪装成嘉察的样子，闭上眼睛，任凭马儿向霍尔军营冲去。虽然神魂不安，心里突突乱跳，但总算侥幸，居然赶来了一小群马，回到了原来的地方。

这时，在霍尔军方面，辛巴梅乳泽想起女巫的话，识破这是晁通的伪装，没有吭声。霍尔其他君臣虽然眼睁睁地看着“英勇的嘉察”竟然又来进攻，却不敢派人追击，究竟咋办，谁也说不出一句话。

晁通把这群马朝一个山坳里赶去，交给自家的马看守。他却骑在掠来的一匹霍尔枣骝马上，又伪装成格萨尔大王的样子，勇敢地冲到霍尔军营之前，把马鞭斜插在鞍上，在马鞍上盘起腿，趺起金刚坐，用震得惊天动地的声音冲着霍尔白帐王说道：“你们胆敢与岭国作对，尤其是和我格萨尔王作对，一定要给你们一点惩戒，我要赶走骏马许多群。若要追赶让白帐王自己来，让我们两个当面谈清，霍岭两国到底是破裂，还是让两国人民享太平？白帐王你好好思忖！”

面对“格萨尔大王”的质问与威胁，霍尔白帐王吓得大气也不敢出，悄悄给黑帐、黄帐两个弟兄说：“今天碰见大强盗了，你们悄悄坐着，格萨尔他想怎么做就让他怎么做吧。”

于是，晁通又乘机掠了一群好马，和以前那群马赶在一起，这时，“黑尾豺”马说：“走吧！现在该回岭地去了，善于掌握时机的男子，才是好汉；善于调节饮食的女人，才是贤妇；善于掌握营利机会的商人，才能成为富豪。再不能待在这儿，我们现在应该是要知足回国了。”

晁通尝到了甜头，怎么可能轻易罢手：“对那个吃秃尾巴地鼠、拖着鼻涕、长着枭鸟一样黄眼珠、穿着偷来的牛犊皮袄的黑娃娃觉如，以及嘉察协噶两个，霍尔们竟然这样害怕，吓得门也不敢出。如果让我愤怒王晁通上前，唱一支母老虎咆哮曲，他白帐王准会吓得昏过去。如果我能赶回来三群马，正如俗话所说：‘碗面上既然有油脂，那么碗底下还会是稠的’，不但有吃有喝，我英勇善战的美名还能在岭国流传呢。”

马儿竭尽所能地劝说，但晁通就是铁了心。无奈只得载着他再次冲向霍尔的大营。晁通来到霍尔大营前，两眼冒着红光，又歪嘴又扭脸，张口就是滔滔大话：

喂！喂！白帐王，
自从霍尔托茂王到如今，
霍岭两国一向很和睦，
从来没发生过争斗，
你年轻人想起来就蛮干，
就像马驹儿任性胡跑，
红色大滩布满了军队，

是不是追赶杀你父亲的人？
如果不是你往哪里狂奔？
莫不是你黄霍尔的魔爪，
想来摸圣岭的神谷？
我无论挥一刀或射一箭，
要砍下你白帐王的头，
叫你霍尔无极河水倒流，
叫你军马填河谷，
若不把你阿钦草原变荒滩，
我马头明王就无神威，
我玛域长官就算没本事。
你听懂了吗？白帐王！
赶快敬茶送礼品，
卸下马鞍铺坐垫，
若不立即这么办，
不吉祥的事马上就出现。

见来者是达绒长官晁通王，白帐王很不以为然，他晁通胆小怕事的名声早在天地间流传，要是连他都畏惧，又怎么敢自称是英雄好汉？五位武艺高强的辛巴在各自阵营中急忙披挂，一个接一个地冲了出去，见到这阵仗，晁通刚刚的威风散了一地，连忙催马掉头逃命。眼看就要被梅乳泽追上，他连忙丢盔弃甲，最后索性下马，没命地向山沟跑去，到一个山坳里，突然不见。辛巴顺着脚印去找，发现在一个旱獭洞口有半个脚印，他趴在洞口往里面一看，只见晁通的头发和胡须像风吹一样簌簌颤动，满脸土灰中，只见两只绿莹莹的眼睛一闪一闪地跳动着。

辛巴拔出宝刀，道：“你这个晁通哪，妄想用山羊胡子与白狮绿鬣比高低，用狐狸的嚎叫与苍龙的吟啸争上下，未免把自己看得太高了吧！现在怎么又钻进洞里了呢？现在就要用刀把你的身体砍碎，把你的灵魂丢到地狱中，还有什么话，需要我替你捎回家中？”

听到梅乳泽说下狠话，晁通赶紧战战兢兢地从洞里爬出来，从护身佛盒中拿出五联红绸哈达和五峰水晶宝塔，作为拜见的礼物，像给上师磕头一样给梅乳泽磕了九个响头，苦苦哀求道：“像大山之王须弥山一样的大辛巴呀，您就是要了我的老命，对霍尔的事业也没有一点好处。求求您饶了我吧，我要向白帐大王投降，要把整个身子奉献给霍尔。”

辛巴梅乳泽心里想道：这个晁通，今天若不一刀断送他的狗命，让他和白帐王见了面，不知道会干出什么样的坏事。正要动手杀他，别的辛巴已陆续到来，梅乳泽没法动手，只好用一条黑绳把晁通捆成一个圆球，缚在他的“黑尾豺”马上，将他押解到白帐大王的跟前。

这时，白帐大幕的左右，声势显赫地陈列着法纪、执仪仗，以及许多乐器。大帐正中，白帐王高踞黄金宝座之上，左右两边银座上，坐着黄帐王和黑帐王，后边是红缨飘荡的辛巴们，大帐门两旁，巴图鲁们个个手持武器，身着盔甲，排列肃立。在相距一箭之远的地方，梅乳泽把晁通解下放在大王面前。

晁通战战兢兢献上一条哈达和一具黄金的“喜旋金宝”，说道：“霍尔白帐大王啊！我玛域长官晁通把生命和一切都奉献给您，向白帐大王投降，向辛巴之主献身投诚。”

说完，牙齿打颤，浑身像是秋风中的落叶一样颤抖着，一屁股瘫在地上。

白帐王讨厌晁通这样贪生怕死的家伙，但在这个时候，晁通却是极好的笼络对象，他忍住对晁通的厌恶，对他说道：

霍尔大军要开到岭国去，
所有男子要杀光，
所有城池要毁光，
所有财物要掳光，
所有女子要掠光，
要让英雄业绩传四方。
晁通呀！
你看我这愿望能否实现？
岭国三十位英雄汉，
他们的强弱到底如何？
郭部的外甥格萨尔，
据说到了北边亚尔康，
如今消息又如何？
我要去岭国抢财物，
我要去抢美丽的珠牡，
赶快献出你的好计谋！
你玛域长官晁通王，
和我白帐虎帽王，
人世上只有我俩心一致，

神面前我俩起一誓：
若把岭噶布取到手，
霍尔阿钦大王就是我，
东方玛域大王就是你，
把我的公主噶茂措，
嫁给你玛域大王做王妃，
愿天地两者的中间，
我俩如老虎和狮子并肩立。
当格萨尔回到岭国时，
我俩携手来对付，
不愁消灭不了他觉如！
辛巴梅乳泽快快来，
给玛域长官晁通王，
快解开绑着的黑绳，
让他稳坐在花垫上，
端来肥美的牦牛肉，
端来绵羊的尾脊骨，
饮上浓茶和美酒。
今天我得到晁通王，
和得到岭国无两样，
今后黄霍尔计谋将逐步实现，
对不对你们以后可以看见。

唱毕，那些手快的辛巴立即给晁通解开黑绳，让他坐在豹皮垫上，端来美酒、浓茶和满盘的牛羊肉。晁通惊魂稍定，大口享用起来。吃喝完毕，抹净嘴皮上的油脂，开始向霍尔白帐王报告岭国各部的详细情况，并提出如何进攻岭国的计划。

晁通说完，白帐王笑容满面地说："您说这些话完全合我意，我若征服了小小岭国，你晁通的权势就和蓝天一样高，倘若不相信，往后瞧吧。我这就从黑红十二部落中，各选出五十匹马给你，这也没有什么，反正这些牲畜以后仍然会回到自己的部落来。"

于是，他们二人一起发了誓，同喝了热血，同吃了生肉，彼此间情投意合。晁通说："明天，我要设计挑逗总管王的儿子昂欧玉达前来行劫，您先让他掠去一群马，然后派两三名英勇的辛巴前去追赶。无论如何，要取下他的首级，摘

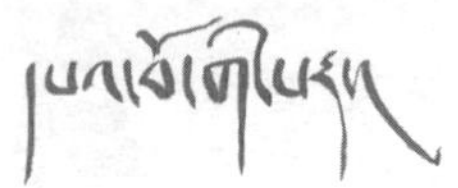

下他的盔缨。这样，总管王的心里就会像泼了一桶冰水，肯定再也不会考虑防守城池的事了。不过三年，霍尔就会取得全胜。若不是这样，让岭国后裔们在总管王率领下，万众一心据险坚守，就是经过九年，黄霍尔损兵折将也未必取胜呀！”

白帐王一边听着，一边连连称是。为了给晁通一些马匹，梅乳泽前去点马，把那些缺鬃、断尾、背上长疮的劣马挑了三百匹给晁通。等到太阳快落山的时候，晁通赶着这些马回去了。

第二天，当太阳照耀大地的时候，晁通打算将这些马全部分出去，但就是不打算分给总管王和嘉察。他的老婆丹萨却说："长官晁通呀，这些马到底是赶回来的还是别人施舍给你的，没有一匹能骑。这样的马要是分给大家，不仅丢脸，说不定还要引起不必要的口舌争端呢。"

晁通向来觉得丹萨聒噪，再想想要是帮助霍尔王取胜，就能迎娶貌美如花的公主了，这样一来就更加讨厌丹萨了。

"你这个发了昏的脏婆娘，九庹黑绳捆不住你，满桶酸奶喂不饱你，双扇大门也容不下你。要说有口舌的话，也是你招来的！"

就这样，他把马匹分给了各个部落，果然引起了很多人的怀疑。

第三十七章

布死局蛊惑玉达出征
得噩梦达萨苦劝未果

岭国众英雄，每天早上照例要在鲜花芬芳的达塘查茂大会场聚会。这天，只有晁通一人尚未到来，总管王绒察查根说道：“嘉察、司潘和神族大众们！这次玛域长官晁通掠回的马匹和前两次很不一样，马匹无尾无鬃，背上满是血瘢，这是怎么回事呢？请大家想一想吧！晁通的为人大家是知道的，岭噶布的大好江山可不能因他葬送呀！”

嘉察也有同样的疑惑，打算再派人去霍尔走一遭。刚说到这里时晁通赶到了。别人还没有顾上讲话，晁通马上抢着说：“侄儿嘉察、大臣丹玛和我都去袭营成功，这一次就用掷骰子的方式决定吧，谁的点数小谁就去。”

老总管说：“点数小的人去这兆头不吉利，要去也是点数大的人，对夺取战绩也是好的象征。”

大家七嘴八舌地争论着到底让点数小的去，还是要点数大的去，这时，岭国的公证人达潘拿出两支绿鬣箭让总管王和晁通两人抽取，谁抽到长柄箭就按谁的意思办。两位叔伯两眼怒视，同时从达潘的箭囊里各抽出一支箭。就在箭被扬出的那一刻，在场的人连连摇头叹气，说道：“怎么会是这样？！”晁通窃喜，露出傲慢的神色，对着众人说道：“岭国的英雄们，天意都看好我晁通，我晁通叔叔的意愿定会使岭国夺得胜利。还愣着干什么，还不赶快来投掷骰子，好去收拾那霍尔的贼众……”

说完，由总管王的小儿子玉达、嘉洛家的竹吉、晁通次子阿华和十五岁的小将华赛达哇比赛掷骰子。晁通暗暗地施起了法术，结果玉达的点数最小，按照约定，玉达要去前方探营。

总管王见是这样的结果，他深知儿子不会是霍尔辛巴们的对手，于是劝说玉达放弃诺言，宁愿向各个部落认罚也不要去送死。可玉达年少无知，一心想着扬名天下，怎么听得下老父的劝告。

两人各说各理，谁也不肯让谁。大伙儿也说不出个究竟，都默不作声。这时岭国的调解人苏哇纳琼说道："满滩虎豹般的壮士们呀！总管伯伯的话的确出自衷心，他的孩子们先后为国捐躯，现在只剩下玉达这根独苗。玉达也有他的道理，'不能去''不准去'这样的话伤害了年轻人的勇气，承认这些话就成了懦弱的狐狸，而有失英雄本色。今天我出面做调停人，那么大家就按照我说的做吧。就让玉达出征，请嘉察、丹玛、阿巴尔潘达、东曲鲁布达潘、森达和晁通也一同前去。岭国七英雄一起出征，定能狠狠地打击强敌。"

岭国众英雄和总管王都认为苏哇纳琼的话很有道理，于是众兄弟准备好后便一起出发。当他们渡过黄河，顺着阿噶尔加拉山脚，快到雅拉赛吾山附近时，前面突然来了一位骑着白螺、跟着大群婢女和侍从的姑娘。这个姑娘名叫达萨，先前格萨尔大王曾经途经达玉国，受到了她的父亲达玉国王尼玛赤宗的款待。当时格萨尔大王见她十分可爱，便替玉达向国王求婚，而国王自然也很高兴公主今后能够嫁到岭国。

这达萨姑娘本来有些先知的能力，有一天，她做了一个十分不祥的梦，心中疑虑重重。于是便骑着"善飞明月"白螺，由一些侍从护卫着来到了七位英雄宿营的河边。她向众位英雄说了格萨尔大王求亲的事情，嘉察也是知道有这件事情，双方见过礼后，达萨姑娘赶紧把她的噩梦说了出来："你们这是要到何处去？请如实地告诉我吧。我昨夜睡梦中，有六只老狼和一只幼狼，朝着羊群向前冲，老狼冲向别处去，小狼误向悬崖碰。也像是你们一样，六位年长的英雄和一位小英雄，真怕是一个坏的预兆呀！"

达萨姑娘开口便是凶恶的坏兆头，众人有些不高兴，嘉察说："雄狮大王料定他一定凯旋，所以给岭国聘定了一位王妃，让你先回来做吉祥的预兆，你自以为父母高贵，又是有着先知的仙女，怎么一开口就说这样不吉利的话！"

达萨下马，向嘉察和玉达两人各献上白绸一匹，金钱十一枚，向其他英雄献上白绸一匹，金钱九枚，作为拜见之礼。她继续诚恳地说道："岭国大智慧的嘉察王爷呀，衷心的劝告就像是苦口的良药，无论您多么不爱听这些话，姑娘我还是要当面再劝告。实在是因为昨夜的梦境太不吉利，这才来寻各位。玉达若不听劝回家园，我又何必再去岭噶布？好男儿要立功，有的是机会，为何偏要在这坏兆头上出征？"

嘉察与其他英雄听后不语，玉达心中却烦闷异常，他怒火冲天，冲着达萨吼道："你这丫头，不仅嘴犟，脸皮也厚。连婆家的门都还没有进，就来急着给我出主意。恩深的父母没有拦住我，岭国大众没有拦住我，你这么一个小丫头，凭什么阻挡我前进？你梦中那事，要应也是应在黄霍尔！"

达萨姑娘深深地叹了一口气，心中暗暗想着，究竟是与玉达没有缘分呀，再多说无益。达萨姑娘带着侍从们离去了。

第三十八章 中奸计玉达殒命沙场 失幼子总管强忍悲伤

七位英雄继续往前走，快到霍尔白色大道上下分开的岔路口时，晁通心想："我已在白帐王面前许下了诺言，怂恿玉达来袭营，却将岭国所有顶尖的高手一并引了过来，这样一来，霍尔要遭遇什么样的损失还不一定呢。"于是他对其他人说："我们叔侄别学狐狸饿着肚子乱跑，要像猛虎那样，吃饱了奔跑，先吃点干粮再去打仗吧。"

当大家都停下来打尖的时候，晁通又说："玉达出征的这件事呀，大家都不同意，我也是不乐意的。今天日子不好，早上达萨又说了那么多不吉利的话，兆头很不妙。不如我们一老一小先回去，就凭你们几位英雄一定能把霍尔军营搅得天翻地覆。"

嘉察本来也想着怎样劝说玉达回去，这会儿晁通出的主意更好，因此难得地马上同意了晁通的主意，让他俩先回去。

心里再不情愿，可是嘉察哥哥都下了命令，玉达只好不情不愿地与他们告别，同晁通一起返回。眼见五位英雄走远了，晁通却改了口气："玉达侄儿呀，你这个年轻人，还未上阵就先走在返回的路上，这多丢人呀。我看你原本就不想回去，不如叔叔我陪着你，到白色大道下路去侦察霍尔的动静吧！"

玉达说："没有打仗就回去，想起来也丢人，不过今天嘉察哥哥既然发了话，不如先回去，明天再找机会吧。"

晁通啐了一口唾沫："奇怪呀！是你自己说要来打仗，众人劝你也劝不住。现在看来不过是吹牛皮，显威风而已！"

年轻气盛的小将怎么受得了这样的讽刺，听完，他毫不犹豫地顺着白色大道的下路往霍尔的方向疾驰而去。晁通却暗自欢喜，一个人偷偷地返回岭国去了。

却说那五位英雄，走到白色大道上路最高的拉则附近时，往下一看，只见霍尔军营乱纷纷，正猜不到怎么回事，又见霍尔黑帐部队中一个骑着黑马的黑人，头上的盔缨像乌云环绕，腰悬弓箭宝刀，手持黑矛冲了出来。

众人不解这样的动静是为了哪般，于是在山那边的白色大道上、下路汇合处的山旁找了一处藏身之地，静静地等待着战机。

且说玉达由白色大道的下路直奔霍尔，虽说这条路要绕行很远，但是少了翻山越岭之苦，加之他求胜心切，因此急急地赶路，却赶在了五位英雄的前面。在他们还未到达拉则的时候，将霍尔的军营搅了个天翻地覆，先后赶走了九群马，还杀死了白帐王的五六个侍卫，然后赶着马匹返回岭国。

辛巴梅乳泽不出声，默默地看着发生的一切，多钦说："别说岭国那些大将了，就是这个小娃娃也敢来欺人，今天若是再将他放掉，那么我们霍尔真就成了无用的黑狗了。"

白帐王下令像黑熊一样的赞嘉卡肖去追玉达。

这时，玉达正赶着马群往岭国走着，他朝后一看，只见一个骑士在山弯里黑黝黝地一闪，转往阴山里去了，于是他勒住马头，查看前边的地形，退了约一绳之地，守在一个突出的岩窝里，等到那人走到约摸能够听见他说话的地方，玉达站出来挡在那人的面前，却听那人说道："你岭国人一再劫掠，欺辱我霍尔实在难忍，不如我俩比试一番。今天要是把马群带不回去，我赞嘉就算不上是一条好汉。"

他说着便一箭射向玉达，玉达在鞍上一转身，利箭掠过，没有伤玉达分毫，赞嘉又急忙补了一箭，射得太近；再射，又太远。这时，霍尔的图莱纳佐，同样是黑人黑马，又从后方追来，气喘吁吁地赶到近前。玉达拔出宝刀，迎头冲去。宝刀一挥，把前面扑来的赞嘉的双臂砍成两截，赞嘉落下马去。接着图莱从后面射出一箭，射中玉达的马鞍，玉达拾起赞嘉落下的黑矛向前掷去，正中图莱前胸。霍尔的追兵看着玉达砍翻两员大将，从容不迫地砍下他们的头挂在马鞍上，再也没有人敢上前阻拦，玉达继续赶着马群前进。

五位英雄看见玉达赶着马儿往这边过来，马鞍上还挂着两个辛巴的人头，嘉察立即就明白是怎么回事儿，一边将晁通咒骂千万遍，却也为弟弟的英勇而感到骄傲。其他几位英雄一样激动，大家纵马飞奔，前去迎接玉达。看见兄弟们，玉达很兴奋，全然没有注意霍尔的两个辛巴也追了上来，瞄准了玉达就是咻咻两支冷箭，一支正中他右臂支起的甲叶缝里，顿时流血不止。但是玉达却顾不上伤，追着敌人砍去。赶上来的几兄弟与辛巴战作一团，不消一刻就把他们全部消灭。玉达支撑不住昏死了过去。

嘉察和丹玛商量了一下，派达潘回去，瞒着总管王悄悄地把医生、卦师、先知等人请来医治。达潘领命飞奔而去，不到半晌，就把医治玉达的人都请了过来。大家又是生火、又是烧水，忙作一团。

一连折损四个辛巴，还要提防山后隐藏的敌人，白帐王有些坐立不安，再派出阿俄和居奔两员大将悄悄去侦察。

阿俄打扮成红人红马，好像是从血海里爬出来的，红缨上插着喷火的盔缨；居奔像从雪山上崩下来的大冰凌，头戴白盔，插的白缨像一团白云。他二人没走大路，却从山边的悬崖攀上去，并没有引起英雄们的注意。

这时，阿俄在一张弓上同时射出六支毒箭，玉达、潘达、医生、卦师、先知者都被射中，另一支箭射向烧茶支锅的石头，锅灶被打翻在地。嘉察突然跳起，顾不得系上刀鞘，只把宝刀拔出来，与丹玛一道跨上战马追了过去。森达和达潘则赶紧过去照料中箭受伤的那些人。

两个辛巴从大路中间向侧面横着逃跑，嘉察和丹玛二人从大路追上来，看着就要赶上，丹玛急发一箭，射中阿俄的马，他便从马上摔了下来。嘉察横刀立于跟前，吓得阿俄直喊饶命。

“我弟弟快死了，还能饶得了你这个一次射六支毒箭的坏家伙吗？”

说毕，宝刀一挥将阿俄的首级斩了下来。在另一边，丹玛也赶上了居奔，眼看就要追上，居奔一个纵身跃下马背，钻入密林中逃跑了。嘉察提着阿俄的首级，赶回营地。这时候潘达等四人都已经断气，只有玉达还苦苦地撑着。

嘉察把阿俄的人头放在他旁边，说：“玉达呀，你往上看，还认得哥哥吗？”

“我不是不认得哥哥的人，我知道你能把辛巴的人头和红缨拿到手。但是在没有亲眼看到仇人的首级之前，我不愿像狐狸一样死去，所以在这儿等着！”

嘉察的眼泪在眼眶中打转，啥话也说不出来。丹玛说：“玉达弟弟呀，不愧是奔巴王室的后代，真叫人钦佩呀。那个射箭的人是六指阿俄，别说是砍他脑袋，把他的心也扒出来了。但你要是活不过来，我们可怎么向总管大人交代呀！怎么给格萨尔大王交代呀！”

说着他的眼泪也落了下来。

玉达心中感慨万千，到这个时候只是微微一笑：“英武的嘉察和丹玛呀！别给男子汉丢脸了。从前藏民谚语说：‘再痛苦也不淌眼泪，这是男人的本色。’你们要设法安慰总管王，至于雄狮大王，他也不会要求岭国不受一点损伤的，不过和兄弟们相比，我死在前面罢了。只要你们齐心保卫岭国，我一点也不后悔……”

他话还没有说完就离开了人世，大家悲痛欲绝。这时嘉察像孩子一样失声痛哭起来，大家也只能忍住悲伤，极力劝慰，达潘说：“现在哥哥就算再难过，死者也不能复生。回去吧！把这些马群赶上，把敌人的人头带上，不要再悔恨了，现在再不回去，恐怕又要生出什么事端来。”

嘉察说：“玉达已死，就是驮上一万颗敌人的人头也无济于事，我真后悔没有跟他一起去战斗。霍尔虽未能把我们的人伤害多少，但是没有比这次更难过的让人痛心的事了。”

大家怀着无比悲伤的心情，将死者的遗体驮上马背，然后勒转马头，将马群赶往岭国的方向。傍晚时分回到岭国，三位大臣跟着嘉察，到总管王那里去报告了战斗情况。

达萨姑娘因有先知之明，已料到玉达阵亡，事先把酥油灯和法事等等按照规矩准备好。

总管王强忍着悲痛，不愿意流露太多悲伤的情绪，便说："我总管王丧失了儿子固然心痛，但总归还有嘉察、达潘等等小一辈弟兄，特别是雄狮大王格萨尔还在，我老汉还要像你们年轻人一样为保卫岭国战斗。现在的问题是，你们侦探结果，黄霍尔是不是肯定要来进犯我们呢？"

丹玛回答说："黄霍尔是一定会来侵犯的。"

总管王下命令，做好抗击霍尔兵的准备。第二天将玉达的遗体火化，举行了盛大的法事。

第三十九章 霍尔出兵进犯岭噶布 两军对峙大战黄河滩

在雅拉赛吾山麓下的红色玉朗共哇大滩中，白帐王犒赏大军，并进行射箭、击剑的比赛。这时，在霍尔军年轻一辈中，黄帐部队有个名叫班旦达鲁的小辛巴，一箭射穿了九个穿铠甲的木头人，霍尔军中一片欢呼声，都说在阿俄阵亡后，总算有人能够顶上好射手的名声，于是白帐王赐他一个美名，叫“唐泽玉周”，意思是草原上最凶猛的青龙，并委任其为左翼大将军。并在白盔上插起了金色尾缨，白甲上系起了黄绸长寿结，以示荣耀。

这天，结合辛巴、巴图鲁们比武，白帐王下命令要他们去狩猎一些野物。

辛巴梅乳泽、多钦、羌拉等将军一起出发，把鹿、野牛、黄羊，甚至是草滩上的兔子，只要是天上飞的、地上跑的，都一一猎打殆尽，用战马驮了回来。唐泽玉周还活捉了一只乳虎、一头三岁的野牛犊和三匹野马驹，供大王玩赏。

当天就在万人白色大帐中大摆宴席，右面是白帐部队，左面是黄帐部队，中间是黑帐部队，各有十万。在这些部队后面山川九部每部十万人列队而坐，黑压压的一大片，密密麻麻。仿佛连针也插不进去。周围是黑红十二部集结起来的庶民，肉食如山，茶酒如海。

宴会尚未结束，白帐大王就虎踞在黄金宝座之上，下达进攻岭国的命令：

上界天空幸福的庭院，
白天魔神被日月围绕，
中界虚空不朽的坛城，
花空魔神鼓起了风暴，
下界坚固的珍宝大地，
黑地魔神掀起了海涛。
黑红十二部的人们呀！

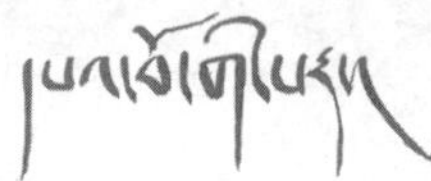

黄帐大王在左边听，
黑帐大王在右边听，
英勇的辛巴在前面听，
海洋般的兵马在边上听！
明天太阳露出山尖，
海螺呜呜吹起的时候，
迅速收起美丽的帐房，
鞴好战马的鞍和辔，
绑好骡驮把命令等候。
当海螺第二次吹奏时，
一起喳喳地吃鲜肉，
一起呼呼地喝热血，
然后立即就启程。
当悦耳的喇叭吹响时，
小鼓像唱歌般打起时，
辛巴们的红缨大军，
像熊熊的烈火做先锋，
辛巴梅乳泽做将军，
羌拉穆布在后边督阵。
右翼白缨十万大军，
是我天王的事业军，
司拉托加做将军，
勇猛前进就像狂风卷白云，
左翼黄缨十万大军，
是黄帐弟弟的事业军，
唐泽玉周做将军，
勇猛前进就像黄云遮天空。
中央黑缨十万大军，
是黑帐哥哥的事业军，
唐纳泽嘉做将军，
勇猛前进就像黑云在翻滚。
奔巴部花缨十万大军，
日巴部绿缨十万大军，
塘巴部青缨十万大军，

接在白帐部后面前进。
日巴结丑居玛，
奔巴弟弟阿奴赤图，
塘巴的唐噶泽郭，
去做各部的将军。
噶尔哇铁缨鸟帽部，
年加水绫虎帽部，
更噶白布豹尾部，
三十万大军接在黄帐部队后前进，
噶尔哇的纳布仲图，
年加的曲卧坚多，
更噶的托郭洛秋，
去做各部的将军，
几位小王子要各自珍重，
岔保、岔肖、顿巴等，
黑、白、花缨各十万大军，
接在黑帐部队后前进。
贡结玉雅赤宗王，
巴图鲁赤图南朗，
谢卓达绕卡玛，
去做各部的将军。
左、中、右三军无论到哪里，
一是我白帐王大天神，
二是多钦郎布查巴，
三是居悲朱固巴庆，
四是雅买郎纳皆焦，
五是歇庆热吾邦料，
六是霍尔噶玛司郭，
七是大王世子赤宗柔雅，
需要时随时来聚会，
君臣七人不要远离，
出征时以海螺声为准，
射箭时则要听锣鸣，
挥刀时长号为命令，

投掷长矛时听小鼓声，
往后撤退时听喇叭鸣，
合击时听从小鼓变调，
同时听从海螺声。
不许单独逞英勇，
不许怯懦而后退，
不准掉队后边走，
谁向后逃用刀劈！
不准随便乱说话，
保持庄严与肃静，
浓雾起来喊“勾”声，
碰到河水喊“索”声。
到了岭国黄河左岸时，
一声“到了”把帐支，
百马缰绳要一致，
百人说话要一律。
一是岭国嘉察的雅司刀，
二是大臣丹玛的大披箭，
三是森达的骏马千山腾，
四是达潘的吐雾毒蛇矛，
五是珠噶德的霹雳炮石，
这些人何时遭遇都要小心。
此外不论谁也不要害怕！
听见前进号令一齐出发，
听见停止命令一齐驻下，
追赶敌人轮流英勇出击，
来往厮杀人人奋勇对敌。
东方岭噶布那个地方，
只要三个月就可了结战役，
三个月后他们很难支持，
人虽能支持马匹不济，
甲衣能支持武器不足，
牧草能支持烧柴供不及，
水虽能支持领土太狭窄，

战事的结局最后会显示。
英雄壮志应与磐石结伴，
强敌顽愚坚决镇压下去，
武器挥舞好像朔风旋起，
往返征战必须共同奋击。
贪睡过多会葬送军队，
军中解甲会葬送军队，
宝刀离腰会葬送军队，
战马亡逸会葬送军队，
这些事大家要一一牢记。
此外应该怎么办？
到岭国后再作考虑。
一旦开启战端，
杀多杀少并无区别，
就是岭国的黑狗也是仇敌，
对老弱和孩子也不能慈悲！

白帐王唱毕，当晚休息了一夜。到了第二天，藏历三月十四日，太阳在山头刚刚升起，海螺就吹响了，所有帐篷好像一个人捆扎似的，霎时收拾妥当，战马也鞴好了鞍，等待出发。当喇叭响起时，辛巴所属巴图鲁前军二万三千人都插起红色盔缨，在军队前一箭之遥，巴图鲁羌拉穆布领头，后边辛巴梅乳泽压阵，“呼”的一声，拔营而起。小鼓变调的时候，三路大军的将军在前边领着队伍，各小王子在本部人马后面压阵，整个军队就像拧成的一股长绳，缓缓向前。

白帐王头戴白色盔缨，身着红缎披风，胯下骑着“日行九天路程”的骤骡，在旗幡、伞盖之下，在和谐的乐声中，由一百名近侍骑兵环卫而行。

在霍尔军队准备出发的那晚，岭国也作了相应的部署。珠部的黑袍护法噶德、无敌英雄森达、晁通家的念察阿丹、十五岁的小将班赛达哇四员武将，装扮得十分英俊，各自集合了本部人马，铠甲武器擦得明光闪闪，然后出发巡逻。午夜时，来到雅拉赛吾山两条大道汇合处，即前天英雄们壮烈捐躯之处稍后一点，在两座石崖中间，扎下营帐，战马都拴在两头钉了木桩的长绳上。约在半夜时分，森达的“千山腾”和噶德的“黑面追风”马用前蹄刨着地，焦躁不安，伸颈嘶鸣。这时，森达想道：前天昂欧牺牲的时候，加霞马和银灰马不也是这样吗？因此大声喊道：“不好了！不好了！弟兄们赶快起来，鞴上马鞍！往山顶

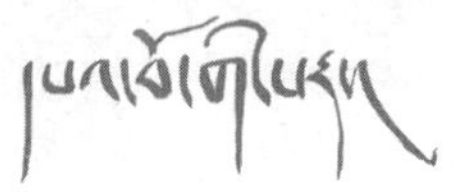

上边移动！”

于是大家鞴马穿甲，拿起武器，一个跟着一个向前而行。黎明时，到了白色大道上路经过山顶的地方。这时，曙光照耀大地，只见雅拉赛吾山谷中，烟尘腾空，估计霍尔军已经前来。于是大家绑紧甲索，放下盔檐，扯紧了马肚带等待着。眼看着在山谷内道路的转弯处，辛巴大军潮水一样滚滚而来，噶德说：“迎面来的是霍尔的前军，辛巴的二万三千个巴图鲁，这是劲敌，今天一定要教训教训他们！”

于是森达等三人决定，派班赛达哇回岭国报信，信上说：霍尔军马与阳光同时出现，已经快到岭国雅拉赛吾山顶，我们三人要大战一场，不夺战果誓不回师，特先派人向你们报信。

班赛达哇把信带走了。这时，森达首先跳上马，在距离辛巴前军一箭之远的地方，直端端俯冲下去，霍尔军立刻停在那儿，不敢前进。森达立在马镫上，拔出大砍刀，横在辛巴的大军面前。他大声喊道：“你们这些霍尔的辛巴不在家中安坐，却跑来我岭国送死，不过既然你们已经来了，那我森达也理应表示欢迎。今天我就用我这把大刀好好招呼你们！”

他一个劲儿地向前扑去，霍尔前军不由得往后退，队伍顿时乱作一团。森达射出一箭，正中霍尔军前举着大旗的红人红马，军旗立即倒地，旁边另一骑兵马上抓起又再重新举起，这才暂时稳住军心。英雄森达挥舞着大刀，与敌人混战，死在他刀下的人不计其数。而他虽然被砍了许多刀，也中了十几箭，幸而肉体却没有受到什么损伤。还在后方观战的同伴们看得是热血沸腾，噶德说：“就是这样才痛快，森达阿东的名字果然没有起错，真和狮子、大熊一个样。”

念察也激动地说：“岭国的英雄们要是每个人都这样，看他霍尔能够坚持到什么时候！”

说完念察冲入霍尔军中与森达一起并肩杀敌，而噶德则爬上山坡，将两块巨大的石头蹬了下去，两块磐石往霍尔人最多的地方滚去，砸死砸伤了好几百号兵马。而辛巴梅乳泽因为在队伍的最后面，前方先锋军节节败退，他却无法从混乱的兵马中杀到前方，眼睁睁地看着三位英雄将他的兵马杀得伤亡惨重。遭遇到奇袭的霍尔辛巴们哪里还有出发时的意气风发，死的死，散的散，从上午到黄昏，溃败的三部大军才重新集合起来，在黄河阳面的十八条大山沟中安营扎寨下来。

此时，岭国的各路英雄部队也从达塘查茂一队队开过来，在一条大路上与白帐大军隔着黄河排起队来。这边英雄嘉察走在最前边，老总管王压在阵后。健儿们头盔上缨幡随风招展，胯下战马四蹄奔腾，战旗犹如波浪滚滚，汹涌飘旋。比起霍尔大军来，精神焕发，神采奕奕，威风得何止十倍！

两军对垒，隔河相望。白帐王在他的白色军机大帐之前，设了黄金宝座，虎踞其上，左右竖着旗幡、华伞和胜利宝幢，大鼓咚咚，唢呐悠扬。他看了河对岸岭国军威后很不以为然，非常傲慢地对随侍的噶玛司郭说："人说岭国英雄都很骁勇，能顶事的不过就是那二十几个人，其余的不过是部落头目，大军到时只会在一边站着，他们后边能有多少人马？他们每部能有几个男丁？仆人的娃儿能有多大后劲？他们想要渡过黄河谈何容易？你把对面岭国的官员一一说给我听，黄河渡口就让英雄的辛巴四兄弟去把守。"

噶玛司郭站在高处，仔细地观察了一番，逐个辨别，弄清楚了，才向大王报告："尊贵的大王啊！岭国军队的上层人物，他们首先出发，其他军马不论多少全跟在后边。他们的情形就是如此！"然后他唱道：

我一生经历两身世，
上半生在岭噶布众人爱，
中年流落为异乡客，
对故乡并非不牵念，
如天鹅怀念碧湖常感叹，
由于前缘不得不坦然。
白帐王啊，你降这霹雳，
最后落下灾祸你担不起。
请看黄河对岸那景致，
岭国的人马一小群，
数的话也能数得清，
叫名字也能叫出一部分。
虽然没有霍尔人马多，
却有无比的神奇和英勇。
在岭国每个英雄前，
猛虎没有胆量夸花纹，
白狮也不敢抖绿鬣，
红犏牛不敢弄抵角，
敌军再多也不敢去冲锋。
每个人都能降霹雷，
雷一响石山难支撑。
每匹马跑起来如鹏飞，

白鹫的羽力也难追踪。
每件武器都比死魔狠，
如在阎王口中难逃生，
队前领头的那个白色人，
胯下是“加霞白背”千里马，
面如皓月的人是嘉察，
勇武犹如雪山小白狮，
雅司刀一挥利莫当，
他是岭国大军总统帅，
犹如自升赤曜金太阳。
后面来的那个黄色人，
黄马是“善飞金雁”马，
是万户王尼奔达雅，
金缨军的统领就是他。
后面来的那个赭色人，
胯下是“善舞赤珠”马，
人是阿鲁巴森万户王，
银缨部队的统领就是他。
此后来的那个青色人，
胯下马是“能飞碧水青”，
他是仁庆达鲁万户主，
统领着白螺盔缨军。
此后来的那个紫色人，
胯下是“神骥银灰”马，
人是神箭手大臣丹玛，
穿杨射技美名扬，
惯用箭揭敌人天灵盖，
是十万大军的指挥者。
后面来到的那个白色人，
胯下骏马是“千山腾”，
就是勇士森达阿东，
将霍尔大军前锋队，
搅成血海的一将领。
此后来的那个黑色人，

胯下骏马“黑面追风”，
人是黑衣护法珠噶德，
手弹磐石空中抛。
此后来的那个紫色人，
胯下骏马“烟熏腾”，
号称毒树达潘，
他的英勇很快就能见分明。
此后来到的那黑色人，
胯下骏马“入空大乌鸦”。
达绒部落的万户王，
好汉司潘就是他。
此后来到的白色人，
胯下骏马“雪山腾”，
青年阿丹外号叫“毒花”，
把辛巴部队搅成血海的人，
此后来到的那青色人，
胯下是“松石青鸟”马，
人是东赞阿班名声大，
能将空中飞鸟一手抓。
此后来到的那黄色人，
乘马是“罗刹黑尾豺”，
不用叫名字是短狐，
善从外部拨弄的小鼓手，
善从内部挑唆的拨浪鼓。
此后来到的那白色人，
马是九百马中的独角彪，
嘉洛家的英俊青年将，
他的名字叫竹吉小英豪。
此后来到的那浅红色的人，
老骡头马儿腿不笨，
人是年迈苍苍的总管王，
百老当中的老寿星。
那噶布岭国六河谷，
外部若有风与涛，

将领贯甲先出发，
兵马大军随后就来到。
英雄嘉察武艺最高强，
总管王心计妙如神，
英雄们勇敢善战直向前，
为保卫岭国祖业会死拼。
要么嘉察他死去，
要么你不再想珠牡，
若想征服岭噶布，
这事绝对难对付！
黄霍尔们呀，
将年年月月受战祸！
白帐大王呀，
你的事不见得会如意。

听他唱完，白帐王沉思一会儿说道："司拉托加将军和新任的军官唐泽玉周，你们俩谁去射一箭，看他岭国有何反应？"

唐泽玉周心想："英雄的本事，要显在当面，我所不能敌的，只有格萨尔一人，此外没有一个是我的对手。但现在对岭国英雄射一冷箭却是万万不能的，俗话说：'黑暗之中射箭，将射中我佛的慧眼'。英雄所为，应该设一个天然靶子，射一箭露点手段，让大家看看热闹。"想毕，身披红披风，头戴白缨盔，拔出一箭，按在弓上，招呼大家出门来看热闹。然后向对面扎营的岭国英雄们唱道：

我是霍尔黄帐部落的，
英雄当中的顶尖儿，
新委任的勇武青年将，
唐泽玉周好汉子。
我在阿钦大滩中，
曾一箭射穿九棵树，
在这天地二者间，
除了岭王格萨尔，
我唐泽马前无敌手。
胯下骏马凤翼青，

只对马王彩虹拜下风，
此外所有骏马儿，
难和我马赛脚程。
两指之间的朱红箭，
我射不中的只有风，
除此之外都能射，
指哪射哪无不中。
黄河对岸岭国英雄们，
我唐泽今天要射箭，
请岭国弟兄立靶子！
我一箭射向天空去，
把天上星星当靶子，
我一说“中”星星就落地，
太阳也无法来阻止。
我一箭射向雪山去，
把山旁雪狮当靶子，
我一说“着”绿鬣纷纷落，
雪山也无能力来阻止。
我一箭射向白石崖，
把鸟王白雕当靶子，
一说“中”美丽羽翼就落地，
大鹏也无法来阻止。
一箭射向黄河那边去，
把三十英雄做靶子，
一说“着”鲜血就涂大地，
雄狮王也不能来阻止。
岭国青年弟兄们，
你们要想设立硬靶子，
就立起怒涛中的大磐石，
你们要想立个大靶子，
就请看后边的大岩石，
你们要想观稀奇，
就请一行摆上九棵树，
树上穿起甲衣做靶子。

你们若要想看本事，
就请把绣花针儿来立起。
你们若不立箭靶，
就不是圣岭神之子，
我若不敢来射箭，
唐泽玉周算露底，
我若射不中箭靶子，
黄霍尔辛巴算泄气，
若不敢一来一往来对射，
将给霍岭大军留笑资。
我是霍尔唐泽玉周，
夸耀武艺亦有时，
若遇旗鼓相当者，
意气风发展武艺，
此外我也能自持。
并非怕你们我自持，
因岭有雄狮王格萨尔，
善恶分明常逢狭路中，
用不着平白去尝试，
请岭国弟兄记心里！

等他唱完，念察和东赞阿班在一个大磐石上，垒起两层硬土块，把马莲花插在上面，喊道："是神箭手的话，射吧！"

唐泽玉周一箭射去，正中马莲花草茎，大磐石"喳"的一声劈开了，那箭斜穿而过，插在草地之上。嘉察说："像这样的射手，实在难以对敌，据说和他射得一样准的还有一个，若不先把这两个人除掉，岭国英雄必然遭到损失！"

总管王却自有一番见解："另外那个人情形还不得而知。若说对面这一个，对岭国还没有什么坏心，他不是说了一些对雄狮王很敬仰的话吗？是否危害我们还不能肯定，但如不回射一箭，黄霍尔一定会耻笑的，丹玛你射一箭，要使霍尔大营受到重创，叫大家看看热闹！"

丹玛领命，向对面的唐泽玉周喊道："霍尔小娃娃，你瞧着吧！若不给你回射一箭，岭国弟兄们也不配称英雄，披箭也称不上是霹雳箭。你们黄霍尔只会说大话，要说射箭嘛，射出去就要发威。敢不敢和雄狮大王作对，你自己清楚，对待岭国人也是一样。在天地之间，谁敬仰雄狮王，谁就能获胜，我们对你们毫不恐惧！”说毕，抽出一箭，按在弓上，大声说道：“我射箭没必要毁磐石，不愿干那些无益事，更不愿去吓唬人，若射箭就在敌营降霹雳，黑红十二部的霍尔们，一来三春日子长，二来霍尔兵马密集，三来岭国人爱创奇迹，今天就让你们见识见识英雄我创造的稀奇事！”

说完，他猛地射出一箭，如同一道闪电，向霍尔军机大帐飞去。这时，大帐门内外，正聚集着许多辛巴和重要人物。那箭直贯而来，射穿了十五六个重要官员后，又冲向白帐王头顶，幸亏杂庆从空中一把把飞箭攒住，白帐王才幸免于死。中箭的人们，死的死，伤的伤，哀号声此起彼伏，使霍尔军心大为动摇。

第四十章 祝祷神灵岭军得庇佑 勇挫霍军嘉察建战功

霍尔和岭国的军队依旧隔着黄河对峙，这天，白帐王召集大臣们商议，东方玛沁邦拉神山非常灵验，霍尔军长期驻扎在此恐怕会引起神明恼怒，所以必须去祭祀山神，以求护佑。于是从白帐部队中派了司拉托加将军，从十二大部中各选五十名骑士，带上供祭用的战马百匹，铠甲、头盔、旗幡各一百副，另外每人各带一支彩箭、一条哈达、一铜盘炒面和一盘酥油，前去祝祷山神，祈求保佑。

准备完毕，司拉托加骑上“多艺大雁”马。白盔白甲像是缭绕在山上的白云一般，由六百名武士簇拥着，赶着驮骡向前进发。

黄河这边岭国的英雄们见此情景，以为是要往这边发兵，等看清了一行人的装备，终于明白原来他们是要祭祀山神，于是赶紧向总管王报告。总管王说：“如果他们祭祀山神，得到了玛沁山神的护佑，等于在岭国心头钉了钉子，那对我们就很不利了，需要派几位英雄去看看。”

于是嘉察、达绒司潘和丹玛三人带了五十名金缨骑士，像长了翅膀一样从黄河渡口飞越而过。因为是从小路上斜追过去，所以在一处山梁侧面与霍尔遭遇。在约一支箭射不到的地方，嘉察骑在马上，向来人叱喝道：“在我岭国玛沁邦拉山神前，除了我奔巴王谁也不准去！想在山神本尊面前胡来？看我岭国英雄兄弟们如何收拾你们！”

领头的司拉托加从士兵中走出，在白螺弓上按上一箭，又拔出一箭夹在拇指与食指间，说道：“东方玛沁邦拉山神，是南赡部洲所有人的公共神灵，我黄霍尔虽没有占领这个地方，但在这长途大道上，想往哪儿去自己可以做主！”

说完，一箭直射过来，嘉察在马上向右一闪，箭直掠左肩而过，身后的九名金缨骑士左倾右斜，受伤倒地，那箭白晃晃地飞向山腰而去。又一箭射来，嘉察仍然一闪，在他尚未转过身来之际，身后又有九名金缨骑士丧生。这回，在躲箭的瞬间，嘉察已抽出宝刀，向司拉托加挥舞而去。丹玛和司潘二人一前一后跟着冲上去，司拉托加扭身逃去，嘉察在后面紧紧追赶。

丹玛和司潘二人，把那些敌军赶过去、追过来，其中一半被杀死，所有驮骡、马匹、盔甲等全部缴获。霍尔残余的那一部分士兵，纷纷挤到山腰的一个石崖之下，惊恐万状，丹玛一箭射去，又有七八个敌兵翻滚下去。司潘阻止说："人杀得多了，造的孽也大，他们已没有力量还手了，我们应该赶上嘉察助他一臂之力！"

丹玛想想也是，便收起了弓箭。此时，嘉察追着司拉托加，已追到距霍尔军营约一箭之远的地方，眼看就要追上，司拉大声喊道："黑红十二部大众呀！武艺高强的辛巴们呀！阎王爷在后面追来了，快来帮我一把呀！"一边叫喊着，却不敢往后看，只是一个劲儿往前狂奔。嘉察先射出一箭，中在敌将马上，马翻倒在地，人也摔了下来。嘉察追到跟前，挥起宝刀，将司拉斩为两段。

再看霍尔军营这边，有几个骑士，只是这边跑跑，那边跑跑，到处在喊："冲呀！冲呀！"但没有一个人敢出来。嘉察把敌人的铠甲脱下，取下头盔，一齐缚在那匹受了伤的马上，慢慢地走回来。霍尔的七八个辛巴从后追来，远远看见丹玛和司潘二人前来增援，又立刻掉头转回。等到三位英雄都走远了，躲在山崖旁那些残兵才溜回了霍尔军营。

第二天，当太阳照暖大地的时候，奔巴嘉察面如十五的皓月，浑身上下甲胄整齐，小臣穆达达玉牵来坐骑，他翻身上马，像煞神在大滩里跳跃，从军营一侧向霍尔营地驰去。

而此时，霍尔军营中，在大帐前的草坪上，大家正在集会。辛巴梅乳泽说："那个白人白马又来了，霍尔军营再不能叫他骚扰了。大家不要散开，赶快集合起来，个个穿上铠甲，拿起武器，团团围成六层人墙，一定要防守好！"

士兵们立即穿盔戴甲，拿起武器，按照梅乳泽的部署做好防御。

再看这边，嘉察矫健骁勇，好像生了翅膀一样，已从黄河上空飞渡而来，到了霍尔营前，白帐王不敢再待在他的军机大帐中，转而逃到旁边的小帐篷中藏身。

闪着白光的嘉察在霍尔军中如入无人之境，尽管敌军营中所有人一起出动，但战神伴随嘉察左右，无论他们投来多少矛，射来多少箭，挥舞多少刀，始终无法伤害嘉察半分。他在军营中上冲下突，到处寻找霍尔三个大王，始终找不到他们。一气之下，嘉察将三个大王的白、黄、黑帐网绳全部砍断，把白帐王军机大帐上的金顶也砍了下去。

嘉察在霍尔国的千军万马中，仗着这口宝刀，横冲直撞，把霍尔的军营像转血轮似的来回转动。等到敌军阵营之中哭声连天，这才收手，白晃晃地飞渡黄河，返回岭营之中。岭国军营中的英雄们，都在注视着这场激烈凶猛的大战，

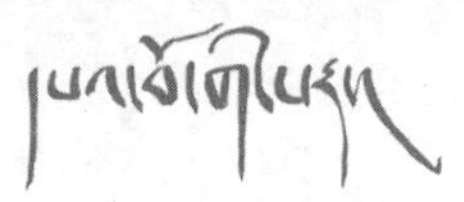

“格索索！拉索索！”的呼喝声响彻山谷。嘉察凯旋，立刻被兄弟们团团围住，欢呼喝彩。

霍尔军营之中，这时烟尘迷漫，不见天日。白帐王心惊胆战，不敢出帐，守卫各个壁垒的辛巴们都瘫在那儿，站也站不起来。

连番出战，岭国的英雄们都以以少胜多的战绩创造了奇迹，全军上下，士气大增。所有英雄都在摩拳擦掌，等待上阵。第二天，岭国部队又整整齐齐集合一起。这时，达绒部落的长官阿努司潘，披挂整齐，豪气盈怀，骑在“入空大乌鸦”骏马身上，在金缨羽顶上插着红色旗幡，到了岭国英雄聚会的中间，没有下马便说道：“神族各部大众！特别是奔巴嘉察协噶大人，今天夺取战果的事，应该轮到我头上了，我要把霍尔军队教训教训！我是穆布董姓的长房孙，三十位英雄的头一名，今天好汉我单骑出征，待我回来，一定会在岭地传下新的美名。”

说完，径直驰去，冲过黄河，直扑霍尔军营。首先碰到的是辛巴的军营，接着又冲进白帐和黑帐军营，上砍下杀，把红、白、黑缨掠了一大捆，缚在马后。然后转战到军营边沿。这时，后卫部队的霍尔军官唐泽玉周，黑帐部唐纳泽嘉和日巴部结丑先后追来。首先赶到的是唐纳泽嘉，他放开嗓子大声地喊道：“呸！这次来的这个黑汉！不要往后跑，你裹紧铠甲，在那里受死吧！”

一箭射来，司潘勒住马头，把宝刀刚抽出一半，那箭恰好射在那半截刀上，他向右一闪，箭白晃晃地飞向远方。这时，唐纳又拔出宝刀扑了过来，司潘却挥刀在前，正砍中唐纳的腿弯，唐纳滚下马去。此时，唐泽和结丑二人先后赶来，唐泽说：“喂！岭国黑汉！这支红霹雳箭要射在哪儿，你晓得吗？像你这样的汉子，叫你滚下马来，算不了什么难事。看吧！靶子就是你！”

说毕，一箭射去，司潘一闪身，躲在一块牦牛大的磐石之后，“喳”的一声，磐石被射得粉碎。就在这时，司潘也同时射出两箭，一箭向唐泽面前飞来，唐泽一把从空中把它抓住，插在虎皮箭囊之内，向后扬长而去，另一支箭射中了结丑的马鞍，把马鞍射成两半。他们三人都保持了英雄气概，各自转身回去。司潘回到岭国军营，大家在营中列座相贺，营中弟兄们送上茶酒，作为出战的犒劳。司潘的英勇受到了大家的赞扬。

第四十一章 丹玛三箭镇霍尔锐气 森达突袭屠敌方军营

又过去了四五天，霍尔白帐王道："这段时间，只有岭军袭击我们，我黄霍尔尚未出击。今天无论如何，要由哪员剽悍辛巴带上小股精锐人马，在河这边唱起威武的歌曲，引诱他们渡过河来，方好将他们一齐歼灭。"

连日来遭受到岭国英雄的多次猛然袭营，众辛巴们有些害怕，很多人都不敢就此丢了性命，只有日巴部落的结丑对上次对抗达绒司潘的败仗耿耿于怀，想一雪前耻，气愤地跃到白帐王面前，说道："大王，我愿意带队前往，杀他们个小岭人的锐气！"

于是，日巴部结丑戴上绿色盔帽，穿上绿色铠甲，跨上荞麦色"大鹏腾"骏马，率领三千绿缨部勇士，在黄河岸边走来走去。他们一个个铠甲闪闪，绿幡随风招展，耀武扬威地呐喊着。到了河西较窄处，结丑面向河对面的岭人呼喊道："喂！河对面的岭国青年壮士们，日巴部英勇辛巴结丑在此，谁敢过河与我决一死战！"一边说着，一边还唱着挑衅的歌：

我是阿钦四方大滩里，
白色杜鹃山脚下，
霍尔日巴部山民中，
十万军达鲁王的辅佐臣，
九大雄城中我最有名，
九十万大军只选出我一个，
是白帐王右边的陪坐人！
大火再旺泼水会熄灭，
大树再高利斧能砍折，
绵羊再壮恶狼能吃掉，
山羊远逃豺狗能咬伤，

小鸟高飞鹞鹰能抓住，
难胜之敌结丑能让他投降，
若说英雄结丑就是这样。
黄河对面的岭国年轻人！
小马儿快跑超不过三天，
紧要关头会甩下鞍鞯；
小狗娃凶狠超不过三天，
紧要关头会丢失铁链；
你年轻人逞强超不过三天，
遇见我结丑会往家里钻！
说你贪婪你却无财产，
说你是乞儿又多得讨嫌，
说是军营人又少得可怜，
说你是女人又穿着盔甲，
说你是男子又爱好打扮，
不知你们是何等好汉？
岭国娃娃呀！
白脸汉来的那一天，
正巧是十五月儿明，
我大众正值斋戒日，
许了愿这天不杀人，
许了愿这天不跑马，
许了愿这天不射箭，
把武器全交给了神，
无一人反击到阵前，
因此他才能肆无忌惮，
使我几百儿郎把命捐！
黄霍尔死去千把人，
我们不认为是失算，
岭国不会不死一好汉，
霍尔大军减少几人不明显，
岭人的消耗却能看得见。
少数人岂能拼过多数人？
绣花针岂能胜刀剑？

今天有谁敢出来，
和我结丑当面决一战？
从前藏地谚语说：
“男子不自量乱舞刀，
当面搏斗时头颅抛；
马儿不自量到处跑，
骑它时汗珠往下掉，
爬山坡立时就摔倒；
狗不自量往死里叫，
打它时却夹着尾巴逃，
躲在门洞里直哭嚎，
岭人不自量扎起小军营，
叫他交战无人敢出山门，
只会一个个守住白帐篷。”
稀奇呀！你们岭国人，
在家乡养成了坏习气，
说些大话不费力，
若你们还不敢过河来，
黄霍尔就要渡过黄河去！

岭营中大臣丹玛一见是结丑来挑战，知道这是嘉察安排给自己对付的敌人，便不作一声穿上护身青甲，戴上避雷盔，插上白色缨幡，带上宝弓利箭，挂上红柄绿鞘宝刀，挽起银灰马尾，跃上马，像魔王在平滩上跑似的渡过黄河，直奔结丑。

这时霍尔营中看热闹的人像蜂窝被捣一样，从四方拥挤而来。丹玛在约能听到对方说话的地方，立在镫上，把身子一扭，喊道：“霍尔结丑听着！你的福缘将尽！我大臣丹玛就是你的催命人！”

结丑冷冷一笑，说：“你狂言不休，难道我的箭不敢伤你?!”说着连射三箭，头一箭射中丹玛缨幡，第二箭射中了鞍鞯，第三箭射中马面上的铁甲，马惊跳起来，差一点把丹玛摔下马。丹玛大怒，射出一支鹫翎箭，正中结丑前胸，从后背穿出。又射出一支雕翎箭，射中马的胸口，结丑与马同时双双倒地，丹玛又射出第三支鹰翎箭，只见二十多个霍尔兵滚下马，其余士兵四下逃散，丹玛胜利地返回大营。

此时霍尔军心大乱，梅乳泽带着黑帐部一股武士冲过来，但看清是丹玛后，又拨转马头返回了军营。

又过了五六天，达潘骑着“烟熏腾”骏马，像无门铁城中阎王一般，矛头扎着三道红绫，如跨平地一样飞越黄河，长矛一摆，冲入辛巴营中，搅血似的把红缨战士杀死约百余人，又冲入黑帐营中，杀死百余骑，直杀得鲜血糊住了矛头，只好用矛柄把兵丁们一个个砍翻在地，霍尔竟没有一个辛巴出来对敌，达潘便返回了岭营。这时他已被鲜血熏得昏迷过去，咬紧的牙齿无法张开，两手被血粘在矛把上，双脚被血糊在马镫上，活像一个用糌粑面捏成的红酥油灯。

当天晚上，霍尔官员们齐集军机大帐之内，商议如何防范和进击，大多数人主张乘夜色朦胧，向后撤退。但多钦却说：“不如强渡黄河，将岭营团团围住，把他们宰羊似的一个个宰掉！”

究竟应当如何，暂时无法一致。梅乳泽说：“若说撤退，我们一百二十万大军，前头的走远了，后边的还没有动，敌人就会乘机袭击，我们非吃大亏不可，谁再主张逃跑就是懦夫。若说渡河进击，就是大王亲自率领，我辛巴们在后督阵，还要大家都不怕死方可。照多钦弟弟说的也太简单了，除非把岭国人一个个捆成肉团，才能像宰羊一样去宰。现在敢于当面交锋的尚无一人，怎能说起一个个活捉呢？”

唐泽说：“再不要提渡河了，只要守好军营，就可伺机出战，但怎样守好军营呢？我的想法是这样，在天亮前，把所有营房连接上，每人搬来石头和草皮，在军营四周筑围墙，东西各留一大门，高低就像是楼房。如果砌起这围墙，除非是鸟儿从天降，除非是水从地底来，此外不怕谁猖狂！围墙的东大门，由英雄多钦和我来镇守，围墙的西大门，由梅乳泽和贡结去镇守。”

君臣们都觉得修筑长围墙很有必要，便在当天夜里，把各营人马合在一起，由梅乳泽、唐泽、多钦、杂庆四人率领，每人搬来四方大石五块、草皮三方，筑起高有三庹、宽有一庹的长围墙，东西各留一门。另在四方各开一道取水运柴和饮马的小门，在四个角上，筑起供奉白、黑、花三魔神的神坛。围墙上刀、枪、箭、矛，明光闪闪，壁垒森严，防守无间。霍尔君臣们放下心来安然驻守，就是士兵们也认为围墙坚固，足以抵挡岭军的进攻，大家都说唐泽出了一个最好的主意。

过了一段时间，有一天，岭国无敌将军森达骑着“千山腾”骏马，白盔缨幡招展，白甲绳索紧束，大砍刀如彩虹闪烁，背旗随风飘摆，如鸟儿展翅般渡过黄河，到了霍尔军营东门之外，约摸对方能听到话音，便喊道：“黄霍尔狐狸们哪！你们躲在石头和草皮的围墙里，只会用尿和粪便积蓄家业，这样做可真丢人，要守就守你们的雅泽城，自己幸福别人也安宁。躲在土墙后装好汉，我

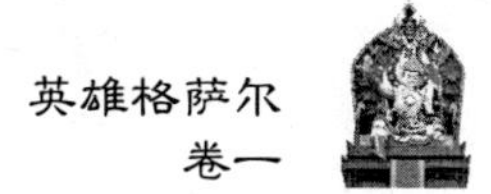

要把围墙变血海，了却你白帐王前来赴死的心愿！”

然后毫不犹豫，从东门一跃而入。霍尔营内顿时吼声大作，东门上噶尔哇部虽竭力抵抗，却无法阻挡，死伤无数，流下的血像夏天的雨水四处横溢，兵将们惊作一团。正当这时，多钦把那解不开的套索在头顶一挥，抛向前去，铁钩钩住了森达胳膊，森达挥刀砍断套索，做出要冲出东门的姿势，却又转身冲出了西门，渡过黄河，返回岭国营中，人马身上只留着一些指甲划破似的小小伤痕。

第四十二章 乱军心晁通再三通敌 伸正义阿丹欲惩恶父

过了几日，这天玛域长官晁通甲胄整齐，在岭国军营里大吹大擂，他站在马镫上咬着牙齿，夸口说："呀！喂！岭国三十位英雄为首的骑士们听我说吧，你们只杀了霍尔几个割草、拾柴的人，有人就认为很了不起了。若真有本事，为何不把白帐王杀掉？置白帐王于不顾，杀的人再多，只不过是多撒下些罪孽的种子罢了。岭国的英雄好汉们，要炫耀自己臂力大，为何不去打败那多钦？要显示自己箭法好，为何不去索取唐泽命？要试试宝刀利不利，为何不把梅乳泽头颅取下来？要显示骏马脚力快，为何不把白帐王抓来？如果办不到这些事，想说已经把战绩取，那么小孩也能捆羊羔，女人也能剪羊毛，老奶奶也能放牛颈血，嫂嫂也能骑马比脚力，这些比喻对你们很合适。而在整个岭国大营，可真正能立战功的，只有老汉我一个！"

这一番明里暗里的讥讽，英雄们却都不愿与他搭话。雄狮大王与嘉察协噶的父亲森伦王劝说："玛域的晁通王呀，你还是消停一下吧。如果要出征，要阿丹侄儿去就是了。"

晁通听后，气急败坏地叫骂："阿丹那孩子，做事糊涂，不分好歹，就和你森伦老糊涂一个样，乌黑心肠；就和那总管老狗一个样，无所不为，不加思考；和觉如一个样，叫他出战，不会有啥出息。阿丹和你森伦一样，到霍尔去成不了事！穆布董氏的子孙，只有嘉察像我，我当叔叔的是斑斓猛虎，他这个侄儿就像雪山白狮，难道不是这样吗？你们叔侄两个都有一股屎臭味，这我知道，你森伦嘴里不要花言巧语、胡说八道了！"

听他这么一说，众英雄反倒乐了，哗的一声哄堂大笑。笑得晁通又羞又恼，连忙在马屁股上抽了一鞭，颠颠晃晃向前跑去。渡黄河时，差一点儿被河水卷走。刚一上岸，就想冲向霍尔军营东门，正巧被辛巴梅乳泽看见，知道他是晁通，便喊道："来了！来了！杀呀！砍呀！把他的心活活地扒出来！"晁通慌忙把白盔上插的金缨、旗幡和头上的饰物全部取下，从弓袋中取出一束霍尔的白马尾缨，白晃晃地插在盔上，又绕到西门，跳下马来，直向里面走去。

岭国人看到这种情况，都疑惑不解，但一时谁也不说话，只是悄悄坐着。念察阿丹，披甲顶盔，带着各种武器，骑上“雪山腾”马，走到军营中央，说：“呀！东方岭国三十位弟兄们，我阿爸晁通做的这些坏事，你们看见了吗？岭国内部，一定要出现内乱，父死儿自杀的事情呢！”他悲戚地唱道：

在长系色巴八部中，
上部达绒都措地，
总管是尼奔达雅，
辅佐者是阿努司潘，
英勇的人是我念察。
再没有这样丑行为，
阿爸晁通这只臭狐狸，
在岭营说尽豪壮语，
谁知到了霍尔营，
却把金缨换成白马尾，
好像是霍尔的知己……
他会把岭国公众和金塔，
送到白帐王手中去，
也会把家小和祖传霹雳剑，
换取肥肉来充饥！
给岭国叔伯找忧虑，
给穆布董氏丢面皮，
给弟兄们买羞耻，
给子侄们招屈辱，
由三十英雄支撑的祖业，
会被阿爸晁通全破坏。
神族大众共建的城堡和寺庙，
色巴晁通却把它来推毁。
虎皮箭袋中装满神箭，
晁通就像拨火棍掺杂在里面，
神族大众都面向东方，
只有他一个人脸朝西边。
众英雄好像治病的六贤药，

晁通就像药中的乌头剂，
岭国好像纯洁的白绫绸，
晁通却在白绸上抹油脂。
他会给敌人引道路，
岭国神城恐怕难保存，
他是黑风引暴雨，
他是绵羊招狼群，
东方神圣的岭噶布，
若不像冰雹摧茅草，
他晁通今世不甘心，
俗话说：
“对父母绝望很痛苦，
砸了金佛谁保佑，
受至亲凌辱难忍受。”
我父亲居然干坏事，
白帐王当然逞凶横，
霍尔白帐和晁通，
同样是岭国死对头，
他们向右不会叠手印，
向左方不会献净瓶，
不会做出三件好事情，
我念察虽是他儿子，
我却要将他踩在我脚下，
山顶上碰见他像杀野鹿，
山沟里碰见他像杀黄羊，
河边上碰见他像杀鱼儿，
要叫他鼻眼塌进去，
要叫他内脏充满血，
斩下白帐王狗头颅，
或割下晁通他脑袋，
二者都是好战绩。
在我男儿心意中，
决定断绝父子情，
无论谁把谁杀死，

念察都算有英名。
无论霍尔阿钦白帐王，
还是玛域长官晁通王，
今天在我剑下都一样，
叫他俩鲜血同样像水流，
把他俩头颅同样拴马后，
愿我耿耿赤诚心，
圆满如意壮志酬。
万一我碰不上白帐王，
晁通他不会不回转，
愿我今天做的这件事，
将在世上广流传。
这个卖国出丑大坏蛋，
若不除掉，念察非好汉！

唱毕，径直向前方驰去，渡过黄河，直奔霍尔军营。白帐王见有人来闯营，立即问晁通："呀！岭国营中又冲出来一骑白人白马，这人是谁呀？"

晁通一看是自己儿子，于是赶紧回话："白帐大王啊！来的这个白人白马，是我玛域长官晁通六个儿子中的老大，名叫念察。那马是骏马'雪山腾'。论起他的胆量，和嘉察没有区别，论起他的武艺，也和嘉察差不多。他若冲到霍尔营来，绝不会做出好事的，特别是您我两个，要逃就赶快找好逃的地方，要躲也赶快找个躲的地方吧！"

一串狐狸似的摇尾乞怜话，脱口而出。霍尔部众都惊慌失措，骚动不安。多钦说道："这个白人白马，绝不能让他冲进来，应当在半路上，派一名凶猛的辛巴和上千名士兵，前去围击。"

白帐部下的辛巴贡结，骑在白色骏马上，白盔上插着云彩似的白缨，从岔保、岔肖两部落中点出一千军马，只见砾石被踏得破裂，石碴四处飞溅，狂风卷着灰尘，一团团地滚着，士兵们一个接着一个，飞奔而出。贡结在与念察约有一箭的距离处喊道："岭国乞丐营中的小叫花子！你是找倒霉来了，还是送脑袋来？不要心慌，我这就来了结你！"

说完他射出一箭。

念察把"雪山腾"骏马抽了一鞭，勒转马头，马向侧面一跳，正好躲开了箭。然后他迅速一连发出三箭，射死了许多黑、白盔缨兵士后，抽出绿柄九合金宝刀，向前冲去，霍尔士兵见势连忙溃逃。贡结在弓上搭上一箭，正待向念

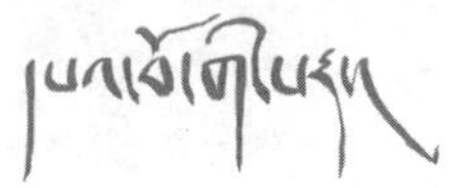

察射去，念察却已扑到近前，宝刀一挥，贡结活像白施食[1]一样，头向下，脚朝上，从马上滚翻下来。念察又向滩中冲去，剩下的霍尔士兵纷纷逃回军营。念察和马未受任何损伤，渡过黄河，返回岭国营中。

晁通和白帐王这时才敢爬出来，晁通还是有些挂念儿子的安危，立即问左右道："那个白人白马哪里去了？哪里去了？"

但是谁也不想回答，一个个心里只顾想着如何保命。

此后，又过了七八天，奔巴嘉察在右边虎皮袋内铺满银瓢，左边豹皮囊内装上宝弓，腰悬雅司宝刀，骑在加霞白马上，横渡黄河，到了霍尔军营旁边，把马略略一勒，立在镫上，叫起阵来："在黄霍尔军营里，白帐狗王你听好了！你若真勇敢请到跟前来，你若有好箭请射出来，你若有宝刀请舞起来，用不着躲在石洞不出来。霍尔白帐君臣们呀！要么献出身躯和首级，要么卸下鞍铺毡屉，要么快点去备茶，要么快点来献礼，不然就叫你小命归西！"

嘉察说完，吓得霍尔白帐王浑身发抖，连大气也不敢出，悄悄地躲在一旁。辛巴和士兵们，都佯装张弓搭箭，舞动刀矛，但谁也不敢上前。嘉察冲进霍尔军营，东砍西杀，士兵们丢盔弃甲，四处逃命。嘉察直杀得霍尔军人仰马翻。等他杀向城外，巴图鲁羌拉头戴血红盔，腰悬刀箭，骑在能飞黑马上，手挥长矛，直奔嘉察而来，喊道："岭国剽悍的年轻人哪！你若是真聪明，就应该控制自己，有个分寸，一味逞强，会送掉自己性命的！霍尔辛巴的觉拉战神呀！今天请您保佑我吧！把那个白人和白马，像雪山被太阳来融化！"

说毕，他向前扑了过去，嘉察把铠甲裹紧，严阵以待，羌拉虽然连戳三矛，但嘉察铠甲坚实，又有战神紫绶衣护身，所以没有戳进去。这时，嘉察宝刀一挥，把羌拉的矛尖砍为两段，羌拉看势不妙，连忙向后逃跑，嘉察挥刀追来，羌拉连人带马逃入霍尔营垒。嘉察心想：穷寇莫追，今天也就是这样了，以后总有机会让他尝到雅司宝刀滋味的！于是便返回了岭营。

1　白施食：糌粑做的没有涂颜色的供品。

第四十三章 梅乳泽劝谏休战收兵 白帐王执意招兵买马

嘉察走后，霍尔白帐王才从海螺般弯曲的洞中钻了出来，又坐在宝座上，用颤巍巍的双手掏出珠牡的松石发压，由于惊魂未定，注视了良久后，不禁又叹了一口长长的气。当霍尔大臣及辛巴们重新聚齐后，白帐王懊恼地说道："霍尔山川各部落的人们啊！发生了不妙的事情，现在究竟是继续打下去，还是撤回去好呢？我看还是从阿钦滩里再增调些援军来吧！"

接着又现出凶煞雷霆，跺脚怒斥众臣："在雅泽城中住着时，你们裹着坚甲很英雄，但到了东方岭噶布，比绸子还软无硬功！号称辛巴实际是绵羊，号称巴图鲁实际是狐狸，闪闪铠甲实际是破皮袄，手中利箭实际是纺线轴，锋利宝刀实际是织布梭，不论做啥一点作用都没有。尤其是你辛巴梅乳泽！在雅泽城里驻守时，说三句离不了英雄话，做三件事就自夸。自从头盖骨被开天窗后，该说的不说装哑巴，该想的不想装疯魔，是不是吃了乌头毒？是不是性命快完结？如果不是这样的话，就拿出主意来商议！"

他丝毫没有意识到自己犯下的错误，反而将接连战败的原因推脱给了各部的辛巴们。

辛巴梅乳泽听后自觉很是委屈，他又一次诚心诚意地规劝道："肥壮的牛脖筋大王啊！我把你规劝过三次了，事情弄成这个地步早在我预料之中，但还没有结束，更不好的结局还在后头哩！还没有遭受更大的损伤前，最好撤回雅泽城中去，今生幸福来世也平安，大王身体一定会康吉，黄霍尔国家才会无危机。如果还要再增兵，好比牛羊肉上添油脂，只会落在岭国英雄们手里！想把珠牡强夺取，邪恶的举动只会招打击，想把别人来奴役，自己的国家可能被毁坏，若让我出计谋，还是安分守己为上计！"

梅乳泽这番话出自于好意，但多钦却不乐意听了："我们这么多人把岭国英雄抵挡不住，还打算逃回去，真是太丢脸了！"

其余的人什么也不说，只是静静地坐着。这时，噶尔哇部落的曲达王和唐泽玉周私下商议:“现在，霍尔军来这里受了一点挫折，君臣们便争吵起来，这到底有什么好处呢？白帐王为了达到他的心愿，就是受了再大的损失，他对已做的部署也无法改变了，君臣们要好好商议一番才对呀！”

这样议论之后，唐泽玉周说:“黄霍尔的君臣们啊！只是后悔没有好处，说些气话也并无裨益，请听唐泽的曲子吧！”说毕，唱道：

在白色事业大帐的中央，
白帐王和须弥山一样，
黄帐王和黑帐王如日月相映，
六大长官如昴宿辉煌，
辛巴、巴图鲁似群星闪光，
霍岭两国争斗的根源，
是前世宿缘所决定，
只埋怨哪一个人也不行。
霍尔大军名声大，
如今战争倒了霉，
显赫的战果看不见，
那是时运安排定，
谁也不必来抱怨。
霍尔白帐王的百万军，
本来就不应该来犯岭，
辛巴三次规劝做得对，
好像额纹看得明。
打算撤退的话别说，
会被他人听去留笑柄。
白帐王你请听，
派遣一个王子和辛巴，
速回国内再征兵，
从黄霍尔十二大部中，
每部招集援军一万名。
雅穆上师能预知吉凶和生死，
他的话像雷声传遍阿钦地，
如果对大王的决策没好处，
雷声再大也无裨益，

就没有必要相信它，
要赶快把他带到军营里。
岭国的英雄之所以难抵御，
在于战神护佑铠坚固，
黄霍尔战神的总头目，
是白、黑、花魔神三兄弟，
供奉在九连黑铁神龛内，
过去没有把他们都请来，
不应该对神灵灰心意，
应该把战神的神铁随军带，
以后如何行事可卜知。
总之对于大王的战争事，
死伤和失算难逃避，
温温和和又怎能取胜利？
君臣们想想是不是有道理？
最初做时总会有困难，
不得不做的要去努力，
要做好当前的事不容易。
在藏民居住的地方上，
红火、清水和干柴，
是大地自然所安置，
黑妖魔、黄霍尔和格萨尔，
是前世命中注定在一起，
心想逃开也无法逃避。
英雄们不必胆战心悸，
也不必用恶言把别人刺激。

唱毕，霍尔君臣都认为很对，大家商议决定：把先知者雅穆上师古如和白、黑、花三魔神依附的九连神铁延请来，并由霍尔十二部征集十二万援军。决定派出白帐王的王子拉吾赖布、辛巴唐噶译郭、巴图鲁赤图南朗及一百名士兵，连夜返回霍尔，办理这件事情。

第二天，岭国的丹玛头上戴着白缨，身上穿着白甲，闪闪发光，骑在银灰色马上，渡河到了霍尔营前，把黄铜箭尾的利箭五支、赤铜箭尾的利箭七支、黑铁箭尾的利箭九支，统统射了出去，霍尔军营上好像降下了冰雹，许多人被射倒在地。他又抽出宝刀，冲入营中，狠狠杀了一番，然后带上很多盔缨返回岭营。

白帐王世子赤宗柔雅，身穿海螺铠甲，头戴闪光螺盔，插着皓月般白尾缨，骑上会飞白马，手持长矛，追了上来。这时丹玛已到黄河边上，便勒转了马头，在弓上按上银尾箭等待着。赤宗喊道："你这个阳寿尽了的紫色汉子呀！你这个短命家伙休想逃脱！今天该我取得战功了！"

他挥舞着长矛，直向丹玛戳去，丹玛挥起长柄松石宝刀，把对方的长矛砍成两截，赤宗手里拿着半截矛杆，向后跑了几步，又转过身来，把一支箭搭在弓上，等在那里。

丹玛说道："白帐王的小子赤宗呀！今天我们算是碰上了，如果今天让你活着回去，我就不算是丹玛！"

两人对射了一箭，赤宗的箭射来，但是丹玛立在马镫上，那箭仅把马鞍劈成两半，射落了铠甲前襟几片甲叶。而丹玛的银尾箭却射中赤宗前额，从头盔后穿出。由于有白天魔神护佑，赤宗中箭后并没有死，又拔出宝刀冲了过来。丹玛又用铁箭一箭射中战马，只见尘土飞扬，人马倒在地上。丹玛跑到跟前，看见赤宗躺在地下，便说道："赤宗王子！你的心愿该满足了吧？白帐王这个老贼，他的心愿也该满足了吧？看我怎样给你们完成这件大事！"

说完，拔出绿柄宝刀，随手割下赤宗的头颅和盔缨以及马的鬃毛和尾巴等，安然渡过黄河，返回岭营。回到岭营以后，丹玛把赤宗的头和盔缨高悬在宝帐门旁，嘉察和岭国英雄们集合一起，共同议论这场恶战的经过，大家给丹玛献上最好的哈达，颂扬不已。

过了三天，天刚麻麻亮，霍尔军营外人声喧嚷，有的人上上下下搬运东西，有三个人滚来比牦牛大三倍的两块磐石。岭国的人纷纷议论，有的人奇怪地问："他们在干什么呢？"

有的人说："恐怕还是在修城堡吧！"

总管王说："啊呀，别乱猜了，你们说的都不对，他们不管今天的星曜合适不合适，就要放炮石了。滚石头的那三个人是谁呢？你们仔细瞧瞧，我眼花了看不清楚。"

尼奔和达潘两人边看边报告："那一个穿着红披风的大胖子，像是多钦，还有一个细长高个，在大磐石上忙来忙去的，像是杂庆，另外那个人像是唐泽玉周。"

总管王又说："他们的炮石手是杂庆，看样子，今天下午他们会把炮石打到这边来。我们把炮石准备迟了，恐怕要受损失。噶德，你快准备回击的炮石架，尼奔、曲鲁、森达你们三人去运炮石，要准备比霍尔更大的石头！"

三人滚来了一块两人合抱不拢的大磐石，准备好发射炮石要的物件，然后在黄河沿岸面朝霍尔军营，筑好了发射的炮架，烧起柏桑，供上净酒。正在人欢马叫，英雄们聚集起来看热闹的时候，噶德戴上黑帽，穿上黑披风，胸前挂上宝镜，右手握住放炮石的拉绳，左手摇着黑旗，“呜”的一声，炮石带着巨大的响声发射了出去。

这时，霍尔的人们也正在对白、黑、花三位魔神用山羊肉燔祭，像掷骰子一样洒祭着炒青稞麦花儿，杂庆念着咒语。结果霍尔和岭国两方的炮石同时射出，一时所有山岳都在颤抖。岭国的炮石追逐着霍尔的炮石，在白色千人大宝帐上空，互相碰击，霍尔的炮石被撞成两块，一块落到大营之中，几百人被砸死砸伤，所有霍尔士兵被震得昏倒在地。另一块炮石，和岭国炮石同时飞向岭国军营南面的石山，撞在大石崖上，石崖粉碎了，尘土遮天蔽日，滚下来的石头把噶德的军队压死了数百人。杂庆看到噶德的部队损伤惨重，异常高兴，幸灾乐祸地破口大骂！

噶德因为自己许多部下被压在坍塌的石崖之下，又听了杂庆这些恶言毒语，顿时怒火冲天。立刻拿掉黑帽和黑袍，披甲戴盔，骑上骏马，带上霹雳宝刀和弓箭，飞渡黄河，向霍尔军营，左冲右突，奋力斩杀，远者箭射，近者剑劈，使霍尔士兵大量死伤，杂庆手持飞索，在霍尔军营右边白帐部大帐前拦住噶德。噶德把霹雳宝刀插入鞘中，双手一伸，捉住杂庆双臂，又一抡，杂庆头朝下、脚朝天，倒了个个儿，噶德好像鹞子抓小雀似的抓住杂庆腰部，把他颠来倒去，又用拳头猛砸，打得他的内脏也从口中吐出。

噶德这才威风凛凛地返回岭营，英雄们直夸噶德是真英雄，只有嘉察高坐在上，不发一言。噶德心中很是不快，他暗暗想着：“嘉察一直是个不错的人呀，霍岭双方战得你死我活，我这样对付杂庆，又折了霍尔一员猛将，可他为何一点都不开心？他和格萨尔大王究竟是不同呀，弟兄两人，一智一愚，太不一样了！只怕他心中郁结，难得福寿啊……”

第四十四章　黄河浪汹涌司潘捐躯　嘉察王会同玉周结盟

这天晚上，霍尔雅穆上师古如，带着白、黑、花三魔神依附的九连黑神铁和霍尔魔鬼们，与王子拉吾带着新征募调来的十二万援军，星夜赶到霍尔营中。

第二天，因为援军和上师的到来，军心稍定，白帐王也安下心来，他捋着胡子说："今天天上的星宿、地上的时辰，都很美妙；昨晚的睡梦、今早的征兆，也很吉祥。由此可见，我们霍尔营中无论是梅乳泽、多钦，或是唐泽玉周，哪一个愿意就可向古如上师请求出征，穿上铠甲，带上武器，唱起豪壮的歌曲，要求和他们比比箭法、试试长矛，这样岭国那些短命鬼就会出来作对，我霍尔一定会把他们的头和盔缨拿到手中，你们去吧！"

于是他们三人去向上师求卜，上师把卦骰子一扣，点子应在多钦身上，多钦立即穿上避雷黑甲，戴上闪光铁盔，上插毒云燃炽红缨，在箭袋中装了五十支毒箭，在"群星环围"弓袋中装上螺柄宝弓，挎上黑铁战刀；骑在追风骏马上，马蹄犹如火焰闪光，直奔黄河岸边。当靠近岭国军营时，他开始叫阵："今天岭噶布的军营里，谁想和我作对快出来！比箭法看谁的指头有力量，比长矛看谁的武艺强，比宝刀看谁的刀刃利，比赛烈马看谁的马腿长！哈哈！你们怎会有胆跟我来较量！"

在岭国军营中，嘉察、达潘、丹玛、森达和司潘五个人，都要主动出门迎敌，快要扑出去的时候，总管王把嘉察的衣襟一把拉住，说道："按今天的星曜来看，你绝对不能出征！最好安安稳稳地坐在大帐中吧。"嘉察听后，很不高兴。达潘说："哥哥啊！该听总管王的话留下来，我们四个一定能把多钦打翻，即使他能上天，我们也要把霍尔军营搅得他无法收拾！说到底，就是我们四个英勇战死，也要让这英雄的业绩在雪域高原流传下去！"

说着，咬牙切齿，挥动着胳膊，两眼通红。司潘接着说："他多钦仅仅一个人，我们如果四个人同去，名声就太不好听了，达潘和我两个去吧！我带上箭，达潘带上长矛就行。"

于是，二人像火焰燃烧似的向前驰去。嘉察虽然心急如焚，但总管王有令，战马又不在身旁，只好坐着等待。这二人很快到达黄河对岸，达潘手持长矛挥舞冲去，司潘也抽出利箭搭在弓上紧紧跟着。多钦在一箭远的地方突然藏了起来，二人未能找到。于是又转身冲向霍尔军营，达潘从东门冲进去，把守门的巴图鲁奔图尼霞戳翻在地，又冲入大营正中，将霍尔士兵像炒豌豆似的搅来搅去。司潘则从西门冲入，把守门的辛巴纳布仲壮一刀砍死，又大杀大砍，好像下了一场大冰雹，霍尔士兵们见势不妙，都把帐房、财物丢下，喊声连天地向后山逃去。他二人把白色千人宝帐砍得一片片无法补缀，把杀死的人的盔缨，白帐王的盔甲、箭袋，以及雅穆上师的熊皮帽袈裟等等，捎在马后，扬扬自得地渡河归来。

这时，达潘在前，司潘在后，两人相距约一绳之远，多钦却突然出现，从他们身后追来。看见二人正在渡河，便把带有铁钩的套索抛出，正中司潘脖子上，多钦用力往后一拉，司潘不曾防备，被从马上拉下，坠入河中。达潘已渡过黄河，还来不及回援，只听司潘的坐骑嘶鸣着追赶主人落水的地方而去。

司潘被套着绳索在大浪中翻滚，他想："我死了并不要紧，若不把这套索砍断，岭国英雄不知还要受到多少损失呢！"这时，他已快被多钦拖到岸边，于是使出全身力气，抽出宝刀奋力一挥，砍断了套索，而自己却被黄河滚滚激浪卷走。嘉察远远地看到司潘壮烈牺牲，眼泪像树叶上的雨露簌簌掉落。他咬牙闭嘴，一句话没说便跃上加霞白马驰过黄河。这时霍尔兵丁正在溃逃，嘉察在后边紧紧追杀，从上午直杀到太阳快要落山，还不肯返回岭营。

这时，在草滩的一角，白帐王穿着一件破烂的旱獭皮袄，戴着一顶被雨水渍黄的破毡帽，上边插着马尾帽穗，骑着一匹没有上牙的老瘦马，赶着一群跛脚、烂腿，受了箭伤、枪伤的残马，伪装成落魄牧马人的形象。

嘉察赶到近前，没想到他就是白帐王，拦住马群，从后一把掐住那牧马人的脖子问道："放马的老头，快告诉我白帐王在什么地方？你说了我就饶你一条老命！"

白帐王被嘉察的愤怒震慑，他浑身颤抖，过了好一会儿才慢慢地说："长官呀！白帐王才是破坏岭国、毁灭霍尔的祸根。他带着七个随从向玛沁邦拉山道逃去了。已经走了好一会儿，您还是赶快去追吧！请您放过我吧，我只是一个没用的牧马人，就算您把我杀了，也只能是徒增你的罪恶而已。"

嘉察想想这话也对，于是将他扔下，沿着玛沁邦拉的山道追去了。

当夕阳西下的时候，嘉察才到山腰，矮子噶玛司郭、辛巴梅乳泽、青年英雄唐泽、王子拉吾以及三名小辛巴正藏在那里，唐泽听见马蹄声自远而来，侧身往外一看，知道是嘉察来了，便低头坐下。

嘉察看到唐泽，毫不怀疑白帐王也在这里，于是快马加鞭地赶了过来。王子拉吾见到嘉察单骑而来，加之又有霍尔国最英勇的辛巴梅乳泽、少年英雄唐泽在此，便怂恿道：“这白人白马连番在我霍尔大营内厮杀，欺辱我霍尔，实在可恨。今天可真是天赐的良机呀！”

虽然是敌对之国，但梅乳泽心里始终是敬重岭国的英雄，他说：“大王为抢夺美女而挑起战事，或许整个霍尔王国都会因此遭受灭顶之灾，千百年后霍尔百姓说起也都会感到羞愧。两军交战要胜得光明磊落，今日倘若我们这么多人去围攻一个人，岂不是会被人不齿。”

唐泽接过梅乳泽的话：“唐泽我少年英雄，只相信岭国大王格萨尔不可战胜，跟其他人作战，还是有些胜算的把握。今日就让我来会会他吧！”

见二位英雄坚持，拉吾只得作罢，梅乳泽便率众人离去，只留唐泽一人。

嘉察一骑烟尘，飞奔而来，唐泽默默想道：“只要现在岭国英雄们，尤其是嘉察安然无恙，珠牡未被抢到霍尔，就是把我杀了，我也愿意。格萨尔大王外出他乡时间长了，白帐王大军侵犯岭国还不知何时结束，无奈霍尔是我家乡，今日若死在嘉察刀下也不枉断送此生，但我诚心祈祷来生能为格萨尔大王效力！”

嘉察冲到唐泽跟前，抽出宝刀，朝唐泽连砍了九下，但像在空中划过一样，唐泽没有受到丝毫损伤。嘉察也有些疑惑，因而问道：“你究竟是什么人？为何我竟然不能伤你分毫？”

唐泽答道：“英武无敌的嘉察！我就是一箭射穿九个木人的青年勇士唐泽玉周，我因对南赡部洲格萨尔大王有一颗虔诚的心，别说刀子把我砍不伤，就是天地相撞，也把我奈何不得！”

嘉察回想起以前比箭时他说的那些话，这次雅司宝刀又砍不着他，看来他说的这些话是真诚的，应该把他留下来，但是还得问问他。于是问道：“喂！唐泽玉周娃娃呀，你说的话是真诚的，由于格萨尔大王的神灵保佑着你，所以我的雅司宝刀都伤害不了你，你虽然出生在霍尔，你的忠心却向着我圣岭。但我还是想问清楚，今年霍尔大军前来侵犯这件事，主谋是白帐王，还是黄帐王？是黑帐王，还是噶尔哇王？是梅乳泽，还是查巴尔？挑起战祸的根源是谁？他究竟打算要怎样？侵犯我圣岭的大事由谁来决策？你唐泽不要隐瞒照实说！”

唐泽悲喜交集，眼泪直淌，回答道：“尊贵的圣岭神子呀！那请听我唐泽慢慢唱来。”

在黄帐部的黄色大军中，
我是黄缨右边第一人。
在加霞马金鞍宝座上，

尊贵的协噶王您请听：
树木如果不从根上生，
叶子也无法生长成；
禾苗如果不从根上生，
穗头也无法生长成；
乌云如果不向北方去，
严霜也无法来降临；
阿南大王如果不妄动，
霍尔大军怎会来犯岭？
上自黄帐王和黑帐王，
下至神巫和卦师们，
大家劝了又劝他不听。
这事根本原因是时运，
但目前原因可能是米琼。
自从强占岭国草原后，
最近这一段时间中，
我的心从来未安定，
浑身发抖夜夜睡不稳。
自从雅穆上师到军营，
曾想把心思托付他占卜，
只因那多钦最爱饶舌，
几次三番我未敢明言。
霍岭两国这一场战争，
岭国人少力量太悬殊，
少数人难与多数人相斗，
最后岭国人会成为阶下囚。
南赡部洲的降敌宝珠王，
和你协鲁噶布万户王，
在北方曲隆那查上路口，
告别时他抓着你的手，
谆谆告诫的话可记住？
叫你不要独行坐镇金宝座，
叫马不要独行压住那槽头，
从前藏民谚语说：

“苍天一角的太阳和月亮，
光芒照遍四大洲，
乌云涌起遮光芒，
狂风却会来扫除。
装饰大地的长河水，
奔流欢笑永不休，
波浪汹涌滚滚去，
最后终会缓缓流。
炎夏草原鲜花稠，
花瓣儿夸耀身上的甘露珠，
恶霜袭来花儿虽枯萎，
来年美丽的装束仍如故，
大路上行走的商客们，
向四面八方把金银取，
精疲力竭也不顾，
最后还得返回家乡去。”
黄霍尔大军营寨里，
人们都想把岭国财物取，
虽然暂时无法来阻拦，
最后必有报仇时。
日月虽然躲开了乌云，
但有被罗睺星吞噬的危险；
河水虽然消失了波涛，
春后却有干涸的危机；
花儿虽然躲开了严霜，
却有被冰雹摧毁的危险；
商旅虽然避开了悬崖，
却有遭强盗抢劫的危机。
您嘉察对霍尔虽然凶狠，
却会有丢掉性命的危险。
并非我斗胆向您说，
指挥大军的这桩事，
需要猛虎般的武艺，
需要霹雳般的勇气，

需要鹞鹰般的机敏，
需要镜子般的明智，
千万不要固执行事，
岭国的女人森姜珠牡，
如不娶她到雅泽城里，
白帐王至死也不甘休，
或者事先把她送去，
宝石还会回到自己手里。
岭国所受的种种损害，
当雄狮从北地回转，
有话当面对白帐王去说，
有账亲自同白帐王去算！

唱毕，又说道："我有些话还要重复地说呀，你再也不要单独行动了，像白帐王那样的人，就是把脑袋砍下九次，也没关系。请岭国格萨尔大王作证！现在事情的成败维系在您这辅佐大臣身上，如果您有什么损伤，众生的事业也会有中断的危险。我生在霍尔，长在霍尔，吃饭、穿衣都是白帐王照管。我不是吃了食物，就把恩情丢在脑后的那种人，我今生已是身不由己。只能奉劝大人您，无论如何，今后遇着任何事情，不要强自出头，寿命的长短难以用臂膀衡量，痛苦与幸福常是轮替而来。等到格萨尔大王回国时，您兄弟二人，如日月相映，英雄们如群星拱卫，对霍尔的暴行，自会有报复的时辰，请您心中牢牢记下吧！"

说着，紧紧地握着嘉察的手。嘉察拿出一串白水晶念珠，唐泽拿出一百支金尾箭，两人相互交换后，仍是依依不舍，不忍分离。这时，总管王、丹玛、森达、达潘四人，跟踪寻找到跟前，唐泽说道："现在请你们君臣回转去吧！请小心珍重，国家的兴亡，个人的安危，你们都要十分谨慎！"

说罢，各自撤离。岭国君臣五人返回了白色神军大营。

第四十五章 深入敌营玛尔勒战死 悲至沙场众贵妇悼亡

大将司潘的死，令众人不断哀嚎，岭国上下一片悲痛，每个人都怀着一颗报仇雪恨的心，如波涛般汹涌，如狂风般怒吼。各路英雄纷纷请战，络绎不绝。

第二天，尼奔穿上“护身雄堡”金甲，佩带弓箭及“雪山三峰”宝刀，骑在“善飞金雁”骏马上。他部下的九百名骑士，每人穿着金边铁甲，戴着金檐白盔，插着遮阳的黄缨，挂着虎皮箭囊和弓袋，手持盾牌、利刀、长矛，每人骑一匹淡黄骏马，威风凛凛，浩浩荡荡地出发了。他们渡过黄河，来到霍尔军营旁。

这时，霍尔将士们也在披甲持械准备出击。白帐王下命令：霍尔大军不得惊恐慌乱，黄帐部队全体出动，由部队首领黄帐王弟、巴图鲁唐泽玉周、辛巴赛郭冬图三人，带领七万黄缨大军，快快出发。

于是，大家都打扮成黄人，骑上黄马，插着黄缨，腰持箭囊弓袋，拿着宝刀、长矛，集中起七万大军，由小辛巴赛郭冬图领先，黄帐王和唐泽压阵，整整齐齐排阵出发。

岭国方面，尼奔被许多骑兵簇拥在中间，当霍尔大军来到约一箭远的距离时，他大声说道：“今日上阵，一来要为弟弟玉达报冤仇，二来要为英雄壮士报血仇，三来要为司潘将军报深仇，若报不了这三仇我就是懦狐！”

黄帐王哈哈一笑，傲慢地说：“你尼奔自比照暖大地的太阳，我黄帐就是毒气冲天的妖星，黄缨部队如星群，把乌头毒气向外喷！今天英雄的胜利果，一定属于霍尔黄缨军，而先下手的懦夫名声，一定属于岭国的娃娃们！你们如果有愿心，赶紧祈祷表虔诚，只有今日这一天，大地上还能容你们！”

说完，黄帐王抽出宝刀，向前冲杀。尼奔没有射箭，只是把铠甲裹紧等在那里，因为有格萨尔大王赐的金轮红披风保佑，刀砍不着，黄帐王还从来没有遇到过这样的对手，惊得他目瞪口呆，扭头就跑。这时，岭国金缨部队小将达察冬·年射出一箭，正中黄帐王坐骑，尼奔也射出一箭，同时射中黄帐王和他的马，人和马黄澄澄地滚翻在地。岭国部队射了半天排箭。到了中午又用长矛刺杀。黄昏时又用刀互相搏斗。直杀到天黑时分，杀死霍尔黄缨士兵三万余名，辛巴赛郭冬图受箭伤后，也被色巴部达察冬年杀死，唐泽在黑暗中虚应差事，随便射了几箭，杀死了达绒晁通部落的十七名士兵。

而达绒晁通王见到霍尔雄兵阵势，小懦狐之心又顿时生起，嘴上不说一句话，悻悻地逃到一处山腰洞里躲起来，直到双方战斗结束后才偷偷溜出来，从死去霍尔兵的尸体上割下了一口袋指头，优哉游哉地跟在部队后面返回营地。

此时，天已全黑，霍岭两军各自停手，向后撤退。嘉察协噶非常担心，从天明恶战到天黑，现在尼奔等人还未返回，也不知是否受了什么伤损，又不顾总管王等人的阻拦，独自横渡黄河，前去接应。恰好岭国部队正在欢呼着胜利归来，在半路相遇，兄弟们便簇拥着燕雀般返回岭地。

回到营中，众将士祭奠完司潘老英雄后，嘉察奖给尼奔一面英雄锦旗，褒扬他立下的赫赫战功。可晁通不满尼奔获得大张锦旗，遂拿出那装满指头的口袋，抖搂出一地，高声赞扬他自己的英勇奇迹。见众人不予理睬，便骑上快马冲出营地，不料却连人带马陷进了黑泥潭，挣扎半天才上了岸。

尼奔杀死霍尔黄帐王的第三天，岭地的少年英雄绒察玛尔勒骑着骏马飞渡黄河，像红色煞神一样直奔霍尔军营。辛巴梅乳泽最先看见，吩咐大营内外严防死守。羌拉、多钦和巴庆三人各自准备好套索前来迎战，三人催动战马，迅猛向前冲击，他们以为绒察玛尔勒会害怕，他不但没有退缩，反而挥舞着宝刀迎面扑来，这三人反而被这般英雄的壮举吓蒙，还没有来得及抛出绳索，便匆匆回营。

这时，绒察玛尔勒已冲进大营后面，杀死名叫罗秋托玛的辛巴，砍下了他的首级，把白帐和黑帐的帐幕用宝刀砍了三次，捣毁了茶灶[1]，把几百个披甲持械的人全部杀光，血流遍地，只饶了些没有拿武器的人。又冲到西门，碰到黄帐部队辛巴赛郭冬图，在半路上杀死他后，从后门冲了出去。

这时，刚刚逃跑的三个辛巴乘机冲到跟前，同时抛出三根套索，羌拉的白套索钩住了左臂，多钦的红套索钩住了右臂，巴庆的黑套索抓住了后肩胛，玛尔勒挥动宝刀，把左臂的白套索和肩胛的黑套索都砍断了，只有多钦的红套索无法砍断。玛尔勒用一只手将宝刀一戳，刺中多钦的肚皮，肚肠流了一地。又有几个辛巴乘机围了过来，因有宝甲护身，他们乱砍一气，也没有伤害玛尔勒分毫。这时，多钦用力一拉，将玛尔勒拉下马来，几个辛巴趁势而上，拔掉了

1　作为马背上的民族，没有固定的营地。平时游牧，逐水草而居；战时打仗，打到哪里，就在哪里埋锅造饭，安营扎寨。因此，“茶灶”成为他们生活和作战的中心和基地，捣毁了茶灶，就象征着征服了这一个部落或这支部队。

他身上的铠甲。没有了经过天神加持的宝甲的保护，英雄绒察玛尔勒终于被辛巴们乱刀砍死。

在对岸的嘉察痛心地看着又一位兄弟牺牲，禁不住热泪纵横，他急急忙忙披上战甲，拿起武器："今天就在玛尔勒的上边，把我嘉察的命也添上！"

就在他翻身上马之际，尼奔和达潘二人抓住他的手苦苦劝道："今天请哥哥忍耐一下，到明天，我弟兄二人跟您一同前去，一定能把白帐王抓到手！"

二人死拉活扯地抱住嘉察不放手，丹玛、森达、噶德、念察等四人，也磕头劝道："今天一定请奔巴暂作忍耐，安坐在宝座上，出战的事情，臣子们谁去都行！"

说着，大家把宝驹左右两边的镫子死死抓住，这时嘉察的父亲森伦也出来劝说："你今天还是忍一忍，安坐为佳。雄狮大王留恋北地，玛尔勒和玉达又死在霍尔手下。他们想把穆布董氏从根子上砍断，想把圣岭神族像毛绳一样剁碎，把乳酪一样平静的南赡部洲像鲜血一样搅浑。总之，镇压强敌之时，必须机警、敏捷和坚定，还要勇敢和坚韧，像雄狮大王那样，不要勉强蛮干。你不能不顾我和年迈的总管，没有计谋而固执地去与敌人比蛮力，这是无谓的牺牲呀！"

正说着，总管王绒察查根身披战甲，头盔上插着火焰一样的幡缨，腰间悬挂宝刀，臂上挎着宝弓，箭袋里装着三百支铁尾箭，骑着枣红骏马，凶猛又稳重，威风凛凛地来到军营中间，勒住马头，十分威武地说："圣岭的神子们呀！老汉我要立战功就在今天，如果只会硬碰硬拼，那也算不上是好汉！"遂唱道：

霍尔雅泽城白帐王，
带领大军侵犯我圣岭，
战马多得吃光了青草，
帐篷多得大地难容，
铁甲光焰烧焦了土地，
长矛盔缨遮住了天空。
上边堵住了天空的行云，
中间挡住了空中的清风，
下边踩出了地皮的汗水，
不应有的坏事做得绝尽！
圣岭的英雄们！
胳膊下垂了仍在厮打，
马脊凸出了仍在奔驰，
宝刀砍钝了仍在劈杀，

利箭快完了还在射，
宝弓拉满了还在拉。
岭国人做出了英雄的榜样，
但剩下的敌军还多得很，
现在事情的重要之处，
是少数人难敌多数人。
我总管王虽然年迈苍苍，
却不愿安坐徒自忧伤，
今天死去不算命短，
明天才死不算寿长。
从前藏民谚语里说：
“子侄多的父亲和叔伯，
心情像须弥山那样舒服，
吉庆好像海中的宝珠，
被人们羡慕得像金盆的酥油，
自己安乐得像松石瓶的甘露。
后裔断绝了的孤苦老头，
愁苦不安像山头的旗帜，
心情沉闷像躺在黑洞里，
人们的讥毁像死风乱吹，
自己的忧郁像霜临大地。”
要死的话应该总管去死，
即使受到阻拦也应该死，
要活的话应该让嘉察去活，
需要他去压宝帐里的金座。
哈哈！这是开开玩笑，
要考察的话却也真实无讹。
我身上的血肉虽然衰竭，
但心意像雪山一样坚定，
怎样追击或退避我很精通。
猛虎虽老还知道谨慎，
野牛虽老还有福分，
游鱼虽老还很敏捷，
总管虽老还能临阵。

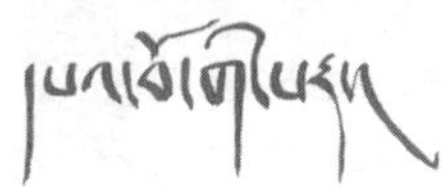

伯伯的圣岭神子们哪！
“宝刀过硬会从刀背折断，
宝弓过硬会从腰中断裂，
骏马过快也会跌失前蹄，
青年过凶会败坏声誉。”
古人就有这样的谚语。
镇压敌军右翼时，
进攻如同滚礌石，
撤退如同电火闪，
不应勉强来行事，
这些格言你们要牢记！
我老汉要在今天内，
把白帐、黑帐这群狐狸，
以及辛巴们这群豺狼，
从他们尾后去追击。
叫他们满滩的辛巴们，
像小鸟一样嗖嗖逃避！
我要立下这样的战功，
请大家眼里多注意。

总管王要出征，嘉察情何以堪！他诚恳地说：“伯伯你自己出战，反叫我安坐营中，这怎么行呢？真如俗话所说的：‘若不能为叔伯们分忧，子侄虽多也不如猪狗’。我一定要去，一定要去把白帐王的心扒出来，甚至让我牺牲性命，也决不后悔！”

但无论嘉察怎样说，也拗不过大伙儿的劝阻和情面，只好哭丧着脸，一言不发。

玛尔勒捐躯的噩耗，传到都城以后，母后郭姆、嘉萨、绒萨，以及森姜珠牡、乃琼、柔萨、卡噶柔宗、娜姆玉珍等人，骑上各自的马前来悼念。下边禀报以后，嘉察说道：“在大军大营中，妇女们来来往往，兆头不好，叫她们回去吧！”

丹玛却说：“不行！不行！郭姆是格萨尔大王的生身之母，是梅朵娜泽龙女的转生；嘉萨是东方皇帝的公主，是您的生母；绒萨是玛尔勒的生母，是绒地藏拉王的公主。其他五六个媳妇、姑娘，也都是幼系奔巴王室的显贵，不会带来什么不吉利的事。在伤悼玛尔勒的时候，如果不让她们和大家会面，恐怕会发

生不幸的事吧，还是让她们来比较妥当。”

其实尼奔和达潘兄弟二人很同意嘉察的看法，不好说什么，噶德、森达和中证人苏哇纳琼却支持丹玛。最后总管王开口说道：“自己家里的人到大营来，用不着忌讳，叫母亲、嫂子们进来吧！”

这时，她们到了距离大营约一箭之遥的地方，下了马，向大营叩头礼拜，她们穿着白色丧服，飘飘荡荡的衣襟拖在身后。嘉察说道：“把那顶遮凉用的‘愿喜白帐’给她们撑起来，我们英雄们不必到营外去会见，让她们先休息一会儿吧！”

虽然这样说，但对于女眷到营中来，心中还是有些不安。于是，丹玛、竹吉以及小臣达玉、古如坚赞等，撑起了“愿喜白帐”凉篷，在上首正中间位置给嘉察设下了虎皮宝座，两边给尼奔、达潘、阿鲁巴森、仁庆达鲁等分别铺设了豹皮座。右面的正中，是总管王已经空出的宝座，左面的排头给其他英雄设了软缎坐垫。君臣们各穿一领软缎长袍，戴着白帽，挂着宝刀，骑马前来，先到的大臣们迎接他们下马后，人们整整齐齐依次就座。

第四十六章 总管王亲征屡建奇功 珠牡妃劝说退守王城

正在大家忙着张罗安排众贵妇们为英雄玛尔勒悼念的时候，总管王绒察查根已经驰马直渡黄河，到了霍尔营垒东门外面。辛巴梅乳泽说："喂！从圣岭军营里，又来了一个淡红色的人，好像是总管王，或是森伦王，虽然不算最英勇的汉子，但肯定也不会做出好事来！"

白帐王很不以为然，说道："辛巴，胆子别那么小，不管是总管王或是森伦老头儿，不过是八十岁的人穿起铠甲，七十岁的人骑上战马，把白头和额纹一起拿来送礼的人儿罢了，哈哈！"

说着说着，卷起袖子，抹抹胡须，满脸红光，乐不可支。多钦说道："只要我骑上快马，飞速奔过去，那个老头子定会吓得从马上摔下来！"

说时迟，那时快，总管王像礌石一样从空中掉落下来，挥动着战旗，跃入霍尔营中。霍尔营门东边守护的士兵们，被他一一打翻在地，营门督战的头目中，有一个辛巴名叫赤扎拉玛的，披甲持械前来，当即被总管王斩于刀下。总管王又左右开弓，射出六十支铁尾箭，射杀六十余人，然后挥舞宝刀，直奔白色千人大帐。白帐王和多钦吓得躲在金座底下，这时总管王已冲进大宝帐内，找不见白帐王在什么地方，旋即把金座砍了三刀，把金座前的八宝吉祥桌子砍翻，把白帐王装甜酒的绿宝瓶剁成三截。快到西门的时候，又向前射出二十余支铁尾箭，射死不少人。顿时，霍尔军中乱作一团，在门口互相拥挤，好像恶狼追赶下的羊群，在圈门口拥挤着向外奔逃。在快要冲出东门的时候，门旁一些懦弱的霍尔军被吓得昏倒在地，骡头战马就踏在他们身上，疾驰而去，飞快地冲出了东门。

这时候，黑帐部军官唐纳泽嘉的弟弟朗吉奔图，身穿瘴气黑铠甲，头戴八棱黑盔，盔上插着黑马尾，黑乎乎的从后面追了上来。

总管王心想，他追上来了，不如在这里等他，以逸待劳。于是勒住战马，束紧甲衣，等在那里。朗吉奔图平日里也算得上是巴图鲁中的最勇者，在来到与总管王约一箭之遥的地方大声喊道："喂！听着，今早来的这个淡红人儿，不要学狐狸一样逃跑，放马过来吧！"

说完，他射出一支铁箭，从总管王后面的羽翎尖上掠过，又射出好几箭，都被总管王闪过。接着他抽出宝刀杀了过来。这个朗吉也真是条汉子，拔出宝刀向前冲来，两人混战在一处。朗吉杀得兴起，抛下宝刀抓住总管王的衣襟，绒察查根把箭环套在指上，拔出锋利的匕首，从朗吉肋下猛力刺入，向上一挑，刀尖直插心脏，朗吉立刻毙命，总管王得胜回营。

总管王回到大营，众位英雄们热烈欢呼，虽然没有擒来白帐王，但是总管拿回了白帐王的虎皮披风，这让岭国士气大振。尼奔兴奋地说："我董氏王室的后裔，从十三岁的青年到八十岁的老人，英雄的本领并没有差别。您英勇地对敌搏斗，经历这么长的时间，最后还是把凶狠的巴图鲁打翻在地，把白帐王吓得心碎胆裂，把那暖气尚存的虎皮披风也夺了来，像这样，怎么能不让我们感到痛快！"

其他英雄也纷纷献上哈达对总管王的英勇气度赞不绝口。嘉察心想：叔叔取得的战绩可喜可贺，但毕竟一把年纪，还要披挂上阵，弟弟格萨尔将守卫岭国的重任交给自己，自己却根本没有做好弟弟的嘱托。嘉察感到万分难过，一言不发，红着眼睛坐在一旁。

君臣共聚一堂，珠牡向大家重新奉酒献茶，然后说道："君臣大众们呀！我这美酒像是久旱的甘霖，请大家畅饮吧！我的歌曲像杜鹃鸟的啼鸣，歌词像丰收的麦穗，请大家仔细聆听！"

南赡部洲格萨尔，
为了百姓到北地去降魔，
雅泽城里的白帐王，
处心积虑为自己，
一心想把岭噶来奴役。
百姓的事如鲜花烂漫开，
他似严霜要把鲜花来摧毁，
百姓的事如明灯照四方，
他似狂风要把明灯来吹灭，
现在我岭国英雄们，
不顾生死齐奋起，
战刀挥舞无已时。
上自赤宗王子和黄帐王，

以及朗吉奔图猛将止，
已叫他们身首两分离，
敌军一半被杀死。
从前古人有谚讲：
“雪狮蹲踞若不知节制，
将如山岳昂距无差异；
猛虎夸耀毛茸无节制，
将与茂密山林成一体；
白鹫翱翔若不知节制，
将如天空一样渺无际；
苍狼贪食若不知节制，
绵羊肥肉会把它噎死，
旅客行程若不知节制，
跋涉过度会疲惫。”
英雄们勇武若没有节制，
十万大军也会受损失。
现在季节不等人；
三秋已逝严冬临，
黄河左右雪封山，
雪域高原寒风凛，
黄河渡口坚冰结，
在此困守难奏功，
不如返回去守城。
从前老人有谚语：
“三夏良辰美景奇，
遨游草原乐不支，
草木葱茏鲜花艳，
赏心悦目不忍归。”
三冬风雪交加时，
不如回到城邑去，
饮酒品茶享用足，
快乐圆满无病疾。
森珠都城幅员广，
万户王兄弟三人去主管，

两位小王相陪多美满，
别人高兴自己也平安。
霍尔若愿长住此，
让那些贼子住一世，
不然长此鏖战硬拼时，
岭国人员一定会耗失。
格萨尔王前去北地时，
曾经谆谆告诫说：
“头盔若未戴牢时，
切莫鲁莽攻坚城，
铠甲若未紧束身，
切莫轻易迎利刃，
利箭若未备充足，
切莫随便去陷阵攻敌军，
骏马脚力若未纯熟时，
莫向大滩之中去冲锋，
若不与大部队配合起，
绝不耀武逞勇单骑冲敌营。”
这些告诫是否还记在心中？
俗话说得真正好：
男儿能掌握战机乃英雄。
现在不需待在此，
不如马上返回城。
右面河阳唐宗仁茂城，
左边河阴碣日拉泽城，
是人们往来必经之要道，
各留几百人去守城。
岭主格萨尔大王，
早则明年可能回，
最迟后年一定归，
谨慎防守最安全，
请诸位细细思量。

珠牡在唱曲的同时，给嘉察碗里斟满了烈酒，对别的英雄们也各敬了一杯烈酒，又给每人奉上一杯鲜花香茶。嘉察、尼奔、达潘三人不同意回去守城，主张不管战局发展得如何，都要坚持在大滩里战斗到底！总管王、森达、丹玛、噶德及父王森伦等却都同意珠牡的意见，认为暂时回城防守为好。总管王说道："珠牡说的这些话很有道理，这件事虽是珠牡用曲子首先提出，但圣岭的男男女女们心里都是这样想的。霍尔坏种们虽被我们消灭了不少，但现在人数还很多，很难看到我们胜利的迹象。侄儿雄狮王虽去北地降魔，迟早终要回来，在他尚未返回的这个时期，应以坚守城池为主，这样，我们人马就不会受到损失。善守城池，保存力量，这才是上策！"

总管王说后，大家表示同意，一般英雄，无论谁牺牲了都没有关系，如果嘉察、达潘、尼奔三弟兄有了闪失，格萨尔大王回来时还不知怎样训斥大家呢！在这天寒地冻之时，还是据守城堡为好，死死困在这小小营垒中，还不是自己找罪受。于是大小将领和部众们都说同意撤回城里。

嘉察和尼奔都不出声，达潘说："放着岭国江山不去保卫，英雄们就像狐狸一样往洞里钻，岭国人怎么能同意？何况，嘉察、尼奔弟兄和两位小王子并没有受到伤损，回去防守城堡，究竟有什么好处呢？但是硬拼下去，一旦岭国军队全部打光，英雄们也牺牲完了，霍尔人若要霸占了岭国，上自白发老人，下至白齿小孩，都难以逃过霍尔的杀戮。然而不打的话，让霍尔大军继续侵犯，对岭国也没有什么好处。俗话说'会议的题目，由老人提出，会议的决定，由青年执行'。大家看这样行不行？大伙儿觉得无论是战是守，最后还需嘉察决定！"

此时谁也不知嘉察心中究竟作何打算，达潘又没有把话说清楚，于是都静悄悄的没有作声。这时，母后郭姆从座上站起，双手捧着一条雪白的哈达，说道："会议正像太阳一样闪闪升起，为何大伙儿又不发言，却像被黑云笼罩一样呢？我同意按照珠牡的话，回去坚守城池，等待格萨尔回来，比较合适！"

郭姆是格萨尔大王的生母，大伙都认为不听她的话就是不听格萨尔大王的话，有再多的不甘心，嘉察也只得同意，他说："为了向那些杀人放火的霍尔强盗们报仇雪恨，才来到这里。只有把黄霍尔从根铲除，方解心头之恨。我们没有想到去欺侮别人，但是，父王、母后们、嫂嫂们却不这样设想。所以，我们每个人，即使英勇奋战，除了把自己的心意搅乱以外，并没有别的好处。如果弟弟同意守城的话，那我也同意！"

达潘非常理解嘉察的痛苦："哥哥说得很对，倘若格萨尔大王从北地回国，就不会有任何困难了。现在就那么办吧！按照父王、伯王、母后、嫂嫂们和英雄大众的意愿，暂时坚守城堡吧！"

意见统一之后，大家遂安下心来。第二天，天刚亮时，吃完了早饭，收拾好帐篷，给马匹鞴上鞍，绑好驮子，每个人牵着自己的战马，等待命令。白螺号响起，队伍分成三路开始出发。嘉察和小将阿鲁巴森、仁庆达鲁三位，还有总管王、森伦父王、散霞、塔贝索南等人，由一千名骑士护卫着出发。尼奔、达潘等十一员勇猛英雄将领横渡黄河，从霍尔营房旁绕过，沿黄河北面威武地疾驰回去。那些霍军都眼巴巴地在那儿瞧着，但谁也不敢出营骚扰。

按照达潘下达的命令，很快各部在各个城堡中都设了布防，牧民们赶着牛群、羊群、马群，来到一个老妇守关而千夫莫敌的杂茂仁波石山峡谷地带，这里水草丰盛，林木茂密，牧民们就在这里安居下，头人们再从三支部队中各派出一百名骑士，进行防守。

听到岭国部队从黄河岸撤退的消息，白帐王欣喜若狂，立即召集各部落将领集会。白帐王说："呀！喂！黄霍尔的大军们哪！那些不自量力的岭国小子们眼看着支撑不住了，已经像狐狸那样向后逃窜了，我们到黄河那边去吧！"

白帐王高兴得乐不可支，反被辛巴梅乳泽泼冷水道："白帐大王呀，你这个诡诈多端的人啊！已经是落在西山的太阳了，还要散发你的余威，我们剽悍的英勇儿郎快被乌头毒杀光了，你难道看不出来，岭国人是回去据守自己城堡的呀！"

白帐王面红耳赤，羞愧难当，过了一会儿才说道："辛巴把天王我乱比一气，恶言恶语，实属不恭！你在岭国部队面前不敢搏斗，却拿着一知半解的话饶舌。对付敌人时，不敢斩杀一人，马不敢跑出一点汗，在霍尔众勇士面前却不知羞耻，唱曲引词，吹嘘不已。古人谚语中说，'长官虽然沦落，但狗尾巴还缠不到头上！'"

白帐王认为辛巴梅乳泽不把他这个王放在眼里，用手指着他的眉眼狠狠地训斥了一番，劝告他以后不要自以为是，胡言乱语。辛巴梅乳泽见白帐王如此不听善劝，气急得都不知道往哪儿撒，只好扭头跨上宝马径直向草原上奔跑了好几圈。

过了几天之后，霍尔的探子们探得岭国确实因为天寒收兵，霍尔们就像从大滩出发时那样，部署三军，严申军纪，把队伍分为两拨。中军以白色万人大帐居中，由白帐王、雅穆上师、辛巴梅乳泽、多钦、唐泽玉周、巴图鲁羌拉、唐噶泽郭等率领霍尔白帐、黄帐以及日巴、塘巴、奔巴、更噶部共五十万大军，渡过黄河，到达岭国碣日拉泽城附近，在离城一箭之遥的地方扎下军营。

另一边以黄帐王的法帐为中心，由王子拉吾、黑帐王、噶仁哇、年加、岔保、岔肖、顿巴等大部队五十万大军，在离黄河岸岭国唐宗仁茂城下，一箭之遥的地方扎下军营。此时，黄河两岸，烟雾弥漫，把太阳也遮得阴沉起来。

在驻守黄河滩上五个月的时间里，霍尔马吃光了岭国阳山上的青草，霍尔的将士砍光了阴山上的树木，玛沁邦拉神山的祭坛也被他们尽数捣毁，并将城堡所赖以存在的神庙、宝塔、佛龛等都肆意毁坏，至于落发的僧侣、尼姑有的被杀害，有的被掠走。真是做尽了三界坏事，丧尽了人间天良。

第四十七章 珠牡再三寄信盼王归 侍女甘愿代嫁求和平

自从岭国的军队退回到达孜城防守，各种噩兆连连发生，使得珠牡的心中万分不安，她心如火焚，昼夜难眠，心中翻来覆去地想："像我这样无福的女人，如果落在霍尔王手里，跑又跑不脱，死也死不成。现在看样子，霍尔王如果不把我抢到手，是不会善罢甘休的。怎么办呢？如果我能用计把霍尔王骗过一段时间，说不定雄狮王很快就会回来，只要格萨尔一回来，自然会打退霍尔百万兵。"

可是大王呀，您要什么时候才能回岭国呀？珠牡写了一封信托她的寄魂仙鹤飞到魔国，可是时间过去了很久，还是杳无音讯。

而霍尔的军队也到了城下，不时叫嚣着让岭国交出珠牡。辛巴梅乳泽本不情愿逼迫珠牡王妃舍弃岭国，委身下嫁白帐王，但是一想到能让百姓免遭祸殃，他的心像是被鹿角撞了一样，疼痛地奔驰向达孜城。

这天，珠牡一个人向岭国最高的山峰爬去，到了山顶，她顾不得喘息，拿出随身带着的一面水晶宝镜。这是面神镜，能把全世界各个角落都看得清清楚楚。她这次登上山顶，就是为了看看她的大王究竟还在不在人世间。从宝镜中，珠牡不但看见格萨尔大王，而且看见了梅萨绷吉和另一个美若天仙的姑娘，二人正陪着大王饮酒唱歌。珠牡不看则已，一见真似万箭穿心，痛彻骨髓。这个狠心的大王啊，他真的把我忘了吗？忘了我珠牡姑娘事小，怎么能忘记岭国百姓啊！现在黄霍尔的兵马围困着岭国，杀人掠马抢东西，岭国的臣民百姓、妇孺老幼遭受着深重灾难，大家都在盼着大王早一天回到岭国，早日杀退霍尔兵马，解救百姓的苦难。可大王他，捎书带信他不理，国破家亡他不管，还有心思饮酒唱歌，真是个狠心肠的人啊！

"天哪！"珠牡大叫一声，昏了过去。

一只小喜鹊叽叽喳喳地唤醒了珠牡。珠牡泪眼蒙眬，一见喜鹊，忙让它去见格萨尔大王："花喜鹊呀，请你告诉狠心的大王，让他快快回岭国。"接着唱道：

珠牡日日夜夜心焦，
白帐王天天逼迫她。
请大王明天就回还，
不要留恋外地忘了家。
纵然不念珠牡我，
也应看看生身母，
还应想念嘉察哥，
更应挂念岭国的妇孺。
花喜鹊呀吉祥鸟，
快快飞呀莫耽搁。

唱罢，花喜鹊飞走了，珠牡也慢慢走下山来。

又过去了几天，珠牡又再带着水晶宝镜爬上了山顶，用宝镜一照，见大王和两个妃子仍旧在饮酒唱歌，那只为珠牡送信的花喜鹊被射死在大帐门口。珠牡的心碎了，狠心的大王真是不念旧情，还把为我送信的喜鹊射死了。天哪！天哪！我珠牡可怎么办哪！珠牡又昏了过去。

珠牡再次醒来时，见一只美丽的红狐狸正趴在自己身边，用舌头舔着她的手腕。珠牡抚摸着红狐狸的脖子，只觉心灰意冷。

“王妃珠牡，我愿为您去找大王，我愿为您去送信。”狐狸说话了。

“你没看见送信的小喜鹊已被大王射死了吗？”

“那是它吵得大王心烦。我不会惹大王生气的，有什么话您就快说吧。”

珠牡见狐狸一片真情，忙颤抖着从手上褪下金指环，泣不成声地说：“狐狸姐姐，你把这指环带给格萨尔大王，告诉他，在达孜城中有个姑娘正在受难。她一天挨一天地盼着大王回来救她。现在，她已经被逼得没有了办法，大王如果还肯怜惜她，就快回来吧，若再迟疑，就来不及了。霍尔王要抢走她，岭国也将亡于霍尔人手里。”

红狐狸衔着珠牡的金指环走了，珠牡又红着眼圈下山来了。

辛巴梅乳泽看见珠牡从山上下来，便在一个山腰的拐角等着，劝她顾全大局，跟他到霍尔去。这已经不知道是第几次了，但愿这次王妃能够同意跟他回去呀。

珠牡见了辛巴梅乳泽，不等他催促，就说：“我的姑母病得很重，我要侍奉她老人家几天才能走。”

辛巴梅乳泽见珠牡眼圈红肿，不知是因哭格萨尔大王所致，真以为是珠牡的姑母得了重病，遂动了恻隐之心，点头答应了。

白帐王等了三天又三天，终于耐不住了，又派梅乳泽来催珠牡上路。

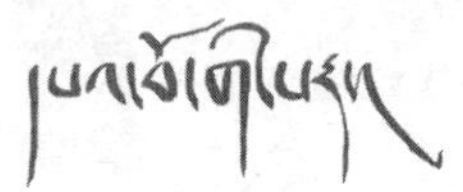

珠牡谢过梅乳泽，然后说：“我姑母的病好些了，可我还有个姐姐住在中沟，我还得跟她辞行。”

“你们女人家就是事多。”辛巴梅乳泽有些不耐烦，可还是跟珠牡一同去了中沟。

珠牡从姐姐家中出来，又是一副布满愁云的表情，眼睛里还打转着泪水。

辛巴梅乳泽见状，心想，难道她的姐姐又病了？这回可不能再拖了，再拖下去，白帐王就要发火了。

珠牡不说话，默默地跟着辛巴梅乳泽往回走，倒是梅乳泽有些沉不住气：“珠牡王妃，你姐姐好吗？”

“很好。”珠牡不愿多说话，只是低着头，跟在辛巴后面慢慢走，一边走一边想。快到达孜城的时候，珠牡的眼睛突然一亮，有了主意。

“要是王妃的事都办完了，我们就启程吧。”梅乳泽试探地问。

“好！”珠牡不再推托，答应得出乎意料地爽快。

“你先回去告诉你们的白帐王，我们选好吉日就到霍尔去。你放心吧，这次决不食言！”珠牡又说道。

“好的，我这就回去禀报大王。”辛巴梅乳泽道。

说完，辛巴梅乳泽高兴得立即回去向白帐王报喜，珠牡则快步向宫中走去。她急于把自己的计划付诸实施。

两个忠诚的侍女、珠牡儿时的伙伴，阿琼吉和里琼吉出来迎接。珠牡一见二人，忙把里琼吉的手拉住了：“阿琼吉，你说，里琼吉和我长得像不像？”

“嗯，王妃不要生气，岭国的人们都说里琼吉长得像王妃，只是不如王妃那么美丽。”

“嗯，好，可是……”珠牡突然觉得没有办法把自己的计划说出来。

里琼吉见王妃说到这里时支支吾吾，她在心里也大概明白是因为什么。她自小与珠牡相伴，而珠牡也待她似亲姐妹，如今黄霍尔大军压境就是为了逼迫王妃就范，假如牺牲她一人能够换取岭国上下平安，那么无论王妃如何安排，里琼吉她也是愿意的。

“珠牡姐姐，我早有此心，只是不敢冒昧。若王妃允许，我愿意……”里琼吉似乎早有准备，神情异常镇定。

“那，我……我怎么对得起你……”珠牡听到这里忍不住又哭了。

阿琼吉也像是明白了什么，她显得很兴奋：“这太好了，太好了！里琼吉，你这个死丫头，怎么不早说。”

算是想到了一个折中的好办法，珠牡立刻派阿琼吉去请老总管和嘉察。绒察查根和嘉察协噶很快就来了，里琼吉讲了她们的计策，总管王连声称赞：“好啊，好主意！”

嘉察可没那么乐观：“主意倒是不错，可苦了里琼吉姑娘一个人了。”

“嘉察哥哥，不要这样说，为了岭国，为了王妃，我……我愿意……”里琼吉的声音有些哽咽。

珠牡和阿琼吉默默地低着头，手却紧紧地拉着里琼吉。

珠牡的计策得到总管王的赞同。嘉察虽然不太赞同，但一想到岭国的兵马遭到这么大的损失，百姓遭受深重苦难，心想，若能用计拖住黄霍尔人，等格萨尔王回来也好。

老总管这就差人送信，大意是为了早日结束两国纷争，珠牡王妃同意跟随白帐王回黄霍尔，但是黄霍尔必须遵守约定，等到珠牡王妃到达霍尔大营，那么霍尔就要退兵。收到书信的白帐王显得格外高兴，三年来的战争，已使他心烦，但为了娶到珠牡，他情愿。今天，梦中的花，水中的月，已经实实在在地摆在了他的眼前，叫他怎能不喜欢！

辛巴梅乳泽和唐泽玉周心中有些纳闷。但是，为了早日退兵，为了和平安宁，也就装聋作哑地没有说话。

吉祥的日子里，珠牡把自己最漂亮的首饰和绸缎嫁衣给里琼吉打扮起来。经过精心装扮过后的里琼吉，简直美极了，更是像极了珠牡，要不仔细辨认，还真以为是同一个人。等到吉时，总管王选派的岭国姑嫂三十人组成的送亲队伍也已经准备好了，随身的陪嫁物品满满地装了十二骡马驮。珠牡挥泪送别里琼吉，让她小心保护好自己。在众人的告别声中，送亲队伍出发了。

霍尔兵马排列整齐，等待着装扮得万分美丽的岭国“王妃”驾临霍尔大营。

当看到自己心心念念已久的美丽王妃走过来，白帐王突然有些不相信自己的眼睛，叫辛巴梅乳泽和羌拉前去验明正身，说：“梅乳泽、羌拉，你们快去看看是不是真正的珠牡，别被那岭国小人骗了去！快去！”

唐泽玉周说：“大王啊，你看这么大的送亲阵势，难道还有假的吗？不是你日思夜想的珠牡还会是谁？”

白帐王哈哈大笑，乐和声都快把树上的叶子全震落了。

迎接过“珠牡”，送亲队伍也就拜别回去了。按照约定，白帐王立即下令收兵，举行隆重的娶亲晚宴，好不热闹。

第二天清早，霍尔百万大军全部启程回了霍尔国。

霍尔国和岭国的民众，也都安下心来，以为战争就要结束。当霍尔的军队撤退以后，岭国的英雄们也随即松了一口气，各位英雄相互道别，开始返回到自己的部落。

第四十八章

发暗箭晁通坏和平计
亲上阵珠牡遭霍尔抢

霍尔兵马撤退时走得很快，第六天就到了雅拉赛吾山。就在众人扎帐宿营之时，一支红铜尾箭带着呼啸声，飞到了白帐王的大帐里，落在众人脚下，把大家吓了一跳。辛巴们马上出帐探视，以为岭国又来袭击他们。

过了好一会儿，众人才安静下来，并没有什么人来袭击；射进帐内的，是一支带着信的箭。侍从把信呈给白帐王。看罢信，白帐王的脸像那沓信纸一样蜡黄。

“把辛巴梅乳泽请来。”白帐王大声吼着，特别把“请”字加重。

梅乳泽一走进大帐，白帐王就把那沓黄纸摔给了他：“你看看吧，岭国的狐狸们办了一件大好事！”

梅乳泽从地上捡起信，所担心的事终于被那几张纸揭露了出来，信里这样写道：

……

谁知宝贵生命换取的战利品，
却是绿石头代替了宝贵的松石，
毒树叶代替了美丽的白莲，
黄铜冒充了闪光的黄金，
铅铁冒充了耀眼的白银，
黑乌鸦冒充了会唱歌的杜鹃，
丫头里琼吉成了王妃珠牡的替身。
本想和雪狮结成解忧的伴侣，
谁知结识了长尾巴黑狗；
本想和猛虎结成蹲踞的伴侣，
谁知相依的却是狐狸；
本想和大熊结成炫耀的伴侣，

谁知同行的却是小小骡驹；
本想和珠牡结成终生的伴侣，
谁知到手的却是丫头里琼吉。
赫赫有名的白帐王，
这样的欺哄受得了？
这样的侮辱受得了？
这样的羞耻忍得了？
要没本事就别来，
来了为何忙回巢？
……

梅乳泽的心慢慢往下沉，脸上阴云密布。

“这是谁送来的信？”梅乳泽恨不能一口把这写信的人吞到嘴里，狠狠地嚼碎他。

“是这支箭。”一个侍卫把红铜尾箭递给了梅乳泽。

梅乳泽在记忆中拼命搜寻着，想找出红铜尾箭的主人。终于，他想起来了，这是达绒长官晁通的箭。梅乳泽的怒火冲天而起：“大王，没想到岭国人骗了我们，我们现在就回兵，这一次定要杀他个片甲不留，也一定要把真正的珠牡抢到手。”梅乳泽没有说出口的是，首先要把这写信的达绒晁通王碎尸万段，让他再玩弄阴谋！

“都说霍尔的辛巴梅乳泽的智慧天下无双，可是自你随军出征这么长的时间，从未立过一件战功，反倒是一再地让敌人得逞，只怕这件事情你也是早知道。我们都没有见过珠牡，可你是见过的呀！我们被骗情有可原，你呢，不是存心和他们一起欺骗我的吧？”白帐王一想起梅乳泽几次劝他收兵，顿起疑心。

“大王，珠牡乃是妃子，就要做您的王妃了，我怎么敢仔细看她呢？再说，在我梅乳泽眼里，天下的女人没有什么不同，只是服饰装扮不一样罢了。那女婢一穿上王妃的衣服，我又怎么能够区分出来？”梅乳泽见白帐王怀疑自己欺骗他，急忙解释。

白帐王听梅乳泽说着，但心里依然有着很多疑虑。

“那么，你就带着十万兵去岭国把珠牡抢来吧。我们在这里等你！”

梅乳泽一听，也好。兵少一些，可以少伤害一些岭国的百姓，只是这一次一定要把真的珠牡带回来了，只有这样才能最大程度地保全岭国。

眼见霍尔兵马又铺天盖地而来，达绒晁通王的心里别提多高兴了，他终于又有了报复格萨尔的机会。前次给北地魔王写信，鲁赞抢走了王妃梅萨，这使晁通高兴了一时，但仍未能解心头之恨，他自己什么也没有得到。此次霍尔王来岭国抢亲，晁通又高兴了一阵，因为，这实在是不可多得的一个机会。作为赛马的彩注，珠牡被格萨尔纳为王妃，眼巴巴地看着岭国最美的姑娘被格萨尔夺了去，晁通只能把气往肚子里咽。这下好了，既然我得不到的东西，最好你格萨尔也不要得到。晁通巴不得霍尔人快些把珠牡抢走，把岭国的大小英雄勇士统统杀死，以便他夺取王位，主宰一切。但是，愚蠢的白帐王被珠牡骗得昏头昏脑，娶了个侍女便高高兴兴地退了百万大军，让晁通空欢喜了一回。

一向以心狠手毒著称的达绒晁通王怎肯轻易让霍尔人退兵？他真想明明白白地告诉白帐王：你们受骗了，被一个女人骗了。但是，晁通没有这个胆量，他还不敢在光天化日之下出卖珠牡和岭国。等了几天，他终于等到了时机——把带着信的箭射了出去，之后，便昼夜不眠地盼望着霍尔人迅速回转，现在，他盼回了辛巴梅乳泽的十万大军。

辛巴梅乳泽并不想和岭国打仗，只想劝珠牡早日跟他们一起走，免得动刀动枪，霍尔人和岭国人还要流很多血，死很多人。所以，梅乳泽并没有大喊大叫，而是悄无声息地赶到岭国，直接围住达孜城——珠牡住的城堡。

清晨，珠牡推开窗户，想看看窗外的景色。这几天她的心情好多了，只是因思念里琼吉而略显不安。她深深地吸了一口气，顿时惊呆了：周围全是霍尔兵马，只见人头攒动，刀矛林立，数不清的军队，数不清的马匹。珠牡感到惊恐，怀疑自己又在做梦。正在这个时候，辛巴梅乳泽从万军丛中站了出来，对珠牡大声唱道：

年轻貌美的珠牡妃，
听我辛巴唱一曲。
自从霍岭两国战争起，
成百的英雄把命丧，
成千的男儿洒热血，
多少母亲失爱子，
江山动摇如乳血相混合[1]，
天翻地覆像铙钹相拍击，
这根源究竟在哪里？
碧根的青苗把大地装扮，
心想稻谷能得到丰产，

1　这是一句藏族谚语，意为搅得一塌糊涂。

谁知被严霜毁于一旦，
这是苍天作下的罪愆；
美丽的鲜花把玉瓶装扮，
心想花儿会开得娇艳，
谁知被冰雹毁于一旦，
这是乌云犯下的罪愆；
长长的鱼儿把河水装扮，
心想金眼鱼会在水中盘旋，
谁知被铁钩钩住了腮帮，
只怪这鱼肉太香太新鲜。
鸟王灵鹫把石山装扮，
心想羽翎会得到保全，
谁知在险处被网住双爪，
只因羽翎可造那利箭；
岭军把南赡部洲装扮，
心想岭国会得到平安，
谁知强大的霍尔来侵犯，
这是珠牡妃引起的祸端。

辛巴梅乳泽一边唱着，一边用眼睛盯着珠牡，见珠牡正凝神听他唱歌，知道自己的话打动了她。但是，还必须明确告诉她，不要再想用骗术哄人，霍尔人不是那么容易上当的：

再三等待皎洁的明月，
等来了星星难除尽黑夜；
一心想得到美丽的白玉，
谁知却得了副白石念珠；
一心想得到悦耳的杜鹃，
谁知却飞来了一只山雀；
一心想得到森姜珠牡，
谁知里琼吉冒充了王后。
好话坏话哑巴心里自有数，
是爱是憎孩子心里也分明，
好言好语把珠牡劝，

请不要犹豫快启程。

珠牡一直用心地听辛巴梅乳泽唱歌，她从心里觉得梅乳泽的话有道理，但是，她不能跟辛巴们到霍尔国去。与其跟了那杀人成性的白帐王，不如一死了之。这样一想，珠牡唱道：

我森姜珠牡岭王妃，
是东方白度圣母转世身，
和南赡部洲雄狮王，
曾海誓山盟把佛奉，
要把释迦正教建立起，
要叫黑头众生享太平。
我和雄狮大王格萨尔，
好比皓月与太阳相配，
从天界降生到人间，
不为自己而是为公众。
雪山顶上的白狮子，
虽然没有可炫耀的绿鬣，
不能把雪山装饰得更美丽，
但绝不会到平川去。
檀香林中的猛虎，
虽然没有斑斓的花纹，
不能把森林装饰得更美丽，
但绝不会到草原上去。
清水塘里的白莲花，
虽没有长出茂密的枝叶，
不能把供瓶装饰得美丽，
但绝不会到妖魔手中去。
我珠牡是岭国的王妃，
虽然没有什么好声誉，
不能把达孜城装饰得美丽，
但绝不会到霍尔的雅泽城去。

辛巴梅乳泽一听，强忍着心中怒气，依旧耐心地劝解：

与其坐禅修行在岩顶，
不如多为百姓解纠纷。
怎样使圣岭得平安？
怎样使霍尔安然去？
怎样使嘉察为首的英雄们，
永远平安长寿与天齐？
诚心劝导你珠牡，
仔细掂量此中缓与急。
和平与战争正在矛尖上，
生死分界就在这一瞬息。

“珠牡啊，岭国的王妃，你不要认为我愿意战争。为了和平，我劝过大王多少回，可大王发誓不娶到你决不罢休，这是无法劝转的心意。霍尔人都知道我梅乳泽有五个最[1]：高兴时最善良，愤怒时最狠毒，对敌我是霹雳最凶残，对战利品我最无私，对黎民百姓我如丝绸最柔软。到如今，霍尔与岭国已经打了三年的仗，死人的尸骨堆成了山，鲜血流成了河，难道你还要我们两国继续打下去吗？”

珠牡听梅乳泽的话说得恳切，她也相信梅乳泽说的不是假话。想到这三年来，岭国的人死得不计其数了，只为了她一个人。大王啊，格萨尔，你真的不回来了吗？真的不要岭国了吗？自从你去北方降魔，我等了你三年；自从霍尔入侵，总管王和嘉察哥哥带领岭国的英雄顽强抵抗又是三年。六年了，整整六年，大王为什么还不回还？

东方的金刚空行母，南方的珍宝空行母，西方的莲花空行母，北方的事业空行母，五部大安空行母啊，对我这受苦受难的珠牡，说慈悲已到了怜悯的时候，说保佑已到了赐予的时候，说庇护已到了加持的时候，说帮助已到了实现的时候。可怜我森姜珠牡，我想死命脉不断，我想飞无奈翅膀难高举，我想逃跑已被层层围困。怎么办啊，怎么办？

珠牡没有了办法。自从霍尔退了兵，岭国的众兵马也解散回了家，没想到霍尔兵马这么快又卷土重来，临时再召集军队已经来不及。

“梅乳泽，你怎么还有闲工夫和她费唇舌，快些动手，把她抢走。”就在辛巴梅乳泽还在劝说珠牡的时候，白帐王亲率十万大军已从后面赶到了。原来，白帐王还是不放心，也怕梅乳泽的兵马太少，办不成事，反受岭国人的伤害。

1　最：即“泽”，藏语为顶端、尖子之意，意译为“最”。

所以，就在梅乳泽走了没多久，他又点了十万精兵，随后而来。

“大王，我们还是不能太着急，俗话说：‘那黄野牛的肥肉，有煮熟的工夫，就有晾凉的工夫；酥油放在茶灶上，有烧茶的工夫，就有品味的工夫；利箭搭在弓上，有瞄准的工夫，就有射击的工夫。’大王先回大帐歇息片刻，我再劝珠牡几句，如果她能顺从我们走更好，如果不行再抢不迟。”

白帐王一听有理，不太情愿地回到了自己的帐房。还没有在虎皮坐垫上坐稳，一支利箭，带着呼啸、带着闪电、带着霹雳，飞到白帐王的大帐里，钉在白帐王坐椅上方的柱子上，把白帐王吓得一下子从坐垫上滑到了地上。

“快，快叫梅乳泽来。”白帐王吩咐快请梅乳泽。

辛巴梅乳泽一进大帐，就看见了钉在柱子上的利箭：“大王，这是格萨尔的神箭，我们还是快些离开岭国的好，不然格萨尔一回来，就不好办了。”

“那，珠牡呢？！”

“她说再想想。”

“再想想，再想想，她已经想了三年！她是故意在拖延时间，拖到格萨尔回来。现在，神箭已经到了，格萨尔也一定离此地不远了，我们不能在此地久留，明天就收兵回霍尔国。”白帐王声威赫赫，但一见那神箭，胆子像是被什么切去了似的，不那么气冲牛斗了。

“依我说，大王，我们还是不把珠牡抢走的好。那格萨尔已离此地不远，哪里能容我们抢走他的爱妃！如果大王一定要娶珠牡，又会引起一场更大的战争。”

“那，我也想想。”白帐王这次是真的把梅乳泽的话听进去了，而且也真的想回国了，出征已经三年了，白帐王想家了。

就在白帐王沉思入境之时，只听见“咻”的一声响，顺带着一阵犀利的风，打破了白帐王的思绪。又是一支红铜尾箭，带着一沓可恶的黄纸射进了大帐。辛巴梅乳泽一见那箭和箭上的黄纸，知道肯定又不是什么好事，心中恨不得把晁通马上抓起来杀掉。

白帐王已经把信拿在手里，梅乳泽的担心得到证实。看了信，白帐王的满面愁云已无踪影。他拿着那沓黄纸，狂笑着，大叫着：“是神灵在帮助我，我一定要把美人珠牡抢到手。”

辛巴梅乳泽从白帐王手中接过那信，那些恶毒的字眼立刻显现在眼前。信中说，刚才那支箭的确是格萨尔的神箭，但格萨尔离这里还远着呢！要是离得近，他就不会射箭了。如果把那支箭拔下来，压在魔鬼神的脚下，就能镇住它，也能镇住格萨尔，抢走珠牡也不会有什么灾难。

“大王，我们还是先把这箭拔下来吧。”梅乳泽虽恨这信上的恶毒语言，但为了快些得到安宁，不再打仗，还是想按照信上说的办。两个侍卫走上前，拔了半天，那箭竟纹丝未动。

“梅乳泽，就请你把这神箭拔下来吧！”白帐王用命令的口吻说。

梅乳泽走上前，拔了两下，箭还是纹丝不动，倒是把这个大英雄累出了一身汗。

“来，还得我自己来。”白帐王以为梅乳泽没有用力，便亲自动手，伸出两只柱子般的胳膊，猛地抓住那神箭，使劲一拔，神箭丝毫没有受到损伤和震动，因为用力太大，反把白帐王自己摔得坐在地上。这下白帐王才知道这神箭的厉害。

白帐王心中暗想：这神箭尚且如此厉害，那雄狮王一定更是勇猛无比，如果不快些把珠牡抢走，等他一回来，就走不成了。

“梅乳泽，快，下令攻城，马上把珠牡抢走！不能让她再想，也不管她愿意不愿意，我一天也不能再等了。”

“大王，您还是一定要娶珠牡？”

“不要再多说，如果不把珠牡抢走，我们这三年多的时间，死伤的将士马匹，耗费的粮食物品，就失去了意义，我们也就白来岭国了。”

白帐王一声令下，霍尔大军又把达孜城里里外外围了个严严实实。王妃珠牡已做好了迎敌准备。她把雄狮王留在家中的铠甲和弓箭，一一披挂起来，突然出现在达孜城的城头：

霍尔王臣听我讲，
我是雄狮格萨尔王。
北方妖魔已降伏，
现在回来保家乡。
你们无故犯岭国，
我的怒火三千丈。
我要用红鸟七神箭，
射死祸首白帐王。

霍尔人一见头戴战盔、身披铠甲、手执弓箭的珠牡，以为格萨尔真的回来了，顿时军心浮动，四处逃散，连那白帐王也沉不住气，正在霍尔兵马溃败之时，晁通又乘机告诉白帐王，城头上的不是雄狮王，而是王妃珠牡，霍尔人不能后退，要前进。晁通这次没有射箭，而是唱了一支歌。听了晁通的歌，白帐王又定了心，霍尔的士兵也不再害怕。白帐王和辛巴梅乳泽当先向城头冲去，珠牡接连射出四支箭，射死了四百多霍尔兵，就在她要射第五支箭时，被白帐王捉住了。

白帐王吩咐吹起铜号，立即退兵。

第四十九章 怒火攻心嘉察追强敌 宿业难消天狗噬明月

当嘉察等岭国英雄们赶到达孜城时，已经是人去城空。只见城门大开，宝库中的珍贵财宝全被霍尔人掠走了。大英雄嘉察气得七窍生烟。他像是发了狂似的，既不和大家商量，也不部署战事，只身朝霍尔人退兵的方向追去。

嘉察怎能不着急啊，格萨尔去北方降魔之时，曾把国事都托付给他，让他在家中保岭国、护王妃、卫牛羊。可如今呢，王妃被抢，珍宝被掠，格萨尔大王回来了，怎么向大王交代？俗谚说得好："好汉里的真英雄，危急关头方认清；骏马中的千里驹，大滩上赛跑始分明；人群中的智慧者，遇到大事才显本领。"现在，这危急关头，该是他嘉察显示真本领的时候了。

嘉察一边往前狂奔，一边对胯下的白背马说：

白背马呀白背马，
今天上阵用着你。
跃过悬崖翻石山，
四蹄要像走平地；
跳过大江和大河，
就像水里金眼鱼；
本领如同白雄鹰，
跑路赛过闪电疾；
今日我去杀仇敌，
杀敌伙伴只有你；
我俩闯进霍尔营，
杀得他翻天又覆地；
马儿马儿你听真，
今天真正用着你，

捍卫国土在此刻，
冲锋陷阵要胜利。

白背马懂得主人的言语，跑得四蹄生风，如空中的闪电。不知跑了多久，嘉察看见了，白背马也看见了霍尔那漫山遍野的兵马，那如丛林密布的刀枪。嘉察不顾一切地冲入霍尔的阵营，白缨刀左挥右砍，杀得霍尔兵血肉横飞；霹雳箭四射，射得霍尔兵滚翻在地。霍尔兵马顿时大乱，哭爹喊娘，霍尔军已溃散成两群，四下奔跑。一群以梅乳泽、多钦、王子拉吾赖布为首，沿着碣日砂山方向逃跑；另一群由黑帐王、唐泽带着，向朵加扣秀杜鹃石山方向逃去。

尼奔、噶德和丹玛三人，跟在那些向杜鹃石山方向逃跑的霍尔军后，迅速追上。嘉察看见那向上逃的红缨军后面，有一人仿佛是多钦，便像鸟儿飞也似的赶去。多钦认出来者是嘉察，不敢向后边看，只是追着霍尔大队拼命前逃。嘉察没有抓住多钦，便从原路又返回来，却碰上霍尔另一股部队，军前走着拉吾赖布王子。嘉察忙将白马连抽三鞭，闪电般迎面扑上去，霍尔兵马不分道路四散逃窜，拉吾赖布跑到哪儿他追到哪儿，拉吾自然知道碰到嘉察便是在劫难逃，于是在宝弓上搭了一支鹘翎铁箭，把镶着猫儿眼的白背宝刀刀环穿在拇指上，说道："嘉察呀！今日注定我是无法活着逃脱，但临死前也要射出一箭！"

说完，铁箭"嗖"的一声射了出去，那箭正从嘉察红绸盔缨中间穿过。嘉察愤怒万分，抽出雅司刀冲向拉吾。拉吾不敢后看，只是向前逃跑，从沟顶到雪山，从沟口到河岸，以至大滩中，山腰上，再到大路上，嘉察一直在后边紧紧追赶，最后又回到碣日安庆砂山前面。当快要追上的时候，嘉察的坐骑却不愿意再追赶，反而往后退，嘉察赶紧丢下坐骑，抽出一支金尾箭射了出去，正中拉吾后心，拉吾弯起腰，往前挣扎了几下，便跌下马来。嘉察割下拉吾的人头，沿着山路往下走！

这时雨点稀稀拉拉从天而降，云彩间出现了一道霓虹，松鸡不停地哀鸣，白雕在头顶盘旋，一片洁净的白云向北方缓缓飘游。突然之间，嘉察心中产生了无限悲伤，格萨尔大王的形象清清楚楚地浮现在心头，由于过度思念，眼泪像树叶被寒霜打了一样纷纷落下，于是下了马喘了一会儿气，稍事休息，心思略微恢复了平静。他把心一横想道："岭国山河已经破碎，又和格萨尔活生生分离，与玉达、玛尔勒这些英雄弟兄永远死别，与其这样，真还不如死了好！"心头的忧愁和悲痛无法抑制，遂把这些情怀，寄托给白云使者，用悦耳的鲜花妙音调，唱出一支歌：

在那虚空缥缈的天际，

漫游的白云像远来的美女，
你从什么地方来？
今晚又向何处去？
在北边夏梅日杰那里，
格萨尔王是我的弟弟，
不知他有什么好消息？
白云呀！你若要到北方去，
请把我的话儿捎去几句，
告诉那雄狮大王啊！
不要久久留恋北地，
倘若再不回到岭国，
霍尔会把岭国吞噬，
眼看着人们备受凌欺，
你到那遥远的魔国，
自家的河山却从手中丢弃。

我人生寿命已将告终，
不用说有多凄惨有多忧郁！
在那木虎年的夏天，
你雄狮大王格萨尔，
紫脸儿咬紧白螺牙，
圆瞪着紫红珊瑚眼，
盔上绸缨飞翩翩，
鹫羽翎毛颤颤抖，
避雷宝甲明闪闪，
枣骝马蹄儿似风旋，
单骑不停北地去，
把我好比鸟儿抛荒滩。
正像额上的眼睛胸中的心，
活活地两下各分离。
虽然把话这样说，
但当想起觉如时，
一边祈祷一边喊名字。
格萨尔的保佑无远近，

弟兄们心里并没有分离，
你心中若想起我协噶，
也请呼唤我嘉察的名儿，
这是我给他说的知心语。
大王若不到北方去，
我弟兄们臂靠臂，
日月虽尊光环也会发抖，
大鹏艺高翅膀也会哆嗦，
野狮虽猛四爪也会跳起。
他有神奇的变化，
我有胆量和武艺，
像猛虎般搏斗的有大众，
天地翻覆也在掌握中。
虽然额纹上未注定，
这却是岭国人的福分。
这件战神紫寿衣，
和那守护金刚甲，
请空行天母接回去，
不然就还给格萨尔，
让需要它的人穿去！
虽生烦恼是本性，
虽流眼泪是露水，
愿在众生的光明事业中，
把协噶的故事广传诵。

嘉察卸下武器，脱了铠甲，把战神紫寿衣和守护金甲放在一块四四方方的石头上，向它磕了三个响头，用无缝的神绸衬衣包起，放入旱獭洞中，用三块白石头把洞堵死，并祝告："这些赐物送还给战神吧！"

于是骑上拉吾的战马往霍尔军逃散的方向追去，正好赶上原先躲在歇日砂山一条偏僻小沟的辛巴梅乳泽和他所带的五百红缨军。由于原先盔上的红缨已经被拉吾射掉，嘉察就把左右两片绫插在盔顶，远远望去和拉吾的白马尾缨一样，霍尔人原先还以为是拉吾，等嘉察来到一箭远的地方，抽出宝刀砍杀而来，霍尔人这才看清是嘉察，赶紧四下奔逃。辛巴梅乳泽连忙喊道："请别再往前冲了！嘉察呀！对弱者追得没有节制，难道非要把大家逼到悬崖上，拼个你死我活吗？”

此时嘉察哪里还听得下去劝告，一路连砍带杀，将最后所剩无几的霍尔残兵追赶到了灰白悬崖旁的一条小河沟里。辛巴折身向崖上跳去，嘉察在崖下猛追，并抢先绕到前面，把路堵住。辛巴无路可逃，便躲进一条崖弯里，下了马，面对霍尔的方向站立着，与骑在马上的嘉察对峙。

拉吾的马被嘉察驾驭着奔跑过度，嘉察又横刀立于马前，竟然猛地惊跳起来，将未曾防备的嘉察甩下马，又刚好甩在一处矛尖上，嘉察受了重伤。正应了“十五皓月陨落滩上”的谶语，一时爬不起来。辛巴见势便要离开，却不想嘉察哪里来的力气，他将宝刀用力扔了过来，大声喝道：“辛巴梅乳泽呀！我已经是不行的人了，不如你给我来个痛快的！你也好在白帐王面前去领功要赏呀！”

梅乳泽却两眼泪水滔滔，哭着说：“真是要我把坏事做尽呀！我一心向往着雄狮大王的事业，自从跟随白帐王出征以来，处处避让。没想到今天却要应了命数，把坏事做到奔巴大王的身上！要说还是你岭国的部队一味逞强，太不知节制，把我辛巴一生的愿望都毁了。”

说着他竟然也像个小孩一样哭了起来。听他这样说，嘉察心里竟然有些欣慰，自从两军交战，辛巴确实一直是在处处避让，落到如今这样的境况，却是两人逃不脱的宿命呀！于是他用了一种十分温和的语气说：“辛巴梅乳泽呀！饿死不吃腐烂的麦糠，是白嘴野马的性格；渴死不喝沟渠的污水，是红毛野牛的本性；苦死不流一滴眼泪，是男儿的性格。用不着大惊小怪，这是注定的寿数呀！现在究竟你死我活尚且不知，但谁也不想留下一个临阵脱逃的狐狸名声，不如我俩再最后比赛射箭，让命运决定胜负！”

既然命运已经将两个天生的宿敌逼到如此地步，尽管百般不愿，辛巴只好淌着眼泪答应了。

嘉察拾起一把弓箭，嘴角微微上扬，一箭射出，正中辛巴头顶的盔缨，却未伤他分毫。轮到梅乳泽射了，此时泪水已经模糊了他的双眼，看来命中注定无论他怎么躲避，都还是逃不过要来应奔巴大人寿终的劫数，他无奈地在心中呼唤雄狮大王的名字，悲戚地想到他本来命中是要辅佐格萨尔大王成就伟大的事业，此刻却成了杀害大王亲兄弟的仇人。一箭飞出，正中嘉察大人的额头，他便直挺挺地倒地，与世长辞了。

天母朗曼噶姆认为如果辛巴不把嘉察的人头割下来挂在雅泽城的金顶上，那么将不会激起格萨尔大王巨大的仇恨。于是她变化成魔鬼神的形象，用黄霹雳宝刀劈开嘉察的身首，她在空中说道：“红臂辛巴呀！拿上这个敌人的首级向敌人炫耀，向亲人夸功去吧！把他挂在雅泽城的金顶上，白帐王就能达到心愿了！”

正当辛巴还在犹豫，那丹玛和噶德看到这不祥的虹光赶了过来，辛巴只好急急地扔下所有武器，只带着嘉察的首级离去。

噩耗传到岭国，上下一片悲戚，自然令人心痛得难以言喻。加之珠牡王妃被掳，雄狮大王依旧还是杳无音讯，岭国的天空陷入一片晦暗！

嘉察中箭身亡，总管王绒察查根和丹玛等岭国英雄闻讯赶来。总管王一见嘉察的遗体，大叫一声，昏了过去。过了很久，他才苏醒过来。绒察查根心如刀绞，老泪纵横。王妃珠牡已被抢走，岭国的珍宝也被掠夺，如今嘉察又被杀害，岭国的英雄们还有什么脸面活在世上！

"可憎可恶的黄霍尔人啊，当杀该剐的辛巴们啊，你们造了多少罪孽啊！"

众家兄弟也忍不住流下了眼泪。

"饿死不吃腐烂的麦糠，是白嘴野马的性格；渴死不喝沟渠的污水，是红毛野马的性格；苦死不流一滴眼泪，是男儿的性格。我们岭国的英雄们，宁可战死也不能叹息、流泪，我们大家要振作精神，为嘉察报仇！"英雄丹玛的眼睛中射出怒火，话也说得坚决有力。

岭国的英雄们止住了眼泪。丹玛把刀一挥，众家弟兄就要跟他一起去追霍尔的军队。森伦王拦住了大家："站住，年轻人啊，我们快站住。嘉察已经死了，你们还要去送命吗？"

"不行，不杀了白帐王，不杀了辛巴梅乳泽，我丹玛的怒气难平。"

"我们一定要去，森伦王，请您和总管王在这里等着我们胜利的消息吧。"年轻的勇士们纷纷挥刀舞矛，坚决要去追杀霍尔人。

"你们哪一个人比嘉察的武艺高，哪一个人比嘉察更英勇？"

年轻人面面相觑，答不上来。

"好，没有。在岭国，除了格萨尔，没有人能比得上嘉察。现在嘉察已死，靠你们是救不回王妃、夺不回珍宝的。"

"那，就这么完了？"

"不！这笔账不能算完，我们的雄狮大王很快就要回来了。等他一回来，霍尔的白帐王、黄帐王、黑帐王，都休想活命。"森伦王耐心地给年轻人讲着道理，因为岭噶布的男儿已经死了很多，再要这样追杀下去，不但杀不死霍尔人，反而会像嘉察一样遭到敌人的暗算。

悲痛欲绝的总管王绒察查根，频频点头。他赞同森伦王的主张，不想再看见岭国的年轻人像嘉察一样死去。

"这，这，这，叫我怎能出得了这口气！"英雄丹玛憋得红了眼睛，大拳头握得咯咯响。

"这样吧，我们叔侄几个人，每人向霍尔城射一支箭，每支箭射中一样东西，让白帐王明白，我们岭国的英雄多得像大地的草丛、河滩上的沙粒，是杀不光、害不尽的。”森伦王又出了个主意。

英雄们纷纷拈弓搭箭，各自默默祈祷，求天神帮助。他们要把箭直接射向霍尔国白帐王居住的王宫里。英雄们唱道：

一箭射穿你金顶尖，
象征把天魔头颅劈；
一箭射向宝幢牛毛网，
象征把空魔[1]压在地；
一箭射向飞檐连接处，
象征叫地魔听使役；
一箭射碎阳窗玻璃镜，
象征白帐王魂魄飞；
一箭射向王宫里，
象征白帐王心被取；
英雄们自有后继人，
要在你雪山上开道路，
要在你大滩上跳马舞，
要叫千峰雅泽城化灰烬，
要叫剩下的辛巴都断头，
要叫你白帐王颈上鞴马鞍，
要叫你遍地荒草唱悲曲，
要叫你阿钦十二部，
永远没有安居处……

祝祷罢，几把箭齐射，箭如所愿，同时射在了英雄们所期望射到的地方。丹玛虽然还不甘心，但气也消了不少。

1　空魔：指处于人神之间半空中的妖魔。

第五十章　大王享乐忘却故国事　神驹泪述惊醒失忆人

雄狮大王格萨尔为什么还不回国呢？他去北方降魔，只用了三个月零九天，就射死了黑魔鲁赞。此后又在魔国大做善事，魔国的众生从鲁赞的蹂躏下挣脱出来，日子过得和平安乐，就这样，过了整整三年。

见魔地的一切都做好了之后，格萨尔准备回岭国了。他任用牧羊老汉秦恩为魔国的大臣，让他管理魔国的国政。就在安排好了这一切的时候，梅萨绷吉和阿达娜姆二王妃来到了格萨尔身边，向雄狮王敬献美酒。格萨尔饮罢酒，竟把回国的事忘得一干二净。整天在九尖魔宫里，坐在白莲花宝座上，和秦恩下棋，与梅萨、阿达娜姆二王妃饮酒唱歌，寻欢作乐。

原来，那王妃梅萨在魔国住得久了，难免受到妖魔的影响。她不愿再返回岭国，一是怕珠牡夺去了大王对自己的宠爱，二是习惯了魔国这享乐的日子，于是就与阿达娜姆一起，把加了药的酒给大王喝，使他忘记了过去，忘记岭国，忘记珠牡。阿达娜姆本是魔国生、魔国长的魔女，魔王鲁赞的胞妹，因爱慕格萨尔，才帮助他降伏了黑魔。她当然也不愿意离开魔国，见梅萨与自己心相同，倒乐得帮忙。

格萨尔过着异常欢快的日子，白天有大臣陪着玩乐，夜里有美如天仙的妃子陪着安寝，心里混混沌沌的，不知过了多少天多少月。

当岭国被霍尔侵犯，珠牡派来岭国送信的寄魂仙鹤降落在九尖魔宫的时候，格萨尔正在与秦恩掷骰子取乐。格萨尔猛一抬头，看见了空中的仙鹤，但他已记不得这就是岭国的寄魂鸟，倒有些诧异地问："哎呀呀，怎么飞来一只从未看见过的鸟儿？鸟啊，你来自何方？"

白仙鹤伸长了脖子。对雄狮王唱道：

太阳和月亮的故乡，
在东方高高的山上，

扫除了黑暗便落向西方，
不会一直留在天中央。
白色浓云的故乡，
在南赡部洲的南方，
带来了阴凉便飘向北方，
不会一生在虚空里飘荡。
青色杜鹃的故乡，
在南方门域的山上，
转变了气候便回到山林，
不会永远住在北方。
白色绵羊的故乡，
在牧人美丽的栅栏旁，
吃罢了青草便回圈内，
不会永远留在草原上。
南赡部洲的格萨尔王，
诞生在人们羡慕的地方，
降伏了妖魔应返回故乡，
不应终生留在魔城亚尔康。
我是岭国的寄魂鸟，
带有王妃书信飞北方，
岭国百姓遭灾难，
大王要快快回故乡。

白仙鹤的歌帮助雄狮王恢复了记忆，他又想起了岭国，想起了珠牡王妃。格萨尔心中暗想：黎明时候起新云，肯定不会见阳光；大河上面起雾障，肯定见不到村庄；岭国派来寄魂鸟，肯定消息不吉祥。格萨尔走下莲花宝座，去摘挂在仙鹤脖子上的信，心中还在想：三夏时节起狂风，将会带来旱灾情；三春时候倒春寒，将会使水土重结冰；三秋时节降酷霜，将会把庄稼摧残尽；三冬时节不寒冷，将使冬夏不分明；岭国神鸟飞到魔地来，必定有兵荒马乱的事情发生。格萨尔一边想，一边打开信，珠牡王妃的信果然带来噩讯，霍尔人已经包围了岭国，要抢她做白帐王的妃子，恳请大王快回岭国解救危难。

格萨尔一见信，一扫过去的混沌，心如明镜一般。他决定立即启程，赶回岭国，打败霍尔王，解救众臣民。

梅萨绷吉和阿达娜姆二人又袅袅婷婷地走到雄狮大王的身边，一个执壶、一个拿碗，笑盈盈地给格萨尔大王敬酒：

> 大王啊，
> 您的脸像十五的明月，
> 为什么皓月上笼罩着乌云？
> 您的眼像黎明时的星星，
> 为什么星星里有电火闪动？
> 您的心像菩萨一样善良，
> 为什么事竟然怒火满腔？

二王妃一边敬酒一边唱歌。格萨尔正在焦躁之时，口渴得很，便以酒当茶，喝了一杯。他哪里知道这酒的厉害，喝了就要睡，睡了就要忘事，这正是梅萨和阿达娜姆二人的计谋。因为她们已经听到了白仙鹤和大王的对话，所以才特意来向大王敬酒，目的就是阻止格萨尔回国。

格萨尔果然又忘记了过去的一切，和妃子们过起安逸快乐的生活来。就这样，又过了三年。这就是珠牡用计拖住霍尔人的三年。

这一天，珠牡派来给格萨尔送信的小喜鹊飞到了格萨尔居住的城门上，大王和二妃正在唱歌，一见这只喜鹊，梅萨马上说："大王，我们正在高兴的时候，这只鸟又来捣乱，快快射死它！"

格萨尔拈弓搭箭，把小喜鹊射死在城门口。这就是珠牡在宝镜中见到的情景。

小喜鹊死后没多久，红狐狸跑来拍打城门。格萨尔一见这只美丽的狐狸，又要射箭，狐狸却把口中的金指环吐出半截。格萨尔一见那金光耀眼的指环，收起弓箭，走到红狐狸身边："狐狸姐姐，把这个指环送给我吧，我不射死你，还要赏赐你。"

红狐狸把指环吐在格萨尔的手中，把珠牡要自己带的话给大王说了一遍，最后说："雄狮王啊，珠牡王妃被逼了三年，岭国被围了三年，百姓们已经遭了三年的罪，您怎么还不回去呢？"

格萨尔的心被珠牡的戒指所照亮，又想起了一切，并且想到这几年的耽搁都是梅萨引起的。他决计马上回岭国，并且决不再饮梅萨妃子敬的酒。他知道，再迟一步，珠牡就有被抢走的危险。嗯，先射一箭，叫霍尔王害怕，也许还能再拖一些时间，只要有了时间，我就能赶回去，亲手惩罚那作恶多端的白帐王。

格萨尔默诵着：箭哪！别让火烧焦，别让水冲走，别让刀砍坏，别让风刮走。降魔的神羽箭啊，快快射向霍尔王的大帐。

神箭带着格萨尔的祝愿，带着雄狮王的神威，飞向霍尔白帐王的大帐，正射在虎皮坐椅上方的柱子上。这就是那支连白帐王也不能拔下来的神箭。就是那支吓得白帐王想立即退兵的神箭。但格萨尔没有想到的是出了奸臣晁通，给白帐王泄露了真情。

梅萨绷吉和阿达娜姆得知格萨尔又要班师回岭国的消息，知道再敬酒是无论如何不行的。所以，二王妃摆下了一桌丰盛的宴席，声言要给大王饯行，却把那让人忘事的迷魂药撒在了饭食里面。格萨尔又没有提防，反而高高兴兴地吃了饭，并吩咐二王妃，饭后马上启程。

大王吃罢饭，就像前几次一样，又把回国的事忘记了。欢快的日子又飞一样地过去了，一晃就是三年。此时是格萨尔来北方魔国的第九年。珠牡王妃已被霍尔人掳去了三年。

能言人语的宝驹江噶佩布心急如焚，想回岭国的心情十分迫切。梅萨担心它会惊醒格萨尔大王，于是偷偷给它套上铁笼头，钉上铁绊，拴在一人高的铁柱上，锁在一间小黑屋里。这神物怎么能够忍受梅萨这样的虐待，一早就挣脱了牢笼，跑回须弥山上。

这天格萨尔大王突然想起了江噶佩布，于是向梅萨询问，她哪里知晓宝驹的下落，无奈之下只能如实禀报说那马跑得不见踪影了。大王听了异常恼怒，便徒步翻山越岭四处寻找，当他登上北方像大熊对峙的红心山上时，看见了弥漫着一条条雾带的岭国玛沁邦拉神山，心中又是喜欢又是惆怅，遂向岭国神灵和天母呼吁祈祷，请求显示神力，召回骏马。不一会儿，玛沁邦拉山顶突然升起一团白云，直上蓝天，霎时来到大王眼前，像做梦一样，把大王带到了须弥山顶。

在那儿，只见神马用前蹄把地面刨了三次，嘹亮地嘶叫了三声，抛洒着泪珠向大王奔来。大王遂向马唱道：

神速的使者快来吧！
枣骝神马啊别生气，
疾风没有你神速，
虹光不如你俊丽，
猛虎不及你威武，
雄狮难比你雄伟，
你的耐力呀白鹫不能比！
你和我从天国一起来，
共同投生在南赡部洲，
我对哥哥嘉察协噶，

和对森姜珠牡妃，
以及对你同样最爱护。
古人说：
“壮士爱的是骏马，
骏马爱的是壮士。”
奔驰猛时我心痛，
从不忍心鞭策你。
但在这北方黑魔国，
你将我抛弃却为何？

枣骝神马向大王解释道：

雄狮王啊你说得对，
当初在家乡岭国时，
珠牡疼爱我如弱子，
当早晨太阳一出时，
金盆满盛嫩米和酥油，
常将蔗糖拌饲料，
还问我神马饥不饥？
当太阳移到中午时，
银盆盛满鲜奶汁，
常用蔗糖拌饲料，
用金簪搅着让我喝，
还问我神马渴不渴？
夏季放我在芳草地，
还问我骏马心中乐不乐？
冬天给我兽皮马衣披，
还问我身上冷或热？
想当初你刚来魔国时，
曾答应三年返故里。
可现在那女魔梅萨妃，
给我头上戴铁辔，
用铁绊锁住我四蹄，
拴在一人高的铁柱上，

不给我一根草和一滴水，
还说是“野马难料理”。
诳大王喝那迷魂酒，
让你把过去未来都忘记，
要你把苦难的岭国来抛弃，
长久安居在黑魔区。
不管那霍尔百万军，
像饿狼扑进羊群里，
将英雄嘉察悬首在敌城，
将珠牡像囚犯般劫去，
使岭国英雄弟兄们，
血染黄沙抛头又捐躯。
从前古人有谚语：
“君不能辨认先生的叶子，
没必要辨认后长的种子，
先生的儿子若不能增光，
后生的儿子增光也无意义。”
你不疼爱原先的岭国故乡，
把魔国守得再好有何意义？
你不保护原来结发的王妃，
宠爱女魔梅萨有何裨益？
一因你迟迟不归去，
二因我留恋圣岭地，
三因想看看珠牡苦日子，
因此我才远远离开你，
若不让我这样做呀，
请大王立即启程返故里，
在那梅萨的门槛上，
别再流连徘徊而忘归！

大王听了后，眼中噙满了泪水，他长长地叹了三口气，说道：“江噶佩布呀！你说的有什么不对呢？现在我们赶快走吧！”说着，骑上宝驹，不消一时三刻就到了魔城。大王在马上向梅萨和阿达娜姆吼道：“两个狡猾的魔妃呀，你们诳我喝那浑浊水，让我把一切都忘记！使我光明神族惨遭敌人欺！把我眼珠般的宝驹，关进黑房戴铁辔。嘴上说的像仙女，内心却似恶魔鬼！今天我人马定要火速归！再要使诈休怪我无情！”

梅萨绷吉还要阻拦，被阿达娜姆劝住了：“岭国已被霍尔人抢劫，珠牡也被白帐王强娶为妃，格萨尔大王已在魔地耽搁了九年，如果不回去，天上的神仙、厉神、龙界的龙神们都会惩罚我们。不要再挡大王的路，不要再给大王吃那健忘的药，大王回岭国，我们也快快收拾东西，随大王回家乡吧。”

千里宝驹江噶佩布载着格萨尔大王腾空而起，见大王归心似箭，江噶佩布也比平日跑得更快、更急，恨不得一步把大王带回岭国。

第五十一章

装乞丐巧探岭国详情 显神威严惩达绒晁通

快到岭国时，格萨尔忽然拍了拍宝驹的脖子，江噶佩布明白，主人是要它放慢脚步。是啊，离开岭国已经九年了，在这九年中，不知岭国发生了什么变化，岭国的人们都变成了什么样子。格萨尔灵机一动，变成了一个商人的模样，又从在魔国带来的黑白宝袋中拿出牛羊财宝，霎时，山坡上满布着魔国肥壮的牛羊，他又搭了一顶大而宽的帐篷，住在那里。

三年前，霍尔人抢走了王妃珠牡，掠走了岭国的财宝，杀死了大英雄嘉察，却因为晁通屡次报信有功，不但没有抢他的财宝和牛羊，还让他当上了岭国国王。赛马会上没有得到的东西，终于得到了一部分。虽然没有了七宝，没有珠牡，但是，他毕竟有了岭国，有了王位，这使晁通稍感满足。由于满足，他就要尽情地享乐，他把琼卡穆布王宫修得金碧辉煌，白日里金光耀眼，黑夜里灼灼放光。然而，他的资财毕竟有限，只好竭力压榨百姓。自从晁通当了岭国王，众百姓没有一天得安宁，没有一天不是在痛苦中煎熬。越是在困苦的日子，他们就越是思念雄狮大王格萨尔。

虽说这晁通趁火打劫地做了岭国的王，但每天都在忐忑提防格萨尔大王哪天回归，见到这样的景象他吓得瑟瑟发抖，于是赶紧叫来已经沦为了他的仆人的森伦王。晁通对森伦说："山沟那边，从来没有过这么多牛羊，去问清楚他们是什么地方来的？我一天要收他一匹马的水草钱。"

森伦只好穿起破皮袄，腰间系着一根结着疙瘩的皮条，挎上大刀，头戴铁盔，骑着一匹跛马立刻走了。一会儿到了沟那边。此时变化商人模样的格萨尔早铺好了虎皮坐垫在那里等着。森伦拴好了马，在帐篷外迟迟疑疑了好一阵子，才问道："你今天早晨从何处来？你今天晚上要向何方去？你牙齿和心灵为谁白？你头发和眉毛为谁黑？你要经营哪一种事业？在这圣洁岭国的山沟里，除了飞鸟无人敢来此，住在这里的你这位客人，糟蹋的草比吃的草更多，搅浑的水超过所喝的水，喝水请你们付水钱，吃草请你们交草税！"

那“商人”答道：“你这可怜的老头儿呀，你的眼珠比苍天青，你的头发比海螺白，为什么膝盖高过头，年迈苍苍却与人为奴？我又何苦为难你，告诉你吧！我今早打从北方来，我今晚要到岭国去，牙齿和心灵为圣岭白，头发和眉毛为敌人黑，若问我所经营的事业，话很长一言难说尽。”

见到森伦畏缩在虎皮坐垫最下方的草地上，大王劝他坐上来，老汉却道：“像这样华贵的坐垫，我没有福分去坐呀！”

大王也只得由他。

这时变出来的仆人端上茶来，老头可怜得连自己该带的木碗也没有，大王把自己的吉祥圆满碗给他斟上茶，森伦看见这只碗，不由得笑了起来。喝茶时仆人又端上肉来，见森伦连吃肉的小刀也没有，于是把大王那把白水晶小刀递给他，他吃着吃着，却看着小刀呜呜地哭了起来。

大王假装不解：“你刚刚是嫌茶不好喝所以讥笑，又再因为肉不好吃而痛哭？还是你们这个地方风俗本来就如此？”

森伦王渐渐止住了哭声，他咬着牙把从格萨尔离开岭国以后的事讲了一遍。讲到大英雄嘉察为国捐躯时，雄狮王的泪水沾湿了衣衫；讲到王妃珠牡被霍尔王抢去时，格萨尔急得如火焚心；讲到晁通叛国投敌时，格萨尔气愤地把牙齿咬得咯咯响，只是现在还不到父子相认的时候。又听老汉继续说：“请尊贵的客人您不要见怪，实在是因为心中悲苦。现在我手中端的这只碗，像我狮儿的圆满吉祥碗；吃肉用的这把小刀，像我狮儿的白把水晶刀，一见我心中很高兴，过于思念才止不住哭泣。”

“商人”听了十分感动，但他抑制住自己的情感，又向老人敬了一碗酒，然后要求道：“老者！我头上有很多虱子，请你给我捉一捉吧！”

说着把头放到老人的怀里。老人慌忙地想要把这人推开：“尊贵的大人哪，我穿得这样破烂肮脏，我的肮脏会冲污你的贵体！”

但“商人”却执意不肯让开，老人无奈，只得扳过头来细细察看，头上并没有虱子，却发现右耳背后有一片白痣，直到右肩，和格萨尔一样，不觉触景生情，把一滴泪珠端端落在那“商人”耳中。

“商人”立刻挺起身子：“你不捉虱子，却往我耳中灌水，是不是想谋害我呢？你的主子折磨你，你为什么拿我出气呢？”

说着就站了起来。森伦赶紧解释：“我哪里敢拿你出气呢？只因为你耳朵背后的那片白痣，太像我儿格萨尔的那一片，我想起儿子禁不住落泪，将一滴眼泪落在你的耳中，望你不要生气，不要见怪呀！”

说着，感到悲痛万分，竟昏了过去。格萨尔连忙抱住父王的头，用清凉的檀香木水，喷洒在父王的胸口上，这么一激，不一会儿森伦就慢慢苏醒过来了。此时格萨尔大王也早已经无法再抑制住对父王和家乡的思念之情，与森伦王相认了。

森伦就像在黑夜里盼到了天明，高兴得不知说什么才好，一把握着大王的手连连亲着，又紧紧贴在自己的脸上，激动地说："从今天起，岭地的苦难结束了，我的心愿达到了！"

格萨尔大王向父亲奉上很多丰盛的食物，又反复叮嘱守住口风，千万不可向任何人泄露。之后，森伦才依依不舍与儿子作别，当他返回时，实在抑制不住内心的高兴，胡子撅得老高，把老跛马打得飞跑，又从怀中抽出木把腰刀，向着想象中的晁通连连挥舞，嘴里一个劲儿地喊着："从今以后哇，有的人要倒霉了，有的人要兴旺了！"

飞跑着回到家里后，悄悄地向格萨尔大王的生母——郭姆说了这个消息，那郭姆听了，简直像乞儿得了无价宝一样，赶快去煨桑谢神。晁通这时也风风雨雨听到一些消息，吓得全身哆嗦，惊慌失措，东张西望，继而又满脸绯红，咬牙切齿地坐在那里发呆，一直到晚间，才敢派人到森伦家去打听，森伦骗他道："那是黎域地方的大财主多吉才加，他说他对雄狮王十分崇敬，见我是雄狮王的父亲，赐了我许多酒肉，我又喝醉了。"

晁通听了半信半疑，那远方来的商人，怎么会知道他是格萨尔的父亲？心里忐忑不安！

第二天，一个鬓发斑白的老乞丐来到晁通的王宫门前，连连高喊："长命百岁的主人啊，给老叫花子一点吃食吧！"

晁通探出头来问："你是从哪里来的叫花子？清早来叫门，多不吉利。"

"尊贵的主人啊，我是从魔国来的。"

"从魔国来的？那，快进来，我有话要问你。"晁通一听这老乞丐是从魔国而来，忙把他让进宫来。他刚想吩咐侍女去拿些吃食，想了想，还是自己进去，端出一木盘炒面，上面放了一块酥油，还有一小壶酒。

"喂，老汉，我有机密大事来问你，只要你说实话，今后你的吃穿用度就包在我身上。"

"主人说吧，有什么事？"老汉慢吞吞地吃着炒面，饮着酒。

"九年前我的侄儿格萨尔去北方降魔。头三年传说他死了，后三年又传说他没有死，如今这三年又没有了音讯。到底是死还是活，你要详细告诉我。"

"啊，那号称雄狮王的格萨尔，死去已有八年整，千里宝驹被梅萨用来驮水，箭囊被魔女当作口袋用，魔王鲁赞却还活得好着呢！"

"真的吗？真的吗？"晁通兴奋得有些不敢相信自己的耳朵。

"当然！我给鲁赞做了三年的奴仆，自然知道得很清楚。"老乞丐一本正经地说。

“太好了，我心里的石头可落了地。太阳到傍晚才觉温暖，人到老年更加幸福。这个坏侄儿老是找我的麻烦，只要他活在世上一天，我就不能安心为王。真好啊，太好了，活该他不得长寿。”晁通说着，吩咐侍女拿大块的肉来，拿大碗的酒来，给这老乞丐吃喝，他自己也要吃喝一番。

晁通的王妃丹萨听到格萨尔大王不在人世的消息，却悲痛地大哭起来：“哎呀！日日夜夜向天神祈祷我那侄子平安，今天却为何有这样的坏消息！岭国的未来可怎么办呀！”

晁通一听，气急败坏地从宝座上跳下来，嘴里骂着“贱婆娘”，抄起一根木棍朝丹萨打去，竟然将年迈的王妃打晕了过去。那老乞丐见此情景十分不忍，于是一直守在丹萨旁边，直到她醒来。但是她醒过来了以后依旧痛苦不止，老乞丐只好安慰道：“没想到让晁通大王高兴的消息却令王妃您如此悲痛。我还听说了另外一个消息。格萨尔大王已经降伏了北方的恶魔，并且带着妃子，赶着魔国的牛羊，明天就到了。”

晁通听后目瞪口呆，说不出话来。丹萨听后，高兴得像慈母见了久别的娇儿，慌忙取下佩在颈上的松石念珠，拿出十只羊肚子的酥油，搭上一条白哈达，献给老乞丐当作感谢带来好消息的礼物。

格萨尔又在城外找到衣衫褴褛的母亲郭姆，再说她可是龙王之女，见到这“老乞丐”一口像白海螺一般洁白的牙齿，立刻便认出是儿子的化身。郭姆抱着儿子好一阵痛哭，格萨尔大王安慰道：“母亲呀！请不要哭了，儿子不是回来了吗？现在请您在城边上看看热闹吧。”

于是大地突然变了颜色，山川河谷都泛起红光。那格萨尔早除去了化装的肉瘤和疮疱，扔掉了没有边檐的破毡帽。头发闪着美丽的金光，蓬松下垂，面容如十五的皓月，丰腴圆满，全身佩戴着武器，骑着宝驹，从晁通部落的南方奔驰而来，仿佛万马咆哮奔腾，阵阵尘土滚滚而起，直至都城大门。晁通早从门缝里看得一清二楚，吓得肝胆俱裂，不住地向王妃丹萨喊道：“贱婆娘呀！格萨尔来了，怎么办好呢？你就说我不在家，把铜锅扣在我身上，让我藏起来吧！”

说着连忙施起法术，钻入铜锅下藏身。

丹萨的心里却高兴得不得了，像拨开云雾重见天日一般，赶快煨起桑来，欢欢喜喜地去迎接大王。大王在城门口驻马唱道：

贫穷流浪的化缘小僧，
很少有人能长期供奉，
若他自己不知道节俭，
很难熬过漫长的三春。

诡计多端的小部落头人，
没有人长期向他纳贡，
若不能节制自己的苛刻，
难以保住流散的百姓。
口蜜腹剑的虚伪汉子，
无法坚持正义的战争，
一旦投敌出卖了亲朋，
难以逃脱公正的严惩。
这家的叔叔躲在窝里，
出门的侄儿功成回国，
在家的叔叔又做了什么？
你若在家就出来迎接。
我在外射死高傲的魔王，
降伏了北方黑暗的魔区，
并同那梅萨绷吉王妃，
将牛羊和财宝带回岭地。
你把多少亲属出卖给敌人？
又引进来多少霍尔兵甲？
从霍尔获得多少财宝？
又得到白帐王多少奖赏？
我二人今天都夸夸英雄！

婶婶丹萨听后唱道：

从岭国东方吉祥的山顶，
升起了赡部洲宝王的金轮，
神族各部像盛开的千瓣莲花，
婶婶我也盼来了幸福的黎明。
父王们的事业像绽开的花蕾，
丹萨像蜜蜂把幸福赞颂。
晁通像猫头鹰瞎了双眼，
结束了凶横残暴的苛政。
听到了侄儿悦耳的歌声，
晁通他不敢留在家中，

到铜锅沟里行劫去了，
藏在三块石的炉灶山中，
若不被灶石碰破头颅，
他会抓一把灰返回家中，
流着泪向你诉诉衷情！

晁通听见又是一阵大骂：“贱婆娘，不要这样说，快把我藏到床铺底下吧！”接着又藏在了床铺之下。

大王像先前那样唱了询问的曲子，婶婶又答道：

尊敬的侄儿格萨尔王，
他晁通哪敢待在家中，
到床铺沟里行劫去了，
藏在那苯柔山的脚根，
若不被撑木打破头颅，
他会抓一把土回家中，
头缠黑布向你诉衷情。

晁通着急地叫道：“下贱婆娘呀，快别这么说，把我藏在鞍子下面吧！”

说完，又藏到牛鞍子下去了。

大王再问时，婶婶唱道：

我尊敬的侄儿雄狮王，
他晁通不敢待在家中，
到牛鞍沟中行劫去了，
躲在牛背山的后山根，
若不被鞍鞒砸破头，
他会半夜里回门庭，
他没有脸儿认侄儿，
会顶着破灰袋诉原因。
他若到我门上来行乞，
要吃的只有三把灶火灰，
要喝的只有刷锅水一盆，
饿着肚子说不出厉害话，

再让他把家事禀告清。
那才是你皓月般面容，
变成晦暗的时候，
那才是你金星般眼睛，
闪烁着电火的时候，
那才是你菩萨般心肠，
变为勃然大怒的时候，
那才是你把这作孽的坏蛋，
誓要雷劈万段的时候，
到那时候啊，
才能偿清所有男儿的怨恨，
才能慰藉所有妇女的心灵！

听到丹萨王妃这首曲子的岭国的人们，心里十分舒服，都高兴地笑了。只有晁通在叫骂："贱婆娘，你在找死吗？快把我藏到紫色肉皮袋里吧！把三十颗牙齿咬紧。再不要从牙缝中发出声音了！"

这时候大王已经下了马，婶婶把神驹拴好，将大王请进来，坐在虎皮宝座上。然后把藏着晁通的紫色肉皮袋连同酥油、炒面等等食物摆到大王面前的桌子上，又给大王斟上浓香的美酒。躲在肉皮袋中的晁通吓得瑟瑟发抖，桌子也跟着战栗不止。大王假装纳闷地说："世上有三种恶兆，一种是红石崖发抖，那是到了雷电击毁的时候；一种是老树精发抖，那是到了刀斧砍倒的时候；另外一种是紫色肉皮袋发抖，是到了刀劈两截的时候。可是对这个紫色肉皮袋来说，用针来扎嫌太细，用刀砍来又太可惜，用锥子锥它正合适。"

说完，他用锥子往肉皮袋上一戳，鲜血一股一股地流了出来，袋子十分不安地大动起来，大王又说道："藏民地方有三种凶兆，獐子只能在岩石上跑，若跑到村庄就是凶物，便是到了割去麝香的时候。那石洞里的猫头鹰，若落到帐绳上就是凶鸟，便是到了用箭射杀的时候。婶婶你这个紫色肉皮袋，好像里边的死人要诈尸，这是家门不幸出凶兆，一定要设法早处置。用锥子锥它嫌太短，用长矛捅它嫌太长，只有用刀刺正合适。"

接着用佩刀刺去，那晁通痛得忽地站了起来，紫黑的血一股一股往外直喷，他喊也不敢喊，抛开皮袋，光着身子向外逃去。大王伸手一把抓住晁通，摔到地上，用膝盖顶住他的胸膛，拔出白把水晶刀，唱道：

我仇恨难遏气难消，

怎让你内奸把命逃！
你身为叔叔投敌人，
引来霍尔兵有多少？
我哥哥嘉察协噶，
经常在闭关静修中，
现在却像天上虹，
忽然消逝得无影踪。
你使我父王和母后。
以及东方岭噶布，
所有的人们受欺凌。
念起一个血统应饶你，
但你的作为怎能宽容！
用神像砸死自己表虔诚，
这种行为不可敬。
杀死有罪的自己人，
也不值得去庆幸！
还有什么话就快快说，
一时三刻要你命！

唱着就把刀尖指到晁通胸口，晁通哆嗦着求饶道：“说得对呀，侄儿说得对，但求你饶了我的老命，别杀我呀！叔叔我中了黄霍尔的魔法，神志昏迷，颠三倒四，完全都不知道自己做了些什么。若不然，怎么会在头上绾起三个发髻？让老婆梳起三绺发辫？让狗戴上三个项圈呢？这都是我疯了才干的事呀！你恨叔叔是应该的，所有罪名也应该由我来承担，但是对于侄儿您，叔叔还是万分疼爱的，就请觉如您饶了叔叔的小命吧！”

大王放脱晁通，骑上马，用皮鞭抽打着他往前赶，并喊道：“快看呀！这个尸袋里的死人诈尸了！”

所有人都认出这人是晁通，齐声大喊道：“打死他！打死他！”

众人一边喊叫，一边追着看热闹，羞得晁通无地自容，竟然钻到山里的一个旱獭洞里去了。

总管王早看见了神马江噶佩布腾起的漫天晨雾，知道格萨尔大王回国了，于是赶紧带着丹玛、噶德、尼奔等英雄前来迎接，大伙儿一一参见了格萨尔大王，并在山谷中搭起如意宝帐，铺下坐垫，请大王坐在最上面，向大王敬献了英雄绶带，以及各种美酒佳肴，当着大家的面，总管王详细地说起了霍尔侵犯的经过，各位英雄如何牺牲，说着说着老泪纵横，在座的各位英雄好汉也都泪眼婆娑。总管王叹了口气，欣慰地说："现在好了，能够等到大王回国，是老汉我莫大的福分呀！从今以后，我岭噶布的声威又能重新振作，虽然我的儿子们都殉了国，但是还有侄儿格萨尔，我活着会觉得乐趣无限，死了心中也是安逸的。"

雄狮大王连连安慰各位："在我出征魔国的时间里，是叔叔、父亲和各家兄弟舍身保护着神族的血脉，霍尔的账要还，我的珠牡一定也要回来，但是现在还有一笔近在眼前的账需要清算。这个邪恶的祸根子晁通，没有一件事不藏黑心，没有一个时候不干坏事，我未出生之前他就在害人。自我出生直到今日，他心中恨的是我格萨尔，斜眼瞪的是我格萨尔，恶言咒骂的是我格萨尔，用小指指的是我格萨尔。再想起他出卖岭噶布给黄霍尔的恶迹，我恨不得把他劈为肉泥，将他的心肝活活扒出！"

晁通听见这话，吓得肝胆欲裂，面如灰土，身上还淌着血，赤裸着从旱獭洞中爬出来，到大王面前，泪如雨下，哆哆嗦嗦地哀求道："请各位帮忙说说情吧，刚刚我在旱獭洞里好好地反省一番，我固然有罪，但是现在的我不过是只黑老鸹，毛没有用，肉不能吃，杀了我，也不过是徒增大王杀生之罪而已。杀死一条狗，踩死一条虫，也都是有罪孽的，何况我是一个人。求求老总管，为我这条贱命说说情，来日若有机会，晁通我一定以命相报。"

见他这副狼狈的模样，众人又是好气，又是好笑。神驹江噶佩布更是早已隐忍不住，张开嘴巴，一口将晁通吞了下去。直到黄昏之时，才将气若游丝的晁通连同一泡粪便屙出，才算保了晁通的一条命。

等到了第二天的时候，由总管王、郭姆和丹萨做东道主，举行了盛大的庆贺宴会。大王将从魔国带来的牛羊和财宝连同晁通的财产一并分给了岭国英雄们和属民，由大王做主，让丹萨与晁通决裂，丹萨可以另择夫君，另成新家；任凭晁通去过半死不活的下半生。

整整二十一天，各部大众都在丰盛的宴席上度过，沉浸在无比的欢乐之中。

第五十二章

众望所归当披坚执锐 群雄翘首送大王出征

雄狮大王回到岭国以后，时时刻刻想着如何为兄长复仇，也思念着从前与珠牡王妃耳鬓厮磨的幸福时光，只是现在看来去霍尔的时机似乎还不到，遂决定闭关静修一段时间，祈福消灾。就这样过了三个月后，一天不知为什么，大王心烦意乱，产生想要结束静修的念头，于是他走到达孜城东面的阳台，向外瞭望。

只见一对老夫妇在草地的那头，那老公公坐在一个布袈裟做的幔子里面，好像在闭关静坐。那老婆婆在生火做饭，无论用什么办法，火总是燃不起来，使她束手无策，一筹莫展，而那老公公却丝毫不理地坐在那里，就像根拴马桩立在那里。那个老婆婆瞪了他几眼，非常生气地骂道："你这个坏透膛的老混蛋，简直和那格萨尔一模一样。我在这里要烧茶煮饭但生不起火来，这势必要耽误吃饭时间，你却像一块路上的石头，一动不动丝毫不予理会，你岂不是和那叫作格萨尔的人一个样儿吗？那格萨尔自称是雄狮王呢！他由北地回来以后，众英雄们都希望他去惩罚黄霍尔。岭国诸多兄弟被霍尔所杀，不但如此，霍尔还割去了阵亡者头上的缨幡去示众，抢去了他自己贴心的爱妃，毁坏了达孜城和所有宫室，做下了种种无法形容的坏事，而他竟然毫不知情似的无动于衷，像地老鼠一样，悄悄待在山洞里。借口什么要闭关修行，就连黄霍尔的境内也不敢去。总而言之，混蛋人没有比你们男子汉再坏的，撅起屁股让人看，还不以为丢人，你俩就是这一类人！"

格萨尔听到这一番话以后，心想道："哎呀呀，这个聪慧的老婆婆，正在借机讥讽我呢。"

他边想边走来到南面的阳台上向外瞭望，见一对乞丐夫妇带着个孩子，穿着褴褛，正在喝着蔓菁清汤。那乞丐孩子打了一个喷嚏，不小心将手里的碗震落到地上，碗里的清汤，一点不剩地泼出去了。那女乞丐看到这种情况，将那孩子狠狠地打了一下。那男乞丐说："你为什么要这样毒打孩子呢？"

那女乞丐说："你简直和那格萨尔一样，把自己看得比天还高啊！那格萨尔在兄弟被敌人杀戮，房屋被毁坏得没有踪影，妻子像小鸟被老鹰活捉似的被抓了去当作战利品炫耀，受到黄霍尔们如此的侮辱欺凌，但他到现在还不能报复。如果是我的话，对于那些刽子手辛巴，以及祸首白帐王，即便无法采取其他的报复行动，最低限度也要在他们的脸上打一记耳光。可他连这也做不到，现在躲在自己家里不敢动。我们三个人，做雇工、捡废物、行乞讨，才得到这一点食物，现在泼了，还靠什么呢？你对食物不知珍惜，还说这种话，你自己不教育孩子，现在却来责怪我！总之，你们所谓男子汉大丈夫，总是没头没脑，什么也不思量！”

说着她伸出小指，吐上口水，表示轻蔑。

格萨尔看到这种情况，叹了一口气，感到非常烦闷。接着他又到西面的阳台上向外看去。见一个岭地的老汉和一个绒地的乞丐，正在吵架。那个绒地的乞丐，脸像打火的皮袋一样发青，显得非常瘦弱，走起路来腿一瘸一拐，眼睛像鹰巢一样深陷下去，非常老迈，那个岭地的好汉叫道：“你这个绒地的流浪人，对我格萨尔大王的属民，竟敢这样无理，你究竟要干什么！”

不料那看似孱弱的绒地流浪者，竟将那老人摔在地上压倒，讽刺地说：“这有什么值得惊奇的呢？杀了你也是小事。岭地的格萨尔他果真有勇气的话，眼看着让黄霍尔的人将岭国蹂躏成这个样子，还能不报仇吗？你们岭人有没有血性，由此可以知道。格萨尔是怎样的一个人，能不能配得上做岭国的一切大小人们的头目儿，我们是清楚的！”说着将老汉打了个半死，并在小指上抹了灰尘，向那都城指了三下，轻蔑地说：“如果我说的不是实话，那么，你去把格萨尔叫到这儿吧！”

格萨尔听到这些话，有些生气，心里想：“啊呀呀，一个要死不活的乞丐都敢对我岭国人这样欺负。唉，现在若不把黄霍尔降伏，把白帐王消灭掉，将会使岭噶布的声誉扫地。”

接着他又到北面阳台上向外看，看见到一只鹞鹰落在一只黑旱獭颈项上面，将要杀死它。

他回到坐静房里，又想：“在我静坐修行的这些日子里，遇到这样一些奇怪景象，这是怎么一回事呢？看来现在若不降伏霍尔，对南赡部洲也不会有什么好处，特别是珠牡被掳去，那么多的骨肉兄弟和那些得力的大臣都被他们杀害，必须要报这个仇、雪这个耻。还有城中的那些神像，如果不把它们拿回来，有着大丈夫称号的我，定将被人们讥笑得猪狗不如，人们也会认为神圣的三宝也没有什么灵验和威力了。现在要即刻到黄霍尔地方去，看是不是能将霍尔消灭？昨天那些乞丐和流浪者的话，说得实在还是有些道理。”

第二天，格萨尔大王早早地起来，洗过脸，做完祈祷之后，向岭地上下各部发出通知，让他们前来议事。次日一早，等所有大臣都聚集齐了以后，大王神情凝重地说："霍尔白帐王对我岭噶布进行了这样大的侮辱蹂躏，而我们不能对敌人报仇，与亲属共饮胜利之酒，拯救那些受到灾难的人，那么这只是长敌人的威风，灭自己的志气，是绝难容忍的！因此我必须要到霍尔地方去。希望你们大家牢牢地守护都城和所有的城寨，以及经、像、宝塔，不得使香火有所断缺，对各部落内外的一切事务，都要尽力办好，我到霍尔以后，定会尽快地回来，在这期间，希望你们大众同心同德，共度时艰，团结一致地把岭国守卫好。"

众英雄听了吩咐以后，心里想道："从前大王只身前往北方魔国，耽搁了很长的时间，因而使国家遭到霍尔军的入侵。现在又说要独自出征，如果不让去呢，则对霍尔的仇恨将没有报复之日；如果让去呢，又恐怕长期滞留他乡，未来的事情变幻是很难预测的呀！"

但是，大伙儿找不到适当的话来说服大王，好像喉咙里噎了块骨头似的，眼眶里含着一颗颗泪珠，急得伸脖子歪脑袋。奔巴王子扎拉泽杰从座位上站起来，将自己镶着松石花朵的耳饰摘了下来，在上端系了一条白绫哈达，献到大王面前："尊贵的雄狮大王呀，您说要向黄霍尔去报仇雪恨，那是很应该的，但是古谚说得好，'汉子常往他乡去，会失掉自己的地方。'因此，您还是不要只身前往，安心坐在这金座上吧！如今我扎拉，犹如是断了翅膀的雏鸟，夜夜思念我那英勇的父亲。如今叔父回到岭噶布，我才重新找到生活的快乐。想到霍尔仇人我咬牙切齿，却又担心叔父在出征路上遭遇不测，还是在岭地休养一段时间吧，等到重振雄风了，再去出征霍尔魔地！如果您一定要去，请不要把扎拉我抛弃。"

这样说着，他搂着大王脖子不放手，大王也感伤地落了泪，说："泽杰，我的亲爱的侄儿，可爱的孩子啊！要知道你和我一同前去是没有任何好处的。降伏黄霍尔，要靠机智方法和神通变化，光靠人多势众是不行的。因此希望你安心坐在自己安乐城的金座上，与众英雄们一起保卫岭国的荣誉，尤其是要保卫奔巴家的祖业，不要让它有任何损失。"

说着将一个名叫"宝石耀威"的松石项珠，搁在他献上的耳饰上面一起赐还给他，然后又对众位愁眉深锁的英雄们说："王子泽杰和大家的一切顾虑都是对的。我在北征时，在他乡耽搁了很久，但这次到霍尔去，绝不会逗留太久。再说，我一人独行，可将那十一道守门魔、十二个鬼神用机巧方法和神通变化一一降伏。俗话说'时机到，力无穷，时不到，谷不生。按旨意办，牛脖子可掐断，不按旨意办，羊尾巴割不断。'如今我降伏霍尔的时机已经到来，而你们应该在各人本位上努力行事，才能与我一起将霍尔白帐王战胜。"

后来无论众人如何劝说，格萨尔大王也执意要独自出征，大家只好同意，约定初十这天来聚会送行。等到了这天，大王启程前往霍尔，由诸英雄送行，梅萨等诸后妃夫人献上饯行酒宴相送。

第五十三章 陀拉山得见兄长亡魂 格萨尔誓取妖孽头颅

格萨尔单人独骑，一连走了四天，来到霍尔灰色土崖格巴加让——嘉察殉难及遗体火化的地方，在曾经陈放嘉察遗体的石台旁住了七天，每天祈祷上天以求梦中相见，然而却没有任何显示。第八天黎明，天神朗曼噶姆在格萨尔梦中指示道："当你经过陀拉山的时候，会与逝者相逢。现在不要耽搁，快快前去吧！"

然后天神接着说："再从这里往前走啊，我的侄子雄狮王，在你明天经过的道路上，会遇到凶狠的拦路鬼，你要把警惕的弓弦来绷紧，遇事切不要惊慌。一个是霍尔长臂鬼，眼中所见手能擒，一个是千里眼鬼，三月的路程望得清，一个是那大力士鬼，被他捉住难脱身。他们正巡逻在高山顶，你要把善飞神箭备妥当，朝他们稳稳地发射去，神箭自会治他们。"

于是格萨尔磨了一天箭，把箭镞磨得锋利无比。第三天一早朝着霍尔方向，把善飞的"霹雳神箭"射了出去。那神箭发出轰隆隆的巨响，伴着霹雳和冰雹，风驰电掣般地前去了。

在通往霍尔途中的山岭上，那长胳膊、千里眼、大力士三个鬼王正在巡逻，远远听见隆隆的声音，千里眼说："不知是黑鹰还是老鸹朝这儿飞来了，大家提防着点，等我看清楚再说。"

它一边说着，一边瞭望。突然，它惊呼道："啊呀不好！那是一支神箭呀！你俩快来吧，长胳膊你快把它抓住！"

长胳膊首先跑出来，张开了双臂，等他一把抓住神箭的腰部，使劲攥着不放，两个鬼王也紧紧地抱着长胳膊的身子，想把箭抓下来，但神箭力量更大，反而把三个鬼王一起带到了天空中，又一起摔下来，掉进波涛汹涌的黄河，就这样把三个鬼王淹死了。

格萨尔翻过雅拉赛吾山，在一处石崖上钻出来一头长犄角野牛，它血红的舌头闪着电火，黑尾巴像南方的乌云，吼声像巨大的铙钹相击，这是白帐王的寄魂牛。雄狮大王向它挑衅道："你这装模作样的老野牛，但凭你这点小伎俩，也妄想来和我比一比？你若真心想示威，就在那崖上把角磨，磨利了犄角再来比；还要在崖上跳跳舞，再把石崖摧毁才算数。我要在绿草皮上磨兵器，到时候叫你看利不利；我要在青草地上来跳舞，让山摇地动使你战栗，然后要向你射一箭，这才是我胜利！”

那野牛想道：“他说要在柔软的草皮上把刀磨利，难道我在坚硬的石崖上反倒磨不利犄角吗？他说要在草原上踏得地动山摇，难道我的四只坚蹄反倒把石崖踢不垮吗？”

于是它把两只长犄角在石崖上用力地磨了又磨，角都磨完了，仍不见其尖锐。又用四蹄狠狠地踢那石崖，把四只蹄子连根都踢脱了，两石崖动也不动，别说是摧毁了。这时，野牛走也走不动了，大王骑上马，在弓上按了一支箭。一箭射去，正中那野牛的前额，直贯后尾，顷刻间那牛从石崖上跌了下来。大王用牛血祭了天神，又继续前行。

不久，又有两座红艳艳的山峰堵住了去路。这两座山峰看见大王来了，就像敲铙钹一样互相撞击着，碎石不断滚下山来，妄想阻挡大王前进。大王再往前走，那山峰相互撞得更加厉害。大王轻蔑地说：“能毁灭霍尔一切的，是这红色的两山峰，如此可怜地撞个不停，但并不能使人生畏惧，而只能使自己遭灭顶。我去过南赡部洲的很多地方，见过许多大山相撞击，它们都拉开了长距离，停上一阵再撞才有力，那劲头能把世界毁，这才真正算得是本事！”

那两座红石山峰听了后，觉得很有道理，于是拉开了距离，停了很长时间。就在这时候，江噶佩布驮着大王一跃而过。当它们再互相碰撞时，都因为用力过猛，而使自己毁灭了。

又走了两天，格萨尔来到了托多达隆山沟口，忽然嗅到一股烟火气味，想道，这里有人吗？他定睛一看，原来是霍尔派来把守谷口的陀赞，一边烧着茶炊，臂肘上挂着牛角斑花大弓，面前放着三支红尾利箭，口里唧唧哝哝地哼着小曲，正在修补着一张逮獐子的罗网。这时大王人马二者变化成母子两只香獐，一前一后在他面前走过，陀赞跑来想把小獐子从后腿上一把抓住。眼看快要抓住时，两只香獐却奔到除了獐子别人无法攀登的高石崖上去了。而陀赞竟不迟疑地跟着爬上去，这时雄狮王又变化为两只老虎，转身扑来，陀赞吓得扭身就逃，但是崖陡路窄，无法回旋，一骨碌摔下深渊去了。这样，大王又消灭了陀赞这个魔鬼。

由此继续前行，就攀上了霍尔境内连绵的陀拉长山，远远望见了巴洛雪山、索日山和角拉山。这时，大王想起了天神的预言，更加怀念哥哥嘉察协噶。继续前行，到了一处叫作本巴噶琼的山麓。那神马忽然卧在地上，再也不肯走了。大王用白藤鞭抽了两下，又勒紧辔头，用镫磕着马腹，那马还是不肯走，只是

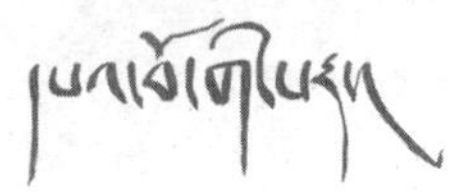

眼泪汪汪，一声不吭地待在那里。大王心中纳闷，这是什么原因呢？

原来在路旁有座路神的神龛，叫作“本康”，四堵墙之内装着十万神像。在那白玛草砌的墙头上，有着嘉察死后所变的鹞子的窠巢。那嘉察本是白天鹅神的化身，死后本可以不受限制地自由投生。但因要向白帐王报仇雪恨，曾发了三次邪恶的誓愿，要吃尽霍尔人的血肉。由于这个缘故，加上中了霍尔喷射的邪气的污毒，因此还没有投生为清净的人身，而是在一只强壮的鹞子尸体上借尸还魂，成了一只鹞子。他这时因为见到了雄狮王的金盔，高兴得连正在追逐的霍尔人死后变的一群雀子也放弃了，呼的一声落在大王的宝弓上。

那雄狮王没有想到这些情由，生气地说：“真是到了这倒霉的霍尔地方了，连鹞子也敢如此欺人！”

于是抽出鹰翎羽箭，正想戳死鹞子，那枣骝马忽地尥了一个蹶子，才算没有戳着，那鹞子也逃往天上去了。这时枣骝马说道：“啊呀！没头脑的格萨尔呀！你真是那种‘皮肤虽白而毫无知识，地位虽高而毫不懂事’的人哪！你天天思念哥哥，哥哥来了你却拿箭去戳它，那鹞子就是奔巴嘉察呀！想那嘉察在世的时候，身体魁梧为长铠所不能遮蔽，千金之躯为骏马所不能驮载，容颜如望日皓月，眼睛如黎明的金星，权威高如苍天，智慧深如海洋。那时顶天立地的英雄，如今竟投生为手掌大小的鹞鸟，在这无人的旷野荒山，猎户巡行之处，栖止于白玛草的旧墙，托庇于无能的路神，处境如此困苦，你大王就是不可怜他，又何必用箭戳死他呢？”

说着用前蹄猛扒乱刨，又在地上打滚，不停地甩着尾巴，头撞在本康的木梁上，眼睛里不断落下豆子大的泪珠，表现出无限悲哀，大王吃了一惊，叹道：“我简直不如一匹马，一个畜生！”说着叹息不已，又往前面天上瞭望，见那鹞鸟既眷恋雄狮王，不肯远去，又怕被误会而杀死，不敢近前，只是在空中拍着翅膀。雄狮王异常悲痛，呼唤道：“协噶哥哥，我不知道你竟然投生为禽鸟之身，只以为是一个霍尔鸟也来欺侮我，请你到这儿来，我兄弟俩详细谈谈吧！”

那鹞鸟听说后，虽然飞了下来，但仍不敢靠近，落在本康上面。雄狮王再三恳求：“请你到这儿来，我二人好好谈谈吧。”但鹞鸟还是一再用眼睛瞟着那宝弓和披箭，在一旁徘徊。

此时大王一直在懊悔和自责：姑母早说了要和哥哥在此相逢，然而到临头，却为何又不能省悟呢？生为人身却认不出哥哥，反而是哥哥投生为禽鸟还认得我，要不是马儿及时拦阻，怕是他就要葬身在这支箭之下了，现在难怪他心怀疑虑，不敢接近我啊！想到这里，眼泪像树叶上的露珠扑簌簌落了下来，鹞鸟在本康上噙着满眶泪珠。弟兄二人和神马，个个都难过得说不出话来。

过了一会儿，那神马说道：“英雄嘉察啊，雄狮王的确不知你投生为鹞之身，如果知道，怎么会用箭去戳你呢？你落到我背上来吧，我多么想再背背你呀！”

那鹞鸟果然落在神马背上，并说道：“我若不变成这么丑陋的样子，也会给你弄来一些草料和饮水，但现在我成了鹞子，吃的只是死去的霍尔们投生的雀子，除此以外什么也没有。你又不吃这些污秽东西，真是一点办法也没有呀，谁知我竟到了这等悲惨的地步呢？”

神马江噶佩布安慰说：“与其给我成百次的草料和饮水，还不如今天遇到你高兴，想当年你英雄嘉察骑着我的时候，我向人们炫耀着步伐，你向敌人炫耀武艺，你的重量和雄狮王毫无分别，使我感到沉甸甸的，但今天你在我背上这样轻，还没有羊毛毡屉重呢，谁能想到你会变成这样了啊！”说着不由得泪珠直淌。

鹞鸟答道：“现在我虽然在你身上，但只觉得忧伤和悲痛，我的爪子会使你感到痛楚，这怎么好呢？”说着又飞起来，落在本康上面去了。

格萨尔说：“哥哥呀！请你到我这儿来，我们叙一叙离别之情，请三宝作证，我绝不会再用弓箭伤害你了，你要是不到弟弟跟前来，我比死去九次还要痛苦啊！”说着把这令哥哥不安的弓箭丢在一边。

鹞鸟赶紧劝说：“弟弟，这是在霍尔的大路上，怎能把弓箭丢在一边呢？要随时把武器准备好才行。”一边说着，然后飞来落在格萨尔面前的坐垫上。接着又说：“今天遇了阿弟，使我非常高兴。自我投生为鹞鸟后，每天从早到晚，经常怒火满腔，扑杀那些霍尔人投生的雀子，以它们的血肉为食，杀一个大雀子就是杀一个大辛巴，杀一个小雀子就是杀一个霍尔兵，每天杀得真不少，但仍不能杀光荡尽，但一闲暇，却又忧心忡忡、闷闷不乐，本想回到岭国去，但又顾虑这种模样会成为坏人的笑柄，尤其会给柔萨母子带来更大的哀痛，所以未能前去。后来我在追逐雀子的时候，遇到一头从岭国飞来的苍鹰，我向它打探岭国的消息，它说你还未回来。我又问它有多少鸟伴？它说它有很多伙伴，不晓得为了什么，都留在那虹光照耀的三道墙的高城上翱翔盘旋。而它自己却独个先回来了。我猜想那苍鹰不认识弟弟，那城上的虹光可能就是弟弟回来的征兆吧？从那天起我感到十分快乐，特别是今天早晨，当看到你的金盔的时候，异常兴奋，才落在了宝弓上面，就是想看看你的真身呀！想过去我们在一起多么欢乐，谁知今天相聚，你是人、我是鸟，还有神马江噶佩布，竟以三种不同的形体相会，尊贵的雄狮王竟然有我这样丑陋的哥哥，实在令人悲伤呀！”

听着嘉察的这番肺腑之言，格萨尔只叫了一声“哥哥”便泪流满面，哽咽得说不出话来。等平静一些，才说道：“我虽是拯救黎民的神子，却不能拯救自己的哥哥！”不觉又失声痛哭起来。鹞鸟道：“以往我弟兄三人在神城居住时，你坐在金座上，我和阿弟玛尔勒分坐两边，唱着欢乐的歌曲，是多么幸福。此后，你去北方亚尔康，大家旌旗招展，盔缨飘荡，号乐齐鸣地给你送行，敬酒祝福。现在你从北地回来，家乡被白帐贼勾结晁通，弄得惨不忍睹；我想敬你一杯欢迎的水酒都不能够。我若不死，一定要到雅泽城里，非亲手杀那白帐贼不可，然而现在却无法实现了！”

格萨尔说：“你和弟弟玛尔勒两人壮志未酬，为国捐躯，这是岭噶布多大的损失呀！不然的话我弟兄三人一起，可以严厉惩处霍尔，用不着哥哥再为之痛心。以往我去北方，你像光明的皓月一样，镇守着神圣的都城，为部落百姓所仰望，我就是远离家乡，想到有哥哥在家，心里也无比安宁和温暖。谁知如今，哥哥……”说着泪涌如泉。

鹞鸟也长叹一口气说：“好了，别再说了，这样说下去只会使弟兄们感慨不已。还把降伏魔王鲁赞，为何耽搁这样久的情形详细告诉我，我倒很想听听呀。”

格萨尔也觉得如此太过伤感，便将在魔国的经历一一说了一遍，弟兄二人和枣骝马又一起谈了许多欢乐和痛苦的往事，当夜即在本康旁边住了下来。

是夜，那鹞子只怕灾难鸟岗噶饶桑侵害大王，通宵不眠地守候在大王枕边。格萨尔想，若不消灭掉这灾难鸟，我哥哥则会时时怀着恐怖，于是在这里一连住了三天。

第三天早上，格萨尔要出发了，对鹞子说：“这次我弟兄相逢，喜也喜欢不尽，乐也快乐无穷，我一定听哥哥的话，定会把霍尔屠夫们消灭干净，手刃白帐贼，为哥哥及死难弟兄报仇，给黑头百姓留下值得称颂的传说。希望你不要再留恋这鹞子的身躯，早日往生到神圣净土中去吧！”

那鹞子却说：“当我死时曾发过三次恶毒的誓言，若不能生吃白帐贼的心肝，不喝一口他的鲜血，不把我的头缨夺回来火化，我宁愿永世做个鹞子身！”

格萨尔说：“好啊，哥哥。当我在白帐王颈上鞴上马鞍之时，将派枣骝马变为白鹭，前来送信，那时定让哥哥如愿以偿。在此期间，还望哥哥守在本康左边，万勿远离。至于消灭霍尔白帐王，那是没有问题的。”

说完以后，告别哥哥，继续前去。那鹞子送了很长的一段路程，才凄怆而回。

英雄格萨尔

［卷二］

降边嘉措 编纂

作家出版社

姜岭大战

门岭大战

辛赤王欲爬天梯逃跑被格萨尔射落

目　录

第五十四章 雄狮王赌骰子赢魔女 三姊妹表诚心助大王

当格萨尔人马二者继续赶路的时候，忽然见到一个衣服褴褛的霍尔妇人，手中提着满满一山羊皮袋乳酪，迎面气喘吁吁地走过来。当她看到格萨尔之后，就立刻装出很热心的样子问道："哟，年轻人，你从哪儿来？要到哪里去哟？看你这骏马的走势，似乎是一匹日行千里的宝驹，看骑在马上的你这位大人，似乎是一位财主了。这么热的天，你吃不吃点乳酪？如果要买的话，无论身上的一个扳指，或者铠甲上的一副旗缨都行。我这霍尔的丐妇要到上下各地方去，想向一个不熟悉的人问问他所熟知的一切呢。"

格萨尔想：这莫非就是姑母在预言中所启示的那个流浪在旷野的黑鼻鬼吗？那霍尔妇人自言自语道："啊哟！我只顾说话，还不知我的哥哥陀赞现在是什么情形，我要找我哥哥去了。"

她装出一副天真的模样，很快地向原来的路上跑了回去。格萨尔拿出投石索，在上面放了一块羊肚子大的白棱石，嘴里打了一个长长的口哨，那女鬼在一处灰白石崖后头伸出脑袋张望，格萨尔乘机抛出投石，呼的一声顿时将她砸得脑袋开花，消灭了这个黑鼻鬼。

格萨尔人马继续前行，走过陀拉长山，来到沙石山口。那儿有一所四方形堡垒的房屋，住着霍尔魔鬼神义女——霍尔三位大王的侄女姊妹三人。由于霍尔王对其他守门者不大信任，因此专门委派了她们三姊妹在此守卫。格萨尔刚刚来到山豁垭口，那三个魔女像从地下钻出来一样出现在格萨尔面前，女子问道："漂亮的年轻人啊！这个地方是根本不让任何人来往通过的。在没有人的地方来了一个人，没有马的地方来了一匹马，你从什么地方来的呢？你到这里有什么事哟？"

格萨尔听了后，向三个魔神女儿说："妙呀，你们三姊妹毕竟和我有缘碰在一起。我是为了比起降伏北方亚尔康的妖魔还重要的两件大事而要去黄霍尔上部。关于这事的情形是这样的……"格萨尔巧舌如簧地骗说三姐妹，他乃是魔

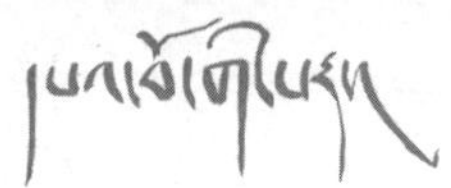

国鲁赞大王的大臣秦恩，因为魔王被格萨尔杀死，而霍尔又与岭国结下深仇，于是前来与霍尔三王结盟，期待有朝一日能为大王复仇，夺回魔国的地方。他说得竟然真的有如失去了国王与国土的大臣，悲痛得难以自已，讲完身世缘由之后又说：“诚如俗话所说‘失了恩主的仆人，就是有父亲也同孤苦伶仃的孤儿一样，’我因没有荫庇的上司，心中想呀，想呀，异常痛苦，简直连日子也过不下去了。我想是不是有玩骰子的地方去玩一玩呢？”

听小伙子这么一说，三个魔女十分高兴。当即回道：“当然好呀，如果要玩四四方方的骰子，还得有赌注，如果没有赌注，又有什么意思呢？因此必须下一个赌注。如果把身体和生命二者作为赌注，怎么样？请你斟酌一下吧！”

格萨尔揶揄道：“要下赌注的话，我是魔国人，而你们是霍尔的守门人。俗话说，‘一个女子守门，会向一百个男子招手’。我们要下一个谁也不赢谁也不输的赌注，就是谁要输了，就在谁的身上取出一条筋来。”

那三个魔神女儿以为她们手里有魔神做的“所愿皆成”海螺骰子，定能得胜，因此很爽快地答应了下来。

于是，她们就在一个平面圆石之上画起了掷圈图，刻得很深，并涂上鲜艳的胭脂，十分清晰。她们又叮咛道：“你可不要变心哟，我们三姊妹也不会变心，如果我们赢了，你又变心，那就是最下贱最下贱的人啦！”

她们自以为是地想道：这个年轻人姿容俊美漂亮，风度潇洒飘逸，是一位百个男子中最出色的美男子。不但如此，他现在连个上司也没有，而我们也不受什么管束，让他做我们三姊妹的终身伴侣，该有多好啊！

于是她们取出海螺骰子，暗暗向魔神三弟兄呼唤，请求援助取胜。霎时间，阴云迷雾四起，纷纷纭纭，笼罩而来，黑风呼呼，刮地卷尘，好像疯熊狂虎奔腾撒野。格萨尔也在心里暗自呼吁神灵和姑母，祈请援助。三个魔女用衣服作为坐垫，格萨尔则以四副鞍屉垒成坐垫，在白石上掷起骰子来。几经比赛结果格萨尔获胜，而三姊妹都输了。魔女说：“依我们魔神的规矩，按我们三姊妹的份儿，应该继续掷三天。”

于是按照她们的要求又掷了三日，结果仍然是格萨尔获胜，于是他说：“三位姑娘啊，开始我们并没有说过要比三日的话，但我仍然按照你们的意愿做了。现在正如俗话所说，胜利好像山顶的拉则，定局已像土地那样真实而不容变动。在你们三位姊妹的身上，我是要各抽出一条筋的，我正是为了这个而来的哩！”说着就挥舞起宝刀，真要抽筋似的走上来。

三姊妹吓得如风中的柳叶，簌簌发抖，结结巴巴地求饶：“哎呀，大臣哪，神通无边的大臣哪！我们不过是和你开开玩笑呀，现在求求你不要抽我们的筋，至于赌注，上则有我们所积的财物，供你享用；中则有我们三姊妹，供你享用；下则情愿献头献身[1]终身为奴，不知能行否？但千万不要杀我们，请饶了我们吧！”

格萨尔义正词严地说：“老实告诉你们，我并非什么魔国的大臣，我是岭国的雄狮大王格萨尔，是因为哥哥捐躯，特来报仇的；是因为英雄们丧命，特来追究的；是因为财物被抢，特来讨还的。你们这几个魔神女儿，是权贵父亲的有名女儿，是佩戴松石珊瑚首饰的阔女子。这次我能遇到你们，运气很不坏。对敌人报仇雪恨，不论是老子还是儿子都是一样的。如果不愿把抽筋作为赌注，大前天早上就应该说明白。总之，像犏乳牛红舌头一样的妖娆女子，叫你们安分守己时偏不安分，像毒箭尾扣四方嘴巴似的女子，叫你们知足自量时偏不知足，张狂的时间久了，会遇到痛苦的时候啰。现在无论怎么说，都是随我心所欲，怎样高兴就怎样做，我还是要抽你们的筋，随你们哎呀哎呀地叫苦吧！”

说着又挥舞宝剑就要动手。

三姊妹继续哀求：“尊贵的雄狮大王啊！侵犯岭国，我们姊妹并未参与，那是白帐王自己胡作非为，是否如此，您可以考察。珠牡对我们三个女子来说有什么意义呢？今后您杀上霍尔地方去时，我们绝对按照您的旨意办事，如果食言，请天神处罚！”

她们这样陈述自己的诚心后，格萨尔说：“你们三人手里，有那装着不灭长明灯铁箱的铁锁钥匙，只要你们把那钥匙给我，还要将那长明灯的所在地指给我，我就可以不抽你们的筋。”

那三姊妹听了后，像打火皮袋一样磕头不止，连忙应道：“尊贵的雄狮大王呀！永世不灭的长明灯是白帐天王的九条大命和四条小命，一共十三条命魂所系的宝物，它放在一个三角形铁箱里面，外面的铁门上锁三把铁锁，我们三个女儿各掌握着一个，白帐王虽有千军万马，却把这灯看得比什么都重要，因此这灯藏得十分机密，就是到了他的末日，也没有人能轻易找到它。这灯不但放置的地方特别机密，而且保管森严。这样还怕不保，又做了与这铁箱一模一样的七只箱子，里面同样点着灯，每天上下移动三次，因此哪一盏是真的长明灯，连白帐王本人也分不清。而只有我们姊妹才知道，因此当你消灭白帐王时，请给我们带个信儿，我们可以给你指明，但除此之外，都要靠你自己的法力制胜，我们姊妹是无能为力的。”

格萨尔说：“好啊，到时候我会让神马来通知你们，可是你们一定要来呀！”

三姊妹点头称是。

也就在这一天，那麻褐色的灾难乌岗噶饶桑，抓着三颗拴在一起的人头，

1　这是一句藏族谚语，表示对对方心悦诚服，愿将全身心奉献出来。

飞回到红山黑崖上它的老巢去了。这时恰巧被格萨尔远远看见，格萨尔在弓上搭起一支箭，箭尾绑着一团艾草的绒毛，用火点燃后，射了出去，直入灾难鸟的老巢，那灾难鸟正在窝内与它的孩子们玩弄着人头，顿时巢内起了大火，将老灾难鸟和小灾难鸟共七只，一股脑儿全部烧死了。

此后，格萨尔由那魔神女三姊妹热情招待，先后在那里休息逗留了五日，然后独自上路，来到了霍尔国的渡口。

第五十五章 展神通将妖魔尽祛除 装乞丐与卦女初相逢

过去在那霍尔河上，搭有两道长浮桥，现在已经拆除，换成了用船来摆渡，有上中下三道渡口，作为霍尔人通行的要道。那三道渡口的船长中，在上游渡口唐松仁茂地方的是江巴部落的头人铁工曲古本的侄子桑吉加，天神曾经有过谕示，这是一个不可伤害的朋友。于是他变化成一个衣着肮脏褴褛的乞丐，将枣骝神马变为一张弓，装在胸前的口袋里，又将那“所欲悉成”的藤鞭，变为一个一肘高的海螺宝塔，然后去敲那船户桑吉加的门。等到他来开门时，格萨尔谎称他是从东方嘉纳来的小乞丐，请求住宿一晚。

桑吉加见他虽然表面肮脏，但是隐隐有些不凡的气度，又托着一尊海螺宝塔，于是说道：“虽然这儿是绝不能让你来的地方，但是已经来到了，这又有啥办法呢？还是先进来吧。”

桑吉加将这位陌生人请进屋内，将宝塔供奉在佛堂里，然后亲切交谈。言谈之中，知道他们不但是前世的弟兄，而且对于白色善业都具有虔敬的信仰。这桑吉加虽然身在霍尔，却和唐泽一样，一心向往格萨尔大王，今日大王亲自到访，自然应当助他一臂之力。

第二天早晨，格萨尔又变成嘉纳小孩的模样，由桑吉加领着来到了渡口。他对其他守渡口的人说要将这嘉纳的孩子渡过河去，但是其他船夫还是心存疑虑，不肯带他渡河。桑吉加只好说：“这孩子不过河也可以，但是海螺宝塔是献给白帐王的礼物，这东西极其珍惜，一定是要送过去的。”

船夫们都没有见过这样的稀奇宝贝，无人敢怠慢，赶紧将宝塔搬上船去。谁知这宝塔一进到船里，开始不停地变大，一艘船装它不下，将两条船并拢也装不下，只好将剩下的船只全部拉来连成一排，这宝物才停止膨胀。正当几艘船齐头并进往河岸过去的时候，海螺宝塔突然变得无比沉重，压碎了船身，将渡河的船夫们一并压入河中淹死。

正当所有人对屹立在大河中央的海螺宝塔感到惊讶时，又在河里出现了一

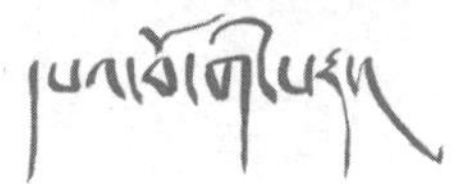

条额颅很大的鱼，这鱼头如黄金生成，闪闪发光，眼睛如红玛瑙，美丽照人，背鳍像琉璃透明，腹部如白螺光洁滑腻，胡须自然翘起，尾巴跃然闪动，鱼纹陆离斑驳，鳞光耀眼夺目。那鱼忽然伸出巨头在这边山上，尾巴拖到彼岸，吞食生物，如吃炒青稞一般，把各个山谷的植物，如狂风席卷般地投到水中，粗大的身躯，将霍尔河水阻拦成海，将以皮筏渡人的唐松仁茂渡口，冲刷成干涸的河滩，将霍尔六川黄褐的河水，堵住往上倒流，把小河水一口吞掉又吐出来，将船户十二村落，全部淹没。只有船户长桑吉加手里拿着前日格萨尔王所赐的神箭，靠着神箭的拯救，泅到了这边岸上。

突如其来的大鱼搅得霍尔上下人心惶惶，人们聚拢到雅泽城中，议论纷纷，并请求白帐王找出大鱼翻腾的原因。因霍尔河中有白、黑、黄三位大王的寄魂神鱼，白帐王派唐泽等四大将军前往察看，经过反复细看，才勉强断定不是那些神鱼。

白帐王发出号召："辛巴、巴图鲁们，谁能自告奋勇，将那巨额大鱼杀死？"

吉后察和杰丑阿吉二人自告奋勇，表示愿意前去。第二天，自告奋勇的两个人，披甲戴盔，腰挂三件武器，带着捕鱼长钩，杀那条大鱼去了。只见那条鱼，是一个眼望不尽，一般人无法思议的怪物，它无论碰到什么东西，都能一口吞下，即便是一头牛，也如一把麦花丢进口里那样随便嚼咽。他们二人甭说去杀它，一见它就吓得心惊胆战，商议了一下，便逃跑回来向大伙儿说："虽然不知道那大鱼的来历，但恐怕就是白帐大王的寄魂鱼，是黑地魔神的化身。不但不应生杀它之心，而且还应该对它进行供奉和祭祀。它是给霍尔虎帽王显示重大预兆来的呀！"就这样两人夸大其词，说了一个天大的谎话，以便掩饰自己的怯懦和无能。

第二天，白帐王说："我记得，在我的密室中所藏的文献里明确记载：'有末劫时期[1]，霍尔的寄魂鱼三弟兄，会从水中出来。那时如果将小黑铁丸、颈饰有松石的宝瓶和魔神的药袋三样东西，献给寄魂鱼，那些神鱼便会得到铁的寿命，霍尔王便成为无敌的魔头。'现在到了供奉寄魂鱼的时候了。"

说毕，便派人带了上述物品去对那条神鱼进行供奉和赞颂。结果大鱼将那些供物，全都摄取，钻入水里，喧闹汹涌地向下游游去了。

霍尔的人都狐疑忧虑，恐慌不安，好像山口的嘛呢旗子一样。在众人惶惶不安之际，辛巴梅乳泽考虑了三四一十二番之后说："虎帽大王啊！那条与众不同的大鱼，究竟是怎样来的？将魔神三弟兄的神石给了它，这事儿没有做好。

1 有末劫时期：末劫，又称末法。佛教认为，佛祖离世后，佛法会日益衰微，分为正、像、末三法时期。有教、行、证三者，名为正法；有教、行，名为像法；仅有教无其他，为末法。亦称恶时、恶世。

神秘文献上虽有‘要来大鱼’的记载，但并没有说就是这样一条大鱼啊！现在将霍尔的镇国之宝，急急忙忙给了那条鱼，明天如果三条真的神鱼升出水面来时，看我们怎样办？拿什么来供奉？”

白帐王说：“正如俗话说，‘侍候大官，要一个伶俐的仆人’。梅乳泽啊，那条广额大颅的巨鱼，我认为除了是我的神鱼外，不可能想象是别的什么怪物。我们这儿，高处自山口以下，低处自谷口以上，放哨巡逻的人多得很，如果有外人到里面来，怎么会没有新鲜显豁的足迹呢？我白帐王无论做任何事，都不会有什么错误。在我还没有了解事情真相以前，你悄悄地坐到那儿吧！”

说完，他又把辛巴梅乳泽在出征时的懦弱表现当着众位大臣的面数落一遍，气得辛巴瑟瑟发抖，幸好有唐泽玉周从中调解，这才让气氛趋于缓和，但此时的白帐王与辛巴梅乳泽的心结怕是已经越来越难以打开了。

在狗年底和猪年初的冬春交接之际，霍尔地方下了一场异常猛烈、能淹没膝盖的冰雹，砸死人畜无数。霍尔河渡口雹子和冰块前拥后挤，冻结成一座座冰塔。七天之中，河水从底冻结，人们连饮水也无法汲取了。

这时，格萨尔变化成一个老和尚，把枣骝神马变成一根拐杖，把战盔和铠甲变成僧帽和袈裟，来到那雹子和冰凌之中，仰面朝天躺在那儿。在他的身旁，阳光灿烂，积冰融化，清水荡漾，泛起一层层涟漪。而四周以外却仍是冰雹满地。人们纷纷传说起这奇怪的事情，唐泽推测大王已经来到霍尔，但他只装在心里对谁也没有声张。

听说有了水，白帐王的女儿朗措便领了许多姑娘，每人背一只金桶，前去背水。当她们来到六条河水汇聚的坎巴河边时，看到在路口躺着一个穿着异常褴褛的老和尚，僧帽油腻不堪，袈裟、禅裙一片片随风摇曳，袖口破烂得像瓦罐口那样大，塞满羊毛的靴子和背包一样大，脸和手背黑如锅底，皱纹多如头发，上边的眼皮耷拉下来盖着下边的眼皮，膝盖尖得几乎能犁地。

朗措一边走一边把甜食向女伴们抛去，这些甜食却都一一飞进了老和尚的口中。老和尚又堵住了路，两边都是岩石和荆棘，难以通行。朗措惊奇地喊道：“啊哟，怎么回事儿呀？这些甜食怎么都跑到你嘴里去了？你又为什么把路堵住？这究竟是怎么一回事呢？”

那些姑娘们也想把甜食要回去，但已被和尚吃进肚里，就是把他舌头割掉也掏不出来了。于是她们从老和尚身上跨了过去，前去舀水。在扬起头一勺水祭天地时，那头一瓢水，都一条线似的飞向老和尚口中去了。姑娘们见了十分厌恶，背起水桶，跨过老和尚身上，回宫去了。

此后，那黄帐王的姑娘欧措，黑帐王的姑娘东措，也背着银桶和松石桶，各带一帮姑娘去背水，同先前一样，从和尚身上跨过跨回。最后，那噶尔哇部落的噶尔柏纳亲王的姑娘吉尊益西背着海螺水桶，领着一大帮姑娘前去背水，她一边走着一边把甜食向女伴们扔去，但所扔的甜食又全部跑到老和尚口中去了。吉尊益西说：“在这信奉魔法的黄霍尔，只有我父女笃信白色善业，看见智慧的上师您，像见了阳光一样喜，那甜食只当供奉您，请让开路好过去。”

老和尚却说：“亘古未见的冰雹灾，打伤我头颈和腰腿，想爬起来头颈无力气，想避开腰疼站不起，想走过去腿痛走不了。前边背水的姑娘们，都从我身上跨了去，你若是有啥要紧事，从身上跨过也可以，你若是安闲无急事，请从身边绕过去。”

吉尊益西说：“在这样的老者身上横跨过去，真是极大的罪过。”

于是从老和尚身边的岩石和荆棘丛中绕了过去。她在扬起头一瓢水供奉苍天时，也和前面几位姑娘一样，飞进了老和尚的口中。吉尊益西又是一阵惊喜，她想：这老僧就是格萨尔大王变化的吧！再仔细看时，那老和尚却不见了，只见一头雪白的雄狮，蹲踞在那里，大睁着一双愤怒的眼睛，电光闪闪盯着雅泽城，并扬起巨爪，仿佛要搏击那雅泽城门。在它身旁围绕着十万熊罴，天上环绕着千万颗星星。再一瞬间，这些幻象都没有了，又是原来的那位老和尚。吉尊益西连忙跑到面前，低声说：“大王啊，我从前占梦时，就曾说过，愤怒的雄狮奋掌一击，雅泽城会变为渣粉。这与你方才显示出来的情景是一样的。你若能变化成一个八九岁的小孩，跟我回家去，我会尽量帮助你，将如天神所预示的一样，一切都会圆满成功。”

格萨尔会意地说：“你先回去吧，以后我自然会来的。”

第五十六章 阿钦滩上现神奇变幻 霍尔河里灭寄魂神鱼

在阿钦大滩东北角有个叫沙珠玉的地方，是霍尔的练兵之地，也是霍尔的军机要地，除了特许的人得以入内外，一般人是谁也无权走近一步，滩中央是一片水草丰美的草原。

这一天突然在这儿出现了一大队商旅。一箱箱乌苏香茶，堆得几乎摩天，拴驮骡的挡绳比溪水还长，布匹、绸缎、氆氇难以计数，金银首饰和玉石、玛瑙，分类陈列，山上满是骡马，山下扎起了金缨大帐，有六十条大獒犬守卫。看到这些情景，霍尔人十分惊慌，惊恐之余，又眼红那些金玉财帛，于是很多人都觉得应派出大兵，捣毁商人营帐，抢回所有物品。巴图鲁唐泽玉周说："自从霍岭战争以后，我们虽然在各处险隘都派了重兵把守，但最近不断发现商队和巫师、僧侣等来路不明的人，很难说不是格萨尔变化的。这商队来得就很蹊跷，他们从何处越境而来？我觉得我们应该慎重，不可鲁莽。霍尔对于邻国积怨过深，如果轻易举兵，袭击商队营帐，恐怕后果难测。好在白帐大王在上，不知大王和诸臣僚们意见如何？"

铁工曲古本对唐泽的看法十分赞同，但因白帐王的暴戾不敢明讲，又估计梅乳泽会毫不犹豫地说出自己的意思，因此顺水推舟地说："现在黑帐王没有来参加聚会，元老重臣达奔已去北方，唐泽的说法似乎还有些道理，但不知辛巴王意下如何？"

说完便坐在那里等着。辛巴梅乳泽说道："天王和各部大臣们，在我先王达尔玛奔之前，我们从未侵犯过任何部落，霍尔这块柔软的白绸上面，没有沾染过任何污垢。但自白帐天王登基以来，树敌过多，结怨四邻，恐怕以后的纠纷会层出不穷，比河水还要长。现在我们霍尔国内，只能谄媚颂扬，听不得半点逆耳之言，达奔、唐泽和我三人，虽然敢于说点实在的话，但大王根本不采纳。以阿弟多钦、羌拉为首的年轻人一味逞强，寻衅结仇，大王反信以为真。不过谁怯谁勇，最后到自己头上才会见分晓！"

多钦很不服气，说：“你们天天说我们君臣几个要倒霉、要倒霉，直到现在我们还不是好好的？我看还是进攻那商队为好。”

唐泽说：“满锅的饭有个熟的时候，满盘的肉也有个冷的时候。不如先派人去询问一番，探听一下虚实，让他们交出水草费，如若不交，再考虑派兵也不为迟。”

白帐王也觉得这个主意不错，便派了辛巴梅乳泽和巧嘴矮子前去收水草钱，同时打探动静。梅乳泽披挂整齐，白盔上插着一簇红马尾缨，身着白甲，弓袋箭囊紧束腰间，密林似的黑发刺往盔外，褐黄色胡子翘在胸前，骑着白额花马。那矮子也骑在飞鸟展翅马上，紧紧跟随于后，往商队方向奔去。

眼看快到商帐时，梅乳泽先派矮子去试探，矮子把马拴在一棵树上，畏畏缩缩地蹭到帐篷跟前，正碰上那些卫士们在练箭，乱箭横飞，矮子前进不得，只好在取水路旁的草丛中卧下躲箭，心想等来个汲水的人再打听虚实。射箭刚一停止，一伙背水的人嘘嘘地吹着口哨过来，一个伙计将矮子仔细打量一阵，说：“奇怪呀，哪里来的小雀子死在这里？后来的背水人若不注意，恐怕要踩上或被绊倒的！”

矮子没有来得及回答，那人说着就把矮子像雀儿般抓了起来，一把摔出几丈远的地方，摔得矮子顿时昏晕过去，待他醒来想明白了，赶紧跑回向辛巴报告说：“无论如何我是不敢去了。”

他耷拉着头，脖子像弓一样弯下去待在那里，动也不动。梅乳泽无奈，只好自己一人前往。到了那商人帐篷跟前，只见三位大商人笑嘻嘻地仿佛商量着什么，距离远了，听不清楚，又无法走到近处。于是转身向烧茶的帐篷走去，只见伙计们一个个冷笑着，他虽然向他们大喊了几声，但没有一个人理会，只好站在帐篷外等候。

一会儿，一个伙计头缠白云般的丝巾，身穿碧空一样的套衫，红缎长裤，腰间挎着长河一般的宝刀，脚蹬斑斓彩虹长靴，胸前挂着金光闪烁的佛龛，白银耳环灼人眼目，像美丽的孔雀一样走了出来，辛巴连连喊了几声“老哥”，那人仍然理也不理，径自走了。等他转回来时，辛巴又照前喊了一声“老哥”，那人才答应了一个“啊”字，满不在意地问了一声：“在我们大帐跟前，你这个汉子哇啦哇啦喊什么呢？”

辛巴说：“这是我们霍尔国的草场，我们白帐王有令，除非支付水草钱，否则不准你们在这儿扎帐篷！”

那人听了，冷笑一下说：“哎呀！你这匹夫，真是胡言乱语，从东方繁华的嘉纳，到西方嘉噶的佛国，我商旅来往过多少次？就是没听到过什么霍尔白帐王。在这南赡部洲地方上，别说你这马毡屉大的黄霍尔了，就是嘉噶神庙前的金刚座大滩，藏区拉萨释迦佛的金座之前，我商队也扎过帐篷，所到之处，大家都是茶酒相待，恭维礼敬，金银用斗量，绸缎论庹卖，买卖公平，双方满意，从来没有人提出过要什么草钱水钱！但在你这黄霍尔地方，竟然说我们不能扎帐房，真是听也未曾听过。你那白帐王，除了在霍尔男女面前逞强称霸，在我们面前能算什么？如果你一定威胁说在这儿不能饮水牧马，我们就把所有骡马上起脚绊，一步也不挪啦，但今后一切饮水草料都要你们大王按日供给。我们脚板上没长嘴巴，也不会吃草的，这点你尽可放心。”

那人如此数落一番之后，依然觉得言犹未尽，接着说：“你这个贼匹夫今天到底是干什么来了？是敲诈勒索还是想偷什么东西？大话吹得震天响，就是不知道羞耻。好吧，你若要水钱和草价，可在那灶火洞里抓三把灰放在口里吃下去，如果再不滚回去，我把那六十只凶猛大獒狗放开来，看不把你咬得鲜血淋漓才怪呢！”

这一番话气得辛巴吹胡子瞪眼，他大声说：“喂！包英雄巾的伙计呀！你态度比岩石还蛮横，性情比牛毛褐布还粗暴，我黄霍尔可比不得其他地方，能容你们随意行动，为所欲为！本来我想派几员大辛巴率兵前来，但又觉得亲自来调解一番也就行了，而你们竟然这样出口不逊。对这些我也毫不在意，但你们执意不交水钱草价，恐怕就要受到霍尔法律的惩罚了，所以还是赶快交纳水草钱，不要走到那一步为好！”

那人听了后说：“现在没有工夫给你们交钱，等到第八天再交也不算迟。如果等不及的话，我今晚从帽子和鞋靴抖下来的污垢，扒出来的灶灰，统统给你们和白帐王当点心，当作头一批的水钱草价，这样的好东西，可不要给霍尔各部落分配下去啊！”说着瞪了一眼，转身走入帐篷中去，又探出头来怒喝道：“怎么？还不滚回去吗？我要放开狗了！”正说时已解开了獒狗，六十只獒狗一起扑向辛巴而来。辛巴拼命往后逃跑，腿肚子好像已经被獒狗咬了一口，心儿像羊羔似的嘣嘣直跳，那前后的狗吠声仿佛千雷俱鸣，狗舌如赤电闪闪。他头也不回地狂奔着，天暮黑时才回到雅泽城里，也不敢说挨骂的事，只是气喘吁吁向白帐王禀报说，已经谈妥了在七天之后去收水草价钱，霍尔君臣们只好同意。

那商队在几天之内，早已把附近大片地方的草木用石头砸得稀烂，美丽的草原变成片片黑土，留下一片荒芜凄凉的景象。因为有言在先，霍尔君臣们看到了也无计可施，只好等待收水草钱的那天的到来。

到第四天，格萨尔带领商队十三人，自己变成一个狰狞可怕的渔夫，一身鹿皮裤褂，腰上缠着兕鹿、羚羊等的十八种觝、角，拿着铁钩、渔网，把帐篷搬到霍尔大河有鱼巢的地方，撒下渔网。

此时那三条寄魂鱼正由一百条臣鱼围绕着，将河里各种生物像吃炒青稞花似的一个个吞噬着。渔夫将这些鱼类一股脑儿揽在网内，拉上岸边，倾倒在大滩上，逐条地剖开肚子。雅泽城的人们都看到了这种情景，辛巴立即纵身上马，飞也似的疾驰而去。

在那些网起来的鱼儿之中，有三条特别大的朱红、金黄、白额鱼，眼球一眨一眨，像明镜闪光，尾巴左右乱动。渔夫正要杀死它们，恰巧梅乳泽赶来，看这几条大鱼按祖传神秘文献所画的图样颜色，很像是霍尔三王的寄魂神鱼，而白帐王前几天还说要保护好它们呢，不觉又气又恼，急向渔夫大声喝道："你这个商队，起先在我封禁的草原扎下帐篷，放牧骡马，又放出狗来咬我，现在又在捕杀我霍尔鱼，为什么这样欺侮我们呢？"

那渔夫把一条袖筒大的鱼儿扒出血淋淋的肚子，左手一把抓住辛巴的胸脯，右手抡起鱼儿，像黎明曙光闪耀似的一连打了他三个嘴巴，骂道："贪心不足的家伙呀！河水没有主人，在大滩里横流，捕了几条没有主的鱼儿，与你有什么关系呢？这大鱼我带回去当饭吃，这小鱼我带回去当点心，你若不贪心守本分，这鱼汤给你做奉送，吃饱了赶快往回滚，在白帐王面前去请功！"

那时晒在大滩上的鱼儿都已死去，辛巴又羞又急，但又无可奈何。心想，如果再去争执，只会把事情弄僵，别的鱼不去管它了，若能把那三条寄魂鱼弄到手，魔师们自有办法使它们复活，于是欺骗道："尊敬的渔夫呀！这朱红、金黄、白额的三条大鱼，在霍尔古老的文献里说，它们是三种非常厉害的毒物，你要它有什么用呢？其他的鱼儿随你便好了，或吃或放，都在你自己。但我今天一大早赶来，对你也实在赔尽了小心，若是别人问我，你在渔夫那里办到了什么事情？我又用什么回答人家呢？谚语说：'好男儿就像金子，能使人所愿皆成。'请你把这死了的三条毒鱼送给我吧，对你来说，在这千百条鱼里也算不了什么呀。"

渔夫并不理会，将那几条干死的大鱼很快地装进袋子里，说："你这个骗子，对我商人来说，药也需要，毒物也需要。用不着你给我出主意，你早早滚开吧！"

说着对辛巴连踢三脚，踢得辛巴连滚带爬，眼前直冒金星。帐中其他人看到这情景，发出一阵阵狂笑，好像山崩地裂一样，渔夫在狂笑声中扬长而去。辛巴羞愧难当，自思绝不是渔夫对手，只好急急溜回城中。将这些情形一五一十向白帐王做了禀报，诸大臣们一致认为这个商队胆大妄为，太无法无天了，决定当天晚上调集军队，去将这商队消灭。

霍尔四大将军于东方发白之际集结大军，天一大亮就向商队营帐发动进攻，多钦自告奋勇带头打先锋。当他带着部队到那里时，帐篷早已搬得无影无踪，只剩下很大的灶台和一堆堆灶灰，喝过的茶叶像小山一样堆了一堆，整个大滩空空荡荡看不见一个人。

第五十七章　梅乳泽归顺格萨尔王　雄狮王结发吉尊益西

噶尔柏纳第一个来到茶渣堆旁，他翻身下马，用矛杆扒拉茶叶渣，只见那渣滓沙沙抖动着，从里边钻出一个灰溜溜的，头发乱得像三冬的蒿草堆，满身茶屑，像一个刺猬似的十岁的小孩。那小孩蒙眬着双眼，好像还没有睡醒，一连打了三个呵欠，用肮脏的小手揉了揉乌黑明亮的眼睛，四下看了看扎过帐篷的地方，向噶尔柏纳说："长命百岁的大人哪，美丽的帐房哪儿去了？我只睡了一小会儿，他们就不见了，糟了，糟了，我可咋办呀！"

表现出非常可怜和懊丧的样子。噶尔柏纳猛然见到从渣滓堆里钻出一个小孩，不由得大吃一惊，厉声斥问："你是什么人？从哪儿来的？赶快告诉我，如果不老实回答，小心我立刻就要了你的命！"

他恶狠狠地拔出佩刀，小孩却没有出现想象中的惊恐模样，他哭着对噶尔柏纳说道："阿爸呀，我是你那去嘉纳经商，死在半路上的儿子的转生，你怎么能杀我呢？"

噶尔柏纳一愣，但还是十分警惕："你既然是我儿子转生的，那么在这些霍尔兵将中你认识谁？若认不出来，我还是要杀你！"

不料这孩子真的像是前世身在霍尔，将霍尔将军的名字一一说出。噶尔柏纳更是惊异万分，相信这孩子就是自家早逝的儿子的转世。辛巴大王却不相信这样的说辞，他举起长矛向小孩刺去，但是这矛尖还没有接近小孩，便兀自断成两截。辛巴心中一颤，他心中的担忧终于成了事实，眼前这孩子不是格萨尔大王幻变，还会是谁呢？于是向这孩子说道："你跟我到山后面吧，有些事情我要单独问你。"

噶尔柏纳连忙阻拦："这个孩子确实是我儿赞嘉转世的，如今来投靠我，你千万不可伤他性命！"

辛巴又向噶尔柏纳许下誓言，他才同意将孩子交给他带走。他把小孩带到了一处十分隐蔽的山沟中，慌忙从马上跳下来，从佩戴的银盒内取出一条洁白哈达，又从无名指上抹下碧玉戒指，敬献给小孩，恭恭敬敬地磕了三个响头，说道："我尊敬的主人哪！我一眼就看出来你不是嘉纳的流浪儿，而是全知的神人——雄狮无敌宝王。你那红眼圈的凤目，正说明你是岭噶布王室的嫡系子孙，你那泛射着虹光的乌发，眉宇正中的绿痣，海螺般的皓齿，散发檀香味的身躯；天鹅般走路的神姿，国王的风度，都说明你是一位真正的天神，统治万民的明君。然而我这有罪的辛巴，在你大王面前却有许多难言的苦衷哪！"于是把霍岭战争的始末，详细叙述了一遍。

孩子说："你这位霍尔大臣是十二万户部落的领主，给我这嘉纳流浪儿赐给哈达和戒指，我是非常感激的，但你如此讥笑我，又使我太羞愧，请不要这样说了吧！"

说着装好了哈达和戒指就要走。辛巴见收了礼物，高兴万分，允诺道："如今我如愿以偿了。请大王放心，自今以后，一则我决不把此事泄露于人，二则我决不为白帐王及霍尔安危再进一言。"

说毕，径自驱马返回作茂如宗城，关门静修，再也不出来了。孩子回到原处，噶尔柏纳把他扶着坐在自己鞍马上，两人共骑一马返回家去。

噶尔柏纳曲达尔把孩子领回大门口，对孩子说："今天已经晚了，你就住在外院，明天太阳出来再到里院去。"

噶尔柏纳进去后，对女儿吉尊益西说："我领来一个流浪儿，你给他送些吃的去吧！"

益西心想，我昨夜做的一个吉祥的梦，莫非就应在这个孩子身上？于是提了满满一壶茶，拿了一只煮熟的羊前腿，一盒炒面，一罐奶酪，给孩子送去。小孩见这姑娘美丽异常，若比容貌，绝对不比天仙般的珠牡逊色。如若不是白帐王的近亲，那么也就不会有强抢珠牡的事情发生了吧。

当那姑娘把饮食端来时，小孩故意生气，把炒面乱撒乱扬，让风吹散；又把羊腿撕成三截，一一扔开；把奶酪罐子摔在墙上，砸得粉碎；把一壶茶全泼在地上，还把吉尊益西好好奚落了一番。气得吉尊益西面色发白，跑回屋里向父亲哭诉："阿爸呀，那流浪儿把奶酪、茶水和炒面，泼的泼了，撒的撒了，碰的碰了，还恶毒地咒骂了您的女儿我！"

噶尔柏纳大怒："真有这等事，非把他宰了不可！"

说完，左手捞起鸭嘴黑钳，右手提了天铁大锤，扑向外院。只见那孩子悠闲地坐在那里，正在用手一点一点地撕着羊腿肉慢慢吃着，一边喝着拌了炒面的浓茶和奶酪，还自言自语地说："这铁匠阿爸真善良啊，给孩子我吃这样好的饭食，实在令人感恩不尽呀！"

噶尔柏纳悄悄返了回去，气愤地对女儿说道："你怎么能撒谎呢？肉和炒面什么时候抛撒了？他不是正在那儿仔仔细细地吃着吗？”

吉尊益西自己也很奇怪，但又作声不得，便提了奶桶准备给奶牛挤夜奶，到外边一看，只见那孩子已经把奶牛宰了，牛肉吊在梁上，牛皮铺在地下，正在牛皮上捋着肠子，她怒不可遏地喊道：“你这是干什么呀！”

那孩子却顺手抄起一根木棍，在吉尊益西背上抽了三下，接着又把她手中提着的奶桶夺过来，一脚蹬掉了桶底，把她赶了回去。

姑娘惊慌地向阿爸诉说了流浪儿如何杀了奶牛，又如何蹬掉桶底的事。噶尔柏纳十分纳闷，要亲眼看个究竟。当他跑出去看时，只见奶牛被孩子喂得饱饱的，毛色闪着光泽，还在那儿吃着草料，没有了底的奶桶滚在一边。噶尔柏纳问道：“孩子啊！听说你刚才打了我女儿，杀了奶牛，蹬掉奶桶底，这到底是怎么一回事呢？”

“尊贵的老人家啊！您女儿来挤奶子，不小心被奶牛踢了一脚，蹬掉了桶底，便赌气回去了。别说我打她，我连想也想不到为什么要打她呀！是不是您女儿对我有什么地方不高兴呢？”

噶尔柏纳无话可说，只好默默地回去了。第二天噶尔柏纳打算给儿子派点差事，于是询问他会做些什么。孩子答道：“我不会转没有经文的轮子，不会把外边的敌人引进来，不会把家里的东西拿出去扔掉，除了这些，什么都会做。”

于是便安排了他和女儿去山里砍柴，格萨尔点头答应了。吉尊益西准备好饭，二人来到靠山的一片树林里。格萨尔说：“姐姐，我们各干各的吧。”

吉尊益西说还是一起干的好，这样可以快一些，可格萨尔说什么也不同意，吉尊益西只好自己去挖窑、砍树，格萨尔却舒舒服服地躺在地上睡着了。吉尊益西点了火，跑过来叫格萨尔快起来烧炭，他翻了个身，眼睛都没睁一下，就又睡着了。吉尊益西生气了，把带来的饭吃了一半，剩下的一半放在格萨尔身边，驮起烧好的木炭就回家了。她到家后跟爸爸一说，噶尔柏纳亲王也很生气，只等格萨尔回来再跟他算账。

没有多大工夫，格萨尔驮着很多木炭回来了。噶尔柏纳用怀疑的目光看着女儿，吉尊益西也惊得目瞪口呆。噶尔柏纳急忙吩咐女儿去给格萨尔烧茶做饭。吉尊益西心里像是明白了什么，但却不动声色地去给格萨尔烧饭。

又过了些日子，木炭用完了，吉尊益西主动对爸爸说，她要和格萨尔去烧炭，父亲答应了。吉尊益西准备好了饭菜，二人又来到第一次烧炭的树林里。吉尊益西并不忙着砍柴烧炭，而是静坐在地上默默地念诵着什么。一会儿她才起来，烧了一锅茶，把头茶献了天地，第二碗茶给了正在地上躺着的格萨尔，又把一条哈达和一对象牙手镯也献给了他。格萨尔见吉尊益西一反常态，行为古怪，心中纳闷，只听吉尊益西低声而又愉悦地唱道：

我这巍峨的雪山，
乃是你白狮的归宿。
为何至今不显现绿鬣？
雪山始终在向往着你啊，
你可知道我的赤诚？
我这锦绣般的草山，
乃是你红兕的归宿。
你为何至今不露牴角？
草山始终向往着你啊，
你可知道我的痴情？
我这葱郁的檀香林，
乃是你猛虎的归宿。
为何至今不显出斑纹？
檀香林始终向往着你啊，
你可知道我这善良的心？
我霍尔姑娘吉尊益西，
是雄狮王的终身伴侣。
你为何至今不显现真容？
姑娘我一直向往着你啊，
你可知道我的一片忠贞？
我这白螺般的耳朵，
已听见了天母的歌声。
我这启明星般的眼睛，
已经看见了天母的身影。
天母的预言正合我心啊，
雄狮大王正是我的心上人。

雄狮王知道该是他显露本相的时候了。

吉尊益西唱完歌，却不见了地上躺着的小孩，她正用目光四下搜寻时，只见半空中出现了一位英雄。英雄生得齿白如玉，面色黑红，身材魁梧。虎腰像金刚般坚实，双足如大象踏地。白盔白甲，骑在火红色的宝驹上，绫带纷纷飘起，身上放射着光芒，真好似天神下凡而来。雄狮王在吉尊益西的玉颈下搭了一条“昼夜平安”的洁白哈达，对她唱道：

我来自遥远的北方，
正是那格萨尔雄狮王；
不是想观赏山川的奇妙，
而是要追回被劫的妻房；
我追歼外敌却丢了家乡，
征服了魔国却毁了岭邦，
娶了魔女却丧失了王妃，
斩了黑魔却招来了白帐王，
得了魔财却失去了宝藏，
此来是向白帐王讨还血账。
一报杀我长兄嘉察的仇，
二救被抢去的爱妻，
三雪毁我岭国的恨，
定除白帐王这个仇敌。
在这烦恼孤寂的时刻，
只有你是我唯一的伴侣。
征战时请为我出谋划策，
降敌后请与我同返岭国。

格萨尔大王与吉尊姑娘海誓山盟，发愿白头偕老，永不分离。

第五十八章 卦卜象中显毁魂之法 雅泽宫内探珠牡真心

吉尊益西发愿要帮助格萨尔王降伏白帐王，一天，吉尊益西带格萨尔到雪山上，把手向西一指说："大王，你看那座像酥油一样白的雪山，山后有霍尔王的寄魂野牛。黄野牛是黄帐王的寄魂牛，白野牛是白帐王的寄魂牛，黑野牛是黑帐王的寄魂牛，红野牛是辛巴梅乳泽的寄魂牛，花野牛是我父王的寄魂牛，青野牛则是我自己的寄魂牛。你要想降伏霍尔三王，先要把黄、白、黑三色野牛的角砍掉，千万别回头。"

格萨尔听了吉尊益西的话，来到雪山后面，果然看见一群野牛中有六头与其他野牛不同的寄魂牛：样子好凶猛，个子也很高大。这样凶猛、硕大的野牛是不容易靠近的，那有灵性的寄魂牛就更难让人接近。格萨尔摇身一变，变成一只大鹏金翅鸟，闪电般地落在黄野牛身上，砍掉它的一只角，接着又砍掉白野牛和黑野牛的一只角。当它落在红野牛身上时，突然觉得很不舒服，没顾得上砍那辛巴梅乳泽的寄魂牛牛角就飞了回来。

吉尊姑娘还坐在林边，格萨尔的七位梵友和三百六十位天神眷属早已将木炭烧好。格萨尔又变成原来的样子，和吉尊益西一起把木炭驮回家去。

再说，森姜珠牡王妃到霍尔国已经三年了，在万般无奈的情况下，做了白帐王的妃子，还给他生了个儿子。这天，白帐王和王妃抱着儿子在王宫的最高处玩耍，珠牡忽然看见一个衣衫破烂的人，牵着一只猴子向王宫走来。珠牡立即对白帐王说："大王，把那个耍猴子的叫进宫来玩一玩吧。"

白帐王、黄帐王、黑帐王三兄弟，自从寄魂牛被砍去一只角后，都得了重病。请医吃药敬天神以后，白帐王的身体恢复得比较快，已经能够和王妃、王子耍笑。黄帐王和黑帐王虽然也好多了，却还不能起来走动。因为病了一阵，白帐王心里很烦闷，一听有耍猴子的来了，巴不得叫进来给他开开心呢！

耍猴的人被叫进了王宫，表演了一会儿，果然引得白帐王开怀大笑，王子也嘻嘻地笑个不停。白帐王吩咐婢女给耍猴的人拿吃食、给赏钱。耍猴的领了赏钱就要离开，那王子却闹着不让。白帐王让珠牡带着王子再看一会儿，自己则进宫歇息去了。

珠牡听耍猴的说他是云游四方的叫花子，也许他也到过岭国，到过魔地呢。因为白帐王在身边，珠牡不好细问。等白帐王一走开，她正可以好好地细问这个叫花子几句话。

“老叫花子呀，赏你的吃食你已吃了，赏你的钱你也拿了。我还有话要问你，你若说实话，我再赏你能吃一百年的饭食，能穿一百年的衣服。”

老叫花子点点头：“听凭王妃吩咐。”

“你途经东方时，是否看见过两座大山，一座像黄毡衣上缝着纽扣，另一座像头上戴着黄帽子。它们是我故乡的神山，有什么变化请告诉我。”

“尊敬的王妃呀，这样有名的两座山我怎能没见过，只是一座山的纽扣已经解开了，另一座山的黄帽子已经落在平地上。”老叫花子一边说，一边观察珠牡的神色。

听到这凶恶的消息，珠牡的眼泪早已落下来。她心中暗想：我和雄狮大王再见的缘分，恐怕真的不会有了，但不知大王究竟怎么样。

“老叫花子呀，你可知道雄狮大王格萨尔的消息？”

“知道的，知道的。他到北方去降魔，没有征服敌人却被妖魔消灭了，他已经死了好几年。”老叫花子一点也不怜惜王妃的眼泪，从他那张嘴里吐出一个又一个不幸的消息。

珠牡一听，这下完了，大王已经死了，我这卑贱的身子活着还有什么意义。想着，珠牡把自己头上的松石发压、身上的黄金饰物全部摘了下来：“给你吧，给你吧，老叫花子，这是我给你的布施。你带来了那么多不幸的消息，使这些饰物在我身上失去了光彩。我也不想再活下去。只望你拿了这些首饰，做做善事，超度雄狮大王格萨尔和他的王妃森姜珠牡。”说罢，从老叫花子的腰中抽出白把水晶刀，朝自己的胸口猛刺。

老叫花子手疾眼快，一把将小刀从珠牡手中夺回：“阿姐呀，用不着这样自杀呀，我刚才是和你说着玩的。东方的两座山没有任何变化，格萨尔大王已经降伏了黑魔鲁赞，现在，他已经到霍尔国报仇来了。”

“真的？！老叫花子，你不要再骗人了。”珠牡将信将疑，满面泪珠的脸上又布上了一层亦喜亦忧的疑云。

“刚才是骗人，现在不骗你，你快把首饰都戴上，免得白帐王见了要杀我，免得你见了雄狮王失去了好容光。”老叫花子嘻嘻地笑着，使珠牡想起了什么。是的，当初自己朝柏日东措海跳去时，觉如揪着马尾巴，就是这样笑的。莫非，莫非眼前的这个叫花子又是雄狮大王格萨尔的化身？而且，他又那么肯定地说格萨尔已经到了霍尔国。只是，在这王宫里，他不能明说，我也不好明问，得找一个在外面的机会，再详细盘问盘问他。珠牡把首饰一一戴好，又吩咐再赏这个叫花子许多吃食和银钱。

这耍猴的老叫花子正是雄狮大王格萨尔所变。他见珠牡仍像从前那样爱着他，心中感动万分。但是，他不能把这种感情流露出来，唯恐时机不到，惊动了霍尔王，给降魔带来麻烦。所以，他不能多说什么，匆匆吃了赏赐的饭食，拿了银钱，就走出宫去。

噶尔柏纳有意让聪明伶俐的养子继承家业，自然会向白帐王跟前引荐这孩子，加之他本身悟性很高，很快便受到了白帐王的重用，白帐王还亲自赐给他“唐聂”的名字。格萨尔大王一直在仔细留意他国中的情况。众人皆以为是因为受到了白帐王的冷遇才导致辛巴梅乳泽闭门不出，国中的忠臣都不想落得他一样的下场，所以对于白帐王的行为不再进行规劝，任他妄自胡作非为。加之霍尔三王的寄魂的野牛被格萨尔所杀，白帐王的身体每况愈下，更是无心朝政。格萨尔大王终于等到了彻底降伏霍尔的时机了。

这天他对吉尊益西说道：“现在平服霍尔的时机已经成熟，我要派神马去岭国报信搬兵去了！”

吉尊益西听了万分高兴，赶快给大王献上了好茶好酒、肉食和糕点，并且以吉祥的祝愿送大王上路。

第五十九章　大王下令岭军压敌境　唐聂施计霍尔失兵马

大王来到霍岭交界之处，一个被人看不见的地方。这儿草原平展如镜，中间有一泓碧蓝的小湖，四周百花争艳，像彩色飘带一样随风摇曳，引着一群群蜜蜂嗡嗡作歌。景色恬静幽雅，令人心醉。但大王无心观赏，而是面向西南方，呼唤起神马来。

一会儿，天空聚起大片浓云，响起阵阵沉雷，下了一点雨，神马江噶佩布从彩虹桥上直奔而来，大王将通知岭国派兵的事向神马详细做了交代，又在黄缎子上写下旨令，用了红色大印，拴在马颈上。那马昂起头来一声嘶鸣，立即在身边聚起一团白云，随着一股旋风向岭国方向飞去。

却说这时岭国的总管王绒察查根，因为格萨尔大王离国过久，吉凶未卜，几天来心急如焚，寝食俱废。向岭国上下各地飞马报信，火速召集各路将领会商国是。这天太阳刚刚照到山腰，诸路英雄业已到齐，总管王便以缓慢长曲向大家说道："自从格萨尔伏魔凯旋归，把岭国从深渊中拯救起，给众生带了幸福阳光来，三年前又匆匆生别离。他临走未带一个人，到霍尔已经三年整，生死吉凶全不知，也不见一封亲笔信！诸位英雄想一想，为什么你们丝毫不过问？英勇的岭主格萨尔，难道对岭国人没恩情？我越思越想急难忍，才召集大家来商论，我立刻去霍尔找大王，愿去者请与我做伴行，不愿意去的请留下！"

诸路英雄们听了总管王的话，想起大王对岭人的恩情，纷纷落泪，痛苦难忍，汗毛都竖了起来，一时不知如何是好。

正当大家商议未定之时，忽然从东北方向响起一声巨雷，同时传来骏马的嘶鸣，接着天空现出五色彩虹，枣骝神马踏彩虹而来。英雄们只看见神马独自飞来，而不见马上的大王，顿时惊愕，像黄牛多喝了盐水似的大张着嘴，瞪着眼睛，东一个西一个都在发呆，认为大王定是凶多吉少，发生了什么不测！

老总管赶紧吩咐人去给神马准备干净的饮水和丰盛的草料，自己则急急地打探格萨尔大王的消息。江噶佩布向大家说道："大王没有任何不测，而现在，就让所有的厄运都落到敌人头上去吧！”

总管王此时也拿到了大王的亲笔书信，他反复地看了很多遍，感到异常兴奋。扎拉泽杰就像六月旱天盼望雨露一样，恨不得立刻和大王见面。他站起来说：“那美丽无比的菠萝花，当芬芳时若不献给佛，等到衰败时要后悔，英雄奔巴的儿子我扎拉，年少体壮时不去复仇，等到体力衰退时要后悔。不敢怠慢我要尽快走，那些凶暴的霍尔辛巴狗，不是老虎却有老虎的口，我要去把虎皮从头上鞣！那黄牛肥脖子白帐王，不是魔王却有鲁赞那狠毒，我要用鞭子把他脖子抽！不敢怠慢我今天就要走，我要去报霍尔杀父仇！只要能拜见叔叔格萨尔，只要能把霍尔早平服，我扎拉虽死不愧疚！让丹玛做全军统帅吧！我扎拉要提前走一步。”

说完，飞身跨上加霞白马，抖叉子、摇马镫，好像弦上的箭，即刻就要飞出去似的。丹玛慌忙上前一把抓住他的马缰，说：“请王子还是忍耐一会儿吧，以前奔巴嘉察他单独行动，不幸捐了躯。如今你又要单身匹马前往，实在没有必要。如果你撇下大军只身去霍尔，我可做不了大军的统帅，收服不了众部落，请不要着急。”

这样劝阻后，扎拉走又不是，不走又不是。正在进退两难的时候，总管王又来劝说，扎拉王子这才耐住性子，等待三日过后大军集结。

扎拉泽杰王子，面如皓月，眼如金星，发似垂柳，身似东升的金色太阳，银盔如雪峰白虹，甲铠像石山矗立，三件兵器似火星划破长空。右面虎皮箭袋如猛虎窥视猎物，左面豹皮弓套似黑熊发狂，手中的令旗像南云舒卷。他威风凛凛像东方的玛沁山神骑在马上。他率领多如繁星、势如波涛的大军，浩浩荡荡，不分昼夜，逐次兼程进军。只因格萨尔早已把霍尔边关的防守者给消灭了，所以岭军畅行无阻。连一只鸟儿都没有飞到，岭军便突然出现在霍尔的雅拉赛吾山白色大道，接着把巴洛木炭山、觉拉神山等都依次甩过。先锋丹玛大将，扬鞭催马，使缨旗忽闪，骏马放开快步，使白甲上的英雄长寿结随风飘扬。先锋部队过后，接着是少壮的御林军，簇拥扎拉王子和总管王、森伦父王等叔伯们，随后各军依次而行。

只见这岭军甲盔整齐，旗缨鲜明，刀枪林立。天空排满了军旗，半空占满了盔缨，盔缨闪闪；大地布满了人马，人马威风凛凛。神兵如湖中莲花，魔兵似阴天乌云，仇恨似野象奔驰，愤怒如猛虎咆哮，呐喊声似沉雷轰鸣，个个雄赳赳如雄狮昂踞。

雅泽城上的守兵，突然看见这支来路不明的大军，赶快跑去向白帐王报告，白帐王发慌道：“这莫不是珠部收青稞的人吧？要不然是姜部驮盐的人，或者是穆部运茶叶的人吧？”

说着连忙跑到城楼上观察，发现是岭国的大军，便吓得魂丧魄落，发着抖说："这可如何是好？上天没有翅膀，入地没有爪子，跑也跑不了。他们这么多人，我怎么能敌得过呀？"

这个时候再懊悔有什么用？就算敌不过也要战一场，他定了神，立即派出快马报信，请各部落的军士马上来援救雅泽城。除了梅乳泽、唐泽玉周和多钦之外，其他的辛巴和巴图鲁都飞快地赶到了王城，白帐王假装一切都还在自己的掌控中，抖开威严的虎皮披风说道："已被毁灭的岭国废墟上，想不到还有这么多军队，想不到觉如他还活着，以前他在哪儿藏身？如今岭国兵临城下，我霍尔怎能坐视等死！俗话说：'虽无刀也应磨甲胄，虽无勇也应亮膀子。'我是霍尔的主人白帐王，曾和岭国做对头，如今看来虽然有失误，但我从来没有后悔和怨语。前半辈的福气我已享受，后半辈的祸福还未占卜。岭国没有必要昂首来逞雄，霍尔也不必低头去认输。大丈夫的强弱与成败，不过是碰时运的盛与衰。霍尔辛巴和巴图鲁们哪，没必要临阵就胆怯，唐聂去应战，随后再看情况做安排！"

于是，从外面的"吉祥横溢"宝库中取出白天魔的供品头盔，从里面的"千层莲花"宝库中取出花空魔的供品铠甲，又从"宝珠堆密"库中取出黑地魔的宝刀。白帐王把这些兵器赐给唐聂，并祝祷："霍尔四十九代王室供奉的白天魔神啊，请保佑唐聂战胜敌人，鼓舞自己人吧！"

唐聂披挂齐整，骑上白帐王的"雪山飞"战马，出城迎战。唐聂一直走到岭军军营前的小河边，从马镫上站起来，高声喊道："喂！河那边破帐里的乞丐们听着，我不允许你们来我们霍尔地方任意扎营。我乃是霍尔白帐王的命臣唐聂，你们谁有本事？出来较量较量！"

那边扎拉泽杰听见后，大怒道："今天该轮到我来显显本事了。"

说着便系好铠甲的带子，解开右面箭袋的扣子，上好左面弓袋里的神弓，腰间佩带的兵器铿锵作声，骑上加霞马，挥舞着雅司宝刀就要出帐，总管王说："你还是慢点吧，和霍尔交战有的是时间。"

扎拉说："这不自量的巴图鲁，虽有格萨尔在场也忍受不了。"

遂不听劝阻出阵了。这边唐聂想，这圣岭的神子，穆布董氏的后裔，英烈奔巴王族的扎拉泽杰王子，应该是对自己有一身值得炫耀的本事，对敌人有一股值得赞颂的战功，该是马群中的良驹，星群中的日月，万兽中的大象，人群中的神子一样无比英勇的大将。看他今天好像炫耀武功，不可一世，但不知他的本事究竟如何？我倒要试一试。他显出死神阎罗王一样的威严，摆出毫无惧色的样子准备迎战。扎拉见了更是怒火冲天，毫不迟疑地冲杀过去。

这时，神变的格萨尔突然出现在战场，他看到扎拉如此英勇，心中甚是欣

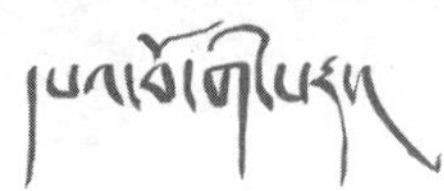

慰：兄长嘉察乃是岭国天下无敌的英雄，是人中豪杰，看我侄儿也和他父亲一样是一个无敌英雄了。又担心和他正面交锋，恐有失误。为了让他认出自己，格萨尔边跑边把扎拉认得的宝剑从鞘中抽出来让扎拉看。但此时扎拉因为求战心切，见对方抽宝剑，更是火上浇油，紧追不舍。格萨尔只得拼命逃跑，不一会儿听背后加霞马的喘气声和它鼻孔中的喷气直扑耳朵，暗自思忖：“俗话说：早上闹着玩，下午成了真，我这老叔怕要失在侄儿手中了。”

说完，急忙把眉间的一颗松石般的绿痣亮给侄儿看。扎拉虽然认出来了，但只因过分愤怒，一时竟说不出话来，直喘粗气不知说什么好。过了一会儿扎拉才说：“叔父啊，你怎么能忍心想出这个办法欺负我？我又无先知先觉，差一点我们叔侄自相残杀。”

格萨尔笑道：“我怎么能忍心做那样的事呢？我是为了骗取霍尔人的信任才这样做的，我们还要佯装相杀。”

于是两人下了马，平地上搏斗、打滚，霍岭军在两边观看，一会儿唐聂占优势时，这边人叫：“霍尔人胜了，霍尔人胜了！”一会扎拉占优势时，那边人高喊：“岭国人胜了，岭国人胜了！”

其实双方观战的人都不知道，这“唐聂”实际上是格萨尔的神灵附体。

快到下午太阳爬到西山坡时，唐聂有意将战马和兵器铠甲等叫扎拉抢回去，便去盔弃甲逃跑了。他装出很狼狈的样子，跑到白帐王跟前说：“大王啊，我今天虽用尽了力，但气不足；虽拼命相斗，但臂力不支；虽挥舞了宝刀，但刀刃不快；虽射了箭，但箭镞不利；虽乘马追赶，但马蹄不快；虽逃得回来，但只差着那么一步，历尽艰辛才保住一条命，如今可如何是好？”

说着，好像暴风雨中的蜜蜂，瑟瑟发抖。白帐王感到：在我霍尔境内，没有一个人能敌得过唐聂。可如今这唐聂不但不能挡住岭国的千军万马，就连一个少年小将都敌不过，这可如何是好？反复考虑，竟无对策。

第六十章 遭报应白帐王命灯熄 展本领魔国女战功显

第二天，唐哇部落的安纳巴图鲁全身披挂，像一株开花的毒刺，骑着黑色战马，由二百来个兵士簇拥着来到岭军营前一箭之遥的地方，挥舞着宝刀唱了一支长曲，冲向北方魔军阵中！立即杀了二十多个兵卒，吼声阵阵，使整个魔军的阵营混乱起来。这时大臣秦恩催动战马，挥舞宝刀杀了过来："黄霍尔狐狸的崽子，你英勇也不过如此，战马跑得也不过如此，今天你绝难活命，我乃是魔王鲁赞的大臣，投靠到格萨尔大王麾下的，诚心向着岭国的人。你这个小崽子还梦想跟岭国刀戈对峙，到我魔军来作威作福？那就看刀吧！"

说着一刀砍过去，正中安纳的右肩，像打开城门一样把半个身子削去，安纳坠地而死。其余的霍尔兵全部乞求饶命，投诚到岭军中了。

又过了一天，日巴部的首领南朗布哲巴图鲁，率领五百军卒来到岭军营前挑战："河对岸岭国的乞丐们，谁有胆量敢出来和我较量？"

这时从一顶黑军帐内，出来一位装束俊俏的女将，她就是英勇无敌的女英雄阿达娜姆。只见她的旗缨随风飘逸，白甲寒光闪闪，骑着白虎战马，弯开红铜宝弓，搭上红铜毒舌利箭，说道："呔！霍尔的巴图鲁听着，我乃是北方魔地的阿达娜姆！今天是岭国的大将，我手中的苍龙宝弓，搭上这红霹雳毒舌神箭，从没有放走过一个前来讨战的敌人！"

那边霍尔战将听了之后，直吓得不敢交战，掉转马头拼命往回逃。阿达娜姆说："不要逃啊，英勇的人战不死，胆小的人逃不脱！"说着，一箭射过去，从那巴图鲁后心直穿前胸，巴图鲁栽下马来，接着她抽出宝刀掩杀过去，霍尔兵中只有脚步快一点的人跑回雅泽城去了。

霍尔上下左右，部落内外，男女老幼，都一致认为白帐王又蠢又笨，他没有任何必要去惹下这样的滔天大祸，不顾十二部落的疾苦，仅仅为了一个女人，竟出动百万大军和岭军作战，结果使十二部落的长官，所有出名的辛巴、巴图鲁等都死于非命，却对爱护部落安危、关心部众疾苦的梅乳泽、唐泽等人排斥贬低，置之不理。对本该爱护体贴的部落百姓，更是像青稞一样爆炒，像芝麻一样压榨，因此，没有一个人真心实意地愿意跟岭国作战。

白帐王本来就是一个狂妄自大而又没有主张的懦夫，这时他更提不出什么有用的办法，只是吩咐唐聂去找辛巴梅乳泽商量。于是唐聂假装去见辛巴的样子，却来到岭军大营，现出雄狮大王的真身，给部下命令道："明天，扎拉泽杰攻打雅泽城东门，丹玛攻打南门，阿达娜姆进攻西门，北面由四个魔军将领把守，其余大军把城围困起来。隔一会儿射一阵箭，还可以轮流唱一些炫耀英雄的歌曲，削弱白帐王的气焰，瓦解敌人的士气，到时我也会到来，愿我们的事业一定成功！"

说完又返回噶尔柏纳家中去了。当晚，唐聂让枣骝神马变为白鹭飞往陀拉山坡，去通知鹞子赶到雅泽城来。

之后，格萨尔请来猎户七星的守护天神，他们化作七位舞狮高手，在雅泽城内表演起精彩的舞蹈。

话说这雅泽城内，无论是居民还是士兵，最近一直活在国破家亡的恐惧之中，今日看到这摄人心魄的精彩舞蹈竟然也甘愿陶醉其中，忘记了那烦恼。这种情绪蔓延到整座城池之中，把守要塞的兵丁们竟然也都去观赏表演了。

正当霍尔人兴高采烈，观看热闹的时候，格萨尔由吉尊益西陪同着，来到了霍尔王宫城门边。格萨尔通过铁索向上爬去，那魔神三姊妹已由神马接了来。她们将绳索的一端，拉到长明灯跟前拴起来，一端交给格萨尔。格萨尔顺着绳索到了"白色虎宫"小寝宫门对面的长明灯那儿。那长明灯里发出焦腥难闻的气味，还不时从火焰中发出"唧唧"的声音，一颗颗火星噼噼啪啪地向外直冒。格萨尔向灯油里注了血汁，油里即刻爬出三只蝎子，他将那个四方形的长明灯提起，面朝下摁在地上。

格萨尔将灯火等器皿，交给魔神三姊妹，请她们保管。这时霍尔国的人都还在看着舞狮表演，哪里知道宫中悄然发生的这件大事情。七位天神见格萨尔大事已成，"咻"的一声便从众人的眼前隐去了，等到七位舞者久未现身，众人方才如梦初醒，原来只是一场幻觉。

第二天黎明，神和魔合成的大军，把雅泽城围了三道。只见扎拉泽杰面如阴云密布，眼如红电闪烁，仇恨如烈火燃烧，鼻中发出呼呼的声音，牙齿咬得咯咯作响，手提大斧，冲到东城门口就砸城门，其他各英雄也持斧赶来，同力奋勇地一会儿就把城门打开了。守在城门里的辛巴和巴图鲁们慌忙喊道："来了，来了！"喊着前来迎战。两军混战的时候，城堡里的霍尔军把里外所有长短梯子都收进城堡中，把大小城门都关闭死了。扎拉为首的诸英雄，无法攻入城堡，又不敢放火烧，因不知此时格萨尔大王在什么地方，未敢妄动，只在城堡外厮杀。

这时在噶尔柏纳长城内的唐聂对吉尊益西说："今天已经到了给白帐王扣马鞍的时候，你给我拿兵器铠甲来，并为我祝福吧！"

空行母化身的吉尊益西走路如仙女曼舞，启齿如乐师弄琴，面带笑容，向战神的兵器铠甲叩了三个头，用一条洁白的线带裹着甲盔，恭恭敬敬地献于格萨尔面前，祝愿道：

大慈大悲的白度母，
请赐慈悲来保佑，
今天祝福好兆头，
这洁白绶带捧在手，
内有吉祥八宝像，
外有轮王七宝图，
今天献给大王您，
愿您像山崖般健康和长寿，
雪山之顶的雄狮，
昂踞雪山是去年，
张开四爪是今年，
愿您快把丰满绿鬃抖，
坐镇金宝座上显尊严。
高空之上的苍龙，
转向南方是去年，
隆隆吟啸是今年，
愿您快把浓云来汇聚，
使黑头黎民一望而敬羡。
您到黄霍尔整三年，
平服黄霍尔在今天，
以您无比的神通和英武，
给白帐王颈上扣马鞍。

吉尊益西这样祝福后，又摇着令箭请战神入座，敬了年酒，将长寿金刚结系到格萨尔项颈上，用茶酒、肉食丰盛的宴席送别。于是格萨尔骑上枣骝神马，到城堡中取出铁链和铁橛子悬在城墙上。岭军英雄们认出是格萨尔大王，都欢呼跳跃起来。格萨尔手提铁链登上雅泽城头，把手中铁链"哐啷"一声抛向城楼，这铁链就像是悬在城上的悬梯，岭国的将士们全都争先恐后地爬了上来。

见岭军冲上来，白帐王吓得魂不附体，急忙跑到名叫“黑暗坚城”的地洞里去。其他霍尔人只好向外跑，当快到铁链跟前时，杂在其中的矮子米琼卡德想：我虽然一直忠心耿耿没有背叛岭国，但在霍尔多年，很难为人理解。如今雄狮王已亲自来到霍尔，如果此时不杀敌立功，表现自己的诚心，难道岭国人还能相信我吗？于是绕到霍尔兵背后射起乱箭，杀死了一些霍尔人，保住铁链没有受损。当雄狮大王来到跟前，他献上洁白的哈达，向大王诉说了自己不得已背离岭国的苦衷。格萨尔自然知道作为岭人的矮子向敌人投诚的苦衷所在，且不像晁通那般可恶。但他还是有些厌恶巧舌如簧的懦夫，于是暂且饶过他，并要他戴罪立功。

见取得了大王的原谅，矮子自然欣喜万分，一心想着博取大王的喜爱，于是领着岭国的一干人马去寻找珠牡。

珠牡真心如同从囚笼里放出一般欣喜异常，与大王相见，真是悲喜交织，诉不尽的离别痛苦，叙不尽的枕边思念，说着说着泣不成声，抓住大王的衣襟哭道，“我被敌人强抢，你为什么到这时候才来？”说着说着痛苦难当，一时昏了过去，过了一会儿才慢慢苏醒过来。格萨尔说：“我到霍尔以后，不管从什么地方看，你都没有变心，始终忠于岭国，没有把岭国的事情透给霍尔，我很相信你。”然后请嘉洛敦巴坚赞和丹玛等大臣把珠牡扶到马车上，护送到敦噶桑珠城去。

那钻进黑暗坚城里的白帐王想道：“我白天魔神的爱子，世上有名的霍尔天王，如今不但一败涂地，而且还把红黑十二部的全部人马都化为乌有，毁了整个霍尔百姓的财产，我临死也为期不远了。我一个人待在这儿还有什么用，不如出去求饶认错，忏悔投降，说不定有救，倘若难以保命，也只得跟一个英雄拼一死活，方能不失黄霍尔的面子。”遂率日巴部的唐纳泽加和夏噶部的尼玛扎巴二人为随从，出了坚城，来到城门外边，正好碰上岭国的兵马迎面过来。白帐王吓得变了脸色，耷拉着头，浑身出汗，头发汗毛都直竖起来，两眼发直，连眨也不敢眨一下，双腿发抖，一动也不敢动，嘴里不知说什么好。

第六十一章

恶魔获惩罚颈扣鞍鞯
嘉察饮敌血转身离世

扎拉和丹玛二人过去一边一个把白帐王架起来，正要抽出宝剑时，格萨尔说："不要便宜了他，要给他一点厉害看看。"解除他身上的武装，用绳子捆绑起来。尾随的两个巴图鲁逃无路，救无勇，像条狗一样跟着白帐王被押解到城里来。城里外的巴图鲁们见大王被擒，也一个个缴出兵器，请求饶命。有些人发出痛苦的哀号，有些人说白帐王活该有这样的下场；有的人向格萨尔大王跪拜，请求饶了白帐王的性命，并献了礼物。

扎拉和丹玛把白帐王带到东门广场时，白帐王双膝跪下。格萨尔用高昂的调子唱道：

我恨呀，恨呀，怒火难遏止，
我没有做过欺凌弱小事，
也从不做挑起侵略事。
对那恃强横行无事生非者，
我也从不白白放过去。
我岭噶与霍尔两地区，
既没有草山交界不清事，
也没有城堡地址纠纷事，
更没有一根马尾似的口舌事，
现在呀，争战竟如须弥山一般齐！
我岭噶安分守己乐生息，
保疆安民未犯他人一寸地，
你霍尔阿钦十二部，
竟恃强凌弱侵略我地区，
使岭国黑头百姓们，

沉没于战火灾难中受苦凄！
你所做的一切罪恶事，
今天一一清算时已至。
那东方嘉卡仁茂城，
岭部也不能随时去朝觐，
怎能容你霍尔摧毁为灰堆！
那见者祝愿的神圣地，
岭神胄们也不敢采花枝，
岂能容你霍尔大军做营地！
那玛底雅达塘查茂滩，
弟兄们不敢集合去射箭，
怎能容你霍尔兵马胡乱窜！
那汹涌澎湃的黄河无极渡，
岭人不敢随便去汲水，
怎能容你霍尔兵马来污染！
对英雄嘉察协噶，
不赞美颂扬的人未曾有，
怎容你霍尔辛巴来杀戮！
那三十位英雄弟兄们，
说笑讥讽之词未曾闻，
怎容你霍尔们来当作仇人！
一为毁坏我岭国神像和经典，
二为和我大丈夫来作梗，
三为我英烈嘉察讨血债，
四为我岭国英雄报仇恨，
五为我岭国百姓雪耻辱，
此外为南赡部洲黎民们，
不再受你祸害和欺凌！
对你所发的一切邪愿心，
今天一一返转于你本人。

唱毕，将金鞍压在白帐王脖子上，将金辔戴在白帐王的嘴里，将宝剑当鞭子挥舞起来，驾驭着他向东、西、南、北方向各跑了三趟。当格萨尔王骑到霍尔白帐王背上的金鞍时，白帐王芝麻大一点的勇气也没有了，好像被狂风吹散的蜜蜂，被皮鞭追赶的老牛。白帐王跪倒在地，向格萨尔王唱了一支求饶的曲，他愿把霍尔国所有的金银财宝作为赔偿，但愿能换回一命。格萨尔听见这懦夫如此之说，更是怒不可遏，当即将他劈成两段。

隐居在城楼上的鹞鸟飞下来落在白帐王的尸身上，叫着咯咯的声音欢呼着，他从头到尾看了个详细，见到白帐王的最后下场，并实现它前生的誓言，抖着翅膀，咂着喙，从此心满意足了。

格萨尔说："我还要对梅乳泽进行惩罚，并带到岭国去惩治，请兄长放心好了。"

鹞鸟却说："这辛巴当初一见我就胆怯逃跑，因我穷追不舍，所以违背了我们二人前世的誓约，招来不幸，责任不在他，而在我。当初霍岭开战时，他一开始就再三制止战争，另外你们二人前生是弟兄，所以不能伤害他的性命。我的心愿已足，也该抛弃这鹞鸟的躯壳，到另一个境界去了。"说完扑打了几下翅膀，向着无际长天，腾空而去。

在章庆科茂白宗城中，唐泽玉周想道："岭军到霍尔已有好几天，意料的事情已经发生了，得赶快去拜见雄狮大王才是。"遂全身披挂整齐，佩带好三件兵器，骑上快马，向雅泽城飞奔而去。快到雅泽城时，只见东边广场上聚集着岭国军队。唐泽慌忙滚鞍下马，手捧一条洁白哈达，到岭军中说："我叫唐泽玉周，来向岭国格萨尔大王和岭国大军投诚。"

遂来到岭军中心，叩见了格萨尔大王，并把头盔、铠甲、战马和兵器都献到大王驾前，以白哈达为引见之礼，顶礼膜拜，跪在地上。大王知晓他的为人，自然非常高兴地接受了他。从那天起，唐泽玉周的名字仍照以前，保留了原名。雄狮大王以慈悲之心，将他收为大臣，唐泽非常高兴，也非常感谢。

霍尔国兵败如山倒，还有一些不肯投降的霍尔旧臣四下逃窜，结果都被岭国的将士们一一抓住。格萨尔王亲自找到可恶的多钦，给了他一个命丧黄泉的下场。格萨尔又吩咐珠牡快快收拾东西，准备回岭国。格萨尔和岭国众将士又一鼓作气，将黑帐王一举消灭。

当格萨尔转回来时，见珠牡背着孩子，立即沉下脸："你要把魔王的孽种背到哪里去？"

"大王啊，求你答应我把他带走吧。他虽是白帐王的骨血，也是我的亲生子，是我身上的一块肉，现在还未断奶，离了妈妈，他是活不成的。"珠牡哀求道，"孩子是没有罪的。"

"你还有这样的慈悲心肠！霍尔王杀了我们岭国多少孩子！在他们刀下，死了多少英雄！你快把这孩子扔下跟我走！"

珠牡懂得格萨尔此时的心情，却又不忍心丢下这吃奶的孩子，真是肝肠欲断啊！见大王已经走在前面，珠牡又看了一眼熟睡中的儿子，亲了亲儿子的脸，把他放在库房里，心中祷告着，但愿有人能抚养他，别让他饿死。珠牡抹去脸上的泪水，咬咬牙，一步三回头地出了库房。

见珠牡一个人跟自己走了出来，雄狮王的心里还是放不下那个孩子。心想，孩子是敌人的骨血，长大后还会生敌对之心，应当斩草除根，免留后患。于是又返回去，杀了那小孩，才带着珠牡出敦噶桑珠城去找吉尊益西。

第六十二章 为报兄弟仇誓杀辛巴 欲救良臣命恳求开恩

格萨尔回到东门广场岭国的军营，立即派唐泽去传辛巴梅乳泽。

这时梅乳泽正在作茂如宗城中坐静修行。唐泽赶到那儿后，向梅乳泽说明了：“岭国大军到霍尔以后，早就占领了雅泽城，格萨尔王已把白帐王消灭多时了，我已诚心诚意地向格萨尔投诚。”

于是辛巴打发他的属下前往各部落去，叫所有部落都来投降，并通知各大臣说：“我要向格萨尔王请罪。”

辛巴答应和唐泽一起走，当已经走出门后，又向唐泽说：“请你在这儿等一会儿，我到里面去换一件好衣服来摆摆阔。”

一会儿出来，唐泽见他在颈脖上挂了一条铁链，不由得发起笑来说道：“现在你似乎不必戴它。”

辛巴和部众由唐泽玉周引导到东城门外岭国军营中心，向格萨尔大王投诚。

霍尔部落带着白雪似的哈达，火焰燃烧似的虎豹皮，红电闪闪似的狐皮，虹彩显现似的绸缎，河滩石头堆积似的绿松石和珊瑚，太阳出现似的黄金，新月初升似的白银等等，礼品好像庄稼堆积。又特别将辛巴部九百个仓库的钥匙和十二部的册籍都放在格萨尔王面前，并照霍尔的风俗磕了六个头，双膝跪在地上。由唐泽玉周领先，将一条洁白而长的绫带，献于大王驾前。他向大王陈情：“南赡部洲的雄狮王啊！辛巴他前生也是天神之子，与我们是天神会的人，太阳自升的大王您，对此哪能不知晓？霍尔兵侵犯岭国时，他曾经再三地衷心劝罢兵，无奈白帐王根本听不进，坚决谏阻的就是他一人。其后在噶里拉唐滩，他对岭国英雄弟兄们，也没有放箭伤过人，最后由于定数难躲避，竟在格巴加让山弯中，与嘉察协噶狭路相逢，还有绒察的不幸事，都由于前业所决定，也是辛巴的福命已完尽，从他内心深处，对您根本没有生过敌对心。请求岭主雄狮王，收下这骏马、宝剑和白绫，这些东西虽然不贵重，却是进献三宝的三礼品，今天来做辛巴的觐见礼，心中的愤怒请息平。我唐泽因您而变为天神之子，是您的大臣请看我情面。这辛巴如大鸟落地的人，要大王慈悲垂顾他之身。”

这样请求后，辛巴站了起来，行了一次霍尔礼，汗流浃背，犹如蒸汽上腾。他自己唱歌陈情道：

南赡部洲的格萨尔王啊，
我所陈情与唐泽同，
并非在此摄词句，
主要有三句话来启禀。
向东方岭噶唐哇贡曼地，
霍尔王要进军侵犯时，
我辛巴真心一再曾谏阻，
霍尔的刀箭锋刃虽锐利，
对于东方岭国那神城，
根本不能试其锋。
霍尔的骏马虽然能驰骋，
在岭国绝难逞其能。
霍尔兵马虽有几十万，
绝不能向岭国去进攻，
如果霍尔一定不听要进军，
岭噶布乃是神之境，
雄狮王乃是威尔玛之首领，
众英雄们都是神之臣，
对他们怎能存有敌视心？
因此对于岭国英雄们，
不要想出马即能取胜利，
就是取了胜利也难保持。
犹如消熔了的黄金汁，
莫要想去镀黄铜石，
就是镀上了也不能长保持。
犹如消熔了的白银汁，
莫要想去镀那石灰石，
就是镀上了也不能久保持。
我辛巴与丹玛交了锋，
天灵盖被剑削去后，

我虽为领军大将军，
只知把自己营寨来固守，
我虽为骁勇辛巴的大首领，
只知把自己营垒来保护，
但是啊，由于业缘所驱使，
那一天在波涛汹涌的黄河湾，
出现了一位青碧的俊少年，
哪里会知道他就是绒察，
由于我福竭噩兆现，
现在后悔时已晚，
在安庆格巴悬崖地，
不幸与英雄协噶竟相遇，
追得我无处可逃避，
协噶挥刀向下劈，
加霞马突然向后退，
恰巧我枪尖向前指，
协噶他跌倒遭枪刺，
我绝非存心把他弑，
根源实在于巧遭遇。
今天我到大王前，
最好希望能做驾前臣，
其次如犬马受拴系，
再次由于先业所遭遇，
只求留得一条命，
一切唯雄狮大王心中裁，
请真正神子放心中！

这样陈情后，格萨尔说："辛巴梅乳泽呀，你不必口舌巧辩了，我的哥哥协噶和弟弟玛尔勒，现在在什么地方？"

听了这样的问话，辛巴梅乳泽自知难以取得格萨尔大王的原谅，遂起来又叩了三个头说道："请接受霍尔一切部落的投诚吧！至于对我辛巴则由大王怎样说，就怎样办好了。"

格萨尔想到要看看辛巴是否为霍尔部落的重要人物，便说："明日将杀辛巴，霍尔部落全体民众来看热闹！"

于是霍尔部落所有的男子都把马和鞍辔，连同甲盔、武器都献上，所有妇女也都把自己的一切绸缎衣服、松石、珊瑚饰品献上，作为赎命之资，叩头请求道，“大宝王啊！这大辛巴是无父者的父亲，无母者的母亲，无依靠者的依靠，无救主者的救主，请不要杀他，请求放个生吧！”于是都抱住辛巴大哭。

所有的老翁老妪等头发白森森，眼睛青乌乌，腿子颤抖抖地集合一起聚拢而来，抱住辛巴，向格萨尔请求：“大王啊！辛巴是没有儿女者的儿女，没有侄子者的侄子，是十万老人的爱子，请放个生吧，不要杀他！如果不准的话，我们都要到霍尔河水里自杀呀！”

说着悲恸地号叫着。霍尔的乞丐，连无名之辈也都抓住辛巴哭泣：“不要杀他，放个生吧！”

霍尔十二个部落的十万男女、老少、乞丐等人都在哭泣，天地万物也为哭声所震动。

格萨尔王说道：“那么，就给你们请求者们一个面子吧！不杀这个辛巴，但要将他作为监禁的罪犯带到岭地去。”

总管王、扎拉王子和丹玛等诸英雄心里很不乐意，但又不敢面告大王。格萨尔看出大家的心思，召集了总管王、扎拉泽杰、丹玛等近臣，对他们说道：“留下这个曾经在天国同居的大辛巴，将来对我岭国是非常有好处的，他将是我岭国必不可少的有用之人。”

众人还在为难之际，扎拉高声喊道：“父王曾再三告诫我，一定要听格萨尔大王的命令，大家不要再说了。”

就连有着杀父之仇的扎拉王子也能遵从大王的命令，其他人还有什么反对的理由呢？便不再反对了。

于是，格萨尔饶恕了梅乳泽，并把他封为霍尔国的首领，同时列为岭国三十位英雄之一。

当格萨尔王带着凯旋的消息和霍尔国的金银财宝，将到圣岭的都城，南赡部洲的中心，胜乐宝殿，狮虎宫的时候，岭国的山头、谷口等各个地区的人们都是衣甲整齐，马匹都是鞍鞯鲜明，打扮得光彩夺目，喜气洋洋，亲近的人们都骑马前来迎接。其他所有人，则都于房顶上煨起神桑，张起旗帜，吹奏海螺，表示欢欣。都城顶上有三十位大上师奉经煨桑。全岭国的人们，无论是白头的老年人，或是英气勃勃的青年人，以及黄口孺子们，都不例外地压肩叠背，争相拥挤地前来欢迎。彩旗宝伞占满了天空，长号短笛，各种乐器声震耳欲聋，欢乐的舞，幸福的歌，使全岭国沉浸在一片欢乐的海洋之中。

在场之人都欢呼胜利。姨嫂姑婶和姑娘们进献了茶酒，唱着幸福的歌，跳

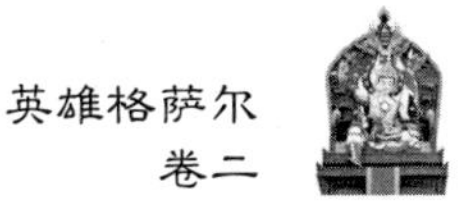

着欢乐的舞，射手们比箭，骑手们赛马，整整庆祝了七天之久。

为表彰岭国大军的战功，格萨尔向各部队的头领给予了嘉奖，对毁坏的城垣进行了修复，将霍尔六部归并于岭国中。格萨尔王励精图治，纬文经武，使岭噶布大众们安居乐业，生活比以前更加幸福、美满，日子越过越快活、兴旺、和乐无疆。

第六十三章 紫魔萨丹遣兵抢盐海 姜萨王妃含泪别娇儿

在岭噶布的南面，有一个被称为“紫色姜地”的姜国。那里的地域无限广阔，山峦连绵不断。雪山犹如玉龙横空，围绕着丰盛的草场，是个与仙境没有什么差别的地方。在国都玉珠赛钦宫中，居住着千千万万姜人的首领——号称举世无双的萨丹国王。

当萨丹国王诞生之日，人们用五种甘露为他沐浴，以宝瓶里的净水给他灌顶。姜地的魔鬼神、龙王、厉神为他祈祷；四大天王在东南西北四门为他招福。当他成年以后，天神和龙神的威力集于他一身，使他身材高大如同须弥山；说话威猛犹如玉龙咆哮，性格比猛虎还要暴躁；他力大无比，双手能把山岳托起；他目光炯炯，两眼像日月发光；他散乱的头发披在脸庞左右，好比罩着一层黑色的雾纱；他有时鼻孔里喷射出簇簇火星，红光四射；他长舌一动，好像空中雷鸣；他说起话来，上至三层天空，下至三层地府，都能听到。萨丹国王的属民村户，多如天上的繁星；国王身边的谋臣，像拱月群星紧紧护卫在他周围；国内英俊的青壮年，犹如山中笔直的箭竹，强劲无比；更有无数令人羡慕的稀奇珍宝，充满仓库，肥壮的牛羊马匹，遍布草原。更不用说周围各小邦国和部落对他俯首称臣，年年岁岁纳贡不断。

那么就是这样一位享尽人间荣华的伟岸男子近日为何常常愁眉深锁呢？伺候他的大臣和仆役们无时无刻不提心吊胆，小心翼翼地伺候着，生怕什么时候国王又暴怒了。

这天夜里，守护姜国的魔鬼神骑着三条腿的紫骡子，像空中的闪电一样落在玉珠赛钦宫中，附在萨丹王耳边说：“大王的苦恼我知道，姜国不缺金不缺银，不缺牛羊和粮草，只缺一种最好的调味品——盐巴。所以，大王吃饭觉着无味，饮茶也不香，邻近岭国有个阿隆巩珠盐海，大王应该把它抢占过来，为姜国所用！”萨丹王听了魔鬼神的话，心里非常激动，可转念一想那旁边是雄狮盘踞的岭国所在地，满是晴朗的脸上不禁阴沉下来。

见萨丹王有些犹豫，魔鬼神知道他是惧怕岭国的雄狮王格萨尔，马上又说："不要怕，我们的萨丹王。头别怕，我做的金盔护着你；身别怕，我做的银甲裹着你；脚别怕，我做的大地驮着你。"

萨丹国王向来自命不凡，如今有了魔鬼神的怂恿和鼓励，第二天一早，他便急急忙忙地宣召将军与大臣上朝，都不与众位大臣商量，便直接安排起了各路大军如何排兵布阵，马上出发抢夺阿隆巩珠盐海。他唱道：

昨晚我在三更睡梦中，
宝贵的预言来得很突然，
它好比洪水奔向山中流。
听啊，预言的内容不一般，
听我把实情讲给大家听：
昨夜我萨丹大王刚睡下，
三腿神骡驮着护法神，
从彩云结成的帐幕中，
腾云驾雾冉冉降临。
身着白甲闪银光！
手中握柄三股剑，
怒声愤愤真吓人。
叫我莫要贪睡快起来，
快去夺取饮食调味的最佳品。
敌方的军队虽没来，
手里的霹雳宝剑要紧握起。
美丽紫姜这个好地方，
村落密布人丁旺，
飞禽走兽遍山岗，
坏蛋觉如想掠抢。
说我丘陵之国的铁军队，
会像风卷残云一样被消灭，
说山地埋藏的金沙。
要挖来打造小金马。
还说水中自由自在的金眼鱼，
就要被网兜捉了去，
说我萨丹王住在自己的土地，

岭国觉如也会跑来把人欺。
要从明天上午起，
直到大计圆满完成止，
军队和战马要准备好，
白色战盔要戴整齐，
白色铠甲不要离身体。
这些嘱咐须牢记，
我不能坐等让敌人来袭击，
要去把食物精华强夺取。
英雄要在敌人前显英武，
狐狸才夹着尾巴求幸存，
能干人做事说干就去干，
迟疑不决只能算作老牛。
为人行事也是这个样，
望大臣们人人仔细思忖！
直到夺得调味佳品那天止，
战马要金鞍不离背，
战士要铠甲不离身。
大臣不要犹豫快行动，
快命属民、军队来上阵。
花缨部队的头领，
有红脸长官蔡玛克吉，
有金将色拉玉查，
还有尼赤噶庆共三人。
你等赶快集合众兵丁。
用部队扰乱敌阵，
用铁锤痛击敌人，
有白缨部队的长官柏堆，
有蓝缨部队的长官达图，
有黑缨部队的长官钦堆，
你三人赶快集合麾下兵。
在被黑山阴影笼罩的角落里，
那黑海中的波浪正翻腾。
惊雷般的猛将白登桂布，

老妖魔吉吾托格，
还有毒人拉吾斯斯，
是率领龙王部队的头领，
赶快集合水妖兵。
一听见呼叫就行动，
能拉强弓的英雄大将领，
一有我儿玉拉托琚，
二有生姜拉吾托琚，
三有巴林巴沃托琚，
赶快集合听命令。
果断如同下山虎，
箭不虚发的常胜军，
一有却吉贡噶晋美，
二有卡林卡拉麦巴，
三有赤本加多俄布，
三人赶快集合遵命行。
能置强敌死命的毒箭手，
一有青年东通拉仁，
二有万人敌达玛拉仁，
三有神子昂各拉仁，
赶快集合听命令。
遇见敌人敢赤膊上阵者，
大的有培更图鲁，
中等有扎西托琚，
小的有塔琼鲁古三人。
兵马多如地上的草籽，
箭杆储备得数不清者，
有布索拉格卡瓦，
有郁青杂日推推，
有加查希堆让切。
听见吆喝一声响，
率领众军齐上阵。
明天太阳放射金光时，
兵丁要把坝子站满，

战马要把山谷填平，
大王的命令好比雪山倒，
不能违抗要牢记清。

萨丹王唱罢，把牙齿咬得咯咯响，胡子吹得乱纷纷，眼睛瞪得冒火星。内政大臣协钦柏堆心中暗暗想道："国王从前的智慧犹如无云的天空升起的太阳一样，清晰明白，对他人亦十分尊重。特别把我柏堆大臣的谏言当作宝贝。但自去年以来，国王的心思，就像被风吹动的经幡，摇摆不定，别人的话他一句也听不进去，给他讲的道理，好像被风吹到云外去了。对臣下和属民甚至对王后和王子，也时常动怒斥责；现在又无缘无故大动兵马，要去招惹祸端，这真是不祥的预兆啊！此时大王正在气头上，我一人劝他不要动兵，他是绝对不会采纳的，不如等瞅准时机再说。"

次日，姜人就像从一个地点出发一样，很快就聚集于王城"玉龙宝露城"门口的大会场上。萨丹王来到会场，在正中虎皮宝座上面就座，姜军前锋、中军、后卫的三大军官，以及内臣、外臣等，分别在国王宝座的两边按各自的地位排列而坐。待到众人坐定，内政大臣柏堆将国王的计划与部署原原本本地向到会的人们讲了一遍。然后他面向国王说："国王平日里对我恩宠有加，就座时给我排的是上等座，我行路时国王赐我追风宝马，平日里更是给予各种褒奖。大王的恩情我牢记在心。所以只要是对国王和国家有益的谏言，无论国王是否爱听，老臣还是要陈述。"

遂以歌唱道：

我要唱的歌声虽然不好听，
逆耳的忠言对国家有裨益。
金座上面的金色太阳光，
被愤怒的乌云笼罩起。
竟说出这等可怕的言辞；
姜国领土上的界墙，
能否把北方广阔盐海围进去？
要调动人马去杀敌。
国王的话无法改变，
国王狂怒谁敢进言？
只好把全国军民来召唤。
国王的命令合适不合适，

请全体官民共同来考虑。
国王的命令如果有错误，
大家应该劝谏不必有顾虑。
如今计划发兵抢盐海，
这计划凶多吉少应抛弃。
官吏权势大时若不知自制，
来日多数被劲敌压下去。
十二女护法的盐海，
本是属于岭噶布，
格萨尔是盐海的主人，
他是天神下凡何必与他去为敌。
他头顶接着天空界，
是三十三界天之神子，
他腰部接着虚空界，
是厉神念青格卓的侄子；
他脚跟踏着龙宫界，
是龙王邹纳仁庆的外孙。
八十位大成就者是他的战友，
富足的圣地岭噶是他的领域。
国王你是善于筹划的伟人，
你和我同样要经历人世间的变化，
我们在座的臣民们，
希望聆听你甘露般的话语，
希望您说的话符合我们的心意。
愿你那像十五圆月的脸庞，
永远放出明亮的光彩，
愿你那须弥山一样魁梧的身躯，
永远稳坐在金座之上。
您解渴有可口甘露，
您充饥有佳肴美食，
腹中已装下了百种美味，
何必再把食盐抢夺，
金盘里有百样水果，
何必把罪恶果实索要？

大臣柏堆唱毕，到会的人谁也不吭一声，大家彼此面面相觑。这时萨丹王心中很不高兴，他那十五皓月似的脸上，突然布满了一层乌云，看着大家，怒不可遏地吼道："大臣们，你们都听到了！大臣柏堆说保住自己的权势是上策，听起来似乎有理，但是我不愿做胆小怕事、摧眉折腰之人。那十二神女盐海怎能说成是坏蛋觉如的土地？那是谁人封将给他的？这等说法我决不同意！我萨丹国王亦是从神界下凡，虽说觉如是劲敌，但他怎么能够跟我相比？世人都说觉如本领强，但萨丹我非要与他比比高低！这次若不把岭地饮食调味佳品夺到手，我是绝不会罢休的。各位大臣，不要再多言，你们必须按照我的命令，统一行动！"

诸位大臣听后，都不敢吭声。正当一片沉默之时，只见王子玉拉托琚从座位上站起身来，走到国王跟前跪下禀道："大臣柏堆是真糊涂，北方玛尔康的盐地本来应该是公有的，只是被岭国霸占去了，姜国理应出兵夺取。父王你是百姓的救主，是天神帝释下凡来做人主的。天神、厉神、龙神都是你的后盾，你的名声好比纯金放光彩，你的理想都能变现实。你一心一意要去夺取饮食调味最佳品，这与天神的预言是相符合的。我愿做国家的栋梁，愿为实现父王的心愿献力，如能在众人当中选中我，我毫不迟疑马上去。若不能把饮食调味最佳品取到手，我便枉自称为是您的儿子！"

这时，国王的老母亲赤姜吉姆王太后也听说国王打算大动干戈，出兵岭国。她认为这是不祥征兆的开端，不管什么神祇降下的预言，不管什么卦师占卜的卦象，到头来是不会有好结果的。再说食盐虽是调味佳品，但历代先人不都也过来了吗？为何现在偏要向他人去抢夺呢？国王这种想法，就好比强求兔子长出犄角，逼迫青蛙长毛一样，是没法办到的。如果不把国王出兵犯人的念头打消，将给姜地带来无穷后患。王太后想到这里，便立即从寝宫中出来，去向国王说道："国王啊，你是不是糊涂了，在这平安无事的时刻，没人来争夺你的王位，你为什么偏要搅动四方，招引祸事？出兵侵犯别国的事，万万不可去做。要知道，古训说：'羊想死，自己跑到狼洞前；人想死，自己挥戈去犯人。'这话一点不假。请国王、大臣们好好想想，三思而行！"

无论母亲怎样劝解，但是萨丹国王出征岭国的心意十分坚决，他一改平日里对母亲的恭谦，厉声说道："本王的国事本王自有主张，什么时候轮得到你们这些女人来指指点点？"

王太后见劝不了萨丹王，无奈地返回寝宫，又叫来王后姜萨娜姆，让她去劝她的丈夫，也许还有用。娜姆接到母后的懿旨，赶忙前去劝阻国王："大王啊，好战常因战斗死，好胜往往失败多；别国的土地不能占，没理的事情不能做。姜国地大财富多，有粮有肉果木多，大王和臣子吃不完，不要侵犯别国去惹祸。”

内大臣柏堆也很赞同王妃娜姆的话，劝大王慎重从事，免得惹起祸端，将来后悔。

老将曲拉根宝却不爱听王妃和内大臣的话，他摸着自己花白的胡须，用教训的口吻说：“我们紫姜国名扬天下，兵多将广，萨丹王智勇双全，那盐海本来就该归我们姜国所有，现在去抢夺，哪会有什么祸端！大王不必顾虑，快快发兵才是。”

娜姆王后见劝不了萨丹王，又转过来劝玉拉王子。要知道这玉拉王子可是宫中贵妇人们的掌上明珠，尤其是王子的生母姜萨王妃，更是把玉拉王子看得比自己的眼珠心肝还要重要，她眼中含着泪水，温柔地对王子说道：“玉拉啊，妈妈的娇儿，你年纪轻轻怎么能上战场？年小身体未长大，英雄的虎胆还未长全，不能随便到阵前。你若有个一差二错，叫妈妈怎么活在人间？！”

王子一心想出征立功，可听妈妈这样说，又不愿让妈妈生气，就故意说：“儿做先锋是父王点的将，您应该先去劝父王才是。”

“儿啊，你要是听妈妈的话，就到父王跟前去告假，如若父王不允许，献上礼物作代价。献上一群千里马，献上一群梅花鹿，献上一群犏牛和绵羊，父王一定会称心的。如若父王再不准，你就向他要物品，要九百个金银库，要九百个绸缎库，再要九个持纲人，还要三位大英雄。这些要求不答应，我儿一定不要去上阵。”

见妈妈说出这样的话，玉拉王子有些不高兴，他怎么能随便向父王伸手要东西呢？再说，打仗是自己最高兴、最愿意干的事啊！看来，不和妈妈讲明是不行的。玉拉想了想，这样对妈妈说：“阿妈呀，我和一般的孩子不一样。孩儿三岁时，就已称英雄，现在五岁整，已是大英雄。左手能抓住闪电，右手能扳倒石山，一吼赛过青龙吟，一叫震过天雷轰。”

见妈妈眼中含泪，玉拉心中不忍：“阿妈呀，阿妈的养育之恩孩儿怎能忘？孩儿打敌人赛猛虎，在父母面前却像奴仆。儿去出征夺盐海，也同样是孝敬父母，保卫国家保乡土。这样才是大丈夫。阿妈请您别伤心，再说什么也留不住我。”

玉拉分明是奉父王之命去夺岭国的盐海，却说什么保国和保家。他不顾妈妈的竭力劝阻，穿起盘龙小红袍，扎上绿色腰带，蹬上黑缎小靴，系上五彩靴带，骑上青鬃栗色马，与曲拉、蔡玛克吉各领一百二十名先锋骑兵扬长而去。

姜萨娜姆王妃眼看着王子疾驰而去，忍不住落下泪来。

第六十四章

梵天王授预言保盐海
辛巴王做先锋引内讧

自从平服了黄霍尔之后，格萨尔大王重新修饰了达孜城，把王宫建造得更加宏伟壮观，富丽堂皇。雄狮王与众王妃居住宫中，管理国政，大施善事。岭国百姓结束了过去的苦难生活，他们又有了自己的牧场、土地，过上了幸福安宁的日子。百姓们安居乐业，天下太平。

这一天，太阳还没有出山，雄狮王已经起床。他漫步来到王宫顶楼平台上，抬头仰望天空，忽然发现蓝幽幽的天空中出现一片彩云，彩云上托着一匹白螺似的白马，马上坐着一人，头上是一顶黄罗伞盖，周围有无数天神仙女围绕，五色花雨随着彩云而落，一股人间从未有过的芳香扑鼻而来。格萨尔认出来了，这正是三十三界天的主宰——白梵天王。格萨尔纳头便拜，只听得琵琶琤琤，铜铃叮当，白梵天王为神子作歌曰：

神子推巴噶瓦啊，
你抬起头来看本天王，
你细细地听本王说端详。

“好孩子，你是长了绿鬣的白狮子，你是檀香林中的花斑虎，你是百姓的好君王。你已经降伏了黑魔鲁赞，又消灭了霍尔三王。百姓们快乐，本天王和众天神们也欢畅。孩子啊，要想好日子过久长，必须用刀矛来保卫。岭国的南方有个萨丹王，姜国的领地遍四方。他不仅残害生灵百姓，如今还要发兵来夺岭国的盐海，要把阿隆巩珠归紫姜。”

格萨尔一听姜国要来抢夺盐海，立即抽刀在手：“梵天王的预言就如那及时雨，温润甘甜。孩儿马上出征，讨伐萨丹王，保卫阿隆巩珠盐海，不负厚望。”

“孩子，不要忙，这次攻打紫姜国，需派上辛巴王。梅乳泽是降将，如今该由他出力，是考量他的忠心的时候了。你赶快派人召见辛巴，让他快去盐海旁，专把玉拉王子擒，千万不要伤他的性命。”

白梵天王说完，飘然而去。

格萨尔不敢怠慢，立即叫巧嘴矮子米琼卡德去向辛巴梅乳泽传命。

辛巴梅乳泽得知岭国派来使臣，立即下令，命霍尔十二部落和一百二十万户都派人骑马迎接，还选了许多美丽的姑娘，打扮得如花似玉，进茶献酒，跳舞唱歌。辛巴梅乳泽也把自己认真地打扮了一番：头戴红狐狸皮帽，身穿黑羊皮缎子袍，腰围七色缎面带子，将有日月联璧的金银碗佩在身上。骑上火焰驹，出城来迎接米琼卡德。见了使臣，梅乳泽首先献上一条三庹长的白哈达，然后唱道：

罪人辛巴梅乳泽，
敬祝大王永康乐。
他为国为民除祸害，
他是世界的大英雄。

问候大王之后，梅乳泽又一一问候了珠牡等众王妃，岭国的众英雄，祝他们永远健康长寿。问候罢，梅乳泽又喜滋滋地对使臣说：“现在的霍尔国，可比以前不同了。托格萨尔大王的福，现在是穷人变富了，老人变长寿了，小孩更快乐了，姑娘们更美丽了。牦牛、奶牛和犏牛，比天上的星星还要多；山羊、绵羊、小羊羔，好像白雪落山坡。无主的骡子赛过茜芨草，无主的马儿比野马多，无主的食品堆成山，无主的野谷开满了花朵。奶汁像海酒像湖，没有人再愁吃喝。臣民夜里跳道舞，百姓白天唱善歌，人人欢喜人人乐，这都是格萨尔大王的功德高，我们要再祝大王永康乐！”

米琼卡德听了很高兴。然后唱道：

我们富饶神地岭噶布，
萨丹大动兵马来侵袭。
自恃勇猛前来抢盐海，
想把调味佳品夺过去。
如今抢人土匪已压境，
岭噶准备全民来抗击。
从前岭军反击霍尔时，
梵天曾有预言作指示：
岭国军队征服霍尔后，

没有将你辛巴来处死。
给你留下一条活命来，
来日英雄自有用武地。
这次抗击萨丹妖魔兵，
重担由你辛巴来挑起。
征服强敌名声扬四海，
克敌立功你应尽天职。
雄狮王格萨尔有命令，
姜国地形只有你熟悉，
没你辛巴此战难胜利。
驮运货物要有好马匹，
制造箭杆要有好竹子，
抗击强敌要有好勇士。
你莫延迟快到岭噶去，
还要通知六岗霍尔地，
全部兵马由你都带去。
骏马鞍鞯一定快鞴好，
命令一下挥刀去杀敌；
国王命令好比雪山倒，
千万不能违背误时机。
岭噶大军集中正待命，
玛底雅达塘扎军营密。
命你带领军马去集合。
如有失误罪责担不起。

辛巴梅乳泽听后想道：国王的命令实在使人难办，如我不带所属兵马前去，就是对国王的不忠。如果遵命率部前往，那又会引起其他大臣、长官们的怨恨。格萨尔大王虽然宽恕了我杀死嘉察的苦衷，但是岭地的其他英雄和长官始终还是无法原谅我。若是到了岭地，一干人等还不施威逞强，说我坏话，伤我自尊？米琼看出他的顾虑，于是说道："啊！红辛巴，你是个聪明勇敢的男子汉，此番绝对不能违抗国王的命令，但心中也不必有什么顾虑。岭国英雄们心胸比草原还广阔，是不会有人责难你的。你还是跟我一同去见格萨尔大王为好，请你三思。"

说完，辛巴想：如果不按米琼所说，前去听令，谁知格萨尔大王心里会有什么想法。国王的命令像上师的教谕一样，如果他生起气来，对内对外都会把事情弄坏。于是他对米琼说："好心的使者米琼啊，你的话像禾苗久旱逢甘露一样，滋润着我的心田。我沉重的心扉，被你诚恳语言的锤子敲开了。今晚我俩就在雅泽城中暂住一夜，明天一早就同去见雄狮大王吧！"

当晚米琼同辛巴住在雅泽城堡里。次日，辛巴一早起来，命令侍卫士兵大吹海螺，大击法鼓，将霍尔六部兵马立刻集合起来。他把准备前往岭国参战抗击姜军的决定向部下宣布以后，霍尔属国的巴图鲁们一个个抖擞精神，整装待发。

辛巴梅乳泽头戴金盔，身披红甲，跨上枣红千里马，来到霍尔的最高山上煨桑敬神。随着袅袅的青烟，梅乳泽向左转三转，又向右转三转，说道：

霍尔的保护神请听真，
我摆上十一、十二、十三供，
供品献给霍尔魔鬼神，
上边白帐房像白云，
洁白的水晶做城门，
威武的白狮子坐垫上，
那是霍尔白魔鬼神。
中间黄帐房像黄云，
灿灿的金子做城门，
威武的虎皮坐垫上，
那是霍尔黄魔鬼神。
下边黑帐房像黑云，
黑黑的钢铁做城门，
威武的九头猪皮坐垫上，
那是霍尔黑魔鬼神。
我用供品上了供，
供给霍尔的保护神。
魔鬼神能护佑我，
什么地方都不怯阵。
青天上太阳有威力，
白毡般的白雪不顶事。
我能把白雪融化掉，
驯服狮子做奴隶。

天上雷电有威力，
大小石山不顶事。
我能把石岩打粉碎，
驯服大鹏鸟做奴隶。
红红的火舌有威力，
软软的茅草不顶事。
看我一下烧光它，
驯服野马做奴隶。
英雄辛巴梅乳泽，
哪把玉拉放眼里。
我要杀死萨丹王，
驯服魔鬼做奴隶。

第二天，当雪山顶子戴上金冠的时候，只听螺声阵阵，队伍里红色旗幡迎风招展。辛巴梅乳泽一声令下："出发！"将士们立即跨上战马，离开雅泽卡玛尔宫城，由米琼带路，浩浩荡荡向岭噶地方驰去。

在岭国森珠达孜王宫前的达塘查茂大会场上，上岭色巴部落，中岭文部六部落，下岭穆姜四部落，以及珠部、达乌部、达绒部、丹玛部、河阴部、河阳部等等各大部落的兵马都已云集待命。上岭色巴长系的部队，犹如猛虎出山；中岭文布仲系的部队，好比珍珠成串；下岭穆姜幼系的部队，恰似大鹏展翅，其他各部落的部队均英姿飒爽。将士们都在等雄狮大王的命令。

这时，辛巴率领的霍尔红缨部队，已经越过了霍岭两地交界的雅拉赛吾山，正像利箭离弦似的飞驰在阿噶嘉兰木雅塔大道上，向岭国王宫直奔而来。

大将察香丹玛在会场上看见米琼和辛巴带领红缨部队远远驰来，心中顿生恶感。他想，辛巴这个降臣，前几年在霍岭战争中，把矛尖对准了岭国英雄嘉察，使这位大英雄捐躯沙场，辛巴是个罪人。我是不能和这个用人肉做饭食的敌人并辔出征，同上战场的。他边想，边面露怒容，很不高兴地坐在那里。

辛巴一行进入会场，首先向格萨尔大王献上吉祥哈达，叩头请安。待各位英雄各自入座，总管王绒察查根把姜萨丹王兵马已经侵入岭国盐海的情况，用曲子对众人唱道：

岭噶神族后裔众英雄，
住在坝里请在草滩听，
住在山上请在高处听，

住在水边请在低处听。
姜地萨丹兵马来侵犯，
敌人旌旗天空全遮蔽，
长矛好比曙光在升起，
要把岭噶盐湖来夺取。
姜国王子玉拉亲临阵，
曲拉长官领红缨部队，
蔡玛克吉领花缨部队，
充当入侵先锋来拼命。
萨丹王的本事怎么样，
姜国城堡是否坚无比，
姜国猛士武艺怎么样，
猛士弓箭是否很犀利。
对外权势名声怎么样，
对内统治指挥有何技，
岭噶诸位大臣和大将，
战前心中必须有个底。
总管叔叔今天到此地，
是想帮助侄子来出力。
我是绝了后的老查根，
还想为国为民多献计。
战事如何进军和退兵，
老汉运筹帷幄有妙计。
叔叔虽然身躯已衰老，
心里克敌制胜有主意。
姜国萨丹情况要熟悉，
趾高气扬目中无别人，
射箭就像茅草碰肉皮。
姜国王子玉拉托琚，
射箭好比天空降霹雳，
拉弓好比力士拉岩石，
只能软攻不宜用武力。
霍尔大将辛巴梅乳泽，
这次保卫盐海抗强敌，

大王派你辛巴做先锋，
对付玉拉只能用计取。
你先单枪匹马去探哨，
大军日夜兼程跟着你。
先锋不能懦怯要稳重，
智擒玉拉千万别性急。
等到你和敌人相遇时，
应该怎样对付你考虑。
须知兵不厌诈是经验，
将计就计才能克强敌。
我的曲子心中请牢记，
祝愿先锋旗开得胜利。

众人听完老总管的唱述以后，都表现出高兴的神情，会场上气氛非常活跃，这时，坐在黄霍尔长官座位上的辛巴梅乳泽，他听了总管王的歌后，心有所思，将他所知晓的姜国情形报告给大家："雄狮大王在上，请听我辛巴把话言明。早年霍尔与姜国曾经有些交情，所以关于姜国的情形我很清楚。国王亦是天神下凡，不过喜怒无常，勇猛无敌，若说硬拼，除了雄狮大王，我等根本奈何不了他。另外姜国还有很多英雄猛士，有惯用咒术害人的，也有善于施毒的。王子玉拉托琚是姜国英雄中的英雄，好汉中的好汉。我辛巴与总管王的意见并无二致，只能施计巧擒。承蒙格萨尔大王不计前嫌，让我辛巴做岭噶先锋，一定竭尽所能，为大王的事业建功！"

辛巴梅乳泽这边话音刚落，察香丹玛绛查突然生起无名火来。他嚷道："辛巴说了这么多的话，有何用处？出征抗敌，不比在家玩耍；一个人单枪匹马，胜败如何，很难估计。究竟谁有本领，到敌人面前才能分晓，现在自吹自擂，有什么必要！你以为大王命你做先锋，是因为岭国无英雄？我察香丹玛的大名在岭地人尽皆知，从前嘉察在世时，任何事情他做主，我担当。今天我丹玛都还未发话，轮得到你这下贱的囚徒来表态？你把姜国的人夸耀得如何了不起，我看只是为了抬高自己的身价，我岭国的军队中有的是智勇双全的好汉，请大王收回命令，让我丹玛来做先锋，这下贱的降臣从哪里来的，滚回哪里去！"

此前的担心果然变成了事实，辛巴梅乳泽小心地藏着他那受伤的自尊心，故作卑微，但是言语中又有几分倔强地回答道："自从霍尔丧失政权后，辛巴我亦成为了羞耻的囚徒。今日抢在英雄丹玛你之前发言确实是我的不对，但是辛巴所言，句句发自肺腑。你又何必恃强欺我！如今姜国大军压境，承蒙大王不弃，我辛巴愿意拼尽全力去战胜仇敌。是为了洗脱这囚犯降臣的屈辱名声，也是证明我辛巴英雄本事不输岭噶的各位。”

格萨尔大王和其他大臣都没有说什么，但辛巴这一席话却令丹玛更加火冒三丈，想起比兄弟还亲的嘉察，他想今天若不与这囚徒比试一番，绝难消气，于是又说：“你是黄霍尔囚徒红胡子，自称一切正确的红胡子，对于过去一切大小事，有人忘记了，有人没忘记。当年在那血雨腥风日，黄霍尔十万大军侵岭地，多少无辜百姓被杀害，王妃珠牡也曾被抢去。可怜森姜珠牡好王妃，遭受凌辱愤怒难平，参与这事就有辛巴你！英雄战将嘉察被杀害，刽子手就是屠夫辛巴你！他的雪白头盔你夺去，他的头颅带往霍尔去！罪恶辛巴干下罪恶事，大军亲眼所见谁不知？见到霍尔辛巴红胡子，岭人谁不跺脚咬牙齿！你休说我仗势欺人，今天咱们就在这帐外比试比试，要你看看怎样的人才能算得上是英雄好汉！”

岭国的英雄们几乎同时呼喊，支持丹玛，要求严惩杀害嘉察的凶手梅乳泽，整个会场乱成一片。

第六十五章 降臣梅乳泽诉说苦衷 神圣雄狮王怒斥丹玛

丹玛来势汹汹，众英雄又都站在他一边，辛巴只能在心中阵阵哀叹，满腹委屈。当他反复提起亡故的嘉察大人，上座的扎拉王子也遏制不住满腔的杀父之仇，望着辛巴，目光如炬，恨不得上前将他生吞活剥！转眼又朝叔父格萨尔望去，眼含热泪，悲伤地唱道：

奔巴家的扎拉泽杰我，
军中名声赫赫与天齐。
父亲为国沙场捐身躯，
无父孤儿立志争口气。
莫看我说话时声音低，
莫看我走路时迈步迟。
莫说我是猪猡无本事，
莫说我是清风无所倚。
我那有用良言向谁说？
我那中肯话儿谁听取？
有人常把恶言恶语讲，
扎拉听后心中常忧虑。
我曾仔细思来仔细想，
锋利武器不能对自己，
白铠甲叶应该紧相连，
巍峨山峦不能塌下去，
父兄之间不能起内讧，
我心想的确实是如此。
前人传下谚语有道理，

就怕落到我身心悲戚，
“无父孤儿叔叔不疼爱，
无母侄子婶婶不怜惜，
无钱穷人别人不救济。”
世间人情世态常如此。
只怕叔叔对我不疼爱，
竟把杀父仇敌当心腹。
只怕活人不看死者面，
竟然以敌为友不知耻！
叔叔如果不分敌和友，
侄子心中痛苦无止息。
对待部下若是不慈爱，
权势再大对我也无益。
今天对待霍尔红辛巴，
不必对他开恩讲客气。
谁把这个囚徒释放了，
血海深仇怎能都忘记！
杀害父亲深仇如不报，
我这儿子枉自活在世。
每当十五皓月升起时，
父亲音容浮现我心里。
每当思念父亲音容时，
胸中怒火立即燃烧起。
父亲死在辛巴枪刺下，
儿子不报父仇感羞耻。
不听囚徒胡言和乱语，
不把杀父仇人来惩罚。
奔巴家的扎拉泽杰我，
老死城堡之时悔恨迟。

扎拉泽杰用愤怒的言辞和声调唱完了这支歌，引起了在座诸将的深思，这时只见女英雄阿达娜姆从座位上站起来，稍微把身上的铠甲下摆拉了一下，对着大家说：“请岭噶布各位英雄和扎拉泽杰听着，特别是辛巴红胡子你要好好听！岭噶神族应该如何保卫江山，这般大事不必让一个囚徒来安排。辛巴你千万不能靠一张嘴巴混日子。你的豪言，是否真的有用处，只有你自己知道。你霍尔辛巴与我岭噶神族有着不共戴天之仇，就算你对姜国了如指掌那又如何？我岭国英雄好汉自有雄狮大王庇佑，会有一身的好武艺和好谋略去应对。辛巴你就莫在此处逞能了！”

看这架势，岭国的英雄好汉怕是都要来将辛巴梅乳泽羞辱一番。他噙着眼泪，长长地呼了一口气。该来的总归是要来了，今日若是不将自己的委屈一并说来，那么他辛巴梅乳泽死后也会留下这屠夫的坏名声，遂站起身来，向扎拉王子跪拜，唱出他心底的话儿：

扎拉官人说的虽正确，
但应把道理从头讲清！
辛巴愿把心里话说出，
敬请扎拉官人多考虑。
当年霍尔曾与岭为敌，
提起往事辛巴心痛死。
我是苦口相劝白帐王，
磨破嘴皮大王不听取。
我曾想把战争来制止，
无奈权力有限不济事。
我从未想侵犯岭噶地，
未敢想与雄狮王为敌。
在天空与大地两者间，
雄狮大王、嘉察协噶，
和我辛巴三个人，
曾在白色神界发过誓。
三人生的愿望虽不同，
都下决心不去做坏事，
三人一旦有机相遇时，
决不彼此怒目相对视。
霍尔兴兵我曾反对过，
把霍岭友谊藏在心窝。
白帐王一手引来战祸，
晁通引狼入室更可耻！
无敌英雄嘉察协噶前，

辛巴从来不敢显本事。
犹如小小鼠兔见雄鹰，
千方百计寻找藏身地。
记得当年霍岭大战时，
嘉察单身闯营势无敌。
霍尔三路大军来交战，
辛巴不怕丢丑急躲避。
要想杀害嘉察坏主意，
指甲大的一点未想起，
无奈命中注定难逃避，
英雄脖子斩断在草地，
辛巴心底洁白无瑕疵，
看见嘉察阵亡心欲碎，
我和嘉察前世是兄弟，
如今他去我也不愿生。
现在我命操在岭人手，
要杀全由扎拉来做主，
要留也由扎拉来做主，
从前现在实情皆如此。

然后他起身，不卑不亢的目光扫过责问他的丹玛与阿达娜姆二人，说道：“至于其他的人，我与你们并无冤仇。之所以对我辛巴出言不逊，是因为嫉妒、因为不忿！当时大王命我前来岭地，我曾再三犹豫，料想各位英雄会与我争功，对我为难。但是信使米琼打消了我的顾虑。他说岭国的好汉心胸个个比草原还要宽广，今天辛巴我算是好好长了见识！当年霍岭大战，是因为辛巴记得前世与雄狮大王的情意，故意躲避各位，亦请大家今日莫要咄咄相逼。说来说去，现今我只是霍尔的降臣，岭国的囚犯，是为了格萨尔大王的英雄事业，所以才苟且偷生到今天。不过看来辛巴的存在只会让岭国各位英雄好汉生起内讧。辛巴恳请大王准我回去，辛巴发誓一生闭关修行。如若不然，就地处死，以血偿还嘉察大人的性命，辛巴也愿意！”

在座的各位被辛巴一席话触动，竟然也无言以对。王妃森姜珠牡刚刚听扎拉王子唱词时也是惊讶了一下。不承想原来在扎拉心中对她也是有几分怨恨，再说当年霍岭大战，一些岭人也将祸根归咎于她，虽然不像针对辛巴这般尖锐，但偶尔也会像针尖一样，戳痛她的心。于是赶快趁着大家都在场时表白心意，诉说苦衷："国王和大臣们请听，特别是扎拉王子请仔细听，我珠牡一生前前后后，心性犹如箭竹一般端直，没有打过坏主意，更没做过不合道德的坏事。如今万人口舌的争议，皆让我一人来承当，也许这是我命中注定如此。有人见面的时候讲闲话，也有人背后诽谤毁声誉。我的侄子扎拉泽杰，你今天也当着众人面前议论我，说我珠牡婶婶没有疼爱你，你扪心自问是否真的如此？人人说我珠牡是祸根，扎拉对我当然有怨言。人间世事常常是如此，但是扎拉泽杰你将往事好好回忆，每当你向婶婶走来时，我哪次不是面带笑容迎接你？婶婶亲自为你接马缰，常用动听语言来交谈，准备上等饮食招待你，心里圣洁犹如贡噶山。珠牡婶婶对你从来无二心，雄狮大王王位继承人，就是扎拉泽杰侄子你。森姜前世清白无孽债，今生怎么能会是祸根？如今大敌当前，只望岭国英雄心要齐，所有事情互相商量来办理！"

各位英雄争执于堂前，也令格萨尔大王觉得有些难堪，于是下定决心要将这场口舌之争来制止。他令大家安静，然后威严地说："霍尔辛巴和我前世在神界之时，曾在神前发过誓言：'我们之间，后世即使投生之地不同，处境情况各异，但生死关头，如同亲骨肉。'在霍尔战败时如果把他杀了，世间人多嘴杂，对岭噶将会议论不休。再说违背了前生的誓言，也会给众生导致灾祸，特别是对于我岭噶以后征服一切黑魔地域不利。为了不违背誓言，为了岭噶利益，牢中放囚，刀下留命，这是完全应该的，请大家不必埋怨。此次没有让丹玛你做先锋，却让辛巴来担此重任，全是因为白梵天王的授记。他特别嘱托，这次出兵抗击萨丹王，没有辛巴参战会失利。我等理应遵循，不得违反天意！"

格萨尔大王说完，丹玛心想：大王对囚徒辛巴和岭国英雄，地位不分高下，作用不分大小，话语当中对辛巴又特别器重，现在又说什么抗击敌人少了辛巴不行。我无论如何也不和辛巴共同参战。假若一定要我和辛巴同去参战，那我还不如回家为好。丹玛想到这里，说道："雄狮大王啊，我与霍尔辛巴无法同心同德，也无法同他一起抗击敌人，既然大王出征姜国有辛巴就行了，我丹玛还是回家去吧！"

丹玛说罢，雄狮大王心里十分愤怒，他目不转睛地看着丹玛，心中盘算着要教训一下这位居功自傲的大英雄，于是向丹玛说了狠话："丹玛请你听仔细！从前霍尔入侵岭噶时，大话为何不见你说半句？总管儿子玉达捐躯时，为何丹玛不来除奸细？达绒军队盔旗被砍断，当时丹玛躲到哪里去？达孜城堡被摧毁，当时丹玛为何不抗击？当年霍尔大军入侵时，嘉察好比明月天狗噬，岭噶多少英雄被战死，丹玛为何不去显本事？如今萨丹前来夺盐海，岭噶英雄神兵将出击，此时你用坏话来搅浑，内敌外敌实质有何异？神圣岭国王室十八代，你丹玛家为臣十九整，有幸让你丹玛来世袭，为何对敌容忍对友欺凌？我劝丹玛千万别逞强，说话应该掌握轻与重，辛巴对我岭噶自有用，你莫要再出言不逊中伤人！”

格萨尔大王说完，丹玛心中仍然很不服气，脸上现出受委屈的样子，气鼓鼓地坐在自己的座位上。巧嘴矮子米琼卡德听了雄狮大王讲述以后，他想：如果大王和丹玛这样争执下去，势必会影响出兵抗击姜军。丹玛的暴躁脾气难以平静下来，若要把丹玛说服，还是得靠我这巧嘴的矮子说上几句，加以调解。于是他从座位上站起，面向大王说道：“大王和大臣们现在不可为了这些事情发生争执，国王和大臣好比头颅和脖颈一样，是不能分离的，彼此应该把想法统一起来。其他人也不必七嘴八舌另找话题。姜萨丹的大军已经压境，如今我岭噶还毫无抗击准备。英雄父子之间，现在还闹个不休，这像什么话？请大家好好想一想。”

说罢，他又把脸转向丹玛说道：“丹玛啊，火气不要那样大吧！俗话说：‘利欲如果太大了，本钱会被丢光的，河水如果太大了，清水会变成浊水的。’你应该好好想一想，一味固执自傲，是没有好处的。辛巴与雄狮大王，在天国同根生长时就曾有誓言在先：‘来世谁也不能伤害谁。’因此大王今生不能杀辛巴，就是因为这前因。国王的决定，当臣子的也不必持异议。大臣们能有今天，这也是全凭大王的福荫。如今大敌当前，众英雄同心协力共同对敌，这才是头等的大事。霍尔罪行已经都惩治，丹玛心中不必再生气。白帐王欺凌岭国咎由自取，死去九回身首两分离。贼王死后丢在黑土下，辛巴也曾当成狗被拴营门。当年大仇家恨都已报，你丹玛应该满足心欢喜。丰收不要忘记灾荒苦，胜利不要忘记失败日；辛巴现在对神圣岭国忠诚爱护，你丹玛开口‘囚徒’，闭口‘贱臣’，未免太过无理！”

在丹玛看来，矮子米琼这话把辛巴夸得比天还高，加之霍岭大战期间，这米琼也是做了霍尔国家的降臣，更是气不打一处来说：“哎呀！你这矮鬼的舌头像快刀割草绳一样锋利，又像把缰绳拴在木桩上一样有把握，这未免太自信了！若说起来，你才是真真的没有骨头的跳蚤，想当年，我岭噶土地曾被霍尔军队践踏蹂躏，百姓受尽九种酷刑残酷折磨，这当中不仅有辛巴的一份，米琼你也脱不了干系，在你背叛岭噶的日子里，你这根如簧的巧舌怕是没有少为霍尔出主意吧？船只如果被洪水淹没，祸根还是在水的源头。无论你们如何替他辩解，我只记得当年与霍尔激战时，带领霍尔巴图鲁的刽子手就是这个屠夫，后来掠走嘉察头盔的也是他！现在如果留着他、重用他，这又怎能称得上替嘉察报仇呢？”

然后丹玛更凶狠地冲着米琼骂道：“你这条摇尾狗！不要暗中用你那长矛一样的心思算计我！真想来较量，丹玛绝对不会缩在后！”说罢，立即拿起长矛，准备与米琼较量。米琼劝架不成反被人打了脸，虽说也有怯懦的狐狸个性，当着如此多英雄的面却也不能下不来台！顿时心中火冒三丈，也立即挥动武器，准备与丹玛拼搏。他一面挥动着武器，一面怒气冲冲地叫道："丹玛能做大臣未免太荒唐，不但有勇无谋，而且说话句句伤人！上等男子胸怀有多大？好比十八矛戟比刺场，中等男子胸怀有多大？好比十八利箭赛射场。下等男子胸怀最窄小，欲用马尾穿过也休想。丹玛胸怀就是这样小，你与下等男子无两样！霍尔犯境不是我引来，嘉察并非是我把他亡，你这些恶言恶语伤人太无理，乱织罪名来诽谤我的声誉。你我谁也不必来谦让，若有本事就来拼一场！莫做劣狗拴着来狂吠，莫当懦夫冷汗湿戎装！"

米琼骂完，随即披起铠甲，挥起武器。丹玛也立即站起身来，走向银光骏马。会场上一时慌乱起来，有的人忙去抓住丹玛的马缰绳，有的人忙去扯住米琼的马笼头，不让他俩厮打。这时丹玛更加愤怒，正准备挥矛扑向米琼，这时总管叔叔绒察查根站起来挥着手说道："你俩有什么值得争执的？男子汉应该有点度量。自家人之间随便动起戈矛，敌人见了不是笑话吗？岭国英雄大家都要团结，无论谁闹分裂，军规都不容许。对外还未交兵做抵抗，对内就起内讧，你们不觉得可耻吗？这种丢人丑事谁搅动，叔叔对他决不讲客气。劝告你俩各自守本分，免得叔叔晴空降霹雳！"

老总管德高望重，办事公道，说话合情合理，在场的众人都听到心里去。等总管叔叔说完，岭国长、仲、幼三系的人们都争着劝阻米琼和丹玛，这才避免了他俩的一场恶斗。

第六十六章 老将丹玛负气欲返乡 王兄嘉察显圣平争端

有道是“强韧弓箭需对准恶敌，锐利尖刀需用在战时”。在众人的百般劝解下，米琼一声不吭，头摆在一边站在原处，两眼圆睁，不住地喘着粗气；而丹玛牵着坐骑，准备离开会场，但他心里仍旧愤愤不平，又停下脚步，对着大家说道：“岭噶堂堂英雄行列里，本领多了当心人嫉妒！丹玛我不在这里做碍事之人，好让大王给辛巴做恩主！”

说完便勒转马头，准备离开。以总管王绒察查根为首的岭国老幼，都来拉住马缰，极力劝阻。这时，只见嘉察遗孀柔萨格措急急忙忙跑到马头前，对丹玛唱起劝说的歌：

大臣丹玛你想何处去？
离营独行三步失方向。
大臣不为国王来分忧，
好比哈达刮走兆不祥。
岭国大军先锋你不当，
大敌当前只想回家乡。
这种想法实在不恰当，
望你心平气和细思量。
英雄如不做个好榜样，
背后人言似刀难提防；
会说如今敌军已压境，
临阵脱逃灵魂太肮脏。
柔萨心头肉扎拉泽杰，
若无丹玛谁来作依傍？
请你不要回家要留下，

要和扎拉并肩争荣光。
如今外敌正在舞箭矛，
何必自家互相乱吵嚷。
岭噶王室代代往下传，
难离丹玛代代当臣将。

柔萨唱毕，会场上人人点头，表示赞同柔萨夫人的话。怒火冲天的丹玛却连这样的一片好意都不能理解，以恶言向柔萨唱道：

柔萨本是嘉察大贤妃，
从前权势赫赫无人比，
如今如果把你称女官，
那又徒有虚名不实际。
当年嘉察英雄在世时，
柔萨贤妃时时被抬举。
众位英雄每逢聚会时，
人们都要请你坐上席。
千百众人团团簇拥你，
对你百般阿谀又吹嘘。
如今把你当作女仆待，
说你老母只配当仆役。
众人面前你的面子小，
没有必要装强多言语。
斑斓猛虎奋力奔驰时，
蜜蜂不必耳边唱小曲。
自己本领自己最清楚，
谁有本领谁来出主意。
大臣丹玛是去还是留，
你也不必为我费心机。
对于雄狮王的大事业，
望你事事同心多出力。
记住柔萨说的重要话，
我理解大王对我好心意，
从前藏族有句谚语说：

“砸了金身的头不会得加持，
伤了父母的心不会有欢愉。
亲人痛苦自己心中也悲戚，
心上如有伤疤没有良药医。”
丹玛心受伤损不留要离去。

丹玛唱罢，准备马上就走。岭国三老都很关心。特别是格萨尔大王的母亲在想：丹玛平日生性耿直，现在他心里很不平静，我得赶快帮他转个弯子，认真劝说劝说。于是她从座位上起来，不快不慢地走到丹玛面前，先给丹玛送上金、银、绸缎等各种礼品，然后温柔体贴地说：“你丹玛家世世代代是护卫岭国的天雷宝剑。岭国王室十八代，你丹玛家为臣十九世，不能让天雷宝剑在内部受损啊！特别是大敌当前，不去商议出征，却来挑逗内讧，这就像用烈火去烧女人的头发一样，太不应该了！而且更不应该说什么要离去的气话！丹玛请留下，人人望你留在大王跟前。今天老阿妈把这些贵重礼品送给你，也是一心望你能留下。究竟谁是英雄好汉，并不是在内部逞豪强，只有将鞍鞯架在敌人的脖子上，才能把英雄的美名留在岭噶布，世代传颂！”

说罢，又有许多英雄和姨婶耐心地劝丹玛，大家你一言，我一语，说个不休。这个时候，丹玛才慢慢冷静下来，脸上现出了镇静自如的神情。

当岭国的英雄们内讧不止，争论不休的时候，魔地大臣秦恩心中窃喜。虽说格萨尔大王杀死了鲁赞，将魔地的百姓救出苦海，他也曾因为能为格萨尔大王效力而高兴，但在这岭噶布，他秦恩只能被算作是外人，尤其跟岭国的好汉们在一起，他们始终有种自视甚高的架势。于是他不禁怀念起了自由自在的魔国，渐渐开始对格萨尔大王生起了反叛之心。

他暗中想：从岭国当前的局势看，我最好能够先行出征，然后施个引敌入室之计，这样一定能置岭国于失败之地，为主子鲁赞王报杀身之仇。于是他装成忠于岭国的样子说：“从眼前的征兆来看，不管怎样，事情确实不吉利。姜萨丹这个国王，是个非人非神的人，他将如何对付岭国，实在很难预料。如果真像总管王所说的那样，姜国王子玉拉托琚只有用巧言去诱惑，才能把他征服，那么这事由我去办最为合适。假若派别人去办，恐怕只会把江山拱手送给姜人。秦恩此番向大王讨先锋官，是想尽早离开岭国的各位英雄，宁愿与敌人在战场上拼个你死我活，也不愿意在这里看各位嘴上争论不休！想我从前身在魔国，也不见魔王如此这般治理国家，国王与臣子之间平静得像块乳酪，魔王虽然对外凶狠，但对我秦恩却无比慈爱。如今这些已成过去，再看看神圣岭国，各位好汉竟然因为仇恨和妒忌在内部兵刃相见，倘若再这样下去，我还不如早日回

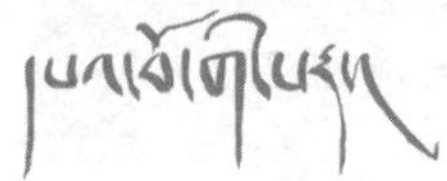

魔国去！”

秦恩这一番暗藏反心的话倒是让大家无言以对。正当这紧要时刻，天神洞察到了秦恩的奸计。于是在天界的无量宫里，在彩虹的帐幕中，在十三层座位的高台上，天母朗曼噶姆在动听怡人的妙音和香气袭人的气氛中，在满布鲜花雨露的吉祥神苑里，发出众人都能听到的预言之歌：

东方岭噶这块珍宝地，
好比四方苍龙在雄踞。
你是四方四魔降伏者，
你是四方众生拯救者。
现在南方大魔找上门，
为何还像白痴不出击？
灭火要在火势还小时，
灭敌要在敌人还弱时。
天神派你降生到岭地，
不能保卫国土掌权力，
派你下凡人间有何用？
你应赶快行动莫迟疑。
你不要和丹玛来舌战，
不遂心事何必去多提。
作为雄狮大王格萨尔，
三位重要人物要牢记。
指挥打仗向前冲锋人，
没有丹玛绝对难胜利。
紧急关头出谋献计人，
没有总管就会误战机。
无事招引事端带头人，
没有晁通无人来代替。
特别是丹玛绛查老英雄，
好比刚直不屈老树枝。
丹玛愤怒不能怪他人，
不论大王有意或无意，
是你自己用钱买贬斥，
不该埋怨别人该怨己。

明天清早东方黎明时，
山坡披上黄色袈裟时，
玛噶拉底拉塘贡玛地，
白梵天王神兵将临莅。
天空无量宫殿宝塔中，
嘉察英雄化身将显示。
当他见到丹玛绛查时，
会把要说的话详细叙。
到时丹玛你要专心听，
没有必要愤怒发脾气，
不能无所作为待下去。
要照神的旨意去行事。
如能按照预言去行事，
嘉察心中一定会欢喜，
天母也会时时垂慧眼，
事事指点帮助夺胜利。
雄狮大王竖起两耳听，
今年出兵抗击萨丹敌，
必须带着晁通一起去，
不咎既往有功要赏赐。
魔国秦恩是个祸根子，
口是心非对他要警惕。
他若风刮经幡常反复，
提防他像毒刺钻心里。

黑魔十人里有十人坏，
若不关押三年在牢里，
就会引狼入室通外敌，
就会招风引雨干坏事。
岭噶圣洁神兵和大将，
立即出发抗击萨丹去，
首先派出辛巴做先锋，
要智取王子玉拉托琚。
辛巴不把玉拉来诱骗，

其他英雄大概难抵敌。
胜利若让玉拉夺了去，
岭国江山迟早会丧失。

天母的这些预言，从天幕彩虹缝隙中传到岭营里，有缘分的人个个听得很清楚，只有那些没有缘分的人，听后不知所云，一个个惊愕不止，有的甚至产生了一种发生地震似的幻觉。

眼看天色渐渐暗去，众将士只好散去，丹玛等人也各自回营。

次日清晨，在那一片无垠的玛噶拉底拉塘贡玛草原里，突然出现了使人眼花缭乱的宏大兵营。只见缕缕青烟从营帐中高高升起，拾柴背水的人来来往往，战马嘶鸣的声音震撼着山谷。这情景，首先被住在司巴颇绕宁宗城里的晁通叔叔从瞭望台上看见了。他一见到此情景就自言自语地说："哎呀呀，像这样大的军营，我叔叔从来没见过，这是怎么回事？"

他惊叹过后转念又想：近来听说姜人要来抢夺盐海，大概是姜国大军已经开来了吧。也许是昨天夜里渡过黄河渡口的。我应快到大王面前报告情况，表一回功。于是他连忙披甲戴盔，给他的坐骑"黑尾豺"烈马鞴上鞍辔，然后上马挥鞭，迅速到了格萨尔大王座前，下马后急急忙忙地向大王禀报："看看你们昨日打了一天的嘴皮子仗，这会儿敌人的大军都已经开到了草滩上！我们应该如何制敌呀！我晁通可不与你们相同，此刻到了跟敌人面对面的时候，要继续内讧的你们请便！晁通我是要去打先锋了！"

晁通说完，众英雄也纷纷向格萨尔大王聚拢，大王向众人说："你们以为这是敌人？用眼睛仔细去看看，这是天神兵营降大地。白梵天王就在兵营里，神子我要向天王去顶礼，祈求消灾免难赐善果，保佑岭噶江山如磐石！哥哥嘉察的神灵化身也在那里，丹玛你随我去，请他讲清是非曲直！其他的好汉们，快快将魔臣秦恩绑去，天母授记他现在还有反心，将他关进暗无天日的地牢里面，看看三年之后，他的魔性是否能消除！"

雄狮大王唱罢，会场上年长的老人们高兴得合掌顶礼，年轻的勇士们快乐得挥戈腾欢。刹那间，会场上顿时呈现出一片跃跃欲战的情景。胆小多疑的晁通却惊愕不止，一时不知所措。他想：现在岭英雄们还没一人上鞍出击，我可一人先到那大营中去看个究竟。如果嘉察真的在大营里显灵的话，丹玛对辛巴的斥责，到底是正确还是错误，我可亲自向嘉察问一问就清楚了。于是他悄悄离开会场，径直朝那神帐驰去。当他到了神营门前，那守门的卫士不肯让他进去。他再一看，进进出出的神兵、神将们，一个个身躯魁梧，目光逼人，吓得他不敢再向前，只好倒退几步，站在离营门约有十八庹距离的地方，向神帐那边喊话：“天兵天将驻扎到我岭噶，是我们莫大的福气。我是达绒部落的长官晁通，是格萨尔的叔父。可怜我另外一个好侄儿嘉察，魂断沙场，都说他已经往生天国，叔父我来看看究竟。还有岭国大臣内部，也因嘉察的死而发生内讧。我想来问问我的侄儿，究竟谁是谁非？”

晁通唱毕，又对着神营磕了几个头，在原地待了一会儿，但听不到神营中有什么回答。这时，晁通不高兴起来，他对着神营自言自语：“俗话说：‘受食不报是骗子，有话不答是哑巴。’‘懒牛爱撒尿，懒人贪睡觉。’这些骗子、懒汉恐怕是睡觉去了吧！”

他心中虽然很不高兴，但又不敢大声叫喊。只好自我安慰，自我得意一番。他又小声地喃喃自语：“那些大个子的神兵们，不敢出来吭一声，大概是见了我这个达绒长官显得这般威严，生得这般英俊，他们见了不敢吭声是常事，我应该原谅他们，用不着生气！”

想到这里，他又自己高兴起来。

当晁通向神帐大营唱歌的时候，在达塘查茂大会场开会的众英雄们，也远远地看见了玛噶拉底大滩中扎下的大营。英雄们无不感到惊奇，顿时人人起了虔敬之心，高兴异常。这时，丹玛想起了天母的预言，知道嘉察灵魂的化身将要显灵。他一心想见到嘉察，便兴高采烈地向前走去。

这时，在东方天际，现出了各种犹如虹光一样的彩云。云缝中放射出黄金、白银、红铜和冰珠石发出的四种光芒。空中纷纷扬扬飘着五瓣花雨，隐约传来各种仙乐的声音。丹玛抬头向仙乐传来的地方看去，只见彩云中，显现出一座像白水晶堆成的宝塔，宝塔顶上露出了嘉察的一半身影。只见嘉察肩上挂着宝弓，手中挥着生前东方嘉纳皇帝赐予的那把“雅司噶臣”宝刀，面如十五皓月一般，容光焕发，带着微笑，两眼俯视着大地，看着丹玛。丹玛这时因见到嘉察，心中无比高兴，他在似梦非梦感觉中，像在雪地上滑倒了一般，连连向嘉察叩头。这时嘉察对着丹玛，以动听悦耳的曲调唱道：

今天在这稳固大地上，
燃灯佛日夜把光明赐。
智慧好比幻变宝贝镜，
丹玛事业不会有变异。
你是善于变化幻术师，
我的话望你心中要牢记；
望你专心倾听莫分神，
竖起两耳静静听仔细。

不管心里感觉怎么样，
不论快乐痛苦或悲戚，
犹如天空彩虹易消逝，
事事何必那般费心机。
丹玛心中不必生闷气，
雄狮王是天神派凡世，
他像上师指引解脱路，
他的心愿都能成现实。
对他意旨不能来违抗，
事事必须照旨去行事。
生气根源如果找不到，
傲气太甚烦恼难平息。
当年阿钦霍尔来侵犯，
岭噶英雄个个齐奋起。
国王在魔地一住九年整，
英雄浴血奋战来御敌。
苦难日子好比蹲地狱，
伤心事情一一难尽提，
最后大王终于回岭地，
这才斩断灾难苦根子。
罪魁祸首霍尔白帐王，
结果脖颈扣上马鞍子。
最后大王刀下往生去，
终于实现心意夺胜利。
英雄丹玛不必发脾气，
怒气冲冲没有任何益。
一定要把暴躁脾气改，
朋友之间不能伤和气。
嘉察我十三岁那年起，
作为军官率队抗强敌，
由于脾气不好性子暴，
招致血洒荒郊身首离。
丹玛暴躁脾气定要改，
他人教训应该牢牢记。

如果真的想念我嘉察，
我的吩咐你要牢牢记。
对岭噶布这块祖传地，
不把为害的事来抛弃，
岭国英雄就会失信誉，
万千众生就会下地狱。
说到这个辛巴梅乳泽，
前世在天国时曾发誓，
心中对我奔巴嘉察，
从未有过伤害坏心思。
虽然发生战争敌对事，
他也尽量设法来回避。
因我单枪匹马去追杀，
最后恶果来临难躲避。
雄狮大王为了守誓言，
不杀辛巴把他留人世。
对此不必心中有疑虑，
留下辛巴自有用武地。
雄狮大王、辛巴和嘉察，
十五位神子当中有名气。
如果杀了这个红辛巴，
就会毁坏岭国好声誉。
留下这个辛巴梅乳泽，
将来他会和你同对敌，
他会和你成为好朋友，
望你牢记此言莫忘记。

丹玛听了嘉察的吩咐，心想：这是嘉察官人亲口的教诲，辛巴和我虽然一向不和，但黄河也能转几个弯子，我也应该转个弯子，听从嘉察的告诫。于是他答道："英雄奔巴嘉察协噶，你在空中显圣灵，今天对我丹玛的教诲，句句记在心间。今后一定会全心全意地为格萨尔大王效劳。只是嘉察大人你呀，可否一直留在这人间。常言道'没有长官仆人常受气，谨小慎微还常受人欺'。岭国众多英雄行列中，丹玛今天远不如过去，就像老马体弱不值钱，众人面前有头抬不起。"

听他说完，嘉察也万分感动，于是安慰道：“嘉察我投生人间也是前世的业力所定，但在返回天国后会继续为众生的事业修行祈祷，一定会协助雄狮大王完成伟业。丹玛你不必过于忧伤，将来英雄们在洁净的天国中还能再聚！”

丹玛一听连忙祈祷和祝愿，这次见到嘉察，心中高兴万分，连连顶礼膜拜。刹那间，嘉察的身影慢慢消失在彩云和雾气之中。丹玛想：今天这次战争，如果不同心协力，嘉察在天之灵是会生气的。因此，心悦诚服地归向格萨尔大王。

第六十七章 大王豪气点兵征盐海 梅萨任性策马随郎君

这时，只见无数神兵神将在香雾缭绕中朝着姜地方向出发。岭国军队也正在整装待发。达绒长官晁通说："岭军大众们！神兵和预言都如实显现在眼前，谁还敢不相信。事到如今，国王和大臣还没有明确的主意，这是不应该的。我晁通的话，虽然会引起大家的不满，但为了岭噶的大事，我也要说上两句。现在请大王快对众英雄下达进军的命令。敢当先锋抵御强敌者，有谁承当有谁去出击？善于言辞前去谈判者，有谁承当有谁去出席？敢同锋利武器相比者，有谁承当有谁赛高低？敢同长矛利剑相对者，有谁承当有谁比武艺？同大力武士做对手，谁去承当怎样来竞技？敢同黑咒魔术做对手，谁去承当怎样夺胜利？大敌当前，排兵布阵最重要，你们之前吵吵嚷嚷了那么久也不见有什么安排，点兵点将的出征，未安排战事的回家去。"

晁通说罢，达绒各翼部队也都觉得未布阵先出发是个问题，一个个做出愁眉不展的样子。这时格萨尔大王心想：神在事先已有预言，说对晁通应有所赞扬，不要尽揭他的短处，况且此番他说话也有些在理，应安排军队的主将，各自明确任务，速速奔赴战场。于是大王唱起了安排布阵的歌曲，在座各位万众一心，细细聆听：

智者相斗利人又利己，
愚者相斗损人又害己。
晁通叔叔说得有道理，
敌人入侵应该做分析。
敌人好像风雨交加狂，
应把高傲头领压下去。
智慧要与利箭配合起，
有谋有勇才能夺胜利，

进军步伐必须要统一，
前进后退必须要一致，
千匹马头必须同方向，
千杆矛头必须向敌指，
敌人问话好好做深思，
不能信口回答泄军机，
这事大臣米琼能胜任，
口才伶俐无人能与比。
在与敌人利箭对阵时，
英雄丹玛绝对不能离，
他的箭术神奇无人比，
神箭手的美名传天下。
与敌锐利武器对阵时，
离不开巴拉森达阿东，
好比沸腾铁水难抵挡，
敌人遇他会把战马丢。
在与大力巨人对阵时，
噶德曲炯贝纳不能离，
能把大象摔倒在草地，
小小敌军不在他眼里。
在与念咒术士较量时，
离不了达绒晁通大长官。
念起咒语无人敌与比，
嘴皮一动黑风突然起。
在与敌人比试智慧时，
离不开辛巴梅乳泽，
他的头脑清楚像曙光，
善于洞察敌人鬼心思。
制定克敌制胜方略时，
要靠总管叔叔出主意。
他能未卜先知善妙算，
运筹帷幄千里胜强敌。
掌握国政大军重要事，
有我觉如执行天神旨，

出类拔萃无人能匹敌，
指向哪里哪里能胜利。
高高雪山上面有雄狮，
抖擞绿鬣威武无伦比。
有个刚出窝的小雄鹰，
就是英俊扎拉泽杰侄。
英雄快把兵马整顿好，
做好准备待命去迎敌，
霍尔大将辛巴梅乳泽，
别再停留赶快去出击，
对准王子玉拉托琚，
快用妙计擒获到手里。
第一不要使用锋利剑，
第二不要使用锐利箭，
千万不要损伤他身体，
设法用计俘获到岭地。
当我住在神界天堂时，
玉拉和我本是七兄弟，
如今共同投生人世上，
想不到同胞手足成仇敌。

大王唱毕，岭噶军营一时忙碌起来。人们各自去准备出征需用的物资、骡马和兵器。随后大王又将妃子们召集起来安排家务。梅萨绷吉想，论说家世地位，她与珠牡不相上下，在大王的心中，也无上下，明明是珠牡耍了心计，让她在魔国受了那么多年的苦，但珠牡却将她被白帐王俘虏的账算在了她的头上，要是此番留在家中，还不知道珠牡会怎样为难她呢，于是她说："禀告国王和大臣们，我虽然不善于说话，也想说上几句。为了帮助掌好国王的权力，没有比珠牡阿姐更贤惠的人，她一定要保重身子，为大王管理好王宫和岭国的各项事务。"

然后她转过身去，拉着珠牡的手说："森姜珠牡阿姐呀，你贵体如宝贝，你是嘉洛家的娇娇女。你是度母下凡转人身，繁杂国事要靠你来担负。梅萨心里经常来揣测，自己好比小小酥油灯，虽想长明永远不熄灭，但是狂风刮来不由已。森姜珠牡好比是蜜蜂，希望你住檀香树林里。梅萨因受命运所驱使，哪里需要就到哪里去。如今大敌已经犯岭地，梅萨愿意陪大王出征，愿意替姐姐去

受征战路上的颠簸劳苦。”

珠牡听罢，心里暗想：梅萨这人从前是给岭国带来灾难的祸根，现在她还要假装殷勤，真是不知羞耻。霍岭大战时嘉察协噶、昂欧玉达和玛尔勒等英雄捐躯沙场，就是因为梅萨在魔国用迷魂药迷住了大王，使得敌人包围了达孜城，使岭人遭受了深重的灾难。那时我虽为一个妇人，也曾披甲戴盔，挥起锐利武器抗击敌人。在那苦难时刻，使雄狮大王把岭地忘得一干二净的，就是这个梅萨。那时间，我受尽了苦，国王对我没有什么好处。倘若大王是要梅萨伴我共同料理内外事务，我还不如死去九次下地狱为好。珠牡想罢便开口说：“梅萨你好好听着！以前，我从没在英雄们出战时胡言乱语。在这后半生的日子里，只是人在哪里心也在哪里。对于岭噶里外事务，草籽大小的问题我也会费心去考虑。望你梅萨言行一致，对岭国有所作为。萨丹姜国那个鬼地方，你梅萨亲去逛一趟吧，这次随军出征去，让你去把苦头尝一尝。珠牡胆量比那树叶小，从前未曾出征到远方，今天我也不愿离故乡，所以我请大王不要费心想。”

珠牡说完，梅萨又不服气了，要是大王真的带她出征，倒成了是珠牡不要的机会给了她，如果不回敬她几句，那也实在忍不下去。两人你一言我一语地开始了口舌之争。

姨婶们对于珠牡和梅萨的为人，大家都心中有数，但究竟谁好谁坏，却不需要在这样的场合争辩。这时，母亲郭姆从座位上站起主持公道：“如今岭国即将出兵讨伐入侵之敌，你俩不应在这个时刻争吵不休，应以国事为重，不要为私人成见影响国家的大事情。争吵也该分个时间与地点，争些草籽小事没出息。大敌当前应该同心对敌，怎能互揭疮疤乱扯皮。人人应该为国出主意，别再各自逞能磨嘴皮。珠牡做了白帐王的妃子，这是前世的孽缘，梅萨虽曾当过魔王妃，现在不也是回到了大王的身边吗？你俩各自少说两句话，少生口舌是非少树敌！”

丹玛也在心中思量，最近以来，岭噶布的情况确实与以前有很大不同。但多数岭国人还是以为，珠牡即使有某些瑕疵，也还是岭国的王妃、幼系奔巴仓的媳妇，是仙女下凡。至于梅萨呢，即使有多大本事，也是新长出的幼角，没有什么了不起的。怎么能对珠牡说这么多的坏话？一只狗再坏也还认得自己的主人。我得给珠牡撑撑腰，对梅萨说上几句才行。于是他说道：“我们岭国各个部落里，许多事情从来无先例，喜新厌旧之事常出现，褒己贬人之事难绝迹。嘉洛森姜珠牡大王妃，本是度母下凡转人世。今天这个众人相聚日，有的女人未免太放肆，对挑唆行为看不惯，丹玛心里难忍很生气。达孜王城必须有主妇，没有珠牡谁也难代替。如果有人以为能够取代珠牡，那会违背天神的旨意！”

丹玛说完，大家都鸦雀无声。这时，总管王见此情景，认为如果又再陷于口舌之争，对于岭国的团结十分不利，于是他唱起了进军的歌，希望借此提醒大家目前真正应该关心的事情：

在那无极空中神殿里，
帝释天和梵天里面住。
众神围绕身旁团团转，
请为岭国壮胆把敌除。
在那战神城堡顶部上，
厉神古拉英雄军队住。
黄色雷霆震天撼地响，
今日请为岭国显威武。
蓝色大海无量宫殿中，
龙神邹纳仁庆军队住。
百万龙裔声威无限猛，
今日请为岭国增威武。
老夫查根叔叔总管王，
曾经征战一百零一次，
作战没有一次不英勇，
智勇双全经常胜强敌。
岭军现在千万别耽搁，
把握战机正好去歼敌，
明天是个吉祥好日子，
鞴好马匹赶快去出击。
米琼快把阵容整顿好，
各路大军前面举战旗。
三大军官指挥各路军，
白螺为号吹响就出发。
王妃珠牡、梅萨你们俩，
都是有名人家贤淑女，
两人没有什么大区别，
都是雄狮大王好伴侣。
目前谁留谁去尚未定，
如按梅萨主意作依据，
森姜珠牡应当留下来，

梅萨绷吉应当出征去。
我请大将辛巴梅乳泽，
乘敌来到之前就出发，
先用甜言去把玉拉骗，
此后一切定会得胜利。

总管叔叔绒察查根唱罢，岭军遵命立即加紧准备。次日，当太阳照到雪山顶上的时候，天神化身的大王、人类的太阳、英明的君主雄狮大王披上具有天空霹雳之威的金刚铠甲，带上各种精锐武器，威风凛凛，一副英武的样子，给那匹神变能飞枣骝马鞴上光照四洲的金鞍。帝释天王为了压住反抗者非天的军队，率领着帝释眷众三十三天仆从，形影不离，跟随着雄狮大王。紧紧跟随大王的还有威力无比的各种战神、空行和护法等。从天空到地上都布满了彩虹；天空下着花雨，香烟随着吉祥白云，随风飘往姜国方向。

母亲郭姆与森姜珠牡等妃子来到森珠达孜宫门口，汇集于幸福大道上。她们在金银壶里盛满麦酒、米酒、青稞酒，频频向大王的金碗中倾斟，大王举碗一饮而尽。随后钦赐给她们每人一条光彩夺目、终生不变的金刚寿结，然后面向姜域顶礼。此时，在宫门前万众汇集的大道两旁，大鼓不断地擂，长号不停地吹。在宫门中间，有一条天神慈悲怜悯众生的道路，门道上面，超脱的铃声发出七声响声，那铃声在空中回荡，好比龙吟之声悠悠扬扬。岭军当日到达达塘查茂右边黑山之王纳结曲莫的下边安下营寨，一时整个草原炊烟缕缕升向蓝天。

当夜，绒部落绒察玛列的母亲卡仁玛做了一个不祥的梦。她很为自己的孩子将参加这次出征焦心。于是来到英雄云集的大王面前，给大王与大臣们献上酒茶后，她忧伤地对儿子说：

绒察玛列我儿仔细听，
你今随军出征去抗敌，
我把神绸寿结送给你，
祝愿母子相逢早团聚。
从前多次你去出战时，
母亲从未为你来焦虑；
这次心中为你很担忧，
望你行军作战多注意。
昨夜曾经做了一个梦，

梦见木雅山上黑风起，
石堆上面五种神幡摇，
西边刮来黑风久不息。
当我刚刚进入梦乡时，
在那虚无缥缈梦幻里，
梦见林中有只斑斓虎，
被一猎人捉住带了去。
孩子你的属相是老虎，
这梦肯定对你不吉利，
不知母子能否再相逢，
提起这梦好比扎刀子。
萨丹王的军队很强大，
孩子心中千万别轻敌。
前进时候不能单独行，
冲锋时候不能凭性子。
母亲嘱咐儿子要牢记，
祝愿一切好事成现实。

卡仁玛唱毕，满腹忧愁地离去了。儿子绒察玛列一声不响，呆坐在那儿。这时，米琼传令道："英雄们，快把营寨中各自的军队整顿好！"

岭国大军很快集合起来待命出发。次日，太阳刚刚照到雪山，军队便鞴好鞍马，吃罢早饭，装好驮子，各自牵好马匹。尼奔达雅与赤吉桑珠两人，先行一箭地的路程。跟在后面的是色巴部和丹玛部的军队。各部各翼的军马，由各自头领带队前进，粮草也随军进发。在军队将出发完毕之时，世界雄狮大王格萨尔，头上戴着有宝贝簪缨的金色头盔，身穿能抗霹雳、束有五彩绸带寿结、放射着彩虹般光彩的铠甲，把多康地区万马之魁枣骝白唇马当作风轮车乘坐在金鞍上，战神威尔玛以及众护身神像云彩一样围绕身旁，跟随前进。

在大军出发以前的头几天，便派出了辛巴梅乳泽前往姜军扎营的地方侦察。他带着格萨尔和岭国三十位英雄给自己的三十一支利箭，像疾风一样朝盐海奔去。虽然千里迢迢，但人强马快，只用了七天工夫就到了。

第六十八章 施妙计辛巴玉拉结盟 负使命姜国王子被绑

此时，姜军看见东北方向尘土飞扬，驰来一匹红马，马上骑着一个红胡子红人，那红人戴着金头盔，穿着铠甲，手执一杆像火焰一样的红矛，风驰电掣般地向军营奔来。

梅乳泽来到盐海边时，姜国人马尚未到达。梅乳泽下马歇息。没过片刻时间，只见黑烟滚滚，尘土飞扬，梅乳泽知道这是抢盐海的人马到了。看着众多的兵将簇拥着一员小将，梅乳泽猜出，这一定是姜国王子玉拉托琚了。姜国兵马众多，自己单枪匹马，怎么能敌得过这来势汹汹的军队呢？梅乳泽灵机一动，想出一条妙计。他立即用霍尔王的口气，写成一封长信，拴在箭杆上，坐在盐海边等着。只见姜国王子玉拉像离弦的箭一样，快马驰来，在离梅乳泽几十步远的地方停住了："喂，海边的红衣人，你是从哪里来的，孤孤单单往哪里走？莫非你是迷了路，还是有什么事情？你别呆坐装糊涂，快快离开这地方。"

"我为什么要离开呢？难道这是你们的领地吗？"梅乳泽故意慢慢吞吞地说。

"我们姜国物品样样有，唯独缺少调味的盐。今奉父王萨丹之命，夺得盐海归姜国。俗话说，'绵羊在草地，寿尽才到狼面前；山羊在草坡，寿尽才到虎面前；小鸟在林中，寿尽才到鹰面前'。红衣人啊，莫非是你命已尽，不然为何来到我面前？"王子玉拉心急嘴快，只想快点把眼前这个红衣人赶走。辛巴梅乳泽缓缓站起身，从怀中掏出一块五尺长的白绸子哈达，面带微笑地来到玉拉面前："尊敬的玉拉王子，我是黄霍尔的内大臣，辛巴梅乳泽是我名。我从霍尔来，要到姜国去，霍尔王有书信，请你报与萨丹王。"

"你这霍尔的红胡子，说的都是胡言和谎话，口口声声说的黄霍尔，是指过去还是指眼下？在那霍尔广大白草甸，四处都是鬼哭声凄凄。这些传说莫不有根据，何必来我面前要嘴皮。在那四方阿钦大滩里，十万大军尸体丢满地。仅有一个活命留下来，这人究竟是谁你自知。霍尔国政若是很牢靠，由你自己尽情享受去。十万大军战旗若完好，由你自己一人高举去，你凭几句胡言和乱语，你以为我能信以为真中奸计？”

玉拉唱着唱着暴躁起来，这时辛巴想，他若把箭射来，那与霹雳不会有何区别，我得回避才好，便答道：“喂！玉拉托琚，不知地名问了别人才知晓，心里有话，可以慢慢讲，这样迫不及待动怒有什么用处？我辛巴是雅泽城的长官派到这里来的，是来与你商量共同对付岭国的。你即使对我使用刀箭武器，我也是不会还手的。你若想夺取马匹、铠甲和武器，那你就动手好了。但你如果不假思索地蛮干，将会导致什么后果这就不知道了。白帐王把我比十万大军看得还要宝贵，现在你却这般小看我辛巴，这真叫人想不通。由此引起的恶果，当心会落到姜国萨丹国王的头上。挑起霍尔与姜国争端的罪人，会是英雄你自己。现在，你还不如好好听我辛巴把白帐王的旨意来传递！”

然后他又好像很真诚地说：“我们霍尔白帐王家的王子，今年八岁整，年岁到了要娶亲，到处寻找小王妃。天神降下预言来，说姜国公主与王子正相配。门当户对年岁好，九宫八字不相妨。霍尔王和萨丹王，结合起来就是世界第一王。”

辛巴说完，把身上的刀、箭、矛三件武器解下，躺在草地上，闭上双眼，假装睡着了的样子。玉拉托琚心里想：辛巴这人说的好像是真话。这究竟是怎么一回事？他与我素不相识，却这样相信我，把许多话高高兴兴地说了出来。他的皮袋里装的是六贤药，还是乌头？我得再试探他一番，看他又如何回答。于是说道：“好啊！辛巴梅乳泽，你一张嘴里长着两个舌头，好比小偷被人抓住一样，光会说谎骗人。你是骗不了我的，你若不信，我俩就较量一番试试看吧！”

玉拉说罢，十分愤怒地拉起宝弓，瞄准辛巴，准备将利箭射出去。这时辛巴说：“玉拉托琚，你好好想一想，霍尔雅泽王族是从天上下凡的族系，四大部洲都属于王族权力统辖之下，四季的变化也掌握在王族手里，世界上没有能敌过它的对手。你想与它为敌，恐怕只会自找灭亡，不会有什么好结果的。你听我辛巴再给你说上几句知心话吧！萨丹姜国君主有名望，但是不管权势还是领土，都无法与白帐王来相比。两国结盟互相都有利，应想各种办法来实施。你的心里究竟如何想？望你玉拉及早打主意。说白帐王为人无作为，说我说话只会把人欺，说霍尔国已经空无人，这些传说无根据。这是辛巴一片心里话，听取与否全由你自己。听了省得眼前找苦吃，不听日后叫你会后悔。如果你不相信，那么请与我并辔同行去霍尔；重大事情内部来商定，姜霍两国如何共克敌。黄色霍尔与你萨丹姜，矛头所指应当相一致，应该同生共死同对敌！”

辛巴说完，仍然安闲自在地坐在那里。这时玉拉心中暗想：如果真像辛巴所说的那样会导致后悔的话，这该如何是好。玉拉惶惶不安，不知不觉地把弓放下，从马上下来，走到辛巴跟前。辛巴也立即下马。两人把马拴在旁边，各自盘腿坐在草地上，面对面地交谈起来。谈了一会儿，玉拉便中了神魔的幻术一般，昏头昏脑地想与辛巴一同前往霍尔去。玉拉对与他同行的两名姜地军官——魔部的吉吾托格和珠扎白登桂布说："请两位把军队安排好在此等候，我与辛巴一同到霍尔去走一趟。等我到霍尔去把事情商议妥当，定了盟约以后，就立即返回，三天之内一定回到这里来，你们在此不必着急。"

吉吾托格信以为真，口里随声附和。他心中充满骄傲和自信，他想应该乘玉拉到霍尔去的时候，把盐海夺到手，然后迅速返回国王面前报功领赏。于是说道："既然这样，那就按王子你说的办吧！"

他打算把队伍准备好，把应做好的事安排好，然后就去夺盐海。珠扎白登桂布是个见多识广、个性温和，又对任何人都很诚恳友好的人。他那善良犹如纯金一般的心里想：如果王子玉拉离开了我们，这军营我们不知是否掌握得住，在与敌人交界的地方把军队和玉拉分开是不应该的。他便对玉拉说："请王子再斟酌一下。我想，萨丹大王给我们的使命，只是夺取饮食的最佳调味品食盐，而没有叫我们去与霍尔联姻，结什么良缘。再者，三年以前有人传说霍尔已被岭国消灭，这消息三年来从没断过。这个没有来由的人，也不知他是干什么的。我们官兵还是不要分散，遵循国王命令，尽快去执行使命为好！"

这时，玉拉好像又清楚地明白了什么似的，忽然转过头来质疑地问辛巴："呵，梅乳泽，你真是个坏东西，说出大谎骗玉拉。你们霍尔白帐王早被格萨尔降伏了，霍尔的三十个大英雄，也被雄狮王杀死。只有你这老狗留山上，不嫌丢脸活世上，充当岭国的奴隶和帮凶。我们有耳早听见，你们霍尔已投降。"

"王子不要听人乱讲，堂堂大霍尔王怎么能投降。现在有白帐王书信一封，请王子给萨丹王呈上。"说着，辛巴梅乳泽把信递上。

王子玉拉接过信封一看，见写着"黄霍尔王的事情但愿成就"。打开一看，信中内容果然是向姜国求婚，与辛巴梅乳泽说的一样，并且在信末还署有"从霍尔国雅泽王宫寄出"的字样。

珠扎白登桂布又极其诚恳地劝道："请王子三思啊，不要上了这陌生人的当！"

玉拉听后很不高兴，说："你这是度量小的人说的话，不必这样。俗话说：'弓和智慧都要弯得巧妙。'我们如能与霍尔结成联盟，不但姜域四方的国政掌握得牢，还可以稳夺岭国盐海。这样做，国王也一定会很满意的。你等把军营安排守护好，等候我胜利归来就是。"

说毕，骑上他的青鬃马，与辛巴一道像狂风一样奔驰而去。两人虽然同一个方向并辔同行，在同一条大道上前进，但正如风雪来时，山羊和绵羊各自心中想的却不一样。玉拉想，这次能和辛巴一起到霍尔国去，真是一个难得的好机会。一方面可以像辛巴所说的那样和霍尔国联兵，一起进攻岭国，把岭国那宝贵的盐海夺取到手，永世享用。另一方面还可以在霍尔选择几个如花似玉的霍尔姑娘，作为姜霍两国联姻对象。辛巴却在想，狐狸再狡猾，也逃不过猎人的利箭；斑虎再凶猛，也逃不过猎人的陷阱。你玉拉是刚出巢的雏鹰，没遇过多少风暴，今天你大话比蓝天还广，口气比大海还宽，真是不知自量，看你能有多大本事。他又在心中祈祷白梵天王，让他对玉拉托琚施展幻象，请求天神相助：

天神啊，快助我，
玉拉托琚要去霍尔国，
要用迷雾遮住他双眼，
让他真相看不清。

玉拉托琚来到霍尔国时，果然见霍尔国仍像过去一样，牛羊遍地，骡马成群，王宫周围笼罩着青云，练武场上，三十位英雄像牛角一样排列整齐。玉拉这才放了心，看霍尔的这般景象，霍尔王肯定还在，梅乳泽的话也是真的。

玉拉下了马，对梅乳泽说："就算你说的都是真话，可我们姜国的公主，我的姐姐能不能嫁给你们霍尔国的王子，还要看你们的聘礼怎么样？"

"聘礼当然不成问题。我们霍尔国地方大，金银珠宝遍地都是，任凭你们挑选。"辛巴梅乳泽见玉拉相信了他的话，心中非常得意，也就把话吹得天大。

"我的姐姐可不一般。她是父亲的掌上明珠，是母亲的心头之肉，年纪虽小智慧大，世上的姑娘难比她。前年东方嘉纳的国王来求亲，四百箱聘礼未收下；去年嘉噶大臣为王子来求亲，四千箱聘礼未收下；今年大食国[1]诺尔王来求亲，四万箱聘礼未收下。"

"那么，你们究竟要多少聘礼呢？"

"金马十八匹，银羊十八只，玉象十八头，铁人十八个，白水晶丫头十八名。还有百匹毛色好的马，百头颈项好的牛，百匹身材好的骡子，百头皮毛好的牦牛。"

"有有有，我们都有。霍尔国的金马会奔跑，银羊会嘶叫，玉象能载重，铁人能打仗，白水晶丫头会歌舞。骡马牛羊数不清，只要百匹没问题。玉拉王子啊，你要的聘礼都应承，还要额外送上珠宝数不清。今天我俩应该先庆祝，喝杯喜酒你说行不行？"

1　大食国：原系波斯一部族的名称。唐代以来称阿拉伯帝国为大食国。大食，波斯文的音译。

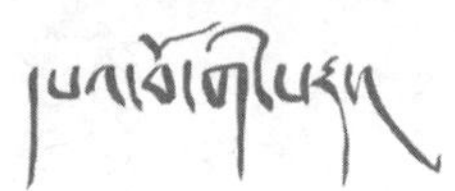

辛巴王一心想生擒玉拉王子，把大话吹得更不着边际。玉拉托琚以为自己要的聘礼会把梅乳泽难住，没料到他竟然全都答应下来，当然高兴。玉拉也希望姐姐嫁到一个富有的大国。听梅乳泽要和自己饮酒，玉拉爽快地答应了。梅乳泽拿出一只黑金木碗，上面刻有八吉祥花纹，还有正在开放的莲花，周围镶嵌着五种宝石，在阳光照射下，光彩夺目，甚是喜人。梅乳泽斟满一碗美酒，端到玉拉面前。别提玉拉托琚多喜欢这只碗了，碗中美酒的香气早就扑鼻而来，更使王子心醉。

梅乳泽一边敬酒一边唱酒曲：

大丈夫喝酒，
要像骏马饮水；
中等人喝酒，
就像女人喝茶；
没出息的人喝酒，
才像喝药一样咽不下。
你是姜国的大丈夫，
喝酒要像骏马饮水。
喝上第一杯，
白帐王和萨丹王永和好；
喝上第二杯，
王子和公主永和好；
喝上第三杯，
霍尔人和姜国人永和好。

辛巴梅乳泽一边唱歌一边劝酒，玉拉托琚忘乎所以，喝了一杯又一杯，不觉喝得酩酊大醉，说话都说不清楚了："酒已喝足，我要回王宫去，亲事成不成，要和父王再商定。"

梅乳泽见他要走，哪里肯放："玉拉王子不要走，酒一见风更要醉，你会从马上滚下坡，金刚玉体会跌伤；路上还有条条大河，波涛滚滚怎么过？若是走到高山上，跌下崖去不能活，死在半路没亲人，不如留下陪伴我。"

玉拉一听有理。俗话说得好，多喝几碗酒，一定要出丑；多听别人讲，自己少开口。今天实在是喝得太多了，恐怕不能平安回王宫，不如在这里歇息歇息。这样想着，玉拉已经身不由己地躺倒在地，顿时响起鼾声。

梅乳泽见玉拉已经睡着，立即拿出牛毛绳子，把玉拉的手和脚捆了又捆；

在四周钉了四个铁橛子，把牛毛绳的另一端拴在铁橛子上，试着拽了拽，觉得很结实，这才松了一口气。

那姜国王子玉拉被这一捆，只觉疼痛难忍，酒也醒了几分。睁眼一看，见自己被捆在铁橛上，眼中立即闪出电光，嘴里放出毒气，发根喷出火焰，用力一挣，牛毛绳被挣断。他猛一起身，扑向梅乳泽："你这老狗捣什么鬼，玉拉不是喝多了酒，只是猛虎吃饱了要睡一睡。你这几根牛毛绳，对我来说如丝线，玉拉力量大无比，千军万马也能敌。可恨你这老狗施诡计，把我玉拉捆绑起。今天我就要你的命，不用喝酒不用捆。"

说着，玉拉托琚把梅乳泽向上一举，像要举上青天；又向下一摔，像要抛进地狱；向左一推，像要推下石崖；又向右一搡，像要扔向草山。辛巴梅乳泽在玉拉的手中累得呼呼直喘，哪还有还手之力！他急忙喊众神帮助。

阿尼玛沁山神来了，压不住玉拉；惹乔山山神来了，压不住玉拉；多闻天王和九曜罗睺星君来了，还是压不住这姜国王子。最后，还是白梵天王亲自来了，才把玉拉托琚压在地上。梅乳泽拿出一根十八庹长、胳膊粗的绳子，把玉拉左三道右三道地捆得像个线团团，玉拉这才动弹不得。

梅乳泽把玉拉绑在青马上，立即向岭国奔去。被捆着的王子玉拉忽然想起了妈妈，想起了妈妈临行前的话，心中默默地念着："姜国的魔鬼神，请你搭救遭难人，玉拉落到敌人手，不能回去见双亲。雪山上的白狮子，能和小狮子来团圆；檀香林中的花老虎，能和小老虎来团圆；草滩上的花母鹿，能和小鹿来团圆；我玉拉撇下妈妈太可怜。"

玉拉想着，不觉说出声来："白胸鹰啊大鹏鸟，黄天鹅啊布谷鸟，请你们飞到紫姜国，把我的消息报爹娘。说我想念妈妈恋姜国，思家念母正心焦。"

辛巴梅乳泽听了玉拉的话，不觉一阵心酸。他小小年纪，在姜国是父母的掌上明珠，哪受过一点委屈，如今被我绑在马背上，怎么不叫人伤心！

"玉拉王子啊，好孩子，别乱想也别心焦。见到雄狮格萨尔，你就说喜欢岭噶布，不用擒拿自己来。我现在就把绳子解开。"说着，梅乳泽就要下马给玉拉松绑。谁知那王子年少气盛，根本不肯服输，反而责骂梅乳泽："辛巴老狗可怜虫，天生一副奴隶相。霍尔王待你亲又亲，反目成仇为哪桩？现在可怜的不是我玉拉，而是你霍尔辛巴王。"

梅乳泽见玉拉托琚如此英雄，不仅不生气，反倒增加了几分敬意。把他带到国王和诸大臣面前，给了他一份肉和菜饭。这时，在格萨尔王和大臣当中，达绒长官晁通从席位上站起来，对玉拉嘲笑道："你从姜国率兵出发时，摩拳擦掌如何了不起，你在萨丹国王面前时，怎样逞能好胜你自知。平时你饮香茶美酒时，席上大话连篇无休止。如今黑绳拴在脖上时，到底有何能耐你自知。玉拉娃娃有点不自量，不在家乡享福练武艺，来到北方草原找苦吃，当了岭噶俘虏心安逸。”

玉拉听了晁通的歌，心想：这人口出狂言，在俘虏面前耀武扬威，实在令人气愤。但如今也无办法。于是他板着脸说道：“请岭国国王、大臣们听着，我也有几句话要说：想我在家乡，他人莫说对我来问话，就是望我玉拉一眼都害怕。不料如今落到这地步，脖系黑绳帐当了你岭国的囚徒。你国家这个比狐狸胆子还小的长官都能侮辱我！谁是英雄要上阵才能见高低，谁是骏马上了路便会知晓。我今不幸落入岭人手，要砍头颅也不会求饶！”

玉拉说完，十分愤怒地把辛巴给他的囚食猛掷过去，正好打在晁通的脸上，晁通顿时从席位上翻跌下来。格萨尔王和大臣见状，都笑得前仰后合。晁通昏过去了一阵以后才慢慢苏醒过来。只见他满脸通红，虽然非常愤怒，但也无可奈何。

雄狮王一见玉拉王子那可爱的模样，先就有三分喜欢，但不知他心地如何，还要试他一试：“玉拉王子，你不在姜国好好过日子，却跑到我们岭国来抢盐海，如今被梅乳泽捉了来，正好用你的身体来祭天神。”

那玉拉托琚一听雄狮王的话，面不改色，神情自然地说：“如今我来到岭国，身体已非我所有，你要祭神就祭神，你要喂狗就喂狗。”

格萨尔一听，这小孩不光长得惹人喜欢，还有股大丈夫的气概哩！脸上顿时露出笑容：“玉拉王子，你别把笑话当真，我雄狮王降伏妖魔，为民除害，对真正的英雄却倍加爱护。将来我要让你做姜国王，姜国的事业会兴旺。”

玉拉托琚久闻格萨尔大名，原以为他是个比妖魔还要凶恶的君王，没想到大王如此慈悲心肠，而且又长得仪表非凡、相貌堂堂。他对雄狮王倍加敬佩，于是跪下来，磕了三个头，恳请道：“父王有罪过，饶他一命可不可？如果一定要处死，来生应叫上天国；母后是好人，别让受饥饿；姐姐姜公主，让她来岭国。”末了，玉拉托琚又说，愿为大王冲锋陷阵，背水放马，千言万语一句话：

别让父亲下地狱，
别让母亲受痛苦，
别让姐姐流边地，
别让姜国遭祸殃。

格萨尔听了玉拉的话，连连点头：“好孩子，放心吧。你说的我都答应，我待你要像亲弟弟。我封你做大英雄，永远随我做善事。”

第六十九章 诱顽敌辛巴巧言弄舌 救同伴巴拉挥刀斩将

当晚，格萨尔王召集众臣商议，研究如何降伏随同玉拉出征的两个军官。格萨尔大王唱道：

霍尔大将辛巴梅乳泽，
派你去把重任来担负。
吉吾托格、珠扎白登俩，
同样靠你智擒当囚徒。
帐前虎贲英雄无其数，
如今还是辛巴有用处。
好事依靠辛巴去完成，
坏事也靠辛巴去消除。
辛巴快把命令去执行，
他俩只有你才能降伏。
岭国神胄大军跟在后，
强隆甲莫山口相会晤。
待到明早太阳出山时，
两相会合不得有延误。
后面岭国大军来压阵，
前面辛巴单骑去开路。
心中如果不敢入虎穴，
手中怎么能够擒虎犊。
你要先把玉拉托琚，
带到岭地后方去安住。
要对森伦父王做交代，

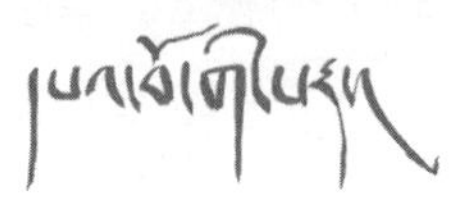

精心看护这只小虎犊。
只要姜岭大战不结束，
把他当作人质留岭土。
玉拉那匹“囊雅青鬃”马，
暂时交由叔叔来看顾。
待到作战凯旋成功日，
把马交还玉拉归原主。

对格萨尔大王的安排所有英雄都同声赞成，大家认为这是国王吉祥如意的决策，从而都高高兴兴地按照国王的吩咐去行事。

次日，太阳刚刚照到雪山之巅，军马粮草就准备齐毕。呜呜呜三声号响，大军拔营上路，军队到了强隆甲莫山中驻扎下来，等待与辛巴会合。

辛巴早已骑上红马，向姜国军营驰去。当他到达姜国军队排好队伍的地方，只见魔官吉吾托格骑着红色战马，表示出迎战的样子向辛巴走来。吉吾托格在离一箭之遥的地方向辛巴问道：“你这个红胡子，我们公子玉拉托琚为何不见与你同行？你这人独往独来鬼鬼祟祟，面孔好像黑皮袋，翻来覆去不会有祥兆。我看你的手脚和行动，就知你是屠夫性残暴。你是不是将王子暗害？”

吉吾托格唱罢，辛巴听了暗想：这人所言，可以不去理它。我一定要用巧言把他诱骗到手。于是说道：“这位军官呀！你像初升的太阳，光照大地，实在令人敬佩。我现在有话奉告，这是你们玉拉托琚派我捎来的几句口信，让我转告你！”

他故作一副气定神闲的模样，继续说道：“昨天上午是个好时辰，姜国公子玉拉大官人，前往霍尔地方去议事一切顺利，特命我前来给你传口信：如今白帐大王和玉拉，正在进行商讨要联姻。姜萨如能嫁到霍尔去，霍姜两国友谊重如金。统领三界霍尔白帐王，同姜王子玉拉有缘分。两人起初口头来商量，最后立下契约写盟文。最初白帐王提出此意图，最后玉拉决策定方针。要从霍尔百万大军中，挑选三万精兵同上阵。霍尔大军现在已出发，派我辛巴给你来报信。我请吉吾托格一道去，白帐大王给你授功勋。还有最重要的两件事，等你快去与他同议论。特派辛巴前来迎接你，长官别再耽误快上路，与我同往北方共讨论。你若不去我也不强求，只怕大祸临头难逃身。”

魔官吉吾托格心想：昨天玉拉托琚王子和辛巴一同前去，今天辛巴又要我也同去，看辛巴的言行，实在令人怀疑。但如果不去也可能不行，只好和他一同上路。这时珠扎白登不放心，也想一起去看一看，便对其他兵丁们说：“你们在营中等候，我俩与玉拉托琚王子很快就会返回来。”

于是两人和辛巴一道出发。到了强隆甲莫山坡上，远远见到岭军扎下的大营。再往近处走，看清军队扎营的方式和人马装束打扮，和霍尔大不一样。吉吾托格心中顿起疑虑，说道："红辛巴，这支大军从扎营的方式和士卒的装束上看，都不像霍尔军队。特别是矛、枪、箭等所指的方向，像是开往姜地的样子。请你到营中告诉玉拉来这里与我俩会合，我俩就在此等他。"

说罢不愿再往前去。珠扎白登见势不妙，趁辛巴不防，便悄悄逃跑了，辛巴发现珠扎白登逃跑后，便对魔官说："魔官吉吾托格啊，胆小的懦狐就让他逃跑吧！你为何也如此三心二意？这军营扎营的形式都是霍尔的形式，士卒的装束也是霍尔的装束。你不加考察，乱作猜疑，这是没有道理的。再说，你忽而高兴得笑容满脸，忽而又哭丧着脸，这是不好的。"

魔官吉吾托格听了辛巴的话，认为辛巴说的很有道理。便带领五十名随从，骑在马上，与辛巴继续向强隆甲莫山口前进。这时，岭国众英雄从扎营的地方远远看见前方有一队人马朝岭营驰来，知道这是辛巴带姜人前来约定的地方会合，立即派出一批军队，飞驰前去，岭军为防备姜人逃跑，先把士兵分成几股，包抄过去。一支队伍穿插进吉吾托格的五十名随从士兵中加以控制，一批队伍则像前来迎接客人一样，从容不迫整整齐齐地迎面走来。当魔官吉吾托格和辛巴快接近岭军的时候，前面被岭军分开的五十名士兵当中有几人与三名岭军拼杀起来。一时吼声充满山谷，血流遍地。最后，五十名姜军士兵全部被岭军杀死。吉吾托格虽知上当受骗，但已无法脱身，只好从坐骑上跳下来，望天长叹。这时几名岭军急忙上前，把他逮住，然后命令他脱去战靴，光着双足骑到马上。再用黑绳把他的双足绑在马镫上。用黑绳把一只手捆缚起来，只让他用一只手拉着缰绳。让他夹在大军当中，向岭营走去。吉吾托格就这样上了辛巴的当，当了俘虏，成了囚徒。这时，岭国大军布满强隆甲莫山口，在那里放心地驻扎下来。

次日，岭王又派辛巴梅乳泽和贡巴布益查甲，像以前那样，再到姜营中去，计划再用巧舌把途中逃跑了的军官珠扎白登重新哄骗到手。珠扎白登从途中逃回军营以后，夜里做了一个很不吉利的梦，第二天他对追随他的士兵说："我做了一个很不好的梦，梦见在一场大暴风中，魔官吉吾托格及其部下，人人身上一丝不挂，颤颤抖抖，我们的玉拉长官被风吹走，不知去向。梦里还有个门国的姑娘告诉我说，姜地草坝，已被鲜血染红；姜军旗杆，已被狂风刮断。这梦兆不知主何吉凶，我心里很不安然。"

众人听了珠扎白登的话，知道不是好的征兆，闷闷不乐，没人吭声。这时，珠扎的部下，一个名叫德格达鲁的人说："玉拉和吉吾两位长官哪里去了？为何至今大家还毫无主见，不想办法快去寻找。按珠扎白登长官的梦兆来看，今后凶多吉少。现在两位长官都不知去向，如果继续前往岭地恐怕不行。如今大家应该像毛绳一样紧紧扭在一起，在此驻守下来才好。”

大家一致同意，便在那里安营扎寨驻下来。大约中午时分，辛巴梅乳泽和贡巴布益查甲两人到了姜营。两人还在较远的地方，珠扎白登便披挂好武器，骑上骏马，从营中冲出，到离辛巴和贡巴一箭的地方，没说一句话便大声唱道：“你这反复无常红胡子，诡计多端性情残暴！你这老狗再也不要做出趾高气扬了不起的样子了！玉拉、吉吾托格两长官，今在何处你怎不知道？前天玉拉与你前往时，说好三天以后回营来，至今未回究竟是什么原因？莫非上了屠夫黑圈套？胡言乱语妄想迷惑？现在别在我面前再来那一套！”

珠扎白登怒气冲冲，咬牙切齿，瞪着通红的双眼，舞着战刀，向辛巴冲来。辛巴知道此人不同于别人，不可随便欺负他，对他要花费心力才行，便说道：“喂！珠扎白登，你单凭一点傲气不行，少年好胜的脾气是失败的根源，你这个娃娃虽然智勇赛神童，但是遇事心里也应做三思。如果不是三思再行事，就会错把敌友混淆起。我是玉拉派来大使者，你可千万不可把我当仇敌。”

辛巴这边话音未落，珠扎的部下德格达鲁骑着黑马，带领五十黑人、黑马蜂拥而来。他心里虽然很慌乱，但还强作镇静。贡巴布益查甲吓得战战兢兢，身上的铠甲都嗦嗦响动起来。这时珠扎白登已经有些确定他们就是岭人，看来玉拉和魔官吉吾托格肯定有去无回了。想到这里，他心中顿时怒火难抑，便抽出宝刀来说：“我的耳中早已听传言，霍尔三部全都早衰落；霍尔雅泽头领白帐王也早已命归西天。你的胡言乱语快收起，省得自己当面找无趣。两位长官现在在何处？你如不说就把嘴闭起！”

他说完，把饮血宝剑从鞘中抽出半截，准备向辛巴扑去。正当此时，德格达鲁一把抓住了珠扎的臂膀，将他制止住，同时说：“长官，无论如何不能性急，如果他果真是玉拉和吉吾长官派来的人，我们立即动手那就快了一点。我的想法是将他二人暂时关押起来，等到三天过后，要是玉拉王子二人还未回营，再将他们处死也不迟。”

珠扎白登以为德格达鲁的话还是有些道理，脸色稍微显出了和气的神情。见此情景，辛巴又立即抓紧时间进言：“珠扎，你还是好好想一想吧！杀死我俩倒没什么，只怕到时候死人的事会落到姜国王臣的头上。白帐王与萨丹王相友好，两人志同道合心一条，对于两国事情皆有利。今日我俩相争没必要，应该同向玉拉去报到。反正我和贡巴两人现在在你手中，我也没有更多的话要跟你多说，生死全凭你来决定，你自己看着办吧！”

珠扎便将他二人请进了军营，表面上看来是去做客，但辛巴知道他们其实是想将他二人困住，但眼下没有其他办法，只好同意暂时与珠扎前往。

这时，格萨尔大王与众大臣以及岭军兵马都安驻在强隆甲莫的营帐中。一天，清晨五更时分，只见营地上空现出五色虹光，空中传播着动听的音乐，营帐周围香烟缭绕，出现了各种吉祥的征兆。在朵朵彩云与虹光围绕下，白梵天王身穿镶有各种锦边的白绸长衫，右手紧握白水晶宝剑，左手持有如意宝珠，骑在白蹄神马背上；左边的枪缨如白云，右边的箭羽像神幡；在千万个神童围绕下，从空中发出像酥油灯一样明亮的光芒，并传出清脆的歌声，那歌是一首预言的歌：

白梵天王今天有预言：
今年岭国应该征战去，
旋要团结一心齐行动，
不能三心二意有犹豫。
辛巴、贡巴昨天派出去，
好比霹雳神箭撞石壁，
他俩想走珠扎不让走，
他俩想飞又没插双翼。
想钻地下没有洞可钻，
正如猛虎掉进陷阱里。
如果拖延三昼夜，
姜人会将他俩来杀死。
杀死他俩还会不休止，
还将派出士卒来惹事。
强隆背面将要派侦探，
想把岭军驻地来袭击。
珠扎将要逃回姜地去，
再搬强大兵马来抗击。
如果让他逃回姜地去，
空中将会传来玉龙吼，
如意树上将会起毒气，
无边草原四处风凄凄，
那时姜国柏堆和曲拉，
将会率领大军入岭地，
短兵相接犹如阎王到，
就是神仙下凡也难敌。

爱子雄狮大王格萨尔，
天神保护你部能胜利。
姜人好比毒气罩大地，
神胄也能把它全收拾，
清早黎明白日上山头，
军队应该迅速拔营起，
开向姜人珠扎宿营地，
好比冰雹一样猛袭击。
既然好言相劝他不听，
只有使用暴力不客气，
天下所有魔类皆一样，
不见阎罗时候泪不滴。
辛巴、贡巴紧密相配合，
犹如鱼儿与水遇一起。
两人性命不会有危险，
坝上崖上任他嬉戏去。
岭国如意成就英雄军，
今晚对付珠扎这小子，
即使不能用计来制服，
也用大兵神威来克制。
要把姜国军队用血洗，
不让一人一马得逃匿。
以后行事应该如何办，
再听梵天父王做谕示。

白梵天王唱完如上的预言之歌，便在仙乐萦回的空中消失了。

清晨，当雪山还未戴上金冠的时候，岭国左、中、右三军的长官和所有英雄猛将们都聚集到雄狮大王帐前，大王说："长系、仲系、幼系的所有将士们，我今早得到天神预言，现在需要立即布阵出击，请各位将军仔细听好了！"

接着大王面向各位英雄，用豪迈高亢的声音说："今日清早五更黎明时，在那高高无量天空里，十万空行仙人簇拥下，白梵天王预言做指示，辛巴、贡巴爵臣做使者，昨天受命派往姜营去，打猎无获掉进陷阱里，已被珠扎用计囚困起。岭国军队不要再迟疑，左、中、右三军快快来收拾，在大山角落里，布下大军。每个长官统领一千人，先锋部队定要轻骑。要把珠扎白登抓到手，这个重任谁敢承担起？对于其他姜国众兵马，要像狼入羊群不畏惧。姜人战败若向西速逃，岭人就从西边猛追击。扎拉率领军队先出发，要用利箭迎告来犯敌。军中自有霹雷与闪电，敌人想来抵抗枉费力。”

格萨尔大王下达了如上命令后，众英雄欢喜雀跃，对白梵天王的预言和国王的命令无限崇信，人人争先恐后地要求今日出战，要去与珠扎白登较量一番。

当晚，珠扎白登做了一梦，他梦见曲拉长官的部落里来了三千名金甲兵，说是萨丹王派来的。次日，珠扎细细思量，以为可能是国王派自己出征很久，不见归来，派人前来探望。但又不知是否真是这样，因而整日心神惶惶不安。第二天，珠扎想要出营走走，便带领十多名随从，到营帐外溜达。当他们离营以后，岭军像潮水般向姜营涌来。只见三队人马分作三翼，三千人马包围了姜营，姜营一时慌乱起来。被扣留在姜营中的贡巴看见姜人突然乱成一团，估计一定是有岭军前来劫营。他连忙仔细看时，只见岭军巴拉森达阿东右手拿着宝刀和神箭，左手执着硬弓，像白绸子一样闪现在眼前。接着无数长矛像搅水的棍棒一样指向姜营。色巴尼奔达雅像金鸟飞翔一样，红光照耀大地，一起冲杀过来。那阵势犹如狼入羊群，姜人四处逃跑，最后这部分姜人全部被岭军歼灭。

珠扎白登正在外面溜达。白梵天王这时变成一头野牛，甩角摇尾地出现在珠扎前面，珠扎看见这头野牛，企图猎取，他催动胯下骏马，飞奔前去追赶。将要追上的时候，搭箭拉弓，箭射出去，时远时近，一直追了三个山沟尚未猎获。最后箭袋中只剩一支寿箭和一支神箭，其余全部射完了。这时他才后悔地自言自语道：“啊呀呀，真不该干这无意义的蠢事，与这愚蠢的畜生为敌是不必要的。”然后和随从们都灰心丧气，掉转马头往回走。

此刻，岭国大军正在分路进军，南边、西边、北边都各以数百骑兵包抄上来。只见前面有绒巴翼的军队百人，首先接近珠扎主仆。珠扎主仆数人从东面退让，即将退到扎营的地方时，就被岭军包围了，双方展开激烈厮杀，一时间姜军营地尸横遍野，血溢山沟，营帐七歪八倒，一幅惨景，目不忍睹。这时晁通长官突然从岭军中跃出，手中举着弓箭，耀武扬威地说：“今日为你我才来这里，为了不让你们这些姜人夺走我祖上权力，不会让你活着逃回去。老汉这柄凶狠好宝刀，敢与你孩子比武见高低，你有什么本事拿出来，老汉愿意躬身陪伴你，老汉虽然年迈力量衰，今日我敢与你试一试。把你外边牛皮甲衣击粉碎，把你内部灵魂之火扑灭熄！”

晁通边唱边搭箭拉弓，做出要射的样子。其实他怎敢轻易射出，只不过是等待着看对方有没有回答的歌。这时，珠扎白登更加愤怒，骂道：“你这黑骑虽会讲大话，短兵相接只会腿战栗。今天对你这些岭国人，一个不留全部斩首级。

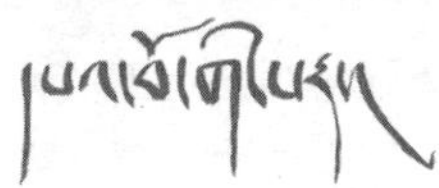

说不知道晁通你，常常自吹自擂了不起。妄说什么天地两者间，厉害只有神人能比，今天我就让你晁通没权回乡去。你想留下大地不容纳，你想活命阎罗不由你！”

他唱毕，拔出宝刀冲上前来。晁通被吓得箭从手中掉落地上，立即掉头往回逃窜，跑了几步回头看时，只见珠扎白登已经追了上来，只好颤抖着身子，强装无畏的样子向侄子格萨尔作祈祷：今日快来救我叔叔命，快从死神口中救出来。

晁通一边以颤抖的声音唱着，一边没命地逃跑。这时，岭国英雄巴拉和噶德两支军队中，都有人出来营救，晁通这才逃得性命。

回到营里，巴拉森达阿东对晁通说：“你我两人对付一人不像话，你可在此看热闹，我去和敌人较量一番，请叔叔把营地看好。”

说毕，驰马到了珠扎白登面前。珠扎白登更加愤怒，立即抽出弓箭，把扳指环套在手指上，在弓弦上搭上利箭，一箭射去，把巴拉森达阿东的前铠甲射得粉碎。由于巴拉森达阿东贴身穿有扎拉赐给的寿衣，箭未能伤着肉体，只是由于箭力的冲击，几乎使巴拉坠马。巴拉虽想回答几句，但见珠扎挥舞着大刀冲杀过来，只好拉弓搭箭，射了过去。由于珠扎有九十九个独脚魔鬼神护身，一时未能把他射中。巴拉又射去一箭，正中珠扎的坐骑，骏马立即倒在地上。此时，岭营中所有的人都冲杀出来，一时只见刀枪棍棒来来往往，吼声震地。珠扎虽只身应战，却毫无惧色，一直抵挡了多时。奋战中巴拉突然一刀挥去，珠扎的头与盔一起滚到地上，终于除掉了这个顽敌。岭军得胜，人人欢呼。大家高高兴兴地返回营中，然后把珠扎的马匹、铠甲、武器等作为战利品共同分享。

第七十章

贵妇人解噩梦述险情
诸大臣劝罢兵求安宁

这时，姜国王宫中人人满怀疑虑，内外大臣都聚集在萨丹王前。王宫“玉龙宝露城”的四面城门都派了岗哨和百足蜈蚣把守，宫中所有谋臣不分昼夜地商讨国是。外面不断传来不好的风声，大家都提心吊胆。尤其是前面派去的玉拉和吉吾、珠扎等均不见转回，更令人焦虑不安。所有姜人只好按国王命令集中到王宫前面。曲拉、蔡玛和柏堆等大臣则整日守卫在国王面前。近日来，国王脾气与以前大不相同，甚是暴躁，对大臣和部众们一味训斥。外面虽传来各种不好的消息，大臣们都不敢向国王禀告。一天，国王说：“内外大臣们，特别是曲拉、蔡玛和柏堆等听着：玉拉托琚等人出征已经多日，至今不见回来，也没有什么音信，不知是何缘故。现在需派你们三位军官及所属部下前去打探清楚，我王才能放心。”

闻言，各大臣都一言不发。被派遣的拉吾、巴林、生姜三人站起来同声说道：“国王的命令好比射出的箭，指向哪里就到哪里。我们三人一定遵照国王的命令去办！”

此时，王妃姜萨娜姆暗想：玉拉等人出征去后，我的梦中出现了各种不祥之兆。各种梦兆主何吉凶，国王和大臣们是会分析的，我应该把梦中的情况向国王禀告才好，于是说道：“国王与众大臣，以及属民们，请再好好考虑，以前派去的三人尚未回来，现在又要派三人前去打探，这样做是否合适？近日我在梦中呈现了一些征兆，不知是吉是凶，请大家分析一下这些梦兆吧！”说着她婉言唱道：

今年战事确实很不妙，
失去很多得到却很少。
特别玉拉等人做先锋，
出征时候就有不祥兆。

我曾再三劝谏没采纳，
可叹不听劝谏落苦恼。
如今又派拉吾三人去，
三人也想前去把功表。
我梦见到东方山顶上，
手中宝藏烈日熔化掉。
高高雪山也被日熔化，
不知这是吉兆是凶兆？
有个白人来自岭噶布，
骑匹白马一副神仙貌。
来到“玉龙宝露宫”门前，
噔、噔、噔三声猛击手中矛。
当他长矛挥动三次时，
大山震动大地也在摇；
“玉龙宝露宫”变废墟，
不知这是吉兆是凶兆？
我还梦见黄人骑黄马，
手中挥舞一支黄长矛。
来到“晋宗城堡”宫门口，
总是转来转去不停脚。
他往右边转了三转时，
宫殿头脚顿时被颠倒，
他往左边转了三转时，
废墟上面顿时长荒草。
我还梦见青人骑青马，
手中挥舞一支青长矛。
大步来到“卡几宗”城前，
总是转来转去不停脚。
他往右边转了三转时，
“卡几宗”护城顿时两边倒。
他往左边转了三转时，
废墟上面顿时野兔跑。
我还梦见红人骑红马，
手中挥舞一支红长矛。

来到“泽玛昂宗”城门口，
总是转来转去不停脚。
此人咬牙切齿吼三声，
“泽玛昂宗”顿时从根倒。
此人奋臂踢腿跺三脚，
废墟上面顿时鬼哭嚎。
我还梦见少女带铜镜，
头上花环装饰长得俏。
骑着一头三只脚的骡，
“卡隆玉宗”门口来撒娇。
她在门口先是乱洒水，
随后又把青稞遍地抛。
手中挥舞铜镜光闪闪，
面对铜镜一连发狂笑。
还见“尼玛东旦颜”城门前，
有座黄金宝塔一指高。
塔尖放出金光闪闪亮，
塔旁人山人海围着瞧。
王宫城堡上面那宝贝，
忽与金光一道消失掉。
围观之人一时如星散，
广场上面顿时静悄悄。
还见千瓣莲花草滩里，
有个高高座位在空着。
人说座位留给姜雏坐，
虎犊将为雄狮立功劳。
还见皑皑雪山山脚下，
在那“斑玛东丹”草场角，
众多骑士唱歌又跳舞，
人人欢天喜地乐陶陶。
右边山上有个虎崽子，
张着巨口蹦蹦又跳跳，
曲拉所骑战马被吞食，
这梦不知是好还是孬？

左边山上有个黑熊崽，
张着巨口停停又跑跑；
蔡玛坐骑良驹被吞食，
这梦不知是好还是孬？
中间雪山有个小狮子，
张着巨口张牙又舞爪。
国王所骑飞马被吞食，
这梦不知是好还是孬？
前面蹿出一只野牛犊，
张着巨嘴哞哞吼声高，
国王寄魂黑熊被吞食，
这梦不知是好还是孬？
背后钻出一只小豺狼，
张着巨口想把食物找，
白登胯下坐骑被吞食，
这梦不知是好还是孬？
半天空中降下一团火，
熊熊烈火顿时照天烧；
金子宝塔被火熔化了，
这梦不知是好还是孬？
我还梦见彩虹照姜地，
神奇幻景江山变多娇，
我同白玛曲珍小女儿，
被人带到外地去落脚。
这些梦兆是好还是坏？
每次提起姜萨倍心焦。
我来说句心中实在话，
就是好梦也会长不了。
今年开始时间已很长，
从来没有半点好预兆，
由于姜国派人去挑战，
国王权势屡屡受损耗。
以后噩兆一个接一个，
高山白雪被融浪滔滔，

谷中流水受冻断了流，
山崖崩塌平地起狂飙。
梦兆是吉是凶难预料，
敬请国王大臣多思考。
招致后悔事情不必做，
免得事情完后留苦恼。

姜萨唱完这支叙述梦兆的歌，国王与诸大臣听后，感到非常震惊，个个目瞪口呆，一言不发。这时，姜国妇女的精英——国母赤姜吉姆对姜萨娜姆唱的梦情记得清清楚楚，她预感到梦中各种不祥的征兆，特别是从天时地利来看，今年都不会有什么好事。她认为有必要把姜萨娜姆的梦好好做个分析，然后告诉国王，劝阻国王停兵罢战，以免招致灾难。于是说道："国王与诸位大臣，穿红戴绿的各部众勇士们，大家的智慧犹如天空的太阳一样明白，不必由我这年老心昏的妇人来指点，姜萨娜姆的梦是不吉利的。我紫色姜国对岭噶布发动不义之战，开始就没有得到什么好处。现在正处在存亡的关键时刻，只要能看清悬崖，勒马回头，避免遭灾，还是能避免更大损失的。"

国母赤姜吉姆虽然耐心地把姜萨娜姆的梦兆向国王做了解释，并讲了很多希望罢兵的话，但国王萨丹丝毫听不进耳里，连眼角都不转一下，不耐烦地说："女人们头发长，见识短；舌头尖，废话多；说的话没什么用。我大王心中的大计，妇道人家无法估量，老母还是闭起嘴巴休息为好。"

国王丝毫听不进老母劝谏之时，大臣柏堆忍不住进谏说："国王在上，如今不论哪一方面，都出现了不少不祥之兆，特别是前几天派遣出去的三人，都应验了姜萨的梦。现在各种梦兆国母都已解释明白。玉拉等三人多日不见回来，这一定凶多吉少。现在如再派拉吾等三人和军队前去，只能让岭人享受而已，其他不会有任何好处。男儿英雄气节虽可贵，但是逞能并非好事情。望把犯人之师暂罢休，三千人马不要再远征。先前派出大将和军队，如今是否生存应问询，可派三人前去做侦察，不必再派大军去犯人。不论派往深谷或山顶，一定不要胆怯和心惊。派出三人尚未返回前，国内兵马戒备要森严。如果敌人胆敢来侵犯，姜国男儿应该打冲锋，如果正确王臣请采纳，如若不对不再费口唇。"

协钦柏堆大臣劝谏后，公主白玛曲珍想：柏堆大臣说的话很有道理，前几天派去的人马情况如何还不知道，现在又要再次派兵前去，这很不好。不论父王听不听取，我也应当进谏几言。即使父王不听，也不至于以后懊悔。于是公主向国王与诸大臣等献上茶酒，说道："敬告父王，刚才柏堆大臣说的话，句句有理，父王应听取。以往计谋都由柏堆出，政权从未出过失利事。能人拉吾斯斯毒孩子、猛将巴林巴沃托琚、公子生姜拉吾托琚，三人不必再派前方去。三人虽然勇猛很能干，但也难与格萨尔比高低。”

公主白玛曲珍说完后，其他任何人都没说什么。柏堆大臣抓紧时机再进谏言：“请国王把公主的良言放在心上。栽树需要考虑果实，办事需要考虑后果。”

萨丹王听了公主和大臣的劝谏以后，很不高兴，愤怒地说：“住口！大臣疯了吗？不管怎样，绝不能说这种没有肝胆的话，女儿白玛曲珍这些胆小的话怎见得可靠！女儿，你的梦兆如果灵验，后果只会落到你的头上，你自己去消除吧！”

国王冲着在座的诸位大臣将军信心百倍地说道：“那所谓的雄狮大王有何了不起，何必对他害怕去屈膝。虽有人说格萨尔最英勇，我也不会吓倒躺在地。玛尔康岭兵虽然很勇猛，萨丹大军定能夺胜利。岭国战马虽然善奔跑，姜国战马定能夺锦旗。你们心中不必有畏惧。刚才点名指派三勇士，如敢前往立即出发去。见到敌军或者探子队，一定扬鞭催马回报知。千万不可等待稍迟慢，如果误了军情斩首级！”

萨丹王的命令让诸大臣和姜国部众人人面带难色，再没人敢劝谏。

三人遵命出发。只见毒孩子拉吾斯斯骑着黄骡马，从黑压压的队伍中走出；生姜拉吾托琚骑着黎明白背马，从齐整整的队伍中走出；巴林巴沃托琚骑着水鸟能飞马，从密麻麻的队伍中走出。三人各自率领一千兵马，从王宫东门出发。部众们都前来送行。英雄们送了一程又一程，彼此难分难舍。有的人用伤感的语言预祝能够尽快重逢。三人扬鞭催马上路而去。

第七十一章

梵天授记大王赴姜地
卦女占卜女将杀神牛

正在这时，岭军已经到达姜国边境，驻扎在纳玛河下游结居达地方的正面。半夜时分，天父白梵天王离开天空五彩虹霞神帐，与诸神一道驾着祥云来到岭营上空，向岭王献计道：

父王爱子推巴噶瓦，
在那长夜难眠睡梦中，
一双眼睛看见什么了，
无瑕神面是否看清楚？
明天黎明清早好时辰，
强兵骏马集合在营中。
觉如单人匹马向前进，
运用软硬策略去进攻。
要到萨丹紫色地方去，
先把地势道路察看清。
萨丹王神志已被乌云罩，
觉如乘机快去显神通。
萨丹宫中有件无价宝，
外形看来像匹骏马身，
只要能把此宝弄到手，
就能使他第一次发昏。
国母赤姜吉姆非凡人，
她是无瑕空行转化身，
只要能把国母去收服，
就能使他第二次发昏。

东城门有价值连城宝，
乃是白螺雕成骏马身，
只要你把此宝弄到手，
就能让他第三次发昏。
只要办成上面三件事，
岭国一切事情能成功。
觉如心中不必有疑虑，
望你立即单骑去行动。
萨丹神志将被乌云遮，
思想好比关在黑牢中。
关上九年时间不算长，
最后一切愿望能实现。
萨丹如今二次使诡计，
又派三千人马犯岭地。
再过几天姜人就到来，
觉如你要赶快做准备。
明天清早黎明好时辰，
觉如人马一定快出骑。
你要高高兴兴放心去。
不必担心军营一切事。
营中三位长官来指挥，
营旁三位英雄做卫士。
白梵天王不会离军营，
时时给你岭营做护持。
明早你从这里快出发，
翻一个坡就到雪山脚，
翻两个坡就到黄草坡，
翻三个坡就到黑崖脚。
人马翻过以上三个坡，
对面有个明镜大湖泊，
在这湖泊的右岸坝子上，
大片青草映绿湖中波，
肥美青草任凭马来吃，
香甜湖水任凭人来喝。

保你人马不愁吃和饮，
明晚就在那儿来歇脚。
后天必须神速向前走，
途中有座猛虎般的山，
虎鼻向着森林那一方，
越过虎鼻就到另一山。
这座山上有个孔雀窝，
窝边开满谷种鲜花朵，
有个金蛙哥哥守花旁，
后晚就在那里来歇脚。
而后再以神速向前走，
有座法床似的大红崖。
还有白蛇下窜似的山，
山口三个路标并立着。
翻过这山再往前面走，
有座象鼻似的红山梁，
长长象鼻伸进神湖里，
湖里不断泛起碧绿波。
在此湖泊左方上空中，
无数欢乐水鸟在唱歌。
湖边五彩鲜花开满地，
有个玉蛇弟弟守花侧。
别在那里歇脚要前走，
前面山崖像个野牛头，
左右两角高高与天齐，
两角中间有道很便利。
翻过那两座山往前走，
有片古老森林很繁茂。
林中深处住着各种兽，
狼嚎虎啸树木也发抖。
森林边上一棵大树下，
滚着一个红红大火球；
那个火球本是自然火，
照得整个黑夜如白昼。

树下还有各种甜食品，
有酒有肉任凭你享受。
当晚你就在那地方住，
不必再到别地去投宿。
来日到达紫色姜域后，
行止需要自己去筹谋。
无论住行都得多警惕，
当心人马落入姜人手。

白梵天王唱完这支预言的歌便很快消失了。次日清晨，众英雄聚集到国王跟前准备议事，雄狮大王把白梵天王的预言歌向众人说了一遍，然后又说："岭国神胄大众们，觉如得了梵天真预言。这是避免魔难好加持，也是不致反悔好指南。他的预言好比甘露汁。所以我打算单人匹马到姜地，降伏姜地萨丹老顽敌。对付萨丹只能软办法，与他硬斗难以得胜利。不能逗留我要先出发，去把疑难事情来解决。诸位英雄以及众将士，随后慢慢前来做配合，左翼、右翼、中路三大军，好比日月星辰配合起。一定看清道路向前进，不让乌云笼罩把路迷。足智多谋著名老长者，要数总管绒察查根王。白狮一样威武善战者，要数四母长官晁通王。一声令下三军齐出动，夺得战果大家来平分。对待达绒长官晁通王，也要给他同样分一份。明天以后大概五日内，要与姜国军队来对阵。到时英雄个个应奋勇，除敌要像狂风扫残云。岭噶营中众位指挥官，指挥作战不能有偏向。两军沙场对阵比武时，英雄各自显示好武艺。现在带领军队帐前来，快快排列莲花宝座前。齐向诸神虔诚来祈祷，祈求来日凯旋再团圆。"

格萨尔大王唱罢，众英雄知道大王要提前出征，心中恋恋不舍。但这是天神的旨意，不敢违背，大家只好同意。正当没人说话的时候，晁通说："哟！虽然天神的预言中说要侄子雄狮大王单人前往姜地，那么我们后面的队伍在路上如果掌握不住，就会铸成大错。还不如现在大家就一起前往为好。再说大王一人单独前往，若与敌人对阵，身边没有人相助是危险的。"晁通的主张违背天神的旨意，遭到了大家的反对。

嘉噶玛尼帕拉说："对于无形的魔敌，岭国英雄有点难以制服，需加小心。对于有形的老魔，不论有多少，我岭人并无畏惧。对于萨丹老魔，还是由雄狮大王一人先去制服为好。"

老总管绒察查根也说："根据梵天的预言和大王的旨意，由大王先到姜地去，没有必要存在异议。至于后面的队伍，在前进途中，大家一定能够掌握好。"

众英雄异口同声，都赞成大王和总管叔叔的主张。这时，大王为消除自身灾难，向身上喷洒了净水，因而散发着檀香的香味，响着各种动听的音乐。在这般吉祥气氛中，人们个个容光焕发，人欢马叫，为大王送行。大王从丹玛手中接过缰绳，在彩虹围绕下，跨上红色宝马，单骑向姜国方向前进。当晚，到达了白梵天王预言的住宿地方。

大王出发以后，后面的岭军也拔营前进，当晚到达了仲隆色莫山沟扎下营寨。岭军遵循白梵天王的预示，打算杀掉姜军曲拉大将的寄魂牛。次日众英雄同心协力，像湖中落下鹅毛大雪一样，将那野牛包围，要杀死它。这时女英雄阿达娜姆双脚踩镫，拨转马头，对众英雄说道："寄魂野牛没有大本领，生死操在我的铁手中。对于那些凶猛野牛群，我也让它全部丧性命。岭国大军这次去出征，日子久了粮食不够用。今日杀死这群大野牛，可将牛肉均分把粮省。今日我自愿当指挥，诸位英雄听我作分晓。要想杀死这头大野牛，万众必须合作心一条。奔巴扎拉泽杰好后裔、文布阿鲁巴森善战者、大将色巴尼奔达雅、大将穆姜仁庆达鲁、总管绒察查根老雪山，五位万户长请去坐镇。左右两侧在座众将领，嘉洛布雅竹吉青年将、达绒绒察玛列勇士、察香丹玛绛查神箭手，各自挑选特兵五十骑，要从右边山头冲下来。大将巴拉森达阿东、大将噶德，各自挑选精兵五十骑，要从左边山头冲下来。大将辛巴梅乳泽、达绒四母长官晁通王、木地加纳桑珠英雄将，各自挑选精兵五十骑，从东边山头围过来。阿达娜姆我本人、贡巴布益查甲青年将以及塔巴吉参等三人，各自挑选精兵五十骑，要从西边山头围过来。大的野牛用箭来猎取，中等野牛赶拢在一起，小野牛犊凭手去捕捉，不让一头野牛得逃脱。"

阿达娜姆安排完毕，总管王也没有异议，于是其他英雄正准备按阿达娜姆的意见行事。只有巴拉森达阿东说："众英雄就照阿达娜姆所说的去行动吧！我是不愿去杀野牛的。如今与敌人作战，谁知是今日交战还是明日交战。在对阵前，白白让马跌膘，浪费利箭，这样子毫无必要。"

其他英雄都照阿达娜姆所说，挑选精骑，从自己一方，把山坡上的野牛赶下山沟，把山沟中的野牛追上山坡。霎时，只见山坡、谷地都变成了红色，青草也变成了红色。这时，曲拉的寄魂野牛已被岭军团团围住。只见野牛口吐黑雾，在岩石上磨着利角，板牙咬得咯咯响，使别人不敢靠近。当辛巴冲到跟前时，野牛扬起四蹄跑了。辛巴紧追不舍，在距离一箭之遥的地方射出一箭，可惜没能射中，野牛停了下来。每当人马接近它时，它就猛地扬起利角，向人马冲来，没有人敢接近它。此时，晁通勒住"古古饶宗"黑马，咬牙切齿地对魔牛大喝道："不把这头恶牛消灭掉，前往姜国地方难顺利。遇上姜国猛将难抵挡，岭国英雄就会失战机，平时自称勇士人很多，战时真正的勇士只有我。上阵我总走在侄儿前，退阵我总留在最后撤。总管绒察查根爱自夸，自称能把军队带领好。如今在一头魔牛前，几乎所有人马都丧尽。霍尔大将辛巴梅乳泽，好比屋里棍子难扬出，好比灰里火星烧不起，怎能在黑色大地把足立。今天唯我叔叔有本事，誓叫红角魔牛命归西。岭国众位英雄齐来看，看我一人活剥魔牛皮！”

晁通边唱边做出非常英武的姿态，催马上前，在离魔牛不远的地方连射了三箭，那魔牛立即趁着饿鬼的风势向晁通扑来。晁通吓得魂飞魄散，拔腿没命地朝着预先看好的洞前逃去。贡巴布益查甲担心晁通处境危险，马上催马向着晁通和魔牛中间冲去。由于魔牛有饿鬼的风势相助，一阵猛冲，贡巴的坐骑黑马被魔牛几角顶死了。那魔牛还想顶死贡巴布益查甲。当此危险时刻，白梵天王立即放出一道金光，扰乱了魔牛的视线，贡巴这才得以脱险。晁通这时早已钻进地洞中，性命也自然保住了。辛巴看到这般情况，于心不忍，便唱了一支伤心的歌：

这头凶恶巨大野红牛，
比起吃人妖魔还恐怖，
口中鼻中一起喷黑雾，
舌尖闪着电光耀眼目。
手中射出利箭射不中，
心想拉满硬弓力不足。
各种各样办法都用尽，
还是降伏不了这妖畜。
晁通快从洞中爬出来，
看看魔牛是否已呜呼。
英雄业绩大家都有份，
该不该得自己最清楚。
两耳曾听别人传言说，
这牛是曲拉命魂依附处。
只有把这野牛先杀死，
才能把那曲拉来降伏。

辛巴唱毕，从右边射出三箭，那箭就像射向了无际的天空，毫无结果。此时，女英雄阿达娜姆双足踏镫，从前面奔驰而来，她叫道：“这头野牛的确不寻常，曲拉命魂附在这牛身。只有杀死这头寄魂牛，才能降伏曲拉这姜臣。怎样才能杀死这曲拉，听我简要说与大家知。如果恶牛逃上高山巅，就要开出山路向上驰。如果恶牛跳到山崖下，就要开出坡路向下驰。如果恶牛跑往草甸里，猛追上去千万别停止。如果恶牛逃进森林里，放火烧山让它成灰烬。我朝野牛肝上射一箭，破坏曲拉消化显奇能。我朝野牛肺上射一箭，破坏曲拉呼吸显奇能。对准野牛心脏射一箭，夺去曲拉命魂见效应。如果这样野牛还不死，算是野牛当中最凶猛。那么我更是枉自再称女英雄，不如返回家乡做仆妇！”

女英雄催动黑骏马向前驰去。那野牛远远听后，感到恐惧，当它刚打算逃跑的时候，阿达娜姆张弓射出一箭，这一箭正中肝脏，接着又射出一箭，这箭从肺脏中间穿过。接着一箭接一箭都射中了野牛的要害，那野牛便倒地死亡。女英雄阿达娜姆射死了姜军长官曲拉的寄魂牛，岭国将士们热烈欢呼：“真厉害！”纷纷伸出大拇指称赞。他们没有想到姜国军队这时已接近岭军营地。

第七十二章

姜地三小将突袭岭营
岭国众好汉力克强敌

就在众英雄齐心围猎野牛之时，有姜国拉吾斯斯部下的骑士七人，巴林巴沃托琚部下的骑士七人，生姜拉吾托琚部下的骑士七人，共三七二十一名骑士奉令前往岭国营地后面一座山头上侦察。骑士们到了山上往下一看，只见遍野都是岭军人马，盔缨和旗幡遮天蔽日，他们一见便心惊胆战。

在姜军队伍里有个名叫扎西索朗的少年，在姜营里以英勇善战著称，长官拉吾斯斯对这少年也特别器重，平时对他如同行走时的小腿、观看时的眼珠一样爱护。少年想：今天到了大军营地跟前，如果不去夺点战利品显显本领，开个好头，只像断了尾巴的贼狗一样，见到大军就往回逃跑，实在丢人，应当干出一番能在萨丹国王面前炫耀的英勇事迹才好。于是说道："请叔叔们听着，我们现在已经到达与岭军打仗的地方了，玉拉等前面派去的人，现在一定已经遭难了。我们如果不以英勇的气势去夺取一些胜利，敌方就会更加得意。我们要冲进岭营，去夺取一些马匹和战利品，看谁最骁勇。对付敌人我意先下手，应该先发制人闯营去。而且闯营不止闯一次，应该接二连三不停息。这样你我才配称英雄，这样国王才会心欢喜。"

听到少年扎西索朗这样说，叔伯弟兄们异常兴奋，各自勒紧马肚带，戴稳头盔，扎紧铠甲，骑上自己的战马，把刀柄索扣套在手臂上，左手执弓，右手执箭，毫不犹豫地扬尘而去。扎西索朗坐骑跑在最前面，与众弟兄相距约两箭之遥。这时，岭国英雄们去围猎还未回营。岭营中只有老总管等三位长官守营，总管等三人由于人老体弱，只能在营帐门口转来转去。老人们忽然看到姜军远远而来。总管王绒察查根说："大事不好！今天如果让这些姜人冲进军营来，一定会助长敌人的气焰，动摇我军心，我三人必须誓死抵抗。"

巴拉森达阿东立即催马上阵。他从白旗杆旁像月光升起一样，白晃晃地从军营中跃出，冲到姜人扎西索朗面前，佯装霍尔士卒道："这里是岭噶布的营盘，由霍尔三位长官来统管，来给萨丹大王当臂膀，为守信义自愿来助援。浩荡大军共有九十万，如果需要还可再增援。霍姜两军如能配合好，天下无敌军威名四方传。姜国那个著名萨丹王，你是不是亲眼见过面？姜国地方是否很富强？请你一五一十给我说来。”

巴拉森达阿东这样试探后，扎西索朗想：这人是不是霍尔人，如今真伪难辨，按理来说，霍尔根本不会无缘无故出兵来做姜国友军，帮助姜国。于是反过来试探道：“喂！骑白灰马的人，你男子打扮得像只马鹿，你武器打扮得像个纺锤，不论是友是敌，我得先往你的头上射一箭。”

他说完立即将箭射出，利箭射中了巴拉森达阿东的铠甲，把甲叶纷纷射落在地，幸有战神护衣的保护，内体没有受伤。巴拉怒道：“呀！这箭好比风吹来的草秆，想在我面前逞能是不自量力。我请你站在一边，看看我的箭法吧！”

巴拉放开缰绳，催马向前。他冲到了扎西索朗面前，把扎西索朗一把抓起，抛向空中，摔在地上，扎西索朗顷刻丧命。姜军其余所有人马被岭军团团围住，不多一会儿，姜军就像风刮茅草一样全被岭军歼灭。岭军从姜军败阵中活捉了两名俘虏，然后用牛毛绳子缚住，像看门狗一样拴在军营门前，让他俩提供姜军各种情况。

岭军前去捕杀曲拉寄魂牛的人陆续回营。这时晁通想：只因我在出猎中钻了一次地洞，致使贡巴的坐骑死于寄魂牛角下，在众人面前，实在有些难堪，如果不自吹自擂几句，加以搪塞，实在有伤面子。于是他从地洞中提了一只无尾地鼠，然后一本正经地在岭军面前唱起自我炫耀的歌：

白色雄狮虽然有雄姿，
而且在人面前很稀罕，
只因一般人们难见到，
纵有一副雄姿也枉然。
好比岭噶众位英雄汉，
纵有骁勇本领谁施展？
做出业绩只有自家知，
立下战功世上难流传。
岭国英雄逃避在四野，
只有阿达女将守疆场。
她把铜角野牛来杀死，
实为岭噶除掉一大患。
论功她还值得来夸耀，
其他英雄有何可称赞？

黑色地里有多少金沙粒，
可否一粒一粒摆出看一看？
野牛外形是只牲畜身，
体内所有魔魂都俱全，
无论魔魂寄居在何处，
今日落入我手难生还，
是否这样英雄快来看，
该不该赞扬大家来拍板。

晁通唱完这支歌，大家听了只觉得好笑，没有人说什么。只有王子扎拉泽杰说道：“哦，是的哟！叔叔这般英武，实在了不起。你老人家所说的话，非常吉利。现在请你坐下，听我来把你称赞一番。”说罢唱道：

岭国英雄敌前很英勇，
晁通叔叔钻洞也卖力。
要问究竟谁的战功大，
人人皆知何必去评比。
不论巴拉森达阿东，
不论阿达娜姆女英雄，
不论四母长官晁通王，
谁有本领大家心中知。
外表看来好像是一样，
实际情况相差千万里。
巴拉战败扎西缴武器，
这是巴拉英勇好标志。
曲拉长官铜角寄魂牛，
凶猛无比万夫也难敌。
皮肉落入阿达娜姆手，
这是女将英勇好标志。
地洞地鼠落入晁通手，
这是晁通英勇好标志。
究竟谁是英雄谁好汉，
看看战果便可全知悉。

由于格萨尔大王临行前特别交代，此后的征战中还有晁通的大用处，因此对于扎拉王子的嘲讽，大家也都只是在心里暗暗发笑。接下来扎拉王子开始部署起来如何消灭姜国的第二拨先遣军队，王子命令完毕，大家一致服从他的指挥，开始行动。

前半夜，被派遣的军队在头领率部下抵达姜国军队所在地。次日天刚黎明，东面有扎拉的部队，北面有文布阿鲁的部队，西面有尼奔达雅的部队，南面有达绒晁通的部队。岭军像箍木桶一样从四面把姜人团团围住。姜人的马匹听见岭军的动静，嘶叫起来，姜人才发觉四面八方已被岭军包围。只听见马蹄声、喧嚷声混在一起，来势惊人。这时姜军中只见毒孩拉吾斯斯骑着一匹黄骠黑肩马，也不问话，带领着部分姜军从北面突围。脾气暴躁的姜国小英雄巴林巴沃托琚被岭军团团围住，利箭和炮石像雨点般向他袭击。他横冲直闯，奋勇抵抗。由于有保护神的庇护，才没伤着他。最后只好返回营垒。生姜拉吾托琚骑上九脊白霞马，向东面突围，被远处山坳里率军而来的丹玛大臣挡住。拉吾勒住马叫道:“你这个青面骑者，是不是想来送死？来，我俩较量一下，看看究竟谁是好汉吧！”

拉吾勒住马，把箭搭在弓上，等待着对方回答。在距离一箭射程远近的地方，丹玛回答道:“你是生姜拉吾托琚，号称英雄了不起，但是否真的有能力，想显本事就得看此时。在我丹玛面前休想来逞能，若想逞能只是来寻死。想在利刀口上来试身，或想在箭镞上来送死？我从虎皮囊中抽出箭，要用白铜利箭对付你，我从豹皮鞘中取出弓，要用梵天宝弓对付你。你如明智快去做祈祷，如不明智请去念玛尼。”

丹玛立即射出一箭。那箭即使射中金刚石崖，石崖也将被射得粉碎。但由于生姜拉吾托琚有九十九个魔鬼神护身，利箭没有伤着他的皮肉。拉吾随即向丹玛回射了一箭，丹玛的铠甲被射得粉碎。丹玛幸而穿有防御利器的内衣，因而也未能伤着皮肉。此时，由于拉吾心中急于求胜，便向丹玛冲去。丹玛也想马上捉住拉吾，手中不拿任何武器便冲向拉吾，两人便像山羊打架一样相斗起来。两人扭杀在一起，扯来扯去，难分难解。正当打得火热时，王子扎拉泽杰催马向前，为丹玛助阵，他向拉吾连砍三刀，因有魔鬼神的保护，未能砍中，扎拉泽杰只好取出父亲生前留下的雅司宝刀，向拉吾劈去，拉吾的头颅就像切蔓菁似的从颈上切下，与头盔一起掉到地上。

扎拉泽杰劈死了生姜拉吾托琚以后，姜国的毒孩拉吾斯斯从姜军北面营垒中冲出，他仍像前面突围的人一样，想冲破岭军的包围。巴拉森达阿东与辛巴梅乳泽见状，立即一起冲上前来，挡住拉吾斯斯的去路。辛巴劝道:“格萨尔大王威猛无比，世上没有慑服不了的。小小姜国军队算什么，你想单独逞能不可以。向来识时务者为俊杰，始终执迷不悟是傻子。今日你就不要执着反抗了！”

毒孩拉吾斯斯却答道：“你这个贪生怕死的红衣骑者，依你所说，只要能保住自己的老命就能算英雄，这只是怕死鬼的说法，我却不是那样的人。我不会上你的当，我要向你的嘴里撒灶灰。你就是个没有主子的丧家犬，又像走门串寨的叫花子，开口尽是一派胡乱言。雄狮王的名声很动听，就像天神演奏乐曲子，名声动听时间却短暂，好比天上彩虹易消失。谁想与萨丹王比高低，谁就休想平安活在世。岭军今与姜人做较量，有何本事我要亲自试。吁请天上白色山羊神，请来助我抛出套索去，让这套索套住辛巴颈，让他像黑狗一样被拴起。”

拉吾斯斯说罢，立即把套索投了过去。那套索随风一绕，套住了辛巴的脖子。拉吾用劲拉扯，辛巴几乎被扯下马来。正在这用牛毛吊着磐石的紧急时刻，巴拉森达阿东叫道：“不好！今日遇上大事了，一定要把辛巴拯救出来，就是战死也不能让辛巴落入敌手。”

他立即催马，如流星一般冲向拉吾，拦住拉吾斯斯的退路。拉吾斯斯大怒，一面拉紧套索，一面把箭搭在弓上说：“今天遇到岭国两小将，如果放你生还枉自称毒夫，你俩不必害怕丢性命，生死本来早已命中定，我好比高悬天生红太阳，要把岭王影子来拖住，想让岭臣名声受玷污。一要报那失去玉拉仇，二要讨还失去魔臣债，三要洗雪失去扎西恨，四要算清失去生姜账。这些仇恨若是不能报，那是枉在世上称丈夫。不如钻进土洞伸舌头，心安理得甘当小懦狐。”

拉吾斯斯一箭射去，正中巴拉，把铠甲射得粉碎，由于长寿内衣上有寿神保护，没有伤着皮肉。这时辛巴已挣脱套索，站在一旁，准备和拉吾厮拼，只听巴拉说：“天下真正男子英雄汉，都是见到劲敌心喜欢。运用上等箭术相交往，敌人见了无不心胆寒。你的小小箭术不顶用，只是你那拇指在发痒，你的牛角弯弓白着急，谅你白费力气把弦张。射箭方法并非这般射，拉弓姿势也非这般拉。刚才由你拉吾做示范，现在让你看看真正的英雄究竟是怎样的箭法。”

他一箭射去，在响声与火星闪处，利箭穿进了毒孩拉吾斯斯的心窝，铠甲与护身衣没有起到丝毫保护作用。拉吾斯斯虽中了利箭，但还没有断气，他忍痛掉转马头，跑入岭军阵中，东冲西闯，一连杀伤了数名铁甲兵后，才逃回到自己营中，愤然死去。

这时，西面军营门外，小英雄巴林巴沃托琚骑着“水鸟善飞”马出战，岭军一拥而上，将他围住。尼奔达雅欲上前与他恶战，绒察玛列阻止道：“你且在此稍候，由我前去对付他。”

噶德曲炯贝纳也在争抢：“两位兄弟不必动驾，今日由我打一次先锋为好。”

说着骑上黑色“追风能飞”马，上前拦住巴林巴沃托琚。巴林也把自己的马勒住，站在离噶德一箭远的地方，厉声叱喝：“我在萨丹王前自愿来请战，自告奋勇上阵来，现被百万岭军包围住，战场上不是生来便是死。你我两人公平来对箭，或者短兵相接拼刀子，究竟应该如何来争斗，现在由你任意做选择。要问萨丹为何出兵，并非想用武力把人欺，也非想用霸权统治人，只是想取北方得盐池。玉拉为首姜地三长官，以及三百六十名先锋，一去多日迄今没音讯，是凶是吉我们尚未知，因此萨丹国王又下令，派我三人继续来出征，率领强兵猛将共三千，誓将北方盐海夺手中。你想阻止萨丹王的大计不可能，当心自己只会把命送。我方兵力你们不明察，想来较量那是白日梦。”

巴林巴沃托琚唱毕，一箭射出，大地魔神立即助以黑风，一声霹雳利箭射中了噶德的上身，把盔甲射得粉碎，幸好有战神的寿衣保护，没有伤着身体。噶德把箭搭在弓上，回敬他道：“呀呀！狗胆包天的姜娃，你放出这般无力的箭，是否害臊？我在玛尔康岭国，遇到无数比你厉害的射手，在射场上从未输过。如若不信，请你看我的这支箭！”

噶德在心中祈求战神威尔玛相助，那箭穿过巴林的铠甲，再从背上穿出，巴林巴沃托琚立即落马身死。见此情景，军营西边的岭军，人人欢呼赞叹。接着大批岭军像饿狼冲入羊群一样向前猛攻，多数姜军只顾逃窜，少数企图抵抗的人还来不及抵抗，圆圆的脑袋就滚到草地上了，姜人大败。岭军把姜人的马匹、鞍鞯、武器等战利品夺取到手后，兴高采烈地返回岭营。

第七十三章 姜王母失神坠河身死 萨丹王忧伤自闭哀室

岭军大捷以后，格萨尔单骑到达姜国萨丹王的地方。他首先把姜地路线及城门方向等察看清楚，当晚在萨丹坝子对面山口里住了下来。大王把自己的骏马用幻术变作一只枣红、青色、花色相间的神驴，拴在萨丹王的马厩东边，自己装扮成一个面色半白半黄的老乞丐，把牛角宝弓变成一根拐杖，把箭囊变成一本卦书，把铠甲变成一件占卦的法器，把头盔变成一个讨饭的木碗。次日一早，他便向王宫方向走去。他一面走，一面沿途向人们化缘："可怜无依无靠的人，给一撮糌粑来！给一疙瘩酥油来！"

拴在萨丹王马厩东边的那头三色驴子，被姜国王宫中的长脚马倌特莫发现了。他立即把驴子牵到萨丹王的马厩里，然后快步走到萨丹王面前，一进宫门就启禀道："高高金座上的萨丹王，你是神子下凡做人主。臣民有禀大王言，并请大王听后做吩咐。今早高山未戴金冠时，东方神鸟还未离巢时，家中妇女还未挤奶时，出现一件罕见稀奇事。我从马厩上面往下看，城门东边有头怪驴子，正在那里自由吃青草，一边吃草一边吹鼻子。那种怪畜从未看见过，我即走近旁边去察视。只见驴身长着三色毛，看来好像画工曾绘饰，四蹄华丽就像璞玉琢，尾巴漂亮好像彩虹制，白色鼻唇好像白海螺，不知此驴是否有主子。现已牵来放在马厩里，特向大王禀报这件事。不知这事是凶还是吉，如果吉利我心还安逸。我这特莫长脚牧马人，还有色察长脚和曲赤，我们三个仆人都认为，这是一桩大吉大利事。今年在我姜国领土上，千百眼井汇成大水池，有水牧草丰盛庄稼好，都说这个兆头很吉利。今日出现这头三色驴，可能是件宝贝举世稀。是否如此我们难断定，特请国王明察做决断。"

马倌特莫禀告完毕，萨丹王吩咐马倌将那头驴子牵来看看，然后走上阳台，宫中国母赤姜吉姆和王妃姜萨娜姆等也前来观看。马倌将驴子牵到院中，萨丹王在阳台上往下看后说道："从毛色、四蹄、鼻唇等各方面来看，这头驴子的到来，象征着事业的成就，今晚你必须把它看管好。"

说毕，国王与母后、妃子等都走下阳台回寝宫去了。次日，太阳爬上雪山的时候，马倌将萨丹王的两匹御骑黑骏马和水晶马同那头三种毛色的驴子赶到河边准备饮水。当马倌正要给驴马饮水时，国王派人赶来传话说："现在给马饮水尚早，到中午再饮为好。"

于是马倌又把驴马赶离河边。这时，雄狮大王化装成的乞丐正在城门口向人们乞讨。到了中午，马倌给马饮水，那头三色花驴与黑骏马相斗起来。两头牲畜互斗时，将中间那匹水晶马挤落到河中去了，接着那头三色驴子似乎受了惊，扬蹄便跑，又把那匹黑骏马也挤入水中。萨丹王的两匹骏马先后被河水冲走了，惊坏了河边观看的人，顿时河边一片慌乱，嘈杂之声如黄昏时屋檐下面寻巢的麻雀。

吵闹声传入王宫，国母及婢女等从阳台上往下观看。由于梵天施展神通，国母一时眼花缭乱，头昏脑晕，从阳台上摔了下来，滚入河中淹死。这事震动了整个王城，众大臣极度悲伤，萨丹王也因母后身亡，一时悲伤不思饮食。他身穿黑衣，头缠黑布，整日待在寝宫中为母后守丧。那匹三色驴子这时却不知去向。

长脚马倌认为，由于自己牵来了这头三色驴子，致使国王犹如宝贝的两匹骏马和空行母化身的母后赤姜吉姆落水遭难，如今自己已是走投无路，只好闭上双眼，心一狠跳入河中，断送了性命。

此时，雄狮大王装扮成的老乞丐依旧坐在宫门外面向人乞讨。以王妃姜萨娜姆为首的妇女们正在盘问乞丐从何处来，讲什么语言，要到什么地方去。老乞丐回答道："我的出生地是洽噶尔地方，我背井离乡要到嘉噶去朝圣。途中前几年曾在岭噶地方待了四年，因为当时霍尔白帐王与岭国正在打仗，阻断了交通，致使我没有办法前往。现在无地方可去，便流落到了这里。目前岭国与霍尔战争已经平息，我还想去嘉噶朝圣。你们的国王名声这样显赫，你们将用什么饮食来赐给我呢？"

王妃姜萨娜姆说："我的儿子玉拉和三百六十名士兵前往岭国去了，你是否听到关于玉拉等人的消息？霍尔与岭国交战的情况近来怎样？"

老乞丐回答道："曾见到一个人，是不是你的儿子我不知道，前个月上旬，我从霍尔经过时，遇着了一股军队，他们都说是从姜国来的。他们被霍尔请去了，听说为首的那个军官与霍尔人议定，双方立誓同甘共苦，结成联盟，共同对敌。从时间上看，也许快返回来了，说不定明后天就可能回到家了。"

姜萨娜姆等妇女们问得十分详细，为了使国王得到安慰，曲拉便向萨丹王夸大了说霍尔依旧与岭国在交战，玉拉王子已经与霍尔结成共同抗敌的盟约。国王听后心里揣度：霍尔和姜国结成联盟，这事不知是真是假，如果玉拉等人

平安无恙，也就算是好了。提到这里国王脸上立即露出快乐的样子，他虽不愿离开守哀的寝宫，但仍对大臣们说：“你们认真了解一下，如果城门口的那个老乞丐真的能卜卦，就叫他卜个卦看看吧。命他把玉拉托琚等人的情况，霍姜两国结盟的情况，国内出现的不祥灾祸等，都仔细卜算一下，问个清楚，再如实告诉我。”

众臣遵命，从寝宫出来，径直走向城门口。这时老乞丐还在那儿，当大臣们走到他旁边时，他说道：“呀！官人，赐我乞丐一点饭食吧！”

曲拉问：“你说过你会卜卦，国王让我们前来向你问卦，你快给卜个卦。你卜卦需要些什么卦具呢？”

乞丐答道：“官人，卜卦的卦具不必很多，只要有请战神时用的各种彩箭，向战神供灯时用的各种妙香，山羊大小的一团酥油，祭祀地方神祇用的白、红哈达各一条。只要有这些东西，就不要别的了。”

大臣们立即给老乞丐准备好了上述东西。只见乞丐把卦具彩箭执在手中，口中喃喃，开始卜卦。随即唱了一支寓意吉凶祸福的歌：

卦师我是天神转化身，
能够先知人间众事情，
是凶是吉我能唱出来，
希望官人洗耳仔细听。
花花卦线共有千万根，
白线象征高空白鹫鹰。
白鹫一旦飞到红线上，
红线需要小心紧提防。
黑线象征贪吃黑乌鸦，
乌鸦见到食物口水滴，
一心贪食总想来抢夺，
这是与敌结怨之卦象。
绿线象征美丽绿孔雀，
孔雀翎毛丰满放亮光，
孔雀离别故乡飞他乡，
美丽翎毛纷纷落地上。
前往出征长官和兵卒，
人人盘腿坐在马背上。
是凶是吉王臣去考虑，

卦师不用多嘴说周详。
灰线象征凶狠猫头鹰，
象征魔障灾难要出现。
需要立即设法去防备，
千万不能迟疑再延缓。
如照自己心愿去强求，
王臣属民难免要遭殃。
这在卦中显示很清楚，
如实说明怕你心发慌。
为免官人心中起怀疑，
免得说我乞丐在撒谎。
并非为了乞食胡乱说，
此话请你自己做主张。
城门上的白螺小神马，
厉鬼妖孽躲藏在里边。
真实与否自己去察看，
乞丐不再详细做指点。
卦中还有一些怪卦象，
说了怕你不信招灾难。
自从开始卜卦到今天，
比这可怕卦象从未见。
第一卦显出释迦车帷帐，
这是释教要占美地方。
第二卦白螺马鬃被火烧，
这是白螺马主将遭殃，
第三卦刀丛箭镞乱纷纷，
黎民将在刀下把命丧。
前后三次卦象都凶险，
望你收刀卸马莫打仗。
若是还要硬把干戈动，
国王臣民难免会拆散。
三次卦象都是很明显，
军民将会送命很危险。
昔日孽果今日得报应，

好比庄稼要遭冰雹击。
好比禾苗遇到大旱年，
叶萎枝枯很难得生息。
有时恶魔如同霹雷降，
有时瘟疫流行传四方，
男人将要死去绝后代，
女人将成寡妇守空帐。
要想灾祸变化为福缘，
只有快将白螺马拆散。
否则妖孽很难铲除尽，
王臣黎民都将遭大难。
雪域地方雄狮很威武，
绿鬣比起过去更丰满。
白土路上龙王在飞驰，
吟声比起过去更高亢。
雄狮王的神威与天齐，
大臣英雄威名四方传。
岭噶人丁兴旺国太平，
王臣所想一定能实现。
这些都请官人多考虑，
三思而行方可无后患。
我的各种卦象不寻常，
如何取舍自己去判断。

老乞丐唱毕，姜国大臣协钦柏堆心中十分犹豫，认为白螺马是先辈传下来的神物，是魔鬼神和祖先灵魂的依附处，不应该拆毁。曲拉与蔡玛两人则对卦象信以为真，并认为那匹招来祸事的三色驴子已不知去向，既然卦中说白螺马里藏有鬼妖孽，虽是神物，那也只好把它拆毁。各大臣的意见一时不能统一，只好将卦象禀告国王，请国王裁决。曲拉长官把卜卦的结果是要拆毁白螺马这个重要情况如实禀告国王。国王听后最初没说什么，只是在想：这白螺马是历代祖传的神物，是姜国的魔鬼神和祖先亡灵的依附处，实在不愿拆毁。但为了防止灾祸降临，按曲拉所说去办未必不可。那匹显示噩兆的三色驴子的灵魂也许躲到里面去了，把它拆毁也是应该的。于是国王说道："大臣们，看情况办吧！把白螺马拆毁也未尝不可。按曲拉所说，那里面藏有祸根，即使是神物，也变成鬼魅藏身之所，只有拆毁了它才能免遭祸患。我要在这寝宫里为母后守哀九年才能离开。”

大臣柏堆心中怀疑，他想：十个卦师，有九个常会骗人。再说自己的想法与两位大臣的想法也统一不了。而国王又听信曲拉的说法，再劝谏也不会起什么作用，只好顺从算了。

这时大臣们一起来到乞丐卦师面前。曲拉说道：“现在就按你的卦词去做吧！祝愿姜地吉祥，风调雨顺，庄稼丰收，牲畜兴旺。”

乞丐说：“那很好，现在就把白螺马拆毁吧！不需什么工具，只要有个八岁小孩那样大的铁锤，就能把白螺马砸毁了。”

大臣们给老乞丐准备好了铁锤。老乞丐双手握着铁锤，高高举起，大声说道：“招引祸事的白螺马，快像魔鬼幻变般消失吧！”

说着唱了一支击锤的歌：

白螺马儿真神奇，
惹人珍爱更惹人喜。
饿鬼厉魔为首三大魔，
你们竖起两耳听仔细。
八岁孩子大的黑铁锤，
我请空中战神来擂动，
快把这匹发光白螺马，
砸成碎粉细末送狂风。
如果没有能力将它毁，
乞丐愿在姜域了此生。
让那姜人权势随星散，
把那姜人教法付与风，
卦中预示缘分许多种，
都与众生命运紧相连。
如能将白螺马来砸毁，
众生一切利益能保全。
最近一个月的时日里，
欢乐喜事接踵将呈现。
如果我能长命尚未死，
喜事定能亲眼见一见。

老乞丐唱毕，把铁锤临空砸下，只听白螺马“咔嚓”一声，砸得粉碎，从里面流出鲜红的血来。那血像洪水一样很快向王宫方向流去。就这样，姜萨丹王成就事业的宝贝神物被砸毁了。从此，那水晶白螺马、母后赤姜吉姆以及任何魔王都战胜不了的马倌特莫长脚杆等，都被消灭了。这时，那化装的老乞丐，拄着拐杖，往东方扬长而去。

格萨尔翻过两座山口，还不知自己的坐骑枣红马究竟在何处。他心里着急，便唤起了宝驹：“妖物白螺马被砸毁时，枣红骏马不知何处去。恩重如山神骏枣红马，今日快来给我做卫士。你我人马两个是朋友，快快回到岭军营中去。大王运筹坐在中军帐，神马待命住在马厩里。”

大王话音刚落，神骏枣红马立即从彩云当中现出身来，随后在五彩虹光的道路上奔向雄狮大王身边。大王骑上骏马，风驰电掣般返回岭军营中。

第七十四章 王者归岭大军压姜境 授记降雄狮王射魔魂

在大王将抵达军营的头天夜里，扎拉泽杰做了一个好梦。次日清早，他便对大家说："雄狮大王快回来了，官兵们快去途中迎接吧！"

岭国众英雄听了扎拉泽杰的吩咐，都说："您是白色天神的后裔，我们愿遵照您的指示去做。"

大家都恭恭敬敬地排好队，骑上马，前往山口迎接。当众英雄走到半路时，看见格萨尔大王催马到来。大家纷纷下马，上前谒见，献上洁白的哈达作为见面的礼品。

雄狮大王与大臣们又各自上马回到大营，当大家在营帐中坐定时，格萨尔把用计谋降伏劲敌及捣毁姜地神物白螺马等情况告诉大家。

大王说完，众人都诚心信服，纷纷向大王致敬顶礼。次日，岭军全军拔营，浩浩荡荡向姜域方向前进。当晚到达姜国达那查俄山口扎营驻下。

这时，姜萨丹王仍在寝宫中守丧。众大臣都聚在一起，共同商议如何请国王离开守丧的寝宫，以防不测。公主白玛曲珍说："请父王、大臣们听着，女儿我有几句话要说。近来，传说岭军要来反攻，从在白魔神的替身白螺马身上流出鲜血的征兆来看，从女儿我做的噩梦来看，都很不吉利。请父王节哀，以黎民的幸福为重，快快负起指挥重任，料理国政，挥兵抵抗。当初不应出兵去犯人，既已出兵就别悔当初。须知如今战争不可免，大敌当前应快做部署。"

姜萨公主的话，国王耳里仍是丝毫听不进去。众大臣虽然认为公主说的都很有道理，但这时国王一声不吭，也就不敢再说什么。战争还是不可避免，大家惶惶不安，鸦雀无声地待在一起。

岭国大军向姜域进军途中，在姜域达那查俄山口住了一夜，次日经姜域色俄山口继续挺进，不久便抵达习撒泽拉坝子。在天色尚未昏黑前，军队都已到齐，便在坝子里宿营。营中火焰熊熊，把坝子照得通亮。煮茶的蒸汽如同森林上空的浓雾，腾腾升起。取水拾柴的人犹如蜜蜂进出蜂巢。坝中有多少棵树，营中就有多少个人，坝中有多少株草，军中就有多少匹马。姜人远远见了这么多人马，不知如何对付。

当晚深夜，白梵天王从五色彩云和虹光围绕的无量宫帐幕中飘然而出，身穿白衣，骑着白狮，满面笑容，在吉祥光环环绕下，头戴顶尖闪闪发光的白螺盔，右边羽箭白花花，左边白矛银光耀，足蹬能飞神轮，由百万神童簇拥着，降临岭营上空，他以悦耳的妙音向雄狮大王唱了一支预言歌：

听吧，父王爱子格萨尔，
我有话儿向你做指示：
爱子你应时时要警惕，
明天早晨东方日出时，
姜域萨丹王的白魔神，
将要安营扎寨在此地。
姜域白、花、黑色三魔神，
一向变化多端很怪异。
他们化身如果一落地，
狂风就会突然平地起。
为了抗击狡诈三魔神，
梵天兵马也要临凡世。
梵天九十万军变化身，
要把营帐扎在坝子里。
神的对手需由神对付，
人的对手应由人还击。
无论哪个姜人来出战，
岭人都应与他拼到底。
应当千方百计想对策，
爱子你要留神多警惕。
这些话语心中要牢记，
千万不能犹豫失战机。
姜地萨丹魔王寄魂物，
藏在那个无门铁屋里。
如果不将铁屋来捣毁，
降伏不了这个老魔敌。
对待将士分工要适当，

对于晁通不可太着急，
有点功绩就要赞扬他，
让他心中欢喜多出力，
可以叫他发咒施幻术，
想法去把敌魂来摄取。
要想降伏萨丹老恶魔，
先把罪恶铁屋毁无余。
你从神界下到凡世时，
曾把九尖金刚杵赐你。
那杵是用黄金来铸成，
那是捣毁铁屋好法器。
明天梵兵神营扎下时，
各种奇迹很快会显示。
降伏姜兵不是很简单，
千万耐心不能性子急。
这些预言句句是真话，
望你心中一定牢牢记。

白梵天王唱完这支预言歌之后，天空响起阵阵仙乐，在那仙乐声中，白梵天王便在空中慢慢消失了。次日清晨，岭军所有英雄都聚集到大王跟前。格萨尔便将白梵天王的预言说与众人听：“萨丹国王的命魂寄附物，是一个凶恶的黑魔神最可憎。它藏在一座没有门的铁屋里，日日夜夜只想伤害人。如果不把黑魔消灭掉，想要战胜萨丹魔王是不可能。有它在利箭刀枪不能入，有它在千军万马白进攻。众位英雄们，请用心想一想，如何才能制服老妖精。我想如果定要制服它，只有依靠晁通大官人。晁通与众不同有本领，他的法术高明十分惊人。他能役使水火听他指挥，他能挥手招来雷和电，他能张口喝干江湖水，他能挥拳砸平山和岭。叔叔的本领如此神奇又威力大，砸毁铁屋没有他不行。我从天界下凡人间时，带有九尖金刚杵一根，如今留在玛尔康岭国地，只有取来才能把黑屋平。希望阿达娜姆女英雄，还有米琼卡德信使官，日夜兼程赶回岭国去，取来金刚杵，大功便能告成。在岭宫库房东门进口处，九尖金刚杵放在门里边。五彩绸缎将它层层缠紧，藏在一个铜箱子里边。你俩涉足旱路水路都没有阻碍，一日能走一个月的长路程。快去把金刚杵取来给晁通，这样捣毁铁屋才能有保证。”

大王吩咐完毕，被派遣的女英雄阿达娜姆与米琼卡德迅速返回岭国取法器九尖金刚杵去了。

姜国方面，这时里里外外众大臣都聚集在王宫里，大臣柏堆与曲拉、蔡玛等人正在商量部署如何抗击岭军等事宜。柏堆大臣说道："自从乞丐砸毁神马后，国王再也没有处理政事。如今内外大臣一定要心齐，快来共商国政议大事。要把姜地兵马指挥好，同心协力一起抗外敌。冬日几宗一方的大首领，曲拉长官赫赫有名气，右翼大军由你来统领，阵营要像黄帛遮蔽天际一般。仁莫达宗一方的大首领，达吐长官，你英勇无人比，左翼大军由你来坐镇，大军要像白雪覆盖大地一般。蔡玛克吉，你是一方大首领，花缨部队由你来指挥，部队犹如红火追逐草原一般，草原熊熊火焰冲天起。窟窿王门一方的大首领，洋各青吐英雄很得力，中路大军由你来压阵，队伍好比虹光照大地。前锋首领我来担当起，麾下兵卒多如群蚂蚁。却吉衮噶吉美大法王，军中法事就由你来主持。大将上姜甲多纳俄波，你来指挥压后部队，压后大批部队黑沉沉，犹如一片黑铁遮盖天际。上姜著名的毒人三兄弟，老大叫作白干图鲁氏，老二叫作扎西托琚，老三叫作塔琼鲁古，三人协助后方部队来压阵，要与甲多紧密配合起来。率领兵马齐头向前进，犹如大幅黑布遮蔽天际，不分内部外部与中部，全体姜军赶快行动起来，每位长官麾下的众人马，抓紧时间下令赶快调齐。不管国王守丧到何时，大臣都得设法保护姜地。事前早早动脑想办法，免得事后失败悔恨迟。从今以后不论在什么时候，如果有人叛国想投敌，如果有人胆怯当狐狸，一定军法严惩不姑息。情节重的当众斩头颅，情节轻的挖眼割嘴皮。谁敢投敌那就试试看，死神阎王一直等着你！平时享受国家丰厚的俸禄，战时应该为国出大力，这是祖先传下来的好教导，人人都应该牢牢记在心里。"

内政大臣柏堆说完部署任务，众人毫无异议，都愿意服从大臣的指挥，听从大臣的派遣，次日日出时分，姜军中有一人骑着一匹紫马，奔向岭营。在离岭营一箭远的地方，那个人把宝刀抽出一半，以试探的口气向岭军叫阵道："若不认识我是哪一个，我住在'曲莫纳宗'城堡里，名字叫作却吉衮噶大法王，负责处里军中教法事务。我是祟魔神的靠托处，我是萨丹教法的著名上师，我是八十魔孩的好朋友，我的教法神奇人人皆知。岭国军队真可怜，抱头躲在营里真可耻，如有利箭请快射出来，如有快刀赶快来拼刺。岭军逞能前来压姜域，想在姜军面前显本事。不巧遇上却吉衮噶我，好比羊羔找狼来送死，岭人若有本领快出战，若不出战为何来到此地？这世上难找的托钵僧，手拄木棍尽到处讨饭吃！"

姜军中负责教法事务的衮噶吉美法王说完，便直接冲了过去。岭人们事先没有防备，一时不知如何对付。当衮噶吉美将接近岭营的时候，大臣丹玛骑在马上，从东边驰来，大声吼道："喂！且慢！姜国娃娃休要狂妄，你的胆子也真是大得出奇，竟敢单人独马来袭击。与其自夸老狗长犄角，不如快把尾巴紧夹起。自讨无趣不仅丢情面，当心最终性命会丢失。今日神箭面前来找死，看我怎样把你灵魂送上西天去！”

丹玛唱毕，一箭射击，正中却吉衮噶吉美的胸膛。他身上的铠甲一点也不顶用，只见那神箭白花花地从背上穿了出来。却吉衮噶吉美在坠马之前，还射出了最后的一箭，咔嚓一声，把丹玛头盔上的盔缨射落在地，接着便滚下马来，拼命挣扎。丹玛拔出青钢宝刀，一下子把他的头颅砍下，拴在缴获的马上，并将敌人的头盔及武器也一起驮在马上返回军营。岭军一时欢声雷动，对丹玛称赞不绝。

姜军得知却吉衮噶吉美法王被杀，柏堆大臣愤怒不已，立即骑上白色善走马，像猛虎出山一样向岭营冲去。岭营中有人看见从远方驰来一个白人白马，哨兵立即向总管王绒察查根报告。绒察查根听后问道：“那白人白马来到近处了没有？我年老眼花看不清远方情况。如果让他扑进军营，一定会搅乱阵营。来人穿着白色服饰，大概是姜国国王，或者是柏堆大臣，不然就是毒人白干图鲁。不论是谁，都要特别小心，各位英雄快把大王的神帐护卫好。大臣丹玛绛查与辛巴梅乳泽、巴拉森达阿东和噶德曲炯贝纳，你们四人快快出去迎击，不要让他冲进营来。大家快把弓、箭、矛等武器准备好。”

这时，愤怒的柏堆已冲到了营帐前面，在离一箭的地方勒住马唱道：“岭军众人快来仔细听，听我把话一一问分明，如今你们为何像狂犬？来到此地究竟是何因？特别是今天黎明大清早，却吉衮噶法王到此间，前来询问你们想干啥，为何现在还不见回还？你们为何向他下毒手，快把他的生命交回来，快把他的坐骑交回来，否则你们必须偿命债。白色破帐当中那一人，号称雄狮只是吓唬人，如在帐中就快请出来，出来接见远方拜见人。谁敢出战就请快出来，当心我像巨浪冲过来，你们岭人可站远处看，看我柏堆厉害不厉害！”

柏堆说完，便策马向前猛冲，当即被岭方派出的英雄拦住。这时，丹玛挡在面前怒斥道：“骑白马的姜国娃娃，你说的话就像水中的泡沫一样，看来很了不起，实际没有一点分量。究竟谁有一点纯金的分量，比一比，见个高低才知道。”

丹玛说着，心里面想，此人如果不能一箭将他置于死地，那么将会留下后患，便把箭搭在弓上答道：“你们讲话毫不讲究事实，为什么还说别人欺负你？黄狗急时常常反咬人，你和黄狗到底有什么区别？却吉衮噶自己称法王，两句话没说完就要动兵器，亏他自称要比石崖坚硬，我轻轻一箭就送他上天去了。柏堆你如有眼快快看，想吃什么赶快就去吃，有什么遗言赶快留下来，命中注定你的死期就在今日！”

一箭射去，柏堆因为有天魔神的保护，虽然射落了几片铠甲，但没有射穿护身衣。柏堆先是惊慌一阵，继而在鞍上镇静下来，讥笑说："岭国大臣赫赫有名的箭法难道就是这个样子吗？你丹玛不嫌害臊吗？"

说着挥起白毒蛇神套索，把套索一抛，套住了丹玛的脖子。丹玛一心想挣脱，拼命往回拉，终因柏堆力气大没能拉脱。丹玛连人带马，摇摇晃晃，被拖了过去。岭方三名战将见状，连忙冲上前去助战。辛巴气愤地射出两箭，也没能射中。柏堆立即勒住马头，抽出弯刀，想要把丹玛杀死。正当这紧要关头，天空突然乌云滚滚，冰雹骤降。在电光闪闪中雷公降下雷霆，击断了柏堆手中的套索，丹玛乘机策马飞驰过去，柏堆只好悻悻地策马返回姜营。此后三日，都没有什么战事发生，两军各自休整兵马，防守待战。

这期间，格萨尔派回岭国去取九尖金刚杵的阿达娜姆和米琼卡德，两人已经带着九尖金刚杵回到岭营，大家这才稍微放下心来。

次日，晁通在岭营附近搭起一个小帐，专心致志地在小帐里修习了七天密法。七天后，晁通对岭军将士说："我将要念一次密咒，对地方神祇进行一次祈祷，对战神进行一次赞颂，对命神进行一次呼唤和请求。快给我把糌粑、酥油、神柏香等准备好。"

大家给他准备好这些供品后，他穿上咒师的衣服，手中拿着金刚杵，口中念起密咒，用金刚杵指向魔魂铁屋所在的方向，准备施咒，将魔魂铁屋摧毁。人们都围拢来观看。这时晁通用歌开始呼唤请神灵，召唤战神。他唱道：

我请诸神从空中来照看，
快把敌人情况来洞察，
特别是战神更加有威力，
大小黑魔见了都害怕。
在那黑色城堡无量宫，
众多战神身穿黄金甲，
头上高戴闪光金色盔，
神斧和套索在手中拿。
右边白色骑士一百骑，
白马鼻声突突真可怕。
左边红色骑士一百骑，
红马嘶声哩哩真可怕。
右肩青色鹞鹰扑扑飞，
左肩猫头鹰在盘旋，

今日请来帮助灭仇敌，
要把黑色铁屋来捣烂。
萨丹灵魂躲在铁屋里，
捣毁铁屋萨丹命难全。
誓把灵魂尸体全消灭，
好让岭国神胄偿心愿。
在这紫色姜国辽阔地，
让那十善佛法得弘扬；
请求克敌战神九头神，
赶快来把敌人血肉尝。

晁通唱毕，手中的金刚杵像被风刮去一样，带着熊熊火焰在隆隆声中向远方飞去，一会儿便对准魔魂所在的铁屋像威猛霹雳一棒猛击下去，黑铁屋顿时被劈成八瓣。从铁屋里跳出一个非常可怕的魔鬼灵魂，魔血如黑漆一样往外直冒，众英雄将它团团围住。这个魔鬼突然向着晁通迎面扑来，晁通立即转身正想逃跑，恰好辛巴在他背后，他再也不好就此逃跑。于是两人同时向魔鬼射出利箭，其他英雄们每人也射出一箭，可惜都没射中。那魔鬼像飞鸟一样，往空中遁去。大家眼睁睁地看着它却无法把它抓获。雄狮大王心中想：现在降伏萨丹王的希望没有了，魔鬼灵魂放脱了，怎么办呢？于是马上唱起了一支呼唤神祇的歌：

呼唤高空白梵天王神，
呼唤半空中间诸厉神，
呼唤大海龙王邹纳神。
姜地萨丹魔神已逃走，
天神琅琅预言有何用？
不能制服敌人是废话，
关键时刻如虹消失尽。
诸神如不挂念我岭国，
大丈夫事业还能靠何人？
我对敌人仇恨比海深，
如不降伏敌人怎生存？
每人都向魔神射了箭，
就像风吹茅草不顶事。

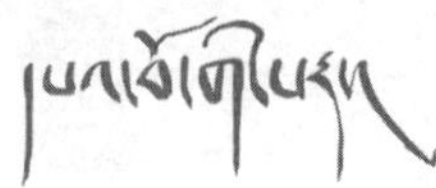

敌人跑向空中远遁去，
这事大家看得很仔细。
我的身体如能长翅膀，
定会上天把它来杀死。
我的两手如能生利爪，
定会将它抓住来杀死。
害人黑魔妖神血胡子，
已经逃往天空偷生去。
请求日月风云与冰雹，
助我消灭这个祸根子。
白梵天王具有大神威，
请在九重天上显威力。
对我虔信之人多帮助，
对敌要像严霜摧枯枝。

大王唱罢这支呼唤神灵的歌，坐骑神江噶佩布从雪山顶上往下俯视，并以人言说道："世界雄狮大王别着急，魔魂将被降伏勿怀疑。晁通有咒叫他快放咒，使用咒术打击最有力。应该怎样杀死萨丹魔，雄狮大王心中自然知道，你骑马背征战有本事，我在座下决不失前蹄。神马说话从来不反悔，请大王您牢牢记心里。"

神马唱毕，大王便骑上神马，时而上天，时而入地，紧紧跟随魔魂穷追不放。当人马抵达太阳跟前时，魔魂又落到地下。魔魂无论如何飞逃，总摆脱不了神马的穷追猛跟。魔魂如同血水一样的汗珠一直在流淌，魔魂使用特别伎俩，变成一具上接云天下接大地的身躯。大王暗想："对这魔魂一时可能还难降伏，虽然神马善于驰骋，但我还不知该如何降伏，我得向厉神请求帮助。"立即敦请念青唐拉厉神，给予帮助。念青唐拉厉神便把降伏魔魂的办法向大王说道："魔魂眉毛、头发两者之间，长有白色长毛七根整。魔魂的命魂依附在白毛上，七根白毛决定它的生死，魔魂身躯进行幻变时，白毛粗如圆月白生生。白光只把黑夜来照亮，太阳一出白光便无踪影。只要神箭射中它的七根毛，萨丹魔王性命难保存。念青唐拉厉神的指点还望你牢记，切莫将这秘密告别人。"

厉神教授完毕，便立即消失了。见大王还有一些踌躇不定，江噶佩布神马又说："大王啊，你平时名声远扬，如今为何如此无能？再说岭国那些名将勇士，身上虽披铠甲，实则内心非常胆小。请您不要再犹豫，应按厉神念青唐拉的预言，快把魔魂消灭。"

说着，神马载着大王飞向空中，追上了魔魂。大王先抽出神箭，再取出宝弓，一箭射去，正中魔魂头发与眉毛中间，七根白毛一起射落在地，魔魂同时也坠落下来。大王在空中向大地一看，认为魔魂已经被射死。神马又说："大王，您身为英主，怎能像没有思想的老驴？这魔魂变化多端，已被地魔饿鬼接去。它将与地魔饿鬼一道，危害岭国的光明善法。必须再射一箭，把它彻底消灭。如若不然，后果不堪设想。"

大王依神马所言，又射出白梵天王赐给的一支神箭，才将这个老妖魔的命魂彻底杀死。天神降下绵绵甘露雨，对格萨尔降伏了魔魂表示庆祝。大王骑上骏马，与众英雄一道返回营中。

第七十五章 巧匠相助姜地修铁屋 曲拉闯营岭国失小将

在魔魂被消灭的那一晚，萨丹王仍在寝宫中守哀。半夜时分，从空中无自光透射的云缝里，那个姜域白饿鬼魔神，骑着一匹茹灰马，在空中给萨丹王唱了一支预言的歌：

魔魂身上七根白须毛，
已被岭王射落在大地。
命魂支柱已经被射断，
还在寝宫守哀有何益？
公子玉拉为首先锋官，
以及他们率领众骑士，
还有却吉衮噶法王等，
已经早被岭人全收拾。
非常可惜我的萨丹王，
快把黑色孝服脱了去。
快快穿起护身铠甲来，
赶快挂好弓箭矛三武器。
头上快戴红色护头盔，
脚上快把金镫踩踏起。
骑上那匹黑色旋风马。
快快驰向敌营拼死去。
右路军由曲拉去迎战，
左路军由蔡玛率出击。
前卫军由柏堆为首领，
密切配合杀仇敌。

现在凶猛毒人三兄弟，
还有英雄长臂三兄弟，
六个能人奉命打先锋，
齐心协力上阵去迎敌。
只要你能亲自去出战，
伸出小指也能克大敌。
要保政权不得误时机，
今后将会如何难估计。

萨丹王听了白饿鬼魔神唱的这支预言歌后大受刺激，他暗自下定决心：如果真是这样，魔魂是姜人世世代代的神灵，岭人若已把它杀害，明天我定要将岭人一个不留地全部杀光，为魔魂报仇。

此时，岭国格萨尔大王在天国的姑姑朗曼噶姆，从三十三天无量宫中骑着无鞍无垫的白狮子，由有形鸟人牵着狮子，左右前后由众空行母在云间围绕着，向大王做预言道："昨天姜国魔魂被消灭，这是依靠正法获得的胜利。今夜姜王萨丹守丧时，得到白天魔神做预示。那座寄魂铁屋所在地，姜人明天要去查仔细。如果见到铁屋已被毁，姜萨丹王一定很生气。姜王愤怒起来很凶恶，会将岭人搅成血海子，还会将你格萨尔大王与诸臣民，生擒到手置你们于死地。做到这样他还会将你所有众军民，像那一双魔爪抓尘泥般，抛到毒海当中去杀死。你要从今晚半夜时候起，直到明天太阳出山为止，快去把魔魂所在的黑铁屋，修复如以前一样，不要露出半点痕迹。这样才能骗过萨丹王，让他思想麻痹不注意。只有用巧计骗过萨丹王，岭军才能不致失战机。在那姜域虎山脚下，有个九头黑魔在栖息。那是姜国民众的灵魂附依处，那是萨丹国王的一处神祇。那山乃是饿鬼的命魂山，有条七头毒蛇在山里。如果不把毒蛇杀死，降伏萨丹国王就不容易。想再把萨丹国王的头颅拿到手，必须要先得到地门的白螺钥匙。天神白螺钥匙一共有七把，大王必须亲自去索取。大王现在快到神界去，把那白螺钥匙去取来，下界姜岭这场大战争，看看如何才能得胜利。"

格萨尔大王听了天姑的预言，大吃一惊，立即传令集会。会上他把这些情况一五一十地告诉了大家。大家听后，都为此感到恐惧，大多数人同意听从大王的安排，毫无异议。也有个别人想连夜逃跑，但不知大王和大臣们打算如何，未敢轻易行动。格萨尔大王遵照天姑预言，带领了十五名骑士，黎明时到达砸毁了的铁屋处。只见铁屋原址变成了废墟，大的砸成了七八瓣，碎的砸得像青稞粒一样，有的已成粉末，被风吹散，不知如何才能把它修复。大王只好向神灵做祈祷，请求协助修复铁屋："谨向天界神境净土中的天神白梵天王做祈祷，谨向三十三天宫殿里的权威天神帝释做祈祷，谨向住在须弥山巅上的神交钥匙攀茸做祈祷。今日请求诸神帮助我，把那魔魂铁屋修复好。要把魔魂藏身的这个铁屋，不露一点痕迹修复起来。首先要把四门修复好，修好四门才好除魔敌。白螺匠人分工修东门，金锤匠人分工修南门，珊瑚匠人分工修西门，铁锤匠人分工修北门。在那半穹无量凤宫中，暖风仙子以及众风女，要将盛风口袋拿在手里，请从四方把风鼓起来。如果不把铁屋来修复好，岭人将被萨丹王吞噬。黑色势力将会与天齐，白色善业将被压下去，众生幸福将会遭破坏，恶孽之债将会深无底。祈请白色一方诸神祇，都为修复铁屋来出力。"

听到格萨尔大王的祈求，众神便从天上、半空、大地各处纷纷降临。有的拾柴，有的生火，有的扇风，有的冶炼，有的修造，有的装饰，很快便把魔魂的依附铁屋修复如旧。修好铁屋以后，大王和诸臣们才放心地返回营中。

格萨尔大王遵照天母朗曼噶姆的预言，已将姜地魔魂依附的铁屋修好如初。这些情况姜萨丹王一点也不知道，他在守哀的寝宫中，只相信白天魔神给他的预言，整日悲痛欲绝。第二天一早，萨丹王在守哀的寝宫中召唤柏堆大臣，对大臣说："我有话要吩咐，大臣务必好好听着，牢牢记在心里。昨夜我在梦中听见白天魔神降下预言说，我们那个世代神裔命魂依附的铁屋已被坏人觉如砸毁了。需派几个人前去察看一下，看看铁屋究竟被毁成什么样子了。"

柏堆大臣心想，既然是天魔神的预言，那铁屋一定已被砸毁了，看也无益。但这是国王的命令，不能违抗，于是只好退了出来。

遵照国王的命令，柏堆与钦堆两人带领五十名骑士前去察看。岭人看见姜军人马出动，知道他们是去铁屋那里察看的。大家立即商量，准备把敌人消灭在路上。这时，总管王说："慌慌忙忙出兵会遭受不利，今日不必为对付这么几个敌人而付出大的代价。在他们气数未尽之前，还是以策略慢慢制服他们为好。"

柏堆大臣和骑士们到了魔魂依附的地方一看，只见铁屋完好无损地立在那里，连一点被砸的痕迹也看不出来，于是掉转人马立即返回宫中。他们在返回的路上，从岭国军营前策马而过。岭人们一见打先头的那个骑白马的白衣人，认为他是要来闯营的。于是大家忙乱起来，有的英雄立即从营中冲出，追赶过去，有的英雄则勒住了马，没有往前去追。这时，丹玛与阿达娜姆一起冲向前去。柏堆见有两人追来，便让其他人先走，自己却勒住马等候在那里。当他与丹玛相距不远时，向丹玛射出了一支箭，丹玛因有战神的寿衣护身，铠甲虽已射穿，但没有伤着皮肉。丹玛心里琢磨，此人用箭是射不死的，以后只有用别的办法才能制服他，便说道："喂！骑白马的白衣人，我俩谁是英雄，还需较量一下才见分晓。如只会口说大话而无所作为，难道不嫌害臊吗？"

说着冲上前去，伸手把柏堆大臣的右手臂抓住一扯，柏堆几乎被扯下马来。

由于姜国魔鬼神化为黑白两股邪风从左右把他扶住，他才未坠下马来。丹玛一时也被风刮得招架不住，几乎被刮下马来。两人正在互相拉扯的时候，女英雄阿达娜姆一抖马缰冲了上来。她连向敌人射出两箭，一箭射中柏堆的坐骑，那马立即倒下，柏堆便弃马逃跑，姜人钦堆立即过来援救，互相又战了几个回合，仍不分胜负，最后只好各自回营。岭国大军遇上了柏堆这么一个能干的姜人，个个感到惊奇，有人脸上流露出畏惧的神色。

大臣柏堆徒步回到宫中后，向萨丹王禀告道："大王请听臣禀，我遵命前往魔魂依附的铁屋察看，只见铁屋完好无损。无论高山或平坝，都未曾看见有人的脚印或马的足迹。现在请国王赶快登殿，下令赶快出动人马，将前来敌兵一举歼灭。"

萨丹王认为，魔魂所依附的铁屋既然完好无损，这就证明天上的白魔神也会撒谎。回忆以前对玉拉等人的派遣也是照白魔神所说去办的，如今是祸是福还很难断定，于是说道："大臣柏堆请牢记，只要铁屋完好，那就表明觉如这坏小子对我毫无杀伤力。我的话，说了就算数。以前我说过，九年之内我决不离开守哀的寝宫半步，以后不要再来烦扰我为母亲悼念祈福。"说毕，放心地把门关上，仍旧待在寝宫里守哀。

柏堆大臣见到国王这般态度，满腹忧愁，但也毫无办法，只好哭丧着脸退了回去。

次日，姜军右路大军将领身穿金铠甲的曲拉长官，骑上骏马穿上盔甲，腰上带着三眷属武器，赶到姜军营中。他对大臣们鼓励道："我曲拉已年迈，鬓毛也尽斑白，国王若要商量重要事，不能少我曲拉大胡子。江山须有英雄来执掌，强敌更需好汉来讨伐。自从今日今时来算起，大家各负其责把敌杀。虽然国王守哀不理政，大臣也要为国保天下。"

曲拉说完豪言，策马向岭军军营驰去。岭军看见有个骑麦黄色骏马的人飞驰而来，不知这人是谁。总管王道："从此人的骁勇和马驰骋的步伐及毛色来看，来人可能是曲拉或者是长臂青年赤图达玛拉仁，不管是谁，这人一定是前来捣营的。"

格萨尔大王吩咐："今日不可与此人硬拼。军队快把营盘像手镯一样团团守卫起来，有箭的执箭，有刀的持刀，有矛的挥矛。"

说毕，曲拉早已来到营前，直往中军帐冲去。由于中军帐有保护神像繁星护卫日月一样护卫着，曲拉才没有能够冲入。他把马头一勒，向右边冲去，正好遇上丹玛和色巴尼奔达雅，被他两人拦住，也没有冲入军营，只杀了几名守营的铁甲兵。接着曲拉又冲向后营绒巴部的营中，昂哇绒察玛列大将单独出战。他先用箭射，接近时又用长矛互拼，最后才挥刀短兵相接。绒察不幸被曲拉砍伤，鲜血淋漓，只好掉转马头，往回逃走。曲拉紧紧追入营中，犹如木棍搅麦糠一样乱搅一阵，伤了许多人马。最后他又冲到左营中去。文布阿鲁巴森向他射了一箭，他的坐骑受了点伤，但还能跑，他便勒转马头扬长而去。

昂哇绒察玛列由于身上负了刀伤，众英雄都来看望他。大王关心地向大臣们问道：“绒察这孩子伤势是否严重？有没有生命危险？能不能让他到我这里来？”

丹玛回禀道：“他伤势严重，伤口很大，肋骨被砍开，心肺都露出来了。”

大王听后祈祷道：“慈悲无亲疏，请大慈大悲者给他拨开迷雾，帮助他重见光明。”

众英雄见到此情，人人泪如雨下，非常悲伤。格萨尔大王也亲自到绒察玛列跟前细心询问。然而绒察这时已无力回答，只是睁开眼睛望了望大王便合眼死去。大王和众大臣都十分悲痛，大王说：“绒察玛列这孩子不幸牺牲，比损失十万大军还大啊！十恶不赦的姜人，总有一天会落入我手！”

晁通捶胸顿足地号道：“好人难在世啊，绒察竟死去了！我这根老骨头为何不能替他死去呢？”他号声虽大，可一滴眼泪也不见掉下。人们见到此情，都对他表现出鄙视的神情。众英雄一言不发，在无限悲痛中默默地将绒察的遗体火化了。

第七十六章 羌人再闯营丹玛受伤 大王赴神界岭军休战

曲拉骑着受伤的马回到营中，他边饮酒喝茶，边谈论着闯营的战果。众人听后，对他称赞一番。只是他的“尼玛让霞”骏马因中了阿鲁的毒箭，回到营里不久便死去了。

晁通为了要在大家面前表现一下自己，一本正经地喊要立即为绒察报仇。他怒气冲冲地穿起咒师衣，戴起咒师帽，拿出烈焰熊熊的供品，吹动着血红的胡子，像黑龙魔发怒一样，以暖唤神衹的曲调大声说道：“今日晁通我来把咒施，不断手抛施食[1]口呼唤。施食一起抛向敌方去，要把仇敌血肉尝一尝；施食一旦抛向天空中，天上众多星宿都无光；施食若从天空落下来，能把萨丹脑袋都击伤；施食若被狂风吹了去，能把曲拉腰杆都砸断；施食若是落到大地上，大地动荡大山也摇晃；施食若是抛向四方去，黑色迷雾很快罩四方。萨丹姜域变得黑沉沉，要让萨丹臣民遭灾殃。达绒老者我早有心愿，定要把那仇敌消灭光。祈请众位神灵来帮助，定在众人面前争荣光。”

晁通唱着，把咒帽抖了三下，晃动着胡结，红施食像烈火一样映红半空，红光中一颗礌石向姜国军营击去，姜军有上百人马被击翻在地。姜人大骇，唯恐这样的灾难还要重来，因而纷纷躲避起来。

柏堆大臣见到此情万分愤怒，立即骑上黑风乌云马，说道：“我军如此折损，岂能不去复仇？愿去的随我出战！”说罢便勒转马头向岭营方向驰去。

曲拉骑上青色灰鹤马，蔡玛克吉骑上青色烈焰马，也一起向岭营方向驰去。与三勇将同时冲出的还有卡岭卡拉、色日格布、钦堆三人。

岭军看见姜军营中有五六骑一个接一个地向这边驰来，大家立即警惕起来。格萨尔大王说：“今早我军受了一点损失，现在不知又将出何事，暂时还难以预料，各位英雄立即上马到营门去迎敌。”

1　施食：用魔法炼就、专门治妖魔的污浊之物。

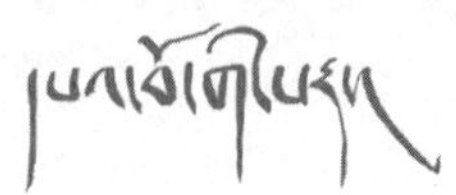

巴拉、丹玛、米琼、噶德、辛巴、贡巴、晁通以及女英雄阿达娜姆等，都立即上马向营门驰去。

姜军就像饿狼冲向羊群，向岭营冲来。姜军从营西门杀到营东门；又从东门折向西门，来回冲杀。由于岭国保护神全力为岭军庇护，人马没有遭受重大损失。岭方守卫营门的英雄见姜人杀来，人人紧跟姜人追杀。姜人抵挡不住，只好向后逃跑，岭人仍紧紧追赶，姜人见后面有人追来，只好勒马回头，准备拼个死活。只听辛巴愤怒地叫道："哎呀！你们姜人何必逞疯狂，这种不能奔驰的跛脚马，遇上劲敌只有去等死。今日这般疯狂有何用？如不收敛，你们的生命会丧失。若想争斗要有真本领，如没有本领就趁早停止。我是逗觉辛巴红胡子，纵有十万敌人也不介意，把你从头劈到脚后跟，让你骨肉横飞碎成泥。"

辛巴说完，姜人曲拉长官在马上定了定神，然后答道："六位英雄今天上战场，不会后逃只会拼一死。手中挥舞武器来格斗，头上顶着头盔来拼死。你对霍尔主子白帐王，平时百依百顺充贤士。当他失去地位权柄时，你竟为了保命去投敌。亏你辛巴脸厚不知耻，跟随岭人一起做坏事！霍尔大将为岭国当帮凶，好比让那女人当咒师。姜人众位弟兄别迟疑，跟我曲拉一起去迎敌。是不是英雄现在看一看，看谁战刀能够多杀敌！"

说完，曲拉便头也不回地向岭军冲杀过去。岭军众英雄个个手执利器，严阵以待，米琼与晁通落在后面。贡巴这时把马头一勒，同女英雄阿达娜姆、丹玛等英雄冲上前去。姜军钦堆与曲拉冲在前头与丹玛相遇。钦堆立即向丹玛射出一箭，将马鞍射得粉碎。丹玛胯下受了箭伤，丝毫不顾疼痛，怒气冲冲地把箭搭在弓上狠狠射去，正中钦堆心窝，射穿了铠甲后，那箭又白晃晃地从背上穿了出来，钦堆遂落马身亡。只听岭方众英雄高声欢呼。这时，姜军更加愤怒，再次冲向前来。辛巴将手中巨斧一挥，向曲拉砍去，由于他死期未到，又有魔鬼神的保护，没有砍中。曲拉见势不妙立即勒转马头，逃之夭夭。辛巴紧追过去，虽然没有追上，却遇上了卡岭卡拉，辛巴一斧砍去，将卡岭连人和马一起劈为两半。

丹玛忍着伤痛，继续追击。他向敌方射出一箭，正中蔡玛的右肩，蔡玛带着伤急忙逃走。柏堆这时更加愤怒，独自一人与众岭军拼命相斗。当他冲向米琼时，米琼连头也不敢回看一眼，只是逃跑。柏堆继续猛追，被巴拉挡住，米琼这才得以逃脱，巴拉与柏堆相拼几个回合，未分胜负，只好退了下来，各自返营。姜军由于失去钦堆与卡岭两人，个个灰心丧气，陆续逃回营去。

岭国英雄也因丹玛胯下受了箭伤，大家都很担心。营中这时对几位英雄，特别是对辛巴和丹玛两人特别赞扬。在短短的几天内，丹玛的伤口由于军中几位名医精心医治，很快有了好转，只是因伤势过重，短期尚未痊愈。

姜军回到营中，因为失去了钦堆和卡岭两员战将，人人伤心不已。蔡玛长官也因右肩受了箭伤，几日内都不能参战，只好待在营中养伤。

在岭军方面，雄狮大王格萨尔正准备按天姑朗曼噶姆的预言前往神界去取白螺钥匙，用以降伏姜萨丹的寄魂蛇。于是他对众英雄说道："我将前往神界去取白螺钥匙，希望大家在此期间守好营地，处理好军中事务。我骑着快马取到钥匙后，很快就会返回，望大家不必焦虑。"

叔叔绒察查根听后说："大王欲往神界去取钥匙，这想法很好。但不知我们在这里是否能守卫好军营。特别是姜人骁勇，常来骚扰，丹玛又受了伤。大王如真的要离开营地，最好先和姜军协商一下，双方停战休整几天，看看是否能够协商妥当。"

格萨尔大王说："为了使大家放心，可以派人去和姜人协商一下。如协商不成也没关系。"

于是由贡巴、米琼及辛巴等一百骑，前去和姜人协商。姜军看见有批人马向姜营驰来，认为岭人今天要来袭营，立即慌乱起来。

岭军到达河边时，在那里停了下来。辛巴与贡巴两人往前赶了一程，向对方大声喊话，把自己的主张告诉对方。这时，姜军中有个穿金甲的战士前来听话。那战士听后向姜营里的曲拉长官汇报道："岭人前来协商，他们主张双方休战几天，不知这样做是否有利？"

曲拉说："这些岭人尽干些异想天开的事。他们把玉拉为首的前哨部队都给吃掉了，现在又来协商休战。不知国王对此将会有什么看法。我方是否同意他们的主张，请柏堆大臣考虑决定为好。"

柏堆说："岭人提出的主张，不能同意。暂时休战不知对他们有何好处。对于我方暂时休战是没有什么好处的。不过目前蔡玛长官右肩受了箭伤，不能出战，同意暂时休战几天也可以。"

说毕，柏堆大臣跨上坐骑，从营中驰出，到了河边，勒住黑风追云骏马，向对面高声说道："如果金色麦粒想丰收，要看禾苗长势怎么样。岭人到此协商想休战，要看你们心中怎么想。你们既到此地来协商，那么有来就得也有往。我把姜方意见说明白，七日之内可以暂休战。让那战马暂时得休息，让那利箭暂时入箭囊。让那弯弓暂时松松弦，让那盔甲暂时挂墙上。七天一满大家再比试，看看谁是英雄好汉。休战七日今天一言定，期限到时绝不再拖延。"

说完，柏堆勒转马头，立即返回姜营。

第七十七章 三勇士利刃挫毒人部 雄狮王神箭杀寄魂蛇

贡巴、米琼和辛巴等听后，人人都放心地回到营中，把协商结果告诉了大家。次日，格萨尔大王骑上神驹江噶佩布，在彩虹环绕下飞向天界。那赤兔马在空中大盘旋十八圈，小盘旋十九圈，然后像勇士射出的箭一样，直向天界驰去，瞬间便到达了天界。梵天宫殿与过去不同，大殿之内金光闪烁。大王投生到凡间后，吃凡人饮食，穿凡人衣服，因而难于靠近神宫。正好有位叫维喜的仙女手中拿着宝瓶前来汲水。大王便对仙女说道："维喜仙女啊，我前生是推巴噶瓦，现在前来梵天神界有重要事情要见父王，请你转达一下。"

仙女维喜到宫中向白梵天王如实做了禀报，父王梵天立即迎了出来。格萨尔一见父王，便向父王说道："父王啊，孩儿今日重返天庭，为的是要降伏萨丹的寄魂蛇，要开启魔地的大门。需要七把白螺钥匙，今天特来向父王索取。"

父王答道："白螺钥匙在上师大仙手中，大仙现在到普陀山朝圣去了，你到那里向他索取去吧。"

格萨尔向父王顶礼拜别，然后骑上赤兔马返回人间。立即来到普陀山宫殿前面，未能找见大仙。又到那昼夜雪雨不停的山顶，才见到大仙。取到钥匙后很快骑马返回营地。

这时，姜岭虽约定休战七天，但到了第六天晚上，姜人便暗中商议决定，无论付出多大代价，也要与岭军决一雌雄。次日，毒人三兄弟的部下，把三个阵排成一个阵。毒人白干图鲁骑着白胸马，带着三眷属，身穿铠甲，做出立即冲向岭军的姿势唱道："岭国国王大臣很神气，遇上姜人只会学狐啼。姜军将士好比好猎手，开弓射箭要剥狐狸皮。姜军左翼右翼与前部，还有长臂部与毒人部，今日赶快前来领将令，争取胜利各自去立功。今日我要首先去出战，快鞭策马冲锋杀向前。谁是英雄大家等着看，不夺胜利誓不把营还！"

唱毕，白干图鲁催马向前。他的部下人人骑上战马，紧跟在后，一起向岭营直捣过去。岭军见后，报与雄狮大王。大王说道："今日姜军出战，从其阵容和战马的数量来看，一定是毒人白干图鲁的部下。向前抗击的众英雄，每人快从我这里领取一粒药丸，以免被其毒气伤害。”

这时，丹玛、巴拉、噶德、辛巴等都想请战，个个都在准备向大王开口。想不到色巴尼奔抢先说道：“今日由我出战为好。”

说着就要出发。叔叔绒察查根说：“你们四位都是人中豪杰，不必亲自出战，请你们安守营地。今日姜人突然来袭击，千万不可麻痹和轻敌。姜军当有三个人中毒，这三人的本领我都很熟悉。他们头上缠着红毒蛇，口吐毒气能够传瘟疫。谁若与他们三人接触，都要失去知觉都会死去。姜军还有三个长臂人，手指一伸能把人命毙。今天有一个毒人来出战，岭人应该快快去迎击。要知道把握战机最重要，你们千万不能再迟疑。希望巴拉森达阿东、霍尔辛巴梅乳泽、察香丹玛三人，联合出战一起去迎敌。我们百人对付他一部，叫他凡是来者难回去。如何对付三个姜毒人，由你们三位英雄去抗击。晁通长官部下被战败，已经溃不成军，全部逃匿。晁通平时夸口称好汉，战时只见磕头又作揖。格萨尔大王赐给抗毒神药丸，那是支撑性命的大柱子。一定带在身边再上战场，才能起死回生夺得胜利。”

老总管安排完毕，众英雄都按他的吩咐行动。巴拉、辛巴、丹玛三人立即上马出发。只见那边姜人像高山滚石一样朝岭军冲来。毒人白干图鲁和部下首先与丹玛的部下相遇。白干图鲁唱道：“我要为却吉衮噶来报仇，要为卡拉麦巴索命债，要为钦堆英雄报血恨，有仇不报脸上无光彩。不用兵器利箭与刀矛，甘愿徒手厮拼争胜败。任凭你们岭军多凶猛，定让三天之内化尘埃。”

白干图鲁唱着歌，便将手中的黑蛇铁向空中抛去。这时丹玛心想，听说这人用箭与利刃是杀不死的，我得先用套索把他擒住。于是说道：“喂！姜人白干图鲁，你不必这般愤怒，也不用说这么多大话。你遇上了什么对手还很难说。我若没有本领，那就便宜你了。你现在异想天开说梦话，到头来只会自己食恶果。你手里拿的那根黑蛇铁，想抛出时不能抛出去，想收回时就会伤到自己，对敌人没用反而对自己变成凶器。而我右手所拿的这条套绳，一旦抛向高高天空，就会变成白色大罗网，可将天上日月捆缚起来，一旦抛向你们姜人的脖子上，就好比死神阎王找上了你。这话是否真的成现实，我们很快就能看得一清二楚。”

话音刚落，丹玛便将套绳抛了过去，正好套在白干图鲁的脖子上，丹玛趁势用劲一拉，白干图鲁被勒得喘不过气来。毒人虽然顺手将毒蛇铁往丹玛右肩砸来，但由于有岭神保佑，并有国王赐给的药丸的加持，所以丹玛没有受伤。立即用左手拔出刀来，正要结果这个毒人时，不料他却砍断套绳逃脱了。丹玛的部下纷纷向毒人射出很多箭。由于没有射中命魂依附的地方，因而未能消灭这个毒人。两军短兵相接，酣战多时，仍未分出胜负。

这时，辛巴与毒人扎西托琚也相遇交战。毒人扎西托琚把红蛇铁砸向辛巴。辛巴手执大斧，毫不退让，只见那蛇铁与巨斧相击，火花四溅。扎西一方由于有毒气掩护，蛇铁击断了对方的斧柄。辛巴一方由于有岭神的保护，身体没有受到损伤。激战当中，辛巴因用力过猛，几乎坠下马来。此时姜卒甲那桑珠挥刀杀来，辛巴舞着大斧冲上前去，姜卒掉转马头逃回营中去了。辛巴追到营中，挥斧上下乱砍，杀死了五十名铁甲兵。甲那桑珠再次向辛巴冲来，也杀伤了辛巴部下十多个士兵。

岭国英雄巴拉森达阿东部下与毒人塔琼鲁古部下相遇，双方对射了两顿茶的工夫，然后用矛枪短兵相拼。最后，巴拉森达阿东发誓要将毒人塔琼鲁古捉住，于是猛地冲了过去，塔琼鲁古无法抗衡，幸有魔神幻术护身，才没让巴拉看见，得以趁机逃回营中。巴拉在后穷追不舍，一心想捉住毒人。姜人看见巴拉追来，从营中射出乱箭。巴拉的战马是匹神鹰善飞马，且具有先知之明，它认为今天日子不利，不能再向前猛冲，于是放慢了步伐。巴拉只好射出二十支箭，杀死了二十个姜人，姜人一面分析战局，一面守住军营，暂时不再出战。这时，辛巴怒不可遏，气汹汹地骑在马上叫骂道："我是一心一意向岭国，诚心归顺大王做属邦。岭国虽然不算很强大，也像两岁马驹的脚力一样强。霍尔王室传了四十九代，最后传到我辛巴头上。如今背上囚徒的坏名声，抚今思昔心中暗自悲伤。英雄如我，无论身份怎样变化，但对敌人还是时时有威胁！我的手中这把天铁斧，乃是外国国王进献的。今天就凭这把天铁斧，让你知道我的厉害！"

辛巴挥着巨斧，直往姜人群中杀去，一连砍翻了二十多名姜国士兵。毒人白干图鲁见状，立即勒转马头，把辛巴拦住，两人又互相拼杀起来。

当日从早到晚，双方酣战不休，姜国毒人的三股军队几乎全部覆没。岭军三队人马当中，却也有近百名铁甲兵阵亡。这时，岭人纷纷前来看望受伤的丹玛。大家见到丹玛伤势不太严重，这才稍为宽慰了些。此后五六天中都没有大的战争。双方各自休整兵马，止戈待战。

姜国萨丹王的命魂依附在一条长有七个头的毒蛇身上，躲在姜地一个深山洞里。格萨尔大王从上师大仙手中索得了制服妖蛇的白螺钥匙以后，等待时机，时刻准备着把这条毒蛇消灭。等到了时间，格萨尔大王骑上他的赤兔马，单人单骑到了寄魂蛇所在的洞口。大王把七把白螺钥匙当作七支利箭向洞内射去，顿时山崩地裂，一条非常可怕的毒蛇从洞中窜出。格萨尔大王的七支神箭又自动追着这条寄魂毒蛇乱射。只见中箭的蛇头上火星闪闪，臭气四散，毒蛇便这样被降伏了。

萨丹王的寄魂蛇被降伏以后，如果山洞留下被射的痕迹，那就会留下后患。雄狮大王又立即施以神变之法，把山洞恢复原样，不留半点痕迹，然后才返回岭营。这时，丹玛的伤口也由军中神医治疗痊愈。

第七十八章 阿达娜姆迎敌被生擒 布雅竹吉大意丧沙场

以后数日，姜岭双方各自守营，没有发生战事。直到有一天，姜人商议，决定次日出动大军挑战，以柏堆、曲拉、蔡玛三人为首，带着色拉长官、塞日老将、长臂三弟兄、毒人三兄弟、阿日长等共十二人一起出战，他们想：这样定能敌过雄狮大王，获得胜利。十二员战将随即上马，直抵岭营，岭人看见前面驰来一队人马，立即行动起来，英雄们个个披挂上马，一部分军队团团守护营盘。姜人见状迟疑不前。由于姜人对雄狮大王的战神做了亵渎的恶行，岭人更加勇猛，人马犹如电光，闪闪向前滚去。岭军英雄们看见雄狮大王格萨尔披甲戴盔，手执武器，一副英武战神模样，个个士气高涨。大王也正在考虑如何降伏毒人三兄弟寄魂鸟巢中的三只魔鸟。丹玛看出了大王的心事，便对大王说：“让我射上三箭，便可杀死那三只魔鸟。”

在旁边的晁通听到丹玛这么一说，他也插嘴说：“让我放个咒，便可杀死三只魔鸟。”

两人都想显示身手，互相争执不下，格萨尔大王说：“丹玛暂时不要放箭，把箭留着用来射杀姜国毒人三兄弟，让叔叔放个咒杀死三只寄魂魔鸟为好。”

晁通一听大喜，立即拿起施食“轰轰、啪啪”地抛掷起来。他把施食抛向远方，同时挥舞起黑剑来。只见黑剑锋端一时发出土锅大小的团团火焰。那火焰又化作三股火团就像流星似的向远方飞去，很快把三只寄魂魔鸟烧焦了。狂风刮起三只烧焦的鸟尸，从曲拉、蔡玛、柏堆等大臣的头上落下。曲拉见状心想：今日之事，如此不祥，姜国可能难以保住了。曲拉心中惶惶不安。倘若如此，与其等死，不如出马决一死战，遂策马向岭营外围的英雄面前冲去。他首先遇上了女英雄阿达娜姆。女英雄见来了这么个找死的家伙，于是向他挑衅道：“今天太阳升空高照的时候，正好遇上你这送死鬼。你可不必慌张也不必忙乱，等我用铁矢来超度你。你从前积累的恶业已经够多了，今天应该严厉惩治你。在世界雄狮大王面前，应该把你的头颅献上去；在这血雨腥风的战场中，你想活下去都没有这权利；在这尸山血海的旋涡中，你想保留命根本没有余地。”

阿达娜姆一箭射去，正中曲拉长官身上，曲拉身上的铠甲被射得粉碎。由于有姜魔神的寿衣保佑，才没有伤着皮肉。

曲拉长官勒住马头，认为对这样一个女人不必使用刀矛，用套绳就能把她的性命拿到手，于是他手中挥起红蛇套绳，对阿达娜姆说道：“即使是名声远扬的格萨尔，也要用黑绳把他捆缚起来，当作囚犯牵到姜国去，让他去给姜国当奴隶，能否这样以后便可看分晓。好好听着你这黑脸女。你的脸皮比牛皮都要厚，厚脸皮的女人不知趣。你这不知耻的坏女人，今天就不用矛箭来对付你。萨丹王的武器更厉害，铁钩套绳正在等着你。特别有我曲拉的称心宝物，九尺红蛇套绳等着你。蛇绳能缚天神与厉鬼，何况单身女人！”

曲拉唱毕，把红蛇飞索向前抛去，飞索正好套住了阿达娜姆的脖子。曲拉正在用劲拉扯，女英雄急忙连砍三刀，但未能把套索砍断，只好被曲拉生擒，岭方众英雄见状，立即前来援救。只见嘉洛部的指挥官珠牡的弟弟嘉洛布雅竹吉，骑着青色能飞马，单骑冲进姜营，横冲直闯，但没能救回阿达娜姆。这时姜军色日巴俄前来迎战，双方战了三个回合，巴俄败下阵来，立即掉转马头向远方逃遁。青色能飞马以飞快的速度追了上去，布雅竹吉在马上一刀砍去，色日巴俄的头与脖子立即在刀下分离，滚落在地上。

这时，后面白干图鲁向布雅竹吉斜冲过来。两人靠近时，布雅竹吉把箭搭在弓上，唱了一支呼唤箭神的歌：

我是白色雪狮好后裔，
雪山草地由我来治理。
因我六艺精通善骑射，
不住城堡上阵去杀敌。
可怜高傲好胜姜国人，
十二套人马自己来送死。
在我宝刀挥舞道路上，
送你个个猛将归西去。

竹吉唱毕，一箭射去，正中白干图鲁的身体，但因有姜魔神的保护，未能射伤，只见白干图鲁抽出战刀，策马猛冲过来。他挥着大刀，一刀便将布雅竹吉砍下马来，布雅竹吉立刻丧生沙场。岭方众英雄见状，人人犹如心肝被刀割一样，伤痛不已，有的竟哭出声来。

噶德怒火万丈，欲拼一死。他策马向白干图鲁冲去。白干图鲁见有人冲来，便佯装逃跑，等噶德追近时，突然转身抛出套索，将噶德的脖子套住。噶德早已估计到这一招，即挥刀在手，一刀便砍断了套索，同时大声喊道："啊哈！白干图鲁，你的大话只能到别人面前去吹，在我面前是不管用的。我的兄弟布雅竹吉是个年轻的将领，今天被姜国毒人杀害。嘉洛部的稀世如意宝，竟被水中大鲸吞食。杀人的白干图鲁，你听着，你我二人都是男子汉。两个男子应该拼一拼，看我今天怎样为他报仇！"

语毕，噶德一箭射去，正中白干图鲁心口，只见那金箭从背上穿了出去又落在草地上，地皮也被射开一个大口，白干图鲁从马上跌下，躺在血泊中，气绝身亡。噶德见敌人气绝，立即割下他的首级，取下他的头盔和铠甲、抓住他的坐骑，返回营地。

姜人因为白干图鲁阵亡，都灰心丧气地掉转马头，返回营地。这时，扎西托琚和塔琼鲁古两个毒人还不死心，表示定要拼一死活。他俩咬牙切齿地正想向前冲杀，大臣柏堆与蔡玛见状，对他俩极力劝阻，想要将他俩领回营去。正要回头，只见岭人又追了上来。

姜国青年迅奴冬通长臂，立即把马掉转过来迎击，看见岭方大将辛巴梅乳泽已冲到前面，正在举弓欲射，冬通一言不发，猛地抛出套索，把辛巴脖子牢牢套住，再用力一拖，把辛巴从马上拖了下来。冬通抽出长柄黑刀，向辛巴连砍两刀，由于有保护神保佑，刀子像砍在石头上一样未能砍进。这时巴拉、丹玛两人急忙赶来营救。冬通又连拖带拉地把辛巴拖了一程。岭国众英雄穷追不舍，冬通才放下辛巴急急逃走。柏堆把毒人扎西托琚交给色拉长官，然后掉转马头，与青年迅奴冬通长臂一边向岭人射箭，一边向后撤退。

岭国众英雄掌握时机，撤回营中驻守，一时人马齐集到格萨尔大王面前，向大王禀告女英雄阿达娜姆被曲拉捉去，布雅竹吉阵亡等情况。大王听后非常伤心，说道："竹吉这孩子，比九座城堡还宝贵，无奈他气数已尽，再也没有办法了。"

此时此刻，众英雄一言不发，个个愁容满面，忧伤不已，各自沉默地坐在那里。总管王绒察查根叹道："唉！事已如此，都因命运决定，这也毫无办法。当初从岭国出发时，卡仁玛所做的梦，正与现在的情况吻合。绒察玛列这孩子死在曲拉手下，布雅竹吉又被白干图鲁杀害，这些似乎都是在劫难逃，在我岭国英雄遇到这些不幸，还不如我替他们死去，只恨我这个老不死的难替他们去死啊！如今在侄子雄狮大王面前，我又该做些什么呢？现在只有把竹吉的遗体葬在虎鼻山梁上面，过分悲伤也没有什么作用了。"

噶德将白干图鲁的首级放在雄狮大王的神帐前面，上前对大王启禀道："大王啊，臣子已将杀害竹吉的凶手白干图鲁的首级取来在此。我能为竹吉报这个仇，心中感到很欣慰，请大王明察。”

大王与众大臣们，看到噶德能够立即为死者报仇感到满足，于是对噶德大加赞扬。此时，岭人悲伤地把竹吉的遗体火化，然后把他葬到虎鼻山梁上面。其他阵亡的人都水葬在姜国河流当中。

第七十九章 晁通施法营救女英雄 姜王立誓不出修行地

姜人也因失去了比千万人还骁勇的白干图鲁和色日巴俄，处于悲痛之中。内政大臣柏堆返回营帐尚未坐稳就说道："今日一战，失去了我心肝一样的白干图鲁和温柔如皮袄一样的色日巴俄两人，再没有比这更惨重的损失了。从去年开始，萨丹国王想出了与往日不同的歪主意。为臣再三劝谏，国王耳里也听不进去。国王的恩情虽大，但如今他的作为实在荒唐，看来死亡将会降到他的头上。国王仍执迷不悟，臣民们又有何办法呢？"

姜人听了柏堆的话，人人都很忧愁，但也无可奈何，过了一会儿，蔡玛长官说："柏堆大臣说得非常有理，现在江山和城堡多半已被岭人攻破和占领，尤其是勇将连续阵亡，照此下去，我方很难战胜岭人。在这生死关头，大家只有同生共死，与岭人决一死战。只要还有一口气在，也要与岭人拼个死活。"

说毕，把牙咬得咯咯作响。毒人两兄弟每想起大哥白干图鲁已不在人世，便又痛哭一场。两人哭罢又欲冲向岭军，去拼一死战。大家将二人劝住，并千方百计加以安慰。曲拉将女英雄阿达娜姆用套索套住俘去以后，把她的双手缚在胸前，然后带到姜营中。姜人一个个站到女将前面，大声对她进行审问。女英雄闭目一言不答。曲拉长官威胁说："你这坏女人，向你问话你不回答，当心把你的心掏出来！"

面对姜人一面威吓，一面审问，女英雄心想：我现在已经落入敌手，恐怕难以逃脱死神了。回答与不回答都一样。不过在死以前也要显示一番自己的悲愤，死了方能瞑目。于是她说道："姜人听着，我有话现在要说。"

然后她以不卑不亢的声调说道："你们上座大臣如虎豹，我在从前虽未见到过，但在远方也曾听说过，听说姜人个个像罗刹。今年岭军到姜地来出战，不是想来逞能打天下，不是想让骏马显驰力，只因无端战祸找到家。岭姜二国相邻连一起，本无仇恨并非是冤家。谁知康兑山口烽烟起，抢夺盐海姜军舞爪牙。花花岭国与紫色姜地，本来纯洁奶酪无疵瑕，友好相处人安自己乐。你们却妄动干戈害自家。在此就座姜国诸大臣，我话胜过千两黄金价。听否全由你们去做主，我不再费唇舌多说话。”

阿达娜姆说完后，姜国大臣柏堆道：“女人的话好比锅里的汤，上有浮油，底有碎渣，没有多少分量。与其立即杀死她，还不如冻她一夜，明天再结果了她，现在先把她关到牢中去！”

次日，大臣们到国王萨丹面前，商议如何处理政务。白玛曲珍公主在侍女陪同下前来向父王敬酒、献茶。公主说：“父王啊！明天如何行动，是否已经商议好了？我姜国这个地方，已被岭人搞成这个样子，许多英雄死于刀下，好好的姜域变成了血海。现在女儿请求父王与所有大臣，明日不要稳坐，应该一起出击。即使不能战败格萨尔大军，也该把小部分岭营搅成血海，请父王与大臣们考虑。”

大臣们听后，认为公主说得有理，于是忙着进行筹划，准备再次出击。当晚，降敌宝珠大王格萨尔正在神帐中安睡，白梵天王从天空无量宫中出发，乘着祥云，驾临彩虹神帐上空，对格萨尔降下预言说道：“爱子觉如啊，明天早晨定要把女英雄阿达娜姆搭救出来，不然的话，后天姜人就要将她杀害。”

说完便又消失在半空里。次日，格萨尔大王与诸臣商量搭救阿达娜姆的办法，丹玛说：“搭救女英雄方法没有别的，只有靠我们这些英雄。第一是我察香丹玛，第二是巴拉森达阿东，第三是噶德曲炯贝纳，第四是贡巴布益查甲，第五是霍尔辛巴梅乳泽，第六是木都甲那吉布。我们六位英雄一起出马，去把那黑牢捣个粉碎。”

大王与大臣们听了丹玛的话，没有人提出异议。这时，晁通想：哼！好像只有他们六人才是英雄，我晁通岂能示弱？如果我争着同他们出击，他们又会把我当成想去沾他们的光。我得想个办法，独自一个前去显显本事。于是开口对大家说道：“大王与诸位大臣，请大家听我叔叔的话，北方女英雄阿达娜姆，就由叔叔我负责去搭救好了。我懂得姜地的语言，好与姜人打交道。在广阔的天空里，白云朵朵不动移，说寒风要来那是胡话；下雨时山川发大水，单靠船与桥梁不济事，男子汉承担任务时，如约伴同行胆量在哪里？我晁通一人单独去搭救女英雄，不是想好胜争强显本事，只是想为岭人争口气。坐骑的鞍鞯如何装饰，马匹和盔甲就该如何装饰。如把我老者看作无能的人，那才令人笑话呢！”

晁通边说边表现出很自信的样子，其他英雄听了也没说什么。丹玛听后虽然很不入耳，但他只把晁通的话当作猴子在狮子面前耍弄一样，狮子心底一点也不在乎。因此他也没有说什么。

大王心想：叔叔这人，有时也不能不让他去出出风头，亮亮底子。于是微笑着说："叔叔的话有理。你的想法具有英雄的胆量。你这个主意就像日月一样，是能照亮四海，能赶走黑暗，如果叔叔能把女英雄搭救出牢，岭珍居将以十匹骏马、十套盔甲作为对叔叔的奖励。仲居、琼居也将同样向叔叔奉献厚礼。"

晁通听了，乐不可支。他满脸笑容，嘴都合不拢地说："果真是这样，请大家看我的本事。我要在今天白天就把女英雄从牢房里救出来！"

晁通立即骑上他那匹弯背尖头魔马，向前驰去。到了半路，他跳下马在路边作起法来。他运用巫术，把自己幻变成一只美丽的白鸟。那鸟胸脯像白螺宝瓶，上嘴喙像金子铸成，下嘴喙像玉石雕成，翅膀像白珊瑚缀成，白鸟展翅飞到姜萨丹王"玉龙宝露"宫顶上落下，发出百灵鸟歌唱的叫声。那"唧觉""唧觉"的叫声清脆悦耳，十分动听。姜人见了、听了都觉得很新奇，个个争先恐后地来看热闹。人们都说这鸟十分奇特。看守牢房的人也都前来围观。这鸟以人言唱道：

我是先知鸟儿善飞翔，唧觉，
飞来落在宝露宫顶上，唧觉，
保护神如彩云在远方，唧觉，
保佑我这神鸟把歌唱，唧觉。
黑头紫色姜人主宰者，唧觉，
萨丹大王请你仔细听，唧觉，
姜域民众苦乐怎么样，唧觉，
神仙特意派我来察看，唧觉，
掌握国家政权大臣们，唧觉，
有几句话你们应牢记，唧觉。
如果权势还在手中时，唧觉，
一定要向神灵作供养，唧觉，
神灵满意世人也欢乐，唧觉，
大家都得享受心欢畅，唧觉，
岭军犹如毒海掀大浪，唧觉，
这是白天魔神降旨意，唧觉，
切莫胆小犹豫再彷徨，唧觉。
嘉噶佛法以及嘉纳法，唧觉，
只有玛康岭国敢对抗，唧觉，
当心祖传政权会丧失，唧觉，

请你姜人牢牢记心上，啷觉。
今后五六天的日子里，啷觉，
是福是祸将会临头上，啷觉，
在那吉凶福祸两者间，啷觉，
政权江山如何难估量，啷觉。

这只白鸟用鸟语唱出上面的歌，姜人非常好奇，都来听这只鸟唱歌。有的人边听边看，眼睛都看呆了。晁通又用分身法，从鸟身上又变成另外一只老鼠，然后从地下钻入牢房，把捆缚女英雄的绳子咬断，给她身上施以隐身术后，将她从牢中领了出来。女英雄阿达娜姆便这样逃出牢房，回到岭营中。

女英雄阿达娜姆已经逃出了牢房，姜人并未知道。大臣们还聚集在萨丹王面前进行商议，准备对阿达娜姆再进行审问。这时，公主白玛曲珍再向父亲萨丹王进言道："姜国神圣领土辽阔，可是如今就像禾苗猛被冰雹打光。父王别再守哀坐黑房，请快回到宫中宝座上。姜人疾苦要靠父王去解除，姜国国法需要父王来掌握。英明决策要由父王来做出，快将处于血海中的姜人救到岸上，要从明天吉祥时刻起，父王快把英明圣旨降下。指挥全国军民齐奋起，同心同德誓死来抵抗。姜国男女老少众臣民，生活苦乐完全靠父王。当初要不是敌人来侵犯，只因父王自己招祸殃。如今岭军遍布山和河，姜人无头尸体抛荒滩，人愁鬼怨一片凄惨状，请问父王怎样除灾难？"

公主悲伤地说完，大臣们也同公主一起请求国王应以国家兴亡为念，关心黑头百姓疾苦，希望国王快快回到宫殿宝座上，想办法保卫江山。不料国王一句话也不说，公主和大臣们又只是煞费苦心，白费口舌，要想克敌仍很困难。这时，全国民众就像狗身上的虱子到处乱钻，都在寻找逃生的地方。

公主虽然对父王说了不少劝谏的话，但父王仍听不进耳。萨丹王把大臣们召到跟前说："大臣们不要再说什么，没有见识的女人说的话难道你们也相信吗？我以前曾多次说过，在九年之内，我决不离开这间哀室。九年以后，如果不能将岭国军队在一日之内送与水、火、风的话，我便抛弃魔神。在我姜萨丹的国土上，到处都有魔神保护，任何武器也伤害不了我。大臣们还是像从前一样，各自守好城堡就是。由于好胜逞能，猛将白干图鲁才身亡沙场，这损失比失去九座城堡还大，这都是你们轻举妄动的结果。今后不要轻易出击，岭军如果主动前来挑战，就用铁钩与索绳对付他们。柏堆大臣过去做事稳重有方，现在也应好好筹谋。曲拉与蔡玛等，只要在九年之内坚持守住阵地，还有什么可担忧呢？如前所说，女人们不要多嘴为好。"说完，照旧坐在黑房里。

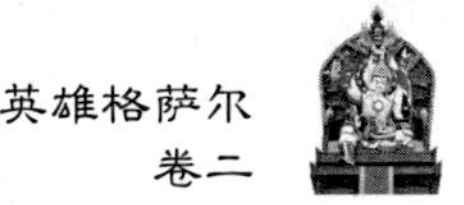

看守者回到牢房时，女英雄已经无影无踪。这时人们才醒悟过来，有的说："上了那只坏鸟的当了！"姜人又后悔又埋怨，但也毫无办法。

晁通把女英雄阿达娜姆搭救出来后，一同回到岭国英雄们面前，大家对晁通称赞一番。晁通也洋洋得意，认为自己的巫术高明，走路时也把胸脯挺得比平常高。

第八十章 大王得天助神箭显威 英雄捣姜营晁通获救

次日早晨，岭军正在向神明祈祷，忽然看见空中出现奇的景象。在滚滚翻动的彩云当中，出现了白、黄、黑三种云彩。在三种云彩中间，扎有两个大营。营帐闪闪发光，耀眼夺目。在大营上空，有两道彩虹。这两个大营是白梵天王的神营和姜域黑魔神的魔营。双方大营上空的彩虹像两条彩龙相互厮拼似的在空中搏斗。姜人与岭人看了都很惊奇。

这时，岭国雄狮大王格萨尔想：现在战局非常紧张，天空出现的情景是神赐的预兆。哪一方能胜利，哪一方国王的权势就大。黑业白业哪方能胜利，今日定能见个分晓。于是大王便对岭国英雄们说："今日战争是否能胜利，完全握在大家手中。天空出现的两道彩虹变化无常，哪边彩虹能够击断对方，哪边彩虹就能夺得胜利。"

众英雄们听后都十分兴奋。在姜人那边，看见天空出现彩虹只觉得奇妙，不知道与战争胜败有关。人们认为这是魔神显现，便按照前面小鸟的话，杀了姜人的神马、神牛，向魔神进行祭礼，并把剩余的马肉、牛肉分给大家。

这时，晁通正想把放咒施食抛向象征魔神的那道彩虹。他怒气冲冲，手中的施食也放射出簇簇火花。当他正要将施食投出去之时，雄狮大王阻止道："叔叔的施食先不要投掷，现在还不是投掷的时候。空中的两道彩虹，一道是天神前来助我格萨尔降伏敌人的，不能让施食误伤了这道彩虹。我临凡时，父王白梵天王赐我的能飞霹雳神箭，现在已到该用的时刻了。"

说着取出了神箭与宝弓，晁通却说："侄子先莫行动，由叔叔对付好了。"

两人相互争执了好一会儿。总管王绒察查根说："晁通有搭救女英雄出牢的功劳，本应让我炫耀一下自己。但今日不比平常，必须由格萨尔大王亲显神威。大王你就先射箭开路吧，今日相战，定要旗开得胜才好。"

众英雄的想法与总管所说的都一致。格萨尔大王拉弓搭箭，说道："黑魔营帐上空的那道彩虹，如不把它拦腰射断，我觉如岂非枉自称好汉。"

说着一箭射去，随即火焰、冰雹、闪电三者遍布天上地下。那黑魔的寄魂彩虹像鸟毛被烈火猛烧一样化为浓烟消失了。姜人见状，内部慌乱起来。火焰又借风力扑向姜营，烧死无数士兵，姜军一时不知所措。晁通见状认为这是一个很好的邀功机会，于是趁机再向魔神所在的地方抛撒施食。

这时，姜国保护神白天魔神愤怒地向梵天神营上空的彩虹射了一箭。箭刚射出，便遇上晁通抛出的施食，那施食冒着熊熊火焰，正向魔箭飞来。魔箭不敢向前，只好折转回去，慌乱中射死了自家营中的四十多个魔兵。与此同时，白梵天王的梵天神虹也消失了。梵天的神兵们都变成身穿铠甲、手执兵器的勇士，与魔兵展开了激烈的战斗。最后神兵大胜，又紧紧追歼残敌，魔兵一败涂地，四处逃窜。白魔神知道这次失败是由于晁通抛掷施食、折转了他的箭头而造成的。于是对晁通怒火万丈，遂从半空中抛下太阳神套索、月亮神铁钩，犹如磁石吸针一样向着晁通飞去。晁通措手不及，就像兔子被山鹰抓获一样被擒住了。晁通大声嚷道："岭军八大营盘的勇士快来救命啊！特别是侄子格萨尔大王，快把本领显现出来啊！岭噶神祇法力无边，快把法力来显示啊！人、神躲在帐房中有何用？若失去了我叔叔怎能行？岭国不能没有叔叔我啊！"

岭人听见远处传来晁通的求救声，但已来不及射箭援救，晁通和战马均落在姜人手中。被带到姜营，晁通吓得一时昏了过去，过了好一会儿才苏醒过来。他睁眼一看，只见已被姜人团团围住，旁边还站着三个满脸黑胡子的大汉，三人各自把手中的利刃举到晁通面前摇晃，吓得他的山羊胡须瑟瑟发抖。一句话也说不出来。

柏堆大臣对三个黑胡子大汉说道："这人昨天抛掷放咒施食，害死我们许多士兵，今日他罪有应得，送他到死神面前去吧！这是白天魔神赐给的恩情啊！"

接着笑逐颜开地唱道：

虔诚祈祷天空白魔神，
虔诚祈祷半空花魔神，
虔诚祈祷大地黑魔神，
请帮助我理想得实现。
马群中乱窜的劣等马，
乃是害群之马都咒骂。
人群中惹祸端的小人，
晁通你的罪恶非常大。
今日此地两军正厮杀，
是你抛掷施食作妖法。

熊熊火焰突然飞过来，
使我魔神一时难招架。
今早神魔两营相交战，
天空一片火光冲云霞。
带火施食冲向我魔营，
使我魔营人马损失大。
我是八部头领人人怕，
竟然胆敢和我做冤家。
真是罪大恶极不可赦，
快到阎王面前报到吧！
三个彪汉动作别迟延，
五花大绑紧紧缚住他。
把他四脚紧捆如线球，
然后丢到水里喂鱼虾。

晁通听了柏堆的话，认为死期已到，吓得战战兢兢，有气无力，一句话也说不出来。三个彪汉拿着绳子正准备把他捆起丢到河里。这时，晁通突然心生一计，用谎言骗他们道："请求你们把我再关押几天，我还有重要的话要告诉你们。今天在这光天化日之下，不知是魔鬼引路，还是天降祸殃，我竟落入你们手中。你们这些太阳悬空似的长官们，饶了我这个最无能的人吧！我有重要的话要告诉你们。所谓世界雄狮大王，不过是个虚名，他有什么本领我最了解。所谓三十位英雄，也都不过是虚名，他们究竟是些什么货色我都清楚。说到那个总管王，他年事已高，出不了大力。那巴拉森达阿东，其实是个胆小鬼。请求长官先别杀我，明天我还有重要情况告诉大家。"

晁通用这些话来拖延时间，企图寻机逃跑。当晁通与姜人磨嘴皮子的时候，岭军中的英雄们都说应该去营救他，个个都想冲向前去，把他搭救回来。特别是色巴尼奔达雅高喊道："英雄们，跟我冲啊！"

他这一呼喊，扎拉泽杰、文布阿鲁巴森、穆姜仁庆达鲁、丹玛、巴拉、辛巴、噶德、贡巴、木都甲那吉布、女英雄阿达娜姆等十人都穿甲戴盔跟着出发了。人人挂着宝刀，身上三眷属武器寒光闪闪，手中白色神索在空中舞动，在尼奔、辛巴、丹玛带领下，一起冲向姜营。姜人一时乱作一团，看去就像无头苍蝇，到处乱撞；又像黑土被犁头翻起，倒向一边；又像水中插下竹竿，弯腰折背。人人各自夺路而逃，见有人来营救，晁通便大声喊道："尼奔、扎拉，叔叔我在这儿！"

众英雄直冲姜营，救出了晁通。晁通立即骑上战马，驰入英雄行列当中。这时，在岭国英雄们冲杀的呼喊声中，晁通挥刀把姜营帐前的牛毛神幢砍为三截，把营帐砍得东倒西歪，敌营一片混乱。扎拉射出二十多支银羽箭，杀死无数敌人。尼奔射出二十多支金羽箭，也杀死了无数敌人。文布阿鲁巴森与穆姜仁庆达鲁用刀矛又砍又挑，每人也杀死了二十多个铁甲兵。丹玛、辛巴、巴拉等，用刀斧猛砍，每人杀死了五十多个铁甲兵。女英雄阿达娜姆与贡巴，挥动箭、刀和长矛，每人杀死了三十多名铁甲兵。大家正要返回，姜国那三个彪汉每人抛出一条火焰闪电套绳，套住了巴拉、噶德、辛巴三人的脖子。巴拉等三人立即掉转马头，挥刀砍断了三个彪汉的魔套索，姜军猛将们看到今日战势不利，只好回避，纷纷逃入城堡，只是防御，再也不敢前来迎战。

岭人救出晁通后，在太阳落山之时，回到营中。英雄们因战争得胜，当晚放心地享受茶点肉食，尽情欢乐地度过一个月白风清的夜晚。

第八十一章

枣骝马抛曲拉入毒海
晁通王施咒术破魔障

在姜国一方，曲拉、柏堆、蔡玛克吉三位大臣都在想：今天的战事，我军就像麦糠被风吹走一样，再这样下去，可能不几天就要彻底失败了，现在该怎样对付呢？三人都想不出什么办法。军营中传出的都是唉声叹气，人人惶惶不安。在岭国方面，当夜幕降临时，白梵天王给雄狮大王降下了应当如何降伏敌人的预言：

觉如爱子望你要牢记，
如今千万不能失战机。
恰逢姜国萨丹者魔王，
藏在黑城堡中把身栖。
发誓九年不出黑城堡，
他的命运操在我手里，
九年之内气数不会尽，
慢慢把他降伏不用急。
曲拉长官身穿金铠甲，
明天要来闯营需防备，
这人智勇谁也难匹敌，
当心岭军人马会失利。
无论派谁去同曲拉战，
当心性命落在他手里。
要以赤兔神马为驮首，
列阵一方英勇去迎击。
行动由我梵天来运筹，
争取这次战争夺胜利。

目前对他只用软办法，
九年后如何对付全由你。

白梵天王唱完这支预言的歌，便在空中消失了。次日，雄狮大王将梵天的预言告诉大家，人们听后，个个束好甲带，鞴好马鞍，严阵以待。

姜国军中，曲拉长官想，今日我要干出一番名声与天齐的英雄事迹来。想罢，他立即愤怒地带上三眷属武器，骑上栗色轻舟马，说道："姜人看着！我要让岭人看看我的厉害！"说着便挥兵策马，直向岭军右翼冲去，一时只见尘土飞扬，刀光闪闪，势不可挡。

岭人见有敌人驰来，总管王绒察查根说："远方驰来一个骑栗色马的人，这一定是预言中说的姜国曲拉老将，这人可不是好对付的。岭国勇将们，有箭的快搭好箭，有刀的快握紧柄，有矛的快挥起矛，准备齐心迎敌！"

正当众英雄严阵以待之时，曲拉像巨石从高山上滚下一样冲杀过来。岭军色巴尼奔首先射出一排乱箭，但未射中对方。只见曲拉横冲直闯，杀死了三十多名岭国铠甲兵。当他正想冲向三军时，白梵天王用神通改变了他的方向，使他的马头朝向自家军营。曲拉在回营的半路上遇到了一群岭军马群，他便把这群马赶回姜营，作为战利品分给大家。马群中有匹枣骝神马善于神变，谁也没有看出。只看出这匹马毛色美丽，生相不凡，因此人人都争着要这匹马。柏堆说："大家都争着要这匹马，现在只好抽签。或者把它留给曲拉，作为对他战功的奖励，我是不与大家争这匹马的。"

最后，决定把枣骝马留给曲拉，作为奖赏。曲拉说道："弟兄们，心中不必过分高兴，宝座上的萨丹大王现在还待在黑屋里，他神魂颠倒，不理国政。姜人们依靠这样的国王，江山会有怎样的结局呢？我曲拉心中十分焦急。今日得到这匹好马，心中算是得到一丝短暂的慰藉。但始终是大臣如果没有贤国王，也难以显示出英武，国王死守黑房不理朝政，曲拉不如死去心里舒服。仆人如果没有好主子，好比幼小孩子没有父母。曲拉六尺身躯不顾惜生死，今日决心拼出一条血路。如果万一遇上格萨尔，血染草原心中也诚服。如我真的捐了六尺身，右翼大军要为我报仇。希望黄人黄甲黄骑者，还要与他决战争胜负。负责指挥大军众军官，飞上天的不必去追逐，钻入地的不必去寻觅，其余敌人全部要扫除。我的武器长矛与弯弓，我的锋利宝刀与箭镞，要在敌人面前显威风，要为夺取胜利开条路。栗色轻舟老马脚力强，奔驰如轮旋转上征途。今日应该让它暂休息，槽里豆麦让它吃饱肚。我要骑上缴获的这匹马，看它驰骋脚力足不足。给它鞴上垫褥与金鞍，看它作战本事啥程度。"

说完随即套上辔头，准备向岭营冲去。这时，柏堆与蔡玛诈忙上前劝阻。

柏堆劝道："不要性急，从星象上看，今日不宜出战。"

蔡玛也说："今日暂且休息，明天咱们一块儿出战，才能夺得胜利。如若草率行事，以后定会后悔，今日还是不出战为好。"

对于两人所说的话，曲拉半句也听不进耳里。他骑上枣骝马，如狂风一般向岭营方向驰去。岭人遵照白梵天王给格萨尔降下的预言，做好准备，严阵以待，准备讨伐曲拉。这时，只见曲拉骑着从岭方抢去的那匹赤兔马，如狂风般飞驰过来。晁通一见便叫道："大家赶快看，今天的事糟了，大王的宝驹落入了敌人手中，现在又被曲拉骑来了。如果射击，恐怕会伤害这匹神马，大家的刀、箭、矛都不能乱动。依我看，我方人马还是能逃的逃，能躲的躲，不要直接交锋为好。"

他边说边手忙脚乱，准备找个安全的地方躲藏起来。曲拉骑着赤兔马径直向岭营冲来。当人马快接近岭方军营时，那神马腾空而起，把曲拉带上了天空。曲拉这时毫无办法，身体就像鸡毛被狂风吹上天空一样，穿过云层，到了接近金色太阳的高空，吓得魂不附体。曲拉正在惊魂不定的时候，那神马又在高空一连翻了三个筋斗，曲拉便从马背上坠下，落入毒雾弥漫的毒海当中。

姜人看见曲拉被那马带入空中逐渐升高，后来又从马背上跌入毒海，人人都惊恐万状。公主白玛曲珍带着侍女赶到毒海边观望，看见毒海上面黑雾腾腾。她再仔细一看，但见曲拉正从海浪中向岸边挣扎。这时，公主伤心地大喊："我们心爱的大臣啊！你被这马害得好苦啊！"

这时，只见曲拉爬上海岸，躺在岸边沙滩上，随即停止了喘息。公主走近看时，毒气已将曲拉的肉与骨头腐化分离。不一会儿，肉与骨头便化为毒气，消失在沙滩上。

曲拉长官掉进毒海，被毒水腐化成毒气的消息传到姜国以后，男女老少无不悲痛，特别是柏堆与蔡玛两人，整日忧心忡忡，有的人说："骑这种口喷毒火的马去与岭国打仗，还能不惨败吗？想不到这马竟会这样害人。"

军营中人人愁眉苦脸，饭也吃不下，水也喝不进，都为失去曲拉这样一名勇将悲伤，智勇双全的赤兔马将曲拉投进毒海以后，沿着彩虹之路，从空中奔驰到大草原上。它一连嘶鸣三声，那些以前被曲拉赶去的马群就像孩子听到母亲呼唤一样，径直奔回岭营。岭军见此情景，人人都非常高兴，有的欢呼，有的挥舞彩绸。

次日，柏堆说道："事已如此，忧愁有什么用处？曲拉既已阵亡，右路大军的长官今后由色拉兼任。如果这样悲伤下去，是不会有什么好处的。真不知道国王日夜坐在哀室里，苦苦守丧到底有何益？曲拉长官在世掌权时，他是姜域一颗宝珠子。现在曲拉心身已分离，姜人心中怎能不惋惜？想当初在那堂堂宝座上，萨丹国王正中高坐起，曲拉、蔡玛、玉拉与柏堆，四员虎将辅佐理政事。王臣同心同德共同对抗敌人，日月见了也战栗，苍穹玉龙见了也害怕。快把酥油明灯点燃起，快把魔法咒师请过来，请他施咒挽救这危机。长腿郭曲色察你快去，姜国臣民派你做专使，如果请来咒师有指望，如果没有咒师难对敌。”

大家都认为大臣柏堆的主张合理，对于无形的幻术，只有请魔法咒师前来帮助才能抵御。郭曲色察长腿杆立即前往曼札地方去迎请咒师。

米奔恰奔咒师预先知道郭曲色察长腿杆要来，便出门等候。两人见面时，咒师说道：“姜仆色察长腿杆啊，有何事请快快讲。是不是遇上了不称心的事？不要隐瞒照直说吧！”

姜仆色察长腿杆向他磕了个头，把柏堆大臣的话如实做了传达，并把岭军入境，姜域岌岌可危等情况详细做了报告。两人边说边走进了咒师的禅房。

米奔恰奔咒师说道：“东方岭国雄狮王使姜域不得安宁，对这类事情，我不便干预。至于在战争中岭人用恶咒和幻术来压制大地之主，这事应当进行抵抗。我将很快放咒，竭尽全力将施食和火套圈抛向岭营。你可回去将这些话转告众大臣，后天日落时分，我将对岭人给以严厉的报复。”

这个魔教咒师米奔恰奔说罢，便向天神、厉神、龙神敬香上供，向黑色一方的魔神、罗刹与欢喜魔王祈求祷告。

仆人色察长腿杆告别咒师返回姜营，把咒师的话原原本本地向姜国英雄们做了传达。大家听了都很高兴，有的姜人也喃喃地念诵起密咒来。

当天晚上，岭国雄狮大王格萨尔正坐在神帐当中，忽然听到天空传来仙乐声。大王抬头从神帐天窗一看，只见空中白梵天王面如满月，神采焕发，微笑着对大王说：“推巴噶瓦好孩子，事到如今，你为何还漫不经心？过去曾给你预言，为何像被风吹走一样无动于衷？现在不要安坐怠战耽误时机了。要知道后天姜人咒师将以魔教的法力念诵咒语，向岭营抛撒黑色施食。这时国王虽不会有多大损伤，但将会使岭方半数士兵和英雄遭难。更要紧的是，魔教咒语如果伤了龙王与大地之神，岭域将会遭到毁灭。所以后天晚上，也由叔叔晁通念场密咒，施放咒语、抛撒施食，用妖术来克制妖术。除此以外，别无办法。”

次日，英雄们集聚在格萨尔大王面前。大王将白梵天王的预言向众人说了一遍：“岭国众位英雄请细听，白梵天王关心我岭地，在那萨丹姜国军队里，有个柏堆的凶狠人，这个众人皆知，诡计多端，满肚子坏点子，他想依靠咒师放咒语，魔教米奔咒师施放咒术，姜人请他与我来为敌。明天傍晚太阳落下时，他的火红套绳将把军营来袭。白梵天王预言还指示，对于那个魔教大咒师，要想与他巫术相较量，只有晁通叔叔最合适。叔叔巫术平时最有名，不能制服敌人有什么用。这事得依靠叔叔施用巧计，巫术应出巫术来克制，敬请叔叔快快

做准备，誓把魔法咒师狠打击。”

大王下达了这些命令以后，晁通立即像夏天的孔雀听到雷声一样，高兴得偏着头大笑起来，把脸都笑扁了。只见他下巴颏的胡须东摇西摆，脸上的络腮胡也竖了起来，笑嘻嘻地说道：“侄子雄狮大王说得有理，国王的命令，好比高山上滚下的石头，叔叔我一定遵照去办。放咒、抛施食，都由我一人承担好了。大丈夫说过的话，九条大牛也拉不回去。不过，在我岭噶地方，过去常常有人喜欢吹毛求疵，说别人这也不是，那也不是。但话又说回来，他们若有本事，也可去放咒，去抛施食。如真有这样的人，我老头可去当他的助手。”

晁通洋洋得意地说了许多又自信、又挖苦别人的话。英雄们听后都一言不发，此时此刻，谁也不愿得罪他。只有色巴尼奔实在有些听不下去，便说：“叔叔不要装模作样，以绿石头充翠玉。不要好高骛远学老山羊爬石崖，如果真有本领施放咒术，那就请按大王的命令快快行事，别的空话不必多说。吃饱肚子发脾气，自吹自擂了不起，像老狗拴着时猛冲猛扑那样的动作，今天不需要拿出来。今夜时分，派几名英雄前去，也可能会将那咒师降伏，是不是派别人前去，请叔叔赶快考虑。”

晁通听了这话，心中非常生气，满脸通红，红胡子也竖了起来，眼睛也红了。马上拿起火光闪闪的放咒施食向远处掷去，同时跳起来说道：“尼奔，你这个没有用的东西，不需要你的时候，你围在跟前；需要你的时候，你又离得远远的。快来帮叔叔我，现在我要向姜人抛掷施食放咒。在我没有呼唤、驱使神祇之时，你将这施食好好捧着，千万不要失落，如果失落了，将对我方不利。”

说着，晁通从色巴尼奔手中接过法力无穷的红施食，向姜域曼札地方猛力抛去。那施食带着熊熊火焰，像飞鸟一样向远方飞去，轰隆一声，震耳欲聋。

晁通抛出的施食进入姜域，只见一时狂风四起，飞沙走石向姜人咒师的禅房猛袭过去。在风暴中，突然出现一只有牦牛大小长有九个头的毒蝎。那毒蝎张牙舞爪，用角将咒师前面的施食和坛城踏成粉末。咒师吓得只顾逃命，一面逃，一面想：这肯定是岭人密咒的法力所致，这是没有办法可以抗衡的。那咒师急中生智，立即托起金刚魔塔，向岭国方向掷去。那魔塔凭借魔鬼神的神变之力，在空中飞舞前进。

这时，晁通抛出的火焰施食也正在朝姜域方向飞去。施食与魔塔在空中相遇，一时天空火光四溅，轰隆声犹如九个炸雷齐鸣，大地上百鸟惊飞，万兽惊逃，姜岭双方不少人吓得目瞪口呆，不知世间发生了什么事情。只有晁通心中有数。他继续念诵密咒，向施食发出命令：“快把金刚魔塔熔化！”

接着迅速穿起咒师衣服，戴上熊皮法帽，摇起法铃，击起法鼓，唱起了抛掷施食的歌曲来：

在这稀有殊胜城堡中，
我的本性纯洁无垢迹。
祈祷三千六百各天神，
今日请来助我降顽敌。
天空青色玉龙吟啸声，
能将雷雨冰雹来指使。
金翅大鹏坚韧飞翔时，
能将百鸟道路来开辟。
雄狮大王权力大无比，
能将太阳月亮囚禁起。
晁通叔叔法力大无边，
能将天上星宿禁闭起。
姜人魔法咒师休想逃，
死神就在前面等着你。
金刚魔塔即刻要熔化，
教你姜人魔法见鬼去。

晁通唱毕，把手中的施食向姜域曼札地方抛去。那施食击中了曼札地方禅房中的米奔恰奔咒师，咒师立即被施食发出的火焰烧成灰烬，顿时无影无踪。施食发出的火焰焚化了咒师以后，又飞向那空中飞舞的金刚魔塔，团团火球围住魔塔，不一会儿，魔塔便被熔化了。咒师及魔塔都被晁通降伏。

第八十二章 梅萨妃初议和无结果 姜国军再袭营连折将

此时，姜国人还不知道咒师米奔被达绒晁通消灭。次日，姜人还认为咒师将向岭营抛掷施食，大家都很高兴。只有柏堆大臣心神不定，他听人们说，昨天有人看见天空中有牦牛大的几团火球向咒师住的方向飞去了。他想：这是不是岭人在捣鬼呢？心中一直不安，但也没什么办法去探个虚实。直到太阳偏西时分，还不见咒师向岭营抛掷施食，这才更加惊慌起来。于是说道："看来，我们的咒师也许遭到岭方妖术的攻击而遇害，否则为什么不见咒师向岭营抛掷施食呢？色察长腿杆，你快去察看察看！"

仆人色察长腿杆立即骑上狂风骡头马，迅速前往察看。色察到了曼札地方，只见那里的禅房已被捣毁，咒师米奔恰奔下落不明，有的人说咒师可能被压死在废墟中了，有的人又说可能被天火烧死了，究竟咒师的下落如何，无法肯定，色察只好灰心丧气地返回姜营，把情况如实向大臣们做了禀报。大家听了，人人惶惶不安。

蔡玛说："现在一切不幸都出现，死了那么多勇将，这样高明的咒师也遇难了，还有什么办法呢？国王虽还没死，但与死了又有什么区别？军队的损失太大了！"

柏堆大臣只好安慰道："事到如今，再无别的办法。国王呢，不满九年是见不到他的。在这九年期间，诸位大臣各尽其力，尽量维持战局，同时还得很好守住城堡，我们这些当大臣的，应把生死置之度外，全力为国王保住江山。再说死也是迟早的事，只要能为国家去死，死了也是值得的。但在未死之前，一定要尽量抗击敌人。"

在岭国一方，人们知道晁通的施食已将那咒师降伏，人人都很高兴。英雄们唱起欢乐的歌，骑上高头大马，挥舞起绸带，吹起悦耳的号角，尽情欢乐，对晁通倍加赞扬，并按大王以前说过的话，给了他丰厚的奖励。在欢庆会上，总管王绒察查根说："如果再等几年，姜人就会越来越贪心，越来越凶残，到那时，对付姜人就迟了。现在应当用和平办法和他们协商，看看是否可行。”

众人听后都觉得有理，第二天，便派出了以梅萨绷吉为首的男女英雄百骑，前往姜营协商。姜人看见岭国英雄穿戴整齐，战马剽悍，疾驰而来，其中还有不少穿女装的，不知这是一帮什么人马，大家都感到十分惊奇，议论纷纷。

梅萨派人向姜人送去了前来协商讲和的书信。信中说：“近来姜岭两国战争激烈，从现在起，应该开诚布公，诚心犹如纯金，希望达成讲和的协议，请大臣与诸贤妇前来商议。”

柏堆大臣见到信后说：“这是怎么回事？应当先打听清楚。不过不必由大臣出面。女人的话，由女人去回答比较恰当。公主白玛曲珍是个能说会道、通达世理的妇女，由她前去回答为好。”

于是派人到宫殿中将公主请来。做好准备后，公主由侍从陪同，率领百来骑兵前去相会，梅萨绷吉首先唱了一支希望与姜国订立和约的歌：

祈祷空中智慧空行母，
叩请慈悲心肠圣度母，
敦请殊胜无漏成就者，
请来指引走上极乐路。
南赡部洲岭域神圣地，
著名姊妹一共有七人，
梅萨绷吉我是大王妃，
七人当中我是头一人。
长得身材苗条如宝瓶，
容貌无双艳丽如花朵，
性情温柔步履又轻盈。
从前虽未亲眼看见过，
耳中却已早早闻芳名。
你是萨丹国王美公主，
今日相会我是特高兴。
现在我有一番真心话，
特地亲自前来告诉你。
姜岭两国都是神圣地，
自古和睦相处重友谊。
如今无缘无故战火燃，
连年战祸迭起不停止。

双方死伤损失都惨重，
刀口枪尖众生怎安息。
姜岭两国边界纠纷事，
希望友好协商来处置。
我们专为此事来这里，
希望双方讲和息战事。
如果双方争战无休止，
狮虎恶斗势必两相失。
今生活着让人说坏话，
来世孽果只能害自己。
你我有缘今日得相会，
今后双方事业应考虑。
争取姜岭两国相和好，
这是你我天职应尽力。
希望雄狮大王格萨尔，
能与木仓萨丹手携起，
立下誓言如同一个人，
从此不要互相再为敌。
希望公主白玛曲珍你，
与我梅萨绷吉结友谊，
立下誓言永远相和好，
如同姐妹亲热在一起，
只望姜岭两国都太平，
双方推心置腹话友谊。
望你公主诚心来配合，
为了拯救众生同出力。

梅萨绷吉唱毕，白玛曲珍心中揣度：这人能说会道，也许她不是真心来和谈，而是来试探的。双方真能和谈，那是好事。这得由我用嘴去和她较量。如果协商能够成功，对我方来说只有好处，没有害处。现在如不立即答复她是不行的。于是客气地说道："好啊，梅萨姐姐，在您这样有大名望的人面前，我姑娘犹如一头雾水。我心里有话嘴里也不会回答。但古人谚语中曾说：'受食不报是骗子，有问不答是哑巴。'好坏请听我回答几句吧！"

说着她唱道：

谨向指引大乐道路者，
金刚类的空行母顶礼，
谨向空性智慧雨露者，
宝贝类的空行母顶礼！
我以纯洁莲花为榜样，
因此取个名号叫白玛。
我因心中崇拜十善法，
因此取个名号叫曲珍。
你在魔地名声传四方，
鲁赞一死名声全丢失。
请你梅萨姐姐莫生气，
听我把话讲来回答你。
姜岭两国王臣幸福运，
将要毁于战争动乱里。
这场战争最终谁胜利，
这是命中注定难更易。
战争当初男人来挑起，
如今女人订约不适宜。
即使订约别人不服从，
最后还是你我白费力。
岭国雄狮大王格萨尔，
还有岭国英雄及民众，
是否想把头颅来抛弃，
是否想把身躯做献礼？
想来商量和好实在难，
想来订立和约更不易。
不知道的事情我不问，
不可能的事情不费力。
公主白玛曲珍是小人物，
是个指头大的弱女子。
平时父王身边安然坐，
从来不曾过问国家事。

公主唱毕，梅萨心里想，不管她怎样说，还要再说上几句。于是说道："哎！请听着吧，白玛姑娘。常言说'言者虽说得清，听者还是糊涂'。对你说的那些话，我梅萨有自己的看法。我不想自夸，也不想强出头。只是想使姜岭两国如同奶酪一样平静，平安无事，让江山太平，民众幸福，请你再三慎重思虑。"

公主依旧不相信岭人如此大费周章，但是又这样突然前来议和，于是又向梅萨唱了一支试探的歌：

梅萨说起话来很动听，
犹如布谷鸟儿声声啼。
布谷声声唱得人心动，
多少男儿听到泪沾衣，
你对姜人心中存恶意，
口蜜腹剑前来施诡计，
你把鸟头包在酥油里，
黑毒心肠藏到哪里去！
心地虚伪口中废话多，
订立和约不过是骗局，
请你梅萨心中多考虑，
不要说谎骗人又骗己。
如果你是真心想停战，
有话就应直说莫回避。
如果没有阴谋来诈骗，
应像奶酪一样不动移！
玛康岭国与萨丹姜地，
两国如要和谈讲友谊，
要由姜国大王把权掌，
岭王要给姜王当奴隶。
要由姜萨王妃当主母，
珠牡要给姜萨当婢女。
这样才能罢战来讲和，
这样才能止戈论友谊。
姜岭两地自从今日起，
直到世界末日那时止，

岭人一定不能起反心，
姜人一定不能把权失。
这个誓言如果能答应，
那么罢战讲和可商议。
我把讲和条件告诉你，
同不同意梅萨考虑去。

公主唱毕，又说："如果同意这些条件，现在就可订立停战和约。上述岭国英雄该由姜人带走的，现在就得带走。姜国一方，我可作为代表订约签字。"

梅萨绷吉觉得公主这样狂妄自大，提出如此无理要求，真是欺人太甚。如此停战又有什么意义呢？尤其姜方要求将岭方几位英雄马上带走，这是万万不能答应的。只有暂不做回答，先回去报告一下再说。于是说道："公主，一只小小无尾地鼠，竟想把一只牦牛吞下，你的贪心也太大了。照你的无理要求，是无法讲和的。我得先回去同岭国大王和大臣们商量一下，然后再来详细给你回答。"

于是梅萨和白玛曲珍各自回自家营地去了。白玛曲珍公主主仆一行返回姜营后，当晚举行了盛大的军宴。柏堆、蔡玛、色拉等大臣前往国王面前禀报，公主主仆也前去向国王献酒敬茶。

柏堆大臣又再向萨丹王进谏："大王请听禀，大王长期坐在哀悼室里没有什么好处，如今姜国民众生灵涂炭，江山难保。有盛名的金甲将军曲拉已经战死，曼札罗地方禅房里法力无边的密咒大师米奔恰奔也受害了。天魔神的寄魂虹被岭国射断，种种大事不利局势！请国王别再坐守哀室，快快上殿，给臣民们下令保卫国土，抵御外敌，执掌国家大事呀！"

萨丹王听了大惊道："啊呀！米奔大师和曲拉，是万万不可缺少的两人，想不到他们竟被杀害了，趁现在岭军尚未强大，赶快进行反击和报复。现在我还不到离开哀室的时候，你们几位大臣与齐美甲多纳俄波上师等一定要为曲拉报仇雪恨。天魔神的寄魂虹被岭人击断，这也无法。今年天魔神几次预言都不真实，对它也不必过分相信。魔神寄魂虹被击断无关紧要，只要其他寄魂物不受损失，岭人对我就毫无办法。"

公主白玛曲珍也将与梅萨会晤的情况向父王做了禀报。父王听后说："女儿啊，你今天对梅萨回答得很好。如果岭方再派人来，你就用软办法来欺骗他们。你可根据他们所说随机应变，把时间再拖上三四年，我就能让他岭军有来无回。如今不必有任何畏难情绪，诸位大臣按我的话去行事就是。"

诸大臣听了国王的吩咐，毫无办法，一个个只好哭丧着脸退了出去。

次日，众大臣按照国王的吩咐，决心和岭军决一死战。以柏堆、蔡玛、色拉为首，下属三个长臂士卒，以及甲多、阿日两个毒人等，披甲戴盔，各乘一匹烈马，直往岭军袭。

岭人见后都说：“看！又有几个姜人向这边袭来了。”

立即忙碌起来，准备迎击。雄狮大王格萨尔下令道：“今日不宜与这些姜人正面相敌，大家快把强弓硬弩准备好。待敌人靠近时，利箭要像暴风雪一样射去。特别是岭长系部队所防守的厉神道口，千万不能失守，一定要坚守住。人马不要离开阵地，军队要像城墙一样把阵地固守好。”

这时，岭国众英雄都已骑上战马，马头朝着姜人袭来的方向严阵以待。只见前方尘土飞扬，人喊马嘶，姜方人马疾驰而来。冲在最前面的是柏堆、蔡玛、甲多三人。姜军首先直捣岭军右翼。岭军立即迎击，利箭如雨点般射出，但阻挡不住敌人。姜军冲入岭右翼军中，来回搅了几个回合，然后又冲向前部军中，杀死、砍伤多名岭军。岭英雄们奋勇迎战，始终歼灭不了姜军。姜军最后从岭营角落里杀出，每人以套绳绑去一名岭军士兵。继而姜军又欲袭击岭军左翼。岭英雄看出敌人意图，立即主动出击。姜军假装败退，岭军从后面直追，辛巴与巴拉冲在最前面，姜人突然勒转马头，蔡玛克吉冲到辛巴面前气势汹汹地说道：“骑红马的人，如自己没有把握，逞凶最终只会自找倒霉。今天雪山戴上金冠时，再看看谁是英雄谁是好汉吧！我是左翼大军指挥官，花缨部队由我来统率。集结军队犹如绕线团，挥军出师犹如虎添翅。曲拉本是员勇猛将，毒人白干图鲁有名气，他们是姜人的两颗眼珠子，惨遭恶毒岭人杀死。光明大道已经被阻断，坏事出在岭人黑手里。今日发誓与你势不两立，要在战刀口上夺生死。远处射箭不算英雄汉，也不挥舞长矛相拼刺。弓箭长矛暂且搁一边，要用刀斧显显真本事。”蔡玛说完，便挥动劈风宝刀冲了过来。

辛巴梅乳泽立即挥起巨斧相迎。刀斧相击，火花四溅，突然辛巴的斧柄被蔡玛的利刀砍断，斧头掉在地上，辛巴立即掉转马头想逃走，边逃边抽出短刀，奋勇抵抗。他的短刀正与魔神幻变的短刀相遇，两刀相击，迸发出熊熊烈焰。那烈焰猛向辛巴刮来，辛巴无法抵挡，便勒转马头逃跑。蔡玛紧追不舍，但因坐骑没有辛巴的红马跑得快，未能追上。

柏堆、甲多和冬耿赤杰长手三人，也冲入岭营中混战。丹玛与甲多相遇，两人正在厮杀，只见阿日从甲多背后冲来相援。甲多使矛，阿日挥刀，两人一起迎战丹玛。丹玛翠百金刚错甲护身，没有受伤。甲多的黑矛被丹玛挥刀拦砍断，阿日见状，迅速向丹玛肩上劈了一刀，因有护身甲保护，丹玛没有受伤。丹玛怒火燃胸，高举红柄宝刀，将阿日的头砍落地上。

甲多见阿日丧生，急欲报仇，便又返回来相斗。这时晁通正好从丹玛后面摸了上来，他把锋利宝刀用幻术固定在前鞍桥上，刀尖向前，策马向甲多冲了过去。甲多见状，吓了一跳，心想：这人是岭国施用幻术最厉害的咒师，他有上天入地的神变功夫，我可不是他的对手。便勒马逃走。

噶德与冬耿赤杰长手相遇，两人赤手空拳在马上厮打，长手抓住了噶德腰杆，噶德抓住了赤杰臂膀，两人都从马上跌落下来。两人的马，各奔一方。两人臂力不相上下，有时好像噶德得胜，有时又像赤杰得势。两人扭来打去，胜败难分。两人正在难分难解之际，贡巴突然冲到赤杰后面，把刀一挥，赤杰的头与盔便被砍落在地。

大臣柏堆见伙伴连连丧生，决心拼一死活，正逢巴拉森达阿东迎面冲来，柏堆用套绳套住了巴拉。他用力一拉，巴拉便被拖下马来。这时女英雄阿达娜姆与色巴尼奔赶来援救。两人各自射出一箭，女英雄的箭射中了柏堆。柏堆因有魔神的保护，没有受伤。色巴尼奔的箭射中了柏堆的坐骑，因有黑魔神役使的黑风支持，那“黑风白云”马当时没有倒地，直到逃回姜营辕门外才奄奄倒下。

色拉与扎西托琚、塔琼鲁古两个毒人，又冲进岭营混战，杀死岭兵多人后才迅速撤了回去。多次混战，双方互有伤亡，谁也不甘失败，战争还在继续。

岭军返回营地后，大王问道：“今日恶战，有多少英雄遭受损失？有多少士兵阵亡沙场？”

说完命令米琼与贡巴进行清查。两人经过清点，得知：左翼军中五十名红甲兵战死，前方部队三十名绿甲兵战死。二人将情况向大王做了禀报。大王听后说：“这是各人命中注定的。黑业与白业，其种子都是自己播下的。愿他们抛弃痛苦与嗔念，到达极乐的彼岸。”

岭军听了大王对阵亡将士的祝愿，心中稍微得到宽慰。接着，丹玛、辛巴、噶德等，提着冬耿赤杰长手和阿日的首级来到神帐前面欢庆胜利。英雄们彼此相互称赞，高高兴兴，笑语不绝。晁通见别人夺得胜利，心中很不服气：“噶德与辛巴两人对付一个敌人，这不值得称赞。今日丹玛与两个敌人相斗，力不能及，势将败阵，还是我及时赶到，丹玛寿命才得保全。究竟谁有大功，不说自明。如要表彰赞扬，我是功臣，应首先得到表彰。”

大王与众英雄听了晁通的话，谁也没有答话。王臣们只是一起说说笑笑，喝茶饮酒欢庆胜利。姜人返回营地后，聚集在一起，柏堆说：“如用嘴巴迎着风吹火，火吹不着，反倒烧焦了胡须。阿日与冬耿长手不幸阵亡，其他人能够生还，还算幸运。如今落得这种惨景，看来有魔神与无魔神没有什么区别。”

第八十三章 梅萨妃率众二度议和 姜国人立誓保卫家园

姜军因又失去两个勇将，大家都很悲伤。与此同时，岭军再度商量后觉得：如果双方再不达成协议订立和约，照这样再打上几年，势必造成更大的损失，还应立即和谈为好。

老总管绒察查根说："梅萨上次去与他们交涉，也没有个结果，好比到沙漠里去找水一汪——毫无收获，但是正如俗语所说，'说话要多说几遍，办事要多办几回'。在没有最后得出结果之前，还得再去和他们交涉。梅萨主仆和聪明善言的贡巴布益查甲、米琼卡德，明天尽快前去把这事商量妥当，不要像前次那样，没有一个结果便不了了之。"

梅萨等人带领随从，花团锦簇地再次向姜营走去。姜人岗哨见后，立即报告柏堆。柏堆说："今天这些坏岭人又要来骗人了。前来的三百人马当中，还有几个女人，这一定又是来商谈关于和约之事。我们再派公主白玛主仆前去会晤好了。"

白玛曲珍主仆及几名男女立即到了前次与岭人相会的地方。双方用语言架起了谈判的桥梁，准备谈判。双方先一起喝茶饮酒，然后便乘兴开始谈判。这时，梅萨以好言相劝道："白玛曲珍大公主，请你耐着性子别着急。我虽没有好歌让你听，却有知心话儿告诉你。你是智慧空行转化之身，你对众生慈悲毫无恶意。如今姜岭两国大争战，请你好言相谈共铸友谊。前天公主你的苛刻条件实在太无理，说什么要让萨丹掌权，说什么要让岭王当奴隶，说什么要让岭人当仆役，说什么三大长官押姜地，说什么不准岭国起反心，说什么姜人不能失权柄。这些废话应当搁一边，不该把它时时挂在嘴里。如果真心真意想和好，姜岭双方都得有诚意。双方不论权势有多大，只能平等招待讲互利。双方不论权势强与弱，只能笑脸相迎讲友谊。姜国臣民你们请放心，相信岭人说话讲信义。好比左山右山绕平坝，好比天空日月永不离。姜岭两国如能讲团结，好比花开草原更美丽。智慧宝弓一起聚握起，策略利箭一起射出去。和睦相处，人安已也乐，刀箭入鞘战马也欢喜，此话好比甘露洒旱苗，望你姜人心中牢牢记心里。”

梅萨说完，等待着公主的回答。公主听后心想：“梅萨的话乍听起来倒还诚恳，但仔细分析起来，有分量的话却没有一句。也许她只是来套我的话吧！不过我也得回答她几句才好。”于是说道：“尊敬的梅萨，请听着吧！你得意洋洋地说了这么多话，似乎很有道理。临时上供，祭品很难齐全，临时答话，言辞很难圆满。我只能随便回答你几句，请你听着吧，尊敬的王妃！”说罢唱了一支回答的歌：

我是姜王白玛曲珍女，
从小父王疼爱很娇气。
梅萨王妃请你听我言，
虽说和谈难免不生气。
战争已经六年不停息，
入耳之言从没听半句。
好事一桩也没遇到过，
没过一天舒心好日子。
对人没讲一句知心话，
度日如年实在苦闷死。
今日遇到梅萨绷吉你，
是忧是喜姑娘心自知，
梅萨如果你是岭贤妇，
就该多为众人办好事。
当初岭军出发上阵前，
何不劝谏罢兵息战事？
你想骗人全凭一张嘴，
到此休想重新耍惯伎。
所谓公平只是口头禅，
所谓和谈只是大幌子。
姜岭两国是否能讲和，
梅萨必须动脑多考虑。

公主唱毕，又说：“姜岭如要和好，必须先让两国臣民都先息怒。看来今生今世，两国都没有和好的缘分。不过，是战是和都操在岭人手中，由岭人决定

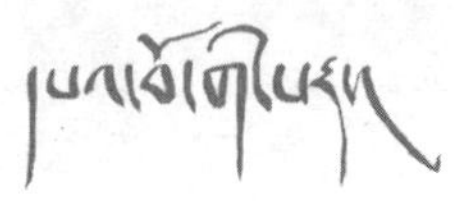

好了。”

梅萨听了，一时不知该如何回答。这时，米琼说道：“按照白玛曲珍公主所说，似乎一切都由岭人决定。这次战祸究竟是谁先挑起的？毫无疑问是姜人先来侵犯岭国盐海而挑起的。这事上至嘉噶，下至嘉纳，中至门域，从白发老人到黄口孺子，谁人不知，谁人不晓，我岭人为了姜岭众生的幸福，只求两家和好。那些逞能好胜的大话如今有何用处？真心言归于好，这才是我们的希望。”

公主白玛曲珍听他这样说，有些不高兴：“咦！想不到岭王格萨尔的大臣回答能如此明智。我看大臣你真有嘉噶人的口才，有嘉纳人的智慧，真是一位杰出的人物。按照常规，大人物的话小人物实在不敢回答。但为了将是非弄个分明，我还得回答你几句，请你听着：冰块和炉火不可能相安共处，姜国与岭噶不可能和睦友好。如果要想真正和好，还得彼此立下你岭国永远不会再来姜地的誓言才行。”

米琼听罢，无言对答。贡巴布益查甲心想：如果实在无法言和的话，也得再忍耐两三年以后再看。于是说道：“哎，姑娘你的话好像曲解了我们的意思，看来你没有永远和好的诚意。你自己首先疑心自己，这当然就不会信任别人。公主长得白口白牙，说的话听起来好像希望民众像奶酪一样平静安定，实则让人听着刺耳，你说话之前，应先认真考虑一下，要说的话，心中应先有数。我劝你还是以和好之事为中心来交谈为好。以往姜岭的是与非，应该首先明确下来。姜人错的姜人改，岭人错的岭人改。从现在起，直至今后的日子里，两家要像玉龙与天空，雄狮与雪山，相互友好相倚，两国人民互相友好安宁。姜岭应该和好，这是神的旨意，我们三人就是遵从神的旨意，之前来的，萨丹姜国一方，以你公主为代表，请你说一句永远不变的誓言。岭国一方，我们三人为代表，我们也说一句永远不变的誓言。双方以誓言作为金桥，以珠宝作为礼品。在金桥上两国互相往来，互赠礼品，互相友好谈判，如能做到这样，就没有比这更能使人欣慰的了。”

此外，贡巴布益查甲还诚心诚意地说了很多希望两家和好的话。

白玛曲珍心想：如要真正与他们讲和，那就应当认真地，毫不隐瞒自己的想法来回答他们才好。于是说道：“好啊！贡巴布益查甲，对你的话，我现在认真地来做回答，请你好好听吧！我本是善心度母转人世，这并非自夸是实情。现在我就说上几句重要的话吧。是否真能和好，还请你多加考虑。公主白玛曲珍我在宫内，从小不敢多言把才露，从未好胜与人争辩过，从未出语伤人惹人怒，岭人来此商量讲和事，姜国派我来此做答复，两国若是真正要协商，姜岭双方心中要有数。从今开始只要两国在，互不伤害誓言要牢固。萨丹雄狮两位大国王，要立誓言永远不反目，柏堆丹玛两位大臣相，要立誓言永远不反目。

姜岭两国订立和约时，应请嘉噶法王来作证，应请嘉纳国王来作证，应请门域国王来作证。岭姜梅萨公主曲珍俩，代表姜岭双方来做主，互赠同心哈达做礼物，互把同心姊妹来称呼。永恒誓言现在就立下，心口一致现在便清楚。张嘴不能同说两样话，脚不能同走两条路。今天太阳照在山头起，直到黄昏太阳落西坡，双方费尽唇舌来讲和，说出的话千万别反复。”

姜公主的话，岭人不以为然，大家很不愿听。岭人不听嘛，是自己前来讲和的；听嘛，得到这样的回答，实在不是滋味。一时不知如何是好，只好呆呆地愣在那里。贡巴布益查甲说道：“按公主所说，明后天就可以订立永久和好的盟约。但她提出的条件那样无理，那样苛刻，怎能订立这种丧权辱国的条约呢？”

岭方所有的人一起站了起来，纷纷离席。梅萨与米琼把手一挥，岭人各自上马，返回自己的营地。姜公主白玛曲珍主仆认为，这些岭人不过是来试探而已，也立即各自上马，返回姜王面前。

和约仍旧未能订立，双方再次不欢而散。

梅萨、米琼、贡巴等回到岭营后，众人马上聚集一起。这时，梅萨与米琼一言不发，只有贡巴将双方谈判情况向大家简单说了几句，前后经过以及事情的结果都没有说清楚。岭人听后也没人再追问便各自散去了。

岭方两次派出梅萨前往谈判，都没有结果。症结何在，真是叫人不可理解。如再拖延时间，姜人将如何更加嚣张尚未可料。岭人商量了许久之后，总管王说道：“上次派梅萨去和谈，没有结果。这次又派梅萨、米琼、贡巴等人再去，原想可能有点希望，然而还是没有结果。若能平心静气地和谈，要有一个更加聪慧的人才能完成这一使命。现在只有去请王妃森姜珠牡，不知大王与众臣意下如何？”

众英雄都认为总管王说得正确。大王与众大臣也一致同意。决定当晚由女英雄阿达娜姆与米琼两人前去迎请王妃森姜珠牡。

次日早晨，当太阳照亮山尖时，上姜部队的统领官齐美甲多纳俄波骑着一匹黄唇“黑野牛”战马，穿着“黑雾闪电”铠甲，戴着“云盖四洲”头盔，盔上插着如红色彩云的鸟羽，“尼玛通钦”箭囊内插着五十支利箭，“火龙盘旋”铁弓放在豹皮弓鞘内，身上挂着“万钧雷霆”宝刀，气势汹汹地说道：“木仓甲波的后裔看吧！今日我一定要干出一番英雄的业绩来。”说罢，策马怒冲冲地向岭国军营冲去。

岭人看见后，晁通说道：“又有一个骑黑马的姜人冲来了，这人一定是齐美甲多纳俄波，众英雄请注意。”

说着，甲多纳俄波已冲到岭营门口。这时甲多向岭人叫阵：“那些凶残蛮横的坏岭人，倒行逆施前来干坏事。在我广阔田园里扎军营，清清流水鲜血来染红。我男儿心中怒火熊熊燃烧，战死沙场心中也乐意。魔神看见是否能拯救？请把敌人气焰压下去！”

甲多纳俄波一面唱，一面挥着宝刀，抽出利箭，气势汹汹地对着岭方。面对此情，如果在往常，岭人定会争先恐后地去迎敌。而今天，却一个看着一个，只希望别人去迎战，一时鸦雀无声。

这时，丹玛说道：“呀！岭国众英雄如今受此欺凌，不去抵抗，就像将被宰杀的羊，眼巴巴地看着屠刀等死，这成什么样子？你们还年轻，舍不得性命。我老头子即使把命丢了，也不会后悔，让我去迎敌吧！”

说着气冲冲地骑上战马，到了离甲多纳俄波一箭射程的地方，甲多纳俄波已将他的“狂风变幻”毒套索及“闪光锋利”铁钩向丹玛抛了过来。铁钩正好钩住了丹玛的甲领。他用劲一拖，丹玛便从马上被拖下地。本来这时丹玛已将箭搭在弓上，只是尚未来得及射出，落马时弓箭尚紧紧握在手上，立即把箭射了出去，正中齐美甲多纳俄波的左臂，齐美忙用右手抽出大刀冲了过来。丹玛也立即抽出宝刀迎战。辛巴、巴拉、晁通等人见状，立即冲上来援救。齐美甲多一人寡不敌众，只好策马扬着灰尘逃去。丹玛又朝他射了一箭，把齐美甲多头盔上的簪缨射落地上，使他惊出了一身冷汗。甲多赶快一溜烟似的向远方逃跑了。

岭国英雄们和齐美甲多双方各自返回自己的营地。齐美甲多回到国王萨丹面前，把上阵情况向萨丹大王做了禀报。萨丹听罢未说什么。众臣们商议道：“咱们只有尽量抵抗，最后一块儿战死算了。至于国王，只有等到剩他一个人，死神到了他的面前时，他才会有所醒悟，如今再去劝谏，他也是不会听取的。”

大家商议后，决定在两日内暂时休整兵马，在第二天夜里出击，兵分四路包围岭军，由花缨部队将领蔡玛克吉带领两千名精兵从南面进攻，由柏堆大臣带领两千人马从西面进攻，由色拉带领两千人马从北面进攻，由齐美甲多带领两千兵马从东面进攻。大家一致同意这个计划，把计划写成战书，各自摁了手印，表示决不食言。

第八十四章 珠牡王妃良言告公主 姜岭两国三年无征战

自从岭军反击姜军入侵，出师姜地以后，骁勇者和青壮男子大都奔赴沙场。王妃森姜珠牡住在岭国王宫达孜城堡里，天天向天神磕头上供，祈祷加持，修法求道，祝愿众生平安，特别是希望岭地白色善业兴旺昌盛。米琼与女英雄阿达娜姆来到达孜城内，将姜岭两国的战报告知珠牡，珠牡惊闻其弟布雅竹吉与绒察玛列捐躯沙场，感到非常伤心。她说："我珠牡真是个没有福气的人，任何不幸也逃脱不了。弟弟不幸战死，我好比人还未死心肝却被人掏出来了一样。"

珠牡因伤心过度，神志迷离恍惚，双眼好像被树叶遮住一样，随即昏厥过去。人们立即找来圣水，洒在她的脸上，她才慢慢苏醒过来。珠牡苏醒后，吩咐婢从拿可口的饮食、香甜的茶酒让阿达娜姆和米琼享用。米琼与女英雄先把需要珠牡到营中去的大王亲笔信献上，然后又把事情的原委清清楚楚地向她说了个明白。

珠牡听后心想：我即使想出各种巧计使姜岭双方能够和好，但要有利于岭国是不可能的。既然梅萨已经一去再去，没有结果，现在又要我去，似乎没有必要，但国王的命令是不能违抗的。于是还是决定立即启程前往，当晚她带领二百名仆从，直往姜地进发。出发时，大家都向她献了送行的美酒和哈达。

当时，在前方战场上，姜军与岭军犹如猛虎与野猪相斗，一个比一个凶猛，相互攻击。正在途中的珠牡主仆一行，一路上向尊者度母祈祷，请求保佑不受黑方妖魔的阻碍，请求保护平安到达岭营。

在神灵保佑下，珠牡主仆终于到达了姜地。众英雄齐来迎接，草地上支起白云似的嘉洛龙帐，让珠牡一行住到里面。当晚，白梵天王骑着一匹白马，由神童簇拥着，在锦云簇簇当中莅临上空，给岭王降下预言的歌道："明早太阳照亮大地时，商订和约时机不可失。如果不能实现讲和好，当心敌人还要来袭击。明天夜半更深人静心，姜将蔡玛克吉与柏堆、色拉长官、齐美甲多等，各领两千精兵来围袭。岭将扎拉、尼奔达雅，会像嘉察将遭魔障蔽。丹玛绛查、巴拉森达阿东，会像玉达将遭魔障蔽。美丽龙帐森姜珠牡妃，如不去和姜人讲和好，最终后果严重难设想，死神将会来临难抵敌。”

白梵天王唱罢预言之歌便消失了。当天还未亮时，众英雄都已齐集在神帐前面，格萨尔大王将白梵天王的预言给大家重述一遍，同时和大家商讨应该如何行事。大臣丹玛说：“白梵天王的预言不必再重述，和谈这件事，以前天神也有过预言，大王也有过指令。如今已进行两次谈判，均未达成协议。直到现在，黄铜是不是金色，白铅是不是银色，都还没弄清楚。现在只有看珠牡王妃是不是有本领办妥这件事了。如果不能，不管再有多少死伤，也只好奉陪姜人到底，别无选择。”

绒察查根说：“丹玛说得很对。前几天梅萨两次去和姜人谈判，都没有结果。这也许是由于梅萨自恃高明，只说了些浑话，姜人不予理会的缘故。现在只能由珠牡主仆带上几个英雄前去，看看是否能够与姜人讲和吧！”

晁通说：“总管叔叔是不是人老心糊涂了？前两次派遣梅萨的时候，也好像把梅萨当作蛮有才华的样子。现在又把珠牡当作满有把握的样子。依我之见，再派珠牡前去，也不见得能办成这事。姜人如来进攻，有四个人需要倍加注意，要多想点办法来对付。如果再让众军受损，那就不行了。”

大家都同意再派珠牡前去和谈。次日，森姜珠牡主仆数人，由丹玛、巴拉、辛巴等二百骑士随从，向姜营驰去。

姜人看见后，内政大臣柏堆说：“现在又来了这帮人马，不知是什么意思？来人当中，穿女服饰的，比过去几次还多，如果是来和我们谈判的话，那还得由妇女去对答。现在公主白玛曲珍不在这里，必须快到宫中去把她请来。“于是白玛曲珍被请来了，双方在前两次会谈的地方会面。珠牡首先向姜公主说明希望双方和解的意思。姜人认为，无论岭方是真和谈还是假和谈，不作回答是不行的。姜公主主仆在大臣柏堆等二百骑士的护卫下，像前两次一样和岭方进行商谈。森姜珠牡把双方和谈的重要意义向公主慢慢唱来：

我是嘉洛敦巴心爱女，
好像出自名师彩画笔。
我从母体诞生大地时，
按照吉祥征兆把名取。
姜岭两国为何来争战？
一因今生命运所驱使，
二因萨丹大王惹祸至。
弄得两国江山无宁日，

双方恶战一战连一战，
多少猛将勇士已战死。
活在白黑两业中间人，
痛不欲生只想快死去。
我的布雅竹吉小弟弟，
不幸死于战场多可惜。
灾难落到嘉洛家头上，
怎不使我珠牡心痛惜。
珠牡今天特地赶路来，
是为战死勇士把雪耻。
是将失落骏马找回家，
如能偿还岭人不在意。
姜岭要想免受战争苦，
双方只有和谈是大计，
在这无比圣洁神界里，
洁白愿望人人要珍惜。
过去不说要从今日起，
姜岭永生永世结友谊。
姜岭战争应快停下来，
免得两虎相斗受损失。
姜岭两国应像亲兄弟，
不做外皮要精肉油脂。
姜人不论国王与臣民，
不能干涉弘扬白业事。
要来消除隔阂论友谊，
要像茶叶酥油在一起，
有缘相会一个龙碗里。
姜地白玛曲珍好公主，
你是紫色姜国空行母，
嘉洛森姜珠牡雄狮妃，
我是岭噶布的空行母。
珍珠项链红色珊瑚串，
上师用的念珠无数串，
还有白宝石和红玛瑙，

献给公主曲珍收藏好。
先把见面礼品来献上，
再来开诚相见谈和好。
利器能否变为软绸缎，
请你白玛公主细思考。

姜公主听了珠牡的歌，认真地想了一会儿以后说道："森姜珠牡啊！你是没有半点瑕疵的白度母的化身，肉胎凡体显现了你的身影，你不觉得过分自夸了吗？"说罢唱道：

嘉洛森姜珠牡请听着，
现在我有话儿作回答。
双眼虽然未曾见过你，
双耳早闻你的名声大。
珠牡你在心里如何想，
别人心中谁也难料知，
看你外表好像很诚实，
实际也许是个女骗子。
姜岭如果真要言和好，
双方必须真正有诚意。
须知岭人虽然有伤亡，
但是姜人也曾遭损失。
你们岭人处处想逞能，
造成死的死来伤的伤，
这是岭人自己大过失。
姜人祖祖辈辈很兴旺，
就像田里禾苗好长势。
如今就像禾苗遭雹打，
年成歉收谁来赔损失。
右翼先锋曲拉被摔死，
左翼小将玉拉被俘去，
毒人白干图鲁丧了生，
比失九座城堡还痛惜。
姜国英雄伤亡无其数，

岭人打算如何赔损失？
如让死去英雄活转来，
双方和谈就能成事实。
姜域山坡沟洼和平坝，
岭人就像大雪盖满地。
姜人不得安宁受凌辱，
要想和谈从何来说起？
你我同是空行变化身，
誓愿不同出生在各地。
如今双方彼此成敌对，
何去何从随你岭人去。

姜公主唱了这支试探的歌。珠牡听后想：她唱的这支歌，是来试探我方是否真的有诚意。我必须清清楚楚回答她才好。于是，又说道："公主，你说话不要阴阴阳阳，更不要像稀泥一样经不起掂量。说话要像母鸡生蛋一样实实在在，把肚里想说的话说出来。"

公主听了珠牡这话，暂时没有回答，只站在一旁默默不语。

"你我两人今日来和谈，若是不用诚心来商议，只是互相攻击又诽谤，只会加深敌意和仇视，如果竖立白色大柱子，山坡平川都会很吉利。流水平稳鱼儿自然乐，我把真心实话告诉你。以前姜人干下坏事情，公主如今难道还不知？你要平心静气想一想，你能想通我心也欢愉。雪域藏人所有宝贝中，调味佳品盐巴最稀奇。姜人一心意要夺过去，姜岭战争祸根由此起。如果姜人不先侵岭国，岭军怎会到来压姜域？如果姜人不来把我犯，岭人怎么能够来犯你？过去事情不必又重提，现在事情应该再商议。从今以后一切重开始，姜岭互相和睦论友谊。"

珠牡又对姜公主说："须知纠纷比山还重，比水还长，比天空还广。如不讲和，后患实在无穷。"

珠牡把不管怎样双方也应和好的意思再次告诉了姜公主。姜公主也在心中掂量，姜岭两国要想和好是不容易的。正如珠牡说的一样，这次战祸是由姜人挑起的。由于宿业之故，当岭军压境的时候，父王却待在哀室里，众多勇士也因没有后盾而丧生。但是在父王没有离开哀室之前，为了暂时的太平，互相言好也是必要的。于是她说道："森姜珠牡啊！你是白度母的化身，你心地洁白无瑕疵，语言真诚无欺诈，良药不能与毒物相混合，白绸不能沾染尘土，你说的也许是真心话，姜岭两国战争莫再打，今天开始战争使停止。三年内双方和睦讲友好，三年后双方关系再面议，骏马精心用料来喂养，男儿放松心弦多休息。强弓放松弓弦藏袋内，利箭重新换上新箭羽。宝刀磨得锃亮搁一旁，铠甲头盔解下高挂起。以后如何逐步来商议，望你珠牡心中牢牢记。”

公主与珠牡说了许多希望和好的话，两人都表示互相信任。珠牡将闪光的珍珠、珊瑚项链和琥珀等赠给公主，商定两国停战三年，双方这才放下心来。

珠牡与陪同前来和谈的人，姜公主主仆一行，均各自返回自己的营地。接着，姜国便将前方人马撤到后方。岭国也按协定，就地停战。两年多都未发生战争，一直和平相处。岭军虽仍扎营于姜地，但友好交往的桥梁人人爱惜。这期间岭军捕野兽作为食物，姜国军队有的已回到王宫，集合在国王身边；有的驻守在自己的城堡里，各自过着和平的生活。

第八十五章 梵天授记降魔时机至 英雄奇袭姜营战利丰

过了些时候，岭人由于食物短缺，因而有人提议，将公主、萨丹国王放牧在山上的牦牛和山羊，像打仗追赶败军一样赶下山来杀了享用。于是由几个英雄骑士带领手下随从，将两三群牛羊赶下山来杀了。

姜人得知牛羊被赶下山，认为岭方不守信义，破坏了协约，有人主张，重扎营垒，与岭人再战。这时，姜军将领蔡玛克吉表示要和岭方再战："今天事情实在很不妙，岭人不守协约失信义。牛羊已被岭人赶了去，姜人必须奋起去抗击。自从姜岭两国恶战后，多少姜国男儿已战死。世上无双英雄把命丧，许多有名男儿命归西。在我姜国山沟和平地，牛羊马匹全部被赶去。屠宰牛羊鲜血满山川，蓝色天空也被血映赤，现在城堡还在姜人手，当机立断不可失良机。男儿不能黑狗一样死，纵死也要死得有意义！"

蔡玛的想法，大家都一致赞同，主张出兵再战。只有大臣柏堆主张守好自己的城堡为上策。这时，虽然国王在场，但他心灰意冷，想不出什么良策，一切都由大臣们来做决定。于是姜国军队又像过去一样，扎起营寨，训练兵马，准备与岭人再战。就这样将战未战地又度过了六个月的时间。

在那姜岭双方不战不和的日子里，岭国雄狮大王格萨尔整日住在"通瓦衮曼"神帐里。一天黎明对分，白梵天王骑着一匹白色神马，在云雾彩虹环绕下，在空中唱了一支预言的歌：

萨丹紫色姜国这地方，
岭军扎营日子已很久。
复仇愿望快要得实现，
萨丹权势气数已到头。
白天魔神依附的白山羊，
已经被我梵天来收服。

那羊就像兔子被鹰叼，
从此休想逃走做坏事。
虚空花魔依附的花山羊，
已被厉神绳索捆缚住。
那羊就像小鸟被鹞叼，
从此休想逃走做坏事。
大地黑魔依附的黑山羊，
已被龙王邹纳捆缚住。
那羊就像羊羔被狼叼，
从此休想逃走做坏事。
白色祝祷威力非常大，
爱子听清喜讯记心头。
我还有话对你觉如说，
望你特别留心来听候。
姜营蔡玛克吉与色拉，
大臣柏堆、甲多纳俄波，
这是四位掌权大能人，
明天他们就要来闯营。
如果任其闯营事不妙，
岭方死伤就会很惊人。
岭军今晚应先去进攻，
把它姜营捣毁莫留情。
哪个男儿堪称大丈夫？
哪匹骏马堪称是良马？
今晚人马上阵作战时，
就能让人一一看分明，
对待蔡玛克吉那官人，
要用雅司宝刀对付他，
可由扎拉泽杰去对付，
快将战神寿结给扎拉。
对待迅奴冬通长臂人，
要用神箭才能射死他。
尼奔达雅前往去对付，
快将战神寿结送给他。

对待黑毒人扎西托琚，
要用饮血神箭射死他。
可由大将丹玛去对付，
快将战神寿结给丹玛。
对待拉吾讯奴长手，
用大力士才能杀死他。
可由噶德上阵去降伏，
快将战神寿结给噶德。
对待塔琼鲁古这毒人，
要用锋利武器来拼杀。
可由巴拉森达去对付，
快将战神寿结给巴拉。
对待左路将领色拉官，
用软办法才能敌过他。
可由辛巴用计去对付，
快将战神寿结给辛巴。
对待齐美甲多纳俄波，
你们谁也休想战胜他。
明天不论他到何处去，
由我梵天亲自降伏他。
无敌大臣柏堆这官人，
只有大王才能降伏他。
按照星象运行法则算，
对他只能运用软办法。
称巴南甲德昂这两人，
要让森达阿东去对付，
快把战神寿结给巴拉。
对待各曲米达这信使，
要用长矛才能刺死他。
可由阿达娜姆去对付，
快将战神寿结给阿达。
木仓国王萨丹老魔头，
他将离开哀室去远方。
梵天已经掌握他魂魄，

魔命在世不会很久长。
他将带领仆从和魔娃，
前往吾玛措地方去视察。
觉如你快前往湖边去，
运用神通幻术降伏他。
只要把这老魔降伏了，
此后一切就会有办法。
降伏老魔需要有胆量，
除妖斩魔千万别害怕。
人的全身盔甲很坚硬，
骏马驰骋凝力后劲大，
信心十足敢去克顽敌，
神圣佛法一定能光大。

白梵天王唱毕，便向天宫飞去。格萨尔大王听完非常高兴，太阳露脸的时候，他便以威严的神态把众英雄召集到神帐前，然后将梵天的预言用歌给部众们说道："白梵天王慈父光临时，白人、白马身披白铠甲，心底洁白口中语言白，'五白'齐临神通无限大。言说今年我们岭噶布，心中所想一定能实现，降伏萨丹国王与臣仆，大喜日子已经在眼前。岭国八十英雄善征战，驰骋沙场已经许多年。英雄男儿只要能善战，达到目的易如把掌反。姜国国王以及众臣仆，斗志已经衰退气息奄奄，姜人气数将尽败必然。明天黎明太阳出山时，岭军出发前去捣姜营。各位英雄心中要有数，各有劲敌厮拼需智勇。神祇赐予英雄长寿结，能够保护性命法力大。性命要由诸神来保佑，护身躯主要靠盔甲。萨丹国王那个老魔头，要离哀室出外去视察。如何降伏由我来承担，这些话大臣心中牢记下。"

格萨尔大王唱毕，把起死回生的仙药与长寿寿衣赐予诸英雄和马匹。众英雄各自记住了大王交给的任务，做好主动出击的准备。这时，彩虹当空，星象呈现出吉祥的预兆。当天后半夜，岭军分成四路迅速把姜营团团包围起来。然后英雄们按照各自承担的任务，直捣姜营。姜军方面，由于当晚柏堆大臣做了一个不祥的梦，人们得知后，都惶惶不安。人人披挂妥当，鞴好鞍马，手执武器，做好了迎战的准备。天刚放亮，便见岭军已将营垒东南西北四面团团围住。

包围东面的是王子扎拉泽杰和大臣丹玛及其率领的部队；包围南面的是色巴尼奔达雅与文布阿鲁巴森及其所属部队；包围西面的是穆姜仁庆达鲁与噶德及晁通等部队；包围北面的是巴拉森达与辛巴及女英雄阿达娜姆等部队。四面大军由格萨尔大王运用神通统一指挥。

进攻开始，首先由大臣丹玛大喊一声“喂！”便从东面策马冲去，扎拉跟在后面，也催马杀了进去，部众跟着直捣敌巢，东面酣战十分激烈；南面色巴尼奔达雅也大吼一声“喂！”催动“金鸟善飞”马冲杀进去，文布阿鲁巴森也骑着“火红斑”马冲了进去，部众随着冲进敌营；西面，噶德也大喊一声“喂！”骑着“金鱼腾跃”马冲进敌营，穆姜仁庆达鲁也快马加鞭，冲入敌阵，部众随之杀入；北面的巴拉森达也大吼一声“喂！”骑着“千纹白绸”马扬鞭冲入敌营，女英雄与辛巴也驰马上前，部众随着勇猛冲来。呐喊之声如雷鸣，尘土铺天盖地，一直恶战到晌午时分才稍事休战。只见山坡、山坳，到处尸横遍野，血流成渠，伤者有的逃跑，有的在山沟草丛中躲避，使人见了心惊胆寒。

在姜域达日查俄山脚下，色巴尼奔正像饿狼追赶羊群一样，在姜人后面穷追猛杀。姜国青年迅奴冬通长臂拦住了尼奔，将箭搭在弓上，他一箭射去，正中尼奔身上，几片金甲被射落在地，因有金刚盔甲护身，没有伤着皮肉，尼奔心想：必须还他一箭。但大王早有嘱咐，只有神箭才能杀死他。于是从大王赐给的三支神箭中抽出一支，搭在弓上，对他说道：“你尽捶胸击脯顶何用？你的手臂再长有何益？看我尼奔达鲁，绝对不会让你生还去！”

说完，一箭射去，正中冬通的胸口，铠甲上的护心镜一点也不顶事。只见那箭从背上白乎乎地穿出，冬通从马上翻跌下来。尼奔本想下马把冬通的头颅割下，但由于当时尼奔杀人太多，双脚被鲜血粘在马镫上，无法下马，只好从马背上弯下腰挥刀把他的头颅砍下，用刀尖挑起，然后拴在马上，继续向前追杀。这时，丹玛也正在密林中追杀，他把躲藏在林中的姜国逃兵一个一个杀死。

毒人扎西托琚骑着一匹红马，朝着丹玛驰来，在茂密的黑森林中与丹玛相遇。毒人一见丹玛，也不问话，便挥刀冲了上来。丹玛这时想起了大王的嘱咐，立即拉弓搭箭，在对面等候。只见毒人毫不犹豫地迎面驰来，丹玛一箭射去，但毒人未受重伤，仍毫不胆怯地继续往前直冲。丹玛又发出一箭，这支毒箭正中他的额顶，把天灵盖揭了碗大的一片，毒人立即坠马而死。丹玛取下他的首级和盔甲等物，拴在毒人的马上，然后将那马连在自己坐骑尾巴上，继续向前追杀。

正在这时，只见在雪山与草坝之间，蔡玛克吉率领着自己部下的百余名士卒，向扎拉泽杰追杀过来。蔡玛首先冲出队伍，拦住扎拉，在相距一箭之遥的地方，把箭搭在弓上，一箭射去，射中了扎拉铠甲上下接合处，因甲内穿有大王赐给的护身寿衣，因而未能伤着皮肉。当时，扎拉没有留神，险遭不测。

扎拉手执神箭，抽出雅司宝刀，大声吼道：“蔡玛克吉，你自夸什么威名传遍四方，今天射出这种风吹草秆般的箭，若是被姑娘们看见了，你难道不害臊吗？我不是在远处射箭的那种人，我只喜欢在近处挥刀肉搏，快来拼吧！”

说着挥舞着宝刀，催动无双宝马，犹如旋风一样冲了过去。蔡玛也抽出利刀冲了过来。扎拉抢先向蔡玛一刀砍去，只见蔡玛的头颅和铁盔立即和脖颈分离，滚落在地。接着，扎拉的随从也冲了过去，有的射箭，有的挥刀，一阵冲杀，百余名姜人被全部歼灭。扎拉等将蔡玛的首级、头盔拴在马上，欢呼疾驰，凯旋回营。

姜军先锋将领蔡玛克吉丧生于扎拉泽杰刀下以后，姜人不甘失败，在原来扎营的地方，青年拉吾讯奴长手骑着晴空色青马，冲入岭军营中，大力士噶德出来迎战。拉吾知道前来迎战的是噶德，便大怒起来。他咬牙切齿，也不问话，便连射两箭，一箭中噶德胸口，一箭中噶德下身，虽然射穿了铠甲，但有战神长寿衣法力的保护，没有伤着皮肉。噶德想：不如与他徒手相拼为好。于是既不抽刀，也不射箭，凭着当时的怒火，催动骏马，冲上前去，拉吾也不退半步，也不准备用武器还击，只想空手搏斗。噶德双手把他一抱，拦腰反手一扭，拉吾被头脚颠倒地摔在地下。噶德再拳打脚踢，拉吾立即气绝。噶德将他的头取下，与头盔等一起拴在马上，胜利返回营地。

这时，巴拉森达阿东正在姜营中横冲直闯，冲上杀下。冲杀中他与毒人塔琼鲁古遭遇。毒人在老远就抽出刀子，勒住马头，说道：“岭娃白骑者，男儿的勇猛就是这样吗？凶勇过分是会丧命的。远处射箭不算英雄汉，近处拼刀才能一较高下。看看究竟谁的本领大，看看谁是英雄谁是懦夫！”

毒人塔琼唱了这支歌后，挥舞着白光闪闪的大刀，待在原地，等待对方的回答，巴拉森达阿东也挥着大砍刀答道：“姜娃塔琼鲁古，你有什么本领也该有个分寸，满口大话，难道不害羞吗！”

巴拉语毕，挥着大刀，冲上前去。毒人塔琼鲁古也挥着大刀冲了过来。两人用刀拼了几个回合，毒人招架不住，往回逃跑，巴拉后面追去。由于毒人有天魔神的魔力相助，很快腾空而去。巴拉未能追上。格萨尔大王得知，立即施展神变法力，使毒人和他的坐骑犹如被绳子捆绑住一般，无法逃脱，坠落地下。巴拉赶了上去，将他劈成两半，然后砍下手臂与头颅一块儿带走。

此时，女英雄阿达娜姆冲进姜人丛中酣战。正与各曲米达遭遇。两人一见面就各自抽出刀子，不问不答，拼杀起来。阿达娜姆一刀刺进了各曲的胸膛，刀尖从背上穿了出来，再抽出刀来一阵劈砍，各曲当即被砍成了六块，散弃在地上，鲜血把草滩染得赤红。

此时，姜国蓝缨部队长官达堆，花人花马，一面高喊：“岭人来吧！”一面毫不犹豫地冲杀过来。他与文布阿鲁巴森正好相遇。达堆一声不响，一连射出三箭。第一箭射伤了巴森战马的鼻梁，马往回逃去，后面扬起一阵尘土；第二箭射中巴森的右肩；第三箭射在巴森的背上。由于有战神的长寿衣保护，巴森没有受重伤。接着达堆又挥着长矛冲来，直往巴森身上乱刺，由于有战神长寿衣的保护，丝毫没有受到损伤。巴森怒火万丈，猛一挥刀，将达堆的长矛砍成两截。达堆连忙丢掉断矛，抽出刀子前来迎战。两刀相拼，刀口上迸发出簇簇火花，两人眼花缭乱。趁火花耀眼的时候，巴森一刀将达堆的一只手臂连同刀子砍落在地，乘胜再来一刀，达堆头颅与头盔便滚落在地。

姜国部众，有的死于荒野，有的往回逃窜。正在纷乱的时候，仆人郭曲色察长腿杆和称巴南甲德昂两人冲了出来，正与穆姜仁庆达鲁相撞。色察挥刀，德昂舞矛，与仁庆达鲁对拼起来。仁庆抢先一刀把德昂的矛柄砍成两截，色察一刀向仁庆砍来，因有金刚护身甲护身，没有受到损伤，仁庆反手一刀向色察砍去，色察立即身首分离，死于刀下。德昂握着半截矛柄，欲与仁庆相拼，但看到仁庆的刀法厉害，无法相敌，掉头便逃。仁庆猛追上去，一刀便把他从头到腿劈成两半。

在不远处，辛巴与色拉两人正在较量。他俩先用箭对射，后用长矛相拼。战了几个回合，不分胜负，辛巴忽然计上心头，立即掉转马头，佯装逃跑。色拉跟在后面，似追非追，相互周旋着驰向远方。

齐美甲多纳俄波这时正与岭王的变化身白人白马相遇。甲多挥刀来迎，化身却不战而逃。甲多追在后面，上至山顶，下至河边，山川河流，到处追赶，眼看快要赶上，却又赶不上，使他心灰气馁，只看着化身远去。

大臣柏堆也与格萨尔雄狮大王的变化身相遇。柏堆挥舞着长矛冲来，大王的化身也以长矛相迎。双方长矛都不软不硬，任何一方也占不了便宜，只好各自离去。

当金色的太阳靠近雪山时，姜岭两军才各自撤退。扎拉泽杰往回撤时，在路上遇见了柏堆。柏堆一见扎拉的马上拴着蔡玛克吉的头颅，犹如黑刺扎进心窝，又悲伤、又气愤，当即挥动宝刀，催动骏马，狂风似的冲了过来。扎拉心想：这人必定是柏堆，按大王所说，他今天气数尚未到头，与他争斗不会得胜，便掉转战马，加鞭佯装逃跑。柏堆由于愤怒所使，就像影子跟随形体一样，紧追不舍。扎拉也不回头，只是一股劲地逃跑。众英雄见此情景，人人都担心扎拉受害，便一个跟一个冲来接应。柏堆见如此追逐，必将寡不敌众，只好勒马逃回营地。

第八十六章　施良策格萨尔除魔王　逢敌手众英雄斩妖臣

岭军集中在营帐里。格萨尔大王与众臣们一起享用着茶酒，白色的米饭，鲜美的肉食，非常丰富。大家在兴高采烈中，各自将自己所获的头颅、手臂等堆在一起。这时晁通想：今日显示的战功中，没有我的份儿，我如不对英雄们赞扬几句，那是不行的。于是说道："众英雄今日显示出了自己的成绩，这很难得啊，对于大家作战立功劳，叔叔要做表彰要庆祝，对于叔叔贤侄雄狮王，四母长官更是要来祝福。"说完他唱道：

今日我虽无功可赞扬，
黄金价高心中很清楚。
琉璃黄金怎能一起比，
黄金光彩永远夺人目。
日月高悬天空来运行，
繁星布散四周紧围绕，
日月星星相互都信任，
时时刻刻彼此相关照。
格萨尔王坐在金座上，
王臣坐在身边紧围绕。
王臣好比毛绳紧拧起，
岭噶铁打江山永坚牢。
珠牡和女仆们快起来，
妇女不要懒惰贪睡觉，
快快起来献茶敬美酒，
快给英雄洗尘和慰劳。

晁通唱罢，雄狮大王微微一笑。其他英雄也没说什么。这时，总管王说："照晁通所说，良药与乌头分得很清楚，英勇的受表彰，胆小的受斥责，这是应该的。今日就按晁通说的来庆功颁奖吧！快向英雄们敬茶献酒！岭人今日没有一个伤亡，值得庆贺。"

大王与诸英雄们同意总管王的话。于是王臣们快快乐乐给英雄们庆功，畅饮通宵。

姜军连连丧生，损失惨重。败逃回营的人集中在一起，只听一片哭声，阴风惨惨，愁绪紧缠着人们的心。柏堆大臣这时说道："哦！萨丹大王现在可安心了吧？军队和大臣都几乎丧失殆尽，现在已满足愿望了吧？"说罢，唱了一支万分悲伤的挽歌：

夏三月满地鲜花开得艳，
冬三月寒霜一来花被打。
太平时英雄济济聚一堂，
战乱时男儿纷纷倒地下。
岭军压境前后已九年，
政权丧失江山被践踏，
公主屡谏国王听不进，
柏堆苦劝国王不采纳，
后来国王只知守哀室，
长年累月糊涂度年华。
无端挑起战祸无人管，
姜域美好河山被糟蹋。
多少英雄男儿已战死，
多少年轻妇女守活寡。
紫姜军队残存无一半，
造成跛的跛来爬的爬。
姜域百姓苦乐无人管，
好像无头苍蝇难挣扎。
战场败退臣子无统帅，
元帅臣子行动如散沙。
希望萨丹国王快醒悟，
尽快离开黑屋理金瓯。
国王不要犹豫再糊涂，

祖业千万不能全部丢。
起初我曾再三劝谏你，
不要侵犯他人结冤仇。
不要无缘无故引祸端，
你却把我良言丢脑后。
世人谁也不敢惹岭噶，
你却偏要找它做对头。
将它树为敌人有何用？
现在心中明白了没有？
如今幸存姜人很狼狈，
人心惶惶终日不好受，
个个泪流满面悲戚戚，
没有一个心中不发愁。
姜人洒下鲜血到处流，
就像夏季流水满山沟。
暂时逃脱险境姜国人，
就像屠场绵羊活不久。
如今情况就是这个样，
姜人死活操在岭人手。
国王心中究竟如何想？
马到悬崖不如早回头！

柏堆大臣唱了这支歌后，在场的人们听了更加埋怨，有的哭诉不休，有的喊冤叫屈，一片混乱。萨丹王听后心想：这些坏岭人们，专会使用幻术骗人，什么事都能干得出来，致使我姜地泽拉大坝的政权遭到如此不幸，这么多勇将战死，实在令人惊恐，现在我要离开哀室，前去报复他们。

想到这里，他开始愤怒起来，牙齿咬得咯咯作响，两只火红的眼睛翻来翻去，鼻中直冒粗气，气中带着火星，说道："哦！大臣柏堆说得很对。岭军出动早了一天，如果他们今日不先出动，明日我也将会起来进攻。要是那样，他们连我脚板上的灰尘也不如。现在遭点失败不要紧，明日我一定要吃热气腾腾的敌人的肉，喝浪花滚滚的敌人的血！"

说毕仍然气愤地坐在那里，众大臣和民众当晚倍加小心，守住城堡。

次日，萨丹王决定对岭人进行报复。他离开哀室，登上"玉龙宝露宫"大殿屋顶，只见他身穿蓝绸水纹云彩锦服，头戴白色蛇结簪缨，手戴绿玉手镯，脚戴珊瑚脚环，满腔愤怒，站在“玉龙宝露宫”平台上，两眼往前眺望敌情。口中长呼一口气，呼出的气如同一团云雾。然后愤声对天空疾呼：“坏岭人，可怜无耻的对手，难道认为对你们无法处置了吗？祈祷姜域花魔神、半空花花魔神请降临。呼唤时刻如风迅速来，前来助我降伏坏岭人。赞颂祈祷姜域黑魔神，黑地魔神请你快降临。听到呼唤如同巨雷降，请你助我降伏坏岭人。问你天魔、空魔、地魔神，大地根本没有掌握准，为何胡乱给我降预言？今日快来助我克敌人！以前那些漫长日子里，出了不幸事情很伤神。我在黑屋里面守丧坐，日夜心焦意乱不安宁。砍断脖子留下碗口疤，觉如心狠手辣太残忍，他将姜国英雄与武将，几乎一个不留全杀尽。他们亲手干的恶行多，报应他们已经到时辰，有仇不报怎能当英雄，有耻不雪枉自称能人。今日要把岭营来捣毁，要让岭人无处去藏身。岭人所有男子全杀光，岭人妇女守寡到终身。今早我的忧虑已消除，心窗豁然洞开精神爽。快拿甘露美食来享受，午后岭人面前摆战场。”

萨丹王唱毕，大臣柏堆说：“国王要亲自去抗击敌人，这当然很好。但愿能像所说的去做，但不知是否可能？”

众人们听后个个默不作声。萨丹王要亲自出征的消息传到岭军中，人们都大吃一惊。

晁通说：“岭国王臣们，请你们快看！在姜人‘玉龙宝露宫’平台上，站着个比魔鬼还可怕的人，他的躯体高大好比须弥山，头顶几乎接着天。我岭人不在本土安居，却到这样可怕的人面前来，现在想逃也逃不了，该如何是好？”

晁通战战兢兢地说着。大家听后都很生气。总管王绒察查根说道：“快向晁通这只懦狐嘴里塞一把灰！姜国那个非人非鬼的萨丹王，变化无穷，善于显示噩兆，我们逃也无益，只有和他较量到底。纵有灾难，也是命里注定。我岭人虔诚信仰神佛，诸神佛不会欺骗。如果诸神不加佑助，光靠我们硬拼是难以取胜的。世界雄狮大王虽然很勇猛，但如果没有诸神来相助，这些魔敌是难以战胜的。现在应该赶快向诸神祈祷，请诸神前来帮助，此外再没有什么办法。”

说罢，静静地坐在那里。总管王绒察查根主张向神祈祷，请求神灵降临帮助降伏萨丹王。雄狮大王听后，以严肃的口气说道：“英雄们请倾听！岭人无论遇到什么危险，想要逃跑是不允许的。男儿为了祖业，死也要死在疆场上。只有懦狐才时时想拖着尾巴逃跑。萨丹国王这老魔，本想运用武力降伏他。但是天神曾经有预言，对这老魔只能用软法。只要萨丹老王一出战，对手由我觉如来承担。把我那江噶佩布好神马，快快喂饱草料鞴好鞍。敌人挑战来到营帐前，大王就要跃马去出战。如能生还就是英雄汉，为国捐躯死了也心甘情愿。”

大王一边说着，自己一边披挂起各种闪闪发光的战神武器，并给枣骝神马鞴上了华丽的鞍鞯。这时，岭军中有人流露出不安的情绪。大臣丹玛见后说道：

“岭人不用害怕，大敌当前，胆小如水上的空心泡沫，这是不应该的，大家一定要振作起来，英勇对敌。”

丹玛说完，格萨尔大王说：“现在一切都好办了，天神预言说，萨丹王气数已尽，降伏他不必动用大军，他又自来寻死路，由我一人一马前去，就可以把他制服。今晚太阳落山之前，大家一定要忍耐得住，不要轻易出动，以免惊动了他。”

说罢便去准备出征。大臣丹玛尚未息怒，坚持要陪大王一道前去。他说道：“大王单独出战是不放心的。大王到哪里，我也要跟着大王到哪里去。”

大王又重复说：“天神有指示，降伏萨丹王，不能动用军队，只能用计谋和神变方法去降伏。丹玛你无论如何不能去，你在此一同守卫住营地才好。”

丹玛听罢，稍微放下了心，并服从大王吩咐，留下参加守营。格萨尔大王骑上骏马，一溜烟似的向前驰去。这时，姜萨丹王带着托托三魔孩与兵卒到达了吾玛措湖边，一面在湖边挖找乌头毒药，一面寻找石头，垒灶烧茶，烹煮肉食。萨丹王与托托三魔孩虔诚地向湖中龙神祈祷，请求龙王保佑，乞求准许他到湖中洗澡。在往常，只要有人来到湖边向龙神祈祷，龙女就会变成一个美丽的姑娘娜姬，给来人献上具有檀香香味的宝瓶，同时把湖水变得温热，使人们洗澡更加舒适，而今日却不见一点动静。萨丹王心中揣度道：“今天观察良久，毫无吉祥之兆，这龙女娜姬，不在龙宫了吗？还是被悲愁缠住出不来了呢？”

心中正在疑惑不解之际，格萨尔大王已来到湖边。遵照天神的指示，运用神通法术，将枣骝马变成了一株檀香树，长在湖边，将头盔变成茂盛的枝叶，将铠甲变成一汪泉水，将武器三眷属等变成许多花丛。大王自己则变成一只金蜂，展开薄薄的翅膀，先在花丛中飞来飞去，后又飞到萨丹王面前，观察琢磨降伏他的办法。

龙女娜姬平时喜欢白色一方，她愿意帮助格萨尔降敌人。当她知道格萨尔已经来到湖边时，立即搅动湖水，出现在湖中，优雅地游向萨丹王。萨丹王一见倾心，心中疑云顿时消散，毫不犹豫地下湖洗起澡来。龙女拨开浪花，游近萨丹王身边，然后含情脉脉，伸手递给他一个宝瓶。萨丹王接过宝瓶，只听瓶中圣水咕咕作响，便对准瓶口贪婪地喝起圣水来。那小小金蜂趁他不防，飞入瓶中，当萨丹王喝第二口圣水时，金蜂便顺水钻入他的腹中，又幻变成一把锋利的匕首，在腹中自动搅来搅去。萨丹王像得了癫痫病一样，在湖中摇摇晃晃，站立不住。托托三魔孩见状，立即下湖抓住萨丹的手臂，慌忙把他拖上湖岸，并问他哪里不舒适。他一言不答，只是想：这一定是坏母亲郭姆的儿子觉如使的诡计。他双眼瞪着岭国方向，同时用手向岭国方向一指。这时，匕首又朝着他心脏的黑白交界处一割，他便气绝身死，一动不动地躺在湖岸上。

托托三魔孩与随从兵卒坐在萨丹王身边哭得死去活来。随从中的青年尼玛说道："现在光哭有什么用？不能再久待了。这事不是坏岭人搞的鬼，又是什么呢？"

说着泪珠簌簌流了下来。随从们一致同意，先派三人回宫报丧，其他人留在湖边，看守尸体，在宫中的公主白玛曲珍与柏堆大臣只觉得心烦意乱，惶惶不安，忽然听到哨兵报告，远方驰来三人。柏堆便立刻登上宫顶平台瞭望后说道："看这三人的样子慌慌张张，不知又带来了什么坏消息！"

三人一进王宫，便大声痛哭起来，边哭边诉说道："大臣与公主啊！有最痛心的话要禀告：眼珠和心肝般的国王已在吾玛措谢世了，究竟什么原因还不知道，真是不幸中的不幸啊！"

说罢又号啕大哭起来。公主白玛曲珍听后，犹如炸雷轰顶，一时气急，就像那月亮被罗睺星吞噬一样，顿时失去知觉，昏死过去。柏堆、甲多和色拉三位大臣也毫无主意，只是各自悲啼。过了一会儿，甲多与色拉慢慢把公主叫醒，柏堆则骑上自己的黄骠马，与大家一句话也没说便上路了。

这时，雄狮大王幻变的金蜂，已在萨丹王的头顶上钻了个洞，从洞中钻了出来，在湖边恢复了原形。湖中龙女娜姬为他献上水晶宝瓶，大王从瓶中倒出香味浓郁的圣水沐浴后，将枣骝马、头盔、铠甲以及其他武器等，都变回原样，然后人马在湖边稍事休息。湖畔守着萨丹王尸体的随从们见此情景，一个个吓得目瞪口呆，不敢吭声。萨丹王虽然命中注定为格萨尔大王的仇敌，但大王这时还是感到有所怜悯。在此冥想了片刻，便跨上骏马，离开湖边，向前而去。

格萨尔大王在返回营地的途中，正遇上柏堆往这边疾驰而来。双方都没有一点回避躲藏的地方，正好撞在一起。柏堆一眼就认出了格萨尔，顿时大怒，紧咬下唇，想道现在手中没有其他武器，手中仅有一柄宝刀，虽然可能无法伤到对手，但此时他只想与岭国大王以死相拼，同归于尽。于是他把战马一勒，唱了一支拼死的歌道：

哎呀！晦气，晦气，真晦气！
焦躁之心为何无尽期。
心头愁雾总是难驱散，
愁雾总把心灵紧缠起。
郭姆你的觉如坏孩子，
不识好歹来姜域树敌。
天下一切坏事都做尽，
没有做的坏事无一起。

猛虎笑纹般的萨丹王，
害死他的凶手就是你。
坏人好比毒木枝和叶，
枝叶到处毒害人和地。
今日我俩挥刀拼一死，
不论谁死不必多惋惜。
你死幸福太阳会升起，
我死痛苦浓雾会散去。

柏堆唱了这支歌，格萨尔大王依然稳稳坐在马鞍上。这时，柏堆拍拍他的马说："今日我英雄柏堆拼命向前冲，坐骑黄骠马你要奋力往前驰。"

说罢，人马猛力冲上前去，柏堆一把抓住大王的臂膀，用力一推，大王便从马上被推下来。柏堆在马上从高处与大王搏斗，两人渐渐向别里塔海上拼去，致使大王有好几次几乎失足掉进别里塔海，大王立即唱起歌呼唤神灵。然后接着用力一摔，由于有保护神的帮助，便将柏堆轻易地摔倒在地。格萨尔立即抽出三刃金弯刀，大声说道："哎呀呀！魔孩柏堆，你是不是做过萨丹的大臣？是不是做过父母的爱子？是不是当过骏马的装饰？是不是修过金刚的长寿法？你如果想逞能就快起来，挥起你那'所斩即断'的宝刀，如不敢逞能，你就眼巴巴地看着，看着你自己的命快要断绝吧！"说着，一只膝盖顶住柏堆的胸膛。

柏堆这时非常气愤，咬紧牙关，还想挣扎，但一点办法也没有。大王一刀挥去将他的头颅砍下，与铠甲头盔等物一起驮在黄骠马背上，将他的无头尸体扔进别里塔海中，自己骑上枣骝马，牵着黄骠马驰回营地。

第八十七章 清剿余部众将士建功 降伏姜国雄狮王凯旋

岭人起初听说柏堆往前边过去了，大王又很久不见回来，扎拉、尼奔、丹玛、巴拉等人便前往打探。王臣正好在途中相遇，大王将情况告诉大家，大臣们便放心地返回营地。岭军前来迎接，迎接仪式非常隆重。

姜国萨丹王与内政大臣柏堆就这样被消灭了。

格萨尔回到营中以后，人们经过商议。遂把柏堆的头颅拴在他的黄骠马尾巴上，把马牵到岭人当中，来来往往，走上走下，人们口中“咯咯嗦嗦”地高喊着。示众以后，大家又集合在神帐当中，右排、左排、前排、后排，角落里都坐满了人群。仆役和妇女们摆上茶酒、鲜肉、奶食，举行了丰盛的宴席，人们尽情享受。席间唱起欢乐的歌，跳起优美的舞，人人以喜悦的心情相互祝贺。

盛宴后，格萨尔大王向岭军说：“神族后裔们，岭噶英雄们，现在入侵我岭噶的祸首萨丹王及以内政大臣柏堆为首的重要将领已经消灭，岭国已取得了最后胜利，但姜国首都‘玉龙宝露宫’尚未夺取，残敌尚在挣扎，广大姜人尚在苦难当中。现在决定明天去夺取‘玉龙宝露宫’，消灭残敌，拯救苦难的姜地黑头百姓，使他们能够安居乐业，享受太平。”

英雄们齐声高呼“遵命！”表示赞同。

无头苍蝇难展翅，无王臣民难偷生。姜人知道国已无主，都城失守在即，许多姜人在绝望中，有的跳崖，有的投水。还想活下去的，有的逃往深山，有的躲进密林。“玉龙宝露宫”中，仅剩色拉部下的两百名金甲兵及甲多部下的两百名黑盔兵驻守。公主白玛曲珍怀着极其悲伤的心情，向宫里宫外的人们进行安慰。公主白玛曲珍是净土空行母的化身，她认为这些都是众生的业果所致。尤其在格萨尔的时代，佛教正法如同白昼一样正在普及大地，对此是无法抗拒的。于是她以悲哀的语气对甲多与色拉两人说道：“你们两位长官，请快设法逃命。对于敌不过的劲敌，要么忍让，要么投降，这样做是不是可以？请作考虑。”

甲多回答说：“现在事已如此，毫无办法，坏岭人干出了如此伤天害理的事还不罢休，还在野心勃勃想把我姜人斩尽杀绝。我是不能在这儿待下去了。我要返回我的'齐岭门巴'城堡，对属民安排好应付目前情况的事后，我会逃往西方甲格地方去，别无他法。色拉准备如何行动，请你自己决定。我俩现在是留是走，应该立即决定。我俩就是亲生弟兄也相顾不上了。即使想投降岭人，也只能由自己决定。"

说着唱道：

现在齐美甲多纳俄波，
我要回到"齐岭门巴"去。
国王珍宝如在你手中，
不要交敌分给穷人去。
如果分给穷人有剩余，
用火烧掉或抛深水里。
莫让松石落入岭人手，
难保祖业也都送岭敌。
萨丹父王遗体要水葬，
择选吉日送进湖中去。
过分悲伤没有什么用，
活着的人还得要珍惜。
如果幸运我能得逃命，
请来甲格援军和劲旅，
动员门地人人心向我，
为国复仇一定能胜利。

齐美甲多纳俄波唱罢这支歌，立即回到了自己的领地"齐岭门巴"城堡。他把守城兵卒和部落里的孤儿寡妇全部集合起来，说明应付目前局势的打算，然后拿出钥匙，打开了金银、珍珠、珊瑚、绸缎、氆氇等各个库房，命令妇女们背来柴草，堆了个草堆，命令士卒们把珠宝、财物，搬出抛在草堆上。只见那松耳石像绿色草山，那红珊瑚像红色石山，那珍珠、玛瑙亮光莹莹。珠宝上面堆满了各种绸缎、布帛、氆氇。甲多纳俄波亲自从草堆四面点起大火，一时浓烟滚滚，火光冲天。各种珍宝在火中的爆炸声噼噼啪啪，人们胆战心惊。妇女们眼看着这些珍宝、饰物化成灰烬，万分痛惜，有的人泣不成声。那些不易烧化的黄金、白银全部抛入河中。人们见此惨景，痛不欲生，有的跳火自焚，有的投河自尽，有的坠崖毁身。甲多见此惨状，也没有别的办法，只是一心想着要和色拉一起逃往甲格地方去。甲多和色拉准备出逃之前，又专门到“玉龙宝露宫”去向王妃和留守的人们安排后事并告别。王妃姜萨娜姆不想让他俩出逃，语重心长地挽留他俩：“你俩一心想到甲格去，直路狭窄崎岖不好走，弯路千拐百转更难行，千里迢迢途中有阻兵。我可面陈岭国雄狮王，为我幸存大臣说个情。给我余生臣民开个恩，留给一条生路当属民。如今岭国兵马遍大地，你俩想逃甲格难去成，即使逃到甲格地方去，要想搬兵复仇不可能。”

甲多和色拉听了王妃的这支歌后，仍不回心转意，还是决定逃往甲格地方去搬兵复仇。他俩离开王宫时，首先向王妃姜萨娜姆、王子玉赤贡哇、公主白玛曲珍告辞，然后再向留守的官兵们一一嘱托。彼此难分难舍，依依惜别。甲多与色拉各带领三名随从出发后，为了不让岭军发觉，他们分成两路前进。甲多和三名随从沿着玉鲁雪山前行；色拉和三名随从则向泽拉牧场方向前进。彼此约定在达纳山脚会合。当晚半夜时分，两路人马终于在达纳山脚会合了。

甲多与色拉带着随从离开王宫后，分作两路出逃。当他们在约定地点达纳山脚会合时，正值午夜时分。这时，天母朗曼噶姆从天神坛城中向格萨尔大王降下了如下的预言：“忠实岭噶事业好觉如，不愧雪域藏地大丈夫。我以信使身份降预言，吉祥预言你要牢记住。今日我有要事对你说，请你务必专心听清楚。梵天派你下凡到人世，南赡部洲政权你做主。萨丹王和柏堆大臣等，现在已经彻底被降伏，只有齐美甲多与色拉，尚待继续设法断退路。甲多已在昨天半夜里，打开自己领邑各仓库，所有财物付诸水火去，所有房舍完全变焦土。他和色拉打算要逃走，要到甲格搬兵来报复。如果放走他俩到外地，好比放虎归山无好处。今晚兵分两路埋伏好，半夜可把他俩来捉住，明天你等驻守在营垒，千万不要性急要稳住。绵羊急于上山去求食，深山遇上豺狼命呜呼。岭人如果急于夺城堡，半路会遇强敌遭险阻。黑箭、青矛、宝刀无匹敌，大王贵体必须多爱护。明日托托三个魔孩子，定会闯向岭营来报复。其他官兵需要多警惕，大王更要周密做防护。姜萨娜姆是个好王妃，她把姜岭友谊当眼珠。她对神圣岭噶没有罪，把她带到岭噶去安住。姜国玉赤贡哇小王子，他对佛法不会有亵渎。他对胜幢只会倍崇敬，把他带到岭噶侍生母。姜地白玛曲珍大公主，本是净土界的空行母，千万不能把她当囚徒，将来她是岭人好媳妇。”

格萨尔大王听了天母的预言，于后半夜将岭军集合在神帐前面，把天母的预言转达给大家。由于甲多与色拉两路人马在达纳山脚会合交换情况后，仍旧分作两路前进，所以格萨尔分派两帮人马前往伏击。派色巴尼奔与文布阿鲁巴森率领一百骑兵到色隆金川三岔口去伏击色拉；丹玛与巴拉森达阿东率领一百骑兵去帕各山脚伏击甲多。两路岭军遵命行事。

次日清晨，托托三魔孩商量后，准备冲入岭营去活捉觉如。他二人认为，如今再多杀平民兵士不过只是多造杀孽，没有意义，还是把觉如捉到手为好。三人计议完毕，骑上战马，披甲戴盔，手执宝刀，一口气如狂风般地向岭营冲去。三人不左不右正对着中军神帐杀来，岭人顿时骚动起来。托托三魔孩把马缰一勒，也没搭话，便齐声叫道："白色帐房主人觉如听，脚多手多坏事做到家。若是英雄你快站出来，若有胆量你快来厮杀。不然我们三人不客气，要像天空霹雳猛降下。把你营帐里面和外面，立即砍的砍来杀的杀。"

他们三人怒气冲冲地说完。这时，巴拉、辛巴、噶德等三人已穿好铠甲，手拿套绳，严阵以待。其他岭军，人人手持利箭和长矛也都等待迎战。突然看见托托三魔孩直冲岭营，有几人来不及抵抗就丧生刀下。三人很快冲到神帐跟前，对神帐连砍三刀，由于有梵天王的保护，神帐没被砍坏。当三人冲到拥挤的门前时，巴拉、辛巴、噶德三位英雄各自抛出擒敌神套绳，把他三人套住，接着各自用力一拖，三人便被拖下马来。近处的岭军正准备上前去把他三人杀死时，却被砍倒在地的人马挡住，一时无法近身。巴拉等三位英雄在一片纷乱中，各自挥着大刀和长矛，很快便把三个魔孩杀死。

这时，色巴尼奔和阿鲁巴森已在色隆金川三岔口做好埋伏。色拉正与岭军伏兵遭遇，他认出是岭军后，惊呼道："啊呀！岭国觉如这个善于神机妙算的人，已经知道我要从这里经过，布置伏兵来拦截，现在恐怕难以逃脱了。甲多也一定与我一样被伏兵拦住了。事到如今，躲也没有必要了。"

他立即把刀柄上的索扣套在拇指上，拉弓搭箭，不吭一声，冲了上去。色巴尼奔挥着大刀，阿鲁巴森舞着长矛，走在前面。色拉也不回避，向前直射一箭，把尼奔的金甲射落数片，因有护身寿衣保护没有受伤。色拉又挥刀砍来，尼奔和巴森同色拉短兵相接，战了几个回合，仍不分胜负。尼奔佯装败退，色拉便松下劲来，趁他不防，尼奔猛地回头一刀，将色拉的右臂砍断。巴森趁势一刀，色拉的头颅和头盔便一起砍落在地下。他俩将色拉的头颅拴在马上，返回营地。

与此同时，丹玛和巴拉森达阿东也到了帕各野猪山隘路口埋伏等候。他俩在那里遇上了甲多。甲多知道是岭兵前来截击，便毫不犹豫地往前冲杀。巴拉森达阿东与丹玛远远走在前面。丹玛唱了一支搭话的歌：

甲多心肠如同肉腐烂，
何必发怒胡言散臭气。
你发嗔念烈火有何用？
天降大雨能把烈火熄。
你一个人凶猛有何用？

雄狮大王神变无匹敌。
你单骑苦苦奔驰有何用?
神驹瞬间跑遍四洲地。
我们知道甲多是战将,
当初姜军当中有名气。
如今你像乞丐到处游,
当心性命送与清风去。
心地正直犹如金尺子,
如想乞求活命在此时。
心地弯曲犹如朽木头,
空抱幻想绝对难收益。
丹玛今天决定宽恕你,
给你留条性命赎罪去。
十五吉祥望日不杀生,
我把射箭扳指收拾起。
你到世界雄狮大王前,
诚心投降快快请罪去。
自己做下恶业要承认,
希望虔诚忏悔求饶去!

丹玛唱罢,甲多听了十分生气。他说:"岭国的青衣、青脸人,你是拥有众兵围绕的名将,你愿轻易投降别人吗?你口口声声叫我投降岭国,你真是太阳底下做美梦。要说投降,只有让你青衣、青脸人来向我投降,不信你就等着瞧吧!"

说罢,把九支毒箭一起射出,射中了丹玛坐骑的前鞍桥。丹玛铠甲下摆的甲叶也被射落了几片,因有战神护身,没有射着皮肉。甲多见状大怒,立即抽出战刀,冲到跟前。丹玛忍无可忍,抽出红柄青钢刀与他交起锋来。巴拉森达阿东也抽出宝刀相助,只见他一刀朝着甲多肩上劈去,甲多被劈成两半,血淋淋地丢在地上。两人把他的头颅割下,拴在马上,返回营帐。这时尼奔已先回到了岭营。托托三魔孩、色拉和甲多就这样被降伏。岭王与众官兵更加放心地在营里驻扎下来。

主要敌人已经消灭,岭军正在营里欢庆胜利。这时,大臣察香丹玛怀着喜悦的心情,拿起绘有金龙吐珠的龙碗,斟满甘露美酒,双手举着,向格萨尔大王唱道:

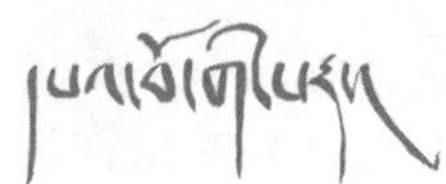

穆布董族一百九十系，
人人敬仰雄狮大王你。
大王神通威力人莫测，
今天降伏全部萨丹敌。
今天以前岭军有隐忧，
从今以后岭军皆欢喜。
萨丹老魔已经被消灭，
黑头百姓从此得安居。
大王坐在黄金宝座上，
好像雄鹰展翅落人间。
岭噶有了雄狮大王你，
黑头百姓人人享平安。
双手举的这个金龙碗，
四种甘露美酒盛里边。
今天敬给雄狮大王你，
敬请大王喝下开圣颜。
上面甲格地方白糖酒，
下面加纳地方红糖酒，
察瓦绒地方的葡萄酒，
有孟雄地方的白米酒。
我把四种美酒都敬上，
大王喝了把头高抬起，
雪白心怀好比望日月，
心中妙计比星还稠密。
我把四种美酒奉献上，
祝愿心中所想成现实。
雄狮大王请饮这美酒，
祝愿万事吉祥皆如意！

岭军部众听了丹玛的这支歌。人人都很高兴，一时欢声雷动。年纪高迈的老总管绒察查根以平静愉快的心情慢慢地唱道：

大王日子赛过酥油美，

百姓生活好比甘露甜。
萨丹老魔已经被降伏，
坚固城堡很快得平安。
凯旋班师之日已在望，
我的心里越想越甜蜜。
但是战争尚未获全胜，
绝对不让死灰再燃起。
快把玉龙宝露宫殿取，
快令全姜部众来投降。
九年血战一战连一战，
夺取最后胜利永欢畅。

总管王唱了这支歌后，大家都觉得很好。格萨尔大王说："叔叔的话和神的旨意没有区别，明天一早就去夺取'玉龙宝露宫'，招降全体姜人。今晚大家把战马喂好，明早待命出发，去夺取最后胜利！"

当晚，人们个个摩拳擦掌，只待天明一声令下，就要去夺取最后胜利。

次日一早，大王一声令下，兵分三路向姜萨丹王"玉龙宝露宫"进发。岭军很快把宫城团团围住，东门和南门早就大开着，人马顺利地进到城里；北门和西门还紧闭着，岭军挥起巨斧，几下砍开了城门，人马立即拥进城里。攻下王宫后，姜国全境全部被岭人占领。

岭军攻入王宫以后，萨丹王妃姜萨娜姆立即带着王子玉赤贡哇和公主白玛曲珍前来请求雄狮大王留给一条生路。大王露出慈祥的面容，以怜悯的口气对她母子说："你们母子三人不必害怕，玉赤贡哇年幼无罪，你母女两人，曾把姜岭友谊当作眼珠一样爱护，当初也一再反对入侵我神圣岭噶，天神和本王都已知悉，你母子没有什么罪。你三人今后可以同我一起到岭噶去。在岭国达孜城的旁边，有座'珊瑚色红城'，城中设有用绿松石和珍珠嵌成的宝座，你母子三人到岭国后，可以到那里安身。公子玉拉托琚也将在那里和你们团聚。对你们母子，将和对八十英雄与十三位贵妃一样，同享安乐，你母子白雪般的心尽可不必忧虑！姜萨娜姆你尽可在我神圣岭噶无忧无虑地欢度后半生。"

母子三人听后，热泪纵横，连忙伏地叩头谢恩。

岭军接着向全体姜国男女老少发出立即向神子格萨尔大王投降的命令。姜国上、中、下三部所有部众，都诚心前来投降，愿做格萨尔大王的属民。格萨尔大王先对姜国全体百姓加以安慰，然后吩咐部下，将姜国王宫的库房打开，把各种珍宝、财物、衣服、绸缎、粮食、茶叶、酥油和干肉等分成三份，一份分给姜国那些衣破骨瘦的穷人，一份根据大王吩咐作为姜地兴办白色善业之用，一份留给玉赤母子。

格萨尔大王率大军降伏了姜国王臣以后，带着姜国玉赤母子，花了两个半月的时间，返回岭国。当部众到达多康南北交界的地方，在那里立起石碑为界，然后进入岭国地域。

岭域的人们听说大王与众大臣凯旋，喜讯传出，以格吉上师为首的众僧尼，以父王森伦为首的琼居父老，以嘉洛敦巴坚赞为首的仲居甥舅，以母亲郭萨娜姆为首的姨婶，以达萨玉益钟乃为首的贤妇，以达萨曲珍为首的名人贵妇，以古如拉措为首的官人女子等，都到离京都三天路程的地方迎接。人们见面时，先向世界雄狮大王格萨尔献上哈达、绸缎、金银元宝等礼物，并虔诚地向大王叩头、朝拜。人们敲鼓奏乐，吹着笛子，跳着欢乐的舞蹈，表演美妙的节目。在白绸飘拂，香烟环绕之下，整整走了三天，才回到达孜城。自战争开始，派出辛巴前往前哨侦察那时起，直到大军凯旋，历时整整九年，战争方告结束。

从这天开始，在近一个月的日子里，众岭军都欢聚宫中庆功，为每位英雄专门设了一次盛宴。宴上摆出不可胜数的丰盛饮食，唱歌、跳舞、赛马、演技，应有尽有。其间又将留给玉赤母子的那一份财物，交给姜萨娜姆母子、姐弟享用。然后分配在战争中缴获的其他财物。雄狮大王与扎拉泽杰分到的财物与从前在霍岭战争中降伏霍尔时所分的财物一样，众英雄所分的财物也与以前相仿，晁通在这次战争中表现比以前好，特地给他分了双份。晁通接过财物，笑得嘴都合不拢，逗得大家哈哈大笑。玉赤母子被安置到“珊瑚色红城”中，此时，玉拉托琚也来与母亲和姐姐相见。亲人异地相逢，悲喜交集，难免洒下几滴眼泪。后来，姜公主白玛曲珍与尼奔达雅配成夫妻。玉拉托琚被委任为属国姜国国王并排入岭国英雄行列，大王招之即来。玉赤贡哇在母亲身边侍奉母亲，同享幸福。

这时，魔臣秦恩在牢中已经关了多年，肉瘦皮黑，骨头都突了出来，脖子也像木马一样不能转动，说话声音不清。其悲惨情状真是目不忍睹。因此，总管王与父王森伦、嘉洛敦巴坚赞三人来到大王面前，一起磕头乞求道：“大王犹如众生父母，请息心中之怒，魔臣秦恩虽然对岭噶及众英雄有叛逆之心，但自被囚禁以后，性命几乎难保，现在他的境况十分可怜，已到不可救药的地步了。现在还不能让他到天界圣地去，请把他放出狱吧！可让他表个态，叫他当众对天发盟誓：今天开始一直到永远，忠于大王决不变心意。”

见嘉洛敦巴坚赞为秦恩求情之词如此恳切，大王回答道：“提起这个魔臣，就不会忘记他对玛康岭国背信弃义，对我觉如口是心非，按道理杀了他是应该的。但一则看在父亲、叔叔与舅舅的情面上，二则在此胜利之日，赦免一个罪

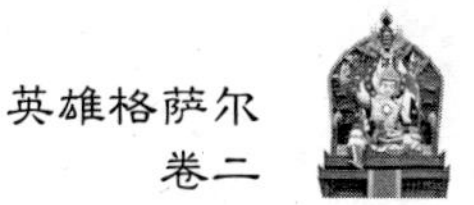

人也是应该的，那就把他赦免放出狱吧！”

于是，秦恩被释放了，他出了牢门便向天发誓，永生永世忠于玛康神圣岭国，忠于世界降敌宝珠雄狮大王格萨尔。

无端挥兵犯人的姜萨丹王已被消灭，姜国已经归顺神圣的岭噶，魔臣秦恩已发誓忠于岭国，喜讯传遍了整个岭域。此时此刻，每个人都引颈唱出一支欢歌，每匹骏马都竖耳长嘶一声，人们在欢天喜地气氛中进行了盛大的集会。

第八十八章

献宝路上工岭结新仇 错高湖畔英雄亲出征

格萨尔大王自从做了岭地的国王，先后征服了北方魔国、霍尔以及姜国，解救黑头百姓于水深火热之中，朵康岭地百姓的生活也更加富足，这是格萨尔大王的英雄功绩，也是天神的护佑和菩萨的加持。于是藏历火鸡年，格萨尔大王派遣了尼玛拉甲、东赞亚麦东丹、西绕沃为首的数十人的商人队伍前去拉萨布达拉朝见观世音菩萨。在一个良辰吉日，商队准备完毕，三十匹骏马和骡子身上挂着彩绸，镶着珊瑚与松石的马鞍上驮着无数珍宝。岭国的大臣和百姓也纷纷前来，向商人们托付黄金，请他们到了布达拉以后，化成金水，涂在佛像的脸上，以求增加福报。他们出发的时候，格萨尔大王更是亲自前来，为三个商人的领队挂上装有护法神明的噶乌，祝福他们一路平安。

一行人浩浩荡荡地出发了，眼见一天比一天更接近拉萨，众人的心情也一天比一天更加愉悦。这天他们来到了一个叫作隆松多的地方。这里是工布的地盘，三条山谷交会之处，其中一条山谷是千年不化的冰封之地，一条山谷里的原始森林遮天蔽日，另外一条山谷里面则是住着凶恶的罗刹。于是商人们只敢在谷口处安下营寨，并在帐外放了三十条小牛一般大小的獒犬看护。

就在安下营帐的同时，尼玛拉甲、东赞亚麦东丹、西绕沃三位首领派人打探路况，看看是否有险情发生。不多久，回来的人说，他们已经到了工布地方边境上，这使得商队所有人心中一颤。

话说这工布地方，很久以前是块神奇的沃土，地处雪域高原的东方，水草丰茂，牛羊如星星般洒落，百姓安居乐业；春天宛若天神的后花园般美丽，夏天百鸟归巢热闹非凡，秋天如七彩云霞铺满似的绚丽，到了冬天便是银装素裹晶莹剔透的乐园……没想到这样安宁祥和的景象被一个叫阿琼穆扎魔王转世的人打破，他占领了雪域藏地东部的全部地方，自封为王，称霸一方；不仅控制了那里上好的铁矿藏，切断了通往嘉纳的茶马大道，阻隔了姜国运送盐巴的通道，而且穷兵黩武，危害百姓，喜欢黑色恶道，仇视白色善业，那里的民众苦不堪言。

此时，工布的大臣帕多杂赞带着下属们打猎也刚好经过此地，他远远望见一顶彩色营帐，帐外的骡马上驮满了珍宝。他想：这里既不是去东方嘉纳的茶马道路，也不是从姜地运送盐巴的道路，除了我工布的勇士，究竟是什么样的人胆敢穿越这森严的罗刹之地？他思量再三，决定先回去向国王阿琼穆扎禀报了再做打算。

帕多杂赞见了国王以后，添油加醋地将他所见到的情景说了一遍："国王呀，今天竟然有一个从天上掉下来的，从地里长出来的营帐安扎在了隆松多。也不知道这些人的来路如何，大臣我只是远远地看见他们的骡马，扎着五色的锦缎，马鞍上驮着数也数不清的珍宝。这样的队伍来到了我们工布地方，也不知是天神的礼物呢，还是魔鬼的祸害？所以我赶紧回来请国王您来定夺。"

说到金银财宝，贪婪的阿琼穆扎国王眼中冒着金光，立即传令众大臣第二天到宫中议事。第二天太阳还没有爬上山头，国王手下最重要的二十五位大臣便早早地来到了国王铜墙铁壁一般的碉堡中。国王头上戴着野猪皮做成的帽子，怒目圆瞪，鼻子里面冒着毒气，凶横地对下面的大臣们说道："昨天竟然有一支霸道的队伍在我工布的地方上扎下营寨，你们当中有谁愿意去看看！究竟是谁人有那么大的胆子？如果是商人，不要让他们带走财宝；是强盗，那么就让他们留下性命！"

下面的大臣你看我，我看你，谁也没有说话，大臣南喀多丹暗暗想道：历代阿琼家族的国王们骁勇彪悍，要从阿琼家族守卫的工布地方上开辟出一条道路，就好比金刚岩石上开辟出来一条通途。因此这些年来没有任何一个国家胆敢侵犯。唯独一次在十几年前，上代国王与岭国发生边界纠纷，竟然被还是孩子的觉如抵挡了回来。如今听说他竟然降伏了魔国、霍尔与姜国，要说谁有胆量来工布的地盘上挑衅，那么就属他岭国的臣民了。大臣心里有些眉目，但碍于国王是个脾气暴躁之人，他忍住了，没有把自己的想法说出来。

大臣朱拉本来是性格火爆之人，他很快沉不住气了，大声骂道："天上落下了的大鹏要把它的羽毛拔光，富人的财产已经送到了跟前怎么能够让他逃脱？更何况是这样霸道的人，如果不给他们一点厉害，还不知道以后会怎样的嚣张！"

说完，朱拉自动请命，与帕多杂赞各自带领一百名士兵向隆松多地方疾驰而去。这些士兵头上全部插着黑色的乌鸦羽毛，一想到传说中马鞍上驮着的无数财宝，心里更是黑压压的一片，一群人心里各自打着如意算盘，可是当他们到了那里，哪里还有什么大营的影子，偌大的草地上只剩下打翻的灶台，柴火的灰烬和散落四处的茶叶末。气急败坏的工布国士兵在草地上仔细寻找着骡马蹄迹，追踪着往西方去。

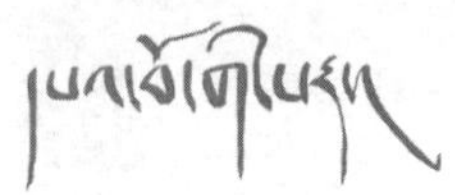

原来前一天夜里，岭国的护法神玛沁邦拉山神夜里给尼玛拉甲托了梦境，告诉他工布魔王的人正在图谋他们的财产，一定要尽快离开此地。当天夜里，商人领队从惊吓中醒来，都来不及等到天亮，便安排队伍赶紧拔营，收拾东西离开这个罗刹之地。驮着货物的商队脚程自然比不过轻骑军队。听见后面追赶的马蹄声音越来越近，尼玛拉甲心中已经有了吉凶判断，于是指挥众人准备好武器，骑在马上严阵以待。

朱拉与帕多杂赞带领的两百名士兵将岭国不过四十人的队伍团团围住，朱拉骑在马上，耀武扬威地问道："你们这群霸道的人，究竟从何而来？是谁给你们的胆子敢在我工布的地盘上扎营？你们在这里做着什么见不得人的勾当？只有甘霖才能自由地降落在大地，除此之外，无论你们是多么霸道的强盗，都不准把脚尖落在我工布的土地上！"

尼玛拉甲听完，心想：能与罗刹共居一处的人也不可能是什么好人，现在不要说是财宝，就算是性命也都不是自己的了，他在心里默默祈求玛沁邦拉山神以及护佑岭国的天界众神帮助，然后答道："你们这些骑着黑马的黑人，现在让我来告诉你，天空的飞鸟去哪儿是它的自由，大海的鱼儿去哪儿是它的自由，森林里的猿猴去哪儿是它的自由，行走天下的人要去哪儿也是我们的自由，长官你又何故过问？"

朱拉听到这话非常生气："俗话说，上等人说话就像激流冲击磐石，响声簌簌悦耳；中等人说话如同上师说法，善恶自在言语之间；下等人说话就像驱赶黄牛，要一鞭子才能走一步！你这个连下等人都不如的哑巴，长官问话你答非所问。那么我也不跟你多费唇舌！既然你已经来到了阿琼国王的地方，就要遵守我们的规矩，昨天你们在此处扎营，畜生吃了多少草料，该交草钱；人和骡马饮了多少水也要交水钱！我这样说你该明白了吧！"

原来真的是冲着商队的钱财而来，三个领队相互望了一眼，然后尼玛拉甲不卑不亢地答道："这些年来，我带领商队去过很多地方，无论西方天竺还是东方嘉纳，从来没有听说过要交什么水草钱？天下从来没有这样的规矩，我们自然也不会答应你！"

朱拉真心恨不得立刻就把岭国的财产据为己有，一点都不想跟他们讨论什么道理，他更加愤怒地说道："若说霸道你们更甚！问你话不好好答，问你要钱也不给，那么现在我就只有来取你们的性命了！"

对方恶言相向，看来一场恶战已经难以避免，这些财宝可是受了格萨尔大王的托付，献到拉萨给菩萨的珍宝，无论如何也要尽量保全。另外一位领队商人亚麦东丹这样想着，如果这群强盗开价不是太高，那么不如给他们一些钱财了事，于是他劝道："每一条河都是鱼游的地方，每一条路都是人走的地方。你的国家能够强大难道就是向所有经过的人征收水草钱吗？或许只是因为我们地方上的风俗有些不同，无论如何，还是要好言好语好好协商的，既然这是你工布地方上的规矩，那么我们就来听听看，究竟水和草钱已经怎样计算？”

朱拉的眼中有的只是岭国商人们的金银，听了商人的话很不以为然，随便地应付了几句：“该说的我都已经说了，至于价钱，无论是两只脚的人和还是四条腿的畜生，每个都要交八两黄金的水钱；而你这些骡马吃的草料还要每匹单独付十两黄金。我的答复你该满意了吧，就不要再啰嗦了，要么乖乖地给钱，如若不然，无论财宝或者性命都不可能保全！”

话已至此，还有什么商量的余地。即使今天拼了性命，也要尽量保全献给观音菩萨的礼物，尼玛拉甲迅速抽出宝刀，趁着朱拉还来不及反应，照着他的脖子砍了三刀，因为朱拉有他的寄魂妖物蛇神的护佑，因此尼玛拉甲的宝刀并没有对他造成任何伤害。他立即做出反应，用长矛向尼玛拉甲刺了三下，幸好有格萨尔大王赐的噶乌保护，他才没有受到伤害。领队的两人刀戈相向，下面的兵丁与随从也都纷纷拔出武器，战在一块儿。数量极少的商人以及随从哪里是这群如狼似虎的兵丁们的对手，剩下的随从们忠心耿耿地保护着三位领队，一边战斗，一边往森林里撤退，当看到有一条逃生的小路时，随从们越战越勇，保护主人杀出重围，夺路而去。追了一阵子，朱拉心里无时无刻不挂念那些财宝，便无心恋战，立刻掉转马头去清点战利品。当他们一个个看清那么多他们从未见过的奇珍异宝，个个心里乐开了花，带着财宝欢呼着向国王请功去了。

没有想到平坦的道路突然生起风云，一番恶斗之后，转眼之间岭国的商队已是七零八落，连同领队一起，逃出生天的人不过十五人，在即使满布荆棘的森林之中也不敢停顿脚步，昼夜兼程地逃亡，才终于留得性命到了拉萨。那雄伟的布拉达山上供奉着观世音菩萨，而福德兼备的国王赤松德赞此时正在神庙中与一千名沙弥说法。狼狈的商人们在山下被守卫的士兵拦住：“这里是观世音菩萨加持过的地方，是国王的起居之处，你们这群狼狈的人来此做什么？”

尼玛拉甲取下自己的噶乌，连同一点钱财交予护卫，央求道：“你这英勇的侍卫今生能够有福侍奉神圣的法王，一定是山林猛虎的后代。我们从美丽岭国而来，带着岭国雄狮大王的无数珍宝敬献给菩萨和国王。但是没有想到在这临近正法守护的大地上，竟然还有比罗刹更加凶狠的强盗，不仅抢走了我们进供宝物，还将那些比金银珍贵的人命任意杀戮。请求您把我们的遭遇告诉国王吧，守护人间正法的国王一定会为我们这群可怜的人主持公道！”

守卫见这一群人确实可怜，于是答应去向国王禀报。赤松德赞得知以后，对他们的遭遇心怀悲悯，他吩咐守卫：“朵康岭地的人是神的后代，在来拉萨的路上遭遇这样的事情实在是不应该呀！赶快让这群可怜的人来我面前吧！”

商人们满怀感激地进入宫殿面见赤松德赞国王，向国王献上了无垢哈达，然后将自己的遭遇强盗的细节事情一一道来。并请国王主持公道，国王答复道："你们的不幸我已经都知道了，但世间一切因缘已定，人到了时间要走，太阳的时间到了就该黑暗来临。就不要再为死去的人过度悲伤了。杀人偿命，欠债还钱。那些魔鬼是所有黑头藏人的敌人，而你们的国王是天神之子，是所有恶魔真正的克星。我会写信把你们的情况告诉给他，在他答复之前，你们就先住在我们的宫中吧，我会提供给你们所需要的一切。"

商人们被国王的慈悲感动得热泪盈眶，行过谢礼以后就被安排到了客居休息。赤松德赞国王亦是遍知世间一切真相的真神子，他知道这是雄狮大王降伏阿琼魔国的机缘已经来到，于是立刻写了一封信，不仅说明了岭国商人所遭遇到杀人越货的强盗行径，还请格萨尔大王务必要征服阿琼穆扎国王占领的工布魔国，这样一来，各个地方前来拉萨朝圣的道路才能真正畅通，正法才能得到更加广泛的传播。国王言辞恳切地写完以后，将书信交付给仙鹤带去岭国。

在那朵康岭地的森珠达孜城中，格萨尔大王正在金色的宫殿中休息，天母朗曼噶姆降落在虚空之中，对格萨尔大王唱道：

在恶魔逞凶的工布那地方，
魔王与他的二十五个魔臣丧尽人间天良；
他们阻隔了正法传播的道路，
他们斩断了茶盐运输的通途，
他们视正法作外道，
他们视人命如草芥。
如今再逞凶狠，
不仅抢去了向观音菩萨献供的宝物，
更是将岭国子孙的性命杀戮。
好孩子推巴噶瓦莫贪睡！
赶快出兵去降伏阿琼那魔王，
莫要错过降魔的好时机！

说完天母隐去，大王从睡梦中醒来。回想从天界来到人间的这几十年，在阿妈郭姆孕中之时就在遭受敌人的迫害，更不用说一直以来降伏的那些妖魔鬼怪，真是除之不尽，令人生厌。再想想天界中的幸福生活，格萨尔大王对于当初投生人间的决定后悔不迭。因此天母做出预言的好几天中，格萨尔大王并没有做出任何反应。直到收到藏区国王派仙鹤送来的信件，大王方才如梦初醒，想起自己来到人间的使命，只有将这些妨碍正法的妖魔鬼怪除尽了，黑头凡人才能享受永远的安乐太平，让苦难不再轮回。于是大王立刻派传令官矮子米琼向岭噶六部以及北方魔国、霍尔国送信。

珠牡提醒大王，未知姜域的王子与投降的将臣是否真的忠于岭国，征战阿琼穆扎的魔国，正好可以检验他们的忠心，看看他们的武艺究竟如何，于是国王吩咐珠牡王妃，请她的寄魂仙鹤前去送信，让姜国王子玉拉托琚和姜子玉赤、尼玛扎巴等四方大将也要各带领两万大军尽快在十九日之前赶到达塘查茂草滩集合，不得有误。

至于那位常常坏事的叔叔晁通，他在霍岭大战时倒戈相向，为珠牡和岭国众人造成了深重的苦难，但在征服姜域时，他用法术战胜了姜国的魔物。功劳也不能说不大，正如一个恶人会坏了一个地方的名声、恶狗会坏了主人的名声、恶妇会坏了家族的名声一样，究竟要如何才能让晁通再次在战场上表现出英雄无畏呢？格萨尔大王想想，决定请仙女栋噶措姆去为晁通王传授谕示。于是栋噶措姆来到达绒晁通王的宫殿，变化为一只五彩玲珑的小鸟，用婉转动听的声音对晁通王唱道：

如果不认识这个地方，
是一夫当关万夫莫开，
犹如铁桶一般的碉堡，
是马头明王法脉传承地，
是达绒晁通法修习地，
如果不认识我是谁啊！
是马头明王佛堂里供奉，
用宝物和黄金来装饰，
散发月光的智慧仙女。
颂唱预兆来消灭愚痴，
是迷路人的指路仙人。
在黑头藏人生活之地，
是正法传承发展之地，
听我说一句晁通大王，
又有谁能比得了你啊？
是马明王秘法传承人，
是黑头藏人首席帝师，
是岭国叔王中第一人。

在藏地的卫藏地域上，
有一魔鬼统治的国家，
他有鸟猪蛇三位大将，
手下有九位厉害大臣。
魔鬼的大王阿琼穆扎，
他降临人间无恶不作。
和岭国也有旧怨新仇，
现到了该报仇的时候，
达绒的国王和众将士，
快穿起盔甲集合兵马，
在这个月的十九那天，
和其他的军队集合吧！

唱完甘露一般的谏言以后，智慧仙女挥舞翅膀消失在天空。

晁通王心想，现在这个时候仙女的预示是非常罕见的，他当然知道阿琼穆扎那个国王的厉害，虽然他也想去挣些表现，让岭人淡化一点霍岭大战时对他积累的仇恨，也想在格萨尔那里讨得一些战胜的奖赏，但是对方是阿琼魔王，完全犯不着拿自己的性命去冒险。他在心里想道，如果他那坏侄儿觉如非得让达绒部落出兵，那么就让自己的儿子带一些达绒部落的兵丁去就行。格萨尔大王怎么会不知道这晁通王的心思？在仙女宣了命令的第二天，格萨尔大王又下了命令。请晁通王集结达绒部落的军队，务必在十九日这天到达塘查茂草滩相聚。晁通王的计划破灭，只好决定走一步看一步。

这天启明星升起的时候，在姜域，玉拉托琚坐在大殿中，在殿外突然传来一阵阵飞鹤的叫声，几只飞鹤正盘旋在姜国王宫的天空上，玉拉王子心里纳闷，这是怎么回事呢？于是快步走到城楼上，见是岭国珠牡王妃的寄魂仙鹤，于是马上叫侍从准备牛奶等供养放在宫殿的屋顶，仙鹤落下来，围在一起喝了两口牛奶，然后其中的一只仙鹤抬起头，用十分悦耳的声音将格萨尔大王的话原原本本地说了一遍，并要他带领姜域的将士和兵马奔赴岭国和其他附属国的军队集合。

传达完了大王的指示，仙鹤们这就展开翅膀准备飞回岭国，玉拉托琚看见后忙说："三位仙鹤兄弟，请暂留片刻，很感谢你们的到来，现在先不要忙着回去，这里有丰富如意的供养，享受这些供养后再请回去。"

盛情难却，三只仙鹤接受了姜域王子的如意供养，在它们准备离去时，王子请仙鹤代表他问候雄狮大王和岭国所有将士，并请禀告国王："我玉拉托琚的军队，在这个月的十九日前，定尊崇雄狮大王的命令，带领姜域善战的英雄兵将去国王的宫殿前集合。俗话说，如果违背上司的命令，就只有关到监狱的份儿，如果违背父母的命令，就会沦落到无家可归的境地，而我玉拉托琚如果违背了雄狮大王的命令，那么就只有堕入地狱的份儿。”听他说完，仙鹤们将姜国王子信誓旦旦的诺言带回了岭国。

在十九日这一天，四方英雄，八方好汉一起来到了达塘查茂草滩上，一时之间盔缨飘飘，战旗展展，好一个英雄遍布的美丽岭国。所有英雄们相互问好，在达塘查茂草滩上饮酒唱歌，欢快地度过了七日。

七天过后的一个大早，将士们整装待发，表现得英勇无畏。岭国以丹玛为首的将领们集聚在格萨尔大王的神帐之中，总管王起身站在营前对众将士说道：

先顶礼三宝的护佑，
祈求加持岭国将士，
祈愿岭国兴盛发达。
你如果不认识此地，
这是黑头藏人之地，
就叫朵康查穆岭国，
是四方世界的中心，
所有众生向往之地。
谁看见了这里都会，
发愿下世生在此地。
如果不知道我是谁，
我是岭国的总管王，
上方的冈底斯神山，
中间的玛旁雍措湖，
下方我绒察查根属，
藏人最初就存在的。
魔王阿琼穆扎他呢，
也不是法力无边的，
但心肠却是最毒的，
是十八属国的国王，
有凶狠恶毒的臣子，
是无边罪恶的根源；
他拥有最好的铁矿，
比岭国的丰富百倍，

他拥有富饶的土地，
比岭国的肥沃百倍，
他阻碍正法的传播，
他阻碍商路的通畅。
今日我们就去征服，
这无恶不作的魔王，
所得的矿产和粮食，
是岭国不可或缺的！

听完总管王的唱词之后，将军们各个神情振奋，发誓要将那阿琼魔王的工布地方征服，让他那些丰富的宝藏和富饶的土地为正法所拥有。

岭军出发的时候，以郭姆、珠牡、柔萨等等为首的岭国贵妇人端着金杯来为众兵将们送行，并且祝福他们早日凯旋。

雄狮大王带领着神勇的岭国将士往工布的地方进发，沿途一些小部落听闻以后，纷纷向大王进献礼物。这魔国盘踞在茶盐的交通要道上，还阻碍着正法传播的道路，小国不敢与之抗衡不说，还要常常忍受魔王和魔臣的伤害。如今格萨尔大王御驾亲征，定能将魔国降伏，造福众生。藏区国王听说格萨尔大王启程以后，也立即派出大臣尼玛坚赞一行人带着礼物，护送此前被抢劫的岭国商队一行人去与格萨尔大军会合。

大军出发十五天后，终于与藏区使者会面。大臣尼玛坚赞向格萨尔大王献上哈达与礼物，敬上美酒，代表国王向岭国的正义之师表示感谢，为了能够彻底降伏阻碍正法传播的阿琼魔国，藏区愿意在财力、物力等方面予以资助。

总管王也代表格萨尔大王对藏区的使者表示感谢，总管王说："国王赤松德赞是天神的子孙，是财富与权力的国王，是正法和国法的国王，是英勇与福气的国王。感谢国王在我岭国属民遭遇不公的时候施以援手与保护。此番前去征讨魔国是不得已而为之。我岭国的正义之师向来有仇报仇，我们这就要去讨回岭国的珍宝，为死去的岭人讨回一个公道；我们亦知滴水之恩当涌泉相报，一定报答藏区国王的恩德。俗话说：'感觉不到吃饭香味的是死人，听别人话而不会回答的是哑巴，受别人欺负而不会反抗的是懦夫，受别人的恩德就要报答，借别人的东西就要还，你们的到来是我们胜利的好兆头！'此番征战，胜利必然属于正义一方！"

总管王慷慨陈词完毕，向国王的使者献上了洁白的哈达，以及回赠了很多金银珠宝。双方欢聚了三日，并对如何战胜阿琼魔国做了一些商议部署，藏区使者这才带着格萨尔大王的允诺与礼物欣然回国，而岭国将士一行则继续浩浩荡荡地向阿琼穆扎的魔鬼地方进发。

第八十九章

岭国将士齐心惩恶霸
工布江山遍地呈祥瑞

几天以后，岭军终于来到了商队被抢劫的隆松多地方，他们在森林边缘扎下比星星还要多的营帐，一天夜里，天父白梵天王被一圈彩色的光晕环绕，右手持铁梨木做的禅杖，左手拿着铃铛，脚踏七彩的彩虹来到格萨尔王的营帐，他对格萨尔大王做预言道：

若不知道我是谁？
我是三十三界天的白梵天王，
是遍知之间一切真相的神仙之王，
现在来到这里的原因，
是因为我们好久没见面，
今天到了该见面的时候，
三月吟啸的青龙，
到了该降临的时候，
岭地雄狮大王格萨尔，
受世间所有神佛的加持，
人世间魔鬼的克星，
是所有弱小的救星，
格萨尔王和噶登，
阿克昭通和兰巴达母，
贡噶坚赞和罗晶晶妹，
这邻国法术最强的六人，
虽说这六人之中，
神子法术最为高强，
能做先锋非达绒晁通，

在百花盛开山的垭口，
只有派他去当特务。
一切因缘已定，
神子你当谨记！

白梵天王唱完这歌，天空中降下七彩的彩虹，天父隐入这虹光之中消失不见了。格萨尔王如醍醐灌顶，即刻下令召集所有部队大将到大营，把今天获得的预言告诉了众位大臣，格萨尔大王虽然平日里极不喜欢叔叔晁通，但是天父叮嘱要好好利用这个不学无术的叔叔，那么他也只能假装和颜悦色地对晁通说道："天父预言只有法术高强的大臣才能做岭国的先锋，在美丽岭国的地方上，若说施展咒术，还有谁人比叔叔晁通更加高强，因此要派先锋官去百花山垭口做巡逻，没有比叔叔更合适的人。"

大王这样赞扬晁通的时候，大臣丹玛、辛巴等人都暗地里嗤之以鼻，转念一想，大王肯定自有安排，便都没有异议。晁通王一听反而不高兴了，他暗暗想道，这个侄儿一直都还记恨着自己跟他的仇，如今征战比罗刹还要凶狠的工布国家，他反而笑脸以待，这其中一定有阴谋。想到这里他立刻站起来说道："只有一匹马快不能说成是马都快，同样的道理，岭国的军队中只有我晁通王一人英勇，不能算作岭国英勇！就算是我为国捐躯，不过是个叔叔而已，任凭你们如何夸耀也都无用。想想平时，我连用人的名分也没有，战时将军们也不爱和我一起。现在到了工布鬼地方，热的时候身上能着火，冷的时候全身会被冰雪覆盖。那里有魔鬼的旋风，你们却要派遣我做先锋？"

晁通王一边说着，觉得自己甚是委屈，然后他接着唱道：

在湖中心的青龙啊！
一遇到风雨就会飞翔上青天，
他愤怒的声音能传遍整个世界，
他是闪电和冰雹的主人。
你们平时不重视我，
现在需要打仗的时候，
又把我晁通放到王的位置；
你们不需要我晁通的时候，
是岭国所有叔侄讨厌的对象，
是岭国所有女人取笑的对象，
是岭国所有男人看不起的对象。

需要我的时候我是宝石，
不需要我的时候不过一把沙石。
你们平时对我无所不做，
有难时候却要我做先锋官，
就算你们会如何恨我，
这个地方我定然不去！

他唱完这首歌猛地坐了下来，喘着大气。格萨尔大王向扎拉王子使了一个眼色，扎拉王子便知道该是由他去说服晁通的时候了。于是扎拉王子从座位上站起来走到晁通王面前，从他金色的噶乌中取出来十五枚金币和一条吉祥的哈达放在这位爷爷面前。对他说道："朵康岭地的子孙都是神的后代，而在这美丽岭国之中，又有谁的法术能与您晁通王较高下。现在是征战工布魔国关键的时刻，将士中间谁也不能取代您成为先锋官，关于过去种种，您大人有大量！"

扎拉王子接着唱道：

岭国众将士来到南边，
是为了打败魔鬼王，
鬼王手下有众多的将士，
可法力无边的法师，
只有晁通王能够降伏。
天神已经降了圣旨，
马到了一定年龄要骑，
孩子养到一定年龄要走，
我们不能再这样待下去。
众将士们！
胆小的爷爷要是不去，
黑帽的法师也会来找你。
这些都是天神的预言，
爷爷，如果不往南边走，
那就我扎拉去，
没有爷爷又有什么关系？
生前没有好好修行佛法，
死后落地狱又有谁会来救你？
孩子要听父母的话，

天神对你的事早已经有了预言。
你又有什么担心的呢?
是不是这样啊众将士们?
我去给爷爷做伴儿,
爷爷把我的话放在心里!

听完扎拉这一席一半是宽慰、一半是威胁的话,晁通心里也是特别害怕。过了好一会儿才答道:“传说阿琼魔国有三个法力无边的黑帽法师,要是我与他们相遇还说不一定谁会胜利。如果是我赢了,你们该给我什么样的奖励?想想过去,与姜域作战的时候,是谁取了魔鬼上师的性命?现在又与魔鬼做对手,看我怎样将那黑帽的性命来取。”

晁通一边说着大话,心里盘算究竟应该怎样应付。既然格萨尔大王已经做了天神的谕示,那么不去肯定是不行的,可是只要他能先离开大营,就一定能够想到两全的办法。他一边想着,一边往黑压压的山口走去。

就在快要到达百花山垭口的时候,晁通看见前面走着三个美若天仙的女子,她们有说有笑,手里拿着赶牛的石子。晁通心里立刻欢喜起来,在这附近一定有牧场,如果是一般人家的姑娘,肯定巴不得攀上他达绒家的高枝。他想象着三位美女已经做了他家的新娘,便把做先锋官的使命,和对黑帽法师的惧怕都抛到九霄云外。他立即施展法术,变成了一个年轻英俊小伙子的模样追上那三个姑娘。其中一个姑娘看见他以后,问道:“威武英俊的汉子啊!你是哪个地方的人?又要往哪个地方去?你所忠心的国王又是谁呢?”

看姑娘与他说话的时候,眼中饱含情意,于是晁通在心里暗自得意,想着今天的变化总算用对了地方。他答道:“途中偶然遇见的人,何必非要知道底细?看我这样气宇轩昂,为什么不能是国王?而是只能效忠于国王?你们这三个乡野的姑娘,今天遇见我是你们的福气。不如以后跟着我过日子,以后保证你们荣华富贵。”

晁通变化的汉子在说完以上的话后,三个姑娘你看看我,我看看你,一人扔出了一个放牛时用的抛石器套在晁通的脖子上,开始拉扯,晁通无比吃惊,这三个姑娘竟然也会法术,那这究竟是冒犯了仙女,还是招惹到了罗刹?他的身子也害怕地颤抖起来,心脏就像风吹动经幡一样开始跳动,上气不接下气,哭爹喊娘,万万没有想到这三个姑娘竟然是他最不想碰到的三个黑帽法师所变化。他们破掉了晁通的变化,把他拎起来,犹如巨雕抓住弱小的兔子一般飞向天空。

此时在岭国大营里的众将士看见了这样的情况,晁通被抓住,悬在天空无路可逃，也不知道如何才能将他解救下来。雄狮大王听见晁通王哭爹喊娘的叫声，连忙运用法力，召唤岭国的护法玛沁邦拉山神，山神一身白衣，骑着白马跟上黑帽法师。到了黑帽法师修行的山崖，当玛沁邦拉山神还想进一步跟近时，突然刮起了一阵黑色的旋风，天空瞬间布满乌云，电闪雷鸣，让山神无法前进半步。只能返回到雄狮大王的营帐前从长计议。“今日看来是晁通王自己时运不济，竟然会落到这三个黑帽法师的手中，他们三人法术高强，我跟上他们却无法近身半步，看来只有去请天界之神才能有办法将其降伏。”向格萨尔大王交代完毕以后，玛沁邦拉山神隐身而去。

岭国的众位臣将都看到了晁通被抓住的狼狈模样，格萨尔召唤了山神却未能将其救出。首战便被黑帽法师给了下马威，这阿琼穆扎的魔臣们究竟有多大的能耐呀。很多人在心中有些发颤，却不敢在雄狮大王的面前表现出来。

话说，晁通王被三个黑帽法师带到了山洞里，并被捆得结结实实，就连呼吸都有些困难。法师们又连忙派人去报告阿琼穆扎国王，说今天抓到了一个不一般的人物。第二天天还未亮的时候，国王在众位魔臣的簇拥下，来到了关押晁通王的黑洞中。听完法师们简单的报告之后，国王决定亲自来审问这名俘虏，那凶恶的口吻好像马上就要将晁通生吞活剥一样：“你是来路不明的人，最好现在就把自己的身世交代清楚了，否则可不会有什么好的下场！”

晁通王心想：我逃出的可能几乎没有，今天很多话要反着说，如果他听着不高兴，自己身上受折磨是肯定的了，如果苦苦去求的话，又可能暂时不会杀我，再想想郭姆的坏孩子觉如，也不念叔侄的感情，当一个有权势的国王，还不如一个放羊的牧民。于是他对国王求饶道：“我是岭国的晁通王，是被我那可恶的坏侄儿觉如欺骗到了这里。请国王放我一条生路，我在岭国的军队，有儿子，还有侄子们个个都是英勇的大将，只要您放过我，我马上就去劝说他们退兵，凭我在岭国的威望，他们一定都会乖乖听我的话。如果不相信，我们可以立下协议，请放过我这个可怜的老人吧！”

晁通一边说着，一边痛哭流涕，仿佛自己真是一个懦弱无辜的老人，阿琼穆扎国王和所有大臣都看着他，竟然被他那嘴上涂酥油一般的话语打动了。法师说道：“你是达绒部的晁通王，听说在岭国上下，你的法术无人能及，昨日他们派你过来做查探的先锋，想必你有什么过人之处，那么现在你来说说，你觉得我们在法力上谁厉害呢？”

说完，法师用力在晁通王的头上弹了三弹，疼得他上蹿下跳。阿琼穆扎国王转念一想，早就听说，在霍岭大战的时候晁通给霍尔送过很多东西，那么他应该是一个识时务的聪明人，现在暂时留他一命，或许未来能有大用处，但又顾忌晁通的法术，便安排守卫里三层外三层守着他，然后他威胁晁通道：“我会

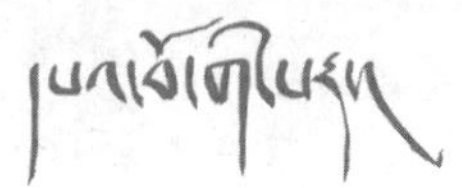

松掉你的捆绑，不会让大臣打骂你，但是你要把岭地详细的情况全部告诉我，此番征战究竟都有些什么样的人物，他们都有什么样的本事，他们的弱点究竟在何处。只要你肯如实说来，那么我就饶了你的性命！否则一定让你知道，落到我阿琼穆扎国王的手里，就是等于进了地狱！”

晁通一看阿琼穆扎国王这样问自己，就知道自己的小命是保住了，既是为了保命，也是真心希望阿琼穆扎魔王能够将他那不可一世的侄儿打败，好让他一雪前耻，都不用阿琼穆扎国王再威胁，他巨细靡遗地将自己所知的岭国的机密向阿琼穆扎国王和盘托出。

在太阳还没有落下，雪山穿上金色的衣服，一道白色的彩虹从天空中落下，白梵天王父王从空中降落，降临在雄狮大王的营帐中预示道：

如果不知道这里是什么地方，
是北方魔鬼的领地。
如果不知道我是谁，
在三层金顶的佛堂里，
三面威武的修行者。
你的王叔晁通大王，
现在已经落入敌人手里。
如果说为什么会这样？
黑帽法师变化通天，
变为美貌无比的女子，
诱惑晁通大王来上当。
晁通施展变化却丢了魂，
贪图美艳却落入了圈套。
好孩子推巴噶瓦你该知道，
王叔已将岭国机密出卖，
留他在工布的大牢一天，
岭国的事业便多一分危险。
明日太阳升起之前，
不能留在这里要前进，
在湖边河畔的草原上，
已布满了魔国的军队。
正直的话语不让人喜欢，
燃烧的火焰不能落在石头上，

心直的人交不到朋友，
更不说对手是那魔王，
要用好言相劝来欺骗，
要将巧言善辩的人选，
就让姜域王子玉拉托琚，
霍人将领辛巴梅乳泽，
还有贡巴三人来。
他们三人口齿伶俐，
用协商和谈话的方式，
将王叔晁通王带回。
父王的话你要牢记！

说完，白梵天王随着白光，升到三十三界天里的宫殿去了。

雄狮大王得到了白梵天王的谕示，对胜利更加有了信心，他不再担心敌人会来偷袭，于是安心地入定修行。在第二天太阳初升的时候，岭国的营帐点起了桑烟，在大营里飘满了檀香的香味，雄狮大王召集所有将军到营帐，将白梵天王的谕示告诉给众人。听了国王的话，大家也不再惧怕，按照大王的旨意拔营前进。

而雄狮大王则施展变化，幻变成一个骑着白马的骑士，来到阿琼穆扎国王那里，说道："我是魔王噶然旺迅的使者，我们长期享受你的供养，今天来给你指引道路，至于晁通，可不要杀了他，也不要把岭国当成敌人，要软硬兼用来对付。要和他们立下协议，把格萨尔收为大臣，把三十勇士封为将军，要是能够如此，那么工布的领地会再扩大，在你阿琼家族世代的历史之中，你将是最伟大的王！"

阿琼穆扎国王听后十分心动，立刻召集他所有大臣来殿前听示："今天我得到魔神的谕示，如镜湖畔有一个岭国的大营，能达成和解是最好的，岭国三十勇士如猛虎，会收为我的麾下。一切的功绩已经定下，我就不带领军队过去了，众位大臣不要留在这里，各带领五百将士去谈判，如果暂时不投降我们。不要带晁通走，把他关在牢里，等签好了协议，我们就开始慢慢收拾他！"

工布派出的使臣与格萨尔大王事先安排的三位英雄在森林边缘相遇，姜域王子聪明伶俐，他知道大王是要先将工布的军队拖住，直到援兵到来，于是巧舌如簧地与工布的使者展开交谈，辛巴与贡巴两人也配合以花言巧语。工布的那些自视甚高的将臣们见岭国的英雄竟然对他们好言巴结，便心甘情愿地沉浸在这些言语之中，仿佛已经看到了工布将士征服了世界的美好模样。

看守晁通王的兵将们都去见证岭国投降的时刻，关押晁通的监狱自然也是冷冷清清。格萨尔大王化作一道彩虹出现，将原本晦暗的山洞照耀得光彩夺目。晁通见到侄儿出现在这一阵虹光之中，知道是大王来救他了，心里忽然一阵惭愧，流下泪水默默地跟在大王身后，两人各乘一骑，淡在彩虹之中，回到了岭国的大营。

这时候前去谈判的大臣们都回来了，他们兴高采烈地向国王诉说着岭国的种种懦弱。大王也异常高兴，赏赐给众人无数美食。君臣们酒足饭饱之后，国王命令将晁通王带上来，作为条件，岭国人必须要晁通王平安回到岭国了才肯签订降书。国王传令官到了监狱一看，犹如鸟飞过没有痕迹，鬼走过没有踪迹，这牢里也仿佛从来没有关过晁通王一样。他们惊慌失措地回去禀告国王。

阿琼穆扎将事情的来龙去脉好好想了一遍，这才明白原来是中了岭国的奸计，他在王座之上暴跳如雷，冲着大臣们一阵哇哇乱吼："我阿琼穆扎国王今年已经活了三十七岁，却在今天头一回遭受可恶的岭国人戏弄，我得让这群强盗明白，我阿琼穆扎国王就是遮挡天空的乌云，是屠杀敌人的凶手！该死的敌人觉如，如果不让他身首异处，我就不配做你们的大王！"

他说完以后，命令将擅离职守的守卫全部杀掉，然后下令向岭国兵营发起进攻。

帕多杂赞作为工布先锋将军，率领了一众士兵向岭国的阵前冲杀去。姜域王子玉拉托琚一心想在岭国立下战功，于是向大王请命与帕多杂赞对阵。见前来的是个乳臭未干的孩子，帕多杂赞心里一阵冷笑，这可是送上门来的战功呀，他一心只想尽快杀死这个不知死活的岭国小孩，所以二话不说便与玉拉厮杀起来。帕多杂赞对准玉拉王子的头部射一箭，却只是将玉拉头顶的盔缨射掉，然后他又挥刀砍去，玉拉反手挥舞手中宝剑，将敌人的刀都挡了去。看来这是小看了对手，帕多杂赞突然勒马往回跑。玉拉托琚立功心切，怎么肯轻易放过他？于是向逃跑的敌人射去一箭。听到箭在身后的响动，帕多杂赞急忙躲避，没想到却被马甩落地上。玉拉托琚策马奔来，将帕多杂赞砍翻在地上。

玉拉托琚立下首个战功，格萨尔大王对他赞赏有加，赏赐给他很多宝贝。

首战告捷，格萨尔大王带领着岭国的将士们继续深入贡地，当他们来到一条山谷中。一条骇人大蛇横在路的中间，这条大蛇立起来能遮天蔽日，躺下去能碾平巨山，头上散发出光芒。这便是国王阿琼穆扎的寄魂蛇，只有通过法术才能将它降伏。晁通王心想，岭国众人大概已经知道他被俘虏时出卖岭国的事情，若现在不建立功绩补救，那么以后的日子肯定不会好过，现在不正好是个机会吗？论法术和巫术，这里没有比我强大的，今天我要一举拿下这条蛇妖！

晁通王拿出他的手杖开始施展咒语，霎时间，伏魔杖发出万丈光芒，犹如战旗被黑云覆盖，表面闪烁着火光，又像护法神的火焰，会随着护法神的命令移动大山、能拦腰斩断岩石山、烧尽成片的山林、融化千里的雪山，他施展这法术是要让这寄魂魔蛇马上灰飞烟灭。

马头明王加持的伏魔杖发出一道青烟，然后“咻”的一声飞向黑蛇，从它的头上穿刺而入，又从蛇鳞中穿出。寄魂蛇疼痛难耐，惨烈的嘶叫顿时响彻山谷，掀起一阵阵飞沙走石，就连征战无数的岭国英雄们也有一些胆战心惊。再看看那黑蛇，受了刺激以后开始施展出变化，不一会儿就变成了小山一样大小，一双眼睛瞪得比灯笼还大，直瞪着晁通王，吓得他双腿发颤，不禁地往后面退了几步，结果头发不小心挂到了后面的树枝。他还以为是黑蛇有了分身术从后面袭击他，拔腿就跑，结果膝盖重重地撞到大树上面，疼得他哇哇乱叫，那声音，比寄魂魔蛇的惨叫更叫人心寒。

在这一声声此起彼伏的惨叫声中，众人也都不自觉地开始往后退。格萨尔大王骑在马上，神驹江噶佩布坚定地往前迈了几步，大王将锋利的宝箭搭在弓上，对准大蛇的心脏稳稳地射出，将那大蛇心脏一并带出落在地上。大蛇的身体倒在地上，格萨尔大王从蛇身上取出无数宝贝，然后指挥众人就在山谷里面安营扎寨。

等到第二天，雄狮大王的军队继续前行，来到一个叫作野牛沟的山谷里面。山谷里住着阿琼穆扎国王的寄魂野牛，格萨尔大王命令大军在山谷外面待命，而让北地女英雄阿达娜姆去征服那头魔牛。得到国王命令的女英雄有些得意，她用眼角扫过其他的英雄，对她而言，射杀野牛不过是一件再简单不过的事情，她昂首挺胸踏马出阵，往山谷深处疾驰而去。

那寄魂的魔牛见到陌生人闯入，还是单枪匹马的女子，顿时怒火攻心，它的鼻中冒着毒气，猛刨着后蹄让山谷也震动起来。它把犄角对准了阿达娜姆，使尽全力想要将她杀死。女英雄不慌不忙地将格萨尔大王给她的神箭搭在弓上，瞄准了野牛的额头。那野牛中箭以后，踉踉跄跄地往前冲了几步，然后倒在地上就再也没有了动静。阿达娜姆从野牛身上取下宝贝，然后欢欢喜喜地向大王领功去了。

雄狮大王非常高兴，他们继续前进，来到了一个人口比较密集的小村庄，大王用和蔼的口气对山谷里居住的工布百姓说：“魔鬼阿琼不会长命，生活在这片土地的人们，你们还要像以前一样生活，没衣服穿的给衣服，没食物的给食物，只要你们忠心于我，那么你们的子子孙孙也将衣食无忧。”

百姓们听了格萨尔的话，再想想阿琼魔王统治下的悲惨生活，他们流下了激动的泪水，向雄狮大王顶礼拜谢。他们告诉格萨尔大王，阿琼穆扎魔王最重要的寄魂魔物——寄魂老鹰就住在山谷尽头的扎西上师垭口，这只凶猛的老鹰张开翅膀就能够遮天蔽日，就算是山神看见，也要避让它几分，更有一天就能到达天上地下各处的神通。但这凶狠的魔物，每天都要让村民血祭一百牲口，否则就要让村里的人命来抵消，搅扰的山谷里民不聊生。希望大王能够为民除害，首先将这可怕的妖物除去。看到这些声泪俱下的贫苦百姓，格萨尔大王发起了无上的慈悲心，更加坚定了要早日将魔王除去的誓愿。

第二天天刚刚亮，格萨尔大王与众英雄终于来到了扎西上师垭口，这只寄魂老鹰是天下地上没有克星的魔物，它知道雄狮大王的到来，在天空中展开翅膀，伸长脖子，它的爪子和其他的老鹰不一样，在两只翅膀上，挂满了不同的兵器：有宝剑、金枪、铁钩，如果被这妖物抓上一爪，那么肯定立刻就会被送了性命。

雄狮大王骑在马背上，开始考虑究竟谁才能降伏这妖孽。此时空行母多吉玉卓变化为一只玉色的蜜蜂，她在格萨尔大王的耳边轻声言语告诉大王：“英雄丹玛就是这寄魂老鹰命中注定的克星，只有丹玛他能够在这妖物横行的山谷里立下威名。有多少敌人来都由丹玛来解决，来多少朋友，所有献礼也该归丹玛所有。”

格萨尔大王喜上眉梢，命令丹玛准备，去迎战这不可一世的寄魂魔鹰。丹玛听令，大喝一声：“我去也！”便策马疾驰向前。

见到有人不怕死地冲了上来，魔鹰张开它铁一般的尖嘴，一股电流在它的舌尖跳动。丹玛心想，不管你这魔物是什么样的来历，今天落在我手中，便是要你没有活命。当魔鹰从高空俯身冲下，丹玛将神箭搭在弓上，以英勇无畏的声音大声叫道：“我是岭国大将丹玛，不要说你不知道，我丹玛的宝箭射出去的时候，就算天上的日月也要躲避！更遑论你这只妖鸟！”

寄魂魔鹰丝毫没有将丹玛的警告放在心上，加速冲着丹玛而来，当它快要近身的时候，丹玛将指尖的神箭射出，箭尖犹如落雷般打在鸟头上，那魔鸟都来不及躲避便爆头而死。

岭国的军队杀死了阿琼穆扎国王的寄魂物，让他变得浑浑噩噩，神志也有些不清楚，犹如山崩般的痛苦让他不知所措。阿琼穆扎国王清醒以后，命人给他占了一卦，这才知道是因为他的寄魂魔物已死。这消息让他暴跳如雷。他召集西萨扎巴、黑暗之子多单、将泽三人去搞清楚事情的来龙去脉，并且特别交代，寄魂蛇与那寄魂牛，还有那寄魂老鹰都不是普通的魔物，能够一举将它们消灭的人一定也是能力非凡，如果能与这样的人做朋友，那么一定能够让岭国人有来无回，如果是岭国的人，那么就要安排更加周密的部署以做应对了。

接到了国王的命令，他们三人立刻从各自营中挑选出一百名精壮士兵，浩浩荡荡地向南方而去。在距离野牛沟不远的地方，在河边的大滩上驻扎着无数精美的营帐，出入营中的士兵将领犹如那天兵天将一般威武。西萨扎巴怕眼前的景象是岭国军队实施的障眼法，于是决定先上前去盘问一番再做决定。

贡地的数百名兵马上前，还未开始盘问，晁通王便拿出红色马头明王的套索，在天上转了一圈以后扔向西萨扎巴，套在他的脖子上，他就像丧家之犬一样，从马上被拉了下来。以丹玛为首的大将们纷纷冲出营盘，不消一刻钟便将来者一一斩杀。

而阿琼穆扎国王还在他那铜墙铁壁的王宫中等待前方传来的消息，等了几天还不见他们回来，料定是遭遇了岭国军队的毒手。他的大臣们一时之间也慌乱无比，有人抱着与岭国军队鱼死网破的决心，还有人偷偷地打着投降的主意。而阿琼穆扎国王则开始部署起了防御的计划。

魔臣扎巴拉赞是阿琼魔族的老臣，他驻守在通往国王宫殿的必经之路上，并且发誓决不投降。这天，巴拉森达阿东和扎拉王子带领的军队犹如神兵神将、天雷落地一般来到了扎巴拉赞驻守的这地方，有胆小的将臣见是岭国的兵将，纷纷掉转马头逃之夭夭。魔臣扎巴拉赞心想，今天大概是逃不掉了，不如跟他们较量一番，或许能够争取一线生机，如果不敌对手，那么死在这样英雄猛将的刀下也没有什么遗憾。

这样想了以后，扎巴拉赞抽出宝剑，心中燃烧着熊熊怒火，催动胯下的马匹向巴拉森达阿东杀去。见敌人来势汹汹，巴拉也抽出宝刀，与他战在一块儿，几个回合下来，扎巴拉赞明显不敌巴拉，一个不小心，他的脑袋就像是芫根一样，被巴拉削了下来。巴拉割下他的头颅和盔缨庆贺胜利。

见到同伴身首异处，还遭受如此屈辱。与扎巴拉赞共同守城的大臣登巴绕尖心中升起一股通天怒火，下定决心一定要与岭人拼个你死我活。他抱着必死的决心冲向得意忘形的巴拉，扎拉王子见此情景也是一阵愤怒，连忙抽出宝剑挡在登巴绕尖前面，犹如猎狗拦住小鹿一样，让他无路可走。扎拉王子亲自上阵与敌人拼杀，岭国的军营里响起一阵阵震耳欲聋的呐喊声，让扎拉王子更加增添神勇，也让敌人胆战心惊。

两人将宝刀、弓箭、长矛轮番上阵，约过了三盏茶的工夫，扎拉王子愈战愈勇，而登巴绕尖则渐渐处于下风。终于被扎拉王子用雅司宝刀削去了脑袋，扎拉王子将敌人的盔缨抛向空中，岭军阵营里顿时爆发出“勾勾、索索”的欢呼声。

工布地方的守城将军大臣死的死，逃的逃，原本以为铜墙铁壁的守卫竟然如此不堪一击，还在坚守的工布将士们节节败退到了国王的碉楼。阿琼穆扎国王一边指挥抵抗，一边对大臣和士兵劝道：“家乡是自己的家乡，无论好坏都要战斗到底！”

接着他对城下咄咄逼人的雄狮大王唱道：

工布是我祖先留下的地方，
在这里我们要说了算。
在今天之前的日子里，
还没有敌人打到门前来，
如果之前没有账，
为什么会逼你还债？
如果法师不好好修行，
凭什么让人们信你？
自己的宝贝家乡啊！
不管好坏都是自己的，
没有惹你却欺负到家门口，
他们想要的是什么？
在自己苦心经营的土地，
远方的强盗围起来，
究竟是要从工布的地方上得到什么！

雄狮大王闻言，对他颠倒黑白的说法嗤之以鼻，大声喝道："你这魔王说话可真稀奇，我雄狮百万挥兵至此难道是为了跟你玩游戏？说什么我岭国无端将你阿琼魔族来进犯？若要后悔，就怪你不该夺我岭国的钱财，伤我岭地百姓宝贵的性命！我们两个今日的相遇是前世的注定，是宿命的敌人。虽说与人见面需要手捧洁白的哈达，但是面对你阿琼穆扎，这宝剑就是我给你的哈达，冰冷的长枪替代我敬你的茶。这具用血肉铸就的身躯，如果被你杀了，我就不是格萨尔王！"

两边大臣相对，两位国王也是怒目以对。一场大战一触即发。

阿琼穆扎看见雄狮大王出来，他知道格萨尔是天神降世，但他自己也是阿琼家族的后代，是魔神的传人，不能让家族蒙羞，更不能丢了魔神的威望，于是他抽出宝剑冲向格萨尔，连挥三剑，第一剑被天神挡住，第二剑被山神挡住，第三剑被龙神挡住，宝剑虽然砍在了格萨尔王的头盔上，但是却连头盔上都没有痕迹留下来，这时候格萨尔举起宝剑，阿琼穆扎国王一见不对，开始后撤，在后撤的时候格萨尔王的宝剑落下，砍裂了阿琼穆扎国王的护身盔甲，在阿琼穆扎国王的手臂上留下了伤口，他顾不得身上疼痛，策马扬鞭，飞快地逃去。

双方的士兵此时也正如火如荼地战斗着，岭国将军辛察隆拉觉登犹如阎王降世一般，脸上泛着死亡的光芒和罪恶的黑烟，没有人会怀疑他就是死神，他就像小鹿被猎狗盯上一般拦在魔臣赞拉扎巴的面前，辛察隆拉觉登大声唱歌说道：“记住！今日取你性命之人一定是我！”

说完，他取下长枪的枪套开始挥舞。长枪如流星一般滑动，刺向赞拉扎巴，在他的胸口心脏有一个黑色宝铁铸造的护胸镜，枪和护胸镜发出让人心胆俱裂的声音，护胸镜裂开三瓣，辛察隆拉觉登把长枪抽出来又刺进去反复几次，把赞拉扎巴的心肺都用长枪钩出体外，但是赞拉扎巴是魔鬼的子孙，他并没有死去，他挥舞有剧毒的毒铁，向辛察隆拉觉登砸去，他一闪身，毒铁却砸中了他身后的小将噶玛米珠，噶玛米珠受了这一锤，犹如野火焚烧羽毛一般被烧得尸骨无存。辛察隆拉觉登怒火中烧，愤怒地挥舞宝剑斩断毒铁，把魔鬼的脑袋像砍芫梗一样砍掉，岭国的将士们爆发出犹如龙鸣般的喝彩。

与此同时，其他顽固抵抗的工布将军和大臣没有一人逃出了岭军的包围。此时的阿琼魔国显然是大势已去。

那些还陪伴在阿琼穆扎国王身边的将士们与他们的国王一样惶恐。俗话说：孤独的狼被猎人追赶，落单的小鸟被鹰雕捕捉，掉队的羊羔被恶狼猎食，单独的美女被流氓欺负。国王成了孤家寡人，脸上布满了恶毒的表情，右手因为受伤而光着膀子，被众妃子和内臣保卫着回到宫殿，宫殿里全是妃子和内臣们在讨论该怎么办的声音。大臣协切诺拉说：“我是经历过几朝大王的旧臣，是非曲直我自有说法。只要兄弟不争吵，天大的仇都能报。山谷里的水草不败，天然的药院就不会败落。如今岭国的进攻咄咄逼人，他们正在勇猛的劲头上，以现在的国力无疑以卵击石。只要阿琼家的血脉实力保存着，就一定会有报仇的机会。依我所见，大王不妨先向南国门域投降，与门国国王联合杀到岭地，以报今日之仇。”

国王听后沉默不语，在座的大臣和妃子谁也没有作声，投降门域虽然不是什么最佳之策，但也是眼下最好的方法。一阵沉默之后，国王发话，决定按照大臣的建议。无论如何，只要活着，休养生息以后一定能够报仇。国王恨得咬牙切齿，安排起来了逃跑的计划。

他下令保留城外所有的营帐，并且派兵加强营帐的守卫，营造出他还在大帐中的假象迷惑对方。又安排四位内大臣，让二十来人、三十多匹马和骡子带着所有的金银珠宝，趁着夜色往南方门域逃去。

格萨尔大王早已知道了阿琼穆扎的逃亡计划，因此并没有去包围那些迷惑的营帐，而是直接将国王的碉楼包围了起来。大王与众位将军大臣与守城的士兵展开了激烈的厮杀。国王与妃子萨琼站在王宫的顶楼上，看见外面火光冲天，岭国的军队一步步地逼近到王的大殿之中。那阿琼穆扎大王心中一片凄凉，他想，自己身上还带着伤，恐怕也没有办法走得太远。外道的寺庙不灭，他所信奉的教义亦得不到弘扬。既然大概是死路一条，不如在死之前再拉一个垫背的人。男子汉的身份，首先是从出生的时候就已经决定了，其次最重要的是看他在什么样的地方，以什么样的方式死去。如果死得壮烈，就算是被抛尸荒郊野外又有什么可怕？当他下定这样的决心以后，脸上浮现出毅然决然的表情。

阿琼穆扎的叔叔，大臣诺加对他说道："侄儿啊听我说两句，环绕在岭国军队上方的七色彩虹，它的出现是有原因的。话说天上的彩虹，是地上的人福瑞的象征，那青色巨龙的吼声，今日像风暴一样降临。炯炯有神的岭国的将士，今天来到了我们的家门口，要怎么样才能好？尊贵无比的国王您，带领将士奔向战场，除了取得胜利没有其他的想法。我的想法是不如躲避，如果你们不认识那些人是谁，我是经历过旧时的老臣，他们是谁我的心里很清楚，听见声音就知道他们的过去现在和将来。工布阿琼和大臣们，不自量力丢掉自己的领地，这是因果的报应。对敌人要战斗还是投降？我老头子风烛残年，死后葬在哪里都可以。活着的福气我没有了。在这里的几位大臣和国王，侄女诺布拉卓玛，你是想留还是想走？如果想留就和国王的两位妃子商量好向命运投降。如果想走我们就各奔东西。走后留下祖先的遗产，就落在岭国人的手里。要怎么样就看他们自己，除了这个就没有任何办法。"

诺加的这一番话再也无法打动国王的心，周围的妃子和大臣也对活命没有一丝希望，男子汉大丈夫，早死晚死都要死。与其低头来投降，不如死在敌人手中，就算是死也要有价值。

这样说过以后，国王和大臣们已经有了不再逃亡的必死的决心，于是纷纷披盔戴甲，带上刀箭矛三眷属武器。国王鼓励下面的大臣说："就算是我身上有伤又如何，只要我降临战场，那边是岭国人的修罗场，今天是要战死，更要让岭国的大营中血流成河！"

国王忍受着身上的刀伤，取过战袍和盔甲，用贵重的锦缎擦拭干净，他的脸色变得和他的盔甲一样黑暗，他再次以必死的决心向下面的大臣们说道："岭国那个叫觉如的人，从此以后，我不想再听见他的名字。我们是宿命的敌人，这一生都不可能心意相通，所求法门不同，跟随的上师也不一样。向仇人求和，这是懦夫的做法。舍不得吃的饭不能送人，那些没有用的话就让手中的武器去告诉他们！"他一边大声地咒骂着，一边准备着奔赴战场。

就在此前一天，在美丽岭国的雄狮大王的宝帐之中，雄狮大王将天母谕示阿琼国必败的预言说给了众位大臣听。

"为利益众生事业要打败魔鬼的军队，就像冰雹降临在庄稼上，像暴风刮走稻草一样。阿琼穆扎家族统领的魔国末日已到，如今各位英雄该是建立战功的时候了！”

接着大王唱道：

如果不知道这里是什么地方，
是工布岩石和森林的山谷，
是参天大树繁衍枝叶的地方，
是青色庄稼犹如宝藏的地方，
是藏地需要的粮仓，
是我们君臣成名的地方。
如果不知道我是什么人，
我是上天指派的天子，
是邪恶魔鬼的克星，
是弱小无助者的救星，
是保护臣民的卫士。
如果不保护臣民，
乌鸦落在粪便上，
众生的安危从藏地守护。
藏地的敌人工布王，
到了该消灭的时候，
魔鬼阿琼如果不打败，
藏地就会如彩虹般消散！

他下令部署，为了让藏地百姓享受安稳与太平，就一定要将阿琼穆扎和他的魔国打败。岭国的将士们听完格萨尔大王的慷慨陈词，开始欢呼并发誓追随，永远听大王的命令，决心要与大王并肩战斗到底。当晚，总管王在大营里设下了丰盛的宴席，让所有将士在大营里开始狂欢，酒、茶、食物犹如取之不竭一般被消耗。

等到第二天的时候，兵强马壮的岭国将士整装待发，一步步紧逼阿琼穆扎的宫殿。

阿琼穆扎带领的誓死不降的将臣们冲出宫门，残暴的工布托拉赞布、阿斯托拉麦巴看见岭国军队，毫不犹豫地扑将上去。阿斯托拉麦巴站在马镫上，将手中的毒箭搭上弯弓，对岭国的众大将说道：“行人走的大道不是强盗的地盘，在今天太阳落山前，这条大河的河畔，如果让任何一个岭国人过去就不是托拉！”

然而他这小狗假装的老虎并没有让岭人惧怕，话音未落，便被霍尔红辛巴用大刀削去了脑袋。剩下的那些人更被岭人如割青稞一样，很快地消灭干净！

工布的所剩无几的大臣死的死，逃的逃。阿琼穆扎国王的心里也是一片荒凉。他自知人心不齐，觉得大雕老鹰猫头鹰，心不一样要各自飞。大雕等待太阳升起，猫头鹰等待黑夜的降临。老鹰希望追随太阳，而猫头鹰向往月亮。

现在是真正剩下了他一个人，再往人间的任何一个地方逃遁都没有任何意义，不如回去魔神噶然守护的地方，等待时机降临了再回到人间，与那郭姆的坏孩子觉如再做一世宿命的敌人，那时候一定不会再让他如此嚣张得意！

岭国的军队就像潮水一样，步步紧逼到国王的宫殿中，再也不能犹豫了。阿琼穆扎义无反顾地跳上一匹黑铁制作的宝马，口中呼唤着魔鬼神噶然的名字，请求他将他带出这个被敌人包围的地方。魔鬼神听到了阿琼穆扎的呼唤以后，从天空中降下一条彩色的天梯，阿琼穆扎国王骑着铁马，踏着这条彩色的天梯正准备离开，却被格萨尔大王远远地望见。格萨尔王将智慧的弓箭放在弓上，在护法神和众空行母的加持下，这一支宝箭像一道光芒射向阿琼穆扎的铁马，铁马当即中箭，从高空中跌落下来。那邪恶的魔王阿琼穆扎就像是魔鬼神投下的那一道光，永远消失在了这个世界上。

阿琼家族的血脉终于完全断掉，雄狮大王将工布的百姓们从水深火热中解救出来，总管王下令在阿琼穆扎的王宫中举行盛大的庆典，对在战争中有过功劳的将领一一进行了奖赏，并将阿琼宫中剩余的财宝都分给了当地百姓。众人一起欢庆了七天七夜后，岭国的大军这才班师回朝。格萨尔大王降伏了阿琼魔国后，周围的茶盐道路和到拉萨朝圣的道路通畅无阻，商旅互市，往来不绝，百姓的生活更加幸福，周围的小邦国也因此更加对大王升起无上的崇敬之心。

第九十章 梵天王授记征战门域 晁通王奋勇洗雪前仇

水龙年仲夏十三日之夜，天光暗淡、高耸的山头未见着金冠，低洼的大海亦未点缀金色的光斑，天上群星集聚，岭噶的黎民百姓正安寝入梦之际，那高天虚空的中央，三十三天顶上，在银光闪耀的海螺宫里，白海螺的宝座上，威坐着白梵天王。他那白螺顶饰晃悠悠，光彩的头发亮晶晶，水晶般透明的胡须轻飘飘。这时天降花雨淅沥沥，檀香缭绕香喷喷。白梵天王头戴一顶白海螺盔、大鹏盔翎颤巍巍。身着一领白海螺铠甲、白螺镶嵌的护心镜光闪闪，环佩护心镜的珍珠璎珞亮晃晃。他右挂虎皮箭筒，左悬豹皮弓袋，右手持一把水晶柄宝剑，左手握一杆飞幡红矛，跨在一匹青灰色神马上。四面八方簇拥着繁星般密密麻麻的天兵天将，浩浩荡荡的旌旗漫天飞舞。白梵天王率领着勇武的天丁，从彩虹路上御驾亲临于半空中。

朵康岭国的玛德亚花虎坝子上，有一座巍峨壮观的森珠达孜宫殿。就在这座具有千柱的寝宫内，无敌格萨尔王似睡非睡的时候，不知什么原因，空中突然响起一阵巨吼声。霎时间，森珠达孜王宫四周呈现出一排彩虹的帐幕，天空降下纷纷花雨。在激烈的霹雳声中，白梵天王神采奕奕地立于彩虹道上，将格萨尔叫醒："天神的儿子推巴噶瓦啊！莫要睡觉快起来。愚痴睡觉才没个完，你这样贪睡怎得了。世间的业运无间断、贪嗔者没有回心日。你的心别散乱啊！"

然后白梵天王继续说道："且不说门国与岭国结下怨仇，那地方共有十八大区域，那是十八大部落，共有将士三百万人。南方门国辛赤王，他是自在魔转世。内务臣古拉妥杰，他是罗刹魔转世。门国大将六十个，他们吸活人鲜血，食活人红心。南方门国辛赤王，今年已经五十四岁了，如果放过他到五十七岁，从此岭国将没有降伏他的份。他那吃人的红魔马，今年正满七周岁，要是让它逃过九岁时，往后岭无调伏份。古拉妥杰内务臣，今年年纪三十六，只要避过三十七，将来岭人没法将他制服。前世注定，今年正当征服他。若过了明年，这魔王、魔马和魔臣就无法降伏了。不降伏辛赤王，就拨不开南方的黑云浓雾，大地的冻土无法融解，在没有日月、没有花草的世界里，众生的苦难是非常深重的……”

“父王，请告诉孩儿，辛赤王对岭国犯过什么罪恶？”

“在你还没有出世的时候，嘉察也还年幼，门国的两员大将阿琼古如和穆琼古如带着十五万人马抢劫了岭地所属的达绒十八部落，抢走了马匹、粮食、牛羊，还把岭地的珍宝六褶云锦宝衣抢走了，杀死了很多百姓，还有达绒的两个家臣。当时岭国弱小，兵微将寡，无法报仇。如今，孩儿你已有降妖伏魔之力，正是报仇的好时机，千万不能再等待。”

“孩儿遵命，明日就整装进军门域。”

“不，门国的这些罪恶都是在晁通所属的达绒十八部落犯下的，你要托梦让达绒愤怒王兴兵。说门国美丽的公主梅朵卓玛，本该是达绒家的媳妇，今年已经二十五岁，也正该趁此机会娶来才是。”

说毕，白梵天王驾云离去，天也渐渐亮了起来。格萨尔披衣下床，走出王宫，深深吸了一口气，把白梵天王的话细细想了一遍，雄狮王自忖：“过去我与凶恶的北地鲁赞、黄霍尔国的白帐王和紫姜国的萨丹王战争多年，如今姜岭大战结束不过数月。勇士们养精蓄锐才六个月之久。在上界天神未授记之前，岭噶大部落的人们为啥对我隐藏门岭结怨的前因后果呢？俗话说得好：“匿言于父总有因，背母藏食必有故。”细细想来，确实有些离奇古怪。不过，纠纷的根源看来是由晁通一人引起的。晁通乃是马头明王的化身，他能通晓一切，我为何不按白梵天王所说，向晁通授上一记，看他如何应对。格萨尔王遂化作晁通寄魂鸟模样，向达绒部落的方向飞去。

这天，晁通正在静修，忽见他的称作先知鸟的寄魂鸟扑棱棱地飞到神案上，开口对他说：“修行的长官晁通啊，不要忘了旧日的仇恨，六褶云锦宝衣还在门国国王辛赤手里，你达绒的两个家臣死于门军的箭下，达绒部落的良马和牛羊现在正在门国的牧场上不断繁育。门国的公主梅朵卓玛像森姜珠牡一样美丽，她年已二十五岁，正等着晁通王去娶。今年的好时机难寻觅，快快行动莫迟疑。”

说完，先知鸟扑棱两下翅膀，飞走了。

神鸟在授记时，晁通一直滴溜着眼珠，心想：当年正是这神通白羽鸟说我能取得美丽岭国如意宝座，为此，我还在岭噶大部落设下七天七夜的宴席，然而却正如俗话所说：“为吹旺那边的火，却烧了自己的胡须。”到头来，岭国至尊的宝座，被奔巴嘉察和觉如他二人夺了去。如今我又得神鸟的授记，看来照样也不可信。于是晁通注意观察这只神鸟的去向，只见它一直飞向高空，然后像彩虹一样消失不见。

这时他才肯相信，于是牢牢地记住了先知鸟给自己的预言，特别是要娶梅朵卓玛为妻的说法，更是时时在耳边回响。这正应了俗话说的“掉了牙的犏牛喜欢吃嫩草，上了年纪的男子喜欢娶少女”。

晁通顾不得再闭关静修，连忙吩咐家将：“将达绒部落的七十万人马全部集合起来，准备好红色的茶水、解渴的酒浆，还有各种肉食、酥油和奶酪。”

王妃丹萨不知晁通闭关静修时又着了什么魔，忙阻止住家将，询问晁通王要干什么。

晁通既兴奋又不耐烦地给丹萨讲了先知鸟的预言，丹萨听了，不觉一阵冷笑：“想必王爷忘了赛马会前马头明王的预言了？六十二岁的老翁还想娶年轻的姑娘，真是越老越没出息了。”一句话，把晁通王说得白胡须瑟瑟发抖，脸涨得像供品朵玛一样紫，指着丹萨却说不出一句话来。

丹萨一见晁通如此生气，知道自己的话说得重了，忙走了出去。她再进来时，左手端着盛茶的金壶，右手拿着盛酒的银壶，细声细气地劝晁通：“王爷啊，静坐不应当中途起来，修行也不应该突然中断。这预言绝不是神明的旨意。门域那样的大国，达绒部落怎么能敌得过？梅朵卓玛那样年轻美貌的姑娘，怎么能让你这老头来娶？你的头发已经雪白，口中无牙，像个空口袋，脸上的皱纹像树皮。我的王爷呀，不要再惹出什么祸来吧！我这是为你、为我，为我们大家长久相安啊！”

晁通已经缓过气来，指着丹萨大骂：“无知无识、丑陋无比的婆娘，你还敢来教训我晁通长官？达绒的军队像毒海沸腾，怎么会打不过辛赤？还居然说姑娘不会爱我晁通。女人的性情我早知道，不光看头发白不白，要看能不能像公羊一样斗起来；口中没牙也不要紧，会像羊羔一样来接吻；脸上有皱纹没关系，姑娘缠着我的脖子像树枝。没有人说不爱我晁通，除了坏婆娘丹萨你。此番去门域，是天定了的，丹萨再多嘴，我定不饶你！”

丹萨见晁通如此蛮横，像是着了魔一般，但要不理他，又怕他真的集合军队去打门域。凭着达绒部落的一点人马，怎么能与强大的门国开战？不仅晁通会有去无回，达绒的百姓们也会死于战争。看来再劝他也无用，看来只有格萨尔大王能够阻止他的荒唐想法，想到这里，丹萨皱着的眉头微微舒展开来：“王爷既然一定要去，我何必拦你，只是要通报一下格萨尔大王才好。如果雄狮王同意你去，定会助你一臂之力。”

晁通一想，丹萨说得有理，如果格萨尔肯帮忙，出动岭国兵马，辛赤王定死无疑。但是，雄狮王会帮助自己吗？晁通没有把握，不过，他想试试。

晁通不再说什么，换上好衣帽，骑上追风马，向达孜城走去。

格萨尔早就料到晁通会来，因为那先知鸟本来就是自己变化的，目的就是要晁通兴兵门域。所以当晁通来到时，格萨尔忙起身相迎：“叔叔来了，一定有事吧？请坐下慢慢说。”格萨尔一面说，一面吩咐侍女阿琼吉和里琼吉倒茶拿果品。

晁通有些受宠若惊。虽然姜岭大战他立过一些功劳，但是回到岭地，英雄们又将他在霍尔侵略岭国时期的所作所为拿出来诉说，因此又难免受到了大王的冷落。今天受到如此恩宠，倒让晁通难以相信。但见雄狮王那一脸的喜相，晁通确信格萨尔是出于一片真心。说不定大王又要对我好了呢！这样一想，晁通有些欣喜若狂。他勉强压下自己大喜过望的心情，却仍不失兴奋地说：“好侄儿，好大王，叔叔此次前来是要向你禀告大事情的。”

“噢？请讲！”

“南方门域国王辛赤，是四大魔王之一。大王您已经降伏了三个魔王，为什么要把辛赤留下呢？况且他早年曾兴兵岭地，杀了我们的人，抢了我们的马，到现在，岭国的珍宝六褶云锦宝衣还在辛赤王手里。原来我们无力报仇，现在我们的岭国如此强盛，大王的威名震四方，为什么还不发兵门域呢？”

格萨尔听了，微微一笑。好一个晁通，终究改不了油嘴滑舌的本性。听他说得多么冠冕堂皇，又多么理直气壮，只是只字不提要娶梅朵卓玛为妻。

“过去的事就过去了吧。现在我们岭国安宁，百姓生活幸福，何必还要动干戈。”格萨尔故意慢吞吞地说。

“这怎么行？杀人的血债还没有偿还，失去的财物还没有讨回。俗话说，问话不答是傻瓜，有仇不报是狐狸。如果不灭辛赤，不但有损大王的声威，对我们岭国也是个威胁。”晁通见格萨尔不急，他就更着急了。

“噢？他还敢来犯岭国？”

“门域现在就有一百八十万兵马，和我们岭国相当。辛赤王还在不断地向邻国进攻，烧杀抢掠，扩大他的地盘和军队。一旦他的兵马多于岭国，岭国的安全就难以保证了。”

“嗯，叔叔说得有理。而且我也得到白梵天王的预言，要我们进攻门国，夺回我们的宝衣，以雪昔日之耻。叔叔还可以……”格萨尔故意一顿，“娶个漂亮的姑娘为妻。”

晁通一见天机已泄，顿时羞红了脸，默不作声。

格萨尔不再和晁通多说什么，立即传令召集岭国的一百八十万兵马，并令白鹤三兄弟分别去召唤北方魔国的大臣秦恩、霍尔国的辛巴梅乳泽和姜国的玉拉托琚，前来听命。

岭国的君臣们各自按品列位就座。无敌威王高登九十九班之首的权威金宝座，背靠青龙靠背，在孔雀羽宝伞下，尊颜犹如万日之辉，神采奕奕，气概非凡。右班首席对狮银宝座上，端坐着十五月儿般的董奔巴扎拉泽杰王子。老总管绒察查根好似日晒鲁头，油光光地坐在中班首席金环纹大头豹皮坐垫上。勇士们仰望着岭王的尊颜，猜度着无敌威王会发啥样的命令。

此时，只见无敌格萨尔王面呈怒色，目红似闪电，看得出颇有怨气。格萨尔王道："总管王叔叔，还有岭国的其他老臣们呀！为何在天神降下授记之前，你们从来不曾告诉过我，从前南门倚仗国势，两个部将率万兵，铺天盖地杀进岭国。摧毁岭噶十八部，所养人马被惨杀；所积财产被掠夺，时至今日此仇未报。藏族古语说得好，'有仇不报是狐狸，有问不答是哑巴，施食不谢是骗子。'我雄狮大王格萨尔，和那门国辛赤王，谁能统国见分晓。我这千里枣骝马，他那吃人红魔马，哪匹马快今朝见。古拉妥杰内务臣，察香丹玛诏命臣，比比谁是真首相。门国魔将六十个，岭国弟兄八十人，谁是英雄见阵前！"

格萨尔王说罢，老总管绒察查根向岭国的另外三位遗老使了个眼色。然后从中班首席圆环纹大头豹皮坐垫上起立，将一条白哈达置于金桌上。启奏道："大王今日下达这般旨意，真是感恩不已。上界天神的授记，更是妙不可言。臣等本来已议定，将门岭纷争的根源逐步向大王您禀告。只因岭国四大部的将士们，连年征战，十分劳苦，因此禀告之事搁置至今日。如今蒙上界天神临空授记，那么报仇之日也已来到，岭国的英雄猛将们，一定会在阵前显威风。即便我绒察查根已是老态龙钟，那也不减当年勇，此番一定跟随大王上战场！"

老总管如此表态，下面各路英雄更是斗志昂扬，立即开始点兵备战。

先锋晁通王身穿红底金纹、边镶獭皮的袍子和锁子软甲，头戴鹏巢盔，白色的箭袋里装有五十支红铜尾箭，褐色的弓袋里装着一把声如雷鸣的宝弓，身佩桑雅宝剑，胯下追风马，得意洋洋地走在岭军的最前面。

珠牡率领众王妃手捧各色哈达，来给格萨尔大王和众家英雄弟兄送行。珠牡唱道：

世界雄狮格萨尔大王啊，
愿您早日降伏辛赤王！
献上三条白哈达，
这是给白梵天王送行的哈达，
不为离别而是为了再相逢。
献上三条黄哈达，
这是给厉神格卓送行的哈达，
不为离别而是为了再相逢。
献上三条青哈达，

这是给龙王邹纳送行的哈达，
不为离别而是为了再相逢。
献上三条红哈达，
这是给战神送行的哈达，
不为离别而是为了再相逢。
再献上不怕火的哈达共三条，
不怕水的哈达三条整，
金边、金图案的三条哈达啊，
是给众大臣送行的哈达，
不为离别而是为了再重逢。

珠牡唱完，泪如雨下。岭国的妇孺老幼站在路边，纷纷为自己的亲人祝愿，愿他们早灭辛赤，早日凯旋。一一告别后，一百八十万人马浩浩荡荡地开出了岭国，直向门域奔去。

第九十一章 森达救晁通力射猛虎 玉拉作山赞名扬后世

姜国王子玉拉托琚带领的大队人马在南方牟江山口与雄狮大王的大军汇集。众英雄将云集在雄狮格萨尔王的牙帐内举行会议。由英雄察香丹玛作排兵布阵，他说道："前方有章布花花虎穴，这里有只生吃人的老虎极其凶猛，只有达绒长官晁通的咒术才能将它制服。"

晁通领命出发，快要到达章布花花虎穴前，晁通做了一个红朵玛和一个白朵玛，然后呼请护法神准备降伏这只吃人的南虎。他往前走了一程，来到一座形如大黑象耸立的石山旁边，这里有很多毒刺树，色青花和杜鹃花好似一堆堆灿烂的宝石。晁通自忖：以前我降伏五爪猛兽时吃尽了苦头，如今又去使这只红虎动怒，不会有啥好下场。倒不如设法骗过格萨尔王和诸大臣。于是他回来，对众将士们说道："我晁通的咒术不论远近都很灵验，今日我就从这里放咒。你们去进攻那只吃人的老虎吧，它的法力已经都被我削减了，你们去吧！"

这时，丹玛长官问道："你未到达章布花花虎穴那吃人的红虎跟前，从这里放咒也能见效的话，今晨为何不从营地放咒？你晁通长官也算是岭国的好汉一名，既然你已经让那只老虎丧失了魔力，我们兄弟又怎么好意思跟您争功，那么就请您自己去吧！"

丹玛的话把晁通气得满脸通红，可又找不到理由反驳，只好与米琼一道，又稍往前走去，登上大象形石山旁的一座野牛大小的红色巨石上，点起火，熏起桑烟，将白朵玛供给神，红朵玛抛向敌方，霎时间，那虎穴前燃烧起了熊熊大火。

吃人的南虎，忍受不了烈火的灼热，张开火焰般的血口，怒吼声如霹雳，獠牙似重叠的雪山，突然扑向晁通和米琼，米琼往后逃到一株红花毒刺树下隐藏起来，未被老虎发现；晁通拼命逃跑，不敢回头。老虎嗅出晁通携有放咒的器物，便跟踪追赶，晁通的平底彩边小靴子被挂在一棵树的丫枝上也顾不得了，赤着脚往前逃命，一路丢盔弃甲，又扔下了弓箭与囊袋。这时，见有一株高大的金钱松，他于是攀到树干的半截之上，这只红虎追到跟前，怒吼一声，将两爪伸到树腰乱抓，用獠牙嚼着树皮，正要咬断树腰时，晁通无可奈何，于是吓唬老虎道：“斑斓老虎你听好，下方传来马嘶鸣，那是枣红马在嘶叫；空中太阳传呼声，那是格萨尔王在呼唤；中间传来疾风声，那是锋利宝刀出鞘声。想要留命你就快跑开，不要命你就坐稳跟前！”

晁通不仅没有吓退老虎，反而令它更加猖狂凶猛。晁通在悲伤地想着怕是今日要被老虎吃掉了，于是伤心地哭了起来，正在这个时候，只见不远处，一块明镜似的草坪右侧，巴拉森达阿东犹如风卷白云似的白闪闪驰骋过来。看到救星，晁通大喊道：“无敌英雄巴拉森达阿东呀！你是人中之狼，你的坐骑是价值千金的宝马，你的腰佩是杀人大宽刀，你是天神的宝贝，今日请你救我一命，制胜这只生吃人的母老虎，赏你十枚金币作酬谢！”

巴拉森达阿东见晁通这副狼狈的模样甚是幸灾乐祸：“哎哟！这不是达绒长官晁通吗？你不是得了神鸟授记？自信地想将那南方门国的梅朵卓玛公主娶来作妻，今日连狗一样大的丑虎都这样惧怕，怎能将公主聘娶过来呢？又如何敌得过门国的六十名魔将呢？”

虽然这样说着，但还是一面取弓抽箭，向那只凶恶猛虎射去。一箭射中红虎的咽喉，只听一声巨吼，红虎口喷红彤彤的鲜血，栽倒在地。与此同时，龙、魔、精三妖大为愤怒，霎时，狂风大作，震动了天地。晁通所攀的那株树也从半截腰刮断，将晁通压倒在树下，他正晕过去不省人事的时候，巴拉森达阿东很快跑过去，把晁通从树下拖了出来。

这时，岭国的诸君臣陆续赶到，噶德扶住晁通的后背附耳默听，听出晁通的外气已断，内气尚存。这时，格萨尔王走过来将右手放在晁通的头上，做起招魂延寿之法。过了一碗茶的工夫，晁通如梦初醒，苏醒过来。巴拉和丹玛二人剥下虎皮，驮在马背上，与诸君臣一同返回营地。

过了几天，岭军来到了南方的达拉查吾山上。这个地方太美了，卫藏四部、门域的十八个大部落，都历历在目。远远近近的群山，在阳光映照下，重山叠翠，气象万千。雄狮王和他的大臣、部将们为这优美宜人的景色所陶醉。格萨尔吩咐就地休息，让岭国的官兵好好欣赏一下这如画的景色。侍卫们捧上美酒佳肴，君臣共饮，好不畅快。雄狮王格萨尔显得格外喜悦。席间，他忽然问最年轻的大将姜国王子玉拉托琚：“玉拉，我的爱将，你能说出远远近近的这些山名和它们的来历特征吗？”

“请大王指出，我愿意献丑。”

玉拉年方十五，年少气盛，正愿意在诸将面前显显才华。

“好哇，你看那儿，玉拉，我指出山，说完了，你要马上回答。”

“玉拉遵旨。”随着格萨尔大王的手指点，一座座崇山峻岭映入玉拉的眼帘：

最近处的那座山，
好像小沙弥持香在案前，
它的名字叫什么?
旁边一座紫岩石山，
好似雄鹰低飞在山岩，
它的名字叫什么?
一片片石板耸立的那座山，
好似红旗迎风展，
它的名字叫什么?
仙女头戴黄帽子，
身披彩霞立云间，
它的名字叫什么?
美丽的孔雀开彩屏，
立于仙女脚下边，
它的名字叫什么?
玉拉你再往南看，
如同初三的月亮刚升起的山，
它的名字叫什么?
中间还有四座山，
山势雄伟如殿宇，
它的名字叫什么?
北方一座险峻的山，
好似将军舞战旗，
它的名字叫什么?
险山后面是缓山，
犹如国王刚登基，
它的名字叫什么?
玉拉再往东方看，
空行母托着五座山，
它的名字叫什么?
山山之间是平川，
大象走在平川上，

它的名字叫什么？
美女怀抱小婴儿，
翘首遥望盼夫还，
它的名字叫什么？
……

玉拉托琚整整头盔，站在一块岩石上，像一只骄傲的公鸡：

小沙弥持香是嘉噶的檀香山，
雄鹰低飞是嘉噶的吐鲁鸟山，
红旗飘舞是娃依威格拉玛山，
仙女戴黄帽是著名的珠穆朗玛山，
孔雀开屏是尼泊尔的长寿五眼佛山，
初三新月升是不丹的天雷轰顶山，
中间四座是藏地的四大神山，
将军挥舞战旗是七虎雄踞山，
国王登宝座的是念青唐拉山，
空行母托五峰是嘉纳的五台山，
大象走平川是嘉纳的峨眉山，
美女抱婴儿是忽赞德穆神山，
……

格萨尔一口气问了一百多座山，玉拉托琚都对答如流，这就是著名的“山赞”。

雄狮王格萨尔听了玉拉的“山赞”，甚是喜悦，忙让侍卫换大碗敬酒。玉拉并不推辞，把酒碗高高举起，一饮而尽。格萨尔吩咐在此地安营，被玉拉止住了：“大王，此地虽美，却不宜安营。我们要快速进兵，今晚应在南钦杂拉娃玛扎营，到那里去守住通往门国的金桥，明日渡过河去，才能顺利进攻。”

于是大军继续前行，一天比一天更靠近门域的都城。

第九十二章 假求亲岭军征战门国 首得胜前锋占领渡口

再说说这岭国南方的门域，是一个大的邦国，有十三条大河谷，十八个大部落，三百多万人，牛羊遍地，骡马成群，是个富庶的好地方。但是，生活在这里的百姓却不快乐，也不幸福，连起码的生命安全也没有。因为国王辛赤乃是魔王噶绕旺秋的化身，他的大臣古拉妥杰乃是魔鬼绷巴纳布的化身。辛赤手下的六十个好汉，专爱吃人肉、喝人血。邻近的几个邦国经常受到他们的骚扰。抢来的人都被这些魔鬼分着吃了，来不及去抢时，门国的百姓就要遭殃。所以，这里的众生整日提心吊胆地过日子，不知哪天就有被吃掉的危险。

辛赤王今年已经五十四岁，他的魔马米森玛布刚满七岁，大臣古拉妥杰三十六岁整。魔王、魔马和魔臣，今年到了修行的最后一道坎，只要平安地度过这个冬春，他们君臣就将天下无敌，过了今年，他辛赤就要做出一番惊天动地的大事业来。他要一个部落一个部落、一个邦国一个邦国地去征服，然后在世界称王。当听到雄狮王格萨尔已经降伏了三方妖魔时，辛赤确实害怕了一阵子，心惊肉跳地等待着他的末日。但是格萨尔并没有到他的门域来，甚至连一点消息都没有，辛赤王放心了。虽然放心，却一点也没有大意。他严厉地吩咐他的属下，这一年之中，不准外出骚扰，不准轻举妄动，小心翼翼地把这一年熬过去，就什么都不怕了。

这天，南国辛赤王登上东日朗宗坚堡之巅，举目往四方巡视，只见天与地之间容之不下的一支强大军队，驻扎在南方门国的领土上。辛赤王心想：如此这般强大的军队，为啥驻进我门国的地面上？世上绝无贼兵似霹雳突从天降的道理。不管怎样，这般庞大的人马来此绝非好兆，得马上召集六十名大将前来商议不可。遂差传话送信人，多如雪花纷飞、急似雷雨交加，向四面八方飞奔而去。

不到一夜工夫，六十名魔将奉诏会聚在东日朗宗的上庭院内，享用摆设在面前的老猪的脖子肉，火灰烤的陈麦面饼、陈青稞酒、烧酒和陈荞麦面的烙饼等各种丰美的食物。这时，辛赤王道："威武的大臣们听我说，今年门国的土地上，驻进了一支强大的军队，他们从何方来，要往何处去，须派人去查问。达娃察琤和内务大臣古拉妥杰，只得请你二人前去岭营把话问清楚。"

内务大臣古拉妥杰跨上鹅黄快马，而达娃察琤骑一匹青色杜鹃飞马，两位大臣迅速渡过南河，径直奔向岭噶大营。此刻，南方深谷正值天气炎热，格萨尔王的神帐门帘，左右卷了起来，岭国的君臣们正在纳凉。这时，老总管绒察查根，一眼望见从南门地方来了两个各骑青、黄马的人。于是对大王说道："门地青衣青马和白衣白马颇多，独着黄衣骑黄马的人难见。今日却来了一骑黄衣黄马，看那样子像南门的古拉妥杰。若差一两个英雄前去拦路，恐怕不济事。"

格萨尔叫过玉拉，附在他耳边低语了一会儿，玉拉笑眯眯地拉过战马，出了营去。

古拉妥杰骑在鹅黄色的高头大马上，傲慢地看着眼前这个孩子，问道："你这青衣青马灰矮子，你身后的父名叫什么？你身前的母名叫什么？强大的军队为何来此地？这是南国门域地方，是我古拉的辖区，你等为啥来此地？莫是走错了路？南方牟塘这草场，并非无人放牧而闲着，并非无人饮水而放着，吃草要把草钱付，饮水必把水钱缴，若不照价缴纳费，今天日照一整天，不轻易将你饶。你们究竟是何人？若不老老实实作答，定叫你尸骨横遍野，鲜血积满坑洼地。要是说了做不到，就莫叫我古拉名。"

玉拉王子嬉笑着答道："我是姜国王子玉拉托琚，今日有缘见到门域的大将古拉你，却没有你那般欺人的豪言壮语。"

古拉妥杰见出来个少年，又报名是姜国王子，心里顿时明白了，不必再问，玉拉早已归降格萨尔，此地定是岭国兵马无疑。古拉妥杰愤怒了，果然是岭国兵马，果然是要来犯我门域，不给他们点颜色看看，就不知道我们门国的厉害。不过，还得先礼后兵才是。想到此，古拉妥杰板起面孔："我们这河畔，是大王娱乐的场所，是王妃游玩的圣地，是大臣们射箭的靶场，是鲜花盛开、布谷鸟唱歌的地方。你们无故开来这许多人马，强行住在这里未免太不把门国放在眼里。这里不是你们落脚的地方，不要倚仗兵多把人欺。在强悍的辛赤王驾前，没有勇不可挡的人。你们这些人马如毛驴，怎能与我门域的骐骥相比。我，无敌英雄古拉妥杰，对亲人温柔如丝绸，却是制服顽敌的利箭和霹雳。我劝你们还是早点离开这里，这是我的一番好意。侵入此地要赔款，若不拿钱就会起战争，你们兵力虽强大却没人怕，为些小事流血不值得。"

玉拉托琚不怒不喜，不卑不亢，毫无表情地听完了古拉妥杰的长篇讲话后，脸上才露出笑意："大臣请息怒！久仰您的大名，想来您是个有勇有谋的男子汉。如果您愿意听我言，我就把来龙去脉讲给大臣听。"

古拉妥杰见玉拉彬彬有礼，说话和和气气，也不好在一个比自己年幼得多的孩子面前耍威风："请王子讲来。"

玉拉见古拉妥杰面色缓和下来，才慢慢唱道：

布谷鸟从门国飞来，
它有意栖息在柳枝上，
不想栖息就不会来盘旋。
我们君臣从岭国来，
有意和门国把姻亲连，
想联姻而不是想分离。
岭国的王子扎拉泽杰，
到了年纪应该娶亲。
辛赤王膝下的公主，
面如鲜花腰似柳柔，
千百个女子都嫉妒，
千百个男子都倾心，
卜卦的都说卦象好，
应与我们的王子结成亲。

古拉妥杰一听岭国是来与门国结亲的，心里轻松了许多，但一看那遍布河岸的百万人马，脸又阴沉下来："既是来结亲的，就应该派使者来好好商量，你们把这么多军队开进门域干什么？"

"这个嘛，想古拉大臣应该清楚，辛赤王不会轻易答应亲事。以前许多国家的使者都碰了钉子，如果我们仍照先例，派使者来，后果不想也应该知道。所以，我们……"

"如果辛赤大王不允婚，你们还敢抢走公主不成？"古拉妥杰瞪起了双眼。

"我们当然不愿意这样，只是希望辛赤王高兴地应下这门亲事。"玉拉不急不怒，态度坦坦然然。

古拉妥杰可没有这个涵养："玉拉托琚，我今天一不用试手中的刀，二不用试腰间的箭，三不用试胯下的马，请你们赶快找一条别的路走。倘若明日一早你们的军队还不离开，我们门域的人马也不是好惹的。"说完，古拉妥杰一打马，回王宫去了。

见到辛赤王，古拉妥杰把情况一禀报，辛赤王大怒："我们门域的公主怎么能嫁到岭国去？他格萨尔和我本来就是仇敌，若不是要耐心地忍过这一年，我早就去杀死他了。今天他竟如此大胆，没等我去征讨，倒找上门来，还要娶我的公主，哼！……”

“大王息怒，还要从长计议。这次来的人马，除了岭国的，还有北方魔国、黄霍尔国和紫姜国的，这许多人马来到门域，就为了一个公主。如果我们暂且把公主许配给他们，过了今年，我们变成世界无敌的时候，就去把公主抢回来，再荡平这几个国家。”古拉妥杰不仅武艺高强，且谋略过人。

辛赤王的脸色稍缓，却仍旧怒气冲冲：“古拉妥杰啊，大丈夫应该有三种志气：两国商量结亲，不可示弱是一种志气；英雄们斗智的时候，不可随便牺牲自己的性命，是一种志气；办理国王的政事时，不可塞住自己的心眼儿，是一种志气。如今藏区五部军队都来到门域，金缨在阳光下闪耀，银缨在月光下飘舞，绿缨像海水涌波澜，红缨像火焰在燃烧，黑缨像暗影黑沉沉。在他这么多军队面前，我们如果就此答应婚事，岂不让世界上的人耻笑我辛赤无能，是因为害怕岭国才结亲的。这样的事我绝不能干。”

这时，闻讯赶来的门国众大臣都汇聚在宫中。他们听了古拉和辛赤王的话，觉得都有理，但又拿不定主意，七嘴八舌，议论纷纷。有人主张先结亲，有人主张不能就这样轻易地让岭国把公主娶去。双方争执得很激烈，各不相让。最终决议，先派达牟东堆、玉茹明青及其随员和五千名甲士，守住南河的自勒静绕上渡口、诺布琼绕中渡口和阿噶朵绕下渡口。

辛赤王调兵御敌的这一天，老总管绒察查根谒见格萨尔王，奏道：“不知我岭噶众青年英雄将领中，可有熟悉南河渡口之人？若有，可充当向导前去破敌为妙。若拖延时辰，让敌人先堵住了南河各渡口，那么就坏大事了。”

老总管说罢，霍尔辛巴梅乳泽道：“昔日我们有四人，从霍尔来到南门猎野羊，对南河碧水的渡口颇为熟悉，今日我愿导渡南河的上游渡口，中游渡口可由尼奔达雅和文布阿鲁巴森为首之军去涉渡，下游渡口就请姜王子玉拉托琚为首的姜国大军去抢渡。”

大伙也都同意辛巴梅乳泽的设计，各自按照布局出发。正当岭军各部人马涉渡南河之时，只见南门大将达牟东堆和玉茹明青及其随从五千骑士围守在南河上中下三渡口。只见这辛巴梅乳泽骑在口喷火焰的枣红马上，显出红厉妖般的凶相，率领红缨大军和协军首领巾帼英雄阿达娜姆的大军，正半渡南河之际，南国大将达牟东堆跃上能飞乌骓马，手握宝弓，搭上五支快箭，大声歌道：

若不认识这地方，
它是滔滔南河水，
上游自勒静绕渡口。

若不认识我是谁，
八个万户大首领，
达年东堆便是我。
今年到了开年时，
好汉阳寿二十五，
曾获勋章九百枚。
你这红衣红马红矮子，
像个厉妖半空悬。
上截脸上下血雨，
中间病态蒙薄雾，
熊熊火焰口中喷，
滚滚浓烟鼻中冒，
如此傲慢为哪般？
南方门国土地上，
娃娃你莫逞凶强。
白昼虽未见过你，
远方传扬听说过，
娃娃莫非是辛巴，
那位失地丧国者？
今年你来门国土，
到底你有何贵干？
我这弓上五支箭，
第一支箭射你红辛巴，
外毁骨架如化雪城，
内毁灵魂如灭油灯。
跟在后面的丫头，
听着对你把话表：
女孩身穿将军甲，
今日我算头次见。
莫非你是流浪女？
或是男尽女替征？
第二支箭将你射，
外毁骨架如化雪城，
内毁灵魂如灭油灯。

你们再往上面看，
诺布琼绕中渡口，
黄衣黄马黄矮子，
周身上下一片黄，
一箭射那临终人，
犹如霹雳轰黄岩，
做不到不算好汉。
阿噶朵绕下渡口，
青衣青马矮娃娃，
胯下青马似玉鸟，
身着青衣似青龙，
你这紫姜玉拉本，
莫逞英勇争战功，
死到临头时已晚，
好汉一箭将你射，
让你灵魂离躯体。

歌罢，遂将箭一一射去。第一箭从红辛巴的白盔顶中央擦了过去，并无多大损伤，却射倒辛巴背后的红缨骑士十五人。接着这第二支箭射向女英雄阿达娜姆，正中胸前的镶金护心镜上，将护心镜射得粉碎，全赖青龙金刚铠甲挡了过去，并无大损。达牟东堆又连射出第三支箭，这第三支箭射翻了阿达娜姆魔国黑缨军中的五名甲士，被河水冲了去。第四支箭从尼奔达雅的前鞍桥射过，毁了后鞍桥，但未伤其将士。第五支箭将姜子玉拉托琚的青缨军左右射倒七人，再无他人箭伤。

霍尔红辛巴恼怒非常，猛力举起黑铁九叉枪，怒吼道："达牟东堆娃娃听我讲，你的话儿说得真，今日你遇到英雄我，定要你不得好死！"

辛巴把枪投了过去，正好刺中达牟东堆的胸部，枪尖从后背穿过。达牟东堆乃魔子之身，虽被一枪刺得鲜血直流，仍从鞘中拔出大刀，一刀将辛巴的枪杆拦腰砍成两段。红辛巴也从鞘中抽出毒气直冒的腰刀，与他交锋数次。这时，阿达娜姆冲向前来，给达牟东堆一矛，矛尖刺入胸腔内，达牟东堆翻身落于南河渡口岸边。辛巴夺走了他的战马、铠甲和三件兵器，继续奋勇杀敌。达牟东堆率领的三千人马，大部分死于岭军刀箭之下，部分甲士自投南河，另一部分正往山上溃逃。

另外一边，南门兵营中的达牟尺赞跃上能飞快马，闪电般径直奔至阿达娜姆面前。巾帼英雄从容不迫，看来者有何话说，准备再施妙计胜敌。达牟尺赞将一支银箍箭搭在弦上，没头没脑地说道:“你这身佩恶装女，今日撞上英雄我，我这弦上有一箭，今日射你女英雄，外毁护命骨架子，内毁灵魂如灭灯，将你黑头抛旷野，做不到不是英雄！”

说完，便射出一支箭。正当阿达娜姆心思稍微疏忽之际，达牟尺赞的箭正中北地勇女的挡箭金甲，击毁了她的乌铁护心镜。这支箭的毒气犹如暗夜笼罩，使她一时昏迷过去。等她逐渐清醒过来时，心想，若不立即还他一箭，恐有失岭噶军心。于是站立于白飞马的脚镫上，从左边豹皮弓袋中取出铁山大弯弓，又从右边虎皮箭筒里抽出雄狮大王所赐的神箭，搭在弓弦上，说道:“你听着！我没有工夫与你多说话，有种你别躲我的箭，若今日不能一箭射在你的胸口上，掏出你的红心来，我就算不上是岭地的女英雄！”

女英雄射出一箭，正好射中达牟尺赞胸部中间，血淋淋的箭头从后心窝露了出来，达牟尺赞未及一闪念之间，倒身落于马下。正当巾帼英雄打马疾驰赶到跟前时，红辛巴等三位猛将抢先一步，将达牟尺赞的首级、铠甲和三件兵器夺了过去。

南河上游渡口被岭人占领后，涉水渡到彼岸。姜国王子玉拉托琚正带领将士涉过下游渡口时，门域玉茹明青火速赶去堵住英雄玉拉的去路，取出弓箭握在手中，接连射出两支箭，虽射中玉拉的上半截甲胄上，但没有使他受到丝毫损伤。玉拉将马镫轻拍一下，这匹腾空青马，飞似的奔向玉茹明青不远的地方，掏出弓箭，对玉茹明青说道:“门国南寨兵营中，没胆之辈玉茹儿，妄想挡我玉拉的路，见势不敌英雄时，转头寻找逃生路。临死扑油灯，到寿终遇英雄。弓上这支箭，要你脑浆洒地面！”

言毕，遂发一箭，正中玉茹明青的前额心。玉茹明青顿时脑浆溅向空中，翻身落于马下。与此同时，南门玉茹明青的七个大臣亦死于玉拉王子的箭下。岭噶大军便涉渡南河，直奔埃玛塘平原安营扎寨。岭军大队军马在此会师，营帐连绵盖地。

第九十三章

闯岭营古拉射伤丹玛
占卦卜门王拜会上师

镇守南河渡口的五千名门军将士，被岭军杀得仅剩下三名普通士兵，他们不分晨昏，日夜兼程逃回自己的营寨，却在忙乱中走错了路，来到猩猩和猕猴出没的通道上，无可奈何，只得返回。结果又来到尼木苦隆地，住宿一夜。次日，继续前行，半夜之前赶到南门忆母塘平原。这时，内务大臣古拉妥杰在宝焰虎帐内正蒙眬欲睡的时候，三名普通士兵前来拜见，详细禀告南河各渡口失于岭人，达牟东堆和玉茹明青等大臣及各军，大部分死于岭人的兵器下，岭军占领埃玛塘平原，安营扎寨等情况，并问如何是好？

内务大臣古拉妥杰闻此情景，怒气填胸，急击大鼓咚咚作响，召集属部众阿琼，于宝焰虎帐中议事。须臾之间，内务大臣古拉妥杰披挂三械，跨上鹅黄快马，单枪匹马直奔岭营方向而来。行抵尼木曲河岸不远时，岭人见一黄衣黄马单骑飞驰前来，便知是南门内务大臣古拉妥杰。岭军众英雄顿时忙乱起来，争先恐后要建奇功。

这时，东营青缨军中的察香丹玛披挂好三械，速跨战马，疾驰飞奔到吉祥徽桥河这岸的大草地，与古拉妥杰相遇。二人各按辔挺身立于马上，互不言语。少时，察香丹玛绛查道："你这黄衣黄马矮扁人，敢情是南方老猴古拉么？古拉妥杰名声大，虽未见面远闻名，四海诸邦众人知，今日得见十分荣幸。此时此地与你会面，是为了来追究被掳的马匹，来追回被抢的财产，来讨回杀人的血债！"

丹玛一箭便射出去，正中古拉胸前，虽有九层挡箭牌，也挡不住这乌铁箭镞，当啷一声，被射得粉碎。袍内护心镜大小的金盾，也不济事。丹玛的箭射穿了古拉的锦袍和金甲，直入古拉的肉体。只因古拉是真妖魔子，又有欢喜自在魔王的七颗豌豆大小的护身铁丸藏于黑白心房之间；还有一个大自在魔王的绿玉扳指，也藏于黑白心房之间的胸口上，很难一箭将他射死。

古拉心想：这岭噶丹玛，是远近闻名的人物，如今见他的箭术只是一般，真是徒有虚名，没有多大本领。然后他取出弓箭，说道：“今日见岭臣丹玛你，不过是徒有虚名的人物，还是一只懦弱的狐狸，今天你才真的是死到临头！”

古拉遂射一箭，将丹玛的天鹏堡白盔射落在桥头左边。这支箭穿过九个巨人不能环抱的桦树干，冒出青烟，直射到河对岸乱石山的石片上，把石片射得粉碎，石灰弥漫天际，天上降下石雨。这支箭镞上的毒气使丹玛昏然如醉，从马背上坠了下来。岭国大营东寨的巴拉一马当先，北营的红辛巴和阿达娜姆、南营的姜子玉拉托琚，中军营寨的噶德等英雄先后冲出营寨，有的去追击古拉，噶德、巴拉和玉拉三将赶紧搀着丹玛的背，扶回岭营。古拉自觉将丹玛射下马背已经能够令人闻风丧胆，也不再恋战，快马返回王城。少时，吃过一碗茶的工夫，丹玛才渐渐醒了过来。

门域这边，辛赤王不住地夸赞道：“古拉妥杰啊！你真是一位英雄好汉，一箭就把岭军丹玛射倒在地，世上没有更比你英勇的人了。”

然后赏了古拉十匹骏马、十匹骡子、彩靴、孔雀翎、红宝石、十个黄金巴扎、十个白银巴扎、十个绿松石巴扎等无数奖品，以示表功。当辛赤王下令乘胜追击，要在明日太阳初升时，派五员大将前去岭营，屠杀岭噶人马，将死尸填满整个原野。但是大臣们却觉得不妥。

正当大家争执不下的时候，有大臣说：“大家不要吵，我们决定不了的事，还是请上师来决定吧。我们的独脚魔鬼上师是圣贤，他发怒时敌人要遭殃，他安居时三界都畏服，他行动时乘风翱翔，他懂得一切事情。他能把该死的人的寿命延长，能把三千世界覆盖，能预知未来。我们平日敬他拜他，现在到了关键时刻，还是请他来拿主意吧。”

辛赤王也觉得这个主意甚好，于是命令门子达娃察琤和门子东德悦噶二人：“你俩携带珍宝、各色绸缎、肉、酥油和奶酪等供品，立即前往赤面罗刹的山间幽居处向皈依主独脚魔鬼上师禀告岭军犯门的情景，再求他看相、占卜和打卦，启禀若与劲敌岭军进行肉搏血拼，到底胜败会怎样。”

两位大臣遵照国王的旨意，立刻将献给上师的诸般供品包裹起来，即时上路登程。

门域君臣上下都在耐心等待着独角魔鬼上师的回信，而就在这个时候，中班首席座位上的阿琼古如和穆琼古如二臣，遂离座，将两口大箱笼和三口小箱笼置于君臣们的面前，然后各自取出一条白哈达，放在辛赤王的金桌上。然后将六褶云锦宝衣呈于堂前，为叙述门岭结怨的根由，向众人歌道：

若不认识我是谁，
门国五万户首领，

阿琼达昂便是我，
阿琼古如是真名。
我因命苦投生早，
曾任门国一哨兵，
少年、青年和壮年，
受尽诸苦直到老。
若要叙述这原因，
很早以前那时节，
南方门国购盐商，
去中甸、察瓦绒，
在那达乌白盐池，
使用白米和红米，
交换白盐和红盐。
最后返回门故土，
路经岭噶恶魔地，
达绒晁通这歹徒，
大显神通施幻术，
杀了若干购盐臣。
南门阿琼达昂我，
全不知道这情况，
亦去岭噶卖大米，
准备北地去购盐，
就在岭噶恶魔地，
曲拉长官和曲佩，
断我北地购盐路，
无可奈何返回门。
我在六十勇士中，
挑拣精锐青缨兵，
率领人马十五万，
毁掉岭噶诸部落。
我俩老头当匪首，
杀了所养人和马，
抢了所积财和宝，
夺了骟马九十九，

劫了六褶云锦宝衣。
竹孜青孜山头上，
达伦措查昂亚和，
眉青加瓦拉绷俩，
拦截我军回国路，
杀我若干精军马，
末后岭军两大臣，
死在我军利刃下。
我等返回门国土，
正当安居乐业时，
达绒长官晁通他，
率领人马一万五，
驱兵来到南河湾，
口出大言如山崩，
老汉我俩且饶他，
放生岭军五千余，
不杀晁通放还乡，
从此相安各守界。
但已结下冤仇根。
如今我俩老头子，
最好还是守本分。
若问到底啥原因，
牧狗到了老糊涂，
无力追捕大雄鹿。
坐骑到了衰老时，
无力奔驰在原野。
诸位君臣请思量，
人老无力顾自己，
还谈什么夺战功。
临死多病难支身，
哪能顾上冲敌阵。
老汉实在无能耐，
恳求准许免上阵。
恩准宽容俩老汉，

解甲退伍归故里。

阿琼古如歌罢，门国君臣和众兵士齐声道：“这两个老家伙，把祸根铸成比山大，冤仇结得比河长。今日大敌当前，却来告假。门岭纠纷的根源若因六褶云锦宝衣而起，岭军进驻门地之前，两个老头为何不曾透露一句？”

内务大臣古拉妥杰道：“门岭纠纷的祸根，在于这两个老头身上，如今面临敌人，不得告假。现令两个老头去镇守西面的玛加尺宗城堡，务必压住怨敌的气焰。”

其余的将领亦七嘴八舌地斥责了他二人。这时，辛赤王道：“敌不过外面的灰鹞子，麻雀母子内部斗殴有何益？敌不过岭上老狼狗，绵羊母子内部争食不知羞。倒不如我们来鉴赏这些云锦衣，看看是个啥样子。”

于是互相拉来拉去，争着看。只见这六褶云锦宝衣，火烧不焦、刀砍不断、斧劈不烂。君臣们惊诧道：“嘉纳货物我们也运过不少，却未曾见过这般好东西。”

辛赤王将六褶云锦宝衣放入箱笼内，暂且交给两位老人保存，令以后再来理论。于是派遣两位老人统领紫缨军，前去把守大寨执行王命。

而此时，门子达娃察琤和门子东德悦噶二人，也已经到了独角魔鬼上师修行的地方，上师早知他们来，走出森波冬麻洞，对前来的青年哈哈一笑：“我知道你们要来，所以出洞相迎。现在我只告诉你们一句话，伟大的门国在七天之内就可做出决策。边地的军队无论做什么，你们也不要管他们。现在请进洞，我要给你们一件迫切需要的东西。”

门地的青年冬丁惟噶拿着上师赐予的打了九个结子的黑带子，然后他闭目静坐，为门国眼前的战事打卦问卜。过了好大一会儿，卦师才慢悠悠地说：“这卦象有坏也有好，坏者多来好者少。门国就要遭兵灾，人畜就要蒙血难。安分守己的要受灾难，鸡蛋碰石头的要流血受伤。面对眼前的兵灾，诸位君臣莫忘记：要把自己的部属严加管教，要把甲胄整理完备，要把盔上的缨儿增添光彩，要把骏马的鞍鞯拨弄整齐，要把毒液涂在武器上，要把箭囊、剑鞘都修牢。我在此修咒术三个月后，看看有没有禳解的办法，如果再不能遮阻灾难，那就没有另外的办法了。”

说罢，两位大臣，各自骑上自己的马，返回东日朗宗大城堡，将上师的话和卜算的情况，向南国君臣们一件一件地做了回禀。

第九十四章 门军攻岭营激战北寨 大王赦王子囚于岭国

南国辛赤王听了达娃察琤的汇报，勃然大怒道：“不杀仇敌，不得安生。”

于是吩咐给吃生人的红魔马鞴上鞍鞯，避雷珊瑚盔顶插上一锦缎做的红旗，身着大鹏红珊瑚铠甲，系一条金银宝饰腰带，后背日月相对的护心镜周围，插上十三个金胜幢，九重珊瑚环扣上，右挂虎皮箭筒、左悬豹皮弓袋、全身披挂刀箭矛三眷属，跃上魔马。这时，内务大臣古拉妥杰、东迥达拉赤噶、仲赞普达拉悦巴和大力士阿鲁玉本五位君臣，朝岭军大营方向，直奔过去。

辛赤王与四位大臣冲入岭噶东营、左杀右砍，将丹玛和巴拉军杀戮了许多。于是又向中营冲去。这时，巴拉森达阿东跨上雪白的战马，飞奔过去，拦住古拉的去路。内务大臣古拉妥杰遂搭一箭在宝弓弦上，顺口说道：“你这白衣白马的矮人儿，看我把宝弓弦上箭，将你射翻脚朝天，好似雷劈白岩石，做不到的不是英雄！”

都不待对手答话，“嗖”的一声，射中巴拉胸前的白海螺挡箭牌，挡箭牌被射得粉碎，白花花地抛到很远。全赖战神的紫色寿衣和十万空行母的护寿结，得以避箭，才未伤其身。

巴拉森达阿东恼怒非常，怒吼道：“你的豪言壮语过去就说了不少次，可是真理正义在我方。古拉你这老狗，我不射你远程箭，手持屠夫大砍刀，你来试试利不利！”

说完，抽出大砍刀，毫不犹豫地冲到古拉面前。内务大臣古拉妥杰亦从鞘中拔出月牙八刃神刀，二雄各显神威，挥刀大战了三个回合。巴拉的大砍刀锋利无比，寒光迫人，古拉胆战心惊，急忙勒转马头，略往后逃。南国辛赤王和东迥二人，举刀合战巴拉。这时，察香丹玛抽出绿松石柄宝刀，来回砍杀了两个回合，南门五将抵挡不住，败阵逃往岭军西营。这时，红缨军营寨中闪出甲青噶玛扎堆大将，火速拦住南国辛赤王的去路：“你红衣红马的红矮子，骑着吃人的红魔马，莫非南国门域辛赤王？今日与你相遇真是庆幸。远程箭和近套索，短刀子和长杆矛，要斗哪种任你挑，今天我定要与你分出个高下。”

辛赤王正想答话，内务大臣古拉妥杰，急转马头，匆忙赶来，说道：“你这娃娃少在这儿废话，今日美丽的岭营内，有雄狮格萨尔，要是英雄就出来！”

遂向空中高举月牙八刃神刀，冲将过来，与甲青噶玛扎堆斗三个回合。甲青噶玛扎堆力不能支，败下阵来。这时，角阿巴色达瓦、阿鲁巴森、绒公子拉郭绷鲁和嘉公子玛尼噶然，四位公子拔刀相助，合战古拉。古拉招架不住，速换灰杆矛，朝四公子各刺一矛。结果，角阿巴色达瓦使的短矛，被古拉一长矛刺入心脏，穿过后背。古拉将角阿巴色达瓦挑在矛尖上，狂呼奔跑。

这时，察香丹玛和巴拉朝古拉迎面冲了过去，丹玛立刻射出箭，射中古拉的长矛，矛头和角阿巴色达瓦同时落地。古拉畏惧箭的威力，略向后退了数步。英雄丹玛遂拦住辛赤五君臣，挽弓搭箭，连续射出三支，第一箭射中辛赤王的命脉旁，虽说毁了五个珊瑚幢，只因辛赤王的福寿未尽，此箭没有伤着他的性命；这第二支箭，射中了古拉胯下鹅黄快马的金顶白螺面罩上，马鼻顿时流出红彤彤的鲜血来；第三箭，击中东迥达拉赤噶的命脉旁，伤势很重。

五位君臣转攻北营，欲将北营踏成肉泥。此时，霍尔和北地两军首领阿达娜姆和红脸康巴玉登，辛巴梅乳泽和塘噶杰布迎面杀来，正与南门君臣激战的时候，阿达娜姆速从套中取出长矛，连刺古拉两下，古拉不知所措，只得往后退到一处较远的地方。这时候，南门负着重伤的东迥达拉赤噶迎面拦住北地巾帼英雄，他唱道：

骑白铜马的丫头，
莫非亚康八大山，
“鲁赞”魔的看门人，
阿达娜姆便是你？
岭噶娃娃真可怜，
到了男尽女顶替。
到了牙掉腭嚼食。
少女披甲挂兵器。
今日我算才开眼。
头饰松石戴白盔，
母姨跟前不像话。
身着彩甲套氆氇，
披挂三械系螺绦，
英雄汉前不雅观。

手戴螺镯挽大弓，
怨敌面前不体面。
听着！你这狂女人
黑头藏人常言道：
死到临头的绵羊，
自己走到狼窝边，
死后落入狼窝里。
少女临死来门地，
寿终命尽遇东迴。
宝弓弦上这支箭，
它是欢喜神所赐，
今日射它绝你命。

遂一箭射断了阿达娜姆白盔顶左边的黑缨旗。她和辛巴梅乳泽未及回射，只见红缨军和黑缨军约五百名士兵，被砍翻在地。南门五君臣，奋不顾身、直冲南营，道路左右两边，又被砍倒七个青缨骑士。姜国长官玉曹、其美佳朵腊布和色巴绷司郭蚌三将，以各种兵器奋战，却不能打伤辛赤五君臣。这时，辛赤王道："今日我等施威到此，且回堡寨。"

于是挥动收兵红令旗，五君臣打马来到上阿绷扎查，路经峡谷然玛绒赞，雄赳赳地返回门国堡寨。玉拉、噶德、尼奔和王子扎拉诸将，尾随追赶不及。

南门五君臣，这一仗大杀岭军，将上半截旷野堆满尸骨，下半截旷野血流成海，好似阎罗王大设血肉供品。当岭噶君臣会聚此地时，无敌威王格萨尔下令，将各英雄部落所属的尸体抛入南河。于是岭王亲临南河岸边，只见南河已被鲜血染红，尸骨堵塞不通。格萨尔王心想：就这般魔辈，居然杀掉我这么多士兵，长此下去，将使岭噶无法生存。想到这里，情不自禁地落下泪来。他抑制着内心的感伤，念起短短的超度转生的秘诀。霎时间，抛入南河的全部尸体，犹如百鸟被掷石惊飞，顿时无影无踪。

无敌格萨尔王回到美丽神帐中，见老总管和巴拉坐在帐内，搀扶着角阿巴色达瓦的背。无敌格萨尔王，将右手放在巴色的头上，问道："你能辨认出我是格萨尔吗？"巴色答道："虽能辨认出是你，但我现在身不由己，只有等死了。如今我虽无悔恨，但有一愿求大家，岭噶英雄众好汉，失去我的这血仇，一定要向古拉去讨还！"

话毕，格萨尔大王向巴色的口中灌甘露。这时，巴色的眼珠朝上一翻，归了天。此后，三天内，岭人向待转世的遗体大祭供品，作法的乐器声响彻整个岭营。三日后，遗体被火化，只见一股青烟在神帐内环绕了三圈，然后青幽幽地直向朵康岭噶方向消失而去。

就在火化角阿巴色遗体的这一天，姜国王子玉拉托琚怒不可遏地叫道：“如今这样滞留着有啥用？恶敌辛赤五君臣，把我岭噶大营搅成血海，造成如此惨败，照此下去，往后岭兵还够用吗？今日之仇，由我玉拉一人去报！”

老总管心想：哎呀！玉拉单枪匹马，要是闯入这般强大的门国兵营中，那怎么了得。于是想让猛将巴拉森达阿东前去协助玉拉。老总管劝道：“英雄玉拉啊！你且宽心，单枪独马难胜敌，西藏自古常言道：‘一个好汉要人帮，不然像个落水狐。神箭手要好扳指，不然犹如夜射靶。’不变脸的巴拉森达阿东，只因今日事情紧迫，请助玉拉走一趟。闯关斩将冲重兵，英雄同心要协力，或勇或智要应变！”

总管安排完毕，两位英雄遂准备行装。姜子玉拉托琚，头戴一顶绿松石天德盔，盔顶插上一支青色锦缎旗，身着一绿松石彩甲，腰系一条镶有十八串珍珠的丝绦，右挂虎皮箭筒、左佩豹皮弓袋，全身披挂好三械，妙天青色快马鞴上宝鞍鞯，然后一跃上马，好似青龙冒出湖面，凶猛异常，众人目不敢睹。

不变脸巴拉森达阿东，给东日千里驹鞴好鞍鞯，头戴彩光远耀白螺盔，盔顶插一杆锦缎白旗，身着群星绕日白螺甲，右悬虎皮箭筒，左挂豹皮弓袋，身佩三械，着白盔白甲骑白马，好似风卷白云。

两位好汉并马同行，来到上阿绷扎查时，路逢门国十五个侦察骑兵，都被岭噶两位英雄杀掉。然后穿过然玛绒赞峡谷，正行间，只见南门埃玛塘平原以外，尼木金桥以内，门军营寨，犹如烟海回旋，营中帐幕排列整齐，虎帐对虎帐，豹帐对豹帐，螺帐对螺帐。四周环绕着三百顶各式各样帐房、两千八百顶大小高矮不同的帐房。看上去，这般大平原，竟变得如此狭窄。整个兵营烟雾弥漫，犹如黑夜笼罩，四处忙乱声，好似天崩地震。只见其间，有一个恶魔正来回走动。这时，英雄玉拉托琚扭转妙天青快马，摇动马镫，那马犹如疾风，驰向南门东营，顷刻间，将门子东德悦噶的大军，左劈右砍，杀了近百人。巴拉森达阿东冲入西营，大杀一阵，很多青缨军被他砍翻在地。在一阵雷鸣般呐喊砍杀声中，门子达娃察琤和门子拉郭绷仁，速从鞘中拔出长剑，横挡在玉拉面前说道：“你这青衣青马青矮子，和那白衣白马白矮子，两个蠢汉肩并肩，自不量力闯门寨，英雄面前卖武艺。今日日照一整天，看看谁是真英雄，赛赛哪匹战马快。昨日凌晨一大早，勇武辛赤五君臣，大战岭营血成海，尸骨堆满大坝子，娃娃你感到满意不？你这青人闯入门，可怜见得没能耐。我射你俩各一箭，粉碎心脾成百块，做不到不是英雄。”

遂分别向两个人各射一箭，但对玉拉和巴拉没有任何伤害。玉拉使动启明古司刀，刺入玉竹脱参的胸口，玉竹脱参从马上翻落在地。门子达娃察琤见势不对，掉转马，不敢回顾，落荒而逃。玉拉追至面前，挡住去路道：“你这青衣青马扇人儿，平素虽未见过你，看你亦是一名英雄，但在我玉拉面前还是不成气候，不如好好想想如何珍惜你这条命！”

玉拉将套索往外一抛，正好套住了达娃察琤的脖子。巴拉立即跑过去帮助玉拉，将门子达娃察琤反背捆绑似铁环，前胸缠得像线球，然后驮在马上径回岭寨。这时，门子玉竹达杰、玉月达杰和玉孜达杰三人，一个跟着一个，急忙前来夺人。玉拉王子掉转马头，两刀将玉月达杰和玉孜达杰砍落马下。这时，巴拉把马向右边掉转，将三百名白缨军砍倒在地，门国七个魔将亦死于巴拉的大砍刀之下。

接着，巴拉给玉竹达杰劈头一刀，砍穿白盔，剥下一块头皮，耷拉在脸上。玉竹达杰速用一条红手帕缠住头，逃往然玛绒赞峡谷上方的太阳岩顶上。将一座像十三头野牛尸垒积大小的巨石，用脚蹬得摇摇欲坠，大叫道：“两个自称是岭噶的英雄好汉，你们若是鸟儿，就从天上飞过去，若是金眼鱼儿，就从水中游过去，若能变成龙卷风，就从半山直越过去。除此以外，且看哪有你们的生路？”

玉拉向巴拉道：“我来射他一箭。”

巴拉却说：“今日让我来射他，现在他占据一险地，除非是向战神祈求神箭，否则我俩会被这石头的碎块压成粉末。”

说完，巴拉森达阿东从左边的豹皮囊中取出白螺宝弓，又从右边的花虎皮箭筒中抽出白神箭，搭在弦上，心里默默地向战神花堡中的各路战神祈祷，然后对山上的玉竹达杰唱道：

娃娃可知祸临头？
翱翔天际的大鹏，
正在空中展六翅，
毒蛇你莫乱蹦跳，
快被落入大鹏嘴。
你这门国兔崽子，
背靠岩石作掩护，
脚踏巨石自得意，
娃娃莫垂死挣扎，
百发百中神箭手，
就要一箭绝你命。

我这海螺箭镞上，
依附白梵大天王；
这只黄金箭杆上，
依附格卓大厉妖；
绿松石的箭头上，
依附邹纳大龙王；
黑铁造的箭镞上，
依附护法依怙神；
白羽装的箭翎上，
依附空行长寿母。

唱罢，巴拉猛射一箭，好似霹雳击红岩，顿时碎石如雨盖满大地，石尘弥漫天空，将南门埃玛塘平原和东日朗宗城堡四周，笼罩得犹如夜幕降临。门子玉竹达杰被射得无影无踪。因为有战神的护佑，玉拉王子与巴拉并未损失分毫。

他二人押解门子达娃察琤，径直来到岭噶大本营。然后在岭王格萨尔威光灿烂的神帐门前，竖起一根九庹长的铁柱，将门子达娃察琤，像狗一样拴在铁柱上，旁边铺设一条帛垫，上面设置各种丰美的食物。丹玛来到达娃察琤跟前，取笑道："呀！门子达娃察琤，你为何被困于黑绳中，落入岭噶好汉之手？美丽岭噶不是没有看门狗，怎么把门子你当门狗？"

数落了一阵后，门子达娃察琤回答道："察香丹玛呀，如今我迫不得已成了阶下囚，哪有闲心说笑话。请你央求雄狮王，饶我门子一条命。尔后我愿为你效劳，保证往后立战功。"

丹玛道："呀！你的话儿说得真，为人说情是惯例，今日我愿为你去求情。"

随后丹玛当真走入大王帐中，替这位门域的小将求得了大王的不杀之恩。大王道："上界天神曾授记，让门子达娃察琤为助岭噶而生，任格萨尔王的噶伦。现令琪居派五人，仲居派五人，琼居派五人，共三五一十五人护送门子达娃察琤，前往岭国，暂交摄政东曲鲁布达潘看管，软禁在昼不见太阳，夜不见星月的地方，给他丰衣足食。待门国战争结束后，将门子释放回国，让他治理本土门国。"

诏令毕，三五一十五个护送人员，领着门子达娃察琤向岭国起程。

第九十五章

岭军侦察悉数成亡魂
天母授记连夜袭敌军

是日，南门地方，太阳快要躲进西山背后的时候，内务大臣古拉妥杰，想了三六一十八回，铺开二十五条思路，打开九十九个窍门，运筹于帷幄之中。深恨岭噶两个英雄并肩闯入门寨，把门军搅成血海一事，于是决定夜袭岭营，予以报复。遂召所属部将四员，唱夜袭岭营歌道：

岭噶英雄队伍中，
两个逞恶行凶将，
搅我门军成血海，
杀我贤臣十三位。
门子达娃察琤他，
黑绳套去困入狱。
玉竹达杰着敌箭，
血肉四溅融岩浆，
岩石粉碎落石雨，
石尘弥漫罩霄汉，
呐喊呼声震山谷。
恶贼岭噶黑勇士，
杀气森森逞凶恶，
只能吓倒胆小鬼，
内臣古拉不怕他。
日月运行高空间，
以为自高再无上，
日月且莫空自高，
总要陷入罗睺口。

野牛出没乱石山，
自恃角斗世无敌，
总有一天被伏击。
深山密林斑斓虎，
自恃六技超群兽，
总有一天落网中。
岭噶觉如诸君臣，
南赡部洲称豪强，
哪知强中有强手，
终被古拉踩脚下。
岭人未知利害前，
门人面前弄武艺。
听着！东德悦噶一个、
花嘴巴克郭一个、
力士阿鲁玉本一个、
仲赞布达拉悦巴一个、
雄强古拉我一个，
今晚夜袭岭噶寨，
杀他尸骨遍于野，
鲜血积满低洼地，
胜利必定属我方。
试看那位格萨尔，
今夜可有啥神通。
傲慢岭噶英雄将，
今夜看他有多凶。

歌罢，仲赞布达拉悦巴、大力士阿鲁玉本、花嘴巴克郭、门子东德悦噶和古拉南门五大臣，吃喝饱餐了一顿后，立即跨上各自的战马，径直奔岭噶大营而去。

古拉遥见上阿绷乱石山正冒炊烟，便道："上阿绷乱石山上有炊烟，那儿定有岭噶的侦探。"

于是各自将马脖上的响铃摘掉，继续前行。少时，见岭噶侦探首领帕曲达结布、甲噶玛尼帕拉、日巴普益阿郭、甲司达孜敏珠等，以及四十个侦察兵，在上阿绷乱石山头，设哨瞭望。这时，岭噶众侦探，见门国九顶髻救护神所化的红冠白羽鸟，盘旋在离岭噶哨所不远的上空。其中一个侦探说道："此地从来未曾见过有这般飞鸟，这鸟真奇特。"

甲司达孜敏珠说："这定是一只魔鸟。"

话毕，一箭将那只鸟射落在地上。于是仔细观察，查明它是一只真魔鸟。侦探首领曲达结布道："见此鸟绝不是好兆头。一定要加强瞭望，提高警惕！南门古拉这恶魔，不定啥时来袭击。敌人犹如龙卷风，何时刮起难预测。敌人犹如半夜贼，何时来盗难预料。昨晚半夜马嘶鸣，寅时听见门狗哭，亥时狐狸在嚎叫，瞭望哨所多凶兆，今晚千万要严防。甲噶玛尼帕拉一个、日巴普益阿郭一个、甲司达孜敏珠一个，还有曲达结布我，手持箭、矛、刀三眷属，务必小心莫大意。"又说："看今日的情况，一切绝非好兆，可能敌人半夜要来偷袭，我们早些睡觉为妙。"

于是他们合拢在一起睡觉。甲司达孜敏珠今夜与往日不同，心跳如击鼓，头发蓬松如乱草堆，惊出一身湿淋淋的冷汗，从睡梦中醒来。不多时，听见岩涧之间传来一阵马蹄声，便叫道："呀！侦探们快起来！"

话音未落，南门老猴古拉连续挥刀砍杀，只杀得岭噶侦探没有一人能脱生，古拉检验了一下尸体，然后继续朝岭噶大寨方向走去。

这时，雄狮大王的神帐上方，显现出彩虹的帐幕，天上下起花雨，在一阵苍龙的怒吼声中，上界天姑朗曼噶姆飘然骑在无鞍的狮子背上，绿玉发髻上竖着白螺顶饰，白螺王佛冠齐齐整整，两边的帛飘带沙沙作响，罗裙飘来荡去，口唱道歌声琅琅。右边奉财宝徽、左边献聚宝盆，右手托金寿瓶、左手握吉祥海螺粉，右边立五彩箭、左边竖五彩矛，十万神族空行母环绕。天姑向雄狮格萨尔以道歌授记：

格萨尔王听端详，
昨日凌晨一大早，
姜子玉拉托琚和
巴拉森达阿东俩，
花花门寨搅成血，
杀掉阿琼十三个，
杀伤凡兵不计数。
英雄玉拉使套索，
生擒门子达娃察琤，
拴在岭营帐门口，
二位真是大英雄。

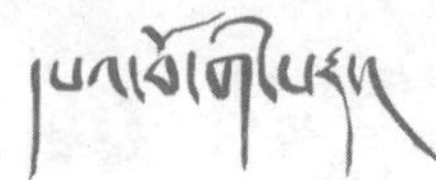

今日太阳落山时，
南门古拉妥杰他，
率领部将四英雄，
来到阿绷乱石山，
袭击曲达结布和
侦察官兵四十四，
一个不漏全杀绝。
如今正在验尸体，
今夜要来袭岭寨。
雄狮岭王格萨尔，
快快精选英雄将，
速去迎战恶古拉。
十万空行母寿结，
千尊佛陀的头发，
赐给勇士增福力。
今夜若不加严防，
南门阿琼劫营时，
还会杀掉巴图鲁。
岭噶威尔玛护法神，
协助大王把敌歼。
明日黎明天初晓，
岭噶君臣十三位，
起程一直往前走，
尼木若曲深沟内，
依附三大魔魂魄，
速去降伏将它除。
神坛般的地面上，
有座巨石像箱笼，
将它砸烂成粉末，
挖到地下十三层，
埋有一座大陨石，
犹如财宝藏地下。
使用自动空性索，
霎时将它紧套住，

再用劈山大斧子，
将它劈成两半边，
就像打开金噶乌，
这座陨石中心点，
有个九头铁蝎子，
九头蝎有十八角，
角尖红似篝火堆，
眼珠亮似闪红电，
眼皮窝像盛血碗。
岭噶勇士齐并力，
莫让蝎子跑脱掉，
齐箭合矛杀死它，
它是辛赤王魂魄。
然后略往上面走，
上面有座红岩石，
岩石形如灾难鸟飞。
灾难鸟身上有肉翅，
肉翅上面有奇纹，
纹分骰子、骨牌和棋子，
红岩名叫灾难鸟岩，
灾难鸟岩上依附着
独脚上师的魂魄，
要赶快去将它灭。
离此灾难鸟岩不远，
有个九嘴铜狐狸，
铜尾铁牙凶无比，
嚎叫各种怪声时，
许多人被吓断魂，
它是古拉命根子。
岭噶英雄队伍中，
不变脸康巴玉登一个、
北地八山阿达女一个、
岭察香丹玛绛查一个，
三位都是神箭手，

当先调伏狐狸精，
这只铜狐前额上，
具有七根白绒毛，
如若先不除掉它，
没有法子将它杀。
要是灭掉这三魂，
等于除掉门三恶。
侄儿你且听我说，
明天、后天、大后天，
大后天是吉祥日。
古拉妥杰南魔臣，
匹马单枪耀威武，
将要闯入岭噶寨。
到时英雄队伍中，
黑鹫噶德当先锋，
霍尔部落红辛巴，
抄敌右边去迎战。
令姜子玉拉托琚，
抄敌左边去迎战。
遣尼奔敌头铁锤，
抄敌后背去迎战。
四面齐心并力战，
黑铁索把古拉捆。
在那鼓形地下方，
三道林谷十字口，
挖个九层大深坑，
竖十八根旃檀柱，
将古拉钉木架上，
活剥他那恶魔皮，
冲越大食火地时，
须靠这张恶魔皮。
格萨尔王记心上，
而后继续再授记。

歌罢，天姑犹如彩虹消失在空中。米琼和钦伦二人，遂鸣锣击鼓，霎时间，岭国的众英雄好汉云集在格萨尔王的驾前，众人以为上界天神又有什么重大授记，便都无限欢欣地等候国王的旨意。过了一会儿，格萨尔王道："岭噶的兄弟们，今夜我们对外假装睡觉，熄掉一切红火的光，灭掉全部青色的炊烟，文武大臣各回自己的营寨，披挂起箭、矛、刀三械，各人的马要鞴好鞍鞯，等候恶敌来劫寨。"

旨意下达后，众英雄速回到各自的营地。过了喝一碗茶的工夫，丹玛发现古拉及随从人员，从乱石丛中徐徐而来。丹玛立即给马鞴上鞍鞯，再次竖耳静听，睁着圆眼细看，只见古拉和仲赞布达拉悦巴，一前一后，一个跟着一个，冲了过来。丹玛迅速跨上战马，取出弓箭，喝道："呀！门国的强盗们，深更半夜，大队人马来此干啥？"唱道：

尔等门国五奸贼，
为何白昼不明来，
今日夜半这时光，
大贼大奸大骗子，
凭借半夜摸黑者，
莫要偷盗财主家，
莫要暗中偷女人，
莫要是个胆小鬼。
若是堂堂正义军，
趁夜偷袭不体面，
南方门国娃娃们，
昨日凌晨一大早，
你那南门五君臣，
杀我岭寨成血海，
上截坝子尸满地，
下截坝子淌鲜血。
如今这还不满足，
妄想夜袭岭大营。
趁着黑夜朦胧天，
偷袭岭噶花花营。
长矛拼斗夜袭者，
便是英雄丹玛我。

古拉你可认识我？
前日你在吉祥桥，
射我一支巨毒箭，
只因毒气扩散了，
使我昏迷一阵子。
你在人前夸海口，
扬言丹玛被射死，
自我标榜乱吹嘘，
大摆宴席庆功劳。
此时此刻今晚上，
丹玛迎头拦你路，
娃娃不知所措吧？
古拉长官惭愧吗？
你若不会把箭射，
学我丹玛你就知。
我这弦上有一箭，
把你二人一一射，
一毁骨架如化雪城，
二毁灵魂如灭油灯，
做不到不是丹玛。

歌罢，遂各射一箭，第一箭射中古拉右臂的防箭黑氅上，只是冒了点火星，未伤其身。第二箭射中仲赞布达拉悦巴的黑白心房之间，顿时坠下马来，众南臣无暇顾及。门子东德悦噶等四位好汉合力冲入岭噶寨内。这时，岭噶方面的噶德曲炯贝纳、文布阿鲁巴森和穆姜仁庆达鲁等，齐箭合矛，多次围战古拉。古拉刀法出众，岭噶四将不能招架，只得往回逃走。这时，无敌格萨尔王从神帐宝座上射出一箭，射中古拉的白盔，顿时略减了古拉的锐气。古拉等人冲入岭噶南营，在呐喊声中，将众兵砍倒在地。姜国王子玉拉托琚、玉赤和姜国长官玉曹等三位大将，各自跨上战马，以箭、矛、刀三械围攻门臣。玉拉抛出绢索，套住了古拉的脖子。古拉使月牙八刃刀，将绢索挥为两段。然后又冲入西寨，杀伤达绒红缨甲士约百人。达绒公子拉郭绷鲁和玛尼噶然、朗卡妥杰等三位公子各跨上战马，以刀、矛、箭三兵器，合战门敌。古拉主从四人，战他不过，又回头冲入北寨——霍尔和北地兵营中。只杀得霍尔和北地各军，大乱四逃。

北地寨外阿达娜姆，一脚跨上白铜色飞马，速从套中抽出神变蛇舌矛，拦挡古拉面前，对准古拉的要害，猛刺一矛，刺入右腿，使他受了重伤。古拉的气焰顿时减了一半。遂掉转马头，径回本寨途中，将巴拉属部白缨军的一般兵丁左右砍倒约十五个。天刚破晓，古拉道："除仲赞布达拉悦巴被杀外，其他勇士并未受重伤。现在还是返回本寨最为重要。"

话音刚落，魔臣们犹如疾风，头亦不回地往门国大本营逃去。速去谒见辛赤王陛下，在琼宗上议事厅内，叙话片刻后，古拉站起来禀道："辛赤王啊！与恶贼岭军作战颇困难，眼下再也不能这般滞下去，立即出兵讨敌人，人人争取立战功。如若只等不出击，坐守城堡有何用？诸位君臣请三思！"

门域君臣上下都在思量着退敌之法，阿琼古如和穆琼古如二人，又将六褶云锦宝衣，再次置于议会大厅中央，向君臣们办理移交，说道："我二人年事已高，无力上阵拼杀，请允许告老还乡。"

见他二人，辛赤大王气不打一处来，对他们说道："你二人已不能前去上阵对垒，但必须坚守甲青毛加堡，不得有失！"

古拉妥杰及其部将，迅速前往忆母塘大营，布阵周密后，誓以箭、矛、刀三械准备对敌血战。

第九十六章 格萨尔王斩杀寄魂兽 古拉妥杰被埋黑塔下

这边岭噶大营，由噶伦和十三位英雄好汉，簇拥着无敌的雄狮大王格萨尔，来到尼木苦曲深沟内。只见此处高山峻岭，晴空却只有针尖大小，平地宽只有一镰刀大小。就在这弯弯狭小的天地，一座形如罗刹船般的黑岩下，一块圆圆的小平台上，有一座折叠箱似的巨石。

雄狮大王格萨尔回忆起姑母的话，这样的地形正与授记之地相符。于是沿着巨石而转，格萨尔王亲眼看见黑、白、花三种独脚鬼的脚印。立即用空性绢索将它套上，同时举起劈山大斧，只一斧，将这座巨石，犹如开噶乌似的劈成两半。里面有一块约三头野牛大小的陨石，众英雄速用套索将它缚住。与此同时，大王劈开陨石，里面现出一只九头十八角的铁蝎。只见它轻轻一动，霎时，摇晃动了十三层天，震动了十三层地。英雄们却不畏惧，齐箭合矛杀掉了铁蝎。

这时，一只具有骰子、骨牌和棋子花纹的灾难鸟，飞向天空，无敌格萨尔王，用铁钩钩住降伏了它。过了一会儿，又见一只铁齿铜尾的狐狸精，在英雄们的面前，叫着各种怪声，来回奔跑。阿达娜姆和康巴玉登、丹玛三将，同时各射出一箭，丹玛的箭射中狐狸精的前额，将它额上七根白毛射得粉碎。这只狐狸精拖着下身跑到米琼跟前，米琼大畏，急忙转身往后逃跑，不幸将晁通灰溜溜撞了个四脚朝天。狐狸精咬住晁通的膝盖，被玉拉一矛刺死。众英雄兴高采烈，却忘了晁通的不幸。回头看见晁通满身是灰，正在那里咒骂埋怨人。众英雄走过去扶起晁通，抖掉身上的灰土。晁通气得两眼红似闪电，咬牙切齿犹如嚼炒麦，冲着米琼一通破口大骂。

骂完还不解气，晁通摩拳擦掌，冲到米琼跟前。米琼心想：晁通冲到我跟前，我倒不在意。可是一切坏事都由晁通先挑起，到头来，却把恶名扣在我头上。今日若不把事情弄明白，决不与他罢休。便道："达绒长官晁通呀！你无端是非来搬弄，真真是个惹祸精。霍岭血案是你铸成的，反把非议推在我身上，晁通长官知羞吗？岭噶君臣十三位，诳话被你全说尽，见我人小随你欺！"

闻言，晁通大怒，抓住米琼的头发往下拉。米琼亦揪住晁通的头发，一下子把叔父摔倒在地，晁通又变成了个灰人儿。这时，大臣丹玛和玉拉，为晁通和米琼从中劝架，将他二人分开。丹玛责备道："呀！我们的雄狮宝王正感快乐之际，你二人为何吵打起来，使人扫兴。"

接着他又充当调停人，对这二人说道："晁通、米琼听我讲，丹玛我是大法官，若是告状到本官，执法严密不饶人，强权暴力不屈服，高官厚禄不能淫。轻罪即时割鼻嘴，重罪立即便处死。今日门岭刀对刀，你俩内部起纠纷，违背严令乱了纪，理应依法来处理。达绒长官晁通啊！世人俗话说得好，大人说话要话柄，强词夺理仗权势，招摇撞骗说鬼话，谁能轻易把话信？晁通想想这道理。尤其米琼听我说，你揪晁通的头发，狂妄胆敢犯大人，这样绝对不容许。依法判你犯上罪，今晚回到营房后，准备五样赔罪礼，一是帐门狗鬣毛，二是老獾的尾巴，三是参禅雪猪皮，四是朵瓦马尾巴，五是白哈达，手捧五样赔罪礼，献给晁通将罪赎。从此就算结了案，今后不可再重犯。"

说完，丹玛便打发大家都回去营寨，晁通和米琼按捺住心头之火，各回各宅。当天，米琼将达绒长官晁通的家狗生杵的鬣毛拔了一小撮，又将晁通的马尾剪了一些，并寻到一小截老獾的尾巴和一张雪猪皮，手捧哈达这五样东西，来到岭噶君臣聚会的场所，将各种尾巴乱放在雪猪皮上，献给叔父晁通，然后磕了三个头。君臣们见此情景，忍不住大笑起来，笑声顿时溢满了整个议事厅。晁通羞得不知所措。

过一会儿，晁通从帐外拾起两个黑白阿噶石子，口中默念了一道秘诀，顷刻间，只见上半边天，白云翻滚，下半边天乌云密布。接着黑白云雾连成一片，雷声势如野人狂怒，又如击大鼓。霹雳声引来了一场大冰雹。格萨尔大王悉知此举是晁通念密咒所致，遂赏晁通一条白哈达和十枚金币，令他止住冰雹。晁通无限快乐，遂用十三颗阿噶石子，垒成"曼扎"向天上供，并腾空飞了一阵子。少时，黑白云雾顿时散去，晴朗朗的空中现出暖洋洋的太阳，岭噶英雄将士皆感到愉快舒适。

到了天母预言的降魔这天，门域的国土上立即出现了各种灾象：天上出现扫帚星，山上无故燃起大火，猫头鹰哈哈大笑，大地上布满红炭水，灶上的四方白铜锅裂成八块，神庙里的狮虎柱被毒蛇缠绕，马厩里的马被虎吃掉，长流水的神湖里结了冰，神山金城崩塌，辛赤王的宫殿金梁被折断。举国上下，人心惶惶，惊恐万状。

公主梅朵卓玛做了个梦，梦见巴拉玉隆地方降下了贝壳雪花；天空里雷声隆隆响，黄牛身上露珠晶莹；南方的冬杂拉卡纳地方，出现了四个太阳；雪山变成了风化的石山，贵妇人们被带到北方去；中部山上烈火冲天而起，斑斓猛虎被焚烧；辽阔的草滩平原，小豹子在炫耀身上的花纹；美丽的莲花，生长在黄河峡谷的冰湖中；门国中心平原，野草竟然发出了嘘声。梅朵卓玛心中暗想：门国连连出现灾象，自己又做了这么个梦，这究竟是什么意思呢？

公主焚香祈祷，乞求神灵让自己清醒，让自己能圆梦。神灵似乎真的让梅朵卓玛明白了，这一明白，公主不禁害怕起来。原来，梦是这样的：降下贝壳的雪花，是象征梵天降下大雪；天上响起的雷声，黄牛身上的露珠，象征着属牛的辛赤王的灾难；太阳从四方出现，是可敬的古拉妥杰丧失威望的象征；雪山变成风化的石山，象征着门国要遭难；美丽的白玛陀称长在黄河峡谷的冰湖中，象征女孩子要送敌人……

公主越想越怕，如果岭国真的是为自己而来，真的要与门国结姻缘，那么为了门国，也该嫁到岭国去才好。梅朵卓玛想着，来到辛赤王的宫中，对父王说，愿到岭国和亲，以便尽快结束这场可怕的战争。

辛赤王因为寄魂的毒蝎被射死，已经失去了往日的精神，但魔王的本性仍旧使他强打精神，不愿在女儿面前承认自己不行："儿啊，你是门国的珍宝，你是父王的掌上明珠，国家的事不要女儿担心。古人有谚语：'小心眼儿是痛苦的源泉，会梦到青天要砸到地上，会梦到山岳被水冲走，会梦到无羽毛的人在天上飞翔。小心眼儿是痛苦的尖兵，胆儿小器量也狭小，器量狭小就被痛苦紧紧缠绕，痛苦的心里就产生种种幻想。狐狸拖着尾巴去逃生，具有六技的猛虎却情愿牺牲；疾病是前世的灾难，死亡是命运所注定。'儿啊，国家的事你不要管，只要我在世一天，就决不让你去岭国。"

梅朵卓玛公主诺诺然地退出了父王的寝宫，心神不宁地回到自己的宫中。她预感到，父王将离自己而去，古拉妥杰大英雄也要为门国捐躯；而自己，则注定要嫁到岭国去。

这天古拉妥杰觉得心慌不安，便决定休战一天，不与岭军交战。闲坐之际，岭噶大神白梵天王附于古拉之体，使古拉改变原来的主意，迫使他立刻出战迎敌。古拉迅速跨上鹅黄快马，下定决心，今日要么消灭岭噶，要么古拉战死疆场，除此决无出路。想到这里，便毫不犹豫地径直奔向岭寨。

岭噶的远哨见古拉独自朝岭寨飞驰而来，立即吹响螺号，大家急忙准备迎战道："今日定要消灭古拉呀！"

说着，个个卷起袖子，摩拳擦掌，正欲出战的时候，只见莲花光黄帐中的噶德身穿青色布，头戴一顶黑盘帽，帽顶插上孔雀翎，好似一顶五彩帐。胸前挂着黑煞星像，肩上垂着恐怖的各种人头骨装饰，背负咒师放恶咒的器物，腰间别着一支陨石铁橛子。卷起咒师宽衣袖，骑上黄雀飞马，朝古拉迎面疾驰而来，横刀跃马，拦住古拉。古拉细想：岭噶贼军中，我从未见有此人，今日见这般人物，岂不是活见鬼吗？于是等着看他说些啥。这时，听噶德说道："你这古拉老猴子，力士队中无你名，要是你若不服气，好汉你我就在此，不斗长箭大刀枪，赤膊空手斗臂力，且看谁是真好汉！"

古拉听见噶德如此挑衅，怒火填胸，将长剑插入鞘中，卷起左右袖口，跳下马，冲了过来。噶德抓住古拉的铠甲带晃了三下，古拉搂住噶德的腰部摔打。两条好汉势均力敌，猛如野牛斗角，只打得大地颤抖、树木摇晃、山岳震动。正打得不可开交的时候，英雄丹玛从岭寨右面冲来，威若青蛇立于湖心，抓住古拉的左臂。血海沸腾般的北寨中，恶辛巴好似厉妖耸立旷野上，赶来逮住古拉的右臂。从碧海般的南寨中，跃出青龙般的姜国王子玉拉托琚，揪住古拉的前胸。中军营寨的黄缨军中，奔出色巴尼奔，拖住古拉的后背。五条好汉并力臂战古拉一人。这时，英雄丹玛绛查料到五位英雄难胜古拉妥杰，忽地抽出瑰玉柄宝刀，一刀把古拉右臂砍成重伤。五条好汉一齐下手，捕住古拉，将古拉双手反剪，捆成似铁环，前胸用绳紧缠如线球，夺下他的头盔和三械。然后在无敌格萨尔王白神帐右边，钉上八根铁柱，用铁索将古拉像看门狗似的拴在铁柱上。

格萨尔见古拉妥杰生得一表人才，又英勇无敌，就想像收服梅乳泽和玉拉托琚那样，也收他为岭国大将，便和颜悦色地说："古拉妥杰，念你是个英雄，我想饶你不死。但是，你要帮助我降伏辛赤王，打败门国的战将。事成之后，我们班师回岭，我封你为三万户，给你修宫殿，分财产。你看怎么样？"

古拉妥杰并不为格萨尔的话所动，却怒目而视雄狮王："坏觉如，你假装慈悲，借口联姻进攻门国，是个违背誓约的坏人。我与其向你这三界生命的摧残者求赦免，倒不如死九次来得痛快些！"

说罢，圆睁怒目，咬牙切齿，口闭着气，三次以臂力去挣脱铁索，差点把铁柱拔了起来。只因古拉是个真魔子嗣，无法使他回心转意。格萨尔王命令，先用酒灌醉古拉，使他失去知觉。勇士们遵旨，遂以酒灌醉古拉。少时，古拉酩酊大醉，不省人事。色巴尼奔下令道："立即从各将领所辖兵营中，各抽派一万兵丁，押解古拉到形如木舟般的三沟、三涧、三天的十字路口大黑洞中，挖掘一个九层深的大坑，然后竖起男子汉般十八庹长的七根旃檀木柱，把古拉钉在木架上，用手指甲剥下他的皮。"

霍尔红辛巴为首的五十名刽子手，将古拉前前后后捆得牢牢实实的，押送到形如木舟般的三沟、三涧、三天的十字路中心。二十五万士兵挖了一个九层深坑，竖起七根旃檀木柱，将古拉钉在上面。红辛巴第一个上去将古拉从脚骨节开始，往上剥皮，古拉却不叫一声疼痛。然后将古拉的脸皮剥开，搭在头上。再用双手从胸腔内用力掏出血淋淋的心脏，见欢喜自在魔王的七粒豌豆大小的防械丸藏于黑白心房之间，便取了出来。此后，剖开他的胸腔，将身躯解成十八段，头劈成十九块，洒上许多毒物，埋在坑内。正当用石土填平深坑时，来了无数天兵、妖兵和龙兵，霎时间，造起了一座十八层黑塔，镇于古拉的坟墓上。

岭噶的雄狮大王也亲临墓地，道：“内务大臣古拉妥杰，不到乌鸦头上长白毛、河沙变成粮食滩、白石包化为绵羊时，你就住在此坑中。”

话毕，便祈祷魔臣古拉妥杰永世不得再生。于是众臣随大王起驾还营。

第九十七章 辛赤王复仇玉周身殒 格萨尔施咒上师幻灭

古拉遇难的话音，落入辛赤王的耳中，他顿时悲愤交集，心头燃起复仇的怒火。辛赤王立即给吃生人的红魔马鞴上鞍鞯，披挂起三械，五位君臣马不停蹄，急如暴风骤雨，尘埃滚滚，直向岭寨飞驰而来。

岭噶英雄丹玛，飞速跨上成道马，挽弓搭箭，飞奔前来迎敌。门国的阿琼卡龙多吉旺堆，掉转追风青马，急从鞘中抽出长剑，迎面挡住丹玛的去路。丹玛疾射一箭，正中阿琼卡龙多吉旺堆的胸膛，翻身坠于马下。门国的其余四君臣，见势不对，扭转马头，奔向岭噶中军营寨。这时，黄缨军大将色巴尼奔达雅，骑上金翅飞马。青缨军大将穆姜仁庆达鲁，跃上青鹏飞马。两位大将骤然出战，这一位横刀抵敌，那一位一剑将卡查普益克郭的火绕山红铜盔劈开，连头带身挥为两半，好似噶乌开合盖，分落于马下。东迥达拉赤噶，双脚踏镫，立于花鼻马背上，向岭噶二将多次挥刀挑战，岭噶两条好汉不予理睬，勒马而回。英雄丹玛和康巴玉登二将，瞄准辛赤王和门子玉竹达杰、玉竹脱参各射一箭，均未能伤身。

超勇大将唐泽玉周，飞身跃上青鹏马，疾驰而来，冲在辛赤王面前，说道："南国傲慢的古拉，昨日被岭国英雄擒住，南林四谷三岔口，将他剥皮埋地下，辛赤国王可痛快？看我这把锋利剑，刺你强雄辛赤王，试试剑刃利不利？"

辛赤王却不答言，遂射出欢喜自在魔附魂的红旃檀箭，任凭你有什么样的护身符，都无法抵挡。箭到处，唐泽玉周的身躯被射成百块，坠落于马下。岭噶众英雄见此情景，犹如利刃刺心，勃然大怒，与辛赤王进行肉搏战。这时，无敌英雄格萨尔王，从火焰金宝座上，射辛赤一箭，射中吃生人红魔马的尾脊骨，顿时翻身倒地。辛赤只得步行，东迥达拉赤噶将辛赤王扶在花鼻白螺马背，二人合骑一匹马，头也不回地落荒而逃。

岭噶众将士将超勇大将唐泽玉周的遗体迎至神帐中，供奉神水和神灯。等待三日，灵魂隐没后，就在埃玛塘下方的噶牟拉塘坝子的尽头，火化遗体。并

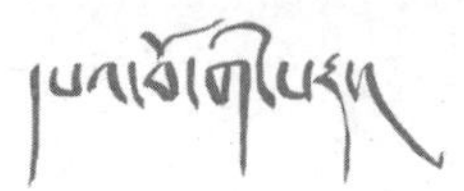

建造了一座二十一级白塔，塔顶装饰金太阳和银月亮，四角悬挂叮当作响的白银铃，将骨灰置于塔中。大王格萨尔发愿灵魂上升净土天宫，融入绿妙音菩萨的体内。

这天，南门辛赤王和东迥达拉赤噶合骑花鼻白螺马逃回门营时，门国众大臣齐来拜见辛赤王，叙过一阵子话后，辛赤王道："如今莫谈与岭军较量取胜，各路大军一定要守好自家的阵营。尤其要镇守好九层东日堡，南门王宫御库内，藏有五代稀世宝，千万不能让岭军再夺去。其中镇国甘露水，劈天利刃大宝剑，噶瓦央祁聚福宝，只要这三件宝贝还在我们手中，便不会失去天下！"

辛赤王又一一安排好哪些阿琼们应该固守关口营寨，哪些阿琼们应该前去侦察刺探敌情。门军将士遂各回营寨，准备迎战。

达牟琼郭和脱司昂亚二将率一万侦察兵，来到上阿绷乱石山，分兵四处埋伏起来，暗中瞭望敌人的行动。岭噶白神帐内，无敌格萨尔王预知上阿绷乱石山设有南门伏兵，便将四翎金筈黑铁镞神箭，赐给英雄丹玛，命令他用此神箭，将上阿绷乱石山的伏兵，不剩一个地全部消灭。丹玛用红绫将神箭擦净，说了一声"遵命"，就在岭噶兵营，挽弓搭箭，呼龙唤神，将御赐神箭射向上阿绷乱石山，顿时，犹如天降几十个霹雳，把乱石山全部摧毁。石片残骸如雪花满天飞，石尘如浓烟笼罩天地，昏天黑地连成一片，七日不散。一万侦察兵，一个不剩，全被压死在礌石之下。

这时，主宰咒术和秘诀的达绒长官晁通，正在修习电掣诅咒驱鬼法。黑氅护神噶德曲炯贝纳、岭噶之殊胜嘛嘛达潘等，亦在制作诅咒驱邪的"朵玛"。这时，南门独脚魔鬼上师，已经修成了使岭营遭山崩洪水的秘法。孟秋初九，独脚魔鬼上师，将具有法力的诅咒"朵玛"抛入南河之中，霎时间，南河水中现出山影。晁通赶忙将天铁霹雳"朵玛"套上恶咒师的衣冠，速掷向南方，咒力使独脚鬼上师的"朵玛"掉转头，反击赤面罗刹山间红岩，将他的幽居毁为粉末，独脚鬼上师的一只眼被弄瞎，一只脚亦被击断。急得他丢掉鼓、钹等法器落荒而逃。

晁通跟踪追赶，见上沟一座林山之巅，有一个獐子洞，独脚鬼上师化作一只鸽子，在洞中飞来飞去。晁通摇身变成一只麻雀，飞落在洞旁的柳树梢上，啄一两枝黄花，便叫两声"叽叽"。独脚鬼听见麻雀叫声，认定它是恶贼晁通，于是扑打着翅膀，变成一只青壮鹞鹰，飞去追捕麻雀。

这时，格萨尔王和噶德速赶到此地，恰遇独脚鬼上师的母亲西方赤面罗刹女。西方赤面罗刹女头发比白螺还白，双目比蓝靛还蓝，口中连一颗珍珠般大小的牙齿都没有，上唇露出铁獠牙、下唇翻出铜巨齿，两支奶搭在左右肩膀上，背上背着一捆破鞋走来。噶德手持空性自动套索，用手指道："阿妈，那边那条路是通往何处？”

独脚鬼上师的母亲顺着噶德手指的方向看了看，反问道：“呀！这样大的深山野林，哪有什么路？”

噶德趁她回头，一索便套住西方赤面罗刹女。

格萨尔大王化作赤面罗刹女的模样，朝鹞鹰追捕麻雀的方向而去。晁通看出格萨尔化作独脚鬼喇嘛的母亲，于是晁通变的麻雀，飞入假独脚鬼上师母亲的怀中。这老妪用藤杖为麻雀和鹞鹰劝阻。独脚鬼上师自忖：呀！这老妪不像是我的老母，定是岭噶鬼觉如要的花招。于是回过头去，飞到一株青冈树底下，变成三只母鹿，在那里饮水吃草。晁通忽地变成三只猎狗，去追捕三只母鹿。三只母鹿速钻进一株朽梅檀树洞窟中，三只猎狗围住不放，却不见岭噶君臣前来。时过不久，独脚鬼上师又变成三只母老虎，将三只猎狗冲散，便逃了出来。这时，岭噶君臣及军队才赶到，晁通埋怨道：“今日我费力受如此之苦，你们君臣为何迟迟不来？如今害得我肚里饥、口里渴。”

格萨尔大王笑言：“今日难为叔父你了，我等君臣迟来误了事，叔父先把美味甘露品尝少许。”遂赏了点甘露给晁通。

晁通饮过甘露，顿时解了渴，饱了肚。格萨尔王及其随臣，翻越贡拉大山，在回营的途中，见一座黑色大石包，其上有一只一肘长的水色鞋印。格萨尔将黑色大石包用绢索套住，然后劈开一看，只见独脚鬼上师坐在里面，吓得嘴皮如旗绳抖动，血红的双手好似灌木被风吹动。格萨尔王问道：“你这独脚鬼上师，上能飞天，下能入地，半空中能把凶象显，幻术神变你全通，你究竟是何物化身？”独脚鬼上师起来磕了三个头，跪在地上，朝天竖起大拇指，禀道：“我的救星，大王格萨尔王呀！前世我在尼泊尔哥查国王的吉祥光焰佛塔神殿里任香灯师，取名帕曲。当时，有人诬陷说我偷了金佛像，法官刖了我的膝盖骨。从此便对佛法失去信仰，对本尊起了厌恶，因此我便发恶愿，投生西方赤面罗刹处，转生成为独脚鬼。”

他向岭国君主直言不讳地叙述转生情况，恳求完毕，岭噶雄狮大王格萨尔却道：“呀！你这独脚鬼上师，花言巧语把人骗，你的话没有一句是真的。你对佛陀失信心，背叛了佛法，莫说我将度你出地狱，即使佛祖亲临亦难拯救你。倒不如这儿有三颗白芥子，你就在此每日吃上一粒度残生。不到河沙变粮食，滩上土埂变牦牛，白石包变绵羊，乌鸦头上长白羽毛，你就住在这座巨石中。自然界被水毁灭时，你会依然存在的。”

说罢，便召集四方诸神、龙、妖魔鬼怪，筑成一座五级黑塔，将独脚鬼上师镇住。格萨尔王命此塔为“圣山黑塔”，并手书“独脚鬼在此”五个大字，还留下了枣红御马的足迹和岭王的手印，然后在黑塔顶设了一盏长明灯。

就在这一天，岭噶君臣们，将西方赤面罗刹魔女，带至形如神檀般的土坪上方狮子岩洞中，无敌格萨尔王问道：“你这独脚鬼的母亲，过去做过多少罪孽？”

西方赤面罗刹女回禀道：“早期在迦叶佛时代，我曾顶礼拜佛祭供品，中期在释迦牟尼和白玛陀称时代，我便吃人肉吸人血，谁也降伏不了我。今日大王把我调伏，我只有向您屈服皈依，别无办法。今后，我愿听从大士的吩咐，保证不吃人肉，不断人的气，求您将我解脱，不受约束。”

雄狮大王也不听她的乞求，将魔女困于岩洞中的巨石里，盖上金印，让她永世不得翻身。一切完毕后，岭噶君臣们神采奕奕地直奔岭噶大寨而去。

格萨尔王降伏了独脚鬼母子后，回到岭噶大寨，高座于火焰金宝座上，面如十五白海螺般的月亮，神采奕奕地说道：“岭噶众好汉们，往后我们的仗怎样打？如何威服南国辛赤王？明太阳初升时，岭噶军或战或守，由王子扎拉部署如何？”

王子扎拉遵照王命，为消灭忆母塘的敌军和包围南门各大要寨而作歌道：

明日太阳初升时，
霍尔辛巴梅乳泽，
担任右翼大将军，
征调五万红缨兵，
配上骑士一万九。
北地阿达娜姆你，
征调五万大军马，
配上骑士一万九，
前去协助红辛巴，
攻打南门忆母塘，
单杀南营门大军，
一个不剩消灭尽。
北面达青锐白堡，
两位英雄去占据。
攻战左翼大将军，
猛将玉拉来担任。
姜国长官玉曹一个、
公子玉赤贡哇一个，
协同玉拉大将军，
率领五万青缨兵，

配上骑士一万九，
长驱直入莫滞留，
占领玉竹司伦堡，
三位英雄去驻守。
主攻东营大将军，
察香丹玛来担任。
前去协同作战者，
派巴拉森达阿东，
二将征调五万兵，
配上骑士一万九，
攻克达年绒查堡，
二位英雄去驻守。
奔巴王子扎拉一个、
色巴尼奔达雅一个、
文布阿鲁巴森一个，
各调五万大军马，
各配骑士一万九，
前去包围西大寨，
拿下玛加查宗堡，
我等三雄去驻守。
墨鹫护法神噶德，
拉郭绷鲁绒公子、
穆姜仁庆达鲁、
甲青噶玛扎堆、
绷巴脱郭巴哇，
五位悍勇英雄将，
率领黑压压步兵，
急如冰雹般骑士，
占领忆母塘以下，
梯塘叉年地以上，
铺天盖地大包围。
除非辛赤众眷属，
个个都是腾空鸟，
人人俱是钻地虫，

除此再无逃生路。
门岭大战已三年，
胜利必将属于岭。
南门上部大粮仓，
如今轮到岭夺取。
梅朵卓玛门公主，
是美是丑今日知。
南门花花大贼军，
曾杀营寨成血海。
如今我看南门军，
犹如谷中虎崽子，
依仗密林耀六技，
若到藏北沼泽地，
虎崽成了看门狗。

歌罢，岭噶众英雄遵照王子扎拉的军事号令，第一队主帅红辛巴由五万红缨兵和一万九千骑士簇拥下，开路穿过阿绷乱石山，向前进发。北地巾帼英雄阿达娜姆率一片黑压压黑缨军，天将黎明便尾随霍尔辛巴的部队前进。其余岭噶各部人马，各自拔寨整队，势如洪水奔流，涌向南方忆母塘。

驻守在上部忆母塘平川的南寨门军官兵们正在虎帐、豹帐和熊帐内慌乱之际，门子东德悦噶和鲁堆腊布二将，跨上枣骝野马，疾驰到霍尔红辛巴跟前，拦路唱道：

红衣红马红矮子，
莫非你就是丧国的辛巴梅乳泽？
霍尔部落白帐王，
是你一生父母官，
却让罪贼岭觉如，
施入屠场千刀剐。
唐泽娃娃和辛巴，
如今失土来门地，
莫非自寻天葬场？

遂射出一支烈性毒箭，正中辛巴胸前镶金护心镜，射得粉碎，但未伤辛巴躯体。辛巴将铁打的十八斤重鱼头烟杆含在牙缝间，左手持两整张野牛皮合缝的烟袋，吸了一口浓烟，吐将出来，大沟被烟雾弥漫。又吸了一小口，吐将出来，整个小沟弄得雾气沉沉。然后将烟杆插入腰间，野牛皮烟袋挂在身上，双脚踏镫，立于前鞍桥上，将一支箭搭在弓弦上，对鲁堆腊布答话道："你俩门国的狗崽子，难道看不出已是死到临头了？狂话说了一大堆，你们门国杀我兄弟唐泽玉周的大仇，等着我逐一来报。看我宝弓弦上箭，今日瞄准你这恶魔，定能将你心脏放鲜血！"

说完，辛巴射出一箭，恰好鲁堆腊布脚踏两镫，立于枣骝野马背上，箭从前鞍桥射入，毁了后鞍桥，没有伤着人马。于是鲁堆腊布不顾一切，摇动枣骝野马的辔头，催马直冲辛巴大军。辛巴尾追鲁堆腊布，门子东德悦噶冲入军中助战。阿达娜姆飞奔前来，拦住门子的去路，一箭正中门子东德悦噶的胸口之间，但没有重伤。东德悦噶扭转马头，闯入兵营中。这时，辛巴杀入鲁堆腊布军中，杀伤南门军约九百人。加玉登巴协尼和竹扎亚墨二将，对准辛巴各射一箭。辛巴大怒，顿时上半截脸变成红似火山，下半截脸阴如乌云遮天，活像赤面阎罗王。门二将见此情景相视吃惊，遂往后逃。辛巴尾随追赶，见鲁堆腊布来到企蜡湖边，辛巴放弃追踪二将，朝鲁堆腊布劈头一刀，乌黑的圆头滚在地上，身躯倒于马下。

辛巴弃了枣骝野马，来到两沟交叉地，见有一股南国俘虏兵，便到跟前，与玉拉托琚及其随从官兵会晤。然后协力继续消灭上部忆母塘的残兵败将。这时，南门将官东德悦噶连连磕头，向玉拉乞降。玉拉率得胜部众回到上部忆母塘，其他诸英雄将亦相继到达。

格萨尔王压队最后驾临忆母塘，岭噶军队遂扎起比以往更加雄威壮丽的营寨，继续筹划占领门国王宫东日朗宗大城堡。南国辛赤王在金宝座上，坐不安宁，三番五次攀上宫顶，四处瞭望。只见忆母塘上岭军筑起了强大的营寨，顿时感到毛骨悚然，颤抖着下楼来到琼宗上层议事厅，对正在那里享用美酒肥肉的众臣唱道：

岭噶兵临大城堡，
眼下恶贼岭觉如，
正当灭绝南门时，
尔等哪能过安坐。
如今定要施妙计，
转败为胜灭岭噶；
加玉登巴协尼啊！

率领阿琼十三位，
统领五千大军马，
九百二十四匹骡，
驮上无数贵重物，
立刻前往东方嘉纳，
归顺嘉纳大皇帝，
邀请嘉军来门域，
协助南方门国军，
消灭东方岭噶国，
大臣切切记在心。

辛赤王刚刚说完，公主梅朵卓玛和门妃赤学母女二人领着十八个婢女，金壶里斟满青稞酒、银壶里灌满酥油茶、螺壶里盛满奶酪和牛奶，向以父王为首的群臣和众武士献上满茶酒。只见公主梅朵卓玛身穿一件嘉纳出的锦缎袍，腰系一条火红的绫缎带，腰间佩上一条边镶金银响铃的彩虹围腰，脖子上挂着松石和珊瑚等各种珠宝串。手托盛满青稞酒金边蟠龙瓷碗，奉给父王道："父王呀！请听女儿几句话，我看今年门岭这大战，犹如雀鸟被风卷。为了保全父王的生命，不如归顺岭噶国。父王门臣众勇士，同岭作战历三载，岭噶越打越强大，门国越打越衰败。若继续打下去，门国难敌岭噶军。正如俗谚道：'青天用手摸不着'，如若强行用猛力，南门不是岭对手，不自量力强攻打，到头会把国土失，辛赤父王当箭靶，大难临头明摆着，若依梅朵我的想法，立即邀请三国王，一是上部嘉噶王，二是下部支那王，三是中部大食王；一为门岭订和约，二为父王保生命，三为门国享太平。三件事情为您好，父王诸臣请三思。"

公主说完，君臣相视无语。最后辛赤王沉下脸说道："如今我被敌军四面围困，遭到不幸，但我确不后悔。打了三年的仗，现在要我与岭噶和谈，我决不干。与其向倒霉的觉如乞命，倒不如辛赤我乐意送掉这条宝贵的生命。"

说罢，气得举起右拳头，如击鼓似的捶打自己的胸膛。

第九十八章　拉郭阻敌将嘉纳求援　大王断天梯辛赤殒命

加玉登巴协尼遵照辛赤王旨意，立即召集十三位大臣和阿琼，从军中挑选五千名精兵。赴嘉纳求援的一切准备就绪后，为了对岭噶人保密，趁夜出发，然后不分昼夜赶路前往。不久，来到地界益塘郭木，安安稳稳住了一宿。第二天收拾行装正准备起程，突然听见马蹄声如雷鸣。加玉登巴协尼骑在马背上，以手为棚，观望前来人马，知是岭人赶到，便叫道："来了三个岭噶小人，只好准备交战，别无办法。"

于是朝三个岭噶大臣各射一箭，三位好汉各有修行圣母的护身符，箭不能伤其身。达绒拉郭绷鲁冲到加玉登巴协尼面前，挥动大刀，将加玉登巴协尼的肩膀砍了两刀，落于马下。加玉登巴协尼仍在地上摸擦箭头，连发两箭，却未能射伤拉郭绷鲁。拉郭绷鲁又补了一刀，再次将登巴协尼砍翻倒地，加玉登巴协尼无力招架，只得投降。这时，其余众随从也立即乞降。拉郭绷鲁主从面带胜利的喜悦返回岭噶大寨。

就在这一天，玉拉托琚率领五万青缨军和一万九千骑士，前来攻打南门玉竹金宗城堡。来到离城堡一箭之地，被门子玉竹达杰发现，门子自思道：这位将军很像昔日在紫姜地面买我那匹妙天马的买主，我不免向这位将军投诚为妙。于是急忙在金枪顶端挂上一面白旗，从东边窗口伸了出去。

玉拉道："门子玉竹达杰啊，你我确是买卖一场的主顾，卖我妙天青马的好朋友。可是门岭初战时，你为啥不说这番话？如今到了穷途末路时，逼迫求助时已晚。但是门子巴杰英雄汉，你若诚心归顺我，莫在堡中快出来。把你军队列门前，各持一面白降旗。由我亲自接管城堡，将岭噶军旗插堡顶，熏起胜利白神烟。不杀一兵建奇功，是我英雄福气大。"

门子玉竹达杰内心充满喜悦，遂将所统步兵九万，骑兵一万九千排成十八队，列于城堡大门前。门军手持白旗，犹如雪片纷飞，胜利的神烟好似滚滚白云。行过投降仪式后，英雄玉拉托琚率领部众，占据玉竹金宗城堡，堡顶升起灿烂的青狮军旗，熏起白云般的祭祀神烟。

岭噶众将官见此情景，大呼道："呀！英雄玉拉托琚已攻入城堡，克敌制胜。我们亦速去夺取敌堡。"

说罢，个个呼啸争先，人人摩拳擦掌，战马奔嘶，众好汉接踵而至。王子扎拉的部众冲向玛加赤宗堡，四面围攻。这时南方门国老将穆琼古如和阿琼古如，跃上各自的战马，从堡内飞奔出来，阻拦岭噶众好汉的去路。王子扎拉正待两个老将口出何言，不料穆琼古如说道："你若真是奔巴儿，听我老将把话说，令尊奔巴老嘉察，死在辛巴矛尖上。但那屠夫辛巴却成了你岭王大内臣。你这懦夫败家子，不报杀父之仇，反把敌人奉为上宾，像你这般没出息，世上难找第二人！雄狮威王如虱子，周身上下没骨头。你这无骨气的人，搁着不报杀父仇，却要在两个老头面前逞凶狠！"

说完便射出一箭，正中王子胸腹之间，全赖金钢铠甲和修行圣母的护身符，只射穿外套几件衣服，未伤其性命。王子奔巴扎拉从鞘中抽出长剑，说道："南门穆琼古如你听着，常言夸口丧父十八宝，显示嫩手搓瞎眼，听我作歌说分明。你这穆琼老儿自讨祸端，谎言谬论说不少，且不知悔前罪，反用谬语伤人。阿琼穆琼老滑头，听我把话说端详！是非真假我分明，黑白善恶记石子，自有阎王去区分。莲花长在泥塘里，但却不染污泥秽。太阳将它作亲眷，世人插瓶作装饰。辛巴出生霍尔国，未染霍魔邪恶气，雄狮大王亲近他，八十英雄常赞扬，难道尔等不知吗？阿琼古如南门鬼，鬼鬼祟祟贪岭财。穆琼古如南国贼，偷偷摸摸盗财宝。你两串通在一起，魔爪伸进岭国境，窃我岭噶祖传珍。今日阳光照耀下，你那玛加赤宗堡，被我岭军大包围，立即追赃拿犯人，讨还血债报冤仇。岭军为啥来门国，你们明知装糊涂，不但待人少恭敬，反而临死谗言多。"

说罢，骑在青龙马背上，挥舞大宝刀，霎时赶到穆琼古如战马前，一刀将穆琼古如砍为两半，立即割取首级。这时，阿琼古如抽刀扑向王子扎拉，尼奔从中一刀，把阿琼古如的头砍掉，圆溜溜的头，好似线球滚在地上。拉多吉旺扎跃上烈马，呐喊声中抽刀冲向噶德和公子拉郭面前，横刀拦路。王子扎拉一箭端端射中他胸部之间，顿时仰面滚落马下。在一阵喊杀声中，许多门国士兵死于刀箭之下。

以黑铁三械武装的三个南门魔臣，各向王子扎拉主从射出一箭，毫无损伤。达绒公子拉郭绷鲁和黑氅护法神噶德率兵围住西营，箭如礌石滚滚，射进寨内。不久便攻破玛加赤宗大城堡，将城堡付之一炬。巴拉和丹玛正围攻东面的达牟绒查宗城堡，见堡内有东迥达拉赤噶，两位岭噶英雄心想：东迥达拉赤噶乃神子，若被杀害，必然受岭王斥责。只好用妙计将他生擒。于是丹玛搭上箭，对东迥说道："斑斓虎堡守备将，南国傲慢大英雄，东迥达拉赤噶儿，自夸前世是神子，妄言梵天王后裔，狂称岭王胞兄弟。谁不知你是叛徒，投靠敌人把亲怨，不分敌友枉为人。东迥达拉赤噶啊，死心塌地没好处，快出寨门来求情，拜托八十英雄将，归顺八十得道者，同心共事为上策。南方门国辛赤王，好比夏末一枝花，门槛上的一粒羊粪，大海中的一盏油灯，他的日子长不了，你是不是也要想想生路？”

听完这些，东迥达拉赤噶心想：丹玛花言巧语劝我投降岭噶，有道是能言会道反把性命丧。遂打开南面的珊瑚窗，叫道：“丹玛老儿，我到底为啥要投降？”

同时搭上一箭说道：“以往前些日子里，古拉妥杰大内臣，被岭骗子残杀掉。门国阿琼六十个，一个不剩被灭绝。你们鼓吹格萨尔，神通先知天神。说他上界天神子，尽说大话不害臊。他非下凡天神子，却是罪魁刽子手。我自驻守花虎堡，四方包围为哪般？岭噶丹玛爱阔绰，出言尽把人欺骗，男人话多如狗屎，女人话多似腐肉。今日阳光照耀下，你这岭噶黑矮子，看我箭技有多高？”

东迥达拉赤噶猛射一箭，虽未射中丹玛，却将丹玛左右将射倒约五十人。又补了一箭，射死巴拉军百余人。巴拉盛怒之下，力射一箭，将花虎堡射塌三层。丹玛和巴拉连续以箭和矛猛力攻城堡，暂且未能攻破。

这时，辛巴和巾帼英雄阿达娜姆攻克北面大堡寨，庆祝胜利刚结束，听说东寨城堡还未占领。红辛巴迅速跨上红闪电马，飞驰前来协助巴拉和丹玛二将。红辛巴呼喊道：“东迥娃娃别顽固，劝你自觉收敛好！莫要依赖城堡坚，城堡再高也是丧命的礌石。和言劝你你不听，大难临头莫后悔。”辛巴作歌道：

藏身堡中的英雄，
东迥达拉赤噶儿，
依靠城堡躲一死，
好似娃娃真可怜。
如今情况是这样：
为了防敌筑堡垒，
石墙变为丧命石。
为了保命藏堡中，
结果葬身废墟下。
我用和言把你劝，
只为众生保性命，
也为东迥能脱生。
尔等如若不知趣，
天铁陨石三大块，

砸烂城堡大铁门；
把你要寨毁无迹，
所有人马俱杀绝，
所积财产全夺光。

歌罢，启用三块天铁陨石，砸烂了第一道大铁门，冲至门边时，东迥达拉赤噶怒火填膺，速挂三械，跃上花鼻快马，从堡中冲将出来。这时，丹玛手持启明宝套索，巴拉解下白色神变套索，辛巴握住红色愤怒长套索，三面抛将过去，一个个全套在东迥的脖子上，将他生擒活捉过来。达牟赤宗花虎堡内的所有南国军，见首领被擒，全都倒戈投降。于是岭军隆重欢庆攻克达牟赤宗城堡的胜利。

岭噶大将王子扎拉、察香丹玛、姜子玉拉和红辛巴为首的岭军部众，占据了南门东西南北四大城堡后，按战略攻势，马不停蹄前去攻打南门辛赤王宫。岭军砸开东日朗宗宫堡的两道城门，门子伦青吉美和门子达贡巴则二将，披挂各类兵器，冲入岭噶军中，大杀一阵，将岭噶许多人马砍杀遍地。察香丹玛见此情景怒不可遏，遂向南门两个大臣各射一箭，二臣各负重伤败逃回宫。岭噶巴图鲁趁机攻破了宫堡四面的所有城门，杀伤南国士兵不计其数，遂一窝蜂冲入宫内。

南门大力士阿鲁玉本据守东日朗宗宫堡的一处险要之地，正驱兵呐喊砍杀。岭噶勇士们见是阿鲁玉本，便来捉拿。只见一座高大玉梯，被南门军把守很紧，岭噶众勇士谁也攀它不上。正当为难之际，大力士阿鲁玉本挽弓搭箭唱道："该死岭噶贼人，胆敢逞勇冲进宫。气势汹汹欲擒我。你若有胆攀玉梯，你若神通架天梯，不然休想把我擒。我这宝弓连珠箭，将你岭噶众英雄，射出脑浆祭苍天。"一边说着，连续射出一阵箭，一箭射中阿秀恩，使他负了重伤。一箭射中绷巴的战马，使他翻身倒地。这一下激怒了王子扎拉，大叫道："若不强夺玉梯，难克恶敌！"

说着就要攀登玉梯。这时，丹玛拉开神子扎拉，争论道："此人老奸巨猾，还是让我上去捉他。"

迅速攀玉梯，阿鲁玉本立即转移对手，用石头砸丹玛。丹玛来回避开飞石，快速登上玉梯。两位好汉来不及械斗，便赤膊扭斗臂力，来回摔打了三次，结果大力士阿鲁玉本把丹玛摔倒在地上。丹玛无计可施，随手抓起一把灰土，撒在大力士阿鲁玉本的眼里。阿鲁玉本只得松手，搓揉眼睛。丹玛趁机拔出腰间匕首，猛力刺入阿鲁玉本的胸部，大力士阿鲁玉本死于非命。其余岭噶众勇士冲入宫内，将辛赤王的亲信近臣全部杀绝。

岭军冲进宫大杀权臣之时，辛赤朗卡坚赞和他的王妃达瓦则登、公主梅朵卓玛，急得不知所措，攀到宫楼顶上，来回奔跑。这时，南国欢喜自在大神从高空的彩路上，向辛赤王授记道：

身居上界无量宫，
我是欢喜自在神，
上等好汉的首领。
南方门国辛赤王，
自在天神来救驾，
莫滞留呀快上天，
我已架好厉妖梯，
顺着无形五彩路，
到我欢喜自在界。
岭噶觉如那恶贼，
千变万化神通广，
他是当今神变王，
世上无人敢作对。
辛赤国王快登梯，
莫让觉如追上来。

歌罢，半空中现出一架彩虹梯子。辛赤王紧握公主梅朵卓玛的手，将欢喜聚福宝贝和红色珍珠串放在梅朵手中道："今日你母后同我暂往欢喜自在界，三年以内，我定要来报仇雪恨，你且不要悲伤啊！"

遂对梅朵卓玛唱道：

欢喜自在大神啊，
保佑公主得平安。
南方门国辛赤王，
朗卡坚赞隐悲痛，
留下梅朵卓玛儿，
暂往天界避灾难。
梅朵卓玛公主啊，
你且投靠岭噶军，
弱女无依迫降敌，

不必灰心丧志气。
女儿日后往他乡，
保持贞洁暂周旋，
切莫倾心信赖贼，
父王训诫牢记心。
你被岭军擒获后，
如何应敌自安排。
雄狮大王神通广，
摸清幻术破绝招。
岭噶英雄三十个，
其中三个超群将，
色巴、仁庆和阿鲁巴森，
号称岭噶鹞、狼、雕，
探听谁任先锋将。
到父王三年内，
杀贼报仇时，
里应外合破岭国。

歌罢，梅朵和辛赤王紧握住手，不忍分离，哭声震天，泪珠如珠玉下滚。正当哽咽悲切之际，无敌威王格萨尔预知辛赤朗卡坚赞靠妖梯逃往天界。格萨尔王的神驹江噶佩布，狂似飞幡被风卷、鬃毛高耸如火山、白螺鼻管喷气如吹唢呐、翘尾摆动似流水、四蹄跃空如旋风。这时便立即鞴上帝青宝金鞍，笼上彩边五宝辔，系上八吉祥玛瑙绊胸带，罩上青龙含珠镶红宝石后鞧。真是前鞍桥灿烂如日出，后鞍桥明晃晃如新月。雄狮大王，飞身上马。他头戴一顶三部主环绕万道金光盔，身着一件千佛围坐威镇三界甲，手持岭噶战神环立金盾牌、右边虎皮箭筒盛满九十九支神箭，左边豹皮弓袋插上一把野羊蟠大宝弓，横挂一把助亲灭敌剑，剑上刻有救世战神环绕像，手握威镇三界矛，神子骑神马驶向高空彩虹路。神马在空中对格萨尔王说道："雄狮大王，全神贯注莫疏忽。欢喜自在大魔君，住神变彩虹梯，妖魔鬼怪绕四周，辛赤攀登无形梯，准备逃往自在界。雄狮威王格萨尔，你我立即到现场，莫让自在魔救驾，定要降伏辛赤王。"

格萨尔驾神马沿着彩虹大道继续向前飞行。这时，众妖魔鬼怪簇拥辛赤王匆忙登上彩虹梯。格萨尔王骑千里宝驹飞驰而至，见欢喜自在魔君救得辛赤，正收起彩虹梯。神王格萨尔连射两箭，将彩虹梯的两边扶手射断，差点坠落了下来。辛赤见格萨尔王骑神马飞来，吓得魂不附体，颤抖着说道："岭噶恶魔觉如儿，我自登梯上天界，碍你啥事阻我路？我没吃你爸森伦的肉，我没喝你妈郭姆的血，我没盗你岭噶祖传宝，我没掳你爱妃森姜珠牡，我没毁你所筑大城堡，我没夺你所积岭财产，拦我道路为哪般？晴天霹雳宝弓上，共有五支自在箭，一一射你这恶贼。叫你人马脚朝天，外毁护命骨架子，内灭灵魂如熄灯。"遂连射五支箭。

顿时，白梵天王的十八亿天兵，念青唐拉格卓的九百九十万妖兵、邹纳仁庆的龙兵虾将如海溢，四方战神密密麻麻如雪花，全都赶来护卫格萨尔。辛赤的箭射倒天丁七百余。无敌格萨尔王从右边虎皮箭筒抽出一支灭敌神箭，从左边豹皮弓袋取出野羊蟠大宝弓，搭上神箭作答道："往日花岭守本土，辛赤无故来侵犯，杀我许多好汉。娃娃你还记得吗？上部阿绷乱石山，夜派古拉窃岭营。噶瓦曲达巡边臣，被你贼臣古拉杀，杀他等于杀我父，他与森伦无二样。甲噶玛尼帕拉一个，日巴普益阿郭一个，甲司达孜敏珠一个，死在古拉刀箭下。失我岭噶三贤臣，如失嘉察一个样。唐泽玉周英雄将，南赡部洲英名扬，也是岭王一只臂，被你辛赤老魔君，使用红旃檀箭，活活射死归天界。唐泽玉周被杀害，犹如杀我郭查母。加腊查松上沟内，角阿巴色达瓦一个、姜国长官玉曹一个，死在门将兵器下，杀人罪魁就是你，今日你可知罪否？岭噶六褶云锦宝衣，那是嘉察协噶的母亲从嘉纳带来的陪嫁品，被你门军强夺去犹如夺我祖传宝。今日你欲逃往自在界，空间彩路被我阻断，哪还有你脱生路？"

格萨尔王射出一支神箭，正中辛赤胸部，将他杀得尸碎万块，从彩虹梯上滚落下来。这时，岭噶众勇士在地上点起篝火，火光熊熊照遍天际，辛赤碎尸散落在篝火上，化为灰烬。

第九十九章　公主献宝雄狮心开怀　三军凯旋百姓齐欢呼

无敌格萨尔王灭掉辛赤王，半空中下降时，见公主梅朵卓玛，母后达瓦则登正在宫楼的金顶旁，差点被烈火烧身。这时，梅朵卓玛公主见雄狮神王从天而降，便连连磕头顶礼，祈祷呼救，并将欢喜聚福宝贝献给格萨尔王，作为乞命礼。格萨尔王将她母女二人迎至大草坪莲花盛开的御花园中居住。

这时，岭噶众勇士四面包围东日朗宗宫堡，迫得残余门军缴械投降，交出南门王宫。

达绒叔父晁通晓得梅朵卓玛公主在御花园内与无敌格萨尔王在一起。便欢喜若狂，自言道："呀！梅朵卓玛公主，如今将被我所得！"

速携带九十九种求娶梅朵的聘礼，正准备向格萨尔大王求亲时，米琼对晁通恶意说道：

格萨尔王诸大臣，
听我米琼把话叙，
有人故意翻是非，
门岭之间起纠纷，
硬说梅朵是祸根。
神鬼弄虚是常事，
梅朵不必多悲伤。
快去启禀雄狮王，
心诚意降岭噶，
一切听从王吩咐。
达绒晁通，
偌大年纪不知羞，
当着君臣众英雄，

有脸启口娶梅朵，
常言酥油伴佳肴，
吃得过多伤肝胆。
晁通唱的动人歌，
听得过多惹人烦。
若将梅朵许配人，
岭噶一切英雄中，
许给谁都没意见。
若将梅朵许配给，
有妻之夫老晁通，
米琼绝不会甘休。
米琼身材虽矮小，
却也是个男子汉，
娶妻成家理应当。
金桌上的白哈达，
是我献的求亲礼，
恳请君臣多关照。

晁通眼如流星，反目瞪着米琼，咬牙切齿，气得说不出话来。多数大臣悉知米琼所言是故意开玩笑，并不介意，只是一笑了之。这时，梅朵卓玛公主向无敌威王磕了三个头，献上数百串珍珠，然后祈祷唱道：

岭噶君臣听我讲，
我那父亲辛赤王，
被雄狮王箭射死。
门国百万强雄兵，
全被岭军消灭掉。
说到门岭战祸根，
有人怨我是罪魁祸首，
然而事实胜雄辩。
从今日起，
梅朵大设七日宴，
启开五万陈酒缸，
屠宰千只有耳类，

上至雄狮大王，
下至士兵和黎民，
恳请赏光赴喜宴。
梅朵还愿意将门域宝贝悉数献出，
只因我有一事相求，
将我父王辛赤和门岭两国军民中，
死于刀下众亡灵，
求你超度出地狱。

雄狮大王手持盛满甘露的吉祥聚福宝瓶，赐予梅朵卓玛和三个门子英雄将，使他们成为具有善心的人。东迥达拉赤噶熟知岭格萨尔王乃是佛陀，心想：不投靠他又投靠谁？想到这里，泪珠直往下滚。于是将头上的白盔、身上的白甲和所骑的白马，全都放在岭噶众好汉中间。又将噶乌佛像盒内的七对无价之宝呈献在雄狮天上师面前，欢歌道：

东迥达拉赤噶我，
从前过去年幼时，
缺乏佛家的教诫，
一心崇拜欢喜魔，
成为杀人刽子手，
作恶多端罪孽大。
所以大士宝王啊！
从今往后我决心，
将你置于头顶上。
真心诚意归附你。
从善去恶走正道，
一切遵照你吩咐，
今日慈悲请宽恕。
东迥所表这心愿，
祈祷将能成现实。

东迥以歌表白内心的愿望后，无敌格萨尔王下旨道："今日出现好兆头，东迥达拉赤噶呀！从今往后你可不能像昔日。南门共有十八大区域，十八区域便是十八大部落，交给东迥你掌管，委你担任南门部落大酋长。令你快把南门的财宝、牲畜和粮食，全部分给南门的平民，不分贵贱定要满足百姓的愿望。岭噶决不没收欢喜聚福宝贝和成就甘露，将来如何处理再行定夺。”

从这一天起，将南门的哑子、聋子、瘸子和瞎子全部领到格萨尔驾前，经格萨尔王授七日的灌顶和加持后，众盲人重见光明，众聋子化为耳聪，众哑巴变成了口齿伶俐的人，众瘸子行路轻便稳健。人们这才知道无敌格萨尔王乃是一位活佛，大家无限欢喜，此后，无敌格萨尔王遵照上界天神的授记，将梅朵卓玛公主许配给拉郭绷鲁公子，作为一生的司茶女。在喜庆的欢宴上，大家围坐在一起，享用肥肉和美酒，欢欢喜喜热闹了七天。一日，无敌格萨尔王对梅朵卓玛公主道：“你看，我为你父王辛赤为首死于刀箭下的门岭众亡灵超度。”

于是念起密咒，将众亡灵超度往生净土。在公主和门岭众人目睹下，全部亡灵犹如惊弓之鸟，南门辛赤王投生到达乌山乾闼婆王国。吃生人的红魔马，投生好战的阿修罗世界。门岭两国的全部阵亡将士，投生到无量光佛的圣地。众君臣将士见此情景，皆大欢喜。

无敌格萨尔王由五十名大臣簇拥，御驾亲往南门大小产米地。梅朵卓玛公主左手持海螺粉末，右手握绿松石彩箭，对着粮仓主黑蛇精唱道：

雄狮威王格萨尔，
今年御驾亲临门，
南国上方米粮仓，
大米、小米和汉米，
今日到了开仓时，
粮仓之主黑蛇精，
还有厉妖天蝎子，
快来开仓进贡品。
南门土神老阿玛，
空中高举彩石钵，
敲起铙钹如雷鸣，
让那猛兽息怒声，
毒蛇让路回洞穴。
五十大臣已光临，
梅朵姑娘做向导，
雄狮宝王开粮仓。

歌罢，粮仓主黑蛇精遂将土神老阿玛的彩石钵内的铙钹取出，打铙钹之声好似夏日的霹雳声。霎时间，右山猛虎的咆哮声、左山凶豹的狂啸声和中山恶熊的怒吼声渐次静了下来。山谷中阻路的黑、白、花三种毒蛇逐渐回避不见踪迹。

粮仓之王黑蛇精以十三层金“曼扎”为主，将土神老阿玛彩石钵中的铙钹一并献给雄狮神王。雄狮王道：“打开这座粮仓的钥匙，在空行母门公主的身上。”

门公主梅朵卓玛回禀道：“七对海螺钥匙在我手中，国王倒不如用这支神箭开仓更妙。”说着将神箭献上。

格萨尔王挽弓搭箭将神箭射了出去，顿时仓门大开，大米堆积在坝子上，五十个岭噶大臣接管了全部粮仓。这时，先向无形的神、妖、龙祭献大米，然后开仓济民。门国军民为获得细雨般无止境的大米欢喜无比，举行了空前隆重的庆典。

不久，无敌格萨尔王降旨，所有岭军即日凯旋班师回朵康岭。岭噶君臣及众勇士，排列整整齐齐一个个威风凛凛，直往岭噶方向进发。

朵康岭噶的加罗登巴坚村、色查长官阿青、翁布释迦古茹、弥青尼玛坚村等元老为首的十二名内臣，和森姜珠牡为首的众位妃子，盛装前往玛德亚花虎坝，迎接雄狮大士和岭噶众好汉们凯旋。这一天，王妃森姜珠牡头戴十八颗贵重的海螺发饰，身穿十八件上等锦缎衣，腰系一条镶金银铃哨的五彩围腰，打扮得分外美丽，好似仙女下凡。左右婢女捧着盛满酥油茶的金壶，斟满青稞酒的银壶，灌满奶酪和鲜奶的螺壶，为凯旋的无敌威王和群臣接风。珠牡向岭王和众英雄们逐次献上接风酒。

达绒长官晁通更是欢喜若狂，高呼道：“门岭大战三年久，今日凯旋贺丰功。我那拉郭绷鲁儿和那梅朵卓玛女，今日良辰配佳偶，喜上加喜喜无限，乐了又乐乐无穷，大家光临我感谢。”

丹玛却凑趣道：“梅朵卓玛门公主嫁给岭噶做护门女神，妙得很。晁通快把达绒家八十把花钥匙，交给梅朵卓玛的手里。”

一席话，使岭噶君臣止不住哈哈大笑起来。

无敌雄狮格萨尔王，端坐在权威金宝座上，背靠青龙靠背，在孔雀伞盖下，欣喜道：“岭噶所属各邦国的众将官听我言，诸位大臣和将士，今日尽情欢庆后，来日国事须如此。”遂以无碍金刚调道：

唱过三曲起歌调，
再把诸神来呼唤。
上界白梵天王啊！
中界古拉厉神啊！
下界邹纳龙王啊！

威尔玛战神请保佑，
护法诸神请领唱。
若不认识这地方，
它是世界轴心地，
佛陀证道菩提界，
东方岭噶神坛城。
若问我是何许人，
午前杀人的屠夫，
午后度人的上师，
千佛派遣的天使，
汉藏两地的财神，
证得十地的佛陀，
普度众生的恩师，
降妖伏魔的英雄，
格萨尔王便是我。
若问我歌唱啥名，
它叫威震闹市歌。
威王我有四支曲：
一叫晴空霹雳调，
箭射“鲁赞”前额时，
威王我曾将它唱。
二叫天旋地暗调，
凌迟镇压霍魔时，
威王我曾将它唱。
三叫六运气脉调，
掏取丽江魔心时，
威王我曾将它唱。
四叫自发空性调，
火烧辛赤老魔时，
威王我曾将它唱。
征服四恶唱四调，
四调威镇四魔域。
岭属各部众将官，
黄帐霍和黑魔国，

紫色姜和南门国，
加上岭噶五大国，
今日大捷凯旋归，
大家尽情欢庆吧！
梅朵公主和拉郭，
千里因缘来相会，
大家尽情贺喜吧！
从今往后你二人，
掌好达绒全部落，
共为岭噶谋利益。
岭噶各部众将官，
尔等终生的国王，
雄狮威王格萨尔，
如今已镇四方敌，
隐居森珠达孜宫，
要为天姑还心愿。
念经修行三年后，
须作何事再降旨。
岭噶各部小的们，
如今四敌已威服。
从此各归大寨后，
敬信三宝常祈祷，
虔诚专心修佛法，
杀人积恶要恕罪，
众生事业由我定。
岭噶大臣和武士，
切切把话记心上。

格萨尔王的话音刚结束，岭噶的贵妇们遂向每人献了一碗临别的吉祥酒。岭噶的元老、噶伦、贵妇和众好汉，先是无敌格萨尔王各献一条临别吉祥的哈达，然后相互赠哈达后，便无限欢乐地回到各自的堡寨，安居乐业。

格萨尔王度过喜庆的日子后，来到愤怒度母神像前，神采奕奕地在禅堂内打坐，闭门修行三年。在此期间，岭噶的军民过着无限幸福的生活。梅朵卓玛公主和拉郭绷鲁绒公子生活得美满甜蜜。

第一百章 为娶亲晁通盗大食马 寻宝驹东赤探岭国情

在世界雄狮大王格萨尔降伏四方妖魔，又过了三年的光景，大英雄嘉察的儿子扎拉王子也长成了少年英雄。总管王绒察查根和晁通王，这时也都成了七旬老翁。

这天，正是仲夏初一，刚过午时，达绒长官晁通舒适地坐在檀香木宝座上，一边喝酒吃肉，一边不断地盘算着：我的妃子丹萨已经老了；另外两个虽然貌美，我却不中意，就像没有牙齿的人吃炒青稞一样难受。听说丹玛的女儿已经长大，又漂亮又温顺，若能将她娶来，那是再美不过的了。只是不知丹玛是否愿意？也不知我那两个年轻美丽的妃子是否赞成。她们不赞成倒也不要紧，只要丹玛肯把女儿嫁给我就行。

晁通一想起美丽的姑娘就心醉神摇。他不由得又把一大块肉塞进嘴里，一边转着眼珠，一边想着怎样才能让丹玛心甘情愿地把女儿送过来。

一碗酒下肚，主意有了：丹玛是格萨尔和扎拉最喜爱的大臣，如果大王做媒，丹玛绝不会说二话。如何才能使大王和王子高兴？晁通不禁又思索良久。忽然，他脑洞大开，想到扎拉王子的坐骑在与南方魔王打仗时死掉了，至今仍未找到合意的战马。自己虽有好马千匹，但却没有一匹能当作礼物献给王子的。听说西方大食国有匹名叫“青色追风”的千里宝驹，是从大鹏鸟蛋中孵出的，耳朵上有撮绒毛团，四只蹄子上也长有绒毛，瞬息之间能绕南赡部洲走一遭。若能将这匹马弄来献给扎拉王子，王子定会非常喜欢，格萨尔大王也会高兴。那时，再请我的亲侄儿格萨尔大王跟丹玛说，这门亲事就……哈哈哈哈，晁通越想越高兴，把酒喝得啧啧响，仿佛怀里已经搂着那个漂亮的丹玛姑娘。

辗转反侧，一夜难眠，好不容易等到第二天早晨，晁通迫不及待地召来嘉卡谐格米吾托尊、东通图吉米桂杰麦和嘉列柏布益查米三个家臣，给他们下达密令，前往大食盗取“青色追风”马。三人得令，丝毫不敢懈怠，随即备好干粮和防身装备，快马加鞭直奔大食。

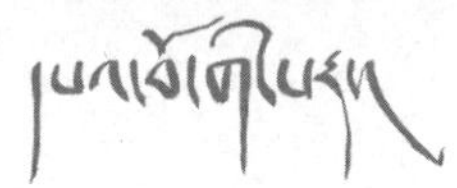

他们一路疾行，马不停蹄地走了十天，终于到达大食国境内。此时恰逢大食国王出城巡山，由一百二十个内大臣、一百二十个外大臣和一百二十个骑士陪着，威风凛凛，气势浩荡。他们一路走，一路赛马比箭，甚是威武雄壮。大食国王胯下的那匹青色宝马十分耀眼：蹄不着地，行走如飞，耳蹄皆长有绒毛。看来那就是他们要找的“青色追风”马！这下可美坏了达绒部落来的三个盗马人。他们暗想，竟然不用打听，也不需寻找，真是得来全不费工夫啊。三人耐着性子等到天黑，这才悄悄溜到拴马的地方。但出乎他们意料的是，这里竟然有七匹长得一模一样的骏马。见此情景，嘉卡谐格米吾托尊等人相互对视愣了好一会儿，心情忽而又急得团团转，因为三个人没法骑七匹马，若是偷错了，回去没法向晁通王交代。就着月光，三人又仔细地辨认了半晌，这才看到有一匹马个子比其他马稍矮一点，耳尖的毛也稠密些，嘉卡谐格米吾托尊认定，这就是千里宝驹“青色追风”。为保险起见，自己牵了这匹马，又让同行的两个人各选一匹，这才放心地经嘉纳返回了家乡。

那大食的宝马竟无人看守、任人偷盗不成？天底下没有那样便宜的事。原来，晁通为盗宝马，早已施法术于大食的护马大臣，罩上了迷魂的帽子，所以在宝马被盗的第二天下午，护马大臣东赤拉郭才从混沌中清醒过来。而此时，“青色追风”等三匹良驹早已不知去向，剩下的四匹马呜呜嘶叫个不停，四蹄乱刨，暴躁不安，想必它们的魂儿也跟着“青色追风”马飞走了。

东赤拉郭急得像没头苍蝇一样，四处乱撞，嘴里不停地叫喊着：“马不在了，马不在了！”“是逃到山里去了？还是遭了盗贼？自己一向精勤谨慎，不曾有过半点差错，今天怎么会把宝马丢了呢？”东赤拉郭怎么也弄不明白。但不管他怎么不明白，马毕竟是丢了，得赶紧去找回来才行。于是他们寻遍了城里的每个角落，翻越了周围的几座大山，终于在去嘉纳的路上发现了马匹的踪迹，东赤拉郭好不高兴，遂带三百勇士追踪而去。当来到朗赤巴麻地方时，遇到了一个商队。东赤拉郭马上迎上前去，细细地盘问起来：“喂，你们这些商人，从哪里来？要到哪里去？可曾看见强盗赶着马走，三匹马的毛色都一样，其中一匹是我们大食国王的坐骑，名叫‘青色追风’。你们如果说实话，金子银子都赏赐；若是隐瞒实情，那……”东赤拉郭一指身后的三百勇士：“马上抽了你们的筋，剥了你们的皮。”

见东赤拉郭怒气冲冲的样子，为首的那个商人连忙下马，给护马大臣献上七色礼品，答道：“我是拉达克的国王，名字叫作云章拉甲，到此地是要求谒见西方大食财宝王，我们一行人并没有看见赶着马行走的强盗。古谚说：‘事要慢慢地做心愿才能成就，话要慢慢地讲才能说明白，马要慢慢地跑才能得锦旗。’长官您说话办事如此鲁莽焦急，就有无故挑衅的嫌疑。虽然我没看见盗马人，但可以为你占一世间最佳的变幻卦，你只需要把右靴带解下来交给我就是。”

东赤拉郭将信将疑，虽然对这个自称是拉达克国王的商人持有戒心，但还是同意他为自己打卦。云章拉甲拿过东赤拉郭的靴带，从怀里取出占卜用的肩胛骨，用靴带捆了三道，放在火中烧了一下，然后仔细观察。过了半晌，云章拉甲说：“啊呀，你那匹马，被头戴别人看不见的帽子、脚穿别人看不见的靴子、具有飞鸟般神通的三个人向太阳升起的方向赶走了。”

东赤拉郭等三百勇士听了这拉达克国王的占卜结果，你看看我，我看看你，不知该怎么好。既想追赶盗马贼，又怕上了这陌生人的当。于是，东赤拉郭对云章拉甲说道：“你不是要去觐见我们的国王吗？现在你可以跟我一道回去，便能如你所愿了。”

拉达克国王云章拉甲犹豫了片刻，并没有将占卦的全部结果和盘托出，对于大食国而言，怕是一个不小的祸端，他只愿做一个安分的商人而不想卷入任何纠纷之中，只要能将礼物带到大食，那么他也算是了却一桩心事了。于是他答道：“看来贵国有要事需要处理，我们也就不便去打扰了。俗话说‘鲜花虽小，也是贡品’，请长官将我国朝拜的礼物带去给大食国王，我们此行也算是圆满了。”

东赤拉郭一行人听到商人这样讲，也无话可说，只能将他们放行，一行人带着拉达克国王的礼物回到大食王宫，并将云章拉甲占卦的结果也上报给了国王。为慎重起见，大食国君臣上下商议，还要再请本国女卦师扎色热纳卜上一卦，才能最终决定。

次日早晨，当太阳照耀在山峰上的时候，大食国王与内外大臣、地方上的首领们都聚集在国王安排的帐幕之中，各人安坐在自己的座位上，一起享用美食美酒，等待女卦师的来临。

当女卦师扎色热纳风尘仆仆地赶到时，国王迫不及待地问道：“女卦师扎色热纳，我大食的财宝福祉，以‘青色追风’宝马为首的三匹马被贼偷去了，你且看看，盗贼是何人？踪迹在何处？若是实言相告，大王将给予你无比丰厚的赏赐，如若不然，将依法惩办！”

听完国王的话，女卦师扎色热纳挥动着花卦绳，将十三支神箭搭在弓上，四十八粒松石放在卦骰上面。焚香礼佛，双目微闭，口中念念有词，摇头晃脑，全身抖动。国王和大臣们屏声静气，目不转睛，紧张地注视着卦师。过了好一会儿，卦师慢慢地镇静下来，神情庄重地说：“在东方两条河流交汇的地方，犹如一个尖似长矛的红石崖下面，有一座像犄角般的城堡，马就在那里面。”

大食王赛赤尼玛明白了，原来是岭国人偷了宝马，怒火顿起，不由得心生仇怨。心想，雪域藏地的四个大王中，我大食王是无人匹敌的。无论是西方的嘉噶，还是东方的嘉纳，都不敢犯我大食；我也安守在自己的疆土上，那岭布的格萨尔为什么要偷我的宝驹呢？“青色追风”马本是大鹏鸟雏，是我大食王的命运宝驹，是大食国的财宝象征，价值无法计算。如果不追回宝马，大王我与那死尸还有什么区别呢？赛赤尼玛想到这儿，把怒眼一瞪，对着下面的众位大臣唱道：

若不知道这是什么地方，
这是西方大食念茂玉塘滩，
是南赡部洲的首要之地，
是鲜花生长的地方，
是野马游玩的场所，
大地像天空一样蓝，
鲜花像星星一样多。
在座各位倾耳听：
古时藏族有谚语：
“网罗不能捕大雕，
套绳不能捉野马，
绳索不能系猛虎。”
本大王的军队无人敌。
在那东方的岭国地，
那边远地方的黑头人，
据说有一位格萨尔。
那匹脚程极快的枣骝马，
据说称作江噶佩布。
那八十个诡诈大臣，
据说称作岭国英雄。
即便情况是如此，
小沟当中的那小狗，
不能跨越鹅卵石；
离开怀抱的溺爱子，
好汉面前不能行；
那边地的野蛮人，
在本大王面前不能行。
本大王安分住本国，
他为何无故来偷马？

这次绝对不罢休，
不去追赶怎能行？
那匹“青色追风”千里马，
与其他马匹不一般，
它是大鹏鸟的雏，
是本王本生的命运驹，
是大食国财宝福祉的象征，
九十万户部落的心爱驹，
价值多少难估计。
一百名壮士一百匹马，
派往东方岭国去，
杀死那里的一切人，
把所有的城池都毁灭，
将积蓄的财物都夺回。
今天在座的众大臣，
若认为对时请服从，
自告奋勇前去的有何人？
若认为不对则不能报仇恨！
本大王的命令不可违，
陡山上滚下的礌石不可阻。
英雄的军队若不将岭国踩扁，
本大王与那死尸无区别。
你们在座的众人请考虑！

唱毕，大食王抖动发辫，咬牙切齿，怒火抑制不住从七窍中喷出。

臣仆们众目相视，静悄悄地坐着。然而，坐在大王旁边的大臣协赛绕朗却不这么认为。他缓缓地站起身，用尽可能温和的口气对大王说：“俗话讲：‘贤上师被僧人诬蔑，官长的靴带被仆人拉扯，檀香树常被荆棘缠绕。’到底是不是岭国人偷了我们的宝马，还是先派人到岭地察看一下再说吧。如果确实如此，再发兵不迟。”

于是唱曲道：

若不知道这是什么地方，
这是大食的念茂玉塘滩。

唯一主宰大王您，
权势与日月同辉。
自不量力小人话，
扰乱他国自取否？
古人谚语这样说：
“草原花朵遭雹打，
水田六谷被霜催。”
“青色追风”财宝马，
竟被格萨尔抢去，
虽要进军东方岭，
但是情况却如此：
施用六神良药的医术，
若不仔细与诊断，
盲目胡乱与投药，
不但不利反有损，
动用千万兵马的战争，
若不很好地阻断，
盲目挑起战事争端，
会引发无故的仇恨。
协赛绕朗卑微，
是否考虑这般做：
上师启示与卦士象，
矛头指向岭噶布。
协噶丹巴与东赤拉郭，
二人前往探岭情，
达绒部落晁通王，
定是盗者的长官，
他二人未回来之前，
我等众君臣，
预备强大兵马士。
我的主张是这样，
在座诸位请考虑！

众大臣都说此话有理，大王赛赤尼玛也点头同意。

第二天，内臣协噶丹巴和护马大臣东赤拉郭二人穿上破衣烂鞋，装扮成可怜的乞丐模样向东方走去，前往岭地探明情况。

第十一天的中午，二人来到岭地的中心，在一个小草山上遇到了老少两个牧人，他们正坐在草滩上喝茶。那年轻的牧人一面吹笛，一面仔细地注视着他们二人。协噶丹巴和身旁放牧着五千头羊。东赤拉郭二人上前向两个牧人讨饭，牧人请他二人一同喝茶，问他们老家在何处，要到哪里去。东赤拉郭答道："老家本来在达域多，但现在住在姜域，此次前来岭国想着能否拜见那位尊者——三种救主的化身，岭国的雄狮大王格萨尔。然后就能心满意足地返回老家了。"

那年老的牧人说："雄狮大王闭关静修已经有三年了，本月初二才刚出关，拜见大王看来你们是没有这个缘分，但是乞讨倒是有一个更好的去处。在对面的沟里，有一个叫达绒晁通的大官人。这人太阳落山时看彩虹，布谷鸟飞走时出城巡行，人老快死时讨老婆。因为他给王子扎拉献了一匹岭地没有的宝马，所以王子将丹玛的姑娘许配给他，今天正举行喜筵，岭地所有的人都聚会在那里，你们二人前去准会有好吃食。"

东赤拉郭二人无意中听到了晁通献马的事，一阵欣喜。东赤拉郭忙向协噶使了个眼色，协噶拿出五枚金币，让牧羊老汉把晁通所献的马的来历讲了一遍。果不其然，东赤拉郭断定，那马就是他们大食的"青色追风"马！此行的目的就这么轻易地达到了。二人谢过老少牧人，打算前去把达绒部落的情形看个仔细。

于是他二人前往举行宴席的地方去讨饭，翻山越沟，来到达隆纳塘贡玛。那里人山人海，犹如空中繁星相聚。他俩没有去达官贵人聚集和人多口杂的地方，而是坐在了乞丐们中间。恰在那时，穆巴仓的代表米琼卡德主仆五人来到帐篷门外，被迎接到里面，坐在了右排的座首。

那时大家都各自就座，享用着丰盛的茶酒饮品。唯有米琼卡德从座中起立，将不同的九匹库绫、三枚金币、十只白银雕花碗、九张美丽的狐皮等礼物，放在四个随从的肩上，给丹玛的姑娘用一匹宁茂得勒的哈达盖着，唱起了一首发愿吉祥的歌：

若不知道这是什么地方，
这是玛地拉日拉隆贡玛，
右方的沟名叫达隆查茂，
是达绒仓的牧场。
左面的沟是叟隆查茂，
是叟让仓的牧场。

永固不变的岭国，
好似神的极乐宫。
雄狮王是神的首领，
是岭穆布董氏的嗣续。
在今天吉祥的日子里，
我米琼要献上歌一曲。
今天天上星辰吉祥，
金星鬼宿相聚会，
吉兆姻缘在今日；
姑娘来到幸福的婆家，
叔父弟兄围绕在周围，
是人财俱全的幸福兆。
娘家高贵与天齐，
丹玛是萨霍尔的王族，
是岭噶英雄的精英，
对怨敌施威严，
以悲慈护亲人。
高贵公主梅朵吉，
生得美丽如鲜花，
头发乌黑似乌鸦冠，
颈项修长如银瓶，
面颊白皙如银珠，
牙齿洁白如贝串，
柳腰摆动如细藤，
声音悦耳如杜鹃，
双眸有神似明星。
都说后面发辫粗，
象征父兄极强大。
脑后发髻如水长，
象征寿命比水长。
那美丽的玛瑙串，
象征开辟珍宝藏。
金耳上装饰的绿玉珠，
象征产生种族如鲜花。

腰间佩饰的悦耳银铃，
象征意愿得相合。
三层虹纹绫绸鞋，
象征民众来拥护。
前方高处的玛旁玉措，
有强大的达绒部落。
部落首领叔父晁通王，
是无敌大王的叔父，
是达绒部落的长官。
前面犹如大海翻腾，
后方好似高山矗立，
中间好像日月照耀，
民众犹如群星聚会。
我米琼被称作“排难解纷者”，
唱任何歌词皆吉庆。
胳臂坚厚黄金也不及，
手触之处必然结福祉。
这匹长颈白绫绸，
是贤上师之寿绫，
贤长官赏赐之绫，
好青年之英雄绫，
贤姑嫂之陪嫁绫，
是金鱼腹中之绫，
是无敌大王的赏赐。
外面绘有不变的八吉祥纹，
里面有不变的轮王七宝纹，
中间有不变的如意纹，
有寿命不变的金刚结，
有福祉不变的丰富乳酪纹，
今天罩在姑娘颈。
天地四方的五种福祉，
愿姑娘你都具备！
不相同的这九匹库绫，
是玛歇周秀茂的宝藏，

象征降伏九种敌人，
献给亲爱的王子扎拉。
穆巴长官与达绒长官，
心里纯洁如白绫，
从此吉祥如意至。
三枚璀璨的黄金币，
十只银亮的雕花碗，
是大王赏赐的吉庆物，
今天献给晁通王。
三匹灿如夕阳的红绫绸，
是我米琼的珍贵宝物，
今天献给尊重的王子。
三匹蔚如天空的蓝绫绸，
极其坚韧强大的盔帽，
是我米琼的稀罕宝物，
今天献给姑娘你。
幸福生活的吉兆极显明，
愿万千吉祥遍天空，
祝千百如意布大地。

米琼唱毕吉祥发愿的歌曲后，岭国所有英雄、姑嫂、妇女、僧俗、尊卑人等都献出哈达，并依个人的地位身份，作了吉祥赞美祝词。之后大家各归座位，满意地享用了酒肉、酥油等食物。

岭国大众谁不知道晁通与米琼两人是扭不到一起的麻绳，米琼的一番赞词让晁通听着很不是滋味，明明是自己的大喜之日，米琼却只一味地夸赞丹玛家族。无奈这矮鬼将赞语说得滴水不漏，再看看今天这样的场合，晁通只得当是吃了点小亏作罢，只在心里发狠以后再与米琼较量。

第一百零一章 夺宝马大食兵谏达绒 毁誓言两国血战疆场

混在婚宴上的两个大食重臣，他们乐悠悠地将达绒部落的情形看了个仔细，然后才日夜兼程，赶回大食国。第九天的早晨，他们回到了大食王宫，立即向大王赛赤尼玛报告说："冲散绵羊群的，是山中的恶狼；伤害野马驹的，是林中的斑斓虎；偷去追风宝马的，是岭国的晁通王。"

赛赤尼玛大王冷笑三声，遂向大食所属的各部落调集兵马。大食本是富庶之邦，兵强马壮，武器精良，兵马一拉出来就与诸国不同，你看那：

红人红马光闪闪，
好似火神舞赤焰；
青人青马光闪闪，
好似江湖狂浪卷；
白人白马光闪闪，
好似群龙闹雪原；
黑人黑马光闪闪，
好似浓云一片片；
各部精真体魄健。

更有那百户、千户和万户各率自己的部下，蜂拥般来到城下，听大食王的号令。大食国上下商议，做了细致周详的部署，赛赤尼玛王下令朗卡妥郭、内臣协噶丹巴和东赤拉郭三人，带领手下英勇壮士一百人马前往岭国，报复盗马的达绒晁通。于是在第二天太阳刚刚爬上山顶的时候，三位大臣和一百名精英壮士，携着弓箭武器，跨上马背，风驰电掣般出了城门。

话说达绒长官晁通自从偷了"青色追风"马，娶了丹玛的姑娘，心里美滋滋的，丝毫也不考虑因偷马而可能引起的祸事。直到大食国的兵马包围了他的

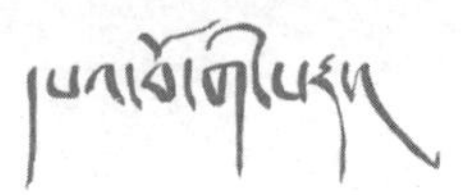

大帐，晁通还在床上做着美梦。

女仆拉吉白杰提着一筐灰，到门外来倒。她听到马匹的嘶鸣声，心想这是什么声音，向上一看，只见达绒部落的所有帐篷，已经被千匹马包围起来。看到这情形，她不由得心一慌，飞快地跑到帐篷里去喊道："达绒长官和王子拉郭赶快起来，我们家的帐篷已被很多兵马包围了！"

晁通听到这样的阵仗，在心里大呼不好，反正有英勇的儿子在外面领兵作战，自己只要找到一个安全的地方藏身便可，都不顾上穿衣，他急急忙忙赤身裸体地钻到一口大锅下面，藏了起来。这下可好，不仅看不见近在咫尺的战斗，连厮杀声也听不清楚。

拉郭当然知道是父亲的好色贪心招来的如此大祸，当务之急是带领家臣们英勇抗敌。此刻，大食军像水冲沙堆般一涌而来，冲到达绒长官的帐篷门前，向王子拉郭射了六箭，没有伤着拉郭，却射死了其他六人；而大臣阿朱正在射箭的时候，却被大食的东赤用矛将他戳死。双方战了约一顿茶的工夫，仍未分出胜负。

外边厮杀声震耳欲聋，而躲在那口锅下的晁通渐渐觉得胸闷气堵，原来这锅下面虽然安全，却比不得帐房内舒畅。晁通不想再待在锅下，但又无力把锅掀开。他感到憋得厉害，慢慢地失去了知觉。突然，一阵香风从脸上掠过，晁通用力地吸了两口，像是有几辈子没呼吸过似的，但眼睛仍旧很难睁开，四肢也酸酸的，软软的，不能动弹。原来，大食国的士兵看见了那一口锅，并将锅掀开，只见差点窒息而死的晁通蜷缩在里面。

"快看，这锅下面有个死尸！"

"哟呵！是活的，他在装死！"

一些粗鲁而生疏的声音在晁通耳边回响。晁通用力睁开眼睛，马上又闭上了。眼前这些人分明都不是他达绒部落的人，显然就是敌兵了。怎么办呢？晁通闭着眼睛，心中紧张地盘算着对策。东赤拉郭闻声赶来，一见躺在地上的晁通，认出就是前次来岭地时在喜筵上见过的主人。真是天神保佑，让他落在我的手里。东赤拉郭忙吩咐手下兵将："这次出兵就是为他而来，快把他绑起，献到大王座前。"

大食的兵马带着晁通往回撤，走到北方的一个大草滩时，三个大臣吩咐把晁通带来。大臣朗卡妥郭一见晁通那狼狈不堪的样子，不由得讥笑起来："听说晁通王英勇无比，今日却见到一个比乞丐还要可怜的老头儿；听说世界雄狮大王神通无敌，见我们抢了他的叔叔却不来追赶；听说岭地八十英雄能取活人的心，这次连他们的影子都没见着，是何道理？难道你偌大年纪竟没有听过这样的谚语：'长官所作倘若不节制，权势会落入他人手里；富者若无善举，财富会落入他人手里；穷人若对食物贪婪，身体会落入他人手里。'"

朗卡妥郭越说嗓门越大，越看晁通越有气："我们大食的宝马，是大鹏鸟的雏儿，是无敌大王的坐骑，不要说动手去偷，就是用你的小眼看一下都不许。你现在最好把马交出来。常言说：早上用羊作赔偿，迟到下午赔马也不行。如果不快些交出宝马，就拿你抵命。"

晁通一直跪在三个大臣面前，一听要拿他抵命，吓得连胡须都颤抖。他左思右想，又有了主意。

"啊呀，至高无上的大食长官啊！古人常说：'由于乌鸦的罪恶，致使天鹅陷泥坑；由于无耻淫妇的污手所沾染，致使法臣上师流落于轮回。'大臣们不知听了谁的胡言乱语，竟把我清清白白的晁通当成了盗马贼。"晁通装出一副无辜的样子。

"不是你盗了马献给扎拉王子的吗，还想赖？"

大食国大臣见晁通推了个干净，更加生气。

"大臣请息怒，听我慢慢讲。献马的事真的有，盗马的事我不知。上个仲夏日，岭地来了三个人，牵着三匹同样的马，其中一匹叫'追风'。上午牵到雪山顶，想与雄狮比脚程；据说开始狮子快，后来'追风'占了先。中午牵到水草滩，又与野马赛脚程；开始也是野马快，后来'追风'走在前。下午牵到花石山，再与野牛比脚程；开始还是野牛快，后来'追风'又占先。他们问岭地谁愿买此马，我便买下献给了扎拉王子。现在你们杀我不如放了我。杀我等于杀死一老鸦，肉不能吃，羽毛不能用；放我回岭地，禀报大王格萨尔，'青色追风'归还你。"

大臣朗卡妥郭听晁通说得有理，就是杀了他也得不到"追风"宝马，不如放他回去。想到此，朗卡妥郭说："这次饶了你。限你三七二十一日把马送回大食，过了期限，就杀你的头，荡平岭国的土地，你可听清楚了？"

晁通连连点头答应，恨不得一步迈出大食的营地。朗卡妥郭马上吩咐给晁通拿来衣服鞋帽，还给了他一匹马和路上的口粮，放他出境回岭地。

可怜巴巴的晁通终于靠巧嘴骗过了大食国大臣，骑着马急急惶惶地往回逃。原来他哪是想送回追风宝马，分明是想回岭地搬兵与大食决战。他有了这个念头，就更怕大食国人看出他的诡计，因此一步三回头，生怕他们追上来再把他抓回去。

晁通走了半日，来到一个小山沟，有点累了。这许多天来，他吃不好，睡不着，时时担心大食人杀了他。如今笼中鸟获自由，网中鱼死里逃生，虽然心有余悸，却也没有在大食营中那样的恐惧。

晁通正要歇息片刻，突然被七个彪形大汉拦住了去路。晁通扑通一声从马上跌落下来，纳头便拜，嘴里不停地说着一些请求饶命的话。

七大汉中为首的一个见晁通行为古怪，不禁问道："喂，大胡子老汉，你从哪里来，要到哪里去？"

"我是岭地晁通，在三位大官人面前，请了十天假。回岭地为大食取宝马，请壮士们放我过去。若耽搁了时间，不仅我的性命难保，大食的'青色追风'马也取不到。"

"既然如此，当然要让你过去。不过，因为我们没有打到什么野兽，所以得向你要些东西。"

"我只有五天的口粮，给你们什么呢？这样行不行，十天后我回来时，你们要什么我就给什么。"

晁通急于脱身，把二十一天期限说成十天。七壮士不肯就这样放走晁通，有的说要抢他的马，有的说要他把他的口粮留下。晁通又一阵哀求，说马是他的腿，没有马他老汉走不了；口粮是他的命，没有粮他老汉活不了。七壮士看见实在没有什么可取的东西，遂割了他一段马的梢绳，说明十日后要在此等候他的厚礼，这才放晁通走。晁通心里恨得发痒：十日，十日，十日内若真回来，定把你们七个剁成肉泥！

晁通历尽千难万难，终于回到岭地，刚巧碰上自己的两个儿子正在聚集部队，准备进攻大食，营救父亲。

晁通一面派儿子向格萨尔大王禀告，一面准备军队进攻大食国。

话说大食国的大臣朗卡妥郭等三人放了晁通后，回国向大王赛赤尼玛禀报。大王认为这种做法很不妥，晁通不是那种讲仁义、守信用之辈。他是怎样的人呢？大王这样说道：

他像贤上师面前的僧人，
丧失戒律时恨誓言；
他像充当三年劳役的仆人，
食物齐全时恨主人；
他像年轻而富有的女人，
年老色衰时却恨母亲。

"晁通这样的人，不仅不可信，而且还要做好他来犯大食的准备，在阳光照射山峰、河水奔腾吼叫时，人要穿好盔甲，马要鞴好鞍辔；青色箭镞要加纯钢，宝雕弓上罩桦皮，长矛尖端装利刃，锋利的武器淬毒水。"

听完大王的话，三个大臣万分悔恨，按照国王的安排开始部署军队，只等大王一声令下。

就在大食国君臣有条不紊地准备出兵时，等到二十一天头上，大出所料，那不讲仁义、不守信用的晁通竟如期来了。晁通先派人送来一封信，大意是说：他在回岭地的途中遭了劫，弄得死去活来。但为了赶日期，他像一具僵尸一样赶了回来。现在已经到了觉卧当资山下，请大王前来面商交马一事。

赛赤尼玛大王以为晁通如此讲信用，甚是喜悦，遂派大臣协赛等二人前去觉卧当资山与晁通相见，取回宝马。

等到与大食国的使臣相见，晁通心中不悦，口气流露不满："这样的大事，大王为什么不亲自来，连王子也见不到？"

"王子身体不爽，大王事务繁多，委派我两个大臣前来取马。"

他俩特意强调自己"大臣"的身份，实际上是告诉晁通，大臣来见你，已经给你很大的面子了。协赛并不想和晁通多啰嗦，只想取回宝马，早日返回大食。

"因为路途太远，我们一怕误了期限，没日没夜地往这里赶；二怕损伤了宝马，所以没有带来，护马的人随后就到。"

晁通更是狡猾，他信口胡编，殊不知那宝马日行万里，怎么会为这点路程损伤身子呢？

协赛不愿捅破晁通的谎言而伤了和气，只得耐心地等待着。等啊等，一连等了十天，协赛每天都去晁通营中询问，晁通每次都用好言好语搪塞协赛。到第十一天，协赛再也忍不住了，他又一次来到晁通营帐中，不等晁通说话，就先唱了一支歌：

在蔚蓝的天空，
不用驱使的白云在翻滚；
把水遗留在海中，
需要的细雨却没有；
刮起无用的狂风，
这是出现旱魃的象征。
在牧场原帐篷前，
不用驱使的牧童首先来；
乳牦牛遗留在草原，
需要的牲畜却不见；
不必要的废话讲不完，
这是失掉牲畜的表现。

漂亮整齐的厨房里，
不用驱使的主妇立灶前；
酒肉留在库房中，
需要的吃食却不见；
对来访的客人说甜言，
这是败坏家业的表现。
在这觉卧当资山下，
不用驱使的叔叔来眼前；
追风宝马留岭地，
需要的诚心却不见；
每天讲不完的好话连篇，
这不是交马是欺骗。

“达绒长官晁通，我们奉大王之命前来取回宝马，可你今天推明天，明天推后天，让我们大王等得心焦。今天你再不要推了。我们大食的宝马何时到，你说个准信吧，不要再用甜言蜜语哄骗我们。”协赛两眼瞪着晁通，急促地说。

晁通王毫无羞愧之色。他不因协赛的恶言恶语而发怒，依旧慢声细语地说：

雪山与狮子相配合，
森林与猛虎相配合，
野马与草滩相配合，
鹫鸟与山崖相配合，
雄狮王与大食王相配合，
成为事业一致的好朋友。
大臣协赛与晁通相配合，
互相交换弓箭与坐骑，
今生后世彼此施利益。

“协赛绕朗讲话不要太伤人，我们岭地从不把人欺；和你商议为了两国好，要说动武，谁不知格萨尔王天下无敌？！”晁通的话句句像锥子一样刺着协赛的心。

协赛心想，怎么相配合？晁通的意思，分明是想留住宝马，还说什么要和我交换弓箭和坐骑。什么东西都能换，但追风宝马却万万换不得。

“晁通王，你要用什么来换我们的宝马？”

晁通微笑着，点点头："如果大臣能明白这个道理，我们两国就将永远友好下去。"

"我们上你的当了。"

协赛指着晁通，气得说不上话来。他想事到如今，没什么商量的余地了，只有回去禀告大王，立即发兵；不打败他们，晁通是不会交出宝马的。

大食国要不回自己的宝马，恨死了晁通。恨他嘴上说得似蜜甜，心里却狠如毒刺，诡诈犹如海底淤泥深；恨他偷去追风马，又来玩弄假和解，欺人太甚。大食国难以咽下这口气，因此马上发兵征讨岭国。与此同时，岭大王格萨尔也得到了天神的预言，认为已经到了降伏大食的时候。两国军队在边界上相遇，立即摆开了阵势。

第一百零二章 两军开战拉郭立新功 崩奔迎敌英雄遭殒命

二十八日，正值良辰吉日，天刚拂晓，晁通等率领达绒部军队，与大食国的黑缨军相遇，岭军士兵毫不犹豫地冲入大食兵营中，大食兵予以还击。王子拉郭奋不顾身地冲在前面，大食护马大臣东赤拉郭一马当先，从大食国阵营里冲了出来，边冲边喊："在大王驾前，我是听命守法的人；到了两军阵前，我是穿白铠甲的人，我是挽红铜弓的人，我是骑银红马的人，我是找晁通报仇的人。岭国罪大恶极者晁通老贼，起初偷去'青色追风'马，中间又来欺骗作和解。最后带来强大的敌军，对无辜的大食众大臣，加以箭、矛等兵器。我大食对阵你岭国，摆开战场的头一个英雄，是你与我两个人，究竟怎样今天来比试。你不向后逃一步，我更不会向后退半点。俗话说：'刀在近处挥是真英雄，箭在远处射是懦夫子。'晁通，我今天要在阵前与你较量！是好汉，就快出阵吧。你这支以红人红马为首的、骄傲的红缨军，好似大水冲烈火，如果不能消灭尽，我东赤不能称英雄！"

晁通并没有出阵。东赤拉郭的话激怒了晁通的儿子拉郭，他哼了一声："懦夫？今天就让你死在懦夫手里！"只见他拈弓搭箭，一扬手，正中东赤拉郭的额头。可怜的勇士，坠马落地，当场毙命。拉郭毫不犹豫地取下他的首级，并指挥大队向乱了阵脚的大食国军队冲去。幸好大臣协赛绕朗及时赶到，这才止住了岭地人马的追杀，大食国兵马的阵脚才稳定下来。只见协赛绕朗向岭军连射六箭，射死岭兵十人；又一箭射在晁通次子崩奔托规巴瓦身上，将铠甲射得粉碎，甲叶纷纷落地。崩奔托规巴瓦见协赛射死了十个岭兵，不由得怒从心头起，立即挥刀向协赛奔去。协赛也毫不迟疑，连着向崩奔砍了三刀，崩奔竟没有一点感觉，刀砍在身上只是像被蚊子叮了一下似的。协赛见不能伤崩奔，顿时慌张起来，拨马就要逃走。崩奔哪容他逃，手起刀落，将协赛劈成两半。大食军马刚稳定的阵脚，比先前更加混乱起来。士兵们慌不择路地向后逃窜，混乱中许多兵马被挤入水中淹死。岭兵乘势夺了大食的营寨，又得了不少粮食和财宝，喜滋滋地回营休息。

侥幸得以逃脱的大食兵将，急急忙忙地回王宫向大王赛赤尼玛报告：将领东赤拉郭和协赛绕朗阵亡，先锋部队几乎全军覆没。

赛赤尼玛心中不禁一惊。他虽料到打仗会有胜败，但没有想到他的军队会败得如此之惨。想他堂堂大食财宝国，怎肯就此善罢甘休。大食王稍微想了想，决定再派一支部队去迎战晁通。这一次他派的是具备四种降敌武艺的大将赞拉多吉，令他戴上九峰青铜盔，插上火光炽热的尾缨；披上护命的红铜甲，系上古今绫绸带；挂上断石剑，上饰雕鸟缨；骑上红色识途马，鞴上虎纹鞍；系上火光闪耀的箭筒，装满六十支长寿箭；背着能胜霹雳的铁弓，并给他一百勇士做侍从。然后吩咐他："人生疾病有根由，两国争战有原因，大食与岭国战争的祸根就是那达绒长官晁通。他长着灰黄色长胡须，马带银鼻花，豪言如雷声，胆小如狐狸。赞拉多吉啊，你平时练就的如雷似电般的利箭要射向他。"

赞拉多吉披挂整齐。他把大王的话牢牢记在心里，只等上阵见到晁通，立即把他擒回来，让大王亲手宰了他，以吐心头那口闷气。

迎战赞拉多吉的既不是晁通，也不是他的儿子，而是以晁通的侄子噶细长官伦珠为首的三员大将。因为前一仗拉郭和崩奔大败大食军，杀死东赤拉郭和协赛绕朗，使岭军军心振奋，声威大振，这次，伦珠坚持要叔叔晁通派他出阵，以立战功。见到大食的赞拉多吉，伦珠根本就没有把他放在眼里，反倒摇头晃脑地教训起赞拉多吉来：

白狮的鬣毛多雄伟，
猎狗佯装雄姿实可怜，
老狗最好守本分。
猛虎的斑纹多雄伟，
野狐炫耀皮毛实可怜，
狐狸最好别离窝。
鹫鸟飞翔在蓝天，
小雀展示翅膀实可怜，
小雀最好蹲树梢。
旷野是野牛磨砺犄角处，
黄牛欲发威风实可怜，
老牛最好卧在糟糠中。
这里是岭国兵比武处，
大食兵到此送命实可怜，

你们最好回家去。

“喂，听说你叫赞拉多吉，看你长得像个人，战马也漂亮，弓箭又整齐，杀了你实在怪可惜，不如趁早逃回去，我就装作没看见。”

伦珠拨马就要走。赞拉多吉哪里受得了这般侮辱？俗话说：“死人怕冷风，活人怕侮辱。”他堂堂大食国的大将，竟让这么个不知高低的小人数落了一顿，实在可气又可恼。难怪东赤拉郭和协赛绕朗死在阵前，不要说打，就是气也气死了。赞拉多吉一拉马缰，挥刀朝伦珠砍去。已经拨转了马头的噶细长官伦珠，忽听脑后风声响，急回头，正撞在赞拉多吉的刀上，可怜大话连篇的伦珠，顿时脑袋和身子分了家。另外两名大将一齐举刀来战赞拉多吉，被赞拉多吉猛砍一刀，虽未丧命，却也鲜血淋漓，此时方知赞拉多吉的厉害，不敢恋战，慌忙败下阵去。赞拉多吉乘胜追击，踏进岭军大营，一腔的仇恨都聚在刀口，逢人便杀，见人便砍，岭兵渐渐支持不住。就在这时，拉郭和崩奔兄弟二人赶到了，赞拉多吉自知不能敌此二将，便退下阵去。

大食王赛赤尼玛亲自为赞拉多吉摆宴庆功。接着，命赞拉多吉统领马尾缨军五万，朗拉噶琼统领白缨军五万，穆纳多丹统领黑缨军五万，迅速在岭军占领的桑噶查茂草滩对面的奔布雅昂玉日雪山的一个山岗上安营扎寨。

岭军见大食的军队在对面驻扎，就像空中的星星汇聚在一起。老年人认为不能再与大食作战，恐岭军不是对手；年轻人则跃跃欲试，不甘心就这样回去。达绒长官晁通也拿不定主意，既想打败大食，又怕打不过大食。惶惑中，他打了一卦，卦词说：“迈开三步可得战利品，向人讲三句话就能得胜利，因此要赶快起行。”

这样，害怕大食的人没话可讲，年轻的英雄壮士凭空又添了许多勇气，晁通也不再犹豫。

第二天，拉郭首先出阵，唱了一支歌：

要讲男儿的英雄与懦弱，
在于一日的福运盛与衰；
要说马儿跑得快与慢，
在于一夜的草料足与亏；
要讲兵器的长与短，
在于一人的武艺高与低。

“赞拉多吉，不敢迎敌的是狐狸，不敢吃食的是饿鬼，不能答话的是哑巴。

我第一要取下你的头作祭品，第二要踏平你大食营帐，第三要让河水变颜色，办不成这三件事非英雄。赞拉多吉，是英雄就快出阵吧！”

赞拉多吉早就按捺不住，一下冲出阵来，指着拉郭大骂：

懦弱的狐狸种，
不会生出美丽的虎纹；
小小哈巴狗，
不会生出狮子的绿鬣；
松鸡的翼下，
不会孵出神鸟杜鹃来；
诡诈如狐狸的晁通，
怎么会生出英雄来？！
可怜你，
翼力尚未发达的鹫鸟雏，
想游天空却坠深渊；
脚力尚未成熟的幼狮，
想游雪山却损绿鬣；
斑纹尚未丰满的虎崽，
想劫畜场却伤爪牙；
武艺尚未具备的小儿，
出阵只有丧性命；
你本应去守护祖宗遗留的神城，
按理不该前来上阵。

“你父亲偷我大食宝马已难容，怎敢不还宝马动刀兵。如果交出追风马，两国还是好交情；假如今天不交马，定要你命不留情。”

赞拉多吉说着，见拉郭的刀已向自己砍过来，知道再多说也无用，立即抛出手里的闪电红套绳。这根绳甚是厉害，是用野牛的胸毛、猛虎的背毛、牦牛的臂毛、乳牦牛的肋间毛编织而成，抛向蓝天能捕云朵，抛向空中能捕狂风。这一抛，正好套中拉郭的脖颈。赞拉多吉一用力，拉郭在马背上晃了一下，几乎跌下马来。

拉郭拼命挣扎，越挣扎套绳越紧；用刀去砍，套绳又丝毫无损。拉郭急得哇哇大叫。正在这危急关头，崩奔跃马上前，用尽全身气力，猛地向套绳砍了一刀，套绳虽被砍断，可拉郭已被勒得快要窒息了。崩奔不再恋战，护着拉郭后退。赞拉多吉追了一阵，因怕中埋伏，也领兵回营。

大食和岭国两军各自安营扎寨。烈日炎炎，动则汗流不止。这样过了六天。第七天早晨，天气稍微凉爽，突然从大食营中飞出一骑，白人白马，白盔缨，白铠甲，白螺宝剑。此人正是大食国大将朗拉噶琼。朗拉像一道闪电，首先冲向岭国的右营门，杀死一百金甲军；接着又向中军的帐篷冲去。拉郭和崩奔奋力拼杀，才保住父亲晁通的虎帐，没让朗拉闯入。朗拉又杀了红缨军三十人，然后继续向岭军的左营门扑去。岭兵被这突如其来的袭击吓住了，要想躲藏却没有坚固的堡垒，要想逃遁又找不到路径，飞向天空翅膀不能展，钻入地下爪子不能伸。虽说不停地开弓射箭，却也没能伤着朗拉。朗拉在左营门又杀了十名白缨军，这时他的白马，四蹄已被鲜血染得如同红珊瑚一般。他手持宝剑，冲出岭营，回营复命。

达绒长官晁通慢慢从帐篷中伸出脑袋："那人走了吗？快追！如果现在不追，我们就将不得安宁。"

拉郭和崩奔等四勇士连忙上马追出岭营。崩奔率先追上朗拉，他骑在马上大声喝道："你这个自诩为英雄的人怕是到了最后注定要失败！你与我二人，英勇相等时虎和野牛都成尸，英雄不齐时狗死狼留存。在我崩奔面前，再坚硬的石崖也要弄成灰。看我今天如何将你这白骑士，弄得如风吹白云！"

说完，崩奔一箭射过去，却只将朗拉的盔帽射歪，而未伤着他身体分毫。此时朗拉很是轻蔑地答道："你这人真是名声大过本事，射这样的箭真是可耻呀！让你看看真正的英雄是如何射出宝箭的。你若还有遗言，赶紧托付！"

朗拉回射一箭，也未能射中崩奔。二人刀刃相见，打在一处，半晌竟未能分出胜负。崩奔见一时不能杀死朗拉，心中焦急，大喊一声，直刺朗拉的肚子。顿时，朗拉的肠肠肚肚流了出来。他惨叫着把剑指向崩奔，乘崩奔稍一发愣，刺入他肋间。两英雄几乎同时翻身坠马而亡。

当拉郭、尼玛让霞等人赶到时，崩奔已经与朗拉同归于尽。众人悲痛不已，将崩奔的尸首安葬在山岗上，却将那大食朗拉的首级割下祭奠兄弟，然后将他的马匹、盔缨、铠甲等带走，回了岭营。

岭军遭受到前所未有的挫折。大食的一个朗拉噶琼，就把偌大的岭营搅得天翻地覆，人仰马翻。虽说已经把他杀死，可岭军又损失了晁通的爱子、大将崩奔。怎么办呢？晁通面对败局，愁得双眉紧皱，两腮下陷。而此时，暗夜的冷风瑟瑟吹动，营帐的幡旗肆意地抖动着，空气中飘着从未有过的忧伤，渗透入每个岭国士兵的骨髓，直至天微亮时，大家才都安稳入眠。

第一百零三章 念咒施法晁通勇退敌 披坚执锐王子亲出征

大食的大臣们久等不见朗拉回营，赞拉多吉心中稍有不安，遂带领士兵三十人疾速出来，太阳快落山的时候，来到雅玛鄂莱地方，看见许多乌鸦在那儿叫喊，他飞速地跑到那儿去一看，只看到一具没有头的尸体，便认出是谁来，心中即刻感到被针刺一般的痛苦。策马狂奔疾驰到岭国大营，也没有叫阵，即冲入左翼营中，杀死许多人马。之后，又毫不犹豫地冲向中军虎帐，见人就杀。只见岭营内神、龙、厉三者的化身英雄装扮成三百人，箭矛等兵器堆积如山。他看到这种情况后，勇气稍减，心中暗想今天的胜利除了这一点外得不到其他的，遂勒回马头，冲到前军营中，杀死岭国红缨军五十人后，便欲返回自己的军营。这时，待到赞拉多吉等大食人各射出一两支箭后，王子拉郭与丹公子玉若奔麦射杀了赞拉多吉的十个士兵，然后看着他们撤退，自己也撤回营地。

又过了七八天，大食的将臣觉得岭营无论是从军队阵容或是士气都与本军相差甚远，不如趁机发起攻击，将敌军一举消灭。次日太阳刚出来的时候，大食国的三大将领与小英雄贡巴甲仁、麦达蔡鲁等五大臣，由各部的骑兵几十人簇拥着出发了。见此阵仗，达绒部落的长官晁通王可是被吓得不轻，坐在虎皮座上惶惶不安，只将保命的希望寄托在儿子和几员猛将身上，又在心里盘算着是否还有其他取胜之法。

正当岭人商议着将由何人出去打头阵，丹公子玉若奔麦自告奋勇地充当先锋，他从绿缨军营旁来到阵前，意气风发地骑在马上叫道："在我岭国英勇军队阵前，你们这些懦弱的狐狸也敢来耍威风。让你们今天无路可逃，让射手的神箭将你们化作尘土！"

说完，一箭射出去，射在大食将军穆纳多丹的护心镜上，"咔嚓"一声，铠甲七零八落，但因为有魔神的七粒豆子一般大小的护身铁磐石护体，身体才没有受到多大的伤害。气急败坏的穆纳多丹抽出宝弓，大声吼道："喂！骑青马的小子，你射这样的箭实在可耻，让我来教教可恶的你，英雄应该如何射箭！"

他的铁箭射出，正中丹公子左胸，幸好有天母赐予的长寿结才未让身体遭致损害。两人射箭未果，又冲上前去，用刀砍杀，用矛攻击，混战了无数个回合，穆纳多丹逐渐处于下风，只得催马败逃回营，丹公子欲追上前去，被赞拉大将的宝刀拦下，拉郭见此连忙上前营救，才为丹公子解了围。

后来，大食与岭军两方面的将臣都一心想着胜利，全都冲到阵前作战。岭军奋勇抵抗，勉强将如狼似虎的大食军队逼出大营，表面看来，岭国达绒部落的军队小胜，但是在军队内部却是十分惶恐。大臣们聚集在大帐中，七嘴八舌地商议退敌之策。最后楚吉拉隆唱道：

军队的四大将军请听言！
所谓禀告的内容不再讲，
有几句要讲的话是这样：
今年大军开到此，
熊熊燃烧的烈火，
对于河水行不通。
凶猛厉害的恶狗，
对于石头行不通。
雄壮军队的勇气，
对那敌酋行不通。
凶猛如虎的将帅座位前，
我说的并非懦怯言，
在这旷野的念茂玉塘滩，
一则国王势力大，
二则大臣极睿智，
三则十万雄兵极勇敢，
若不具备这三种，
要取胜利实困难。
十万军队的心脏晁通长官，
心思不安好似水中月。
王子弟兄与玉若奔麦，
以及勇敢的大臣们，
人虽勇敢无能力，
马虽快速不能使。
依微臣的愚见，

拉郭弟兄与玉若奔麦，
是岭噶军营的栋梁，
应该留在十万军队中。
狮子若不据守雪山顶，
敌人何时到来不能定。
虎儿若不据守林海中，
敌人何时到来不能定。
鹫鸟若不据守山崖上，
敌人何时到来不能定。
长官若不留在营帐中，
敌人何时到来不能定。
此外众位大臣，
派出两名使者，
到南赡部洲雄狮大王处，
所有好坏情况均禀报。
若不发动英雄众兵士，
小小军队如何能得胜，
自己事业恐怕失于人，
对不对请将帅们考虑！

众大臣都同意楚吉拉隆说的话，没有人讲什么不同的主张。唯有晁通听了后，即时好像孔雀听到雷声，将胡子左右摩挲地说道："既然如此，那就按照大臣的主张办吧！"

晁通派出三个使臣，千咛万嘱，叫他们见了雄狮王一定要把详情细细禀报，并且说，如果大王不来，不知以后还有没有见面的机会。三个使者带着赏钱和隐身风轮，急急忙忙奔向岭地。

而此时，大食军营之中也在商议着如何挫败岭军。有人提议四位将军每个人带一万五千名兵丁将岭营围住，杀他个片甲不留，大将赞拉却不甚同意。暂时找不出更好的方法，于是大家提议请女卦师扎色热纳占上一卦。在女卦师卜卦之际，山神玛沁邦拉变为金翅玉蜂，落在卦绳上面，改变了卦象，占卦的结果说："军队不要去作战，狮子从雪山跌下来，弱小敌人来挑衅，胜利逐渐来。"

大食君臣对于女卦师的占卦结果从来不曾疑心，于是决定听从卦象所言，改变了原来的进攻计划，等到第十天之后，才由将军赞拉多吉、麦达察协噶丹带领兵马前去进攻岭军阵营。

在大食的军队袭营之前，玛沁邦拉山神又为拉郭降下预言，并且告诉他这次只有通过神通才能退敌。当大食三位大将带着黑压压一群人马袭来的时候，晁通王立即变化为一头极其可怕的野牛，头上长着一双五庹长的铁角，两角尖端燃烧着如谷囤大的火团，张着口，吐舌如电闪，咬牙声如雷，吼声如怒龙咆哮，大地都为之震动，身体变大时像一座大山，变小时像一座小山，把岭营遮盖起来。

大食国的大臣来到跟前，他们勒转马头商议。赞拉说："这样大的野牛在北方旷野中绝对不会有的，不知是神的变化，还是魔鬼的幻影。现在我们各射它一箭，看它怎么样。"

然后各射了一箭，只见那只野牛竖起尾巴，吼声震地。大食人马震惊。他们虽然又各自射了两箭，但是那野牛仍岿然不动。于是将军赞拉鼓起勇气，抽出宝剑，走近野牛身边，连砍三下，但是像砍空中长虹一般，什么都没砍到。只见那野牛大吼一声，跳到他们上面。麦达察协噶丹抽出刀来显出雄威的姿态，却被狂风吹去挂在野牛的右角尖上，人与马分开。众人恐惧，向大食营中如灰尘飞扬般逃去。野牛返回，收回幻影后，岭兵们对达绒长官晁通大大地赞扬了一番。

晁通派出的三个使者，不敢有丝毫懈怠，日夜兼程，终于在三七二十一天的时候来到了格萨尔大王的狮龙宫殿。格萨尔大王早就料到晁通会派人回来求援。三个使者还没到达王城，他就把岭国六部的人马聚集起来，竖起聚宝旗，击起龙吟法鼓，吹起凤鸣海螺。几个侍从登高远望，就在太阳偏西时，他们迎来了三个报信的使者。

使者们顾不上喝茶饮酒，把达绒部落与大食作战情况详详细细地向格萨尔大王禀报，然后请求大王亲征大食："世界雄狮大王啊，在美丽的蓝天上，光明的太阳绕四方，若无太阳高高照，四洲永远暗无光；在茫茫的草原上，甘露般的细雨落牧场，若无细雨纷纷降，草原就会变荒凉；岭噶布是达绒的家乡，家乡兵强马又壮，若不迅速派援军，达绒兵马要遭殃。"

格萨尔听了这番禀报，皓月似的笑脸上忽然现出如黑石山似的浓云。众大臣也默默无语。三个使臣心中甚是焦急，见大家都不说话，一时也没有了主意。

格萨尔心中暗想：晁通为了自己的目的，用尽了心机和诡计；这次与大食作战，都是他自己引起的。但按照预言中"时值木虎年，去攻大食财宝城，为岭地藏地辟财源"的说法，该是征服大食国的时候了。格萨尔认为，这次出征，应该让扎拉王子去。于是，传令调兵：

上岭色巴军，

黄人黄马黄灿灿，
好似金乌落平原；
中岭文布兵，
红人红马红光闪，
好似巨人火山燃；
下岭穆姜人，
白人白马白光闪，
好似冰雪白玉团。

此外，还有三十英雄，八十勇士，以及霍尔军、魔国军、门域军、姜国军，也都聚集待命。雄狮王宣布，由王子扎拉任岭军统帅，用三年半时间征服大食国。

大臣们无话可说。王子扎拉有些忐忑不安。他想：假如没有水晶坛城[1]，纵然星星众多，昏暗也难免；如果大王不亲征，单凭我，怎能战胜大食？晁通王那样诡计多端，尚且不能取胜，像我这样的人，也能获胜吗？王子扎拉虽然勇敢，但因为从未离开过雄狮王，所以缺乏自信。

老总管绒察查根看出了王子扎拉的忧虑，忙起身对王子说："扎拉啊，你是穆布董氏的后代、大英雄嘉察的亲生子，你是雄狮大王的代理人、十万精英的主宰。好孩子，别犹豫，岭军勇猛赛霹雳，夺取胜利并不难。到了危难时，大王总会有安排。"

大王与总管王已经做了这样的决定，扎拉王子虽然心中有些忐忑，却也没有办法，只好从命。于是雄狮大王派出使者，去岭国各个部落征召英雄们再征沙场。没过几天，分散在各处的英雄纷纷集结起英雄部属，上岭赛巴八族，中岭文布六部，下岭穆姜四部，噶、珠、绒三部，察香十八大部等地的将士像群星降落平滩似的聚在一起，各路英雄连同军队等骑在本部各种颜色的马上，分别出动。

王子扎拉泽杰身上佩着勇敢战神的九种武器，好似神子飞天赴前方作战一般。众英雄相会于大庭中，不忍和雄狮大王分别。这时候，岭国的上师长官、师长弟子，叔叔、姑嫂所有上下人等，都呈上无数的绫绸金银。格萨尔王身体威严，令人敬仰，犹如具有十万阳光似的赐予扎拉泽杰乌金莲花祖师的莲冠，还有成就王母的寿结、佛祖空行盔、战神的紫色寿衣、格卓的美丽神旗、擒捉无形神鬼套索等物。

1　水晶坛城：月亮的别名。

军队已经聚集完毕，王子下令出发。格萨尔大王和王妃珠牡等众叔伯、姑姨，一直将扎拉王子送到岭国北方与大食的交界处。珠牡依依不舍地拉着王子，细细地打量着他：头上戴白盔，好像东山出皓月；身穿银铠甲，好像白狮蹲雪山；脚穿虹纹靴，好像天神行苍穹。真是个活脱脱嘉察大英雄的再生。

珠牡合掌祈求神灵保护：为不教风吹雨淋，请天母朗曼噶姆保护；为勿使锐利武器磨损，请本尊金刚加持！

王子扎拉告别了岭地，告别了雄狮大王和王妃，骑马率军而去。正月十三日，来到大食国晁通的营地。那晁通见到岭军的大队人马，高兴得手舞足蹈，立即带上众英雄来谒见王子扎拉。

扎拉虽不喜欢这个爷爷，但奉雄狮王之命前来援助晁通，不能显得太不恭敬。晁通向王子扎拉献上白绫一匹，请求接见。王子允诺，晁通便前来拜会。入座后，双方详细交谈，对军事行动做了商议。扎拉王子了解完这里的近况之后，马上调兵遣将，准备迎战大食强军。

此时大食的君臣们也都聚集在国王的座前，商议怎样面对岭国来的援军。坐在右排排首的大臣赞拉多吉说道："大王啊！现在岭国的强大军队已包围过来了。应该如何对付敌人，请下命令，我等大臣万死不辞。"

大王稍有不安地说道："遇到这种事惰，必须多考虑，大臣们勇气不要减退，要争取胜利。"说罢遂唱道：

本王乃大食国的财宝王，
并非凭空起名号，
由于勇敢称大食，
由于财产丰富称财宝。
上自拉达雪山以下，
下至索波大道之内，
嘉纳法纪门以上，
九峰雪山之高原，
统率三千世界的长官，
除我之外无别人。
那郭姆的黄口小孩儿，
称为大王真无耻。
今天在场的众勇士！
现在怎能不去迎敌？
将军赞拉勇士，

你统辖的所有部队，
与那勇敢壮士二十五人，
驻扎念茂塘周围。
大臣穆纳多丹，
你率领所属部队，
与勇敢壮士二十五人，
扎在拉措昂茂边。
将军麦达蔡鲁，
你率领所属部队，
与自告奋勇的二十五壮士，
回击达绒部队的花兵。
赞杰朗卡妥郭，
你率领红缨军四千人，
把守玉雪昂茂关。
王子察郭达瓦，
你有忠诚不贰的六大臣，
由九百黑缨军侍从，
一声令下立即出动。
好汉单独去行动，
弱者编入军队中，
各自带领本部军，
行动部署要与商议相符合，
岭国的八十个英雄汉，
要遇到勇敢的好对头。
郭姆的黄口小孩儿，
本王看他有何部署！

大食王唱毕，内外文武大臣们都将曲中的要义记在心中，各自照着大王的军令行事。

第一百零四章

骁勇岭军轻取敌要地 神武老将箭夺察郭魂

到了吉祥的正月十五这一天，岭噶布的三部分援军商议决定，首先以各部署的十万军队和自告奋勇的壮士组成先锋部队向营前的大食军发起攻击。岭军首先扑到赞拉营中，杀死红缨军一百多人。大食将军赞拉多吉立刻跨上战马，将领头闯营的老英雄丹玛迎面拦住。丹玛见他甚是威武，心中有些喜欢，希望把他收到自己军中。于是，他一勒马缰，对赞拉多吉说道："戴红缨的汉子，你稍等一下，我有话要讲。我是雄狮大王的重臣，岭国的察香丹玛。你我二人都算得上是英雄男儿，是藏族俗语中说的上等男子，不会轻易让刀箭矛三眷属武器破坏世间的安定。不是我丹玛惧怕你而说这些求和的话，而是希望你以大食和岭国的安定为重，难道一点协商的余地都没有吗？岭国与大食国，从来无冤又无仇，为何非要征战不休？我们的王子扎拉对敌不宽恕，众英雄对敌不容情，我丹玛对敌不畏惧，你是喜欢和还是战，请考虑吧！"

赞拉多吉根本听不进丹玛的话，心想：眼下这时候绝对不可能调和，自从王子扎拉带着岭地援军到达后，大食国确实恐慌了一阵。但是，与其害怕，坐在城中等死，不如出城来决斗。想罢，将箭搭在弓上说道："骑青马的岭人，你说的这些话未免太过稀奇，究竟是谁先搅坏两国的交情？正像古谚说的那样：'苍龙要使石山变平地，粉身碎骨不懊悔；杜鹃要使悦耳之声遍山谷，没有草原鲜花不懊悔；鱼儿为了在清湛湛的水中游动，河水结冰不懊悔。'为了保证大食国的富庶安乐，我赞拉多吉流血掉头也不懊悔。你们这样颠倒黑白，听完我这些歌，看你还能做什么狡辩！"赞拉多吉遂唱曲：

若不认识我这人，
西方岗日泽嘉的下方，
是五万户的长官，
赞拉多吉巴沃是我名。

是十万大军的主宰，
是大食大王的重臣，
有一赞拉即可以，
不可缺的是赞拉。
自称岭丹玛的你这人，
今天且听我唱歌！
那自名达绒王的晁通，
协商沟通都施完，
狡诈虚伪加欺骗，
所谓和解实可恼。
早在北方玉茂隆的姜塘滩，
若将所讲的话能听从，
第一次和解即可得；
中间再做协商时，
凶手若不再杀戮，
第二次和解即可得；
其后一段时间内，
那英雄东赤拉郭，
是东方上五部的长官，
倘若不遭坏岭人杀死，
第三次和解即可得。
此外血仇与被劫物，
当然可以协商得和解，
和解不成原是岭人所造孽，
造孽之后自己遭报应。
在这今天的日子里，
你若胜利称丹玛，
高举胜利的旗帜，
我若胜利称赞拉，
夺来弓矢作为胜利品。

赞拉多吉历数晁通的骗人伎俩，越唱越生气，哪有半点可以和解的余地？！唱毕，他突然向丹玛射了一箭，正中丹玛前胸。由于里面有战神长寿衣和护法的保护，所以丹玛身体没受到任何损伤。这时丹玛也回射他一箭，射中赞拉头部，但赞拉命不该绝，一点也未受伤。两人又以宝剑相拼，骏马相撞，大战数个回合，仍未分出胜负。

另外一边，将军森达阿东用大刀将一员大食大将的头颅砍下，但并没有吓倒大食兵，他们英勇抵抗。大食国的其他大臣和壮士，正在岭兵黄缨军阵中冲杀并有所斩获的时候，岭军发出收军号令，所有人马撤退回营。大食军追赶了一会儿，也掉头回去了。

参与战斗的门、姜两部军队各营抽出精锐军士一万人，从四面向穆纳多丹的营寨攻击，好似豹狼追赶山羊群一样，从四面对大食士兵猛烈砍杀。大食将军穆纳多丹奋起反抗，骑在黑马上面，威风凛凛，用锐利长矛将门姜两部的士兵杀死许多。

出来迎战大食国将军穆纳多丹的是姜国王子玉拉托琚。那玉拉自幼勇猛善战，喜欢战争就像苍龙喜欢春雨、鹰鹞喜欢小雀。他相信这个道理：雪山上面慢慢走，对行人的眼睛不利，鞭打不善走的坐骑，会使脑浆泼地；没有军队作战，本该得到的利益会失去。

玉拉托琚骑在马上，显得悠闲自在，就像儿时的游戏。他见了穆纳多丹，先唱了一支歌，要与大食将军比矛，玉拉托琚雄赳赳地拿起花长矛将穆纳多丹迎面拦住，他大声喝道："黑骑士你听好了！今天你我二人，比赛幻轮花长矛，看谁的锋利如毒蛇，真正勇敢者得功勋，看谁英勇像猛虎。看谁的坐骑脚程快，看吆喝挥鞭谁在先。今天若逃是狐狸，我对敌人不后退，建立怎样的功业看今朝！"

玉拉所骑的那匹宝驹像鸟儿飞似的直冲出去，穆纳多丹没有唱曲回答的工夫，两人彼此开始以矛互刺，多丹的矛很长，虽然向玉拉连戳两矛，但是依托护身符的护佑，玉拉没有受伤。待多丹的长矛尚未刺到之时，玉拉抽出弯刀，将多丹的长矛从中间劈为两段，然后又扑到穆纳多丹跟前，连砍三刀，由于穆纳多丹命不该绝，哪儿都没伤着。明知打不过玉拉，穆纳多丹仍然打马朝岭营扑去。玉拉策动天青马，飞也似的追了上去。为立战功，他们两人又分别奔入对方军中，尽力拼杀。

这时霍尔与北方魔国的军队每部各带一万精锐人马去攻打麦达蔡鲁的营寨。辛巴梅乳泽、女英雄阿达娜姆、唐噶泽郭等勇敢凶猛的将领率领九十个辛巴骑兵冲到营中。辛巴梅乳泽早就听说麦达蔡鲁的武艺高强，特别是他的"饮血虎箭"甚是厉害，很愿意和他较量一番。

果然，麦达蔡鲁勇猛异常，但是与霍尔辛巴王较量起来，还不是对手。辛巴梅乳泽步步紧逼，不给麦达以射箭的机会。打了十几个回合，梅乳泽看出了麦达的破绽，一个突刺，矛尖正中麦达的小腹，麦达顿时滚落马下，"饮血虎箭"成了辛巴王的战利品。

壮士森郭昂通见麦达蔡鲁落马而亡，悲愤难抑，骑着“火红大鹏”宝马冲出阵来。辛巴梅乳泽正待迎战，被北方魔军女将领阿达娜姆拦住了，她要试试自己的利刃。

阿达娜姆自从帮助格萨尔降伏了自己的亲哥哥北方魔王鲁赞后，即做了格萨尔的妃子，很少出征打仗。这一次因格萨尔不能亲征，她求大王应允让她率北方魔军前往助战。现在见辛巴王首战得胜，她也禁不住要试试自己的武艺。

见壮士森郭昂通一副凶相，杀气腾腾，阿达娜姆首先警告他：“好汉不节制勇气要后悔，射手不节制箭速要后悔，善跑者不节制双腿要后悔。壮士啊，趁着我未射箭赶快逃吧，若打起来可没有你逃的路！”

森郭昂通见一女子也用这种气冲牛斗的口气跟他讲话，心中只觉晦气，打也不是，走也不是。如果真的不战而走，恐人耻笑；如果和她认真交手，就是打胜了也不会有人说他是勇士。但是，现在已经没有走的道理，只得挥矛迎战。阿达娜姆见他如此不听劝告，也动了气。她并不想和森郭昂通认真动手，而是漫不经心地射了一箭，森郭昂通没有提防，那箭竟穿过他的胸膛又飞了好远，几乎和森郭昂通同时落地。可怜一世英雄因看不起女人，大意而丧命。此时大食国军兵方知女英雄的厉害，不敢再战。

阿达娜姆欲挥兵追杀，梅乳泽却拦住了她：“高飞者若不节制，如鹏鸟的羽毛风吹落；凶悍者若不节制，老虎也会滚陡坡；千里马若不节制，脚力再好也会失前蹄。今天我们已经得胜，不要再穷追不舍了吧！”

而此时天也大暗，阿达娜姆听了辛巴王的劝解，放弃了追杀的念头，下令整兵回营。

次日，岭国所有将军都集合在扎拉王子帐中，享用茶、酒、肉、酥油等美食。同时，王子扎拉给予各部英雄极其丰厚的赏赐，祈愿天神保佑，尽快降伏大食。

同日，大食军队的大小将领们都聚集在国王面前享用茶酒，他们害怕大王发怒，没有人敢出来禀报失败的消息，坐在右排排首的大将赞拉多吉站起来最后说：“力大无敌的权势主，不要烦恼听我言！我所禀告之事是如此，战事失败犹如香粉被风吹，现在该如何是好？”

大食国王感到震怒，于是向在座的众人唱道：

战事胶着国家危难，
可有谁人奋勇争先？
倘若有谁迅速作答复，
有九枚金币的赏赐。

倘若没有自告奋勇者，
就由本王来派遣：
第一大臣阿郡达安，
第二壮士达拉昂雅，
第三勇敢无敌的郭保赛赤。
已做占卜和算卦，
就在明日上午，
敌军各部来袭时，
一定要回击莫屈服！
自从今天至日后，
上自王子君王，
下至贡伍拉甲，
都要奋勇争胜利，
即便失败也无悔。
绝不能负之于敌人，
绝不负之于岭国！

大食王唱罢此曲，可是众大臣中却没有一个人自告奋勇。

于是大王就命令他提到的三人抽签，结果是壮士达拉昂雅抽中，遂赐予他黄金和绫绸。达拉昂雅和九个勇士骑在骏马上，率一百名绿缨兵簇拥着来到北营。其他人则各自回到自己的军营中去，谋划夺取胜利的办法。

两日后的早晨，大食国兵营突然旗幡招展，人头攒动。大食王子察郭达瓦头戴插红纹缨头盔，身披盔甲，手持"吃肉"宝剑，肩挎青色铁弓，箭囊内插满铜翼铁箭，胯下骑黄嘴战马，率五十个缨军直奔岭国北营。还有威猛大臣带领一万人的军队来到北面霍尔营旁。在霍尔乱嚷嚷的时候，王子察郭达瓦和壮士南拉托雅、内臣阿库达纳等三人首先扑入营去，没讲任何话，即持长矛和宝剑，彼击此砍地厮杀起来，杀死一百多红缨军岭兵，便直奔辛巴的中心大帐而去。这时霍尔军营里，辛巴帐下的小将章纳秀欠勇猛地骑在战马上，将来势汹汹的大食王子阻拦下来，说道："今天你这入侵的军队，想要胜利的愿望虽然高，但是遇见阿庆霍尔就行不通。今天你我二人，究竟谁最英勇，比比看就能知晓了。"

章纳秀欠唱罢，即射出一箭，正中大食王子察郭达瓦前胸心窝。但除了甲胄震落之外，由于神法力的保佑，察郭达瓦没受任何损伤。察郭达瓦遂将箭搭在弓上，很不屑地回敬他道："你怎么配与我相比？我像雪山上的雄狮，你像村中的小狗崽，虽想比赛怎能敌？我像凶猛的花斑虎，你犹如懦弱的狐狸，虽想较量怎相配？我是大食国尊贵的王子，你是亡国为奴的霍尔辛巴，虽想较量不般配。今天好汉的胜利，要使血染红缨军！”

察郭达瓦射出一箭，正中章纳秀欠的盔帽，从雕翎穿透脑后，章纳秀欠落马毙命。之后大食将士杀死了红黑缨军一百多人，勒转马头返回营地。

次日，大食的大将穆纳多丹率领壮士十五人、骑兵五千人于曙光初现的时候起程，向门姜部军营开来，将驻扎在那儿岭军的巡逻兵消灭。玉拉托琚从梦中醒来，疾速跨上战马迎敌，首先向东边射出九箭，射死许多黑缨军士兵，随后抽出刀来，杀死大食军士一百多人。这时，穆纳多丹举起犹如野牛一般大的一块黑磐石截住他，将那磐石掷将出去。当时白梵天王的五千万神仆侍从，看到这种情景即刻用力将磐石接着。由于力量太大，玉拉像被霹雳打中似的几乎跌下马来。玉拉托琚怒气从心生，遂将那宝剑从鞘中抽出，叫道：“是以今天你我二人，今天相遇是最后一次。大食大臣穆纳多丹，你由于勇敢充先锋，妄想血染姜军营。但是今天要你死在我玉拉剑底下。”

玉拉毅然跳过去，抽出剑，与对方格斗起来。两人厮杀一顿茶之久，可是谁也没有机会决胜，便各自收起兵器回营而去。

回到营中，门国和姜国众人都在商议，姜国王子玉拉两次遭遇穆纳多丹都没有讨到一点便宜，就算英勇如玉拉，也遇到了不可战胜的对手，那么接下来多战事又会如何，大家不禁担心起来。做了仔细商讨以后，遂决定请女卦师宛协玖美占上一卦。卜完吉凶，女卦师反而一脸轻松地向王子报告道：“自小民充任卜职后，没见过像今天这样的吉祥卦。前次未能得胜利，并非好汉不勇敢，并非兵器不锐利，只是由于敌运还未尽。本月的廿九日，卦象上面极合适，若去杀敌定胜利，有血仇者最好去报仇，有怨恨者最好去雪恨。玉拉王子出阵，请达拉赤噶将军相配合，得白梵天王护佑的格萨尔大王也会相助。定能将那多丹来杀死，姜国的奇功由此建立。”

女卦师说完以后，在座众人都松了一口气，决定等待良辰吉日。

岭国军队没有等到良辰吉日大战大食国，大食国兵马却突然旗幡招展，勇猛冲锋，势不可挡，大食王子察郭达瓦像往常一样，头戴插红纹缨头盔，身披盔甲，手持“吃肉”宝剑，肩挎青色铁弓，箭囊内插满铜翼铁箭，胯下骑黄嘴战马，豪情万丈地率红缨军直奔岭军北营。赞拉多吉、昂察达米率军袭击姜营。一时之间，大食国兵将像乌云般黑压压袭来，布满漫山遍野，一心要与岭军决一死战。

岭军初战得胜后，斗志有些松懈。想那大食国兵将不过如此，胜利在望；只待休息两日后进兵，便可直捣大食国的老巢，取得全胜。谁知大食国不等岭

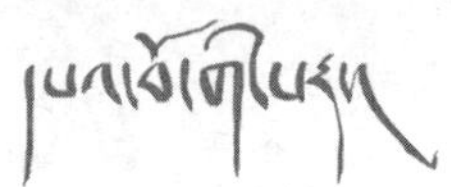

兵进攻，倒先铺天盖地杀来，岭军匆忙应战。这时大食兵马已经杀到帐前，众英雄簇拥着赞拉多吉，点名要岭国王子扎拉决一胜负。

“太阳运行处，群星欲敌对，炎热光芒不可阻；雷声响动处，浓云欲敌对，霹雳电光不可阻；大河奔流处，沙砾欲堵塞，河中波涛不可阻。我们大食国，岭军欲敌对，大食军队不可阻。听说扎拉是统帅，出帐和我战一回。”

大食人点名要战王子，王子扎拉被激怒，欲出帐迎战，被众将拦住了。丹玛心中暗想，卦师的卦象不可靠，昨夜我丹玛的梦不吉祥，今早大食军包围了我们的军营，还需小心才能免祸殃。不等王子下令，丹玛出帐上马，来到赞拉多吉面前。不容赞拉多吉与丹玛搭话，大食王子察郭奔了上来，抽出那“吃肉宝剑”，挡在丹玛面前：“恶狼都有吃羊心，猛虎都有杀马心，我王子察郭只有搅乱岭军的心，只有杀死岭人的心，只有杀死你丹玛的心。”

丹玛见这乳臭未干的小子也敢在他面前说大话，不由得火往上冲：“清水河流回旋处，金眼鱼是水獭的食物；刺树枝丫末梢上，小雀儿是鹞鹰的充饥物；小狐狸察郭达瓦，你乃是我丹玛要降伏的玩物。我这如霹雳的披箭，搭在能推动山岳的宝弓上，射向那高山，石崖也会裂开，今天先给你尝尝。”

丹玛说着拉动了弓箭，只听轰轰隆隆地响，如山崩地裂一般，正中大食王子的胸口，什么护身符也没法抵挡得住，一下子将心劈为八瓣。

赞拉多吉见王子死得很惨，顿时急红了眼，定要与丹玛拼个你死我活。丹玛又拉弓射箭，却奈何赞拉不得。赞拉见扎拉王子不出帐，丹玛的箭又不能损伤自己，更添了几分勇气，手一挥，大食军兵向岭军掩杀过来。丹玛单身匹马，拦挡不住。两军顿时混战起来。

这一仗，岭军大败。格萨尔的侄子大英雄巴森，还有大将卓赛阵亡，死伤兵马不计其数。晁通的脸上又布满了阴云，扎拉王子也觉得没脸见人。众英雄心中有苦难言，不知该怎样挽回这败局。

第一百零五章 闻噩耗大食王捣岭营 逢吉日玉拉射杀多丹

却说在那大食营中，没有人因为今日大胜而欢呼，王子意外身亡这消息怎么敢让大王知道呀！大家聚在议事大帐中，为发生这样的不幸感到懊悔。这时赞拉多吉说道：“喂！可怜的大食群臣们！事情竟坏到这个地步，现在该怎样办呢？”说完，遂唱曲道：

苦海无边的旷野大滩中，
战无不胜的王子察郭，
却被坏岭人丹玛箭射死，
大王的心愿指望谁？
大臣流浪无定所，
家乡的民众由谁来保护？
不应该有的坏事情，
如何禀告这消息？
大臣扎督昂扎！
莫要停留快鞴马，
速到南营宫中去，
将壮士穆纳多丹，
请他速到这里来。
千夫长壮士巴勒，
赶快鞴起金色鞍，
将那威武北营的统帅，
英雄达拉朗雅，
请到这里来！
我们三位大将军，

赶快呈送禀告为最好。

大家都同意赞拉的提议，两个大臣也各自邀请曲中提到的将军去了。被邀请的两个将军来到赞拉跟前，详细谈论战事失败的情况。之后三位将军同意一同到大王跟前去。大王心中虽然暗想为什么王子没有来，但是却暂时没讲什么。这时，王后勒赤噶欠道："王子没有和你们大臣一块儿来，他到哪里去了？"

大臣们你望着我，我看着你，都面色黑沉沉的不说一句话。这时，坐在左排排首白斑熊皮座位上的壮士穆纳多丹道："勒赤噶欠王后啊！现在心中痛苦也无用，前世的命运已注定，再苦再难也不可回避。"于是他唱起了一首安慰大王夫妇的曲道：

威武大食军营中，
统率军队的将军，
四翼军队虽然威武，
仍不免战死沙场，
此乃前生命运定。
大食的希望王子察郭，
早晨为取胜利而丧性命，
此乃前生命运所注定。
今晨天刚破晓时，
王子来到战场上，
来了五个岭噶人，
没有等候相聚会。
赞拉与侍从军队，
以及所有勇敢的壮士，
各个骑马持弓矢，
英勇孑然去搏斗，
王子被丹玛射死。
古时藏族的谚语说得好：
"自己心意自己不掌握，
必有魔鬼来破坏。"
此外我等众大臣，
身体未被四大毁灭前，
要做敌人岭魔的对头，
此外对那仇人丹玛，

在明天的日子里，
若不能报仇雪恨，
戴罪之臣多丹，
一定无脸再见大王面。
索萨勒赤噶欠，
内心的痛苦自然不用谈，
但是此事乃命运所注定，
总之心中无须再愁烦。
大王陛下神之主！
地位稳固犹如须弥山，
英勇的大臣排成队，
最好前去将那王子扎拉，
取下首级与盔缨；
倘若命中没有注定，
侮他左右所有众将官，
一个不留尽消除。

穆纳多丹唱毕，索萨勒赤噶欠感到心像被刺一般疼痛，身体抖颤，手抓头发，好像鱼儿被抛到崖岸上一样左蹦右跳，饰品散落一地，昏迷过去。大食国王也心中愁闷，面色阴森，双目发红，嘘叹声如野牛嘶吼，咬牙声如吃炒熟的豌豆，不住地责备众大臣。

这时城内外所有大臣、侍从听到这个噩耗都非常伤心。大臣们有的去扶王后勒赤噶欠，有的将清净凉爽的神水泼洒到她身上。过了一会儿，王后才慢慢苏醒过来。

大食王打算亲自出征去摧毁岭军，说道："这次战事失败，现在除了我大王自己外，别人谁也不管用。这次的胜利，轮到我去取。"说罢，遂唱曲道：

太子好似大鹫鸟，
命丧敌手实堪哀。
最有名声大食臣，
遇到英雄如狐窜，
遇到懦夫比虎雄，
五个对头岭小子，
大食壮士不能捉。

赞拉为首众壮士，
加上雄壮威武的军队，
竟然且战且溃逃，
牺牲可爱的小王子，
最后落到本大王身上，
不用述说大家都知道。
那狡诈的晁通老贼，
将大食军队做箭靶。
那坏妈妈的孽种觉如，
把那盗匪援军派来时，
我雄师要开到岭国去。
人的勇气未衰要前去，
马的劲力未减要驰骋。
毁灭可恶的岭国军队。
由无敌的大王我执行。
岭人使诈来骗人，
还说用好言来商议；
我大食已擒敌却又放回去，
并给予马匹和盘缠。
在场的诸位大臣，
以前也见过岭谋略，
本大王不得不出阵，
明天的胜利属于我，
我不停留要到岭营去，
有何胜利要亲眼观。

大王心中非常恼怒，一再地斥责众大臣，众大臣什么也未敢禀告。最后，大食王下令准备明天早晨聚会，今晚各自回营。

次日，天刚黎明，众大臣都集合齐全，大臣们依照自己地位品级呈上金、银、马匹等无数财宝物品，并在大王面前合掌致礼，对大王丧子之痛给予安慰，劝阻大王出征，由赞拉唱曲道：

王子察郭被可恶岭人杀，
我虽拼死厮杀未得胜，

未能同死实懊悔。
尊贵大王神之子，
你今天如何能出阵？
请你坐镇紫帐营，
享用甜香的美食，
做我群臣的主宰，
请卸下黑色宝鞍。
大王不可自轻贱，
竟与岭人去作战。
所有大臣侍从中，
夺取胜利轮到我，
就在今日的下午，
第一要与岭人拼，
第二要如赞拉言，
第三来觐见做禀告，
若不能战不如死。
这些金银绸缎礼，
我们臣仆一片心，
作为王子丧亡的吊唁礼，
劝止大王今日出征的礼物。
虽然数目不多未能满地面，
由于愿望尊敬来呈献。
这次倘若不考虑，
大臣仆从们依靠谁？
由谁降伏岭敌军？
大臣的意见对不对？
大王你心中细考虑！

赞拉如此唱毕，大家叩头再三地请求大王不要出阵。但是大食王没有一点听从的意思，只是对大臣们一再斥责。然后跨上英勇的紫驹箭也似的出发了。岭军哨兵们看见后，即放一股白烟，提醒岭军有敌人到来。岭军将士们马上穿甲执械，凶悍而英勇地鞴马以待。

大食君臣气势汹汹地向着右翼丹玛的营盘冲击而来，赛赤尼玛国王见到有杀子之恨的岭国将领时更是怒发冲冠，厉声喝道："岭国的狐狸胆小鬼，今天不必据守小营帐，十万雄兵的统帅，可恶的小子扎拉，你若有雄心来迎战，看看今天谁胜利。今天大王我要取得的胜利，要使岭白帐倒于地，彻底消灭白缨军。肩负重任的长官们，今天是你们能够睁着眼睛活着的最后一天！”

说着他毅然决然地冲入岭人的营中，见到有人阻拦便毫不留情地砍杀，国王如此英勇，旗下的将领和士兵也是受到了大王的激励，比其他任何时候还要奋力地杀敌。岭军此时当然是以保护扎拉王子为头等大事。厮杀一天，大食君臣也未能靠近扎拉王子之身，于是，大食赛赤尼玛国王将扎拉的营帐砍断，割下几片帐幕，再夺了一些战利品，带着获胜的队伍返回了大食营中。

又过了一些时日，也就是女卦师说过的吉祥二十九日这一天，刚拂晓的时候，玉拉托琚佩带弓矢，犹如苍龙行空，骑在战马上出动。与他同行的是东迥达拉赤噶，身佩弓矢，好似狮子出雪山，并有黑、白、花三魔神与穆、都、赞三战神围绕护佑，直奔穆纳多丹营寨而去。

他们首先到了东营，将那营垒包围起来，大食营中顿时骚乱起来。大食的勇士们虽然出来迎战，但是一时之间未能抵挡得住。岭将士们杀死士兵一百多人，直朝中军黑帐冲。穆纳多丹出帐，未来得及唱曲，立即开始射箭的射箭，挥舞长矛的挥舞长矛，激烈战斗，但是双方一时都未能取胜。这时玉拉和达拉二人率兵冲向大食西营，杀死以奔图兰麦为首的九个壮士及九匹马，把那营地搅成了血海，倒地的尸体堆积如山，连路途也被阻塞了。那穆纳多丹异常愤怒，率领一百精锐军，毫不犹豫地扑来，他凌空射来一箭，射中玉拉身上。但因为玉拉身上的佛盒与吉祥绫护佑，所以箭只穿透了铠甲，没有伤到身体。玉拉立即抽出弓矢，他的那支善飞黑箭，与别的神箭不一样，虽不长，但因为有格萨尔大王的加持，威力非常大。他将箭搭在弓上说道：“喂！黑骑士你且听！与其射像你那样的箭，莫如射我英雄这样的箭为好，对不对，且看看玉拉的箭。”

玉拉唱毕，将箭射出，那支神箭的火焰照遍太空，直中壮士穆纳多丹的额颅中心，箭镞从脑后黑涧涧地透出，犹如射中石山，岩石清湛湛地显出一样。那多丹的魂魄还在心中，所以没有从马上跌下，反而抽出刀来扑上前去。这时东迥达拉长官向他连砍了两下，最后的一刀，刀尖刺在他的脑部，多丹遂落马毙命。大食军士兵大部分死于兵器之下，剩下的人仓皇而逃。取得胜利的岭兵回到姜营去了。大家知道获得了胜利，举起旗帜，吹响海螺，举行盛大的欢庆仪式。在议事大帐中享用茶酒，畅谈战胜的情况，大家都感到无比的高兴。

当大食国所有的君臣因失去穆纳多丹英雄猛将而哀号哭泣的时候，岭国军营则因为玉拉王子的战功而一扫前些日子的阴霾与不快，总管王绒察查根将所有英雄将领召集到大帐之中，对大家说：“不知道众位英雄最近是否有关于吉凶的梦兆，但是照我昨夜所得的梦兆来看，大食的命运几近结束，他们将被强大的岭军消灭。是否要邀请格萨尔大王，诸位英雄得到什么神的启示，望从实讲来。”

晁通想道：“我的睡梦与启示什么也没有，推察不出什么东西，但是若这样继续坐下去，把守营寨就有困难。若装作有启示的样子，可以赢得众人的信任与尊重。”

于是他向众人说道：“扎拉和诸位英雄没有启示时，我晁通被称为胆小的狐狸、搬弄是非的人能有启示？但是昨夜的睡梦中现出这样的现象，各位君臣请听！”

接着他唱道：

古时藏族的谚语说得好：
“神的甘露酒，
除了有福运之人以外，
普通修法者不可得。
上师加持的教言，
除了真诚信仰者以外，
普通人不可得。”
清净正确的神启示，
除了我达绒长官外，
其他英雄不可得。
昨夜的睡梦中，
没有值得惊奇事。
但是蔚蓝天空中，
一只犹如水晶的白雕鸟，
盘旋飞翔三匝时，
红绿如虹的鸟粪，
降在岭国军营中，
梦见黄缨被风摧。
人群犹如小钉而出现。
那天夜间睡梦中，
我老汉达绒晁通王，
梦见白色神帐前，
飞来一只紫红鹞，
燃烧如血的红施食，
用力掷到空中去，
鹏鸟应声落平地。
梦见玛堪的军营，

齐心合并为一营。
若茂隆让山谷中，
梦见黑旗风吹动。
梦见玉雪业茂巍峨山，
猛厉的霹雳，
劈向铁磐石，
梦见磐石成两半。
绚丽的虎帐前，
梦见现出美丽的彩虹。
你们认为怎么样？
依老汉我的想法：
那只犹如水晶的白雕鸟，
象征在大食若玛的红石崖，
有一只叫作鹏角铁面鸟，
大食王的魂魄在依附，
展翅飞翔三匝者，
是取得天绳的征兆。
降下红绿鸟粪者，
是出现恶病的征兆。
黄缨被风摧落者，
应在色巴长官尼奔身，
小钉乃是黄缨军。
那天的次日，
掷出施食鹏鸟落，
好似对此有报复。
风吹黑旗者，
是法师将遇对手的征兆。
磐石被劈成两半，
似乎权势还未尽，
虎帐现出彩虹者，
似乎还有启示的征兆。
明日上午出征时，
岭军合并为一营，
老汉我诚心祷告神，

看能否战胜水晶鸟。
挥师绒兵三十万，
可以充为右翼的小英雄。
老汉达绒晁通我，
力量与启示无阻挡，
认为可做太子殿下的谋士，
众位英雄神兵们，
可以休息三整天，
之后要做什么再斟酌。
你们心中做考虑！

晁通唱毕，除了个别英雄之外，其余大臣们都不相信，心存疑虑。这时，前排就座的总管王绒察查根推察此曲，认为是晁通讲的谎话，遂笑着说道："呀！正如你晁通的启示，我从岭国来时，格萨尔大王指示道，三年后的水牛年要攻下大食财宝城。天神给我老汉的预言中也曾说水牛年要攻取大食财宝城。现在过去已两年半时间，为何还不能攻下。依老汉我的想法是这样的，你们且听我言。"

今年起初事情发生时，
自告奋勇充当先锋官。
但为前世命注定，
心里狐疑如锯齿。
他达绒长官晁通，
并非梦兆是先见，
那白雕被施食击落者，
根据老汉我的愚见，
天神的十八预言中，
大食的若茂周玛尔，
鹏角铁面的一鸟儿，
据说白天看不见，
这是神箭手应降之敌。
非人工制造的九庹鞭，
攻取索波噶茂达宗时需要，
是以晁通和我两个人，
思想意见都不同。

若要射那所谓黑鹏鸟，
以太子殿下为首的，
统率军队的长官们，
勿贪胜利的奖励，
要由三位大将军，
各自前往取胜利。
说到老汉绒察我自己，
与晁通一样没有胜利品。
现在已到紧要时，
依我老汉的愚见要如此：
大食的权势快完结，
我们岭噶的军队，
无法在此住下去，
需要设法灭敌人。
东方的白狮子，
若不炫耀绿玉发，
踞守雪山有何用？

绒察查根唱毕，大臣们都认为他的话很有道理。弄得晁通恼羞成怒，失了颜面，强说道："老奸巨猾的绒察查根的这些话，是想让大王陛下涉险充当先锋，让岭人遭到失败。我晁通心虽不好，但是没有他狠。"

未等晁通说完，扎拉稍微现出愤怒的样子，他本来就不喜欢这个叔公，更何况他还是这场战争的祸篓子。于是说道："叔公说的话未免太不中听，关于战争的结果我也曾在梦中得到过谕示，与总管王的吉祥梦兆并无二致，所以接下来究竟应该如何布局，大家还是听总管王的安排。"

众英雄暗想：太子殿下是神的嗣续，梦兆也很吉祥，与总管王的预言启示相合，并无不可。大家都认为扎拉王子的说法正确，就异口同声道："照着太子殿下所讲，我们臣子即刻就去办理。"

晁通无奈，只能憋着满腹闷气，甩手而去。

第一百零六章 受委屈协噶投诚岭国 欲擒魔雄狮亲征大食

第二天一早，大食主将赞拉多吉去宫中议事，委托协噶守护大营。随后，岭军调十万骑兵将大食军队包围起来。首先，霍尔军准备攻北营，自告奋勇的辛巴骑兵一千人向东南西北四个方向预先出动。这时，大食壮士朗拉达郭一马当先冲到岭军东营，杀死岭军骑兵一百多人。英雄唐噶泽郭与他短兵相接，大战了数个回合。突然，唐噶向朗拉连砍两刀，前一刀使他身受重伤，后一刀砍下他的肩胛骨，顷刻间，朗拉落马而亡。

北方魔国众部在女英雄阿达娜姆和魔臣秦恩的率领下，发起猛烈攻击，大食七壮士不敌魔部势力，皆亡命于尖刀乱箭之下。霍、魔两部军队高举胜利旗帜，吹响海螺，将所有敌军的物资、盔甲和骡马等毫无遗留地运回营地。

这边，扎拉王子杀死之人难以计数，犹如捡拾鸟食一样。东面，玉拉托琚将尼赤奔图为首的五百大食兵将消灭殆尽；南面，姜玉赤用矛等兵器消灭大食军士兵不计其数。大食军士已无心恋战，逃又逃不掉，遂解下弓矢，聚在一起投降忏悔，请求饶命。

而在另外一边，达绒部军队带了三分之二的兵力去攻打大食大臣协噶丹巴的营寨。协噶丹巴骑上千里马，直跑到达绒王晁通面前，连射六箭，射死达绒营中的六个大臣和十多个金甲军，又拔出雅司宝刀扑上前来。达绒王晁通未能逃走，暗想：这时候若不迎面作战，恐怕要被杀死！遂骑上马，将罗刹箭搭在罗刹弓上面，即刻将铜箭射出，但未射中协噶丹巴。晁通见势不妙，策马而逃。协噶丹巴拔刀扑来，左右两面杀死黄缨军十三人。他看到晁通逃到哪里，就追到哪里，一边追还一边唱道：

这次所遇的晁通你，
乃假装猛虎的狐狸，
捣乱缘自你拨浪鼓似的头，

长着山羊胡须者，
你与其逃走不如死了好，
死亡对于藏人是寻常事，
逃走等于出卖男儿魂。
今天你与我二人，
相会出于意料外，
死亡乃前世命运所注定。
我们首先来比箭决胜败，
披箭神速还比霹雳烈，
坚硬的石崖也不存留。

协噶丹巴唱罢，将箭头直指逃跑的晁通，见此情景，达绒部落的拉郭王子赶紧上前挥刀相战，让协噶的箭没法射出，两人遂奋力刀战，未分胜负。这时，岭将丹赛扑到跟前，协噶害怕岭将合伙来攻，便策马奔逃，一路踏死达绒士兵十三人。随后，大食与岭国两军交战约两顿茶之久，岭兵损失二百余人，大食军死亡骑兵一千多人，余下的则向岭军投诚。

次日，岭营举行盛大军宴，并按照战功的大小，分别给予奖赏。

傍晚，大家商议派人到岭国达孜城去请格萨尔大王，并呈报详细情况，岭国长、仲、幼三部落各派骑兵五人，共十五人领命前往。

就在同一天夜里，大食君臣们心不安如烈火燃烧，意不定如疾风狂啸。剩余的大小臣僚都在商议，所在四翼军队中大王依赖的除了赞拉与协噶二人外，已无人可用。尽管二人骁勇善战，但是与岭军交手仍是胜少败多。为了筹划抵御岭军计谋，大食王将赞拉、协噶二人叫到帐前，赞拉和协噶据实禀报，未敢有丝毫隐瞒。大食王赛赤尼玛将所有失败原因都归咎于协噶的守卫不力，于是异常愤怒地唱道：

颇负盛名的重臣协噶，
今天之前的日子里，
你是一百壮士里面的杰出者，
与军队里的四大将，
地位权势都一样高，
由于信任才将国事托。
我封你为国之重臣，
是为对江山有裨益。

无益社稷有何用？
你过去所做事情无罪过，
要想细讲也无工夫。
当初在玛堪岭，
寻觅强盗踪迹时，
你将俘获的晁通老贼，
接受贿赂后放回去，
开始了协商与和解，
后又发生了不和睦之事。
自从那日之后，
拂晓天明时，
北方雅拉穆塘滩，
据说来了红缨军，
消息传到城中后，
派去放哨巡逻者，
一百壮士的首领，
认为协噶可靠遂派去。
但并不知晓是懦夫。
眼睛似闭耳似塞，
头脑昏昏如淤泥，
将要防的敌人放进来，
今天岭军来侵犯，
军队的四员大将，
少数人未能胜多数，
但是英雄相等拼得你死与我亡。
对狡猾如狐的晁通，
未考虑不胜而派你协噶。
这样不要说胜利，
就是江山也会被风吹，
丢下弓矢求饶命，
逃走只为保自己。
如此这般诸多事，
我不知道的事情一件也没有。

大食王唱毕，协噶霹雳轰顶，竟说不出话来。赞拉想起与协噶多年的情谊，双膝跪地合掌禀告道：

今年的敌魔是岭国人，
幸福地方被搅得犹如血盆倒，
大王心中极焦急，
又产生几件可恼事，
根源在于他协噶。
正如大王所讲无区别，
苍龙如在空中不腾飞，
电光怎能会闪驰，
白云可由风吹散。
若不将晁通老贼放回去，
岭兵不会到此间，
军队可以去镇压，
获得胜利在眼前。
江山虽然不一样，
事情是由上天所注定。
可敬的大王啊！
我等大臣们，
来到大王面前，
因为这大臣协噶丹巴，
罪大恶极性命不可赎。
但这次请求不要处死刑，
自从今日起，
对大臣协噶丹巴，
为使他忏悔过去的罪恶，
让他去保护玉雪昂宝城，
三七期内做巡逻，
随后置于大臣位，
自告奋勇地对付岭国人。
大王的恩德记心中，
幸福时大家马并骑，
痛苦时背包共同负，

死亡时性命同时绝，
立誓约请神做鉴证。

赞拉如此唱完曲子，并且从内心忆念起大王的恩德，诚恳地禀告上去，其他的大臣也都为协噶求情。

这时大食王很严肃地说道："根据协噶的罪恶，只有死罪，与大食的敌人晁通没有什么区别。但是念及大臣们的请求，由于以前也位居大臣之列，因此可以按赞拉说的办，给他一点路费，让他去玉雪昂宝城巡逻。"

便给他荞麦炒面一升，酒糟一袋，狐狸右腿一只。只见协噶从八十排座之中叩了三个头退出。协噶心中暗想：看来大王迟早是要杀我的，以后不论到谁的手中都只有一死。现在唯有投降岭国才是唯一的出路。而此时协噶从前的好友们也都出来送行，忍不住满腹的委屈，协噶对众人唱道：

大食的三百大臣中，
无所不做者是协噶。
野牛的依托在石山，
石山被无耻的雪封闭，
野牛流浪之意遂决。
天鹅的意愿指望海，
海被无耻的冰封闭，
天鹅流浪的心遂决。
大臣忠诚不贰的心依于君，
愚蠢的君王却要处罚臣，
前往北方之意断然决。
我是否不去慢慢行？
我不会去做白天的巡逻兵，
因为没有白鹫鸟飞行的本领；
我不会去做夜间的巡逻兵，
因为没有石崖上枭鸟似的绒毛。
口齿伶俐善于挑拨的两大臣，
偏听谗言的大王等三者，
现在请你们安下心！
没有情面的臣仆受灰遮，
没有情面的马儿受鞭催，

最后的事情极稀奇。
留住三天以后，
一则协噶歌唱英武曲，
二则白马炫耀驰脚程，
三则锐利刀柄染敌血，
若不做到这三者等于死。
你赞拉为首的，
没有脑骨的大臣们，
又能在大食留多久？
结果如何请看我，
不要放逸细思量，
决心已下的协噶我，
但愿时常相聚会。

协噶丹巴唱曲规劝后将要起程之时，赞拉心中大概已经猜想到了协噶要叛变的心思，这对大食的将来可不是好兆头。想罢随即向协噶道："喂！好汉你不要这样说，藏人的谚语说得好：'弟子听上师的教谕，臣仆听长官的命令，儿子听父母的教诫。'因此，不要忘记大王的恩德。我二人去则同行，留则同守，死则同死，此外没有别的。"

协噶不与赞拉争辩，但在心中另有打算，他想：事情不会如此简单，但是今天暂时听他的话，以后如何是好可以慢慢看。遂道："喂！赞拉兄长！我应该听从你的话。对于大王陛下，我虽有死也要有同死的想法，但是他不明是非，你们大臣都已看得很清楚。因此，我下定决心，不论遇到什么事情，我是不会服从的，但是一时之间不能违背赞拉命令，可以不那样做，请放心！"

听罢，众大臣高高兴兴地各送予协噶金银币五枚，绫绸一匹，为他饯行。却不知协噶投降岭国的心意已经无比坚决，他开始思量着如何才能实现：我若是去降岭国，除了恶贼晁通之外，一个人也不认识。虽然想去晋见太子扎拉，但恐怕不会有什么好结果。从前我的舅父达拉若巴与霍尔辛巴梅乳泽二人是一同在北方阿茂格塘滩打过猎的朋友，他曾说要去霍尔。所以我如果请求霍尔辛巴，通过他去求扎拉太子，可能稍微稳妥一些。

那天太阳西落，天色黄昏时候，协噶派了两个人，将提前写好的书信和金币十枚带去，未让任何人知道。告诉他们将信件送到霍尔营帐，遇到霍尔所派的哨兵十二人，立即将命令和情况讲给他们。随后两个哨兵和两个使者共四人来到霍尔营中将书信呈送辛巴面前。辛巴将众将领召集在议事帐中商议同意后，立即发出回信。

协噶看到回信，已经是半夜时分。如他所料，辛巴在信中欣然接受了他的诚意。于是他们主仆九十人前往霍尔军营，霍尔营的唐噶泽郭等三百六十个英雄前来迎接。他们一同来到议事大帐，协噶向辛巴梅乳泽呈上金银绸缎等各色礼品，并按其他大臣将军的地位品秩各送礼物后，辛巴立即将协噶归降的情况详细禀告上去。

待到天亮太阳出来时，大食的人看到协噶不在，立刻集合十位长官等将情况禀报大食王。大食王听到协噶投降岭国的消息后，大为震惊，他也有了新的打算，准备逃跑。

在若茂隆谷口有一座萨宗周玛城，据说是阿宛达格上师的秘密神谷，当天色黄昏时候，大食王、王妃与臣仆等共一百多人，用二百个骡子驮载着财物，到了那里。其余军队的首领赞拉长官和几个勇士也在打算逃跑。

到了神谷之中，阿宛达格上师邀来一些术士，他们用黄黑磷黄、窖青、鸽子粪、带味树的刺、能醉人的香味、蛇骨头、成就者的筷子、甘露等九种东西，用火山燃炽的毒咒修炼七昼夜。将那些东西撒在萨宗周玛城和旁边的石山旁，每天抛撒三次，用炭火点燃，火焰燃炽竟达半里路。这种现象不要说有形的生物，即便是无形的鬼魔也无法逃脱。这片火滩更是完全阻断了岭国部众前进的道路。

正当大家一筹莫展之际，扎拉王子得到了一个非常吉利的大梦境，王子一觉醒来，吩咐整队摆宴，迎接雄狮王格萨尔。群臣不知王子为什么要下这样的命令，都以为他想大王想得着了魔。王子见众臣并不依令而行，便说刚才得了一梦，梦到格萨尔大王要亲征大食。众臣听了，将信将疑地出帐执行王子的命令。

格萨尔大王果然来了。他并没有带很多兵马，只有三千六百多侍从。王子扎拉向大王禀报与大食作战的结果后，大王毫无嗔怪之意，反而安慰大家说："不可挽回的事情有六件：一是违背戒律的修行人，二是太阳西去的阴暗地，三是心灰意冷的伴侣，四是头顶的白发，五是陡坡上的礌石，六是命运已尽的英雄。我们岭地，善法兴盛如嘉噶，国法公平胜嘉纳，享受丰富如夜叉，居住幸福如神地。金山的根基不会动摇，大海的水不会混浊，暂时受挫没什么了不起，没有什么敌人不可战胜。"

听完大王的话，众英雄们这才变得兴奋起来。

第一百零七章 为救晁通直取罗刹殿 求得往生奉献大食宝

再说这大食国得知格萨尔亲自出征的消息，惊恐异常。国王赛赤尼玛为了抵御岭兵，特请来黑教术士三百六十人，用火山燃炽的毒咒修炼了七天七夜，把他们所在的山谷包围起来，格萨尔并不理会山谷周围的大火，反而带着众将走下山坡，来到一个三条沟交汇的地方。雄狮王吩咐烧茶休息。就在这时，不远不近的河边出现三个女子。三女子肤色洁白而微带红光，以各种饰品装饰，步态不缓不急地在那里采药摘花。格萨尔指着那三个女子对众人说："这三个女子本是夜叉的姑娘，若能追得上，想要什么就能得到什么，还可要她们做新娘。"

大家顺着大王的手指望去，没再说什么。只有晁通王不甘寂寞，一看那女子面若莲花，身若修竹，邪念顿起："大王啊，照昨夜的梦兆看来，有此福运者只有我晁通。"

众将讪笑着，无人理睬。晁通以为得计，高兴得一撅胡子，拿出金银玉石各一斗，挂在肘间，喜滋滋、笑盈盈地朝河边走去。来到这三女子跟前，左边放一斗松石，右边放一斗银子，中间放一斗金子，缓缓对姑娘们说："我是达绒长官晁通王，是十八部落的统治者，是十万大军的首领。你们可愿随我去达绒仓？我有黄金无数，白银无数，珍珠宝物亦无数。你们一定听人说过：要想发财得去财神头上泼水，要想行走得召仆人做伴，要想幸福就要嫁老汉为妻。"

晁通一心想将三女子占为己有，全然不顾其他。那三女子听了晁通的话，并不答话，扭头便走。晁通将金银和松石放在一处，急忙去追。转过三个草滩来到一座山下，眼见那三女子越过石崖就不见了踪影，晁通忙把坐骑拴在石崖之下，自己也沿着刚才三女子走过的石径向上攀登。半日，来到一座石洞前，见石门敞开，尚能听见里面三个女子的悄声细语，晁通试探着走了进去。刚走三五步，他听见后面的石门关闭了。再往里看，里面肉积如山，血流似海。晁通顿时吓得面如死灰，急待要退出去，却又没有出路。正在又急又怕的时候，几个罗刹兵抓小鸡似的把他提到罗刹大王面前。罗刹大王看也不看地说："把他装到人皮口袋里，搁上七天，再看他是什么东西。”

格萨尔大王和众将坐在河边饮茶，看那晁通去追三女子，半晌不见回来，正不知怎么回事，忽有蜜蜂在格萨尔身边嗡嗡地说：“南赡部洲的大王啊，这里不能继续住下去，罗刹大王已把晁通装进人皮口袋，你们君臣要快去攻取罗刹肉城。那长寿宝物若被大食王得去，你们就不能征服他了。”

格萨尔知道这正是自己在天之父白梵天王给自己的预示，遂起身对众将说：“晁通叔叔已被罗刹大王扣留，我们要快去攻取罗刹肉城。”

众将随格萨尔来到石崖下，见马毛碎骨丢了满地，原来是晁通的坐骑已被罗刹吃掉。格萨尔猛吸一口气，向石崖吹去，石崖立刻裂为两半。罗刹大王率众罗刹杀了出来。雄狮王在石崖上又连击三下，顿时山崩地裂，罗刹王的头和身子分了家，众罗刹也被震得头昏目眩，岭国众将乘势将他们一一砍死。格萨尔又入洞中，剖开人皮口袋，救出晁通，施以圣火，使其苏醒过来。

格萨尔王利用法力，轻而易举地攻取了罗刹肉城，得到了罗刹城的宝物——摄引三千世界的套绳和罗刹的长寿命册后，格萨尔决定立即进攻大食。这时，宝驹江噶佩布突然说话了：

劈开雪山行走时，
步态威武似雄狮；
劈开石山行走时，
步态疾速如箭矢；
劈开太空行走时，
有如鹫鸟一样的飞行术；
劈开大海行走时，
有像白腹鱼儿的游泳术。
砍击无敌剑，
锐利如何看今朝。
宝驹江噶佩布啊！
脚程如何看今朝。

“大王啊，要胜大食先要取那术士们炼就的法物，现在我就和你去。”

江噶佩布说完，驮着格萨尔来到大食城外。格萨尔摇身一变，变成一只小雀，宝马变作一只乌鸦，两鸟相跟着飞到装有法物的红木箱前，神不知鬼不觉地把法物衔走了。

大食国君臣发现那能燃烧和能致死的两样法物不见了，更加惊恐不安。术士入定一看，方知法物已被格萨尔偷去。欲得此物还需重新修炼。眼见岭国大兵压境，哪里还来得及？！尽管如此，大食王还是命术士们重新修炼，以稳定军心。

大食王和将士们胆战心惊地守卫着他们那并不十分牢固又没有了法物的城堡。为了保护大食王，大臣赞拉多吉十分用心。他与岭军多次交战，杀了不少岭国军兵，缴获了不少战马军粮，为大食国立下了汗马之功，也被岭国的军兵深恶痛绝。特别是王子扎拉，发誓一定要杀死赞拉多吉。

当两军在此交战，王子扎拉就盯住了赞拉多吉。赞拉多吉对王子扎拉似乎也很感兴趣。他见王子死命盯着自己，颇为得意，他便唱曲道：

威震四方的雄狮，
牢牢地占据着雪山，
不会流落到空滩，
绿鬣显威风，
不会失庄严；
占据山林的猛虎，
巡行山林间，
不会流落荒滩，
笑纹染鲜血，
不会死在沟涧；
蓝天上的白天鹅，
依靠坚石崖，
不会降到草丛间，
展翅飞翔在天空，
鸟王不会落平滩；
英雄赞拉多吉，
英勇善战得胜利，
不会因此失江山。

扎拉见他死到临头还这么猖狂，不由得怒从心头起：“雪山稳固终为太阳消，看狮子的绿鬣向什么显威风？茂盛山林被火焚，猛虎的笑纹向谁显威风？坚硬的翅膀折断在石崖，天鹅用什么显威风？你赞拉的命就在我手中，今天就要把命丧，还用什么显威风？”

赞拉多吉从扎拉的话里感到了死神的威力，心虚起来。但是赞拉却想：大英雄，就是死也要死得威武。他说："好，小王子，话多无用，今天射你一箭，若不弄得石崖崩裂，赞拉和死尸无两样，看箭！"

话落箭发，正中扎拉的胸口。但因有长寿衣的保护，只射坏了铠甲而未伤着王子。扎拉大叫着："赞拉多吉，我让着你射我，你射完了该我射。这是一支锋利的饮血箭，箭镞用毒水泡过，射过去你休想逃脱。我为岭地英雄报仇的时候到了。"

扎拉的箭追着赞拉多吉，走到哪追到哪，终于射中了他的前胸，射穿了护心镜。赞拉多吉像被海螺击中的鲸鱼，头朝下跌下马来。众英雄上前取下他的头盔首级，又继续追杀大食的残兵败将。

大食王眼见手下的众将死的死，伤的伤，知道大势已去，万难挽回，如今趁着混战之时不逃，还等什么？赛赤尼玛王使劲一夹马肚子，名叫"善飞野牛"的宝驹发了疯似的跳出人群，狂奔起来。雄狮王格萨尔早将这些看在眼里，遂催动江噶佩布，很快地就追上了大食王。

"大鹏飞翔处，小雀不能展翅显威风；兽王爪牙下，小狗不能摇尾显威风；宝驹驰骋处，野牛不能奔腾显威风；我雄狮王的宝箭下，大食王难逃脱。"

见格萨尔大王逼近，大食王赛赤尼玛明知今日在劫难逃，但还硬着头皮充好汉："我大食王赛赤尼玛，权势比天高，财富比海深，名誉震天宇，武艺压群雄。手中刀是锐利出名的送命刀，胯下马是速度出名的大鹏驹，背上的箭是流星闪闪的青龙箭。我取过多少敌人的心，喝过多少敌人的血，今天对你格萨尔也不能留情。"大食王说完，连向格萨尔射了三箭。三支箭射出时呼啸带风，到了雄狮王身上却像羽毛一样，轻轻碰了一下就落在地上。

格萨尔轻轻拍了拍自己的铠甲，心中甚是喜悦。降伏赛赤尼玛的时机已到，他又想起了大食王对岭地犯下的种种罪行："你的军队血洗达绒仓，晁通家的财产都让你抢光，达绒部落的崩奔，我那像莲花花蕊一样的侄儿，也在你们的箭下丧生。还有朱赛等众英雄，五十九个好汉被你杀，抢走的马匹无其数。我们藏地有句话：第一搅乱衣服的虱子，第二胸襻已断的战马，第三做坏事情的祸根，最后都要受报应。今天该你死，不叫剑下生。"

说着，格萨尔举起手中宝剑欲劈向大食王。大食王一见那宝剑，顿时心中凉了半截。知道这是东方玛哈国王用六种珍贵的铁、妖魔尸体中的六种毒和掺有红花的六妙药锻制而成的。剑尖利而软，剑腰细而长，剑把硬而滑，剑口青而暗，能砍坚硬石崖，能斩潺潺流水。赛赤尼玛见那宝剑忽忽闪光，红光亮得耀眼，青光恰似闪电，早吓得跪在地上，合掌向格萨尔拜道："雄狮大王啊，拯救六道的上师，以前我犯过很多罪孽，请大王宽恕我，死后别让我下地狱。我把所有财宝献大王，请您超度我的亡魂。"

赛赤尼玛一一道出存放财宝的地方：在扎玛依隆红岩旁边，有一块像马一样的巨大岩石，在它底下有别处所没有的财宝，其中有海螺全胜宫殿，自鸣绿玉门，如意宝贝，蓝珍珠网，紫玛瑙龟，黄玛瑙狗，海螺白羊羔，水晶鹅色骏马，绿玉母犏牛，善走的铁制公犏牛，长角的青色牦牛……

格萨尔手起剑落，砍下大食王的首级，将他的盔甲弓箭作为战利品，然后按照大食王的心愿，引他的亡魂到净土，同时也超度了所有阵亡将士的亡魂。

富饶美丽、财宝成堆、牛羊成群的大食国终于被征服了。格萨尔大王遂率领各路大军向藏有大食财宝的扎玛依隆红岩前进。来到了像马一般大的磐石下面，大王对总管王说道："这里好像就是珍藏财宝的地方。"

总管王却一心想将晁通戏弄一番，便说道："现在事情像上弦的月亮似的一切都已圆满，但是天神的预言里说：在上师阿宛隐居的地方，像马一般大的磐石下，藏着南赡部洲的宝物。据说马要迅速，武器要锐利，这样才能得到宝物，所以英雄们看谁的马跑得快，谁的武器锐利。若有人能将磐石粉碎，即能攻下财宝城。"

于是英雄们跃跃欲试，鞴好鞍子，欲抡动武器，光芒闪闪，都乘马等待出发。这时，晁通说："喂！英雄们呀！总管王所讲的话似乎不真实。消灭敌人之后，只应供养寿神，不可再来械斗。众英雄考虑考虑！我晁通的这罗刹刀像鹿角一样，你们去取，兵器由我自己砍击。"

英雄们鉴于晁通有障眼法，没作回答。辛巴知道晁通心怀诡诈，便说："我辛巴若能得到的话，用毒剑将石头砍开，但是不知对否？我与晁通两人最好照总管王说的那样去做。"

那晁通心怀不良，将除了辛巴以外其他英雄的马以鹫鸟恶咒绊着。当锣声响第三遍的时候，马前的套绳撒到地面，同时发出呐喊声疾驰起来，跑完一半路时，英雄们的马有的滚入深渊，有的蹲着不动，大半发抖打圈子。霍尔辛巴王和晁通二人迅速跑到跟前，辛巴假装小红马不能走的样子，将马勒住。晁通向后看也不看就跑到磐石跟前，举起宝剑就砍。那个磐石是块磁铁石，所以晁通好像被大力士将胳臂捉着似的把他连人带马吸到磐石上。英雄们知道马儿跑不动是晁通的恶咒所为非常愤怒，看到晁通被粘在磁石上面，大家便催马争着向那方向跑去。晁通羞惭得不敢正眼看大家。英雄们谁也没到跟前去，在那儿讥笑。这时，尼奔达雅道："我岭国大众是不知道晁通王如此之英雄，当初又何必派如此多的人马来征战大食呢？以后再有战事，有晁通王一人也就够了！"

巧嘴矮子米琼卡德见到晁通这番模样更是乐不可支，骑着灰褐白嘴马，走到晁通跟前说："古人说得好：没有属下的长官，地位再高也是一个愚昧的人。今天好汉米琼我就来做一回英雄长官您的帮手，犹如筷子似的我这柄小刀，今天也能帮您砍开这磐石。只是长官从这石头上下来，应该要给米琼我怎样的赏赐呢？或者现在是否应该说些好听的话呢？”

晁通气得牙痒，这个米琼从来就只有对他落井下石的各种讽刺挖苦，今天就算是身子被吸在磐石上不能动弹，也要给这矮鬼米琼和其他嘲笑他的岭国这些没有良心的大臣们一个厉害看看。于是他央求丹玛给他倒了一牛角水，喝完以后，晁通呼唤出来一个四面罗刹，牙像雪山般的龇咧，脸上部黑暗如阴雨，脸下部黑暗如浓雾笼罩。那块磐石发出三声巨响，声震长空，转动霹雳不尽幻轮，遮住太阳，大家不觉发抖。除了扎拉、丹玛、尼奔、姜公子玉赤外，其他英雄都被分别驱赶。众英雄也未逃跑，盲目地各射一箭，像在磐石上钉橛子一样毫无作用。

尤其是米琼，无论他跑到哪里，罗刹就追到哪里，不论高山、水边、路口到处都能追到，最后那匹白嘴灰褐色战马疲乏无力，四脚发颤，鼻中发出呼声，犹如打火皮袋。米琼害怕了，就撒去一把本尊救主的青稞和灰，破了晁通的幻术，仍回到那块磐石附近。晁通依旧被吸附在磐石上，英雄们也在山岗旁边坐着。不久格萨尔大王也到来了，就用配好的圣水将晁通救下来。然后将那磐石用力举起掷出摔碎，开启宝库的障碍全被大王清除。

第一百零八章　吉祥福祉歌颂如意事　三界众生共享胜利果

虎月十一日到十三日，岭国君臣休息三天并愉快地进行奖赏和谢恩供养。十四日格萨尔大王派出使者，召集大食所有民众，山沟平川等处都传到了，财物骡马牛羊等都取来作为奉献供养。十五日一早，大王身上系带战神的各种武器，镇服四敌。江噶佩布枣骝马上鞴起宝珠鞍辔。岭国的长官和部队八十位首领都甲胄鲜明，寿结飘飘地各自骑在马上，一千一百匹相同的红马排列整齐，来到大食若茂隆达广场，雄狮大王在箭上装好海螺钥匙，唱起了开启土地宝藏门的吉祥福祉歌：

上方法界宫城中，
犹如大海似的天神，
言行一致的妙言，
遵守誓言的神护法，
请勿放逸来助我！
东北方的穆尼玉措中，
鸟儿纷纷飞，
海水滚滚漩。
北方朗措的管辖地，
古嘉藏地护教者，
保护正法的战神，
直贡白旦的阿歇玛，
我的天母朗曼噶姆，
十万吃肉空行等，
今天请来助本大王！
请攻下大食财宝城！

郭巴曲桑神地中，
殊胜大厦螺座上，
白人笑容喜洋洋，
身上穿着水晶铠甲，
胯下骑着海螺马，
右手持矛旗左手持财宝盆，
凤羽顶缨在颤动，
十万神兵围绕做侍从，
神兵呼喊的“嗦”声亮而洪。
今天请来援助我，
请攻下大食财宝城。
北方朗措的左方，
雪山水晶宫城中，
有胆量的英念钦山神，
具有五髻的年欠，
右手持藤鞭左带水晶蔓。
身穿金甲带弓箭，
金盔缨儿在颤动，
十万厉兵围绕做侍从，
吃肉的击腭声音咂咂响，
今天请来援助我，
请攻下大食财宝城。
大地的下面，
玛哲龙的国土中，
龙王邹纳仁庆，
身穿绿玉铠甲的蓝人，
幸福的歌声极悠扬。
右为蛇绳左为财宝盆，
铁青水马骑胯下。
四蹄犹如海螺连，
紫雾在笼罩，
十万龙兵围绕做侍从，
毒气在升腾。
今天请来援助我，

请攻下大食财宝城。
回旋的黑红血海中，
白哈尔世间的生命主，
头顶戴着三鬣插白旗，
右手拿着铁箭与利刀，
左手举着玉杵和樵斧，
胯下骑着青头狮，
十万生命主围绕做侍从，
断命旌旗飘，
今天请来援助本大王，
请攻下大食财宝城。
战神念钦唐拉，
身穿黑绫斗篷面带笑，
右手拿锤左手拿风箱。
击腭声响顶鬣在颤动，
胯下骑着褐山羊，
一千只青山羊围绕做侍从，
煞神套绳在盘绕，
妖魔骰子团团转，
今天请来援助本大王，
请攻下大食财宝城。
阿钦荒滩的下方，
宝珠库藏大山中，
雪山环绕的藏地的中心，
东方的雪域保护者，
玛沁邦拉大力士，
身穿水晶铠甲手持矛，
玉鬃白马骑胯下，
鹫鸟羽缨在颤动，
三百玛族围绕做侍从，
锐利大刀光闪闪，
今天请来护佑本大王，
攻下大食财宝城。
今天以前的时期，

我雄狮大王格萨尔，
没有不能降伏的敌人，
尤其将要降伏的这财宝城，
布置人马来征战，
已经鏖战三年整，
本大王的事业已成就，
古时藏人的谚语说得好：
“恩惠极大的父母亲，
不要说侍养去报恩，
却来辱蔑并挑拨；
曾被买卖九次的老犏牛，
不要说饲养来报恩，
到最后被宰杀。”
曾降敌九次的格萨尔，
不要说供养净水和煨桑，
却说事不真实是谎言，
没有善恩施黎民
实乃闻所未闻之小曲，
若照天神之命办事情，
终身陷于地狱也须忍。
今天恰逢十五日，
星辰因缘极祥瑞。
阿格今玛披箭上，
定要装置好海螺，
这是开启地门的钥匙。
此乃行走姜域时，
为大仙神所赐予：
这大食若茂周玛地，
是天神的殊胜地，
犹如鹏鸟扑食的这石崖，
是镇压龙鹰的粗暴者。
它那乐空性的喉咙间，
有清净神宝珠；
如同法官的心房中，

有为人所需的珍宝珠；
它那喜悦的密窍处，
有那噶龙宝珠；
它那犹如兵器的爪上，
有降伏地方的宝珠；
它那十二支雕翎上，
有消除百病的妙药；
它那犹如宝剑并列的翅膀上，
有像霹雳闪耀的肩甲，
丹玛等人有用处，
美丽的岭国也需要。
右面白雪山，
要攻取白绵羊城。
左方紫石山，
要攻取所需财宝城。
后面邦日昂钦山上，
要攻取骏马城。
前面泽绛桑姆山，
要攻取长寿山羊城。
阿格朗玛恰登，
是开启大地的钥匙。
那财宝的精华，
称作参勒若尚宝藏，
开启宝藏者，
轮到我大王格萨尔。
恩德施于岗巴藏，
获得胜利表示岭英勇，
主要全靠岭噶英雄军。

雄狮大王唱毕，随即将手中的箭射出，霎时间，空中布满红光，曼陀罗神花，白莲花、木兰花、珍珠花、红花等花雨纷纷降落，天空中空行母们的伞、幢等悦目而珍奇的一切都适时地来临。

那支箭射中化身石崖的鹏鸟胸部，鲜血和野牛的血一般多，它降落后，变幻出非常可怕的那彦苏帕东煞神，只见它头发褐色而竖立，耳朵遮蔽日月，眼睛好像大金莲花，手中拿着疾病袋、兵器球，骑着血嘴赤蹄无鞍的红煞马，大声责骂岭国的君臣们。众英雄和勇士们见状心中惶惶不安。战阵大乱，面对这突然发生的变化，格萨尔大王认为必须用特殊的法力制服这只凶猛的鹏鸟。于是以空性观把它镇住，并下达命令，宣扬教诫。那彦苏帕东煞神被降伏，他将黄金金刚放在头顶，身体发颤，以首叩地，说道："无敌上师雄狮王！我今皈依雄狮王。我本不认识尊敬的上师，甘露教诫未了悟，未识未懂与未明，大王面前来忏悔，而今有话要禀告：周玛衣宏宫城中，有他处所无的财宝，记载神地宝珠的斗夏册、人地宝珠的邹那册、龙地宝珠的噶那册等三种册子，用绫缎包着放在玛瑙盒中。此外还有消除百病的妙药、霹雳金刚铠甲、日月幻变套索，由十三种智慧的红空行母们围绕着，各用绫绸包着，放于宝器之中。另外，众生所需的财宝不计其数。这些宝物是作为降伏的条件，以及为解除众生穷困而由天神赐予的，天神还赐教诫于众生。因此，我也需要接受教诫，请到我的城中。那里有一百零八个宝藏袋。"

大王听了非常高兴，太空中一百零八位空行母搭起耀眼的五色彩虹桥，为了大王起行，献上谷酒、葡萄酒，以及多种不同的果子，同时将宝袋捧在手中。

不多时，众空行母从宝库中分别取出各种宝物，红空行母们围绕着大王说："请大王收下这些珍贵的宝物。"格萨尔大王微微点头，表示谢意，然后说："这些宝物在五个浊世时代有用处，现在我还没有接受它们的缘分。"

于是许多空行母将亲眼所见的宝物又拿回城堡中去了。

大食国的大臣们呈献黄金绫绸，请求谒见，大家都向大王叩头，眼中流下感激的泪花，都在虔诚祈祷。

次日早晨，大王召集所有大食国部属，劝导他们勤修善法，避忌恶业罪过，对受到迫害的穷困者赐予无数的财物，使之各回自己家乡，安居乐业。

派为长宫，强大而富庶的大食国既已向岭国投诚，格萨尔大王为了治理好大食，委派岭国的达瓦察赞，霍尔的东玛丑堪巴玉旦，南方的阿赛托甲，魔臣日扎华若四人各带本部军一百人留守此地，分别管理东、南、西、北四个地区。

格萨尔大王则率群臣带着无数奇珍异宝返回岭国，部众回到美丽的岭国。

在达孜宫中举行了盛大的庆功宴会，一连进行了七天七夜。

等到第八天的时候，这天阳光灿烂，鸟语花香，众人把从大食国得来的宝物，整整齐齐地摆放在广场中央。前有北方魔国的军队，后有南方门国的军队，左面是姜营，右面是霍尔营。格萨尔大王的宝帐位于中军之中，帐顶金缨飘扬，旗幡密布；帐内珍宝堆积，富丽堂皇。世界雄狮大王格萨尔安坐在金光灿灿的宝座之上，王子扎拉坐在叔父旁边的银座上。众叔伯、姑嫂、兄弟姐妹团团围绕在宝座后面。魔国、霍尔国、姜国和门国的大将及官员们分坐在两侧。每个人穿的都是绸缎，像被七色彩虹裹着一般，光辉绚丽，色彩斑斓。宝座上的格萨尔大王更是与众不同，只见他：头戴映红顶子帽，上插九尖金刚帽缨，身穿紫色织金缎袍，胸佩赤金护身符，足下日月金刚靴，真好比神仙下世，菩萨再生。大王环视左右，又看了看堆积如山的财宝，心中喜悦，高兴地说："你们是引导众生的上师，黎民百姓的首领，英雄好汉的战神，我今日要唱一支国王神语六颤曲。后世的黎民百姓们，听此一曲可以除恶趣，引此一语可以得极乐。我们已经降伏了四大妖魔，那是因为唱了降魔四大曲。"

缓慢悠长勇武调，
射中鲁赞额间曲；
三界吃肉饮血调，
黄帐王颈上鞴鞍曲；
白色杜鹃远距调，
断送萨丹老命曲；
猛虎霹雳威光调，
砍断辛赤魔梯曲。

大王接着说："四魔降伏不算完，岭地的百姓还缺很多东西，为了众生得安乐，我们还要去降敌。"

一为今年财宝城，
二为索波宝马城，
三为阿扎玛瑙城，
四为碣日珊瑚城，
五为祝古铠甲城，
六为米努绸缎城，
七为嘉纳茶叶城。

"世界财宝的大树，应该种在我们岭国；世界的奇珍异宝，应该归我们岭地所有。臣民们，分吧，分吧，财宝分给你们，分给百姓，福禄分赐给你们，这是上天的旨意。"

格萨尔大王说完，帐下的臣子和帐外的军民都欢喜若狂，欢呼声震撼雪山草地。这财宝多得数也数不清，有达瓦郭松福庆马，阿热雅赞福庆牛，岗瓦桑布福庆羊，福庆金如曼陀罗，福庆麦如凤凰卵，招致商运的铁钩、水果、糖类以及各种谷物等。

对于财宝的分配，众臣子有很多想法：有的说应该把财宝分成五份，五个国家每国一份；有的说分成九份，给天神、厉神、山神、龙神等众多神灵当作供品；还有的说，应该掷骰子来决定财宝的分配。众说纷纭，格萨尔大王把目光投向总管叔叔绒察查根。老总管一捋长髯，笑着说：

森林若茂密，
虎毛自丰满，
虎崽常嬉戏，
后裔永不断。
树木尽折断，
虎毛怎丰满？
湖海若广宽，
獭皮也丰厚，
鱼儿常出没，
后裔永不断。
湖海一旦干，
鱼獭存身岂不难？
大食珍宝献神灵，
藏地事业会圆满，
藏民从此多欢乐，
美满幸福永不断。
珍宝财源若断绝，
岭国臣民何处安？

“大食的七宝是分不得的，要把它交给诸神，其他的财物和牛羊可以分给众臣民。”

格萨尔大王频频点头，深感总管王的话甚合自己的心意。众英雄也认为老总管毕竟见多识广，想得周到。

格萨尔立即吩咐煨桑，招众神前来领宝物。顷刻之间，天神、龙王、厉神们如浓云旋涡一般，纷纷降临在大王左右。雄狮王吩咐把朗岭白玛噶布神毯铺开，将七种珍宝置于其上，把天神白梵天王的白螺骰子交给众神，让他们掷骰求宝。

骰子的幺点，降于念青唐拉，他得到了白、黄、红、绿财神的福庆中的全部吉供，因此他的地方绸缎及牛羊非常丰盛。绒赞卡瓦噶布得了五点，压在糖类福庆吉供上，因此他的地方盛产糖果、藤类和竹类。骰子的第二点降于觉吾矫庆冬热，他得到了金质宝塔和金子的曼陀罗，因而他的地方金银成堆，草木枝繁叶茂。哲秀卡瓦掷了个四点，得到了招致商运的铁钩，因而他的地方商业发达，财源茂盛。骰子的第三点降于玛沁邦拉，他得到了达瓦郭松的神马，因而他的地方良马成群，遍地都是宝矿。木雅玉日泽嘉掷了六点，得到了如凤凰卵大的粮食福庆吉供，因而他的地方五谷丰登。杂嘉潘秋得到福庆羊，所以他的地方羚羊、山羊、绵羊等各种羊类繁衍极盛。

诸神得了这些珍宝，欢欢喜喜地返回各自的住处。对于其他财物，格萨尔大王要总管王绒察查根来分配。老总管并不推辞，他慢慢站起身，正了正插着五根孔雀翎的头盔，拽了拽绣有四大团花、白水獭皮镶边的黄缎袍，紧了紧黄绫腰带，跺了跺脚下绣有三层彩虹、系着红绫带的靴子，走下席位，微笑着说：“大食国的财物中，最丰富最宝贵的就是牛了，既然大王令我分配财物，权且先把牛分了吧。”

金色头部金色眼，
金角金耳叠叠起，
金色毛梢飘飘摆，
金色尾巴丝丝垂，
眷属八万八千头，
敬请南赡部洲大王收。
银色头角银色鼻，
银色毛梢银色尾，
眷属七万七千头，
敬请王子扎拉收。
玛瑙头角玛瑙眼，
玛瑙毛梢玛瑙尾，
眷属五万五千头，
敬请辛巴梅乳泽收。
松石头角松石鼻，
松石耳朵叠叠起，
松石毛梢飘飘摆，
松石尾巴丝丝垂，

眷属五万五千头，
敬请玉拉王子收。
紫色头角紫色眼，
紫色耳朵叠叠起，
紫色毛梢飘飘摆，
紫色尾巴丝丝垂，
眷属五万五千头，
敬请魔国秦恩收。
白色海螺头与角，
白角白耳叠叠起，
白色毛梢飘飘摆，
白色尾巴丝丝垂，
眷属五万五千头，
敬请冬红王子收。

绒察查根唱到这里，稍一停顿，接着说："上面分的是大王和属国的牛，接下来的，该分给岭国内部的众位英雄了。"

绒察查根说："毛纹如熊的驮牛，头角如兕多峥嵘，蓬松尾巴飘飘垂，眷属五万五千头，达绒晁通所分牛。"

"青色苍龙的头角，左臂有白螺点，右臂有花豹纹，眷属五万五千头，中岭文部所分牛。"

"白额头，松石尾，眷属五万五千头，穆姜部落所分牛。"

"淡黄毛色白螺角，母子对对相配齐，眷属五万五千头，格日部落所分牛。"

"……"

岭国的英雄好汉们，各自分到了应得的牛，人人欢喜，个个高兴。老总管继续分配其他财物：格萨尔大王分到了黄金，扎拉王子分到了白银，英雄丹玛得到了玛瑙，达绒晁通分到了铁，辛巴梅乳泽分到了铜，玉拉王子分到了松石，冬红分到了紫宝石……

财物分配完毕，英雄们分立两旁。以珠牡为首的众王妃和姑嫂、姐妹们分别到各个牛群中，挤出母犏牛的乳汁，献于雄狮王及各位英雄面前。

财宝分配完毕，格萨尔大王说：他要闭关修行九年，在此期间，诸国要休整兵力，等候神灵的预言。

大王双手合十：愿神鹭栖止享安乐，愿家乡吉祥多平安，愿天下百姓得安乐！

第一百零九章

天神降噩兆引发事端
觉如显神威挥师索波

格萨尔大王征服大食国已经过去了三年，格萨尔大王还在闭关修行。这年正月初八黎明之时，在东方玛沁邦拉山的神殿里，聚集了天、龙、念三尊及善业护法童子二十五人。神灵们预示，攻取索波马城的时间到了。但格萨尔对神灵们的预示装聋作哑，一点也不听从，既不召集六部的臣民，也没有一点进军的意思，说是“闭关修行”，闭关倒是闭关了，但不见大王修行，每日里昏昏欲睡。

众神见格萨尔如此懒散，就商议着必须如此如此，方可使雄狮王发兵索波马城。

于是，天上方的噩兆，星的噩兆，鸟的噩兆，空中风的噩兆，虹的噩兆，声音的噩兆，地上人的噩兆，狗的噩兆，鼬鼠的噩兆，这九种噩兆一起降到了索波马城。马城出现很多怪现象：

天空出现了扫帚星，滚滚黑云疾驰，像一头黑猪要吞食生命似的；降着血雨，散播着瘟疫和疾病；

一只蛇头黑鸟，落在马厩北面的屋顶上，张着大嘴吞噬着小麻雀。突然，一阵狂风骤起，紧接着是倾盆暴雨，电闪雷鸣，蛇头鸟向高空飞去。索波马城的城门上，出现了五色彩虹的帐篷；

群山环抱的大山谷里，一个八旬老妇生下一只黑狗。这只狗长着鸟儿的喙牙和肉翅膀，小声说着人的话语；

在城的右边，有一块神扁石，索波国的法师在扁石上面一座帐篷中，忽然被猴子抱起，滚下山坡；

神虎梅日查通被一只黑狗咬死，而且被吃了一半……

凶险的噩兆和怪兆，搅得索波马城的人们心神不安。国王决定在极喜自在魔神庙里占卜。外道法师六十人齐集庙中，占卜结果是这些噩兆和怪兆均由岭地降下。国王大怒，命六十名外道法师立即作法消灾。

法师们要国王收集黑鸟、黑狗等九种黑物的心和血，收集九种毒物及金、木、水、火、土五行之物，然后念诵然扎帕瓦苟多咒经，修九九八十一种施食禳灾退法，画恶咒符箓于地下，十天之后，将收集的各种污物一起抛了出去。

岭国遭到了报复。

森珠达孜城上的金胜幢倒了；一只盾一样大的青蛙，在紫褐色的茶城的仓库里蹦跳；丹玛玉郭宫门旁，黑蛇摇着尾巴；颇若宁宗[1]城上空，枭鸟飞来飞去；美丽的查堆朗宗城的庭院中，洒下了十个血点。岭国的僧俗百姓们，白天观凶兆，夜晚做噩梦，上上下下，人心惶惶，比索波马城更甚。

王妃森姜珠牡到大王修行的地方，提醒格萨尔说："大王啊，我们美丽的岭国出现了凶兆，如果再不想出个消灾的办法，我们是不会有安宁的。"

格萨尔觉得王妃所言甚是，使他惊醒，立即吹起螺号，擂响战鼓，远方的派使者，近处的传号令。他要集合六部民众，共同商议如何消灾禳祸。

第二天，阳光照到半山腰时，众英雄接二连三地来到了森珠达孜城。但还有老总管、玉拉王子、辛巴梅乳泽等几位没有赶到。格萨尔等得有些不耐烦。王妃珠牡在众婢女的簇拥下，已敬了两次茶，见大王有不悦之色，觉得不能再等下去，但大王并没有要说话的意思，只好自己开口道："今日召诸英雄进宫，是因为岭地出现了噩兆。雪山是狮子的居住地，现在雪山有变岩石的征兆；大森林是老虎的居住地，现在森林有被焚烧的征兆；白岩石城是鹫鸟的栖息地，现在白岩石有被夷为平地的征兆。国家有昌盛和衰败之时，如今岭国出现的噩兆，是国家衰败的征兆，我们不能眼看着岭国遭噩运，众英雄可知道如何消灾除祸？"

其实王妃就是不说，大家也都见到了噩兆。王妃要大家想办法，众人七嘴八舌地讲开了，都认为眼前的灾祸是因索波马城念咒引起的。但怎样消灾，还想不出办法。只有达绒晁通王在暗自冷笑。

晁通擅长巫术，他明白这是索波赤德王的外道放的咒，给岭国带来噩兆，只有他能破此恶咒。但是，他可不愿意为岭国出力，反倒想借索波赤德王的力量，为自己报仇。这样一想，晁通把自己的胡须编成三根辫子，晃了晃胸前铜盆样大的金佛盒，变颜变色地说："昨夜我做了个梦，梦见在黄河平原的沙滩中，有一个身材高大的青色术士，鼻梁陷进眼珠红，洁白的胡须如雪花，手持牛尾扇，扇得黄河滚滚奔腾急，上游如书卷叠起，下游如线球翻滚，坚固的城堡也被他扇得一晃三摇。这是个法力无边的修道者。他的咒力能使火海腾旋，埋藏的咒符能害九代人。他还有传播瘟疫的鬼神拘牌，有能害生灵的凶咒利刃。他发狠能把天地颠

1　颇若宁宗：颇若，藏语，即乌鸦，"宁"即心脏。"颇若宁宗"，意指这座城堡像"乌鸦的心脏"。

倒。像这样的人索波赤德王手下有很多个，我们怎么能是他们的对手？”

众英雄听了晁通的话，不知是真是假，你看看我，我看看你，没有人答话。英雄丹玛可一点也不相信晁通的鬼话。不仅不信，他还很生气。气的是晁通长敌人的威风，灭自己的锐气，堂堂岭国，百万兵马，怎么能怕区区几个索波妖道？就是破不了他们的妖术，我们只要发兵，一定能扫平索波。想到此，丹玛气宇轩昂地站了出来：

在高高碧蓝的天空中，
飞翔着我们岭国的白胸鹰。
在宏伟壮丽的森珠达孜宫，
刚才说话的是晁通。
哼！
洁白雪山中的雄狮，
号称是众野兽的首领，
没看见时远听名声大，
抬到身边像狗一样，
传扬中的绿鬣真可耻；
森林中的斑纹花虎，
没看见时远听名声大，
抬到身边像狐狸一样，
号称具有六纹真可耻；
天空中飞行的苍龙，
没看见时远听名声大，
抬到身边像蛇一样，
号称能掷雷箭真可耻。

见晁通的脸顿时变了色，丹玛言犹未尽，索性说个痛快：“奇怪的达绒长官啊，年幼四牙时的怪论，到白发苍苍时还不抛弃。你一向喜欢讲假话，说歪话，讲假话遭祸端，说歪话起争执，岭国平安你就不欢喜，百姓富裕你就不安生。如今索波向我们放恶咒，你不想办法祈祷反倒吓唬人。实话告诉你，别以为没有你晁通，岭地就要遭灾祸！请大王给我一支令箭，丹玛我要率领大军扫平索波。英雄若不能得胜利，丹玛与死人有何异？！”

丹玛说完，晁通已气得脸红脖子粗，下颌的三缕胡须直竖，用手指着丹玛，正想说什么，被格萨尔大王拦住了。

雄狮王心想，眼前所现噩兆，是索波方面施放的，只有晁通能禳退这种抛施食造成的凶咒，他虽然狡猾，但现在不应该揭他的短。进攻索波马城的时机已到，只有让晁通先施法消灾，才能出兵索波。想到此，格萨尔和颜悦色地对众位英雄唱道：

山沟被积雪所覆盖，
只有太阳能制服它；
将太阳引来做伴侣，
积雪就能融化成水。
太阳被黑云所覆盖，
只有大风能制服它；
狂风吹过乌云消散，
清除黑暗光辉重现。
坚硬如铁的白石崖，
只有雷箭能制服它，
一声霹雳落下时，
石崖夷为平地变成灰。
禳退外道的施食咒力，
只有达绒晁通能做此事，
药物法器都齐备，
请晁通王施法消祸灾。

听了格萨尔大王的吩咐，众英雄点头称是，晁通更是得意非常。他挑战似的瞟了丹玛一眼，心中暗想：匍匐的蛇跳得再高，也比不上苍龙；蝙蝠飞得再高，也比不上金翅鸟；利箭人人都能射，而禳退咒恶的只有我。晁通狠狠地瞪了丹玛一眼，把头昂得高高的，得意洋洋地向格萨尔索要消灾的供品。

"大王啊，您的吩咐晁通不能违抗，只是所需物品必须齐全。"晁通见格萨尔微微点头，更加得意，摇头晃脑地说，"我需要无缝洁白的海螺蛋里，要能劈开天路[1]的大刀；未画而有图纹的法器里，要有察鲁上师的尿水；作为上方老父的心爱物，需要黑白两色世间人骨；为了供养下方老母，需要一串九庹长的珍珠念珠；在非隐非显的幻城里，需要有胆量的英雄的盔缨；在山谷下边苍白黑刺地，需要无主人的驴脑……"

1　天路：指鹏鸟飞行之路，即太空，也称鸟路。

一口气说了许多世间难以找到的稀奇物品，然后得意洋洋地看着众英雄，仿佛在问："你们办得到吗？"

丹玛等众将听着晁通的大话，倍觉难以忍受，而格萨尔闭目静听，丝毫没有不耐烦的表示。丹玛起身去找病中的老总管绒察查根，丹玛献过哈达后，忧郁地说："布谷鸟若不鸣叫，夏天和冬天的季节不能掌握；苍龙若不怒吼，五谷的宝库不能开启；岭地的政事叔叔若是不管，不能取得更多的胜利和财宝。那晁通所要的禳退恶咒的物品，都是些世间没有的东西。这，让我们到哪去找？找不到又怎么办？"

老总管知道晁通又在乘机为难大家，笑吟吟地劝丹玛不要生气："消灾的供品是必需的，但不必过于劳神。攻取索波马城的时机已到，我们大家都要准备好。"

丹玛听总管如此吩咐，而禳退恶咒又非晁通不可，连大王也这样说，只好把满腔的怒火往下压。现在不是和晁通斗气的时候，只有到了战场上，才能分出英雄和懦夫。

在总管王的精心安排下，动用各种力量，晁通所需要的各种稀奇物品全部准备齐全，摆在晁通面前。晁通也暗自感到吃惊：这个该死的总管王和丹玛，我总是难不倒他们。事已至此，没有办法，晁通只好答应施法破咒。

第二天黎明时分，玉拉托琚和辛巴梅乳泽赶到了，病中的总管王绒察查根也被请了出来。诸英雄齐聚在森珠达孜城上，看达绒长官晁通施法术。只等他念完咒，各路兵马就进军索波马城。

达绒长官晁通站在城堡前的一座小山上，头戴九股金刚石顶子的黑帽，身披黑色仙衣，手持威镇神鬼的生铁镬和飘摇三千的黑旗。身后站着抛掷施食刀箭的一百六十人，使三棱铁镬的三十六人，击鼓的八十人，一律头顶黑帽，身披黑衣，足蹬四层底子的绿色长靴，看上去杀气腾腾，阴森可怖。

一阵乱箭射出后，晁通念起了咒语：

上方清净的国土中，
法力无边的上师们，
愿浓云密布在空中。
战神威尔玛等诸神，
愿像落雪般降临，
愿祈祷之事自然成功。

"这一箭射出去，要落在索波马城的中心，将索波王的生命勾去，让外道咒师口吐鲜血，让城堡上下翻覆，让城内人痛心绞肠，让城内的马跌蹄生疮，让城内的牛头昏迷路，让城内的羊倒地不起，让男人们的头折断，让女人们的血流干。我手中的三棱黑铁镬，要把有形和无形的灵魂全勾住。黑暗在前面引，狂风在后面摧。快快来吧，要把他们全部压成粉灰！”

念罢，晁通射出一支黑箭，又摇了摇黑旗。站在后面的人把施食刀箭也全部抛了出去。刹那间，一股黑风骤起，带着一团火光，向索波城飘去。

各路兵马已经聚齐，白盔白甲骑白马的是穆姜部落，黄盔黄甲骑黄马的是色巴部落，红盔红甲骑红马的是辛巴梅乳泽的属下，青盔青甲骑青马的由玉拉托琚率领。嘉洛部落的人一律黑盔黑甲骑黑马。各路兵马排列得十分整齐，头上的帽子，如天空的星座各不相同；身上的衣服，如大地的花草，各不相同；说话的语调，如百灵的鸣叫，各不相同。刀枪林立，剑拔弩张。只等雄狮大王格萨尔一声号令，就要发兵。

以绒察查根为首的岭地老一辈们，已不能随大王出征了，想走路不能举步，想射箭拉不开弓，虽然老天拔地，却依旧豪情满怀。因为他们的子孙已长大成人，他们的雄狮王长生不死，就像谚语里说的那样：“深谷里被箭射中的牡鹿，临死没有什么可恐惧。有小鹿崽留在山坡上，可以觅饲草游山岗，有头角长成的希望；飞行疲劳的大鸿雁，来到无垠的旷野也不后悔，有金蛋留在居汝湖边，还可振翅绕行海滨，有六羽丰满的希望。”老人们眼看着儿孙们要出征，心中又难免惆怅。他们只能为格萨尔大王祝福，为儿孙们祝福，愿他们打胜仗，早回乡。

老总管绒察查根向格萨尔大王献上五匹红白哈达，语重心长地对自己亲爱的侄子说：“这次去索波地区，要取得胜利并不容易，那娘赤拉噶索波王，本是天神的亲属，一切变幻像天神一样，过的生活和夜叉没什么区别，权势比南赡部洲的任何人都强。索波国中能单枪匹马出阵作战的大将就有百人，箭法比黄霍尔还厉害。”

格萨尔知道，总管叔叔要告诉他如何向索波马城进兵。果然，老总管又开口了：“在司色吾山的那一面，有个索隆部落，长官叫作库野王，以太阳为救主，以弓箭和武艺为职业。过了这个部落往前走，是黄索波的外关口，这里有各种黑魔的幻术。在一块大圆石旁，有条肉腿吃另一条腿。再往前走有个四四方方平平展展的大草滩，有个猴子在那里布棋局；草滩前面有一座像帐篷一样的小草山，山头上有只地鼠在挤奶子；小山前面是一座高耸入云的石崖，有只鸽子在石崖下面摇手磨……到达索波马城之前先要经过俄恰央[1]宗城，征服马城之前

1 央：藏语音译，意为福禄、财运，吉祥如意的好运气。汉语中找不到合适的词语来表达“央”的含义，只好音译。藏族原始宗教认为，任何东西都有自己的“央”——福禄和财运。马有马的“央”，羊有羊的“央”，金银铜铁、珍珠、玛瑙等也都有自己的“央”。在夺取这些财宝之前，必先夺取它们的“央”。史诗里有很多这方面的描写。

要先把福禄羊城征服。俄恰央宗左边的山，像叠起的黑绸缎；右边那座山，如臣子奉献的曼陀罗……”

格萨尔点头称是，将总管王叔叔的话牢牢记在心里。

嘉洛敦巴坚赞从人群中走出，缓缓地为雄狮王和岭军众将士祝福：“古谚说：布谷鸟到藏地来，一是因为柳树枝叶茂盛，二是因为布谷鸟六音悠扬，三是与那绵绵细雨相遇；雄鹫在空中遨游，一是因天空广大，二是锻炼羽翼，三是藏地美丽。岭国发兵到索波，一是因索波有马城，二是岭国英雄多，三是雄狮王要去索波做善事。大王啊，请天神保佑您，一让疾病离身体，二在作战时不恐惧，三使事业永远兴旺。我的死亡兆头已出现，大王啊，愿我们能够再相见。愿将马城迁岭地，愿出征的人和在家的人快些相聚。”

格萨尔见嘉洛如此感伤，笑着劝慰道：“不要灰心，不要丧气，我和将士们会很快回来。”

格萨尔安慰了嘉洛敦巴坚赞，又来到父王森伦面前。看着父王那衰老的脸庞，格萨尔好像有好多话要和父王讲。森伦已不能和儿子一块儿出征，也不能拦阻雄狮王的行动，心中暗自思量：英雄的部队越来越强，骏马的跑道越来越长，各种武器越来越锋利，善良的属民越来越增多，满以为今后可以和平安康，谁料想天神又把预言降，这次的敌人非同寻常，发生的征兆也很不吉祥。森伦转念一想，在这个时候不应该说不吉祥的话，无论如何，应该为儿子，同时也为岭国的大王祝福才是。

他用一种轻松愉快的声音说：“献上九色礼品为前导。献上七宝为大王饯行。再献上保护大王身体不受伤害的铠甲，断送敌命的兵器，射穿敌胸的银珠箭，想到哪里就到哪里的骏马。愿明年这时节，和雄狮大王再相聚。”

格萨尔深情地望着父王，从心底里感激父亲的养育之恩，更感激父王给自己的祝福。

众王妃簇拥着森姜珠牡，也来为雄狮王送行。她们的脸，像美丽的花朵，可花朵上还有晶莹的露珠；她们的歌，如动听的百灵，可欢乐的鸣叫中又流露出几分凄切。森姜珠牡手捧一块硕大、碧绿的松石，上面缠绕着五彩哈达，敬献到雄狮王面前：

世界雄狮大王出征，
天、龙、念神来相送。
手捧哈达与松石，
献上岭地臣民百姓的赤诚。
愿众英雄的武器锋利，

愿岭军早得胜利，
愿金桶里盛满美酒，
愿哈达比丝绸更绚丽，
愿一切需求都获满足，
愿明年在岭噶布重聚。

格萨尔大王接过哈达松石，从箭囊中取出一支利箭，指着它对珠牡说：“一支箭上具备的东西，一个上等女人身上都具备。心地正直如竹子，心胸阔大如箭翎，智慧锐利如箭镞，口齿伶俐如箭矢，将痛苦和罪过抛背后，把白业和善事捧前胸，知道对上师要信仰，知道对乞丐要施舍。珠牡啊，我走后，岭地的老幼你要多照应，诸事烦你多操劳。”

说完，大王张开满弓，将这支神箭射向索波王城，接着又将国事做了交代，然后率队出征。

第一百一十章　上索波王归顺岭噶布　王子仁钦败逃下索波

神箭飞了三七二十一天，方才到达索波王城，落在中层珊瑚天窗上面，随着一阵电闪雷鸣，狂风夹着暴雨、冰雹，铺天盖地地落到城中。城中王宫摇晃，百姓惶恐，国王娘赤昼夜不得安寝。

第二天一早，国王急急忙忙派出身边的侍臣外出巡视，并要求立即回来报告。

侍茶仆役达瓦曲绕是国王最忠实的侍从。他一出王宫，立即左右搜寻，仔细察看，见东边的“安乐园林”看台上的珊瑚天窗被雷击穿，一支洁白如玉的利箭嵌在窗棂上，松石箭尾碧绿发光，箭颈上系着一封写在黄缎子上、盖有红色大印的书信，风一吹，像一团黄火苗在闪动跳跃。达瓦曲绕心想，恐怕这就是昨晚带来噩兆的不祥之物吧。他疾步上前，想把箭拔下来，可是拔了两下，箭纹丝不动，又拔了两下，仍然未动。达瓦曲绕使劲搓了搓手，猛地一用力，仍然没有将箭拔下来。他无可奈何地叹了口气，把黄缎子信从箭颈上解下来揣在怀里，回宫去见大王。

达瓦曲绕叩见大王，奉上黄缎子信，禀报了那支神奇的箭。大王眯起眼睛看了看，想了想，说：“向上天祈祷，箭会拔下来的。”

达瓦曲绕点头称是，又快步出宫，来到“安乐园林”，那神箭早已不知去向，珊瑚天窗也变得完好无缺。茶役大惑不解地再次回宫向大王禀报。

这里，索波上下已出现了许多噩兆：河水失去了本来的颜色，神山落下雷箭，草山爬出了毒蛇，神湖干涸，白狮头上的绿鬣蓬乱……

索波王娘赤拉噶吩咐召见所有大臣议事。众臣心情不安，神色紧张地来到王宫。他们都见到了噩兆，现在要听听国王的圣断。

娘赤拉噶如皓月的脸上勉强地露出一丝笑容，用慈祥的目光环视着大家，缓缓地说：“昨夜我做了个梦，今日又看到黄缎书信一封。梦见一道光出现在东方，闪着五色的光芒，光的尖端插到我身上，我的心和光芒融为一体。梦见了比这里更好的地方，那里财物享用不尽，遍地是喜人的好风光。今日黄缎书信上的意思除了本王无人知，上面写着：‘上界神子格萨尔，今年要光临索波国，他是身不动的天神子，要打开成就的宝库门；他是心不动的金刚手，要将外道教义毁灭尽；他是语不动的大英雄，要弘扬高尚的白业。’神灵命我们好好迎接他。从今日起，这东日森宗城要好好洗刷干净，扯起华盖、竖起旌旗和幡伞，准备一个镶着五种珍宝的宝座，铺上最好的垫子三百六十副，派三十名大臣，带九色礼品，前去迎接世界雄狮大王格萨尔来索波马城。”

听了大王的这一番话，众臣面面相觑，都以为大王一定是妖魔附体，在说疯话。大臣拉吾多钦明白了大王的意思，而且知道大王绝非狂癫，说的都是真话。拉吾多钦犹如黑刺扎心，两臂的肌肉随之胀起。

冬三月山头被雾罩，
是秋季六谷被霜打的先兆；
春三月暴风猛烈吹，
是夏季青苗被晒焦的先兆；
地方上出现的噩兆，
是魔鬼觉如召唤的征兆。
岭敌来到要迎接，
用坚硬甲胄不是财宝；
大王思绪乱是敌人搅，
鲜花美酒迎敌一定糟糕。

拉吾多钦的话引起了众大臣的强烈反响，虽然没有说出来，但娘赤拉噶大王看出来了。他压住内心的烦躁，耐心地向自己的大臣们解释：

观看要用明亮的眼睛，
思考要用洁白的心灵，
走路要迈开有力双脚，
空有愤怒等于白费劲。
无人马不要编队伍，
无智慧莫生贪婪心。

“大臣们啊，岭军来索波，是上天的旨意。格萨尔的大军有神灵护佑，你们能挡得住？如果黑暗能阻挡住黎明，才意味着能守护自己的祖业；如果浓雾能阻挡住太阳发光，才意味着能胜过格萨尔王；流水若能用手抓住，才能与岭军为敌；若能取得空中雷电，才能击退岭地的英雄。像太空苍龙般的格萨尔，有闪电般的神奇幻术；像冰雹般的诸英雄，有雷箭般的肱臂膂力；像大地般的国都，有河滩般的大军人马……”

众人见劝不住大王，请来了王子拉吾和仁钦。两个王子都不愿降岭。拉吾向父王献上三匹上好的哈达，禀道：“世间有三种失败：修禅定失证悟是失败，善诊病失冷热是失败，大人虑事错误是失败。面对敌人的挑战，父王应把坚强的人马、铠甲整顿齐，把各种英雄好汉召集起，安营扎寨，把守要道。怎么能引狼入室，摆酒迎敌呢？”

大王耐心地对王子说：“儿啊，把不能摧毁的岩石用石头去砸，像无识的枭鸟要摔落山岩下；未灭的炭灰用嘴吹，可怜胡须被烧焦。上等丈夫思考时，心智明了如日月升，环绕四大洲心愿完成；中等丈夫思考时，心胸宽阔如大平原，报仇不用动刀兵；下等丈夫思考时，心内黑暗如石头，这是沦入地狱的缘由。我们要的不是甲胄武器，而是金、银、绸缎、氆氇和美酒。父王我和雄狮王，要做救助民众的施主，你们和岭国王子扎拉要做可亲可爱的好朋友。不动刀枪得安乐，我们会比过去更富有。”

拉吾和仁钦见父王执迷不悟，便不再说话。他们要按照自己的想法行事，联合下索波，调动一百二十万兵马，分四处扎营，同时召集幻师七兄弟，在贡巴阿梅夏纳托贝山前的草滩上设下埋伏。

幻师七兄弟将索波军变成蚂蚁，把马群变成雀群，在草滩对面的羊卓湖中央，变幻出外道大师的讲经院和无数的寺庙，中间有佛殿和经堂，上有脊顶、庙檐、万民伞、胜利幢、花花绿绿的旗幡等，装饰得十分美丽。下面是僧舍，有城墙围绕着，里面有各种树木的林园，有沐浴的水池、花园，一些飞禽走兽在嬉戏着，简直与天堂无二。只等岭军一进入草滩，变幻的索波军便一起杀出。

雄狮大王格萨尔率领着百万岭国人马，浩浩荡荡地开进了索波马城，没有遭到任何麻烦，反而受到索波国王娘赤拉噶的热烈欢迎和盛情招待，他希望格萨尔大王留在城中，普度众生。心有灵性的雄狮王知道，索波王是一片真心；他也知道王子拉吾和仁钦已布下幻寺，设下埋伏。所以格萨尔并不在城中久留，他要尽快破掉王子拉吾的幻寺，平服叛逆者。雄狮王安抚了索波王娘赤拉噶，随后领兵启程，直奔贡巴阿梅夏纳托贝草滩。

岭军来到山前，格萨尔吩咐扎营休息。众英雄应召来到大帐里，听候吩咐。

格萨尔指着前方草滩对面的幻寺，脸带笑容，说：“索波王子拉吾和仁钦，想用幻术战胜我们。他们把兵马变得让人看不见，还要请我到幻寺中。我明天一早就去寺院灌顶讲法，任凭他说什么就做什么。众英雄要兵分两路：一路据守军中，大将是丹玛；另一路由玉拉和梅乳泽率领，从草山背面压迫敌军。达绒长官晁通，继续施法放咒，岭兵必胜无疑。”

晁通一听格萨尔要只身赴幻寺，顿生疑虑：莫不是雄狮王不敢住在军中，才说出什么他要赴幻寺之类的话；我若留在军中，索波兵铺天盖地地杀过来，想走也走不脱了。不行，我必须跟着格萨尔，方能保住性命不受伤害。他心里是这样想的，可嘴上却说出了另外一番话：“英雄虎豹的行列中，不容骚狐恶狼混杂其间；渊深莫测的海里边，幻术的城邑十分威严；恶病毒气的黑暗笼罩着，恶人穿着出家人的衣衫。虚幻的讲经院内，您单人匹马如何能去？古人说得好：‘鹫鸟虽不怕强烈的阳光，暴风却能给它带来灾难；雷雨虽不必担心乌云会分散，闪电却是它的灾难。’大王的身体虽似彩虹，恶毒的药物却会伤害经脉。您如果一定要去幻寺，叔叔我愿随您前去，幻化诱骗的事我会做，您只管杀得敌人天翻地覆。”

格萨尔和众英雄听晁通说得入情入理，一致同意晁通随雄狮王前往幻寺破敌。

第二天一早，岭军兵分两路，各个按大王的吩咐行事。格萨尔自己则穿戴好法师的服饰：头戴金冠，手持三叉戟，身披织锦披风。晁通扮成大智者模样，身穿红花法衣，头戴长耳红帽，足蹬卫地[1]坛云靴，手里拿着菩提子念珠。内大臣米琼卡德站在旁边，后面是格萨尔用身、意、语变化的十个小徒弟，个个身材高大，满腮胡须，头戴纱帽，身穿红色披风。师徒十三人，缓缓而行。

岭军的诸英雄，见大王只身赴寺，颇有些放心不下，但见大王主意已定，又是一团正气在身，也就不说什么。

索波王子的幻师幻变的湖中经院，敞开了寺门；幻变的僧队，排列成三层，拿着旗帜、胜幢、法鼓、手摇鼓、唢呐等，吹吹打打；寺院的法师手中持香，站立在大殿之中，迎接“上师”的到来。

进得寺来，格萨尔口中念诵咒语，只见寺院中心接连出现四座城：东面是密集坛城，南面是胜乐轮坛城，西面是喜金刚九天坛城，北面是本尊大威法坛城，使幻寺牢牢钉在地上。格萨尔继续往里走，在幻变的经室内坐定，从胸口放射出“吽”字，将众神灵召至空中。众神灵纷纷对幻寺中的物品进行加持，幻变的物品变成了实实在在的器具。法师也变成了具有三学[2]的标准大弟子。从这一天起，不分昼夜地灌顶、传法、授戒，幻变寺院变成了一座真正的、却又非常稀奇的寺院了。

破了索波王子设的幻寺，幻变的兵马顿时恢复了原形：索波军从四面将留

1　卫地：指西藏拉萨地区。
2　三学：佛学术语，指戒、定、慧三学。

守营地的岭军团团围住，东面是朗拉托杰，西面是拉吾多钦，南面是哲察冬扭，北面是汪贝赛日，王子拉吾和仁钦居中。索波兵刀枪攒动，摇旗呐喊。

正在这时，以玉拉和梅乳泽为首的岭军第二路人马从索波军背后掩杀过来，索波军腹背受敌，顿时乱了阵脚。可怜剽悍的索波军队，只好落荒而逃。

三千索波兵簇拥着大将哲察冬扭，正在夺路而逃，被岭大将巴拉森达挡住了去路。哲察冬扭见走不成，索性横下一条心，拈弓搭箭，大话连篇："金翅大鹏占据天空，雏鹏飞行要有分寸，不然翅膀会被折断；苍龙遨游太空，咆哮要有分寸，不然会被阳光烧毁；英雄已得胜利，追赶退敌要有分寸，不然心血会洒泼在地。我已退却，你若还要苦苦追赶，那就别怪我不客气了。我右手拿箭，左手持弓，臂力能将山尖折弯，要让你的身体如弓箭一样分离。"说罢，一箭射出，正中森达胸前的护心镜，护心镜被射得粉碎，森达却毫发未损。哲察冬扭大惊，拨马就走，森达哪里肯让他逃去，举刀上前，连砍三刀，哲察冬扭死于马下。

辛巴梅乳泽追赶着索波的西路大将拉吾多钦。多钦的周围只有百多名军兵，逃至河湾时，多钦见四面都是岭兵，自叹必死无疑，遂下马立于河滩。辛巴梅乳泽见状，令军兵停止追击："不要放箭，他们已经无路可逃，我们不必杀他，先劝他们投降，若不投降，再杀不迟。"

岭国军兵一齐呐喊，要多钦投降。多钦低头暗想：斑斓虎不应失去六纹，雪山狮子不饮污泥水，我是不能投降的……

猛然间，多钦想到一计：他以极快的速度射出了他的神箭，一道闪电，夹着霹雳。趁岭军遥看天空之际，他拍马飞过河滩，逃出重围。

辛巴梅乳泽见多钦逃走，顿时大怒，大刀一挥，将河滩中余下的索波兵斩尽杀绝；又追上了尼玛拉赞，将他刀劈于马下。

眼见天色已晚，格萨尔吩咐收兵休息。各路人马纷纷上前禀报战绩。格萨尔听罢心中高兴，传令明日攻取敌人城堡：辛巴梅乳泽率霍尔兵留守大营，玉拉托琚、丹玛、森达、东江四人各带十万人马去攻城堡的四门。

第二天，东门下，老将丹玛威风凛凛地坐在马上，下令攻城。两顿茶的工夫，双方都死伤惨重，城门并未攻下来。丹玛一阵心焦，举刀就要向上冲，索波守城大将朗拉托杰拈弓搭箭喊道："老家伙你攻城不顶事，将黑夜当白天把腰带系；老马惊悸捉不住，踏不上灰色的道路；老狗跑起来挡不住，碰上石头也想吞噬；你无勇徒穿英雄甲，无谋空做岭大将。我今天射出这支箭，是石岸也要连根击毁，是天地也要让它翻覆，可怜你老汉今日就要归天去啦！"

朗拉托杰的话像箭一样钻心，箭像话一样恶毒。丹玛裹甲避了三避，仍被射中盔缨。他抖擞精神，大笑三声：

人虽老英名尚存，
马虽老仍驰骋千里，
刀虽老利刃不卷，
箭虽老箭头犀利。
老鹞飞翔太空久，
六翼翎羽似衰退，
还想将麻雀当肉吃；
老狼久行山腰里，
齿落毛脱似衰退，
还想将绵羊当肉吃；
老汉我久经战阵后，
周身的力量似衰竭，
还想捣破你这重地城池。

丹玛说完，又是一阵大笑。一支利箭在笑声中飞向朗拉托杰，索波大将的脑壳被射开了，白花花的脑浆、红殷殷的鲜血流洒在城头上。岭军乘势掩杀过去，东门很快被岭军攻占。紧接着，其余三门也相继被攻破，索波大将保护着两位王子弃城而逃。

岭国兵马在后面紧紧追赶。转过一个山脚，索波君臣不见了踪迹，怪事发生了：一群将近万头的野牛挡住了岭军的去路，一头青色雄野牛立在牛群中央，头像小山一样大，前额有团白毛，像阴山上结的冰块一样闪闪发光；右角上的珊瑚鼓槌，正敲打着左角上的金鼓，鼓声像苍龙咆哮一般。其他的野牛团团围绕着它，吼叫喧闹，岭军止步不前。

留在营中的辛巴梅乳泽赶到了。他打马直朝青色雄野牛奔去，野牛也怒吼着向梅乳泽冲来，一边冲，一边将白尾巴朝两边甩动，扫起的沙石迷住了岭国兵马的眼睛。梅乳泽不顾一切地向雄野牛扑去，边走边将铁箭抽出，一箭正中野牛前额的一撮白毛，青野牛一声凄厉的嚎叫，倒在地上。其余的野牛像失去了灵性一般，四散奔逃。辛巴巴图鲁们四处追杀，射死了不少野牛。

岭军继续向前追赶拉吾王子一行。行至达日滩头，像是从天边飘来似的，从滩中涌出了鹿群，多得数也数不清。为首的，是一头紫褐色梅花雄鹿，海螺般的耳朵，像日月般光亮，如冰雪般晶莹。丹玛见了心中暗喜，搭弓欲射时，梅花鹿不见了；刚放下弓箭，鹿又出现在眼前。就这样，时隐时现，像是在同丹玛开玩笑。老丹玛又气又恼，铁箭朝着鹿显现的地方射去，一声惨叫，铁箭正中梅花鹿的日月头角，一道闪光过后，其余的梅花鹿四散而逃。

驱散了鹿群，又遇黄羊群。玉拉一眼看见了羊群中紫褐色的头羊。白缎子般的屁股，闪亮耀眼，松石角尖上挂着银铃。玉拉连射三箭，头羊并未倒下，反倒以更快的速度向草山下逃去。玉拉王子气得使劲夹马肚子，只嫌马太慢。终于在山脚下，射中了这头黄羊，黄羊倒下，玉拉仍不解气，又连射三箭，把羊屁股射得稀烂。他这才下马休息，看着死羊的羊角出神。

晁通不知什么时候来到了玉拉的身边，他看中了羊角。他见玉拉正冲着羊角出神，生怕玉拉把羊角先拿到手，立即念诵咒语，又将手中黑旗一挥，死黄羊翻身腾起，向山上奔跑。玉拉吓一跳，随即打马去追，谁知这正是晁通用的调虎离山之计，逃跑的羊尸不过是晁通施的障眼法。眼见玉拉去远，晁通立即割下羊角，揣在怀里。

玉拉追了几条沟，又翻过几座山，不见了黄羊的踪影，心中十分奇怪。正纳闷，耳边忽然有人说："丢掉的不要找，逃掉的不要追，多余的话不要说，在半山腰中，做一个捉麻雀的扣子，过三顿茶的时间，就会知道结果。"

玉拉托琚打马往回走，又套住一只斑斓猛虎，在途中与众英雄会合了。

诸英雄纷纷拿出自己的战利品，梅乳泽献出射杀的雄野牛，丹玛拿出了鹿角，晁通大摇大摆地掏出了羊角，又令家将抬上黄羊身躯，献于大王跟前。

玉拉一见黄羊，顿时恍然大悟。怪不得说三顿茶的工夫就能知道结果，原来如此，自己射死的黄羊被晁通偷去了。玉拉哪里肯依："达绒长官，你好手法，自己没本事取胜利，偷我的黄羊算什么东西！"

"什么？你这个毛孩子，敢说我偷！"晁通见玉拉当众揭他的短，不禁又羞又恼。

玉拉抖动着手中套虎的绳子，想套住这老窃贼；晁通也把罗刹大刀握得紧紧的，准备迎战，又希望哪位英雄能来为他们调解一下。

辛巴梅乳泽站在了两人中间："玉拉托琚不要动怒，晁通王也消消气，内部兄弟不必结怨恨。玉拉说黄羊是他射杀的，却被晁通拿了去；晁通说是在箭矢发射的道路上捡来的，众弟兄们也看见了；黄羊确实死在玉拉手里，晁通拿了羊角却没有出力。你们两位不要气，听我辛巴说一句：旧怨新仇不要提，百川都要东流去，今日不论谁是非，请把羊角给玉拉，黄羊的皮子归晁通，诸位看这可有理？"

诸位英雄都觉得辛巴说得有理。玉拉托琚虽是怒火满胸，恨不得吞了晁通，可令人尊敬的辛巴王已经说了话，自己当然不便再说什么，只好愤愤地收了绳套。

那晁通本来理亏，见不出力也可以得到黄羊皮子，便也心满意足，洋洋得意地收了罗刹大刀，交出了松石羊角。

拉吾和仁钦两位王子战败后退回王宫，对多钦等众将大发雷霆。正当他们重新部署准备和岭军决战时，国王娘赤拉噶来到了。索波王仍旧劝告王子不要莽撞行事，否则后果不堪设想。但是，王子拉吾和仁钦根本听不进父王的忠告，执意要和岭国决一雌雄。索波王见他们如此不把父王放在眼里，又气又怒又没有办法，只得任他们去死。

两位王子见父王盛怒而去，不仅不后悔，反倒想打个胜仗给父王看看。前次从边城逃走是因为准备不足，这次，如果不打败岭军，决不生还。

拉吾和仁钦披挂整齐，率队出城。面前的岭军铺天盖地，拉吾定睛细看，见一个骑青马的汉子，站在岭军阵中，无论怎么看，都与常人不同。拉吾料定，此人必是王子扎拉无疑。既然见不到格萨尔，那就先杀了扎拉王子，也是一样的。这样一想，拉吾打马直取扎拉，却被玉拉托琚拦住了："喂，拉吾王子，别这么急着送死，扎拉王子怎么能跟你较量呢，先跟我打一回试试吧。"玉拉唱道：

英雄相遇心中乐，
骏马相遇心欢喜，
今天不显本领待何时？
右边虎皮箭筒中的箭无长短，
左边豹皮弓鞘中的弓无软硬，
箭的快慢得射出去看，
刀的利钝要挥起来看，
老虎出山方显威，
英雄好汉阵上辨。

玉拉唱罢，挥刀与拉吾战在一起。王子拉吾只想快些斩玉拉于马下，再去杀扎拉王子。越是着急，越是战玉拉不下，刀法也渐渐乱起来。玉拉像是看透了拉吾的心思，愈加不紧不慢地向拉吾挥着刀，左一刀，右一刀，一把刀使得上下翻飞，得心应手。眼见拉吾刀法已乱，玉拉猛地朝拉吾的头上劈去，拉吾想躲，已经晚了，半个头盔连着杯口大的额角被削了下来，疼得拉吾大叫一声，摔到马下，被玉拉斩为两截。仁钦见哥哥阵亡，慌了。多钦等大将也不敢恋战，急忙夺路而逃。岭军大获全胜。

王子仁钦和大将多钦等无颜见国王，便投奔他乡。娘赤拉噶虽然早已预料到拉吾必死，可还是不免伤心。军情紧急，岭军已经将上索波全部占领，索波王只得把怜子之心暂且收起，吩咐备盛宴款待岭国军兵。

格萨尔大王高举金杯，唱起了取宝歌：

天上浓云白皑皑，
空中雨水淅沥沥，
山间松石雾腾腾，
百花开放红艳艳，
甘露香气飘袅袅。
这美丽壮观的索波马城，
是所有马匹的神魂归依处。
能把一切福禄招引来，
是取到一切物品的宝库。
骏马前额上的白点如启明星，
将梵天王的骏马福禄招引来；
黄铜色骏马闪光辉，
将厉神的骏马福禄招引来；
四条马腿似松石，
将龙王的骏马福禄招引来。

唱罢，将杯中酒一饮而尽，取过宝弓，搭上神箭，一箭将藏宝的磐石劈成两半，一匹彩虹似的宝马柔巴俄宗，抖一抖美丽的鬃毛，四蹄轻踏，似要腾起一般，诸英雄早将准备好的绳套抛了过去。

空中降下花瓣雨，宝马归于岭噶布。

第一百一十一章

格萨尔厌战欲归天国 众天神施策唤醒雄狮

与索波马城相邻的，是索波铠甲城和宝玉城，这里有英雄勇士喜欢的铠甲，也有姑娘媳妇喜欢的美玉。由于地理位置的原因，人们把马城叫作上索波，把铠甲城和宝玉城叫作下索波。

上索波马城的娘赤王投降了岭国，王子仁钦和大臣多钦却不肯归顺，逃到下索波铠甲城。谁知下索波大王莽吉赤赞听说上索波被岭国征服，娘赤王也已降岭，早就吓得哆哆嗦嗦，哪里还敢收留这两个不肯归顺岭国的王子和大臣！

莽吉王正不知该如何对待仁钦王子和多钦大臣时，上索波娘赤王派人送来一信，说格萨尔大王要王子和大臣回马城，饶他们不死，恕他们无罪；假若继续藏匿在下索波，或引敌前去，便将他们二人碎尸万段。所以，娘赤王恳请莽吉王派人将王子和大臣送回上索波。此信算是帮了莽吉王的大忙，正合他意。如果将二人留在下索波，不但不能活命，而且下索波也会因此遭祸殃。于是，莽吉王把王子仁钦和大臣多钦叫到座前，将娘赤王的信拿给他二人，好言劝他们回马城。

王子仁钦看罢信，对莽吉说："大王，格萨尔的话是不能相信的。如果下索波不能停留，请把我们送到别的国家去，回上索波只有死路一条。"

大臣多钦可不这么想。他已经在外边流浪够了，就是回上索波被杀头，也愿意返回家乡。他心里思念那离别并不很久，却又仿佛过了百年的索波马城。

莽吉王又劝王子仁钦不要违抗父命，如果他不回国，说不定格萨尔大王会对他的父王施以酷刑。

仁钦虽然不情愿回马城，可是见多钦不想和自己在一起，莽吉王又极力相劝，更怕自己孤注一掷会对父王不利，便答应立即返回马城。

莽吉王派了一员得力大臣将王子仁钦和大臣多钦送至上、下索波交界的河口，娘赤王早已派人在那里等候。

回城的第二天，娘赤王带着王子和大臣向格萨尔大王请罪，又献上许多金银绸缎。雄狮王格萨尔依信上之言，恕二人无罪，命二人继续留在娘赤身边，辅佐上索波王管理马城，并决定岭军明日班师回国。

就在格萨尔决定回国的当天夜里，龙王邹纳仁庆忽然驾着祥云出现在格萨尔的神帐内。只见他身穿松石铠甲，头戴玉盔，佩带九种兵器，骑着黑色海马，满脸带笑地对格萨尔说："索波马城已攻下，但雄狮不能回岭国。大鹏飞腾在太空，避开劲风非良禽；大鱼遨游在海中，避开浪潮非金鳞；坐骑驰骋在大道，避开河滩非骏马；岭军已经征服上索波马城，放弃铠甲、宝玉城非英雄。下索波莽吉赤赞王，甜言蜜语毒计心中藏，在岭军回国的半路上，他埋伏下精兵六万人。让你英雄无暇携武器，令那懦夫无处去逃生；有翼失去空中道，有腿不能在地上行。更有扎拉郭杰那魔臣，射技精良力大能捕雷霆，还有那……格萨尔啊，雄狮王，吉日八号这天要率岭兵攻到下索波，那里有英雄喜爱的铠甲城，有姑娘喜欢的碧玉城，有存放财物的宝库城，都要攻下不能等。"

听了龙王的预言，格萨尔并不像过去得到天神预言那样兴奋。他懒懒地躺着，不想起身，心中有些不快。自从被遣下界，就没有过一天清闲日子，每逢降伏了一魔，待要歇息片刻，便有天神降下新旨。这次更加特别，不等班师回岭，又要去征服下索波。想那天宫有多少英勇之士，为何不让他们也下界走走?！我和千里宝驹就是每日行千里路，也还有许多地方巡行不到；每日获得多少战利品，也还有许多妖魔未归顺。不行，不行！大丈夫前日生怕违誓言，今天倒要给天宫递辞呈。俗语说：

恩德最大是父母，
言语过多扰人心；
饮食可口是乳品，
食用过多也恶心；
衣服温暖是羔皮，
穿用太久虱子生。
白狮绿鬣饰雪山，
并非怕它会消融，
寒风吹来阵阵冷。
野牛红角饰岩山，
并非怕它会裂崩，
山路坎坷难通行。
猛虎斑纹饰森林，
并非怕它遭火焚，

林中行路难辨明。

格萨尔久经征战之苦，已生厌烦之心。特别是想起在三十三天界上无忧无虑的生活，就更加不愿留在人间。这么一想，禁不住自言自语起来："白梵天王啊，我的王母，请安居在普胜宫，不必再给我降预言！厉神们啊，龙王仁庆，请安居在雪山和龙宫，不必再给我降预言！大丈夫并非怕敌人不能克，终生劳累对作战生厌心。今天我要把人身变神身，要把幻身变法身，要把岭军撤故土，发愿以后再相逢。"

说完，格萨尔把自己变化成八岁小孩大小的身体，通体放着虹光；把宝马江噶佩布变成一匹三岁马驹大小的身体，鞴上宝石马鞍，像无风时的炊烟一样，从岭军大营一直升到天空，神、龙、念诸神，谁也无法挽留他。

这时，东方出现一道白光，天神出现在白光之中，挡住了格萨尔那道像烟一样的虹光。大师头戴金冠，冠上羽毛颤动；身披白色披风，上面饰金刚图案；右手执雷霆杵，那杵像要插入天空；左手捧甘露瓶。大师对格萨尔喝道："格萨尔，你要往哪里去？！自从你降生岭地后，天、龙、念及诸神，哪有一天有空闲，时时处处在护佑你，但谁也没有出怨言。格萨尔你是大丈夫，是飞禽里的大鹏，是百兽里的雄狮。降魔大业非你不行。战争使你太劳苦，有我天神来帮助。不要再出怨言欲归天，克敌之时只有懦夫才会逃遁。"

面对神圣威严的天神，格萨尔无言以对。想到多年的征杀之苦，想到久等自己回归的在天界的父皇和母后，在岭地年迈衰老的生身父母，想到在战争中死去的众将士，格萨尔的眼泪像荷叶上的露珠，扑扑簌簌地掉了下来。

天母朗曼噶姆像知道格萨尔的委屈似的，骑着青色水牛出现在他面前。那随之而来的芬芳之气，沁人心脾，使人神往。天母极力安慰着格萨尔："格萨尔啊，你来下界虽非自愿，却降伏了众妖魔，拯救了四方百姓，这样的伟业只有你能完成。你在为众生造福时，上有无比神圣的白梵天王，下有无比富裕的龙王仁庆，中有无比勇猛的厉神格卓，三者都在保护你。白昼你出征在阵前，这护佑如同影随形；夜晚你安寝在帐中，这护佑如同怀中婴。格萨尔啊，泄气话以后不要再讲，伟业未就不能回天庭。"

神、龙、念各部众，战神、厉神、空行、勇士等如黑夜的星辰一般聚在空中，用期待的目光凝视着格萨尔。

以丹玛为首的岭军大将和王子扎拉也都齐声呼唤雄狮大王格萨尔，焦急地盼望格萨尔重回大营。

格萨尔见此情景，顿生忏悔之心，遂向神、龙、念及战神、空行拜了一拜，又望了一眼下界的扎拉、丹玛等诸将，说道："大鹏鸟生在须弥山顶，若不能绕行四洲，空长金翅有何用？白狮子雄踞在雪山之顶，若不能装饰雪山，空长绿鬣有何用？斑斓虎栖息在森林，若不能装饰密林，空有六纹有何用？我格萨尔降生在岭国，若不能降魔伏妖，空有六艺有何用？惧怕劳苦想天庭，违背誓言空忏悔有何用？我要立即率岭军，杀到下索波铠甲城，降伏莽吉赤赞王，拯救索波众百姓。”

格萨尔说完，诸神降下花雨，赐给岭军诸将以黄金铠甲，然后像彩虹般消逝了。

却说下索波王莽吉赤赞，自从送走上索波王子仁钦和大臣多钦后，心里一直很不踏实，他想，既然格萨尔征服了上索波，说不定哪天他又要打到下索波。如果岭兵真的打来，那该怎么办呢？莽吉王立即召集大臣商议对策。大臣白玛洛珠说：“以往格萨尔征服各个邦国，都是只杀作恶的妖魔，并不加害百姓，也不抢掠财物。如果岭兵真的进攻下索波，我们还是投降的好。马城的娘赤王还不是降了格萨尔王，结果是照样住王宫，做国王。大王也可以效仿。”

莽吉赤赞听白玛洛珠讲得有理，遂稍稍安心。过了几日，又听得岭军准备退出上索波马城，并没有攻取下索波铠甲城之意，莽吉王就更加放心。

这天夜里，莽吉王睡得很香甜，这是许多天来他睡得最好的一夜。天快亮时，寝宫中忽然出现道道彩虹之光，莽吉王一下醒了过来。他想自己从未见过这种奇异之光，必有什么怪事降临。抬头往上看时，只见四大天王的首领战神端立云头，手拿雷霆金刚杵，身披水晶铠甲，头戴玉盔，胯下一匹麦黄色御风骏马，十万魔鬼神军围绕四周。战神面色严峻，对莽吉赤赞说道：

苍龙吟啸在穹隆，
如不轰毁白石崖，
雾气不会自隐踪。
恶狼巡行在谷中，
如果肉食不满足，
嚎叫之声不肯停。
岭国大军向东进，
如不攻取铠甲城，
觉如不会返回岭。
固然屈服非英雄，
但是垂首去投诚，
莽吉也难留性命。

“莽吉啊，现在要快快聚众兵，三年之内定取胜，不胜则逃外国境。莽吉王有长寿命，五年之内克敌兵。”

战神说罢，即刻消逝。莽吉赤赞却兴奋起来。他想，战神的预言如此稀奇，历朝历代也没听说过。看来格萨尔必犯铠甲城，如若投降，难保性命，不如遵从战神旨意，召集兵马与岭国决战，战不胜时再逃不迟。

第二天，莽吉赤赞在宝座上坐定，一脸的严肃之色。他要把夜里战神的预言告诉众臣，然后召集兵马，准备迎敌。莽吉还未开口，大臣扎拉郭杰从右排首位站起，向莽吉禀道：“大王啊，臣昨夜得了一梦，不知吉凶如何，请大王明鉴。”

莽吉一听，心里动了一下，莫非是天神也给郭杰降了预言？先听听他说些什么吧，于是点头示意郭杰把梦讲出来。

郭杰不知大王想什么，只觉得自己的梦与前日君臣商议投降的事不符，本不想贸然讲出，见大王示意他讲，便把梦境原原本本地讲出。郭杰说：“我等君臣和属民，虽不侵犯别国国境，但对来犯之敌却不能退让。猛虎吃到鹿肉不满足，四爪还要抓树木；豺狼吃到鸟肉不满足，还要捉那小羊羔；觉如得到马城不满足，还要夺取下索波。自愿投降寻死路，见敌就逃像骚狐。”

众大臣听扎拉郭杰的话中露出杀机，你看看我，我看看你，面露惊慌之色，不知说什么好，就把目光都投向莽吉赤赞大王。只见大王连连向郭杰点头。

莽吉赤赞大王说：“大臣所说梦境与战神给我的预言不差分毫！”然后高声唱道：

几声狗吠鸡鸣，
白狮绿鬣何必动？
狐狸在兔子面前逞凶，
岂能与猛虎争雄？
敌国岭兵呐喊，
好汉何须胆战心惊？
战神暗示敌军将至，
大王我要把人马速速集中！

“大臣们啊，从现在起，我们要聚集兵马七十万，层层设防扎下大营。从今后要严禁外人入境，国内的情形不能向外传。军兵们无论何时发现敌情，都要火速禀报到宫中。”

大臣们见莽吉王一反常态，一副雄赳赳气昂昂、准备与岭军决一雌雄的样子，心中疑惑不解；想到郭杰的梦境凶多吉少，就更加不安。他们又不便把疑惑和担心讲出来，只好闷闷不乐地坐在那里，低头不语。

坐在前排的大臣白玛洛珠也觉得大王和郭杰的梦有些不祥之兆，但见莽吉主意已定，现在说什么大王也不会听进去。他见众臣闷坐不语，便装聋作哑地待在那里。莽吉赤赞见众臣无言，便以为大家都赞同他的主张，当即点了十二员大将，命令他们各带精兵，从川底到川口严密设防。

正当大将们奉命将去召集兵马之时，上索波娘赤王的使臣来到了，递上了他的信件。莽吉王忙打开一看，信中写道："据说岭国兵十万，要经贵国通行，我请雄狮王宽限三日，派去使者给你报信。林中所生鲜花，看到太阳升起时，纷纷绽开笑脸；田中所长禾苗，看到星辰运转，六谷已经丰满；下索波赤赞王臣，听到岭军宽限三日，可想到索、岭两国要和缓？三秋天空的雷声，决定三冬天气，湖水可以结冰，海水不会干涸；三夏草地的鲜花，决定三秋天气，山谷可以被雪封，大地不会有变异；莽吉王的态度，决定岭军进兵的时间，下索波迟早要归岭，格萨尔大王天下无敌。望赤赞王臣考虑仔细！"

莽吉王把娘赤王的信一说，众臣颇有赞同之意。老臣白玛洛珠认为这是个说话的时机，遂站起来禀道：

布谷鸟叫时春天到，
春天到时花枝俏，
花开花落结鲜果，
结了鲜果枝弯腰。
深沉大海虽广阔，
广阔皆因有江河，
江河掀起浪涛时，
水珠旋向海心窝。
铠甲城内兵将多，
兵将多时易起祸，
百姓不愿有征战，
平服战祸应议和。
山岳不变居大地，
甘雨降毕云自收；
大海不变居大地，
江河湖泊来汇合；
莽吉不变居故土，

格萨尔王不记仇。

“大王啊，布谷鸟的故乡在门域，不会在别的林中住一生；绵羊吃完青草回围栏，不会在草地住一生；觉如的故乡在岭地，不会在索波住一生；我们不如先议和，免得两国动刀兵。”

众位大臣深表赞同，只有扎拉郭杰认为格萨尔反复无常，不可信，上索波的娘赤王肯定是受格萨尔的胁迫才写此信，希望大王不要以此为凭。

莽吉王也想起了战神的预言，即使投降也难保性命，于是对使臣说：“兔子占据刺树林，雕鸟岂能发怒嗔；青蛙占据小池塘，金鱼岂能把怒生；小雀鸣叫在树顶，布谷岂能心不平；莽吉占据自己城，岭国为何来入侵？下索波准备了百万兵，不怕岭国来进攻，格萨尔如果不怕死，就让他来送性命！”

使臣回马城复命。娘赤王带使臣前去见雄狮王格萨尔。格萨尔得知莽吉赤赞不愿投降，心想：这是他的死期到了，给他一条生路他不走，那就休怪我无情了。

第一百一十二章

晁通施咒破索波幻术
雄狮显灵占赤赞王城

岭军立即启程，走了没多远，就碰上莽吉赤赞王派出巡哨的百名骑兵。这百名骑兵见到岭国的大队人马，竟毫不惧怕，也不惊慌，更没有逃跑的意思。原来，莽吉王把最勇敢的兵士派到下索波最前沿来了。岭国军兵并不懈怠，搭弓射箭，百名索波兵顿时倒下三十几个，剩下的军兵见岭军如此厉害，这才开始边抵抗边向后撤。

再往前走，是下索波莽吉赤赞王设的第一道关卡，由大将扎杰率十万兵马守在一座草山上。只听螺号一声响，岭国大将卓郭达赞冬珠、玉珠妥杰等率三百名兵士，向山上冲击。守在山上的十万大军还不如巡哨的百名兵士镇定，见岭国兵将个个像天神下凡，早吓得战战兢兢，胆小的开始往后跑。下索波将领扎杰等顾不得迎敌，先要挡住自己的军兵，不让他们后退，因为这十万大军要是乱起来，兵败如山倒，岭国再追杀过来，将全军覆没。

扎杰设法稳定下索波军的军心。眼看岭国兵将已冲到眼前，下索波将领玉鄂拉桑一拍坐骑，抽出曙光剑，挡在岭国军兵面前："食尸鹫鸟夸烂尸，贪吃三沟的尸体，恣意飞翔在空中，最后毛秃落沟底；山中野狼夸奔驰，贪吃羔羊的肉体，扰乱牧人的羊群，最后四爪枯旷地；鹞鹰自夸翅力雄，贪吃小雀肉体，翅膀拍拍旋虚空，最后饿死在刺林中；岭地英雄夸战争，一心想得战利品，抓着刀柄恃奋勇，最后心血地下喷。"说着，玉鄂拉桑冲了上来。

门国大将玉珠妥杰用马刀架住拉桑的宝剑，对他说："何必这么忙着死呢，我有话要告诉你。太阳东升西落去，云朵虽厚难阻碍；大江河川向东流，坚石山崖不能御；霹雳轰轰从天落，高山险峰不能立；英雄受命抗岭军，下索波十万也难抵。"玉珠妥杰说完，抽回马刀，再次抡起，用力一劈，马刀从拉桑的右肩上进去，从左肋上挥出，他的上半截身子齐刷刷地滚落在地，坐骑惊叫着，带着拉桑的下半截身子跑回下索波大营。

大将扎杰见玉鄂拉桑死得如此悲惨，一股怒气冲天而起，顾不得再弹压他的部下，拍马挥剑向岭国兵将杀来。紧跟在他后面的是大将朗赤托赞。

岭将冬珠拦住朗赤托赞道：“太阳环绕四大洲，萤火虫闪光应顾忌；苍龙吟啸满太空，虎崽吼时应顾忌；孔雀开屏炫美丽，小雀展翅应顾忌；岭国神兵临此境，下索波兵应顾忌。你不顾忌是找死，让你和拉桑做伴去。”说罢，向朗赤托赞砍了一刀。朗赤托赞一低头，冬珠的刀从他的盔帽上挥过，削掉了他的盔缨和六片盔瓣。朗赤托赞吓了一跳，拔刀就走。冬珠哪里肯放，一提马缰，追上去又砍了一刀。这一刀从朗赤左肩砍下，从右肋而出，他也剩了半截身子，真的和拉桑做了伴。

下索波军连损两员大将，本来就已骚乱的军兵，更加混乱起来，扎杰再也挡不住，带着残兵败将溃逃而去。

岭将森达边率兵追击，边开口唱道：

难逃之事有三种：
一是清晨天要明，
二是黄昏夜幕临，
三是阎王来索命。
索波在劫难逃脱，
英雄追击不留情。

岭军大队人马追击片刻，只杀得下索波兵将丢盔弃甲，抱头鼠窜。

岭军乘胜前进，第二天一早，已经到了黄河渡口。下索波大将玉泽东玛率兵守在这里，见丹玛出阵，他指着丹玛笑道：“白雕飞翔在天空，老鹫弄翅真可厌；英雄交锋在阵前，老朽来送死真可厌。我手中灵巧神奇索，若将它投向高山，能拉断山尖；若将它投到平川，能牵引水头使其倒转；若将它投向老朽，能叫你离开鞍鞯。”玉泽东玛说完，向丹玛抛出套索，正中丹玛的脖颈。丹玛砍了两刀也未砍断。玉泽东玛一用力，老英雄一下从马上跌落；玉泽刚要上前擒丹玛，玉拉托琚的箭射来了。这箭好厉害，正射中玉泽东玛那只拿套索的左臂上，玉泽疼得大叫一声，扔了套索。玉拉再一箭射来，箭镞穿心而过，玉泽东玛跌下坐骑，口吐鲜血而亡。玉拉上前扶起丹玛，老英雄愤怒不已，照玉泽的尸体砍了几刀。二人上马。刚要回营，下索波拉如噶琼拦在马前：“你们岭人号称英勇，实在是吹牛，两人共战一人，难道不知羞？！”

虽未到过雪山巅，
也知那里有白狮，

今日见了才知晓，
叫它兽王太可笑。
细毛好像青茅草，
唤作绿鬣实可羞。
虽未到过石山顶，
也知那里有白雕，
今日见了才知晓，
叫它鸟王太可笑。
一撮细细鸟羽毛，
唤作六翅实可羞。
虽未到过岭国地，
也知那里有觉如，
见其属下才知晓，
叫他雄狮王太可笑。
迎敌的狐狸八十只，
唤作英雄实可羞。

“岭国的小子们，你们不是生铁铸，我们也非酥油塑，是强是弱比比看，是英雄好汉要交手。”拉如噶琼挥刀劈来，达绒拉郭早就迎住了他：“白狮是雪山的骄傲，玉雕是凌空的鸟王，格萨尔是四洲主人，我是无敌的勇士。你口出狂言实可恼，今天让你吃一刀。”拉郭的话音刚落，岭国的六员大将一起上前，宝刀齐下，把拉如噶琼剁成了肉泥。这是他出口伤众，咎由自取。

岭将挥兵掩杀，紧紧追赶，有乘船的，有涉水的，到日落之时，已全部渡过黄河。

各路溃败的下索波军退回王城。莽吉赤赞王速召文武官员在殿前议事，众臣无话可说。老臣白玛洛珠献上一条哈达，对莽吉赤赞王及众文武大臣说：“大鹏在太空翱翔，要在空中设置三种风暴迎击，才可杀其羽毛之身；斑斓虎在森林中奔腾，要在狭道里设置三支利箭迎击，才可杀其斑纹之身；金眼鱼在大海中遨游，要在渡口设置三只铁钩迎击，才可杀其金鳞之身；岭国大军来进犯国境，要在滩头城堡里埋伏迎击，才可挫其锐气。”

莽吉王觉得老臣的话有理，但是派谁去呢？现在与岭军刚一交锋就败得如此惨重，谁还敢再出阵呢？最好有自告奋勇出阵迎敌的大将，想到这，莽吉王说：“这次与岭军交锋，并非我的本意，实在是敌人所逼。若有哪位大将自愿领兵迎敌，本大王自会重重奖励。”

大将朗卡、噶纳、朗杰扎巴等人从座位上站起，向莽吉大王禀告，他们几个人愿率兵出城迎敌。

莽吉王大喜，刚要说话，老臣白玛洛珠也笑盈盈地站了起来，走到这几员大将跟前，鼓励他们说："秋天的花朵被霜覆盖，花苞花蕊却比夏日繁荣；冬日的河水虽被坚冰覆盖，冰下之水却比秋天急；秋天的芦苇虽被镰刀割，柔根细秆却依然随风飘动；下索波军开始虽有些失利，但英雄们最后会无敌。如不趁火未燃之时用灰盖，山林失火要后悔；如不趁马未惊之时系桩上，腿被踢伤要后悔；如不趁敌未逼近之时去反攻，城堡被围要后悔。英雄们啊，快骑上战马，快出城迎敌，拿着敌人的盔缨来献礼。"

众将出城，率兵来到距王城不远的滩头城堡，准备迎击岭军。下索波兵将们还不曾准备好，岭国大队人马已经浩浩荡荡地开了过来。下索波将领噶纳先冲出城堡，对走在岭军前面的大将森达说道："雕雏最好循鸟路[1]，飞上九霄要被大风击；金眼鱼最好海中游，漫游小溪要失去鲜美肉体；野牛踞山岭最稳妥，跑下山岗要失犄角；岭兵最好回国去，战而不胜要失首级。"

森达扬了扬手中的刀，笑道："这滩头的城堡，是守望的还是御敌的？是守望的应守本分，是御敌的要显本事。若避狐狸非猛虎，若避小雀非大鹏，今天阵上碰见你，当然要和你比武艺。"

森达一刀挥去，将噶纳的长矛劈成两截；噶纳舞着半截长矛，继续和森达大战不休。森达二次挥刀砍去，结果了噶纳的性命。

朗卡托松见噶纳落马，从城堡内猛扑出来，一下冲进岭国兵营，一把大刀，左挥右砍，一口气杀死二十几个岭国兵士。辛巴梅乳泽见这索波将如此凶悍，把利箭搭在弓上，说道："今天我射一支箭，青色铁弓箭道中，虽非苍龙却呜呜吟；黑色铁制箭镞上，霹雳风雪乱纷纷；如不让那下索波箭下亡，我辛巴与那死尸一个样。"辛巴梅乳泽一箭射出，从朗卡托松的前胸进去，后背出来，又连着穿过八个索波兵的胸膛，然后落在草山旁边，射碎了一块大石头。奇怪的是那下索波将领朗卡托松只在马背上晃了一下，并未受伤。他反手一箭射向辛巴梅乳泽，辛巴一闪身，那箭射中了他身后的四个霍尔兵。辛巴梅乳泽一见射不死这下索波大将，反被他射死了自己的属下，心中气恼，却无可奈何，眼看天色已晚，只好收兵回营。

当晚，辛巴梅乳泽因战不胜索波将领朗卡托松而焦虑难眠，天快亮时才有了点儿睡意。忽然，天母朗曼噶姆出现在帐中："大辛巴，不要睡，朗卡要逃回下索波王城去，降伏他要用套绳，快快去找格萨尔，套绳就在他手中。"

1　鸟路：大鹏飞翔的地方，泛指太空。史诗中多处用到。

这是自从霍岭大战、辛巴归顺格萨尔大王后，天母第一次直接给自己降下的预言。辛巴听罢大喜，顾不得再睡，忙派手下大将前去格萨尔处取那缚魔的神奇飞索套绳。

三日后，索波将领朗卡托松果然退兵，辛巴梅乳泽也已将套绳取回。他见索波兵欲退，挥兵追杀。朗卡勒马转过身朝霍尔兵杀来。梅乳泽围住他大战三十几个回合，竟未能取胜。朗卡见索波军已退出很远，遂跳出圈外，打马就走。恰在这时，梅乳泽抛出套绳，将朗卡套住，任凭他怎么挣扎，非但不能解脱，反而越套越紧，把他朗卡缠得像个线团。梅乳泽一边拉那套绳，一边唱：

太空中朗朗的皓月，
下弦亏损时心意冷；
骏马良驹善驰行，
放入河滩心意冷；
鹰雕鹫鸟善飞翔，
羽翼摧折心意冷；
朗卡虽然有神通，
被我套住心意冷；
我辛巴气盛能使石山倾，
愤怒犹如大火焚，
今天岂能放过你，
快求诸神为你把路引！

辛巴梅乳泽拉着拉着，那套绳中的索波将领朗卡慢慢变成了一只猛虎，他不觉一愣。那虎突然开口道：“尊贵的辛巴王啊，不要杀我吧，我愿永远照您的吩咐办事。”

“谁信你的话，你用什么来做保证呢？”

“上索波的娘赤大王可以做证人。”

“那好吧，只要你不违背格萨尔大王之命，可以饶你不死。”梅乳泽听说娘赤王可以为老虎作证，遂宽恕了朗卡的死罪。

出城的三员大将遭到惨败，剩下的索波军死的死，伤的伤，逃的逃，散的散，滩头城堡变得空无一人。

下索波兵将大败，全部退回王城。岭国大军在滩头孤堡外扎下大营，人欢马叫如龙吟，兵甲闪光照日影。

下索波王莽吉赤赞高坐在镶满珍珠、珊瑚、松石的宝座上，身穿天蓝色锦袍，罩九彩披风，缎靴上饰有红珊瑚带环，洁白的绫巾下面是一张焦虑的面孔。往常大王有如日月般的光彩，如今却被岭国的乌云遮蔽了。眼看兵临城下，他怎能不着急呢？！

大臣扎拉郭杰坐在莽吉王的右手，他也在盘算：大王和自己两个是不用发愁的，就算岭兵真的攻破了这座王城，自己也可以保着大王上天、入地，或者藏到海底。但剩下的人怎么办？特别是大王的宠臣、爱妃，又不能一起都带走啊！心想下索波这些兵将，不是没有守关隘，不是没有拼命冲杀，也不是没有取过小胜，而是英雄碰上了强将，兵器不能将他敌；两匹骏马相遇，迅捷总是有高低。

莽吉王望望群臣，又看看扎拉郭杰，知道他心里在想什么。但是，莽吉可不愿意自己逃走。忽然间，他有了主意，他要带着众臣及王妃、王子、公主一起到神山上去煨桑，从千里宝镜中看看岭国的虚实。

君臣一行，浩浩荡荡来到神山顶上。果然，从宝镜中他看到了他想看到的一切，上至雄狮王格萨尔，下至无名的众军士。莽吉赤赞问扎拉郭杰："那格萨尔王的大军，除了岭国三系的人马战将，其他四魔之臣及其部众，是不是都靠得住呢？"

"禀大王，除了辛巴梅乳泽和玉拉托琚外，其他人也是无可奈何来的，我们要想战胜岭军……"郭杰如此这般地和莽吉王耳语半晌，说得莽吉喜上眉梢。

岭国群臣在格萨尔的大帐中，把下索波君臣的行踪看得一清二楚。但不知他们要干什么，正在纷纷议论，猜测，那心有八十二万诡计的晁通却不说话，眯着眼睛像要睡着似的。过了老半天，他才慢慢睁开眼，缓缓离座来到格萨尔面前说："那下索波赤赞王，想把广袤的天空试探，想把大地降为壕沟，想施咒术把岭国君臣用雷击。"

众人瞪大眼睛，不无紧张地望着晁通。虽然他一贯骗人，但却精通巫术。如果下索波真的用了咒术，唯有他才能破敌。晁通见众人害怕，心中暗自得意，抖了抖袍子，捋了捋胡须，把手中的黑旗一挥："我这黑旗是自在天的神舌，是能勾摄八部鬼神的咒语。旗上部苍龙两相对，赤电之光闪烁；旗中间虎皮风袋中，生铁熔液沸腾；旗下边鬼魅钉杵上，大风呜呜呼啸。旗向东挥，属木性的云彩行走；旗向西指，属火性的云彩飘动；旗向南舞，属金性的云彩疾驰；旗向北摇，属水性的云彩聚集。小蛇要趁幼时在地穴中消灭，小河要趁潜流时开沟引导。小敌莽吉要趁他施咒术前制服。今日我要念咒语，勾来下索波君臣命。"

他摇动黑旗，口中念念有词。刹那间，四面八方布满了各色密云，风雷齐鸣，震动大地，格萨尔的神帐也跟着摇晃起来。

下索波君臣煨桑敬神、观望宝镜之后，乘马回宫而去。走到半山腰上，莽吉王的耳边响起一声炸雷。神山摇晃起来，随行的一百多名大臣被这突如其来的霹雳震破了额头，震裂了心肺。八岁的王子也被雷击得粉身碎骨。王妃看着儿子死亡，心疼得昏了过去。

所剩无几的大臣和军将，把下索波王和王妃、公主等护送回宫。王妃一直处于昏迷之中，过了很久很久，才醒过来。公主娜姆珍琼用手擦去母亲的眼泪，用自己的额头轻轻去触母亲的额角，缓缓地劝慰母亲说："母亲啊，请不要悲伤心痛，索波王城原本有阳光，如今只因天阴雨蒙蒙……我们要给王弟办丧事，要请经师为他超度。"

王妃手拉着女儿的手，泪眼蒙蒙地说："女儿啊，这次和岭国打仗，都是你父王自己所招致的。我心肝一样的儿子，也……儿啊，现在无论你父王要做什么，任他去做吧，我可要投降格萨尔。"

公主见母亲哭得如此伤心，并且有意降岭，便决定劝劝父王。

第二天，在莽吉王的大殿里，大臣和大将变得更少了，而且个个神情忧郁，人人闷头不语。莽吉王正在不知如何是好的时候，只见公主娜姆珍琼上殿来启奏：

声音幽雅的云雀，
无辜关在鸟笼中，
没有飞行的机会，
翅膀丰满也无用。
羽毛美丽的孔雀，
无辜落在罗网中，
没有飞往嘉噶的机会，
纵然开屏也无用。
父王的权势与财富，
无辜被岭王强夺去，
现在没有反击的能力，
纵然调兵也无用。

"父王啊，现在唯一的出路，是到米努达央王那里去，求得良策与妙计。"

莽吉王听了公主的诉说，心中赞同，却不动声色，因为不知道大臣们心里怎么想。莽吉不禁向众臣扫了一眼，最后把目光落在白玛洛珠身上。老臣抬头望着莽吉王，知道大王是要他说话，这才勉强说道："公主的话有道理，米努达央王的计谋多，米努国的绸缎多、兵将多，大王亲自去求援，我们坚守在这里，在大王未回王城之前，我担保能挡住岭国兵。”

莽吉赤赞见老臣也如此说，这才吩咐侍臣将他的白雕毛大氅取来。他告诉众臣:“我即刻就去米努国，早则二十天，迟则一个月回来，诸将一定要守住王城。”说罢，他披上大氅，腾空而去。

格萨尔早知莽吉赤赞要出城求援，他岂能放鸟出笼？雄狮王立即作起神变之法来，将整个王城罩在一张无形的网下。莽吉冲了几次，却怎么也飞不出去，只得返回王宫，另谋良策。

第一百一十三章

逞英豪晁通失手被擒
败索波岭国高歌凯旋

围绕在下索波王城周围的是一条又宽又急的护城河，下索波将士全凭此河固守王城。岭军试了几次，不能渡过。王子扎拉有些焦急，坚持要单枪匹马、只身渡河。老总管王绒察查根极力劝阻："扎拉呀，好孩子，心勿烦乱听我告诉你：鹫鸟翔空徒虚名，却让小雀得其力，天空高高无穷尽，鹫鸟最好还是守其崖；鱼儿漫游在江河，就怕游到渡口水深处，那里有花绳和弯钩，会被蝌蚪任意欺；雄鹿食鲜花享空名，就怕跑出草山头，若去茂密的林隙中，会碰上带毒的箭镞；岭军在山地能取胜，碰到河流难成功，再过十天船造好，英雄自能破城关。"

王子扎拉十分烦恼，他忍耐不了这十天的等待，但总管王的话，他又不能不听，因此静坐一旁，不再说话。

晁通可巴不得王子扎拉单枪匹马渡河，今见扎拉被总管王劝住，不禁跳起来怂恿王子出征：

良马要为驰骋亡，
好汉要为杀敌死；
猛虎不必惧野牛，
雄狮何必怕狐狸！

"我愿幻变成一匹马，引着王子过河去，杀了莽吉取王城，岭军方可得胜利。"

格萨尔听了晁通的话甚觉惊奇，但并不言语，只是微笑着环视众英雄。众人都察觉晁通不怀好意，但又找不出破绽，只好闷声不语。老总管王想说什么，又怕引起争执，便把目光投向辛巴和丹玛，希望他二人说话。

王子扎拉刚刚被总管王劝住，经晁通一挑动，烦躁之火又添了几分。辛巴梅乳泽忙从胸前的佛盒中取出一条洁白的哈达，放在王子面前，笑盈盈地说：

日月独行被天狗吃，
黑鸟独飞被罗网系，
英雄独行遭灾祸殃，
自古相传此道理。
岭军人马无其数，
王子何必单身去迎敌？

“再过十天的早晨，丹玛、巴拉森达和我霍尔辛巴，三人先出击，要把下索波王城用火焚，要让下索波军鲜血流，将那财宝与家畜，全部当作战利品。”

辛巴说完，丹玛连连点头称是。众英雄也纷纷献上哈达，劝慰王子。

晁通见众英雄阻止扎拉行动，分明是怀疑自己，心想：我若不独自前往，施用幻术，众英雄会更看不起我。于是，他起身走到格萨尔大王面前：“王子不必去了，施用幻术只需我晁通一人。不过，我若取得胜利，大王给多少赏赐？”

雄狮王看了看晁通，心想：怎么没有出征就先要奖励？于是说：“现在还不是施用幻术的时候，等到和我一起出阵时，施用幻术自然有奖励。”

晁通见大王不许自己出征，想了一下，如随众英雄一起去，岂不是让阳光遮住了星光，我的功绩谁能看得见呢？这样一想，他更加坚决要求独自出征。

格萨尔见晁通主意已定，便答应下来：如果成功，不但要亲赐奖品，而且众英雄每人都给晁通三枚金币和一匹绸缎。

第二天一早，东方还没有发白，小鸟尚未出巢，晁通就穿上赤铜甲，骑上乘风马，来到了河边。刚一下马，猛然看到索波人强大的阵势，晁通便有些胆怯，但已经到了这里，怎么好返回营地？已经在众英雄面前夸下海口，要了奖励，如果无所作为而归，岂不被人耻笑？晁通想了想，决定变成雄狮王格萨尔的模样到王宫去，先把他君臣骂一顿，然后再看该怎么办。这样一想，晁通很快来到王城的东门，在门口站定，右手抓起一个石子，在左手心把下索波君臣挨个画了一遍，然后大吼一声。整个王城顿时震动起来，直震得城内的臣民百姓头昏目眩，呕吐不止。莽吉王料定这是岭军在施咒术，立即披铁甲、戴铁盔、佩宝剑，出宫而来。

在东城门下，晁通见莽吉王出宫，先吓了一跳，略定了定神后说：“我是雄狮王格萨尔，身居森珠达孜城，降伏过四方大魔王，拥有岭国大军十万整。今天降临下索波王城，臣民百姓该欢迎，近的来献茶，远的来拜谒……”

莽吉赤赞早就看见坐在东门口的“格萨尔”了，心想，都说格萨尔神通广大，原来就是这副鬼模样，看我今天怎样制服他！只见莽吉口中念念有词，一座小山便从城外飞来，落在莽吉的手中。莽吉指着“格萨尔”道：

> 小雀吱吱叫，
> 鹞子快来到；
> 羊羔咩咩吟，
> 豺狼后边跳；
> 马驹呼呼鸣，
> 猛虎威风凛。
> 我有神力举小山，
> 树木枝叶摇颤颤，
> 野兽竞驰纷纷乱，
> 河水小溪潺潺流，
> 山上礌石滚滚翻。
> 将山砸在你头上，
> 看你“格萨尔”往哪儿钻？

晁通见那座小山朝自己飞来，大惊失色。这样的神变，就是在格萨尔那里也没见过啊！现在不逃，岂不是要粉身碎骨？！晁通一惊慌，幻术全然施展不出，虽然没有被山压住，却像被棍子打中了似的，昏了过去。

随莽吉王出城的大臣扎拉郭杰见那自称是“格萨尔”的人昏了过去，立即把他装进木笼，带回王宫。

君臣并未费力，便猜出笼中之人并非格萨尔，而是精通幻变之术、诡计多端的达绒长官晁通。扎拉郭杰守在木笼旁边，见晁通慢慢醒来，便笑道：“狐狸逞能要丢性命，杜鹃逞能会失妙音。像你这懦夫来出阵，是把性命送别人。听说你们岭国英雄多，好汉森达哪里去了？机警的丹玛哪里去了？勇猛的玉拉、力大的尼奔、无敌的辛巴都到哪里去了？大王本欲处死你，是我替你求了情。现在大王有赦令，你才能够得活命。”

晁通立即爬起身，双膝跪倒，叩头称谢：“谢大臣求情，谢大王不杀之恩！现在我口渴得很，求大臣赏口水喝。”

扎拉郭杰命侍卫端来一碗水，晁通一饮而尽。他抹去胡须上的水珠，吐出三颗鹅蛋大小的珍珠，对郭杰说：“尊贵的大臣，这是我幼时被大修士放入腹中的珍宝，因我身边无物可献，只好把这宝贝吐出，献给你们君臣，作为觐见之礼。大王对我有什么谕示，我一定照办。”

原来这珍珠乃是晁通的幻变之物，为的是蒙骗莽吉王，快将自己放走。郭杰捧回珍珠，莽吉一看，大为惊异，生怕其中有诈，便用种种方法试之，那珍珠始终晶莹透明，甚是喜人。莽吉这才相信晁通是真心投降，便让郭杰告诉他，要他带人去护城河边的白磐石下将咒符取出，准备对岭兵放咒。

晁通连连点头应允。郭杰立即将晁通从木笼中放出，然后回宫复命。

晁通马上招来岭国神鸟，用血写信给儿子拉郭，告诉他自己陷于敌手，明日莽吉王将派他出城挖取咒符，要拉郭速速禀报格萨尔大王，派十五名英雄在河边等候。晁通写毕，将血书挂在神鸟的脖子上，神鸟扇翅而去。谁知那鸟刚刚飞出王城，还未到河边，就被下索波的寄魂鸟抓住，带回王城。莽吉一见晁通的书信大怒，这才是愚夫抛石落在自己头上，这样的人怎么能放过？！遂命郭杰带人去把晁通杀掉。

扎拉郭杰知道晁通的幻术厉害，若让他知道性命难保，不仅捆不住他，杀不死他，再施法术上天入地就麻烦了，得想个巧计擒他。于是，郭杰带着几个侍卫，端着放了毒的酒肉吃食来找晁通。

晁通见半日没有人来，心中着急，取下胸前的核桃念珠打了一卦，卦象极为凶险。晁通明白自己又将大祸临头，得想个办法逃走才是。正在这时，见郭杰带人前来，晁通马上把惊慌之色藏起，换上一副笑脸。

郭杰命侍臣将酒肉吃食摆好，劝晁通饮用。晁通的念珠忽然发出爆裂之声，发辫上也直冒火花，他知道那凶险的卦象一定应在这食物上面，便说："谢大王恩典，我打算向岭国放一咒术，现在正在修炼，七天之内，吃喝自有天神赐给，这些饮食是一点一滴也不能进的。"

见晁通不肯上当，郭杰猛地一扑，把晁通从地上揪起，命侍卫用绳子将他紧紧捆住，使他不能逃脱。然后，指着晁通的鼻子大骂：

心恶个矮的晁通，
自造罪孽寻短命；
心怀歹意隐恶形，
空对大王做保证；
食言背信犹如吃炒麦，
说话好比皂泡影。

"你这老狗，本来饶了你，你却不领情。还没过三天，就要引贼兵。现在大王发了怒，将你送给黑熊当饭食。熊牙如锯来咬时，若失声叫唤没骨气；五体节节肢解时，若喊叫疼痛被人嗤。抽了你的筋，扒了你的皮，剜出心肝不解气。这都是你晁通自找的。"说罢，郭杰将黑熊牵了过来。

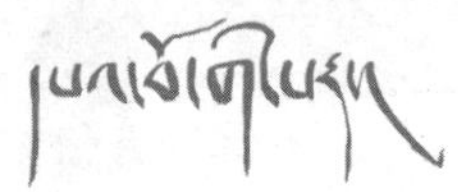

那熊张开血盆大口，喷出毒气，舌头闪闪发光，吓得晁通直流冷汗。虽然害怕，却也不能坐以待毙。他修起千辐轮法，因而没有被黑熊吞掉。黑熊见不能吞吃他，便伸出爪子将他抓住，用牙来咬。晁通又修起铁磐石法，那熊就像啃岩石一样，非但没有咬伤晁通，反而被他的骨头刺伤了喉咙，口吐鲜血，倒地而死。

扎拉郭杰见黑熊死了，便命侍卫把晁通抬起扔到石崖下面。晁通又修起雕鸟之法，身子就像羽毛一般，轻轻飘落，毫发未损。

莽吉王闻报赶来，见弄不死晁通，便命人取来铁钉，往晁通的心口钉。那一庹多长的钉子竟像钉在岩石上一样，非折即卷。

莽吉王命众将用刀砍，王城仅有的十三名大将轮番砍晁通，只砍得他火花四溅，刀变得像锯齿一样，晁通却一点儿不以为然。

十八捆檀香树枝熊熊燃起，下索波人把晁通投入火中，烧了半天，柴尽火熄，晁通仍端坐其中，只是热汗淋漓，像刚喝过一锅奶茶一样。

莽吉赤赞气得嗷嗷乱叫，命人端来掺了毒药的吃食，强迫晁通吞下。晁通无奈，只得大口吞吃。虽然没有丧命，但不知不觉，身子竟变成了一只小山一样大小的黑象。莽吉王这才转怒为喜，命人将九转铁轮安在黑象的鼻子上，放它回岭营。

下索波两员小将奉命送黑象来到护城河渡口，把手中藤鞭一举，对黑象念道：

大力象啊，
你魁梧威严与山同，
长鼻摆动似雷霆，
象牙锋利似刀刃，
黑心将亲友当敌人。
现在让你回家去，
把岭国大营来踏平。
死尸填满沟和谷，
鲜血染得河水红。
快去吧，
快把格萨尔吞肚中！

两名小将念罢，狠狠地抽了黑象几鞭。黑象非但没往前走，反而回过头来，抡起象鼻，朝两员下索波将领甩去。下索波将领不曾提防，一下被黑象抽烂了身体。

格萨尔得到天母的预言，得知这黑象乃是晁通所变。见它摇摇晃晃地朝岭营而来，遂大动恻隐之心，立即向神灵祈祷，愿神灵生怜悯之心，将象身变回人身。

神佛的加持像花雨一般，落在黑象身上。但是，晁通中毒太深了，形体一时变不回来。这时，下索波王莽吉赤赞又念动咒语，那黑象竟抡着鼻子朝大营闯来。丹玛和辛巴、玉拉等八位岭国英雄，纷纷抛出套绳，那黑象力大无比，将套绳一一挣断，只剩下玉拉托琚的套绳还挂在脖子上。玉拉拼命地拉着绳子，尼奔达雅挡在黑象前面，阻止它冲进大帐。正当众英雄力不能支的时候，格萨尔出现在黑象面前，修起降魔大法，黑象顿时站住了。米琼走上前来，捡起一块石头，朝黑象扔去，那象长鼻一伸，把米琼卷起送进嘴里吞了下去。众人一看米琼被象吞吃了，急得不知如何是好。格萨尔手持如意鞭，对黑象说：

晁通人身黑象形，
胸中抱着菩提心，
勿害米琼速放他，
否则要受神惩罚。

格萨尔晃动如意鞭，黑象大吼一声，把个米琼像牛犊子一样吐了出来。米琼浑身血肉模糊，气息全无。格萨尔忙吩咐拿过虎皮箱，取出救命灵丹，给米琼灌下去，又在米琼耳边说了几句话，米琼便逐渐苏醒过来。

几个达绒的家臣陪着拉郭一直守在黑象身边，过了一夜。天将黎明时分，那黑象忽然流泪了，朝着格萨尔的神帐连叩三个头，然后抖了抖身子，恢复了人形。晁通站在那里，只穿着白锦缎内衣，系水红腰带，赤着双足。拉郭又惊又喜，忙给父亲取过衣服靴帽，又去雄狮王那里禀报。

格萨尔召集八十英雄在神帐就座，亲赐晁通金币三枚、哈达一条，众英雄也依前言，各有所赠。

晁通把自己陷入下索波王城的经过对众人讲了一遍，然后告诉大王，现在城中守将不多，莽吉王正在念经祈祷，准备对岭军放咒，大军如不立即开过去，将遭灾祸。

格萨尔知道晁通说的是实话，因为天母也是这样预言的。岭军自然要马上进兵。

船只业已造好。格萨尔吩咐将船只首尾相连，盖住了河面。岭军一下子就冲过了护城河。正待攻克城门，一阵大风突然掠过，刮得岭兵东倒西歪，不能站立。四面城门同时各出现一只黑熊，张牙舞爪地朝攻城的岭军扑来。格萨尔

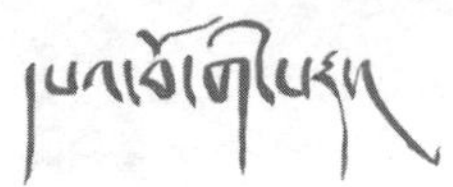

下令放箭，虽将四只黑熊射死，大风却不见减弱。岭军只得退出一箭之地，扎营休息。

一连六天，大风刮得飞沙走石，就像炮石打在营中一样。岭军一直没有攻进城去。正当格萨尔无计可施之时，白梵天王亲自降临帐中，给神子指示破敌之法。

十五天过去了，岭国造了一只能容纳万人的会飞的木船。万名岭军将士乘着这只大船飞进了王城。正当下索波军与岭军拼命厮杀之际，莽吉王带着眷属侍从坐进了下索波的镇国之宝——大铜箱内。那铜箱就要腾飞而去的时候，寄魂鸟落在铜箱上，对莽吉王说："大王，空中阴雨蒙蒙，上面天门不开，我昨夜的梦境又不好，大王今日不宜出行，要等到初十那一天，天门启，天神迎，随心所欲四方皆可去。"

莽吉王探出头来，空中果然灰蒙蒙、雨丝丝的，只得暂时留在城内。

大臣扎拉郭杰变化成一只大鹏鸟，从空中射下像屋梁大的三支雷箭，尚未落入岭军中便被晁通收去。晁通回射一支红铜尾箭，大鹏鸟歪歪斜斜地凌空而逃。扎拉郭杰又变化成一只猫头鹰，飞到霍尔军的上空。辛巴梅乳泽得到天母预言，知道这只盾大的猫头鹰乃魔臣扎拉郭杰所变，立即将格萨尔所赐的神箭搭在弓上，念道：

箭啊，你有日月般的箭翎，
羽翅如火山喷；
你有琥珀般的眼睛，
利爪如钢针。
雷霆之箭破虚空，
要断魔臣的命根。

梅乳泽射出神箭，那猫头鹰像沾了火一样，燃烧着羽毛落到地上。过了片刻，猫头鹰再飞起来时，变成一只白雕鸟，辛巴再射一箭，白雕被射死，魔臣郭杰被降伏。

晁通和丹玛朝辛巴梅乳泽走来，恭贺他降伏了魔臣扎拉郭杰。晁通心想，辛巴降伏了郭杰，这城中的玉石宝藏也该由他获得了。想着，他用手一指旁边的石崖，石崖顿时裂开，露出三块帐房大小的磐石：一块白，一块黄，一块红。晁通自己留下白色的磐石，把黄色的交给丹玛，把红色的交给辛巴梅乳泽。晁通施用幻术破了白磐石，而辛巴和丹玛却无论如何也不能把磐石弄开，刀砍、箭射，都无济于事。晁通嘲讽二人道："两位大英雄名扬南赡部洲，竟连两块磐石都不能击破，岂不可笑？传扬出去，岂不可羞？”

二人听了晁通此话，把刀箭收起：“这两块石头，对我二人毫无用处，你还是自己留着吧。”

那两块磐石也被晁通一一击破，现出了里面的松石。晁通把三块大松石献给了格萨尔王和扎拉王子，把其余细小的松石分给了众英雄，唯独没有给辛巴和丹玛。

莽吉王及眷属、侍从等好不容易等到了可以飞行的日子。趁岭军还没有发现他们，莽吉念动咒语，铜箱腾空飞去。飞了三个时辰，箱内的人感到受不了。又闷又热，姑且不说，不知从什么地方还发出震耳欲聋的声音。王妃想，这是到了什么地方了？大王恐怕要把我们送到边地去，那种地方我们怎能活下去？还是先到阿琼国暂避一下为好。想到这，她也不和大王商量，就拉动了幻绳，使铜箱朝阿琼地方飞去。飞着飞着，铜箱轰的一声，不知撞到了什么东西上，箱内的人和物四处散开。莽吉王立即变作一只鹫鸟，急剧向下滑翔。格萨尔的神箭对准了它。鹫鸟坠落地上，又变成一只蚂蚁，钻入地下。雄狮王变成一只金刚蚁王，随后追去。直追到龙蛇之界时，蚁王追上了小蚁，一把拖住它，挖去了它的两只眼睛。相传蚂蚁没有眼睛，就是这个原因。莽吉王一扭身，又变化成一条金鱼，游入水中，格萨尔随即变为一只水獭，紧跟其后，从水面一直追到龙宫，眼看就要追上，金鱼突然一跃而出水面，在水边变化成和雄狮王一模一样的人，骑着马向山上逃去。格萨尔在后面紧紧追赶。两个雄狮王，一前一后，岭国兵将在山边观看，难辨真假。等候在山的另一侧的辛巴、丹玛和玉拉等人与下索波王相遇，以为是格萨尔王，待走到近前，见那一脸的惊慌之色，才知不是大王，可莽吉已脱身而去。后面追上来的格萨尔与众英雄合兵一处，继续追赶莽吉。

莽吉赤赞只顾急急忙忙逃命，不知不觉来到一座高山顶上，见有三人坐在山路旁，对他喊着：“喂，好汉从哪里来？看你的眼睛向后看，肯定后面有追兵。如果你愿意和我们做朋友，我们可以帮助你。”

莽吉已成惊弓之鸟，看谁都像格萨尔的神变之身，根本不相信那三人的话，拔剑就朝他们劈，他们躲闪不及，被他砍伤了手臂。

眼看格萨尔从后面赶来，莽吉立即变化成一只狸猫，向沙滩窜去。格萨尔迅即变化成一只猛虎，紧追不舍。莽吉见走不脱，又遁入水中。格萨尔见追不上他，知道还不到降伏他的时候，遂收起变化，坐在水边休息。

第二天早晨，格萨尔骑上宝驹，继续去寻找莽吉王。走到四路八水汇聚的地方，见一黑蛇盘踞在岩石之上，九个头钻了九个洞。此蛇正是莽吉所变。格萨尔立即抛出金刚杵，那毒蛇迅速变化而去，金刚杵把磐石砸得粉碎。

莽吉王变成白人骑着白马继续往前逃，正碰上丹玛、玉拉和辛巴，三人迎住莽吉，笑道：

雪山之主猛狮子，
不在山上炫玉鬣，
下卧狗窝实心寒。
英俊城主莽吉王，
不去做威武部队的统帅，
独游旷野实心寒。

玉拉搭上一箭，说道："在大鹏鸟的翅膀下，小鸟小雀哪能逃；在猛虎的利爪下，红色小狐哪能逃；在大力士玉拉的利箭下，你莽吉赤赞哪能逃！"

玉拉一面拉弓，一面祈祷战神威尔玛保佑，一箭射出，正中莽吉王胸部。魔王疼得大叫着，挥剑朝三人劈来。三位英雄的铠甲被莽吉王砍破，急抽剑相迎。由于中箭，莽吉王气息奄奄；三英雄几剑下去，莽吉王被剁成了几段，他胯下的马化作一股清风朝天上飞去。丹玛朝空中射了一箭，一只鸽子鸣叫着坠落在地。

下索波君臣全都丧命，格萨尔吩咐开城，住在城外的岭军纷纷拥入。八十英雄紧跟在雄狮王的后面，来到城堡外的一座石崖。格萨尔用金刚杵一敲，石崖轰隆裂开，六只大石柜显现出来。三只柜子里，装的是五颜六色的松石，另外三只柜子装的是镶有虎皮边的铁甲，此外还有金银玛瑙等珍宝。众英雄上前，从柜中取出金银玛瑙和各种玉石、铠甲，放在已经准备好的驮马上。格萨尔将所得八十二套盔甲全部分给岭国众位英雄，把各种松石带回去，分送给众王妃和姑娘们，让她们打扮得更美丽。

格萨尔

【卷三】

降边嘉措 编纂

作家出版社

岭国六英豪冲入卡契军营，救出被俘商人，夺回被抢的财物

得到卡契兵败的消息，卡契王气昏倒地

祝古国举行新王登基大典

目 录

第一百一十四章

起贪念碣日引祸上身 为报仇岭国点兵征战

北方有个碣日国，国王叫达泽赞布。他有一兄一弟，兄名雅杰托噶，弟名东赤达玛。王妃协饶司葳生了一子一女，王子叫塔钦司威，公主叫贡尼曼吉。国王权高势大，武艺超人。属下有名有姓有地位的大臣就有三百六十人，属民二万一千户。碣日国富庶无比，特别盛产珊瑚，有烈火珠、红马头、骡马牙、罗刹拳、红脚鸽、红舌狼、鹿角、箭镞、野牛脚、檀香树等等，珊瑚的名目繁多，不可胜数，因而被称为“珊瑚国”。由于民富国强、兵精马壮，碣日国国王达泽便逐渐骄傲，狂妄起来，企图将世界占为己有。

土龙年六月初十日，岭国的商队路过碣日国，在一处草滩上搭帐休息。这个商队的首领，是名扬藏地的三个商人，名叫麦雪尼玛扎巴，达仁协饶扎巴和达隆达瓦扎巴。这是个大商队，有骡子一千五百匹，赶骡帮的仆人一百五十人，还有银子上万，货物无数。碣日的哨兵见来了如此大的商队，急速跑回城中报告达泽王。碣日达泽王想起因其父亲时代与岭国有牛瘟传染之仇，丹玛、辛巴、森达曾杀死碣日三个大臣，结下冤仇，达泽王遂下令，让手下的大将托拉赞布等率军去抢劫岭国商队。

碣日国的数百兵丁将岭国的商队团团围住，从帐中冲出来保护商队的藏獒被碣日兵射死，当时，商人领队麦雪尼玛扎巴、达隆达瓦扎巴、达仁协饶扎巴等人正在帐中议事，见有人来袭，知道来者不善，尼玛扎巴立即向对方喊道：“喂，远方来的骑士，你们到这里来干什么？是公事还是私事？为什么射死了我们的看门獒犬？你们不要看错了人，也不要打错了主意，请你们仔细考虑，须知帐房的主人不是好惹的。这些财宝属于岭国格萨尔大王，你们就算有胆抢去，那也是无法消化的！”

碣日兵丁并没有因为商人的恐吓而退去，托拉赞布冷笑一声，没有答话，示意手下人上前去抢。商人们、仆人们只好迎战，尼玛扎巴搭弓射箭，达瓦扎巴举刀相迎，协饶扎巴舞动长矛，三个扎巴与碣日兵将战在一处。不到一顿茶的工夫，尼玛被飞索套住，做了俘虏；协饶连人带马陷入淤泥，被碣日兵石击刀砍，弄得半死不活；达瓦则被碣日大将的利箭射死，岭国商队的财物全部被碣日兵将掠进城里。

达泽王一见抢来的金银财宝那么多，高兴得手舞足蹈。大臣托拉赞布提醒大王道：“我们虽然抢到了岭国商队的财宝，可也埋下了祸根。小石虽出自淤泥，对头却是龙魔；小滩虽为平地，对头却是大力宝驹；虽然得到商队的财宝，对头却是格萨尔。商队被抢，格萨尔怎肯善罢甘休。我们不如留下一些东西，剩下的归还岭国。协饶扎巴受了些皮肉之伤，尼玛扎巴还关在营中，大王可将他二人放出来，赐给衣物，交还骡马，送二人回岭。”

达泽王听托拉赞布说得好像有理，只是舍不得把已经弄到手的财物再送出去。他原来并没有思虑到以后的麻烦，才下令抢了岭国的商队，现在听大臣这么一说，又有些发愁。他想，假如格萨尔真的发兵前来，虽说我达泽力大能摘日月，势大可与天齐，但能不能敌得过降妖伏魔的格萨尔，还很难说。所以，还是先把财物还回去一些的好。达泽王立即吩咐托拉赞布将岭国商人尼玛扎巴和协饶扎巴放出，赐予衣物和酒肉，交还一半财物，派一百名碣日兵护送出碣日国境。

尼玛扶着受伤的协饶，出了碣日城。行至途中，协饶流着泪说：“达瓦扎巴死了，财物也只剩下这么一点儿，我们这样回去算什么？我宁愿死在这里，也不想回去。”

尼玛回头望了望离开尚且不远的碣日城，劝慰协饶说：“你不要这样想，现在我们刚刚出了虎口，冤未伸，仇未报，怎么能死？！我们得活着回去禀报雄狮大王，为死去的达瓦报仇，为我们雪耻。”

就在岭国商队被抢之后，两个商人尚未返回岭国之前，在一个草叶上还挂着露珠的清早，天母朗曼噶姆在众空行母的环绕下缓缓落在森珠达孜城的上空，她手指着碣日国的方向，对格萨尔大王做了授记：

那柔软绸缎帐幕内，
狮座上面的神子格萨尔，
不要安坐快起来，
起来听我天母做授记。
在今天以前的日子里，
我没少听到坏消息，
今天我有重要消息对你说，
神子啊，你要把话牢牢记。
名扬四海的岭国三商官，

六月初十那一天，
已被碣日军队掳了去，
好比鸟儿落入了罗网里。
以达瓦扎巴为首的，
强壮之士大都被杀死；
以尼玛扎巴为首的，
伤残弱者正被遣送回岭国。
面对敌人欺凌应该如何办？
姑姑我的想法是这样：
看来善法已变成罪恶，
不必诅咒这是前世的业缘。
诸神降的授记中曾说：
在后年的阴木羊年之中，
要把碣日珊瑚国来征服，
要把红色珊瑚夺取到手。
最重要还是那十八个城堡，
如不将其纳入岭国管辖区，
将来就会无法再夺取，
千万不能放过好时机。
命令岭国八十位大英雄，
各自把万人兵马准备齐，
矛头齐指北方碣日国，
只有这样才能对强敌。
碣日国如今提出两国要和好，
要和好也应多方慎重来考虑；
和好条约不必与他们忙缔结，
是战是和自家心中应有主意。
若认为我的话没道理，
就请看总管叔叔的预言书。
我的预言你可听清楚？
望神子把这些话牢记住。

天母唱罢，在无数空行簇拥下，飘飘凌空而去。这次格萨尔王没有犹豫，天一亮，格萨尔大王便向三位近臣下达了命令：立即召集总管王、王子扎拉和

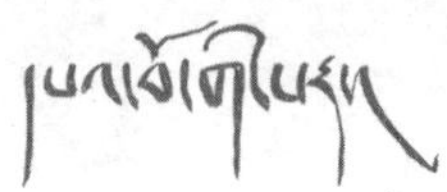

大臣丹玛前来商议。三位近臣便像射出去箭一般，分别传达命令去了。

总管王绒察查根正在吩咐女儿熬茶。因为昨夜梦境不好，所以心烦意乱，总觉得会有什么不祥之事发生。尽管女儿极力劝慰，老总管依旧坐立不安。恰在这时，使臣来见，只说格萨尔大王请他进宫议事，未说究竟有什么事情。绒察查根一边答应，一边猜测，恐怕是自己的梦境已经应验了。

丹玛带着九个大臣、九只猎狗、九匹骡子正朝森珠达孜宫走来，恰巧路遇使臣，随即与使臣一道进宫。

扎拉见到使臣后，马上去见正在病中的母亲，告诉她格萨尔叔叔请自己进宫，三日之内，不能侍奉母亲了，请母亲不要忧虑。上师正在为母亲的康复念经祈祷，愿母亲早日大安。

总管王、丹玛和扎拉进宫来见格萨尔。那些没有被召见的大臣和将军纷纷猜测，有的说，是大王要把国事全部交给王子了；有的说，是商议委派大食和索波长官之事；还有的说，是调解文布与达绒二部的纠纷。正当群臣和众将纷纷议论之时，尼玛和协饶的商队回到了岭地。格萨尔马上召见二人，天母的预言验证了。

格萨尔与总管王、扎拉、丹玛商议决定，立即召集岭六部及各属国大将来森珠达孜宫商议讨伐碣日国之事。

雄狮王命尼玛和协饶把商队遭劫一事向大家细细诉说一遍，英雄们气愤异常，个个摩拳擦掌。他们说：

话不回答是哑巴，
哑巴还要装笑容；
食不回报是骗子，
骗子事后说好话；
对敌不回击是狐狸，
狐狸逃走翘尾巴。
碣日无故抢商队，
若不雪耻反遭诸国骂。

格萨尔大王见众英雄已按捺不住，立即点兵："上岭色巴部，选黄缨军十二万；中岭文布部，选白缨军九万；下岭穆姜部，选银缨军七万；达绒部、丹玛部、嘉洛部……各选精兵五万。还有姜国、门国、大食国、上索波、下索波、霍尔国……各自选兵五万整，准备三个月的粮草，初八日出兵碣日。"

格萨尔点兵完毕，才发现达绒晁通父子并不在场，心中纳罕。那晁通一贯喜欢在众人面前显示自己，今日为何不到？总管王也发现晁通没来，立即派使臣去请。

第一百一十五章 未出征达绒文布内讧 平争端大军征期延迟

原来晁通正在家里和儿子拉郭商议穿什么，戴什么，拿什么兵器去见格萨尔，如何在众英雄面前显威风。晁通忽然想起兵器库里还有两件不曾用过的祖传兵器，一件是罗刹神铁锻制的斩象剑，另一件是像牦牛腿长短的铁柄矛。他立即叫家臣将两件兵器取出，把斩象剑递给拉郭，把铁柄矛留给自己。拉郭要父亲在家等着，自己前往森珠达孜宫领命。他气势汹汹地说道："今天请父亲留下，议事会我去参加为好。我有一些话要去向王臣们述说，在出征北方之前，若不能想个办法，向文布部落雪清仇恨，达绒部落的兵马不能出师北方。姜国的那几个降兵仗着格萨尔大王的宠爱，便自以为是，达绒部落怎么说都是穆布董氏的神族血脉，怎么容得下那九十九个无赖兵将我的神牛屠杀？怎么能够容得下他们接二连三的挑衅，若此番大王不允公正处理，我就把达绒部落的兵马全部开到文布部去，看看究竟谁才是真正的英雄！"

晁通见儿子拉郭是一副要上阵打仗的模样，生怕他闹出什么事来。现在与文布争斗，也不是时候。于是，他对拉郭说："哎，我儿说的虽然也有道理，但纠纷和石头一样，永远是不会变老的。在此国人遭到外敌侵犯时，内部弟兄们互相内讧，这是很不好的。"

接着晁通向儿子唱了一段：

像斑斓红虎一般的拉郭，
老父有话要对你说明白。
自从先祖曲潘去世后，
好汉的助手只有太阳来承担，
夜里的黑暗只有月亮来消除。
查根叔叔担任岭国的总管，
私下里长官由我晁通当。

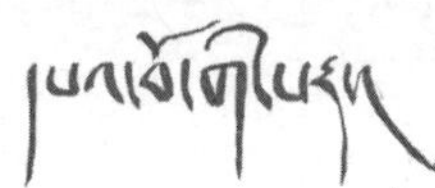

夺取名利时就看谁的腿快，
抓拿财物时就看谁的手长。
我晁通当政九年后，
觉如出世登基为岭王，
我宽宏大量让了位，
我和他叔侄亲密如一人。
从前文布的长官巴森，
负责统领美丽岭国时，
敌人来犯我们同举矛，
朋友邀宴我们同分羹。
今日可与往日不一般，
世道沧桑天翻地覆江河移。
不知他岭王心中作何想，
他认敌做友令我实在气。
他将外人仇敌招进门，
分给美丽王宫坐交椅。
他把弟兄当仇人驱逐，
多问三句他就发脾气！
古代藏人的谚语说得好：
“善者恭顺对待要温柔，
恶者跋扈待之须严厉。
花色斑斓的山豹，
拴在门口会伤牛；
黑崖上的鬼鸱鸺，
养在屋内会招灾。”
紫姜国仇人安置在岭国，
最终将危及国王的事业；
如若不信等着看结果，
到那时后悔已来不及。
如今在内部的纠纷中，
我已一忍再忍不吭气。
我儿心中只想比高低，
对待文布部落当打击。
但如今不可操之过急，

我把不能过急之因说与你：
我儿在岭地尚未出生前，
姜国出了三人名为托琚。
三人带兵入侵我岭噶布，
抢夺盐海蹂躏我岭噶布。
正当岭军准备反击姜人时，
却出现了辛巴、丹玛内讧事。
因此岭军延误战机三个月，
许多岭地都被姜军占了去。
丹玛他违背了国王的意旨，
致使岭国江山遭受损失。
岭国各部兵马被激怒，
踏平丹地的呼声阵阵起。
最后还是由神灵来调解，
丹地出金百两内讧得平息。
想当年我晁通年轻时，
什么事我都亲身去经历。
如今失志丢掉了权柄，
思前想后心中悔无及。
现在要去夺取碣日珊瑚堡，
实现这件事不耽误三年，
到时文攻还是显武力，
全凭我儿你来出主意。
国王的命令不得去违背，
外敌如获军机更会了不起，
丑话不可传播到外面去，
免得让外敌听了钻空子。
今日且听父亲我来安排，
我现在就到议事场中去。
听懂了如耳朵吃蜜糖，
听不懂也不再做解释。

晁通说着，穿上红披风，戴上红缨帽，手拿铁柄矛，带着四个大臣侍从，往森珠达孜宫方向走去。行至途中，正遇格萨尔派来请他们父子的侍从。

晁通来到宫中，格萨尔已经点兵完毕。格萨尔将达绒部应出兵数目、进军顺序又讲了一遍，总管王心中暗想，最近三个月来，达绒部落与文布部落争端日渐频繁，如今在岭国同仇敌忾征服外敌的节骨眼上，可万万不能再有争端，于是总管王大声唱道：

战时要如雪狮般勇猛，
施展六艺须如降霹雳。
要让霹雳击中敌心房，
勇士到处弱者就逃匿。
征战途中不准起内争，
行军要如河水永奔流。
若需暂驻须如海荡漾，
扎营安帐一定要整齐。
英勇杀敌立功有奖赏，
临阵退缩定遭刀剑劈。
倘若有人胆敢去通敌，
定教他死无葬身之地。
不得喝酒、贪睡和劫掠，
事事遵守军纪不得随意行。
如若违犯了国王的军令，
轻者交付五百两黄金做惩处。
如若违犯了军中的纪律，
从严惩处不得有异议。
条条纪律必须牢记按令行，
望勇士们把话牢牢记心里。

总管王唱毕，在场的议事大臣们齐声叫好，晁通当然也听出了总管王的弦外之音，因此也不做争辩，应声说好。

各部、各国英雄纷纷回去准备，进兵日期推至二十九日。

长系首领尼奔达雅回到上岭部，他对妻子说道：“你去准备一些酒、肉、酥油等食品，明天让色巴八部十二位官员属下的九百个金顶士到这里来集会，我有一些关于出征时如何进退的事要安排。赶快派出信使，发出通知，叫他们按时前来。”

绛萨按照他的安排准备完毕，此时她有些心事，正在犹豫是否要向她的丈夫诉说，她想：从昨天晚上做的梦兆来看，色巴部的军队这次去参战，在战争中可能会受挫折；今年又是尼奔的本命年，他是否适合去出征？或许向国王请个假为好？再说如今已到了严寒的冬天，寒风凛冽，水冻草枯，岭国王臣们硬要将士们到北方去，劝又劝不住，到底该怎么办才好！

思虑再三，绛萨还是将她的忧虑和盘托出："昨夜三更，我做一噩梦，大概会应验在岭军身上。我梦见两座黄金城，一座为虎踞，虎纹被风吹；一座为雕占，雕翎被折断。猛虎应在晁通身，恐对达绒仓不利；雕鸟应在色巴部，恐怕对你尼奔不利。上岭若无长官你，一则色巴绝子嗣，二来绛萨终身受孤凄。俗谚说：'神树枝叶不茂盛，杜鹃何处去栖息？蓝色海水不流动，鱼儿何处去散心？炎炎夏季雷不响，孔雀何处去开屏。'色巴的阳光不温暖，让我绛萨靠何人？"

尼奔达雅见妃子焦虑不安，忙安慰道："啊，夫人，你说的有道理，在此天寒地冻的季节出征北方，谁也不乐意。但神圣的格萨尔大王得到了神的授记，主意已定，命令已下，谁也难以进谏阻拦。大王还说过：'谁敢在路上耽搁，请多加小心！'这话外之音是何意思谁也不清楚。至于达绒和文布两部众曾经发生内讧之事，大王已明令他们两部在出征未班师回国之前，在他乡异地，谁也不准泄愤滋事。而且，双方都已在大王御前立了誓约，盖了章，做了保证，表示在外敌面前，决不内讧。再说，如果在出征珊瑚国的时候我向大王请假，那么别人一定会说我是因为害怕而不敢上战场，与其被别人嘲笑是懦弱的狐狸，不如在站在战场上奋勇杀敌，战死沙场才不枉英雄之名！浓云若不东去，草木之上如何能结露？杜鹃若不南去，夏季气候谁掌握？大雁若不北去，朗措湖的主人谁来做？尼奔若不出阵，谁来做长系将士的首领？"

绛萨见尼奔主意已定，知道劝不住，只得摇头叹息作罢。

十五日，各路各部各国英雄均已聚集。按照惯例，出征前英雄们要先骑马绕十三座碉楼一周，然后向森珠达孜宫右面的山峰射出一支箭。

以尼奔达雅为首的色巴英雄四十人，个个服饰华丽，靴帽鲜艳，虎皮箭袋、豹皮弓鞘整整齐齐。绕行十三座碉楼一周后，尼奔抽出一支金箭，将山峰射掉帐房大的一块。其他英雄的羽箭也纷纷射出，射得岩石迸出朵朵火花，甚是壮观。

文布的姜国王子玉赤由九位英雄簇拥着。他骑在青龙宝驹上，将银箭搭在弓上：

生有利爪的鹰鹞，
若不能迅速扑飞鸟，

足爪锐利也枉然。
生有茸角的雄鹿，
若不能急驰刺狗头，
头角沉重也枉然。
口戴金环的骏马，
若不能走完大草滩，
金环美丽也枉然。
威武军队的首领，
若不能射倒那座山，
身佩弓矢也枉然。

玉赤的银箭，闪着火光，飞向那座挡路的山。只听见轰隆一声巨响，石山齐刷刷地只崩塌了一半。原来在玉赤准备射倒这座石山时，晁通却在暗中作法，让石山如金刚般坚固，所以石山只倒了一半，实则是晁通从中作祟。

轮到达绒部走来时，晁通勒马搭箭，张口摇舌，目光炯炯地对众家英雄说："射那样的箭，岂不羞愧，我虽是老汉，这石山也经不起我的箭射。我达绒部的骏马奔腾如闪电，勇士吼声似雷鸣。我晁通心欢喜，臂力也增添，箭翎上面燃烈火，射得石山如霹雳劈。我父子二人同射箭，将石山射得无踪迹。"

晁通说完，与拉郭二人同时拉弓，双箭齐飞，两座山峰顷刻崩塌。拉郭用挑衅的目光看着玉赤及文布的英雄们，分明在说：你们只会出狂言，哪能射倒石山？真正能射倒石山的只有我们父子！

玉赤怕雄狮王和扎拉王子不悦，强忍住心头怒火，装作没看见似的，没有搭话。那文布的九位英雄不干了，纷纷提缰跃马，朝达绒晁通父子逼近。拉郭也毫无惧色地迎了上去。

眼看二部要争斗，丹玛拍马走到众位英雄中间："今天是吉祥的日子，口虽利不宜争吵，手虽痒不能动刀。两部的英雄们，射箭瞄准金刚崖，摧毁坚石才是真英雄。"

见丹玛拦在中间，拉郭不作声，文布的九英雄也回了本部。尼奔达雅想，文布与达绒二部，就像老鸹与枭鸟一样合不到一起。虽然暂时平息了争吵，但晁通诡计多，玉赤性子急，出征后难免还要发生争斗，要大王早做安排才好。于是对大王唱道：

坐在珠宝绸缎座上者，
雄狮大王请鉴知。

虽说大王的命令如滚石，
绝没有向上回转的道理，
但有话不得不向大王说，
请大王调查实情再颁旨。
达绒部和文布这两家，
虽说过去无怨又非敌，
但如今两家出现了怨恨，
发生了关乎人命的纠葛。
丹玛曾在从中来调解，
大王也曾亲自做诰示。
想不到遇上碣日、岭噶战祸起，
达绒、文布两家纠纷被搁置。
须向两家说明祸福和利害，
在安居国内处理纠纷前，
双方不宜再惹出新纠纷，
应让双方写下誓约定规矩。
可惜这些玛康男儿被鬼缠，
欲成一桩好事却困难重重。
昨天向神煨桑举行大祭时，
晁通出口伤人使人很生气。
达绒部众人人凶狠不讲理，
岭噶又无人能用法律来制止。
姜国王子玉赤贡杰也说了话，
原有的纠纷未解舌战又新起。
昨天岭噶布部众聚会时，
众人之间纷纷传蜚语。
众鸟群集却不幸被搅散，
岭国的盟约不幸被抛弃。
有的人唱了挑衅的歌曲，
有的人举起胳臂想闹事；
有的人巧舌如簧话不停，
有的人搬弄是非惹祸端。
本想对这些事情给回击，
但国王旨意如山难动移。

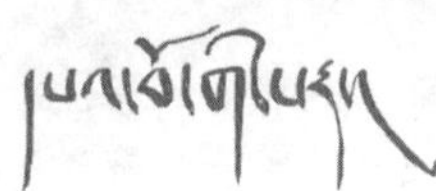

岭噶弟兄的话语贵如金，
金田池塘不敢去碰击。
岭军打算出征北方去，
晁通却口出恶言伤和气。
臣民们本想和他来格斗，
但格斗对于岭军也无益。
玉赤说他要向国王请个假，
请我代向国王请假求情义。
他将金元绸缎亲自交给我，
托我亲手呈交圣主国王你。
杀人者必须让他偿命债，
偷盗者必须让他赔财资，
有罪者理当对他来治罪，
法网虽疏不应让他漏过去。
再三请求国王做主来决断，
岭噶部众才能太平得安居，
国王的事业也才能吉祥如意，
但愿所想能够完全成事实。

尼奔唱完这支歌以后，格萨尔大王非常生气，好半天他才说："大王我万万没有想到，他们两家各自都把主意打错了，竟然无视王法，不听岭噶弟兄们的劝告，各自一意孤行。现如今尚未和敌人交战，弟兄内部就先像骨角、荆棘那样互相撞击起来了。好吧，既然文布和达绒不听忠告，一定要用臂膀比比武艺，那么，文布有八十万人马，达绒有九十万人马，要比武艺，就让他们两部去降伏碣日国。假如在一年之内征服不了碣日珊瑚国，就全部没收他们两部落的村落和家产，归岭国六部公有。"

在座众人从来没有见过格萨尔大王在兄弟内部之间如此大发雷霆，包括总管王在内，没有一个人敢再说话。达绒和文布两军更是惶惶然，不敢作声。众人随雄狮王进帐，神帐内早已摆下宴席，英雄们闷坐吃喝，不似往常。老总管见众人不快，心里很不舒服，遂起身道："众英雄在这样热闹丰盛的宴席上，像哑巴一样喝酒有什么意思？常言道，赛马要喊叫，喝酒要热闹。今天趁众家英雄都聚集在此，我们再赛一次骑马射箭，输了的，要摆宴请众英雄喝酒。年老的由我绒察查根、色巴阿杰和达绒晁通比武艺。年少的，由嘉洛朗色玉达、达绒洛布泽杰和穆尼威噶比本领。少者骑马带射箭，每射一箭唱一曲。老者比赛拿自己的贴身武器当彩注，一是色巴阿杰的长腰刀，二是我总管的大砍刀，三是晁通的月牙钩镰刀，获胜者要奖励。”

晁通听说要比射箭，嘿嘿一笑：“像蒜头一样的阿杰和像狐狸一样的总管，我刚刚骑马射过箭，射得两座山峰无踪迹，你俩愿意赛马就赛马，愿意比箭就比箭，和你们再比，我不愿意。”

格萨尔见晁通不愿比武，便说：“晁通叔叔十三岁就精通武艺，八十三岁仍然射技不衰，但色巴阿杰和绒察查根叔叔都比你年长，他们尚且愿意比赛武艺，你怎么好说不愿意？”

晁通见大王也要他比，心想：要比也行，在很远很远的地方立一个很小很小的靶子，他二人老眼昏花，必然射不中，那样，三口宝刀岂不归了我？！这样一想，晁通便提出要求：“我们叔伯三人本是弟兄里的长辈，万木林中的檀香，百川里的甘露，要射箭就不要射秃石山，最好在三百六十步外摆上我们三人的盔帽，看谁能把盔缨射下来，宝刀就归谁。”

老总管立即识破了晁通的诡计：“我这顶胜利光缨宝盔，是三十英雄的头饰，不能用箭去射。倘若玷污它，会坏了岭国的风水。”

阿杰也忙说：“我这顶盔帽乃是色巴部的寄魂之物，万万射不得。”

晁通见二人盔帽不能射，自己的盔帽当然也射不得。射了这顶罗刹盔，谁知会降下什么灾难来。

丹玛出来献策：“既然你们的盔帽都不能射，那就把你们的铠甲脱下来摆在石头上射吧。”

格萨尔说这个主意好，总管王和阿杰也赞成，晁通只好沉默不语。晁通将绿玉雕翎罗刹箭搭在雷鸣罗刹弓上，心中祈祷罗刹保佑。但箭飞向铠甲，到了近前，忽然一偏，把旁边的石头射了个洞。晁通很丧气，但也无可奈何。色巴阿杰搭在龙吟宝弓上的鹰翎箭，射中了两副铠甲。

比武最后轮到总管王绒察查根。老总管将雄狮箭镞的雕翎箭搭在梵天宝弓上，默默向梵天祈祷。顷刻间，他的额头上忽然长出一只肉眼，将三副铠甲的甲叶、边边角角，连同缝隙都看得十分清楚。他一箭射出，不但射穿了三副铠甲，把三块护心镜射个粉碎，而且把摆放铠甲的岩石也射裂成几瓣。

丹玛将射穿了的铠甲拿给大家看，众英雄连连称赞，三把宝刀归了总管王。

老英雄的比赛刚见分晓，三个小英雄走上前来。

达绒晁通的儿子洛布泽杰心中憋着一股气：父亲的刀已经输出去了，自己可不能再输。他急急忙忙把铁镞翎羽箭搭在角胎弓上：

住在神山的鹫雏，

尚未加入鸟群前，
身子藏在卵里面。
今天要振翅凌霄汉，
若堕入地面多难堪。
生在门域的布谷，
不能发出鸣声前，
小小身子飞行在深山。
今日振翅鸣叫时，
声不嘹亮心不安。
生在坚城的达绒子，
武艺尚未熟练前，
专心致志练射箭。
今日振臂拉弓时，
不射穿磐石非好汉。

话音刚落，箭已射出。轰隆一声，将磐石射掉一半。洛布泽杰骄傲地一抬头，得意洋洋地看了一眼笑得合不拢嘴的父亲晁通。

第二个小英雄穆尼威噶一扬手中的宝弓，给众位长者唱了一支歌：

并非马儿愿奔驰，
只因主人马鞭急；
并非大刀愿砍杀，
只因勇士有臂力；
并非利箭愿射击，
只因宝弓来催逼；
并非孩儿愿比武，
只因叔父命令真严厉。
马儿走荒滩，
黄牛去耕地，
威噶手中箭，
把石射穿争第一。

威噶的箭向另外半块磐石射去，磐石不仅被射穿，而且随着飞箭不知去向。正当众英雄惊奇之际，嘉洛朗色玉达上了阵。他唱道：

鹫鸟是石山之主，
飞翔就要冲云霄；
百灵是森林之主，
啼叫将会震山谷；
玉达是坚城之主，
比武射箭永不输。

玉达唱罢一箭射出，利箭摧倒了整个磐石，箭镞深深插入地里。

格萨尔见三位小英雄的武艺如此精深，非常高兴，忙吩咐取过奖品，每人赐金币一百枚，绸缎一匹。众英雄每人赏他们银币十枚，绸缎一匹。

比武结束，众英雄各自回营。总管王的家臣拿着赢来的宝刀走了没多远，坐骑一颠，把他从背上摔下来，接着那匹马发狂似的奔驰起来。可怜那家臣一只脚尚未离镫，被马拖着走了很远，直到总管王从后面追上，才勒住马缰，但家臣已被拖死，晁通的月牙钩镰刀柄也被折断了。绒察查根明白，这是晁通输了宝刀，因此念咒作法，进行报复的结果。有个家臣见此情景便劝总管王，还是把刀还给晁通为好。绒察查根不肯，因为这是一件难得的宝物，况且家臣又为它而死，怎能把它还给达绒家？于是，他把宝刀交给了本部上师代为收藏。

第二天，岭部琼居设宴款待众英雄。太阳照到神帐的时候，雄狮王在三百侍卫的簇拥下来到设宴的帐内。席间，晁通父子与文布玉赤又因一点儿小事再次反目。格萨尔大怒，吩咐家臣将晁通父子及玉赤王子等六个大臣关押起来，渴了不给水，饿了不给饭，等岭军从碣日回来再做处理。

老总管虽恨晁通无理，却又不能不替他们跪下求情："晁通秉性恶劣，拉郭高傲无理，玉赤自恃功高，背弃了大王的黄金之法。但是，眼下大战在即，须弥山不能为微风所动，克敌之心不能为棍棒所移，达绒与文布两家的宿怨，应该彻底消除。"

雄狮王忙把老总管扶起："对达绒晁通，我曾像父亲一样看待；对拉郭，我也曾像扎拉一样爱护，可他们竟如此无情无义，虽屡次劝说却恶习不改，不让他们吃点苦头，不行啊！"

老总管又要跪下，被大王扶住，但他依旧苦苦求情："文布杀死过达绒的神牛，达绒杀死过文布的骑兵，两家的旧仇要解开，命令他们各自赔偿损失，大王不必动怒。"

格萨尔见总管叔叔须发皆白，遂动了恻隐之心。诸位英雄也替晁通、玉赤等求情。格萨尔这才下令：由文布拿出三百头牛，交给达绒部；达绒拨出七十兵将，归文布统领。二部要保证和好，不得再有争斗发生。文布、达绒部各自领命。而此时格萨尔王预感色巴部的尼奔达雅的血光之灾，于是留他在岭噶做守卫。

因为文布与达绒不睦，岭国的出兵日期由二十九日推到了次月的十九日。

这天，岭国上、中、下各部的上师、长官、宫中侍役、叔伯、青年、妇女等，均前来为军队送行。贡钦顶麦是岭国上师中最德高望重者，也是岭国最高寿者，他想岭国出征碣日没有三五年无法取胜回国，而他此时也已经三百岁了，是该离开人间的时候了。他向国王献上祝福，然后唱了一首祈祷来世再见的告别歌曲：

我这人大家自然都认识，
在玛普谷口鹏堡石山根，
光明空性明灯永不熄，
照得黑夜与白昼无差异，
种种现起的神轮中，
万有好坏分明显。
雅日扎岩山的贡钦我，
利他的事业今年已告成，
如今我将离开世间的烦恼，
断绝贪求财物的俗念。
转生故乡的想法已断灭，
生活在世的愿望已绝意，
在与亲属朋友分离时，
我不会哀声号哭空悲戚。
那神意灵性的利箭，
由脉风轮神弓将它射出，
但愿射到如意的净土里，
来世在极乐世界再相聚。

老叔叔唱完，格萨尔大王从宝座上走下来，将以一千个金银元宝制成的一个“曼札”献给了贡钦，接着大王说道：“叔叔贡钦啊，为了众生的利益，请你在我的事业没有完成前，不要离开我到净土去。其实我也不愿留在这烦恼的世间，但因恶行积下的罪业难舍弃，愿能尽快凯旋回故里，那时征战者和留守者共欢聚！”

大王言辞恳切，叔叔贡钦顶麦答应再留世六年，继续为众生做些利他的事业。以森姜珠牡为首的岭国贵妇人们捧着金杯银杯，为大王和岭噶布的英雄好汉们祝福送行。珠牡王妃双手将九十支玉箭献给了格萨尔大王。大王接过玉箭后，从九十支玉箭中取出七对玉箭，打开身上的箭袋，将玉箭放进了袋中，随身带在身上作为护身物。其余的七十六支玉箭，则分给了七十六名贴身勇士，亦作为护身神物带在身边。岭噶布六部的兵马盔缨招展，旗帜飘飘，浩浩荡荡地向北方出发了。

第一百一十六章 降授记天女指明计谋 拒借道阿扎对抗岭军

在岭军出发以前，辛巴梅乳泽率领的霍尔十万雄兵，已先期到达北方羌曲隆河谷纳扎贡玛大滩驻扎了两日。霍尔军在营地附近猎获了很多野味，等待与会合的各路兵马分享，接下来姜国、门域、魔国、大食等各国兵马陆陆续续到来，等待接受岭国大王的点兵。

等到格萨尔大王与扎拉王子，还有并肩作战的岭噶布英雄，众人的欢喜自然不必细说，辛巴梅乳泽向大王献上一头他亲自狩猎到的野牛，在野牛犄角上挂上红绸牵到了大王面前，王臣们见到这般壮大的野牛，大家都感到十分惊奇。大王甚是高兴："好啊！愿吉祥如意！辛巴献来的这头不同寻常的野牛，实系有用之物。应给辛巴赏赐对他有用的东西作为还礼。"

大王如此对部下做出了吩咐。此后，以姜玉拉为首的勇士们也纷纷向格萨尔大王献上了许多金银绸缎，礼品之多，实难计数。同时人们也给王子扎拉泽杰送了一份礼品。各属国的兵马按照事先布置，均如数到齐。于是，扎拉泽杰向众部队唱了一支有关安营扎帐，进退番号，时间安排，军中纪律等方面的歌。他唱道：

霍尔部落辛巴为首的，
当地十二员长官已到齐。
姜国玉拉托琚为首的，
内外中三部五员长官已到齐。
以东迥达拉赤噶为首的，
门国三铁部五员长官已到齐。
由阿达娜姆带队参战者，
黑魔国五员长官已到齐。
以协噶丹巴为首参战者，

西方大食六员长官已到齐。
三十三员长官听从指挥，
带领三十四万兵马来参战。
当“六变调”号声吹响时，
万夫长各自迅疾上征骑。
千人骑兵编作一个队，
启明星升起出发必准时。
若遇敌人途中做阻击，
反击需要如同霹雳击岩石，
谁若向后逃跑就地予处死。
千军队伍最前面的排头，
各部百名持刀的勇士；
万军各翼最后的殿军，
各镇一名无敌的勇士。
出击时必须注意三件事：
守敌围满山谷时，
进击要像攻取城门时；
蠢敌负隅顽抗时，
使用利箭对付之；
箭如雨般射出后，
挥刀须如闪电急。
回营必须注意三件事：
获得累累战果凯旋时，
善于克制不骄不傲是智者；
当锋利飞箭空中穿梭时，
能保战甲无损的那是能者；
分取珍奇财宝战利品之时，
谦让不争不夺那才是贤者。
当敌人进攻双方激战时，
各路兵马奋战行动要一致；
兵力不足则立即增援兵，
分批将援军及时派到前线；
谁若胆小将敌人放跑，
他就是没出息的懦狐狸。

在未越过郭热纳拉大山前，
在十万、万、千、百名兵马间，
各部长官指挥必须把握好战机。
我玛康岭国是各属国的宗主国，
各部兵马必须听命不得互闹事。
大到各自部落里的人马，
小到各自部落里的羊羔，
不得巧舌说三道四做争执，
不许顺手抛出顽石相攻击。
谁若胆敢触犯上述各军令，
必遭岭国军法惩处悔无及！

扎拉泽杰唱完，但听得勇士们齐声叫好，一时山谷响应，士气大振。格萨尔王的大军继续向碣日国进发，沿途的小城邦、部落的首领百姓都捧着礼物，躬身等在路边，顶礼雄狮大王，并祈求得到大王的赐福。

二月十五日一早，大军越过可日纳腊山，后在贡托三大湖的谷口，号称“天堡”的白岩山下的羌钦卡玛滩扎帐宿营。当晚在天快亮时，听见了从天空传来仙乐之声，人们出帐仰望星空，看到在广阔的空中，出现了一团如莲花开放般的彩云。

其后见那五色虹云中，吉祥长寿女神扎西泽仁玛骑着一条铜鳞玉龙，右手持一支饰镜绸箭，左手拿着一个盛有长寿圣水的花色玛瑙宝瓶，穿戴华丽，脸上泛着青春的光彩，在十万金刚空行的伴随下，随着仙乐声和纷纷降下的花雨冉冉而来。用歌向格萨尔大王做了这样的授记：

岭噶百万兵马去出征北方，
先不要征服那碣日珊瑚宗，
而应先将阿扎玛瑙国攻取。
在阿扎国岩山的那一面，
在阿扎国岩山的这一边，
有一水晶岩与牦牛很相似，
那是阴山雪山山尖的雄姿。
阴山雪山里有个花花玛瑙库，
库藏有黑牦牛毛褐帐一般大，
库里有生命者吁吁在喘息，

无生命的发出嚓嚓的声音，
闪闪火花忽隐忽现亮又熄，
在那黑牦牛毛褐帐的梁上，
出现了这般少见的奇迹。
这宝库应该如何来开取，
女神我渐次将会做授记。
阿扎国的上石门那地方，
峭岩如同利剑指天般排列，
除了白胸鹰外难以做逾越。
阿扎国的中石门那地方，
两岩如同二牛斗角力，
除了野牛其他难通过。
阿扎国下石门那地方，
有两条河水相交汇，
除了金眼鱼儿难以游过去。
阴山谷里还有毒树三兄弟，
三棵毒树树梢朝天如利器。
自现铁汁水的那条毒水河，
毒浪滚滚水声轰鸣甚湍急。
在红岩沙山的那一面，
在野人谷的这一边，
在狮子山的山梁上，
有一座多喀穆波紫石堡，
阿扎国王尼扎住堡里，
其弟赞杰雅梅和赤德赞布，
拥有较小城堡五十处。
五十名大力士驻守这些城，
座座城堡坚固如汤池。
这些城堡管辖的民众，
足足有三万个千户。
格萨尔大王你注意：
命令扎拉率兵攻击下石门，
你无敌大王率兵攻取中石门。
在进军攻取各道险关时，

军力要像冰雹袭六谷。
先将守关堵卡者扫除，
让岭军旗开得胜顺天意。
别的预言我以后再授记，
望神子把我的话语记心里。

神女扎西泽仁玛唱毕，天已大亮，格萨尔将神女的授记牢记在心。随后，勇士们聚集到神帐里时，格萨尔大王向大家讲述了得到神女授记，要求先降伏阿扎玛瑙国。总管王看出大王在出征阿扎国方面有些犹豫，他也有和大王一样的疑虑，于是说道："岭噶布神族向来有仇报仇，但从来不会无故挑衅其他国家。阿扎国与岭国向来没有交恶，虽然天神有授记，但是人间的情面确实难堪。这阿扎国横在岭军和碣日国之间，不如请国王先派使臣去阿扎国，请国王让开一条道路，好让岭军通过。若是国王不肯，咱们再从长计议。"

大王听完，觉得总管王的话很有道理，于是命使臣带着礼物入城向国王问候，请阿扎王让出一条路，岭国将通过此地向碣日进军。

在阿扎玛瑙城南面的司隆玛夏鼎宗，住着老臣拉浦阿尼协噶。几日来，夜间猫头鹰鼓翅，白昼鹫鸟落滩，山边又有许多毒蛇咬尾，阿尼协噶噩梦不断。种种不祥之兆使他心神不安。这天早上，阿尼协噶吃过早茶，再也忍耐不住，转身上马到王宫来见尼扎王。拜见国王后，阿尼协噶忧虑地说："举首望苍穹，浓云消逝到北边，甘霖是否下降不得知；仰面观太空，白云团团如羔羊，是否有益六谷不得知；俯首观大地，山谷冻结极寒冷，绿苗是否能生不得知。再看大王的事业，有白日的征兆与夜晚的凶梦，属民是否安宁不得知。这几日，老臣我连续得梦，梦见绿鬣白狮子，四爪爬雪山，绿鬣猛抖动，雪山变石山；梦见六纹花斑虎，四爪攀树木，笑纹一抖动，森林被火焚；梦见铁角黄野牛，雄踞两山间，犄角一抖动，两山分两边……这个梦境太凶险，不知大王怎么看？"

尼扎王不知吉凶，也没说什么。公主喜饶措姆禀道："赞杰雅梅和赤德赞布兄弟俩最会解梦，还是请他二人来打卦占卜为好。"

兄弟二人奉召前来解梦，赞杰雅梅认为此梦主凶："雪山变石山，象征事业有变迁；森林被火焚，象征人马俱伤损；两山各分开，象征兄弟要别离……"

公主听赞杰雅梅如此说，也恍然明白了什么似的，向父王禀道："狮子为岭国琼居魂魄，绿发首领是那觉如，雪山变石山，象征降伏天魔神；猛虎为岭国琪居魂魄，笑纹首领是那尼奔，烈火焚森林，象征降伏厉魔神；野牛为岭国珍居魂魄，长角首领是那玉赤，两山分两半，象征降伏龙魔神……父王若不信，可再请猴头女魔热噶达问卜打卦。”

女魔像风一般旋进宫内，右肩插十三支箭旗，左肩插十三支矛旗，右手持勾魂妖牌，左手擎旋风套索，鼻孔冒浓烟，口中喷烈火，连吼三声：我是阿扎大王的保护神，是勾摄三界众生魂魄的人，龙魔猴头热噶达是我名。

她吼罢，闭目伸舌，手足抖动。阿尼协噶忙献上金曼扎和一匹白绫，问道：“现在阿扎国的神、龙、念为何动怒，降下凶兆？”

“聪明的大臣啊，我们阿扎有花玛瑙、紫宝石、绿松石，还有宝藏不可数。这些珍宝恐有失，冰峰雪消融，山上树干枯，山下水源绝，难道你们没看见？假如珍宝被别人抢去，人会得疾病，牲畜会死亡，国运将衰败。”

君臣正在问卜之时，侍臣禀报，岭国大军前来借路。大臣的梦，女魔的卜，公主的话，全部应验了。岭国人马果然到了阿扎，那么，该怎么办呢？尼扎国王问女魔：“如果我们借道，让岭军为所欲为，我们只是闭门坚守的话，那么，国王和属民是否还能如以往一般，得以保全安居？”

“城不保，王权臣民将丧失；计不行，国家社会将动乱。”

又问：“将我阿扎属下所有兵马集合起来，共同对敌，能否保住国权和江山？”

“若能这样，我想也许能坚守一段时间，至于最终结果如何，那需看谋略的得失而定。”

尼扎王此时才明白过来。虽然岭国人马不是来攻打阿扎国的，但碣日紧连阿扎，碣日城破，阿扎岂能长久？看来这条路是借不得的。国王面带愠色，对臣子们唱道：

红斑虎耀威于森林中，
六笑纹虽还未离身躯，
红斑虎栖息的莽莽林，
却成敌境落入了敌手。
我阿扎国在雪山境内有名声，
国家虽还没与神裔部众相分离，
阿扎王臣居住的美丽堡，
却将要落入敌人的手里。
将士速将武器如锯齿般排列，
让骏马如红风般纵横奔驰扫荡，
让骑兵如冰雹般勇猛出击，
边地的敌人虽猛可不必畏惧，

应如红虎把守森林般卫护社稷。
岭国坏小子觉如这个人，
若有翅膀让他自天空降落，
若有爪子让他打洞钻地洞。
如果做不到这些枉称英雄！

尼扎国王唱毕，大臣们都齐声说好。此后，他们各自返回自己的部落，按照国王的嘱咐准备去了。

第一百一十七章

进攻阿扎圣姑母献计
首战告捷万户长投诚

格萨尔大王听说阿扎王不肯借路，愤怒异常。次日出营绕阿扎国转了一圈，只见岩石环绕的山峦中，雄山如白铜，雌山如彩陶，子山像鹅蛋，水晶山像牦牛。东边的神湖似明镜，西边的磐石像谷囤。中间有马尾一线光，内藏美丽玛瑙矿。无生命的气微动，有生命的兽狂吼。上阿扎坚险石山如宝剑，除非鹫鸟不能过；中阿扎两山如尖刀，除非野牛不能过；下阿扎两水相交织，除非鱼儿不能过。三沟到处有毒树，枝叶好似兵器竖；毒水滔滔顺山流，水势汹涌起波涛。

格萨尔看罢回营，闷坐不语。凭阿扎的险峻地势，绕路不可能，借路又不肯，这该如何是好？雄狮王在心中盘算了一个晚上，也没有想出降敌妙策，郁郁然躺在榻上。

这时，天母朗曼噶姆出现在云端，缓缓地对格萨尔唱道：

鹫鸟向着石山飞，
不要落在石山的神峰，
山沟死尸遍谷底。
布谷向着大树飞，
不要落在茂盛的树梢，
山间葡萄遍谷地。
白天鹅向着北方飞，
不要留在海尽头，
平坝滩中好栖息。
岭国大军向北行，
不要住在沙漠上，
攻取阿扎玛瑙城。

“阿扎的白雪山，好似狮子在发怒；阿扎的白石山，好似鹫鸟支帐篷；阿扎的玛瑙山，好似猛虎显威风。翻过三山有大水，制服大水要用凤雏马的尿。三七二十一日内，要摧毁神山，烧毁森林。岭军进攻时，在山岗要像梁上落白雪，在盆地要像牧人赶羊群，在平滩要像空中狂风吹。”

天母说罢，天已大亮。格萨尔召集众将，说了天母预言：欲取碣日珊瑚城，必须先破阿扎玛瑙城。

于是，格萨尔下令进攻阿扎，王子扎拉先行军，把大营扎在玛瑙城外的一座山下。整个大滩中布满了岭兵，烧茶的火光把夜空照得如白昼一般，牛马骡遍及整个山坡。

阿扎王尼扎，立即派大将洛玛克杰带领十二万人马守住山口关隘。在扎拉的大帐内，众英雄边吃喝边议论阿扎国的情况。辛巴梅乳泽站起身来请战：“敢冲锋陷阵的人，是英雄里面的英雄，是好汉里面的好汉。我辛巴带着霍尔十万兵，战马鞴鞍鞯，鞍鞯已齐备；磨利大砍刀，刀鞘刀柄已齐备；箭矛抽出鞘，扳指扣弓弦。我做先锋杀过去，犹如霹雳摧石崖；大军随后来，要像河水流平川。骑兵要像冰雹降，步兵要像风雪扬，红缨犹如烈火燃，黑缨犹如乌云翻，花缨犹如彩虹闪。”

森达、玉拉等岭国大将立即站起身来，愿与辛巴梅乳泽做先锋。第二天，辛巴、玉拉、森达等各带一百名将士向阿扎行进，正遇出城巡哨的一百名阿扎兵将。只一顿茶的工夫，阿扎兵被杀死杀伤二十几人，俘虏六人，剩下的全部逃散。据这六个被俘的阿扎兵说，有三百兵将正在半山腰准备放滚木石，山顶上驻扎着阿扎十万大军。

辛巴梅乳泽一听半山腰安放着滚木礌石，吃了一惊。要不是俘获了这几个阿扎兵，岭军从山脚一过，还不被滚木礌石砸得血肉横飞，尸骨难寻？！辛巴与森达、玉拉一商议，决定立即袭击半山腰上的阿扎兵将，先破他们的滚木礌石。

当天晚上，趁着夜色，辛巴梅乳泽、巴拉森达、玉拉托琚等人急驰如飞，很快来到半山腰。三百名阿扎兵将正在运石抬木，见岭国大将凶神恶煞似的扑来，吓得丢了滚木礌石，抱头鼠窜。

阿扎大将玉雅森雏、昂雪鲁桑、绒赞扎赞等三人想从岭军的包围中冲杀出去，被岭军的三位英雄拦住。玉雅森雏一看走不脱，朝森达射了一箭，一下把森达的胜幢宝珠头盔射落在地。森达大怒，眼睛喷出火焰，牙齿咬得咯咯作响，吼声如雷鸣，宝刀似电闪，连着向玉雅挥了三刀，取下了人头。辛巴梅乳泽已将昂雪鲁桑刺于马下，玉拉活捉了绒赞扎赞。

就在辛巴、森达、玉拉去破半山腰滚木礌石之际，岭军攻占了阿扎的关隘。右翼大将阿达娜姆、左翼首领达拉赤噶、中军元帅扎拉王子，率兵一起向阿扎大营扑去。

女英雄阿达娜姆边取弓箭边唱道：

囊中取出九缠利箭[1]，
是用绒钦林中精竹造，
九种鸟羽做箭翎，
九种精铁做箭镞。
套中取出威猛降敌弓，
雄龙角做弓上鞘，
响声似雷鸣；
雌龙角做弓下鞘，
发威如电闪。
雷箭做弓把，
握在手中声萧萧。

阿达娜姆唱罢，箭离弦，九个阿扎兵将应声倒地。

阿扎大将洛玛克杰率十员大将、九名大臣立即向岭兵反扑。玉拉抛出飞索，套中洛玛克杰的脖子。洛玛克杰挣扎着，用刀砍断了绳索。辛巴梅乳泽射死了他的朱红孔雀马，洛玛克杰便与辛巴抡刀步战。森达赶来向他连砍两刀，将他的右臂连同大刀一起砍落在地。洛玛克杰用左手捡起大刀，朝森达砍去，砍得森达甲叶飘落。玉拉和梅乳泽拔起支撑帐篷的柱子，猛地朝洛玛砸去，连砸了九下，才把他击倒。

阿达娜姆又射三箭，阿扎三个万户和五个大臣中箭身亡。又战了一会儿，另外三个万户死于玉拉和达拉之手。剩下以加纳拉吉唐赛为首的三个万户和一千五百名阿扎兵将弃甲投降。

辛巴梅乳泽奉王子扎拉之命审问被俘的三个阿扎万户。梅乳泽喜气洋洋，手拿酒碗，对俘虏说：

三冬寒冷狂风吹，
山山岭岭降雪日；

1　九缠利箭：指箭杆上缠绕九道金丝或银丝的利箭。

三春杜鹃啼叫时，
杨柳和风玩耍日；
三夏苍龙吼叫时，
鲜花和雨结合日；
三秋六谷成熟时，
设宴摆席饮酒日；
岭国大军得胜时，
审问阿扎降将日。

“我的问话，你们要如实回答。岭国与阿扎，没有旧恨新仇，为征碣日借条路，阿扎国王设关阻碍真糊涂。”

梅乳泽详细询问了阿扎国的城中部署、山川河流、守城大将等等情况，唐赛等三个万户一一作答，看他们诚惶诚恐的样子，并不像撒谎。

三个万户将自己的盔甲、宝剑、坐骑等一一献上，请梅乳泽代他们向雄狮大王及扎拉王子致意。他们表示愿意率自己所辖的十八个部落、十八个千户归顺岭国。扎拉得到辛巴的禀报，大喜。立即赐唐赛一顶红缨帽，一个黄尾长寿结。封他为岭国千户，率一千兵士，归辛巴梅乳泽统领。另外两个万户，每人赐给二百兵士，分别做了玉拉托琚和阿达娜姆的属下。

第一百一十八章

王弟被俘受穿心之刑
唐赛示忠献青稞宝城

关隘被攻破，三个万户率众归顺的消息传到了阿扎王宫。尼扎王立即召集群臣众将商议对敌之策。大王的弟弟赞杰雅梅，愿率三百骑兵出城迎敌。

众臣说王弟亲自迎敌，恐对大王不利。王妃和姐妹也婉言相劝。但雅梅主意已定，一心要出城杀败岭兵。

尼扎王因昨晚梦兆不祥，心中烦乱，又喝了点儿冷水，肝胀得比石头还硬。别人的话听不进，自己的话也说不清。但是，弟弟要出城，他倒觉得不合适。见众人劝不住弟弟，他从颈上取下大刀烈火护身符，戴在赞杰雅梅的胸前，对弟弟说："上等男子出阵时，头戴雪山盔，身穿坚石甲，右悬毒刺箭，左佩电光刀，肘挂鹫鸟棍，骑上野马驹，出阵无人敌。中等男子出阵时，头戴明月盔，身穿坚铁甲，右悬霹雳箭，左佩烈火刀，肘挂石山棍，骑上追风驹，上阵得胜利。下等男子出阵时，头戴烂毡帽，身穿破皮袄，右悬无翎箭，左佩缺齿刀，肘挂细木棍，胯下骑老骡，上阵毁自身。这是大刀烈火护身符，再赐你一个护身器，两件宝物犹如身与影不分离，刀砍不入枪难击。"

老母亲唯恐儿子上阵有失，颤巍巍地捧出一条吉祥长寿结："儿啊，敏捷须如鹰，胆量须如虎，武艺如霹雳，到了阵前需用智，战不胜时走为上。这是吉祥长寿结，愿保我儿寿命长。"

赞杰雅梅见王兄和母亲如此放心不下，遂取过两匹哈达献上，安慰母亲和王兄道："阿扎兵马多如群星，英雄勇士凶如猛虎，神箭好似晴天降霹雳落，铠甲是那九种精铁锻，石山坚险鹫鸟难盘旋，河水湍急鱼儿难过关，城堡牢固比磐石坚。母亲和兄长不必为我把心忧。"

大丈夫要为事业死，
否则与狐狸无区别；
良骥要为驰骋死，

否则与老驴无区别；
利箭要为射击损箭镞，
否则与野刺无区别。

“王兄啊，老母亲，愿孩儿我能胜敌人，愿母亲寿比雪山高，愿王兄权势与天齐。”说完，王弟便带领大军，义无反顾地往岭军扎营的地方奔去。

阿扎军驻守在红砂山上，岭军扎营在红砂山下，两军对垒，刀矛林立，人喊马嘶，甚为壮观。

岭国众将聚集在王子扎拉的大帐内，商议破敌之策。姜国王子玉拉托琚从虎皮坐垫上站起来说：“明天东方发白时，点起绿缨军，准备朱砂箭，挂上锋利刀，勒紧马肚带，冲上红砂山。第一声呐喊齐射箭，利箭射出如电闪；第二声呐喊用长矛，矛头转动如风旋；第三声呐喊抽出剑，宝剑闪闪如雷电。敌尸若不遍山岗，岭军不算英雄汉。”

辛巴梅乳泽可不这么想。眼前这座山，坚险好似门关闭，峡谷犹如刀竖立，阿扎兵马占陡坡，就是大鹏也难飞过去。从昨夜的梦兆来看，应该先杀掉山岭那边的几个阿扎大将，不然很难攻破山顶大营。想到此，辛巴梅乳泽站了起来：“善业的白旗不摇动，江山如何能收复；骏马若无快脚程，怎能走完大平川；鹏鸟没有飞行力，怎能绕行四大洲；若无巧计胜强敌，岭国如何能兴盛。若想胜阿扎，还需施巧计；明日天明时，让阿达施幻术，变作大鹏鸟，右翅遮东方，左翅遮西方，森达等九人立右翼，玉拉等九人立左翼，我辛巴等九人立鸟尾。大鹏循着鸟路飞，悄悄降落阿扎地，杀死阿扎众大将，然后返回自己的营地。”

辛巴梅乳泽的主意，大家都说好。玉拉托琚说：“我们去山那边袭击，大军从山这边进攻，两面夹击，此山必克。”

王子扎拉点头赞许。

第二天，岭将二十七人乘大鹏鸟飞到红砂山的另一边，却发现了阿扎王弟赞杰雅梅带来的援兵。唐赛急中生智，连忙装扮成了一队前往迎接向阿扎军献茶的队伍的领头人，其余二十六名英雄则假装成唐赛的侍从，静观其变。当赞杰雅梅的人马靠近时，加纳拉吉唐赛从马上跳了下来，脱去头盔，牵着马恭候在路旁。赞杰来到跟前，唐赛恭恭敬敬地向赞杰雅梅行了个礼，并献上了一匹库缎。

见到唐赛，赞杰心里有着很大的疑虑，他将唐赛叫到一旁：“万夫长，请上前来，我们在一起坐一坐，让随从们到下面休息去。”

说罢，让其他人到下面休息去了。唐赛跟着赞杰来到一块平地上坐下，唐赛自马背上取来一瓶酒和一只羊后腿，招待赞杰一行官兵。大家便边吃肉，边喝酒，在草地上谈了起来。赞杰对唐赛说道：“寺院骚乱僧人恶，法衣下面放毒箭；挑拨是非妇人恶，讲话温和心计多；国家动乱大臣恶，外敌引到自己国。今天你来献茶点，用矛当茶敬，用钢刀做礼物，用箭来欢迎。你外表和善心阴险，卖身求荣降岭国，万难隐瞒讲实言！”

唐赛见王爷愤怒，心中一惊，但既然来了，就得硬着头皮顶住：“没有智慧的人蠢如牛，白昼不知太阳暖，夜间辗转不能眠。我们阿扎大军去迎敌，杀死白缨军一百多，随后洛玛被岭军杀，只有我万户几人得逃脱，今日等着给王爷你献茶，不知你还需要什么？”

赞杰雅梅见唐赛并不慌张，心中疑惑起来：不知那些传说是真是假？旁边的大臣达拉郭冬走过来问道：“你真的没有投降岭国？”

“不要说投降，我连想也没想过。”唐赛赌咒发誓。

“那好，阿扎与岭国不同，就像幸福与灾难、神灵与阎罗有区别一样。如果你没有降岭国，可把你手下的六个千户叫来做证。”

唐赛急忙出营，来见辛巴梅乳泽等众岭将。梅乳泽一想，破敌的机会来了，遂与玉拉、森达等六英雄装扮成阿扎千户的模样，随唐赛一起来见赞杰雅梅。森达手捧一条吉祥哈达，来到赞杰雅梅面前，那王弟伸手来接，被森达一把捉住。辛巴梅乳泽一声喊，七位岭国英雄一齐动手，杀死大臣三人，杀伤万户三人，生擒了赞杰雅梅。

众人当即审问赞杰雅梅。梅乳泽指着不可一世的赞杰雅梅道：“你自以为聪明如鹞鹰，实际上愚蠢似野猪；你自以为勇敢如猛虎，实际上怯懦似狐狸。今日撞到我手里，若想活命，必须讲实情。若问话不答时，把你两手扯到红山峰，距离苍天只一肘；把你两脚系到磐石上，距离大地只一庹；二十七支利箭瞄准你，让你皮肉两分离。”

赞杰雅梅并不说话，愤愤然瞪着辛巴梅乳泽。玉拉托琚见他不理不睬，气得上前一把揪住他的衣襟，要立即把他捆到石头上。唐赛一见大惊，一面劝王爷投降，一边跪下替他求情：

肥沃田中的六谷，
被猛烈的霜风摧残，
一半由于云聚集，
一半因为寒风吹。
谷口边上的海水，
天长日久变干枯，
一半由于烈日晒，

一半因为热风吹。
阿扎国的十八部，
被格萨尔所征服，
一半由于前缘定，
一半因为劫数催。

"尊贵的三位大臣啊，赞杰在阿扎国，大王待他像眼睛一样爱惜，像心一样珍重。唐赛我保证，打从今日起，王弟不会再与岭国为敌，心有罪恶随后会忏悔。英雄们倘若动弓箭，就像杀我一个样。英雄们啊，请勿动刀枪！"

几位将军听了唐赛的求情，也觉得有些道理，擒获敌方将领而不杀，将来可能还会有用处，这种说法有一定的道理。再说赞杰毕竟是阿扎国王的亲弟弟，是有名望门第的族裔，他对于阿扎来说，就像额头上的眼睛，胸中的心脏一样重要，受人尊敬和爱护，免他一死，也许岭国与阿扎国不用打仗伤人，岭国即可获得阿扎国的玛瑙宝库。而就在他们都有这样的想法的时候，岭国的年达玛布战神变为一只乌鸦飞了来，它围绕着赞杰和勇士们边飞边叫，飞着飞着，扑向唐赛，用翅膀给唐赛扇了几个耳光，又给赞杰胸上拉了一泡稀屎。这一切，都在暗示岭人应该处死赞杰。勇士们见到这一情景，一个个都惶惑起来。这时，逗觉辛巴王右手将矛柄掼在地上，左手捋着棕色胡须，大声说："唐赛，你刚才所说的，看来没有什么根据。人的见识短浅，遇事还是由神来明察，还是按神的旨意行事为好。不能让赞杰留下作为首领，这一点神已做了明显的暗示，不用再有什么困惑了。"

本来将军们已经动了恻隐之心，但那王弟仍是一副骄横相。因此大家更觉得应该遵照神谕，将赞杰处死。即把赞杰的衣服扒光，像白胸鹰展翅一般绑到了一个十字架上。正准备射击时，玉拉托琚吼道："先把箭射到胸腔上，然后把头割下来。"

除了唐赛之外二十六个岭人，各自取下一支箭向赞杰的胸口射去，支支利箭穿过赞杰雅梅的心，唐赛不忍看那王爷的惨相，闭上了眼睛。赞杰雅梅猛地抬起头，利箭只使他疼痛，并没有将他射死。玉拉咬着牙搭上一支铁箭，心中默默祈祷战神保佑，然后一扬手，利箭飞了出去，把赞杰雅梅的心脏劈成两半，赞杰这才一命呜呼。

辛巴梅乳泽和玉拉托琚，立即收赞杰雅梅所属的三个万户归于岭国统领。

处理了赞杰雅梅的尸体，辛巴梅乳泽等又乘大鹏鸟飞回岭国大营。阿扎军群龙无首，不攻自破。虽然碰上少数不怕死的抵抗了一阵，但最后依旧是死的死，伤的伤，降的降，红砂山很快被岭军占领。

驻守在红砂山下纳端宗里的阿扎军，已乱成一团。唐赛奉王子扎拉之命，派人送去一封劝降信。信里说，要想活命只有投降，倘若反抗，就像头碰金刚石一样。守城的千户们全部愿降。第二天黎明，为首的阿扎千户率降兵出城迎接岭军。

这时，岭军的粮草已经所剩无几。雄狮王严令不准大军骚扰百姓。梅乳泽决定向唐赛借粮："唐赛啊，大雁向北飞，因为路远而疲倦，立誓不吃地面食，请借清风来支援。英雄无敌的岭国军，因为远征粮草断，立誓不去扰百姓，请唐赛借粮来支援。借得粮食攻城堡，占领阿扎后即归还。"

唐赛立即吩咐人取来青稞五百六十大袋、七百二十小袋，献到王子扎拉和众英雄的面前："大雁北飞路程远，清风愿意来援助；岭军远征路遥远，粮草由我来供应。我有青稞城，是祖先留下的，把它献王子，岭国大军用。"

扎拉吩咐将青稞收起。唐赛告诉王子，阿扎国有座宝城，上三层为金银绸缎城，设有三十六道门；下三层是铠甲兵器城，藏有三十九副甲；中三层是粮食城，一层青稞，二层白米，三层装满上等麦。粮食城中共有谷仓九十九座，里面有青稞的父亲章杰，母亲第雅，女儿格托，儿子扎仁，孙子堪第，孙女索寿，舅舅扎通，姨娘玛章，还有青稞长官玛达，上师阿达，男仆尼杰，女仆喀热，青稞的家族全在这座粮食城中。岭军若得此城，所需的一切就都有了。王子扎拉一一记在心里，默默祈祷："当撒下青稞种子时，愿快快长出绿苗；当禾苗结出饱满的果实时，愿得到满足和温饱。愿乌云不要遮住阳光，愿冰雹不要打伤禾苗；在小苗生长的时候啊，愿上天降下蒙蒙细雨。"

第一百一十九章 披荆斩棘一路降妖怪 路遇险关大军遭阻挠

第二天，是个吉祥的日子，扎拉率军继续前进。

格萨尔王率领的大军，比王子扎拉的先锋部队走得缓慢。这天，他们行至一座石山和平滩之间，发现了九只恶狼的脚印。晁通马上说："这里有狼的脚印，把我们的狗放出去一只吧。"

旁边一个岭将劝他说："常言道：'狼不害到自己时不要呼叫。'我们最好别去招惹它，要是把狼群引了来，就麻烦了。"

"为什么不杀狼？在哪里碰到恶狼，就要在哪里杀死。上等男子能与狮子比武，中等男子威风赛过野牛，下等男子见到恶狼就溜走。堂堂岭国男子汉，难道让几只狼吓住不成。"晁通说罢，放出六只猎狗。

不多工夫，六只狗赶着母子两只狼回来了，晁通抬手一箭，两只狼应声倒地。晁通高兴极了，原来打狼竟是如此容易。

两只狼皮还未剥完，左边山顶和右边滩头同时响起阵阵狼嚎声。很快，满山遍野都响起了狼嚎声。接着，黑压压的狼群朝岭军包围过来。晁通这时慌了手脚，躲在一块大磐石后面，战战兢兢地把仅有的三十支箭射了出去，一只狼也没射死。达绒的家臣也纷纷射出利箭。狼一只只倒下了，可更多的狼又围了上来。眼看手中的箭所剩无几，恶狼却越聚越多，屙出来的粪便臭气熏天，不一会儿，达绒晁通等人便被熏得昏了过去。

天神看到达绒部遭狼群袭击，立即降下霹雳杵，这才将群狼震死，替晁通解了围。

次日，达绒部派出一部分士兵，前去收拾被霹雳击毙的狼尸，其他的队伍则如往常一样继续向前开进。第二天早晨，岭军便到了像牦牛尸体一般的一个岩山险关——底乌米关口前，由于这个关卡有阿扎的九个无敌大臣和无数士兵严密守护，岭军怎么攻击也攻不下这个险关。于是岭军被拒在了关外十多天。在这十多天里，岭军每天都商议如何攻下这个关卡，但总想不出可行的办法。

在人力已无计可施的情况下，只好祈求神力护佑，雄狮大王格萨尔随即召请鼓动起战神、威玛尔等诸神祇来，由于岭人平时对诸战神虔诚供奉，战时若遇险情，诸战神就有求必应。念神之王唐拉多杰巴哇幻变成一头牦牛，玛神之王东方的玛沁邦拉山神幻变成一头黄牛，两头牛气势汹汹地在阿扎的底乌米石关恶斗起来，哪里有阿扎守兵，两头牛就冲向那里，守关的阿扎兵一个个被顶翻、踏死在地上。而在同一时刻，天上又降下了许多闪电霹雳，将关口的石山劈成了碎块。此后，格萨尔大王骑着辛巴贡献的那头有四个铁轮蹄子的野牛，把关口上所有的公岩、母岩全部用角抵塌了下来，开出了一条通道。于是岭军通过这条通道，直抵杂俄朗松外面的雄塘仁摩大滩，并在那里驻扎了下来。

休整好了队伍以后继续前进，岭军越过三座石山后，中午到达了周围长满毒树的谷地山口。消灭了狼群，岭军又被毒树林阻挡。只见那一株株树，高耸入云，枝叶黑色，树干上缠满毒蛇。蛇头向空中摇动时，毒气遮日月；蛇尾向地上摆动时，大地生黑沫。只见天上的飞鸟因闻到毒树的气味，不由自主地坠落到地上；地上的行人也因闻到毒树的气味，头晕目眩，恶心想吐。岭军发现毒树生长的地方后，勇士们避开毒树，在右边岩山的那一面驻扎了下来。商量了好一阵子也没有一个好的对策，晁通清了清嗓子，一般来说，这种时候他的能力便能够显摆了。他道："本来毒树完全可以用火通通烧毁，但大家没有统一的意见。该怎么办呢？恐怕只能如谚语中所说：'事情到了紧急时，只有由智者点燃智慧之火去了结。'这才是办法。"

晁通这样说以后，大家也认为好。晁通修了一夜的多玛，赋予多玛以神通。次日清晨，多玛自燃起来，放出了火光。此后晁通对多玛念了咒语，然后将其抛了出去，只见那充满毒雾的山谷中，顿时毒树燃起大火，熊熊的火焰燃烧了起来。而那哲瓦梅巴尔毒树的树枝，虽被"咔嚓"作响的烈火燃烧，却未能被烧焦。通瓦素居毒蛇被烈火激怒，吐着火红的长舌，把头扬到了云层里，当它扬着头四下观望却未见岭人时，它张开血口，像喷水一般，将毒液喷向了天空的太阳，太阳随即像被罗睺星吞噬一般，顿时昏暗了下来。天神见此情况，便向毒蛇抛下一个千辐天铁轮子，击断了蛇颈，接着蛇体被天神、仙人等摄去，抛到了大海之中。

因为晁通王的法术使得大家顺利走过了毒树林，格萨尔大王赐予他一些奖励以后又继续上路了，走了一天之后，就是长有毒草、布满毒虫的滩地。只见那毒草根根似针，那毒虫有空中飞的，有地上爬的，让人看了发抖。格萨尔在一块坐垫大的磐石上坐下，开始对毒草、毒虫唱那规劝的歌：

东方来的昆虫们，

不要停留各自回本土。
饥时吃大树的嫩枝，
渴时饮冰崖顶上露。
南方来的昆虫们，
不要停留快快回本营。
饥时吃茂盛的绿叶，
渴时饮潺潺的雨水。
西方来的昆虫们，
不要停留快快回本地。
饥时吃檀香的树根，
渴时饮山边的泉水。
北方来的昆虫们，
不要停留快快回故里。
饥时吃树上的嫩叶，
渴时饮山巅的雪水。

“天上、地下和各方来的昆虫们啊，分别回到八方去。各自去寻应该得到的食物，不得阻挡岭国大军路。倘若对抗我大王，要受无限地狱苦。”

格萨尔说完，大虫向右旋，小虫向左旋；天上飞的，地上爬的，整个大滩顷刻间虫子全无。虹光照遍山谷，充满芬芳气味。

次日中午时分，晁通突然问大家：“哪一位勇士愿意做我的伙伴一同到四谷六水交汇的地方去看看敌情？”

大家都认为晁通为人狡猾，没有一位勇士答应与他做伴同行。于是晁通傲慢地说：“啊，好哇，我早就知道一定会是这样的，所谓的岭国勇士，只不过是集群共同行动时才敢对敌，至于敢在敌人面前单独行动的，恐怕一个也没有。”

接着他对在旁的一个人说：“斯让叔叔玉伯你过来，咱们叔侄俩一块儿去。”

玉伯便答应与他做伴同行，两人像一阵风似的走了，很快就到达了四谷六水交汇地的一个红黑大湖边之后，晁通拿出宝剑，对长在那里的一棵黑铁燃烧毒树连砍了三刀，未能将这棵毒树砍倒，刀柄却砍脱了。玉伯也用自己的刀砍了几下，也未能将这棵毒树砍倒。晁通只好依靠起自己的巫术，他从腰间拿出那把黑铁砍树利斧后，呼唤起了马头明王，随后他一斧砍去，树干被砍去了大半，斧声在湖面上回荡了三巡，激起了三层巨浪。接着他又砍了三斧，那毒树终于被砍倒了，然而顿时间湖水波浪滔天把晁通和玉伯连人带马卷进了湖里。过了一会儿，晁通露出水面，又被湖水在湖中荡了三圈，最后被一个浪头掀到了岸上。由于有法术的保护，晁通既未被淹死，也未被摔伤。可是斯让部的阿奴玉伯和两匹坐骑，却不知去向了。

到太阳落山之时，晁通之子拉郭不见父亲回来，心中着急，遂带了八名勇士前往去寻找，最终他们在离湖边一箭远的空树洞中找到了正在洞里定神的晁通。父子相见，互相问候了一番，然后拉郭将晁通扶上马，在天将黑时回到了大营。次日早晨，晁通去见大王，双方做了一阵交谈后，大王让晁通回去休息，大王则一人骑着马去了湖边。大王来到湖边时，那鲁兑龙魔化为一只蜥蜴吃尸水怪，正把湖水搅得浪花滔天，它高翘着鬣毛，张着大嘴，从半空中向大王扑来。大王见此，心中想：这个业缘未尽的生灵，竟是这么一副凶相！而此时，大王的坐骑江噶佩布马开口道："王天神之子格萨尔大王啊，你不必害怕，在你那吃肉神箭上安上白螺箭头，射向那水怪的额头，战神、威尔玛会来帮助你的。"

大王听了既来不及唱歌，也来不及多想，便拿出神箭，搭上宝弓，心中默默呼喊着本尊神和护法神而将箭射了出去。由于有战神、威尔玛之力相助，弓声如霹雳般轰隆隆作响，震得天地都摇晃起来，而那箭矢直向水怪额头飞去，将水怪射得脑浆飞溅落入了湖中。格萨尔大王随后又收服了这个湖的湖母神，命她立下誓言，永远皈依了大王。

格萨尔大王降伏了红黑湖中的水怪后，次日，岭军像往常一样继续前行。格萨尔大王骑着高头大马，率领右翼大军先行而抵达三关森林隘口野猪险关时，阿扎国王的寄魂物、野兽之王，一只身有三十六头母野牛般大的白胸熊，突然从一片密林中蹿了出来。只见那熊凶相毕露，雪山般的牙齿露出嘴外，电光一样的舌头一伸一缩，发出震地的吼声，来势汹汹地向岭军扑了过来。格萨尔迅速拉弓向熊射去一箭，那箭不偏不倚，正中熊的右肩胛，箭头穿过熊的肺部后又从左肋下飞出去，落在了不远处的草坡上，草坡被射出了牦牛大的一个坑，但那熊没有被射死。其他士兵也纷纷向大熊射出利箭，暴雨一般的箭头射去，却依旧拿大熊无可奈何，它更加凶猛地向人群扑来，有三个射手的臂膀被它咬落到了地上。格萨尔心中呼唤着岭噶布的保护神，挥矛向熊刺去，这一矛刺中了心脏，那凶兽才倒地断了气。大家对格萨尔大王的勇气和武力都称赞不已。

队伍在阿扎国遇到各种障碍，但一路披荆斩棘，顺利过关，总管王认为应该派一支先锋队伍在前面行进，思来想去，所有人都觉得丹玛能够担此大任，于是，丹玛说："你们王臣都认为只有我能胜敌，我却不那么看。不过，既然大家把担子交给了我，我就服从命令，不惜牺牲，夺它一个震天响的战果！"

这样，丹玛答应了担负领队之职。第二天，在丹玛部所属的八部营中，勇如雪山雄狮的察香丹玛绛查，佩上弓、箭、矛三器，装扮得威风凛凛，跨上骏马，带着大军威武地出发了。岭军行进到马时辰时，抵达了阿扎险关中石门。那里是两座陡峭山崖对峙处，地处达曲吾摩大河的岸边，属于阿达草原的上部。当丹玛带着大军如云密布般出现在阿扎中石门关口时，阿扎勇士玉珠托桂全身披挂整齐，骑着他的灰色金眼马，带着百名骑兵，突然从草原的一角像闪电一般冲了出来。就在这关头，丹玛在弓上搭了一支利箭，正想射出，心中又想：若不先给他唱上一曲，可能难以应付。便开口唱道：

我岭军进军方向是北方，
要攻取的是碣日珊瑚城。
碣日达泽王欠了岭国债，
岭国失去的肉债要讨还，
岭国丢了的财物要追回。
格萨尔王和阿扎王之间，
从前无冤现在也无仇，
为何却与我军做交锋？
为何对我岭军不信任？
看来阿扎王和碣日王，
两心相连一个鼻孔同出气。
既然如此岭人心中也欢喜，
这就像是肉块上面抹酥油，
又如同肥肉上面加油块，
珊瑚宗之上加上了玛瑙宗，
一次出征竟取两库宝藏。
岭国名震四海的八十员英雄，
个个如同贪吃肥肉的恶狼，
人人类似贪饮鲜血的罗刹，
他们个个嗜杀成性爱造孽，
他们犹如索命阎王凶无比，
即使是大自在天也难敌。
你一小撮盗贼竟敢来迎战，
这是狐狸佯装猛虎不量力！

丹玛歌声一落，立即放出了箭，由于玉珠托桂专心在听丹玛高歌，没有提防，飞来的箭射中了玉珠甲衣的衣领，衣领上的甲叶被射落了两片，使玉珠受了点儿轻伤。玉珠顿时大怒，他从箭袋中取出一支利箭搭在弓上，然后怒气冲冲地骂道："岭国的丹玛绛查小子，未见之时名声震天地，见面时不过是个老头子，使我托桂羞耻又好笑！你的箭如同小鸟被风刮，落在身上还不如虮虱咬！今天我和你丹玛，强弱将要比臂力；快慢并排来赛跑，要看哪个有能耐。你若得胜算你是丹玛，让你割取头颅做祭品。我若获胜算我是托桂，将割取你的头颅带回去！"

玉珠托桂刚把歌唱完，丹玛一怒之下先下了手，他射出了一支银舌箭，那箭正中托桂的心窝，托桂的护心镜没能挡住箭头，利箭从肺中穿了出去。但由于托桂是个魔子，此时因他业缘未尽，还能抵抗，只见他向丹玛回射了一箭，箭的威力使得丹玛几乎从马背上摔了下来，由于有本尊神的保护，丹玛只受了点儿轻伤。托桂准备再射时，岭国董赞僧鲁射去一箭，射中托桂的坐骑，托桂还来不及射，人马便一起倒在了草滩上。托桂不甘失败，从草地上爬起来，举着利刀又冲了过来。这时丹玛又向他射出一箭，那箭穿过头盔，头颅被射裂，脑浆从裂缝中溢出，而他的身体"吧嗒"一声倒在了地上。接着丹玛挥起战刀，立即割下了托桂的首级，挂到了马后。

此后，阿岭双方军队继续战斗了一段时间，岭军损失较小，阿扎军则有无数个骑兵战死，其余的兵卒见难以战胜岭军，一散而逃。岭军乘胜追击而追到狭窄的两座崖山中间的险关时，阿扎方面把守险关的九十八个头领，指挥着十三万大军，同齐发出"勾——勾——索——索——"的吼声，同时从山上滚下了如山崩地裂时石崖崩塌般的滚石，砸翻了岭方五个千夫长及无数士兵。之后岭军向对方发起一阵猛射后，射死了阿扎两个千夫长及几百个士兵。双方激战几个回合，不分胜负，于是岭人撤回到黑白两座崖山之间扎下营帐。

以后岭军每天都在军营里商议对策，每天都向敌方发起一次进攻，但终因关口太险，峭崖如壁，加之险关有重兵把守，岭军寸步未进。岭军不但未能推进，相反在进攻中被阿扎军的滚石、利箭伤了不少人马。这时，岭军方面王臣们虽一再谋划，但终未想出个好办法，便只好在阿扎关卡前黑白两山之间驻扎下来，在那里一住就住了十八天。

第一百二十章 仙女授记大王怨来迟 两军激战岭军破险关

到了第十八天的晚上，在广阔无垠的天空里、高高升起的彩虹光环中，雪山穹郭坚的主宰珠峰五姐妹中的大姐扎西泽仁玛吉祥长寿女神，穿着一身盛装，丰姿婀娜地右手持红宝石钩子，左手握盛满寿水的红珍珠宝瓶，身下骑一只水鸟，在无数女神的簇拥下，对格萨尔大王授记道：

战神之王格萨尔长官，
心里究竟想些什么事？
在三六一十八天日子里，
攻敌获得了哪些好战绩？
岭军出征北方山岗的国度，
若不能攻取阿扎玛瑙宗，
据守岩谷营地有何益？
不能取得战果不算是英雄。
论好汉扎拉王子算好汉，
声威震慑十万敌营人皆知；
论智谋好汉辛巴有智谋，
他心中智谋如同太阳升；
论勇猛森达阿东算勇猛，
他勇如霹雳能把崖山击。
现在不能耽搁快整军，
若延误了战机悔无及。
老狗贪食睡在大门口，
睡掉了身毛只能感悲戚。
如今不见前进只居留，

是继续停留还是快出击？
若进攻两天之内难成事。
在巴吉邦隆十八谷，
九十个阿扎将领做头领，
带着两万零五百出征的士兵，
明日准备来袭击你岭军，
是要抵抗还是要逃匿？
若打算抵抗赶快做部署，
以姜玉赤和丹玛为首的，
十三勇士坚守着王帐，
十万大军则据守大营，
其余人马占领岩山最高处。
设下岗哨随时报信息，
里外结合把敌包围住。
此计不行难以夺胜利，
若行此计石门能攻取。

女神唱完，格萨尔大王心想：啊！在那危急关头，却不见神女来授记，如今已被敌人的滚石砸死了那么多人马，这时你神女才来说三道四，真是奇怪了！雄狮王这样想着，有点不满地答道：

如今所谓神仙前来做授记，
好像醉汉口中吐乱言；
有时真来有时假，
又像乌鸦哀鸣惹人气！
我玛康岭国的英雄军队，
岂是不知进军而驻守？
怎会不识道路而停留？
这阿扎国的中石门，
险峻犹如马鬃毛直立，
山上滚石如同沙山塌，
响声如同炸雷声不息，
别说岭国有形的兵卒，
就是无形鬼神也难敌。

十万岭军如同遇到岩墙阻，
又像小小雀儿被鹞鹰追击。
在这漫长三六一十八天里，
挥舞万剑没有对手枉费力。
急时天神为何不来传授记？
明天岭军将继续挺进，
对于阿扎那九十个将领，
假若在山上与他们遭遇，
要像捕杀大鹿一样杀死；
若在沟里遇上了他们，
会像捕捉鱼儿一样捉他们。
美丽岭国的地祇们，
想去哪里就到那里去，
国王我不再停留要前往阿扎！

格萨尔大王这样唱完，长寿女神扎西泽仁玛将盛满长寿圣水的珍珠宝瓶给大王献上，然后说道："喂，格萨尔大王，请不要生气，我还有一些事关重大的话要对你说。"

她又继续唱道：

名叫格萨尔的岭国人，
三岁时就已身具六艺，
向敌人出击征战之时，
虽然需要空行做授记，
但授记过多你反而无主意！
你雄狮若感处境很危急，
当初你便不该来此地；
如今既然已来到此地，
那就不该后悔怨自己。
在美丽岭国人群中，
擅长五种神通者，
难道不是你格萨尔？
那善观过去未来预言书者，
总管绒察查根去了哪里？

心明如日嘴快如风的人，
叔叔晁通如今为何没主意？
敌人的居处、想法和行动，
心中如果有数那可为圣贤。
白狮子可不必学狗叫，
发出狗吠之声不是白狮子！
大人物没有必要唱小人的歌，
唱小人之歌那可不是雄狮王！
明天进军险关恐怕难越过，
石关险谷是兵家的要塞地，
有十三个无敌千夫长据守。
那如鸟翎一般的岩石之顶，
有江察加达玛布在守护。
中石门的山垭口这险关，
有十五个万夫长的守兵做把守。
山上箭矢滚石如同冰雹落，
守兵矛尖就像丛生的树林。
岭军不必性急即日就行动，
再驻守两天会有好战机。
我的话如果认为有道理，
请大王把话记心里。

女神唱罢，很快便消失了。天亮后，勇士们集合到大宝帐里时，大王向勇士们讲述说了女神的授记，并决定按授记中所说，在原地再驻扎两天。

再说这些守关的阿扎将领，他们本来做了很多埋伏准备给进攻的岭军以沉重打击，可是在这两天竟然丝毫不见岭军有要进攻的动静，于是守关的十万夫长日齐拉达沉不住气了，他向众人说："中石门险关虽然很重要，现在却连年连月做据守，如此据守到底有何益？英雄需要显示出本领！我十万夫长拉达，与江察加达玛布、康尼玉赤他们俩，各在手下人马中挑选锐士五百人，即于今天晚上后半夜，把那岭营搅成个血海，让那四方草坪布满尸。其他剩下的将士们，严密守住石门莫轻敌。关里之人不得随便出关外，关外之人绝对不许进关里。遇到紧急关头对敌时，进退千万不得有差池！"

阿扎勇士日齐拉达安排完以后，三人在自己的手下挑选了五百名锐士出发了。到了半夜时分，阿扎军逼近了岭营。这时，格萨尔大王根据女神的授记，已命令由姜王子玉赤等十三名勇士和十万士兵将营帐层层守卫了起来，同时命令一些将士抢占了左右两侧的山顶，其余的将士则人人全副武装，严阵以待。阿扎军先由十万夫长日齐拉达带着部下向岭军左翼营帐进攻，他们射出一排箭后，射死了戎巴部的十余骑人马。这时，从岭军左翼营中冲出拉吾桑珠和玛尼宗的长官拉鲁、董玛楚部落的千夫长阿章等人，由他们阻击了阿扎兵，没有让阿扎人与岭军混战，但双方还是互相对射了一阵，两方都有一些伤亡。

两军混战了大约一顿茶的时间。岭军将阿扎兵团团围住，不让一人逃跑，在这生死关头，阿扎兵不断发起突围，决心拼一死战，遂向岭军中间大营扑去，给岭军造成了很大伤亡，由于有强悍的十三位勇士奋力抵抗，阿扎兵才没能冲入营中。之后，阿扎军转向岭军左翼向外突围，像一群凶猛的恶狼冲入羊群一样冲向岭军，企图杀出一条血路，正好遇到姜国王子玉赤的队伍。玉赤与十万夫长齐日拉达撞在了一起，他左手拉着马缰，右手举着宝刀喝道："偷袭的人怎能称得上是英雄，但是能死在我的刀下，那么你也能够瞑目了！"

日齐拉达因战事不利，无心与他说闲话，猛地向玉赤挥了两刀，砍掉了玉赤的几片甲叶，但因有扎西泽仁玛女神赐给的生命结神力的保护，没有伤到皮肉。玉赤随即向拉达回了两刀，一刀砍中拉达的左臂，只见拉达放掉马缰，左臂掉落到了地上，此后他迅速用右手勒转马头，向前方逃去。玉赤紧追在拉达后面，并放出了一箭，那箭射中拉达的肩胛下方，箭头从前胸直穿而出，拉达随即落马身亡。然后，岭军横扫了这一方的阿扎军。

此时，岭国的前军，正遭到阿扎三勇士之一的江察加达玛布的猛烈阻击。他在杀死不少岭兵后，又冲到了大帐前面，并遇上守卫大帐的十三勇士中的察香丹玛绛查，丹玛先向他射了三箭，但未能压住他，他向丹玛回了一箭，也未射中，随后两人举着各自的战刀，互相拼杀起来。就在两人打得难分难解时，江察突然转身逃走，丹玛紧追不舍，但江察从岭军中劈开一条血路，冲出了岭军的包围。而康尼玉赤则在搅翻了一批岭军人马后，被姜王子玉赤一箭射死。

这一战，岭军大获全胜，虽然自己也有人马伤亡，但此乃战事难免。是日，岭军随后煨桑祭神，庆祝胜利。

第二天早晨黎明时分，大军又启程出发了。当天，由玛尼宗长官拉鲁率领的左翼部队当前军在前面开路，只见拉鲁胯下骑着枣红色骏马，背插战旗，腰挂弓、箭、矛三武器，在大部队前一箭远的地方，像一团火似的走在前面。紧跟在后的是骑红马的董玛楚部落的千夫长阿章，其次是勇士赞加雅麦、尼赤琼祝泽吉、赤察达摩托都等人各自所属的部队。在左翼部队人马快走完时，姜王子玉赤贡杰和伦珠等将领也在各自部下的簇拥下相继出发了。

那时，阿扎剩余的人马仍如以前一样，警惕地把守着中石门，守兵准备了许多滚石，正准备狠狠砸击岭军。当岭军慢慢开进三个石山之间的洼地时，阿扎十三个千夫长所属的人马两千多人，从山上放下滚石，一时之间，犹如石山崩塌一般，岭将玛尼宗长官拉鲁的坐骑和十三名士兵被石头砸死，岭军一时无法前进。为尽快突出重围，拉鲁、阿章、尼赤琼祝泽吉和赤察达摩托都四人各自带了手下的几十名士兵，顺着峭壁向山巅爬去。大部队则作为掩护，继续向前突破。阿扎守兵看见岭军向前挺进，从山上又滚下了如同雪崩一般的滚石，虽然岭军遭到了不少伤亡，但举刀奋进的勇士仍然渐渐逼近了阿扎守兵。这时从峭壁已爬上山巅的拉鲁等人向据守关口的阿扎军放下了一排滚石，阿扎军见自己上方有人，便纷纷逃走，在逃走的时候，有七个千夫长及三百名士兵被滚石砸死，其余人马，被岭军追进了据守扎恰赛岩山的江察营里。

此后，据守石门关的阿扎人又向继续前来进攻的岭军滚下许多滚石，暂时阻挡了岭军。当山头的岭军勇士渐渐逼近阿扎守兵营地时，江察加达玛布突然从营地一角冲出来，连向岭军射了六箭，射死了六名岭兵。此时，岭方文布千夫长阿达尔向江察猛射三箭，三箭都射中了江察，但因有魔神的保护，箭头未能伤着他分毫，江察反而举刀扑过来，两人刀来刀往，战了一个回合，江察佯装退让，阿达尔一松劲，冷不防被江察连砍两刀而倒地身亡。江察乘胜冲入岭军阵营后，又与赤察达摩托都撞到一起。

两人便挥刀拼搏了起来，拼了一会儿，彼此未分胜负。这时，千夫长阿章、尼赤琼祝泽吉冲上来帮助赤察，交战中，江察的刀尖刺伤了尼赤，尼赤伤口流血不止，只好退下来。而阿章、赤察、拉鲁三人继续与江察恶战，后来拉鲁挥了一矛，正中江察胸部，矛尖从背脊穿了出去，但他还未死，仍挥着大刀与阿章等人战了一段时间才气绝身亡。

此后阿扎另外守关的四个千夫长和百多名士兵，又和岭人战了约两顿茶的时间，最后大部分人战死，岭军攻入了中石门的阿扎军营。在营地中，据守军营的一些万夫长、千夫长和百夫长们抵抗了一段时间，在岭军杀死百多个阿扎军后，阿扎人自知无法再守，便一个个夺路逃走了。于是岭军夺得了整个阿扎营地，所获军资、营帐由于当天来不及搬迁，岭军便在占领的营帐中驻扎了下来。

第一百二十一章

蛋生人遇伏兵失金屑
老丹玛奋勇敌夺园林

当格萨尔大王率领的军团已经攻克险关的时候，扎拉王子的部队在驻地伯念达扎草原忙碌着。他们有的在谷日串山打猎，有的在谷尾村庄寻找财物，做着各种备足粮草之事。在七天当中，阿、岭双方没有发生大的战事。到了第七天晚上，扎拉泽杰心想：雄狮大王亲率的大军为何还不见到来？到底勇士们途中出了什么意外？我们先行部队途中遇上了阿扎险关，关上有重兵把守，途中也损失了不少兵马，究竟该如何继续前进……他想着想着，忐忑地进入了梦境。

次日黎明，在东南方向，天空布满了五彩虹霞，在虹光照射的空界中，一个具有先知之能和行走迅疾的龙女空行母，翩翩然莅临于大营上空，她向扎拉泽杰唱了这样的预言之歌：

在阿扎岗巴岗举地方，
扎玛克吉石山城堡里，
在阳土马年的春天，
雅夏琼董人身鹏脸罗刹女，
曾产下了二九一十八个蛋。
经过九年又九个月之后，
当蛋孵化蛋壳裂开时，
从三个蛋中生出了三个白婴儿，
那是纳帖噶波天神的神幻子。
从三个蛋中生出了三个黄婴儿，
那是帕帖察窝念神的神幻子。
从三个蛋中生出三个青婴儿，
那是萨帖纳波龙神的神幻子。
其余九个蛋中生出九匹马，

人称他们蛋中出生的九人马。
人马九岁之时具备九技艺，
向上可以呼风又唤雨，
向下可以随处任飘逸。
这九人是阿扎国王的大臣，
去年春天一月冰消春暖时，
人马前往古尔格驮运金屑，
那里金屑多得如同雪花飞，
人们赶着百匹骡马驮金箱，
现在人马将要返回上石门，
已到险关埋伏拦劫时。
在众多的岭噶布勇士中，
中军人马的带队指挥者，
那雄威如同雪狮的好汉，
他就是勇士森达阿东。
那九人精通魔鬼的法术，
没有森达实在难以降伏，
缺了大扁刀魔头砍不下。
那九匹魔马邪术本领大，
能踏着清风任意驰天下。
不是森达的坐骑“东日马”，
难以追上它们去降伏。
与岭噶布英雄随行的助伴，
那右翼兵马的头领，
如同行空玉龙般的好汉，
玉拉不去难以夺胜利。
那左翼兵马的头领，
如同红虎般凶猛的勇士，
达拉赤噶也要去助阵。
每人各带三百六十名士兵，
前去守住阿扎上石门。
三天过后的那天早上，
应将福分金屑强夺取，
然后大军可把金屑分，

这样做可使君臣少遭殃，
所行事宜祷威力做护悔。
此间这个美丽大营寨，
断定不会有敌来侵袭。
无敌大王格萨尔，
三天之后便能见到他金面，
神子心中不必有疑虑！
死伤勇士的缺职应补上，
若不委人补缺担职责，
敌人来袭何人去迎战？
由谁来做军中主心骨？
天上神灵有时也会生嫉妒，
中界念神会时常生是非，
下界龙神也会设障碍，
君臣必须商议将缺职补上。
女神我的授记不会有差错。

女神唱完便消失了。当金色的太阳从雪山顶峰升起时，岭军在大营里举行了一个盛大的军宴。勇士们聚集到大帐后，扎拉王子将空行母的预言向众人说了以后，又做安排："女神说他们去了古格取金，如今已有两年，他们现在正在回程的路上。我军应派英雄和勇士，前往上石门关去把守，以少数精兵即可降伏这顽敌。森达阿东、姜国王子玉拉托琚、达拉赤噶，命你三人各自率领人马三百六十骑，紧跟浩荡大军去参战。三路勇士守住阿扎上石门，将那从蛋中出生的九人九马，如同雷击岩石一般狠打击！"

扎拉说完，辛巴梅乳泽心里想：把关夺取阿扎商人的财物时，派他们三勇士带队前去；而面对强敌攻取险关时，却由我辛巴来应付。他以为如此甚是不公平，于是他假装无心地玩笑道："冲锋陷阵，王子总是能够想起我辛巴，可是怎么轮到去抢阿扎国的黄金，辛巴我却要留下来守大营，我是只能怪自己的命运呀！"

辛巴这样说了以后，玉拉王子却对他有了一点儿看法，"人们常说：'大人物常有小心眼'，这话一点儿不假。"然后他坐在那里，面露讥讽之色。扎拉听了辛巴的话，心里也认为，善恶的奖惩，的确没有那样公平。但转念一想，这事是神的安排，也就未与辛巴再搭话。

随后，三名勇士各自从自己的队伍中挑选了三百六十个骑手出发了。两天以后，到达了阿扎的上石门关。岭军立刻行动起来，垒砌滚木，准备礌石，把住关口。而就在他们到来之前，蛋生的九个兄弟才派了侦察兵前来查看是否有埋伏。侦察兵当然没有料想到这之后的事情，于是蛋生九人带着从仆和一百多匹驮着满驮黄金的骡子到来。

正当他们行进到关卡时，突然一阵滚石从山上泻下，继而飞箭如雨似的向他们射来。

岭军连忙趁乱抢来了失散的几匹骡马，阿扎九弟兄中的老大噶玛赤图便知道遇上了岭军，他骑在马上试问道：

从你们的举动来分析，
你们很像躲在山后的匪徒，
又像埋伏谷口的盗贼。
你们最好不要放滚石，
免得砸坏紫色骡子背上金箱子。
如果骡背上的金箱被砸烂，
事情就会弄得难收拾。
你们最好还是别放箭，
免得射坏了骡背上的货驮子。
如果无故引起流血惹下祸，
欲想讲和良机已全失。
如果好言求取可给予财货，
若要抢夺只会自己讨苦吃。
如何行事你们好好想一想，
不要事后反悔无良方。

噶玛赤图一边盘算着怎样撤出山谷，以免遭受更多的损失。森达阿东听后不以为然，于是他将计就计骗说道："我们这些人来自无边的北方荒原，我是罗隆赛宗城堡的主人，名字叫作阿格玉雅赞布，是北方碣日国王的大臣。去年听说岭军要来进犯，我来这里当三山的哨兵，时时细心观敌情。今天碰到的不知是什么人，看来碰到了前来寻衅者。无论你们是否有道理，我们今天决不放人进出这关卡！"

森达唱罢，岭军立即滚下了一排滚石，射出了一批飞箭。那滚石如雀鸟翻飞，利箭似群星闪烁，滚石相击之声如炸雷轰鸣，远远听来好似垮了一座石山，利箭飞腾之势如电光闪烁让人看了眼昏目眩。一时之间阿扎三十多匹骡马、大部分仆从丧生在了滚石之下。阿扎三大臣见到此情景，心中顿时大怒，三人便一起驰马奔上岩石山，誓要搏个鱼死网破。他们施展法术后，只见天空飞满了老鹰，水中窜动着游鱼，雪山上狮子在咆哮，花岩间野牛在奔驰，一时变得昏天黑地。三大臣趁着天昏地暗，向岭军冲杀过来，转眼间，岭军白缨军、黄缨军、青缨军三路人马各有百来人伤亡。森达冲入敌营后，正好与噶玛赤图撞上，两人便挥刀拼了起来，最后，森达的大刀从噶玛赤图的左肩劈下，将他活活地劈成了两半。噶玛赤图的一个兄弟拉赞多杰扎堆此时正与玉拉托琚遭遇，两人对射了约一顿茶的时间，仍未分胜负。后来玉拉取出格萨尔大王赐给的六支神箭中的一支，拉满弓射出去后，正中拉赞的胸脯，神箭迅速地从背上穿了出去，拉赞便立即坠马身亡。

这以后，噶玛赤图的另外一个兄弟多庆琼桂雅麦射死了森达部下二十来个骑士，达拉赤噶见状，立即举刀拦住了他。两人先是对射，接着挥矛相拼起来，战了一个回合，仍不分胜负，两人遂拔出大刀，互相砍杀起来。后来达拉猛一挥刀砍去，砍中多庆的左胸，多庆受了重伤，抵挡不住，只好迅速勒马转身而逃。达拉带着手下几名骑士，紧追上去，射出几箭也未伤着他，于是只得眼睁睁地看着他逃走。森达命令仁钦伦珠等六十人收拾金驮和骡马，其余的人则跟着三位勇士前去抢夺阿扎后面跟来的驮队。

这时，阿扎后面跟着的驮队已渐渐靠近关口，他们已发觉前面的人碰上了敌人，正当此时，多庆也带着伤匆匆驰马而至。多庆讲了前边碰上了敌人的情况，阿扎驮队立即将骡马及犏牛留在大道上，仆役们迅速爬上道旁两边的石山，其余的六个卵生弟兄则各据一个山巅，准备与岭军较量一番。当岭军像冰雹猛降般扑向大道中的骡马和犏牛群时，那卵生六弟兄在山巅上要起威风来，他们先是在山尖上跑马，在崖壁上驰骋，继而像炸雷一样从空中直扑了下来。他们不唱歌，也不说话，一口气杀倒了百十个岭军士兵。那眼疾手快的董仲斯卫奔米还射伤了玉拉的青天马，玉拉和坐骑倒在路上后，山上又不断泻下滚石，人马又受了滚石的袭击，幸好玉拉技艺不凡，躲过了滚石，才没受到致命的伤害。而门将达拉赤噶身中六箭，其中一箭正中甲衣的缝合处，受了点儿轻伤。森达也挨了几次刀，中了数箭，但因甲衣坚固，没有受重伤。混战中，卵生人中的老三喜赛智美被森达砍中，他伤口喷着血滚下马来，立即丧命。与此同时，达拉和玉拉又各射出九支箭，射死了齐瓦拉桑坐骑，他从马上滚下来，玉拉和达拉立刻冲上前去以刀相拼，齐瓦拉桑举着他的大刀，高声地喝道："玛康岭的恶人，你们已把坏事都做尽，屠杀了他人亲密的兄弟，将他人一生积财劫夺，还在这安乐的国度里，专门转动杀戮的轮子，耳闻即能让人胸中怒火起，眼见更是使人气胀怒火生！你岩石别以为自己最坚硬，比你硬的还有上界天铁石。鹫鸟别以为自己飞得高，比你高的还有高空风刃刀。岭勇士别以为自己最强悍，比你强的还有卵生的九神！我这把斩断三界的风刃刀，从未怀疑还有砍不了之物，它要把敌人外面身躯剁成泥，它要让敌人内里五脏做鸟食。如若不信你们等着瞧，做不到这些我枉自活在世！”

齐瓦拉桑唱罢，正要冲上前去，玉拉王子也拔出宝刀，对着敌人吼道：“你若想乘骑逃跑，我就是徒步也能将你追上。你那长着肉身的魔鬼马，说是什么卵生的灾星，还不是被我们一箭毙了命，看我挥刀砍你首级，做不到也不再称作是英雄！”

玉拉说完，和齐瓦拉桑拼了起来。这时达拉赤噶迅速冲上来为玉拉助战，齐瓦拉桑一人对付两人，坚持了约一顿茶的工夫，只听得铮铮之声，玉拉和达拉身上的甲叶纷纷被砍落于地，玉拉和达拉也挥刀还击，却偏偏砍不着他。其他的岭兵见状，只好合力一起向齐瓦抛石头，抛出的那些石头，大的有牛头大，小的有马蹄大，大大小小的石头就如冰雹般降落，这才把齐瓦拉桑给活活砸死了。

此后，阿扎国的四名神套索手，一齐抛出套索，套住了森达的脖颈，四根套索一齐拖着他奔跑。森达边跑边挥刀砍断了三根套索，另外一根因为是铁匠神的神幻索，所以无论如何也砍不断。岭军见森达被套索套住，奋起前来营救，先是放出雨点般密密麻麻的飞箭，继而举着银光闪闪的战刀，直向四个持套索的卵生人扑来。那四个卵生人由两人拖着森达向前奔跑，另外两人举着大刀阻挡岭军前来营救森达。在这时的交战中，森达部下又牺牲了一百来人。就在森达被阿扎国的神套索手活活套住而没法脱身的紧急关头，突然，战场上出现了天、念、龙三神的队伍，这些神兵像雾一样布满了每一个山谷，像冰雹一般骤然而降，念神之王唐拉多杰巴哇全身披挂齐备，骑着白骏马，像狂风般直向套住森达的那根神幻索扑去，他挥起水晶宝剑，一刀砍断了铁匠神幻索，只听得“叮当”一声响，被砍断的神幻索露出了里面的铁芯，那铁芯冒出股股黑烟，毒气四溢，使人马难于接近，而让森达获救。四个卵生人不敢再战，转身便逃走，岭军虽追了一段路，但远远被抛在后面，只好放弃了追赶。天、念、龙三神见森达得救，阿扎兵马也已经逃走，便在战场上空消失了。

到太阳快落山时，玉拉、达拉、森达三勇士率领剩余的岭军人马，将骡马、犏牛、货物等收拾齐备，赶着驮队走下山来，当晚在上石门关下方的念热泽吉草滩上扎下营来。

夜里，幸存的五个卵生人怎么都不甘心，于是集结好了伤兵残部，打算前来袭营。天神知晓了他们的计谋，于是施展幻术，当阿扎国的侦察兵爬到山顶自上往下看时，只见岭军营寨布满了神幻的人马，来来往往的人比天上的星星还多，拴马的绳索比流水还长，煮茶的蒸汽与天空的浓雾混成一片，俨然像一个十万大军的营垒，卵生人便不敢来偷袭悄悄地退走了。

森达为首的三人赶着装满黄金的驼队回到军营，已经是两天以后的事了。本营的人马纷纷前去迎接，将他们隆重地迎进了大营。第二天早上，岭军王臣及勇士们聚集到大帐里，举行了一个盛大的庆功宴会，并对夺来的财物进行了分配。他们给格萨尔大王留了十三箱金子、十五箱银子和十八箱绸缎；给森达、玉拉、达拉三位勇士各分了金银二十箱，绸缎五箱；夺得的盔甲、鞍马归三位勇士。其余的三十四个随从，各分得三箱金银和一箱绸缎。七十四万士兵，每人分别得到了十块金币和银币。就这样，论功行赏，人人皆大欢喜地庆贺着胜利。

再说说狼狈不堪的五个卵生人，他们回到了阿扎王宫，向王臣们讲述了前方的战况。王臣们听后，一个个惶惶不安，不知所措。

而此时格萨尔大王亲率的大军也正在前往与扎拉王子会合的路上。大军像大河中无尽的流水，源源不断地向前开去。这天，由英雄察香丹玛绛查的军队担任前军开路，但见丹玛人青同于青天之色，马青同于青玉之色，青人青马犹如玉龙行空般走在队伍的最前头。当大军行进到扎玛邦托红岩下边的阿扎林苑边时，从林苑的西围栏里射出了一排飞箭。那林苑是阿扎王室的避暑之地，营造别致。林苑四周由紫色铁石砌成围墙，围墙上设有大门，双扇大门由生铁铸成，苑里种植着各种令人赏心悦目、一看就使人心旷神怡的花草树木：有嘉噶的檀香树，有果树中的胜果树，有嘉纳的茶树，有岗察的花脚树，有察瓦绒的葡萄树，有芳香的神柏树，有南方门域的麝香树，有木多罗甘露树等，共一百六十种不同的树木以及藏地所有的奇花异草。苑中还有个奶子池塘，各种各样的鸟儿在林中啼唱，各种各样的野兽在草地上嬉戏。这个如同仙界神境般的林苑，是阿扎尼扎国王避暑散心的地方，是王妃乘凉游玩的场所，是大臣们比赛箭术的箭场。这林苑由山口谷地雪山十八部落的五百黄缨军负责管理和守卫。

当阿扎守军从围墙里射出一排飞箭时，大将丹玛骑着马，冒着飞箭，直奔西门而去。他冲到西门前时，见两扇生铁铸成的大门紧闭，他左手拎起门前方不远处一个有牦牛肚子大小的白石头，再将石头换到右手上举着瞄准两扇青色的生铁门，高声喝道：“胆小军人显威只在堡中显摆，自量无敌将城墙盘踞；见到敌人来了，躲在城堡里算什么好汉？今天丹玛我就用手中的石头砸开你的破门，看我如何将这园林内，鲜血流成沟渠！”

说完，他抛出了手中那块巨石，还有战神、威尔玛神力的相助，一石即砸开了那两扇生铁大门，溅出的碎石击毙了门内三个守门的大将。接着丹玛迅速冲进大门，向里面扑去，里面的守兵挥刀射箭拼命抵抗，丝毫也不肯退让。

见丹玛砸开了大门，扎拉王子等人也全部扑了上来，一时之间，岭人像是冲入了羊群的恶狼一样，横扫阿扎军队，到了下午，七零八落的还活着的阿扎士兵只好缴械投降。岭国的大军便在园中支起大神帐驻扎。而扎拉王子率领的军队也赶到，与大王会合。大帐周围则设五百外相、中相和内相的营帐，其他岭军在围墙外面按东南西北四个方位依次排列。从远处往林苑中瞭望，人来人往，部队多得像天上的星星，大地似乎都被人马覆盖，林苑内外，也扎满了营帐，烧茶做饭的炊烟与空中云雾混成一片，只见战马奔腾，阵阵马蹄声震撼着整个草原。

第二天早晨，当太阳照到山顶时，尼扎国王召集大臣和将军们议事，尼扎国王对众人说道："玛康岭国的十万大军，如今已经攻占了我阿扎上石门。而我军被杀得节节败退，这样下去如何是好！在座的英勇之士，你们现在就去出击，三天之内每人都要有战果，不要再让敌人逞能！若不将来犯之敌消灭掉，你们怎么能够再被称为英雄！"

尼扎国王的话，立刻得到了坐在左边排头虎皮坐垫上的隆多阿尼协噶的响应，他立刻于当晚在东西两面的山上，布置了百多人马防守；王宫的四角，也都布置了精兵防守。

第一百二十二章 蛋生九人皆亡命阵前 阿尼协噶被玉赤生擒

次日清晨，隆多阿尼协噶就带着手下五个大臣和无数兵马前去攻营，老总管连忙指挥大家披挂上阵，小心应付敌人。又是丹玛一马当先，走在阵前。他对着阿尼协噶唱道：

六个灰色人中那个白脸人，
六匹马中那匹打头马，
在我见识肤浅的猜测中，
可能就是阿尼协噶和其坐骑。
他如此庄重亲自来相会，
丹玛自当认真做迎接。
我右边虎皮袋中装的是茶水，
还有姜儿玉拉给的金枝箭，
将一同向客人献上表心意。
今天我胯下骑的是白胸鹰骏马，
马不停蹄驰骋向前来，
用我手中这宝弓与你话知心！

丹玛唱完，便对着前方射了一箭，却被阿尼协噶旁边的鲁热拉旺赞布挡了去，箭头从他前胸穿入，从肩胛后飞了出去，鲁热拉旺赞布心脏被射裂，当即落马倒在了血泊中。阿尼协噶顿时心痛难当，他对丹玛怒声唱道：

丹玛不要自以为勇猛，
隆多阿尼协噶比你强百倍，
当心你的头颅以及三武器，

成为战利品而落入他人手。
丹玛你不自量力却称好汉，
那不过是懦夫前来打头阵。
难得的正法你还没有获得，
你还有请求赐予正法的时间。
我若放利箭就会这样放，
不去射你头上的头盔，
专找你圆圆额头做靶子，
直射你额头使它裂四瓣，
不动你头上盔缨一束穗，
这才是箭手使出的射箭法！

阿尼协噶唱完，随即向丹玛射了一箭，但那箭并非像他所唱的那般神奇，只射破了丹玛的头盔，却未伤及脑袋。此后丹玛回了一箭，也射中了阿尼协噶的头盔，但因阿尼协噶的头盔里贴有魔鬼神的符咒，因此也未受伤。这时，玉拉托琚放出一支毒箭，射中了千夫长吾拉达桂的面部，吾拉达桂从马上栽了下来，因为流血过多，不一会儿就断气了。接着，丹玛和阿尼协噶各自挥刀相搏，双方战了一阵仍不分胜负。但是追随阿尼协噶而来的其他将军勇士却大都丧了命，如此战况，阿尼协噶只得拼了性命杀出重围，只留下岭军的欢呼声在身后。

中了岭军埋伏而被抢了金屑的蛋生人，一想到岭军杀死亲人和抢夺财宝的仇恨，他们气势汹汹地杀来了。他们横冲直撞，从西营杀到东营，又从南营杀到北营，砍杀岭兵无数，如入无人之境。岭军森达、千夫长巴兑夏鲁、达拉赤噶、玉珠泽杰等勇士挥刀齐来与敌人相战，但战了很长时间，双方都未分胜负。

这五人好生勇猛，与岭国的英雄们相战，丝毫不落下风，可怜的玉珠泽杰被他们砍断脖子，当即落马身亡。营中的其他英雄也赶紧上阵帮忙，霍尔辛巴王一刀砍下了五兄弟之一的念拉祝桂的头，这才使得蛋生人乱了阵脚，逃逸而去。

岭营的军士们还没有来得及喘息，隆多阿尼协噶便又带着兵马来了，阿扎人在岭国的营中左右冲杀，杀死了岭人无数，但是阿尼协噶并不想与岭人过于纠缠，见大军小胜，便有指挥地撤离了。但是岭将丹玛却不依不饶，他想，在他无敌英雄丹玛的手中，哪有让敌人连续逃脱两次的道理，于是奋力追赶，无论阿尼协噶跑到哪里，丹玛就追到哪里。无奈之下，阿尼协噶只好掉转马头，对丹玛喝道：

喂，岭国的勇士且细听，
我出击攻入军营时，
杀死强雄数目数不清，
那时你丹玛躲到哪里了？
现在出来逞能羞不羞？
如同马驹跟在老马后，
如同小偷跟着马帮走。
要么显威露出英雄的本色，
要么显示胆小本色快逃走！

阿尼协噶唱罢，射出一箭，那箭直飞丹玛胸部，“当”的一声，射碎了丹玛胸前的护心镜，但由于护心镜后面有神物保护，只把丹玛射得晃动了一下，未伤及皮肉。然后丹玛拿出格萨尔大王赐的铁口箭，放在弓上后说道：“阿尼协噶胆小鬼别逃跑，看我玛康岭人是如何射箭的！”

丹玛的箭直端端地向阿尼协噶右肩飞去，射碎了肩上的铠甲，将阿尼协噶射下了马。顿时岭军中发出了一片叫好声，但是阿尼协噶并未伤及要害，他立刻又跳上马背，飞快地逃走了。

阿扎营中还剩下的蛋生四个兄弟是最强的对手，在扎拉王子营中，大家商量起了对敌之法。辛巴说蛋生兄弟实在太过勇猛，只能是他辛巴、森达、达拉和玉拉四人与之硬拼。其他人也没有特别好的制敌方法，只得同意。次日，四个兄弟来叫阵的时候，岭国的四员大将冲到了阵前，森达喝道：

卵生人马你们且细听，
或是号称英雄耍威风，
或是胆小只会说空话，
在我面前这两招不中用。
我森达手中的这套索，
它是白梵天神的神索，
名字叫作白色逮鸟索；
辛巴手中的那套索，
是白色纳贴神的神索，
号称空中逮风索。

玉拉手中的那套索，
是花帕贴神的幻索，
取名叫闪电火焰索。
东迥手中的那套索，
是雅拉赞神的魔索，
取名叫蓝天逮云索。
这些神索刀剑砍不断，
同时抛出若还套不住敌人，
那我等就像是几具死尸！

森达唱毕，四人一起将绳索抛出去，便将四人套住了，但是这四人乃是非凡的罗刹女产下的非凡的魔鬼，他们也拥有神力，一挥刀便砍断了三根套索，仅有玉拉的神索无法用魔力砍断，而他套住的是念杰赞结卡学，玉拉用力地将他拉下马来，其他三员大将见机不可失，于是都飞奔而来，森达一挥刀便砍下了念杰的头颅。

那三兄弟见又有一名亲人死于岭军之手，拉布初赤丹巴怒不可遏，飞身便向森达扑来，口出狂言：

“森达森达竖起两耳听，你想做展翅高飞的白胸鹰，今日不飞岂能当鸟王？你想当咆哮的六纹虎，今日不啸不过是只狗！你想当驰骋千里的金鞍马，今日不跑不过是头驴！一则我要报杀死兄弟之仇，二则我要报抢夺财物之恨，三则我要雪毁灭部众之冤，四则我要报牺牲者的血债，做不到这四点我不算英雄！”初赤丹巴唱完，举刀扑向森达，他朝森达上身连砍了九刀，但九刀都只砍破了铠甲，皮肉一点儿也没受伤。接着丹巴又向森达坐骑马砍了一刀，削去了东日马左耳半只耳朵。而森达向丹巴回了七刀，同样只砍破甲衣未伤及人。此时鲁雏纳热斯卫遇上了达拉赤噶，两人话也没说便开打起来。

多庆琼桂雅麦也与辛巴梅乳泽交上了手，双方在马上比了好一阵刀枪，也未能分出胜负。于是多庆飞身向辛巴扑来，将他拉落下马，两人便在地上翻滚扭打起来。多庆把辛巴死死压在身下，说时迟那时快，辛巴腾出一只手来掏出他的腰刀，从多庆甲衣的接缝处刺入，刀剑从多庆的背上穿出来当即毙了命。四个兄弟转眼只剩下了两个，纳热斯卫与初赤丹巴不敢再战，赶紧催马逃跑。

四勇士得胜回到岭营，营中不少人出来迎接。勇士们被迎进大帐后，尽情享用茶酒、酥酪，王子扎拉亦说了很多褒奖的话，赏赐了四位英雄不少珍宝。

阿扎国方面又是连番失利，人人都在想着要如何才能挽回败局。隆多阿尼

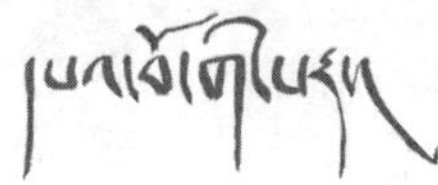

协噶战战兢兢地捧着哈达来到了国王跟前，向国王献上哈达，然后唱道：

请国王高坐宝位听我讲：
我杀戮不停双手沾鲜血，
如今征战已有一年整，
并不是没有本领难取胜，
只因敌众我寡难以胜敌人。
我们好比细沙难挡大水冲，
又如天空鹏雏难敌白胸鹰，
又如善跑骏马遭到马驹绊，
还像凶猛野牛遇上好猎手。
尊贵的国王太阳宝贝啊，
不能这样再让时光逝，
要么国王亲率臣民一部分，
试试能否越过北方大草原，
即使失败也没什么可悔怨。
要么先向岭国臣服上三年，
以后若有时机再谋划妙计。
对往事只能诚心做忏悔，
对未来暂且只好立誓盟，
除此之外已想不出出路。
如今什么事情都不顺，
究其原因：
一则国王心情太急躁，
二则王弟沙场捐了躯，
三则幼弟年小难理事，
四则强臣勇士已丧失，
马如同晨星已渐少，
因此谁胜谁败毋庸再置疑。
这不是我大臣甘心唱哀歌，
只因眼前事实确实已如此。
我也希望能够想出好办法，
无奈计穷只求今后不后悔！

阿尼协噶唱完后，尼扎国王心里想：看来大臣已经畏敌。但除了硬拼去换取活命，别的还有什么出路？如果硬拼，也许还能坚持上一年，然后到北方去求援兵。小城堡即使丢了，王宫城墙坚固，城里还有十万人马，与其向敌人投降，还不如战死为好。国王想到此，遂开口唱道：

大军虽然失利勿悲伤，
我们可到碣日求请人马，
请求碣日人马来支援。
勇士犹如飞箭敌胆寒。
我阿扎国的玛甲顶宗堡，
是三险关外的屏障关，
内部坐镇的英雄将，
有大臣阿尼协噶狮子，
红虎在旁相助出主意，
他是热德奔玛尔火臣。
达摩克宗地势很重要，
那是扼守两水的险关，
龙魔神子的好助伴，
有出自磨牙水怪族类者，
那是弟弟龙子纳热斯翌旦。
胜败如何以后走着瞧，
如今不必过早下结论。
两股岭军再次出现时，
可从多喀穆波宗堡中，
开出勇武援军去抵抗。
战果不能都让敌人夺，
不能只当懦夫做躲藏，
若不抵抗只能降于敌人。
不论战况是好还是坏，
均须如实报告到宫中，
如何行事大家做商议，
阿尼协噶大臣把话记心里。

尼扎国王唱完，阿尼协噶同意按照国王的安排去行事，同时向国王再要了两路援军。

就在此时，岭军也正朝着国王认为坚固的达摩克宗城进发了。大军如同山上长的树木密密麻麻地向渡口岸上的达摩克宗城扑去，兵分四路包围了达摩克宗城。东面由如火燃烧般的辛巴红缨部队包围；南面由姜国玉拉托琚的铁盔部队包抄；南面是东迥的门域红黑毒刺部队；北面是女将阿达娜姆的威武队伍。在四翼人马之后，还有多钦的二万大食人马压阵。岭军人沸马啸，将达摩克宗城包围后，一声号响，便立即向城堡发起了猛攻。守城的阿扎军则奋勇抗击，毫不退缩。

阿扎人从城堡上推下如雨点般的滚石，射出了密集的飞箭，击毙了不少岭兵。当辛巴王用大刀砍开东门，姜国王子玉拉也顺利地夺下了南方大门。

那蛋生人初赤丹巴两兄弟正好留在城堡中守卫，他见到岭国仇人们更是分外眼红，他举刀砍杀了岭人无数，托桂与霍尔人噶错查仁两员大将并肩作战也不及他。幸好森达及时赶到，他对初赤大声唱道：

今天骏马奔跑无约束，
往上奔驰跑到雪山顶，
茫茫白雪骏马的脚下，
到我白雪狮之前炫步态，
若不取你鬃尾非雪狮。
你凶手不收敛自己的行为，
往上赶把人赶到山顶上，
缤纷草甸被你踏成为黑路，
若欲试探领兵将领有无勇，
不取你的头颅盔缨非勇士。
往下赶把人赶到城门外。
千夫长夏鲁死在你刀下，
你以为我不是那狮虎，
不吃你的心血我不算英雄。
生气时森达是敌人的阎王，
若相遇敌人想逃那是妄想！

森达唱完，向初赤丹巴扑了过去，初赤本想回唱一支歌，但还未及回唱，两人便拼了起来。双方挥刀，你来我往，势力相当，互不相让。霍尔的十个勇士也各举刀矛，前来为森达助战，但仍压不住初赤丹巴。后来念神附在了森达刀上，用神力把初赤丹巴从左肩劈到了中胸，他这才落马而亡。

昔日不可一世的阿扎蛋生九人如今只剩下了纳热斯卫，最后一个兄弟也惨死在岭人的刀下，他自己也是抱着必死的决心挥刀冲向森达，玉拉拦在了他的面前。由于气急攻心，纳热自己乱了分寸，被玉拉抓了破绽，玉拉向他挥了一刀，纳热圆滚滚的脑袋便落了地。最英勇的长官都丢了性命，剩下的阿扎军顿时军心大乱，纷纷缴械投降。

岭军想要乘胜一举攻下达摩克宗城，只听丹玛这样安排道：

如今岭国众兵马，
不能在此久逗留。
明天七星没于北方时，
铜锣当当敲声响，
红色火堆应燃起，
大鼓咚咚敲响时，
马鞍器械齐备好。
铜号呜呜吹响时，
前军部队就出发，
由我丹玛来带队，
后面各部依次行。
大军开到目的地，
首先围住四城门，
不让拉普隆多阿尼协噶，
还有雅堆热德奔玛，
这两个敌将逃出城。
碰到他俩不必心畏惧，
尽管奋勇上前去拼杀，
谁若砍下他俩的首级，
各种奖赏全部归属他。
假如作战不力敌逃脱，
军法严明绝不会饶恕。
不论何人有罪不准赎，
军令在先人人牢记下。

众人记下了丹玛的话，当天后半夜，当北斗七星没于北方天际时，铜锣猛然当当地响了起来，岭军呼啦一下便生起了熊熊大火；接着鼓声咚咚响，马被鞴好鞍，人佩好了械，人食马料都收拾停当；长号呜呜响起后，由丹玛带领的包括百名军官和十万大军组成的前卫部队，浩浩荡荡地向前出发了。四翼人马则依次紧跟在后，当天傍晚部队就逼近了目的地。

次日天尚未明，启明星刚从东方升起，丹玛一道令下，大军即从四面迅速包围了达摩克宗城。东面由丹玛指挥，西面由东赞负责，北面由穆姜仁庆达鲁的军队包围，南面是姜王子玉赤贡杰的部队。四门被包围以后，岭军发出了如雷轰鸣般的吼声，放出了如流星雨般的飞箭，同时开始进攻城堡。

城堡里的拉普阿尼协噶带领阿扎人顽固抵抗，从城堡上下射出了雨点般的箭矢，滚下无数滚石，打死了不少岭兵。但还是不敌岭人，四方城门逐一被岭军攻破，原本在城堡顶层的阿尼协噶、热德奔玛等大臣六人，从城堡顶层下到底层院内，骑上各自的马，直向南门奔去，前面则由十三名持矛战士开道，冲出了一条血路。

拉吾桑珠连忙把套索抛出，将热德奔玛的脖子套住。热德虽挥刀砍绳，但因绳扣刚好在颈后，套绳未能砍断，他被桑珠拉下了马，随即被桑珠用绳索捆了起来。另外三员岭将的套索虽然也将阿尼协噶套住，可是被他用刀砍断，正当他想逃脱，文布部落的玉赤横刀立马，挡在了他的前面：

金眼鱼畅游大海没危险，
一心想游于小河为哪般？
当心被尖利钓钩钩嘴唇！
英雄阿尼协噶不据守城堡，
像狐狸般逃窜究竟为哪般？
当心误入大军之中把命丧！
战果今天应该归属我，
左翼红缨军中自如舞绳者，
那是我十万夫长姜玉赤贡杰。
我这带有电环的黑套绳，
往上抛可以抛进空行帐幕里，
高高日月也能套住拖下地；
往下抛可以抛到大海底，
凶残恶龙难免脖颈被绳系。
像你这般无能的小卒辈，
心想逃脱那是白日在做梦。

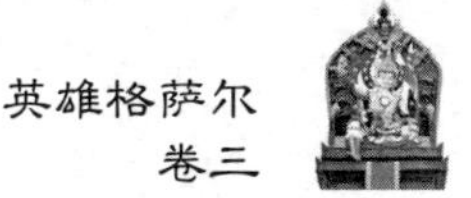

格萨尔王的地方神，
助我姜人抛出这套绳！

玉赤贡杰刚唱完歌，立即把手中的套绳抛了出去。由于有战神牵引绳头，套索套中了隆多阿尼协噶的脖颈。阿尼协噶连砍了七刀，均未能砍断套绳。正当此时，岭国几个勇士扑来相助，将阿尼协噶拉下马，然后像绕线球似的捆了起来。

第一百二十三章 无心归降尼扎拒回头 助力逃亡女魔担护海

见阿尼协噶被擒，尼扎王不顾群臣和眷属的拦阻，飞身上马，冲出城堡。十八名大将紧随其后，保卫大王。

尼扎王一出城，就被丹玛挡住：“哈哈，真高兴，有运的男儿遇鹿群，可以得到好鹿茸；有福的男儿遇獐子，可以得到好麝香；我丹玛有运又有福，遇到阿扎尼扎王，幻轮利箭瞄准你，可得一匹好坐骑。”

丹玛的话到箭到，尼扎王一闪身，躲过了丹玛的箭，身后的王子可没躲过去，中箭坠马而亡。尼扎的心像被刀子剜了一样，比自己死去还要难受。他立即抽箭在手：“岭国无故犯阿扎，杀了我的王弟王子，还杀了我的全部大臣，今天我要让你来偿命。”

尼扎王猛一射，丹玛当即被射于马下。拉郭奔上前去，朝尼扎王连射三箭，尼扎毫发未损，又回射一箭，拉郭也中箭落马。尼扎王左冲右杀，岭国兵将却越聚越多。尼扎渐渐感到力不能支，护驾大将们赶忙保着他退回到王城。

岭军将士以为丹玛和拉郭死了，慌忙将二人抬回大营，帐内外响起一片哭声。拉郭先被哭声惊醒，一跃而起。见父亲晁通的眼睛都哭红了，他还不明白到底发生了什么事。丹玛也慢慢睁开眼睛。见众人围着他擦眼泪，他记起了与尼扎王的交锋，遂翻身坐起，哈哈一笑，说他丹玛是杀不死的煞神。

见丹玛、拉郭死而复生，岭营内外转悲为喜，热烈庆贺。

尼扎大王退回城堡后，心中有说不出的惊恐和仇恨，但表面上却一点儿也不露声色。第二天一早，他吩咐摆宴，说他要慰劳昨日和他一同出征的将士。庆幸还活着的十三个大臣都来了，见宫中设宴，都有些疑惑不解。岭兵压境，王城朝不保夕，大王怎么还有心思大宴群臣？！但见尼扎王面色如水一般沉静，威风丝毫未减，大臣们便也振奋起来。

尼扎王的妹妹娜姆珍琼，带着众侍女来给君臣倒茶敬酒。在她的心目中，往日众臣如蜂群，今日只剩十几人；现在岭军加紧攻城，假如城堡一破，这些人的性命是否还能保得住？岭军就像那飞翔在天空的鸟，奔驰在地上的马，空中的霹雳，云中的彩虹，不可抗拒，不可阻挡。再抵抗下去，大概只有死路一条。想到这里，娜姆珍琼摘下自己的松石宝瓶，系在白哈达上，献给哥哥尼扎王，说道：

金刚山崖劈开路，
大海当中驱鳄鱼，
无魂死鸟飞太空，
阳光照遍毒树林，
红嘴凶鹫被鹏食，
阿扎神山遭霹雳。

“王兄啊，这种种噩兆难道你不知晓？上等男子在事先盘算，主意像柱间大梁；中等男子在事间盘算，事情好坏分得清；下等男子在事后盘算，主意再好也没用。现在岭兵攻王城，不是阿扎兵将不英勇，实在是不宜守孤城，若想保得王城在，王兄出城把格萨尔迎，城中百姓免遭祸，王兄、大臣得活命。”

听罢王妹一番话，众大臣面面相觑，无话可讲。阿尼协噶曾经劝过大王投降岭国，尼扎王拒绝了，现在岭军兵临城下，眼看城堡岌岌可危，不知大王是否肯投降，也不知雄狮王格萨尔肯不肯纳降。众臣不由自主地把目光投向尼扎王。

尼扎王也觉得妹妹说得有理。但是，前次大臣阿尼协噶的劝告已被自己拒绝，现在和岭国交锋已久，再去投降岂不难堪？话该怎么说出口？

娜姆珍琼好像看出了王兄的心思，接着劝他：“上索波的娘赤王，当初与岭国交锋时，很多英雄丧性命。后来王城失陷，他说和岭国打仗不怪他自己，是大臣替他出主意。他向格萨尔大王忏悔后，雄狮王依旧让他守马城、住王宫，属民快乐又安宁。”

尼扎王看了一眼王妹，仍然认为不能投降，换句话说，现在投降不如战死。他告诉众臣：“事先有主张的是俊杰，临时能想办法的是智者，事后出主意的是蠢材。当初战争开始时，曾经打卦问过卜，预言说，苦尽幸福来，黑暗过去是光明。岭军虽勇猛，我们也要守两年。如果城堡守不住，大王我要远走北方求祝古，那里也有个格萨尔，请他为阿扎雪耻辱。”

王妹娜姆珍琼见众臣闷坐不语，很是不悦。俗语说：“无言如哑巴，无识是蠢人。”心想这些大臣都是王兄平日所器重之人，怎么到了关键时刻都成了泥菩萨？！自己这样苦劝哥哥，他们竟连一句话也不说。娜姆珍琼那双明亮而美丽

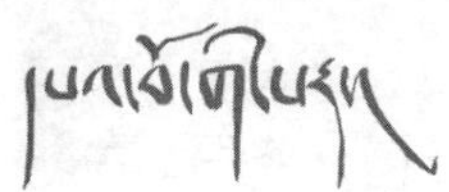

的大眼睛逐一地把大臣们打量了一遍，最后把目光落在大臣嘉绒曲杰扎巴的脸上。这位大臣见自己不说话不行了，这才站起来向大王禀道："岭军冲锋犹如卷白纸，攻取城堡犹如捡骰子，勇猛犹如扑羊群，与别国的敌人不相同。我们的铁壁营寨关隘险峻，锐利兵器多如林木，若守此城肯定能守三个月。大王可带一百人，前往祝古请援兵。要不然，听从王妹娜姆的话，率兵出宫去投诚。"

嘉绒曲杰只是把尼扎王和娜姆珍琼的话重说一遍，等于没说。他是不敢说。现在说错一句话，这城堡，自己的性命，阿扎君臣、百姓的性命就全丢了。

尼扎王听嘉绒曲杰扎巴说，此城能守三个月，很是高兴："聪明的大臣言之有理。倘若看见敌人就胆怯起来，不要说邻国，就是本国百姓也要耻笑我们。"

王妹娜姆珍琼见劝不动哥哥，众大臣又像哑巴一样，嘉绒曲杰尽说废话，气得扭身进了内宫。尼扎王和众大臣并不理会，继续吃肉喝酒。

此时，岭国众英雄坐在格萨尔的神帐里，商议着如何破城。众人你言我语，说得十分热烈。晁通因为这次出征尚未立寸功，面子上有些过不去，嘴上又不肯认输，遂起身对雄狮大王格萨尔说：

茫茫太空云层中，
矫健苍龙独自吟，
飞禽虽多不能敌。
广袤无垠的大地，
狂风肆吹速度疾，
清风微微不能敌。
攻占阿扎王城南大门，
晁通我独自出阵去，
好汉虽多不能敌。

"自从霍岭大战嘉察协噶阵亡后，上至总管王，下至诸将领，敢于单独出阵的男儿只有我一个。明天中午，我还要独自出阵，要使阿扎人头盔缨不留存，要使敌将鲜血染全身。取来阿扎人的弓箭战马，鞍辔响动如奏乐。晁通我定要得胜拿锦旗。"

众英雄听晁通口吐狂言，很不高兴，却不愿意和他多搭话。总管王绒察查根终于忍耐不住，开了口："身穿斗篷的枭鸟，白昼不敢到郊外，黑夜飞翔有何用？没有手足的蝌蚪，海中不敢去漫游，住在混浊泥水中有何用？讲空话的达绒晁通，敌人到来不敢去交锋，神帐内吹牛有何用？不要单独去出阵，出去恐怕丢性命。"

见总管王如此看不起自己，晁通愤怒之极，不管众人怎么劝，他一定要单独出阵。众英雄见他固执，只好随他去了。

第二天拂晓，晁通幻变成魔王鲁赞的模样，头戴石山铁盔，身穿烈风魔甲，腰佩饮血宝剑和罗刹张口箭袋，手持断风大斧，肘挂捕鸟套索；上身为男身，长有十八庹，下身为女身，长有十八庹；嘴左右有十八豁，十八只碗大的眼睛似明灯；右手可伸到嘉噶，拿可断三界钩镰刀，左手可伸到嘉纳，持善旋吹风袋；牙齿如雪山，舌头似闪电，吐口气能盖日月，跺下足可使大地震颤；胯下一匹山羊魔马，四蹄如铁，角长十八庹；魔鞍蛇鞦，虎皮肚带，人皮护额，九宫饮血大镫。有三千三百名魔兵围绕，男魔似雪片降落，女魔如黑云飘摇，浩浩荡荡，杀气腾腾地飞到阿扎城堡上空。晁通大叫道：

太阳绕五洲，
阴影不可留；
山沟奔流水，
白鹅不能留；
鲁赞到阿扎，
尼扎不可留。
阿扎王若在宫中坐，
不要无言快回话！

阿扎王和众大臣出宫上了城头，放眼望去，看见了空中的魔王。阿扎王心想，鲁赞早已被格萨尔降伏，这个魔王一定是那岭小子变化的。一着急，尼扎王忘了神飞索，取出利箭搭在弓上：“雪狮我见过，绿鬣是虚假；雄鹿我见过，犄角是虚假；白鹫我见过，绒团是虚假；格萨尔我见过，你鲁赞是虚假。今天射出这支箭，先杀人后射马，降伏鲁赞如同降伏格萨尔，射死魔马等于射死江噶佩布。”

利箭像彩虹般射向幻变的魔王鲁赞，不但没击中，天空反而降下许多花雨，鲁赞也随即消逝。

阿扎王见利箭无用，有些惊慌，立即率群臣返回王宫。他召来猴头女魔热噶达，让她再占一卜，问阿扎现在是向岭军投降好，还是向外逃跑好。热噶达闭目静坐，口中喃喃细语，半晌才说：“岭军众多如海水，本领幻变比神速，英雄勇猛比虎熊，阿扎城堡不能守，尼扎大王投降也不能活。今天后半夜，太空云层中，东北城角上，垂下一条绳，大王抓住它，任凭空中的响动，千万不要把眼睁。”

尼扎王听罢觉得有了希望，异常高兴，盼着夜幕快快降临。

到了后半夜，天空突然降下大雪，阿扎王佩弓带剑，率众臣及眷属站在东北城头，等候着幻绳降落。过了好久，尼扎王觉得幻绳该降落了，但见风雪弥漫，看不清楚，伸手去摸，果然抓住了绳头。尼扎只觉得那幻绳慢慢地往上升，离开了城头。他本能地闭上眼睛。忽然，他想起众臣和眷属尚未和他一起飞行，便睁开了双眼。这下，可违背了不要睁眼的神示，幻绳断了。阿扎王忽忽悠悠地坠落在地。周围黑洞洞的，他不知道这是什么地方。尼扎坐在地上祷告。幻绳又被女罗刹接起，刚要送到尼扎手中，只听“当啷”一声，天神的宝剑到了，幻绳又被砍断。那女罗刹一见天神降临，吓得七魂出窍，生怕自己也要受那刀剑之苦，遂像鸽子扑食一般逃到须弥山的石缝中隐藏起来。

尼扎久坐祈祷，再也不见幻绳出现。天亮了，他才发现此地离阿扎城堡并不很远。趁岭军尚未出营，阿扎王又回到城堡中。宫中的大臣和眷属正为找不到大王而忧愁，王妃等女眷已经昏死过去几次。众人见到大王归来，把岭兵攻城的事也忘掉了，高兴地把尼扎围住，询问大王是不是来接他们出宫。尼扎丧气地告诉众人，幻绳已断，现在逃出去是不可能了，只能和岭国决一死战。

众臣无语。王妹娜姆珍琼等知道劝不转大王，便也不再说话。

格萨尔已得天神预言，阿扎王尼扎要乘女罗刹所降幻绳逃遁，飞至空中时遇到天神，将幻绳斩断。现在女罗刹已藏至须弥山中，若不将她降伏，她还会帮助尼扎王逃遁，阿扎城也难攻破。

晁通、噶德和朱噶三人，奉格萨尔大王之命去摄引女罗刹之身。三人静心修持，噶德的身体忽然变得像山神一般大，充满了天地，身体的每一毛孔都射出烈焰，犹如光隙中的微尘一般，瞬间就将女罗刹的魂魄摄引到一个龛中。噶德将龛压在自己的坐垫下面，然后修起须弥大法。一会儿，他的坐垫下忽然震动起来。晁通过去一看，什么也没看见。又过一会儿，坐垫下再次震动起来。晁通等仔细一看。才发现坐垫下的龛中有一只似鹫鸟而非鹫鸟的东西在动。三人禀报格萨尔大王，大王告诉他们，这只鸟乃女罗刹之首，千万不要让它逃走。

晁通也修起法来，噶德的坐垫震动得更厉害了，龛中的怪鸟变成了一只苍狼。晁通猛地一拍，苍狼不见了。晁通好生奇怪，这罗刹的魂魄莫不是让格萨尔摄引去了？他立即去见雄狮大王。果然，罗刹的魂魄已经被大王摄引。大王问晁通，另外和他一起修法的两个术士到哪里去了？晁通说，他们二人不肯帮忙，早就回营睡觉去了。

实际上，噶德、朱噶二人是被晁通派去摄引其他罗刹魂魄，被罗刹们拿住，装在皮口袋里，抓进罗刹城，险些被罗刹们吃掉。幸亏天神护佑，才破了罗刹城。二人回到大营，来见格萨尔，向雄狮王禀报晁通有意让他们二人到罗刹城去送死。说：

上师不喜欢上师，
尤其不喜欢有功德的上师；
长官不喜欢长官，
尤其不喜欢有业绩的长官；
勇士不喜欢勇士，
尤其不喜欢有本领的勇士；
美女不喜欢美女，
尤其不喜欢有声誉的美女。

“晁通不喜欢我们和他一起修法降魔，却让我们去送死。嘴上温和如酥油，心思毒辣似黑刺，简直和魔鬼没两样。问话不答是哑巴，有仇不报是狐狸，我们要把达绒晁通和他手下的兵将，全部赶到鬼湖里面去。”

格萨尔一面摇头，一面取出一个小龛，请两个怒气冲冲的大臣看：“这是你们和晁通摄引来的女罗刹之首，我已经将其降伏。”说着，格萨尔将龛门打开，女罗刹全身肿胀发绿，四肢被神索捆着。格萨尔对她说：“降伏女罗刹，用的是智谋与仙法，因为你对众生危害大，所以要重重受惩罚。从头上倒下滚沸的赤铁水，喉中灌入零碎的骨和刺，是对你杀生的报应。”

女罗刹的眼泪纷纷落下，浑身颤颤发抖，身子已被铁水烫得露出白骨。万般无奈，她向雄狮王哀求道：“雄狮大王啊，我前生罪孽大，今天诚心诚意做忏悔。请大王饶恕我，生时不要用神索捆，死后超度灵魂上天堂。”

格萨尔见她诚心悔过，便想起天神的预言，女罗刹应该是护海夜叉，于是对她说：“如果你在七日之内，能将孽障洗涤干净，我便饶你不死，派你去做护海夜叉。”

女罗刹感激大王不杀之恩，虔诚地祈祷神灵帮助自己除尽孽障，七日后前往大海边，昼夜巡察，尽心尽职。

第一百二十四章 藏王遣使调和免战事 雄狮携臣取宝获珍奇

阿扎城内的君臣们见城堡守不住，又商议对策，达半日之久。王妹娜姆珍琼一再劝哥哥投降，众臣也露出降岭的意思。尼扎王无奈，遂命人去找已降了岭国的阿尼协噶和加纳拉吉唐赛，请他们二人转告雄狮王格萨尔，阿扎君臣愿意投降。

加纳拉吉唐赛和阿尼协噶商议了半日，不敢贸然去见格萨尔，便来找丹玛和辛巴梅乳泽。唐赛讲了阿扎君臣欲降之事，问雄狮王是否肯纳降，二位大臣是否肯为尼扎王禀告求情。

丹玛沉下脸来，心想，这时才投降，我们岭国死了那么多将士，不杀他尼扎，怎么能解我心头之恨，遂回绝了唐赛："投降当然好。但是，大王昨天命我与辛巴、玉拉、森达四人在三日之内将城攻下，杀死阿扎君臣，所以不敢再去大王面前禀报。"

辛巴见丹玛一口回绝，心里挺不舒服。他认为丹玛就像那城里的长官、林中的猎人、江上的船只一样，一有机会就要发威，尚未向大王禀报，怎知大王不肯纳降？！但丹玛话已出口，自己也不好再说什么，毕竟丹玛是岭国的老臣，是格萨尔王最倚重的大将，自己再怎么忠勇，也还是一个降将啊！唐赛悻悻然回到自己的帐内，暗自为阿扎城内的君臣担心。

辛巴梅乳泽也回到帐中，神情忧郁。正在这时，侍臣进帐禀告，藏地来了两个使臣。辛巴吩咐有请。

使臣进帐施礼，向辛巴说明来意。他们说，藏地王丹赤杰布命他们二人前来为阿扎和岭国做调解人，而且带来了藏王给格萨尔大王的亲笔信。梅乳泽很高兴，便去禀告王子扎拉，问问怎么办。扎拉说，这样很好，并要梅乳泽去见格萨尔王。

梅乳泽换了一身新衣服，喜气洋洋地去见格萨尔大王，将藏王丹赤杰布的书信呈上，并把见过扎拉的事说了一遍。

格萨尔吩咐请使臣。梅乳泽见大王面露喜色，心里暗自高兴，看来和解有望。

过了片刻，辛巴带着使臣来见格萨尔。使臣献上嘉噶和嘉纳的各种食品、猛兽皮以及甲胄弓箭、绸缎、氆氇等九色礼品，向雄狮王行问候大礼。格萨尔命侍臣取来金币、白绫罗，每人赐给金币十五枚，白绫罗一匹。然后设宴款待使臣。席间，使臣又把来意说了一遍，并提到嘉噶和嘉纳的使臣也要来进行调解。雄狮大王只是微笑，并不说什么。宴席至晚方散。

第二天一早，格萨尔召集岭国众英雄，商议是否要与阿扎和解一事，赞成的和不赞成的，吵成一团。森达极力反对和解。见众人吵吵嚷嚷，他立即从虎皮坐垫上跳起，大声说道：

从嘉纳运来的花瓷碗，
外面画有吉祥八宝纹，
碗内盛有酥油牛奶嘉纳茶，
饮之过早烫嘴唇。
从门域飞来的布谷鸟，
外表生有红艳翠绿羽，
腹内藏有悦耳的声音，
啼叫过早闹干旱。
藏地来的二使臣，
外表和蔼来调解，
内心凶狠如毒蛇，
和解过早会丧命。

“过去我为岭国战死的英雄掩埋尸体，今日我要为他们报仇雪恨。岭军要和我不和，我要与尼扎王争高低，拼到底！”

森达这么一说，丹玛心里也不愿意和解，但见雄狮王面露愠色，知道大王希望和解，而且总管王、辛巴梅乳泽等也愿意和解，如果自己再坚持打，格萨尔大王定会生气。这样一想，丹玛便站起身劝解森达：“岭国与阿扎的和解，就像两种丝绸结在一起，虽不相同但有必要。天空与大地有和解的必要，江河与舟船有和解的必要，岭国与阿扎有和解的必要。”

总管王见丹玛说话合情合理，本来自己要说一番话，现在就不用说了。

森达仍然怒目而立，玉拉、玛宁长官、阿达娜姆等十位英雄纷纷和森达站在一起，表示一定要攻城杀尼扎，倘若和解，他们十人就不到北方碣日去。森达说:“若不吃阿扎肉，奶酪不能饱;若不饮阿扎血，茶酒不解渴;若不杀尼扎王，死也不甘心。若不使阿扎国成废墟，我们十人决不罢休。”

森达说完，玉拉、阿达娜姆等也纷纷表示坚决不愿和解。

众英雄从日出吵到日落，格萨尔默默不语，眼见天色已晚，吩咐大家回营休息，明日再议。

众人出了神帐，各回本营。辛巴梅乳泽整天一直没有说话，心想:按照今天这种商议法，你争我吵，明天也不会有什么结果。不如趁现在各英雄都在各自帐内，自己前去劝解一番，或许能行。想罢，辛巴也喝完了茶酒，不紧不慢地先来到森达的帐内，缓缓地用各种语言说明和解的必要。森达起初不愿意，最后终于被辛巴说服，同意和解。梅乳泽再到玉拉、阿达娜姆等人帐内，说服了各位英雄。最后，辛巴来到王子扎拉帐内，禀报众英雄都已同意与阿扎和解。扎拉很高兴，让梅乳泽再去向总管王禀报，以安老人之心。

第二天，众英雄在神帐内聚集，辛巴梅乳泽向大王禀道:

田中禾苗比松石绿，
冰雹乃是六谷敌，
咱们有权来摧毁，
不毁乃是太阳情。
草原羊群比雪白，
恶狼乃是绵羊敌，
咱们有权来杀害，
不杀乃是牧童情。
岭国英雄赛猛虎，
阿扎本是岭国敌，
咱们有权来制服，
不杀乃是藏地大王情。

“我们众位英雄勇士愿和解，请大王最后做定夺。”

格萨尔点点头，命人请藏地的两位使臣进帐，让二人去阿扎城堡对尼扎王说，岭国愿意与阿扎和解。

二人来到城堡的东门下，大叫开门。守城将士问明情况，进宫禀报尼扎王。尼扎王派大臣玉珠到城上再次盘问，二位使臣说，他们是受藏地王派遣，来阿扎国为岭国与阿扎做调解，现在岭国已同意，请阿扎速速开城。

大臣玉珠还有些疑惑，因为他们刚刚接到唐赛和阿尼协噶的禀报，说是岭国不愿意让尼扎王投降，准备三日内攻下城堡，杀死尼扎。现在城下忽然又来了两个藏地使臣，说要给岭国和阿扎做和解人，莫不是岭国的诈骗？！遂用严厉之辞拒绝了：“南方莽莽森林中，猛虎无故喝马血，猛虎与马怎和解？清清小河中，鱼儿无故搅浑水，鱼儿与水怎和解？高高山崖间，豹子无故吃绵羊，豹子与羊怎和解？阿扎玛瑙城，岭国无故来进犯，阿扎与岭国怎和解？我们阿扎城内的君臣百姓像铁一样，不论谁打都相同，脖子上不管用丝线还是用牛毛绳勒都无区别。我们不怕岭国来攻城，也不怕剑下死和刀下伤。”

藏地二使臣没想到阿扎国的大臣会是这种态度，心里十分生气。但是，使命未完成，又不好发作，只得说：“今日你们君臣再想想，商议商议，明天我们慢慢再说。”

第二天，藏地二使臣又来到城堡的东门下，大臣玉珠的口气更硬了：“我阿扎安居在本国，岭国大军来进犯，杀死属民毁坏土地那样多，对此格萨尔要忏悔。被杀的人儿要偿命，所抢的财物要赔偿。王弟的性命要由扎拉抵，蛋生九人的性命要由玉拉、森达、达拉等人偿……毁坏的城堡要用金银赔，砍断的树木要用茶叶赔，杀死的牲畜要用牛羊赔，搅浑的泉水要用奶汁赔。若不这样则不能与岭国和解。”

藏地使臣见阿扎大臣死到临头还如此无礼，深悔到此一行，立即拨马往回走，向格萨尔大王禀报后回藏地去了。

岭国众英雄听说阿扎人不肯和解，气得暴跳如雷。格萨尔也很生气，埋怨阿扎君臣不知好歹，遂命大军从四面攻城。森达冲到东门下大骂：“看在藏地王的面上，岭国愿与阿扎和解，阿扎君臣竟不知好歹。我森达现在率兵攻城，要让你阿扎兵将身首分离，心肺剁成碎块。”

阿扎君臣这时才知道藏地使臣前来商议和解之事不是欺骗。尼扎王面露悔色。大臣玉珠更是后悔不迭，急急慌慌出城，想将那尚未远去的藏地使臣追回。他追上了使臣，奉若上宾，恳请他们二人再去岭营求情，说阿扎国愿意投降。

藏使无奈，只好再去岭营，向格萨尔大王禀报阿扎愿降。雄狮王大喜。老总管高兴地对使臣说：“上等男子听话时，犹如大地得甘霖，就像草原开鲜花，人喜自喜两事成；中等男子听话时，犹如田中种庄稼，就像谷中生绿苗，开启宝藏也如愿；下等男子听话时，犹如石上泼冷水，就像太阳照石头，人苦自己也受苦。假如阿扎君臣真的求和解，保证对他们不加害。要叫尼扎把宫城、属民和珍宝，全都献给雄狮王，再献上弓箭、铠甲和兵器，给死去的英雄做忏悔，如果同意这样做便和解，否则休想活。”

藏使第二次来到阿扎王宫，叙说总管王的要求，尼扎王件件应允，并立即开城门迎接格萨尔大王入宫。

岭军入城，尼扎跪拜雄狮王，献上金银珠宝等九色礼品。为感谢藏使奔走调解，尼扎王把一颗鹅蛋大的宝珠藏在一升金粉下面送与他们二人，其他阿扎大臣也纷纷送上自己的礼物。各色礼品整整驮了十驮。然后尼扎王又恳求藏使多住几日，藏使不愿多住，次日便启程返回藏地。辛巴和丹玛等人给藏使送行送到城外。

是夜，雄狮王格萨尔在尼扎王的宫内安寝。黎明时分，天母朗曼噶姆降临寝宫，给格萨尔降下预言："如今阿扎王已降，现在需要取宝藏。三天之后是吉日，要把宝库来开启。一是金石龟，此乃五海之宝，被罗刹五兄弟所收藏；二是两棱锋利剑，用九种精铁制成，日后降妖伏魔总有用；三是蓝宝石，四是琥珀蛋，五是美珍珠……还有玛瑙虎、玛瑙雀、玛瑙瓶、红玛瑙、绿玛瑙、花玛瑙……上等宝物无数，要用计谋去收获。取了宝，还要为宝藏找到顶替物。取时要带六英雄，方能如数取到手。"

第三天一早，格萨尔带着辛巴、玉拉、森达、达拉、丹玛、晁通等六人出城，经中阿扎而去。在江边的一个石崖中，有一个神像似的石胶封的箱子。格萨尔打开箱子，取出五湖玛瑙宝藏清册、安置顶替宝藏法、五水磐石宝藏清册，还有东边的虎崖、南边的白泉、西边的鸟舌丹崖、北边的矛山等所藏宝物的清册。

拿到这些册子，格萨尔大喜。君臣继续往前走。来到石山与雪山之间，格萨尔变作一只大鹏鸟，在两山之间盘旋，寻找那只宝贝雪狮。

听到大鹏鸟扇翅的声音，那只在千年古洞中雄踞的雪狮探出头来，看见了山下的六英雄，立即吼叫着扑下山来。那雪狮模样十分吓人，眼睛如日月，牙齿似白雪，舌头像闪电。转眼间，它扑到了英雄森达面前。森达飞快地抽出宝剑。狮爪已经抓住森达坐骑的脖子，骏马鲜血直流。森达挥剑砍去，刹那间白狮不知去向。森达催马向雪山走去。战神威尔玛关闭了千年古洞，白狮无处藏身，便掉头向森达扑来。战神威尔玛使森达挥起宝剑，一下将白狮的头劈成两半，倒地而亡。森达擦了一把汗，刚要去把雪狮驮下山，谁知那手一碰狮身，雪狮竟变为一堆珍宝：狮皮变成右旋绿玉佛珠，两爪变成珊瑚，狮头变成玛瑙，狮心变成烈火如意珠，狮眼变成绿玛瑙……森达又惊又喜。正在这时，玉拉和达拉赶到，三人将所获宝物拿回去向格萨尔禀报。大王说，得到了雪狮宝，明日该去五湖收取玛瑙城了。

次日，君臣七人来到雪山下的海螺湖边，龙王前来献茶，请格萨尔大王到龙宫小坐。雄狮王随龙王循水路而去，来到如意树下的绿玉宝座上坐下。龙王献上宫中宝物玛瑙佛珠、金银碧玉箱，然后和龙子龙孙送雄狮大王上岸。格萨尔将一串珊瑚珍珠念珠用绸缎裹着放进铜匣里，然后投入水中，作为给龙王的回赠。

接着，格萨尔君臣又先后来到了绿湖、黄湖、红湖、青湖，众龙神纷纷前来迎接、献茶，然后请雄狮王步入龙宫，奉送许多珍宝。格萨尔一一接受了这些珍贵的礼品，并逐个做了回赠。至此，五湖之宝全部取到。

四沟的宝藏应由晁通等四位上师去取。

晁通奉命去取西沟之宝。但是，如何取法？晁通向格萨尔大王请教。

格萨尔说："东方祈祷神，南方祈祷龙，西方祈祷煞，北方祈祷魔。用粮食和药物做顶替物。最要紧的是不能有贪心。"

晁通心想，要设法使其他三人取不到宝藏，唯他一人能取来，方显出他的本领强。这样一想，晁通立即作法，将北方的一座山变作一头野牛，东边的山峰变作一个血淋淋的肚子，南边的山峰变作一条长长的毒蛇。

去北沟取宝的上师和辛巴梅乳泽在一起，两人同时看见了正朝着他们扑来的野牛。梅乳泽搭箭拉弓，那野牛见势不好，立即逃跑了。梅乳泽和上师如期取得了宝藏。另外两个上师也破了晁通的障眼之法，分别取得了宝藏。只有晁通，因大王叫他只取虎符，可他一见洞中还有绿玉、青玉箭壶，珊瑚树枝中又有一升金粉，就产生了贪婪之心，想把那虎符献给大王，其余财宝归己所有。晁通便吩咐与自己同来的森达道："我进洞取宝，你们在外等着，不喊你们不要进洞。"说罢，他钻入洞中。那位遇上野牛的上师早已知道晁通在捣乱，为了报复他，便变化成七个陌生人藏在洞中，待晁通一进洞，便揪住他乱打。晁通吓得大叫。森达闻声赶来，晁通已被打得半死，宝藏也不知去向。晁通说，那珍宝肯定是被跟辛巴在一起的那个上师取走了。森达说，果真是他取走了倒不怕，只怕落入妖魔之手。

晁通取宝落了空，还挨了打，便向雄狮王告恶状：

青草被鹿吞，
又遭黄羊践，
却让獐子负罪名。
水源被龙魔搅浑，
又遭鱼儿玩耍，
却让蝌蚪负罪名。
宝藏被上师偷取，
上师又得辛巴偏袒，
却让晁通负罪名。

“大王啊，有罪之人看热闹，却让好人担罪名。我该取的宝藏，却被那有罪的上师偷偷取走了。”

另外三个上师纷纷上前禀告，说晁通用幻术害人，想阻止他们取宝。格萨尔心里明白，是晁通作法，想害别人，却害了自己，遂命四人把自己所取之宝全部献上，不得藏匿，违者定斩不饶。四人不敢有违。

格萨尔君臣回到阿扎王城，又开启了城内宝库，然后将所得财物分给众人。

分给扎拉王子的是一顶月光盔，横为玛瑙竖为金，是南赡部洲的稀世珍宝。拉郭得到的是一把三尖两刃刀，背为金质刃锋利，是用九种精铁制成的。姜王子玉赤分到一条震动三界的飞索，上有烈火环，下有坚铁环，抛出去不论何人也难逃脱。

金箱海螺盒里的虎纹玛瑙、豹斑玛瑙，分给众英雄每人一百。

绿玉箱子琉璃盒里的花玛瑙，分给内臣和小英雄每人一百。

珊瑚箱子莲花盒里的长玛瑙，分给外臣每人一百。

琉璃箱子青玉盒里的鹰翎短玛瑙，作为万户、千户的奖励品。

……

分完珍宝，格萨尔命令阿扎王尼扎，带着王妃、公主等眷属和侍臣到藏地去住三年，即日启程。尼扎王要求在阿扎小住三日，未被获准，算是对他抵抗岭军的惩罚吧。雄狮王派大臣尼玛坚赞做了阿扎王，管理国政。

第一百二十五章 寻复仇岭国军强压境 欲偷袭碣日营反被劫

为报仇岭军出征碣日国，本来打算向阿扎国王借道通过，没想到却遭遇阻拦，岭国军队不得不与阿扎国苦战三年，终于取得了胜利，继续向碣日国进发，在这期间，却白白让碣日国得到了三年的喘息之机。在岭国的大军到达碣日国边境达德瓦塘滩时，总管王绒察查根提醒大王道：

若不认识这地方，
这是达德瓦塘滩，
眼前的情景哟令人生畏！
深谷之脑一座山，
那是雅杂霞玛岗，
杂茶绰雅穆康松石山上，
有碣日北部的瞭望台，
壮如雄鹰的三个人：
其中箭术娴熟无人超越的，
名叫特司托第；
利刃无人能超越的，
名叫阿赛达嘉古如；
使用神奇长花枪的，
名叫藏巴达赤赞普。
岭军若是敌不过这三人，
休想夺取碣日珊瑚城。
面对强敌岭军要做准备，
千里挑，万里选，
要挑选武艺精湛的英雄汉。

碧蓝的高空天路中，
太阳披着白绫裙，
若不洒光明照大地，
在太空中运行派何用场？
上界宽阔的空路中，
浓云密布挂黑帘，
若不降甘露般的及时雨，
空作雷声有何益？
洁白的王帐右角间，
勇如狮虎的好汉子，
如不浴血来奋战，
留守着营寨算什么英雄汉？
明天上午的好时辰，
威武的六壮士就要发威，
将六件兵器淬砺锋利，
束紧六匹骏马的肚带，
要冲锋在部队的最前面。
如不能取来三人的首级，
三月内受阻难以进军。
若叫碣日部队死守住险隘，
三年内休想攻下敌营。
太子殿下的大军哟，
把一路的敌兵斩尽杀绝，
杀了那三人等于杀尽了敌人，
这是征服敌人的开端，
是这次征战的头等要务。
愿将敌人征服！
在德庆德琼瓦玛的北方，
有顽厉的阿霞劫匪七人，
他们拥有五百骑兵，
若欲发射锋利之飞箭，
他手下人才济济箭法精湛，
若欲驰骋与风竞速，
他养下的良马好鞍辔，

铜镫闪烁好美丽。
自告奋勇出征的人，
摇旗呐喊显虎威。
对这样的敌人去迎战，
有咚氏强将六好汉，
不能当摆设明天要使用，
需要明日里跃马去出征。
沙场上不献身获取胜利，
平地里滥杀无辜算什么男儿？
大军紧随六好汉，
众英雄做后援也陆续赶到。
谁说此去不能得胜？
以后的战局再相机行事。

总管王的这一番陈词让岭国的英雄将领们个个摩拳擦掌，不论那碣日国有多么厉害，有天神庇佑的岭国军队一定会杀得他片甲不留。当天晚上，格萨尔大王也得到了神的谕示。第二天一早，总管王安排六个咚氏英雄各带一个侍从，当做先锋前去探敌情。

六位英雄各带一名侍从，来到一座山岗侧面的隐蔽处，十二个人翻身下马。拉鲁命两个侍从看住马匹，其余十人跃过石山高岗，隐蔽而行。又翻过一座岗，与碣日兵遭遇。碣日大将特司托第号称箭术无敌，射出一箭，阿奴查雪应声倒地而亡。其余五位英雄扑向前去，挥剑乱砍。特司托第的箭术虽厉害，刀法却不行，加之寡不敌众，打了一顿茶的工夫，又砍伤了玛宁长官拉鲁，最后他却被众英雄用乱剑砍死。

岭国的大部队也陆陆续续赶到，格萨尔大王像天神降落一般出现在众英雄面前，玛宁长官拉鲁禀报战况。格萨尔为阵亡的阿奴查雪超度，使他的亡魂进入清净国土。

岭军随即占领了山岗，在德琼穆布山下密密麻麻地布满了军营，格萨尔大王想到这大概就是碣日国的军营，总管王指着大大小小的山岗、丘陵、磐石，给格萨尔讲解起了地势和作战之法：

若不知这里是什么地方，
这就是雅杂格巴沟。
我是玛喀木岭地里，

察达朗宗城池中，
名叫绒察查根的老臣。
放眼世界我无处不到，
这样的北地却未曾到过。
眼前的景致多么壮观：
北边隆起的小山岗，
是北部的德庆文巴山；
右面洁白的恋石峰，
是北部的杂嘉盘布山；
左面的三个小山丘，
是北部的唐那玉日山；
那风平浪静的大湖泊，
是唐措玉耶措茂海；
那清波荡漾的一小湖，
是北部的谷司巴久湖；
左面奔腾的一河流，
是北部的安茂拉美河，
八大深谷口汇成的水，
黄唇的野牛饮了它，
草滩旷野里尽撒欢。
右面的河流急如箭，
是达曲安茂雅美河，
源头在北地达日山，
白嘴巴野马饮得欢；
两条河流汇合处，
像骒马引着马驹的，
是北部的达玛乌赤山；
在两水相交的河湾里，
像白狮傲立的一雪山，
是唐格桑宗贡玛山；
向平原舒展的四座山，
是北部的穆布兄弟峰；
如插香烛的白石山，
是丹吉曲赤贡玛山；

好似牦牛在圈中的，
那是察达歇玛山；
好似牛奶在金桶的，
是唐格嘉茂吾赤山；
好似绣女引丝线的，
那是歇玛噶茂河。
还有很多小山丘，
山峦叠翠好连绵，
老臣我虽能叫出名，
今天没工夫来细说。
要说眼下的正经事，
北地大山的下部边，
德措湖的下湖滨，
好似繁星布在天，
是雪山还是小白帐？
看似雪山非雪山，
怕是敌人的白营帐。
那紫乌像野牛群旋转的，
看似野牛非野牛，
怕是敌营的牦牛群。
那花绿绿如同炒麦撒开的，
是黄羊群还是马群？
看似黄羊非黄羊，
怕是敌营的战马群。
那青郁郁如碧烟笼罩的，
是雾气呢还是炊烟？
看似雾气非雾气，
怕是敌营里炊烟浓。
古代藏人有谚语：
含铅矿的岩石有外征，
不察外征是傻小子。
调解人讲话要有分寸，
无分寸就像是腐心之松。
对仇敌就要先下手为快，

要不然会落入敌人的计谋。
咚氏的英雄五好汉，
是降伏阿颜劫匪的强手，
如果不去先下手，
碣日国的城池固若金汤，
敌人的武艺赛过雷霆，
北地的骏马蹄下生风，
美丽岭国密集的大军，
得来的恐怕是损兵折将。
前往德庆德琼瓦玛，
有一个半驿站的路程，
自从明天上午起，
英雄好汉们要大步前行。

格萨尔大王想起昨天夜里天神的话，与总管王的说词十分吻合，他在心里赞叹着这位叔叔的聪明睿智。可是大王的另外一位叔叔晁通可不这么想，总管王的长篇大论早就让他不耐烦了，他说："无敌大王格萨尔啊，最好是现在就出发吧，这碣日国的山丘，好像地上的橛子一样，这些山丘、大磐石以及石崖等，哪来那么多名字。老总管就是一只昏庸的老山羊，不要听他胡言乱语，我看呀，咱们立刻就冲下山坡，杀他们一个措手不及才对。"

晁通一番嘲讽，总管王不怒反笑，他对晁通说道："啊，我是老糊涂了，难免是要说一些疯话！倒不如晁通王你，看见敌人，已经是愤怒填胸。晁通的胆量，夜叉刀的锋利，罗刹马的迅速，都是很有名的哩，大王呀！晁通王具有如此勇气，不如这一仗就按照晁通王所说，请他做先锋，立刻就去灭掉下面的敌人吧。"

总管王料定晁通不敢接下这个先锋官，于是眯着眼睛看着他如何作答。果然，一听说要让自己做先锋，晁通的嚣张气焰立刻就灭掉了，他灰溜溜地答道："岭国尽是英雄猛将，若说做先锋，我看在座各位英雄都胜老汉我一筹，那么我就不与各位争功了。"

说完了，他便躲在一旁再也不作声。

山下的马匹正是碣日军的战马。营寨的首领白杰岗鲁已经得到岭军北进碣日的消息，立即召集众将商议应敌之策。他们都在想，阿扎国拖了岭军整整三年，就算本来是雪山雄狮，如今也怕是变成了流浪狗，而他们已经在后方准备了整整三年，自恃武艺甚高的碣日军将全然没有把来犯者们放在眼里，于是争先抢后地要去出战。高涨的士气让首领白杰岗鲁十分满意，他厉声说道："我白杰岗鲁，自从离开母腹，盔甲从未离过身，战马从未离过鞍。这里是碣日的大门，无论出现什么敌人，都会燃起我雷霆火焰。勇士英雄好汉们，今天请听我说分明，格萨尔进军已多时，现在不过只能算作是披着老虎皮的狗，这可真是天赐的建功立业良机呀！待到明日黎明时，十二位头目手下的人，去把敌军的营寨踏平，能杀掉觉如最好不过，将短命的狗熊们一个个踢死。好汉如不为事业拼死，放脱一个敌人与行尸无异。留下二十人留守营寨，其余的男儿都持枪出阵，紧随本头领奋勇杀敌！"

听白杰岗鲁吩咐完毕，众将束紧盔甲，磨利刀枪箭镞，喂饱战马，准备去踏敌营。而派出去侦察的五员大将已经率先出发。

在山上瞭望的五个碣日大将，圆睁千里眼，想看看岭军会从哪里进攻。看了半天，也没发现半个人马的踪影。五个人正向更遥远的地方瞭望，发现六个人骑着六匹马驮着六只黄羊，突然出现在他们面前。碣日大将拉桑鲁噶心中疑惑，不敢断定这六人就是岭国的大将。那么，他们是什么人呢？看那紧束铠甲的模样，好像是把守大路的人；看那鬼鬼祟祟的模样，好像是侦察瞭望的人；看那胸前的护心镜亮闪闪，好像是奋勇出阵的人；看那马背上的黄羊，又像是碣日打猎的人。想到此，拉桑鲁噶开口唱道：

你们六人从哪里来？
弓箭的目标指向何处？
这里是鹫缨军的城堡，
是敌人出没的地方，
是野牛野马飞驰的地方，
是利箭如清风迅猛的地方，
是锋利兵器挥舞的地方。
此处没有你开辟马路的地方，
若开辟性命不属你自己；
此滩没有你跃马驰骋的地方，
若跃马便是不知行走规矩。
跑得太快良马要失足，
欺人太甚妻妾要抗拒；
阵前太勇猛傻子会送命，
长官太诡诈部属要分离。

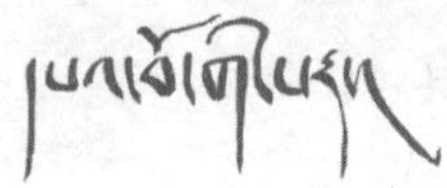

他大声说:“你们如果想活命,好好答话!”

说罢,拉桑鲁噶抽箭在手。见那六个人并不回话,他断定对方一定是岭国人,立即把箭射了出去。这一箭正中一人前胸,穿过心脏又飞了出去。剩下的五个岭人立即拔出大刀,与碣日的五个将军大战。眼见不能战胜,岭人拨马就走。碣日大将的马快,不一会儿的工夫就追上了他们,拦住了去路。

岭人勒住马头,为首的拉赤赞布拔出大刀,指着拉桑鲁噶叫道:“我们真是岭国人,到此为了报仇恨。财物被抢是根源,牲畜失踪要追寻。今天出营来打黄羊,英雄我本无恋战心。你以为我们要逃跑,如果逃跑那才真正笑死人。我的马是追风马,我的刀是斩妖刀,今日可要跃马试脚力,还要挥刀试锋芒。”

拉赤赞布说罢,挥刀砍去,另外四员大将也奋臂砍杀。碣日大将没想到刚才尚在逃遁的岭人如此厉害,不曾防备,两人被砍下马去。剩下三人不敢再战,向后逃跑。五个岭人掉转马头,一路追赶。碣日大将边逃边回头射箭。拉赤赞布的坐骑中箭,险些把他摔下马来。岭人下马为坐骑医伤,不再追赶。

逃兵们回到大营以后,将岭军的英勇行为向首领添油加醋地诉说一番,他只得改变主意,既然明抢抢不到,就看这些岭国人如何防备偷袭。当天夜里,碣日只留下二十人镇守大营,其余人倾巢出动前去偷袭,结果他们刚刚走出军营,山谷里便降下浓雾来,就连前方一步距离的道路都看不清楚,更不用说要在山谷里找一条出路,又是阴冷,又是恐惧,他们只得原地不动地蜷缩到天亮。

格萨尔大王早已知道碣日军队要来偷袭,于是命晁通王施咒术让他们迷路,然后岭军趁着守营力量薄弱,将碣日国大营的军帐、粮草搬得一点儿不剩。等到红日当头,山谷里的浓雾才慢慢散去,狼狈不堪的碣日大军回到营地简直惊呆了,若不是横七竖八躺着的守营士兵的身体,完全不敢相信这片空空荡荡的草滩竟然是他们之前的大营所在。大将白杰岗鲁大呼:“上当了!”但此时悔之晚矣!

第一百二十六章 天神助岭人渡河过关 宝镜现英雄前世今生

碣日军营被劫，食物用品无法供应，白杰岗鲁无奈，只得吩咐将士外出打猎。他和几员大将也猎了几只黄羊，吃肉喝血，以解饥渴。虽吃饱喝足，但念念不忘岭军劫营之仇。

第二天一早，白杰岗鲁吩咐手下兵将把所剩猎物全吃干净，下一餐饭到岭营中去吃。

碣日兵将穷追猛赶，将近日落时分才赶上岭军。千户珠拉带着一百人早已埋伏在洼地，待碣日军一到，突然百箭齐发，一下射倒碣日兵将三四十人。白杰岗鲁拔出大刀，对岭兵大叫道：

南方的苍龙名声大，
如果不能露华容，
在天上吼叫有何用？
北方的野牛名声大，
如果不能驰平原，
藏在石崖上有何用？
岭国的骏马名声大，
如果不能赛脚程，
光吃精料有何用？
岭国的勇士名声大，
如果不能单骑迎战，
藏在洼地有何用？
是英雄哪会躲藏？
是勇士出来交锋！

察玛拉郭闻言跃出洼地，抡起大刀，对白杰岗鲁道："骏马好奔驰，老汉性高傲，壮士太勇猛，这三者是失败的根源。你这么急着找死，无非把你的一庹之躯抛出来做鸟食，把你的大刀弓箭当作我的战利品。"

说罢，两人你来我往，拼起刀来。拉郭连砍两刀，第二刀砍中岗鲁的前额，鲜血涔涔下流，糊住了眼睛。岗鲁两眼模糊，便乱砍起来，碰巧一刀砍中拉郭的坐骑，骏马疼得乱跳。这时又冲上两员岭将，与拉郭一道，三刀并举把白杰岗鲁杀死。主将阵亡，军心动摇，碣日军大败而逃。因粮草断绝，无处投奔，碣日兵将便各自散去，或投亲靠友，或返回家乡。

第二天，岭军遇上第二座碣日大营。两军对峙，剑拔弩张。兵对兵，将对将，相互冲杀了两顿茶的工夫，不分胜负，可谁也没有退却之意。一员大将从岭军中闪出，喊着碣日将领的名字要他们把路让开，他唱道：

小雀阻鹰路，
雀尸将被抛一边；
小蝇阻苍龙，
六足之虫命难全；
小敌阻大军，
兵士送命喊地又呼天。

这时，碣日营中也跃出一员大将，笑道：

苍狼欲吃羊，
炮石打头会倒地；
狗头雕凌空，
六羽会落地；
岭将吐狂言，
白头盔会掉地。

说罢，他射出一箭，旁边的一员岭将中箭落马而亡。岭军那员大将回射一箭，正中碣日大将的心窝，他口吐鲜血，脸色苍白，在马上晃了两下，跌下马去。跃马扬刀猛冲猛打，岭军掩杀过去，碣日军兵败如山倒，像潮水般退了下去。

岭军连连获胜，到太阳落山之时，在达里河边扎寨宿营。达里河是通往碣日城的要道，河水湍急，常有妖魔出没，可称得上是一条天堑。放眼望去，只见河水滔滔，并无来往行人和船只。

为了渡过达里河，次日清晨，格萨尔大王站在河边，唱起了召神歌：

三界之主白梵天王，
青色大鹫白坐骑，
请来为雄狮做援军！
神力迅猛的大仙人，
眼睛明亮鸦羽做头饰，
右手拿弓左手持箭，
请来为雄狮做援军！
九峰铁城的凶煞神，
脸色漆黑生獠牙，
吞食敌心高举金刚杵，
请来为雄狮做援军！
断敌性命的十万战神，
赤色人头生血发，
手持铜刀骑红马，
请来为雄狮做援军！
我的天母朗曼噶姆，
身穿青绫骑白狮，
右佩明镜左寿瓶，
请来为雄狮做援军！
念青唐拉大厉神，
水晶铠甲螺头盔，
手持棱枪骑白马，
请来为雄狮做援军！
邹纳仁庆海龙王，
獠牙青面生绿发，
摩尼宝盔纯青甲，
请来为雄狮做援军！
玛沁邦拉地方神，
纯红虎缨金盔甲，
右佩神刀左宝盆，
请来为雄狮做援军！

唱罢，格萨尔王便跃入河中劈开河水，渡过河到达彼岸，然后又勒转马头，用“达巴连美”宝剑，向着河水连击三下，第一剑将河水斩断；第二剑斩断了凶恶的食肉鳄的脖子，河水顿时变得紫红；第三剑剖开了扎巴鱼的心脏，河水终于见了底，太阳也直照着河床。这时，大王又回到河对岸，说道：“诸位英雄，从现在开始，谁都不能朝后看，不然就会大祸临头，赶快前进吧！”

岭军将士有马的扬鞭，无马的疾走，只有晁通心中疑惑：这河水是真的断了，还是格萨尔使了障眼法？他一紧马肚带，催促手下兵将速速过河，自己却偷偷回头望去，只见天神、护法、战神和威尔玛们齐齐上阵，有的将山推倒，来堵河水。诸位龙子也来帮忙，正在搬运土石。阿扎杂玛三弟兄中的巴瓦察顿发现晁通在看着这一切，于是将手中的烟锅砸向晁通，结果砸中他的坐骑，马儿顿时鲜血淋漓，没走两步就倒在地上没气了。噶德等人见晁通的马已死，忙牵过一匹马来。晁通跌得浑身疼痛，坐在地上，噶德搀着他，费了好大力气才把他扶上马。女神哲达江赛噶玛将一滴血洒到晁通身上，晁通顿时失去知觉，约过了一顿茶的时间，才苏醒过来。噶德向雄狮工禀报晁通马死人伤的情况，格萨尔知道，那是他触犯了众神，但他装作什么也不知道的样子，关心地问晁通伤在哪里。

晁通叹了口气，答道：“太阳午后要落山，鲜花秋天会干枯，谷穗熟时要倒伏，晁通年老也会死。我这周身像骨折，痰火往上涌，血液不安静，心如烈马跳，肺似铁锤打，肝似尖石刮油脂，胆似妇人搅牛奶，脾似遭箭击，胃似网挂起，肠子如黑绳，尿袋装满水……”

晁通哼哼叽叽，对格萨尔大讲他怎么不舒适，从体内讲到体外，确实让人厌烦。格萨尔倒是颇有耐心，听晁通泪眼蒙蒙地向他诉说身后的三件憾事：一是身未修得圆满，二是未见扎拉王子一面，三是未杀碣日达泽王。

格萨尔见晁通装得如此之像，便说：“晁通叔叔，轮回本无实，世人皆不能贪恋。你现在已经到了该回去的时候了，不必悲伤，我会超度你到清净的天界去。”

晁通一听格萨尔这话，顿时紧张起来：“让我从哪个门上去？”

“清净之门。”

晁通见格萨尔毫无怜惜之意，后悔不该假戏真做，看来，真的是死期到了。他无可奈何地垂下眼皮，等着大王超度。

格萨尔闭目而坐，口中念念有词，只听一声“起”，众英雄将晁通抬了起来。晁通这回真的像死去了一样，身体僵硬，气息全无，灵魂已往十八层地狱游历了一番。格萨尔把手向下一放，说了声“慢”，众英雄又将晁通放下。那晁通像是久睡初醒一般，慢慢睁开眼睛，记起刚才的一切，不觉面露羞愧之色，却又不肯就此罢休，长长地吁了一口气，道出一番惊人之语："大王啊，我已到阴曹地府走了一遭，阴间的斑花山我没爬，当中有[1]的关隘我没害怕，阴间的大河不翻腾，阎王看我有办法。阎王对我说：'你阳间的事业未完成，为何跑到阴间来？既来了，就让你看看阴间的情形，然后给格萨尔捎个话：地狱里的人多得容纳不了，当他攻下各个城堡时，请他不要再滥杀无辜的众生。抢夺财宝的罪恶，割了自己的皮肉不能偿还；杀人太多的罪恶，自己九死不能偿还，在三千世界上，岭国人的罪孽太深重。告诉格萨尔，不要做暴戾的长官，要做善事把邪恶抛弃！'"

晁通的话说得有根有据，合情合理，还把那地狱、阎王、小鬼描述一番。众英雄听了，心生恐惧，暗自把自己所杀的人盘算了一遍。

格萨尔微微一笑，这危言耸听的话语，骗得了别人，却骗不了雄狮王，假如不把此话点破，众英雄心里会难受。想到此，他从宝盒里取出"三界自现"宝镜，用手擦了三遍，念诵道："我是岭国人，不爱善法爱恶行，不清净的暴戾长官，大恶觉如就是我。晁通叔叔游地狱，带回口信真稀奇。请问口无讳言的叔叔，已死了的英雄在地狱受了哪些苦，你是否说得清？对我格萨尔怎样处置，你可讲得明？"见晁通表情尴尬，众英雄才知道他又在说谎，便把目光投向格萨尔手中的那面宝镜。

格萨尔说："这宝镜本是天神所赐，从未拿出给众人看过。既然晁通叔叔说岭人恶业重，那么英雄们不妨看一看：第一要看善恶因果的积累，第二要看往生五处的道路，第三要见死去的英雄面；用洁白的神绫向上擦，愿天神现出光明身；用黄色的念绫左右擦，愿南赡部五毒俱灭净；用青色的龙绫向下擦，愿地狱之苦得解脱。"

说罢，格萨尔将宝镜拿给众英雄看。那宝镜的光芒，将大千世界照得光明透彻，太阳的光辉，也变得如同夜间的月亮一样洁白、晶莹。天、龙、念，四大洲、八小洲、十八地狱以及五趣[2]六道都看得清清楚楚。大英雄嘉察协噶等岭国死去的众勇士也出现在镜中，他们分别在东方现喜国土、极善圆满国土、清净大乐国土、下方妙严国土，享受着快乐。手持宝镜的岭地众英雄，看得热泪盈眶，群情振奋。老将丹玛立即跪在格萨尔面前："跟随大王多年，从未见过如此神奇的宝镜。今日得见嘉察协噶，便知我等死后去处。大王啊，这是百两黄金做的马鞍，敬献给您，请您降慈悲，眷顾我们的今生和来世吧。"说着奉上金

1　中有：佛教术语，亦称中阴。即所谓前身已弃，后身未得，指人死后至转生前游荡于阴阳之间的一段时间。

2　五趣：佛学术语，又称五恶趣，指地狱、饿鬼、畜生、人和天。

鞍，然后用头触格萨尔的脚，以示敬意。

众英雄纷纷向格萨尔顶礼，献上宝物。晁通的二子东赞手捧一枚珠宝镶嵌的戒指，恭恭敬敬地献给雄狮王。因为刚才父亲对大王有所冒犯，所以他便格外小心。

格萨尔见众英雄虔心大动、诚惶诚恐，于是教导大家要不贪不恋，不嗔不怒，降伏妖魔，惩恶扬善，为众生造福。

众英雄心悦诚服。唯有晁通羞愧难当，格萨尔装着看不见。

自从那日起，达里河断为两截，上下流水潺潺，中间一片乱石滩。

第一百二十七章

点兵抗岭反失四城池
携子投诚得赠七宝物

残余碣日兵将败回王城，向达泽王禀报与岭军交锋情况，当说到格萨尔三剑斩断河水、岭军已渡过达里河时，满座大惊。碣日君臣吓得面色如土，半晌不能言语。不知过了多久，大臣达拉昂郭才向大王说：“东边起风时，要想到在西边树一旗；北边降雨时，要考虑到在南边修城池；小雪和细雨纷飞，要预防暴雨大雪的袭击；岭国大军来犯碣日，要有准备才能得胜利。大王啊，怎样出阵，怎样守城，要早早商议！”

碣日王又恨又怕，回想岭国和碣日的仇不是一天两天的了。很早很早以前，岭人就到碣日来抢掠过，射杀了碣日的寄魂牛，踏翻了牧人的帐篷，还杀害了三个长官。所以三年前岭国商队从这里经过，他们才抢了点儿财物，作为对他们的赔偿，谁知格萨尔竟以此为借口，兵发碣日。幸而被阿扎国的尼扎王挡了三年，但也终于没能挡住。据说岭国的兵马是挡不住的，我们又有什么办法可想？！达泽王越想越丧气，慢慢抬起头，见所有的大臣们都眼睁睁地看着自己，只得强打精神，对众人唱道：

雪山绿鬣的狮子哟，
面对疯狂的来敌不施本领，
头上的鬣毛虽丰有什么意思？
白鹫雄踞巍峨的石山，
如不能横过虚空如卷线球，
身上的六翮虽健有什么意思？
天天磨砺爪喙又有什么用场？
北谷十二个十万户，
赞塘纳龙的六村庄，
有绿缨部队十万众，

像紫红的血海在翻滚；
气势非凡的大帐内，
有十万夫长洛察洛玛，
严厉如火的长官哟，
有桑楚托拉好赞普，
还有智勇五大臣。
达浦龙让六村庄，
有骑兵十万在集结。
“黑鹏羽帐”大帐中，
有鲁堆热霞十万夫长，
严厉如火的长官哟，
由达拉昂郭去充任，
手下有栋梁般的五官员。
阴山的丹龙六村庄，
十万大军白缨飘，
好像雹雨连天降，
“美丽凉亭”大帐中，
玉珠丹巴去做十万夫长，
严厉如火的长官哟，
有阿西鲁雅好赞普，
手下有当事的五大员。
玛龙塘里六村庄，
有马尾缨军十万人，
刀枪林立好森严，
“野牛畏堡”大帐中，
有东堆雅梅十万夫长，
严厉如火的长官哟，
有东察章嘉协噶，
手下的勇士有五人。
四万人的军队有十个，
每一万军队守四个城。
嘉宗昂茂城四面，
五个大臣分头守，
最重要的九峰铜城中，

留下精锐三万人。
剩余的所有勇士们，
为斥候和探子做向导。
有六纹的都叫紫虎，
食鲜肉的才是大头虎，
鞴鞍子的都叫马，
赛马夺魁的才是骏马，
全身披挂的是英雄。
今天这支十万大军，
个个是虎将与好汉，
战马鞴上了好鞍鞯，
准备后天齐出发。
其次出征的勇士们啊，
守住六城就是尽职，
就是给王业建立功绩，
以金银甲盔和宝剑，
种种奖赏赐给你；
若失掉六城就是失职，
就是将王业拱手失。
你昔日的功绩再卓著，
今日里亦决不轻饶。
全军的目标要一致，
战他九年无悔恨。

听达泽王唱完，懦夫们吓掉了魂魄，好汉们壮了胆。为了防备岭兵到来，开始安排人员去瞭望和查探，至晚各自散去。过了三天，上述七大臣，各带五员内臣，并从各个部落挑选人马，穿戴盔甲，披挂战器，骑上强壮的战马出发了。

这时，岭国大军已经接近碣日王城。这天黄昏，在离王城不远的唐东滩宿营。格萨尔在神帐内早早地睡下了。连日来鞍马劳顿，他不曾好好睡过。现在岭军已逼近碣日王城，孤城指日可破，格萨尔想好好歇息歇息，也让将士们好好歇息歇息。格萨尔睡得又香又甜，像是在天界一样舒服。黎明时分，格萨尔在天界的嫂嫂郭嘉噶姆降临神帐，她头上饰五宝，手中持明镜，告诉格萨尔赶快进军莫迟缓：

桥架得太慢要遭水淹，
野牛站久了要被箭穿，
雨滴太稀要被风吹散，
进军太慢要被敌暗算。

“两只白鹫争巢穴，谁飞得快白石崖便归它；大小骏马争草滩，谁跑得快绿草滩便归它；碣日和岭国争珊瑚，谁进兵神速此宝便归它。达泽王已派出精兵四十万，领兵的大将如恶狼。过大山犹如跨门槛，过小山就像数念珠；渡大川如舟船过河，渡小川如卷起波澜。恶狼般的碣日兵飞扑向岭军，是大鹏要比比六翼，是猛虎要比比六纹，是好汉要比比武艺，是宝刀要比比锋利，是骏马要比比速度。格萨尔啊，不要睡觉快快起，快快带兵去出击！”

格萨尔知道不能再睡了，一旦贻误战机，不但会使岭国遭殃，还会使战争无限延长。冰雹与禾苗为敌，魔鬼与神灵为敌，豺狼与羔羊为敌，碣日与岭国为敌。既已到达碣日境地，最好早早出击。想罢，格萨尔立即召集岭国众英雄，点兵四十万，以东赞、森达、玉赤、察玛、仁钦、拉郭、丹玛、辛巴等八员大将为首，快速向碣日城进兵。格萨尔说：“要将碣日城包围得像套环系小瓶，利箭放射如冰雹降，呐喊声要像千雷鸣，将敌人消灭如吹灯。大军随后会赶到，还有战神威尔玛的厉神兵。”

八员大将得令回营。第二天一早，四十万大军飞马急驰，中午时分，便到了碣日王城外围的四座小城下，八英雄分兵四路，各率兵十万，分别攻城。玉赤、拉郭攻东城，东赞、森达攻西城，仁钦、察玛攻北城，丹玛、辛巴攻南城。各城的守军正是达泽王派出的四十万精锐部队，每城十万人，为首大将两员，与岭国可谓两军对垒，旗鼓相当。

丹玛和辛巴率领的人马将南城池豆赛宗城团团围住，丹玛将一支锋利的羽翎箭射向城门，门头立刻坍塌下来，砸死了士兵五十余人，守城将领百夫长拉如敦珠出城应战，抽出刀来，向着丹玛，唱道：

今天在赛宗城东门，
放射冷箭的大力士，
是不是岭国的丹玛？
你若是岭国的丹玛，
且听我把歌曲仔细唱：
夏日的冰雹从天降，

如不能摧毁摇曳的谷穗，
光打击干草有什么意思？
身具花纹的老虎，
如不能到达所说的地方，
闲游檀林有什么意思？
身鞴金鞍的骏马，
如不能驰骋千里，
老骥伏枥有什么意思？
炫耀臂力的丹玛崽，
若不能射杀眼中的敌人，
光射中城墙有什么意思？
你射出的小棍子，
不能射进我坚甲里，
这把“饮血炽燃”刀，
抡起来会让你肝脑涂地，
舞起来让大军血流成河。

都没有等到丹玛以歌作答，拉如敦珠扑上来，照着丹玛就是一刀，幸好丹玛闪躲及时，这一刀下去，只是砍开了盔甲而没有伤到丹玛。丹玛抽刀相迎，砍掉了拉如敦珠的右臂，正当他痛得分神时，丹玛又立即将刀向他的腰间挥去，把他砍成两段。守城的士兵们见英雄的长官不消三两下便成了岭军的刀下亡魂，纷纷丢盔弃甲，落荒而逃。那些还拼死顽抗的哪里经得住丹玛和辛巴部下虎狼之师的袭击，丹玛和辛巴成功攻下南城。

玉赤与拉郭统率的兵马已经在东边的宗噶茂城大战了约三盏茶的工夫，虽然守城的军将已经死伤过半，但剩下的人依旧据守城池，不肯退让分毫。勇猛的拉郭从云梯攀爬上城楼，其余将士也纷纷爬了上来，碣日国大臣阿赛达嘉古如和百夫长扎巴喜饶见形势危急，赶紧上前拦截岭军。仅一个回合，百夫长扎巴喜饶便被玉赤斩于马下。达嘉古如见扎巴被杀，便挥刀向玉赤杀来，达嘉古如哪里是神勇过人的玉赤的对手，交手三个回合，达嘉古如便被斩首。守城主将被斩，拿下东城已是易如反掌，城中粮草辎重也悉数被岭军掳获。这样，玉赤与拉郭所率领的人马如期攻克东宗噶茂城，接着，打开了东城门，迎接大军入城。

北面的城堡也已经是杀声震天，进攻的岭军虽然也有一些伤亡，但此时的北城差不多已是唾手可得，岭国大将察玛骑在白色宝马上，将一支闪着火花的

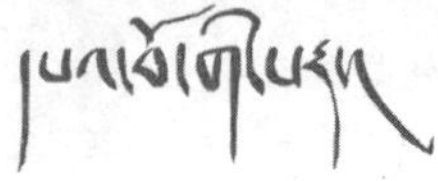

铁箭搭在弓上，唱起了一支祈祷的歌曲：

据守小城的伏兵们，
快来跪拜快投诚，
除此还有什么出路？
雪山自以为高峻，
它上面还有红太阳，
加上它强烈的光焰，
冰块也可化为流水，
看你个雏狮耍什么威风？
檀林自以为茂密，
它上面还有烈火升腾，
火镰如与石相遇，
密林顿可化为灰烬，
看你虎子的威风怎么个显法？
城池自以为坚不可摧，
它上面还有勇猛的英雄，
城池好守吗，碣日军的士兵们？
神箭从箭筒里抽出，
箭名叫饮血火焰，
智慧火焰熊熊燃起，
纵然是松杉树也将会烧个精光。
从弓袋里拿出一张弓，
拿出“大龙盘绕”大铁弓，
用英雄的臂力来张挽，
即使是山木也将会一一射穿。
今天这支神奇的箭，
如果射向金刚石崖，
就像火焰熔石块，
如果射向干木柴，
好像火焰与风配，
所向朗耀如明镜，
要将敌城烧成灰。
格萨尔战神的神军们，

请将锋利的雷霆箭镞导引，
敌方的城池与士兵，
通通付之清流中！
将敌营射得成齑粉，
将灰土统统付清风！

战神威尔玛听到了察玛的祈祷，引领着神箭在敌人营中长驱直入，像是在刺丛中投进一团火焰，守城士兵们个个不分东西南北，夺路而逃，未能逃脱者，当场就被烧死，其余士兵有的被俘，有的投降。守城将领香楚唐曲白杰、百夫长唐噶等人，一边要阻止士兵逃亡，一边要迎战岭军，在这一场大火中，北面城门大势已去，未能逃出的几百多守城之兵均葬身火海，什物炊具也都付之一炬。

再说西面的歇喀荡宗城，东赞、森达将军遭遇了守城军将的顽固抵抗，不断地在城头向岭军发射密集的箭镞，岭军只得退下去寻找突破口。等到午后，其他攻城的英雄均赶到西面城门来做支援，城头上千户长阿那见城下黑压压的岭国军队，知道其余三城已破，本来还心存侥幸的守城士兵们最后一线希望幻灭，竟然纷纷起了投降的心念，岭军几支部队趁此发动进攻，阿那被丹玛一刀斩首，见此情形，碣日军尽皆投降。

胜利的岭国部队将从各城中拿出的宝珠、金、银、茶叶、绸缎、甲盔、刀剑带回去献给大王，格萨尔大王异常高兴，赏赐了大将和士兵许多财宝。

攻下碣日的四座城池以后，王子扎拉泽杰的大军又乘胜占领北唐塘六谷的碣日夏季牧场，岭军的攻势所向一时无人可挡。

碣日王城北边，有一个千户部落，首领叫哈日索卡杰布，得知岭军进攻碣日王城，忙召集手下大臣商议对策。君臣们认为，他们无论如何也不能战胜岭国，以往诸国的失败就是教训，与其城堡破了再投降，不如早些投降为好。降了岭国，雄狮王格萨尔可能还会册封我们，到那时，我们就不再是小小千户部落的君臣，而是整个藏地的长官了。这样一商议，君臣们不再发愁，个个脸上露出兴奋之色。王子东琼自愿做请降的使臣。哈日索卡杰布王为了表示对岭国投降之诚意，决定亲自率众臣前往岭营。君臣立即带黄金五百包，白银五百锭，镀金铠甲五百副，宝刀五百把，闪光绸缎五百匹，打马奔岭国大营而去。

君臣到岭营门前下了马，在绿羽铜箭的箭颈上系上五色绸子，一连呼唤了三声。

守营的岭将闻声走了过来，扬刀挥剑，大声喝问来者何人？王子东琼忙答，是北人来降岭国。哈日索卡上前一步，对岭国大将道："我们是北方赤谷十二部落的长官，哈日索卡就是我。藏地有句古语：若不趁太阳升起时取暖，太阳落山时要后悔；若不趁涧水下流时来饮水，涧水断流时受干渴；若不趁花朵艳丽时观赏，鲜花凋谢时要后悔。格萨尔大王亲临北方，若不趁此机会来拜谒，我赤谷人要后悔。这鞴金鞍的银合马，步伐轻盈如空中鸟，作为谒见大臣您的礼物。马上驮的这些铠甲和金银，请献给格萨尔大王做觐见礼。"

岭将对哈日索卡的话将信将疑。看他君臣说话的样子，不像是诈骗，可如今这些人又是从北边来的，谁又能证明不是达泽王派来的探子呢？到底带不带他们去见大王？岭将心中犹豫不定，便带他君臣七人去见岭国大将达拉。哈日索卡又从肋下解下白光宝剑，系上一条哈达，献给达拉，作为觐见之礼，说："北地鸟飞南国是为避寒，南方雀来北城却为驱暑。我哈日索卡来岭营为见雄狮王，求得格萨尔的庇护。"

达拉见哈日索卡诚心诚意，答应先去见王子扎拉。哈日索卡无奈，只得等着，没想到格萨尔王竟是如此难见。

达拉来见扎拉王子，禀报赤谷部落前来投降一事。达拉怕王子拒绝，急急地说："清冷的涧水和雪水，为众生饮用而流淌，若不能让汲取者用之烧茶，藏在冰底下有何用？金光耀眼的太阳，为普照大地而高悬空中，若不能让众生得到温暖，藏在云朵里有何用？雄狮大王和王子扎拉，为降妖伏魔而生，若不能拯救众生，空坐大帐有何用？王子啊，赤谷部落的哈日王诚心来投降，您就见见他吧。"

扎拉说："边地的盗匪甚多，你怎知道他投降是真心还是假意？"

"禀王子，臣已问过了，也试探过了，他君臣父子确是真心归降，请王子施恩。"

"那好，昨夜我得一梦，梦见北方有一个碧玉般的神湖，湖面升起一轮红日，还有红白两朵鲜花，白花献给了叔父雄狮王，红花留在碧玉湖里。赤谷王的归降恐怕应在这上面。你马上带他们来见。"

达拉高兴地飞出王子的大帐，马上带哈日索卡王来见扎拉。

哈日索卡听说王子有请，立即带上礼物和王子、大臣一起去拜见。王子的帐内已摆下茶酒和食物，哈日索卡王父子三人被请进大帐，其余大臣被安排到另外的帐内入席。

拜谒后开始喝酒饮茶。过了一会儿，王子问："赤谷王，你就这两个儿子吗？"

"禀王子，是，只此二子。"

"叫什么名字啊？"

"禀王子，长子东琼威噶，次子赤赞噶布泽杰。"

王子听了指着二子道："你这长子，是一个前世做了善业的人，甚是稀奇，应排在岭国英雄之列。次子则是个有权势的人，应该做北地赤谷部落的大长官，以继承父业。待到降伏了碣日达泽王之后，雄狮王会到赤谷部落来，到时，你们父子、君臣会有得见大王真颜的机会。”

哈日索卡一听，这次是见不到雄狮王了，但是，见到了王子，也就满足了，立即说：“是，是，唯愿如此，平生得见雄狮大王一面，死而无憾！”

王子扎拉拿出一块金子，连同“暗中自明”松石甲、“明月自升”盔帽、“苍龙相对”绫缨、“狮子显威”白马、“青光利刃”宝剑、“吉祥阳光”哈达等七色礼品作为回礼，赠给哈日索卡王。对赤谷部落的大臣们也有相应的赏赐。王子东琼威噶留在岭国军中，其余北地赤谷君臣也如愿以偿，高高兴兴地回自己的部落去了。

第一百二十八章

重征碣日强渡唐曲河
再战岭军念诵妖魔咒

北地水多，岭军行进不多时，又遇一条名叫唐曲的大河。上、中、下三个渡口均有九百碣日兵将把守。那唐曲河无兵即可称为一险，如今有众多的兵将把守，就更加难以渡过。辛巴梅乳泽和身边的玉拉商量：“问问北地人，看还有没有别的渡口，避开碣日守兵，绕过去。”

赤谷部落的六个人说，距此不远的碣唐噶姆滩里有个渡口，从此比较容易突破，于是玉拉、玉赤兄弟二人立即率一千名士兵前往碣唐滩。没有想到到了渡口时，却遭遇到了碣日士兵的顽强抵抗，玉拉只得派人回报，请扎拉王子派兵支援。扎拉王子派辛巴梅乳泽率一千人马跟在玉拉兄弟二人后面，森达阿东带八千士兵去攻占上游渡口。

中午刚过，玉拉、辛巴占领了碣唐渡口。对岸的碣日大将闻报，忙把部队调了过来。玉拉和辛巴不想再退，于是骑着马像野鹅一样地朝对岸游去。碣日兵的箭矢雨点般向他二人射来，有的被他二人用刀拨开，有的被硬甲弹落，没多一会儿，河面上漂满了雕翎箭。

玉拉和辛巴已经游到对岸，一提马缰，向上一跃，上了岸。趁二将立足未稳，碣日的一个百户举刀向玉拉猛砍两刀，把玉拉的甲叶砍得哗哗直掉，边砍还边骂：“你这骑青马的小子，无端到我碣日，这里的地没有平坦路，这里的水不能平安渡，这里的人个个不好惹。格萨尔自称雄狮，这里有狮子冲不过去的三雪山；岭国人自称野牛，这里有野牛逃不脱的三石崖。格萨尔虽然斩断了达里河，却对唐曲无奈何；岭国人虽想杀我碣日人，这里有刀枪不入的三英雄。加上我们达泽王本是煞神下界，手下有强悍部队千千万，这样的地方怎么能允许你通过？”

然后他又唱道：

那被赶着犁地的犏牛，

不能与野牛在山岩竞奔驰；
那被鞭抽棍打的毛驴，
不能与野马在大滩竞奔驰；
那被践踏的小草，
不能与毒日对峙；
那无援助的岭军，
在碣日军前难支持。

百户说罢，又朝玉拉连连挥刀，气得玉拉哇哇大叫，猛地把刀举起，运足了全身的力气，朝这可恶的碣日将砍去。这一刀，齐刷刷地把这个碣日将砍下半截，像是半截木桩断在马下。玉拉这才稍稍平了气，指着那些碣日兵说：

野鹅从大海中心来，
振翅高飞在空中，
目的地是无能胜海，
要冲向清清的海底龙宫。
杜鹃从门域中心来，
飞翔迅速经虚空，
目的地是神树梢，
要看看柏树有多高。
马驹从宫城中心来，
大力乘风跃路中，
目的地是大滩尽头，
要看看平原路是否畅通。
英雄玉拉从岭国来，
跃马扬鞭渡过唐曲河，
目的地是碣日北国，
要看看珊瑚城可坚固。
英雄我臂能削石崖，
懦夫的刀岂能伤我？
绵羊与豺狼争食，
只能被豺狼吃掉；
小雀与雄鹰争食，
只能被雄鹰吃掉；

懦夫与英雄比武，
只能自寻死亡。

说完，又连射几箭，射倒了十几个碣日兵将。碣日鹫缨军首领、大将洛察洛玛冲上前来，拦住玉拉：“野鹅的目的地在海上，海上冬天要封冻；杜鹃的目的地在树梢，树枝树干被刺扎死；骏马的目的地在滩头，滩中的马道被石头占据；岭军的目的地在碣日，珊瑚城已经有主人。恶狼在草原上逞凶，羊群里有我这样的牧童；鹞鹰在虚空中逞凶，鸟群里有我这样的大鹏；岭小子要在阵前逞凶，碣日军中有我这样的英雄。”

洛察洛玛举枪便刺，玉拉还了一刀，将其枪头削去。洛玛扔掉无头枪，抽出宝剑，向玉拉刺来，玉拉又挥一刀，将其握宝剑的右手连剑一起剁下。洛玛疼得跌下马来。碣日兵大乱，岭军趁势渡河，占领了渡口。

森达也将上游渡口攻破。岭军分两路渡河，没多久，便渡过了唐曲河。

辛巴梅乳泽、阿达娜姆和达拉三员大将各率本部十万人马，待大军渡完河，又先行进兵。行至德如瓦唐滩时，与碣日军遭遇。碣日大将托拉赞布和玉珠丹巴，拦住辛巴梅乳泽的霍尔军。梅乳泽一抡大刀，冲到阵前：“乌云想阻太阳的路，狂风可将乌云制服；清风想阻苍龙的路，雷雨可将清风制服；石头想阻马驹的路，马掌可将石头制服；碣日兵想阻岭军的路，我梅乳泽的大刀可将挡路的碣日兵将制服。霍尔大军猛如狮，恶如虎，日月虽高也要发抖，星宿虽美也会失色，夏雷虽响也要失声，碣日兵虽勇也要胆战心惊。”

碣日的将领们听了辛巴梅乳泽的话，不由得怒火冲天而起，牙齿咬得像炒青稞一样，手中的尖刀舞得像穗头迎风。玉珠丹巴拍马上前，对梅乳泽说道：“日月当然要发抖，因为有罗睺星在等候；星宿当然会失色，因为有祛暗的月亮在等候；响雷当然要失声，因为有日光在等候；应当胆战心惊的是你们，因为有我们碣日大将在等候。”

说完，玉珠丹巴和辛巴梅乳泽战在一处。战过二十几个回合，丹巴的头被辛巴像切蔓菁块一样地削了下来，又一刀，把丹巴的坐马连同鞍子劈成了几块。斩了守营主将，辛巴带领上千名士兵冲入碣日军营，将营盘搅成了血海子，只有少数一些人逃出，霍尔将士还想乘机追上去，但被辛巴阻止，命人将碣日的战马、盔甲和撒袋弓箭等全部收走。

这时阿达娜姆率领魔军，到了唐格德吾洋塘滩。碣日军有千夫长朗日郭噶、百夫长司琼达瓦率领的甲士八百人，守在那里。见阿达娜姆的魔鬼军队逼近，朗日郭噶和司琼达瓦率领将士数十人冲杀上来，也没工夫唱歌通名，便拔刀持枪冲上去。阿达娜姆心想，按昨晚的梦看来，今天刀是砍不到这个千夫长身上的，还是要用套索制服他，便从肘上拿下套索，将千夫长从前面挡住，唱起了这样的歌子：

英雄我生来就女儿身，
女儿的头饰与我无缘，
头戴白盔是前世所定；
女儿的华服与我无缘，
身穿白甲是前世所定；
女儿的缎靴与我无缘，
脚穿索波马靴是前世所定。
我手中的套索乃是生来就有，
除了上界白梵天，
下界阎罗王，
抛出去没有不能擒获的。
神奇的环子要套在脖子里，
锐利的铁钩要钩住铠甲。

阿达娜姆歌罢，便将套索抛了出去，套住了千夫长朗日郭噶的脖子然后紧紧地拉住。他虽用刀来砍，但却怎么也砍不断。阿达娜姆的部属将他拖回来，直捆得像个圆圆的线球一样。千夫长竟然如此轻易就被一女子生擒，这让百夫长司琼达瓦怒不可遏，他大声喝道："围绕长官的英雄，若没有武艺何以能尽职？今天要是我不取你首级，怎么能够算得上是英雄！"

他冲上阵去，哪知被他轻视的女流之辈是怎样的英雄，还没有战过十个回合，反被女英雄砍掉了脑袋。

此时辛巴梅乳泽带领的霍尔部众也赶到了唐格德吾洋塘滩与阿达娜姆会合，他们商议着要杀他个尸满大滩，第一不让苍狼四散奔逃，第二让鹫鸟见血就厌烦，第三让碣日兵将尸骨成山。三人商议完了，便催马驰向碣日兵将。碣日大将三人一群，共战岭将，刀枪并举，你来我往，竟不能获胜。岭国兵将越杀越勇，杀得碣日兵尸横遍地。眼看人越来越少，碣日兵开始溃逃，逃不掉的便扔下兵器投降了岭军。

岭国大军随后而来，当夜，在此大滩扎营。碣日王宫中的达泽王，每日都能听到岭军步步进逼的坏消息。他的心情，也随坏消息的增多而越来越恶劣。这天，听说岭军又占据了德如瓦唐滩，达泽王的心里更加烦闷，便信步走出王宫。

这座王宫，内有九梁，皆由整棵大树所造，人称上插入云，下伸湖底。宫东面用白狮装饰，宫西面用野牛装饰，南面用雄牦牛装饰，北面用乳牦牛装饰。宫门上饰有太阳，墙角上饰有月亮。四面墙是仿照四大神山所筑，四柱脚是仿照护财四药叉所修。东边的柱子上有自然形成的猛虎纹，南边的柱子上有自然形成的苍龙纹，西边的柱子上有自然形成的孔雀纹，北边的柱子上有自然形成的绳子纹。四大柱外边还有八百根小柱子，是八大星曜所栽植。二十八星宿从四面扯帐房绳，不需要在地上钉橛子……王宫内有水晶石的甘露瓶，瓶上有纹理一千条。那凤凰交颈的宝座，本是达泽王的安息处，如今岭国大军扰乱了国政，不让他安坐在宝座之上。派出去几批队伍抵御敌军，却没能挡住岭军的进攻。现在，该怎么办呢？达泽王心里焦急，面有忧色。群臣不召自来。达泽王只得上殿与众臣商议如何破敌。

上得殿来，达泽王抖擞精神，对众人说："坐在锦垫上的大臣们啊，今天听我达泽唱一曲。"说着唱道：

若不认识我这人，
本王是北部地区统治者，
名叫碣日达泽赞普王。
坐在褥垫的群臣，
今天请听本王发歌声：
幸福地上乔木盛，
鲜花开谢随天时，
春风吹生秋风摧，
于乔木说来没悔恨，
因冬夏的岁月有轮替；
白米穗头的绿茎上，
六谷成熟在秋天，
镰刀挥动进场院，
于白米穗说来无悔恨，
夏华秋收冬有藏；
皎洁的明月挂天空，
洁月朗照大海中，
下弦被黑暗所遮盖，
于皓月说来无悔恨，
因为月有阴晴圆缺时；

嘉纳噶如娘宗城，
高大险峻是宝珠所成，
被岭军来将城头毁，
于好汉说来无悔恨，
因胜败乃是兵家事。
据说猛虎游荡林边，
山谷里设下一地弩，
还未能猎得斑纹虎，
猎人还要布利箭，
猎不得斑纹猛虎不算猎人；
据说鹫鸟在高空逞威风，
安置着肉饵网罗等候它，
听说机弩被遍布在路边，
还要布置下秘密的机关，
取不得羽毛便不是网罟；
据说岭兵进军北地，
布置四十万大军去拦截，
还是未能取得胜利，
听说人马遭折损，
还要派十万大军去增援，
不杀觉如便不算碣日人。
一有洛萨更噶达嘉，
二有达萨多杰托玛，
三有江雪玉珠泽嘉，
四有东楚阿郭雅美，
拜龙唐曼六部落将领，
各任本部落兵马的首领，
做四部十万大军的将军。
纳瓦唐日山以上，
要保证不放走一个敌人。
给英雄好汉的赏赐，
要各封为所属部落的首领。
如此若仍然难以抵抗，
再派达绒纳第巴，

奔塘鲁赤第巴，
以及朗如朗嘉赞普，
速率三部的十万军，
在奔塘喜曼滩中央，
为十万大军扎营地，
那地势险要利于守，
看他岭军咋进攻！
其次派去的七个人，
带上帐篷出阵作战，
依靠后援要沉着，
下寨、议事和进攻，
要审时度势人心齐。
一有章公子喜哇威噶，
二有玉珠丹巴，
三有索赤东达噶鲁，
四有尼穆却噶坚赞，
在瓦塘纳瓦滩中心，
四面去把军旗插。
这四部落十万大军，
戒备森严巧布置。
这次的战争事关大局，
此战持续多年，
也难以决出胜负。
这次岭军来犯境，
不能等闲而视之。
要么让所谓的觉如，
和那美丽的岭国地，
通通接受本王统治；
要么让我们碣日国，
辽阔的北方地区，
落得个荒无人烟野兽横行。
做不到这些就不配做碣日人！

达泽王一点儿也没有考虑他的大话还有多少人肯听，只管一味胡吹乱说。

见众人不语，他便吩咐侍臣取来青铜刀和飞箭两件兵器，赐给领兵大将达萨托玛等二人。

碣日王孤注一掷，几乎发了倾国之兵去迎战岭军，达萨托玛明知不能胜，也只得领兵出城。只是他比其他碣日将军多了个心计。碣日军出城的同时，他想：这次出征，就得把碣日雍仲寺的方术法师十三人邀请过来，修法放咒；再从德城香宫寺请咒师十三人祈祷念咒，拘鬼召神，指使龙王，协助碣日军消灭岭军，只有大家齐心协力，才能打败岭军。

于是他修书几封，派部属分头递送书信。

与此同时，天神将碣日国打算用咒术对付岭军的消息告诉给了格萨尔大王，大王遂发起心愿，将岭军上下营寨，罩在空性金刚神幕当中，好像雏鸟初次孵卵一样。格萨尔又命人请晁通前来："碣日国将会用咒术对付我岭国的部众，我已经用法术将这里的营地保护起来，但是扎拉王子的先锋部队并没有保护，昨晚我梦见扎拉的帐顶有一条黑蛇盘绕，怕他会受到咒术的伤害，你与我一同前去保护扎拉的营帐吧。"

岭国的其他的英雄都在各种战役中获得了荣誉，而晁通出征这么久了还没有立过战功，此时不正是一次好机会吗？他向大王说道："区区小事，何劳大王亲自跑一趟，我一个人出马一定能够成功。"

大王见晁通一副胸有成竹的模样，加之他卜算过扎拉此番并不会遭遇大劫难，于是干脆给晁通一个顺水人情："若叔叔能去那就太好了！叔叔的神通一定破得了他碣日国的咒术。"

大王这样讲，晁通也很高兴，他便化作一只狗头雕向扎拉王子扎营的大滩飞去。正当此时，一团黑烟也向岭军飘去，袅袅然钻入扎拉王子的大帐，化作一条黑蛇盘踞在帐顶，伺机向王子进攻。还好晁通及时赶到了，几剑将蛇斩断，原来是一截截腐烂变黑的草绳。

第一百二十九章

增派援军碣日初告捷 过关斩将王城变孤岛

第二天早上，太阳刚刚出山的时候，碣日大将桑珠托拉等人率领数万士兵出发。在山顶放哨的士兵发现敌情立马向大营发出了信号，于是岭军营中一时沸腾起来。当碣日军队来到岭营阵前，碣日军的大将桑珠托拉好像天降雹子一般地扑将上去。岭兵虽然以弓箭和刀枪奋力还击，还是难以招架，金缨军约一千人死于刀下。后续部队又依次增援，只见得岭军许多官兵纷纷倒地，死伤不计其数。岭军将领香楚赞那乌庆、玛柔鲁古噶茂、察浦琼赤占堆等多人见状愤然上前迎击。玛柔鲁古噶茂立在白马上，挽弓搭箭，大声喝道："今天出阵的灰脸家伙可真是不自量力，夸口要将岭军赛巴大营用血洗？！那就让我看看你的本领有多大。俗语说：'太高的日月要被罗睺吞噬，太富的上师要堕入地狱，太阔的少女要招流言蜚语，太猛的老虎要被飞箭射死，太蛮横的人的盔缨要被仇敌获得。'我看这种说法实在是太有道理，今天若放你生还，我便枉做了英雄！"语毕箭发，射中桑珠托拉赞普的胸膛，将铁甲射得粉碎，却没有伤着他的身子。

桑珠拔出大刀，反唇相讥："你这可恶的岭国兵，今年入侵我碣日国，不过看看你射箭如此无力，便知岭人的野心难以实现，看我桑珠今天如何来挫你们的锐气！"

桑珠说完，奋力扑向玛柔鲁古，玛柔鲁古挥刀迎击，可惜砍他不中，桑珠反砍三刀，砍中了玛柔鲁古的左肩，将身体劈为两半，一命顷丧。这是开战以来碣日国取得的第一次胜利，顿时士气大振，其他各路人马也纷纷鼓足了比往日多倍的勇气与岭军作战，直杀得岭军节节败退，掠得帐篷、什物、软垫、地毯等不计其数。这一天，岭军受挫，退至山巅休整不提。

碣日国的部队旗开得胜，便打算乘胜出击，第二天桑珠又带着手下的将领们雄赳赳气昂昂地出发了。碣日军中的十万夫长洛察洛玛骑在赤色追风龙马上，挥刀飞马而来冲入岭军阵中，斩杀金缨军士兵数人。岭军众英雄见状面面相觑，呆在那里。此时，只见老英雄丹玛催马迎上前去，挽弓搭箭，射向洛察洛玛。洛察洛玛来不及躲闪，那箭早射中了他的前胸，箭镞从背后穿出，翻身落马。桑珠托拉赞普见状愤怒不已，急忙冲出阵中跑上前去，旋绕着大刀唱道：

有无边的法力请救护！
此地是南宗城角隅。
骑着青马的青面人，
名叫什么丹玛绛查，
傲慢气盛好狂妄，
好像空中苍龙吼，
年轻的马儿想驰骋；
好似狂风扬灰尘，
急于射出那小小箭；
好像太空陨流星，
那十万夫长洛察洛玛，
被你这懦夫先下手，
给英雄报仇的事放后头。
烈马狂奔无分寸，
险恶的沙滩上失了蹄，
英雄逞强不知分寸，
利剑使他肝脑洒。
两刀虽然同时砍，
利剑使他心血洒；
两刀虽然同时砍，
利刃钻心不一般；
两刀虽然同时砍，
谁强孰弱试试看；
两个好汉比臂力，
谁有胆量试试看。
这以丹玛为首的，
西面岭军的一营人，
一要杀他个尸满山岗，
二要战他个血流成河，
三要把所有的城池占领，

要不然枉做了碣日国的将领。

唱罢，拍马来战，丹玛绛查哪肯让步，两个人开始白刃相战，双方虽有护符在身，而各自的铁甲却被砍得七零八落，掉落在地上，里面的衬甲也被划裂，战了不知多少个回合，仍然胜负未分。这个时候，岭军其余将士也与碣日国的军将混战开来，到处刀兵相接，鲜血四溅，岭将曲潘绰察将长矛向碣日主将达拉昂郭掷去，达拉昂郭毫无防备，长矛刺中了他的肚脐并破腹而出，达拉昂郭落马毙命。桑楚见又一重要的将领牺牲，便迅速摆脱丹玛，指挥大军撤回。

又过了几天，碣日国的将军阿赛玉雅赞普和东察章杰二人自恃有魔力附体，便又来闯营，在岭营中间横冲直撞，杀伤了不少士兵，丹玛一连射出几箭却未伤着他们分毫，丹玛在心中纳闷：平时如果我射一箭的话，就是石崖也能够射得粉碎，但是今天放多少箭，却与未放一样，好像他有很大的魔力似的。想着，便将格萨尔王所赐的一支神箭，搭在弦上，唱道：

貌似英雄炫耀臂力的好汉，
挥动腰间三器扑将过来吧！
我身经百战沙场不离影。
今天闪出部队前，
要放一支快如雷霆的箭。
这松石羽翎的尖披箭，
箭竹不是地中生，
羽翎不是鸟身长，
上面的箭镞天然成，
是大梵天的一神箭，
是格萨尔王所赐予，
每个英雄有七支。
今天不射我不是丹玛，
不能射杀你们便不是神箭，
你们能避过便不算飞箭。
你们的头骨额颅间，
就是飞箭的目的地。

丹玛唱毕箭发，宝箭从弦上发出，以迅雷不及掩耳之势正中在碣日军将领阿赛玉雅赞普的额头中心，头盖骨连同盔缨，一并飞向远处，人则翻身落马。

东察章杰协噶眼见同伴死在丹玛箭下，立即拔出刀，对着丹玛，愤怒地唱道：

岭国人马部队前，
骑青马的青面人，
可是那仇人丹玛？
今天自来送死做战利品，
丹玛狐狸貌似可怕，
看似英雄实是狗熊。
山木柏树丛荫中，
会鸣的鸟儿任飞腾，
高空中哪有你乱飞的份？
江河湖海汇合处，
金眼鱼儿任游泳，
大洋中哪有你乱游的份？
美丽的草山石山相交处，
野牛在石山上劈道路，
雪峰上哪有你行走的份？
英勇的两军相峙处，
百十个流浪的小骑士，
英雄面前哪有你耀武的份？
你远看美丽如拖着尾巴的狐狸，
近处相遇才知是豁唇的马驹。
我彪悍能一把擒猛虎，
用锐利的武器先下手，
给你多说话有何用？
我这“锋利炽燃”大刀，
父铁是勇猛的死神口，
子铁叠成美纹理，
鹏鸟之角饰刀柄，
举起来八部听使唤，
舞起来威光逼四洲，
砍将去死神分身首，
说它不中用谁中用？
今天我抡不动它便不是协噶，

你若后退半步便不是丹玛。
让太阳和月亮来看热闹，
让上天和下地来饮鲜血，
将你作为鹰犬食，
还要在这岭国军营，
三昼夜之间血流滚滚。
若能够漏网就算你英勇，
岭国的坏家伙切记心中！

歌毕，东察章杰协噶举刀直向丹玛砍来，丹玛也拔出刀来，只见两刃相抵，火光四溅。丹玛的红柄宝刀被东察章杰协噶像砍柴般拦腰砍为两段，落在一边。丹玛又用长枪刺去，仍被东察章杰协噶用刀砍断了枪头。丹玛心中暗想：今天我若不能取胜，我便不是男子汉。便使尽浑身解数，在马鞍上向右一转，如白雕掠崖而过，向左一转，如黑雕振翅急飞。只听得马蹄声如落狂飙，只见得好壮士如虎跳跃，直向他连连砍去，仍未能伤及。岭军这边见丹玛力战东察章杰协噶不下，上前助阵丹玛。丹玛从肘上解下套索，向头上一绕，引吭高歌：

章杰协噶听明白！
赤豹皮的箭筒赤面人，
赤马脚步赛风神，
这是朵庆威尔玛，
你如能打败他就算是好汉；
骑着八十岁老马的好汉丹玛我，
胜利的头彩非我莫属，
你如能逃得过我才算好汉。
今天岭噶布英雄们，
先前的部队如雹降，
断后的队伍如浪涌。
这朵庆手中的套索，
名叫“天女持肉”挂，
是东氏三代的传家宝；
我丹玛手中的这套索，
名叫“摩尼捕风”挂，
是赛玛王的传家宝。

两条套绳啊，
如不能同时落你颈，
就算岭军无英雄。
你如有利刀拔出来！
你如有翅膀飞起来！
你如有爪子钻入地下！
你若是无形鬼快现原形！
今日若叫你逃了去，
就算我英雄说空话！

唱罢，两条套索同时抛出，都套住了东察章杰协噶，两人又各自使力，将绳索远远地往回收拢，最终将东察章杰协噶从马上拽了下来。两位英雄乘势冲向碣日军，斩杀很多马尾缨军士卒。于是碣日军大败，弃甲丢械向后逃窜。岭军获此胜利，士气大振。

连损几员大将，桑珠的队伍顿时乱了阵脚，他将其余各部召集来商议，他愤恨地说道："我那四十万精锐军，从王城出发前来做支援，不待安营却已崩溃了，勇士已不知去向了。明天早上天明前，一定要给他们去报仇！各位强将好汉今夜一定好好安睡，明天再去冲击岭营，一定要将仇人丹玛老儿生吞活剥！看看我俩谁才是真正的英雄好汉！"

桑珠的愤怒得到了所有人的响应，众人决心要跟桑珠将军一起共进退，第二天一早再去进攻。可就在这天夜里，丹玛却带着丹玛部和达绒部的一众人马前来袭营。岭军的突然袭击杀得碣日大营人仰马翻，将士们奋勇追杀，被杀的、被俘的，不计其数。桑珠骑在马上怒不可遏地冲着丹玛以及众人骂道："岭国的懦夫与赖马，今日若放走你们一个人，就算我在此放空话。丹玛你将你的饮血刀舞起来，让你的赤兔马奔起来，英勇的桑珠待你多时，看我今天让你人马全归西！"

桑珠说完，便拔出大刀向丹玛扑了过来，丹玛的部将才琚拉达、康噶玉托白玛和噶义长官敦噶三人连忙上前来助战。这桑普真是非一般的英雄猛将，刀法娴熟，不一会儿岭国三将便略微处于下风。丹玛虽然心里爱惜桑珠是将帅之才，本想招降他，为岭国所用，可他如此勇猛，丝毫没有要投诚的样子，若此时自己不出手，那么一定会给岭国带来很大的麻烦，于是他拿出格萨尔大王赐予的善飞宝箭，对准桑珠射了出去。箭头来势汹汹，桑珠连忙躲闪，可是无论他跑到哪里，这箭头就追到哪里，趁他一个不注意，直插入他的额间，连头盔和头骨一并射穿。只听得"喳"的一声，桑珠倒了下去，正在奄奄一息之际，

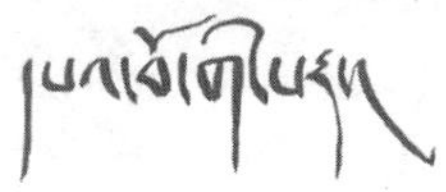

被岭兵乱刀砍死。

主将阵亡，顿时军心大乱，一些誓死追随将军的将士们被一一消灭，其余残兵皆卸甲投降。打了胜仗的丹玛被众英雄们拥着来到格萨尔王面前，将洁白无瑕的哈达一匹，献在桌子上面，又将射杀桑珠和好汉们斩杀敌兵以及摧毁敌营的详细情况，绘声绘色地向格萨尔王禀报。格萨尔王听得欢喜不已，立即赐予金币作为奖励，丹玛十三枚，晁通父子十二枚。其余勇士也给予了应得的一份奖赏。

碣日大营被劫，死伤兵将不计其数，剩下的大将和兵士更加慌张，只等达萨托玛一声令下，就立即退回王城。可大将达萨和东堆雅梅却执意不退，宁可战死在阵前，也不做逃跑的狐狸。为了回击丹玛和晁通的偷袭，达萨托玛决定率兵向岭营进攻。

达萨和雅梅二将把剩余的残兵败将召集起来，凑够了一万人，便朝离他们最近的岭色巴部的大营杀去。快到营前时，达萨命将士开弓放箭，利箭雨点般地飞向色巴大营，杀伤了不少岭兵，还射死了两名千户。眼看就要冲进大帐了，岭军大将尼玛拉赞和几个千户、百户从帐内迎了出来，挡在达萨托玛面前。尼玛拉赞见帐前倒下众多岭兵，不禁怒火中烧："你这碣日小卒好凶啊，不是勇猛会取胜，而是愚蠢送老命；不是阵前赛武艺，而是无路可走来拼命。我与野牛争斗，曾把牛角弄弯；我与猛虎争斗，曾把虎皮扒下；我与鳄鱼争斗，曾把鳄肉品尝。今天和你争斗，若不能喝你的血，取你的头，就不是岭国的大英雄。"

尼玛拉赞和达萨托玛大战几十回合，不分胜负。尼玛见不能胜他，心中祈祷战神威尔玛护佑，然后把刀猛地一抡，将达萨托玛的头砍了下来。岭军们呐喊着，杀向碣日兵。东堆雅梅势单力孤，不敢再战，拨马就走，碣日兵将潮水般退了下去。东赞一提马缰，紧紧追赶东堆雅梅。玉佳马跑得飞快，工夫不大便追上了雅梅。这碣日大将见走不脱，便勒住马缰站住了，枪头一指东赞，骂道："我是东方的太阳，曾把西方的雪山化成水，没遇见凶狠的白狮，你这黑狗却在后面追赶，看来你是活得不耐烦；我是南方的苍龙，曾将北方的石崖摧毁，没遇见凶猛的狗头雕，你这黑老鸦却在后面追赶，看来你是活得不耐烦；我是碣日大英雄，曾把岭国黄缨军搅得尸骨成山，没遇见什么英雄汉，你这狐狸却在后面追赶，看来你是活得不耐烦。"

原来，这东堆雅梅见岭国追兵只有东赞一人，故而口吐狂言，一边说一边不住地朝东赞后面看。东赞见他往后面看，这才想起，只顾打马急驰，把其他兵将丢在了后面。既然已经追了来，就得和他大战一番，用不了多久，大队人马就会追上来。东赞举刀来战东堆，约有一顿茶的工夫，尚未分出胜负。尼玛拉赞、达拉等岭国众将赶到，东堆雅梅单刀匹马，寡不敌众，只有招架之功，没有还手之力。东赞腾出手来，一跃马，上前抓住东堆的铠甲，往下一拽，东堆离鞍落马，众岭将上前将其捆了起来。

以玉赤和玛宁长官拉鲁为首的文布英雄们见色巴部勇士屡立战功，既羡慕又嫉妒，也想去偷营劫寨，杀敌立功。玉赤和拉鲁一商议，决定率兵去劫碣日兵的最后一座大营。

这天夜里，玉赤和拉鲁率兵前去偷袭，岭军从碣日营的西北角杀进去。那碣日兵将早已成惊弓之鸟，见岭军杀来，顾不得披甲戴盔，有枪的拿枪，有刀的举刀，没头没脑地见人就砍，黑暗中，碣日兵竟自相残杀起来。拉鲁高兴得大笑：

在罗睺星喷毒气时，
渺小的咒师无立足地；
驰行空中的苍龙，
清风不能追踪；
雄狮猛虎跳跃，
凶狼恶狗不能阻拦；
我岭文布军来踏营，
碣日懦夫心寒胆战。
只要投降放下刀枪，
饶你不死可把心宽。

拉鲁正笑着，只觉白光一闪，一把大刀朝他挥来。他吃了一惊，这是碣日大将达萨托玛的“威震三界”青铜刀，听说那将已被尼玛拉赞杀死，这把刀怎么没被缴获呢？玉赤飞驰过去，他也认识这把刀，刀头像初升的新月，是役使三界的象征；刀腰像黑绫叠，是厉神归来的象征；刀把好像黑蛇盘，是统治龙界的象征；刀刃尖利而平整，是无敌天下的象征。这刀本是兵器之宝，谁要沾上就休想逃脱。黑暗中，只见宝刀寒光闪闪，却看不清挥刀之人。玉赤想，凭他们的刀矛是不能战胜这把宝刀的，还是用神套索的好。玉赤摘下套索，念诵道：“天、龙、念三神，请护佑我玉赤！战神威尔玛，请给我的套索加持！”

念罢抛出套索，由于有三神的护佑，战神的加持，神套索闪电般套中那持宝刀之人。这宝刀若是在达萨托玛手里，就会天下无敌，无奈换了主人，便也失去了灵气。不知名的碣日将糊里糊涂地落马被擒，文布兵大获全胜，收兵回营。

至此，碣日王城的外围之敌全部扫除干净，只剩下孤零零的一座城堡。格萨尔命大军稍事休息，准备攻城。

第一百三十章　扎拉王子喜获事业马　雅杰托噶神变野魔牛

第二天早上，东方发白的时候，格萨尔王正在嘉纳噶如娘宗城的顶楼上安寝，从白云密布的东北方，现出了五色虹霓，降下了花雨。其中，厉神唐拉多杰巴瓦通体洁白，上浮红光，胯下骑着“白色善飞”水晶马。那马松石为鬃，珊瑚为耳，四蹄生风。其余天神头戴琉璃宝盔，身穿松石碧甲，手里拿着雷霆金刚杵，被十万厉兵前呼后拥着，以神童般的嗓音歌道：

后半夜东方发白时，
唱歌的声音好缭绕。
若不认识我这人，
从达雪朗措湖那边，
向北经过七山处，
雪山赤晶宫殿中，
厉神王唐拉是本人，
厉部盔甲明晃晃。
我是南赡部之主格萨尔，
启发心智降示预言的人，
从取得了美丽的玛瑙城。
岭兵向碣日国进军以来，
转眼已过一年多，
杀戮了那么多的好汉，
掳获了那么多的骏马为战利品，
八十万人马一半被杀尽，
取得的胜利知多少？
岭兵要不停地向前进。

美丽的启明星，
闪闪烁烁升出太空时，
天上的恒星陷没殆尽时，
浓厚的金色光明的威力，
能给大地带来温暖。
但恐那白螺般的云朵，
要来将太阳光遮蔽，
如不全力将它降伏，
遭受挫折难预料。
绿叶的金盏花装饰的金山，
青草将在山上出生时，
恐被月亮的寒光来捣乱，
如罗睺星不肯放过它，
河水结起冰奈若何？
那碣日国的黄公牛，
如果傲立在黑岩头，
胜利被碣日军夺取时，
岭军的英雄好汉们，
想围攻碣日国国王有危险，
那碣日王兄雅杰托噶，
恐要把你军毁一半。
如不用捕风套索擒住它，
攻下珊瑚城有困难。
占领姜托格巴悬崖时，
要让右军引队做前锋。
英勇剽悍的姜国子，
雄如战神运气升。
在后面带队救援的，
派察香丹玛绛查去，
他洪福齐天面子大。
其次那只白额野牛，
看似有形又无形，
战马在滩上围三匝时，
杀它也可留也行。

浇上歃盟的金刚水，
命它去做善业的护法神，
或做唐拉神的一坐骑。
到了明天的好日子，
良辰吉日到来时，
将这主意来计议，
群英荟萃谋良策。
后天正是十三日，
进军的良辰在此日。
那嘉纳噶如娘宗城，
朵嘉仁钦扎巴去据守！
三百精兵做侍卫。
在那三个部落中，
各选精兵三百名，
各由三个百夫长率领守护本营，
再派骑兵一千二，
去据守东南两面和嘉宗城。
可能有人要自荐来留守，
那可是恶魔来作祟。
以后的战事如何处置，
拨雾见日的启示随后再降，
格萨尔王把话语记在心间！

歌罢，众将如虹而散。

第二天，格萨尔召集众英雄布置作战事宜，除留下索波王子仁钦扎巴守营，余者全部出征攻城。晁通一听要留仁钦扎巴守营，立即想到那碣日王城坚固无比，攻城一定很费力气，不如自己留下。便向格萨尔禀道：

镇守险峻的嘉宗城，
要能降敌的虎将一人，
但可能要留年轻人一名。
大军阵前的敢死士，
让轻步马驹去担任让人忧，
如碰上恶土和石头，

是成是败不可期。
白狮虽老它还有本领，
据守雪山的道儿它清楚，
炫耀绿鬣它知道分寸；
野牛虽老它还有本领，
据守石山的道儿它清楚，
炫耀弯角它还有分寸；
猛虎虽老它还有本领，
据守密林的道儿它清楚，
炫耀六纹它知道分寸；
老汉我虽老还谨慎，
据守美丽城池的道儿我清楚，
对付敌军的情形老汉知晓。
四部队伍的一首领，
部曲万夫长十二人，
自告奋勇留守美丽的城池。
让老汉我留守坚城，
留守和出阵的互相协作。
降伏外敌时子侄们厉害，
留守城池时老汉我稳重，
一举而两种心事铸成。
什么人好也好不过亲属，
什么衣服美也美不过长袍子。
话儿已经说分明，
全凭侄儿你做定夺。

众英雄都看着晁通，担心他会守不住大营。总管王绒察查根想，让仁钦扎巴守营是神的旨意，不知晁通为什么一定要留下。此次进攻碣日珊瑚城，万一失利，岭军还有个退路，要是晁通守不住大营，岭军便断了退路。而且，老总管又想到晁通多次与敌人勾结的事，就更加不放心。但不知道格萨尔怎样打算，便把目光投向雄狮王。那已被格萨尔委派守营的仁钦扎巴听晁通愿意留下，正合他意。他不愿意留在后面，眼看着其他英雄们冲上去了，自己守在这里算什么呢？仁钦走到晁通身边对他说："达绒长官呵，你愿意留在此地，我真高兴，那就让我去攻碣日城吧。命运轮到布谷当候鸟，老鸮不必生怨气，如果你善鸣

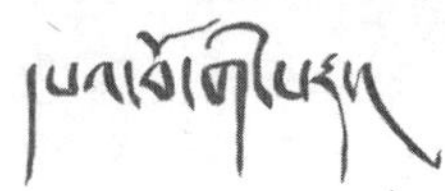

去占据柳树枝，对我布谷是一样的；命运使金眼鱼善游泳，老蛙不必生怨气，如果你善游去占据大海，对我金眼鱼是一样的；命运轮到白云去降细雨，老雕不必生怨气，如果你能降雨去占据虚空，对我白云是一样的；命运轮到我仁钦扎巴守大营，达绒老者不必生怨气，如果你能守住大营，对我仁钦是一样的。”

辛巴和玉拉这些非岭国族系的人听了晁通说什么亲戚好、长袍好之类的话很不舒服。人最坏莫过于亲戚，就像衣袖里的虱子，外人看不见，内痒却难耐。衣服最坏莫过于长袍，长袍惹得寒风恶。晁通就像那大树下的蘑菇，外表好看，里面生毒菌；海中的白螺，外壳美丽，里面长臭肉。他的话怎么能让人相信呢？但仁钦扎巴已经把话说出口了，看大王怎么回答吧。

格萨尔微微一笑，对仁钦说：“你说的什么话？攻取珊瑚城没有晁通叔叔怎么行？守大营是神的旨意，你就不要再说了吧。”

总管王见格萨尔坚持原议，便对仁钦扎巴说道：“孩子啊，要按神的旨意和大王的命令行事，怎么能按你自己的意愿办事呢？就像那山岗上的白色嘛呢[1]旗，有飘动的规矩没有自行飘扬的权利；大海中流动的漩涡，有洄漩的规矩没有自行停止的权利；岭国的八十英雄汉，有遵从王命的规矩没有自由做事的权利。”

老总管说着又把头转向晁通：“鹿角美丽不能做兵器，彩虹美丽不能做新衣，果子虽好不能当饭吃，晁通你的刀虽锋利却不能御敌。大王说攻取珊瑚城需要你，何必偏要留此地？”

晁通心里不愿意，嘴上却又无话可说。格萨尔将三百索波兵留给仁钦扎巴，又另拨三百岭兵和九个百户，与仁钦同守大营。

第二天早上，扎拉王子率领的右营军率先出发，行进了三天以后，在香塘歇玛噶茂山方向发现了一个驻扎有三万人的碣日军营。本来想要对这个营地发动突然袭击，没有想到被碣日侦察兵发现，碣日军将领唐鲁赤堆带领人马上前迎战。他喝道：“喂，来犯的岭军请听好，远远地观望算什么英雄好汉？近距离交锋才称英雄，你们想要攻下碣日珊瑚城，但碣日军众志成城，能不能威名远扬自有分明，雌雄胜负今日可见！”

唐鲁说完，北地女英雄阿达娜姆上前来迎战。她从弓袋里取出一张弓，这张“圆环盘龙”弓，纵使一百个大力好汉也难敌。用风火的奇术来发弩，石山也能夷为平地，高空的日月也要被射落，任何强大的敌人也难逃逸。当她把有着九个箭头的宝箭射出，唐鲁与他身边的其余八个兵将应声落马而亡，岭军中的达玛查赞、香让玛霞等等一干小将迫不及待地冲上阵前，带领兵丁与碣日军

1　嘛呢：藏传佛教名词。取自六字真言。“嘛呢”梵文意为“如意宝”。

大战一处，很快，主将阵亡的军队就像是被狼群追赶的黄羊一样，任凭岭军杀戮。死的死，逃的逃，岭军长驱直入，当晚在一个名叫奔松塔刺的地方下寨宿营。

第二天，岭军列队出发，在距王城不远的地方，忽然看见一大群野马，活蹦乱跳像是一群黄羊在嬉戏，雾蒙蒙又像一群野牛在奔驰。走在前面的几员岭将一催马，马嘶叫着奔向马群。野马像是被战马声吓惊了似的，四散奔去，只剩下五匹马还留在原地。几个岭国大将又走近几步，五匹马中有三匹忽然腾空而去，只剩下母子两匹马，动也不动地站在那里。岭将觉得奇怪，这两匹是野马还是神马，或者是妖马？为什么它们不逃走呢？英雄们不由分说，纷纷抛出套索，将这母子两匹马套住，牵回大营，向王子扎拉禀报。

扎拉一听，心里很是不安，这是怎么回事呢？捕获了这两匹马会不会给岭军带来危害？辛巴梅乳泽忽然想起早年在霍尔国时曾经听说过的一件事：天神曾降下十三个预言，其中有一个是说：时值水虎年，在碣日城外的山边，有三匹神马做野马群的头马，一匹是黑魔神马，一匹是花穆[1]神马，一匹是红煞神马，这恐怕就是刚才众人看见的那三匹飞走的马吧。剩下的这两匹马正是王子扎拉的事业马。辛巴把自己的想法告诉了王子，并且说，刚牵回大营的这两匹马，就像失落在江河陷于污泥之中的如意珠，经过三年才放光明；就像被厚云层遮蔽的天空，经过三天才出彩虹。要给骏马鞴金鞍，要用佩松石的白绫做缰绳，要给捕获这马的大将以奖励：一是像太阳大的黄金饼，二是像月亮大的白银饼，三是坚如磐石的铠甲，四是压倒雪山的头盔，五是锋利的大刀和吉祥的锦旗。

王子扎拉这才高兴起来，立即把金银、铠甲、大刀和锦旗奖给献马的岭将，然后率军继续前进。

这时，浦龙赞吉达布的岗宗噶古噶茂雪城里，碣日国达泽王之兄雅杰托噶，对侍奉他的妹妹阿曼鲁茂说：“今早岭军驻扎在哪里？哥哥要去看看。还要看看险峻的达宗城平安与否，你给我拿饮食来！”

妹妹阿曼鲁茂拿出装满了一百颗人心的金盘，又拿出盛满了浑浊人血的银壶。雅杰托噶吃完了这些食物以后，马上变成了神子一般的形貌，身穿“红光大堡”珊瑚甲，头戴“玲珑旋转”珊瑚盔，上竖赤色火光的绫缨，肘挂黑色毒蛇的神挂，手拿水晶福剑、溜弓箭、带毒镖枪等，全副武装，骑在马上，从密密白云当中，带着雷鸣的声音，向雪山顶上一看：只见岭军先头部队，从北地恰龙郭茂沟的左面，涌将而出，黑、白盔缨，遮天蔽日。他马上摇身一变，变

1　穆：藏语音译，相传是一种魔类，能使人患水肿病。

成了三条大鱼，将恰龙郭茂沟的河水用鱼尾阻隔开来，使得原本宽阔的大河就像是一片荒滩，当岭国大部队正从河滩边上通过的时候，雅杰托噶消失得无影无踪。被阻挡的河水铺天盖地涌来，冲走岭军人马不计其数，大将森达阿东也被水冲走，幸有玛沁邦拉神投以摩尼宝铁钩，森达阿东才浮出水面，到了北岸。还未渡河的军士被这突如其来的大水吓得不敢轻易渡江。当晚，大军只得分别在大河两岸休整。

天神不忍岭噶布的军队遭此大难，这天晚上，天、龙、厉神将水斩断，至天明，显露着白苍苍的河滩。想到昨天的情形，岭军再也不敢轻举妄动。卦师阿特喜郭卜了一卦，卦辞中说："以前是恶魔做障碍，以后会有天神来帮忙。"听完了卜辞，大军人马这才放下心来，继续前进。

没走出多远，便看见七头野牛在滩头磨犄角，哞哞地吼叫，甚是吓人。见岭军大队人马出现，七头野牛忽然直起身子，朝岭军直扑过来。岭国兵将万弩齐发，七头野牛毫不惧怕，转眼间冲进了岭军。因为它们是恶魔之身，岭国军兵不能抵挡，大军立即被野牛冲得七零八落，兵将被撞死撞伤不计其数。格萨尔立即命玉拉出阵降伏魔牛。

野牛一见玉拉，立即嚎叫起来。玉拉连射七箭，野牛毫毛未损。见不能射死它们，玉拉有些慌张，拨马往回走。格萨尔立即赐给他一支"铁鸟善飞"神箭。玉拉拨马再次冲向魔牛，将神箭搭在弓上，对野牛唱道：

雹子般的大军行道上，
疯狂的野牛磨角实可怕。
在脱缰马奔驰的道路上，
何来熏獾猪的堵洞口石？
骏马在路上驰骋时，
河卵石忽来为难是何情？
甘霖向地上下降时，
北风暴起是何情？
岭军向碣日国进军时，
游荡的野牛为敌是何情？
我认为这是突兀事，
将行路之人来追击；
如果是有意拦路的，
来和我玉拉相接触！
那猛雹般的雄师大军，

后盾就是我这苍龙。
你这耳朵如黑绫一片的家伙，
今天有本领才算真本领。
那密集攒簇的星座群，
统帅就是我这太阳。
你这吹动云雨的狂风，
今天有本领才算真本领。
雄师部队十万军，
英雄就是玉拉我本人。
你这无形鬼雅杰托噶，
今天有本领才算真本领，
否则如水泡发空论。
我从箭筒里取出箭一支，
取出松石翎的铁箭，
颈箍是黄金所造成，
赤色珊瑚为箭栝，
锋利的箭镞烈火燃，
未经过砧锤的锤打，
是战神指引的神箭，
雄狮大王之所赐，
在紧要的时候要用着它。
从弓袋里取出弓一张，
取出“空中龙鸣”弓，
上端是雄龙角做成，
赤电霹雳光炯炯，
下端是雌龙角做成，
苍龙吼叫声吟吟。
挽弓弦，灰尘飞，
大力的英雄将箭射，
无论有形与无形，
身首碎成千万片，
愿仙人宏愿得实现。

玉拉唱罢，同时将箭头指向野牛。不但玉拉的威力和战神威尔玛的神力，

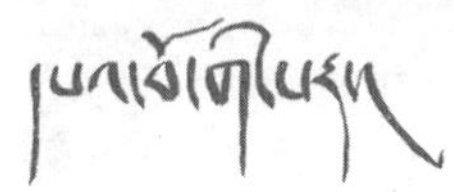

十分雄猛，并且天龙八部鬼神好像狂飙吹动积雪一般。野牛看见这种情况，便收起了变化的身形，好像虹光一般地不见了。玉拉也没有放箭，岭兵们仍旧依次前行。那晚岭军就在桑宗噶茂石山下面下寨宿营。

岭军再往前走，雅杰托噶又变成了一千零五道险谷，将从碣日玛布以下，至达纳龙贝喀谷口以上的道路阻塞。岭军急得团团打转，好像回旋的大海一般，无路可走。王子扎拉率大队人马也来到绝壁前。他见无路可行，焦急起来，没想到碣日王城近在咫尺，道路竟是如此难走。一着急，难免口出怨言："骗子平日里的神通，用不着的时候常显灵，必要之时却失效用；神鬼一样的巫师，用不着的时候很灵验，必要之时却失效用。平日用精细草料喂骏马，希望有一天能用着它，谁知深渊面前马不前行而往地上趴；把凶猛厉犬拴在门边，指望它能为主人看家，谁知只要有肉就能骗它。岭国大军平日英勇，八十英雄威震十八国家，在绝壁面前却毫无办法。难道说珊瑚城真的不能取下？"

辛巴梅乳泽见王子发怒，立即献上一条五彩哈达，笑着说："南赡部洲庄严的王子啊，请听梅乳泽进一言：这广漠无边的北地，本无悬崖与深谷，这绝壁肯定是恶魔所设障碍。王子不必心焦，请向天神祈祷，那已供多时的白梵天王的金刚杵，今日进军要用着它；那用牛奶喂养的白螺神，碰上鳄鱼该请它；那世界无敌的大铠甲，遇迅雷时要披挂。"

众英雄都说辛巴所言甚是，必定是魔鬼作乱，以阻挡岭军进兵之路。也有的大将觉得是岭军迷了路。王子扎拉听了辛巴的话，深信不疑，立即在"镇压魔鬼"的金刚杵上挂上风飘黑绫，然后合掌闭目祈祷，令全军将士也合上双眼，祈祷天神护佑，无论听见什么声音，也不准睁开眼睛。

不知过了多久，众将士只觉阵阵微风吹过，听似有潺潺流水之声，王子扎拉命众兵将上马继续行进，众人才把眼睛睁开。这时，绝壁早已不知去向，脚下是白花花、清亮亮的溪流。众兵将开始有些不信，揉了揉眼睛，再细细看，绝壁确实没有了，只有溪水在淙淙流淌。刚要蹚水渡过溪流，天空突然暗了下来，只见阴云密布，接着是雷声隆隆，然后是鸡蛋大的雹子落了下来。刚松了口气的岭国众兵将又紧张起来。王子抬头一看，见那碣日城的魔鬼神正在空中狞笑。扎拉马上抛出一把白芥子，魔鬼神慌忙逃走，手中的白螺匣也掉了下来，十八支雷箭从匣中散出，正落在姜军阵前，十三个姜兵被雷箭击死。扎拉又抛出一把白芥子，天空顿时晴朗起来。

第一百三十一章 雅杰斗法难胜格萨尔 玉赤拴牛礼送唐拉神

碣日君臣根本没想到岭军会来得如此迅速。达泽王和众臣正在城外骑马射箭，玩得尽兴了，便回城吃肉饮酒。忽然闻报，岭军距王城只有一箭之地，达泽王这才慌张起来，忙与文武大臣商议对策。

大臣喜瓦威噶很焦急，心想：大王派了那么多兵将，设了重重障碍，岭军还是如此迅猛地攻到了王城下，这座城是守不住了，不如趁早到祝古国去投奔宇杰托桂大王，早就听说他具有与格萨尔相同的神力和武艺，请求他的保护，我君臣才能得一生路。想罢，他向达泽王禀道：

穿白绫衣裤的鸿雁，
喜欢住在北方家乡，
当雪花飘落之时，
乐得飞往南方。
尾羽碧绿的布谷鸟，
喜欢栖息在柳树上，
当六谷果实累累时，
乐得飞回门域家乡。
穿金色外氅的野鹅，
喜欢在海上翱翔，
当大海结冰之时，
乐得飞向草绿的地方。
碣日城里的达泽王，
喜欢高居在宝座上，
当岭国大军来犯时，
乐得去祝古投托桂王。

“大王啊，岭军是无敌的部队，明天就会攻入城内，如果两军再交锋，除非是鸟飞上天，要想逃脱不可能。只要君臣能长寿，事业和人言不可畏。暂且丢弃这碣日城，投奔祝古宇杰托桂，求得精兵打回来，最后王城仍可归。”

达泽王一听喜瓦威噶劝自己逃跑，很不高兴：“你说的什么话呀？！还没见到敌人，就想逃走，岂不让人耻笑？谁说我们不能取胜？碣日的胜利在后头呢！俗语说：‘八部愤怒发雷霆，不能降冰雹打六谷，让天空晴朗有何用？蛟龙搅动江河水，不能将舟船漂过去，白晃晃奔流有何用？’我堂堂碣日达泽王，不能食敌人觉如的肉，颤抖抖逃遁有何用？”

见大王震怒，其他大臣和大将不敢再说什么。达泽王即刻下令，命弟弟红缨王东赤达玛率精兵六万去攻扎拉王子的大营。

当晚，红缨王东赤达玛偷袭扎拉王子的大帐，却误入姜国兵营。玉拉托琚挡住东赤达玛，二人各射三箭，未能伤着对方；又比刀法，仍不能分出胜负。姜军大战碣日兵，两军各有伤亡。眼见天色渐明，岭国其他邦国、部落的兵将也围了上来，东赤达玛唯恐有失，不敢久战，率军退回王城。

这天，格萨尔王带着许多战神的寿结，搭了个满身，在北姜塘纳瓦滩右隅的清凉河水岸边打坐。却不知从什么地方冲出来一队人马直杀入岭国军营，为首的将领生得像十五的皓月，光辉皎洁，骑着绿鬃白马，身上的撒袋弓矛和背旗等，亮光闪烁，被与他一样装束的三十个人前呼后拥着，来到岭国前军营寨的对面。达绒和丹玛两部分队伍，人马都紧张起来了。岭军没有来得及上前迎战。原来此人正是达泽王的长兄雅杰托噶，他闯入岭营，片刻之间，达绒部骑兵数十人，被他斩杀。之后雅杰托噶又冲过前军，从右军中部，斩杀了很多人马。岭军洋雪仓巴占堆向雅杰托噶连刺三枪，也没伤着他。反倒是雅杰托噶一刀砍去，便将仓巴占堆砍为几段，当即毙命。雅杰托噶又杀伤了许多人马，从右军中间一直冲过去，到了营寨边缘。只见他的变化身被骑兵十三人围绕着，光怪陆离，正在走着。岭军将领察东丹增扎巴、察香丹玛和康噶玉托白玛等人一个跟一个地向着他扑去。但一眨眼间，又不见他到哪里去了，只好重新返回。

那天晚上前半夜，碣日达泽王的九根梁大帐篷门前，有一百人马，降落在那里。于是四部大军，都紧张起来。原来是达泽王的长兄雅杰托噶来了，便进行礼拜祈祷，同时在大帐里面给他设置起金座让他坐下；金座右角的银座上，碣日王坐在上面。以下的座位，按照等次，内外诸臣、前来议事的首领等，各就各位，享用茶酒、米面食品，以及肉食果类等各种美味佳肴，并请安问好。宴席间，达泽王想起碣日军遭遇一次又一次的败绩，忍不住心底的哀伤，向王兄唱道：

王兄雅杰托噶啊，
我呼吁请你已三次，
到今天你才驾临这里。
你能片刻绕行三千里，
为甚拖延了这些日子？
我想唱歌倾诉心中的苦乐，
对你有一句希望的话要说。
其次碣、岭相交战，
不是有意是先业所注定，
我遭此失败心内痛。
勇士臣宰七百人，
被杀被俘将完蛋，
大军四十万三千，
离开人世命归阴。
昨天的前一日[1]，
可恶的岭军扎拉部，
在我军左边把营扎，
尼玛曲噶坚赞，
死在玉拉托琚手中，
城池守不住快要被攻破。
长远计划的目的地，
是那北方的祝古。
祝古地方有险隘，
祝古的子弟勇气足，
坚甲利兵也在祝古地，
财宝享用祝古也很富足。
哥哥请你先头去，
像日月般地把黑暗驱。
本王我随后来，
敌人来追我杀他个如切蔓菁，
最后能成功也说不定。

1　这是藏语的一种表现形式，指昨天或几天。有时是为了诗句里要填充相应的字数。

野牛本不往平原，
但美丽的石崖被雪封，
在热气腾腾的夏季未到前，
不得不饮水湿地坑；
猛虎本不去盘踞草山，
但栴檀林遭到大火灾，
不得不去捋草籽吃；
北地的野鹅不图南，
但青青湖水被封冻，
在苍穹般的青光未出现前，
不得不去往天涯海角。
再说本王我，
能和狗头雕比飞速，
据守虚空很容易；
能和白嘴马比捷足，
据守湿地很容易；
能和白肚鱼儿比游泳，
据守大海很容易；
和祝古部队相配合，
据守北地也很容易。

碣日国王达泽这样唱着，同时心中暗忖：过去有那么多的好汉都没有抵挡住敌人，现在臣将和人马都没有几个人了，就算王兄已经回来，但恐怕也是大势已去。其他臣子们也和他的想法相同，因此都心怀怯懦，没有任何人敢出来唱一支英雄的歌曲。王兄雅杰托噶心中暗想：还是一定要给可恶的岭军一个迎头痛击，弟弟达泽赞布和臣宰长官们可以在歇宗噶茂雪山中潜藏九年，哪里需要到那遥远的祝古去。想到这里，他遂唱道：

今天以前的日子里，
哥哥并非抛弃弟弟，
白天在放哨观察敌人，
夜间在巡逻监视敌人。
从冈松拉玛雪山以下，
我用心设计阻止岭兵，

用奇计幻术迎击敌军。
今天天黑夜晚时，
要把岭营全捣毁，
让英雄们头颈相分离。
美名传颂的时间已至，
决战的胜利属于我们，
无须到祝古求情避难，
三年中能守住父亲基业。
如还挡不住敌人涌进来，
王臣以及内侍等，
到冈日歇宗雪山中去。
那里荣华富贵胜天国，
天塌地陷也无恐怖。
明天上午的时间里，
四大将军手下的人，
将残余的士兵重新编制，
去把扎拉小子的军营击毁。
弟弟达泽赞布，
和乌鲁东赤达玛，
看看谁的武器利，
看看谁的铠甲厚，
好汉连臂并肩去，
看谁英勇取胜利。
雅杰托噶我自己，
看能不能抓住仇敌觉如。
将嘉宗城方面的大军诱，
未来三昼夜当中，
准备把雅萨滩冲破，
然后看机会便宜行事。
藏族古人有谚语：
险峻城碉中的英雄，
遇强敌之日用得着，
如不能压制敌右军，
被任为将领实可耻；

坐虎皮垫的将领，
敌军来攻挑战时，
如不敢闪出阵脚唱歌曲，
压阵督军实可耻；
出嫁为妇的妙龄女，
重要的宾客光临时，
如不能供应茶酒饮食，
藏在里屋实可耻。
其次达泽诸臣们，
在一根石枪柄上涂唾沫，
在一块磐石上蹬住脚！
从明天上午起，
把觉如的部队来抵御，
将不中用的英雄踹出去，
取得胜利让美名震九霄，
在座的君臣们记心里！

雅杰托噶唱罢，准备要走。达泽王请王兄留步："还请王兄稍坐片刻，进些饮食。现在暂时除了照王兄的意见办理，还有其他办法没有？如果有形的人，有在无形鬼神的幻城中躲藏的可能，又何必要找另外的地方去逃生。我们君臣将岭军尽量迎击抵挡。请你用神变幻术做岭军的对手，我们可以尽量想法来与你配合。"

雅杰托噶说道："就这样吧。到幻城中去，是有办法的。有一条和'白光返照'路一样的毡子，只要用脚上的拇指一触着它，便能到无形鬼神幻城去。明天早上我也到嘉宗城等他去。岭军驻在纳瓦姜塘滩，我去将它引诱过来。"

雅杰托噶说罢，从座位上站了起来。诸臣宰们为他送行，发愿祈祷。并决定第二天早上，从达宗城的部队中挑选精良的武器和护身符等，待天明时分，去摧毁扎拉的营寨，并且要保守秘密，话不能外传。

第二天天明时，谷垴的冈日歇宗城中，王兄雅杰托噶心里想："今天如果施用一下幻术，那么众英雄是抵挡不住的，可能会遇到格萨尔本人，那时可较量一下，看看究竟谁英勇。"

当太阳照到山尖的时候，他即刻到了纳瓦姜塘滩的一座好像野牛般的悬崖脚下，变成了山岳般大的一头白神牛，在九庹长的天箭般的牛角尖上，冒着炽烈的火焰，带着毒质的雾气，最恶毒的瘟疫，像雨一般地下降着，白尾巴一甩，冰雹和雷箭纷纷下降。那天本来应该右军是先头部队，但是格萨尔王吩咐要由左军做先头部队，因此姜公子玉赤、玛宁宗长官拉鲁、珠拉桑珠、察香丹玛等人率领大军前进。到了嘉纳格巴悬崖边，因为被毒气笼罩着，路也找不到，虚空中又充满大火，火焰当中，雷箭和冰雹纷纷下降。众英雄不能逼近，拥挤在那里，停了下来。晁通心想，这是幻术所变，遂转动风车，口中念念有词，天空马上晴如明镜，现出了牛的形象。众英雄向那头白牛射了很多箭，但依然未伤着它，仍在挡住去路。于是雄狮王格萨尔将“青黑金黄鸟”箭搭在弓弦上射了出去，但是射过去后牛连一滴鲜血也没有流出来。那白牛一声吼叫，扑将过来。岭兵们吓得漫山遍野地逃跑，有些人还被踏死。晁通心想，这并不是幻术所变，好像是碣日王的神牛，赶紧逃跑，没敢向后看一眼。这时，雄狮王格萨尔骑着神马江噶佩布，将“猛利无敌”宝剑从鞘内抽出，冲到跟前。众英雄也拔出刀来，拼着性命，扑了上去。

那牛朝格萨尔王坐骑抵了一角，抵得江噶佩布猛吼一声。格萨尔王向牛一刀砍去，将其角砍下半截，落在一边。那牛仍旧扑了过来。神马一跃腾空，飞翔起来。众英雄的马都万分惊异，不敢近前。于是格萨尔王从战神的察仓贡玛宫中激起了雷霆冰雹，一团团地打下。白神牛支持不住，向绰曲雅曲河方向奔去。接着格萨尔王又变成一头须弥山那么大的褐色野牛，铁的犄角，有九百庹长，嘴里冒火，鼻子里冒烟，四蹄上有风火幻力，充满了整个大地，和那头白神牛抵角争斗，角斗中扬起的灰尘，遮天蔽日。顷刻之间，格萨尔王胜出，白神牛败了，四处逃窜。岭兵们呐喊起来，那头白神牛跑到哪里，格萨尔王便紧随其后追到哪里。追到冈日歇宗雪山边，便不见了。

稍停片时，雅杰托噶又抛出了小山丘大的一支雷箭，因格萨尔王已达到空观的境界，未被击伤。于是格萨尔王施展神通，进入歇宗雪山里去。看见雅杰托噶正在一个小铜门里，取出一张铁弓。格萨尔王便用左手，将雅杰托噶紧紧抓住，右手拔出刀来。但是雅杰托噶好像一阵妖风，转眼就不见，只留下一两把头发在手里。那些头发很快又变成了一条条的黑蛇，蜕化而逃。屋子里的男女妖精们也纷纷逃走。格萨尔王遂将妖精的财物拿上，向下面走去，同时心中暗想：它们究竟到哪里去了？遂静坐入定，观察了一下，只见雅杰托噶在纳瓦姜塘滩右角的一块大磐石上面，变成一只花鹞，站在那里，看着前进中的岭国队伍。格萨尔王马上变成一只大鹰，追上前去。突然又看不见雅杰托噶了。格萨尔王向下面稍微走了一段距离，在嘉龙沟的石崖根里，靠着小憩的雅杰托噶又从石崖顶上，将帐房大的一块磐石向格萨尔王头上砸来，但是没有伤着格萨尔王。雅杰托噶又穿戴着铁甲铁盔，拔出大刀，走上前来。格萨尔王也拔出宝剑，迎接上去。雅杰托噶自知不敌，又逃到一个石洞中去了。战神威尔玛将一块雷霆铁砧向他打去，除将雅杰托噶的甲片连绳打断而外，也没有伤着他。雅杰托噶又变成一只地鼠，钻到石崖缝里去，战神威尔玛又将那石崖彻底击毁，用十三支雷箭向他射去，但仅将他的毛燎得焦黄，没有伤着肉体。

此时，格萨尔王正在观察雅杰托噶又藏到什么地方去了，只见他正用脚踢着格萨尔王背后的山崖，山崖冒着灰土，快要塌下来时，格萨尔王马上向他背后的冈雅则捷石崖上踢了一脚，石崖塌了下来，雅杰托噶变成了一个野人，表现出要翻天覆地的样子，十分可怕，转眼又消失不见了。那时太阳已落，格萨尔王自度先业有定，降伏他的时机还没成熟，遂骑上神马，返回岭营。

岭军等待格萨尔回营，忽然从碣日城中冲出一队人马，为首的正是雅杰托噶，来到岭军阵前，雅杰从马上下来，向大将丹玛献上礼物，然后说："以前碣日君臣不自量力，不知格萨尔大王世界无敌，今日悔过要投降岭国，献上宝物做觐见之礼。这是宝贝珊瑚树，是碣日的镇国之物。城中还有无数珊瑚宝珠，都献给岭国格萨尔和众英雄，望大王能恕我们的罪，饶我们的命，大王说什么我们都遵命。现在达泽王已把茶点准备好，敬请岭国大军入王城。"

丹玛见此人目露凶光，眼含杀机，料定此着必为诈降，刚要挽弓搭箭，被玉赤拦住。玉赤向前迈了一步，悄悄摘下套索，对雅杰托噶说：

你这骑白马的白面人，
据说是男妖叫雅嘉，
口出诳言何等流利。
大部落谲诈的首领，
是破坏百姓的象征；
劣父的女儿追求奸夫，
最后导致自身倒霉。
这个言语里有真理，
你不晓得忏悔的规矩。
佛经、教诫和加被，
请求容易实行难；
诳语、争讼和杀人恨，
挑起容易和解难。
如果一定要和解，
雅杰托噶你，
要做王母葛萨的仆役，
那碣日达泽赞布，

要做中岭奥布的水夫；
弟弟达玛楚嘉王，
要给穆巴家去牧羊，
唐措湖宝珠和帐中财物，
要献给格萨尔大王以抵罪恶；
香龙措玛国度内，
要发誓保护诸佛法；
然后再看能不能讲和，
不然用套索将你捉。
这条风质的神套索，
火速和铁锋相配合，
是阿丹长官的传家宝，
格萨尔大王的御赐，
今天派上了好用场。
你上不能飞到天上去，
它有斩断清风的锐利；
你下不能逃入地下去，
它有魔鬼神的铁网罗；
你轻举也不能翔太空，
它是有威力的电挂索。
这是大力士的对头，
姜公子玉赤离不开它。
今天将神挂抛出去，
神奇的网环要套住你的脖颈，
锋利坚硬的铁钩要钩住你的心。
四方的五位天女，
将大丈夫的誓词记着否？
若记着帮助这套索口，
用风力将四大铁械拔出！
偕同风神女十万人，
从四面八方来守护！
玛康地方的战神威尔玛，
请享用人血人肉的美味！
命债由我姜公子玉赤来偿，

收起他的法宝将四肢捆起！

玉赤不待雅杰回话，抛出了套索。这条套索非同一般，是天、龙、念三神加持过的、格萨尔大王亲赐之物，上自天神，下至妖魔，没有不能套住的，他雅杰托噶怎能躲得过？！

雅杰见套索越勒越紧，用自己的宝刀连砍九下也未砍断。雅杰又变化成白牛，套索仍未离颈。众英雄见玉赤已将他套住，纷纷上前，欲将其捆绑起来。白牛拼命挣扎奔跳，众英雄不能近身。丹玛见众人不能擒它，挥剑上前，对野牛道：

十八叉的雄鹿角尖，
虽尖不能御猎犬；
石崖上獐子的牙齿尖，
虽尖敌不过铠甲坚；
农家的雄鸡翅膀美，
虽美不能凌空飞；
雅杰托噶的幻术高，
虽高颈被套住也难逃。
我手中的这把锋利剑，
青铜的绿光亮晃晃，
生铁的火花明光光，
猛烈的赤电光闪闪，
剑到你的头削掉。

丹玛驰马挥剑朝白牛砍下，没有伤着野牛，坐骑却被牛角抵得鲜血直流。丹玛气得大叫，换了匹马又要冲，被众人拦住。众英雄正不知如何是好之时，雄狮王格萨尔飞驰回营。

格萨尔修起降魔大法，战神威尔玛赶来相助，白牛这才安静下来，任岭国众英雄将其四蹄系上铁绊。战神又给它浇上金刚盟誓之水，众人给它搭上各种绸缎。格萨尔将其送至北方，做了厉神唐拉的坐骑。

从王兄雅杰托噶一出城，达泽王的心里就一直很紧张。他盼望兄长得胜，也为兄长的武艺、幻术担心。虽然修炼多年，但不知他是不是能敌得过格萨尔。这天夜里，王兄没有回城，达泽做了个噩梦。

噩梦醒来，达泽心情烦乱。本来与王兄商妥今日去攻岭营，但到现在还不见他的踪影，莫非他……达泽王不愿往坏处想。不管怎么样，今日袭击岭营的决心已定，王兄不回来，他也要自己率兵出征。

众将不敢拦阻。昨日雅杰托噶点的四员大将已把城里剩余兵将聚集在一起，只听达泽王一声令下，立即随大王出城。

出城的碣日兵将因为是达泽王亲自统率，所以显得格外英勇，一冲进岭营，就杀死杀伤岭兵约有百余人，大将扎巴伦珠还射死一员霍尔大将。辛巴梅乳泽见自己的爱将身亡，立即抽剑在手，在马鬃上连擦三下，朝扎巴伦珠扑去：

须弥本是大鹏的宫城，
狗头鹏飞来要断羽翎；
阴山本是猛虎的宫城，
狐狸跑来心血枉费尽；
碧海本是鳄鱼的宫城，
舟船漂渡也不稳；
北地大滩是岭军营地，
碣日兵将驰来是送首级。

辛巴话到剑到，扎巴伦珠的胸膛像是开了一扇门，心、肝、肺红赤赤地迸了出来。碣日兵一见，惊叫着退了回去。大将喜瓦威噶和云钟丹增冲开了岭军的右翼，玉拉和阿达娜姆迎上去大战。女英雄在“力挽山岳”铁弓上搭上“九次回转”铁箭，对喜瓦威噶道：“精深的教法在上师身边，请求过多了严令如雷霆下；香甜的饮食在父母手中，要求太多了要挨嘴巴；勇气在碣日大将身上存，逞凶太过了要断送性命。我这支雷霆奇箭，能将石山劈开，今日要向你射去，让你尸首两分离。”

这一箭，射得不偏不倚，正中喜瓦威噶心窝，碣日将翻身落马而亡。达泽王一见女英雄射死了他的大将，便举刀来砍。阿达娜姆挺枪便刺，被达泽王的大刀削掉了枪头。阿达娜姆大吃一惊。达泽王第二刀来了，女英雄慌忙一闪，刀中马颈，坐骑的头被剁了下来，阿达娜姆被马掀翻在地。碣日兵将正欲上前擒拿，岭国大将森达赶到，一把大刀抡得达泽王眼花缭乱，应接不暇。岭国兵将纷纷涌来，救了阿达娜姆，围住了达泽王。这碣日大王见势不妙，急令退兵，弟弟红缨王断后，碣日兵将潮水般退了下去。

第一百三十二章

闻噩耗达泽气急攻心
听教法辛巴喜获加持

话说碣日王君臣们败下阵来，回到司具扎庆大帐中，坐在坐垫上面。碣日达泽王因为损兵折将尤其损失了章公子喜瓦威噶，而且睡梦也不甚好，心中烦乱不堪，唱出了这样的歌子，他唱道：

碣日国的护法神，
不知心里在想什么？
请看看这时局和命运！
此地是雅萨瓦塘滩上，
紫色大帐的中心处。
我乃碣日国的国王，
是北地九十湖泊、九十山谷的主宰。
今天战场遭败绩，
将士被击为齑粉，
猛将喜瓦阵前亡，
若被男子所杀也无悔恨，
却死于北妖女魔手中。
事情不止如此，
我昨晚睡梦中，
梦见谷垴雪山顶，
建起了一座松石宝座，
上面坐着一长官。
我问他："是谁？到哪里去？"
他说："我从萨丹姜部来，
你若卖绵羊我要买。"

我说："是神羊不能卖。"
却梦见遗失了羯羊一只。
今早本王想是王兄讨厌我，
现在取胜要靠他。
失却威望虽难忍，
但现在支持很困难。
勇士诸臣如流星陨，
又如到时的果子落，
现有的寥寥若晨星。
那威武的碣日大军，
好像羊群被狼冲散，
现有的是溃不成军，
认为能顶事的有十人，
认为最好的有五个人，
一共有首领十五人，
能参与计谋的只有这些人。
其余的都是狗随人行，
残余的四十五万人马，
是豺狼中间的小羔羊。
议事的在座诸臣们，
没知识与老牛相似，
没主意和哑巴一样，
没胆量与狐狸无差异。
不要说向同等敌人去迎战，
连女子的刀剑也不能支，
腰挂撒袋弓袋实可耻，
身坐虎皮垫子不相称。
与其如狐狸山上逃，
不如像猛虎窝里睡；
与其如老鸦林中飞，
不如像家禽架上蹲；
与其做全副披挂的懦夫，
不如做心血涂地的好汉。
交战要能挡得住敌人，

逃遁时能守得住险隘，
如果不能下决心，
出阵的人再多也没用。
不去看看石山顶，
遍布网罗置肉饵，
焉知有没有鸟王来？
不向林中进行探索，
便在三岔谷口布机弩，
焉知有没有猛虎来？
不察看漫流的渡口，
便向清水中撒渔网，
焉知有没有白肚鱼？
去看看雪山顶，
在岭敌大军威力下，
不知王兄还在否？
大臣卓洛丹巴啊，
你去给“黑骝善飞”马，
赶快戴上辔头放上鞍鞯。
冈日歇宗雪山下，
有珍宝曼哲松石，
用绿柏香末去祭祀它。
向右面将它绕三匝，
将雅杰托噶的名字唤三声，
再对坛场二叩首，
口称“母神”唤三声。
这样呼唤九声后，
如果有白狮发吼声，
是王兄正在那里的象征；
如听说“你想见哪一个”，
是他不在家的象征；
如白雪山上出雾气，
是端茶迎接你的象征；
如果有野牛发吼声，
是王兄从石山启程的象征。

情况怎样你去看仔细，
四部大军照旧出阵去。
后天吉祥十八日，
在宫城里大设宴席。
所有内外臣宰，
所有万夫长、十万夫长等将领，
三山尖上日月出天时，
一齐来聚会莫缺席，
在座的把话记在心里！

听碣日王唱完，有些臣子想到自从碣日军连吃败仗以来军心动摇，惶惶不可终日，心中暗忖：还能不能够支持五六个月呢？有的打算投降，有的想逃往北方的祝古国去，谁都拿不定是战还是退的主意，虽然有各种各样的想法，但都不敢向国王启禀，只能待在那里静观事态发展。

且说碣日达泽王所派遣的那个臣子，来到冈日歇宗雪山脚下的曼哲松石前面，煨起神桑，熏沐祭祀，并呼唤、礼拜、绕行、祈祷，完全按照达泽赞普所吩咐的做完之后，还是什么征兆也没有出现。又再三进行祈祷，只听得右面山中有一只狼在哀嚎，左面山中有一只松鸡在叫唤，松石所在的神山被风和雷霆击毁，出现了种种不祥之兆，于是心中有些不安，走下山来。下午时候，回到了大帐，将详细情形禀告。碣日达泽王听了，一时昏晕过去，众人用神水喷洒，才使他苏醒过来，此后三天之中，王妃和诸臣们也难以近前。

岭国大军在珊瑚城外扎下大营，眼见柴草不多了，众英雄欲出营拾柴。晁通忽然指着西南方对丹玛说："你看那山峰间露出了树林的枝梢，这北地本是没有树木的平川，怎么会有森林呢？莫不是幻变出来的吧？如果是幻变之物，须由我晁通去察看，我带兵十五人，请你另派出兵士十人，随我去伐那些树木。砍柴虽是粗活，却也能分出高下。"

上等樵夫的斧头粗而厚，
斧头落下如降冰雹，
斧把如豺狼扭腰闪跳，
斧刃就像雨雪飘。
中等樵夫伐木顺裂痕，
斧头落下可比流星陨，
斧把如猛虎扑跳，

斧刃像红鸡冠闪耀。
下等樵夫伐木性急躁，
斧头劈木像撕筋，
斧把如蛇乱缠腰，
斧刃就像烧火棍儿翘。

丹玛听晁通这么说，也担心那些树木真的是幻变之物，便派了十名兵士随晁通而去。

晁通带着拉郭和二十五名兵士前去伐木。走到森林中，见到一株空心老树，晁通正欲上前，突然从树心蹿出三只老虎，一母二崽。拉郭拦住母虎，那两只虎崽便朝晁通等人扑来，吓得他们扭头就跑。刚跑出几步，晁通脚下一绊，跌倒在地。晁通想，这下可完了。两只虎崽张牙舞爪地扑了过来，晁通急忙念咒，一边用刀与两只虎崽搏斗。眼看力不能支，幸好这时拉郭已将母虎杀死，奔过来又杀了那两只虎崽，救了父亲晁通王的命。

岭军其他部族的人也走进这片森林砍柴，晁通拦住玛宁长官拉鲁，不让他们砍。拉鲁一听就火了："晁通，我们四部落的大军，一起从岭国来，好比一个上师的弟子，一个长官的属民，遇上朋友大家一起吃喝，碰到敌人大家同用枪刀；苦乐一致，采樵无尊卑；大海汹涌，取水无上下。你达绒做事要有分寸，侮辱文布不要过分，没有情谊如陌路相逢，不分好歹与猪狗相同。你不让我砍，我偏要砍，文布军也要烧茶吃饭。"

晁通被拉鲁的一席话说得羞愧难言，拉郭却忍受不了："拉鲁，正像你自己说的，你侮辱晁通长官也要有个分寸。新妇的饰品要轮流佩戴，打仗的战利品要轮流取得。在北方无树的雪川里，这点森林应归我达绒管，因为是我父亲晁通发现的树木，是我父子杀死了看林的魔虎。如果你敢砍一根刺巴，看热闹的唯有苍天，喝鲜血的唯有大地，我战不胜你不是拉郭。"玛宁长官拉鲁见拉郭蛮横无理，更加愤怒："今天我不但要采樵，连你的脖子也要当成松树砍了来。"

眼看两员战将你言我语，就要动起手来，众英雄急忙上前劝解。北征碣日之时，文布与达绒二部立过誓约，保证不再发生争斗，若被大王知道了，定会重罚。玉赤将玛宁长官带回文布大营，晁通率达绒军继续砍柴，整整砍了一百八十驮。虽得了这许多柴草，但晁通的心里反而不安起来。为了这片林子，差点儿闹出人命，趁大王还未追究之前，还是先放点儿布施为好。晁通立即派人将丹玛请到自己的帐内，对他说："长官富于财物，布施香茶绸缎；商人富于珍宝，布施松石珊瑚；猎人富于兽肉，布施肉块油团；北地树木比金贵，我达绒晁通用柴草做布施。"

丹玛连连点头，认为晁通这样做好。

晁通将柴草一一分配：献给格萨尔大王十五驮，其他各部落的英雄每人五驮。干柴留给达绒部，湿柴送到文布营。

丹玛不赞成给文布湿柴。达绒家臣心里本来就不情愿分柴，觉得他们的长官晁通太没骨气，连获得点儿柴草还要分出去。听丹玛说要平均分配，便把干柴湿柴一起分了。岭国诸部得到柴草，倒也无话可说。

粮草齐备，岭军准备攻城。第二天一早，辛巴梅乳泽出了大营，忽然发现前面不远处出现一座大寺。梅乳泽心中奇怪，便带兵前去观看。来到寺门口，见门口竖着大磐石，辛巴知道这是闭关的标志，生人不得闯入。但在大军进攻之际，凭空变出一座寺庙，怎不叫人生疑？梅乳泽定要看个究竟。就在霍尔兵将在寺门外乱哄哄砸门时，寺院的窗子里忽然接二连三地飞出许多闭关修行的人，袈裟像翅膀一样。辛巴忙命将士抛出飞索，结果全部被飞行的僧人砍断，只有梅乳泽自己套住一人，因为他的套索是镇魔之物，被套住的僧人双手紧抓套索，对梅乳泽说：

你若不知我是什么人，
我父是辽阔的太空，
母亲是苍茫的大地，
我是千乐的光明。
赤缨部队的当中，
那血红头发的恶小子，
赤马头戴珊瑚鼻花，
你这恶小子的秽符，
使空中的飞鸟堕地下，
将游水的鱼儿拦腰擒。
将我这僧人莫杀害！
后世的时间比现世长，
阎王的威严比阳间的官吏凶。
如果对善恶业有夸大，
任何好汉也不得解脱道。
如做了杀父、杀上师和违誓三件事，
难逃牢狱被火烧，
现世要病缠虚幻身。
以上的话意多思量，

绝不能和教法来抗衡。
佛经、教诫和加持，
要什么我上师可给你。
敌兵不能伤害的护身药物，
身心无畏怖的勇气可给你。
寿命、富贵和安乐的日月，
勤修父上师教诫可得。
不要惩罚无罪的人！
不要宰杀无辜的畜生！
不要射杀无辜的飞禽！
今生上师救护你，
来世里你可以报恩情。
藏族古人谚语说：
做官人势大树敌多，
山岳幅员猛兽多，
大海无边鱼獭多，
这个说法有道理。

梅乳泽一听，此上师说话好像有些根底，遂松了套绳，想问问自己的命运如何。刚要开口，又转了念头：万一说自己是大辛巴，他不肯说实话怎么办？还是先试试的好。于是他说："我乃是霍尔黑帐王帐中的多钦，听上师你将三界中的事情说得如此清楚，但多钦我却不想知道我自己的命运，想问问我长兄梅乳泽，他渴饮鲜人血。上自空中的大鹏鸟，下至地上的小蚂蚁，杀戮了好多四方人马。快到五十的那一年，在刀下流血丧了命，对他是否有超度办法？而他骑那匹'紫黑善飞'马，一代战马之父，平原中失踪不知去向，神牵去还是鬼偷去？请预言何时得相遇？这两三事说得若对头，今天不杀你放你生，如果打诳语来欺诈，你要死在这剃刀下。后果如何你自知！"

那上师早就看出，问话的并非多钦，而是梅乳泽本人，便说：

红缨军首领梅乳泽，
是赤色阎罗王所转生，
一定要在刀下死。
"紫黑善飞"马，
在妖魔罗刹的岭国，

转生为赤色猎犬身，
从那里要往无极边地去。
再说辛巴梅乳泽啊，
真正临近生死关头，
现在就杀我也无畏惧，
一切众生都会有死生。
那卵壳里边的翅羽，
有不掉到地下的天命；
白肚鱼腹中的胆囊，
有急浪冲不坏的天命；
智慧老人的教诫，
有不害怕幻觉的天命。
我外表如石山的身体，
内心不怕利刀剑，
内心清明无垢如水晶球，
不怕习气业染污；
身遭擒俘无处逃逸，
可将躯体留这里。
假如你不相信我，
请将四肢用绳捆，
只缚着两手没意思。
具誓法王要惩处你，
逗觉辛巴请记心里！

梅乳泽一听无法解脱，顿时大怒，手持宝剑对上师说：

骗人的事都是上师做，
一切谎话都是市侩说，
争斗都是由妇人挑唆，
世人相信皆因自己痴。
狡猾诡诈最后要吃苦，
欺瞒哄骗最终会暴露，
事事争斗终会有结果，
梅乳泽先要割你的舌头。

不等辛巴挥剑，上师摇身一变成为愤怒明王，右手持金刚杵，左手拿铁蝎子，浑身烈火燃烧，噼啪作响，胳膊和腿上缠绕着毒蛇。顷刻间，梅乳泽身边的兵将全部化为灰烬。辛巴大惊失色，立即滚鞍下马，从颈上摘下松石，搭在一条洁白的哈达上，献给愤怒明王，请大王恕罪：

请慈悲摄受我这辛巴大罪人！
我今年过八十六，
今天以前的日子里，
仇敌有多少杀多少，
食肉饮血已成性，
抢劫别人的财和物，
教法“嘛呢嗡”我一点不知。
觐见高僧后我心胸卑，
年老须白我悔恨深，
我心思念着无常死。
破地狱坑底的甚深法，
请高僧将最深的赐给我！
请授我能得解脱法门！
已死的霍尔君臣们，
已与经咒教授来相逢。
现在愿大宝化身佛，
为了我和母亲般众生，
请你执掌这金刚教法！
为了给南赡部州做装饰，
请你的变化身永住世！
我辛巴忏悔自己的罪，
赖这具五力的教诫，
请慈悲引入解脱路！
这座北达纳寺，
愿紫红的翎眼光泽，
愿经咒的法院更兴盛！
如前世所发的誓愿，
愿佛身住世赐加持！

发愿时时得觐见！
骑兵三百三十人，
在吉祥胜利的宝座前，
诚恳进行三敬礼，
愿黑暗祛除光明现！
以那无畏金刚甲，
请赐加持的仪规！
直至世间未毁前，
请你的化身永住世！
愿捣通六道轮回底！

他这样心口如一地陈述，并念诵着“班杂古如”真言，频频叩拜、绕行，忏悔罪恶，诚信的眼睛里，热泪盈眶。愤怒明王复又变作上师之身，给梅乳泽密授解脱之法，赐予长寿结和护身符，然后遁去。梅乳泽明白这是受格萨尔王嘱托来开示自己，深感大王恩典，长长地叩了三个头。

第一百三十三章

亲上阵达泽接连受挫
勇迎敌玉拉争得头功

达泽王委派臣子，通过煨桑、祭祀，呼唤王兄雅杰托噶出现帮助碣日军，得知雅杰托噶无法回来救助，正应了梦兆，又连吃败仗，还损失许多大将，一时间昏晕过去，病卧床榻，一种阴森森的感觉涌上心头。

而此时，岭军士气大振，号角声声，旗幡猎猎，积极遣将布阵，准备大举进攻。翌日，先头部队左军，珠拉桑珠、玛宁宗本波和俄桑等各领英雄四人和持刀勇士一百人，引队前行，在雅萨瓦塘滩的东面，距离碣日军大军营寨不到一箭之地的地方安下营寨。第二天，谷垴谷中和谷口所有的地方，都驻满了队伍，各种颜色的马群，漫山遍野，红艳艳的火光，遮天蔽日，炊烟弥漫天际，此情此景简直是难以尽述。

反而在达泽王的宫殿之上，一派死气沉沉的模样，时过中午，才有御弟东赤达玛和十万夫长等四人，自告奋勇，率领勇士若干，前去攻击岭军东面的营寨。达绒和丹玛两部军营中，香庆噶玛卓鲁、喀刺公子俄桑、康噶玉托白玛、察雪乌耶玉雅和丹楚玛第巴等五人披甲持枪，各自上马，上前迎战。一开始也没通姓名，便互相射箭，约一顿茶的时间，胜负未分，便各自鸣金收兵。

第二天早上，碣日达泽王亲自率领索赤东达噶鲁、十万夫长朵嘉维纳、纳雪巴哦赤图等四人，各带勇士十人。四十对人马，好像赤煞奔向平原一样，冲了上来。岭军哨兵们看见，跑回营寨。众英雄当中，姜柯秀白玛尼扎、巴图鲁乌耶拉郭、豆穆托郭察巴等人上前堵住。碣日达泽王拔出“火焰断电”剑，佯装是一个臣子的样子，唱出了如下的歌子。他唱道：

如果不认识我这人，
我是东雪噶如日珠部落，
郭宗城的英雄珠鲁，
是碣日国王的大臣。

大海般雪白营帐中，
噶萨的黄口孤儿啊，
今天听英雄唱歌曲！
狡诈寻衅坏事的，
坏人辛巴哪儿去？
将敌人顶戴在头上的，
姜人玉拉托琚，
竖立无先例的旗子，
北魔的凶煞黑脸妇，
无知识问话不答的，
坏吾王业根基的森达阿东，
这些人若再让他们来出战！
他们如未死叫他们来迎战！

碣日王唱罢，好像山上滚下了磐石般地扑将过去，岭军姜部英雄们将一排排箭向碣日军射去，虽然射中了他们，但是没有伤着性命。双方又进行刀战，战成一团。碣日王向营寨中冲去，杀伤了铁缨军约一百人。于是玉拉托琚纵辔而去，在右军营帐前面，与碣日王相遇。没有认得他是碣日王。玉拉大声喝道："岭军出击碣日国以来，一直到今天的日子里，没听过什么名叫珠鲁的人。你去为匪还是做生意？去做贼还是去围猎？是空中的飞禽请你展开翅膀，是地下的爬虫请你伸出爪子！"

玉拉说完，将宝箭射了出去。那箭犹如霹雳，碣日达泽王正想唱歌答话，箭已射中护心镜，虽有铠甲护符，什么也没有抵挡得住，碎为八块，落下马去。于是碣日达泽王也没有唱歌的工夫，便奋力拔出大刀，向着玉拉猛扑上去。刀战片刻，因为那天还没有到降伏碣日达泽王的时辰，所以双方还是胜败未分。碣日国君臣见状，料难以取胜，便勒转马头撤退，岭军则乘胜追杀。最后，岭军大将达茂托赞洛哦生擒了碣日军将领阿拉达坚，并将其带回岭军大营。在严厉审讯中，阿拉达坚供出那赤人赤马、穿甲戴盔的就是碣日达泽王。大家这才恍然大悟，也都说："这是实话。"

如今在碣日军九柱大帐内，碣日君臣们失去了往昔那骄横的狂笑和豪气，也没有连遭战败的失望和痛苦声。君臣们正聚集在一起，紧张地计议进退之策。许多人认为悄然后撤为妙，有人这样主张："现在无论如何，岭兵于明天早上一定会来进攻的！我们最好还是走为上计。"还有的说逃到祝古去好。每个人都唱了一首歌，说了一个主张，还是没有一致的意见，因此没有做出最后决定。正在这时，纳雪巴哦赤图说道："大家商议，意见不同，究竟到什么地方去好，请大王自己算一个卦，就可以心安理得地拿定主意。而且不论成败如何，那都是先业注定了的。"

诸臣听了，都说："噢，这个话说得对。"

于是碣日达泽王便献上了丰盛的供品，在一张做祭祀用的人皮上面，用卦绳占了一卦。卦辞上说：到北面的祝古国去。又占卜所有被岭国抢夺的财宝是否能够再收回来？卦辞上说：从明天起到第三天晚上，如果不留七个时辰，便不能复得。又说三年之间没有敌人，遂决定逃到祝古国去躲避三年。同时大家都发出誓言，不让这话泄露出去，要同心同德，同甘共苦，不能潜逃或者投降。于是，杀了一头黑犍牛，大家轮着喝血盟誓。然后决定将一些珍宝财物奉献给祝古王，并将所需金银绸缎粮食等驮载在十五匹骡子上，君臣和王子、夫人等，乘日暮时候，悄然上路。对于其他人还不能不保守秘密。因此，还要装模作样，说明天要去劫岭军营寨。遂将碣日军的万夫长三十人招来，让他们坐在身边，碣日达泽王唱歌表示要去袭击岭军大营。他唱道：

外敌欺我实太甚，
九死也不能忘记。
内心上结成冰雪块，
太阳光也不能消融；
肝脏结核石头般硬，
乌铁锻也难将它碎；
盈眶珠泪如波涌，
杀了觉如也不称心。
今晚里的后半夜，
君臣十三人奋勇去出阵，
将这谷口的觉如军营，
如不能像酸奶搅它一番，
要守住家园太困难。
你们四部大军营，
照旧据守着自己营寨。
出阵者如果能复回，
那便是胜利上加胜利。
如不能取得胜利回，
好汉们牺牲在战场上，

欲守住大军营便有难。
需要怎么和将士们商议，
议事需讲究理智。
今天若不做个无后悔的事，
智慧的碣日王便成空话一句。

听他唱完，万夫长们信以为真，说道："大王自己不要出去，我们这些万夫长、千夫长们，拼着性命，每两人一组，前去出战取胜。"

虽然他们殷切请求，内心却都惘然，都不知道明天会是怎样的结果，心中忐忑不安，各自回到自己营中，安歇不提。

那天晚上，全副披挂后，碣日大臣、王妃、王妹等十六人，十五头骡子上驮载东西，偕同随从六人，前半夜时分，悄悄地上路，渡过了白曲安茂河渡口，循着野马麋鹿的逃路，从上下两部岭军岗哨中间的小道上悄悄地穿过，因为夜黑，谁也没有发觉。

丹玛因为心中忧烦，鸡儿叫了头遍，便生火造饭。鸡叫二遍时，英雄们和大军都披挂就绪，待命出发。当此之时，厉神之王唐拉多杰巴瓦，面目清明，犹如满月，全副披挂，旗帜鲜明，胯下骑着银色马，在白云红霞交织中，像太阳光一样对着格萨尔王唱起了启示之歌。他唱道：

请大海般的救主赐加持！
若不认识这地方，
这是北地平原湖滨。
若不认识我这人，
高耸的雪山宫殿中，
厉神王唐拉是我名，
是对无知者降启示的人，
是祛除无明愚昧的人。
现在天色已黎明，
为何大军还守军营？
打算出发到哪里去？
那碣日达泽赞布呀，
偕臣眷十五人和骡子，
从白曲河渡口下面，
两处岗哨的间隙，

循着麋鹿的逃路而去，
岭军的哨兵没发觉。
觉如长官啊，
切莫逗留准备追踪去，
两部军营的八十英雄，
今天不用他们还待作甚？
那碣日达泽赞布呀，
如果他逃到祝古去，
不要说取什么胜利，
珊瑚城恐要落陷敌手里。
太子扎拉军中的英雄，
要从白、祝交界处，
歇喀郭茂章塘滩，
谁快谁先守候去堵截。
大王军中的英雄们，
要从嘉宗城方面去追击，
两部分不论谁都要取得胜利！

唱罢，便如虹霞一样散去。格萨尔王立即将众位英雄召入帐中，将碣日王逃走、神灵降启示的情况，一一陈述。

听格萨尔王唱完，众英雄谁也不知道说什么才好，只是打算格萨尔王到哪里，便一同奔向哪里。总管王心想：现在除了有神明的启示而外，是否敌人在引诱我们？如果碣日王达泽真的已经逃走的话，那么岂不就是识纬书中所说的“流年赤猴的那一年，赤虎的斑纹被雷霆摧，苍龙声震四大洲，野牛的脂膏被岭部饮，身上的幻术被制服”那个意思？

想到战胜碣日国的预言将要实现，总管王信心十足地唱道：

撒袋弓矛要给英雄好汉，
“格格索索”呐喊去上阵，
如果战不胜要狐窜，
口衔破鞋底翻九架山；
珊瑚和松石要给妙龄女，
酒茶宴客之日到婆家去，
若守不住妇道和窃狗人入室，

要受无数棍棒的打击。
大王陛下哟心莫烦，
做严整的大军的核心。
未来的事情还难料定，
应该让八十英雄去，
大军一去所向披靡。
马快的人们先出发，
好汉勇士随后行，
看白、祝两部落交界处，
纳瓦章塘滩能否占领。
如果谁取得胜利，
置之四大王族列，
让他升上十五大部落的宝座。
以金、银、绸缎和珠宝，
马和铠甲、三种兵器等，
各样百件为赏赐。
真实不虚请释迦牟尼做证明。
请莫逗留！王臣把话记在心！

总管王这样诚恳地唱歌陈情，当时在场的众英雄都说，今天若不能拼个你死我活，便和狗没两样。于是，信誓旦旦，摩拳擦掌。

再说太子扎拉泽杰的那一部分英雄和部队，将西北角所有的碣日军营寨像茅草被冰雹打了一样地摧毁了。百夫长、千夫长、万夫长、十万夫长等都被杀戮或擒获，世间九柱大帐也被捣烂。东方后军营寨中四部大军人马和万夫长、十万夫长等将领们，虽然上前迎战，也没支持得住，于是，岭军猛如潮涌，浩浩荡荡，将雅萨瓦塘滩团团包围。太子扎拉泽杰命令所有的英雄，将逃逸的碣日王紧紧追击，要快速到达白、祝交界中间的滩上，守候堵截，但是因为正在破坏世间九柱大帐之际，谁也没有听从这个命令。岭军将士们也没有来得及将帐内之物加以清点，便从世间九柱大帐的库房内，将金、银、绸、缎、盔、甲、垫褥、男女首饰、牛羊等尽数缴获。碣日王妃喜饶仲玛，仅得逃脱。而东南方的碣日部队逃脱不得，只好叩头求降。

这天快要天明的时候，碣日达泽王和大臣等仓皇到了嘉纳噶如娘宗城门前，装作玉拉和辛巴的样子，让打开城门，连喊二声。里面的岭军士兵们，从枪眼和垛口里伸出矛枪，同时看他的红缨好像火焰燃烧一般，铠甲下摆与敌军相同，

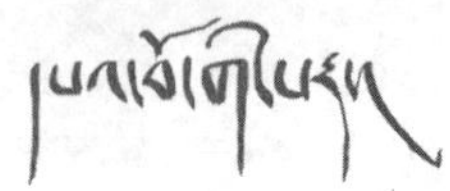

遂喊道“是碣日军呀”，便从鹿角里面放出箭来，射杀了一队人马。碣日王的弟弟东赤达玛看见后，鼓起勇气，靠近城门，说道：“这嘉纳噶如娘宗城，本是碣日王祖宗的宫城，你这贼寇岭军为何来占领？据说守城部队的将军有朵嘉仁庆在城里，因占领着峻城而胆量加增。森严的军营中人马多，能压敌右军的是个别人，懦夫装好汉却个个能。今天你守不住坚城，请将死生谨加挑选，再将成败细加思虑。如果你不把城门开，后果怎样你知道否？”

东赤达玛说完，驻守在那里的岭兵们纷纷放矢，只见飞矢如雨，从天而降。接着东赤达玛将西门旁边的一块黑铁方形上马石拿起，向着生铁城门砸去，只听一声巨响，城门被打得稀烂。石子飞溅，打死了甲士三人。城里面有赛东万户部落的百夫长雪仲拉华守护在那里。东赤达玛冲进城去，两人战片时，雪仲拉华身体被劈为两半，当即毙命。那时朵嘉仁庆扎巴已到东赤达玛跟前，举剑相击。仅几个回合，朵嘉的剑刺入东赤达玛的软肋，他虽然还想挣扎挥刀，早被几个岭军将领一阵乱刀砍死。

见王弟战死，于是碣日达泽王决心拼一死战，便扑将上去。城楼上面的岭军将士，将像帐房大的很多礌石掷将下来，四五个人马被打成肉泥。此时，碣日军除了后退，别无办法。碣日王子塔钦司威受了剑伤，死于途中。剩下君臣十人，一直向前逃走。岭军派百余将士继续追击败逃的碣日君臣们。而朵嘉和部众等恐城池有失，仍旧留守。

不多时，仁钦闻报，拉郭、东赞、丹玛、玉赤等岭国兵将奉雄狮之命前来追赶碣日君臣。大王已得天神预言，碣日君臣欲逃往祝古国求援。说话间，岭国各路人马纷纷赶到。辛巴梅乳泽抄小路赶到了碣日君臣的前面，假扮祝古大臣模样，对急匆匆逃来的达泽王说道：“这座小山的那面，就是我们祝古之地。来者请讲姓名，我通报后才能放行。我们祝古国境，不能放过外人的一卒一兵。如果你们再往前走刀刃宽的一步路，我们的礌箭不留情。”

碣日君臣见梅乳泽讲话的神情，不像是祝古的大将。不是祝古的人，那必然是格萨尔的伏兵无疑。达泽王气得咬牙切齿，搭箭在弓：“你这红盔缨的小子，是个什么东西？敢阻我碣日达泽王的道路，看来你是不要命了。”箭一出手，空中马上降下冰雹，千雷俱鸣，大地震动。辛巴梅乳泽因有愤怒明王所赐护身符，才没有被射死，却被震落马下。他身后的一员小将连同坐骑，一起被利箭射死。辛巴梅乳泽复又上马，搭弓射箭，连连射中达泽王。达泽边呼护法神、战神、魔鬼神，边和霍尔兵将大战。

岭军众英雄陆续赶到，达泽王寡不敌众，拨马就逃。玉拉托琚骑着扎拉王子的青色追风马，与东赞二人紧紧追赶。眼看追上达泽，二人勒住马头，商议如何降伏这碣日大王。玉拉说用箭射，东赞说用刀砍。玉拉箭囊内的神箭“嘭”

的一声自动飞到了宝弓上。

就在玉拉和东赞勒马商议之时，达泽以为二人不敢近前，竟得意起来：“我达泽本是上界天神的敌人，是下界龙王的对手，岭国的两个小子怎能奈何于我？”

达泽见二人取弓的取弓，抽刀的抽刀，不再神气了，哀求道：“英雄们，只要你们不再追我，这十五驮珍宝送岭国，给八十英雄做礼物。”

玉拉和东赞听了，冷笑一声，岂能为区区珍宝而放走魔王？玉拉说：“我们所要的不是珍宝，而是你达泽本人，除了下马投降，别无生路可走。”

达泽听了此话，心想与其投降，不如战死，遂向玉拉射了一箭，玉拉没想到刚才还在求饶的达泽王会如此快地射出毒箭，幸而有战神威尔玛的护佑，才没有受伤。玉拉把愤怒之气全部运到手臂，猛地一拉弓，只听轰隆一声，将达泽王的两层铠甲击毁，箭从后背穿出，像是开了朵莲花。达泽王忍痛而逃。东赞再射一箭，达泽王的坐骑中箭倒地，把达泽王甩出去老远。王妹阿曼鲁茂上前，一刀斩了正欲来擒王兄的岭将，拼命保着哥哥夺路而逃。剩下的六员大将下马投降。

森达、阿达娜姆二将拦住了正在逃命的碣日王和王妹阿曼。王妹见不能逃脱，便向阿达娜姆请求投降：

苍穹想不让天明，
太阳的光辉在后面催；
大地想不使坚冰解冻，
春天的温暖在后面催；
我阿曼想不归降岭国，
勇敢的英雄在后面追。

阿达娜姆见她可怜，心想：对投入腋下的敌人，要比儿女还要慈悲；荆棘虽恶，也能庇护鸟雀。遂把搭在弓上的利箭取下，对那王妹说道：“只要你忏悔罪恶，向格萨尔祈祷，可以饶你不死。”

从后面赶来的东赞听阿达娜姆饶了阿曼鲁茂，可不高兴：

苍狼装扮成白须长老，
满嘴甜言面带笑，
是祸及九族的凶兆。
腿上长绒毛的母鸡，

若行鸡埘时尖声叫，
是子媳分离的噩兆。
淫荡妖冶的女子，
如到邻家言词乖巧，
是挑拨是非的预兆。
逃亡的白盔缨妖女，
口称投降暗抽刀，
是岭军遭祸的征兆。
可恶的凶鸟鸺鹠雏，
白天养它晚上叫；
毛纹美丽的小花豹，
拴在门口吃羊羔。
上师不拯救恶人，
长官不庇护罪人。
这妖女杀了我岭国将士，
不杀她我东赞恨难消。

东赞一箭射杀了王妹阿曼。达泽王还想逃走，被玉拉托琚一箭射死。格萨尔大王重赏玉拉，众英雄也纷纷向他祝贺道喜。

总管王绒察查根抑制不住内心的激动，纵情歌唱道：

对无欺救主和法僧，
从内心深处做祈祷，
愿上界神言得实现！
若不认识这地方，
这是北、达交汇处，
司塘纳庆查茂滩，
严整的大军营寨中。
像云朵翻腾的白帐篷，
莲花簇拥般的帐篷海，
是姜木里长官的大帐。
里面日月相叠金座上，
请太子殿下坐！
面容如十月的满月，

权力宝贵威仪扬。
美丽的虎皮等九色礼，
上加大块的黄金白银，
十头枣骝骡子把茶驮，
呈献于太子殿下你，
这是降伏碣日的赏赐。
右排座位的首席上，
陈设狮子宝座一台，
上面撑起了孔雀伞盖，
两轮太阳的中间，
请玉拉托琚坐！
我这人你们当然认识，
玛康察朵高原上，
总管王绒察查根便是我，
是天母朗曼噶姆所加持。
高空虹霓神幕中，
赖太阳的福命与威势，
中空白云神幕中，
赖苍龙的福命与威势，
向往的心事得以完成；
稳固的须弥山大地上，
依大王陛下的福命威势，
珊瑚宝城归属我。
上湿地北谷中，
依玉拉托琚的福命威势，
取得了碣日王的首级，
其他的好汉怎能相比拟。
十五位神子聚会行列中，
他是达拉达庆的后身，
诞生姜地名叫玉拉。
他与强大的非天[1]作战时，
配合了仙人之力，

1　非天：梵语阿修罗之意译。为常与帝释天战斗之神，其容貌男丑女端正。

将须弥山上大鹏的金蛋，
完好无损地获取；
为消除贫困的威胁，
姜、岭争夺粮食，
才得知玉拉托琚，
你是具有誓愿的人，
想争取你为可爱的伙伴，
按辛巴的意见将你争取。
你帮岭噶布所做的好事，
对于大王陛下的王业，
你与英雄嘉察在世无异。
自从今天起，
请你入四王族行列里。
岭噶布的珍宝和敛得的资财，
玛康岭的官位你都有份，
金、银、铠甲和绸缎类，
骡、马、氆氇和猛兽皮，
给你有九色礼百件的奖赏。
巴阿旦、阳旦和吉旦三部落，
三十五个大村镇，
赐予玉拉做封地。
外六部有五方佛，
内六部有六和合，
有不需播种的地精——神米，
有不需耕耘之谷——白玉米，
有植物的王子——大麦，
有夷吾玛和稷子，
地上有土长的各种果类，
水中有水产的嫩柔白米，
有别处所无的八种珍宝，
都献给玉拉你做嘉礼。
今天吉祥的日子里，
给岭噶布三王族，
各赏金十两上加哈达，

是降伏碣日的奖赏。
给降敌英雄八十人，
各赏金五两上加哈达，
是降伏碣日的奖赏。
每个人唱一支快乐曲，
每匹马竞赛跑一趟子！
右面扬起降敌旗帜，
愿取下珊瑚宝藏城！
左面扬起吉祥的彩旗，
愿天下太平众生得安宁。
愿十八座边地大城，
都争取为岭国友邻！

总管王唱了发愿、庆祝、赞颂的歌子，并将赏赐的东西，按照上面所说，奉献各人。对于其他英雄们，也照上面所说，各赐黄金五两、白绫哈达一条。那天，正是个吉日良辰，大军营寨中也举行宴会褒奖英雄，饮食享受尤其丰盛。给三大王族各赐黄金十两，哈达一匹。给四十五位英雄各赐黄金五两，哈达一匹。

第一百三十四章 格萨尔神力取珊瑚宝 众臣民设宴迎凯旋军

碣日君臣出逃之日，岭军便破了珊瑚城。格萨尔高居宝座之上，天母朗曼噶姆从虚空中徐徐降落，为格萨尔大王降下谕旨：

降敌神子格萨尔，
号称已取下美丽的珊瑚城，
名声传遍了满世界，
不完成本身事业有什么用？
碣日朗措贡玛海上，
有歇玛珊瑚城要取，
那里有铁山密布的铁城，
有四面守护的四凶煞，
有祸乱四海的四恶魔。
不把三四十二种魔煞降伏，
碣日天海不能取得。
达雅雪山的右角，
若不赶快开发取地藏，
便不能降伏四恶魔。
有红石山如祭祀品，
红石如同蘸鲜血；
有黑石山如钉铁橛，
橛腰像用黑绫缚，
是无形鬼神的珊瑚城。
有摧毁三山的箭三支，
那就是我们天、龙、厉神的三神箭，

明天要取下珊瑚宝藏。
回旋的碣日天海海滨，
仁庆碣日歇玛塘滩，
好像高树红果熟，
那是人世间的珊瑚城。
若不能防护大毒蛇口气，
不能取得天海珊瑚城，
如果测得了天海深度，
便可取得珊瑚宝城。
如果要取得珊瑚城，
要白狮子去当哨兵。
雪山顶上雷霆降，
南面莲花湖上大象立，
西面的金崖上孔雀落，
北面的沙山上布谷鸣。
发挥四大力士的臂力，
让青青的湖水泡沫浮动，
那红白的珊瑚宝藏，
好像使草山变了色，
珍宝充满了赡部洲。
大海的最底层，
有摩尼珠“精金之沙”，
像个黄金斗放那里，
那是珊瑚之母，
莫破坏留在雪域高原。
大海的八方，
有各种各样的石头，
那是珊瑚宝的装饰，
莫捣毁留在雪域高原。
红白石崖的里面，
有天、龙、神石各一方，
莫取它们留给下代做宝藏。

唱完，天母朗曼噶姆便如虹而逝。

初十那一天，格萨尔披挂整齐，跨上宝驹，十万战神簇拥着，往贡玛海而去。行至达雅雪山脚下的一条河时，宝马江噶佩布不小心踏死了白螺蛙王哲郭。格萨尔用神鞭把蛙王挑起，将开启珊瑚宝藏的咒符装进蛙王腹内，令它前去八大寒林，召来八部空行母，与格萨尔一起作开启宝藏的法事。

法事整整作了三昼夜。到了十五日，格萨尔率岭地众英雄着华服美靴，一起来到贡玛海边的大滩上。众英雄刚刚下马，只听见身后传来山崩地裂之声，眼前的大海也咆哮起来，巨浪滔天，雄龙在右边怒吼，雌龙在左边怒吼，鸡蛋大的铁雹纷纷降落。格萨尔命令晁通："挡住它！"

晁通用手一指，只听见一声霹雳，天上同时降下了三支雷箭。晁通的手指像是被震断了似的，疼得失去了知觉。因为格萨尔王身上有金刚光明铠甲的保护，人马都没有受到什么损伤。格萨尔王又用持教铁钩使者将四部煞王钩摄下来，降伏了他们。他们发誓，愿归顺大王，接受命令。煞王雅秀玛布给大王献上了"小花绒团"隐身术，让赞多杰扎巴献上了"九辐神轮"雷箭。他们请授无形鬼神教法后，各自回去。此时，天气也重归晴明。便在碣日天海海面上，下榻住宿，解下了马鞍，撑起了"见者普愿"凉篷。献毕供茶时，又有毒蛇的口气冉冉上升，遂在白狮子尾的拂尘上面，洒上黑凶麝心血，向四面八方放咒。霎时间，四面的海里发出了喧嚣的声音，暴风骤雨，纷纷而下，谁也看不清楚是什么。

雄狮王格萨尔知道这是恶魔来作祟，便将四方四魔钩来，遂在他们面前打开雷箭铁盒，火焰燃烧之时，有白、黄、黑、绿四只蝶蛾烧死在里面。

格萨尔王，他那无与伦比的玉体，颜色好像金山上面照上了阳光一般，光辉灿烂，手里拿着钵盂，双足结跏趺坐，坐在狮子座上面。八十位英雄变成威武的侍从，环绕在身边。格萨尔唱道：

向头顶莲花天然亭中，
金刚持佛做祈祷，
愿降加持甘露雨！
若不认识这地方，
这是赡部北方名胜，
成就摩尼珠的宝藏，
碣日天海大湿地。
若不认识我这人，
我就是坚固不变法身宫殿里，
天神之子格萨尔。

上体与乔木同高，
是苦行到底的象征；
右手能按住大地，
是战胜五毒的象征；
左手托起钵盂，
是富贵有权势的象征；
腰里系着绫罗带，
是誓诫妙善的象征；
狮子座上结跏趺坐，
是烦恼门已闭的象征；
眉间白毫放光明，
是引拔不净众生的象征；
声闻阿罗汉为侍从，
是将去慈悲摄受众生。
嫉妒中所生的神魔，
住处在心间和雪山中。
前代的大师会嘱咐说：
变化所生的东方人，
木界大种的天魔们，
将木中所生九种至宝，
藏在消除贫困的矿藏中，
对它莫要做障碍。
从愚痴生出的蕴魔，
住处在精血和草山中。
胎生的南方人，
火界大种的天魔们！
将火界所生的九尊神，
藏在身价崇高的矿藏中，
对它莫要做障碍！
贪欲中所生的烦恼魔，
住处在血液和清水中。
热气所生的西方人，
铁界大种的天魔们，
将铁中所生的九种至宝，

藏在身价崇高的矿藏中，
对它莫要做障碍！
骄傲时所生的死魔，
住处在命根和石山中。
卵生的西方人，
水界大种的天魔们，
将水中所生的九种至宝，
藏在身价崇高的矿藏中，
对它莫要做障碍！
你们不要违誓愿，
牢记以前的誓言！
如果不遵守誓词，
触怒了大威白玛陀称，
将你们身首碎为千段，
灵魂抛到无解脱的地方去，
因此你们莫要违背誓词！

格萨尔王唱完，四方四魔变成了四个穿山羊皮袄的老头子，向大王频频顶礼，用谦卑的态度说："啊呀，尊敬的大王啊！我们虽没有违背誓词，但由于无知，今天恶意侵扰了你，我们心里非常懊悔，请你原谅，请大师垂察！我们要保护信仰你的人，不使他们遇危难。从今以后决不违背你的教导，今天万乞释放我们！"

听他们这样虔诚地唱歌请求，仁慈的格萨尔王便宽恕了他们，让他们各回其所，各安其职，再也不要危害众生。格萨尔又加被了天际般广大而众多的一切众生，使之五毒熄灭，他们便隐没到大海中去。一阵清风吹过，那海子也如虹光般地消逝了。

其后又在宝藏东门的一块断石上面出现了白帐朗嘉托郭，南门上出现了索伦朗庆朗卡托拜，西门上出现了香让玛霞赞普，北门上出现了姜柯秀白玛尼扎，四个人穿着华丽的衣服和靴子，上面涂着油质彩色，十分华美。他们将宝藏之门打开，每人又率领聪明伶俐的使者约一百五十人。格萨尔王、五王族、四位第巴和侍卫之臣共约八十个人，骑上骏马，又到雪山之上。那个海的女主人名叫龙女白玛吾坚，将她招来请她襄助。众人亲眼看见五色绫绢的幕幔后面，有胜利宫殿的美丽房屋，周围挂满珍宝，许多龙王眷属在进行礼拜，赞诵祈福。

过去碣日达泽王虽然每三年收取一次珊瑚，但是这一阶段，因为碣日国与岭国鏖战，已经五年顾不上来收，所以珊瑚长得特别的大。海水和石崖相交的地方，被水牛用角磨损了些，但无大碍。成熟的珊瑚，将海水和虚空都照得通红。在海滨和金崖的旁壁像大树一样地长着，十分可爱，非常好看。有刺的珊瑚树，颜色鲜红，像好汉的胳膊那么粗，长短有一庹又一肘那么长，枝丫很多，生长在金崖的峭壁下面。还有一棵名叫丹帕喀的珊瑚树，像透明的水晶，有一肘长，像公牦牛的腿那么粗，在沙子里长着，仅有几根枝丫。还有一棵名叫赛瓦刺的珊瑚树，颜色略带紫色，粗细不等，枝丫繁多，形状像个乌龟，生在水中，枝干高大。另外如果再详细观察，珊瑚树的种类和颜色，还有像各种禽兽形状，颜色也十分艳丽，都在海边长着，形成铁丝网的形状。因为一面的峭壁被水光映照得稍现白色，而珊瑚树大都不是生长在地里的，因此它们的颜色也是白的。黑色珊瑚是因为生在水里，所以其色发黑。

格萨尔王在海边稍坐一会儿，心里想着要如何将所有的各色珊瑚和珍宝等变幻成八般祥瑞供品，然后贡献给十方佛陀和菩萨。这时，飞天和空行如浓云密布虚空，种种红白花雨，纷纷下降。各种稀奇的景象，令人兴奋，将大力士朵庆四人及其部属，还有碣日投诚部队留在那里，让太子扎拉、四王族，以及臣宰眷属五十多人等，主持其事。格萨尔大王、四位第巴、丹玛、辛巴、森达阿东等八人，以及侍卫人马共四十人，又去降伏无形神鬼。到了名叫碣日朗泽城的地方，那座城在海的上头约一箭之地，城的顶尖映显在碣日天海海水里面，有白、绿等色的三个石崖。他们到了崖根，发现那三个石崖被其永久的主人统治着，因而有雾气冉冉上升。格萨尔王坐在神马江噶佩布上，将天、龙、厉三种神箭搭在弓上，于是战神、威尔玛、地方神、八部神祇都纷纷云集，如浓云密布。他的右面有神界大战神白拉穆姜噶布，身着各种白色盔甲，骑着碧鬃白骡马；前面有龙界大战神察香丹玛绛查，身着各种青色盔甲，骑着青色水纹龙马，牵着骏马的“蛇尾”马缰；后面有玛桑九弟兄的首领叔父达东嘉吾，身着各种黄金铠甲，骑着赤色白额风马，肩上搭着毛纹新鲜、颜色未褪的白狮皮，似乎要席卷三界的样子；他的后面，战神的部众依次进发；左面有煞界大战神辛巴梅乳泽，穿着珊瑚甲，戴着珊瑚盔，骑着赤色风蹄快马，从左面掌控着赤兔马。

格萨尔王一心为了消除天、龙、厉神和众生的贫困，从须弥山的三十顶峰最上头的极胜无量宫中，给四大洲、八小洲的人们，打开珊瑚宝藏，降下珍宝之雨；其他享用物品也源源不断，使世间和教法的权势荣华，像夏天的大海潮涨一样。于是人王这样庄严地唱道：

将天界置之佛法者，
是天界的主宰帝释天王；
龙界的统治者，
是邹纳仁庆大龙王；
将各地置之安乐者，
是我格萨尔大王。
今天要取得胜利品。
上界的传承上师们，
弥漫空中如密云；
中界的飞天空行们，
光明朗耀如星群；
下界的地祇八部们，
纷然而至如雨雪蒙蒙。
胜利品归于本大王。
从右面箭囊中取三支箭，
这支“冰雹善飞”野竹箭，
是大梵天王的御箭，
上装海螺白箭镞，
要取下天国珊瑚，
射它要射向白石崖；
内有“珊瑚右旋白螺”，
除将它留在野竹箭右侧，
要取下全部珊瑚城！
这支“黑舌龙音”大竹箭，
是念青唐拉的御镞，
要取下煞界珊瑚城，
射它要射向赤石崖；
内有红珊瑚大如鹏蛋。
除将它留在尖披箭左边，
取下全部珊瑚城！
这支“乌铁蛇跃”青长箭，
是吾热龙王的御箭，
上装青铁的箭镞，
要取下龙界珊瑚城，

射它要射向青石崖；
内有紫摩尼珠一颗，
除将它留在尖披箭前面，
取下全部珊瑚城！
上自三十三天界，
下至欢喜龙王宫，
暴戾的天、龙和厉神，
愿它们都心满意足，
珍宝的库藏得开启！

格萨尔唱毕，将那三支箭依次射出，于是摩尼宝珠类、珊瑚类、茶曼、绿苏噶刺琉璃、白嘛呢雅琉璃、玛祖琉璃、希赖目秀，赤色而大如高粱谷粒的吾杂雅纳，颜色如水晶而发光的雅瓦嘛呢宝，有五彩图案且有七个孔眼名叫吉德嘛呢的宝贝等，另外还有水晶石精赤刺噶、红珍珠、豹眼石等各种珍宝几百种，由名叫白玛的龙女将它们献上，使天神、罗刹、八部，都得到满意。黄昏时分，他们各自骑马回营。

第三天早上，格萨尔大王从天、龙、厉神的珊瑚宝藏中，给五王族、八十位英雄各一百颗珊瑚，以为赏赐。唯独晁通由于有邪恶因缘，珊瑚赏赐到他手中时，好像掌中粉末被一口气吹散似的，一颗珠子也不见了。此外，给五王族、八十位英雄，都赏赐了珊瑚珍宝；所有十万夫长、万长夫和千夫长仍都按照官位，按照死亡和生存的士兵数目，得到了应有的一份奖赏。对众英雄也都按照部队给予相应的嘉奖，并下令军中对于珊瑚宝藏不能破坏。又发给了大量的珊瑚资财，作为筹备人马粮草的费用。

分配完宝物，格萨尔又给碣日国百姓发放布施。命女英雄阿达娜姆留在碣日镇守，嘱咐她：对凶顽的武夫，要削掉他的牛角尖；对软弱的百姓，要像羊羔一样爱护。不要向人炫耀华服，不要向人炫耀美丽的剑鞘，不要向人炫耀马匹的健步。对外不要像利剑，宝剑太利会断刃；对内的绫结不要系得太紧，太紧了绫结会断绝。其余岭国兵将随格萨尔班师回国。

阿达娜姆率碣日众百姓出城相送，岭国大军按顺序离开王城。

大军行至途中，北方赤谷部落哈日索卡王父子又来觐见。因为王子扎拉在向碣日进攻之前曾答应在攻破碣日珊瑚城之后，哈日索卡王有得见雄狮王的机会。

哈日索卡向格萨尔献上金币五百，银币五千，粮食无数。请雄狮王把王子东琼也带到岭国。哈日索卡交给东琼像日月一样的金银两块，还有一马、一甲、

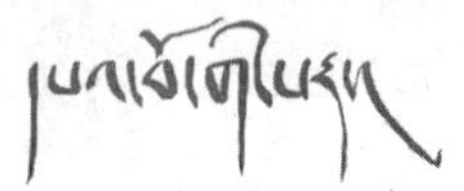

一刀以及五色绫绢和九色礼品等，让他自己献给格萨尔大王。

格萨尔见他父子二人如此虔诚，遂收王子东琼为手下战将，赐给哈日王哈达一条、珊瑚十五株、长寿结一个。告诉他要大做善事，王子在岭国也会有一番作为，请他不必担心。

哈日索卡王终于得见雄狮大王，自然喜不自胜，自己的两个儿子也先后做了格萨尔的属下，日后定有成就。大王又赐了许多宝物，心里对雄狮王更加崇敬。

大军行至阿扎境内，又休息几日，然后启程。一路上诸多的小邦国和部落的首领闻知岭军经过，纷纷出城出寨来谒见雄狮大王，格萨尔对他们均有赏赐，自不必说。

接到格萨尔大王凯旋的消息，岭噶上下兴奋至极，奔走相告。四王族兄弟甥舅们派了欢迎的使者十五个人，到北曲纳扎贡玛去迎接，马匹和驮牛也依次前去。十五日那天，凯旋的大军在北曲纳扎贡玛宿营，和迎接的人们相遇。大王赐予他们珊瑚等物，不可胜计，大军在那里住了两宿。这时，其他各部落的英雄和部队们分别回到各自的属地去了，玉拉托琚虽已位列常任官之中，需要留在岭国，也因为在碣日国旷日持久，请求暂时回家，于是被准假一年。大英雄们按例也要到岭国去，因征战日久亦纷纷请求准假。辛巴、朵嘉仁庆等四十余人，以金、银、哈达等觐见。格萨尔王父子也给了他们金、银、玛瑙、珊瑚、摩尼宝等赏赐，而且对于各军营给予了特别清净加持。过了两宿的早晨，从黄霍尔、穆布姜、察瓦绒、阿恰巴、上下索波、南门喀雪、大食、桑桑纳等部的大军营寨中，部队向东西南北各方面分头出发，漫山遍野。岭国军队，则集合在一起，向前行进。

岭人们的第二个迎接站在察朵纳瓦赖庆，有尼奔达雅长官和幕僚以及岭国的十三位上师、十三位官吏，王宫的十三位执事、五十六位大臣等人在那里迎候。二十一日，到了察朵纳瓦赖庆。尼奔长官和迎接的人们进行叩见，畅叙别情，然后岭国军队又乘马继续前行。

岭人的所有重臣高官和婶嫂妇女们，在第三个迎接站德雅达塘滩里迎候，撑起了一百一十八顶帐篷。到了距察朵一站的那天早上，上岭色巴部落的人前来献礼，进行叩谒。格萨尔王颁给了赏赐，并予以加持。太阳出山的时候，岭国军队又乘马继续前行，二十五日，到达德雅达塘滩宿营。

这时，森姜珠牡取出白净哈达一匹，偕同王族的妇人们，由女婢二十一人前呼后拥，拿起金银制成的茶桶，里面盛上茶酒，同时端着果品，热情地唱道：

松石庄严国土中，

白螺装饰的宝座上，
黄金灿然坐垫顶，
具加持力的女尊者度母，
从无漏心界中赐予道果！
四方的四部空行们，
请引起臣妾的歌端。
若不认识这地方，
这是玛龙玉吉坛城，
达塘查茂集会场。
洁白的王帐主，
高踞金座上，
面容庄严如皓月，
肤色红润笑颜开，
赡部大王格萨尔，
未曾相见已六载！
今天重聚好荣幸！
前排猛虎般的英雄，
炫耀着斑纹回家园，
歇塘秀茂滩的大军，
如夏天的大海潮涨一般。
向敌方反击的歇达玛布，
据说已被岭人捉获。
赡部洲太阳从东升，
苍茫的太空中名声雄，
太阳的光辉灿烂无比，
绕行四洲洒光明，
消除寒热的大恩人，
出现一方恩德宏。
虎穴之中名声洪，
青色苍龙威力雄，
从低洼的海里取珍宝，
从上界虎穴中降雷霆，
将白石崖从山顶摧毁，
牛羊繁盛征兆吉。

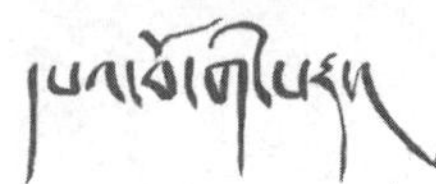

大地之上声望隆，
大王陛下势力雄，
雪域高原归入手掌中，
从北方取下珊瑚城。
治理岭噶布的唯一主宰，
名誉远播征兆吉。
为庆祝福运大发展，
姜萨白玛曲珍为首，
长系家族的七妇女；
喜饶措茂拉仲为首，
仲系家庭的七妇女；
以臣妾为首的，
幼系家庭的七妇女，
妙龄妇女三七二十一人，
排列起松石箍的金桶，
盛各种醇酒十八种，
为攻下十八座大城的
勇士们敬酒来接风。
以精制的酥油煮美酒，
祝愿永久享太平。
明天上午的时候，
君臣们回圣地宝座，
有使者两千人来迎接。
威严地坐上宝座时，
愿东方的和平执事母，
金刚天女降吉祥！
愿南方发展执事母，
珍宝天女降吉祥！
愿西方的赐福道果母，
莲花空行降吉祥！
愿北方的降敌执事母，
事业空行降吉祥！
中央的众生事业母，
正觉空行降吉祥！

吉祥吉祥复吉祥！

如此唱赞歌致意、祈祷祝福后，给君臣们都呈献了哈达，敬献了美酒。格萨尔大王给前来迎接的人们各赏赐了寿结一只、玛瑙和珊瑚的宝鬘一串，对在场的老幼男女都给以加持，赐予寿结。在三七二十一日当中，举办歌舞、赛马、射箭、宴会等，欢乐的气氛遍布了雪域高原。

其后是五月初三日，为了众生的事情，格萨尔王开始修持空性大悲法，决定闭关修习三年三月三日。除了太子、小内臣四人和珠牡以外，任何人都不能觐见。政法之事，由太子扎拉泽杰主持。

第一百三十五章

仙人投生为人间魔王
空行负重嫁宇杰托桂

嘉噶南部，有一个信奉外道教门的国度。国中有一个叫班智达雅霞的大修士，多年来闭关坐禅，苦修大自在天大法，但是毫无所得。因为久修不能成道，他便想了个办法，将自己的右胳膊缠上布，再倒上芝麻油，然后点燃，作为供养之物。这一苦行，感动了大神。大自在天便亲示神容，允许赐给他所需要的最高成就。班智达雅霞一心要保卫外道教义，请求大神赐予他能够战胜一切的成就。大神当即答应他将成为黑暗世界的大法力的非天，与妖魔、罗刹、饿鬼等为同道者，还给他借了盔甲、兵器等，赐给他能够战胜一切的成就与教诫，并赐予授记道："在最后的时光里，你将成为一个有极大权威的军国国王。"

班智达雅霞得到大神的真言，又有了能够战胜一切的成就，便骄狂起来，不把任何人放在眼里。

这天，班智达雅霞来到位于古嘉噶灵鹫山和醉香山之间的美丽碧池中沐浴，恰好碰上一位神通广大、法力无边的修持密咒的仙人色吉钦布。二人彼此互望了一眼，班智达雅霞的嗔怒之心勃然而起。刹那间，班智达雅霞变作一条长长的毒蛇，用身子将碧池围绕起来，蛇头吸吮着池水，池面上顿时毒气弥漫，好似海上腾起大雾一般。

同在池中沐浴的百姓们哀号起来。仙人色吉钦布却不紧不慢地作起法来，瞬时变化成大鹏鸟，左右两爪分别立于灵鹫山和醉香山顶，又把翅膀连抖三下，三千世界顿时左右摇晃起来，万钧雷霆，直向下劈；猛烈冰雹，倾盆而下；火焰风舌，吞噬地面。班智达雅霞眼见有被火舌吞噬的危险，慌忙收起变化，隐身遁去。仙人色吉钦布再次作法，将池水变成甘露之汁，令众百姓继续沐浴，然后飞逝而去。

班智达雅霞并不肯就此罢休，立即修起法来，准备七天之内炼成魔法，抛出施食[1]，以报复仙人色吉钦布。

哪知刚修到第三天，仙人色吉钦布已得到预言，于是立即修起诛戮大回旋法，把四根净橛杵[2]向四方抛去，顿时四方火起，熊熊大火罩住了班智达雅霞，使他求生无路，脱身乏术。班智达雅霞临死之前发下一愿：

愿我此身转生后，投生为藏地赡部洲的生命之主，经咒教义[3]的刽子手，让我能用武力征服世界。

如班智达雅霞所愿，他转世投生在祝古国，取名宇杰托桂扎巴，父王名叫拥忠拉赤赞布，母后名叫象萨鲁牡白吉，长兄叫达玛朗拉赞布。宇杰长到三岁，就能弯弓射箭，刀、马、箭三艺日渐成熟，无论是天上飞的还是地上跑的，皆能百发百中。满六岁时，征服了六大邦国。九岁时，又击败了各路入侵之敌。到了十三岁，祝古王辞谢人世，祝古开始赛艺比武选王。

十八天过去了，经过各种技艺的比赛之后，仅剩下四名勇士。他们准备进行最后的竞赛，以夺王位。这最后一关非同寻常：在约一俱卢舍之遥的生铁大磐石上，放着九副铠甲、九顶盔帽、九个盾牌，上面高悬一面宝镜，凡能一箭射穿铠甲、盔帽和盾牌者，当拥立为王。四勇士摩拳擦掌，跃跃欲试。

第一个勇士只射穿了铠甲，第二个勇士只射穿了盔帽，第三个勇士只射穿了盾牌，他们失去了称王的希望。

最后轮到宇杰托桂了。只见他二目圆睁，双手用力，把一张弓拉得像满月，弦上的箭带着呼啸声射穿了九副铠甲、九顶盔帽、九个盾牌，最后，连那生铁大磐石也被射得粉碎。臣民们始而惊诧，继而欢呼，遂拥立宇杰托桂为祝古国王。

祝古是一个非常大的邦国，分上、中、下三地。上祝古色隆贡玛滩，有金色灿烂的四大湖；中祝古霞如朗宗城，有紫雾弥漫的多嘉热瓦平原；下祝古晁拉郭噶，有银色辉煌的四大山。宇杰托桂自从称王以后，不断扩张，权势大得无人能抗衡。驾前有智勇双全的文臣武将，属下部落有九十九万户，金银财宝装满了各大仓库，不可胜数。因为征服了七大强敌，国土日渐扩大，属民日益增多，声威大震。

再说雄狮王率领岭国军马征服北方碣日国的珊瑚城之后，格萨尔修完了空性大悲法，以及大乘正见禅定和自我解脱禅定，功德及法术获得了不可思议的增长。

就在格萨尔解除坐禅、终止修行的第二天黎明时分，太空中忽然出现一个火焰般的红人。此人手握一把赤铜宝刀，胯下一匹鞴有珊瑚鞍辔的骏马，周身

1　施食：用魔法炼就的污浊之物。

2　净橛杵：三棱形降魔杵。上端为佛像，下端为三棱尖状。整个杵状如木橛，为佛教红教派的法物之一。

3　经咒教义：佛教术语。亦译为显密教义，指佛教的显密二门。

燃烧着火焰，左右围绕着八部鬼神部众。红人边走边唱：

我念达柏泽大战神，
是斩断敌人生命的大战神，
是庇佑百姓的大战神，
雄狮大王格萨尔，
我神有旨要预示。

格萨尔得知战神有预言，忙屏息静听。

“格萨尔啊，你可听说过这样的比喻：‘上师们为正法而老去，若无故动心乃是受魔鬼的哄欺；长官们为法纪而老去，若悄悄贪赃受贿乃是受魔鬼的哄欺；年轻人为御敌而老去，若麻痹大意乃是受魔鬼的哄欺！’这些话讲出了世间道理。格萨尔啊，今年你们一定要打到祝古去。祝古国也有个格萨尔，你俩要在交锋时见分晓，岭地和祝古要在战争中分高低，英雄勇士要在交手时比武艺，战马也要在疆场上比功绩……岭地和祝古的一切都要比，今年正是打开兵器宝库的最好时期。无论如何你要到祝古去。”

到此时为止，格萨尔率领着岭国的兵马，已经征服了大食牛城、索波马城、阿扎玛瑙城、碣日珊瑚城等十二个大邦国。岭国变得粮丰衣足，牛强马壮，人丁兴旺。但是，格萨尔仍然觉得征服祝古是件很困难的事。祝古国王的属下，有许多武勇盖世、刚毅顽强、法术高深、神变莫测的外道魔类大臣，这些人作起法来，能使山岳首尾颠倒，江河上下翻卷，祝古的儿郎个个都精骑擅射，马似飞龙，箭如霹雳。要征服祝古，绝非易事，单是从岭地到祝古的路程就有很远很远的距离呢！格萨尔这样一想，心中更觉忐忑不安。

岭地的老少英雄们又聚在一起了，白玛拥忠大会场设起了九十九排上等座位，众英雄挤挤插插，聚于一堂。

格萨尔缓缓从宝座上站起，极目远望：在巍峨耸立的拉扎泽姆山岳之上，格佐日玛峰突兀峥嵘，高接蓝天；在险峻嶙峋、层峦叠嶂的山岳之中，玛沁邦拉神山迤逦磅礴，雄伟壮阔；在土地肥沃、部落兴旺的山岳之下，纳嘉秋姆森林深邃又茂密。这就是我们岭地，是世上唯一美好又庄严的圣地。由远及近，格萨尔大王的目光又落在众多英雄们的脸上，他郑重而庄严地向勇士们道出了天神的预言：“……诸佛与菩萨的教谕，飞天与空行的授记，大战神的严命，三件大事聚在一起，告知我这样一件重要的事：在今年这个关键的一年，若不把北方祝古的兵器夺回岭地，祝古的外道大王将如猛虎，六笑纹[1]丰满难收拾；在南赡部洲广大的地区中，红黄教门将如黎明前的星辰，疏疏落落湮没在天际。光明正法的声音，将不会在人们耳边响起。妖魔鬼怪将来取我们的金银珠宝，夺我们的骡马牛羊，杀我们的臣民百姓，众生将遭受劫难，恐惧、疾病、灾荒、刀兵战乱会把岭国变成一片荒滩……为了避免这种灾祸到岭地，我们要召集各国兵马，出动十万大军，立即向祝古进兵。”

众大臣和老少英雄个个神情肃穆，却掩饰不住内心的激动，他们又要与大王出征了。英雄们当然知道祝古的内情，更知道这一仗的艰难，所以更想快些打到祝古去，在战争中与祝古决一雌雄。

为了帮助格萨尔降伏祝古王宇杰托桂，天母朗曼噶姆决定派一个空行母下凡，去做宇杰王的妃子，在格萨尔北征祝古时，作为内应。

朗曼噶姆一声召唤，那东方金刚类的空行们，犹如宝螺之雨纷纷下；那南方珍宝类的空行们，犹如福运的金屑飘飘落；那西方莲花类的空行们，犹如和煦的春风徐徐至；那北方事业类的空行们，犹如湖海之上的甘霖蒙蒙降。天母喜盈盈地看着这些空行们，郑重其事地把祝古王的情况说了一遍，问众空行母谁愿意做那有权有势、有九十万户部属、财宝数不清的祝古大王宇杰托桂的王妃。并且说明，不愿长住时，仍可回到空行母的行列中来，就像那虎入山林、鱼归大海一样。

天母说完，众空行母你看看我，我看看你，立即哗然四散。有的隐入山林，有的飞向云际，有的没于流水，有的遁入土地，就像消逝的彩虹，顷刻不见了踪影。天母微微一笑，这正应了那句俗语：“盗贼不会自家招认，姑娘不会自请出嫁。”

到了初八日，狮面天母在宛巴扎卓大寒林圣地[2]，大宴众飞天和空行。席间，天母决定不再多讲，指着空行母噶姆多吉说，只有她具有嫁给祝古王的缘分，一定不要推辞。到祝古的期限是三年，三年一过，愿意留下就继续留下，不愿留下就回来。

空行母噶姆多吉慌忙站起，恳求道：“请别让我到祝古去，天神和魔鬼怎能生活在一起，黑炭和白雪怎能混在一起？我这洁净晶莹如水晶的身体，下到人间有顾虑：身体怕被魔鬼玷污，血脉恐要受阻碍，命脉恐要受损害，外脉怕要被撕裂，内脉怕要被折断。还是不要派我去了吧，若是空行中一定要有人去，那么最好掷骰拈阄。”

天母见噶姆多吉不肯下界，立即讲了一番道理，告诉她：空行母下界并非

1　六笑纹：指老虎的斑纹，老虎的别称。
2　大寒林圣地：又称八大寒林，是传说中的圣地。宛巴扎卓是八大寒林之一。

只她一个。魔国的阿达娜姆，岭国的梅萨绷吉，姜国的王妃，都是空行下界。现在为了帮助格萨尔完成降魔大业，请她务必不要再推托。

天母的一番话使噶姆多吉心中豁然，立即应允下凡，但她要求要好迎好送才行。她唱道：

上等君子迎送新妇时，
金玉的流苏多璀璨，
锦衣美饰琳琅光闪闪，
人强马壮衣甲明而鲜，
壮丽的楼阁巍峨照人眼，
自己安乐欢快、别人来祝贺。
中等丈夫迎娶新妇时，
松石的流苏多璀璨，
鲜丽的衣服飘飘展，
骏马的银鞍光闪闪，
吉祥的帐房美丽庄严，
只有欢乐没有愁怨。
下等丈夫迎娶新妇时，
为了借帽子向上奔走，
为了借靴子向下奔走，
送亲的人们羞愧难当汗水流，
看热闹的人们笑难收，
这样的伴侣实在不可求。
我要那，
迎亲的人们鞍鞯华丽而鲜艳，
我要那，
送亲的人们呼声响彻云天。
就是这样，
我也不会和宇杰托桂生活一辈子，
答应下嫁不过是暂时的。

天母朗曼噶姆立即答应给噶姆多吉上好的陪嫁，黄色的要拿黄金来陪送，黄金粉末犹如雪花纷纷落；白色的要拿白银来陪送，银锭块块犹如绸缎叠叠起；头上饰品的松石十八种，身上穿的有锦衣十八种，夏日有不怕阴雨湿的天蓝碧绡绸雨衣，冬天有不怕朔风吹的红色火山缎暖衣；还有能够随心所欲瞬时到达的那坐骑，雪白如螺的追风驹……

上等姑娘出嫁时，
颈上丝巾犹如浓云在舒展，
背上丝带犹如冠带飘飘悬。
第一头上的帽缨微微颤，
第二腰肢如白藤柔而颤，
第三足下锦靴弯而颤，
要具备这三种颤动的美姿出家园。
中等姑娘出嫁时，
颈上丝巾洁白如海螺，
背上丝巾柔软似绒雪。
第一头上的帽缨秀而丽，
第二腰间的锦衣秀而丽，
第三足下的缎靴秀而丽，
要有这三种秀丽才能出嫁去。
下等姑娘出嫁时，
颈上丝巾似绑绳紧缚，
背上丝带像送鬼的替物。
第一头上抖动着那帽子，
第二胸中抖动着那心肺，
第三足下抖动着那驽马，
在这三种摇晃下到夫家。

众空行们纷纷唱起送亲歌，喝起送亲酒，欢欢喜喜却又依依不舍地送噶姆多吉下凡到人间。

再说那祝古国王宇杰托桂，称王一年后曾娶一王妃，夫妻二人恩恩爱爱，六年后生下一子。王子三岁时，王妃便病逝了。托桂王悲哀凄楚，郁闷愁苦，不理国事，专为王妃祈祷祭祀九个月。六月初一这一天，祭祀期满，遂接受祝古国上、中、下三等人的请求，除去丧服，沐浴身体，换上美丽的锦衣，佩上华贵的饰品，打扫宫城，洗涤殿宇，重理国政。到了初八日这天，众臣提议出游，宇杰王欣然允诺。

自从王妃去世以后，宇杰托桂一直沉浸在悲痛之中，这是他第一次出宫游玩。

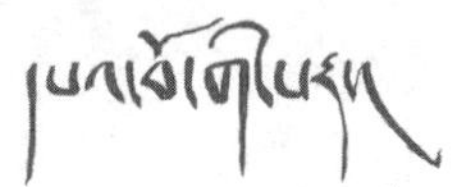

四位重臣、十九位大将、一百二十名内臣、一百二十名中臣、一百二十名外臣，簇拥着祝古王出了城门，浩浩荡荡地前往山林之中，准备好好地玩上几天。

赛马、射箭、比武、掷骰子[1]，宇杰大王很久没有这样开心地玩了。到了第五天晚上，正是八月十三日，宇杰王睡在雕有孔雀交错的床上，顿觉心旷神怡，安然入睡，做了个梦。快天亮时，宇杰托桂醒来，赶到神清气爽，异常兴奋，便把梦中之事又细细地想了一遍，认定今天定有大喜大福降临。

当太阳的金光洒向山顶之时，祝古王派出内大臣一百名，个个换上华丽的锦衣、漂亮的靴子，像风一般向前猛跑，向古杰[2]多吉威噶神山献上黄金、白银、绸缎、马牛羊等，进行祭祀。

祭完了山，又祭海。祭了海，宇杰托桂又带着众臣去朝拜圣湖。

因为一直不见梦中的吉兆出现，祝古王不觉有些心焦。正在焦急之时，忽然发现前面的山腰上有两个仙人般的姑娘在采花。仔细看了一会儿，不远处又发现一个姑娘。宇杰托桂心中一阵高兴，坐在那软绵绵的锦缎坐垫上，用红色丝巾把他那像皓月般洁白光亮的面孔擦了又擦，然后招呼众臣："喂，你们看！"众臣顺着大王的手指望去，也看见了三个美丽似仙的姑娘。宇杰托桂想起了自己的梦，兴奋地告诉诸人："昨夜黎明前，我睡觉得一梦，梦见拉隆玉措湖岸上，一道虹光从东方升起，虹光中出现了穿螺甲的将军九百骑，还有装束相同的部众十万余；又一道虹光从南方升起，虹光中走出穿金甲的将军七百骑，还有装束相同的部众十万余；又一道虹光从西方升起，虹光里站着穿珊瑚甲的将军五百骑，还有装束相同的部众十万余；又一道虹光从北方升起，虹光中驰来穿松石甲的将军三百骑，还有同样装束的部众十万余。最后啊……"宇杰托桂忽然笑了起来，众臣正听他讲得有趣，见大王忽然大笑，知道定然还有更好的在后头，忙催着大王讲下去。

宇杰王兴奋起来："最后梦见那湖中长出三朵花，白色的是美丽的蜀葵花，红色的是夺目的藏红花，青色的是幽雅的邬波罗花。这三朵花呀，都被我宇杰采摘下，你们说，这梦境与今日所见差不差？"众臣已从大王的话里听出了弦外之音，那梦中的三朵花当然是预示着眼前的三个姑娘，大王分明想纳这三女子为妃，却又不好意思明讲。这是想让众人把话讲出来。

果然，以王兄达玛朗拉赞布为首的众臣说话了："眼前这三个姑娘，够得上做我们国王的妃子。"

"嗯，行，行。"

1　掷骰子：藏地的掷骰子是一种比较普遍的游戏，而不是赌博。
2　古杰：古代藏族地区的称谓。

“啧啧，像神仙一样的姑娘，当然可以做王妃。”

只有大臣霞赤梅久心中疑惑：我们逝去的王妃，艳丽如仙女，稳重似山岳，深沉像大海。可现在这些姑娘们呢，既像是能使政教昌盛，又像是将使国运衰败，使人看不明真相。但大王已经看上了，众人又都异口同声说好，我还是不说话的好，便沉默不语，但在心头笼罩了一层阴云。

大臣赛冷森格扎巴跳起来：“松石、珊瑚和玛瑙，是妇女们喜欢的饰品，快，快，把松石和珊瑚用升量来！快，快把宝马鞴起来！一鞴‘神女神技’快速马，二鞴‘锦纹流星’好骑骥，三鞴‘飓风怒吼’千里驹。快，快把大臣派出去，一派我英雄精悍的森格，二派那见多识广的霞赤梅久，三派查拉赤德扎巴。把三匹骏马牵，驮回来三位姑娘，哈……”

祝古王像孔雀听到春雷一样喜悦：“对呀，对，这三位姑娘，一定是上界赐予我的。快，快去把她们请过来，请不过来用套索，我一定要娶她们为王妃。”

三大臣骑着三匹马，牵着三匹马，带着松石、珊瑚、玛瑙、绸缎等物，还有三条套索，沿着山边，向三个姑娘驰去。

刹那间，霞赤梅久已抢先来到姑娘们身边。只见这三个姑娘：

身上的大发辫像凤凰在展翅，
小发辫像灵鹫在张翼；
脑后的发辫上垂着松石流苏，
头顶的辫子上珍珠宝光熠熠；
颈下佛盒放射着上弦月光华，
佛盒丝绦上镶嵌着鲜花一朵朵；
绸缎衣裙飘飘摆，
环佩银链丁零零，
靴上的虹霞光灿灿，
金珥玉当嵌得亮闪闪；
好一个
十全十美的天仙女，
好一个
勾魂消魄的小仙媛。

难怪大王看上她们。霞赤梅久细细打量着三位姑娘，看得如痴如醉，半晌儿才回过味来。见姑娘身边已经堆满比人还高的鲜花，并且还在继续采摘，霞赤梅久起了疑心：这三个女子若不是精怪所变，怎么会采这许多花？这里的风水、时运，肯定被她们压着哪！若让她们当了王妃，不仅会危害大王的寿命，还会给地方上带来不幸哩！霞赤梅久左思右想，心中盘算了三四一十二次，打了五五二十五个[1]主意，决定变化一下，赶走这三个姑娘。

在三个姑娘面前，突然出现了一个粗而黑的矮个子，眼睛睁得像盾牌一样，脸上滴着一股股黑血，身上的铠甲时时冒着毒气，手中拿着九庹长的黑蛇长索，像猛虎扑食一样，大吼着向姑娘们扑去。

三个女子顿时逃得无影无踪。霞赤梅久这才高兴起来，收回变化。再看那鲜花朵时，竟一朵也不见了，霞赤梅久顿时愣在那里。

这时，森格和赤德也赶到，见霞赤梅久呆在那里发愣，三个美女不见了，心中不解，便问霞赤梅久可曾见那三位姑娘，霞赤梅久马上恢复了常态，忙说没有见到，他也正在这里寻找。

森格并不怀疑霞赤梅久的谎话。极目远望，透过树缝，他看见了对面石崖上有两个姑娘正在捉虱子，另一个躺在草地上睡着了。森格高兴之极，碰了碰两个同伴的胳膊，用手一指，让他们悄悄地看。三人慢慢拨开树丛，寻找上石崖的路。霞赤梅久心中好生奇怪，这么一会儿，三女子竟上了石崖，肯定是精怪所变，却又不好明说。当着二位大臣的面，他也不好作法，只得悻悻然跟在森格后面去找那三个姑娘。

三位大臣悄然来到三女子面前，那三个姑娘竟像没看见他们一样，依旧在做自己的事。森格将飞索藏在衣袖内，拿出名叫“一抹月华”的六白松石一块，名叫“犀牛小角”的六红松石一块，名叫“摩尼喜绕”的六黄松石一块，系在三条哈达上，笑吟吟地摆在三个姑娘面前，然后说：“三位丰姿秀逸的妙龄女啊，你们来自何方？这里是祝古的土地，刚才我们祝古君臣看见了你们三位，大家让我们请你们三位到祝古大王驾前。”

“你们是谁呀？”

“红霹雳在天空难展施，因为有他霞赤梅久的神箭矢；锐利的宝剑寒光闪，这就是宝剑的主人赤德赞；大力英雄一枝花，就是我森格扎巴。我们祝古大王，他能同赤红的火焰谈话，能役使清清的流水，能逮住呼啸的朔风。那飞禽们啊，可没有在天上翱翔的自由；那奔流的河水啊，可没有澎湃的自由；那捧着霹雳的苍龙啊，可没有在空中腾跃的自由。”森格极其得意地向三位姑娘炫耀着自己和两位同伴，更把他们的大王宇杰托桂吹上了天。说了他们君君臣臣，又夸耀祝古的财宝：“我们的黄金白银犹如山岳，牛马骡羊就像河滩上的沙粒一样多，年年风调雨顺，五谷丰登。我们还有三十九座兵器大城堡，四十座铠甲大

1 “三四一十二次，五五二十五个”，是一句藏族谚语，意为反复思量。

城堡……你看这……”森格一指面前摆放着的三块松石，“这‘一抹月华’的六白松石，价值和金库一样；这‘犀牛小角’的六红松石，价值和银库一样；这‘摩尼喜绕’的六黄松石，价值和茶库一样。今天献给你们，问一声你们可愿意做我们国王的妃子？”

森格以为这样一炫耀，三个姑娘立即就会同意做他们大王的妃子，所以他有些得意洋洋。另外两个大臣也斜着眼睛看着这三个姑娘。谁知那为首的姑娘冷笑了一声：“你们恐怕还不知道我们的根底吧！我是雪山之女噶姆森姜措，她是草原之女赛玛梅朵措，这最小的一个来自碧湖，是龙女温姆鲁姆措。我们本是天神、厉神、龙王的三姑娘，为了向神献花才到这里。常言道：

与其和无敌的长官争高低，
不如跳下高崖自杀更欢愉；
与其做那猥琐无能的国王的妃子，
不如到处流浪更欣喜；
与其给那愚蠢之人讲道理，
不如把炒面袋系紧倒安逸。

“聪明的大臣啊，我们不羡慕人间的财宝，不希图人间的田地，不喜欢人间的居民，更不愿意留在这里。”说完，噶姆森姜措拉着两个同伴的手就要走。

森格等三人这才明白眼前这三个姑娘并非他们想象中的那种低贱之人，也不是凡间姑娘，而是仙女。如果大王娶了神仙做妃子，人神结合，还愁有什么不可战胜的，连霞赤梅久也觉得这事挺如意。见三女要走，森格忙起身拦住：“美丽夺意的仙女们啊，请不要走。你们只说仙界好，并不知道真正的好地方在人间。我们吃鲜美的肉，喝醇香的酒，穿漂亮的衣服。春天播种，秋天收获，一年到头，笑语欢歌。你们呢？饿了只能吃人们煨桑的香气，冷了只能把云彩当衣裳，居住的地方又荒凉，外出行走时只好随风飘荡。还说什么不喜欢人间牲畜，不喜欢为何把病疫放？若不羡慕人间的田地，为什么用冰雹把五谷伤噢！我知道了，自命清高的上师们，当被不熟悉的施主邀请时，嘴里说不去，实际上已经走出去了。门第高贵的富家女，当要把她嫁出去时，嘴上说不去，实际上已经迎出去了。”森格把嘴一咧，口气硬了起来，“当以轻柔的哈达迎接时，若不自愿地说声去，等到那青色飞索扬起时，就再也不能逃脱了。我劝姑娘们细考虑，不要错过这好时机。”森格已经打定了主意，如果三个姑娘答应和他们走便罢，若不答应，就用飞索把她们套到大王驾前。

三个姑娘聚在一起，悄悄耳语，噶姆森姜措说话了：

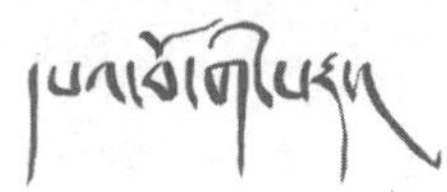

说到要做大王的妃子，
她的声音就得洋溢在藏地，
我们可没有这样的美誉。
说到要常穿华丽的锦衣，
就要有白藤一样的腰肢，
我们可没有那样的丰姿。
说到要戴那黄金首饰，
就要有柳条婆娑的青丝，
我们可没有那样的辫子。
说到要戴那金银戒指，
就要有芸香枝似的纤指，
我们可没有那样的手指。
说到要佩那金丝绦带的佛盒，
就要有宝镜似的胸脯，
我们可没有那样的玉脯。
说到要穿那虹纹锦靴，
就要有轻盈婀娜的步姿，
我们可没有那样的走势。
……

“像我们这些流浪四方的女子，怎么能做大王的妃子？这样岂不坏了大王的美誉！”

噶姆森姜措的话音刚落，最小的姑娘温姆鲁姆措又说话了：“那向下流动回旋的湖水，青色的苍龙不会去喝它；夏季生长在岩山的带露草，放牧的牛群不会去吃它；那被毒死的牦牛肉，修行者们不会去吃它。宇杰托桂不过是肉体凡胎，我们仙人怎么能嫁他？”

“是啊，是啊，”赛玛梅朵措也走了过来，“要我们出嫁也可以，大臣你得答应三件事：第一，大王的权势要和大鹏鸟一样高，还要有像大鹏鸟头角一样的饰品给我们；第二，大王的腰肢要和利箭一样直，还要有那像装饰在神箭上的彩绸一样的饰品给我们；第三，大王的脚步要像丝巾一样轻盈，还要有一个走路像丝巾一样轻盈的迎亲队来迎我们。”

森格颇有耐心地听这三个姑娘的种种要求，明白她们这是故意刁难他。但是，有什么办法呢？大王有言在先，无论是娶还是抢，都要把这三个女子弄到手。现在，既然她们不再说不嫁的话，还是答应她们的要求，让她们高高兴兴地跟自己走才是。森格和颜悦色地正要答话，那霞赤梅久早已忍耐不住。本来他就不喜欢这三个女子，更不希望她们成为祝古国的王妃。现在见她们说这说那的，马上作起法来，骑着马绕着三个姑娘飞奔起来，速度之快，像是有一圈马围着姑娘，形成一堵马墙。霞赤梅久一边跑还一边恶狠狠地说："你这长着水泡眼的姑娘，谎话说得精妙无比，一边挤牛奶一边还要说不喝牛乳，谁信你的话是真的？右边坐着的那位姑娘，是个心黑诡诈无比的女子，喝鲜血喝得容颜红赤赤，却偏用不吃鲜肉的鬼话来骗人。左边坐着的那位姑娘，吃酥油吃得面色发青，却偏说不贪财爱物，谁会相信这是真的？布谷鸟若说不喝那雨水，则没有它可喝的水；人若说不吃肉和酒，则世上没有可吃的东西。世上有三件事不值得听：醉汉的威胁话，乞丐的诉苦话，婆娘的撒谎话。我们三大臣，奉命来请你们，废话不要说，说了我们也不听。你们不能飞，大鹏鸟在等着你；你们不能逃，这有飞索守着你。"

三个姑娘本是天母朗曼噶姆所派，怎么会逃呢？若想逃，霞赤梅久的"马墙"又怎么能挡得住？三女子装作害怕的样子，点头答允跟他们去。

姑娘们一点头，天空中顿时现出绚丽的彩虹，花雨纷纷自天而降。祝古大王宇杰托桂在众臣的簇拥下，也前来迎接这三个美丽动人的妃子。众人献上无数珍宝，唱起了赞美王妃的歌：

尊贵的噶姆森姜措啊，
丰姿艳丽犹如太阳照在雪山顶，
红红白白的锦衣多美丽啊，
佩戴的珍宝价值连城。
草原的姑娘赛玛梅朵措啊，
体态像风吹鲜花一样轻盈，
花花绿绿的锦衣多美丽啊，
黄金珊瑚饰品多吉庆。
圣湖的女儿温姆鲁姆措啊，
容颜像十五的月亮耀眼明，
虹色的彩衣飘飘摆啊，
松石玛瑙饰品亮晶晶。

祝古君臣喜迎新人入城，黄金、白银、珊瑚、玛瑙的饰品任她们挑，任她们选。举国上下，一片欢腾，欢迎来自仙界的姑娘，庆祝他们又有了王妃。

第一百三十六章

寻旧恨祝古兵犯藏地
临出征辛巴王梦噩兆

噶姆森姜措嫁给祝古王宇杰托桂为妃，已近三载。五月初一这天，噶姆森姜措得到神灵的预言，已经到了降妖伏魔的时候。她早早地就起了床，穿上锦衣彩衫，佩上金玉首饰，把自己打扮得比鲜花还美，令人销魂失魄。她喜滋滋、娇滴滴地走出寝宫，手执一把金壶，先为托桂王斟了一杯酒，然后说："安坐在富丽堂皇宝座上的托桂王啊，您权势显赫能役使三界，您威力无边能降伏顽敌。藏地有句谚语，叫作：'江山要在王运昌盛时掌握，长官的谋略要在部落昌盛时培养，战争要由贤父王发动，父王的珍宝要由女儿佩戴。'大王您啊，要使自己的权势更大，要使自己的臣民更多，就要去争去夺……"

宇杰托桂王怔怔地看着噶姆森姜措，有点儿不明白王妃的意思。森姜措眨了眨眼睛，继续说："古杰藏地和我们久有冤仇，第七代祝古大王时期，他们曾出兵到我祝古，杀死了大王的弟弟，又像在山头上猎鹿群一样杀死了我们许多将士，像在山谷中追黄羊一样杀死了我们无数百姓。大王啊，此冤不申您空为大丈夫，此仇不报您枉称祝古王，不把藏地拿到手，您的权势是虚空。等到岭国和藏地联合起来，就非但报不成仇，反要被仇人所杀。"

听罢王妃一席话，宇杰王如梦初醒："王妃呀，你真是说到我心里去了。我足智多谋的妃子，若不是你提醒我，倒把这前世冤仇忘得干干净净了。好，这次我若不把那仇敌消灭掉，就算是你生养的。"

托桂王传令集会，大臣和战将们应召前来。宇杰托桂把要征服古杰藏地的事一说，立即得到霞赤梅久等人的响应。

"我霞赤梅久，乃是雪白狮子雄踞的对手，是斑斓猛虎咆哮的对手，是疯狂大象角力的对手。今天我们号称无敌的托桂王啊，降下了黄金般的旨令，真让我心花怒放。是浓云就要下雨，不下雨青苗靠什么？是国王就要保护国家昌盛，不这样让百姓去靠谁？有仇不报是懦夫，有冤不申恨难消。像这样无能的名声传出去，只剩下破鞍烂鞯也决不怨悔；男子汉要为祖国捐躯，虽粉身碎骨也

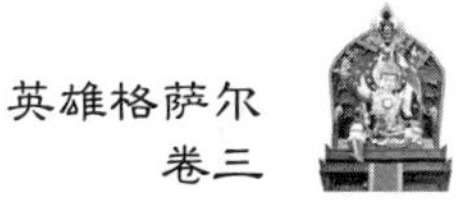

愿意。”

森格一听霞赤梅久满嘴的豪言壮语，不由得暗自思量：祝古军要攻打古杰藏地，最后肯定没有好下场，我现在不能跟着霞赤梅久他们乱叫，应该劝劝大王才是：“大王啊，俗语说：‘若以巧妙的方法驾驶船只时，会把大洋中的珍宝取到手；若用灵活的战术打击敌人，会把胜利拿到手。’虽然已经到了报仇的时候，也用不着兴师动众挑起战争。是不是派人先去谈判，大臣我愿意充当这谈判的使臣。收回我们的部落，讨回我们的珍宝。若谈判不成，我们再征杀过去好不好？”

祝古王的哥哥朗拉赞布一听“谈判”二字就火了：“森格你这种人，外表像英雄，实际是狐狸。对那仇敌藏地王，怎么能想得出求告谈判的事？狮子不傲风雪算什么？猛虎不吃人肉算什么？灵鹫不冲云霄算什么？英雄汉不能报仇算什么？想我祝古雄兵几十万，苍天虽高能把它撕开，大地虽阔也叫它颤动，要让湖水江水河流水统统都变成血水，要让红艳艳的人肉铺满草原，要让鹫鸟一见血肉就厌烦。”

森格见朗拉赞布如此杀气腾腾，凶神恶煞一般，心里纵有一千个主意一万条妙计，也不敢再说出口。

宇杰王笑眯眯地看着王兄，决定派他带领祝古军出征。

祝古王满怀豪情，意在必胜地指挥大军进犯藏地，恨不能一口气踏平岭国。

祝古军一路夜宿晓行，所经之处，弱小邦国皆闻风丧胆，纷纷开城让路，不敢有所怠慢。这天，祝古军行至阿扎国附近，朗拉赞布命人飞马前去通报，请阿扎国打开城门，让祝古军通行。他哪知阿扎已归顺岭国，岂有给他让路的道理？朗拉赞布一听不肯让路，禁不住怒从心头起，就要传令攻城。随同前来的几位大臣都劝这位王兄不要因小失大，耽误了大事，他们的主要目标是古杰藏地，等收拾了藏地，再来找这该死的阿扎国王算账不迟。

王兄朗拉赞布强忍心头怒火，传令绕道而行。

古杰藏地国王丹赤杰布早已得到报告，祝古大军正向他的国境进军。边城森姆宗告急。藏王速召耶如[1]和云如[2]两地兵马三万，不分昼夜地赶到森姆宗解围。援军一到就和围城的祝古军打了起来。长途跋涉的疲劳，加之人马远远少于祝古，尽管将士们奋力拼杀，藏地兵马还是很快被击败了。打败了援军，祝古军更加肆无忌惮，一口气攻下了森姆城。

森姆城的守军和耶如、云如两路援军一起退入查姆宗，立即派人把战败的

1　耶如：藏语音译，意为右翼。
2　云如：藏语音译，意为左翼。

情况向藏王丹赤杰布禀报，请大王再派援军到查姆宗，共同守城。

攻下森姆宗的祝古军，兴高采烈地欢庆自己的胜利。王兄朗拉赞布命令部队休息几日，准备攻打查姆宗。

丹赤杰布王得到兵败的急报，焦虑万分。如果任祝古军这样节节胜利，古杰藏地危在旦夕。但是，怎么办呢？凭藏地的这点兵马，是不能和祝古军对抗的，对抗的结果只能是以卵击石。

大臣们纷纷不召自来。他们也感到情况十分危急，一旦祝古军打进来，古杰藏地就有覆灭的危险，人人都难以逃生。君臣们聚在一起，紧张地商议着对策。最后一致决定：第一，再派援军到查姆宗，死守此城。第二，速派人到岭地，向格萨尔大王告急，恳请派兵救援。这正是：干旱时求助于龙王，淫雨时希望阳光，要想制服那祝古军，使百姓免遭祸殃，古杰藏地只有求助于岭国格萨尔王。

岭国和藏地是山水相连、唇齿相依的邻邦。在很久很久以前，这两个国家本来就是同地方的人，后来家族与家族、部落与部落之间发生战争，就分开了。在老人们的传说中，“岭噶布”和“古杰博”往往就是指的一个地方。

丹赤杰布王给使臣拿出了觐见格萨尔王的礼品：一是洁白无垢的哈达，二是如日光灿烂的黄金块，三是如月光莹莹的白银团，四是能咕咕发声的松石鸽，五是能咩咩喊叫的海螺羊，六是虚空雷城的宝盔，七是白狮雄踞的宝铠，八是能砍大象的宝刀，九是斑斓猛虎的虎皮。

藏王嘱咐使臣：“这些都是我们古杰藏地的宝物，全部献给格萨尔王，请求他快到藏地来救助；请求他将一年的路一月就走完，一月的路一天就走完。”

再说岭国，雄狮王自从得到天母的预言，决定征服祝古之后，岭地的兵马纷纷聚集到王宫的周围。格萨尔又派使臣前往霍尔国、姜国、门国等十二个邦国，命辛巴梅乳泽等大将立即率兵前来岭国，共同讨伐祝古。

当使臣来到霍尔国时，霍尔辛巴王像迎接最高贵的宾客一样迎接他们，献上哈达，摆上香茶美酒，问候雄狮大王安康。使臣讲明了大王的旨意，辛巴梅乳泽抖抖胡须，马上点起十二部落的兵马。只见霍尔兵纷纷从自己的部落开出：

白缨部队像皑皑雪山，
黄缨部队像灿灿金山，
黑缨部队像暮云游漫，
铁缨部队像黑崖排列，
虎缨部队像胜幢飘扬，
绫缨部队像云彩翻滚，
绿缨部队像青苗茁壮，

青缨部队像蒙蒙浓雾，
鹫缨部队像纷纷雪花，
花缨部队像彩虹绚丽，
红缨部队像团团烈火，
……

十二部人马都已聚集。

当天晚上，处于出征前亢奋状态的战将辛巴梅乳泽睡下后，梦中出现从未有过的噩兆。梅乳泽醒来后暗自思忖：看来自己是不会有平安归来的福分了，虽然他还想多为雄狮王尽些力，但现在是很难了。难道自己的命运和福分真的如此微小吗？他正在暗自思量之时，女儿朗色姜格来了。原来，她也是昨晚做了个噩梦，好像这次出征对父亲不利，所以早早跑来劝阻父亲还是不要出征的好。她手捧系有“光明普照大地”松石的哈达，深情地劝着她那日渐衰老的父亲：

那雪山上的白雄狮，
上半世践踏群山多威风，
下半世四爪蜷缩，
舔着嘴上的冰花钻进石洞。
那磐石山的黑野牛，
上半世头角峥嵘多雄壮，
下半世角钝蹄秃，
喝着沙滩潦水卧在谷口坝子上。
那森林中的斑斓虎，
上半世茸毛丰满有威力，
下半世茸毛蓬松竖起，
只希望别碰到地弓窝箭里。
霍尔的支柱辛巴王，
上半世功绩无比，
下半世年迈力衰，
不该去硬拼碰强敌。

“父王啊，姑娘我膝下有三男，长子已经十八岁，让他代父王去出征，他能指挥霍尔大军，不会有差错。”朗色姜格说着说着，心里一阵阵发酸；再看看父亲那老态龙钟的样子，更加不忍，一股股热泪禁不住流了下来。

辛巴梅乳泽已从梦相中预感到自己的厄运，女儿的话又隐藏着这种噩兆，这是过去任何一次出征时所不曾有过的事。但是，为了让女儿放心，为了能报效格萨尔的知遇之恩，就该高高兴兴地去出征。想到此，梅乳泽面带笑容地对女儿说："在霍尔的各种预言中，没有我辛巴会死于刀兵之说。我梅乳泽虽然老迈，也不该缩在家里不敢动弹啊，如果真是变得这么没有用了，活着还有什么意思呢？常言说'男子汉大丈夫死去的地方就是敌人之手'。我这一生跟着格萨尔大王，已经平伏了八个国家，这次大王命我北征祝古，我怎么能不去呢？"梅乳泽说到这儿，忽然想起了在自己过去的誓言中曾有扫平九个敌人的心愿，莫非这祝古王真是我该灭的最后一个敌人了吗？辛巴梅乳泽不愿再想下去。是大鹏鸟就不畏惧高崖，是苍龙就不畏惧湖海，我辛巴怎么会惧怕那祝古兵将？！可不想又不行，此次出征，恐怕自己是回不来了，对身后之事一点儿也不交代好像又放心不下。于是，梅乳泽装出不在意的样子对女儿吩咐说："万一我有个闪失……"见女儿面露惊慌之色，梅乳泽把口气放得更缓和了些，"我说的是万一，你要为父王做几件事。第一是从我的金库中取出岭国所没有的如意珠，把它献给雄狮王。这是我家的传世之宝，请格萨尔大王为父亲我超度。第二取出银库中的嘛呢珠，把它献给霍尔的上师古如，请他为父亲我念经祝福。第三从我的兵器库中取出有毒的宝刀，献给王子扎拉，请他保护我辛巴的后代们。我这讲的是万一,万一为父有了闪失，女儿啊，你一定要把这几件事办好。"

见父亲主意已定，女儿也不好再说什么，只得起身为父王打点行装。她在心中把那战神、厉神拜了又拜，愿他们保佑父王，真的能像父王自己说的那样，三年之后平平安安返回霍尔故乡。

格萨尔的使臣又到了姜国、门国、上索波、下索波等十一个邦国，继续召集部队。在这些邦国中，也有像辛巴梅乳泽一样对雄狮王忠心耿耿的，就积极在自己的属地征集部队，迅速出征；也有不愿出兵打仗的，就推三推四，但慑于雄狮王的威力，也不得不勉强出征。

无论是自愿的还是勉强的，讨伐祝古的大军终于会合了。只见这支军队，前锋如火焰四处飞溅，中军如黑蛇曲曲弯弯，后队像红球紧紧缠绕，黑压压铺天盖地，浩荡荡压倒群山。

这天，以玉拉托琚为首的第一路大军行至北方野狼谷的谷口，正好碰上古杰藏地派来求援的两位使臣。使臣见过玉拉后，立即向王子扎拉的大帐奔去。他献上给雄狮王格萨尔及众将们的礼物之后，把祝古军进攻古杰藏地的情况详细地向扎拉王子做了禀报，恳请王子即刻派兵到藏地，以解古杰之危。

王子扎拉细心地听着古杰藏地使臣的禀报，心中揣度：这祝古国果然厉害，我们尚且没有打过去，他们反倒先杀过来了。看来若不去古杰藏地解围，那祝古军得寸进尺，就要打到岭国来了。这么一想，扎拉立即安慰两位使臣道："你们先回去吧，我率大军随后就到，消灭那祝古军，用不了太长的时间，谁不知道雄狮王的军队天下无敌。"

两个使臣没想到这么容易就得到了王子的恩准，这么容易就请到了岭国的救兵，因此连连叩头称谢道："王子啊，让我们怎样报答这救命之恩呢？就是用黄金铺地，也只能报答大王和您的恩德于万一而已。"两位使臣心想，有这么多勇猛无比的将士，古杰藏地可是得救了。他们再次谢过王子扎拉，拿着王子给藏王的信件，急急回国而去。

王子扎拉果然率军随后赶来了，六月十三日，到达古杰藏地境内。王子吩咐扎营休息。祝古兵一见岭国兵马到来，纷纷出营观看。只见那：

汲水的人像鸟群飞，
湖海虽大也被他们一舀而干；
打柴的人像冰雹落，
檀林虽密也被他们一齐采光；
白色的帐篷，
密密层层仿佛白云翻滚。
红色的火焰，
熊熊燃烧好像要把太阳烤焦；
烟云腾腾遮盖天空，
马群奔驰摇动山岳；
苍天虽高，
也得弯下腰；
大地虽阔，
也觉得狭窄。

这岭军，真是多得心中想也想不出，眼睛看也看不清。

祝古兵将一见岭国军马众多，加之勇士们个个神采飞扬，都有不可战胜之势，胆小的吓得毛骨悚然，胆大的也想现在就回兵祝古。

王兄朗拉赞布一见这阵势，心中盘算着：古杰藏地这些狡猾的君臣们，竟把格萨尔的人马引到这里来，而且来得这么快。若不早些打过去，他们也不会放过祝古军。打，肯定打不赢，但是不管怎么样，不能就这么回国。朗拉赞布决定和岭军开战，即使只剩一个人，这仗也得打下去。

第一百三十七章

丹玛战朗拉军遭炮轰 晁通杀寄魂鸟得宝刀

两军两日对垒，第三天，即六月十五日，朗拉赞布认为这是个吉祥的日子，遂列队迎战岭军。首先出阵的是先锋杜摩托察扎巴。岭军迎战的是老英雄丹玛，青人青马青铠甲。他指着杜摩托察，似笑非笑地说："大上师亲到地方上，是要把六道众生安置到正法之中；大长官来到地方上，是要把三界安置到乐土上；你大将军来到地方上，要做的事情是哪桩？苍天和大地交战，有太阳和月亮对峙，若二者在空中不会合，昼夜的分别无从知。善良和邪恶交战，有经咒二者对峙，若不到金光灿烂的讲经场，黑白的区别难辨析。祝古与藏地交战，有两位大王对峙，若没有我岭国出阵，是非的区别难分清。你们祝古和藏地有什么事情不能商量，非要动刀兵？"

祝古大将杜摩托察早闻丹玛的英名，听这老头说的话，是根本没把他放在眼里，还责怪他们祝古进兵藏地，今天若不给他点儿厉害瞧瞧，他永远也不会把堂堂的祝古国放在眼里。

"喂，你老头子一派胡言，只有傻子才会听你老叫花子的谎话。祝古和藏地的事自有我们自己管，哪里用你插什么话？若是想来这里帮助古杰藏地和我们祝古作对，那就别怪我不客气。"

"小伙子，不要把话讲绝了，事要慢慢办，才能如心愿；马要慢慢跑，才能得第一；小伙子要慢慢想一想，才能懂得我话中的道理。"

杜摩托察哪有心思和丹玛废话，早把弓箭拿在手里，不等丹玛说完，箭已出弦，直射得丹玛的铠甲叮当作响，但未伤着老将一根毫毛。丹玛抖了抖身子，慢慢抽出一支箭："蛮横无知的小伙子呀，我本不愿伤害你，可你逼我操弓箭，你射一箭我若不还是懦夫。我这一箭若是射出去……小伙子，你看这支箭：为了让它端直我把竹竿采，为了使它结实我只用第三节竹子，为了让它能飞我用羽翎贴了三面，为了使它美丽我用黄金镶箭尾，为了使它锐利我用精铁制箭镞，为了使它坚硬我用筋绳来缠绕。你再看这弓：安有金翅大鹏的天角和野牛的勇角，镶有大象的牙齿，猛虎胸前的皮拿来做弓弦。今天让你吃一箭，来世不要再吐狂言。”丹玛轻轻拉动弓弦，利箭直向杜摩托察飞去。

杜摩托察只觉胸口当的一声，似有千钧霹雳来劈，顿时口吐鲜血，坠于马下。刚才还豪情满怀的英雄，转眼成了虚无缥缈的冤鬼。

祝古军首战失利，他们想，一位老者尚且如此厉害，那年轻的英雄岂不更加难敌，遂不敢再战，全军溃败下去，岭军也不追赶。

祝古兵败回营，王兄朗拉赞布和众将聚在一起商议该怎么办。那胆小的，被岭军吓破了胆，心里早把回国的主意想了一千遍，可是见到朗拉赞布凶神恶煞的样子，吓得话到嘴边又咽了回去。那平日不可一世的英雄们，这会儿也不敢再说大话，生怕再去和杜摩托察做伴。左思想右商议，最后决定派人回国去向宇杰托桂大王禀报，请大王派援兵来。因为冬天需要太阳，夏天需要雨水，地里的庄稼需要肥料，古杰藏地有了岭国人马做后盾，我们需要宇杰托桂王。

报信的使臣派出去了。眼下的问题是军队怎么办？仗是不能再打了，再挑战肯定不会有什么好下场，可不挑战就得等着挨打，援军一时半晌又赶不到藏地来，总得想个应急的办法。

王兄朗拉赞布终于想了个主意。第二天清晨，在祝古营内架起了两座炮台，朝着岭军大帐。随军的术士头戴黑帽，手撑黑旗，由五百名铁甲骑士簇拥着，念诵着咒语。他把岭国的诸将挨个咒了一遍，然后下令发出一大一小两块炮石。

刹那间，空中似有千雷齐鸣，轰轰隆隆，震得山岳摇晃，大地震荡。那块大炮石，直向王子扎拉的右营、色巴部的大帐砸了下去，四十几个将士连同大帐一起被砸得粉碎。那小炮石落在姜国的前营，砸死了三十几个兵士。

岭军被炮石所击的消息很快传遍各地，古杰藏地的君臣比岭军将士更加焦虑，却又无力迎敌。他们只好把神佛前面的供品摆得高高的，祈祷神灵保佑岭军得胜利。

岭国君臣对破敌的方法有分歧，有的主张把大军开过去，有的主张制作长翼白头木鸟，有的主张用子母炮石。就在大家议论纷纷、莫衷一是之时，晁通捋着胡须说了话：“长翼白头木鸟虽然能飞却威力小，子母炮石威力大却打不远，如果破不了祝古的炮石，大军冲上去等于送死。”晁通见人们不再说话而直愣愣地看着他，心中很是得意，到了关键时刻，只有他晁通才能拿出好主张。

“我们应该在四方筑起炮台，派四员大将镇守。我晁通要向神灵祷告，保证能把祝古军打掉一半，然后再让大军冲过去，全部胜利就是我们的。这好比：狂风吹散了乌云，太阳的光芒会照射大地；摧毁了湖面的坚冰，白肚皮的金眼鱼自然会跳跃腾起；我们的炮石击败了祝古军，胜利自然会到我们手里。”

晁通说完，原以为众将会赞不绝口，谁知却是一片反对声：

“造炮台时间太长！”

“很难不让敌人知道。不等我们造好，祝古军就会杀过来。”

“还是造长翼白头木鸟的好。”

“对，从天而降，祝古军一定不会想到是怎么回事。”

“造一只木鸟。”老将丹玛赞同道，“装上能追得上太阳的翅膀，装上能扫除黑暗的鸟眼，在鸟的心脏里装上地方神和八部鬼神，达绒长官晁通王骑在木鸟上，戴上黑法帽，穿上黑法衣，拿着生铁镬，飞到祝古军的上空去。”

晁通可不愿意：“我不能骑木鸟，更不能降霹雳，我的法术不能用在这里。”

众将却说晁通能骑木鸟，而且只有他才能降伏祝古军的术士。

晁通不便再推诿，只好答应下来。

第二天中午，木鸟造好，晁通立即骑了上去。他念动咒语，木鸟马上腾空而起，转瞬间就飞到了祝古军营的上空。一时间，天上乌云翻滚，空中电光闪闪，地上狂风大作。因为晁通施用了隐身术，祝古军只见头顶一块大大的黑云团，并不能看见晁通和木鸟。晁通再次念动咒语，呼唤八部鬼神。顿时，一团团乌云突突直冒，云层中一个炸雷跟着一个炸雷，天和地像要挪位似的，山崩地裂。一阵阵狂风卷着鹅蛋般大的石头，劈头盖脸地向祝古营地砸去。直砸得帐篷个个稀烂破碎，直砸得将士人人哀号悲叫，战马乱窜乱奔。晁通在木鸟上作歌曰：

清净法界无量宫，
太阳神变的宝座上，
智慧火山的穹窿下，
天神马头明王啊，
若有智慧，请用尊目赐垂鉴，
若有慈悲，请把神通来施展，
今天请降临，辅我晁通王，
今天请降临，灭他祝古将！

眼看着火焰轰轰烧，狂风卷卷旋，祝古兵乱作一团，不知该怎样躲避这突如其来的灾祸。大臣霞赤梅久也慌了一阵，随即便镇定下来，他料定这是岭军所施法术造成。霞赤梅久马上烧起“青龙降落”等最恶毒也最污秽的法物，毒烟缭绕，遮蔽了天空。晁通的法术被毒气所熏染，顿时失去了灵性。木鸟歪了翅膀。摇晃着落入祝古军营之中，二十几人死于木鸟之下，其余的人不知空中落下什么怪物，都吓得魂飞魄散，号叫着逃命。

晁通自己也摔得昏了过去。他不知自己是怎样掉下来的，待他醒过来时，第一眼看见的就是祝古大臣霞赤梅久——两只眼睛瞪得像两只木碗，黑褐色的发辫上冒着一股股红火，好像纠缠在一起的毒蛇。在霞赤梅久的周围，站着百名穿黑熊皮战裙、手执大砍刀的兵将，杀气腾腾地瞪着躺在地上的晁通，嘴里在不停地辱骂。晁通这时才明白自己是陷入了敌阵，吓得毛发根根竖起，黑汗腾腾直冒，心想：这不是小鬼送到阎王手里了吗？完了！就是有九条性命也活不成。晁通心里害怕，知道无法逃脱劫难，但一种求生的欲望使他立即双膝跪地，叩头不止。

霞赤梅久一见晁通这副贪生怕死的贱相，更加生气："你这个长满红胡须的老头子，看样子不像古杰藏地的人，那定然是岭人无疑。听说岭国有个叫晁通的坏家伙，惯会施用巫术，你是不是晁通？"晁通只顾叩头，霞赤梅久一把将他揪起：

在猛虎激烈搏斗的场合，
狐狸徘徊时腰脊将受损伤；
在鹰雕奋力搏击的场合，
小雀飞翔时六翼将受损伤；
在黄龙愤怒吟啸的场合，
小蜂飞扬心房将迸裂开腔；
在祝古与藏地比赛技艺的场合，
岭国帮腔是不是太狂妄？！
看你这贪生怕死的丑模样，
要把你搁在乱刀下分尸，
要把你吊在高杆上做箭靶，
要把你的心活活往外剜，
除此之外哪会有好办法？！

霞赤梅久说着，猛地把晁通往地上一摔。晁通顾不得浑身的酸痛，爬起来继续叩头，嘴里还不停地叨咕着，只要饶他一命，让他干什么都行。

霞赤梅久心想这老头如此怕死，为何不问问他岭军的情况？

"嗯，老头，如果你说实话，说出岭国为什么要帮助古杰藏地，都来了哪些人，想要干什么？说出来可以饶你不死。"

晁通一听他又有活的希望了，暗自高兴，就把自己所知道的全部讲了出来，还把格萨尔大骂了一顿，只是不敢承认自己就是晁通。

但是，霞赤梅久想起来、也看出来了："看你这尖嘴猴腮，就像个惹是生非的小狗；看你这小眼睛一开一合，就像那永远不知足的老犏牛；看你前额突出犹如黄牛犊，两耳呼扇呼扇犹如癞猪崽，腿杆儿打哆嗦像只狗，无勇无武像狐狸，一嘴两舌像毒蛇；看你挑拨三方和睦的熊样子，肯定是晁通那贱贼。"霞赤梅久一指旁边的一只大铁箱，"晁通你看见了吗？这只箱子就是为你准备的，待在里面，太阳晒不着，风雨淋不着，你可以在里面称王，可以让那虱子把你吃个够。装进箱子再用'腾烟骏马'飞车载着你，你就可以到好地方去喽！"

霞赤梅久说完，不等晁通再哀告求饶，迅速将他装进铁箱，载到车上，口中念动咒语："'腾烟骏马'飞车啊，要把一月之路当成一日之程行走，要把一年之路当作一月之程攒行，把那圆圆石子踏得烟雾腾，把那碧绿草原踩得灰尘起，把那清清河水溅得起泡沫，把那皑皑雪峰开出一条黑路来，把那斑斓的岩石踩得像垒石滚滚，在那灰白荒滩上行走犹如鸟影掠过去。"

幻变的飞车立即腾空而起，载着晁通朝祝古方向飞去。

岭军早已得到预言，以丹玛为首的八员大将已等在途中，望见那一团乌云似的"腾烟骏马"，八支箭同时射向那飞车，飞车顿时坠下去。众人打开铁箱，救出晁通。那晁通脸色灰白，以为到了祝古的领地，死也不肯睁开眼睛。众人叫了半天，他才明白是被救了，高兴得像个娃娃。众将立即把铁箱和飞车统统毁掉，扶着晁通回营休息。

此时，岭军的炮台已经造好，王子扎拉命令立即向祝古军抛出炮石。一阵炮石像雹子一样落在祝古军营中，可怜的祝古军马非死即伤，慌乱中王兄朗拉赞布撞到了玉拉托琚的箭下，只剩下大臣霞赤梅久带着五百将士夺路而逃。

至此，祝古侵犯古杰藏地的战争彻底失败了。

霞赤梅久带着残兵败将朝祝古方向逃去。途中，他迷失了方向，错把尼婆罗当成祝古，不顾死活地往那里赶。眼见随从越来越少，他也不以为然，直到看见那茂密的森林和幽深的峡谷，才发现迷了路，但已经晚了。其他的祝古兵将逃回宫城，向宇杰托桂大王详细禀报与古杰藏地和岭国作战的经过，把那岭军的厉害加倍地描述了一番，要求大王倾城出动，一定要与岭国分个高低上下，并把古杰藏地踏平。

宇杰王对兵败并不放在心上，只是霞赤梅久未归使他有些担心，但也没有露在脸上。只见他微微一笑："大鹏鸟高飞也有掉羽毛的时候，斑斓虎发威也有爪子失灵的时候，我们常胜的大军今天遇到岭国那些坏小子们，有些损失也没什么关系。我们当然不能就此罢休。我们祝古的百万大军，要统统开到藏地去。这样的大军，会使日月暗淡，能把大海舀干，能使高山颤抖，会让沙漠让路，我们还有什么可怕的呢?！”

为了增加军马数量，祝古王决计向邻国绒穆塔赞王和噶域阿达王求援。使臣分别前往两个大王处。那噶域阿达王本是个不知利害、不识时务的君王，并不知道与岭国交锋不是个开玩笑的事。他毫不犹豫地应允：立即点起本部人马，随时听候祝古王宇杰托桂之命，时刻准备出兵。绒穆塔赞王却是个沉稳老练的聪明人，认为在目前这种情况下作战，对于保国土安臣民极为不利，沉吟了半晌，给宇杰托桂王复了一封信，讲明本国兵力不足，不能满足大王要求，还请原谅，等等。祝古君臣见信，虽然恼怒，却也不好勉强，况且现在又不能用武力去讨伐他，只求他日后不要加入到与祝古作对的行列中也就行了。

粮草齐备，兵马聚集，只等托桂王一声令下，祝古大王就要再次进攻古杰藏地。突然，天空出现一片黑云，接着开始降雪，祝古军只得停止行动，待天晴再出兵。

天一直不晴，雪像一团团绵羊毛，纷纷扬扬，不紧不慢地下个不停，直下得天地一片混沌，飞禽也断了食粮，祝古大军的马匹和驮运粮草的牲畜死了一半。眼看这雪下了七天七夜，天还不见有晴的意思，祝古王急了，但又无计可施，只好派出寄魂鸟白脑狗头雕前去侦察。

这神鸟长得很特别，狗头雕身，狗头如白螺，眼睛似珊瑚，长着黑鹫一样的胡子，左翅上有生铁九旋金丸，右翅上有精铁九尖宝轮，长翎上有能劈开清风的宝剑，短翎上有巍巍古堡的围壁。一听大王派它出去侦察，狗头雕用利爪梳了一下胡须，看了一下胸前的玛瑙色绒毛，饱饮了一顿混有鲜血的美酒，然后向着西南方飞去。飞了不知有多远，忽然狂风大作，刮得狗头雕睁不开眼睛，无法飞行。狗头雕一头钻进山洞，洞内的碎骨头成了它充饥的东西。狗头雕吃饱了，浑身感到舒服又温暖，见洞外那漫天飞舞的雪花，摇了摇翅膀，晃了晃狗头，不想再飞了。

大雪下了十八天，狗头雕一直等到雪停才飞出洞。往前飞呀飞，狗头雕又不想飞了，可一想到回祝古没法向大王交代，就又往前飞。飞着飞着，迎面碰上七只老雕。狗头雕定睛一看，知道是岭国的巡逻部队所变，心里一阵欢喜一阵愁。喜的是终于找到岭国的兵马，愁的是都说岭国兵强马壮，将士甚是厉害，不知自己能否活着回去。狗头雕避开了七只老雕，继续向前飞，它要尽可能地少找麻烦，把岭国的情况看了就赶快飞回去。突然，它看见有一人一马在滩上走，心中好生奇怪。在这荒山野岭，单人独马敢出来行走，可不是件容易的事哟，说不定他的身后会有大部队到来，我应该好好看看。狗头雕这样一想，立即落在滩头，佯装晒太阳，窥视这一人一马的动静。

在滩中行走的是晁通。原来，王子扎拉在梦中得到神的预言，说祝古王的寄魂鸟狗头雕将来岭营侦察，要乘势灭掉它，以便使宇杰托桂的魔气减弱些。扎拉便派晁通来降伏这狗头雕。

晁通在滩上行走，看见狗头雕落在滩头，便晃了晃身子，把化身分作两半，一半变作鹞鹰，从阳山之巅飞到狗头雕前面的一块磐石上；另一半变作雄鹰，从阴山之巅飞到狗头雕后面的一块磐石上。晁通紧了紧甲衣，系了系头盔，又扯了下马肚带，口中念动咒语，坐下马便呼啸着向狗头雕驰去，吓得狗头雕想飞，可翅膀扇不动；想跑，两只爪子挪不动，只能在原地扑腾扑腾地乱跳。

晁通想起自己被祝古军装在大铁箱子里，弄得非人非鬼的样子，又看见眼前狗头雕拼命挣扎的可怜相，不禁发出一阵怪笑：

> 呵哈，可怜你这狗头雕，
> 若能飞，即刻冲到天上去；
> 若不能在鸟道上奔驰，
> 六翼虽发达，究竟有何益？
> 你若能跃，即刻跳到空中去；
> 若不能在虚谷中鼓浪，
> 技艺虽精熟，究竟有何益？

“白首狗头雕啊，你这老鸟贼，想起那祝古对我的坏处，我就恨不得扒了你的皮、吃了你的肉。今天你落在我的手里，我要把你的羽毛付清风，我要把你的鲜血付大地，我要用你的六翼作为披箭的装饰，扶助我达绒晁通的神箭。射天，天如麦芒纷纷落；射地，地如谷糠飘飘去；射人，人如丝绒股股折。”晁通一边说一边把弓箭拉得满满的。

狗头雕想凌空，双翼抬不起；想遁地，双足抬不起；想求饶，又太丢身份。既然怎么做都不行，就只好直愣愣地呆在那里，一动也不动，听凭晁通发落。

晁通把拉满的弓又放下了。他忽然想起这狗头雕肚子里藏有宝刀，若不让它吐出来，岂不可惜。于是晁通走近狗头雕，踢了它一脚：“喂，把你肚子里的宝刀吐出来，快，快吐呀！”

狗头雕像是没听见，仍然傻愣愣地呆在那里。晁通见状，心中不免有些疑惑起来：看这呆头呆脑的样子，哪像什么寄魂鸟啊？莫不是我弄错了，或者是扎拉王子得到的预言不对？如果不是祝古的寄魂鸟，无故弄死一只鸟，岂不是罪过？晁通忽然动了慈悲之心，重又念动咒语，狗头雕顿觉浑身轻松起来，扇了扇翅膀，觉得又可以任意飞动了，这才对晁通说：“我狗头雕本是祝古宇杰托桂大王的寄魂鸟，现在，我要飞回去了。谢谢晁通的不杀之恩，请尝尝这个吧。”说完，狗头雕往晁通的头上喷了一堆粪，双翅一翻，腾空而去，晁通想再念咒语也来不及了。晁通又悔又恨，又气又急，便把盔甲、弓箭捆在马背上，咬破食指，在一张桦树皮上写道：“我去祝古侦察，三日内不能回来。”然后一拍马屁股，那马朝岭营驰去。晁通只身变化成三只黑雕，朝狗头雕飞走的方向追去。

到了下午，太阳西斜的时候，晁通变化的三只黑雕追上了狗头雕。晁通念动咒语，因为狗头雕正在清风之中，咒语不能发生效用。晁通见抓不住它，又摇身一变，变成一具马尸，横在狗头雕眼前。狗头雕正是又饥又渴的时候，见眼前一具马尸，尸上还有许多乌鸦在啄食，便即刻落在马尸上。它刚啄了一口，爪子就被晁通设的罗网缚住了。晁通立即站起身，毫不犹豫地用两块羊头般的石头砸死了狗头雕。

见狗头雕确实已死，晁通取了那能斩大象的腹刀。这刀果然是一把非同寻常的宝刀，长有一肘又一拃，上面有纹象字在回旋，刀刃犀利得吹毛能断，刀腰结实得能钉铁镢，刀光雪亮晶莹闪烁。晁通高兴之余，忽又想起得这宝刀之不易，却还要将宝物献给王子扎拉，不免有些愤然。他想来想去，决定不把宝刀献出去，而且还得让众人知道自己的辛苦。想啊，想啊，晁通想出了一条妙计……

岭军不见了晁通，却见到了他的马匹、盔甲和手书，知道他尚未降伏狗头雕，众人也不以为意，继续行军不止。这天，正当部队往前行，嘉洛、鄂洛、卓洛三部落的上空突然被黑雾笼罩。众人都停住了脚步，仔细看着这团黑雾，半晌才看清隐藏在雾中的是只狗头雕，还在不停地喷吐黑雾。十几个岭兵受了这黑雾的玷污，胸口变成了黑色。众兵搭弓齐射，没有一箭能够射得着狗头雕。那嘉洛家的独生儿子昂赛玉达见这只妖鸟如此可恶，说道：“这狗头雕该撞到我的箭上。”说罢就是一箭，狗头雕的锁骨被射中，当即坠地，岭兵纷纷向前，举刀就砍。那狗头雕忽然说话了：“嘉洛仓的玉达啊，你怎能把人神的誓言来破坏，我本是岭国色巴部的寄魂鸟啊！”

众人一听是岭国的寄魂鸟，把举起的刀放下，一齐看着小将昂赛玉达。

“晁通，你不要骗人了。”大臣站了出来，“你若再用这种障眼法骗我们，我们就不客气了。”说着举刀就要剁。

晁通见此术不能骗人，反要丢命，便收起变化，把自己一路的辛苦以及降伏狗头雕的经过讲了一遍。然后去见扎拉王子，把原来嘉察赐给他的一把腰刀磨了磨，当作宝刀献到王子面前。众人虽知此刀有诈，但碍于面子，均不道破。

第一百三十八章

求宝物旺秋赴水晶城
斗法术晁通获两神器

古杰藏地的七十六万大军随着岭国的大军迤逦前行。行至离祝古还有十天的路程时，藏王丹赤忽感不适，遂命四卦师占卜问吉凶。四卦师按卦图所示的三百六十卦，整整推算了三天，才向丹赤王禀报结果："在祝古的郭扎朗宗，有一座像人狮跳跃似的山峰，山峰上有座四方形的水晶城，城内有一位活了几千岁、名叫司贝阿琪甘姆的老太婆，她手里有四件宝物：一是美丽的隐身木，二是威震三界的黄金锣，三是黑风雨拂尘，四是白风雨拂尘。这四件宝物，若能全部取得，就能统治四大洲；若能取得三件，则能统治三千世界；若能取得两件，则能统治南赡部洲；若能取得一件，则只能统治南赡部洲的一半。若能取得宝物，则祝古即破，若得不到宝物，不要说岭军和藏地军队，就是把四大洲的部队全调来，也难破祝古。"

"那么，怎样才能得到那宝物呢？"丹赤王问。

"取宝之人必须具备菩萨一般的智慧，神一般的技能，这样的人难寻哪！"

"我们藏地若是没有这样的人，岭国一定会有。我们不如去求助他们。"

"不必了，取宝之人就在眼前。他是大臣噶尔旺秋坚赞。"

丹赤王举目四望，噶尔旺秋坚赞已来到他的面前，愿意为大王前去取宝。藏王遂命为旺秋坚赞准备一应物品和随行人员，第二天早晨就出发。

王子扎拉也得到预言，和众臣商议的结果，是派达绒长官晁通前往四方水晶城取宝。

旺秋坚赞等主从七人，从藏地部队的营地出发往祝古国寻宝。行至途中，旺秋坚赞听得有人在念诵：

若想在天上行走时，
要有青须苍龙为坐骑；
若想在空中行走时，

要有金眼凤凰为坐骑；
若想在大地行走时，
要有追风逐尘的宝驹。

旺秋坚赞勒住马缰，定睛一看，原来是位老者。看那鹤发童颜，定是来历不凡。旺秋坚赞立即跳下马，正要上前请教，忽然想起了这样的谚语："上等人讲话和而缓，和缓的讲话中包含着真实；中等人讲话先询问，询问时把假话真话掺和在一起；下等人讲话忙又急，慌慌张张讲的都是假言谎语。"旺秋坚赞不慌不忙地走近老者，先向老者献上哈达，然后才用和缓的口气向老者讲述古杰藏地的遭遇以及他此行的目的。老者一捋长髯，很高兴地说："你们所需的那四种宝物，在祝古的郭扎石山的一个大山弯里，在老阿妈阿琪甘姆手里。到那里要过五道关，人多了很难通过，只有福大命贵的你一个人去，才能把宝物取到手。"这老者正是药王的化身。

药王说完，又告诉旺秋坚赞，明天早晨要怎么办，并交给他一顶装着信件的白狮帽。旺秋坚赞遵命只身前去取宝。

第二天下午，旺秋坚赞来到一座白石崖下，看见一只白鹫鸟在一块大石旁翻滚，挣扎，原来是被一块骨头噎住了。旺秋坚赞用药王的密咒为白鹫医好了病，白鹫问："啊，恩人，您要我用什么方式报答您的大恩呢？"

"我要到祝古郭扎朗宗石崖，找那阿琪甘姆老婆婆借宝物。请你给我指条路吧。"旺秋坚赞诚恳地提出他的要求。

"到那里可不容易，不要说人，就是长翅膀的鸟也不敢去呀。不过，您是我的救命恩人，我就送您去吧。来吧，恩人，骑在我的背上。"白鹫鸟说着，伸开双翼请旺秋坚赞骑上去。

旺秋坚赞想了想，从怀中取出白狮帽戴在头上，然后跨上白鹫鸟。那鸟腾空而起，旺秋坚赞只觉两耳生风，吓得不敢睁眼。飞到太阳快落山的时候，来到一处谷瑙有青幽幽的石崖、谷口有整整齐齐的村落的地方，白鹫停住了："恩人，太阳快落山了，您去下面村庄找一住宿的地方，我在崖头歇息。明天早晨来找我时，带给我一块我喜欢吃的肉来。"

旺秋坚赞依言朝村里走，见一座大门前站着一个面目可怖的女人。只见她肤色青碧，白发编成一根根小辫子，两眼红红的像要喷火，两个乳头长长地甩在肩上。她一见旺秋坚赞，顿时高兴了："啊哈，娃娃，我已经有三年又三个月没尝到人肉啦，今天算我运气好，这么好的娃娃送到嘴边来了。"说罢，张牙舞爪地扑过来。旺秋坚赞赶紧戴上白狮帽，女罗刹顿时浑身发抖，一转身，跑进了大门。工夫不大，大门内又走出一位年轻女子，打扮得珠光宝气，十分客气地请旺秋坚赞到她家吃饭休息。

旺秋坚赞并不客气，有饭便吃，有床便睡。第二天早晨，又向主人讨了一条马腿，带给白鹫。

白鹫吃罢又带着旺秋坚赞继续往前飞，日落时又停下来。飞飞停停，旺秋坚赞又和许多罗刹斗了许多次法，靠老者赐予的白狮帽战胜了众罗刹，保护了自己。

这天，白鹫带着旺秋坚赞飞到祝古的朗措湖时，停住了："恩人哪，现在该您自己向西北方那座向天空竖起的白石崖顶走去，我也要转回家中去了。"

看着那高耸入云的石崖，旺秋坚赞慌了："啊，白鹫鸟，你不能走！你走了我怎么能上得去？就是上去了，也难得下来，你还是再送我一程吧。我一定重重谢你，你说要什么就给什么。"

"您知道我是谁吗？"

"臣子愚昧无知。"

"我乃古杰藏地的保护神，现在把您送到该到的地方了。三天之后的清晨，我还在这里等您。"白鹫说完就飞走了。

旺秋坚赞无奈，只得自己向石崖上攀登。走着走着，见一只大乌龟挡在面前。旺秋坚赞闭目祈祷，乌龟慢慢地挪动着笨重的身子，让开一条路。旺秋坚赞又往前走，没走多远又见一条大毒蛇，盘踞在路中间，旺秋坚赞再次祈祷，然后抓住蛇尾，又通过了狭路。前面是一块巴掌似的平滩，上面有许许多多的脚印。按照白鹫鸟的嘱咐，旺秋坚赞避开狗的脚印，找到狼的脚印；避开马的足迹，踏着野马的脚印；避开魔的脚印，沿着神的足迹向前走，从日落一直走到第二天黎明，来到四方水晶城的东门。城门上有七只鸽子在乱飞乱跳，见旺秋坚赞来了，就大叫起来。随着叫声，老婆婆阿琪甘姆出现在城门口，只见她那脸上的皱纹处喷着火，从鼻孔里呼出的气，把火烧得旺旺的。她一见旺秋坚赞，不容分说，就把他抓在手里，一搓又一扔送进了嘴里。她腮帮鼓了两鼓，没能咬得动，嗓子动了两下，也没能咽下。阿琪甘姆一生气，连同一口唾沫，把旺秋坚赞吐在地上，大声问道："你是什么人？"

"我是你吃不动、咽不下、消化不了的人。"

"啊哈，小娃娃，你怎么会跑到这里来呢？你是怎样通过了三青、三红、三黄、三黑、三绿五个关隘的？又是怎样从我的寄魂湖中逃脱的？又是怎样从沙滩上走过的？虽然你能逃脱到这里，但我仍要把你放在青色精铁盒子里，煨在红色火焰中，然后再扔到碧色河水里。"阿琪甘姆说着，端起像盾牌一样大小的精铁盒子，就把旺秋坚赞往盒里装。谁知非但没有把旺秋坚赞装进去，阿琪甘姆反倒被旺秋坚赞的神火飞索捆了个结结实实。阿琪吓得浑身抖动如柳叶，战战兢兢地哀求不要杀她，要什么都可以。

旺秋坚赞要阿琪甘姆交出宝物。阿琪甘姆不敢违抗，打开库房的水晶门，从碧玉箱中取出黄金锣，从狮子皮口袋里拿出隐身木，从紫铜箱子中取出黑、白拂尘，献于旺秋坚赞面前。旺秋坚赞让阿琪说出宝物的妙用，阿琪毫不犹豫地说："只要一听见这锣声，就能把三界统统征服，你喜欢哪种力量，哪种力量就能来到，就是神仙的宫殿，也能摧毁。用了这绒羽隐身木，就是天神、厉神、龙王、慧眼、法眼、佛眼，什么也不会看见。这黑、白拂尘则是云彩与清风的依存之处，只要一挥动，无论什么地方，要降多少雨就能降多少雨。"

"你说的都是真的？"旺秋坚赞有些不信。

"请大臣一试。大臣若向这金锣祈祷，定会现出灵异。"

旺秋坚赞依言而试。第一次祈祷，藏地和岭国的军队出现在他面前；第二次祈祷，雪山环绕的藏地出现在他面前。旺秋坚赞这才相信阿琪甘姆所说并非谎言，于是他取了这面金锣。阿琪让旺秋坚赞坐在金锣上，愿意去哪就能去哪。旺秋坚赞闭目祈祷，金锣马上带他来到与白鹫分手的崖下，他要在这里等候白鹫鸟，一同回营地见丹赤大王复命。

来到崖下，并未见到白鹫，却见一只紫鹫蹲在石头上。旺秋坚赞想问问它是不是自己的保护神。见那紫鹫并没有想和自己搭话的意思，他又把话咽了回去，于是又坐在金锣上继续往前飞。那紫鹫一见旺秋坚赞飞走了，立即跟在后面，追了上来，在金锣上空绕了三圈，又屙下一摊粪便。旺秋坚赞以为是那阿琪甘姆在捣鬼，很是生气；刚要说什么，忽然见那紫鹫绒羽之中，露出一个仪容俊美的少年，头上束着碧玉的顶髻。身上裹着火焰似的红色锦缎，开口对旺秋坚赞道："我们寺的大锣已丢失了三天，原来那偷宝的贼人在这里。快些把锣交出来，我就饶了你，不然今天你难逃命。"

旺秋坚赞吃了一惊：这金锣本是阿琪亲手交给我的，是我冒着多大风险，经历了多少关口才得到的呀，怎么成了偷的？想到此，旺秋坚赞对那紫鹫少年说："你可不要无故发脾气，把偷东西的名声栽到我头上。我也是丢了东西出来寻找的，它是一头长着碧玉色角的水牛，已经丢失了七天，今天来到这里，碰巧见到这个锣被我捡起。我们本是同命之人，应该互相帮助才对。"

"噢，原来你也是找东西的，那我们就互相帮助吧，我帮你找牛，你帮我找锣。"紫鹫少年换了一副笑脸。

那旺秋坚赞编的瞎话纯粹是为了骗骗这小孩，以便早些脱身回藏地，谁知这小孩竟如此认真，只好随他前去找锣。二人一个坐锣，一个乘鹫，一同向前飞呀飞，一直飞到冈底斯山顶，旺秋坚赞不想走了，那紫鹫少年也有些累了，二人双双宿下。

原来这紫鹫少年乃晁通所变。他也是前去祝古取那宝物的，见藏地大臣先他一步拿到金锣，遂起了不良之心。他要想办法把这金锣拿到自己手里。

那旺秋坚赞也在想如何摆脱这缠人的少年，只好等他去替自己找牛的时候，溜之大吉了。

两个人两个心眼儿，都想如何骗过对方，所以不约而同地提出分头去找对方的东西。趁旺秋坚赞转身的工夫，晁通把金锣拿在手里，又把自己的帽子变作金锣往山下扔，旺秋坚赞见金锣滚了下去，便不顾一切地在后面紧追。晁通再次念动咒语，刹时雷声轰鸣，雪白的冰块，黝黑的岩块，把旺秋坚赞埋住了。

晁通原以为金锣这下可以归他所有了，谁知旺秋坚赞被雪崩淹没时，那金锣也不见了踪影。晁通好不诧异，却也无计可施。此时他才知旺秋坚赞并非那无根无底之人。

旺秋坚赞被埋住，却并未伤着身体，只是一时还不得脱身。正在焦急之时，古杰藏地的保护神白鹫鸟夫妻双双飞到他面前，驮起他就走，一边飞一边告诉他金锣的去处。旺秋坚赞再次得到白鹫的护佑，心中既感激又高兴，把那神灵祈祷了千万遍。

白鹫夫妻轮流驮着旺秋坚赞，又来到冈底斯山山巅。旺秋坚赞见那金锣正在一个岩缝中，像太阳一样，迸射着千万道金光，喜得唱了起来：

啊哈哈，高兴呀，
哦呵呵，多么可喜！
守护神在护佑我，
宝锣与我没有两分离。
我要唱杜鹃六律的快乐曲，
我要唱心愿成就的欢愉曲。
太阳若不驱散乌云，
有怎样的灿烂光华难知悉；
苍龙若不与风云配合，
有怎样的吟啸怒吼难知悉；
骏马若不在战场上奔驰，
有怎样的神速难知悉；
大臣我若不在这里拿到宝锣，
有怎样的功绩难知悉。

“感谢天啊，感谢地，感谢守护神白鹫你，让我得到了宝锣，让我建立了功绩。”旺秋坚赞又拜了几拜白鹭夫妇，坐上宝锣回藏地营地了。白鹭鸟夫妻一路时隐时现，保护着旺秋坚赞。

却说晁通巧取宝锣没有得手，站在冈底斯山叹息了好一会儿，想不出别的办法，只好再去四方水晶城找阿琪甘姆取那剩下的几件宝物。晁通又变化成紫鹭向前飞，当飞到白石崖下时，突然刮起一阵大风，飞沙走石，晁通不知所措，落在一块石头上。面前出现一个不知有多老的老太婆，额头上的皱纹像头发一样多，虱子在乱蓬蓬的头发里结成疙瘩，鼻涕和痰不断，四肢干瘪得就像她手里拄着的那根拐棍，老太婆颤巍巍地说：“啊，这好汉，从哪里来？要到哪里去呀？”

晁通心想，这恐怕就是阿琪甘姆老太婆了，遂收起变化，现出原形：“老妈妈，我要找阿琪甘姆老婆婆，请您给我指条路吧。”

“指路，你给我什么报酬？”

“给您一升金砂吧。”

“金砂？珍贵的人身，就是黄金。”说着，老太婆脱下一只靴子，略一抖，黄灿灿的金砂源源不断地流了出来。

“那您要什么呢？请讲好了。”

“我要你把我的鼻涕和痰吃了。然后背着我的背架，跟在我后面，我带你去找阿琪。”

晁通一听，别说吃了，连看着都恶心，所以只好敷衍说：“请您先走一步，我随后就来。”话音未落，只听轰的一声，雪山崩裂，从岩缝中蹦出许多赤裸裸的小孩，长着各种各样的脑袋，拿着各式兵器，向晁通杀来。吓得他一头钻进老太婆的围裙下躲了起来。好一会儿，听到外面没什么动静，才伸出头来。老太婆戳戳拐杖：“你不听我言，只能转回家去。”

“老妈妈，请不要生气，我听您的吩咐就是。”

老婆婆早已不知去向，晁通急得大哭起来。天母朗曼噶姆听他哭声凄惨，遂动了恻隐之心，于是变成一个美丽的姑娘，站在晁通面前，告诉晁通她可以帮助他得到宝物，只是要晁通收了邪念。晁通这才转悲为喜，决心痛改前非。

在天母的帮助下，晁通又经历了几次劫难，终于带着那宝物隐身木和黑白拂尘回到岭国大营，一连两天没有出门。第三天，晁通收拾得干干净净，容光焕发地来见王子扎拉，先讲他这次取宝的艰难：

白从那宝锣丧失藏地，
阿琪在空中布下了捕鸟罗，
在地上布下了捉人网，

别说灵鹫难飞翔，
就是蝙蝠也难逃；
别说骏马难越过，
就是蚂蚁也难过；
只有我晁通用妙计，
指使阿琪前往罗刹地。
我取了宝物回岭营，
扎拉王子你可欢喜？

说罢，晁通将隐身木和黑白拂尘献于王子面前，众人都说这次晁通是出了大力了，破祝古大有希望。扎拉命令继续向祝古进军。

第一百三十九章

两军对垒玉拉擒敌将
英雄相斗祝古遭溃败

自从岭、藏大军得到了四件宝物之后，士气大振，一举攻克了下祝古，杀死了不少战将，得到大批粮草，使得邻近的小邦国家闻风丧胆，不敢再轻举妄动援助祝古。

岭军继续向上祝古进发。这天下午，大军来到上祝古的扎赛乌巴城，主将玉拉托琚下令放碎石炮。三声炮响过后，扎赛乌巴城被轰塌了大半边，岭军见状，大叫着向城内冲去。守城的祝古大将达瓦扎巴变幻出无数箭矢，雨点般向攻城的岭军射击，射得中箭的岭军倒地不起，没有中箭的号叫着往回跑。玉拉托琚命令停止攻城，他要另想办法。

正当岭军溃退下来之际，城内杀出一员大将，手持斩魔弯刀，像是从九天之上降下的万钧霹雳。他就是赛冷森格扎巴。他心里明白，这座破城是肯定守不住了。与其大业沦丧，身死名灭，不如现在乘势冲出去，找个地方先藏起来再说。

玉拉托琚见这员大将相貌不凡，断定他必是守城大将赛冷森格扎巴无疑。听说此人门第显赫，族姓高贵，诚心信佛，忠厚善良，且足智多谋，武艺又高，这样的人最好能把他收过来为雄狮王效力。玉拉想着，拦在森格的马前道："喂，骑白马的祝古将军啊，你先慢拉弓，缓抽剑，我有话要对你说。你没听人们常唱的歌吗？"

雪狮的碧鬣辉映着雪峰，
雪峰被太阳照射后转变成岩山，
岩山巍峨耸立峰顶为雪封，
最终要转变成雪原。
猛虎的茸毛辉映着森林，
森林被砍尽转变成草原，

草原阴坡里树木成长起，
最终又转变成山林。
金鱼的金眼金鳍辉映着湖海，
湖海渊深无底奔腾着河川，
河川在峡谷洼地汇集，
最终又转变成湖海扬狂澜。
赛冷的宝刀弓箭辉映着祝古，
祝古已沦陷应做岭国的庄园，
若不背弃那向往正法的誓言，
最终还会回到北国一边。

“赛冷森格啊，我的话你可听见？若能明白就像金座弓上镶碧玉，若不听劝快把武艺施展。你看我手中的这飞索，能把熊熊火焰捆起，能让清清河水断流。你心中怎样想要快些做决断。”

赛冷森格不愿意投降，这有损大王名声，也有损自己美誉。尽管他知道战不胜玉拉托琚，也知道难逃此地，但还是不愿投降。

“岭国的官长啊，你的话我都听明白了。但是，我也有话告诉你：骏马虽不识那灰色的路，但辔头已放开就不能再回头；过河的人虽没看见渡口，但已脱掉鞋子就得蹚过去；女儿家虽不知夫家穷富，但已一心迷恋就不再另嫁；我森格虽不知胜负如何，但已奉命冲锋陷阵就不再犹豫。不管雪峰怎样变作岩山，雪狮我已没有在那居住的福分；不管阴山怎样变作茂林，猛虎我已没有在那居住的福分；不管部落怎样变化，森格我已没有在那居住的福分。事已至此，不要再多说，只有与你比武艺，看看谁像个英雄？”

森格说着，已挥起斩魔刀，连劈两下，将玉拉左右的两个岭兵砍下马去。玉拉的飞索也到了，正套在森格的脖子上。森格用刀砍那飞索，连砍五刀，飞索丝毫未损。森格抛刀操箭，对准玉拉连发六箭，丝毫未损玉拉的身体。玉拉用力一拽，将森格拉下马来，岭军一拥而上，把森格捆了个结实。

玉拉托琚率姜军继续向祝古行进，岭军、门军、魔国军、大食军、索波军等随后而来，像石崖滚滚下崩的石头，逐渐逼近祝古宇杰托桂大王的王宫。

在宇杰托桂大王的王宫中，祝古的众将正聚在一起，忽闻岭军逼近，托桂王立即率众登上黄金的凉台，观看那浩浩荡荡的雄狮王格萨尔的大军。

这上祝古地，原是怎样的地方啊？！在这里，空中没有鸟类飞翔的自由，地上没有翼影掠过的自由；没有强横汉子挥舞臂膀之地，没有青年女子唱歌跳舞之地。可如今，却布满了杀气腾腾的军马，寒光闪闪的刀枪。祝古君臣看得眼花缭乱。只见那——

青人青马一骑现，乌沉沉就像那浓云在滚翻，就像那暴雨之前狂飙旋，就像那冰雹之前红电闪，就像那苍龙翻腾在海洋间，那是岭国的哪位好汉？

白人白马一骑现，白晃晃如从天宫降人间，那是岭国的哪位好汉？

红人红马一骑现，红艳艳好像煞神奔驰在滩间，那是岭国的哪位好汉？

黄人黄马一骑现，就像天鹅在海面盘旋，那是岭国的哪位好汉？

还有那——

持矛的勇将八员，好似斑斓猛虎蹿出林间；举刀的勇将九员，就像礌石在滩中滚滚翻；持飞索的勇将六员，犹如狂风在山谷里飞旋。这些英雄的名字叫什么？

宇杰托桂王眼见岭国及诸国的军队如此强盛，不由得有些胆怯。但是说出的话却仍是气冲牛斗："你们都看到了，岭国的军队已经来到我们面前，我们要在今天半夜，去踏翻岭营，把岭国军队连根铲除掉。"

众将你看看我，我看看你，谁也不说什么。岭军的神威他们已领略了，去与岭军较量，显然缺乏信心。大臣达郭琼登见众臣这等状况，心中很是生气，正应了这样的比喻：恶劣口轻的小马驹，看见青草一溜风飞驰，一鞴上金鞍步难移；恶劣的扭脖子的小黑狗，听见人声汪汪狂叫，在紧要关头夹着尾巴逃；无心肝的暴躁之人，一语不合比老虎还猛烈，最需要时不见踪迹。他可不愿做这样没心肝的人。想到此，达郭琼登气宇轩昂地站出来说："大王请听我禀报：岭军表面看起来，好像雄赳赳的，实际没有什么可怕。今天夜里他们一定有所准备，我们最好明天早晨进攻，才能获得胜利。明天一早，像我一样的勇士做先锋，然后把我们祝古的'击毁山岳'石炮用十二头大象拉出去，再把我们的九匹骏马的战车拉出去，然后再……让我们的炮石如冰雹猛烈降，让我们的骏马如狂风急飞驰，让我们的军兵勇敢赛猛虎。大王啊，我们定能让岭军成百成百地栽翻在大滩里，让成千成千的敌兵血染这疆场。"

祝古王一听达郭琼登的话，大为高兴，当即决定按他的计策行事。

祝古君臣商议已毕，却急坏了那空行母化身的王妃噶姆森姜措。她心想：岭军已到祝古，看来已经到了她帮助格萨尔大王降伏宇杰的时候了。虽然岭军将士个个英勇无比，武艺高强，但若依照达郭琼登之计，不用说会给岭军带来无穷的灾难，更会使王子扎拉受那百般熬煎。我怎么能坐视不管呢？想到这，噶姆森姜措吩咐侍女为自己更衣打扮，然后带着众侍女端着盛有美酒佳酿的镶金嵌玉的酒壶，一步三摇地从内宫走了出来。众臣一见王妃比任何时候都婀娜多姿，心中十分喜悦。

王妃假意关心和岭国的作战情况，问大王如何才能打退岭军。宇杰托桂得意非常地把刚才商议的结果告诉了王妃。噶姆森姜措笑吟吟地听着大王的话，然后先敬大王一杯酒，再命侍女们为众臣斟酒，待君臣们将杯中酒一饮而尽后，噶姆森姜措才缓缓启齿道："太阳、月亮和星星，本是伴侣，若永不分离，岂有黑暗笼罩的余地，可它们轮流行走乃是前业所派，对此众生不应怨恨；泉水、雪水和海水，本是伴侣，若永聚一起，哪容骄阳灼晒，但它们分别流去乃是前业所派，对此众生不应怨恨；大王驾下的无敌大将们，本是伴侣，若永聚一起，则没有敌人进攻的余地，可他们分别御敌乃是前生注定，对此众臣不应有怀疑。达郭琼登的计策虽然好，要在明晨倾全力，这样是不是有把我们的底露给敌人的顾虑，如果藏、岭的援军到，我们再拿什么去对敌？"

宇杰托桂王听王妃如此说来，颇有道理，又想她的来历不凡，更加相信她肯定有破敌之计。于是恳请王妃赐一妙计。众臣见大王如此信任王妃，也把耳朵竖起。噶姆森姜措见宇杰托桂如此信任自己，立即道出"妙计"："明日先由达郭琼登率军迎敌，选出大将四十员，挑出精锐兵士五百骑，进攻那岭军像冰雹一样猛砸去，然后众英雄轮流出去，炮石和战车要到最关键的时刻用上去。"

宇杰托桂王认为王妃说得有理，祝古大军怎么能倾巢而出呢？众臣们虽也赞成王妃的主意，但总觉得没什么把握。特别是达郭琼登，更是不以为然。英雄好汉在岭国，穿杨射手在岭国，快速骏马在岭国，祝古全军出动尚且不知胜败如何，这样轮番出击，岂不是自投罗网？！但见宇杰托桂王主意已定，又听那王妃唱起了臣子分类歌：

上等臣子办事时，
只把君王的命令来考虑，
自身蹈险也不会有所顾惜。
中等臣子办事时，
绝不会贪心沾臭气，
会把部署像孩子一样来爱惜。
下等臣子办事时，
把自家的仓库先填起，
畏缩害怕不敢杀敌。

达郭琼登不好再说什么，众臣们也没有其他计策，只好按王妃说的去办。

第二天早晨，达郭琼登披挂上阵，和他一起出阵的还有仲穆协堆纳郭等十员大将。看到岭军黑压压地似浪潮般涌来，军旗青蔚蔚招展飘扬，盔甲亮晶晶映着日光，他们不免有些怯阵。但是，既已出阵，自然要拿出一番英雄气概，做那上等臣子所应做的事。达郭琼登一马当先，协堆纳郭等众将紧跟其后，一路疾风般卷进岭营。岭国诸将也持枪挥刀相迎。色巴氏的大英雄察东丹增扎巴迎头拦住了祝古大将仲穆协堆纳郭："喂，祝古的大将，快刀不能劈石头，快马不能在沙漠中骑，火焰不能在河水里烧，今天你碰上我察东，再有武艺也无益。你看见我这把刀了吗？它的黑红火焰冷冷闪，它的花纹精光耀人眼，它的刀尖犹如大鹏鸟的角，它的背亚赛水晶光灿烂，它的刃如闪电掣长空，它的头似初八月儿弯，它的颈饰如海螺华曼一串串，它的把是用金玉来镶嵌。它扬起时如黑旗飘展，它挥舞时似山曜耀半天，它砍劈时似阎罗到世间。"

协堆纳郭并不答话，举刀来战察东。他没有耐心和察东说长道短，也不愿再听察东对自己宝刀的炫耀。两匹马，两把刀，两员英雄猛将，打了几个回合，不分胜负。纳郭越打越有劲，哼，听察东把他那把刀吹上了天，原来不过如此。正想着，冷不防从旁边抛过一条飞索，正套在协堆纳郭的脖子上。协堆纳郭顾不上再和察东交战，竭力想从飞索中挣脱出来。投飞索的不是别人，正是霍尔辛巴梅乳泽。他见察东战不胜这祝古大将，便抛出飞索，以助察东一臂之力。这协堆纳郭果然厉害，飞索被他挣脱了三次，又被梅乳泽第四次套在了他的脖子上。协堆纳郭气得哇哇大叫，连连射出六支毒箭。梅乳泽虽未受伤，却被那毒气熏得有些耐不住，趺趺撞撞，几乎摔下马来，手中的飞索也失去了拉力。察东见此，忙伸手接过飞索。旁边又驰过几员索波大将，这才将协堆纳郭活捉。

眼见祝古军难以招架，宇杰托桂王又派出援军，由大将撒郭唐纳率领，直奔两军阵前。撒郭唐纳还没走到厮杀猛烈的战场，就被丹玛拦住了："眼前的黑小子，慢点儿走啊，有些事还得我丹玛先告诉你：太阳被乌云遮住，想晒化雪峰万不能；苍龙在太空张狂，想扫光谷物万不能；金莲花在黎明时盛开，想炫耀光彩万不能；被包围了的祝古将士们，再想回王宫万不能。"丹玛说完，连射两箭，两支箭齐刷刷地像钉子一样钉在撒郭唐纳的双乳上。撒郭唐纳顿时坠马毙命。祝古援军见主将已死，立即四散逃命。

这时，达郭琼登及其他将士已与岭军厮杀很久了。眼看祝古军马越来越少，达郭立即念动咒语，变出和他一模一样的九个人，在岭营中冲来闯去，刀锋所及之处，人马非死即伤，对岭军的威胁极大。在这危急关头，大梵天王也变化成九个化身，紧紧追着达郭琼登的化身，厮杀不已，这才为岭军解了危难。

丹玛杀死了祝古援军首领，驱散了援军后，又杀回两军阵地。达郭琼登一见丹玛，立即收起变化来战丹玛。大梵天王见达郭收回变化，也随即收起变化飞在空中观战。达郭已知丹玛用箭射死了援军大将，便将毒箭搭在弓上："羊群遭到狼的冲击，若容得野狼背走羊尸，腰缠的投石索有何益？鹿群被猎人冲击，若容得鹿角被人拿去，手中的宝刀有何益？美丽的祝古受到岭国的攻击，若容得你们把河山摧毁，要我们这些英雄好汉有何益？箭啊，你要对准那青人，把他的铠甲丝绦射断，把长甲叶像化锡一样摧毁，把短甲叶像羽毛一样捣碎，把他的肉射烂，把他的心射穿。”

说罢，达郭的毒箭随着咝咝的响声，朝丹玛飞去，正中丹玛的胸口，射断了缚甲丝绦，摧毁了长甲叶，捣烂了短甲叶，那毒气磅礴弥漫，熏得丹玛一时晕眩，从马上跌了下去。大青马也被熏得嘶鸣着，倒在地上。岭军众英雄见丹玛落马，好像自己的心被人挖去了似的，大叫起来：“不好啦，丹玛被祝古人杀啦！”“不好啦，达郭杀死了丹玛！”

辛巴梅乳泽勉强压住心中的悲愤，乘众将与达郭混战之机，下马把丹玛托到马背上，迅速撤回大营。

大梵天王又变化成一头像小山一样的大象，用鼻子卷着各种兵器，像风一样地抡来抡去，杀得祝古军非死即伤，侥幸活命的只恨少长了两条腿。达郭等诸将再也无力抵挡，遂率残兵败将向后退去。

第一百四十章

寄魂鸟尼婆罗寻霞赤
祝古王假替身骗和平

第二天太阳刚升起来的时候，岭军大营内已摆好了庆功的宴席。黄金座光灿耀眼，白银座亮如闪电，虎皮座透着庄严，豹皮座威武不凡。美酒一杯杯、一碗碗地摆到众英雄面前。被俘获的祝古将仲穆协堆纳郭和赛冷森格扎巴被吊在营边的高杆上，旁边还有几个祝古大将的人头，血淋淋的甚是可怕。

达绒长官晁通身穿金刚寿字锦缎棉袍，腰束胡椒眼花纹锦带，头发上结了一个黑蛇般的大结，胸前护心宝镜高悬，手里拿着红色珊瑚念珠，坐在虎皮宝座上，络腮胡须颤抖着，一边数着念珠，一边向大家述说破敌之事："自从进入祝古地，首先出战的是那赛冷森格，最后出战的是协堆纳郭，被我们的玉拉和梅乳泽用飞索拴。英雄们，看那儿！他们在杆子上高高悬。还有那白面红眼的狗噶达，竟想在岭军之中学那鹞鹰逐黄雀，被我们阿扎尼玛的宝刀劈两半；那青面黄眼的阿登琼海，勇猛如鹰鹫，剽悍如野牛，被我们多钦的长矛戳了个穿；援军的首领撒郭，像阎罗一样喷毒烟，也被丹玛消灭完；那无敌的青年冬奔，搅得我岭军如羊群乱一团，最终被阿扎长官剁为碎块命丧黄泉。黑白乃纠纷之源，冷热乃疾病之因。今天还有两员祝古将吊在高杆上，现已没有飞天的羽翼，也没有遁地的法力，正好给我们的英雄当靶子。英雄们啊！"

晁通说到高兴处，从虎皮宝座上站了起来："勇士们啊！这正是神箭手显示技艺的时机，快挽起宝弓看看软和硬，快搭上披箭瞄准那仇敌。尼奔为首的，发射黄金尾扣披箭；达绒为首的，发射赤铜尾扣披箭；辛巴、丹玛为首的，发射碧玉尾扣披箭；香赛为首的，发射白银尾扣披箭，把那仇敌从上到下射遍全身。"晁通说完，拿过檀香木的法鞭，连着甩了三下。

众英雄寂静无语，连王子扎拉也无话可说。只有那老总管绒察查根心中有所不忍。他想，以前老人们常说，"对凶狠的敌人，若来求三次时，应比对孩子们更加仁慈；对不驯顺的马驹，若耐心调教，会成良马坐骑；对不听话的老婆，若能回心转意，应温和地相待。"

这两个祝古大将，昨日是腰缠弓箭的勇士，今天已变成黑绳捆缚的小鸡，黑汗像渠水汩汩流，热气像茶水煮沸腾腾起，怯懦的话像山羊般咩咩叫，害怕的心像跳蚤般跳不止。杀了这样的人，有什么意思呢？像晁通说的那样杀他们，不是太残忍了吗？想着想着，老总管从银座上站起："扎拉王子啊，请听我说一句。若说祝古将的罪恶，死有余辜。只是岭军从来都是对强敌才用杀戮制服，对降敌应该宽大为怀。雄狮王一向如此啊！恳请王子将这二将交给我，我要把他们带走放生。我已经老了，过去只是以杀生为行善，今天我要把这二人作为向阎罗法王的觐见礼。"

那老总管本来就是众英雄所崇敬爱戴的老人，他说的话焉有不听之理，而且绒察查根所说行善放生的话，恰恰戳痛了诸位好汉的心，连年的征战、杀伐，哪个人没杀过人？哪个人又曾想到过放生行善？王子见老总管如此恳切地为祝古二将求情，遂免去二人死罪。众将心服口服。晁通虽然还想再说什么，也觉没有意思。于是传令将森格和协堆纳郭从高杆上放下来，交总管王绒察查根处置。

祝古王宇杰托桂坐在征服四洲的铁座上，像阎罗一样的又红又黑的脸上，布满了红胡须。头上那二万九千根发辫上，用红色的绸巾挽成急行结，紫色的玫瑰结，棕色的山羊结，海洋无穷无尽宝藏的球形结，红黄的火山结等十八种结子。左手托腮，右手指上绕着装饰各种珍宝的念珠。他在思念他的大臣霞赤梅久。

自从霞赤梅久出征与岭国和古杰藏地作战，至今已有几个月了，说他活着却不见人影，说他死了呢，又不见尸体。现在正该是他为祝古效力的时候，他究竟跑到哪里去了呢？

宇杰托桂正在冥思苦想如何破敌，如何寻找霞赤梅久时，忽闻德庆喜饶扎巴老人求见。宇杰托桂愣了一下，心想那德庆老人现年已有一百一十三岁高龄，原也是祝古国内得力大臣，因为年纪大了，正在家中颐养天年，今天老人到此，必有要事。托桂王顾不得细想，慌忙站起身，迎至宫门，亲自把老人扶了进来。

德庆喜饶献上金币、哈达，然后欲行拜谒之礼，被托桂王止住了："老人家，辛苦了，不在家好好保养身体，进宫有事？"

"战事这么乱，我在家里待不住。想问问大王如何退敌，我这把老骨头虽不能上阵效力，看能不能帮助大王出个主意。"

"老人家，我们已经派人去请噶域阿达大王，绒穆塔赞大王等前来祝古作为岭国和祝古的调解人。现在只要能想办法让岭国退兵，我们以后总有报仇雪恨

的机会。”

“是啊，是啊，那岭国曾经攻陷了四方大城，谁也敌不过。如果不想办法使他们退兵，这祝古的河山，早晚会落到那格萨尔的手里，我们岂不是成了他的属民了吗？”

老臣德庆懂得六谷在下雹子时难生存，兔子在虎啸时难生存，小鸟在鹞鹰翅下难生存。但是，尽管难生存，也得顽强地生存才是。老臣德庆喜饶比那托桂王想得更多、更远，不仅想到如何调解，使岭国退兵，还想到了如何斩草除根，以绝后患。

“老人家，您有什么好主意，快快讲来。”宇杰托桂从那老者的眼睛中已经发现了什么。

“大王啊，调解之前的准备工作，需先把霞赤梅久接回来……”

“您知道他现在在哪吗？”

“在尼婆罗。他被困在那里很久了，要快些派寄魂神鸟去看看他。”

“好，好。还要准备什么？”

“我们可以假意派人到岭军那儿去投降，然后商议调解之事，把岭国的首领全部请到您的王宫中来，宫城的东南埋伏下持枪的勇士三百人，西北埋伏下无敌的刀手三百人，同意退兵就放他们回去，不同意退兵就把他们全部剁成肉泥！”

“啊，好，好，老人家，太好了！您真是见高识远，足智多谋的老人啊！就按您说的办理。”宇杰托桂以为胜利在握，几个月来的失败在他眉心结下的愁云驱散了，还暗自懊悔为什么没能早些去请教这老谋深算的德庆喜饶扎巴。

宇杰托桂大王一面派祝古的寄魂鸟——灵鹫前去尼婆罗寻找大臣霞赤梅久，一面挑选前去岭营诈降的大臣，还小心翼翼地物色了一个和自己的仪表相貌极为相似的军士，以便到了万不得已之时充当自己的替身。托桂王煞费苦心地布置了这一切，只等岭军上钩中计。

三天之后，祝古大臣达郭琼登主从十一人，收拾得干净利索，全部脱去铠甲，换上节日盛装，缓缓朝岭军驰去。在离岭营一箭之地时，见到迎上前来的四员岭将，达郭琼登慌慌下马，满脸羞愧地说：“见识高的岭国大将军啊，我达郭琼登顾不得羞耻，是前来向岭国投降的啊。俗谚说：‘贤上师所讲的教诫，就是大恶之人也要来听取；巧匠人所造的首饰，就是铁片也会有人来购取；有见识的臣子的禀报，就是暴戾的君王也会听取。’祝古现在一败涂地，所以大王派我们来商议和解的事宜。请将军收下这九色礼品，禀报王子扎拉，说我们大王宇杰托桂明天上午要来参拜他，并请扎拉王子和众位首领到祝古王宫中一叙。”

岭将哪肯相信达郭琼登的话。谁不知祝古王诡计多端，心如毒蛇？他怎么肯投降呢？

见岭将并不答话，达郭琼登马上拿出九块黄金，九条哈达，献了上来："尊贵的岭国大将军啊，俗话说：'对投降的人要以仁慈来保护，对求救的敌人要作为放生让他去，对推心置腹的话要在心中仔细考虑。'天鹅在湖上翱翔，象征着湖水变汪洋；浓云在天空中翻卷，象征着甘霖要下降；我大臣在祝古与岭国之间奔忙，象征着两国和平吉祥。"

四员岭将见达郭琼登如此诚恳，心中对他的戒备减了不少。为首的大辛巴说道："既然如此，就请你到大帐中见我们王子扎拉和总管王当面禀报吧。"

达郭琼登一听让自己去岭营见扎拉，不由得胆怯起来。他想，今天最好不去王子扎拉的大帐，万一话不投机，耽误了大事，不仅无法向托桂王交差，连自己的性命也难保。至于明天上午要陪那假托桂王前来参拜扎拉，那是不得已的事。这样一想，达郭琼登马上推辞道："请尊贵的大将军禀报王子，我达郭今日就免去面禀吧。明天上午我陪我们的大王前来岭营，到时再拜谒王子不迟。"

那岭将见达郭不肯进帐见王子，疑心顿起："你若不愿见王子，也等我们禀报后才能回去。我们还不知道王子能不能接受你们大王的礼，更不知道明天上午愿不愿意让你们大王来这里。你如果真有诚意，就该随我们进帐参拜，至少应该在这里等候我们的回话。"

达郭琼登既怕进岭营见扎拉王子，更怕岭将不信任他。左思右想，还是决定随岭将进大营。

来到营门，岭将吩咐达郭等人在帐外等候，他们要向王子扎拉禀报后再决定见不见他达郭。

四员大将进帐向王子禀报了祝古大臣达郭琼登等人的来意，岭国众将纷纷议论开了。辛巴梅乳泽说："要议和，也只能到我们岭营中来，那有去祝古的道理？就是有必要去，也不能让王子亲自驾临。常言说：'英雄过于莽撞会丧生，姑娘过于轻浮会失去贞节。'那四面贴翎的红披箭，若不搭在宝弓上，绝不会飞向目的地；那雄健有力的千里驹，若不用金辔来驾驭，绝不会得到胜利锦旗，对付那凶狠奸诈的祝古王，除了勇猛还要靠巧计。"

老总管绒察查根说："骗子口中的甜言蜜语，是要把你家中的财帛算计；荡妇的虚情假意，是要得到资财利益；祝古君臣说得恳切又动听，实际上是些谎言骗人语。宇杰托桂是岭国的死敌，今年当降伏，怎能把他放过？现在无论是让他来或者是我们派人去，都是不合适的。"

丹玛也觉得不能让扎拉王子进祝古王宫，即使非去不可，也得由他和辛巴梅乳泽同去。

扎拉王子一边听众将议论，一边细细地考虑着：如果祝古真的要投降，议和不是不可以，他也可以亲自去。如果是假议和，他们也可以乘机攻进城去。他把自己的想法告诉了众臣。

岭将出帐告诉达郭，王子扎拉和众臣正在商议议和之事，让他在岭营住上三天，然后告诉他结果。达郭琼登暗自叫苦不迭，表面上却不敢有丝毫显露，现在是欲逃不能，不能住也得住了。

第四天上午，达郭琼登回祝古向宇杰托桂禀报了岭国扎拉王子的话，要他托桂王带上祝古的三件珍宝——如意宝珠、珊瑚钥匙和摄魂铁钩，前往岭营作为觐见之礼，才有接受议和的可能。宇杰托桂点头同意，急忙吩咐赶快准备去岭营的东西，又命那长相与他相同的替身前来见他。

正在忙乱之时，派出寻找霞赤梅久的寄魂鸟带着好消息飞回了祝古。它告诉宇杰托桂，霞赤梅久被围在尼婆罗已有九个月，请大王立即派祝古的木鸟将他接回。

托桂王听到大臣霞赤梅久有了下落，喜出望外，觉得战胜岭国有了更大的把握。他当即把木鸟派了出去，没用多久，木鸟就把霞赤梅久接了回来。

君臣相见，分外激动。霞赤梅久流着泪向大王禀道：

太阳运行在天际，
原想用光辉照大地，
谁知却没入浓云里。
布谷鸟婉转唱歌曲，
原想用妙音唤春雨，
谁知却困在枯树里。
鲜花开放多美丽，
原想用绚丽装饰草地，
谁知却陷入严霜里。
英雄汉顶天立地，
原想灭敌建功绩，
谁知却失败在岭人手里。

“大王啊，如今我已返祝古，要为大王出大力，在阳山之巅如同惊雷滚，在阴山之下要像狂风起，管他岭军、藏军、霍尔军，姜军、门军、索波军，统统如狂风扫残云。”

托桂王听罢大喜，忙把到岭营诈降一事告诉霞赤梅久。霞赤梅久不听则已，一听顿时暴跳起来："议和？诈降？这仰面求人的事大王你竟做得出来？还要把岭人请来，这不是给了他们捣毁王宫的机会吗？这不是自己把自己的头奉送给敌人吗？"

宇杰托桂一听这话不高兴了：这霞赤梅久一贯被称为智勇双全，怎么竟不能理解我的计谋？说他勇敢，王兄和他一起出战却命丧黄泉；说他忠诚，打了败仗竟躲在尼婆罗几个月。王兄死时他逃遁，家乡被破坏时他藏起，这还算什么英雄好汉？算什么忠诚大臣？原想把他接回来助我一臂之力，谁知他竟如此不明事理！宇杰托桂真想狠狠地教训他一顿，又碍于大敌当前，不好过于认真，只得暗暗把霞赤梅久恨在心里，依旧吩咐一切照原先说的办。霞赤梅久愤然离去。

装扮成宇杰托桂的假祝古王以及大臣达郭琼登等人，辞别真大王和众将，向岭军大营行进。快到大帐的时候，只见那岭军将士纷纷拥来观看他们。呐喊声、嘈杂声，震耳欲聋。祝古的假君真臣们吓得心惊胆战，勉强控制着，才没有哆嗦起来。

辛巴梅乳泽和丹玛出帐迎接，引入帐内，拜见王子扎拉。假祝古王手里托着系有"卍"形生金块的哈达，献给扎拉："请慈悲啊，祝古的神！尊贵的王子扎拉啊，雄威誉满天下！岭国的大军啊，世界无敌征天涯。这用哈达做饰品的黄金，献给王子您，愿有经常拜谒您的缘分。"说着，假祝古王献上了黄金哈达，又吩咐大臣达郭琼登将如意珠、珊瑚钥匙和摄魂铁钩一一献上。然后禀告王子：祝古王宫内已准备了丰盛的宴席，幻变的杂技，勇士们的比武，少女们的歌舞，请王子率诸臣快些驾临。

王子扎拉面露喜悦之色："岩山在霹雳面前胆怯，水洼在大鱼面前羞愧，星星闪光靠太阳，浓云降雨靠惊雷。祝古若想议和，我们不看财宝而要看诚意。今天我们大帐内已把宴席设置，还准备了歌舞杂技，明天再到你们祝古王宫，我们君臣整整齐齐一起去。"

就在假祝古王和扎拉一来一往地应酬之时，老总管绒察查根看出了破绽。那祝古王毫无轩昂之气，猥猥琐琐的像个下人。丹玛和梅乳泽也觉不对。三人离席把仲穆协堆纳郭悄悄找来，辨认那大王的真伪。

协堆纳郭一眼就认出坐在扎拉王子身边的并非宇杰托桂。但他犹豫着是不是要把真相告诉总管王。左思右想，觉得祝古已不可指望，这才告诉绒察查根：那大王是乔装打扮的，另有几个大臣也是术士幻变出来的非实体的幻人。

老总管和丹玛、辛巴梅乳泽又回到席间，向晁通使了个眼色。晁通会意，出来表演魔术。只见他口中吐火，鼻内喷烟，手捧一株乌昙波罗花树，树上有几千个枝杈，上面开着各种颜色的花。晁通略一摇晃，立即从花上降下八吉祥宝物，轮王七圣宝物，还有数不清的珍珠玛瑙。再一晃动，从树中飞出正在奏乐的仙女。听那音乐，比喝了美酒还要醉人。等晁通晃第三下时，从树中蹿出狮、虎、熊等猛兽，张牙舞爪地向祝古君臣扑来。只听帐外一声喊："祝古军打过来啦！"帐内的岭国君臣立即持刀在手，呼啦啦又从帐外拥进许多持刀仗剑的岭国将士。

那祝古君臣知道中计，忙抽刀自卫，已经为时过晚。噶德的飞索套在了达郭琼登的脖子上。达郭用刀砍，砍不断，连自己的神通巫术也施展不出来了，只得束手就擒。那假国王和七个幻变之人已经腾空而去。剩下的几员祝古将军虽然拼命挣扎，也终因寡不敌众，全部战死在岭营。

第一百四十一章　扎拉阵前遭遇祝古王　霞赤狼狈逃出岭国营

正在准备迎接岭国君臣的祝古王宇杰托桂，闻知岭国提前动手，立即披上连环锁子甲、白色重甲、青色铠甲等三层重甲，佩上神威箭，手拿追魂刀。大臣霞赤梅久也在那黑胡椒般的战袍上束上青色水腰带，挺枪持剑，向岭营杀去。

岭国君臣没想到祝古军会如此迅速地逼近，有些措手不及，慌忙中被祝古君臣杀死不少将士。宇杰托桂和霞赤梅久得胜回宫。岭国众英雄们追悔不已，竟让祝古君臣从岭营中逃掉了。

祝古的这次小胜，大大地鼓舞了士气，决定乘胜继续向岭营进攻，以取得更大的胜利。

宇杰托桂将所剩祝古军兵分成四路，向岭营的东西南北四个方向同时进击。

宇杰托桂亲率南路军，进攻镇守岭营南方的姜兵。大将霞赤梅久则带兵直扑东面的营地。达摩琼杰进攻西营。达摩玉雅向北营冲锋。只听得四面八方杀声连成一片，刀矛并举，箭石如雨。岭祝两军战在一处。

大将霞赤梅久挥起斩魔弯刀，横冲直撞，岭军碰上即死，撞上则亡。几员索波大将欲阻拦他闯营，当即被他砍成几段，鲜血染红了沙场。

女英雄阿达娜姆率领北地魔军，迎战达摩琼杰。只见阿达娜姆张弓搭箭，一箭把达摩琼杰的天灵盖掀去半边。达摩琼杰的部下军兵见首领已死，纷纷退去，残兵败将并入达摩玉雅的队伍中。

那达摩玉雅也好景不长，刚指挥着本部和达摩琼杰的残部冲杀上去，没有来得及砍杀一个岭军，就被岭国小将的黄金尾扣披箭射死在马下。

岭国众将围住了已经冲进岭营中央的祝古大王宇杰托桂，只见他浑身上下光华闪烁，如彩虹般耀眼。砍他他不伤，射他他不死，岭将却被他劈死不少。岭国众英雄越聚越多，长枪挥舞得如流星急落，青锋宝剑劈刺得像雷电闪闪，呐喊声如千雷俱鸣，披箭纷纷像冰雹骤降。宇杰托桂见岭将层层叠叠，把他围得像铁桶一般，越战越感力不从心，遂念动咒语，腾空而起，在空中又变幻成无尽的兵器，向岭国诸将砸下去。岭军死伤不计其数，侥幸活命的也四处逃散。王子扎拉见祝古王运用魔法，立即向神灵祈祷，借助法力也向空中腾去。在空中，他把神箭搭在宝雕弓上：

飞翔在空中的鸟儿，
羽毛未丰而骄横，
自认为扇动羽翼有声势，
雪白灵鹫也难与它抗衡！
乳牙未脱的马驹，
跑技未精而骄横，
自认为张开四蹄走，
如火的骏马也难与它抗衡！
自称勇猛剽悍的托桂王，
本领不高又骄横，
自认为隐身逃遁到空中，
岭国英雄也难与你抗衡！

“王子我虽不是龙，却能遨游在太空；我的坐骑虽没有金翅，却能在空中飞腾。我一有那与电光争速的大飞索，二有那如意宝刀赛彩虹，三有那白云似的银铠甲，四有那赛霹雳的宝雕弓，五有那生铁似的利披箭，所有宝物齐备在我扎拉手中。”扎拉一箭射出去，正中宇杰托桂的胸口，那祝古王在马上摇了三摇，晃了三晃，险些跌下马去。他慌忙祈祷神灵护佑，世间猛力大神当即钻入托桂王的体内。顿时，祝古王有了力气，马上把肋下的捕风蛇索解了下来，想乘扎拉王子不备向他投去。正在这时，那得到黄金锣的藏地大臣噶尔旺秋坚赞坐着宝锣赶到了。他见祝古王要用飞索套扎拉王子，忙将炼就已久的法物抛出，各种污秽恶毒的法物立即破了宇杰托桂的大力巫术，抛起的飞索也垂落下来，气得宇杰托桂哇哇大叫：“凤凰在虚空中翱翔时，雄鸡扇翅多可耻；千里马在羌塘飞驰时，小毛驴奔跑惨凄；猛虎在森林咆哮时，懦狐竞争进地狱；当我大王炫耀神变时，你小孩来玩把戏太可气。我这闪电大飞索，并非牲畜绒毛所编织，黑白的图纹华而丽，铁钩环子自然来配就，有如嗔怒长蛇之口齿，与普通黑绳两相异，有闪闪腾冒之气，这怒蛇龙魔的大飞索，要把你四肢捆一起，虚空之上绕三圈，日落之时回到王宫里。”宇杰托桂再念咒语，然后两次把飞索向王子扎拉抛去，一下套中扎拉的脖子。扎拉来不及使出降敌的神力，来不及挥劈神赐的利刀，被那龙魔飞蛇索在身上连捆九道。旺秋坚赞见王子被捆，急忙挥刀杀了上来。那祝古王左手牵着捆绑王子的飞索，右手拔刀与旺秋坚赞格斗，边战边走，骄横万分。

就在祝古王和扎拉王子腾空跃起的同时，霞赤梅久和辛巴梅乳泽也跳到半空格斗起来。梅乳泽挥动毒光炽热的宝刀，霞赤梅久扬起斩魔弯弓，二人如白鹫斗翼、苍鹰搏翅般打了一百回合，仍不分胜负。忽然，辛巴梅乳泽虚晃一刀，那光焰照在霞赤梅久的脸上，趁他一眨眼，毒光刀已经砍到他的后颈上。霞赤梅久耐不住毒气的熏烤，掉头就想逃，梅乳泽怎肯放过？他紧追不舍，一连砍了十八刀，把这个霞赤梅久连同他的黑云凤翼坐骑一起劈成几瓣，黑尸滚滚坠入岭军左营中。梅乳泽正要降落下来，忽然看见王子扎拉被宇杰托桂用飞索牵着朝祝古王宫方向走，他急忙向前，幻变出一柄开山巨斧，奋力向祝古王的头上劈去。这突如其来的打击，虽没有伤着宇杰托桂，倒也把他吓得七魂出窍，手中的龙魔飞蛇索滑脱了。祝古王不敢恋战，生怕半空中再杀出个什么东西来，自己的性命难保，慌忙之中顾不得再去套什么王子，独自一人向宫城逃去。旺秋坚赞和辛巴梅乳泽在后面追了一阵，哪里还赶得上，便也不再穷追，任他逃跑。

王子扎拉降落到岭军大帐中，并没有损伤什么，众臣也就放心了。

那霞赤梅久被辛巴梅乳泽砍下地来，落在达绒的大帐旁边。他既没有死也未受伤，乃是他战不赢梅乳泽而幻变成碎尸而已。但是，他的马却真的被劈成两半，变不回来了。霞赤梅久落在地上所想的第一件事就是马，他现在急需一匹马，一匹力大而快速的马。

达绒的大帐前，一匹凤翅如意宝驹正四蹄腾空，长嘶不已，霞赤梅久高兴极了。那宝驹的黄金鞍、红宝石辔头和后鞦在阳光下闪闪发光。霞赤梅久急不可耐地冲了过去，几个护马将哪里是他的对手。左劈右砍，霞赤梅久结果了拦他的兵将，抓住缰绳，飞身上马向营门奔去。达绒晁通的儿子拉郭正巧从此地路过，见宝马被盗，立即打马从后面追赶。那霞赤梅久只顾逃命，并不曾注意有人追赶。拉郭见赶不上他，便投出飞索，套中霞赤梅久往后拖。霞赤梅久用力一挣，几乎把飞索挣断。拉郭手一松，霞赤梅久脱套而去，比先前逃得更快更急。眼见宝马被霞赤梅久盗走，拉郭急中生智，把格萨尔大王赐给自己的饮血神箭搭在弓上，一箭射去，正中霞赤梅久的肋骨，魔臣顿时从马上跌落在地，晕死过去。随后赶来的达绒部落的其他将士一拥而上，把这个霞赤梅久捆得像一团肉球，拖着向大帐走去。拖到半路上，魔臣突然苏醒过来，也是他不该此时亡命，遂念动咒语，一咬牙，挣断缚他之绳，抢过一匹马，飞也似的奔逃而去。拉郭等在后面拼命追赶，却再也没有追上。

当闻知祝古君臣闯入岭营厮杀之时，在达绒帐内和色巴达吉闲聊的晁通突然紧张起来，只见他把衣服一脱，抓住达吉的胳膊：“快，快把我藏到马袋中。”

“叔叔呀，您别开玩笑了，达绒部落的勇士多如星斗，还有像拉郭这样的儿子，您还有什么可怕的呢？”达吉见晁通这副模样，甚觉可笑。

“不，不是这样的，你不懂。一会儿将士们就要我保护他们，众英雄也会让我亲自出阵。我老了，不能让他们支使，也不能和那魔臣霞赤梅久对阵，现在只有躲藏起来才是上策。”

“如果您真的要躲，也不要藏在马袋子里，万一有什么流箭飞镞射来，岂不会使您受伤？我的营地附近有个大旱獭洞，您就到那里躲起来好了。”达吉见晁通执意要躲，只好任其藏身。

晁通迅速算了一卦，觉得那旱獭洞果然不错，立即随达吉到他的营地附近，钻进洞内藏了起来。虽然在洞里藏着，晁通仍不放心外面的战况，不时地探出头来观望。恰巧看见魔臣霞赤梅久向旱獭洞这边飞马而来，手里的飞索还拖着一员岭将。晁通吓得立即伏在地上，大气也不敢出。眼见霞赤梅久越来越近，就要到洞口了，晁通再也忍耐不住，大叫一声，赤条条地从旱獭洞内跳了出来。霞赤梅久的坐骑惊得长嘶一声，前蹄腾起，把霞赤梅久扔下马来，脑袋正撞在一块大圆石上，头盔被撞掉，飞索也脱了手。晁通和岭将忙着抢头盔和飞索，霞赤梅久第三次抢马而逃。

第一百四十二章 天母授记说破敌之法 众将齐心灭寄魂妖物

岭军虽然打败了祝古君臣，却没能彻底降伏他们，因为没有事先消灭他们的寄魂之物。为了弄清祝古君臣的魂魄所依之处，王子扎拉吩咐摆筵庆功，并向神灵祈祷，请神明示祝古君臣的魂魄所依之处。

王子的大帐内摆满了香茶、美酒和其他美味食品。老总管绒察查根一边吃着一边揉了揉眼睛，清了清嗓子，把那条用璎珞、珊瑚等装饰的发辫向身后一甩，代王子给杀敌有功的将士发奖品。

首先，奖给王子如意珠、系着黄金块的哈达、雪白马蹄银等十种珍宝；其次给丹玛、辛巴梅乳泽、玉拉托琚、阿达娜姆等众将以黄金、白银、珊瑚、松石等奖品。不等老总管把话讲完，那达绒长官晁通早已把脸气得通红，上半截脸像石块赶猴子，下半部脸如猎狗截盗贼，中间这块脸好似山羊受雨淋，两只小眼睛眨得飞快，一把长胡须抖得如筛糠。他想起岭国在东征西杀中，格萨尔的父王森伦只管在家披甲防守，总管绒察查根只会摇那三寸不烂之舌，只有我晁通才是冲锋陷阵的勇将，到了分配奖品时却把我忘在一边，这还了得？晁通唱道：

白鹫鸟飞呀六翼丰盛，
若冲不破乌云还不是给山谷丢人？
骏马跑呀与清风嬉戏，
若撞到悬崖还不是给平滩丢人？
老练的坐骑与野马竞技，
若跑掉鞍具还不是给骑士丢人？
奴仆们勤劳又能干，
若衣衫破旧还不是给长官丢人？
英雄好汉破敌建功绩，

若没有奖励还不是给岭国丢人？
对我达绒长官愤怒王，
没有奖励可不算一回事。

晁通又讲起拦截霞赤梅久而得到他的头盔的事，怎么能不给奖励呢？

老总管见晁通争要奖品，很是生气："上师们走到财帛地，争布施多少是给施主丢人事；大官长来到村落里，争觐见礼多少是给法纪丢人事。你晁通若硬讨奖励也可以，一有怯懦狐狸的一张皮，二有一个扎如[1]手鼓用作法器，三有大禅师旱獭的油脂，作为你据守那险要洞府的奖励。"

那晁通对敌虽没有无尾地鼠胆量大，对自己的兄弟可比野牛还要凶猛。一听老总管这番讥讽的言语，他咆哮起来，如雄狮昂踞，那不该红的眼珠子红了起来，那不值得板的面孔板了起来，那不该翘的胡须也翘了起来，气势汹汹地正要说话，坐在虎皮坐垫上的丹玛开口了：

上等汉子心胸广阔如天宇，
有容天鹅灵鹫翻飞翱翔地；
中等汉子心胸宽大像口袋，
有容青稞谷子播下的余地；
下等小人心胸窄狭如鞍子，
没有丝毫宽松回旋之余地。

"老鸹的叫声没什么好听，晁通的话不值得考虑。我们还是说说如何破敌吧。"

晁通一听丹玛此话，更加怒不可遏："总管王老糊涂，丹玛这黑嘴灾鸟，你们两个要气死我吗？难道昨天我没有出力吗？你们笑话我，侮辱我……"

见晁通从坐垫上站起，意欲拼命，辛巴梅乳泽微微一笑，开言道："我们岭国正值兵兴马旺之际，虽说兴旺，也不能安居麻痹，更不能在弟兄中发生争吵。多言本是纠纷的根基，尤其在这降敌之际。昨日祝岭大战时，达绒长官有功绩，应该给予九色礼品做奖励。现在应该把奖励之事先抛弃，要抓紧进军祝古的好时机。应向神灵祈祷，问那祝古君臣魂魄何所依，然后才能彻底降敌。"

辛巴梅乳泽一席话，说得大家都满心高兴。那晁通得了九色礼品，也喜滋

1　扎如：藏语音译，能两面敲打的小手鼓，用作法器，也用来形容两面派人物。

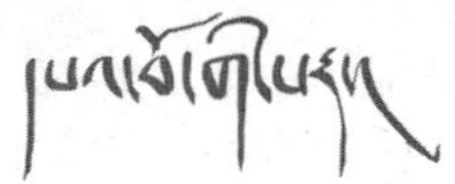

滋的不再吵闹。

众臣簇拥着王子扎拉来到帐外的一处平地，煨起桑来，祈祷神灵明示。

天母朗曼噶姆骑着白狮子到来，银铃和木鼓叮叮咚咚，甚是悦耳动听。在这悦耳的音乐中，王子得到了天母的授记："宇杰托桂的寄魂物有五个：一是黑熊谷中的大黑熊，二是天堡凤崖上的罗刹鸟九头猫头鹰，三是罗刹命堡大峡谷的恐怖野人，四是蒙巴玛玛毒海的九尾灾鱼，五是富庶林海中的独脚饿鬼树。祝古大臣的寄魂物有凶猛的黄熊与红虎，花丽的豹子精壮的苍狼，都藏在稀奇的黄金洞府里。扎拉啊，想降伏祝古君臣，先要消灭他们的寄魂物。"

天母说完，像彩虹般地消逝了。扎拉把天母的预言一字不漏地讲给大家听。众臣听罢，还是不明白这些寄魂物在什么地方，如何消灭它们。众英雄都有些发愁，只有那晁通把核桃大的念珠捋个不停，山羊胡子一翘一翘地向儿子拉郭挤眉弄眼。老总管一见晁通这副模样，知道他有话不说，又忍耐不住，所以向辛巴梅乳泽使了个眼色。梅乳泽会意地一笑，取出一条红色哈达，放在晁通面前，说："达绒长官晁通啊，雄狮王的亲叔叔啊，马头明王的化身啊，按照王子所得到的预言，祝古君臣的那些寄魂物应该怎样消灭呀，该谁去消灭呀，请您把这些情况好好讲一讲吧！"

晁通就等着这句问话呢。祝古君臣的那些寄魂物在什么地方，如何消灭，他都知道得清清楚楚。但是，一想起自己的遭遇，就一肚子委屈。是他驾木鸟到祝古城中破了敌人的巫术，是他从罗刹国取回了隐身木和黑白拂尘等宝物，是他消灭了祝古的寄魂鸟狗头雕。这些事，哪次都是拼着性命危险去做的，多少次都险遭不测、命丧黄泉，可岭国给了他什么好处呢？最多是一条哈达。晁通想，岭国这些人是非不明，好坏不分，特别是绒察查根和丹玛，根本就没把他晁通放在眼里，立了战功也不给他奖励，他说出寄魂物的所在来有什么意思。想到此，晁通慢悠悠地说："我是消灭那寄魂物的引导人，但用什么来奖励呢？"

扎拉说："您是大王的亲叔叔，消灭祝古没有您怎么行？至于奖励，自然会让您心满意足的。"

众英雄随声附和道："晁通能行，晁通能行。"

拉郭知道这是众英雄的应酬话，可也不好说什么。

晁通是最听不得奉承话的，见众人都说他行，王子扎拉又许诺给他满意的奖品，因此得意洋洋地说出了降伏寄魂物的办法：

辛巴饱餐苍狼肉，
森达揉搓黄熊皮，
玉拉铺展豹子皮，

扎拉坐下老虎皮。

“九头猫头鹰由琪居色巴氏消灭；恐怖野人该由珍居文布氏消灭；九尾灾鱼该由琼居的穆姜氏消灭；独脚饿鬼树该由达绒部落消灭；那宇杰托桂的第一寄魂物黑熊该由岭国君臣十人前去消灭。”

晁通说完，见王子扎拉面露喜色，马上提出要求：“该讲的我都讲了，如果能帮助王子消灭这些寄魂物，请王子把阿达恰郭鲁姆赏给我，作为奖励。”晁通生性爱美女，一想到能把那美艳绝伦的姑娘娶到手，那是比任何金银珠宝都要好得多！

第二天，晁通在前，众英雄在后，来到一条山谷，只见山崖重重叠叠，森林郁郁葱葱。谷口有一道流水，顺着谷垴直泻而下。顺着这流水，岭国君臣来到一处像毒蛇般往下蜿蜒蹿出的石崖下，一个极其隐蔽的洞口出现在面前。晁通一指：“这就是祝古君臣的魂魄所依处，我们今天要把苍狼的獠牙敲下来，把猛虎的皮子剥下来，把豹子的斑点割下来，把大熊爪子掰下来。”

众英雄个个摩拳擦掌，跃跃欲试。洞内的猛兽听见洞外人声鼎沸，也骚动起来。只听那苍狼嚎叫，猛虎长啸，花豹猛吼，大熊咆哮，纷纷蹿出洞来。先蹿出的苍狼把晁通咬住拖来拖去，吓得晁通不敢睁眼。梅乳泽急步赶上，把苍狼劈成了两半。见苍狼已死，黄熊大吼着朝梅乳泽扑去，森达奋起大砍刀，把黄熊的头砍落在地上。花斑豹一跃而起，抱住了森达的头，森达一抬手抓住豹子的两只前爪，一下掼在地上，玉拉抽刀上前，把豹子拦腰砍为两截。只听一声长啸，猛虎蹿出洞来，把众英雄吓了一跳。猛虎直扑玉拉，咬住他的肩膀左摇右甩，王子扎拉上前挥起宝刀，劈开了猛虎的头。

那最后出洞的乃是摧毁三界的大黑熊，咆哮声如苍龙轰鸣，一出洞就抓住玉拉的腰向上一举，又向下一摔。辛巴、丹玛、森达三人挥刀猛砍。黑熊丢下玉拉，又把辛巴抓起，像拖羊尸一样把他拖了去。众英雄紧随其后，拼命想把辛巴梅乳泽救出来。黑熊一眼看见晁通，竟把梅乳泽丢下，直奔晁通，吓得他三魂九魄都蹿到头发尖上了，跪在地上大声哀求：“神熊呀，求您饶命，我把那祸首已经引到您这里来啦……”

黑熊并不理会晁通的哀求，一爪下去，抓住他就往嘴里塞。晁通想这下可完了，慌忙把自己变成一块石头。那黑熊见嚼它不动，遂吐在地上。

女英雄阿达娜姆早已忍耐不住，急忙在山岳宝弓上搭上闪电火焰铁箭，连连向黑熊射了三支，直射得大黑熊魂飞魄散，头朝地，脚朝天，像座大山崩塌，倒地而亡。众英雄像鹫鸟掠食一般拥了过去。那晁通比谁跑得都快：“这熊尸中有大自在天的亲赐宝物，你们都不知道，由我来取好了。”

众英雄见晁通又要抢功，愤愤不平，待要说什么，被王子扎拉止住了："这黑熊本是我岭国之敌，众英雄不必你争我夺，现在由霍尔、姜国和岭国各出三人，共同把大熊剥开好了。"

众英雄依言而行。从黑熊的脑子里取出三块鸡蛋大的弹丸，这是天魔神、地魔神、空魔神的魂魄依存处。从心脏里取出精铁的九股金刚杵，是那托桂王的魂魄依存处。从肝脏里取出一个明显的鹫鸟翅膀，是众魔臣魔将的魂魄依存处。另外那大熊的爪子、猛虎的皮毛、苍狼的獠牙，这三件东西，在攻克祝古时都是必需之物。

在天母的明示和帮助下，岭国君臣又取得了祝古的黄金福运。琪居色巴氏消灭了九头猫头鹰寄魂鸟，琼居穆姜氏消灭了九尾灾鱼，只是那该消灭野人的珍居文布氏和该消灭毒树的达绒部落各自遇到了麻烦。

这麻烦依然是晁通引起的。预言中本来讲该由文布氏消灭毒树，而野人该由达绒部落消灭，只因晁通怕野人力大凶猛，所以在讲预言时把这两个寄魂物换了一下。因此文布氏找不到野人，达绒部落也寻不到毒树。

拉郭带领达绒部落的人找呀找，找了一天，也没见毒树的影子，回来后问晁通："父亲，找不到那毒树可怎么办呢？您有什么办法吗？"

晁通想起了预言，这才把实话告诉拉郭。拉郭听了很不高兴，让父亲把实话告诉扎拉王子，以便重新分配降伏之物。晁通哪里肯依，况且事已如此，再说就不好了。于是晁通重新焚香占卜，卦曰：消灭毒树之人该是玛宁长官。拉郭无奈，只得去请玛宁长官帮助。

拉郭王子随着玛宁长官走呀走，一下就找到了那棵毒树。那树长在一个小平滩中，就像一具僵尸，树梢上有男鬼猫头鹰在唱歌，树根有女鬼在舞蹈。见了树，拉郭等达绒部落的英雄一齐上前，轮番砍，但奇怪的是，无论怎么砍，也砍不断，用火烧，也烧不着。无奈，只得请玛宁长官亲自动手。那玛宁长官只一下就把毒树砍断，然后用火烧尽。众将高高兴兴地回营复命。

以玉赤为首的文布十英雄，一直朝那罗刹命堡大峡谷走，途中碰上无数次意想不到的困难。好不容易来到那野人栖息的断崖下，找到了恐怖野人。谁知那野人竟刀枪不入，不仅不能消灭他，反倒被他杀死兵将二十多人。玉赤不肯罢休，一直与野人僵持着，已经坚持了七天。晁通等人消灭了寄魂毒树，想起那命该丧于他手的野人，遂带着达绒部落的英雄们朝罗刹峡谷走去。正碰上野人逞凶，晁通还是害怕得发抖，虽然他命中注定该是消灭野人之人。见那野人朝他走来，吓得他扭头就走，从脑后把刀扔了过去。说来也巧，这刀正劈中野人的脑袋。晁通仍没命地往后跑，跑了一阵，觉得无人追赶自已，这才回过头来。见野人已死，喜得他大叫着，蹦跳着，像个小孩。

第一百四十三章 文达两部再次闹内讧 朗曼噶姆献计息争端

消灭了祝古君臣的寄魂之物，本是大喜大庆的日子。然而，一到论功分赏的时候，晁通便大吵大闹。只见他，周身穿戴得整整齐齐，华丽无比，得意洋洋，口气大得如苍龙怒吼：

大鹏鸟的金翅犀利，
将大洋中的如意珠取到手里，
附带着把龙魔的老命断送，
干牛粪色的臭鼬哪能竞争得起？
雪山上雄狮屹立，
威风震慑了所有的野兽，
附带着将大象的乳房弄裂，
猎狗虽凶哪能竞争得起？
强大的达绒军天下无敌，
既把毒树烧彻底，
又将力大无比的野人消灭，
珍居文布哪能竞争得起？
消灭不了自己的敌人是狐狸，
吃不到分给自己的食物是福运低，
对英雄的战绩要有巨大的奖励，
对卑劣的懦夫要有严厉的处理。

晁通这一番话，众人听了都不以为然，更惹恼了珍居文布氏的英雄们。他们已经知道晁通用假预言骗了他们，本不想说，可晁通一再挑衅，这叫人如何咽得下这口气？！玉赤跳了起来：“烧毁寄魂毒树的是我文布的玛宁长官，要奖励应该奖励文布氏。消灭野人的奖励也应该归文布，因为我们已经和它搏斗了七天七夜，它只剩下一口气，才被晁通砍死。这还不算，晁通用假预言搞欺骗，让我们珍居文布白白死了许多将士，你晁通还要什么奖励，不处罚都算太便宜。”

晁通也愤然地跳起，刚要说什么，被玉赤打了两拳跌倒在地。晁通爬起来也要动手，被王子扎拉喝住了。那拉郭见文布人欺他老父，非常愤慨：“在这大帐中动手算什么本事，要比的话，到大滩上比比马的脚程，比比刀的利钝。”

达绒部落的勇士一听拉郭这话，纷纷站起，朝帐外拥去。那文布氏的英雄自然不甘落后，也朝大帐外走。顿时，大帐中的人纷纷向外拥。在帐外，分成两大阵营：姜军、阿扎军、象雄军、下索波军、索伦军站在珍居文布氏一边；达尔域军、郭觉军、丹郭军、北魔军、门域军、达穆黎军、碣日军站在达绒一边。剩下那琪居色巴军、琼居穆姜军、上索波军、霍尔军、嘉洛军等不知所措，不知偏袒哪一方好。

两军对垒，虎视眈眈，眼看一场血战就要发生。

那姜国王子玉赤，被格萨尔降伏后安置在中岭，做了珍居文布氏的首领。达绒晁通等岭国大将早就对此不满，经常借故与文布部落发生摩擦冲突。只因有雄狮王的庇护，加之玉拉、玉赤兄弟两个武艺过人，每战必立功勋，所以晁通等人奈何他们不得。通过几次较量，也没占到便宜。如今有这么个机会，晁通等人就想狠狠报复一下，就连那一向看不起晁通的丹玛，这时也站到达绒军一边。再说玉拉、玉赤两兄弟，自然也无法忍受晁通接二连三的侮辱。文布和达绒双方，早已忘记同是岭国兵将，也不顾强敌在前、大战在即，纷纷搭弓射箭、扬马举刀，互相厮杀起来。

在这场自相残杀的争斗中，引人注意的是两位小将军的故事。

达绒部落有个名叫多吉扎堆的人，生有二子，长子名拉鲁，年方十五，在达绒军中任千户。次子名拉白，年仅十三，却做了文布玉赤王子的心腹。适逢两军对立，那拉鲁年少气盛，自愿充当攻打文布的先锋，跑马冲进文布军中找人厮杀。弟弟拉白虽然年纪不大，却颇懂道理，他知道这种内讧极其有害，遂劝哥哥道：“哥哥呀，你不能这样做！”一边说一边用手抓住哥哥的马嚼环不放。那拉鲁正在气头上，哪里肯听。但碍于弟弟的情面，不好认真厮杀，只是用刀背碰了碰弟弟的左肩，不料却将刀刃带过，鲜血顿时如泉喷涌，拉白立刻从马上跌了下去。拉鲁一见弟弟坠马，也顾不得与文布打仗，立即翻身下马，把弟弟背进自己的营中抢救。然而，弟弟伤口的血，无论用什么方法也止不住。众亲友围在四周，叹息哭泣不止。那哥哥拉鲁已经昏死过去两次，被人救醒之后，紧紧拉着弟弟的手，心如刀绞。拉白知道自己活不下去了，用舌头舔了舔发干的嘴唇，费力地对哥哥说：“大丈夫丧生处应在敌人的手里，我未被祝古人杀死，却死在哥哥手里，多么让人痛心呵！我拉白除此之外，平生没有悔恨之事。哥哥拉鲁的名誉，也会因此受损。我兄弟二人本是一个母亲生，临行时母亲再三嘱咐我们不要争执。文布和达绒本来都是岭国军，亲密得就像我们兄弟。哥哥呀，拉白我死了不要紧，只是怕文布和达绒继续争斗下去，亲兄弟互相残杀，你死我伤后悔不及。哥哥呀，王子玉赤待我如亲兄弟，我死后三日内不要向他禀报，若不然他会悲愤伤身体……"

拉白话没说完，就昏了过去。拉鲁见弟弟如此痛苦，话说得如此凄切，第三次昏倒在弟弟身边。昏迷中，他还在喃喃自语："我亲爱的弟弟呀，快乐时是我同晒太阳的伙伴，痛苦时是我同流眼泪的伴侣。如今我被鬼魅迷住了心，把宝珠掼在石头上，把狮子乳汁泼洒在草滩上。没有弟弟的日子，活着不如死去，啊，活着不如死去……"

拉白醒过来了，拉鲁也醒了过来。弟弟紧紧抓着哥哥的手，留下了最后的话语："哥哥呀，弟弟就要去了，弟弟就要去了，在以后的日子里，若记起弟弟，就多做些善事吧；若想起弟弟，就少生杀伐之心。不要贪恋那房屋、财产和田地，对那权势、奴仆和美誉，能放弃的就放弃吧。哥哥呀，我去了！……"拉白闭目逝世，拉鲁号啕不已。众亲友和勇士们也把那刀矛枪箭暂时收起，为拉白大办丧事。

因为有了这血的教训，文布和达绒两军才停止厮杀。王子扎拉极为震怒，下令要将文布和达绒两部尽行消灭，取消名号。经过诸国英雄和大臣们的请求，王子总算勉强撤销成命，但仍责令岭国四大臣专门调查挑起祸端的凶手，查明后予以严办。

姜国公子玉拉、玉赤兄弟二人和达绒长官晁通父子，听说要严惩那挑起祸端的罪魁，又立即吵了起来，纷纷讲自己一方的理，从太阳初升吵到月亮高悬，吵得人心烦意乱，最后也不知谁是祸首。

王子扎拉很不高兴地睡下了。他想，祝古尚未征服，内部出现混乱，雄狮王又不在自己身边，达绒和文布本是两支很得力的部队，现在却像仇敌一样不共戴天，该怎么办？扎拉无计可施。在迷迷糊糊中，他见天母朗曼噶姆踏着一朵祥云来到自己身边，像妈妈一样抚摸着自己，安慰着、也告诫着自己："纠纷虽然能以法律处理，仇恨之根却难用法律斩断。对文布、达绒两部的纠纷，若不施用巧计，是难以平息的。"

扎拉高兴极了，在为难之际，天母及时降临，为自己指明一条道路："那祝古王已向噶玉阿达求援，现在援军就要到达此地。王子啊，你要派文布和达绒两军前去迎敌，在消灭共同敌人的战场上，内部的障碍会消除。把这白玛陀称祖师穿过的法袍和雄狮王那能飞的神箭，赐予达绒拉郭，把你的九天霹雳金刚杵赐予姜国王子玉赤。还要把这些天灵盖钵中的防护宝丸，赐给每个迎敌的英雄。这场战争得胜利，两部的仇恨会自消。”

天母抛下祖师的法袍和防护玉丸，飘然而去。王子扎拉马上找来总管王和辛巴梅乳泽等人，告诉他们天母的预言。老总管担心这场纠纷未解，现在委以破敌重任，恐有不利。梅乳泽说，让他们二部前去迎敌可以，只是不要说出天母的预言，否则，他们会认为消灭祝古非他们不行。应该告诉他们，派他们去迎敌是为了惩罚他们。王子扎拉觉得这个主意很好，马上召来文布、达绒两部的首领，下达命令，让他们二部出征。

晁通一听又让他们出战，心中害怕，却不敢违命。那玉赤也觉得这样处理不妥，但怕达绒部落说他们胆怯，也不好反对。王子扎拉立即把天母所赐的法袍、神箭、金刚杵、防护宝丸等赐给他们。二部回营准备出征。

噶玉阿达为了增援祝古，调动了八万大军，驻扎在祝古王城附近的滩上。达绒和文布两军，虽然接受了王子的命令，却互不联系，自行前进。不久，姜国王子玉赤的兵马先行到达噶玉阿达的营地，一交手就被噶玉阿达的兵马击败，后到的达绒军也吃了败仗。原来，那噶玉阿达国家虽然小，但兵精马壮，又一直没打过什么仗，以逸待劳，匆忙到达的岭军自然不是他们的对手。

岭军稍事休整，便重新进攻噶玉阿达军。晁通倚仗自己的幻术，首先消灭了噶玉阿达军的寄魂鸟，然后自己变作那鸟，给噶玉阿达军降下预言，扰乱军心，并趁势打了胜仗。

文布军一直处于不利地位，连续三次进攻都没有得胜。第四次，不仅没有得胜，而且被噶玉阿达的飞索把姜国王子玉赤连同一群将士全部套了去，然后关在一座石崖上部的洞窟里。

噶玉阿达的将士把擒来的文布兵用长矛串成一串，放在火上烤熟了吃下去，把流下来的人油刮起来涂在脸上。佯装睡熟了的玉赤，把这些一一看在眼里。眼看就要轮到他和玛宁长官了。玉赤一跃而起，把那九天霹雳金刚杵向下一砸，石窟里的噶玉阿达将士顷刻化为齑粉。消灭了敌人，玉赤和玛宁长官等走出石窟，来到洞口一看，出口处是一面像镜子般的峭壁，不要说走，连个插足的缝都没有。若是跳下去，只有粉身碎骨。二人无奈，只得坐等救援。一连等了十五天，窟内所有的食物都被吃光，二人饿得连说话的力气都没有了。这时，晁通得到马头明王的预言，知道姜国王子玉赤和玛宁长官被困在石窟之中，遂变化为大鹏鸟，飞上峭壁，救了二人。玉赤喜获重生，自然把前仇丢弃，拿出一串像拇指般大的珍珠念珠，送给晁通作为酬谢之礼。晁通喜滋滋地收下了。达绒、文布两军怨仇消除，皆大欢喜。两路人马合兵一处，很快就灭了噶玉阿达军。

第一百四十四章

群英战王弟魂断沙场
君臣诉真情冰释前嫌

又经过数月的苦战，岭国达绒军和色巴军攻占了祝古城北的各个小城堡，霍尔军和丹玛军攻占了赛冷赛宗，高觉军和阿扎军攻占了祝古东南方的巴宗穆琚城，姜军和门域军攻占了玉珠司姆城和雅协森宗，魔国军攻占了玉宗温布城……分布在祝古王城外的所有大城堡统统被岭军占领。王子扎拉吩咐诸军，将祝古的王城紧紧围住。真是围得飞鸟无法越过，河水难以流淌，清风难以飞舞。

被围在城里的君臣们乱作一团，心不定七上八下，意慌张忐忑不安。这时，空行母所变化的噶姆森姜措三姐妹心中暗想：看起来，消灭北魔，开启祝古兵器城的时机已到。她们三姐妹和宇杰托桂生活了三载。在这漫长的日子里，虽然开始心里不太愿意，但也过得和和美美，每日里和大王亲亲热热，相互爱恋。现在大王命在旦夕，是不是说服他带着祝古将士臣民一起到岭营中投降呢？若这样，或许可以保全他的性命。想到此，三姐妹在金壶中斟满香茶，在银壶中倒满美酒，在松石盘里摆了牛肉，在玛瑙盘中放上甜食，带着侍女们捧的捧、端的端，摆在君臣们面前。噶姆森姜措从脖颈下的“赡部光明”护身佛盒中取出一条洁白哈达，献于托桂面前，深情地说：

大王啊，
征战三年没有安闲过，
战祸日久破坏的多又多，
白铠甲的袖子结成虱子窝；
骏马日夜奔驰没有安闲过，
驰骋日久疲惫多又多，
四蹄磨得血流皮儿破；
神箭手射击没有停止过，

发射日久雕翎箭镞两离脱，
精美虎韬的皮绦断如割。

“大王啊，往日我们这些如虎如豹的将士们，像天上的繁星一样多，如今和岭军相遇，在山顶上的犹如雄鹿般被猎了去，在山弯里的犹如黄羊般被砍了头，在江河中的犹如金鱼般被网罗。剩下的君臣们啊，恰如冷灰里面的火种，天亮前的星星。如果再这样继续下去，后果不说大王您也知道。乌昙波罗花要在未被太阳晒干前献给上方天神，白哈达要在未被脏手玷污前作为净瓶的装饰，生于沼地的藏红花要在未被严霜危害前作为配成良方的妙药，祝古武艺高超的君臣们要在未被英雄毒刃击中前向格萨尔大王求庇护……”

大臣霞赤梅久听了这话，把嘴张了几次，却什么话也说不出来，只是狠狠地瞪着噶姆森姜措。宇杰托桂神色黯然，本来一心想打败那不曾被人打败过的岭国，在藏地留下一个美名，现在看来是办不到了。如果他独自逃生，那么只需向天祈祷，即可跨长虹而去。可是王妃们该怎么办呢？她们本来不是凡间姑娘，不知为何也这样害怕？见众将都像遭了雷击一样的无精打采，托桂王只得把那忧愁烦恼抛在脑后，装出一副满不在乎的样子。

“王妃啊，你怎么能说这样的话呢？征战总是有原因的。清风若不从空中吹，云彩为何事而聚集？霖雨若不沛然降，玉龙为何事吟鸣？六谷若不种于地，绿苗为何事生长？藏地若不兴兵为敌，岭军为何事来此地？虽然我们暂时被岭国打败了，最后的胜利还不知道属于谁！你难道没听说过那三件难以论定的事吗？”

未得正法的八十岁僧侣，
用不着心灰意懒诉冤屈，
最后会得善业而终结。
三十岁的老闺女，
用不着心灰意懒诉冤屈，
最终嫁个好人家也欢喜。
山谷中绝望的狩猎人，
用不着心灰意懒诉冤屈，
最后会猎得大鹿回家去。
征战失利的祝古王，
用不着心灰意懒诉冤屈，
最终也会得胜利。

宇杰托桂说完，见众人仍然没有振奋的表示，心中恼火，表面上却仍然装出非常坦然的样子，吩咐摆酒奏乐，命妃子伴舞唱歌。众臣见大王竟有如此闲情逸致，想大王必有破敌的妙计，便高兴起来。

第二天早晨，王子扎拉闻报，祝古军营中冲出一队人马，为首的是宇杰托桂，还有大臣霞赤梅久和一个不知名的年轻小将，胯下是一匹青马。扎拉吩咐列队迎敌。大将丹玛、玉拉托琚、辛巴梅乳泽、森达、丹增扎巴等二十名英雄飞马出阵。

那骑青马的祝古小将乃是宇杰托桂大王的亲弟弟宇杰泽桂。他虽然年纪尚幼，但是，宇杰托桂为了报仇，为了打败岭国，在祝古已无将可派的情势下，只得把幼弟也带出城来。那小将军是第一次上阵，人小志气大，全然不把岭国众将放在眼里。他顾不得禀报王兄托桂，也不和霞赤梅久招呼，就身先士卒直奔岭国阵前。丹玛正待出阵迎敌，丹增扎巴把他拦住，抢先来对付这骑青马的小孩。

宇杰泽桂并不搭话，扬刀就劈，那丹增架住小将的宝刀，觉得确实有几分力气。战了几个回合，没有分出胜负。丹增见不能胜他，遂虚晃一枪，拨马跳出圈外，操起弓箭，对宇杰泽桂道："猛虎炫耀在森林中，窝心箭是勇士降虎的兵器；雄鹿炫耀在草原上，螺角是猎人伏鹿的兵器；苍狼炫耀在羊群里，飞石索是牧人打狼的兵器；金鱼炫耀在湖泊里，铁钩是渔人捕鱼的兵器；宇杰泽桂炫耀在两军阵前，神箭是我丹增杀败你的武器。"说完，那神箭如流星飞天，射中宇杰泽桂的胸口，小王弟当即坠马身亡。托桂王见丹增射杀了自己的弟弟，把那悲痛暂且藏起，怒气冲冲地朝丹增扑来。霞赤梅久也拍马赶来助战。因为寄魂之物已被岭军消灭，君臣二人的锐气显然不如从前，加之岭国大将如猛虎出山，穷追不舍。托桂王和霞赤梅久身负重伤，急惶惶地退进了王城。

祝古君臣败回城后，托桂王见弟弟已死，全然没有了昨日的那份勇气。霞赤梅久见大王悲痛，兵将没了士气，便想到应该安排后事了。他向大王禀道："大王啊，寒风凛冽的虚空里，六翼丰满的白雪鹫，怎样翻飞在鸟路您自知；明镜般的空界里，手持如意珠的苍龙，怎样激越您自知；广阔无垠的大地里，鞍辔俱全的千里驹，怎样驰奔您自知；祝古王宫的主人，具有神通的托桂王，魔梯在何处您自知。神界的空行母三王妃，雪山来的回到雪山去，草原来的回到草原去，湖中来的回到湖中去。我们这座王城，城尖与苍天一般齐，城腰为精铁所锻制，粮食酒肉都丰富，坚守九年没问题。大王啊，您就放心去吧，留下我霞赤梅久守在这里。"

他慷慨激昂地唱道：

岩山上的青角野兕，
一生住在花丽山里，
死后长角留在峭壁。
森林中的威武雄鹿，
一生住在葱郁林区，
死后把鹿角留在森林里。
水草滩上的白嘴野马驹，
一生奔驰在草地，
死后长鬃留在草滩里。
祝古勇士霞赤梅久我，
一生住在城堡里，
死后四肢留在祝古地。

霞赤梅久说得慷慨悲壮，宇杰托桂听得凄凄惨惨。多么忠心耿耿的贤臣啊！前次为去岭地诈降，自己还冤枉过他。宇杰正待要说几句感激的话，空中突然响起隆隆雷声，君臣们急忙出宫去看，只见一朵朵黑云飘过，接着，是一道道闪电，闪电后面是一条黑黝黝的虹带，直端端的射到王宫上空，挂在最高的殿角之上。正当君臣们惊诧之时，空中传来闷雷般的声音："驯敌大王宇杰托桂，王妃、王子及大臣们，现在到了祝古灭亡的时候，天主派我们众神来接你们，不要犹豫，不必怀疑，快快登上这魔梯。"宇杰托桂听见这声音，犹如孔雀听见夏日的雷声一样，对王妃、王子及众臣说道："大臣们啊，我的爱妃，现在我们的王城已经难以坚守，不如到天界去住三年。将城里所有的珍宝都用火焚烧，剩下的老弱妇幼可以投到岭营去，俗谚说：'假如柳林没变更，杜鹃的鸣声不会有变化，说不定会有甘霖蒙蒙降落事；假如农田不被冰雹砸，青苗的颜色不会有变化，说不定六谷会有成熟期；假如云彩没有风吹时，苍龙的吟声不会有变化，说不定会有石崖被轰成碎块的事。'假如王城的臣民没有动摇，国王的信心不会有变化，说不定有报仇雪耻的日期。请臣子、王妃、王子快准备，快些登上那魔梯。"

大臣霞赤梅久可不愿意就这样逃之夭夭，若不与岭国将士决一死战，他是死不瞑目的。他对大王说："请大王听臣禀，俗语说：'俏丽的岩山难信托，劣马的屁股难信托，坏品质的朋友难信托，空性的声音难信托。'请大王相信我霞赤梅久，我一定要坚守在这里，三年之后迎接大王回城堡的还是我。与其像狐狸般拖着尾巴逃去，不如学猛虎落茸毛而死；与其像鹫鸟吃死尸而飞腾，不如学小雀啄昆虫而死；与其像老鸹在林中飞翔，不如学家禽在村里睡觉；与其像大王前往神境，我不如战死在我们王城。”

霞赤梅久这最后一句话，使得托桂王羞愧和不快。王妃噶姆森姜措也怕宇杰王登魔梯而去。虽然她不忍心让大王死去，但更不能让他逃离。最好的办法是让他投降岭国，然后求求格萨尔大王饶他一命。这样一想，不等托桂王回答霞赤梅久，噶姆森姜措便把美酒端到大王的面前：

我们祝古这地方，
谷内雪山如佛塔赛白螺，
雪狮碧鬣比别地绿；
谷中大海汹涌翻滚，
水鸟的鸣声嘹亮清悠；
谷口草原绿油油，
鲜花娇艳绚丽争秀。
大王权势巍巍与山齐，
大臣勇士武艺赛霹雳，
妙龄少女如海边鲜花多艳丽，
这里是财物的聚集地。

“大王您曾说过：‘若不能为殉难的英雄报仇，老者死去亦难瞑目，年轻的活着偷生没有意思。’在祝、岭双方交战的日子里，托桂大王突然无踪迹，这样的丑话怎能让它留传到后世？！若不能像猛虎与敌人共死，则与狐狸巡门有何异？妃子我不登那魔梯，云路无边又无际，就是白雕也无处站立。还有我这鲜花般的骄儿，生下只有七月余，我怎忍心把他带到不着边际的云天里。”噶姆森姜措说到动情之处，泪珠滚滚而落，一副悲痛难耐的样子。

宇杰托桂一见王妃这副模样，再看一眼妃子怀中的小王子，无限的疼爱之情油然而生。无论如何也要和王妃、王子在一起，不论是升天还是入地。但是，托桂王希望升天。可王妃和霞赤梅久都不愿意离开这座城堡，不给他们一点儿颜色看看，他们是不会离开的。然而，托桂王不好向霞赤梅久动气，只得拿王妃泄火。只见他脸上布满黑云，两眼血红，发辫喷射着火焰，臂上的肉块在抽搐，一把抽出那积满血污、缭绕着毒雾的追魂宝剑，冲着噶姆森姜措说：

门域的神鸟花杜鹃，
当然有居住柳园之意，

现在因季节变化而离去，
将来会再转回门地。
腾跃在虚空的青玉龙，
当然有居住在鸟路之意，
现在因寒风凛冽而离去，
将来会再腾飞在虚空里。
雄踞在祝古王城的托桂我，
当然有居住在宫中之意，
现在与大臣王妃同离去，
将来会再回王城里。

“噶姆森姜措烂婆娘，啰嗦得叫人耳疼心伤。像鱼一样的婆娘没脑筋，因为没脑筋才扭来摆去；像虱子一样的婆娘没骨头，因为没骨头才在人身上乱咬乱跳；像风一样的婆娘说话没凭据，因为没凭据才不能送进我耳里。自以为是犟嘴婆，水性杨花的无耻女，你虽愿意待下去，我可不愿将你弃。你若一定要待在这里，我手中的宝剑要叫你身首分离。”

王妃噶姆森姜措见大王杀气腾腾的样子，吓得七魂出窍，忙叩头求饶。那大臣霞赤梅久见大王如此无礼，气得脸红颈涨，不知说什么才好。

第一百四十五章

白梵天助战砍断魔梯
岭噶布得胜开启宝库

祝古君臣和王妃们为去留之事一直争论不休，那魔梯一直挂了七个时辰。众人见大王动怒，不敢违抗，这才着华服，佩饰物，携武器，君臣二十一人登上了魔梯。

魔梯飞呀飞，飞了七个时辰，已飞近太阳坛城。恰在这时，大梵天王带着五亿天兵天将，向那魔梯连砍了三刀，就像绳子被钢刀所斩一样，魔梯断为两截。那托桂王、大臣霞赤梅久和三王妃等五人，如飞鸟般降在祝古王城的楼上。小王子被霹雳震死。其余的大臣和将士有的跌入岭营被俘，有的被大风吹得不知去向。噶姆森姜措三姐妹被跌得半死不活。托桂王和霞赤梅久君臣二人，被震得昏迷不醒，那神变之法也无从施展。

这时，大梵天王关了天门，龙王邹纳仁庆关了地门，祝古君臣二人上天无路，入地无门。岭国大军又乘他君臣上天之际攻进了城堡。二人别无他路，只得拔剑迎击岭国将士。

丹玛、辛巴梅乳泽等岭国众将围住了宇杰托桂王。尼玛扎巴拔出缠绕着黑红吃肉蝎子的宝剑："魔王宇杰托桂，在祝、岭交锋的战场上，哪会有像马尾之隙地让你奔驰？你不自量力把披箭乱放，简直不如女人见识。两好汉臂膀相遇时，要比比谁的艺高胆巨；两宝刀出鞘时，要比比谁的刀口锋利；两匹马并驰时，要比比谁能如鸟飞四蹄。我今天一挥这宝剑，要向你头上白盔劈，要让你身首两分离。"尼玛手起剑落，只把宇杰王的铠甲劈下一片，却没有伤着那魔王。丹玛见状，忙抽出战神威尔玛的霹雳镞神箭，暗自祝祷：愿这一箭之下，宇杰托桂送终。

丹玛这支神箭是很有讲究的，不去问它，谈话声呱啦啦；不去掷它，振翼声轰隆隆；不去射它，电火光红艳艳。丹玛祝祷毕，射出神箭，那箭迸射出如车轮大的火焰，响声隆隆，电光闪闪，飞向祝古王。宇杰托桂曾经中过辛巴梅乳泽的魔鬼飞索，又从半空中跌下过一次，那附体的神灵早已荡然无存。丹玛这一箭射来，把魔王宇杰的最后一口气也差点儿摄了去。但他仍在挣扎，还在马上摇晃着。霞赤梅久见他的大王性命难保，拼命冲杀过来，扶住了就要摔下马去的宇杰托桂，保着他向南奔去。南面的岭军以嘉洛昂赛玉达为首的众英雄已经等在那里。玉达身穿战神的九种宝铠，犹如怒气冲天的阎罗王，威风凛凛地骑在青凤玉花驹上，风一般地向祝古君臣杀去：

飞翔在鸟路的小雀儿，
若让它逃遁怎能算鹰鹞；
山坡上吃草的小羊羔，
若让它逃遁怎能算雄雕；
马路上行走的小毛驴，
若让它逃遁怎能算虎豹；
恶贯满盈的托桂王，
若让你逃遁怎能把英雄叫。
我这一刀劈下去，
要让你脑袋如粪蛋在地下跳，
要让你粉身碎骨卧荒郊，
要让你霞赤泪如浪涛。

玉达一刀劈去，正中托桂王的盔帽；两刀劈去，托桂的右肩如莲花张口开放；三刀劈去，从托桂王的左肩一直劈到右腰。那魔王的心突突跳动，滚了出来。宇杰托桂大叫一声，落马而亡。众岭将一拥而上，割下了魔王的首级。

魔臣霞赤梅久见大王身亡，像被掏了心肝一样疼痛万分。只见他恶狼般嚎叫着扑向玉达，却被众英雄围在了当中。森达想，玉达劈死了祝古王，这魔臣该让我收拾。正想着，霞赤梅久的刀已经到了他的跟前。那魔臣已杀红了眼，根本不看对方是谁，逢人便杀，见人就砍，把森达的铠甲砍掉了九片甲叶。森达冲霞赤梅久一挥刀，那魔臣合该死于他手，被他斜劈下来，连头带胳膊，一起切下。人虽死，霞赤梅久的眼睛却死而不闭，不论岭将怎样用剑去戳，也不合上。

祝古君臣已除，所剩残兵败将全部投降。王妃噶姆森姜措带着众王妃、侍女等前来拜见王子扎拉，献上城内的各种奇珍异宝，并唱了祝愿曲。

晁通见了这美丽无比的王妃，就像狗见了鲜肉一样馋涎欲滴。

王子扎拉见晁通那副鬼模样，生怕他做出不体面之事，遂下令请三王妃仍住祝古王宫，等雄狮王格萨尔叔叔驾临后再做道理。

岭军攻占祝古之时，雄狮大王格萨尔正在森珠达孜城南面的莲花光寝宫中，坐在狮皮宝座上，巍巍然入了三摩地。

自从岭军进攻祝古，格萨尔一直闭关静修，除承办国事的几位大臣和奉膳官之外，其他人一概不见。这样的日子过了一年五个月零三天。这天，格萨尔一起床就觉得心情格外好，正当他闭目静修的时候，那天母朗曼噶姆身着绫罗彩衣，佩着珍宝珠玉，打扮得像十六岁的少女一样美丽动人，右手持有宝镜为饰的彩箭，左手掌长寿甘露净瓶，骑着没有鞍鞯的雪白狮子，由五千名空行母簇拥着，来到格萨尔静修的森珠达孜宫。只见天花缤纷，虹光闪耀，一片祥瑞之兆。天母的声音像杜鹃鸟鸣一样动听："当攻克那雪山狮城时，盘踞在雪山的白狮子，惨烈苦战四爪已干瘪，可以将碧鬣四爪做观赏；当攻克那血崖神城时，盘踞在石崖的鹫鸟，已被利箭断了空路，可以将六翼做观赏；当攻克祝古的王城时，盘踞在城中的托桂王，身首被宝刀断离，可以将首级做观赏。无敌的雄狮大王啊，不要懈怠快去祝古地，用化身的妙计为众生做善事，沿着那空行母的虹路向前去。白昼伴你的有鹫鸟，夜晚伴你的有黄枭。司晨的有金翅大鹏，伴飞的有银翅老雕。英武伴侣有凶猛的老虎，勇毅伴侣有白胸大熊，疾驰伴侣有青色苍狼，藏匿伴侣有黑额山兔。右面有大神白梵天，天兵如雨雪纷纷降；左面有厉神念青唐拉，厉兵如狂雹猛烈降；前面有扎玛九弟兄，九天霹雳隆隆响；后面有邹纳海龙王，龙兵如海洋翻巨浪。一把武器神崖开启，二把敌人彻底消灭，三把正法事业弘扬，四把宝藏运回岭地。"

天母的预言十分悦耳动听而又清楚明白，格萨尔一一听在耳里、记在心里。他要即刻就到祝古去，按照天母的明示，大做善事，超度祝古君臣的亡魂到净地，拯救活着的百姓出苦海，还要把祝古的兵器及珍宝运回岭地。

格萨尔作起神变之法，刹那间就来到了北方祝古的上空，见王子扎拉的大帐中已经为他设了一个威震三界的黄金宝座，铺上十八种不同的垫子，下面有九十九排华贵座席，摆有各色供品及礼品。格萨尔见此，喜盈盈地从空中飘然入座，岭地君臣欢天喜地。三圣地的天神们也赶来祝愿。甘露之雨沛然下降，吉祥花瓣纷纷撒落，山川原野都被虹光笼罩，香气弥漫，照得岭国君臣个个红光满面，飘飘然地像要飞腾起来。

雄狮王格萨尔遵照天母的预言，带领众家英雄弟兄，消灭了守卫祝古珍宝、兵器的妖魔，开启了珍宝库和兵器库。众英雄为欢庆这巨大的胜利，再次举行盛大的赛马会，然后班师回岭国。

第一百四十六章 妄自为尊卡契犯岭国 点兵回击大王战赤丹

岭国西部有一个叫卡契的邦国。国王赤丹路贝本是罗刹转世，力大无穷，也狂妄得不可一世。九岁继承王位，征服了尼婆罗国；十八岁时降伏了威卡国；二十七岁，战胜了穆卡国，并强娶堆灿公主为妃。此后进一步东征西掠，周围的小邦国家均被他强占。赤丹还有一兄一弟。哥哥名鲁亚如仁，弟弟叫兴堆冬玛，这兄弟二人是赤丹王为非作歹的得力帮凶。此外还有内大臣七十四人，外大臣一百零八个，属民四十二万户。由于连年征战并未遇到对手，赤丹路贝便认为天下无敌了。

这一年，赤丹路贝年满三十六岁，他的狂妄随着财宝的聚集和增多，也发展到了极点。这一天，他召集卡契国的臣民，在宫外举行盛大宴会，给臣民们赏赐了大量的珠宝和财物。只见那赤丹王，披散着一头火焰般的红发，口中喷着雾一般的毒气，威风凛凛，得意洋洋地对臣民们唱道：

地位比我高的是日月，
势力比我大的是阎罗，
军队比我多的是草木，
除此之外谁也敌不过我。

"现在的南赡部洲，除了三个大国家[1]，其余全部归顺了我。对那三个没有归顺的大国家，我卡契大军怎能不去征服？"

王妃堆灿洛琚玛见赤丹如此得意，又把那杀父之仇记起，想这魔王强占我国土，抢掠我国财宝，又把我抢来为妃，不让他吃点儿苦头，我心不安，我父王九泉之下不能瞑目。想到此，堆灿说：

1 三个大国家：指印度、汉地和岭国。

“黄铜把自己比黄金，小虫把树叶当黄金，青蛙把草堆当黄金，蠢人说又高又大的是自己。嘉噶、嘉纳、岭国，这三个大国是南赡部洲的三胜幢。比你赤丹王力量大的只有一个人，他就是岭国格萨尔王。人称赡部洲无敌手，能降伏这样的人才是大英雄，才是无敌大王。”

那赤丹路贝一听王妃如此蔑视自己，不由得火往上冲，再也无法抑制征服世界的雄心。他气得两眼血红，牙齿乱颤。

他对着下面臣民们怒声唱道：

若说不知道这是什么地方，
这就是聚会议事之地。
若说不认识我是谁，
我是无人能敌的卡契赤丹王，
像本王这样的英雄举世无双，
将一切敌人都征服，
因无能而漏了的无一个。
要说原因是这样：
恶狼在山边行走，
除了杨嵌[1]、才塔[2]之外，
所有羊只都吃光，
却漏掉了小山羊；
大鹏展翅翱翔时，
除了龙王噶吾、交保外，
一切毒蛇都吃光，
却剩下了小草蛇；
卡契的军队出征时，
除了较大的对手外，
其他无漏网之鱼，
却漏了偏僻的岭国；
现在怎么能静坐，
出兵定要讨岭国！
哥哥鲁亚如仁，

1　杨嵌：传说中一种有大福气的盘羊，不容易被豺狼伤害。
2　才塔：神羊，或放生羊。

无敌的英雄多桂梅巴，
勇士托赤布赞，
随从英雄十人等，
统率三万大军快出征，
活捉贱命的觉如，
吞并岭国为卡契所属，
边地的一切小国之民，
自动归降卡契为属民。
这次战争中的有功之臣，
要按战功的大小，
分别赏给金银珠宝；
临阵脱逃投降敌人，
内部闹分裂者，
要按卡契的法律，
活活送进地狱门。
有哈哇都赞[1]的保护，
将士们不会有伤亡。
有赞达嘉茂[2]的保护，
战马不会失前蹄。
卡契的武器比霹雳还厉害，
这样的武器举世无双，
英雄们不必害怕，
成功易如反掌。

赤丹一言出口，群臣振奋。他们也同自己的大王一样觉得天下无敌，如果能将岭国征服，那么天下的所有小邦国就会自己前来投靠卡契。

只有坐在前排第一个花绸坐垫上的首席老臣贞巴让协不以为然。这老臣已经一百一十三岁了，经历了卡契国的三代国王，素以老谋深算著称，深得臣民百姓的尊敬和爱戴，凡事赤丹王也让他三分。他把赤丹路贝王的话在心中盘算了三四一十二回，考虑了五五二十五次，认为对付强大的岭国，不能像征服其他小邦国家那样轻举妄动，与格萨尔为敌，是卡契将要灭亡的先兆。为了整个

1 哈哇都赞：藏族原始宗教里的一位厉神，被卡契国尊奉为保护神。
2 赞达嘉茂：也是卡契国的保护神之一。

卡契国的存亡，他不能不向大王进一忠言："大王啊，我经历了三代国王，先王从来都未抢过别国一寸土，一个人，一点儿财物，才使得国运日益兴盛。到了大王您称王后，征服尼婆罗用了九年，降伏威卡王用了九年，抢掠穆卡又用了九年，连续二十七年征战从来没安宁。听说那格萨尔本是天神之子，岭国的英雄勇士更是英勇无比，周围的国家大都与卡契一样强，现在全被格萨尔消灭光。我们的铜刀虽锋利，想砍破绸甲是妄想；我们的兵马虽然多，要抵挡格萨尔是妄想。现在的卡契应该有节制。男子有节制是智者，女子有节制是贤惠，大官有节制是伟人。野狼食羊百只是要胀死的预兆，箭在囊中跳动是要脱弓的预兆，大王四面去树敌是要灭亡的预兆。"

老臣的忠言在此时变成了毒药，卡契王赤丹路贝最听不得什么节制不节制、什么格萨尔王不可战胜一类的话。一听贞巴让协历数他称王二十七年来的所作所为，言语中含着明显的怨恨之意，再想他平日里总是倚老卖老，对自己的言行多有干涉，赤丹再也无法容忍这种对自己的不尊，冲着老臣大发雷霆："敢胡说卡契弱小的嘴，说出来的花言巧语没必要。现在我大王要去征服那岭国，你不唱自己取胜的英雄歌，却唱失败、怀疑的悲伤曲；不说怎样打外敌，却赞美敌人真可气。我赤丹的权势比天高，水火风三勇将比雷猛，一百名英雄比电快，卡契的威名如雷鸣。我一定要快快打到岭国去，话出口不能收回，就像那高山的滚石不能倒滚一样。"

赤丹王气势汹汹，杀气腾腾，口出狂言，无人能劝。老臣贞巴让协也不敢再说什么，反倒装出一副兴高采烈的样子，以挽回刚才在大王那里失去的面子。

即使还有人心存疑虑，但见国王连老臣的劝告也不听从，便都没有异议，认真准备兵马粮草去了。由王兄鲁亚如仁、大臣多桂梅巴和托赤布赞为首的三万大军，经过一个月的准备，到了三月二十九日，开始向岭国进军。

就在卡契进犯岭国之前，格萨尔大王正在闭关修本尊上师的猛力法。到了三月初十日夜半之时，白梵天王在众空行母的围绕下，突然出现在半空中的彩虹帐幕里，对格萨尔说："智慧的天神之子啊，赡部洲的雄狮大王，语言于无声处聆听，道理于乐空中了解。那卡契国的赤丹路贝王，已对岭国动了邪念，会派大军来进攻，这个月内就要到。你要立即召集众兵马，少数将士难对敌。上阵要穿绸衣软甲，才能抵住卡契的锋利铜刀。消灭他的先锋队，再去卡契降魔妖。赤丹的狂妄与自大，犹如岩崩石山倒。"

白梵天王授记完毕，驾祥云离去。格萨尔对大师的预言十分感激。第二天一早，大王早早起床，更衣沐浴毕，马上煨桑敬神，然后唤内侍去分别通知各个属国的英雄前来岭国共议大事。

岭国六部英雄齐齐到来以后，格萨尔大王将天神的授记以及出征卡契的决心向众人唱道：

岭国的群臣请仔细听：
昨天夜里黎明将至时，
禅定正值成功之际，
三十三界天梵天王，
清楚地做了授记：
前罗刹转世者，
现今的卡契国王，
名叫赤丹路贝，
这家伙是个邪恶的暴君，
以暴力征服了威卡和穆卡等地，
嚣张的气焰逐渐高涨，
现在派兵要占我岭国！
他哥哥鲁亚如仁，
英雄多桂梅巴将军，
托赤布赞三个人，
每人随从各十人，
纠集兵力三万人，
时间不久一月内，
定要来到我岭国。
事前若不做好准备，
岭国一定要遭祸殃。
若不穿坚硬的盔甲，
难以抵挡锐利的青铜刀；
若不集合各部的英雄，
孤军不能御强敌；
若不把卡契降伏，
最后难取卡契的疆域；
本大王若不拿主意，
岭国的英雄虽勇不能敌。
现在对来犯之敌，
岭噶布的英雄虎将，
要到黄河三个渡口去安营。

其他各部所有的英雄们，
按照详细的计划，
为了迅速地集结军队，
向各地派遣使者去。
要集结岭国的军队，
需要挑选良辰吉日，
制定作战破敌之法；
奥曹秀茂[1]的宝库里，
储备有坚硬的盔甲，
需用的时候已经到，
出征的英雄穿戴后，
能抵挡锐利的青铜刀。
黎明时分，
是东方太阳升起的向导，
西方卡契军队来侵犯，
是岭国英雄军应战的向导。

格萨尔讲了白梵天王的预言后，老总管绒察查根也说他梦见了西边的羊群来到东边，三只野狼冲散羊群；东边的大火烧向西边，西边的毒树被化为灰烬。这象征着西边的卡契国兵马要进犯岭地，也象征着岭国格萨尔大王要降伏那赤丹路贝王。

因为要等候没有赶到的诸国英雄，也为了选一个吉日降敌，格萨尔请神、龙、念帮助，一连降了十八昼夜大雪，使卡契兵受阻一月有余。

到了二十九日，岭国众英雄披挂整齐，率四十二万雄兵，来到格萨尔的大帐外。雄狮大王静静地坐在宝座上。那东方白度母转世，三十妇女中的美人儿，刚刚修完本尊法的智慧大王妃珠牡，穿着彩虹般绸衣，佩着各种珠宝饰品，那胸部丰满的双乳，像雪山高耸在平原上；轻盈的双腿，如细柳低垂；玉体婀娜多姿，纤腰似有似无；容光艳丽，使天上的太阳为之低头；语音美妙，使檀香木琵琶为之减色。她左手执白水晶念珠，右手捧白绸缎哈达，飘然来到格萨尔的宝座前，用柔和悦耳的声音启禀道："岭国兵马已在黄河上游九峰山聚集，像莲花齐开在池塘里，只等大王像太阳升起，亲自领兵出征莫迟疑。"

雄狮王从宝座上站起，连喝三碗美酒，然后把那铠甲兵器一一披挂整齐。

1　奥曹秀茂：地名，意译为"富饶的地方"。

出得帐来，见以女英雄阿达娜姆为首的北方魔军，以辛巴梅乳泽为首的霍尔军，以玉拉托琚为首的姜军，以东迥达拉赤噶为首的阿扎军，以多钦为首的索波军和以却珠为首的碣日军，均在列队等候，只等他一声令下，立即出征迎敌。

老总管环顾了一下这雄姿勃勃的军队，内心激动万分。他唱道：

若不认识这是什么地方，
黄河上游九座高山里，
是集结军队之地。
若不认识我是谁，
穆布董姓的首长，
岭国的总管王，
名字叫作绒察查根。
眼前面临的问题似天大，
在这儿集结的英雄们，
请详听我老汉的歌。
西方卡契赤丹王，
自认为力量雄厚发兵到岭国，
他是我岭国的仇人。
正如古代藏族的谚语：
“十只鹿角向上疯长，
是召唤猎人的标志；
蛇自夸爬行的技术，
是召唤大鹏鸟的标志。”
西方卡契出兵来岭国，
是召唤岭国英雄的标志。
如此的说法千真万确，
可怜卡契王想得太美，
企图来与岭国为敌，
最后要丧失自己的领地。
虽然是这样，但不能轻敌；
他那哥哥鲁亚如仁，
是杀人如麻的刽子手；
大将多桂梅巴，

是杀戮威卡国的屠夫；
托赤布赞这家伙，
是蹂躏穆卡百姓的元凶；
锐利的武器不卷刃，
勇敢的英雄三十人，
如食肉的野兽布满地。
翌日破晓时，
英雄察香丹玛绛查，
大将辛巴梅乳泽等，
率领勇士一千人，
前去玛德雅合上部防守，
关闭城门坚守城郭；
英雄白拉穆姜，
大将玉拉托琚等，
率领勇士一千名，
前去玛德雅合中部防守，
切断狭窄的小路；
英雄噶德曲炯贝纳，
虎将碣日却珠等，
率领勇士一千名，
前去玛德雅合下部防守，
要像把山谷流水切断般地把守；
不经这三条路便无路可走，
要保证不能放过一个敌人。
如果敌人突破防守跑到岭国，
英雄和勇士们，
除了箭矛长距离射击投掷外，
短兵相接抵挡青铜宝刀很困难，
达噶日奥日贵这种盔甲，
现在应该派上用场了。
应战的六位大英雄，
扎拉、江赛、拉郭等，
将领九人各自带上，
脱去白盔甲穿上达日贵，

定能抵挡锐利的青铜刀。
我们的格萨尔神威比天高，
援军众英雄比雷猛。
战神威尔玛比电速，
还有什么可畏惧！

总管王英勇的唱调使得群雄振奋，按照总管王的安排，岭国的六位英雄带上军士三千，全副武装先行出发，格萨尔大王则率领大军跟在后面。

第一百四十七章

卡契首战连损数英雄
晁通叛变投敌结联盟

再说卡契军被风雪阻挡了一个多月，为首的三员大将心里十分焦急，因为赤丹王在等候着他们胜利的消息，老是在路上耽搁怎么行呢？好不容易等到那风停雪住的好天气，卡契军迅速行进，眼看就要到岭国属地黄河川了。

这天晚上，卡契大将多桂梅巴翻来覆去不能入睡，后半夜刚有些蒙眬睡意，就开始做梦。梦见东方雪山顶上跑下一头白母狮，惊天动地吼了三声，一直扑向卡契军，卡契的兵马纷纷倒地，血把狮子的四蹄染得鲜红。又梦见东方紫石山顶跑下一头长毛野牛，犄角像燃烧的火焰一样红，一跃跳进卡契的军营，摇了三次牛角，卡契的帐房都被震倒。还梦见东方森林里，蹿出一头斑斓猛虎，一跃跳进卡契军中，张开血盆大口，把卡契的英雄全部吞入口中，四颗獠牙全染红。

多桂梅巴一觉醒来，天已大亮。他把自己的梦想了又想，忽然想起了老臣贞巴让协的话，竟与自己所梦完全相同，不禁打了个寒战。他忙来到赤丹王的哥哥鲁亚如仁的帐中，与王兄和大将托赤布赞商议如何进军，并把自己的梦讲了一遍，巧的是王兄和托赤布赞也做了同样的梦。于是三人决定大军缓进，先派出侦探到岭地查看一番，回来再说。此时他们才想起“自视过高有隐患，轻敌冒进会遭殃；时机、智谋与英勇，三者安排要适当”的说法是多么有道理。

于是卡契的两名勇士，美钦拉本和玉奥让夏穿上破旧的衣服，化装成可怜的叫花子模样，各自背了一个小包，拄着比自己还要高的拐杖往岭国走去，他们绕过了岭国守卫的士兵，花了三天时间，将岭国险要的城郭全部走了一遍，暗暗地将所有守卫的细节全部都记录下来。正当他们想要回去请功，格萨尔大王已经知晓了有探子来访，于是命唐泽玉珠、秦恩和米琼三人埋伏在了他们的回去的道路上。此时天色已经傍晚，两个化装成乞丐的探子一边走一边交谈：“没有想到岭国不但知道了我们入侵的计划，并且已经集结好了军队做好了防御。得赶紧回去报告将军撤退，否则真的会是羊入虎口。”

玉奥让夏也同意美钦拉本的话："老臣贞巴让协可真的是先知呀！"

他俩只顾着交谈，丝毫没有防备道路旁的大石头后面藏着岭国的伏兵，说时迟那时快，唐泽玉珠、秦恩和米琼的套索同时抛出，将两人套住，美钦拉本高声叫道："这里可是十善法弘扬的岭国地，怎么会有两个乞丐无路可走？你们是否是外来的强盗，我们这就去报告格萨尔大王！"

唐泽玉珠收紧了套索，大声喝道："山羊命尽的时候会自己来到豺狼的洞口，人到该死的时候会自己走到罗刹的身边。你们两个卡契的探子想到岭国游玩吗？我让你们心流血而不得生还！"说着，把刀举了起来，米琼和秦恩快把他拦住：大王曾经吩咐，要把卡契探子押回大营问话。然后米琼对那两探子说道："你们不是要见大王吗？这就带你们去！"

说完，三人将两个乞丐模样的人捆得紧紧的送入大王的营帐中，格萨尔一见那两个卡契大将，微微一笑，不用问也知道了他们的姓名和来意。在唐泽的一番威胁恐吓下，他们将卡契军营的情况布局一一详细地道来。大王听了以后，吩咐道："你们去告诉英雄的全体军队，让他们在今天夜晚至次日破晓以前，赶到西让背鲁等候，米琼到玛噶志玛守军那里，让三族队赶到玛噶志玛守军等候，我将卡契军队引到这个地方，前后夹击歼灭他们。"

安排好了战术，大王施法召出分身，摇身一变，变作那两个卡契的叫花子，直往卡契军营的方向走去。天快亮时，两个叫花子雄赳赳地迈着大步，像走熟路一样一直往前走，像办成了大事一样昂首挺胸，全身冒着热汗，嘴里哼着歌曲，眼睛兴奋得发光，好像有无限的话要讲。进得卡契大营，坐在自己应坐的坐垫上，喝够了茶酒，吃饱了肉食，这才向三位首领禀报道："我二人前往岭国侦察，三天内把岭国看了一遍。他们对卡契的行动并未察觉，是因为那格萨尔外出征战离了营盘。大臣多桂梅巴的梦境是那卡契神来护佑。正是那：

雪山顶上的白狮子，
是赤丹王的好命兆；
鬣毛蓬松四爪张，
是降伏岭国的好征兆；
大军倒在平原上，
是地上容不下兵马的征兆。
紫石山凶猛的野牛，
是王兄鲁亚的好命兆；
三次摇动尖牛角，
是胜利在望的好征兆；

帐房倒塌在地上，
是森珠宫要毁坏的征兆。
森林里凶猛的斑斓虎，
是大将多桂的好命兆；
张牙舞爪大声吼，
是英名震天的好征兆；
把卡契将士一口吞下去，
是侵岭大军平安的征兆。

“卡契大军此次进攻岭地时机好，第一赤丹王福德大，第二王兄鲁亚威风足，第三将士最凶猛，第四岭国的地形道路已探明，第五岭国疏忽无防备，第六格萨尔大王已外出。具备了这六个条件，卡契大军不必胆怯，定能把岭国扫平。”

多桂梅巴听完二人的禀报，并不十分相信，因为从自己的梦境来看，进攻岭地并不是件十分容易的事，哪会像他二人说得那么简单。但是，又不能随便怀疑二人的话，特别是在这众将心里惶惶然的时刻，他二人讲的，毕竟能起到安定军心、鼓舞士气的作用。

第二天一早，卡契大军在两名神变的侦探引导下，向岭国的玛格红岩关隘进发。大军刚刚进到关口，骤然响起杀声，碎石如迅雷滚滚而落，箭矢像冰雹哗哗降下，把个卡契大军打得七零八落，士兵抱头鼠窜，哪里还逃得出去。真是欲守不能，欲逃无路，三万兵马乱作一团。多桂梅巴知道中计，再找那两个带路的侦探，早已不知去向。多桂更加愤怒，阎王似的脸变成了青紫色，口中喷毒气，双眼冒赤光，大声喝道：“我是卡契将军多桂梅巴，带领着卡契军队借道往嘉纳地方去，你们究竟是何人？为何无故拦路？你岭噶布的军队虽然威震四方，但打起仗来还是要分个敌我。天下有如此之多的大道，能说此路不能走？你现在后悔还来得及，别等到我发怒了才求饶！”

多桂梅巴说完以后，守城的岭国大将碣日却珠在心中佩服大王的料事如神，他当然也发现了多桂的谎言，他马上从山上急驰下来，和多桂梅巴一照面，便告诉他：“坏母亲女儿的行为，是招人耻笑的根源；恶狗到处咬人，是招引顽石的根源；卡契国的进犯行动，是招引我英雄大军的根源。若愿投降可饶你不死，若要比武休怪我手下无情。”

那多桂梅巴见卡契军处在四面包围之中，无心和却珠比武，恳请这碣日大将让一条路。却珠不肯。多桂大怒，与其等死不如战死，他把刀一举，跳到却珠跟前。那却珠抽出长矛正要向多桂刺去，森达和玉拉扑了过来，挺枪便刺多桂。多桂抡起青铜刀大战岭国三将，东砍西劈。青铜刀原本削铁如泥，却对岭将的绸甲无可奈何。多桂见青铜刀不能砍伤岭将，遂抛开围攻自己的三岭将，转身杀向岭兵。一阵砍杀，十几个岭兵当即毙命。辛巴梅乳泽和丹玛见这多桂凶猛，立即冲上前与他厮杀。多桂梅巴依旧不肯同他们交战，抛开他俩去砍杀岭兵。这时，格萨尔变化的两名卡契将也挺起矛向多桂刺来。多桂大怒，挥刀向他俩劈去，仿佛山崩地裂一般，两边的岩山倒塌下来，一下砸死了卡契兵将六百多名，那格萨尔的变化也化为乌有。这时多桂才知是格萨尔的变化所致。多桂知道今天作战败多胜少，立即转回身，与剩下的将士向关口冲去，同走在队伍后边的王兄鲁亚和大将托赤布赞合兵一处，迅速退出了关口。

一连三天，岭国和卡契军没有交战。第四天一早，卡契营门大开，王兄鲁亚如仁一马当先冲了出来，闪电般飞进岭国营地，东劈西砍，杀死霍尔兵和姜兵不计其数。守营的三个小长官刚要挺枪来战鲁亚，不料刚刚碰上他的铜刀，便浑身发抖，逃走了。鲁亚如仁见状，高兴得哈哈大笑，气焰更加嚣张，骄横地向前冲，一直冲到军营当中，被勇士唐泽拦住了："嘿！你这白马白甲人，贪心也太大了。外表美丽好像白雪山，内心漆黑好像无底洞。如果你再蛮横不自制，今天就是你命尽时。"

说着，唐泽张弓搭箭，射向鲁亚如仁。谁知那箭竟如羽毛般飘到鲁亚的胸前就落了下来。鲁亚又大笑起来："小山沟的癞皮狗，敢同虎豹作对吗？黑蛇口中喷的毒气，能吹到鸟王身上吗？你那支羽毛一样的茅草箭，能伤我鲁亚的身体吗？远处射箭是岭国狐狸的做法，用刀对劈才是我们卡契猛虎的规矩。"

鲁亚说着，挥刀朝唐泽扑去，唐泽忙举矛招架。那长矛碰在青铜刀口上，一下断为两截。唐泽扔掉变成两截的长矛，欲反手抽刀再战鲁亚，已经来不及了。鲁亚的青铜刀已经到了唐泽的面前，唐泽一闭眼，此命休矣！只听"当啷"一声，唐泽一睁眼，是姜国王子玉赤和玛宁长官双双挡住了鲁亚如仁的青铜刀，才使唐泽幸免于难。鲁亚被这突如其来的长矛吓了一跳，随即暴跳起来，丢下唐泽来战玉赤和玛宁长官。他要把这二人砍死，以消心头之恨。鲁亚使出全身力气，却不能战胜这两员岭将，心里着急，刀法也乱了，渐渐有些招架不住，刚冲进岭营时的那股嚣张之气也消了不少。

正在鲁亚力不能支的时候，大将多桂梅巴赶到了。多桂一来，战势马上发生变化，鲁亚凭空添了不少精神，气力也觉大长。多桂挥刀劈向玛宁长官。玛宁长官一闪身，人躲过去了，刀劈在了马脖子上。战马立即倒地而亡，玛宁长官也被掼下马来。剩下玉赤一人迎战两员如狼似虎的卡契大将，实在是身单力孤，只有招架之功，没有还手之力。就在这时，格萨尔骑着火红的江噶佩布马自天而降。卡契二将一见格萨尔前来助战，自知不是对手，不敢恋战，慌慌张

张地退回大营。

那托赤布赞先冲入索波军和大食军的营地，没有得胜，又蹿入岭国色巴军中，被察东丹增扎巴等三人用三根飞索套住脖子。色巴三将用力拉飞索，几乎要把托赤布赞拉下马来。这卡契将忽然想起自己的青铜刀还挂在马鞍上，忙挣扎着摘下青铜刀，连砍三下，把飞索砍断，飞也似的逃回自己的营地。

且不说岭国和卡契军如何交战，却说那达绒长官晁通，从格萨尔调兵开始，就阳一套阴一套，表面上积极，暗地里按兵不动。到岭国与卡契开始交战时，仍然不见达绒的一兵一卒。晁通在暗自盘算着自己的出路，怎样做才对自己最有利。想那卡契兵马非同一般，特别是那威名远扬的青铜刀，若是被它砍中，只有死路一条。而且卡契的兵精粮足，赤丹王的权势又大，后援部队一定很多，还有卡契周围的三个邦国，肯定也会帮助卡契来战岭国。这次无论从哪方面想，除了格萨尔仍留在岭国外，其余都和以前霍尔入侵时的情况相同。岭国肯定会遭殃。以前我投降了霍尔，得到了多少好处啊！让我称王，给我数不清的财宝。可恨那格萨尔一回国就把王位夺了回去，还罚我做这做那，每次出征，也是让我晁通冲在前面，到分配战利品时却把我放在后头。现在，要想把王位重新夺回来，只有投降卡契。鼓槌要击到鼓面上才会出声，我晁通要登上王位才能威名四扬。想到这，晁通找出自己珍藏已久的吉祥如意羊脂玉碗，又装满五种珠宝，取出隐身木戴在耳后，趁着天未大亮，骑马向卡契大营飞奔而去。一路之上，没有人看得见他。快到卡契兵营时，晁通取下隐身木，现出身形，把站在面前的一个卡契将吓了一跳："你这长胡子的老家伙，怎么跑到我们卡契的大营中来了，我这青铜刀能饶过你吗？"

那晁通一听青铜刀就吓得浑身发抖："啊，你这红脸阎罗，杀死我老汉算不得英雄，你们的王兄鲁亚如仁在帐内吗？我有要事向他禀报。"

卡契将见晁通这副模样，心想：看这人走路的姿势，说话的口气，可能就是人们说的达绒长官晁通吧。如果真的是他，那可太好了，肯定有机密向王兄禀报。卡契守营将急忙进帐向鲁亚如仁报告。鲁亚因为上了一次格萨尔的当，以为又是格萨尔在耍鬼把戏，不想见他。多桂梅巴却说，是真是假，把他带进来再说。晁通进得帐来，纳头便拜，然后献上礼物："这是吉祥如意、宝瓶碗，想吃什么有什么，珊瑚珠宝样样全。再献上洁白哈达是库缎，算作礼品来见大臣面。"

多桂梅巴仔细观察着晁通的一举一动，断定他绝非格萨尔的化身，这才让侍卫铺上氆氇垫子，端上茶、酒、牛肉。晁通大吃大喝了一顿之后，向卡契大臣们诉起苦来："坏心肠的女人操持家务，把有恩的父母撵出门外，把牦牛关到牛圈里，把挤过奶的老黄牛屠宰；岭国让外部投降来的懦夫任大官，把内部的叔伯来欺压。我在岭国地位最低贱，早想背离觉如另寻靠山，只因为没有投奔的好地方，现在卡契大军到岭国，我只好投奔赤丹王。”

接着唱道：

晁通是东方黄河花孔雀，
卡契青玉龙我向往；
晁通是青颈杜鹃鸟，
卡契甘露雨我向往；
晁通是大海金眼鱼，
卡契雪山青蛙我向往。

他说着双膝跪在地上，双手合掌，恳请王兄鲁亚马上出兵：对那檀香树般的岭国，卡契兵马从外部砍，我晁通从内部砍，岭国没有不败的道理。

卡契三将听了晁通的一番话，多桂梅巴和托赤布赞表示赞同，只有王兄鲁亚如仁还有些怀疑。他久闻格萨尔手段狠，总管王主意多，晁通王诡计深。正像那谚语中说的那样：“在岩洞中的修行者，若不看他光明无阴影，是神是鬼难分辨；对主动投降的大臣，若不看他道德品行，是敌是友会认错。”想到这，鲁亚如仁决定先吓唬吓唬他：“晁通王装扮成的孔雀鸟，吃了毒哈罗花才能现本相；晁通王装出的杜鹃美妙声，吃了黑虫才能现本相；晁通王自称金眼鱼，活活现出一副狡猾相。不说真话尽扯谎，临死想骗人救自己，就像那末世上师讲白业善法，把活人投入地狱里。现在你来投降献诡计，先用黑绳捆住你，等到岭兵不再进犯时，才能相信你说的是实情。”

晁通一听要把他用黑绳捆起，吓得慌了手脚：“啊，大将军不要说这样的话。野牛肉煮熟后，有热的也有冷的；两个智者相遇，有说的也有听的。我现在就发个誓，以后的事你们自己会明白的。”

正在这时，半山腰出现一群野牛，多桂梅巴像离弦的箭一样蹿出帐外，抓住一头约四岁的野牛，扭住头转了三圈，拧下牛头，又快速剥皮，让晁通和卡契大将每人吃三块带血的牛肉，喝三口牛血，然后用牛肠把大家的手和头拴在一起，在湿牛皮上踏蹂，表示在牛皮上起誓。然后用黄金写下永不背叛的誓约。誓约上说，如果卡契兵败，得不到岭国的土地，晁通就要把达绒的百姓、财产等全部献给卡契赤丹路贝大王。

第一百四十八章 阴谋败露晁通仍逞凶 罪责难逃达绒独攻城

立了誓约之后，晁通心里知道卡契人心存疑虑，他眼珠一转，想到了一个一石二鸟的办法，于是他又对王兄鲁亚说道："藏族古人有谚语：'峡谷中间的英雄，在战场上是败将。'难道不懂这句话的含意吗？你们卡契的大臣太愚蠢，如果在这个地方安营，拜吉常的三岔路上，虽然是主宰阎罗也难立足。你们最好把军营转移到阿吉达塘，在那里做好部署，老汉我去把格萨尔的军队引过来。不过在此之前，你们还有一件大事可以办，岭国仲居有个商人这两天就要从嘉纳回来了，带着数不清的绸缎和茶叶，你们去打劫他，作为岭国近来伤害你们的补偿吧！"

这次卡契人相信了晁通的话，按他的意思部署部队，晁通这才得意洋洋地回到达绒部落。达绒部落与文布部落的恩怨表面上是调停了，但是晁通王无时无刻不在心里盘算着报复的方法，如此一来，既能取得卡契的信任，还能给文布部落一个重创。

卡契大军靠着晁通的隐身木的威力，绕过了岭营，来到岭珍居文布氏的夏季牧场阿吉达塘扎营。等了两天以后，终于等到商人珠木居多杰赞保和玛让拉昂旦巴及脚夫等四十人，驮着嘉纳的各种绸缎、名茶等一百八十驮慢慢走来，与卡契军相遇。托赤布赞拦住去路，骗说道："我是阿扎合绿色石城里扎噶堂斯的弟弟，名字叫作木吉阿丹。前些日子卡契军队来犯岭国，目前就在这附近扎营，格萨尔大王特地派我们来此保护你们，护送你们平安回到王城。"

珠木居多杰赞保看对方的打扮不像是阿扎国的军队的，但知道他们要回来的确实只有岭国的人，于是便相信了对方，他高兴地说道："我们这些生意人，既不聪明也不勇敢，但是到了他乡做生意，却受到了所有的人的尊重，这是格萨尔大王的恩德，如今卡契军队来犯，大王也想着保护我们这些无依靠的商人，那卡契人无论多么勇猛，我们也不会害怕！"一边说着，一边下马，命人支起柴灶烧茶煮饭。

正当商人们放心地与卡契人吃饭时，托赤等四人将两个商人像打包裹一样捆绑起来，随从的士兵也将脚夫们像下雹子一样毒打了一顿，同时把所有财物都运到卡契军营去了。这时候鲁亚如仁便说道：“现在可以信任晁通了，我们的事情一定能办成。赏给今天办这桩事情的托赤十驮财物，给三个勇士各赏财物四驮，其他的人各赏财物三驮，将两个商人和脚夫关进监狱。”

晁通见卡契大军已开进文布氏的领地，高兴地想，现在只要能把格萨尔及岭军调出岭国，那这王位就是我晁通的了。用什么办法能把格萨尔调出去呢？晁通左思右想，有了主意，只有这个办法才最灵验，也不容易引起怀疑。

晁通跨上马，急急慌慌来到岭营的大帐，拜谒格萨尔大王后，进言道：“大鹏鸟抓小麻雀是笑话，对少数的卡契兵用岭国大队人马去攻打是笑话。毒树如果不除根，只砍树枝有何用？白石崖如果不粉碎，只惊动老鹰有何用？卡契如果不灭亡，只消灭卡契先锋有何用？格萨尔大王应率领岭军出征，征服卡契再回兵。留下珍居文布对付这些入侵的卡契军。”

没等格萨尔说话，老总管开口道：“小火不扑灭，大了难扑灭。卡契定要灭，但要让这里的兵马先完蛋。再说文部商人回国的事情，只有岭国的人知道，现在却在中途被卡契军所劫，一定是我们岭国出了一个投降卡契的人，这个人是谁，格萨尔大王肯定知道。”

总管王的这一席话揭穿了晁通的诡计。于是晁通的脸也红了，胡子也战栗起来，他说道：“对我老汉的好话反生了恶意，正是把良药误认成毒药。现在岭国的众臣请你们相信这个八十岁活尸的话吧！”

说罢他哼哼几声，故作很生气的样子。总管王还想回他几句，被格萨尔拦住了。想那雄狮王的神通，对晁通的叛逆行动怎会不知？但现在还没到揭露他的时候。入侵的卡契兵将由于晁通的煽动而不想主动退兵，这是天大的好事。要趁势把他们消灭在这里，然后再向卡契国进兵，彻底降伏赤丹路贝王。于是格萨尔说：“在没有征服卡契之前，叔父之间不必争辩。是不是有人通敌，以后会知道。现在要把这入侵的卡契兵将消灭，岭国大军再去西方。”

见格萨尔与总管王意见一样，晁通心里虽然不高兴，表面上却不敢发作。此时，只听大王如此安排道：“小雀威风凛凛吃虫时，雀窝却被鹞子毁；狐狸放下口中肉去找鱼，肉块却被俯冲下来的老鹰抢走。在岭国边地放过敌军不理，远去西方讨敌是岭国失守的预兆。歼灭来犯之敌定要全数歼灭，后天就是二十九日，逢九出兵将士的勇气比刀子还锐利，勇敢的英雄丹玛等六人，各带骑兵一千人，分成四路攻破卡契的军营，杀掉勇猛的敌将，做先锋向导的是战神，打好这场破敌之战，本王一定按照功勋的大小都有奖赏！”

听到大王的命令以后，丹玛气势昂扬地答道：“岭国没有挑战，卡契就来侵犯。要消灭这贪心不足的卡契军，向四方扬扬英雄的美名，这次战胜不了敌军，那就是白白担了一个大臣的名。”

到了拂晓时分，六名英雄将卡契军营团团围住。辛巴梅乳泽挥舞着刀斧冲进敌营，砍死卡契兵丁不计其数，托赤布赞抽出青铜宝刀挡在辛巴面前，高声叫道：“骑红马者请你听：羊只在圈里的时候，凶狼为何要追赶？我卡契守在自己的军营里，你小人在后追赶是何因？我手中拿的青铜刀，首先要砍掉你的头，要岭国士兵的尸首布满地，鲜红的血要流成海！”

辛巴并没有将托赤布赞的威胁放在心上：“你托赤布赞虽然是霹雳，但对辛巴我却不起作用，老鹰不会放过麻雀，豺狼不会放过羊羔，我辛巴不会放过你托赤布赞。我今天就用这霹雳似的斧头，将你劈成两半！”说罢，直接冲杀过去，托赤布赞的青铜刀虽然砍中了辛巴，因为有神兵盔甲保护，并没有伤着辛巴，辛巴一斧头下去，却将他和坐骑齐齐劈成两半。此时碣日却珠、玉拉托琚、森达阿东也从四面八方冲出来，与卡契勇士们混战一处。多桂梅巴见辛巴砍死了他最看中的大将，怒不可遏地冲向辛巴，却被丹玛挡在了前面。多桂一见这青衣老将，心想这大概就是丹玛了。他身上穿的是绸甲，我这刀劈不动他，我得用手把他抓过来，扔到地上摔死。想到此，多桂梅巴对丹玛说：“你这青衣老家伙，急急忙忙来送命。我的两臂力能举千斤，要把你纸人般的老家伙举上天，让天上的日月看热闹，再把你摔在山边，让你的脑血洒深涧。”

说完，像灵巧的山羊一样跳了过去。丹玛来不及回话，急忙拉弓射箭，这一箭从多桂的前胸射进，从后背穿出，钻入草山，没入泥土，多桂竟没有倒地，反倒大叫着第二次扑向丹玛。丹玛第二箭射出，掀开了多桂的天灵盖，射碎了头骨。多桂梅巴再也没能爬起来。

卡契大军连损两员大将，其他兵将死伤不计其数，把那王兄鲁亚如仁气得七窍生烟，但又想不出制敌的办法。待要拼命吧，又想起那俗话说的：慢火熬茶味道好，慢步爬山身体好，沉着对敌战果好。还有那没死的战将也劝他说，只要王兄身体健壮，不愁报不了这仇，如果报仇心切，硬冲硬拼，残兵败将也要丧失。鲁亚如仁无奈，像断了角的牛魔王一样，垂头丧气地收拢残部，丧家犬般急忙回国。

卡契兵败回国，晁通称王的美梦破灭。这本来就够让他心烦的，偏偏投降卡契的事又败露了。并不是格萨尔有意告诉诸将，而是那被卡契抓获的文布商人把这事告诉了姜王子玉赤和玛宁长官。商人们是在卡契营中听卡契兵将议论岭国晁通如何给他们王兄鲁亚献了宝碗，又如何让卡契军使用他的隐身木才绕过岭军营地，来到文布牧场的。卡契兵败逃走时，哪里还顾得上什么文布商人。于是，商人便成了晁通投降敌人的证人。

那玛宁长官听商人讲罢，立即持刀上马，前来找晁通算账。他边走边想，这晁通着实可恶，专门骗人出坏主意，把我们文布商人交敌手，还勾引卡契来入侵。自己不知羞耻想登王位，这样的仇能不报吗？丢失的财物能不追回吗？今天无论如何也要和他分个山青水绿，见个上下高低。来到晁通帐外，玛宁长官大声喝道："晁通，你这无耻投敌的两面派，不要躲藏，快出来！出来与我比比武，不出来的是狐狸。"

晁通知道大事不好，但听那玛宁长官在外面辱骂自己，却也不能忍受。不管心里怎样胆怯，表面上，晁通还是气势汹汹。他戴上蓝色伞形罗刹盔，披上连环锁式罗刹鬼甲，佩上弯弯罗刹弓，拿上带响的罗刹鬼箭和可砍九层铠甲的罗刹鬼刀，跨上罗刹鬼马，威风凛凛地冲出帐来，矢口否认他曾投降卡契、引敌入岭的行为："你要追财物，应找卡契人；你要报仇恨，应找卡契人。你不去追敌到此来是何意？看你外貌温和内心狠，就像那坏刀子割了自己的手，恶狗反来咬主人。你不能战胜敌人卡契，反倒来找我寻烦恼，这是什么道理？"

晁通说着就冲向玛宁长官，那达绒部落的其他将士也纷纷上前。文布的将士和其他诸部的大臣、勇士们也赶来观看。眼见一场恶斗又要发生，碣日国大将却珠一个箭步跳到晁通和玛宁长官中间："你们两家闹纠纷，无所顾忌说大话，都以为自己比天高，天空好像容不下。谷穗虽然高昂着头，镰刀不割它能行吗？文布、达绒虽然势力大，不受约束能行吗？纠纷好比石上霜，只有国法的太阳能融化，双方的是非要分清，消除怨恨用正法。有什么事情最好用嘴讲，出手打斗要受罚。文布、达绒各罚黄金一百两，如果再打还要罚。"

却珠的话很得人心。文布的人把玛宁长官拉到自己一边，达绒的人马也后退了几丈远，双方都愿意照却珠说的办。老总管绒察查根认为分清黑白要看事实，不要花言和巧语。真理像流水一样长，流言像地鼠尾巴一样短。现在要紧的是向卡契进兵，在战争中自然能分清谁是英雄，谁是懦夫。接着，总管王把岭军诸部向卡契进攻的目标一一分配清楚：

卡契上部有九座白岩城，
达绒军向此城进攻，
打胜说明晁通有理，
打败就是投敌营。
好坏由此能判断，
真假由此能分清。
卡契中部有九座红岩城，
文布军向此城进攻，

另有门姜两国兵，
帮助文布去攻城。
定要攻城获全胜，
打败要受处罚不宽容。
卡契下部有九座蝗虫城，
王子扎拉向此城进攻，
魔国霍尔大食兵，
帮助王子去攻城。
勇猛直前去战斗，
不失时机获全胜。

老总管又说:“此外，卡契绒巴四部落，雄狮大王亲自去，还有阿扎、碣日、索波兵，跟随大王去攻击。大军要在本月挥兵开到西方去。这次降伏敌军时，最重要的是勇气，人马兵器要备齐，英雄斗志别丢失，谁要逃跑去投敌，未死就送他下地狱。岭国大军人心齐，此次征战定胜利。”

总管王说完，欢声雷动。唯有达绒部落的将士有些不满，要他们达绒部落单独打仗，获得胜利是很困难的。但是命令已下，不容更改，只能拼死去战了。

诸国军马粮草齐备，在格萨尔的神帐外面，众英雄列队准备出发。格萨尔大王高坐在黄金宝座上，王妃珠牡带着众王妃为大军出征敬茶献酒，金碗银碗端了上来:“请喝啊，右边用金碗敬茶，左边用银碗敬酒，喝了这碗茶心舒畅，饮了这碗酒勇气增。”

喝罢茶，饮过酒，王妃又唱了长长的祝愿歌。岭国君臣欢欣鼓舞，振旗出征。

第一百四十九章 老臣力阻赤丹王亲征 拉郭命丧卡契国战场

这时的卡契国，也是一片紧张气氛。晁通到卡契营地投降时，王兄鲁亚曾派回两名使臣向赤丹王报告这个情况。赤丹一听大喜，下令立即准备后援部队，向岭地进攻，免得夜长梦多，又生出许多变故来。那老臣贞巴让协对晁通的投降不仅不以为喜，反认为是祸事，卡契如果听信晁通之言，那灭顶之灾将不可避免。于是他劝道："如从前霍岭战争时，晁通也投降了霍尔，最后的情况如何难道不知道吗？现在再讲增兵的事，无疑是搬起石头砸自己的脚。在岭国军还没有来到以前，卡契应该坚守自己的疆域，如果不愿意像以往一样坚守，那么卡契就真的是岌岌可危了。"

早在老臣劝阻国王不要妄尊自大的时候，赤丹国王便将他视为了眼中钉，在开战之际，贞巴又说出这样不吉利的话，让赤丹国王很是生气，他罔顾臣子的劝说，一意孤行地安排道："从明天开始，卡契的十八个附庸国，各自去召集精锐之师，需要善于单独作战的壮年男子，善于奔跑的战马和锐利的兵器，本王要亲自带兵出征，勇敢的大臣有十八位，随从的好汉八十人，不要停留赶快奔赴岭噶布！"

贞巴让协还想要劝阻国王几句，又怕赤丹听不进去，不劝呢，又于心不忍，不忍看赤丹王遭那横祸。正在犹豫不决之际，王兄鲁亚如仁兵败回国。鲁亚把率兵与岭国交战的经过讲了一遍。说到多桂梅巴和托赤布赞两员大将阵亡之时，赤丹路贝气得急火攻心，竟昏了过去。众臣忙用檀香水喷洒，赤丹王醒过来，大叫道："这是真的吗？我心爱的两员猛将，竟死在岭国的坏小子们手里，我要报仇，报仇！我要亲自出征去岭地。"

老臣贞巴让协见他说话的时机到了，忙到赤丹王面前，缓缓地劝道："我以前曾经说过，进犯岭国只能是这样的结果。现在说什么都没用，还是与岭国议和吧。"

"议和？呸！亏你说得出口，这仇不报我活着不如死了好！岭人害我卡契一条性命，定要觉如那坏人用九条来偿还！”

国王正在气头上，贞巴让协只好做出让步：“俗话说：‘上师与宝幢不能分开，美女与装饰不能分开，国王与宝座不能分开。’如果大王执意要与岭国打仗，那么还是派卡契的大将出兵吧，大王您还是留在城中的好。”

无论如何老臣坚持不让国王亲自出征，其他臣子们也担心国王有个好歹，于是一同劝说，终于让国王打消了亲征的念头，按照国王此前的安排，卡契忙碌地准备起了发兵的各项事宜。

正在这时，赤丹王闻报，岭国大军已向卡契杀来。赤丹听了又怒又喜。怒的是岭国太贪，杀了我卡契兵将不算，莫非还真想把我们卡契灭了不成？喜的是，这下大王我可以亲自复仇了，若不是岭军来到，众大臣又不让我亲自出征，派出去的卡契兵，还不知道怎么样呢！于是，赤丹王重新发布命令，令已聚集起来的部队迅速回到各个城堡，守城迎敌。

文布军已来到中卡契的九座紫岩城下。这九座城由一座大城和八座小城组成。这座大城又由五座小城组成，城中间的小城名叫亭雪铁城，东边是花虎城，南边是玉龙城，西边是孔雀城，北边是乌龟城。

文布军在大城下安了营。军中有个门域来的智者，昨夜曾得一梦，很是不吉祥。他对岭国士兵们说，今夜卡契会来袭击我们，大家要做好准备啊。文布兵依言而行，穿甲持矛，鞴好战马，只等卡契兵偷营。果然，到了后半夜，天将破晓之时，只听喊杀声如雷，箭发如雨，卡契兵从西、北两个方向向文布军杀来，为首的是卡契的两员大将察玛梅杰和扎桂绛杰。二人来势凶猛，满以为会马到成功，没料到岭军已有准备。玉拉和玉赤二王子接住二将厮杀，没几个回合，卡契的两员大将就被挑翻在地。卡契兵见主将已亡，慌忙四散逃命去了。

文布军趁势杀到城下，天已大亮。守城的两员大将饶朗威噶和拉赞威丹见岭军如此勇猛，前去偷营的两员将无一生还，活着回来的兵士也怨声连天。二人商量道，我们战死没有什么可后悔的，可兵士们都不愿意送死，听说岭国人懂得因果报应和是非善恶。我们不如投降，或许还能有条生路。二人决定投降后，就在城东的平台上煨起桑来，饶朗威噶脱下铠甲，袒露着身子，对岭文布军唱道：

珍珠般的岭国兵，
宝贝似的众英雄，
献上我的一心愿，
岭国勇士们请静听！

我是卡契一勇士，
饶朗威噶是我名。
不是英雄无敌手，
并非好汉有本领。
要塞城门比石坚，
城中兵马赛虎猛。
卡契兵不是酥油捏，
岭国军不是铁打成。
但若各自能克制，
我方兵士愿投诚。
岭国若有此诚意，
彼此和解不交兵。

那城下的岭兵听了饶朗威噶这软中带硬、绵里藏针的投降歌，心中好笑。明明想投降，却偏装出一副英雄的样子。玉拉托琚心想，打起仗来，不仅卡契要死人，岭国也会有伤亡，如果能不动刀兵，有什么不好呢？于是，玉拉说："你们投降是好事，请大将和兵士们站到外面来，兵器铠甲统统献给岭国，这才能证明你们投降的心是真诚的。"

听说允许他们投降，卡契兵高兴得像孔雀听到了夏天的雷鸣一样。他们纷纷出城，向岭军献哈达，交兵器。就这样，没动刀箭，文布军拿下了这座大城。进城后，玉赤驻守中心的亭雪铁城，玉拉驻守东边的花虎城，达拉驻守南边的玉龙城，玛宁长官驻守西边的孔雀城，珠米驻守北边的乌龟城。

没有几天，中卡契周围的八座小城也被文布军攻占，这胜利的喜讯像玉龙吼叫一样，响彻了四面八方。

达绒部落的进攻目标是上卡契的白岩罗刹城。守城的是卡契的三员猛将梅拉赞布、查桂穆玛、曲俄桂杰。见达绒兵马像团团火焰一样向他们烧来，三员大将心想，这是第一次和岭国交锋，非打出个好名声来不可，中卡契已经丢尽了脸，上卡契可不能再出丑。三人披挂整齐，像下山的猛虎，吼叫着扑出了城。查桂穆玛身着白衣白甲，胯下白马，长矛上的白缨在空中闪闪发光。他一马当先，用矛尖指向拉郭喝道："卡契的赤丹王是厉害的主宰，你们弱小的岭国如何可比？你这骑红马的坏小子，不但杀死了卡契的勇士，还杀了许多随从的士兵，因此骄傲地自认为是英雄。你这个小子别骄傲，我这个英雄要复仇。先让小子你来把命债偿，再要把岭国军营破成四份，所有的东西要带到卡契去，如果办不到就算我没本领！"

查桂说完，拉郭奔鲁在他的枪杆上唾了一下口水说道：“喂！贪得无厌的卡契军，先听我英雄的一首歌，以后较量也不迟，英雄是何人？以后会看清。”

说罢唱了一首歌：

如果不认识我是什么人，
我是达绒毒海沸腾地中的
公子拉郭奔鲁，
是格萨尔王的弟弟，
是岭噶布的大臣。
从今天以后，
格萨尔王的地位比天高，
降伏敌人的荣誉似雷鸣，
敌人来犯欺凌的这种事，
除了你卡契以外别人没做过。
从这种做法来看，
你们好像地大势又众，
但是要与岭国的十万大军来相比，
就知道卡契的地面大不大。
你们的幻术似乎很厉害，
要与格萨尔王的幻术比一下，
就知道赤丹王的幻术厉害不厉害。
我们岭噶布的军队，
要把跟前的敌军消灭尽，
以后要取赤丹王的头，
卡契要做岭国的属民，
降敌的名誉传遍四方。
有什么幻术以后会明白，
在今天的这个纠纷里，
我这个似霹雳的长矛，
挥动一下的时候，
像霹雳毁灭坚固的石崖，
如果抵挡不过你这个骑白马者，
就算我是无能的吹牛者，
卡契的大臣要记在心。

唱罢，他像流星一样地用力挥动长矛。连刺两下，只是由于查桂还没有到命尽的时候，因而没有被刺死。但是，查桂第一次挥动青铜刀就砍下了拉郭的矛头，第二次挥动青铜刀又砍断了拉郭的右腿，顿时血流如注，他从马上落了下来。查桂又扑向岭军营帐内，并杀死了百余岭军士兵。岭军士兵见状便四处乱逃，查桂毁坏了岭军营帐，洗劫了财物而去。刚才，晁通带了蔽眼法轮躲藏在宝座下，没有被发现。等到卡契军队离开以后，他才敢出来，这时候达绒兵把拉郭抬了回来，晁通一见，扑上去抱住儿子的脖子放声大哭。拉郭奄奄一息，虚弱地对他父亲说道："现在哭有什么用？英雄本来是为了效忠国家，除了没有看到最后取得胜利，我并没有任何遗憾！"

拉郭的话令他更加悲痛，而此时被卡契军杀得四下逃窜的大臣和兵丁也都回来了，晁通气得抓耳挠腮，捶胸顿足，他对这些逃兵们唱道：

我是痛苦的晁通，
由于前生的恶业，
产生了今天的痛苦。
前半辈子我是英雄的父亲，
现在幸福全部都失去。
奔鲁和格萨尔是兄弟，
是达绒部的继承者，
臣民宝贵的希望，
今天被敌人杀伤。
在达绒部处于和平的时期，
争权夺利是你们，
吃起肉来似老虎，
饮起好酒像老黄牛，
对自己的臣民随便动手。
如果说两句话的时候，
也是厉害的言辞。
今天需要你们的时候，
却对敌人一箭也没有射，
卡契敌军来犯时，
从右边来了向左面逃，
从左边来了又向右面跑，

最后也不指挥军队，
为了逃命跑到山沟里。
现在又发生了不幸的事，
军营被卡契占领，
狐狸们的心愿满足了吧？
你们自己长着一副黑心肠，
不幸的事情却落在我晁通的头上，
现在绝不能这样容忍下去，
违犯了岭国的法律，
按照达绒部的法规，
达绒的三位大臣和八个首领，
要砍头挖心来惩处，
有悔意也没有作用，
达绒的一半军队被消灭，
帐里的东西也被卡契抢去。
今年的这场战争，
根本不是为了攻取玉城，
而是想乘机来消灭达绒，
祸事的树根是格萨尔，
树身是像尸体的老总管王，
树叶是文布的商人，
果实却在今天成熟了，
凶猛如沸腾毒海的这支军队，
如果格萨尔不需要，
老头子我也不需要。
可以去找别的主人，
还可去破坏岭国。

见晁通王如此愤怒，所有的大臣和将士都跪下了，恳求晁通宽恕，但晁通一句赦免的话也不说。一个大将说道：“我们达绒这些臣将，对外作战不行，打自己人却如此凶猛，这样做没有一点好处。现在应该去向格萨尔大王报告我们的情况，看大王说什么。”

晁通一听此话，虽然心里仍然觉得格萨尔对自己的达绒部落不怀好意，但到了现在这种时候，不去报告一下也是不行的。于是下令赦免众臣将，他要亲自去见格萨尔，并嘱咐达绒军不要随意行动，另外不管拉郭是死是活，都要好好服侍，等他回来。

格萨尔大王早已知道达绒军失利的消息，已经聚集了众将等候晁通。晁通进帐痛苦地叫道："我的拉郭啊，像太阳一样的拉郭，被恶煞罗曜吞噬了；像猛虎一样的拉郭，被猎人的地箭[1]射死了，我的拉郭！都是文布人太自私，他们说月亮光要冷，太阳光要热，把我晁通说成投降者。尚未迈脚走三步，青刀割得腿筋断；真假尚未诉说完，舌头已经被割断。阴险恶毒的老总管，把我达绒当诱饵，使我拉郭遭祸害。在九国的千军万马中，御敌只把晁通派。现在我活着不如死，罪责应由总管负。我父子的债要索取，君臣们别以为是小事。"

说着，晁通抓着自己的喉咙，跳到总管王绒察查根面前。丹玛和唐泽忙上前劝住晁通，安慰他道："您老人家虽然吃了苦头，但和卡契打仗是为了岭国，怨谁都没有用处。"

丹玛和唐泽一左一右拉着晁通坐了下来。老总管一声不吭，心想，奸诈的人不用看脸面，邪恶的人不用去理睬。今天无论如何不能同他晁通一般见识，坏了岭国的大事。所以，绒察查根神态安详，毫不为晁通的恶语动容，没事人一样坐在那里。

众臣将也纷纷安慰晁通，向雄狮王要求援助达绒军。因为得到大家的安慰，晁通慢慢平静下来。格萨尔遂命丹玛、唐泽和却珠等大将率兵前去达绒营地，换回达绒军，消灭上卡契白岩九城的守军。格萨尔赐给三名英雄每人一支利箭，以及护身灵药，即刻出发。

岭兵把查桂穆玛的城堡团团围住，雨点般的利箭在空中穿过，长矛像蛇一样上下飞舞，没用多少工夫，击毁了大半个城门。查桂穆玛见岭兵来势凶猛，吩咐坚守此城，暂不出来。城内的守将梅拉赞布实在忍耐不住，他认为与其守城而死，不如挺身迎战，或许还有生路。他跃马挥刀，冲出城来，杀向岭军阵前，向丹玛挥刀就砍。丹玛有绸甲护身，并未伤着。丹玛回敬他一刀，正中他的脖颈，圆滚滚的一颗人头离了脖颈，梅拉赞布坠马而亡。岭兵趁势攻城，这时又从城里冲出一员大将来，正是曲俄桂杰，唐泽并不等他靠近，一箭射穿了他的头骨。查桂穆玛见连死两将，骑着白狮子一般的战马飞出城来。他一边跑一边唱：

山兔炫耀它跑得快，

1　地箭：猎人狩猎时安放在隐藏处的箭弩。

会把笑脸老雕招引来；
羊羔活蹦又乱跳，
会把青色野狼招引来；
无能的岭军逞威风，
会把失利败仗招引来。
小狐狸们还记得老虎威风吗？
名叫拉郭奔鲁的那小子，
被锐利的青铜刀砍为两半；
乞丐凑起来的叫花子军，
还称什么沸腾的毒海；
叫达绒的尸首布满原野，
积累的财产被我们拿去，
可怜的岭国人满意了吗？
如果现在还没有满足，
今天打先锋的红人红马儿，
立刻把你送进地狱去，
彻底消灭你们后面的援军！

查桂唱罢，已来到岭军阵前。大将却珠并没被这些侮辱的言语冲昏理智，他想这个人不是一般的刀剑能够对付的，格萨尔大王加持过的神箭此时正好派上用场，他将神箭搭在弓上，回唱一首：

狗头雕飞起来似有力，
大鹏金翅鸟它不能敌；
野狼跑起来似有力，
雪山白狮它不能敌；
你偷袭岭国军队好似勇猛，
怎能与却珠大臣来较量高低。
这次我在岭国军队中，
承担消灭卡契军的任务，
正在寻思着能否遇到你。
今天遇上所想的人，
这是格萨尔王的恩赐，
小狐狸装扮成老虎样，

只有和多桂梅巴一个下场。
把乞丐收集到军营里，
这是卡契的做法，
结果手持木棍回西方。
骄傲的凶手查果，
不必再述说如何办，
怎么来处置你心中很清楚。
如果今天英雄我不报仇，
发誓不再苟活在人世间。

却珠唱罢射出神箭，神箭带着呼啸之声钻入查桂穆玛的前胸，又从后背穿出，射倒了许多站在查桂后面的卡契兵士。查桂穆玛连同那些中了神箭的卡契兵同时倒地而亡。岭兵喊声震天，猛虎般扑向卡契兵将，箭尖像冰雹降落，长矛如流星飞驰，大刀像雷电闪光，人头像谷穗般纷落。但见卡契兵尸骨成山，血流成河。岭兵大获全胜，不但夺回了被卡契抢走的达绒军的财物，还获得了许多卡契珍宝、铠甲、兵器等。

丹玛、唐泽和却珠三员大将前来向格萨尔大王复命。雄狮王高兴异常："你们为拉郭弟弟报了仇，为达绒部落雪了恨，不愧是岭国的大英雄。"

奄奄一息的拉郭被抬到了格萨尔面前，临死之前，他非常想见见岭国王格萨尔。格萨尔吩咐把查桂穆玛的人头拿来给拉郭看，又把诸多的财宝、兵器指给他看。拉郭满意地笑了，声音微弱地对晁通说："父王啊，我拉郭快要死了，可我临死前看到格萨尔大王，看见了仇敌的人头，看见了夺回的财物，这是雄狮王的大恩。现在我可以放心地死了，但愿格萨尔大王能够护佑父王和达绒部落的英雄们，但愿在未来的净土中，我们能再见面。"拉郭说完，含笑而逝。

格萨尔大王感到十分悲痛，他吩咐厚葬拉郭。晁通为了感谢那杀死查桂的英雄却珠，献给他一匹日光缎和三只银钵。却珠也不推辞，接着，帮助晁通安排拉郭的后事。

第一百五十章　炮轰岭营卡契得胜利　怒斩敌酋老将显威武

卡契连连失利，紫岩九城和白岩九城均被岭军占领。残兵败将逃到赤丹王的宫里报告战况，使赤丹路贝大为恼火。特别是大将查桂穆玛的死，更使他像刀子剜心一般疼痛。只见他眼圈发红，青筋暴跳，全身颤抖，半天才说出一句话："现在该轮到我上阵了，不是格萨尔兵败，就是我赤丹战死，像狗一样地活着有什么意思？！"

赤丹把刀、箭、矛三样武器一一挂在腰间，跨上战马要去找格萨尔决一胜负。王后和公主从后宫跑出来，你拉我扯的，不让他走。这时老臣贞巴让协从佛盒里取出一条哈达，对赤丹王说："老臣我虽然忠心为国家，好心说出肺腑话，大王却听作欺人话；老臣我智箭虽锋利，大王岩石般的金耳射不穿。如今还想拼武力，不如巧妙来算计。只凭鲁莽去作战，白白送命取胜难。"

"老臣有什么好计策，请快快讲出来。"王后已顾不得许多，吩咐贞巴让协快讲。

"现在要由守势转攻势，派王弟兴堆冬玛带兵去攻打岭军的门、姜、文布三部落。还要快些召集尼婆罗兵，昼夜兼程来卡契，进攻岭军的大营。大王您快把兵器库中的石炮抬出，用它的时机已来到。再去威卡和穆卡国，请他们速派救兵。四国兵马合一处，定能踏平岭军营。"

老谋深算的贞巴让协说完，卡契君臣认为胜利有望了。赤丹王立即调兵遣将，召援兵的召援兵，做先锋的做先锋，卡契宫城顿时忙乱起来。

石炮从兵器库中抬出，架在中卡契紫岩石九城之下，王弟兴堆冬玛吩咐放炮。卡契兵的喊声伴随着炮石声，如天雷滚过。西边的孔雀城被摧毁了一大半，守城的岭兵非死即伤，无一漏网；北边的乌龟城也有三面城墙被炸毁，死伤壮士三百多名；南边的玉龙城被炸毁了一面城墙，也死了不少人。守城的玉拉托琚、玉赤、玛宁长官等怒吼着杀出城来，正好和王弟兴堆冬玛打了个照面。那王弟的脸像阎罗一样赤红，眼睛比脸还要红，见到岭国兵马就像要喷出火来一样燃烧着："玉龙吼声虽然大，三春过后成哑巴；猛虎纵然会跳跃，本领使尽摔岩下；觉如凶悍似强大，权势用尽卡契就要降伏他。在我红脸兴堆冬玛面前，兵将越勇我杀得越疯狂，我的凤翼朱砂马像闪电一样快，我的锐利铜刀赛霹雳，喝血铜箭能把岭国的石岩射穿。"

玉拉和玉赤兄弟二人双双站了出来。玉赤说："咬死百只绵羊的野狼，最终会饿死在嘛呢堆[1]旁；啄死百只鸟雀的鹞鹰，最终会在荆棘中折翅膀；杀死百人的魔王，最终会被英雄杀死在家乡。赤丹王的末日已来临，你小小兵将别猖狂。"

玉赤说完，冲了过去，兴堆冬玛忙抽刀相迎。忽然，兴堆冬玛想起自己的铜马不能对付岭将的软绸甲，遂摘下腰间的拳头般大小的一块石头，向玉赤抛去，那玉赤不曾提防，被石块击中胸部，疼得他大叫一声，翻身落马。岭兵以为玉赤身亡，都要找兴堆冬玛索命，特别是玉拉托琚，见弟弟坠马，不知性命如何，心如刀绞，怒火中烧，立刻抛出飞索，正好套在兴堆冬玛的脖子上。兴堆冬玛并不惧怕，又掷出一石，玉拉一偏身，没有打中，却差点把他从马上震落下来，手中的飞索一松，兴堆冬玛趁势脱了套。眼见天色已晚，又不知玉赤性命如何，玉拉无心再战。那兴堆冬玛也领教了玉拉的厉害，也无心恋战。双方各自归营。

岭兵把玉赤抬回大帐。玉拉用格萨尔的头发给他熏烟，又给他吃了王母的长寿丸，玉赤顿时恢复了神志，玉拉这才松了一口气。

兴堆冬玛大胜岭军，这无疑让连番挫败的卡契军增加了许多信心，一队人马冲出去，欲再立战功，他们冲入岭国的军营中，左右冲杀，杀死了很多士兵。森达阿东等岭国英雄出来挥刀截击。卡契大将斗志正旺，挥动着青铜刀杀死了几员岭国大将。森达阿东等人抵挡不住，被迫向后退。卡契大将不知足地扑到岭军阵中又杀死了很多士兵。玛沁邦拉大山神看到此种情况，变幻成白人白马乘风来到战场上阻击卡契兵马。凡人的兵将再英勇也不是神的对手，卡契大将很快处于下风，两人不敢恋战，欲收兵回营。玛沁邦拉山神见敌人鸣金收兵，便收起了变化离去。此时森达阿东却不愿意放虎归山，他将箭搭在弓上喝道："兴堆冬玛你这坏小子，这么快就要夹着尾巴逃了吗？敢来与我森达较量，这就用宝箭射穿你的心脏！"

听他说完，兴堆冬玛很是生气，他拿出套索答道："你这美丽的狐狸，刚刚被我从大道上赶跑的时候怎么不见你拔出毒箭？现在说这些大话不觉得可耻吗？你的白人白马战将已经被我砍成了碎片，已经烟消云散。你这不知好歹的

1 嘛呢堆：用刻有经文的石板堆砌而成。

小子，看我用套索把你套住，带回去我卡契营地做只看门狗！”

兴堆冬玛躲过森达的箭然后扑了上去，他抛出套索套在森达的右臂上，森达连忙掏出宝刀，但却无法砍断这套索，兴堆冬玛用力一收，森达连人带马被拉了过去。见势不妙，扎拉王子像是一阵风一样追了出去，他用雅司宝刀砍断套索将森达救回。虽然有些不甘心，但是兴堆冬玛等人亦不敢再恋战，收兵回营。

这天，天刚黎明，格萨尔大王在神帐中入定，在彩光交织中，天母朗曼噶姆从虚空中缓步而来，向格萨尔大王降下预言：

今年的这场战事，
虽然卡契看起来很勇猛，
锐利的青铜刀之下，
岭国官兵的伤亡也很大。
对此不必再担心，
被杀戮的卡契官兵们，
牺牲了的岭国英雄和士兵们，
在本尊和空行母、
格萨尔的慈悲下，
现在像一群鸟一样，
飞到天空的极乐世界去，
这是白业善法的伟力。
本月十九日，
老臣贞巴让协定计谋，
赤丹王从右侧来，
魔军部队在前堵，
其他的军队将从后面赶，
三面来攻岭国的军营。
赤丹王由你格萨尔去阻击，
别的英雄没有阻击的本领，
卡契暂时还没有到命尽时，
但可以压一下他骄傲的气焰。
对于岭国的全体官兵们，
你要做他们的保护者，
你的后盾有神佛，

对另外两头来犯的卡契军，
要分别派出能征善战的人马去阻击。

唱罢，朗曼噶姆消失在彩云中不见了。

第二天，格萨尔召集众将领议事，将朗曼噶姆的预言向岭固将士们讲述了一番，总管王便说："按照大王的意旨，后天是十九日，大王带领唐泽玉珠和尼布且居的众臣同去，定能取得胜利；丹玛、却珠、噶德、德玛多旦等带领所部队，去截击兴堆冬玛率领的来犯者。其他军队来不来暂且还不知道，以后慢慢地看情况再定。"

十九日这天，赤丹王在六个大臣的陪同下来到了察曲河渡口，他隔着渡口对彼岸的格萨尔大王叫嚣道："岭国军营里的老狗，取了个狮子的名字，格萨尔乞丐要想较量赶快来，是不是狮子今天会知道，谁是降伏敌人的人，现在慢慢看来会清楚。今天我们两人来较量，赶快解决卡岭之战，杀死的士兵多了是不幸，觉如要被我卡契来杀戮，前业注定根本躲不过，不务正业的觉如小子你，如果今天不敢来应战，就去吃你哥哥嘉察协噶的肉，饮你弟弟绒察玛尔勒的血，嚼吞你弟弟拉郭奔鲁的骨头！"

如此污言秽语让丹玛听见十分生气，他张弓搭箭，恨恨地说道："这个贪婪鬼不必由格萨尔去对付，由我丹玛去吃掉他的心。"

说完要走的时，格萨尔大王拉住他说道："丹玛大臣虽然勇猛，然而抵挡不了赤丹王，我这个彩虹般的神仙刀枪也很难击得准，应该照昨天布置的任务去完成。"

说完按照总管王的安排，君臣八人在威风凛凛的战神的保护下像雄鹰在空中飞翔一样来到察曲的此岸，对赤丹王说道："赤丹你这个魔头，是愤怒的毒树，恶业是战争的树叶，恶果是入地狱的石头，如果现在还要继续战争，就是给黎民造罪孽。因此我格萨尔，愿意引渡你这个魔头，杀了你这贱命的罪人。可怜你这蠢人竟然还有较量之心，渴望战胜的心情真是痛苦，本大王让你这个魔头来先动手，看看你究竟有什么样的本事。"

说完格萨尔大王放下武器，盘腿坐在地上入了禅定，这一举动深深地伤害了赤丹王自尊心，他像身上被荆棘扎了的蛇一般愤怒，三步跨过察曲扑向了格萨尔，抽出青铜刀在格萨尔的上身和颈部用力连砍了九下，但是除了刀在空中挥动外什么也没有接触到。说时迟那时快，格萨尔挥动了一下无敌的大刀就把赤丹的头盔砍成两半，赤丹的头部受了轻伤；他再向赤丹砍了一刀，赤丹未能抵挡，刚一转身就被击中肩部，甲胄被砍成两半，拴武器的绳索也被砍断，武器全部落地，肋骨也被砍断。此时赤丹王的寿元未尽，却也知晓了大王的厉害，他已无勇气再战，便打了卷毛狗马三鞭子，卷毛狗马便像飞鸟一样驮着羞愤的赤丹逃走了。

这时候兴堆冬玛和四个副将带领着五百名骑兵，按照原定计划来攻打岭军，双方在一箭远的地方相遇了，两方的军队奋力厮杀，因为国王也各自在前方作战，他们都不敢怠慢，拼尽了比平常更多的勇气和力气，双方战了百来个回合依旧没有能够拼出高下。

前方的战事如火如荼地进行着，卡契的另外一支援兵却在悄悄逼近岭国大营，他们穿戴着白色的盔甲，像是白色的潮水一般向岭营涌来，米琼发现敌情以后赶紧回去报告："对面山上来了冰雹一样的敌军，矛头指向岭国军营，这可能是卡契的援军，如果逃跑的话还可以逃得脱，要与他们为敌困难多，大家想想怎么办好？"

听他说罢，晁通暗想："面对如潮水般涌来的卡契援军，老总管王只不过是有一口气的死尸而已，这次定有大祸临头，让他去抵挡吧！这儿也没有英雄和士兵，军营一定会失守，我还是想个办法逃走为好。"于是便说："让我去瞧瞧外面的情况，你们在这里坚守军营。"

说罢晁通很快地徒步跑上了后面一座小山，找到一处狐狸洞，勉强地躲了起来。而在军营里面，老总管说道："老臣我一时糊涂了，没有相信正确的预言，主要是头脑糊涂造成的，正像沙石崖塌下来一样危险，这些来犯之敌是卡契援军。今天应该我去迎击，没有男子的女人，自己不干活没办法；没有男子的女人，自己不张弓搭箭没办法。赶快把战马鞴起，我老头子的尸首今天要起作用了！"

说着全身佩带武器，米琼将战马鞴好牵来。平时总管王手拄拐杖行走，今天扔掉拐杖，威风凛凛地跨上了战马，在战神的保护下，像老鹰觅食俯冲一样地向敌人扑去，米琼、秦恩等人带领三十余名士兵做随从，与卡契援军相距一箭之遥。卡契援军主将当差奥布，他身穿白色盔甲，披挂五色兵器，帽子上闪耀着银光，见到出来迎战的是年迈的老者，他在与岭军相距一箭远的地方停下，双足踏镫，高傲地唱道：

骑灰马的仔细听：
额角上皱纹好似羊角纹，
白发好似风吹草木动，
戴上白色帽子真可怜；
口中无牙上唇包着下唇，
说话时两腮直漏气，

想唱歌又记不起词。
人老身体轻如干牛粪，
心神衰老就像无油的灯，
穿着白盔甲内心很痛苦，
两条瘦腿像烧火棍；
寿命太长指甲向里弯，
两足没有踏镫的力量，
两手无力像干树枝，
大拇指弯曲不能直，
还想要拉弓真无耻。
岭国人数虽众多，
你老汉活了这么长，
等着当差奥布来收拾你。
老头必定要死在枪尖下，
如果有遗嘱已经到时候，
如果有上师就应该祈祷，
无法躲避这丧命的时候，
已经落到我当差奥布的手里。

听完这些侮辱的话老总管并没有生气，他在心里想，老头子虽然年迈，但是对付他还不成问题，没有必要在垂暮之年再造罪，于是他好意地劝道："看起来我身体有些衰老，英雄的气概却无人敢比。凶狼虽然年老了，还有杀死百只羊的本事，吃掉一个小羊羔很容易；我老汉的身体有些衰老，但有降伏九个城堡的雄心，消灭你很容易。只是无故杀人罪孽大，老汉我愿用悦耳良言将你劝，为何要误解起怀疑。无论你卡契国有多强，却不会是雄狮王的对手，因此还是投降了好，投降的领路人由我老汉来担当，愿自己幸福别人也好过。"

当差奥布听完这些话很不以为然，他以为是老总管怕死又想逞英豪，不过是想做个怕死的和事佬而已，于是他向总管王怒吼道："坏事的老头子，我们前来助战的军队，不是乞求者而是战斗者，是毁灭岭国军营的人，老头子的谎言似毒鸩，我这个孔雀吃了益处大，美丽的羽毛更加鲜艳，猪舌长矛能不刺杀吗？"

说完之后，抽出长矛扑向总管王。总管王也抽出大刀："我的这个良方，你误认为是毒药，我这把如白海螺的大刀，患胆病的人却看成黄色，我老汉怕造下罪孽。你当差奥布却认为我胆怯，不取你这个不知足的脑袋不甘心！"

总管王说罢就扑了过去。当差奥布把枪挥动得像流星一样，总管王大刀一挥就砍下了他的枪头，他还要抽刀应战，然而没有来得及把刀抽出就被总管王砍了一刀，由头部直到战马的胸部被劈成两半落马而死。接着总管王又连喊带叫像闪电般地冲进了卡契援军阵中，挥动大刀左右砍杀，杀死了卡契援兵十五人。卡契援军士兵看到这种情况便失去了勇气，认为这个老头子真是一个英雄，很难抵挡他，于是大家四散逃窜。这时候总管王也约束了一下自己的雄心，在米琼和秦恩二人的辅助下，收拾了当差的头颅、手足、刀枪等回到了岭国的军营。

回到军营以后，老总管并没有因为自己的功劳而兴奋，反而觉得自己在临死之前造下杀孽很不应该，在心里忏悔着。晁通却摇头晃脑地说道："我们穆布董族的人从不欺凌别人，自己知足，只在必要的时候才表现出来，我哥哥的英雄本领实在大。"

米琼马上反唇相讥道："这话很对，总管王的胜利比天大，名誉会传遍四方，比起晁通在洞里禅定着好，对不对？"

晁通听了这话，回答道："我晁通用隐身法坐禅修行，用秘诀把三千个风轮装进了佛龛，保护了岭国的军营，我弟兄两人联手，借水和火之势才结出了胜利的花朵，米琼你带了全部兵器在战场上干了些啥？"

说完之后引起了大家的一阵大笑，让米琼有点儿羞愧难当。随后岭国军队中举行了庆贺胜利的宴会，对其他各位英雄也按照功劳大小分别给予奖励。

第一百五十一章 夺财物辛巴被法师伤 施神变大王使魔子服

卡契君臣自从战场上惨败以后，回到王宫内，请来了咒师却拉诵经念咒，医好了国王的伤口，然后与其余部众，反复商议了破敌和坚守之法，老臣贞巴让协说道："我老臣贞巴让协，劝阻过不要去岭噶布，与格萨尔为敌没好处，与岭国的英雄较量没有好结果，最后还会把自己的国家搭进去，这些言语好似倒在石头上的水。卡契国连番损兵折将不过是咎由自取，如果再不听我老臣的劝告，国家的基业会如风吹灰尘一样被吹走，坚守自己的领土也不容易。如果坚决要与岭国为敌，双方伤亡损失必惨重，老臣我年纪虽然大，仍愿意前往岭国军营，向格萨尔呈述投降的意愿，把往事做一番忏悔，今后做事完全遵照他的意旨。"

赤丹国王已经被骄傲和仇恨冲昏了头脑，对于老臣三番五次的劝降十分反感，他坚定地答道："岭国格萨尔是父母生养，本王也是父母的爱子，人身彼此都一样，五官多少也没有分别，谁是英雄不该较量一下吗？请各位英雄臣将再随本王出征，不攻取岭国军营，不取坏觉如的性命，我们怎么能够妄自成为英雄好汉！"

兴堆冬玛等大臣听了国王的话也纷纷表示投降是懦夫的行径，无论如何一定要与岭军拼死到底。贞巴让协叹了一口气，只好退而求其次，再出主意道："那么请国王撤到珠纳其宗吧，军队派出去打先锋，守住曼日曼塘隘口，再请夏日吾见卜卦算一算吉凶，请咒师却巴噶拉，来诵咒经，以能粉碎三千风轮的魔力，去粉碎岭国的军营。"

国王听完老臣的陈述，除了不同意撤退的建议之外，其他建议还是采纳了，在夏日吾见卦师占卦的结果没有出来以前，下令兵马先行休战。

国王派出的侍卫到了卦师那里，他取出占卦的工具做了一番卜算，说道：

东方的太阳，

照耀着西方的雪山，
如果没有云彩的帮助，
雪山就有融化的危险。

说完又给国王写信道：威卡、穆卡两国的援兵没有到来以前，请国王一定不要轻举妄动。

而另外的侍卫也到了却巴噶拉法师那里，法师说道："自从做了卡契王的属民到今天，君臣和属民们看得起我，供养我为他们的保护者，岭国的魔鬼觉如是我们大家的公敌，咒经我已经诵了七天，还需要再诵十四天，到那时候威力更大，在十四日太阳落山一尺之际，请君臣们看看，很容易地就把岭国军队打入地下。"

听法师说完，侍卫便带着法师的口信高高兴兴地回去向国王复命了。

此时岭军出征已久，军中粮草已经吃紧，扎拉王子便派出辛巴梅乳泽和森达阿东出去看看是否能够找到粮草。但是周围的村庄已经全部搬空了，到处只留下一些破铜烂铁。此时有慧眼的勇士看到喜玛娘山谷那边冒着袅袅青烟，辛巴望去看看，便说："这可不是寻常人家的炊烟，看来有法师在施展咒术了，在卡契这荒山野岭地，只怕是对我岭国不利的巫术。"

于是快马加鞭，带领人马往那青烟散发之处走去，到了那里只见一座破败的寺庙，庙里陈设着黑牛尾和铁制的三角形具，好像是到了阎罗的面前一样森严；在施咒用的黑帐篷顶上装饰着骷髅，用人的肠子做拉帐篷的绳子，用人腿骨做帐篷角子。要说咒师却巴噶拉诵经修成大自在威力很大，使人看了毛骨悚然。而岭军将士看见这种情况毫不畏惧，反而喊声似雷鸣，厮杀声震天动地，挥动刀枪弓箭似风吹一般抢走了牛马财物等。辛巴举起大刀向法师挥去："毒树一样的咒师，尽做些杀戮的罪孽，在锐利的斧刃下看你有多大的本领。"

那法师却巴噶拉穿着熊皮做的法衣，头顶戴着乌鸦皮做的黑帽子，右手拿着食子，左手持降魔杵，浑身散发着毒气向辛巴扑来："在今天以前，本法师的财产，从来没有让主人费心来照管，这深谷就是财产的仓库，土匪强盗小偷不必说，就连敢看一眼的人也没有。今天岭国匪军却敢来抢劫，啊！岭国人们的野心，真像天还没亮却出了太阳，如果知足了就物归原处，一个命价要九倍来偿还，咒师究竟有多大的本领，到了中阴关的时候就知道！"

这些话对辛巴毫无作用，他的挥舞斧子的手丝毫没有放松，一连砍了九下，都无法近法师的身体，法师将手中的降魔杵抛了过来，打在辛巴的身上，幸好有格萨尔大王的护身符，却也几乎让辛巴送了性命，他口吐鲜血，坠下马来。他身边的十八个士兵也让这巨大的力量震慑得吐血身亡，森达阿东以为辛巴丢了性命，愤怒异常，他与辛巴王并肩作战数十载，若今天不能与他共赴黄泉，那还算什么英雄好汉，这样想了以后，拼了全力向法师冲去。法师心想，大功未成，中途却遭到岭人的破坏，若此时再与之作战，不过平添一些罪孽而已，他掐指一算，岭国与他的大限都还未到，于是便不与森达计较，化作一阵妖风往北方飞去。

森达阿东跑向辛巴，发现他气若游丝，赶紧把头发和白玛陀称祖师的袈裟烧成灰灌给辛巴做了加持，一方面又不断地呼唤他的名字，辛巴答应了一声清醒过来，众人喜出望外，此时已经难觅法师踪影，便将他山谷中的所有财物，连一针一线都未留下地全部带走。并且放火烧了这处破庙。法师感知到了岭人所作所为，异常生气，他用意念操纵，降下了一场大冰雹，打得岭人四下逃窜。

回到大营，众人见辛巴浑身焦黑，以为他被烧伤了，格萨尔大王已经知晓了辛巴刚刚被降魔杵击中，伤了魂魄，于是为他做了长寿灌顶，增加了辛巴九年的寿命。

到了约定的时间还不见法师的动静，赤丹王的侍卫到了法师的住处，满目疮痍，不忍直视。回来报告给了国王，气得他哇哇直叫。于是王弟兴堆冬玛与王兄鲁亚气急败坏地带兵向岭国驻扎的兵营袭来。鲁亚从东北面，兴堆冬玛从西南面把整个山谷封锁得密不透风。一时尘土四起，笼罩天空。这时候以玉拉、珠拉等为首的数位勇士来到城门口与卡契军厮杀起来，玉拉连射三箭，射死了玉泽端巴和十五名士兵，珠拉抽刀杀死了七名卡契士兵，但是卡契军队并没有后退。反攻的士兵像老虎跳跃，进攻的军队似凶狼奔一样厮杀成一片。鲁亚没有唱歌的工夫，抽刀杀了许多岭国士兵。这时候门部落的军队像一百只母羊带着一百只羔羊似的呼叫着，又像一千只绵羊同时进圈一样冲到战场上，厮杀声、武器的撞击声、马蹄的奔驰声混成了一片。达拉赤噶在愤怒之下抽出宝刀杀死了以珠纳美巴为首的许多卡契士兵。兴堆冬玛看到后更加愤怒，连射三箭，一箭射中门部落一员大将的额部使其毙命；一箭射中了达瓦察赞的臂膀，达瓦及时取出了箭头；一箭射中了达拉的胸部，由于箭头特别厉害，击毁了坚硬的盔甲，但是因为有格萨尔的护身符，身体并未受伤，一时晕过去落了马。岭国军队以为达拉死了，胆怯者便失去了勇气，英勇者更加气愤。玉拉等挥刀帮助门部军，扑向兴堆冬玛，兴堆冬玛也抽出了青铜刀。玉拉用力挥动宝刀，但只轻微地伤了他的肘部，兴堆冬玛也愤怒地挥动青铜刀，砍伤了岭军一个勇士的右臂和另一个人的胸部，玉拉穿着达日贵盔甲没有受伤。兴堆冬玛便收起青铜刀卷起袖子冲到玉拉面前，迅速抱住玉拉，玉拉来不及挥刀就像麻雀被鹞子捉住一样被提了去。兴堆冬玛正要将玉拉向石头上掷去的时候，格萨尔披带着战神的各种武器，骑着江噶佩布神马，威风凛凛地来了，并且喊道："喂！小魔兴堆冬玛小子，两个对手较量时，战场上我来做和解人；两个英雄厮杀时，战场上的人们来和解；现在放了玉拉吧，给我和解人一点儿面子。"

兴堆冬玛听了心中暗想，看此人的着装举止和威风可能是格萨尔，在这个人面前不能轻举妄动，所以没敢掷玉拉，把玉拉慢慢放下后像一股风似的逃走了。格萨尔也没有追赶。这些卡契军队杀死了许多岭国士兵，格萨尔便变化成一千名士兵，卡契军士兵见状失去了勇气东逃西窜。格萨尔走到玉拉身边，给他服了珠巴加姆和白玛陀称祖师的药，念了招魂的经以后，玉拉马上苏醒过来。见是大王到来，玉拉说道："这次碰上的这个兴堆冬玛，力大善射，聪慧过人。我玉拉还从未碰到过敌手，这次败在了他的手下。大王要为我想一个制服他的办法，是用箭好呢？还是用矛好？"

格萨尔微微一笑："这兴堆冬玛的前世本是屠夫，死后十三次转生为猪身，身受无数次烧炼之苦后，才转生为卡契王子。现在在他的肚脐里和头顶上各长有一撮猪毛。我自有降伏他的办法，玉拉不必过虑，七日内，守住营地要紧。"

七天之后，兴堆冬玛与鲁亚两人决定再次出兵，先用炮石轰，再用弓箭射，然后挥舞青铜刀杀向岭军。岭兵被这飞石箭矢铜刀杀伤了不少，但是并没有后退的意思。突然，兴堆冬玛愣住了。只见一个战神般的人站在自己面前：紫玉般的脸上，一双红珊瑚似的眼睛瞪得大大的，身上佩着九种兵器，胯下一匹火红的坐骑。兴堆冬玛想，这人肯定就是格萨尔了。他骑在马上，妄尊自大地对大王说道："对你这个褐色人，骑着赤兔马，虽然没有亲眼见过，长耳朵已经听到过，可能是岭国的坏觉如。如果真的是你，那就满足了我的心愿。许多卡契人变成了尸体，祸害的根源就是你我二人，今天谁厉害不较量吗？得出一个可以看到的结果。我今天就要诛灭你这个自以为是狮子的人，让天下都知道谁才是真正的英雄！"

只听格萨尔说："赤丹王是太阳，我是吞噬太阳的罗睺；鲁亚王兄是月亮，现在已经到了下弦；你兴堆冬玛本是小星星，我是浓云要把你遮掩。"

听了格萨尔的话，兴堆冬玛大怒，冲上来就劈，却什么也没砍中。格萨尔挥起宝剑，兴堆冬玛的头滚落在地。雄狮王又挥一剑，把兴堆冬玛那无头的身子连同魔马一起劈成两半。只见从那倒地的尸体中飞起一只鸽子，这本是兴堆冬玛的精灵所变。格萨尔的化身马上变作一只大鹰，抓住了鸽子，弄个半死，扔在格萨尔大王真身面前。格萨尔吩咐，挖一个三角形的九尺深洞，把兴堆冬玛的尸体连同鸽子一起埋下，然后在洞上修起一座黑塔，以镇妖魔。

第一百五十二章 附国援兵倒戈向岭国 卡契宝库慷慨赠属民

卡契的国之栋梁，王弟兴堆冬玛葬身于格萨尔之手，鲁亚的心疼得像是刀割一样，但弟弟的惨死却威慑了他，使得他不敢轻举妄动，赶紧快马加鞭，回去报告给国王。赤丹国王承受不住如此打击，竟然晕了过去，大臣、妃子们又手忙脚乱地扶住国王，帮助他清醒。国王醒来，面对眼前的残局，无论如何也只能等到威卡、穆卡两国的援军到来再从长计议。

而此时两国援军究竟到了哪里呢？两国本来是被赤丹王用暴力征服，早在格萨尔大王出兵攻打卡契的时候，他们就在心里盼望着魔王赤丹能够早日被消灭，如今岭军势如破竹，一步步紧逼王城，看来拿下卡契只是早晚的事情。两国大臣权衡利弊，分别派出能言善辩的大臣带上贵重物品向岭国军营走去。来到军营旁边，便脱帽下马，米琼卡德看见了，走到跟前询问，他二人献上了哈达行礼后，使臣唱了一首歌：

如果不认识我是什么人，
我名叫西巴拉朗旦巴，
我的同伴叫当赤奥旦，
是掌握法律的公正人，
也是解开真假绳结者，
丝毫不加谎言的传话者。
漂亮的米琼请仔细听：
您身体匀称人称美男子，
容颜宛如盛开的白莲花，
口才流利无人敢相比，
岭国的英雄个个如天神，
米琼是我们崇拜的一个。

我们的家园，
像转生佛一样后裔未断过，
城堡是幻术所建造，
生活富裕像如意的宝库。
天空大而无边，
忽然来了乌云遮蔽天，
当然这是暂时的现象；
虽然日月的光芒普照大地，
忽然被罗睺星遮蔽了它的光芒，
当然这不是长久的现象。
我们的家园虽然很美丽，
突然被赤丹王所征服，
自称英勇的卡契豺狼，
杀戮了我们难以计数的百姓，
抢去了我们无数的财产；
自己抚育的儿女父母做不了主，
自己积累的财产主人无权过问，
把英雄的城堡毁成了废墟，
抢走了颜美如玉的妇女。
世间无敌的格萨尔，
威力镇四方，
英勇的三十名英雄，
扶助弱小者，
慈悲心无量。
我们的家园被卡契所毁，
过错是由前业决定的，
现在愿意投降岭噶布，
怎么命令就怎样去做，
这件事情请你向大王呈述。

米琼听完他们的话，便带着他们的礼物走到了大王座前，向大王禀报了来者投降的意图。大家听了也都很高兴，这样一来，赤丹王便是孤立无援了，征服卡契容易了很多。当大家都在为大王的恩泽而荣耀时，只有一人闷闷不乐，晁通王说道：“他们求和投降这件事，说起来好听但没有诚意，不能做顺民乃是欺骗的根子；一定是贞巴让协的诡计，要使岭国受祸殃，敌人来到自己的大门口，就是妇女也要拿枪去杀他，赶快杀了这两个诈降的骗子，吃了他们的肉饮了他们的血。”

晁通的话令米琼很是生气，他向晁通唱了一首很不敬的歌：

坏事的乌儿头晁通你，
为啥要讽刺别人？
串了九家门的贱命妇人，
不谈自己的毛病却说别人的短处；
毛病俱全的坏人，
不看自己的缺点光说别人的短处；
破了戒的小和尚，
掩盖自己的错误还给别人讲经；
出卖自己家国的晁通，
不谈自己的过错只会说大话。
没有牙齿的两个舌的毒蛇，
头发虽是白色内心却是乌黑的；
年纪虽老却是两个头的骆驼，
是把儿子送给敌人的人，
是受了小恩出卖自己家国的人；
只是口头上说深爱岭噶布，
暗地里却不断地伤害岭国；
受害者全是自己的亲人，
心里的话都告诉了敌人。
一见女人就动心，
毛病俱全的你这个小人，
卡契军队来犯岭国时，
白天装病晚间去投敌，
与多桂两人发誓结了盟，
把岭国出卖给卡契国，
把文布的商人交给了敌人，
今天还在夸口真丢人。
这两个人是不是来欺骗，
大王英明早知道，

为啥还要抢着来插嘴？
狮子没有摇动自己的头发，
为啥小狐狸就害怕？
大地还没有解冻以前，
哈拉[1]为啥要打开洞门？
大王还没有说话，
你晁通为啥要抢着做决定？
岭国并不是没有人，
你说这些无聊之言，
是破坏岭国的政事！

听完米琼的歌子，晁通王气得头发都立了起来，欲上前与米琼拼个你死我活，格萨尔大王制止了两人："大战在即，你二人却在此处内讧，你俩的输赢对于战事有何意义？俗话说，多一个朋友好过多一百个敌人。噶德、却珠你二人去处理这两个人投降的事宜，要他们诚心忏悔，并写下永不背叛的誓言。"

噶德、却珠二人领命而去，两国的降臣毫不迟疑就写下了投降的誓约书。大王命令让岭国的士兵假扮成两国的援兵，并请大臣写了一封信给赤丹国王：

福分无量威力镇四方的赤丹王阁下：

岭国让我们纠集军队帮助他们，现在最好还是赤丹王或者是两名得力干将，亲自来此地处理这件事情，若不能立刻来，我们有可能被岭国征服，请鉴。

赤丹国王收到来信以后，决定自己前去处理此事，老臣贞巴让协觉得事情很是蹊跷，于是力阻国王，赤丹国王无奈，只好派出大臣去处理。大臣领命而去，化装成了援军的岭国士兵热情地接待了他，并与他共同商议对付岭国的办法，当天夜里噶德和却珠二人率领了百余名士兵将他包围，趁他熟睡之际，把他捆得严严实实，并将他带来的卡契士兵全部擒拿，像赶羊群一样赶回了岭国兵营。

第二天清晨，赤丹国王知道了派出去的使臣再也不可能回来，心中暗自庆幸听了老臣的话没有以身涉险，但此时半壁江山岌岌可危的状况也激怒了他，依旧守卫着国王的鲁亚等人誓死为国王效忠，愿拼尽最后一丝力气保护卡契的

1　哈拉：一种生长在草原的地老鼠。

土地。于是第二天，卡契的大军浩浩荡荡地出发了，与岭国两军对垒，生死之战一触即发。

王兄鲁亚一心想着为兴堆冬玛报仇，他不顾一切地冲入岭国的军营中，姜国王子玉拉托琚拦在他的面前："玉拉心中常思念，是否能遇上鲁亚如仁，今天愿望实现了，精心苦练的这支箭，要射穿鲁亚如仁的心房，让你自食与岭国较量的后果。"

说完，玉拉一箭射出，正中鲁亚胸部，把心肺射得粉碎。鲁亚并没有立即死去，挣扎着向玉拉扑来，青铜刀一砍又一刀，把玉拉的绸甲从肩头撕下一块，玉拉的肩膀也受了伤。玉拉托琚怒不可遏，一挥大刀，把个鲁亚如仁剁成肉泥。

这个时候，卡契的四名勇士带领四千名骑兵包围了扎拉的军营，乱箭齐发的声音如风吹，厮杀声如雷鸣，岭国军损兵很多。女英雄阿达娜姆持枪迎战，却被卡契勇士砍去了枪头，砍死了战马。见女英雄处于下风，森达阿东立即出手相救，举起大刀挡在卡契勇士前面，说道："呀！小狐狸你这个狗东西，请你听主宰阎罗之歌。"

于是唱了一首歌：

你这个吃了毒药的疯子，
无知地想和岭国来较量，
这是卡契人想找死的缘故。
如果雄鹰对自己的翅力不知足，
太阳的光辉就要熔化你；
如果小船对自己的本领不知足，
河里的大浪就要冲翻你；
如果卡契人自己不知足，
就要死于森达的白刃下；
老狗若是有勇气，
那是引起老虎发怒的因由；
如果不把你卡契人的身子砍为几段，
就算我白叫这个英雄的名字。

唱罢，他俩厮杀起来，你来我往战了三个回合。森达将卡契勇士的铁盔砍成两半。卡契勇士受了重伤，他愤怒地冲到森达的面前，把森达从腰部紧紧抱住，快要拉下马的时候，森达一刀刺入他的胸腔，两人同时落马，森达立刻站了起来，将卡契勇士的头砍了下来。岭军士兵见状便欢呼起来。卡契的士兵看见自己的将领被杀，纷纷夺路而逃。

贞巴让协看到如此惨败和卡契士兵逃跑的情况，反复慎重地考虑了卡契政事后，想到以往不论怎样呈述，君臣们都不予理睬，但是不把自己的想法谈出来也不对，于是在卡契君臣议事之时将吉祥如意的哈达献给赤丹王，又继续劝道："有话不说老汉我还不甘心，岭国的军队勇而多，很快就要包围我们的宫殿，处在这样的劣势时，一意孤行无好处。君臣和随从们，还是商议一番投降的事，怎么办还是下个命令好；或者是乘着天色已晚，君臣们少带护卫军，还是逃往他国好，最后看是否能御敌。否则卡契的政事，就是要被岭军当成是箭靶，无论如何，保住卡契王族的命脉比什么都重要，都到了这个时候，老臣的忠言还是无法入大王你的金耳朵吗？"

赤丹王根本不同意投降和逃跑的主张，认为投降和逃跑不如决一死战为好，不愿意给后人留下坏传说。

在吉祥的初九日这天，格萨尔大王知道降伏魔王赤丹的日子已到，于是派岭军从将赤丹国王的王宫团团围住。眼见岭军浩浩荡荡，蜂拥而来，赤丹王一心只想与岭国人拼个你死我活，他并不搭话，挥刀便冲杀过去。岭国众英雄围住他，刀砍矛刺，轮番进攻，并不能伤害于他。赤丹的青铜刀也未造成对岭将的伤害。这时，格萨尔大王出现了。仇人相见，分外眼红，赤丹王恨不能一口生吞了格萨尔：

若不知这是什么地方，
这是达塘大草滩。
若不知我是什么人，
我是卡契王族的后裔，
名叫赤丹路贝王，
是卡契尊贵的主宰。
本王似权威俱全的阎罗，
威力似遮蔽太阳的罗睺，
享受荣华可与多闻天王比，
本王是人间的国王。
染满恶习的觉如，
根本不能与我相比，
天空和大地，

高低早已决定了，
罗睺星不能把它变更；
白天和夜晚，
是日月星辰出现的时候，
白天和夜晚无法混淆；
本王和觉如两人，
觉如无法来比较。
虽然不能比，
敌人已经来比了，
黑暗笼罩来了，
无法不去点灯。
贱命的觉如来侵犯，
本王无法不发怒。
觉如不自量地做了不应该的事：
军队强占了卡契的达塘，
暴力抢去了芳香的红花；
亲如兄弟般的战士，
全被诛灭在白刃下，
积累的财物也抢去，
本王无法不反抗。
仇恨的根子就是你，
三口要吃掉你的肉，
三口要喝尽你的血，
还要包围岭国军营。
如果做不到这些事情，
我就不是赤丹王！

此话一出，雄狮格萨尔王愤怒地回答了一首作战的歌：

今天我们两人一个样，
先用刀枪做个见面礼，
然后把你从污秽的泥坑中救出来。
卡契国伟大像须弥山，
本大王是个独立的小丘，

刚开始二者虽然无高低，
大山毁灭的时候像丘陵。
威武的赤丹国王，
和贱命的觉如，
二者降生的日子虽然有迟早，
临死的时候却与本大王一样。
现在还有几句话，
是真是假你要好好考虑，
岭噶布如酸奶凝固的时候，
你卡契的魔将们，
率领军队来侵犯，
无缘由地挑起了战争，
是我们侵犯还是你们来犯？
无故不侵犯别人，
这是法王格萨尔的信条，
同时也不屈膝忍受侵略，
这是降伏敌人的做法。
违背誓言的你这个赤丹魔头，
企图与岭国为敌。
本大王这无敌的宝刀，
要把你勇猛的赤丹魔头，
从腰部砍成数段，
到了你命尽时，
将你领到极乐世界，
在幸福的海洋去过活。
幸福的本大王我，
要替藏地百姓谋幸福，
在场的诸位请记牢。

格萨尔唱罢，与赤丹厮杀起来。赤丹一连挥舞了三次宝刀，每次都像砍到彩虹上一样扑了个空，他便想扭在一起搏斗，又扑了个空。这时候格萨尔慈悲的心情如怒火浓烟，挥舞着宝刀，将赤丹王连人带马劈为两半，使其恶身分离而灵魂没有打入三恶道中，但是由于赤丹罪孽太大， 时没有被引入极乐世界，还在人间转生了数次。大王便用赤丹国王的肉身祭了战神。岭兵万众欢腾，欢呼他们的雄狮大王格萨尔又为赡部洲除了一大害。

国王战死，贞巴让协和卡契军残部不敢再战，便投降求饶。在城门口有的献哈达，有的吹喇叭，有的煨桑顶礼表示敬意。岭军的先锋有丹玛和却珠两人，贞巴让协献上了红、白、蓝三色哈达，便唱了一首歌：

在神军的面前，
我是一个明智者，
三代王朝的老臣，
三代朝臣中的老者，
三代人中的老汉，
在三代王朝都在前排坐，
贞巴让协就是我。
先头部队的带头者，
诸位将领请仔细听：
赤丹君臣和随从，
有并吞小国的恶习，
想要把岭国并吞掉，
纠集军队犯岭国，
我九次呈述去劝阻。
不论怎么呈述，
像石头上倒了水。
无论我如何呈述劝阻，
他也不能更改初衷，
终于发生了战争。
我贞巴让协大臣，
心底里早就信仰了三宝，
从来都喜欢大王您，
内心虽然倾向了岭噶布，
身子却降生在卡契，
又做了三个朝代的老臣。
卡契对我的恩赐比别人大，
吃穿都是王族的享受，
虽然无知还要来问我，
虽然不懂事还要向我说。

为了治理好国王的政事，
如果不用尽自己的智慧，
那就是恩将仇报的小人，
因而自己所有的智慧都用了，
除此而外我再没有罪孽。
如果我有一点罪孽，
请不要发怒，
今后我愿做顺民。

老臣的话说得十分诚恳，格萨尔大王知晓这臣子并非从中作梗之人，便接受了他的投降，也没有对他说任何侮辱的话，这让老臣感激得痛哭流涕。他把格萨尔迎到一座坚固的石岩跟前。

这块石岩平如铜镜，十分光滑。格萨尔用大梵天王的金刚杵敲了三下，宝库的大门便打开了。宝库中有十三个四方形的石箱。第一只石箱中是一尊一肘高的青玉度母像和一只能自动鸣叫的玉杜鹃。第二个石箱中，有十对玉如意和金银八吉祥宝物。第三只石箱中，是十二部典籍和法器。其余的石箱中分别装有金刚石、白松石、红松石、黄松石等各种珍珠宝贝。岭国兵将立即将宝箱抬出去，准备运回岭国。

格萨尔王召集卡契的降臣降将以及众百姓，将部分财产留给他们。因那卡契王子只有五岁，所以格萨尔要老臣贞巴让协管理国事。王妃母子仍住原来的城堡。吩咐已毕，下令班师，卡契的臣民百姓依依不舍地前来送行，祝愿雄狮王格萨尔吉祥如意。

第一百五十三章 晁通打劫商队引祸端 岭军出征象雄遇时机

藏历木龙年冬，象雄珍珠国的大商人葱本诺布领着由十二名仆从组成的通商驮队，赶着三百头驮满金银珠宝、绫罗绸缎的骡马，前往东方嘉纳去做生意。这支商队风餐露宿，日夜兼程，这天终于来到了美丽岭国的地盘——达绒长官晁通所管辖的贝吾塘。

一行人正当打算在这片水草丰茂的草地上打尖歇脚，全然不知晁通大人已经打起了这支商队的主意。他从心腹仆从中选出一名随心遂意的佣仆，牵马拽缰，像一只迅猛无比的鹞鹰，来到了象雄国的商队面前，高声问道："你们是从哪儿来的，要上哪儿去？"

商队的主人和众位仆从恭敬而友好地回答："跃马巡边的地方长官哟，我们是从北方象雄珍珠国的王宫出发，沿着崇山旷野间的茫茫曲径，去东方嘉纳经商的。"

晁通打量了一下，果真看见草地上堆满了装有金银珠宝的驮子，立时，心中犹如黑蛇蠕动，眼前闪现出一片耀眼的金光，暗暗道："这回是天赐的福分降到身边，想推也推不开了。"他绕着驮子左转了三圈，右转了三圈，右手托住下巴，刨根问底扯了好一阵，这才装作宽厚仁慈的样子策马回宫。晁通回宫后，星夜招来两位公子和内外心腹大臣数人，对他们诱惑道："那驻扎在贝吾塘的帐篷，像一座装满龙宫珠宝的仓库，那些眼睛看不尽、用心数还多的宝贝呀，不成为我们达绒部落的财富，三生三世都会遗憾呀！"

一番言语过后，晁通的儿子和大臣们也都对宝藏动了心。第二天天还未亮，晁通的两位公子便一身戎装，跨上战马，率领战将香聂赤伦、达绒尼玛和阿华，挑出精兵二十余人，像饿狼扑食一般直奔象雄商队的驻地。象雄商人们做梦也没有想到这支饿狼似的军队盘算了他们的财宝一整夜。还在睡梦之中的商人们一个个惨死在无情的刀剑之下，无端地做了旷野冤魂。两位公子与二十余臣众，赶着满载珠宝的三百匹骡马，得意洋洋地回到宫中。晁通将劫来的珠宝一分为二，自己独占一半，另一半分给官兵臣众。

贪婪的晁通抚摸着金光闪烁的宝物，十分得意，捋着胡须欢喜地说道："好福气呀，不花半文钱，不出半分力，白白地得来这么多珠宝，这不是天赐的福分吗！哈哈，哈哈。"

而两位公子手中捧着珠宝，心中却难免有些不踏实，问道："这样会不会招来祸患？"

晁通哈哈一笑，宽心地说道："我的儿啊，如此担心大可不必，那千里之遥的象雄小邦，永远也不会知道这事是我们干的。不过，大家还得留心着点儿，千万不要走漏风声，让格萨尔大王知道此事。"

却说象雄珍珠国的王宫里，国王龙珠扎巴及其大臣们送走了商队后，日盼夜想，可总也不见商队归来的影子。光阴荏苒，转眼间几年过去了，别说商队归来的影子，就连关于他们的音讯也丝毫探听不到。于是，宫内大臣交头接耳，议论纷纷。这一天早朝，国王龙珠升殿，他对众臣道："我亲如手足的臣僚们，大家知道，我象雄国的商队一去几年，杳无音讯，怕是路遇不测，各位谋臣快去打听他们的下落吧！"

这时，右排座首的智慧大臣尼玛俄登闪出人群，启奏道："尊敬的国王，依愚臣之见，我象雄国的商队一定是路遇不测。这吉凶之事，只有请国中法师辛拉俄噶占卜算卦，方知分晓。"

国王首肯，便派长腿大臣阿纳东吾带上丰厚的礼物前去问卦。法师辛拉俄噶听了此事，闭目沉思片刻，痛心疾首地叹道："罪孽呀，罪孽！我们的商队在到达岭国疆域的达绒部落贝吾塘草地时惨遭晁通等贼匪的无情杀戮，金银珠宝被洗劫一空。"

阿纳东吾听得此言大吃一惊，急忙回宫禀报。众臣听了，人人怒目圆睁，个个捶胸顿足，纷纷要求前去雪恨。国王龙珠听了七窍生烟，咆哮如雷，面对怒目圆睁的众臣气愤地唱道：

高高天空上雷声阵阵，
我把降妖的长枪挥动；
茫茫云帐里闪电如火，
我把伏魔的宝剑舞动。
我是象雄国的大王，
沙场上显威风好不凶猛！
就像崖头滚下的礌石无可阻拦，
更似九天而降的瀑布飞泻无边；

练就了一身高强的武艺，
恰似那出没深山老林的猛虎，
吼一声就像是五雷轰顶。
看今日，
谁人能来争高下？
哪个敢于决雌雄？
晁通呀，
你这阴沟里的小粪蛋，
硬要充作沙滩上的鹅卵石。
一个任人摆布的蠢奴才，
却还要狗仗人势逞英雄。
好端端一支经商的队伍，
被你半路抢夺洗劫一空。
我与你岭国昔日无仇，今日无冤，
平地里惹事端实在可恨！
那三百匹骡马驮着的珍品，
是象雄国繁荣富饶的象征，
再好的财宝也难抵它价值连城。
老贼你今日休再得意，
你终究会像秋天的草芥，
枯死在荒谷野岭之中。
内臣秀钦东纳你细听，
勇将雍仲拉郭呀细思忖，
速去将三百精兵挑选，
快马加鞭直奔岭国腹地，
把老贼晁通送上西天，
把达绒城池烧个干净，
把宫中财宝抢夺一空。
劳二位打头阵担此重任，
杀不了那老贼休再还朝，
本王我王法铮铮难讲情分！
若要是大功告成凯旋，
镶嵌金银的军功绶带，
将会佩挂在你的腰中。

甘露一般的话儿可曾听清?
本王我一语犹如飞箭离弓!

得到命令的两位大臣连连称是，立即去军营中挑点兵将，装备战马，马上集结了一支精锐之师前往进攻岭国的征程。

象雄大军日夜兼程，用去二十五天时间赶到达绒部落所在的德穹滩。此时晁通正在山中闭关修法，而他的两个儿子则带着部落中的勇将们到远方打猎去了，只留下阿郭达察和香聂赤伦等人带兵镇守营地。象雄大军将达绒部落的帐篷团团围住，杀了他们一个措手不及，阿郭达察当即命丧黄泉，而其他人死的死，逃的逃。象雄两位大将统领士兵，摇旗呐喊，杀进城内，将晁通王宫中的珠宝玉器全部夺回，并赶着被抢的骡马返回象雄。象雄兵马大获全胜。

香聂赤伦趁乱逃出，他飞奔到晁通的隐修之处，向长官报告了部落被围困之事，两人急急忙忙地赶回去了，只见德穹滩被掠夺一空的悲惨景象。晁通这才感到十分后悔，可是要知道他的对手可是象雄王国，仅凭他一人之力当然无法战胜，权衡再三，决定立刻去向格萨尔大王报告。

前一天夜里，格萨尔大王已经得到天母朗曼噶姆的预言，告知降伏象雄国的时机已经到来。所以当晁通在大王座前哭诉的时候，大王假装被晁通骗过，而未追问起他的原因:“大王呀，小小的象雄国悍然侵入我境，无端地杀戮我良民，蹂躏我国土，恳请大王速作定夺，讨伐贼兵，雪我国仇。”

在那宝座上高坐的格萨尔大王假装一副生气的模样。

“米琼呀，快去击鼓鸣号，遣使送信，叫六大部大业神兵的长官，明日一早汇聚在达塘查茂大滩，听候军令。”

米琼一声“遵命”，飞身跃出王宫，派使传令送信，命侍从环击法鼓，劲吹螺号。于是，使臣如大雁翩翩飞腾，战书似雪片满天飞舞。很快，征讨象雄的战令传遍了整个岭国的山岭沟壑。为了动员四邻之兵，格萨尔派遣两位得力的使臣飞马来到北方魔部女将阿达娜姆宫中投书传令;遣香聂赤伦飞马去霍尔部辛巴梅乳泽的王宫传送战令;同时，还派达玉阿嘉去姜国，派达绒尼玛去门域，派阿关巴噶去索波王国，又派神鸟三弟兄去阿扎、碣日诸部。一时间，快马如闪电飞腾，战书如雪片飞扬。五月初八良辰，各路大军依照雄狮大王的命令，集结部队，聚集到了岭国上部。身披战氅的雄狮大王格萨尔如十五的满月威坐在金光闪烁的如意宝座上，对着众臣良将唱道:

岭国六部的勇士们呀,

专心听本大王细说明言：
昨夜的梦境非同一般，
洁白如玉的大梵天王，
从那五彩缤纷的云霞之中，
降下无以胜数的神兵天将，
来到查茂岭国的旷野之间，
翩翩起舞的天母，
云霭中唱起了悦耳的预言之歌：
象雄国的福运烟云般消散，
讨伐异邦，征服邪魔，
天赐的良辰就在今天。
那里的众生将成为本大王的臣民，
广袤的土地定会成为岭国管辖的疆域。
天母的预言将心头的佛灯点燃，
错过良机美好的愿望何以实现？
岭国六部的勇士们呀，
怎容忍，
象雄国的骑兵将我神圣的领土践踏？
杀戮臣民，掠夺财产，
把侵略岭国的战火点燃。
面对这奇耻大辱，
岂能忍气吞声袖手观？
常言道：
恶言伤人时敢于反驳，
不要像哑巴一样装作不懂；
有敌入侵时勇于反击，
不要像狐狸一般软弱无能；
感恩戴德时就要去报答，
不要做以怨报德的负心小人；
有冤有仇时就要去雪恨，
不要像一个扭捏的女人。
这俗语犹如黑夜的明灯，
照亮大家迷惘的心灵。
八十员英勇善战的将领，

带领着无数勇敢的士兵，
快去把象雄的兵营摧毁，
让正义的旗帜旭日般升起，
真理的光芒洒遍大地，
照亮邪恶和愚昧笼罩的象雄。
一来实现天神的预言，
二来完成天赋的法业，
三让我岭国威服四邻，
用我神圣强大的军队，
铸就千秋不灭的神业。
本大王一言既出掷地有声，
出口的话语绝无儿戏。
在此的将领切莫三心，
把本大王的话语牢记心中。

格萨尔刚一唱完，从首席的高座中即刻传来了岭国四大部的长官、尊敬的伯父总管王清亮的应和声："噢，说得真对！人间之统领，世间的太阳，白璧无瑕的格萨尔大王，现在出征象雄，报仇雪恨，正合祖辈遗训中传下的那句偈语，'雏虎花斑旺，强箭离弓弦'，岭国的骁臣勇将们，快快奋起，出征象雄呀！"

格萨尔王立即命察香丹玛绛查调遣兵将，排兵布阵。丹玛立身唱起了布阵之歌：

顶礼无欺的佛法僧，
供拜众天神引歌声。
若不知这里是什么地方，
这里是岭国上部达塘查茂滩。
若问唱歌者是哪一位？
我是雷厉神丹玛绛查，
是除暴的雷神，
歼敌的先锋。
说话时犹如猛虎咆哮，
走路间恰似急风劲吹，
螺号响战鼓擂敢当先锋，
奏鼓乐凯旋时每断后尾。

十八个兵部的官兵与将领，
倾听我丹玛排兵布阵，
在那白色神帐的右侧，
布下雄鹰般的色巴部和丹玛部；
在那白色神帐的左侧，
布下猛虎般的俄波部和达绒部；
木巴部和达德部，
神帐前方布下阵；
玉拉部和噶日部，
神帐后方扎下截；
辛巴部和嘉洛部，
神帐左翼摆方阵；
南门部和百户部，
神帐右翼列成阵；
另加索波、阿扎部，
四部勇士打前阵，
冲锋陷阵显威风。
此去征服百万军，
各位千万莫轻心；
倘若谁来乱军心，
休怪不讲情与分；
各部切莫误军机，
字字句句听分明。

随着丹玛的歌声，各部兵马依次列成阵势，听候战令。次日凌晨，右翼部队跃马出阵，岭国的圣主、普照人间的太阳格萨尔大王身着战袍，跨上骏马，走在队伍的最前面。临行时，王妃珠牡在女眷们的簇拥下前来敬酒壮行，引歌祝愿。

第一百五十四章　首战交锋象雄军败逃　群英鏖战霹雳公难敌

到了十二月二十九日这一天，岭国的大军已经来到了象雄境内的古穆措卡。总管王提醒大家道:“看前面这些云遮雾掩的石峰，就像是一群群野牛奋蹄。住在这样的地方的将领一定不容小觑。”

众将士闻言都提高了戒备，唯独晁通不以为然:“哎呀呀！老谋深算的总管王呀，都还没有过交锋，怎么能够尽长别人志气，灭自己的威风呢？看来你那英勇的名声也是浪得虚名而已。”说完，他壮了壮胆子，然后独自催马前行，没走多远突然又立马横戈，不敢前行，原来是看见象雄的士兵列成阵势，跃跃欲战，吓得他不寒而栗，全身哆嗦。当他冷着一张脸往回走的时候，众英雄都在心里发笑，然后都打起了精神，严阵以待。

岭国军营中首先出阵的是却珠、大威神森达阿东、达拉赤噶、拉赤固穆四员大将；敌阵中走出扎拉郭丹、长臂将杜果项让二人前来迎击。却珠跨前一步，把剑一横，挡在二人面前厉声说道:“象雄的小卒！你们的魔爪伸入了我境，蹂躏我国土残杀良民，亲手种下了战争的火种，逼得我只好来报仇雪恨。好一伙无能的虾兵蟹将，还不快滚下马受降逃生！”

那长臂将杜果项让听他唱完，气得怒目圆睁，回答道:“看来你岭国人颠倒是非黑白的能力强过你们作战的能力！分明是打劫我通贾的商人，抢走了象雄无数的珍品，还将那黑魔爪伸向我边境，转过来把黑锅背给我象雄。长臂将杜果我气愤难平，今日里定让你断头送命，岭国的兵卒会尸横遍野！”

说完，两将交锋，杀得天昏地暗，难分难解。岭军中又冲出森达阿东、拉赤固穆、达拉赤噶等几员大将，欲将杜果四面夹击。象雄军中扎拉郭丹眼看杜果项让受困，拍马上前助战迎击，只见刀来剑挡，枪来刀往，一阵刺杀，难分胜负。正在纷纷刺杀之际，森达阿东奋力一剑击中扎拉郭丹的战马，扎拉郭丹见势不妙，拨马夺路而逃。象雄两员大将被岭国数人围困，象雄营中猛将智拉飞身出来营救，只见他手起刀落，岭将拉赤固穆便人头落地。正当岭国众人在失去战友的悲痛时刻，象雄三将撤回军营，士兵列成一排，一阵乱箭遏住前来追击的岭人。这时，岭军中亦是万箭齐发，恰似雨点一般铺天盖地，一阵箭战之后，两军各自收兵回营。

象雄军队首战告捷，智拉、长臂将杜果二人风风火火来到王宫，向龙珠国王禀报战况："我们奉王命挥师挺进，来到香拉措卡碧蓝的湖畔；派瞭望哨扎军营稍事休整，不料和潮水般涌来的岭军遭遇。岭军如饿狼扑进了羊群，杀戮我无数名象雄士兵。气得我挥刀舞剑以死拼命。刀对刀剑对剑短兵相接，混战中我举刀结果了敌将的性命；气恼了贼将们把我围困，杀了个山崩石裂天地惊心。此战虽然胜了对方，但是恶小子觉如他还不会罢休，御敌的良策请陛下来定夺！"

端坐在檀香座椅上的龙珠王听得此言，十分恼火，即刻降旨传令，调遣兵马。他唱道：

岭贼打劫我通贾的商人，
抢走了象雄无数的珍品。
到如今贼喊捉贼倒打一耙，
又纠集百万兵骚扰我边境；
以强凌弱的罪恶行径，
激起象雄人百般的仇恨。
常言道：
食过量会引起肠胃的疼痛，
欺人甚将激起万分的愤恨。
这话语听起来格外地贴切，
应此言举重兵要抗击入侵。
象雄东部边纳玛六宗，
统辖五千户部属的长官；
龙吟狮吼的珠拉赞波，
率领十位猛虎良将，
快调集五千五骁勇精兵，
似狂飙出击那入侵的贼众；
象雄南部边穆日六宗，
统辖六千户部属的长官，
猛虎般威风的达茂赤丹，
率属下十位雄狮大将，

集结六千六无敌的士卒，
蛟龙翻江般调运神兵；
西部江枯湖泊的主宰，
平妖伏魔的妥赞洛俄，
调集七千七威猛的神兵，
雷霆轰鸣般奔赴边境；
北部古隆的野牛沟猛将，
快率领四千四骁将与勇兵，
达郭项赞呀四千户长官，
快让那勇士们冲锋陷阵。
纳宁琼塘大滩的中间，
星罗棋布般摆下阵营；
狂潮汹涌般冲击敌兵，
让胜利的旗帜猎猎迎风。

龙珠国王的命令如春雷轰鸣，一夜间传遍象雄四境。初九这天，各路大军披挂整齐，举旗挥枪，来到了纳宁琼塘大滩上，安营扎寨，等候军令。只见十里纳宁琼塘大滩上营帐星罗棋布，旌旗遮天蔽日，众将领个个跃跃欲战，士兵们人人摇旗呐喊。

就在这时，岭国的十万大军抵达了桑曲河彼岸的查钦固塘。繁星般密集的岭军营帐布满大滩，炊烟袅袅，尘埃滚滚。令人望而生畏；在那些沟壑山涧中，一群群战马声声嘶鸣，呼声回荡，让人不寒而栗。

两军遥遥对峙相望，一场鏖战迫在眉睫。

次日凌晨，象军的四员大将各率百名轻骑，悄渡桑曲河，将岭国兵营包围起来，象雄南邦的霹雳公妥赞洛俄拔出寒光闪闪的宝剑，旋风般冲进岭营，先是在达绒部落里一阵冲杀，令死伤无数，然后又冲入丹玛营中。就在众人拿这勇将无可奈何之时，大将丹玛闪出军营，只见他持箭立马厉声喝道："这里是杀人的屠场，岭军是取命的阎王，看你这象雄的懦夫还敢近前！若知道丹玛我天赐的本领，还不快滚下马求饶性命！你若是执意来穷兵黩武，定让你荒野里丢下三魂！甘露般好话语若没听清，就看看我手里的神箭一根！"

说完他猛发一箭，从霹雳公妥赞洛俄耳边擦过，妥赞洛俄闪过此箭，他对丹玛说道："贼将军察香丹玛绛查，蛮横无理且出言不逊，象雄的商队途经岭国，你那伙贼众抢杀一空，反过来给我们转嫁罪名；更难忍岭贼兵骚扰我境，真好似贼喊捉贼欺人太甚，恰又是黑白颠倒恶人逞凶，食肉饮血的狗豺狼呀，定叫你尝试我胆略和英勇！”

说完，他挥舞着长剑，直刺丹玛绛查。丹玛闪过长剑，向妥赞洛俄猛发一箭，眼看一箭直向前额射来，妥赞洛俄拿剑一挡，只听“咣”一声，把箭挡落在脚下。就这样。两个人刀箭加舌战，边战边唱，一个称雄，一个道勇，往来交战，杀得天昏地暗，战得不可开交。

这时，岭军的辛巴梅乳泽、玉拉、珠拉桑珠等几员大将挥刀跃马，奋勇出击，经过一番厮杀，岭军渐渐占了上风，直杀得象雄军四处逃散。岭军乘胜追击，刀枪点到之处，象雄军人头落下一地，象雄军眼看损失惨重，只好鸣金收兵。

晚上，象雄将士聚集一堂，祭奠阵亡将士，共商破敌大计。他们虽然吃了败仗，但是败而不馁，将领们纷纷发誓道：“若不能活捉觉如，生擒晁通，我等宁可战死沙场，决不生还！”

而在岭军营地，格萨尔大王大摆宴席，犒赏三军。盛宴之后，众将士各自回帐歇息。

格萨尔大王在卧榻上休息，冥思御敌之计，大王神帐中突然香气缭绕，身披云裳的姑母朗曼噶姆在虚空中唱道：

大慈大悲的空行度母啊，
威力无边的智慧天神，
接受天女我虔诚的顶礼，
愿仁慈的光芒洒遍人间！
若问天女我姓甚名谁，
我就是传送预示的朗曼噶姆，
是迷路人的向导与指南，
是航海引渡的明灯一盏，
是你格萨尔在天界的姑母。
威武的神子格萨尔呀！
不愧为十八大部落的主宰，
明夜里多留心不敢打盹，
要提防象雄的四员大将，
将率兵来奇袭岭国的军营。
为首的大将叫妥赞洛俄，
他就是阿琼格日的长孙，
又是那米琼日扎的后裔，

毕竟是长臂魔查瓦的化身，
有来头非等闲蛮有神通。
除巴拉和却珠还有丹玛，
谁还能去和他拼搏抗衡？
巧布阵妙用兵不敢轻心，
要耐心等待那御敌的良辰，
绝不能胡蛮干轻举妄为，
等到那十八日方可出兵。
我愿为天界与人间的纽带，
预言的歌声永不会间停。

天女歌罢，隐身而去。格萨尔召集众将，详述天女降下预示的情景，要求众将领提高警惕，严防象雄军进犯。果然，当天晚上，象雄四员大将趁着夜色，统领精兵，向岭军左翼的色巴部兵营不断逼近，旋即冲入阵营，左右砍杀，色巴部三十余名士兵死于刀剑之下。正在乱砍乱杀之际，岭军的达卡扎巴杀出阵营，与象雄霹雳公妥赞洛俄交上锋来，二人刀枪相对，往来刺杀，火星四溅，激战中妥赞洛俄飞起一剑，达卡扎巴应声而倒。妥赞洛俄余勇未尽，又冲向岭营，岭军大将却珠、珠拉、夏钦噶玛扎堆三人见妥赞洛俄如此猖獗，怒不可遏，冲着他来了个三面出击，只见他一剑闪出，我一刀砍去，杀得天昏地暗。妥赞洛俄左躲右闪，全力拼杀，愈战愈勇，岭军三个战将战他不过，一个个退下阵去。

妥赞洛俄见岭军三将败下阵去，再一次奋力扑入岭营，一阵劲劈乱杀，百余士兵死的死，伤的伤，发出一片惨叫声。没待岭军出击，妥赞洛俄转身冲向前锋兵营，左右乱杀，十余名士兵又死于非命。岭军大力士噶德见此惨景，气冲牛斗，只见他搬起一块磐石奋力掷去，幸好妥赞洛俄躲得快，不然连人带马砸成了肉饼。这时，丹玛也拈弓搭箭，数箭发出，象雄数十名士兵死于飞矢。辛巴梅乳泽怒气冲冲，只见他手舞宝剑，只一剑将象雄虎将拉嘉美吾劈成两半……就这样，双方一直战到次日凌晨，象雄早已溃不成军，丢下三百多具尸体狼狈逃窜。

象雄霹雳公妥赞洛俄回到营中以后还是气不打一处来，不顾众人的反对，单枪匹马又杀回了岭国军营中。岭国众将见他杀个了回马枪，纷纷操戈保护大王。那妥赞洛俄心中只有一个念头就是生擒格萨尔，因此，虽然是只身战数将，也只顾拼命刺杀，不忍回走。正在纷战之际，只听得耳边一阵风声，岭军一员虎将恰似飞沙走石一般奋勇而来，妥赞洛俄见此人非同小可怕战他不过，只好卖个破绽，拨马直扑南阵而去。南阵中由拖图吾也穆果率二十余名精兵，上前拦截，妥赞洛俄且战且走，岭军紧追不舍，只见拖图吾也穆果与他且战且追，战了几个回合，冷不防妥赞洛俄一剑劈下，拖图吾也穆果身成两半。妥赞洛俄乘势砍倒十余名士兵，想要回走，早有准备的却珠扑将过来撒开套绳将他紧紧套住，险些拽下马来。妥赞洛俄顾不得许多，砍断套绳，拨马夺路而走。

第一百五十五章 机智偷袭破法师咒术 英勇奋战胜几路敌兵

终于等到了天女所说的能够取胜的好日子，岭军将领丹玛、森达阿东、却珠、玉拉托琚、珠拉桑珠等各带数百轻骑，像刀斩羽毛般渡过桑曲河水，朝着象雄军营四面逼近。丹玛率先冲向东门阵，象军的长腿将达图穆果冲出阵来，上前迎战，未及交手，丹玛一箭射出，只听达图穆果惨叫一声，翻身落马。这时，丹玛又拔出那把明晃晃的红柄刀，勇夫闯关似的扑入敌营，左砍右杀，一会儿工夫，象军死的死，伤的伤，横七竖八倒下一地。却说森达阿东力拔神剑，一声喊杀，震得地动山摇，恰似魔王出世一般，只见他冲入南营，一阵狂劈乱杀，象雄士兵黑压压倒下一地，阵中顿时乱作一团。剩下的人溃不成军，败逃回营。

在岭国白色的神帐里，各路将领提着首级禀功报捷，雄狮大王格萨尔听得战果辉煌，不禁龙颜大喜，拿出各种珠宝犒赏三军。大家领到各自应得的奖赏之后，神帐里响起一片雷鸣般欢呼的掌声，经久不息。而在另外一边，象雄的士兵锐气大挫，个个摇头叹息，人人垂头丧气，那些将领们无精打采地来到龙珠大王身边禀报战况。龙珠听了，声色俱变，愤愤道："想我象雄王国传了九十九代，众志成城，无坚不摧。但是现实呢？本王安守本分，从来不与异邦滋生事端。可恨那坏孩子觉如，平地里掀起波澜。无故斩杀我保家卫国的将士不说，看来这是要颠覆我象雄千秋万代的基业呀！从现在起，无论法力无边的法师们，还是骁勇善战的英雄们，要跟我团结一心。一定要让坏觉如和他的狐狸队伍有去无回！"

国王说完，大臣们依旧默不作声。良久，那智慧大臣尼玛俄登从右班首位站起身来，手捧一条洁白的哈达，躬身施礼三下，然后唱道：

苍天雷公睁眼看，
太阳公公做见证，

维玛穆塘可知晓，
沙场败绩堪痛心。
营帐点点布繁星，
尼玛俄登身为臣；
金刚宝座放异彩，
英明国君仪态整；
诤臣冒昧进良言，
明君息怒龙耳听：
岭国狮王格萨尔，
神通自如任行空，
威力无边赛雷公，
十八属国尽折服，
天王委任做岭君。
姜地虽小士气振，
霍尔广袤又无垠，
白帐国王诚富贵，
大食王勇堪称雄，
碣日之部多闻名，
皆来归顺格萨尔，
人人折服做黎民。
岭军侵扰我象雄，
来势凶猛如潮涌，
我等君臣与仆民，
休戚与共同死生，
而今强敌势难抵，
莫如按兵守本营。
鹞子当空周旋时，
小鸟岂能舌风动；
豺狼结伴出没时，
羔羊入圈方安宁。
岭军士气正旺盛，
避开浪头理上通，
假若死打又硬拼，
一朝纲政难保定。

并非乱言来扫兴，
良言不愧做诤臣。
觉如小子难对付，
岭军将士难抗争，
量我国情莫举兵，
方能危中获生存。
明君龙耳听分明，
祸福得失在其中。

龙珠国王听到这里，勃然大怒，厉声唱道：

上供三界众神灵，
睁开慧眼做见证。
此为扎日当香地，
我是龙珠为国君。
逆臣在此乱军心，
倒为仇敌长威风；
觉如浑身散邪气，
怎与龙珠共戴天？！
他有失德行在先，
无故打劫通商人，
斩我将领杀我兵，
欠下血债还不清；
叛逆贼臣休胡言，
报仇雪恨最要紧，
活着理当做人杰，
死了也应成鬼雄。
姜地命运日落山，
以弱胜强雪大恨；
白帐国王诚凶残，
恶贯早满末日临。
灭敌心愿怎动摇，
逆臣休再来扫兴。

说完国王立刻派人去请国师辛拉俄噶前来商议大事，法师只捎回来一句话："高贵的君王及文武大臣莫要着急，对付那一帮蝇头小卒不在话下，你们只管等着看一场好戏就是了。"

然后法师仍然闭关，欲修成更高的法术战胜对手。国王龙珠听完以后稍微安下心来，然后派出三名轻骑飞马传令，让前方士兵暂息干戈，等待法师修炼完成，以魔法降伏岭军。

就在这天，天女为格萨尔大王降下了预言：

象雄的法师辛拉俄噶，
正在把妖术加以施展；
不识时务的龙珠扎巴，
还有倒行逆施的政教长官，
为了最后的垂死挣扎，
正在加紧把兵马调遣；
趁着今日歼敌的良辰，
及早把他们消灭干净，
要不然，
那薄命贱辈的黑头凡夫，
会把天庭正义的支柱摧断。
一席定夺未来的话儿，
破除妖术对正义的践踏，
单靠凡间的箭矛刀枪，
到终究恐怕是难如心愿。
要战胜邪魔，
启用天赐的兵器三件，
交给得力的三员大将去奋战。
威震九天的寒光宝剑，
森达阿东拿去使用，
料能把拖赞小子送上西天；
撒及三界的无形套索，
交给大臣却珠去使用，
肯定能套住那扎拉郭丹；
那一支火蛇蹿动的长矛，
交到英雄玉拉的手中，

料能去结果达郭项赞的性命。
岭国众英雄莫要轻敌，
讲究策略才是个关键，
全力对付那妖魔佞臣，
拭目等待你三军凯旋。
晁通和噶德要竭尽全力，
法器与咒术准备齐全，
心底里只许把佛尊赞念，
莫让那对方的妖术灵验，
莫让我众将士枉受伤残。
布下个阵营像繁星点点，
勇士们再鼓劲斗志冲天，
指日间铸成那千秋的伟业，
英雄的美名天下扬传。

得到了天女预言，格萨尔大王决定在那法师未完成修炼的时候去杀他一个措手不及。格萨尔、晁通、噶德三人各执隐身盾牌，神不知、鬼不觉地来到了法师修行的山洞，格萨尔大王一手紧握威力无边的法器，一手拿着对付妖术的“朵玛”，祈愿神灵佑助灵验法术。只见他口中念念有词，末了，将手中的“朵玛”使劲投了出去，但见闪着火光的“朵玛”犹如一颗流星，拖着一条长长的火舌，发出一阵雷鸣般的巨响，直朝辛拉俄登法师修炼法术的屋顶滚去。

此时，象雄法师辛拉俄噶正在给阎王、鬼母、水怪等的偶像奉献祭品，还有十几个徒弟正在修炼三头六臂空行和狮头象面猴身鬼怪显身之法，只听得一阵电闪雷鸣，恰似山崩地裂，没等他们弄明情况，屋后的山丘早已被震塌下来，把他们全部压在下面，唯独有一位侍童外出打水，幸免于难。

他打水回来，看到眼前这般景象，好不触目惊心，回过神来，一口气跑到龙珠国王身边告急。再说，象雄的士兵只是看见一团火球从岭军阵中滚动而出，起初谁也没有把它当一回事，唯有智慧大臣尼玛俄登觉得不大对劲，他跑出营帐查看，便得知法师被压的不幸消息。他急匆匆地跑回来告诉大家，大家听了，人人两眼发愣，个个呆若木鸡，半晌才清醒过来。这时，大将朗卡妥郭愤然讲道：“今日不将岭军杀他个血流成河，我朗卡妥郭誓不罢休。”说罢，就要出击，智慧大臣尼玛俄登忙上前劝阻道：“依我之见，今日出征，定会凶多吉少，还不如去大王那里再商大计，择吉日再战也不迟。”于是众将领来到龙珠王身边一起商议破敌良策。

三人得胜回到大营，格萨尔大王在查钦本塘大滩里布下天兵，只见到处刀枪林立，旌旗猎猎。其后，格萨尔王按照天女的指点，从那像牛大的一块磐石下取出他那震撼九天的宝剑、能撒及三界的套索和那支火蛇飞蹿般的长矛回到营帐，大会群英，摆开宴席，祭奠神灵，在三件神奇的兵器上佩上红缨，并给大家灌顶壮威。一时间，祥气蒸腾，瑞云缭绕，神乐袅袅，香气满空。众将士斗志高涨，个个恨不得立即献身沙场，一战方休。拿到了三件神兵器的达杰琼纳、却珠和玉拉三人更是恨不得立刻就到战场上施展神威。

而此时法师遇害的消息已经传到了象雄国王龙珠这里，他听了，恰似一盆冷水浇来，从头凉到脚心，不禁打了个寒战，心烦意乱，失声唱道：

九天三界的神灵哟，
慧眼看看这沙场的惨景，
扎日穆宗的地方上呀，
本王怆然失声。
抖擞绿鬣的雪山雄狮，
怎能像懒狗悄然隐身；
花纹斑驳的南山猛虎，
怎能像狐狸躲在林中。
如今本王蒙受这奇耻大辱，
不报仇不雪恨愧为国君。
他岭军诚然是兵多将广，
象雄也不缺战将骁勇；
贼兵们胆敢贸然来侵扰，
且等本王挥三军一扫干净！
众将领与士兵莫再等闲，
放精神擂战鼓再赴沙场，
白色的营帐中生擒觉如；
活捉那达绒的老贼晁通，
取下他玉拉托琚的人头；
再拿下巴拉与却珠的脑袋。
别看他岭军壁垒森严，
怎敌我象雄势如破竹。
正义的战争眼下又打响，

万能的魔鬼神请你显灵！
三日内让三军凯旋回还，
定要让贼众们血染山岗。
阵地上谁要是私自逃离，
扒人皮做战鼓情分不讲。
本王一出言绝无儿戏，
众将领把话语要放在心上。

唱完，愤然入座。众将听完，哪敢怠慢，纷纷表示重整旗鼓，决一死战。霹雳公妥赞洛俄摩拳擦掌，上前表示："请大王放心，为臣一定全力效劳，不灭岭军，誓不生还！"末了，众将各自回营安歇不提。

次日清晨，东方刚泛出鱼肚之白，象雄几员大将率一支精兵横渡桑曲河，奇袭岭营。刚刚降伏了法师，大获全胜的岭军毫无戒备，慌作一团，象雄军如水冲沙，杀得岭兵一片狼藉。霹雳公妥赞洛俄、穆赞查巴等二员大将手持长枪直冲东门阵而来，虽有大将却珠把守，却也阻挡不住，二人冲将进来，无数士兵死于马蹄之下。这时，岭军的夏钦、象聂玉赤和香聂赤伦三人上前拦截，象雄的霹雳公妥赞洛俄挥矛杀来，一矛结果了象聂玉赤的性命，然后只管朝着晁通的营帐冲去。他一挥长矛，把帐篷挑开了一条口子，往里一看，空空如也，晁通早已逃之夭夭。霹雳公妥赞转身冲向格萨尔的白帐，这时，只见守将森达阿东拔剑出鞘，飞身上马，当头迎来。妥赞见了，速从腰中抽出利剑，在马鬃上狠狠地磨了三下，然后唱道：

狂妄的岭兵罪恶滔天，
报冤仇讨血债但靠我拖赞，
昔日里陷沙场屡建奇功，
杀敌的本领呀何须言传。
美丽岭国的乌合之众，
贪婪透顶的倒霉鬼卒，
无非是到战地穷兵黩武，
免不了从沙场走向西天。
灿烂的阳光啊普照天地，
小星星再眨眼依旧黯然；
熊熊的烈火哟光焰冲天，
再多的柴垛儿都能烧完；

豺狼出没的山间谷地，
羊群再密也不能乱窜；
感泣鬼神的血腥沙场，
再多的岭兵亦顷刻完蛋。
我誓死把觉如挑上矛尖，
用热血来把那达郭祭奠；
要拔出晁通的脾肺心肝，
祭奠那阵亡的扎拉郭丹，
还要为珠拉郭嘉等人申冤。
短命鬼你死期正好到眼前，
煞白的面色妇道人长相，
拿一根捻线杆充作刀剑；
妇道人头发长见识甚短，
草棍儿当兵器难透缟缎，
瘦毛驴当战马怎把路赶？
瘸腿马送主人落荒难免，
胆小鬼往往是投敌叛变；
娼妓们把客人拉下泥潭，
贼头子平地里掀起波澜，
将士的血债用血来偿还。
手中的宝剑哟来头不小，
明晃晃腾杀气寒光闪闪。
要知道宝剑的来龙去脉，
闻名的三匠人技艺高超，
用九种宝器铸成了一剑。
寒光逼人哟祖辈相传，
握在手恰似那夜叉巡空，
今让你吃一剑试试看看。
黄口的乳子你后退半步，
就算是吃了那妇人的粪便！

妥赞洛俄唱完，疯扑过来，大有拿下森达阿东首级之势。森达阿东听了他的唱骂，气犹未消，又见他扑将过来，早已气得两眼发红，只听他厉声唾道："好一个短命小子，死到临头还不快求你爷爷饶命！你喊喊嚷嚷，不把你人头提在我手中，你还要仗势吐恶语逞凶狂。新仇加旧恨我一起清算，誓叫你脑浆迸裂鲜血流淌。神变的宝剑握在我手中，赐剑人正是那雄狮大王；有了这食肉饮血的兵器，拖赞你再厉害也难躲藏！”

妥赞洛俄听了这句句污言，声声辱骂，气得七窍生烟，五内沸然，他顾不得施以唇枪舌剑，扑过去就跟森达阿东厮杀起来。森达阿东见妥赞洛俄这次大有拼命之势，也不顾一切奋力相战，两将杀在一起，只见一个如黑蛇出洞，一个像蛟龙翻腾，煞是热闹。战了几个回合，妥赞洛俄渐渐力不从心，手中的长矛也不听使唤，这时，森达阿东朝着他的右臂猛击一剑，只听他一声惨叫，一只胳臂早已落到地上。他刚欲用左手去拔腰刀，森达阿东又是狠狠地一剑刺进了他的心窝，可怜他来不及叫喊一声便一命呜呼了。自命不凡的妥赞洛俄终于死在森达阿东的手中。对此，岭军的辛巴梅乳泽、丹玛绛查等大将拍手叫好，喝彩不止。正在神帐前观战的格萨尔大王见此情景，高兴得连连点头，立即命令士兵击鼓摇旗呐喊助威。

且说那晁通长官，方才看见霹雳公妥赞洛俄冲向他的营帐的时候，吓得连魂都没有了，不知道往哪儿藏身，这会儿才溜到帐前伸出拇指大声喊道：“森达阿东！你真了不起，真了不起！”

那边象雄的赛霹雳南卡拖增等几员大将率兵来劫西营，他们一阵劲劈乱杀，岭兵倒下许多。岭军中又冲出大力士达玛多钦、多嘉仁钦等二人，他们各执一把长矛从前后夹击南卡拖增，南卡拖增腹背受敌，只有招架之势，而无还手之力，最后被大力士达玛多钦一矛刺于马下。

再说那象雄大将达茂赤丹率三员大将来劫南营，阿钦珠扎和康巴玉丹出阵迎击，但见达茂赤丹犹如饿虎扑食，他二人哪里是他的对手，不经交手便拨马回走。象雄的几员大将冲入岭营，十余名岭兵被踩死在马下。岭将辛巴梅乳泽见状，拈弓搭箭，连发三箭，第一箭将象雄一员大将当场射死，第二箭正好射中了达茂赤丹，达茂赤丹来不及拔箭，直取辛巴。这时，岭军的阿达娜姆上前助战，他们两个战一个，杀得达茂赤丹眼花缭乱，刀枪直在眼前晃动，分不清东南西北，辨不清上下左右，他哪里招架得住，只好抽身夺路而逃。

还有那智慧大臣尼玛俄登和雍仲拉郭二人率部杀入北阵，杀死姜部的十余名士兵后再向前冲，正好与岭将达拉赤噶、达瓦察赞、吉雪夏查、拉嘉当吾等相遇，尼玛俄登使尽浑身解数，奋力刺杀，一人战数将，杀得尘土飞扬，天昏地暗，岭军虽有几员将领，却也敌他不过，只好一一退下阵来。

岭军中又冲出珠拉桑珠、宁宗本波、阿扎泽郭等三员大将，没战几个回合，谢钦尼玛俄登一刀砍来，可怜阿扎泽郭血淋淋一颗人头在马蹄下滚动。其余二人见了，一个挥大刀砍杀诱敌，一个巧妙地到身后撒开套绳，一下把他套住，险些拖下马来，尼玛俄登极力砍断绳索，脱身而逃。

丹玛绛查率兵与象雄国达图巴珠和俄日扎巴二人相遇，丹玛先发制人，一剑将达图巴珠劈为两半。而俄日扎巴只恐难以招架，虚晃一枪，便拨马而逃。玉拉、却珠等岭将则穷追不舍。此时，败逃的达茂赤丹见身后追兵到来，上前拦截，却珠等人同时抛出三条套绳，只见三条套绳不偏不倚，正落在达茂赤丹的脖子上，他情急之下挥刀连砍几下，两条绳索被砍落下来，唯独却珠抛去的那一条还死死地缠在达茂赤丹的脖子上，他再要举刀砍断之时，早有准备的却珠一把将他拖下马来。象雄军将士顿时乱作一团，而被俘虏的象雄将士一个个被捆成毛蛋，连滚带爬地被赶往岭营，漏网的士兵夺路而逃。

岭军大胜，雀跃声、呐喊声连成一片。是夜，岭军大设宴席，庆贺破除象雄妖术和在战场上取得的辉煌的战果，将领们各自入座，斟酒把盏，酒过数巡，伶牙俐齿米琼卡德等人立即将被俘虏的达茂赤丹绑在拴狗桩上，把象雄的地形、阵势、兵力等审了个详细，而后依情做好准备，以防偷袭。

看着在战场上取得了功绩的各位个个红光满面，唯独晁通没有任何成就，他在心里暗暗埋怨，降伏象雄法师他也有些功劳，可到了论功行赏的时候，大家却只会嘲笑他在战场躲开的事情，此时他还是一定要逞逞威风的。于是他捋捋胡须，戴上金色宝镜，威风凛凛地走到俘虏达茂赤丹跟前，唱起歌儿自我吹嘘起来：

这里是无垠的查钦大滩，
我就是镇妖的晁通法师，
是美丽岭国达绒部的长官，
刚刚把辛拉埋葬在山间，
战场上斗顽敌胜似雷霆，
平日里待善良其乐融融。
拴在狗桩的达茂赤丹，
黑绳子捆在身可感舒畅？
牢房里囚英雄是否宽敞？
恶人的下场历来是这样！
好一个霹雳公妥赞洛俄，
落了个碎尸万段的下场；
自称好汉的达郭项赞，
矛尖上丧了命阴魂飘荡；
号称是虎将的达茂赤丹你，

终究要葬河中把鱼喂养；
真正的虎将荟萃于岭国，
沙场上如汹涌势难阻挡。
今日里你若想保全性命，
就要把真情照实来讲：
龙珠他是真人还是幻象？
练就的武艺到底有多强？
国中的军师谋士究竟有多少？
拥有多少个文臣与武将？
假如你讲出半句假话，
当场要剜出你狗眼一双，
还要把七尺身解成八件，
何去何从你细细思量。
甘露般的好话要记在心房，
晁通我向来二话不讲！

听晁通唱完，达茂赤丹心想：“躲过了初一躲不过十五，我这条性命由他去吧。”想毕唱了起来：

在天的神灵哟发发慈悲，
抬望眼只盼那救星降凡。
这里是查钦本塘大滩，
祈祷人名字叫达茂赤丹。
南赡部洲的雄狮大王，
赫然声名我早有耳闻，
战地上除强暴如同死神，
靠正义安平民慈悲为本。
晁通他不过是狐狸威风，
心里话虽死也不给他讲明！
岭国的明君将领们请听，
被俘的达茂我表一表忠心：
想当初妄杀了数十名岭兵，
怎免得今日里反被囚禁，
惊弓的小鸟我悔不欲生，

仰君臣开恩典留我残命，
押下我两儿子权作人质，
任你们怎摆布俯首听命，
我只好投岭国苟且偷生，
古人的话语说得分明：
儿女般对待投诚的敌人。
今天我把这食肉的宝剑，
还有一柄钻心的毒矛，
再加上一匹旋风般走马，
虎皮的箭套和钢制的盔甲，
一同奉献给岭国的将领，
再仰求诸位手下留情，
满意了让我做一名小臣，
高兴了叫我当一个用人。
真人面前要讲实话，
锯子锯木头须有分寸，
万一我今日里保不了性命，
发慈悲让灵魂升往天空，
言有过请大王海涵宽容，
话有错望诸位原谅三分！

达茂赤丹这番歌唱让众人皆有些动容，格萨尔立即令人松绑。正在这时，晁通立即上前去，振臂喝道："达茂赤丹，你再不说实话我就杀了你！"

话还没有说完，宝刀已抽出了一大截。达茂赤丹轻蔑地回敬道："我说晁通大叔呀，还是不要乘人之危，在一个囚徒的面前耍威风吧，战火纷飞的沙场上怎么不见你的人影？你还忘记了霍岭大战时你那一番卖国求荣的罪恶勾当吗？我至今还是记忆犹新呀！"

说完，怒目圆睁，目光直逼晁通。晁通无言以对，支支吾吾着退了个趔趄，一副狼狈相引起大家一阵哄笑。之后，格萨尔让达茂赤丹立誓悔罪，并安排他做了碣日部落的司库。

第一百五十六章 龙珠国王亲征俘晁通 聂聂益西授记防偷袭

接连损失了几员大将，象雄龙珠国王心如刀绞，大叫一声，昏倒在地。众臣及王后、公主见状，慌了手脚，赶忙拿出神水给他灌上。过了好一阵，他才慢慢地苏醒过来，他仰天叹道：“上苍啊！我得力的辛拉法师死于山崩，霹雳公妥赞洛俄又死于沙场，还有那么多士兵死的死，俘的俘，叫我怎能不难受啊！今日我若不报这个血仇，不出这口冤气，我就是死了也不能瞑目呀！快跟我走，把岭军杀他个血肉横飞！”

说着，佩剑带刀，冲出营帐，跃马直扑岭营，大臣秀钦东纳、雍仲拉郭等紧随其后。刹那间，黑压压一大队人马潮水般涌来。国王亲自领兵，一连数战皆打败仗的象雄兵将突然升起了无限勇气，在岭国的军营横冲直撞，杀了不少士兵，这越战越勇的气势让岭国的兵丁们也有些畏惧。国王龙珠和大臣尼玛俄登、南卡拖郭等率兵攻破南门阵，晁通看到突如其来的敌人，吓得魂飞魄散，此时想要逃跑已是插翅难飞，又有却珠等人陪在身边，他只好故作镇定地说道：“龙珠国王你等来势汹汹又如何？晁通我早已做好了迎敌的准备，贼头的末日已经来临，龙珠你有胆与我接短兵拼搏一番，再不要夹尾逃命，别忘了妥赞洛俄的下场，别忘了扎拉郭丹的命运！唾手即擒的龙珠王呀，看中我手里的神索一根，天神赐给我这条套绳，戴到你脖子上休想活命。祈愿神灵哟快到战地，来把英雄的绳头导引！”

话音刚落，一条套绳早已落到了龙珠的脖子上，龙珠急忙拔剑出鞘，剑砍三下，将绳砍落，然后插剑入鞘，从怀中掏出那条能捕捉风云的红套绳唱了起来：“你这无耻的老贼，想必早已经吓得丢掉了三魂！看本王手中的这条套绳，一能套住飘浮的云朵，二能捕捉掠过的轻风，三能比得上勾命的铁棍，红色的套绳一旦撒手，短命的小子你哪里逃生！”

龙珠王刚一说完，那红色的套绳已经抛出，晁通还来不及躲闪，便被稳稳地套住，他左挣右脱，可是怎么也挣脱不了。正当手足无措之际，却珠上前来用大刀帮忙砍，可不知这魔绳被施了什么妖法，却珠连砍了好几下也没有将其断开。正当这时，大臣尼玛俄登扑将上来直取却珠，却珠见势不妙，只好撇下晁通，往格萨尔大王的神帐跑去。而在此时，晁通已经被龙珠国王从马上拖了下来，象雄大将朗卡妥果上前，抽出大刀就要将晁通的脑袋砍下来，尼玛俄登将其拦住："这人好歹是格萨尔的叔叔，岭国的晁通王，留他一条性命或许还会有点儿用。"

于是两人将晁通装入口袋，搭在马上飞奔而去。此时岭国众位英雄纷纷出马搭救晁通，但为时已晚，被象雄军队阻拦在桑曲河岸，无奈只得撤回，答应从长计议。

将岭军大营搅得天翻地覆，又俘获了岭国的晁通王，此时象雄王帐中的各位一扫阴霾，尽情地喝酒庆贺，其间还时不时地抽出刀枪吓吓胆小如鼠的晁通，见到他胡子打颤，浑身发抖的狼狈模样，所有人都觉得异常好笑。大臣尼玛俄登从虎皮毯子上站起身来，向大王奏道："大王，要如何发落晁通这家伙，还是早日定夺的好！"

随后他唱道：

绑在阶下的达绒晁通，
细听我尼玛俄登的歌声。
作恶多端你恶贯满盈，
敌视我象雄落了个阶下囚。
想当初你打劫我通贾的商人，
掠夺了无数的国宝奇珍，
紧接着又兴兵骚扰我境，
挑起了战争栽下了祸根。
丑娘养下的觉如坏种，
到底有多大的法力神通？
声称虎将的八十个小厮，
究竟有多强的武艺智勇？
岭军的阵容到底是如何？
达绒的晁通你是最知情，
你若把实情一一招认，
今日里方能够饶下狗命，
若保证岭军不动一兵，
还要委任你千户的首领。

假如你巧舌制造骗局，
我要给你个五马分身，
剥你的人皮削成皮筋，
拿你的人身放在靶心。
要辣要甜任你选择，
甘露般话语要听个分明！

听完大臣这一席歌，晁通知道如果不配合，那么下场一定会非常凄惨，双手被反绑着跪在地上，磕头如捣蒜般哀求道：“恳请智慧的大臣您开恩呀！您的话我已经听得很清楚了，象雄军如此深明大义，请接受晁通我的忏悔，求求您给我松绑吧，我马上就把我知道的，和您想知道的一一说给您听。”

尼玛俄登示意侍卫们为晁通松绑，只听他唱道：

祈祷化身佛请听，
祈求恩公饶性命。
端坐金椅龙珠王，
天子降凡做明君，
群臣排班来佐政，
犹如繁星缀明月。
君臣尊耳听分明，
晁通今日把话说：
岭国有个花头人，
打劫商贩掠金银，
而今反把罪名嫁，
黑锅背给我晁通。
诚如是，
吃了炒面的狡猾人，
空袋子扔给了老实人背。
君臣不信我话语，
诸位神明做见证！
狡黠小子嫁罪名，
真相终究会分明：
老奸巨猾的觉如他，
联络了姜地一少爷，

贼匪里面做头人，
打劫路人早成性。
岭国阵容我来讲，
在上君臣细听明：
岭军营部的右前方，
矮个儿小将在守阵，
一没智来二没勇，
一匹瘸马不顶用，
本是个无耻的守财奴，
几人便可随手擒。
在那岭营左阵中，
有一个金顶的青纱帐，
被弃的流浪汉做守将，
配一匹秃尾马拴在帐前，
谁若遇上了那一个傻子，
一箭就可要他的性命。
其余的小将何足挂齿，
不过是冒名的懦夫一群，
巴拉、丹玛、玉拉等人，
恰又似盲人徒有眼睛。
号称英雄的却珠小子，
像一个狐狸听不得风声，
自吹自擂的大臣，
原来是一个十足的饭桶，
其余的士兵无所适从，
给麝鹿加头盔由不得自身。
丹玛他只会偷放暗箭，
用刀剑就能够把他战胜；
拼搏中要提防玉拉的长枪，
套索一撒手他就没命。
达绒下属的九小部落，
统统做您龙珠大王的属民。
在那白色神帐的门口，
若去套住了觉如小子，

千秋的功业就算铸成，
岭国人自然会归属象雄。
祈求尊贵的君王群臣，
让我父子做你象雄的将领，
快快解掉手上的绳呀，
晁通我肚子饿得发慌，
要讲的实情不止这些，
晁通我往后再来禀明，
天上的神灵来做见证，
一句句话语出自我心中。

晁通王这一曲歌唱得无比恳切，加之他声泪俱下的表演，让龙珠国王以及诸位大臣将军都有些软了心肠，吩咐人端上来一些食物，先让他填饱了肚子。而在此时，收到前方的情报，岭国的军队此刻正在调兵遣将，准备明天前来劫营。尼玛俄登大臣向国王劝谏道："大王呀！晁通这人是出了名的坏心肠，他的话是否可信现在尚难判断，不如将他押下去严加看管，至于他的生死如何，就看他今后如何表现了。"

在座的其他人也都赞同尼玛俄登的看法，于是晁通被带入牢房中。

翌日凌晨，岭军出动大部兵马，向着象雄阵营四面逼近。只见丹玛绛查、珠拉、却珠等几员大将率领千余轻骑，直逼东营。后面还有王子扎拉泽杰身着三层铠甲，手持流星宝剑，跃马做后应；森达阿东、曲炯贝纳、宁宗本波三人率千余步兵直逼南营；玉拉、达拉赤噶、库尤宁扎三人率领千余骑兵直逼西营；色巴宁奔达鲁手握削发宝剑，遥做后应；辛巴梅乳泽、阿达娜姆、珠扎达玛多钦等几员大将率领两千兵马直逼北营；幻化的格萨尔和扎噶塘色、仁庆达鲁等在众士兵簇拥下紧随大队之后。

国王龙珠与手下诸将亦纷纷披盔带甲，出营迎战。但是岭国的将领个个如猛虎下山，势不可当，一会儿工夫就将前来迎击的象将一一杀退，长臂将杜果项让死于乱箭之中，连久负盛名的朗卡妥郭也终因寡不敌众，脱逃而去。于是，岭军就像潮水般涌进了象雄军营驻地。

看到各方守军节节败退，龙珠王再也无法忍耐下去了，他飞身上马，朝岭军东侧扑过去，左右开弓，杀死了几十名岭兵。岭将却珠见状，拈弓搭箭，只听"嗖"的一声，一支飞箭射向龙珠，而这时龙珠却像一股清风，早已飘然而去。到了岭军的南侧，他又左右砍杀，一二十名士兵死于刀下。这时，雄狮大王格萨尔巧借神通飘然而来，两王相遇必有一场恶战。只见二人各持宝刀利剑，一往一来，一进一退，躲躲闪闪，刀碰之处火星四溅，剑遇之时响声震天。一个如雄狮扑食，一个像猛虎下山，杀得石破天惊，尘沙飞扬，足有三四十个回合。这时，龙珠自觉如此下去恐有不测，便卖个破绽，拨马冲往西阵。

刚到阵前，遇上岭将色瓦辛巴穆让，龙珠不待他发话舞刀直取，只见刀落之处，那岭将早已身成两段。之后，又有岭将色巴尼奔纵马舞刀来战龙珠，二人杀成一堆，正在酣战之际，格萨尔巧借神通飘然而来，龙珠一看架势，料定一手难敌双拳，脱身冲向北营。岭将阿钦珠扎等人见他飞扑而来，一齐出阵来战。岭军中又有辛巴、阿达娜姆二人持刀操戈，上前助战，他们大战龙珠，使刀的、操戈的、舞剑的、挥矛的，杀得沙石乱飞，战得难分难解。正在这时，格萨尔又经幻化飘然而来，出现在龙珠身边，龙珠眼明手快，不待他出手，顺背就是一刀，心想这下可好，心腹之敌除矣！再仔细看时，格萨尔早已不见踪影了。他还没弄清是怎么回事，格萨尔又悄然出现在他的眼前，龙珠这才明白原来几经交手的不是格萨尔，而是他的幻身，心想，如此看来，不可久战，战也无益，更何况我象雄军已四面受敌，三十六计，走为上计。想毕，虚晃几刀，飞马向北而去。象雄军的尼玛俄登、朗卡妥郭、雍仲拉郭等人见大王回走，哪有心思再战，也一个个拨马回走，随大王龙珠而去。这边，岭军虽然奋勇追击，可是越追越远，只好作罢。那边，象雄士兵见大王将领纷纷逃离，乱作一团，只顾四处溃散。

此时，晁通王趁着象雄军将被岭军打得溃不成军，便趁乱逃了出来，见到了岭国众位将士以后，却不知先道声感谢的话，而是摇头晃脑地说："若不是我昨天欺骗象雄国王，让他轻敌，否则你们今天也不会赢得如此轻松。"

只是他这样说的时候，身边没有一个人有空听他的大话。自讨没趣的晁通王只得跟在大军后面，悻悻然离去。

打败象雄军队，龙珠国王败逃而去，岭军正在桑曲河边设宴庆贺，大家心想："象雄今日一败，即使有天大的本领，也势难东山再起！"于是，只管饮酒，不加提防。

天空里，天女聂聂益西身着彩云披风，跨着白狮坐骑，手嬉青龙一条，唱起预言之歌：

顶礼度母任行空！
顶礼佛尊陀称王！
聂聂我把预言送，
格萨尔把话记心中：
象雄纠集四部兵，

安营桑塘大滩中，
佞臣尽出坏主意，
星夜欲来劫岭营。
严阵以待防偷袭，
莫再饮酒莫消停。
精兵良将快装备，
定叫来敌难藏身。
一粒仙丹延年寿，
赐尔雄狮吞肚中，
正义化身寿无疆，
犹如金刚不动身。
时过三日是良辰，
摧毁象雄百万军，
万千变化显神通，
方把龙珠能战胜；
死拼硬打是下策，
遭受损失难估尽。
尼玛俄登做谋臣，
雍仲拉郭不可轻；
朗卡妥郭武艺强，
刀枪不入要小心；
只有用计施法力，
方能战胜他三人。
其余将士无大勇，
不战自溃不成军，
异邦狂徒将灭迹，
正义旗帜飘天空，
众生步入幸福道，
迎来天下永太平。

天女唱毕，投下仙丹，飘然而去。格萨尔恭敬地接过那粒金光灿灿的仙丹，沐浴而吞。然后召集群臣，讲述天女预示，并按照天女所言，布下战阵。

不隔几天，果然如天女预言的一样，象雄王龙珠调动四千轻骑，乘着朦胧的夜色，悄然向岭营逼近。

早已埋伏在东边的岭军将领珠拉、宁宗本波拉鲁、扎噶塘色久迈、穆奴克宗玛夏等突然冲出阵来，两军便在夜幕下激战，只见刀闪寒光，剑似流星，叮叮当当，火光闪烁，杀得鬼哭神嚎，好生惊心，直到天明，还是这里一对，那里一双，拼命刺杀，两军各有死伤，横七竖八倒下一地。

埋伏在南边的岭将却珠、辛巴梅乳泽、阿达娜姆及霍尔部的勇士出阵迎敌，只见这一对刀枪相对，火星飞溅；那一对剑矛相拼，响声震天，直到拂晓，仍在厮杀。

西边，岭军大将巴拉、丹玛等冲出来与象雄军交锋，一直战到天明。

北边，象雄军受到岭将玉拉托琚等人的阻击，两军奋勇拼搏，快到天明，岭军渐渐地处于下风。这时，象雄大将朗卡妥郭以万夫难挡之勇奋力刺杀，虽有岭军的尼嘉和阿吉嘉查全力迎战，最终还是被他两刀砍下，砍死一个，砍伤一个，眼看就要冲入阵中，只见岭军中一人一声喊杀，纵流星青龙马，一溜烟冲向朗卡妥郭面前，此人正是岭国大将。他目露凶光，唱道：

常言道：
在那山峦群峰之中，
牡鹿把锋利的长角显示，
冷不防飞矢击中身子，
至贵的鹿茸失于猎人；
在那浓郁的柳荫之中，
得意的鹦鹉自命不凡，
人群中学舌忘乎所以，
哪料到叫人关进了竹笼；
在那万千兵马之中，
一个黄口儿弄刀舞剑，
妄图摧毁我岭国大军，
小心在磐石下送了狗命；
黄口乳子收起你面孔，
噶德的面前还敢逞凶？
无须摆出你武士的架势，
扔下你手中的木剑草弓！
是好汉来和我拼拼臂力，
看不把你托上云层，
似一颗流星陨落地下，

如一个鸟蛋碰着石头，
定叫你身子碎为粉尘，
誓让你鲜血涂满草地，
一场好戏哟即在眼前，
快看热闹吧岭国的臣民！

噶德曲炯唱罢，直取朗卡妥郭。朗卡妥郭听他一唱，气愤填膺，又见他扑将过来，更是气上加气，便怒斥道："小子你还敢夸口，狐狸想装虎豹，是英雄是懦夫比一比刀枪，有本事你就来吧！"

说完，他操起刀直向噶德曲炯贝纳砍来，噶德不慌不忙，赤手空拳，唾手奋臂，闪过他的一刀，顺势用右手扯住他的后领，左手给了个"鹰爪锁喉"，像老鹰叼羊羔一般将朗卡妥郭举过头顶，旋了几圈，顺势甩在地上，可怜的朗卡妥郭徒有一身的武功，没及施展一下便一命呜呼了。岭军见了，一阵摇旗呐喊，喝彩声在山谷中久久回荡。折损了一员著名的大将，前来袭营的象雄军自乱阵脚，玉拉、辛巴梅乳泽等岭国将军们却越战越勇，直到东方鱼白，已经溃不成军的象雄军终于鸣金收兵，四处溃逃。

第一百五十七章

显能耐米琼讥讽晁通
助岭人天雷击破险关

这天，象雄众将领共聚营帐里，商量破敌大计，大家你一言我一语，有的主张进攻，有的主张死守，正在众说纷纭之际，谋臣尼玛俄登起身唱道：

祈求保佑哟诸多的神灵，
我就是足智多谋的尼玛俄登，
在这里召集众将共商破敌大计，
在座的君臣将领细听分明：
今岁呀，
遭到岭军的大肆骚扰，
实痛心，
象雄失去了无数的将领，
又可怜，
多少个士兵死于非命，
到如今，
我们哪有闲暇束手在营。
野兔子不快到刺蓬中藏身，
哪有空给鹰雕夸耀毛色？
黑蛇呀不快往石缝中躲身，
怎还在老鹰眼下打结拧绳？
象雄军还不快扼守险关，
怎还能身陷沙场死战死拼？
堵住来犯敌军的道路，
方能保卫我们象雄王。
在那险要的红岩上段，

一道黑崖堪称是雄关，
一夫在这里把关，
别说人马连飞禽也难行。
大王母后呀快快出宫，
王子婢女们莫再迟缓，
赶往黑崖处死守雄关，
其余的关口由我来安顿。
尼玛俄登带人马，
死死守住聚狮峰；
赞杜、雍仲率千军，
坚守红崖莫消停；
垒好石头做防备，
滚滚大石堵犯军；
看看觉如那坏种，
武艺神招有几等；
算他飞禽也难通，
纵是游鱼亦难行。
大王陛下且放心，
虔诚祈祷护法神；
象雄虽是屡受挫，
护法定会显神威；
天赐良机会来临，
道道雄关皆守定，
岭军如何来犯境。
此计停当不停当，
望祈君臣做裁定！

象雄众将领听他唱完，个个点头称是，依计安顿守关事宜。为了迷惑岭军，他们还在原来布置的阵地上幻化出许多全副武装的士兵，看上去灵气活现，栩栩如生，真叫人难分真假。

而此时，岭国众位将军大臣也都聚集在格萨尔大王的神帐中听候安排，大王说道："我想那象雄一定会扼守诸关，堵截我军，眼下急需抢先攻占，八大将领快去探察那扎昌险关能否攻陷，至于那些幻化的士兵，就留给晁通叔父去处置好了。"

众人皆领命而去。单说叔叔晁通，自从从象雄回来以后，大王也没有给过他好脸色，如今这般安排，看来是又要被大王重用了，他满脸堆笑而去。要知道那些不在草滩上的象雄兵丁不过是施展的幻象而已，晁通一把食子撒去，便可以让他们都没有了踪影，偏偏他却将声势弄得无比巨大，好像是在跟法术无比高强的法师做斗争一般。罢了，晁通跃马回营而来，直朝米琼连踢三下，洋洋自得地说："看见你叔父的本领了吧！"

岭国上下，谁人不知巧嘴矮子米琼与晁通王是天生不和的两人，看晁通这趾高气扬的模样，米琼心中的无名火突然就蹿了起来："哈哈，晁通，你这堂堂达绒长官的丑闻早已使我反胃，你还有何脸面反咬别人，今天你既然撞入我的手里，就让我指着你的脊梁骨臭骂你一顿吧，晁通叔父！你别见怪，且听我唱来。"说罢便唱了起来：

你可知道我善于辞令！
你可知道我妙语连珠！
你可知道我口若悬河！
你可知道我嬉言流畅！
今天我单表你晁通的丑闻。
你这胆小又狡猾的老狐狸，
偶尔战胜了幻化的士兵，
不过是兔子长了个小角，
小小的本领何值一谈？！
你那套欺哄孩童的法术，
岭国人个个会玩弄一通。
捉住了南山的乌云和彩虹，
才算是具备了法力与神通；
杀死了敌将又献上首级，
才算是真正的虎将英雄。
大言不惭地开口要奖，
真是咄咄的怪事一桩；
乌鸦在枝头上声声叫唤，
人们会知道灾难要下降。
怕死鬼晁通你夸口要赏，
叫人们听了心中不爽。
当初象雄的君臣六人，

来报妥赞洛俄的血仇，
装强汉你还要冲在前面，
假虎威表现得威风异常。
捕捉风云的绳索，
从国王龙珠的手中撒出，
似老鹰叼小羊将你套住，
吓丢了三魂你“咩咩”直叫，
慌了神顾不得拔剑出鞘，
顷刻间被拖上了象雄的公堂。
捆成了毛蛋搁在了一旁，
你那副投敌变节的嘴脸，
怎不叫人们唾骂一场。
你把自家的详细情况，
一字不漏地泄露给异邦，
你道是：
“格萨尔号称是人间大王，
其实是一个无能的小将，
拿一条绳索撒手可擒，
保你龙珠王如愿以偿。”
好一个拨浪鼓似的两面人，
竟把陛下对你一生的隆恩，
报答在敌国的昏君身上！
圆头滑脑的晁通你听着，
我讲的是不是真情实况？
在座的君臣判明是非，
怎容忍怕死鬼巧舌雌黄，
我看要重重发落他一场。
油嘴滑舌的贼子晁通你，
惯于给弱小者强加罪名，
想当初打劫象雄的商客，
掠夺了珠宝填饱了私囊，
反过来把黑锅扣在我头上。
红屁股老猴头何等无耻，
作恶多端的晁通你呀，

干尽了坏事臭名昭著，
到如今象岭争战不断，
全是你晁通惹下的事端。
十三名战将征战中身亡，
无数个士兵丢掉了性命。
你这个不祥的灾鸟乌鸦，
满肚子装的是肮脏的坏水，
洁净的土地上揩嘴擦喙。
执法严明的大王陛下呀，
快快活埋晁通这黑乌鸦吧！
悬明镜洗去微臣不白之冤，
快快惩处这无耻的罪人。
他还辱骂八十员将领，
说什么：
他们是三头六臂的鬼怪，
是一帮穿着铠甲的虾兵蟹将，
征战中，
恰似那小羔头顶老羊，
又好像指头掰动大树，
这些话就是你亲口所讲！
你这人面兽心的晁通，
正是个拨弄是非的家伙，
像一个没有脊骨的虱子，
又是个无头无耳的灾鸟。
好一个无耻的狐狸之徒，
好一个油手的短尾猴头，
好一个滑头的媚外贼臣，
干下的丑事谁人不晓！
如今呀，
为守关象雄他出动了人马，
占要地岭军要捷足先登，
如没有说客我引头带路，
强大的象军怎能够战胜！
就在这十分紧要的关头，

你却有闲工夫诬陷好人，
好不吉利的乌鸦灾鸟，
一肚子坏水满怀恶意，
雪狮的眼前玩弄花招，
小心咬断你两条短腿。
你把我贬得一文不值，
说我是缩头龟藏身于营中。
就算是晁通你说得有理，
今天我偏要不出营帐，
别怪我米琼故意作对，
是晁通你逼得我只好如此。
在座的诸位来做见证，
把我的话语记在心中！

唱罢，便朝晁通吐口水，只见他怒目圆睁，而这边晁通已然做好了回击的准备。米琼揭了晁通这些短处虽然大快人心，但是此时却不是内部争强斗狠的时候，于是辛巴赶紧上前来打圆场："行了行了，别再嚷嚷了，现在是什么时候啊？噢，你不去带路了？这是什么话，听大王的话，快去带路吧。"

说完又对晁通道："晁通呀，你也不要再和自家人争嘴争舌的，让人看了多不光彩。"

晁通听米琼卡德揭了他的短，欲泄心中之愤而又不能，又听辛巴梅乳泽一番劝解，只好解嘲道："哈哈哈……古时藏族谚语说得好，说话先要开玩笑，吃饭先要祭神灵，我不过是开了个玩笑嘛，你何必当真呢。你快去带路吧，往后叔父我一定给你佩挂一条英雄的勋带，这还不好吗？"

米琼卡德听了，呵斥道："去去，狗嘴里只能吐出粪便，谁还听你那些屁话！"说完又朝辛巴讲道，"我说辛巴，事后千万别忘了发落他，到那时看他晁通还怎么个饶舌头。"说罢领着八员大将出发了。

且说米琼卡德和将领一行九人走着走着，发现象雄军已渡过河水，占领了扎昌要地，心里只抱怨争嘴饶舌的晁通耽误了战机。再一看，只见驮运兵械的三十多名骑兵和上百名士兵正准备渡过河水，岭军几员大将见战机在握，扑将过去，刀剑落处，恰似粮堆遭棒击，象雄军士兵四散逃奔，几十匹骡马全被岭将牵走。象雄军东查仲俄等人见岭将赶走了骡马，紧紧追赶而来。岭将们发现了追赶的象雄军，赶紧让却珠、辛巴、珠拉三人埋伏下来，其余几人仍大摇大摆地朝前走去。

追赶的象雄军哪有防备，他们早已进入了埋伏圈，这时只听“嗖嗖嗖”三箭齐发，直从岩崖脚下射，象雄军的东查仲俄、默曲让俄二人不及躲身，中箭倒地。其余四人往回逃了几步，看不见动静，又回头往前赶来。岭军几员将领跃身上马，直朝那四人扑将过去，一翻恶战之后，象军无一人生还，岭军将领们缴获象雄军兵器，砍了将领的首级，回到营帐，给格萨尔大王报告战果。大王赐予了他们奖赏，又吩咐他们要齐心协力攻占险关。

时过三日，岭军兵分两路，再攻险关。一路由辛巴梅乳泽带队，只见大队人马浩浩荡荡，刀枪铮亮，红缨如浪，岭军像潮水般涌向扎昌险关。象雄军守关的将士见岭军蜂拥而至，将早已准备好的滚木礌石像雨点一般投落下去，前去攻关的将士遭到滚木礌石袭击，只好撤退下来。辛巴观察了一下地形，见关口无他路可走，只好率二百名精兵来了个猛攻，后面无数士兵护拥着。象雄军见岭军要来猛攻，又将牛一般大小的石头掷落下去，砸死了岭军上百名士兵。岭军不畏危险，一支支神箭搭上弓弦，射向险要的关口。三四名象雄士兵当场毙命。就在这时，象将雍仲拉郭率四十名精兵，手持长枪，冲出关口，只见他拈弓搭箭，厉声唱道：

让岭国的官兵们听听我歌声：
险关雄峰哟望而生畏，
一夫当关哟万夫莫开。
人说觉如的神通广大，
今日里即便是凌空的飞禽，
也休想闯过我固守的雄峰。
觉如你果真是凌空的飞禽，
飞过来吧！
象雄军早将你等候在这里；
你若是水中的鱼儿一条，
跃过来吧！
手中的鱼钩等了你数日；
你若是爬行的虫子一只，
爬过来吧！
啄食的雄鸡等候你多时。
要想通过这雄关险道，
定让你士兵尸首盈谷。
无能的贼军休来夸口，

有本事的来跟我较量一番。
险关的要道如一线缝隙，
垒就的石头如同霹雳；
守关的虎将迅捷如雷，
攻关的美梦一枕黄粱；
有胆的来与我一决雌雄，
骚狐狸只能是临阵脱逃。

他的话并没有让岭国军士们心生畏惧，岭军中有阿钦珠拉、红嘴兽扎尖卡玛二员大将各持一把长枪，徒步冲上前去。二人冒着雨点般的滚木礌石，直往关口冲锋。上面又掷下无数石头，恰似雹雨天降，使人无法近身，且又死了那么多士兵，只好撤了下来。这时岭军弓箭手发起攻势，只见万箭齐发，飞矢如雨，射死好多象雄兵，但仍然攻而不克。岭军正面进攻不成，又来了个侧面进攻，他们顺着另一条小道向上摸去，可是象雄弓箭手早有防备，他们见岭军爬上了山坡，连射几箭，霍尔部数十名士兵送了性命。岭军将领见此情景，气得直冒火，又一次发起冲锋，只见下面的岭军直往上拥，山头的石直往下落，岭军士兵又死伤无数。岭军几攻扎昌，难以攻克，只好鸣金收兵，安营扎寨，再做计议。

而在此时，由格萨尔率领的另一路大军正沿着一条小道直向桑普险关疾驰而来。在那道红岩上有三百名精兵把守，他们见岭军人马蜂拥而来，立即将牦牛一般大小的三块磐石掷落下来，砸死噶日、阿扎部落的十余名士兵。岭军不顾生死，直往前冲，幸好得到了白梵天王的护佑，象雄军又掷下三块大石，直从岭兵头顶飞过，但不曾伤着一人。

正在岭军攻关之机，天女聂聂益西化作一只黄腰绿羽的蜜蜂，飞旋在玉拉大将的耳边，唱起了预言之歌：

玉拉托琚天子呀，
把我的话语听分明，
我是聂聂益西天女，
是格萨尔大王的保护神。
岭军即便有百万雄兵，
险要的雄关着实难攻，
在我下一次预言之前，
岭军早应该撤兵回营。

天女说完以后便隐去。玉拉托琚听得天女的预示，收兵回营。玉拉给王子扎拉泽杰讲述了攻关不克和天女降下预示的经过，众人只得耐心地等待天女的下一次预言。

第二天晨星寥寥之际，那天女跨着白狮坐骑，手握一条青龙，身披五彩朝霞，周身鲜花簇拥，唱起预言之歌：

聂聂我清晨降下启示，
格萨尔把话牢记心间。
象军死死把守着险关，
清风才能够吹过关山，
攻关的大事何等艰难，
况且有法师在隐藏深涧。
马尾般缝隙中蓝天一线，
岭军可不能冒此大险，
攻打它九九八十一年，
险要的关口无法攻占，
大将与士兵丧命石下，
到如今不死心仍去冒险，
弄不好招来全军血染。
肉眼凡胎的将士们呀，
岂能把险峰雄关攻占？
等到十八日吉祥的时刻，
我要让无比的奇迹降凡：
天空中布满云兵雹将，
青龙口吐一串串火焰，
八大部雷神霹雳震天，
坚固的峭壁顿成灰土，
无数的士兵化为粉尘。
两路岭军快收兵吧，
桑洋大滩里安营观看，
偌大的好戏即在眼前，
格萨尔不必再把心担，
保护神时刻在你身边，

恰好是形影难以离散。

第二天，岭国君臣共聚神帐，格萨尔讲述天女降下启示的经过，大家听了喜出望外。格萨尔又派二人到各个营帐发布消息，扎拉王子听了这一消息，立即把两路大军集中到桑洋大滩。象雄守关士兵见状，高兴地叫道："快来看，岭军收兵了，好狼狈呀！"

未几，几位大将又来到龙珠大王跟前报情，龙珠听了后，说："承蒙有天神保佑我象雄王，守住了险要的雄关，即便是神兵天降恐怕也是难以攻克呀，痛心的是，我那么多心腹爱将死在战场，如今虽然有雄关御敌，但是千万不可轻敌，谢钦尼玛俄登大臣快去告诉守关的将士要死死扼守，万万不能掉以轻心。"

谢钦听了龙珠大王的话，"拉索"一声，直向关口而去。

到了中午时分，东北方向浓云密布，黑压压一片直向象雄边关压来，紧接着一阵电闪雷鸣，震天动地，冰雹如卵，连天而降。与此同时，只见一颗火球落在扎昌关口，只听得轰隆隆一声巨响，岭国保护神显出了威力，把扎昌关隘炸开一道宽敞的通道，可使百马并辔而过，再看象雄守关的将士都被震得魂飞天外，无一幸存。

谢钦尼玛俄登见关口遭到雷击，士兵性命尽丧，心想要去给大王告急，而几个跟随的人却被这突如其来的袭击给吓坏了，一个个呆若木鸡，直愣愣站在那里。谢钦自言自语道："格萨尔这小子还给我玩弄妖术，我本想死守九年，不让岭地的一鸟飞过，谁知这坚固的雄关竟毁于惊雷一击，真是气煞我也！"

但是又无计可施，只好放手一搏，于是谢钦尼玛俄登率千余士兵来守扎昌关口，另有达日噶当率两千士兵在阴面的山坡上埋伏下来。

这一头由森达阿东、珠拉桑珠、宁宗本波为先锋，由四十名精兵护拥，象雄军见状，一阵骚乱，阵中彭措拉达连发三箭，射死四名岭兵。岭军中珠拉回敬一箭，正中彭措拉达额头，翻身落下马来。谋臣谢钦见状，挥矛而上，他左右开弓，一阵刺杀，十二名岭兵当即毙命。谢钦还要刺杀，森达阿东飞起一刀，将他的长矛砍为两截。谢钦又拔剑出鞘，和森达阿东对杀开来，几个回合，难分胜负，谢钦虚掩一剑拨马回走。岭军又有三名虎将不顾生死，扑入象雄军阵营，一阵乱杀，四十余名象雄兵死于刀剑之下。其余士兵不敢恋战，一个个落荒而逃。

且说另一头，岭军的达拉赤噶、达瓦察赞二员大将率两万大军，直朝阴坡的象雄伏兵发起进攻，象雄军的达日噶当见岭军大队人马潮水般而来，跃身出阵，随后又有三名战将上来助威。岭军将领达拉赤噶见象雄军那几员大将恰似雪崩一般迎面扑来，步出阵地，横戈立马，大声喝道：“象雄小小的几个兵马，是不是茶余饭后闲得无聊，平地里到这儿枉送性命？雄狮我在雪原抖擞绿鬣，你却把狐狸尾巴高高翘起。猛虎在山岗上梳理花斑，你一个丧家犬汪汪乱叫。岭军的厉害你可曾尝过？今日里要叫你饱个眼福！”

言罢，跃马直扑过来，象雄军的达日噶当一箭射出，正中达拉赤噶前心，将铠甲射得七零八落，幸好没有伤着身子。很快，这二位大将交上锋来，只见刀来剑对，剑来刀挡，正在难分难解之际，达拉赤噶飞起一刀，达日噶当人头落地。另一头，达瓦察赞和达图穆果交上锋来，二人一阵刺杀，达瓦察赞一矛刺入达图穆果的肚脐眼，达图翻身落下马来。这时，岭军似潮水般涌入象雄军营，无数士兵死于刀剑，其余的士兵夺路而逃。岭军班师回营，这时正值夜幕降临，他们就在谢玛雅塘大滩驻扎下来。险要的扎昌雄关一举攻克，岭兵欢欣雀跃，载歌载舞。

第一百五十八章

象雄军退守金汤城池
格萨尔喜开象雄宝库

象雄的险关失守，在朝君臣闻讯个个恐慌不安，幸好宫外还有三道城墙坚如磐石，刀戈林立，戒备森严，所谓雁过毛落，敌军插翅难进，这才使慌乱中的君臣得到一时安慰。为了保住象雄，龙珠大王无时不在祈祷战神，心想：要是我以我的法力让铜铸的怒目勇士动起武来，能迅速将大敌消灭干净，现在正是我大显身手的时候！想到这里，他抡起金刚大锤，朝门旁一块大石用力一击打开一道口子，口子开处，只见八个铜像站起身来，众人见那凶相，惊骇万分。

到了二十九日这天，天空中丽日高挂，岭军又开始发动进攻。他们每十员大将率千余精兵，从四面包围了象雄的都城。这时，城内万箭齐发，只听得箭声嗖嗖，只见得飞矢如雨，又有那守护八方的铜像使出威力，使岭军屡战屡退，一时难以攻下此城。这时，岭军的玉拉托琚、枯玉班玛二人求胜心切，他二人顾不得乱箭飞矢，从东面的城墙根攀缘而上，被一阵乱石顶了回来；在西边，噶德曲炯贝纳急不可耐，举起一块大石朝城门狠狠地砸去，好大的力气哟，那石头不仅将城门砸开，而且滚进去砸死十余名象雄军士兵。岭军蜂拥而入，象雄军一阵骚乱，象雄大将雍仲拉郭上前迎敌，只见他左右开刀，杀死十五名岭国士兵。岭将卓果见状，上前与他交锋，二人一阵刀战，卓果敌他不过，受伤拨马而回。雍仲拉郭再来追杀时，岭军中又冲出查当丹增智巴、夏扎、噶德三员大将，只见三人将他夹在中间，刀来剑往，闪着寒光。正在酣战之际，象雄军又发起猛攻，只见大石如雹连天而降，飞矢如雨，阵阵而来，岭军死的死，伤的伤，黑压压倒下一地，他们只好鸣金收兵，回营再做计议。

众人你一言我一语却没有破敌制胜的良策，战事已经到了这般地步，扎拉王子心想绝不能够让众人的决心在这个时候遭遇挫折，于是他鼓励大家："象雄军死守城池的时候，岭军要一举攻开堡垒，如此这般才能不枉做报国的忠臣。士兵们斗志昂扬个个是铁汉，像雷电把坚城击成粉尘，攻破了象雄的铜墙铁壁，大军才能够施展本领。神圣岭国的男儿虎将哟，在这决定胜负的时刻，莫学高空中七彩的虹霞，远看缤纷而近看无踪。本太子甘愿当此先锋，明日一大早发起猛攻，若是在战斗中出现不测，拿本太子的头来负荆请罪。大王叔父拥有无数的战神，云集到城边做我援军，为了往日阵亡的将领，本太子情愿豁出此命！”

太子如此慷慨陈词，也感染了其他部众，端坐在右班虎皮毯上的却珠接着唱道：

这里是降妖的扎塘大滩，
我是精忠的信佛大臣，
每每在出师中勇当先锋，
今日在班首处高歌一曲：
哪怕大海里巨浪连天，
鱼儿在浪尖上任凭嬉跃；
别看高原上狂飙飞雪，
雪狮依然是爪暖如春。
哪怕象雄军筑起长城，
依然难敌我却珠的神通。
劝太子殿下在这里留守阵营，
让却珠打头阵一展雄风；
启明星高挂在东山的时候，
象雄的铁城要化为齑粉，
象雄兵的鲜血要汇成小河，
要不然，
就算我却珠是僵尸一具；
到明日夕阳西下的时候，
一要攻开象雄的深宫，
二要取来敌王的首级，
三要叫胜利的凯歌传遍四邻，
要不然，
却珠我愧为报国的忠臣。
太子殿下呀切莫担心，
蒙受了大王多年的隆恩，
血战中报君恩一表诚心，
祈祷所有的战神降临，

助我攻开敌邦的坚城，
太子殿下哟切莫盲动，
把我的话语牢记在心中！

听他唱完，那丹玛绛查、森达阿东、玉拉托琚、珠拉桑珠等几员大将连连点头，表示称赞。这时总管王也开了口，说道："扎拉可是率领千军的大将，你千万不可轻易出阵呀，照却珠说的，你还是留守阵营吧！"大家听了也觉得很有道理，于是照此安排不提。

且说象雄那边，他们一面坚守重城，一面嘉奖将士，庆贺战功，鼓舞士气，他们给英雄佩挂勋带，并敬茶劝酒，好生热闹。正在这时，全副武装的龙珠王从金椅上站起身来唱道：

祈祷三界的神灵哟，
降下神兵灭异邦！
这里是坚如红岩的铁城，
我就是象雄之国的君王。
本王乃人间的"三大明君"之一，
三君中数本王最有声望。
岭国几度来骚扰我境，
两军几次对阵胜负难分，
别看他攻开了险关扎昌，
要攻开铁城是痴心妄想！
别说你岭军难近重城，
就连死神也不敢正望！
我象雄再要是死守三年，
祝古的盟军前来相帮，
象雄和祝古要发起联军，
把岭国的禁宫要捣个精光。
心腹之臣哟雍仲拉郭，
英勇顽强哟举世无双。
统军的印玺握在你手中，
七彩的顶戴闪耀着光芒；
护身的铠甲坚不可摧，
寒光的宝剑令人心颤；

龙驹般的战马装点鞍辔，
样样都是给你的奖赏；
让你坚守这红岩重城，
天赋的使命哟无上荣光。
达图杜日赞果哟，
你是南方千军的大将。
尼玛俄登谋臣哟，
你好比四岭环绕的巨峰。
无边的法力高深莫测，
统领的雄师如同天降；
大军一出动赛过汹涌，
连天的海浪冲向沙场；
本王因此没有悬心，
胜利的消息指日可望，
敌将的人头枭首示众，
英雄的勋带迎风飘扬。
本王在此压阵助威，
看他格萨尔有何能耐，
毒箭一射出他就毙命，
人头血淋淋滚落地上。
今日的战争惨于往常，
士兵们能鼓劲斗志高涨，
谁若在战场上擅自逃跑，
剥人皮让他去活见阎王！
在座的文武切莫三心，
把本王的话语牢记心房！

大家听他唱完，个个勇气倍增，人人斗志高涨。

第二天，岭军在五员大将率领下浩浩荡荡，直朝象雄重城汹涌而来，大有罗睺吞日之势。岭将却珠率军来攻东城，只见他拈弓搭箭，连射十五箭，射死了十五名守门的士兵，又见他从箭套中取出格萨尔赐予的那支“铁翎飞矢”搭在弓上，只听得“嗖”的一声，中箭之处，那城门碎成几片，却珠跃身而入。后面的士兵也一个接着一个地冲了进去，一阵厮杀，双方死伤无数。这时，象雄的达图多杰赤丹来战珠拉桑珠，未等他出手，珠拉桑珠上前只一矛就结果了他的性命。这时，却珠冷不防被雍仲拉郭一箭射在前胸，中箭之处，甲片零落，幸有护符在身，未伤性命。却珠定了定神，朝他回敬一箭，那箭不偏不倚，正好射在雍仲的胸膛，却因身着护符，也伤不到他。这时，他们二人已接上短兵，一阵刀战，眼看却珠战他不过，岭将珠拉桑珠、达瓦察赞、宁宗本波三人上前助战，岭军几个人对着雍仲一人一阵乱刀，战得他眼花缭乱，难以招架，只好虚掩一刀拨马回走。岭军乘胜追击，杀死无数士兵，象雄军顿时大乱，脱了身的便抱头而逃，没逃脱的吓得当即跪倒在地，拱手告饶不止。

丹玛绛查大将率军来攻南城，只见大军赶到城下，那丹玛连发三箭，城门顿时开花，丹玛毫不迟疑，冲将进去一阵刺杀，上百名象雄士兵死于刀刃之下。就在这时，谋臣尼玛俄登出阵迎击，首先二人互相比箭，却谁也伤不着谁；二人又开始比刀，战有几个回合，仍不见胜负。二人还在酣战，岭军的怒神王绰嘉威玛一箭射来，正中尼玛俄登的战马，只听“扑通”一声，那马倒在地上，尼玛俄登恐遭不测，徒步落荒而逃，丹玛用套索套住他的脖子，被他一刀砍断，又射去一箭，可惜尼玛俄登死期未到，直奔宫门而去。正在这时，象雄的黑豹子达图恭纳嘉波撒开套绳，刚要套住丹玛，丹玛眼明手快，挥起一刀将绳砍断，并上前和他交锋。二人剑来刀对，刀去剑挡，打了三个回合，那丹玛挥起一刀，只见血淋淋一颗人头滚落马下，象雄士兵见状，个个丢了魂魄，慌乱中直朝宫门而去。

那噶德曲炯贝纳率军来攻西城，大队人马刚到城下，只见他举起一块大石连击三下，大破城门，岭军一拥而入，杀死无数象雄士兵。霹雳赤赞杜洛玛曲见此情景，把牙咬得“咯咯”作响，他拔剑出鞘，扑入岭军中左右刺杀，十八名岭国士兵死于他剑下。森达阿东见状，五内沸然，只见他扬剑跨前一步，就像狂风一般直冲过去。这边霹雳赤赞杜洛玛曲也不甘示弱，上前迎去，二人短兵相接，战了几个回合，不见胜负。又一回合，那森达阿东一剑刺中他的前额，赤赞杜洛玛曲受了此伤，鲜血直流，两只眼睛也模糊不清。只见他掉转马头，正要回走，说时迟，那时快，森达阿东飞起一剑，只听得“当啷”一声，赤赞杜洛玛曲的右臂连带马刀丢落在地上。只恨他是魔王之子，有咒符在身，伤不着性命。他顾不得许多，左手策马，一溜烟向宫门逃去。刚要进门，被江色一箭射去，箭头从后背进入，从前胸飞了出来，这个魔将终究还是劫数难逃，应声落马而亡，岭军乘胜攻入宫门。

岭军大将玉拉托琚率军来攻北城，大军来到城脚下，只见玉拉连发三箭，将城门射了个粉碎，又只身一人冲了进去，正好跟守将达图巴嘉遭遇。达图巴嘉挥起长枪朝玉拉连刺三下，却伤不着他。这时，玉拉举起宝剑，才两下工夫，达图巴嘉哪里是玉拉的对手，只见血淋淋一颗人头滚落地上。玉拉又一阵冲杀，乱剑下，七十余名士兵死于非命。其余岭军也冲入敌阵，一阵乱杀，象雄兵血流成河，尸首横七竖八倒下一地。象雄大将杜日赞果见岭军如此残忍，气得把牙齿咬得“咯咯”响，只听他一声喊杀，挥长枪冲入岭军，左右刺杀，六十余名士兵死于枪下。这时，岭军中冲出阿扎上前迎击，那杜日赞果连刺三矛，刺中阿扎肚脐，阿扎落马身亡。达拉赤噶、枯玉班玛、达瓦察赞三人见阿扎阵亡，气冲牛斗，正要上前夹击杜日赞果。杜日见势不妙，拨马回走，并回射一箭，正中枯玉班玛坐骑，那马“扑通”一声倒地而死，再一看，那杜日赞果早已逃之夭夭，众将拿他奈何不得。其余的士兵逃的逃了，没能逃脱者一个个跪倒在地死命地告饶，岭军当即占据了外围。

象雄城外围城门一一失守，身在深宫的国王龙珠如坐针毡，坐卧不宁，只见他穿甲戴盔，索性要往外冲，那王妃、公主，还有谋臣尼玛俄登劝他不住，只好让他去了。尼玛俄登、雍仲拉郭、阿纳东吾项让、达瓦赤丹等只好随他前往。不一会儿，君臣五人从东门冲了出来。岭军见象雄大王亲自冲了出去，顿时一阵骚乱，只见龙珠王拈弓搭箭，唱了起来：

祈祷天王哟降下神兵，
这里是象雄的本塘大滩。
本王就是象雄王国的君主，
高强的武艺天下闻名。
岭国的虾兵蟹将们哟，
细听本王一一道来：
贼匪晁通打劫我商人，
岭兵又骚扰象雄的圣境，
无端地挑起了象岭的战争，
妄杀本王多少虎将与英雄，
贼邦的主子若有本事，
来和本王一决雌雄！
坏娘生下的觉如孬种，
表面上像个慈悲的大佛，
背地里比那妖魔还毒狠，
装强弄武你坏事做尽，
三番五次地袭击近邻。
曾记得霍尔国大敌压境，
勇士嘉察箭下送命，

珠牡被掳到霍尔国受罪，
杀死了嘉察捣毁了茶城，
这一切都是你弄兵的恶果，
是上天对你的惩罚报应。
常言道：
好战的将领戎马一生，
终究逃不脱刀枪下送命；
弱肉强食的贪婪之徒，
势必要栽下地狱的苦种！
穷兵黩武的格萨尔在此吗？
快出来和本王决斗一场！
九角的花虎山林间出没，
追时容易射它难；
藏香的雄麝在石崖上旋转，
看它容易捉却难。
本王横戈马前，
哪个胆大的来与本王相拼，
定叫你贼子有来无回，
不报了血仇难为英雄！

歌罢箭发，三十余名岭国的士兵死于箭下。这时，岭军的却珠、珠拉桑珠等几员大将一个接一个地扑向龙珠。单说那珠拉桑珠凶凶然宛如死神，气冲冲直逼牛斗，大声骂道："好一个异邦的小王，竟敢嘲弄我们如同须弥山一般威武的雄狮大王，怎不叫人心口涌起怒涛，今天拼不出个你死我活，我珠拉桑珠不活着见人了！"

说完，他亮出那把"黑熊饮血剑"直扑龙珠，只见剑闪寒光，刀掠阴影，剑去刀挡，刀来剑对，战了好几个回合仍不见分晓。正在酣战之际，丹玛绛查、宁宗本波、阿达娜姆三人各自撒开一条套绳，龙珠脖上三套齐落。龙珠哪里认输，只见他举起大刀将套绳一一砍断，又来战珠拉桑珠。岭军另外三员大将见龙珠又战珠拉桑珠，一齐冲上前去一阵乱刀，却伤他不着。正在乱刀飞舞之际，珠拉桑珠看准龙珠就是一剑，正好砍在他的马背上，那马几乎栽倒在地，但见它喘了口气，四蹄如飞，一溜烟跑将而去，却珠追射一箭，正中象雄将达哇赤丹前胸，一命呜呼。雍仲拉郭见状，怒目圆睁，满脸杀气，只见他拔剑出鞘，直朝却珠迎面扑来，二人短兵相接。正在刺杀之际，岭军的森达阿东、玉拉托琚、达瓦察赞三员大将上前助战，他们四个人围定雍仲拉郭，一阵刀剑，刺得雍仲辨不清东南西北剑从何来，看不明上下左右刀自何出，终因寡不敌众，虚掩一刀拨马而走。

象雄君臣未能占上便宜，一并逃进城去，闭门不出。如此过了三宿，象雄军死守危城，岭军按兵不动。就在第四天早晨，岭军又发起了猛攻，只见四面城下刀戈林立，只听喊杀之声惊天动地，箭似雨注落城内，兵如浪潮直拍岸，象雄宫城摇摇欲崩。

岭军大将辛巴梅乳泽率先攻入北门，杀开一条血路，直冲宫门，谢钦尼玛俄登见状，朝他连射三箭，那三支箭没有射着他，却将十二名霍尔部的士兵送上了死路。霍尔部六大勇士见此情景，气得双眼冒火，冲上去把谢钦夹在中间，常言道，“先下手为强”，那谢钦抢先连砍三刀，将噶措查吾砍于马下，其余五人见势不妙，退却下来，谢钦得意洋洋，呼叫着走进宫门。

丹玛绛查冲开南门，岭军蜂拥而入，阿纳东吾上前迎击，向丹玛连刺三矛，却伤不着他，丹玛手起刀落，一下将阿纳东吾的人头砍落在马下。丹玛乘胜追击，左右乱砍，上百名象雄士兵连连倒地，城内尸首满地，血流成河，剩下的士兵只好缴械投降。

大将却珠撞开东门，岭军卷浪而入，象雄将领赛风神雍仲见状，挥戈而来，只一矛直从杜隆杜多的右肋间刺进去，又从他的左肋间出来，杜隆杜多一命顷丧。

达拉赤噶冲开西门，岭军一拥而入，杜日赞果上前迎击，只见他一矛将当旦俄噶刺于马下。这时，岭军的达拉赤噶、达瓦察赞二人一齐来战杜日赞果，杜日赞果腹背受敌，激战之中被达拉赤噶一矛刺入胸膛，翻身落马而死。达拉赤噶取了他的首级后继续追杀，象雄军抵挡不住，一个接一个地逃入宫门去，岭军紧追不舍，冲入宫门，一阵乱砍乱杀，十余名士兵丧命乱刀之下。这时从东边冲入宫门的却珠大将一阵乱杀，三名象雄士兵死于非命，还在刺杀之际，象雄的拉乌章多尔、白丹久美二人各射三箭，箭无虚发，六个岭兵中箭身亡，岭军暂且退出宫门。

夜深了，神帐中的格萨尔已进入梦乡，这时，只听天女一阵歌唱：

端坐金椅的天子请听，
无敌的格萨尔大王请听：
象雄的文臣与武将，
一一战死在疆场，
岭军攻开了雄关险道，
象雄的城堡又被攻占。

岭军的战果这等辉煌，
伏敌的大业指日可成，
待到本月十八日辛时，
正是战胜龙珠的时辰。
此次战斗大功告成，
全凭勇武的格萨尔洪运，
白梵天王亲赐的神箭，
方能射进龙珠的前胸，
护神绕着你片刻不离分，
胜负全看练就的本领。
龙珠的幻术切莫低估，
修有一身“巴色”的神通，
遁地的法术高深莫测，
钻入地下时四处通行。
岭国的百万士兵们呀，
必须把城堡包围得水泄不通，
千万不能让龙珠脱身。
象雄的谋臣尼玛俄登，
他的战马赛过精灵，
当心他逃走，
团团包围住莫让他逃命。
岭噶的圣业指日可成，
你格萨尔把话牢记在心中！

唱完，像虹霞消散一般隐身而去。翌日，格萨尔将天女的预言告诉给众将，大家听了个个脸上露出了笑容，当即就去做攻城的准备。

这一天，岭军倾营而出，从四面八方将象雄危城包围起来，此时，城脚下万箭齐发，城里面飞矢天降，呼叫声、喊杀声几乎要震塌九重。城内的士兵遭到飞矢袭击，也一阵阵向外放箭，如此箭来矢去，两军士兵死伤无数。一阵乱箭之后，岭军终于攻入城内，这下直急得宫内的龙珠就像热锅上的蚂蚁团团转。末了，他念念有词，只见四个铜像变幻为巴色神的替身，它们各执一把利剑，从四面扑去，每人杀了两名士兵。这时，岭军上前击那铜像，这边一刀砍去，火星直冒，那刀一下化为铁水；那边一剑刺去，火花四迸，剑又顿成碎片。眼看对它奈何不得，就在手足无措之际，格萨尔口念咒语，跃身上马，疾驰一圈，向那四个铜像一一“定身开光”，顿时，四个活蹦乱跳的化身直愣愣站在那里，像泥塑一样再也动弹不得了。晁通见那巴色神的幻身失去了灵性，一下来了精神，冲上前朝着铜像就是三刀，那刀被碰了三个豁牙，晁通还不甘心，再举刀一砍，只听“当啷”一声，那刀齐根断落在地下，惹得米琼卡德对晁通一阵嘲笑挖苦，晁通羞答答溜了回来。

这时，岭军挑选精兵，冲入宫门，经过一阵厮杀，双方死伤无数，最后岭军完全占领了内城。内城失守，象雄君臣更是心急如焚，他们一边让卫兵死守禁宫，一边商量退敌大计。正在你一言、我一语争论不休的时候，坐在班首的谋臣谢钦尼玛俄登站起身子唱了起来：

这里是珍珠王国的深宫，
在座的君臣武将们哟，
细听我把话说个分明：
象岭大战的结局如何，
全看前世的孽缘福分。
岭国的雄狮格萨尔呀，
法力与神通无与伦比，
况且他又是天封的地王，
手下个个是虎将与英雄，
单凭这三点，
足能夺走象雄的大鼎。
当国的君臣谋僚们呀，
坐守王宫是束手毙命，
岭国的一群妖兵鬼卒，
明日要攻入象雄的深宫。
只可惜险关失守宫城失陷，
到如今死守无望逃又无门。
无敌的大王陛下呀，
修得了巴色的法力与神通，
练就了超人的遁地法术，
快快穿过地心哟向祝古王投奔。
祝古国王宇杰托桂，
文武双全足智多谋，
若与他商讨联军的事宜，

他定会百般欢迎万般同情。
大王呀，
暂且到祝古国休养生息，
到时候，
再到岭国报仇雪恨。
翱翔蓝天的大雁哟，
时时刻刻要把握住风向，
要不然，
就会被大风剪除双翼；
跃游海域的白肚鱼，
一定要掌握渔夫的心态，
要不然，
就会在觉如的屠刀下送命。
如今死守是毫无意义，
只能活活被困死在宫中。
娜姆才噶王后呀，
华忠却措公主哟，
拿出府库的金银珠宝，
取出绫罗和如意宝贝，
快快送到岭军的帐中。
我和雍仲拉郭哟，
双手早已经沾满鲜血，
即使投降了仍将是难保性命。
不识时务者称不上英雄，
害怕走路的算不上行客，
能逃了就要去祝古投奔，
要不然就和他死打硬拼，
再有幸去结果觉如的狗命。
胜负全靠神灵来定夺，
君臣把话牢记在心中。

听他唱完，王后和公主一下抱住龙珠大王的腿大哭起来，二人求道：“大王呀大王！我二人昔日里坐享隆恩，就是走半步路也有人伺候着，到如今遇上这等事情，叫我母女往哪里逃命呢？况且那格萨尔神通之广，一会儿在天上飞行，一会儿又钻入地心，我母女上天无路、入地无门哟，我说大王呀大王，我俩的死活全靠您关照了……”说着，双眼的泪水似瀑布一般流了下来。看到这番光景，龙珠心里不知是个什么滋味，只听他伤心地唱道：

唱一番哟复三叹，
再一曲哟心发酸：
祈祷神灵尊耳听，
慧眼看一看此刻盼隋景。
这里是象雄王国的深宫，
我就是国王龙珠扎巴。
大鹰的本领哟非同一般，
蓝蓝的天空中任凭翱翔，
因为它留恋栖身的地方，
终究离不开白色的岩崖。
本王练就了一身的武艺，
沙场上任本王大显神通。
今日里眼望这母女的酸楚，
一时间弄得我不知所措。
在座的群臣母女们哟，
王国的禁宫危在旦夕，
虽然本王身具四大原质。
遁地的幻术无与伦比，
也不忍心丢开你们而去，
有幸求得了神灵的助佑，
不幸时只好叫觉如摆弄。
岭国的大军势难抵御，
战争的胜负谁能判定？
弄得本王无所适从，
只好向神灵祈愿祷告，
不用地行术由不得自身。
但愿还能到岭地报仇雪恨，
和王妃、与公主再度团圆，
到那时再来收复王宫，
生死相依哟乐享天伦。

多多向神灵发愿祈祷吧！
吉祥的福音终能降临，
只为了以退为进收复禁宫，
本王只好钻地而行。

言罢，就去祭祀神灵，祈愿完毕，还给神像献上了珍贵的哈达，然后准备利用遁地法术到祝古国求援。就在这时，那条丝绸哈达的正反两面都显出神灵启示的文字，那文字是这样的："坏种觉如弄幻术，隐入地层搭神箭，龙珠若去劫岭营，祝古援军随后到。"见到这样的启示，龙珠喜出望外，也就放弃了原来的打算。但是他万万没有想到，这段文字原来是被岭国的保护神变幻过了的，其义与本来的启示完全相反。

当月十八日这天，岭军再度出动人马包围了象雄的禁宫。宫内的龙珠、谢钦、雍仲三人见岭军已到，直从东门冲杀出来。且说那雍仲恰似洪水猛兽一般扑将而来，一阵乱杀，十余名岭兵死于非命。雷厉神丹玛绛查见状，拈弓搭箭，只听得"嗖"的一声，雍仲的战马应声而倒，雍仲徒步冲过来挥起一剑将古如嘉参刺于马下，接着一跃身跨上古如嘉参的战马，扑入岭军左右开刀。正在刺杀之际，却珠撒开套绳套住了他的肩头，雍仲举起马刀来砍套绳，砍了几下却砍它不断，他索性扑向却珠，却珠拨马就走，雍仲紧紧追赶。这时，丹玛把他给拦住了，二人展开刀斗，只几个回合，丹玛飞起一刀将他的右臂砍下，雍仲顾不得伤痛，又用左手抡起长剑连刺两下，将丹玛的铠甲刺得粉碎，幸好未曾伤着身子。这时，却珠又上前端起大钺，只一下击中雍仲拉郭前胸，雍仲拉郭捂着伤口，忍着剧痛扑向却珠，然后死命地揪住他的胸口，左拉右撕，一阵折腾，二人双双落马，不待雍仲拉郭翻身，却珠的一把腰刀早已刺进了雍仲的胸膛，雍仲口吐鲜血而死。却珠杀了雍仲拉郭还不解恨，只见他拿出祭品"朵玛"放到雍仲的鲜血里蘸了三下，然后又大口饮了三下，这才罢休。这时，象雄大王龙珠上阵了，只见他像飞沙走石一般猛扑过来，左右开弓，三十余名士兵死于非命。雄狮大王格萨尔见状，倒来了精神，只见他佩好神授的诸般兵器，跃身跨上赤兔神马，将名叫"阿噶列钦"的神箭搭在那把名叫"威震三界"的长弓上来战龙珠。龙珠见此人相貌非凡，心想一定就是那个坏娘生下的孬种——觉如，他一下傻了眼了，怎么办？逃也不是个办法，守也不是个办法，他只好打定主意——和他拼，于是拈弓搭箭，唱了起来：

我是象雄的龙珠王，
四大原质具一身，

惩治邪恶难抬头，
武艺高强莫能敌。
猛虎咆哮天地动，
鬼崽觉如你要当心，
坏娘生下一孬种，
四处弄兵来挑衅，
你的罪孽难说清。
小小岭噶不自量，
屡次举兵犯我境，
昔日胞兄皆阵亡，
留下独苗又弄兵，
成百将领你斩杀，
王国的福运你吞尽，
这般猖狂是何因？
斩得了象雄的众将领，
本王的跟前休逞凶。
草箭射杀窝中鸟，
射不死林中的花斑虎；
手拿鞍辔驯马驹，
驯不了野马的烈性子。
一个无耻的贪婪鬼，
一肚子坏水藏腹中，
杀人成性的刽子手，
逃不了惨死的恶命运，
徒有虚名的格萨尔，
终于落入本王手中。
小时候你看来蛮有气派，
谁料到今日里遭此不幸。
常言道：
一生习武去从军，
末了死在刀丛中；
贪婪之辈利欲熏心，
来世罪责难肃清；
良马若是不安分，

终被利石钻脚心。
今日呀，
一要洗去象雄的耻辱，
二要祭奠阵亡的将领，
三为受劫的商人雪恨，
雷公、巴色、威尔玛神哟，
诸神且把箭向导引，
到那时，
毒箭射进你觉如胸。
岭兵哀号惊鬼神，
虎将笑饮觉如血，
战神饥餐仇人心。
要不然，
本王枉为象雄的明君！

言犹未了，一支毒箭直朝格萨尔射来，因为有天神、土地神、水神都在护佑着他，毒箭不曾射中他身，只有一股带着剧毒的气浪腾空而来。格萨尔又凭借空性智慧的光环躲过此难，然后抽出“阿噶列钦”神箭，搭在月牙弯弓上，唱起了雄壮的歌儿：

顶礼三宝佛法僧，
三宝时刻绕我身；
金碧辉煌的圣殿中，
莲花祖师广施恩；
战神云集花帐中，
九族战神做援军；
白色海螺天宫中，
大梵天王尊耳听；
东方碧绿圣地上，
白蓝度母来护佑；
黑白花海深处哟，
护法夜叉姐妹听；
世间正法的护神哟，
今日为我做后盾！

这里是象雄的城中心，
本王就是雄狮格萨尔，
千佛派本王降人间，
征服妖孽为己任。
本大王的身子哟，
宛如七彩的霞虹；
本大王的生命呀，
恰似金刚一般长存；
风火水土四原质，
样样具于本王一身。
站在眼前的龙珠，
你伸长耳朵仔细听，
你是做尽坏事的大恶人，
我格萨尔大王饶不了你。
早些年，
长臂将杜果惹事端，
三百兵马犯我境。
达绒的营地全捣毁，
无辜的生灵丧了命；
所有的财宝洗劫一空，
杀人的血仇未及来报，
掠财的怨恨犹未消尽；
造下的罪孽难以算清，
无尽血债靠你偿还！
作恶成性你在劫难逃，
死神的影子在身边晃动。
傲岸的雪狮抖擞绿鬃，
守门的癞皮狗摆动脏毛，
绿鬃装点着雪狮的头颈，
脏毛恰好是疯狗的标志。
龙珠是象雄的黑教头，
本大王才是伏敌的雄狮王，
二人的本领看似相当，
战场上方能够决出雌雄。

手中的神箭赛过雷霆，
顽石也要被射为粉尘。
妖孽你今日不要后悔，
本大王让你肉体四面离分；
临死前若还能念句嘛呢，
准保你转生后不下地狱；
凡间的财物休再贪恋，
早早熄灭那欲望的毒火；
官宦和皇位休再迷恋，
荣华富贵竟全是虚空；
送你灵魂去乐土哟，
升迁的速度快如流星。

歌罢箭发！只听得一声霹雳，震天动地；一束火舌蹿向龙珠，恰似螺串海鱼一般穿过他的胸膛，龙珠来不及叫唤便翻身落马，一命呜呼。岭军见雄狮王结果了象雄王的性命，禁不住一阵狂呼乱跳，喝彩之声震动九霄。格萨尔不紧不慢，上前取了他的首级，并向天神祈祷，请求天神引度他的阴魂升向乐土。

另一头，谋臣谢钦尼玛俄登冲入岭军，杀死霍尔部六名士兵。这时，辛巴梅乳泽、达玛多钦、珠拉等三员大将上前要夹击谢钦，谢钦见势不妙，鞭策着那匹精灵般的战马逃跑了。这匹战马真是好马，跑起来人们几乎看不见它的身子，飞快的四蹄根本就没有着地，说它是流星也丝毫不算夸张。这时，扎拉泽杰、玉拉托琚、森达阿东、辛巴梅乳泽、东迥达拉赤噶、枯玉班玛、阿钦珠拉等七人跃马直追，一直追过了九道山梁，除扎拉泽杰之外其余的人都被远远地甩在后边。这扎拉泽杰的战马跑起来也毫不逊色，人称“青色追风”，扎拉鞭策着它紧紧咬住谢钦不放，终于在一个沙滩里追上了谢钦。扎拉从一箭之遥的地方连发三箭，射在他的马肚子上，那马一头栽倒在地，把谢钦抛出几米之远。谢钦爬起来一看，扎拉早已赶到他的眼前，谢钦尼玛俄登心想：这下可坏了，这战马一死，不就等于要了我的命吗？也罢，也罢，事到如今也只能与他拼了。想到这儿，他拔剑出鞘，直朝扎拉泽杰连刺三下，却伤他不着，扎拉转身之机，用雅司宝刀猛力一砍，谢钦顿时人头落地，一命顷丧。且说那后面的几员大将还在不停地追赶，赶在前面的东迥达拉赤噶远远看见一个人扬鞭催马而来，走近一看，原来是扎拉带着谢钦的人头而来，东迥达拉赤噶当即下马施礼，双手合十，表示庆贺，扎拉也高兴地讲述起追杀谢钦的经过。这时，后面的几员大将也一一赶到，他们见扎拉斩了谢钦回来，高兴地发出一阵喝彩之声，他们

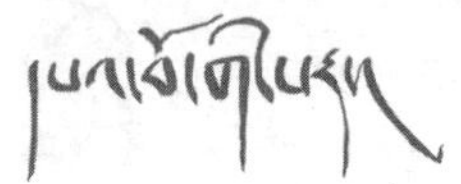

休息片刻，跃身上马，飞也似的回到岭营。

这时，岭军汹涌般涌入深宫，宫中士兵尽皆投降，岭军收拾宫内奇珍异宝，犒赏三军。立下赫赫战功的虎胆英雄均得了特殊的奖赏，其余的士兵则多少不等，好坏不分，均获得应有的奖赏。到了下月十五日这天，雄狮大王格萨尔由二十位大将簇拥着，由上百名士兵恭随着来到巴隆阿嘉滩——一个富有宝藏的地方歇下脚来。这时，只见眼前一座名叫“雄狮傲立”的白石岩直插云霄，白岩的颈部有一个如同巨象一般的磐石，格萨尔抡起“削崖斧”连砍三下，劈开一条口子来，里面露出一只石匣，格萨尔口念咒语，开启石匣，里面尽是上等的珊瑚、闪光的夜明珠，还有如意宝瓶。那些珊瑚、夜明珠大的如同孔雀蛋一般，中等的就像羊粪蛋一般，再小的就像豌豆一样，格萨尔一行驮着这些稀世珍品继续行进，不一会儿就来到神帐。

翌日，格萨尔大宴群英，庆贺岭军的赫赫战功，赏赐岭国各路英雄。太子扎拉泽杰得到一颗夜明珠，另有白玛瑙、花玛瑙、蓝玛瑙各一百粒；仁庆达鲁、总管王、晁通各得八十粒白玛瑙，十五粒蓝玛瑙；丹玛绛查、玉拉托琚等八员大将均获特殊的嘉奖，其余的则多少不等，好坏不分，均有一份赏赐。之后，帐内鼓乐齐鸣，歌女们跳起了欢乐的舞蹈，唱起了悠扬的歌儿，岭军普天同庆，歌舞数日不绝。

此后，格萨尔遣使到象雄各地，让所有百姓归降岭国，百姓们听了，有驮金银珠宝的，有赶着骡马牛羊的，都来归顺岭君。格萨尔念百姓之善良，定下“十善”法律，山顶插了经幡，滩里竖起石碑，地上塑了佛像，河上架了金桥，一时间，到处是佛殿林立，僧侣往来，念诵六字真言的声音不绝于耳。为了后生永远皈信佛法，为使战火不再燃烧，为使长辈安入后世，格萨尔又将三对金瓶、五对银瓶、六部《白玛陀称本生传》安放在经堂里，并修了三座佛寺，立了四个息诤塔，佛法的阳光照遍了象雄大地。也就是在这天，碣日部落首领却珠大将荣登象雄十八部酋长的宝座。

土阳马年正月二十三日这天，人间的太阳——格萨尔大王及其众将领离开象雄国，朝美丽岭国疾驰归来。岭军所经之地，百姓无不热情地迎送王师。那象雄王后、公主，还有大臣达姆赤丹亦随岭军前往岭国。这天，行进的队伍来到碣日达塘大滩里歇下脚来，碣日部落首领——赫赫有名的却珠大将恭请格萨尔进入帐内，摆下盛宴款待，献上贡品，以表衷心。格萨尔为了答谢他的盛情，回赠他一只佛龛，还有神符等等，然后又启程赶路了。

这一天，行进的队伍来到离京城不远的白塘雅冈滩，使臣早已将消息报给宫中，森伦王、大将军敦巴坚赞、阿杰等三人得知大王凯旋的消息，即刻出来迎接。格萨尔的人马浩浩荡荡经过城门，进入了岭国的京城。这时，岭地的法师、叔辈、妯娌们纷纷来献哈达，他们右手高举盛满香茶的金杯，左手高举盛满佳酿的银盏，一一敬献给大王洗尘。王妃森姜珠牡献上银盏哈达之后，在十位仆人的簇拥下唱起了动人的歌儿：

在那东方碧玉的圣境，
寿神度母哟仔细来听；
在那东北翠绿的湖中，
阿聂纳曼哟仔细来听；
臣妾珠牡哟尽情欢唱，
庆贺岭国的伟业铸成！
这里是玛尔康美丽岭国——
威严无比的狮虎都城，
臣妾乃嘉洛敦巴的女儿——
身为岭国王妃的我，
是人世间唯一的巾帼英雄，
超凡的仪容哟谁不动心！
百灵在垂柳上放声歌唱，
声声婉转牵动着人心，
翠绿的双翅艳丽缤纷；
臣妾身在茶城，
冰肌玉骨哟举国倾心，
一国之母臣妾芳名远播，
身段苗条哟玉立亭亭，
玉螺难比臣妾洁白的心灵。
端坐金椅的格萨尔王哟，
来把臣妾的歌儿细听：
右手把盏哟盛满香茶，
里面有千万种茶叶的精华，
香醇的茶水赛过甘霖，
嘉纳的花茶尽在其中，
敬给心爱的大王哟，
祝您福海无边获得寿身！
左手把盏哟盛满美酒，
这酒哟，

既有早年酿造的陈酒，
又有旱天里酿成的月酒，
还有刚刚出糟的鲜酒，
既有盆地的葡萄美酒，
又有大米做的佳酿，
饮尽这杯酒吧！
它使你更加富贵雍容；
再饮一杯哟，
它是君臣良民共聚的见证！
英名盖世的君臣良将哟，
三年里外征忧患风云，
今日里喜逢令人兴奋，
庆幸哟，
岭国的上空里未起乌云；
庆幸哟，
红日般的总管王健在国中；
庆幸哟，
虎将们斑驳的花纹丝毫未损。
盘踞在恶道的众妖孽哟，
如同干草般烧了个干净，
象雄燃起了正教的明灯。
岭军的业绩举世称颂，
为岭国立下了伟绩丰功，
为后生开辟了幸福的道路，
偌大的隆恩永报不尽。
稀世的珍品点缀着王宫，
无尽的宝藏炫耀着光荣，
美丽岭国的上空啊，
换来的更是艳阳之春，
神圣岭国的臣民们哟，
今日里喜悦三生中有幸。
父王森伦在王宫中受到崇敬，
健康的身体胜过往常，
母后在宫中望眼欲穿，

迎来了王子展露笑容。
袅袅香烟萦绕着圣殿，
昔日的虔心换来了善报，
只因为供奉了千万个神灵，
才有了今日的欢乐和吉庆。
请看呀——
佛法的道场今非昔比，
良将的声望赛过日月，
父辈的寿数长久不尽，
国民的福运流长无穷。
金盒中取出洁白的绫罗，
这是条如意的“福日”哈达，
外面是吉祥的图案花纹，
里面是至贵的国政密码，
这是臣妾的见面礼物，
伏敌大王格萨尔哟，
愿我们相会永不离分！
在那白螺的宝座上面，
神子端坐哟吉星高照，
献上一条洁白的哈达，
愿我们相会永不离分！
在那身后的木椅上，
拨开乌云的总管王多么安详，
白色的哈达献给您呀，
愿您这棵如意树永远茂盛！
黄色的哈达举过头哟，
这是我给尼奔的礼物，
但愿啊，
岭国的江山万年长青！
但愿啊，
贤辈的子孙繁衍无穷！
青色的哈达举过头哟，
这是我给江色的礼物，
愿中辈的子孙如同大海，

浩渺的福海哟波光粼粼！
白色的哈达举在手哟，
这是给仁庆达鲁的见面礼物，
愿小辈们紧握尖利的长矛，
时刻守卫好岭国的边城！
精美的哈达举在手哟，
是我给丹玛的见面礼物，
愿你的锐勇不减当年，
让仇敌永远胆战心惊！
黄色的哈达举在手哟，
这是我给部落的礼物，
愿噶哇部落水草丰盛！
愿噶哇部落五谷丰登！
花色的哈达哟如虹高悬，
这是臣妾给陛下的礼品，
愿您是一颗不落的明星，
愿您在征战中再获全胜！
愿您的国度人和政通！
愿您的福运与日共存！
愿你的威望震动四境！
愿您的臣民尽皈佛门！
君臣良将哟几经鏖战，
凯旋回宫哟圣业铸成，
多么吉庆哟，
吉庆的鼓声响彻碧空，
多么如意哟，
如意的歌儿传遍四境。

歌毕，举国盛宴，歌声嘹亮，鼓乐喧天，人们沉浸在胜利的喜悦之中，这宴席整整延续了十五日之久。末了，那大将辛巴梅乳泽、玉拉托琚等上前给格萨尔王恭献哈达，格萨尔王接过哈达，复以厚礼相赠。宴毕，那象雄公主华忠却措嫁给了珠拉桑珠大将，娜姆才噶做了尼姑，原象雄大将达茂赤丹被封为宰辅。伏敌的圣业已经成就，将一切安排停当。于是，格萨尔开始深入禁宫，闭关静尘，禅定修行。

第一百五十九章　魔鬼七兄弟称霸阿里　玉杰小王子求助岭国

有一天，岭国境内忽然来了三个陌生人。一个头上系着白绫巾，胸前佩戴金子护心镜，华服上绣着狮虎花纹，长得英俊、潇洒而又年轻。另外两个衣衫朴素，看样子像是主仆三人。辛巴梅乳泽正好到岭地来见格萨尔，恰巧碰上这三个陌生人。一见这主仆模样的三人，心中好生奇怪。特别是见那少年长得仪表堂堂，竟有些喜欢起来，不由得上前问道："喂，头上系着白绫巾的少年呵，你是从哪里来的，叫什么名字？看你长得俊美，为何脸上布满愁云？俗谚说：'弓要弯曲才是上品，箭要笔直方能射中靶心；狡辩时说话转弯抹角，交朋友要直率真诚。'我老汉梅乳泽愿意与你交朋友，有什么话可以对我说。"

那少年一听说眼前这长者就是闻名天下的大辛巴梅乳泽，脸上的愁云顿时消散。面对梅乳泽的，是一张笑脸："这是什么地方我不知道，却碰上大英雄梅乳泽，想必这就是岭国了。多么幸福啊，命运把我带到了这里。多么美好啊，让我见到了雄狮大王的贤臣。我从北地阿里国来，名叫玉杰托桂，阿里住着九万户百姓，国王名叫达瓦顿珠。国土本来美丽又辽阔，臣民本来安宁又快乐。现在呀，忽然来了魔女七姊妹，生下七个凶恶的妖魔，钻进了国王的宫内，把持朝政，百姓们被推进了火坑，行善的受责罚，作恶的才算立功勋。"

"那你出来想做什么呢？"梅乳泽明白了玉杰为什么面罩愁云。

"我渴望拜见雄狮王，听听他的声音，看看他的神韵。看大王是不是有办法，救阿里九万户百姓出火坑。"

梅乳泽被这少年的诚心所感动，想他小小年纪，居然想的是九万户百姓，不辞劳苦，艰难跋涉，到这里来投奔格萨尔大王，我怎能不带他去见大王呢？于是，梅乳泽答应立即带他去见雄狮大王格萨尔。

原来，这少年玉杰托桂本是阿里大臣赞拉多杰的儿子，因为目睹魔臣当道，百姓受难，才逃出国来。他想，与其在魔臣手下偷安，不如沦落天涯受苦。久闻岭国大王格萨尔专门降妖伏魔，不如前去投奔，请他到阿里来降伏那七魔臣，

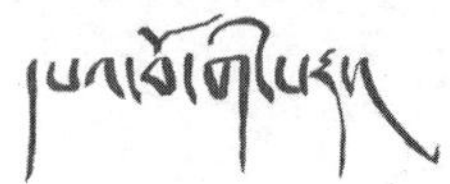

为民除害，救百姓出苦海。主意拿定，就带着两个贴身的仆人离开阿里。主仆三人究竟受了多少苦，遭了多少难，没人能说得清，而今得见雄狮大王，那主仆三人早把劳苦置之度外，欢天喜地随梅乳泽而去。

梅乳泽带着玉杰主仆三人来到森珠达孜宫外，下马先行进宫禀报。王妃珠牡得知来客不仅出身高贵，而且敦厚善良、勇敢机智，就亲自出宫来，把玉杰主仆三人带到雄狮王的宝座前。

玉杰双手捧上一条绣有八吉祥图案和坠有轮王七宝等九种瓔珞的哈达，献给了格萨尔大王，然后行九叩首大礼。

王妃珠牡右手端着斟满酥油茶的金碗，左手捧着倒满青稞酒的银碗，跟在她后面的几个侍女手里端着各色精美的甜食和牛羊肉。王妃珠牡已看出格萨尔大王也喜欢这个少年，她就更加热情起来。

辛巴梅乳泽已把玉杰的情况向大王禀报过了，现在，他要玉杰自己向大王讲讲。

玉杰托桂正了正头上的白绫巾，正欲跪在地上，被珠牡扶住了。不知为什么，从一见到这美少年的面，珠牡就像见到久别的儿子一样，对他格外亲热。她本想把玉杰揽在怀里，又怕大王怪罪，只得在一旁不断地劝他多吃。见王妃如此亲切相待，雄狮王又如此慈祥，玉杰心里又高兴又悲伤，想起自己的老父还在国中受难，阿里的百姓还在那里受熬煎，玉杰托桂再也咽不下去了。此刻，他有好多好多话要对雄狮王讲，但是，从哪里说起呢？

“大王啊，我玉杰托桂今年刚满十三岁，像刚上笼头的小马，刚断奶的羔羊。有句老话说得好：‘不是幸福过了头而远走，只因苦难没了顶而逃遁。’那黄金般的阿里国土，原来百姓生活得幸福美好，国家和平安宁。自从来了魔臣七兄弟，我们就算落进了苦难的深渊。大王啊，天母曾经预言，先王也有遗训，都说当阿里被乌云笼罩的时候，雄狮王就会在岭地降生，只有格萨尔才能扫除阿里的雾障。于是我才逃出来，历尽艰辛把您寻。现在阿里百姓的苦乐，还有我们三个无依无靠的可怜人，全都托付给您了。雄狮王啊，愿大王把我们收留，愿大王快把妖魔扫尽，让阿里重见光明。”

珠牡王妃见玉杰一片赤诚，立即对雄狮大王说：

夏天辽阔的草原上，
绚丽的鲜花芳香诱人，
花长在土里不沾灰尘，
是敬神的最好供品。
生长在阿里的少年，

心如鲜花般洁净，
没有沾上那邪恶的尘埃，
对大王您是一片忠心。

“大王啊，请您一定答应他的请求，快向阿里出兵。”珠牡好像比玉杰还要急切。

雄狮大王笑容满面，用右手抚摸着玉杰的头，缓缓地说：“今天我真高兴啊，好孩子。梅乳泽把你引荐给我，叫我多么称心如意啊。看见你这仙童般的孩子，我要给你讲几句预言——”

你头上裹着白绫巾，
象征岭地人丁兴旺，国家安宁；
你华服上绣的狮虎花纹，
是士卒猛如狮虎的证明；
你胸前佩戴的金护心镜，
是阿里就要平静的象征。
今年的属相是老虎，
虎年不宜用重兵；
单等龙年一来到，
阿里就会得太平。
玉杰呀，好孩子，耐心地等待吧。

玉杰托桂听大王说要等到龙年才能发兵，心里暗自焦急。到龙年，还有三年的时光，这漫长的三年，怎么熬呢？一想到要无所事事地待上三年，玉杰又忧郁起来，愁云又重新笼罩在他的脸上。

格萨尔大王一眼就看出了阿里少年的心事，立即安慰他：“阿里的七个魔王，要由岭国的七个勇士去降伏，龙年用兵，定能取胜。这三年中，我派你去琼居穆姜部，做王子扎拉的谋臣。你有很多事要学，也有很多事要做，不要悲伤了，孩子，也不要忧郁了，玉杰。”说完，格萨尔为阿里少年做了长寿灌顶，又把一根五彩长生结挂在他的脖子上，赐给他一件绣有千云托百龙的长寿宝衣，九张虎豹皮和许多金银珠宝。

阿里少年的脸像绽开的花朵。他从心底里感激雄狮王对他的厚待，实在想不出用什么来报答格萨尔大王的恩情。忽然，他想起来了，于是吩咐仆人把自己的坐骑牵来：“大王啊，我把心爱的坐骑献给您，这是匹千里追风驹。一年的

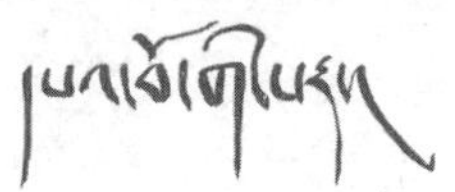

路程一月能跑完，一月的路程一天能跑完，还配有丝缰和玉辔，我玉杰愿做大王的牵马鞴鞍人。”

格萨尔坚持不要玉杰的宝马，急得这阿里少年直想哭：“大王啊，父母的养育恩情大，您的恩情比父母深，用一百匹马也难报答，用一千个城堡也换不到。大王啊，这只是我玉杰的一点儿心意，万望大王收下。”

格萨尔把玉杰揽在怀里，万般爱抚，安慰他说：“孩子啊，难得你一片真情，你的心意我收下了。这宝马，你无论是平日行路，还是上战场杀敌，都是离不了的，就留着你自己用吧。”

珠牡这时走过来，拉住玉杰说：“孩子，大王既然不要，你就从命吧。来，我带你看看我们森珠达孜宫。”

玉杰托桂随着王妃珠牡走出宫来。刚才来的时候只因见大王心切，并没有顾得上细看这世人景仰的地方。现在，雄狮王答应出兵阿里了，自己在岭国也有了安身之处，玉杰的心情从来没有像现在这样舒畅，他现在可以尽情地笑了。珠牡带着他，前后左右把森珠达孜宫细细地看了一遍。

从东面看，这宫殿是白色的，就像月光照映在海螺上面。

从南面看，这宫殿是黄色的，如同阳光映照在金山上面。

从西面看，这宫殿是红色的，好似紫铜熔在炉膛里一般。

从北面看，这宫殿是蓝色的，犹如碧玉浸在海水中间。

看上面，彩云幕帐挂天边；看中间，吉祥花雨飘不断；看下面，美丽龙女舞正酣。这实在是座迷人的宫殿！看见它，能荡涤罪恶；住进去，能变成神仙。

看过宫殿，玉杰随着王妃喜滋滋、笑盈盈地回到雄狮王身边。他要告别大王，前往下岭穆姜部去见王子扎拉，并留在扎拉身边做谋臣。

短暂的相见，格萨尔还真有点儿舍不得这可爱的阿里少年。但是，他必须让玉杰去扎拉处，为三年后平服阿里做准备。临别之际，格萨尔有几句话要告诉玉杰：“俗谚说：‘密林浓荫遮住天，才能留住小杜鹃；蓝色海洋大无边，才能留鱼儿游其间。’岭国美名传天下，玉杰慕名来此间，算与我格萨尔有缘分，英雄荟萃我身边。阿里来的好孩子，不要急躁心放宽，报国助民好志向，我定帮你去实现。就像那辛巴梅乳泽，是岭国的大英雄，却还要回到黄霍尔，那里才是他自己的家园。我们君臣会很快再见面，阿里平服了，送你回家和父母团圆。”

玉杰托桂告别雄狮王，又和辛巴梅乳泽道了珍重，依依不舍地离开了王妃珠牡，登程前往下岭地。

第一百六十章

天女授记出兵救阿里
玉珠领命射箭毙魔龙

象雄土阳马年结束，转眼间，三年过去了，这一天正是土龙年十月初十。黎明之际，格萨尔大王正在酣睡。空中突然出现一座彩云天幕，花雨纷纷飘落。伴着阵阵优雅的仙乐声；天幕中现出一位面庞白里透蓝的二八妙龄仙女来。她身着空行天母的八种舞乐服饰，右手拿着一杆轻轻飘动的白色箭旗，左手握一面能够照见世间一切的如意宝镜，蓝色长裙随风飘曳，绛褐色的长长披肩掩住了轻盈的身躯，头上的蓝宝石发饰和胸前的双垂瓔珞不断地闪着莹光，她就是格萨尔在天界的妹妹妲莱威噶。只见仙女微微翘首，妩媚而又威严地看着格萨尔王，用如蜜蜂簇绕花丛一样的调子唱道：

有句古老的谚语，
射箭须射中目标，
使者要完成使命。
箭不中的是白费，
使者辱命算丢人。
提醒兄长格萨尔，
土龙年如今已来临。
阿里全国大地上，
邪魔外道正横行。
从前，有七个魔女，
为了毁法灭教，
为了乱俗扰民，
发恶咒生下七个魔臣。
那时，七位大智者，
下了降魔除害的决心，

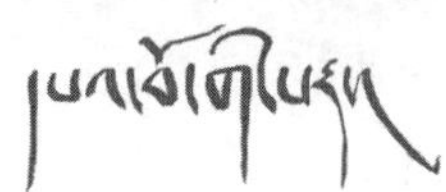

如今到了偿愿的时间，
降魔靠他们七个人。
除了岭噶的七名勇士，
纵有千军万马，
也将一事无成。
要在本月十八日，
集合起岭噶人马，
一齐向阿里进军。
辛巴梅乳泽打前锋，
玉杰托桂把路领，
兄长领兵来接应。
为保岭军无损伤，
须去祭奠玛杰战神。
小妹妲莱威噶我，
一路照应岭噶人。
拯救阿里时辰到，
莫失良机快发兵。
今后凡有疑难时，
我会及时来指引。
今天预言这一切，
兄长一定要记清。

唱完后，天女像天空的彩虹一样，倏忽之间就消失得无影无踪了。

雄狮王格萨尔翻身跃起，洗漱完毕，天已大亮。于是，格萨尔王请王妃珠牡立刻召岭国四大使臣进宫。珠牡出去把他们领了进来。雄狮王对四位使者说道："派出去的使臣和射出手的箭，都必须准确地完成自己的使命。立即传令下去，请岭噶六部和霍尔、碣日等国的英雄勇士前来议事，快快启程莫延迟！"

大王命令完毕，四位使臣立刻飞身出去。只见他们牵来追风宝马，一手鞴马鞍，一手铺马垫；一手紧肚带，一手扣后鞧；一手拴辔头，一手系马尾结……眨眼工夫收拾停当，各人飞身上马，如夜空的流星，风驰电掣地上路了。使者出发后，岭国的文臣武将都遵照雄狮王的命令，纷纷书写文告。霎时间，那些文告像离巢的小鸟、如飞舞的雪花，飞向岭国各地。

第一路，由色巴氏达绒晁通的儿子东赞和大将米琼率领，集合五百金盔军，不要拖延快启程。前队要像日出东山顶，中队要形影不离跟前队，后队要像线团一样绕得紧。

第二路，由文布氏曲鲁达彭和噶德曲炯贝纳率领，集合五百银盔军，不要拖延快启程。前队要猛如雷霆，中队要疾如闪电，后队要比冰雹落地更齐整。

第三路，由穆姜氏绒察查根、丹玛和森达率领，集合五百玉盔军，不要拖延快启程。前队要像罗睺眨眼，中队要像风卷残云，后队要像礌石滚滚。

第四路，由霍尔辛巴梅乳泽率领，集合五百红盔军，不要拖延快启程。前队要像蛟龙出洞，中队要像大河奔流，后队要像狂涛翻腾。

时间转瞬即逝，到了十八日上午，岭噶各路大军果然按时来到达平坝聚集。

琼居首领绒察查根、丹玛、森达首先率五百玉盔军赶到达塘。十三面绿色大旗，像碧海波涛翻卷。

接着，珍居的首领曲鲁达彭和噶德贝纳率五百银盔军赶到了。十三面洁白的大旗，像蓝天上的白云一样飘动。

再后面，是琪居首领东赞和米琼率领的五百金盔军来到达塘。十三面金黄色大旗，像金灿灿的阳光，照亮了平坝。

最后面，是霍尔辛巴梅乳泽率领的五百红盔军及时赶到。十三面红色大旗，像燃烧的火焰，燃遍了达塘。

那天上午，雄狮王容光焕发，面如朝霞照映长空，心情欢畅，像湖面轻漾涟漪，在文武大臣、王妃、侍女簇拥下，走出森珠达孜宫，健步来到达塘平坝，在曙光宝帐中央的金墩上落座，侍臣唐泽玉珠走到宝帐门口，吹响白螺号。各营首领闻声，立即前来朝见雄狮大王，献过哈达以后，各人依次坐下。

这时，格萨尔王对在座的兵将们唱道：

在本月初十的黎明，
天女妲莱威噶自远方来，
她对我说的预言，
我字字句句记得牢。
在那阿里黄金般的国土上，
七魔女的恶咒得到应验，
生下了魔臣兄弟七个，
要降魔必须依靠七位英豪。
由辛巴梅乳泽打前锋，
玉杰托拄做向导。
行军的次序这样安排，

辛巴的周围，
有五百红盔健儿围绕，
各路人马立即动手，
把装扮的徽号战旗准备好。
有句古老的谚语说：
“众人乘船过大江，
和衷共济心一条，
众人携手创大业，
同心协力共逸劳。”
为了阿里得太平，
四路人马要协调。
计谋共同来商量，
重担大家分着挑。
明天开始的十天内，
抵达阿里不迟到。

格萨尔王唱完以后，坐在右边首席上的老总管绒察查根紧接唱道：

今年要降伏阿里七妖魔，
早就做好安排和打算。
平定阿里金宗后，
岭国又把疆土添，
三十六个小邦国，
十一的位置阿里占。
神子雄狮大王啊，
您征服的大城和小邦中，
这次的成就非一般。
天母曾经降预言，
说您到龙年那一年，
藏地又将增财源，
从此雪域不穷困，
百姓不再受苦难。
而今预言该实现，
降魔取宝在此番。

祝愿顺利打开金窟，
祝愿大家一路平安。
战神护佑增士气，
治疗疾病有仙丹。
天母保我得长寿，
马无伤病人生还，
雄狮大王君与臣，
美名永存人世间！
再祝雪域春长在，
金地阿里变乐土！

逢九出征必胜利，第二天正是吉祥的十九日，大王在九峰吉祥神山主峰的神庙里，插上彩色吉祥箭，点燃了神香。香烟缭绕，弥漫云天。雄狮王向虚空顶礼，祈天神、护法赐福。珠牡王妃虔诚地向诸神祈祷：

在上界缥缈的虚空，
有千千万万神兵神将，
簇拥着那白梵天王，
我把甘露圣香敬上。
在中间永恒的白云深处，
有千千万万念兵念将，
簇拥着念青格卓大山神，
我把甘露圣香敬上。
在下界冰清玉洁的龙宫，
有千千万万水族兵将，
簇拥着龙王邹纳仁庆，
我把甘露圣香敬上。

还有七十五吉祥护法，天龙八部，三十尊战神，三十六尊保护神，十三尊引路神，战神威尔玛，也一一奉上了甘露圣香。愿天神、念神、龙神、战神、保护神、引路神等护佑岭军，早日平服阿里，早日凯旋回岭。

之后，大王命令辛巴率领的黄帐霍尔五百名红盔军，一马当先，拔营起寨。接着，岭噶本部大、中、小三族各路人马，兵分三路依次出发威风凛凛地向阿里金国前进。

阿里少年玉杰托桂一马当先，与辛巴梅乳泽并辔而行。阿里的七魔终于到了末日，小英雄别提多高兴了。玉杰恨不得一步就迈到阿里，把百姓从魔爪下解救出来，也盼望早日见到日思夜想的老父亲赞拉多杰。梅乳泽也为小玉杰高兴，自从三年前见到他那天起，梅乳泽就盼望着今天，他喜欢这俊美的阿里少年，也愿意为他重返故乡尽自己的微薄之力。辛巴如愿做了进军阿里的先锋。见这可爱的少年兴奋异常，梅乳泽也为之感染，仿佛是去解放自己的家乡一样振奋。

一路晓行夜宿，经过九天艰苦行军，这天，大军来到藏地上部地区、紧临嘉噶边界的阿里境内。在一座像九条黑蛇盘踞怪石岩脚下，格萨尔王吩咐宿营。就在这时，只见那晴空万里、朗朗蓝天之中，忽然飘下一阵软软的花雨来。智慧空行母妲莱威噶变成一只金翅碧玉蜂盘旋在花雨中间，像蜜蜂曼舞一样柔声唱道：

雄狮大王格萨尔，
使雪域摆脱贫困的愿望，
即刻就可以实现。
降伏阿里的时机已经到来，
你的宏愿正好施展。
有了恒心和信念，
高山过去就会出现平原，
人与天神互相配合，
影子和身体永远不会离散。
岭噶大军除妖魔，
天神自然会成全。
岭噶行军的顺序，
你已经安排妥善。
从这里再往前走，
有五座险峰把路拦：
那山路比马尾还细，
隘口不如针眼儿宽。
无玉杰托桂把路引，
谁人也休想翻过山。
翻过那山再往前走，
三座雪岭连着云天。

魔狮盘踞在雪山顶上，
叫人见了心惊胆战。
大王你亲自降伏狮妖，
岭军自然能够平安。
金地阿里地势险要，
行人都愁举步艰难。
进军阿里没有别路可走，
只有把东边的山路登攀。
翻过那三座雪山以后，
迎面会出现一座大石岩，
它像罗刹朝天仰卧，
嶙峋怪石直插云间。
岩上一洞深不见底，
有条九头黑龙在洞中盘桓。
黑龙身长九余庹，
七魔魂魄依附在上面。
消灭那条九头黑龙，
唐泽玉珠定要当先。
动作准确、机灵果断，
看准要害莫迟延。
倘若不慎出差池，
损兵折将添困难。
过了那洞再前走，
金地阿里在眼前。

唱完以后，那碧玉蜂儿就像天空的彩虹一样，眨眼间就不见了。第二天，东方天空刚刚发白，由阿里少年玉杰托桂引路，格萨尔君臣一行，在岭噶神兵的护卫下，就像用丝线穿珍珠一样，一个紧接一个有条不紊地继续向前进发。

翻过一座雪山，又见三座紧密相接的雪峰直插云天。在那三山之间的一座小山峰上，蹲着一头魔狮，张着血盆大口，探出一只前爪。见到岭国军兵，那魔狮把前爪一挥，顿时扫下一个山尖。顷刻间风雪弥漫，遮住了道路，遮住了岭军将士的双眼。魔狮又怒吼起来，震得山摇地动。岭军的战马受不了这比雷鸣还要厉害十分的响声，长嘶着，向后倒退。岭兵急拉马缰，却又看不见道路。

慌忙间，几匹马失蹄落入山涧。格萨尔知道这魔狮厉害，非他不能降伏。立即口念咒语，将自己变作一头绿鬣白狮，发出比那魔狮更响亮的吼声，向魔狮扑去。那魔狮一见白狮，顿时收起爪子，扭头就跑。白狮哪里肯放，忽地扑上去，三爪两爪将那魔狮的皮一片片撕掉，肉一块块剜去，魔狮顷刻毙命。

在消除了雪山上狮妖的威胁，通过了羊肠小道和石壁隘口以后，岭噶军队果真来到了那座像罗刹仰卧的怪石旁边。

这时，雄狮格萨尔说："勇士唐泽玉珠，按照天神的预言，现在是该你出力的时候了。"

话音刚落，只见从那怪石岩脚下的深洞中，蹿出一条九个头的硕大黑色毒龙来。大家打量了一下，那毒龙盘绕起来约莫有五百庹粗。孽龙出洞后便一尾扫过来，恰好扫在那怪石上。山一样大的一块坚硬怪石立刻就像一堆沙丘一样稀里哗啦垮了下来，沙石、尘埃直冲云霄。顿时，天昏地暗，日色无光。黑龙更是发起怒来，口中吐出叫人毛骨悚然的长长毒舌，圆睁怒目，直向岭军卷来。雄狮王看了这情景不免暗暗吃惊，忙喝令三军道："要镇静，不许乱动！"

就在这时，勇士唐泽玉珠已经抽出一支金梢神箭搭在"震慑三界"宝弓之上，对着这条巨大的丑陋的黑龙唱了一首英勇的曲子：

九头黑龙你听着，
我岭噶神兵从天降，
开往阿里黄金城，
把七个妖魔全除掉，
让百姓重过好光阴。
听说你是七魔的保护者，
他们的魂魄依附在你身。
有句古老的谚语，
用来比你正相称：
休说保护七个妖魔，
而今你自己也难逃厄运。
你一尾扫掉了大磐石，
不过是山羊临死把命挣。
那怪石没有和你过不去，
你才是有眼无珠错怪人。
今天短命毒蛇遇青龙，
是你气数尽，

休怪我无情！

玉珠唱得兴起，也不管黑龙有何表示，“嗖”的一箭脱手而出。那神箭不偏不倚，果然把黑龙的九个脑袋一字儿穿在一起，黑龙在山谷里激烈地翻腾了一阵子，便丢了性命。格萨尔一招手，一道闪电从手心射出，蛇身化为一团黑烟，向空中飘去。那是黑蛇的灵魂，被格萨尔超度到天界去了。

第一百六十一章

魔臣求援国王拒帮助
大将出马七魔尽丧生

大军继续前进，转眼就到了阿里的草原上拉塘。这美丽的草原，秀丽的景色，真令人陶醉。格萨尔大王吩咐大家安营扎寨。

望着这平展展、绿油油的大草原，格萨尔无限感慨，阿里真是个好地方啊！这里有生长药材的山林，这药材能医治四百二十种疾病；这里有像凝聚着酥油般的金海，有三百颗造金的灵丹，黄色金砂流不完；这里有像积满奶汁般的银海，有三百颗造银的药丸，白色的银子用不完；这里有像碧水般的玉海，有三百包造玉的药散，绿色的玉石任挑选。一旦阿里平定了，藏地事事都圆满，今生不愁吃穿用，为来世布施也欣然。

再说说这阿里王城，王宫通哇让翠意为"人见人爱"，是一座三层高楼的雄伟的宫殿。顶层是用黄灿灿的金子盖成的，中层是用绿油油的松耳石修筑的，底层是用五光十色的花玛瑙建造的。梁柱是用蓝宝石做的，九曲回廊和照壁、飞檐全用纯金和晶莹剔透的红珊瑚做成。这座宫殿珠光宝气，金碧辉煌，比起上界那神仙住的无敌常胜宫也毫不逊色。

可是有一天，阿里国王达瓦顿珠的权力竟然被魔女所生的七个魔子所掌握，于是这辉煌的宫殿变成了国王的噩梦，他上殿来时都郁郁不乐，呆坐在黄金宝座之上，其余的大臣们也都昏昏沉沉地打起瞌睡来。阿里朝中诸事，百姓疾苦全凭这七个魔臣决断，从前快乐如天宫的阿里乐土，顿时变成了魔道横生的人间地狱，国王想救黎民于水火，却是心有余而力不足。

当听说格萨尔王的大军来到了阿里，上至国王，下至老百姓，每个人的心里又都燃起了希望。但是慑于魔臣的威风，达瓦顿珠并不敢将快乐溢于言表，只好假装配合魔臣，传谕金国阿里的二十五个小邦的君主，一百八十名大臣，上殿议事。谕旨一下，只见使者像雪片纷飞，奔赴全国各地，一道道手谕如狂风漫舞，飞向四面八方。

过了不久，那小邦君主，御前大臣纷纷云集金殿，朝王见驾。礼毕，国王达瓦顿珠当着七个魔臣的面对众人唱道：

在座的邦主和大臣呀，
请把我的歌来听。
青日白天我登殿，
精神欠爽昏沉沉。
恍惚迷离入梦境，
虚虚实实辨不明。
梦中出现那些事，
似信非信闷煞人。
但见从那东方日出地，
开来神、龙、精、魔四路兵。
浩浩荡荡向西进，
来到我这阿里城。
这征兆是吉还是凶？
有何办法能判定？
大家快快来商议，
解除疑虑才安心。
我还想到一件事，
一并说给你们听：
从前天神降预言，
先皇临终留遗训，
都说岭国雄狮王，
平定阿里救黎民，
梦境要是应验这件事，
岂非上天安排，命中注定？
我知道的事全说了，
众卿快把高见陈。

国王用歌声唱出了他所梦见的事情以后，除七个魔臣以外，不论是小邦君主，还是当朝大臣，满朝文武一个个就像拾到了无价珍宝一样，心中无比高兴。暗想：这下可好了，降伏了妖魔以后，这黄金般的阿里国土上方，就会出现朗朗晴空，积德行善的好风气又能恢复，大家又能重新过上幸福安乐的日子了……

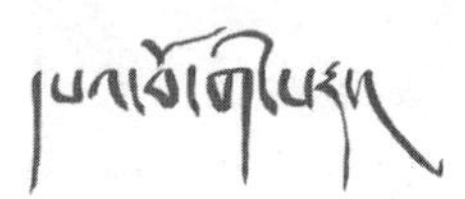

可是，这却惹恼了那魔臣七弟兄。这七个魔怪一听到“雄狮王”三个字，立即火冒三丈，七窍生烟，嫉恨得牙齿咯吱咯吱地响。特别是那个叫多丹桑热的铜头发恶魔，简直无法按捺心中的怒火，暴跳如雷。

“什么雄狮王？谁认得他？在这阿里谁听说过他？谁见过他？如今倒好，连鸟也难飞过的地方，跑马的大道也给开出来了！真是岂有此理！我敢断定，敌人已经出现在我们周围，就像摊在掌心上一样清楚了！”

满朝的大臣见魔臣发火，心里暗自高兴。特别是赞拉多杰，国王的梦竟与他的梦相差无几。这可以断定，魔臣横行的日子已经不多了，阿里国就要见光明了，自己心爱的儿子玉杰托桂就要回到身边来了，叫人多高兴啊！没有得梦的众臣见赞拉多杰高兴，知道必有喜事降临，也掩饰不住内心的激动，兴奋得互相小声议论起国王的梦来。

见众臣喜形于色，七魔更加恼火，那多丹桑热大叫着：“你这坏国王的坏梦相，象征我七兄弟要遭祸殃。什么‘狮子抖威风’，像是那个格萨尔王；什么‘七只恶狼被虎杀’，预示我兄弟没有好下场；‘蓝色杜鹃引大军’，是那玉杰引狼入金乡。这梦绝非好兆头，不用细猜不用想，我们英雄七兄弟，要好好准备上战场。”

那阿里王见梦境被这魔臣一一道破，高兴起来。原来真是好梦，真是好梦啊！如果真的像多丹桑热所说，那么降伏了七妖，自己可以做堂堂正正的国王了。

铜头发多丹见国王也暗自高兴，越发愤怒异常：“叫声众家好兄弟，不要装聋作哑站一旁，阿里宫中君和臣，对我弟兄怀不良。我们性命很危险，犹如巨石悬在马尾上，如今要趁那马尾还未断，豁出命来拼一场。集合七千兵和将，主帅我们弟兄当，打仗不能靠我们，还需处处多提防。骑上火焰追风马，快快整装出营房。”

那另外六个魔臣此时方知他们面临灭顶之灾，顿时心惊肉跳，纷纷起身前去整装披挂，召集军兵。因为他们好像已经闻到了生人的气味，岭军已离他们不远了。

多丹桑热骑上一头红毛老虎，爬到一座神山顶上，一眼就望见了草原上如星辰的帐篷和林立的刀枪。多丹桑热不见则已，一见就眼中冒火。他使劲一打虎屁股，红毛虎直向岭营蹿去。魔臣右手高举长枪，左手提一条红色飞索，像一团火，杀气腾腾地杀向岭营。

这时，岭军营中的各位英雄，早已看清那恶魔气势汹汹地冲营来了。无敌勇士丹玛暗想，照天神空行母的预言看来，今天是我立功的机会到了。于是，立即跨上宝马，戴上白头盔，穿上白铠甲，腰间系好腰刀、弓箭，披挂整齐，俨然一位白色战神从天而降。他扬鞭策马，冲出营盘，迎了过去，刚好与那魔臣碰个正着。

那魔鬼冷不防与这样一员威风凛凛的猛将相遇，不免一愣。惊魂稍定之后，用曲子唱道：

阿里九个十万户，
如今都是魔鬼的臣民，
人人都得把魔法信。
阿里的事情你管不着，
何故兴兵来犯境？！
我又不曾冒犯你，
穷鬼们何故来窜黄金城？！
你是哪里来的穷花子？
说个姓来通个名！
说是兵营嫌人太少，
说是乞丐又嫌多了一丁丁。
有句俗话这样说：
“马该死自己走进虎口，
羊该死自己钻进狼群，
人该死自己去敲魔鬼的门！”
你这该死的蠢家伙，
让鬼祟把你赶到我手心。
今天定要见高下，
拼个你死我活才罢兵！
如果同是英雄汉，
你死我也活不成，
要是本领不相当，
一个活着一个要丧命！
不如向我磕头赔不是，
我罗刹就破例放你一条生路！

多丹唱完，举枪向丹玛连刺三枪，把丹玛的铠甲戳掉三四块甲片，幸好没有刺伤皮肉。这一下惹得丹玛怒火高三丈，满面怒容，就像蓝天突然卷起一堆乌云一样。他抽出一支金翎箭搭在弓上，叱喝道：“你手中那杆长缨枪，不过是乞丐的一根打狗棍，枪刃钝如黑铁块，顶不过木棍一根，瞧你这副哭丧相，又气又恼又可怜！今天上午该你晦气，铜发妖遇上我天煞星，死神阎罗的捉鬼绳，已经牢牢拴住你脖颈。你向上快把蓝天看一眼，这是你最后一次望流云，你向下快把地面看一眼，让你最后告别土地神！”

话音刚落，那神箭就离弦而去。只见那支金翎神箭，发出万道金光，不偏不倚，正射中魔臣多丹桑热前额，脑浆白花花地洒了一地，那魔怪的尸体就像黑色朵玛一样，直挺挺地倒在地上。

这时，那魔鬼的坐骑——吃人的红老虎，也龇牙咧嘴地向丹玛扑来。丹玛眼明手快，顺势又是一箭，正射中那恶畜的心窝，随着一声凄厉的惨叫，那孽畜也像泄了气的皮口袋一样，倒在地上断了气。

岭国观阵的君臣看见丹玛斩了妖魔，杀死恶虎，心中无比高兴，纷纷向他道喜，祝贺他立了大功。这时，雄狮大王格萨尔却想得更远，他知道要是魔臣的寄魂山——桑玛东泽红山不毁掉，很难降伏别的魔臣。于是，他昂首仰视长天，请求在天空保护岭军的战神铲除那座魔山。他正在祷告的时候，只见万里无云的朗朗晴空，突然出现一朵鸟儿一般大小的云块，看着看着那云块渐渐变大，最后，阿里军营的上空，全被浓云遮住，电闪雷鸣。接着，就像石山崩裂时飞滚的乱石一样，下起一阵猛烈的冰雹。就在冰雹下得正紧的时候，忽听一声霹雳，震得天摇地动。那座魔山就在这霹雳声中化为乌有，阿里魔军的官兵一个个吓得丧魂失魄，惊恐万状。

逃兵们回到阿里阵营，将多丹桑热如何遇害的经过，以及岭噶神兵是如何的英勇讲了一遍。可是，在座的人，一个个都紧闭双唇，一言不发。这时，魔臣多丹多吉再也按捺不住，他打发大臣扎西尼玛快出发，快马疾驰去王城，向国王争取援兵。扎西尼玛立刻就骑上银翼追风马，向王城疾驰而去。不一会儿就到了王城的通哇让翠宫。他在宫前下马，径直上殿参见国王。这时，阿里黄金国二十五个小邦的君主，以及当朝一百八十名大臣正聚集金殿议事。扎西尼玛走到国王达瓦顿珠的宝座前面，将魔臣遇害的经过详细述说了一遍，并且向国王请求增派援兵。

大臣报告完毕以后，国王心想：如果现在调集军队直接与岭国雄狮大王对抗，一则非我所愿；再则，老百姓也一定会反对。但是，如果根本不发一兵一卒，魔臣们又一定不会答应。倒不如设法拖下去，推迟发兵的时间。我可以一面发布调集军队的命令，一面告诉魔臣半月之内不可能集合好军队；这样就能赢得了时间。想那格萨尔王，是得到天神扶助，具有大智大勇又长于神幻变化的无敌英雄，十五天内，一定能把魔臣消灭掉。可是结果怎样谁也无法预料，于是国王以诓骗的口气说道：“神的儿子，扎西尼玛呀，你莫要在此久坐，立即赶回兵营去，告诉前方作战的大臣，在这十天半月内，一定调集军队来支援，大军来到以前，一切行动必须谨慎。要知道兵马集齐需时间，传令魔臣众头领，屯守兵营莫乱行，待等半月期限到，我亲赴前线去劳军！”

大臣们也都约莫知道了国王的心事，于是假意下去准备兵马粮草，一副恨不得马上就能上阵的样子。大臣看到这样的情况便又快马回去禀报魔臣，说在十五天内，王城一定发来大军，国王达瓦顿珠，也将驾临前线。魔臣们听后，并不知这是国王缓兵之计，心中还盘算着：我们几个魔臣纵然敌不过岭噶的兵将，但是，现在国王决定阿里全境一齐动员，只要全国行动起来，夺取最后的胜利还是有希望的。因此，对国王的计划也没有产生什么疑虑。

可是，那个叫多丹多吉的魔臣却火冒三丈，脸色“唰”的一下变得漆黑，就像罩了一层浓厚的乌云，两只愤怒的眼睛，闪着一股凶光。二话不说，跳上九头铁狼，直向岭国军营冲去。

这时，岭噶军营里，老总管绒察查根，立即戴上日月炬白银盔，穿上必胜如意白甲，抽出青锋宝刀，拔出神箭，像黑熊喝饱了血以后醉疯了的样子，猛不可挡地迎了上去。黄帐霍尔的辛巴梅乳泽，看见老将出马，也像红毛精灵出洞一样，同时冲出营门，向恶魔扑去。

黑妖魔多丹多吉把绒察查根打量了一番，说：“哟，你这老东西肝火还旺着哩，是活得不耐烦了吧？你哪里是我的对手，莫来找死，我看你怪可怜的，还是趁早回去吧！”

然后他又骄傲地说道：“你右面那个红骑士，似乎有点儿小本领，让他和我来交手，不至于失我英雄身份。头戴碧玉冠的老东西，头发那样白，活像大雪盖了顶；嘴里牙掉光，活像个干崖洞草也没长一根；眼睛那样绿，活像秋泉枯水一小坑。你那三处倒霉的地方，既不配做我的箭靶，也不配做我的刀砧。猛虎捕条小山鼠，会遭到讥笑和议论。我若杀你这小老头，更会引起众说纷纭。我饶你不死，赶快回营。红虬大汉你听真！趁今天红日照头顶，我们试试高低，比比输赢，要是棋逢对手，就斗个筋疲力尽，地暗天昏。要是本领不一样呀，就杀个你死我活，你我两个只能剩一人！”

说完，他对准辛巴额头就是一箭。辛巴眼明手快，等箭一到面前，伸手一把抓住，他一用力，就把那箭折成几段，扔到脚下。这时，老总管绒察查根，抽出一支八角水晶箭搭在白螺自开宝弓之上，用缓慢平和的调子唱了一支歌。他唱道：

貌似武勇的多吉你，
今天落到老汉我的手心，

不必担心莫害怕，
送你灵魂上天庭。
回头我把辛巴请，
让你我同时立功勋。
担心我的铁弓一声响，
那九头铁狼要受惊。
你我同时发神箭，
你射铁狼我射人。
两支铁箭一齐发，
魔臣、铁狼都毙命。
战神为我把箭引，
箭莫虚发免费神。

绒察查根的歌声一停，只听“嗖、嗖”两声，两支箭同时射了出去，一箭正好射在魔臣多丹多吉前额正中央，一箭射在那九头铁狼的心窝。两个妖魔，应声倒地，脑浆、鲜血流了一大摊。那作恶多端的魔鬼，就像羽毛被火烧掉一样，顷刻间化为乌有，再也不能在人间作恶了。

两位大臣立下大功，返回营帐。

第二天，也就是初七的上午，魔臣米纳冬同大力士，骑着一匹名叫“黑铁追风”的马儿来到阵前，他喊道：“我不去找岭噶兵营别的勇士，专去找昨天那两个骑士。要是不能像摘草莓那样把那两个人头和马头摘下来，我就不算一条好汉！”

说罢，就像闪电一样冲到岭军阵前。这时，大将噶德曲炯贝纳勃然大怒，脸上堆起团团阴云，两只眼睛像闪电一样直冒火光。他牵过坐骑，飞身上马，冲出营门，对着那魔臣疾驰过去，正好与那魔臣撞个正着，两骑辔头交错，二将鼻息相闻。魔臣米纳冬同大力士，把来将打量了一眼，唱道：

今天你来到两军阵前，
绝非对我怀有好心肠。
不必絮絮叨叨再多讲，
看我把你连人带马捣成肉酱，
让鲜血在地下长流，
看你高兴还是悲伤。

唱到这里，只见他举起短枪，那枪尖在阳光下一闪一闪地放着光，对准噶德，用尽全身之力戳了过来。噶德连人带马差点儿跌在地上，幸好有护身符保护着，人马都未受伤。却令他怒火高三千丈，他一急，顾不上使用武器，伸开双手，一下子就揪住那魔臣和黑铁马的脖子，死死往下按着，大声喝道："我轻轻一下就把你抓在手，你说蹊跷不蹊跷？现在我告诉你一个消息，听了心莫惊，肉莫跳！你是魔鬼中的元凶，恶贯满盈，气数已到，我要一把捏你个粉碎，莫怨我性情太急躁！"

噶德说完，两手不断揪扯，那魔臣米纳冬同黑大汉，慢慢变成了一堆血淋淋的肉块，七零八落地散在地上，只见一缕青烟，他便已魂飞魄散。噶德把那堆肉块收拾起来，挂在黑铁魔马的鞍子后面，轰回了阿里兵营。据说阿里全军上下看到这奇景，一个个吓得魂飞魄散，许久说不出话来。

再说，第二天拂晓，金鸡刚一打鸣，魔臣赞嘉卡雪，骑上火焰追风铁马，暴跳如雷地吼叫道："阿里的兵士们，你们看看呀！好汉米纳冬同大力士，没有刀下死，没有箭下亡，连兵器味都没有嗅到一点儿，身体就变得七零八落的了。这多惨呀！这是世间少有的侮辱呀！简直欺人太甚！今天，我赞嘉即使战死沙场，也要出了这口恶气。我要以牙还牙，以眼还眼，报仇雪恨，杀敌立功，你们等着为我庆功吧！"

说完，就像天上恶煞星坠地一样，放马向岭噶军营冲去。这时，岭噶营内，勇士东赞朗都阿班看得清楚，突然想起了空行母的预言，便自言自语地说道："这个恶魔赞嘉卡雪不正是我的对头吗？这下该轮到我出马立功了。"于是，牵过玉乌青骢马，又迅速穿上金刚碧玉绿铠甲，戴上碧玉冲天盔，插上绿色水绸箭旗。这身装束真是威武。只见他飞身上马，像青龙出海一样，出营而去，正好迎上魔臣赞嘉卡雪。那魔臣也来不及打量一下来将，就唱道：

头戴碧玉巾的小白脸，
你是自愿来此找坟场。
在今天这个晦气的日子里，
看有谁能够帮你的忙？
这里除了你和我，
只有那风声呼呼响。
看热闹的只有那蓝天苍苍，
等着喝血的只有那大地茫茫。
你逃走？
量你跑不出三步！

你躲避?

何处能够把身藏?

魔臣唱到这里，只听“嗖”的一声，一支铁箭向郎都阿班飞来，把铠甲片射掉好几块，幸好没有伤到皮肉。魔臣一看，吃了一惊，心想，噫！这小白脸看来箭是奈何他不得的。我用宝剑结果他吧！于是，又举起他那黑铁青锋剑，“唰、唰、唰”一连三剑，劈头盖脸地向阿班砍来。不料，敌手没被砍倒，宝剑却断成了两截。赞嘉正在吃惊的当口，只见郎都阿班抽出一支羽翎箭搭在满环铁弓之上，不慌不忙地唱道：

你自命不凡冲上讳，
这是抢在父辈前头上马，
抢在母亲前面喝羹。
不自量力，太没分寸！
首先，我让你射一箭，
连我的毫毛也未伤一根。
以后，又向我连砍三剑，
我这里坚如金刚，
那剑儿自己却丢了命。
你说丢人不丢人?
箭不是这样射法，
让我传你一点射箭的本领：
只消我一箭出手，
包管你那肺，
就像草上的雾珠见太阳！

东赞郎都阿班唱到这里，便把弦上的箭“嗖”的一声放了出去，那箭正好穿透赞嘉的心脏，赞嘉应声倒地，一命呜呼。

魔臣每每上阵却都有去无回，剩下的人哪里咽得下这口恶气，哪里还等得了国王的援兵。次日，魔臣达贡桑秋，怒不可遏，肺都快气炸的样子，在营帐里不停地转着圈。转着，转着，他也产生了一个倒霉的念头，于是急急忙忙地牵来牛头黑马，向岭噶军营疾驰而去。这时，岭噶军营中的勇士米琼卡德，跨上火焰枣红马出阵对敌。两骑相遇时，魔臣讥笑道：“红色骑士你好可怜，你骑的马只有那么一小点点儿，小马驹背上坐了你这三寸丁，莫非岭国人都死绝了种？这几天你们占够了便宜，今天又想让个娃娃来诳人。”

说着，便一箭向米琼射来，没有射中，他又刺了一枪。只刺着米琼的铠甲，未刺伤皮肉。达贡恼羞成怒，又抡着大刀砍了过去，刀只碰上米琼的头盔，仍未砍着米琼。接连三招都未得手，那恶魔气得暴跳，抱起羊那样大一块石头看准米琼狠砸过去，因米琼有灵符护身仍然没有砸着。魔怪看到这一招儿也奈何他不得，于是愤怒地使出他那最后的看家本领——用手揪扯。这一招儿确也不错，只见他伸出魔手抓住米琼铠甲的领子，把米琼推搡过去，着实折腾了好大一阵子。这下，可把米琼惹火了。他也来不及唱歌，拔出尖刀，对着那恶魔腋窝使劲一刀捅去。你道米琼为啥专捅恶魔的腋窝？一则因为米琼个子太小，别的地方够不着，再则自己又被恶魔提在手中，确实不好使劲。恶魔复仇心切，一心想尽快结果米琼，根本没防着米琼的这一手。米琼这才捡了一个便当。这一刀果然厉害，从腋窝一直插到恶魔的心脏，只听恶魔惨叫一声，便倒在地上，一动也不动了。

第一百六十二章 岭将齐立功诛尽妖魔 雪域现祥瑞皆享太平

第二天，红眼魔臣米玛查热大力士，骑上追风黑魔马，就像恶龙出海一样，凶神恶煞地向岭军阵前冲来，这时，岭军营中，无敌勇士森达阿东，牵来耀眼银光马，只见他头戴银盔，身穿白甲，刀出鞘，箭上弦，就像天神从空中而降，威风凛凛地出营接战。那魔臣对着阿东，用狂风咆哮一样的声音叫道："白色骑士你休吃惊，今天你出来是不自量力瞎逞能，你留不留恋这温暖的尘世？若留恋，快把武器交给我，就饶你一条命。你们岭噶太狂妄，接连杀掉我们几个魔臣。须知杀人要偿命，抢人财物要罚金。今天看我把仇报，不达目的不回营！"

说罢，他就把那支黑色神风箭，对准森达射了过来，没有射中。那毒箭里流出来的毒液把森达的铠甲、衣服等都染得漆黑，身体却没有受到什么伤害。这时，白袍将森达阿东看到自已变得像个灶神一样，不禁勃然大怒，盛怒的脸上像罩了一层厚厚的黑云，眼中迸发的怒火，像天空闪耀的电光。他横刀立马大声说道："你牛吹得震天响，口出狂言不自量。口口声声叫喊要'报仇'，说什么报不了仇不回营房。今日上午日当顶，好汉来把本事亮。无敌勇士森达我，一定留在这温暖的人世上，黑色恶魔红眼睛，一定得去见阎王！"

森达阿东举起青锋大砍刀，一刀砍过去，只听"咔嚓"一声，红眼睛魔臣连人带马被砍成两截，倒在地上。森达阿东不损一兵一卒，力劈魔将，大获全胜，兴致勃勃地回营请功去了。

这时，岭军营中，雄狮大王抽出一支霹雳箭，递给曲鲁达彭，说："明天上午，口吐烈焰的那个魔臣要来我军阵前挑战。对这个魔臣不可等闲视之。他本领高强，非同一般。特别是他骑的那匹枣红色魔马，号称追风驹，行走如飞，非一般凡马可比。你出阵对敌，降伏这个恶魔。郎都阿班的那匹玉鸟青骢马，权当你的坐骑，务必小心在意。我做你的后援，还有天神扶助，定能马到成功！"

曲鲁达彭答道："既蒙大王厚爱，赐我神箭，降伏那个魔臣，即如探囊取物了。末将自当小心谨慎，杀魔立功，以报答大王赐箭之恩。请大王及诸位大臣放心好了！”

第二天，已经是十三日了。就在这天上午，那个口吐烈焰的魔臣卡拉梅巴，眼睛里喷着仇恨的火焰，心中翻起嫉妒的波涛，骑上枣红追风驹，冲出营门，一路上口中不断喷出一团团火焰，鼻孔中连冒着一缕缕黑烟。那追风驹真的跑得快，四蹄生风，眨眼间就冲到了岭军阵前。这时，岭军营中，达彭跨上玉鸟青骢马，像天神下凡，像山妖出洞，像猛龙出海，勇不可当地迎了出去。

两骑相遇以后，卡拉梅巴唱道：

岭噶妖孽倒霉鬼，
就像脑袋撞到石头上，
今天偏偏碰着我这追命人。
让我口吐烈火烧死你，
还是鼻喷浓烟索你的命？
让我用箭射穿你的头，
还是用刀挑出你的心？
你喜欢哪样尽快挑，
不要支吾老磨蹭，
现在太阳刚升起，
时间不晚来得赢。

唱完，他先抽出一枝铁箭，“嗖”的一声向达彭射来，射掉达彭三块铠甲片。接着，又刺了一枪。这一枪又刺掉四五块铠甲片。以后，他又挥动钢刀，一刀砍来，砍掉了达彭头盔上的黄绫顶缨。这时，他看一连用了三种兵器都未得手，心想用兵器是难以取胜了，得换换招数才行。于是，他抱起牦牛那样大一块巨石，狠狠地向达彭砸下去。幸亏岭噶的保护神暗中把那石头接住，达彭才免掉了一场可怕的灾难。这时，达彭不慌不忙地说：“真是穷鬼心大。你的武器不锋利，再多也没有用呀！”

卡拉梅巴心想，这样锋利的武器，这样重的石头都奈何他不得，今天，不如先回去，免得遭受不测。以后一定会找到报仇的机会。想罢，抽了追风驹一鞭，夺路而去。他正在马蹄扬起的滚滚尘土中狂奔的时候，达彭催动玉鸟青骢马紧紧追了上来。那玉鸟青骢马不愧为神马，只见它放开四蹄，如离弦的飞箭向那魔马追去，眨眼间，跑到魔马前面挡住了去路。魔臣一看无法逃跑，便横下一条心，立马持枪，准备拼个你死我活。岭噶英雄达彭还是不慌不忙，抽出雄狮大王格萨尔赐的那支霹雳箭，搭在白色宝弓上，大声说道：“短命恶魔你恰似干了的酥油灯，达彭我就像疾风一阵阵。你快向这温暖的世间告别。投生来世要做个好人，让我把你这罪恶的躯体，一箭送到那积善的天庭！”

达彭唱到这里，“嗖”的一声把那霹雳箭射了出去。因有战神在暗中为箭引路，只见那支神箭闪着耀眼的火光，端端正正钻进了恶魔的心窝，那恶魔的心、肝、肺都被箭镞从心口带了出来。达彭又立了赫赫战功，喜气洋洋地回到了岭噶军营。

十五日的上午，天空晴朗，气候宜人。当金色的阳光洒遍大地的时候，岭噶的格萨尔大王，将岭噶的全军人马集合在中军帐内，做了进军阿里王城的新部署，他唱道：

今天天空吉星照，
地上煦光把缓送，
预兆吉祥喜在心。
岭国出征到今天，
全军士气很旺盛，
七名勇士更威武，
先后降伏七魔臣。
战功赫赫震世界，
英雄美名万古存。
平定阿里的障碍，
已经全部除干净。
进军阿里开金窟，
胜券在握别担心。
辛巴、唐泽和玉杰，
率领岭噶白旗兵，
离开地面一丈高，
稳步前进到王城。
一有众神来帮助，
二有我国王来指引，
保你们人人通神幻，
只管放胆向前行！

格萨尔王分拨停当以后，岭国君臣兵将都按照雄狮大王的部署大显神通，从天上、云端、离地一肘处，兵分三路，浩浩荡荡地开始向阿里王城进军。这对，为首的魔臣已经全部都被消灭，阿里的军队如鸟兽散，各自回家去了。大臣托西尼玛等一行七人，星夜回到阿里王宫，向国王报告了七个魔臣全部被杀，以及格萨尔君臣率领岭噶神兵，正在往王城进发的喜讯。

岭国大军已向阿里王城开来的消息，国王听后，不觉心中大喜，忙对大臣扎西尼玛说道："你的消息叫我高兴。请你即刻鸣号，传谕全境臣民百姓准备隆重迎接岭噶君臣及神兵驾临王城。一切迎接礼仪由你一人负责。"

扎西尼玛领旨下殿，登上城楼，吹了长长的三声螺号。全境臣民听见号音，急忙奔走相告。一传十，十传百，不一会儿国王的旨意就传遍了阿里全境。离得远的骑马，驾车，离得近的徒步前行。不多工夫，通往王城的各条大路上，锣鼓喧天、旌旗蔽日，人流就像天空的彩霞争辉，像地上的百花斗艳，熙熙攘攘涌向王城的吉祥长廊广场。

阿里的欢迎队伍还没有集合好，那岭噶的君臣和五彩缤纷的各营神兵，利用神幻变化，早已布满了阿里王城的上空、云间。

正当众人惊叹不已的时候，国王的爱女扎西荻措公主轻移莲步走了出来。

这是个心地善良、爱护百姓、对恶妇八败一点儿不染、对淑女八德一丝儿不缺、美若鲜花、娇似仙女般的姑娘。只见她，穿一件蓝底绣花锦绣衣，系一条红色丝绸腰带，黑发上佩着耀眼的金簪，结着红珊瑚辫穗，那一对银耳环上嵌着一圈绿松石，颈上佩一串玛瑙和珊瑚串成的项链，脚上穿一双绣有九道彩虹斗艳的长靴，扎着镂花鞋带……人们的目光紧紧围着公主转，把那想见格萨尔的念头全部转移到了扎西荻措的身上。

公主不慌不忙，右手擎着金曼扎，左手腕上垂挂一条洁白的吉祥哈达，用如黄莺一样婉转的调子唱道：

要问这是什么地方？
是阿里的吉祥金长廊。
天空，绚丽的彩虹架起重重幕帐，
云间，吉祥的花雨纷纷扬扬，
地上，阿里的百姓欢呼、歌唱……
欢庆阿里又有了和平幸福，
欢庆七个魔臣一齐消灭光。
今天，黄金国降临了幸福，
雄狮王金色的阳光，
慈祥地把阿里照亮。

飞来了碧玉蜜蜂般的神兵，
采来花粉酿成蜜，
我们才能享受蜂蜜的芳香。
岭国君臣驾临阿里，
国王的通哇让翠宫，
是岭国君臣下榻的好地方。

于是，雄狮大王格萨尔和各位大臣、勇士，纷纷从天空，云间降落地面。那些现身的保护神等神兵天将，像彩虹一样，顷刻之间消失得无影无踪。这时，上师们撑开华盖，高举宝幢、经幡。敲起法鼓、铙钹、碰铃、磬、小钟、法铃，吹动笙箫、长号、海螺等各种乐器，一时间，锣鼓喧天，旌旗蔽日，男女百姓，载歌载舞。这盛大的欢迎场面既热烈又庄严。

雄狮大王格萨尔及各位大臣、勇士被迎进通哇让翠宫。

在阿里国王的通哇让翠宫的吉祥大殿中央，高高地摆着一个九层锦缎厚垫的宝座。格萨尔王在这上面落座。宝座左右的位置上，安放着五层厚垫的绣墩，岭噶的十名英雄，就在这五彩绣墩上就座。岭噶的军营在周围的皮垫子上落座。

宾主坐定以后，阿里国王达瓦顿珠，头戴白绫巾，身穿紫色长袍，满怀喜悦地对岭国君臣表示欢迎和感谢，他用如花雨一边美好的调子对在座各位部众唱道：

在这以前的岁月里，
这片洁净的国土，
出了七个龌龊的魔臣。
我的权力落入魔臣手中，
无法制止魔臣的暴行。
眼看着百姓被引入歧途，
我不能把航向拨正。
就在这样险恶的时刻，
人类的珍宝雄狮大王，
亲率各位和勇士，
带领无数精悍的神兵，
不辞辛苦驾临金城。
作恶多端的七个魔怪，
在正义的暴力下丧生。

魔鬼的巫道被禁绝，
金乡从此又得平静。
百姓又将过上幸福的生活，
这件喜事多么称心。
在阿里的国土上，
我达瓦顿珠，
管辖着二十五个小邦君主，
以及一百八十名大臣，
治理着九万九千户百姓，
我把它全部献给您。

雄狮大王格萨尔听了国王达瓦顿珠的话以后，心中无比高兴，答复国王达瓦顿珠的请求：

今后，在阿里的国土上，
行善者将受到尊敬，
作恶者会无地藏身，
众生能享受幸福，
你，依然是百姓爱戴的国君。
一祝臣民安详，人人和顺！
二祝国家稳定，四境太平！
三祝财物丰富，百业兴盛！
这是我祝愿的三件事情。
今天只办一件事，
打开金窟济贫民。
三宝早已降旨意，
金窟等我做主人。
请你们君臣多协助，
打开宝窟取黄金，
愿吉祥的阳光照阿里！
愿顺利打开金窟门！

格萨尔王讲明来意之后，又和大家交谈了很久。大家一见如故，无拘无束，兴高采烈，开怀畅饮，席间欢声笑语不绝于耳。阿里的姑娘们为客人翩翩起舞，使格萨尔王和岭国大臣、勇士们忘记了征途的劳顿，好像到了自己家里一样，消闲自如，十分安心。

时间过得很快，岭国君臣在阿里金城住了五个多月，不知不觉地，眨眼间就到了三月二十四日。这一天，格萨尔大王对大家说道：“明天是三月二十五日，我们打开狮子天宫金窟取宝的时候到了。你们阿里的君臣百姓和我的岭噶兵将，立即做好开窟取宝的准备。特别是公主扎西茨措，是我开窟取宝的帮手，不能没有她。务请公主偕我同去！”那公主扎西茨措本是天女转世，在三十三天界与格萨尔曾有一面之缘，相约下界后，在阿里金国相见，帮助格萨尔打开黄金宝窟。

第二天，当东山顶上那光照寰宇的金灯亮起来以后，阿里和岭噶的君臣百姓都来到玉山狮子天宫金窟前面的莲丛广场，不一会儿，广场上搭起的那些花花绿绿的帐篷密密麻麻，像夜空的繁星一样数也数不清。

雄狮王来到玉山狮子天宫金窟前面，抬头看时，只见金光闪闪的石壁上嵌着一朵蓝宝石刻成的八瓣莲花。那翠莲晶莹剔透，光彩夺目，格萨尔王便认定那就是金窟的大门了。于是，就在它的前面，铺了三排锦缎厚垫。大家请格萨尔王在那宝座上就座。人们看见雄狮王身穿白色锦缎长袍，外罩一件蓝底金花的刺绣披风，头戴莲花五佛冠，冠上那金制如意金刚杵上饰着羽翎和五彩耳旒。右手握的那根金质五股金刚杵紧贴心口，左手摇着银铃，口诵真言，祷告护宝神将打开金窟大门。

这时，天上现出了五彩祥云，空中各色各样的花雨纷纷飘落，这些就是宝窟大门将要开启的吉祥预兆。阿里公主扎西茨措身穿绫罗衣裙，佩戴着各种珍奇的珠宝饰物。她那一身装束雅而不俗，使她更加显得端庄秀丽，美貌非凡，就像天上的仙女降临人间。只见她轻移莲步，来到格萨尔王宝座前面，先把一个约一肘长的金曼扎敬献到雄狮王的宝座前，接着，右手摇动彩箭，左手举着一面净无纤尘、闪闪发光的金镜，用祝福吉祥如意的“扎西央古”曲调唱道：

阿里这个金窟的由来，
也要对大家说明，
在这玉山狮子天宫，
大德白玛陀称尊者，
埋藏有瑰宝稀珍。
曾预言在将来的某个时候，
藏族人要用它摆脱贫困。
还说一旦开窟的时机成熟，

雄狮王就是金窟的主人。
我一直等着这美好的时刻，
现在，这个日子终于来临。
东边神山上的猛虎，
南边妖山上的狮子，
西边龙山上的青龙，
北边魔山上的大鹏，
是四大护宝真神。
在今天这吉利的时刻，
好像把祖传珍宝交给后人，
这满窟奇珍异宝将归还原主，
请大王快开窟取珍宝！
喝令窟内的守门将——
手持铁矛的红脸财神，
切莫小气生妒忌，
快快打开金窟门！
快快打开金窟门！
金窟的主人是雄狮王，
我是他掌管钥匙的人。
愿借尊者誓约的力量，
打开这黄色金窟的大门。
愿诸事如意，一切称心！

公主唱完后，把手中的彩箭插在那朵八瓣莲花的正中。

这时，雄狮大王祷告道："持明上师白玛陀称尊者埋藏在阿里玉山狮为我打开这金窟的大门，让藏地黑头百姓的用度、上师高僧需要的法器、武士们需要的兵器、姑娘们需要的饰物，都能从这个宝窟中得到。公主扎西茨措的证词，还有我格萨尔——人间太阳的福泽和神通变化的法力，都实实在在，正确无误地证明这金窟只能属于我。现在，请诸神协助，打开大门让我取宝吧！"

格萨尔王祷告完毕，把那根五股金刚杵朝金窟大门点了一下，那厚厚的巨石大门便自动向两边退开，紧跟着一阵阵香气迎面扑来，沁人心脾。只见那护宝守门神将——持矛红脸财神把一尊有箭杆长的如来纯金佛像，一尊珊瑚的无量寿佛像，一尊白海螺观音像，一尊绿松耳石度母像，一尊银财神像以及盛在宝匣中的七种稀世奇珍等捧出来，敬献给雄狮王。

格萨尔王从守护神手中接过珍宝之后，马头大的大金块，羊头大的中等金块，拇指大的小金块，就像石山崩塌一样从窟中滚滚而来。在金块的后面，散碎细小的金粒、金砂，就像流沙一样，接连不断地流了出来。

这时，公主扎西茨措，拣了五块金块和若干珍宝，作为镇窟宝贝保存在金窟里，随即关好大门。为了宣扬雄狮王的声威，她还爬上玉山顶上，插了一支彩箭。这时，阿里的君臣百姓和岭噶的武士军人，亲眼目睹了这番神奇的景象，崇敬和欢快的感情不禁油然而生，纷纷向雄狮王敬礼称贺。

格萨尔王把如来金佛等作为阿里地方之养地宝贝赠给了阿里君臣。第二天一大早，阿里的僧俗百姓、男女老幼把很多珠玉宝石等贵重礼物，作为纪念品敬献给格萨尔王，请求他永远做阿里百姓的保护者。随后，岭噶君臣兵将、阿里国王、公主和大臣们来到了通哇让翠宫。金色的太阳从东山顶上升起来的时候，岭噶君臣兵将就正式踏上归途。阿里国王达瓦顿珠，公主扎西茨措，二十五位小邦君主，一百八十名大臣，以及僧俗各界几千人骑着马匹来送行，一直送到扎西坝子，天色慢慢暗下去，大家就地宿营，过了一夜。第二天，雄狮王格萨尔说：

现在请各位回去吧！
大家专程相送，
这番盛意我将永志不忘。
无奈我等归期在即，
不敢再劳远送。
愿我们后会有期，
如今这个苦难的世界上，
恶魔还统治着很多地方，
按照天神的安排，
那些魔鬼都必须消灭光。
我任重而道远呀，
还须马不停蹄，
征战疆场，
很多保境安民的大事，
要我亲自做主张。
不能在这里久住宿，
望你们多多体谅。
今生一定能够再见面，

来世还会相聚在天堂。
一切团聚都是暂时现象，
悲欢离合原本无常。
团聚本身就意味着离散，
生的后面紧跟着往生。
世间的事物就是这样，
众君臣不用凄怆！
从今后，
阿里金乡要兴旺，
财神保你金银装满仓，
无量寿佛保你健康长寿，
战神护法保你兵强马壮。
请你们放眼遥看好风光！

雄狮王唱完这支最后的告别歌以后，阿里国王达瓦顿珠以及王后、公主等人，只得噙着眼泪，依依难舍地返回宫殿。格萨尔大王带着大军浩浩荡荡凯旋回到岭国，将阿里的宝藏分给岭国众将以及百姓，众人的喜悦不必言表。为了众人的福祉，格萨尔大王又在闭关静坐，等待下一次天神的预示！

第一百六十三章

受挑唆女王欲袭岭军
得授记大王挥师米努

松多纳滩上，坐落着米努绸缎国的王城。城内的王宫里住着女王达鲁珍和妹妹娜鲁珍。米努绸缎国，是个岛国，分上、中、下三部，由姊妹二人统治国家，女王达鲁珍管辖中、下米努，王妹娜鲁珍管辖上米努。女王的威望极高，米努国也很富庶。王城外还有诸多城堡，依次住着谋士八人，内臣七百三十人，外臣一千五百人和战将百员。君臣们掌管着各自的城堡，女王属下的一百八十万户百姓过着和平安宁的生活。

一天，一个住在绿色水城中的名叫冬赤阿珠的大臣忽然从嘉纳来的商人那儿听说：岭国与白热国交战，白热王被格萨尔降伏。平素与白热王交往甚密的冬赤阿珠大惊失色，一面为白热王难过，一面决定为白热王报仇。冬赤阿珠想了三四一十二遍，打了五五二十五个主意，决计前往王宫请女王达鲁珍召集米努人马，出兵白热，赶走岭国人，收复白热国。冬赤阿珠打定主意，立即将绸缎、金银珠宝等备了十五驮，然后带着手下的九个臣子往王城赶去。

内侍禀报冬赤阿珠来见，女王吩咐有请。冬赤献上九折洁白哈达和十五驮礼品，女王的内侍端出茶酒果品一应食物。冬赤并不客气，吃喝完毕，向女王回报："绸缎国的万民主宰啊，您是盖过世界的女王，您的光辉像十五的月亮，威望与天齐，我有愁苦之事要向女王禀报，可是，怎么开口呢……"

"臣啊，王为你做主，有什么事尽管说出来吧。"女王达鲁珍摆出一副体恤爱抚的样子，使冬赤阿珠有了勇气。他说：

远古时形成的巍峨雪山，
被太阳晒化了，
雪山上的臣民和部下被分离；
高耸入云的陡峭石崖，
被雷箭劈开了，

栖居于此的野牛家族被分离；
茂密无垠的郁郁森林，
被火焰燃烧了，
花斑虎丧失了栖息地。

“慈悲的女王啊，强大的白热国被边地的岭国侵入，君臣们无地存身而四处游荡。自古以来，米努国和白热国，亲密得像一条白练。如今白热国遭此大难，臣子我心中愁苦啊！俗谚说：‘御敌是为了保障自己的安全，如果不能帮助友人驱灾消祸，亲睦的邦交不过是空谈；骏马是人的亲密伴侣，如果不能驰往目的地，纵然价高也枉然。’米努与白热是亲密的友邦，在白热遭难的时候，女王就该救援。”

女王达鲁珍一听，美丽的脸庞上透出一团杀气：“我是能拯救和护佑百姓的女王，冒犯了我就要被喝心血。白热国王势高权大，竟被格萨尔灭掉了。听到这个消息，我岂能坐视不管。但是，冬赤啊，不要着急，听说格萨尔勇武超群，法力过人，怎样才能战胜他，还要想个办法才是。明天我请上师聂布算个卦，看看卦象怎么样。然后召集八大臣，看看大家有什么好主意。特别要问问王妹娜鲁珍，看怎样才能打败格萨尔。”

冬赤阿珠见目的达到，欢天喜地地回到自己的城堡，等候女王召见。

上师聂布听到女王有请，立即穿上黑布衣服，戴上黄布头巾，系上蓝布带子和围裙，带上人皮拂尘，夹着打卦的工具，从谷里一直飞向王宫，像一道黑色的闪电，瞬间来到。

王宫内，文臣武将已经聚齐，达鲁珍女王威风凛凛地坐在金座上，含笑坐在松石宝座上的王妹娜鲁珍，像一尊美丽的天女塑像。上师被让在绘有孔雀、垫着人皮的座位上。众人开始饮酒吃茶，品尝各种精美的甜食。宴席间，女王达鲁珍庄严地向众人宣布：“我们的好邻居白热国被岭国灭掉了，王宫被破坏，宝物被抢掠，臣民被屠戮，整个天地都翻转了。想起以前我们和白热国，外表虽是两个邦国，内里却像一个国家。现在我们的邻国受了难，我们应该发兵去援救，把白热从格萨尔手下解救出来，我们还是好睦邻。高贵的上师啊，将来会怎样，米努的运势如何？您要实实在在地讲，各位大臣和大将，有什么主张也不要隐藏。”

女王说完，上师聂布开始占卜。

聂布将山羊肉和驴血献于魔鬼神面前，燃起黑芫荽叶子，一股浓烈刺鼻的黑烟向四周弥漫。聂布阴沉着脸，汗流如注，牙齿磨得咯咯响，人皮拂尘向上一扬，双目紧闭，口中念念有词。半晌，聂布睁开双眼，向女王和众臣们禀报：

“天、龙、念三神都护佑着格萨尔。白梵天王的天兵不可挡，龙王邹纳仁庆的龙兵不可挡，念神格卓的煞兵不可挡，还有地神、玛沁邦拉等诸神，都是格萨尔的保护神。我们如若不抵抗，也会被岭军所征服，待到岭国发兵来，再想为白热报仇就不可能了。命运注定岭国要来进攻，八十英雄进王城，米努现在就聚兵，女王的威望高，将士的武艺强，较量一下会取胜。”

上师的话一说完，大臣们纷纷议论起来。有的说现在就向白热进攻，有的认为过去和岭国并无冤仇，还是和好为妙。

绿松石宝座上的王妹娜鲁珍想，为什么要与岭国打仗呢？我应该劝说大家与岭国和好，如果不能，也要率我自己的属下投奔雄狮大王格萨尔。这样一想，娜鲁珍从宝座上站起来，对王姊及诸臣说：

要击碎坚硬的悬崖，
须有天上红霹雳；
要和青龙斗力气，
须有大力如猛狮；
要和红色火焰竞争，
须有绿色河水；
要和岭国举兵抗衡，
须有统治三界的才能。

娜鲁珍接着说：“向下的流水挡不住，西斜的落日拦不住，我们米努虽强大，注定不能胜岭国。那雄狮大王格萨尔，是统治三界的主人，岭地八十英雄，个个具备三种武艺。我们米努和岭国，既无前仇，又无今怨，何必无故去寻衅？依我看，与岭国和好是良策，万民才能有安乐。”

王妹娜鲁珍天生丽质，一头乌发像天上的浓云，黑油油地披在肩上，秀丽的脸庞洁白如月，体态如白藤，似绿竹，百姓们都叫她绸缎国的明灯娜鲁珍。王妹不仅长得俊美，而且心地善良，她的话深得人心。有的大臣情不自禁地点着头，有的大臣却偷眼看着女王达鲁珍，怕女王怪罪。女王还没有说话，女王的丈夫、大臣杰泽奔巴从坐垫上跳了起来：“女王啊，您的威望比天高，您的荣耀像太阳，您的美貌赛龙王，慈爱就像父母亲。您是我们至高无上的女王，我是您的仆人。平日是您的大臣，战时是军队的统帅。我们米努国，是所有邦国之尊，就像头顶的太阳，好比大地的支柱。那边地的岭国算什么东西，格萨尔不过是个小头目，怎么能与我们女王相比？就像太阳和火把，虽然都发光，光亮可不同；就像苍龙和青鸟，虽然都鸣叫，叫声可不同；就像雄狮和黄狗，虽然都有毛，本领可不同。我们不必和岭国讲交情，应该出兵为白热国报仇雪恨。”

这个杰泽奔巴，倚仗自己的地位和武艺，平素专横霸道惯了，无人敢惹。今日他的话一出口，群臣像以往一样立即停止议论，缄口不言。

王妹娜鲁珍也不愿与他费唇舌、争高低，就不再说话，心里却打定主意要与岭国和睦友好，决不与格萨尔大王为敌。

此时，居住在白热国王宫的格萨尔已得到天母的预言，告诉他米努绸缎国的女王已将军队聚集，欲为白热国报仇，要格萨尔在本月初九日将岭军召集在一起，准备和米努交战。

格萨尔并不怠慢，立即命众将来宫中议事。众英雄听了大王所说的天母预言，群情振奋，纷纷站了起来，恨不能马上出兵。只有阿扎王尼扎没有说话，只见他慢吞吞地站起身，将五色哈达献于王子扎拉和总管绒察查根面前，说：

本应高飞蓝天的鸟王，
如果六翼羽毛不丰满，
光着身子上不了天。
畅游水中的白腹鱼，
如果金鳍不发达，
到不了静静的彼岸。
数量众多的大军，
如果内部粮草不足，
远征异国恐怕没胜算。

“大王啊，出征米努，一则岭军人数众多，二则离故乡太远，如果准备不好，中途出了意外，粮草接应不上，不是要打败仗吗？”

众英雄听了尼扎的话，不由得纷纷皱起眉头。尼扎王说得有理，但是要把粮草准备齐了，就要误了天母预言的出征日期，也不知大王是怎么想的。

格萨尔还没说话，老总管绒察查根从坐垫上站起来：“天母的预言，大王的命令，众英雄的聚集，三者是破敌的根本。不要延误了日期，耽误了会生出许多麻烦。虽然粮草没有到齐，打垮了敌人就会成为财产的主人。”

总管王的话正合格萨尔之意，也仿佛道出了众英雄的心里话，人们长长地吁了一口气，白了尼扎王一眼。尼扎自知话不投机，悻悻然回到自己的坐垫上，闷闷地喝酒。

好日子初八来到了，平坝已经被打扫干净，按照天母的预言，用青稞和细土堆起一个平台，又用檀香水洒遍，用白绸子将平台盖了起来。侍臣开始焚香，顿时香气四溢。格萨尔大王身穿五彩锦缎袍子，头戴绫绸头巾，足蹬缎靴，容光焕发，威风凛凛，俊美胜过神仙，威仪能镇三界。王子扎拉紧跟在雄狮大王的身后，众英雄依次排列，来到用青稞和细土堆成的平台前面，献上供品。此时，天空浓云密布，瞬时降下花雨，天上撑起红光天幕，格萨尔唱起敬神的歌。

唱着唱着，众空行在空中现出了真容，他们手持宝石制成的净瓶，向白绸覆盖的平台上洒着圣水。只见从平台里忽然现出五彩霓虹，虹光中有七个长一肘、宽两拃的宝石小匣，停在人们手攀不到的地方。雄狮王再次祈祷，众英雄也跟着匍匐在地，敬请神灵护佑。宝石匣子降到了平台上，格萨尔忙吩咐在匣子外面撑起帐篷，然后继续祈祷。过了三天三夜，到了第四天早上，罩着宝匣的帐篷忽然胀大了，而且越胀越大。六只宝匣随着响亮悦耳的声音，打开了。有的宝匣里面流出金银珠宝，有的宝匣里面流出五谷食物，有的里面流出各种绫罗绸缎……各种宝物像洪水暴发一般，止不住地从宝匣中流出。只有一只空匣虽然也开了盖子，却没有流出任何东西。众人诧异，纷纷围上去看，只见匣内幻术般地将天界、地狱、四洲的情景在众人面前一一显现：仙界洞府妙不可言，四洲的景色美不胜收，而地狱中各种痛苦、折磨以及有罪之鬼被火烧、水煮的景况，令人毛骨悚然，战栗不已。格萨尔见众英雄看那匣子，就向众人讲起善恶因果、六道轮回，英雄们都有所领悟。

出征的用品不必发愁了，宝匣所流出的一切富富有余，岭国军兵从上到下，每个人都拿到了自己所需的物品，人人欢欣，个个满足。只等十九日一到，就向米努进兵，白热国公主贞尼见岭军已准备出发，立即前来为格萨尔大王送行。见雄狮王高坐宝驹之上，贞尼献上洁白的哈达，赞美说："具有凤翼的宝马，是神的化身，能听得懂人语，具有先知和无量的神道。金鞍美丽，鬃毛耀眼。宝马上端坐着世界雄狮大王，是超度六道的君王，是拯救众生的上师，是降伏妖魔的厉神，是四大洲的主人。献上洁白的哈达，祝大王安康，愿岭军得胜。"

岭军浩浩荡荡地出发了，没走几天，来到一个雾气弥漫的地方。一片大水围着一座石崖，石崖上长着几株高触蓝天的大树。格萨尔知道，这就是天母预言中所说的毒树毒水。毒树的叶子比刀还快，无论是人还是野兽，碰上即死。石崖周围的水，被毒树所遮蔽，天长日久，也变得和树一样有毒。

格萨尔一拍宝驹江噶佩布的脖颈，宝驹腾空而起，瞬间消逝在云雾中，一盏茶的工夫不到，就将一瓶净水带回。这是天神和上师装在里面的五种不同的水，是三宝的净水，可以洗净一切污浊的罪恶之水，有去毒之功效。雄狮王手捧宝瓶，一面向水里和树上喷洒净水，一边祝愿：

愿新长的百树都是檀香，

愿新流出的水都是甘露，
愿此地变成绿茵，
愿树木鲜花都茂盛。

只听一声巨响，白梵天王降下一把神火，将毒树烧得精光。格萨尔手中的净水瓶也像喷泉一样，将毒水冲走了。一条大路出现在岭军面前，周围开满了鲜花，就像夏天一样。大军当即跨过毒水，在前面的滩中扎下营帐。

岛国米努也已经准备完毕，上、中、下三部的军队，比天上的繁星还要多，骑兵像黄云流动，步兵如大雪飘落，战鼓擂得像夏日雷鸣，螺号吹得像青龙长吟。

米努国的上师聂布带着五百弟子在一座红色城堡中修炼施食，准备向岭国抛出去。这天晚上，只听一声炸雷似的响声，随着一道红光，红色城堡就没有了踪影。米努王达鲁珍闻报，赶来查看，也觉心惊肉跳。

第二天一早，米努君臣聚在宫中议事，纷纷议论昨晚上师被击死一事，都说一定是岭地护法神发威，降下霹雳，将米努上师击死。交战之前，发生此事，肯定不是好兆头。大臣尼玛绕登从坐垫上站起，向女王达鲁珍献上五色哈达，向王妹娜鲁珍献上三色哈达，然后回禀："米努要与岭国交战，原本是情理之中的事，但现在的征兆有些不好哩！上师聂布据说有掌握生死的权力，昨晚却被霹雳击死。上师本是米努国的眼睛，聂布一死，米努就像瞎了一样，依臣之见，不如各守本分为好。想那格萨尔大王，本是统治世界的国王，和他较量的人多，得胜的人却很少。岭国的人都是阎王之子，我们不能与阎王之子作对；岭国的马都是天上的鸟，不要妄想跟在鸟的后面；岭国的兵器都是霹雳，霹雳降下我们难逃脱。毒蛇头上的宝贝，能得到就有了无价之宝，得不到性命都难保。尊贵的女王啊，我们还是不要贸然从事吧。"

王妹娜鲁珍连连点头，众多的大臣也深以为是。女王的丈夫杰泽奔巴却认为尼玛绕登是一派胡言，他猛地从虎皮垫上跳起，对女王达鲁珍说："如果针有两个头，巧手裁缝也制不成华服；如果议事厅里有两种主意，力量再大也办不成事情。已经讲过的话不能更改，犹如瀑布不能往上流。米努与岭国不能友好，好像猫头鹰和小鸟不能和睦相处。我们一定要为白热国报仇，被毁坏的城垣要用金子补，砍过的草木要用银子还，取过的白水要用牛奶赔，做过的坏事要忏悔求原谅。现在要立即发兵去白热，不能在这里费时光。"

女王达鲁珍高兴得脸上放出异彩，王妹娜鲁珍却气得七窍生烟。前次议事凭空受了他一番抢白，今日他虽说是针对尼玛绕登讲的，可话里句句藏着对自己的恶意攻击。她再也耐不住心中的怒气，指着杰泽奔巴就骂："你再高贵也是

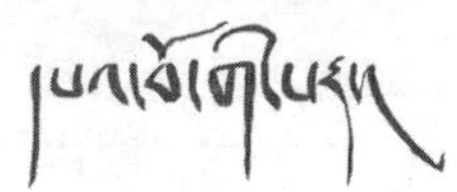

臣子，我再平庸也是君主。古谚说，仆人肥了要欺主，不感激主人还责怪主子的言行；女儿肥了欺母亲，不孝敬慈母反而虐待慈母。你杰泽奔巴肥了竟来和我较量。我和王姐达鲁珍，本是一母所生。慈爱的父母同样地疼爱，我俩的权力一样大，只有长幼的区别决定了君臣的辈分，我敬姐姐胜过慈母，所有的命令都服从，我姐妹两人本来相亲无隙，就是有人挑拨我们的关系。我们和岭国本无仇无恨，无端挑衅没来由。就像那牧羊的牧人，如果豺狼不来危害，满山谷大叫没来由。我自己所属的上米努，金子一般的领土不愿蒙上战争的灰土，你杰巴如果是英雄，自已去和岭国人打仗吧。”

达鲁珍见妹妹在盛怒之中，知道再说什么也无益。想当初，母亲生下她们兄妹三人，分别封给领地，妹妹管辖上米努，弟弟管辖中米努，她管辖下米努。弟弟死后，自己又代弟弟管辖了中米努。妹妹一向性情温顺，对自已也是唯命是从，唯有这次和岭国交兵一事，妹妹却屡屡和自己作对，又对丈夫发这么大的脾气，这在以前是想也想不到的事。如果依了妹妹，与岭国友好，姐妹两个依旧像过去一样亲亲热热，同止同息，也可避免一场大战。可白热国的仇就不报了吗？如果现在不和格萨尔交战，将来岭国也会向米努发兵的，到那时再战，岂不辱没了我达鲁珍的威名？

达鲁珍兀自想着，从檀香座上站起一百父老的首领——大臣达孜噶育，只见他将三条绿哈达、三条白哈达、三条红哈达高高举起，向两位女王回禀说：“如日月的女王啊，杰泽奔巴大臣，请听老臣我说句话。三条绿色的哈达献给女王达鲁珍，三条白色哈达献给王妹娜鲁珍，三条红色哈达献给大臣杰泽奔巴。在这庄严的会场上，不要互相说这些难听的话。我们君臣要团结得像针尖，女王团结，臣民才团结；父老和睦，子孙才和睦。俗语说，上面的主人不安宁，下面乞丐的睡处也不安宁。上师聂布虽已故去，小上师还安在，请女王派寄魂鸟速去请小上师来王宫，请他问问神的旨意，然后再做道理。”众臣都说这个主意好，两位女王也点头默许了。

君臣们不欢而散。到了晚上，娜鲁珍决计离开王宫，率属下大臣回上米努。到了自己的辖地就好了，也免得受杰泽奔巴等小人的气。于是，娜鲁珍念动咒语，使姐姐达鲁珍和她的大臣们昏然入睡，而后率自己的属下，将金银绸缎等值钱的东西装了五百驮，命一百个骑士赶着先走。娜鲁珍也穿戴整齐，里面是“卐”字纺绸缎，中间是绿色轮纹绸缎，外面罩着树叶纹的白绸缎，系上绸带子，最外面套着甲胄，带着武器，跨上白色追风马，走在骡子驮队的后面，一行人悄无声息地朝上米努奔去。

第一百六十四章

惩凶顽王夫自食恶果
明事理王妹喜迎义师

第二天上午，太阳已经老高老高了，达鲁珍君臣还在呼呼大睡。女王第一个从梦中醒来，大臣们也接二连三地睁开了眼睛。达鲁珍心中奇怪，四处打量了一下，并不见妹妹娜鲁珍的踪影。细一查看，金银、绸缎也少了很多，达鲁珍气得大骂："娜鲁珍这个坏东西，偷了我的东西逃走了。想当初我继承王母王位的时候，她才七岁。我疼她爱她，姐妹两个从不分离。如今她人心变坏，昨天当众辱骂我丈夫，现在又偷了我的东西。那鞴有虎皮坐垫的骡子，本是我的寄魂骡，还有那五百驮宝贝，三界无敌剑，松石盔和甲，征服三界的黑旗，捕捉雷电的套索，天界的魔碗，神力吹火器，统治百姓的玉玺……无价的宝物共有一百零八件，都被她偷去了。把亲骨肉当作仇敌的娜鲁珍，和岭国格萨尔差不多……"达鲁珍越说越生气，越想越冒火。大臣们个个面面相觑，不知说什么好。见大臣们无语，女王更加生气，立即命杰泽奔巴率精兵二万，速去追赶娜鲁珍。再派兵马两万，把通往白热国的道路守住，不要说娜鲁珍的兵马，就连清风也难以通过。

以冬赤阿珠为先锋的下米努军，急匆匆地追赶着娜鲁珍。王妹娜鲁珍知道追兵来临，立即变作老鹰飞上天空，见追兵铺天盖地，不可胜数，立即落下来向天祈祷，然后再次作法，一转眼的工夫，就带着自己的属下到了追兵看不见的地方。

天空忽然昏暗起来，雨点夹着雪花，淅淅沥沥、飘飘洒洒地降了下来。雨雪整整下了两天两夜，追兵无法行走，只得驻扎下来，等待天晴。

娜鲁珍及其属下已经回到了上米努，百姓们和守城大臣出城相迎。王妹吩咐将城门紧闭，各城门派两万兵将把守。然后入宫与手下大臣商议如何对付姐姐派来的追兵。

大臣尼玛绕登对娜鲁珍说："女王达鲁珍和大臣杰泽奔巴，就像贪婪的豺狼碰在一起，无故要与岭国作战，现在又出动大军来与您对垒。不和他们大战一场，我们如同一堆死尸，可光靠我们自己的人马，又很难战胜达鲁珍的军队。所以，我们现在应该去向格萨尔求援。俗语说：

太阳依靠春天，
春天从来不崩溃；
野牛依靠石山，
石山从来不动摇；
咱君臣要靠岭国，
格萨尔从来不失败。

娜鲁珍和众大臣都认为尼玛绕登说的有理，娜鲁珍立即派会法术的大臣阿杰扎噶和嘉杰兄弟三人，带上黄金和绸缎去见格萨尔大王，说明米努国发生内讧，请雄狮大王前来救援。其他大臣则准备与追兵交锋。

第二天早上，女王达鲁珍的丈夫杰泽奔巴带着九员大将，在城门下叫娜鲁珍出来答话，让她交出达鲁珍的寄魂骡和其他宝物。

城门一开，玉珠、朗多、朗卡坚赞、尼玛绕登等十员大将冲了出来，正好和杰泽奔巴等十人对阵。刚一见面，杰泽奔巴就挥剑劈杀，其他九员大将也抽剑在手，跃跃欲试。

玉珠指着杰泽奔巴说："人的东西狗来追。我们拿的是女王娜鲁珍的东西，为什么要交出来?！你杰泽和达鲁珍本是一对贪婪的恶狼，还想和岭国较量，告诉你，牦牛要同野牛较量，得不到野牛的东西；你杰泽外表似老虎，若不揭开虎皮你也不知道我玉珠的厉害！"

说罢，直奔杰泽奔巴。双方十对勇士战在一处。两盏茶的工夫，各自损伤四员大将，玉珠和杰泽仍不分胜负。杰泽奔巴越战越勇，玉珠因不能战胜他而焦急。忽然，玉珠的刀像是被神力吸引似的，朝杰泽飞去。只一下，杰泽的鼻尖和莲花似的嘴唇被砍了下来，疼得杰泽哇哇大叫，鲜血将衣襟染得通红。坐下的战马也向后退着，载着他的主人逃走了。玉珠等人并不追赶，回城向娜鲁珍复命。

杰泽奔巴的伤虽不重，却不能吃喝，急火攻心，整日昏睡不醒，同来的大臣不知如何是好，慌忙派人回去向女王达鲁珍禀报战况。

派往岭营求援的上米努使臣，行至途中，正遇上向米努进兵的岭军。使臣阿杰扎噶喜出望外，没想到这么容易就找到了岭军。丹玛带他来到格萨尔的神帐内，阿杰扎噶献上礼物和娜鲁珍的信件，又把米努二女王反目的始末讲了一遍。岭国君臣都很高兴。老总管绒察查根颤巍巍地站起来，对众人说：

布谷鸟到异乡去，
神树就来欢迎；
大鹏鸟在空中翱翔，
白石崖就伸出最险的一角；
岭军征伐米努，
女王娜鲁珍就来迎候！
这是最吉祥的预兆，
就像俗谚说的那样：
三句话就获得了胜利，
三步路就到了目的地。

格萨尔也很高兴，他一面给娜鲁珍复信，一面对阿杰扎噶说："你们只留下一人做向导就行，你先回米努给女王娜鲁珍报个信吧。"他拿出金银等物作为回礼，让阿杰扎噶带给娜鲁珍。

阿杰扎噶变作大鹏鸟，只用一顿茶的工夫就到了上米努，呈上雄狮大王的回信和礼物，又把经过详细说了一遍。娜鲁珍和众大臣高兴得像孔雀听到了春雷一般，上米努立即摆宴欢庆。

就在这时，杰泽奔巴的刀伤疼得更加厉害，心里又烦又闷，连生气带窝火，想他堂堂女王的丈夫，三军统帅，竟被小小玉珠削了鼻子，这可真是"吹火烧焦了胡子，挥刀弄脱了刀把"。他岂肯甘休！连连睡了几天，杰泽奔巴又有了力气，立即把手下大将召来，商议如何报仇。几员大将不敢劝他回兵，也不知他又打什么主意，所以并不说话，只等他吩咐。杰泽奔巴报仇心切，要几员大将明日带兵把城围住，然后他要亲自攻城，定要刀劈玉珠，生擒娜鲁珍，方解心头之恨。几员大将闻命诺然退出大帐，各自回去准备围城。

没等杰泽奔巴的人马围城，岭国大军已到了上米努。女王娜鲁珍打扮得像天仙一样美丽，亲自出宫迎接岭军，将金银绸缎等物分赠给岭国众英雄。岭国众英雄也纷纷向女王娜鲁珍献上哈达，表示敬意。

娜鲁珍为岭军设宴表示欢迎。大家正兴高采烈地吃着喝着，忽然闻报，杰泽奔巴又率兵前来讨战。娜鲁珍眉头微蹙，岭国众英雄纷纷站起身来，请求格萨尔大王允许他们出城与杰泽奔巴交战。

雄狮大王点头应允。众英雄立即披挂上马，玉珠等米努大将也不肯示弱，随后骑马冲出了城门。

杰泽奔巴和手下诸将见城中涌出如此众多的人马，心中一惊，知道是岭国大军到了，想后退已经来不及。大将旺尼奔巴心想，可恶的岭军来了，看起来是打不赢的，但绝不能后退，和强悍的岭军交锋，就是死了也甘心。这么一想，旺尼提缰跃马出阵，指着对面的岭军说：

山崖上灰色的麝，
不在宽广的山上吃草，
贪吃来到峡谷，
却被弓箭要了命。
大海里的金眼鱼，
不在水中觅吃食，
贪图钓饵到海边，
不幸被铁钩要了命。
岭国来的军队，
不安分守己待在国内，
贪图财宝来米努，
会被我大军要了命！

说罢，挺枪就刺，一下将达绒军的一员小将挑下马去，达绒军一阵骚乱。岭国众英雄见刚出阵就死了人，勃然大怒，根本顾不上搭话，纷纷挺枪出阵，与达鲁珍的将士们战在一处。双方混战好一会儿工夫，各有损伤。岭军初到，疲劳未消，自然不愿恋战。下米努军人少力孤，也不敢死拼。又过了一顿茶的工夫，双方各自收兵回营。

大臣杰泽奔巴见岭军势大，知道这仗没法再打下去了，于是率军返回下米努王宫。女王达鲁珍一见丈夫如此模样，非常心痛，立即亲自准备茶点饭食，让杰泽奔巴好生休息。旺尼奔巴等大臣把与娜鲁珍作战的情况以及岭军已经到了上米努的消息禀报了女王。

达鲁珍的心里呀，就像那还没被太阳温暖的一座冰山，就像那还没被铁匠打开的一扇窗扉。一个娜鲁珍，已经把米努闹得天翻地覆了，她还没有被制服，岭军又到了。娜鲁珍加上格萨尔，那岂不是要让世界倒个儿了吗？这还了得，这还了得吗？想我达鲁珍，是世界的生命之主，比我再高的只有青天，比我再亮的只有日月，比我再厉害的只有霹雳，比我臣民再多的只有白雪，我决不允许娜鲁珍和格萨尔犯上作乱，玷污我的英名。达鲁珍怒火中烧，不能自制。盛怒之下的女王，发布了不可抗拒的命令，立即聚集中、下米努的所有部队，向上米努进兵。同时要上师施咒术，迷惑岭军。

这天晚上，雄狮大王格萨尔正在酣睡，天母朗曼噶姆从天界来到人间，一团团香烟缭绕，一片片花雨纷飞，天母附在格萨尔的耳边说："……现在不能用大军去征伐下米努。达鲁珍的威势大，杰泽比天上的霹雳猛，旺尼浑身都是武艺，达泽是能征善战的好汉。你现在要速去下米努修行地，把那异教上师灭掉，然后变作上师身躯去见女王达鲁珍，然后……"

天已经大亮，正是七月初八良辰吉日。格萨尔内穿紫褐色绸衫，外面穿格子纹缎子衣服，最外面罩上金刚石铠甲，头戴日月盔，佩带无敌宝剑、野羊角弓、威震三界的矛，准备到下米努修行地去。随行的森达、丹玛、晁通和向导朗多也披挂整齐。女王娜鲁珍向格萨尔大王献上美酒，愿大王早日灭了异教徒的上师，早日得胜凯旋。

君臣五人像鸟王飞翔一样，十四天的路程只走了一天，当晚就到了下米努修行处。五人全部扮作吟游僧的模样，去见米努上师。

那上师是聂布的弟弟，听说兄长被岭国所降霹雳击死，发誓要为哥哥报仇。此时，他正在修极喜自在佛法，见突然出现的五个吟游僧打扰了他的静修，异常愤怒，随手拿起人皮拂尘和神杖说："上师我的咒术比火厉害，米努的国法比剑厉害，神和护法比霹雳厉害，你们五个胆大包天的吟游僧，没有金银做觐见礼就敢闯入我的修行处。古谚说：在雄狮的身边，豹子不可显花斑；在野牛的身边，牦牛不可显犄角；在我上师面前，吟游僧不可显法术。看见你们的装束我就生气，看见你们的举动我就讨厌。知趣的赶快滚出去，若不然我的拂尘和神杖不客气。"

格萨尔知道，他的拂尘和神杖是颇有些来历的，甚是厉害。那拂尘是五百个异教术士修炼而成，甩起来三界要倾倒，甩向水，水枯干；甩向地，地崩裂；甩向崖，崖坍塌；甩向人，骨肉碎。那神杖本是六个高士的用具，一摇动，能震撼三界。

上师见面前的五个吟游僧并无退却之意，顿时大怒，将人皮拂尘一甩，格萨尔君臣五人立即被裹进人皮中。上师哈哈一阵狂笑。笑声未止，格萨尔拍起手来，人皮破了，君臣五人又重新以比丘模样站到上师面前。上师狞笑着再次甩起拂尘。五人钻进了自己带来的金刚宝箱之中，气得上师连连用拂尘抽打那宝箱。奇怪的是，凡被拂尘沾着的地方，均生出八瓣莲花。上师一见拂尘无用，就将那神杖没头没脑地朝宝箱乱打。半晌，上师只觉得精疲力竭，宝箱丝毫无损，格萨尔等五人安然无恙地又站到上师面前。拂尘、神杖对他们都不发生效用。那上师心中疑惑，这几个究竟是什么人？

"你们是什么人？"上师大声喝问。

"我们吗？你听着：雄鹿虽大是神鬼的牲畜，乌龟虽小有龙王做主人，我五

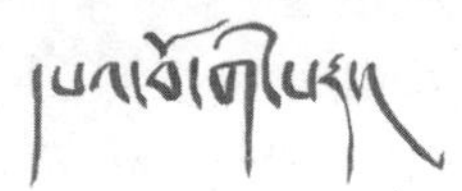

人虽贱却来自佛陀故乡。牦牛以为自己本领大，想和野牛比高下；野猫以为自己的毛皮好，想和老虎比高下；你巫师自认为法术高，想和我吟游僧比高下。凭你的法术胜不了我们，你若求饶我尚可发慈悲，放一条生路给你，若不然让你下地狱见阎王，你可明白？”格萨尔想应该先用好言相劝，万不得已再灭他不迟。

那上师岂肯就此认输，格萨尔的话更增加了他的愤怒。只见他，一把将供在魔王前的人心抓起，吞到肚子里，又把一碗人血“咕嘟、咕嘟”喝了下去。然后拿起一块绵羊大的石头，叫了一声“变”，石头立即变化成与上师一模一样的一百人，有的拿弓，有的拿剑，有的执斧，有的举矛，各种兵器一应俱全。一百个上师围住了格萨尔君臣五人，哇哇叫着，就要动手。

格萨尔冷笑一声，也叫了一声“变”，只见平地生出五百人来，有穿虎皮的英雄百人，智者班智达百人，护法百人，降魔勇士百人，术士百人。这五百人将上师的化身团团围住。一百个上师将各种兵器挥舞起来，朝格萨尔的化身乱劈乱刺。雄狮大王格萨尔只一剑劈过去，变化的一百个上师消失了。那上师也把真身收起，变作一条百庹长的毒蛇，将格萨尔君臣五人及五百化身盘绕在中间。丹玛连射五箭，森达连砍九刀，毒蛇毫无损伤。

格萨尔见刀、箭不能伤它，立即变作一只红色大鹏鸟，刚伸出利爪去抓黑蛇，早已不见了蛇的踪影。原来那上师又变化成黑熊、獐子、狍子、豹子、豺狼等一群猛兽。格萨尔则变化成兽王雄狮，破了上师的变化。上师见不能胜格萨尔，立即化作一道黑风想逃走。格萨尔哪里肯放，随后追去。一直追到海边，上师向外道的神和护法高喊请求护佑。天上降下一条绳索，上师抓住绳索就往上爬。格萨尔也变作一截绳索，上师爬到了他变化的这一段绳索，就把上师抓住了。格萨尔将上师捆绑结实，扔在地上问：“你想死还是想活？想下地狱还是想修成正果？”

上师回答想修成正果。

“那么，向我祈祷吧。”格萨尔吩咐说。

上师立即祈祷：“尊贵的雄狮大王格萨尔啊，我以前修的是外道的神，邪术高强，无人能敌，谁知在您面前却无济于事。今天已知地狱的冷热，冷时能使躯体裂成一片片，热时血肉都要被烧焦。现在我把心中的坏想法、做过的坏事情，都向您忏悔，从今后与您不分离，请超度我到清净的境界。我有金银无数，珍宝无数，全部奉献给您，以赎我的罪过。”

格萨尔很高兴，又对上师开示了一番，那上师受益匪浅，发誓与格萨尔不分离。话音刚落，上师变作一朵莲花。格萨尔君臣五人将上师修行室内的金银珍宝收拾了两百多驮，让森达和朗多二人送回上米努，自己则变化成上师的模样，又将晁通、丹玛与刚从上米努转回来的森达、朗多化作侍从，待在静修室内。四天后，女王达鲁珍派来的侍臣到了，三个侍臣奉女王之命来请上师，速去下米努。

格萨尔变化的上师点点头："好吧，我现在正在修法，后天我一定赶到下米努谒见女王。你们三位先回去吧。"

三个侍臣回宫复命，女王达鲁珍焦急地盼着上师快些到达，但愿不要再出什么意外。因为她又想起上师的哥哥聂布被霹雳击死一事。殊不知，这位上师也已皈依正道，她所盼望的上师乃是雄狮王格萨尔的化身。

"上师"终于在米努君臣的急切盼望中来到了。女王亲自出宫迎接，将"上师"及侍从五人迎到宫中，在铺有黄绒毯的琉璃座上坐下。米努臣君摆宴为"上师"接风，女王的丈夫杰泽奔巴望着丰盛的酒宴，伤口更加疼痛。女王恳请"上师"为丈夫医伤。"上师"略看一看，默默念了几句咒语，杰泽奔巴的伤痛果然大减，喜得女王连连为"上师"斟酒端菜，让吃让喝。

格萨尔假扮的上师在营中住了下来。为讨女王喜欢，"上师"每日给杰泽奔巴治伤。米努君臣都很高兴，只等杰泽的伤口复原，就向上米努进攻。

到了初九日，格萨尔身边的宝箱出现吉兆。他知道，杰泽奔巴的命今日该尽。白天，格萨尔照样装成上师给他治伤，杰泽的伤已经好得差不多了。半夜，格萨尔穿上战神的铠甲，四位英雄也换了装，紧跟在大王身后。五人蹑手蹑脚地进了杰泽奔巴的房子。杰泽正睡得香甜，鼾声如雷。格萨尔刚把手指放在他的额上，杰泽猛地惊醒，睁开眼睛一看，见有一个面如阎罗、头上冒火、身着白甲的人站在面前，心中一惊，想：看样子，此人必是格萨尔无疑。杰泽奔巴一跃而起，抽出黑色弯头刀，向格萨尔劈去，一连三刀，都没有劈中。格萨尔觉得可笑，对杰泽说："你的行为像泡沫，你的武艺像彩虹，没有锋芒的兵器像破铁片，光着身子像具僵尸。如果你有权势，带着你的兵将们来吧；如果你是有法术的好汉，像鸟一样从空中飞去吧，像风一样从空中吹过吧，像水一样从地下流走吧，像鱼一样从水里逃遁吧。你怎么不动啦？那就让我用这支霹雳箭把你送到地狱中去吧。"

格萨尔说完，把箭射向杰泽奔巴的前额，杰泽像中了霹雳的石崖，顷刻化为齑粉。白梵天王变化成杰泽奔巴的模样，依旧睡在那里。格萨尔君臣五人回到自己的住处。

见丈夫的伤口痊愈，女王达鲁珍决定举行庆祝宴会。

盛大的宴会上，白梵天王化身的杰泽奔巴提出要带"上师"等五人去米努的圣地游玩，以表达他对"上师"的感激之情。女王达鲁珍见丈夫有此雅兴，欣然允诺。

这圣地乃米努的寄魂之地，内有女王的寄魂物八十多种，通常的情况下闲人不得入内。见达鲁珍答应，“杰泽”和“上师”都笑了。欲降伏女王达鲁珍，必须先入圣地灭了她的寄魂之物。

格萨尔君臣五人和大梵天王朝圣地而来。刚一踏上圣地，就见一株大树迎面而立。树梢伸入天空，树干又粗又壮并且流着毒血，叶子像刀刃一样锋利。这就是达鲁珍的寄魂树。格萨尔手执金斧，猛地一抡，毒树随着轰然巨响倒下了。毒树刚刚倒下，一条九庹长的巨蛇从树中蹿了出来，眼看巨蛇就要缠住格萨尔君臣五人，大梵天王挥动琉璃宝剑，将巨蛇断作两截。格萨尔也抽剑在手，将巨蛇斩成数段。君臣们想稍事歇息，就在此时，一只花斑猛虎张牙舞爪地朝他们扑来。森达一剑捅去，正刺中猛虎的心窝。接着，大梵天王和格萨尔君臣五人又杀死了狗头雕、红牦牛等寄魂物，只剩下一只狗。

就在这时，王宫中的女王达鲁珍忽然昏了过去，而且越来越变得神志不清。内侍慌忙来圣地寻找“杰泽奔巴”和“上师”等人。格萨尔等人来不及降伏那只寄魂狗，急急忙忙随内侍回到王宫。

女王达鲁珍已经昏迷了好久，“上师”上前探望，略施咒术，达鲁珍苏醒过来，只是精神远不如从前。因为“上师”医好了杰泽的伤，现在又救了女王，众臣不仅不怀疑“上师”的真伪，反倒更加感激他。

格萨尔继续在王宫居住，一面等待降伏达鲁珍的机会，一面修炼“谷扎”经咒。没过多久，达鲁珍的五十个大臣患了一种奇怪的病，医治无效，很快就都死了。

第一百六十五章

显身手勇士消灭魔国
启宝窟岭王喜获珍宝

二十九日，天母预言灭女王达鲁珍的时机已到。格萨尔向身边的宝箱祈祷，然后打开箱盖，从里面流水般地涌出千军万马，呐喊着杀向王宫。

达鲁珍正在睡觉，听到呐喊声，慌忙起身向门外望去，只见数不清的人马正在和自己的将士厮杀。达鲁珍起身去找杰泽奔巴，见丈夫躺在地上，肚肠流了一地，已经死了。女王转身又去找上师，上师和杰泽一样倒地而亡。

达鲁珍无力与众多兵马争斗，跳上孔雀马，出宫往中米努逃去。

格萨尔红人红马，大梵天王白人白马，转瞬间就追上了达鲁珍。两支神箭同时射出，一支射中女王，一支射中坐骑，达鲁珍连人带马一起跌翻在地。

神箭只射碎了女王的几片铠甲，达鲁珍并没有受伤。她从地上一跃而起，向格萨尔射了一支箭，正中格萨尔身旁的一块大石头，石头被射得粉碎。格萨尔再次弯弓搭箭，对达鲁珍说：

一个有权势的女王，
要有智慧和远大的目光；
你却无端种下战争的祸根，
致使绸缎国百姓遭殃。
一个贤明的女王，
要靠有识之士相帮；
你却听信愚蠢大臣的主张，
与无敌岭国较量。
你是一个无知的女王，
倚仗权势而张狂，
今日该你受用尽，
神箭下面把命丧。

格萨尔正要射箭，达鲁珍的箭已先向他射来，只听“咣当”一声，正射在雄狮王的护心镜上。格萨尔见这魔女死到临头还如此猖狂，气得将弓狠命一拉，神箭呼啸着飞过去，要了达鲁珍的命。

达鲁珍刚刚毙命，战神和厉神立即将一座白石崖压在她尸体上。天神降下花雨，空中出现彩虹，一片祥瑞之兆。

消灭了达鲁珍及其手下大臣，下米努收归雄狮大王格萨尔管辖。君臣五人回到上米努，女王娜鲁珍和扎拉王子为雄狮大王摆宴庆贺，君臣百姓祈祷祝福，一片欢腾。

至此，上米努和下米努均已收服，只剩下中米努一座孤城，由魔臣达泽奔巴驻守。这个魔臣非同一般，不仅勇猛而且凶恶。天母曾经预言，降伏达泽奔巴，要王子扎拉亲自上阵，魔臣当死于王子之手。

格萨尔点起岭国各部及各国大军：岭军一万三千人，霍尔九千人，北方魔国五千七百人，门域六千三百九十五人，姜国一万人，大食国三千六百人，上、下索波一万零五百人，阿扎玛瑙国七千零五十五人，碣日珊瑚国九千人，祝古兵器国二万人，白热国二万人，上米努五万人……格萨尔共点起兵将十几万，交与扎拉统领。大军旌旗飘舞，战马嘶鸣，朝中米努而去。这阵势，好汉见了也要发抖，懦夫见了更要吓死。

驻守在中米努的达泽奔巴还不知道下米努已经被格萨尔智取，只是一连几天的梦境不祥。达泽茶饭无味，坐卧不宁。手下将士也和他一样，惴惴不安。达泽奔巴不知出了什么事，决定到下米努去向女王达鲁珍禀报，问问吉凶。

魔臣达泽摇身一变，变作一只狗头雕，飞向下米努。尚未降到宫内，已见城内城外到处都是兵将。达泽不知是何方人马，变化成流浪汉模样，进了王城。一问才知女王达鲁珍已被格萨尔降伏，下米努已归了岭国。他所见到的大军，都是格萨尔的变化。达泽奔巴问明情况，强压心头怒火，飞回中米努，把看到和听到的情况向手下大臣和将士一说，竟有不少人吓得昏了过去。达泽更加愤怒，勉强忍过一夜，第二天天刚发亮，他就单人独马出了城，要去上米努找格萨尔拼杀，为女王达鲁珍和杰泽奔巴报仇。没走多远，正遇上来征伐中米努的岭国大军。一见那座座帐篷，达泽知道，这定是驻扎在此地的岭军，立即策马站在岭军大营前面，高声大叫：“喂，作孽的岭国贼子，挖了杰泽的心肝又把女王达鲁珍杀害，这么大的仇恨我岂能不报！贱地来的格萨尔，名声倒像春雷震耳，今天我要看看你的武艺怎么样。格萨尔，你敢出来和我交战吗？”

格萨尔本不在军中，加之天色尚早，岭军将士正在睡觉，自然无人理他。达泽见无人应战，以为岭军害怕，自觉无人能敌，就一面高声呐喊，一面闯进岭营：

踹了东营我闯北营，
像追逐鸟儿过大海；
踹了北营我闯中营，
就像冰雹降谷地；
踹了中营我闯西营，
就像恶狼入羊群；
把四营用尸体来塞满，
把三路用血来淹没。

魔臣达泽奔巴东冲西杀，毫无准备的岭国兵将死伤不计其数，阵营大乱。达泽闯到姜国兵营，玉拉和玉赤兄弟二人来不及披挂整齐，匆匆提剑出战，挡在达泽奔巴面前，玉拉说："你是什么东西，真好比山中的兔子，原本不该长角，长了角就是同类中的怪物；好比空中的彩虹，原本不是人工编织，人工编织的是那五彩绸缎；魔臣达泽奔巴，原本不该闯我的大营，闯营则是自己找死。"

玉拉和玉赤双战达泽奔巴，半晌不分胜负。也是这魔臣不该死于他兄弟之手，但二人仍旧缠着他不放，只盼王子扎拉能早些出帐迎敌，降伏此魔非扎拉不可。

三人你来我往，战得不可开交。王子扎拉飞也似的朝他们驰来。到了三人面前，扎拉勒住马缰，劝达泽说："喂，达泽奔巴，你何必如此卖命，向上你没有报功的君王，格萨尔叔叔已经杀了你们的女王；向下你没有宣讲战绩的地方，黎民百姓不会替你传扬。如今太阳刚刚把军营照亮，你若用幻术逃跑就算丢了脸，若走近前来就要把命丧。我手中的这把刀，是先父嘉察用过的，向上挥动能打乱星辰，向下挥动能斩断流水，向前挥动能削平山尖，向后挥动能砍尽森林。要是向你达泽奔巴挥动的话，定叫你身首不在一个地方。"

扎拉说罢正要挥刀，达泽奔巴也把剑举起，架住扎拉的宝刀，说：

要杀六艺俱备的猛虎，
必须有霹雳般箭术的好汉；
要做国王执掌大权，
必须是威法俱备的天神；
要想制服我英雄达泽，
必须是武艺超群的阎罗。

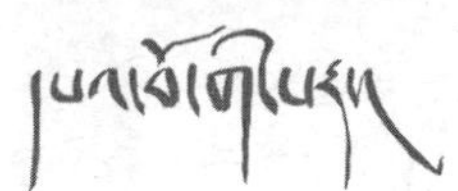

“我已把你的大营踏翻，刚才你躲到哪里去了？今天见不到格萨尔，杀了你扎拉也是一样。”

二人在马上刀剑并举，火花四溅。斗了有两顿茶的工夫，没有分出胜负。二人均显出倦意，刀尖剑刃均把对方的铠甲划破。达泽趁扎拉不备，一把揪住扎拉的左臂，扎拉在马上坐不稳，也揪住了达泽的左臂，二人同时从马上跌了下来。达泽的一只脚却没能从马镫里抽出来，战马拖着他乱跳乱蹦，气得达泽用剑猛砍马肚子，战马肚皮绽开，肠肠肚肚流了一地，马血染红了他的一条腿，也压住了他的灵气。乘达泽与战马格斗之机，扎拉运足了力气，将宝刀猛地朝魔臣砍去。达泽奔巴果然如扎拉所说的那样身首分离，当即丧了命。

中米努众魔臣得知达泽奔巴已死，顿时乱作一团。以赤德伦珠为首的二百多名兵将，愿意向岭国投降，没和别人多商议，就趁乱离开了中米努。

会法术的魔臣亚梅抛出石弹，吉梅抛出水弹，巴郭抛出土弹，三种弹子呼呼地朝岭国军营飞去。

石弹落在后营，打死了一百多人。水弹被天神挡住，在岭营上空像雨点般落了下来。那土弹被战神挡住，飞到半路，拐了个弯，没有落在岭营。

岭国的术士也念动咒语，抛出飞弹。三颗飞弹在天、龙、念神的引导下，一颗落在中米努城堡的平台上，打死了内臣五十人、勇士二百人。第二颗落在城堡下面，击塌了五十多间房屋，砸死大将十七人、兵士二百五十多人。第三颗落在城墙上面，打开一道七庹多长的缺口，守城的兵将死了不少。剩下的兵将，也被岭国术士所咒，昏昏迷迷的，无法打仗。

只有以亚梅为首的二十多员大将没有受到伤害。见手下已无兵士，亚梅仍鼓动二十多员大将一同与岭军决战：

小鸟虽无能，
若结成群则能对付雄鹰；
杜鹃虽无力，
若结成群则能对付大鹏。

“我们中米努的兵将虽少，若齐心协力则能对付岭军。我亚梅愿意给诸位大将当坐骑，我们要在空中给岭军一次打击，然后再飞向大海彼岸，投奔魔王根杰赞波。”

诸魔臣别无他路，只得依照亚梅的主意行事。众魔饱饱地吃了一顿，又带上些干粮，坐进亚梅和吉梅所变化的飞船之中，朝岭军大营飞去。

飞到岭营上空，亚梅叫众人往下扔石头。岭国众英雄见头顶的飞船，纷纷张弓射箭，飞船早没了踪影。众英雄不知所措，愣在那里。雄狮王立即佩弓执箭，腾空而起。晁通也紧跟着飞起。君臣二人朝飞船追去。追到两海交界处，已看得见飞船的影子，格萨尔一箭射去，飞船粉碎，船内的魔臣都被摔死了。只有亚梅变化得快，化作一股黑烟逃遁了。格萨尔和晁通紧追不舍，一直追到大海彼岸的金山上，眼见亚梅就要钻进金洞，晁通抓住还露在外面的一只脚，格萨尔抛出套绳，将魔臣套住拉出洞来。雄狮大王本想教化他一番，但亚梅死也不从，格萨尔只得将他处死。

格萨尔和晁通二人回到上米努。女王娜鲁珍告诉雄狮大王，已派人去下米努收拾打扫，准备迎接大王。格萨尔吩咐大军立即移住下米努，他要遵照天母的旨意，开启米努宝库。

正月初九日是个大吉大利的日子，岭国大军全部住进了米努王城。雄狮大王则来到日底山的东南山峰，见有一石崖像矛一样直插云际，雕鸟也别想飞上去。格萨尔来到石崖之巅，见上面有一个甘露湖，湖边有一座小小金城。打开城门，见里面有一套琉璃盔甲，一套贝壳盔甲，一件战神长寿衣，一把能断三物的琉璃剑，一个玛瑙胸盒。格萨尔知道，这些宝贝乃是天神献给白玛陀称祖师的礼物。此外还有银如意一个，松石小白蛙一个，五宝器皿一个，琉璃绳一条，千齿金辐轮一个。这些宝物各有说不尽的妙用，特别是千齿金辐轮，本是龙王献给白玛陀称祖师的宝物，对它祈祷，所有的东西都会像雨一样降临。再往金城里面走，格萨尔见到金制的释迦佛像，如意宝石的王母像……城下面是数不清的库房，堆着数不尽的绸缎……

格萨尔率众英雄兵将，将金城中的宝物一一运回下米努王宫，除了分给臣民百姓外，余者全部运回岭国。

格萨尔命娜鲁珍做上、中、下米努三部的女王，另派门国大将东达噶琼做她的辅臣，留下一千五百三十三人做米努国的御敌军，然后大军准备班师回岭。

女王娜鲁珍见岭军要回国，知道无法挽留，只得准备厚礼，为雄狮大王送行。看着四蹄奔腾的战马和披挂整齐的岭军，娜鲁珍依依不舍地唱：

这地方是米努绸缎国，
过去有毒山和毒水，
现在变成了圣山和圣水。
长出的草木是药材，
流下的泉水是甘露。

感谢雄狮王救了米努，
献上我们的一点儿礼物，
愿大王贵体平安，
愿我们能再相见！

娜鲁珍和米努百姓眼看岭军走出很远很远，才转回王宫。从此以后，消除了战乱之祸，米努百姓过上了吉祥快乐的太平日子。

英雄格萨尔

【卷四】

降边嘉措 编纂

ཁྲོ་ཆེན་ཁྲི་སྣང་ (Tibetan calligraphy)

作家出版社

达玛国信使觐见格萨尔，总管王下令出兵雪山国

岭国发战书讨伐穆古，穆古君臣商议对策

穆古公主携众臣降服，格萨尔开启神骡宝藏之门

目　录

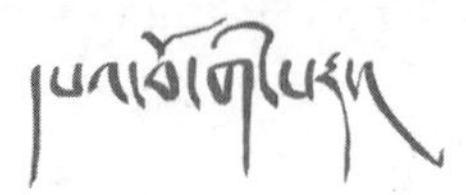

第一百六十六章

边境告急雪山国进犯
雄狮厌战岭噶布倦怠

一连征服了几个邦国以后，世界雄狮大王格萨尔回到了风光旖旎的玛域福地。那里，杜鹃鸟儿的歌声分外婉转，云雀的歌声悠扬动听。每当仲夏，碧绿如茵的青草，绚丽多姿的百花，轻轻地将草原覆盖。即便到了数九寒天，也依然是阳光和煦，清风拂面。徐徐吹拂的那阵阵轻风，像是在喃喃地低声将佛经念诵。在这块馥郁芬芳、沁人心脾、令人心旷神怡的洁净圣地，坐落着一幢镌镂着雄狮巨龙猛虎图像的辉煌宫殿。宫殿的最上层，为佛的法身之所在，是三瑜伽部的发祥地；宫殿的中层，为佛的报身之所在，里面供奉着佛教密宗四续部经典；宫殿的底层，为佛的应身之所在，是佛教三藏的经堂。天神们常来这里聚会，上师们常来这里念诵经文，仙女和飞天常到这里小憩，岭国的国王和权臣们也常来这里商议天下大事，这便是遐迩闻名的森珠达孜宫。此时格萨尔大王已经在宫中闭门独居一年之久。

离森珠达孜宫遥远之处，有一座圣山高高耸立云霄。圣山的山石全呈红铜色，远远望去，像无数盛开的莲花，光彩夺目。居住在山上的至圣大师白玛陀称佛慧心慧眼，当他屈指掐算到征服拉达克雪山国魔王的时机已经成熟时，便于火龙年神变月初八这天的拂晓时分，在五彩祥云的簇拥下，驾临狮龙猛虎宫上空。正在修行的格萨尔王仰望上师，无比虔诚地急忙匍匐顶礼，连声祈祷。天空中祥云朵朵，奇彩异绘，犹如一顶顶帐篷在缓缓游移。随着一股芬芳的香气，白玛陀称祖师出现在森珠达孜宫前，大师端立云头，对格萨尔降下授记：

你自天界降生以后，
不能被你降伏的敌人没有一个，
从你手下逃走的也无一人。
现在敌人还没有完全征服，
你还要努力去降伏众妖。

雪山水晶城的拉达克王，
以烧杀抢掠为生，
以热血鲜肉为食，
以猛兽毛皮为衣，
降伏他的时机已经来到，
二十九日定要西进。
今年大军的向导，
最好由碣日却珠来担任，
如果丹玛绛查不前去，
取胜的希望很渺茫。
然而如果他出征，
雪山的毕扎五子中，
勇敢的昂堆奔仁，
与丹玛有血债要偿还。
看看谁来先下手，
谁先下手谁先胜，
去留如何自思量。
那旋努噶布魔王，
如苍龙威光四射时；
不将毒蛇镇脚下，
恐乘骏马逃亡远方。
智取雪山水晶城，
绵羊染血渍，
我的启示不离身，
英雄汉要把话记在心！

格萨尔听罢，半晌没有说话，心想：降伏一个敌人，又出来一个，好像没完没了。宝马的气力，不能永不衰竭；岭国的兵将，不会永远精良。连年的征伐，已经死了不少将士。大师还说，这次征服雪山国，老将丹玛有危险，若是丹玛真有个闪失，岭国的国运真堪忧。我不如先在岭国专心修法，看雪山拉达克能不能被我的法术所破。这样一想，格萨尔就像没有听到预言一样，继续修他的圆满大法，没有把白玛陀称祖师的预言告诉岭国众英雄。

再说那雪山拉达克究竟是一个什么样的国家呢？那里，由于邪恶作祟，女妖玛章茹扎投胎转世，成了统治那块地方的年轻国王，取名旋努噶布。噶布仗恃身边大臣毕扎膝下的五个儿子和八十名大将的武力，先后吞并了拉达克区域的十三个部族，继而便登基爬上了王位。他称王之后明令：上行者，不准去嘉噶朝圣学经；下行者，不准去嘉纳研习经典；他还蛮横地封锁了通往冈底斯雪山朝圣的通道。在噶布国王如此残酷的统治下，众百姓饱受折磨，人人挣扎在水深火热之中。

噶布国王狂妄自大，叫嚷谁也比不过他的雄厚武力，竟以为自己无敌于天下。他经常喧嚣，即便是发疯的大象和他狭路相逢，他噶布也绝不会退避躲让。噶布的骄横气焰比雪山还高，狂暴残忍比蛇蝎还狠毒。正是这个残暴的噶布国王，对岭国真是恨之入骨！他想，从前在拉达克周围如柏绕这样一些小国是年年都要向他交差纳税的，可如今这些小国都被岭国征服了去，还有谁来向他进贡纳税呢？他越想越气恨，决心伺机报复，借以重新夺回那些失去的小国。这个邪念一旦萌发，便在旋努噶布王的心中日夜膨胀，最后竟达到难忍须臾的程度。

这天，魔王旋努噶布和大臣毕扎家五子和八十员大将以及一百一十九名武将等，会聚在冬仲仁莫宽敞的长形正殿里。殿内的每张大桌上，各种美味鲜肉一堆又一堆，刚从酒坛中打出的醇酒一碗又一碗，蜜一样甜的鲜果一盘又一盘，缭人眼目，芳香扑鼻。盛宴正在大殿里进行。旋努噶布里面穿青色水纹内衣，外着织锦缎外衣，上罩黑熊衣，头戴三尖白毡帽，黄金的烟斗，碧玉灰盘，高坐在紫檀木宝座上，用那冒着毒气的嘴对群臣众将唱道：

谁不认识这个地方？
这是底斯雪山山麓，
是拉达克水晶名城，
遍地水晶多如岩石。
谁不认识我是何人？
我大名像狂风吹遍九国，
宝座是拉达克君主王位，
我威震四方遐迩闻名，
岭王装聋作哑不闻不问。
从前我日子乐融融，
连柏绕、达玛两邦国，
藏北八邦全属我有，
进贡者年年不断流。
如今邦国被岭国吞没，

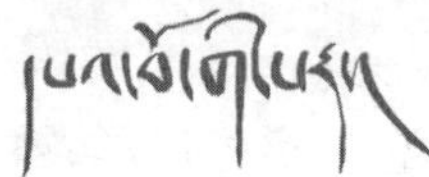

夏季无人来进贡酥油，
秋季无人来缴纳粮赋，
岁贡朝拜只在镜中留，
我怒火中烧怎能入梦？
收失地我想麾动貔貅，
老臣扎巴苦苦来劝阻，
我强压怒火暂忍深仇。
再说说另外一件事由，
岭国祝古国交战激烈，
拉达克的内奸通岭国，
我拉达克的领地之中，
有尼木则龙六个部落，
统统遭到那岭贼吞灭。
古时的谚语这样训教：
“偷食残羹成性的小狗，
长大会叼走成腿鲜肉，
若不断尾告诫贪嘴狗，
盒中的鲜酥油难保留。”
欺凌弱小成癖的岭国，
勃勃野心正与日俱增，
若不降伏那觉如强贼，
我拉达克便永无太平，
深刻道理你们应领会。
有仇不报屈服于他人，
身佩武器也枉然，
被劫财物不去夺回，
又何异那锅台女人，
别犹豫披挂齐上阵，
将财物追回莫迟停。
在国王我的麾下，
有三万三千精兵，
速整装听令出发，
备雕鞍骏马奔腾，
智勇大将金披挂，

铁盔铁甲黑煞神，
紧握蛇矛长丈八，
饮血钢刀亮锃锃，
手挽宝弓如满月，
箭无虚发落辰星，
件件披挂不能少，
令下不准缺一人。
内臣毕扎五虎将，
还有大将八十名，
去统领各路大军，
要达玛、柏绕投诚。
胜者英雄有重赏，
叛者我处以酷刑。
姑娘一生只出嫁一次，
王的圣旨不会再重申，
言词过多反成了赘语，
切望众臣要牢记心中。

旋努噶布王刚说完，大臣昂堆奔仁从右排首席的花豹皮坐垫上站起，唱道：

大王之言如甘雨，
善解布谷般诸臣的渴。
古时老人有口传：
君王的命令由臣子奉行，
臣子的事情由君王维护，
君臣的事情都能成功；
上师的旨意由弟子奉行，
弟子的事情由上师加持，
师徒的事情都能成功。
就照大王的旨意召集众兵，
按您的命令赶快启程。

众将也都赞成，只有老臣根桑扎巴和亭仁拉郭不同意出征岭国。根桑扎巴想：我们大王现在犯了祝古王和卡契王以前的毛病。以前我多次劝阻过大王，现在大王决心已定，看来很难再劝，但不劝又觉心中不安。老臣左思右想，还是决定向大王进一言："大王啊，您已做出决定，我本不应该再多言，但老臣有话不说心不安。古人言:男儿要报仇，三年过后还嫌早;要回报女人的一餐之恩，虽过三宿还嫌晚。我们不是有仇不报，而是现在还嫌早。待到格萨尔人老体衰、宝驹四蹄朝天、英雄大军瓦解，才是我们报仇的时候。究竟何时出兵好，人不知时要问神，若神灵明示此时当出兵，众将对所做之事无悔恨。"

众将听老臣根桑扎巴的话有道理，旋努噶布王也点头应允。于是派老臣亭仁拉郭去请牛头神。大王吩咐留下热血鲜肉、红牛皮旗子，迎接尊贵的牛头神。

第二天早上，牛头神被请来了，于是给它准备了热腾腾的人血礼酒，新鲜的人肉食品，此时，烧燎人肉，烟味四起，迎接牛头神的红牛皮旗子猎猎招展。其间，那牛头神除了哆嗦发抖而外，什么话也没有说。然后昂首向天，又稍向下俯，唱了这样的歌：

贱妇子觉如的索多神，
有神兵龙兵和厉兵，
已向拉达克来进军，
由刺胡玛那大天神，
和东捷冈措统领大军，
开战已有三个月，
胜败输赢难判定。
那年达玛布战神，
率领部众向我攻击，
双方交战有七次，
势均力敌相对峙，
依靠凶险的隐身术，
用一百铁镬与利刀的霹雳，
和二百赤血霹雳进行袭击。
眼下呀，
以护法神先行的情况看，
岭军肯定要来犯，
你来我往相遭遇，
胜败很快见分明，
苟安一时没用处。
快遵从雪山王的命令，

胜败输赢随前定，
在座的把话记心中！

听罢牛头神所言，众人纷纷说："人神同心，雪山国的事情好办了。"老臣根桑扎巴只觉似有一盆冷水迎头泼来，自头顶凉到脚底。怎么神也是这样的旨意呢？既然如此，神意难违呀。看来，雪山水晶城的末日到了。

雪山国顿时沸腾起来，个个装铠备甲，四十万大军准备齐整，于二十九日出征岭国。走了七天，就到了北地赤谷部落。这个只有千户部落的小国，原是连年向雪山拉达克朝拜纳贡的。自从在岭军进攻碣日国途中，首领哈日索卡杰布自愿向格萨尔大王投降，就不再向旋努噶布王进贡。赤谷部落投降岭国后，因为晁通的儿子拉郭在与卡契作战中阵亡，为了安慰、抚恤晁通，格萨尔把赤谷部落赐给了达绒部落晁通王。

拉达克大军一到，主帅毕扎五子和大将东图等商议，认为最好用能够不惊动母鸡而得到鸡蛋的办法。大家也认为这个办法甚好，于是写了封信派人送去，信中这样讲道："人间之神拉达克国王谕旨，据毕扎五子言：你们原是嘉沃拉达克国王的属地，现在依靠贱妇子觉如为你们的主子，借口受制于岭国，年贡赋税数年不缴，这是你们清楚的。现在如果愿意一言为定，永无反悔，按照以前的规定办理，即派全权大臣一人和所有参与协议的人，在本月十三日以前到这里来，不得延误。如果不来，七天以内，一定要将你们彻底摧毁，用战争的硝烟将你们逐出境外。利害关系，如何取舍，请详加考虑！"

首领哈日索卡杰布接到毕扎五子的手书，大惊失色。原以为只要投靠了岭国格萨尔大王，就平安无事了，谁知这拉达克国王竟不肯罢休。如果不答应向雪山国纳贡，部落将顷刻化为灰烬；如果答应下来，又要像旧日一样，受雪山国的辖制。哈日索卡左思右想，又和手下大臣商量，决定一面假意投降，一面派人向岭国格萨尔大王禀报，请大王发兵救援。

松赤丹诺大臣一行到达拉达克大营，献上厚礼，表示了干戈休止、不再兵戎相见的和平诚意。但是，主动权握在强人手中，好似发辫被绊在树丫枝上，一切都身不由己了！慑于拉达克王国的强大兵力，大臣松赤丹诺只得当面答应迎请拉达克官员到宫廷具体商谈媾和条件。是日，拉达克大臣毕扎的三员虎将带领五百名精锐骑兵，如入无人之境，大摇大摆地开进了宫廷大院并驻扎了下来。双方经过几轮会谈，最后以极不平等的方式宣告结束。

双方议定，除给部落减去三分之一贡赋负担外，仍按从前的规矩，承担三分之二的贡赋，每年必须按时向拉达克国王陛下纳贡。双方以条约的形式签订了三份协议书，一份存拉达克国王王室文库，一份存部落文库，一份报送岭国王宫。

七天过后，拉达克队伍趾高气扬地离开了王宫大院。得意的拉达克魔将昂堆奔仁、扎堆赤绛、鲁森奔土等带领的十员大将、五百名骑兵，出了王宫，在经过接壤的达绒国地段时，又挥刀砍杀了达绒国十八名边界士兵，抢走了许多马匹和财物。毕扎魔臣的三大将在江塘格巴嘉惹会合后，就地将抢劫来的那些财物作为军饷发给了众士兵。

见收回赤谷部落如此轻松，毕扎五子大喜，一连向七个小邦国派出使臣，送去内容相同的信，想不动刀枪使他们继续向雪山国纳贡。谁知第一个送信的使臣就碰了钉子，达玛拉雅国拒绝投降。

原来这达玛八部落是由于当年征战祝古时斩杀朱伦霞那之功，格萨尔专门赏给了察香丹玛，丹玛公子玉拉杰赞为其长官。但是此时正值他前赴岭国，不在那里。面对来势汹汹的雪山军，代行丹玛公子玉拉杰赞之职的达玛地方官，召集诸部落首领前来议事，众人认为：“如果投降，一定会触怒格萨尔，而且对今生后世都不利，即使支持不了一个月工夫，也要如俗语所谓‘男儿为事业而死，骏马为赛跑而死’，拼搏一番才行。”

于是，他们义正词严地向雪山军回了一封信：

高山自以为高得不行，
还有须弥山在上头；
流水自以为险得不行，
还有舟船桥梁在上头；
雪山王自以为势力大得不行，
还有岭国君臣在上头。
如果让我达玛王向雪山国朝拜纳贡，
先得问问世界雄狮大王格萨尔。
大王若说照旧给你纳贡，
我达玛王即缴清；
若雄狮大王不答应，
任你说什么也不行。

他们写完信后，又派人快马加鞭，前往岭国报信。达玛王的回信气得毕扎五子暴跳如雷，命令立即向达玛拉雅国进兵，发誓要扫平达玛拉雅国方解心头之恨。于是立即调兵遣将，向达玛拉雅国出发。

四月初三这天，奔驰而来的这支拉达克队伍，已逼近达玛拉雅国疆界。远远望去，尘土滚滚似烟雾弥漫雪山，又如团团乌云在半空翻滚。眼看着敌人越逼越近，埋伏着的白银大将达奔心中暗想，与其暗箭偷袭成功，不如像猛虎雄狮面对面壮烈硬拼。面对眼前这般情景，我何不先唱首壮士歌，一来可鼓我岭国将士士气，二来可探明对方无端犯境的真正原因。达奔拿定主意后，钻出丛林，翻身跃上他心爱的银鬃白马。马背上的达奔，身穿圆月般皎洁的白银铠甲，肩佩五彩缤纷的彩色缎带，腰系达冬拉宗虎皮箭袋，袋里满满插着五十支银光闪闪的神箭。那把如青石撞击而铮铮作响的弯弓，装在用豹皮做的菱形花纹弓袋里。

达奔骑在马上，英俊威武，正气凛然，像白梵天王出征一般。他率领着一队人马，冲到对方面前，开口唱道：

雪山王和达玛王，
在没有旧恨新仇时，
壤接往来心和睦，
互利互助且安居。
到了旋努噶布王，
和毕扎五子的时代里，
野蛮贪婪成风气，
说什么要缴草山税，
要年年按时来纳贡。
那年祝岭战争时，
犹如边走边采花。
岭军到达达玛地，
一年之中鏖战急。
那时节不要说见尊驾面，
说应该如何做的人儿也没有。
常言道：
“危难之际不见长官来，
收成之时却来逼税收。”
事情还不止于此，
高山自以为独一峰，
要知道须弥山在上头；
流水自以为最湍急，
要知道舟船桥梁在上头；

雪山王自以为恩泽广，
要知道岭国明君在上头。
如以为然请暂收兵，
我也向岭王去请示。
他说照旧给你贡税，
我达玛马上来奉献，
立下盟书不反悔。
若愿意就这样把事儿定，
如不愿就在战场上决雌雄，
在未到人尽粮绝之际，
任你举兵来反击。
何去何从细思量，
请将军把话记心中！

听他唱毕，雪山军的两员大将东赤拉噶大将军和东图拉赞认为达玛拉雅国的人是在仗着格萨尔的势头藐视他们。于是，东赤拉噶走到阵前，回复道："达玛被拉达克王所保护，还乱说什么没有依佑？说自己的部落自己来做主，为什么要向岭人去请示？自己的赋税自己收，岭人为什么来征敛？趁现在三方还没有起战争，你先将贡税如数交清楚，承认尊重盟誓无反悔！如果决意不接受，那么就让你们达玛拉雅国人马死尽河干见底！"

说完，便向欧依长官连射了三箭，长官躲开以后便与东赤以刀相搏，两军混战一处，伏兵也立即将山上的滚石檑木放了下来，顿时伤了雪山军无数，另外一个大将东图拉赞被檑木砸中，一命呜呼。见损兵折将无数，东赤立即收兵。

遭受重创，雪山军认为这杂札石峡河是冲不过去的，于是商量着绕过札庆玉朵河滩前进。第二天，东方露出曙光，雪山国部队便出发了。达玛部兵马也早已料到敌人将要从那里突破，于是就在那里安排了人把守，其余的人仍按照以前的决定，集结部队，做好战斗准备，一切都安排得井井有条。

第一百六十七章

谢王恩丹玛执意出征
聚英豪众将共抗顽敌

达玛拉雅国的使臣十五天后来到岭国，先去谒见丹玛，禀报了详细情况。丹玛带使臣来见正在闭关静修的格萨尔。

格萨尔听丹玛说完，心想："白玛陀称祖师早有预言，我没有依上师之言行动，倒让拉达克王抢了先，看来岭军不出征是不行了。"于是对丹玛说："以往，我因忙于超度为保卫岭国而捐躯沙场的英灵，以致一度将战机错过。今天拉达克调兵遣将，侵犯我边境，正与上天的预言两相吻合，现在正是岭国挥师出征的大好时机。明天，当山顶戴上金冠时，便召集众睿智大臣，到我神帐中共商出师大事。"

格萨尔说罢，吩咐侍臣召集岭国各部及各国首领到森珠达孜宫商议出征雪山水晶国，解救小邦国之危难。

众英雄迅速来到森珠达孜宫，雄狮大王把雪山水晶国进犯之事一说，少时，右侧首席虎皮座位上的大臣丹玛义愤填膺地唱道：

岭国文武权臣席上坐，
容我将事由细表明。
昨日白银大将达奔，
派来达玛专差两人，
因遭劫告急我岭国：
祈光辉普照的圣君，
请接受我们的陈情。
我们达玛永恒的君主，
你是我们达玛的救星，
今日并非我无病呻吟，
实在是情况万分严峻，

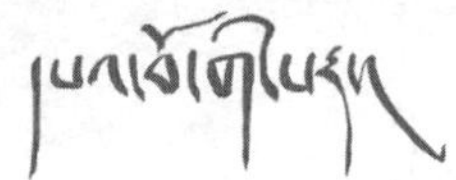

就在喝奶茶刹那时刻，
兵荒马乱已战火纷纷。
离经叛道拉达克魔鬼，
将碧玉般的达玛欺凌。
那金曜星照耀的圣地，
遭到这群魔鬼的蹂躏，
像鲜花惨遭寒霜摧残，
达玛面临着血口侵吞。
火已燃眉十万分吃紧，
以去朝圣的坚韧精神，
不畏寒暑的顽强毅力，
恭请岭军尽速去北征，
锦缎要靠那龙纹镶边，
桂冠必须以顶戴陪衬，
达玛恳请岭王快救应，
岭王神兵似雷贯耳鸣，
显神威正值吉祥时辰。
专横跋扈的雪山国王，
急待岭王铲除这祸根，
属国达玛仅弹丸方寸，
上下齐盼望乐业升平。
而今正面临困难处境，
出鞘刀刃听岭王号令，
像哈努孟泰施展神力，
像慈母爱子不辞艰辛。
这就是达玛一致呼声，
这就是达玛眼前险情。
当领土丧失被敌占领，
我等焉能够置若罔闻。
怎样卡住豪强脖颈，
怎样速将盟友救应，
座上诸位达官睿臣，
请仔细商议齐酌定。

听到丹玛属地被雪山国强占，晁通心中暗自高兴，幸灾乐祸地想道：“格萨尔啊，这次可是老虎遇上了彪，青龙头上来了白虎，毒蛇遇到了大鹏。想那雪山国可不比其他小邦国，旋努噶布王并非等闲之辈，号称世界无敌。你无故收了他的纳贡之国，现在他派大军征伐，岭国可要遭殃喽！我要给格萨尔一个不吉利的兆头，让他不得安宁。”这样一想，晁通得意地捋了一把胡须，对众英雄说：

未到时候的布谷声，
是背时倒霉的噩兆；
半夜叫花子来叩门，
是流亡遭殃的噩兆；
不适时的岭国集会，
是败于敌手的噩兆。
对墙缝中乌雕般的拉达克，
用不着岭噶布大披箭，
由大将丹玛一人去解决。
那北方部落达玛，
由于射杀霞纳功，
赏给丹玛的部属，
应由丹玛去做后盾，
他有多英雄自见分晓，
岭国没必要再次举兵。
大王的事业如朝阳，
群臣是降雨的密云，
莫因狐鸣乱了心！

晁通说罢，退出了会场，他以为其他人也会离开会场。但是，没有人跟他出去。总管王绒察查根站了起来，对晁通说的那番话，他很生气，唱道：

座上的诸位睿智大臣，
容老汉我从头把理讲。
刚才听了晁通的歌儿，
似乎句句道理都正当，
细思量每一句皆荒唐，

达玛拉雅国的每一寸疆土，
都是岭国统辖的地方。
毗邻拉达克横蛮肆虐，
蹂躏达玛百姓遭祸殃，
岭国若不去援助搭救，
弹丸盟邦无力量反抗！
弱小达玛像只麻雀鸟，
不在岭国荆棘中躲藏，
便在拉达克雕腹埋葬。
失达玛岭国似断一臂，
堂堂岭国威望受损伤。
老汉我常常这样想，
岭国达玛两相接壤，
同甘共苦唇齿相依，
敌人来犯岂能坐望，
今日达玛惨遭劫难，
岭国出兵理所应当，
时间紧迫火燎眉毛，
出师事宜尽快商量。
还有一事须再奉告，
在我小巧的经卷里，
有一启示未来授记，
所载教诲清晰明白：
“雪山雄狮利爪，
伸向骏马头上，
速速抛出羁索，
紧紧套住强梁。”
应验的时机已从天降。
这个雪山拉达克暴君，
是虎鼻黑耳转世魔王。
同岭国要拼个生死存亡，
命运驱使岭国将他扫荡。
征讨水晶降伏噶布，
现在正值大好时光。

恳请我王速传诏令，
文武不辞蹈火赴汤。
预兆是如此吉祥如意，
愿雪山圣地佛门开放！
愿雪山水晶国归我手掌！
陈词利弊请细细掂量。

岭国的睿智大臣听罢，都认为总管王绒察查根说得在理，一致决定挥师北征。格萨尔王说道："不错。事实应验了总管王老伯经卷中记叙的预言。神变月初八那天，白玛陀称祖师也曾亲口向我明示，看来征服魔王的时机已经成熟，夺取雪山水晶国的机会已经到来。因修禅定，我搁置了此事，现在佛事完毕。你们通知所有大臣战将，请他们明日上午都来军机帐商议大事。"

米琼和唐泽两人听令，即又发通知派专差去四方传达岭王召集会议的旨令。

再说那达绒部所属的柏绕国使臣，因为走错路而落到了达玛拉雅国信使之后，这时候晁通还在耀武扬威，心里盘算着如何拖延岭国的队伍，让丹玛一人去解那达玛拉雅国之危。可是这会儿听了柏绕国使臣的奏报，他立刻慌了神，恨不得格萨尔大王的军队现在就开到雪山国境内。所以，第二天格萨尔大王再召集商议的时候，晁通跑得比风还快。

神帐中，清风徐徐，凉爽宜人。上方摆着格萨尔大王的金銮宝座，左右两侧排列着九十九排座位。这天早上，格萨尔大王的司膳官唐泽玉珠和侍卫官米琼卡德二人牵着一匹高头骏马，早早地便来到雕饰着狮龙虎图案的大门前恭候着。只见马背上垫着九宫色泽交相辉映的羊毛鞍鞯，金鞍闪烁着太阳释放的金黄色泽，马肚带上绣的那条腾空长龙栩栩如生，马的前胸系着避邪驱障的绊带，后股系着随心遂意的后鞧，那辔绳是万事如愿的宝绳，勒绳是福泽浩荡的宝绳。这套鞍具五光十色，如祥云簇拥，似霓虹初升。这时，人世间的太阳格萨尔佩带着战神的九种兵器，骑在赤兔宝马背上，由青年侍卫官牵着来到猛虎坪。格萨尔王下了马，在金銮宝座上入座，王子扎拉泽杰以及众战将弟兄相继在左右两侧的九十九排席位上就座。王妃嘉洛森姜珠牡和王室的姐妹，以及嫔妃们纷纷端来"三白""三甜"[1]的香茶、美酒、肉糕、蜜糖等各种美味佳肴，盛情款待大家。酒席间，雄狮王格萨尔将白玛陀称祖师的预言授记和讨伐雪山拉达王的吉日机缘，以及征服雪山水晶国的吉利良机等情况，用"无阻金刚调"向大家唱道：

1 "三白"，指酥油、奶酪和糌粑；"三甜"，指冰糖、红糖和蜂蜜。

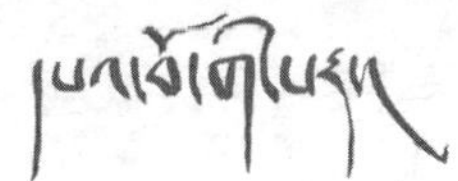

阿拉歌声声赞颂善业，
塔拉曲句句祝祷吉祥。
唱《父续》空性慧似天空深邃，
不着迷执永不改常；
唱《母续》菩提心佛光普照，
极乐安泰永无阻挡。
智悲双运似人体风脉，
福慧合修令人多欣畅。
第一首祭祀歌敬献白梵天王，
求天王助我将善业弘扬；
第二首祭祀歌敬献唐古山神，
祈山神保佑我马壮兵强；
第三首祭祀歌敬献水族龙王，
愿福禄时运寰尘普降。
今日众位权臣坐席上，
且听我仔细述说端详。
神变月初八吉星高照，
拯救我雪域的大救星，
白玛陀称祖师降临头上，
向我将箴言这样训导：
“正当那藏王牟尼赞普，
为均等贫富昼夜辛忙，
此刻一个怨鬼生邪念，
他出生在拉达克地方，
旋努噶布便是这魔王。
他信奉魔煞妖星，
他皈依顺世邪道，
他时刻想毁善业，
他生性跋扈残暴。
众生在他魔掌下煎熬，
格萨兵应去将他除掉。
众望所归的洁土，
是雪山底斯圣地，

是马法木错瑶池，
今已被魔王占据，
朝圣道路被切断，
众生佛门被封闭。
铲除恶魔旋努噶布，
打开雪山底斯圣门，
攻克晶莹的水晶城，
如今已是万事俱备，
又到了吉祥的时辰。”
世尊的箴言无不应，
世尊的箴言要遵循，
稍迟疑达玛会丢失，
调集齐大军快启程。
照白玛陀称祖师的授记，
像当年对祝古国出征，
将岭国队伍兵分三路。
珠噶德曲炯贝纳，
北方珊瑚国却珠大臣，
共同担任第一路总领。
你二人各配坐骑一匹，
一匹是火红的千里马，
一匹驯野牛的名大青。
岭国的噶、珠、绒部族，
以及珊瑚、索波、阿扎国，
各派出剽悍的勇士，
率领九万骁勇士兵，
军旗上鹏狮图案对称，
红黑八角幡旌两侧翻腾，
围歼蟊贼大家合力齐心。
英雄巴拉森达阿东，
还有阿达娜姆，
共同担任第二路总领。
你二人各配备坐骑一匹，
一匹浑身雪白飞越千山，

一匹迈开四蹄千里日行。
岭国中部巴拉大部族，
还有黑黄霍尔大食国，
派出各自剽悍的勇士，
再率领九万骁勇士兵，
军旗上螺鳄图案对称，
两侧飞白红八角幡旌，
围歼蟊贼要合力齐心。
唐泽、玉拉、东迥三位，
共同担任第三路总领。
你三人各配坐骑一匹，
一匹行空红鬃烈马，
一匹翡翠绿鬃宝驹，
一匹白螺银鬃神骏。
门国姜国祝古国，
还有卡契各诸国，
各派出剽悍勇士，
率领九万骁勇士兵，
军旗上蟹鱼相对称，
蓝黄八角幡旌两侧飞，
将蟊贼围歼合力齐心。
我将乘坐赤兔神马，
王子骑那白胸雪蹄。
三路大军的亲密陪伴，
三路大军的时时统领，
是好汉我格萨尔王，
是那扎拉泽杰王子。
请各位叔伯和权臣，
运筹军机各展才能，
岭国的战将勇士们，
为国克敌团结精诚。
本月二十九日这一天，
岭国大军挥师出征，
出征前牢记五条军令，

侦察高山地形环境，
像凌空飞翔的鹞鹰，
既要敏捷又要机灵，
率领大军冲锋陷阵，
活像天龙八部出征，
智勇双全威比雷霆；
分享战利果实时，
要像慈母待儿孙，
良莠均等秋色平分，
大队伍安营扎寨，
像牦牛井然牧归，
队队人马紧相跟；
百姓乡亲路上逢，
胸怀一片友爱情，
笑容可掬似亲人。
树干铁实枝荣叶盛，
有勇有谋军纪严明，
对敌人似猛虎凶狠，
对百姓比鱼水还亲，
这是岭国古传军风，
这是岭国必胜之因。
大臣丹玛听我劝一声，
你曾因结果恶魔当堆，
积下宿怨今年逢灾星，
岭国内也还须你劳神，
劝你这次别冒险出征。
三年中愿国内繁荣昌盛，
二年后愿我们重逢欢聚，
望大家把我话记在心中。

听了大王的吩咐，勇士弟兄们纷纷表示拥护，唯有丹玛很不高兴，闷闷不乐，再三表示不愿留下。正在这时，柏绕和珊瑚国又派来两名专使，向珊瑚国大臣却珠和达绒部的晁通报告了拉达克敌军犯边的最新险情。他二人得知这一紧急报告，随即进去向王臣们呈禀。雄狮大王当即发出命令：“照我的安排，各位将领率领属部，昼夜兼程，火速向拉达克进发！”

大臣丹玛听到这声出征令，焦急万分。他不断思忖着，过去南征北战，最顽固最凶恶的敌人都被我征服，不少坚固的城池被我一一夺取。今天，却让我留守后方，我怎能坐得住？为了岭国圣洁的国政，为了众百姓的安宁，为了完全成就有利于众生的善业，即使灾星当顶，厄运逼来，马上面临断头的危险，我丹玛也在所不辞，死而无憾。要是王子扎拉也披挂亲征，我老夫却龟缩后方，岂不更让人耻笑！他越想越按捺不住，便从护身盒中取出一条哈达，双手捧着，走到格萨尔王面前，恭恭敬敬地献上之后，开口唱道：

阿拉歌儿歌声响亮，
塔拉曲儿曲调激昂。
大圣沙绕哈巴尊前，
请赏赐我神的箴言。
这里是什么地方？
这是斑斓猛虎坪。
再看看我是哪一位？
我是老将丹玛绛查。
贤明大王高坐中堂，
请各位容我放声歌唱，
我丹玛虽已龙钟高寿，
目明耳聪我身体安康，
一生时光弓弦上度过，
臂膀似当年力壮筋强，
还是古谚语说得好：
“金灿灿太阳东方升，
旋转不停是太阳命运，
驱黑暗施四洲光明，
暖万物赐五彩缤纷；
滔滔江河碧绿似玉，
奔腾不息是江河命运，
白哗哗养村寨沃土，
金灿灿催六谷丰登。”
虎彪彪的英雄丹玛，
南征北讨是丹玛命运，

驱敌寇我天涯不舍，
为社稷我戎马一生。
我面临灾星也无妨，
长寿三尊保我命长，
毕扎要讨回我命债，
庇荫我的有雄狮王。
倘若力尽气衰卧沙场，
英雄我倒下仍带虎相，
为岭国的千秋大业，
肝脑涂地我心欢畅。
我的请求是头一遭，
请大王恩准我愿望。

王子扎拉泽杰年少，不知道丹玛的脾性，他接着说道："这次请叔叔你留下，是因为大家为你的平安担心。你的那份战功由小侄我来承担了吧！"

丹玛哪里听得进王子的劝阻，全然无动于衷。

格萨尔王和众臣都知道丹玛的刚毅脾气，遇事一经下了决心，再要他改弦易辙比让河水向坡上倒流还难。因此，听了丹玛的请求后，大家都默不作声。片刻间，场上鸦雀无声。格萨尔王仔细考虑后，当众答应了丹玛的请求。

十五日上午，辛巴大将的侄子隆拉觉登，在霍尔六十名大将簇拥下，带领着霍尔的惹、汤、学、杂、谷、珠、玛、拉、甲等众部落的数万名黄霍尔神兵，从远道疾驰而来。由于人马都是一色的红色打扮，远远望去，这支队伍像条烈焰熊熊的火龙。不多一会儿就来到了玛拉噶，在附近的河滩边安营扎寨。

紧接着第二天，玉赤和玉拉，在六名彪形内臣和八十名勇士的护卫下，率领着姜地上中下三部的察、绒、措、色、崩、玉、洞、玛、策等诸部落的数万名姜兵，如瀑布倾泻，波浪滔滔，白云翻滚般朝文布方向径直赶来，一到猛虎坪，便扎下了大营。

门国的东迥达拉赤噶，也于第二天，在四位睿智大臣和六十名决胜勇士的护卫下，率领着门、迦、册、阿、苯、江以及平坝的十八个大部落的数万名门国兵士飞奔而至，阵势如狂风骤雨，似洪涛汹涌。他们一到紫翠坪，也就地扎下了营。

十八日这天，索波大臣谢噶东突，在四十名阿扎勇士簇拥下，统领着索波上、中、下三部和腊茹塘草原三部落的上万名神兵，风驰电掣般奔向玛麦谷地。一路上尘土飞扬，如雾霭蔽日。他们一到玛麦神谷地大坝，便就地扎寨安营。

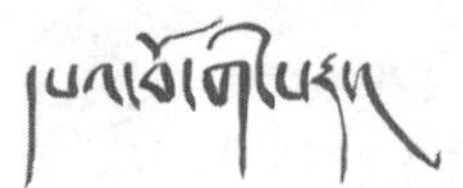

在同一时辰，北方魔部阿达娜姆，在二百名勇士护卫下，统领堆阿塘三部落、噶纳察三部落和玛穆亭三部落的数万士兵，以暴雨倾泻山峰之势，以野牛矗立山岩的雄姿，电闪雷鸣般奔到牦牛山下吉祥草原，就地扎下了大营。

十九日，北方祝古国的睿智大臣协绕扎巴，在四百名勇士的护卫下，率领着祝古国上、中、下三部的阿惹九村、拉龙九部、朱粟八部、柏卡七部部落的神兵数万名，如漫天飞舞雪花，似狂风怒卷残云，直奔玛龙平坝而来，一到玛龙穆池地方，便扎下了大营。

同时到达的，还有卡契国。这天，卡契国的王子在四十名大力士护卫下，率领着姆卡十八村、白波十六村、咯卡十四村的数万名神兵，以霹雳横空、冰雹盖顶之势疾驰而至，选择了狭长地段的猛虎坪为扎帐营地。

二十日，大食国的谢噶顿巴，在六十名角斗士的簇拥下，率领大食国上、中、下各部落的神兵数万，沿途像巨龙腾空，猛虎出林，直奔玛麦。他们来到玛麦平坝的三岔口，扎下大营。

岭国上岭部色巴八兄弟大部落、中岭部文布六大部落、下岭部穆姜四大部落数十万神兵，由察香丹玛绛查、噶德曲炯贝纳、巴拉森达阿东等岭国勇士弟兄们率领，似神、龙、魔三路大军奔赴战场一般向猛虎坪赶来，其势如狂飙从天降落，霹雳划破长空，冰雹横扫大地，波涛汹涌万里，浓雾遮盖山岭，不一会儿队伍即抵达猛虎坪，扎下大营。

第二天，正值木曜[1]星和鬼宿星会合的吉祥日子。一早，天空彩云悠悠飘浮，像慢慢撑开的朵朵帐篷。保护善业的岭国战神威尔玛诸神，在彩云之间时隐时现，和岭军形影不离，在天空中为岭国的大队人马驱邪开路。

队伍最前头的老将丹玛绛查，头戴白色霹雳头盔，顶插白色兀鹰羽翎，上系五色斑斓彩穗，身穿雪白金刚铠甲，腰束深蓝缎带。花纹斑斑的虎皮箭袋里，满满插着七百支银色利箭。金钱豹皮弓囊中，装着白色铁弓。能断飞毛的锋利腰刀的刀把上缀吊着丝缎飘带。名叫“青蛇毒须”的长矛尖头，靛蓝色的缎缨在微风中轻轻飘荡。他胯下骑着一匹银光宝驹，神气活现，威风凛凛，以阎王见了他丹玛都要后退三步的威武气概走在队伍的最前面。丹玛身后紧紧尾随着所属十二个部落的神兵，全部人马一律湛蓝色打扮。蓝色军旗上绣着雄狮和大鹏，一排排仗旗，随风猎猎作响。队伍像一条长河向前滚滚奔流，径直前往猛虎坪。

这时，北方珊瑚国的大臣却珠，头戴红松耳石头盔，上插孔雀羽翎，帽檐上还系着红黄丝带。身穿红色松耳石镶嵌的铠甲，朱红色背旗飘飘扬扬。虎皮

1　木曜：日、月、星都叫曜。日、月和火、水、木、金、土五星合称七曜，旧时分别用来称一个星期的七天。日曜日是星期天，月曜日是星期一，余者类推。木曜日当为星期四。

箭袋和豹皮弓袋挂在腰间，肩上虎皮箭袋中，满满插着五百支铜筈利箭。花纹斑斑的豹皮弓箭袋里装着拱背大山形的青铜弯弓。手持一杆名叫“青蛇腾空”的长矛，长矛上悬垂红色缎缨。腰间横挎飞斩悬珠的利剑，剑柄上，缀吊着红丝缨须。胯下骑匹红光闪闪的火焰驹。仪表堂堂，威风凛凛地走在队伍的最前面。北方珊瑚国的十万大军紧紧尾后，头盔、铠甲、军旗、飘幡以及马的装配等都是红色打扮，一眼望去，似团团火焰在云烟中蒸腾。队伍面朝拉达克方向，整装待发。

岭国的另一员勇士，珠部落的首领噶德曲炯贝纳，头戴黑色辟邪帽，帽檐上插着长尾孔雀羽翎，肩披弯月金刚大氅。腰间紧束靛青色缎带，名叫“霹雳铁橛”兵器的柄把上悬吊着黑色绸缎拂巾。胯下骑着追风宝马，嘴里还不时发出嗡嗡啪啪的怒斥声，胯下那匹马也不断呼哧呼哧地喷着股股粗气，不时还仰天长嘶几声，像座山峰似的屹立在队伍前面。他背后连盔翎也是黑色的，噶、珠、绒三大部落的数万名人马，全都是黑色装束，只有黑色队旗上的一块浮角鲜红夺目。队伍剑矛林立，寒光闪烁，似暴风雨中耸立着的尊尊黑色嶙峋岩石。队伍队列整齐，向着拉达克方向，正待命出发。

岭国大、中、小三支的兵营，以及驻守岭属各国的岭国神兵，在所属将领的率领下，刀、枪、剑、矛各种兵器整齐锃亮，各队的各种翼旗迎风猎猎作响。威武雄壮的宏伟阵势似披挂的战神即将出征，如猛虎咆哮着要冲出山林，似饿狼在草原聚集窜驰，如同悬岩上轰鸣的礌石滚滚，好像冰雹哗啦啦铺天盖地。放眼一望，令人目不暇接，细看场面，令人瞠目结舌，不可言状。那哗啦着响的各队的队旗和飘幡，遮天蔽日，像无边无际的林海。那杂沓的马蹄触地声，如席卷大地的狂风阵阵怒号。那士兵们此起彼伏的尖厉的呼哨声，如盖顶霹雳，似长空雷鸣。如此磅礴的气势，如此气吞山河的阵容，任何世宿仇敌见了，也会心惊肉跳，魂飞魄散，任何手足弟兄见了也会笑逐颜开，豪情满怀。

这就是即将出征讨伐雪山拉达克的岭国浩荡大军。

这时，普照世界的太阳、拯救世人的主宰、如意镇敌的格萨尔雄狮王，佩带着战神的九种兵器，骑在宝马江噶佩布身上，在十三名威尔玛战神的簇拥下，更显得叱咤风云，神圣威严。在宝马江噶佩布的左右两旁还有米琼卡德、秦恩、唐泽玉珠、仁庆达鲁等膳食官和侍卫官员侍候着。当格萨尔王出现在臣民面前时，前来送行的岭国众上师、王室的众伯叔兄妹，以及宫中的嫔妃们举行了隆重的欢送仪式。众人都在为出征英雄们沿途平安、没病没痛、旗开得胜、马到功成而真诚祝福。

仪式中，由白度母转世、荟萃了雪域高原姑娘精华的格萨尔王的妃子森姜珠牡，腕颈上戴着如意白璁玉手镯，手捧雪白的吉祥哈达，端着绘有八宝吉祥图案的白瓷龙碗，斟了满满一碗甘露似的长寿酒，恭恭敬敬地献到格萨尔王尊前，然后用“九狮六变调”唱起了祝福歌：

阿拉歌儿余音袅袅，
塔拉曲儿情深意长。
东方圣地啊布达拉，
住着吉祥的度母，
祈求赐姑娘我力量，
祝愿我王伟绩辉煌，
祝愿我王长寿无疆。
这是啥地方认不认得？
是岭国的上部猛虎坪，
王臣常在此依依惜别。
认不认得我是哪一位？
我是嘉洛家的千金，
我是美丽岭国的王妃。
今天日子正逢吉祥，
雄狮王像头上太阳，
众臣将像月华晶亮，
兵强马壮群星环绕，
雪山群魔行将灭亡，
荡涤愚昧驱散乌云，
伟业丰功万世光芒。
即将别离众将士，
妇孺们难舍难分，
至尊上师的慈悲，
贤妻良妾的深情，
一片肺腑的话语，
祈智慧神施威灵。
我王是镇敌的如意宝珠，
我王是千佛差遣的圣人，
我王是白玛陀称佛化身，
我王是征服群魔的豪杰，
我王是拯救众生的亲人。

我王的头盔像战神宫殿，
宫殿中如云密聚护法神。
我王的帽翎似万道金辉，
酷似三尊恩泽霏霏甘霖，
好似本尊咒语春雷滚滚。
我王队旗五彩缤纷飘扬，
似婆娑飞天起舞在彩云。
我王铠甲好似佛的坛场，
为佛法将创建赫赫功勋。
我王的宝剑啊所向披靡，
似战神的神剑电光迸射。
我王的威震三界的长矛，
似威玛战神施放的冰雹。
那虎皮箭囊的支支铁箭，
似救世主施放驱邪利刃。
那威慑三界的霹雳弓中，
似土地神和天龙八部密聚。
那威震三界的羁索啊，
能弯能曲好似要勾魂。
那抛石器石飞旋头顶，
好似火舌要吞噬敌人。
那如意藤鞭迎空一挥，
似缨苏正飘洒着福音。
那溜光闪闪赤兔宝驹，
四蹄腾空似呼呼风轮。
为将黑魔穴夷为平地，
战神兵器将大显威灵。
皎皎如雪的圣洁岭国，
灿灿如金的霍尔国，
殷殷如血的姜地萨丹国，
斑斓如虹的门地辛赤国，
墨黑如黛的摩罗大食国，
诸国权臣都将你簇拥。
你统率下的浩荡三军，

是铲除群魔的地府阎罗，
是扶弱济贫的仙界天兵。
将强兵精的浩荡大军，
讨伐拉达克即将出征。
根本续上师头顶护佑，
护法神明在右侧随行，
英雄天神在左侧助臂，
开路先锋是威玛战神，
后面紧随有保护神，
愿王的业绩千古垂名。
我手捧这碗饯行酒，
是成就大业寿缘酒，
是祈祷平安祝福酒。
大王喝这碗饯行酒，
出口成章盖世聪明；
大王喝这碗饯行酒，
运筹帷幄决策如神；
大王喝这碗饯行酒，
驰骋千里马到功成；
大王喝这碗饯行酒，
吉祥相随如意称心；
大王喝这碗饯行酒，
早早凯旋欢聚国门。
这条镇日吉祥的哈达，
缀有乳白色上等璁玉；
为送驾呈献我雄狮王，
愿我王长寿一路安宁，
愿我王克敌在反掌间，
愿魔地处处善法昌明，
愿拉达克众百姓康泰，
愿白色善业福力无垠，
愿冈底斯圣门重开放，
愿水晶国向我王归顺。
岭国的战将诸位兄弟，

数十万岭国浩荡神兵，
祝你们个个威武吉祥，
祝战马奋首驰骋风云，
祝战果辉煌百战而百胜。
请王臣接受我至诚祝祷。

王妃森姜珠牡深情地祝福完毕后，队伍跟着就要出发了。营地上送行的和出征的人们互相依依不舍，祝福话别。不一会儿响起了嘹亮的出发号角声。各营地众官兵在各自的首领统率下，列着长队陆续出发了。放眼望去，队伍活像从天而降的天兵，看不见哪里是头尾。送行的众百姓，沿途燃着一堆堆馨香的柏枝，祝福的乳白色香烟袅袅升腾，队伍像在祥云瑞霭中穿梭行进。

国王格萨尔和王子扎拉泽杰走在队伍中间，许多侍从紧紧尾随在后。下午，队伍到达吉祥草坪，就地扎营休息。早有吉祥草坪的首领尼玛奔图前来恭候，格萨尔王和七十余名权臣被迎请进城堡客厅休息。宽敞的厅堂内摆满了酒肉以及糕酪等美味佳肴，宴请国王和众臣。席间，主人还敬献了许多金银玉器、茶叶绸缎等贵重礼物。奶茶美酒散发着沁人香味，大王和众臣不时发出阵阵笑声。

第一百六十八章

贪小利达绒部受狼灾 拒谏言派木鸟做侦察

为了加快进军速度，第二天，岭国大军兵分三路。在雄壮的号角声中，沿吉祥草坪的上段、中段、下段三条路线向雪山拉达克方向挺进。

属达绒部的一支军队从北方阿钦祝古草原开拔行进到一座山丘隆起的金色草原时，只见成群的羚羊和黄羊相互追逐嬉戏，时而探头探脑环顾四周，时而在草浪中隐没。喜出望外的晁通乐滋滋地对部下说道："这北方草原人烟稀少，一望无际，要寻找一点吃的很艰难。你们看，那边山坳处有许多野物，肯定是没有主的，正好做我们达绒部的口粮。现在我亲自带领四名头目和十八名狩猎能手前去，保证满载而归，让达绒官员们美美饱餐一顿。"

达绒大将夏钦噶玛认为最要紧的是率领队伍北进，中途停下去狩猎会误大事。他一再劝阻晁通道："以往，无论是对付敌人的侵犯，还是猛兽的袭击，我都一马当先，因此名声响遍达绒全区。现在，上了年纪，已没有那股冲劲了。俗话说'好汉保住自己木碗，英雄保护自己名声'。图便宜打野物，我看不是好主意。你是首领，应把队伍带好才是。总之，我不去。"

晁通认为夏钦噶玛大将胆小怕事，便很不高兴地说："这草原无边无际，有那么多野物，谁猎获就是谁的。连这虱子般大的事都害怕，一旦和雪山拉达克士兵遭遇，将不知被吓成什么样子！"

晁通越说越来劲，情不自禁地自我夸耀起来："我晁通不上山则已，一上山便是野味的饱食者；我晁通不上阵则已，一上阵没有哪一个是我的对手。现在把所有猎狗都给我牵来。"趾高气扬的晁通狠狠抽了坐骑三下，随着响亮的鞭声，飞驰而去。四名侍卫大将和十八名猎手无可奈何，只好紧紧尾随其后。

机警的羚羊和黄羊嗅到气味早已纷纷逃窜，晁通放出猎狗在后面紧追不舍。平静的草原顿时一片喧闹声，吵得宁静中的土地神也心神不宁。一怒之下，土地神施展出神变法力，霎时，山坳上部，狼的嗥叫声此起彼伏不绝于耳，一大群凶恶的饿狼一边嗥叫着，一边疯狂地跳着舞着。山坳中部成群的豹子狺狺咆哮、又扑又跳，好像在跳着美餐前的舞蹈。山坳下部，大群豺狗对天号叫，好似阵阵干裂的狂笑。成群的黄鼠狼颠颠窜窜，好像在把美味寻找。达绒的官兵和猎手们看见这般情景，人人心中生疑："这会不会是神变降临的灾难！"当众人正在迷茫中惶惑不安时，忽然，那成群的饿狼如雪花飞卷，从山坳口铺天盖地地向前涌来；那结队的豺狗如狂风骤起，从山坳口猛扑而来，形成了像耳环一样的包围圈，把达绒部族的官兵们圈在中间，围得水泄不通。官兵们慌忙张弓搭箭，将四百支铜质硬箭一齐射了过去，奇怪的是在密集的箭雨中竟没有射中一只。相反更激怒了这群猛兽，眼看包围圈越缩越小了，每只猛兽都张着血盆大口，龇着锯齿獠牙，似乎已到众人眼前。那嗥嗥的号叫声如隆隆闷雷，震耳欲聋。那疯狂的扑跳，像天空的条条蓝色绞绳在头顶闪闪飞旋。竖立着的每条尾巴，像猎猎旗幡在狂风中猛烈摆动。那咬牙切齿的磨牙声像青稞花在锅里噼里啪啦爆裂。

眼前突然出现的这一恐怖情景，简直把晁通吓呆了。他连连后退，缩着头，不住地用拳头左右虚晃着，竟忘记腰上还别着大刀。心急如焚的晁通不断大声呼喊着："护法神夏青噶玛！你们见死不救，不是存心让豺狼把我吃掉吗？哎哟哟，眼看我就要完蛋了！哦呀呀！你们怎么都不来救护，难道都没有一点慈悲心吗？"

自顾不暇的大将们听见晁通哀求，不得不齐向他这边拥来，个个手舞刀矛，保护着晁通，阻挡着扑来的猛兽。这时，一只名叫格巴纳夏的老狼心生一计，掉过头，翘起尾巴，朝他们响亮地放了个狼屁。狼屁臭不可闻，一下把晁通等人熏昏在地。成群的饿狼张着血盆大口，"轰"的一声都扑了上去，争抢着这堆即将入口的美味。

情况万分紧急，千钧一发。远在另一路的雄狮王格萨尔立即感应到晁通官兵正遭到土地神用魔力变幻的狼的威胁，处境十分危险，于是用右手朝着那个方向伸出了克邪拇指。顷刻间，只见指端毕毕剥剥地冒出火星。格萨尔王的神变在保护神夏玛吉崩热的配合下，大显神通，刹那间天昏地暗，霹雳轰鸣，冰雹猛击，那些由魔鬼的部属变幻的豺狼四处鼠窜，纷纷逃命，只有少数幸免者夹着尾巴逃跑了。

一切灾难已被平息。这时，侍卫官米琼卡德不假思索地问道："众生的至尊上师，格萨尔王陛下，你平时参禅修定，是为了保护生灵，现在又为何显示手指的神力伤害生灵呢？"

格萨尔王泰然而又慈祥地答道："不是有意伤害生灵，是远在祝古草原的达绒部族的官兵处境险恶，不得不用神力粉碎妖魔，搭救晁通他们。"

脱身的达绒官员和侍从在归来的途中，遇见三只猎狗正紧追着十八只羚羊不舍。他们立即拈弓搭箭，射死了逃命的羚羊。他们剥下皮肉驮在马背上，牵着马儿兴高采烈地走着。不巧和迎面而来的廷绒拉格部族的大将茹柏米拉、拔赤萨粒、哈拉米拉等二十一名官兵相遇。双方没有通话，晁通一行还未弄清究竟时，忽听得唰的一声，对方早已抽出亮闪闪的腰刀，在呼啸和喊杀声中向着他们扑了过来。晁通等人见对方来势如此凶猛，猝不及防，不约而同慌忙解开马背上的猎物，丢在地上，翻身骑上各自的马儿掉头便跑。对方骑的都是鞴鞍不久的马驹，腿劲很好，当他们快要跑到一片洼地时，茹柏米拉等已赶了上来，手起刀落，接连砍翻了达绒部族的数名士兵。晁通听到身后惨叫声，头都不回，连抽数鞭，丢下众人更没命地逃窜。

被对方的蛮横激怒了的达绒官兵们，顾不得逃命远去的晁通的应允，一齐掉转马头，纵马举刀，迎了上去，双方便刀对刀地杀了起来。达绒部族的措吉白纳手执大刀，左右开弓，仅三个回合，便一下将廷绒部族头目哈拉米拉的首级取了下来。在另一旁厮杀的达绒部的夏钦噶玛仅一个回合，便将廷绒部族的一名大将的臂膀连同大刀砍落在地。另一名匪头目茹柏米拉报仇心切，挥舞大刀，怪叫着向达绒的阿盔塔巴扑了上来。阿盔塔巴猝不及防，负伤落马。劫匪们见状，士气为之一振，纷纷扑了过来。沉着的达绒措吉白纳飞舞大刀，奋力向茹柏米拉砍去，眨眼间匪首茹柏米拉的胸膛像两扇大门被从中破裂开来，猩红的污血喷洒了一大摊。剩下的匪徒们吓破了胆，个个无心恋战，纷纷落荒而逃。

达绒官兵们收拾了战场，他们将匪首三人的铠甲、头盔、兵器、什物等驮上马背，又匆忙启程赶路。他们一路寻找晁通。惊魂未定的晁通听见喊声，以为匪徒们又追上来了。待他回头一看，原来是自己的部众，马背上还驮着许多战利品，知道是打了胜仗，便停下来等候。晁通听完了部下的报告，得知除阿盔塔巴外其余都没有负伤，于是高高兴兴地又一起上路了。

当晚，岭国的人马在水草茂盛的柏绕草原上扎帐宿营。这时，晁通一行也赶到了集结地。俗话说，心怀鬼胎的人总是常常设法掩饰自己。晁通到达后，佯装和平常一样，忙着张罗铺排，没露一点声色。对自己怎样丢开部下去打猎，和敌人相遇后自己又如何狼狈逃命等情况只字不提。

珊瑚国和阿扎国的人马也在这个时候赶到，在指定地点扎下了营帐。这时，以王子扎拉泽杰为统领的一大队人马，没有沿大道，而是抄一条捷路，仅仅用了十五天的时间，也于同一天到达了白塘的纳瓦查莫大坝，扎下了大营。

第二天，大食和霍尔等国的兵马次第到达。以姜地王子为首领的姜国兵马从北方的麻绒出发，长途跋涉，在大食国到来之后的第二天也赶到集结地与大军会合。大军齐聚后，向念青唐拉山神焚香顶礼，敬献了丰富的神饮，祭祀活动非常隆重。

翌日早晨，彩霞似帷幔挂在天边，号角声声响遍各大军营。在嘹亮的号角声中，岭国三路大军出发了。雄壮的队伍像奔腾不息的大江，以不可阻挡之势，穿过达玛和柏绕两国的边境，朝雪山拉达克方向开拔。

在雪山水晶国这里，大臣根桑扎巴还在竭诚相劝，但也丝毫没有打动拉达克国王噶布的心。国王以凡是他已决定的谁都不能更改的固执态度，用严厉的歌词驳回了老臣根桑扎巴的谏词：

按歌儿唱法唱阿拉歌，
照曲儿调门哼塔拉调。
罗睺罗星王啊在上界，
祈庇荫我拉达克国王。
要问这是什么地方？
是群英会聚的厅堂。
可认识我是什么人？
是拉达克年轻国君，
我似雪山兽中之王，
威镇群兽是我本能。
老臣扎巴你且仔细听，
几代为臣是过去的光荣，
你善谋曾像哈达绳结，
而今你早已衰老年迈，
体弱力衰胆识减退，
口中全出怯懦之音。
古时有这样的谚语：
“花面狐性喜固守旧穴，
自视武艺盖过世人，
在猛兽麇集的山林，
它只属胆怯的鼠辈。”
拉达克若只顾锁国，
会越来越贻笑四邻，
在列强林立的世上，
拉达克无立脚之根。
怯懦者性喜埋头缩颈，
反自慰强盛自欺欺人，

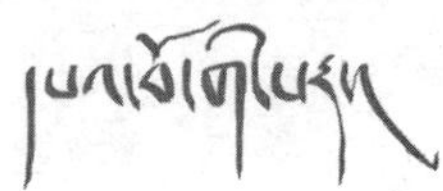

看门守家是狗的本性，
闭关国王与狗难区分。
我拉达克堂堂国君，
决不准他国来侵凌。
我的财富由我主宰，
岭国觊觎头脑发昏，
我的疆土由我掌管，
岭国嫉妒实属妄人。
论道理还有千千万万，
酥油奶糕属佳肴魁元，
食欲旺时应狼吞虎噬，
胃口衰败想吃也难咽。
鲜花开绽馨香四野，
时令花儿供奉神龛，
花残再供使人心酸。
气血充沛我智勇双全，
不伐格萨尔怎能心甘，
畏敌闭关奇耻难忍，
岂可垂手坐失机缘。
我是拉达克赫赫君主，
俄察觉如孽种枭奸，
都是人生父母所养，
岂能惧他龟缩不前！
你老态龙钟元气败，
语无伦次空话连篇，
我的士兵个个剽悍，
听你陈述人人羞惭。
齐心合力同仇敌忾，
文武百官思虑周全。
领悟歌词心中欢喜，
不懂歌词心底黯然。

国王话音一落，廷绒拉格大臣恭恭敬敬地献上一条哈达，诚惶诚恐地说道："臣向来不敢违背大王的旨意。但刚才听了老臣根桑扎巴的一番陈述后，认为颇有些道理。最近几天我做了很多梦，内容各有不同，不知道这些梦的预兆是凶还是吉，我想讲出来恭请大王和众臣圆一圆。”说罢便唱道：

歌儿声声唱阿拉，
曲儿句句哼塔拉。
日月众星的惹忽神，
祈请为拉达克守卫。
眼前这儿是哪里？
是王臣就座的首席。
请认清我是何人？
我是廷绒拉格内臣。
上奏词先献比方：
有口无手嘴难张，
有口无勺难喝汤；
有门无锁不算门，
门锁钥匙配成双，
我的话虽不紧要，
却似锁和匙一样。
虽幽居绒青宫殿，
貂裘山珍样样全，
我仍把远征将士思念，
我仍为大王社稷挂牵。
上半夜我辗转难合眼，
下半夜我昏昏睡不酣，
各种梦境轮番出现：
南天天际云彩翻卷，
玉龙鬣冠电光闪闪，
它高擎霹雳长剑，
从南天奔向北边；
它血口三声嚎叫，
毕扎城堡顷刻塌陷。
又梦一名赤发汉，
从东向西狂奔窜，
矛柄触地山岳颤，

城堡瞬间化颓垣，
闪电火绳将我捆，
抛我异乡荒野边。
梦中彩虹映雪山，
天空飘洒花雨点，
猕猴戏饮甘霖泉，
瑶池更比宝石蓝。
又梦东方升火焰，
西方林海变火海，
倏地南天浪涛涌，
北方草原变河滩。
还梦西方狼群窜，
可怜羊群惊四散，
昂首雄狮北方来，
群兽觳觫吓破胆。
梦境吉凶难断言，
请圆梦境赐高见。
请想想梦境预兆，
请掂掂老臣进谏。
纵使理由万万千千，
无从为拉达克解辩。
臣以为撤兵是上计，
与岭国敌对冒风险。
瞻前更应计议长远，
过分自信导致昏眩。
理解词义心里蜜甜，
不懂歌词心里茫然。

廷绒拉格大臣的劝告仍然无济于事，雪山拉达克国王一听廷绒大臣唱完，黑沉着脸，斩钉截铁地说道：“梦本来就是幻觉，要从幻境的梦中判断吉凶祸福是愚蠢的。我对自己的领土行使权利，与任何人无关。别说他格萨尔，就是主宰命运的死神阎王闯来，我也不退让半步，不撤退一兵一卒。”国王的态度表明，他对两位大臣的劝谏完全无动于衷。在场的众大臣眼见这般肃杀气氛，个个慑于国王的淫威，纷纷表示效忠和拥护国王决战的决心。意见一致后，会议就如何派兵增援、如何迎战岭国、如何派遣密探、如何守卫后方等问题开展了商议。会上，众说纷纭，争吵激烈，莫衷一是，结果，大家只得推荐老臣根桑扎巴献计献策。对此，拉达克国王无可奈何地微微点了下头，表示应允。这时，老臣根桑扎巴正在因刚才的进谏没有被国王采纳而心中忧虑，忽又听到众臣僚要自己出谋划策，心中更感不是滋味。转念一想，不讲也不好。他思忖片刻，才开口唱道：

阿拉歌儿哟唱起来，
塔拉曲儿哟哼起来。
罗睺罗曜权势浩荡，
祈佑我将计谋献上。
可知道这是啥地方？
是群英的会聚厅堂。
可认识我是哪一位？
我历经三朝称老臣，
根桑扎巴是我大号。
我年迈似日落黄昏，
受世俗讥笑被人轻。
古时谚语常这般讲：
“骏马衰老放逐山林，
父母年老赶出大门，
人到衰迈即遭嫌弃，
村童妇孺皆来欺凌。”
适才我一番肺腑音，
反被斥为乱语妄言，
有谁听了心儿能高兴！
这好似莜麦糌粑团，
乞丐的馋嘴也难咽。
向愚痴者求知枉然，
害人害己埋下灾难；
病因不明盲目下药，
断送性命剑刺纸穿。
问良策我枯肠搜遍，
合王臣心意恐难全，
说献策我无新主见，

道出来请王臣裁断。
我国士气是低是高?
岭国后援是多是少?
进犯之敌是远是近?
全都应该心中明了。
眼下急待侦察弄清,
时间紧迫争速抢早,
快马加鞭已嫌不及,
唯一上策派出木鸟。
大臣阿甲洛玛珠杰,
带领两名精强大将,
乘木鸟取鸟道捷径,
从天空速飞往敌营。
木鸟展翅转动机轮,
眨眼凌空破雾穿云,
速向柏达上空飞奔,
观我士气阵容军心,
侦察岭国怎样部署,
详细察看要准要明。
只待木鸟带回情况,
军机计划谋定而行,
巧施妙计针对敌情。
如此安排别再迟疑,
若解歌词耳中妙音,
不解歌词心里厌弃,
最后裁定恭请王臣。

噶布国王和众臣听了根桑扎巴老臣的“献策歌”后,认为先弄清情况很重要,决定采纳用木鸟侦察的办法。不一会儿,士兵们便抬来一架由南方工匠制作的木质飞鸟,大家又忙着在它上面加了一些铁钉,系上拉绳。一切准备就绪,几名士兵用力拉动引绳,安装在鸟翼中的机轮便迅速转动,隆隆有声,木鸟的双翅也因此而扇动起来,做出要马上飞升的姿态。大臣阿甲洛玛珠杰和两名大将一行三人立即登上机械木鸟,进入坐舱。不一会儿,木鸟徐徐腾空,扑打着双翅向达玛拉雅国方向倏地飞去。

第一百六十九章

白梵天降大雪阻敌军
老英雄斩妖孽破魔咒

木鸟飞临达玛上空，他们发现岭营军帐一个接一个星罗棋布地扎满了达玛边境。当他们仔细侦察了岭营军情，做最后一次盘旋，准备返回拉达克的群英聚会厅时，不巧被岭国哨兵发现。哨兵以为这不是魔鬼阴魂，便是神变幻术，于是急急忙忙跑回中军帐报告。老将察香丹玛绛查听了哨兵报告后，立即摘下弓箭，走出军帐。他抬头一看，果然一只木鸟从他头顶一掠而过。丹玛眼疾手快从箭囊中呼地抽出一支羽翎铁箭，瞄准木鸟腹部嗖地射去，正中木鸟要害。木鸟一个趔趄，在原地兜着圈子挣扎着想往回逃命。这时，陪同丹玛出帐的珊瑚国大臣却珠早有准备，迅速补上一箭，一声脆响，木鸟便被拦腰射断，一溜烟倒栽地上，舱内两员大将立即丧命。岭国士兵一拥而上，活捉了幸存的阿甲洛玛珠杰。岭军审问他时，阿甲洛玛珠杰如实讲了自己受命刺探军情的过程。丹玛马上将此情向雄狮大王格萨尔做了详细禀报。格萨尔听后微笑着说道：“今天大吉大利，没有让魔国派来的木鸟逃脱。”

为了表彰丹玛、却珠二人的功劳，给每人各奖赏了十个金币和王室宝库的锦缎一匹，并在全岭营举行了颁奖仪式。

再说雪山拉达克噶布国王穷兵黩武，派出征服弱小达玛拉雅国的那支队伍，这天已行进到达玛边境的一狭路险关，岭国的护法神为阻止他们的行进，显灵施展了神变幻术，降下十八昼夜的鹅毛大雪，封锁了所有通道，使敌兵寸步难行。拉达克士兵被逼改变路线，只得沿着珊瑚国边境的陡峭山路通向达玛。沿途，拉达克士兵在所到之处抢夺珊瑚和柏绕，还抢走了许多牛羊。大雪仍连绵不断，拉达克带着抢掠的财宝，赶着牛羊，行进十分缓慢，道路遭受严重堵塞，雪花纷飞方向难辨，每前进一步都很艰难。这支拉达克队伍只好就地扎营。

达玛拉雅国听说珊瑚国边境遭到拉达克洗劫，忙派出一队人马前去援助。这队人马刚行至途中，恰好与岭国大军在珊瑚国边界相遇，达玛官兵格外高兴，欢呼雀跃，急忙摆下宴席，恭请格萨尔王一行。酒席间，达玛首领将拉达克如何出兵犯边、如何在隘口处受堵、如何在大雪中被困等情况一一做了禀报。格萨尔王听后非常高兴，边喝酒边和达玛首领们亲切交谈。

雪渐渐小了下来，拉达克队伍又继续前进。在接近达玛拉雅国的纳察山村时，因队伍长途跋涉，十分疲乏，只得在此扎帐宿营。达玛拉雅国侦察到这一情况后，火速将消息飞报格萨尔王。

雄狮王的寝帐前鼓锣齐鸣，发出紧急聚会的通知。岭国的大臣和勇士们闻讯，纷纷赶到大王的寝帐中参加紧急会议。经过讨论决定岭国队伍绕道阿色德琼，然后迂回到纳察，将敌军一举歼灭的配合作战计划。

第二天一早，晨曦微露，四周悄然无声。岭国大队人马在各色队旗掩映下出发了。

这时，拉达克军队得报，在达玛拉雅国边缘的下谷地出现了一队人马。拉达克大将唐噶泽杰立即带领身边的九百名辅佐骑士，一气奔向谷地察看虚实。唐噶泽杰一边走一边寻思：要先弄清这支队伍是哪家人马，如果是小股流窜的蟊贼，我可以不费吹灰之力一举歼灭，以作邀功请赏的资本。唐噶泽杰越想越得意，领着人马急速奔驰。但当他们到达预报地点，却不见敌人踪影，且去向不明。只见遍地灶石，不可计数。察看地上痕迹，唐噶泽杰狐疑不定："是不是岭军已提前到了这里？看灶石，达玛是不会有这许多人马的。不管怎样我得追查清楚。"

唐噶泽杰拿定主意后带领人马，循着踪迹，策马而去。其实，继岭军大队拔营之后，还有一队人马掉在最后。他们是嘉洛、鄂洛、卓洛三个部落的人马。他们以为今日打先头的是岭国大军，没有比这更安全的了。于是，他们松松垮垮，缓缓而行，沿途怡然自得。哪知急于邀功请赏的拉达克大将唐噶泽杰，早瞄准了这些猎物，暗中尾随在后已多时了。只见他神不知鬼不觉，像饿狼扑吃羊群，一下便冲入嘉洛部落队伍中，举刀左右乱砍，刹那间，几名士兵已被砍倒在血泊之中。岭国勇士、嘉洛部落的朗色玉达立即横刀挡住，唱起了"情理歌"：

勇士爱唱阿拉歌，
英雄爱哼塔拉调。
在须弥叠嶂的半山腰，
住着红缨长镖战神王，
战神王和我是知交。
可知道这是什么地方？
这儿是达玛扎琼谷地。

可认识我是何方人士？
我年轻却受众人尊敬，
三十位骄子数我第一，
嘉洛朗色玉达是我名。
我曾攻打过格绒宝库，
我掌管过托格王性命，
论英雄我无愧这尊称。
你们是狡诈强盗一群，
还未顾上同你讲三句，
为何慌忙动手不吭声？
还未顾上放腿跑三步，
为何慌忙纵马肆横行？
还未弄清来者是哪位，
为何慌忙挥刀砍杀人？
从古到今有名句：
“势孤力单懦怯辈，
一旦为匪胆猛增；
鹞老双翅飞无力，
一见小鸟翅扑腾；
狼老满口牙落尽，
一见羊羔垂涎腥。”
任你懦夫逞凶焰，
结果引火焚自身。
我再引用古谚一句：
“掠夺财富男儿不仁，
为官不清无异盗匪，
骚扰地方苦了生灵；
母亲无德娇惯子女，
姑娘无行偷偷私奔，
幸福家庭从此溃崩；
逞能之徒貌似强横，
偷袭孤军英雄耻笑，
贻害国家殃及黎民。”
叫匪徒竖起耳朵听，

我岭国的浩荡大军，
由格萨尔大王统领，
似铁拳要将四魔镇，
似娘亲要救众生民，
万千岭军盖世无双，
有谁胆敢与他相争。
今日你等眼红气盛，
狐假虎威色厉内荏，
背后偷杀岭国神兵。
一千金币抵条人命，
条条血债笔笔算清，
这个条件若敢不允，
道道刀光索命追魂，
你等休想一人逃生。
涤除罪孽须悟歌词，
不解歌词灾祸降临。

朗色玉达唱完，拉达克大将唐噶泽杰又羞又怒，立即跃马横刀冲到阵前，挡住朗色玉达，开口唱道：

歌儿要唱阿拉歌，
曲儿要哼塔拉调。
上天罗睺罗天王，
上天牛头恶魔王，
和英雄我是知交。
这儿是什么地方？
是达玛扎穷旷郊。
可认识我是何人？
拉达克王的武将，
唐噶泽杰是大名。
论道理先把曲直讲：
羊群嬉游在草原上，
岂能容饿狼肆凶狂；
小沙弥出家进佛门，

岂能容荡女来纠缠；
达玛受拉达克管辖，
岂能容岭国逞强梁。
雪山国王的疆土上，
为何开来岭国兵将？
我们自己管理自己，
岭国出兵为的哪桩？
现宽容赦你一条命，
姑念你无知小儿郎，
只要肯悔悟立归降，
允许你回头返故乡。
冥顽不化继续抵抗，
明朝定将暴尸沙场，
引狗头雕飞来啄食，
唤饿狼群骨肉啃光。
不如此我英豪虚枉，
听懂歌词心似蜜糖，
不悟歌词苦果自尝，
岭国孩儿自掂分量。

唐噶泽杰的话音一落，“哗”地从鞘中拔出腰刀，挥舞着压了过去。只见刀光一闪，刀刃一下就贴在了嘉洛部落一辅佐的颈上，手起刀落，咚的一声头颅便滚到了地上。唐噶泽杰旋即转身，跃到朗色玉达跟前，哗哗就是两刀。来势如此凶猛，朗色玉达猝不及防，铠甲上的鳞片也被砍掉了几片。朗色玉达勃然大怒，口鼻生烟，舞动锋利的柳叶大刀，像平地忽地刮起一阵旋风，向魔国大臣唐噶泽杰扑了过去。随着一道寒光，从头顶到胸部将唐噶泽杰齐齐整整劈为两半，嘉洛部落的官兵们精神为之一振，蜂拥而上，冲进雪山兵的队列，像风卷残叶，奋勇砍杀。他们一举杀死了拉达克的决胜队员[1]二十七名，士兵四十余名。嘉洛部落的队伍因遭到顽强抵抗，也损失了四十余名士兵。双方因伤亡较重，各自都收兵休战。

与此同时，岭国中部的文布部落一彪人马在水草茂盛的上纳察地方安营扎帐的情况不巧被雪山王国的哨兵侦察到了。哨兵立即飞报大营。拉达克士兵前

1　决胜队员：相当于敢死队员。

些天受挫，士气低落，消息很快传开后，大家在下面偷偷议论着："现在别说是征服达玛人，待岭国大军一到恐怕连拉达克自身的本土也难保住了。"

这些天来，毕扎布昂五虎将个个因损失了唐噶泽杰大将而悲痛无比，怒火万丈。他们发誓要以惊人的胜利为唐噶泽杰报仇雪恨，否则和岭国决不善罢甘休。当毕扎布昂五虎将得报岭国文部已在纳察地方扎营时，双眼冒出了火星，旋即率领一队人马，直奔纳察的岭营而去。

察香丹玛绛查得报，心中暗喜，认为今天正是他单枪匹马夺取显赫功绩的一次难得的极好时机。他连忙穿戴，佩挂着九种兵器，身旁的侍卫怎么相劝也无济于事。丹玛老臣吩咐牵来白银宝驹，翻身上鞍，扬鞭策马，像长空中搏击的鹞鹰飞驰而去。瞬间，丹玛便出现在拉达克队伍阵前，他勒住烈马向对方大吼一声，天，为之昏昏暗暗；地，为之瑟瑟抖颤。丹玛用"塔拉六变调"高声唱道：

英雄爱唱阿拉歌，
好汉专哼塔拉曲。
祈福三宝救星神明，
祈福萨乐和大师，
祈福格萨尔的战神，
今日佑我旗开得胜。
可知道此地什么名？
是达玛拉雅国的中纳察，
右后方是我岭军营。
可认识我是哪一位？
是雄狮岭国的大将，
是十万大军的首领，
无敌英雄丹玛是我名。
对敌寇，我像千钧铁锤，
对百姓，我似父母双亲。
拉达克官兵你细听，
先听我从头说真情。
我岭国的十万大军，
正挥师拉达克北进。
要问我们为啥北进？
我引句比喻来表明：
羊群怡然嬉游草坪，

饿狼偷偷闯入羊群，
羊儿受惊呼救主人，
主人举枪对准狼群。
麋鹿流连茵茵草坪，
乍地闯来贪婪猎人，
山神应急发威救应，
怒将猎人电击雷崩。
柏达臣民安居乐业，
拉达克妄图强并吞，
岭国应求赶来援救，
要将你拉达克踏平。
来龙去脉何止这些，
叙真情请往下细听，
我藏区众生朝拜地，
在远方神山冈底斯，
如今拉达克王盘踞，
朝圣路从此不通行。
我英雄格萨尔大王，
是雪域众生的救星，
他要主宰底斯雪山，
他要打开水晶库门。
他统率的十万大军，
是征服拉达克的雄兵。
为了首战吉祥胜利，
今天我专程来出征。
道理反复百次千次，
为捣敌营歼灭妖氛。
坚不可摧要数岩石，
一遇霹雳化为灰尘，
参天森林密无缝隙，
手持利斧任我通行；
任你乌合不可数计，
我发利箭送你归阴。
念及来世洁白无罪，

我给你们箭下留情。
你等拉达克王和臣，
面对时机快快猛醒，
愿改邪先知过悔恨，
愿归正要痛改暴行。
无须惊动大王御驾，
无须恭候大王玉音，
我代表格萨尔大王，
接受你们缴械投诚。
倘若要和岭国抗争，
你拉达克将领大臣，
个个难逃灭顶之劫，
那时节追悔已沉沦。
何去何从主意速定，
听懂歌词似蜜甜心，
不解歌词生路断绝，
雪山兵个个应分明。

丹玛唱完歌词，怒目圆睁等待对方的动静。这时，魔臣毕扎布昂五虎将之一的昂堆奔仁心中暗自想着，捕食羊群成性的恶狼，面对牧羊人也毫不畏惧；骗取钱财成性的恶人，面对君王刑律也不变色。贪得无厌的岭国孽贼，一贯侵吞他国领土，现又将魔爪伸入拉达克，欺侮到我雪山拉达克王的头上。这该死的老头适才还将毕扎五虎将羞辱了一番，真是有眼无珠！不管你刚才怎样口若悬河，如何像玉龙吼叫隆隆有声，都是壮胆的空话！今天我若专为他召集人马齐拥上阵，岂不是用斧头砍虱子反而玷污了我大王的声威！我若亲自披挂上阵，也等于用斧头割草，让人耻笑，贻笑千秋。

“谁敢对阵？”想到此时，昂堆奔仁提高嗓门厉声喝问。

“我。”答话的是魔臣毕扎五虎中的冬赤扎堆。

“对付他这样该死的老头，只需我一人就足够了！今天也是我在这个老头身上建立功勋的大好时机。”

说罢，冬赤扎堆立即穿戴，佩带上各种兵器，翻身跃上腾空烈马，冲到阵前，开口唱起了“根由曲”：

唱法按照阿拉歌，

音韵依照塔拉曲。
至高星王罗睺罗，
保护神在我雪域，
祈将英雄我护佑。
可知这是啥地方？
是达玛草原拉唐。
可认识我是何人？
是大臣毕扎之子，
冬赤扎堆是大名。
老头无能在发昏，
说尽大话吹破唇，
信口雌黄欺自己，
没有一句中我听。
要问原因听端详：
金色太阳绕四方，
罗睺罗妒忌又何妨；
富人挥霍是自己宝藏，
穷人吝惜还是空囊；
雪王管辖自己疆土，
无须岭国来称霸王。
乞丐梦寐以求致富，
无奈难盗海底宝珠，
只因宝珠龙宫镇护；
马日山自视高无拟，
无奈难与冈底斯比，
只因是自在天神宫宇；
岭国军尽管贪婪成性，
无奈何难在我国扎根，
只因是拉达王基础深。
老头你别再自吹自擂，
哪堪我冬赤一击丧生。
我说你不敌自有原因，
是魔王将我下降人世，
我是牛头战神幻化身，

镇敌刀斧手是我名称。
今日里为何烽烟骤起?
祸根是岭人蓄意挑衅,
雪山拉达克被迫自卫,
奉劝岭人别利令智昏。
讨饶投降我将你放生,
一意孤行将取你老命,
无须多说徒费我口舌,
我刀如闪电你难逃奔。
理解歌词心中甜滋滋,
不懂歌词是你没福分,
奉劝老头你反复思寻。

冬赤扎堆唱完，挥刀猛扑过来。此时，丹玛大臣不惊不慌地将格萨尔王恩赐给他的御箭搭在弓弦上，瞄准对方，待到那龇牙咧嘴猛冲过来的冬赤扎堆距自己很近时，突然“嗖”地发出一箭。只见那飞驰的神箭从冬赤扎堆的眉心印堂中穿了进去，又从他的后脑勺穿了出来。顿时，污血飞溅满地，冬赤扎堆一命呜呼！丹玛大臣手疾眼快，迅疾上前砍下敌人头颅，拴在马鞍鞒后面，旋即掉转马头，扬鞭飞马而去。战况瞬息万变，被惊呆了的雪山拉达克士兵们这才仿佛从梦中惊醒，都埋怨今天是星辰不合的凶煞日子。雪山众官兵平时对丹玛的英勇早有传闻，今日亲眼得见，果然名不虚传。因此，都不敢上阵，更不敢去追，一个个望着老将丹玛扬鞭远去的背影发呆。

老将丹玛返回岭营，立即将敌将冬赤扎堆的首级和头盔及其兵器等统统献了上去。雄狮大王格萨尔高兴地说:“老臣今天旗开得胜，还割下了敌将首级，立了大功，值得庆贺。”言毕，便将十五枚金币和整匹皇室宝库锦缎赐给了丹玛，作为开战胜利的犒赏。奖赏完毕，格萨尔王这才严肃而又关切地对丹玛说道:“以后上阵杀敌，可千万不能再单枪匹马了！”

由于老将丹玛取得了岭国和拉达克交锋的开仗胜利，丹玛除了五虎中一害的威名不胫而走，像隆隆雷声霎时传遍四面八方。

第一百七十章 遇阻碍射神箭破险关 遭埋伏受挫折暂扎营

雪山拉达克国王和众臣为了获得岭国人马是否已开到达玛拉雅国增援的消息，特派出机械木鸟飞临前沿上空进行侦察。可是，木鸟飞去已整整十五天了，仍不见返回，国王和众臣都心急如焚，坐卧不安。这时，大家聚集在宽敞的拉达克王宫里，紧张地磋商和谋划着。

正当众臣束手无策之时，侧臣根桑扎巴老人首先唱起了“献策歌”：

阿拉歌儿有唱法，
塔拉曲儿有曲调。
向着罗睺罗星王，
向着鹿角雪魔王，
拉达克的王臣们膜拜顶礼，
祈信念牢固似须弥山一样。
要问这是什么地方？
是群英的议事厅堂。
要问我是哪一位？
是根桑扎巴智囊，
历经三代的栋梁。
忆往昔豪气拔山，
精韬略智勇双全，
叹今朝残年风烛，
心中似乌云乱翻。
今要我把计策献，
滴水灭火难上难；
今要我把谋略献，

似摘云霞难登天；
今要我把道理谈，
泉流岩缝难成川。
微臣所言一孔之见，
容我从头陈述王前。
岭国派出浩荡大军，
定是开赴达玛增援。
我方派出木制飞鸟，
想必不能再往回还，
前沿我军尽管鏖战，
要胜达玛势已艰难，
格萨尔大王所率神兵，
预料指日即压城边。
古谚云：
“掳掠财物的大盗贼，
失去警觉最愚蠢；
杀人如麻的刽子手，
失去提防最愚蠢；
指挥百万大军的君主，
失去警惕最愚蠢。”
明朝上午时光吉祥，
伏祈我主速将诏下，
全境征兵利我爪牙，
老的不能逾越花甲，
少的不得小于十八，
每个男儿必须应召，
每人一匹千里战马，
武器锋锐全套披挂，
先保后方根基稳扎。
援助已陷达玛的士兵，
好比远水救火势不能，
这眼下的燃眉大事，
速派探马侦察敌营。
派顺风耳扎龙夏察，

派飞毛腿珠仁布穷，
风餐露宿日夜兼程，
迅速带回达玛拉雅军情。
看动静岭围犯我在即，
三条通道是他们必经。
一是雪山上段三捷道，
在此地应置守卫重兵。
再抽派骁勇大将十名，
配备足三万铁骑大军，
由内臣卡契刀登率领，
守捷道似城堡锁铁门。
二是雪山中段六千道，
在此地应伏阻击重兵，
再派遣骁勇大将十名，
调配足三万铁骑大军，
由内臣桑热彭达率领，
防守干道像铁铸坚城。
三是雪山下段六狭道，
在此地应设守卫重兵。
再派遣决胜大将十名，
也配上三万铁骑大军，
由内臣申仁阿巴率领，
扼狭道似天堑断人行。
武器铿锵人马声威壮，
狭道似马尾将岭军挡，
除非葬身要过是妄想。
只待探马带回新情况，
视敌情再将军机共商，
微臣的心意望能察谅。

众臣听了根桑扎巴老臣的献策歌后，人人点头称道，决定照老臣的办法行事。

且说会上议定的两名探子，第二天一早，便打点行装起程了。只见他俩乔装成老百姓模样，朝着达玛拉雅国方向径直而去。

话分两头。这天，由王子扎拉泽杰率领的岭国大军在到达雪山上段后，便在一处名叫岗拉昂青的地方停了下来，就地扎帐宿营。他们的这一行踪被拉达克瞭望哨兵发现。哨兵们立即将这一紧急军情飞报上方。担任扼守这段通道的首领卡契刀登，当即带领十名骁勇大将、四百精悍铁骑，直奔岗拉方向而去。他们在位于十字路交叉口的一要塞处详细地察看了地形后，卡契刀登便令部众埋伏在那只有三十庹长的巨石后面，伺机伏击岭军。接着，又令十八名决胜队员分别扼守住两侧山头。

一切部署完毕，卡契刀登这才轻松下来，嘘了口长气，一双手叉腰，神气十足地向部众吹嘘道："只要岭军敢于来犯，我便叫他冲杀无路可进，溃逃无道可退，让他们有来无回，全都葬身在这里！"

第二天，晨曦微露，岭军拔营继续前进。先头队伍是索波士兵，他们人人身着红装，远远望去，似团团火球在丛山中滚动。当他们得知前方隘口已被拉达克重兵严密封锁的报告后，大家立即商量对策。最后决定由上索波的拉桑扎巴和冬纳达莫二人率领一行人马，强行攻占两侧山头，其余士兵紧密配合，全力摧毁前沿阵地上那处敌人的碉堡。这时，大将贡布刀吉仁青扎巴和达玛大臣刀青由于求胜心切，想几下摧毁敌方碉堡，便率领一些勇士冲了上去。当他们快要接近敌人碉堡时，突然听到早已埋伏在此的雪山拉达克兵士爆发出的一片喊杀声。这吼声惊天动地，震耳欲聋。随之而来的那礌石和利箭，恰似狂风暴雨哗哗啦啦地倾泻下来。岭国士兵无处躲藏纷纷后退，冲在最前的不断身亡。

这时攻打前沿敌人碉堡的岭军也和雪山兵交上了手。双方你来我往，刀对刀地展开了一场激烈的厮杀。骁勇的索波军将领朗拉赤吉挥舞着大刀，直向拉达克雪山兵将领卡契刀登劈去。他接连猛劈数刀可惜都被卡契刀登避了开去，狡黠的卡契刀登却乘虚一刀朝着对方劈了过去，索波将朗拉赤吉的头便被砍了下来。米青曲屈见状立即纵身上前，朝着卡契刀登的肩胛猛刺一刀，又被他侧身闪开。此时达玛大臣刀青急忙上前挥刀相助，仍无济于事，被卡契刀登挡了过去。双方你来我往，杀得难解难分。在阵地另一角的岭将刀吉仁青扎巴见状立即纵身一跃，冲了上去，旋即手起刀落，结果了拉达克大将米青绕桑。双方的厮杀愈演愈烈，眼看拉达克已有些兵力不济了！但凭着险要的有利地势，仍然继续顽抗着，使索波军无可奈何，只得暂时撤退。

再说这边攻打右侧山头的岭国决胜队员们，个个手执长矛，猫着身子正迂回着向岩山山麓靠近，不巧被对方的兵士们发现了。那盘踞在山顶的雪山拉达克士兵们人人张弓搭箭，乱箭齐下，似纷纷雪花，又似密密冰雹，直压得岭军抬不起头，喘不过气来。这时，岭国上索波的拉桑扎巴、岗日白桑吉美、阿达宗图等几员勇士率先冲到了队伍的最前面，不幸的是，须臾间，他们便在敌人的乱箭石雨下相继阵亡了！眼看着攻打这座防守严密的右侧山头是无希望了，岭军只好改变主意，决定掉头全力攻打左侧山头。据守在左侧山头的雪山拉达克士兵，个个虎视眈眈。当他们看到岭兵快接近山头，便一齐冲杀出来。顿时，山头上响起了震耳欲聋的呼哨声和喊杀声，接着，那大大小小的礌石似尘土遮天蔽日滚滚而来，许多岭国士兵被砸死在这乱石之下。

索波大将冬纳达莫昂青见此情景气得怒目圆睁，双眉倒竖。他已顾不得有多大危险，径直朝岩石山顶爬去。拉达克士兵中的两名头目，一个名叫细琼布依阿扎，一个名叫各根布依幄米，他俩看到冬纳达莫即将冲上前来，便悄悄张弓射出两箭。只见那飞一般的离弦箭镞，一支从冬纳的肩上掠过，擦着冬纳的肩头，只伤了点皮肉。另一支却不偏不倚正中冬纳的胸部，幸好被冬纳的护心镜挡住，只听得当啷一声，箭镞撞落地上。冬纳气得口鼻生烟，就地纵身一跃，跳出一箭开外，向细琼布依阿扎扑了上去，左手将其衣襟揪住，右手唰地拔出匕首，且见寒光一闪，细琼布依阿扎的肚膛便开了花，肠肠肚肚随着鲜血哗地一声喷了出来，洒了一地，那团团污浊的热气散发着一股股恶臭的腥味。比黄羊还机警的各根布依幄米见岭国索波大将如此凶猛，知道自己不是对手，早已躲闪一旁，悄悄向高处逃去。冬纳转身看到各根逃跑，哪里肯放，拼命紧紧追赶。拉达克士兵见状急忙居高临下，放箭的放箭，滚礌石的滚礌石，死命掩护各根。那射出的箭镞似雹子般密集，那滚滚的礌石像霹雷般轰鸣，挡住了冬纳的去路。这猛烈的袭击使得冬纳难以前进一步，只得带着肩头那一箭之恨，怒气冲冲地返回到岭营。

当晚，岭国人马在名叫雄狮昂首的峡谷中扎帐宿营。

在王子扎拉泽杰的寝帐中，各路首领济济一堂，分别就当天各路的战斗经过和岭军的伤亡人数，以及敌方的碉堡如何坚固、防守如何严密、关隘如何险要等情况做了禀报。王子扎拉泽杰沉着地说："情况已经清楚，现在紧要的是怎样才能攻破敌人坚固的碉堡。请在座的各路英雄献计献策。"

达玛的刀青朗拉、米青曲屈、刀吉仁青扎巴等几位首领争先谈了自己的想法和破敌的主意，最后决定采取让六指神箭手用铁箭打开缺口，然后一举夺关的办法。大家都认为这个办法若能成功，岭国大队人马便可扫清障碍，顺利夺得关隘。

第二天，新调配的决胜队员们整装出发了。当这支队伍开到前沿，接近敌人碉堡时，只见六指神箭手协珠将六支铁箭集成一束，冒着飞箭和礌石的危险，对准敌方碉堡猛力射了过去。箭到之处，但见那十五庹长的碉堡，随着震耳欲聋轰的一声巨响，全部坍塌，成了一堆废土。决胜队员们看见缺口已经打开，一个个立即如狼似虎地跃上前去，跳进壕沟，如瓮中捉鳖一般，一下便逮住了三十多个拉达克士兵，将他们捆绑后，挨个拖出洞口，逐个用石头活活砸死。

这道关隘虽然已被突破，但是，雪山拉达克的将领卡契刀登正率领十余名大将和众多士兵，在另一关隘处居高临下，据险防守，奋力阻击。他们射出的弹石猛似利箭，如泻如注，使岭军不能前进一步。岭军将领见敌人雄踞险要，深感强攻无效，只得暂时收兵回营。

在洁白如雪的岭营中，将领们就大军如何通过关隘的问题，反复磋商，提出了许多办法。最后，大将巴拉森达阿东将大家的办法归纳后，向众人唱道：

阿拉歌儿声声高亢，
塔拉曲调句句铿锵。
岭国天界诸护法神，
祈在英雄身旁降临。
这儿是什么地点？
是雪域背面阴山，
是岭军驻扎营盘。
认不认识我是谁？
雄狮大王的大将，
驰名的森达阿东，
以杀敌英勇著称，
曾跃马踏平敌营。
座上将士容我讲述：
太阳运行普照寰宇，
乌云跟随难蔽光辉；
昂首雄狮追捕猎物，
风狂雪猛难损狮威；
岭国神兵征讨北进，
堡垒天险何坚不摧。
明日岭军分兵四路，
四路兵马最高指挥，
这重任森达不推诿。
六指神箭英雄协珠，
力士索波大将达玛刀青，
擒雷大将朗卡妥松，
伏虎名将达莫扎堆，

共同组成决战决胜队，
扫清通道先夷平碉堡。
象雄达莫赤登，
辅翼你勇士整十名，
带领象雄士兵速登程。
战将辛察隆拉觉登，
辅翼你勇士整十名，
带领黄霍尔士兵速登程。
沿途两侧障碍无数，
你们负责一一铲尽。
男子汉疆场捐躯，
躯体会价值连城；
男子汉沙场夺魁，
创业迹普天传闻。
别贻误吉祥时机，
英雄带犒赏功臣，
请各位牢记在心。

岭国将士们听了大将巴拉森达阿东的吩咐，无不表示赞同，都愿照分配的任务各自去圆满完成。翌日，当东方刚露出一抹曙光，岭营中的号角就嘹亮地响了起来。无敌英雄森达阿东急忙起身，顶盔披甲，佩戴完毕后，便统领部众拔营出发了。森达阿东的坐骑后面，各路队伍依次紧紧尾随，当他们行进到离敌堡仅一箭之遥时，森达阿东忽地摘下螺贝扁叶弯弓，抽出银筈神箭，对准碉堡群，弓开满月，箭发流星，嗖的就是一箭，眨眼之间，箭中之处，只听得轰隆一声巨响，碉堡壁竟被射穿了门框般大的一个窟窿。森达旋即纵身跃了进去，左右开弓，一口气便砍翻了雪山守兵十余名。

紧跟在森达阿东后面冲进碉堡缺口的达玛刀青等大将和士兵们，齐声大吼着:“冲呀！杀呀！”这一片喊杀之声似千万条玉龙在头顶轰鸣奔腾。一瞬之间，碉堡内尸横遍地，横七竖八,一百多名雪山守兵就这样做了刀下鬼魂！雪山拉达克士兵的首领绒拉格波大将见此惨状，怒不可遏，眼中燃着熊熊的复仇怒火，他一口气冲到森达阿东面前，一声不吭地劈头就是唰唰两刀，幸被机警的森达挡开。森达气得七窍生烟，火冒三丈，挥刀相迎。当绒拉格波还未来得及劈第三刀时，森达阿东早已挥动扁叶大刀，横空一扫，掠过绒拉格波的头盔，一刀将他的头颅连同头盔砍了下来。

这时，离森达不远处，正在鏖战的岭国勇士达玛刀青也在仅仅的几个回合中将拉达克大将扎惹格曾一刀结果了性命。雪山拉达克将领卡契刀登眼看一瞬工夫便损失了两员大将，一时心痛如刀绞，只见他两眼星火直冒，满脸杀气腾腾，唰地从腰间抽出那把毒烟滚滚、火星飞溅、噼啪有声的黑云青刀，纵马上前挡住森达阿东，大声唱道：

阿拉歌儿人人唱，
塔拉曲儿人人哼。
祈木卡纳波土地神，
速来英雄身旁降临。
这儿是什么地方？
是落魄的雪山山坳，
是岭贼的葬身坟场。
我是哪位你可认得？
出生卡契声名赫赫，
赤登王和我父同辈，
我现在就在拉达克，
已是噶布陛下近臣，
刀斩岭狗是我专责。
岭国鼠辈乖乖听着：
狭道险关岂容飞越，
我神圣的雪域疆土，
怎许你等横行猖獗。
民谚中常言说得好：
“庄稼金穗飘香时节，
八部鬼众垂涎三尺，
降冰雹为把果实掠，
咒师密咒将鬼魔驱除；
当百姓在吉祥中沐浴，
贪心富豪无端生嫉妒，
打家劫舍唆使盗贼，
英雄拔刀匪徒赶绝。”
我拉达克鼎盛兴隆，
觉如蟊贼称雄撒野，

穷兵黩武扩张抢劫，
严守国门强兵胜铁。
我俩狭路相逢在今朝，
你悔恨也填不平忧伤，
你气数尽把阎王殿闯，
是闯进狼窝的短命羊。
我卡契刀登威名远扬，
智勇双全我威震八方，
响铜大刀闪烁着寒光，
这是赤登王库的珍藏，
也是英雄我得的奖赏。
刀背铓亮似破晓明霞，
象征我战神威德无量；
刀面斑纹似云朵南飞，
活像仇敌那带血肝脏；
烁烁的刀尖怒射锋芒，
预示战神将亲莅战场；
刀环似魔蝎血盆大口，
谁碰上它就即刻灭亡；
刀把比金刚结还坚硬，
象征我同岩石般命长。
这柄六技俱全宝刀，
配上六艺精湛能人，
弹指之间取尔首级，
逃到天涯也难脱身。
理解歌词心甜耳顺，
不解歌词自找灾星。

卡契刀登唱完，挥动六技俱全宝刀，横眉怒眼，杀气腾腾地扑了过来。森达对卡契的武艺早有所闻，已有戒备，刀还没有近身，机灵的森达早已闪身一旁，对卡契刀登嘲讽道："喂，短命魔臣，是英雄何必这般慌张，且听我先唱一曲，我们再比武艺高低，决一胜负如何？"不等对方答话，森达便开口唱了起来：

阿拉歌儿悠悠腔，
塔拉曲儿潺潺调。
祈祷祝福则慈悲，
助我森达胜敌魁。
这儿是什么地方？
是雪山马尾狭道，
是狐虎角逐战场。
格萨尔王似天体宽广，
虎将似日月运行身旁，
勇士似群星璀璨环拱，
那颗先行的启明星啊，
是英雄森达我在发光。
你命在旦夕别犟嘴，
我用道理将你教诲：
“无德上师背离法规，
侵吞庙产胆大妄为，
身堕地狱备受熬炼，
苦果自食自家造罪；
浅薄小人贪图小利，
偷牛盗马禀性难违，
罪犯定遭王法惩处，
王法难容天网恢恢。”
蟊贼卡契心窍梗塞，
抗衡犯上狗胆如雷，
眼看你将落进我掌，
罪有应得身粉骨碎。
拉达都是怯懦鼠辈，
胆敢向我耀武扬威，
莫非白昼还在梦寐。
别忘了这无常世界，
快看遍野尸骨成堆，
悬崖勒马尚不为晚。
今日我军旗开得胜，
是你方的大将绒拉，

撞上了我柳叶刀刃；
是你方的扎惹大将，
被我森达送他归阴；
多如草木的雪山兵，
被我岭军刈割殆尽。
苟延残喘终难逃命，
生死全操在我手心，
任你众多雪国将领，
全是我戏耍的靶心。
今朝这里狭路遭遇，
是因你等罪恶召引。
谁不知达玛和柏绕，
历来属格萨尔管辖，
拉达克为吞噬达柏，
出兵便把达柏蹂躏。
罄竹难书你等罪行，
岭军逼迫挥戈北进，
你等斗胆横加阻截。
野牛本来无比凶猛，
蜘蛛竟敢邀它较量；
岩石本来无比坚硬，
鸡蛋竟想撞击岩石。
祖先名句可曾记得：
“恶狗壮胆先要狂吠，
招来石块折断脊背；
懦夫常以大话示威，
一上战阵头颅附地；
轻薄女子年幼过门，
不懂操持遭人唾啐。”
旋努噶布挑衅岭国，
必将落得辱国负罪。
神圣的雪山冈底斯，
是南赡部洲祭祀地，
碧波潋滟的瑶池湖，

是安止龙王的宫宇，
这全是雄狮王属地。
雄狮大王格萨尔，
是降伏黑魔的圣贤，
攻水晶国是承命于天。
岭国八十员骁勇良将，
似蛟龙奔海猛虎出山。
英雄我森达米江噶波，
是由玛沁邦拉神幻变，
是总管慧眼将我举荐。
我是雄狮王的内臣，
我是斩恶魔的强人。
我的坐骑价值连城，
能追赶凌空的鹞鹰；
手中一把吸血大刀，
斩敌头颅权当点心。
谁是英雄谁是好汉，
双方刀下见个分明。
尽管你等凭借险峻，
依仗礌石图保残生，
岭国神箭猛似霹雳，
将你碉堡扫尽削平，
杀得你等血溅山岭，
那时你才胆战也心惊，
不如现在取你首级！
领会歌词以免悔恨，
不懂歌词你缺缘分。

森达唱完，二人各自持刀在手，拉开阵势，刀对刀地拼杀起来。卡契狡狯，避其锋镝，不与遽战。森达剽悍，左右腾杀，步步紧逼，接连向卡契刀登猛刺三刀，但由于卡契阳寿未尽，没有伤着一点皮毛。这时女英雄阿达娜姆和索波大将冬纳达莫昂青二人见状，立即纵马横刀，跃上阵前为森达助威。魔将卡契刀登毫无畏惧，奋力迎战岭国三位英雄。当双方杀到第三个回合时，卡契刀登抡起一刀，向冬纳达莫昂青头顶劈去，立刻将冬纳劈为两半！卡契又趁势迅疾向阿达娜姆靠近，朝阿达娜姆坐骑的前腿猛刺一刀。马儿受惊，身子一纵，将阿达娜姆摔下马来。阿达娜姆就地一滚，避开了卡契的大刀，踉跄着跑到敌方的一匹战马跟前，跃上马背夺路而去。卡契刀登被森达缠住，无法追赶。一时得逞的卡契刀登这时已不把森达放在眼里，他认定不要几个回合就可结果森达，谁知心急喝不了烫茶，他的每一刀都落了空。卡契气极，血眼圆瞪，口吐粗气，心中暗想不如变换一下招数。于是干脆将大刀柄环套在手腕上，想凭借自己超人的臂力猛扑过去，把森达拖下马来活活摔死在地。就在卡契还未扑过来之际，达玛刀青和朗青朗卡妥松两员岭国大将突然催马赶到阵前，杀进他二人中间来了。三员岭将把卡契团团围在中央，杀了几个回合，卡契知道难敌三人，于是变换刀路，虚晃一刀，冲出重围，落荒而去。这时，拉达克各处碉堡已被岭国军队攻破了一大半，但是，雪山守兵凭借关隘的险要和有利地势，仍在继续顽强地抵抗着，使岭国人马不能顺利前进。看见卡契刀登逃去，森达岂肯罢休，决心前去追击，为冬纳复仇。达玛刀青、朗卡妥松二将急忙上前劝住了怒气冲冲的森达。岭营中也响起了收兵的号角声。森达无可奈何地朝卡契刀登逃走的方向愤愤地叹了口气，才率领部众往来路返回。

当岭国这支撤退人马行至中途时，不料竟遭到埋伏在山头左右两侧的雪山守兵的突然袭击。岭国人马立即分成两路，一路从山背后绕道过去，想悄悄爬上山顶占领山头，怎奈雪山国兵士的箭和礌石如泻如注，十余名岭国士兵被砸死在返回岭营的路上，其余的兵士们只好纷纷撤退。另一路岭国官兵从敌人占领的山头前面迂回到背后，再沿崎岖山路，登上了另一座山头，恰巧同对面山头的雪山兵遥遥相望，因为距离很远，都不能直接交锋。这支中途遭到阻击的岭国士兵，今日已不能返回岭营，只得就地扎帐宿营。

第一百七十一章 忠言苦良臣殿前受辱 恩德重大王收牛头神

就在这同一时辰，玉赤和玉拉二将率领的岭国大队人马已顺利抵达青石城堡，并在城堡附近扎下了营帐，准备明日攻打堡城。这是一座边陲小城堡。当岭国军队还未到达的前一天，守护的拉达克官兵得到消息，即已携带财物，赶着牛羊朝拉达克腹心地带逃走了。第二天，待岭军冲入城堡，才发现原来是空堡一座。大家气愤至极，在一片呼哨声中，将敌人的碉堡烧毁。文部部落的挺真拉布桑珠、玛尼宗本、东本阿扎三人带领岭营的一哨人马急忙四处搜寻，在金巴阿拉草原发现了拉达克士兵未来得及赶走的百余头牲畜，但都是瘦小的牛犊，其余的大牲畜正被赶在通往峡谷的路上。挺真拉布桑珠等人马不停蹄，寻踪紧追不舍。拉达克大将扎巴奔噶听到后面远远传来的急骤的马蹄声和吼声，知道岭兵追来，已难脱逃，只好就地停下，掉转马头；待岭国人马逼近，便从容唱道：

听听阿拉歌的唱法，
听听塔拉曲的曲调。
我头顶的众护法神，
为我助威伏祈驾临。
这儿是什么地方？
是雪山青石堡城，
是险要关隘大门。
可认识我是何人？
阿拉草原宽又阔，
百户长人人尊敬，
扎巴奔噶是我名。
迎面士兵领队人。

容我将情况通禀。
我急忙搬迁牧场，
为向格萨王投奔。
山那边大草原草青青，
听说格萨尔王已驾临，
听说噶布王献出玉玺，
听说将领们早已归顺。
听说拉岭镶嵌似金银，
结盟全仗着德高老臣，
听说还向我传来命令，
速去奉献笔笔要点清。
在没有到达法王尊前，
差官休想从中捞半分；
在没朝觐格萨尔王前，
强人休想用武劫颗针。
不清不楚起疑心，
自作疑团自缚绳，
盟友丧失无援军；
不明不白拦路劫，
以强欺弱害自身，
岭拉和谈生裂痕。
深思此理与此情。
姑娘意中人再多，
最终只能选一人；
盗贼的贪心再大，
行劫只能抢一村；
岭营的英雄再强，
杀非对手也不仁。
此情此理请思忖。
听懂歌词心底明，
不懂歌词无缘分。

听了百户长扎巴奔噶的述说，岭军的三位头目个个狐疑不定，似信非信，都蒙住了。百户长见他们犹豫不决，止步不前，便迅速掉转马头，将大批牛群朝狭长的深谷中赶去了！东本阿扎从扎巴奔噶慌张的神色中看出了破绽，知道有诈，随即大声喝道："喂！你这个狡猾透顶的家伙！你这个绸缎包裹的狗屎蛋，看外表，色彩鲜艳炫目，打开来，臭气熏人恶心。任你奸诈狡黠，今日也休想逃出我的掌心。我岭国历来就是靠向宿敌夺取钱粮养活自身。今日若饶了你的狗命，让你就此脱逃，我岂不成了具只会说话的僵尸！"说着，便唰地拔出了刀来。

扎巴奔噶惊恐万状，颤巍巍地苦苦哀求道："杀死孤寡不算强者，杀死弱小不算英雄。今天你们要抢我的财产就抢吧。不过，要是格萨尔王知道了怪罪下来，要惩处你们时，我可救不了你们。你们不是要抢吗，那就先把我这匹马儿牵去吧。"扎巴奔噶边说边翻身下马，留下坐骑，径直向峡谷方向仓皇跑去。

扎巴奔噶的言行又把东本阿扎三人弄迷糊了，分不清他到底是仰慕岭国一心归顺的朋友，还是死心同岭国作对的拉达克敌人。正当他们猜疑之际，向峪口跑去的扎巴奔噶却在赶被他隐藏着的大群牛羊，大家这才如梦初醒，知道他刚才是设的圈套！三人勃然大怒，立即拍马穷追，同时射出一支支利箭。这时已经逃上山去的扎巴奔噶率领着部众在崖石后面埋伏下来，隐蔽得连一根头发丝也不让对方看见。岭军射出的箭都散落在崖石四周。太阳已经西斜，阿扎一行也无心再僵持下去，只好将扎巴奔噶没来得及赶上山的五十余头牛群赶回了营地，分了下去。

各营地分得牛后，顿时忙碌起来，宰杀炖煮忙坏了大家。这天，官兵们都饱饱地美餐了一顿鲜味牛肉，每条猎狗都足足地喝了一顿鲜美的牛血；每只狗头雕都胀胀地啃了顿新鲜骨头，每个鬼魂都美美地饱吸了一顿馨香的焦烟。吃饱喝足之后，岭军拉帐宿营，在这座青石堡城一住就是好几天。

此刻，岭军已经抵达雪山拉达克边境的消息传遍了拉达克全境。国王旋努噶布立即召见众文武大臣，就朝政面临的危急形势，要臣下进言献计，共商良策。

侧臣根桑扎巴老汉暗自思忖道，这个大祸临头的雪山国国王，任你怎样忠心耿耿，披肝沥胆，痛切进谏，他总是一句也听不进去，已经成了"气数将尽，无可救药；恶习成性，铁锤难移"的人了，再进言也是枉然。但又转念一想，我托先祖的洪福，提兵符令，辅佐过雪山国的社稷，现眼看拉达克江山有濒临毁灭的危险，我怎能处之泰然？！为了无愧于先祖的深恩厚泽，为了告祭他们的在天之灵，我岂能闻恶无言，自同寒蝉而无动于衷，想到这里，根桑扎巴情不自禁地唱起了"情理歌"：

歌儿唱法是阿拉歌，

曲调旋律是塔拉曲。
拉达克雪域众神明，
祈今日佛光照我身。
要问这是什么地方？
英雄会聚的虎斑城。
认不认识我是何人？
我是历经三朝的内大臣。
想那时我谋略超群，
国王的每一道谕旨，
皆由我先把内容草定。
我虽无至高无上王位，
却有左右国王的本领。
而今朝未开口心已冷，
压沮丧详述我肺腑情。
战火延绵时局不稳，
危机潜伏拉达全境，
我王江山岌岌可危，
好似草尖露珠儿滚。
道根由容我细报禀，
凡与凶恶龙魔抗争，
无一不被麻痹缠殒；
凡与格萨尔王为敌，
无一不是引火烧身。
此言并非妄语胡话，
岭国那觉如穷娃娃，
自幼不凡通晓咒法。
他投生仅三个年华，
便和通咒叔父斗法，
叔父败在了他手下。
自他登基拓土开疆，
征服诸国崛起称强。
鲁赞王曾威震四方，
被格萨尔箭穿印堂；
白帐王不可一世，

可怜他死在马鞍下；
姜地萨丹王喧嚣尘上，
命断旦夕魂留沙场；
不准仰视的门国辛赤，
被箭镞钉在了木梯上；
珠宝万贯的大食国王，
荣华未尽结果刀下亡：
这是以往的史实桩桩！
“惹扎”密法格萨尔精通，
能倾斜三山五岭群峰。
鲁赞国王曾声威出众，
能吞千军万马一口中；
白帐王曾把天兵挥动，
要回天只需反掌之功；
萨丹国王曾命如石柱，
虽鬼神之力也难挪动；
辛赤国王自号野山羊，
胼胝情系大自在天王。
他们以四大魔王自雄，
自夸天下无敌势汹汹。
这些“无敌者”挥戈岭国，
自己家园反倒被覆灭；
“无敌者”欲将格萨尔铲除，
反被格萨尔如风扫落叶。
说事例且容我再举几桩：
珊瑚国达泽王恃险屏障，
他自视如猛虎踞城称王，
到头来只剩下残垣断墙；
卡契国赤丹王倚仗宝刀，
头发昏蔑视四邻跋扈飞扬，
到头来只握着铁片一张；
炫耀兵器的祝古宇杰王，
性蛮横暴戾无比骄狂，
到头来只是南柯梦一场。

他们个个不敌格萨尔王，
我雪域拉达克更是无望。
唯有阿扎国尼扎王，
唯有上索波娘赤拉噶王，
唯有阿里国达瓦顿珠王，
率领众臣归顺了岭国王，
保国土依旧权柄握手上。
纵观过去历史一桩桩，
微臣之见是暂且归降，
以换取我军生息时光，
要斡旋老臣我愿前往；
一旦岭军掉头把剑挥，
再报仇雪恨来日方长。
东升旭日金光灿灿，
乍寒乍暖交替出现；
北方瑶池波光潋滟，
时涨时落更迭交换；
芸芸众生大千世界，
幸福痛苦相交替变；
岭拉两国兵戎相见，
时胜时负不足为罕；
欲速疾跑不达千里，
心急壮志不能凌空；
欲展宏图持恒见功；
觉玛香甜人人喜爱，
挥动板锄难挖一粒，
唯有鹤锄能得丰收；
辉煌胜利人人追求，
有勇无谋月浮水中，
以柔克刚才称英雄，
双方媾和方为良谋。
忠言句句披肝沥胆，
伏祈我王广为纳谏，
若将我陈视为胡言，

报应临头后悔枉然。

根桑扎巴老臣唱完，座上的老臣中，凡有远见卓识者都认为老臣字字入理，句句真谛，但慑于虎皮宝座上噶布王的威力，都把想说的话深深埋在心底，竟没有一名大臣为根桑扎巴仗义直言，敢于挺身据理进谏。他们个个敛声屏息，正襟危坐。拉达克王旋努噶布早已听得不耐烦了，这时，他强压心底的怒火，板着一副锅底般漆黑面孔，向众臣瓮声瓮气地唱道：

阿拉歌儿有阿拉腔，
塔拉曲儿有塔拉调。
列祖列宗的诸位战神，
拉达克的诸位护法神，
祈在智王我头顶驾临。
要问这是什么地方？
是驰名的虎斑厅堂，
猛虎到这里仰天长啸，
怯狐到这里胆落魂丧。
认不认识我是何人？
是雪山拉达克国君。
即使我把蓝天当皮帽，
遮了前额遮不了后脑；
即使我把大地当坐垫，
坐垫太小还露脚后梢；
即使我把江河当腰带，
刚刚一圈不够绾结套。
今日九重天吉星高照，
共商大计将岭贼征讨，
筹谋划策切望众臣僚；
适才扎巴道理一大套，
无一言算得智睿计妙，
无一句不是怯言懦语，
瞻前顾后到心惊胆跳，
自我作践长敌人志气，
总归是诱我归顺投靠。

自古来有这样几句谚语：
“一名僧奸坏过俗奸百名，
一名僧奸就能败坏佛门，
一名内奸胜过强敌一百，
一名内奸能倾一国朝廷。”
老头的胡言若穷究，
重则砍下你的头颅，
轻则割掉你的长舌，
不如此不能平众怒。
姑念你先王时功绩卓著，
姑念你年老人昏庸糊涂，
免去你的刑罚从宽发落，
将你从大臣席位上革除，
从今后王宫中筹商国事，
绝不再允许你跨进一步。
众大臣俯首听令，
速调集征讨大军，
命人马即刻起程，
报宿仇歼灭敌人。
他岭军不是铁骨铁臂，
我士兵不是酥油泥身，
只要我军上下都齐心，
绝没有击不溃的敌人。
我誓同觉如争斗到底，
这次定要他碎骨粉身，
不如此我不再算国君。
山脚石头不能往上滚，
我的命令谁敢不执行，
臣下个个要铭刻在心。

旋努噶布国王发布命令后，殿堂内一片肃然，众臣为根桑扎巴老臣被逐而悲忧交集，深深叹息惋惜，每个人心中都有一种国家命运会因此而不断衰败的不祥预兆。但是，众臣慑于跋扈恣肆的旋努噶布王的暴戾，只好各怀心事，忧心忡忡，没有一个敢出来直言劝谏。

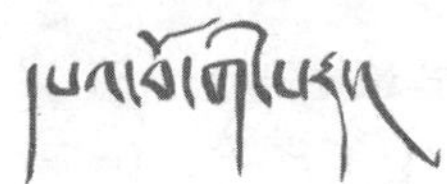

根桑扎巴老臣听到噶布王宣布对他的惩处后，没有露出丝毫惶恐神色，认为一切都在他意料之中。他唯一感到不安的是，拉达克的江山即将断送在这个跋扈君王手中！老臣对此感到痛苦万分。他拜谢了君王，辞别了多年甘苦与共的众臣，敛衣拂袖，怏怏然返回自己府第去了。

会议一结束，拉达克全境立即紧张起来。这些天，信差和骏马似天空飞鸟不断穿梭往来于王宫门前，国王的命令似漫天雪花传遍四面八方。随着各项命令的颁布，拉达克的各路大军调遣的调遣，集结的集结，全境上下处于一片战事前的忙碌之中。

这天，在岭国中军帐内，格萨尔悉心法事，潜心入定已第三天了。这时，忽然他神灵一惊，预感到魔臣昂堆奔仁又将前来侵扰岭国。要想除却这个祸根，首先要把魔臣昂堆奔仁赖以生存的命根子，即他的牛头土地神铲除，否则，便不能将昂堆奔仁降伏。想到此，格萨尔王立即传出命令，传来了察香丹玛、米琼、唐泽、贡比阿鲁巴森、达绒晁通等各位大将，向他们授过机宜之后，吩咐道："为要降伏邪恶的护法神，必须先颂扬善业。明日，我要先领你们去洞宗曲莫山顶祭祀。今日你们回去先准备好祭祀所必需的一切用品吧！"权臣们连连应诺，依次退出，各自做准备去了。

翌日，当东方刚露出熹微晨光，山间飘浮着乳白雾霭时，格萨尔王便在众大将的护卫下，登上了洞宗曲莫山顶。格萨尔王面带微笑，对大将们慈祥地说道："你们在这里熬茶休息，先将马都牵到岩洞中隐藏起来。丹玛和唐泽二人则需要张弓搭箭，专心在这里等候，随时准备配合。我现在去那边做法事，先将魔王的命根招引出来。"

众人目送格萨尔大王向前方岩石峰顶走去。格萨尔王登上峰顶，诵经顶礼祈祷，祭祀完毕，便开始了招引牛头地神的法事。不一会儿，只听得耳边风声呼呼作响倏地狂风大作，飞沙走石，人马在狂风中也趔趔趄趄，大有一下子便会有被卷起之势。幸好大家已遵照格萨尔大王的吩咐，将马匹早拴到岩洞中去了，这才避免了这场暴风的袭击。米琼、秦恩、森达三人在忙碌地熬着茶，丹玛和唐泽二人遵照王的吩咐，张弓搭箭，全神贯注地警惕着四周的动静。唯有晁通焦躁不安，在一旁不住地抱怨："叫我们将马儿拴在岩洞中，难道让马儿空肚子饿着！我不听这套。"

于是，他立即跑到岩洞下，将他那匹黄骠马解下缰绳，牵到草坪上，还打上了木桩，系上了让马啃吃周围青草的长绳。待一切停当，他才回到原地休息，准备喝茶。这时，雪山拉达克王的命根之一、名叫洞拉查通的吸血黑熊已被格萨尔王的法力招引出来了！只见它张牙舞爪，血盆大口里喷吐着团团黑烟，从尖利的獠牙上滴淌着一滴滴殷红的鲜血。那鲜红的舌头垂吊着，像一条火红的闪电在不时地伸卷，那岩腔似的大嘴一张一合，似乎要把一切都吞噬似的。它一抖身子，那立即直竖的根根长毛上迸射出刺眼的火星，毕毕剥剥响个不停。它的两眼像铜铃一般紧紧逼视着岭国的将士们，一步步向他们逼近。晁通这时已被吓得全身哆嗦，不敢再多看一眼，扭转身子逃之夭夭了！可怜的黄骠马见主人弃它而逃，长啸着拼命挣扎，想挣断绳索同主人一道逃跑。正在这时，吸血黑熊洞拉查通瞅住了它，越逼越近，那匹已经精疲力竭的黄骠马霎时间便被洞拉查通咬死在地。

沉着镇定的丹玛和唐泽牢记格萨尔王的嘱咐，乘洞拉查通疯狂得意而忘乎所以的时候，机警地瞄准这拉达克王臣命根子的要害处，嗖嗖射出几支利箭，顷刻之间那洞拉查通便像一堆牛粪瘫在了地上。岭国将士们一齐上前，剥掉熊皮，开膛破肚，剜胆挖心忙个不停，最后将熊肉和熊骨付之一炬，火祭了四方诸神。

晁通因自己的黄骠马死于熊魔之口而感到痛心疾首，也为自己的怯懦而感到无地自容。正在这时，岭国将士们已将射死洞拉查通的经过、晁通的坐骑被咬死的情况，一一向格萨尔王做了禀报。好像一切都在预料之中，格萨尔王只微微一笑，随即说道："叔叔的坐骑被咬死，令人惋惜，但是，那匹黄骠马的尸体于我们还有用场。因为，那熊魔虽说已被我们杀死，但它还会借尸还魂，我还得彻底降伏它。这样吧！你们将晁通叔的那匹黄骠马的尸体拖到右边那块叫蒂俄岩石山弯的草地上，待会儿牛头土地神闻到死马腥味，便会逐臭而来的。"

于是，大家七手八脚地将死马拖到了格萨尔王指定的地方去了。太阳已经当顶，格萨尔王和将士们坐下来吃糌粑、喝茶、休息。然后，雄狮大王对大家说道："你们都在这儿等我，不得随便走动，也不准任何人高声吵嚷，要不，会误了大事。"格萨尔王稍一停顿，又严肃地说道："请叔叔在鸦巢树枝后隐蔽起来修习隐身法和护身法。其余的等会儿待我将你们全都隐藏在我的护身金刚铠甲下，你们都要沉住气，不能有一点疏忽，因为今天正是降伏牛头土地神的大好时机。"

大家连连点头称是，各自照大王的吩咐准备去了。一切就绪后，只见雄狮王格萨尔摇身一变，立即变成了一只嗡嗡鸣叫的蚊蝇和一尊悲悯慈祥的东方护法神。那蚊蝇仅有金刚针般大小，只见它展开双翅，扑棱棱地飞到了晁通的死马身上，不一会儿便隐没到马的脑袋中去了。由格萨尔王幻化的东方护法神则迈着鹤步去到翘首青石城堡，向这牛头土地神娓娓动听地唱道：

阿拉歌儿歌声嘹亮，
塔拉曲儿曲音飘荡。

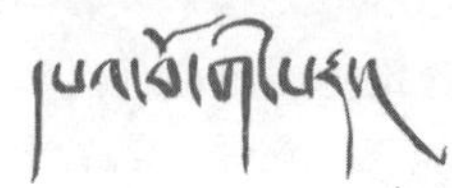

在他化自在天仙界，
欢喜天王洞察秋毫。
要问这是什么地方？
天险处的青石城堡。
要问我是什么人？
三域中我是最高主宰，
大自在天王是我的名，
对待虔诚弟子我像慈母，
支撑牛头神我担当后盾。
在今天上午时分，
来了那觉如穷鬼，
到那高高的青石城，
便击败黑熊命根，
扬言还要征服你。
为免你牛头遭殃，
我施法威来搭救，
你别害怕起疑心。
我是威大德高的帝释，
佑助三域是我的本分，
你快去将格萨尔战胜。
即便你夺得他的幽魂，
彻底征服还须等三月，
因格萨尔造化威力未尽。
他胯下那匹赤兔宝马，
我会使法力将它毙命。
那赤兔马的滴滴鲜血，
须捧来献我这位尊神，
那可是百味中的佳品，
也赏些给你细细尝鲜。
你有征服岭国的造化，
你有弘扬邪恶的运气，
别犹豫你要勇敢地去，
你若暗地背弃我旨意，
别指望以后有谁助你，

愿每一句都是那甘霖，
愿牛头耳中甘霖润滴。

由格萨尔变化的大自在天王唱完后，化作一团红红的光焰，向冈底斯雪山方向徐徐飘去，刹那间便在山顶上空消失得无影无踪。

牛头土地神听了大自在天王的一番教诲，好像拂去了胸中的氤氲之气，顿时豁然开朗。它暗自想道，难怪今天一早，我便感到心惊肉跳，无所适从，原来是东方护法神施加佛恩，祛除了我一场灾难，使我得以摆脱险境。这下当然该用热血好好祭祀一番，以表心中心意，我也好乘机饱餐一顿鲜肉。它越想越惬意，于是右手握着一把羊角镰，左手提着一个牛皮口袋，一边施放着那令人窒息的贪、嗔、痴三种毒气，一边骑在那法鼓似的风火轮上，飞也似的朝着晁通的死马处奔驰而去。因为晁通的隐身术和格萨尔王的护法神的威力，使得牛头土地神来到死马跟前时，虽然它警觉地将周周仔细查看了一番，但什么也没有发现。它对着晁通的黄骠马洋洋自得地说道："说你是格萨尔的赤兔宝马，真是徒有虚名，原来样子这般丑陋，还是一匹老马！感谢东方护法神的恩赐，赏我受用一餐鲜血和鲜肉的福禄。"

牛头土地神乐不可支，垂涎欲滴。只见它先向天空的天神禅祭了三下，随后便急不可待地狼吞虎咽大吃了起来，边吃还边大口大口地吮吸着热气腾腾的鲜血。就在牛头土地神欢畅地痛饮狂喝的时候，幻化成小虫的格萨尔王，已顺着牛头土地神嘴里喝的鲜血钻进了它的肚子。不一会儿，小虫还原成一尊护法神，左手执着金身大鹏和五股金刚杵，右手持着九头铁蝎，霍地站了起来，双臂在牛头土地神肚内左右挥舞，直搅得它肚痛难当，四肢麻木，两眼发黑，汗滴如雨，肝肠欲裂。不多一会儿，忽听得轰隆一声雷鸣般巨响，牛头土地神那胀鼓鼓的肚子像开瓣莲花似的从中爆裂了！以往凭借巫术威力，曾淫威赫赫，叱咤四方，而今软瘫在地奄奄待毙，抚今追昔，牛头土地神痛心疾首，追悔莫及，唱起了凄楚悲切的"忏悔罪孽歌"：

阿拉歌儿我轻轻哼，
塔拉曲儿我轻轻唱。
呜呼至高师尊在上，
先将我的拯救者礼赞，
再礼赞圣贤顿珠王。
这里叫什么地名？
是扎朗塘宗山顶。

可认识我是什么人？
追溯到前世的族根，
我是高僧慈诚多吉。
我虽受肉身罪孽深，
和魔王结下了交情，
离经叛道我犯了戒，
变牛头是对我严惩。
我贪嘴偷食过供品，
曾遭贬谪沦为饿鬼；
又盗佛像是因贪心，
曾遭贬谪沦为畜生。
我像在黑潭中浮沉，
我早已被铁镣锢禁。
我贪婪似恶浪滚滚，
我愚痴似无底渊深，
我矜持似大山压地，
我多疑似狂风暴行，
我嫉妒似山火炽烈，
五毒将我绕缠环萦，
常与妖魔两心相印。
往日罪孽今日报应，
遭灾遇难五脏分崩，
今日始悟造孽深重，
悔恨不迭痛彻肝心。
焚烧五毒的智慧光焰，
在我腹中要将我燃烧，
啊哟哟呼救格萨尔王，
为来世不坠罪恶深渊，
我祈求救主格萨尔王，
满足去解脱的净土心愿！

牛头土地神唱完，红着双眼，眼泪像断了线的珠子似的扑簌簌地滚落下来，四肢不断抽搐，挣扎一会儿便断了气！雄狮大王格萨尔姑念牛头土地神忏悔真诚，悲悯之心油然而生。格萨尔王依照牛头的遗愿，将它的灵魂引度到洁

净的极乐世界去了。

由于格萨尔王祛除了邪魔，从此，雪域的地祇们一一归顺，愿俯首帖耳听命于大王的旨意。格萨尔王对他们亦表示欣然接受，当场一一委派了担任维护和弘扬白色善业的不同重任。

诸事完毕后，格萨尔王对大将们说道："我已将恶魔的命根，即吃人黑熊洞拉查通和牛头土地神都降伏了。征讨雪山拉达克妖魔王臣，成就我岭国伟大业绩的机遇，已指日可待！现在我们先到右边那座山岭，向慈善神焚香顶礼吧！"

不一会儿，右边阳山山岭上，柏枝香烟袅袅，阴山山岭上石南香烟飘飘，阴阳山岭之间的峡谷中香烟缈缈。放眼望去，茫茫烟雾缭绕在山岭之巅，飘浮于蓝天之下，好像涤祛污秽的晶莹甘露。这些晶莹的甘露，是奉献给维护和弘扬白色善业的神祇们的丰厚礼品啊！

第一百七十二章 气焰高魔将独闯岭营 锋芒减岭军连番受挫

在雪山拉达克的将领中，大将毕扎昂堆奔仁以刁悍著称，长臂的绰号也因此而得名。他目空一切，根本不把岭国放在眼里。这天，只见他身着黑色熊皮做里子的名叫“扁叶青石”的黑色铠甲，头戴笔直的黑色九峰铁盔，上插黑色猪尾似的帽翎，腰别一把名叫“吮吸魔血”的长剑，剑柄上还系着一束整齐的黑色璎珞。他右边挎一个虎皮箭囊，似黑熊张着血盆大口，里面满满装着五十六支毒箭。他左边挎一形如昂头乌龟的豹皮弓袋，袋中装着力大无比似千钧霹雳的硬弓。这时，那匹腾空青头骏马背上，侍从已为他鞴好了龙纹铁鞍。不一会儿，毕扎昂堆披挂停当，翻身上马。这个全身上下铁青打扮的昂堆，活像一块乌云簇拥的风雨中的岩山。他扬鞭驱马，风驰电掣般向岭营奔去。在离岭营不远处，他紧勒辔头，一下停了下来，唱起了“情理歌”：

张口要唱阿拉歌，
张嘴要哼塔拉调。
欢喜王护法神明，
牯牛头面众神明，
祈请个个附我身，
殄灭岭敌化灰尘。
要问这是什么地方？
雪域纳塘察莫草地。
再看看我是什么人？
我在拉达克王帐下，
武艺超群勇猛绝伦，
我名英雄昂堆奔仁。
岭国强贼你竖耳听，

拉达克分农区牧区，
牧区山岩彻骨冰浸，
农区峡谷炎热烤人。
寒暑悬殊因地势险峻，
乍寒乍暖酷似阴曹城。
岭国兵好似城中鬼魅，
我王似城中的阎罗君，
毕扎五虎是阎罗差吏，
殿前牛头是昂堆奔仁，
差吏执长剑两旁林立，
今日要将你岭国群贼，
统统驱赶进地府大门。
可怜的岭国猢狲们，
不守巢穴太不安分，
无端入侵是为何因？
要想战胜我昂堆奔仁，
要想霸占我雪域之城，
除非你能够倒转乾坤；
要想征服我毕扎五虎，
除非你是不死金刚身；
想要我八十大将慑服，
除非你力如狮虎鹏鲲；
要想主宰冈底斯圣地，
除非你具有湿婆威灵。
岭贼何等疯狂猖獗，
敢对拉达大举入侵，
你等美梦妄想实现，
谁胜谁负今朝我定。
今日昂堆我亲自上阵，
从东到西将岭营踏平，
扯下你岭旗脚下踩，
砍下你贼头地上扔，
彻底捣翻你懦狐穴，
岭娃们可曾听得真？

昂堆唱完，趾高气扬，肃杀慑众。他双脚紧夹马腹，蹬住马镫，勒紧辔头，两眼死盯住岭营，准备和出阵的岭营先锋勇士进行一场酣畅淋漓的厮杀。

这时，岭营中北方珊瑚国的大将却珠早已披挂停当，就在昂堆话音一落之际，他像电闪一般快马冲到了昂堆面前，挡住昂堆去路。马背上的却珠，手执长矛，神色自若，气宇非凡。只见他将紧握的长矛在地上狠狠捅了三下，霸气十足地引吭高歌道：

阿拉歌句句高亢，
塔拉曲声声铿锵。
格萨尔护法神王，
保佑我杀向战场。
要问这是什么地方？
是雪山拉达克地方。
认不认识我是何人？
格萨尔王麾下大将，
英雄却珠是我大名。
昂堆崽子你仔细听，
听我将真谛来道明：
拉达克果真寒暖不定，
我岭国自有回天之力，
岭王慈悲驱寒又送春；
雪王果真以阎罗自命，
我岭王自有伏魔本领，
似愤怒文殊将阎罗威镇，
毕扎家果真是阎罗差吏，
我岭将便是那差吏克星，
武艺高降魔伏敌力千钧；
你昂堆果真是殿前牛头，
却珠我有神通将你严惩，
挑出黑心肺挖你狗眼睛。
征服拉达克群魔孽障，
为的是要将佛法弘扬，
为的是我岭国的安康。

重开朝圣的雪山大门，
是雪域藏人们的愿望，
大王要完成的伟业一桩。
我赫赫勇士八十，
定叫你魔将横尸；
我岭国雄狮大王，
定主宰雪山底斯；
那白玛陀称的化身，
那人世间的旭日，
我岭国格萨尔王，
定攻克水晶城池。
我再将道理讲一讲，
我岭国的神圣疆土，
亘古就是柏、达盟邦，
拉达克你蛇蝎心肠，
反客为主出言无状，
岭国出兵正义伸张。
你拉达克贪婪造罪，
任你横行难遂所为。
猛虎居住的密林，
懦狐想霸占实可悲！
雄鹰翱翔的峰顶，
房雀想比试实可悲；
岭国神兵通往之地，
拉达想阻拦实可悲！
今日我旗开头一仗，
斩你昂堆娃去领赏。
要归降趁早快告饶，
有亲眷快将遗言讲。
心中甜蜜是听劝告，
装聋作哑无异自戕。

大将却珠唱完后挺矛拍马，和昂堆厮杀起来。只见他对准昂堆的肩胛闪电般地连刺数枪，可结果都刺而未中。因为昂堆气数未尽，这天该当他不是魔运终结的日子。昂堆见却珠来势这般凶猛，顿时魔火中烧，怒气万丈，圆瞪着的那一双牛眼里飞溅着火星，满口黄牙直咬得咯咯作响。他竭尽全身牛力，高高抡起他那把“吮吸魔血”大刀，向岭将却珠猛地砍了过去。忽听得哐当一声脆响，却珠的长矛顷刻间被砍成两截。旗开不利，却珠心中不禁打了个寒战，知道今天不是结果昂堆的吉日，于是，掉转马头，一溜烟跑回了岭营。

看见却珠败北，昂堆得意非凡，他一抖缰绳，踌躇满志地挥舞着大刀，摇晃着脑袋，忽地又朝岭营西面的西索波地径直扑去。西索波地的索波兵士们全无准备，猝不及防，纷纷往两旁躲闪。大将昂堆左右冲杀，眨眼之间，十余名士兵皆成了他魔刀下的鬼魂。在这危急时刻，索波将领玉珠扎巴带领一队索波兵士，执戈握刀，迎着疯狂的昂堆扑杀过来。杀红了眼的昂堆这时更加猖獗，他左抵右挡，横劈竖砍，使得索波兵士个个近他不得。当他杀开一条血路，冲出重围后，又趁势杀向了营盘腹地的嘉洛营地，一路上，他像削芫根萝卜似的砍倒了嘉洛营地的一大片士兵。杀兴大发的昂堆更加得意忘形，他神气十足地将血糊糊的大刀往马鬃毛上来回一晃，拭去血迹以后，竟拍马朝岭营的神帐冲去。勇士们见他如此疯狂，个个咬牙切齿，怒不可遏，人人手执刀枪剑戟，齐向魔将昂堆冲去。

在这场恶战中，只见刀光闪闪，剑影森森，寒气袭人。尽管岭将们英勇善战，终因昂堆奔仁气数未尽，还是不能战胜他。魔将昂堆眼看难以敌众，他决心再次杀到岭营力量薄弱的嘉洛部营地去。主意一定，他虚晃一刀，佯装败阵，跑不多远，便拨转马头，重又闯入嘉洛部族营地，一刀将嘉洛营地的唯一的千里挑一的那匹宝马杀了。接着，他又闯入了噶德部落营地，砍翻了数名头插羽翎的士兵。噶德营地的大将曲炯贝纳见状，立即飞身上马，截住了昂堆去路。双方立即厮杀起来，在一来一往的几个回合中，曲炯贝纳的刀锋始终难以接近昂堆。他越杀越气，越气越急，心想，看来此人乃非常之辈，可能练就了刀枪不入之术。于是他决定赤手空拳和对方肉搏一番。主意定下，曲炯贝纳便丢开兵器，撩衣扎袖，张开双臂，大吼一声，向昂堆奔仁扑过去。昂堆被曲炯贝纳这一招给弄蒙了。他料定曲炯贝纳非凡夫俗子，怕自己不慎而出差池，于是急忙冲出岭营，口打一声长哨，一溜烟地消失在远处的丛林之中。

战斗结束，岭营的文臣武将们汇集到雄狮王的寝帐，将魔将昂堆奔仁冲踏岭营的经过向格萨尔王做了详细禀报。

“昂堆气数未尽，现在还不是降伏的时辰，你们当然伤不了他。”听了禀报的雄狮王嗔爱地向勇士们微笑着说，“今天他冲闯了我岭营，只要没有伤着我岭国的勇士就算是幸事。昂堆他本是恶魔毕扎家族之子，一生征战无数，谙熟妖术，切不可等闲视之，以后务必加倍小心才是。”

自昂堆单骑骚扰岭营之后，雪山兵和岭军之间都偃旗息鼓相安无事地过了好几个日子。

转眼又是几天，在一个祥瑞星宿会合的吉祥日子，北方珊瑚国的大将却珠，为了涤荡昂堆踏营之辱，亲自统领了一百名虎彪彪的决胜骑士，来到和雪山兵营地只隔一箭之遥的地方，紧勒辔口，仔细察看了对方的军力部署情况，然后向对方唱起了“试探歌”：

悦耳要数阿拉歌，
动听还是塔拉曲。
岭地的众护法神祇，
今日保佑英雄得胜。
这儿是什么地方？
这是拉达克北方。
若要问我是什么人？
我冲锋杀敌打头阵，
驱魔逐怪遐迩闻名，
我是岭国却珠大臣。
眼前的拉达克官兵，
听我述说别战兢兢，
你拉达克似饿鬼城，
魔鬼王臣罪恶尤深，
敌视善业冥顽邪见，
截断底斯朝圣道路，
珊瑚国财宝被囊括，
虎视眈眈将岭国侵，
罄竹难书桩桩罪孽。
岭国出师伐罪吊民，
为谋雪域藏人大事，
为替珊瑚邦国雪恨。
那日昂堆滋扰岭营，
偶然侥幸未被生擒，
苟延时日逃得一命，
虎口余生英雄虚名。
有胆量就快快出阵，

誓与你等见个输赢，
不怕你强将一大批，
比武场就是这草坪。
先比箭技高与低，
后比刀路乱与顺，
再比枪法邪与正，
谁胜谁负今朝定。
倘若不敢阵上会，
拉达便是懦狐辈；
倘若不敢比高低，
便是癞皮狗一类；
倘若龟缩巢穴内，
连狗类也不匹配。
理解歌儿心甜美，
不听忠告无福慧，
你等应该细品味。

却珠一唱完，刀出鞘，箭搭弦，严阵以待，机警地注视着对方的动静。不一会儿，拉达克营帐中闪出一员大将。这员大将名叫佳察格波。他身后还跟随着百余名剽悍人马，似旋风一般冲了出来。他们一到却珠面前，在团团尘烟中，佳察格波手晃大刀，放声唱道：

阿拉歌儿放声唱，
塔拉曲调音高亢。
雪域圣地众护法神明，
祈在我英雄身旁驾临。
看看这是什么地方？
雪山中段纳察草地。
看看我是什么样人？
英雄佳察格波是我，
我是拉达克的大将。
红蠡贼你竖耳仔细听，
我早知道你名叫却珠，
久仰你大话懦夫美名。

英勇无敌毕扎五虎将，
剽悍凶猛遐迩皆闻名，
那日昂堆只身踏岭营，
你却珠吓得夹尾狂奔。
昂堆似猛虎一声怒吼，
你丧魂落魄北地逃命，
狐臭味臭了草场遍地，
英雄懦夫已泾渭分明。
可怜虫你仔细听清楚，
拉达王权势远达四方，
主宰底斯是天的旨意。
岂任你岭国称霸逞强，
拉达克土地尺寸不让，
纵使只有鞍垫般大小，
要侵我疆域那是妄想。
我抢掠珊瑚国事儿小，
未毁城已算我大度量；
我占领柏绕国事儿小，
未占岭国算我大气量。
就在今天这个时光，
刀刃滋味你先尝尝，
将你孽贼剁为肉酱，
那时悔恨有何用场！
善听劝告耳顺心畅，
装聋作哑灾祸自当。

佳察格波唱完，唰地拔出大刀，吼叫着向却珠大将杀了过来。却珠沉着应战，心中不断默祷着格萨尔王。由于格萨尔王神力的护佑，佳察格波的黄铜鬼头刀怎么也近不了却珠。机警的却珠趁他落空一刀的刹那，抢步上前，翻腕一刀，随着弧形的刀影在佳察格波头上一闪，他的右臂便随着黄铜鬼头刀一起扑通一声掉在了地上。独臂的佳察格波忍住剧痛俯身用左手将黄铜鬼头刀拾起来，猛地向却珠砍了过去。却珠的铠甲顿时被削去好多块甲片，险些伤着皮肉。却珠为之一惊，趁机向他还未缩回去的左臂又是一刀。佳察格波的左臂连同黄铜鬼头刀一起又掉落在地。断去双臂的佳察格波像一截干柴筒棍立在马背上，左右晃荡了两下，便身不由己地嘭的一声从鞍背上滚落下来。却珠催马上前，手起刀落，取下了佳察格波的首级。岭国官兵一下子士气大振，口哨声、喊杀声四起，蜂拥着向敌群冲杀上去。他们个个像鹞鹰扑进鸟群，将雪山兵冲得七零八落，杀得人仰马翻，有的当即毙命，有的负伤倒地，有的则被生擒，除三名腿长的得以逃生外，其余全部被歼灭。

战斗很快胜利结束。却珠率领一彪人马欢天喜地返回岭营。为了庆贺珊瑚国大将却珠的重大胜利，岭营中举行了盛大的如同祭祀天神一般隆重热烈的庆功典礼，还举行了赛马、箭技等各种比武活动。

第二天，在拉达克军帐，魔臣毕扎五虎中的老三、绰号万夫屠户、本名叫赤扎拉玛的，在他听到哥哥昂堆奔仁只身单骑闯了岭营，已安然返回的消息后，便按捺不住，热血奔涌，很想荣立奇功，以壮自己声威。今天，他身着英雄战袍，各种兵器披挂停当，飞身跨上火龙驹，好似红衣妖魔出征一般，催马扬鞭径直朝岭营方向飞驰而去。

赤扎拉玛踏进岭营驻地，一反常规，不通名报姓，连一首阿拉歌也不唱，便举刀凶猛地向索波族营地冲去。他一口气就接连砍杀了十余名迎面扑来的骑兵。索波大将扎噶达曾闻讯，气得满脸青筋暴绽，旋即跃马横刀，飞赶到赤扎拉玛面前，开口唱道：

阿拉歌声声高亢，
塔拉曲句句激昂。
向神山宝吉峰顶顶礼，
红缨瞻婆拉洞察凡尘，
这地方叫什么名字？
是雪山中段纳察区。
可认识我是何人？
在岭属神圣索波地，
我名神箭手扎噶达曾。
我武艺精湛箭技通神，
我是格萨尔的大将，
岭国的十万大军中，
我统率着左翼大军。
魔逆们俯首静听，
岭营有万马千军，
你匹马斗胆踏营。

碰上我扎噶达曾，
今天你该当短命，
神箭将你魂魄引，
送你游逛阴曹城。
恕不相怜莫怨恨。
仅赠先哲谚语几句：
“老虎贪嘴过度易噎死，
宝刀锋利过度易卷刃，
勇士猛勇过度易丧命。”
这些哲理今天应验你。
在头顶太阳这个时辰，
我这支回天吸血神箭，
眼看将穿过你的狼心。
理解歌儿算你有缘分，
不解歌词是你没好运。

索波大将扎噶达曾唱毕，紧攥手中兵器，准备迎战厮杀。拉达克营地的赤扎拉玛迫不及待，对方话音一落，他便以洪水奔流之势，拍马迎了上来，提高嗓门，大声唱道：

歌儿要唱阿拉歌，
曲儿专哼塔拉曲。
大自在天威德无边，
伏祈为英雄我助战。
要问这里是什么地方？
它名字叫雪山的纳察。
看看我是哪位好汉？
噶布王似太阳高悬，
众臣似那熠熠光环。
毕扎膝下的五虎将，
五虎中我排行第三，
刀俎敌寇千千万万，
赤扎拉玛声威远传。
大自在天赐我神力，

要将岭人活捉全歼。
懦狐岭贼你仔细听，
大言不惭自诩大将，
说大话自欺还欺人，
自古格言如此教训；
奴婢为主攒积金银，
弄巧成拙反遭忌恨；
癞皮狗逞能守大门，
难讨欢心反遭棒棍；
懦夫你逞能打头阵，
不得好处反会丧命。
我手中利刀光闪闪，
要将你身首两离分，
肢解后再碎尸万块，
看你奴才有无悔心。
听懂歌词心中甜蜜，
装聋作哑痛苦自寻。

话音一落，赤扎拉玛已拍马向前。索波大将扎噶沉着应战，张弓搭箭，迎着赤扎拉玛，嗖的一声，一支鹰翎竹箭离弦飞去，眨眼间便扎进了赤扎拉玛的胸膛。也是他命不该绝，箭镞被铠甲片挡落在地，连一点皮毛也未触及。被惊吓了一下的赤扎拉玛见自己化险为夷，顿时为之一振，向索波大将扎噶猛扑过去，接连猛劈三刀。扎噶猝不及防，身负重伤，败下阵去。这时，占了上风的赤扎拉玛得意忘形，杀兴大起，趁势向梅堆、红茹、扎茹等三个索波部落的营地冲杀。他横冲直闯，若入无人之境，瞬间，数十名岭营兵士倒地，有的一命归天，有的重伤呻吟。倏地，赤扎拉玛又一转身，掉转马头，乘胜又冲向左侧的达绒部族营地。刹那间，十余名舍巴普龙夏青部落的岭属兵士又遭到杀害。这时的赤扎拉玛喘着粗气，口里还不时喷吐出团团毒气。他那一双显得疲惫的红眼里，好似有无数火星在迸射。喘息片刻后，赤扎拉玛又杀回达绒营地。达绒营帐的夏青噶玛、玉脱白玛、绰吉白纳、阿盔塔巴等四员勇士，怒火中烧，挥舞刀矛兵器一齐向赤扎拉玛反击过来。他们这一猛袭，不但没有伤着赤扎拉玛，倒是达绒的三员勇士又死于他的屠刀之下。所幸的是夏青噶玛勇士因受到武器神的保佑，才得以保全了性命。这时，赤扎拉玛意满志得地将黄铜大刀在马鬃上来回擦两下，不断觊觎着四周，像是在捕捉新的猎物。忽然，他大刀一挥，转向丹玛营地冲去。只见他左砍右杀，刹那间，便将迎战的丹玛营中的几员勇士砍倒在地。众官兵气愤已极，大声吼叫着，奋勇如潮，将赤扎拉玛围得水泄不通。邓色玉俄奔米、邓噶细扎巴泽登、俗热白玛泽登，以及北方珊瑚国的大臣却珠等和赤扎拉玛厮杀在一起，刀来剑往，难解难分。不一会儿，只见赤扎拉玛的鬼头大刀寒光一闪，邓噶细扎巴泽登的臂膀咔嚓一声被劈为两段，一下倒在了血泊之中。俗热白玛泽登也被这逆贼飞起一刀，身负重伤，败退下阵。邓色和却珠满脸杀气，挥舞长刀，像猛虎扑向赤扎拉玛，奋力挥刀将他的盔缨砍落在地，随后他胯下的那匹火龙驹也被劈为两截。摔下马背的赤扎拉玛就地一滚，躲过飞来的刀锋，一个鹞子翻身，跃上已经身亡的邓噶细扎巴泽登的马背，猛抽两鞭，冲出重围，飞奔而去。

被赤扎拉玛骚扰后的岭营，正忙着为伤者医治。可惜索波大将扎噶达曾因伤势太重，不久便身亡了。

这天，众生的太阳格萨尔大王来到死难英雄面前，为他们做了超度，对受伤的英雄们灌了长寿顶，然后感慨地说道:“降伏逆贼赤扎拉玛的天时未到，但是，这一天已经为时不远了！”

第一百七十三章

总管王劝降敌待吉时
众英雄齐发箭灭敌威

且说这天出兵征讨达玛拉雅国的雪山拉达克将士们眼看战局无法往前推进，岭国的千军万马又好似天顶繁星、地上茂密树林一般布满拉达克上下边境，心中忧虑万分。他们认为，眼下最好的办法是将这支队伍撤回拉达克京城，待大王和大臣们精心筹划决定后，再照大王的旨意行事。主意一定，他们立即动手做撤兵的部署。

三天之后，一个月黑天高、风静云闲的深夜，盘踞在达玛拉雅国边境的一支雪山拉达克队伍，遵照拉达克王的旨谕撤离了。走在这支大队伍最前面的是拉达克的勇士们，其余各部将士以及毕扎四虎将则走在队伍的后面督押后阵。

次日清晨，当太阳刚刚露出圆脸的时候，岭营的士兵们突然发现敌人已经悄悄逃走了。一些勇士吵着嚷着要去追击，总管王绒察查根立即劝阻道："别追了，让这群懦夫们逃去吧！你们难道忘了当年霍岭两国交战时的惨痛教训？那次由于只顾穷追猛打，结果被敌人暗算，使我们岭国无端地失去了四员凶猛过人的大将，这是多么沉痛的教训啊！现在情况不明，若一莽撞，很可能重蹈覆辙。今天大家先捺着性子，明天一早我们再继续往拉达克方向开拔。"

翌日，东方刚露出熹微晨光，岭营中就吹响了出发的角号。达玛拉雅国队伍走在大队人马的最前面，充当向导，紧随其后的是岭国众将和勇士们。草地上飘散着一层乳白色雾霭，浩荡人马像是腾云驾雾的一队神兵。他们晓行夜宿，风餐宿露，经过三天的艰苦跋涉，队伍终于到达了意为"沙狐"的柏兄草滩边上。根据开拔前的命令和部署，队伍一到沙狐草滩便拉帐扎营了。说来也巧，在岭军开拔前一天便已逃离了的雪山拉达克的队伍，这时，恰好正驻扎在对面一座山坡下的意为"虎背"的草滩上，两军对峙，遥遥相望。因为双方疲惫不堪，需要养精蓄锐，连日来，双方没有冲突，各自在其范围内，按照自己的传统习俗，或扬鞭策马，比赛竞技；或张弓搭箭，比赛射艺；或举碗畅饮，比赛豪情。真是天各一方，自寻其乐，相安无事地过了几天。

初十这天，当众生的主宰，格萨尔正在举行初十祭祀的定期法会时，忽然间，天空霭霭祥云笼罩。须臾，一朵彩虹般的云帐中，传来了白玛陀称祖师揭示真谛的阵阵道歌声。歌声明亮，歌词清晰，字字句句充满了深仁厚泽的关切之情：

向上师、本尊、空行母顶礼！
向佛的所有威德礼赞皈依！
认不认识这块地方？
是拉达克沙狐草滩。
认不认识我是何人？
我是阿弥佛白玛陀称，
我是格萨尔的庇荫。
从萨霍尔王朝开始，
我曾庇荫赤松德赞，
我曾庇荫世代王室，
我和他们形影相伴。
为了雪域繁荣兴盛，
为了四大伟业完成，
格萨尔应功盖四方，
让众生沐浴着佛光。
根除邪恶魑魅魍魉，
扶持三善道业盛昌，
铲除旋努噶布魔王，
而今正值良机天降。
打开雪山底斯大门，
调集岭国精兵强将，
拿下瑰丽水晶城堡，
让佛光在拉达闪耀，
让众生踏上安乐道，
这天职落在你肩上。
别犹豫再听我详道：
一十八日就在今朝，

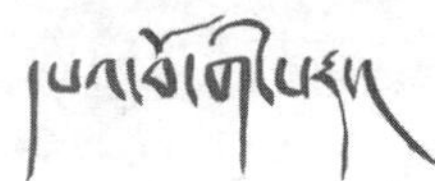

三六相逢的凶日到，
毕扎家的昂堆奔仁，
本是投胎的黑魔妖，
这天必来岭营滋扰，
岭营遭殃灾祸难逃。
要击溃这强劲魔敌，
唯有丹玛能够承当，
非他再无谁敢抵挡。
若遣丹玛出阵沙场，
又恐前世命债作祟，
引来厄运带来祸殃。
假若和昂堆拼硬仗，
他先发制人把人伤，
灾星必降老将头上。
若要避开这场厄运，
格萨尔神符佩在身，
九种兵器携带齐整，
柏达后山设下伏兵，
在岔道乱石中藏隐，
要那昂堆在此丧生。
上界骑象普贤菩萨，
还有轨范师白玛陀称，
英勇的飞天诸战神，
都会全力护佑老臣。
明日若不将昂堆降伏，
从此不再有吉利时辰。
什么攻克木里达宗国，
什么赐福所有的庶民，
统统都将是空话一句。
倘若任昂堆作孽横行，
世界从此将不得太平，
吐蕃将再也不得安宁，
高原岭国的雄图霸业，
从此便埋下一条祸根。

明日昂堆窜犯岭营，
疯狂凶劲胜似熊罴，
丹玛不能正面迎敌，
良方妙计埋伏偷袭。
一俟昂堆闯营蹂躏，
金戈铁马一齐奋力，
乱箭齐发狂翁劲疾轰强敌，
要将昂堆堵截痛击。
岭王格萨尔你啊，
潜心默祷铠甲神，
威尔玛战神来护佑，
岭营将少受挫损。
胜利使昂堆得意忘形，
凯旋路上会头脑冲昏，
那时丹玛拽弓搭神箭，
神箭会射中昂堆命心，
射中还收不了他的命，
因昂堆他是魔怪投生，
虽身亡还会借尸还魂，
务须提防他垂死硬拼。
要像鹞鹰机警敏捷，
丹玛就能将昂堆克，
余逆便成瓮中之鳖。
只要噶布兵损将折，
铲除噶布指日可待。
到时再来将仙机降，
岭国主宰心记铭刻。

白玛陀称祖师的话音一落，格萨尔王急忙躬身下拜。对上师的喻示，格萨尔王更是心意交融，心领神会。他一边虔诚地祈祷，一边便进入了光明禅定。不多一会儿，至圣大师白玛陀称已隐没于光明洁净的天际中，像一道彩虹倏然消弭于虚空。

就在这同一时刻，当岭营属部阿扎国的尼玛扎巴带着九名哨兵上柏达山头巡哨时，敌方拉达克的绒纳曾布大将也同时带着九名士兵上山巡逻。真是冤家路窄，狭路相逢。尼玛扎巴当即拍马舞刀，堵住绒纳曾布的去路，口中高声喝道：

雄浑的数阿拉歌，
婉转的数塔拉调。
阿扎国的诸位战神，
祈为英雄助臂降临。
可知这儿是何地方？
这是柏达山的峰顶。
认不认识我是何人？
险峻阿扎是我乡井，
尼玛扎巴是我大名。
圣洁岭国似莲花馨香，
我尼玛似那融融春光；
拉达克号称雪山之邦，
尼玛似融化它的骄阳；
驱除敌区的阴霾黑暗，
要靠我尼玛熠熠光芒。
为求安宁我上山出巡，
利刀出鞘非我的心意，
你伸颈脖自来投罗网，
命运驱使我屠刀高举。
自古有这样的谚语：
“南方门域的杜鹃鸟，
南天云间的霏霏雨，
郁郁葱葱的嫩叶枝，
本无心意会聚一起，
雨滴翠鸟恋林，
阳春三月相遇，
三者相聚密林里，
和煦天时岂能避。”
岭兵巡山这边走，
拉达巡山那边行，
双方同是九人队，

为何相逢在山顶，
皆因命运早注定，
你等今朝必丧命，
命运安排敢不遵。
谁是好汉请出阵，
后退三步莫称能，
懦夫哪算男儿汉，
要你头颅地面滚。
岭国威尔战神请助战，
请为英雄我施威呐喊，
愿夙敌早日除尽，
愿凯歌声声震天。

岭将尼玛扎巴唱完，拍马相迎，双方你来我往，刀对刀地厮杀起来。倏地拉达克大将绒纳曾布拼力一刀，直向尼玛扎巴的头盔砍去。顷刻间尼玛扎巴的头盔被劈成了两半。好在阿扎尼玛扎巴的头盔里藏有上师恩赐的护身咒符，才使尼玛扎巴得以幸免。尼玛扎巴被劈头盖脸这一刀激起了满腔怒火。只见他满脸杀气，双眼突突直冒火星，旋即纵马一刀朝绒纳曾布头上劈了过去，霎时间，绒纳曾布的头颅像刀削芫根一般，“扑通”一声滚落在地。这时，拉达克的三名士兵也相继中箭栽倒。余下六名见势不妙，拔腿便跑。尼玛扎巴哪里肯舍，率领一小队人马像雄鹰捕捉小鸟般在后面紧紧追赶。这六人的腿也算够长的了，尼玛扎巴一行追了好几程，才在一座小山的岩洞里找到他们。尼玛扎巴等一拥而上，拖脚的拖脚，攥发的攥发，将他们一个个拖出岩洞，用牛毛绳索捆绑结实后，像抛糌粑口袋一样将他们一个个不住地往天上抛甩。不一会儿就活活摔死了五名士兵，剩下的一个是他们特意留下的活口。岭兵们将他的耳鼻割去，命他回去必须这样通告：“被岭国割去鼻子耳朵的我，是岭国献给拉达克国王陛下的见面哈达，也是岭国特意给毕扎虎将送来的敬茶家奴。”说完，呵斥一声：“快滚！”那个被割去耳鼻的士兵慌忙下拜，连连叩头退出，仓皇失措地翻爬上马，逃回拉达克本营，向毕扎虎将们如实地禀报了在柏达山巡哨时与岭兵遭遇大吃败仗的惨况。

再说阿扎尼玛扎巴一行这天夺得了胜利，队伍也没有一人受伤，大家心中好不高兴。一行人马，欢天喜地地回到了岭营。回营后，尼玛扎巴即向格萨尔王献上了敌人的头颅和手臂，禀报了双方交战的情况和取胜的经过。格萨尔王听后满意地颔首微笑，并吩咐摆出宴席，犒赏众官兵。席间，格萨尔王褒奖了尼玛扎巴一行，还亲自授予了英雄带。

紧接着，格萨尔在寝帐中召见了以察香丹玛绛查为首的岭营全部将领，详细转述了白玛陀称祖师面授的预言，然后，给丹玛灌了长寿顶和护法神力。遵照白玛陀称祖师的旨意，格萨尔王又告诉丹玛，在与昂堆交战时，只能智胜不可强拼，并要他在昂堆从岭营返回的必经路上，找一险要地方预先埋伏，趁昂堆不备，先下手置他于死地。

翌日，当天边微微泛起一片鱼肚白时，察香丹玛绛查头戴一顶宝蓝卷云铁盔，身穿一副宝蓝龙鳞铠甲，佩好刀、箭、矛三种兵器，威风凛凛，气宇轩昂。披挂完毕后，在营帐前燃起了一堆香柏。在袅袅香烟、飘飘瑞霭中，丹玛躬身虔诚地向天界诸神顶礼，祈祷威尔战神相随护佑。仪式结束，丹玛翻身上马，策马扬鞭，风驰电掣般向柏达山方向奔去。盔缨过处，卷起一片蓝云；铠袍过处，扬散半天蓝雾。

到了柏达山脚，丹玛勒住马辔头，翻身下马。举目一望，四处怪石嶙峋，山路弯弯，古柏森森。丹玛选择好一处地势，便迅速将银鬃马牵进柏林深处拴了起来，自己则在路旁一堆大青石丛中猫身隐蔽。

且说在雪山拉达克营帐中，魔王噶布的毕扎五将中的老大昂堆奔仁听了被割去耳鼻的那个士兵的禀报后，气得两眼直冒金星，顿时暴跳如雷。他胸中好似有一团烈火在熊熊燃烧，一股狂风在呼呼吼啸，一锅酽茶在翻滚沸腾。愤怒、狂暴、仇恨交织一起，憋得他脸脖红涨，直喘粗气。他霍地站起身来，立即披挂停当，好似红色妖怪出征一般，翻身上马，单枪匹马，直奔岭营。

昂堆路过柏达山路时，没有发现身边埋伏着的丹玛。这天因丹玛身上穿有岭国护法神威尔的金刚铠甲，这铠甲具有障眼的神奇力量，所以，当昂堆路过埋伏着的丹玛面前，竟什么也没有发现。昂堆一口气冲到了岭营，首先直闯达绒营地，一气杀死了十余名头戴盔翎的士兵。达绒众官兵急忙列阵迎战，挥刀的挥刀，射箭的射箭，但是都没有伤着昂堆。昂堆甩开他们，趁势又闯入了阿扎营地，顺手砍杀了十余名剽悍骑兵。这时，阿扎营地的大将玉珠洛威、尼玛扎巴和惹得奔曾拍马上前，立马横刀，拦住去路。四人厮杀开来，刀光闪闪，寒气森森，你来我往，难解难分。忽地昂堆将刀路一变，翻手两刀，便将阿扎营地的两名勇士砍落下马，当即身亡。他又趁尼玛发愣的一刹那，如闪电般地闯入了左侧营地，这左侧是珠部的营帐。

首领米玛曲珠见昂堆来势凶猛，也不多讲，拍马舞刀，上阵厮杀。杀兴正浓的昂堆佯装招架不住，有意让米玛曲珠虚砍几刀，然后翻腕一刀，将米玛曲珠砍下马来，倒在血泊之中！珠部落的勇士们个个愤怒万分，大家同仇敌忾，刀、矛、箭各种兵器齐向昂堆掷去。昂堆左抵右挡，毫不慌张，各种兵器都不能接近他。正在这紧张时刻，珠部落首领噶德曲炯贝纳，头顶黑盔，身披黑甲，外罩黑衣咒袍，下坐青鬃黑马，脸堆黑云一团，以敢上九天吞食日月的罗睺罗星的凛然气概，巍然挺立于昂堆面前，那一副威严肃杀相真使人望而生畏。噶德曲炯贝纳知道昂堆武艺过人，刀枪难近，要想擒拿他非肉搏不能制胜。而昂堆呢，他见曲炯贝纳虎体熊背，气宇不凡，也担心徒手比武会败给对方。于是昂堆迅速掉转马头，旋即又闯进了色部落的营地，横冲直撞，如入无人之境，见人便砍。十来名上前堵截的士兵瞬间便都被砍倒在血泊之中。志满意得的昂堆此时已杀到岭营下段边缘地带。他本来打算直捣岭营的中军帐，但转念一想，凶猛应有分寸，得意不能忘形，今天就此罢休了吧，下次再来杀他个人仰马翻。主意一定，他掉转马头，响亮地吹了声呼哨，双腿将马腹一紧，挥舞着沾满岭人鲜血的大刀催马策鞭扬长而去。

一路上，他怡然自得地慢腾腾缓辔而行，一任坐骑信步踢踏，沉醉在获胜的喜悦之中，哪里会提防到丹玛正在半路上等候他哩！

约近太阳落山时分，昂堆已踏上了崎岖山路，正沿来路返回。这时，藏踪蹑迹于乱石丛中的丹玛，看见远远走来的昂堆，恨得咬牙切齿地悄声骂道：“这个孽种，刚才必定已血洗了我岭营，此仇不报更待何时。不除这孽贼我也再无脸回岭营了。”

边说边紧紧地监视着走过来的昂堆。不一会儿，昂堆越来越近，只见人和马都是血糊糊的，简直成了血人血马。鼻和嘴还不时吐着团团腥味毒气。大臣察香丹玛绛查屏住呼吸，两眼死死盯住昂堆，那张“征服三界”的硬弓上，早已搭上“食肉白翎”铁箭，心中不断默祷着祈求战神威尔保佑，对着渐渐走近的昂堆，瞄准他的要害处，竭尽全身力气忽地射了过去。只听耳边嗖的一声，铁箭便从昂堆奔仁的右肋扎了进去，穿过他的肺和肝，又从左肋上冒了出来。从箭镞的穿透力看，这支箭要是射在石包上，恐怕石包也会被射得粉碎。然而射在昂堆身上却未能使他丧命，因为昂堆是魔鬼转世，他的另一个致命处还没有伤着，他还能拼，还可以反扑。中箭后的昂堆抬头一看，当他看到乱石丛中露出的丹玛头盔上的宝蓝翎缨时，便唰地抽出柳叶大刀，纵身扑了过去。丹玛见这孽贼中箭后还未倒地，仍如此炽焰嚣张，不由怒从心起，眼迸火星，满脸杀气。浓雾笼罩着山岩。丹玛从乱石中霍地站了起来，大喝一声：“孽贼狗崽昂堆，你斗胆和岭国誓不两立，这乱石岗便是你今天葬身之地！老将丹玛我为报仇雪恨，现在特来取你的首级！”

昂堆听罢勃然大怒，他圆瞪两眼，轻蔑而又傲慢地骂道：“明枪明刀是英雄，背后暗箭是懦夫。英雄昂堆我一旦冲杀上阵，你等便会吓得瘫软在地。”说着便抡起柳叶大刀，扑向丹玛。

昂堆因用力过猛，丹玛闪身迈开后，大刀“当”的一声砍在了丹玛身旁的一块大青石上，大石被劈为两半。昂堆打了个趔趄。丹玛眼疾手快，趁一刹那“咻”地补上一箭。这支箭不偏不倚正中昂堆的眉心。只听得“扑哧”一声，昂堆脑袋开了花，脑浆喷洒一地，散发出一股熏人的臭味。至此，这个冥顽不化、作恶多端的吃人孽贼才像死牛瘫软在地，一命呜呼了！后人有词赞曰：

茶生灵罪孽难书，
俎岭人命债重负，
倒乾坤南柯一梦，
逆天运苦果果腹。
岭王慈悲显神通，
定尘寰丹玛神弓，
依恃灵气贯箭镞，
神箭截断北地风。
巍巍群山竞低首，
顶礼膜拜颂英雄，
滔滔江河飞赞歌，
英雄胸怀气如虹。

丹玛见魔怪昂堆奔仁倒地，跃上前去，一刀将其首级连同盔翎一起砍了下来，牢牢绑在鞍后，飞身上马，返回岭营。

话说岭营的弟兄们唯恐老将丹玛遭到不幸，所以当昂堆大闹岭营倏尔跑掉后，立即派出虎彪彪一队人马，前去接应单枪匹马的丹玛。这队人马恰巧在途中和凯旋的丹玛相遇。当人们看到昂堆首级而丹玛又安然无恙时，大家格外高兴。他们并鞍缓辔而行，在众人簇拥下，丹玛兴高采烈地摆谈着刚才激战昂堆的经过。回到岭营，侍臣忙去禀报格萨尔王。格萨尔王将文臣武将召进神帐，设下宴席，为老将丹玛除掉孽贼昂堆庆功，并用香茶、美酒、乳糕等美味佳肴宴请丹玛和众人。席上，格萨尔王慈眉善目，喜形于色，向丹玛详细询问了铲除昂堆的前后经过。丹玛讲述得绘声绘色，众将臣听得津津有味，席间不时爆发出阵阵开怀的笑声。

这时，右侧首席上的总管王绒察查根正思考着下一步的军机大事，待丹玛讲完，他立即站起身来，向大王和众将们谈了自己的思虑和打算，用“怡然缓慢调”唱道：

阿拉歌儿反复咏唱，
塔拉曲儿声调悠扬。
桑日亚龙修行圣地，
住着白若杂纳译师，
祈译师恩赐我才智，
祝岭大业指日可期。
要问这是什么地方？
达玛和拉达克接壤，
驻扎着岭国的神帐。
可认识我是哪一位？
岭国三代中数长辈，
我名总管绒察查根，
臣不敢以先知自诩，
谙练韬略经验足贵。
岭国的天空浩浩宽广，
格萨尔像轮金色太阳，
总管我似那缕缕金辉，
环绕着王的熠熠光芒，
政教两业似莲瓣绽放，
运筹诸事皆顺理成章。
要理论岭国头等大事，
莫过降伏毕扎五孽障，
五个孽种是毕扎生养，
毕扎就是稞草乌毒桩，
五孽种似毒果结桩上。
老将丹玛他神弓初张，
五颗毒果两颗射地上，
东赤扎堆头颅迸脑浆，
昂堆奔仁脑袋喷血亡，
肢解五孽英雄美名扬，
岭国威名传遍了四方，
为格萨尔功业殚精竭虑，
四方悬挂那胜利宝幢。

论功勋翘楚当数丹玛，
贺功劳我为丹玛请赏：
金灿灿的吉祥金花结，
紫檀色银宝镜像月亮，
鲜艳艳好锦缎一匹整，
彩带九条系九马项上，
犒劳丹玛彰英雄胆气。
宴席上祝捷喜气洋洋，
宴席上共同伏祈吉祥。
大王将臣均在宝座上，
容我将军机大事叙讲。
胜利时不可忘却敌情，
要学那鹞鹰机灵眼亮，
倘若胜利便头昏脑涨，
必将导致损兵又折将，
夙敌虽在血泊中倒下，
复仇火焰将越燃越旺。
古时谚语意义长：
“家中骏马遭贼抢，
弱女也敢斗强梁，
父遇强人命被戕，
遗孤复仇志不忘。”
毕扎横死两孽障，
复仇心似火焰旺。
余下还有三贼将，
拉达克倚作栋梁，
难拔的眼中麦芒。
从长计议严阵以待，
泯灭祸害事先提防，
一朝孽贼前来犯扰，
这般遣调安排妥当：
曲炯贝纳大力士，
带领人马要精壮，
尼玛扎巴辅右臂，

大将却珠辅左膀，
决胜兵士尾后方，
从岭营侧翼出击，
迎战毕扎三孽障。
顽敌迎面来扰窜，
必定向我营盘闯。
鲁赤达威让夏率先，
米纳奔仁大将相帮，
东赞郎都阿班勇士，
嘉洛朗琼玉达勇士，
扎噶洞色吉美勇士，
邓色玉威奔美勇士，
率领精锐决胜兵士，
乘锐合围将敌扫荡。
照此部署照此调遣，
威震敌胆战绩辉煌。
盘旋高空的大鹏，
专啄地面的毒蟒；
绚丽多彩的孔雀，
专食哈萝花毒浆；
智勇双全众勇士，
定擒毕扎三孽障。
他日凯旋英雄归，
再论功劳来行赏。
老臣句句吐真言，
各位务必记心上。

雄狮王听完了总管王绒察查根关于今后军机要事部署的陈述后，眉宇舒展，眼露笑意，微微颔首，表示满意。格萨尔王立刻吩咐左右：“大家就遵照老伯总管王的部署去准备吧！”

在座的文臣武将们对大王的决策都没有提出异议，一致拥护总管王的部署。翌日，当雪峰戴上金灿灿的桂冠时，在徐徐的晨风中，岭营开始了晨祭。香烟弥弥漫漫，袅袅上升，飘游在草地和群山的茫茫上空，逐渐向神明舒缓地涌去。人们都在膜拜，虔诚地祈求威尔战神保佑、赐福。晨祭仪式结束后珠噶

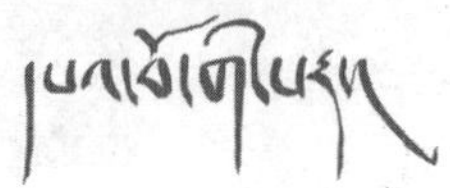

德曲炯贝纳、珊瑚国大臣却珠和尼玛扎巴三人各率领精锐决胜队士兵百余名出发了。三支队伍，个个铠甲被光，兵器锃亮，雕鞍铁镫，威风神气！远远望去，这彪人马活像一队天庭神兵，为弘扬白色善业，开拓佛土而开赴阿修罗地去一般。人马声势烜赫，令人慑魄震魂。一路上，群马急蹿，时徐时疾，辽阔的草原上响起了一片嗒嗒的马蹄声。疾骤时，滚雷般的马蹄声似滑坡上轰轰隆隆的巨石滚落江河；徐缓时，嗒嗒的马蹄声，又像青稞在沙锅里噼噼啪啪地爆裂，不一会儿便消失在了草地的尽头。

第一百七十四章 鏖战急英雄力斩群魔 不言败王子终破险关

再说在雪山拉达克营帐中，自昂堆单枪匹马偷袭岭营之后，众将都在等着他的胜利归来。可是，过了好长时间，还不见昂堆人影，大家顿时感到情况不妙，准是凶多吉少。毕扎三兄弟看见兄长有去无回，活像鱼儿裸露河滩，更是焦急、痛苦和坐卧不安；又像有一条毒蛇在他们胸中翻动，复仇的火焰一阵比一阵炽烈。兄弟三人哪里按捺得住，牙齿咬得咯咯直响，不住地号叫着："不报此仇哪能配称兄弟，哥哥死了该我们兄弟顶住。"边说边摩拳擦掌，决心要去岭营报仇雪恨。不一会儿，他们披挂停当，纵身上马，带一队决胜轻骑，踏上了去岭营的山路。

他们到达珊瑚国边界时，恰恰与岭营的先头人马遭遇，真是冤家路窄。珊瑚国的大臣却珠脚夹马镫，手中挥舞着"青蛇腾空"长矛，一马当先跃到阵前，立马横刀，高声唱道：

阿拉歌声响天际，
塔拉曲调上云霄。
祈三宝的无量智慧，
祝愿祛除三门污秽。
这儿是什么地方？
珊瑚和拉达接壤。
认得我是哪一位？
在泱泱珊瑚大国，
我名叫却珠大臣，
自珊瑚和岭国盟誓，
我是岭国大将军，
珊瑚国我担任首领。

今天我从岭营起程，
听我讲出个来此因。
雪山拉达大王宠臣，
长臂大将昂堆奔仁，
昨日只身闯击岭营，
兵器虽利无济于事，
一根皮绳将他生擒，
五花大绑动弹不得，
连拖带拉推进军营，
中军帐里岭军沸腾，
个个口诛昂堆罪行，
有人吵着将他扒皮，
有人闹着挖摘黑心，
有人主张当箭靶射，
闹嚷嚷似青稞爆声。
自古来谚语说得清：
“富人尽管家私万贯，
没一个不贪婪悭吝；
姑娘尽管冷漠高傲，
没一个不相恋痴情；
好汉尽管剽悍凶猛，
没一个不疼惜生命。”
昂堆虽曾名噪一时，
此刻跪地泪湿衣襟，
向我求饶表示悔恨：
“贱人顿首却珠大臣，
请向格萨尔王求情，
美言延缓三天狗命，
请为我毕扎三兄弟，
捎去我的三句口信；
因我昂堆心地污秽，
今遭报应被岭生擒，
绳捆索绑将处死刑。
毕扎三弟我的亲人，

火速来向岭营投诚，
向格萨尔诚心忏悔，
盟约保证唯命是听。
若保住我兄弟几人，
拉达克江山便永存。
赎我性命全靠你们！
谨谢大人传信宏恩。”
珊瑚国拉达克毗邻，
我又是珊瑚国大臣，
念及两国昔日旧情，
却珠我特地来报信。
愿不愿赎回昂堆命，
全由你们兄弟商定。
民谚中有这样比喻：
“矫健雄鹰坠落网底，
惊恐状与乌鸦无异；
凶猛山虎伤于箭下，
丧魂落魄活像狐狸。”
五花大绑昂堆奔仁，
求饶声似老狗哭泣。
眼看昂堆那般狼狈，
恻隐之心油然升起，
今特前来报信与你，
跟随我的非等闲辈，
有我偏将曲炯贝纳，
有我偏将尼玛扎巴，
还有三百精锐铁骑，
他们都是我的辅翼。
迎面来的三位骑士，
该是毕扎弟兄三人？
正好有幸在此相遇，
报信之托今可完成。
有句谚语常常言道：
“披枷戴锁方知悔恨，

阶下囚徒哀声求情，
依罪定刑权在衙门，
求饶允否囚徒无能；
阳寿将尽弥留中阴，
遗嘱家族行善积德，
为善为恶全在活人，
听不听从亡魂无能。”
被俘昂堆将受酷刑，
我特前来转报实情，
搭不搭救全在你们，
却珠我也无能为力。
倘若不信恣意寻衅，
奉陪回击有我三英，
我凶猛似霹雳千钧，
是金刚也击为齑粉。
服药服毒自己选定，
万万不要轻举妄行。
但愿认真掂量利弊，
思前想后反复权衡，
别将忠言抛九霄云。

听完却珠的规劝，毕扎三兄弟中有两人简直蒙了。狐疑、犹豫，一时心中乱了主意。和两个兄弟截然相反的是老三赤扎拉玛。他认定却珠刁钻狡狯，是来诱降的，刚才的甜言蜜语包藏着祸心，一点也信不得。他前言不合后语，一会儿说他专程前来传送口信，一会儿又说他一行如何凶猛像霹雳，可能兄长已被他们杀害。我不趁此机会替兄长报仇，还老老实实在这里任他胡说，受他愚弄？要使哥哥九泉之下瞑目，今天就非得跟他们血战一场不可！想到这里，赤扎拉玛怒气直冲脑门，两眼直冒火星，横刀挡住却珠，嘴唇笨拙地翕动几下后开口唱道：

阿拉是歌儿的唱腔，
塔拉是曲儿的曲调。
湿婆罗睺罗牛头诸神明，
皆是拉达克圣教护法神，

今天要保我赤扎报仇恨。
若要问这是何地？
是紫红珊瑚山麓。
若要问我是何人？
赤扎拉玛是大名。
拉达克似高耸须弥，
毕扎似金山将其环卫。
阿里三国是我领地，
似七香海镶金缀玉，
众小邦国四面环卫。
大将八十大象难比，
要数赤扎翘楚拔萃。
噶若旺曲赫赫魔神，
我是门下心传徒弟，
我力大赛过鲁赞王，
我勇猛胜过卡契王。
论毕扎家勇猛善战，
从头追溯自有渊源：
山麓峡谷有一魂湖，
魂湖终年碧波潋滟，
魂湖住着九面龙魔，
我家祭祀供奉香烟。
在一个七期[1]后的早上，
魂湖出现了神奇景象：
一把霹雳宝剑湖面漂，
剑赐昂堆似虎添翅膀；
倏地又浮上弓箭一套，
箭赐东赤把风云叱咤；
俄顷水晶宝瓶出湖中，
从此赤扎聪慧敌天下；
波光粼粼又现柄铁矛，

1 七期：指人在死之后的第一个“七天”。藏族习俗，人死后的祭祀活动，以七天为一单元，七七四十九天之后祭祀活动才算结束。

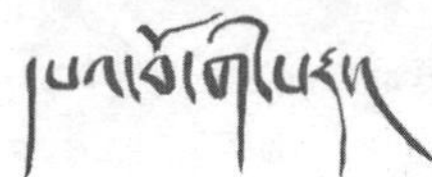

铁矛赐东堆天涯闯荡；
忽而一对宝箱现湖面，
赤扎杀敌万千箱内装。
五虎获宝声势赫又壮，
耿耿效忠拉达克国王，
王臣精诚似水乳一样，
拉达克江山固若金汤。
我王的宝座若遭覆倾，
臣下我等亦血洒疆场。
无耻之徒你且听清，
你败国败家像猢狲，
苟且屈从岭国翼下，
我五虎岂效你丑行。
我兄长既已落虎口，
岭人掌管着生死权，
无须你行骗进谗言，
我们心中明镜高悬。
古来谚语说得很对：
“啄腐食的乌鸦臭嘴，
别来这将净地污秽；
吃屎的你癞皮狗儿，
别来人前汪汪狂吠。”
奸佞却珠口蜜腹剑，
别来行骗自视聪慧。
兄长昂堆想必蒙难，
英魂定已脱俗升天，
他若还活在人世间，
绝不会如此脸丢尽。
就在今天这个时光，
这里已经摆开战场，
要你一行束手就缚，
让你头颅滚落地上，
让你污血洒泼沙场，
让凯歌声响彻天寰，

为我亡兄雪恨报仇，
砍你等头切瓜一样，
祭我亡兄在天安康，
这席话你记牢莫忘。

赤扎拉玛话音一落，拍马上前，挥舞着寒光闪闪的阔叶大刀扑了过去，接连向大将却珠脑门猛砍三刀。因为却珠有大圣咒师保护，所以躲过了这闪电般的三刀。却珠眼疾手快，紧捏长矛嗖嗖两下。说来也巧，那最后一矛竟一下扎进了赤扎拉玛的心窝，穿过胸背，一股殷红的鲜血顺着矛尖喷射而出。却珠纵马前去，手起刀落，将赤扎拉玛的首级连同盔翎一起砍落下来。

这时，岭国大将珠噶德曲炯贝纳正和魔臣毕扎的老四嘉学东堆厮杀在一起。东堆手持霹雳金刚长矛，电闪般向噶德步步逼近。因噶德是自在圣人，承蒙密乘护荫，结果东堆的每一矛都像刺向茫茫虚空。噶德趁机扑上前去，左手揪住他的胸襟，右手卡住他的脖颈，嗨地大吼一声，将东堆腾空举了起来，让他双脚朝天，再狠狠地将他掼在地上，就这样不住地上抛下摔，左右乱扔。往天上抛时，犹如牧童抛掷抛石器吾朵石，呼呼作响；往地上摔时，犹如鸡蛋在石上撞击，啪啪破裂；往左右扔时，犹如咒师挥动经幡，旗声猎猎。嘉学东堆经过这番折腾，血糊糊的，全身骨架早已散脱，五脏六腑被搅成一团，好似一皮口袋牛奶搅成了酸奶。噶德曲炯贝纳撩衣扎袖，上前一刀将东堆的头颅割了下来。

战场的另一面，魔臣毕扎最小的弟弟赤扎纳玛和岭将阿扎尼玛扎巴这时正杀得难解难分。双方兵器并举，你来我往，业已战了好几个回合。忽然，赤扎纳玛刀路一变，以鹞鹰翻身的机敏之势，紧靠一步，一刀捅进了尼玛扎巴的腹部，随着钢刀一抽，一卷肠子被血淋淋地拖了出来。尼玛扎巴忍住剧痛，咬紧牙关，红着双眼，顺势将捂住伤口的左手一甩，一把热乎乎的鲜血洒了赤扎纳玛一脸。趁对方用手揩眼之际，说时迟，那时疾，尼玛扎巴的钢刀已从他脑门唰地砍了下来，像劈芫根一般赤扎纳玛的头颅滚落到了地上。岭将尼玛扎巴也因伤势过重，流血过多，倒在了血泊之中。

在阵地的另一角，紧随三员勇士的岭国决胜士兵们也同拉达克士兵摆开了战场，厮杀扭打在一起。岭国决胜士兵，人人虎体，个个彪形，向着雪山兵士猛冲击。战马激越的长啸声和惊天动地的喊杀声混成一片。钢刀在闪光，长矛在飞舞，铁蹄扬起的尘土在翻滚，兵器的撞击声撕裂人心，淹没了阵阵落马的惨叫声，眼看雪山兵渐渐支撑不住了！他们节节败退，死的死，伤的伤，最后只有少数几个雪山兵侥幸逃回了拉达克营地。

一场恶战终于结束了。噶德曲炯贝纳给遇难的索波勇士尼玛扎巴念了经开了路。在超度诵经时，勇士们和决胜士兵们向英雄遗体表示了深深的哀悼。清理过战场，他们又将毕扎三孽贼的首级绑在马鞍后面，才郑重地将尼玛扎巴的遗体抬上马背，驮运回营。

岭军凯旋，岭营一片欢腾。在庆功大会上，雄狮大王格萨尔对三员勇士和决胜队士兵们降伏魔臣毕扎三孽贼的英雄行为大加赞赏，并对他们立下的功劳分别赐予了不同等级的优厚赏赐。

雄狮大王还亲自看望了索波大将尼玛扎巴的遗体，为岭国失去这位豪气冲霄的英雄表示了无比的悲痛。最后为尼玛扎巴举行了火化祭奠仪式。

当晚，夜幕降临时，驻扎在雪山边境的拉达克总营，从逃回的士兵口中得知毕扎三虎将全部阵亡的消息，人人悲痛沮丧，紧张气氛一下笼罩了整个营地。有的在沉痛哀思，有的在喟然叹息，有的在瑟瑟发抖，到处笼罩着一股令人窒息的气氛。面对这片凄凉景象，谁还有心思合得上眼呢！翌日，天刚蒙蒙亮，这支失去头马的队伍，好似一盘散沙，又好似一袋散落在鼓面的豌豆，各自忙着收拾、鞴鞍，一个个垂头丧气，惊恐地爬上了马背，敛声屏息地朝拉达克腹地悄悄逃去。

话说在雪山拉达克和柏、达两国交界处有一狭长地带，在这一狭长地带的十字路口交会处，高耸着一座石堡要塞。它就是通向拉达克的咽喉要道，当地人称之为青石城堡。岭国王子扎拉泽杰率领岭军十万之众，肩负着攻克这座咽喉要塞、打通去拉达克通道的艰巨任务。为了拿下这座要塞，中军帐里多次召集文臣武将，商讨攻克要塞之计。经过反复斟酌谋划，最后大家一致确定采用以石炮轰击的办法摧毁石堡，并决定由北地阿达属部落的夏纳托白、霍尔拔都部落的玉仲纳格两人充当炮手，并在勇士和兵勇中挑选出一批大力士分别准备炮石，还决定由一批技术高强的木工负责制作叶片木簧和石炮指槽等工作，命令下达以后，大家便分头开始准备。

不几日，一切准备就绪，决定于当月廿九日这天下午的兔羊时，当黄幡星一出现便发起轰击。是日，在这一时刻即将到来之际，营地上空黑幡招展，熏烟袅袅，营地上，有的在煨桑焚香，有的在供奉神酒，有的在喃喃念咒，到处是一片祭神的肃穆景象。人们虔诚地祈祷着神灵对自己的保佑，对敌人的惩罚。神祭结束后，大力士炮手各就其位，他们敏捷地拉热片簧引绳，发起了轰击。那隆隆的石炮发出的沉闷的轰击声，使人感到脚下的土地似乎也在猛烈抖动，人们的身子似乎也在跟着颤抖。经过一阵猛烈的轰击，那座高耸于狭长地带十字路口处的青石堡塞，在腾起的一片尘雾中已被削去了左右两侧！扼守这座险关要塞的拉达克士兵瞬间便被击毙近三百人，唯有要塞头目魔臣卡契刀登气数未尽，命不该绝，在炮石横飞中竟侥幸脱身，其身边的侍卫官兵也未遭到大的伤亡。在这紧急关头，卡契刀登迅速召集下属各小头目商议对策。商议结果，大家一致认为眼前情况万分紧急，若继续拼死鏖战苦守，势必招致全体覆没，不如先将队伍撤回拉达克腹心地带，以后再计议为妙。主意一定，大家便分头去安排大队伍撤离事宜。

当队伍行将撤离之际，卡契刀登向大家瞥了一眼，然后悻悻地说道："留下四名大将给我，我还要同岭贼们较量一番，哪能就这样轻易让他们过去！"

离开撤走的队伍，卡契刀登一行五人来到了山垭口处。这里青松茂密，翠柏森森，他们选择好地势便迅速埋伏了下来。岭军营中，得知扼守石堡要塞的拉达克士兵已仓皇逃离的消息后，刚一天亮，岭军便集合整齐，越过险关，沿山路继续往前开拔。走在最前面的是岭国属部霍尔的队伍。这支霍尔队伍是由霍尔国的惹巴人、唐巴人、雪巴人组成的。队伍朱缨赤甲，火焰纛旗，姜鞍赤马，浩浩荡荡。旌幡猎猎似火焰腾空，铠胄闪闪似血海波涛滚滚。当他们行进到险要的山垭路口时，埋伏在丛林中的雪山拉达克大将卡契刀登猛地率先纵身跃了出来，刀出鞘，箭搭弦，站在队伍前面，开口朗朗唱道：

阿拉歌儿啊人人唱，
塔拉曲儿啊铿锵调。
祈祷慈悲大自在天王，
愿佑我将夙敌消灭光。
认不认识这个地方？
去拉达克独路一条，
绕道无径插翅难翔。
你知不知道我是何人？
我似卡契地的白璁玉，
我似拉达王的金饰品，
我是国王御前佐臣，
无敌英雄汉卡契刀登，
你等已早闻知我大名。
乌合之众俯首细听，
蛇不自量想把象吞，
胆敢闯我拉达克城，
叫你在我刀下丧生。
古来谚语道得明：

“一望无边绿茵茵，
逗引饿羊恋草坪，
纵有狼群身后跟，
贪吃青草不顾命。”
沃野千里拉达克，
岭贼觊觎起盗心，
今日卡契屠刀下，
头颅落地你自寻。
就在今朝这时辰，
刀登吼声如雷震，
猛将如同虎出林，
岭军好似羊一群，
鄂博堆堆人头砌，
处处路障尸垒成，
哗哗沟渠鲜血淌，
拉达英雄建奇勋，
藏区代代传我名！
岭国娃娃可听清？

卡契刀登唱毕，怒目圆睁，高举钢刀，杀气腾腾地扑了过去。此时，岭军先锋队里的白霍尔朗拉妥柏、黄霍尔昂青珠扎、黑霍尔达查洞纽和惹巴人贡吉阿鲁、唐巴人唐泽曾布五员猛将，搭箭横刀挺立队伍面前，黄霍尔昂青珠扎首先唱道：

阿拉歌声似霹雳，
塔拉曲声震天地。
霍尔白花黑三色恶煞，
助我将仇敌严厉惩罚。
你认不认识这里是何处？
这岔口关隘便是你坟墓。
认不认识我是何人？
霍尔六部赫赫有名，
我黄霍尔昂青珠扎，
我的英名遐迩知闻，

我是格萨尔的大将，
黄霍尔天下我管领。
卡契刀登你要好好听，
我王胸襟宽阔如天空，
战将荟萃似密密云层，
人人凶猛似贯耳雷霆，
个个骁勇似陨石流星，
雪山天险被霹雳轰溃，
关隘工事被炮石削平，
守隘官兵似落虹销匿，
雪山守兵似逃命狐群，
壅塞山谷尸骨抛遍地，
如此下场你们可称心？
我攻打堡塞时鏖战激，
你丢盔弃甲仓皇逃奔。
今又来岔口拦截阻挡，
这是自投罗网来送命，
看你狐假虎威挺神气，
可惜腿间狐尾难夹紧；
看你威风凛凛充豪杰，
可惜脸露惶惧心胆惊。
有一条谚语很有名：
“嫁过九次的轻佻女，
不耻自己反笑他人。”
丢失家园的丑刀登，
忘记前事厚脸胡云。
岭军势如波涛滚滚，
你似沉渣无处藏形；
岭军势如熊熊烈焰，
你似皮火筒难扑灭；
岭军势如暴风卷席，
你似羊粪无处生根。
张开弯弓搭上神箭，
箭到之处喝你热血，

箭到之处取你首级，
自食其果罪有应得。
恶狼觅食闯入羊群，
牧童飞石击中脑门，
牧童得利喜获狼皮，
馋嘴恶狼自取丧生；
盗贼作乱骚扰四邻，
触动王法刑律无情，
披枷戴锁打入地牢，
贪赃枉法罪有应得。
前车之鉴应该猛省！

昂青珠扎唱完，五名岭将一齐张开硬弓，搭上了铁箭，只听得“嗖嗖”几声，说时迟，那时疾，拉达克的四员大将眨眼间便中箭倒地！特别是昂青珠扎射出的那支箭，不上不下，恰恰射中了卡契刀登的胸膛。可是，由于卡契刀登气数未尽，着身的箭却又“当”的一声掉在了他的脚面前，连皮也没有伤着他一点！被激怒的卡契刀登，恶血直冲脑门，瞪着血红的双眼，杀气腾腾，唰地拔出腰刀扑了上去。这时，霍尔的五名勇士一起迎了过来，将他团团围住。五勇夹一猛，兵器并举，绞成一团，叮叮当当一场恶斗。真是刀对刀，迸道道寒光；勇对猛，起一片杀气！战不多久，黑霍尔达查洞纽、惹巴人贡吉阿鲁、唐巴人唐泽曾布等三员勇士都先后被卡契刀登砍倒在地，倒在了血泊之中！余下的朗拉妥柏、昂青珠扎两名岭将也感到自己不是刀登对手，于是便迅速退出阵来。卡契刀登占了上风，意犹未尽，杀性更烈，乘兴向霍尔营帐冲杀过去，立即遭到了惹、唐、扎珠三部决胜兵士们的英勇抵抗，刀箭等各种兵器一齐向卡契刀登涌去。可是，他好像刀枪不入一般，根本无济于事。数十名霍尔兵士反被他砍得七零八落，东倒西歪。在这场激烈的战斗中，卡契刀登这时已感到精疲力竭，正当他准备掉转马头，策马回返时，岭将辛察隆拉觉登突然接连射出三箭，两支在卡契刀登头部擦脸而过，一支射中了马的后腿。只见受惊的战马一个趔趄，险些将他从马背上摔下，由于罗睺星魔力的保护，使他得以逃离而去。

青石城堡不复存在了！去拉达克的咽喉要道已被打通！以扎拉王子为首的岭国大军，一路上浩浩荡荡顺利地通过了青石城堡，在到达上拉达克的断崖滩时扎下了营帐。

第一百七十五章 神威耀大王遥助克敌 飞鸟坠英雄落入虎口

当大军扎下营来，待好好看清楚地形，才惊觉这真是一处天险，敌军守住隘口，大有一夫当关万夫莫开之势，军中一位名叫朵噶的老兵唱道：

阿拉歌声娓娓动人，
塔拉曲调婉转动听。
向着洁净佛土匝日山，
祈圣山护法神多赐恩！
认不认识这是何地？
这是北地第一大门。
认不认识我是何人？
门域南部十八谷地，
城堡似海螺远近闻名，
住着英雄我多吉赞布，
对亲人我面善心慈，
对仇敌我面恶心狠。
忆往事桩桩实难忘记，
而今年轮似包袱压身，
老态龙钟已气衰力竭，
神剑武艺已过眼烟云，
驰骋本领早悄然飞逝，
疾病缠身手脚常僵硬，
愧不能再赴沙场破阵。
今日营帐中议论军机，
有话不说心儿不平静。

我要把雪山征战提及，
我军正面临困难险境：
山谷狭道崎岖路难行，
关隘工事坚固难摧毁，
陡坡礌石似暴雨倾盆，
正面攻关我无计可行，
迂回两侧我无路可寻，
这五大障碍如此无情，
实非我岭军力薄无能！
夺关隘不能硬攻强拼，
正面冲杀是白白送命，
横遭礌石是无谓丧生。
依我愚见暂缓数天，
撇下强攻斗智为明。
姜部嘉姆雪珠之地，
六名木匠工艺超群，
命造木鸟蓝天高飞。
制作木鸟尚需铁钉，
铁匠多吉乃巴担承，
赶紧打造铁钉器械，
造木鸟要盘旋迅敏，
造木鸟要展翅凌云。
十五勇士鸟舱就座，
关隘阴山空中飞行，
降落敌后出奇制胜，
一举定能全歼守兵！
老夫愚见敬献悃诚。

听了朵噶老叔的“献计歌”，文臣武将们个个说好，人人称行，都认为是一条锦囊妙计，决定立即动手建造木鸟。

工匠们整整忙碌了十五天，一架状如长颈大雁的木鸟终于制造成功了！它可以昂首曳尾，可以扑翅腾飞，可以收翅降落，可以左右旋转。那一天，这只大小适度、体态轻盈的木鸟，被铁匠和木匠们抬放在众人面前。大臣、猛将以及侍臣们一齐拥出帐门来到木鸟周围。他们立即被这只做工精细、形状别致、操作自如、栩栩如生的木鸟吸引住了，人人惊讶，个个佩服，大家都赞不绝口！

经过一番商议，决定先由玉拉和达拉赤噶等十五名骁勇壮士乘坐木鸟前去攻击关隘。接受任务后，玉拉等十五名壮士即刻披挂行动。不一会儿木鸟便飞临高空，他们首先侦察了关隘的地势和险情。他们发现，在这一狭长地带里，既有六道险关狭谷，还有六处开阔平地。他们商议决定选择接近关隘口的一处平地降下木鸟，首先灭其关隘守兵，然后再将其险关一一攻克。

这边岭营勇士玉赤和卡契廷雪赤杰准备停当，率领着兵士们照原部署出发了！他们的任务是正面佯攻，一接近关隘，他们便正面从大路上开始攻击。

正当雪山拉达克的守兵埋伏在乱石丛中准备反击岭军时，突然见关隘口处降下一只奇异的木鸟，倏地又从木鸟中冲杀出十五名壮士来，除留下警戒保护木鸟数人外，其余六人皆径直朝把关的士兵处冲击。个个张弓搭箭，顷刻之间，便将拉达克守关士兵射倒在地。岭国这一突如其来的袭击，使雪山兵晕头转向，张皇失措，还以为是神明施展的幻术呢！待他们仔细一看时，啊，原来是岭国的人马！“这下我们可完了！”拉达克大将日松格布痛心疾首，暗暗叫苦：“我们往山下冲吧，山下岭国人马似大江滚滚；我们往山上杀吧，山上岭国兵士又凶猛似霹雳。眼前这些岭国兵士，不是从天而降，便是从地里冒出来的，不然他们是无路可来的呀！我等若再继续困守，不是束手就擒，便是被活活困死！与其如此，不如豁出命来，冲杀出去，同他们拼个死活……”

当这位拉达克头领日松格布还未想出一个头绪来的时候，岭国的十名勇士已冲到了他们面前。这时，拉达克的日松格布和赤察东图两名大将慌忙张弓搭箭，拦住去路，日松格布开口唱道：

大将爱唱阿拉歌，
英雄喜哼塔拉曲。
雪域众护法神明，
护佑我别错时辰。
认不认识这地方？
阴山山麓一险道，
大地昆虫，
天空飞鸟，
水中鱼儿，
山林虎豹，
人的双脚，
兽的四爪，

要从这过吗？妄想！
认不认识我又是何人？
雪山拉达克泱泱大国，
八十大将誉满拉达克，
八十大将中数我拔萃，
日松格布我六艺精绝。
你岭人四处逞强，
对弱小明火执仗，
见珠宝明夺暗抢，
将无辜血中浸泡，
凌弱小丧心病狂。
今又犯我国边疆，
闯我关隘和险道，
贪婪胃口难填胀。
今日闯到我箭下，
哪里逃来何处藏！
断你狗头喂老雕，
送你去见阎罗王！

日松格布唱完，左手扳开雕弓，右手急取铁箭，搭上箭，拽满弓，使出全身力气，只听得“嗖嗖”两声，铁箭直奔岭国姜地勇士布依拉格和姆依扎格吉村二人而去，“当”地扎进了二人胸前的铠甲。幸亏护法神暗中保佑，铠甲只掉下几块甲片，皮肉一点也未伤着。

岭将玉拉怒气冲天，弯弓扣弦，开口大声唱道：

阿拉歌儿英雄唱，
塔拉曲儿英雄腔。
虔诚祈祷佛法僧，
保佑格萨尔大军。
认不认识这是哪里？
狭关险道阴山山麓，
鸟儿鼓翅也难飞越，
岭国勇士如履平地。
认不认识我是何人？

我来自姜国姜色地，
我是萨丹王族后裔，
我是格萨王的大将。
短命之徒竖耳细听，
乖乖听我述说分明：
仁义之师岭国大军，
礼义之邦从不侵吞，
友好盟邦从不欺扰，
从不索取非分金银。
无法无天拉达王，
纵容毕扎五孽障，
唆使八十鲁莽将，
挑衅岭国滋祸殃。
抢掠珊瑚无价宝，
侵凌达玛逞豪强，
以大欺小占柏绕，
不自量力发疯狂。
闲话无须再多讲，
看你今朝逃哪方！
城堡中说大话不算英豪，
是英雄阵地上较量；
门前汪汪狂吠不算胆量，
是猎狗虎豹前较量；
狭关前夸武艺不算高强，
武艺高低平坝较量。
你先发制人偷放暗箭，
玉拉我今日特来奉还，
若放你一兵一卒逃去，
我玉拉不算英雄好汉。

玉拉唱完，左手拈起硬弓，右手取出铁箭，直端端地向对方射去。说时迟，那时疾，箭镞从日松格布的胸口扎进去，又从背脊骨缝隙中穿了出来，还把站在他背后的两名士兵一并射中，三人一齐倒地身亡。

与此同时，岭将东迥达拉也射出一箭，正中拉达克大将东突格布的额头，

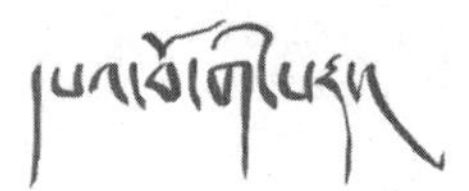

铁箭又从他的脑后勺飞了出来，东突格布“咚”的一声倒在了血泊之中。

岭国勇士和决胜队员们的士气一下高涨起来，在一片雷鸣巨响般的冲杀声、口哨声中，大家一齐冲向狭道下端。恰巧，狭道下端的岭国士兵们又似洪水上涨一般，径直往山上涌去。这种上下夹击的攻势，使扼守关隘狭道的阿格勒青大将和数十名拉达克士兵纷纷死于刀下。蜿蜒狭长的险道上，许多雪山兵被乘木鸟从背后降落的岭国壮士和从山下冲杀上来的岭国士兵夹攻得进退不得。到处刀光冷冷，寒气森森，拉达克士兵们吓得三魂荡荡，七魄幽幽，不一会儿，统统做了刀下之鬼，没有一人幸免。

获胜的岭国官兵们，在凯歌声中，到达关隘的一处名叫亚汤滩坝的地方时，便拉帐扎营驻了下来。

第二天，岭军乘胜通过第二道关隘。岭国勇士们率先行进在大队人马的前头。沿途，他们没有遭到拉达克军队的任何阻击。当他们顺利通过狭道的一大半路程时，仍然没有发现拉达克的一兵一卒，大家便放下了心，断定敌人在得知第一道关隘被攻破后，早已闻风丧胆跑了。

在离第二道关隘口仅一箭之遥的一座阴山脚下，三座小山丘横亘面前，岩壁陡峭，道路更是崎岖不平。以百户长扎奔为首的一队雪山兵早已在山丘后面埋伏下来。当岭国勇士的大队先头人马越过此处时，忽地，山丘周围吼声如雷，礌石似冰雹猛烈，呼哨声、喊杀声惊天动地。岭国的阿穹布依赤图和德俄色雪二勇士率领的数十名士兵被这突如其来的声势给惊住了，一时手足无措。尾后的岭军见前边队伍受阻，因道路狭窄，只得往后挪动，同时以雷鸣般的哨声和吼声压住对方，并不住地放箭还击。尽管岭军箭似雨点，但因雪山拉达克士兵隐藏在山丘之后，很难射中。相反，他们居高临下，大量往坡下滚放礌石。那些滚滚而下的礌石，大的如霹雳隆隆轰鸣，小的似雪弹哗哗倾泻，劈头盖脸，震魂慑魄。被堵在狭道中间的岭国文布部落的人马，前进吧，第一座山丘处礌石滚滚；后退吧，第三座山丘处礌石横飞。往下一看，这里坡陡崖悬，急流汹涌湍急，巨浪翻腾。他们在如此险恶的环境中反击了半天，只射倒了三名拉达克士兵，而岭国却损失惨重，伤亡了数百人。狭道口处，岭国文布大军陷入了生死存亡的紧要关头。

在这一发千钧的危急时刻，岭国文布部的勇士们虔诚地向格萨尔王祈祷。

这时，在雪山拉达克的边境处，在格萨尔王的神帐中，雄狮王格萨尔屈指一算，立刻悟到派去攻打雪山山麓青石六关隘的岭国文部部众进了敌人的圈套，遭到了雪山兵的伏击，陷入了进退维谷的绝境，为了请求造福于善业的战神威尔玛，还有地祇和山神等即刻前去救援，格萨尔王用“无阻金刚调”唱起了道歌：

向上师、本尊、飞天顶礼，
祈赐我以无上的成就。
悲悯荡荡广无垠，
愤怒之身慈悲心，
嗜血金刚诸神明，
敬祈救援我岭兵，
遍知三时三世佛，
贤能战神九兄弟，
强悍侍神一十三，
威严护法神七十二，
威尔玛战神三百六。
祈祷助我恭请驾临！
星曜王毗瑟纽，
还有骑狮护法神，
八部鬼众诸地祇，
祈佑将顽敌肃清！
雪山守军诡谲狡狯，
将我岭军关隘堵截，
若无诸战神去救应，
文布部定将全军覆灭。
维系善业的诸位神明，
显示威德时刻已降临。
神明胸襟似茫茫苍穹，
祈佑我白色善业功成，
愤怒咒语似隆隆沉雷，
神奇幻术似电闪霹雷，
直指山麓青石六关隘，
速将阴山山丘全夷平，
速将雪山守兵齐扫尽，
碾恶念和躯壳为齑粉，
化险为夷赐福救岭兵。
火焰无风不炽热，
难冶炼成好钢铁；

仅有“方便”无“智慧”，
智慧大乐难获得，
有人无神力单薄，
狡黠敌人难灭绝。
至高无上三宝三尊，
文布部岭军陷入困境，
援救文布部迫在眉睫，
善业罹祸情况吃紧，
我格萨尔伏祈诸神。
吉瓦佛陀的慈悲，
白玛陀称佛的授记，
诸护法神的誓言，
祈助我岭国大业。
祈上界神兵高擎戈矛，
祈中界魔兵高举刀枪，
祈下界龙兵施降冰雹，
轰轰隆隆，铿铿锵锵，
愿善神威力直前勇往，
八部军旗迎疾风飘扬。
奋起吧，维护善业诸神！
奋力吧，四方地祇诸神！
奋进吧，恶煞天母诸神！
共食敌人的心肝，
共饮敌人的鲜血，
祈望誓与愿不相违！

格萨尔王唱完祈愿事业成就的道歌之后，饮血金刚众神明，维护善业的威尔玛战神，为了成就格萨尔王大业，闻风而动。以毗瑟纽天神为主帅，以善金刚为先导的众神明纷纷出动了。

刹那间，天空中云涛翻滚，东方的白云滚滚飞向西方；西方的白云滔滔滚向北方；北方的白云汹涌奔向南方；南方的白云突突升腾蓝天。瞬间，似天狗吞食了太阳，黑暗笼罩了大地。到处是阴霾汹涌，乌云滚翻，冷风阵阵，黑雾漫漫，隆隆雷鸣声震撼着天地，不绝于耳。这声音，好似雷公发怒时的吼叫，又似雷母发怒时将天鼓擂敲。无数道蓝色电光闪烁，似青龙在翻滚盘卷。在那电光盘卷的圆圈中，好似有一锅风火旺盛、滚滚鼎沸的铁水在滚动。幻化莫测的闪电倏地化成一道弯弯的铁弓，呼啸的狂风又似那弓上的箭，在飒飒狂风中齐向着阴山那怪石嶙峋的关隘飞去。一支支霹雳般的神箭所到之处，发出了震耳欲聋的轰鸣，堆堆怪石在火星四迸中化成齑粉，狂风一扫便消失殆尽。雪山兵更是无一幸免，横七竖八倒了一地。唯有百户长扎奔命不该绝，只在这一片巨响中暂时昏厥了过去。

看见眼前骤然天昏地暗、飞沙走石的情景，被困的岭国士兵们张皇失措，不知是格萨尔王在恩赐慈悲，还是牛头魔王在施展神变幻术，望着这可怖的景象，人人瞠目结舌。不一会儿，云开雾散，天空中出现一轮金灿灿的太阳。岭国士兵们定睛一看，阴山上原来隆起的大堆怪石关隘已被夷为平地，堆积起来的冰雹足足有三尺来高，经阳光一照便都融化了。那股股雪水流经块块洼地，汇集成一股奔腾咆哮的山洪，洪水翻卷着一具具雪山兵尸体，径直往山下奔泻而去。

这下，岭国官兵们才全明白了。刚才的黑暗、雷鸣、闪电、冰雹等等全是格萨尔大王恩赐的慈悲。一股倍加崇敬的心情油然涌上了众人的心头。千言万语，难表感谢之情。得救的士兵们顺利地越过了第二道关隘，继续往前开拔。在到达一块平坦的大坝时，便扎下了大营。前面还有四道关隘被拉达克雪山兵扼守着，这四道关隘更为险恶，正等待着岭国大军前去攻克。

话说把守关隘的头目百户长扎奔从昏迷中苏醒后，刚才惊心动魄的场面已不复存在，四周静悄悄的。他从地上一骨碌站了起来，慌忙逃命。由于他对这里的山势地形了如指掌，所以一眨眼工夫便迂回到了山岩上端的另一个险峻关隘处，接着又从这里绕道逃回了雪山兵营地。这时，拉达克营帐中的众官兵正在吵吵嚷嚷争论头道和二道关隘失守的原因。扎奔一头闯了进来，也参加了这场争论，还分析了失利的原因，并出谋划策，向大家唱起了“奉献毒计歌”：

唱的歌儿名阿拉，
哼的曲儿叫塔拉。
天上的战神守舍神，
护佑我大发慈悲心。
要问这是什么地方？
是山麓白石卧牛坪，
是我中军帐大本营。
可认识我是哪一个？
尽管我职卑位不尊，

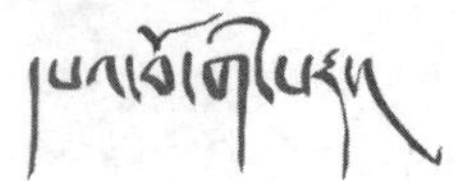

在拉部族阿洼河谷，
谁不知百户长扎奔。
缘由我得从头说起，
那日岭军侵入我谷地，
我忙吆喝牛羊急转移，
只见关隘下端谷口处，
岭军似雪片铺天倾泻，
个个似霹雳凶猛强悍，
他们穷追我步履趔趄，
损失牛羊一百多头啊，
虎口余生我喘息吁吁。
眼看敌贼攻破第一关，
滚滚礌石将贼寇阻击，
趁间隙我绕到第二关，
凭天险我把关隘紧闭，
谷口处自有大将死守，
才安然度过十五昼夜。
忽然一个明朗早晨，
一只大雁飞临头顶，
蓝天白云间盘旋翱翔，
探察我军关隘实情，
倏地降落在河谷上，
跳出莽汉一十五名，
有的砍死我军守将，
有的断路阻我退兵，
所向披靡岭军发狂，
夺了头关乘胜挺进，
还想突破二道关门。
冥思苦想我施巧计，
岭军陷入我伏击圈，
滚滚石弹惊天动地，
岭军一半命丧黄泉。
残余岭军吓破了胆，
祈请格萨尔来救难。

也许是神威灵显现，
黑云翻涌遮住了天，
霹雳骤起雷鸣电闪，
歼我雪山兵一大片。
百户长我算有造化，
霹雳之下幸得生还。
战事失利损失更惨，
连遭抢夺两道险关，
我目睹这悲惨场面，
至今还在心惊胆寒。
下一步又该如何办，
依我看要如此这般。
两道关隘虽失陷，
还有四道铁雄关。
两批守兵虽遭难，
还有恶煞万万千。
凭仗险关和恶煞，
还可拖敌三月三。
趁机集结众良将，
摆开战场用围歼，
同仇敌忾齐杀敌，
何愁顽敌不溃散！
古时的谚语说得好：
“八部鬼众降灾施雹，
诵经念咒也未驱掉，
枉自鼓儿咚咚空响，
贪杯咒师岂不害臊！
妙龄少女蓓蕾含苞，
从小放纵暗结相好，
阿妈面前明着浓妆，
忸怩作态岂不害臊！”
岭、拉争斗战火炽旺，
自诩英雄关隘不保，
戈矛精良仍是钝刀，

英雄虚名岂不害臊！
座上的权臣武将，
容我将想法絮唱，
岭贼得胜气正旺，
头脑膨胀将再闯，
敌军若从正面攻，
滚动礌石齐抵挡。
若派木鸟天空来，
我军石炮齐射放。
先就选好大力士，
先将炮脚架安装，
有备无患不促迫，
到时放炮我承当，
管叫木鸟栽地上，
管叫飞贼全就绑。
倘若其中有名将，
留作人质派用场，
通知谈和敢不到，
桌上再把条件讲。
如此退兵有希望，
妙与不妙请思量！

扎奔唱完，雪山兵营帐中的众头目都认为百户长的计谋实在是妙，大家点头称是，同意按照他的主意行事。有人还当场夸奖他："百户长论职位虽不高，但见多识广，足智多谋，理应擢升为千户长才是！"

再说在以玉拉为首的岭军营帐中，面对着还须继续攻克的四道关隘，大家正全神贯注地商量着。最后决定采用天上地下双管齐下的办法消灭敌人。一方面，由玉拉和东迥率领剽悍的决胜壮士十五名，乘坐木鸟，在第三道关隘降落，从背后偷袭。另一方面，由姜色率领大部队从山脚迎面往山顶猛攻，以形成上下夹击关隘守兵之势。大家商量完毕，两路人马兵分两路同时行动。玉拉和东迥两员大将率领十五名剽悍壮士先后进入了木鸟坐舱。不一会儿，木鸟扇动翅膀腾空而起。这只木鸟，这次没有像雄鹰展翅那样直冲云霄，而是沿着雀鸟飞行的鸟路在空中低低地飞翔。

当木鸟飞入关隘上空，立即被拉达克的哨兵发现了。他们一看便知这是岭国派来的木鸟。于是，他们按照百户长的计谋行动起来，大力士们迅速扳动木架，在百户长的指挥下不断发射着石炮。霎时，木鸟中石炮坠地。木鸟中的壮士们在轰响中一个个被震得昏厥过去。幸好有岭国护法神在暗中护佑，才使众壮士无一身亡。雪山守兵们有的高叫着："打死他们！"有的吼叫着："杀死岭贼！"个个像饿鹰展翅啄死尸一般从四面八方一拥而上。

正在这危急之际，拉达克军中的一员大将推开众人挤了进来，制止住了准备动刀的恶煞们。这员大将名叫廷绒拉格，他虽身在拉达克，但一直景仰着格萨尔王的慈悲，一心向着岭国。他断定昏厥的壮士中必定有格萨尔王的大将，对他们不可轻易伤害，应赶快设法保护。想到此，廷绒拉格正颜厉色地对大家说道："先别忙动手！"

"俗话说'对已俘获的仇人应亲似儿子，对上山为匪的亲人应恶如仇敌'。刚才俘获的岭人是以后我们同岭国联络的人质，谁也不能伤害他们。对俘虏要严加看管，不准丢失一人，他们关系着我们拉达克的大事。"

众人听了他的一席话都点头应诺。廷绒拉格和大家上前收缴了壮士们的武器，又将他们的手脚挨个捆了起来，然后解开每个人的衣襟，用紫檀香水浇洒他们的胸口。待他们从昏迷中苏醒过来后，又分别将他们关进了铁笼。每个铁笼上还上了铁锁，大门口又派有虎背熊腰的卫士提刀荷戈地日夜看守着。

第二天，扼守关隘的大小头目全被通知前来开会，内容是百户长第一步计策已胜利实现，要大家说说下一步究竟应该如何办。这天会上，大家情绪很高，七嘴八舌，嘻嘻哈哈，半天也未谈出一条好办法来。这时，百户长扎奔用手掌将糊着酥油的嘴唇一抹，得意洋洋地说道："大家想不出惩治这些俘虏的主意吗？我倒想出了一个好办法。我们首先应该给他们点厉害看看，煞一煞他们的威风。然后将他们中的重要头目扣留下来，以作为我们和岭国谈判的人质。如果你们同意我的办法，等过几天，便把他们的重要头目押送到旋努噶布国王脚下，请大王最后发落。"

大家听了都一致赞成。不几天，一个恫吓岭国俘虏的大会开始了。在一顶大军帐前，雪山兵密密实实地围了一圈，他们一个个竖眉瞪眼，龇牙咧嘴，各种兵器，参差林立，寒气森森。场中央安放着铜马、弗戈、铁鞭等各种残酷刑具，凌阴肃杀，透骨入髓，令人不寒而栗。不一会儿，由数名大将和牢卒们将一个个铁笼抬到场中央，置于狰狞恐怖的人群面前。四周一片寂静，只有叮叮当当的铁器撞击声和打开铁门的哗啦声。当铁笼门哗一声打开时，顿时周围响起了士兵们的刀剑叮当声、呵斥声、怒骂声、吼叫声，有的在嚷着："杀掉！"有的在吼着："打死！"震得人心打颤。百户长扎奔从狂吼的人群中大摇大摆地走到岭国将领玉拉面前，手握刀把，唱起了"威慑歌"：

阿拉歌天摇地撼，
塔拉曲使人断肠。
谨向雪山国护法神明，
献上敌人鲜肉和血浆。
要问这是什么地方？
这是阎王殿的刑场。
认不认识我是何人？
我听命于死神阎王，
把守着阴阳界门坊，
你们短阳寿命不长，
临死前快把遗言想。
我是收命的百户长，
有何请求从实快讲；
那是狱吏廷绒拉格，
有何忏悔从实快讲；
向拉达克国王陛下，
有何悔悟从实快讲。
重重罪孽可愿洗掉？
愿翻悔者生路宽广。
一味执拗冥顽不化，
小肠大肠缠绕手上，
身首各异手脚各方；
或者扶你坐骑铜马，
马腹炭火熊熊烧旺，
皮焦肉烂痛苦难当；
或者让你来顶弗戈，
或剥皮肉像脱衣裳，
拉达刑律自古这样。
自古来民谚说得明：
“贪吃庙产的恶行僧，
死后堕地狱最底层；
舞弊枉法的贪官吏，
最终难逃法网律绳；

英雄气盛若无节制，
最终败给世宿仇人。”
岭娃悲愤奈何用？
格萨尔救不了你！
岭娃忧伤奈何用？
纵有武艺瓮中鳖！
昔日横行遭报应，
立地成佛悔不及，
教训沉痛应记取。

百户长扎奔冲着岭将玉拉一口气唱完了“威慑歌”，英武过人的岭将玉拉听后，面对阴森森的刑具，毫无惧色，胸中愤怒的火焰直冲脑门。他气得嘴角翻沫，满脸涨得通红，鼻孔里喷射着愤怒的青烟，嘴里不断发出咔咔嚓嚓的切齿声，好似青稞花在炒锅中爆裂，粗壮的臂膀隆起处条条青筋在突突地扑腾，一双大眼圆睁，横扫四周，灼灼炙人。岭将玉拉大义凛然的英雄气概把所有的卫士们吓得倒退了几步，个个蜷缩着头倒抽了几口冷气！玉拉用阴冷的目光轻蔑地横扫周围，哈哈一声冷笑，随即开口唱道：

阿拉歌壮英雄胆，
塔拉曲伸英雄气。
今生依托的格萨尔王，
是度我来世的上师。
雄狮格萨尔至尊，
愿今生来世施慈悲！
要问这里是何地方？
这里是岭将凯歌场，
这里是魔将乱葬岗，
我这里将独胆炫耀，
我这里将豪气奋张。
要问我是哪一位？
在姜地平原广袤，
玉拉威望高。
格萨尔能将济济，
我是麾下一英豪。

岭国有八十猛将，
我玉拉名列前茅。
百户长夸口自诩阎王，
那日为何被追狭道上？
那日为何弃马当抵押？
背信弃义你悄悄逃亡，
不记得你那副狼狈相，
那时为何不自诩阎王？
今反在这里装模作样。
我军攻陷关隘第二道，
尸骨堆中你装死卧躺，
那时为何不自诩阎王？
装模作样你脸厚如墙。
似天王上师的我俩，
只能以博学论高低，
咒术取胜不算学问；
是英雄好汉的我俩，
只能以武艺论高低，
狡猾取胜不算本领。
百户长你苟活一时，
臭名远扬人人唾弃；
玉拉我虽身陷魔掌，
更加倍增英雄胆气。
古人谚语中说得好：
“下贱姑娘眼光短浅，
反唇朋辈见识不高；
无行小僧身坠色网，
反唇上师德行不高。”
百户长鼠胆绷气壮，
想恫吓英雄枉叫嚣！
胆小鬼你睁开眼，
看看岭国英雄样：
七尺之躯气宇昂，
威风凛凛豪言壮，

英雄本色为善业，
何惧蹈火与赴汤。
岂能忍辱以求荣，
岭国英雄硬如钢。
磕头求饶双膝跪，
是你王臣的熊相。
玉拉我今虽一人死去，
我的后面还有那岭营，
岭国猛将睿臣似霹雳，
岭国千军万马似繁星。
黑暗仅仅在牛时，
牛时一过是黎明，
龙时一到旭日升。
你等猖狂只瞬息，
岭国神兵即降临，
破关直捣雪山境，
岭国大纛开路疾，
直插底斯雪山顶，
邪教从此告终结，
百姓从此获新生，
我的遗言留这些。
识时务者语顺心，
装聋作哑自沉沦。

岭将玉拉唱完，随即将一口唾沫“呸”的一声吐在百户长扎奔脸上。扎奔猝不及防，连连后退了几步，周围的雪山兵看见玉拉铮铮铁骨，浩浩胆气，个个暗暗佩服，认为岭国英雄果然名不虚传。拉达克大将绒拉赞布和达玛扎巴看见自己人受辱，不由得怒从心起，冲着玉拉晃动尖刀，张牙舞爪地吼叫着：“你这姜地的乳臭小子，我把你好有一比：弓箭能射落房雀，弓箭却够不着苍穹大鹏；石子能赶跑哈巴狗，石子却击不退凶猛老虎；岭国能欺侮的仅是那些弹丸小国，岭国却征服不了我泱泱拉达克大国。快收起你刚才那套鬼话，没有谁会被你的话吓倒！今天我就在这里结果你姜地小子这条狗命。”

说罢举起尖刀向岭将玉拉扑去。这时，廷绒拉格急忙上前，推开他二人说道：“敌人再顽固已锁住了手脚，没有还手之力，何须你等如此大动干戈。”

廷绒拉格转过身来，逼视着绒拉赞布二人说道："你二人今天如此凶猛，上次岭军如潮水般向我们涌来的时候，你两个的勇敢劲儿到哪里去了？还是俗话说得好，只有青稞先分蘖，没有青稞先抽穗；只有国王先下达旨意，没有微臣先于国王发号令。现在，不能动岭国这些俘虏一根毫毛，不能伤他们一点皮，更不能让他们流哪怕是跳蚤那么大一滴血。在岭、拉两国未开始谈判之前，要让这些囚犯吃饱，看管要格外严密。现在……"

说到这里，他向扎奔投去征询的目光，继续说道："现在该赶紧派专差去向我王禀报，该怎么处置，应完全遵照大王的旨意办，不要因动气误了我拉达克的大事。"

百户长心里很不乐意，又觉得廷绒拉格言之在理，怕国王怪罪下来担当不起。他迟疑一下，当着众人表示同意。

第一百七十六章 急救援失配合遭挫折 欲投诚施巧计保玉拉

岭国因木鸟遭难，玉拉等人被擒，因此，当玉赤率领的那队人马开始正面攻击时，失去了玉拉他们的配合；战斗一开始就很不顺利，被拉达克军用滚滚礌石堵截在关隘脚下，敌人的乱箭似冰雹在头顶横飞，岭军招架不住，伤亡惨重，眼看攻关一时难成，只好暂时将队伍撤下。

当天，众将领会聚在中军帐，分析失利的原因，商议新的办法。这时，门国大将朵噶大叔首先开口唱道：

阿拉歌儿英雄爱唱，
塔拉曲儿高亢韵调。
向洁净圣地匝日山，
向狮面母至尊祈祷！
认不认识这地方？
山麓崎岖六险道。
认不认识我是何人？
我名赞布朵赤朗噶。
从前我天天交好运，
出谋划策人人尊敬，
如今四肢气血不济，
迟钝似山顶的氤氲。
时运不转睿智减退，
没有口胃茶不思饮，
衣服上肩似驮压体，
近日里来心头沉闷，
为破难关木鸟出阵，

满心以为迅报捷音。
今看敌人如此凶顽，
料定木鸟遭难殒身，
凶险笼罩我勇士们。
这样想我有道理，
昨夜合眼一梦奇，
杜鹃孔雀梦中飞，
十五只鸟齐比翼，
蓝天云路正惬意，
突然冰雹似霹雳，
鸟儿折翅坠了地，
一群狡猴扑上去，
捉住鸟儿铁链锁，
如此预兆大不吉。
杜鹃是玉拉魂鸟，
孔雀是达拉魂鸟，
猛将必定遭大劫，
渴盼我军去救急！
怎奈腾空无双翅，
怎奈入地路难觅，
千计万计已用尽，
好似黑夜箭无的。
珠部的曲旺登巴，
门地的达瓦晁赞，
你二人速返岭营，
去向雄狮王跪禀，
搭救勇士最要紧。
施行咒术显威灵，
速救英雄出困境，
山麓难关怎么破？
请王一并指示明！
专差派出静等候，
养精蓄锐再力搏，
盼专差胜利在握，

主意如何请定夺。

玉赤听了大叔说完梦境后，心情十分沉重，不禁喟然长叹："眼看玉拉大臣他们遇难，我等不能前去营救，还白白坐在这里。不如前去关隘前砍杀一番，以消消心中这恶气，即便是战死也比呆坐在这里痛快！"

于是，玉赤悄悄地离开了众人，不一会儿，只见他全身披挂整齐，手执兵器，纵身上马。朵噶大叔和达瓦晁赞等人发现，简直慌了手脚，急忙上前紧紧拦住辔头，劝了好大一阵，玉赤才安静下来，下了马鞍。

两名专差和随从一行四人出发了。他们沿着深谷河道，翻山越岭，昼夜兼程，风餐露宿，整整赶了三天路程。这天的马时，他们才到达格萨尔王驻扎的岭军大本营。这天，正值岭国大本营举行庆典，庆祝岭将铲除了毕扎魔臣的五孽贼，上上下下，一片欢腾。当达瓦晁赞一行快进入岭营境地时，急忙翻身下马，他们走了一小段路，便看到了雄狮王那顶名叫"通哇让珠"[1]的高大雄伟神帐。他们碎步进帐，诚惶诚恐地伏见了大王，恭恭敬敬地献上请求朝觐的哈达。门国大臣达瓦晁赞首先将计谋失误和玉拉遭难的情况一一做了禀报。门国大臣达瓦晁赞开口唱道：

阿拉歌声献赤诚，
塔拉声声求朝觐。
匝日圣地似水晶纯净，
向世尊金刚亥母致敬！
认不认识这个地方？
从前虽未亲见亲临，
而今已是岭国大营。
认不认识我是何人？
我是雄狮王的大臣，
勇士我名叫达瓦晁赞，
回岭营将战况禀报。
那日攻打山麓关隘，
玉拉一马率先，
岭国大军紧跟后面，
开始夺关一场激战。

1　通哇让珠：意为见到即得解脱。

敌人猛扑双方厮杀，
敌人死尸不可数算。
为了破关木鸟上天，
决胜勇士坐在里边，
奇袭敌人出其不意，
大军配合敌巢捣翻，
砍杀敌贼血流遍野，
突破险道第一雄关。
破一攻二乘胜向前，
中计陷入敌埋伏圈，
岭国文布部火速增援，
礌石滚滚前后路断，
多亏我王慈悲驱赶，
神灵助我冰雹雪弹，
敌军全部毁在瞬间，
蒙施宏恩攻克二关。
由玉拉和达拉率先，
攻打险恶的第三关。
十五勇士个个剽悍，
驾木鸟飞在队伍前，
按计划降落在阴山，
截断退路震破敌胆。
玉赤率领岭国大军，
从滩尾将敌军席卷。
谁知攻打激烈艰难，
垂死敌人疯狂冥顽，
滚滚礌石地覆天翻，
飞铁箭似漫天雨点，
正面攻关希望全完。
形势发展越见险峻，
玉拉和东迥两将领，
还有那勇士十三名，
驾鸟出征不见回程，
料木鸟折翅坠地面，

十五勇士狼穴陷身，
是请神灵施威营救，
还是幻术驱邪解困，
祈我大王大发悲悯。
花朵在狂风中瑟缩，
渴望金色阳光照临，
只有阳光能驱寒冷；
麦苗在严霜中熬煎，
一心期待霏霏甘霖，
唯细雨将麦苗滋润；
囹圄铁窗勇士待毙，
切盼岭王大施宏恩，
唯我王圣恩能驱邪，
恳请王臣速速营救。

听了达瓦晁赞的陈述后，众将俱感愕然，一张张谈笑风生的脸上顿时布满阴云。大家敛声屏息，四周一片静谧。当大家都还未来得及想出救援的办法时，达绒部落的首领晁通今日一反常态，按捺不住心头的高兴劲儿，只见他满脸堆笑，忸怩作态，双脚不停地弯来拐去，摇头晃脑地唱道：

阿拉歌唱法我知道，
塔拉曲哼法是这样。
伏祈本尊马头金刚，
佑我晁通诸事顺畅。
要问这是什么地方？
是英雄逞强用武场；
懦夫狐叫形同报丧。
你们认不认识我是何人？
我本属雪域王族的后裔，
我一脉相承着王族血统，
我是愤怒明王的虎斑纹，
老伯我是格萨尔的嫡亲，
我是殉国的聂察的父亲，
我是开创岭国的元老功勋，

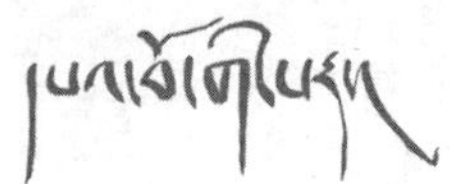

我像钥匙曾打开十八国，
我运筹帷幄赛马比艺精，
赛马得胜格萨尔登王位，
“格萨尔”也是我命的名。
箭射那恶魔鲁赞王，
轭服那霍尔白帐王，
全靠我策划出主张，
赢胜利我把功勋创。
俘获霍尔辛巴大将，
嘉察平息辛丹之争，
辛丹间似狮虎融洽，
功劳应记在我名下。
征服姜国萨丹王，
“盐海”从此归岭疆；
抢夺西方大食驹，
岭国获万贯宝藏，
全是我功劳卓著。
曾记征服十八国，
靠我巧谋施妙策，
每次征战获全胜，
卓著功勋不可灭。
今年雪岭两交兵，
岭军三路剿敌人，
济济勇士无数计，
任务轻重已均等。
拉达克为何耀武扬威？
倚仗的是那毕扎五孽，
到如今已被斩尽杀绝，
残兵将有如枯枝败叶，
一半的人马倒在血泊，
一路军可算战功赫赫。
见财独吞不算气魄，
见敌不除不算豪杰，
夺取六关无旁贷，

文、姜、门三部应尽责。
从前岭国在上部居住，
文布部豪言似晴天霹雳，
姜部壮语似猛虎咆哮，
门部巧嘴以杜鹃自诩。
如今岭、雪之间起风云，
为何不打头阵建功勋？
说什么十五将被活捉，
说什么大队伍被击崩，
是真情还是诳言欺人？
你等派去的十五名勇士，
是不是笨头笨脑的绵羊？
十五只绵羊再没有头脑，
绳索神奇也逮不住绵羊。
休要说英雄也会被捆绑，
岭国的法典中从无这章。
自古不可战胜是岭国，
谁不知岭国战功赫赫；
傲视一切的那黑魔国，
不可一世的黄霍尔国，
妄图称霸的紫冬姜国，
夜郎自大的绒青门国，
财宝万贯的那大食国，
闭关自守的那珊瑚国，
武器精良的那祝古国，
一一征服归顺我岭国。
是英雄岂能束手待擒，
懦夫会玷污岭国名声，
自己的任务自己完成，
无须向友邻乞求救应。
征服关隘雪山守军，
已分派文姜门担承，
分内之事想靠旁人，
没这规矩无此章程。

听罢晁通的唱词，右排首席上的总管王绒察查根首先觉察到晁通话中有话，阴阳怪气，是有意离间岭国三路大军之间的团结。这次大军去征服雪山拉达克，倘若勇士们之间彼此互不支援，计较得失，那还有什么胜利可言呢！眼前，岭国的玉拉和达拉等又身陷囹圄，危在旦夕，应想方设法营救才是，哪能计较功过呢？想着想着，总管王绒察查根情不自禁地唱起了“共同御敌歌”：

阿拉一声抒群英气概，
塔拉一曲澄万里尘埃。
似雪域众生的明眸慧眼，
祈请大译师白若杂纳明鉴。
认不认识这块地方？
柏绕拉达克相接壤，
星罗棋布岭军营帐。
若要问我是何人？
在岭属玛玉地方，
紫色董族的后裔，
绒察查根总管王。
我本是三代长老，
我本是三朝权臣，
我是大军的智囊，
我是常胜的老将。
席间文武济济一堂，
别分心仔细听我唱：
大将达瓦晁赞禀报，
诸位已知山麓战况，
我军失利敌人嚣张，
玉拉、东迥岭国勇士，
危在旦夕陷入魔掌，
营救英雄不容彷徨。
讨伐雪山拉达魔王，
打开底斯雪山大门，
攻克雪山水晶城堡，
这是天界神的旨意，

这是格萨尔的天职，
这是雪域共同期望，
这是岭国万民心愿。
岭国虽兵分三路，
论敌人仅只一个，
降伏拉达克魔君，
天时地利加人和。
古时的谚语这样讲：
“致命重病一朝染上，
上肢下肢同样瘫痪，
有药不舍违逆天良；
饿狼扑食肥美群羊，
贪婪不择白天夜晚，
牧人坐视违逆天良。”
常胜将军世间难找，
三军之间手脚情长，
按兵不救违逆天良。
怎样征服山麓敌人？
怎样援救岭国勇士？
是以刚胜柔靠武力？
还是智取以柔克刚？
恳请格萨尔王赐教，
为定刚柔来禀告大王，
速向王子扎拉军帐，
下圣诏火速传前方。
薄幸佳人不回首，
少年肝肠似刀割，
一朝佳人失了脚，
幸灾乐祸喜心窝；
所向披靡见英雄，
鞍下懦夫燃妒火，
一朝英雄陷囹圄，
幸灾乐祸笑呵呵。
争什么你多我少，

皆因为辘辘饥肠；
论什么兄长弟短，
皆因为如豆目光。
岭军间似同锅鲜奶，
奶皮奶汁同样香甜，
岭军间似糖饼一块，
周围中间同样香甜；
御公敌应协力同心，
分什么分内与分外！
在座的请细细思量。

总管王绒察查根的“共同御敌歌”慷慨激昂，句句锋芒毕露，戳到了晁通的痛处，他一下暴跳起来，开口骂道：“你这张老油嘴，说了半天，无非是向死尸吹气，想把死的说活，全是一派胡言。要讲大道理，我三天三夜也有说的。”晁通越说越气，嘴角翻着白沫，几根山羊胡须在不住地颤动。他口若悬河，为占上风，还想继续说下去。这时，神帐中央的金鸾宝座上，格萨尔紧锁双眉，向晁通摆手制止道：“这次文、姜、门三部落的队伍在夺取山麓险峻青石六关隘的战斗中，历尽艰难险阻，人马损失不少，特别是在这征战的关键时刻，还丧失了玉拉和达拉这样的岭国大将，以及骁勇无比的决胜队员，这真叫人惋惜痛心！如今他们身陷牢笼，我们哪有闲情坐在这里！哪有心思争论谁是谁非，谁的功过大小！刚才我祈祷了神明，还祈请护法神念诵了咒经。现在如果再派队伍去营救，仍然用以多胜少的办法，不但无济于事，还会尸骨成山，对牢笼中的勇士们会更为不利，只有用幻术去搭救玉拉他们才是万全之计。”格萨尔王说到这里莞尔一笑，望着晁通，和颜悦色地劝道：“叔父晁通息怒，请叔父静下心来，多为岭国百姓考虑才是。在我们岭国内部若为争什么你输我赢，互相贪嗔妒忌，那不但会遭他人耻笑，还会使勇士弟兄间相互龃龉，涣散我岭国军心。刚才总管王说得对，应听从他的道理。总之，大家都应群策群力，上下齐心，团结一致，共同对敌。”

听了格萨尔王的吩咐，众人异口同声地赞颂了一番，表示领会了大王的旨意。

这时，在拉达克王宫里，返回拉达克报告雪域上部开战失利，大批雪山兵丧生和被俘情况的专差，同返回王宫报告雪域下部两关失守的专差，不约而同地在一个时辰内，诚惶诚恐地来到了拉达克国王旋努噶布的跟前，回王宫禀告雪域下部战况的那一名专差，还带来一封报告活捉岭将及其十五名勇士，请大王明示如何处治的信件，至于毕扎五虎将的丧生情况，信中只字未提，只就各个关隘的情况，向旋努噶布王做了禀报。

旋努噶布阴沉着脸，沉吟了片刻才瓮声瓮气地说：“岭国勇士被擒这是一大胜利。对那些囚犯的看管要特别严密，先关押一段时间，要是岭国愿意坐下来，他们便是我们在握的人质。要是岭国不接受条件，到那时再把这些囚犯一个个活活处死！百户长扎奔有识有胆，是我拉达克的一名机智勇敢的将才，我擢升他为万户长。另派卡契刀登做廷绒拉格的助手。”

与此同时，在雄狮王神帐中，格萨尔掐指一算，认为搭救被俘岭军的时机已到，便召来了岭国的魂鸟长颈鹤三兄弟，准备派它们去营救十五名勇士。格萨尔王又派专人携带名叫“镇日呈祥”的哈达到晁通那里，要他念诵十五辐轮经，然后速将隐身木带来以作急用。晁通知道这明明是为援救身陷囹圄的十五勇士使用的，心中颇感不快，但行动上又不敢违抗，只好勉强从来人手中接过哈达，待十五辐轮经念诵完毕，将隐身木交给了来人。雄狮王格萨尔早已知道，在拉达克噶布魔掌下的众大将中，有一名叫廷绒拉格的大将，他厌弃邪恶，追求善业，无限景仰岭王。现在正是要他弃邪从善，为岭国报效出力的大好时机。想到这里，格萨尔王情酣墨饱，向廷绒拉格亲笔一封。信是这么写的：

主宰人世兵戎的大王格萨尔谕示：

大将廷绒拉格，因前世的造化，使你今生心向岭国，奈何前世一时的恶缘，使你至今又委身于黑魔，成为魔国的一员幕僚，现又跻身于拉达克魔王羽翼下的大将行列。眼下，你若真想弃暗投明，识势知时，那么你就应该抓住眼前这个痛改前非、行仁从善的立功机会。我岭国的玉拉等十五名决胜勇士，几天前乘坐木鸟飞临你方，不幸遭击坠落，全部人员都被禁锢在囚牢之中。幸亏我慧眼人间，洞察到由于你的竭力保护，至今他们才免遭杀害，幸存人间。现在，我派专使神鸟长颈鹤三兄弟，携来隐身木和甲马等物，务请将这些东西送到我勇士们手中，希望你尽心竭力护他们逃出囚牢，安全脱险。切记！切记！

待到三月过后，拉达克的魔王及众臣定将被征服！冈底斯雪山圣地门户定将被打开！雪山水晶城堡定将被攻下！拉达克庶民定将获得安宁！雄狮王我的大业也才算大功告成。届时，你的功绩将备受称颂，你还会获得“岭国勇士”这一无限荣光的爵位和封诰。

从善从邪，取舍去从，切望慎重！

火虎年五月十五日

于岭国百万雄师大本营神帐

书写完毕，封上口，又加盖了玉玺火印，才将这亲笔书信、隐身木、甲马等物分别交给了长颈鹤三兄弟。三兄弟接过物件，鼓动双翅，引颈“杰杠、杰杠”地叫了几声，表示领会了格萨尔王的旨意，愿全力完成使命，然后毕恭毕敬地围住雄狮王绕了两圈，表示了敬意，接着便从神帐后面扑打着双翅向远处飞去了。

当晚，皓月当空，繁星点点，酣睡中的拉达克大将廷绒拉格做了一个怪梦。他梦见自己在岩石后山上拾得一个如意宝贝：在多罗树的树叶上获得一部善恶经，还梦见三只没有翅膀的雏鸟，一瞬间便长出了丰满的三对翅膀来。他还梦见廷绒城堡的风幡已插到冈底斯雪山的顶峰，在阳光照耀下，哗啦啦哗啦啦飘扬……

天色微明，曙色初露，当一切还沉浸在清光淡影之中时，廷绒拉格已经醒了过来。他搓揉一下惺忪的睡眼，想着梦中的一切，越想越使他困惑不解，心中纳闷，便想上后山去转转，一来采摘些鲜果，二来以散散心中闷气。于是，他喝完早茶，信步走到后山。当他坐在一棵桃树下小憩时，长颈鹤三兄弟正好停息在这棵树上。忽然，它们发现了拉格，但又认不准来人究竟是谁，决定先试探一下，于是朝他头上扔了一个蜜桃。廷绒拉格一怔，抬头一看，只见三只从未见过的怪鸟正栖息在他头顶的桃树上。

本来就忧悒烦闷的廷绒拉格，被长颈鹤这一惊，顿时怒火冲上脑门：“在这幽谷叠翠的密林，你北地怪鸟胆敢飞来栖息；在我廷绒拉格大将头上，你北地怪鸟胆敢嬉戏放肆！”廷绒拉格骂声未落，早已拉开弓，搭上箭，准备射死长颈鹤三兄弟。当长颈鹤三兄弟听到他正是它们要找寻的廷绒拉格时，便一齐飞下树来，将格萨尔王的手谕、隐身木、快腿甲马等物一一放到廷绒拉格面前，然后转动眼珠，轻拍翅膀，迈着鹤步，扭动长颈，朝他“杰杠、杰杠”地说道：“格萨尔王叫我们一定要把这封信交到你廷绒拉格手里。现在，我们的事已经完成。若有回话请告诉我们，好顺便代你捎去！”

廷绒拉格展开书信，如饥似渴地匆匆看了一遍，领会了书信内容后，向鸟儿们说：“我一定遵照雄狮王的旨意，椎心泣血地去完成。我相信岭国勇士们定会安全脱离险境，务请大王放心！望神鸟们速速回禀，祝你们沿途吉祥平安！”

在返回的路上，廷绒拉格想着刚才的情景和昨夜梦中的一切，不免激动起来：“大王格萨尔真是慧眼在天，我拉格心中所想的，他了如指掌，洞察一切，真是天知我拉格！”想到这里，无比喜悦，感激之情翻涌心头，一路上，不断虔诚地向格萨尔王祈祷祝福。

廷绒拉格回到雪山兵营地，立即向百户长扎巴奔噶吩咐：“你去传达命令，要狱卒们对那些囚犯严加看管，加强警戒，不得出一点差错。如何安排，你亲自过问一下。”

狱卒们得到通知，很快来到百户长军帐，听候百户长传达大将廷绒拉格的命令和部署加强警戒的事项。

趁狱卒们离去的时候，廷绒拉格快步来到牢狱，将自己去后山所遇到的情况全部告诉玉拉等勇士，又将隐身木、快腿甲马等物交给了他们，并对如何撬锁、开笼以及路线都一一做了清楚的交代。一切都安排妥帖后，这才回到自己的寝帐，神态自若，一切如常。

当晚，浮云遮月，四周一片漆黑。岭国勇士玉拉和达拉以及决胜勇士共十五人，趁着这漆黑夜，轻轻磨断了铁链，悄悄撬开了铁锁，迅速打开了铁门，他们在隐身木的遮掩下，神不知鬼不觉地从打着盹儿的狱卒面前顺利通过，一个个急速地逃出了牢狱。由于有快腿甲马，所以天刚拂晓时分，玉拉一行便已安全逃回了岭营。

格萨尔王和岭国勇士们，看见玉拉和达拉一行安然归来，心中好不喜欢，相互都有生死重逢之感，喜悦和激动之情充满了大家心头。为庆贺勇士们脱险，格萨尔王大摆宴席，茶、酒、肉、酪等各种美味，香飘四溢。大家你一言、我一语，畅叙别离的痛苦，祝福重逢的幸福。

唯有叔叔晁通，此时，正如谚语里说的，“乌鸦在树上是乌鸦，掉下地后还是乌鸦”那样，当他听到姜部的勇士们安然返回的消息时，心中很不自在。他担心那天当众说的那一席话，若是吹进玉拉他们的耳朵，那晁通他就里外难做人了。他越想越恼火，忽然眉头一皱，捻了几下山羊小胡须，心中这才有了主意。于是晁通手捧雪白的哈达，一瘸一拐，气喘吁吁地走到玉拉和达拉跟前。一见他二人，晁通便眼睛几眨，鼻子几皱，流出一串眼泪，样子显得十分沉痛，以对他们一行的不幸遭遇表示同情。接着他又满脸堆笑，献上哈达，对玉拉等安全脱险表示了无限的喜悦。他右手捋着胡须，用悲喜交集的声调，拉开嗓门，摇头晃脑地拖着声音唱了起来：

阿拉歌儿我喜欢，
塔拉曲儿我爱哼。
无量宫风火滚滚，
马头明王慧眼明。
认不认识这是何地？
玉兔避罗睺逃这里，
常在这里欢聚群星。
认不认识我是何人？
我似达绒湖海沸腾，
愤怒明王是我本名。

座上诸位请仔细听，
老叔我仔细道详情：
那日一个不祥时辰，
岭国勇士不幸被擒。
玉拉似鸟儿杜鹃啼，
投入了雪山兵网绳；
达拉好似白色雄鹰，
坠入了雷山兵陷阱。
坏消息似冰冷铁钉，
颗颗刺痛老叔我心。
岭国勇士声声恳请，
要我率众营救发兵。
营救岭将本我意图，
因不见玉赤他部署，
我怕因此抢他头功，
引他生气成拙反目，
只得打消援救念头，
这是我的为难之处。
慈祥父母辞世去，
留下遗孤有谁疼？
太阳一旦梭下坡，
孤单月儿冷清清。
勇士一朝陷囹圄，
敢去援救有几人？
唯有雄狮王慈悲保佑，
明令用幻术奋力援救，
那隐身木似黑夜幕布，
那甲马快似雨疾风骤，
件件皆因叔我念了咒。
格萨尔王的恩德无边，
我的隐身木威力无量，
长颈三兄弟翅膀矫健，
仰承这如意宝贝三样，
才将那在姜地大海中，

出世的王子玉拉大将；
才将那在门地竹林中，
出世的英雄达拉大将；
以及那决胜众勇士们，
救脱险安返岭军营帐。
劫后又重逢格外兴奋，
大恩大德应终身别忘，
望勇士们牢记在心上！

俗话说：“雪山若无悲哀，石头脑袋不会落泪。”平时，大家都知道晁通为人狡猾诡诈，但听说这次越狱晁通还是出了力的，所以，在听了晁通的唱词后，以玉拉为首的十五名勇士颇受感动，人人都向他表示真诚的谢意。只有中军帐的岭人们才知道晁通的虚伪，因为他们都曾亲眼看到过晁通的两副面孔。听着他的唱词，个个都在心中讥笑着假情假意的晁通。格萨尔王又向返回的众英雄恩赐了礼物和护身灵符。欢宴结束，众英雄分别回山麓青石六关隘前沿的文、姜、门三部落营地走去。

把守山麓六关隘的首领廷绒拉格，第二天一早，在十多名大将和勇士的簇拥下，说是要到雪山上部拉达克国王的驻地去和卡契刀登面议固守关隘的军机要事。廷绒拉格和百户长简短话别后，便匆匆离去。

百户长扎巴奔噶想趁此机会再拷问一下岭国玉拉等人，于是吩咐道：“把岭国囚犯给我带上来！”

狱卒领命去打开牢房，当他们探头往铁笼内看时，都大吃了一惊！怎么？全跑了！狱卒们个个目瞪口呆，都为触犯了拉达克王的旨令而吓得心惊肉跳，连呼吸也不通畅了。他们像寒风中的枯叶，不住地瑟瑟颤抖。一个个拖着沉重的步子，灰溜溜地来到百户长面前，垂手低眉，报告了上述情况。

百户长气得暴跳如雷，七窍生烟，愤怒地吼道：“格萨尔真有这么厉害！他若不是用幻术将囚犯们劫走，在这连风都刮不进的监狱里，我不信他们能逃得出去！现在报怨无济于事。这怪不了谁，更怪不了我。昨天，廷绒拉格还在叮咛要严加看守，想不到一早就出了这么大的事。这叫我怎么交代……”百户长长叹一声泄了气，软瘫地木然坐了下来。

士兵们看在眼里，嘴上不敢说，心中却不断嘀咕着：这下可好，简直是放虎归山，徒增了岭国的力量，更何况格萨尔又法力无边，这道道关隘叫我们怎么守得了？士兵们各怀各的心事，有的竟撇下了百户长，撇下了关隘，悄悄地溜跑了！

第一百七十七章

女英雄沙场屡立战功
亲上阵魔王难敌后生

在王子扎拉的营帐中，岭国众将领经过商议，决定于次日即五月二十九日，将队伍带到雪山上部的纳日达塘，准备在那里痛痛快快地打一场漂亮仗。次日一早，随着嘹亮的军号声，岭军营地又开始了新的一天。只见岭营上空香烟缭绕，晨祭完毕，大队伍便先后出发了。

这天，队伍的领队是北方魔国的女英雄阿达娜姆。她在扎巴坚老爷的三位虎子以及北地的刀青查米、阿聂查米、鲁直东纳等勇士们的簇拥下，率领如风驰电掣般的队伍径直往拉达克的纳日达塘方向挺进，声势之浩大，像野牛河奔腾咆哮的波涛撞击着岩石，像猛烈狂风在追云逐雨，像团团汹涌的浓雾将山林迷漫。

当队伍抵达雪域上部的一座山脚时，不巧遇到由卡契刀登统领的雪域上部十二个部落组合的一支护卫部队。仇人相见，分外眼红。阿达娜姆一马当先，一阵风似的冲到阵前，向着卡契刀登开口唱起了“如是歌”：

放声一曲唱阿拉，
张口一曲哼塔拉。
我缘分中的空行母，
祈请驾临速来助我。
要问这是什么地方？
这是拉达雪域国土。
你可认识我是何人？
家住北地门日纳塘，
浩浩苍穹是我生父，
茫茫大地是我生母，
智慧双运幻化之身，

生下了我阿达娜姆，
空行母幻化身是我，
我是转世的空行母。
我王是那格萨尔，
恰似天空碧玉龙；
勇士似那云朵朵，
紧紧将我王簇拥；
娜姆我似那霹雳，
击敌寇怒声轰隆。
今日碰上你这老黄马，
要你将前世血债偿还。
你狗胆包天的孽贼们，
想吞没岭军是发梦癫。
河水滔滔奔腾，
山顶岩石飞滚，
横空霹雳掠顶，
风驰电掣岭军，
无人阻挡所向无敌，
是顽敌也碎骨粉身！
掌管拉达命运的重任，
应由我岭国全权担承。
我刀矛箭兵器似冰雹，
摧枯拉朽横扫雪山军。
门地杜鹃飞来园林，
枝头硕果累累沉沉，
鹃鸣果香宛如仙境，
预示金秋吉庆时令；
英俊少年来自嘉纳，
妙龄女子出生雪域，
巧妙姻缘千里相遇，
预示联姻结成伴侣；
娜姆来自北部草地，
跻身于岭国勇士群，
如愿以偿擢升大将，

预示我将战胜敌人。
孽贼今日闯我刀下，
立功请赏天赐良机，
只需一抡手中利刃，
枭首你等只待瞬息。
理解歌词心里甜蜜，
不听忠告后悔无及。

阿达娜姆唱完，立马横刀，英姿飒爽，想待对方回话后再挥刀夺魁。

魔臣卡契刀登听着清婉的歌声，觉得不对劲，待睁大眼睛一看，来者原是女流之辈，顿觉全身凉了半截，心想：我堂堂男子汉，岂能同女人开战，岂不让人笑煞我矣！不如用揽云捆仙索将她从马背上套将下来，然后像牵母狗似的牵着她在众人前戏要羞辱一番岂不更是快哉！美哉！主意一定，便取出揽云捆仙索，一边开口唱道：

阿拉歌儿阿拉调，
塔拉曲儿塔拉腔。
至尊魔神权势浩荡，
祈赐予我降敌力量。
认不认识这个地方？
是拉达克阿如草场。
认不认识我又是谁？
卡契我似海水沸腾，
刀登我是无敌强人，
我雪王似天空宝贝，
刀登我是王的宠臣。
藏北山川广袤无垠，
六味药材遍布山岭，
哪像你岭国古怪地，
黑棋盘花满地丛生，
我虽未睹早有耳闻。
雪域拉达济济群英，
狮虎雄威大将如云，
哪像你岭国古怪地，

处处布满狐穴脏溷，
我虽未睹早有耳闻。
今日有幸亲眼得见，
见的尽是古怪事情，
黝黑母狗公然领队，
莫非男人全部归阴，
莫非青年皆已丧尽，
可悲可叹实太可怜！
英雄我的武器似雷霆，
黑母狗我不屑伤你命，
只需这揽云索将你擒，
命你去溪沟侧畔背水，
赶你到锅台边上安身。
英雄好汉拉达克大将，
不屑同你女流比输赢。
杜鹃虽来自远方门地，
狂风刮跑了南来白云，
匆匆相遇是前世缘分，
盛夏分离是命中注定；
姑娘虽来自前藏圣地，
经商人要去嘉噶谋生，
匆匆相遇是前世缘分，
颠沛流离是命中注定。
荒野母狗习性爱狂吠，
吠声招来石块落头顶；
缺少家教女子爱挑剔，
挑剔招来是非背骂名；
无行上师即使转了世，
等待他的仍是地狱门；
娜姆刚才狂言一大堆，
招来我这绳索将你捆。
看我这条降妖揽云索，
套住娜姆任我牵着行，
听清牢记你这丧门精！

卡契刀登话音一落，洋洋得意地挥舞着手中绳索，当他对准娜姆正要抛出的时候，娜姆眼疾手快，那弯弓在手的铁箭早已离了弦，只听得“嗖”的一声便向卡契刀登飞了过去。猝不及防的卡契刀登顿时心窝中箭。但因他阳寿未尽，命不该绝，铁箭未能扎进心窝，竟然“当”的一声掉在了地上。就在这一刹那间，卡契刀登一甩手将绳索抛了出去。只见那绳索飞旋着像一道闪电，呼地便套在了娜姆的颈脖上，一下便将娜姆拖下了马背。慌乱间，娜姆急忙挥起右臂猛砍数刀，都没有能将绳索斩断。这时，拉达克大将绒赤拉格和申格吉美二人已纵身扑上前来，准备生擒娜姆。娜姆一手拉住颈脖上收紧的绳索，一手朝着扑过来的绒赤拉格的肚子猛刺一刀。这一刀非同小可，竟将对方的肠肠肚肚全捅了出来，绒赤拉格当场倒地夭亡。大将申格吉美望着倒地的伙伴，不禁怔住了。这时候，在威尔玛战神的保佑下，阿达娜姆奋力一刀，终于斩断了颈上的绳索，随即又同前来救应的勇士们一起，刀箭齐下，杀开一条血路，冲出了重围。

阵地上东一处西一处，双方一场混战。这里岭国勇士向色和雪山大将申格吉美厮杀在了一起，双方兵器并举，你来我往，杀得难解难分。

在战场的另一角，岭国北地扎巴坚老爷的三位虎子，在一群决胜队员的簇拥了，冲杀到雪山兵的队伍中去了！只见他们左右冲杀，旁若无人，一下便砍翻了敌兵七百余人。当他们杀兴正浓时，拉达克猛将卡契刀登、绒曾拉桑和噶玛赤图等早已纵身窜到他们跟前，北地扎巴坚虎子中的扎巴妥格当即挥刀舞剑，奋力杀敌，趁对方还立脚未稳时，他已一刀将大将绒曾拉桑的头颅像剁芫根似的砍了下来。旋即，他又侧身一刀，将敌方大将噶玛赤图砍伤。噶玛赤图吓得魂飞魄散，拍马落荒而去！扎巴妥格哪里肯放过，紧紧尾随，穷追不舍。正在这时候，魔臣卡契刀登挥舞着凛凛寒冰大刀追了上来。他满脸怒气，眼冒火星，趁对方没注意，杀气腾腾地“哗哗哗”便是三刀，可怜北地扎巴坚老爷的三位虎子一齐被砍倒在血泊之中！卡契刀登旋又飞马闯进了阿达娜姆的队伍，抡起大刀，砍杀了许多岭国士兵。鲁姆部族的阿扎夏米、夏拉刀青两员勇士见状，怒火直冲脑门，“嗖嗖”向卡契刀登射出两箭，却都被他躲闪迈开了。卡契刀登更是得意忘形，纵马上前，飞起一刀，又重伤了阿扎夏米。这一下便大伤了鲁姆队伍的元气，立即乱了阵脚，不得不且战且退，败北而去。这时，魔臣卡契刀登等见天时不早，又恐其中有诈，也只好就此偃旗息鼓，收兵回营。

翌日，岭国勇士独胆英雄森达阿东在一队彪形骑士的簇拥下，风驰电掣般向雪山军营地奔去。一路上，只见兵器雪亮夺目，沿途尘土飞扬。雪山军大将卡契刀登立马横刀，脸上露着胜利后的得意神采，出阵迎战。卡契刀登抢先开口唱道：

唱腔依照阿拉歌，
曲儿依照塔拉调。
在他化自在天圣地，
祈至尊大梵天明鉴，
今日降临同行结伴。
要问这是什么地方？
是雪山的阿如平川。
若要问我是哪一位？
英雄名叫卡契刀登，
从前是赤登王亲信，
而今在拉达王麾下，
刀登我是王的近臣。
昨日事儿可曾忘记，
岭兵似狐崽一大群，
胆敢窜我雪山兵营，
那母狐狸阿达娜姆，
斗胆前来同我硬拼，
金黄绳索套她脖颈，
母狐娜姆终被我擒。
斗女流男人背骂名，
发慈悲我将她放生。
你自诩是母狐后盾，
恰恰碰上了我刀登，
前世命债要你偿清。
岭国将领懦夫之辈，
不将你等身首两分，
我甘愿当纺线女人。
人们常常规劝自己：
无法无天巧取强争，
最终难逃王的法规；
毒蛇无脚四处爬行，
终被孔雀一口啄吞；
岭贼群寇得寸进尺，

今日要你化为灰烬！
无父岭将扎拉泽杰，
今日要你化为齑粉，
傻瓜们可条条记清？

卡契刀登一唱完，不待对方答话，便扑向森达，二人刀对刀地杀将开来。双方兵器并举，互不相让，似两条蛇腥风难近，似两尾蝎毒气齐喷。战了无数回合，双方势均力敌，不分胜负。在一旁观战的雪山兵将们被二人狮虎般的争斗给惊呆了，人人唯恐伤着自己，连连后退。唯有穷凶极恶的卡契刀登越战越烈，但他又恐和森达纠缠过久会出差池，灵机一动，虚晃一刀，摆脱了森达，旋即又以迅雷不及掩耳之势，杀气腾腾地冲入岭国队伍，抡起阔叶大刀，左右开弓，一口气砍杀了无数岭国士兵。接着，卡契刀登掉转马头，奔回了拉达克兵营。

此刻，在雪山兵营帐中，官兵们正在紧张地磋商。他们深感眼下岭军实力雄厚，他们既有似繁星点点，似草木茂盛，似河滩无数沙粒的浩荡大军，他们更有难以计数的如狮似虎、勇猛过人的众多将领。相比之下，拉达克的力量就显得异常之单薄了！在前几次战斗中，大将损失不少，士兵的伤亡数更为惊人。虽然大将卡契刀登夺得好几次胜利，但也仅仅是一人之力，无济于整个大局。因此，若靠目前这点队伍，死守在这里，要阻止岭军北进是不可能的。经大家反复商量，决定先将队伍撤回腹心地带，待王的谕示下达后，再和岭国较量也为时不晚。

第二天虎时时分，按照昨晚商定的计划，雪山兵便往拉达克腹地撤退。

当岭军清早起来，眺望敌人方向，才发现敌人营地上寂然无声，连一丝炊烟也看不到，大家都怔住了。待探子回报后，才知道雪山兵已悄悄逃离。于是岭军速速拔营，继续挺进。大队人马经过一天的行程，当他们来到拉达克门日山的坝塘地带时，队伍便扎下营帐。

花开两朵，各表一枝。单说由卡契刀登营部派出的大将旺赤森格和由雪山上部派出的大将江塘阿白都不约而同地在同一个时辰赶到了拉达克那名叫威严辉煌的东宗王宫。二人诚惶诚恐地躬身而进，然后低眉垂首敛声屏息地参拜了国王旋努噶布，江塘阿白这才瓮声瓮气地向国王唱起了“禀报军情歌”：

声声不离阿拉歌，
句句要哼塔拉曲。
顶礼大自在天罗睺罗，

祈愿大王江山与日月共长！
要问这是什么地方？
是我拉达克的王宫，
是群臣朝拜的殿堂。
认不认识我是哪一位？
我是失去统领的奴仆，
大将我名叫江塘阿白，
同行的还有旺赤大将，
被遣回王宫禀报战况。
金鸾宝座层层高，
宝座上坐着我君王。
好久未曾得朝觐，
今朝叩见心激荡，
祝愿大王永安康！
末将我同旺赤森格，
原是镇守关隘大将，
前线目前军情紧急，
专程来驾前跪禀端详。
那日我王遣将发兵，
霎时柏达烽烟滚滚，
派出毕扎虎将五员，
还派我等四十余名，
率领我国浩荡大军，
直捣柏达弹丸之境。
我军趁势长驱挺进，
夺过大权威风凛凛，
柏绕小邦任我驾驭，
珊瑚小国任我欺凌，
达玛属地任我役使。
谁知猛然时运不济，
岭国大军从天降临，
至高的有格萨尔王，
最老的有那总管王，
最凶的有虎将成群，

难以数计岭国雄兵。
两军相触杀声震荡，
上至毕扎五员虎将，
下至背水熬茶儿郎，
不顾生死齐上战场，
刀劈箭飞酷似冰雹，
鲜血成河哗哗流淌，
无头死尸抛遍山岗。
山野处处腥味恶臭，
熏得鹫鹰飞奔远飏，
熏得饿狼厌食逃亡。
毕扎五将勇胜虎狼，
捷报有如雪片飞扬。
怎奈厄运从天而降，
雪山兵似死水一汪，
战斗失去援军相帮，
恰似玉潭无活水养。
可怜英雄毕扎五将，
全在岭军刀下身亡。
相随众将无一幸免，
报主捐躯齐丧疆场，
计穷力竭战事失利，
节节败退弱不敌强，
现已退至拉达腹地，
格萨尔王挥兵所向，
兵临城堡数日时光。
雪山上部险关要道，
卡契刀登镇守驻防。
雪山士兵剽悍勇壮，
鏖战月余固若金汤，
大小战斗无以计量，
同仇敌忾浴血沙场。
怎奈岭军多似潮涨，
怎奈岭将凶似虎狼。

寡不敌众力薄势单，
丢关弃隘逃遁后方。
厄运中又逢灾星罩，
扎拉泽杰张牙舞爪，
率领岭国百万兵士，
门日平川敌旗飘飘，
打个比方更见明了；
拉达克沐浴艳阳下，
岭军一到霜降草凋；
拉达克似圆月高照，
岭军似乌云周围绕。
眼前战局怎样解焦，
伏祈我王赐恩敕诏，
恳请在座诸位指教。

魔王旋努噶布一听到内臣毕扎五虎将暴尸沙场，便觉全身被蝎子螫了一下似的猛地一震，阴沉着脸，痛楚地问道："所言均属实？"

"陛下，所报不敢有半句假话！"两名专差流着眼泪，沙哑着嗓门，毕恭毕敬地回答。顿时，旋努噶布如乱箭穿心，痛苦万分，喉头像是被什么东西堵塞着，透不过气来，一下昏厥过去。

众人慌了神。王妃央宗白珍急忙上前，用紫檀甘露水轻轻地洒在噶布王的脸上。不多一会儿，国王渐渐苏醒过来，叹了口气，紧攥着拳头，吃力地说道："国王我已失去忠勇之士，现在与其贪生于王城，不如雪恨于沙场。"旋努噶布额头上青筋暴绽，接着他又粗气粗声地发狂似的吼叫着："我要血洗岭营，我要为我的功勋忠臣报仇，我要像我的忠臣一样，誓同岭贼拼个你死我活！"

旋努边说边令侍臣拿来铠甲，然后手执锋利武器，由内臣达桑扎堆、米青伦波毕舍、朵赤噶拉赞布三位护驾，一溜烟地来到半山腰的拉达克兵营。在这里，噶布王又增派了十三员大将，调集了许多骑士，连同国王一行，组成一彪精悍队伍，在一片杂沓的马蹄声中，风起云涌般径直杀奔岭营。

放哨的岭国士兵发现这一帮人马，立即在山坡顶上燃起了柏枝，这是岭营约定的紧急信号。当将士们看到那山坡上燃起的熊熊烟火，立即行动起来。各路勇士牵马鞴鞍，穿戴护身盔甲，挑选锋利武器。营地上顿时充满一派严阵以待的肃然气氛。不一会儿，噶布王在十七名近臣和众多的决胜队员的护卫下，雷劈电闪般杀气腾腾地冲到了岭营前沿。驻扎岭营前沿的是珊瑚国和丹玛部族的兵士。国王旋努噶布立马横刀，扯开嗓门首先唱起了“如是歌”：

阿拉歌儿阿拉腔，
塔拉曲儿塔拉调。
底斯雪山无量宫殿，
大自在天德威明鉴；
刀矛林立朱红岩山，
命神牛头血眼明鉴；
祈助我将敌群击溃，
祈助我将仇敌全歼。
认不认识这是哪里？
是雪山冈底斯山麓，
是岭兵抛尸的坟地。
认不认识我是哪位？
上阿里三部我至上，
主宰底斯雪域四方，
名叫噶布乌绒赞布王。
面前的岭兵听我讲：
地龙本来蛰居泉壤，
大鹏为何从天而降？
麋鹿自幼林中生长，
猎人为何入林瞎闯？
拉达克本在我手掌，
你岭贼为何来夺抢？
金灿灿东方的太阳，
像明灯般照亮天下，
传闻罗睺将吞太阳，
星相家我来探真假；
剽悍的毕扎五虎将，
是拉达克玉柱金架，
传闻岭贼杀我五将，
索命王我来探真假。
倘若传闻是真实话，
报仇九次刻毒难到。

俄察觉如格萨尔孽贼，
若是英雄就快出阵！
格萨尔真假比试后定，
勇士们真假拼杀后明，
岭国娃娃个个听清！

拉达克国王旋努噶布刚一唱完，岭营中的珊瑚国大臣却珠和察香丹玛绛查二人早已铠甲上身，兵器在握，跃马上前，和噶布王一行对峙而立。丹玛弯弓搭箭，开口唱道：

英雄爱唱阿拉歌，
好汉爱哼塔拉曲。
向南方吉祥山上的，
萨热哈巴大师顶礼！
这里是什么地方？
是底斯雪山下方，
是拉达平坝草原，
是你等葬身坟场，
岭将来此逞豪强。
你若要问我是何人？
岭国土地广袤无垠，
我主宰盛产青稞地，
我名丹玛绛查大臣，
我是格萨尔王的近臣，
我是置敌死地的铁锤，
我疼百姓赛过父母亲。
魔君你洗耳仔细听，
我岭国的浩荡大军，
开到上拉达克扎营，
并非无端显示威风，
并非无端挑起战争，
祸根全都是你魔君。
你等肆意将善业毁，
你等蹂躏涂炭百姓，

你等任意强占岭地，
十恶不赦坏事干尽。
地龙蛰居虽在洞穴，
照样能传瘟疫疾病；
凌空大鹏飞临大地，
啄食地龙扫尽祸根。
麋鹿自幼虽在密林，
鹿角财富属于藏民；
猎人狩猎钻进密林，
取财富满足全藏人。
噶布你虽盘踞巢穴，
派兵夺地对我入侵，
我率正义之师讨伐，
严惩你等护我安宁。
拉达克已一蹶不振，
你乌绒赞就是祸根，
今日狭路相逢这里，
将尔戏耍岭将称心。
魔臣毕扎五名孽仔，
远听好似悦耳铃声，
近看却是怯狐之辈，
全是岭将神箭靶心。
昂堆奔仁狼狈兄弟，
是我要了他俩性命。
剩下来的毕扎三人，
被我岭将铲除干净。
五颗头颅深埋地底，
便是邪教将灭先兆，
鸟狗争食断头尸体，
便是预告折将损兵，
逞强嘴硬顾影伤神！
格萨尔似洁白雄狮，
神通盖世武艺超群，
魑魅魍魉全被威镇，

可怜老狗狂吠狺狺。
羊羔自视欢跑神速，
哪知成了虎狼点心；
噶布自视无阻无敌，
哪知招来岭国大军。
往名的毕扎五孽贼，
往日的大将无数名，
早已是岭将刀下魂，
这下场正等待你们！
前车之鉴应该记取，
寄托来世那是幻想。
此时此刻这个时光，
你倒霉碰在我箭上，
前世注定你见阎王。
箭镞离弦呼呼地响，
金刚石碎裂在燃烧；
箭镞离弦呼呼地响，
吸你心血神箭欢畅。
克水晶国指日可望，
底斯佛门即得大敞，
拉达百姓即将福享，
我王伟业即将告成！
理解歌词耳顺心舒，
不解歌词自寻惆怅。

丹玛唱完，旋即向噶布王射去一支雕翎铁箭，只见那脱弦的铁箭呼呼地径直向魔王飞去。眨眼间，只听得“当”的一声，箭镞扎在了噶布王的护心镜上，甲片连同护心镜碎块四处飞溅。噶布魔王气数未尽，竟没有伤着他丁点。骄横的噶布顿时炽焰嚣张，一纵身反扑过来。丹玛和却珠连忙举刀相迎，因他来势过猛，丹、却二人一时未能挡住，被他趁机冲破缺口，闯进岭军营地，一气砍杀了木察部的十余名士兵。木察部的阿格吉村和阿查拉达急忙上前，斗了还不到两个回合，二人便惨死在噶布魔王刀下。噶布更加狂妄，如入无人之境，径直朝中军帐冲杀过去。在这万分危急的时刻，猛将穆姜仁庆达鲁舞刀拍马冲到噶布跟前，一声大吼：“你这小小魔王，算你碰上我这口拨风刀了，今天不叫你头颅落草地，我便不叫仁庆达鲁。”说着挥刀向噶布王砍去。他连劈三刀，都没有砍中，反而被噶布王在他肩胛骨上猛砍了一刀，顿时鲜血直冒，险些滚下马鞍。幸好，丹玛、却珠、尼奔和东赞已跟了上来，救下了仁庆达鲁。噶布魔王气极，面目狰狞，龇牙咧嘴，向却珠连砍了三刀。却珠咬牙挺住，这三刀好像砍在了岩石上，连刀迹印都没有留下一道。大将达桑扎堆和德森阿衮唯恐噶布王有所差池，紧紧簇拥着国王，厮杀在岭军的刀丛之中。他们左右冲杀，岭军死伤无数。此时，岭国大将尼奔奋勇当先，堵截了凶猛的敌军，大家搅成一团，一场混战。在刀光闪烁的刹那间，尼奔手起一刀，从敌人大将达桑扎堆的颈脖上滑过，将他的头颅齐斩斩地割了下来。尾后的却珠也乘机一刀，将敌方大将德森阿衮的肩胛砍为两半，当即一命呜呼。岭将丹玛、却珠、东赞三人一拥而上，又将噶布王团团围住，都想趁今天这个势头生擒这拉达克魔王。噶布王看见情况不妙，便使出他的绝招，只见他“吐噜噜”喊几声，口中立即喷出一股带毒的青烟，直冲向岭国将士。其味臭不可挡，熏得个个昏昏欲倒。乘此机会，噶布王虚晃三刀，立即转身策马逃走了。

拉达克大将米青伦波毕舍还在和噶珠部的岭国人马厮杀，已有数十名士兵倒在他的刀下。岭国大将曲炯贝纳气得七窍生烟，恨不得一刀结果了他，但转念一想，与其这样便宜了他，不如先套他下马，当狗戏耍一番，以解心中之恨，于是随手抛出那根名叫“涤净三界”的黑绳。这条黑绳真是名不虚传，它飞卷着，一下便直端端地套在了伦布帛色的脖颈上，恰似绕线一样，将他紧紧套住。就这样，这位骁勇的大将被岭军活活擒住了。

这时，拉达克大将朵赤噶拉赞布正在岭国色巴部营地上拼杀。他虽已重伤了岭将扎巴东赞，但看见主子早已落荒逃生，自己也无心恋战，丢下还在血泊中挣扎的扎巴东赞，尾随噶布魔王一起逃命去了。

恶战暂告结束。在这场恶战中，岭国的勇士们夺得了辉煌胜利，他们先后杀死了十三员拉达克大将。

拉达克国王带着逃出的四员大将，一行五人迅速回到了拉达克营地。国王立即召集了众文武，对这次战斗为什么失利，今后宜采取什么对策等问题，要大家议论献策。议论结果，大家认为现在最好的办法是采取避实就虚、以强胜弱的办法，先攻打力量薄弱的雪山上部的岭军营地，拿下扎拉泽杰中军营帐。

第一百七十八章

勇士齐心护主保平安
扎拉奋力独自摧魔敌

拉达克国王率领旺赤森格、朵赤噶拉赞布、江塘阿白等内臣和大将，马不停蹄，急急忙忙赶到上雪山兵营地。当地镇守重臣卡契刀登领取了国王的旨意，当即统率绒巴曲屈、夏纳东堆等七员大将和虎彪彪一大群决胜队骑士，簇拥着噶布王，直奔岭营而去。

拉达人马来得突然，岭军猝不及防，营地顿时一片忙乱。就在这时，拉达克王臣们早已冲进了岭营营界！队伍排列得整整齐齐，一股肃杀气氛透人骨髓。

大将旺赤森格想探探岭军虚实，试试对方胆量。在国王的授意下，旺赤森格首先唱起了“试探歌”：

阿拉歌儿大家唱，
塔拉曲儿众人哼。
顶礼膜拜战神守护神，
祈速在王臣头顶降临。
这儿是什么地方？
从前叫阿如门塘，
现在却叫岭人坟。
若要问我是何人？
在拉达克的农区，
在六谷丰登宝地，
在铜墙铁壁之城，
旺赤森格有名声，
武艺精湛敌万军，
力排众议智超群，
文武双全样样精。

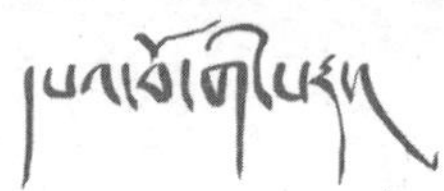

岭兵似那狡狯怯狐，
银色狐皮表面光丽。
我王似那斑斓虎皮，
鱼目珍珠岂能相混；
岭将似那长耳白兔，
能跑会跳徒有虚名；
我将似那精壮骡马，
草丛野兔岂能相比？
底斯山似水晶宝塔，
是大自在天神宫宇，
也是拉达克王佛堂，
岂容岭贼侵吞强踞？
湛蓝瑶池云水相连，
黑屠龙魔居住其间，
龙宫有我王的神泉，
岂容岭贼将它霸占？
富人子弟穷家狗崽，
贫富悬殊因果相关，
岭国贫穷拉达富强，
贫富各异自有天缘。
无父小子扎拉泽杰，
虽无胆量何须打颤，
要想活命跪下讨饶，
若敢违抗劈为两半，
你要想好切勿迟延！

大将旺赤森格唱完，静候着对方的回答。这时，岭营中的独胆英雄森达阿东、索波部的达玛刀青、木雅部的当巴噶惹、辛察部的隆拉觉登等四人一齐闪了出来，立马横刀，站在队伍前面。英雄森达阿东紧握阔叶鬼头屠刀刀柄，开口唱道：

阿拉歌儿满天飞，
塔拉曲儿响如雷。
祈愿威尔玛战神，

请助我英雄一臂。
要问这是什么地方？
是阿如门雪山山麓，
是岭国将领显威之地，
是魔将们葬身坟墓。
若要问我是何人？
我是岭军的精英，
森达阿东是大名，
对仇敌似狼扑食，
杀敌兵难以数清，
越杀越勇猛绝伦。
雪山兵乖乖仔细听，
水晶佛塔的冈底斯，
是赡部洲的祭祀地，
是本尊胜乐的坛城，
岂容你们魔怪盘踞，
众生都要自由朝觐，
岂容强人阻断行旅！
波光涟漪碧绿瑶池，
是安止龙王的宫廷，
是白玛陀称加持地，
是藏人共有聚宝盆，
至高无上无比神圣，
并非你王重金购置，
共同财富属我藏人。
晶莹剔透的水晶城，
是上天恩赐给藏人，
那获取财宝的权利，
我王在天已经授命，
而今恶魔将她侵吞，
上亵天意下负众心，
民心渴望将她夺回，
天意民心誓必遵循！
格萨尔王四方敬仰，

亲自率领八十勇士，
誓灭你等一群草莽，
上顺天意以孚众望。
格萨尔是无敌圣主，
是黑魔们的催命王。
戎马倥偬南征北闯，
十八大国一一归降，
还曾降伏小邦无数，
腥风血雨驰骋疆场，
降妖伏魔势不可挡，
拉达克王斗胆较量？
岭营总领扎拉泽杰，
是我格萨尔王王子，
八十大将数他翘楚，
宿敌见他息鼓偃旗。
适才你狂言妄语，
声言将我头割取，
这是你白日梦呓，
无头死尸乃是你！
我这口阔叶鬼头刀，
今日要架到你脖颈，
割你头似刀割芜根，
取你盔缨做请功品。
如今已到吉祥时辰，
雪山群魔荡涤干净，
拉达百姓齐享太平，
水晶宝库洞开大门，
高原藏人如愿以偿，
魔王魔臣可曾听清？

英雄森达阿东话音刚落，拉达克王臣们已挥刀迎面扑了上来。此时，首当其冲，横刀抵御的是岭国辛察部的隆拉觉登。双方兵器并举，刀光闪闪，剑影森森，时左时右，忽东忽西。刹那间，隆拉觉登的右腿着了一刀，打了个趔趄，一头栽倒在地。森达一见，纵身而上，双方立即厮杀在一起。你来我往，胜负难分。忽然，大将卡契刀登窜了上来，唰唰两刀便将木雅部的岭国勇士当巴噶惹砍倒。旋即又杀入岭营的象雄营地，以迅雷不及掩耳之势左右冲杀，岭营不少骑兵被他砍下马来。象雄部首领冬赤和刀青二人见状，立即拍马舞刀迎战卡契刀登。三人绞成了一团，只见刀来枪往，光闪处似流星掣电，碰击处似恶雷击石，铮然声吓得鬼哭神惊。诡诈的卡契刀登唯恐自己有失，已无心孤军作战，他虚晃一刀，便掉头溜进了拉达王臣的人马之中，仗着声势，一气又砍杀了无数岭营的侍卫军。旋即疯狂地向王子扎拉泽杰的中军帐冲了过去。王子扎拉泽杰见状，怒从心起，额上青筋暴绽，那形如满月的海螺般白皙的脸上，倏地黑了下来，似团团乌云密布山岩。他那被激怒了的魁梧身躯活像一头盛怒之下昂首奋鬣屹立在雪山山顶的雄狮。只见扎拉泽杰全身披挂，远远望去好似帝释天王御驾亲征。他翻身骑上一匹银鬃飞马，轻轻一抖缰绳，眨眼间，飞马已冲到拉达克王臣一伙面前，随即开口唱道：

阿拉歌儿英雄调，
塔拉曲儿冲九霄。
守护神和诸位战神，
还有那岭国当方神，
请在英雄头顶降临，
祈助我将仇敌击崩！
若要问这儿是哪里？
这是拉达克门塘地，
魔敌遇我在此葬身。
若要问我是哪一位？
在岭国的玛康地方，
高耸着一座白银城，
那便是我诞生之地。
父亲人品高尚骨硬，
母亲慈爱贤淑过人，
膝下是我扎拉泽杰。
我是格萨尔王王侄，
率领岭国百万大军，
我是勇士中的将魂，
我继承父亲的武艺，
刀斩宿敌手快心狠；

母亲的贤淑传给我，
悲天悯人专济弱贫。
拉达克的王和臣，
你们个个竖耳听，
莽莽林海门域地，
猛虎出林伤路人，
一支铁箭穿虎心，
悔恨已迟徒哀鸣；
拉达国王贪无厌，
强将岭属小邦侵，
岭国挥师千千万，
悔恨已迟徒哀鸣。
小鸟展翅刚出窝，
鹞鹰扑翅紧紧跟；
白兔探头刚出洞，
岩雕已瞪大眼睛；
雪王跨马刚出阵，
定做岭将刀下魂。
今日碰上你这活靶，
想必就是拉达国君，
这是天神授我美意，
看我神箭直穿靶心，
恶人自有报应惩治，
今日恶报落你头顶。
降雹皆因乌云滚滚，
狂风乍起驱散乌云。
狂风能将乌云驱赶，
青青禾苗奈何不得。
拉岭之争你是祸首，
今日英雄要你老命，
岭国百姓众志成城，
垂涎岭国美梦难成！
双手沾满岭军鲜血，
鼠胆懦夫卡契刀登，

今日岭神将你招引，
冤家对头相逢狭径。
你别胆怯休想逃遁，
快快上前高低立分。
英雄扎拉今日定要，
索你拉达王臣狗命，
誓叫你等一伙孽障，
中阴路上结伴同行，
报我岭军深仇大恨，
祭我岭将忠骨英灵，
不如此我枉自叫扎拉。
天空云集的护法神，
请别在中阴间停顿，
祈求灾难给魔群，
送他们一命归中阴。
祈东方玛沁邦拉神，
引我铁箭命中靶心，
再祈念青格卓地祇，
引我宝刀夺魄追魂。
生吃拉达克王心肝，
渴饮刀登热血淋漓，
祈众神助我一臂力，
成就我大业创奇勋。

扎拉泽杰唱毕，随手取下一支雕翎神箭，嗖地射了出去，眨眼工夫，神箭直端端地射中了拉达克魔王旋努噶布头顶，只听得哗的一声，魔王的头盔中了箭，头盔上的铁屑碎片七零八落掉在地上。由于这天还不是噶布王气数终结之日，所以，扎拉泽杰的神箭仍然未能伤着他的要害处。噶布王身旁护驾的魔臣卡契刀登急忙拍马上前，保护着噶布王，以防再射出的第二支箭。这时的卡契刀登已气得颈脖青筋暴绽，嘴翻白沫，两眼直瞪着扎拉泽杰，牙齿咬得像青稞在铁锅中噼噼啪啪爆响。他眨巴着血红的双眼，摆出一副黑熊饱饮鲜血后的狂暴神态，沙哑着嗓子唱道：

阿拉歌儿声声唱，

塔拉曲儿句句哼。
罗睺凶曜牛头魔王，
雪国供奉的护法神，
敬祈佑护我王和臣，
再祈助我击溃岭人。
要问这是什么地方？
从前名叫阿如门塘，
如今将成岭贼坟场。
若要问我是哪一位，
从现在一直到以往，
从河谷一直到山岗，
谁不知我这英雄汉，
我的美名处处传扬。
我的大名你等知道，
我的武艺样样高强。
我曾击溃无数岭兵，
我曾腰斩岭国勇士，
堂堂雪山一大英雄，
卡契刀登威震四方。
你这懦夫洗耳恭听，
适才你以扎拉自称，
扎拉野狐原来是你，
冤家相逢两不并存。
你自诩是岭国精英，
疆场主动却属别人，
为什么不是你掌控？
刀登我虽仅是大臣，
杀得岭将头颅滚滚，
我驾驭着这场战争，
赢得多少辉煌大胜，
刀尖挂着岭将心肝，
还有什么比这开心！
雪岭之间交战频仍，
我挥刀多次闯岭营，

砍杀了无数岭国兵，
那时你扎拉在哪里？
是在狐窟潜形匿影？
还是兔穴躲命藏身？
漫天冰雹劈头倾盆，
地里禾苗呼救声声，
那时狂风去了哪里？
是酣睡在南方丛林？
还是直去北地逃生？
今天你有吃雷的胆，
敢同乌贼王比输赢。
你纵有百步穿杨技，
难穿我王岩石坚身，
难动我王毫毛一根，
谁是英雄谁是懦夫，
高原百姓自会分清。
你这懦夫胆敢狂嗥，
刀登立即舞动大刀，
定要送你命归阴曹，
不杀你刀登无本事，
不斩你我不算英雄，
野狐你要听清记牢。

随着卡契刀登的话音一落，那把亮光闪闪的阔叶大刀飞卷着舞了过来。岭国勇士森达、大力士木江森格昂青、阿登白吉扎巴、拥亚公布冬土等见卡契刀登眼露凶光，眉横杀气，担心统领扎拉受害，便都一齐拥上前去，横刀挡住刀登。卡契刀登更加怒不可遏，抖动阔叶大刀，时而仰面劈砍，时而俯身斩劈，时而侧身横扫，时而左右包抄，时而迎面猛刺，在这些魔幻般的刀路下，岭将阿登白吉扎巴招架不住，竟被刀登一刀劈为两半，倒在血泊之中。身旁的岭将森达身上的铠甲甲片也被划落数片，就连岭军统领扎拉泽杰也险着三刀，幸而都被扎拉躲开了。这莫大的羞辱深深地激怒了扎拉泽杰，他一边心中暗暗呼喊着格萨尔王和威尔玛战神，祈求他们保佑，助他出奇制胜，一边高举夺魂宝刀，一纵身猛冲上去，向着敌将卡契刀登接连猛劈三刀。由于岭国战神和格萨尔王的神力，由于统领扎拉泽杰的威力，由于猖獗的卡契刀登气数已尽，那电闪般的三刀，说时迟，那时疾，正好从魔将卡契刀登的头顶直劈到胸腔，一颗血糊糊的狼心扑通一声滚落了出来！在一片巨雷轰鸣般的喊杀声和呼啸声中，扎拉泽杰纵身上前，将魔将卡契刀登的头颅连同头盔唰的一声割了下来！

拉达克国王旋努噶布，亲眼目睹了他的宠臣卡契刀登死于扎拉刀下的惨状，不禁又悲又怒，只见他脸膛黑似锅底，牙齿铿得咔咔直响，瞪着双血红的牛眼，径直向拉扎扑了过来。他连劈带刺，唰唰唰就是三刀，刀刀砍在了扎拉身上。刀落处，只见火花迸溅，不见扎拉受伤倒地。于是旋努噶布又补上一刀，砍在了扎拉坐骑的前额上，噶布喜出望外，随即将刀一拔，掏出了飞马的心肝，他迅速拾起那血糊糊的心肝，顺势朝拥亚公布冬土和森格昂青二人脸上甩了过去。趁他二人躲闪之际，旋努噶布哗哗两刀将二人砍倒在地。

噶布的侍臣旺青森格这时正和岭将厮杀在另一处。他那亮光闪闪的长矛，上下飞旋，一眨眼便将岭营的索波大臣拉桑达瓦和龙日脱柏刺伤在地，结果了性命，并且还趁势杀死了不少岭国的索波营兵士。

英勇的岭军并没有因此而后退，在勇士们率领下，一齐拥了上去，将拉达克王臣四人团团围住。兵器相碰，寒光交织，拉达克王臣唯恐寡不敌众，虚晃几刀后，夺路逃跑了！

岭国将士们率领着各自的队伍胜利返回了岭营。

岭王和文臣武将们为扎拉泽杰刀斩魔臣卡契刀登，为岭国立下了这重大功绩而大加褒扬，大摆宴席，隆重地庆祝了一番。

第一百七十九章

岭王射杀九面寄魂狮 君臣商议破敌之良策

这天夜里，雄狮王格萨尔在名叫光明幻境的神帐内就寝。当晨曦微露的虎时时分，他梦见在浩瀚湛蓝的天空，朵朵五彩缤纷的祥云飘逸，一道道彩虹冉冉东升，在那彩云深处，隐约可见一仙姑飘然而至。格尔王仔细一看，原来是自己的姑母朗曼噶姆仙姑。只见她兰心蕙性，身着缎绫长裙绣带，头绾珠玉金冠，脸如莲萼，天然眉目，在五位妙龄仙女的陪伴下，在悦耳动听的仙乐声中，从无量宫宇飘飘然来到了格萨尔大王跟前。朗曼噶姆以她婉转的歌喉，向格萨尔王唱起了“揭示未来”的道歌：

阿拉歌声云绕雾缭，
塔拉曲调祥云缥缈。
三身智慧空行母们，
伏祈助我功业完成。
认不认识这是哪里？
是藏北下草滩腹地，
是岭国神圣的大营。
认不认识我是何人？
我是智慧度母化身，
姑姑我似神的明灯，
是通晓万物的卦师，
朗曼噶姆是我的名。
我是纳木措湖主宰，
我是岭国圣者庇荫，
向五智俱全的圣者，
来开启光明的前程。

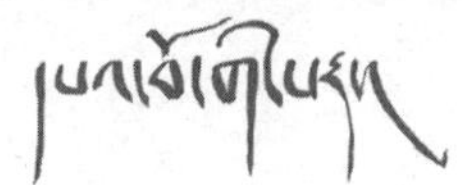

大王你听我述端详，
雪岭间战火已久长，
说根由有下述几桩：
一因雪王权大势盛，
二因毕扎五孽凶狂，
三因座座关隘险要，
四因大将虎彪鲁莽，
五因官吏皈依邪教，
恶魔因此盘踞逞强，
将白色善业全毁弃。
仰承慈悲的岭国王，
为弘扬善业受苦难，
为伏妖魔损兵折将，
且喜今朝泰来否去，
世间称道战果辉煌。
那英勇的八十勇士，
那万千的神兵力量，
逢凶化吉锐不可当，
让你岭国固若金汤。
如今险隘已经通畅，
毕扎五孽魂散魄丧，
凶残大将头抛沙场，
敌军万千血海浮躺，
卡契刀登胸冒血浆，
魔王元气小受损伤，
大业功绩指日可望。
今后战事将会怎样？
魔王臣将垂死设防，
龟缩城堡负隅顽抗。
面对此情如何扫荡？
善战者应因势利导，
选出岭国精兵良将，
分别攻占四座城堡。
到时雄狮大王你啊，

定要趁机灭除魔王，
那时雪山水晶国啊，
定成岭国所属封疆。
且请大王你再细听：
雪山国王体内神位，
多数已经被你肃清，
唯那雪山雄伟峰顶，
九面猛狮神位尚存，
须全仗你神武征服。
若不征服九面猛狮，
噶布魔王哪能除根？
噶布魔王若不根除，
大王伟业怎能告成？
只怕攻时刀矛无刃，
只怕守时勇士遭损，
只怕伟业化为泡影。
降伏这只九面猛狮，
噶布便成瓮中之鳖，
辉煌宫殿将归于你，
雄兵占领全拉达克。
廿九日这天正值月底，
是降伏魔王的好时辰，
让魔军人人皈依善业，
让拉达全境永享太平，
让底斯圣地自由朝觐，
让稀世水晶同你永存，
大王的功勋十方遍及，
圆满如意啊吉祥喜庆！
待到那时你功修圆满，
法力无边的天神护佑你，
法身宝位彩虹簇拥你！
格萨你切切铭记在心。

朗曼噶姆授记完毕，倏然隐没于团团祥云之中。

雄狮王一觉醒来，天色大亮，一轮金灿灿的太阳刚刚升起。梦中一切还清晰可记。

神帐中，雄狮王已召齐了文臣武将，详细向大家转述了刚才姑母朗曼噶姆托梦显灵，降赐预言的经过。最后，大王选定了晁通、米琼、丹玛、却珠、贡巴桑洛、秦恩等将领，准备选一个吉祥的日子，前去降伏魔王噶布的命魂——九面魔狮。

一个吉祥的时辰终于到来了。这天，王臣一行七人，在格萨尔王率领下，来到雄伟的昂青雪山脚下，他们选定一个山洞住了下来，先观察一下九面魔狮的动静，再决定降伏的办法。

这座开天辟地时便耸立在这里的巍峨雪山，终年积雪不化，四周云遮雾绕，天天雪花飘扬，呼啸的狂风从未停歇过片刻。山顶昏昏默默，杳杳冥冥，分不清四季，分不清昼夜。天上飞的、地上走的在这里都已绝了迹。只有魔王噶布的命魂——九面魔狮终年独踞在这混沌的山顶。

面对这座杳无人迹的巍巍雪山，用什么办法去接近九面魔狮呢？大家认真地谈着各自的想法。大王听了之后，很有把握地向晁通说："恶魔的命魂非用明咒的咒术破除不可。我岭国精通明咒咒术的除了晁通叔，就再找不着其他人了。这件事只有劳神晁通叔叔了！"

坐在一旁的晁通，脸上虽不露声色，心中却一阵阵高兴，表面上泰然处之，静静听着大王的吩咐，装得若无其事，一只手不住地将胡须往左边捻捻，又往右边抹抹。但是，隐藏不住的兴奋劲，竟牵动着他面颊上的神经，使他的脸皮不住地抖动着，一双半睁半闭的迷糊眼不住来回瞅着左右的人们，流露出一股一万分得意的神情。

格萨尔王刚一说完，晁通双唇使劲一张，发出了一声响亮的弹舌声，表示他有话要说。他随即又将刚才抹胡须的右手拇指和中指一拧，又发出一声响亮的弹指声，随后站起身来，向着格萨尔王躬施一礼答道："是。"

然后，他不慌不忙转身向着大家，偏着个脑袋侃侃地说道："凡是大王的旨意，过去老叔我从不推诿，而是件件照办，还要尽心去圆满完成。但是，如今我已是一个年迈、浑浑噩噩的孤老头了，今天要我去完成这样一件大事，恐怕就会像笨驴在骏马面前逞能。这样岂不反坏了大事！所以还是让大王的司膳官米琼大人去办才是，从前他当过白帐王的内臣，能言善辩，博学多才。叔叔我助他一臂之力就是了。"

"晁通叔叔不必推让了。我们都知道通晓明咒的本领数你最高，只有你最合适，就遵照大王的吩咐吧！"丹玛和却珠不住抬举和夸赞着晁通。

米琼知道晁通对过去的事还耿耿于怀，刚才的话完全是冲着自己来的。心想，今天我若不当众奉承他几句，取悦于他，给他点面子，那降伏九面魔狮的大事就会有落空的危险。于是，米琼凑上前去，深施一礼，面带微笑，先讨好地亲热地喊了几声晁通叔叔，这才说道：“你老叔是穆布董氏王室的后裔，又是格萨尔王的亲叔叔，你精通神变幻术，又最擅长明咒，简直是一位超凡脱俗无与伦比的能人。而我呢，是背空糌粑口袋人的后裔。过去，是一个没有立锥之地的游民，一个四方乞讨的卑贱乞丐，哪有降伏恶魔命魂的本领！晁通叔，你就别难为我了吧！”

接着，晁通又带着讥讽的口气冲着众人说：“你们都是些勇士，现在为啥不去？用得着我时，你们都夸我，平时你们对我凶神恶煞似的。如果是你们请我，我根本不理。但是，这次是大王的旨意，我岂敢违抗！”大家又恭维了一番，晁通这才起身准备法器去了。

不一会儿，晁通席地跏趺而坐，朝着勾召之物的方位，口中念念有词，就地作起法来。霎时，只见两条头上长着铜冠的蓝青色巨龙出现在人们眼前。不大工夫，两条巨龙腾空而起，朝着九面魔狮出没的雪山之巅飞去。顿时，山顶响起巨雷般的三声轰响，震得周围地动山摇，酣睡中的九面魔狮被惊醒了。它懒洋洋地走出洞口，抬头一看，见是两条巨龙。于是，它抖抖鬣毛，仰天咆哮三声，便龇牙咧嘴地扑向巨龙，想将巨龙一口吞食。两条巨龙佯装恐惧，连连后退，向着王臣们躲避的地方逃奔。狰狞的九面魔狮穷追不舍。正当九面魔狮猖狂得意之时，格萨尔大王张开野山羊角硬弓，搭上一支腾空神箭，朝着扑面而来的九面魔狮射去。神箭飞旋着，发出不寻常的尖厉的声响，在善业护法神的护佑下，眨眼工夫便一下直端端地扎进了九面魔狮的心窝，恶臭的污血顿时从口鼻喷出，九面魔狮随即坠地死去。大家一拥上前，迅速剥去狮皮搭在肩头，王臣一行这才胜利返回了岭营。为此，格萨尔王大摆宴席，表彰晁通叔叔用明咒巧伏九面魔狮的功绩。

话分两头，自从噶布王闯了岭营，失去了卡契刀登后，连日来他闷闷不乐。这天，他召集文臣武将，阴沉着脸，有气无力地向大家说：“现在，我雪域上中下三部的许多关隘已被敌人攻破，内臣毕扎五虎将和卡契刀登等大将已先后为国捐躯，雪山兵的死伤情况更为惨重。眼下，岭军逼近我王宫，已陈兵万千。面对如此险恶局势，这场战争究竟如何打法？我们应该怎样对付强敌？请大家共献良策！”

大家明白了眼下拉达克的险境，可一时又想不出什么好的主意，都无可奈何地紧锁着双眉。大将廷绒拉格站起来说：“依臣下的愚鲁之见，仅就我们几个是不会献出什么圆满的计策来的，不如把在外的文臣武将都召回来，他们都知己知彼，特别是应该将曾把守过重要关隘的百户长扎奔召回来，大家一起商议，不愁想不出退敌的妙计良策！”

众大臣听后，认为大将廷绒拉格言之在理，并向噶布王推举大将阿柏楚吉即去边关召回百户长及其勇将们。

百户长和勇士们应召，立即马不停蹄地赶回王宫。拉达克王臣们再次聚集一起，就今后的军机要事紧张地磋商起来。

廷绒拉格首先将几次战斗失利的真实情况和现在面临的困难险境一一做了详细介绍。众人听后，个个面面相觑，有的面如土色，有的呆若木鸡，有的低头沉思，有的悄声叹气，全场一时鸦雀无声。这时，过去的百户长，如今的万户长扎奔霍地站了起来，打破这沉寂的气氛，拉开嗓门唱起了“献计歌”：

阿拉歌啊阿拉腔，
塔拉曲啊塔拉调。
拉达克的众战神，
祈赐我智慧之门。
这儿是什么地方？
是君王的议事厅。
要问我是什么人？
六座关隘在山麓，
我是把关的扎奔。
老鼠虽小善积粮，
芥子虽小易繁旺，
珍珠虽小最华美，
我虽卑微智慧广。
我是雪国君王忠良，
早已受我王的封赏。
如今我大名响四方，
谁不知扎奔万户长。
我是山麓大军之长，
我是镇守关隘主将。
恭请我君王和众臣，
容我扎奔一一陈述。
今年拉岭两国争斗，
宜用几条良策施行：

冰雹狂风轮番吹打，
地里庄稼焉不遭损？
今趁六谷未全受灾，
早迎咒师防雹降临，
鹞鹰展翅翱翔长空，
雏鸟能不胆战心惊？
今趁鸟群未遭袭击，
及早准备躲入丛林，
岭军好似潮水涌进，
我怎能不折将损兵？
今趁山河还算完整，
休止干戈谈判和平。
精选数名得力大将，
叩见藏王向他祈请，
请求缀合双方和好。
获得喘息休养生民，
军威再扬旗鼓重振，
挥戈直捣岭国王城。
旧仇新恨一并算清！
而今我军势单力薄，
毕扎五将惨遭杀戮，
卡契刀登捐躯沙场，
无数大将头颅抛堕，
仅凭这点残兵余将，
怎敢去同岭国拼搏？
绝非我辈胆小怯懦，
现实确是敌强我弱。
只要龙王安康长寿，
海中宝物定然属我；
只要太阳不遇天狗，
灿烂光芒人间依旧；
只要我王龙体平安，
臣民齐心强敌可灭。
此情理请王臣思忖，

原谅小人心胸蒙昧，
词语谬误恕我无罪。

听了扎奔万户长的陈述后，大王和众臣经过思忖和商议，认为所言极是，同意采纳扎奔的计谋。是日，为了迎请藏王亲自出面为拉岭两国之间斡旋媾和，万户长扎巴奔噶、大将赤曾俄玛以及随行的待卫官和马夫等十五人，带着装满金银绸缎和六合丸药的三驮珍贵礼品，向着圣洁的拉萨方向出发了。

待叩请藏王的使者出发后，为了加强防御，拉达克国王将余下的数千名精锐士兵分编成四路，每路两千名士兵组成，各由几位大将率领，分别开赴王宫附近的四座城堡，保卫王宫。

藏王尚未为拉、岭两国协商议和，一天上午，雪山国的猛将旺赤森格，忽然单人独骑，全身披挂，直奔扎拉营帐，准备突袭岭国营地，以图报仇泄愤。守护营地前哨的勇士郎拉妥柏立即挺身出阵，拍马持枪，上前迎战，两人厮杀在一起，你来我往，拼杀了数十个回合，还不见高低。这时，旺赤森格不愿纠缠，灵机一动，虚晃一刀，佯装败北而去，旋即转身闯入了黑霍尔营地，以迅雷不及掩耳之势砍杀了数名士兵。黑霍尔部的古纳泽杰勇士拔剑挡住了旺赤森格的去路。旺赤森格杀性方起，怒不可遏，破口大骂："黑帐黑脸黑大臣，这懦夫有什么脸在我面前逞能，你恶贯满盈，理当偿命！今日我就和你拼杀到底。我若在你面前后退三步，今后我便不叫旺赤森格。让我的宝剑现在先送你归阴！"旺赤森格顺着手势一刀砍过去，将猝不及防的岭国勇士古纳泽杰的头颅砍落在地。紧接着他打了一声响亮的呼哨，得意地从营地后抄小路溜跑了。

岭营营地周围立刻响着"为古纳泽杰报仇"的吼声。勇士森达阿东得知，立即披挂。他头戴圆月头盔，盔顶插着光明盔缨，身着金刚宝具铠甲，红绫背旗在脑后飘曳，那菱纹豹皮弓袋内鼓胀着威震三界的硬弓，那彩虹般斑驳的虎皮箭袋中，满插着五十支吸血铁箭，那扁平的名叫"夺魂"的大刀刀柄上，系着一束五彩缎带，九种兵器佩带整齐，翻身跨上一匹名叫"千山腾"的坐骑，远远看去，他酷似一尊即将出征的战神。正是，五彩缤纷似烂漫山花，金光闪闪似光环满天，串串呼啸似霹雳震撼，马蹄嗒嗒似鼓乐齐鸣。

岭将森达阿东一到拉达克军营前，便开口唱道：

阿拉歌儿云间绕，
塔拉曲儿顺河飘。
顶礼岭国众护法神，
祈在英雄身边降临。

要问这是什么地方？
是拉达克王宫北郊，
是懦夫在大门驻防。
认不认识我是何人？
在泱泱岭国的国度，
八十勇士盖世无双，
个个似鹰似雕似狼，
勇将我对敌如虎狼，
追顽敌似饿狼扑羊。
雪山兵个个仔细听，
追究这次战乱祸因，
祸首便是你们国王，
你若不将柏达蹂躏，
岭雪间怎会起战争？
属国受害岭国援助，
已是藏人祖先规矩。
你雪山兵与岭为敌，
下场必是以卵击石；
毕扎五孽乱世一时，
岭将刀下身首离异；
卡契刀登自视无匹，
扎拉挥刀剁为肉泥；
骁勇大将目中无人，
终于落个横尸旷野。
食了苦果可曾满意？
旺赤森格前来偷袭，
好似恶狗背后咬人。
古纳泽杰惨遭不幸，
这只算是鬼蜮伎俩，
是英雄快出来对阵。
你散兵游勇乌合一群，
转瞬间必将遍野尸横，
这恰是恶戒沙弥招魂，
难解脱反堕地狱底层。

你等若是惧怕死神，
快快下跪向岭求情。
抑强扶弱不杀降者，
是我岭人天生习性。
母狐胆敢前来玩命，
瞬间便成虎口食品；
捻线女样的雪山兵，
眨眼将被我军除尽。
谁是雪山的主宰？
是我大王格萨尔，
是我洁白的岭国，
岭国给百姓太平。
懂歌词心里甜蜜，
不听劝心蔽聪明。

森达阿东唱完，等待着对方的回答。他心中猜度着不知对方将派出怎样一员大将出营对阵。雪山兵们看见森达阿东威风凛凛，又听了刚才他那段震撼人心的歌词，人人胆怯，个个面面相觑，都缩着脑袋好似三魂失去了七魄。忽然间，闪出两员大将，一员叫阿拉草格，一员叫冬突奔查。二人全身披挂，雄赳赳地催马冲到阵前。阿拉草格将长矛直指森达，高声唱了起来：

阿拉歌大家同唱，
塔拉调众人齐哼。
雪国的众护法神，
祈降临助我一臂。
认不认识这是哪里？
是拉达克营地腹心，
英雄在此捍卫疆土，
懦夫休来耀武逞能。
认不认识我是何人？
拉达王似茫茫寰宇，
众大将似日月星云，
启明星斗璀璨晶莹，
那正是我阿拉草格，

强悍盖世勇冠群英。
你虽自称岭国勇士，
森达阿东徒有虚名，
今日同你狭路相遇，
别再梦想侥幸逃生。
人间凡尘芸芸众生，
一转眼间寿终正寝，
与其跪地向岭乞命，
血溅疆场虽死犹荣。
弱国投诚是你岭国，
弱者投诚是你岭人。
今日我将旗开得胜，
先夺森达你的盔缨，
为我毕扎五位英雄，
为我虎将卡契刀登，
誓将累累血债算清。
不斩森达枉为大将，
不获胜利不算英雄，
此番道理你可听清？

阿拉草格唱完，便同冬突奔查并鞍并辔，催马舞枪冲了过去。这时，阵地上只见亮光闪闪，寒气森森，长矛旋飞，直逼森达。森达沉着迎战，不后退半步，手中的青铜阔叶大刀上下翻飞。没有战上几个回合，森达便将两员大将各劈为两半。这时，森达更是杀性大起，挥动阔叶大刀，在士兵们呼哨的助威声中，挥刀跃马猛地冲入雪山兵营地，左冲右杀，挡者披靡，似风卷残叶。不一会儿，百余名拉达克士兵被砍倒一地，都成了森达阿东的刀下鬼魂。

马背上的森达阿东，手提阔叶大刀，刀尖上还成串地滴着鲜血。他圆瞪双眼，喘着粗气，将血糊糊的阔叶刀在鬃毛上来回揩拭几下，又拍马径直朝雪山兵营地的腹心冲了过去。此时，拉达克内臣廷绒拉格纵马挡住了他，厉声吼道："莽夫森达，你给我站住！是英雄应当知足。我这支铁箭似霹雳迅猛，你别以为射不中你，我只怕伤了格萨尔王的心。不信，你就尝尝这箭的厉害！"说着接连射出两箭。随着耳边一阵疾风之后，一支射在森达身边一块牦牛般大小的青石上，一声巨响，石块横飞，碎石遍地。另一支却射中了森达的豹皮弓袋。只见一大块豹皮掉落地上，袋里的弯弓左右摇晃，眼看就要掉落下来。森达心中暗暗佩服。看见他刚才提起格萨尔王时所表露出的那副虔诚的神情，心想，来者必定是早已闻名的廷绒拉格了！想到这里，森达阿东克制住自己，掉转马头，奔回岭营去了。

森达阿东在神帐前下了马，将带回的两颗敌将首级丢在大帐门外，便急忙躬身进帐，参拜大王，并向大王详细禀报了战斗的经过，以及和廷绒拉格相遇的情况。大王和众臣听后，交口称赞森达阿东武艺高强，大智大勇。格萨尔王亲自赐予了崇高的英雄带。

第一百八十章　破城门围王都成孤岛 显正义度魔王得往生

这一天，拉达克王臣密聚一堂，紧急磋商如何退却岭国大军。面对兵临城下的险恶局面，许多大臣都怀念起了足智多谋的老臣根桑扎巴。他们纷纷进谏国王，请王收回废黜老臣的成命，再次迎请老臣根桑扎巴回宫议事，共同寻求使拉达克从目前的困境中解脱出来的办法。

由于岭国护法神的威力，愚痴早堵塞了拉达克王的心窍，因而他对众臣的苦苦进谏，毫不动心，一句也听不入耳，他烦躁而又粗暴地阻止了大家的议论，厉声呵斥：“那老头昏庸无能，叫他何用？还是赶快行动，进行抵抗的准备。现在，我命令你们照我说的去行事！”噶布王吩咐完毕，便提高嗓门瓮声瓮气地唱起了“行令歌”：

要唱就唱阿拉歌，
要哼就哼塔拉曲。
白云深处的无量宫，
罗睺罗是众星之王，
祈今朝降临我身旁，
佑我江山永固久长。
认不认识这是何方？
这是拉达克的腹地，
巍巍昂青冬宗宫殿。
认不认识我是谁？
我是拉达克救主，
名叫旋努噶布王，
又称乌绒赞普王，
我是诸国的王冠，

权柄似月亮太阳，
权势似霹雳响亮。
御前众臣听命令，
如今我自有主张。
正如常言说得好：
暴雨不从天空降，
河水哪会顺势涨？
没有河水顺势涨，
哪来荒滩与河床？
岭贼若不吞柏达，
雪军哪会去讨伐？
岭贼若不助柏达，
岭、拉之战怎爆发？
而今岭贼兵压境，
往事件件涌心上，
痛失毕扎五虎将，
尸骨不知丢何方。
还有英雄的刀登，
壮烈捐躯在疆场。
往后事态听天命，
将领胸襟宜宽广，
若是藏王顾情面，
同岭和谈还可望。
倘若拉、岭难缀合，
与其屈膝求偷生，
不如疆场舍命拼，
长生不死是骗人。
大军攻打占领城池，
这是岭方惯用故伎，
我军避免正面迎敌，
兵分三路固守抵御。
冬宗各城精英会聚，
王臣齐心同舟共济。
北面的曲扎水光城，

由我廷绒拉格英雄，
和三员睿智的大将，
率领山巅兵士部众，
拼命固守击溃强攻。
东面的日扎斑驳城，
由我朵赤耿特英雄，
和三员大力士大将，
率领山腰兵士部众，
拼命固守击溃强攻。
西面的朗扎闪光城，
由我庭学楚结英雄，
和三员勇武的大将，
率领山麓兵士部众，
拼命固守击溃强攻。
岭若攻击分寸不让，
睿智对付切忌鲁莽，
固守三月转凶为祥，
斡旋三月议和有望，
智退岭贼复我故疆，
寻机报仇重振威光。
鱼儿欢蹦在河水中，
三次垂钓三次滑脱，
不是鱼儿戏耍钓钩，
只怪鱼钩缺少钢火；
梅花鹿嬉戏在草场，
三次围猎三次逃亡，
不是花鹿机灵敏捷，
只怪猎犬愚笨慌张；
岭地那个觉如逆贼，
雪军三次未降住他，
不是岭娃凶猛狡诈，
是雪王我不够毒辣，
教训刻骨钢镌铁划。

旋努国王唱完，场上鸦雀无声，没有任何人敢在这时提出异议。过了一会儿，众臣这才连连发出“是……是……”的应诺。接着，一个个悄悄退了出去。众大将赶回到了各自驻守的城堡。

第二天，各处都在挖壕沟的挖壕沟，背礌石的背礌石，造长矛、弓箭的造长矛、弓箭，士兵们穿梭如织，忙忙碌碌，为抵御岭军进攻积极准备着。

当岭营前哨探得雪山兵正忙着加固设防，准备拼死抵抗的情况后，立即派专差回中军帐禀报格萨尔王，请求大王速速明示。这时，大王身旁的总管王首先唱起了“决策歌”：

阿拉歌儿云中飘，
塔拉曲儿山涧绕。
上界戒师译师和法王，
盏盏明灯将雪域照亮。
向你们虔诚膜拜顶礼，
请赏赐我智慧和胆量。
认不认识这块地方？
这是拉达克王国腹地，
英雄到此炫耀武功，
懦夫到此龟缩窝囊。
认不认识我是何人？
绒布的部族在上岭，
我叫总管绒察查根。
我是保疆土的总领，
我比鹞鹰还要机灵，
“查根”美称因此而得。
而今年老智慧枯竭，
谋划不如往昔精明。
时时想着总管身份，
老伯我还是要尽心，
辨别舍取大王圣裁。
狐狸钻洞头朝里，
猎人应该放烟熏，
谨防狐狸得逃生。
雪军固锁守城门，

智破城门最要紧，
谨防大功败垂成。
昴宿月十九那一天，
兵分三路接近城门；
王子扎拉泽杰统兵，
攻打北面的曲扎城；
大王格萨尔的卫队，
攻打西面的朗扎城；
文姜两部的众官兵，
攻打东面的日扎城。
敌军已成瓮中之鳖，
定会全力突围硬拼，
我岭国英勇善战将士，
猛打死堵全歼敌人。
攻克的一座座城堡，
务将财物全部收尽，
多少均等分给将士。
昂青冬宗王宫财宝，
应向岭国将士平分。
来日再夺水晶城堡，
胜利法幢高举如云。
别耽误大军速起程，
精诚团结勇往前进，
神明相随保佑你们。
肺腑之言我全吐尽，
愿如意吉祥齐降临！

听了总管王绒察查根的部署和吩咐，大王和众臣均无异议，认为总管王想得周密，言之在理，都乐意照着部署行动。为要攻打拉达克王宫东面的日扎斑驳城堡，岭军统领将远在山岔路口担任防守任务的文姜两个部族的队伍调了回来。他们经过七天七夜的晓行夜宿和长途跋涉，终于赶到了通知到达的地点。

提前到达指定地点的两支岭国队伍，遵照总管王的吩咐，经过充分准备，于十九日这天将城垣四周包围了起来。各路人马就地扎下营帐。那繁星般的营帐鳞次栉比，难以数计。营地上，士兵们正忙着砌灶熬茶。皮火筒的扑哧扑哧的吹火声，时高时低，此起彼落，似天边阵阵响起的隆隆闷雷声；堆堆火苗闪闪跳动，似天空道道电光交相辉映；袅袅炊烟冉冉升腾，似朵朵白云在头顶飘逸；一锅锅茶水鼎沸蒸腾，似白色雾霭笼罩着整个岭营。城堡楼顶上的拉达克王臣们放眼看见这番景象，暗暗惶恐，心急如焚，都悄悄倒抽了一口冷气。

这时，北面曲扎水光城堡的东门前，岭国勇将士森达阿东，南门前面的索波大臣达玛刀青，西门前面的辛察隆拉觉登，北门前面的巾帼英雄阿达娜姆等披挂整齐，个个金盔耀日，喷吐霞光，银铠铺霜，吞没月光。在虎彪彪的决胜队员们的簇拥下，威风凛凛地率领着各自的一彪人马，在同一个时辰，一齐弯弓搭箭射向城堡。顿时，呼哨声、呐喊声、冲杀声四起，似轰鸣雷声在头顶滚过，支支铁箭似冰雹连连向城堡守军飞去。

护城大将中的廷绒拉格看见岭军攻城的这股凶猛劲头，心中十分焦急，他暗暗想道：我该怎么办？凭城堡中准备充足的铁箭和礌石，当然能够对付些日子，还有可能杀死不少岭国人马。但是，这样就有负格萨尔王对我的期望了，所以还是不还击的好，以免互相结下更深的仇恨。人，又有谁愿意轻易地死去呢？还是设法让士兵投降吧。他忽又转念一想：不对，像我这样一个国王身边的权臣，若率先向岭国投诚，不仅对拉达克王不利，今后我还有什么脸见人？岂不遭人唾骂终生！怎么办？啊，这样吧，我单人匹马借故回王宫禀报战况，给士兵们留下投降的时机，如此，谁能怪罪我呢，我的目的也达到了，真是两全齐美！廷绒拉格经过反复忖度，定下了这个主意，随即转身闪出东西后门，向着岭国士兵唱起了“情理歌”：

人人喜爱阿拉歌，
个个爱哼塔拉曲。
拉达克的地祇们，
护英雄我上路程！
要问这是啥地方？
这是曲扎东城门。
要问我是什么人？
是近臣廷绒拉格，
孤胆英雄遐迩闻名。
曲扎城比金刚坚硬，
大将个个骁勇超群，
炮石硬箭猛似霹雳，
弹指之间将毁岭军。

为何我不如此倒行，
大臣我曾三思在心，
先人谚语教训后辈：
犯戒劣僧聚敛金银，
毁了来世也灭今生；
官吏违法荣华富贵，
毁了来世也灭今生；
无谋首领心黑手狠，
毁了来世也灭今生。
句句真谛发人深省，
岭国官兵仔细思忖。
现在请听我述原因：
廷绒有事急欲出城，
留下护城众多士兵，
只要双方不再伤亡，
他们自会前来投诚，
便算圆满因果命运。
古谚常常如此训导：
“闹市上人来又人往，
心灵追求虽然一样，
岂有自作多情姑娘；
肃静回避的厅堂上，
贪心虽然人人一样，
老爷岂肯流露贪相；
烽烟四起的战场上，
求生欲望人人一样，
可人人爱扮舍命郎。”
若能保住士兵性命，
便满足了微臣愿望，
堡内财物全部贡奉，
敬献给我格萨尔大王。
我是廷绒拉格大将，
过去效忠拉达王朝，
八十内臣名列前茅。

而今我王社稷不保，
我若率先前来投降，
今生来世对我不饶。
我速去王宫走一趟，
未来怎样不曾细想，
你等不要将我阻挡，
阻拦只会枉动刀枪。
若不听我这番劝告，
狮虎相斗摆开战场，
或是你生或是我亡，
死而无憾我不惆怅，
常胜好汉世上难找，
请众岭将各自思量！

廷绒拉格一唱完，以为已经表明了缘由，不便再久久逗留，挥手扬鞭，准备拍马而去。英雄森达阿东早已耳闻廷绒拉格心向岭国，仰慕格萨尔王，特别是他在掩护和营救岭将玉拉等一行人的行动上，早已将这份心迹表露无遗。而现在眼看噶布就要土崩瓦解，他还要去晋见拉达克王，这表明他是一位重义气恋旧情的好汉。森达暗自想道，此人若能归顺岭国，今后对岭国必有很大用场。既然这样，我怎能让他再度跑回拉达克王身边去呢！现在重要的是要降伏他而又不能伤害他。怎么办？想了一阵子后，森达认为用羁索套住他是最好的办法。于是，他从肘弯上取下洁白的捆仙绳，握在手中，先开口唱道：

心中唱声阿拉歌，
嘴里哼首塔拉调。
祈祷岭国威武战神，
助我仙绳大显奇能。
要问这是什么地方？
是大军压境曲扎城，
英雄你啊休想逃遁。
要问我是哪一位？
勇将群中一豪杰，
森达我比狼机警。
岭国大军攻雪军，

好似恶狼扑羊群。
廷绒拉格你心地善良，
早已心向格萨尔大王，
营救玉拉一行出铁窗，
功勋卓著岭地皆颂扬，
岭国王臣铭心永难忘。
适才听你倾述衷肠，
心似哈达洁白高尚，
守城兵士若愿投降，
岭王本是父母心肠，
这也是岭军的规章。
廷绒你是一军头领，
你若率众前来归降，
英雄授带给你挂上。
倘若重返噶布身旁，
一心要去效力魔王，
从此埋下灭顶祸殃，
到头落个身名两丧。
姑念过去卓著功劳，
迎你英雄去见大王，
岂用哈达将刀裹藏。
梅花鹿啊漫游在山岗，
小花鹿欢蹦尾后跟上，
即使猎人枪法很神妙，
见小鹿猎人缩回了枪；
噶布据城想负隅顽抗，
属臣廷绒附庸紧相帮，
锋利宝刀紧握在手上，
见廷绒我将刀鞘内装。
今日无心较量短长，
末将森达阿东我啊，
要用羁索将你捆绑，
迎请你进岭国朝堂，
不是对你不敬不恭，

你逼我不得不这样。
乞望大臣息怒原谅，
我岭国的众位战神，
赐我羁索威力无双，
请廷绒你要多思量。

森达阿东唱完，手臂一挥，一卷捆仙索哗地飞出了手掌，刹那间，那捆仙绳像根铁钩，一下便套住了廷绒的右臂。廷绒来不及躲闪，应声滚落马背，岭国勇士们一拥而上，迅速逮住了廷绒。护城的拉达克士兵看见头领被擒，顿时便像河水决堤一般哗地纷纷丢下了手中武器，岭将们对缴械投降的士兵不图报复，不泄私愤，既往不咎，以礼相待。唯有那狡猾顽固的万户长扎奔却趁士兵们慌乱之际，只身悄悄地溜跑了。

廷绒被岭军用洁白的绫罗捆绑后扶上马背带回了岭营，在上等囚房中，岭军每天用茶酒乳酪等精美食品款待他。

从曲扎水光城中搜缴出的所有财物，按规矩全上缴王子扎拉，由他平均分给扎拉营地的每个士兵，至此，北面的曲扎水光城堡才算完全被攻克了下来！

在攻克曲扎水光城堡的两天以后，拉达克东面的日扎斑驳城堡又被岭国文姜两部的兵马团团包围了。东城门有玉拉大将、南城门有东迥达拉赤噶大将，西城门有文布阿鲁巴森大将，北城门有玉赤大将，他们各率领五名勇士和上千名决胜士兵，任务是专攻各道城门。这时，各道城门前，震天的喊杀声四起，那声音似千条玉龙在头顶腾飞怒吼。密密麻麻的铁箭似猛烈冰雹铺天漫卷，直泻向那一道道城头。城头虽不见人影晃动，但拉达克的士兵们还是在全力还击。那无数箭孔中飞出的铁箭似倾盆大雨，使得岭军不敢靠近城门。东城门前，岭国姜部落的羽翎军已有数十名中箭倒地。与此同时，南、西、北三道城门前的门地六部落和卡契、文布等部的士兵也都各有伤亡，但是，岭国士兵们毫不畏惧，英勇顽强，一次又一次地不断冲击敌人城堡。最后，终于冲破城门，岭军似潮水一般涌了进去，将死守城堡的雪山兵砍的砍、杀的杀、生擒的生擒。一刹那间，数百名雪山兵倒在地上，尸体遍地，鲜血横流。拉达克护城大将冬赤根特内臣目睹这场血淋淋的剿杀，气得七窍生烟，眼冒火花。他圆瞪着双眼，暗暗骂道："不抓一个最凶恶的岭将回来活祭我士兵，我这口气怎咽得下去！"他整了整佩带着的箭袋和兵器，杀气腾腾地冲出了北城门。凑巧迎面奔来一员岭国勇士。只见他青筋微露，一对红眼微透碧波，阔胸粗膀，气宇轩昂。冬赤根特一见，断定此人必是岭王面前的宠将，便向他开口唱道：

按规矩先唱阿拉歌，
照习惯先哼塔拉调。
拉达克上界的保护神，
祈迅速在我身旁降临。
要问这是什么地方？
是日扎城堡北城门，
英雄我武艺赛众人。
要问我是哪一位？
雪山内臣八兄弟，
我名叫冬赤根特，
英勇威猛无敌手，
阿里三部有名气。
你这岭贼乳臭子，
好好听着我道原因，
我拉达克守土保境，
你岭贼横蛮来攻城，
冲破铁门杀我士兵，
抢我财物劫我金银，
你等罪孽远不止此，
还将昂青冬宫围困，
箭矛指向拉达国君。
如今铁铸大门破碎，
打劫全部稀世奇珍，
横冲直撞暴戾骄横。
冬赤根特不可欺凌，
我锋利箭镞不饶人，
破开你那狼心狗肺，
让大地传遍我威名。
古人曾有这样的警句：
老虎贪嘴被人肉噎毙，
母亲唠叨遭女儿怨恨，
贪嘴过量伤胃又伤脾，
凶残过分因犯越狱去。
看你这身蓝色装束，

定是岭国显要贵人，
要上刀尖我来扶你，
以血还血方雪我恨，
岭贼你心中应记清。

冬赤根特唱完，岭国姜色玉赤唰地抽出长剑，直指冬赤根特，怒目圆睁，引吭唱起了悠扬的阿拉歌：

阿拉歌儿声嘹亮，
塔拉曲儿四处扬。
怙主加持恩泽浩荡，
格萨尔大王功德无量，
威尔玛战神威力无双，
祈三尊齐聚我身旁。
要问这是什么地方？
这是日扎斑驳城堡，
是宰杀雪军的屠场。
若要问我是什么人？
我乃姜国王族后裔，
刀斧手玉赤是我名，
我是中支文部统领。
根特大臣竖耳细听，
拉达王凶狠又贪心，
将柏绕弱国强占领，
又发兵将达玛欺凌，
还步步向岭地逼进，
贪得无厌妄想横行。
小人根特太不自量，
老爷面前敢来逞能。
涓涓溪水哗哗喧闹，
潺潺水流能淹山村，
浩荡岭军攻占城堡，
悔之晚矣水已成冰，
战马背上取你首级，

城门面前送你归阴，
让你士兵看你惨景。
不将你国夷为瓦砾，
王族后裔我不配称。

玉赤唱完，拔出长剑，催马上前，唰唰唰连刺三剑，都没有刺中。冬赤根特旋即唰唰唰地回刺三剑，也都被玉赤躲闪开。冬赤赶紧掉转马头，拉开一些距离，立即张弓搭箭，嗖地放出一箭，只听得当啷一声，根特的铁箭射中了玉赤的胸膛，扎进铠甲。由于姜色玉赤身上穿有格萨尔王恩赐的大氅，那支箭镞才没有扎进皮肉，气得他两眼直冒火星。只见他挥舞手中长剑，径直朝根特逼了过去，一眨眼工夫，便将根特手中的长矛劈为两段！根特不甘示弱，丢掉手中的半截矛杆，迅速抽出阔叶大刀，向玉赤压了过来。玉赤眼疾手快，头一偏，身一闪，躲开大刀，翻腕将长剑向根特头上猛力劈去。说时迟，那时疾，一眨眼间根特的头颅便被玉赤大将像削芫根一般砍落下来！玉赤打着一声尖厉的呼哨，纵身上前，将根特的首级连同头盔提了起来绑在马后。这时，一拥而上的岭国士兵，趁势冲进城门，砍杀了数万名雪山兵，并将堡内财物抢夺一空。大家正在胜利欢快之时，忽然，一位青筋绽露、皮包骨头，两眼碧波、绿光闪烁，胡须花白齐胸的枯槁憔悴老头窜到面前，挡住他们的去路。老头手掣一柄烈火浓烟的长矛，龇着牙咧着嘴，狞笑着向玉赤猛扑过来。玉赤见状镇定自若，没有被他可怖的面孔和气势吓住。他认定这是幽灵的幻变。于是，他屏住呼吸，取下神箭，弓开满月，箭发流星，大喝一声："认箭！"一声轰响，那老叟便倏然化为乌有了！

在西城门，当珠噶德劈开城门，岭国士兵们一冲而进时，突然被一名叫昂格岗仁的拉达克大将挡住，双方兵器相碰，立即展开了一场厮杀，斗了十余个回合还不见胜负，岭国决胜队员焦急万分，不由分说，一齐拥了上去。混战中，珠噶德趁机将柳叶大刀一晃，一道弧形寒光旋即落在昂格岗仁颈脖上，咚的一声，头颅便滚落地上。珠噶德率领士兵，上前摘下了他的帽翎后，又趁势冲入敌群，将数百名拉达克士兵砍倒在地！

东门前的玉拉，这时已攻破铁门，冲上城头。在上城头的楼梯口，玉拉机警地躲开了拉达克大将查格达增向他射来的两支铁箭。虽然周围昏暗，玉拉凭着他敏锐的目光，纵身一个箭步，手起刀落将查格达增的头颅砍落，还接连撂倒了十余名士兵。余下的士兵们见城门已被堵死，无路可逃，纷纷缴械投降。至此，岭兵这才攻下了东面的这座紧靠拉达克王宫的日扎斑驳城堡！

在昂青冬宫这座腹心城堡中的拉达克国王和权臣们在得知已丢失北面、东

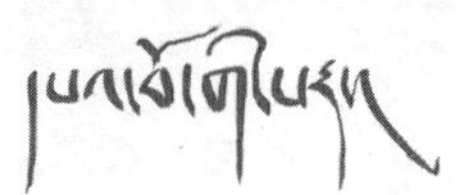

面两座城堡的消息后，一个个像热锅上的蚂蚁，惶恐不安，乱作一团。王宫附近只剩下西面的一座城堡了。守卫西面朗扎闪光城堡的雪山兵将领们毫无其他妙法退却岭军，只好连夜加固外中内三道城门，准备死守。

这时，负责攻打东门的勇士察香丹玛绛查、南门的珊瑚国大臣却珠、西门的珠噶德曲炯贝纳、北门的东赞郎都阿班等岭国将领，正各率领三员勇士和数千名决胜队员奋力强攻四道城门。而城头上的雪山兵和大将们也杀声震天，助威壮胆；铁箭如雨，礌石滚滚，使得岭国士兵无法靠近。大将庭学楚结和姜赤龙曾还从城头的箭孔中不断射出一支又一支铁箭，杀伤了数十名岭军。岭军们见状，个个怒不可遏，一齐对准箭孔狠狠还击，但无济于事。拉达克猛将凭借箭孔居高临下的优势，死死将岭军压住。正在这万分紧急的时刻，大将察香丹玛张开硬弓，搭上神箭，对准箭孔，只听他大吼一声："看箭！"那支铁箭便直穿箭孔，一下扎在了大将姜赤龙曾的额头上，他连哎哟都来不及叫一声便倒地丧了命。紧接着飞来的第二支箭，一下扎进了庭学楚结的腹部，只听得嘣的一声，庭学楚结那热气腾腾的肠子便喷得满地。岭军们正要冲上前去歼灭敌军，忽然又被城头射来的铁箭压住了。原来这是从南门跑来援助的拉达克大将爱玛崩突射出的毒箭，又一批岭国士兵应声倒了下去。珊瑚国大臣却珠被眼前的情况激怒了，他咬住牙，红着眼，靠上前去，竭尽全力将亮光闪闪的长矛一下向爱玛崩突扔了过去，长矛刺进了他的心窝，爱玛崩突握着长矛倒地，却珠领着士兵像饿狼扑进了敌群。

西城门上，护城大将曲桑拉格仗恃他的超人武艺，凭着一把大刀，杀死了许多接近城头的岭国士兵。岭国勇士曲炯贝纳见机行事，巧妙地迂回到他身后，乘他砍杀得正起劲，趁其不备，狠狠一拳将其活活打死在地，为士兵们解了围。

北城门上，大将彭格达吉挥舞长矛，截住岭军前进的道路。岭将东赞郎都阿班抖动大刀，迎上前去，激战彭格达吉。只见他手中大刀忽上忽下，忽左忽右，像一条飞卷的闪电，将彭格达吉团团围住。刹那间，又见一道弧光从他肩头滑下，顿时将彭格达吉劈为两半。岭军一拥而上，杀得守军血流成河，尸横遍地。

至此，西面的朗扎闪光城堡的四道城门才算全部攻下来了！少数雪山兵抄暗道逃进了昂青冬宗王宫，余下的都归降了岭国。岭军清点城堡中所有财物，全部成了岭国的战利品。

岭国三路大军经过浴血奋战，终于攻下了这三座保卫昂青冬宗王宫的城堡。这了不起的胜利，如同鼓风的猎猎经幡，把这消息迅速传遍了大地十方。

最后只剩下昂青冬宗王宫城堡了。它孤零零地但仍然雄伟地矗立在那里。它就是噶布王的老巢。岭国勇士们再接再厉，将队伍开到了王宫城堡附近。这是胜利在握的前夕，战斗也愈加激烈。岭军在一声号令之下，呼哨声、吼叫声、喊杀声响成一片。那高高的城头上，顿时飞下无数炮石，铁箭如泻如注，猛烈异常，使无数岭国兵士丧了性命。却珠见此情景，认为这是敌人的最后巢穴，无比坚固，得想另外的办法才是。于是命令士兵们先撤离宫墙，除留部分兵士包围王宫城堡外，其余的在较远处扎营。他还叫四员岭国勇士向城头四方各射去一箭，以警告对方不久还会返回攻城讨战。

当魔王乌绒赞布旋努噶布听到攻城的吼声后，便疾步到城头观察情况。当他看到岭军个个耀武扬威全力攻城的那股气势时，脸色顿时铁青，两眼似烈火燃烧。他立即吩咐左右为他披挂，意欲冲出王宫，率领身边全部人马，和岭军最后决一死战。由于王妃和侍臣的苦苦劝谏，噶布王这才无力地瘫坐了下来。

第二天，正是年近岁终，月近末尾的廿九日。这天，世界的雄狮、庶民的太阳格萨尔王算定降伏雪山拉达克国王黑魔旋努噶布的时辰已到，便命各路将领遵照预先的部署开始行动。顷刻间，各路人马浩浩荡荡开往昂青冬宗王宫城堡。由独胆英雄察香丹玛绛查攻打王宫东城门，由北地珊瑚国大臣却珠攻打王宫南城门；珠部落噶德曲炯贝纳攻打王宫西城门；由东赞郎都阿班攻打王宫北城。他们各率领猛将五名和虎彪彪的数千名决胜骑士，威风凛凛地来到昂青冬宗王宫城堡的城垣附近，将人马分别集中到王宫的四大城门前。

四大城头上的王宫卫队早有戒备，当四路岭军一接近城门，刚发起攻击时，城头上立即飞下无数弹石和铁箭，铺天盖地将岭军压住，使岭军丧失还击力。幸好岭国兵将们受到格萨尔王的慈悲和神祇们的威力保护，才没有受到更大的伤亡。

这时，宫堡南城门前的大臣却珠看见士兵们受阻，焦急万分。他唰地扯去长矛的外套，亮出矛锋，将锋利锃亮的矛头直指蓝天，催马上前，愤怒地唱道：

英雄开口唱阿拉歌，
好汉开口哼塔拉曲。
多麦圣教的护法神，
祈降临助我降魔群。
认不认识这块地方？
是拉达克王的宫廷，
懦夫龟缩不敢出城，
英雄咚咚擂响城门。
若要问我是何人？
珊瑚国辽阔无垠，

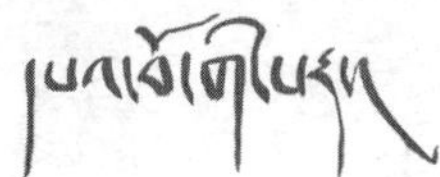

谁不知却珠大臣，
是宿敌的催命人。
雪王你持邪见似鸱枭，
骄横暴戾堕黑暗深渊，
我岭王似太阳金光闪，
光芒四射你慌忙藏躲。
格萨尔乃是众兵之王，
他一生秉承天神意向，
矢志将魑魅魍魉扫荡，
扶弱济贫似父母慈祥。
我岭国的八十员勇士，
个个似展翅大鹏鸟王；
你大将似蛇爬行地上，
捕你时机全在我手掌。
你拉达克众臣和国王，
已被我撒下天罗地网，
海阔天空你无处飞翔，
广袤大地你无处躲藏，
山穷水尽你脚下无路，
进退维谷你哪里逃亡？
魔国王臣听我来劝告，
识时务者应立即投降，
冥顽不化者出阵较量，
负隅碉楼只会把命丧。
岭王和众臣胜似霹雳，
却珠我威猛似虎似狼，
若你等冥顽死守碉堡，
拆你城堡我纵身先上。
我岭军攻势有如狂飙，
疾似雷霆枉你腿再长。
岭王智慧似光芒万丈，
低矮宫墙怎能挡阳光；
却珠武艺似霹雳响亮，
魔堡将在雷鸣中摇晃。

勇将挥臂将四门推倒，
踏平城堡化为瓦砾场，
叫你王臣将厉害品尝。

却珠的歌声一落，岭国兵将们便抡大锤的抡大锤，扛巨石的扛巨石，冒着箭雨，蜂拥而上，齐心合力猛撞着南铁门。在猛烈的撞击下，不一会儿，随着一声轰响，铁门哗的一声被砸倒了！兵士们似潮水踏着铁门冲了进去，追杀着四散的护门守兵。城楼上的拉达克王听了却珠的歌词已经气得怒不可遏，现在又亲眼目睹岭军攻破了南门，更是怒火直冲脑门，牙齿也咬得咯咯直响，嘴里不住喷吐着团团火焰，鼻孔喷射着一股股毒气，鼓瞪的双眼布满血丝。他气势汹汹地奔下城楼，向岭军步步逼去。他的侍臣大将阿达江赤、魔侄赤突、江赤森格等紧紧相随，左右护着噶布王。却珠催马横枪迎面冲了上去，那泼风也似的长矛忽地一闪，刺进了江赤森格的胸膛，锃亮的矛锋从他的肩胛骨后对穿了出来，股股鲜血随之喷洒而出。趁他挣扎之际，却珠立即上前一刀砍下了江赤森格的头颅和他的头翎。此时，拉达克王和侍臣们全然不顾这些，凶相毕露地截住拥上来的岭军死命地厮杀着，已有十余名骁勇的岭国决胜骑士被他们砍死在马下。大将丹玛看见魔国王臣这股疯狂劲，气得口吐青烟，青筋暴绽，随即纵开银鬃宝马，大显威风，像雄鹰凌空展开翅膀，迅猛冲上前去，直取噶布魔王。魔侄大将赤突急忙迎面拦住，立即两马相交，军器并举，厮杀在一起，斗了好几个回合，双方谁也胜不了谁。赤突气盛心切，一股怒火涌塞心头。他甩开朴刀，大吼一声纵了过去，险些将丹玛从马背上拖将下来。丹玛眼疾手快，忙从腰间拔出霹雳细纹匕首，急速地往赤突腹部猛刺一刀，并狠狠接连绞了三下，赤突的大小肠子全绕在刀尖上被丹玛钩扯了出来。赤突并没有因此倒下，他忍住剧痛，拖着血漉漉的肠子，一骨碌从地上翻身站了起来，左抵右挡，又一气杀死了许多围上前来准备取他首级的岭国士兵。丹玛见重伤的赤突还如此凶狠，立即拍马上前，准备再补一刀结果了他。赤突见丹玛上前，真是仇人相见，分外眼红。这时，不知赤突哪来这股子邪劲，他一手捂住伤口，一手将血糊糊的朴刀向丹玛老将砍去。丹玛不防，右腿上着了一刀，险些滚下马来。正在这危急的时刻，格萨尔出现在丹玛面前，只见大王举起右手，用食指和幺指向赤突弹了一下，赤突这才扑通一声栽倒在地断了气。岭国士兵们蜂拥而上，有的忙着上前砍下赤突的首级；有的忙着扛来轿子，将丹玛扶上轿，抬回神帐。

看见折损了如此凶悍顽强的大将，拉达克王心痛有如刀绞。他恼怒万分，暴跳着就近冲向岭将东赞。两人立刻绞成一团。二人在征尘影里，杀气丛中左右厮杀，一来一往。斗不多时，东赞便渐渐力怯，冷不防臂膀上被噶布狠狠划了一刀。兵士们忙冲上阵抢回了东赞，随即将他扶上轿子抬回了神帐。这时，岭国猛将和决胜骑士们一拥而上，将拉达克王臣紧紧围住，各种兵器一齐逼向拉达克王臣二人。就在这征尘杀气中，拉达克王臣二人左劈右挡，竟杀出重围，企图夺路而逃。岭将和众兵士哪肯轻易放过，紧跟在后，穷追不放。

正在这时，格萨尔大王出现在众人面前。格萨尔脸膛紫红，恰似一轮红彤彤的太阳。一排皓齿酷似海螺洁白，一双炯炯有神的慧眼中闪烁着耀眼的星光，他身佩战神九种兵器，好似圣山须弥，脚跨赤兔宝马，活似蒸腾的紫霞，那金鞍金辔辉映着霞光。宝马背上的格萨尔王圆腰阔膀似天然而就的一座须弥山。他那一派堂堂仪表，气宇轩昂的英雄相好似帝释天王出征一般。他的神采赛日月，威武胜霹雳，雄奇似闪电，他以一副凛然的英雄气概霍然堵截住了魔王旋努噶布的逃路。

魔王旋努猛一抬头，看见站在自己面前的正是久已知名的格萨尔王，顿时，他仇恨似烈火熊熊，愤怒似浓烟滚滚，凶猛似狂飙呼呼。他双臂筋肉不住突突跳动，猩红的双眼似鲜血荡荡。他气喘吁吁，强行捺住自己，心中不住暗暗想道："今天即使死去，只要有郭姆的这个乳臭小子陪我同归于尽，我也就心甘情愿了。"噶布一边想着，一边将被鲜血浆住了的宝刀在马鬃上来回揩拭了两下，龇着牙，咧着嘴，撩起衣袖将血盆大口抹了两抹，便哽咽着嗓子，强打着精神，瓮声瓮气地唱起了"最后的歌"：

阿拉歌儿声声唱，
塔拉曲儿缓缓哼。
祈祷大自在天神，
无色界中助王臣，
将色界仇敌肃清。
要问这里是何地？
王宫昂青冬宗城，
城堡内的南城门。
敌人猛攻用重兵，
死守决不退半分。
要问面前我是谁？
拉达克国的主人，
名字叫乌绒噶布，
凶猛似雪白雄狮，
威镇伸爪的敌群。

出阵何人敢撒野？
脸膛紫红齿洁白，
单枪匹马蹄嘚嘚，
莫不是觉如孽贼。
果真是觉如孽贼，
好机遇千载难得，
应验了冤家路窄，
了宿怨雌雄一决。
我雪域自理着家园，
岭国为何无端入侵，
怙恶不悛坏事干尽，
还想覆没拉达全境。
魔臣毕扎虎将五员，
骁勇强悍拉达将领，
多数已在战场丧生。
雪山大军千千万万，
尸横遍野血海浮沉，
得寸进尺将我紧逼，
宫墙之外重兵围我。
昂然依旧的雪山国，
是因我叱咤着一切。
我出身在黑魔望族，
论武艺似雷霆猛烈，
冰寒武器门门精通，
宿敌在我刀下遭劫，
觉如你已被我紧捏。
吉利时辰正悬顶空，
看我利刀抖擞威风，
割下觉如你的头颅，
高悬城头昭示人众，
先为我大将们报仇，
再祭我捐躯的英雄。
还要取你滴滴污血，
祭我魔域诸位先王。

为鲁赞王为白帐王，
为萨丹王为辛赤王，
还有大食的财宝王，
报仇雪恨铲除强梁，
鲜血祭奠告慰忠良。
今日这仗胜不了，
从此我不称英豪。
自古民谚常讲道：
“日月高悬九天照，
遨游苍穹乐逍遥，
牙尖爪利凶虎豹，
高山密林乐逍遥，
凶猛残暴称霸强，
猎枪一响命难逃。”
觉如善战名声响，
纵横捭阖乐逍遥，
抖擞威风雄四方，
噶布举刀命难逃。
当我雪山国称霸时，
后悔未将藏区纳降；
那时雪山大将荟萃，
后悔未将敌寇杀光；
对你宽容我太失策，
后悔当初种下祸殃。
今日碰上你紫脸汉，
请先尝这青蓝宝剑，
不日再将岭国强占，
誓化岭国焦土一片，
让你孤寡哀嚎苍天，
挽歌焦烟四野漫漫，
消我悔恨乐我心田。
祈魔地黑魔地祇们，
快快降临我这刀尖，
助我业绩辉煌圆满，

将觉如鲜血一口干。
听懂歌词心中蜜甜，
不解歌词是你无缘，
觉如你要思量再三。

魔王噶布边唱边挥动喷吐毒焰的青蓝宝剑，向格萨尔王扑了过来。雄狮王格萨尔也唰地从刀鞘中抽出了那把所向披靡的宝剑，迎面将噶布挡住。耸立在魔王眼前的格萨尔王满面红光，神采奕奕，好似一轮霞光万道的太阳，顷刻间便要将魔地的黑暗驱散；他那无阻金刚般的洪亮嗓音，好似四方汇聚来的千万道霹雳在同一时间发出轰鸣，顷刻间便要将各种异端邪说消除干净；他那无漏智般的胸中燃烧着降妖伏魔的炽热烈焰，好似顷刻间便要将所有邪教恶念荡涤殆尽。面对噶布魔王，格萨尔王以征服三界的威力，以镇服三域的气概，在这威尔玛战神队伍布满天空的吉祥时辰，响亮地唱起了降魔的“豪杰开怀歌”：

开怀高唱阿拉歌，
放声笑哼塔拉曲。
拂州红铜吉祥山巅，
愤怒金刚上师明鉴，
祈助勇士我去征战，
赐我韬略斩尽敌顽。
岭国的守舍诸战神，
威尔玛战神和土地神，
祈在我左右速降临，
除尽恶魔伟业告成。
要问这是什么地方？
这是昂青冬宗城门，
这是魔王残喘之地。
这是魔王嚎叫之境，
雪山魔王在此就刑。
认不认识我是何人？
我是三世佛的弟子，
大师白玛陀称的化身，
为讨伐恶业的魔群，

上界天神遣下凡尘，
格萨尔是我大名。
我是上界天神之子，
我是黑魔王的克星，
我是黑头人的主宰，
我终生造福众臣民。
魔王你再仔细听，
岭军为何要北征，
祸端出自雪山国，
是你魔王将我迎。
柏绕和达玛两地区，
完全属于我岭国管辖，
岭国属地与尔何干，
你拉达为何起歹心。
大军席卷了柏绕地，
继而又犯达玛边境，
善良无辜惨遭杀戮，
罄竹难书十恶罪行。
要说罪孽哪止万千，
底斯雪山似无量宫，
总摄轮神住在宫苑，
百姓心向圣地雪山。
自拉达克王你摄政，
朝圣通道被你截断，
黑魔外道死灰复燃，
百姓坠入痛苦深渊，
土地荒芜地狱一般，
全部罪责担在你肩。
痴愚拉达克众王臣，
将善恶黑白全颠翻，
因果的真谛被污玷，
善良的众生遭劫难，
愚昧堵塞你等心间，
残害众生惨绝人寰。

有恃无恐强夺岭地，
还将圣地大门紧关。
黑雕乌鸦生息山岩，
羽翼丰满向往草原，
贪婪无度叼食羊羔，
招来弹石脑浆飞溅；
凶恶豺狼出没牧场，
锋利爪牙眷恋草山，
叼食羊群贪得无厌，
猎箭一响射心洞穿；
拉达克王依恃雪山，
穷兵黩武虎视眈眈，
贪婪无度侵岭疆土，
岭国大军将你消灭。
今日你这恶魔罪魁，
气数已终死期降临，
格萨尔大业将告成，
这是上苍天意天心。
你若领悟善业法性，
无须我再重复教训。
和佛根无缘的魔王，
法界中为你魂引航。
先叫你认识这宝剑，
这把剑所向无阻挡，
是因来历不同寻常，
它由东方国君铸造，
国君名玛哈支那王。
他用珍稀六种宝石，
他用降魔六种毒浆，
他用昂贵六种珍珠，
配三六一十八味方，
制成蛋形大小饲料，
再将金色大雕喂养，
不知过去多少时光，

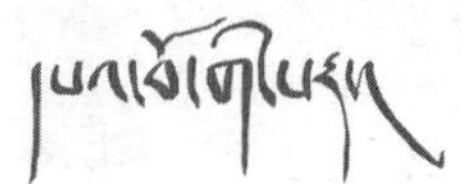

大雕嘴里铁水喷淌，
魔怪九兄弟忙打造，
打出长剑银白闪光，
取名水晶光焰宝剑，
先供天神大梵天王。
大雕又屙铁水一摊，
魔怪九兄弟打造忙，
打出大雕展翅形状，
取名食肉黑色宝剑，
忙向格卓战神呈上。
大雕肚内铁水荡荡，
魔怪九兄弟打造忙：
剑尖锋利寒光闪耀，
好似火焰熊熊燃烧；
剑面堆堆云斑重叠，
好似猛虎斑驳花纹；
剑棱笔直银光旋亮，
好似皑皑冰雪山岗；
剑刃墨黑黛呈一线，
好似阴霾笼罩湖面。
神向阿修罗去讨战，
剑锋过处尸积疆场，
取名“所向披靡”宝剑，
今日握在我格萨尔手上。
高举披靡镇邪宝剑，
千尊决神护佑剑身，
万尊威尔护佑剑刃，
指向凶残恶魔头顶，
一剑揭去你天灵盖，
似开天窗脑浆四喷。
拉达魔王气数已尽，
今朝引你吃我剑刃，
岭将命债要你偿清，
告慰岭将在天英灵。

祈祷威尔玛诸位战神，
护佑我宝剑斩敌群，
彻底摧毁魔国魔军，
让正义弘扬善业兴，
愿佛法在拉达昌盛，
愿幸福安康降庶民，
愿我大业从此告成。

格萨尔王激昂地唱完后，向噶布近前紧逼，魔王旋努噶布眼看格萨尔王逼近自己，一股怒气直冲脑门，胸中仇恨似烈火熊熊，刻骨的怨气似狂飙在腹中飞旋，满脸漆黑充满杀气，笼罩着他那愚痴的阴影。他飞舞着手中黑色毒剑向格萨尔王身上连连猛刺四五下，但每一剑都好似刺向了茫茫天顶，全都落了空。噶布这一气非同小可，他那噙着鲜血的双眼闪着道道凶光，他撩衣扎袖，张开双臂，大喝一声，向格萨尔猛扑过去。但是，双臂如抱彩虹，一个趔趄又扑了个空。噶布喘着粗气，无可奈何，一时没有了新的招数，他鼓瞪着面前岿然不动的格萨尔王，嘴边不住向外喷着白沫，牙帮咬得咔嚓咔嚓直响。正在这时，降伏魔敌的雄狮王格萨尔早已高举起镇邪披靡宝剑，迅猛地向魔王头顶劈砍过去，由于大王格萨尔的宝剑上附着神、龙、念三种战神的威力，所以宝剑似闪电神速，霎时间便飞到了噶布王的头顶，只听得哗的一声巨响，那宝剑从恶贯满盈的魔王头顶直劈到腹部，将魔王齐齐崭崭地劈成了两段。接着，格萨尔口中念念有词，立即将这个冤孽的灵魂引度到无垢的净地中去了。

随着巨响，岭国猛将们蜂拥而上，呼哨声、冲杀声似千钧霹雳，他们随即将魔王破碎的头盔和首级割了下来。一旁的魔国猛将阿达江赤眼看国王已惨遭不幸，头颅还被岭贼割了去，不禁一阵心酸，好似乱箭穿心。他一气之下霍地冲进了岭军队伍，红着双眼，逢人便砍，一口气砍倒了不少岭国士兵。岭国达绒绰吉白玛猛将跃马上前，以迅雷不及掩耳之势猛劈三刀，立刻将阿达江赤开了膛，扑通一声倒地死亡。

这时，格萨尔王和众勇士以万夫莫挡之勇，迅速攻破了昂青冬宗王宫大门，王臣们像暴涨的河水，一齐涌进了王宫。那些似丧家之犬的雪山兵，眼见大势已去，也再无心抵抗，纷纷向岭国缴械投诚了。岭国勇士们迅速登上王宫宫顶，将魔王信奉的象征恶业的牛尾法幢和黑幡扯了下来，随即将标志岭国获胜的胜利法幢和绣有虎狮鹏龙的旗帜插上宫顶。人们燃起一堆堆柏枝，柏枝的团团浓烟袅袅上升，迷漫在王宫四周，表示着人们对天神的皈依和虔诚。

人们在欢呼，在跳跃，那“胜利了”的狂呼声一浪高过一浪，响彻整个天际，人们不断祝福善业终于将恶业战胜！

遵照大王的旨意，岭军将昂青冬宗王宫的财宝，不分功劳大小平均分给了岭军所属各部。各部头目都欢天喜地地领到了一大堆丰厚的战利品。为了庆祝胜利，在富丽堂皇的王宫里举行了一次盛大的筵席。规模盛大，筵席丰盛，热闹非凡，真好似天神的筵席一般。特别令人高兴的是，由于得到了格萨尔王赏赐的甘霖般的神药，老将丹玛和大将东赞的伤口愈合得很快。这天，他们也赶来参加了筵席。

原拉达克王的近臣廷绒拉格，因对岭国有功，今天也特意请他参加盛会，会上还任命他管理拉达克地区。

从此，雪山拉达克上、中、下三区域的庶民均属岭国管辖。为了向岭国新的百姓宣布皈依圣地冈底斯神山、尊敬父母长辈、抑制豪强、扶弱济贫、顺从因果的各种条律和法规，就在大宴后的第二天，岭国召集拉达克上、中、下三区域的首领和众百姓，全部到幸福光华苑聚集听令。

在会场上方的金銮宝座上，端坐着格萨尔大王。今天，他全身佩带着战神的各种兵器，眉宇间横溢着凌云之志气，超人之聪慧，气宇轩昂，流光散彩，仪表堂堂。此刻，如果天王上师前来参拜，会因此为之心净；达官显贵前来朝拜，会因此为之景仰；能人壮士前来朝拜，会因此为之钦慕；世宿仇敌前来跪拜，会因此为之胆寒；妙龄女子前来顶礼，会因此为之拜倒。

会场的座次顺序是这样安排的：右排的首席，在镶嵌着菱形孔格花纹的银色座位上，就座的是王子扎拉泽杰。左排的首席，在精雕细镂着莲瓣的螺贝镶嵌的座位上，坐着的是玉赤贡杰。前面第一排的首席，在铺着斑斑花纹的虎皮坐垫的座位上，就座的是总管王绒察查根。前面第二排首席，在铺着斑斑金钱豹皮坐垫的席位上，坐着察香丹玛绛查。其余文臣武将们则按各自爵位品第顺序依次入座。

待全部坐定后，举目一看，格萨尔大王恰似天界的帝释天王在祥云瑞气中，被各路神明簇拥在宝座之上一般。这雄伟的气势，壮观的景象，令人眼花缭乱，心驰神往。

这时，以内臣廷绒拉格为首的原拉达克王的属臣和元老们，恭恭敬敬地来到格萨尔王尊前，向大王追悔了过去的罪恶，表示了弃恶从善的决心，并当场发下永不二心的誓愿。拉达克男女老少为他们从魔王噶布的魔爪下被解救出来而庆幸。今天，百姓们人人盛装，个个喜气洋洋。他们从心底深处崇奉和感激格萨尔大王，络绎不绝地前来向大王膜拜顶礼。

这时，原拉达克侧臣根桑扎巴身着红绫缎袍，腰缠金黄水色锻带，眼戴洞察秋毫的水晶眼镜，手捧吉祥瑞云水晶宝瓶和金鱼衔叼哈达，毕恭毕敬地跪献于格萨尔王脚前。叩拜完毕，然后双手合十，唱起了“祈愿歌”：

阿拉歌儿声声虔诚，
塔拉曲儿句句真情。
护法神守舍神和战神，
祈助老臣引吭颂几声。
要问这是什么地方？
是幸福华光聚会堂，
是拉达克王宫殿廷。
若要问我是何人？
我历经三代朝政，
我是王朝驾驭者，
根桑扎巴是我名。
我一向崇尚善业，
扶朝政钟爱百姓，
拉达克因此扬名，
底斯朝圣者如云。
我心似白莲圣洁晶莹，
怎奈凛冽寒风刺骨疼，
智衰体弱似花蕊凋零。
自从旋努噶布摄了政，
奸臣谗言控制了朝廷，
圣地底斯善业被封闭，
拉达百姓痛苦似渊深，
岭国被树为拉达仇敌。
声声劝阻我竭尽忠诚，
苦谏再三噶布不愿听，
还将我贬黜撵出宫门。
而今格萨王派来大军，
拉达克大地重见光明。
魔王魔臣个个被降伏，
众百姓从此康乐安宁。
三件事圆满遂意称心。

我本似油灯已燃尽，
深居简出坐等正寝，
怎奈诚心还未终结，
催我加鞭急上路程。
双脚呻吟颤颤巍巍，
求我别再举步前行。
双脚难拗虔诚之心，
鞴鞍策马戴月披星，
载老汉我赶到宫廷。
算我前世种有缘分，
也是今生福星降临；
想是老汉命中注定，
也是晶国命该归顺，
更是格萨尔大王悲悯。
上述五种福分齐备，
才有缘将大王朝觐。
今日这个吉祥时辰，
请容我这扎巴老臣，
还有那上下众臣僚，
以及王妃和众庶民，
齐向今生大王顶礼，
顶礼救主格萨尔！
向来世超度者顶礼，
顶礼大成就的至尊！
手捧金鱼衔叼哈达，
上托如意水晶宝瓶，
稀世长寿仙丹甘霖，
奉献大王略表诚心。
对失去首领的部众，
若不施善心生悲悯，
还算什么执法之人，
活像路边村野小人；
对前世恶法的灵魂，
若不以慈悲去度引，

还算什么大德高僧，
活像犯戒的女尼僧；
对幸存的拉达百姓，
若不以慈悲施善政，
还算什么格萨尔大王，
活像山后的盗匪们。
今日朝觐救世主，
为脱苦海扬善业。
我拉达克众百姓，
祈王施恩发善心。
微臣愚见祈王纳谏，
今生来世福禄无边，
祈福禄圆满和如意，
祈愿岭王臣记心间！

听完老臣根桑扎巴的祈愿，至圣雄狮大王满心欢喜，面带笑容，慈眉善眼地对老臣说道："老臣一片肺腑之言完全在情理之中，我等理应如此。"

在一个吉星高照、吉祥圆满的日子里，雄狮王大发慈悲，向拉达克的所有男女举行灌顶，并用高亢雄浑的"无阻金刚调"，唱起了谆谆教诲的道歌，向大家传授白色善业的教义：

阿拉歌无尘无埃，
塔拉调潺潺甘泉。
祈至高极乐法界的，
法身普贤菩萨；
祈达理极乐佛地的，
报身观世音菩萨；
祈莲花无量光宫的，
化身莲花金刚佛，
在这愚昧黑暗地域，
升起我白色的善业，
愿庶民将幸福沐浴，
愿底斯山开放门户。
若要问这是什么地方？

过去是拉达克的魔地，
而今是圣洁岭国属邦。
这圣洁极乐底斯山下，
是冬宗王宫议事厅堂。
认不认识我是何人？
我来自朵康地岭国，
我来自狮龙猛虎宫。
我是上街天神的神子，
我是降妖伏魔能人，
我庇护佑弱小恩官，
我是引导三界上师，
格萨尔王大名鼎鼎，
格萨尔威名四洲扬。
我降魔伏妖南征北讨：
那仇恨如炽的鲁赞王，
被我大圆镜智神箭射倒；
那贪欲鼎沸的白帐王，
被我妙观察智宝鞍坐夭；
那痴呆愚钝的萨丹王，
被我法果性智幻术迷窍；
那骄傲蛮横的辛赤王，
被我平等性智火焰焚烧；
那妒忌贪嗔的大食王，
被我成所做智宝剑斩掉。
辉煌战果哪止这几桩，
那索波阿扎和珊瑚国，
那象雄卡契和祝古国，
都是些昏王愚臣当政，
全被我凶猛咒法诛灭。
这次的拉达克国魔君，
又在格萨尔剑下了结。
那魔臣毕扎的五孽障，
全被我岭将奋力斩绝。
那尾随魔王的众大将，

全被我官兵刀下喋血。
泯灭了雪山拉达魔教，
善业的旌旗迎风猎猎，
拉达克区域从此安康，
格萨尔王我功告海泽。
请根桑扎巴老臣，
请拉达克臣民们，
专心致志仔细听。
正如老臣的恳请，
打从今日的时辰，
雪域拉达克百姓，
全是我岭国庶民，
甘苦将一视同仁。
拉达克的臣民们，
对雄狮王要赤诚，
对我岭国要忠心。
对贫穷者多施舍，
常去底斯山朝圣。
维护十善法规似眼珠，
邪恶邪念要彻底铲除。
出家十大善法要广布，
在家道德规范要信服，
真诚尊奉法王祖孙三代，
这是藏人的共同传统，
我岭国必须遵守不误，
举国上下不准谁亵渎。
对品德高尚者推崇，
对豪强恶棍者放逐，
对父母和师长敬重，
对盗骗杀人者惩处，
对言而无信者鄙弃，
对投机取巧者口诛，
对危害他人者不恕，
对强夺他人家园者，

今生来世不准超度！
为重振拉达克国土，
需要一位首领率统。
廷绒拉格德高乎众，
忠心岭国曾创奇功，
今天宣布将他起用，
法臣高位由我亲封，
列入猛将兼治兵戎。
根桑扎巴足智多谋，
辅佐拉格为国股肱。
同岭国要荣辱与共，
年年朝觐岁岁纳贡。
今后若有战乱灾祸，
听从我格萨尔王调动。
率队出征听命廷绒。
拉达如若遭遇外侮，
岭国相助同击元凶。
那高空悬挂的太阳，
金光万道不可阻挡，
生机盎然万物生长，
累累果实全靠阳光；
白云飘浮悠悠自在，
片片白云天各一方，
滴翠飞金五谷苗壮，
万物依赖甘霖滋养；
高原藏区雪域茫茫，
岭国浴血南征北讨，
拉达魔群全被扫荡，
无量功德永不能忘，
拉达臣民牢记心上！

听罢格萨尔王娓娓动听的道歌，大臣廷绒拉格、老臣根桑扎巴，以及雪山拉达克的众官员和众百姓们，都从内心深处萌发出对格萨尔王更加崇拜和无比仰慕的深情。人人心中无比激动，不约而同地感到格萨尔王真是一位举世无双的大王！人们心中暗自想道：格萨尔大王若是天神之子，他会以慈悲之心普度众生；格萨尔大王若是庶民的君主，他会以慈悲之心福荫百姓；格萨尔大王若是挥师出征，他会势不可挡，所向披靡！面对如此尽善尽美的全能大王，我们岂敢三心二意，只能俯首帖耳唯命是听！面对如此至高无上的英明大王，我们岂敢固执己见，冥顽不化，只有立即脱胎换骨幡然悔改！于是，众人向格萨尔大王不断地顶礼膜拜、交口赞颂！大家起愿发誓后，这才陆续登程返回各自的住地去了。

第一百八十一章

罗刹妖魔死守水晶城
岭国英雄开启宝库门

噶布魔王已除，获取水晶宝物的道路已打通。在神变月上弦的初十这天，正值风轻云淡，星曜会聚，祥云霭霭、瑞气融融的吉祥时辰，以世界雄狮王和王子扎拉泽杰为首，左右由文臣武将簇拥，三路大军紧随其后的岭国大队人马，个个虎体彪形，浩浩荡荡，继续朝着冈底斯雪山方向出发了。

虽说噶布魔王已被格萨尔王铲除，但由于噶布王过去一贯崇尚恶业，因此，妖魔的邪恶势力在各地仍然很猖獗。当岭国人马还没有出发前，这些残存的妖魔便在罗睺罗率领下，早已设下埋伏，准备一举将岭国人马吞灭。

当岭国夺取水晶城堡的一路人马刚一出现，埋伏在暗处的妖魔魑魅们便发现了。当他们看到首先迎面而来的雄狮大王，神采奕奕，满面红光，酷似一轮喷薄而出的朝阳；那充满活力和创造伟业的壮健身躯，威风凛凛，昂然奇伟，好似千钧霹雳威震四方，一个个都被吓呆了。有的目瞪口呆，形若木鸡；有的敛声屏息，瑟瑟发抖。唯有恶业头目罗睺罗七窍生烟，怒火在胸中熊熊燃烧。为了守住雪山保住水晶瑰宝，他竟使出了种种妖术。霎时，只见太阳无光，天昏地暗，乌云滚滚，狂飙四起，黄沙黑气充斥天空。大地在脚下瑟瑟颤抖，面前的雪山左右晃动。面对这骤然混沌的黑暗天地，格萨尔大王顿时觉察到这是恶魔罗睺罗在施放妖术，兴风作浪，企图扑灭白色善业。于是，大王口念光明智慧经咒，将自己变化为一尊降妖伏魔的愤怒金刚佛。愤怒金刚佛身高无比，似巍巍雪山一座。那上半身耸入云端，头部胜伏天界。浓黑的眉毛和飘洒的胡须上不断嚓嚓嚓地迸射着耀眼的火星。这时只见愤怒金刚佛右手握着九股金刚杵，威镇四方万物；左手握着铁橛，橛尖直刺向罗睺罗心脏。愤怒金刚佛胯下骑着的那头猛虎般的神驹，张牙舞爪，威镇住大地，不能颤抖。随着一阵阵轰啪的驱魔的吼声，恰似千条张鳞鼓鬣的巨龙在怒吼！金刚佛的愤怒之貌还在不断变化着，一次比一次更加恐怖。不一会儿，又从愤怒金刚佛全身的每个毛孔中跳出许许多多小愤怒金刚佛来。这些小佛，有的手持明晃晃的铁钩，有的挥舞着粗壮的绳索，有的拖曳着长长的铁链，有的摇动着金灿灿的铃铛，蜂拥而上，将恶魔罗睺罗及其喽啰全部包围在中间，使他们无路可逃，无处躲藏。这时罗睺罗已吓得魂不附体，急忙下跪。他连连磕头，颤抖着忙掏出自己的黑心，双手捧着，诚惶诚恐地献给了愤怒金刚，泣不成声地向佛忏悔道："啊，盛怒盖世的天神之子，你凶猛的吼声将邪恶驱逐。三界齐向你顶礼赞颂！我等身陷无知泥潭，仇恨之心引来大火焚身，贪欲之心使我身坠渺渺苦海底层，痴愚之心使我坠落黑暗的深渊，无知之见使我恶贯满盈。今日我等万幸能在佛陀你的脚下匍匐忏悔，我发誓，从今以后再不为非作恶；我发誓，从今以后一定痛改前非。祈求大王大慈大悲。祈求大王，别唾弃我们！"

愤怒金刚佛答道："你等骄狂如炽，弃善业而不顾，离经叛道，使得愚昧和五毒在你等同类中任其滋生和蔓延，以致种下今日下地狱的恶果。今后，你等要以金刚誓言为本，摒弃邪念恶行，扶持善业善行。对格萨尔王的宏图伟业要赤胆忠心，矢志不渝。倘若背弃誓言，我愤怒金刚的法力定将你等鬼头统统粉碎，你等必须恪守誓言！你等必须字字刻骨铭心。"

罗睺罗等跪拜毕，立即起誓道："一定遵照教导去恶从善，改邪归正。保证誓言像唾沫常留舌尖，铭心不忘，矢志不渝。"

接着，愤怒金刚佛给罗睺罗赐名为"护圣恶煞霹雳金刚"，并委派以终身守卫圣地冈底斯雪山的重任。罗睺罗领命，深施一礼后随即隐去，幻化的众喽啰倏然消匿无踪。

霎时，晴空万里，鸟语花香，天空纷纷扬扬洒下瓣瓣花雨，片片彩霞似一顶顶五色帐篷。广袤大地馥郁四溢，沁人心脾。到处都呈现出一派吉祥的景象，四处响彻着悦耳动人的如意妙音。

就在这时，格萨尔王率领众臣登上了救度母山顶。今日，格萨尔王外穿克敌三法衣，内着白锦缎菩提法衣，外罩靛青密乘咒袍，头戴至高无上大圆满莲花帽，整个装扮宛若白玛陀称祖师再现。大王左侧是噶德曲炯贝纳，右侧是达绒晁通。他二人均着乌黑法帽和乌黑大氅，完全是一色的密乘装束。为求圣地施降福禄，他们潜心会供奉法轮，祝福朝觐冈底斯雪山圣地的佛门敞开，以成就岭国的大业。

不远处，那高耸的冈底斯雪山恰似一座巍巍须弥，在茫茫洁白的世界中，银装素裹，隐隐绰绰，隐藏于云端的峰顶，被五彩瑞霭紧紧簇拥着。仰面望去，在霞光闪烁的瞬间，可以隐约地看到金刚持法身、观世音报身、欢喜金刚化身。他们个个目光炯炯，低眉审视着下界红尘。在冈底斯雪山的中部，长老因竭陀尊者正在向一千五百尊克敌罗汉授法讲经，一双慧眼正注视着密乘律义曼荼罗。左侧的雪山峰顶上，五部空行母正在五彩缤纷中轻歌曼舞。在众佛喜悦的悠扬的仙乐声中，那被众生身语意倾倒和景仰的通向极乐世界的冈底斯雪山圣门便徐徐地敞开了！

这天，总管王身穿龙鹏锦缎大袍，腰束水花绢绫腰带，脚蹬霓虹长靴，上系一副九股彩丝靴带，那像羊羔皮毛卷曲的苍苍白发长辫的头顶，缠着一根由王宫内库绢缎做成的头巾。这头巾在头顶一直绕了九层。在这冈底斯雪山圣门敞开的吉祥时刻，总管王双手捧着吉祥洁白的哈达，恭恭敬敬地献到格萨尔王面前，用悠悠流水调唱起了“祝祷幸福歌”：

阿拉歌儿啊云中翔，
塔拉曲儿啊水上淌。
皈依至圣佛法僧三宝，
祈时时驾临我头顶上，
祈时时加持左右肩膀，
伴随我把吉祥歌儿唱。
要问这是什么地方？
是底斯山山麓圣地，
是解脱八难福禄处，
似洁净的无量宫宇。
若要问我是什么人？
在朵康玛域岭国境，
鹤鹰聚集沐浴光明，
我是这里三代长辈，
我叫总管绒察查根。
我是长寿不老寿星，
我是口吐箴言之仙，
我是善辨善恶能人。
今日吉祥阳光当顶，
让老夫我说上几声：
我王功绩日月彪炳，
岭将武艺盖世绝伦，
百万神兵忠勇无敌，
三者聚合无往不胜！
妖魔王臣覆没殆尽，
拉达从此善业兴盛，

百姓从此幸福安宁，
底斯圣门今日大启，
大吉大庆喜暖人心，
吉祥大业从此告成。
我岭国似那浩瀚大海，
我王似海中须弥巍巍，
猛将似七座金山耸立，
臣民似四大部洲环卫，
八中洲属邦年年朝贡，
财富如山胜龙王宝库，
显赫声威与日月争辉。
今日圣地宝窟洞开，
格萨尔似太阳东升，
岭猛将似灿烂群星，
皈依底斯虔诚朝圣，
涤除黑暗恶魔扫清。
空行母在天露尊容，
助大成就赐我殊勋，
吉祥大业名满乾坤。
壮哉妙哉天之神子！
善哉美哉众生主宰！
那底斯雪山峰指蓝天，
愿我王地位高过峰尖；
底斯雪山海螺般洁白，
愿王善业如底斯圣洁；
山腰那草甸绿草茵茵，
愿善业弘扬尊者长存；
山麓的草木葱葱茏茏，
愿牛羊满野体壮膘肥。
碧波荡漾瑶池湖水，
涨潮不分秋夏冬春，
岭国圣洁千古大业，
愿似瑶池四季盈盈。
孔雀河啊象泉河，

狮泉河啊马泉河，
源远流长湍湍过，
愿灌顶像四江河。
底斯雪山五峰高耸，
峰峰插在蔚蓝天中，
似五智慧和五佛陀，
愿佛陀智慧常相从。
今日圣门洞开吉祥，
祈愿三宝广施慈悲，
祈愿本尊恩泽普降，
祈愿空行母显神威。
佑我大王格萨尔，
如意长寿安泰康健，
善思善辨德高望重，
才思敏捷善谋善断。
格萨尔王啊你无比英明！
你是引领三界的上师，
你是祛除三毒的能人，
你是三世诸佛的化身，
你是精通三器的统领！
你的声威似千条巨龙，
你的光焰似旭日东升，
你的业绩似电闪千里，
你的武艺似千钧雷霆！
你是南赡部洲的项饰，
你是高原藏民的精英，
你是洁白岭国的灵魂，
祝吉祥圆满英名长存！
圣洁的泱泱岭国，
是我雪域的中心，
愿江山天长地久！
愿百姓富裕太平！
愿四周顽敌除净！
愿慈悲浴净赤贫！

仰承格萨尔王的荫庇，
仰承战神威尔玛的威力，
黑魔的恶业将被永除，
永存我岭国善业伟绩。
祈大地及时雨润，
祈岁岁兴旺丰登，
祈白色善业昌盛，
祈牲畜满围繁荣，
祈骏马踏风扬蹄，
祈羊群多过白云，
祈刀箭铿亮锋利，
祈兵马勇壮绝伦，
祈幸福中度今世，
祈乐土中迎来生。
仰仗救度母的庇荫，
仰仗白色善业护佑，
仰仗箴言谆谆祝福，
宏伟愿望一蹴而就。
夺取雪山水晶珍宝，
征兆吉利正值时候，
藏民众生梦寐以求，
昔日愿望今将到手。
吉祥如愿诸事如意，
老汉我啊祝祷声声，
吉祥啊吉祥快降临！
天神慈悲无瑕无伪！
飞天伟业无瑕无伪！
老夫祝词无瑕无伪！
句句真谛肺腑之音！
愿诸位能牢记在心！

总管王老叔的祝祈句句真切，娓娓动听，在场的人听后个个欢欣，都随声“果耶”“果耶”地呼唤起来，呼唤福禄降临，祈求吉祥昌盛！格萨尔大王今天无比高兴，兴致勃勃地勉励着众人：“总管王是箴言仙人，我们大家照着去做，就会得到天神的保护！”

紧接着，大王率领众臣一同前去圣地朝见了神佛的足印、圣者长老的足迹、高僧大德的修行禅洞。每到一处，大王都逐一向近臣和侍从做了讲解。然后，又去玛旁雍措瑶池中沐浴。净身完毕后，方才返回拉达克王宫，在丰盛的筵席旁依次入座，欢宴庆祝。

春季的三月初三这天，是神仙木曜星和二十八星宿巧合的瑞祥日子，也是即将获得璀璨水晶珍宝的吉祥时辰。一早，格萨尔便率领鹞雕狼无敌三英雄和北地珊瑚国大臣却珠、姜臣玉拉、达绒晁通王、米琼卡德、唐泽玉珠等，一行九人登上了右侧是色玛绒竹浴地、左侧是峥嵘草山岩石、中间是状如水晶宝瓶的雪山山顶，展开总摄轮本尊坛城，开始了会供轮法会。这时，迦居上师、本尊、独雄、天神等都相继显露出尊容。长寿五仙女亦应允了格萨尔的心愿。

于是，水晶宝藏的主宰雄狮王手执宝藏的标目，来到宝瓶雪山侧面的一座乳白岩石包旁。这座洁白光滑的大石包高有五百弓步，宽有三百弓步。当格萨尔王面对石包口念启开宝藏大门的谛语时，忽然从岩石缝隙中闪出一位神奇的瑜伽咒师来。这位咒师皮肤白皙，一条雪白的发辫盘绕在头顶，身穿一件雪白衣衫，手握一支白竹横笛。他迈着鹤步来到面前，向格萨尔王恭敬地深施一礼，又向前靠近几步，口操神语和格萨尔王攀谈起来。临别时，瑜伽咒师用横笛在岩石上画了几道花纹后，便一转身倏然无影无踪了！雄狮王领悟到这是对宝藏所在位置的暗示，立即命众人抡斧劈石。

当斧头刚一碰击到岩石，又激怒了那个曾被大王命名为“护圣恶煞霹雳金刚”的恶魔。恶魔觉察到有人盗宝，立即施放妖术。刹那间，乌云滚滚，霹雳轰鸣，雷电横空，大地不住地瑟缩颤抖。大王立即进入金刚喻定，侍臣们急忙燃起祭祀火烟，摆出神饮。大王口里不住念诵着上次在冈底斯雪山上念过的咒语。恶魔一听，立即听出这是格萨尔大王的声音，慢慢记忆起了过去的誓言，于是收敛了施放的各种妖术。转瞬，天朗气清，蓝天白云，一道道五色斑烂的彩虹中，花瓣飘飘似纷纷花雨，紫檀的馥香沁人心脾。看到这祥云瑞气，格萨尔大王知道打开宝藏已万事俱备，便又令岭国勇士继续挥斧劈石。不一会儿，那大石包终于被撬开了一角。

大家乘虚挤进洞口一看。啊，众人都惊呆了！在这个偌大的山洞中，堆放着许许多多由金银铜铁打造的各种宝箱。雄狮王首先打开了那口用金子打造的箱子，只见里面全是观音、金刚、大日如来等各种金身神佛像，还有各种经书函卷、念珠以及佛塔等，全系水晶雕镂。接着格萨尔王又打开了另一口白银宝箱，里面又全是顶饰、项饰、耳饰、颈饰、足钏、手镯、指环等各种水晶首饰。这些首饰件件做工精湛、玲珑剔透。接着大王又打开一口铜质宝箱，里面全是些帽顶、颈饰、曼荼罗供、油灯、瓷碗、鞍辔等各种生活必需品和饰物，全系红色水晶雕制而成。接着，格萨尔顺手又打开了一口用铁打造的宝箱，里面装的全是各种佩饰，都是用蓝色水晶宝石雕刻而成。这些佩饰，无论是至高无上的上师、显赫尊贵的官吏，还是风度翩翩的英俊青年、婀娜多姿的漂亮姑娘，只要能得到其中的一件都会心满意足，吉祥终身。总之，应有尽有，琳琅满目。接着，大王一行又查看了其他一些宝箱，每箱都装满了各种各样的水晶宝石，有大块的，有小粒的，大的大到要用庹计，小的多到要用升量。这些稀世珍宝五光十色，璀璨晶莹，令人眼花缭乱，目不暇接，在场的个个咋舌，人人惊叹！

当雄狮王步出洞门时，顺手将一些宝石布施给了看守宝藏者，其余的令将士们全部搬到洞外，驮上马背。王臣一行这才胜利地返回了拉达克王宫。

在岭军和雪山军首领济济一堂的王宫里，格萨尔端坐在金銮宝座上。在这肃穆的气氛中，大王想到夺取拉达克、征服雪山水晶国的鸿图大业眼下已告完成，岭军即将班师回国，有些大事须做好交代。于是，大王便用“祈祷吉祥”道歌，对属国拉达克的政事做了周密详细的安排：

阿拉歌儿啊心中唱，
塔拉曲儿啊口中吟。
祈那虚空宫殿中的，
普贤法身在天明鉴；
祈东山生借宝地的，
观音报身慧眼高悬；
祈莲花无量宫中的，
莲花化身法力无边。
要问这是什么地方？
从前是黑暗的魔地，
如今是吉祥的乐土，
是巍巍昂青冬宗宫，
是雪山拉达克国土。
若要问我是哪一位？
在那玛康五彩岭国，
嘉卡董氏赫赫王族，
格萨尔我身居王位，
我以兴白色善业立国，

我以救度百姓为己任。
为了雪域的民众，
为了岭国的圣洁，
上天遣我下凡界，
投胎母身踏紫陌。
幼年成长到而今，
为他人处处公心，
为自己不损他人。
或是雪域的公敌，
或是岭国的冤孽，
无论是有形无形，
同仇敌忾消灭净。
已征服十八邦国，
已降伏四大魔王。
今年的时辰更不寻常，
众生生存的幸福光芒，
被拉达克王臣们遮挡。
乌云怎敌我岭军狂飙，
怒逐乌云黑暗被扫荡，
引百姓踏上幸福之道，
让白色善业广为弘扬。
今日时辰吉庆瑞祥，
瑞祥笼罩底斯山上，
底斯圣山佛门洞开，
曼荼罗供闪烁金光，
朝圣道路现已通畅。
靠祈祷和吉祥威力，
雪白层岩斧劈山崩，
夺得无数瑰宝水晶，
金银玛瑙珠宝无数，
璀璨精美水晶饰品，
如意宝贝价值连城。
我没辜负天神旨意，
岭国大业可算功成，

拉达克已弘扬善业，
众百姓已获得安宁。
从今以后的时辰，
拉达克的臣民们，
应诚心归向岭国，
一心弘扬白色善业，
今生要多谋善业，
为来世多积德行。
这颗朱红水晶顶戴，
是宝中的稀世珍奇，
赐给内臣廷绒拉格，
这是岭国猛将标记。
这串晶莹剔透佛珠，
赐给根桑扎巴老臣，
勤向天神祈请智慧，
辅佐廷绒竭诚尽心。
拉达克的国事权柄，
全仗老少二臣支撑。
雪山顶的银色雄狮，
要想独踞雪山峰顶，
如若银鬣不披狮颈，
怎能配称雪山雄狮；
蓝天中的鸟王大鹏，
要想独霸浩浩长空，
没有翱翔长空本领，
怎能配称鸟王大鹏；
森林中的凶猛老虎，
要想称雄茫茫丛林，
如若背上没有笑纹，
怎能配称山中猛虎；
根桑廷绒老少二臣，
要做拉达擎天大柱，
若不诚心荫庇百姓，
怎能配称百姓知心。

在座臣民听清澈，
我将真情表明白：
布谷鸟飞落柏枝，
报告春回的信息，
六谷飞金的秋季，
布谷鼓翅回门地；
岭兵出征拉达克，
要魔地恶业泯灭，
拉达克已获幸福，
岭兵班师回岭国。
格萨尔我凛凛威风，
岭国大军浩浩荡荡，
戎马倥偬征战正忙，
战马萧萧无心久留。
今各分手两地茫茫，
手脚之情源远流长，
拉达克的白色善业，
岭国理应鼎力相帮。
草原牲畜为何兴旺，
全仗藏巴拉神力量；
世间众生为何无恙，
天神赐良药保安康；
地里庄稼为何茁壮，
护法女神保佑兴旺。
愿开拔岭军一路吉祥，
祝拉达百姓万事顺畅，
仰承天神的法力保佑，
仰承善业真谛的威望，
愿吉祥如意溢满苍穹，
愿美好祝福四洲回荡，
座上诸位句句记心上！

格萨尔王的一席教诲，深深感动了众人。雪山臣民同声赞颂格萨尔王的深仁厚泽和英明贤达，纷纷表示愿意遵从雄狮王的旨意，尽心竭力治理好拉达克。

氐宿月初三，是一个吉星高照的吉祥时辰。这天，岭国大军高举征服雪山水晶国的凯旋大旗，班师回国。岭国大军兵分三队，第一队人马是文部的阿鲁巴森率领。这是由岭国的中支包括霍尔魔地所辖各部的人马所组成，他们走在岭国大军的最前列。第二队人马由格萨尔亲自率领。这是由岭国的大支，包括霍尔、门、姜等属国的人马所组成，他们走在岭国大军的中间。第三队人马由王子扎拉泽杰和老将丹玛率领。这是由岭国的小支，包括珊瑚、索波诸属国的人马所组成，他们走在岭国大军的最后。

欢送的人们三五成群地拥向前去，挤满了道路两旁。这时，新任拉达克首领廷绒拉格和老臣根桑扎巴率领文武百官和众百姓来到格萨尔王一行面前，他们人人手捧雪白的长条哈达，举过头顶恭敬地献给了大王，接着又敬献了由马队驮来的一驮驮丰厚的上等礼物。人们越来越多，扶老携幼，送了一程又是一程，一直送到那快马要跑半天的路程处。在大王的劝阻下，这才不得不分手，依依惜别。

岭国的浩荡大军晓行夜宿，在经历了十九天的艰苦跋涉后，他们来到了从前晁通曾率领部众因狩猎而险些丧命的名叫廷赤雪的地方。这儿的地祇们曾被格萨尔王的慈悲所折服，弃恶归顺，为首的因此被大王封赏了一个维护善业护法神的封号，并赐名为俄得贡吉。今天，格萨尔王路经这里，地祇们格外高兴，向格萨尔王顶礼膜拜后，献上了许多人间少有的珍稀宝贝，向王表明了将继续不断维护善业的心愿。

第二天一早，大军陆续登程。当天，大军进到雪域之邦的碣日珊瑚地域的十八邦国领地。大臣却珠以主人身份恭请岭国王臣到宽敞富丽的牛毛帐篷中憩息，摆出丰盛筵席款待贵宾。席间，主人还命侍从捧出许多礼品，奉献给大王一行。礼品中有金光闪闪的金币，有状如仙人掌的珍贵珊瑚，有色彩斑斓绚丽的九叠各种昂贵毛皮等。主人殷情款待，深情地为王臣们祈祷吉祥如意。凯旋的岭国大军在这里整整休息了三天。

早在岭军即将班师离开上拉达克时，岭营就已派出专差回国告捷，并通报格萨尔王班师回国的日期，所以当岭国大军一进入雪域之邦和岭国交界的金奶草原时，岭国的上师、王宫中的伯叔、姨母以及众嫔妃等人人身着盛装，早已奔向金奶草原，恭候在道路两旁了。

不一会儿，队伍在遥远处出现了。当格萨尔王一行还没有到达跟前，人们便簇拥了上去，不住地向大王顶礼膜拜，浓郁的引香和欢快的唢呐在前面引路。一堆堆焚烧着的香烟迷漫四周，袅袅升腾，似朵朵白云。空气中不断散发着一股股沁人心脾的馥香，令人飘飘欲仙。就在这一派欢天喜地的热烈气氛中，格萨尔王臣一行被迎请进入了一顶特别高大华丽的名叫“见即解脱”的神帐中。

格萨尔王在自己的宝座上入座后，其他臣将们依次入座。席桌上肉和乳酪等各种食品堆积得像一座座山丘；香茶、美酒等各种饮料多得似永不断流的清冽甘泉。

欢迎格萨尔王的庆典开始了。这时，朵康地区姑娘中的佳丽嘉洛森姜珠牡首先进了神帐。她玉貌花颜似朵不染尘埃的圣洁白莲。初春柳眉下，那珍珠般乌亮的双目，宛如一对金蜂萦绕在秋池花下。她朱唇微启，贝齿似玉洁莲蕊，散发出股股芬芳的茉莉花幽香。那细长乌黑的发辫，似瑶池边摇曳的垂柳，串串玛瑙、珊瑚、琥珀五光十色掩映在垂柳似的乌云间，柳腰雪体似亭亭修竹。长裙彩袖，件件都是绫罗绸缎。珠牡右手举把装满香茶的金壶，左手拎把盛满琼浆的银壶。在十多名宫女陪同下，仙女一般，飘然来到格萨尔王尊前，在八吉祥瓷碗中满满地斟了一碗长寿仙女酒后，又将一条瑞祥平安哈达恭恭敬敬地献给了格萨尔大王。接着，珠牡又向岭国将士弟兄们敬献了接风酒和香茶，表示慰劳，用“九曼六变调”唱起了婉转深情的欢迎曲：

阿拉歌儿啊声声婉转，
塔拉曲儿啊情意绵绵。
向圣地度母刹土的，
白度母长寿佛祈祷，
祈祷出自心底虔诚，
为歌唱请赐我妙音。
要问这是什么地方？
岭国和北方相接壤，
金奶草原名声响亮，
这是悲欢离合之地，
载歌载舞将胜利唱。
若要问我的姓和名，
先说前世再叙今生。
天界空行母仙女群，
我本是白度母佛身。
天神遣我下了凡尘，
在钟灵毓秀地降生，
那是六谷丰盛之地，
在湖水涟漪螺湖滨，
在高耸曙光断岩侧，
在富丽堂皇达孜宫，

森姜珠牡世上降临。
珠牡降生吉兆异样：
一条玉龙蓝天吼叫，
一株锦葵破土开放，
一头雄狮昂首山上，
森姜珠牡由此名扬。
白雕降落牛毛篷帐，
白皙皮肤长我身上；
紫雕降落三排绳上，
发辫因此紫黑乌亮；
鹦鹉降落篷杆顶上，
口齿伶俐我善言讲；
孔雀飞落中柱尖上，
姿色出众我最美貌。
句句真话非我夸张。
要问这是什么歌调？
是珠牡九曼六变调。
在我这圣洁的岭国，
仅六人配唱六变调。
大王唱雄狮六变调，
嘉察唱善业六变调，
丹玛唱塔拉六变调，
柔萨唱水晶六变调，
莱琼唱云雀六变调，
天后唱九曼六变调。
今日是吉祥的时辰，
王臣从拉达凯旋回，
黑魔恶业从此除根，
重又敞开底斯圣门，
获得许多水晶奇珍，
天意使命圆满完成。
岭地重逢喜庆团聚，
叔姨我等留守家园，
喜地欢天笑迎亲人。

我右手金壶盛香茶，
茶叶是嘉纳福寿茶，
八吉祥铜锅熬酽茶。
百头牦牛奶将油炼，
打成这味美香奶茶，
奉献亲人的团圆茶。
我左手高举银酒壶，
壶中盛满琼浆美酒，
甘泉取自丹玛山中，
醇香甘露滴滴酿就，
这是吉祥安康神酒，
奉献亲人的长寿酒。
一庆我岭国雄狮王，
征战沙场贵体无恙，
魔地污秽全被扫光，
凯旋团聚妾心欢畅。
二庆岭国英雄丹玛，
今年虽逢灾星天降，
感谢护法神将你保，
平安重逢喜在心上。
三庆我岭国众猛将，
浴血奋战杀敌疆场，
腰斩魔将剪灭五孽，
安然相逢笑在脸上。
后方诸事件件顺畅，
祭祀仪式烟火兴旺，
伯叔个个贵体无恙，
庶民百姓幸福安康，
诸事圆满别挂心上。
今日重逢喜相聚，
幸福欢宴庆吉利，
每个小伙跳一圈，
每位姑娘歌一曲，
尽享这醇香美酒。

祝我王事业兴旺，
祝臣将武艺高强，
祝百姓圆满吉祥，
幸福吉祥双双降。

听了珠牡婉转动听的歌词，格萨尔满心喜欢，思绪万千，立即用“雄狮六变调”向珠牡和岭国王宫的伯叔姨娘们唱起回敬曲：

英雄声声唱阿拉，
好汉句句哼塔拉。
我头顶的大乐轮，
祈金刚持佛显圣；
我喉头的受用轮，
祈八大法行显圣；
我心间的正法轮，
祈莲花金刚显圣。
要问这是什么地方？
岭和北方在此接壤，
久别重逢欢聚一堂。
要问我是哪一位？
天神派遣的神子，
我是白玛陀称化身。
因镇服邪魔恶业，
获格萨尔武王名；
因拯救六道众生，
被人称“太阳雄狮”；
因掌握岭国权柄，
称“克敌宝珠贤能”。
若要问这是什么曲？
是六变调的雄狮曲，
此曲得逢美景时辰，
团圆人唱这吉祥曲。
我唱岭国的众师尊，
我唱叔伯姨娘妃嫔，

风尘仆仆远道相迎，
一路辛苦感谢你们！
想那日告别亲人远征，
我似那狂飙疾风阵阵，
我似那骏马不住扬蹄，
东拼西杀刀不敢停顿，
我全是奉上苍的神命。
人不下鞍皆命中注定，
刀锋所向我攻无不克，
刀挥之处我旗开得胜，
我到之处百姓得安宁。
此次挥师康区上部，
征讨了拉达克魔群，
打开了冈底斯圣门，
夺得无数水晶奇珍。
拉达克魔国国王，
残暴似凶煞星曜，
魔臣毕扎五孽障，
似猛虎逐腥发狂，
八十名内臣大将，
都是黑熊吸血狂。
雪域有弯弯路三条，
险峻犹如地狱羊肠，
战恶魔把艰难饱尝。
一因敌人兵强马壮，
二因地势陡峭难行，
三因敌人刁悍奸狡，
盘踞天堑气焰嚣张，
争斗激烈剑影刀光，
恶战胜过以往百倍，
有的猛将身首一方，
更有不少兵士伤亡。
感谢天神慈悲相救，
感谢威尔玛战神相帮，

勇士胆壮凶猛异常，
岭军势如冰雹骤降，
龙腾虎跃压向敌方，
敌将似狡狐遍地藏，
雪山兵纷纷把命丧。
丹玛神箭一声响，
昂堆奔仁箭下亡。
猛将似出林虎豹，
遍地是魔将脑浆。
道道关隘变通畅，
座座城堡破竹样。
噶布被丢进阴曹，
圆满了上天愿望。
胜利大纛迎风扬，
这就是岭国将士，
腥风血雨战沙场。
各位大臣各位师尊，
安然无恙释我挂牵；
我父森伦和众伯叔，
身体康健释我悬念；
恩泽似海母亲郭姆，
康健平安释我重惦；
心上人儿王妃珠牡，
玉貌如初喜我心颜。
今日喜逢各位伯叔，
满面红光缭我眼目；
今日喜逢各位姨娘，
耳畔回荡亲切谈吐；
今日喜逢各位嫔妃，
雍容娴雅使我心舒；
岭国处处欢声笑语，
凯旋人的征愁消除。
此次远征获得报偿，
打开了水晶的宝藏，

满足了昔日的愿望，
许多晶莹水晶佛像，
供奉岭国功德上师。
许多璀璨水晶佛珠，
献伯叔早晚进佛堂。
许多首饰剔透玲珑，
献姨娘嫔妃美容装。
许多绚丽水晶顶戴，
赏赐臣将官爵辉煌。
无数水晶耳环戒镯，
分给军营布施庶民，
一件不留各得其份，
请总管王主持均赏。
愿我岭国昌盛繁荣，
愿善业似日月光明，
愿信众似莲苑茂盛，
愿幸福沐浴着众生，
吉祥如意圆满吉庆，
举国吉祥日月长新，
敦促臣下牢记在心。

格萨尔王唱完，同大家一起觥筹交错，祝贺凯旋重逢。在欢乐悦耳的歌舞声中，大王和大家开怀畅饮，亲切交谈，共同度过了欢快的三天三夜。第二天，格萨尔王便和岭国各兵营以及前来欢迎的上师，王宫的伯叔、姨娘、嫔妃等一起动身返回岭国。

当凯旋的浩荡人马到达狮龙猛虎宫前面的猛虎草坪时，这里早已撑起了那顶名为“通瓦衮曼”、意为“人人钦羡”的神帐。在那雄伟宽敞的神帐中铺设着绚丽夺目的金銮宝座，雄狮王格萨尔巍然坐在金灿灿的宝座上。宝座的右排、前排、后排席位上，铺着虎、豹、熊等富丽堂皇的皮垫。王子扎拉泽杰、总管王绒察查根、老将察香丹玛绛查以及各位猛将弟兄们依次就座。岭国的上师、伯叔、姨娘、嫔妃等在左排席位入座。岭国的侍卫和庶民男女老少密密层层围满四周，济济一堂，壮观、圆满、吉庆。

总管王绒察查根从前面第二排席位上站了起来，来到由十名壮士停放在场地中央的一箱箱水晶宝物箱前，在他亲自主持下，将水晶制成的各种佛像、佛珠、宝塔等礼物，首先供奉给了岭国的上师。他又将红白水晶念珠等精雕细镂的各种水晶宝物奉献给了岭国格萨尔王的伯叔们。他还将精美的各种水晶头饰和手镯、指环等宝物赠给了王宫里的姨娘和嫔妃。紧接着，他将红白蓝黄等五光十色的水晶顶戴按爵位依次赠给了各位猛将大臣。余下的许多令人眼花缭乱琳琅满目的水晶首饰和宝物、用品等都无一遗漏地全部分给了岭国本部以及属国的兵士和众百姓。总之，人人有份，一件不剩，满足了众百姓的愿望。

分配水晶宝物的程序圆满结束后，开始了大吉大庆，人人欢欣雀跃，个个激动兴奋。娱乐中，有射箭的，有唱歌的，有跳舞的，有赛马的，还有狂饮的。欢声笑语，通宵达旦，人们尽情地欢庆了整整七天。七天过后，岭国各属国的首领和猛将们即将登程返回各自的属土去了！在这即将分手的难舍难离的时刻，岭国的上师们燃起了柏枝祭祀神明，那洁白的熏烟迷漫四周，飘逸上空。上师们声声祈祷维护善业的神明，保佑人们平安，保佑岭属各国昌盛。姑娘们献上一碗碗美酒，为起程的人们祝福送行。

这时，北地珊瑚国的大将却珠手捧白璧无瑕的雪白哈达，虔诚地献到格萨尔王尊前，他代表岭国的各属国，深情地唱起了“阿拉歌”：

阿拉歌儿啊句句情深，
塔拉曲儿啊字字意永。
向天神皈依顶礼，
祈引众生至净地。
要问这是什么地方？
这儿是岭国的玛康，
是驰名的猛虎草坪。
要问我是哪一位？
我是英雄却珠将军，
碣日珊瑚国首领。
贤能的大王在上，
内外勇士在两旁，
岭国大军在四方，
容我再将话儿表。
此次岭军出征北地，
一举灭了拉达魔王，
雪山底斯从此通畅，
获得稀世水晶宝藏，

凯旋大纛迎风飘飘，
大王鸿图如愿以偿，
英雄业绩彪炳千古，
赫赫声威似神鼓响，
岭国伟业地广天长。
先祖谚语常这样讲：
日月高悬碧空蓝天，
天空因此明媚灿烂，
大地因此生辉耀眼，
昼夜却将日月分开；
夏日草原色彩斑斓，
藏北因此夺目耀眼，
人们因此迷恋草原，
严冬却将一切分开。
岭国王臣名贵天边，
拉达因此重获新生，
雪山水晶国已征服，
太平却将王臣分开。
盔缨墨黑如弯月的，
是朵康北部的天兵，
个个似野牛立山岭，
祝家园似山岭青青；
盔缨鲜红似火炬的，
是黄霍尔部的天兵，
个个似猛虎踞山林，
祝家园似山林茂盛；
盔缨湛蓝似海水的，
是南方姜国的天兵，
个个似玉龙舞天庭，
祝家园似玉龙飞腾；
盔缨墨绿似竹林的，
那都是门国的天兵，
个个似杜鹃返门地，
祝家园茂密似竹林；

盔缨雪白似白云的，
那是大食国的天兵，
好似牡鹿昂首草坪，
祝家园似草坪长青；
盔缨金黄似沙金的，
那是索波部的天兵，
似白天鹅戏游湖水，
祝家园似湖水盈盈；
盔缨紫红似火苗的，
那是阿扎国的天兵，
似骏马在姜塘奔驰，
祝家园似草原无垠；
盔缨似彩虹初升的，
那是珊瑚国的天兵，
好似鲜花遍地盛开，
祝家园似草坪绿茵；
盔缨墨黑翘后背的，
那是卡契国的天兵，
好似黑熊昂首岩岭，
祝家园与岩岭长存；
盔缨淡黄似刀纹的，
是北地祝古国天兵，
好似雄狮腾跃天庭，
祝家园圣洁似雪岭。
将士们皆来自各国，
上马举鞭即将返回，
要爱护所属的百姓，
应像牧童疼爱羊群，
心怀百姓家国安宁。
敌寇来犯刀锋相对，
朋友来访蜜桃共享，
心中常记地方安危，
时时防备敌人入侵，
枕戈待旦以保太平。

春的使者鸟儿杜鹃，
返南方门地在春残；
来年春上柏枝树顶，
杜鹃重吐春光妙言。
那美丽的乌蕨花儿，
伴随败叶返回自然；
来年春意绿了山顶，
重祝祥瑞红花开遍。
来自各国文臣猛将，
今日即将打马回返；
他日降魔重开战地，
英雄重聚后会有天。
巍巍格萨尔王雄狮，
昂然屹立雪山峰头，
威镇狐魔轩昂气宇，
岭国善业永垂千秋。
岭国大系似岩山牦牛，
绒毛垂地似福禄长流，
犄角粗壮直指那苍穹，
六畜兴旺愿吉祥永留。
岭国中系似湖面天鹅，
双翅矫健似智慧闪烁，
赫赫声威回荡那苍穹，
愿吉祥笼罩富强康乐。
岭国小系似牧场花朵，
睿智似绚丽花朵闪烁，
那武艺绝伦芬香馥郁，
愿才智俱全吉利祥和。
今日在此欢欣聚首，
感谢上师深情护佑，
感谢王公赐我快乐，
感谢嫔妃赐饯行酒。
祭祀香烟迷漫苍穹，
愿王臣地位齐天公；

祭祀香烟迷漫半空，
愿王臣声威震寰中；
祭祀香烟迷漫大地，
愿王权势荫庇僧众。
久别重逢心儿喜，
今朝分别心悲痛，
踏遍天涯和海角，
大王慈悲铭心中。
行者当精忠报效，
留者当守卫家园，
愿善神无往不胜，
愿圆满吉祥相共，
愿王臣铭记心中！

大将却珠献歌以后，雄狮王向各位首领和岭国官员以及侍从等一一灌了长寿顶，并祝福他们今生来世都沐浴善心善德。各属国的头领们也一起向格萨尔王再三顶礼膜拜，表示要终生报效大王。继后，各自驮着所获战利品纷纷登程离去。

第二天，雄狮大王在狮龙猛虎宫殿顶上的一间名叫“太阳自升”的经堂中，坚闭房门，潜心静修。这期间，据说除了王妃森姜珠牡、膳食堪布唐泽、大臣噶达秦恩、大将米琼卡德、总管王和数名侍从、谋士外，格萨尔王拒不接受内外任何一位叩见者的朝拜。

第一百八十二章

达绒王抢公主引事端 求自保再嫁祸损商队

与祝古一海之隔的地方，是一个叫松巴贡塘的邦国，松巴国有五百五十万户人家，国王名叫松巴贡赞赤杰。王妃朗萨梅朵措生有两个公主，大公主东达威噶，已经出嫁。二公主梅朵措姆，年方十八，长得如花似玉，身材窈窕，走起路来如杨柳飘摆，说起话来似笛声悦耳。已有许多国家前来松巴求亲，贡赞赤杰王一个也没有应允。

达绒长官晁通觉得是要有这般身世和美貌的姑娘才配得上做他达绒的儿媳妇，于是也派出了使者前去求亲，但却同样碰壁而归。晁通心中不满，又不敢明目张胆地去抢，应该如何是好呢？

终于有一天机会来了。藏历四月十三日这天晚上，晁通正睡在王宫中的高床软枕之上，却怎么也无法入眠，到了夜半时分，他的修持的马头明王出现在他面前，对晁通降下预言：

在诸事如意的宫殿中，
我马头明王闪火光，
今宵叔叔晁通你，
未能入睡可烦恼？
不能入梦乡。
这不是坏事是好事，
是事业成就的好兆头。
晁通长官听我言，
在岭噶布的东北边，
松巴地盘又大又宽敞，
贡赞赤杰这魔王，
今年降伏是时光，

松巴王被降伏后，
岭地英雄事业更辉煌。
松巴黑魔未降前，
将松巴公主梅朵措姆，
设法引到岭地来，
配与岭达绒最相当。
松巴公主梅朵措姆，
今年恰好十八春，
风华正茂好时光，
如花似玉美无比，
面貌出众人人均夸奖。
配与公子玛尼噶然，
结为终身良缘呈吉祥，
是父老兄弟均长寿，
安排儿孙的好主张。
晁通你到松巴地，
用计夺取梅朵措，
不会落得盗名臭四方。
偷窃金银财宝者，
落得盗名理当然，
往来人群千千万，
拦路行窃是强盗，
小伙子爱慕美少女，
欲在草原把剑亮；
美女爱慕小伙子，
欲在岩上把露珠扬，
少男少女相爱慕，
自然规律理一样。
达绒晁通赴松巴时，
随身携带隐身木衣裳，
空行飞速有乌壳衣，
神通套索斑斓结，
三件宝贝伴身旁。
马头明王闪火光，

今日说的要领是：
夺来松女到岭地，
鲜花引出黑蝇来，
松巴黑蝇魔王何时降，
这事晁通记心上！

马头明王说完这一番话，便像是雨后的彩虹，消失得无影无踪。晁通将这一番话仔细地回味了一遍，岭国的英雄是否能够再在战场上将美名扬跟他可没有关系，只有能将松巴公主带到他达绒的地方上来才是最好的呀！于是他立刻背上隐身木风轮，带上套索斑斓结，乘着空行飞速鸟壳，立刻就飞到了松巴国的东大城下。来到一家酒坊门口，想喝酒，便走进酒坊，左手拿着颅碗，右手取下白铁酒瓢，喝了几大口，正欲走出去时，酒坊女人央宗卓玛见酒瓢摇晃不止。她说："呀！你们瞧！无人舀酒，怎么酒瓢在动？"

其他人见到以后，也纷纷好奇地过来围观。晁通顿时起了作弄他们的闲心，于是说道："稀奇的事情还在后头哩！"

说着把外衣翻上来，放了一声响屁，顿时酒坊里充满了熏天的臭气，有人感到恶心，有人呕吐不止，大家都说这是一个不祥之兆，应该马上去报告国王。于是晁通也跟在去报告的人身后，到了国王那里。

此时正是松巴国一年一度的赛马大会，所有王宫贵族们都聚集在松巴国灵山下邦拉东措湖边的草地上。湖边各色的华丽的帐篷犹如繁星，男女老少个个盛装打扮，那景象好不热闹。国王贡赞赤杰正在吉祥孔雀帐中休息，却听见有人来报："国王呀！在今天我们松巴君臣赛马射虎的喜庆日子里，竟然发生不见人影晃，只见酒瓢动，还有臭气熏天的说话声，这究竟是怎样的兆头呀？"

贡赞赤杰国王闻言眉头一皱，他拈着胡子说道："有这样的怪事情，一定不是什么好兆头，快派人到息玛东库的岩洞去，请卦师特让乌噶卜卦问问凶吉。"

晁通听后计上心来，于是先行去了卦师的山洞，正巧他不在，于是便用神通变化成了那卦师的模样等待着。小臣祖纳俄噶遵照松巴王的意旨，像一阵风似的飞快地到了达玛龙，见息玛东库岩洞中，射出一道白光照在他脸上，同时，变化成卦师特让乌噶的晁通便顺着白光走到小臣面前，假装问道："你到此地，为什么事？"

小臣以无比的虔诚之心向卦师献上洁白的哈达和十两黄金作为见面礼，然后答道："在我们松巴国赛马节的吉祥日子里，竟然发生了一些怪事情，我奉国王的命令来向大师求一卦，问问吉凶。"

随后小臣将事情的经过原原本本地向卦师做了禀报。接着晁通假扮的卦师开始认真地卜起卦来，好一会儿他才说道：“依我的卦辞来看，是因为触怒了我们松巴的地神息玛拉尊和战神协玛两位神灵。”

小臣赶紧问道：“有什么办法可以转祸为福呢？”

卦师说：“你要赶快回去报告国王，告诉他明日太阳刚刚升起时，以美女梅朵措姆为首的七位姑娘要到灵山邦拉东措湖去祭祀女神，就能避免灾祸。”

小臣火速回程，向国王如实禀报了情况，国王说，明日一切照办。

第二天一早，晁通已经等在了湖的右岸，到了“祭祀女神”的时候，公主和其他六位姑娘穿绸披缎，打扮得漂漂亮亮，拿着三种白色供品和三种甜食，前去神山“煨桑”敬神，大将洛布曲桑等五人紧跟在公主身后护驾。

晁通一见公主梅朵措姆出宫往神山而来，像蝌蚪见了牛奶一样喜悦。特别是见到公主那窈窕的身影出现在神山脚下，更像小孩见到天空的彩虹一样兴奋异常。晁通掏出笛子，把那召唤女孩子的咒曲又吹了三遍。公主梅朵措姆一听，身不由主地冲到晁通面前，晁通立即抛出飞索，把梅朵措姆像捆羊羔一样捆了个结实。

不说晁通如何把松巴公主带回岭地，如何为儿子玛尼完婚，单说那跟随公主的六个姑娘和五员大将转眼间不见了公主，暗自纳罕又非常惊慌，不敢再在神山耽搁，迅速回宫向国王和王妃禀报：“公主梅朵措姆好像到天国去了，不知从哪里吹出来的笛声，把她召了去。”

王妃朗萨梅朵措一听，顿时昏了过去。国王把檀香净水洒在她的脸上身上，王妃才慢慢睁开眼睛，看了看周围：“我的孩子梅朵措姆在哪儿？我的公主在哪儿啊？快给我找回来，快给我找回来啊！”

说罢又痛哭起来。国王贡赞赤杰也落了泪，亲自爬上宫顶，狠狠地擂起法鼓，将法旗四面招展，群臣众将迅即赶来，松巴王把公主梅朵措姆去煨桑失踪的消息告诉众人，问该怎么办好。

坐在右边上首的大臣托郭梅巴开言说：“我们请卦师特让威噶打个卦吧，上师的占卜是极灵验的。”

大臣们纷纷点头，贡赞赤杰王也觉得只有这个办法了，立即又吩咐小臣祖纳俄噶带上黄金十两、白银十两和哈达、酥油，去寻找上师特让威噶打卦问卜。

小臣见了卦师以后说道：“昨天听了您的卦辞，说要请公主去灵山祭祀，但是却被一阵妖风刮走，这可应该如何是好呀！”

那卦师先是一惊，然后说道：“我昨天可是没有见到你，怎么说我为你占卦了？”

听上师说完，小臣大惊失色，连忙把昨日会见上师的情节详详细细地又说了一遍，上师听后亦觉大事不妙，于是连忙占了一卦：“公主梅朵措姆被马头明王的化身带走了，现在在一个牛犄角的城堡里面，和一个宝贝公子成了婚。”

祖纳俄噶听了有些不甚明白，求上师明示，特让威噶这才说：“那马头明王的化身就是岭国的晁通，公主已做了他的儿媳妇。”

小臣祖纳俄噶飞速回王宫向大王复命，松巴王一听女儿被晁通抢去，立刻就召来所有的大臣，准备去夺回自己心爱的公主。国王大声喝道：“前天在我们松巴出现了一些不祥之兆，我心爱的女儿梅朵措姆不知去向，这是岭地晁通干的。在我们众臣中有没有人愿意到岭国，去做消灭晁通的先锋？谁去迎回我心爱的女儿？现在就请回答！”

下面一时鸦雀无声。松巴王非常气愤，他说：“跟我享福时个个都是英雄，现在国王有难却不知应该委派何人，难道是要我亲自去吗！”

国王气得脸都红了，他气愤地站起来环视四周。这时右边首座上的大臣托郭立刻起来，他对国王唱道：

在座的君臣请细听，
正当有事相商时，
不能仓促把事定，
请大王安详坐在宝座上，
请别发怒心放宽，
微微含笑听禀报：
今年我国松巴地，
不祥之兆频发生，
哪须君王亲征顽。
说个比方请听听：
春使杜鹃未到前，
云雨无须匆忙至；
夏天青龙未响前，
孔雀不须把屏展；
秋收季节来到前，
金色五谷哪会熟。
这些说法是真情，
未到失去王位前，
国王不须亲征讨。
亲友赠的宝库中，
大量的财宝要施舍。

大王请你坐宫中，
我就到那岭地去，
把他晁通脑袋砍，
将梅朵措姆接回宫。
国王旨意大臣办，
放宽心啊，君臣们。
国王命我为大臣，
是为阵前把敌歼，
倘若不能赴疆场，
虽做大臣也枉然。
对不对呀，君臣们，
我立即就到岭地，
成功计谋我计算。

左边为首的大将彭堆拉玛也挺身站起，他要与托郭梅巴率三千松巴兵前往岭国，荡平达绒部落。

贡赞赤杰王点头应允。二将点起三千松巴兵，第二天就出发了。走了二十九天，才来到岭国的达绒地方。松巴军刚刚扎下营帐，就来了一个骑着白狼、穿着白衣的术士，对大将托郭梅巴说："你们要找的晁通王，正在城中修身炼法，要想捉住他，必须施巧计，捉住以后就回国，千万不要进犯岭国。"说完，白人就不见了。原来，这是松巴贡塘国的保护神，为了帮助托郭擒拿晁通，化身前来做预言。

托郭梅巴一听，立即派彭堆拉玛前往晁通居住的城堡，吩咐他要智擒晁通。彭堆毫不犹豫，打马出了军营。

越过一座小山，顺着黄河河谷的草原一直向前，忽然闻到一股香味，抬头一看，见一缕青烟在不远的地方缭绕飘荡。彭堆心中疑惑："这是晁通住的地方哟？若不是的话倒可以问问晁通住在什么地方。"想着，彭堆催马来到冒烟的地方。

这是一座帐篷，里面有个老妇人正在煮茶。彭堆问她可知道达绒长官晁通现在哪里。老妇人看了一眼彭堆，心中有些疑惑。听他说话的口气，像是岭国人，可看他的通身打扮，又像是别的地方的人，不知他要找达绒晁通干什么。于是问彭堆："你是哪里人，找晁通王有什么事？"

见妇人不肯说出晁通的住处，还盘问他的来历，彭堆就胡乱编了一套话，又给了妇人一些钱，老妇人才说："顺着这条沟，走到黄河上游，有个大敬神处，旁边有条小路，沿着小路走，会见到一个美丽的山洞，晁通正在那里闭关静修。”

彭堆谢过妇人，按她指点的路向前走，一会儿就来到晁通修行的山洞外边。

这山洞果然好看，像个洁白的海螺，山洞的门如同天然生成，从里面传来阵阵铃声和鼓声。石门下面，有一石桩，彭堆在石桩上敲了一下，石门开了。晁通身披黑色绸子披风，黑帽子顶上装饰有金刚杵、头盖骨和孔雀翎。面孔紫红紫红，像涂了一层血。眼睛一闪一闪，像快要燃尽的干柴。乌黑的头发，右边梳了十八条辫子，打了个卍字长寿结；左边也梳了十八条辫子，打了个不息愤怒结。颔下三缕黑色长髯，胸前一面金色的镜子。右手持愤怒木杵，左手拿果核念珠。彭堆把洞内的人细细打量了一番，断定他必是晁通无疑。而晁通看见的却不是松巴大将，而是彭堆变化的达绒部落的大将晁察。

“晁察”手捧红白哈达，恭恭敬敬地献给晁通。晁通虽然心中疑惑，这大将总像是有些陌生，却又看不出什么破绽，只得收下哈达，出门来问：“晁察，你到这里来干什么？家里出什么事了吗？”其实晁通也明白，如果有事，肯定就是抢松巴公主的事败露了。

“家里出的事可不算小，就像那蜜蜂把蜜汁酿好了，却被蚂蚁把蜜吃了，黄熊又把蚁窝毁坏了，熊洞又被霹雳击塌了……”

“你乱七八糟地说些什么呀，快把家里的事情好好讲出来。”

“是，是！达绒家把松巴公主抢来了，松巴军把达绒城堡占领了……”

“你说什么？”晁通的眼睛睁得老大老大，虽然他想到松巴贡塘国会来报复，但绝没想到来得这么快。一听达绒城堡被占领，晁通急了，他要赶快回去，救他的城堡。晁通正要走，又停住了。他还是不相信这“晁察”的话。这大将总有点儿看着眼生，觉着不那么真切。可千万别让他给骗了，把毒药当成甜食吃。晁通这么一想，对“晁察”说：“本应和你一起回部落，但是现在没工夫，我正在修本尊法，发誓十三年不行动，如果松巴国真的发兵到了达绒，那你们就和他们比比谁的刀枪锋利，谁的骏马善驰骋。”

晁通说完，扭头就想进洞，那变化的“晁察”急了：“你这是把儿孙送给敌人，把恩深的父母坑害。我晁察这一生，偷来的东西没拿过，撒谎的事没干过。现在敌人已经进犯，你不回去，谁做商议大事的主持人？谁做召集达绒大军的发令人？”

然后他又献上一条红色的哈达，假装痛心疾首地磕了三个响头，悲悲戚戚地唱道：

达绒长官晁通王，

你不知分辨敌我，
自家臣子你不知；
心地本来明如镜，
多做解释有何用？
眼睛本来亮晶晶，
且又何必费唇舌？
看来你已年纪大，
小臣特来报实情，
你却把我当敌人。
自古俗谚说的是：
无知少女任性时，
父母教诲当儿戏，
遭人欺时才知悔。
达绒长官晁通你，
我说真话你不信，
大祸临头要后悔。
你心里应该明白，
尊敬的达绒晁通，
请你同我回城堡，
请去商决大策略，
请你调动众军队，
请你坐镇大城堡，
请你设法退敌人，
请你立刻起驾去。
歌唱有错请赦罪，
言语乱了请原谅。

晁通见这大将心急如焚的样子，看来不像是装的。如果松巴军真的来了，自己在这儿住着还有什么意思呢？晁通吩咐鞴马，洞内应声走出两个家臣，很快为主人鞴好马。晁通根本顾不上和晁察并行，独自一人飞下山去。

翻过一座小山，晁通看见一队人马，以为是岭地大军，他迎上前去，才看清是松巴军，再想逃已经来不及了。松巴兵将一拥而上，把晁通从马上掀下来，扒去铠甲和衣服，一根绳子捆住他的两条腿，几个人拖着他，朝松巴大营走去。

进了大帐，把晁通扔在地上，晁通早吓得像见了猫的老鼠，浑身颤抖不止，不敢抬眼看看坐在上面的松巴首领。

大将托郭梅巴咳嗽了一声，吓得晁通一哆嗦。托郭见抢公主的就是眼前这个小老头，一脸的鄙夷之色："晁通，你短短的目光看不见我大将托郭梅巴，长长的耳朵要把我的话听全。"

坏人是部落衰败的祸源，
坏牛是牛群骚乱的祸源。
你是挑起战争的祸根，
坏觉如是你做坏事的靠山。
本该坐金座的晁通，
如今跪在我的脚下。
人说你是咒力无比的术士，
为什么不把神变显现?
人说你是三十万户的首领，
为什么不见大军出战?
北方草原的风比箭厉害，
为什么你浑身一丝不挂?

晁通听托郭说到"一丝不挂"，才知道衣服被扒光了，一阵羞辱之感使他浑身热得发烧，反倒不觉得寒冷，也不哆嗦了。他偷眼看了看帐内，看见大将彭堆拉玛，正端坐在托郭身边，那长相简直与达绒的大将晁察无二。晁通明白是他骗了自己。

彭堆见晁通偷眼看他，笑了：

碧蓝的天空没有变，
只是一时被乌云遮掩，
现在日出乌云散，
天空依旧碧蓝。
我松巴大将没有变，
是你糊涂蒙住了双眼，
现在擒你到了我大帐，
彭堆仍旧在你眼前。

彭堆接着说："我们松巴的公主美如花，想摘的人很多却没有人摘到，不想被你达绒晁通抢了去，恶有恶报的结果就应在你身上。”

晁通想了半天，有了主意。前者被这松巴大将骗了，现在该我骗他们了：

吃了羊羔的狼逃到山顶，
却无故将山兔追打；
抢了公主的人回到家乡，
却无故将我晁通擒拿。

“你说什么？无故？难道不是你抢了我们的公主？不是你又是谁？”松巴的两员大将一听晁通说不是他抢的公主，二人大吃一惊，四只眼睛使劲盯着晁通。

晁通一看松巴大将那眼神，就知道自己的话他们起码信了一半，就更加大胆地信口雌黄起来：

好汉我今年八十七，
打从幼年至今日，
与偷窃说谎不沾边，
未曾干过犯法事，
我美丽的岭之地，
是有七个凶顽的盗贼，
抢窃别部的骡马牛羊，
抢劫他人的金银财宝，
带到别处去贩卖；
谁知又到哪里干了什么事。
从前大食国国王，
有匹青色追风马，
被岭国七个盗匪偷窃去，
罪名却落在达绒我头上。
现在松巴的梅朵措姆，
色巴偷去做了儿媳，
罪名却落在我晁通身上。
打个比喻是这样：
由于黑乌鸦的罪障，
黄鸭陷在泥坑里，

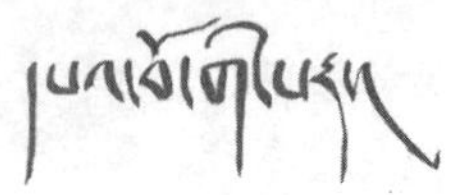

无道敌人施诡计，
有道上师落法网，
由于卑劣的仆人，
引起家长闹内讧。
上岭色巴的罪责，
使无辜晁通受刑罚。
三位尊贵的神臣听我言：
杀害晁通长官无好处。
我达绒晁通长官，
是无敌国王的叔父，
定会出现纠纷比山重，
祸尾连绵如水长。
这是我晁通的直言，
将我晁通放回原地好，
善谋自量好事成。

松巴使臣将信将疑，问道："真的是色巴人抢了我们的公主？"

"晁通从来不偷不抢不骗人，骗人的人遭雷击。"

松巴将不再怀疑晁通，也忘了上师给他们的预言，只想找色巴氏报仇。晁通见二将对望，生怕他们不与色巴部打仗，故意装出一副心里有话又不好说的样子。托郭梅巴又上当了，逼着晁通把没说的话快说出来。

"那色巴部可与我达绒部不一样，在岭国位居长系，你们若去攻打他们，雄狮大王格萨尔一定会发兵。格萨尔是无人能敌的，还有无数的英雄勇士，你们这点儿人马，不是白白送死吗？"

晁通用的是激将法，他知道，越说他们不行，他们就越要去打。接着，晁通又装作不在意的样子，故意将这几天色巴部的商队就要回岭地的信息说给了松巴大将们听。

托郭梅巴和彭堆拉玛一听这话，心想，先抢了他们的商队再说。于是，令人将晁通关起来，待他们抢了色巴的商队再处置他。

按说，达绒部落与色巴部落同属岭国长系，前次与祝古打仗，达绒和文布发生纠纷，晁通借故陷害文布人尚情有可原，如今这色巴部又无故被晁通出卖，一旦追究起来，晁通的日子可不好过。这些，晁通不是没想过，但为了自己，他可顾不了那么多。原以为说出是色巴抢了他们松巴公主，松巴将领就会放了他，结果，还是被继续关在这里。晁通有些后悔，但话已出口，松巴的将士们已出营，眼见色巴商队就要被抢，晁通无计可施。

色巴的商队到外面做买卖刚回来。五百匹骡马上，驮满了绫罗绸缎、松石珊瑚等贵重物品，兴高采烈地往岭地走。大英雄尼奔达雅和玉赤恰巧在路上相遇，随即跟在商队后面一起往前走。翻过一座大山，商队来到一条狭窄的山间小道，马帮停下了，骡马只能一匹匹地过，五百多匹骡马拖了老远老远。

松巴兵将出现了。他们把先通过小路的一百多匹骡马抢了就走，还杀死两个敢于拦阻他们的色巴商人。

松巴将士把抢来的骡马分成了四份，一份留给国王贡赞赤杰，一份分给几员大将，一份分给各队的首领，一份分给全体松巴兵士。骡马分完，正在高兴之际，不远处骤然响起了人喊马嘶声。原来，尼奔达雅和玉赤打到门上来了。

托郭梅巴和彭堆想，现在是在岭国，打仗对自己不利，既然已经抢了商队的马帮，就应该像吃饱了死尸的鹫鸟一样飞向天空，赶快收兵回国才是。所以，二将迎出帐外，和岭国二将胡乱打了一阵，就匆忙率军撤退了。尼奔等人追了一程，又杀了几个松巴兵将，知道就是真的打起来，他们人单力孤，也不是松巴兵将的对手，决定回岭地向格萨尔大王禀报，请大王发兵征讨松巴贡塘国。

第一百八十三章 沙场无情松岭起烽烟 群英显能敌军遭打击

尼奔、玉赤二人来到森珠达孜宫，面见格萨尔大王。

雄狮大王坐在高高的宝座上，像须弥山一样威严。尼奔达雅禀报了商队遭松巴军抢掠一事，见大王像是知道了什么似的，并不做任何表示，尼奔有些不悦：

雄狮神圣的大王您，
请让我向您禀报。
彩虹的美好图案上，
小孩脏手触摸了它；
玉龙发光闪电时，
大鹏强来行劫去；
上师进行善事时，
魔鬼却来搞破坏。
尼奔、玉赤我二人，
到梨域地方去行商，
返回故乡岭地时，
松军前来把货物抢，
打死我商人和驮夫，
抢走珍贵商品和马匹，
玉赤和我结成队，
犹如猛虎下山岗。
白斑虎和白额熊，
来了一阵大较量，
白额黑熊落荒逃。

高吼的野牛与褐牦牛，
做了一阵斗角后，
长角的褐色牦牛落荒逃。
原想把他们消灭掉，
由于未奉大王的旨意，
停了血战往回撤，
来到雄狮大王御前，
敬将情况做禀报。
那松巴国的魔鬼王，
把岭国当成死对头，
松军任意进岭地，
何时前去惩罚他？
何时消灭松巴王？
何时去把战功立？
扁平大鼓用力捶，
发出响声系自然。
无敌尊贵的雄狮王，
我还有话请细听，
稀奇的是达绒地，
松军敢来逞凶顽，
好像坏人是请来的客，
达绒本有军队三十万，
好像无用的尸体。
说个比喻是这样，
山中狼和刺中狈，
互相勾结扰羊群，
外面的敌与内部的贼，
勾结起来扰地方。
内部奸人不招手，
外部敌人入内难。
这样的说法都知晓，
此事请大王记心间。

格萨尔当然知道色巴的商队遭劫，也知道这事本由晁通引起，晁通正陷于松巴军中。但是，他还不知道是否到了征服松巴贡塘的时候。所以，任凭尼奔和玉赤怎样讲，格萨尔就是不说话。

王子扎拉憋不住了："对自己人要亲近，对敌人要报复，这样无声无息怎么行？米琼，你快派使臣到各邦国去送信，命各国人马九天之后在岭国森珠达孜宫前集合，共同扫平松巴贡塘。"

米琼和唐泽依令而行。尼奔和玉赤也满意而归。他们也要回部落去聚集本部兵马，准备进攻松巴国。

这天夜里，格萨尔睡得香甜极了。黎明之际，忽然有人附在他耳边说："聪明的孩子，不要贪睡，快快起来吧。"格萨尔赶快爬了起来，只见姑母朗曼噶姆站在五彩云朵之上，神色十分庄严地对他说：

佛和众生本无二，
神和妖魔无区分，
只因有了善与恶，
仙家怪道分天地。
对恶魔的烦扰，
必须用坚不可摧的甲胄；
对恶魔的进攻，
必须用攻无不克的刀矛。

"开启松巴宝库的时机已来到，速带兵马前去征服松巴，运回财宝。"

格萨尔听罢，知道该是他率军出征的时候了。因为王子扎拉已经发出召集诸邦国兵马的命令，只等各国兵马一到，格萨尔就要点将出征。

松巴军被尼奔和玉赤追得慌忙奔逃，达绒长官晁通也被弄到一匹老马上，赶着一起逃。因为晁通说出了色巴商队的行踪，所以，托郭他们给他穿了件白衣服。走了十五天，大军来到祝古境内的觉隆达热纳塘，被两个出城打猎的祝古将仲墨和达扎齐达碰上了。

仲墨让达扎去向就近的碣日大将却珠求救，而他自己则留下来观察等待。碣日大将却珠听了报告，当然不肯放过这为雄狮大王立功的机会，立即骑马扬刀，带兵杀出城去。而此时，仲墨则假装成一名猎人进入了松巴国的营地中。哨兵将他拦住，并且大声喊道："岭人到我们的营地来了！"

话音刚落，松巴大将彭堆带着人前来盘问："你是何人？来此地做甚？"

仲墨答道："我以打猎为生，看你们是外地兵将，要买点鹿茸麝香吗？"

他一边说着不找边际的话，一边转动着眼珠将松巴兵营打量了一番。彭堆很不耐烦地将他赶了出来，他骑行了一段路后，与达扎带来的援兵会合一处，然后众人策马扬鞭，冲入了松巴营中。突如其来的人马杀得松巴军马措手不及，却珠更是如入无人之境，连砍五十多名兵士的头颅。

松巴军不敢恋战，他们一边战斗，又害怕格萨尔率兵追来，所以边战边退。却珠一人杀了几个松巴兵士后，大队人马已经退得很远了，就没再追赶。收拾起松巴兵丢下的物品，准备回城。这时，却听见一阵哭声。

却珠闻声寻去，见一人头戴一顶纸糊的帽子，身穿一件白衣，躺在几具死尸旁边，号啕大哭。仔细一看，却珠认出此人正是达绒长官晁通。晁通一见碣日大将，像是在去地狱的路上遇见上师一样，又悲又喜，禁不住又大哭起来。

松巴大将托郭和彭堆也听见了这哭声，一看，才知刚才一阵混战，把晁通给丢了。二将原想把晁通带回松巴做个人质，晁通可是太有用了，他不仅知道岭国的详情，而且骨头软得要命，问他什么说什么。也许，还可以用他换回公主哩！慌乱之中竟把他给丢了，这怎么行？托郭和彭堆又打马往回奔，那晁通已被却珠救走，祝古军也得胜回城。眼见晁通进了城，二将只得悻悻回营。

正月初九，黄河边的草滩上，开来了姜国人马五万，北方魔国人马三万，上索波、下索波、象雄等国的人马也陆续开到。格萨尔召集各国领兵大将，向他们讲述此次征服松巴贡塘的原因和办法："降伏恶魔是天神所安排，我们已经降伏了很多妖魔，但是却漏掉了一个大敌人！"然后大王唱道：

若问这是啥地方？
四方土地的坐垫上，
世界土地的中心，
是朵康美丽岭之地。
若问我是什么人？
是上方天神的儿子，
是降伏食人妖魔的战神，
为救众生天神将我派，
名叫雄狮灭敌者。
各位大臣听我言，
凶恶的松巴国王，
将我岭国视为敌，
松巴魔军侵岭地，
强盗行为逞凶顽，
晁通修行静坐时，

无故将他捆了去。
岭国王族的后裔，
尼奔、玉赤去经商，
返回岭地半途中，
作恶松军把路拦，
贩运货物强抢去。
在我宝贵的“曼扎”上，
印上了松巴狗爪印，
古代藏族有谚语：
朋友来时敬茶酒，
敌人来时用棍棒。
在神圣岭国土地上，
伸来了松巴魔爪，
这个魔爪该斩断。
这只杀我羊群的老狼，
今日他的寿命将终结，
罪恶的松巴君与臣，
把性命挂在岭地箭靶上；
长长的箭和短短的刀，
全往松军靶上射。
昨日天刚拂晓时，
朗曼噶姆亲姑母，
从天而降到宫殿，
命我岭军讨松巴，
要我征服松巴王。
一是自己的意愿，
二看姑母的预言，
仔细想来很清楚。
但是达绒的是非多，
晁通就是灾祸根，
他坐不住到松巴，
偷来公主梅朵措姆，
应邀嫁给他儿子，
因此松军到岭地。

议论虽说有许多，
但他做得并不错，
晁通私自到松巴，
马头明王把他派，
娶来松巴梅朵措姆，
这是世人的习俗。
打个比喻是这样，
男女互相配成亲，
就像自然生长的白羊角，
并非无中生有马长角。
归根结底一句话，
在那红色的鲜肉上，
苍蝇飞来把性命送。
梅朵之后松军到，
是松王想当箭靶子，
罗睺周行太空时，
日月轨上运行难。
鳄鱼张开利爪时，
鱼儿逃命难上难。
无敌的雄狮格萨尔，
松王的利箭哪能受？
岭国大军十来万，
立即开到松巴地，
军队要像狂风吹战旗，
将领要像战旗巍然立，
先锋要像河水奔向前，
骑兵要像冰雹狠狠打，
步兵要像狂风搅大雪，
后卫要像线团紧紧滚。
是好汉到松地去显威，
是壮士快到松地立战功。
首先十万大军进祝古，
祝古的十万大军在等候，
然后逐步看战机。

岭国要去边地讨顽敌，
收回我们被抢的东西，
打开松巴犏牛宝库。

格萨尔唱罢，众臣都称颂大王的决定，并一致表示遵命照办。于是太子扎拉命令岭军拔营，当先头部队即将出发时，岭国的上师、长老、妇女和臣民百姓都来送行，他们排列在大路两旁，敬神的青烟如白云翻滚。王妃森姜珠牡右手端茶，左手捧酒，摆动着柔软的腰肢来到君臣面前，她唱道：

上师讲解经典，
小沙弥不听怎么行？
父母亲叮嘱吩咐，
儿女们不照办怎么行？
国王下达命令，
大将不去征讨怎么行？
岭国君臣征服边地，
神、龙、念三军一同行。
骄傲自大的松巴魔王，
他与岭国为敌是狂妄。
无敌的雄狮大王，
你身披铠甲头戴盔，
好似雪狮绿鬣亮闪闪，
是要镇服松王的征兆。
勇敢的岭国英雄们，
随身佩带的三种武器，
仿佛斑斓猛虎在怒吼，
这是降伏松臣的征兆。
军队浩浩荡荡之威风，
正如林中起大火，
这是击攻松军的征兆。
有这三个征兆的十万大军，
所向披靡无往而不胜。
这条宽大洁白的上等哈达，
它象征胜利和吉祥。

祝愿声威比天高，
这宝贵的白色玉碗里，
盛满祝福健康的甘露酒，
是祝愿健康的送别酒。
这把锋利的大宝刀，
赠送给全体将士们，
愿个个取得胜利归。

君臣们喝茶饮酒，列队出征，浩浩荡荡地往那松巴的方向进发。再说那慌忙回国的松巴二将，把晁通被擒又逃脱、袭击色巴商队又被岭国兵将追赶的经过，老老实实地向国王贡赞赤杰做了禀报，大将托郭唱道：

敢死队的首领我，
竟使国王的计策落了空，
公主没有救到手，
捉到的晁通又被抢。
无可奈何返回来，
特向陛下禀军情。
岭国英雄有八十，
个个如像铁铸的金刚。
好汉善士有七个，
是无法击败的阎王的使者。
精明强悍的鹞、雕、狼三者，
如同霹雷从天落。
无敌的岭国英雄们，
有不久将入我境的危险，
如有勇者时已到，
敬请君臣记心间。

他把原本就很强大的岭国说得更加凶恶可怕，把原本就很狡猾的晁通说得更加奸诈无比。说完，把抢来的东西堆放到大王贡赞赤杰面前。

国王见二将并未把公主领回国，脸色阴沉得像是密布着一层乌云。又见抢来这许多财物，才有了点儿笑脸。真是又喜又忧。他断定，岭国绝不会就此善罢甘休，一场大战已经不可避免。于是，下令立即把松巴人马集合起来，由郭杰赞布率一万青盔缨人马驻守在通往岭国方向的碣玛拉山顶，发现岭地有什么动静，马上来报。其他人马，守住城堡，准备与岭国作战。

就在贡赞王召集兵马准备作战的时候，岭国大军已经到了松巴境内。

岭军人喊马嘶地在松巴的玉池拉塘草滩扎下大营，将士烧茶做饭，吃肉饮酒，大将丹玛和玉拉二人觉得与其在帐内闲坐，不如到碣玛拉山上看看。二人商量着出营上马，往山上去。正碰上奉命前来驻守的松巴大将郭杰赞布。玉拉一见那将，就挥刀冲上前去，郭杰也不说话，举刀相迎，二人大战二十几个回合，不分胜负。丹玛见玉拉战那松巴大将不下，催马前去助战。郭杰赞布力不能胜，虚晃一招，打马就跑。丹玛和玉拉并不追赶。

二人回营向雄狮大王禀报，此地不可久留，松巴军一旦占领碣玛拉山，对岭军大队人马的行动将造成很大困难。格萨尔出帐一望，见碣玛拉山果然山势险峻，易守难攻，对岭军营地的威胁也很大，幸亏丹玛、玉拉将松巴大将战败，否则岭军会受到很大损失。

郭杰赞布逃回城内，向贡赞王禀报那岭国人马已像山间瀑布一样开进松巴国，在玉池拉塘草滩扎下大营，刀矛枪箭像森林一样茂密，人喊马嘶能把人的耳朵震聋，胆小的会被吓死，碰上的那两员岭将更像雄狮猛虎一般。

松巴君臣听了郭杰的禀报，毫无惧色，反倒笑那郭杰赞布胆小。只有去过岭国的托郭和彭堆二将深知岭国兵将的厉害，所以他二人并不像其他松巴将领那样骄狂。

贡赞王见郭杰赞布并未占领碣玛拉山，只得把兵马分成四路，准备固守拒敌。

第一路，由大将托郭梅巴率十万白盔缨军，驻守城东。

第二路，由大将彭堆拉玛率十万黄盔缨军，驻守城南。

第三路，由大将哈日达瓦率十万红盔缨军，驻守城西。

第四路，由大将森赤率十万黑盔缨军，驻守城北。

松巴王分兵点将完毕，唱了一曲“征战歌”：

花斑虎皮是猛虎的骄傲，
也是猎人弓箭的目标；
珍贵麝香是獐子的骄傲，
也是獐子送命的根苗；
猫头鹰在夜间逞英豪，
本是丧生的噩兆。
岭军到松巴境内布阵，

是格萨尔归天的征兆。

“将士们啊，对敌人不要发慈悲，对岭国兵将一个也不要放掉，不要做怯懦的狐狸，要学那勇猛的山雕。”

松巴大将各自回营，严阵以待。过了三天，岭军也没有杀过来。守城的大将等得好不耐烦。

岭军没有马上进攻，一是要休息，二是在等开仗的吉日。三天过后，到了二月初九，格萨尔也将岭军分成四路，向东南西北四处同时进攻。

碣日大将却珠做了东路先锋，像恶狼般扑向城东的松巴白盔缨军。松巴大将托郭接住了他。二人在祝古境内曾交过一次锋，并没有来得及说话。这次相逢，托郭想好好羞辱却珠一番。托郭勒紧马缰，架住却珠劈过来的大刀，说：“失去家乡的红骑士，自以为是英雄了不起，碣日成了岭国嘴里的肉，你五尺长的身子却做了格萨尔的随从，这算什么男子汉？你就像那：

坏大臣把君王交给敌人，
恶女人把丈夫施予魔鬼，
癞皮狗把主人的腿咬伤，
忘恩负义不配活在世上。

岭国抢去了我们的公主，现在又来进犯松巴，你们的贪心没个完，对付贪婪的恶狼只能用刀箭。”

碣日大将却珠看着托郭好笑：“别看你黑老鸹叫声高，我大鹏鸟的宏音还没叫。前次在祝古让你逃掉，今日再见你定斩不饶！”却珠挥刀向托郭劈去，却劈了个空。托郭还了一刀，也没能伤着却珠。两人你来我往，互不相让，也都战不胜对方。

玉拉舞动长枪，冲入南面彭堆的营地，与彭堆大战几十回合不分胜负。彭堆把大刀舞得像面铁墙，连只虫子也别想飞进去。玉拉的枪无缝可刺，急得面红耳赤。一不留心，又被彭堆的飞索套住了脖子，玉拉那枪更乱了章法。幸好玉赤及时赶到，宝刀连砍三下，飞索断成几截，愤怒已极的玉拉大叫：“金翅大鹏落在须弥山上，黑老鸹也想飞去不知高低；雄狮蹲踞在雪山之上，老狗想跳上去不知羞耻；格萨尔统率着岭国大军，松巴将士想逞凶不知死活。刚才让你占了点便宜，现在要加倍还给你。”玉拉说完一箭射过去，正中彭堆胸前，只听“当啷”一声，彭堆的护心镜成了碎片，那箭镞钻进了心窝。但是由于彭堆是名副其实的妖魔之子，玉拉的这一箭并没有让他马上毙命，他反而用力将长矛刺向玉拉，幸好有战神的铠甲保护，虽然没有伤及玉拉的性命，却差点让他从马上跌下来。玉赤见状赶紧上前，飞快拔出长刀，将彭堆的手臂砍了下来，然后又将他的头像割芫根一样地割了下来。

西面和北面的岭军与松巴军都死伤了不少将士，仍然没有分出胜负，见天色不早，格萨尔吩咐收兵回营。松巴军和岭军都不能战胜对方，两军相峙着，都在商议如何破敌。

松巴军中有一个叫玉珠朝曲的大将，武艺超群，他觉得老是守在营地里等着岭国来进攻，不如主动出击。大将琼纳巴瓦很赞成他的主意。二将商议着合兵一处，踏翻岭营。

岭军众将也在商议如何对敌，一只金翅松石蜂嗡嗡嗡地飞到格萨尔的耳边，对他说："不好啦，不好啦！松巴军有两员了不起的大将要来袭击岭营啦！大王你要准备好，把长寿药丸涂在铠甲上，君臣七人齐上阵，才能避免遭灾祸。"

雄狮王把金翅松石蜂的预言告诉众将，众人立即起身回营准备。

玉珠朝曲和琼纳巴瓦只带了六十名松巴兵，杀往岭营。松巴王要他二人多带些兵将，二人说人多死尸多，没有什么用，不肯多带人马。二将飞马驰骋，很快就到了岭军营地，只见岭国人马像铁环一样紧紧围绕着一座大帐，心想，这一定是那坏觉如的大帐了。玉珠朝曲对着那座大帐叫喊："岭国的乞丐们听着，有个比喻这样说过。"

雪山上的白狮子，
吞了野马又想吞家马，
这是丧失绿鬣的征兆；
天空中雷声隆隆，
闪动电舌又把霹雳打下，
这是失去浓云的征兆；
门域绿脖子布谷鸟。
落在红桥上还想把青稞带走，
这是折断绿翅的征兆；
岭国的英雄好汉们，
抢了公主又来进犯松巴国，
这是岭地衰败的征兆。

那琼纳巴瓦不耐烦玉珠朝曲的啰嗦，打马就往前冲。丹玛接住他大战几个回合，竟力不能敌，败了下去。琼纳更加猖狂，大叫要和格萨尔比武。

雄狮王笑吟吟地走出帐外，答应和琼纳比武。二人先比刀，不分胜负。再比箭，琼纳恶狠狠地一连射出三箭，射掉了几块甲片，却没有伤着格萨尔的身体。雄狮王从装有九十九支神箭的箭筒中抽出一支搭在弓上，对琼纳巴瓦说："老黄狗牵着一蹦一跳，放开了拖着尾巴没了精神；小花马能在平滩上疾驰，在沙滩上却走不稳；你魔将只能杀懦夫，对我金刚之体不能伤害。可怜你已经到了绝命之时，阎王已向你抛出套索。箭啊，是你显神通的时候了！"格萨尔说完，那箭带着一团火舌，发出一声轰响，自动飞向魔臣琼纳巴瓦，把他射成了齑粉，又一丝不剩地飘向空中。刚才还是活脱脱的一员猛将，顷刻间化为尘烟。

玉珠朝曲见琼纳巴瓦被格萨尔一箭射得不知去向，心像针扎的一样。只见他像一头下山的恶虎，猛地扑向格萨尔，冷不防把雄狮王从马上拽下来。二人厮打在一起，扭成一团。丹玛、却珠、噶德三人上前，用刀砍，用枪刺，丝毫也不能损伤魔臣，倒把玉珠砍得不耐烦起来。他扔下格萨尔，从地上爬起来，抓枪就向丹玛连刺三枪，把丹玛的铠甲划破了几道。却珠从后面用枪刺那魔臣，魔臣又转身对付却珠。格萨尔已从地上爬起来，玉拉等人也冲了过来，君臣七人共战玉珠朝曲。战刀抡得像闪电，竟不能伤其身。格萨尔知道降伏此魔将的时机未到，遂变化成一道彩虹，抽身转回大帐。六员岭将继续和玉珠交锋。玉珠一看不见了格萨尔，顿时大怒，转身去寻。先到了索波军营，一员索波大将拦住他，射了两箭，像两根草棍一样，插进他的甲缝。玉珠朝这员索波大将猛刺一枪，穿透了他的心窝，翻身落马而亡。索波王子多杰仁钦一见自己的大将被杀，挥刀就砍玉珠。玉珠一把夺过大刀，直砍索波王子的心口，一刀扫过去，像是当胸开了扇门，多杰仁钦的心、肺全部裸露无遗。王子当即毙命。

见索波营中并没有格萨尔，玉珠朝曲又转身扑向卡契大营，连连刺死两员拦他的卡契大将，还是没有寻到格萨尔。玉珠心想，今日暂且罢手，明日再找那雄狮大王拼命不迟。想着打马就往自己大营方向走。那卡契军营首领亭雪见这松巴将杀了自己两员大将就要走，哪里肯让？但玉珠的马快，已经跑出很远了。亭雪在后面拼命追赶，一边追一边喊："松巴小子不要跑，逃跑的人不是好汉！"

玉珠朝曲勒住马缰，心想："这是哪个不知死活的小子，敢来追我？"马一停，亭雪已追到跟前，勒马指着玉珠大骂：

叫花子讨饭不知足，
木棍会把碗打碎；

懦夫欺人太厉害，
会把毒箭召引来；
你搅乱了岭营就想走，
我亭雪要杀你除祸害。
你的头颅将是给我的奖品，
你的血肉将是野狗的佳肴，
你的骨头将是老鹰的嚼食，
你的盔甲将是我的库中物，
你黑灰色的人儿记心中。

玉珠笑着说：

我自量力返回营垒时，
你不知趣到我后面撵。
听着有这样的话：
英雄迎着大将冲，
懦夫跟着英雄跑。
此话你难道没听过？
鹞鹰翱翔天空时，
家雀躲进鸟巢里，
鹞鹰飞回窝巢时，
小家雀儿太可怜。
今日短命的亭雪，
似命运的劲风在吹你，
阎王的法绳在拉你，
如有遗嘱快快说，
除此之外无办法。

亭雪气得青筋暴跳，连连向玉珠砍了三刀，把玉珠的铠甲剁碎了几片，自己的刀也砍缺了口。玉珠朝曲大笑着还了亭雪一刀，正砍中亭雪的铁盔，亭雪立即脑浆迸出，一命呜呼。

玉拉、却珠等岭将随后追来，见亭雪尸身横陈，再找那松巴大将，只能远远看见战马扬起的尘埃。

松巴大将玉珠朝曲得胜回营。岭国大营却像是热油泼在干柴上，将士们个个摩拳擦掌，人人呼叫报仇。特别是死了大将的军营，更是沸沸扬扬，叫骂不止。

第二天早晨，岭军以王子扎拉为首的十一员大将，彩云追月般奔向松巴大营。松巴大将托郭梅巴对众将说："岭军今天是来决战的，我先去迎敌，你们后面跟上。"说着披挂整齐，杀出营门。见岭国来了那么多大将，有些胆怯，但既已出阵，就顾不得许多了，装也要装得像个大英雄。托郭勒马站定，对岭将说："松岭两国争斗，根子是为了女人，树干是那达绒晁通，树叶是玉赤和尼奔。抢了姑娘又来进犯，这口气让人怎么往下咽。今天我们比比看，远处用箭近处用刀，想用什么你们挑。"

玉拉举起弓箭："丢了东西要寻找，丢了性命要报仇。就像云聚多了要下雨，河水涨了要翻船。比刀比箭都一样，不用选也不用挑，先射一箭让你瞧。"玉拉一箭射出去，托郭正舞刀朝他扑来，本来是射不中的，也是托郭当死，那箭转了个弯，箭镞寻着托郭的心口而来，托郭中箭身亡。

见死了托郭，昨日猖狂一时的玉珠朝曲又杀出营来，离他最近的噶德被他连刺三矛，甲片哗哗啦啦掉下好多片。趁岭国众将围上来之机，噶德举起一块大石头，以排山倒海之势，劈头朝玉珠砸去，想那魔臣不怕刀矛弓箭，却独独怕这石头。偌大的一块石头像是砸在鸡蛋上一样，玉珠朝曲一声不响地滚下马来，倒地而亡。

这两员大将一死，松巴军顿时大乱。为将的，打马而逃；当兵的，弃刀奔走。岭军将士个个奋勇，人人争先，直杀得松巴军退入王城，国王贡赞率守城将士在城内接应，随即关闭了城门。

第一百八十四章 破城门贡赞飞天遭擒 劝投降犏牛宝宗被开

自从岭军打到松巴贡塘，打打停停，停停打打，不觉已有一年。一年来，松巴军疲于应付，不敢有半点儿懈怠，所以把宫中原有的大宴小宴一律废除，很长时间没有痛痛快快地欢宴过一次了。这次被岭国杀得大败，松巴王贡赞赤杰反倒大摆起宴席来。

群臣和众将对着美酒佳肴，却全然没有胃口，一个个愁眉不展地坐着发呆。贡赞王心里也很难受：想我松巴国，往上数七代，做买卖也没到过岭国，连口角也未曾发生过。可到了我这一代，除了争斗和打仗，安乐好像云缝中的太阳一样难得。今年晁通这坏家伙，抢了我的女儿还不算，坏觉如又率十万大军到了这里。眼看一年已经过去，松巴的大将连连战死，如今所剩无几。剩下这座王城，恐怕连一个月也难守。莫非我真的到了寿终的时候？如果真是这样，就没什么想头了。俗谚说："到中有的路上若得不到上师的指引，就是穿上金制衣服也无用处；对庶民百姓若不关心疾苦，就是坐上黄金宝座也无用处；不去观察仆人的脸色，就不知道饭食是不是有毒物；若对国王的事业没有贡献，称贤臣良将那是欺骗。"像我这样不能保卫疆土、保佑臣民，当国王还有什么意思？贡赞赤杰只顾自己胡思乱想，猛一抬头，见群臣众将全都不声不响，不吃不喝，闷坐在那里，心中很不自在。想这些大臣平日大话连篇，大将平日耀武扬威，如今一句话也没了，一点勇气也没了。但是，不管怎么样，也得把这座孤城守住。于是，贡赞赤杰强打精神，装出笑脸，吩咐侍臣给众人倒酒，然后命令在座众将分兵把守东南西北四门。众将诺诺然领命而去。

四月十九日，太阳刚刚照在格萨尔的神帐上，岭国四路人马就向松巴王城四门同时发起进攻。

牛山口上已煨起桑烟，一团团白烟云雾般笼罩着，尾随着岭国大军，好像护佑岭军的天神。

王子扎拉、尼奔达雅、却珠三人冲向东门。城内城外，礌石滚滚，箭矢如雨，你来我往，各不相让。岭军一时很难冲进城去。王子扎拉和尼奔达雅急了，两人各搬一块像绵羊大的石块。王子扎拉心里默念："大梵天啊，战神威尔玛，请保佑我！龙王邹纳啊，念青神，请帮助我！"

念罢，用力把那石头砸在城门上。尼奔达雅也随后把石头抛出。"哐啷"一声，沉重的城门被砸开。扎拉、尼奔、却珠率众岭兵蜂拥进城。守城的松巴大将赤郭玉杰横刀拦住王子扎拉。扎拉见有人拦他，火从心头起："看你满腮的胡子，白盔上缠着布，白甲外罩花衣，胳膊和腿像牛一样不能分，说话的声调像饿鬼，这样的人还想拦住我岭军？这样的人还想和我王子扎拉交锋？真好比：老黄狗与白狮比武不知高低，老黄牛去制服黑熊不知害羞，岭军人马已经冲进城内，你懦夫想来较量实在可怜。"

赤郭玉杰哪受过如此的侮辱，早把长枪刺了过来。扎拉左臂上的几块甲片被刺得粉碎。扎拉好不愤怒，手起刀落，把这松巴将送上了天。

进攻南门的玉赤和噶德、进攻西门的辛察隆拉和索波大将堆玛多钦和纳卡托松，也学着王子扎拉的模样，搬石砸开了城门，冲进城去把松巴军杀得人仰马翻。

进攻北门的是玉拉、晁通和森达三人，玉拉和森达用石头砸了好一会儿，也没有把城门砸开。晁通得意地看看玉拉，又看看森达："还是我来吧。"

晁通跪在地上，仰望天空，口中念动咒语。天空立即乌云密布，随即雷声隆隆，雷雨大作。一声霹雳，划破浓云，直劈城门。这一下，砸碎了城门，劈死了守门大将。岭军冲进城门，如入无人之境。

眼看王城被岭军攻破，贡赞赤杰王身穿飞鸟翼衣，向空中逃去。岭将噶德抛出飞索，却没有套中。松巴王逃离王城。

太阳已经落山，众将报告，除贡赞王逃遁，其余兵将全部投降。格萨尔心里明白，松巴王并没有走远，只是在一个地方隐藏着。

第二天一早，格萨尔变化成一个白须白发的老者，头上缠着海螺般的丝巾，骑一只白色雄狼来到邦拉山顶，装作碣玛山神的口气，对躲在暗处的松巴王说：

请听着贡赞天之族，
我特前来伴助你国王。
男神女神和护法神，
已去帮助诸大臣。
虽然河水包围着高山，
但高山之巅常干燥，

岭人虽将城门围，
城堡之巅在我手，
就在今日这一天，
贡赞天之国王您，
不守城堡和宫殿，
钻壳逃跑实不该。
何必前去寻山头。
岭国恶人觉如他，
厄运所迫常征战，
命运气数均已尽，
制服的日子在今天。
像那狐狸去逃命，
不如猛虎死战场。
采用下策来退让，
最终导致丧国又身亡，
我碣玛愿做您助手。
消灭岭国猛将。
愿土地神助诸大臣！
望国王将此记心间。

贡赞赤杰一见碣玛山神到了，又允诺做自己的保护神，就将飞鸟翼衣放在一边，朝碣玛山神走来。格萨尔立即抛出飞索，这下贡赞赤杰可没了退路。只得被格萨尔拉着，一步步来到雄狮王面前，双膝跪倒，双手合十：

如不知这是啥地方，
是灵山草原的尽头。
若不认识我是谁，
是贡赞天神的种族，
叫作贡赞赤杰。
截至今日止，
嘴里没念过一句经，
手里拿着杀生的刀，
做的是转动血肉锋轮，
神差鬼使心中反高兴，

后悔之心今日才产生，
这是雄狮王的威力大。
自从今年开年后，
达绒长官晁通他，
用计抢走梅朵女，
着了邪魔的松王我，
派出松巴两将领，
耀武扬威的先锋侵岭地，
结果刚到一个月，
哭着叫着往回跑。
对于黑色的野牛，
老黄牛怎能抵得过？
对于林中白嘴唇野骡，
老驴怎能跟得上？
对于水中的鱼儿，
青蛙怎能比得上？
对于无敌国王的领土，
怎会让强人来践踏？
智者集聚的坚城里，
无能之人怎敢去闯祸？
说教虽然如此多，
但在事到临头时，
却与雄狮大王来为敌。
今日细细地思考，
事端是由松巴挑，
现真心忏悔请原谅！
对过去的罪孽均忏悔。
请将死于战场的六大将，
万户臣子二十五，
兵士有七万之多，
勿送恶道往上引！
从此你便是今世的人主，
超度灵魂的圣人，
大慈大悲的本尊神。

后悔过去不相识，
庆幸今日喜相会。

听松巴国王唱完，格萨尔微微一笑，没有说话。松巴王心里一亮，觉得自己有生的希望了，马上向雄狮王献上礼物："大王啊，我有宝库一百一十二处，内藏珍宝无数。我把它们都献给您。我贡赞赤杰今年二十七岁，也把这一庹之躯献给您。无论让我做什么，喂狗、养牛、牵马都可以。还有我的王妃朗萨梅朵措，本是米努绸缎国王的女儿，我夫妻二人都不愿留在松巴城，愿随大王回岭地。请大王给以仁慈的保护，我松巴家乡的这些居民，也请您待他们像您自己的百姓一样。大王啊，请不要推辞，请做我的主人。"

格萨尔的脸像十五的月亮一样明亮，将套索从贡赞赤杰的颈上取下，手搭在松巴王的头上说：

贡赞王，只要你归降，
以后尽力做好事，就饶你不死。
在我雄狮王面前，
贡赞发誓把恶业抛弃；
男儿自有主张是大丈夫，
大丈夫懂得获取利益；
女人自有主张是聪明人，
聪明人知道寻求真谛。
过去松巴和岭国是敌人，
如今两国同天共地。

格萨尔说完，偕松巴王共同返回岭军营地。岭国众英雄立即煨桑相迎。雄狮王吩咐为贡赞赤杰设一小宝座，松巴王美餐了一顿，然后说：

松巴贡赞赤杰我，
就是犏牛的主宰；
在形如狮跃的白色雪山上，
有着傲视天空的白狮，
在狮身白色宫殿里，
有着白点带角的福禄牛，
五百头犏牛围着它。

国王的宝箭射出去，
白岩顿时门大开，
请收下白点带角的福禄牛，
在野牛傲视的黑岩上，
有着扑向福物的小牛，
在德字牛角的牧村里，
有着矫健的长角福禄牛，
三百头犏牛围着它。
挥动劈岩大斧头，
岩石大门顿时开，
请收下矫健的长角福禄牛！
在猛虎咆哮的滑山上，
有着扑向丛林的猛虎，
在宝物集聚的虎村里，
有着四角的白色福禄牛，
六百头犏牛围着它，
玉拉的箭能射开大石门，
特扎山妖就将显本相，
大王应将它来制服。
水晶谷里的宝塔雪山上，
有着无数白色的羊群，
那白角右旋的福禄羊，
四百只公母绵羊围着它，
要靠噶德的力气去攻破。
那具玉鬣的白狮，
是白塔的秘籍守护神，
除我贡赞无人能捉它。
原因听我来禀明：
碧玉如意大地绳，
是国王我的库中宝，
别人用它无作用，
我用它时显神通。
白狮除了我一人，
他人无法捉住它。

白狮我用套绳捕，
犏牛以及白绵牛，
白狮以及财宝库，
作为礼品献大王。

五月二十四日，是木曜和胜星相交的日子，太阳照到格萨尔的神帐上，雄狮大王、王子扎拉，尼奔达雅、玉拉、老将丹玛等君臣十六人，来到已被扎拉攻破的松巴达察上面的宝马王宫。格萨尔拿出宝弓，把在姜国得到的打开地门的钥匙搭在弓上，口中念道：

三十三天界的白梵天王啊，
请驾祥云来，
请帮助我把松巴犏牛宝取出来！
玛哲湖琉璃宫中的龙王啊，
请踏碧波巨浪来，
请帮助我把松巴犏牛宝取出来！
雪山水晶城堡中的念神格卓啊，
请劈开重重岩石来，
请帮助我把松巴犏牛宝取出来！

念罢，格萨尔将钥匙射出，随着隆隆的响声，沉重的石门打开了，一头犏牛跑了出来。这头犏牛的犄角是珊瑚做成，四蹄像是扣上了四个松石碗，白嘴巴好像悬了面海螺宝镜，尾巴像浓云一样密集。噶德立即抛出神索，套住了这头宝贝犏牛。接着，五百头一样大小的犏牛徐徐而出，将那头宝贝犏牛团团围住。岗日朝噶山神变化成一个小童子，向格萨尔大王施了一礼，立下誓言，要弘扬白色善业。雄狮王将三个宝库交给他看守。岗日朝噶立即将自己的王宫变成一座大庄园，端上酒肉茶饭，招待岭国君臣。

吃罢饭，岭国君臣继续往南走，来到一块大黑岩石下面，雄狮王手举开山斧连劈三下，岩石大门“咣当”一声打开了，一头比王宫的犏牛更大的犏牛冲了出来。松石犄角，海螺四蹄，红玛瑙身子，又高又大。晁通抛出神索，那头宝贝犏牛哞哞大吼着，眼睛瞪得老大，拖着套索就跑。唐泽和米琼二人见犏牛跑了，忙追上去，唐泽刚捉住一只角，犏牛就向米琼撞去。米琼一着急，竟挥刀朝宝贝犏牛砍去，一刀正砍中犏牛鼻梁，那牛倒在地上滚了几滚，断了气。

岭国君臣见犏牛倒地而亡，格萨尔的脸上布满了阴云，丹玛狠狠抽了米琼一鞭，又数落了晁通几句。众臣纷纷求情，雄狮王才免去对米琼的责罚。

再往南走，就到了琼山的一块大岩石旁边，玉拉净手煨桑，姜国的钥匙到了他的手里，他要为格萨尔大王、为岭地继续开启这松巴国的犏牛宝库。

玉拉口中念念有词：

那乌黑的岩石上，
有着菱形花纹的印记，
只要我玉拉的神箭一射出，
岩上石门顿时开，
千万头犏牛归岭国，
亿万军民喜开怀。
我玉拉算不上英雄汉，
只能是一粒小小的绿松石，
靠格萨尔金项下念珠显光彩，
这是上天的巧安排。

唱完，手上暗暗运足力气，猛地把钥匙射向岩石。石门豁然大开，从里面走出一头乳犏牛，浑身白似海螺，松石犄角，玛瑙蹄子，被六百头乳犏牛围绕着，缓慢地像天边的白云一样游出宝库大门。晁通变成三个女人，手提海螺奶桶，嘴里哼着挤奶的调子，所有的乳犏牛立即温驯地围成一圈，任人挤奶。三个女人一会儿就挤满了奶桶，献到岭国君臣面前，格萨尔和众英雄美美地痛饮一番，顿时精神倍增。

君臣们赶着宝贝犏牛，继续往南走。翻过一座小山，来到一座像宝塔一样的雪山下面，君臣们刚刚站定，一阵花雨，像鹅毛雪片一样纷纷飘落下来，随着花雨的降落，又传来阵阵悦耳的音乐声。噶德捡起三块绵羊大小的石头，连连向宝塔雪山砸去，那宝塔雪山顿时裂成一块块像牦牛大小的石块，露出一个明亮发光的洞口，一只长着右旋海螺角的绵羊从洞内跑了出来。跟在它后面的，是四五千只绵羊，像一堆滚动的珍珠，甚是可爱。

君臣们正在观看这些可爱的绵羊，守护绵羊宝库的雪狮大吼一声，从雪山中抖着绿鬣出来了。松巴王贡赞赤杰抛出松石套索，像牵绵羊一样把雪狮套了过来，牵到格萨尔大王面前，格萨尔大喜。现在，不仅得到了松巴的犏牛宝，而且意外地取到了绵羊宝。君臣们欢天喜地赶着牛羊返回岭军大营。

松巴君臣和百姓们迎接岭国大军入城，大摆酒宴，分配犏牛。如果米琼不把那头大宝贝犏牛砍死，岭国君臣还可以分得更多一些。但事已至此，大家也不再埋怨。君臣们饮酒欢庆，又赛马，又比箭，好不热闹。这样的日子整整过了十天，格萨尔吩咐班师回岭。

松巴王贡赞赤杰和王妃朗萨梅朵措依依不舍，送了一程又一程，已经送出了松巴国境。虽然不愿分开，格萨尔还是离去了。望着岭军远去的背影，松巴王和王妃慨然长叹。

岭军迤逦而行，第十三天到达祝古境地。守城大将七人开城迎接，献上茶酒款待岭军，又奉上礼品请雄狮王过目。格萨尔在这里住了十天，然后继续前行。又走了三天，到了象雄珍珠城。守城大将像祝古大将一样，摆酒给大王接风，然后奉献诸多礼物。岭军又在这里住下了。

趁休息之机，岭国诸将纷纷出营狩猎。玉拉一箭射死了十几只岩羊，碣日大将却珠射死了几头麋鹿，手下的兵士抬着岩羊和麋鹿，玉拉和却珠高高兴兴地返回珍珠城。

晁通和多钦等躲在一座草山下，远远看见三头梅花鹿昂首挺立山头。多钦一箭射去，一头鹿倒地而亡。晁通一见，也立即射出一箭，与多钦的第二支箭同时射在一头鹿的身上。晁通说是他先射的，鹿应该归他。多钦说这鹿是他射死的，理应归他。二人相持不下。同来狩猎的两员将领出了个主意，让他二人从这里一直跑到山顶，谁先抓到死鹿，这鹿就归谁。二人点头同意。

晁通憋足了劲，可毕竟年老体衰，怎能跑得过那索波大将？见那死鹿被多钦抓在手里，就恼羞成怒："你，你怎么敢和我抢这鹿？你，叫花子怎能和富户比？贱女人怎敢和王妃争？你失去家园的索波将，怎么能和我雄狮大王的叔叔、达绒长官晁通争？雪山顶上雄狮的绿鬣，与村里老狗的绿色毛发，看上去一样，实则不同；王妃颈上的黄金饰品，与贱女人脖子上的黄铜，看上去一样，实则不同；我达绒长官晁通，和你索波降将多钦，看上去一样，实则不同。我是格萨尔大王的亲叔叔，你是索波骚狐狸，这鹿的螺角若不让我得到，我让你也头朝草山与鹿相同。"

多钦看在雄狮大王格萨尔的分上，不想和晁通计较，就说："请达绒长官不要生气，要么，这鹿我们分了吧。"

晁通以为多钦怕他，更加气势汹汹，不依不饶，定要独占这头鹿。

索波大将多钦见晁通如此蛮不讲理，也动了肝火："喂，晁通，胆小的骚狐狸就是你，厚颜无耻说话竟是这样令人生气。既然你不愿意平分，那我俩就比武艺，看看让谁头朝地。"说着，一拳把晁通打翻在地。

晁通爬起来就要拔刀拼命。站在一边的两员大将忙拉住二人。他们先劝达绒长官晁通王：

心胸要像大海一样宽阔，
几朵浪花不会起风波；
身体要像须弥山一样稳，
微微小风不会飞沙石；
为区区死鹿来争吵，
众人听了会笑倒。
大王知道定发怒，
搅得众家兄弟不安宁。

然后再劝多钦：

年轻人应该搏斗在战场，
和自己人争斗太不应当；
小沙弥虽然念熟了经文，
遇事也不能自作主张。
格萨尔待你如左臂右膀，
和晁通叔叔争鹿会使他心伤。

晁通和多钦根本不听劝解，两员大将继续劝说：

恶狗两兄弟去狩猎，
没有杀死野兽却为吃肉而争斗；
坏夫妻守在家中，
得不到衣食却与儿女争不休；
两员大将去打敌人，
外敌未打败却在内部吵闹不害羞。

说罢，两员大将做主将鹿肉分给晁通，海螺犄角分给多钦。多钦羞得满脸通红，那晁通却愤愤不平，像是他吃了多大亏似的，却也不好再争。

岭军在象雄珍珠城住了七日。格萨尔知道部下因狩猎而引起纷争，觉得再住下去又会生出无穷的事端来，遂吩咐启程。

到了碣日珊瑚城，格萨尔本想不住，无奈随军出征的碣日大将却珠苦苦相劝，雄狮大王无奈，只得住下。吩咐众将只在营内休息，不得外出衅事。在却珠的再三挽留下，岭军在碣日住了五天，然后又上路了。

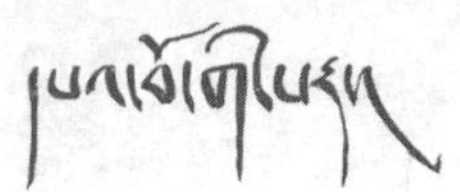

大军又走了十一天，才到达岭国境内。王妃珠牡的父亲嘉洛敦巴坚赞和琼居首领穆姜仁庆达鲁前来迎接。当晚宿营，第二天才到达森珠达孜宫。森姜珠牡率众王妃在宫门口相迎，君臣们这才算真正到了家。

王宫中自有一番喜宴欢庆。格萨尔却在欢庆中立下誓言：要在七年之中修行无量寿佛。

七月初十日，格萨尔开始闭关静修。门口立着一块像岩石般的“苍多”[1]，除王子扎拉、王妃珠牡、侍臣唐泽、米琼四人外，其他人一律不得进去。

1　苍多：界石，闭关修行的时候，放置在静室外边，表示自己不越此石外出，亦拒绝接见来客。

第一百八十五章　欺良善梅岭王杀亲弟　扬正义格萨尔书劝降

在岭国的北方，有一个国家，叫梅岭[1]金子国。老国王膝下有三子，长子名朗如赤赞，力大无比，威猛过人；次子达赤拉堆，笃信外教，心狠手毒；幼子达噶尼玛虽武艺高强，却心地善良，对两位哥哥的恶行时有不满。老王死后，长子朗如赤赞做了国王，有了权势，更加肆无忌惮，作恶多端；二弟达赤拉堆更是如鱼得水，助纣为虐。兄弟二人的恶行常常受到幼弟达噶尼玛的劝阻，二人非但不听，反而认为弟弟是有意与他二人为敌，遂下决心要除掉这碍手碍脚的小弟弟。

二人左商议右商议，终于想出了一个办法。

这天，朗如王找来了梅岭金子国有名的九个刽子手，对他们说："我的三弟一贯心术不正，要与我争夺王位，现在命你们将他用草绳捆绑，送到叫作'火山喷涌'的天葬场上去。"见九个刽子手面露惧色，朗如王很是不悦："那里有毒蛇猛兽，不用你们动手，用不了多一会儿，达噶就得丧命。如果达噶逃回来，我就要你们的命。"

九个刽子手遵旨将达噶尼玛用草绳捆缚着，送到那毒蛇猛兽出没的天葬场，就飞也似的逃回王宫复命。

达噶尼玛被捆绑着躺在地上，身边围着一圈毒蛇和猛兽，可是它们不但没有伤害达噶，反而护卫着他，给他吃喝。达噶身上的草绳自己断了，达噶能起身自由活动了。但是，他再也不想回到那魔窟般的梅岭王国，也不想见那作恶多端的两位兄长。他要到一个干干净净、没有罪恶的地方去。达噶拜谢了护卫他多日的毒蛇猛兽，来到一个距梅岭不远的秘密山洞中闭关修行。修行到了

1　梅岭：岭国北方的一个邦国。"梅岭"的"岭"与格萨尔王的岭国的"岭"，藏文里是一个字，但与"姜岭大战""霍岭大战"的"岭"不同，"梅岭"是一个邦国的名称。"梅"，意为"火"，"岭"意为"地方""地域"，"梅岭"意即"火焰燃烧的地方"，形容这个国家的势力非常强盛。

三九俱全的日子，达噶忽然想看看两个哥哥在做什么，也想知道梅岭的百姓生活得怎么样。于是，装扮成乞丐模样，往梅岭走去。

自从除掉幼弟后，朗如王兄弟二人更加为所欲为地鱼肉梅岭百姓。行善的，遭祸殃；作恶的，受奖赏。没过多久，朗如赤赞王就恶名远扬了。天下人都知道他有战将九十人，勇士七十人，属民四十三万户，更有那无敌英雄嘉拉兄弟三人辅佐他。朗如王因此日益骄横，不把天下人放在眼里。

这天，梅岭君臣正在宫内宴饮，忽报宫门外有一乞丐讨食。朗如王吩咐小臣出门去问那个乞丐是什么地方人，叫什么名字。

达噶尼玛见小臣出来相问，长长地叹了一口气，说：“我是个乞丐，讨饭为生，四处漂流，哪里有什么家乡，要名字又有什么用？”

朗如王站在城楼上，把这乞丐的装扮看得清清楚楚，那乞丐的答话也听得明明白白。看着那身打扮就让他不舒服，再听那话就更觉不入耳，于是吩咐两个小臣，赶快把这个乞丐轰出梅岭。

乞丐看着城头上的朗如赤赞王，对君臣们唱了一支歌：

季节未到盛夏，
百花的颜色很美丽；
水土未被霜冻，
杜鹃的叫声很动听；
没有和骏马相遇，
毛驴奔驰得很得意。
梅岭这个地方哟，
行善事才能昌盛，
做恶事定遭祸殃。
猛虎斑纹丰满，
狐狸就有坠崖的危险；
金眼鱼六鳍长成，
老蛙就有陷入泥潭的危险。
流浪世界的老乞丐，
将要在九重山那面，
抛却背袋佩弓箭，
丢掉竹棍拿长矛，
脱掉破衣穿白甲，
乞讨声变作英雄曲。

梅岭啊，
就要被大水淹没，
朗如王啊，
那雄狮王绿鬣耀太空的时候，
你赤赞王的性命就有危险，
你的财物要失散。

朗如赤赞王听了乞丐的话，哈哈一笑，根本没有在意。志得意满的朗如王，怎么会听一个乞丐的疯话呢？

达噶尼玛被哥哥派出的小臣赶出了梅岭，心中又忧愁又烦恼。想那两个哥哥，终究还会做出更多的坏事来，若不能战胜他二人，我还算什么英雄好汉？但现在只有我一个人，无论如何不是两个哥哥的对手，况且他们还有许多英勇战将。怎么办呢？达噶尼玛眼睛一亮，有了主意。听说岭国有个格萨尔王，专门降妖伏魔，惩恶扬善，抑强扶弱，我若去投奔他，不愁战不胜两个哥哥，梅岭的百姓们也就有救了。达噶尼玛立即动身前往岭地。

雄狮大王格萨尔正在森珠达孜宫安寝，天母朗曼噶姆向他预言说："平服梅岭的时机已到，明日天明时分，岭国将出现一个乞丐，他就是梅岭的三王子达噶尼玛。你要将他安置在金座上，指名委他为大臣，命他统领征伐梅岭的大军，将来还能做大事情。"

第二天一早，雄狮大王立即命内臣去召集各部各国首领，率领自己的部属，前来岭地森珠达孜宫前聚集。同时告诉各部，有梅岭王子来岭地，立即带他来见，不得有误。

就在岭国各部纷纷向王宫前的坝子聚集的时候，达噶尼玛来到了岭地。一见来了生人，岭国兵将顿生好奇之心："他是不是梅岭王子？"

"不像，看他那身乞丐打扮，怎么会是王子呢？"

达噶尼玛并不理睬别人的议论，径直往前走。他走到一座绿得像海水一样的帐篷前面，迎面出来一位青甲大将，正是老英雄丹玛。丹玛一见这人面生，停住脚问："喂，四处流浪的乞丐，你是从哪里来的？要到哪里去？"

达噶也停住脚步，细细打量起面前这位大将来，心想：看这大将的穿着打扮，说话的口气，定是岭地英雄丹玛。就回答说："可尊敬的大臣啊，我并不是四处流浪的乞丐，而是大宗族的人，从梅岭来，要求觐见雄狮大王，有要紧的事情禀告。"

丹玛一听是梅岭王子，想起雄狮大王的吩咐，立即带他前往森珠达孜宫去谒见雄狮大王。

达噶尼玛见到至高无上的雄狮大王，立即匍匐在地，磕了三个长头，献上洁白的哈达，然后禀告："我从梅岭来，名叫达噶尼玛，是梅岭老王的三王子，不是无食而游荡，不是无衣而行乞，也不是无家可归而流浪，只因梅岭起祸殃。自从父王去世以后，兄长二人掌朝纲，因我不能将神魔平等看，王兄将我送去喂猛兽……久闻岭国是圣地，雄狮大王降妖伏魔镇四方，达噶今日来投奔，恳请大王收留我。"

格萨尔闻听此言，甚为感动，再看王子模样喜人，更是高兴，遂命丹玛将他带回宫中暂住。又对达噶说："你就先住在丹玛帐内吧，我答应你，从今往后，今生今世都呵护着你，不必忧虑，不必焦急，好孩子。"

一个月后，各国各部人马到齐，雄狮大王的宝帐内设有日月相对的金座，格萨尔大王和王子扎拉已经坐定。上面挂着孔雀开屏和八吉祥帘幕，前面堆着三种素食，好像山丘一样；三种甜食，好像森林一样；香茶美酒，好像海洋一样。各国各部的首领各自拿着自己的礼品，坐在雄狮大王和王子扎拉的金座两边。

格萨尔环视四周，立即命王子扎拉率各部首领前去丹玛帐内请梅岭王子达噶尼玛。

丹玛正在帐内忙着打点礼物，家人已准备好黄缎子一匹、青红色水纹披风一件、"明月初升"白甲一件、"十万星聚"白盔一顶、"太阳高照"盾牌一具，丹玛又往"赤色狮子"箭囊里装满银扣箭三十支，将"三界自归"宝弓插入"斑点自明"弓套，还有"黑蛇盘绕"宝剑、"浓云密布"长矛、"捕云闪电"套索，全部送给达噶尼玛王子。又为他的骏马配上金鞍银辔。全部打点齐全后，王子达噶尼玛跨上银色宝马，白衣白甲，像煞神下界，白鞍白马，像天边的白云。仇人见了，心惊胆战；亲人见了，精神振奋。来请达噶尼玛的岭军将士也为之赞叹不已。

达噶尼玛骑马走在前面，后面跟着丹玛、扎拉等岭国众将。来到森珠达孜宫前面，早有众军士和上师们拿着香火，吹号打鼓致敬，将达噶尼玛迎进帐内金座上。

幼系的首领，以扎拉为首，献上骏马十匹、枣骝骡子十头、白犏牛十头、乳犏牛十头、绵羊十只、山羊十只、金币十枚、银碗十个、狐皮十张，茶叶、酥油和各色点心，作为欢迎梅岭王子到岭国的礼物。

仲系的首领以巴拉森达为首，献上三匹骏马、三头骡子、三只白犏牛、三件铠甲、三顶盔帽、三枚金币、三个银盏，作为迎礼。

幼系和仲系献礼毕，人们把目光投在长系人的身上，该轮到他们了。半天也不见晁通前来献礼。原来那晁通见大家纷纷为一个梅岭王子献礼，心中有所不满。不知道格萨尔为什么要将这么个流浪边地的叫花子请上金座，各部还要献如此厚重的礼物，我堂堂达绒部岂能给他献礼？但一点儿不送，又怕大王怪罪，遂派一仆人拿了条哈达，权当礼物充数。

那仆人听了晁通的吩咐，拿着哈达来到达噶尼玛的面前，一不敬礼二不叩头，只说这条哈达是达绒家送的，就走了。

岭地众英雄见达绒家的仆人如此无礼，都愤愤不平，王子扎拉更是生气。晁通这人，一生没做什么好事，总是与大家作对，今天是叔叔雄狮大王吩咐要好好迎接梅岭王子，他又故意装出高傲自大的样子。不说他几句，心里的气难平。于是，扎拉叫住那达绒家的仆人，对他说："你来送哈达，太辛苦了，这好像没什么必要，我幼系和你达绒家，细磨糌粑的日子还长着呢，请回去告诉你家主人。"

见王子扎拉生气，话也不中听，那仆人怎敢回话，忙不迭地回去向晁通报告。

格萨尔一面用眼色制止王子扎拉，示意他不必多说，一面取出自己的礼物。雄狮大王的礼物太厚重了，让人看得眼花缭乱，其中有："金刚宝石"和"珊瑚燃烧"哈达各一条，白松石百颗，红松石百颗，青松石百颗，有嘴的玛瑙百块，有眼睛的玛瑙百块，绿甲百件，绿盔百顶，剑、刀、矛三种兵器各百件，马百匹，骡百头，犏牛百头，乳犏牛百头，乳牦牛百头，黄犏牛百头，山羊百只，绵羊百只，金币百枚，银盏百个。还有许多财宝。

总管王绒察查根和各邦国首领也分别有贺礼，均献于王子达噶尼玛面前。

众人献礼毕，雄狮大王对梅岭王子达噶尼玛说："亲爱的王子啊，给大家表演一下你的武艺吧，我们都想看看哩！"

表演什么呢？达噶尼玛想了一下，从弓袋箭筒中取出弓箭，走出大帐，举目四望，想找个目标。

只见远远的吉拉石崖顶上，雄龙像野牛奔腾，雌龙像骆驼跳跃，赤电火花四射，在石崖中心竖着一支雷箭，有九个太阳。达噶尼玛点了点头，选中那雷箭作为射击目标。只见他张弓搭箭，一扬手，银扣箭飞了出去，石崖顶上的那支雷箭立即向四方迸裂，碎为齑粉，那石崖却连水点大的岩片边也没有震落。众人看得目瞪口呆，半晌才纷纷说："丹玛的箭术号称举世无双，达噶的箭术却比丹玛的还要厉害，岂不奇哉？"

格萨尔大喜，立即封达噶尼玛为"古拉箭王"。达噶从此名声大震。丹玛也非常高兴，将自己的幼女嫁与箭王为妻，并封他为三十一万零五百户的总长官。

达噶尼玛有了官位，有了妻子，也有了名号，现在只有一件事未做，那就是返回梅岭。其实，格萨尔大王早已有安排，讨伐梅岭国的大军也已准备完毕。大王一声令下，岭军浩浩荡荡前往梅岭去。

一个月后，大军已经来到梅岭境内。这天宿营后，大王召集众将议事，商议如何取下梅岭。古拉箭王达噶尼玛心想：若是梅军与岭军开战，双方都会死很多人。特别是两个哥哥，虽然行为不端，我也要以慈悲之心感化他们。最好劝他们投降雄狮大王才好。这样一想，达噶尼玛向大王献上白、红、花三色哈达，然后禀告：

绫罗绸缎相配颜色新，
青稞酥油相配味道美，
日月星辰相配光灿烂，
这是藏人可喜的三件事。
岭、梅的战争风云中，
无须死亡太多的人，
如果兄长肯投降，
彼此双方得安宁。

岭国君臣认为古拉箭王言之有理，格萨尔立即派使臣三人前往梅岭王城去送信劝降。

第一百八十六章 辛丹联手气势如破竹 玉拉奋战不幸负重伤

三人走了二十天，才来到梅岭王城。城里的人见这三人装束打扮与本地人不同，都好奇地打量他们。有一个叫龙拉的战将拦住三人问："你们是从哪里来的？到我们梅岭有什么事情要做吗？"

三人回答是从岭国来，到此地要见朗如赤赞大王，为雄狮大王格萨尔送一封信。

龙拉立即进宫禀报，朗如王听说是从岭地来的人，立即吩咐将他们带进宫来。

三人进宫呈上信件，朗如王看毕心中暗暗冷笑：想我堂堂朗如王，怎么能投降呢？！他立即挥笔写了一封回信，大意是要格萨尔好好守住自己的岭地，不要贪婪，不要借机侵犯梅岭金子国，如果不自量力，前来进犯，定遭祸殃。

打发了三个岭国使臣，朗如赤赞立即派小臣去召集梅岭四部和内外大臣首领前来王宫议事。

不多时，梅岭的大臣战将全部聚齐，朗如赤赞王对众臣说：

无辜的鱼儿被铁钩钓，
龙王不得不发怒；
珍贵的鹿茸被强取，
雷霆冰雹不得不降下；
岭国人无端送恫吓信，
梅岭将士不得不出兵。

"将士们，那凶恶的岭地格萨尔，专会向小国寻衅，没想到今天打到我的梅岭来了。想我们梅岭金子城，有像铁蒺藜一样的险隘，有九十万强大的部落，外臣九十人比火烈，内臣七十人比毒凶，嘉拉三兄弟比虎豹猛，我大王兄弟比

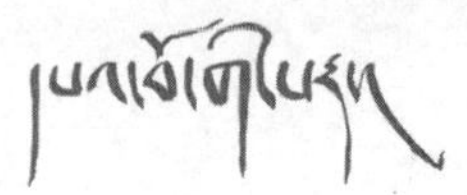

雷霆厉，梅岭久未征战，今日倒要和岭国交交锋。”

朗如王说完，开始点兵布将。命嘉拉旺如拉赞、朱拉梅杰罗玛、达堆辛杰鄂玛兄弟三人各带九员大将、三万士卒，又命九员大将各带兵士一千五百人，埋伏在北方阴谷中，一旦岭军敢来进犯，放箭要如冰雹降，挥刀要像电光驰，如若不能得胜利，就像狐狸丢面子，要按国法来处置。将士们依令而行。

这边格萨尔的神帐里，雄狮王吩咐八十英雄每人献上一支箭。格萨尔将八十支箭摆在一条白毡毯上面，念诵道：“为了选出三人去侦察，请有神力的三支箭跳到我手上来吧！”

只听白毡上的箭“噼啪”作响，果然有三支箭跃起，落入雄狮王手中。众英雄都在猜测，这是谁的箭啊？又纷纷围上去观看。原来是丹玛、辛巴和玉拉三人的箭。格萨尔大喜，将他们的箭归还后，又各赐一支神箭，然后吩咐他们三人回自己帐内准备一下，第二日早晨带三百兵士出发。

日出天明，丹玛、辛巴和玉拉各带兵士百名，驰出岭军营门，一直往杂曲河走。见杂曲河三个渡口果然都有重兵把守。辛巴梅乳泽一提马缰，向上游渡口奔去，与守渡口的梅岭大将辛杰相遇。辛杰一扬手，命兵士放箭，顿时射倒十几名岭军。梅乳泽见身边的岭兵纷纷倒下大怒，抽出宝剑冲向梅军，一阵左劈右砍，梅军死伤三十多人。辛杰见状，举起长枪，拦在梅乳泽面前：“辛杰我是无敌英雄，百人之中英名出众，千人之中受人羡慕，与亲人相遇如绫绢，与敌人相遇是刽子手，今日该着你丧命。”说着，一枪刺中辛巴梅乳泽的胸膛。梅乳泽只觉一阵剧痛，并未受伤。他把宝剑挥得闪电一般，牙齿咬得咯咯作响：“懦夫休要夸海口，我是让你先下手，大英雄后下手也不为迟。你自以为英雄了不起，辛巴比你更无敌。毒剑若不刺死你，空让世人说笑语。”梅乳泽一挥剑，只听“咔嚓”一声，辛杰人头落地，一命呜呼。

中游渡口上，玉拉正和梅岭大将嘉拉鏖战。嘉拉一边和玉拉交锋，一边说：

人穷了偷窃官家财物，
到头来要受王法制裁；
狗饿了偷吃白酥油丸，
不能充饥反遭棍棒。

“你这小子，是被九只黑狗抢着吃的东西，我不想吃你，只想捉住你玩一遭。”说罢，抛出套索，立即套中玉拉的脖颈。玉拉抽剑去砍，套索竟不能断。嘉拉猛拽那套索，玉拉乘势跳下马，一步跳到嘉拉的马前，将他从马上拉了下来。嘉拉不曾提防，套索离了手。玉拉迅速用剑将其割断，二人打在一处，半晌不分胜负。

迎战丹玛的是梅岭大将卡察查梅。一见丹玛一副老态，心想："这老家伙，不屑用刀箭去杀他，只一把就抓过来，扔在石头上摔死算了。"于是指着丹玛说："吃得太饱要胀破肚皮，活得过长要被人杀，你已经老得像一把枯草，我要把你扔到石头上去。"

丹玛知道不能和他拼体力，立即把格萨尔所赐神箭搭在弓上，对卡察查梅说：

老年猛虎与壮年狐，
斑纹美丑本不同；
老年豹子与壮年狗，
爪牙锐钝本不同；
老年英雄与壮年懦夫，
武艺胆量本不同。

"我丹玛虽已经九十岁，挥长矛还能赛流星，射飞箭也能应心手，你乳子出言太狂妄，只好叫你把箭尝。"

丹玛的箭一出手，正中卡察的心脏，只听他大叫一声，像只口袋一样从马上跌了下来。丹玛正要上前取他的首级，早有两员大将把他拦住。丹玛毕竟年老体衰，经过刚才的搏斗已感力不能支，今天已经把卡察查梅射下马去了，还是暂且收兵回营为好。这时，辛巴和玉拉也朝丹玛这边聚来，三人决定立即回营向大王禀报，待岭军到达，立即将此地踏为平川。

三人边打边退，迎面发现十几头像猛虎一样的野牦牛。丹玛的坐骑快，首先冲入野牦牛群中，老英雄一把抓住一头野牦牛的犄角，拖着就走。玉拉从后面赶上来，将野牦牛举起向空中绕了三下，又扔到滩上，野牛顿时死了。辛巴又将野牦牛四蹄抓起，一用力，牛身被撕为两半。后面追赶的梅岭兵将见三人如此英勇，吓得不敢再追。

三人回营复命，格萨尔甚是欣喜，立即论功行赏，给辛巴梅乳泽金币十八枚，丹玛和玉拉各十五枚，还有哈达、绸缎等物。

梅军也返回营地，被丹玛射下马去的卡察查梅也苏醒过来。众将聚在一起，商量如何迎击岭军。大将朱拉梅杰说："今天来的三个岭将甚是可恶，明日我要单枪匹马去踏岭营，以报今日之仇。若不捣毁他们的营寨，就不算英雄好汉。"

众将见朱拉执意去踏营，也不便劝阻，只好随他去了。

第二天一早，朱拉梅杰在赤色铜甲外面罩上黑蛇皮外套，赤色铜盔上面打上黑蛇皮的结子，又佩上九只红色盔缨，将白须打起怒蛇的结子，火红的战马上，鞴上红色虎皮鞍屉，又连上几个干人头作为装饰。黑人红马，看去令人恐怖。朱拉一夹马肚子，转眼间已来到岭军营前。只见岭军像大海溢水，青蔚蔚地流满大地，就是魔鬼见状，也要胆战心惊。可朱拉梅杰并不胆怯，打马飞奔，刹那间已到达绒营前。达绒兵将正准备迎战，他已挥剑蹿到营帐之中，可怜达绒兵士在他的剑下非死即伤。接着，朱拉又蹿到文布兵营，那文布兵碰上他的宝剑，就像酥油碰上小刀一样，立即碎成数段。朱拉一路横冲直撞，所向披靡，一直来到中军，才被森达拦住。二人交手战了约有一顿茶的工夫，森达力不能支，败了下去。朱拉更加猖獗，在马鬃上擦了擦宝剑，从中军又杀向色巴兵营，一路走一路得意地高声叫喊："在岭地的肮脏兵营中，我朱拉到处是大路，你们这群妇人一样的英雄，想逃跑没有出路。如有勇气即出战，没有勇气就请求饶命，我朱拉慈悲不杀戮。"嘴里说着不杀戮，朱拉一路上又杀死二十多个色巴兵将。正待继续冲杀，色巴首领尼奔达雅拦在面前，尼奔把能断山岳的长矛向空中一挥，心中暗想：今天若不与这个梅岭小子分出个山高水低，活在世上还有什么意思？尼奔对准朱拉的心窝就是一枪。朱拉一挥剑，将尼奔的枪头斩断。朱拉高兴得手舞足蹈，笑骂尼奔无能。气得尼奔哇哇大叫着，扔了枪杆，抽出宝剑与朱拉大战，半晌不分胜负。尼奔索性把宝剑一扔，一把抓住朱拉的胸襟，朱拉也就势抓住了尼奔的战袍，二人扭打一处。眼见岭国大将纷纷围了上来，朱拉有些心虚，想他今天耀武扬威，已经逞足了英雄气概，如果最后被岭人擒获，岂不毁了他的一世英名？这样一想，他趁尼奔稍一懈怠，立即抽身上马，跃马扬鞭，迅速返回梅军营地。

回到大营，向各位大将讲叙这次踏营的经过。朱拉兴奋异常，主帅又奖给他许多珠宝，众英雄也多有馈赠，美得朱拉简直不知天高地厚。

见朱拉如此风光，嘉拉旺如拉赞和达堆辛杰罗玛也商议，这次让朱拉占了便宜，其实他的武艺远不如我二人，明日我俩也去踏营，不愁不立战功。

岭国将士掩埋了战死的兵卒。众英雄聚在雄狮王格萨尔的大帐，请大王吩咐如何破敌。

格萨尔安慰众位英雄不必心焦，不必急躁，梅岭这几个人不足为虑，明日他们还会来踏营，众位英雄记住，回营后，将自己的人马分派好，千人连成一体，若梅岭人前来踏营，他从右边来，我们就从左边拥上去；他从左边来，我们就从右边拥上去。千万不可单独迎战，众位英雄定要牢记。

第二日，从梅岭营中驰出一白一黑两人两马。嘉拉旺如拉赞的白甲外面罩着白雕毛外套，白盔上面打了九个缨结，上插十五根白雕毛，佩挂三件白色兵器。达堆辛杰罗玛的铁甲上面罩着黑熊皮披风，铁盔上面打着花缨结，上插十八根黑雕毛。二人二骑，白的像空中的飞雪，黑的如天边的乌云。飘飘忽忽地降到岭军营前。卡契王子玉珠骑在花骡子上，手持青铜刀，挡在嘉拉和达堆面前，恶狠狠地说：

狗头雕夸翅力，
是未遇到白雕鸟；
小小雀儿飞行速，
是未遇到恶行鹞；
无能老狗吠声凶，
是未遇到花斑豹；
梅岭毛驴长尖角，
是未遇到青铜刀；
今天上阵遇上我，
叫你二人命难逃。

说着，玉珠挥动青铜大刀，照二将猛砍。那青铜大刀十分锋利，削铁如泥，只有绸甲才能抵御，他二人如何招架得了？二人见不能战胜玉珠，拨马就走，转眼冲入门国营寨。十员门国大将围住二人厮杀，嘉拉和达堆各斩杀一人后又冲出门军大营，正遇上王子扎拉。昨日朱拉踏营杀死了许多岭军，今日梅岭人又来讨便宜，怎不让王子生气？扎拉连挥两剑，一剑将嘉拉的肩头砍伤，二剑把达堆的长甲刺得哗哗直掉甲叶。二人见王子扎拉如此英勇，又见岭军已有准备，心想，今天要想得胜是不可能的了，还是趁早回营，晚了恐怕连命都保不住。二人互相看了一眼，同时把马头一拨，顺着来路，闪电般地逃走了。

岭国由于卡契王子和扎拉的奋力抵挡，并未遭受太大的损失，门军把两名阵亡者送上山去，请上师超度。

嘉拉和达堆虽未讨到更多的便宜，回去也大吹大擂，说他们杀死了多少多少岭国兵将，然后命摆酒庆功。嘉拉把剑伤也忘得一干二净。

岭、梅双方像是互有默契，一连十五天，谁也没有发起进攻，像是把战事忘了。

岭、梅两军休战十五天。他们虽未开战，却比打仗还要紧张。双方都在运筹策划，企图战胜对方。岭军已将人马调配完毕，各部各国人马按照雄狮大王格萨尔的吩咐，沿杂曲河上下在距梅军不远处，形成包围的阵势。梅军虽比岭军人马少，却并不示弱，因为朱拉、嘉拉和达堆三人前去踏营获得胜利，就认为岭军虽然人多，却不足惧。梅军将士士气高昂，斗志旺盛，一心想战胜岭国，主帅也把阵势重新安排调度，增补将士，甚是繁忙。

十五天一过，两军都已准备完毕，同时发出兵马，在杂曲河下游渡口相遇了。

梅军大将卡察首先出阵，张弓搭箭，对岭军唱道：

翻越九山的旅客，
如果行动不节制，
最后要被强盗土匪杀死；
流浪村边的母狗，
如果奔驰街头不节制，
要被凶猛的豹子吃掉；
崎岖山路上的妇女，
如果袅娜风流不节制，
四体要被疾病折磨；
岭国威武的军队，
若贪得无厌不节制，
要被梅岭朗如王消灭。
……

碣日大将却珠不等卡察说完，跃马出阵说："朗如王的罪孽深，将亲弟弟逼出境，将无辜的人施严刑，做坏事的要遭报应，正应了那句俗语：'早上不知行和止，下午后悔事已迟。'看你口吐狂言是活得不耐烦，今日就让你命丧九泉。"不容卡察回话，却珠的箭已经射中他的面门。卡察顿时脑浆迸裂，落马而亡。却珠挥兵掩杀，梅军大败。

与此同时，向杂曲河中游渡口进发的岭军，是卡契王子玉珠等人，与梅军激战不久，也获大胜。

梅军众将又聚在主帅嘉拉的帐内，不知如何才能抵挡岭军的强大攻势。嘉拉当即给朗如王写了一信，派使臣火速送往梅岭王宫，请大王速速派兵增援，迟则杂曲河渡口有陷于敌手的危险。

朗如赤赞王一见嘉拉的信，愤怒得几乎不能自持，马上召集内外大臣商议增兵事宜。最后商定：由琪梅扎巴从东方十八宗内征集兵马三万，九日内启程赴杂曲河。由森巴梅如在外城十八宗中征集兵马三万三千，十九日内启程。由嘉都卡布率梅岭城内的二万一千兵马，七日内启程。王弟达赤拉堆也随援军出发，接替嘉拉做梅军的主帅。最后，朗如王嘱咐几员大将道："与敌人相遇，若死则同送天葬场，生则共保英雄名！你们率军前去，大王我随后就到。"

众将领命前去征集人马，按期出兵。十五日内，陆续到达梅军营寨。主帅嘉拉连日与岭军苦战，一见援军浩浩荡荡而来，喜得忘了征战之苦，立即把帅位让给达赤拉堆，吩咐摆宴为援军接风，然后商议如何打退岭军。朱拉提议仍去踏营，几员大将立即响应。但嘉拉认为不妥，还是要摆开阵势，与岭军决战。众将无话可说，特别是刚从梅城来的援军，认为只要有仗可打，怎么打都行。达赤拉堆说："明日黎明，嘉拉、朱拉和达堆各带骑兵五百，我与森巴梅如和嘉都卡布带骑兵五百，分成四路，同时向岭营出击，定要把岭军赶出梅地。"

众将点头称是。

第二日黎明，主帅达赤拉堆头戴金盔，身披金甲，右肋下挂虎皮弓套，左肋下挂豹皮箭囊，胯下金卵马，左边有森巴梅如，右边有嘉都卡布，再后面是嘉拉兄弟三人。两千骑士挤挤嚓嚓地紧跟在后。日出时分，已来到岭军阵前。达赤拉堆一挥手，梅军将士分别向靠近他们的北方魔军、碣日军和霍尔军掩杀过去。将帅三人一口气斩杀了九十多个魔军，女将阿达娜姆和另外两员大将出阵迎敌。阿达娜姆高举罗刹宝剑，正要刺杀达赤拉堆，被森巴梅如接住："你这该死的女子，罗刹似的脸上有血色，定是吃人的妖魔。今日我要降女妖，将你的心肺给鹰犬做饮食。都说母野牛的肥肉美，该由我持箭猎人获得；都说岭国财物多，该由我们梅岭大王朗如获得。"说着扑上来向阿达娜姆连砍三刀，女英雄毫毛未损，阿达娜姆拼足全身力气回了一剑，把森巴梅如连同坐下宝马一起劈成两半。达赤拉堆和嘉都卡布两人一见森巴梅如阵亡，双双来战阿达娜姆。岭军大将纷纷上前助阵，梅军将帅二人力不能敌。辛巴梅乳泽也从霍尔军中杀出，将嘉都卡布杀死。达赤拉堆见左右二将均已战死，顿时慌了手脚，顾不得再战，落荒而逃。

就在梅军主帅达赤拉堆败阵之时，嘉拉兄弟三人各率五百骑兵冲进了门军、姜军和卡契军的营地。只见军旗如乌云密布，勇士如猛虎出山，岭军的阵脚被冲乱。混乱中，岭军被梅军将士杀死杀伤了几百人。眼见岭军受挫，玉拉和玉赤兄弟二人飞马驰来，远远地，玉拉已把铁箭搭在弓上。嘉拉一看笑了：

小沙弥快要破戒，
会现出笑脸；
女子快要失身，
会现出袅娜；

玉拉死到临头，
会装出英雄模样。
你不射箭我先射，
一箭射透你心窝。

嘉拉说着箭已离弦，玉拉急忙躲闪，利箭从左肋边穿过。见玉拉躲过利箭，嘉拉有些焦急，正要射出第二箭，玉拉的铁箭已朝他飞来，嘉拉想躲，已经来不及了。这一箭倒是应了他自己的话，正好穿透他的心窝，把心射成八块，嘉拉当即滚鞍落马而亡。朱拉和达堆见兄长身亡，锐气大减，无心再恋战，拨马向后退去。

梅军主帅达赤拉堆和大将朱拉、达堆先后败回大营。达赤拉堆气得呼呼喘着粗气，像野牦牛呻吟似的大吼大叫："我从来也没见过这样凶的部队，我从来也没有打过这样的败仗，这、这叫我怎么办？嘉拉死了，森巴梅如和嘉都卡布也死了，让我向大王哥哥怎么交代？说，你们怎么不说话了？说呀，我们该怎么办？"

达堆见主帅震怒，上前一步禀告："尊贵的主帅呀，请不要心焦，待明日我单骑出阵，把那杀死嘉拉的玉拉杀死，为我兄报仇，为主帅解忧。"

众将互相望了望，知道此去凶多吉少，纷纷劝他不要单独上阵，但达堆主意已定，根本不听劝告。

达堆辛杰罗玛执意单枪独马前往岭营。天色刚刚微明，达堆就出发了。一路上，他逢人便杀，见人就砍，冲到营门前面，达堆已经满身血迹斑斑了。他一个营地一个营地地闯，终于来到了姜国兵营。王子玉赤和姜国大将一起从营门冲出，围住达堆大战。达堆把剑横着一扫，大声喊叫，要玉拉出阵迎战。

营门大开，玉拉举剑冲出，把达堆吓了一跳，随即又高兴得叫了起来："同好汉相逢称我心，我要杀玉拉为嘉拉偿命。一要取你的头，二要把大营一扫空，如果有一样做不到，我不愿活着等天明。"说着，达堆向玉拉连刺三剑，玉拉当即翻身落马。

玉赤见哥哥落马，急得红了眼，姜国将士们一拥而上，把达堆团团围住。达堆以为玉拉身亡，自己此行的目的已经达到，急于脱身。他左突右杀，一把宝剑挥得风雨不透，围着他厮杀的岭军将士死伤无数，终于杀开一条血路，冲了出去。

第一百八十七章 借飞船岭军空降王都 除魔王梅岭获得善法

玉赤忙着把哥哥抬回帐内，灌进格萨尔大王所赐灵药。玉拉眨眨眼睛，像是从梦中惊醒过来似的坐了起来。玉赤高兴得抱住哥哥又哭又笑，姜国兵将欢呼着冲出大帐。他们的王子玉拉是杀不死的。

梅将达堆辛杰罗玛退回大营，得意洋洋。主帅达赤拉堆立即摆酒为他庆功，达堆高兴地唱道：

天上的日月有出没，
地下的季节有夏冬，
江河湖海有涨落，
王政当然有盛衰。
以前虽然有胜负，
成败之分还未定，
英雄们要有勇气，
杀退岭兵留英名。

达堆得意洋洋，梅军将士也觉有光彩，主帅达赤拉堆一面与诸将饮酒助兴，一面暗自焦急。自从率援兵到此，战争没有任何进展，不要说打退岭国兵马，连自己的兵马也没能保全，连日来损兵折将，今日达堆虽获小胜，却不能扭转败局。眼见岭军步步逼近，如果再回梅岭金子国王城求援，恐怕来不及了。就是来得及，怕是王兄也再无更多的兵马可派。但是就凭现在这些兵将，恐怕难以取胜，万一杂曲河有失，整个梅岭金子城内空虚，岭军攻城，怕是真要势如破竹了。

众将见主帅眉头紧蹙，心不在焉地与他们饮酒，知道他仍为战争担忧。一想到还没有战胜岭国，并且也很难战胜这强大的敌人，众将顿时情绪低落，美酒佳肴也变得索然寡味。他们实在想不出更好的办法对付岭军。

达赤拉堆见众将突然不吃不喝，就不再劝酒，神态庄严地说："我们不能老是这样满足获取小的胜利，而要把岭军赶出梅岭境内。如若不能完成这件大事，有何面目去见大王，有何面目活在世上？无论如何，我们也要打个大的漂亮仗给世人看看。"

众将点头称是，他们也不愿这样一天天地与岭军对峙。

达赤拉堆命侍臣撤去宴席，他要好好想想，诸将也要好好想想，想一个破敌的万全之策。

岭军众英雄见梅军如此顽固，杂曲河的防守如此难破，也不免心焦。特别是王子扎拉更是急得不行。几次前往雄狮王叔叔的神帐询问破敌之策，格萨尔总是劝他不必着急，破敌的时机尚未到来，空着急也无用。王子心想，杂曲河都难渡过，要到何日才能攻进梅岭金子城？没等他的话出口，雄狮王笑着说："侄儿不必焦急，梅岭有多少人马，叔叔自知，在杂曲河消灭的人马越多，进王城的障碍越少，一旦攻下杂曲河，王城指日可破。"

叔侄二人正说着，侍卫禀报，梅军主帅达赤拉堆率兵在营外讨战。而此时，早有英雄森达等人迎了出去。

森达一出营门，就与达赤拉堆战在一处，斗了约有一顿茶的工夫，森达连砍三刀，将达赤的铠甲砍得直掉甲片，肩胛上也受了伤。达赤拉堆大叫着，梅军其他将士也围了上来。为首的是朱拉梅杰，只见他：脸如黑风狂舞，眼如电光闪耀，嘴如天门开合，齿如咀嚼炒麦，胳膊如酥油滚动，脸上的肉如毒蛇盘绕。朱拉将宝剑在肩上舞了几下，大骂森达："喂，边地来的小子，蠢得像被石头和棍子追逐的豁鼻犍牛。今天我苍狼要吃你的肉，向大地献上你的血。"说着扑向森达。

森达一举手中的大刀："你的耳朵若没有被灰堵塞，请听我森达的挽歌；你的眼睛若没有被血模糊，请看我森达的利刃。我这把刀要使尸体填满梅军营，使寻香魔鬼白昼行，使白雕围绕脑骨盘旋，使苍狼吃肉生厌心。"

说完他言犹未尽，又说："你是怕死得太晚才生骄傲心，那就休怪我森达手下不留情。"

说着，与朱拉战在一处。工夫不大，森达又是三刀，将朱拉胸前的铠甲砍断，鲜血汩汩流出，吓得朱拉拨马就走。森达等岭地众英雄挥兵掩杀，梅军大败。

因为森达杀敌有功，格萨尔大王自有奖励，众英雄也纷纷向森达祝贺。达绒长官晁通在一旁暗自思量着：这些好事都让森达得了去，梅军的大将也对他产生畏惧名，今天要让你营中死尸布满，洼地变成血海，是英雄的快出来和我交锋！现在是我晁通显威风的时候了。

于是只身冲出大营，对着刚刚败退的梅岭军气势汹汹地大声吼叫："我晁通来了，你们谁敢来迎战？！"梅岭军被晁通幻变的凶神恶煞般的模样吓住，整个大营中无人敢出来应战，晁通的内心感到高兴，但他也知道这魔幻的形象不能持久，他不敢久留于梅营，只是飞快地跑到对面的山上赶了五十匹骏马，匆忙逃回岭营。行至途中，晁通又变回本来模样，这才回到大营。众英雄见晁通赶回几十匹骏马，心中虽然诧异，表面上也做出很高兴的样子。晁通为了显示自己的功绩，遂将抢来的骏马分给了众位英雄。

败退回大营的梅军主帅达赤拉堆聚众将商议对策。有人主张即刻退回梅岭王城，有人主张派人回城请大王再发援兵。大将朱拉说：国内已无兵可派，现在退回王城，梅岭难保，不如趁现在岭军获胜高兴之际，去攻岭营，方可取得全胜。主帅达赤拉堆认为此言甚有道理。朱拉就要披挂上阵，主帅和众将拦住了他。因为他被森达所砍的刀伤尚未痊愈，不能出阵。但朱拉坚持要出阵。这里，从左排首座站起一人，正是大将祝古龙纳，他愿意出阵战岭军。主帅大喜，命他即刻出马。

祝古龙纳催马出营，杀气腾腾地来到岭军营前，将黑铁宝刀晃了两晃，唱道：

大河小溪虽然多，
不能与恒河相比；
大山小丘虽然多，
不能与须弥相比；
大小雪山虽然多，
不能与底斯相比；
大小猛兽虽然多，
不能与白狮相比；
大小飞鸟虽然多，
不能与大鹏相比；
大小城池虽然多，
不能与梅岭相比；
英雄勇士虽然多，
不能与祝古龙纳相比。

唱罢，祝古龙纳像雪花一样飘进岭营。看似无力，却让人近身不得。刹那间岭国兵将倒下六七十人。

王子扎拉见这梅将如此凶蛮，提剑挡在他的面前："喂，口中唱曲的黑人，闯我大营的梅将，你不知道有这样的古语吗？"

小鸟独游在太空，
要被恶鹞抓了去；
猛虎独行在平原，
要被猎手取其皮；
狐狸独奔在山坡，
要被猎犬撕成片；
你这独行的梅岭将，
要被我扎拉割首级！

扎拉唱罢，言犹未尽，举剑激昂地说："我手中的宝剑，乃是我父嘉察所传。剑背洁白如明月，众神围绕放光明；剑刃阴沉杀气笼罩，阎王围绕毒气腾腾。今日要用你的人头试剑锋，连你的马鞍一起劈。"说着，扎拉将剑一挥，祝古龙纳连同马鞍果然被劈成两半。

见祝古龙纳去而不返，主帅达赤拉堆率军前来接应，被老英雄丹玛拦在路上。达赤拉堆心中焦急，忙拉弓射箭，只射掉丹玛的几片甲叶。丹玛大怒，也将箭搭在弓上。

两员大将在阵前相遇，丹玛的箭已射了出去，箭中达赤胸前，却没能伤害他。丹玛又射一箭，正中达赤坐骑的前额，骏马长嘶一声，倒了下去。达赤拉堆从马上跌落，不敢再战，转身逃走。

这一阵败下去，梅军再无回天之力，岭军遂渡过了杂曲河，速向梅岭王城进兵。

梅岭的将士们陆续败回王城。国王连续七天大摆宴席，犒劳他们。然后将梅岭剩余的勇士们全部召集到殿前，商议同岭国的作战事宜。君臣一致认为应该坚守王城。

在梅岭朗如拉宗城的周围，有四座大城堡，大城堡之间还有四座小城堡，外面是两道坚固的城墙。朗如赤赞王命帕拉辛吉为首的十名勇士率三万人马守东边的城堡；命朱拉为首的十名勇士率四万人马守南边的城堡，命热厦为首的十名勇士率三万人马守西边的城堡，北边的城堡也有十名勇士和四万人马守卫。四座小城由四位大将各率五名勇士和两万人马驻守。

梅岭王城外面的岭军将士已经扎下大营，门国和姜国的一些兵将出营到山上狩猎，无意中看见梅岭王城的严密防守，不禁大吃一惊，急忙回营向首领禀报。各路兵马的将领们得知这一消息，不约而同地来到雄狮大王的神帐内，向大王禀报。格萨尔听罢，微微一笑，对众位英雄说：“天神降伏妖魔，正义战胜邪恶，是不可违抗的。岭国和梅岭，交战已经多时，不久即可见分晓。三日后是个吉日，我们必须如此……”

众英雄得令回营，积极准备。

第二天早晨，姜国和门国大营忽然一阵大乱。原来是驻守南城堡的梅岭大将朱拉杀出城来，杀死不少门军和姜军，其他三城堡的梅岭守军也冲了出来，把正在准备三日后进攻的岭军杀得大败。

岭国众英雄好不丧气，连格萨尔大王也觉意外。众英雄一起聚在神帐内，要大王下令立即攻城。

老总管绒察查根缓缓站起来说：“这个梅岭王城，城堡坚固，只能智取不能强攻。”

众英雄要老总管讲出如何才能智取。绒察查根说：“要用祝古木鸟才能攻城。但是，现在祝古的木鸟由于受到阿昆黑鸟所施毒气的熏染，丧失了灵气。”

众人听说只有木鸟才能攻城，而木鸟又没了灵气，更加焦急，难道就眼睁睁地看着这座王城不能攻进去吗？

老总管叫大家不要着急，他告诉众人：“在日努晋宗有一个能制造大飞船的地方，现在要派一个会幻术的人前往日努晋宗，请他们制造飞船，然后乘飞船进攻梅岭王城。”

格萨尔大王听罢，十分高兴，立即派百户乍拉到日努晋宗去。

乍拉立即变化成一只大鹏鸟，穿云破雾，飞到日努晋宗城的上空，然后降落下来，显出真身，向守门人说明来意。守门人听他说得恳切，就带他去见首领。乍拉又把岭国与梅岭交战的始末向日努晋宗首领讲了一遍。

那日努首领久闻格萨尔大王的英名，欣然答应了乍拉的要求。决定派五名精通制造飞船技艺的工匠随乍拉回岭营。乍拉不胜感激，第二天就带工匠启程了。六个人经过七天的跋涉，第八天头上才回到岭军大营。格萨尔立即召见，并赐宴款待。

工匠们很快造出了岭国需要的飞船，这飞船造得好漂亮，船头可以坐八个人，船尾坐二十人，中间能坐五十人。

又过了几天，五只飞船都造好了，格萨尔大王吩咐立即向梅岭王城进攻。

第一只飞船上乘坐的是以玉拉和达拉为首的七十八名勇士，第二只飞船上是以扎拉和丹玛为首的七十八名勇士，第三只飞船是森达和噶德为首，第四只飞船上是却珠和多钦为首，第五只飞船以热扎为首，每只船上也都载有七十八名勇士。五只飞船载着三百九十名勇士，由五名日努工匠操纵，向梅岭王城飞去。

飞船飞到朗如拉宗王城上空，被梅岭将士发现。以为是巫师造出的幻物，是带来灾难的不祥之兆，纷纷张弓射箭，却不能损害飞船。

王子扎拉和丹玛的飞船飞向东边的城堡，飞船上的众位勇士每人射出九支利箭，城堡的一堵墙被射倒，城堡内立即尘土飞扬，死伤了不少守城将士，以帕拉为首的残余将士纷纷跑到城堡底处藏身。

噶德和森达负责攻打南边城堡。英雄们的箭像雨点般射向城堡，守城的将士死伤不计其数。

西边的城堡受到以却珠和多钦为首的英雄们的猛烈攻击，四面城墙全被摧毁，梅岭将士死伤惨重，主将多杰率残兵弃城而逃。

攻打北边城堡的是热扎为首的勇士们，纷飞的利箭直射得梅岭将士尸横遍地，城内房屋倒塌。

玉拉和达拉为首的勇士们直接向王宫发起猛攻，一连摧毁了几座坚固的楼阁，王宫的将士们鬼哭狼嚎，四处奔逃。

这一次进攻岭军大获全胜，众英雄返回大营，格萨尔王在神帐内赐宴，为众将庆功。

梅岭的将士们糊里糊涂地挨了打，待岭军的飞船飞走了，才如梦初醒。朗如赤赞王立即召集群臣，说："今天坏觉如用幻术造成的怪物来攻打我们，才使我们无法还击。但这只是暂时的失利，而不是最后的胜败。我赤赞王决不做熟透的青稞把头低，而要做青松高山立。如果我们现在还死守在城堡，就有城破人亡的危险。所以，明日一早，我要带朱拉和帕拉去踏营，要叫坏觉如身首分离，让岭营变成一片血海。"

众将知道，现在去踏营绝不会获胜，甚至有全军覆没的危险。但大王的主意已定，众将不但不敢反对，反而争先称颂大王的决定正确，说梅军踏营必然获胜。王妃和王子觉卧朗热见众将不敢说实话，就出来劝谏大王，朗如王根本不听。

第二天早晨，朗如赤赞王带着朱拉和帕拉冲出王城，闯入岭军大营。格萨尔率众英雄亲自迎战，这一战下来，帕拉被斩，朱拉被捉，朗如赤赞王独自逃回王宫。

雄狮大王见朱拉英勇非凡，有意收降，但朱拉死不肯投降，还大骂格萨尔和岭国众英雄。雄狮王见他如此顽固，就下令挖一个三角形的九层深坑，将朱拉投入坑内活埋，又用九层黑色岩石压在上面，顶端放了一束黑花，表示既要消灭魔类，又要超度他们的灵魂。

梅岭国连损两员能征善战的骁将，如同宫殿倒了栋梁，上上下下一片惊恐。众臣认为梅岭再也无力抵挡岭国的进攻，唯有朗如赤赞王觉得胜败尚难确定，执意亲自出城迎战岭军，为朱拉等几位大将报仇。

王子觉卧朗热已经十三岁，自觉已经成人，欲替父分忧，向父王请战出城。众将不忍让年少的王子出阵，但王子志坚意决。朗如王只得应允，让王子随自己出城。

梅岭国王父子二人率众将从东门杀出，刀光如闪电，箭矢似冰雹，锐不可当。岭军纷纷向后退去。朗如王父子率军猛烈冲杀，岭军伤亡不计其数。

雄狮大王闻报，率众英雄摆开阵势。森达一马当先来战朗如赤赞王。二人你来我往，战了约有一顿茶的工夫，虽没分出胜负，森达却逐渐感到体力不支，心中一着急，立即默默念诵，求格萨尔大王助他一臂之力。这一念诵，顿时像是换了一个人。森达纵马向前，只一刀就把朗如赤赞劈为两半。岭军呐喊着冲上去，将朗如赤赞的首级取下。

王子觉卧朗热见父王被杀，急得红了眼，今天若不能为父报仇，还有什么脸活在世上？王子打马飞到森达马前，与森达战在一处。那玉赤对森达叫了声“让我收拾他”，就冲了过来，谁知这一冲，正撞在觉卧朗热的刀刃上，玉赤立即滚鞍落马而亡。

岭国众英雄一见玉赤身亡，一拥而上，把觉卧朗热围了个严严实实。格萨尔见王子年幼，不忍杀死他，只用剑轻轻一点，觉卧朗热的灵魂就像青鸟一样飞向了天空，飞到了净土。

朗如赤赞父子被降伏后，王妃东噶仓央和大臣班玛扎巴率残余兵将和全城百姓烧香扬幡，迎接格萨尔大王入城。

在梅岭厦娃玉隆地方，藏有一种比阿扎玛瑙国的玛瑙还要珍贵的玛瑙。格萨尔亲自率众英雄来到厦娃玉隆的一面石壁下，将手中的彩带轻轻挥了三下，巨大的石壁一下开了三个门，芬芳的香气弥漫大地，悦耳动听的鼓乐声回荡其间。三个一庹长的玛瑙小男孩，从三个石洞中款款走出，右手举着彩带，左手托着宝盆，念诵祝词。祝词尚未念完，各色各样的玛瑙如同泉涌，从石洞中源源不断地涌了出来。接着，又跑出骏马、牛犊，飞出雄鸡和杜鹃，臣民百姓见了，无不欢欣鼓舞。

格萨尔亲自主持，将梅岭的这些珍宝分给岭国各部和各属国以及梅岭的臣民百姓，整整分了十八天。

分罢珍宝，格萨尔委任大臣古热托杰掌管梅岭国政，然后率军班师回岭。

第一百八十八章 天神授意岭人挑争端 穆古应战大军压前线

降伏了亭岭等邦国后，格萨尔大王又开始闭关静修，除了父亲森伦、母亲郭姆、王妃珠牡、内侍米琼、大臣丹玛以外，不见任何人。

格萨尔闭关修行，岭国的将士们也得到一个休整的机会。岭国百姓安居乐业，五谷丰登，歌舞升平，享受着太平时光。格萨尔潜心修行，大获收益。正想继续修行时，一天夜里，天母朗曼噶姆向他预言，告诉他降伏穆古骡子城的时机已经到来，要他速速带兵前去攻打，降伏魔王，开启宝库，将宝贝骡子带回岭地。

格萨尔心想，降伏了一个又一个的妖魔，又出来一个，这降妖伏魔的日子什么时候是一个尽头啊！格萨尔心生倦意，他多么想继续闭关修行啊！但是，天意不可违。第二天一早，格萨尔命内侍米琼速召岭国各部首领立即到森珠达孜宫议事。

各部英雄像雪片一样飘飘洒洒地落在森珠达孜宫里。王子扎拉恭恭敬敬地向雄狮大王献上哈达，祝贺大王静修圆满成功。众英雄也纷纷献上哈达，他们已经有几个月没有见到大王了，除了向大王问安，还想听听大王召见他们有何要事。

格萨尔向众英雄讲述天母的预言，穆古骡子城的国王尼玛赞杰反对白色善业，施行黑色善业，是个极端残暴的魔鬼，现在降伏他的时机已经到了。

岭国各部英雄纷纷点头。老将丹玛立即写了数封信，命使臣送往各属国，要他们急速调集十万人马，前来岭国森珠达孜宫听令。岭国各部首领也要从速将人马聚集。

吉年吉月的二十八日这一天，各个属国的人马到了岭地。北方魔国、霍尔国、姜国、门国、上下索波、大食国、阿扎玛瑙国、碣日珊瑚国等邦国的人马与岭国各部的人马会聚在森珠达孜宫前的广场上，整个广场战旗飘扬，人马沸腾，热闹非凡。

广场中央设一金子宝座，上面放着雄狮大王格萨尔的披风。以扎拉为首的岭国众英雄分坐两边，侍女们纷纷献茶敬酒，大家边吃边喝边等候各属国的英雄们到来。

各国的英雄们到了，骑着骏马，佩着刀剑，远远地就下了马，朝王子扎拉和岭国众英雄走来，到了扎拉的宝座跟前。众英雄一面向王子致敬，一面奉上各自带来的九种礼品，每份礼品要有九样东西，表示最珍贵的奉献。

献礼毕，大将丹玛向各部各国英雄宣布雄狮大王的将令："东方穆古骡子城的国王尼玛赞杰，是魔王玛章如扎转世，他施行黑色善业，仇视白色善业，手下有三员大将，八十条好汉。天母已经降预言，定要在今年铁马年征服穆古骡子城。大军要立即出征，扎拉、尼奔和玉拉是率领岭军的大将。格萨尔王还要在岭地静坐修大法。等到降伏尼玛赞杰、攻克穆古骡子王城、超度死亡将士的时候，大王自会来穆古，与众位英雄在一起。"

岭国大军准备出征了，以王妃珠牡为首的姑嫂、姐妹们，焚香祝祷，敬酒献茶，为大军送行。

各国首领将各自的厚礼交给米琼，请他呈献给雄狮大王。格萨尔也有赏赐，各位英雄得到的赏赐均不相同。辛巴梅乳泽得到一支神箭，心中非常高兴。想那穆古有许多异常勇猛的将士，过去从未与他们交过锋，今年的梦境和征兆都非常好，现在又得到大王亲赐神箭，我辛巴梅乳泽定能立下大功。

在王子扎拉的率领下，岭国大军走了七天，来到德拉查茂滩，王子传令扎营。大军的营帐，如同天上的星星一样，一座连着一座，布满了整个大滩，非常壮观。扎好营帐，开始烧茶做饭，只听风箱声好像雷鸣，炊烟袅袅似云雾缭绕。

晚饭过后，王子扎拉召各路首领前来大帐议事。不等众位英雄开口，达绒长官晁通站起来说："话多淡如水，言多不顶事。请众位英雄听我老汉讲几句——"

从前藏地有谚语：
国王的力量虽不大，
没人敢去比武艺，
乞丐的智慧虽惊人，
没人愿意去问计；
我晁通的计谋虽然多，
没人睬又无人理。
虽说我话没人信，
老汉偏要讲几句；

岭国穆古无怨仇，
派兵征讨欠情理；
大军不如留此地，
派我晁通一人去，
利用幻变和计谋，
引诱穆军来岭地。
一旦穆古来进犯，
降魔退敌才有理。

岭军首领们虽说不相信晁通一人能办成如此大事，但认为他所说的穆古与岭国旧日无仇，无故征讨欠情理的话还是对的。众人低头不语，只等王子扎拉下令。

辛巴梅乳泽深知晁通的为人，早年因他私通霍尔王，使战祸延续数年，百姓遭难。如果让他只身前去穆古，不知又会干出什么阴险的事来。应该禀告王子，绝不能让晁通去穆古。辛巴想着，从坐垫上站起，从贴身的佛盒中取出一条丝织哈达，走到王子扎拉跟前，恭恭敬敬地献给王子，然后禀告说："达绒长官说得很有道理。岭国与穆古前无旧冤，今无新仇，岭国大军去征讨，总觉理亏。但让晁通王只身前往，我们怎么能放心得下？穆古城英雄众多，万一有个闪失，就不好了。王子啊，我倒有个主意……"

"辛巴请讲。"王子扎拉急忙站起。众英雄也将目光投向梅乳泽。

辛巴梅乳泽这才说："我们不如派个使者去穆古，就说岭国几十万大军要到东方嘉纳去迎亲，路经此地，想借穆古的城堡休息七天。我想那尼玛赞杰王肯定不会答应，他只要不借城堡，我们就可以借机进兵了。"

"太好了！"

"辛巴的主意太妙了！"

众将都说梅乳泽的主意好，王子扎拉也点头称赞，立即修书一封，派使臣前往穆古城去见尼玛赞杰王。

晁通失去了一个显露身手的机会，虽然不满却也无可奈何，心里暗恨辛巴梅乳泽多嘴多舌。

派出使者的同时，岭军继续前进。大军经过达乌娘朵地方，消灭了为数不多的守军，获得不少财宝。到达森圹纳查莱，有的部落想阻挡岭军前进，但无异于蚂蚁挡大象，一与岭军接触就抱头鼠窜了。有的部落见势不妙，早早投降称臣。

岭军又走了七天七夜，在荚圹查茂地方宿营，等候派出去的使臣回话。

岭国使臣到达穆古骡子城，先去见大臣鲁杰，将王子扎拉的信呈上。鲁杰立即将信送到王宫。

穆古王臣正在宫中议事，一见岭国的信函，尼玛赞杰王接过一看，气得怒发冲冠，立即对群臣说："岭国说要借我的城堡休息，这全是骗人的鬼话。如果他们真的要去嘉纳迎亲，路经穆古倒也无妨，可看这信的口气，完全是仗势欺人，不把我们穆古放在眼里。他们岭国人可以在别的地方横行，到穆古可行不通……"

群臣不知道发生了什么事使得大王如此震怒，尼玛赞杰王好像也发觉了这一点，忙命鲁杰将扎拉的信读给众臣听。

大臣们听罢也很气愤，认为岭国是故意挑衅，但是，如果不问情由就去与岭国交锋，好像也不是个办法。大将章岭扎堆向大王禀报，愿带十万穆古军出城查看，以探虚实。

尼玛赞杰王点头答应说："章岭扎堆，你带三十名英雄，十万大军，出城去看看岭军借路是真是假，若是真心，可以让路请他们进城歇息，若是来犯之敌，你们就是我穆古军的先锋，绝不能放过岭军的一人一马，我率大军随后就到。"

岭国使臣回到大营向王子扎拉禀报，说穆古给了好茶饭，只是没有回信来。扎拉知道，尼玛赞杰王绝不会轻易答应让路，因此必须做好准备。扎拉遂派出十五名大将，各带一百名骑士，前去穆古侦察。行至才曲河畔，恰遇穆古派出的十万大军。穆军大将章岭扎堆在十名好汉的簇拥下，驰马向前，对岭军说："这里是穆古骡子城的土地，我是穆古大将章岭扎堆。你们是何方人马？从什么地方来？到什么地方去？看你们这样子，说是强盗呢，似乎多了点儿；说是军队呢，又似乎少了点儿。莫非你们就是岭国的人马？"

章岭扎堆见对面的岭军并不理他，断定就是岭国的军队，心中有些生气，说出的话就不中听了：

吃百只肥羊的豺狼，
最终会被嫩肉噎死；
杀百个男女的屠夫，
最终会在剑下丧生。

"你们岭国人，无故杀人抢掠，今天又来犯我边境，是何道理？你们要说分明。你们的使臣说要借道穆古去嘉纳，还要借城堡歇息。去嘉纳的道路有千条，为什么偏要走穆古？扎营帐的地方多广阔，为什么偏要宿城堡？如果要借路也不难，献上礼物再细谈。斑斓虎皮为主的九种礼品要九份儿，花斑豹皮为

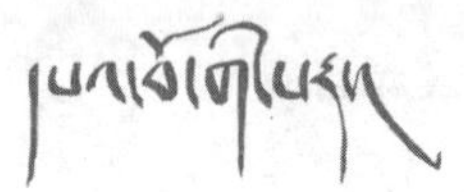

主的七种礼品要七份儿，还有纯金制成的宝盆要一个，青玉制成的宝瓶送一双。这些是借路的必要礼品，要不送礼强通过，我手中的宝剑不答应。”

扎堆的话音刚落，岭军阵中冲出一白人白马，如同太阳照在雪山上，灿烂耀眼，正是大英雄森达，只见他左手持弓，右手执箭，威风凛凛地对章岭扎堆说：“我们岭军到此地，是要借路借城堡，你们却用大话吓唬人，还索要什么借道礼。岭国英雄从来不怕人说大话，更没有什么礼物送给你。不送礼品路要借，要打要拼全由你。岭军寻宝到此地，不能受你小人气。”

说罢，森达射出一箭，正中章岭扎堆的胸口，却没有伤着他，只因还未到降伏他的时候。

章岭扎堆见森达如此无礼，不由得大怒，张弓搭箭，回射了一箭，也未能伤着森达。

岭国英雄丹玛、木里国王、亭岭国王、扎噶等四人，出阵为森达助战。穆古军中也冲出众多好汉，与岭将交锋。岭穆双方混战了约有一顿茶的工夫，扎噶被章岭扎堆砍伤，丹玛刀劈了好汉才杰，亭岭国王斩杀了米郭岗仁和扎日古喜，木里国王只一箭，射死了垂吉和他身后的十五个穆古军士。

章岭扎堆砍伤了扎噶，趁扎噶后退之机，又朝森达扑来，被森达一刀砍在马头上，坐骑受伤，鲜血喷泉般涌出，倒在地上。扎堆摔下马，扭头就跑。边跑边朝森达射箭，箭没有伤着森达，却射倒了身旁的几个岭军。森达一挥刀，与岭国五员大将一起朝章岭扎堆杀去。

穆古的两位好汉让过章岭扎堆，拦在岭国英雄面前。就在这时，辛巴梅乳泽从后面杀了过来，与穆古的两员将森格扎堆和玉珠扎堆战在一处。只几个回合，辛巴就将章岭扎堆劈于马下。

岭军的援军在女英雄阿达娜姆率领下赶到了。援军与森达、丹玛合兵一处，将穆古军杀得大败，穆古兵将死伤无数，大将其梅白桑被活捉。

第一百八十九章 感恩德降臣细说内情 扬飞石术师重伤辛巴

岭军得胜回营，王子扎拉见初战告捷，自然十分高兴，取出金币、绸缎，分别赏给有功将士，作为奖励。被俘的穆古大将其梅白桑被捆得像个线团，推进了王子扎拉的大帐。众英雄纷纷抽刀拔剑，要杀他庆功。晁通显得比别人更加愤怒。右手握刀，左手抓住其梅的头发，定要亲手斩他，以解心头之恨。

总管王绒察查根夺过晁通手中的刀，对王子扎拉说："手中没有武器的敌人不能杀，杀这样的人算不得真英雄。王子啊，我们不如劝他投降，进攻穆古的时候，还可以让他做向导。"

扎拉连连点头，称赞总管王的主意好。绒察查根转过头来劝其梅白桑投降。

其梅见王子扎拉宽厚，总管仁慈，深感不斩之恩，遂俯首称臣。绒察查根很是高兴，对其梅说："你既已投降称臣，就是我们岭国的人了，我问你几件事，你要如实回答。"

其梅白桑双膝跪倒，双手合十，谦恭地回答说："总管王请问，凡是我知道的，一定如实禀告，不敢有半句假话。"

其梅白桑尽自己所知，将穆古骡子城的情况全部告诉了总管王和王子扎拉。王子聚集众将，将攻取穆古的事议了又议，把部队重新调配了一番。

再说穆古骡子城的森格劲宗宫殿里，国王尼玛赞杰端坐在宝座上，大臣们分坐两边。王妃协赛卓玛、王子其梅朗卡洛珠、公主央珍曲吉措姆也都在国王身边坐着。众人正紧张地等候派出去的十万大军的消息。

败阵而归的森格扎堆闯了进来，向大王详细禀报同岭军交锋的情形。群臣听罢大惊，国王尼玛赞杰更是又气又急，急火攻心，竟昏厥过去。吓得王妃和公主惊叫起来，急忙吩咐侍臣拿圣水来，轻洒在尼玛赞杰王的头上、身上。穆古王这才慢慢睁开眼睛，一双血红的眼睛像要喷出火来，满月似的脸庞布满了乌云，变得靛青靛青的。如墨的眉须也变得焦黄，一口螺牙咬得像是在嚼炒青稞。尼玛赞杰一把推开王妃，猛地从宝座上站起来，大骂坏觉如：

坏觉如的乞丐军，
无故来犯我穆古城，
穆古英雄刀下亡，
九万兵士丧生命。
将士战死为保国，
虽死永世留英名。
唯有森格扎堆你，
像狐狸一样来逃生。
送你去日努曼杰荒滩上，
三年之内不准回城。
将士们切切要牢记，
贪生怕死会留恶名。

尼玛赞杰王又说："初次和岭军交战，就失去了我两员像心肝一样的大将，叫我怎么能不伤心，又叫我怎么能不气愤？但伤心不顶用，气愤也不能退敌兵，我们要立即聚兵去报仇，杀死岭军和岭将，为穆古军的失败雪耻。"

尼玛赞杰王决定将败将森格扎堆和岗察巴瓦发配到边远的日努曼杰荒滩，以示惩罚。然后命鲁杰康松锁达、堆杰巧巴腊松、赞杰帕瓦岗纳三员大将和各路首领，各率本部人马，前去抵挡岭军。最后穆古王警告将士们："如果得胜有重赏，胆敢像狐狸往后逃，要活剥人皮处死刑，王法森严定不饶。"

众英雄、首领点头称是，却没有出宫去聚集兵马。穆古王觉得命令已下，不明白众将为何还不依令而行，正要发怒，王子其梅朗卡洛珠给父王敬献了一条世界上最长的哈达，恭恭敬敬地说："请父王息怒，大臣森格扎堆一生对父王忠心耿耿，患难与共，请父王不要处罚他吧。两位大英雄阵亡，虽然令人悲痛，却也是命中注定的事。请父王不必过于悲伤，我们一定要奋力杀敌，为死去的将士报仇。也请父王饶恕森格扎堆，给他们一个改过的机会。父王啊，请恩准孩儿的请求。"

大臣们也纷纷跪倒，为森格扎堆等人求情。尼玛赞杰见此，怒火稍平："既然你们都为他们求情，不放逐他们了，但是，不能让他们再留在穆古城中。森格扎堆，你随便到什么地方去吧。"

森格扎堆跪倒谢恩："感谢大王不放逐之恩，我一定尊照您的旨意，离乡背井，远远地去流浪，请大王珍重贵体，祝王子安康。"说罢，森格离开王宫。

当天晚上，森格扎堆和岗察巴瓦二人悄悄商议着去哪里合适。想来想去，二人觉得对大王忠心耿耿了一辈子，却受到大王的严厉责罚，既然尼玛赞杰如此无情，不如去投奔岭军。二人商议罢，带着手下的两万人马朝岭营奔去。

走了六天六夜，第七天清早来到岭军大营。岭军以为穆古军前来踏营袭击，纷纷披挂上马。森格扎堆和岗察巴瓦命手下军卒扔掉手中的兵器，脱掉身上的铠甲，表示无意作战。岭军见此，将森格和岗察二人带到辛巴梅乳泽的大帐，二人献上礼品，说明来意。梅乳泽异常欣喜，忙去向王子扎拉禀报。王子也很高兴，每人赏赐十枚金币，让投降的穆古军暂住霍尔大营，归梅乳泽统领。

梅乳泽回帐告诉二人，王子扎拉同意收留他们。森格和岗察立即随梅乳泽来见王子扎拉和众首领。二人向王子献上骏马等九种礼品，给每位首领送了一匹好的锦缎，五十枚银币。见被俘的穆古大将其梅白桑也在这里，做了岭国的大将，森格和岗察又送给其梅一匹彩缎，一百枚银币。

岭军大营大摆宴席，欢迎投诚的穆古将士，众军兵唱歌跳舞，跑马射箭，像过节一样热闹。

就在森格扎堆和岗察巴瓦投诚的第二天，穆古大军也离开了王城；在距岭军不远的亭曲桥畔扎下了大营。众将要在鲁杰康松锁达的帐中议事，此时方知森格和岗察已率兵投降岭军。众将异常愤怒，早知如此，当初就不该为他二人求情。鲁杰更是又气又怒，决定独自去踏岭营，捉住森格、岗察二人，以解心头之恨。

这时，岭军没有任何准备，任凭鲁杰横冲直撞，左劈右杀，如入无人之境。鲁杰从北门冲进去，又从南门杀出来，守卫南门的亭岭国王提刀迎战，被鲁杰一刀砍在右手上，痛得他滚下马来。辛巴、森达、多钦、木里国王等七人共战鲁杰，却珠、噶德等七人将亭岭国王救回大营。

七员岭国英雄与鲁杰大战，任凭刀砍箭射，皆不能伤他。阿达娜姆飞马赶到，迎面射了鲁杰一箭，利箭像羽毛一样飘落在地上。却珠将亭岭国王送回大营后，也转回身来与鲁杰大战，此时鲁杰已被岭将围在中间，却珠乘其不备，抛出套索，被鲁杰一刀砍断。鲁杰趁势扑向却珠，又虚晃一枪，冲出包围圈，逃回穆古大营。

鲁杰回营，自吹踏营已获成功，只是人单势孤，对付岭军的千军万马和无数勇士，显得力不从心，没能获得更大的胜利。穆古众将一听，纷纷要和鲁杰一起去踏岭营。鲁杰只好答应，因为说出去的话，像泼出去的水一样难以收回。

过了几天，穆古军将士们准备完毕。鲁杰一马当先，后面紧紧跟着噶德赞杰、载钦、廓昂达彭、琼钦扎巴等穆古军的大将们，还有不可计数的众军兵，直扑岭军大营。

这次岭军早有准备，穆古军闯进大营，众英雄就从四面杀出，刚一交锋，穆古就败了下去，大将巧巴腊仁、扎热登巴被杀，还有一些将士被岭军活捉。穆古军慌忙后退，岭军乘胜追杀，眼见退到河边，鲁杰勒住马头，将手中的长剑高高举起，喝令像潮水一样后退的穆古军兵止步，稳住阵脚，向岭军反击。

岭国大将丹玛、森达、噶德、辛巴、玉拉等五位英雄率岭军追了上来，五人又将鲁杰围在中间，此时的鲁杰已全然没有了初踏岭营时的锐气，只有招架之功，没有还手之力。渐渐地竟有些招架不住了，环顾四周，见赞杰、琼钦扎巴、廓昂等人也被岭国军将围住厮杀，正自顾不暇，哪有力量助他一臂之力？鲁杰稍一走神，辛巴梅乳泽的套索套中了他的脖颈，赞杰等人也被岭国大将套住。鲁杰和赞杰同时大喊一声，用力一劈，套索被斩断，鲁杰等人乘机逃走。只有东松色伦没有砍断套索，被却珠和玉拉俘获。

就在几员穆古大将砍断套索逃走的时候，辛巴梅乳泽和噶德又抛出铁钩，将大将载钦钩下马来，丹玛上前将其活捉。

众英雄押着被俘的穆古军将返回大营，向王子扎拉报功。王子各有赏赐，自不必说。对两员被俘的穆古大将，王子也赏赐茶饭，暗示梅乳泽劝他二人投降。

辛巴一捋胡须，先将穆古大将奚落了一番，然后坐下来想慢慢审问二人。就在辛巴坐下的一瞬间，载钦一使劲又一挥手，将身上的绑绳挣断，又将东松色伦像抓羊羔似的抓起，夹在腋下，一阵风似的旋出岭军大帐，又像风一样飞出大营。

岭国众英雄被载钦突如其来的行动惊呆了，等到反应过来，载钦已经离开岭营很远。众英雄来不及鞴马，也来不及佩带兵器，冲出帐外追赶。只见载钦夹着东松色伦忽上忽下，忽左忽右，飘飘悠悠地往前走，众人却怎么也赶不上。眼见到了亭曲桥畔，众英雄已经累得气喘吁吁，载钦也将东松放下，帮他解开绑绳。岭国众英雄因为手无弓箭，只得捡起石头朝载钦二人投去，一时间，那石头像雨点般在载钦二人前后左右落下，只是不能伤他二人。载钦和东松将飞过来的石头捡在一起，守在桥头，对辛巴等岭国英雄唱了一支歌：

幽幽亭曲河桥头，
能抓雷电的英雄守，
九百部落我是头，
没人敢来同我斗。
苍龙在蓝天遨游，
毛驴在地上把耳抖，
毛驴、苍龙无法比，
走兽上天不能够。

杜鹃鸣叫人皆喜，
乌鸦张嘴更丑陋，
杜鹃、乌鸦无法比，
乌鸦最好闭歌喉。
岭国一群小懦夫，
想在载钦面前把威风抖，
岭人与载钦不能比，
辛巴本领不如狗。
你们投石不能伤我，
我若投石定砸你们头！

唱罢，载钦扔出一个石子，正砸在辛巴梅乳泽的头上，他当即昏了过去。丹玛等人大惊，一面向载钦打石头，一面吩咐玉拉等人将辛巴送回大营。

载钦见岭国英雄飞来石头，也将手中石头不断打出，诸多石头在空中相撞，碰出火花，丹玛见载钦厉害，知道一时不能胜他，怕久留下去又会有人被他击伤，故而率众人退回。载钦和东松也收拾停当，返回穆古大营。

第一百九十章 识大局王子为国请战 造飞船晁通充当侦察

鲁杰等穆古大将见载钦和东松二人平安返回，大喜过望。鲁杰说：“我们这次踏营，就像俗话说的那样，放火去烧别人，不小心却烧了自己的眉毛和胡子。所幸的是，二位英雄遇难呈祥，平安回返，这是我们穆古大军的喜事，就是失去多少人马也不足惜了。”

众将也纷纷向载钦和东松二人祝贺，然后商议如何退敌，最后商定先派人回王宫向尼玛赞杰大王禀报战况，请大王派出援军。在援军未到之前，他们决定不再出兵。

岭军也一直没有出兵，两军相安无事。

穆古大将琼郭和罗玛走了六天六夜，回到森格晋宗王宫，拜见尼玛赞杰大王，详禀与岭军交战的经过。穆古王一听大军惨败，大怒，就要亲自率领大军，去与岭军较量。群臣众将极力劝说，尼玛赞杰就是不听。就在这时，王子其梅朗卡手捧哈达跪在父王面前，向父王献过哈达后，劝父王说：“父王啊，我今年已经十五岁，要为国家出力，愿为父亲分扰。父王金身玉体，最好不要轻举妄动，孩儿我愿替父王出征。”

大将协饶扎巴、琼堆梅吉、雅瓦嘉仁、达茂克杰、达玛托郭等五人，愿随王子前往救援。

尼玛赞杰这才摘盔卸甲，命王子其梅与五员大将率六十万人马速去救援。

王子又对父王说：“父王啊，我走以后，您要将剩下的人马重新调配，外城要加固，内城要修复。只要守住王城，岭军再多也不怕，最后谁胜谁负，不在人为在天意。”

群臣众将纷纷向王子投来赞许的目光，想王子小小年纪，竟如此智勇双全，怎能不令人钦佩。

王子决计替父王出征，急坏了王妃和公主。王妃疼爱儿子，公主不舍幼弟，她们每人拉住王子一只手，苦劝王子不要出征，说得尼玛赞杰的心都动了。

无奈其梅王子主意已定，再难更改，公主和王妃只得挥泪送别。

岭国众英雄聚集在扎拉王子的大帐内，商议如何破敌。最后商定，长、仲、幼三系各派一人回岭地向格萨尔大王禀报与穆古军交战的情况。大军从明日起进攻穆古大营，一鼓作气攻进王城。

第二天，辛巴、丹玛为先锋，王子扎拉率大军随后，浩浩荡荡地直奔穆古大营。前军行至穆军营地竟不见穆军踪影，岭军兵将感到吃惊。人们在悄悄议论，有人说这是穆军在用幻术，有人认为穆军是被吓跑了。丹玛立即派六十名骑士，速往后军去请王子扎拉。

待后军全部扎营之后，丹玛向扎拉王子禀告说：

王子啊，真稀奇，
穆军突然无踪迹，
是幻术还是恐惧？
是逃走还是藏匿？
王子啊，看仔细，
穆军究竟在哪里？
是派辛巴去侦察，
还是我丹玛去寻觅？

王子扎拉问丹玛有什么好主意。丹玛回答说："依我之见，明天先派辛巴梅乳泽乘飞船去侦察一下，找到穆军驻扎的地方，把守敌消灭，穆古王城就好攻打了。"

扎拉认为丹玛说得有理，就令辛巴回营准备，第二天一早出发。

次日晨，没等辛巴出营，晁通已经抢先飞出了营。原来那晁通不愿放弃这次立功的机会，昨晚就用幻术造了一条水晶飞船，四边镶有美丽的吉祥花纹，船头装有鳌鱼的头。今天一早，又变幻出三个和自己一模一样的人，坐在飞船四边，又命一百名达绒部的勇士坐进船内，悄悄地飞了出去。

水晶飞船飞到图噶劲宗城的上空，见有一座五层高楼，最上层有四个角楼，里面藏有不少人。晁通以为找到穆军藏匿的地方，心中十分高兴。但晁通仍不满足，对手下军卒说："我们这飞船飞得太高，看不大清楚，我们应该降到顶楼上去，仔细看看。"

军卒害怕被穆军发现，晁通却满不在乎，告诉军卒们，飞船有隐形罩，不会被人发现。

飞船悄悄在城头降落了，把图噶劲宗看得仔仔细细，然后又悄悄飞起，降到查雅宗城头上，晁通正待仔细察看，忽听躲在城楼里的穆军正在议论：“觉如军人多势盛，杀了我们那么多人，又占了我们的地方，可要想取胜就难喽！”

“为什么呢？”

“你还没看见吗？王子其梅来了，带来六十万援军。图噶劲宗有赞杰守着，查雅宗有鲁杰防守。达茂宗由王子亲自防守，王城里呢，还有我们的尼玛赞杰大王，觉如的乞丐军就是攻打九年，也是攻不破的。可用不了九年，岭军就要饿死喽！”

……

晁通听到穆古王子率六十万援军赶到，很是吃惊，决定立即回营向扎拉禀报，因为岭军还不知道穆古的援军已经到了。

晁通飞回岭军大营，正赶上辛巴梅乳泽要乘飞船离去。晁通冷笑一声：“不必了，辛巴，我已经将穆古军的城堡看得仔仔细细，辛巴就不必再去了吧。”

辛巴梅乳泽见晁通满脸得意之色，知道他必有重要消息，就不理会他的讥讽，随晁通来见王子扎拉。

晁通向王子禀报了所看的穆军情况，众英雄认为，让穆军长期固守城堡，于岭军不利，现在应该立即向穆军进兵，逐个攻克城堡。

玉拉要王子将格萨尔大王的神箭赐给众位英雄，攻城之际，该用这些神箭了。王子扎拉允诺，命大军首先向图噶劲宗城进攻。

丹玛和辛巴率领大军来到图噶劲宗城下，将城堡团团围住，连清风都难通过，然后丹玛下令放箭。岭军的箭矢像冰雹一样，飞进城堡，众军兵的呐喊声赛过雷鸣。守城的穆军也将滚木礌石劈头盖脸地砸下来，不少攻城的岭军死于木石之下。城堡一时难以攻破。

辛巴梅乳泽见穆古军如此凶顽，就对着城堡高声喊叫道：

水草丰美的草山上，
梅花鹿把长角炫耀，
猎人带来凶猛的猎狗，
梅花鹿悲哀惊逃。
荆棘丛中的小麻雀，
追逐小虫把腹饱，
不想鹞鹰从天降，
小麻雀跳跃惊叫。
清清河水中的金鱼，
自在游戏把尾摇，

渔夫抛下弯铁钩，
金鱼被钓不能逃。
城堡中的穆古兵，
太平日子逞英豪，
岭国大军来进攻，
要想活命快出城堡。

辛巴梅乳泽将格萨尔大王所赐神箭射了出去，只见一道电光闪耀，城门被射得粉碎。却珠、阿达娜姆、达玛多钦等率大军冲进城堡。

守城大将琼钦扎巴率几百军兵迎面杀出，被辛巴梅乳泽一刀劈于马下。另一员大将仲巴梅杰也被却珠杀死。剩下的守城将士扔了兵器，投降岭军。

图噶劲宗的南门也被攻破，丹玛、噶德、米努大将玛嘉等率军冲进城去，正遇穆古大将廓昂达彭。两军刚一相遇，就被廓昂达彭射杀了五十多人，米努大将玛嘉也被射伤。丹玛见此将如此骁勇，驰马就要与其交锋。不待丹玛走近，廓昂达彭的利箭已经离弦，一箭将丹玛的铠甲射得粉碎，震得丹玛在马上摇摇晃晃，险些跌下马来。

丹玛略略定神，将格萨尔所赐神箭抽了出来，看起来灭此贼要用神箭了。丹玛暗暗运气，心中默默念诵，然后将箭射向廓昂达彭，刚好射在额头正中，掀掉了天灵盖，可怜廓昂达彭脑浆四溅，摔下马来。岭国众兵将一拥而上，取了廓昂达彭的首级。丹玛挥兵掩杀，穆古军兵无法抵挡，眼看着岭军杀进了城。

攻打西门的森达，碰上了守城主将赞杰帕瓦岗纳。仇人相见，分外眼红。森达和赞杰并不搭话，挥刀就战。约战了有两顿茶的工夫，仍然不分胜负。森达有些焦急，赞杰也恨不能马上要了森达的命。二人一着急，刀法都有些乱。森达觉得不能再打下去，遂掉转马头，倒退几步，心中祈祷格萨尔助佑。恰在此时，赞杰从后面赶来，森达猛回首，手起刀落，将赞杰拦腰斩断。太漂亮了，恐怕赞杰也不会想到他竟死得如此容易。岭国军兵上前，取了他的首级，簇拥着森达大摇大摆地进了城，原来那守城的穆古军兵见赞杰转眼被斩，早吓得魂飞魄散，自顾逃命去了。

北门也被玉拉等人攻破。岭军从四面八方拥进图噶劲宗城。穆古守军大部投降，只有大将赞拉巴瓦率少数军兵登上城楼，至死不肯投降。

岭国众英雄搬来梯子等登城之物，玉拉等人率先登上城楼，围住赞拉大战。赞拉毫无惧色，半步不退，岭国五英雄战他不下。眼见围上来的岭军兵将越聚越多，赞拉知道取胜无望，只得逃走。见到城楼下拴着几匹战马，赞拉有了主意。趁玉拉等人去救仁钦和东赞，赞拉跳下城楼，像云朵一样飘落在东赞的玉佳马上，玉佳马载着赞拉像闪电一样飞出城门，转眼间消失在旷野之中。

图噶劲宗城被岭军占领，将士们争先恐后地登上最高的角楼，焚香祈祷，庆祝胜利。

丹玛和辛巴等出城去接王子扎拉，王子非常高兴，对攻城的所有将士都有赏赐。岭军上下一片欢腾，唯有东赞重伤在身，又失去心爱的玉佳马，心中悲痛，懊悔不已。

从图噶劲宗城中逃出的赞拉，在旷野中将逃出来的穆古兵将召集在一起，总共有一万多人，赞拉带着这些残兵败将，直奔查雅宗城而来。见到查雅宗城的主将鲁杰，赞拉将图噶劲宗失陷前后的事向鲁杰禀报。鲁杰听罢，只觉火往上撞，心像被油煎一样难受，就要披挂出城，找岭军报仇。手下大将极力劝慰，才使鲁杰怒火稍平，遂派人前往达茂宗城向王子其梅禀报，请王子拿主意。

王子其梅回信说："赞杰等穆古将士战死，确实令人悲伤，但英雄为国战死，死得值得。现在我们必须立即进攻岭军，为死难的将士报仇，才是正理。"

王子其梅和鲁杰迅速合兵一处，向图噶劲宗城进兵。穆古大军二十万，将图噶劲宗围得铁桶一般，黎明时分，向四个城门同时发起猛攻。

辛巴、却珠和阿达娜姆等大将率军从东门冲出，正遇穆古大将鲁杰康松锁达。

那鲁杰一见梅乳泽，如同毒蛇闻到麝香的味道一般，狂暴不已，指着辛巴大骂：

太空任大鹏翱翔，
山雀也想展翅膀，
不能凌霄落在石岩上；
雪山任白狮雄踞，
老狗也想称兽王，
不能上山四处流浪；
草原任野马奔驰，
毛驴也想插上翅膀，
坠入峡谷空把命丧，
城堡任穆古勇士居住，
岭人企图霸占是妄想，
赶走你们小事一桩。

说罢，鲁杰挥刀直取辛巴，辛巴也不答话，举刀相迎。二人大战几个回合，不能分出胜负。鲁杰求胜心切，见战不胜辛巴，就抛下他，拨马冲向辛巴左边的霍尔军。一阵砍杀，五十多名霍尔兵死在他的刀下。一个叫唐巴克杰的霍尔小将，乘鲁杰不备，朝他连砍三刀，鲁杰毫毛未损，反手一挥刀，将唐巴克杰砍于马下，立即毙命。另一个叫日巴卡玛的小将见唐巴身亡，举矛向鲁杰刺来，被鲁杰将长矛砍成两截。日巴扔掉长矛，拔出大刀，继续迎战鲁杰，打了几个回合，竟没有分出胜负。鲁杰又气又急，怎么如今连个无名小卒都战胜不了？传扬出去，岂不让人笑话！鲁杰索性将刀插入刀鞘，伸手来抓日巴。恰在此时，辛巴梅乳泽赶到了，鲁杰没有抓着日巴，却被辛巴扯下马来，两人你扯我拽，滚在一起。日巴趁势去砍鲁杰的坐骑。鲁杰的战马本是幻术所变，一般的刀矛是不能伤害它的。但事有凑巧，偏偏碰上了日巴的刀，此刀乃土地神特仁的寄魂刀，具有非凡的法力，故而能与鲁杰对阵。那战马见刀劈来，不容躲闪，已被断成两半。正在与辛巴难解难分的鲁杰，见自己的战马被斩，大惊，知道今天万难取胜，顾不得再与辛巴争高低，抽身就跑。

南门口的丹玛、协噶等四员大将正与穆古大将载钦打斗不休。那载钦原本力大无比，又通咒术，前次不幸被岭军俘获，总觉是件十分丢人的事，发誓要报此仇，为自己雪耻。所以，他一遇上岭军，就施展出全部武艺，远处用箭射，近处用刀劈，无论冲到哪里，竟无人能阻拦。

岭军大将协噶拦在载钦面前，与载钦打了约有一顿茶的工夫，被载钦将战马砍死，协噶也被掀翻在地。丹玛等岭国众将忙将协噶救起，又来大战载钦。载钦见自己又被岭国英雄围在中间，忽然想起上次也是这样被捉住的，不觉有些胆怯：若再被俘了去，恐怕就难以脱身了。载钦想着，反正已将协噶砍下了马，又杀了不少岭兵，可以回营了。只见载钦左手猛提马缰，右手用力挥刀，杀出了岭将的包围圈，率军向后退去。丹玛等人也不追赶。

西门外，穆古大将东松色伦和罗玛率兵攻城。森达、多钦、噶德、木里国王杀出城来，与二将交锋。多钦见罗玛勇猛异常，心想：杀死几百个穆古兵不如捉住一个穆古将，多杀人多罪孽，莫如把这员大将活捉了，也好显示我的本领。多钦遂从怀中拿出套索，在头顶甩了一圈，对罗玛唱道：

我手中的神套索，
抛向太空能套日月，
甩向大地能捆地魔，
飞鸟躲不过，
狂风也能捉，
今日就用这套索，

套住你脖颈将你捉，
若是不能套中你，
英雄多钦算白活。

唱罢，抛出套索，正中罗玛脖颈。罗玛用力连砍那套索，竟不能砍断，越挣扎，套索反倒越紧。多钦高兴极了，猛地一用力，将罗玛从坐骑上拽了下来，众兵卒一拥而上，将罗玛捆得像个线团一样。多钦吩咐将他押进城去，听候王子发落。

见罗玛被捉，东松色伦片刻也不敢停留，前次被俘，多亏了有载钦在旁，此番再不能让岭军捉了去。东松色伦扬鞭催马，往后就走。主将一逃，军卒群龙无首，唯恐跑得慢被岭军追上，只恨少生了两条腿。

赞拉巴瓦和琼郭领兵攻打北门，进展顺利，眼看城门将破，其他三个门的岭国英雄及时赶到，把穆古兵将杀退。

败回查雅宗城的穆古大将，锐气大减。鲁杰问众将有什么主意，众将纷纷低头，无话可说。过了好一会儿，才有人胆怯地说："岭军太强了，我们根本不能取胜。"

一有人开头，众将也纷纷抬起头来，对鲁杰说个不停：

"给嘉噶国王写信吧，请他为我们做个调解人。"

"是啊，反正我们是打不赢的，不如与岭国讲和。"

"若是岭国不肯讲和呢？"

"是啊，岭军正打在兴头上，与他们讲和未必能行。"

"讲和不行的话，就，就投降吧。"说这话的大将亲眼目睹了赞杰等人的死亡，一提起和岭军作战就觉得脊梁骨冒冷气。

"你，你说什么？"鲁杰一听"投降"二字，气青了脸，拔剑就要杀那主降的大将。众人见状，又低头不语了。

载钦拦住了鲁杰。他也不同意投降，连议和调解也不同意。他要鲁杰给王子其梅写信，请王子以国王的名义向玉尼国请求援兵。

载钦的话使鲁杰消了气，当即修书一封，派人送给王子其梅朗卡洛珠。

王子其梅接到鲁杰的信，得知穆古大军惨败而归，不禁大怒。盛怒之后，小王子心想：前次图噶劲宗失陷，我尚未敢向父王禀报，原想让鲁杰将图噶劲宗夺回来后再告诉父王，现在看来这仗很难再打，穆古兵将已让岭军吓得惊魂不定，我若再不亲临阵前，就无望取胜。王子想罢，一面给父王尼玛赞杰修书一封，禀告与岭军交战的情况，一面给玉尼王写信请援，最后将达茂宗城的所有守军共五十万人聚集起来，他要亲率大军去与岭军决战，夺回图噶劲宗城。

穆古王接到王子其梅的信，得知大将赞杰等阵亡，悲愤不已，意欲亲自出征，王妃和公主及大臣们又苦苦相劝，坚决不让他亲临阵前。那王妃和公主流着眼泪，劝尼玛赞杰投降岭国，让大王下令召王子回宫，不必与岭国交战，也不要去收复什么图噶劲宗城。王妃疼儿心切，公主爱弟之情，打动了穆古王。他何尝不思念爱子？王子出征，万一有个闪失，王妃和公主怎么活下去呢？尼玛赞杰王当即给王子和鲁杰写了一封信，命侍卫速速送到王子手中，让他坚守城堡，切不可贸然出兵。

第一百九十一章 亲上阵难救被俘亲儿 迎大王先取阴山之米

在图噶劲宗城堡里，聚在一起的众英雄正在商议进兵之事。老总管绒察查根告诉众人，昨夜他曾得一梦，天神说，此时宜于进攻查雅宗，迟则恐怕生变。

众英雄也认为应该攻打查雅宗，而且越快越好。王子扎拉命人回营准备，次日黎明出征。

第二天，岭军浩浩荡荡开出图噶劲宗城。大军行至白玛塘，正遇二次来夺图噶劲宗城的鲁杰所率的穆古大军。

王子其梅接到父王的书信，守城不出，鲁杰则尚未见到国王的手书，故而率军又来与岭军交战。

穆、岭两军相遇，一方像猛虎出山，另一方似恶狼扑食，同时发起了进攻，箭矢似冰雹，刀矛如闪电，人喊马嘶，吼声赛过雷鸣。战马扬起的灰尘遮天蔽日，三界像是在摇动，山崖似要倒塌，大海将被填平。

两军混战之中，穆古大将达玛托郭雅梅朝玉拉射了一箭，将玉拉的铠甲射得粉碎。玉拉被震得昏了过去，过了好一阵才醒过来。醒过来的第一件事就是要报仇。玉拉张弓搭箭，对准达玛托郭就是一箭，利箭穿过达玛，同时将达玛身后的二十多个穆古兵卒射死。

为了报这一箭之仇，玉拉又连射三箭，穆古军卒一片片、一串串地倒在玉拉的箭下。载钦一见玉拉杀了如此多的军卒，挥刀来战玉拉。噶德见此，从他背后射出了格萨尔所赐神箭。可怜载钦英勇一世，不曾提防那背后之箭，尚未来到玉拉跟前，就跌下马去，口吐鲜血而亡。

穆古军一连折损几员大将，顿时大乱，无论鲁杰怎样呵斥，也止不住溃逃之势，鲁杰无奈，也随着大军撤回了查雅宗城。

岭军又将查雅宗城团团围住。丹玛等人再无耐心逐门攻破，遂在城墙下放起火来。火借风势，风助火力，大火烧红了半边天。鲁杰见大势已去，不愿与城堡同归于尽，就打开城门逃了出去。

王子其梅将鲁杰等穆古军兵接进达茂城中，立即派侍卫向父王告急。

穆古王得知载钦战死，查雅宗被焚，穆古军损兵折将，末日将至，尼玛赞杰再也按捺不住了。刚要跳起来，又忍住，以往每次自己要亲征，均被苦苦劝住，这次他决计不再与人商议，定要率兵出城，为死去的将士报仇，收回被占的城堡。

尼玛赞杰王虽说在悄悄行动，还是被王妃发觉，公主和王妃哭成了泪人，大臣们纷纷跪倒，恳请大王不要亲征。与其亲征，不如请玉尼国王派兵救援。若能请来援军，定能解穆古之危。穆古王也觉言之有理，立即修书一封，连夜派出三名使臣，悄悄去玉尼国请援。

岭军火烧了查雅宗城，王子吩咐大宴七日，然后进攻达茂宗。

就在岭军欢歌笑语，举杯狂饮之时，王子扎拉闻报：鲁杰三次率兵前来讨战，同来的还有一员小将，看样子就是穆古王子其梅朗卡洛珠。

扎拉将酒碗放在一边：

本想让他们多活几天，
看来他们是等不及了。
猎人不把幼虎伤，
因为斑纹未长好；
牧人不吃小羊羔，
因为肥肉未长好；
我岭军不去攻达茂，
因为将士酒未饱；
今日敌人送上门，
定叫他们命难逃。

王子说罢，命辛巴和丹玛等人出营迎战。辛巴和丹玛出得营来，专寻鲁杰交锋。那鲁杰的寄魂山刚被岭军摧毁，今天该是降伏他的时候了。

鲁杰正在岭军中横冲直撞，见辛巴出阵，立即迎了上来，岭国众英雄也围拢来。辛巴勇气大增，与鲁杰战了五十个回合，砍断了他的右臂，疼得鲁杰哇哇大叫，左手正要抽剑，辛巴的第二刀又到了，刀过之后，鲁杰已被断为两截。岭军欢声雷动，辛巴跳下马去，亲自取了首级。

穆古王子其梅率领一支人马，直奔扎拉大帐，要与扎拉较量一番。阿达娜姆等想要拦阻他，皆挡不住，其梅忽而挥刀，忽而放箭，拦在面前的兵将死伤无数，眼见就要逼近扎拉的大帐。达玛多钦和阿达娜姆等人从后面赶来，四五条套索一起向其梅抛去，将他套住。那其梅并不惊慌，轻抽宝剑，只一挥，就将套索全部砍断。

王子扎拉迎出大帐，吩咐众将不可伤害其梅，他要亲手活捉这个小王子。扎拉说着，将手中套索抛出，其梅用剑连砍三下，套索竟不能断。扎拉用力一拉，其梅滚鞍落马，被岭将捉住。

剩余的穆古军在赞拉和达茂克杰的率领下退回达茂宗城，一面向尼玛赞杰王禀报战况，一面调兵布阵，坚守城堡。

穆古王尼玛赞杰得知爱子被俘，肝胆俱裂，不由分说，跨上“日绕世界”宝骡，飞出王城。

赞拉和达茂克杰见大王亲自驾临，又惊又喜。穆古王并不想多说什么，吩咐赞拉和达茂克杰随自己去攻打岭军，誓死救出王子其梅。

穆古军将不敢多说，立即随大王卷土重来。尼玛赞杰一路上把匹骡子催得像是在地面上飞，赞拉和达茂克杰拼命在后面追，才勉强紧随其后。到达岭营，坐骑已经大汗淋漓，将士们也都气喘吁吁。穆古王可不管手下军兵的死活，一到岭军大营，就直扑扎拉王子的大帐。

端坐大帐正中的王子扎拉，听得帐外喊杀声惊声动地，知道是穆古王尼玛赞杰到了。王子心想，那魔王只有格萨尔大王叔叔才能降伏得了，我是胜不了他的。但是，我必须亲自出阵，才能挡住穆古军凶猛的进攻。

扎拉披甲戴盔，跨上“追风”宝马，迎战穆古王尼玛赞杰。穆古王一见面，就对扎拉说：

交出我王子，
饶你命一条；
若敢伤王子，
让你吃利刀。
穆岭本无仇，
为何要结冤，
杀我穆古兵和将，
占我城堡和家园。
我本无心与你战，
无奈怒火心中燃；
不杀你扎拉难消恨，
不踏你营帐枉为人。

穆古王说着，与扎拉王子大战。扎拉知道此魔难以对付，所以格外小心。一顿茶的工夫，尼玛赞杰王的刀法渐乱。不是他的武艺不精，而是悲国哀子之心使他不能控制自己，原想三下两下就把扎拉劈死，谁知这岭国王子竟如此难敌，难怪手下大将连连折损。岭国啊，实在是天下无敌呀！穆古王正在心中暗自感叹，扎拉猛地一挥刀，尼玛赞杰的盔缨飞上了天。这一刀虽未伤着他，却着实把穆古王吓了一跳。尼玛赞杰拨马就走，王子扎拉挥兵掩杀，穆古军大败而归。

就在这时，玉尼国王派来的援军到了。刚一与岭军交手，就死伤了不少人。岭军大将玉拉劝玉尼大将玉珠巴瓦说："穆古国末日降临，你们来救也没用。将熄的灶灰要用水浇，熊熊烈火才添新柴草。你们不要白白送死，我们岭国对敌人决不轻饶。"

玉尼国王本不欲参与穆岭之战，无奈穆古王和王子几次三番派人求援，若不去呢，好像是见死不救，情理难容，这才将玉珠巴瓦派了出来。玉珠听玉拉说得有理，与其在这里白白送死，不如悄悄转回玉尼国，于是告别岭军，率兵回去了。

扎拉王子命大军将达茂宗城围住。那些守城的穆古军卒见岭军浩浩荡荡，旗幡招展，哪敢再战，只因尼玛赞杰王在此亲自督战，才勉强将城上准备的滚木礌石扔了下去，却也不能伤害岭军。

岭军兵将每天攻城不止，歇息中还唱起劝降歌，直唱得穆古大军军心浮动，完全丧失了斗志。

穆古王见此情景，知道自己本领再大也无力回天，遂带着赞拉悄悄溜出了达茂城，回王宫去了。

国王一走，守城的将士将城门打开，走的走降的降，达茂宗城被岭军占领了。

尼玛赞杰和赞拉逃回了穆古王城森格劲宗。王妃协赛卓玛因为受到岭国保护神所施的咒术，身体有些不适。迎接尼玛赞杰王的只有公主和一些守城大将。穆古王见所剩的大将像黎明前的星星一样稀少，公主也是形孤影单，面色憔悴凄楚，尼玛赞杰王禁不住潸然泪下。君臣、父女只有唏嘘哀叹，悲伤不已。

一连过了几天，尼玛赞杰王一直未出寝宫，他在细细思谋着今后该怎么办。王妃和公主极力劝他投降岭国，告诉他这是唯一出路。尼玛赞杰也不是没动过这个念头，因为这仗实在难以打下去，取胜更是不可能的事。可堂堂穆古大王若投降岭国，岂不是要在世上留下恶名，让后人耻笑？与其苟且偷生，不如战死疆场，留下美名，让后人传诵。

尼玛赞杰决定与岭军拼个高低，比个输赢。他又将为数不多的大臣和战将召在一起，告诉他们要誓死抵抗岭军。大臣和战将们无言以对，唯有听命于大王。穆古王命赞拉为主将，将各路兵马重新调配，然后大宴群臣众将，对天盟誓，与森格劲宗城共存亡。

攻克达茂宗城的第二天，岭国大军驻进了城堡。丹玛和辛巴将达茂宗的财物全部搬到东门，分给有功将士和臣民百姓。

王子扎拉聚集众英雄，准备即刻向穆古王城森格劲宗进兵。老总管捋了一把胡须，对王子说："岭军到穆古两年半，攻克了三座城堡，杀死了穆古勇士八十名，取得的胜利不算小。现在要去进攻穆古王城，但是天神预言：降伏穆古骡子城一定要格萨尔大王亲自出征。在大王到来之前，我们最好暂不出兵。昨夜我老汉得一梦，梦见穆古阴山岩洞里，藏着宝物白大米。这是降伏穆古的物品。我们应该先把这宗宝物取到手，等雄狮大王来到，将宝物献给大王，穆古王城立即可破。"

"那么，怎样才能得到白大米呢？"王子问。

"是啊，穆古阴山在哪里？山洞在哪里？"众英雄有些不解，纷纷请总管王明示。

"阴山好找，山洞也好寻，只是这寻宝物的英雄要选好。"老总管故意把声音放得很低。王子扎拉有些焦急："总管王爷爷，您就讲吧，要谁去，谁就去好了。"

绒察查根闭上眼睛，唱道：

明日是取宝的好时机，
取宝之人要听仔细。
宝物的主人是罗刹女，
达绒晁通王要建功绩。
取宝还需七个人，
辛巴、噶德和丹玛，
东迥、却珠和森达，
阿达娜姆也同出发。
八位英雄八匹马，
取来大米白花花，
降伏穆古靠此宝，
雄狮大王需要它。

第二天，八位英雄披挂整齐，前去取宝。岭军也从达茂宗城出发，行至距森格劲宗还有一天路程的柏树滩驻下了。

八位英雄按照老总管的指引，走了两天半，在离阴山不远的草滩上停住了。八个人又饥又渴，想在这里歇息歇息再去寻宝。丹玛和森达、东迥去狩猎，其他人留下烧茶。

丹玛等三人走了没多远，遇到一位须发皆白的老者，手拄白铁拐杖，坐在一块石头上。丹玛上前问："老人家，您从哪里来？要到哪里去呀？"

"问我吗？听说今年岭军到了穆古骡子城，我是去见格萨尔大王的。可我走了好多天，已经累得不行了。好汉，能不能给点儿吃的？"老者哆哆嗦嗦地想站起来，却又站不稳。

丹玛忙对他说："您想见格萨尔，就快去柏树滩吧，岭军就在那里。我们也是过路之人，哪有吃的给你？"

老者见丹玛他们不给吃的，缠着不让他们走。丹玛哪有如此耐心，拔出弓箭说：要是再纠缠，就叫他一命归天。话刚说完，那老者倏然不见了踪影。

丹玛好生奇怪，只因腹内空空，饥肠辘辘，顾不得再多想。三人急急忙忙往前赶，在前面的山岗上每人猎了一只獐子，又急急忙忙往回赶。走到刚才路遇老者的地方，又见三位漂亮姑娘坐在那里唱歌。一见丹玛等三人，忙站起来给他们敬酒："三位好汉到哪里去？马上驮的是什么？在这里歇息歇息，喝碗酒吧。"

三人疑惑，没敢喝酒。森达说："看来你们是给成百上千的过路人敬酒的女人，我们不喝你们的酒。"

三位姑娘缠住不放，一定要让他们三人饮酒。丹玛忽然发现，马上的獐子不见了，心中奇怪，此地没有别人，这偷窃的事定是三位姑娘所为。丹玛大怒，正要上前揪住姑娘问个仔细，三位姑娘又不见了。丹玛等三人好不懊丧，悻悻然返回草滩。

见他们三人空手而归，辛巴等人觉得好笑："你们三人带着弓箭去，却空手而归。晁通王空着手去，却带着许多猎物而归。这究竟是怎么回事呵？"丹玛见辛巴等人捧着獐子腿吃得正香，知道是晁通捣鬼，幻变出三个姑娘与他们纠缠，乘机偷走了獐子。欲和晁通讲理，又觉没意思，既然有吃的，何必再费神吵闹？

吃罢喝罢，天色已晚，八英雄支起帐篷休息。第二天一早，他们才来到阴山下，在一块巨石旁边，见到十个美丽动人的姑娘，有的在烧柴，有的在采花，有的在唱歌，有的在抚琴。姑娘们见到了八位英雄，忙请他们喝茶歇息。辛巴正要问姑娘的来历，那唱歌的姑娘已讲了出来：

我们是天上的空行母，

今天到此来游戏。
你们这群英雄汉，
要到什么地方去？
田野的禾苗没有晒干，
降下甘露是前世的缘分；
林中的树木没有落叶，
飞来杜鹃是前世的缘分；
美丽的姑娘没有出嫁，
遇见男子是前世的缘分。
金银珠宝我们有，
丰盛衣食不用愁，
好汉若有意随我们去，
今生来世乐悠悠。

看这些姑娘的举止言行，辛巴断定她们不是善良女子，恐怕是罗刹女的化身吧。辛巴与丹玛悄悄耳语，又示意众人小心从事，切不可上当。唯有晁通见了美貌的姑娘，就像脚底生了根一样挪不动步。他才不信这些天仙似的女子是什么罗刹女的化身哩！如果能把她们都娶过来，那，那才不枉活这一世。晁通吧嗒着嘴巴，对姑娘们说："你田里的禾苗干枯，我做甘露来滋润；你树木的枝繁叶茂，我做杜鹃来栖息；你们妙龄少女未成家，我愿娶你们做主妇。"

晁通的话音未落，姑娘们变了脸："敌人来到家门口，老太婆也要把弓箭拿。我罗刹女在这里等候多时，嬉笑玩耍不过逗个闷子。你这个岭国乞丐也想娶我，先拿你的命来做聘礼吧。"说罢，十个美丽动人的姑娘突然变作一个面目狰狞的罗刹女，上嘴唇触天，下嘴唇碰地，舌头上下颤动，一对奶子甩向后背，头发摆来摆去，像无数条毒蛇在晃动。

岭国八英雄吓了一跳，正不知所措，那罗刹女又变化出无数个模样相同的罗刹女，将八英雄团团围住。晁通大叫一声，昏了过去。丹玛等人忙执剑在手，准备厮杀。只有噶德一人并不惊慌，念动"冰雹咒语"，说声"变"，将自己变成一个身材高大、勇猛威武的护法神，那数不清的罗刹女，立即像彩虹一样，消失了。

七人带着昏迷的晁通继续往前走，到了岩山脚下，见一座象鼻似的山峰上，盘踞着一只斑斓猛虎。那虎一见到岭国英雄，猛吼一声，把尾巴乱扫了几下。猛虎这一声吼，别人倒还不觉什么，却将晁通惊醒了。

晁通一睁眼睛，并不承认自己刚才是被罗刹女吓昏了过去，却说是为降伏罗刹女而修炼“无畏定”。森达一语戳穿了他：“如果没有噶德，不要说‘无畏定’，就是‘死亡定’怕也来不及修理！”

不容晁通争辩，那猛虎已朝他们扑来，众英雄抽刀在手。晁通又动开了心思：“今天有这么多好汉在此，不如我先砍它一刀，说不定就能把老虎杀死。就是杀不死，也不至于让老虎吃掉。”晁通这么一想，抢先挥刀扑向猛虎。刚把刀砍出去，就被老虎咬住。晁通吓得一缩手，大刀被猛虎吞下。吓得晁通再不敢上前。

辛巴梅乳泽搓了搓手，一步上前揪住老虎的右耳，噶德趁势抓住左耳，其他英雄用刀矛对着老虎。晁通一见，又觉得这是个机会，壮着胆子上前抓住老虎的一只前腿。老虎一抬脚，把晁通送到嘴里，吓得晁通连连用刀砍那虎头，却不能伤害这畜生。晁通生怕被老虎吞掉，连喊救命。噶德将套索套住老虎的脖子，使老虎无法幻变，连喘息也难，这才将晁通连同大刀一起吐了出来。

噶德指着老虎大叫：“快快现出原形，饶你不死，若不然，把你投入火堆之中。”

噶德喊罢，那老虎立即变成一个十六七岁的少女，脖子上还套着噶德的套索。她双手合十，恳切哀求：

英雄莫杀我，
我是女罗刹，
献上阴山宝，
作为赎身价。

罗刹女愿以阴山的白大米赎身，岭国英雄很是高兴，立即就要随罗刹女前去取宝。

罗刹女却说阴山之宝只可派一有福分、会法术的人前去，方能得到。

丹玛和辛巴让晁通随罗刹女去取宝。二人运用法术，很快到了岩顶。晁通手持金刚杵，端坐在象鼻子石崖上，罗刹女也在他身旁端坐。二人念诵咒语，祈祷天、龙、念神助佑，然后用金刚杵轻敲三下石崖，那石崖就像经书一样自动开启了。晁通和罗刹女走了进去，见里面有一金盘，上面堆满了拇指大的、闪着银光的大米。晁通高兴极了，极其虔诚地托着金盘，从岩顶飘然落下。

辛巴告诉罗刹女，在格萨尔到来之前，让她暂住这里，待大王到此，再来拜谒。

岭国八英雄将宝物带回大营，众人围上来看，人人惊喜，个个欢欣。这宝物真乃世上无有，却又是众生不可缺少的东西啊！

王子对八位英雄均有赏赐，特别是晁通，因为此次取宝，他的功劳最大，所以赏赐也最多。

岭国大军逼近森格劲宗城，尼玛赞杰王意欲出城迎战，被赞拉巴瓦拦住：“至高无上的穆古王，请您稳坐城中央，我赞拉率兵去迎敌，定要打个大胜仗。一要把王子扎拉用黑绳牵了来，二要辛巴梅乳泽的脑袋，三要让岭国的兵将尝尝我宝刀的厉害。”

高山的冰雪再坚实，
阳光一照就流水；
巍峨石崖再牢固，
霹雳一声石头碎；
河里鱼儿多自在，
渔网一撒命垂危；
岭国英雄多威风，
遇我赞拉要倒霉。

赞拉率兵出城。岭国众英雄一见赞拉座下的玉佳马，人人争先，个个奋勇，一拥而上，将赞拉围在中间。那赞拉已完全置生死于度外，一心想着杀人，杀的人越多越好。尽管岭将人多，却也奈何他不得。赞拉杀得疯狂，离他稍近的亭岭国王被他削去了脑袋。赞拉左手将亭岭国王的头抓起，右手将一把大刀抡得风雨不透。辛巴等七位英雄见了，纷纷抛出套索，赞拉一连砍断六条套索，唯有辛巴的套索怎么也砍不断，急得赞拉狂呼乱叫，拼命挣扎。辛巴一用力，将赞拉拖下马，众英雄七手八脚，把他捆了个结实。穆古军兵见主将被俘，惊得四散奔逃。

众英雄将赞拉带回大营，绑在木桩上，作为靶子，用箭射，用石砸，把个穆古英雄射得像刺猬一样，然后又砸成肉泥，方解心头之气。

穆古国王得知赞拉惨死，急红了眼睛，披挂出城与岭军交战，众英雄敌他不过，被他杀了不少人。一连几天，尼玛赞杰每日出城，与岭军交锋，岭国大营中无人能降伏他。扎拉王子很是焦急，不由得更加思念叔父格萨尔大王。穆古骡子城攻克在即，叔叔为何还不来呢？

王子正在思念，格萨尔到了岭军大营。王子闻报顾不得穿戴，急急出帐迎接。

众英雄闻讯赶来，给大王请安问好，敬献哈达。

第一百九十二章 借悬壶之名骗镇国宝 扶幼王上位开骡子宗

王子扎拉将岭国与穆古的交战情况细细禀报，大王十分喜悦。听说穆古王连日来屡屡踏营却不能降伏，大王微微一笑，告诉众人，他自有降魔妙计。众英雄见大王到此，各自心中有底，王子扎拉也不再焦虑。

第二天，一个医生模样的人骑着毛驴出现在穆古城门外，正碰上公主央珍曲吉措姆和女仆出来背水，公主上前问讯：“看你这身打扮，像个医生。不知你是从什么地方来，医术怎么样？”

“啊，女主人，莫非你家里有病人吗？”医生模样的人关心地问。

女仆忙说：“这是我们穆古国王的公主央珍曲吉措姆，因为王妃病重，故而公主才问你。”

“啊，原来是这样。公主，我带有六味良药，可治王妃疾病。”

“若能医好母亲的病，定要重重酬谢你。”公主那布满乌云的脸上露出一丝阳光。

“金银珠宝我不要，骡马牛羊我不少。如若你能给我蓝宝石的笼头，玉石的拴骡绳子，玛瑙的环扣，定能把王妃的病医好。”

公主一听这医生张口就要穆古国的镇国之宝，心中犹豫：这人莫不是岭国派来的吧？或许，他就是格萨尔装扮的！

见公主犹豫，医生扭头就走。女仆忙追上去把他拉住，又转过头劝公主：“那几件东西固然是宝，可也比不上王妃的性命要紧，若丢了命，空留下宝贝有什么用。”

公主一听言之有理，就对医生说：“也好，若能医好母亲的病，我一定让父母把这些宝物给你。”

医生听罢，眉开眼笑地跟着公主和女仆进了城。

尼玛赞杰王见女儿将医生引进城来，十分高兴：“真乃天神赐福于我啊，王妃有病，医生不请自到。”

医生进宫给王妃诊病，给了三包药。第一包服下，王妃觉得身体清爽了

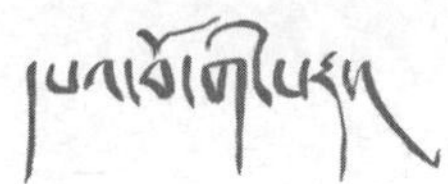

些；第二包服下，病体就痊愈了。尼玛赞杰王非常高兴，吩咐人取来珍宝无数，要医生自愿挑选。谁知那医生看都不看，脸上现出不悦之色。穆古王不解，以为他嫌少，又让人抬出几箱礼品，医生仍然是满脸的不高兴。尼玛赞杰王也有些不悦，这医生也未免太贪婪了，给他这许多珍宝，尚且不能满意，还要怎么样呢？

一旁侍立的公主央珍向父王说了医生所需之物，并且恳求父王赐给他。

尼玛赞杰这才明白，原来是公主早就答应过的，难怪医生生气。立即吩咐公主将三件宝物取来，赐给医生，另外还给了许多金银珠宝，医生一件未要。

见医生并不贪婪，穆古王很高兴，让医生为他占卜："医生都是很好的卦师，请你为我占一卜，在这岭军攻城之际，我是率兵出城进攻呢，还是坚守城堡？"

医生遵旨为其占卜打卦，半晌才说：

你若去进攻，
消逝得像彩虹；
你若守城堡，
稳固似金刚。

"穆古国的大王啊，你应该坚守城堡，不要轻易出兵，否则会大难临头。现在我还要出城行医，望大王多多保重。"

医生说罢，起身离开王宫，穆古王和公主将医生送出城门。

医生出城走了没多远，就现出本来面目：正是雄狮大王格萨尔。格萨尔回到大营，将得到的宝物拿给众英雄观看，王子扎拉又将从罗刹女手中得到的白大米献给大王。雄狮大王看到降敌宝物已经齐全，吩咐众将回营准备，二十九日进攻穆古王城森格劲宗。在这之前，穆古王绝不会再出城来骚扰的。

四月二十九日，一声螺号长鸣，岭军开始攻城。王子扎拉攻东门，尼奔攻南门，森达攻西门，玉赤攻北门。

穆古王尼玛赞杰亲自率兵抵挡，虽然兵微将寡，但有大王亲自督战，穆古兵将自然十分英勇。所以岭军久攻而不能克敌制胜。

正在两军相持不下之际，雄狮大王格萨尔骑着江噶佩布飞到了森格劲宗王宫顶上。穆古王一见格萨尔自天而降，又惊又怒，指着格萨尔大骂：

上师本应专心修法，
能分清黑白恶善，
若心术不正把人骗，
死后堕入地狱受熬煎。

长官本应专心治国，
自能分辨好坏忠奸，
若以偏爱定亲疏，
百姓离心国家乱。
王宫顶上的坏觉如，
无故将我穆古进犯，
穆岭交战已经三年，
我的兵将死伤大半，
冤有头来债有主，
人命要用人命还。

“坏母亲的坏觉如，你若有胆与我较量一番，才算是英雄好汉。”

穆古王说话间，格萨尔已从宫顶落下，对尼玛赞杰说：“你是杀人的屠夫，我是降伏屠夫的神子。虽说你的武艺高强，遇到我神子无法比。对懦弱之人我比绸缎软，对强暴之人我比荆棘坚。穆岭交战已三年，你仍活着把人骗，若不杀你不能为死去的岭国英雄报仇冤，不杀你我格萨尔白白活人间。但你若要虔心发愿，也可以不让你的灵魂入地狱，超度你升天。”

穆古王岂肯忏悔，面对格萨尔，他恨不能一口把他吞下去。顾不得再和格萨尔多费唇舌，尼玛赞杰挥刀朝格萨尔猛劈，雄狮大王岿然不动，任凭穆古王劈来砍去，尼玛赞杰的刀如同砍在彩虹上一样，根本不能伤害格萨尔。尼玛赞杰像一头疯牛，狂奔乱跳，一把刀舞得像闪电，格萨尔看他砍得差不多了，又不肯投降，将宝剑挥去，穆古王的人头离了体。

穆古王尼玛赞杰一死，残余将士纷纷投降，开城迎接岭军。

王妃协赛卓玛和公主央珍曲吉措姆得知大王身死，虽然悲伤，也明白无法报仇，强忍悲痛，向格萨尔投降。王妃让公主拿出种种宝物，献给格萨尔大王，作为觐见之礼。协赛卓玛对雄狮大王说：“久闻大王英名，今日得以相见，是我母女的福分。我母女诚心归顺大王，愿今后能常见大王面。尼玛赞杰是我终身伴侣，恳请大王超度他。听说王子在岭营，也请大王放回他，穆古国不能无人掌朝政。我的女儿可随大王去岭国，终身大事由您定。这是我的三个心愿，请雄狮大王发慈悲，我死后才能闭双眼。”

格萨尔见王妃说得恳切，点头应允，但要公主央珍曲吉措姆同岭军一起去取穆古骡子宝藏，王妃也满口答应。

五月十五日，是个吉祥的日子。格萨尔带着晁通和穆古公主央珍曲吉措姆来到云隆德扎岩山，扎拉王子等岭国众英雄随后观看。

格萨尔三人来到岩山下，一面印有大师手印的红石岩矗立面前，左边是一股清泉，右边是一片鲜花。三人盘腿而坐。格萨尔拿出弓箭，口中念念有词，请天、龙、念神助佑自己开启宝藏，然后将箭射了出去。

只听一声巨响，在大师手印的下面开了一扇门，三千头骡子涌了出来。公主央珍曲吉措姆左手托着金盘，右手将拇指大的白米撒向骡群。公主不停地撒，白大米却丝毫不见减少，骡群吃着雪白的大米，向格萨尔等三人聚拢来。公主高兴得唱了起来：

今天是吉祥的日子，
泉水清清鲜花艳丽；
蓝天上飘着白云，
天神为我们降花雨。
感谢雄狮大王到穆地，
把骡子宝藏来开启；
愿穆、岭百姓世代相好，
愿五谷丰登骡马遍地。

晁通上前将蓝宝石笼头套住骡子，那笼头也是神奇的宝物，套上一个，就又生出一个，晁通不停地套着，骡子不断地往外涌。骡子越来越多，漫山遍野，不可尽数。

格萨尔君臣将骡子赶回森格劲宗城，取出玉石绳子，拴住骡子，那玉石绳竟也是越拉越长，直到把所有的骡子都拴住了，才不再变长。

得到了骡子宝藏，格萨尔命辛巴去达茂宗城将穆古王子其梅接回王宫。母子、姐弟相见，自有一番感慨。三人抱头大哭一场，想到尼玛赞杰王已经身亡，母子三人更加悲伤。王子其梅听说格萨尔已将穆古骡子宝藏开启，十分惊奇，又十分敬佩雄狮大王的法力，遂备上厚礼前去拜谒格萨尔大王。格萨尔见小王子如此明理，自然十分高兴，决定立即为王子举行登基典礼。

第二天，穆古王宫外的广场上，搭起一顶硕大的帐篷，内设一辉煌耀眼的黄金宝座。穆古的臣民百姓在广场聚集，雄狮大王宣布："王子其梅朗卡洛珠继承王位，今日登基，主持国政。"

臣民百姓立即欢声雷动，王妃和公主也是喜泪盈眶。

格萨尔大王又说："亭岭国王战死，由英雄森格扎堆主持国政。从今日起，王子其梅与森格扎堆排入岭国英雄之列。公主央珍曲吉措姆将带回岭国，看哪位英雄有福分，将娶她为妻。"

众百姓和兵将又是一阵欢呼。

晁通一听要将穆古公主带回岭国，心想：这次远征穆古，我是立了大功的，这公主理应归我。晁通刚要说话，又怕众人不允反而见笑。不如回岭地后再慢慢对格萨尔大王说，那时不怕大王不允。

晁通爱美人是众所周知的，不说他心中在打着如意算盘，那霍尔的大英雄辛巴梅乳泽也盘算开了。

梅乳泽有个侄子，今年十七岁，尚未婚配，那穆古公主的举止不凡，相貌姣好，不如将她配给侄子。梅乳泽想罢，走到雄狮大王面前，献上一条一庹长的哈达，然后说："大王啊，我有个侄子叫隆拉觉登，虎年出生，今年满十七岁。虽说年纪小了点儿，但和公主前世有缘分。隆拉年小武艺高，比我辛巴强一倍；公主貌美心地好，与侄子隆拉正相配。

雪山与狮子联袂，
狮子有了雄踞处，
雪山变得更雄伟。
草原与鲜花联袂，
鲜花有了开放处，
草原变得更艳美。
霍尔与穆古联袂，
公主有了栖身处，
隆拉英雄更无畏。

大王啊，我辛巴只有此一心愿，不知大王能否恩准？"

众英雄认为辛巴战功显赫，他的要求合情合理，也纷纷帮助辛巴说话。雄狮大王无话可说，点头应允。只有晁通心中懊悔万分，若早说一句，这娇美如花的公主岂不归自己所有了？唉，战场上晚射一箭会丧命，平日里，晚讲一句丢了好事情。

因为公主央珍曲吉措姆不忍离家，岭军又住了一个月，才班师回岭。王妃和王子率臣民百姓出城相送，母女、姐弟挥泪告别，不知哪年哪月才能相见。

雄狮大王格萨尔收服了穆古骡子城之后，又征服了远在大海那边的乌朗金子国，开启了它的黄金宝窟，得到了无比珍贵的金子。格萨尔将金子等珍宝财物分给乌朗、岭国和各属国的臣民百姓，之后，准备率岭军回国了。

乌朗的臣民百姓苦苦哀求，恳请雄狮大王和岭国诸位英雄多住几日。格萨尔不忍推却百姓们的一片好意，遂吩咐大军暂缓启程。乌朗百姓请岭国大军在乌朗最美丽的地方拉塘仁姆草原扎营。

第一百九十三章

得授记征彼岸伽域国 求胜利嘉察下凡助战

格萨尔的大帐搭在草原中心。这大帐太神奇了，帐外没有绳子，用美丽的彩虹做帐绳；帐内没有柱子，做支撑的是无形的金刚。雄狮大王格萨尔高踞宝座之上，诸英雄似众星捧月般围坐在他的周围。

这天，正当英雄们跑马射箭、姑娘们跳舞唱歌之时，从东方飘来一朵洁白的云彩。这朵白云慢慢飘到神帐之上，芬芳的气息立即弥漫大地，随着悦耳的音乐声，半空中出现一道彩虹。天母朗曼噶姆右手执阳光编织的神索，左手捧长寿宝瓶，座下是一只洁白的大鹏鸟，在十万空行母簇拥下，踏着彩虹向格萨尔走来。在距格萨尔一箭之地，天母站住了，对雄狮大王说："智勇非凡的格萨尔，收服乌朗国之后，应该返回故乡去。还有诸多的妖魔等待你去降伏。东方有个邦国叫伽域，国家虽小力量强，国王托拉扎堆今年年满二十五，是到了他生命中的'坎'的时候，伽域的国运也不佳，最好在今年降伏他。若错过了今年，托拉扎堆难降伏，海外的十八个邦国，就要被他收为属国。"天母说罢又唱道：

辽阔天空无边际，
乌云滚滚来侵袭，
若不用疾风吹散它，
日月会被它遮蔽。
无垠草原绿茵茵，
星星之火来侵袭，
若不及早灭掉它，
草原顷刻化灰烬。

"伽域国王势小时，要及早用强力降伏他。为了降伏托拉扎堆，要去天界请嘉察。伽域王子毒日梅巴，具有非凡的魔力，前世注定要嘉察来降伏他。"

说罢，天母逝去。格萨尔却在心中思量着：为了征讨乌朗国，已经花费不少时间，死伤的兵将不计其数，剩下的将士也已十分疲劳，要继续出征伽域，实在困难。想那伽域，地方虽小，但兵精粮足，将士们均通幻术，地势也很险峻，要战胜它，谈何容易。但天母已经降下预言，降伏妖魔本是我格萨尔下界的神圣使命，就是再难也不能后退。想罢，格萨尔对神帐内的诸英雄讲述了天母的预言，下令向伽域进兵，降伏魔王托拉扎堆，夺取伽域的紫色骡子宝藏和具有神变的兵器等宝物。

雄狮大王说完，众英雄你看看我，我看看你，面露为难之色，却不说话，偌大的神帐内寂然无声。

坐在右排之首虎皮坐垫上的总管王绒察查根暗自思忖：天神给格萨尔降的预言，与他家祖传的红色预言宝卷里所说的预言极为相似，东方伽域地势险要，外面的城墙十分坚固，里面的将士非常剽悍骁勇，进攻此地，绝非易事。但是，现在若不将魔王托拉扎堆降伏，一旦海外的十八个邦国被他收为属国，到那时非但不能降伏魔王，反而会成为砸岭国自己脑袋的铁锤。所以，还是应该按照神的预言立即出征为好。可看众英雄的神情，已经没有打仗的劲头。大王下令出征，竟没有一个站起来响应，他再不说话，看来实在不行。老总管转了转手中的宝石念珠，在虎皮坐垫上微微欠身，对众人说："远在海外的伽域，我虽未亲眼目睹，却有耳闻。人说那里有坚固的城墙，外城从下至上，用幻术建造，汪洋大海环绕它，四周有岛屿十二个，还有金山和铁山。内城更是神奇雄伟，相传是从上往下修建的。上面是无形的宫殿，天神在那里居住；中间是巍峨的群山，群山之上有宫殿，护法诸神住其间；下面是美丽的城堡，臣民百姓安居在里边。妖魔转世的群臣，武艺高强幻术多，能抓闪电和疾风，能把高山抱怀中。武库金刚之城，比岩石还要坚固。守城将士剽悍勇猛，能与之争雄的人不多，只有遇到好时机，才能降伏它。英雄们啊，白海螺用牛奶喂养，为的是用它降伏鱼鳖；从小修炼幻术，为的是战胜敌人。受到格萨尔恩惠的众英雄，应该能够除暴安良为众生。"

老总管的一番话，说得众英雄红了脸，低下头。过了好一会儿，英雄们纷纷抬起头，精神振奋，与刚才判若两人。各国各部首领走到格萨尔大王的金座前，争先恐后地要求当先锋。

格萨尔大喜，命霍尔、姜国、祝古、上下索波、日努、乌朗等六国的军队作先锋，立即做好出征的准备。六个国家的首领听到大王的命令，如同孔雀听到春雷之声，高兴得手舞足蹈。格萨尔大王如此看重自己，即便血染疆场，也要打好这一仗，以显示自己是鸡蛋里的蛋黄，英雄中的英雄。

英雄们虽然斗志昂扬，决心战胜伽国，但伽域毕竟距离遥远，众人对那里的事情一无所知，连个带路的向导都没找到。老将丹玛有些担心，他从虎皮坐垫上站起来，用询问的目光把众人扫视了一遍，说："在座的诸位英雄，有谁熟悉伽域的山川河流、地势关隘、军队部署、兵器特征，说出来大家听听。"丹玛的话音刚落，坐在左排末尾的乌朗王子奔杰赤赞站起来说："伽域的情形我虽不能说十分熟悉，却也略知一二。几年前，在我十五岁的时候，父王命我去买兵器。我们乘坐幻术木鸟，穿过云层，飞过高山，整整走了一个月，才到伽域，向国王托拉扎堆奉献了十份百件礼品[1]，从伽域的兵器库中，买来了许多其他地方没有的兵器。买了兵器又到伽域各地去观看，山川地势我都记在心里。当时伽域正同柏吉噶当国王交战，我亲眼看见他们双方厮杀，战争整整进行了六个月，最后是我调解了双方的纠纷，两国百姓都欢喜。"

"请王子详细讲讲伽域的情形。"格萨尔大王要求。

乌朗王子奔杰赤赞继续说："从这里往东直到大海边，到了海边再向北，骑马要走三个月，坐飞船也要三十天，才能到达长城边。那长城又长又高又坚固，飞鸟难飞越，清风吹过也盘旋。越过长城是群山，山峰犹如长矛刺蓝天，那里的关隘实凶险，人称'妖魔张口'鬼门关。山峰下面是江河，铁水奔流浪滔天，低头没有针尖大的平地，抬头看不见一线天，要过此关难上难。"

"那，伽域岂不是无法战胜了？"丹玛有些焦急。

乌朗王子缓了缓口气："我们只有用神力把城墙、关隘全粉碎，开出一条大道来。过了长城到伽地，还要战胜许多难关才能到王城，到时我再说详细。"

格萨尔大王和众英雄听罢，纷纷点头，只要能够战胜伽域，他们是不畏一切艰险的。格萨尔吩咐岭国及各属国的上师煨桑祈祷，求天神保佑岭军战胜伽域。

吩咐毕，诸英雄正要回帐准备出征，天空又现祥瑞之光，天母再显真容，告诉格萨尔：嘉察协噶将要显圣，来与岭军诸将会面。众英雄又惊讶，又兴奋。特别是各属国的将士们，早闻嘉察英名，却无缘得见真面。若能在此一见嘉察真身，这可真是千载难逢的机会呀。

众英雄等啊等，盼啊盼，好不容易送走了漫漫长夜，迎来了黎明的曙光。当阳光照到格萨尔神帐顶上的时候，从遥远的天边缓缓地飘来一朵彩云。君臣们立即停止议事。格萨尔吩咐摆上供品，焚香奏乐。君臣们怀着喜悦和崇敬的心情望着那块神奇的云朵，手中挥动洁白的哈达，朝云朵高声呼唤。

随着一阵悦耳的仙乐，芬芳的香气弥漫了大地，云朵缓缓下降，嘉察协噶如同朝阳冲破晨雾，端立在霞光之中。座下一匹瑞雪般的白马，身穿亮银铠甲，

---

1 每份礼品有一百件不同的东西，十份礼品要一千件不同的东西，是古代藏族社会最丰厚的礼品。

刀矛弓箭，披挂得整整齐齐，显得比生前更加英俊。嘉察骑着白马，慢慢来到神帐门口。

岭国君臣欢呼起来，一起出帐，将嘉察迎进大帐，请他坐在早已准备好的白银宝座上。众英雄这才后退几步，将备好的哈达献上，向嘉察协噶问安致意。

待众人坐好之后，老将丹玛手捧九条红白哈达，恭恭敬敬地来到嘉察的面前，唱道：

良辰吉日在今天，
我们与嘉察喜团圆。
一靠格萨尔的恩德重，
二是群臣有机缘，
三凭嘉察神力大，
我们才能再见面。
尊敬的嘉察协噶啊，
看你的身体如金刚，
那天界可是修炼的道场？
看你的容颜似满月，
因为在天界没有苦难不悲伤；
能与你相会在格萨尔的神帐，
战胜伽域有保障。

听罢丹玛的歌子，嘉察面露欣喜之色，心想：岭国的臣民百姓靠着雄狮大王的恩德安居乐业，君臣们齐心协力为众生谋利益，没有办不成的事情，没有降伏不了的强敌。嘉察想着，对丹玛说："以你丹玛为首领的众英雄，我嘉察向你们深深致意！今日我下界来，与诸英雄相会心欢喜。从前我们曾一同出征，降伏妖魔创业绩，如今我远在天界，也时时把你们惦记。闻知岭国要去收服伽域，我嘉察要来显神威。莫说城池坚固关隘险，莫说魔王群臣凶猛如虎狼，灾难再多也要战胜它。敌手勇猛不可怕，敌手越凶越能显出英雄的本色。"接着，嘉察引用藏地古谚唱道：

天空云彩滚动时，
苍龙怒吼震大地；
毛驴仰天高声喊，
想与苍龙比高低，

不自量力真可鄙。
巍峨的雪山高耸立，
雄狮扬鬣威无比；
村头野狗摇尾巴，
想与雄狮比高低，
不自量力真可鄙。
岭国大军到伽域，
魔王魔臣难抵御；
待到降伏强敌时，
嘉察我会到伽域。

嘉察唱罢，岭国君臣喜不自胜。王子扎拉给父亲献过哈达后，便紧紧依偎着父亲，尽情地享受着过早逝去的父爱。嘉察见自己的爱子长大成人，喜悦异常，却顾不得与王子多说什么，而是将降伏伽域的计策对岭国君臣讲了又讲。众英雄听得明白，牢牢记在心里。

为了庆贺与嘉察相逢，格萨尔下令摆宴赛马，然后请嘉察为获胜者发奖励物品。王子扎拉紧随父亲，寸步不离。

第一百九十四章

飞船过海降罗刹女妖 魂牛[1]被杀破险关隘口

岭军开始进兵伽域，走啊走，历尽千难万难，走了三个月零十天，才走到大海边。大军正要渡海，海中的魔龙、鱼鳖、海豚、海豹，还有许多没见过的各种怪物一起涌到海边，拦在大军面前。众妖魔兴风作浪，大海上空顿时被毒雾和瘴气笼罩。岭国大军被毒气所熏，昏过去不少将士。格萨尔忙吩咐大军后退，将日努和乌朗所造的飞船抬出，乌朗王子念动咒语，飞船变得硕大无比，岭国大军全部上了飞船；乌朗王子再次念诵祷告，飞船飘然而起，朝大海上空飞去。

飞呀飞，飞船整整飞了二十天，才飞到伽域的九层长城附近。大军安营后，格萨尔亲率十名有法术的大力士，来到长城脚下。君臣十一人同时念咒作法，城墙摇动起来。这长城太坚固了，随着城墙的震动，大地也抖颤起来。伴随“轰隆隆”“轰隆隆”的连声巨响，九层长城被摧毁，顿时尘土飞扬，遮蔽了日月，弥漫了天空，好像世界都塌陷了。

格萨尔催动宝驹江噶佩布，迎着弥漫的烟雾尘埃，在崇山峻岭和层层关隘中，开辟了一条道路。

岭国大军紧紧跟随在格萨尔大王的后面，通过了长城关隘，行不多远，只见前面雾气茫茫，难以分辨道路。格萨尔吩咐大军稍停，自己单身独马，要去看个究竟。

雄狮大王拍拍宝马江噶佩布的脖子，宝马踏着细碎的步子，驰向前方。格萨尔一闯进浓雾之中，便从马上跌落在地，昏了过去。江噶佩布长嘶三声，呼唤天神和战神保佑雄狮大王。格萨尔慢慢醒了过来，这才看清，周围的花草树木、溪水河流都流着毒汁，蛇鸟鱼虫也都吐着毒气。闻到生人的气味，蛇鸟鱼虫纷纷朝格萨尔围拢来，格萨尔慈爱地抚摸着小生物们，使它们受到感化，屏住了毒气，对格萨尔产生敬仰之心。于是纷纷对天祈祷，空中降下甘露之雨，

1　魂牛：即寄魂神牛。

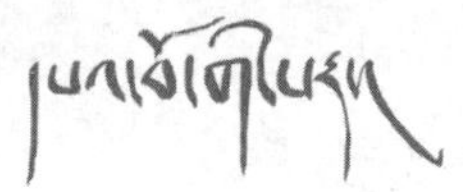

顷刻间将所有毒水都变成了净水，把毒树变成了果树，把花草变成了药材，方圆大地，处处可闻芬芳之气。

停在后面的岭国大军，正在听乌朗王子奔杰赤赞讲述要通过前面毒气笼罩的地带，需穿什么铠甲，需吃什么药物，需走哪条小路，方能避免毒气、毒虫的袭击。正在这时，江噶佩布驰回岭军阵中，带着大军往前走，格萨尔大王正在前面迎接大军。看到这里是一片鸟语花香，乌朗王子甚是惊奇，深知毒气厉害的王子，从此更加敬仰雄狮大王。

过了瘴气地带，再往前走，是一片火焰地带，以阿指沟玖为首的罗刹女妖占据着这块地方，因这些女妖甚是厉害，过去从未遇到对手。如今格萨尔竟敢率岭军来冒犯她们，女妖们暴跳如雷。阿指沟玖率众罗刹列队挡在路上，指着岭军高叫："你们是些什么东西，敢来和我们罗刹作对。听说有个什么格萨尔，要他快快下马受降，否则被我们抓住，定然扒皮抽筋，吃肉喝血。"

霍尔大将隆拉觉登、乌朗王子奔杰赤赞等四员岭将听得女罗刹口吐狂言，不由得怒火冲天，一齐举弓搭箭，一连射了十三支箭，几十个罗刹女妖应声倒地。

罗刹女王阿指沟玖见状大怒，把眼睛瞪得有铜盆大，像要喷出火焰，长长的牙齿露在外面，舌头上滴着鲜血，左乳搭在肩头，右乳拖在地上，一副狰狞可怖的模样。四员岭将有些胆怯，刚要后退几步，阿指沟玖的左手伸了过来，将四人连同四匹战马一把抓起，举到半空之中，四人挣扎了几下，被罗刹女王用力猛甩，像是甩掉了什么似的，四人不动了。阿指沟玖反手将四人装入铁盒之中。

见女王生擒了岭军大将，其他女妖不甘示弱，纷纷展示本领，也活捉了不少将士。日努和乌朗的军队被罗刹女妖杀得大败，阿指沟玖率众女妖继续追杀。格萨尔见女罗刹来势凶猛，遂变幻成无数个天兵天将，这才挡住了众罗刹的追击。

岭军扎下大营，罗刹女妖们也退回城堡。格萨尔立即吩咐晁通等四个会法术的大将前去降伏女妖。

四个术士很快来到女妖居住的麦塘地方，但因火焰炽烈，根本无法接近。晁通和洪琼念动绿水咒语，因为有了绿水的保护，顺利地通过了火焰区。另外两个术士则变作两个铁丸，在烈火中滚动着，也到了罗刹城外。四个人变幻成百名神子般英俊的勇士，将城堡包围起来。晁通幻化出真身，变成一个小孩走进城去。来到城门下时，听见守城的罗刹女妖们低声议论："今天算是碰上对手了，那格萨尔好厉害哟，我们死了那么多人……"

晁通顾不得仔细听她们议论，继续往里走，一路之上，到处都能听到女罗刹们的哀叹之声。一直走到阿指沟玖的王宫前，晁通停住了脚步，只听罗刹女王说："今天我们虽然死了一些人，却也捉住了几员岭军首领，你们不要只是叹息，还是说说怎样处置我们的敌人吧。”

正说着，阿指沟玖忽然看见晁通变幻的小孩，罗刹女王兴奋起来：“这可真是油锅里又添酥油，我们的口福好大呀！”

几个罗刹女也看见了小孩子，一齐跳起来去抓。那小孩突然变了，变成一个头可碰天的巨人，手执燃着烈火的金刚杵，投向罗刹女妖。女妖们惊得四散奔逃，跑得慢的被火烧死；逃出城的，遇上了幻变的勇士，接二连三地被杀。

罗刹女王阿指沟玖见状大惊，知道难逃巨人之手，立即跪倒在巨人面前，乞求饶命。晁通命她放出岭国大将，女妖遵命打开铁盒，放出四员岭将，然后又跪在晁通幻变的巨人面前，请求宽恕。

晁通见阿指沟玖真心归顺，遂给她灌顶，取名多吉拥忠，让她做善业的护法神。

晁通等四个术士，救出了乌朗王子等四员大将，得意洋洋地回岭军大营。格萨尔十分高兴，分别赏赐了他们，然后率大军继续向前行进。

一连走了九天，第十天头上，轮到左路军做先锋。阿达娜姆、仲杰协噶、佳纳朗卡隆森三人走在队伍前面。当来到一个草甸子时，远远看见有五头野牛在草甸子中央吃草。阿达娜姆一眼看出，这五头野牛正是伽域国王和四个大臣的寄魂牛。五头野牛也看见了浩浩荡荡而来的岭军。阿达娜姆等三人立即张弓射箭，一连射出十几支箭，竟不能伤到野牛。这五头牛被岭国英雄的箭射得性起，嚎叫着朝岭军冲了过来，连撞带踩，数十名岭军将士被踏翻在地，非死即伤。其余军兵见野牛凶猛，慌忙四散逃命。

阿达娜姆见羽翎箭不能射伤野牛，便从箭囊中抽出一支铁箭，搭在她的铁弓上，心中默默祈祷战神和龙王相助，然后瞄准了伽域国王的寄魂牛，用力射去。这一箭，在战神威尔玛的暗中引导下，似闪电、像火球，闪着光、冒着火，正中野牛前额。那魔牛并未倒下，狂吼着，发了疯一样朝阿达娜姆扑来。阿达娜姆迅速射出第二支铁箭，铁箭直插野牛的心窝，那野牛这才扑倒在地，四蹄颤动了一会儿，咽了气。岭军众英雄纷纷射出铁箭，其余四头寄魂牛也被射死。

五头野牛刚刚断气，从草甸子的另一端蹿出一只九头寄魂熊，岭国英雄们的坐骑被惊得嘶鸣起来，前蹄扬起，扭头就要逃，无论英雄们怎样勒缰，也止不住。眼见九头寄魂熊就要冲进岭军大营，格萨尔大王挡在九头熊面前，九支神箭同时射出，九头寄魂熊在地上打了几个滚，不动了。

岭军又连续攻破了铁山、江河、岩石和雪山四道险关，翻过十八座高入云天的雪山，到了坝热嘉雪。这里从前是强盗出没的地方，有六个孪生兄弟在这里称霸。这六兄弟后被伽域国王收服，派他们做了这里一百二十个部落的首领，把守伽域国关隘。六兄弟今年正满二十五岁，年轻气盛，勇猛刚烈。若此六兄

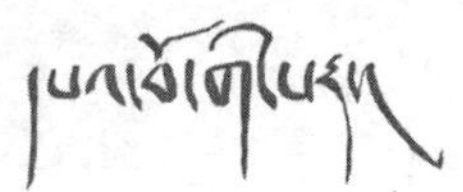

弟一起出阵，必然给岭军带来极大的威胁。因此，格萨尔决定逐个降伏。

第二天，格萨尔派出二十九名英雄、二十九名勇士，由乌朗大将赤杰桑珠带路，前去袭击强盗首领森姜拉噶居住的坝热嘉雪大营。众英雄和勇士至太阳落山才到达坝热，立即将大营包围起来。长系的英雄以东赞为首，从东面先攻进了大营。强盗首领森姜拉噶一早就出营巡山，此时尚未归来。守营的兵卒发现有人袭击他们的营盘，吓得乱成一团，根本无法抵抗。

岭军冲进大营后并不杀人，只抢东西。一个叫噶玛巴登的小头目见了，急红了眼，因为在他们这伙强盗心中，财物可比人金贵得多。只听得他一声吼，众喽兵立即抖擞了精神，操起刀矛弓箭与闯入营中的岭国勇士大战起来。岭国众英雄闯营成功，原想拿些财物就走的，这下可走不成了。东赞朝噶玛巴登连射几箭竟不能射中，于是收起弓，抽出宝剑，心中祈祷战神助佑，果然一剑将噶玛巴登砍于马上。见首领被杀，强盗们更加愤怒，拼死与岭国英雄搏斗。东赞见状，知道此地不可久留，忙率众人带着抢得的财物边打边退出了大营。

出营巡山的强盗首领森姜拉噶在回营的途中遇到了噶当国的商人，一阵搏斗拼杀之后，森姜拉噶得到了噶当商队的财物，因此也耽误了回营的时间。正当森姜拉噶得意洋洋地往回走时，从大营飞马驰来一个报信的喽兵。森姜拉噶得知自己的老窝遭劫，好不恼火，心想：自己又没去招惹岭国，他们凭什么抢自己的东西，若不报此仇，枉活一世。森姜拉噶怒气冲冲地对手下人说：“你们先把这些东西带回去，我现在就去岭营，不但要夺回被抢的财物，还要抢来九倍的东西。”

见首领毛发竖立，震怒异常，手下喽兵不敢说什么，却实在为首领担心。来送信的喽兵爹着胆子劝他说：“大人，您还是不要单人独行吧，岭人十分厉害。您只身前去，凶多吉少，还是先回营，再到城堡与诸位首领商议一下，看如何对付岭人才是。”

森姜拉噶的心中像有一团燃烧的火，一心想去岭营报仇，根本听不进任何劝告，特别是听到“只身前去，凶多吉少”的话，森姜拉噶更觉怒不可遏：“我的大营被抢，有本事就该自己雪耻。自己若不能保护自己的财物和百姓，有什么脸面去和别人商量？”

喽兵见状，知道此时说什么都没用，说多了反而会火上浇油，只得带着抢来的财物先回城堡向其他首领禀报。

森姜拉噶单人独骑直奔岭营而来，第二天一早，便到了坝热嘉雪的地方。望见那一座座各色帐篷，森姜拉噶气得浑身哆嗦，他一提马缰，白马像道闪电，驰入岭军大营。

岭军将士们早已做好准备，只等一声令下，将万箭齐发，刀枪并举。

森姜拉噶闯入岭军左翼，忽然站住了，心想：我这样冲进去，不知道谁是首领，乱杀兵卒实在没有必要。不如先唱一支歌，告诉他们我是谁，必然会有首领迎战，到时再与他们交锋不迟。想着，森姜拉噶唱道：

天上的九手厉鬼，
与地上的长手美女交配，
生下金银铜铁和玉石，
还有海螺六蛋令人畏。
六蛋孵成我六兄弟，
六兄弟数我最魁伟。
九岁开始习武艺，
杀死的人马能列队；
征服了十三个小邦国，
夺回的珍宝像石堆；
我的箭法娴熟刀厉害，
金刚般的岩石能粉碎；
从未遇到过敌手，
城堡从未遭破坏；
你们这群乞丐军，
不自量力来犯罪；
好比飞虫扑烈火，
就像狐狸发淫威。
快把抢来的东西还给我，
速转马头把家回。
若不依言听我劝，
弓箭刀马来相会！

森姜拉噶唱罢并不冲杀，单等岭军首领出阵。

岭国众英雄见森姜拉噶如此狂傲骄横，蔑视岭军，早已按捺不住，争相出阵与森姜拉噶交战，竟不能胜他。嘉察协噶大喝一声，让众英雄闪开，只一眨眼的工夫，飞到森姜拉噶面前，抽刀便砍。

森姜拉噶见众英雄不能胜他，心中正在得意，人都说岭军厉害，其实不过如此。忽然飞来一白人白马，一把刀砍得火花四溅，与刚才的众人不同，森姜拉噶不敢怠慢，忙举刀迎战。他一连向嘉察砍了数刀，如同砍在空中彩虹上一样，用力砍下去，却轻飘飘落在半空中，根本碰不着嘉察。森姜拉噶心想，此人必是彩虹化身，所以刀枪不能杀他，我且不与他交战，先杀两员岭将再说。想着，森姜拉噶拨马就走，嘉察在后面紧追不舍。

森姜拉噶一路冲杀，无人能挡，一直闯进岭军大营。老将丹玛连射十几支箭，也不能伤害他。森达和热扎两员大将举刀就朝森姜拉噶身上砍，森达只觉得宝刀像是砍在岩石上一样，直震得自己的手臂发麻，森姜拉噶却毫毛未损。森姜拉噶甩下森达，提缰催马，朝王子扎拉的大帐冲去。王子扎拉迎出帐来，对准森姜拉噶连射三箭，像是豆子撒在鼓面上，三支利箭从森姜拉噶的身上轻轻滑落，扎拉抽出雅司宝刀，来战森姜拉噶。嘉察也赶了上来，同时又围上六员岭国大将，八位英雄将森姜拉噶围在中间，依旧不能胜他。森姜拉噶不怕别人，只惧嘉察一人，乘众岭将稍有疏忽，将身上的一只小皮袋打开，一股毒气冒了出来，六员岭国大将立即昏了过去。森姜拉噶一阵狞笑，举刀与嘉察父子大战。见不能伤害他父子二人，森姜拉噶将宝刀入鞘，冲上前去一把抓住扎拉，举起来，又想把他摔到岩石上。嘉察见爱子被抓，皓月似的脸罩上了乌云，他猛地转到森姜拉噶的左边，挥刀砍去，将举着扎拉的那只胳膊砍断了。森姜拉噶的血管被切断，鲜血像喷泉一般涌了出来。嘉察又砍一刀，将脸色苍白的森姜拉噶劈于马下。

岭国众英雄欢呼起来，将躺在地上的王子扎拉扶起，簇拥着嘉察父子二人，转回岭军大营。

这之后，嘉察又降伏了森姜拉噶的兄弟司巴拉噶、鲁赤拉噶等四人，攻占了六兄弟驻守的城堡，只剩朗卡其达郭布一人率残兵败将逃回伽域王城。

第一百九十五章 克强敌岭军齐心协力 开宝库嘉察完成使命

伽域国共有十二万户，人不算多，地也不算大，但兵精粮足，非常富庶，气候温和，风景秀丽。整个国土，分上、中、下三部，王城建在中部，叫“米玖毒卡沟雪”，意为“永固毒城”。王宫用金刚石构筑，十分坚固，高达九百层，日月星辰环绕着它。王宫里有一百三十个大宝库，珍藏着各种宝物、粮食、武器。小宝库不计其数，各类应用什物应有尽有。王城因为经过一百八十种烈性毒草熏染，外界来的瘴气毒雾不能伤害城内之人，而外面来的人却经受不住毒城的浓烈毒气，只要一靠近就会被熏得心肺俱裂，猝然而死。

王宫的中央，有座“阳光灿烂”宫殿，国王托拉扎堆就住在这里。

这天，托拉扎堆国王高坐在黄金宝座上，两边的银座上分别坐着王兄森格扎堆和王子毒日梅巴，还有四个大臣、三个将军、十二个部落首领，依次分坐在两旁。君臣们正在商议一件大事，直到正午时刻，还未商议出结果。托拉扎堆刚要吩咐摆饭，侍卫来报：“大王，强盗首领朗卡其达郭布求见。”

托拉扎堆一愣，心想：他来干什么，莫非……难道……

“快让他进来。”

朗卡其达郭布急匆匆跨进殿门，叩见大王，详细禀报了古纳拉多地方和柏热嘉雪城堡失陷、五个兄弟被杀，以及所有财宝被抢掠的情况。朗卡两眼冒火，愤愤然要求大王立即派兵攻打岭军，为兄弟报仇，夺回财物，收复失地。

伽域君臣听了禀报，既震惊又愤怒。伽域同岭国远日无冤，近日无仇，这坏觉如为何要来侵犯我们？这次岭国来犯，杀了我们的人，抢了我们的东西，占了我们的城堡，如果不出这口气，伽域就无法在世界立足。伽域君臣义愤填膺，忙着商议调兵布阵。

幻术师托明没有说话，他在想：岭国过去多次出征作战，在藏区和海外各国，和大小几十个国家交过战，没有一个国家能战胜他们。我们伽域国兵马比别国少，靠人马作战，根本不是他们的对手。但我们伽域国的幻术非常高明，是别的国家无法比拟的。我们应该用幻术同他们作战。打赢了，自然好；就是打败了，兵马也不会受到伤害。可现在整个宫殿里，上上下下都因急欲报仇而忘却了一切。这种时候，让托明怎么说话呢？正在他犹豫要不要向大王禀报时，托拉扎堆说话了：

伽域的臣民和百姓，
安居家园喜盈盈；
坏觉如率领乞丐兵，
抢我财物害生灵；
凭空降下的这兆征，
是觉如寿尽要丧命；
伽域英雄聚在此，
报仇雪恨快出征。

托拉扎堆吩咐众英雄率各路兵马，防守四座大城和周围十六个兵器库。

众将群情振奋，认为只要按照大王的吩咐办事，就能打败岭军。幻术师托明见此，更不便再说什么。

就在伽域君臣调兵布将之时，岭军已经从强盗城堡启程，来到赞布措拉山口。这座大山甚是奇伟，站在山顶，可将伽域的山川河流、城堡村庄尽收眼底。格萨尔率军到达山口后，与众英雄登上山顶观察，看了一会儿，对乌朗王子奔杰赤赞说："你熟悉伽域的地势，就在这里给我们讲讲吧。"

乌朗王子好像早就等待这个表现自己的机会，立即指着面前的山川河流详详细细地讲述了一番。众英雄听得津津有味，格萨尔也很满意，从而更加喜欢这员小将。

岭国君臣下了山，率军转过山口，继续前进，已经深入到伽域境内。雄狮大王立即命丹玛、森达、热扎、阿扎四员大将率日努、卡契、尼婆罗、香香、纽卡、阿扎、象雄、米里、柏热等国的英雄和四十名乌朗好汉，由奔杰赤赞带路，去攻取竭宗穆茂德雅城。

这竭宗穆茂德雅城有三道城墙，全部由磁石构筑，只要外面有持铁器的人来，里面就能知道。奔杰赤赞早知此情，事先就让岭军在盔甲兵器上涂了一层药，使磁石失灵。所以，当岭军悄悄靠近城墙时，伽域兵将并不知晓。

丹玛、森达、热扎和阿扎等四员大将分别率兵攻打四个城门。丹玛用格萨尔所赐神箭射开了东门，率先冲进城去。另外三员大将也纷纷破门而入，占领了竭宗。城堡中有许多兵器，也被岭国兵将所得。

伽域国王闻报，立即派大将毒曲梅日罗霞和毒曲梅巴率军来夺竭宗穆茂德雅城。谁知这座坚固的城堡到了岭军手中，变得更加坚固，无论伽域军怎样攻打也不能攻下。因为伤亡太大，毒曲梅日罗霞只好率兵退了回去，丹玛等人并不追赶。

待伽域兵马撤走之后，丹玛等将大开城门，将格萨尔大王和嘉察协噶迎了进去，岭军大营也移至此地。毒曲梅日罗霞率兵败回王城之后，托拉扎堆王命卦师占卜。卦词说，若由赤杰隆纳巴姜率兵进攻，定能获胜。托拉扎堆王立即命赤杰隆纳巴姜率兵于次日出发。

第二天，伽域军又来到竭宗穆茂德雅城下，赤杰隆纳巴姜身穿黑色战袍，箭囊里装着五十支用幻术制成的利箭，肋下一口宝刀，是用天石锻造；一条马鞭，是用毒蛇编织而成；座下战马，跑起来比闪电还快，具有非凡的魔力。

竭宗城堡中的乌朗王子奔杰赤赞见今天伽域的主将是隆纳巴姜，知道此将非常了得，便提醒众英雄要格外注意。正好前一天晚上丹玛的梦兆不祥，他也吩咐众将不可大意。

岭国兵将开城迎战，赤杰隆纳巴姜冲到阵前，并不搭话，猛地扔过一个比野牛还大的铁蛋，将几十名岭军砸得血肉横飞。接着，隆纳巴姜又射出一箭，岭军接二连三地倒下一片又一片人马。

岭军阵中驰出几员大将，持枪挥刀朝隆纳巴姜杀去。不等他们靠近，隆纳巴姜连射数箭，冲过来的几员大将都被射翻在马下，隆纳巴姜催马闯入岭军阵中，十几员岭将都挡不住他。丹玛的孙女婿卓洛达茂克吉见隆纳巴姜如此猖獗，挺枪便朝他刺去。隆纳巴姜把宝刀一挥，卓洛达茂克吉被砍于马下，当即死去。丹玛的梦兆应验了。

见卓洛达茂克吉身亡，丹玛痛得大叫一声冲了上去，其他大将也随丹玛一起，将隆纳巴姜紧紧围住。隆纳巴姜毫无惧色，将自己的几件兵器轮番使用，尤其是那根蛇鞭，抡得风雨不透，岭国英雄根本不能靠近他。那蛇鞭抡着抡着，一股股毒气喷了出来，岭国众英雄被毒气所熏，不能支持，纷纷落马。

隆纳巴姜见状，一阵狞笑：

神鞭喷毒气，
本是一小计；
岭国乞丐军，
如此不堪击；
杀了格萨尔，
方解心头气。

说罢，魔将朝格萨尔的神帐扑去。嘉察协噶像是自天而降般飞到隆纳巴姜马前，举刀大喝：

伽域魔将休无礼，
我嘉察协噶要制服你；
快快下马投降免一死，
否则让你身首两分离。

隆纳巴姜屡屡得胜，哪肯听从嘉察的劝告，一提马缰，扑向嘉察。嘉察见他如此凶猛，忙举刀相迎。两人战在一处，真好比天上的苍龙相争，地上的虎豹相斗，打了多时，也不能分出胜负。二人心中都不由得暗自称奇。那隆纳巴姜武艺高强又有魔力，从未遇到对手，今日与岭军交战，也是屡战屡胜，眼看就要打进神帐，谁知竟碰上这员大将，打了这半晌，仍不能胜他，究竟该如何是好呢？嘉察本是彩虹化身，自以为能百战百胜，今日碰到这员魔将，非但不能杀他，反而有被他战败的危险，岂不怪哉？

隆纳巴姜的刀砍在嘉察身上，像是砍清风。隆纳收起刀，又抡起蛇鞭，猛抽嘉察，嘉察抡起宝刀将蛇鞭断为九截。隆纳巴姜见蛇鞭被毁，气得几乎昏厥。他使劲扔掉手中的一截羊尾巴长短的蛇鞭，恶狠狠地朝嘉察扑去。这一扑，竟离了坐骑，也把嘉察从马上推了下去。二人在地上滚在一处，互相撕咬。隆纳巴姜咬嘉察，分明使了很大劲，却什么也咬不着。嘉察却将隆纳的鼻子和耳朵咬了下来，把个魔将弄得满头满脸是血，狼狈至极，也愤怒至极。隆纳怒火攻心，一使劲，将嘉察压在身下。

岭国众英雄见嘉察被压在下面，纷纷围了上来。扎拉、辛巴、丹玛、达玛多钦、扎巴隆珠等人七手八脚地抓住隆纳巴姜的四肢，恨不能将他撕成碎片，嘉察趁机站起身来。

隆纳巴姜见嘉察脱了身，自己又被这么多岭将纠缠着，恨得他牙齿咬得咯咯响，心中却在默默祈祷魔鬼神的助佑。片刻间，隆纳巴姜又运足了力气，四肢同时用力，拳打脚踢，将围他的岭国大将打出几丈远。隆纳飞快地将毒箭搭在弓上，一连射出几支毒箭，达玛多钦被射倒。

趁众英雄去救达玛多钦之际，隆纳巴姜又把嘉察抓在手里，然后高高举起，想把他摔死。嘉察却使劲抓住隆纳的盔甲，使他不能用力。隆纳的战马咴咴地叫着，走向它的主人，隆纳顺势跨上坐骑，纵马朝外冲。岭军众将见状大惊，一时不如如何是好。

嘉察被隆纳抓在手里，又羞又恼，又气又急，用尽力气想挣脱出来，却无济于事。

扎拉和辛巴从后面追赶，丹玛、热扎和森达在前面挡路，箭搭在弓，却不敢放射，怕伤着嘉察。丹玛吩咐用套索，十几条套索同时飞向隆纳巴姜，套中了他的脖颈。众英雄一齐用力，几乎将隆纳拉下马去。

隆纳巴姜被十几条套索套着，也有点儿心虚，他此时只想赶快脱身，急于要把手中抓着的嘉察弄死。只见他一用力，将嘉察猛地举起，拼尽全身力气，朝路旁的一块臣石摔去，然后挥刀割断脖子上的套索，扬长而去。多亏隆纳巴姜这一摔，才使嘉察脱了身。嘉察飘然落地。正正盔帽，拍拍铠甲，跨上战马就要去追隆纳巴姜，被丹玛等人拦住，苦苦相劝，说此人武艺非凡，看来寿数未尽，现在去追也很难取胜。嘉察虽然不再追赶，却难消心头之气。

第二天太阳刚刚升起，嘉察便飞出岭营。丹玛、玉拉、辛巴等英雄紧随其后，冲进伽域的大营。赤杰隆纳巴姜和哈日梅巴拦在众英雄面前。嘉察一见隆纳巴姜，眼眼都要喷火，丹玛却不让他与隆纳交锋，告诉他，隆纳当死在他丹玛手中。嘉察也不答话，转身去战哈日梅巴。

丹玛和隆纳巴姜对视片刻，都觉无话可说。丹玛将格萨尔所赐神箭搭在了弓上，念诵道：

战神啊，
请把神箭指引！
雄狮大王啊，
请助佑我得胜！

念罢，将神箭射出，锋利的箭镞穿透铠甲，钻进隆纳的心窝，又从他后背穿出，射死了他身后的几个伽域兵卒。隆纳巴姜咬着牙，瞪着眼，举刀朝丹玛就砍，一刀砍掉铠甲上十几个叶片。丹玛反手又射出一支利箭，正中隆纳的额头，隆纳巴姜这才跌下马来，倒地而亡。岭国兵将上前取下他的人头。

嘉察欲与哈日梅巴交战，不等他靠近，哈日梅巴的三支利箭已朝他射来。嘉察一转身，用手一指，那三支箭掉了个头，朝伽域兵卒飞去，十几名兵士应声而亡。嘉察哈哈大笑，气得哈日梅巴暴跳如雷，挥刀来战嘉察。利箭不能伤着嘉察，大刀更奈何不了他。哈日梅巴知道嘉察乃是虹身，遂不再与他交手，拨马败回大营。

伽岭双方各自收兵。伽域国损兵折将，特别是赤杰隆纳巴姜阵亡，使将士们惊惧万分，军心不稳。大将们商议半晌，决计立即派哈日梅巴回王城，向托拉扎堆大王禀报战况，请求援军。在援军到来之前，伽域军坚守营盘，暂不出战。

哈日梅巴很快回到了王城，进宫向国王和大臣们详细禀明与岭军作战的情况。托拉扎堆大王与王兄、王子和众大臣商议了半日，对策想了几个，都认为很难打败岭军。托拉扎堆的眉头皱得紧紧的，发愁了。伽域国原本兵马不多，若把城内兵派出救援，王城怎么办？

大臣尼玛赤尊一拍脑门，像是突然想起了什么似的，站起来向大王禀道："大王，若靠兵马交战，我们根本不是岭国的对手。但我们可以用幻术，我们的幻术可是岭军没有的。"

"对，对，对呀！"

"是呀，怎么我们都没想起来呢？"

伽域君臣被尼玛赤尊提醒，又都兴奋起来，个个脸上放出光彩，有了精神。

"尼玛，你说，怎么才能用幻术速速消灭岭军？"托拉扎堆急忙问，恨不能一口就把岭军吞掉。

"嗯，大王，我看明天可以派托明带领一百名幻术士，从空中把天石扔下去。同时请十三位大食咒师放咒，定能把岭军消灭在城堡之中。"

"好，就这样。"托拉扎堆吩咐侍卫去请大术士托明，又派哈日梅巴去请大食咒师准备第二天放咒。

次日，托明带着百名术士运用幻术，很快到了竭宗城的上空。托明见岭军都驻扎在城里，非常高兴，立即命术士投下天石和飞刀，竭宗城内立即燃起烈焰，尘土飞扬，遮天蔽日的，托明以为是他的幻术和咒师放咒的结果，不禁哈哈大笑。

正在托明得意之际，竭宗城内火灭烟消，城堡又好端端地呈现在他们面前，岭军在里面人欢马跃，丝毫没有受到打击的样子。这使托明十分惊异。这究竟是怎么回事呢？

原来，晁通和岭国的术师们经过占卜，早已知道伽域的术士要来进攻，便用幻术制造了一个假竭宗城，而把真的城堡遮蔽起来。

托明既惊讶又恼怒，原以为自己的幻术十分厉害，没想到岭国的术士们更胜他们一筹。眼看天石和飞刀已经用光，他们又不肯这样毫无结果地回去，因为这样回去，怎么好向大王交代呢？托明一咬牙，命术士降落在竭宗城内，与岭军拼杀起来。

那托明术士虽然武艺高强，但毕竟不是岭军的对手，打了两顿茶的工夫，便被嘉察协噶活捉，关押在城堡之中，派日努将士看守。

坐在王宫中的伽域君臣们，只等托明术士凯旋。谁知好消息没有，托明和百名术士又被岭军俘获，众臣面露惊慌之色。王兄森格扎堆却装作满不在乎的样子，对众人说："待我出城，定能取胜。"

以尼玛赤尊和哈日梅巴为首的文臣武将恳切相劝，争着要替王兄出阵。但森格扎堆的主意已定，执意要出城与岭军决战。

岭军已从竭宗城出发，步步逼近王城。森格扎堆披挂整齐，飞马驰出王城，向岭军大营冲去。一路之上，逢人便杀，见人就砍，索波大将仲拉赞布被他砍于马下，大食首领扎巴隆珠也被他砍伤。嘉察父子拦住森格扎堆，众英雄围上来二三十人。森格扎堆暗暗将身上的一个小皮口袋打开，毒气立即喷了出来，岭国众将被熏得昏死过去。嘉察和王子扎拉忙下马去救众将，森格扎堆趁机向格萨尔的神帐杀去。格萨尔站在大帐门口，朝森格扎堆射了一箭，正中坐骑的胸部，"飞龙宝马"一个趔趄，险些将森格扎堆扔到马下。森格念动咒语，祈求伽域战神保佑，坐骑迅速恢复了脚力，没等格萨尔射出第二支箭，森格拨马而逃，恰遇前来接应他的尼玛赤尊。

嘉察和扎拉父子二人为众英雄焚香祷告，众人慢慢苏醒过来。嘉察命军卒将他们扶回帐内歇息，自己带王子扎拉又来追赶森格扎堆，正好与尼玛赤尊和森格扎堆相遇。

尼玛赤尊闪开一条路，让王兄森格扎堆先走，自己挡住嘉察父子。嘉察挥动宝刀，与尼玛大战几个回合之后，他一刀刺中尼玛的腹部，肠肠肚肚流了出来。尼玛怒目圆睁，一手将流出的肠子往肚子里塞，一手挥刀继续与嘉察交战，气力渐渐不支。嘉察又挥一刀，将尼玛赤尊拦腰斩断，伽域军大败而归。

见王兄森格扎堆败回城来，王子毒日梅巴就要出阵。王妃德噶白珍唯恐王子有失，执意不准他出城。毒日梅巴报仇心切，苦苦恳求父王答应自己的要求。托拉扎堆觉得王子武艺非同一般，出城不会有失，况且坐守城池也无异于等死，因此答应了王子的请求。王妃德噶白珍眼看王子出城去，像是被人摘去了心肝，大哭不止。

见伽域王子出城，格萨尔又高兴又担心。高兴是的，只要降伏了这个王子，伽域王城即刻可破，但若万一有失，岭军就将前功尽弃。嘉察看透了格萨尔的心思，对他说："雄狮大王不必担心，我下界的目的就是要降伏伽域王子，这一仗定胜无疑。"

就在格萨尔与嘉察说话之时，伽域王子毒日梅巴已经冲进岭营，像是一股狂飙，旋得人睁不开眼睛。这王子太厉害了，左手持刀，右手仗剑，左右开弓，人们还不明白怎么回事，已被他杀了不少岭军。

格萨尔见毒日梅巴年少英俊，武艺超群，打从心里喜欢，吩咐众将不准伤害他。嘉察暗暗将神套索抛了出去，那王子不曾防备，被套索套中，虽然刀剑

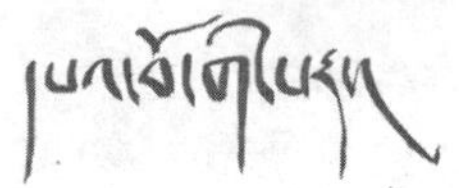

齐下，也不能砍断套索。王子仰天大叫，泪流满面。

嘉察将毒日梅巴拉下战马，捆绑结实，押到格萨尔的神帐内，听凭雄狮大王发落。

岭国众英雄见嘉察活捉了伽域王子，围上前来，扬刀举剑就要动手，被格萨尔喝住。雄狮大王亲自为毒日梅巴灌顶，清洗罪过，绑绳也不知去向。

伽域王子见雄狮大王如此慈祥，立即投降称臣，格萨尔将他留在自己身边听用。

得知王子毒日梅巴被捉，王兄森格扎堆率领倾城兵马来战岭军，要夺回王子。嘉察命扎拉去迎战森格。扎拉挥动雅司宝刀拦住森格扎堆，战了几个回合，不能分出胜负。扎拉默默祈祷请求天神助佑，手中的雅司宝刀立即指向森格，一道烈焰喷出，魔臣化为灰烬。

随森格扎堆一同出城的哈日梅巴等伽域兵将也被岭军斩尽杀绝。伽域王城只剩下一个能打仗的国王托拉扎堆。格萨尔挥兵冲进王城，要托拉扎堆投降，可以免他一死。

伽域王不听王妃和左右的劝谏，手持幻术制成的斧子和利箭，发了疯似的冲出王宫。岭军将士见托拉扎堆双眼冒火，面目狰狞，纷纷后退，逃得稍慢的，便被他的利斧劈倒。

托拉扎堆狂呼乱叫，孤身一人与岭军大战，近处的用斧砍，远处的用箭射，岭国众英雄一时竟不能靠近王宫。

岭国众英雄飞马向雄狮大王禀告。格萨尔哼了一声，将神箭搭在弓上，一抬手，神箭呼啸着飞向魔王，托拉扎堆大叫一声丧了命。

王妃德噶白珍强忍心中的悲痛，率百姓出宫迎接格萨尔大王和岭军将士。

格萨尔率军进城。伽域国与其他邦国不同，宝物非常多，宝库也多，有查雅玛瑙宗、金刚宝石宗、玛瑙珊瑚宗、如意宝藏宗，还有玉石宗、粮食宗和兵器宗等等。这些宝库个个都像一座城堡，分布在伽域王城的四周。格萨尔率众将将宝库一一开启。

王妃德噶白珍禀告，伽域国最神奇的宝库是骡子宝宗，从未有人打开过。格萨尔心中高兴，因为攻占了穆古骡子城之后，给岭地百姓带来很大福分，如果能在伽域开启骡子宝库，岭地百姓将福上加福。雄狮大王随王妃德噶白珍来到一座岩山前，王妃说，这就是骡子宝库。格萨尔看了看这奇伟的山，认定山上的一面镜子般光滑的石壁就是宝库之门。格萨尔盘腿静坐，祈祷天神帮助他开启宝库。须臾之间，石壁裂开了，十匹白唇骡子像飞一样跃出石洞，接着，成千上万匹骡子潮水般地从洞中涌了出来，共有九十九万匹。

这壮观的景象，连伽域的王妃德噶白珍也没见过，心中更加敬仰格萨尔

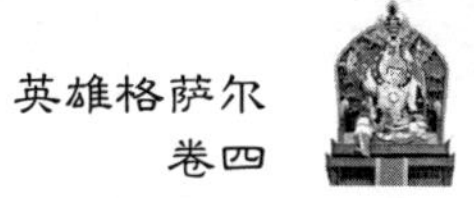

大王。

雄狮大王将部分骡子留给伽域的臣民百姓，其余全部驮上伽域的宝物，运回岭国。

王子毒日梅巴恳求雄狮大王让他留下来陪伴母亲，王妃也流泪请求，格萨尔答应了，让王子留在伽域主持国政。从此，魔王当道的伽域，升起了善业的太阳。

嘉察完成了下界的使命，乘彩虹而去。王子扎拉虽想与父同去，无奈肉身难变，只得跪倒在地，请父亲的在天之灵保佑自己，保佑岭国百姓，保佑岭国的降魔大业早日完成。

第一百九十六章 开玛拉雅宗时机成熟 送各路英豪踏上征程

扬善惩恶，主宰一切，骁勇善战的格萨尔大王，在魔鬼面前他是阎罗王，在弱小者面前他是慈父；他一生征战，驰骋疆场，闻名遐迩。以其雄才大略夺取了北方魔国、霍尔三大部落、姜国、门国、西部的大食国、祝古兵器国等，将原本恶魔横行的罗刹之地建设成了人人信仰佛法的安居乐业之邦，大王将那些作恶多端的魔头引度到了清净的西方乐土。在完成了这些惊天伟业之后，大王又回到了森珠达孜宫内闭关坐禅，旨在成就利他事业，在此期间，只有王妃珠牡以及四位心腹大臣唐泽、扎拉、米琼、秦恩能前去拜见。

藏历铁牛年正月初三日黎明时分，白梵天王在众神的簇拥之下，骑着一匹白云神马从五彩祥云之中降临格萨尔王修禅的密室之中，向格萨尔大王降下授记：

三世佛爷及佛子，
五体投地向您拜，
三千世界均向佛，
请度三界的生灵！
特地秘密藏于此，
今年时逢启库时，
库主是你雄狮王。
为治藏族的病痛，
尤其为了宝岭域，
消灭瘟疫和灾难，
这些药物应归藏。
玛拉雅宗有国王，
名叫多布钦妥赤，

前世与佛祖反目，
极其仇视佛与法。
现该岭国征服他，
说服交涉不顶用，
反复规劝也不听，
只能武力征服他。
你岭国格萨尔王，
多次带领岭国军，
攻下十几个大宗，
艰苦辛劳功也高。
现在还望再鼓劲，
一举荡尽这些魔。
不必雄狮王亲征，
可任扎拉侄为帅，
自有天神保佑他。
不必多带人和马，
九月之前定凯旋，
回到故乡来团圆。
望择吉日与良辰，
选个吉祥好日子，
派遣岭国的大军，
南进玛拉雅药宗。
会有辛劳和挫折，
为了夺取玛拉雅，
不要懈怠和退缩，
大功必定要告成。
可派岭国的良将，
丹玛和噶德曲炯，
以及鹞雕狼三将，
隆拉、达拉和玉拉，
碣日大将却珠等，
九员大将为副帅，
披挂整齐后出征。
至于攻敌战略等，

以后逐渐说分明。
愿你们一帆风顺。
上述岭君须谨记。

说完，白梵天王立即消失得无影无踪。雄狮大王格萨尔意识到：如今天神已经降下预言，是到了攻克玛拉雅药宗的时候了。于是他立即起床，摇铃传哨。唐泽玉珠听见大王的铃声立即前来，格萨尔王命令道："立即传令岭国六大都属的各路将领，迅速到森珠达孜王宫大殿集中。同时命令十六个飞骑信差立即到我这里来。"

唐泽便立即派人前往岭国六大部属召集各路将领。又将威山扎巴和十六个信差传进宫来。格萨尔王对威山扎巴布置道："这次我岭噶神兵要向玛拉雅药宗进发，命令各路人马按期如数准时来这里集合，不得迟误。向阿钦霍尔的辛察隆拉觉登、姜国公子玉拉、南方门域地方的东迥达拉赤噶、北部上碣日郡国的却珠大将等处，各派快骑四名前去传达命令。"

飞骑于当天下午立即奔赴各处传令。

这天午时刚过，总管王绒察查根、尼奔达雅、王子扎拉泽杰、察香丹玛绛查、姜国公子玉拉等将聚集到格萨尔王前。根据天神圣旨，大家商议了如何进攻玛拉雅，如何夺取胜利等事宜。第二天太阳从东山升起时，岭国六大部落的各路人马纷纷到来，全部会聚到王宫前的大滩上。君臣将领们各自就座以后，大开筵席。席间，人间的太阳——神子格萨尔大王传达了上天的授记，就进军玛拉雅药国之事向人们唱道：

如今有件重大事，
几天以前的黎明，
大梵天尊降临此，
向我口授如下谕：
为了对付恶病魔，
上天特遣格萨尔。
为除藏地五瘟疫，
从前白玛陀称祖师，
曾在圣地玛拉雅，
水晶宝岩大山下，
埋藏大量的仙药，
今年该是发掘时。

盘踞该地的国王，
名叫大力妥赤王，
前世毁愿投魔身，
麾下不乏勇大将，
将药宗据为己有。
此人横蛮不讲理，
只能武力征服他。
他早已罪恶累累，
还在岭国强大前，
玛拉雅国的魔王，
曾率魔兵打岭国，
杀人越货又掠夺，
血债要用血来还，
物债要用物来偿，
现是清算讨债时。
必须打下药宗城，
歼灭敌兵和敌将，
活捉魔头多布钦。
王子扎拉挂主帅，
我等岭国老将们，
理当英勇打头阵，
无奈授记让留守。
按照上天的旨意，
按照岭国的规矩，
点兵点将点人马，
严肃认真不含糊。
限制时间九个月，
定要凯旋回岭国。
为了善业和众生，
无论有任何困堆，
必须通通克服掉，
此仗一定要打胜！
消灭敌人凯旋时，
一定论功行赏赐。

古人有句谚语说：
夏日炎炎太阳烈，
下午的颜色更深。
要说武艺谁高低，
后辈总比前辈强。
这种说法没有错，
在座诸将记心间。

听完大王转述天父的授记后，坐在右排首座的总管王绒察查根说道："上天授谕和岭王旨令，任何时候都不会错。在叔叔我所收藏的典籍之中，记载有如下一段话：'在南部檀香树林中，斑斓猛虎疯狂时，就是它失去性命日，因为老虎一身都是宝。'眼下玛拉雅王很猖狂，不久定会被消灭，希望王子扎拉泽杰和诸位将领不必胆怯。"

听完大王和总管王的话，在座的各路英雄个个摩拳擦掌，没有被点中的将领也希望能够前去，但是被尼奔劝住了，其余被点兵到与扎拉王子出征的人们则开始准备集结。同时，四名外属将领在接到命令之后，当日即从本部各挑选出三千精兵开赴岭国集中。

二月初二这一天，在达塘查茂广场搭起了神帐，各部也架起了指挥帐篷和军帐。二十一日。只见无敌将军察香丹玛绛查身着碧玉铠甲，骑着银鞍青鬃马，率领本部三千兵，整个队伍都是蓝军蓝马蓝羽翎。在天帐跟前扎下营寨，蓝色帐篷连绵一片，一眼望去，恰似蓝色海洋，又像是蔚蓝的天空降落大地，蔚为壮观。

第二路人马由大将巴拉森达阿东率领，此队又是一番景象，白马白人白螺号，大将本身也穿着白色铠甲，骑着千里白雪驹，在三千雪白兵士的簇拥下，来到天帐南面安营扎寨。只见雪白帐篷一大片，浩浩荡荡，气势磅礴，恰似雪山坍塌在草原上。

第三路大军是大将噶德曲炯贝纳率领的铁军。只见大将噶德身披乌黑铁盔铁甲，骑着一匹黑旋风眼马，领着的三千人马，人人穿着黑军装骑着黑马。马上配的全是黑鞍、黑嚼、黑镫、黑锚，队伍中黑色旌旗招展，仿佛满天乌云遮住了太阳。不一会儿，队伍就开到天帐北面扎下营盘。

与此同时，霍尔大将辛察隆拉觉登跨上火焰驹，披上赤铜铠甲，率领着赤兵赤马赤旌旗的三千火红精兵仿佛冲锋陷阵，来到丹玛大营的背后扎寨，架起了火焰大帐。

姜国公子大将玉拉披挂碧玉铠甲，骑上青天碧驹，率领着青衣，打着青旗，骑着碧青马的三千青军浩浩荡荡迤逦来到巴拉大营右边安营，一片碧青的帐篷仿佛是碧海降临原上。

门域大将东迥达拉赤噶身着白银盔甲，骑着雪山千里驹，率领着银兵银马，打着雪银白旗，在三千雪兵簇拥下在噶德大营的左边扎上一片银色帐篷。

北方碣日国大将却珠身着红珊瑚盔甲，跃上赤兔飞马，率领着红兵红马，打着鲜红大旗在三千火红色骁勇兵士的簇拥下来到天帐的西面扎下黄丹色大帐。

这时四位外路大将前去拜会人间的太阳——格萨尔大王。大王高高在上，稳坐泰山，声音洪亮犹如洪钟，心地明亮犹如水晶，伟业惊天动地，悲悯九天三界，力救众生。达拉赤噶来到格萨尔大王宝座前，对大王敬佩得五体投地，大王也为他摸顶祝福，赐坐前排的虎豹座椅。坐在首排的将军们给外属四大将军献上丰盛的饮食。由霍尔大将辛察隆拉觉登用歌声介绍了当前的形势和此战速战速决的战略：

大王派遣信差来，
降下了霹雳圣旨，
犹如甘露润我心，
命我外帮四将军，
遵照圣旨如是行：
南边玛拉雅国中，
有个魔王叫妥赤，
今年必须征服他，
必须争取其药宗，
解除藏人的病患。
命我外邦四大将，
立即派兵传号令，
集结三千精锐兵。
如今人马已调齐，
武器装备一应全。
究竟何日才出发，
今年的这次大战，
需要打多长时间，
何时才能得胜利，
还求大王您明示。

格萨尔王说道："好啊！辛察隆拉觉登、姜国公子玉拉、东迥达拉赤噶、碣日国大将却珠，你等四位大将军和你们的队伍今日都集中在这里，真是吉祥。霍尔、姜国、门域、碣日，各地祥和太平，按照上天的部署，藏历三月上旬吉祥日，岭军开赴玛拉雅，最多只需九个月。有上天的保佑，希望你们勇于挑重担。"

四位外属大将军对雄狮大王格萨尔的旨意心领神会，当即表示愿领命攻打敌人。大王连声叫好，只见大王从宝座上站起来，披盔戴甲，打理好刀枪箭各种武器，飞身跨上神马江噶佩布。此时，在空中有白色香烟密布，大王像是战神下凡，又像是天将下界，威风凛凛地来到点兵的达塘查茂广场上。岭国的叔伯姑婶们簇拥着大王走进天帐之中，其余各位将领都分别回到各自的营中去了。其后，连续七天大摆宴席招待三军。宴席上美酒佳肴、茶奶酥油，极其丰盛。还有唱歌跳舞、赛马射箭，好不热闹，广大将士畅饮饱餐尽欢尽乐。到二月二十八日，旭日刚刚照到天帐，将军们听到大白海螺长号响起，迅速去到广场，整整齐齐地排在大帐之中，由总管王唱道：

在座君臣听我言：
今天集结岭国军，
究竟要开往何方？
准备开赴玛拉雅。
为何攻打玛拉雅？
还在很早很早前，
在我总管掌权时，
嘉察大将去世前，
岭王尚幼未即位，
玛拉雅的魔鬼头，
力大无比叫妥赤，
率领魔众千余人，
抢走岭国金马群，
杀死护马十余人，
这笔血债尚未还，
杀人劫马尚未偿。
大王即位金殿后，
忙于征讨四方敌，
根本无暇了旧账，

因此此账拖至今。
如今的魔头妥赤，
乃大力魔王之崽。
按照上天的旨意，
叔叔我曾明告示，
岭军要取玛拉雅，
消灭大力妥赤魔，
夺回甘露药堡城。
究竟由谁来担任？
格萨尔王不亲征，
王子扎拉任指挥。
您既威风又勇敢，
足智多谋且善战，
加上神灵的护佑，
定能成就此善业，
祝愿你旗开得胜。
辅佐王子的将领，
鹞雕狼等三爱将，
辛察却珠和玉拉，
加上东迥四员将，
各领本部三千兵，
组成岭国的大军，
丹玛绛查和辛察，
担任岭军的军师。
却珠担任先遣将，
噶德巴拉任参谋，
达拉、玉拉做援军。
要想尽一切办法，
务使敌人不跑掉。
贤王子扎拉泽杰，
是我岭国的栋梁，
叔王视你如眼珠，
此次代叔出征去，
上有三宝神护佑，

下有大王的声威，
且有战神来相助，
相信一定能胜利！
愿你们心想事成！
祝你们万事如意！

唱罢，众将一致赞成总管王的安排，各自回营去。

三月一日，黎明，天刚蒙蒙亮，当第一通军号吹响过后，准备开赴玛拉雅国的岭军，收拾好帐篷和行装，全部驮在骡马背上，让一部分人赶着驮骡驮马先出发。当第二遍白螺长号响起时，英勇的官兵们全部列队去向格萨尔王道别。大王赐予每位勇士一个护身结和三支箭。为每位士兵摸顶赐福，并赐福寿结一个。为他们念经祈祷，并诵金刚符咒，祈祷他们获得胜利，祈求神明替他们消灾除难，祝他们一路平安。最后，王子扎拉泽杰来到格萨尔王面前，向格萨尔王献上一条上等的洁白哈达，一再祈求格萨尔王保佑出征顺利。格萨尔王起身俯首以前额温柔而爱抚地碰碰侄儿扎拉的前额，同时赐予一个降敌佛母结和一本护身秘籍。总管王、晁通王等长官以及尼奔等大将也前来献上象征祝福的哈达。

此时，白度母的化身、岭国最靓丽的美女、格萨尔王妃森姜珠牡带领了岭国的贵妇人们前来送行。姑娘们以纤纤细手把着金壶为王子献茶，把着银壶为王子献御酒，翩翩起舞欢送王子。王妃珠牡唱起了欢乐的酒歌为王子送行，祝福扎拉王子早日凯旋。

王妃祝福的歌曲之后，无论是国王大臣、王公百姓，还是出征的将帅兵士都沉浸在欢乐之中。他们开怀畅饮，饱餐酒肉。席间，由王子扎拉泽杰和大将丹玛代表全体出征将士官兵向岭国国王格萨尔、叔父总管王等长辈以及王室亲眷、同辈的兄弟姐妹和全体官员将士致答辞，共祝来日再相会，并依依不舍地一一行了碰头礼。岭国的上师们纷纷焚香念经，祈求三宝佛爷保佑。祈求护法神灵保佑。一时间，烟雾缭绕，遮天蔽日。只见天上神兵神将如雪花似飞来，空中的凶神恶煞如同风暴一般前来为他们送行，地下的龙王水妖犹如万泉喷涌，也来送别出征将士。

在众人的祝福中，岭国的两万一千大军踏上征途向玛拉雅山脉挺进。

第一百九十七章

频现凶兆请上师禳灾
喜得神谕派勇士迎敌

这玛拉雅药物宗是碣日国的边界上的一个小国，有一条名叫斯达的大河，在它的岸边有一座山，名叫玛拉雅山。统治玛拉雅山的国王名叫多布钦妥赤，今年年方二十九岁，正是青春年华，像只初出虎穴的猛虎。异常凶猛，心毒手辣赛过蛇蝎。他的兄长琼郭扎巴，年龄三十出头，力大无比，却是个菩萨心肠，是个好人。国王的弟弟鲁兑追米，长着一对蛇眼，恰似个水妖，武艺高强，性情暴虐，仿佛一头凶猛的雪狮。国王手下有个大臣名叫泰让，自称是神仙。人称他泰让上师，说他能知晓人世间的一切，又通晓鬼神。此外，国王的朝中有二十五位大臣，管辖着一万三千户人家。听说那位神仙大臣泰让上师，下身穿着虎皮裙，道行高深，鬼神部要听命于他。国王遇事必去参拜他，求他降神保佑。泰让上师身边有些猴面石鬼保驾，自然天不怕地不怕，自恃孤高，做尽了坏事。

玛拉雅国的中部，都是草原、森林和石山，有个叫仁青谢扎曲莫的石窟就坐落其间。这座石窟是座水晶宝窟，这是一处美丽圣地，曾被药师佛开光加持过。在洞窟中存放着各种各样的灵丹妙药，还有各种名贵药材。因为拥有这座药材宝库，玛拉雅国王十分骄傲，认为自己举世无双，无人能敌。

就在岭国大军雄赳赳气昂昂出发的这一天，玛拉雅国内突然狂风大作，象征国王的圣树被吹断；大白天，在灿烂阳光照耀下却听到狐狸嚎叫；夜晚，在明朗的月光下一群豺狼围绕着王宫啼哭；泰让上师修行的禅堂顶上突然遭受雳雷轰击；半夜，鬼鸟发出恐怖凄惨的叫声……种种恐怖征兆环生，满朝文武惶恐不安。

有一天，各地的头领齐集泰让城堡，向泰让上师询问道：“今年为什么出现这么多不祥之兆？需要采取何种法术驱除灾害？请泰让上师降法旨。”

只见泰让上师身着虎皮裙，顿时作法，从空中飘忽而至，降落到玛拉雅王宫之中。在场的国王大臣以及全体官员立即叩拜，把他请到宝位就座。泰让上师说道："在座君臣听我言，我作法来到此地，为的是如下事情。"

于是，他唱道：

如果要问我是谁，
泰让上师便是我。
我的法力无可敌，
在座君臣听我言，
我来这里主要是：
大约七个昼夜前，
得一噩梦很不安，
今早天刚蒙蒙亮，
白人白马白旗飘，
洁白威严大队伍，
来到我上师住地，
说从东方玛杰来，
令我去接风打茶。
是否是我的幻觉，
凝视仔细看端详，
并非幻象是真实。
我以禅定消灭之，
在施诛灭手印时，
请的护法却不来，
骑虎红人却自到，
不知这是何兆头，
怒吼之声震天响，
大有天翻地覆势，
法力之大难思量，
将我上师的徒弟，
全部杀光如除草，
眼看束手无办法，
急忙召唤猴女魔，
她领命到我跟前，
哭丧着脸直叫苦，
如此这般回答道：

“坏蛋觉如的护神，
早已深入我南方，
搅得不宁已月许，
我们这些魔鬼们，
有的已经被杀戮，
有的魔鬼被捆绑，
现在我们毫无法。”
尽说这些丧气话，
不知君臣何感想，
依我上师的看法，
如果用石打野马，
首先要覆要害处。
秋风瑟瑟袭来时，
绿叶鲜花遭摧残。
岭国军队突袭来，
玛拉雅国要遭殃。
因此无法再等待，
既然身为男子汉，
男人要顶男人用，
集中人马准备战，
兵来只好将去挡。
上师我将率徒众，
努力作法念恶咒，
战争最后的胜利，
肯定属于玛拉雅。
如果不愿动干戈，
坐以待毙无质疑。
采纳我意属上策，
否则权当我没说。
在座诸公请斟酌。

唱罢，在座的玛拉雅国王和大臣们惴惴不安。魔王多布钦妥赤在座位上稍稍向旁边挪了一下后说道：“穷乡僻壤的恶棍觉如，派兵侵犯我南方。我毫不畏惧。我看岭军太可怜！就按上师说的办，立即调集各路军，有仇不报非君子，连狗都不如。”

国王气得脸色发青，犹如乌云笼罩着大山。两眼喷射出愤怒的火焰，仿佛天空的电光闪闪。坐在右排首座的是国王的大哥琼郭扎巴，他从座位上站起来说道：“国王，各位大臣，请听我说几句。对于这一场战事，还是认真思考一下为好。如果岭军打来了，我们可能要吃败仗。我想，以前没有过节不会结成仇，岭国不会无端来侵犯。须请上师大人认真考虑这个问题。往日无冤近日无仇，为何突然来侵犯？要是岭军打来了。我们应该如何去对付？战争一旦打起来，又会出现什么情况？您是未来先知的神仙，请您毫无保留地说出来。”

泰让上师稍加思索之后说道：“琼郭扎巴既有问，我作如下的回答。往日无仇，今日有恨，究其根本原因是：在我们玛拉雅国，有个白色水晶岩，储藏有治百病的良药，好比一泓甘露池，现在罪魁觉如盯上了它，今年正是打开这座药库的时候，岭人是想夺取这座药库。那我们就选个适当的方式送给他们，这样，什么麻烦都不会有。俗话说得好：‘如果蓝色大海不平静，金眼鱼儿怎么得安宁？大军开到的地方，不殃及百姓怎么可能？’很难说玛拉雅最终不落入岭人手，这个问题请国王和大臣们仔细考虑，其他我没有什么要说的了。”

国王的弟弟鲁兑追米说道：“如果这一仗我们打败了，我们就要沦为岭国的子民，我们将要被敌人奴役。与其沦为奴隶，不如死了干净。好汉不说懦夫话，江山决不献岭国。我宁可粉身碎骨，绝不能扔掉江山！”

在座的年轻将领们异口同声说道：“就按王弟鲁兑说的办！”

泰让上师离开座位，出去念经禳灾。国王、大臣和将领们经过反复商讨对策，最后，魔鬼国王多布钦妥赤做了如下的军事部署，只听他唱道：

泰让上师法无边，
各路人马到齐后，
听候部署和调遣。
你达冬尼玛伦珠，
和郭曲旺赞扎波，
先率领五百骑兵，
开到扎扎冬升去。
如果敌军来侵犯，
非走这条路不可，
观察敌人的动静。
接到我令才行动，
否则在原地待命。

发现敌人立即报，
延误不报必严惩。
各位领命各就位，
立即迅速去行动。
听懂明了如食蜜，
不懂莫怪没讲清，
在座诸位请谨记。

命令下达以后，玛拉雅国的众位将领纷纷向国王保证，一定与岭国的军队拼杀到底，便各自回到自己的领地征兵去了。奉命先行前去执行侦察任务的两位将军就在附近带领五百兵丁去到东边的扎扎冬升朗纳山顶上，向四面八方观察瞭望，什么也没有发现。两天以后，他们在多吉查亚军山顶上安营扎寨，放哨观察瞭望。

前去放哨瞭望的部队守候了两天两夜，连敌人的影子也都没有看到。他们这才松了一口气，有的人还外出狩猎。十天以后，派了两个人回王宫去报告说没有发现敌情，其余官兵仍然留在山头上观察守候。

二月三十日，北方碣日大军开到与南方玛拉雅国相毗连的地方叫扎杰玛尔罗布沟的山麓上，站在那里能远远地看到玛拉雅国。这天，玛拉雅的哨兵看见岭国的扎柯尔库青大山坳里笼罩着浓烟密雾。是烟是雾，分不清楚，产生怀疑。玛拉雅的哨兵们议论纷纷，但是谁也说不准。大将尼玛伦珠和旺赞扎波合计了一下说道："尼玛，你今晚不要到山头去，站在我们这边看一下就知道了。"

尼玛回答道："那好，今晚天黑前我俩带上十个兵去看一下就知道了，天不亮就返回来守住关口。"他们商定后，于当天天还没黑尽之时，带着卫兵前去侦察。只见在扎扎山顶上有许多人马来来往往移动，黑压压的一大片。于是他俩回到营地，吩咐大家把守好关口，自己带着十个兵士趁黑夜迅速回大本营去报信去了。

天上神界的白梵天王知道，如果敌人的哨兵发现了岭军，就很难攻下玛拉雅军镇守的关口。白梵天王立即到王子扎拉泽杰下榻的大帐之中，用唱歌的方式对扎拉泽杰王子说道：

阿拉乃是歌开头，
塔拉即是歌引子。
向三宝救主祈祷，
祝岭国善业成功！

要问这是啥地方，
是王子扎拉大帐。
如果要问我是谁，
我是白梵天王。
主帅扎拉听我讲，
着虎皮裙的泰让，
这位上师有先知，
他已告知多钦王。
魔王多布钦妥赤，
已召集各路将领，
商议对付岭国军，
已经做出了决定，
并已集结各路军，
总数九千又五百，
集中在玉英赤塘。
已经派出五百骑，
进驻扎扎冬升山，
观察窥探我动静，
已经发现岭国军。
两将带着十个兵，
今天晚上来侦察，
侦探岭军的情况。
你立即集中岭军，
将敌探一网打尽。
不能漏网不能杀，
杀了事情不好办，
逃掉关隘难攻下，
那样岭军损失大，
此役很难获胜利，
何去何从请三思。
此前须斩泰让头，
免得他念恶咒经，
念诵恶咒很危险。
请您迅速做部署，

今后还要保佑您，
这些请您牢记心。

说罢消失了。王子扎拉泽杰立即命令侍从前去请各位将领来商议。将领们迅速来到查莫大帐之中，王子扎拉泽杰把白梵天王的话复述了一遍，并命令却珠和玉拉两位将军各带十五壮丁立即前去设伏。

却珠、玉拉俩领命后立即各带领十五个士兵埋伏在离岭军大营不远的石头小道左右两旁。没过多久，玛拉雅的侦察小队来了。岭国的两位将军毫不迟疑地各抛出一根套绳，生擒了玛拉雅的两个军官。岭军的士兵一拥而上活捉了玛拉雅军八个兵，另有两人逃脱了，岭军紧追不舍，玛拉雅兵突然掉转身来挥舞种大刀猛砍岭军，当即两个岭兵被砍倒，其余岭兵也舞起大刀集中反击，两个玛拉雅兵当场毙命，这一仗岭军小胜，凯旋归营。

王子扎拉泽杰听过禀报以后非常高兴，称赞他们干得很漂亮，并命令将那两个被生擒的玛拉雅军官带上来。把俘虏带到以后，王子扎拉泽杰详细地审问关于玛拉雅军队及其部署情况。两个玛拉雅军官寻思道：要守住机密，死而无憾。但转念一想，岭人具有先知先觉，举世无双，他们武功高强无人匹敌。还是如实讲述为好，于今生于来世都是件好事。于是，他俩毫不隐瞒地把玛拉雅的全部军事部署和盘托出。王子听后微笑了一下，什么都没说。在场的大将丹玛说道："很好！你俩很明智，做了一件既利今生又益来世的大好事。按照我们岭人的规矩，凡是投诚过来的人，我们既往不咎，视如亲子。只要你们两位官员发誓今生来世永远不再变节，保证不背叛岭国就行。"于是，他俩发死誓永世不再变节。

王子扎拉泽杰说道："今天首战告捷，很好！但还要把那些把守关口的敌军全部引过来才好。这个任务就交给投诚官尼玛伦珠您去完成了。明天一早天大亮之前，您把守关的五百敌军一个不漏地引到我们这边来，引到这山下面来，我们知道该如何收拾他们。"

降将尼玛伦珠答道："好！"说罢迅速去到离玛拉雅守军把守的关口不远的山腰上。他心中想到这是去办件大事，这是立功的机会。心中十分高兴，急行如飞。没过多久，就到达了玛拉雅哨兵营地，汗流浃背地对大家说了前面侦察到的军情。

说完，玛拉雅军的前线部队个个都信以为真，当即跳上战马，直奔夏尔冬升郎各山。尼玛伦珠走在前面引路，领着五百玛拉雅军向岭营奔去，恰似漫天的冰雹打向岭军。且说岭军的辛察、丹玛、噶德、达拉赤噶等四员大将早已率领千余骑埋伏在玛拉雅军必经之地——喜山谷两边，静静地等待着玛拉雅军进入伏击圈。没过多久，远远地传来嗒嗒嗒奔跑的马蹄声。等到玛拉雅军的前队快要走出谷口，全部队伍已在伏击圈内时，丹玛喊出“叽夏！叽夏！叽夏！”三声信号以后，全体岭军大声吼叫：“叽叽！嗦嗦！冲呀！杀呀！”吼声充满着整个山谷，岭军一边吼一边向玛拉雅军冲去，杀的杀，抓的抓，三下五除二，很快结束了战斗。而玛拉雅军莫名其妙，还没等反应过来，有的已成为刀下之鬼，有的已成了俘虏。战斗结束后，岭军打扫战场，清点人数，岭军伤亡了十余人；玛拉雅军伤亡四十余人，其余全部被俘虏。岭军押着俘虏返回营地，鱼贯而行，仿佛赶着羊群走在独木桥上。这一仗，岭军大获全胜，全军欢腾，岭营中像升起了欢乐的太阳。

天刚刚亮，广场上响起了集合号声。号声刚停。睡在吉祥大帐中的全部岭军将士闻号而起，立即起身来到广场上，痛饮了茶酒，饱餐了肉奶乳酪等美味佳肴之后，扎拉泽杰王子发话道：“喂！英勇顽强的将士们！你们听着，我还有很多话要向你们说。”接着向众位将士说明作战部署。

说罢，只见三员大将丹玛、辛察隆拉觉登、碣日国大将却珠从队伍中站出来说愿为先锋前去收拾着虎皮裙的泰让上师。王子扎拉泽杰立即将格萨尔王赐的霹雳飞天神箭交给大将丹玛。只见那箭真是精巧锋利，箭筈上镶嵌着红莲宝石，箭杆是汉竹做成，箭头用坚硬的钢做成。

大约过了半天以后，岭国的三位将军披挂整齐，带上武器装备，骑上快马，在战神的护送下出发了。他们三人日夜兼程，翻山越岭，两天之后的黎明时分，却珠大将领着大家来到泰让上师禅房背后的山上，设立秘密观察点。然后烧茶进食，待天明后仔细观察。只见那禅房呈三角形，墙面红色，禅房顶上竖着黑色牛毛绒幢，在禅房的三个角上各有一个黑色大铁桶，周围长着零散的檀木树。禅房内，泰让上师师徒正在放咒念咒经，人胫骨号筒吹得呜呜齐鸣，铜号吹得犹如水牛哀嚎。岭国的三位将军并没立即出击，而是在那里喝着茶静观动静。泰让上师本来就具有先知先觉。此时，他已感觉到岭国的将军们到来了，便在三个大铁桶中放上三个俑人，分别钉上咒橛，企图以此来收服岭国的三位将军。这时岭国的三位将军看到眼前狂风大作，风中响着喳喳声，同时冒着火花，伴随着狂风吹来股股焦肉臭味。岭国的三位将军知道这是泰让上师在施放咒术。他们从格萨尔王所赐的箭箙中抽出一支箭射过去，破了咒法，三位将军没有受到任何伤害。此时，泰让上师自知不妙，对手下们说道：“前世因业难躲避，今天大限已到期。钉俑放咒都不灵，念诵今已经不济事。”

话音刚落，泰让上师就被大将军丹玛射来的霹雳飞天神箭射中心窝毙了命。其灵魂就像将军射的箭一样径直飞进了王子的胸口，沉没了。这时，岭国的三位将领才进入禅房中去，泰让的弟子们早已逃到山上去了。泰让上师的尸体横躺在自己睡的床上，辛察挥起大刀砍下了他的头颅，然后一把火烧掉了禅房，顿时黑烟滚滚，遮天蔽日。岭国的三位将军提着泰让上师的头颅返回了大营。

泰让上师的徒弟们逃回到多布钦妥赤国王面前，禀报了泰让上师被杀的经过，满朝文武无比悲痛。国王问道："上师恩师怎么会死呢，是谁向他射的箭？"

其弟子钦绕扎巴答道："未中箭之前，泰让上师说自己的大限已到。他本来就能掌握自己的生死命运，向他射箭和割他头的是三个人，不知从哪里来的，我们不认识。他们还烧了禅房，然后沿来路返回去了。"

国王说："糟糕了！派去守卫扎扎冬升的边防部队已经去了好几天，现在杳无音信，多半是被敌人吃掉了，立即准备去营救他们！"

岭国大将察香丹玛、霍尔国大将辛察隆拉觉登、碣日国大将却珠三人一同回到王子扎拉泽杰的大帐中，禀报了射杀穿虎皮裙的外道上师泰让的情况以及消灭玛拉雅派到扎扎冬升的先遣守军的情况，建议岭军向冬升郎纳山进军。

王子扎拉大摆酒宴，以好茶好酒和丰盛的菜肴宴请三位将军，为他们庆功。在庆功宴会上王子说道："这次你们三位大将除掉了外道上师，这是我们攻打玛拉雅的第二个胜仗。明天黎明，由大将丹玛作为先锋，带领我查茂岭国的大军向冬升郎纳山进军，到达勒布尚地方宿营。"在场的各位将领异口同声道："好！"

第一百九十八章

王弟好武艺重创岭军
老将显神威践踏敌营

第二天黎明，东方刚发白，犹如碧波荡漾在蓝色帐篷组成的海洋之中，丹玛大将恰似一条苍龙，在他的璁玉金刚头盔上立着一个天蓝色玉顶，身着璁绿金刚铠甲，佩带碧玉武器，带着九名剽悍卫士，领着庞大的队伍翻越冬升郎纳大山，来到恰似白宝石堆积成的一座山脚下，王子扎拉一行和众位将军下马休息。王子扎拉泽杰利用这个空闲时间向碣日国大将却珠了解前方的地形。

说罢，王子扎拉泽杰按照大臣却珠将军介绍的情况，立即命令各部务必保持高度警惕，加强警戒。王子扎拉泽杰命令岭军当晚宿营三河口中坝。岭军接到命令以后，全军官兵立即跃上坐骑，策马疾驰，仿佛天兵天将下凡，浩浩荡荡直奔三河口安营扎寨。

一天，玛拉雅国的魔官措查鲁兑那波带领五十人马沿绒青牟陇曲莫河巡逻时，发现岭军在三河口中坝的营寨。他立即勒住马头说道："哎呀！孩子们！那边远处的大营肯定是查茂岭国的军营。这样一来，我们派出去守卫边关的五百名官兵肯定完蛋了。现在正是报答上级长官恩德的时候，我措查不是死就是活！有外道上师作证，死，也要死个名堂；活，也要活出个样子来。百户长玉维布门巴你要飞马驰报到玉莫赤塘的玛拉雅大营，报告敌人岭国军的情况。"

说罢，措查立即带着所率人马向岭军大营奔去。在离岭军大营大约有一箭之地时，他们手举毒剑策马加鞭似滚木礌石般冲向岭军帐中。首先冲入碣日国军营，一连斩杀岭军十余人。碣日国将军却珠立即带领官兵应战，一时间，刀箭戟枪一齐杀向措查，但是没有一样能靠近措查身旁。措查又冲向门军营地，斩首士兵十余个，遇到门军的猛烈抵抗，措查还是未能攻下。他跳出军营一看，发现自己带来的五十多个魔兵一个也不剩，全部被岭军杀光了。措查鲁兑怒火中烧，暗下决心：今天，无论是死是活都要杀出个样子来！于是他提着大刀冲进丹玛拉雅军营，手起刀落，连砍蓝顶兵丁十余个，被丹玛和释迦罗珠截住，丹玛连刺措查三戟，均没有刺中。只见措查举起一刀结束了释迦罗珠的性命。

然后他又冲向巴拉军营，斩杀了数名白顶士兵，便冲到中军营帐之中。只见中军营帐的全体勇士像饿虎扑食一般立即将措查前后左右团团围住，刀箭戟枪一齐向他杀去，他却毫发无损。正当措查怒吼着杀出一条血路的时候，只见岭军大将噶德向他脖子上扔去一根套绳，套住了他的脖子，却被措查一刀将套绳砍断。此后，噶德连抛三次套绳，都套不住措查。这时，丹玛思忖道：措查鲁兑这魔头袭我岭营，连续砍杀我岭兵，一般的武器对他无可奈何，如果就这样让他逃掉了，将来一定会遗下后患。因此，现在是使用王子转赐给我的国王霹雳飞天神箭的时候了。想到这里，连忙取出一支霹雳飞天神箭搭在圣洁神弓之上，同时口中念道："祈求格萨尔王和十三位战神保佑我的箭能射准！"

丹玛拉开满弓，一箭射出去，只见那霹雳箭闪着金星直奔魔头措查鲁兑那波的前额中央，魔头被射得稀烂。格萨尔大王胸生悲悯之心，将这个肮脏的灵魂送上了善业之道。然后，随着一阵"格嗦！胜利了！"的喊声冲向玛阵，缴获了战马、盔甲、武器等无数装备。

岭军全体官兵举行盛大庆功宴会，宴会上茶、酒、肉、奶都非常丰富，以此来庆贺首次斩获敌人第一个魔将首级的胜利。

第二天拂晓，以姜国公子玉拉为先锋，查茂岭国的大队人马浩浩荡荡向南方的玛拉雅国挺进。当晚在南部大草原的杨贡地方安营扎寨。

玛拉雅国的百户长玉维布门巴快马加鞭飞奔回玛拉雅首都，疾速跑到卡各玉莫赤塘，进入王宫，向国王和各位大臣将军奏报岭军已经攻占冬升郎纳山，杀害和俘走守卫的五百名玛兵，现在已经进到了三河口一带，并已杀害了措查鲁兑等五十名玛兵等情况。闻此噩耗，满朝文武无不伤心悲痛。国王立即召集群臣商议抵御岭军的策略。

南方玛拉雅国君多布钦妥赤的胞弟鲁兑追米就如何抗击岭军做了部署计划。

说罢，在场全体官兵一致赞同国王的胞弟鲁兑亲王的意见。

第二天，当高高的山顶上戴上金色温暖的朝霞帽子时，玛拉雅军主帅鲁兑追米带领三千人马，由他的偏将杰继米桂殿后，浩浩荡荡从绒青牟陇直奔岭军营地。只见那队伍是红人红马红旌旗，武器装备彤彤红，看上去就像是一条长长的大火龙。

天明以后，岭军拔大营向南方玛拉雅军所在地挺进。当到达绒巴多昌俄勒关口时，南方玛拉雅军已到达绒青牟陇附近，两军差点遭遇。今天，岭军的先头部队是巴拉的队伍，只见英勇无敌的巴拉森达阿东策动千里白鹅飞马向前跑出约莫一箭之地，正与骑着龙蛙驹疾驰而来的玛拉雅军南方亲王鲁兑追米相遇。鲁兑大声喝道："来者是谁？"

岭将巴拉森达阿东思忖道："这魔头与其他敌人不一样，也可能有过人的武艺。兵不厌诈，我必须好言诓骗，让他松懈麻痹，我们好乘机夺取关口，一举成功。”于是勒住坐骑千里白鹅飞马说道：“喂！蓝军小子鲁兑，你虽然可能有六般武艺，但是，是战，是和，还需斟酌，不能只凭一夫之勇地蛮干。”

说罢，玛拉雅军将领鲁兑追米想道：自称是岭国将领的这些话全是谎话，他就是敌人。想到这里，毫不迟疑，“唰”的一声，从剑鞘中拔出水晶利刃剑，一个箭步跃到巴拉跟前。说时迟那时快，只见巴拉森达阿东立即从鞘中抽出宝钢大刀截住敌将，两人奋力厮杀，剑刺刀挡，刀砍剑拦，一来一去，杀了九个回合，不分胜负，双方军队大乱。这时，从后面赶来的岭军看到如此情景，大将珠噶德曲炯贝纳、丹玛、辛察隆拉觉登恨得咬牙切齿，各自从自己的队伍中如滚石般接二连三地跳将出来。鲁兑知道并没有伤到巴拉，于是迅速跳出杀圈，连杀达尔的地方兵几十名之后逃跑了。巴拉急忙追赶，却没追上。这时，只见丹玛和噶德二将早已在前面把鲁兑拦住，三人混战了很久，仍然不分胜负。珠噶德曲炯贝纳挽起袖子准备抱着敌将鲁兑摔跤，没想到鲁兑像一团旋风一样，扭转马头就溜了，在逃跑时还杀了三个岭兵。只见鲁兑又一个箭步再跃到巴拉面前，鲁兑抛出蓝色束风套绳，正好套在巴拉的脖子上。正在用力往回拉套绳时，只见岭将姜国公子玉拉赶到，立即张弓搭箭，一箭射去，正中鲁兑的腋窝，虽没射中要害，但使他疼痛难忍，松了套绳。这一松，巴拉立即解下身上的套绳。抢先一步前去将鲁兑紧紧抱住，玉拉也上前抱住鲁兑，只见鲁兑咬紧牙关。使出全身力气左挣右扎，终于逃脱，在逃跑途中还将岭军将领达尔伦噶玛赤图杀了。大将丹玛向鲁兑连射四箭，虽然全部射中，但未能将他射死，看来今日鲁兑命不该绝。岭军见到今天无法攻下关口，王子下令立即从关下撤兵。

当岭军后撤时，鲁兑很不甘心，带着他的人马又追杀个回马枪，岭军死伤惨重，后被噶德和却珠两员大将截住厮杀。鲁兑也觉得今天只能如此罢手了，于是停止追击，退回营地。殿后的玛拉雅泰让将军、杰继米桂的军队从关上向岭军扔了许多大大小小的石头，其后也收兵离去。

霍尔大将辛察隆拉觉登眼见岭军死伤如此惨重，怒火冲天，眼都气红了。想到如果不报这个仇，怎么向王子交代，于是跳上自己的神鹰飞马再次冲入玛拉雅军中，抡起手中极其锋利的板斧一阵乱砍，三十多个玛拉雅军被砍倒在地，与此同时大将丹玛也张弓搭箭，一口气射杀了二十一个敌人。玛拉雅军没有理会，在关口上扎下营寨，同时派出五百名玛兵守关。岭军当晚也在关下宿营。

王子扎拉泽杰把岭军各路将领叫到自己的大帐来，微微有点生气，说道：“无敌的英雄们！今天这一仗，刚一交锋我军就死伤这么多人，如果明天这仗还是这样打下去，我看很难打败敌人，攻下药宗更是一句空话。如果不尽快斩下敌寇两个头目的首级，就要打乱整个战役部署。大家好好想一想，究竟应该怎么办？”

坐在右排首座的大将丹玛起身说道：“尊贵的如意宝王子！今天这一仗没有得手，并不是我岭军诸将武艺差，一来是敌人鲁兑的武艺高强，他的命又不该绝，即使五雷轰顶也奈何不得；二来关口上地盘太窄，施展不开，没有迂回转动的余地。明天由玉拉、达拉赤噶、巴拉和我四人齐上阵，跟他决一死战。如果死了，战场就是我们的坟墓，如果活着回来，必定大获全胜。如果打不胜这一仗，无颜回来见王子您。将军们！是不是这样？”

大家异口同声答道：“不打胜仗，誓不回来见王子！就这么办。”当晚，大家决定第二天出战。

在关口上宿营的玛拉雅的军官们也聚集到主将鲁兑追米的大帐之中议论道：这回一定要战胜岭兵鬼子，不出七日，一定消灭岭兵强盗。鲁兑道：“岭军不比其他的一般敌人。他们能征善战，刀箭功夫高强，大家务必警惕，不要麻痹。他们今晚不来偷袭报仇，明天一定来挑战。派其他人去守关是很难守住的。只有您杰继米桂带着人马前去才能守住这关口，你们要做好准备。随时准备战斗，马不离鞍，人不离武器。说不定敌人今晚就有可能来偷袭。”

大家齐声答道：“好！”杰继米桂披挂整齐带上兵器，带领人马前去把守关口去了，其余的人警惕地等待着。

第二天，启明星刚刚从东方升起时，岭军无敌将军丹玛、姜国公子玉拉、大将东迥达拉赤噶、巴拉森达阿东四人各自骑上自己的战马带着自己的队伍向玛拉雅军把守的关口前进。刚一接近关口，就被玛拉雅的哨兵发现了，立即大声吼道：“敌人来了！”

顷刻间，把守关口的玛拉雅军倾巢出动，檑木滚石像冰雹一样砸向岭军，箭矢像雨点般飞落岭军，而岭军的四位大将不顾一切，以闪电般速度迅疾冲到关隘跟前。玛拉雅军杰继米桂立即连发三箭，射中冲到最前面的巴拉身上，但都没伤到身子。杰继米桂又搬起羊肚般大小的石头向巴拉砸去，落到巴拉的上身，又滚下去砸在马背上。东迥达拉赤噶急忙上前接应，丹玛在马背上边跑边射箭，一箭射中杰继米桂的前胸，只射落了几块甲片，叮叮当当散落地上。这一箭虽然没有致命，杰继米桂差点跌下马来，他立即夺路逃窜。玉拉连射九箭，消灭了前沿守敌，射杀守敌二十余人。丹玛发四箭射死守敌十四人，接着他像礌石一般冲入守敌之中，敌兵哪里抵挡得住，纷纷寻路逃命。

等到天亮，岭军杀到玛拉雅守军大营。丹玛从东边包围大营，姜国公子玉拉由南边包抄大营，巴拉森达阿东从西面包围大营，东迥达拉赤噶从北面合围大营，大家都像滚礌一般冲入敌营，杀死上百名玛拉雅军，当接近鲁兑追米的大帐时，遭到玛拉雅军精锐的顽强抵抗，经短时间相持之后，只见巴拉挥舞着

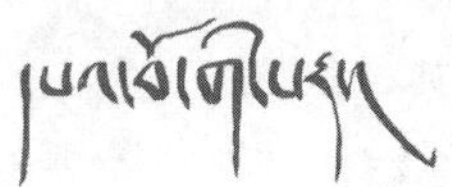

大刀乱砍乱杀，剁砍敌军七十余头，犹如鹞子冲入雀群。这时，只见玛拉雅军敌将鲁兑追米从帐篷中冲出来，向巴拉砍了三刀，未伤及身子。巴拉也抡起大刀还击。这时，丹玛在敌营东面使四十余个玛兵身首异地后，立即赶来援助巴拉。他俩同时舞刀向鲁兑砍去，也未伤到鲁兑。他俩又同时向鲁兑抛去套绳，都被鲁兑用刀割断，鲁兑从帐篷背后逃跑了，巴拉和丹玛俩一起追赶，被许多玛兵拦截，未能追上鲁兑。

东迥达拉和玉拉二人在敌人大营中东冲西突，南杀北砍，杀死玛拉雅兵三百余人。有的敌人还在抵抗，有的敌人已经逃窜。此时，玛拉雅军偏将杰继米桂来了，他狠狠地砸了达拉一石头，砸得达拉两眼一黑，差点倒下去，幸被岭国的神仙在冥冥中救护，才躲过了这场灾难。玉拉赶来连刺杰继米桂三刀，杰继米桂肩膀受了重伤，夺路逃走了。其后，噶德和却珠二员大将带领岭国千骑前来增援，一举歼灭守关的玛拉雅军七百余人，只有鲁兑和米桂等少数敌人逃脱了，缴获了玛拉雅军的帐篷等大量军用物资。当夜岭军就在关上扎营，王子扎拉泽杰表彰了参战立功的英雄们。

第一百九十九章

战神显灵保玉拉平安
败将起誓报亡国血仇

当晚，鲁兑和杰继米桂二人逃到绒青扎玛附近，纠集被打散逃到这里的玛拉雅散兵，准备报复岭军。同时派千户长隆拉玉洁回玛拉雅国去向国王报告。

两天以后，玛拉雅的千户长隆拉玉洁回到王城朗加措宗，请求谒见国王多布钦妥赤。

国王召见了千户长隆拉玉洁，问道："啊，你辛苦了！战况如何，立了什么功，我军都有哪些将士牺牲了？"隆拉玉洁如实禀奏国王。报告之后，玛拉雅国王多布钦妥赤说道："可恶的岭人杀害我大将，残杀我军队，此仇必须立刻报，我现在就去赤塘军营部署。我不信他岭人小鬼有多么厉害，不要一次较量失利就说丧气话，我们一定能打败岭军。"

说罢带着三十个侍卫来到卡各玉莫赤塘军营。军营中举行了盛大的欢迎仪式，大摆筵席，大家在帐篷中痛饮茶酒，饱餐肉酪，尽情享受。在宴会上，多布钦妥赤国王用歌吟的形式做了详细的作战部署。

国王唱罢，在座各位将领齐声答道："遵命！"三位将军立即打着旗帜带领自己的队伍向扎玛勒亚进发，去增援国王的胞弟鲁兑追米。

与此同时，查茂岭国的军队也在向玛拉雅国挺进，在离玛拉雅军不远的雍仲蚌巴山麓扎营，气势雄伟磅礴，足以让勇士们忌妒，让懦夫胆寒。在那里双方连续僵持了六天，互不出战攻打，相安无事。六天以后，岭国将领们聚集在王子的大帐内开会商讨如何歼敌。最后，丹玛说道："玛拉雅的将领勇猛过人，恐怕单打独斗难于取胜，我看还是让玉拉助噶德一臂之力，让丹玛我来当您的帮手。如果这样，还不能砍下那两个贼头目的头和手，就把我们四个人的名字倒着叫。"王子也点头赞同。

第二天，天刚亮时，察香丹玛、噶德曲炯贝纳、辛察隆拉觉登、玉拉四员大将率六百名骑兵挺进到扎玛勒亚地方，将鲁兑追米的部队三面围住，万箭齐发，像下冰雹一般密密麻麻地射向敌军。鲁兑追米大怒，这岭国军队得寸进尺，

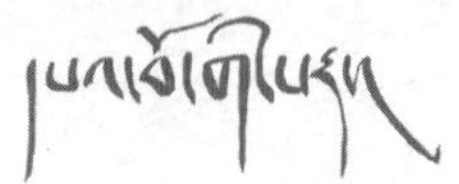

欺人太甚，是可忍孰不可忍！今天我一定要杀出个样子给他们看看！想着想着，只见他噌的一下跳上自己的九蛙龙驹，左右挥舞着毒剑，冲向岭军，连续杀了不少岭军。就在这时，丹玛唰的一声从剑鞘中抽出“纳西红柄”宝剑上前阻拦。

鲁兑追米正欲说话，只见丹玛一个箭步跃到鲁兑面前，挥舞大刀向鲁兑劈去，但只见鲁兑的铠甲稀里哗啦掉下几十片，但并没有伤到鲁兑的肉体。鲁兑眼明手快，立即回敬丹玛两刀，也没有伤到丹玛。这时，丹玛在心中默默向格萨尔祈祷，祈求大王请求战神们在冥冥中相助。与此同时，他舞起“纳西红柄”宝剑对准鲁兑的脖子砍去，只见宝剑冒着金星劈中那个倒霉的贼将鲁兑，鲁兑的头颅连同头上戴的头盔被削落地上，丹玛立即拾起他的头颅。这时玛拉雅军偏将玉贵陀拉赤布门见到国王的胞弟鲁兑追米被杀，又恨又气，手执长矛向岭军杀过来，连捅了十六个岭兵，一路杀到丹玛面前。丹玛立即一箭射去，正中玉贵陀拉的额心，箭从其后颈窝穿出去了，但玉贵陀拉还没有死，尚有一口气，还坚持着向丹玛还了两枪，但没有刺中。后面的辛察大将给他补砍一斧头，将他送到西天去了，并立即割下了玉贵陀拉的头颅。

正当岭将丹玛和辛察斩下敌将鲁兑追米和玉贵陀拉的人头时，另一路岭军在玉拉和噶德的率领下冲向敌阵。只见玉拉和噶德两位大将双双挥舞大刀砍杀玛拉雅兵五十余人。玛拉雅军大将泰让扎金陀贵抛出闪着红光的魔法套绳，紧紧地套住姜国公子玉拉的脖子，然后泰让扎金陀贵使劲拉套绳。玉拉用刀割套绳，但未割断。玉拉被拉下了马，岭军另一大将噶德立即策马前来营救，但遭到玛拉雅军将领杰继米桂的拦截。杰继米桂举起绵羊般大的石头向噶德砸去，噶德身受轻伤，未能救下玉拉。噶德怒火冲天，放下手中的武器，一个箭步冲上前去与杰继米桂徒手搏斗，最后，噶德抓住杰继米桂的两条腿，把杰继米桂的身体当武器，像掷吾朵一样舞着杰继米桂转着圈打击玛拉雅军，撂倒几个敌人。一边舞着打击敌人，一边追着去救玉拉，但离得太远，没能追上。噶德将手中那半死不活的杰继米桂用力一掷，扔在一块大石头上，摔死了。噶德割下他的人头时，正好丹玛赶到，他俩正准备一起去营救玉拉，辛察说道：“玉拉被敌人抓去了，不用伤心着急。如果今天去营救他，恐怕在我们救回玉拉以前，敌人就会将他杀害。今天我们暂且收兵回营，回去向天神求救，向战神求救，与各位将军商量如何解救玉拉。”

于是丹玛、噶德异口同声说道：“好！今天就照辛察说的做。”

他们三人提着敌人鲁兑追米、玉贵陀拉、杰继米桂三人的头颅，率领部队回到岭营去了。

回营以后，岭军为斩了玛拉雅军的三员大将而庆贺，同时又为玉拉落入敌手而担忧，将军们带着悲喜交集的心情聚集到王子扎拉的大帐。丹玛、噶德、辛察先将敌将的三颗头颅放到帐篷外门边，然后入座到各自的座位上。首先禀报了打胜仗的情况，最后诉说了玉拉不幸落入敌手的情况。王子扎拉说道："今天三位大将军立下了大功，值得表彰。但是，玉拉落入敌手，这是件不幸的事。玉拉是我们岭国大王格萨尔的一位爱将，也是八十员大将中的一员战将，我们岭国攻打下大小城池无数，他是主力之一。他勇猛无比，恰似万钧雷霆。这么好的将军，怎么能不去救呢！我相信有岭国格萨尔大王的神威，又有诸位战神的神威护佑，再加上十万空行母的关照，一定有办法救他出来。此时此刻，我王子扎拉立即亲自前去营救玉拉公子。我这一去，无非是有两种可能：要么救出玉拉公子，要么连同我也做敌人刀下之鬼。除此之外，如果还出现第三种情况，那就不是我扎拉所为。但是，万一失手，落到敌人的手中，在座的各位将军，请你们看着办。"

说罢，立即命令马官牵出"鹏程万里驹"，系上鞍辔。他自己一边说着一边从座位上起身准备走，在座的将领们纷纷上前阻拦他。这时，战神红念达变化成一只乌鸦，飞到扎拉王子的大帐中来，降落在帐篷中央，乌鸦叫唤三声之后，传了如下的授记：

我是战神红念达，
是格萨尔的战神。
大帐中的扎拉帅，
各位将军英雄们，
玉拉公子被敌俘，
不必为此事担忧。
我红念达敢保证：
如果今天去营救，
玉拉性命危旦夕，
只要过了今天去，
保证性命无损伤。
玉拉落入敌人手，
吃些苦头属无奈。
三天过后的拂晓，
王子为首勇士们，
率领全军袭敌人，
打他个落花流水，

然后前去救玉拉。
王子切切记心间。

说罢授记之后，乌鸦突然不见了。因为有神的指点，岭军将们心情平静下来了。

玛拉雅军由泰让扎金陀贵和国王的兄长琼郭扎巴亲王两人收拾残局，将残余部队集中起来，并带上俘获的姜国公子玉拉回赤塘玛拉雅大营。他们二人首先向国王多布钦妥赤禀报了玛拉雅军败北的情况，鲁兑追米、玉贵陀拉、杰继米桂三位将领遇害的经过，以及如何俘获姜国公子玉拉等情况。在座的同王大臣将军们听到禀报，心情非常沉重。特别是国王听说岭人杀害了自己的亲弟弟鲁兑追米，气得话都说不出来了。多布钦妥赤大发雷霆怒吼道："你们把抓的那个岭国的狗官给我带上来！再派三百骑兵去斯达河前线增援！"大臣们立即按照命令派出援兵，又给玉拉穿上玛拉雅女人的服装，侮辱公子。然后将双手反剪到背后绑着，派十个士兵押解去见国王。国王一看，恶狠狠地破口大骂，唱了一曲谴责的歌。唱了歌还不解恨，又痛骂一顿，气得暴跳如雷。在场的两个油头滑脑、尖嘴猴腮的小兵阿穷麦如和米琼查各立即站起身来用脚踢玉拉公子，向他吐口水。玉拉公子怒火冲天，对两个小兵各回踢了一脚。两个小兵一个被踢倒在左边，一个被踢倒在右边，又把看守他的其他玛拉雅士兵踢得东偏西倒的，嘴里说道："我查茂岭国的英雄们，一个个都像我这么勇猛。你们这些该死的狗国王狗将军，你们休想让我向你们求饶。"

只见玉拉气得怒眼圆睁，充满仇恨的一双红眼睛死死盯着左右。

魔王多布钦妥赤气昏了，下令立即将玉拉当成靶子凌迟处死。

此时，岭国的战神林达玛波附着在玛拉雅国王的哥哥琼郭扎巴身上，说了几句咒语，琼郭扎巴以为是神旨意，立即改变了主意，说道："尊敬的王弟，各位将军大臣，敌将玉拉应该处死，但今天暂缓为好，因为玉拉是岭国的心腹大将，先把他关押起来，岭国必定来救他，我们以他为人质与岭国谈判，也许岭国还会退兵。我们先把他关在地洞中，如果谈判不成功，杀他易如反掌。"

由于兄长的建议有道理，暂定三天之内不杀玉拉。然后，在后面一个小帐篷中挖了一个深洞，把玉拉关在洞中，再派十个兵丁把守。

此时，玛拉雅军队的官兵们认为玉拉是岭国的重要将领，岭军一定会前来救他的。但是，几天过去了岭军毫无动静，他们猜想可能是岭人害怕不敢来了。因此，玛拉雅军放松了警惕，毫无戒备。

那一天，各路岭军将领都集中在王子扎拉泽杰的大帐之中，就明天如何报复敌人、搭救玉拉等商谈了很久。最后，王子扎拉部署道："各路部队各留下一百骑兵坚守营寨，一定要守卫好营寨，不能出半点差错。如有差错，按军法论处。其余全部将领官兵，都要做好战斗准备，一个个要精神抖擞，要像猛虎下山，要像饿狮扑食。明天天不亮就出发，要将敌人多布钦妥赤围他个水泄不通。奔袭要快，进攻要猛，要像冰雹袭青苗，要像饿狼冲羊群。由我扎拉泽杰亲自对付魔王多布钦妥赤。凡是斩杀敌将者一律有奖赏。有斩敌魔王者更要重奖。在战斗中需设法营救玉拉。明天的战斗任务很明确，一是报仇雪恨打击敌人；二是救出玉拉。”大家齐声说道：“遵命！”

第二天，启明星刚刚挂在东山上，北斗七星还在东方的夜空中留着一个尾巴，一阵军号声响彻军营各寨。众将士匆匆吃完早饭，在察香丹玛绛查和辛察隆拉觉登两位大将的率领下，岭国大军开赴战场。由丹玛部和却珠部负责攻击绕布索河上游之敌；由王子扎拉和巴拉率兵攻击绕布索河中游之敌；由东迥部和姜氏部负责攻打绕布索河下游之敌。一声令下，各路人马发起冲锋。一仗打下来，绕布索河守敌大部被歼灭，有少数人侥幸逃脱。他们边逃边喊：“敌人来了！敌人来了！”他们逃回玛拉雅军大营，军营顿时喧闹嘈杂，乱成一团。将士们连忙起身披甲戴盔，匆匆跃上战马准备逃跑，正好被岭军的三支先头部队团团围住。只听得一阵“冲啊！杀啊！”的震天吼声。同时万箭齐发，箭如冰雹射向玛拉雅军，许多玛拉雅士兵被箭射死。岭军也有少数伤亡。玛拉雅国王多布钦妥赤立即披挂整齐，跃上骏马凌空舞起，从刀鞘中抽出“黑角眼魔”剑，犹如滚石一般冲向岭军霍尔部，砍杀红衣军十余人。然后怒气冲天，满脸浓云密布，双眼怒火闪闪，牙齿咬得“吱吱”地响，犹如在铁锅中爆炸的豌豆一般，冲向岭军巴拉部，砍倒白衣军二十余人，并连斩岭军巴杜尔妥桑扎巴和达伦琼国两位将军。

此时，王子扎拉那十五圆月的脸上泛起了红霞，平时阳光灿烂的身上绷起股股怒筋，策动坐骑“青鬃凤翅”马，迎面拦住魔王妥赤。妥赤骂道：“喂！骑青鬃马的白衣人，胆敢拦我老虎的路，我老虎啥血都要喝，狐狸先锋你该倒霉！偏偏犯了我斑虎的忌，你给我好好看着！”

说着，高举起剑冲过来。只见王子扎拉在马上欠欠身，慢悠悠地将梵天神箭搭在鹿角旋弓之上，只见箭筈上火花闪闪，王子道：“老不死的魔王妥赤，我是谁你知道吗？你如果不知道我是谁，你乖乖就束手就擒。我这神箭搭在弓，威尔玛战神来相助，威力无边将魔降，快快放下手中兵器，不然让你胆小鬼子心惊肉颤！”

说罢，王子冲上前。真是两位勇士狭路相逢，只见魔王一个箭步跃上前来，王子扎拉在心中默祷，祈求战神们护佑。只见扎拉王子拉满鹿角旋弓，搭上“梵天神箭”，一箭射去，正中魔王多布钦妥赤的心窝，箭筈冒着火花从魔王

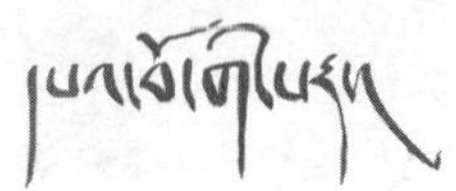

的后颈窝钻出去，洞穿心脏，也是魔王的狗命当绝，他还来不及举刀还击，就一命呜呼了。扎拉割下魔王的头颅吊在魔王的战马“孔雀凌空”马鞍上。正在此时，敌将扎金陀贵眼见扎拉斩了魔王多布钦妥赤，策马前来，立刀横马拦住王子，连砍王子六刀，只因王子身穿紫色战神护甲，毫无伤害。王子怒火冲天，挥扬起雅司宝刀，只一刀便将扎金陀贵拦腰砍成两段，结束了他的性命。于是扎拉王子割下他的首级，扬鞭策马继续奋战。

与此同时，玛拉雅国王的兄长琼郭扎巴连发十三箭，射杀岭军无数。又抡起“杀尽三界仇敌”镰刀斩杀岭军无数。岭将珠噶德和达拉赤噶两人一齐上前截住厮杀。两军杀了上百回合，都还未分出胜负。只见琼郭扎巴欲抽身脱逃，转身冲向碣日军，碣日军将领却珠向琼郭扎巴连射三箭，均未射中。琼郭扎巴夺路向军营外面逃窜，珠噶德和却珠急忙追赶，未能追上。

这时，全部岭军向玛拉雅军大营发起全面攻击，密密麻麻的箭矢犹如下冰雹一样落在敌人头上，敌军死伤无数，血流成河。岭军踏着满山遍野的尸体冲向大帐，号称霹雳将军的玛拉雅将领陀舍罗杰连杀岭军十余人后被岭将辛察隆拉觉登的锋利宝剑杀死。这时，岭军各路人马吼叫呐喊着冲向敌人大帐，一阵砍杀之后，岭军取得胜利，俘获玛拉雅军百余人，另有五十余人投降，但玛拉雅将领独眼龙泰让达冬米几不知去向。

大将却珠走进玛拉雅军的一个小帐篷中去，向一个头发已半白的玛拉雅军老兵打听玉拉公子被关的地方，那个老兵答道：“将军，我是留在这里看守的狱卒，年轻狱卒们手足灵便，一打起仗来都跑了，我年龄大了，手脚不便，跑不动，才没有跑掉，求求您开恩，不要杀我，把我放了吧！公子玉拉关在地洞中。”

此时，岭军其他将领也都来到这里，迅速打开地洞的门，只见玉拉一个人待在那洞里，被戴上脚链手铐。王子扎拉上前拥抱着玉拉，眼泪不断线地涌出来，说道：“我们来晚了，让玉拉兄弟遭此大罪。”

在与玉拉重逢的这一时刻，岭军将领们悲喜交集。大家在一起高兴地谈了一阵之后，将玛拉雅军军营里的全部财物集中起来运往岭军大营。至此，玛拉雅国王也被杀了，扎金陀贵也被斩首了，玉拉将军也被救出来了，岭军算是大获全胜，这时，岭军沉浸在胜利的欢乐之中。

前一仗，玛拉雅军惨败，玛拉雅国国王的兄长琼郭扎巴和独眼龙将军泰让达冬米几率领残部逃到沼泽地纳塘叶青地方扎下营寨，大家谈论道：“现在，对我们恩重如山的国王被岭兵杀害，我们又损失了那么多将领，只要能为他们报仇雪恨，就是舍掉性命也在所不惜。要怎样才能报仇雪恨？”国王的兄长琼郭扎巴用歌吟形式做了部署。

听完王兄的歌吟，独眼龙泰让达冬米几说：“王兄说得非常之对。明日琼郭去冲阵，冲到岭营杀他个血流成河，后天我独自去劫营，到岭营杀他个落花流水，然后轮番去冲杀，战死沙场何足惜？任命嘉奔赤土玛鲁、谢青西绕滚桑、达陇郎卡扎巴、嘉谢达昌俄亚四人分别为四支队伍的首领，要求他们要奋勇消灭来犯岭兵，不要怕死，不把岭人消灭光，为国王报仇雪恨，誓不罢休！”说罢，在场官兵齐声喊道：“遵命！”

第二天一早，天刚蒙蒙亮，玛拉雅国王兄琼郭扎巴骑上他的“矫捷水鸟”马，威风凛凛，大有吓跑阎罗王之势，向岭营奔去。他们的来势早已被岭军哨兵察觉，立即向上报告：“敌人那边有个头戴白盔、身着白色铠甲、骑着白色战马的人向我军冲来。”

岭军上下立即戴盔披甲，手执武器，严阵以待。只见玛拉雅国王兄琼郭扎巴接近岭营时，口中吼着：“冲啊！杀啊！”像滚石雷鸣般冲到岭军阵前，将手中的魔幻铁矛使劲往地上一杵，双手紧握戟柄冲上前去，被辛察、玉拉、丹玛三员大将拦住，琼郭扎巴向辛察、玉拉、丹玛三将猛地刺去，但未刺中，三员大将也舞剑还击，也未奏效。琼郭扎巴转身连续刺倒姜国士兵十余人。只见人头滚滚落地，犹如抛掷芫根萝卜。琼郭扎巴随即又冲向达尔域兵营，被巴拉森达阿东截杀，戟来剑往，杀了数个回合，不分胜负。琼郭扎巴又转身向左路军珠噶德军营杀去，他手握长戟连续挑死十多人，还将上前拦截他的珠噶德部将拉贵陀布杀死。这一刺用力过猛，不仅刺穿拉贵陀布，还刺到噶德面前，噶德、丹玛、达拉、辛察、玉拉五位同时向琼郭扎巴抛去套绳，均被琼郭扎巴舞起霹雳电光剑一一砍断。接着琼郭扎巴又冲向碣日国军营，遇到碣日国大将却珠。却珠向琼郭扎巴射了一箭，但未射中。琼郭扎巴向却珠连刺三剑，由于防守严密，也未能伤身。却珠以剑还击，一剑刺去，只见琼郭扎巴的十余甲片撒落一地，但未能伤其肉身。琼郭扎巴来不及还击，转身冲向丹玛拉雅军营，杀死杀伤穿甲戴盔士兵数十人。丹玛一箭射去，射中琼郭扎巴的肩头，射掉一块肉。丹玛再发一箭，将琼郭扎巴的坐骑“矫捷水鸟”马射倒。琼郭扎巴感到大势不好，不能恋战，立刻举剑向碣日国将军达莫赤杰刺去，达莫赤杰被杀中，滚落马鞍。琼郭扎巴立刻跳到达莫赤杰的马背上，策马冲出军营逃窜，岭军追赶一阵，但未能追上。

这天，琼郭扎巴偷袭岭营，岭军死伤甚多。

第二百章 天神阻拦琼郭大将路 王子开启药物宝库门

由于收服琼郭扎巴的时间未到，也把他无可奈何。岭军将领们集中到王子扎拉的大帐内，商讨如何消灭残敌，如何报仇雪恨，商讨了很长时间。

第二天，午夜过后，玉拉和丹玛两位大将身着玉盔碧甲，头插碧玉盔旗，骑着碧玉骏马，佩带着各种武器，各领着自己的队伍，衔枚解铃，长长的队伍蜿蜒地向着敌人插遍红旗的扎夏如关隘开去，仿佛一条巨大的苍龙在月明星稀的夜空中缓慢移动，静悄悄地进入关口之后，潜伏等待。

玛拉雅国王兄琼郭扎巴因为连连得胜，此时正坐在大营得意非凡。

独眼龙泰让达冬带上各种兵器，骑上火焰驹去偷袭岭营。突然被岭军两位将军拦住去路，玉拉喝道："喂！泰让达冬！你来得够快的，该你首先送死，阎王都在后面追不上你，今天你是死定了。"

说完，只见玉拉将一支"姜国饮血"红箭搭在"泰让自弯"铁弓之上，猛拉满弓，一箭射去，正中独眼龙达冬左胸，穿透心脏。又从后背左肩胛骨下方穿出去，独眼龙像一个祭鬼朵玛食子一样栽下马去，但是一只脚还挂在马镫里，马也惊了，拖着独眼龙向玛拉雅军营狂奔，回到玛拉雅军中去了。因此，玉拉没有割到独眼龙的头颅。驻扎在纳塘叶青军营的玛拉雅官兵见达冬的马拖着达冬的尸体跑回来了，一时还弄不清楚，不知道是被敌人杀害的，还是被马摔下来拖成这个样子的。那尸体的头颅已被沿途的石头挂掉，只剩下半截身子。官兵们见此状无比悲伤。玛拉雅国王兄琼郭扎巴愤怒地说道："我现在无论如何也要去报这个仇！"

说着急忙披挂甲胄，带上自己的武器，准备前去报仇，却被大家劝阻了。岭将玉拉和丹玛见达冬的尸体被马拖走了，已无法割取他的头颅，只好收拾他遗下的武器返回岭营。

岭军将领们都集中在扎拉王子的大帐之中，听了玉拉和丹玛两位将军禀报打败独眼龙泰让达冬的情况，欢欣鼓舞，主帅扎拉王子表彰了玉拉。

第二天，天亮之后，由东迥达拉赤噶和却珠二人率领大队岭军向位于斯德绕索河北岸的阿奠琪塘进发。岭军的新营也准备设在那里。

玛拉雅国王兄琼郭扎巴对玛拉雅全体官兵愤怒地讲道：“岭人真是欺人太甚，正如有句成语说得好：杀了父亲不说，还挑起父亲的头颅到处炫耀；杀了野牛不说，还将野牛尾巴做成毛绳幢。这种仇恨实在难以忍受！现在轮到我去报仇了，快给我准备鞍马！”

他边说着，一边自己全副武装，准备上马出发。尼玛扎巴拉着他的铠甲劝阻他，在场各位也都同意他的意见，大家说：“您王兄带着王室兄妹眷属快到米努国去吧，我们留下的人会不惜一切与岭人拼到底，如果失败了，可能要沦为岭国的奴隶，希望你们叔侄不要忘记我们。”

琼郭扎巴说：“那好！就这么办。但在我走之前还是要去袭击一次岭营，多杀些敌人，出出这口恶气，然后再去米努。”

说罢，他单人独马向岭营奔去，谁也拦不住。岭营的哨兵早就发现他来偷袭，迅速报告了首领，岭军战将们闻讯后，立即跳出营寨拦截琼郭扎巴。只见琼郭扎巴二话没说，嘴里吼着震天的杀声，手中举起那柄“霹雳电光”剑，向碣日部落营地杀去，几刀就撂倒十几个碣日兵。

他来势凶猛，岭军抵挡不住。就在这时，由白色梵天大神幻化的戴白盔穿白甲骑白马的九名神将把琼郭扎巴拦住，琼郭扎巴使出全身力气向神将们杀去，一个都没有杀倒，仿佛向云彩中挥刀砍杀一样。琼郭扎巴还想再去击杀别的军营。于是，勒转马头，正要冲入其他营寨，却被许多神兵神将团团围住。无可奈何之下，琼郭扎巴只好杀出重围。当琼郭扎巴杀出包围圈以后，回头一看，惊呆了，只见所有拦击他的神兵神将个个都像愤怒金刚一样，一个个周围都燃着熊熊烈火。琼郭扎巴只好径直回到自己的军营。

回到营中时，玛拉雅残剩的官兵们正在穿甲戴盔，佩带武器，鞴马系鞍。还有人将帐篷武器等一应物品驮在骡马上，做转移的准备。又听说将军尼玛扎巴、勇士鲁查陀杰、勇士朗莲多钦三人共同带领一支人马到额良麻赤格关口守关去了。于是，他们的国王王兄琼郭扎巴遂带领五百卫队回王城朗嘉妥宗。回去后，琼郭扎巴向母后卓噶泽措、王子多钦扎巴、公主朗卡玉珍等说明情况，请他们立即动身去米努国避难。琼郭扎巴又派人在宫中收拾各种奇珍异宝、金银绸缎、贵重药品、珍贵毛皮、酥油茶叶等物品，满满地装了一百只驮骡。然后带着卫队护送王室眷属，押着驮队向米努国进发。

当晚，天神朗曼噶姆从天上彩云宫中降临扎拉泽杰王子的大帐，向王子托梦，告诉他岭军下一步该如何行动。

说罢，天神像彩虹一般消失了。

得到天神朗曼噶姆的授记，扎拉泽杰王子把岭军将领们召集到大帐中，命令丹玛、辛察隆拉觉登、玉拉、却珠等四员大将带兵追赶琼郭扎巴。这四员大将各自从自己的队伍中抽调精锐骑兵二百五十名，以巴俄却珠为先锋，翻越南面的邦青锦日山，渡过雪河岗曲巴布瑰溪瓦，昼夜兼程追赶敌人。

王兄琼郭扎巴带领王室眷属，携带大批珍贵财宝，率领大队人马经过三天跋涉，到达北热马隆钦。此地中央有座白石山，既像雄狮，又像宝马。此地有条河，水流湍急，白浪滚滚。此处森林茂密，郁郁葱葱，景色宜人，加上岭国的天神在冥冥中引诱，琼郭扎巴到了这里就不想再走，对眷属随从及广大官兵说道："我们在这里休息几天，人马都走累了。现在玛拉雅的守关部队正在与岭军浴血奋战，我们在这里等待他们的佳音，到那时如何行动再做定夺。这里地势险要，何惧岭军。"

于是，大队人马毫无警惕，放心休息。

岭军来到白鸽海子岸边，发现谷底的大路上有许多人马走过的脚印。当即决定由却珠率领五十轻骑沿着脚印疾速追去，其余人马在后面跟进。他们站在普日山的红石山顶上瞭望，见到北面远处似雾又似森林，看不清楚。却珠等从山上下来，与大部队一道沿着大路到了所看到的远处那个地方。岭军大队人马在这里扎营。王子派却珠和丹玛各带十个人前去侦察。他们越过密林中的一座小山，爬到一座较高的石山上去瞭望，在森林中光线被遮了一半，还是看不清楚。巴俄却珠说："丹玛将军，这里看不清楚，过那边去看看。"他们带着人马向那边走去，但是由于树木茂密，又是深山峡谷，当日未能到达目的地，天黑下来了，又接着走了一整夜。突然听到狗叫声，他们便朝着狗叫的方向走去，看到在一个较大的平坦的大坝上有许多白色帐篷。是不是敌军，仍然看不清楚。

天亮以后，才看清这就是玛拉雅军队的营寨。他们立即返回岭军营地，与另外两位将军一道带着全部人马来到玛拉雅军队的营地，从四面八方将敌营团团围住。丹玛和却珠两位将军各带数十名士兵首先冲入敌营中央。玛拉雅军见岭军突然到来，慌忙上马，准备逃窜。只听得丹玛高喊："冲啊！杀啊！"岭军官兵就像饿鹰扑食一般冲击，杀伤玛拉雅兵将多人。但后来被玛拉雅军的勇士森珠陀贵截杀，岭军死伤十余人。却珠举起长矛刺去，森珠陀贵被刺中，口吐鲜血，一命呜呼，被割下头颅。玛拉雅国内臣噶尔青奔巴向玉拉连射两箭，玉拉毫发无伤。接着噶尔青奔巴又抡起大刀向玉拉砍去。只见玉拉一闪躲过大刀。同时回射一箭，正中噶尔青奔巴的肋骨，洞穿胸肺，倒地丧命，然后被割去头颅。

玛拉雅国王兄琼郭扎巴见状怒火中烧，从剑鞘拔出宝剑向着岭将察香丹玛绛查和辛察隆拉觉登冲去。丹玛和辛察二将同时从左右两边抛出套绳牢牢套住琼郭扎巴的脖子，左拉右扯，越套越牢。这位武艺高强的"雄鹰"被套得动弹不得。除了愤怒得牙齿咬得咯吱咯吱响以外，别无他法。在此期间，岭军杀死玛拉雅兵数百人，其余人全部投降，请求开恩不杀。

与琼郭扎巴一道同行的玛拉雅国王子多钦扎巴，虽是位少年英雄但是有猛虎之气，自然不乏勇气；黑魔之子，魔法自然高超。他翻身跃上“飞鹅驹”，带上自己的武器，口中愤愤念道：“现在不为父王报仇，我就不是王子！”

说完，连发六箭，杀死白顶岭兵数人，然后冲到玉拉面前，挥舞着大刀唱道：

阿拉乃是歌开云，
塔拉即是歌引子。
云寿山间小庙间，
外遗虎纹上师知，
请在冥冥中关照，
助我王子得胜利。

唱罢，多钦扎巴向玉拉猛砍三刀，只砍掉了几个甲片，没有伤到身子。玉拉心里思忖道：“如果能活捉这小子，比宰了他更好。”

于是策动坐骑“青鬃凤翅”马，马奔如飞，座下红色鞍鞯被疾风卷起，看上去，仿佛是一道道红光闪电。只见玉拉将手中的巨大套索轻轻一抛。不偏不倚，正好套在多钦扎巴的脖子上，王子急忙用大刀割，但怎么也割不断。玉拉用力一拖，王子被拽下马来，岭军士兵们一拥而上，将多钦扎巴牢牢捆住。

就在这时，一身男儿打扮、全副武装的玛拉雅国公主朗卡玉珍亲眼目睹了自己的哥哥被岭人抓去，她心想：大伯和哥哥都被岭人抓去了，两员大将也被岭人杀害了。前几天，父王和许多官兵都惨死在岭人手中。此刻，哪怕是拼着性命，也要讨回这大笔血债，即使为惨死的人们丢掉这条命也值得。想到这些，公主策马跃到却珠面前，舞起手中的“斩风水晶剑”向却珠刺去，正中却珠的肩胛，刺成重伤。却珠暗惊：我自从当上岭国将领以后，经历过大小战斗无数，每战必胜，所向披靡，从来没有受过伤，今天被一个小姑娘砍了一刀，真是太丢人了。这个小姑娘，她是谁呀？一边思忖，一边勒转马头，微微向后一闪，正好躲过公主刺去的第二剑。公主见这一剑未能刺中，立刻扬鞭策马追赶，边追边杀路边的岭军，连续杀死几名岭军。巴俄却珠在前边跑着跑着，突然猛地勒转马头，向公主射了一箭，没有射中。辛察隆拉觉登见却珠肩胛处流着鲜血，急忙上前接应，拦住公主。公主也勒住马头，舞起宝剑，策马跃到辛察隆拉觉登面前。常言道：面对女人的锋芒，神仙也要让三分。辛察隆拉觉登想到这里，

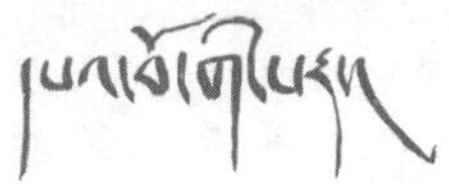

迅速向后一闪，抡起“吃人肉板斧”，说道：“喂！头戴钢盔身披铁甲的女妖精，在我黄种霍尔屠夫面前，男女一样，毫无区别，今天恐怕不能放你一条生路了。”

一说罢，抡起板斧，猛力劈去，正好砍在公主刺过来的宝剑上，刀斧相撞，火星四迸。宝剑成了弯弓，板斧的一角也落到公主的胸膛上，砍下几枚甲片。辛察又抡起板斧，用力劈去，砍在公主前额中央，这一斧从头劈到胸，公主顿时倒地，香魂飞散。

此后，岭军缴了投降者的武器，缴获了他们所携带的全部珍宝财物，将玛拉雅国王的兄长琼郭扎巴和王子多钦扎巴两叔侄捆得结结实实的，然后派人前后左右押着走。大将却珠一边疗伤，一边骑着马与大队同行，另派四名兵丁替他牵着马，小心照顾。其他三位将军各带十名士兵，或在前开路带队，或走在大队伍最后殿后。大队人马押着从敌人那里缴获的百余驮财物和俘虏。被俘虏的将士到达大本营时，受到极其热烈的欢迎。然后，向俘虏们宣布了岭国的规矩，将缴获的大批财物堆放在大本营门旁。将活捉的玛拉雅国王室琼郭扎巴和多钦扎巴叔侄两人拴在大本营附近的铁桩上，将斩获的玛拉雅军将领的头颅扔在大本营门边。各路岭军将领奉命来到王子的大帐内聚集开会。在会上，由辛察隆拉觉登将军代表前去参战的将领向大家介绍了这次战役取得大胜的经过。

禀报完毕，王子扎拉笑道：“这一次，英雄的官兵们辛苦了！你们立了大功。”

然后，将一份的大黑药王甘露宝丸赐给却珠将军，吩咐道：“服下它，伤口很快就愈合了。”又派十名士兵去看押琼郭扎巴和多钦扎巴两叔侄。

那天，扼守马尾亭山口的玛拉雅军队早就做好了阻击岭军进攻的准备，等待了多时，却不见岭军前来攻打。为了了解岭军情况，每天派人到岭营侦察。看到岭营仍在原地未动，静悄悄的，毫无进攻的迹象。于是，玛拉雅守军开会商议：“护送王族亲眷的琼郭扎巴叔侄的部队大概早已越过玛拉雅边界进入米努国的安全地带了，这个情况大概岭人并不知道，还蒙在鼓里。我们只要再坚守两三天，如果岭人还不来攻关，我们就带领部队下关，主动袭击岭营，然后迅速撤出战斗，退回关口，不能恋战。回关后，一半人马留守关口，另一半人马返回王城。只要我们能坚守五六个月，等到米努国援军一到，我们就向敌人岭军大营发起反攻，报仇雪恨。”

与此同时，在查茂岭营，王子扎拉泽杰正在大营内召集各位将领开会。最后扎拉做了部署：“明日黎明，由丹玛、噶德、巴拉、辛察、玉拉五位将领率岭国大军前去攻打马尾亭关口，坚决将守关敌军扫荡干净。”

第二天，天亮之前，丹玛、辛察两位将军率领所部人马预先潜伏到马尾亭关前的玉龙穆波石山之间。然后由丹玛、辛察、玉拉三位将军各带一百人到玉龙穆波山顶上去观察敌情。当他们来到山顶上时，看到敌人守候在关口上，马尾亭关的山头上还有一片雪白的帐篷，估计那也是玛拉雅人的营地，决定先到那里去看看。

与此同时，岭军的巴拉森达阿东、达拉赤噶、噶德三位将军随后率四千人马向关口进发。

天刚蒙蒙亮，先头部队丹玛、辛察、玉拉三位将军所带的三百名岭军首先摸到守关的玛拉雅军队营地，突然发起进攻。打斗了一会儿，有些敌兵杀死，有的侥幸逃跑了，有的投降，但大部分敌兵还在高吼着顽强抵抗，岭军也损伤数十余人。关口上的玛拉雅军知道营地出事了，纷纷跑回来救援。就在这时，巴拉率领岭军趁机越过地穹，岭军逼近了，玛拉雅守军才看到岭军正在像下冰雹一样冲上关来，杀声如雷。巴拉、达拉立即赶来参加战斗，他们勇不可挡，像一对阎罗王。

玛拉雅军的防御工事被攻陷了，工事中的将士有的被射死，有的被砸死。大队岭军像洪水一样紧随两位岭军将领冲锋，万箭齐发，犹如暴风骤雨，玛拉雅军哪里抵挡得住。在激烈战斗中，玛拉雅将领鲁查陀杰向岭军连射四箭，杀死四个岭兵，但是阻挡不了岭军的进攻。眼看关口即将失守，鲁查陀杰向手中那柄能打穿九层石山的长矛吐了一口唾沫，然后狠狠地把长矛竖在地上，一屁股坐在关口上，恰似一头巨大的野牦牛，妄图挡住关口通道。岭军门巴将领东迥达拉赤噶见此情形，搭上羽翎箭，拉满月弓，一箭射去。正中鲁查陀杰的脑门心，脑袋开花了，脑花四溅，一命呜呼了，岭军割下鲁查的人头。接着，巴拉和达拉带领岭军攻陷了关口。之后，巴拉和达拉带领岭军马不停蹄地向玛拉雅军冲去。不料玛拉雅军从背后推下滚石，砸死了岭军四人，幸好两位将军没有受伤。这时，玛拉雅军将领尼玛扎巴跃马冲到关口中央，连发三箭：一箭射中巴拉，但未能伤及身体；一箭射到大石头上，击起火星四溅；一箭射中门巴将领江巴查嘉，当即殒命。达拉立即张弓搭箭，向尼玛扎巴回射一箭，没有伤到人，只射倒了尼玛扎巴的坐骑“千鹅驹”。此时，尼玛扎巴怒火冲天，丢下战马，向达拉冲去，边跑边举弓搭箭向达拉射去，连发两箭，分别射中达拉的胸膛和左乳房部位，但由于钢甲坚固，未能伤其身。尼玛扎巴见两箭均未奏效，于是收起弓箭舞起宝剑向达拉冲去。在这紧急关头，巴拉森达阿东立即从刀鞘中拔出他那著名的“劈人”大刀，向尼玛扎巴连砍两刀，尼玛扎巴被拦腰砍成两段，当场毙命，巴拉割下了尼玛扎巴的人头。

这时，玛拉雅军把守关口的部队停止后撤，转过头来拦击岭军，刀枪箭弹像冰雹一样飞向岭军，岭军当即死伤数十余人。大将巴拉森达阿东见此状况，恨得咬牙切齿，舞起“劈人”大刀一阵乱砍，砍倒玛拉雅军三十余人马，玛拉雅军眼见抵挡不住，不得不掉头逃跑，只有战将朗莲多钦坚守在大本营，尼玛扎巴的部队被歼灭以后，再也无力阻挡岭军了。岭军顺利地占领了马尾亭山口，并在山口的最高处点上燃起庆贺胜利的烟火。

其后，辛察和丹玛继续率领岭军围攻玛拉雅军的大本营。玛拉雅军的统领将军朗莲多钦跳上战马，舞起他的乌黑弯刀冲到丹玛面前，与丹玛拼杀数回合，不分胜负。与此同时，玉拉和辛察带领岭军斩杀许多玛拉雅士兵，玛拉雅军队顽强抵抗，杀死岭军上百人，岭军只好撤出战斗，退回营寨。此时，朗莲和丹玛依然杀得难分难解，从玛拉雅军大本营的前面杀到后面。双方武艺不分上下，真是猛虎对狂牛。最后双方抛弃兵器，徒手对打，仍然难辨高低，丹玛无心恋战，抽身返回营地，朗莲也不追赶。

此后，玉拉、丹玛、辛察三位将军聚在一起议论，玉拉道："喂！辛察、丹玛二位将军，在今天的战斗中，我军损失百余骑，数百兵士都死在敌人手中，战斗如果像这样打下去，玛拉雅如何能打得下来，我们又怎么向主帅扎拉交代？"

辛察说："尊敬的玉拉公子，请不要这样说。从前嘉察协噶面对强敌霍尔军都毫不畏惧，把敌人杀得落花流水。难道我们三员大将还不如一个嘉察吗？只要我们继续努力，就能拔掉敌人大营。你们二位说是不是这理？"

三位将军统一了想法以后，各自跃上自己的战马，带上各种武器。披挂整齐，犹如饿虎扑食，向玛拉雅军大本营冲去，一阵砍杀，横冲直撞，眨眼工夫，玛拉雅军有数十人应声倒地，血流遍地。然后分割后穿插，将玛拉雅的大本营打得七零八落。上冲下赶，先分割后聚歼。玛拉雅的主将朗莲多钦恨得心如刀绞，冲到辛察面前，舞刀就砍，辛察急忙迎战，拼杀多时，不分胜负。玉拉、丹玛两位将军见到此状，立即上前助战，三位将军同时举剑向朗莲杀去，仍未砍倒朗莲。巴拉部的岭军们赶着守关的玛拉雅军俘虏像大水冲着羊群一样来到这里。朗莲立刻避开三位将军，冲进岭军队伍中一阵砍杀，砍死岭军数十人。岭将噶德曲炯贝纳看到此情况，纵身跳上自己的旋风骏马，怒气冲天仿佛怒神，双眼射出愤怒的火光，双臂鼓起碗大的肉块，把头发绾到背后，径直冲到朗莲跟前，然后跳到朗莲面前，所有玛拉雅官兵和岭军的官兵都站在一旁看热闹。朗莲舞起大刀向噶德连砍三刀，大刀锋口砍得火花四溅，刀把也抖掉了，但是并没有伤到噶德。只见噶德伸出一双巨臂用力将朗莲从马上抓下来，恰如凶猛的鹞子将一只老鼠凌空叼起，然后狠狠地往石岩上掷去，此时的朗莲仿佛贴在岩石上的一张人皮，再也没法动弹了，噶德割下他的头颅带走了。此时，岭军将玛拉雅军团团围住，玛拉雅军还企图反抗，但知道寡不敌众，也就投降了。

至此，玛拉雅军主力已被全部消灭，战争取得了根本性的胜利。岭军将领们带着岭军返回大本营。留在大本营的人烧起高香迎接大队人马胜利归来。噶德将敌将朗莲等人的头颅扔在王子的大帐门边，岭军众将聚集在王子的大帐之中，由玉拉公子向大家禀报此次攻克马尾亭关口、消灭敌军的情况。

说完，扎拉王子为英雄们颁发了奖品，各部队也向所属有功的官兵们给予了奖励。全军将士兴高采烈，一致赞同王子的部署。

第二天，以辛察隆拉觉登的部队为先头部队，岭国大军浩浩荡荡向玛拉雅国的王城朗嘉妥宗进军。

在玛拉雅王宫内，还有些大臣和内侍防守。看到岭国大军即将打进城来，十分恐慌。守卫王城的大将达瓦热朗安慰大家，并提议说："宫内的弟兄们！不要惊慌，害怕也无济于事。只要不做亏心事，大家都不必害怕。现在大势已去，我们也无法，不如干脆投降格萨尔大王。"

说罢，大家一致赞同。于是燃起高香，每人手捧内库吉祥哈达来到王宫大门外列队欢迎岭军。岭军的先头部队将领辛察将军领着十个手持长矛的岭国兵士到来时，宫廷内的留守人员们纷纷上前献哈达，表示热烈欢迎。达瓦热朗手捧一条红彤彤的蟠龙红宝石哈达，上前献给辛察将军，唱歌一曲，表明诚服岭国的，拥护善业。

辛察思忖道：如果能够不动刀枪而占领王城是最好的。我现在接受这些人投降，扎拉王子也是不会怪罪我的。于是，辛察在马背上欠了欠身，说道："原来你玛拉雅国一心想灭掉我岭国，不曾想到玛拉雅国自己却被消灭了，真是自己造的罪恶自己受。我们的格萨尔大王一向是善待投诚将士的，对待放下武器的敌人，一向很仁慈，比对待自己的儿子还要好。今天，凡是投诚的人，一概不打不骂不凌辱，统统站到外城城墙后去集中。"

玛拉雅国王宫里的全部人员都从大门走出来，穿过王城后门，来到外城城墙后面集中。

这时，扎拉王子率领的大队人马也已经到达，吩咐丹玛所部驻扎在外城墙内，辛察部驻扎东面的城墙内，东迥达拉赤噶部和玉拉部驻扎南面城墙内，巴拉和噶德二部驻扎在西面城墙内，碣日国却珠部驻扎北面城墙内，王子扎拉的总部就设在丹玛营盘的前边。不一会儿，一片片各色帐篷搭起来了，比比皆是，真是壮观。

岭军开启了玛拉雅药物宝库，按过去的规矩，将药物公平地分配给各方。然后，整编队伍，浩浩荡荡地返回岭国。岭国从此有了能够医治疾病的各种珍贵药物。

第二百零一章　为灭善业妖尸欲复活　救护众生公主来报信

在离岭国很远很远的地方，有一个美丽的国家，人们把她叫作嘉纳。嘉纳有位天封的皇帝噶拉耿贡，拥有十八个部落。国中内臣万千，外臣无数，宫中嫔妃一千五百人，只是还没有皇后。

有一天，大臣们商议着要给皇帝选一位美女做皇后。大臣哈香晋巴说："大恩大德的皇帝选皇后，应该选一位族姓高贵、容貌俊美、人品超群，像仙女一样的美人。"

这样的美人到哪里去找呢？大臣们悄悄议论，赤雪丹巴说："皇后不仅要让皇帝称心，还要能为众生施恩造福，保护本国的江山，这样的美人只有到龙宫中去寻。听说龙王还有一位公主叫尼玛赤姬，生得俊美无比，若能把她娶到宫中，一定能使皇帝称心如意。"

大臣们都说龙女是个合适的人选，但是怎么才能娶到龙王的公主呢？大臣们想啊想，终于有了主意。

嘉纳能下海的人被秘密地召进王宫，大臣们让他们带上黄金、白银、松石、珊瑚、绸缎、茶叶、檀香木，还有大象、骏马、牦牛等，去见龙王。下海的人们将这些东西放在木马上，向海中划去。

求婚的人到了龙宫，向龙王献上礼物，说明来意。龙王不仅答允，还给公主许多珍宝作为陪嫁之物，并派五百个龙女陪着公主浮出海面，跟迎娶公主的人一起乘着木马朝岸边划去。木马上岸后，被嘉纳臣民百姓迎进宫内。皇帝一见这位来自龙宫的公主，皮肤赛白螺，面目似花朵，腰身如杨柳枝条，袅袅婷婷，甚是称心。龙宫的公主遂被封为皇后。

这样俊美的皇后，如果让嘉纳百姓们看见，就会遭眼魔；如果让人们议论，就会遭口魔。为了不让人们看见她、议论她，尼玛赤姬皇后只得紧闭宫门，隐居深宫之中。所以，嘉纳的百姓只知他们有一位美丽非凡的皇后，却从来没有见过她。

过了几年，皇后生下一个可爱的小公主，取名阿贡措。皇帝噶拉耿贡为庆祝公主的降生，在王城举行盛会，各地艺人纷纷来到王城献艺。有耍魔术的、跳舞的、唱歌的、赛马的、射箭的，各种技艺应有尽有，王城一片欢腾。

这时，天神、龙神和念神占得一卜，得知尼玛赤姬乃是九个魔女血肉中分化出来的。三界神商议说：若不将这个妖妃的阳寿赶快收回，将来她将成为人们的生命之主，主宰人们的生死大权。于是，天神、龙神和念神分别变作跛子、瞎子和哑巴，赶着一头犹牛、一头毛驴，来到皇后居住的寝宫门口。三个人把牛和毛驴拴在一起，然后表演起来。哑巴翩翩起舞，瞎子放声高歌，跛子变起魔术，周围聚集了不少百姓。三人耍闹了一会儿，就开始乞讨吃食：“请赐给哑巴、瞎子、跛子一点儿吃食吧，请给够吃一年的吧！如不给够一年吃的，就给够吃一个月的吧！如不给够吃一个月的，就给够吃一天的吧！祝愿皇后有温火暖身，祝愿皇帝长寿如山。”

三人的喊声越来越高，听得人们的耳朵快被震聋了。京城的人们听这边如此热闹，纷纷聚拢来看。皇后尼玛赤姬也被这喧闹嬉戏的声音所吸引，步出宫门来看。聚在宫门的百姓们第一次看见美丽的皇后，惊奇地议论着：“哎呀呀，我们的皇后真美呀，世间怎么会有这样出奇的美人呀？”

“真是天仙一样的美人呀！”

……

嘉纳的百姓们对他们美丽的皇后看了又看，说了又说，等到皇后想到自己不该出宫，已经晚了。

当天晚上，皇后中了口魔和眼魔，从此一病不起。

皇后患病以后，只有皇帝和公主陪她住在深宫，任何人不得前往谒见。

一晃三年过去，小公主阿贡措已经六岁了。这天，阿贡措为父皇母后送茶，隔着门帘听父皇和母后正在说话：“皇后啊，为了让你的病体康复，我敬神做法事，国库里的银钱花了不少，可你的病怎么还不见好呢？”

“我的病啊，不要说花国库的银钱，就是把嘉纳的银钱全部花尽，也治不好啊。”

“那我该怎么办呢？”

“没有办法，我必须死去一次。我死后，小女儿太小，执掌不了国政。皇帝年纪不太大，还可以与别的妃子生养一个太子。只是，只是苦了我的女儿了。”皇后说罢泣不成声。

“皇后不必伤心，我可以向文殊菩萨起誓，给女儿招一位外国太子为婿，由女儿执掌国政。可没有皇后你，我怎么活下去呢？”皇帝也哭了。

“如果皇帝真的不肯舍弃我，那么，按照我说的办法做，为妻我就能死而复活。”

“快说，只要爱妻能陪我，要我怎么做就怎么做。”

“我死后，请皇上用绸缎把我的尸体包裹起来，趁尸体还温热赶紧放进一间光线无法透入的房子里。同时，皇上要把太阳关进金库，把月亮关进银库，把星星关进螺库；天上的鸟不准飞，空中的风不准吹，水中的鱼不准游；还要把连接嘉、岭之间的金桥砍断，使嘉纳的货物不得运往藏地，藏地的货物也不准运往嘉纳。我要用三年的时间恢复血脉流动，用三年的时间生长肌肉，用三年的时间调和气脉，生长筋骨。九年后，为妻我就会复活，而且将比现在更加美丽。到那时，我就可以和皇帝永远共享快乐了。”

皇帝噶拉耿贡好生奇怪，从没听说死人能够复活，这皇后是个什么人呢？复活后会给我们带来什么好处呢？

“爱妻，你为什么能够复活？”

“因为我的父亲是恶魔，我的母亲是罗刹，所以我有铁一样的生命。待我复活后，将成为世间命主，白色善业的仇敌。”

噶拉耿贡一听这话，心中害怕：“那，有什么阻止你复活的办法吗？”

“岭国的国王格萨尔，他若知道我死，就会用烈火焚化我的尸体，为妻我就不能活转过来。所以，请皇上务必不要将我死去的消息传扬出去，更不能让岭国人知晓。”

噶拉耿贡对皇后的话虽然将信将疑，却又不能不照办。俗话说得好：

上师的命令，
父母的教诲，
妻子的知心话，
不听要受苦。

皇帝和皇后的话被门外端茶的小公主阿贡措听得一清二楚，并牢牢记在心里，只是没有告诉别人。

十二月二十九日，皇后尼玛赤姬死去。按皇后生前的吩咐，皇帝将皇后的尸体裹好放入一间密室。为了不让她的体温散失，噶拉耿贡日夜与尸体睡在一起，用自己的身体温暖着皇后的尸体。

自从皇后死去，嘉纳就失去了阳光。噶拉耿贡终日陪伴皇后的尸体，不理朝政，臣民百姓苦不堪言，怨声载道。小公主阿贡措心想：我母后原来是个妖女，她死后嘉纳百姓都在受苦，如果复活会给百姓带来更大的灾难。怎么办呢？小公主非常焦急，就把皇后死前对父皇说的话告诉了嘉纳七姊妹中的其他姊妹。

六个姊妹一听大惊。原来使百姓遭难的是皇后的妖尸，应该除掉这妖尸才是。于是，六个姊妹与小公主商议要去岭国请格萨尔大王。但是，皇帝有令，任何人不得将皇后的死讯传扬出去，违者就要丧命。六个姊妹给小公主出主意，让她去父皇面前请假，说去五台山为母后焚香斋戒，到时候就有办法给格萨尔大王送信了。

见女儿如此孝顺，噶拉耿贡很高兴，便答应公主去五台山。但只能去三个七天，误期不归要受处罚。

小公主和嘉纳七姊妹中的其他姊妹便前往五台山去了。她们到了五台山，在文殊菩萨面前摆上供品，进行祈祷。公主阿贡措就要给格萨尔大王写信。

巧嘴姑娘鲁姆措马上阻止，她说："俗话说白天不要去偷盗，山上到处是眼睛；黑夜不要乱说话，各地到处有耳朵。我们现在要给岭王写信，最重要的莫过于严守秘密。这封信要经过嘉、岭两地，路途遥远，容易损坏，必须在夜里点上明灯，用金丝线把字绣在黑缎子上面，方才保险。"

七姊妹很快在里面把信绣好了。又准备了从扎哇鱼嘴里吐出来的哈达十八条，珍珠穿成的念珠七串，作为压信的礼品。然后，将信及礼品交给长命鸟鸽子才仁措为首的三兄弟，请它们送到朵康岭国，直接交给格萨尔大王。

为了不让占卜的人们推算出送信的秘密，在给鸽子嘱托送信的时候，特地在墙上挖个洞，安上铁管，叫鸽子把耳朵对着铁管来接听吩咐。公主把嘴对准铁管向鸽子说："机灵的长命鸽啊，金信送到岭国后，最好亲自交给格萨尔，不然，一定也要交给得力的亲信大臣。"为了防水浸湿，公主把信卷好后，特意在外面涂了一层厚厚的蜡。长命鸟鸽子三兄弟带着金信，向朵康岭国方向飞去了。

眼看着鸽子三兄弟朝岭国飞去，小公主阿贡措和其他姊妹才返回嘉纳。

岭国的格萨尔大王正在闭关静修。当东方开始亮起来的时候，窗口忽然射进一道白光，白光周围香烟缭绕，格萨尔凝神望去，见白云翻滚的云缝中，现出一顶五彩伞盖。伞盖下，天母朗曼噶姆骑着白狮，牵着青龙，手拿小鼓，小铃叮当作响，对格萨尔预言说：

请五位神佛帮助我唱曲，
帮助我天母唱蜜蜂欢唱曲。
神子啊，不要迟延快来听，
天母有重要预言告诉你。
在嘉纳王城拉伍曲宗宫城里，
尼玛赤姬皇后已死去，

倘若让她又复活，
她就要与众生永为敌。
今年内如不把她的尸体焚毁，
待她得了铁命就会误时机。
赴嘉纳的时刻已来临，
快去给嘉纳皇帝解忧虑。
重开通往嘉纳的路，
要把藏地的善业传到嘉纳去，
要把嘉纳的货物运送到雪域。
天上的鸟儿空中的风，
会给你带来嘉纳的信息，
快快召集岭国众英雄，
每道山岗谷口都要防守严密。
从三十英雄中派出一人去巡逻，
站岗瞭望时要警惕；
愿所修功德归向众生去，
别的预言往后再告诉你。

说罢天母像彩虹一样逝去。格萨尔翻身坐起，对身旁的珠牡说："珠牡啊，不要贪睡快快起。快把祖传十八代的松石首饰戴在头上，快把祖传十八代的锦衣穿在身上，快去向天、龙、念神煨桑，向玛沁邦拉神山祈祷，向荒山饿鬼布施水食，再把浓浓的奶茶熬好，把甘甜的美酒端上，我要召集众英雄议事，然后去嘉纳灭妖尸。"

珠牡一直呆呆地听大王的吩咐，一听大王又要只身去嘉纳焚妖尸，心里像被针刺了一样疼痛。她又想起当年大王单人独马去北地降魔，自己被霍尔王抢走的事来。珠牡立即起身，从护身佛盒中取出十八条青色哈达，又斟了满满一银碗酒，献给大王：

青色哈达献给您，
劝大王不要去嘉纳；
九色甘露献给您，
请大王饮后安睡去。
珠牡一离开大王您，
欢乐就被浓云遮蔽；

岭国内部会争权力，
父子兄弟相互为敌。

格萨尔的心已被天母的预言占据，对珠牡的话一点儿也听不进去，反倒训斥她说：“女人的胸怀应该比阿钦滩还要宽广，心意应该像箭杆一样正直。你的这些话却像泡沫一样，一点分量也没有。不要多嘴了，快去把岭国英雄们召集起来。对神佛和上师的话不能违背，对众生许下的誓言不能忘记。你不要再费神了，我是一定要按照天母的预言行事的。需知道，誓言和乌头都是不能吞到肚里去的！”

珠牡心想：大王已下定决心，劝谏多了反会引起他的愤怒，自己也会受到斥责。于是她赶忙派出信使，四处传递信息，命令岭国上、中、下各部按时前来集合。

日照当顶，岭国各部按时前来集会。上岭色巴八部落的百姓，多得像天上的星星难以数清，其中戴金缨的武士九百人，其余人马不可胜数。中岭文布六部落的百姓，多得像地上的禾苗无法统计，其中戴银缨的武士六百人，其余的人马不可胜数。下岭穆姜四部落的百姓，多得像草原上的茅草难以数清，其中戴螺缨的武士四百人，其余人马不可胜数。右边排列着噶部，左边排列着珠部，强盛的达绒部，富裕的嘉洛部，察香九百户，丹玛河阴、河阳各大部，郭、交黑白部，达伍红色火海部，格伍十二大部，丹地十二万户等，纷纷到来。骑兵像冰雹骤降，步兵像泉水喷涌，盾牌军像石山崩落。天空飘满旌旗，旗幡和风儿互相嬉戏，发出啪啪的响声，坚硬的器械互相碰击，发出铮铮的响声。地上布满了战马，马蹄扬起的烟尘弥漫太空。岭国的英雄和百姓们按时到达了会场，大王、王妃和大臣们，分别坐到了自己的座位上。右排的队伍像太阳刚刚升起，左排的队伍好比一弯新月，中排的队伍像闪烁的星星，上排的队伍像群星骤集，下排的队伍像环扣相连。

以珠牡为首的娘娘姨嫂及年轻的妇女们，像孔雀跳跃地摆上茶酒，像狮子漫步地端上肉类、酥油等美食，酒浆和奶汁，如河水汇集，食肉和糕点，堆积如山，用盛大的宴会款待岭国各部大众。

雄狮大王高踞宝座，对众位英雄说：

岭国诸位神族们，
掌管法纪的人请来听，
神子扎拉泽杰请来听，
上岭色巴尼奔达雅请来听，

中岭文布贡布请来听，
下岭穆姜仁庆达鲁请来听，
岭国三十位英雄、军官请来听，
十户长和五十户长请来听，
天母朗曼噶姆给我降预言，
命我大王最后一次去远征，
该降伏的敌人在嘉纳，
命我快快前往嘉纳去。
在那东方嘉纳天空界，
日月星辰被关进监牢里，
所有人类和生灵，
全被黑法笼罩着。
嘉帝忧愁坐在黑房里，
皇后妖尸等我去焚化，
嘉纳法门要我去开启，
我要把嘉纳变成正法地。
空中的鸟儿和半空的风，
定会带来嘉纳的忧患。
巡逻侦察的人快派出去，
十八处山岗侦察要严密。
不论是谁得到了书信，
快快呈交不得误时机，
如有伪造和欺骗，
依法治罪斩首级。

这时，岭国大将们一个个鸦雀无声。这些大将们多年来跟随格萨尔大王征战四方，降妖伏魔，如今大多数人年事已高；一些年轻一点的将领也伤痕累累，所以都有些厌战情绪，不愿再离乡远征。坐在斑斓虎皮垫上的董姓总管王绒察查根想了一下天母的预言，站起来说道："岭国三十英雄们，如果派你们去制敌，你们不去，这样，有你们和无你们有何区别？走马若不能上路奔驰，那草料岂不是白喂了吗？箭若不能射中靶子，箭尾上装翎毛又有什么意义？勇士们，你们快用掷骰子的方法来决定吧，有两处山岗一定要防守好。"

老总管王这样说了，大将们也再无话可说。于是人们便按照总管王的部署，各自前往被分派的地方去了。

第二百零二章

欲留大王珠牡编谎言
为除妖魔总管说实情

丹玛和晁通二人被派到嘉、岭两地交界的砂山巡察。两人一直等了七天，好不耐烦。一天，丹玛在山上猎获一只野牛，作为食物。他们把两匹马的脚用绳绊住，放在跟前吃草，二人摆开棋盘，下起棋来。他两人在山上住了七天以后，晁通一心只想吃野牛的鲜肉，只想说骗人的话，只想偷别人的东西，两只地鼠小眼睛滴溜溜地盯着金色太阳升起的东方。

到了第八天中午，天空白云行走的路上，飞来了以鸽子才仁措为首的三只鸽子，鸽儿带着书信飞到砂山头上，来回盘旋。

这时，晁通装出轻松、勤快的样子，给丹玛的坐骑"欧珠丹巴"鞴上鞍子，暗中把肚带和襻胸弄得将断未断的程度，然后说道："丹地萨霍尔大王的后裔丹玛啊，不是我想随便派遣你，而是出发的时间已到。俗话说，'吃饭应让行动迟慢的老人先吃，做活应让手脚灵便的青年先做。'你看那三只鸽子带着书信飞来了，你快射一支不致伤着鸽儿的箭，快唱一支动听的歌子，这样，我俩的事情就能成功了。"

丹玛觉得晁通的话不错，便骑上欧珠丹巴马，在白宝弓上搭上一支银箭尾的披箭，然后唱道：

若不知道这是什么曲，
这是丹地嗒啦六变曲，
我小小白牙刚刚长出时，
开口就爱唱一些稀奇的小曲，
如今满头都是白银丝。
仍然爱唱小时唱惯的稀奇曲。
丹地上部好比黄金光灿灿，
在那圣洁法地的王城里，

我是万户百姓的长官，
梭石盔缨部队我统盟，
萨霍尔国王的后裔美名振寰中，
我这弓好比金刚石崖坚硬无比，
我这箭好比红色霹雳威力无穷。
在这嘉岭两地中间的山岗上，
从未见过的三只鸽儿从何来？
你们是什么鸟族的后代？
带来是什么样的消息？
不要隐瞒照实说出来！
当心我神箭飞过的路上，
鸟血染红绿色的大地，
鸟翎飞满蓝色的天空，
鸟魂升向无极的天际。

丹玛唱毕，把箭头对准了正在空中盘旋的三只鸽儿，正准备开弓射击，那马肚带和襻胸突然断了，丹玛从正在奔驰的欧珠丹巴马背上跌了下来，这时，三只鸟儿投下从嘉纳带来的金信，然后朝着东方匆匆飞去了。

晁通连忙跑了过去，背着丹玛，把信拆开，取出压信礼品珍珠串和丝绸哈达，藏到旱獭洞中，在洞口放了一个白石子做记号，然后把信重新封好，拿着信回到丹玛跟前说："我俩已经得到了书信，格萨尔大王交给的事，我俩完成了。"

丹玛说："这信是从嘉纳带来的，奇怪啊！嘉纳怎敢把没有压信礼品的空信寄到岭地来？譬如那信使骑着马在嘉、岭之间行走，马肚里要吃草料，人肚里要吃粮食，怎么信会是空的呢？没有压信礼物的空信，只有你敢呈送给大王，我是没有这个胆量的。"

晁通一听丹玛说他不敢向大王呈上金信，立即说："满口的牙齿最好不要弄缺，好事情不要弄坏，你不要乱说，信由我呈给大王好了。"

晁通拿着信回到达绒部落，生怕露了底细，吩咐手下六个咒师祭鬼七天，然后投放施食。就在第七天投放施食的时候，被英雄秦恩碰上了。秦恩见晁通领人在投放施食，知道他定无好事，于是责问他道："喂，长官愤怒王，雄狮大王是黑头藏民的救主，救护三界的上师，今年要到嘉纳去，你在这里搞什么鬼把戏？今天我牵马出来饮碗水，却碰上你向外丢施食；上至大王，下至大臣百姓，今后若有什么不吉利的事发生，应该完全责怪你！"

说毕抽出腰刀，面对晁通。晁通像小狗在主人身旁摇尾犬叫似的喃喃求饶，衣衫脚边发出像经幡被风吹动的响声，全身簌簌发抖，双手合十，装出十分恭敬的样子说："尊贵的大臣呀！你在我叔叔心中，和那雄狮大王没有什么区别。我召集了咒师，准备了各种供品，是为了给整个岭国诵经祈福做好事，为大王祈福禳灾。请你到我那八吉祥经堂里去，我有一些紧要的事向你报告。"

大臣秦恩信以为真，放宽心地和他一道走进经堂。秦恩坐在凳子上，晁通坐在厚垫上。家人端上多种丰盛的食物，招待之后，晁通取出那封嘉纳的书信递到秦恩手中说："我要给你秦恩大臣报告的是，那天我和丹玛去放哨时，三只嘉纳的鸽子带来了嘉纳的书信，丹玛正准备射箭，鸽子投下书信就向东方飞去了。这信是在黑色缎面上用金丝绣成的，奇怪的是信里没有压信礼品。丹玛说：'嘉、岭之间这样的空信，不敢向大王去呈。'我现在向你请教，可以把空信呈给大王吗？"

秦恩高兴地说："愤怒王晁通啊，你不要用自己狭窄的心胸去度别人宽宏的肚量。格萨尔大王是天神之子，他看黄金如粪土，他把反对他的人当作自己的孩子来教诲，他并不是一个贪图财物、对人粗暴的人。他若得了书信，比得到地上的任何财宝更加高兴，我可以和你一同把信呈上去。"

二人来到森珠达孜宫前，在大王面前跪下，秦恩右手竖起大拇指，向大王报告说："大王啊，愤怒王拾到了一封金头经卷式的嘉纳的书信，因为没有压信礼品，他不敢向大王呈上。我对他说，没有压信礼品没啥关系，应把信向大王呈上。"

说着便把信呈给大王。

格萨尔大王接过晁通呈上来的信，刚刚夸奖晁通得信有功，就把眉头皱了起来。原来，这封信他不认识，不如道上面写些什么，众英雄传看了一遍，也没人能读得出来。雄狮大王有些焦急，宣布谁若能读此信，将得到九十九倍奖励，若有人会读而隐瞒，将得到九十九倍处罚。

雄狮王的明令一出口，晁通就向格萨尔大王禀道："大王，请恕我多嘴，我若不说，恐违背大王的旨意；我若说了，又怕违背王妃的心愿。那信是从嘉纳来的，收信人是格萨尔大王，能读此信的人却只有白度母转世的王妃珠牡。"

珠牡一听，皓月般的脸上罩上了几朵乌云。心想："哪里有坏人，哪里坏话就流传；哪里有腐食，哪里的臭味就熏天；哪里有晁通，哪里的事情就不利。坏东西经常和坏人碰在一起。这晁通真不是个东西，偏生在此多嘴。欲待不念此信，又怕大王生气；若要念了此信，大王就不会安坐在岭地。"珠牡犹犹豫豫地接过此信，说：

“头上的耳朵本是两片皮，听不听完全由自己。”然后开始念信：

……

这封没有压信礼品的信件，
里面没有什么值得高兴的消息，
寄信的是嘉纳公主七姊妹，
送信的是嘉纳鸽子三兄弟，
收信的是岭地雄狮大王您！
信中有十八条从鱼肚里得来的哈达，
还有七串红白珍珠和玉器，
金、银、珊瑚串珠做压信礼，
为什么这些珍宝无踪迹？
信中写得很紧急：
要消除皇帝心中的忧虑，
要火化妖后死去的尸体，
要打开嘉纳法纪的大门，
要请岭主大王快到嘉纳去。
一年的路一月赶，
一月的路要作一日行，
一日的路半天走，
请大王不分昼夜赶路程。
父亲森伦活着的心头肉，
母亲郭姆活着的心头血，
王妃珠牡活着的眼珠子，
快到嘉纳去莫延迟！
惯会玩弄幻术的术士，
精通白色善业的上师，
善于观察变化的谋士，
请快到嘉纳莫延迟！
百个美男子中的最美者，
百个投骰人中的优胜者，
百个美发当中的最美者，
快到嘉纳显绝技！
百个大力士的臂膀，

百个神箭手的尖顶子，
百个能言善辩的巧舌儿，
百个善于挤奶的大拇指，
百匹快马的最快者，
快到嘉纳显本事！
来时需带的法物一件不可少，
要有碧绿色松石发辫一长条，
男发长度要有男庹十八庹，
女发长度要有女庹十八庹。
要有白松石发辫一百条，
青松石发辫一千条，
红松石发辫一万条，
黄松石发辫十万条。
要有冰雹一般大的松石丸，
松石发辫要用丝带来扎好，
碧绿的松石璎珞要四个，
洁白的白色螺衣要四套。
要有珊瑚色袈裟十八件，
彩虹般美丽的靴子三十双，
能自己开合吹火的火皮袋，
能自动使水沸腾的石头罐。
要有串串向外喷涌的酥油泉，
没有节子的鞭麻要有九庹长，
没有裂缝的木炭要有马头大，
没有污锈的铁盒要会放银光。
要有能够劈开青天的青锋剑，
要有能够打穿地府的金刚锤，
丰收年时选下的青稞种，
没啃光肉的骨头要一堆。
要有无火星的冷灰一簸箕，
要有没煮过的酒糟一衣兜，
还要一杯蚂蚁的鼻血，
要一根一肘长的虱骨头。
要一碗雄仙鹤相斗流出的鲜血，

要一碗雌仙鹤悲啼流出的眼泪，
蛇心大小的檀香木要一粒，
头上长鬣的剧毒毒蛇要一尾。
要一团赤黑色獐子的护心油，
要一头能自动行走的铁制犏犍牛，
要一支能克敌降妖的竹子三节爪，
这些法物人间难寻求。
这些法物如果找不到，
劝大王还是安坐宝座好。
曲唱错了请大王多原谅，
话说错了请大王莫计较！

珠牡念完，众英雄傻了，格萨尔也呆住了。这些东西别说看见，连听也是第一次听说，到哪里去找？到哪里去寻？见大王闷闷不乐，珠牡心中得意。这下可难住大王了，这下大王可以不必离开岭地了。

见雄狮大王被难住，王妃珠牡面露得意之色。总管王心想，我若不把话讲明，误了降妖的时机，必给嘉、岭两地留下后患，到时后悔也晚了。于是，老总管绒察查根拄着檀香木拐杖走了过来，将珠牡所念的信一一讲给格萨尔和众英雄们听，老总管唱道：

自从大王诞生到人间，
岭国神族人人享太平，
我向天神、厉神、龙神献哈达，
祈求三神保佑人间都安宁，
我向侄儿雄狮大王献哈达，
要侄儿把叔叔的曲子记在心。
王妃珠牡念的那封信，
内容词句我全知悉，
嘉帝噶拉耿贡邀请大王去，
如不去呀，朋友会变成仇敌。
金信中半明半隐，
让叔叔给你指明，
父亲森伦活着的心头肉，
母亲郭姆活着的心上血，

王妃珠牡活着的眼珠子，
指的就是雄狮大王你。
惯会玩弄幻法的术士，
指的是叔叔晁通王，
精通善业教义的上师，
指的是德高望重的贡却郡乃，
善于观察变化的谋士，
指的是绒地大臣秦恩大将军。
百个美男子中的最美者，
指的是尼玛龙谢美男子。
百个掷骰人中的优胜者，
指的是许仓阿奴察郭氏。
百个美发当中的最美者，
指的是阿巴朗都阿班。
百个大力士的臂膀，
指的是绒地的卓郭达增氏。
百个神箭手的尖顶子，
指的是老将丹玛绛查他。
百个能言善辩的巧舌儿，
是指巧嘴卧巴米琼卡德。
百个善于挤奶的大拇指，
指的是共命鸟的女儿多珍。
百匹快马的最快者，
指的是阿巴的铁青玉鸟马。
信中说的法物很难找，
这些法物的出处我知道。
配有松石的男女长发辫，
各色松石的发辫千万条。
冰雹般大小的松石丸，
扎发用的丝带和璎珞，
螺衣、袈裟、靴子等法宝，
阿赛罗刹地方可找到。
能自己开合的火皮袋，
能自动沸腾的石头罐，

能自动喷涌的酥油泉，
这些阿赛地方可找到。
无节鞭麻指的是柽柳，
无缝木炭指的是豌豆，
无锈铁盒指的是酥油盒，
这些法物木雅地方有。
青锋剑指的是雄鹰的翅膀，
金刚锤指的是天空的霹雷，
青稞种指的是田里的芝麻，
没啃光的骨头指的是壁虎。
没火星的冷灰是指白垩土，
没煮过的酒糟是指茅草子，
蚂蚁鼻血指的是红赭石，
虱子骨头指的是吉祥草。
雄仙鹤斗出的血是指二道酒，
雌仙鹤啼出的泪是指白酥油。
这些法宝嘉纳全都有，
不费艰难就可拿到手。
蛇心檀香和那头上有鬣的毒蛇，
獐子的护心油和那会走的铁犏牛，
那能克敌降妖的竹子三节爪，
只有到东方木雅地方去寻求。
这些法物必须带到嘉纳去，
怎样准备请大王快筹谋。
叔叔的曲子不会有错误，
如有错误请大王原谅。

老总管王唱毕，格萨尔大王十分高兴，神采奕奕，容光焕发，从九层金座上站起身来，对岭地神族六部的大众们说道："到嘉纳需要的这些法物，人间是可以找到的，但要想马上到手，一时还难办到，年长的和年轻的勇士们，大家赶快商量，这些法宝怎样才能很快备齐。"

老总管想："如何寻找这些法物，老将秦恩和梅萨绷吉是知道的。可是，俗话说：'不要直接看他人的脸，不要间接叫他人的名。'该怎么办呢？"边想边朝秦恩望了三次。

秦恩领会了总管王的用意，开口说："梅萨绷吉呀！东方亮了，金冠就得戴在雪山的顶，时候到了，有话就得说出来。格萨尔大王到嘉纳去需要的这些法物，尤其是竹子三节爪，你们妇女是可以找到的，你应该带上几个女伴，到木雅地方去寻找。"

梅萨绷吉说："为了大王能替嘉纳消除后患，木雅地方我可以去，但人去多了目标太显，由我们岭国七姊妹去就行了。去时不能显露人身，要变成鸟儿，这样才不会让人察觉，才能把最重要的法物竹子三节爪找到。"

大王又问："大臣们！别的法物呢？都有办法找到吗？"

总管王回答："其他法物木雅地方可以找到。但我岭国和木雅曾发生纠纷，木雅玉泽敦巴的父亲被我岭国妇女所杀，血仇在先，我们去找这些法物，有落到他们监牢里的危险。究竟用什么方法去取较好，大家赶快商议。"

大王说："只要把心意向着天神，金刚铠甲护着身体，又修得能够变化的虹身，对那小小木雅地方有什么可害怕的。"

于是以珠牡、梅萨为首的岭国七大姊妹，总管王的姑娘娜姆玉珍、达绒姑娘晁牡措以及仁钦措、柔萨格措、里琼吉七人，变成七只外形具有白胸雄鹫的羽毛，肉体具有虔诚心意的羽毛，中间具有脉风流动的羽毛的仙鸟，一齐把鸟身簌簌抖了三下，向天空高高飞起，直向木雅方向飞去了。

第二百零三章

贪玩耍七姐妹被俘获
解围困梅萨假许终身

正月十五日那天，金色的阳光刚刚照在雪山顶峰，七只鸟儿排成一线，飞到了木雅玉日泽嘉山顶上落下，在那里脱下羽衣，四处寻找需要的法物。梅萨很快便找到了竹子三节爪。珠牡心中虽有一些妒意，但她也无限感激神灵佑助，煨起桑烟，霎时烟雾缭绕，飘向天际。七姊妹同时欢呼赞颂，向天神祈祷。

这时，在木雅玉喀丹巴王城中，玉泽敦巴、玉雏敦巴、玉昂敦巴弟兄三人，正坐在“尼威启哇”[1]寝宫里议事。玉泽敦巴无意中向窗口远望，忽然惊呼道：“快看啊！那玉日泽嘉山顶为什么升起了冲天的松石色烟雾？那里是任何外部人马都不能去的地方，怎么会有人到那里煨起桑来？快派人去察看。”

玉昂敦巴说：“不必大惊小怪，用不着派人去察看。这是本地人在给上界天神、空界厉神、下界龙神煨桑祭祀，祈求神星保佑，不让外部人进入我们本土。”

玉昂敦巴这么一说，大家便没把此事放在心里，没有派人前去察看。珠牡等煨过桑后，七姊妹又穿上羽衣，变作七只鸟儿，带着竹子三节爪，排成一线，飞向天空，返回岭国。当她们飞到贡日安庆大雪山脚下，便落在一个坛城似的大滩里稍事休息。

珠牡说：“我们所要办的事已经办到了，格萨尔大王的心愿成就了。我们现在应该把羽衣脱下，恢复人形，在这里快快乐乐地唱歌、跳舞，玩耍一番。”说罢，她戴上松石头饰，穿起五彩锦衣，唱起歌，跳起舞来。

梅萨绷吉想：“珠牡这人，别人的话她不听，不该做的事她偏要做，不该玩的时候她偏要玩，这会引起岗吉赤杰王的注意，招致祸端。”她正这样想，不知从什么地方来了一个骑着大鹏、面色铁青的卫士，站在她跟前说道：“喂！梅萨绷吉，我是木雅国王守门的岗吉赤杰小王，清点把守城门的卫士，我木雅地方有十八个山岗，有十八道石崖关卡，你怎么会越过这些险关来到此地？我要

1　尼威启哇：意为阳光灿烂。

把那万钧霹雷大磐石压到你头上，不信你就看看！”说着准备向梅萨冲去。梅萨感到十分惊讶，这个人怎么认出我来，还知道我的名字？她在心里盘算了二十五回，梅萨心里连忙想出十八个对付的办法：“岗吉赤杰王啊，我小时是父母的娇女，中年当了鲁赞国王的妃子，人们没有对我斜起眼睛看过一眼，没有对我说过一句下贱难听的话。自从鲁赞国王被格萨尔射杀以后，我被带到岭国，做了格萨尔大王的茶妇。在北地万户魔族部落，大臣秦恩留在那里收年差税，我们分别时，他曾对我说：‘我的长官，你的伴侣被岭人杀了，要想办法报仇啊。’我觉得秦恩的话有道理。我今天前来木雅，是听说木雅王的父亲曾死在岭国上部一个女人的手里，木雅与岭国有前仇，所以特地到木雅来，想来交个朋友，希望北方魔部和木雅部联合起来，去岭国复仇。如果愿意的话，木雅应该快派人传下命令，速速准备。”

梅萨还对那守门的面色铁青的卫士说：“在那坛城似的大滩里玩耍的女子，并不是凡间姑娘，而是趁吉祥日子出来游玩的仙女。”

守门人岗吉赤杰王正想和梅萨商量，珠牡便哈哈大笑起来，她把眼睛一斜，鼻子一动，用眼睛和鼻子做出了各种暗示后说：“守国门的卫士啊，梅萨的话没有一句是真的。我是嘉洛森姜珠牡女，是格萨尔的大王妃。”

然后她得意地唱道：

人人都说我珠牡长得美。
我向前一步值骏马百匹，
向后退一步能换犏牛百头，
吐一口气值茶百包，
开口一笑值羊百只，
百个男子看了眼望直，
百人女子见了全叹气。
我们是格萨尔大王派来的，
为寻找一件木雅的法物，
给大王带到嘉纳降妖去。

守门的岗吉赤杰听了此话，心想：看来梅萨说的那些话全是假的。梅萨这人，真像俗话所说“神龛上面没有神，谎言下面没有底”，她竟把誓言当作肉食来吃[1]。我要赶快向木雅国王去报告。卫士想罢，霎时到了木雅宫中，向玉泽敦

1　这是一句藏族谚语，意为不守诚信，违背誓言。

巴报告说："岭国七个妇女，由梅萨引路到这里来了，据说格萨尔要到嘉纳去，派她们来寻找需用的法物，大王需不需要亲自查问她们一番？"

木雅国王听后，怒气冲冲："我父亲歇庆大王被岭国妇女所杀，正欲报杀父之仇。现在，不需要山上布满刀械，也不需要河里拖满马尾，更不需要滩中布满健儿，敌人便自己送上门来了，如不报这仇，比死去九次还难受！"

玉泽敦巴立即施展法术，鼓起天空的云轮、虚空的风轮、地上的火轮，乘上木制的长翼大雕，带上十八对人皮口袋，脸的上部淋着血雨，脸的下部弥漫着毒雾，天地像铙钹相击，隆隆之声充满天际。在闪闪电光中，木雕很快飞临七姊妹上空。姑娘们还在那里唱歌跳舞，毫不经心。木雅王快速一把将姑娘们抓住，塞进人皮大袋，飞回玉喀丹巴王城中去了。

到了王城中，玉泽敦巴对七姊妹说："我木雅歇庆父王没有被岭国男子所杀，却死在你们岭国妇女手中，血仇怎能不报？对于敌人，不管他是白的父亲，还是黑的儿子，逮住父亲和逮往儿子也一样，逮住珠牡和逮住格萨尔没有什么区别，今天要在你们四寸九个脊椎骨上钉上四十九个铁钉，十个指头上钉上十个铜钉！"

珠牡、里琼吉、娜姆玉珍、晁牡措、仁钦措五人立即被施以酷刑，上了锁链。柔萨格措因为是嘉察的妻子，没有对她施刑。对于梅萨，因为她作为鲁赞的妃子，看在鲁赞魔王和秦恩大臣的情面上，也没有让她受苦，只叫她陪伴在那里，不许走开。木雅王派了七名官员严密看守，吩咐每天给她们指头大的一点肉，一碗茶，一碗食物，不让她们饿死。这样过了多日。

眼见五姐妹受折磨，痛苦不堪，梅萨心中实在难忍。她来到木雅王玉泽敦巴和两个弟弟玉雏敦巴、玉昂敦巴面前，为姐妹们求情：

对懦弱妇女任意施酷刑，
对强悍的敌人不一定能制服，
骑在毛驴背上挥鞭算什么本领？
在妇女面前逞凶不算威风。

"大王啊，岭国和木雅，应该讲和睦，我们是无罪受苦的妇女，请大王看在梅萨的面上，多多饶恕。"

木雅王见梅萨为珠牡等姐妹讲情，心中不悦："梅萨，男子应该有志气，女子应该有骨气，你的伴侣鲁赞王被格萨尔所杀，你应该报仇才对，怎么还要与岭地和解呢？"

梅萨心想，这个玉泽敦巴最不好对付，应该把他支走，事情才好办。于是对木雅王说："我和大臣秦恩商量过，是要报仇的，如果木雅与魔国联合起来，战胜岭国就容易了。"

玉泽敦巴问梅萨用什么办法使两国联合，梅萨答："人都有疑心，就如鸡都有骨头一样。岭国是不会放心派我到魔国去的。最好国王亲自去一趟北方猛虎地方，大臣秦恩也许正在那里收税积粮。你若能到那里去和他亲自商量，报仇就一定能够成功。等大事成功了，珠牡的主子，岭国百姓的首领，就由你木雅王来做了。现在你对我们几个妇女施以酷刑，只会给你增加罪过，引来人们的讥笑。"

玉泽敦巴听了梅萨的话，觉得有理，喜不自胜，便又乘上木制的长翼大雕，带上人皮口袋，鼓起天空的云轮、虚空的风轮、地上的火轮，在黄霹雷般的隆隆声中向魔国方向飞去。这时，梅萨想，一计成了，再想一计，便对玉昂敦巴说："国王啊，请许可我把心愿说出来吧！"

玉昂敦巴道："你有什么要说的话，你就尽管说吧！"

梅萨说："虽然没有经过推算和占卜，但卦象和卜辞是相符的，虽然没有父母给婚事做主，但结为终身伴侣是很合适的，前世注定的姻缘和命运，今生是没有办法回避的，就像老人额上的皱纹没有办法抹掉一样。我梅萨命中注定要给大王你白天奉茶，晚上整衣，终身给你做伴，近来梦中征兆也很好，不知你的心意如何？"

玉昂敦巴听后，信以为真，见美若天仙的梅萨要给自己做妃子，喜出望外，便高兴地说："太好了！你我两人有缘相会，情投意合，在生命没有完结时，我俩永结同心，永做终身伴侣，这实在太好了。"

说罢，玉昂敦巴把严锁机密的十八个库房的十八把钥匙，交给梅萨保管。梅萨把库房门上的锁一一打开，细心地看了一遍，在一个檀香木的箱子里，发现了一块用各种丝绸包着的蛇心檀香木。梅萨问："这东西有什么用？"

"对我们来说，没有什么用处。但格萨尔去嘉纳时，可以用它来防治瘴气。"

梅萨又指着一个用蓝色丝巾包着的头上有冠子的毒蛇头问："这又有什么用处？"

"这是可以驯服嘉纳妖魔的法宝。"

她又指着一个用白绸包着的法物问："这个又有什么用处？"

"这是赤黑色獐子的护心油，杀死毒蛇时需要它。"

梅萨又打开了一道库房门，看见了一头能自动行走的铁犏牛，梅萨问："这铁牛又有什么用处？"

"这是去嘉纳经过沙漠时必不可少的法宝。"

梅萨把这些机密法宝一一记在心里，然后对玉昂敦巴说："我那六个女伴，身心受到了这般痛苦，又饿又渴，可以给她们一点吃喝吗？”

玉昂敦巴说：“可以给她们一点吃喝，但她们都用铁链锁着，钥匙在看守臣子的手里，先要叫守臣把锁打开。”

守臣开了锁，梅萨异常高兴。先将她们脊骨上、指头上的铁钉、铜钉拔去，又命人端上了浓茶、甜酒、鲜肉、酥油等食品，让她们饱吃了一餐，然后给她们披上白胸鹫羽衣，对她们说：“姐妹们，赶快从那里飞回去吧！路上要倍加小心，不要把敌人和自己人弄错，不要把他乡和故乡弄错。俗话说：‘敌人什么时候来，孩子什么时候生，都很难预料。’告诉大王要时时警惕，并把我梅萨如何在这里用计欺骗敌人的情况赶快报告大王。”

说毕，六只鹫鸟飞向天空，向岭国方向飞回去了。

第二百零四章

待援军秦恩假结同盟
救姐妹阿达慷慨相助

再说木雅玉泽敦巴王乘着飞船到了北方魔国虎地上空，向下一看，魔地十三万户部落，像星星落在地上一般，大滩正中扎着一个大帐，玉泽敦巴在空中唱道：

若不知道我是什么人，
我是木雅玉泽敦巴。
我驾着天空云轮在旋转，
我乘着虚空风轮在飞驰，
我坐着大地火轮熊熊燃，
我乘着长翼木雕展神翅，
黑色的大地我用庹来量，
我冲破黑云飞临到北地。
梅萨绷吉到了木雅地，
她亲自找我谈机密，
她叫我火速快到北地来，
寻找大臣秦恩议军机。
大臣秦恩若是在外面，
策马快把消息传送去，
大臣如若在家中，
快来迎接客人进家门，
快快牵马坠镫来迎接，
快快卸鞍铺垫来侍候，
要长叙就端上浓浓的奶茶，
要短叙就斟上清清的美酒。
若是知心朋友就快来盟誓，

切莫把至亲好友来慢待。
听不懂曲子的话不必说，
不要把朋友的话抛耳外。

这时，回到魔地住在大帐中的大臣秦恩，一听便知这是从木雅来的玉泽敦巴。他想如今梅萨仍在木雅地方，应该给他卸鞍铺垫，打听一下梅萨的情况才好。

于是他连忙穿起白色丝绸衣裳，腰上系上绿色丝带，脚上穿上黑色长靴，靴子上系上红色丝带，头上戴一顶镶有各种水晶、琥珀的狐皮帽，帽上插着人血染成的红缨，白象牙珠子穿成的念珠串拿在手中，口里念着祈祷三尊神的秘诀，迈着步子，走出帐房外面，抬头向天空看了一看，唱道：

若不知道我是什么人，
我出生在绒地上部雪山根，
右边是卡瓦噶博大雪山，
左边有宝吾泽美大厉神。
绒地有百姓十三万户，
十三座名城远近闻，
我是白发绒王的公子，
我是十三座名城的主人。
少年时是父母膝下的娇儿，
中年做了鲁赞国王的大臣，
最后流落到了岭噶布，
人间苦乐一生都尝尽。
当我年长八岁时，
伴随着一个十五岁的小伙子，
还有一个十六岁的女孩子，
三人到山中砍伐夹经的板子。
在那昴宿山顶烧了香，
鲁赞魔王嗅到香味来找食，
他胯下骑匹长角褐色马，
马鞍上捎着装满疾病的袋子。
八岁童尸握弯做马嚼环，
九岁童尸拉直做马鞭子。

中午口吐毒雾大地黑沉沉，
晚上毒雾弥漫月光全消失。
魔王头上长着九双眼，
身上长着长手十八只，
张开血口满嘴铁牙齿，
我的两个伙伴一口被吞吃。
他把我含到嘴里又吐出来，
吐在掌上把我几乎快吓死，
他张开血口对我说：
“不要怕，今后做我魔国的臣子。”
幸亏魔王没有把我吞下肚，
把我装进一个四方木盒子，
把我带到魔地岗巴山顶上，
打开木盒放我出来免一死。
他抛出人肠子套索去捕食，
套住了天上青龙、雪山狮，
套住了石山野牛、林中虎，
一起杀了与我盟血誓。
他对别人恨得咬牙齿，
对我从来未瞪眼珠子，
我好比是他胸腔里的心，
他好比是我眼里的珠子。
可惜我生来福气小，
知心的朋友早散失，
天下无敌的鲁赞王，
竟被格萨尔用箭射死。
从此我笑脸赔着格萨尔，
我苦心想着鲁赞王，
我苦乐心里明如镜，
我爱憎心中自家知。
肉债要用肉来还，我经常想。
财债要用财来还，我常细思。
白天不曾把敌人忘记过，
夜晚不曾把仇恨枕边置。

木雅玉泽国王啊，
请快快落下到我帐房里，
短话暂时说到此，
长话慢慢再详叙！

木雅国王听罢，把乘坐的木雕飞船降落到秦恩帐前，随秦恩走进帐房。国王坐在白色垫子座位上，秦恩坐在黑色垫子座位上。就座后，秦恩说："木雅大王啊，你不喜欢黑魔的饮食，你就把香茶、甜酒、蔗糖及羊腿鲜肉享用吧！我爱黑魔，我喜欢吃黑魔饮食。"

于是把人血、马血和狗血注入茶锅中，又在生铁锅中把人肉、马肉和狗肉煮了起来。当端上了血茶、人肉、马肉和狗肉的时候，木雅王玉泽敦巴从白色坐垫上起来，坐到了黑色坐垫上面与秦恩一起喝血茶，吃人肉、马肉和狗肉。玉泽敦巴边吃喝边说："以梅萨绷吉为首的岭国七妇女，到了我们木雅地方，梅萨告诉我，她已和大臣秦恩你商量好。她说大臣的长官，她的终身伴侣，被格萨尔杀害了，仇还未报。我玉泽敦巴的父亲也被岭人杀害了，此仇也未报。她说你我应该联合起来，共同去对付岭国，不知大臣的想法如何？俗谚说：'为父族报血仇，坚如磐石不动摇；为母族报血仇，志如松柏永不朽。''男儿生在世，当然要与仇敌拼；骏马到草原，当然要扬蹄奔驰。'刀、箭、矛应该指向敌人，男人的仇恨，女人的冤屈，该报的一定要报，该说的一定要说。让我们共同握紧长矛，共同去对付岭国吧！"

大臣秦恩说："梅萨的话是实情，我就是想要这样做。你快回木雅把岭国妇女放回家乡去，把梅萨留下就好了。我以今生的性命和未来的命运起誓；在三七二十一天之后，我就带着魔部的军队攻入岭国。事先一定要把格萨尔的底细摸清，把山势、渡口、道路等仔细观察好。"

他俩谈得十分投机，玉泽敦巴乘兴而来，盛兴而归，好不喜欢。

这时，岭国姊妹们从天空鸟路上飞来，由于把山口看错了，飞到了北方阿达娜姆统领的地方，正巧与玉泽敦巴的木雕飞船碰上了，玉泽敦巴便像老鹰捕捉小鸡似的向她们追来。

这时，里琼吉姑娘赶快飞到阿达娜姆的城堡上，唱起求救的歌子：

在这九重城堡的黑城里，
龙女阿达娜姆请知悉：
格萨尔大王要到嘉纳去，
需要带的法物未备齐。

岭国长官百姓同商议，
决定派我们七个姊妹，
化作鸟儿飞到木雅地方，
去把需要的法物来寻取。
不幸落入木雅的法网，
受尽了折磨生命危急，
多亏梅萨想了个好主意，
才逃出罗网飞到天空里。
不幸看错了山头认错了路，
迷失方向飞到了此地，
不巧又碰上了木雅玉泽敦巴王，
他对我们姊妹好比老鹰追小鸡。
阿达娜姆姐姐啊，
请你快快搭救莫迟疑，
你可曾记得在岭国大会上，
我俩座位相连彼此膝碰膝。
此地格萨尔大王曾留居，
请给格萨尔大王留个金面子，
我们都是格萨尔大王的茶妇，
今天救命全靠姐姐你。

阿达娜姆听到此歌，立即披上铜甲，戴上铜盔，手握铜弓和铜箭，怒气冲冲地对着在空中盘旋的玉泽敦巴唱道：

你若不知我是什么人，
我是魔地镇守北门的女英雄，
当我未投生到世间前，
我是持铃守门天女居天宫。
当我投生下界成为血肉之胎时，
母亲把我生在荒漠野草丛中。
我长大了镇守魔国北大门，
人们称我阿达娜姆女英雄。
我虽身为凡间女，
本领却胜过男子汉，

我容貌俊美世间难找第二个，
我胸怀宽广千军万马皆能容。
你若不知这是什么地方，
这是魔、岭两国的交界地，
强盗匪徒常出没，
对行人客商很不利：
在我魔女阿达娜姆大门前，
没有你木雅国王通行地。
此地上边是岭国的国土，
此地下边是木雅的领地，
这一面属于魔国所管辖，
你为何冒冒失失到此地？
你平常跑惯了阿钦滩，
巍峨石山上面你难上去，
你平常爬惯了小山坡，
玛沁邦拉山顶你上不去。
别的男子你平常能欺负，
对我女子你休想动一指，
岭国有名的佳丽七姊妹，
同是岭国上部神族的后裔。
术雅玉泽国王你，
对岭国姐妹太无理，
看我不把你穿在铜箭上，
看我不把你射落在地成肉泥，
看我不把你灵魂送到西天去，
办不到我阿达枉自称龙女！

阿达唱毕，张弓搭箭，准备射出。玉泽敦巴见势不妙，转身飞向木雅地方去了。

岭国的姊妹们被接进阿达娜姆城堡里，以丰盛的食品招待她们。饮宴完毕，阿达娜姆把她们送到岭国地界，嘱咐她们一路小心。

送走了岭地六姐妹，留在木雅玉喀丹巴城中的梅萨心中暗想：俗话说“偷盗者的心里没有神，扯谎者的谎言没有底”，我在木雅国王面前编了谎话，智慧聪明的大臣秦恩想来是能够懂得我的意思的，但又怕大臣把自己的话信以为真，可就误了大事。她心中正在忐忑不安，举目向宫城北面风口上望去，只见玉泽敦巴乘着木雕飞船从北方飞回来了。

梅萨连忙跑出宫门，把玉泽敦巴迎进宫中，按木雅地方的习惯招待国王。梅萨右手拿着金壶，左手拿着银杯，杯里斟满了香甜的美酒，敬给国王洗尘："大王辛苦了，一路平安吗？在那北方猛虎地方，见到大臣秦恩了吗？我告诉你的那些话，是不是已和大臣商量好了？"

木雅国王满面笑容地答道："梅萨呀！你的话和事实完全相符。真好比箭和靶子碰到一处了，大臣不久就要到来。"

说罢，回到小寝宫歇息去了。

这时，在魔地的大臣秦恩想道：梅萨已经给木雅王设了骗局，木雅王也信以为真，这情况必须马上向格萨尔大王报告。于是命仆人赶快把马鞴好，飞身上马，策马向岭国驰去。于虎月初三日到达岭国王城森珠达孜宫。大臣见到格萨尔大王，献上哈达，不等大臣开口，大王便说："大臣回到魔地平安吗？魔地的税收是否已全部征收完了？在那里征收了些什么税？"

秦恩双手合十举过头顶，全身匍匐在地，恭恭敬敬地磕了三个长头以后答道："我回到北方虎地，刚把各种税征收完毕，一天忽听到空中传来好似黄雷滚动的隆隆响声，我抬头一看，那木雅玉泽敦巴乘着木制大雕，飞临上空，在约能听清唱曲的空中对我说，他的父亲歇庆王被岭国妇女杀了，他与岭国妇女有血海深仇。他还说如今岭国七姊妹到了他的家乡，梅萨绷吉告诉他说，梅萨的终身伴侣——我的长官鲁赞王被格萨尔大王杀害了，木雅和魔部应该联合起来讨伐岭国。看来，梅萨已把木雅国王欺骗了。我没有把梅萨的谎言向木雅王说穿，我只故意和木雅王说：'这个办法很好，你先回木雅准备去，二十一天以后，我秦恩就带着魔军到木雅来。'我把木雅王骗走以后，就急急赶来，向大王报告。"

格萨尔大王认为事情不会有虚假，便对秦恩说："看来木雅王是要向岭国进攻了，现在应该怎么办才好呢？"

秦恩说："我的打算是，在本月十九日那天，我带着魔军到木雅地方去，然后把木雅的军队引到岭国来。我用吹笛子的方法和你联络。我和梅萨的部队以红旗为标志，木雅王的部队以黑旗为标志，岗吉赤杰的部队以黄旗为标志。当部队纷纷到达时，岭国方面千万注意，不能把自家人和敌人、自家的关卡和敌人的哨所、本尊神和阴间鬼魅、敌人和亲友互相弄错，心里必须事先明白。"

听了秦恩的主意，大王连声称道："好！那你就去吧，千万不要把日子算错了。"

玉拉在旁边提醒大王："到木雅须经十八道雪山险关，徒步行走是无法通过的。"

格萨尔便向白梵天祈祷，求来几根绿色马尾，让秦恩带回北地，系在魔军腰上，靠马尾的神力，可顺利到达木雅。

第二百零五章 木雕坠落王兄把命丧 国王献宝雄狮弘善业

秦恩回到魔地后，带着魔军，靠着绿马马尾的神力，到达木雅地方。秦恩先向木雅玉泽敦巴国王献上青色哈达，请安问候。国王十分高兴。梅萨见大臣到来，心中明白，连忙向秦恩敬茶敬酒，端上各种丰盛的饮食，热情招待，还举行赛马、跳舞、唱歌，尽情娱乐。几天过后，大臣对木雅王玉泽敦巴说："国王啊！预定的日子已到，该出发进攻岭国了，国王三弟兄应该亲自带领我和岗吉赤杰的部队前去讨伐。"

玉昂敦巴见王兄决意讨伐岭国，感到十分不安，向王兄进言："听说那个名声远扬的岭王格萨尔，是天神的儿子，是黑头藏民的保护者，是嘉、岭两地的英雄，是法力无边的国王，我们怎能和他作对？俗话说：'人将遇到不幸时，心里像水一样翻滚不安；马将遇到不幸时，四蹄像风一样踉跄乱跑。'请国王再三思量，不要打错主意。世间还没有人敌得过格萨尔，只能向格萨尔请求保护，哪有去和他作对的道理。我不主张向岭国进军。"

大臣秦恩说："玉昂敦巴大王的话是有道理的。但正如俗话说的那样：'吃饭应让老人先吃，做事应由青年先做。'玉昂你不愿去就算了，大王我们去吧，岭国没有什么可怕的。对于临头的灾难，怎能闭起眼睛不看呢？难道塞起耳朵，惊魂炸雷就不会响了吗？"秦恩故作激昂地说："怕岭国也没有用，格萨尔照样会来进攻。"

商议结果，最后还是决定出兵进攻岭国。

当晚玉泽敦巴得了一个不吉祥的梦兆，梦见木雅的贡日安庆雪山被太阳融化了，梦见木雅的紫色穆布砂石山被雷劈碎了，梦见木雅茂密的大森林被烈火烧毁了，还梦见木雅的绿色海水从海底漏了。国王惊醒后，睁着小眼，思考着这些梦兆，心中惶惶不安。

第二天清早，梅萨去给国王送早茶，国王闷闷不乐地给她讲述了昨晚的梦兆，说："玉昂敦巴说的话有理，正如俗语所说：'不要和人去搬弄是非，不要去欠他人的债。’男人办事要有主张，女人说话要有分寸，自己有多大分量，自己应该知道。在想去征服别人之前，还应当想到可能被别人征服了呢！”

梅萨听后，故意把梦兆颠倒过来，做了这样的解释：“古人谚语中常说：‘上等男子去杀敌，好比白胸雄鹰飞翔在高空；中等男子去杀敌，好比利箭想射哪里射哪里；下等男子去杀敌，好比狗儿被追击，少数向前看，多数向后跑。’国王不必这般忧虑，你的梦兆是这样：安庆大雪山，是象征木巴家的命魂山；融化雪山的太阳，是指你玉泽敦巴的神威；紫色穆布砂石山，是象征文布家的命魂山；粉碎砂石山的霹雷，是指玉雏敦巴的神威；茂密的森林，是象征色巴家的达绒部，熊熊烈火是象征岗吉赤杰的权势；绿色海水干涸了，是象征岭国江山快失散。由此看来，天空的日月星象都明朗，大王的睡梦征兆皆吉祥。既然征兆缘起都吉祥，大王的前业后果定殊胜。大王啊，不要退缩，杀敌的时机已到，应该赶快启程。”

秦恩也在一旁劝道：“梅萨的话一点儿不假，她的看法不会有半点失误。进攻朵康岭国，不应该错失良机，应该在太阳还没有照到水边的时候，大军就踏上岭国的土地。”

木雅王听信了秦恩和梅萨的话，急忙下令，挥兵向岭国进军。

在岭国森珠达孜宫中，格萨尔大王正在寝宫里安睡，天母朗曼噶姆驾着一片白云，由无数空行母簇拥着，在各种动听的仙乐声中，莅临宫顶上空，向大王唱起预言的歌：

若不知道这是什么曲，
这是天母草原鲜花曲。
时机不重要我不唱，
有事特向侄儿唱首歌。
快把岭国神族召集起，
森珠达孜宫前来聚议，
快把雪白的大帐支撑起，
把六部大众召集到帐里。
木雅已向岭国进军，
敌人将在日落时来临。
天空的云轮团团转，
虚空的风轮声声鸣，
大地的火轮熊熊燃，
隆隆的雷声充满了仇恨。

木雅王骑着会飞的木雕，
十八对人皮袋子提手里，
众多鬼魅给他引道路，
口中唱着黑风旋转曲。
要想制服木雅国王，
须有善于引度的上师，
只有把他的灵魂引度到极乐界
才能降伏他不净轮回的躯体！
你们君臣七人应到木雅去，
把木雅地区变成正法地，
去后可得到所需的法物，
并把梅萨绷吉带回岭地；
玉昂敦巴则应该留在木雅，
其他灵魂统统引度到乐土去。

天母唱毕，像彩虹一样，立即消失了。

第二天，雪山顶子戴上金冠的时候，岭国六部大众举着旗幡，吹着海螺，纷纷向玛底雅达塘大滩集合，在大滩中搭起了“通瓦衮曼”白色大宝帐，宝帐内设着金座、银座、松石座等各种座位。金座上坐着制敌宝珠王格萨尔，旁边坐着王子扎拉泽杰。其他座位上分别坐着叔伯长辈及勇士大臣们。在大宝帐周围，按天母的预言，幻变出了无法想象的众多营帐，那营帐密密麻麻，多得就像群星落在大滩上。格萨尔装成觉如的样子坐在神帐里，丹部萨霍尔国王的后裔丹玛大将防守在神帐周围。

木雅方面，玉昂敦巴留在了木雅。玉泽、玉雏及赤杰、秦恩等君臣，坐进各自的长翼大木雕，盔顶上的旗幡颜色各不相同，准备向岭国出发。梅萨绷吉在空行神族和战神等诸神伴随下，向木雅王等送行后留在木雅。木雕一齐起飞了，宇宙间一片隆隆之声，云轮、风轮、火轮飞速转动，很快到达了岭国上空。这时，岭地上沟升起了一团绵羊似的白云，岭地下沟升起了一团山羊似的黑云，白云和黑云就像绵羊和山羊搏斗一样在空中互相撞击。霎时响声震天，大地狂风呼啸，天地就像敲铙钹一样。闪闪电光中，黄雷就像冰雹骤降。正当岭国各部落惶惶惊恐时，木雅玉泽敦巴王乘着木雕，手持天铁霹雳金刚杵，嘴里唱道：

若不认识我这人，

我住在东方木雅好地方，
在那玉喀丹巴王城里，
我玉泽敦巴美名扬。
前日金色的太阳刚冒山，
岭国七姊妹擅自来到玉日山顶上，
盗去了木雅的法宝竹子三节爪，
失去了肉还得用肉来补偿。
该对抗的黑面敌人要对抗，
男仇女恨应该讲的就要讲，
食物合心胃口开了就要吃，
话到时候理直气壮就要讲。
岭国无故杀人太凶残，
我应该挥兵来反抗，
责问他们为何要盗木雅宝物，
衣没破洞强打补丁为哪样？
我还幼小刚满八岁时，
岭人杀了我父亲歇庆王，
父仇像磐石永远不消失，
女恨像松柏永长心坎上。
女人偿还酒过了三夜便为迟，
男儿报父仇三年不晚有志向；
人的兴衰成败难估量，
就像路有高低曲折难直往。
报男仇前后一天可实现，
解女恨一年时光不算长；
我这不同的七种红霹雳，
劈山倒海威力世无双。
须弥大山也能捣毁成粉末，
浩瀚大海也能把底翻朝上，
这大滩上下布满了营寨，
红霹雳转眼能把它扫光。
若不把岭国搅个地覆天翻，
我木雅王白白活在人世上。

唱毕，木雅玉泽敦巴王做出要把红雳霹扔出去的样子。大臣秦恩说："你要扔霹雳，就向格萨尔的白色大宝帐扔吧！"

木雅王果真把红色霹雳对着白色大宝帐扔去。因为那宝帐有各种战神在保护，那霹雳碰到宝帐只像风吹了一下似的，显不出什么威力，只见一个个生铁霹雳落在宝帐顶。木雅王再也没有其他办法了，愁眉苦脸地焦急万分，乘着木雕飞船在空中盘旋。这时，秦恩在木雕飞船里吹起笛子与格萨尔进行联络。笛声的意思是："尊贵的圣人呀！你不要麻痹，应该时时警惕，不要把自己人和敌人弄错，对敌人应该狠狠打击。"

这时，大臣丹玛绛查登上森珠达孜神宫拉喀丹巴顶上，在白宝弓上搭上银箭，然后说："喂，木雅国王你听着。"说毕，唱道：

若不知道我是什么人，
现在被人称作丹玛王，
我射箭能百发百中不夸张，
人称我神箭手世上名扬。
木雅玉泽敦巴啊，
请听我来给你唱一曲：
我丹玛向前迎敌时，
好像捣毁白石崖的红霹雳。
你木雅大王做事太猖狂，
你竟敢鲁莽无理到此地，
你竟敢把那生命用度量，
你竟敢提着脑袋做生意。
我没向你木雅去挑衅，
你倒送上门来自找死，
你若敢向后面退三步，
只能与黑狗排列在一起。
不管你手中持的啥兵器，
它与岭国女人纺锤无差异，
我对那前来对阵的顽敌，
三步之外没有他们逃生地。
是英雄，昂首阔步来迎击，
是骏马，上阵要四蹄如风驰，
是宝刀，出鞘要让骨肉成齑粉，

是利箭，离弦要能射穿肉靶子。
我这箭袋里的银镞霹雳箭，
今天要拜见木雅大王你。
让你尝尝我神箭的滋味，
让你知道美丽岭国永无敌。
请千万天神的心爱子，
格萨尔大王倾心来鉴知，
请岭国战神前来援助我，
保佑我丹玛箭镞勿偏失。
保佑我神箭百发能百中，
把敌人的灵魂当作箭靶子，
把木雕的身子粉碎成九截，
让木雕的羽毛纷纷落大地。
你若有亲属快把遗言留下去，
你若有上师快从心中观想去，
在我神箭经过的道路上，
你的血肉要让狗、鹰来争吃。

丹玛对着玉泽敦巴唱毕，把箭对着玉雏敦巴射去，木雕被射成九截，坠落在地，玉雏敦巴被射死了。

这时，格萨尔王走出大宝帐，登上森珠达孜宫殿顶，在美丽的长投石索上装上了一块羊肚子大的炮石，然后唱道：

若不知道这是什么曲，
这是我格萨尔的英雄短调曲，
木雅玉泽敦巴国王你，
两只小耳静静听我唱这支曲。
今天你有来无还休想逃，
勾勾、嗦嗦天神来助力！
庄严神宫中的大梵天，
请保佑觉如投石神索显威力！
虚空战神金甲、金盔、金坐骑，
千万神兵前呼后拥围绕起，
神兵神将助佑觉如克顽敌，

助我把木雅玉泽敦巴狠打击。
玛旁雍措湖龙王邹纳仁庆，
松石盔甲青色水马胯下骑，
千万龙兵围绕在海里，
助我把木雅玉泽敦巴命根取。
哥哥东琼噶布，
弟弟龙树威琼，
妹妹妲莱威噶，
姑姑朗曼噶姆，
千万部众如云集，
助我把木雅国王狠打击。
威猛战神一千五百万，
地方神祇亿万还有余，
地方神、山神、守护神，
今日请来助我除顽敌。
太平年月我把你们来供养，
紧急关头你们应该来助战，
今天请降临来帮助我，
把玉泽敦巴的灵魂取。
你木雅国王名声虽然大，
近看不过是干树枝头小雀子，
在我觉如炮石经过的道路上。
叫你枝头小雀飞上西天去。
我的炮石有那绵羊肚子大，
放在花花投石索里敬奉你，
把你长翼木雕打成细粉末，
叫你木雅弟兄同去见阎王。

格萨尔王唱罢，从城顶把长长的花投石索一抛，羊肚子大的一团炮石打了出去，岗吉赤杰乘的长翼木雕被打成九截，掉落在地，守门的赤杰被消灭了。

玉泽敦巴见势不妙，迅速把木雕降落在地，从木雕中走了出来。只见他变成了一个黑松木筒子似的黑人，脸的上部淋着血雨，脸的下部弥漫着毒雾，嘴里露出了像岩石山一样参差耸立的牙齿，低着脑袋，无可奈何地待在那儿。

雄狮大王身上穿着神变的金刚铠甲，脸上好像布了乌云一般，两眼发出红红的电光，在一片威猛森严的怒吼声中，走下城来，像老鹰抓小鸟似的，一把抓起玉泽敦巴，问："玉泽敦巴，你为何来到我的地方？你为何把我岭国无罪姐妹关进牢狱？又为何把梅萨扣留起来做茶娘？现在你竟敢侵入我岭国圣地，还说什么要报血仇。看我给你好受的吧！我要把你往上抛，让你去走走日月行走的路；我要把你抛向半虚空，让你去逛逛部多鬼类的住处；我要把你向下掼，把你掼在石上成肉泥，叫你的灵魂好比油灯被风吹熄。你不要认为我是杀人的屠夫，须知我是引度你的上师。"

说毕，格萨尔把玉泽敦巴一把抓起，向天上、向虚空、向地下乱甩。

玉泽敦巴连忙求饶，表示忏悔："赡部洲格萨尔大王啊，我以前没有拜见过你，现在晋谒了，实在难得啊我过去没见过你，不认识你，不了解你，这是我的三种过失，今天在你雄狮大王面前衷心忏悔。我木雅玉喀丹巴城中有世界上稀世珍宝，我愿将这些珍宝全部献给你。我们三弟兄中玉昂敦巴是一个忠于教法的人，是一个心地光明、信仰格萨尔大王的人，请不要伤害他的性命，求你把他安排到你的大臣行列里。而我，平生造了许多恶孽，只求死后不受地狱的苦，把我引度到清净国土中去就感恩不尽了。"

格萨尔见他真心悔过，大动恻隐之心，便说："你能变邪念为善心，忏悔自己的罪恶，这就很好。我对你不伤针尖大的一点伤痕，不让你流跳蚤大的一滴血，不让你受半点痛苦，就能把你引度到事业胜利圆满的北方清净国土中去。"

说罢，把玉泽敦巴的灵魂完整地引度到北方清净国土中去了，虽然消灭了他的躯体，却没有让他受苦。

岭国君臣百姓一起回到森珠达孜宫中，商议君臣齐赴木雅的事。秦恩大臣对格萨尔大王说："去木雅的通道，上路有雪山，中路有石山，下路有大河，都难以通行。那木雕虽被射坏，如能把制造木雕的木匠、铁匠召来修理一下，还可乘木雕到木雅去。"

格萨尔大王说："聪明的大臣啊，你的话虽然有理，但那木雕是无形的神鬼魔类所用的，对我们有形的人不能适用。我们可以从上路去，上路的雪山，神骏江噶佩布可以腾空飞越，雪山阻挡不住。回来时，如有石山拦道，嘉纳有匹石马，可以用它来开道。明天是吉祥日子，我们君臣一块到木雅地方去吧。"

次日，当金色的太阳照到森珠达孜宫顶时，君臣七人准备出发。森姜珠牡捧着哈达，端着甘露美酒，前来送行，向君臣献上哈达，呈上美酒，向诸神祈祷说："无欺的天神、厉神、龙神、战神，请求佑助大王的事业顺利圆满！"

珠牡祈祷完毕，格萨尔君臣七人便启程上路，向木雅方向进发。

格萨尔大王一行七人，各乘坐骑，到达木雅的九峰雪山隘路口。宝驹江噶佩布唱起了"辟路歌"：

那莽莽的草滩树茂密，
我就出生在古沙草里。
父亲是梵天的神马，
母亲是龙王的宝驹。
我头像摩尼宝珠放光辉，
我耳像机灵哨兵探前敌，
我眼像金星从山顶升起，
我颈一伸像丝绸垂下地。
我上身长满羽翎像飞鸟，
我尾巴如悬崖瀑布泻千里。
今天我呼唤上师本尊和空行，
帮助我把木雅雪山来开启。

神驹唱毕，大步跨过大谷，小步跨过小沟，霎时打开了木雅雪山大门。君臣七人，由秦恩做引导，到达了木雅王宫，梅萨听说大王到来，连忙亲自出来迎接，献上哈达，敬上茶、酒。

君臣七人被迎进玉喀丹巴王城中后，依次按位坐好。这时，玉昂敦巴向格萨尔大王献上哈达，叩了三个头说："雄狮大王啊，过去没有拜见过你，今天拜见了，真是三生有幸。我愿向你顶礼、投诚、献身。请为我消除身体、语言、意念三方面的罪孽，消除无知、无见的过失。请允许我在雄狮大王尊前做虔诚忏悔。"

又说："我再三对玉泽敦巴说过，他若去与你格萨尔大王作对，这是毁坏今生和后世的罪孽，但他不听我的忠告，到岭国去了。他虽然是自己去找死，尚请大王大发慈悲，不要让他的灵魂坠入地狱！"

最后又说："现在，我把这里的一切，上至城堡、财物，下至亲属、百姓，全部献给大王。就连我自己，也愿做大王的一名臣子。如果不允许的话，请求在我有生时日，不要把我遗弃，请大王开恩！"

梅萨听了后，又取出一条长长的白丝哈达献给大王："尊贵的大王，我出生在岭国，小时是父母的娇女，长大嫁给北方魔国鲁赞做妃子，中年返回故乡做了珠牡的伙伴，后又被派往木雅，在木雅弄假成真，做了玉昂敦巴的伴侣，我今生不想再改嫁了，只求大王准许我住在木雅，如果不行，希望把玉昂敦巴也带到岭国去，让他做个大王的臣子。"

格萨尔说："梅萨你说得很对。俗话说：'男子要有骨气，女子要有智慧。'

你是红色金刚亥母转世，必须回到岭国去。至于玉昂敦巴，他是木雅地方的头目。如俗话所说：‘与其在欢乐的他乡坐首席，不如在痛苦的家乡坐末位。’家乡虽然是个荒沙滩，也不愿离开到别处去；自家住房虽然小得像牛角，住起来也感到舒服；丈夫虽然是个屠夫，在妻子心中也是仁慈的男儿；长官能把百姓管理好，才能算作大丈夫；儿子能把父母赡养好，才能算作好后代。玉昂敦巴必须留在他自己的家乡。而你梅萨，今生的命运，来世的指引，以及谁是你的施主，我可以照你的请求办理。”

大王又向玉昂敦巴说：“木雅地方的矿藏和各种财物，除了去嘉纳需要的几件法物之外，其他财物岭国什么都不要，由你做主自行掌管。”

玉昂敦巴听后万分感激，立即派人给木雅各部落百姓送去书信，下达通知，命令木雅百姓速速来向世界雄狮大王礼拜。

不久，人们纷纷从四面八方汇集拢来，向大王叩首、礼拜，献上数不清的各种食物。人们依次就座后，格萨尔开始给木雅部众讲经。为了把黑暗愚昧的木雅地方教化成信仰白色善业之地，为了使那里的百姓太平安居，大王告诫人们要弘扬白色善业，并祝愿木雅地方能在水里淘出黄金，能在山上开出白银，能使草木繁茂，水源长流。又给玉昂敦巴进行了消除今世恶孽，引度后胜到极乐世界的法事。大王做完了祈愿法会，带上到嘉纳所需的各种法物，君臣七人带着梅萨一同返回岭国。

第二百零六章 共命鸟无奈献多珍女 晁通王违命假装病危

一天晚上，在那天界法宫中突然涌现出朵朵白云，天母朗曼噶姆驾着白云，莅临森珠达孜宫上空，向格萨尔唱起招引挤奶能手多珍姑娘的预言之歌：

要得到除妖的法物，
先要得到人身鸟翅的共命鸟，
能把共命鸟招引前来的食物，
只有山中羚羊才最好。
那羚羊上体毛色金灿灿，
褐色的条纹把脖颈绕，
下体碧绿犹如松耳石，
头上松耳石犄角一肘高。
尖尖的鹰嘴钩鼻一拃长，
毛色如涂酥油光闪耀，
内脏用来招引共命鸟，
外皮做成珍珠串般的索套。
森珠达孜宫的主人格萨尔，
快快把这只山里贱种诱杀了，
杀后把它的灵魂送到极乐园，
尸体留作诱饵招引共命鸟。
神箭手丹玛和慧眼珠牡妃，
同往黄河川天然坛城展索套，
丹玛守在金刚霹雳石崖上，
珠牡在旁精心打扮梳妆好。
羚羊贪恋美女神魂颠倒时，

快用雕翎箭把它一箭射倒，
剥下它金黄色的外皮做套索，
再把它的尸体往远处抛。
丹玛手持白色宝弓坐原地，
珠牡快到圣地去找共命鸟。
在那汪洋大海的正中央，
巍峨的须弥山比天高。
在那须弥山的山洞里，
躲藏着一对夫妻共命鸟，
珠牡快变作一只鸟飞到洞口去，
去把它夫妻说些什么探听好。
探明了情况快快飞回来，
把消息向丹玛做报告。
由于梦兆不祥雄鸟必出洞，
雌鸟受惊也将出鸟洞。
这时快将套索抛出去，
共命鸟夫妻必然落网套。
大王的事业不用去怀疑，
大王的心愿一定能达到。

天母降下预言，格萨尔立即叫来珠牡和大臣丹玛，吩咐道：“珠牡和丹玛你俩，赶快到黄河川天然坛城地方那座金刚霹雳石崖上去，丹玛坐守在石崖上，珠牡精心打扮起来，让人一见就能动心，把松耳石角羚羊迷恋住。我在森珠达孜宫顶上坐禅，把松耳石角羚羊的灵魂引向正法道路上去。”

两人遵照大王的吩咐，各自行事。丹玛坐在石崖上，把箭搭在宝弓上等着。珠牡精心打扮起自己来，她头上戴起祖传十八代的松耳石、珊瑚、珍珠、金银头饰，身上穿起祖传十八代的各种锦缎衣裳，打扮得像夏天碧绿草滩上争相开放的五彩花朵；容貌像晴朗夜空皎洁明媚的明月；弯弯的眉毛，好像消了白雪的高山，行走起来，举步轻盈，腰肢犹如柳条迎风摇曳，眼睛好似秋风吹动湖面，清流涟漪，微波荡漾。嘴唇一动，妙语滔滔，那语言就好比吉祥宝瓶中盛满的甘露，正在用金瓢舀出一般。那姿态真是天上少有，地上无双，人类见了，不免神魂颠倒，眼花缭乱，忘记吃喝；兽类见了，只知呆呆痴看，忘记了猎人藏在山后，不知躲开。

珠牡打扮好后，就在那里卖弄丰姿，来回走动。那松耳石角羚羊见到珠牡，便动了贪恋的心。它想：嘉洛森姜珠牡这个女人，听说就是引起霍、岭纠纷的根子，霍、岭两国杀得人仰马翻，原因就是为了她，如果她没有长得这样艳丽，怎么会引来那样的祸端呢！

正当羚羊在神魂飘荡、想入非非的时候，丹玛祈祷道："请正法神宫里的大成就者沙拉哈巴洞鉴，请为丹玛大臣的神箭把路来指引。请森珠达孜宫顶上坐禅的格萨尔大王明鉴，请护佑丹玛的箭射中靶子。"

祈祷毕，一箭射去，正中羚羊的胸膛，羚羊倒地身死。丹玛剥下皮子，用皮子做成套索，在那里等待。羚羊灵魂被格萨尔引度到正法道路上去了。

丹玛射杀了羚羊后，珠牡回到拉喀丹巴王城，她变作一只鹫鸟，外形长着灵鹫的羽毛，中间长着灵鹫的脉风，内体长着灵鹫的心性。变成鹫鸟后，飞上天空直向须弥山飞去。到了那里，她在洞口悄悄探听，只听雄共命鸟在对雌共命鸟说："爱妻啊，不要睡觉了，起来吧！昨夜三更，我梦见在那美丽岭国黄河川天然坛城大滩里，那松耳石角羚羊被一个丰姿迷人的妇女牵走了，后来又被一名神射手射杀了，它的灵魂已被觉如引度到正法道路上去了。那羚羊上身尽是肥肉，下体全是脂肪，是我们最可口的食物，我们应该立即到大滩里去享用。"

雌共命鸟回答说："俗话说：'男子汉若能自知分量，就可以去当国王；吃饮食若能自知肚量，就可以不要医生。'又说：'男人知自量，守坐自家无祸端，女人知自量，守住自家有福享。'别说去享用羚羊了，担心自己落入别人的罗网。那格萨尔前往嘉纳，开启嘉纳法门的时机已到，大王到嘉纳时需要的法物，有许多已在被征服了的木雅库房里找到，现在还要把我那疼爱的挤奶能手多珍姑娘也带去。俗话说：'捉鹫鸟，肥肉是诱饵；捉乌鸦，肠肚是诱饵；惩处贪婪者，财物是诱饵；制服贪吃者，食物是诱饵。'看来，那羚羊的尸体，是一个诱人落入套索的诱饵，还是不要去享用为好。"

雄共命鸟听后，不以为然："常言说：'女人的主意，骒马的脚程，都是靠不住的。'你的话就好比用牛羊的心肺来炼油，能够得到什么精华呢？不要多嘴多舌了，我是一定要去饱餐一顿的。"

共命鸟夫妻俩的谈话，被珠牡听得清清楚楚，她迅速飞回岭国，如实告诉大王和丹玛。这时，那雄共命鸟体大犹如三岁的公牦牛，展开翅膀，飞出山洞，那翅膀扇动的风声好比千雷齐鸣，直向岭地飞来，落到金色羚羊尸上，贪婪地吃起来。它不多时就吃光了羚羊下身的肉，吃得肚子鼓胀，飞不动了。正在这时，丹玛抛出珍珠套索，把雄共命鸟套住了。

雄共命鸟苦苦哀求："请不要杀我，我可以把自己的伴侣雌共命鸟马上召到这里来。"说罢，"咕告、咕告"地大叫起来。那凄苦的叫声充满天地，野草听了也要低下头，雪山听了也要流下泪。雌共命鸟听到伴侣的叫声，又想到前晚不祥的梦兆，知道事情不好，便将洞里自己产下的那个独蛋挟在翅下，循着叫声，飞到雄共命鸟跟前来探望。丹玛连忙又抛出套索，把雌共命鸟也逮住，和雄共命鸟一起，献到格萨尔大王面前。

格萨尔大王说："共命鸟夫妇，听说你俩有个女儿名多珍，我到嘉纳去时必须带她去，如果你们把女儿献出来，你们夫妇今后可以由我大王负责饲养。"

共命鸟夫妇听后，连忙叩头求饶："尊贵的格萨尔大王啊，以往只听说过陛下的圣名，没有亲自朝见过，今天有幸亲自朝见了，并聆听了陛下的谕示，这真是我们夫妇的福气，但我俩的女儿还在这个蛋里，还没有孵化出来呢。"

这以后，经过了七天七夜，从雌共命鸟带来的那个蛋里孵出了一个十分可爱的小姑娘，身体像松石上镶着白螺一般，约有七岁年龄那么大，十分引人喜爱，这就是多珍姑娘。

一天，君臣们共同会晤，格萨尔大王说："听说嘉纳十分炎热，瘴气很大，有什么办法可以防治呢？"

众大臣听后无人出声。这时，雌共命鸟在一旁说："尊贵的大王啊，请大王大发慈悲之心，使我今生快乐，后世不入地狱，如能这样，防避瘴气的衣服，我可以设法把它找来。"

大王说："快去把避瘴气的衣服找来吧！至于让你们后世不堕地狱的事，我可以做主，请放心吧！"

共命鸟夫妇商量以后，由雄共命鸟飞到大海那边，在大海那边的沙洲上，采了一些黄金，放在牲畜尿泡袋子里带了回来，献给大王，并请大王派人把这些黄金磨成粉末，随后雌共命鸟把这些金粉末蘸在湿漉漉的翅膀上，说道："大王啊，我现在就到嘉噶去，把这些黄金送给嘉噶国王。那位嘉噶国王平常到门域、白热和绒地去的时候，常穿一件名叫'阿才'的能防避瘴气的衣服，那衣服是用藏地阿才鸟和木才鸟羽毛织成的；这衣服外面有鸟王大鹏的羽毛，里面用红色锦缎做里子，我可用三七二十一天的时间，到达嘉噶国王跟前。到那时，请求宝珠大王你给嘉噶国王先刮一阵狂风，接着再把微风轻轻吹动，并降下催眠法术，让嘉噶君臣在微风中昏昏睡去。这样，我就可以让大王的心愿得以圆满实现。"说完，便向嘉噶方向飞走了。

到了三七二十一天那天早晨，当太阳刚刚照上嘉噶王宫宫顶的时候，雌共命鸟飞落到王宫顶上，说道："雪山藏地、嘉纳、白热，所有的地方我都到过，知道您嘉噶国王最虔信白色善业，我今天特来谒见您，谒见的礼物是从大海那边沙洲上采来的黄金，请国王赐予谒见吧！"

国王从寝宫窗口向外看去，见到一只稀奇古怪的大鸟落在王宫顶上，正在讲着人话。国王把大鸟叫到面前，那鸟把翅膀一抖，黄闪闪的金粉末全部抖落在石板上，然后献给国王。国王十分高兴，认为是一种吉祥的征兆，命人端出丰盛的果品、谷物，赐给鸟儿享用。晚上，把鸟儿安置在最高的寝宫里睡觉，以防秽气冲污了它。

当晚，雄狮大王命风婆母子九人，直向嘉噶国王王宫猛吹，使得嘉噶地方像来了奇寒的寒流一般，骤然寒冷起来，冻得河水都结了冰。雌共命鸟一边不停地拍着翅膀，一边喊道："阿曲曲！阿曲曲！为何这样冷？"

国王听到鸟儿的喊声，遂向公主曲茂措说道："女儿，你快把灯点上，内库房里有一个金箱子，里面存放着一件避瘴气用的宝衣，你赶紧取出来去给鸟儿披上。"

听完国王的安排，公主便将宝衣取出，为共命鸟披在身上。

格萨尔大王命令风婆向嘉噶吹了一阵狂风后，又吩咐她吹起了一阵温和的暖风，大王在风中布下了催眠的法术，国王以及所有人都中了法术，直到第二天才昏昏沉沉地醒了过来。而就在大家都在沉睡的时候，共命鸟带着宝衣飞回了岭地。

大王见到这一件世间独有的宝衣，心中自然十分欢喜。接着下了一道命令："快把岭噶布各部都召集起来，开会议事！"

一时，旗幡高高举起，螺声阵阵，送信的人，像大雪纷飞，有的在排列座位，有的在准备茶水、美酒、吃食，各理其事，经过一番忙碌之后，一切准备妥当，正待准备召开大会。

而在此时，岭国上下各部接到了大王的通知，有的骑着快马，有的徒步疾行，纷纷前来参加会议。正中间黄金座上的格萨尔大王，他上下观看，看到岭噶布所有人都到齐以后，说道："岭国神族的后裔们，木雅地方现在已经完全被征服了，到嘉纳去所需的很多宝贝现在大多也都找到了。但是现在还缺少阿赛玉热地方的松石发辫。这件法宝，不知阿赛罗刹将它藏到了什么地方。谁若知道，说出来重重有赏。"

听后，众人的喉咙像塞了蔓菁一样，鸦雀无声。坐在右排的达绒长官晁通微闭着双眼，心中暗自得意。只见他右嘴角绾着山羊胡须结，左嘴角绾着绵羊胡须结，头发上绾着征敌斧头结、判敌取胜结、英雄金刚结、吃肉喝血结、商官兴旺结、嘉纳高升结、木雅松石结等十八个发结，八条辫子披于脑后，辫子上挂有一百个美丽的松石。胸前挂大串珊瑚，护心镜闪闪发光。坐了一会儿，见众人无话，晁通再也忍耐不住，站起来向雄狮大王禀告：

以往岭地曾有三件事，
神族的后裔应牢记：

灵鹫无法飞到的地方，
总管王能够想出好主意；
遇事求神问卜不灵验，
总管能预知是凶还是吉；
事到临头无法应付，
总管能化险为夷出妙计；
如今正要他献计，
总管为何闭着嘴巴不言语？
大王啊，
阿赛罗刹在哪里，
我心中明白知底细！

晁通说着，用讥讽的目光向绒察查根望去。老总管像是没听见晁通的话似的，闭目不语。晁通见无人理睬他的挑衅，自觉无趣，接着说："在魔、岭交界的地方，有座红铜色大山，这是阿赛罗刹的命根子。当年霍、岭交战的时候，我追赶野牛、野马到那里，突然来了个跛脚黑脸汉，竟说我杀了他的牲畜罪该死。我俩打斗半日未分高低，退下来指着草滩来盟誓。黑脸汉就是阿赛罗刹，我俩盟誓和好患难共生死。请大王选好良辰吉日，由我晁通带路去找他，定能取得松石发辫。"

格萨尔一听大喜，忙让晁通先回达绒部等候，待选好日子就去找他。

大王决定下月十五日去寻阿赛罗刹，派人去请晁通。侍臣到了达绒部落晁通的帐前，见门口堆着一堆避邪忌门的石子，这是禁止外人进入的标志，就返回王宫向格萨尔大王禀报。雄狮大王心想，晁通又在装病，但时间紧迫，容不得多等，就派丹玛和米琼二人去将晁通请来。

原来，晁通自从那日在森珠达孜宫内当众表示与阿赛罗刹有旧，自告奋勇前去寻找阿赛，回来后又有些后悔，于是打定主意抱病不出。妻子告诉他，格萨尔大王曾派人来请他，见门口的忌人石堆后又转回去了。晁通知道格萨尔必会再派人来，得想个脱身之计。晁通正在想法子脱身，忽然从门缝中看见丹玛和米琼二人来了，吓得忙吩咐妻子赛措玛快去备茶，就说晁通长官内脉震痛、外脉病笃，四肢无法动弹，不能出来与二位大将见面。

赛措玛给二人敬酒献茶，殷勤备至。言说晁通重病在身，不能见二位英雄。

米琼说道："非常感谢赛措玛你用这样的好酒好肉招待我们，是因为晁通大人那天在格萨尔大王面前说可以带路去找阿赛罗刹。如今已到了出发的日子，却不见晁通来，格萨尔大王说就算晁通死了，只要尸骨没有消失，也要把他带去。生一场病不过是草尖上的露水，无足轻重。俗话说：‘派出去的人，射出去的箭，指向哪里，就要把哪里的事情办好。’如果他现在在家里，就算是用黑绳也要把他绑出来。请你把这些话转告给你的丈夫晁通去吧。”

赛措玛不敢把米琼话跟晁通直说，只对晁通说：“丹玛、米琼二人奉命前来召你，你还是不要装病了赶紧起来吧，否则还不知他们会怎样对付你呢。”

晁通又命赛措玛为二位大臣献上了一些礼物，拿出更多好吃好喝的招待他们，无奈丹玛和米琼二人不吃不喝，定要见晁通，说大王有要事在等他。赛措玛又进去向晁通转告，晁通仍坚持不肯出来。米琼要给他诊病，晁通不肯出来，也不让米琼进去。赛措玛夹在中间为难，她只好向二位大臣说道：“两位大臣是智慧渊博的上师的弟子，是品学兼优的父母的后代，是一听就明白道理的长官。请看在礼品的分上，晁通长官说，内脉震动、外脉病笃，服汤药口舌辣疼。再说医生也有三等，上等医生看病能除根，中等医生看病误时辰，下等医生看病要人命。他怕遇到下等医生，不给他活命的余地。所以现在只等挨着，请两位大臣向雄狮大王禀明实情。”

米琼说道：“米琼我是然洛敦巴坚赞的好侄儿，是精通病理的名医，现在有我在这里还怕什么，晁通王不让我进去探病也没有关系，请他将红线的一头绑在脉上，我来看看他究竟得了什么样的病，这样就算大王问起来，我也能够有所答复。”

赛措玛只得将米琼的话转告给晁通，他想了想，如果坚持不让他们探病肯定会露出马脚，于是吩咐赛措玛将红线的一头绑在鹦鹉的脖子上，另外一头则交到米琼手上。

米琼在门外拉着红线的一端，仔细地诊断起脉来，他很不高兴地说：“我要诊断的是人的脉象，而不是鸟的。”

晁通便将红线又拴到了猫的身上，米琼又说：“这下等畜生的脉我也是不需要诊断的！”

晁通无法，只好把红绳拴在自己的小拇指上。米琼又说：“晁通的脉好奇怪呀，脉中无病可诊，这是无病装病、没死装死的花招呀！”

他一边说着，一边向丹玛挤挤眼睛，接着唱道：

晁通装病装疯又装死，
没有痛苦偏要找苦吃；
要问晁通的病情轻与重，
我医生明白晁通也自知。
嘴头挂一只谎皮袋，

肚子里揣一条坏肠子，
诡计多端为人不老实，
奸诈狡猾做事无信义。
阿赛罗刹究竟在哪里，
为何不懂装懂假报消息？
当初开口不说老实话，
现在改口来不及。
不要装病快随我俩去，
当心黑绳拴起黑狗闹无趣，
若不把你带到大王座前，
我俩比死去九次更焦急。

听米琼如此一说，赛措玛羞得无地自容，慌忙进去劝晁通立即与他二人去见大王："俗语说：'话儿虽没有利刃，却能剜掉人们心上的油脂；风儿虽没有翅膀，却能扇动山岗上的树木；清水虽没有爪子，却能把黄土刨成沟壑。'那米琼的话，就是对石头说，也会把石头穿透。再不去见雄狮大王，大祸就要临头。"晁通却不听赛措玛的劝告，不但不出来，反而叫赛措玛继续撒谎，告诉丹玛和米琼，说他上身正在发烧，下身在发冷，腰间冷热相交，病重时喘气像拉大风箱，病轻时喘气像拉小风箱，病不轻不重时，胸腔里的心像羊羔蹦蹦直跳，吃药粉像吞糌粑，喝药水像喝奶茶。赛措玛实在不愿再替晁通撒谎，就把他放在阴阳交界的地方，头上枕着吹火皮袋，嘴里像大皮袋吹火一样呼哧呼哧喘着粗气，上身露在烈日下暴晒，下身在阴冷处冷着，把脚拴在一个木桩上，阵阵抽搐，好像被毛绳绊住在蹦跳一样，把糌粑粉一撮一撮地往嘴里丢，像是吃药粉；把奶茶大口大口地往嘴里灌，像是喝药水。

这样弄好之后，赛措玛又出来对丹玛和米琼说，晁通真的病重，恳求二位大臣向雄狮王禀报，晁通不能进宫见大王。

二人见晁通这般无赖，再也不能忍耐，遂闯进内室。见晁通那副无病装病、自找苦吃的模样，又好气又好笑。

晁通见丹玛和米琼进来了，羞得无地自容，吓得浑身发抖，只得闭上嘴巴，憋气装死。

丹玛一见晁通两眼向上翻，吓了一跳，以为他真的死了。米琼可没被晁通骗住，他一使眼色，二人不由分说，将晁通放在马上驮着就走，任凭赛措玛在后面怎么哭喊，晁通也不睁眼。丹玛和米琼扬鞭催马，直奔森珠达孜宫而去。

格萨尔见晁通的身体僵硬，吩咐把他放到马圈里四方磐石上，请三十位上师念经，请三十位英雄祭奠，请三十位妇女煨桑，然后进行火葬。大王请一个属虎的人去点火，丹玛自告奋勇，前去点火。

丹玛把东方的火门打开，将火点着。这时候晁通真的后悔了，他把眼睛睁开，求救似的看着丹玛。丹玛说：死人睁眼睛不吉利，抓了把灰向晁通的眼睛上撒去。晁通只得把眼睛闭上。丹玛又把南面的烟路打开，点着火。晁通这下可急了，伸出一只手，竖起拇指向丹玛求饶："同是一个长官的部下，不要把活着的人烧死呀！"

丹玛故意装作惊奇：死了的人怎么能说话呢？不吉利呀！遂向晁通的手打了一木棍，晁通疼得缩回手，不再吭声。接着，丹玛将北面、西面的火路都点燃了。

晁通见大火已熊熊燃烧起来，为了活命，立即修起避火大法。因此，四面大火烧毕，晁通仅被火熏黑了身体，并没有被烧伤。晁通暗想：再装死下去，格萨尔还会想出很多办法对付我，不如趁早求饶吧。想着，晁通一骨碌翻身坐起，双膝跪着，趺趺撞撞地爬到雄狮大王面前，双手合十，恭恭敬敬地向大王告罪："大王呵，我的好侄儿，我没病装病真该死，没死装死自讨苦吃，生死本是人生的道路，不死装死我糊涂又可耻。寿命不能用庹来度量，我的苦乐全靠大王你。是王是臣看其座位就知道，是官是民听其说话就明白；朋友亲属看其招待就知道，叔侄好坏患难时便可知。我叔侄相亲相爱如父子，谁想离间都白费心机。大王的命令我怎敢违抗，只是我与阿赛有盟誓，不能说出阿赛罗刹在哪里。"

格萨尔见晁通那副丑态，心中不悦，口中不语：这晁通，发议论就像滔滔江河无休止，出诡计宛如苍苍天门大敞开，要威风恰似巍巍山岳倒大地，遇强敌就像猥琐的懦狐狸。如今又怕违背誓言，不肯说出阿赛罗刹在哪里。岭地众人谁也不知罗刹的下落，叫我怎样才能找到松石发辫?!

第二百零七章

知情人守誓再三推诿
雄狮王亲求阿赛行踪

见大王焦虑，丹玛忽然想起一个人来，于是向大王报告道："大王呀，阿赛罗刹也许就在霍尔和岭国交界的地方，我曾听卓郭达增说过，他曾经到过那个地方，也许他能够帮上点忙。"

在一旁的扎拉王子也想到了，他说："丹玛说得对，因我年小不懂事，阿赛罗刹好像真的就在那里。当年父亲嘉察去抗击霍尔时曾对我说过：'我若能回来，自不必说；我若不能回来，当格萨尔大王要去嘉纳时，一定告诉他，卓郭达增知道阿赛罗刹的下落。'"

大王连忙命丹玛去请卓郭达增。丹玛并不迟疑，飞身上马，来到卓郭的帐前，见门前立着九个忌门石堆，丹玛勒住缰绳，双脚把马镫一蹬，唱道：

若不认识我这人，
我是察香丹玛绛查，
是丹地上部的王族，
是萨霍尔大王的后裔。
去年年初开始时，
嘉纳寄来金信有要事，
请求大王立即到嘉纳，
为嘉纳皇帝解除忧愁。
为此岭国六部开会议，
雄狮大王亲自来召集，
你卓郭为何不到会？
我丹玛奉命来找你。
北方阿赛在何地，
只有你卓郭达增才知悉；

大王命令你赶快把路带，
定要把阿赛降伏在手里。
你若胆敢来抗拒，
灾难就会来找你。
九十九种重刑到时对你不留情，
大王派我丹玛事先前来告诉你。
若在家中，快到门口来迎接，
若在山上，家人赶快传话去。
倘若不能当面来对谈，
只好挥刀射箭比高低。

丹玛唱毕，把那紫檀木大门上的门环撞了三声，卓郭达增听到门环的响声和刚刚丹玛的歌子，他对妻子说道："冈萨阿钟呀！快给大臣丹玛献上五彩的哈达，敬献茶酒，殷勤招待，并请他转告格萨尔大王：大王到嘉纳去需要的宝物哪些已经到手，哪些还未找到，这些情况我都知道了。至于尚未找到的法物，我现在实在无能为力，请大王多多原谅！"

冈萨阿钟出门向丹玛献上哈达，又敬茶来又献酒，把丈夫的话对丹玛原原本本说了一遍。丹玛听后，怒气横生，训斥道："在我岭国圣地上、中、下六大部中，上至高贵的总管大王，下至鞣皮子、放羊的牧人，谁敢不听大王的命令！你卓郭达增竟敢违抗大王命令，真是不自量力！"说着，抛出一个绵羊大的石头，只听惊天动地一声巨响，紫檀木大门和城墙被砸倒了，丹玛冲进了城。

这时，卓郭达增躲在一个里面十八层、外面十八层的房子里，自信丹玛虽然冲进了城，也没有什么可怕，但他又想，格萨尔的法纪严明，大王的命令是不能违抗的呀，如违抗了，定将招来不幸。想罢，一声不吭，悄悄待在房里。

丹玛冲进城后，不见有人前来问候，更加怒火燃胸，他想道，俗话说："石头打在角尖上，血会从乳头上流出。"他便挥起大棒，冲进厨房，把水缸、坛罐全部砸毁，弄得遍地是水。然后再登上城顶，把城顶上的旗幡、宝幢全部扯毁，抛到城垛下面。卓郭达增看到丹玛的所作所为，实在忍耐不住了，马上戴上白盔，穿上白甲，腰上佩好三种利器，冲到城头上喊道："丹玛，你这个黑嘴灾鸟呀，你下马时，已给你卸鞍铺垫，拜献哈达，敬茶献酒，所有礼节都已做到，你为何不以礼相待，竟然砸我城门，毁我家什，扯我旗幡，这样耻辱的事，我祖孙三代还未遇到过。"

卓郭怒气难遏，口里直冒青烟，臂上肌肉蹦跳，额上胡须颤抖，一把扭住丹玛，互相厮打起来。两人你来我往，斗了一个时辰，未分胜负。卓郭说："过去凡是前来犯我的敌人，从没有让他逃出三步之外，难道你丹玛今天竟想逃走？”

丹玛说：“我也和你同样，对于来犯之敌，当面也没有让他占过便宜，对于求饶的人，我也从来没有虐待过；狂暴的人一个个被我压下去，弱小的人一个个被我扶起来，这就是我丹玛的脾气。”

说罢，把手放开。卓郭说：“听说你是神箭手，我俩就来比比射箭吧！现在我们先进屋里吃饭，最好的上等茶酒不能用来招待你，最次的下等茶酒你又不会接受，就用平平常常的中等茶酒、肉食、麻油来招待你吧！”

说完二人一齐向屋里走去。经过阶梯时，互相都提防着，谁也不肯向前，二人只好肩并着肩，臂擦着臂一齐走下阶梯。

吃罢饭，卓郭对丹玛说：“我俩到门外把盔、甲、盾三种武器，摆在那牦牛大的磐石上，每种武器各垒九层，看谁有本事射穿。”丹玛表示同意，并互相言定，用屋顶经幡以下，门槛以上所有财产作为赌注。然后二人走到门外，把盔、甲和盾放在大磐石上面垒好。

卓郭一箭射去，九重白盔被射穿了，但甲和盾仍安然在磐石上面，丝毫未受损。

丹玛接着把箭射出，不但射穿了九重盔甲和盾，连那牦牛大的大磐石也被射成粉末，一时尘土飞扬，那箭射碎磐石后，直穿到对面，草地上射出了一个能容六斗粮食的大窟窿。

卓郭说：“俗话说：‘上午假若赌箭没输，乞丐的儿子也无权来讨赌注；下午如果箭赌输了，国王的儿子也无权不交赌注。’我俩厮拼不分胜负，却交了一个朋友，今后不能违背誓言，不能给亲友丢脸。”

丹玛说：“呀呀，同我作对的人，脚板下面我没有放脱过他，对于愿意友好的人，我则把他捧在头上。对顺从我的人，我知道应该怎样体贴，我俩还是盟誓结为朋友吧！”

于是卓郭又把丹玛请进屋内留宿，并摆上丰盛的筵席招待，甜甜的米酒，香香的烧酒，一杯接一杯不断敬上。丹玛佯装灌饮，其实在卓郭不见时，他把酒暗暗泼在地上，因而口里滴酒未沾。卓郭却喝醉了酒，要约丹玛同睡，丹玛推说要守护自己的欧珠丹巴马，没有和卓郭同睡。

深夜，丹玛竖起耳朵，悄悄地听，只听到卓郭对他的妻子冈萨阿钟说：“从前绒国和岭国分地界时，我同赞拉托嘉交了朋友，霍尔和岭国划分地界时，我又和阿赛罗刹交了朋友。今天又和岭国丹玛交了朋友。谁是好汉，谁的箭法好，我就和谁交朋友。这样，今后我就无忧无虑了。”

丹玛听后，立即给欧珠丹巴马鞴鞍，像大将射出的箭一样，迅速星夜回到森珠达孜宫前，向大王叩首，献上哈达，然后把听到卓郭给其妻子所说的话原原本本向大王报告。

格萨尔大王听后，微笑道，“大臣丹玛呀，你办事办得很好。现在我要率领七名大臣披挂整齐，亲自到卓郭那里去。”

君臣们立即出发。卓郭站在自家房顶上，看见远处来了一帮人马，知道是格萨尔大王驾到，连忙对妻子说：“冈萨，格萨尔大王到了，你赶快去奉马迎接，我来铺设坐垫，准备迎候。”

冈萨出门，接过马缰绳，向格萨尔大王献哈达，把大王等一行迎进屋，依次就座，然后用金壶献上香茶，用银壶献上美酒。卓郭也向大王献上九色哈达，敬上茶、酒、肉、酥油等丰盛的食品，然后说：“尊敬的大王啊，大臣丹玛来问我阿赛罗刹在什么地方，我不知道此人，也不知道他住在什么地方，无法奉告，实在遗憾！”

格萨尔答道：“上师培养的是信众，长官培养的是部属，父母培养的是儿女；在山谷里盘旋的是大鹿和野马，在水里漫游的是鱼儿和水獭。你寄希望于我是一辈子，我寄希望于你只是这一次。上面巫师的推算，下面卜者占卦，上界天母预言，都说只有你卓郭一人知道阿赛在什么地方。现在需要你马上出发去寻找，否则九十九种重刑在等着你！”

卓郭达增听后，又献上了一条长长的雪白哈达，向大王拜了三次：然后说：“雄狮大王啊，你是具备无烦恼的先知先觉者，阿赛罗刹在什么地方，你是能够判断出来的。但你来问我，我确实不知道。”

“你不要说谎话来骗我，阿赛在什么地方只要你讲出来，上方的牧场，下方的农田，中间的住房，你想要什么，大王就给你什么。”

卓郭表现出很受委屈的样子说：“我如果知道，不告诉大王，又能告诉谁呢？我真的不知道啊！”

大王有些发怒了：“应该怎样去修持善事，应该怎样去解除恶果，这些话，就像毛绳疙瘩一样，都给你细细地讲了，但你仍然不醒悟，开口不说实话，看来你是厌恶人世，向往阴间了吧？”

于是，抽出无敌宝剑，对卓郭胸前一指，把卓郭吓死在地。大王把他的灵魂送到了十八层地狱。卓郭的灵魂在地狱受尽了痛苦，他亲眼见到那些喜欢黑魔和阿赛的人，一个个都受到宰割分尸的酷刑，他也看到那些虔诚信佛和心向格萨尔的人，人人都享受安乐和幸福，他便悟解前非，虔心归向格萨尔。大王看出卓郭已经有了悔悟，便给他洒了几滴甘露净水，把他的灵魂摄入体内，让他复活过来。对他说：“如今你尝到滋味了吧，你卓郭的心是向着我呢？还是向着阿赛？”

卓郭悔恨地说：“我明白了，若再迷恋魔类，难逃地狱之苦，我愿说出阿赛罗刹居住的地方，但是，因为我和阿赛曾经盟过誓，违背誓言是可耻的事，所以，我不能与大王同去。如果一定要我去，请大王将我捆起，我还要恳请大王不要伤害阿赛罗刹。"

格萨尔对他的请求一一答允。

到了十五日，岭国君臣九人开始出征到阿赛地方去。一直走了七天，到达一个城坛般的大滩里。周围红色的山头好像红施食堆叠起，黑色的山梁好像黑色牦牛扬着尾巴，山脚下有一条大河，河水奔流不息，君臣们就在这里扎下营寨。

卓郭达增说："大王啊！这里离阿赛的住地很近了，这里有他所变化的毒水、毒草、毒树等。在那座山后面，有座好像喷着血水的红山，在那巍峨的山梁上，有个煨桑台，下方长着一棵独树，树下有个像柜子般的大磐石，阿赛经常就在这个地方游荡。为了使岭国的人们不易看到他，他常以树木、磐石做掩护。现在那里是否有他的脚印应该派人去仔细察看察看。"

大王立即问："谁愿意去察看？"

米琼卡德站起来说："如俗话所说：'吃饭应该让老人先吃，做事应该由青年人去做！斧头、绳子和干粮，应该落在仆人的背上。'察看的事，已经落在我身上了。"

米琼说罢，骑上"鼠头鸟翅"马，神气十足地出发了。他到了山上，见到一座神奇肃穆的煨桑台，在煨桑台的下方，有棵孤零零的独树，树下真的有一个柜子般的大磐石。细看周围，山坡上每隔一庹长的地方就有个脚印，山腰间每隔三庹长的地方都有个脚印，山下面每隔五庹长的地方也都有个脚印。米琼仔细察看了以后，在磐石附近放下三颗小白石子作为记号，然后返回营地，向大王禀报道："卓郭达增说的情况一点不假。"

卓郭达增又对大王说，"明天再派一员大将前去察看吧！若发现那里有青苔，有土林和红树林，可千万不要撞着，不要接触。阿赛如果幻变为河流和虹光，也不要去理会它，只要观察看清楚有无米琼说的那种脚印就好了。"

卓郭说毕，没有一个人自告奋勇前去。这时晁通说道："大王啊，老妖阿赛我俩曾经结为密友，我可以按照大王设想的那样，既把阿赛收服到手，又不让他身上受到一点损伤。我可以到阿赛那里去。"

第二天，太阳刚刚照在山头上，晁通便给他的"古古饶宗"马鞴上鞍鞯，飞身上马。他骑在马上，那山羊胡须迎风飘动，他摇头晃脑，鼻头做出一动一动的样子，向阿赛住的地方走去。他到了山梁上，向四下观看。看不见一个人影，听不到一点声音。他为了表示曾亲自到了那里，便在那棵独树下面，像嘉纳的狗儿打滚一样，乱滚一通，弄出了一些好像有人在那里搏斗过的痕迹来，并在旁边屙了一泡大便，然后返回到格萨尔面前，装出很了不起的样子，一本正经地向格萨尔大王说："大王啊，米琼说的很对，我到了他说的那个地方，在山口那边正巧遇上了阿赛罗刹，他对我说，'朋友晁通啊，你为何违背誓言，擅自跑到我的地方来？'我当时想把他征服，便和他搏斗起来，我俩连铠甲都来不及脱，两人就扭打起来，拼了半天，不分胜负，到了最后，他连大便也收拾不住了，只好拉在搏斗的地方。斗罢，我俩就像山羊和绵羊打了架，各走各的路了。要制服他，最好赶快前去。"

晁通说的话，所有人都不相信。格萨尔想，晁通为人奸狡，他的话很难相信，于是对米琼说："米琼，你像上次那样，赶快再到那里去察看一次，看看那里是否有阿赛的新脚印。"

米琼遵照大王的命令，立即到了山口那边的独木树下仔细察看。米琼回来向大王报告："大王啊，阿赛以前的脚印不知哪里去了，也看不出他和晁通搏斗过的任何迹象，只见在那独木树后，踏了许多像狗转圈圈的脚印，旁边还屙着一泡大便，臭气熏天，令人恶心死了。啊呀呀！讨厌！讨厌！"

卓郭达增又报告说："根据这些情况看来，阿赛肯定还在家里。现在应该派大臣丹玛到煨桑台下面去，坐在那像柜子一样的大磐石上面等着。这时阿赛会来说：'我生病了，需要一只雪鸡来治疗，但没法找到，你能找到吗？'他可能会变成上师、长官或乞丐等人物前来和丹玛说话。这时请大王变出一只雪鸡来，由丹玛射获后交给他，然后丹玛就能返回营地来。"

于是大王又命令丹玛："丹玛呀，你就按照卓郭所说的去做吧！快去快回，不得耽误。"

丹玛想，这是大王亲自下的命令，就是叫我到死魔那里去，我也得去。于是他很快地到了山脚边，在那柜形大磐石上盘腿坐着。坐了一会儿，只见突然有个上师，上眼皮垂着，下眼皮拖着，脸上布满了皱纹，弓腰驼背，两手拄着拐杖，背上背着一个口袋，向丹玛走来。

丹玛朝他问道："你这个弓腰驼背的上师，今天从何方来？要到哪里去？请你不要隐瞒照实说。"

老上师回答说："我今日从阿赛地方来，过去和现在，我都在阿赛家中从事供养。我意中的弓弯向美丽岭国，听说岭国对可怜的人施放布施，那珠牡王妃是施主，她喜欢对穷苦无依的人们进行救济，我心中的箭也指向岭国，眼中的靶子也立在岭国。我要到美丽岭国去，希望到那里能够获得吃的和穿的。我已经年过六十，如今老病复发，上身发热，下身发冷，腰间寒热交织，行动不便，请为上师行个方便，给诊个脉，施点药物，救救无依的人吧！"

丹玛看了上师的打扮，听了上师的述说，心中暗暗明白，这老东西就是阿赛的幻身。于是丹玛佯装不知道的样子说："我不懂医术，不会看病，也没有什么药物，只知道那边有个医生，精通医理，你就到那里求医去吧。"

这时，格萨尔幻变出一只雪鸡，正在丹玛顶空飞旋。老上师对他说："我短短的眼力过去未见过，但长长的耳朵却曾听说过，听说你察香丹玛绛查是有名的神箭手，如果真的名不虚传，那么，我现在正需要一只雪鸡来治病，请你给我射下这只雪鸡吧。"

丹玛想，若能射下雪鸡，也许就真的能把他骗到雄狮大王那里去，于是一箭射去，射落了那只雪鸡，交给上师。丹玛向老上师逼近，那老上师却远远地向后避开。这时，突然乌云遮天，急风骤起，刮走了丹玛手中的雪鸡，上师也无影无踪了。再向煨桑台看去，只见后面走出了一个松树一般粗壮的又跛又秃的黑汉，丹玛正想射出一箭，那黑汉又突然不见了。于是他便忙返回营地，把情况向格萨尔做了报告。

格萨尔听到报告以后，立即跨上神驹江噶佩布飞上天际，霎时到了阿赛的章卡嘉茂城，然后把神驹留在西门，自己很快地转到了东门去潜听。只听见阿赛对阿尼贡杰国王说："山后扎有格萨尔的营寨。我见到了丹玛，他射死了一只雪鸡，被我拿到手了。如果再能得到一只旱獭，吃了这两样，我就能得到铁命，再不用怕任何人！"

阿尼贡杰国王说："你即使吃了雪鸡和旱獭，也绝不会有什么好处。你应该知道，格萨尔王是霍尔白帐王和魔王鲁赞的命主。不是还流传着这样的说法吗？'松石发辫本来长在阿赛头上，中间将经过格萨尔的手，最后的用处在嘉纳。'你不论如何逃匿都无济于事，格萨尔的慧眼能够洞察一切，你是无法逃脱的。"

阿赛听后，知道格萨尔已到，遂化作一段清风，从东门逃了出去。大王只觉得头顶上风吹动了一下，心里还弄不清是什么原因。在那西门守候的神骏江噶佩布却已经知道阿赛逃跑了，遂大声嘶鸣起来。格萨尔赶到西门，跨上神骏，迅速返回营地。

卓郭见大王回来了，便问大王："阿赛说些什么？"

格萨尔把在山那里听到的一切告诉了卓郭达增。卓郭达增说："请大臣丹玛如前次一样，再走一趟。到了山那边，若看见像旱獭似的石头，你便把衣服盖在上面，守在那里。阿赛见了，会变成一个老上师来向你讨旱獭。阿赛的灵魂是寄托在他家里的铸铁锅上的，他若把旱獭得到手，当他回去煮旱獭时，石头就会把铁锅碰烂，喷起的灶灰，会把他的手脚烫伤，会把他的五官烧焦，使他发出疼痛难忍的呻吟声，使他幻变的神通失效，到那时，就可以制服他了。"

格萨尔说："丹玛，你就再去走一趟吧。你到山那边以后，等那老上师出现时，我会把石头变成旱獭，让你射死。你把旱獭的尸体给那老上师以后，就迅速返回，千万不要耽延。”

丹玛又迅速到了山那边，阿赛真的又变成了一个老上师出现在丹玛面前，并对丹玛说：“那天得到了雪鸡，吃了后病情好多了，为了让病很快痊愈，请再给一只旱獭吧！”

丹玛抬头一看，那石头真的变成了一只旱獭，嘴里发出吱吱的叫声，跑上跑下。丹玛一箭把旱獭射死，然后拾起来递给阿赛，随即返回营地去，把射杀旱獭的情况向大王做了报告。

大王又跨上神驹来到章卡嘉茂城的西门窃听，只听见阿赛对阿尼贡杰国王说：“今天我俩不能用大铁缸，也不能用小铁锅，只能把中等铁缸支起来，舀上三瓢水，这样来煮旱獭肉吃。”

贡杰王照此办法支起了锅灶，阿赛把旱獭朝铁缸里一扔，只听“铛”的一声，铁锅被砸烂了，喷出来的灶灰，烧伤了他的五官，痛得他直叫唤。阿尼贡杰王说：“俗话说：‘山羊毛搓成的投石索，打到山羊自己身上。’你也不想一想，格萨尔怎么会把好吃的东西送到你贪吃的嘴里？现在你只有赶快逃到高高的山头上，或跑到低低的大海边去躲藏起来。”

阿赛迅即化作一股冷风逃走了。格萨尔感到左肩上面有一股冷风吹过，知道那是阿赛逃走了，便转到东门，骑上神骏返回营地。

第二天，岭营移到了阿赛住地的一个断崖谷口驻扎下来，卓郭达增说：“今天有哪位大臣可以到阿赛住的第三层城堡里面去看一看？”

晁通又抢先说：“我去！”晁通嘴里虽这样说了，心里却十分害怕。他到阿赛城堡的外层，只敢在外面向里面窥视，却不敢进到内层里去。他在门外围着拴狗桩转了五六圈，踏了许多脚印，便回营向大王报告说：“我本打算冲到内层去，但在外层门口就碰上了阿赛，他一见到我就向我喝道：‘违背了誓言的人，你为何到此地来！’我俩铠甲都顾不上脱，便扭打起来，斗了几个回合，忽然吹来一阵疾风，阿赛却不知去向了。”

格萨尔说：“叔叔说的是真的吗？你每次出去打猎，都没本事弄到肉吃，你善走的小腿每次外出，都没有本事走到尽头。阿赛和你见面，没有一次不搏斗，这是真的吗？还是米琼再去察看一番吧！”

米琼领命以后，来到了城堡中层，听到城堡内层发出可怕的响声，他未敢进入，只好退了出来。他在外城门口仔细一看，发现在拴狗桩周围有几圈狗的脚印，并有狗扒过土的痕迹，他便返回营地，把情况向大王做了禀报。

卓郭达增说：“看来，明天我们最好把营寨移到阿赛的命魂大滩里去，到了那里，请大王变化出一个大营来。然后你和神子扎拉泽杰及共命鸟的女儿多珍姑娘三人留在营里，其余的把马赶到阿赛的花园里去放牧。”

次日，大王真的这样做了。人们把马群赶到阿赛的花园里去吃草。这时，阿赛变成一个非常漂亮的美女。这美女长得肌肤洁白，皮肉细润，面容娇艳，好似鲜花刚刚开放；眼波闪闪，好似流星闪烁；笑声咯咯，好似珍珠滚动；迈步姗姗，好似新建的经堂开门；发辫上悬挂着串串珍珠，珍珠放射出万道金光。美女到了牧马人们跟前，开口说道："岭国的贵人们，你们把马赶到这里来放牧，这是很难得的呀，我们来交换礼物吧！长长的腰带，短短的靴带，戒指和耳环，念珠和手镯，我们来把这些东西互相交换吧！"

岭国的大将们都猜到这美女一定是阿赛幻变的，一个个闭口不作回答。只有晁通在想：这美女一定是阿赛的女儿。他的心意顿时被美女的艳丽所迷，使得他神魂颠倒。于是晁通施出了各种手段，对这美女进行戏弄，打算勾引她做自己的妻子，晁通这时身穿金刚寿字黄锦缎袍，腰系秋水绿色绸丝带，头上梳着十八个发结，臂后披着八瓣发辫，下巴上抖动着山羊胡须，他指着身上的穿戴说道："美人呀，我拿这身上的穿戴交换你的鞭带、靴子、戒指、耳环，可以吗？你的父亲是什么族姓？你的母亲又是什么姓氏？你自己的姓又是什么？你的生辰八字我虽然没有卜算过，但是我俩属相缘法正好巧合；我虽然没有与你的父亲、叔伯们商议过，但是，你命中注定要做我的终身伴侣。"

说罢，走近她的身边，姑娘也表现出十分高兴的样子，两人相互拥抱亲热起来。两人正在交换扎物时，大将们把他俩抓住，那美女却渐渐退向后方，边退边说："岭国将军们，你们不回去吃饭吗？如果需要回去，我来给你们放马。"

晁通附和着说道："妇女是不会偷马的，我们回去吃饭吧！"

于是把马留给了那美女。大将们一起返回营地，把情况向留守在营中的人做了报告。卓郭达增听后说："不能把马留在花园里，快去招马赶回来，不然马会被阿赛藏起来的。"

格萨尔也很不高兴："所有的将领们，特别是晁通，快去把马赶回来！"

大臣们见大王满脸怒色，赶紧回到养马的地方，到了花园里一看，不用说马，连马毛也不见了。将领们急忙返回禀报情况，卓郭达增劝大王不要忧虑，请米琼明天到阿赛的上、中、下马厩分别去察看一番。

第二天，米琼便出发前去。他到了下马厩，不敢再往里走，只听得神驹江噶佩布在马群中发出长嘶，那声音震响天空，就是在天神住的天宫中也能听见。于是，米琼连忙返回把情况报告了大王，格萨尔听后，又吩咐丹玛去察看。

丹玛遵命前去，先看了外厩，再往中厩门口走去，守门的小罗刹身高两尺，面似黑铁，手执鞭鞘在门口防守。丹玛抽出红柄宝刀一挥，把那小罗刹的头像削蔓菁似的砍了下来。丹玛冲到里边，只见阿赛手持套索，正在捉马。愤怒的神驹江噶佩布，全身像个火球，火光闪闪，跃来跃去，其余马匹横冲直撞，阿赛始终无法把马捉住。阿赛想：晁通那匹坐骑“古古饶宗”，原是我父王克泽热巴的坐骑，何不把它叫来。正在这时，丹玛冲了进去，举刀正欲砍时，阿赛又立即变作一股清风逃走了。丹玛四处寻找，没有找到阿赛，只好赶着马群返回营地。

当卓郭达增问谁再到阿赛那里去察看，晁通又自告奋勇。但是他到了阿赛九层楼的下层，听到楼上有响声，心里疑惧，不敢上楼，只是围着柱脚团团转了几圈，踏了许多脚印，然后返回营地报告说：“我到了阿赛九层楼下，听见楼上有响声，我正想冲上楼去，不料阿赛虎凶凶地奔下楼来对我说：‘违背诺言的你，干尽了上楼拆毁梯子、下坡踩塌地洞的坏事，你到这里干什么？’我一听便和他扭打起来，斗了几个回合，未分胜负，正在扭打当中，突然刮来一阵急风，他便不知去向了。”

卓郭说：“叔叔晁通说的都是天上的花，乌龟的毛，兔子的角，没有一样可信，还是米琼再去察看一次吧。”

米琼像流星似的赶到阿赛的城堡内，当他登上第三层楼时，只听楼上响声大作，不敢再上，只好在门口放了三颗白石子，然后返回营里把情况做了报告。格萨尔说：“别人去都没有把事情办成功，还是派英勇、机智的、到哪里就能把哪里的事办成功的丹玛去。一定要把阿赛城堡里里外外的情况和阿赛在说些什么、做些什么察看清楚。”

丹玛便骑上额珠点巴马，好似大鹏从巢中飞出，很快到了阿赛城堡里。丹玛登上第八层楼，没有听见动静，只见茶房内有一位白发苍苍的老妇人正在铁锅里溶化酥油。于是丹玛向那位老妇人问道：“老奶奶，为何只有你一个人在家？别的人到哪里去了？阿赛在家吗？”

那老妇人毫不理睬，一句不答。丹玛怒上心头，遂掀翻铁锅，砸烂所有的家什，把水泼在地上，再攀上九层楼顶，把那些马尾缨绳、伞幢、煨桑台、神龛等全部捣毁，扔到楼下，这时，阿赛罗刹突然出现了。他身形和丹玛一般高大，愤怒地吼道：“哎呀呀！丹玛你这个黑乌鸦，为什么专门与我过不去？我是专门给升天的人搭梯子，给入地的人挖地洞的。我与你旧无杀父之仇，新无辱女之恨，不论过去或现在，彼此都没有什么仇恨。我祖宗三代，还没有出现过被人捣毁楼顶法器、水洗茶房的事。你这般无理，我要和你拼个死活，拼不过，也要落个两豹相斗，皮肉无完好的下场。如做不到这样，我不算父王老魔克泽热巴的后代！”

说毕，两人便打斗起来，斗了几个回合，不分胜负。阿赛说：“我阿赛可以变成有形，也可以变成无形，从来没有斗不过的对手，今天却胜不了你，几乎让你逃脱，这叫我怎么能服气？”

丹玛也说："我也和你同样，过去敢和我对阵的敌人，我没有让他退出三步远，今天却斗不败你，心里也有些不服气。现在既然难分胜负，我俩就像山羊和绵羊打了架，各走各的吧！"

阿赛说："不斗不和。现在已经斗罢了，我俩应该讲和了！你和我到茶房里去，我用中等的茶酒肉食来敬你。我俩的臂力已经较量过了，难分强弱，还是来比赛射箭吧，你若胜了，我把从房顶以下，门槛以上的财产全部输给你，你若输了，把你们的大营全部输给我。"

丹玛也同意了，于是跟他进屋去吃了一些饭食，然后在牦牛大的磐石上垒起了九层盔、甲、盾。阿赛首先唱道：

剽汉若不能和剽汉来相比，
剽汉不过是山沟里的空名气；
快马若不能和快马来相比，
快马不过是草原里的烂脚驹；
利刀若不能和利刀来相比，
利刀不过是无用的白铁皮；
神射手若不能和神射手相比，
神射手不过是自吹的空名誉。
神箭手的称号我虽没有，
失败的想法也没考虑；
倘若一箭不能中靶心，
从此不会二次来射击。

唱罢一箭射去，射穿了九层盔帽、九层盾牌，铠甲和磐石则毫无损伤。丹玛把利箭搭在弓上，也唱了一支歌：

上等男子射一箭，
好比把纽子扣到纽门里；
中等男子射一箭，
好比在下巴上面抹胡须；
下等男子射一箭，
好比把油涂在眼窝里。
我的箭好比铁霹雳，
射向哪里犹如遭雷击。

要让九顶盔帽飞上天，
要把九层盾牌齐穿起，
要让九重铠甲落满地，
要把磐石击毁碎如齑，
要让阿赛的城堡归我手，
要让阿赛的马厩无马匹。

唱罢箭已出弦。这一箭，射穿了九盔、九盾、九甲，那磐石也被射成碎片，四处飞溅。马厩的墙也被射塌了一面。丹玛见阿赛正对着碎石片发呆，就伸手去抓他。谁知一把没抓住，阿赛不见了。但是，丹玛获得了赌注，阿赛的城堡已归丹玛所有。

第二百零八章 夺发辫岭人咄咄相逼 失宝物阿赛往生净土

第二天，太阳照到了雪山尖顶，传来了阿赛的声音。恰在这时，丹玛患了重病。米琼一看，知道是阿赛将丹玛的魂勾去了。格萨尔立即修起法来，将丹玛的魂重新招归本体，丹玛的病体就痊愈了。

格萨尔趁阿赛外出，率领随从，驰向阿赛的城堡。王臣们出发时，好像雄狮腾跃在雪山上，腰间三种武器，互相摩擦，铮铮作响，马蹄嗒嗒，大地发出响声；战旗飘扬，遮住天空日月；人喊马嘶，浩浩荡荡向阿赛城堡进发。

到了阿赛城堡内，大臣们争先恐后地夺取阿赛的珍宝财物，箱箧顿时一空。香甜的糕点，任人饱食。晁通走到一个油漆得光亮，雕刻得十分美丽，门环上镶嵌有金银花纹，门上挂有丝织哈达的大门旁边。他想，这门装饰得如此讲究，屋内一定藏有黄金、白银，以及其他珍宝。于是，他便把背靠在门上，把架在门上的那把魔刀取下握到手里，故作声势地喊道："除了格萨尔大王和我以外，任何人也不用想得到这屋子的一切财物，谁要是胆敢前来抢占，那就一定要发生内讧。"

说毕，气势汹汹地待在那里。将领们根本没有把晁通的话听进耳里。一个个忙把所有的黄金、白银、松石、珊瑚、水晶、丝绸、锦缎、茶叶、酥油、肉类、奶品、虎皮等夺走。然后把这些财物献给格萨尔大王一份，其余的全部均分，却没有一个人给晁通。

而在此时，晁通打开自以为是他的财产的描花油漆大门，不料这屋是阿赛罗刹打铁的地方，里面只有一些打铁的工具和一些碎铁。晁通又羞又恨，垂头丧气地待在那里看别人分钱财。

阿赛回到城堡中，看见城堡内满目疮痍，又气又急，心中想道："我的财产已被黑灾鸟丹玛夺去了，现在格萨尔和他的随从们已进入我的城堡，我要让他们连同我的财产同归于尽。

于是，他用魔法摄来九种霹雳，集中到空中的鸟路准备向城堡和岭国的将领们猛击。

正在这时，在天界神宫中，天母朗曼噶姆骑着白狮子，由十万空行母围绕着，出现在章卡嘉茂城上空彩云中间，向格萨尔降下预言道："格萨尔大王啊，你是三护法神的化身，在天空中的鸟路上，那阿赛罗刹集中了九种霹雳，准备向你们君臣头上猛击，你要赶快防御。你快变成大鹏鸟王噶杜札，把将领、马匹变成大鹏卵藏在羽翎下面，然后飞向天空，沿着太阳和月亮旋转的道路前进，去察看阿赛在干些什么，不然的话，灾难将要降临到你们君臣的头上。"

格萨尔遵照天母的预言，变成一只大鹏鸟，把将领们和马匹变成鹏卵，藏在两只翅膀下面，然后飞向天空，沿着太阳和月亮旋转的道路，边向前飞，边往下观察。只见那阿赛罗刹在空中鸟路上，一只手端着一盆火星迸射的生铁熔汁，一只手舞着九种霹雳，嘴里唱着得意的歌：

我阿赛在此生以前三世里，
曾是天神、厉神和龙神，
今生投生罗刹到人世，
父亲名字叫克泽热巴，
母亲森萨阿珍怀中生养我，
阿赛是我从小的名字。
我头上的松石发辫飘太空，
发辫上松石色的绸带扎整齐，
再系有流苏共三层，
海螺的流苏真美丽。
今天我来把众神呼唤，
祈请神助我荡胜顽敌，
阿赛手中这九种红霹雳，
今天要向岭国君臣头上击。
要使天翻地覆宇宙颠倒起，
要让日月无光太空黑如漆。
要让高山崩裂草原往下陷，
要叫无边的大海底朝天。
我虽然没有去侵犯他人，
被人欺辱须奋起去抗击；
我虽然没有向别人去挑衅，
战祸找到头上我决不回避。

无罪的男儿苦苦受折磨，
耸天的大树无故遭斧劈，
奔腾的河流常年遭桥压，
可爱的羊羔落到狼嘴里。
无罪的人安坐在自家里，
门口闯来了凶恶的强敌，
无故想把我的祖业抢夺去，
我阿赛有仇不报愤难息！
上面湛湛蓝天看得很清晰，
中间徐徐清风作证有根据，
下面茫茫大地张口把血饮，
山岩圆圆石头能把骨敲细。
我要向敌人头上挥霹雳，
将格萨尔君臣九人全击毙。
愿阿赛的愿望圆满得实现，
愿阿赛的事业永远得胜利。

阿赛唱毕，把九种红霹雳像下冰雹似的向城堡方向挥去，企图把城堡和城堡里的祖传遗产全部化为灰烬。然后向阿尼贡杰国王那里飞去，阿赛见到了阿尼贡杰国王说道："阿尼贡杰国王啊，格萨尔如此无理，到了这里弄得处处肉尽水涸，但我仍没有理会他。那个黑嘴灾鸟丹玛，闯进了我的城堡，把屋里的家具全部碰成粉碎，满地泼的是水，宏伟的城堡从顶到底，全部被毁。我俩厮打了半天，未分胜负，后来只好赌箭，比赛结果，他得胜了。那格萨尔君臣九人前来占领城堡，我只好飞向天空，向他们降下九种红霹雳，让他们和城堡同归于尽了。现在，我再没有什么可怕的人了！"

阿尼贡杰国王说："你怎么能把格萨尔消灭呢？你的话值得怀疑。那格萨尔，早上是宰杀生灵的屠夫，晚上是超度众生的上师，怎么可能如此轻易地就被你消灭？你先在我的这坚固的尼玛宗城堡里住上七天吧，如果还没有格萨尔的消息，那么才能证明你是真正的把他战胜了。"

阿赛听后也觉得有些惶惶不安，只好听从国王的吩咐，住到尼玛宗城堡里去了。

到了第七天，天母朗曼噶姆给格萨尔降下预言："大王啊，你快乘上你的坐骑，到阿赛的章卡嘉茂城东门，在那海螺般白色的城门里，有十八间库房，阿赛的松石发辫就藏在库房里，你快到那里去征服他。"

上走一趟。’你若舍得把松石发辫作为聘礼，我可以把珠牡带来给你。到那时，你我二人就像头和脖子不能分离，时时在一起，嘉洛家财产的主人和岭国六部大众的首领就是你了。万一格萨尔还能回来，你还可以当他的一名内臣。”

阿赛听后着了迷，高兴地说：“那个嘉洛森姜珠牡，我短短的目光虽然未见过，但长长的耳朵却听说过，她外表长得俊美，内心智慧超群，是天上少有、人间绝无的贵妇人，只要你能把她带来陪伴我，那你怎么说，我就可以怎么办。”

阿赛答应等把珠牡带来后，可以把松石发辫作为聘礼。他在心里暗暗推算着吉日良辰，准备迎娶珠牡。第二天，卓郭达增等七人返回营地，把情况向大王做了禀报。

大王听后说：“好，时间是不能耽误的，我们马上出发！当我们到距离阿赛城堡七步的地方，我将用身密神变把肉身变成珠牡。到了城里以后，我再用语密把语身变成一个牧马人，坐在最末的一个座位上。在婚礼宴席上，当亲友们正在吃肉喝酒的时候，阿赛一定会高兴得忘掉一切，现出原形来，到那时，你们就喊我一声，这时我就可以把他活活超度上天，把松石发辫弄到手。”

又过了七天，由共命鸟的女儿多珍姑娘留在营帐里守营，其余将领们陪着大王装成送珠牡出嫁的样子，熙熙攘攘地向阿赛城堡走去。在离城堡七步远的地方，格萨尔变成了珠牡，容颜艳丽非凡，穿戴十分华丽，头上佩戴着祖传十八代的各色松耳石，身上穿着祖传十八代的锦衣，蓝绸夏衣穿在里面，紫色锦缎水獭皮冬袍披在外面。这冬袍是用一百只公猿的背皮、一百只母猿的腹皮缝制的。缝制时用一百只幼獭皮子做缝衬，用喝过狗血的豹子的皮子镶袍边，用兽中之王的皮子做袍领，用吃过人肉的老虎的皮子做纽扣。她站起来，容貌压倒人间一切美女；她坐下去，威力镇服三界各个地方；一百个男子见了她神魂颠倒，一百个女子见了她口中叹息。她笑出声来，好似珍珠滚动；她双唇微动，好似在舔木碗；她目光闪闪，好似流星飞动，她含情脉脉，好比花蕊待放；她眉毛弯弯，好比远山雾罩，她皓牙整齐，好比海螺排列；她微微一笑，酒窝圆圆。她身上佩戴的饰物，发出锵锵的响声。近看时，她好像一枝正在盛开的鲜花；远看时，她好像一轮冉冉升起的皓月。说她是凡人，她和仙女没有区别；说她是仙女，她又生在人间。

太阳照上城顶时，在将领们陪同下，“珠牡”等到了章卡嘉茂城门口。阿赛听说珠牡到来，欢天喜地到城门口迎接。

进入屋里，宾主按排好的座位坐下，格萨尔的化身觉如坐到最末的一个座位上。这时他头上戴一顶黄羊皮帽子，身穿一件破羊皮袄，脚上套着歪歪扭扭的马皮靴子，身上爬动着虱子，面黄肌瘦，黑色的皮肤下面鼓起一条条青色的大筋，那样子十分肮脏猥琐，一看就是个放牧人的样子。

婚宴正在隆重地进行，浓浓的酥油奶茶已经斟了三次，甜甜的美酒也已敬了四巡，新鲜肥美的牛羊肉请了上来，香甜的奶酪酥饼一盘接着一盘，各种精美食品应有尽有，席上的人尽情吃肉、喝酒，席下的人尽情唱歌、跳舞。正在这时，卓郭达增说："朋友阿赛啊，这位嘉洛森姜珠牡，是人间少有的贵人啊。她向前迈一步，能值百匹骏马；她向后退一步，能值百头犏牛；她发结一动，能值百头牦牛；她睫毛一闪，能值百只山羊；她开口一笑，能值百只绵羊；她唱一曲，能值百匹骡子；她容颜美丽赛鲜花，身材窈窕如仙女。她呀，不论是嘉纳人或嘉噶人，不论是卫藏、霍尔、姜、朵康等地人，谁看见了她，谁都慕羡不已。今天我把她带到你跟前来，这完全是为了老朋友的情面。现在，岭国的将领们都想对你进行朝拜，你应该显现出你那美丽的身形，满足大家对你仰慕的欲望，同时也让珠牡欢喜一番。我们陪送的各个大臣若能见到你美丽的原形，就不会再有什么要求了。"

阿赛想：朋友的话有道理，应该听从，于是他现出了原形。只见他满身披挂的都是红松石、白松石、黄松石、绿松石等各种美丽的松石辫子。当他正在夸耀这些宝物，让大家观看时，晁通本应该喊："达子，放马去！"但他口不从心，失口喊道："觉如，放马去。"

阿赛一听有人在喊"觉如"，立即怒道："朋友呀，你怎么背信弃誓，违背誓言呀？你把觉如带到这里来干什么？"

说着他立即变成一个虎头人身的怪物，手中挥舞着一把利斧，向卓郭等冲了过去。格萨尔一时收不回神变，仍旧是珠牡的样子，和阿赛恶斗起来。"珠牡"为了不让卓郭违背誓言，没有用铁器打他，只挥动黄刺杆在阿赛脖上打了几下。

卓郭这时说："对于阿赛，我有誓言在先，应该谨守誓言，如有违背誓言，我岭国君臣就会发生内讧。"

大家正在专心听卓郭讲话，阿赛却又像虹光一样，一晃就消失了。格萨尔只好收回神变，带着随臣们返回神营，大家都闷闷不乐。

一天，快要黎明的时候，天母到了神营上空降下预言："明天是月尾二十九日，晚上阿赛将回到他的城堡里来，如果这时不能把他制服，那以后就没法制服他了。明天制服阿赛的时候，你可用语密呼唤天神、龙神和虚空神，呼唤所有的战神，吁请他们派神兵堵住阿赛的逃路。"

第二天，金色的阳光映照着碧绿的河水，格萨尔大王君臣们又到了阿赛的章卡嘉茂城堡，大臣们把城堡团团围住。城堡里有个柜子般大的磐石，那是阿赛的寄魂石。格萨尔在磐石上铺起坐骑的马垫，然后在上面打起金刚趺坐，唱起呼唤众神的歌。

听到格萨尔的祈求呼唤，上界天神、空界厉神、下界龙神，及各种战神、山神的神兵纷纷降临，好比大雪纷飞，铺天盖地而来，整个天空和大地都让神兵占满了。由于神兵太多，互相拥挤，身上的箭矛互相碰撞，发出闪闪亮光。这时，阿赛躲在房里，心中充满恐惧。

阿赛见如此众多的神兵天将，知道再难逃脱，顿时泪如雨下：

今天我阿赛遇难实可怜，
救我的父亲望穿双眼无踪迹，
护我的母亲喊干嗓子不答理，
爱我的亲友呼遍大地无消息，
依靠的长官遇难之时找不到，
至亲的密友紧要关头各奔东西。
想不到在那湛湛蓝天道路上，
日月母子竟被罗睺来吞噬。
今日想逃没有路可逃，
今日想躲没有藏身地，
想去搏斗臂膀无力气，
阿赛的命竟要归西。

阿赛罗刹唱毕，眼泪像断了线念珠一样，滴滴答答滚落在地。他双手把胸脯捶得像敲鼓一样咚咚作响，嘴里发出像撕布一样嚓嚓的爆裂声，鼻孔里喘着像拉风箱一样噗呲噗呲的粗气。他想，一个人知道没有活的余地就去找死，会让人讥笑为懦夫，既然明知活不了，不如奋起拼死一搏，给后世留下个故事。于是他冲出房门，立即幻化成一只斑斓猛虎，张着血盆大口，上唇接着白云，下唇贴在地上，火红的舌头在空中摇晃，松木树杆粗的尾巴在地上扫来扫去，接着一声大吼，那吼声好比万雷齐鸣，震得大地隆隆回响。就在这隆隆声中，老虎向大臣和将领们扑来，丹玛一个箭步抓住他的耳朵，同时用力把它往地下一捺，老虎啃了一嘴黄泥。

晁通一时手忙脚乱，也想在大家面前显一下威风，准备去抓老虎的尾巴，但又胆怯，当正想伸手又不敢伸的时候，不防被老虎尾巴一甩，甩到对面柱脚石礅上，砸得昏死过去。喝完一顿茶的时间过去了，晁通还未苏醒过来。

这时格萨尔跃到丹玛跟前，指着老虎说：“阿赛，不论你有多大本领，现在也逃不脱了！天母有预言，你的松石发辫是我到嘉纳去降妖的法物，如果你好好交出来，那我们不会伤害你。将来你就是寿终谢世了，也不会让你下到地狱，我保证把你引度到极乐国土里去。”

阿赛听后，顿时回心转意，对大王产生了无限敬仰的心情，立即恢复原形，恭恭敬敬对大王说：“尊贵的格萨尔大王啊，以往只听过你的大名，从来没有拜见过，今天有幸拜见了，真是三生有幸，这样的机会，实在难得啊！过去我阿赛心意糊涂，在身、语、意三方面都造下罪孽，请准许我在你雄狮大王面前做虔诚的忏悔！我是罗刹，不能和人类一块生存。再说我以前生在天界时，是天魔哈巴拉让；生在虚空时，是厉魔如扎纳布；生在龙界时，是龙魔多哇纳布。我以后转生到人间成了罗刹，对白色善业没有什么好处，善业建立起一箭那么长，我就要摧毁一矛那么长。我对农家也没有什么好处。嘉纳种茶的人说：‘茶叶丰收了，为什么茶的味道不香？’其实，茶的香味早被我吸食了。藏地种青稞的人说：‘青稞长得很好，为什么打不起粮食？’其实青稞的穗头早被我偷走了。放牧的人说：‘奶牛产的奶很多，为什么奶里打不出酥油来？’其实，奶里的酥油早被我摄走了。冶炼金银的人说：“矿石的含量很纯，为什么炼不出金银来？’其实，金银早被我偷走了。我不能和人类一块生存，我只求大王把我的灵魂引度到清净国土里去。我有十八间库房，钥匙由守门的叔叔阿尼岗迦掌管，库房里面密藏着南赡部洲所有的奇珍异宝，其中还有你到嘉纳去所需的各种法物。请转告阿尼岗迦叔叔，这些法物我全送给大王你。除了送给你的以外，余下的财宝求你用来修建那身、语、意所依附的庙宇、白塔。庙宇里供起佛像，作为后世英雄勇士、妇女们的依怙，同时还可把殿宇留给后代瞻仰。现在，请你们君臣到外面回避一下，我要收起原形，幻变成另外一个样子。”

君臣退了出去，阿赛真的收起原形，立即变成一个年约十八岁的青年男子，然后对岭国君臣说：“我的财产已经交代完了，只是还没有用饮食很好招待你们，现在就招待一次吧。”

于是，摆出各种精美食品，用丰盛的食品招待格萨尔君臣。盛宴之后，阿赛对大王说：“引度我的时候，请准许我的灵魂附在头发尖上，以免我的体温散失。在我城堡里那个柜子大磐石下方长着一株草，把那株草割下来插在我的身上，我身上的所有松石就会自动流到你们跟前，你们再用草把松石串成发辫就是。”

格萨尔大王按照阿赛所说做了以后，各式各样的松石真的不断自动流出来。长的松石有男子十八庹那么长，短的松石有女子十八庹那么长，有白松石辫一百条、红松石辫一千条、黄松石辫一万条、绿松石辫十万条，面前还出现了青松石毯子四条、珊瑚大氅十八件、白螺无缝衣服、三层彩虹靴子等各种奇珍异宝。大臣们忙用草秆把那些耀眼的各色松石一串串地穿起来。格萨尔遵照阿赛的请求，让他在毫无痛苦的情况下，把他引度到清净国土中去了。阿赛终于降服了，法物终于到手了。

格萨尔大王说："晁通被虎尾巴甩到石礅上摔昏过去了，还未醒来，把松石留一份给他吧。"

丹玛说已经给晁通留了一些，但是当晁通醒来时，留下的松石都变冷了。他再没法用草把松石穿起来。

格萨尔吩咐扎拉泽杰、大臣丹玛及米琼卡德三人将阿赛的叔叔带来。丹玛等三人按照大王吩咐，到了阿尼岗迦那里。阿尼见有人到来，连忙前来接马，把客人迎进屋里，按主客的座位分别坐好后，阿尼说："诸位长官、将军到了这里，真是难得啊！不知我的侄儿阿赛现在怎么样了？"

丹玛把真实情况从头到尾，详细告诉了他，然后说道："你现在就和我们去拜见雄狮大王吧，十八个库房的钥匙要由你亲自交给大王，大王是人间的活神仙，对于虔诚信仰他的人，他会恩赐给福分享受的。"

阿尼岗迦知道大势已经如此，自己也无力挽回。侄子阿赛也作了很多恶，造了很多孽。好在格萨尔大王已经超度了他的灵魂，这也是最好的归宿。立即准备了很多礼品，与丹玛三人一齐到了大王殿前。阿尼向大王叩首献上礼品，恭敬地说："我阿尼是九代王室的后裔，虽曾听老人们说过格萨尔大王的英明，但从来没有亲自拜见，今天有缘来到大王座前万分荣幸。听说我的侄儿已被大王引度到清净国土里去了，实在感激不尽。我今天特来向大王献上十八个库房的十八把钥匙，请大王发慈悲，赐给我福分。"

格萨尔见阿尼如此诚心，十分满意，对他说道："你能遵从天意，交出十八把钥匙，这很好。我已答应了阿赛的请求，他的财宝，除去嘉纳所需的法物外，将全部用来修建庙宇，宣讲善业，要使这个罗刹地方，处处庙宇林立，宝塔罗列，白色善业之光普照大地。"

大王说罢，对他宣讲善业，醍醐灌顶，赐给他长生不老、返老还童的法术。阿尼立即变成了一个年约十五岁的男童，再三向大王谢恩，然后返回住地去了。

英雄格萨尔

〔卷五〕

降边嘉措　编纂

作家出版社

格萨尔征战图

战神九兄弟

征服米努绸缎宗

地狱大圆满

格萨尔传王位给扎拉泽杰

安定三界后，返回天界

目 录

第二百零九章 别故乡大军齐赴嘉纳 存疑虑乡亲再三阻挠

三月初十日，米琼奉雄狮王之命，登上城楼，敲起法鼓，吹起法螺，扬起法旗。岭地六部百姓应召前往森珠达孜宫前的平坝上。为了庆祝降伏阿赛罗刹，臣民百姓要欢庆三天。三天中，想吃肉的，成堆的肉任你吃；想喝酒的，甜甜的美酒任你喝；想唱歌的，扬起美丽的歌喉；想跳舞的，踏起轻快的舞步。格萨尔大王将从阿赛城堡中得来的金银、松石、珊瑚、绸缎等物，一一分给各部首领及百姓。然后向大家宣布，十五日是吉祥的日子，这天就启程去嘉纳。随大王前往嘉纳的有丹玛、米琼、晁通、卓郭达增、秦恩、噶德和小姑娘多珍等，共十二人。

十五日很快就到了，岭地君臣十三人已经装扮整齐。王子扎拉、老总管绒察查根、王妃珠牡等人出城相送。

总管王绒察查根走出人群，向格萨尔大王献上一匹宝马、一副盔甲、一把宝刀和一条五彩哈达，唱道：

提起我总管王世人皆知悉，
我和雪山同时形成在大地，
我和大滩同时诞生到人世，
我和山岳同时出现在寰宇。
如今我年迈力不及，
白发好比枯草倒在雪地，
两臂无力宝弓拉不动，
身体衰老盔甲披不起。
这骏马、盔甲、宝刀和哈达，

是送别大王的饯行礼。
到了嘉纳焚妖尸，
为嘉纳皇帝解忧虑。
谨防嘉纳的鬼魅损害你。
大王要好好爱惜身体。
办完事情不要贪财物，
勒转马头快快返故里。

格萨尔收下总管王的礼物，又回赠了一条哈达，说："母亲做的食物味道好，叔叔讲的话有道理。三年之内，我一定将嘉纳的妖尸焚毁，也会迅速回岭地。请总管叔叔放心。"说罢，向总管王行了三次碰头礼。

王子扎拉走上前来，献上金银、松石等礼品和吉祥哈达，对大王说："求大王带我到嘉纳去，最好把众英雄也都带去。如今大王要我留岭地，总管王年迈，丹玛又随您去了嘉纳，岭国再遇入侵之敌难抵御，大王啊，您要安置妥当再离去。"

格萨尔大王看了一眼心爱的侄儿，拉住他的手说："扎拉啊，遇事要和长辈多商量，丹玛走了，总管王和辛巴梅乳泽还留在岭地。有他二人辅佐，我是放心的。叔叔此去是为给嘉纳皇帝解除忧虑，为嘉纳百姓谋利益。我定会把一年的路当作一月赶，一月的路当作一日行，快去快回，侄儿放宽心。"说完，格萨尔又赐给侄儿一个护身符。

珠牡右手捧哈达，左手端美酒，心疼地嘱咐："大王啊，一路上要多加小心。大王的眼睛好比莲花正开放，小心别让寒风袭；大王的耳朵好比树叶长枝头，小心别让冷气冻；大王的鼻子好比柔软的酥油，别让空中烈日晒化流遍地；大王的舌头是语言的根本，别让恶言坏食触舌碰嘴皮；大王的心像莹莹的水晶瓶，别让损伤生裂隙；大王的双脚像清风生双翼，当心跛脚的人来侵袭。今日是吉祥的日期，吉祥的君臣去嘉纳，愿天上地下万事皆吉利，事业成功人马平安返故里。"

珠牡唱罢，众英雄围了上去，每人奉上一支利箭，妇女们每人献上一颗松石，父老们每人献上一条哈达。雄狮大王一一收下，辞别众人率部下出发。

格萨尔一行，朝着东方，马不停蹄地走了一百零七天，到了嘉纳上部的纳瓦查里。格萨尔变幻出人马帐篷，驻扎在这里。营帐分上、中、下三部。上部营帐好像展开的画卷，众多的上师在帐内念经；中部营帐好像环扣相连，长官们在帐内商议政务；下部营帐好像堆起的供品，商人们在帐内摆满货物。上部的营帐一直扎到雪山根，帐顶与雪山山尖一样高；下部的营帐一直扎到大滩边，帐绳的角钉在大滩边的石缝里。白帐房连着白帐房，好像雪山排列；黄帐房连着黄帐房，好像黄金堆叠；红帐房连着红帐房，好像烈火燃烧；青帐房连着青帐房，好像海水连天；绿帐房连着绿帐房，好像芸草萋萋。格萨尔居住的白色大宝帐立在各色帐房中间，用一千零二根柱子支撑，一百零八根帐绳拉紧，帐檐上装饰着各种璎珞、流苏和宝石。帐顶正中立着经幡。世界雄狮大王格萨尔庄严地坐在宝座上，令朋友敬仰，敌人生畏。

营外的大滩上，拴马的绊绳比流水还长，牛马不计其数。

君臣们在纳瓦查里一直住了三七二十一天，还不见嘉纳派人前来敬茶迎接，大王心中有些不悦，对大臣们说："嘉纳送来金信，说请我来，我们日夜不停地赶路，可到这里已经二十一天了，还不见人来迎接，我们不如返回岭地吧。"

众人见大王不悦，也无话可说。倒是晁通觉得就这样返回不合适，费了那么多力气才得到降伏妖尸的法物，如今一事无成，半途而返，岂不被人耻笑？于是，晁通劝格萨尔大王说："大王啊，是天母的预言、嘉纳的金信，才使我们岭国君臣来到这里。在这紧要关头，天母是不会不降下预言的。我们每个人都有自己的保护神，今天晚上，我们每人各自向自己的保护神祈祷，天神定会降下预言，明日我们再向大王禀报，是去是留，明日再议不迟。"

格萨尔大王听晁通说得头头是道，不能不让人信服。再说，他也不愿就这样离开嘉纳，就吩咐众人回帐歇息，明日再议。

第二天一早，雄狮王将众人召集在一起，询问昨夜谁曾得到神灵的预言，众人摇头不语。只有晁通，睁着发红的眼睛，摇头晃脑地对大王说，他得了一梦：

梦见我到了一个生疏地，
山谷里九水合流在一起；
河上架一座黄金桥，
桥那边有一座金碧宫宇。
梦见桥那边来了七姊妹，
口中唱着委婉动听的小曲，
手中拿哈达、金壶和银碗，
向我敬茶敬酒又敬礼……

晁通还没说完，多珍姑娘连忙说："大王啊，晁通王的话就像白天的星星、冬天的花朵，都是没有的事，千万不要相信他的话。"

晁通被小姑娘的话刺痛了，愤愤地说："我的话是真是假，让我自己去证实好了。”说着，出营上马直奔九股河水汇成的河的桥头，盘腿坐在那里。

一会儿，河对面果然走过来嘉纳七姊妹。这七姊妹见纳瓦查里扎了那么多帐篷，桥边又坐着一个异族装束的人，心中暗想：是不是格萨尔大王到了？巧嘴姑娘鲁姆措走上前来问晁通：“你是什么人？从什么地方来？到什么地方去？纳瓦查里本是皇帝的花园，不准外人进入，如今你们在那里放马搭帐篷，踏坏的草比吃掉的多，搅浑的水比喝掉的多，折断的树木比烧了的多。如果你们不把草钱、水钱和柴钱交出来，当心皇帝惩罚你。”

晁通一听这话，很是生气，想他岭国君臣本是嘉纳写信请来的，到了这里不赶快迎接，还要交什么水钱、草钱，这可真应了那句俗语：“国王权势大，奴仆也会讲法律；石崖太陡峭，猫头鹰白天也会叫；恩爱太过度，夫妻也会闹分离；白葡萄吃得太多，强健的身体也会生疾病；劝谏太多了，会与长官不和睦。”这嘉纳的人怎么如此不懂道理呢？晁通越想越生气，说话也就恶声恶气：“我们本是嘉纳请来的客人，记得那年有嘉纳鸽子三兄弟，把嘉纳书信带到岭国。信中说皇后尼玛赤姬已经谢世，皇帝噶拉耿贡抱着尸体悲痛难抑。从此嘉纳黑漆漆，空中的风不让吹，妈妈怀中的婴儿不准啼。信中要我们大王快快来嘉纳，为皇帝解悲哀，用烈火烧掉妖后的尸体。为寻找降妖的法物，我岭国君臣用了五年时间征服了木雅和阿赛，才把法物找齐。如今我们不分昼夜地赶到这里，为什么不迎我君臣进宫？我是格萨尔大王派出的使臣，你们应该给我敬酒献香茶，我走三步应该给我送脚钱，我说三句话应该给我献哈达。”

七姊妹一听是岭国君臣到了，分外高兴。但是，当初给格萨尔寄信是瞒着皇帝干的，到现在皇帝还不知此事。要迎接岭王，必须先报告噶拉耿贡才好。巧嘴姑娘把这事对晁通说了，告诉他，她们七姊妹要立即回王宫，向皇帝禀报，然后再来给他敬酒献茶，迎接岭国君臣进宫。

嘉纳七姊妹回到王宫，公主阿贡措向父皇禀报，她们在九股水汇成的河边见到了格萨尔的大臣晁通，说雄狮大王已经到了嘉纳，问父皇该如何迎接。七姊妹只字未提给岭地写信一事。

皇帝噶拉耿贡心中奇怪，那岭王格萨尔本是南赡部洲的大成就者，降妖伏魔的英雄，引度亡灵的上师，没有人请他来，他怎么会到这里来呢？该不会是什么妖魔作祟吧。噶拉耿贡不由分说立即召来三妖使，吩咐他们前去纳瓦查里地方好好察看一番。若是有形体的人，就把他活活吞掉，若是没有形体的鬼魅，就把他们赶走。

晁通还呆立在桥头，盼着嘉纳七姊妹给他敬酒献茶。这样一来，他在格萨尔和其他大臣面前就有了面子。谁知七姊妹没来，三妖使却到了。晁通见了三个面目狰狞的妖使，吓得扭头就跑。

秦恩看见远远来了慌慌张张的晁通，心想，懦弱的狐狸在前面跑，后面肯定有猎人追，立即向格萨尔大王报告。雄狮大王出帐一看，见三个妖使正大吼着紧追在晁通后面。于是吩咐米琼和丹玛拿出竹子三节爪和有冠子的毒蛇头向妖使一挥，三妖打了个寒战，转身就逃。

三个妖使逃回到了拉伍曲宗宫中。公主阿贡措向父皇报告："派出去的三个妖使逃回来了，听说那扎大营的人法力无边，无法逼近，看来好像岭格萨尔大王真的来了。"

皇帝又说："再把巡夜的那群大恶狗放出去巡视一番，是人是鬼就会弄清楚的。"

一群恶狗被放了出去。那群恶狗伸着长长的舌头，径直向纳瓦查里地方跑去，一到那里，便把那营帐团团围住，恶狗正准备扑向驴马的时候，格萨尔大王又命令丹玛和米琼用法物竹子三节爪和蛇心檀香木向恶狗一指，那群恶狗马上害怕了，每只狗都夹起尾巴转身逃回皇宫去了。

恶狗逃回宫中。公主阿贡措又向父皇报告说："放出去的恶狗也夹着尾巴逃回来了，看来再没有什么疑问，岭格萨尔是真的来了。如果我们再不去敬茶、敬酒、献哈达，这就失礼了，倘若客人生了气，那主人就会遭受灾难的。"

噶拉耿贡皇帝又说："格萨尔是个神通广大、善于千变万化的人，不会只变出这么个营帐来，还需要把巡护虚空的魔鸟派出去侦探。"

一群魔鸟被派出去了。那些魔鸟大的有野牛那么大，小的有黄羊那么大，都长着铁喙铜爪，生着獠牙，展开翅膀，能遮住天上的阳光。魔鸟迅速飞到营帐上空，来回飞旋侦察。

格萨尔看见天空飞满魔鸟，立即命令丹玛和米琼二人用法物竹子三节爪从烧茶的营灶里抓了一堆灶灰，然后抓了一把灰撒向魔鸟。那魔鸟被灰一撒，马上心生恐惧，翅膀感到无力，眼睛看不清大地，只好迅速飞转嘉纳去了。

魔鸟飞回了嘉纳。公主阿贡措再一次向父亲谏言："父皇啊，派出去的妖使、恶狗、魔鸟对那些营帐都没有办法，一个个都被制服回来了，那营帐里的人们神通如此广大，看来肯定是岭格萨尔大王到来了，现在该如何去迎接？"

皇帝依旧执迷不悟，说道："那岭格萨尔是南赡部洲黑头人类的主宰，不会到嘉纳来。如真的来了，也不会只变出那么小小营帐来，也许是来了别的妖魔吧！快把蛇栏里所有的毒蛇都放出去，究竟来的是什么人就会弄明白了。"

人们把蛇栏打开，大大小小的毒蛇都涌了出来，粗的有松木柱子那么粗，细的有柏木椽子那么细，一齐蹿到了营帐周围，爬满草地，一条条毒蛇仰着头，圆圆的怒眼盯着营帐，张着大口，好像要吞食人马似的。

格萨尔大王立即吩咐丹玛和米琼把那獐子的护心油涂在大营的边帐上，并

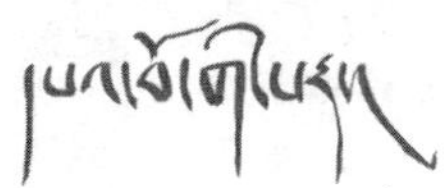

说："今天晚上任何人也不要出帐，各自在营帐里虔心向本尊神进行祈祷。"

上营的上师，中营的长官，下营的商旅，大家都遵照大王的吩咐办理。

第二天一早，只听大王的手铃声叮当叮当一响，人们就一起到了大王面前集合，这时人们报告说："营帐周围遍地都是大大小小的死蛇，臭气熏天，真叫人无法走近。"

大王亲自出帐察看后说："我年幼时就征服了不少妖魔，结束了它们的性命。昨晚只是一夜时间，我又把这些为害众生的毒蛇消灭了，这完全是白玛陀称祖师教法的威力。我大王过去为了南赡部洲雪域之邦众生的事业，曾制服了有形和无形的各种魔类，我把神箭射在魔王鲁赞的额头上，清灭了魔王鲁赞，把魔地改变成了白色善业昌盛的地方；把马鞍备到白帐王的脖颈上，降伏了白帐王，使黑色恶业在霍尔地方从此衰败；我又消灭了前来抢夺盐海的萨丹王，征服了姜国；这以后，我还先后降伏了许多邦国，把这些国家的王臣属民有的引度到清净界中，有的安置到乐土里。如今为了火化嘉纳皇后尼玛赤姬的妖尸，给嘉纳皇帝解除忧愁，让嘉纳十八部属崇信白色善业，我们来到这个地方，不料使那些毒蛇一夜之间完全丧生，不免使我产生悲悯之心。"

大王说罢，心里无限悲伤，感到自己害死了那么多生灵，有罪难赎，红光满面的脸顿时变了颜色，眼泪像树叶上的水珠，滴滴答答往下滴。

这时，在天界的白玛陀称祖师由无数空行母簇拥着，驾着祥云，在那虹光中间向格萨尔说："南赡部洲的贵人啊，你不必伤心，天神为了众生的事业，为了制服为害众生的各种妖魔鬼魅，为了使白色善业兴旺起来，经过商议，才从天国把你派往人间。我不分昼夜在护佑着你，死了这些毒蛇，你也没有什么罪过。你把这些死蛇的样子一一画在纸上，再用各种颜色涂在画上，然后把毒蛇的灵魂摄在画上，在天神的感召下把那些纸画烧掉，死去的毒蛇灵魂就会全部被引度到解脱的道路上去。这样，你也不会有什么杀生之罪了。对于前往嘉纳的事，你的心思一点也不能松懈。"说完，白玛陀称祖师在云霓中消失了。

格萨尔遵照天神白玛陀称祖师的旨意，把那些死蛇的灵魂引度到解脱道路上后，又在营帐里住了三七二十一天，仍不见嘉纳的人前来迎接。格萨尔说："我们在这里已经住了很长时间，嘉纳的人们不要说来迎接，连一点音信也没有，还派了妖使、恶狗、魔鸟、毒蛇来侵害我们。看来，在嘉纳弘扬白色善业的时机还尚未到来，我们返回岭国去吧。"

米琼听后，从人群中间走出，向大王叩了三个头，然后说："尊贵的大王啊，请你不要这样多心，嘉纳的人们由于对我们不了解，派了那些邪恶生灵来攻击我们，都已被大王制服了，这就很好，再也没有什么可以阻拦我们去嘉纳的障碍了。我们君臣如果现在返回岭国，岭地的人们知道了，将会笑话我们，说我们不敢到嘉纳去。嘉纳的人们知道了也会说我们无能。除了给世人们留下讥讽的话题以外，不会有什么好处的。我们可以再像前几天一样，虔心再向天神祈祷，在此紧要时刻，无私的天神和众空行将会再次给英雄将士们降下预言，这是不必怀疑的。”

大王想：米琼是个有智慧的人，他的想法是有道理的。于是向大家说：“米琼说得有理，今天晚上大家就虔心向三宝祈祷，看夜里有何情况。明天早上听我的手铃一响，大家再前来集合商量。”

第二百一十章

巧嘴米琼获美女信任 两个国王能互相理解

次日清晨，太阳刚刚照到营帐的时候，大王的铃声响了，大臣和将领们集合在大王跟前。昨夜，大王和其他大臣都没有得到任何梦兆，只有米琼卡德喜笑颜开地向大王献过哈达后说："诸位大臣和将领们得了什么梦兆？我昨晚的睡梦是这样的，请听我把梦境唱给大家听吧。"

在那十方清净的国土里，
功德圆满的十方诸位天神请鉴！
我再三向天神诚心来祈祷，
敬请天神赐福于我的岭国！
祈祷成就岭国君臣的心意，
这是米琼唱的成就曲，
没有重要的事情我不唱，
国有事特为君臣唱一曲。
昨晚睡到下半夜，
天色尚未黎明时，
喜鹊尚未起来抖身子，
乌鸦尚未落地找水吃，
拾柴的男人尚未动刀斧，
背水的女人尚未背桶子，
王妃尚未把衣服穿戴好，
国王尚未把枕边奶茶吃，
这时我得了一个吉祥梦，
我把梦境说与大家知。
我梦见上师神帐顶上，

供有嘉、岭、姜三种文字的经典，
三种典籍不用人教就能懂，
无师自通的典籍真稀奇。
又梦见尼玛龙谢的帐顶上，
十五明月的光辉高照起。
还梦见朗都阿班的帐顶上，
有一只开屏的孔雀很美丽。
又梦见叔叔晁通的帐顶上，
有一只乌鸦呱呱地悲啼，
还梦见大臣秦恩的帐顶上，
有一匹嘉纳白绸高高飘起。
又梦见丹玛的帐顶上，
有人展臂把石崖来量比。
又梦见阿奴察郭的帐顶上，
六星从右面把营帐围绕起。
还梦见朗都阿班的帐顶上，
风吹幻轮呼呼响动永不息。
还梦见多珍姑娘的帐门口，
用神变幻术给母牛把奶挤。
还梦见噶德曲炯的帐顶上，
大力士在转动幻轮显武艺，
又梦见雄狮大王的帐顶上，
金灿灿的太阳从东方升起。
还梦见嘉纳被黑雾笼罩着，
灿烂的阳光进不去，
还梦见太阳绕着四大部洲转。
温暖的太阳照着岭噶布。
还有个梦说来更稀奇：
梦见我米琼已经到嘉纳，
前面赶着一头黄公牛，
驮着蔓菁走得急。
我头上戴顶崭新的獭皮帽，
胯下小小毛驴当坐骑，
背上披一个灰色毛织毯，

身上穿一件黑色羊皮衣，
脚上穿了双草鞋来走路，
嘴里嚼了块蔓菁来充饥，
脖子上长了一个大瘤袋，
独自徘徊流浪在嘉纳。
又梦见在九水汇合桥头地，
在上路耍了套精彩的拳技，
在中路双手着地身倒立，
在下路双脚离地腾空起。
又梦见桥那边姗姗来了七姊妹，
姑娘们歌声婉转一曲连一曲，
姑娘前面米琼不愿变哑巴，
我张开嘴巴回她几曲来逗趣。

米琼唱毕，格萨尔的面容像十五的明月放着白螺色的清辉，表现出和蔼可亲的样子，说道："米琼的这个梦很稀奇，好像在预示着将要出现什么事，大臣们及多珍姑娘，你们快圆梦吧！"

这时，多珍姑娘右手提着金壶，金壶里盛满香茶；左手提着银壶，银壶里盛满美酒；向大王献上香茶、美酒后，向大王诉说："米琼的梦兆非常有道理，上天谕示应该首先委派大臣先到嘉纳，之后一切所求皆能圆满。"

格萨尔大王亦觉得多珍的话非常吉利，于是吩咐米琼先到嘉纳去。米琼向大王禀报说："如果我要先出发，那一切都要像梦里一样给我准备，穿的服饰，吃的东西，以及制服各种妖魔的法物，都请为我准备好。"

君臣们忙着给米琼进行准备，在蔓菁上涂了蜂蜜和糖汁，使它变得更香更甜，同时在蔓菁上涂了一种药水。大王把坐骑江噶佩布变成了一头黄公牛、一匹毛驴，交给米琼。

米琼骑着毛驴，赶着公牛，牛背上驮着蔓菁，到了九水汇合处桥头，然后把毛驴和黄牛拴在桥头，在上路耍了一套拳技，在中路打了几个筋斗，在下路踢了几个飞腿，接着就仰面朝天，躺在地下睡起觉来。桥那边忽然传来说话的声音。米琼抬起头来，见从桥那边走过来七姊妹，七姊妹也看见了米琼，像是见到晁通似的，好生惊奇，就又把他盘问了一遍，最后警告他："你冒冒失失到嘉纳，好比提着脑袋做生意，何必用庹把寿命来衡量，何必向灾难招手寻无趣。劝你不要再待在这里，快快逃命，回家去吧。"

米琼心想，可不能像晁通一样被人当成妖孽赶走，更不能让她们到我跟前来，见到我这身装束，也许会不喜欢的。米琼隔着桥对姑娘们大声喊："喂，姑娘们，你们不必过来，闻到你们身上那股羊膻臭味，我就想吐。米琼我本是神仙下凡转世，可不能让你们的臭味玷污了。"说着，米琼又对七姊妹讲起自己的身世和自己的本领来：

前世在藏地出生后，
被人称为汤东杰布氏，
清水河上我把铁桥修，
我靠神通力量做好事。
今世我出生在郭地，
父母将我卖到岭地。
我个子矮小被人称米琼，
我嘴巧善言被人称作卡德氏。
我米琼是个故事口袋，
长故事能说十八部，
中故事能讲一百零八篇，
短故事能说二万九千多。
你们的模样我看不惯，
腰圆腿短小脚像羊蹄。
穿衣好像炒麦棍子缠布带，
走路就像瘸腿跛脚秃尾驴。
你们怎么能和珠牡比，
难怪皇帝要抱妖后的尸体。
就像田里种满了埂上打主意，
牙齿掉光了用牙床嚼东西。

嘉纳七姊妹不等米琼说完，早已气得大叫起来："你说话粗鲁对人无礼，就像狗头鹫鸟展长翅，迟早会折翅坠大地。我嘉纳公主人人有姓名，你乱说我们真生气。九种坏处聚集在你身上，你从头顶坏到脚底。你身穿山羊皮戴怪帽，脚穿草鞋嘴里啃着熟蔓菁，看你浑身上下才不顺眼哩！"

米琼见七姊妹生气，更加得意："我这皮衣能随晴雨起变化，下雨天它能伸长遮风雨，大晴天它能缩短蔽烈日；三冬它能御寒身体免受冻，三夏它能遮雨免受狂风袭。我口中嚼的熟蔓菁，味道香甜好比蜂蜜和蔗糖，提神清心解闷样样都中意。它是富人家的上等好食品，是穷人家的救命粮食。我曾到过许多地方，所有地方的公主都向我讨蔓菁吃……”

“米琼啊，我们从来没吃过什么蔓菁。俗语说：‘骏马好坏要看脚力，男子好坏要看言行，宝刀好坏要看利钝，食物好坏要看味道。’你先把蔓菁给我们尝尝好不好？”

“我这蔓菁是带来卖的，不是做布施用的。不过俗话说得好：‘宁可赐一点点给乞讨的人，不要让强盗抢了去。’我们已经说了好多话，应该是朋友了，就送给你们每人一个尝尝吧。”米琼说着，拿了七个元宝似的甜蔓菁放到桥的中间让她们尝。

嘉纳七姊妹走到桥中间，拿起蔓菁就吃。因为蔓菁上涂了糖和蜜，姑娘们的舌头失去了自主，吃了还想吃。七姊妹用茶叶、绸缎和白银将米琼的一驮蔓菁全部买下，很快就吃光了。工夫不大，姑娘们只觉肚子胀得难受，头晕心慌，恶心想吐。公主阿贡措想：这蔓菁中恐怕有什么名堂，这回算是上了当了。遂命鲁姆措去问米琼到底是什么人，到嘉纳来做什么事？米琼回答说他乃岭国的格萨尔大王的臣子，随大王到此地是为焚妖后的尸体，为皇帝解忧虑。七姊妹一听又是从岭国来的人，就想考问考问他，鲁姆措问：

嘉纳皇宫是什么人造？
请来安城的是什么神？
宫城里住着三个什么人？
城头上飘的三物叫什么？
城上方的柱子是哪三根？
有八个女孩象征什么？
九个男孩象征什么？
有个十二岁的妈妈象征着什么？
六十岁的老汉象征着什么？
城顶落着的三只鸟叫什么？
脚下拴着的三头牲畜叫什么？
开天辟地的父亲是哪个？
开天辟地的母亲是什么人？
黑头人类最初如何来形成？
什么是人类形成的根本？
说清楚了我向你送茶献哈达，
答不上来你的大营归我们。

米琼一听这话，想都没想，顺口回答：

嘉纳皇宫是幻术家造，
请了文殊菩萨来安城，
宫内是皇帝皇后和公主三个人，
城头飘的是伞盖、经幢和旌旗，
城上空有彩虹、银河、南云三根柱。
八岁女孩指的是吉祥八卦，
九岁男孩是九宫的比喻，
十二岁妈妈是十二属相，
六十岁老汉是六十花甲。
城顶上三鸟是金缨、银缨和螺缨，
城脚下三畜是虎狗、豺狗和熊狗。
形成天地的母亲是阴阳，
形成天地的父亲是元气。
刮风起火形成了世间，
世间分成了海洋和大地。
姑娘的盘问我已答清，
我也要向姑娘问分明。

米琼回答了姑娘们的问话，又请姑娘们回答他的问话。七姊妹答了又问，问了又答，与米琼不停地对唱着，从天空到海洋，从高山到大地，从飞鸟游鱼到狮虎狐狸，从雷电风雨到冰雪霜冻，天地间的事都问遍了。嘉纳七姊妹佩服米琼的见多识广，俗语说：酥油好坏，嗅嗅味道就知道；事情真假，听听话音就明白。听了米琼的答话，七姊妹开始相信米琼确是格萨尔的大臣，公主阿贡措对姐妹们说："我们不要再耽误时间了，赶快回宫向父皇禀报，该怎么办，听父皇吩咐。"

嘉纳七姊妹转身回了皇宫，米琼也返回了大营。米琼先向格萨尔大王献上哈达，然后把和七姊妹对歌的事禀报了一遍，说七天后与七姊妹还在桥头相会。

嘉纳七姊妹回到皇宫，公主阿贡措对父皇说了在桥头遇见米琼一事，又劝父皇快些去迎接格萨尔大王。客人来了如果不用茶酒去迎接，会令人笑话的。

噶拉耿贡却不以为然："女儿啊，你啰啰嗦嗦说些什么话？还有什么人比我更高贵？不要说叫我离开皇宫去迎接，就是叫我离开宝座我也不愿意。我又没请格萨尔来，如果他真的来了，我俩自有相会的缘分，根本不用去迎接。"

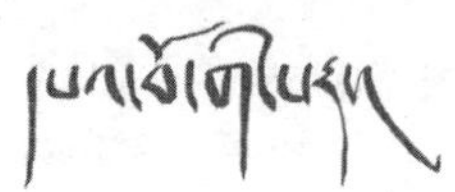

见父皇不肯出宫迎接格萨尔，公主一时没了主意。格萨尔本是她们七姊妹请来的，如不快去迎接，实在不好。巧嘴姑娘鲁姆措出了个主意：还是派鸽子三兄弟给格萨尔大王送一封信去吧。信中说格萨尔大王不辞辛苦前来嘉纳，使我们七姊妹感激不尽，因为上一封信是我们七姊妹私下写的，皇帝并不知道。现在皇帝说他与大王前世有缘分，不必亲自来接，还是请格萨尔大王派一位足智多谋的大臣先来拜见皇帝为好。

鸽子三兄弟把七姊妹的信送到纳瓦查里大滩，米琼接到信立即呈给雄狮王，格萨尔看了信心中高兴了，脸上也挂满了笑容，立即派大臣秦恩前往皇宫拜见皇帝噶拉耿贡。秦恩面有难色，觉得去谒见堂堂嘉纳大皇帝，只他一个人显得有些不礼貌，请大王再派几位名声显赫、品位高超的大臣同去。

格萨尔点头应允，即派丹玛、噶德、卓郭达增、阿奴察郭四人，带着氆氇、金银等礼品，同秦恩一同去觐见皇帝。

噶拉耿贡一听格萨尔派来了使臣，立即吩咐大臣哈香晋巴带百名官员出宫迎接，切不可疏忽了礼仪。

哈香晋巴遵命带官员出城迎接，双方相会在九水交汇处的金桥上，互相敬献哈达后，一起来到皇宫。

岭国大臣谒见皇帝噶拉耿贡，献上哈达和各种礼品。秦恩说："我岭国君臣遵照白梵天王、天母和诸神的预示，来到嘉纳，为使噶拉耿贡大皇帝能解除忧虑。我们已经到了很久，但无人向我君臣敬茶献酒。格萨尔大王是世界雄狮大王，如无人迎接，将返回岭地。为了嘉纳众生的事，还请皇帝派人相迎。"

嘉帝一听，心想：各种征兆和预言都表明我与岭王必须会面，现在这会面的日子已经到了。但是，若在宫中相会，恐怕对皇后的尸体不利，还是在宫外广场上见面吧。于是，和岭国大臣约定十五日在宫外广场上与雄狮大王格萨尔会面。

五月十五日，是木曜、鬼宿两吉星相会的日子。当太阳刚刚照到纳瓦查里大滩的时候，岭国君臣连同格萨尔变幻出的众随从浩浩荡荡地来到嘉纳皇宫外的广场上。嘉纳皇宫的圣主、统领十八部的大皇帝，由各小国的首领、内外大臣和万名武士簇拥着，也来到了广场上。以公主阿贡措为首的姑娘们端着银盘、金盏，敬上香茶和美酒。

雄狮大王格萨尔手捧吉祥哈达和右旋喜庆宝珠，献给了嘉帝噶拉耿贡，祝皇帝龙体安康，幸福快乐。嘉帝也将水晶、如意珠、丝绸、獭皮等回赠给格萨尔。

第二百一十一章

老皇帝提议比赛武艺
众英雄上阵大获全胜

嘉、岭两位君王，好比日月互相辉映，彼此怀着敬佩之心。待双方坐定，嘉帝噶拉耿贡提议说："雄狮大王，久闻你是神通广大、武艺精通的英雄。我们难得相会，今日一见，我想让嘉岭两国的英雄比比武，你看如何？"

"主人的意见，客人遵从，就照大皇帝的吩咐办吧。"格萨尔欣然同意。

嘉帝一声令下，次日，跑得快的信使纷纷出发，赶赴各地传达消息，召集男士。人们得到消息，都向王城赶来，一时间英武的骑士，像狂雹猛降；彪悍的步兵，像海水沸腾；红缨兵像血海翻滚，黄缨兵像金山动荡，千军万马，纷纷到达会场。在那金座上面，坐着嘉帝噶拉耿贡。在那银座上面，坐着岭王格萨尔。左右两边虎皮豹皮座位上，分别坐着嘉、岭两地的大臣。其余的人都按规定，整整齐齐地分别坐定。

比赛开始了，首先，由嘉纳同岭地双方道行高尚、学识高深的上师对道法进行辩论，以嘉纳疆域作为赌注。岭地上师贡却郡乃与嘉纳上师居噶争辩了半天，仍不分胜负。贡却郡乃说："你我两人在道理方面似乎没有多大区别，虽然你的舌头灵巧像鹦鹉，但没有修成正果，怎能比得上我？我俩来比一比经法的修炼好吗？"

居噶说："可以！"

贡却问："天空是实体的呢，还是虚幻的？"

居噶答："是虚幻的。"

贡却便施展神通，把天空像收皮子一样收拢起来，捏在手里，居噶一看大吃一惊，又说："天空是实体的！"

贡却郡乃又指着跟前的那座山问："这座山是实体的，还是虚幻的？"

居噶答："山是实体的。"

贡却郡乃便把袈裟作为翅膀，举翅扇了一下，那山就不见了，居噶又连忙说："那山是虚幻的。"

贡却郡乃又把那山像堆供品一样高高地堆叠起来，然后又问："这河水是实体的，还是虚幻的？"

居噶答："河水是实体的！"

贡却郡乃马上像鱼儿一样，钻入水里不见了，居噶又说："河水是虚幻的！"

贡却郡乃马上又把河水像卷羊毛毡一祥，从这头卷到那头，圆圆一圈地卷了起来。

居噶一看，惊得目瞪口呆。

贡却又指着前面一块地方问："这块地方是实体的，还是虚幻的？"

居噶答："是实体的。"

贡却伸手把中指向地面一弹，那块地面立即变成了一个湖泊。

居噶张口结舌，承认自己输了。贡却郡乃上师得到了大师的称号。

皇帝看了以后很感兴趣，宣布说："明天比魔术。"

第二天，嘉纳各种精通魔术的人们都集合了起来，准备表演各种幻术。那岭国的达绒长官晁通身穿金龙缎袍，腰上扎着青色的腰带，脚穿黑色皮靴，以幸福丝带做靴带，头上包着白云一般的白头巾，头发绾了十八个不同形状的结子，背后八条辫子上串着美丽的绿松耳石，下巴上老山羊胡须不停抖动着，红赤赤的眼珠一闪一闪。他做出了不起的样子，说："东方嘉纳的魔术家们，你们虽然像同一个母亲的孩子，但你们的命运却不相同，就好比同样是老虎，但花纹却不相同一样。你们怎能和我相比？今天就让你们看看，我晁通王的幻术有多么厉害。有眼睛的，睁大你们的小眼仔细瞧；有耳朵的，竖起你们长长的耳朵仔细听；有心的，用你们雪白的心好好想，看看叔叔的幻术究竟怎么样！"

晁通说完，就和嘉纳人比起幻术来。他把不用水、不用火就熬煮出的香茶敬献给了两位君王，同时还献上幻变出来的各种食品。

皇帝说："辩论和幻术都让岭人取胜了，明天嘉岭双方就来比比人的容貌，看谁长得最美吧！"

双方都同意了，决定大家都上街去，让街上众人公论。第二天，嘉纳专门选了一千个大家认为长得很不错的男子去参加比赛。岭国方面有个美男子名叫尼玛龙谢，他的面容像十五明月一般，时时放射着清辉。他身上配着从阿赛罗刹手中取到的各色松石发辫，牙齿和指甲白得像海螺，美发和眉毛黑得如碧玉，外面披着珊瑚色的大氅，里面穿着海螺色的无缝内衣，脚穿美丽的彩虹靴子。他走在街上，和别人比时，别人就像一只猴子。有的人见了他自惭形秽，便远远地跑开了，这样，岭国又得胜了。

皇帝想：格萨尔这人通晓神变，无人可与他比，真是了不起。于是对大臣们说："明日举行赛马！"

大臣们把皇帝的意见转告给了格萨尔，格萨尔大王欣然同意："可以，我的大臣和勇士们有的是快马！"

第二天，嘉纳的人们从十八个地区选出了全国跑得最快的骏马参加比赛，其中有一匹叫作"龙飞追风"马，嘉纳人们都把希望寄托在它身上，岭地大臣也牵来了朗都阿班的"铁青玉鸟"马，皇帝说："明天天刚黎明，嘉、岭各自派出一名大臣，骑上龙飞追风马和铁青玉鸟马，围着嘉纳五台山飞驰一圈，然后在太阳照上王宫房顶前回到会场上来，看看哪一匹马的脚程快。"

第二天一早，嘉纳大臣哈香晋巴骑着最快的"龙飞追风"马，岭地大臣伍乙阿华跨上"铁青玉鸟"马，一起向五台山脚下驰去。太阳尚未照到宫顶，伍乙阿华已经驰马返回广场，而哈香晋巴到中午时才跑完一圈。

嘉帝见岭臣获胜，说跑马是岭人的绝技，胜了不足为奇，应该比赛力气。格萨尔也点头同意了。嘉纳的一百个大力士抬来一块巨大的奠柱石，像掂骰子一样在手中上下乱掂，好一会儿才放在广场中央。岭国大英雄噶德奉命出场表演。噶德一出场就说："抬那个圆圆的奠柱石算什么？嘉纳巍峨的五台山，圣地高耸的灵鹫山，藏地雄伟的日札山，臂力多大衡量三山便可知。"说着，面对五台山，用手一托，就把那五台山轻轻地托了起来。嘉纳臣民百姓和大力士们个个都惊呆了，有的逃走，有的昏了过去。皇帝噶拉耿贡吓得半晌说不出话来。过了不知多久，皇帝又说："明日比赛挤奶，在喝完一碗茶的时间内，如能挤完一百头乳牛的奶，就算胜利；如挤不完，就要受罚。"

嘉纳选了五百名挤奶能手，岭国则只有多珍姑娘一人。只见她双手交替挤着奶头，那优美的姿势，一会儿像雄鹰飞翔，一会儿像青龙吟啸，一会儿像雄狮漫舞，一会儿像野牛斗角，一会儿像骏马奔驰，一会儿像猛虎怒吼，一会儿像牦牛狂跑，一会儿像水牛洗澡，一会儿像鱼儿戏水。人们看得眼花缭乱，一碗茶还没喝完，百头乳牛的奶子就被多珍姑娘挤完了。嘉纳的臣民百姓直看得瞠目结舌，赞不绝口。

嘉帝无可奈何地说："雄狮大王啊，各种比赛你们都赢了，明天进行最后一项比赛吧。"

格萨尔胸有成竹，自然点头答应。

嘉纳聚集了一千名最好的弓箭手，岭方则走出一名大将。只见他身穿白甲，上罩黄色缎袍，腰扎青色丝带，足蹬黑色缎靴，手持白宝弓，正是老英雄丹玛。丹玛将金箭搭在弓上，对嘉纳君臣和百姓唱道：

我丹玛好比盔缨的顶子，
我丹玛好比宝刀的把子，

我丹玛好比铠甲的领子，
抗击敌人少不了我丹玛氏。
出征时我丹玛率队当先锋，
杀敌时好比霹雳毁岩石，
凯旋时我丹玛压后阵，
平日里把释迦教法来修持。
今天我手中这支金箭，
威猛赛过空中红霹雳，
对准黑暗法门射一箭，
把大门射成八片抛在地。
要让禁锢的日月放光辉，
要把黑色魔法来摧毁，
丹玛若不能办到这些事，
活在世上实在没意思。

丹玛唱罢，射出金箭，只见金光四射，黑色魔法大门被射得粉碎。嘉纳的妖孽顿时销声匿迹。

比武结束，嘉帝噶拉耿贡仍不肯认输，又提出要与岭国君臣比美。比比男子的服饰，看谁的服饰最美丽、最稀奇。格萨尔心中暗笑：这下，松石羚羊皮制的马衣和松石发辫该派上用场了。

大臣阿巴朗都阿班给骏马穿上马衣，那马衣上部缀着金片，中部系着海螺，下部挂着松石。马毛梢放着虹光，头上还戴着一肘长的松石羊角，角尖上拴着一拃长的珍珠发辫。阿巴朗都阿班自己将各种松石发辫披在身上，骑在骏马上，在广场上走来走去。嘉纳的人们从未见过这般稀奇的饰物，男子见了羡慕不已，妇女见了羞得不敢抬头。人人都说这样的英俊男子从未见过。

嘉帝噶拉耿贡更是奇怪，似这样奇异的人和马是血肉之身呢，还是巫师的幻变？我是在做梦呢，还是确有其事？一时间，搞得嘉帝昏昏迷迷，不知自己身在何处。

第二百一十二章

除祸害岭王焚烧妖尸
祛心魔嘉纳重归正道

正当嘉帝噶拉耿贡迷迷糊糊、不知生死之时，格萨尔运用法术，将自己的身体变成化身和真身两个形体，化身陪着嘉帝坐在白色垫上，真身化作一只金翅大鹏，载着秦恩和米琼二人，飞进噶拉耿贡的皇宫。在一座十八套间的黑房子里，找到了皇后尼玛赤姬的妖尸。君臣三人动手搬动尸体，那尸体竟像活人一样发出“啧啧”的怕冷之声。格萨尔吩咐：“把她装入铁盒之中，直到世界毁灭，也不准打开铁盒。”

秦恩和米琼将妖尸装入铁盒之中，君臣三人带着铁盒飞出宫外，来到天地相接之处，将铁盒藏在一个三角形的地方，然后用檀香木将尸体焚化了。

当晚，嘉帝回到皇宫，来到黑房子，伸手一摸，皇后的尸体不见了。噶拉耿贡不禁大吃一惊：“哎呀呀，我们受骗了，皇后的遗体被格萨尔偷走了，我们必须依照嘉纳的国法对他严加惩处。”

大臣哈香晋巴劝皇帝息怒，认为这事不一定是格萨尔干的。嘉帝却一口咬定此事必是格萨尔所为，立即命哈香晋巴到格萨尔处将皇后的遗体追回。

哈香晋巴无奈，只得来到格萨尔面前，询问雄狮大王可曾知道皇后的遗体被盗一事。

格萨尔对哈香说，妖尸将给嘉、岭两地百姓带来灾难，为了拯救众生，已将尸体焚化，除了祸根。

哈香晋巴回宫向嘉帝禀报，噶拉耿贡长叹一声，甚觉凄然。想了想，又让哈香晋巴去见格萨尔，告诉他，如果能将皇后的尸体复原，就不对他动用国法。格萨尔回答说，尸体已经焚化，无法复原。嘉帝一听格萨尔如此回复，更加怒不可遏，立即吩咐哈香晋巴带人去将格萨尔捉来，吊在法杆上，要吊他七天七夜，以惩罚他的胆大妄为。

哈香晋巴遵旨行事，将格萨尔吊在法杆上。

七日后，噶拉耿贡皇帝又命哈香晋巴去看格萨尔死了没有。哈香晋巴来到

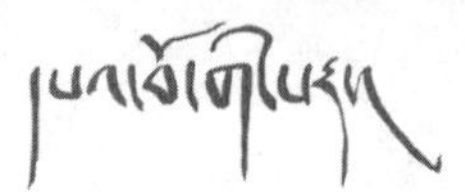

法杆下面一看，只见各种飞禽围着法杆飞旋，纷纷给格萨尔衔食喂水，那雄狮大王毫无痛苦之状，比往日更加有神采。嘉帝一听此情，吩咐将格萨尔投入蝎子洞中，谁知那些毒虫非但不伤害他，反而向他顶礼朝拜。噶拉耿贡无奈，命武士将格萨尔从悬崖上抛下，又被空中的鹫鸟交翅将他接住，送回崖顶。

见屡屡不能杀死格萨尔，嘉帝更加生气。遂命堆起柏树枝，浇上胡麻油，将格萨尔投入熊熊烈火中，一直烧了七天七夜。等哈香晋巴再来看望，那大火烧过的地方竟变成了一个波光粼粼的湖泊，中央还长出一株如意宝树，那树枝繁叶茂，且开满鲜花。格萨尔高坐林冠之上，周围彩云飘浮。

嘉帝又命将格萨尔抛入大海。丹玛和米琼冲了上来："大王啊，我们实在受不了了，您应该回敬他们，让他们尝尝我们的厉害。"

格萨尔摇了摇头，劝大臣们不必焦急，那嘉帝与常人不同，如果不接受他的处罚，对嘉岭众生不利。我们要让他自己回心转意，自愧失礼。

五百勇士将格萨尔抛进了大海，丹玛和米琼将从阿赛罗刹那里得来的似土非土的法物撒在海面上，大海顿时变成了一片绿茵茵的草地，长满树木鲜花，彩蝶飞舞，格萨尔君臣就将营帐扎在草地上住了下来。

哈香晋巴忙向嘉帝禀报，无法惩罚格萨尔，并劝皇帝向格萨尔赔罪。噶拉耿贡至此方才确信是真正的雄狮大王到了嘉纳，决计与格萨尔重新和好。

次日，皇宫里安排了金座、银座，地上铺满了羊毛垫子，鼓乐齐鸣、螺号喧天。嘉帝噶拉耿贡率众臣将雄狮大王格萨尔接进皇宫，让到金座上。然后嘉帝亲自献上如意宝珠和金银、绸缎、骡马、大象等礼物，对格萨尔说："世界无敌的雄狮大王啊，直到昨日，我才知道你是真正的格萨尔，还望大王恕我无知无识之罪。"

嘉纳七姊妹献上香茶美酒和各种丰盛的食品，然后为岭国君臣欢歌起舞。武士们表演摔跤和各种技艺为客人助兴。皇帝噶拉耿贡又对格萨尔说："尊贵的岭国大王啊，岭国处处是雪山草地，气候寒冷，土地贫瘠，财物不足，衣食困难。而我这嘉纳，山清水秀，美丽富饶，财物充裕，丰衣足食。我膝下无子，只有小公主阿贡措是我的继承人，可她年幼难以执掌国政，大王不如留在嘉纳，做嘉纳的大皇帝吧。"

格萨尔见噶拉耿贡诚心诚意地挽留自己，甚是感动，就唱道：

我岭地大王格萨尔，
不是为了财宝到嘉纳，
也不贪恋嘉纳的美女，
是为了嘉、岭的友谊。

嘉纳的疆土我无心要，
嘉纳的王位我无心坐，
我只想执行天神的命令，
解除众生苦难心里就欢愉。

“大皇帝啊，我不能在嘉纳久住，在那遥远的雪域之邦，还有许多有形和无形的妖魔等我去降伏。皇帝若对我真心眷恋，不舍分离，可以把我塑成金身，这样就如同我们常相见一样。”

见格萨尔执意要回岭地，嘉帝挽留雄狮大王再住七日。格萨尔点头应允，决定土狗年正月十五日返回岭地。正月十五日很快就到了，嘉纳为岭国君臣准备了诸多礼物，全部驮在骡马和大象背上。嘉纳小公主阿贡措向雄狮大王献上哈达，唱了一支祝愿歌：

今天是个吉祥的日子，
愿天上的黄道吉星来当值，
愿地下的吉祥时刻来降临，
愿一切事业圆满成就皆如意。
愿马上骑士稳坐金鞍不坠马，
愿胯下坐骑快步健走不失蹄，
愿当官的人不受损伤，
愿随从的人不遭遗弃。
今生有幸能与大王相见，
清净界中后会还有期，
愿六类众生灾难得消除，
愿岭国君臣平安返故里。

公主唱罢，仍不舍得与岭国君臣分离，就向父皇请求送格萨尔大王到嘉岭交界的地方。噶拉耿贡既不忍心不答应女儿的请求，又怕女儿太小，行路不放心，就派大臣穆次丹巴随同公主，还有嘉纳六姊妹一起为岭国君臣送行。

格萨尔君臣在嘉纳七姊妹和大臣的陪同下，启程回岭，走了几天，晁通见阿贡措仍无回嘉纳之意，大为不悦：如果这小公主要求一直送到岭地去，见到王妃森姜珠牡，女人间难免又生嫉妒之心，于我晁通无益。现在我应该想个主意，不让这嘉纳的七姊妹到岭地。晁通想了二四一十二遍，盘算了五五二十五回，决定给王子扎拉写一封信，让他派人阻止嘉纳随从，如果杀死嘉纳大臣，那公主阿贡措一定会返回嘉纳的。晁通这样一想，立即写了一封短信，告诉王子扎拉：格萨尔大王在嘉纳已将妖尸焚毁，皇帝噶拉耿贡大为震怒，把大王抓了起来，现在已被折磨得只剩下一口气了。请王子速派岭军前来救援。晁通写好信，用青色水绸包好，拴在自己的寄魂鸟的脖颈上，命鸟回岭国送信。

王子扎拉闻报，立即聚集众英雄，急急奔往嘉纳而来。一个月的路程当作一天赶，一日的路程半日行。不多日就与格萨尔君臣一行相遇。

远远地看见来了一支人马，嘉纳的送行大臣和格萨尔大王并不知道是怎么回事，只有晁通心中明白，却装模作样地说："嘉纳的大臣们，远方来的人马，看样子是来抢劫我们的。俗谚说：'吃食应让客人先吃，射箭自己应该先射。'不管金钱豹多么凶猛，猎人先把利箭射出去，豹子就伤不了猎人。嘉纳的神箭手，现在该是你们显神通的时候了。"

神箭手日昂托郭禁不住晁通的怂恿，"嗖"的一声将箭射了出去，正射在扎拉坐骑的嚼环上，铁环被齐刷刷地射断了，人马虽未受伤，却惹得扎拉怒火中烧，在马上大吼："你们是来送死的吗？看起来你们像是嘉纳人马。我岭国君臣十三人到嘉纳除妖，已经整整三年，我扎拉是来打探大王下落的。你们如此恶劣，想必大王真的落在你们手里受难。俗语说：'食物到了嘴边就得吃下去，敌人到了门口就得去反击。'岭国英雄不能任人欺。"说罢，射出一支神箭，将嘉纳随行的三个大臣和三个妖魅一起射翻在地。扎拉仍觉不解气，又搭上一箭，正待射出的时候，格萨尔发现了射箭的是扎拉，高声说："对面的好汉可是我侄儿扎拉吗？我们岭国君臣到了嘉纳，除了妖尸。嘉帝对我们感激不尽，不仅送了我们许多珍宝财物，还派七姊妹和大臣来送我们，你为什么要来阻止，还把嘉纳的人马射翻在地？"

扎拉一听是格萨尔大王到了，大吃一惊。知道又中了晁通的诡计，自觉无脸再见大王，羞愧万分地转回岭地。

格萨尔大王祭奠了嘉纳三大臣的亡魂，然后率君臣继续赶路。晁通装作十分诚恳地对公主阿贡措说："公主啊，你们七姊妹再往前送，就到了岭国，王妃珠牡看见你们会生气的。"

七姊妹一商议，决定立即返回嘉纳，于是向雄狮大王献上哈达，公主说："雄狮大王格萨尔啊，不同颜色的哈达有十八条，我们献给大王表心意，愿嘉岭世世代代传友谊。俗谚说：'吃了别人的羊腿，需用羊尾骨肉还礼。'这是何意请大王多思虑。"

格萨尔当然明白公主这话的意思。三个大臣白白送了命，传到嘉纳去，臣民百姓会怎么想？雄狮大王立即吩咐拿过赠礼，对公主阿贡措说："吃了羊腿是该答谢客人的，这里有金子一样的骏马十五匹，像杜鹃一般的青骡十头，像花喜鹊一般的犏牛十头，吉祥哈达二十五匹，马、牛、骡都驮上金银珠宝，我把这些赠给你们，一则作为三位大臣的抚慰礼品，二则作为姑娘们远道相送的酬谢礼。”

七姊妹接过礼物，恋恋不舍地与雄狮大王分别了，但愿能与大王再相会。

格萨尔大王与嘉纳七姊妹分手以后，继续往前走，来到嘉岭交界的地方。格萨尔忽然看见三只仙鹤在头顶盘旋。三仙鹤正是岭地的寄魂鸟，它们也看见了岭地君臣一行，立即落了下来。丹玛上前，从仙鹤的脖子上解下一信，呈献给格萨尔大王。大王看罢，神情有些黯然。

原来，这信正是王妃珠牡派仙鹤送来的。信中说，自从格萨尔大王离开岭国，大将辛巴梅乳泽就病倒了。珠牡为了给辛巴医病，把大王十八个库房的财宝都快耗完了，但梅乳泽的病非但没有好转，反而一天比一天加剧，天天在呻吟中度日，近些天来更加厉害了。辛巴别无他望，只愿死前能与大王见上一面，所以恳请大王能速速回国。

格萨尔知道，辛巴梅乳泽本该死在祝古交战之中，只因他途中遇一上师，得以超度，阳寿有增，但终究不能熬过今年，恐怕也等不到我回岭地的那天了。格萨尔立即让仙鹤传信，告诉王妃珠牡，路途遥远，难以很快返回岭地，若辛巴的病稍有好转，请派人将他送来，我们君臣可以在途中相见。

三仙鹤飞回岭国王宫，珠牡见信，赶快派人护送辛巴上路，还有两只神鸟一路相随。白天护送的是善于凌空观察的鹫鸟，夜晚护送的是夜里善飞的黄鸱。

格萨尔与辛巴终于在途中相会了，辛巴梅乳泽那张消瘦枯黄的脸上露出一丝笑容，鼻孔像是破了洞的大皮袋一样，只有微微的气息。格萨尔知道，他的灵魂就要脱离躯体了。

“大王啊，我辛巴梅乳泽是有罪的，最大的罪过是杀死了嘉察。如今快要辞别人世，能最后与大王相会，我的心愿满足了，请大王给我加持。”

格萨尔大王听了辛巴梅乳泽的话，心里很不是滋味：“辛巴啊，你最初对岭国有罪，但后来为岭国立了功劳。你的罪孽，大王我一定替你消除，一定把你超度到清净国土中去。”

辛巴梅乳泽感激地看着大王，想施一礼，已经不可能了。心愿得到满足，辛巴闭目谢世。格萨尔大王为梅乳泽大做法事，超度他的亡魂到清净国土，然后将其尸体火化，修建一座宝塔，将骨灰葬于塔内。

第二百一十三章 秦恩归途中泪述身世 亲人相逢后喜结良缘

君臣继续前进，这天来到两座砂山对峙耸立的三岔路口，大臣秦恩举目四望，只见万里无云的碧空中屹立着一座高插云天的雪山。远远看去，犹如一顶白色帐篷威严地立在那里。秦恩见到这座雪山，泪水就像树叶上的露珠一样，滴滴答答地滚落下来，一时百感交集，思绪万千。

晁通见秦恩落泪，有些不解，就问他为何如此伤心。秦恩回答说："叔叔晁通啊，对面那座皑皑雪山，是有名的卡瓦格布大雪山，它是我的寄魂山。我八岁那年，被魔王鲁赞掳走，如今我已经五十八岁，五十年中，我从未饮过家乡的水，从未见过故乡的山，我那慈祥的父母亲，亲爱的妻子和妹妹，都只能在梦中相会。今天我见到了家乡的山，叫我怎能不伤心呢？"

晁通一听秦恩家中有妹妹，立即邪火烧心："你家里还有妹妹吗？这很好啊，如果能把她许给我做厨娘，我可以设法让你回家一次。"秦恩一听可以回家，就求晁通帮忙。若能回家，一定请求父母将妹妹嫁给他。

为了娶秦恩的妹妹，晁通立即施展巫术，满山遍野烟雾弥漫，阴云密布，天昏地暗，道路不明。秦恩趁机把格萨尔的坐骑引到通往绒地的山路。昏暗之中，格萨尔一时竟没有察觉。走了一程又一程，雄狮大王感到有些不对。"岭国的砂山早就见到了，为什么现在还不到岭国呢？"想着，就让丹玛带路前行，走得快些。秦恩又来悄悄恳求丹玛，说现在已经到了绒地，若不能回去看看父母和妻子、妹妹，比死去九次还要痛苦。丹玛见秦恩那副可怜巴巴的模样，十分同情，就对格萨尔说："大王啊，俗语说得好：来了陌生人，家里容易丢东西；到了陌生地，生人容易走错路。这个地方我不熟悉，还是让秦恩带路为好。"

君臣一行继续往前走，已经到了秦恩被掳走的那座山口。人们从山口望去，绒国大地一览无余，只见皑皑雪山顶上筑着三座城堡，城堡上金缨招展；花花石崖上也筑有三座城堡，城堡上银缨招展；城堡周围，滔滔曲水河边还筑有三座城堡，城堡上螺缨招展。城堡周围，密密麻麻布满了帐篷，像炒爆了的青稞撒在大地上。格萨尔明白了，俗语说："话儿传到别人嘴里，会越传越多；食物传到别人手里，会越传越少；陌生人走在他乡的路上，会越走越长。"我说怎么还不到岭地呢，原来是秦恩把我们引到绒国来了。明知到了绒地，格萨尔却作不知："秦恩啊，那雪山你可认识？那城堡、那帐篷你可认识？俗语说：'不能和流浪人做亲戚，不能把狼当狗把门守，仆人吃饱了欺负人，骏马吃饱了骑手难鞴鞍。'你随我到过多少地方，为何今日把路迷？"

秦恩一见大王沉下脸来，像土墙倒塌了似的连连叩头，从护身盒中取出一条哈达，献给大王说："大王啊，我本是绒国王子，八岁被魔王鲁赞掳去做了他的臣子，以后又被大王救到岭国，做了您的臣子。你我君臣好比骏马与鞍鞯，时时刻刻难分离。大王啊：

青山有名，
全靠森林来装饰；
若无森林，
青山不过是荒山。
大河有名，
全靠雨水来装饰；
若无雨水，
大河不过是溪流。
上师尊严，
全靠僧众来护持；
若无僧众，
上师不过是凡子。
国王有权，
全靠大臣来支持，
若无大臣，
国王不过是俗子。
记得在降伏鲁赞的第二日，
大王就答应我回绒地。
如今我已五十八岁，
时时都想与父母团聚。
父王如今好比山口的圆石堆，
这石堆今天不塌明日将倒去；
母后如今好比灶里的遗火星，

这火星今天不灭明日将会熄。
妻子好比墙头上的秋草，
寒风袭来不知飘向何方去；
妹妹好比两脚跨在门槛上，
是进门还是出门费猜疑[1]。

大王啊，五十年来我常在梦中与亲人相见，好梦醒后常常流泪悲啼。我请求大王饶恕我，请大王准我回绒地。”

格萨尔见秦恩声泪俱下，心中不忍，气也消了。决定就此安营，等候绒国君臣前来迎接。谁知住了七天，仍无人来接。秦恩心想：我为了看望年老的父母、亲爱的妻子、久别的家乡，才把格萨尔大王引到绒地来。如今在这里已经住了七天，还不见有人来迎接，这是为什么呢？如果再这样下去，大王一定会生气，我到了家门也见不到父母亲了。秦恩越想越伤心，禁不住扑簌簌掉下泪来。

米琼一见秦恩落泪，大为不忍，忙上前安慰他，说可以帮助他实现愿望。秦恩见米琼真心真意地帮助自己，感动得要给他叩头，米琼止住了他。

说办就办，米琼将格萨尔的宝驹江噶佩布变成一头黄公牛和一匹毛驴，自己则变成一个面色铁青、白的只有牙齿、红的只有舌头、全身爬满虱子的乞丐。

米琼骑着毛驴，赶着黄牛，朝绒城走去。只见各个路口都有人把守，并不见行路之人。米琼心中奇怪：绒城发生了什么事？好不容易遇到一个背水人，米琼向他打听绒城出了什么事，背水人并不回答，慌慌张张地走了。又遇上一个打柴人，不容米琼发问，那人就像躲避瘟疫一样地逃走了。米琼想了想，径直朝宫城走，来到离宫城不远的地方，见路边的庄稼已经成熟，米琼将黄牛和毛驴赶进庄稼地，心想：石头砸在犄角上，乳头会流出鲜血来；牲畜赶进庄稼地，城里一定会走出主人来。米琼让牛和毛驴任意糟蹋庄稼，自己则坐在田埂上脱下衣服捉虱子。

原来，格萨尔一行在门珠山口扎下营寨，被秦恩的妹妹阿曼在城头上看见了。她不仅看见了格萨尔的营帐，还看见了那幻变出来的千军万马。阿曼立即向父王报告。绒王以为有人要进攻绒地，立即将十三万户部落的百姓召集起来，把守各个路口、渡口，山上不准任何人砍柴，河边不准任何人渡水。这就是绒地无人行走的缘故，米琼当然不知道。

米琼正在捉虱子，从城里出来一个女仆，见牲畜在毁庄稼，就大骂米琼。

1　此二句指不知妹妹是否出嫁。

米琼不理，女仆就回宫向国王报告。大王吩咐她不要和乞丐打架，把牲畜赶出田去就是了。女仆转回来命米琼把牛和驴赶出田地，米琼佯装听不见，还是不理不睬。气得女仆回宫去找阿曼公主。阿曼一听，火冒三丈，右手抓一把灰，左手提一根棍，冲到米琼跟前，恶狠狠地骂："你这个无赖，常言说：'乞丐吃饱了不听话，荞粑粑冻干了掰不开，水太清了无鱼捞，话太轻了无人理。'现在我们绒地的人不准外出，外面的人也不准入内，你竟敢在这里糟蹋我们的庄稼！你最好现在就走开，若不然，绒地的英雄投百块石头，射百支利箭，挥百把利刀，你再想逃也来不及了。"

米琼见阿曼公主出城，心中高兴，嘴上却说："不管你是公主还是女仆，都不该说这样的话。我是随格萨尔大王从嘉纳经过这里回岭地的。听说绒地土地肥沃，六畜兴旺，是块少有的福地。乞丐到这个地方不愁讨不到吃食，牲畜到这里不愁没有水草，可遇到你们这里的人，不是聋子就是哑巴，难道你们这里发生了什么瘟疫？"

阿曼听说是随岭国大王来的，把手中的灰和木棍悄悄地扔掉了，立即问岭王还有哪些随从。米琼就把随从一一讲给他听，阿曼听到有自己的哥哥秦恩，高兴得立即转回宫中，带上茶酒和点心出来招待米琼，并告诉米琼，明日就去迎接岭王进宫。

格萨尔听了米琼的禀报，忽然变了主意。他怕秦恩思恋家乡，不肯与他同回岭地，就决定不让他与家人见面。

第二天，绒地公主阿曼和众大臣前来迎接岭大王，格萨尔早把秦恩藏在一个铁箱中，却对公主说，秦恩在岭地过得很好，请公主转告绒王不必挂念。

公主回宫禀告父王，绒王又派出秦恩的妻子，仍然没有看见秦恩。绒王决定亲自走一趟，秦恩又没露面。绒王不甘心，就邀请格萨尔大王一行到王宫做客，格萨尔想了想，答应了。

公主阿曼见屡屡不能与哥哥相会，而米琼分明说哥哥已随岭王到了此地，莫非这格萨尔是假的？莫非哥哥已不在人世？无论如何也要把哥哥找出来。看来，不捣毁他的营帐，他们是不会交出哥哥的。于是阿曼聚集众兵，欲讨伐格萨尔，绒王不允。阿曼见兄心切，不听父王劝告，执意发兵到了岭营。

格萨尔正在营帐中休息，准备赴宴。忽见帐前来了众多兵马，雄狮大王顿时大怒，厉声训斥秦恩："前次你带错了路，我们才到了绒地，现在绒地又把大军的矛头指向我们，到底是为了什么？"

秦恩见大王发怒，惊恐地站在一边，不敢有半句辩解，丹玛心生一计，对大王说他有退敌之策。格萨尔命丹玛出营迎敌。丹玛立即写了一封信，用箭射在绒军中，上面说秦恩确实随岭王到了嘉纳，因他思念父母妻妹，故而将雄狮大王引到此地，绒岭两国本是友好睦邻，大可不必动干戈。

阿曼一见此信，知道哥哥安然无恙，立即下令退兵。秦恩也心花怒放，想着明日就可以与父母妻妹相聚，手脚都不知如何摆放了。

第二天，绒地大臣前来迎接岭国君臣，眼见迎接的队伍就要到了。格萨尔却命秦恩留在大营看家，他与其他大臣前往王宫赴宴。秦恩无奈，心中虽然急得不行，却不敢违抗大王的命令。

岭国君臣随着前来迎接他们的绒国大臣浩浩荡荡地直奔绒国王宫而去，秦恩流泪了。想我秦恩已经离开家乡五十年了，如今到了家门口，却不让我与家人见面，大王怎么如此不近人情？越想越伤心，越想越生气，秦恩决定不顾一切，一定要去见见父母、妻子和妹妹。刚要出门，秦恩又停住了脚，他还是害怕，怕大王责罚他，怎么办呢？秦恩左思右想，有了主意。

绒、岭两国君臣正在宫中吃喝，一个流浪艺人在王宫下面唱起歌来：

那向北方飞行的天鹅，
一心想着青色湖中的仙鸟；
那向山岗奔驰的山羊，
一心想着绿色草原的嫩草。
茶和酥油好比父亲和母亲，
父母双亲彼此离不了；
肉和糌粑好比主人与坐骑，
主人坐骑彼此离不了。
赛马要到北方草地，
射箭要瞄准红野牛，
讨饭要到富人门口，
吃饱肚子还可往回捎。

“绒地的百姓啊，我不仅讨吃食，还有很多好消息要向绒王禀报。”

绒国百姓见这艺人生得好漂亮，帽顶插着九种颜色的璎珞，身着长衫，白绸领，青绸下摆，腰扎红绸。尖尖的鼻梁，好似亭亭雪峰；炯炯的目光，犹如金星闪耀；圆圆的脸庞，好似十五的明月；弯弯的眉毛，生得不高不低；纤纤睫毛，长得不长不短；三十颗螺牙，洁白整齐；扁平舌头，能言巧语；碧油油的头发，好似松石做成；白生生的皮肤，好似水晶放光；长发修胡，满面春风。那宫中的女仆也出来观看，一听秦恩此话，忙进宫禀告绒王，说门口的艺人有好消息向大王禀报。格萨尔却在一旁说：“流浪的艺人能有什么好消息，给他些剩茶剩酒就算了。”女仆依言而行。艺人忽然流下眼泪，女仆觉得他可怜，又回宫为他讨些好吃食。丹玛明白，这个艺人就是秦恩所扮，这个时候如果再不让他见见家人，未免太不近人情了。想着，丹玛出宫对秦恩说：“你不要再吵了，快立了靶子，我射上一箭，然后你带着箭进宫来吧。”

秦恩终于进了宫，却把帽檐压得低低的，不敢抬头。格萨尔知道是秦恩来了，心中不悦，所以并不睬他。晁通却希望秦恩留在绒地，就假装生气地责怪这艺人不懂道理，进宫还歪戴着帽子，将秦恩的帽子打落在地。绒王和王妃立即认出儿子，高兴得昏了过去。公主阿曼和秦恩的妻子扑了上来，一家人又哭又笑，悲喜交集。

格萨尔更加不高兴，心想，这下秦恩可回不成岭国了，不禁暗暗地埋怨丹玛和晁通，说了句“你们干的好事！”就不辞而别。

众人见岭王愤然而去，惊慌起来，秦恩更加不知如何是好。晁通眼珠一转，对大家说他有办法让大王回来。说着，将七粒黑白石子投在靴筒中，用白绸扎紧靴口，让丹玛拉紧白绸，然后口中念念有词。工夫不大，格萨尔大王果然乘马落在宫中。

见大王返回，秦恩忙跪倒请求恕罪：“大王啊，您使我与家人团聚了，为了谢恩，我请父王把绒地的财宝献给您，我自己仍如从前一样，永远跟在您身边，决不留恋家乡。”

格萨尔大喜。见酒宴丰盛，雄狮王提议赛马，绒王应允，并说谁能取胜，就把公主阿曼许配给他。晁通一听此话来了精神，立即精心打扮，唯恐不能取胜。

尽管晁通十二分的努力，雄狮王怎肯让他取胜？就在快到达终点时，晁通的马一个趔趄，把他从马上颠了下来。阿曼公主立即端上一杯美酒，为他祝贺，羞得晁通不敢抬头。

格萨尔对绒王说：“你们父子已经见面了，秦恩与我是三次盟誓的朋友，我不能让他留在绒地。我们的王子扎拉现在代理国政，尚未纳妃，如蒙绒王允许，可与阿曼公主结成良缘。”

绒王和王妃满口答应，大臣们也个个满意。

一切准备就绪，五月初三日，格萨尔决定立即迎娶阿曼公主返回岭国。格萨尔君臣一行决定立即返回岭地，绒王、王妃和秦恩的妻子等虽舍不得秦恩离去，也不敢说把他留下。格萨尔大王将嘉纳的茶叶、牲畜等留了一些给绒王，赐给秦恩的妻子达萨“白昼安宁”哈达一条，“鲜花灿烂”松石一颗。又赐给穆布古仁金刚戒指一枚，金箭三支。让他替秦恩给绒王、王妃侍茶奉酒。对其他大臣和首领，也都有赏赐。

达萨右手拿金茶壶，左手执银酒壶，准备向雄狮大王献茶敬酒。达萨献上哈达后唱道：

由于前世命运有缘分，
终身伴侣久别又重逢。
由于岭王开恩有情面，
夫妻久别重逢话衷情。
有幸亲聆大王的教诲，
宾主欢聚促膝话友情。
绒岭联姻前人有先例，
阿曼又配好夫君。
我持金壶斟上这碗茶，
饮了这茶心肝肺腑都平静；
我持银壶斟上这碗酒，
饮了这酒体态容颜都年轻。
幸福哈达献给雄狮大王，
愿绒岭君臣常相聚；
如意哈达献给丈夫秦恩，
愿夫妻今生有缘再相见。
祝愿天上星宿皆吉利，
祝愿地下时辰都吉祥，
祝愿男儿不要遇灾难，
祝愿马儿不要受损伤。
祝在家的人事事如意，
祝出外的人时时安宁，
祝世道像花一样美好，
祝君臣百姓永享太平。

达萨唱罢，秦恩对家人们说："请父王、母后安坐，请大王、大臣们止步，我们前世有缘，今生又得重逢，愿今后还能相会。"

秦恩说完，岭国君臣跨上骏马，秦恩频频回首，心中默默祝愿，愿与家人能常相聚。

走了七天，才到嘉、岭交界的砂山峡口，格萨尔知道前方路途险阻，对秦恩、丹玛和米琼说："砂山那面的木雅地方，石崖险阻，无路可行。山涧谷口有一座大石崖，你们要在那里扬起旗幡，筑起煨桑台，向天神煨桑行祭。然后对石马说：‘把石崖劈开，把山林扫平，开出一条平坦大道来！’这是一条嘉岭今后来往的必经之路，务必打通。”

三英雄遵命，带着石马向石崖驰去。到了石崖前，依大王之言行事。煨桑敬神后，留下石马，三人迅速离开。

只听惊天动地一声巨响，那石崖被石马摧毁了。附近的山林燃起熊熊大火，把半个天空照得通红。不到半天的工夫，石崖没有了，山林也没有了，眼前是一条平坦坦的阳关大道。大道两旁绿草如茵，鲜花盛开，蜜蜂在花间唱着欢畅的歌。这条大道从此成了嘉岭之间来往的通道。

第二百一十四章 迎大军凯旋独少伊人 染重疾难愈魂归地府

格萨尔君臣一行回到了岭地。王子扎拉率众英雄、臣民百姓前来迎接。唯独不见王妃阿达娜姆。格萨尔心中诧异，忙问扎拉，阿达娜姆为什么没来迎接他。不等扎拉回话，老总管绒察查根吩咐摆宴。

一时间，陈年酒、隔月酒、当日酒、米酒、糖酒、青稞酒，端了上来。乳酪、酥油、点心、蜂蜜、糌粑，摆了上来。牦牛肉、野牛肉、绵羊肉、山羊肉、野马肉、黄羊肉、大鹿肉、野猪肉，堆满了桌子。

格萨尔一见，吩咐众英雄入席，又把为王子扎拉与绒国公主阿曼联姻的事告诉了大家。扎拉激动万分，走到总管王面前，请他代替众人向雄狮大王谢恩。

头发白似海螺的老总管，由两个臣子搀扶着，从坐垫上慢慢站起来，向格萨尔大王献上吉祥哈达，对众人说："绒岭两国的好姻缘，好似洁白的哈达无污点。王子扎拉万事如意，为美满姻缘向大王敬礼，上师献上长寿结，叔伯们献上白哈达，英雄们献上黄金箭，祝王子姻缘美如花。"

岭地众英雄纷纷向扎拉献礼，姨嫂们也向阿曼献上白哈达和松石，祝阿曼终生快乐无忧愁，与王子扎拉到白头。

为王子扎拉的婚事，岭国上下一连庆祝了十三天。

再把话说回到格萨尔动身前往嘉纳之初，王妃阿达娜姆向格萨尔王提出她也要陪同前往。格萨尔说："你不能去。"

阿达娜姆说："臣妾以前在降伏魔地的时候也去了，降伏霍尔的时候也去了，降伏姜地的时候也去了，降伏门地的时候也去了，因此这次也一定要去。"大王说："爱妃你去不得，要留在这里。"

这时，大王又把珠牡和母亲郭姆及其他亲属以及厨师和背水的侍从等都叫到跟前来，说明了他要去嘉纳的意图。只见珠牡从人群中走过来，向大王叩了三个头，眼含泪水，向大王说道："大王呀，臣妾从十三岁来到陛下身边，就一直侍奉陛下，很少探视父母，这次请将臣妾送回父亲家中好了。"

大王道:“本王到嘉纳去，不会耽搁三年，也不会耽搁三月，只要三天就行，请爱妃不要回娘家去。”

此时，母亲郭姆颤巍巍地站起来，来到大王跟前，把头塞在大王的怀抱里大声痛哭，并说道:“听说那嘉纳是变化莫测的地方，你一个人去倘若有个闪失，我们怎么办呀！”格萨尔看到眼前的情景，叫了三声“妈妈”后说道:“你不要哭了，你听到的话谁知是真的还是假的，心中不要乱猜想，如果那样孩儿在外也不会安心的。”

于是大王的母亲向儿子格萨尔唱道:

吾儿格萨尔你细听，
老母年逾百岁，
说话时耳朵听不清，
远看时眼睛看不明，
前往不知去何处，
回来也不知归程，
饮食不能自到口。
吾儿格萨尔仔细想，
藏族的古谚说得好:
“白狮子占着雪山，
没有雪山狮子就没有威武；
苍龙占有着白云，
没有白云就没有啥好看；
世上的人都有父母，
没有父母显得很可怜。”
儿啊，你到嘉纳去，
没有勇士是不行的，
前去的人只有一张弓，
居留的人还得有所恃，
因此望你听老妈言，
做你的老妈只是这一生世，
后世里是否能做母子不得知，
回来时老妈存殁也难悉，
愿吾儿能报父母恩，
愿将此歌记在心里，

对错与否吾儿请细思！

她唱毕，格萨尔大王也向母亲唱起感恩之歌，他深情地唱道：

祈请有恩的上师听，
加护我记起母亲恩，
由于业力此世成母子，
怀胎九月母恩深。
生时身受诸般苦，
骨肉破裂母恩深。
有时脓血黄水流，
不惜以乳洗涤母恩深。
婴儿排出粪和溺，
亲手轻轻揩去母恩深。
眼等七窍初启时，
亲口哺食母恩深。
及至牙牙学语时，
教导毫不厌烦母恩深。
胸上的乳头柔而酥，
哺乳到口母恩深。
不分昼夜抱怀中，
亲吻爱怜母恩深。
晚间孩子熟睡时，
慈母在旁笑盈盈，
亲心喜乐禁不住，
慈爱无限母恩深。
哭时拍摇手不停，
及时哺乳母恩深。
受到日晒风吹时，
调剂寒温母恩深。
及至长大成人后，
望子成龙母恩深。
生时慈爱勤抚育，
死后又要种善根，

因此儿女有福分，
来生能得天人身。

听了儿子的歌唱后，母亲心中稍感一丝慰藉。

那格萨尔大王又向以妃子阿达娜姆为首的众人说道：“这次爱妃阿达娜姆去不得，生死无常，好像迅雷突然响来一样，什么时候死是说不定的，你们要忏悔过去的罪过，坚决发誓以后不再杀生，要把我的这支歌牢牢记在心中。”说罢，遂又唱了一首无常劝善之歌：

我最勇敢的爱妃，
阿达娜姆你请听！
懂得生死无常吗？
爱妃不懂让本王来提醒：
征战四方的英雄们，
难免身死葬青山，
生死无常应修行。
价值千金的大骏马，
终让那白胸雕鹫吞，
生死无常应修行。
遍布草山的牛羊群，
忽然间沦失于敌人，
生死无常应修行。
骑着骏马的男子汉，
也会失足摔倒在峡谷，
生死无常应修行。
放牧牛羊的姑娘们，
泪流满面浪迹到边远地，
生死无常应修行。
拥有良田的妇女们，
见庄稼丰稔喜在心，
秋后却惨遭雹雨打，
生死无常应修行。
父母的爱子长成人，
总想给儿子娶贤妻，

未成婚爱子身先死，
生死无常应修行。
年方十五的小姑娘，
未及出嫁命已终，
生死无常应修行。
建筑碉堡的富豪们；
暮年在荒草丛中拔野草，
生死无常应修行。
尘世众生无常是这样，
天地万物也有无常的情景；
夏三月草原花草生，
到秋后全被严霜侵，
生死无常应修行。
冬三月山岭被雪封，
初夏时又被暖气融，
生死无常应修行；
碧海蓝天同一色，
到暮冬又被冰霜侵，
生死无常应修行。
夏月天丰硕的麦穗，
秋收时拿镰刀全割尽，
生死无常应修行。
日光和水汽相映照，
现出美丽七色彩虹，
转瞬之间就消逝，
生死无常应修行。
空中的寒热争斗时，
金色的电光闪闪亮，
刹那间来刹那间逝，
生死无常应修行。
天上的太阳出现时，
夜晚的黑暗都驱尽，
生死无常应修行。
对和睦幸福的家庭，

忽然生了厌烦心，
愿到他家做赘婿，
生死无常应修行。
爱妃要把生死无常记在心，
向圣洁的天神来祈祷，
从内心深处去敬仰，
祈祷大悲观世音，
为众生幸福诵大明咒。
虔诚修行存善心，
以最大诚心做忏悔，
所作的恶孽都洗净，
这歌词望爱妃记在心！

如此唱完以后，格萨尔就前往嘉纳去了，当格萨尔带领岭国大军帮助嘉纳焚了妖尸，回到岭国以后终于知道了阿达娜姆的死讯。

原来，在格萨尔去嘉纳刚刚三个月的时候，阿达娜姆就病了。病得她，上身发热如火烧，下身寒冷如寒冰，体内风痰似山压，擎起高枕向下沉，可口的食物比毒药苦，细软的衣裳比黑刺硬，听到美言如针扎，心里烦躁昼夜不安宁。吃药反倒病加重，念经好像召鬼祟。阿达娜姆知道自己不行了，将手下的大臣召到榻前，告知后事。她悲伤地唱道：

若不知道这是什么地方，
这是北方吉山的上青城。
若不认识我是谁，
女英雄阿达娜姆是我名。
当我还在幼年时，
未曾有疾病来缠身，
也不知死亡会来临；
死亡降临的兆头，
是大王前往嘉纳时，
曾说过你把生死无常要记清，
不幸为他所言中。
照格萨尔王的吩咐，
无论如何我寿限将终。

我对死亡丝毫无恐惧，
冥曹地府阴森森，
如是平原走一月，
如是小岛走一日；
那个阴司阎罗王，
如是严厉长官避着走，
如是温和长官去见见。
那敏捷的九百狱卒等，
如能抗衡则相抗，
如不能相抗则绕个弯。
我阿达娜姆的心目中，
所谓阴司阎罗王，
仅只耳闻有此事，
未曾亲眼看见过。
究竟有无实难言。
向上望空寂的青天，
那里只有日月和星辰，
未听说有个阎罗王，
即便有为何要入他的门？
想去时谁有翅膀能飞行？
向下看大地空荡荡，
有虎、狼、沙狐居其中，
未听说有个阎罗王，
即便有为何要入他的门？
想去时谁有趾爪去扒洞？
再斜视现实的人间，
这里聚居着黑头凡人各部，
未听见有个阎罗王，
即便有为何要入他的门？
想去时又向哪里寻？
我心中涌出这些事，
是我不怕死亡的原因。
我死后那枕边的上师啊，
不必请现今的佛僧，

他口里念着普陀经，
心里想着马和银。
他说是要超度亡魂，
是不知不见的空论，
知它是假还是真。
望你们在黑色的魔地，
有敌则戈矛同举起，
待友则财物相周济，
仇人面前同敌忾，
内部要能同甘苦。
在高位要保护全部落，
要做弱者的护持，
要降伏强暴的部落，
外有强敌要抵御，
内部纠纷要平息。
要照大王陛下吩咐做，
大王从嘉纳回来时，
就说我阿达娜姆这个人，
在娘家时是闺女装，
头戴首饰是金银，
犹如众星耀天空，
把它献到大王的手中。
颈上珊瑚玛瑙饰，
犹如草原的花朵盛，
把它献到大王的手中。
背上的绸缎金龙锦，
好似空中的彩虹，
把它献到大王的手中。
我出阵扮成女英雄，
头上这顶白盔帽，
“黑暗自遮”是它名，
不纂缨子与天齐，
纂上头盔比天高，
把它献与大王用。

发辫套后的这白甲，
黑甲“火焰自焚”是它名，
胸前乳上的三支箭，
“杀敌铁箭”是它名，
统统献给大王用。
这“食肉罗刹”好骏马，
铁鞍铁嶄铁辔笼，
那不是普通的铁和钢，
是雷箭金刚自形成，
任何英雄没有它，
把它献给大王用。
居住在魔地的智者们，
拯我女杰的灵魂！
请魔部将这歌曲记在心。

说罢，阿达娜姆便咽了气，魔部众人伤心地哭泣了几天。

第二百一十五章

瞒罪孽谎说世间往事
断是非重判坠入地狱

过了七七四十九天，阿达娜姆的灵魂到了生死沙山山口，此时阎罗王已经感应到了有个非同寻常的人到了地狱中来，于是向身边的鬼卒说："你们听着，昨天晚上我梦到红色火光布满天空，今天或许有护法加身的人要大驾光临，要不然就是要来一个罪大恶极、心怀愤怒的坏人。你们赶快到生死沙山山口去，看看要来的是什么样的人！"

听完阎罗王的话，那五位敏捷的狱卒，即刻到那下面的生死沙山山口去，只见有一个与众不同的妇人在那里，她就是阿达娜姆。于是被狱卒森格布丹在前面牵着，狱卒牛头阿巴在后面赶着，狱卒红色猴头在右边抓着，狱卒灰辫子猪头在左边抓着，由狱卒狗熊头领着路，没费一会儿工夫就到了阎罗王的座前。

阿达娜姆向上面一看，只见那八只狮子举起的宝座上，那阎罗王把黄褐色的发辫披在背后，眼睛像日月似的左右顾盼着，洪大的声音像雷声般响亮，舌头像红色的电光似的闪耀着。弹舌的响声，能使雪山消融；脚掌跺地，能使石头崩裂，一看见就令人魂飞胆丧。有九百名狱卒排列在右面，九千名狱卒排列在左面，九万名狱卒排列在前面。不但如此，另外还有执短矛的狱卒九百人，短矛上的小旗在飘荡着；手执刀的狱卒九百人，刀锋无比锋利；手持弓箭的狱卒九百人，箭上的翎毛闪耀着；手持锯子的狱卒九百人，锯齿在竖立着；手持铁绳的九百人，铁绳的铁绊在紧连着；手持黑绳的狱卒九百人，黑绳的环子密结着；手持焰火的狱卒九百人，焰火的火星在爆炸着；手持长矛的狱卒九百人，长矛的缨旗在招展着。

此外还有千万名狱卒环绕在周围，那狱卒们发出吼声、叫声、杀杀打打等声音，犹如一万个雷在同时轰鸣，震撼了大地，掀动了雪山。用威势震慑着每一个人，人们忍不住都发出哭号叫唤之声，充斥天地，犹如恶狼在吼叫，犹如母羊与羔羊到了一起，犹如山沟里的狐狸在斗殴，能使敌人看了腿打颤，胆小之人见了肝脏破裂，耳朵听到会耳鸣，眼睛看见会流泪，作过恶的男女看到会心惊胆战。

那阎罗王居住在阎王大帝城时，如果知道来的人是有善恶的，什么话也不讲；如果来的人是有意行功德的，而难于通过那黄泉道路的时候，他就会派狱卒去迎接。

再说那阿达娜姆到了阎罗王跟前，看到如此可怖的情形，她不由得双膝跪到地上，阎罗王的眼睛向天空打了一个转儿，随后又看着阿达娜姆，以恐怖强烈的调子问道："我有话要问你，你同别的女人不一般。头上发辫掩盖了上半身，脸上部好像少女，能压服百个女儿身；脸下部好像青年汉，能压服百个男子身；口不净冒着血肉气，手不净恶臭实难闻；上身好似黑鸟翅轮廓，下身笼罩着罪恶的黑影。你是什么地方的亡魂？你叫什么名字？你生时供过多少上师？向穷人放过多少布施？在无主的水上修过多少桥梁？在无主的山上立过多少旗幡？在堕入地狱的今天，有什么谒见我阎王之礼？"

阿达娜姆听阎王一说，心中有些害怕，想自己一生东征西杀，不断杀伐，这怎么能向阎王说呢？还是编一套话告诉他吧。于是，阿达娜姆对阎王说："我是清净佛土的人，我的名字叫曲措，生时向上师供过骏马备金鞍，供过大象饰彩绢。斗量的松石和珊瑚做布施，修的桥、树的幡多得数也数不清。我是空行母的化身，年轻时做了南赡部洲雄狮大王的妃子，因此我应该到极乐世界去，请阎罗王放我。"

阿达娜姆说完，右肩上忽然出现一个业力所感的白色小孩子，他拿着一个神奇的白布袋，里面装着像那白芥子大小的白石子，眼眶里充满着泪水，向阎罗王叩了三个头以后，这样启禀道：

有威力的阎罗王，
你是能分辨善恶的法王，
有神威的阎罗大帝你请听！
有善你则是法王尊，
有恶你则拿刑惩罚，
你是分辨善恶的阎罗神。
我是这人的同来神，
她的状况我知道：
她活在人世时，
是阿达娜姆女英雄，
是肉食空行母的化身，
是格萨尔大王的妃子，

做过无数善事情，
因此请把阿达娜姆，
向极乐世界里接引！
岭国的狮龙宫殿城，
和莲花光圣地一般同，
能见那城无恶道，
她做过多年城主人；
英雄的赤兔那骏马，
和马头明王一般同，
她做过多年的马主人，
因此请把阿达娜姆氏，
向极乐世界里接引！
做善业善行的白石子，
献到你法王的手中。

唱毕，那白色小孩子将像白芥子大小的白石子放到阎罗王的前面，在阿达娜姆的右边坐下。

过了一会儿，在阿达娜姆的左肩上出现了一个与生俱来的魔业痛苦的黑色小孩，他拿着一个能填满三千世界的大黑口袋，里面装着像须弥山大小的石子，他那永世没有笑过的脸上，露出了些微的笑容，向阎罗王唱歌禀告：

有威力的阎罗王，
你是能分辨善恶的法王，
有神威的阎罗大帝你请听！
有善你则是法王尊，
有恶你则拿刑惩罚，
你是分辨善恶的阎罗神。
我是跟她同来的魔，
她的状况我知道：
她活在人世时，
是九头妖魔的后人，
魔女阿达是她名；
她在幼年三岁以前，
曾在大地上设地弓，

曾在外山觅雀食，
这女人无法向上界去拯救。
又在她年满十三后，
头发向后绾乌云，
早晨到那石山顶，
引满铁弓搭铁箭，
射杀九百大小野公牛，
把牛头排列在山坡根，
下午又杀了母野牛，
大山尽被血染红，
魔女阿达跳舞蹈，
好像鹫鸟旋空中，
也似猛狼发威风，
这女人无法向上界去拯救。
那匹有功的老骏马，
曾骑着它升天宫，
也曾骑着它把大地行，
在骏马年老体衰时，
把它给予外面的盗贼，
这如同杀了有恩的父亲。
这女人无法向上界去拯救。
又将挤奶的犏乳牛，
在年轻时候曾挤奶，
到老时宰杀将肉吃；
再如那有功的牦乳牛，
在年轻时曾挤奶，
奶酪、酥油养全家，
每年要产两只犊，
褐色犊儿挤满门。
到不产犊时宰杀吃它肉，
这好似杀了有恩的母亲，
这女人无法向上界去拯救。
她对神祇上师无信仰，
对庙宇寺院毁坏谤行，

轻视白色的善业，
这女人无法向上界去拯救。
当掌管黑魔部落时，
她是外面盗贼的首领，
甲盔三件带在身，
好似黑煞示怒容，
敌人见她心胆战，
野牛从草地逃山中，
曾做九千雄兵的首领，
曾杀过戴着金帽的上师，
根本不理死后地狱的苦难；
曾杀过品质崇高的长官，
似不理严厉的惩罚；
曾杀过戴着黑帽的咒师，
似不睬严酷护法的咒惩；
曾杀过马上的英雄汉，
似不理战争的刀兵；
曾杀过辫发的女人，
似不管民众说纷纭；
曾杀过背着行李的行脚僧，
似不理你法王依法惩，
如不断这人的善道路，
似法王是不明是非之人，
狱卒是无善无恶之人，
这女人所做的罪恶账，
请查这黑石子记得清！

唱毕，只听阎罗王缓缓地说道：“方才照白小孩的说法，似乎白的是真的；听黑小孩说，又像黑的是真的。到底谁是谁非这得要看我缘孽镜里的字，就会自然明白，再用我的阎罗秤称称，也会明白；查查我的刑法条文，也就会知道该怎么办。”

在阎罗王右边的紫檀木桌上，摆着一个阎王的缘孽镜，从直径量来，有九百庹宽；从边上量来，有九百九十庹大；从远处看，好像十五夜晚的明月；从近处看，又似三峰山顶上出现的太阳。看着它，好似从山谷口里看风景一样，每个人在人世间时，向在上的上师献了多少供养，连一针一线都显现在那里面；

给在下的穷人施舍了多少布施，连给过的一口食物也照在里面。所作的罪孽也同样，所有杀害的生命，从大的野牛、野马以下，到小的虱子、虮子以上，都显现在那里；所偷盗抢劫的财物，从大到金、银以下，到小的一针一线以上，也都显现在那里面；欺骗哄人的事，从大的背誓言、争口舌以下，到小的说废话、互相戏谑以上，也都显现在那里；乃至其他所积的口头罪孽和心上的罪孽，也都明显地照到里面。

在阎罗王的左面，那狱卒牛头阿巴把两只锐利的犄角直戳向天空，手中拿着紫色的阎王秤，那秤杆有十八庹长短，雷霆生铁水所铸的四方秤锤有大象的躯体那样大，秤环是用干下罪恶的人的表皮所制成。拿那秤去称量时，如果在右面放上大善，而掺杂上一只虫子大的罪恶，那它就往左边倾斜；如果在左边放上大恶而掺杂一点点小善，那它就向右边倾斜；如果在左边放上大恶而掺杂一点点小善，那它就向右边倾斜。于是把阿达娜姆所做善事的白石子放到阎王秤的右边，造下罪恶的黑石子放在阎王秤的左边，经过十八次称量善恶重量的结果，都是向罪恶的方面倾斜。看到这种情况，她吓得心惊胆战。

在阎罗王的面前，站着那狮子头的狱卒森格布丹，他的玉鬣披开能使雪山融化，声音出口能使大地震动，弹起舌头来，只是咯嗒咯嗒地响着。他手里捧着用白纸所造的记录善恶及其据此奖惩的簿册向上面一看，有一行很特别的字，他念道："哦！这罪恶的阿达女英雄，活在人世的时候，因杀生的恶业报应而死，应该在'等活地狱'中坐上五百年；曾积下了恶心嗔怒之业，应在阿鼻地狱坐上九年；又曾吝啬钱财，应在生道里坐上九年。"

念罢簿册中的内容以后，那敏捷的九百狱卒立马发出杀杀打打的声音，嘈杂得好像千只母羊同羔羊到了一起一样，把阿达娜姆领到一条像黑绳的路上去了。从那以后，阿达娜姆依次从饿鬼道堕入地狱，在三年之中，肉和骨头也分离开来，受了无数不能忍受的痛苦。

话说那格萨尔大王在嘉纳办完事后，便率随从回到日思夜想的岭国。那时岭国的一切大小臣民，外部十八部，岭国的三十部落，外围的九百城邑的人等等，闻讯都前来迎接格萨尔王平安归来。格萨尔大王只见迎接他的人是人山人海，唯独不见爱妃阿达娜姆的踪影，于是便问道："爱妃阿达娜姆为啥没有前来？"这时岭国的英雄们和魔部的噶达尔秦恩等回禀道："前年大王宝驾前往嘉纳时，嘱咐她要修行生死无常，您走后不久她便去世了。"

于是他们把阿达娜姆临终嘱托的盔甲等英雄用过的一切戎装，松石、珊瑚、绫罗、氆氇等少女时代的一切服饰，领顶、印信等一切大官的用物，马、牛、羊以及牦乳牛等一切牧人的生活资料，田地、房屋、财物等一切城乡人等需要的物件等都献给大王，并将一切情况都详细禀报。

第二百一十六章

救妻心切独闯阎罗殿
寻找亲人勇入地狱底

格萨尔听了这突如其来的噩耗，感到非常悲痛，回到王城森珠达孜宫殿，心中闷闷不乐，想道：我那爱妃阿达娜姆活在人世间时，是一个自视甚高的人，现在是否升到天宫里去了呢？想着便向天宫望去，但没有看到。他又想道：她是一个嫉妒心很强的人，是否到修罗道去了呢？向修罗道一看，也没有看到。又想道：她是一个很固执的人，是否到畜生道去了呢？向畜生道一看，也没有看到。又想道：她是一个存有希望的人，是否仍投生在人世间呢？一看也没有。又想道：她是一个吝啬的人，是否投生到饿鬼道了呢？一看也没有。又想道：她是一个嗔怒的杀生者，是不是到地狱里去了呢？一看，果然看到阿达娜姆堕入地狱。于是他下令说："在十三天以内，无论大臣、将领、后妃、侍从等，谁也不许到我身边来，我要在那城里进入光明三昧中去修行观想。"

于是，格萨尔在三昧中同他的神驹江噶佩布在一刹那间来到了地狱境界，到达了生死沙山山口。那一天，雄狮王格萨尔头戴白盔，虹光闪耀；腰系三件，光芒四射；身穿铠甲，如火燃烧；口诵经文，音质清晰。到那冥界地狱的时分，天上出现了圆帐篷似的虹光，空中降下鲜花之雨，大地上腾起檀香和香料的气味。格萨尔在下去的同时，心上升起怒气，大吼三声。那阎罗王听到吼声，向在他身边的狱卒熊头童儿唱着歌说：

嘛呢乌尔吉！
看到有这样的情景：
在生死沙山上的"拉则"，
天空中出现虹光如帐篷，
虹光如八辐车轮现空中，
前所未见真新奇！
空中到处降花雨，

飘着莲花和优昙钵花，
前所未见真新奇！
一切大地腾香气，
香气充满了地狱境，
前所未见真新奇！
白色嘛呢声韵朗朗响，
念得地狱境界都震动，
又听得格格索索吼三声，
我阎罗王在以往，
没见过这样稀奇的情景。
今天有一个救妻大丈夫，
戴着修行帽子要到来。
或者有穿着法衣的上师，
今天会到这里来。
或者有厌弃轮回的苦修人，
今天会到这里来。
或者有白衣留发的咒师，
今天会到这里来。
或者有福分圆满的施主，
今天会到这里来。
或者有慈悲众生的法王，
今天会到这里来。
你前去看看那人是谁？

这样唱罢，那狱卒愤怒熊头童儿想道："到底是怎样一位大丈夫，是否是头戴修行帽、身穿法衣、手里拿着铃和腰鼓的人呢？"于是他即刻前去，向上一看，只见那人生得紫色"穆布董"氏族牙齿，紫红珊瑚似的颜色；头上戴着白盔，缨绫飘荡；右面的虎皮箭袋，像是跃向天空，左面的豹皮弓套，又似指向地下，身上的白铠甲像火星灿烂；枣骝骏马好像朱红色染成，英雄汉的姿态又像将要出阵的架势，独自一个人站在那里。

这时，那狱卒愤怒熊头童儿，首先唱了一支试探之歌：

嘛呢乌尔吉！
嗡嘛呢叭咪吽誓！

祈祷白色的经典，
如不知道这地名，
生死沙山山口是它名。
如不知道我是谁，
我是狱卒熊头童，
骑红马的亡魂你细听！
你是哪里的罪恶倒运人？
你的白盔缨绫与天齐，
白甲的鳞片拖着地，
是一个罪恶样子由此知。
箭上的翎毛像黑去蔽，
左面的豹皮弓套犹如金钱豹，
纯白的弓弦是皮盾，
这是青年枭雄的服饰，
你是恶人由此知。
手中的长枪旗帜指向天，
腰间的长刀尖上染血脂，
这是杀生屠户的服装，
你是恶人由此知。
骏马的头角比天高，
金鞍的图案耀空际，
这是无法长官的服饰，
你是恶人由此知。
在我们阎罗王的审判地，
英雄可没有用武地，
好汉无法来杀伐，
善辩者没有讲话的余地，
懦夫也无须去逃逸，
弱小者无处把冤诉，
美女也无法弄丰姿。
我们有敏捷狱卒九百人，
又有铁索九千尺，
套在你恶人的脖子上，
当啷啷地牵到地狱去，

用杯子粗的黑绳子，
系在你恶人的颈子里，
拖曳着牵到地狱去，
有九钉排成铁镣铐，
系住你恶人的四肢，
拖曳着走到地狱去。
在阴曹地府那地方，
阎罗王的刑罚很严酷，
我九百狱卒无情义。
地狱的痛苦难忍受，
那灰白冥原无边际，
红色冥河无桥逾；
你上看青天是空的，
没有慈父来救你；
你下看地洞黑漆漆，
没有慈母来救你；
看对面尽是可怕的狱卒，
没有兄弟亲人拯救你；
前看是无人的大道，
没有上师给你把路指；
后看是空旷的荒野，
你没有善法来追及；
你对于以前所作的罪恶，
现今是否后悔老实讲！

听了狱卒愤怒熊头童儿的歌以后，格萨尔雄狮王非常愤怒，眼睛向天空环视了三遍，顿时天摇地动，遂以“猛咒降伏”的调子唱起歌来：

嘛呢乌尔吉！
圣地大乐佛土中，
闻其名能除恶道之痛苦，
祈祷阿弥陀佛尊，
叫声可怕的狱卒听分明！
你如不知我姓名，

我不是亡魂是活人，
身命未死游地狱，
格萨尔大王是我名。
马未死跨过阴曹河，
江噶佩布是它名。
我们到此的人和马，
昔日在上界天宫中，
是神子博朵噶布。
马名叫作白马拉嘉[1]。
我们在下界龙宫中，
人称为藏族王龙童，
马名叫作长翅青龙，
人间尘世的时候，
人称为赡部洲大王，
江噶佩布是马名。
本大王头上戴的这白盔，
不与普通一般样，
名叫“天神白盔帽”，
上有自来的佛千身，
是从那现喜佛土中，
金刚萨埵尊神所赐赠，
我格萨尔能戴才受承。
这盔上栽的那缨毛，
不与普通缨毛一般样，
名叫镇压三界的缨绫，
是三类救主亲身临，
是在那嘉噶灵鹫山，
佛祖亲自所赐予，
我格萨尔能戴始受承。
本大王身上穿的这铠甲，
不与一般的铠甲同，
“世间披氅黑甲”是它名，

1 拉嘉：神鸟，意为格萨尔的坐骑能够像“神鸟”一样飞奔。

是“和平愤怒护法”的亲身，
是从江洛坚的宫殿中，
金刚手菩萨所赐予，
格萨尔能穿始受承。
本大王手中拿的这长枪，
不与普通长枪一般样，
“征服三界敌人”长枪是它名，
枪锋上八命坛场都亲临，
是森严幽邃寒林里，
圣智救主所赐赠，
格萨尔大王能执才受承。
枪上系着的这旗帜，
不与一般旗帜同，
“花旗金刚杵”是它名，
上有十三雪山的战神，
是上面须弥山顶，
众神主尊所赐予，
格萨尔允能系才受承。
右面虎袋所装的箭，
不与普通竹箭同，
它有九十九箭旗，
又有八十修土神，
是上面三十三天地，
白梵天王所赐赠，
格萨尔能射始受承。
右豹套中装的这张弓，
不是凡间普通的弓，
名叫“纯白环绕弓”，
上有白宝弓吉祥天女神，
是烈火燃烧的无量宫，
马头明王尊神所赐赠，
本大王承允能拉始受承。
本大王腰间所佩的宝剑，
不与一般俗剑同，

名叫“斩魔青红剑”，
上面有智慧学士神，
是从嘉纳五台山，
文殊菩萨所赐予，
格萨尔能舞始受承。
本大王身下骑的这匹马，
不与一般俗马同，
神驹江噶佩布是它名，
表面上看来是畜生，
内部里看是天神身，
中间看是马头明王，
那是白马廓的宫殿中，
救主白玛陀称所赐予，
格萨尔能骑始受承。
这马身上所鞴鞍子，
不与一般鞍子同，
名叫“金鞍太阳自升”，
上有显密二教的众神，
是兜率天的喜乐持法官，
上师弥勒佛所赐予，
格萨尔能备才受承。
因此我们人和马，
在那西方极乐世界中，
在阿弥陀佛的座前，
本大王盔甲闪着火光行，
本大王腰中三件响铮铮，
骏马的鞍鞯闪光明。
在阿弥陀佛的座前，
坐尊大力的金刚手尊神，
他比你熊头狱卒强得多，
没有向本大王说这些话，
没有说本大王是大恶倒运鬼，
只给本大王传了深奥的法和经。
这些神佛没有说我是恶人，

你等鬼类说我是恶人因何故？
在那圣地灵鹫山，
在世尊释迦佛座前，
本大王的长枪旗子如火焰，
腰刀锋利持向前，
披氅闪耀如鳞片。
在那尊贵的释迦佛座前，
大声弟子舍利佛，
比你这熊头狱卒贤，
并没有讲出像你的这些话，
没有说本大王是大恶，
还把深奥的经法传给我。
这些神佛未说我是大恶，
你等鬼物说我是大恶为哪般？
在钢色吉祥山的宫殿里，
在白玛陀称祖师的座前，
本大王吼着格格索索去向前，
刀锋上染着血和脂，
歪着身体去朝见，
那白玛陀称祖师的座前，
译师毗卢遮那在身边，
他比你熊头狱卒强得多，
并未说我是大恶的老汉，
没有说我是恶人，
还给我把深奥的经咒传，
这些神佛并未说我是大恶，
你等鬼物说我是恶人为哪般？
你阴曹地府的阎罗王，
和赡部洲的格萨尔，
同样是上天所命令，
同样为众生做事情，
你我二人究竟有啥不同？
你阎罗王和众狱卒等，
以往活在世间时，

我曾在四方降四魔，
显密两法是我振兴，
这些业绩你们能否办成功？
我们南赡部洲的王臣们，
要来到阴曹地府境，
给阴间地狱办事情，
因果的细账能算清；
我格萨尔的伟业，
你阎罗王怎能比？
你阎罗王的事儿很轻松，
办这种事儿谁都成，
我的伟业可不易。
成就这种伟业费精神，
如果说容易你们办。
今天有一事想询问，
在这阴曹地府之中，
在那去年和前年，
大前年的那以前，
我的爱妃阿达娜姆，
死后在地狱熬三年，
无辜人被阎罗你惩罚，
今天我来此地的目的，
是向你们要回我的人，
请把我的人交给我，
要往西方极乐世界送。

唱完，格萨尔燃烧起护教的火焰。顿时，护法的雹子满天纷飞，空中即刻降下甘露，使那地狱境界如轮盘旋转。阎罗王如被宰的绵羊打颤，狱卒们像山羊群被赶得到处乱跑。与此同时，格萨尔以空性大悲显示出慈爱和愤怒两种样子，大吼了三声。于是那从未起过座的阎罗王从座位中立起，从未逃跑过的九百狱卒纷逃四散，从未翻倒过的地狱红铜大锅翻覆得锅底朝天，从未破裂过的地狱铁城也裂成碎片，嘈杂之声，犹如鼎沸，那十八层地狱，就像轮盘一样骨碌碌地转了十八转。那格萨尔进入阎罗王的铁城里，向阎罗王的宝座射出了“四无量”宝箭，那箭一直穿到翎毛根里。

再说那阎罗王，看到这种情况，便向格萨尔唱了一首因果报应之歌：

嘛呢乌尔吉！
降伏四魔的寒林里，
本尊神威德金刚请鉴知！
如不知晓这地方，
这是本法王的十八层地狱，
名叫可怕的阎罗地。
如不知道这城名，
名叫阎罗铁城有九层；
如不知道这坝子名，
这是灰白的冥滩地。
如不知道这河名，
无渡冥河是它名。
我这法王阎罗，
从开天辟地的以前，
是文殊尊神委派的，
他说那“阴曹地府里，
罪恶人要堕到恶道去，
善人要放到善道中，
要按照因果来办事”。
在这个地狱间，
往日佛祖在世时，
伟大弟子舍利子，
连同罗汉几万亿，
身上的金光如日耀，
背上把法衣披整齐，
手中的锡杖当啷啷响，
来到这地狱好多次，
未说过你这种蛮横话，
没有把因果来蔑视。
还有那嘉噶圣地里，
萨喇哈等大修士，
连同十八修行者，

头上的发髻在闪动，
身上的六种骨饰嘶哩哩，
手中的摇鼓铃子响声足，
曾到这地狱十八趟，
未说过你这种蛮横话，
没有把因果来蔑视。
再说那雪域高原地，
那成道仙人都莅止，
口诵嘛呢声朗朗，
手持水晶念珠迤逶逶，
声如小铃铛啷啷响，
曾到这地狱许多次，
未说过你这种蛮横话，
也未把因果来蔑视。
你这南赡部洲格萨尔，
据说是白玛陀称的化身，
既然这样请细思量！
做过善事的感应，
究竟是有是无呢？
做过恶业的报业，
究竟是有是无呢？
昔日佛祖住世时，
曾转过法轮凡三次，
他说“做了善恶的报应，
后世里要成为现实”。
究竟是真还是假，
你格萨尔应细思！
那大恶女人阿达娜姆，
在地狱界里才熬过三年，
还要在这地狱熬过五百载，
再加三六十八年，
才能解脱把身翻。
并非本法王刑罚过于严，
也不是我的九百狱卒无情面，

乃是那女人自己曾把因果种；
好像春天把种子播，
果实成熟在秋天；
前世里做过的报应，
后世在地狱受煎熬，
这事要拯救难上难。
如果你要去拯救，
为了洗净杀生的罪恶，
要塑如来佛像一千尊；
为了洗净口出恶言罪，
要书写九百部解脱经，
为了洗净心上的嗔怒罪，
要造金塔一千整，
做到这些还看能不能拯救，
如一日做不到这些事，
亡魂从这里无法去超生。

听了这首歌，格萨尔心里想：现在看来我只有到那红铜色吉祥山莲花光宫白玛陀称祖师座前去，请求一个超度阿达娜姆的办法了。于是在一刹那间，他像闪电一般地到了红铜色吉祥山莲花光宫白玛陀称祖师座前，即禀告道："尊敬的白玛陀称祖师啊！请你听我的禀告吧！我的爱妃阿达娜姆现在堕入地狱之中，千万祈祷请你大发慈悲，想个超度她的办法吧！"

祖师说："哦，格萨尔王呀，你把那密咒金刚乘的正法和幻化无边和平愤怒坛场的门口打开来，那就会使积有罪恶的人得到超度，阿达娜姆也会升入净土，到达西方极乐世界。"

格萨尔听了这番话以后，立即打开那幻化无边和平愤怒坛场的门，诵起那搅乱世界的密经来。特别是从他的眉间里射出了黄色的日光，变化成千尊佛像，排列在白玛陀称祖师的右方，发愿洗净阿达娜姆身上的孽障；又从他的喉头，发出了像火焰燃烧的红光，变化成用金字和银粉写成的大般若经十万颂千部，排列在白玛陀称祖师的左方，发愿洗净阿达娜姆口上的业障；又从他的胸口发出一道像展开白绸的白光，变化成千座白银宝塔，排列在白玛陀称祖师的前面，发愿洗净阿达娜姆心上的业障。

之后，格萨尔很快地又来到地狱境界，到那阎罗王的跟前，唱了一首这样的歌：

嘛呢乌尔吉!
圣地自心法身的佛土中,
救主法身普贤请鉴证!
阎罗王你请听,
我见到前所未见的情景。
阴曹地狱十八层。
本王见它是清净十八处,
哪里有地狱十八重?
阴曹的火烧铁大地,
我看它是一片金,
火烧铁地没处寻。
黄色的无渡冥河水,
我看它具有八功德,
黄色冥河在哪里?
无门的铁烧号叫处,
我听到正法的声音,
号叫地狱无影踪。
那个血肉横飞的刀林,
看到的是花雨降缤纷,
刀剑的雨点何处寻?
那锋刃朝上的剃刀路,
我看到的是平坦的解脱道,
剃刀险途向哪里找?
阴曹的那座白雪山,
我看到的是红铜吉祥山,
寒冷的地狱在哪边?
那夏玛里果子的大树,
我看到的是菩提分支树,
夏玛里铁果今也无。
污秽腐尸的肉泥潭,
我看到的是清香的莲花池,
尸泥潭究竟在哪里?
铁水沸腾的阴曹红铜锅,

我看到的是盛满清水的澡盆，
阴曹红铜锅去哪里寻？
你那阎罗王的冥府里，
我看到的是幻化和平愤怒的坛场，
阴曹王城在哪一方？
敏捷的五大狱卒臣，
我看到的是五位佛世尊，
哪有五大狱卒臣？
你这阎罗王的身，
我看到的是普贤佛法身，
阎罗王哪里寻？
依幻化和平愤怒的坛场，
以及我的大法力，
把阿达娜姆的灵魂，
接引到西方乐土去，
请法王把此歌记心中！

阎罗王说："哦，是的，像你格萨尔大王一样的净业人所看到的现象里，是会显出这种佛土的景象，但在犯下不净业的罪恶人们所见的现象里，那依然是十八层地狱。照这样看来，你认识了你自己的错觉，知道了它是如幻如梦，因此那阿达娜姆也能拯救了，今天早晨在我的缘孽镜里，也出现了如来佛的千尊像、千部大般若经十万颂、千尊白银宝塔，此外还明显地显示出了佛祖的和平愤怒坛场。"

听了阎罗王的话，格萨尔即刻去寻找阿达娜姆。找啊找，在无数的人群中去寻觅，终于在一个地方看到了她的身影。只见她在铁火燃烧的内外有十八重小门的圈子中间，那圈子没有一点缝隙，阿达娜姆只是在那里痛苦地哀号着。

格萨尔看到这种情景，不胜悲愤高声地念了三声"菩提心"大悲咒，只见那小门儿裂成了十八块，把在那里面受罪的以阿达娜姆为首的十八亿亡魂都拯救了出来。

第二百一十七章 悯鬼魂大王念诵心咒 闻真经灵魂往生净土

格萨尔把以阿达娜姆为首的十八亿亡魂拯救到离地狱十八由旬的地方行走时，阿达娜姆向格萨尔唱了这样的一首歌：

嘛呢乌尔吉！
望听我美妙的歌声！
向前途中看到这情景：
在那生死沙山的上拉则，
千人头的拉则堆子与天齐，
千人头的声音嘶哩哩，
那是作了什么罪孽的报应？
臣妾经过那里很恐惧。
在那生死沙山的中拉则，
千马头的拉则堆子与天齐，
千马头的嘶声鸣萧萧，
那是作了什么罪孽的报应？
臣妾经过那里很恐惧。
在那生死沙山的下拉则，
千狗头的拉则堆子与天齐，
千狗头的吠声汪汪叫，
那又是作了什么罪孽的报应？
臣妾经过那里很恐惧，
因此臣妾不到那里要留此地。

阿达娜姆唱毕，格萨尔也回唱了一首歌：

嘛呢乌尔吉！
请大慈大悲观音把路引！
爱妃阿达娜姆你细听！
在生死沙山的上拉则，
千人头拉则高峻与天同，
如果认识它乃是十一面观音，
不认识它又是前世的报应。
那弱小的财物让强暴夺，
无辜被那强暴施苦刑，
富人克扣仆人的工钱，
专门等那个原主来，
原主来时要把孽债清，
爱妃不要怕它往前行！
在生死沙山的中拉则，
千马头拉则高峻与天齐，
若不识它像是前世的报应，
它本是护法马头明王神，
曾把那走遍各地的宝马，
到老时贩卖与他人骑，
又将那野地的白嘴小野马，
无辜宰杀把肉吃，
专门等那个原主至，
原主来时要把孽债清。
爱妃不要怕它向前去
在那生死沙山的下拉则，
千狗头拉则高峻与天同，
如认识它乃是金刚亥母，
不认识又是前世的报应，
那从小家养的看门狗，
夜晚防着盗贼和狼群，
把那主人家中的财物，
当作自己的家私去守护，
到狗老时又拿石头打，

厉声嗔恨不给食和饮，
搬迁牧地的时分，
忍心丢弃在废墟中，
专等那个原主来，
来时业债要让他偿清，
爱妃不要怕它向前行！
跟着我格萨尔大王来，
看着盔帽的白光向前去！
听着白甲的响声随我行！
跟着江噶佩布的脚踪去！
从内心深处去祈祷，
向西方极乐世界发愿心！

唱罢，格萨尔把以阿达娜姆为首的十八亿亡魂从地狱向上接引了十八由旬，使他们摆脱了第一层地狱。

于是以阿达娜姆为首的十八亿亡魂向格萨尔唱歌禀告道：

嘛呢乌尔吉！
有恩的格萨尔大王听，
向前途中看到这情景：
在那铁火燃烧的大地上，
铁矿石犹如酥油溶，
千百万男女的身体裂开口，
犹如炒熟青稞的裂缝，
叫苦叫娘之声满天地，
那是作了什么罪孽的报应？
我越过那里很恐惧，
我不上前去要在此处。
格萨尔大王请再听！
向前途中看到这情景：
可怕的狱卒千千万，
手持火烧锐利的武器，
亿万个男女的头和身，
纷纷离散如肉泥。

每日死去活来几百次，
那是作了什么罪孽的报应？
我越过那里很恐惧，
我不上前去要在此停留。
格萨尔大王你再听！
向前途中看到这情景：
可怕的狱卒千千万，
手持火烧锐利的武器，
亿万个男女的头和身，
纷纷离散如肉泥，
每日死去活来几百次，
那是作了什么罪孽的报应？
我越过那里很恐惧，
我不上前去要在此停留。
格萨尔大王你再听！
向前途中看到这情景：
在很多戴着金冠的上师后，
许多男人女人把手伸，
声言“我们的金银财宝在哪里？”
上师把肉体割下去称斤，
放到男人女人的手中，
他们还说“太小”把上师抓得紧，
上师的肉尽骨头现，
痛苦难忍发出号叫声，
这是作了什么罪孽的报应？
我通过那里胆战心惊！
不上前去要在此停留。

阿达娜姆唱完之后，那格萨尔又向以阿达娜姆为首的十八亿亡魂唱了这样的歌：

嘛呢乌尔吉！
祈祷最上圣者观世音，
请保佑息灭错觉的惶恐！

爱妃阿达娜姆你细听！
铁火燃烧大滩的男女诸亡魂，
身体烧焦发出哭叫声，
那是活在人世时，
为祭祀世间地方神，
把活羊牵入烈火焚，
是作那种罪孽的报应。
把水中的鱼儿捞到热沙滩，
三冬里把草山拿火焚，
把自己身上的虱和虮，
或抛热砂或丢在火中，
是作了那些罪孽的报应。
爱妃阿达娜姆你细听！
手持兵器的数十万狱卒，
将那无数的男女众亡魂，
杀得死去活来受苦成百次，
那是活在人世时，
把一切无辜野牲来屠杀，
做了盗匪无故杀人马，
掏翻鸟巢把雏鸟鸟蛋在石上摔，
在路上设下网扣及陷阱，
把狐狸、猞猁、豺、狼、野马等野牲杀，
放出猎狗捕那野鼠和獐子，
用盐类毒死池中蛙，
放毒杀死地下的金蛇，
是作这些罪孽的报应。
向前行来不要害怕它！
寿尽的男女们再请听！
那许多上师的身后，
许多男女伸手紧跟随，
上师把肉体割下给他们，
还说“太小”把上师抓得紧。
上师肉尽骨头现，
那是他活在人世时，

并不知亡人的灵魂在哪边，
两眼朝天念迁转，
吃了男女施主的斋饭，
自己取财不维持寺院，
夏三月骑马赶驮畜，
像盗贼一样巡四边，
像恶狼一样食欲如火燃，
像恶僧一样张口伸手去化缘，
见了豪富施主的钱财，
像吝鬼似的把它食，
见别人得病将要死，
像凶恶魔鬼一样喜心间，
心想他的回向是否来我这里念？
念时今天是否有布施来供献？
布施丰厚则要见施主面，
会说："你的亡人在那边，
我替你向极乐世界来超荐。"
布施微薄则把脸翻，
面带怒容就要告辞去，
难得说话两三言，
会说"他造了大恶孽，
因此报应躲避难，
我因寺院建神像，
身有大事不得闲"。
手持哈达护符找施主，
向施主谎言行欺骗，
以搞诈骗得山绵羊，
把羊儿给那屠户贩，
取得钱财自己置吃穿。
施主死后见阎王，
说他给上师这样行布施，
据说那些布施做了某善事。
阎罗王曾答言：
你所说所做的那善事，

缘孽镜里没根据，
于是那亡魂等在中阴关，
问那上师何时至？
到关时好像债主逼。
生前吃过一斤的善财，
死后要在上师的肉体，
割还十八斤也不抵，
是作了这些罪孽的报应，
不要怕它向前去！
跟着我格萨尔大王来！
看着盔帽的白光向前去！
听着白甲的响声随我行！
跟着神驹的脚踪去！
从内心深处去祈祷，
把信仰寄向西方极乐世界去！

说着又把他们从地狱提升了十八由旬，使他们摆脱了第二层地狱。再说那以阿达娜姆为首的十八亿亡魂又向格萨尔唱道：

嘛呢乌尔吉！
有恩的格萨尔大王听！
向前途中看到这情景：
大路上刀刃向上立，
可怕的狱卒亿万人，
赶着很多的亡魂，
脚步移动脚截成零块，
手又被截身体倒在地，
头身被截成数段受苦痛，
那是什么恶业的报应？
经过那里前去真可怕，
我要留在此地不前进。
格萨尔大王请细听！
向前途中看到这情景：
铁火燃烧的房屋内外凡两层，

内层烟火爆烈的中心，
没有门窗全被黑暗吞，
无数僧俗男女关在内，
大声号叫充满大地和天空，
那是什么罪孽的报应？
经过那里前去真可怕，
我要留在此地不前进。
格萨尔大王你请细听，
向前途中看到这情景：
有亿万女人是尼姑，
身被铁火全燃焚，
把烧的铁丸向口里送，
熔化的铁水倒口中，
体内被烧火焰由口喷，
呻吟痛苦不能忍，
那是什么罪孽的报应？
经过那里前去真可怕，
我要留在此地不向那儿行。

唱完之后，格萨尔又向以阿达娜姆为首的十八亿亡魂唱了这样一支歌：

嘛呢乌尔吉！
向阿弥陀佛来祈祷，
请保佑中阴无恐怖！
爱妃阿达娜姆请细听，
刀刃路上的诸亡魂，
被迫逐撵截断头和身，
那是活在人世时，
在旅途无故抢劫行脚僧，
斩断了名山圣地的烧匝路，
斩断了寺院古刹朝拜的途径，
破坏了大河水上的渡船，
堵塞了通往城镇的交通，
斩断了各地的通商，

截断了上师前往诵经的路径，
是作了这些恶业的报应。
爱妃阿达娜姆你再细听！
铁火燃烧的无门房中浓烟罩，
许多亡魂在内发出号叫声，
那是活在人世时，
强暴把无辜关在监狱中，
以石头堵塞鼠类的洞穴，
是那些罪孽的报应；
在上师僧人诵经修行时，
唱歌乱语把酒饮，
在家男女受守关垒时，
不曾磕头不把嘛呢诵，
自己不做还阻止他人念，
唱曲和山歌昼夜不肯停，
是那些罪孽的报应。
阿达娜姆你再细听，
亿万阎王狱卒等，
逐赶亿万尼姑和村妇，
穿以火烧铁衣喂铁丸，
灌以铁水烧伤其腹中，
那是念诵能断经典的妇人们，
活在人世的时候，
诵经时经常分肉争大小，
来请祈祷时先把布施多少问，
不僧不俗的上师娶妻子，
逢七诵经先把馍数清，
是那些罪孽的报应。
吃那亡人的丧食时，
不断孽障也让家人吃，
有些僧人还俗后，
借口上师令嘱娶妻子，
并将女人美名曰“明母”，
妇人也吃上师的供食，

由于骄傲不屑与人混在一起，
不满供食生怒气，
供食到手则极吝啬，
供食到口多说辞，
生时吃一口供食，
死后要吃九个烧红的铁丸子，
虽不愿吃也不能随自己。
生时喝一口供茶，
死后要喝九次铁熔液，
虽不愿喝也不能由自己；
生时穿了一件供布衣，
死后要穿烧铁所做的褐衣十八次，
是那些罪孽的报应，
不要怕它向前去！
跟着我格萨尔大王来！
看着盔帽白光向前去！
听着白甲的声音随我行！
跟着神驹的脚踪去！
从内心深处去祈祷！
把信仰寄托到西方极乐世界去！

说着从地狱中向上提升了十八由旬，那些亡魂们从第三层地狱中得到了解脱。

再说那以阿达娜姆为首的亿万众亡魂，同声一气地向格萨尔唱歌禀告道：

嘛呢乌尔吉！
有恩的格萨尔王请细听！
向前途中看到这情景：
冰滩地方雪山绕，
寒气凛冽飒飒鸣，
毫无温暖寒而栗，
许多男女俗人堕雪中，
大声叫冷身上起水泡，
风暴酷烈身体裂开缝，

肉皮隆起破裂如青莲，
那是什么罪孽的报应？
向那儿前去很可怕，
我要留在此地不前进。
格萨尔王听我说！
向前途中看到这情景：
铁烧的高山插天际，
山坡上长满着铁刺，
铁刺一庹长短很锐利，
那山的脚下有铜狗，
大如野牛数万亿，
张口獠牙吠声满天地，
山顶有地狱的铜鸟，
铁燃的翅膀遮空际，
亿万男女等俗人，
由自己家乡叫到山上去，
叫声上来前去时，
铁刺的尖锋向下指，
等皮肉刺到破裂时，
顿时有地狱鸟来噬，
挖出脑浆啄食眼珠子。
下山时铁刺尖子向上指，
铁刺尖端挂上皮肉和肠子，
到山根时地狱的铜狗，
咬食腿部筋肉把苦吃，
那是什么罪孽的报应？
向那儿前去很可怕，
我要留在此地不前去。
格萨尔王请细听！
向前途中看到这情景：
十八层地狱全被黑暗罩。
看不到自己的手和脚，
得不到饮食自食其肉，
到肚里变成铁熔液，

痛苦难忍叫声如雷鸣，
那是什么罪孽所致？
向那儿前去很可怕，
我要留在此地不前去。

这样禀告以后，那格萨尔向以阿达娜姆为首的十八亿亡魂用唱歌的形式给予解释：

嘛呢乌尔吉！
向阿弥陀佛来祈祷，
请保佑中阴无恐惧！
爱妃阿达娜姆你听清！
男女亡魂在冰滩，
身起水泡叫寒冷，
那是活在人世时，
剥取经、像、宝塔的外衣，
抢脱朝圣人的衣服，
剪窃经卷的经笺及外皮，
把自身虱虮投雪中，
作了这些罪孽所招致。
爱妃阿达娜姆请再听！
火烧铁山上长铁刺，
刺破男女亡魂的身体，
那是活在人世时，
做了尼姑杀死自己私生子女，
埋在地下沙土里，
忍心把婴儿活活弃，
有些妇女做娼妓，
坏了金冠上师的清规，
破了法衣比丘的戒律，
引到修行僧人的庙里去，
在持斋戒的时候胡言乱语，
在有塔、像的庙中行房事，
不顾母亲姐妹的羞耻，

有些男子引诱那尼姑，
破戒生子又溺弃，
是那些罪孽所招致。
不要怕它向前去！
爱妃阿达娜姆你再听！
许多亡魂堕入黑暗里，
自食其肉受无穷痛苦，
那是圣地庙宇的住持，
活在人世的时候，
在供灯里面偷油吃，
是那些罪孽所招致。
不要怕它向前去！
跟着我格萨尔大王来！
看着盔帽白光向前去！
听着白甲的响声随我行！
跟着江噶佩布的脚踪去！
从内心深处去祈祷！
向西方极乐世界发愿心！

说着，从地狱向上提升了十八由旬，那亡魂们从第四层地狱得到了超脱。再说那以阿达娜姆为首的十八亿亡魂又向格萨尔王唱歌禀告：

嘛呢乌尔吉！
大恩的格萨尔王请听！
向前途中看到这情景：
下着铁烧的剑叶雨，
刺破许多达官贵人的躯体，
那是什么罪孽的报应？
铁烧的宝塔犹如在寺中，
高低像是须弥山峰，
许多亡魂丢在那塔底，
大山底下呻吟受苦痛，
那是什么罪孽的报应？
格萨尔大王你再听！

许多男女亡魂身俯卧，
喉头下面吐舌伸满地，
许多可陷狱卒在舌面，
拿那燃烧的铁铧当田犁，
在那里积潴血和脂，
那是什么罪孽所招致？
经过那地很可怕，
我不要到那里要住在此地。

唱过之后，格萨尔王向以阿达娜姆为首的诸亡魂回了一首这样的歌：

嘛呢乌尔吉！
祈祷佛光普照，
佛祖保佑！
爱妃阿达娜姆你听清！
那空中下着剑叶雨，
切碎达官贵人的躯体。
因那无耻官僚在世时，
向弱小部落起贪心，
无罪刑罚诈财物，
和解他人口舌取费用；
见了弱小穷人斜瞪眼，
见了强者富者笑脸迎，
处罚无辜夺其财，
是那些罪孽的报应。
火燃的铁塔如须弥山，
底下压着很多人，
那是活在人世时，
以佛像、宝塔、神庙为见证。
以佛祖经典为终证，
不计报应发大誓，
欺骗知交和朋友，
把承担的誓言都坏尽。
窃贼欺骗那失主，

口称未偷拿着经典做见证，
为了取信时常把誓盟，
从富豪手中借银钱。
声言债务今天不能偿，
到了某日一定还，
赌咒发誓到期不偿付，
是作了那些罪孽所使然。
不要怕它快向前！
爱妃阿达娜姆你再听！
许多亡魂的舌上去耕田，
那是他活在世间时，
见到有福的上师前，
有了能干的管家，
他就要心怀恶意去离间；
如见慈善教师，
有了信仰很好的徒弟，
也要心怀恶意去离间；
如见博学的学者，
有了聪明的学生，
也要心怀恶意去离间；
和睦的僧人彼此间，
有了知心的师兄弟，
也要心怀恶意去离间；
具有感应的上师前，
如有净信的施主，
也要心怀恶意去离间；
辖地很广的头人前，
如有能干的属僚，
也要心怀恶意去离间；
菩萨心肠的主人前，
如见恭敬中用的仆人，
也要心怀恶意去离间；
具有见识的丈夫前，
如有能干的妻子，

也要心怀恶意去离间，
由于作了那些罪孽所使然。
不要怕它向前走！
随着我格萨尔大王走向前！
看着盔帽白光向前去！
听着白甲的声音随向前！
跟那江噶佩布向那边走！
向前进来发誓愿！
向西方乐土发誓愿！

唱完之后，把众亡魂从地狱向上提升了十八由旬，使他们从第五层地狱得到了解脱。

再说那以阿达娜姆为首的十八亿亡魂向格萨尔大王唱歌禀告：

嘛呢乌尔吉！
大恩的格萨尔王请听：
向前途中看到这情景：
铁燃滩中男女诸亡魂，
锐利的火燃铁铧在耕种，
头身截断鲜血油脂凝，
那是什么罪孽的报应？
我经过那里很害怕，
我要留此地不前行。
格萨尔大王你请听！
地狱冥河的渡口，
许多亡魂亿万人，
骑着马牛绵羊和山羊，
打从渡口向前行，
有的渡到河彼岸，
蹚到下游哭声震天地，
那是什么罪孽的报应？
我向那里前去真害怕，
我要留此地不前进。
有恩的格萨尔王你再听！

持有斗、秤的狱卒十万众，
剥去无数亡魂的皮肉，
切成万段以秤称，
割去右面左面肉复生，
敲断骨头称骨髓，
完时身体肉复生，
这样称了十万遍；
唤痛之声充满地狱中，
又将血拿升斗量，
称过的骨肉如山屯，
量过的鲜血如海盈，
这是什么罪孽的报应？
我前去那里真害怕，
我愿留此处不前进。

阿达娜姆唱完之后，格萨尔大王又向诸亡魂唱歌予以解释道：

嘛呢乌尔吉！
向宝髻佛祖来祈祷，
请保佑中阴无恐怖！
爱妃阿达娜姆请细听！
火烧滩中的男女诸亡魂，
火烧铁犁截其身，
鲜血油脂潴大地，
那是他活在人世时，
把一切大地都统治，
焚烧树林毁村庄，
向田灌水杀无数虫类，
以犁铧统治黑土地，
佛祖从不显形远远望，
只见鲜血油脂凝其地，
告诉农民谷不生，
耕牛的头绳也断去，
犄角后方脊柱如火燃，

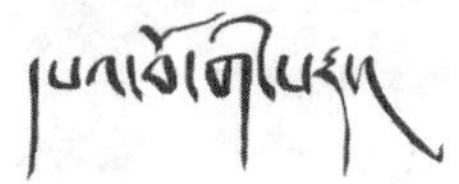

心肺之间如水池，
胯间肋骨出现成十字，
头欲上举偏叫轭头压，
向上举时又以绳索牵，
左右逛时复以长鞭打，
稍稍偏斜更以木棍击，
是作了那些罪孽的果报。
不必怕它走向前！
爱妃阿达娜姆你再听！
那地狱冥河的渡口，
骑着骡马牛羊的人，
有的渡过彼岸有的被水冲，
那是活在人世时，
良骥骏马当作神马已放生，
老来又卖给别人，
放生牦牛老时宰了吃，
放生羊羔活到老年时，
牵到羔羊前面去，
将头碰击此世生命断，
捉住羊儿缚四肢，
拴住嘴巴使其闷死，
以刀宰杀使其断气，
割肉剥皮使其灵魂散，
体温气息消失魂游离，
先已放生又复杀肉吃，
这是作了那些罪孽所致。
将那许多亡魂的肉和骨，
以秤称来鲜血以斗量，
左面割去右面肉复生，
那是活在人世时，
做了大盗窃贼抢行人，
缚住弱者夜间窃其物，
偷去金帽上师的坐骑，
偷盗安分寺院的乳牛，

盗窃地方长官的马群，
强把富者双手反背缚，
抢去无辜弱者的脚程，
抢夺远道行脚的背包，
拆毁农区富者的房屋，
偷窃牧区牧民的帐房，
是作过那些罪孽的报应。
农区奸人欺骗牧区人，
面里掺杂土石去称斤，
大斗小秤欺哄人；
牧区奸人欺骗农区人，
羊毛里面浸水掺土石，
酥油袋中塞石去贩卖；
人们彼此去欺骗，
伪称真银锡铅涂水银，
伪称绸缎布上印图案，
是作了那些罪孽的报应。
不要怕它向前行！
随我格萨尔向前行！
看着盔帽的白光走！
听着白甲的响声行！
跟着江噶佩布的踪迹！
跟着走来心发愿！
把诚心归向西方极乐世界中！

说着，把十八亿亡魂向上提升了十八由旬，使他们从第六层地狱得到了解脱。以阿达娜姆为首的十八亿亡魂又唱歌道：

嘛呢乌尔吉！
大恩的格萨尔王请听！
向前途中看到这情景：
在三千界广大的铁燃大川中，
可怕的狱卒亿万人，
将戴熊皮额罩的念经者，

以及戴黑帽的许多咒师，
活生生开刀取心脏，
把人皮钉地向四面绷，
打上准线又以火烧锯，
不分身首锯成块，
那是什么罪孽的报应？
由那里前去真害怕，
我愿居此地不前往。
我心爱的大王请再听！
一切地方为腐尸所充，
污浊气息充满的泥坑，
无量亡魂堕下被虫噬，
那是什么罪孽的报应？
我经过那里真害怕，
我愿居此地不前行。
格萨尔大王请再听！
可怕的牛头狱卒亿万人，
个个手中持凶器，
杀杀打打的吼喊声，
天地空间都震动，
向那亿万亡魂面前奔，
声言："活在人世时，
将我亲生的爱子，
在香甜的母乳未到口以前，
让你抢夺到家里去，
堵嘴闷死你们吃血肉，
剥皮示我夺奶子，
为了等你无耻之徒到这里，
在中阴轮回关口直等到今日，
现在来到要打杀你！"
活活剥皮显紫肉，
活活煮在熔铁的锅里，
将那亡魂的皮子放在他眼前，
口中灌进铜熔液，

那是什么罪孽所致?
我前去那里真害怕,
我愿留在此地不前去。

唱罢以后，格萨尔王又向那些亡魂唱了这样一首歌，予以解释:

嘛呢乌尔吉!
向普救佛祖敬祈祷,
请保佑中阴无惶恐!
爱妃阿达娜姆你听清,
许多咒师在燃铁的大川中,
活活割开肚子被挖心,
活活剥皮向四面绷,
活在人世间的时候,
前往村庄去诵经,
宰杀羊群取五脏,
热气腾腾装入弃箱中,
由于孽障失修沾污秽,
本尊师祇不来远逃去,
将整张羊皮绷在地,
将鲜血搁在弃架上,
弃架外面缠以羊肠子,
口念“哔哔排排”奏鼓乐,
两眼向天环视以鞭击,
降伏施主的鬼祟且不论,
神在阴处心羞耻,
是作了那些罪孽所招致,
不必怕它向前去!
爱妃阿达娜姆你再听!
许多亡魂堕入尸泥里,
充满秽气让虫噬,
那是活在人世时,
在庙宇里面去痰涕,
不洗手来献供品,

以破旧布絮做灯芯，
化酥油时渗残余，
不拭供器沾污垢，
以吃剩炒面做施食，
送给上师僧人吃，
沾染了口水和手垢，
斋食之中掺血肉，
给诵经僧人剩饭吃，
是作了那些罪孽所招致。
将经、像、宝塔放低处，
举步跨过诸供器，
声称书籍把经典放毡下，
声言三宝把佛衣铺垫底，
是作了那些罪孽之所致。
将高僧所穿的法衣，
放在凶犯寡妇的手里，
以僧人袈裙去做妇人的睡衣，
穿着僧衣和女人行淫事，
在神、塔、经前把烟吸，
是作了这些罪孽所招致。
不必怕它向前去！
爱妃阿达娜姆你听清，
可怕的牛羊狱卒等，
剥了皮子肌肉倾注铁熔液，
那是他活在人世时，
逢到春天犏牛生犊子，
在犊尚未吃乳奶时，
胎衣刚下毛尚湿，
乳牛以舌把犊儿舐，
心想何时能立起，
与母同行多可喜！
正在此时仆人来，
抱着犊儿回家去，
乳牛哞哞在后追，

反骂“无主”以石棍击，
回家闷口许久不能死，
垂死挣扎眼珠都鼓起，
看着主人嘴脸流眼泪，
毫不怜惜杀了吃，
眼中泪水滴下似哭泣；
乳牛心念犊儿抱去何时再来此？
正在等待只见老妇女，
带着乳桶腋下夹来犊儿皮，
把犊皮放在乳牛前，
不但如此鲜乳被夺去，
是作了那些罪孽所招致。
不必怕它向前去！
跟我格萨尔大王向前去！
看着盔帽的白光向前去！
听着白盔的响声向前移！
紧跟着江噶佩布的踪迹！
随着前来发愿心，
把信仰寄到西方极乐世界！

说着，从地狱向上提升了十八由旬，使那些亡魂从第七层地狱得到了解脱。以阿达娜姆为首的十八亿亡魂，又向格萨尔王唱了这样一首禀告之歌：

嘛呢乌尔吉！
有恩的格萨尔王请听！
瞻望前有这种情景：
在九重铁城的门前，
许多男女亡魂的头顶，
转着烈火燃烧的铁轮，
头上灰白脑浆都溢出，
痛苦难忍哭号直出声，
那是什么罪孽的报应？
我前去那里胆战心惊，
宁愿留在此地不前进。

格萨尔王你再听！
瞻望前途中有这种情景：
有亿万男女众亡魂，
在火与黑暗难分的沟壑中，
红色火焰炽燃杂噪声，
许多亡魂堕其中，
骨内被灼散四面，
那是什么罪孽的报应？
我向前去那里胆战心惊，
宁愿留在此地不前进。
格萨尔王请再听，
瞻望前途中有这种情景：
在烈火烧红的铁滩中，
许多亡魂亿万众，
被活活剥去其皮肤，
呼痛叫苦血淋淋，
剥到皮肤将尽时，
由于业力皮复生，
复生复剥受苦千百次，
剥下的皮子堆积高如须弥山，
痛不能忍张口大叫，
滚热的生铁熔液注口中，
烧焦肉体在口鼻里，
冒烟的火焰燃缤纷，
或者流着眼泪哭，
眼睛又被火燃铁钉钉，
那是什么罪孽的报应？
我不敢前去真害怕，
宁愿留在此地不前行。

格萨尔听了阿达娜姆唱的歌，又向以阿达娜姆为首的众亡魂等唱了这样一首歌：

嘛呢乌尔吉！

祈祷拘留孙佛祖，
请保佑中阴无恐惧！
爱妃阿达娜姆仔细听！
燃烧铁门的男女诸亡魂，
头上火燃铁轮转不息，
那是活在人间时，
对于从小抚养的恩父母，
不孝不敬头上拿鞋底击，
反唇瞪眼常忤逆；
细软好衣自己穿，
老年父母却褴褛；
香甜茶饭自己吃，
让老年父母吃剩饭；
儿媳行为太恶劣，
忍不住间或做劝谕，
扑来直骂“老不死”，
是作了那些罪孽所招致。
不必怕它向前去！
爱妃阿达娜姆仔细听！
许多亡魂堕火坑，
骨肉烧焦受痛苦，
那是活在人世时，
折毁修士山僧的修棚，
取下门顶火中焚，
烧去经、像、宝塔及幡旗，
经典夹板做柴薪，
是作了那些罪孽的报应。
不必怕它向前行！
爱妃阿达娜姆你再听！
无数亡魂在炽燃铁滩中，
活活剥皮号痛苦，
皮肤复剥复又生，
那是活在人世时，
牧人在羊群的身上，

剪取羊毛又挤乳来饮，
不但如此宰杀母羊，
剥以羔羊皮贩卖与商人，
在那母羊上山时，
看到其他母羊把羔儿引，
不见自己羔儿在何方，
跑前跑后到处去寻找，
吃口山草咩咩叫不停，
回家路上边叫边往前跑，
盼望我儿来否心甚殷，
哪知羔羊的肉已在锅中，
羔皮高高搭在帐房绳，
羔羊灵魂流离在中阴。
说到无耻主人的行径，
三春时节取乳酪，
三夏剪毛换食品，
三冬宰羔又把钱财弄，
是作了那些罪孽的报应。
不必怕它向前行！
跟我格萨尔大王向前进！
看着盔帽白光往前去！
听着白甲响声向前行！
紧跟江噶佩布的足迹！
跟着前来心发愿，
把信仰寄向西方极乐世界中！

唱完，把那些亡魂从地狱向上提升了十八由旬，使他们从第八层地狱得到了解脱。

第二百一十八章 引恶鬼之魂出三恶道 偿累世孽债终得解脱

这样，从八热地狱、八寒地狱，连同八个近边地狱，共计从三八二十四个地狱里向上拯救，摆脱了三恶道的第一道。

这时阿达娜姆自己向格萨尔唱了这样一支歌：

嘛呢乌尔吉！
大恩的格萨尔王你请听！
业及因果轮回的罪恶，
如阴影随形在后跟，
既然如此那阎罗王，
以及可怕狱卒亿万众，
对那亿万男女诸亡魂，
施以杀戮缚打等严刑，
无情苦害诸众生，
那是前世什么罪孽之报应？
在此死后又往哪里生？
给许多亡魂加痛苦，
有无罪过请示明！

听了阿达娜姆的问话，格萨尔唱了一首指示错觉之歌，加以说明。他唱道：

嘛呢乌尔吉！
祈祷佛祖金胜身，
请加护认识错觉的自身！
爱妃阿达娜姆你细听！

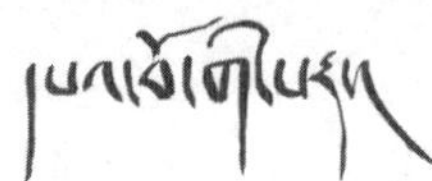

你向上看那上天境，
业果自种自成熟，
天宫并非因运气好，
是前世积福的报应；
你向下看那地狱界，
刀械随加血肉随复生，
并非是他恢复力强，
这是前世杀生的报应；
你向那饿鬼境域看，
饮食随吃随饥饿，
并非因胃口大得很，
是前世吝啬的报应；
你向这面再看自己身，
因善业自由到地狱，
因恶业被迫来此中。
再说那阎罗王他，
如认识时是自心，
此心普照一切明，
不认识阎罗是他身；
那敏捷狱卒五臣子，
如认识是自身的五指，
如不认识看他是五臣；
阎王的那个缘孽镜，
如认识它是自己的眼睛，
不认识它是缘孽镜；
那阎王量善恶的大秤，
如认识就是自身的命根，
如不认识则是阎王秤。
阎王的火烧铁大地，
如认识它是自己皮，
不认识它是铁大地；
阴曹褐色无渡河，
如认识它乃是自己的血肉，
不认识看它是无渡河；

冥土的那个剑叶雨，
认识它是自己的口舌，
不认识看它是剑叶雨；
又说那夏玛里的果树，
如认识它是自己的头发，
不认识它是夏玛里的果树；
合众燃烧的那大山，
如认识它是自己的指甲，
不认识看它是合众地狱境。
不同的十八层地狱，
如认识它是自身十八个关节，
不认识它是十八层地狱；
阴曹大锅充满铁熔液，
如认识它是自己的脑壳，
不认识看它是大铜锅；
生死沙山的拉则，
如认识它是脊椎骨，
不认识看它是拉则；
这一切都是错觉致，
因善恶业力自显形。
本不存在如做梦，
应知是不实的错致。
认识自心的这指导，
爱妃阿达娜姆要牢记！

由于得到了格萨尔的指导，阿达娜姆才认识到了自己的罪恶。格萨尔大王又把众亡魂从地狱向上提拔了九百由旬。正在那时，又看到南方的一处灰白色沙滩戈壁地方，那些以阿达娜姆为首的众亡魂向格萨尔唱了一首歌：

嘛呢乌尔吉！
大恩的格萨尔王请听！
在那南方的广滩中，
有亿万人等各不同，
头大犹如须弥山，

头发如刺向上伸，
口小犹如针眼细，
颈项纤细和马尾毛同。
胃口巨大如沟壑，
四肢细小如茅根。
夏日炎热身枯瘦，
冬日冷冻皮换新，
不得饮食四处寻，
得食则腹内变铁水，
得饮则腹内成熔铜，
那是什么罪孽的报应？
去到那里真可怕，
愿留此地不前行。

这样以歌声禀告以后，格萨尔又向以阿达娜姆为首的十八亿亡魂唱了一首歌，给他们指点迷津。

他唱道：

嘛呢乌尔吉！
向燃灯佛祖来祈祷，
请加护解除饥渴的痛苦，
爱妃阿达娜姆你听清！
那灰白色的沙漠地，
形成了惨绿色的饿鬼，
那是活在人世的时辰，
上不能给三宝上师献供养，
下不能给穷人乞丐舍食品，
他自己吃穿也不肯，
逢到夏天上师来化缘，
到附近时闩上门，
吹着海螺到门前，
等候很久才开门，
以刀尖切取酥油片，
薄如蝴蝶的翅膀，

犹觉可惜心不忍，
是过于吝啬的报应。
有些上师惯买施主好，
给法物颈上系护结，
说到善缘布施时，
施主脸色就变异，
犹如动了他父亲的魂魄。
又似穷人念嘛呢，
最后送一垂死的羊尸，
那羊卖时不得价，
死后喂狗也不吃，
他还嫌太多心可惜，
是作了那些罪孽所招致。
穷苦的行脚僧到门口，
食物缺乏如金子，
手比庙门还紧闭，
耽搁许久才起身，
施舍非水非茶一汤水，
一把糌粑打发了。
瞪眼谩骂才给予，
是积了那些罪孽所招致。
不要怕它向前去，
白盔是五类佛祖身，
看着那盔光向前去！
白甲是和平愤怒诸神众，
听着响声向前去！
江噶佩布是马头明王所幻化。
随着那马踪向前去！
从内心深处做祈祷！
把信仰寄托西方世界！

这样说着，把众亡魂从饿鬼界向上拯救出来，从第二个恶道中得到了解脱。再说以阿达娜姆为首的诸亡魂又向格萨尔王唱了这样一支歌：

嘛呢乌尔吉！
大恩的格萨尔大王啊！
请听臣妾我唱一曲！
向前途中有这情景：
从高的人世间起，
到低的海洋大洲中，
有无量无数的畜生，
飞在天上的鸟禽，
游在海中的鱼类，
居在荒山的野兽，
巡行在山谷的猛兽，
有无数未驯的野牲，
牛羊骡马及猪狗，
人所驯养的畜生，
无量无数如酒糟，
那是什么罪孽的报应？
去到那里很可怕，
臣妾愿留此地不前行。

听了阿达娜姆的歌，格萨尔用歌声回答道：

嘛呢乌尔吉！
世尊释迦牟尼佛，
勿离开坐在我头顶，
爱妃阿达娜姆你细听！
恶道畜生的去处，
是前世生在人间时，
修法愿望为愚痴所侵，
心中毫无敬仰和进取；
那出家的修行者，
懒惰之中了一生，
在讲说深奥经典时，
借口“上师勿闲空，
他接受邀请去诵经”，

又说“长官勿闲空，
他要前去解纠纷”，
又说“青年人等无闲暇，
他要去经商务庄农”，
又说“那妇女无闲暇，
乳酪会被野狗吞，
乳牛同犊儿恐相混”。
种种借口不愿听，
是作了那些罪孽的报应。
不要怕它向前行！
跟我格萨尔大王向前进！
看着盔帽白光向前去！
听着白甲响声往前行，
紧跟着江噶佩布的行踪！
从心的深处去发愿！
对西方乐土起信心！

说着，从畜生恶道中向上拯救，使那些亡魂从第三种恶道里得到了解脱。

以阿达娜姆为首的众亡魂由那里超升以后，又看到第一个善道修罗的境界里彼此之间互相争斗的痛苦。格萨尔说那是在前世里互相猜忌、嫉妒他人的果报。于是，又把他们从那里拯救上去，到人世间，看到有生、老、病、死等痛苦，格萨尔王又说那是前世里希望和贪欲太大的果报。于是，又把他们从第二个善道里拯救了上去。又到天神境界后，见天神也有沦于死亡的痛苦，因此把他们又拯救上去。

如此这般，把那些亡魂从八热地狱、八寒地狱、近边地狱等不同的二十四层地狱中拯救出来以后，依次在六道轮回之中拯救上去，直至还未到解脱天梯之际，向前途中看时，只见在清净洁白的解脱大道之中，有亿万头公野牦牛在那儿摩角摇尾，咆哮之声犹如雷吼，口里和鼻孔里的气息，犹如烟雾笼罩，四个蹄子蹬在地上，挡住去路，因此不能再向前行。于是格萨尔又唱了这样一支歌：

嘛呢乌尔吉！
我念这三次嘛呢的回向，
是因我爱妃阿达娜姆，

她以往活在人间时，
曾把无辜的野牛杀死，
为了报吃血肉的恩情，
我格萨尔把嘛呢回向做，
这是解脱善道请勿堵！
请你们勿阻放她行！
愿你们大家都成佛！

这样做了嘛呢回向之后，那所有野牛的心中都生了菩提心，除净了愚痴的障碍，放那些亡魂向前行，使他们都到了清净佛土。

于是以阿达娜姆为首的众亡魂又从纯白解脱善道向前走去，正在前进之际，有许多上师、僧人、咒师以及男人、女人等亿万众拉住阿达娜姆的小腿，不让前去，并且说道："喂，你阿达娜姆还记得你以往活在人间的时候，坑害过我们的事儿吗？你哪里能到西方清净佛土去呢？"说着，号哭之声充满了大地，要把阿达娜姆拉到地狱境界里去。格萨尔看到这种情况，劝他们不要向下拉。那些人却说道："大王呀！这阿达娜姆以往活在人世间时，曾向上师请求讲经而没有供献礼，曾请长官调解纠纷而未送和解贡钱，曾雇用弱者为奴仆而不给工钱和衣食，曾央求船夫放船过渡而不给舟资，曾请咒师诵经祈祷禳解而不给诵经费。此外还抢劫无辜、欺压弱者、向部落征取苛捐杂税，像如此的恶妇，我们绝不能让她到清净佛土去！"说着，抓住阿达娜姆的腿，一下子向下面的地狱里拉下了十八由旬。

那格萨尔王看到这种情况，又唱了一支嘛呢回向之歌：

嘛呢乌尔吉！
我念这嘛呢回向凡三次，
回向那上从八辐轮子的天空，
下到八瓣莲花的大地，
一切六道的众生，
愿照我回向都得之！
特别向一切有恩父母众生来回向！
尤其是向阿达娜姆来回向，
我念这嘛呢回向凡三次，
回向那曾驮过重驮的犏牛，
曾被吃过乳品的牲口，

曾因宝贵茸角而被杀的大鹿，
曾因肉食而被杀的野马牛，
曾因香料而被杀的鹿子，
曾因皮张而被杀的狐狸，
曾因斑纹而被杀的虎豹等，
愿这些照回向都超生！
我念这嘛呢回向凡三次，
回向那以阿达娜姆为首的，
充满空间的诸众生，
无所谓充满空间的诸众生，
以此回向好上师的讲经费，
好僧人的说法费，
好咒师的守护费，
好长官的和解费，
好水手的渡船费，
愿照我回向都能得！
我念这嘛呢回向三次，
回向那以阿达娜姆为首的，
一切在中阴的诸亡魂；
回向死在山上的诸亡魂，
大水所冲的诸亡魂，
堕崖跌死的诸亡魂，
死于对手刀下的诸亡魂，
死于灾荒的诸亡魂，
愿照回向能超生。
嗡嘛呢叭咪吽誓！
我念三次嘛呢的回向，
愿极乐世界能听到，
愿阿弥陀佛能闻知！
愿莲花光境能听到，
愿白玛陀称祖师能闻知！
愿普陀山能听到，
愿大悲观音能闻知！
我格萨尔的这回向，

凡能闻声者都得之，
凡能见佛者都得之，
我南赡部洲格萨尔，
心所念及的众生都回向，
愿照回向都得之！
见闻触及的诸众生，
愿都生在西方极乐世界！

这样唱完回向以后，那些亡魂都得到了超脱，把阿达娜姆又放了上来。于是格萨尔向以阿达娜姆为首的许多亡魂又唱了一首念遣转的歌：

嘛呢乌尔吉！
救主法身、报身和化身，
不要离开请坐在头顶，
坐在顶上赐感应！
有运的善男信女听！
你们现在中阴境，
若由此地向上升，
那是洁白的长乐解脱门。
若由此地向下降，
那是轮回苦海境，
你对遗留的子女和亲戚勿留恋，
不要恋念诸亡魂！
像那犯人得开释，
不要后顾向前行！
由此面向西方境，
有无数村庄的那边，
你若左顾右盼向前行，
白路宛如嘉纳的白绫带，
那是清洁解脱的途径，
不要躲避一直向前行。
西方乐土临近处，
有八大菩萨来接迎，
勇士空行来护送，

白玛陀称祖师指迷津，
不要恐惧诸亡魂！
向阿弥陀佛行祈祷！
对我格萨尔大王有信心。
不必踌躇诸亡魂！
在那西方佛土中，
没有痛苦这个词，
快乐自生自然成，
因此有“极乐世界”名。
以阿达娜姆为首的，
你们十八亿亡魂，
灵魂好似那流星，
向那阿弥陀佛的胸口进，
愿得到永不回转境！

这样唱歌指导之后，把那些以阿达娜姆为首的十八亿亡魂如同一鸟飞起、万鸟跟随似的，全部拯救到西方极乐世界中去了。

第二百一十九章

求祖师解轮回之门道 别母亲谢今生之恩德

将王妃阿达娜姆从地狱中救出后，格萨尔回到岭国，在森珠达孜宫中睡着了。睡梦中，格萨尔得到天母预言，要他前往小佛洲吉祥境去晋谒白玛陀称祖师。格萨尔翻身坐起，对珠牡说知此事。往常大王到各处去降伏妖魔，珠牡尚且不愿离开，这次听说大王要到另一个世界去，一阵剧烈的疼痛，从头顶一直到脚底，又从脚底到头顶，中间的心像破裂了一样疼痛。珠牡不顾一切地匍匐在地，对大王说："恩深父母去世后，虽有美食也无味，这是藏地的谚语。明月若被罗睺噬，无明黑暗谁除之？大王若到另一个世界去，岭国的众生谁护持？大王若去请带我珠牡去，若不能带妃子我要死去。"

格萨尔一见珠牡如此说话，甚为不悦，又想起当初的事，愤怒地说："黄霍尔围城的时候你为什么不自杀？白帐王掳你为妃你又为什么不自杀？如今我好端端的并未死去，只是要去拜见白玛陀称祖师，为众生做好事，你为何要拦我呢？"

珠牡听大王旧话重提就不再作声，只是心中仍然忐忑，难道去了另一个境地还能回来吗？

格萨尔大王不理睬珠牡，将岭国各部首领召集起来，告诉众人他要赴吉祥境地去见祖师白玛陀称，对首领们说："在今后的日子里，不会再发生兴师动众的征伐之事，不会再让骏马驰骋疆场，不会再让兵器出库……"

岭部诸首领听了大王的话，一时竟无言以对，不知道此事是凶是吉。唯有达绒长官晁通心中高兴。想那雄狮大王一旦离开岭地，这国王的宝座除了我晁通还有谁能坐？还有那珠牡，虽然老了却丰姿不减，除了我晁通谁还能娶她？晁通心中高兴，嘴上的话也吉祥："今年的征兆良好，卦卜吉利，天神的预言美妙。这三种吉兆都合适，大王要到别地去，临行之时要把后事安排好。王位谁来坐？王妃又由谁保护？臣民百姓谁主宰？"

众人互相望望，仍旧没有说话。总管王绒察查根心想，晁通的坏心眼，老到胡须白了也不改变。就像那缠在玫瑰树上的毒蛇，树根烂了它也不放松；死于天花病的尸体，埋在地下还要散毒素。不把他的嘴堵住，难安众人之心。于是老总管说："以森伦、郭姆为首的岭地十二位长辈没有谢世前，大王不会到别土。王位的事不用晁通担忧，也不用众英雄发愁。大王他还有拯救地狱众生之事，不做完此事不会到别土。"

绒察查根这一席话果然使众人放心，晁通也无话可说。雄狮大王吩咐众人："我去小佛洲后，岭地的三位上师要带领臣民百姓昼夜祈祷，不使间断，我十五日内定然返回岭国。"说罢，化作一道霞光而逝。

岭地众生依雄狮大王所言行事，静候格萨尔返回岭国。

祖师白玛陀称所居之地小佛洲，位于罗刹国的中心。罗刹国的地形如锯齿，细小的齿尖直指须弥山。国内沟壑深险，悬崖陡峭，所有树木浑身长刺，所有石头都带毒汁，所有流水怒涛汹涌。白天狂风怒卷，晚上烈火燃烧。全国总计有七个大洲、四个小洲和四个边洲，住着被慑服的各个罗刹。罗刹国北边有个大海，分别从四条大河注入流水，海中央有座赤铜色的吉祥山，山顶有座大城，城内有一圆形宫殿，西面是花园，北边是塔院，中间长吉祥花和如意树。罗刹国的东边有小佛豆蔻园林二百一十万个，南边有铜灰秃山城六千万个，西边有肉城二百九十万个，北边有黑暗城二百六十万个。白玛陀称祖师的种种神变之身做了各方罗刹的君王。格萨尔到了此地，首先拜谒大师的各个神变之身，然后才来到大师真身居住的莲花光无量宫。

无量宫的水晶门边放着一个珍珠宝座，上面铺着绣有花卉的锦缎软垫。金刚瑜伽母迎了出来，让格萨尔先在宝座上坐一会儿，她去禀告大师。

格萨尔坐在那里等候上师召见，来往的罗刹们都闻到一股死尸的气味儿，纷纷捂鼻而过。雄狮王不解何意，刚想问问，忽然来了一位白衣空行母，左手拿净瓶，右手执宝镜，对格萨尔说："尊贵的大王，您来得正好，我这水晶净瓶中的慈悲福水，能把大王身上的污垢都除尽。"说罢，将净水倾注于宝镜之上，然后流到格萨尔的身上，顿时从格萨尔身上的各个汗毛孔中，冒出了苍蝇、蝎子、毒蛇等各种污秽之物。又有一位红衣的空行母，拿着五种珍宝为饰的香炉，向格萨尔周身上下倾喷智慧香烟。接着，又有四位空行端来各种美味食品，四位空行献上各种绸缎彩衣。最后是四位空行在前引路，将格萨尔引到富丽堂皇、庄严肃静的无量宫中。大殿中央有一用各种珍宝以及狮子、孔雀、共命鸟、骏马和大象等图案装饰的宝座，座下压着仰面颠翻倒卧的罗刹，祖师白玛陀称威风凛凛、神采奕奕地坐在上面，众空行、持明[1]、罗刹等四周围绕。格萨尔一进

1 持明：佛学术语。明谓真言，持诵真言的人，叫作持明。

入大殿，上师放射出白、红、碧三种光来，把雄狮大王照得更加容光焕发，立即变化出无数化身，对大师礼拜。然后坐在一个缎垫层叠的宝座上，对白玛陀称祖师说：“尊贵的上师，感谢您派空行母来接我，从黑暗无明的浊地，来到这神奇吉祥的净土。来到这里要问上师几件事，请上师仔细说分明。南赡部洲的黑头发众生，怎样才能享太平？我在岭地还要住多久？怎样才能使众生从苦难中得到解脱？……”

格萨尔拜罢祖师，只见从白玛陀称的周身发出各种颜色的光，各方菩萨纷纷而至。东方的金刚菩萨踏白光而来，南方的宝生佛踏黄光而至，西方的无量光佛乘红光飞降，北方的不空成就佛踏绿光到此。茫茫虚空之中，花雨纷纷下降，虹幕层层舒卷，香气氤氲而飘，歌声悠扬婉转。白玛陀称祖师也显出威严的舞姿，对格萨尔唱道：

格萨尔你未降生时，
南赡部洲妖魔充斥，
鬼魅罗刹相互吞噬，
众生背誓夸奖邪恶事，
父子之间相行偷盗事，
甥舅争斗忍心害同宗，
疾病灾害战祸流行。
上部的雪山为日消融，
下边的森林被火焚烧，
白狮的绿鬣血染红，
猛虎的利齿被打掉，
毒火蔓延在田园上，
狂飙卷乌云如怒潮，
藏地不安分崩离析，
四方战乱只剩乌巢。
……

“孩子啊，自从你下界到赡部洲，黑暗之地生长出鲜花，月亮不再为罗睺噬。若想让众生享太平，第一要以禅定法食养自身，第二要以丹田吐火为服饰，第三要使精进之马常驰骋，第四要挥动智慧的武器，第五要穿上因果的盔甲，第六要讲说无欺正教法，六道众生才能脱苦难，你格萨尔才能返天界。”说罢，大师彩虹一般逝去了。格萨尔知道，该是他返回岭地的时候了，遂祈祷：

请五佛慈悲垂眷顾！
愿五毒就地熄灭，
化作五种智慧在世中；
愿六种污垢消除，
化作六度修行来；
愿五谷丰登无穷尽，
愿六畜繁殖满棚圈！

格萨尔祈祷罢，随四位空行游历了五个佛国土，然后返回岭地。岭国众生正在昼夜祈祷，见大王果然回转来，真是喜不自胜，更加相信大王乃是神子降临。

从小佛洲返回岭国之后，格萨尔在森珠达孜宫中住了七个月，然后又要去嘉噶香水河七渡口修金刚延寿法。虽说众人竭力劝阻，格萨尔说此乃白玛陀称祖师的旨意，不得违抗，众人不再说话。这时，格萨尔的亲生母亲郭姆献上一条白绫哈达，对儿子说："孩子啊，俗谚说：'冬天的岩石被雪封，夏天干旱时难消融；心头烦闷的寒冰，幸福日照时难消融。'从今年的情况看，母亲我夜晚多噩梦，身老有如灯油尽，这是死到临头的象征。人都说，恩重如山的生身母，若临死之时儿不在枕边，以后怎样报恩也枉然。母亲我若临死不能见儿面，必会堕入地狱受熬煎。"

母亲的话确实让格萨尔为难。想自己的母亲与别人又有所不同，从自己降生，就受到嘉妃的嫉妒，又因自己的变化而被逐出岭地，受尽了苦，遭够了难。为了让母亲心安，格萨尔唱道：

生儿时母亲身受苦，
骨肉破裂母恩深；
儿子七窍初启时，
亲口哺食母恩深；
及到牙牙学语时，
教导不厌母恩深；
不分昼夜抱怀中，
亲吻爱怜母恩深；
晚间孩儿睡熟时，
母亲在旁笑吟吟；

儿受日晒风吹时，
调剂温寒母恩深。
……

格萨尔唱着，想着：母亲今年一定会谢世，母亲死时，自己怎好不在身边？但若不去嘉噶，又恐违背大师的旨意。左思右想，拿不定主意。

见儿子为难，郭姆大为不安，不再说让格萨尔留在自己身边，而让他速去嘉噶，只是心里不要把母亲忘了就是。

格萨尔见母亲如此明理，要母亲在他赴嘉噶期间留在宫中修长寿圣母法，待他回岭后再做长寿灌顶，以延缓寿命。吩咐毕，格萨尔启程赴嘉噶。

就在格萨尔离开岭国一百天的时候，郭姆生了热病，医治无效而亡。王妃珠牡和岭国众英雄为郭姆念诵了像她身上汗毛一样多的经卷，但诸佛为让格萨尔拯救地狱的众生，仍使郭姆下了地狱。岭国的三位上师无奈，只得告诉诸英雄，郭姆已堕入地狱，除雄狮大王外，谁也不能拯救她。王妃珠牡与众英雄商议派仆人前往嘉噶去请大王转回岭地。

第二百二十章

救生母大王再闯地狱 携二妃雄狮重返天界

格萨尔一百天的修行日期已到，收拾了一下自己所用的什物，骑上宝驹准备返回岭地，在香水河七渡口与岭地的仆人白杰相遇了。白杰告知郭姆堕入地狱，雄狮大王一听就急了，立即念动咒语，宝马闪电般飞起，转眼间到了生死沙山上面。只见死人们像风吹积雪般上下走着。翻过沙山，来到阎罗无渡河，格萨尔挥动利剑，将汹涌的浪头划开一道大口，截流而过。宝驹载着雄狮大王又跃过广大无垠的阴府大滩，这才到了阎王跟前，却没有见到母亲郭姆。格萨尔心中一阵烦乱，举起“降伏三界”宝弓，搭上金尾神箭，喊道：“你这个横暴的刽子手，没有良心的阎罗王，前次将我的爱妃阿达娜姆带入地狱，这次又将我母亲摄来，真是气死我了。阎罗王，速速将我母亲交出来！”

说着，格萨尔射出金箭，却没有射中阎王，格萨尔又将“愿成就”藤鞭举起，质问阎罗王：“阎罗王，都说你能判别善恶，行善的能够解脱，作恶的才堕入地狱。我母亲一辈子积德行善，你为何要将她打入地狱？这么说来，行善和作恶都是一样的结果吗？”

“怎么会是一样的结果？善恶因果，比如将一根头发分成八份，将一个芥子分成百份还要细微而不乱。你的母亲虽然行善，可你呢？你一生虽然降伏了众多的妖魔，但是也杀害了许多无辜百姓。他们有的堕入地狱，有的流落嘉纳，你并没有拯救他们，所以你母亲才堕入地狱之中。”阎罗王不紧不慢地说。

格萨尔听阎罗王振振有词，气得火往上撞，拔出宝剑朝阎罗王和御前的五大判官——东方金刚佛化身狮子头，南方宝生佛化身猴头，西方无量光佛化身熊头，北方不空成就佛化身豹子头，中央毗卢遮那佛化身牛头——身上乱砍。殊不知这些佛的化身是砍不死的，雄狮大王也是气昏了头，几剑下去，非但未损阎罗王和判官一根汗毛，自己的脑袋反而掉了下来。

阎罗王一见格萨尔人头落地，并不惊慌，知道他乃天神之子，自有神力将自己的脑袋接上。

果然，只过了片刻，格萨尔就复了原。那金刚佛化身的狮子头判官教训起他来："我们是正直判别恶善的人，是细算因果账的人。在阎罗王面前，好汉没有用武之地，强梁不能把头抬，行骗者不能说谎，嗔怒者不能施威。你格萨尔可以在世间称大王，地狱里却没有你逞强的地方。"

格萨尔越发生气，难道我没有遵照神佛的旨意？难道我没给众生谋福利？这阎罗王和判官也太不讲道理了。不给他们点儿颜色看看，他们就不知道我雄狮大王的厉害！想到这，格萨尔对阎罗王和五个判官说：

我这宝马踢一脚，
要把地狱炉火化灰烬；
我这宝剑猛一挥，
地狱的铜锅要打破；
我要摧毁阴府无畏城，
要拦腰砍断地狱桥，
要化铁汁大海为甘露，
要把孽镜从中钻个洞，
要把罪恶之网全撕毁，
要把生死之簿都除尽，
要把五毒生因连根断，
要引度众生到净土！

"你们这些阎王和判官，有力量的使出来，有神威的显出来，有快马的跑起来，有武艺的练出来，有神变的飞上天，无神变的钻入地，我雄狮大王要救母亲出地狱，你们若再拦阻，就要用智慧宝剑把你们砍。"

阎罗王见格萨尔又要逞强，冷笑一声："高山之上还有天，山自诩为高没意思；暴君之上有阎王，君自诩为强是谬误；白鹫之上有大鹏，鹫自诩技高将受侮；大河之上有船和桥，河自诩流急要受冻结苦。论身体你大不过须弥山，论语言你猛不过紫雷电，论权力你高不过阎罗王，论心意你比不过虚空界。并不是你母不信我佛法，而是儿子罪恶大，格萨尔恶生的孽果，成熟在郭姆的身上。你挥剑要斩我阎罗，却砍断了你自己的脖颈。你行的善事不用自说我们也知道，现在要继续行善才能救你母出地狱，再逞凶残你母要受更多的苦。你如果对母亲有爱心，母亲在哪里你就该到哪里去。你如有坚甲快披挂，如有利刃快挥舞，如有快马快驰骋，如有勇气快争斗。快去吧，郭姆正在忍受那刀砍斧劈之苦，还要经过冷狱和热狱的轮回，生铁沸汁就要灌进你母亲的嘴里了……"

格萨尔浑身颤抖，口中呜呜号叫，心中如刀割一般疼痛，仿佛阎罗所说的酷刑正在他的身上施行。格萨尔抖了抖身上的白甲，摇了摇头上的白盔缨，握紧了手中的宝剑，一提马缰，就要去寻母亲郭姆。虎头判官自告奋勇，在前头为格萨尔带路。

二人先到了八冷地狱，这冷狱分为八层，一层比一层冷九倍。第一层虎虎婆冷狱比人间冬天的水冷九倍，第二层矐矐婆冷狱能将人头大的铁球冻成两半，第三层长叹冷狱可使铁球裂成四半，第四层裂如莲花冷狱可将铁球裂为八块……最下面一层的大优钵罗花冷狱铁球可裂为一千块。格萨尔见冷狱中的众生正被刀砍锤砸，叫苦之声响彻整个冷狱。寻了一遭，母亲郭姆并不在这里，格萨尔问虎头判官："我母亲在哪里？冷狱中的人究竟造下什么罪恶，让他们在此受这样的苦？"

虎头判官哈哈大笑："人都说格萨尔大王是有前知的，原来不中用。这些人在世间互相残杀，互相吞噬，深山中放火，河水里撒毒，故而被投到八层冷狱，你若能将他们超度到快乐之处，就会见到你的母亲。"

格萨尔见众生受苦，心中悲哀，眼泪像那树叶上的露珠般滚落下来。遂诚心诚意地向诸佛祈祷，从体内绕脉和江脉中发出一股有力的风，吹过众生的身上，又用力念了一声"啪"，冷狱中受苦的众生全部被度到净土。

虎头判官又带格萨尔前往八热地狱。这八热地狱也分为八层，一层比一层热九倍。第一层热狱中，天地山川都像装满了火的铁筒，红赤赤的，热风怒号，火焰四射。火焰顶上好像火轮转动，发出隆隆之声，火势甚为猛烈。火焰中安置有人头形的灶石三块，灶石上架一铜锅，铜锅之大，周围可走十八马站。锅内铁水沸腾，浪花翻卷，有数不清的男女在锅内上下滚动，哀号声惊天动地。灶台旁边还堆着一些被煮过的尸骨，颜色灰黑。这里也没有母亲郭姆。格萨尔不忍再看，催促虎头判官快些带他去他处。

虎头判官又把格萨尔带到孤独地狱，那里有一个赤铁滩，滩上燃着大火，众多男女在火中耕作，舌头被扯出老长，上面放着四个犏牛角形的铁酒盏，盏内也燃着烈火。虎头判官说，这是在世间说假说、造谣言、挑拨离间之人，死后要受这种惩罚。郭姆也不在这里。

格萨尔随虎头判官又往前走，来到血海沸腾地狱。这里的人们都被血海煮得皮肉脱尽，红色浪花中翻卷着白色骨头，看上去阴森可怖。接着，格萨尔又到了铁山、铁城、铁房子、毒水、火坑……格萨尔看了，心中疼痛难忍，向诸佛祈祷：

原始救主普贤佛，

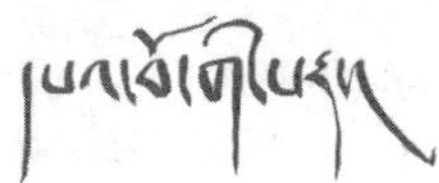

是否看见这六道的苦？
将此血海毒海的众生，
请你引度到解脱路！
持明上师白玛陀称，
是否看见这六道的苦？
将此铁城铁屋的众生，
请您引度到净土！

转瞬间，地狱中的众男女都到了净土。虎头判官把格萨尔带到一条花花绿绿的小路上，对他说："你母已到净土，速速回你的岭地去吧。"

格萨尔回到岭地，王子扎拉率众首领、众英雄前来迎接。雄狮大王向众人讲说地狱之事，臣民百姓听得惊叹不已。

又过了几个月，一天晚上，鄂洛家的女儿乃琼娜姆忽然做了一个梦。因为这梦做得好奇怪，自己不能解释，就到森珠达孜宫来请雄狮大王为其圆梦。乃琼献上五彩哈达，然后开始说梦："……梦见森珠达孜宫顶上，金翅鸟在那里展翅，金翅鸟的两只眼睛旁边升起了太阳和月亮，鸟颈铁的金刚宝杵上，火焰如狂飙奔腾飞扬，色彩缤纷的翅膀上，霓虹闪闪放光芒，十二枝大片尾翎上，燃烧着智慧的火山，口中发出鸿雁的鸣声，飞向察多的石崖。石崖顶上檀香树被风吹倒，大地也震撼动摇，万物凌乱纷扰，金翅鸟的身上被火烧。火焰的一头站着孔雀。檀香树叶着了火，树旁出现霓虹彩霞，虹光辐射向四方，其中一股射向金刚地狱。虹光的后面有一茶室，茶室上生出一棵藤，藤树上落着一只白螺鸟，白鸟绕着岭国飞一周，然后向天国飞去……"

格萨尔听乃琼说完，告诉众人，这本不是什么梦，而是对岭地众生未来的预卜。众人一听，定要格萨尔讲端详，乃琼也恳求大王明示。格萨尔就按照乃琼梦中所示，一件件地讲了出来："……金翅鸟乃是我的神，金眼旁升出的太阳和月亮，是象征六道得光明……檀香树梢下垂，应在叔父总管王身上，预言他身上有灾难；茶室上长出的藤树落下白螺鸟，应在嘉洛森姜珠牡身上；那白鸟围绕岭地飞，是贪恋岭国的象征；最后飞向天国，是珠牡转生天国的象征……"

格萨尔讲罢，岭地众人只觉惶然，尼奔达雅担心地问："大王啊，若岭地的众英雄像藤子一样蔓延着枯干了，岭国的河山由谁来维护呢？"

"古谚说：'叔父去世的第二天，子侄继承其事业。'这你不必忧心。"

雄狮大王为乃琼圆梦不久，总管王绒察查根派仆人来禀告："在赞冷拉卡山顶，鹞鸟的羽毛被风吹动着；如果鸟毛落在平地上，请金翅鸟予以护持。"

格萨尔闻听此言，知道绒察查根即将不久人世，立即去向伯父问安。岭地众英雄也聚在老总管的身边，只听绒察查根对格萨尔大王说："本月初八日，伯父我要到别的国土去，临别之前，我有几句话要告诉岭地众生。"

众英雄献上哈达和各种珍宝，请总管王训示。

绒察查根像一盏快熬干了油的灯一样，说话已经很费力气："我死之后众人不要难过，因为我不是死亡是幻化。有的人死在山顶上，幻化之身挂于兵器上，一点祭品也不曾见到，骄傲无知地堕入地狱去，这样的人死得无价值。有的人死于三谷口，死尸被鸟、犬、野兽争着吃，不知道他的家乡在哪里，这样的人死得没意思。总管我临死之前要说几句，请把这遗言传于后世。岭六部的众百姓，应同心同德做事情，对外要马头并齐步调一致，敌人就是死神也不足惧。对内要同铺座位同心办事情，事情再难也不可惧。敌人来攻击，要扼住他的脖领压下去，弱小者来投奔，要以诚相待给便利；适逢苦乐要用智慧，权势在手要珍惜……我的这些话，事有变化的时候须提一提，时运升降的时候要记一记。"

格萨尔和岭地众英雄纷纷点头，表示记住了老总管的临终嘱咐。

到了初八日，天色还没有大明的时候，格萨尔命岭地上师将供品摆好。当太阳照到山尖的时候，城上空出现了各种彩虹，鹫鸟像尘埃一样在空中盘旋飞绕，花雨飞降，四周充满香气。绒察查根的女儿娜姆玉珍来到父亲的面前，为父亲唱送行的歌：

父亲像太阳落向西山，
女儿玉珍我泪涟涟；
父亲如莲花被雹摧，
女儿如花蕊依附谁？
我是三位兄长的小妹，
三位兄长如天上的日月星，
太阳被死神曜星所吞噬，
月亮被乌云黑猪来遮蔽，
明星在行经中天时陨平地。
姑娘我伤心泪水多，
但还有父亲可依托。
如今须弥从顶崩塌了，
姑娘我愁上又添忧。

"父亲啊，现在空中降下花雨，城头彩虹围绕，这是您成就虹身的瑞兆。

父亲若果往净土去，女儿我就不痛苦。脱离了世间的轮回海，女儿我愿随父亲去。”

这时，西南方出现了各种虹光，虹光中现出一匹马，毛色纯白，鬃蓝尾青，头角像松石一样透明晶莹，遍体虹光闪烁。这马只停留了片刻，就逝去了。再看总管王，遗体已经不见，只留下衣物、头发和指甲。

雄狮大王和王子扎拉等人见总管王化作彩虹而去，十分惊讶，遂命娜姆玉珍继承父业，做岭地的总管。

雄狮大王格萨尔从地狱里救出了母亲。七个月后，父亲森伦王也染了重病。格萨尔又将父亲送往净土，做了超度之事。这之后，又处置了一贯挑起内讧、危害岭地的达绒长官晁通王。

降伏了四方妖魔，安定了三界，格萨尔要返回天界了。

这天，格萨尔下令，召岭国各部的男女老少到森珠达孜宫集会。

臣民百姓们打扮得漂漂亮亮，兴高采烈地来到森珠达孜宫前的广场上。他们想，大王召见一定又有什么恩赐，因为妖魔已经降伏，四方安定，岭国的骡马成群，牛羊满山，金银珠宝不可计数。百姓们什么都不缺了，虽然日子过得幸福又安乐，可还是希望大王能多多赐福于他们。

森珠达孜宫外的广场上搭起了大帐篷，雄狮大王格萨尔高坐在金子宝座上，威严中透着慈祥。他下界已经八十一年了，八十一年来，他东征西杀，降妖伏魔，终于实现了他的宏愿，三千世界的众生终于过上了和平安宁的生活。返回天界之前，格萨尔还有些事要托付，也还想再看看曾经属于他的臣民百姓。

看着应召前来的百姓们，格萨尔吩咐他们尽情地玩乐。百姓们的欢歌笑语，使格萨尔十分高兴，想到自己就要返回天界，不免要对众生说几句话。但是，俗谚说：“临终不说多余的话，这是上等好男儿；飞行不多拍翅膀，这是有翅力的好鸟儿；奔驰不需鞭子打，这是善走的好马儿。”话多虽然没必要，三言两语还需讲。想着，雄狮大王对臣民百姓们说：

后代的青年儿孙辈，
都要向本尊托性命。
上对长辈要敬重，
下对弱小不欺凌；
对外不暴露自家丑，
对内不欺压老百姓；
不分尊卑说话要和气，
切忌去做坏事情；

要尊敬有恩的父和母，
因为福分是他们生；
王子嗣位要知奉佛法，
它可使地方都安宁；
要向土地神去求福，
它能使夏季六谷生。

格萨尔一一嘱咐儿孙辈的孩子们，要多做好事，多行善事，尊敬父母，要能听智者之言，不要听信坏人的谎言等等。然后，把王子扎拉叫到座前，对他说："孩子啊，你是嘉察的儿子，像你父亲这样的男子汉，世人中间难找寻。你要学习父亲，好好报答父母的养育之恩。现在我把岭国的国事托给你，把国王的宝座交给你，把岭地的百姓交给你。你要保持贤父的良规，保持我雄狮王的国法，对百姓要和气，不要把公众的财物据为己有，不要轻信闲言碎语。俗语说：'如果武器常磨拭，战神自然会助你；若要马儿跑得快，全在平时细心喂。'叔叔的这些话你一定要牢记。"

格萨尔说罢，觉得话说得够多了，"狗叫多了人心烦，话说多了讨人嫌"，别人愿听有一句就够了，若不愿听空说百句。

王子扎拉手捧红光闪耀的绸哈达，献给雄狮王叔叔，请大王永住人世：

雄狮大王离岭地，
岭国幸福谁谋取？
岭国百姓把谁依？
女人向谁诉苦乐？
男人由谁来教训？
王妃让她依靠谁？
谁带兵马打敌人？
雄狮大王叔叔啊，
请您不要离岭地！

"亲爱的雄狮王叔叔，侄儿扎拉愿意替您死，请您不要把众生抛弃。虽说命尽无法留，但大王与凡人不相同，生死完全有自由，您若定要归净土，也请您再住三年，待岭地的儿孙成长后，在老年人的话语说完前，大王叔叔您再走。"

岭地众生也纷纷匍匐在地，恳请大王不要离去。格萨尔大王接过王子的哈达，对众生唱道：

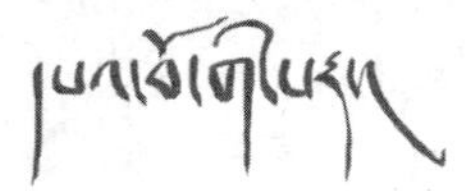

大鹏老鸟要高飞，
是鹏雏双翅已长成；
雪山老狮要远走，
是小狮玉鬣已长成；
我世界太阳要落山，
是十五明月已东升。

“从古至今，谁也难把死亡抗拒，我已到了回归净土的时候，谁也不能挽留，只要把我的话记在心里就行了。”

扎拉见大王执意不肯留下，就请大王把百姓们不明之事给予预言：“大王啊，过去岭人做什么，都很快乐都称心，您是我们的保护人，对岭地众生有大恩。哺育大恩可同慈母比，关心和爱护赛过姊妹和兄弟，有了大王您的护佑，我们才能骑骏马，我们才能佩武器，岭地才能牛羊成群马满坡，儿孙来往山谷间。如今您若返天界，谁做我们的保护人？黑魔像石山搬掉后，会不会出现小石岩？黄霍尔像草山摧毁后，会不会再出现小草山？天、地、半空中的魔鬼神，被驱赶后逃虚空，今后会不会重新危害我岭国？达绒晁通被降伏，后代还会不会起纷争？……古谚说：‘部落太多上师苦，管家太多仆人苦，儿子做贼父母苦，家境太贫门犬苦。’大王您若走了我扎拉苦，请您把今后的事情说清楚。”

雄狮大王见王子说得恳切，很是感激，但返回天界的时间是不能更改的，既然我不能再住岭国，就把王子所担心的事说个分明吧：“扎拉啊，我的好侄儿，莫心焦啊莫忧愁，魔国的黑妖和白妖，来世变作黑白大毒蛇，只对老鼠贪心大，还要受岭国的大鹏鸟的管辖。霍尔三王也自有去处：白帐王来世是九部冤魂鬼，对世间人没有心，用不着去降伏他，让他做本尊的护法神。黑帐王来世是千眼愤怒护法，只对天上的事业有嗔心，用不着把他去降伏，他会用心保护善法。黄帐王来世是角劈雷神，不用降伏自会奉善法。达绒长官晁通王在乌鸦城被降伏时，我在他身上已压上一座水晶白佛塔，你们不必再惧怕，岭国内讧的祸根已被挖。天、地、半空的魔鬼神，已经变作岭地的护法……王子啊，危害岭地的妖魔已降伏，众生今后的安乐要靠你维护。”

扎拉见大王执意不肯留下，再劝无益，只得默立一旁，岭国众英雄勇士、臣民百姓也不再说话。

就在格萨尔大王向王子托付后事之时，宝马江噶佩布正在大滩上与群马嬉戏玩耍。突然，宝马长嘶三声，眼中流出泪水。它知道，格萨尔大王就要返回天界，自己也将随大王一同返回。

群马静静地看着江噶佩布，不知发生了什么事。只见宝马连声嘶叫，山上山下狂奔起来。

昔日同时在疆场上驰骋的骏马——美背白背马、白臂宝珠马、火山会飞马、千里善走马、乌鸦腾空马、黑尾豺狗马、红雄鹰马、青鬃马等纷纷聚拢来，希望江噶佩布告诉它们究竟发生了什么事。

宝马江噶佩布站住了："同生一地的骏马们啊，雄狮大王就要归净土，我江噶佩布也要随大王去了。"说着，江噶佩布唱道：

父亲骑过的老骏马，
落到儿子手里会卖掉它；
母亲挤过的老犏牛，
落到儿子手里会宰杀它；
英雄用过的老角弓，
落到傻瓜手里会折断它；
雄狮大王定要归净土，
我也不留要跟随他。

"想我江噶佩布，当初与神子推巴噶瓦一同下界，天生的三种本领众人皆知。一是可同劲风比速度，二是可与人类通言语，三是可与群马赛智谋。我陪伴雄狮大王东征西杀，给世人留下了说不完的故事。现在大王已把王位传给了王子扎拉，我也要把鞍鞯传给王子的坐骑——白臂宝珠马才是。"

只见那宝马四蹄已经腾起，背上的黄金鞍，有条玉龙盘绕在鞍上；前鞍骄像是金太阳，后鞍骄又像螺月亮；四四方方的银花垫，镶嵌着五种珍宝；一双银镫挂两边，好像玉盆垂马腹；下边是花花绊胸带，好像引入群山的黄金路；一条珠宝交错的马后骄，好像进入平原的赶马鞭；一条镶着白蛇的肚带绳，系在肋下走路最平安……

江噶佩布腾起又落下，将身上的鞍鞯饰物留给白臂宝珠马，嘱咐它和群马说：

草虽不索价要知足，
水虽常流淌别搅浑；
一滩牧草共同吃，
一泉清水共同饮；
清晨上山要同去，

碰见恶狼要结群；
如果快跑要同跑，
万万不可单独行；
外对敌人莫把缰绳给，
内对百姓莫用蹄子踢；
同群伙伴不要用嘴咬，
要把这些牢牢记心里。

江噶佩布说完，在地上打了三个滚，站起来抖了三次毛，长嘶一声，升天而去。

群马变得躁动不安起来。有的上山入谷，奔跑不休；有的嘴唇拖地，长卧不起。

与此同时，雄狮大王箭筒中的火焰雕翎箭也立了起来，对众箭说：

雄狮大王要归净土，
神箭我也要去天界；
你们众箭留下镇敌军，
要痛饮敌人心脏的血；
要把敌人深深刺透，
要把岭地百姓保护；
若有一天战争又起，
我们还能再次相聚。

说罢，“嗖”的一声，神箭离开箭筒，向天界飞去。

这时，与雄狮大王一同下界的红面斩魔宝剑也离了鞘，对兵器库中的众剑说：

雄狮大王若是去净土，
宝剑我也要升天。
你们众剑要做战神眼，
对外露锋芒，
对内要默然，
一旦敌人来犯边，
要显利刃去迎战。

唱罢，红光一闪，宝剑围绕所有兵器绕了一圈，也飞向天际。

高踞宝座上的雄狮大王格萨尔，忽然感觉到了什么似的，吩咐珠牡："快去看看我的宝马还在不在，宝剑和神箭在不在，快去看罢快回来。"

珠牡骑上玉鬃马火速赶到王宫，那马、剑和箭均已无影无踪，急忙回来向大王禀报，格萨尔立即说："我的兵器和坐骑已返回天界，我明早也要离开岭地。"

岭地的臣民百姓虽不愿大王返回天界，却也无可奈何。

第二天一早，白梵天王、王母、天母、哥哥东琼噶布、弟弟龙树威琼、妹妹妲莱威噶、嫂嫂郭嘉噶姆和十万天神、空行，前来迎接神子推巴噶瓦返回天界。悦耳的仙乐，响彻虚空；奇异的香气，布满中界；天神们翩翩起舞，娓娓歌唱；众空行铺下绸路，搭起彩桥，从空中直垂地面。白梵天王将一条洁白的哈达递与格萨尔，唱道：

雄鹰一般的星宿，
快把空行母请到这里。
要用大乐心情去敬信，
众多神子前来迎接你。
送你一条白哈达，
是为接你回天庭。

雄狮大王见众神前来迎接，天父白梵天王又赐给自己哈达，很是感激："父王啊，您对孩儿恩情重；孩儿与您不再分离，只是难舍众生，难舍岭地。"

白梵天王说："孩子啊，你本是神子下界，现在降伏妖魔之事已毕，你理应心向天界，随父王归天去。

雄狮要到雪山去，
只因雄狮住在雪山最适宜；
大鹏要向山上飞，
只因大鹏住在高山最适宜；
猛虎要到紫檀林，
只因虎踞檀林最适宜；
苍鹰要飞高山岩，
只因鹰落石岩最适宜；

神子要到天界去，
只因你在天界最适宜。
在上方快乐天界里，
仙乐歌舞无休止。
天界声音最美妙，
天界气味香无比，
天界食物自然成，
天界自有天然衣，
舒适住所是天界，
天界快乐住神子。
世界雄狮格萨尔王，
你应回到天界去。
好男得王位最快乐，
好女得美餐最快乐，
你已得高位称了王，
现在该舍命离尘世。
古代藏人有谚语，
好汉若衰老，
纵有本领无人服；
骏马若衰老，
跑得再快没买主；
家犬若衰老，
再凶把人吓不住；
好汉要早些离开家，
好马要快些找买主，
你一生事业已成就，
再无空闲留岭地，
不要犹豫快启程，
快快随我上天去。”

岭地众生听白梵天王唱罢，心中十分忧伤，格萨尔也是恋恋不舍。但是，时间已到，刻不容缓，格萨尔对众生唱了一首离别的歌：

离开岭地我心也恓惶，

必走的命运已注定。
我雄狮要归天界去，
祝愿岭地部落人人平安。
不要悲伤要欢乐，
愿我们来世再相见。

唱罢，格萨尔的躯体缓缓向空中升去。左右侍立的二王妃珠牡和梅萨，也告别了姑娘们，随大王升到了黑白云相接的天界。

天空顿时布满彩虹，香气四溢，花雨纷降，众天神将格萨尔大王和二王妃团团围绕，返回了天界。

附录一

《英雄格萨尔》主要人物

一部文学作品能否长久地活在人民群众之中，保持“永久的魅力”，最关键的一点，要看它是否塑造了具有鲜明的民族特色和时代气息、富有社会思想意义的艺术典型。如果一部作品，只有丰富的内容、鲜明的主题、宏大的场面、曲折的故事、惊险的情节，而没有塑造出活生生的、具有典型意义的人物形象，那么，它很难经受时间的检验而长久地流传下去。这可以说是一个铁的艺术定律。

如果《三国演义》里只描写了金戈铁马、惊心动魄的战争场面，只揭露了封建王朝更替时期尔虞我诈的权术和谋略，而没有能够塑造出孔明、曹操、关羽、张飞、刘备等一个个栩栩如生、有血有肉、有个性的艺术形象，《三国演义》还能具有那么强烈的艺术魅力吗?

如果《红楼梦》只叙述了封建贵族大家庭腐朽的生活画卷，揭示了封建主义的大厦必将倒塌的历史必然，而没有能塑造出贾宝玉、林黛玉、王熙凤等鲜活的艺术形象，《红楼梦》也就不会成为我国古典小说创作的高峰。

如果《水浒传》只讲述了农民起义的故事，而没有塑造出宋江、李逵、鲁智深、武松、林冲等家喻户晓、老幼皆知的人物形象，《水浒传》也会失去它的艺术魅力。

同样的道理，《格萨尔》之所以受到世世代代的藏族人民的喜爱，表现出强大的艺术生命力，最重要的原因，就在于她在人物形象的塑造方面取得了巨大的成功。根据目前掌握的资料，笔者做了一个最粗略的统计，在《格萨尔》里，从天界到人间，从龙宫到地狱，塑造了三千个艺术形象。在一部文学作品之中，塑造如此众多的艺术形象，无论在中国文学史，还是世界文学史上，都很罕见。这不能不说是文学史上的一个惊人的奇迹。何况《格萨尔》尚在搜集整理之中，我们还未能看见她的全貌。整部史诗中，究竟塑造了多少人物形象，目前我们还无法进行精确的统计，更谈不上进行全面深入的分析研究。但从当前搜集整理的情况看，肯定会大大超过这个数字。《门岭大战》《姜岭大战》《穆岭大战》《阿扎玛瑙宗》和《索波马宗》等部中，有名字、有身份的出场人物每一部都有二百多人。《霍岭大战》中有三百多人，《祝古兵器宗》里多达一千余人。

问题还不在于数量众多，更重要的是不少人物形象塑造得相当成功，鲜明生动，栩栩如生，成为藏族文学史上不朽的艺术形象，活在藏族人民之中。

《格萨尔》里的艺术形象，大致可以分为几种类型：

一是各种神佛和龙族，包括原始宗教的战神威尔玛，厉神格卓，土地神、地方神，以及后世宗教的神佛观世音菩萨、阿弥陀佛、白梵天王威丹噶尔和王母曼达娜泽、龙王邹纳仁庆、圣母朗曼噶姆等。这类形象，虚幻的成分要多一些，若隐若现，似有若无，虚无缥缈，往往都披上一层神圣的光圈，居高临下，主宰着众生的命运，过去未来无所不知，天上地下无所不管。史诗在描写他们的活动时，大多采用了庄重的手法，用词也很典雅、凝重，赞语很多，形成了一种较为固定的格式。也正因这样，在这类形象上，有一种神圣、神秘的色彩，只有神的共性，缺乏个性，也缺少生活气息，雷同化、概念化的形象居多，让人感到可敬不可亲。

二是以四大魔王为代表的各种妖魔鬼怪，以及他们的魔臣魔将。这类妖魔又有两种不同的特征。像北方魔国的魔王鲁赞，更多地具有“魔”的属性，而较少人的特性。霍尔的白帐王、黄帐王和黑帐王，姜国的萨丹王、门国的辛赤王等，史诗中虽然反复强调他们是魔鬼化身，生性残暴，但是在具体描写上，则更多地赋予他们人的禀赋，采用了写实手法，因而更接近生活的真实，具有浓郁的生活气息。这些形象，是社会生活的真实反映，而不是虚无缥缈、远离尘世的幻影。在塑造这类形象时，更多地采用了夸张的漫画式的手法。在他们身上，既有妖魔的共性，也不乏个性特征。不少魔王和魔臣的形象塑造得相当成功。

三是以格萨尔为代表的“黑头藏人”的典型形象。他们是生活在人世间，有血有肉、活生生的人物。他们在整个《格萨尔》中占的篇幅最大，描写得最为成功。这类人物大体又可以划分为三种：

第一，以格萨尔为首的岭国三十位男英雄和三十位女英雄，以及许多英勇善战、才智超群的英雄豪杰和部落首领。

第二，从事各行各业的下层民众。这里既有牧民、农民、奴仆，也有卦师、星相家、修行者、医师、各类工匠，也有乞丐和流浪汉。总之，古代藏族社会的各类人物，在史诗中都得到了充分的反映。

第三，以晁通为代表的两面派人物。这类人物虽然不多，但贯穿始终，占的篇幅很大。他们是被揭露、被鞭挞的对象。从艺术结构上讲，这类人物的活动，对推动情节的发展，连接上下部的关系，起着重要作用。

除此之外，还有战马、飞鸟、走兽，乃至山石草木，也被赋予了人的禀性，或代表善良、正义、公正，或象征丑类，具有鲜明的性格特征，把生物性、社会性和趣味性有机地、完美地结合起来，增强了艺术表现力，成为史诗中不可缺少的艺术形象。

在所有艺术形象中，塑造得最成功的是正面人物的形象。在他们身上，熔铸了时代的、民族的特征，表现了社会生活中进步的、正义的、美好的观念和行为，寄托了古代藏族人民的理想和愿望，蕴含、渗透着民族的历史文化心态，体现了民族的心理素质。因此，这些正面的人物形象，比神佛、妖魔的形象，更贴近生活，更有艺术魅力，也更有审美价值和认识作用，闪耀着智慧的光芒。

别林斯基在谈到史诗主人公形象的塑造时，曾经说过这样一段话："长篇史诗的人物应该是以自己的个性表现民族力量的充沛，民族精神的全部诗意。荷马的阿基琉斯就是这样。"

格萨尔和其他的主要英雄人物，也是这样一些充分体现了民族精神的艺术典型。对《格萨尔》的人物形象进行全面深入的艺术分析，充分论述他们的典型意义，是格萨尔研究中一个重要的课题。为了读者阅读的方便，本书从绚丽多彩、姿态各异、栩栩如生的人物形象的艺术画廊中，选取几个人物，作为一个概括的分析介绍，也可窥见《格萨尔》在人物塑造上艺术成就之一斑。

天界、龙界和地狱里的天神、龙神和阎罗王

威丹噶尔

三十三界天之主，白梵天王，格萨尔和岭国重要保护神。每当格萨尔遇到危难困惑，白梵天王都及时现身，为其排忧解难。

曼达娜泽

三十三界天之主母，白梵大王的妻子。

朗曼噶姆

三十三界天白梵天王的妹妹，格萨尔在人间的主要预言授记者，是提醒和帮助格萨尔完成降妖伏魔大业的守护神之一。

东琼噶布

三十三界天白梵天王的长子，助力格萨尔完成大业的守护神之一。

龙树威琼

三十三界天白梵天王的幼子，助力格萨尔完成大业的守护神之一。

妲莱威噶

三十三界天白梵天王的女儿，助力格萨尔完成大业的守护神之一。

威尔玛护法神

战神之一，格萨尔的护法神，也是岭国的护法战神之一。

马头明王

岭国守护神，晁通护法神。

念青格卓

即念青唐拉山山神，岭国的守护山神之一，格萨尔的守护神之一。

阿尼玛沁

岭国神山玛沁邦拉山（格萨尔的寄魂神山）之神，岭国的首要守护神山。

冈底斯山神

藏地神山，雪山拉达克水晶王国护法神山。

邹纳仁庆

龙宫之王，格萨尔的外祖父。白玛陀称祖师为了让邹纳仁庆的三女儿梅朵娜泽做神子推巴噶瓦在人世间的母亲，设计龙宫发生疫病，梅朵娜泽才能降在人世间成为岭国森伦之妻，顺利诞下神子。因此，邹纳仁庆也成了岭国忠实的守护神，每当岭国有险难都施以援手相助。

史诗中的主要人物

格萨尔

在《格萨尔》里，着力最多、寄托最深、贯穿始终的人物是格萨尔。史诗的作者在塑造这个人物时，着重表现了他所肩负的使命，通过对格萨尔完成自己使命的全过程的描述，展现了广阔的社会生活画面，体现了生活在青藏高原的藏民族的心理素质和民族精神，表达了古代藏族人民的理想和愿望。

史诗把格萨尔一生的活动分为三个阶段：一、在天界；二、幼年和少年时期；三、通过岭国的赛马大会，登上岭国国王的宝座，然后率领岭国大军，征战四方，降妖伏魔，惩恶扬善，抑强扶弱，造福百姓。最后功德圆满，返回天界。

在这三个阶段中，都紧紧围绕格萨尔的使命来刻画他的性格，塑造他的形象。

史诗一开篇，就给它的听众描绘了一个典型环境：很久很久以前，雪域之邦这个美丽的地方，人们安居乐业，和睦相处，过着幸福美满的生活。“这里开始刮起了一阵阵邪恶的妖风，这股风带着罪恶、带着魔鬼到来。晴朗的天空变得阴暗，嫩绿的草原变得枯黄，善良的人们也变得十分邪恶，他们不再相亲相爱。霎时间，刀兵四起，硝烟弥漫。”

谁能消除藏民的痛苦，给他们带来幸福安定的生活呢？只有格萨尔。书中借用神佛之口说，在三十三天神界里，父王梵天威丹噶尔和王母曼达娜泽，有一个王子叫德确昂雅，他和天妃所生的儿子，叫推巴噶瓦，将降临到南赡部洲人世间。他是人间的菩萨，只有他能教化民众，使雪域之邦脱离恶道，众生享受太平安乐的生活。

在这里，史诗的作者一开始就明确赋予格萨尔“教化民众，使雪域之邦脱离恶道，众生享受太平安乐的生活”的使命。在天界的格萨尔——推巴噶瓦，立下誓愿，勇敢地担负起自己的使命。为了顺利完成神圣的使命，他向神佛提出了自己的条件：“我是曾发下誓愿，教化众生降伏妖魔。现在有了慈悲的利箭，要有良弓才能射向靶面。要使甘霖降人间，大海的蒸汽要浓如烟。要是父母不造血和肉，神子哪能投生在人间。慈悲的大师听我言，投生人间要条件：我要

父亲出自念界之神，凡有祈求皆能如愿；我要生身母亲来自龙族，没有亲疏厚薄在世间。”

为了完成特殊的使命，格萨尔具有特殊的身份：他是神、龙、念三者的精英汇聚而成、神人相结合的大智大勇的英雄。从格萨尔降临世间的头一天起，他就在履行自己的使命，利用神变的力量，消灭了许多有形的妖魔和无形的鬼怪。让百姓安居乐业，过幸福安宁的生活。

当格萨尔五岁时，他和他的母亲受到阴险毒辣的叔父晁通的迫害，又遭受父亲和岭国百姓的误解，被驱逐到最边远、最贫穷的玛麦地方，生活贫困，处境十分艰难。即使在这种情况下，他仍然毫不气馁，始终牢记自己的使命，千方百计为故乡人民谋利益。他们住地不远的堪隆卡山，被可恶的地鼠占据着，它们挖翻了山巅的黑土，咬断了山腰的灌木，吃掉了平原的野草。人到了那里，被尘土笼罩，牛到了那里，饥饿而死。格萨尔得知后，用抛石器打死了鼠王扎哇卡且、扎哇米茫和地鼠大臣扎哇那宛。其余的地鼠也都被石子震得头破血流，纷纷死去，使牧场得以保护，草原上人畜兴旺。

格萨尔从被放逐的地方回到岭国，即将参加赛马大会的前夕，珠牡的父亲、他未来的岳父向他赠送礼品，并为他祝福：“送上九宫四方的毡垫，愿觉如登上四方的黄金座；送上镂花的金宝鞍，愿觉如做杀敌卫国的大丈夫；送上‘如意珠’和‘愿成就’，愿觉如做邪鬼恶魔的镇压者；送上饰有白螺环的宝镫，愿觉如为众生做出大事业；送上‘如意成就’的藤鞭，愿觉如做扬弃不善的国王，做我女儿森姜珠牡的好丈夫。”

这祝辞，不但表达了亲人的心愿，也寄托了岭国百姓的期望。在举行赛马大会的时候，岭国出现了很多吉兆：“烈日灿烂升太空，是觉如登上王位的兆头；光辉照遍全世界，是觉如为大众做事圆满的好兆头；祝愿日光金灿灿，是觉如给众生造福的好兆头。”

格萨尔果然没有辜负亲人的祝愿和百姓的期望，他始终牢记着自己的使命。当他登上岭国国王宝座之后，立即向岭国百姓庄严宣称：“我是雄狮大王格萨尔，我要抑暴扶弱除民苦。”“我是黑色恶魔的死对头，我是黄色霍尔的制服者。”“我要革除不善之国王，我要镇压残暴和强梁。”史诗中称赞他是：“制服强暴者的铁锤，拯救弱小者的父母。”他在阐明即将进行的一系列征服恶魔的战争的正义性时说：“那危害百姓的黑色妖魔，若不用武力去讨伐，则无幸福与和平；为了把黑魔彻底来降伏，我又是武力征服的大将领。”

北方亚尔康魔国国王鲁赞，是个极端残忍凶恶的魔王，他以人肉为食品、人血当饮料。在魔国，用人头垒城堡，以死尸做旗幡，煞神逞凶，妖魔横行，众生苦不堪言。格萨尔当了岭国国王之后，征服的第一个魔国就是北方魔鬼；

射杀的第一个魔王就是鲁赞。他向天神发出誓言："岭噶布的雄狮大王格萨尔，要降伏害人的黑妖魔。我要放出利箭如霹雳，射中魔头把血喝。我要斩断恶魔的寄魂，搭救众生出魔窟。"

对一切危害人民群众的邪恶势力表示强烈憎恨的同时，格萨尔对自己的故乡、对自己的人民怀着热烈的爱。这是一个问题的两个方面。对敌人的恨越强烈，对人民的爱必然越热烈、越深沉。他宣称："我是世界雄狮格萨尔，来做岭国的君主，消灭敌人与战祸，事事为民谋利益，对友人平等和睦永相亲。"他还说："除了百姓的公敌，格萨尔并无私仇；除了黑发藏民的公法，格萨尔自己无私法。"他告诫岭国的勇士们要"仗义扶良爱百姓"。

格萨尔在他的一生中，先后降伏了鲁赞、白帐王、萨丹和辛赤四大魔王，征服了数十个魔国与敌国，用他非凡的神威和超人的智慧，消灭、制服和收降了难以计数的妖魔鬼怪，忠实地实践了"降妖伏魔、抑强扶弱、除暴安良、造福百姓"的誓言，给岭国人民带来了幸福和安宁的生活，因此受到"黑头藏人"的热烈爱戴和拥护。百姓们热情地唱道："快乐升平的好时光，已经降临到岭地方，高兴地举起酒杯来呀，欢乐的歌儿尽情唱！……岭国的百姓不用再担忧，雄狮大王已经得胜利，酥油、糌粑不会缺，毛毡、氆氇不会光，骡马、牛羊一定遍岭地。"

在降伏姜国萨丹王之后，众英雄向自己的雄狮大王敬酒，充分表达了他们的喜悦之情："各族一百九十系，都崇敬英雄岭大王，大王神威人莫测，降伏了姜国萨当王。姜国妖魔已消灭，岭国兵马喜洋洋，解除姜人心头忧，良民百姓得安康。天空升起金太阳，世界处处暖洋洋，草原长出好牧草，牛羊吃了甜又香。我们手中的金龙碗，满盛四种甘露酒：西方印度的白糖酒，绒部落的葡萄酒，哲孟雄的白米酒。喝了头抬得比天高，喝了心比日月明。"

格萨尔消灭了妖魔，也为魔国百姓消除了苦难，因此也受到魔国百姓的真诚拥护。他们十分感恩戴德，"现在的霍尔国，可比以前不同了，托格萨尔大王的福，现在穷人变富了，老人变长寿了，小孩更快乐了，姑娘们更美丽了。牦牛、奶牛和犏牛，比天上的星星还要多；山羊、绵羊、小羊羔，好像白雪落山坡。无主的骡子赛过茜芨草，无主的马儿比野马多，无主的食品堆成山，无主的野谷开满了花朵。奶子像海洒像湖，没有人再愁吃喝。臣民夜里跳道舞，百姓白天唱善歌，人人欢喜人人乐，这都是格萨尔大王的功德高，我们要再祝大王永康乐"。

虽然在《格萨尔》里一再宣称格萨尔是天神之子，但在具体的描写中，并没有把他塑造成头罩光环的可望而不可即、可敬而不可亲的神秘人物，而是更多地给予他人的禀赋和人的气质，使听众（读者）感到真实可信、可亲可敬。

在同敌人和魔王斗争时，他能够上天入地、呼风唤雨、变幻形体，具有无边的神力和大智大勇，他有着能够战胜一切妖魔鬼怪和艰难险阻的力量和智慧。但格萨尔又不是全知全能的圣人，有时他也会失算，会办糊涂事，会打败仗，会陷入困境。他不是超凡入圣、不食人间烟火的神，他也有七情六欲，有自己的喜怒哀乐。连续不断的、频繁的战事，有时也使他烦恼、厌倦，他想与美丽的众妃子过清静欢快的生活，而忘记自己的使命，他的两个爱妃梅萨和珠牡，就因为他疏忽大意、贪图享受而先后被魔王抢走，给岭国人民造成深重的灾难。

这方面的描写，不仅没有损伤格萨尔的英雄形象，反而更接近生活真实，更富于生活气息，因而使这一艺术形象更加真实可信、可亲可敬、光彩照人。

嘉洛森姜珠牡

藏族人民把珠牡看作是贤惠、善良、美丽、聪明和忠贞不屈的象征。如果说格萨尔是力量的化身，绒察查根是智慧的化身，那么，珠牡则是美的化身。她的外貌美，心灵更美。超越时代的界限，千百年来，她一直为人民所传颂。取材于她的民间歌舞和传说故事也极为丰富。这也说明《格萨尔》在塑造珠牡这一艺术形象时，获得了多么巨大的成功。

珠牡是岭国三大家族之一嘉洛仓的女儿，她以才貌出众而闻名岭国。史诗里描述说，她美若天仙、丰姿绰约，貌美世无双，岭地最漂亮七姊妹之首。民间相传珠牡是白度母化身，岭地赛马称王彩注之一，格萨尔登上王位后将其纳为十三王妃之首，深受格萨尔宠爱。格萨尔称赞她“真是藏地少有世界无双”。

史诗中通过白帐王派出的黑老鸹之口，对珠牡做了这样的描绘：“皮肤就像白锦缎，肉色润泽如红绢，灵活明亮鹞鹰眼，眉如新月弯又弯。前进一步能值骏马百匹，好像天仙舞蹁跹，虽有百匹骏马也难换；后退一步能值紫骡一百匹，好像飞天下云天，虽有紫骡百匹也难换；浓密的黑发能值犏牛一百头，根根发辫是珍珠宝石串，虽有百头犏牛也难换；一笑能值百只羊，舌上自现‘阿’字形，虽有百只绵羊也难换。她是世间姑娘的顶尖儿，大地上女儿的装饰品，岭国女儿中一精英，若数美女只有她一人。”

珠牡不仅容貌美丽，更重要的是她的心地善良，聪明过人。这是她不同于一般女子的显著特征。由于她才貌双全，岭国的许多青年男子，乃至别国的王公贵族、富豪大户的子弟，纷纷向她求婚，但她都不为所动，在她的心目中，有自己所钟情、所追求的人。这个人就是格萨尔。在格萨尔受到诬陷、迫害、被放逐的日子里，珠牡日夜思念他。她说：“自从觉如被放逐，我从没有快乐，尽是痛苦，虽有六贤的良药，心中的痛苦难除。”岭国举行赛马大会，将王位、七宝和珠牡作为彩注。为了阻止晁通篡夺王位，“为了岭地的百姓能过上安乐的日子”，绒察查根和嘉察派珠牡去把格萨尔母子接回来，因为在岭国，只有她才能胜任此项工作。珠牡当即表示，“如果我去能把觉如接回来，就是拼上性命，我也要把这件事办好”。一个年轻女子，毅然决然只身前往，历尽千辛万苦，遭受种种磨难，终于找到了格萨尔母子。然后又到班乃山帮助格萨尔的母亲郭姆去捉千里宝驹。

千里宝驹是匹神马，从天界下凡，在荒无人烟的班乃山，同野马群一样游荡了十二载。马通人性，只有珠牡为它作赞语，它才能去掉野性，变作格萨尔的坐骑，帮助格萨尔成就大业。在格萨尔母子的请求下，珠牡唱了很长一段“马赞”，这段马赞，充分说明珠牡非常熟悉游牧民族的生活、熟悉马的特性和优劣，也显示了她渊博的知识。接着她为它作赞语，祈祷祝福：

你是真正的千里驹，一有野牛的额头，二有青蛙的眼圈，三有花蛇的眼珠，四有白狮的鼻孔，五有白虎的嘴唇，六有大鹿的下颌，七有鹫鸟的羽毛，集七种动物的优点于一身，岭地的马匹怎能与你相比？

你有飞天的双翅，还有奔驰大地的四蹄，你有能听八方的双耳，还有能嗅千里的神鼻，你能说人话懂人语，真言假语能辨析。今日觉如得到你，赛马场上定胜利。快和觉如回岭地，完成众生大业定无疑。珠牡的颂词句句真，神驹呀，岭地需要你，我珠牡的终身也全靠你！

在迎接格萨尔回岭国，帮助他在赛马大会上夺取胜利的过程中，珠牡起了重要作用，为岭国百姓办了一件极大的好事，因而赢得了岭国百姓的尊敬和爱戴，同时，她也把自己的终身许配给格萨尔。

在《格萨尔》里，珠牡是一个具有悲剧色彩的人物。她的不幸遭遇，并不是她个人命运多蹇，而是当时的时代和社会造成的，她成了氏族社会末期频繁的部落战争和一夫多妻制的牺牲品。在成了格萨尔的妃子、岭国的主母之后，虽然处于至尊至高的地位，却没有给自己带来多少幸福。但是，史诗并没有简单地去描写她的不幸和痛苦，让听众（读者）洒一掬同情的眼泪，而是着力表现了她遭厄运而奋起，处危难而不惧的坚韧、刚强的性格特征。《降伏妖魔》之部里说，“自从赛马夺彩、格萨尔正式称王以后，岭噶布的百姓相安无事，日子过得平静、安乐。臣民们喜在心里，笑在脸上，雄狮大王格萨尔终于让他们过上了好日子。格萨尔纳森姜珠牡为王妃，二人恩恩爱爱，如鱼得水。珠牡爱大王英俊、勇敢，格萨尔爱王妃美貌、勤劳。过了不久，按照规矩，格萨尔又娶了梅萨绷吉等十二个姑娘为妃，加上珠牡，就成为著名的‘岭噶布十三王妃’”。

珠牡的不幸也从这里开始了。在和众多的妃子一起生活的过程中，出于女性的本能，她嫉恨别人，也遭到别人的嫉恨。这种矛盾，突出地表现在她同梅萨绷吉的关系上。做了国王的格萨尔，为了完成降妖伏魔、造福百姓的伟业，要去东方查姆寺修学大力降魔法，他欲带梅萨去陪同。珠牡知道后，出于嫉妒，玩弄手腕，让梅萨留在宫中，自己随同格萨尔去修行。恰在这时，北方黑魔王鲁赞趁机抢走了梅萨。格萨尔得到报告，立即要去搭救梅萨，降伏黑魔。珠牡又千方百计阻拦，施了一计又一计，她在给格萨尔的美酒里放了健忘的药丸，使格萨尔昏昏沉睡，把去北国降魔的事忘在脑后。不久，天母再次托梦，催促格萨尔尽快出征，并告诫他："今日再不听我言，岭噶众生要受损失。"格萨尔决然离开珠牡，跨上千里宝驹，驰向遥远的北国，降伏黑魔，搭救梅萨。这使珠牡受到极大的打击，昏厥过去。她被众人救醒之后，对格萨尔怀着深深的眷恋和怨恨，向两个知心侍女述说自己的忧愁："没有白雪的干枯山，白狮子住下来心不安；没有清水的烂泥塘，金眼鱼住下来不吉祥；没有森林的茅草滩，老虎住下心烦乱；岭大王不在岭噶布，珠牡姑娘心忧愁。"

珠牡不听劝阻，单人独骑，去追赶格萨尔。后来天母显圣，将她送回宫中。

假若史诗对珠牡只作这样的描写，那她至多也不过是一个忠于感情、热爱生活的普通女子。在热爱丈夫的同时，也表现了她的狭隘、自私、嫉妒的性格特征。因为她只要丈夫不离开自己，不管北国百姓的苦难和梅萨的安危。

史诗的作者在塑造珠牡的形象时，采用了欲扬先抑、欲褒先贬的艺术手法。讲到这里，突然掀起一个波澜，犹如黄河长江冲出高山峡谷，奔腾直泻，以磅礴的气势，浓墨重彩，描写了珠牡性格的另一个侧面，也是她最主要、最本质的方面。

霍尔白帐王趁格萨尔远征北国，率领百万大军，侵犯岭国，企图强娶珠牡为妃。在这关系到国家存亡、百姓安危的严重关头，珠牡把自己的痛苦、不幸、怨恨、烦恼统统丢在脑后，作为一国的主母，她勇敢地挑起了率领岭国百姓抗击侵略者的重担。这时的珠牡，俨然像一个具有丰富作战经验的主帅，多谋善断，调兵遣将，发号施令。她贵为王妃，但并不因位尊而傲视部属，目空一切，为所欲为。相反，她十分尊重长辈和岭国的将领，凡事都与总管王绒察查根和嘉察商量。所有重大问题都召集部落会议，共同商量决定，从不独断专行。岭国的将士们出征时，珠牡一一为他们敬酒，祈祷祝福；当英雄们凯旋，她又亲自迎接，热烈祝贺。她同绒察查根、嘉察一起，布置战斗，周密安排。若不是晁通叛变投敌，充当内奸，引狼入室，岭国军队本不至于遭受那么重大的损失。

在岭军连连失利、困守珠康查姆寺的艰难岁月里，更显出珠牡的聪明才智和非凡胆略。她先后派仙鹤、喜鹊、狐狸去给格萨尔送信，催促他急速回国，同时假意允婚，争取时间。这样一拖就是三年，等得白帐王、黄帐王和黑帐王不耐烦，派大将辛巴梅乳泽来催逼。他说："珠牡王妃，我们大王好耐性，等了你一天又一天，一月又一月，到现在不多不少三年整。就是耐性再好也等不及，脾气再好也要发火。你今天说东，明天说西，总是拖着不启程，这究竟是何道理？如果你再拖延，我们三位大王就不客气了。"（《霍岭大战》）在百万大军重重围困、万般无奈的情况下，珠牡又生一计，让长得和自己极其相似的侍女里琼吉装扮成自己的模样，嫁给白帐王，结束了长达三年之久的战争，使岭国的百姓得到了喘息的机会。

但是，在这严峻时刻，晁通再次充当内奸，给白帐王射去密信，泄露了真情，致使霍尔百万大军卷土重来，又选派十万精兵，攻打珠牡居住的达孜城。

为了避免出现城破人亡的惨烈局面，使两国百姓少受祸殃，霍尔大将辛巴梅乳泽出于好心，恳切陈词，劝珠牡快跟霍尔王到雅泽城去，做白帐王的妃子，享受荣华富贵，但遭到珠牡的坚决拒绝。她义正词严地回答说："我森姜珠牡岭王妃，是东方白度圣母转世身，和南赡部洲雄狮王，曾海誓山盟把佛奉，要把释迦正教建立起，要叫黑头众生享太平。我和雄狮大王格萨尔，好比皓月太阳相配，从天界降生到人间，不为自己而是为公众。

"雪山顶上白狮子，虽然没有可炫耀的绿鬣，不能把雪山装饰得更美丽，但绝不会到平川去。檀香林中的猛虎，虽然没有斑斓的花纹，不能把森林装饰得更美丽，但绝不会到草原上去。清水塘里的白莲花，虽没有长出茂密的枝叶，不能把宝瓶装饰得美丽，但绝不会到妖魔手中去。我珠牡是岭国的王妃，虽然没有什么好声誉，不能把达孜城装饰得更美丽，但绝不会到霍尔的雅泽城去。"

霍尔三王见珠牡志坚如铁，决不屈从，便下令攻城。在寡众悬殊、城门将破的危急时刻，珠牡穿上格萨尔留下的头盔铁甲，手拿弓箭，威风凛凛地出现在达孜城头："霍尔王臣听我讲，我是雄狮格萨尔王。北方妖魔已降伏，现在回来保家乡。你们无故犯岭国，我的怒火三千丈。我要用江鸟七神箭，射死祸首白帐王。"

霍尔人以为格萨尔真的回来了，顿时军心浮动，四处逃散。

这时晁通又告诉白帐王，站在城头的是珠牡，而不是格萨尔。霍尔兵马这才稳住阵脚，白帐王和辛巴梅乳泽率先向城头冲去。珠牡接连射出四支神箭，射死无数霍尔兵。就在她要射出第五支箭时，被白帐王捉住了。

在同敌人进行刀对刀、剑对剑的血与火的战斗中，珠牡表现了英勇机智、坚毅果敢的性格特征，不愧为古代藏族女英雄的典型形象，具有鲜明的游牧民族特征。到了霍尔国，被白帐王强纳为妃。虽然受到白帐王的百般宠爱，享受着比岭国更为奢侈豪华的富贵生活，但丝毫也没有减少她对故乡、对人民、对格萨尔的深深怀念。她身在霍尔，心向岭国，时时关心着祖国的安危和百姓的疾苦，盼望格萨尔搭救自己回故国，充分显示了她忠贞不屈的高尚情操和美好善良的心灵。

这里需要论及的是，珠牡到了霍尔，在强逼之下，不得已做了白帐王的妃子，并生了一个儿子。对此，研究者和整理者中有不少异议，认为这是珠牡的失节行为，是她一生中一大污点。有的整理者出于好心，干脆把这一情节删去，改为珠牡坚守贞节，宁死不从。

我们是历史唯物主义者。我们不能脱离当时具体的历史条件和特殊的社会环境去苛求古人，更不能用今天的目光和道德标准、贞操观念去评价史诗时代的人和事。珠牡一个女子，战败被俘，在极端残暴的霍尔三王面前，在长达六年之久的时间里，要她宁死不嫁、坚守贞操是不可能的，除非让她以死抗争。作为古代游牧民族的一个妇女，珠牡的所作所为是符合当时的道德规范的。史诗的作者和广大藏族人民，对珠牡的不幸遭遇，怀着深深的同情，理解她，谅解她，而毫无指责之意。格萨尔接到珠牡的信，立即赶回来，消灭了霍尔三王，把珠牡接回岭国，仍然让她作为王妃，辅佐自己治理国家。岭国百姓和众英雄，仍像过去一样尊重她、拥戴她。

在史诗众多的人物形象中，珠牡是一位塑造得十分丰满、很有典型意义的艺术形象。在世界史诗的人物画廊中，珠牡也是一位塑造得非常成功、很有民族特色和个性特征的艺术典型。

如前所述，在《格萨尔》这部史诗里，塑造了几千个人物形象，其中塑造得相当成功、可以称得上是艺术典型的也有几十个人物。除格萨尔、绒察查根和珠牡外，嘉察的正直、丹玛的刚烈、森伦王的忠厚、米琼卡德的机智、古如的幽默、辛巴梅乳泽的勇猛、郭姆的善良、嘉妃的狭隘、梅萨的豁达、阿达娜姆的豪爽、阿琼吉和里琼吉的温顺、晁通的奸诈、鲁赞的凶残、白帐王的贪婪、萨丹王的狂妄、辛赤王的老练……都描绘得活灵活现，真实生动。《格萨尔》在人物塑造上所取得的巨大成功，是她具有强大的艺术魅力、为世世代代藏族人民所喜爱的重要原因。这一事实也充分说明，《格萨尔》确实是一个精深博大的艺术宝库。

在整部史诗《格萨尔》里，珠牡的重要性仅次于格萨尔，是贯穿始终的人物，也是深入人心、妇孺皆知、在民间传说最广泛的人物，可以说是藏族文学史上一个不朽的典型人物。

绒察查根

绒察查根是岭国的总管王，格萨尔的伯父，与森伦王、晁通王、朗卡森协王并称“岭国四叔伯”。岭国三十员大将之一，其正直无私、办事公道、深谋远虑、足智多谋、德高望重，深受众人爱戴和拥护。

在岭国长、仲、幼三系中，他虽然出自幼系，但由于他正直无私，办事公道，又足智多谋，因而受到岭国众将领和百姓们的拥护和爱戴。在史诗里，把他塑造成一个一心为公、不谋私利、阅历丰富、聪明过人的艺术典型。藏族人民把他看作是正直无私、秉公办事的理想人物和智慧的化身。史诗说“他是大修士古古日巴的化身，岭国三十个英雄的带头人，三十个头人的第一位，三十个掌权者的领导者”，称赞他是“三辈之中年最长，头发银白似雪山，阅尽人间喜与悲，看透人心真与伪”。从绒察查根这一形象，很自然地使我们联想到荷马史诗《奥德赛》中的奥德修斯和芬兰史诗《卡勒瓦拉》中的万奈摩宁这些被称作“智慧化身”“智慧老人”的文学史上不朽的艺术典型。绒察查根自己宣称：“我是强梁的征服者，孤苦无依的扶持人；贫穷百姓的依靠者，弱小妇孺的保护人；富有人们的主谋者，贵贱高低视平等。金银财富香美食，是赃官坏蛋的眼红物；在我查根心目中，从不染指和谋图。在那强梁者的大门口，我从未离镫下过马；在那强梁者的鼻子下，我从不笑颜承欢他。三句话出口为大家，三口食物皆归公。为了公众积财物，为了公众打敌人，总管的名字由此得。”

“三句话出口为大家，三口食物皆归公”，是绒察查根行动的最高准则，也是他一生的真实写照。史诗对绒察查根的描写，突出了一个“公”字，热情歌颂了正直无私的高贵品德。《英雄诞生》之部一开头，有这样一个情节：岭部落和郭部落发生了一场战争，虽然岭部落消灭了郭部落的十八个部族，但是，老总管绒察查根的次子琏巴曲杰却被郭部落的人杀死。当时嘉察正好到外地去了。他回来之后，得知此事，怒不可遏，一定要为琏巴曲杰报仇，一举扫平郭部落。老总管便极力劝阻，对嘉察说：“虽然琏巴曲杰死了，可我们也算为他报了仇，郭地的男子全部被我们杀尽，只剩下一群寡妇。……侄儿啊，还是不要轻动刀兵为好！”

嘉察不听劝阻，执意要去报仇，绒察查根只得同嘉察一起去讨伐郭部落。但在战争进行过程中，他尽力劝阻岭国将士不要杀郭部落的无辜百姓，使战争很快平息下去。史诗通过这一情节，突出了绒察查根不计私仇，能够顾大局，为岭国百姓，同时也为敌对部落的百姓着想的高贵品质和坦荡胸怀。

在格萨尔年幼的时候，他的叔父晁通为了夺取岭国的王位，一心想谋害格萨尔。绒察查根为岭国百姓的长远利益考虑，和嘉察一起，想方设法保护格萨尔，使得年幼的格萨尔免遭晁通的暗算。在这场斗争中，既暴露了晁通的阴险毒辣、卑鄙无耻，也显示了绒察查根的聪明机智、光明磊落。

在晁通主持岭国的赛马大会，以岭国的王位、七宝和珠牡作为彩注的关键时刻，绒察查根和晁通展开了一场激烈的智斗。晁通主持赛马大会的理由是冠冕堂皇的，比赛的方式、赛程和彩注表面上看，也是公平合理的。岭国的每个人都有资格参加比赛，都有权获得彩注。因此，没有理由公开提出反对意见。但是，问题的核心是，晁通用阴谋手段把格萨尔放逐出岭地，这样，晁通或他儿子东赞有可能取胜，进而篡夺岭国王位。绒察查根为了不让晁通的阴谋得逞，一方面虚与委蛇，说明进行赛马是必要的、正当的，但又寻找种种借口，一再推迟赛马时间，暗地里却同嘉察商量，派珠牡去请格萨尔来参加赛马。最后终于挫败了晁通的阴谋，格萨尔获得胜利，做了岭国国王，遂了岭国百姓的心愿。在这场争夺王位的斗争中，绒察查根起了关键的作用。

当霍尔的兵马入侵岭国时，绒察查根的幼子昂欧玉达受到晁通的挑唆，只身去闯敌阵，不幸中箭身亡。老总管得知爱子阵亡，十分悲伤。但即使在这样的情况下，绒察查根仍能以大局为重，让理智战胜感情。格萨尔大王远在北方魔国，霍尔国大军压境，情况十分危急，老总管强忍悲痛，耐心劝阻要为玉达报仇的岭国将士。他说："英雄为国捐躯，是死得其所，大家不要为此过于悲痛。"他同嘉察一起，率领岭国将士，英勇抗击入侵的霍尔兵马，再次显示了他公而忘私的崇高情操、卓越的指挥才能和非凡的智慧。

作为德高望重的总管王，绒察查根不但足智多谋，善于运筹帷幄，指挥若定，在需要的时候，他也不乏与强敌拼搏的英雄气概和高超武艺。霍尔白帐王率领百万大军长驱直入，侵占岭国大片土地。当时格萨尔远在北方魔国，更由于晁通叛变投敌，充当内奸，致使岭国军队连连受挫，不少将领阵亡，严冬将近，形势对岭国极为不利。岭国军队暂时不宜出战，而应退守城池，以待有利时机。但是，岭国的将领们，尤其是青年将领，决心为包括总管王的儿子玉达在内的阵亡将士们复仇，为岭国雪耻，要与敌军决一死战。他们把撤退看作是怯懦的表现。为了用实际行动说服众将，在这关键时刻，年过七旬的老总管挺身而出，只身闯敌营，只见他"像礌石一样从空中掉落下来，挥动着战旗，跃入霍尔营中。霍尔营门东边守护的士兵们，被他一一打翻在地，营门督战的头目中，有一个辛巴名叫赤扎拉玛的，披甲持械前来，当即被总管王斩于刀下。总管王又左右开弓，射出六十支铁尾箭，射杀六十余人，然后挥舞宝剑，直奔白色千人大帐。白帐王和多钦吓得躲在金座底下，这时总管王已冲进大宝帐内，找不见白帐王在什么地方，旋即把金座砍了三刀，把金座前的八吉祥桌子砍翻，把白帐王装甜酒的绿宝瓶剁成三截。快到西门的时候，又向前射出二十余支铁尾箭，射死不少人。顿时，霍尔军中乱作一团，在门口互相拥挤，好像恶狼追赶下的羊群，在圈门口拥挤着向外奔逃。在快要冲出东门的时候，门旁一些懦弱的霍尔军被吓得昏倒在地，骡头战马就踏在他们身上，疾驰而去……"

年过七十的老将冲入霍尔大帐，如入无人之境，左冲右突，砍翻了白帐王的金座，吓得敌军丧魂落魄，大灭了敌军的威风，大长了岭军的志气，也稳住了战局。在战局对岭军有利的情况下，总管王和珠牡不失时机地向岭国将领们陈述了利害，劝说撤军。

至此，一个大智大勇、德高望重的老英雄的形象，像雕塑似的耸立在听众（读者）面前。

在格萨尔降妖伏魔、征战四方的战斗中，作为岭国的长老、格萨尔的谋臣，绒察查根起了重大作用，他公正无私、富于智慧的性格特征，也得到了更完美的体现。

绒察查根，也是贯穿始终、不可或缺的一个重要人物。

森伦

格萨尔人间的生父，岭地穆布董氏幼系首领，号称“森伦王”，岭国四叔伯之一、三十员大将之一。相传其为婆罗门赖晋的化身，天性善良，器量宽宏，性情温顺，位高权重，备受尊崇。参与岭国重要决策，能征善战，屡建战功，帮助其子格萨尔完成大业，直至格萨尔返回天界之前才病逝寿终。

郭姆

格萨尔人间的生母。龙王邹纳仁庆幼女梅朵娜泽，为让其投生下界，白玛陀称祖师设计龙宫投疫病，治好龙族后将梅朵娜泽作为酬礼带到郭部落然洛敦巴坚赞处寄养，成为养女。后来，岭地与郭部落发生战争，梅朵娜泽被当作战利品嫁给岭国森伦王为妻，改名“郭妃娜姆”，简称“郭姆”，不久诞下神子觉如。神子觉如的诞生遭到达绒晁通王忌惮，因此母子二人被赶至偏远地区。母子俩相依为命，过着清苦宁静的生活。郭姆对觉如的事业给予了巨大的支持和帮助。为儿参加赛马，亲自捉得神驹。慈爱有加，任劳任怨，辞世后，格萨尔将其超度后同往天界。

嘉洛敦巴坚赞

岭国大臣，与古如坚赞、噶如尼玛坚赞、纳如塔巴坚赞并称“岭国持宝幢四兄弟”。阅历丰富，德高望重，富有责任感，岭地最富有之人。生有一儿一女，嘉洛森姜珠牡和嘉洛布雅竹吉，其女为岭国最漂亮的姑娘，格萨尔王的大王妃；其子为岭国三十员大将之一、姜岭大战中战白干图鲁而血葬沙场。

梅萨绷吉

岭国格萨尔大王十三王妃之一，聪颖伶俐，温婉贤淑，善织绣，其地位仅

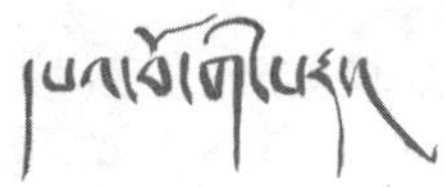

次于珠牡，深得格萨尔宠爱。曾被北方魔国鲁赞王掳去，后与格萨尔大王智斗鲁赞，得以被解救回国。木雅之战中主动请缨内应，骗取木雅国王的信任，取得宝物，解救嘉纳之难。格萨尔返回天界时，携其同往。

奔巴嘉察协噶

森伦王的儿子，格萨尔同父异母兄长。岭国神射手、七勇士之首、三十员大将之一。史诗中这样描写他：嘉察一生下来就非同一般，面如满月，眉清目秀，并且长得很快，一个月比别的孩子一年长得还要大。家里人给他取名协鲁尼玛让夏，外面人叫他奔巴嘉察协噶，意为“嘉纳外甥”。心胸宽广，气宇非凡，对郭姆和觉如爱护有加，排除各种干扰帮助觉如登上王位，成为格萨尔股肱重臣。骁勇善战，战功卓著，身披银白铠甲，手持雅司宝刀，脚蹬嘉察白马，率领军队出征，所向披靡，攻无不克。

岭部落和郭部落发生战争。虽然岭部落在这次战争中消灭了郭部落的十八个部族，但是，老总管绒察查根的次子琏巴曲杰也被郭部落的人杀死。这个消息本来是要向嘉察隐瞒的，却偏偏让他知道了。嘉察回来后，一定要为琏巴曲杰哥哥报仇，要一举扫平郭部落的残余。

格萨尔王前去北方降魔的时候，后方岭国遭到了霍尔国的入侵。岭国的奔巴嘉察协噶和丹玛等三十位大将虽然对入侵敌人给予了沉重打击，但是经过多年抗击之后，终因寡不敌众而败下阵来，并且在战斗中牺牲了囊穷玉道等十三位勇士。眼看着国破家亡和格萨尔王的爱妃森姜珠牡被霍尔国的国王掳走，大英雄嘉察协噶单枪匹马率先冲进了霍尔国军营，杀死了霍尔国的八个王子，消灭了霍尔国的几十万精兵。之后，这位岭国大将骑上霍尔国王子的孔雀骏马，高举宝刀冲入霍尔国军营忘死拼杀，最后在追杀霍尔国的勇士辛巴梅乳泽时，死在了这位后来是岭国之子、一直忠心于岭国的辛巴梅乳泽的箭下。史诗称嘉察协噶的死是岭国的圆月从此坠落到了地上。死后化身为鹞鸟，继续作战，嘉查从净土显灵，对旦玛苦心教诲，告诫他要和辛巴协力对敌，旦玛接受告诫。

嘉察下界降敌：“伽域国王势小时，要及早用强力降伏他。为了降伏托拉扎堆，要去天界请嘉察。伽域王子毒日梅巴，具有非凡的魔力，前世注定要嘉察来降伏他。”随着一阵悦耳的仙乐，芬芳的香气弥漫了大地，云朵缓缓下降，嘉察协噶如同朝阳冲破晨雾，端立在霞光之中。座下一匹瑞雪般的白马，身穿亮银铠甲，刀矛弓箭，披挂得整整齐齐，显得比生前更加英俊。嘉察骑着白马，慢慢来到神帐门口。后来，活捉了伽域王子。

史诗中把嘉察这样一位作战勇猛果敢、为国忠贞不渝的大英雄描写得鲜明生动，活灵活现，在民间广泛传颂。

娜噶卓玛

嘉察协噶的生母。

柔萨格措

嘉察协噶的妻子，王子扎拉泽杰的生母。能歌善舞。岭噶布众人集会议论怎样迎接神子降生时，杰唯伦珠大人吩咐岭噶各人所需准备事宜，柔萨被分到唱歌跳舞演练准备之行列，共同为神子的诞生做好隆重的欢迎准备。

智萨

能歌善舞。岭噶布众人集会议论怎样迎接神子降生时，杰唯伦珠大人吩咐岭噶各人所需准备事宜，智萨被分到唱歌跳舞的演练行列，共同为神子的诞生做好隆重的欢迎准备："噶妃、嘉妃、绒妃等三人，柔妃、智妃、饶妃等三人，达措、曲珍、索朗曼，班宗、德吉、央桑等十三位尊贵的妇人，跳起舞来唱起歌。"

饶萨

即饶妃，擅长歌舞。史诗第二回中，岭噶布众人集会议论怎样迎接神子降生时，杰唯伦珠大人吩咐岭噶各人所需准备事宜，饶萨被分到唱歌跳舞的演练行列，共同为神子的诞生做好隆重的欢迎准备。

达措

擅长歌舞。岭噶布众人集会议论怎样迎接神子降生时，杰唯伦珠大人吩咐岭噶各人所需准备事宜，达措被分到唱歌跳舞的演练行列，共同为神子的诞生做好隆重的欢迎准备。

曲珍

擅长歌舞。史诗第二回中，岭噶布众人集会议论怎样迎接神子降生时，杰唯伦珠大人吩咐岭噶各人所需准备事宜，曲珍被分到唱歌跳舞的演练行列，共同为神子的诞生做好隆重的欢迎准备。

索朗曼

擅长歌舞。史诗第二回中，岭噶布众人集会议论怎样迎接神子降生时，杰唯伦珠大人吩咐岭噶各人所需准备事宜，索朗曼被分到唱歌跳舞的演练行列，共同为神子的诞生做好隆重的欢迎准备。

班宗

岭国十三位尊贵的妇人之一。史诗第二回中，岭噶布众人集会议论怎样迎接神子降生时，杰唯伦珠大人吩咐岭噶各人所需准备事宜，班宗与德吉、央桑等十二位尊贵的妇人们一起承担唱歌和跳舞的职责，共同为神子的诞生做好隆重的欢迎准备。

德吉

岭国十三位尊贵的妇人之一。史诗第二回中，岭噶布众人集会议论怎样迎接神子降生时，杰唯伦珠大人吩咐岭噶各人所需准备事宜，德吉与班宗、央桑等十二位尊贵的妇人们一起承担唱歌和跳舞的职责。

央桑

岭国十三位尊贵的妇人之一。史诗第二回中，岭噶布众人集会议论怎样迎接神子降生时，杰唯伦珠大人吩咐岭噶各人所需准备事宜，央桑与班宗、德吉等十二位尊贵的妇人们一起承担唱歌和跳舞的职责。

绒察玛尔勒

森伦王幼子，格萨尔同父异母的弟弟，岭国三十员大将和十三青年将领之一，少年英雄，英勇顽强，军功卓著，霍岭大战中不幸捐躯。

扎拉泽杰

岭国大英雄嘉察协噶的儿子，穆布董氏后裔，岭国王位的继承人，多次亲自带兵出征，战功累累，是格萨尔王的好助手。攻打阿扎玛瑙国时任中军元帅，后又随格萨尔先后征服碣日国、祝古国、卡契国、穆古骡子王城等。史诗中这样描述扎拉王子："头上戴白盔，好像东山出皓月；身穿银铠甲，好像白狮蹲雪山；脚穿虹纹靴，好像天神行苍穹。"他宽厚善良，英勇善战，足智多谋。扎拉泽杰治军有方、奖罚分明，颇有其父风范，三军将士无不爱戴之，娶得绒国公主阿曼为妃。格萨尔返回天界时将王位传予扎拉泽杰，他成为岭国的新国王。

梅朵扎西措

总管王绒察查根的妻子，共生有三子一女。

昂欧玉达

绒察查根的幼子，岭国三十员大将和十三青年将领之一，在霍岭大战战死。

察香丹玛绛查

岭国的神射手，三十员大将之一，七勇士之一，岭国老将。在岭国对外战争中，常常被委以重任先锋坐镇，于耄耋之年仍率部出征，独当一面，战功赫赫。

娜姆玉珍

玉珍是总管王绒察查根的女儿，同时是岭国最漂亮的七姊妹之一。她不似莱琼那般的轻狂但也无法做到珠牡那般沉稳，是个心急嘴快、机敏聪慧的姑娘。正因为她心口如一、毫无城府，从不加掩饰对格萨尔王的爱慕之情。也因为其父是岭国众英雄的首领，于公于私格萨尔将其纳为妃，玉珍也得以得偿所愿。

卓洛拜噶娜泽

岭地最漂亮的七姊妹之一。卓洛拜噶娜泽自小在岭国长大，粗犷的性格、豪爽不羁的胆略让她成为岭地七姊妹中人缘最好的大姐头。在格萨尔王尚未称王之前与其有过一段奇遇，不打不相识的少男少女互生情愫，但格萨尔遭晁通陷害不得已离开岭国。

泽珍

岭地七姊妹之一，丹玛之女。

赛措

岭地七姊妹之一，雅台部落长官之女。赛措与泽钟是一对双生姐妹花，是岭国七朵花中的两朵“素女花”，扬名整个岭国，属岭国王室中的幼系。妹妹赛措青春貌美，但性格偏于冰冷不会甚而不屑表达自身情感。

泽钟

泽钟与赛措是一对双生姐妹花，是岭国七朵花中的两朵“素女花”，扬名整个岭国，属岭国王室中的幼系。姐姐泽钟与妹妹赛措性格截然相反，活泼可爱中又不失草原儿女的豪爽。因深知妹妹赛措倾心于格萨尔却苦于无机会亲近，为妹妹与格萨尔设计了一次草原“偶遇”完成妹妹的心愿，同时“搭”进了自己，成为格萨尔王的第十二位王妃。

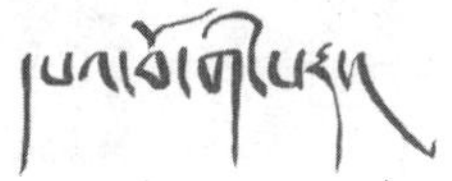

莱琼鲁姑查娅

岭国最漂亮的七姊妹之一，单纯、可爱又不乏少女的灵动俏皮，一双水灵灵的俏眼尤为招人喜爱。在岭噶布赛马会之前曾梦见格萨尔将赢得赛马会，给众生造福的预兆。暗地里早对格萨尔王一见倾心，在格萨尔王与森姜珠牡完婚后，按照藏族传统规矩嫁与格萨尔王。

晁通

自号“愤怒王”，达绒部落长官，亦称“达绒王”，格萨尔的叔父，岭国三十员大将之一。与总管王、森伦王、朗卡森协王并称“岭国四叔伯”。相传他是马头明王的化身，武艺高强，身怀绝技，精通幻术，其法力仅次于格萨尔。晁通是一个集自私、贪婪、吝啬、虚伪、好色于一身的老者，他巧舌如簧、心机叵测、贪生怕死、卖国求荣，觊觎岭国王位，不达目的誓不罢休，为岭人所鄙视和不齿，成为虚伪、奸诈、反复无常的一个典型人物。

晁通年轻的时候，胆大气盛，尚武好斗。一次遇到松布克孜热巴，几句话不合，上去就是一顿拳脚，活活把他打死了。这样，晁通在地方上，整个氏族里都出了名。藏民认为狐狸是最胆小怕事的动物，妈妈怕他出事，就让他喝了一碗狐血，从此晁通就变得胆小如狐，但也狡猾如狐了。生性多疑、狡诈、老奸巨猾，是一个两面三刀的人物。

“有他不行，叔叔晁通；没他不行，叔叔晁通。”这是流行在藏区的一句俗语，用来形容那类有了他坏事、缺了他不行的人。作为对这一句俗语的补充和说明，藏民中还流传着另外一句俗语：“晁通不晁通，格萨尔就不格萨尔。”意为晁通若不出坏主意、做坏事，格萨尔便不能成就大事业。这两句俗语遥相呼应，互为补充，活脱脱地勾勒出一个完整而丰满的人物形象，确立他在史诗中不可或缺的地位。

“没他不行”：史诗借晁通之手做格萨尔想做而又不宜出面的事，如举办赛马大会；借晁通做挑起战争的祸首，格萨尔赴北地降魔和平服霍尔，皆由于晁通告密在先；还有一个很重要的原因是他拥有超乎寻常的巫术，蒙古马城给岭地降下凶光，闹得岭地灾病流行，人仰马翻。此时，能为岭地禳灾消难的，只有他晁通，能向敌人施放恶咒的，也只有他晁通。平服祝古兵器国，需要降敌法物，去汉地除妖尸也需要罗刹的法物，能与罗刹交臂的，除了他晁通，再无他人。每逢岭国诸英雄一筹莫展了，雄狮大王也觉回天乏术之时，便该晁通大显身手了。

“有他不行”，意味着有了他就要坏事，晁通一生做了很多坏事，难以计数：当格萨尔降生之时，岭国一片祥瑞之气，众人无不为这非凡的婴儿惊喜和兴奋。唯有晁通心怀叵测，恐怕这婴儿日后成了气候，对他晁通不利，随即带着掺有毒药的乳品，前去祝贺格萨尔的降生，并亲眼看着婴儿将自己所奉礼物吞咽下去。格萨尔称王后，第一次闭关修行只带了大王妃珠牡同往，晁通趁机向北地魔王鲁赞报信，鲁赞抢走了格萨尔的二王妃梅萨绷吉。格萨尔闭关结束返岭得知梅萨被黑魔掳去之后，立即只身前往北地降魔。格萨尔一去就是三年，其间，只留下大王妃珠牡一人独守空房，眼见珠牡等就要把战祸平息，晁通岂肯就此罢休，一支红铜尾箭，射向霍尔大营，带去了晁通恶毒的密报，珠牡终被白帐王拿获强娶为妃，自己却登上了岭国国王宝座。格萨尔在返回天界前，在乌鸦城被降伏时，在他身上压一座水晶白塔将他制服，让他永远不得转世。

丹萨赛措玛

晁通的妻子，生育有九个儿女（又说有六个子女）。她勤劳爽直，通晓事理，聪颖贤惠，善良坦诚，却因人老珠黄常常遭受晁通的冷言冷语对待，而在与晁通争吵过后仍能安分地把家务打理得井井有条。赛马前，丹萨好心劝晁通不要被觉如幻变马头明王而被他的话所蒙蔽，叫他识趣放弃赛马夺位和争娶珠牡姑娘，他却把她的良言当恶语。丹萨“欲和他争辩，又恐他说出更难听的话来，吵得合家不安宁。神明们总是公正的，我倒要看看这个小人的下场。丹萨寻思着，不再说什么，仍旧像往日一样，不动声色地安排家务，不声不响地为晁通准备宴席”。格萨尔得白梵天王真言准备攻打门域国时，变幻成先知鸟让晁通首先举兵门域、娶门国公主梅朵卓玛，丹萨又意识到那是格萨尔的计谋，再次奉劝晁通而得冷遇。丹萨的形象被描绘成聪慧宽厚而又能忍受，尽力操持好家庭事务，是传统善良藏族妇女的典型形象之一。

东赞郎都阿班

晁通之子，岭国三十员大将之一、十三员青年将领之一，为人正直坦诚、嫉恶如仇，鄙视其父亲晁通的所作所为，英勇善战，战功卓著，是格萨尔信任和倚重的名将。

念察阿丹

晁通之子，岭国三十员大将之一、十三员青年将领之一，为人忠勇正直，刚正不阿，是不可多得的勇士。

玛尼噶然

晁通之子，达绒部黄缨军统帅，武艺超群，骁勇善战，深得格萨尔器重。

达绒拉郭奔鲁

晁通之子，以作战英勇顽强著称，具有嘉察般的胆量。在征服卡契军的过程中身亡。

晁牡措

达绒长官晁通的掌上明珠，亦是岭国七姊妹中最愚钝、自大、嫉妒心极强的姑娘。岭地七姊妹之一。她承袭了其父晁通的巧舌如簧、前倨后恭，曾笃定晁通会称王将格萨尔贬得一文不值，在格萨尔成功登上王位之后，态度瞬间大转变。

拉布朗卡森协

岭地长者，位高权重，与总管王绒察查根、森伦王、达绒晁通并称“岭国四叔伯”。

巴拉森达阿东

岭国三十员大将之一、十三员青年将领之一、岭国七勇士之一，仲系后裔，骁勇善战，于万人军中取上将首级如探囊取物。追随格萨尔南征北战，深受格萨尔器重和信任。

玉拉杰赞

丹玛之子，玉拉杰赞承袭了他父亲的英勇善战，沉着冷静，足智多谋，足以承担父亲交与的任务，战死在霍岭大战中。

噶德曲炯贝纳

岭国七勇士之一、三十员大将之一，力大无穷，凶猛勇武，善抛霹雳炮石，被称为岭国的黑袍护法。

色巴尼奔达雅

岭国长系色巴八部总管，三十员大将之一，岭国三虎将之一的“鹞”，极富谋略，善于建言献策，颇具战略眼光，骁勇善战，曾多次化解岭国内部纷争，是格萨尔和扎拉王子重要的佐臣。

达绒阿努司潘

岭国长系达绒部落的万户王，色巴八部总管尼奔达雅的佐臣，岭国七勇士之一、三十员大将之一。为人正直，宅心仁厚，武力超群，善于谋划，屡立战功。霍岭大战中，不慎在黄河边被霍尔大将多钦用套索套住跌落下马，被河水冲走，不幸殉国。

东曲鲁布达潘

岭国三十员大将之一，穆巴部首领，紫衣勇士，善操长矛，精神勇武，所向披靡。为人正直公正，不偏不倚，被称为岭国的“公正裁决人”。

威玛拉达

岭国大将，大公证人。为人刚正不阿，处事公道，不偏不倚，被作为赛马大会的公证人。

文布阿鲁巴森

岭国三十员大将之一，岭国三虎将之一的“雕”，与奔巴嘉察协噶、色巴尼奔达雅、穆姜仁庆达鲁并称“岭国四公子”。善谋略，骁勇善战。在进攻大食国的战役中，与大食国王子察郭达瓦交锋时不幸阵亡。

穆姜仁庆达鲁

与奔巴嘉察协噶、色巴尼奔达雅、文布阿鲁巴森并称“岭国四公子”，岭国三虎将之一的“狼”，号称“无敌将军”“人中狼”。

曲潘纳布

岭地古老的姓氏穆布董氏王族后裔，娶有三妃子，赛妃、纹妃和姜妃。自曲潘纳布起，岭国疆土逐渐扩大，势力不断增加，此后岭国分成长、仲、幼三个支系。

赤绛班杰

曲潘纳布与纹妃之子，岭国仲系首领。

拉雅达噶

曲潘纳布与赛妃之子，岭国长系首领。

托拉奔

曲潘纳布之孙，岭国幼系长官。

曲纳潘

幼系长官托拉奔之子，娶有三个妃子，即绒妃、噶妃和穆妃。绒妃生子绒察查根，噶妃生子玉杰，穆妃生子森伦。除玉杰在与霍尔打仗时落入霍尔之手外，其余诸子日后均成为岭国的栋梁，是书写和创造岭国历史的领军人物。

卡切米玛

岭国幻术师，与衮协梯布、贡噶尼玛、拉吾央噶并称“岭国四智星”。

衮协梯布

岭国卦师，与卡切米玛、贡噶尼玛、拉吾央噶并称“岭国四智星”。

贡噶尼玛

岭国医师，与卡切米玛、衮协梯布、拉吾央噶并称“岭国四智星”。

拉吾央噶

岭国星象家，与卡切米玛、衮协梯布、贡噶尼玛并称“岭国四智星”。

古如坚赞

岭国大臣，与嘉洛敦巴坚赞、噶如尼玛坚赞、纳如塔巴坚赞并称“岭国持宝幢四兄弟”。

嘉洛布雅竹吉

岭国青年将领，三十员大将之一，岭国最富裕者嘉洛敦巴坚赞之子，嘉洛森姜珠牡的弟弟。姜岭大战中战白干图鲁而血葬沙场。

噶如尼玛坚赞

岭国大臣，与古如坚赞、嘉洛敦巴坚赞、纳如塔巴坚赞并称“岭国持宝幢四兄弟”。

纳如塔巴坚赞

岭国大臣，与古如坚赞、嘉洛敦巴坚赞、噶如尼玛坚赞并称“岭国持宝幢四兄弟”。

阿格仓巴俄鲁

岭国大将，与达宗俄鲁、申查俄鲁并称“俊美三兄弟”，是其中最俊俏者。

达宗俄鲁

岭国大将，与阿格仓巴俄鲁、申查俄鲁并称“俊美三兄弟”。

申查俄鲁

岭国大将，与阿格仓巴俄鲁、达宗俄鲁并称“俊美三兄弟”。

米琼卡德

格萨尔王的内大臣。他出生在郭部落，父母终日以讨饭为生，叔叔郭然洛敦巴坚赞是个有名的医生，米琼从叔叔那里学会了医治病人。家里共有兄弟三人，米琼排行在二，哥哥白根古如从小被卖到霍尔部落，弟弟被卖到嘉洛家。哥哥的身价是九十九匹骏马，弟弟的身价是九十九只绵羊，而米琼卡德则以一桶奶酪和十只羊的身价卖给了岭地总管绒察查根。此后又流落霍尔，最初给白帐王放牧，后因他能言善说，当了白帐王的近侍。当格萨尔的王妃珠牡被掳到霍尔时，又当了珠牡的侍臣。直到格萨尔平服了霍尔，降伏了三王，才被带回岭国，当了格萨尔的侍臣。从米琼卡德的身世看，他的出身贫贱，自幼被转来卖去，受人奴役，最后还是凭自己的机智和善巧，做了首领和头人的侍臣。

米琼身材矮小，嘴巴乖巧；外表滑稽，内含睿智。平日里，他能给人带来欢笑；关键时，他能解决大问题。格萨尔在制服晁通的阴谋诡计时，米琼卡德也是一个不可或缺的人物。

岭庆塔巴索朗

岭国有福命二兄弟之一，上岭六部落首领之一。文武双全，宽厚正直，霍岭大战等爆发后，率部积极参加战斗，保家卫国。

米庆杰哇隆珠

岭国有福命二兄弟之一，上岭六部落首领之一。霍岭大战中因混战而不幸丧生。

阿琼吉

珠牡贴身侍女。

里琼吉

珠牡贴身侍女，貌美似珠牡，善解人意，霍岭之战时代替珠牡出嫁。

囊拉

察瓦绒国王，有百起龙王的神功，蛮横无理，高傲自大，自视甚高。格萨尔还未登上王位时，奔巴嘉察协噶将其降伏，幼年格萨尔将其忏悔的灵魂超度，岭国以此取得箭宗，获得日后降妖伏魔大业的武器保障。

杨敏措

察瓦绒囊拉王的皇后，美丽贤惠，心地诚实，禀性善良，崇尚善业，劝说国王投降岭国，使百姓免遭战争疾苦。察瓦绒魔君魔将被伏后，投诚皈依岭国，后被任命为治理察瓦绒部的首领。

鲁赞

北方魔国国王，四大魔王之一。他是一个凶恶的黑魔王，体形诡异，身体高大如山，九个脑袋，所以又称九头魔王。他的每个脑袋长十八个犄角，身上爬满了黑色毒蝎，腰上盘绕着九条黑色毒蛇。手和脚共长有四九三十六个像铁钩一样的铁指甲，比鹰爪还要坚利十分。他高兴的时候面带着怒容和杀气，生气的时候用嘴和鼻呼气。他嘴内呼气，像爆发的火山烟雾；鼻内呼气，像刮起了毒气狂风。在他身边，聚集了一群妖臣和侍婢，恐怖骇人，生性残暴，涂炭生灵。在格萨尔闭关修行时，他通过与晁通内外勾结，抢走了格萨尔的次妃梅萨。为了降妖除魔，格萨尔单人单骑前往魔国，消灭了吃人的魔王鲁赞，为了解救苍生，为了救回爱妃梅萨，格萨尔独自出征北方魔国，得到鲁赞妹妹魔女阿达娜姆的帮助，格萨尔与爱妃梅萨内外配合，终于除掉了魔王鲁赞，又少了一个危害众生的魔王。鲁赞的灵魂被格萨尔王超度到清净国土。

秦恩

绒国王子，魔国大臣，魔国三英雄之一。因为有五个头，所以又被称为“五头妖”大将。在格萨尔起兵攻打魔国前，秦恩是魔王鲁赞的大将。格萨尔降伏魔国，灭掉魔王鲁赞后，封秦恩做了管理岭国这片新辟疆土的大臣，受到格萨尔的重用。

阿达娜姆

北方魔国鲁赞王的亲妹妹，人称“黑魔女”。格萨尔降伏北方魔国时，阿达娜姆对格萨尔一见倾心，甘愿终身追随，格萨尔遂纳其为妃，后帮助格萨尔降伏魔王鲁赞，成为岭国三大神射手之一，又被称为“岭国女英雄”。由于她武艺超群、箭法惊人、骁勇善战，格萨尔任命其为岭国北方魔部主帅，管理魔国。曾亲率本部兵马跟随格萨尔出征多次，深受格萨尔器重。阿达娜姆武艺超群、万夫莫敌，战场中屡立战功，是众人称道的女英雄，号称岭国三大神射手之一。攻打大食国时因格萨尔不能亲征，阿达娜姆求大王应允让她率北方魔军助战，一箭射倒大食壮士森郭昂通，使得大食国不敢再战。破阿扎国时为右翼大将，女英雄阿达娜姆边取弓箭边唱道：“囊中取出九缠利箭，是用绒钦林中精竹造，九种鸟羽做箭翎，九种精铁做箭镞。套中取出威猛降敌弓，雄龙角做弓上鞘，响声犹雷鸣；雌龙角做弓下鞘，发威如电闪。雷箭做弓把，握在手中声萧萧。”

阿达娜姆唱罢，箭离弦，九个阿扎兵将应声倒地。

阿达娜姆一生随格萨尔东征西讨、不断杀伐，而在格萨尔去往嘉纳期间生病去世。死后却被阎罗王打入十八层地狱受尽折磨。阿达娜姆死后来到地狱，阎王见她相貌非凡，脸上部似少女，脸下部像青年，十分诧异。这时，从她右肩上跳出一个白色小孩，报告说她做过无数善事情。请求把她接引到极乐世界。左肩上立刻跳出一个黑色小孩，说她杀生无数，应打入地狱。阎王令牛头鬼拿过紫色阎罗秤，把阿达娜姆的善业和恶业称了十八次，恶业像座山，善业如小贝壳，次次都是恶业重于善业，阎王立刻判阿达娜姆到“等活”地狱待五百年。最终亡魂被格萨尔救出得以超度升入天界。

白帐王

霍尔国国王，霍尔三王中武艺最为精湛，“四大魔王”之一。由于其所居帐篷为白颜色，所以称“白帐王”。白帐王自视甚高，狂妄不可一世。当其王妃噶斯去世后，白帐王得知岭国森姜珠牡貌若天仙、美丽绝伦，于是悍然发动了入侵岭国的战争。森姜珠牡被掳走，以嘉察协噶为首的岭国十数员名将先后为国捐躯，岭国的财宝亦为白帐王洗劫一空。格萨尔到了霍尔之后，经过精心的准备和策划，将白帐王降伏，将金鞍压在白帐王脖子上，将金辔戴在白帐王的嘴里，将宝剑当鞭子挥舞起来，驾驭着他向东、西、南、北方向各跑了三趟。当格萨尔王骑到霍尔白帐王背上的金鞍时，尽管临死前白帐王一再向格萨尔乞求留他一命，但是格萨尔认为白帐王罪孽深重、十恶不赦，还是用宝剑将其斩杀。白帐王这位一代枭雄就这样身首异处、魂飞魄散。

辛巴梅乳泽

霍尔国白帐王的大臣，霍尔前军辛巴红缨部指挥官，霍尔最勇悍而有见识的大将。后来被格萨尔降伏，成为岭国的一员大将，跟随格萨尔征战四方，立下赫赫战功。

在整部史诗当中，辛巴梅乳泽是个性鲜明、塑造得很成功的一个艺术形象。无论是作为正面人物的岭国和参加以岭国为核心的部落联盟的英雄，还是作为格萨尔对立面的“魔国”的国王和将领们，都很有个性，很有特色，很容易让人记住“这一个”形象。

辛巴梅乳泽原来是霍尔国白帐王手下的一员大将，在《霍岭大战》中，他足智多谋，能征善战，是一个叱咤风云的人物，岭国的第一员大将、格萨尔王的兄长嘉察就战死在他手下，后来格萨尔降伏了白帐王，辛巴梅乳泽向格萨尔投降，俯首称臣。格萨尔将治理霍尔国的重任交给辛巴。这时，他的地位、他与格萨尔大王的关系，发生了根本性的变化。

史诗里说，梅乳泽的特点有“五个最”：高兴时最善良，愤怒时最恶毒，对敌人最凶狠，对战利品最无私，对百姓最温和。为人忠诚，这不仅表现在他身为霍尔大将时忠于霍尔王，也表现在后来被格萨尔收服后又忠心耿耿地追随格萨尔。

格萨尔征服门国时，命令先后被他降伏的北方魔国、霍尔国和姜国的部队参战。辛巴率领五万精兵应召来到岭国的彤瓦衮萌大草原。书中没有讲述霍尔国的英雄们怎样威武雄壮，怎样排兵布阵，却详细叙述辛巴梅乳泽带领霍尔国的四员虎将（加上他自己，被称作“霍尔五虎将”）向岭国的男英雄们敬献礼品，这些礼品十分贵重，有九张虎皮组成的九套礼品、六张豹子皮组成的六套礼品、十匹骏马组成的十套礼品，总计为二十五套礼品。所谓“九套”“六套”和“十套”等，是藏族的一种送礼方式，以一件最贵重的礼品为主，比如“虎皮”，配以其他物品，构成“一套”虎皮系列的礼品，然后又组成若干套的一组礼品，以表示其贵重。

十头优质犏牛、十头优质牦牛，驮着质地很好的绫罗绸缎，献给以格萨尔的母亲郭妃娜姆和王妃珠牡为首的女英雄们，黛青色宝石戒指一枚、金币十枚、银币十枚、玉石制造的钱币十枚，献给王子扎拉。将更为珍贵的太阳般闪亮的黄金十块、月亮般发光的银锭十块、自现花纹的玉石十块，连同一条洁白的哈达，献给格萨尔大王。

然后以极其谦恭的态度，唱了一段很长的颂词，歌颂格萨尔王的丰功伟绩，述说霍尔国依附岭国之后，格萨尔王给霍尔国的人民带来了和平、安详和幸福的生活。颂词长达二百零四行，真是虔诚之至，活灵活现地反映了失去自己的家园、寄人篱下、俯首称臣的一个降将的心态。

吉尊益西

霍尔国女卦师，霍尔噶尔哇部落噶尔柏纳亲王的女儿。漂亮贤淑，天资聪慧，能掐会算。她的卦是极灵验的，所以在霍尔国很受人欢迎，也被人尊重。在格萨尔王前往霍尔国灭白帐王、救森姜珠牡时，与格萨尔王海誓山盟，发愿白头偕老，永不分离，成为格萨尔的王妃。

唐泽玉周

霍尔国大将，神射手，后归降岭国，成为格萨尔麾下一名大将，屡立战功。

阿俄

霍尔大将，人称“六指阿俄”，一次能射出六支毒箭且箭无虚发。霍岭大战中，被丹玛绛查擒获，嘉察取下其首级为弟弟玉达等人报仇。

萨丹

姜国国王，“四大魔王”之一，精通魔法巫术，贪得无厌。妄想将岭国盐海据为己有，派王子玉拉托琚为先锋前去抢夺。王妃和大臣虽然数次劝阻萨丹王出兵伐岭，他皆不听劝阻。格萨尔王派出霍尔国降将辛巴施巧计，降伏萨丹王之子玉拉托琚，并亲率大军驻在盐湖边。有了玉拉托琚，格萨尔对萨丹的动向了如指掌。后来在龙女娜姬的帮助下，格萨尔变成一只金蜂趁萨丹王忘情之时钻进他的肚子，入腹后又幻变成一把锋利的匕首，在其腹内不停地转动，直搅得他心肺如烂粥，萨丹王生命休矣，气绝身亡姜国终被降伏。

玉拉托琚

姜国萨丹王之子，玉赤同父异母的弟弟。玉拉王子三岁时即已武艺超群，五岁即率领大军与岭国交战。其箭术当世无双、身形快如闪电，神勇无人能敌。因其与格萨尔王前世在天界是同父的兄弟，为降伏妖魔而被派到人间。故在岭国征伐姜国前，格萨尔王一再叮嘱部将们不能伤害玉拉王子。姜、岭大战中，玉拉被岭国英雄辛巴梅乳泽用计擒获，在格萨尔王的诚意感召下归顺，并被委以子承父业成为姜国国王。岭国喜获英才良将，国力大增。此后，玉拉率所部追随格萨尔王驰骋沙场，南征北战，其攻城略地、斩获无数、功勋卓著，深得格萨尔王的信任，成为岭国出将入相的股肱重臣。

姜萨白玛曲珍

姜国国王萨丹和王妃姜萨娜姆所生的公主，空行母转世，心地善良，通情达理，先后与岭国梅萨、珠牡王妃议和，结束两国战事。姜岭大战后许配给岭国大将色巴尼奔达雅。

姜萨娜姆

姜国国王王妃，公主白玛曲珍和公子玉赤的生母。姜岭大战主和派人物，多次劝说国王和玉拉不要轻易挑起战争。深明大义，是非分明，战争结束后，格萨尔将姜萨娜姆安置到“珊瑚色红城”中居住，安度晚年。

珠扎白登桂布

姜国三军统帅之一，龙王部队将领，指挥三百名螺甲兵，有勇无谋，思想单纯。姜国发兵岭国，攻打盐海，珠扎白登桂布被萨丹王任命为前锋大将军。格萨尔王再次进兵姜国时，他勇敢迎敌，却被格萨尔王所幻变野牛战胜，最后死于岭国大将丹玛刀下。

蔡玛克杰

姜国三员大将之一。办事机敏，诡计多端，善于见机行事，但又夹杂着自私和贪生怕死的成分。

姜国法王衮噶吉美

姜岭大战中，姜国的一百八十万兵马与岭国的一百八十万兵马在日那绷黑山下相遇，姜国的人马是以法王衮噶吉美为先锋，带领着噶伦尼玛、董本噶玛绷图、黑旗独眼十手喝血辛巴退玛、角头铁辛巴、大力士熊头拉马、单脚白魔鬼、九头黑魔鬼，还有四方降将，杀气腾腾地奔向盐海。在岭国大将丹玛命令取下法王的脑袋时，其愤怒不止，扬言一定要夺取盐海，杀死萨丹，活捉辛巴梅乳泽。于是作战中一马当先，气势汹汹，将无羽黑毒箭射向丹玛，结果无济于事。丹玛扬鞭打马，手起刀落，最后，姜法王死在丹玛的青钢刀下。姜兵见主帅身亡，顿时乱了阵脚，丹玛挥兵掩杀，姜国众妖全军覆没。

曲拉根宝

姜国老将。他虽然年老，但作战勇猛，无人能敌。曲拉根宝原本一直镇守姜国城堡，在岭国兵马就要攻破姜国的王宫的时候，他勇敢杀出。最初屡战屡胜，士气大增。迎敌冲杀时少言寡语，杀气腾腾。第二天曲拉又来闯营，在得胜回城的途中，恰恰骑到了宝驹江噶佩布的背上。江噶佩布越飞越快，转眼来到毒海上空，把曲拉扔进了毒海烧死。

阿琼穆扎

工布国王，魔王转世，占领雪域藏地东部，自封为王，称霸一方；不仅控制工布上好的铁矿藏，切断通往嘉纳的茶马大道，阻了姜国运送盐巴的通道，而且穷兵黩武，危害百姓，喜欢黑色恶道，仇视白色善业。格萨尔大王替天行道，将其箭射身亡。

辛赤王朗卡坚赞

南方门国国王、魔王噶绕旺秋的化身，“四大魔王”之一。格萨尔还没出世之时，门国的两员大将阿琼古如和穆琼古如带着十五万人马抢劫了岭地所属的达绒十八部落，抢走了马匹、粮食、牛羊，还把岭地的珍宝六褶云锦宝衣抢走了，杀死了很多百姓，还有达绒的两个家臣。当天神授记降伏辛赤魔王的时机到来后，格萨尔王率军将其讨伐，在预知辛赤朗卡坚赞要靠妖梯逃往天界时，将其制服，结束了门岭长达三年的战争。后来南门辛赤王投生到达乌山乾闼婆王国。

古拉妥杰

门国的大将军。在整部《格萨尔》里，古拉妥杰是塑造得很成功的一个艺术形象。按照史诗里的描述，门国国王辛赤是一个必须降伏的“魔王”，作为他的大臣，古拉妥杰自然是一个“魔臣”。但是，在具体描写时，并没有把古拉妥杰脸谱化、概念化，更没有妖魔化，而是将他描写成一个有血有肉、有胆有识、有勇有谋的大臣。

战争开始时，作为门国大臣，他认为岭国是一个“举世无敌”的国家，格萨尔是所向无敌的英雄，门国不能与格萨尔为敌，不能与门国作战，只能以谈判求和。然而他的这一正确主张却遭到辛赤国王和其他大将的反对。

果然不出古拉妥杰所料，战事开始后，门国一败再败，岭国军队势如破竹。这时，很多人动摇了，恐惧了，连国王辛赤也变得六神无主。这时，古拉妥杰勇敢地站出来，他坚定地表示：开始不应该与岭国作战，但是，战争既已开始，就不能妥协投降，而应坚决打到底。古拉妥杰身先士卒，率领门国将士，向岭国军队发动攻击，取得了开战以来最大的胜利。

当古拉妥杰与岭国大将噶德相遇，噶德说：你要是真正的英雄，我们就不要拿针尖大的武器，徒手搏斗，看谁有真本事。古拉妥杰信以为真，下了马，丢弃武器，与噶德拼搏。这时，岭国的丹玛、辛巴等五员大将一同冲上前，把古拉妥杰捉住，但依然制服不了他，丹玛又在暗中向古拉妥杰砍了一刀，将他砍伤，这才把他捉住。

在这场斗争中，魔国大将古拉妥杰可以说是光明正大，信守诺言，而岭国的将领们却违背诺言，玩了手腕，是不光明正大的。

格萨尔见他武艺超群，就亲自对他进行劝降，说：只要你归顺我，等降伏了魔王辛赤，门国就交给你治理。

古拉妥杰愤怒地说：我宁愿一天死九次，也决不向你投降。态度十分坚决。格萨尔见没有可能劝降，就决定将他处死。岭国大将色巴从每支部队里抽一万人，共二十五万士兵，在三沟、三涧、三天交会处，挖掘九层深的深坑，用七根十八庹长的檀香树做树桩，将古拉妥杰拴牢，以辛巴梅乳泽为首的十五名勇士将他紧紧抓住，然后命令士兵用指甲一点一点活活地剥他的皮，辛巴又亲自从脚跟剥他的皮。但是，古拉妥杰忍着剧痛，一声不吭，表现得十分坚强。岭国将士将他的心挖出来，把身体砍作十八截，把头剁成十九块，才把他杀死。最后把他埋在九层深的坑里，上面垒起十八层高的黑塔，让他永世不得翻身。

岭国处死古拉妥杰的手段十分残忍。然而他始终没有屈服，表现了高度的气节。古拉妥杰不愧为门国英雄，他为维护门国的利益、门国的尊严，献出了自己的生命，是一位失败了的英雄。

达娃察琤

门国大臣，六十员阿扎之一，青缨主帅。门岭大战爆发后，投诚岭国，察香丹玛绛查被他的诚意所动，让他戴罪立功。门国灭亡后，格萨尔任命其处理门国事务。

帕曲

门国独脚魔鬼上师。皈依主独角鬼上师，五大独脚鬼之一，居住在赤面罗刹的山间幽居处，其母亲是西方赤面罗刹女。其自称掌握生死轮回，魔术高超，通过传道欺骗众生。门岭大战中，格萨尔召集四方诸神、龙、妖魔鬼怪，筑成一座五级“圣山黑塔”，将独脚鬼上师镇住，手书“独脚鬼在此”五个大字，还留下了神驹江噶佩布的足迹和岭王的手印，然后在黑塔顶设了一盏长明灯，从此不再让他作乱人间。

东迥达拉赤噶

门国大臣，后投诚岭国，成为格萨尔麾下一名勇士，格萨尔将其任命为门国十八大部落大酋长，治理门国事务。

赛赤尼玛

大食国王，武艺高强，擅长巫术，自视甚高，气焰嚣张，拳霸一方。天神设计让晁通偷走大食国王宝马，大岭两国发生长达三年之久的战争，最终，赛赤尼玛没能逃出雄狮大王的刀剑，格萨尔手起剑落，砍下大食王的首级，将他的盔甲弓箭作为战利品，然后按照大食王的心愿，引他的亡魂到净土。

娘赤拉噶

上索波国王，宅心仁厚，深明大义，深谋远虑，远见卓识，善于审时度势，识别善恶，爱好和平，厌恶战争。格萨尔带领的军队进入索波城，得到娘赤拉噶热情迎接和款待，真心日月可鉴。虽然娘赤王多次劝阻两位王子不要继续和岭国交战，但二人始终不听，令他甚是气怒。大王子死于交战中，这一切早在他的预料中。岭军占领整个上索波，纵使伤心，还是以盛宴招待岭国军兵，投降岭国。格萨尔命令他继续管理马城，并由王子仁钦和大臣多钦辅佐。

莽吉赤赞

下索波国王，精通幻术，虚伪狡诈，听信谗言，与岭国交锋，下索波节节败退，王城沦陷，欲乘坐铜箱朝阿扎地方飞逃，被岭军识破，然后又施各种幻变逃脱，最后被岭国大将丹玛、玉拉和辛巴梅乳泽合力擒获身亡。

尼扎

阿扎国国王。格萨尔进军碣日需借道阿扎，尼扎王不让，引发两国长达三年的战争。大臣阿尼协噶曾劝大王投降岭国，却被尼扎王拒绝了，而当岭军兵临城下，城堡岌岌可危，无奈之下投降岭国格萨尔大王，两个藏地使臣前来调解才化解危机。从此，阿扎尼扎王追随格萨尔南征北战，立下不少战功。

达泽赞布

碣日国王，为煞神下界，权高势大，武艺超人，属下有名有姓有地位的大臣就有三百六十人，属民二万一千户。碣日国富庶无比，因为民富国强、兵精马壮，碣日国国王达泽便逐渐骄傲、狂妄起来，企图将世界占为己有。他贪恋财富，不知收敛，命人拦截途经碣日国的岭国商队，引来大祸。格萨尔大王依神授征服碣日珊瑚宗，达泽赞布屡遭失败，兵微将寡的达泽王为了能活命，弃城逃跑，偕王弟、王妹、王妃、大臣共十六人，带着六个马夫，赶着十五头骡子，驮着献给祝古王的礼物，悄悄出了王城。达泽君臣装作玉拉和辛巴的样子，企图混过大营，径直奔往祝古去的大路，却被岭军识破，辛巴梅乳泽抄小路赶到了碣日君臣的前面。在与岭军正面交锋之时，依然不改狂妄之气，但又胆小怕死，垂死挣扎、屡次想逃，最终被岭国大将玉拉托琚一箭射死。

哈日索卡杰布

北方赤谷部落国王，雄才大略、深谋远虑，崇敬雄狮大王。膝下有二子，长子东琼威噶，次子赤赞噶布泽杰。听说岭军进攻碣日王城，哈日索卡杰布主动请降，王子东琼威噶自愿做请降的使臣。哈日索卡王为了表示对岭国投降之诚意，决定亲自率众臣前往岭营。最终面见了雄狮大王，并得到格萨尔的赏识。自己的两个儿子也先后做了格萨尔的属下，为东赤部落的安定做出了重要的贡献，使赤谷部落的臣民免于战事。

宇杰托桂扎巴

祝古国大王。前世是班智达雅霞大修士，父王名叫拥忠拉赤赞布，母后名叫象萨鲁牡白吉。英勇威猛、穷兵黩武，法术高强、奸诈狡猾，但同时是一个重情重义的君王。宇杰托桂带领祝古国臣民日益强盛，受自己强大的征服欲的驱使，听从了王妃噶姆森姜措的谗言，举兵攻打古杰藏区，不料却引火上身，使得祝古国陷于战事不能脱离。在与岭军的恶战中，宇杰托桂用尽计策，却也无力回天。祝古托桂王最终在乘魔梯弃城而逃的途中，被白梵天王拦截，在与岭军交战的过程中，被岭军大将玉达连砍三刀，落马而亡。

噶姆多吉

天界空行母下凡为祝古国王宇杰托桂的妃子，又名噶姆森姜措。噶姆多吉不仅丰姿艳丽、机智聪慧，而且能言善辩、担当重任。在祝古国宇杰托桂王面前费尽心机，先唆使宇杰王出征古杰藏区，为格萨尔进军祝古国打下基础；在岭军攻打祝古时，向宇杰王献“破敌之计”，为岭国大胜祝古做出了重要的部署；在祝古国溃不成军，宇杰托桂王有逃脱之意时，噶姆森姜措念及与宇杰王的旧情，权衡利弊，极力奉劝宇杰王归降格萨尔。作为内应，噶姆森姜措在格萨尔带领岭国军队降伏祝古国的过程中，发挥了重要作用。

赤丹路贝

卡契国王，罗刹转世，力大无穷，狂妄不可一世。九岁继承王位，征服了尼婆罗国；十八岁时降伏了威卡国；二十七岁战胜了穆卡国，并强娶堆灿公主为妃。此后进一步东征西掠，周围的小邦国家均归他所属。赤丹还有一兄一弟。哥哥名鲁亚如仁，弟弟叫兴堆冬玛，这兄弟二人是赤丹王为非作歹的得力帮凶。此外还有内大臣七十四人，外大臣一百零八个，属民四十二万户。赤丹路贝三十六岁时，他的狂妄随着财宝的聚集和增多，发展到极点，他要征服世界。他认为如果能将岭国征服，那么天下的所有小邦国就会自己前来投降卡契，就不顾卡契老臣的劝阻毅然决定向岭国进攻。赤丹路贝听闻先期派出兵马损兵折将，失利回国，勃然大怒，毫不反思总结战势，一味继续增兵对抗岭国。直到格萨尔大王出现。格萨尔见他如此凶恶顽固，利落地一挥剑把赤丹路贝劈死于马下。

龙珠扎巴

象雄国国王，象雄国盛产珍珠，商贸发达；有武艺超群、能征惯战之四大将和众多骁勇善战、身怀绝技的勇士，以及雄兵数十万，可谓国富兵强。龙珠扎巴武艺高强、身怀绝技，且精通地遁法术。被格萨尔用神箭所射杀。

达瓦顿珠

阿里金子国国王，仁慈宽厚，不乏治国才智。然而魔女七姐妹的到来却给阿里国带来了灾祸，尤其是七姐妹生下七个凶残至极的妖魔之后，情况更加恶劣，他们钻进了国王的宫殿，穷凶极恶，把持朝政，罚之善，行之恶。达瓦顿珠束手无策，阿里国的局势一时间陷入混沌之中。被七魔臣把持朝政的达瓦顿珠国王，终日郁郁寡欢。得知格萨尔救援将七魔臣铲除，故意延长增援七魔臣的时间，为格萨尔降伏妖魔争取了有利时机。格萨尔除掉七魔臣后，达瓦顿珠重掌国政，励精图治，使百姓安居乐业。

达鲁珍

岛国米努绸缎国的女王。她母亲生下她们兄妹三人，分别封给领地，妹妹娜鲁珍管辖上米努，弟弟管辖中米努，她管辖下米努。弟弟死后，自己又代弟弟管辖了中米努。达鲁珍狂傲自负，认为自己是世界的生命之主，比她再高的只有青天。达鲁珍听信大臣冬赤阿珠的片面之词，决定发兵攻打被岭军占领了的白热国，由此使富庶安乐的米努国陷入连连战争。面对妹妹娜鲁珍的阻拦，达鲁珍为了维护她君主的尊严，不惜与妹妹翻脸，毅然决然发兵岭国。达鲁珍面对妹妹的“背叛”和丈夫的受伤怒火中烧，发令立即聚集所有部队，向上米努进兵。同时要上师施咒术，迷惑岭军。女王达鲁珍的寄魂物被格萨尔消灭得只剩下一只狗时，她昏了过去，而且变得神志不清。格萨尔变身的“上师”上前探望，让达鲁珍苏醒过来。格萨尔等到降伏达鲁珍的时机已到，就发兵攻打米努王宫。达鲁珍在睡觉之时，听到呐喊声，慌忙起身向门外望去，见米努将士和岭军厮杀。达鲁珍无力与众多兵马争斗，跳上孔雀马，出宫往中米努逃去。

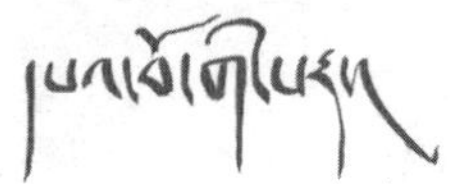

格萨尔和白梵天王转瞬间就追上了达鲁珍。他们的两支神箭同时射出，一支射中女王，一支射中坐骑，达鲁珍连人带马一起跌翻在地。神箭只射碎了女王的几片铠甲，达鲁珍并没有受伤。她从地上一跃而起，向格萨尔反击一箭。格萨尔再次弯弓搭箭，正要射箭，达鲁珍的箭已先向他射来，正中雄狮王的护心镜。格萨尔见达鲁珍死到临头还如此猖狂，将弓狠命一拉，一箭射死了达鲁珍。

娜鲁珍

米努国女王达鲁珍的妹妹。娜鲁珍天生丽质，一头乌发像天上的浓云，黑油油地披在肩上，秀丽的脸庞，洁白如月，体态如白藤，似绿竹，百姓们都叫她绸缎国的明灯娜鲁珍，她的话深得人心。王妹娜鲁珍不仅长得俊美，而且心地善良，机敏聪慧。当初达鲁珍继承王母的王位时，妹妹娜鲁珍只有七岁。达鲁珍疼她爱她，姐妹两个从不分离。娜鲁珍性格温顺，一向听从姐姐的话。但对米努国出兵岭国一事坚决不赞同。因为娜鲁珍坚信雄狮大王格萨尔，是统治三界的主人，岭地八十英雄，个个具备三种武艺，米努出兵攻打岭国有弊无利；与岭国和好是良策，万民才能有安乐。见劝谏姐姐没有希望，娜鲁珍失意地把姐姐等人迷昏后带着财宝回上米努。但姐姐达鲁珍穷追不舍，派兵攻打上米努。娜鲁珍知道有追兵赶来，就作法，带着自己的属下到了追兵看不见的地方。娜鲁珍预见到姐姐不会善罢甘休，就派遣使者向格萨尔请求救援。在格萨尔的帮助保护下，上米努渡过了难关，打退了达鲁珍派出的兵将。格萨尔王征服中、下米努国后，娜鲁珍被任命做上、中、下米努三部的女王，另派门国大将东达噶琼做她的辅臣，留下一千五百三十三人做米努国的御敌军。

旋努噶布

雪山拉达克国王，女妖玛章茹扎转世，依靠毕扎五子及麾下八十员大将的势力，先后吞并了拉达克一带的十三个部落，并登上王位。在位期间，穷兵黩武，肆意扩张，排斥善教，颁布朝拜冈底斯山禁令。出兵征讨岭国附属达玛、柏绕等小国，引发了和岭国之间的战争。格萨尔听从天母的预言，首先率领岭国将士诱杀了旋努噶布的寄魂雪狮。后来在攻城时，旋努噶布砍伤了岭国大将东赞，看见格萨尔后眼里充满愤恨，说要为死去的拉达克国将领报仇，以挽回雪山拉达克国国王的尊严。与格萨尔的交战中，旋努噶布虽威猛，却砍不中像霓虹一般的格萨尔，也抱不住格萨尔。最后被格萨尔用所向无敌的利剑劈成两半而死。

朗如赤赞

梅岭国国王，力大无比，威猛过人。即位后盘剥百姓，陷害贤良。格萨尔率军前往将其降伏，在格萨尔的帮助下，森达阿东将朗如赤赞王杀死。

托拉扎堆

伽域国国王。降伏他才能降伏海外十八宗，故格萨尔到天界请来嘉察将其降伏。

多布钦妥赤

玛拉雅药物宗国王。

贡赞赤杰

松巴国的国王。贡赞赤杰疼爱家人，体恤下属，深受松巴国臣民的拥护和爱戴。贡赞赤杰得知二女儿梅朵措姆被晁通诱骗抢走后，派大将托郭梅巴率兵追寻。托郭梅巴生擒晁通，将晁通押至祝古国地界时，晁通被碣日大将却珠救回。于是松岭两国为此开战，打打停停，一年有余。尽管贡赞赤杰能够依据形势做出各种出色的战略部署，但是限于松巴国和岭国力量对比悬殊，松巴军连连战败，于是贡赞赤杰陷入了不能保卫疆土、护佑臣民的自责中。当岭军攻入松巴国王城时，贡赞赤杰身穿飞鸟翼衣，向空中逃去，藏身于邦拉山。格萨尔变幻成山神的样子诱使贡赞赤杰现身。贡赞赤杰出现后，被格萨尔抛出的飞索擒住，他只得向格萨尔投降，并献出所有宝藏。格萨尔王要求贡赞赤杰允诺以后尽力做善事，就放其一条生路。

玉泽敦巴

木雅国国王。梅萨前去木雅国取降妖法物，并试图说服木雅国国王玉泽敦巴不要攻打岭国。玉泽敦巴认为这只是梅萨的妇人之见，并不理睬，反而带领大将岗吉赤杰与北地魔军联手，进攻岭国。失败后，玉泽敦巴被格萨尔活捉。最后，玉泽敦巴决定向格萨尔诚心忏悔、投降。

噶拉耿贡

嘉纳皇帝，权势熏天、富甲天下，因缺少一位皇后而费尽心思迎娶到龙王公主尼玛赤姬。由于噶拉耿贡贪恋尼玛赤姬的美色，因此对其言听计从、有求必应。孰料尼玛赤姬是女妖转世，其后染大病弥留之际欲借死尸复活，并要求噶拉耿贡答应她的条件，说唯有如此他们今后才能常相聚首。尼玛赤姬死后，噶拉耿贡郁郁寡欢不理朝政，终日陪伴尼玛赤姬的尸体。为了遵守对尼玛赤姬的承诺，噶拉耿贡甚至不惜断绝嘉纳与岭国之间的往来，置百姓生死安危于不顾。尼玛赤姬的借尸复活会给整个世间带来空前灾难和浩劫，但噶拉耿贡对此却无动于衷。格萨尔应噶拉耿贡之女阿贡措公主之请来嘉纳降妖伏魔，起初噶拉耿贡并不理解，并为此设置了种种障碍阻止格萨尔降伏妖后尼玛赤姬。格萨尔历经诸多磨难和曲折后，终于降伏并焚化妖后尼玛赤姬的尸体，使百姓免遭劫难。噶拉耿贡也逐渐醒悟并终于明白格萨尔降妖伏魔对于嘉纳的重要性和意义，于是欣然恢复嘉纳与岭国之间的交流与来往。

尼玛赤姬

龙王公主，生得俊美无比，美胜天仙、灿若桃花、丰姿绰约，倾国倾城，后被嘉纳噶拉耿贡皇帝娶回，成为嘉纳皇后。但因其为九个魔女血肉中分化出来，三界神便将其阳寿收回，不久病逝。尼玛赤姬死前吩咐皇帝将她的尸体裹好放入密室，九年后便可重生。格萨尔得知妖后即将重生，便赴嘉纳将妖尸焚烧，断了其重生之路。

阿贡措

嘉纳公主，为嘉纳皇帝与妖后尼玛赤姬所生，心地善良，是非分明，热爱百姓，美丽聪慧，嘉纳七姐妹之一。虽为妖后之女，但当她发现母亲是个魔女，并欲借尸重生后，借去五台山焚香斋戒之名，与其他六姐妹设计飞书传信给格萨尔，将妖后尸体焚烧。此举使得嘉纳百姓免遭灾难和浩劫，增强了嘉岭两国之间的关系。

群体性的人物称呼

岭国三十位英雄

岭国“三十员大将”，又称“三十位英雄”“岭国的三十根栋梁”。

“三十”这个数字，是个泛称，言岭国英雄众多，战将林立，如雄狮虎豹，异常凶猛，举世无敌。在整部史诗《格萨尔》里，三十位英雄没有同时出征的场面。各种手抄本、木刻本，以及艺人说唱本里，三十位英雄的名字也不完全相同。各个说唱艺人所说的三十位英雄，也不尽相同。唯一一次是，三十位英雄同时参加岭国的赛马大会，争夺王位。按照《赛马称王》之部的描写，参加赛马的三十位英雄是：嘉察协噶、绒察查根、森伦惹杰、察香丹玛绛查、嘉洛敦巴坚赞、晁通、巴拉森达阿东、达绒阿努司潘、噶德曲炯贝纳、阿鲁巴森、尼奔达雅、穆姜仁庆达鲁、念察阿丹、曲鲁阿益、达潘、绒察玛尔勒、昂欧玉达、阿格仓巴俄鲁、贡巴吾宜查嘉、米庆杰哇隆珠、吾雅珠吉、东赞郎都阿班、古如坚赞、噶如尼玛坚赞、纳如塔巴坚赞、朗穆卡霞、焦额巴赛达瓦、江赤阿钦、达绒尼玛让夏、噶玉伦珠。

因《格萨尔》的形成过程、传播地区、传唱艺人及同一故事有很多内容不同的版本等等差异，使得《格萨尔》中的岭国三十员大将在一些部本中说法不尽相同。

四大魔王

四大魔王分别是北方魔王鲁赞、霍尔白帐王、姜国萨丹王、门域国辛赤王。

岭国长、仲、幼三系的三位老夫人

岭国长、仲、幼三系的三位老夫人，分别是噶妃、嘉妃、绒妃。

岭国十三位尊贵的夫人

岭国十三位尊贵的夫人，分别是噶妃、嘉妃、绒妃、柔妃、智妃、饶妃、达措、曲珍、索朗曼、班宗、德吉、央桑、次仁娜姆吉等十三人。

岭国最漂亮的七姊妹

岭国最漂亮的七姊妹，分别是珠牡、莱琼鲁姑查娅、晁牡措、娜姆玉珍、卓洛拜噶娜泽、赛措、泽珍。

岭国俊美三兄弟

岭国俊美三兄弟分别是：阿格仓巴俄鲁、达宗俄鲁、申查俄鲁。

岭国四智星

岭国四智星指的是岭国幻术师卡切米玛、卦师衮协梯布、医师贡噶尼玛和星象家拉吾央噶。

姜国三员大将

姜国三员大将分别为玉拉托琚、珠扎白登桂布、蔡玛克杰。

格萨尔十三王妃

岭国格萨尔王的十三王妃分别是森姜珠牡、梅萨绷吉、路朗斯尔乔、阿噶甘通孜、阿东拉吉、贡姜卓孜、尺姜贝孜、娜姆布孜、噶瓦孜姜、吉瓦丹岭、阿姜吉玛、路姜孜玛、娜姆噶孜。

岭国“持宝幢四兄弟”

岭国“持宝幢四兄弟”分别是嘉洛敦巴坚赞、丹玛古如坚赞、噶如尼玛坚赞、纳如塔巴坚赞。

岭国四位大将

岭国四位大将分别是察香丹玛绛查、辛巴梅乳泽、玉拉托琚、森达阿东。

岭国七勇士

岭国七勇士分别是嘉察协噶、森达阿东、察香丹玛绛查、达绒阿努司潘、噶德曲炯贝纳、东曲鲁布达潘、念察阿丹。

岭国两虎豹

岭国两虎豹分别是晁通、阿努司潘。

岭国三婢女

岭国三婢女指的是珠牡两个贴身侍女阿琼吉、里琼吉和梅萨绷吉的贴身侍女玛蕾桂桂。

岭国三大仆人

岭国三大仆人分别是郭达达玉、阿盔塔巴索朗、米琼卡德。

岭国三大神射手

岭国三大神射手分别是察香丹玛绛查、阿达娜姆、唐泽玉周。

岭国“鹞狼雕三猛将”

岭国“鹞狼雕三猛将”分别是穆姜仁庆达鲁（狼）、文布阿鲁巴森（雕）、色巴尼奔达雅（鹞）。

岭国“狮虎熊鹰四英雄”

岭国“狮虎熊鹰四英雄”分别是森伦（狮）、晁通（虎）、森达阿东（熊）、绒察查根（鹰）。

岭国四大遗老

岭国四大遗老分别是绒察查根、森伦、阿青、嘉洛敦巴坚赞。

岭国四公子

岭国四公子分别是文布阿鲁巴森、嘉察协噶、穆姜仁庆达鲁、色巴尼奔达雅。

岭国四叔伯

岭国四叔伯分别是绒察查根、晁通、森伦、拉布朗卡森协。

岭国毅勇二兄弟

岭国毅勇二兄弟分别是甲本赛吉阿干和东本哲孜喜曲。

附录二

《格萨尔》主要部本的内容提要

扎巴老人和桑珠老人以及其他一些著名的《格萨尔》说唱艺人在说唱时，常常用这样三句话来概括史诗的全部内容：“上方天界遣使下凡，中间世上各种纷争，下面地狱完成业果。”也可以概括为：天界篇、降魔篇、地狱篇。

“上方天界遣使下凡”，是指诸神在天界议事，决定派天神之子格萨尔到世间降妖伏魔，抑强扶弱，拯救黎民百姓出苦海。

“中间世上各种纷争”，讲的是格萨尔从诞生到升天的全过程，这一历史，构成了格萨尔的全部英雄业绩，也是史诗的主体部分。

“下面地狱完成业果”，是说格萨尔完成使命，拯救坠入地狱的母亲、妻子，岭国的众英雄，以及一切受苦受难的众生，超度他们的亡灵，功德圆满，然后返回天界。

《英雄格萨尔》就是按照这种结构来编纂的。

这里作为附录，分别介绍了史诗《格萨尔》主要部本的内容提要，有助于读者更好地了解博大精深的史诗《格萨尔》的内容。

天界篇

1.《天界遣使》

在雪域高原，流传着这样一个古老传说：

很久以前，藏族的祖先就生活在这雪山环绕、雄伟壮丽的雪域之邦。人们安居乐业，和睦相处，过着幸福美满的生活。

突然，不知从什么地方刮起了一股罪恶的妖风。这股风，带着罪恶、带着魔鬼刮到了藏区这个和平安宁的地方。晴朗的天空变得阴暗，嫩绿的草原变得枯黄，善良的人们变得邪恶，他们不再和睦相处，也不再相亲相爱。霎时间，刀兵四起，烽烟弥漫。

人们向天祈祷，祈求慈悲的菩萨拯救众生。

天神被众生的虔诚感动了。为了消灭恶魔，天神要为众生做三次降伏恶魔的法事，以求得法王长寿，属民安乐。但是，王室中罪恶深重的奸臣想尽一切办法来阻止降魔法事，因此，降魔法事没有能够完成。

降伏恶魔的良好机缘被错过，恶魔更加猖獗起来，从藏区的边地侵入腹地，一群群妖魔横行无忌，无恶不作，他们吃人肉，喝人血，吞人骨，扒人皮。因此，藏区这个美丽的地方，成了一个苦海；安居乐业的众生，遭到了前所未有的涂炭。

天神看到众生遭受如此深重的苦难，心中大为不忍，决意解除黑头藏民的苦难。在三十三天神境里，父王梵天威丹噶尔和王母曼达娜泽有一个王子叫德确昂雅。德确昂雅和天妃所生的儿子，叫推巴噶瓦。天神认为，应该让推巴噶瓦降生在南赡部洲人世间。他是人间的菩萨，只有他能教化众生，使藏区脱离恶道，众生享受太平安乐的生活。

天神唱道："在难以教化的藏区，雪山环绕的国度里，发了邪愿的鬼魅们，九个王臣在横行！东面有魔王罗赤达敏，南面有魔王萨丹毒冬，西面有魔王古噶特让，北面有魔王鲁赞穆布。"这便是四方四大魔王。天神说："此外还有宇泽威的小儿子，土地魔王念热哇，狮子魔王阿塞琪巴，凶恶的魔王辛赤杰布。世间的妖魔和鬼怪，有形的敌人和无形的恶魔，唆使藏民走向恶道，让众生遭受苦难。能拯救众生的是神子推巴噶瓦，该是他降生人世的时候了。"

初十那天，是天神聚会的喜庆节日，决定在这一天让神子降生，顿时从他的头顶发出一道绿色的光。这光又分作两道，一道射进了法界普贤的胸口，另一道射进了圣母朗卡英秋玛的胸口。从法界普贤的胸口里，闪出一支有五个尖子的青色金刚杵，这金刚杵一直飞到扎松噶维林园里，钻进了天神太子德确昂雅的头顶，天神太子顿时变成了"马头明王"；从圣母朗卡英秋玛的胸口里，闪出一朵十六瓣的红莲花，花蕊上有一个"啊"字。这朵莲花飘呀飘，一直飘到天女居玛德泽玛的头顶，天女变成了"金刚亥母"。

化身为"马头明王"的神太子和化身为"金刚亥母"的天女，双双进入三昧之中，发出一种悦耳的声音，这声音震动着十方如来佛的心弦。十方如来佛将他们的各种事业化作一个金刚交叉的十字架，飞入神子的头顶之中，被大乐之火熔化后，注入天女的胎中。顷刻间，一个威光闪耀、闻者欢喜、见者得到解脱的孩子，被八瓣莲花托着，降生在天女的怀抱中。这孩子一诞生，立即朗声念诵百字真言，念罢，又唱起指示因果的歌曲。

从这一天起，神子取名为“推巴噶瓦”，意为闻者欢喜。

天神给推巴噶瓦灌顶授记。从此，神子推巴噶瓦就具备了举世无双的无量功德，只待降生人间，降妖伏魔，造福百姓。

2.《郭岭之战》

艺人们在讲述格萨尔故事的时候，有不同的讲法，有的先讲格萨尔诞生之前岭部落与郭部落的战争以及他们之间结下的冤仇，然后再讲格萨尔诞生的故事。有的艺人则把这段故事放在《英雄诞生》之部来讲述。本书把这两种不同的部本都编辑在一起，供读者参考。

天神之子推巴噶瓦为了降临人间做雪域之邦黑头藏民的英主，必须投身为龙王和念神之子。为此目的，白玛陀称祖师到龙宫迎请龙王邹纳仁庆最小的公主梅朵娜泽投生到人世间，寄托到郭然洛敦巴坚赞，为了平息郭部落与岭部落之间的战争，将龙女梅朵娜泽嫁到岭部落的头领森伦家。

郭部落与岭部落，从很久很久以前就作为邻国，友好相处，往来频繁，从未发生争斗。郭部落这个白色善业昌盛的地方，忽然遭到黑色恶业的侵扰，擅长咒术和法术的邪教大咒师贡巴然杂，他心生恶意，为了挑起部落之间和父辈们之间的矛盾纠纷，给郭然洛敦巴坚赞降下邪恶预言，告诉他郭部落作为放生物在山谷里放牧的神畜和龙畜全被岭部落的人偷走，让他发兵去追讨。同时他用法术将山谷里所有的神畜和龙畜都隐藏起来，使郭部落的人更加相信他的“预言”。然洛敦巴坚赞怒不可遏，立即命令自己的长子朗杰扎巴率领自己部落的兵马攻打岭噶布部落。岭部落毫无防备，被打得落花流水，损失惨重。

岭部落的人立即进行反击，达绒部落首领晁通呼唤马头明王、崴色达拉等三百六十位本教护法，向郭部落念诵咒语，投放秽物，郭部落所有地方发生了山摇地动、岩石崩塌等很多凶兆，贡巴然杂身上的羽毛也被烈火烧焦，岭国英雄阿登和尼奔达雅等人打败了郭部落的达拉赤赞、旺钦扎巴、杰色拉赞等人。到了这时，然洛敦巴坚赞才明白贡巴然杂的所谓“神谕”是假的，是他恶意挑动两个部落的争斗。双方打来打去，杀来杀去，死了很多人，造成很大损失。双方都感觉到这种争斗毫无意义，毫无必要，对双方都没有好处，希望通过友好协商，达成和好协议，双方停止战争，恢复过去那种和平友好的关系。

但是，贡巴然杂玩弄各种阴谋，施用各种法术，不让双方协商成功，郭部落的兵马再次入侵岭部落，双方再启战端。郭部落的王子朗色扎巴、丹增多杰和巴色玉桂三人带兵冲入达绒部落，把整个部落切割成三个部分，打得人仰马翻，死伤无数，活捉了晁通长官，用牛毛绳将他捆绑得像一个线团，押送到郭部落。途中，被达绒娘察阿登救回去，还打死了王子尼玛扎巴。

不久，贡巴然杂幻化为四个非常美丽的姑娘，来到达绒部落，色诱晁通长官，将他骗到郭部落监禁，用严刑拷打，强逼他投靠郭部落。晁通禁不住拷打和折磨，向郭部落表示投降效忠，于是被放回岭部落。但是，晁通叛变投敌的事，很快被岭部落的人知道，他与贡巴然杂商定的阴谋未能实现，岭部落也没有遭受什么损失。之后，双方又发生多次战斗，有重大损失，郭部落的朗杰扎巴和岭部落总管王绒察查根的儿子琏巴曲杰两个人都战死沙场。战争持续达三年之久，双方都是自损损人，损失极大，没有能力把战争坚持下去，处于休战状态。

这时，为了把龙王邹纳仁庆的公主梅朵娜泽迎请到人世间，白玛陀称祖师向大海投放秽物，使得龙宫里发生了从未有过的瘟疫，有人头痛，有人手脚发麻、失去知觉，有的变成跛脚、瞎子、哑巴、聋子，整个龙宫大为震惊，龙王让王子纳噶然杂去拜会多杰恩协上师，请他打卦占卜，怎样才能消除这从未有过的灾难。王子在途中巧遇羊卓地方的益西拉措姑娘，他们一见如故，玩得很开心，姑娘为王子指路，帮助他找到上师，这也许也是天意。上师告诉他，若要消除龙宫里的灾难，必须请白玛陀称祖师到龙宫。

王子艰苦跋涉，忍饥挨饿，昼夜步行，走了十三天，到达东方夹桂鹏布地方，拜见白玛陀称祖师，向他禀报龙宫里发生的灾难，请教消灾除难的办法。白玛陀称祖师允诺他有消除龙宫里的灾难的办法，但是，作为报酬，要把公主梅朵娜泽送到人间，寄托到郭然洛敦巴坚赞家，作为他的干女儿。

公主梅朵娜泽带着龙宫里非常珍贵的宝贝来到郭部落。两个月之后，白玛陀称祖师又给岭部落的森伦降下授记，要起兵威胁郭部落，逼迫他们把龙女迎请到岭国。与此同时，然洛敦巴坚赞也得到天神预言，要他把龙宫里的宝贝连同龙女，一起送给岭部落。这是天意，不要舍不得。

从此郭部落与岭部落消除战争造成的隔阂、矛盾和仇恨，友好相处。给龙女取名为郭妃娜姆，后来成为英雄格萨尔的生身母亲。

3.《英雄诞生》

传说很久很久以前，在北方极地和天湖之间，草木茂盛，猛兽遍布。在一个峡谷中间，有一块黑色巨石，状如牦牛，巨石下压着铁蝎子三兄弟，兄弟三人一个咬着一个的尾巴，环抱在一起，谁也摆脱不了谁，痛苦万分。一天，从东方五台山来了一位金刚，看见巨石下的蝎子三兄弟，顿生怜悯之心，把铁杵扔过去，巨石立即被击得粉碎。三个蝎子得救了，它们感到十分喜悦，立即对天神祈祷，又希望从此获得解脱。但是，由于它们前世罪孽深重，又转世变成了九个头连在一起的雪猪子，形状丑陋，行动不便，惨不忍睹。

在三十三天界居住的天神看见后，认为这是不吉利的征兆，立即挥动水晶宝剑，将雪猪子的九个头齐刷刷地斩断。它们立即变成四个黑头，三个红头，一个花头和一个白头。四个黑头滚下坡时，向天祈祷：我们是恶魔的精灵，但愿来世能变成白业善法的仇敌，世界的主宰。这四个黑头，后来果然变成北方魔国的鲁赞王、霍尔国的白帐王、姜国的萨丹王、门国的辛赤王，被称作“四大魔王”。

三个红头先是滚下山坡，第一个头又滚到丘陵地带，后来转世成为辛巴梅乳泽；第二个头又滚上山，变成禅师桑结嘉；第三个头后来转世成霍尔国的唐泽玉周。那个花头滚得很远，边滚边祈祷：但愿来世能投生在一个白业善法昌盛的地方。后来他降生在岭国，叫切喜古如，但未能成就大业。

最后一个白头将一把黄花抛向天空，虔诚祈祷：但愿来世能变成降伏黑魔的屠夫，拯救众生的上师，主宰世界的君王。他的善心感动了上苍，成了威震四方、名扬天下的英雄——格萨尔。

在那位于南赡部洲中心东部、雪域之邦所属的朵康地区，有个土地肥沃、百姓富裕的地方，人们叫它岭噶布，意为美丽的岭地。岭噶布又分上、中、下三部。上岭地域宽阔，雪山巍峨，风景秀美，草原上花红草绿，色彩缤纷。中岭丘陵起伏，常被薄雾笼罩，像仙女头上披着薄纱。下岭平坦如冰湖，在阳光下反射着夺目的银光。岭噶布的前边，群山陡立；岭噶布的后边，峰峦蜿蜒。各个部落的帐房如群星密布，牛羊如天上的云朵。岭噶布真是个辽阔富庶、景色如画的好地方。

但不知从什么时候起，接连的噩兆和不祥的梦境，使穆布董氏的先祖曲潘纳布不得不召集各部煨桑祭神。当他们正在煨桑之时，一个闪耀着彩色光晕的红色匣子出现在曲潘纳布等人面前，所有人见之叩头跪拜，曲潘纳布打开匣子，获得无上的神之预言书：岭地将诞生一位神子。岭地上下一片欢喜。

郭部落与岭部落，从很久很久以前就作为邻居，友好相处，往来频繁，从未发生争斗。郭部落这个白色善业昌盛的地方，忽然遭到黑色恶业的侵扰，擅长咒术和法术的邪教大咒师贡巴然杂，他心生恶意，为了挑起部落之间和父辈们之间的矛盾纠纷，给郭然洛敦巴坚赞降下邪恶预言，告诉他郭部落作为放生物在山谷里放牧的神畜和龙畜全被岭部落的人偷走，让他发兵去追讨。同时他用法术将山谷里所有的神畜和龙畜都隐藏起来，使郭部落的人更加相信他的“预言”。然洛敦巴坚赞怒不可遏，立即命令自己的长子朗杰扎巴率领自己部落的兵马攻打岭噶布部落。岭部落毫无防备，被打得落花流水，损失惨重。

岭部落的人立即进行反击，达绒部落首领晁通呼唤马头明王、崴色达拉等三百六十位异教护法，向郭部落念诵咒语，投放秽物，郭部落所有地方发生了山摇地动、岩石崩塌等很多凶兆，贡巴然杂身上的羽毛也被烈火烧焦，岭国英雄阿丹和尼奔达雅等人打败了郭部落的达拉赤赞、旺钦扎巴、杰色拉赞等人。到了这时，然洛敦巴坚赞才明白贡巴然杂的所谓“神谕”是假的，是他恶意挑动两个部落的争斗。双方打来打去，杀来杀去，死了很多人，造成很大损失。双方都感觉到这种争斗毫无意义，毫无必要，对双方都没有好处，希望通过友好协商，达成和好协议，双方停止战争，恢复过去那种和平友好的关系。

但是，贡巴然杂玩弄各种阴谋，施用各种法术，不让双方协商成功，郭部落的兵马再次入侵岭部落，双方再启战端。郭部落的王子朗色扎巴、丹增多杰和巴色玉桂三人带兵冲入达绒部落，把整个部落切割成三个部分，打得人仰马翻，死伤无数，活捉了晁通长官，用牛毛绳将他捆绑得像一个线团，押送到郭部落。途中，被达绒娘察阿登救回去，还打死了王子尼玛扎巴。

不久，贡巴然杂幻化为四个非常美丽的姑娘，来到达绒部落，色诱晁通长官，将他骗到郭部落监禁，用严刑拷打，强逼他投靠郭部落。晁通禁不住拷打和折磨，向郭部落表示投降效忠，于是被放回岭部落。但是，晁通叛变投敌的事，很快被岭部落的人知道，他与贡巴然杂商定的阴谋未能实现，岭部落也没有遭受什么损失。之后，双方又发生多次战斗，有重大损失，郭部落的朗杰扎巴和岭部落总管王绒察查根的儿子琏巴曲杰两个人都战死沙场。战争持续达三年之久，双方都是自损损人，损失极大，没有能力把战争坚持下去，处于休战状态。

这时，为了把龙王邹纳仁庆的公主梅朵娜泽迎请到人世间，白玛陀称祖师向大海投放秽物，使得龙宫里发生了从未有过的瘟疫，有人头痛，有人手脚发麻、失去知觉，有的变成跛脚、瞎子、哑巴、聋子，整个龙宫大为震惊，龙王让王子纳噶然杂去拜会多杰恩协上师，请他打卦占卜，怎样才能消除这从未有过的灾难。王子在途中巧遇羊卓地方的益西拉措姑娘，他们一见如故，玩得很开心，姑娘为王子指路，帮助他找到上师，这也许也是天意。上师告诉他，若要消除龙宫里的灾难，必须请白玛陀称祖师到龙宫。

王子艰苦跋涉，忍饥挨饿，昼夜步行，走了十三天，到达东方夹桂鹏布地方，拜见白玛陀称祖师，向他禀报龙宫里发生的灾难，请教消灾除难的办法。

白玛陀称祖师稍待片刻，便和王子来到了玛哲湖的龙宫，见龙宫内外的病龙们，一个个东倒西歪，龙角在背后乱动，龙尾在下边摇摆不停，呻吟之声犹如雷吼，痛苦号叫，不绝于耳。在龙城的玻璃宫顶上，龙太子勒巴恰贝也病得像釜中的游鱼一样，焦躁不安。白玛陀称祖师看罢，心中大为不忍。来到龙宫的金座上坐下后，龙王邹纳仁庆亲自捧着盛满精良果品的红珍珠碟子，又献上甘露香茶，对白玛陀称祖师说："今世和来世的大恩救主啊，大驾降临，我们不胜感激！请您快救救我们龙族众生吧。"

白玛陀称祖师说："俗谚道：'天高可搭梯子，地低可挖地道，硬的石崖用凿子凿，流水上面造船搭桥。'病总是能治的，但你们打算用什么做礼品呢？"

"请祖师明示。"

祖师说："请备办各种甘露、木料和各种净水；黄色的金、白色的银、红色的铜、绿色的松耳石、透明的水晶；威武的狮子、如意的黄牛、凶猛的牦牛、白色的绵羊和矫健的山羊；还要洁白无垢的桌单、右旋的白螺、花瓣丰满的白莲花、白色的三节神箭。明天一早，将病龙们集合在青草滩上，我自有办法调治。"

第二天一早，在碧绿的草滩上，病龙们跛的背着、瞎的引着、瘸疾的扶着，剧痛的鼓着勇气，有伙伴背的背着，无伙伴背的爬着，早已来到草滩上。

白玛陀称祖师建起了名为"圣者狮子怒吼"的坛场，将除污秽的用品，用陀罗尼咒加持之后，在五种宝瓶里，灌满了五种动物的奶汁，掺上植物药水，以果木之烟，用仙草蘸着五种净水，洒在供物上，又念起除秽经文。没过多久，病龙们立即得到解脱，跛的跳起舞、哑的唱起歌、瞎的能见佛面、聋的能听法音。喜得龙王邹纳仁庆连连说道："该怎样酬谢祖师呢？该怎样报答祖师的恩德呢？"

龙太子看着金宝座上的白玛陀称祖师，向父王禀道："祖师对我们的恩德太大了，就是用珠宝充满三千世界，也是应该的。但是，祖师是不会接受我们许多礼物的，就献上些区区礼物，表表我们的心意吧。"龙太子遵照母后旨意，给白玛陀称祖师献上了酬礼：如意宝珠十三个、祛暗宝珠十三个、祛暑宝珠十三个、琉璃饰品八十驮、黄金十五大升，还有珍珠念珠。

谁知祖师不看酬礼时还满面春风，一看礼物脸上顿时阴云密布："你们这个龙族部落，难道不懂得知恩报恩吗？"

一看祖师动怒，慌得龙王赶快上前："礼物太轻了，大慈大悲的祖师啊，请您不要动怒，您希望我们用什么酬报您，您怎么说就怎么办。"

"既然这样，把您的夫人德噶娜姆叫来见我，我有话对她说。"

龙王和龙子龙孙们一听，吃了一惊：啊！祖师怎么会说这样的话呢？这下德噶娜姆的贞洁怕是保不住了。可祖师要请，只能照办。

龙王将王后领到白玛陀称祖师面前后，祖师吩咐大家都出去。所有的龙，特别是龙王邹纳仁庆，心神不安地走了出去。

白玛陀称祖师对德噶娜姆说："你们龙族回报我恩情的礼物实在太少太少，甚至连香甜可口的食物和美貌的女子都没有。那些花花绿绿的松石和黄澄澄的金沙，不过只是一些荒野上无主又无用的石头而已，吃又吃不得，穿也穿不上。我想要的谢礼是你龙宫有的，但是不知你们是否肯给？"

"那当然，只要宫中有，上师尽管拿去就是。"德噶娜姆战战兢兢地回答着。

"听说你家有几位公主名声很大，能献上一个给我吗？"

一句话把王后羞得不知如何是好，只答了声"是"就退了出去。

王后十分羞涩而又为难地把白玛陀称祖师的要求一说，龙王心里暗暗叹气：这位骚祖师，好不知羞。看来，这事不答应是不行的。可是，龙王为难了，三个公主中，大公主郭琼噶姆，已经许配了北方夜叉王噶堪的公子；二公主卡察鲁姆措，已经许配了嘉纳的哈米巴扎王；只有三公主梅朵娜泽尚未许配人家。可她长得太难看了，祖师肯定不会要她。怎么办呢？龙王急得团团转，一些足智多谋的龙大臣商议后，给龙王献计道："这位祖师，好似那长颈大雕，无疑要落在死牛身上；又像那长爪豹子，肯定要寻找死狗尸体。我们何必局限于三位公主呢？我们可以在龙族中多挑几个眉清目秀、体态优美的女子，献给祖师，供他挑选。"

龙王一听大喜，立即选了四个女子连同三位公主一同打扮起来。六个美女头上佩着如意宝珠，身上穿着绫罗绸缎，打扮得像春天的新竹、夏天的花朵、秋天的满月，只有三公主梅朵娜泽肤色绀青，身材矮小。

七个女子被送到祖师面前。六个美女个个忸忸怩怩，局促不安。白玛陀称祖师左看右看，指着梅朵娜泽对众龙说："这个女儿杏眼桃腮，长得真好。俗谚说：'过美离群，过饱回吐。'这个女子美得恰到好处。"

祖师的一番话，直笑得老婆子心肺震荡，老头子昏厥过去，壮年人肝肠发痛，年轻人眼珠充血。

祖师并不管众人怎样发笑，只是要龙王答应把梅朵娜泽送给他。龙王点头应允后，白玛陀称祖师又提出要求："那么，你要给她三件东西做嫁妆：一是绿帐房'唐雪恭古'；二是十六包大般若波罗蜜多经；三是龙畜绿角乳牛。"

龙王应承下来要给龙女的嫁妆，可就是有点舍不得女儿。他对梅朵娜泽说道："为了使龙国平安，解除病痛，父王我不得不忍痛答应用女儿你做谢礼。俗话说'只有鹫鸟才会老死在巢中，女子没有老在父亲家'。你离家而去乃是世情与本分。我的女儿呀，无论你要什么样的嫁妆，父王都会满足你！"

梅朵娜泽是一个有灵性的女子，她向父王表示感谢，她知道命里注定自已要担负一项重要的使命。

第二天一早，龙族宫中所有宫妃与大臣全部一起出行，为龙女送行。

殊胜的因缘已经缔结，白玛陀称祖师也异常高兴。所谓“以供物使上师满意，加持力也就越大；用嫁妆使新娘满意，则父母之心越安宁”。白玛陀称祖师为龙界祝福，愿从今以后，永无病魔之苦。

龙女梅朵娜泽与父王、母后以及众姐妹洒泪告别，跟随祖师浮海而去。

白玛陀称祖师带着龙女梅朵娜泽来到雪域之邦，这是世界上最高、最圣洁的地方，心想，应该先找个施主把这女儿托付与他，便问龙女的心意如何。龙女见祖师要为自己择夫，心中茫然不知所措，一时竟不知该如何回答，心里暗自思量：怎么，祖师又不要我了呢？

见龙女摇头，白玛陀称祖师脱下帽子说：“你的去处，我为你占一卦吧。”说着，将帽子抛向空中，只见那帽子在然洛敦巴坚赞的帐房上面化作一团红光，落了下去。白玛陀称祖师已于神通照见了，知道帽子落到了然洛敦巴坚赞的家中，便对龙女说：“喏，红光闪现处，就是你的夫家。你暂去那里居住，三年之后我再派传承人来找你。”说罢，祖师化作一道白光，腾空而飞，来到敦巴坚赞的帐房前。

也就在头一天夜里，敦巴坚赞得到一个奇异的梦兆，他梦见一个白人，有光团围绕，手中抱着一个甘露瓶交给他，说道：“明天一早若有人到你门前，无论他说什么你都要答应下来，这样你就能得到很大的福报。”

说完那白人便消失不见了。敦巴坚赞醒来以后非常高兴，遂急急忙忙起身，穿戴整齐，在门口观望。

不一会儿见到一个器宇轩昂的法师打扮模样的男子，他后面跟着一位牵着犏牛的年轻貌美女子，牛背上还驮着很多东西。这样看来有些像梦境预言，又有些不像，他想知道是不是昨夜梦中预言的贵人，便上前问道：“两位远方来的客人呀，你们这是从哪里来？要到哪里去呀？犏牛背上驮着的可是什么？请在这里坐坐，我们闲谈一会儿吧。”

白玛陀称祖师回答道：“我们从牛尾洲来，要到牛尾洲去。此行是为了众人无上的事业而来，也是为了你然洛敦巴坚赞而来的。”

然洛敦巴坚赞非常痛快地就答应道：“很好！有句谚语说得好：‘灿烂的草坪福报好，不请蜜雨客自来；春季三月福报好，不请杜鹃客自来；宽广水田福报好，不请南云客自来；敦巴坚赞福报好，不请龙女客自来。”

白玛陀称祖师听完点头说好，又嘱咐了一些好好待她的话，便化成一道白光，往天空而去。

龙女在郭部落住了两个月，神子要求的所有条件都已准备完全。一切安排妥当之后，白玛陀称祖师又回到神子推巴噶瓦身边，训诫他要以自己的使命为重。神子最终答应下凡。于是天神给推巴噶瓦灌顶授记。从此，神子推巴噶瓦就具备了举世无双的无量功德，只待降生人间，降妖伏魔，造福百姓。

公主梅朵娜泽带着龙宫里非常珍贵的宝贝来到郭部落。两个月之后，白玛陀称祖师又给岭部落的森伦降下授记，要起兵威胁郭部落，逼迫他们把龙女迎请到岭国。与此同时，然洛敦巴坚赞也得到天神预言，要他把龙宫里的宝贝连同龙女，一起送给岭部落。这是天意，不要舍不得。

琏巴曲杰之死传到正在外出打猎的嘉察协噶耳中，嘉察听说后，快马加鞭返回岭国，执意要为兄长报仇。而这时郭岭两国的征战也到了最关键的时刻。郭部落只剩下有龙王和厉神保护的然洛敦巴部族，但岭人前去讨伐时，晁通事先告密，该部落的人全都逃跑了。正当大家进退两难的时候，老总管让森伦算一卦。森伦因地就简，用箭卜上一卦，卦象显示“再过一顿饭工夫，美女和宝物唾手可得”。

正如梦境和卦象显示，森伦和龙女在郭部落如期举行了隆重的婚礼。从此郭部落与岭部落消除战争造成的隔阂、矛盾和仇恨，友好相处。给龙女取名为郭妃娜姆，后来成为英雄格萨尔的生身母亲。

岭地老总管绒察查根就住在上岭一个名叫“莲花日出”的小屋里。他被称作智慧老人，岭地三十位英雄他为首，岭地三十个头人他领衔，岭地三十个掌权者他为冠。

这一天，总管绒察查根早早地就睡下了，睡得又香又甜。没有多大工夫，他好像觉得天亮了，东面的玛杰邦日雪山顶上，出现一轮金色的太阳。这太阳光照亮了整个雪域之邦。在那太阳的正中间，有一杆金子做的金刚杵。突然，金刚杵向下飞来，落在岭地中部的神山吉杰达日顶上。太阳还高高地挂在天上，月亮又升起来了。这月亮好像也和往常的不一样，在曼阑山的山顶上，被众星围绕着，光辉照射在周围的神山上。日、月、星辰同时显现，这是非常吉祥的征兆。弟弟森伦王手中拿着一把白绸做顶、绿绸镶边、黄绸做流苏、金子做把的大伞，从遥远的天际走来。他手里那把伞，覆盖着西方大食国邦合山以东、东方嘉纳的战亭山以西、南方嘉噶的日曼以北、北方霍尔的运池湾以南的广阔地方。西南方天空里的一片彩云上，一个戴着莲花冠的上师骑着一头白狮子，右手拿着金刚杵，左手拿着三叉戟，由一个身着红衣、头戴骨头饰品的女子引导着。他一边走，一边对绒察查根说：“总管勿睡快起身，普陀落山太阳升，若要日光照岭地，我唱支歌你来听！”告诉他岭地将有空前未有的大喜事降临。绒察查根刚要问个仔细，那上师和女子飘然而逝，太阳、月亮和星星也都隐去，急得他大叫起来，方知刚才是做了一场梦。

绒察查根从梦中惊醒后，只觉得浑身非常舒服，心情十分愉悦，头脑也异常清醒，梦中所闻所见记得明明白白。他立即大声呼唤仆人，赶紧去召集岭地三部落的头人来聚会圆梦。

大家认为，这梦是以往祖宗三代没有听说过的，是岭地的子孙三代难以得到、青天难以覆盖、大地难以容载的，预示着一位英雄将诞生在岭地，黑头藏人一定能够得到前所未有的吉祥安乐。

与此同时，睡在名为“腾学公古”大帐房的嘉洛敦巴坚赞也得了一梦，天神给他预言。后来他的女儿、岭地最美丽的姑娘珠牡，便成了英雄格萨尔的妃子。

人们兴高采烈地准备着，准备迎接在岭地诞生的大英雄。

不久后，森伦将龙女梅朵娜泽带回岭国，从此龙女被唤名“郭姆”。然而好景不长，郭姆受到嘉妃和晁通的排挤，森伦只好将郭姆安置在蛤蟆山后面的小帐篷里。一天，郭姆在草原上牧马时打了个盹儿，梦境里无限光明：一位英俊威武的天神，身穿白衣，骑着白马，在众神的簇拥下来到自己面前，进入到自己腹中。醒来后，郭姆感到身心愉悦，神情安宁。

到了虎年腊月十五日这天，郭姆自觉与往日不同，身体变得像羊毛一样绵软，内外通透，无所障蔽。不多时，毫不痛苦地生出一个约有三岁大小、灵性非凡、人见人爱的婴儿，同时还有其他兄弟从郭姆的不同部位生产出来。白玛陀称祖师和众天神即时显现空中，给婴儿做了灌顶和洗礼。在这同时，天空中雷声轰鸣，降下了花雨，郭姆的帐房被一团彩云所笼罩，出现了很多吉祥的征兆。

哥哥嘉察过来抱起孩子，看了又看，心中非常高兴，说：“真是可喜可贺呀！今天才算了却我的心愿，我也有弟弟了。他今天刚生下，就已经长成三岁孩子的体魄。穆布董氏的家族中，白色的狮子用乳汁喂养、大雕用翅膀孵育的神变之子，已经生了许多，现在又生了这个在母胎里就已经六艺俱全的金翅鸟一样的孩子。”可能是由于前世的缘分吧，这刚刚诞生的神子，见了嘉察，猛然坐起，神采飞扬，显得非常高兴，并对嘉察做出各种亲热的动作。嘉察把自己的脸贴在孩子的脸上：“常言说得好，两兄弟在一起，是打败敌人的铁锤；两匹骡马在一起，是发财的基础。我弟兄二人，无论做什么事，都不愁成功不了。我的这个弟弟，暂时起个名字，就叫他觉如吧。”说罢把孩子交给梅朵娜泽，并嘱咐她：“从今以后，要以绸缎和牛奶、酥油和糖三种素食将他好好养育。”

觉如的诞生，让岭地六部民众心中充满希望，只有达绒部落的晁通十分嫉妒，怒火中烧。他认为在岭国，长、仲、幼三系本无上下之分、强弱之别，自从嘉妃生下嘉察，加强了森伦的权势，幼系力量日渐强大，与长系色巴、仲系文部联成一体；现在梅朵娜泽又生下觉如，其外祖父是龙王，母亲是龙女，可以召唤龙神，现在若不下手除掉他，将来后患无穷。想罢，便带着拌有剧毒的酥油团子、蜂蜜和蔗糖等，到郭姆的帐房贺喜。晁通看着觉如把东西大口大口吃下去，还大声说“好吃！好吃！”自以为得意，心中窃喜。殊不知觉如早用风力将毒药化为一道黑气，顺着指头缝排解出去了。

晁通一计不成，又请来一位专能勾夺众生灵魂的黑教术士贡巴热杂。但贡巴热杂来到觉如的帐房时，觉如抛出四个石子，变幻出九百个白甲人、九百个青甲人、九百个黄甲人和九百个空行神兵，把他团团围住，吓得他扭头就跑，逃回自己修行的山洞，觉如用神力紧追其后，用一块牦牛大的盘石堵住洞门。为了炸开洞门、炸死觉如，他抛出了每日、每月、每年的全部供品，没想到反被觉如掷回，把自己炸成粉末。

觉如除掉贡巴热杂，马上变成他的样子，前往晁通家要那根名叫“姜噶贝噶”的手杖。这是鬼神的宝物，是天上的魔鬼献给象雄异教贤人的，据说把它和供奉求福的彩箭绑在一起，任何人也不能撼动。晁通听到觉如已死，异常高兴，但听到术士要他家的宝物魔杖，则十分不舍。贡巴热杂暗示，如果不给，就把害死觉如的事报告总管王和嘉察，那样自己就没有活路了。心一横，就给了他。

第二天，晁通越想越怀疑觉如是不是真的死了，就来到黑术士的修行洞一探究竟。只见洞门被大磐石堵住，贡巴热杂死了，手杖就在他身边。晁通立刻变成一只老鼠，钻进去取宝贝手杖。到了洞里，手杖突然不见了。晁通念起咒语，把头变了回来，还是看不见；再念咒语想把身子变回来，或把头变回老鼠，都失败了。

觉如来到洞口，看见人头鼠身的晁通，假作不知，声称要把怪物弄死，吓得晁通立刻招供，并发誓以后不使坏心，不在岭国内部争斗，觉如才让他还了人身。晁通见害不成觉如，自己反倒险些丧了性命，知道不是觉如对手，又不甘心这样失败，每日里叹息不止，策划着新的阴谋。

一场争夺岭国王位的斗争，悄然开始了。觉如长到五岁时，想要外出闯自己的天下。一天，他给自己做了顶黄羊皮帽子，羊角高高镶在上面；用牛皮做了件破衣服，牛尾巴长长地拖着；一双红色马皮靴子，马兰草根倒缝在靴子上，既难看又令人恐怖。他又把住地变成肉山血海，装成食人肉喝人血、拿人皮当地毯的样子。人们都说他变成了魔鬼，但没人奈何得了他。岭人聚会商议，决定占卜问天。卦辞显示应把他驱逐到黄河边的玛域地区。觉如把母亲打扮得像初升太阳般美丽，自己仍是那个令人厌恶的模样，骑着姜噶贝噶手杖，母子俩到了玛麦玉隆地方。从此，觉如在玛域施展神威，把玛域治理得井井有条，异常美丽；同时建起了豪华的“狮龙宫殿”，等待时日将岭人迁来居住。

4.《丹玛青稞宗》

火龙年的某一天，得到天神启示，总管王绒察查根认为开启粮食中的精华——青稞“央”的时机已经到了，为了与觉如商量，就前往下黄河滩去。具有灵性的少年觉如，知道总管王要来找他商量事情，本应热情款待，但他故意恶作剧，他以幻化之身，到外地暂时躲避，不见总管王，请妈妈在家接待。

觉如用幻化之术，拿一根老犏牛的肋骨，一只前腿，一只后腿，告诉妈妈，要用这三样东西招待总管王，帐篷里有一只老绵羊，觉如活生生地将它的皮剥下来做垫子。有一头老牦牛，把它的尾巴也揪断了。看到这种情况，阿妈感到非常心痛，也非常为难，觉如把犏牛和绵羊杀了，以后我们母子俩靠什么生活呀！觉如劝阿妈不要难过，告诉她，以后的日子还是会有办法的。

阿妈照觉如说的，煮肉，熬茶，迎接总管王。总管王对觉如说：按照《岭国穆布董氏预言授记》，现在应该去降伏丹玛部落的青稞宗。母子俩认真商量怎样去降伏青稞。这时，晁通得知总管王到下黄河滩去找觉如。晁通心想，总管王亲自到下黄河滩去找觉如，一定有什么重要的事情，我一定要弄清楚。立即骑着骏马“帕瓦昂纳”闪电一般前往下黄河滩，在中黄河滩的三岔路口，遇到总管王，总管王告诉晁通，降伏丹玛青稞宗的时机已经到了，但觉如非常怕你，不敢去降伏，你们叔侄俩好好商量一下。晁通听了，非常得意，立即到觉如家里去。觉如和他的阿妈都装出非常害怕晁通的样子，晁通就得意忘形，欺负他们母子俩，说粗话骂他们，还动手打他们，小觉如被激怒，起身与晁通搏斗，晁通自知不是觉如的对手，立即变换一种面孔，好言好语讨好觉如，请他不要发怒，然后将丹玛部落赤噶的寄魂物蓝宝石献给觉如，为降伏青稞宗做准备。

叔侄俩一同前往丹玛部落。他们两个人都知道，要降伏青稞宗，先必须得到在总管王手里的扎拉王子的神箭。叔侄俩打赌，我们分头走，谁先到总管王家，神箭就归谁所有。觉如用幻术率先到达总管王家，获得神箭。

晁通和觉如一起来到丹玛部落，途中，垒起三脚灶烧茶时，三块石头突然瞪起眼睛，张大嘴牙，咬牙切齿，鼻孔里冒毒气，吼叫声震耳欲聋，飞向天空，烧茶的铁锅也被掀翻。晁通运用法术，飞上飞下，但就是抓不住那三块垒灶的石头，觉如也运用法术，令天空的飞鸟将空中所有的风力都集中起来，吹到晁通肚子里，晁通的力气大增，终于降伏了那三块石头，烧了一顿茶。

叔侄俩继续前行，为了吃饭，上山去打猎，遇到一头野牦牛，晁通逞能，骑到野牦牛身上。牦牛发怒，用牛角将晁通挑起，扔在一个大坑里。觉如来相救，用抛石器打死了那头野牦牛，又从坑里救出晁通。

第二天，叔侄俩走到一个大坝子，有一个两岔路口，不知应往哪边走。晁通说他要走大路，觉如只好走小路。晁通路上遇到一只梅花鹿，他想把鹿射死，却不料从峡谷里跑出一只可怕的大狗熊，他拼命地跑到觉如跟前。觉如优哉游哉地牵着一只母狐狸和一只小狐狸。晁通本性与狐狸相同，一见到狐狸母子俩，就特别喜欢，让觉如送给他。觉如说：这两只狐狸不能白给你，要用穆布董氏传家两枚印章交换。晁通喜欢狐狸，也没有想很多，就答应了。

又走了一天，来到罗刹居住的森姆柏噶地方，叔侄俩降伏了罗刹昂纳宗梅，让他作为岭噶布部落的护法神，并取名为明久丹巴拉达。

叔侄俩终于来到丹玛部落，晁通独自一人跑去，自称是丹玛拉雅国王赤噶杰布的亲戚，但他身上没有任何东西能够证明他的身份，国王拒绝会见晁通。正在晁通为难之时，觉如到了，他拿出穆布董氏传家的两枚印章，证明自己是穆布董氏的继承人，会见了丹玛部落的国王。这时，晁通才明白自己上了这个小觉如的当，贪小利而吃了大亏，受这么多苦，跑这么远的地方，却不能证明自己的身份，一无所获。

丹玛拉雅国王的公主梅朵鲁古是一位善良的人，她帮助觉如，将母后心爱的猴子给了觉如。母后非常喜欢那只猴子，想向觉如要回来，但觉如不给，提出要用宝物交换。王后不得已拿能够开启莲花山上青稞宝库的七颗宝物来交换。觉如用这七颗宝物，诵经祈福，打开了青稞宝库，获得了世上非常珍贵、黑头藏民非常需要的青稞的“央”。从此，在雪域之邦青稞繁衍发展，直到现在，成为藏民的生活必需品。

叔侄俩将丹玛部落收为岭国的属地，在那里弘扬白色善业。觉如又回到黄河滩母亲身边。

5.《赛马称王》

觉如在玛麦玉隆松多住到阳火虎年，阿尼玛沁山神降下预言，让他变作马头明王，通知达绒家的阿努司潘攻取察瓦绒箭宗，取得雕翎箭，以为日后岭国征服强敌准备物质条件。岭地在总管王统领下，擒杀了察瓦朗拉王和鲁萨绷玛等魔臣后，觉如现身，提议由达绒长官晁通开启箭宗之门。十五这天，岭地将士们来到藏有神箭的喜日拉孜白石岩，煨桑祈祷，晁通一箭射中白岩石正中央，霎时间，插有金银玉珊瑚铜铁海螺等各种箭尾的神箭，从山洞里哗啦哗啦地涌出来，岭国官兵们惊喜万状，各人尽力扛起一大捆，在一个宽敞的地方，堆得像山一样高。

觉如转眼长到十二岁，一天，他奉天界姑母朗曼噶姆之命，变成一只乌鸦，冒充马头明王给晁通降下预言，要他出面主持岭地六部落会议，以王位、七宝和最漂亮的姑娘森姜珠牡作为彩注，举行赛马大会，并说他家的玉佳马将是赢主。晁通深信不疑，立刻召集岭地三十位英雄兄弟开会，总管王提出应在十五开个预备会。

寅月十五这天，晁通主持召开赛马预备会。他说赛马是为了岭地的利益，得胜的机会人人平等。总管王强调，王位、七宝和珠牡作为彩注，没有不合适的地方，但必须让岭部落的所有人都知道，时间最好是在五、六月间，有意让觉如有机会参加。嘉察更明确提出得有弟弟觉如参加。至于日期和路程，大家采纳嘉察的意见，赛马的起点定在阿玉底山，终点在古热石山，烧香祈祷在鲁底山顶，百姓们在拉底山顶看热闹，时间定在夏季水草丰美、天气温暖的时节。

要请觉如母子回岭地，非森姜珠牡姑娘不可。这一天，当珠牡行至东柏日出的侧谷时，一片旷野荒郊，杳无人烟。眼看天色突然灰暗起来，珠牡以为要变天，急忙打马快步前进。就在这时，像是从天边飞出、平地升起似的来了一黑人黑马，手里拿着黑色长矛，横在珠牡的马前。黑人并不说话，只是细细地打量眼前这个美丽的姑娘。只见她身体轻盈得像柔枝修竹，面容似初升明月，双颊似涂朱抹红，水汪汪的一双大眼睛正惊恐地瞪着自己。还有那黑油油的一头长发披在脑后，上面有琥珀、松石和珊瑚的发压，胸前挂着玛瑙的项链和红宝石的护身佛盒，玉手上戴着蓝宝石的手镯和金指环，枣红袍子上镶着獭皮边，锦缎靴子上绣着彩虹般的丝线。

珠牡见面前这人，面如黑炭，目似铜铃，狰狞可怖，早已吓得三魂出窍。令人惊奇的是，僵了半天，这黑人只是目不转睛地看着自己，既不动手，也不说话，不知是何道理。珠牡定了定神，刚要说话，面前的黑人终于开口了。珠牡听了强盗一番话，料定自己在劫难逃，心想：一个清白女子，怎能做强盗之妻?！她索性心一横，宁死不屈。谁知这样一想，反倒不怕了，把眼睛一闭，只等受死。没料到过了半天，不见动静。睁眼一看，这黑人仍旧像先前一样细细地看着她。珠牡忽然又燃起了求生的欲望，于是对强盗说："要珠宝，可以给你，要首饰，也可以给你。可马匹不能给，情人不能做，伴侣更不用提。如果你是好汉，就放我这弱女子一条生路，我还有大事要做，要去接觉如回去。"

黑人强盗一听，说："既然如此，我就饶了你。等你办完事，第七天早晨，把你的首饰和马匹送到这里来。为了证明你的诚意，请把你的金指环先交给我，我就放你过去。"

珠牡一听，毫不犹豫地把金指环交给了黑人，这黑人黑马顿时消失在荒野的尽头。

珠牡继续往前走，天色忽又明朗起来，旷野荒郊也不见了。只见对面叫七座沙山的一个沙岗上，出现了七个人。经过刚才的惊吓，现在终于看见人了，珠牡心中惊喜万分。不等她走近，那七人七马停住了，大概是途中休息吧。珠牡打马快步上前，见为首的那个人，正安闲地倚在一块大石头旁；其他人在整理行囊，烧水做饭，忙作一团。珠牡一看这为首之人，顿时呆住了。真美啊，珠牡还从未见过这么英俊的少年。肤色像海螺肉一样洁白细嫩，双颊像涂了胭脂一样红润。服饰华丽，仪态端庄。他正喜滋滋、笑眯眯地坐在那里，像是没看见珠牡一般。

珠牡的心被眼前这美少年深深地吸引了。她忘记了自己要干什么，忘记了时间，忘记了使命。甚至连自己也忘记了，只是大睁双眼，怔怔地站在那里。可那个英俊少年似乎没有感到她的存在，并不理睬呆立在面前的珠牡，这是珠牡以前绝没有遇见过的事。在岭地，她一出门，能和她说上一句话，在别人看来是一种幸福；能听到她的回答，对别人来说，更是一种享受。可眼前这个人，只是悠闲地摆弄着手里的一根不知名的干草棍，对岭噶布的美人竟视若无睹。

半晌，珠牡才像从梦境中醒来一样，她感到了从未有过的耻辱。在这美少年面前，自己还不如他手中的一根草棍。珠牡拨转马头正要离去，美少年开口说话了，想让她与他共结连理。二人一起起了盟誓，私订终身。珠牡被这美少年迷住了，她依偎在他的身边，说不尽的柔情蜜语。为了不忘记这定情的地方，他们在身旁的大石头上刻了记号。少年把一只水晶镯子戴在珠牡的手腕上，珠牡把自己的白丝带系了九个结子送给少年，相约在赛马大会上见面，然后才难舍难分地离开了。

珠牡哪里知道，前次的黑人强盗和刚刚分手的美少年，都是觉如为了试试她的忠贞而变化的，谁知她竟上了当。

珠牡翻过一座不大不小的山，只见前面又有一座不高不矮的山横在面前。使她惊惧的是，山坡上有数不清的无尾地鼠洞，每个洞前都坐着一个觉如。见到这般情景，珠牡又像见到黑人强盗一样心悸。她不敢再向前走，就躲在一块巨石后面定定神。

过了一会儿，珠牡把头探了出来，觉如已把化身收到一起。珠牡见到的只有一个觉如，正在宰杀一只硕大的无尾地鼠。珠牡壮着胆子从巨石后面走出来，大喊了三声“觉如”。

觉如见珠牡那胆战心惊的样子，又想起她对美少年的柔情蜜语，决定要惩罚她一下。于是假装把珠牡当作女鬼，一边拿起抛石器，一边念诵术语，接着连发二石，击中了珠牡的牙齿和头发。顿时，珠牡的牙齿掉尽，嘴像个空口袋；她的头发脱光，头像个大铜勺。珠牡见觉如无情，把自己变成了比鬼还难看的样子，就坐在那里伤心地痛哭起来。

觉如见状，心中大为不忍，却又不好马上收回变化。他急忙跑回自己住的帐房，告诉妈妈郭姆说：“珠牡已到玛麦，妈妈快去将她接进帐房来吧。”

郭姆来到巨石后面，见到了狼狈不堪的珠牡。昔日如花似玉的美人，现在已经变成了秃头无牙的老太婆，奇丑无比。

觉如听了暗笑：恐怕是没法去见那俊美的少年了吧。可他一见珠牡那副可怜巴巴的样子，又不想再去捉弄她，于是一本正经地说："让你恢复美貌并不难，而且还能变得比原来更加美丽。只是还有一件事，要烦劳你去替我办。"

"不要说一件事，就是十件、百件，我也答应你。"珠牡急于摆脱这副鬼模样。

"这件事可不那么容易，我要去赛马，现在却连一匹像样的马都没有。这匹关系到我一辈子的事业之马，现在还在那百马百子的野马群中，它是非马亦非野马的千里宝驹，除了妈妈郭姆和你二人之外，谁也捉不住它。所以，我要请你帮忙。"觉如用期待的目光看着珠牡。

"野马……我……能行？"珠牡并非胆小，只是怕自己不行，反而耽误了大事。

"行！马能听懂人的话，如果捉不住，你尽力喊我的哥哥和弟弟，他们会用日月神索来帮助你们。"

珠牡点了点头，答应了，心却仍旧悬着。

这时，只见觉如嘴唇翕动，用手抚摸珠牡的头和脸，眨眼间，珠牡的头上长出了浓密的黑发，脸也变得光洁如明月。郭姆妈妈举起一面镜子，珠牡看见了自己比原来更加美丽的容颜，羞涩地捂住了脸。

郭姆妈妈笑了，觉如也笑了。

按照天意和缘分，格萨尔不能够直接获得神驹，要由郭姆和岭国美女森姜珠牡到荒山，把神驹请来。珠牡与阿妈郭姆应觉如的请求，来到野马成群的班乃山中，发现了那匹鬃毛和尾巴像松耳石一样碧绿，体毛像红宝石闪着红光，滚圆的四条腿不停跳跃的宝驹，宝驹能与人通话。郭姆请它去帮觉如，它说自己是天马千里驹江噶佩布，来到世间十二载，从不见觉如和郭姆来看它，现在不愿去参加赛马会。郭姆呼唤天神帮助，天神、龙王、格萨尔在天界的兄弟和妹妹都来帮忙，捉住了宝马，珠牡引吭高歌，唱了一曲优美动听的"马赞"：

"你是真正的千里驹，一有野牛的额头，二有青蛙的眼圈，三有花蛇的眼珠，四有白狮的鼻孔，五有红虎的嘴唇，六有大鹿的下颌，七有鹫鸟的羽毛……江噶佩布你有飞天的双翅，还有奔驰大地的四蹄，你有能听八方的双耳，还有能嗅千里的神鼻；你能说人话、懂人语，真言假语能辨析。今日觉如得到你，赛马场上定胜利！"珠牡的歌深深地打动了神驹，驯服地让郭姆牵着，众神隐去了。这一切，珠牡都看在眼里。她猛然从地上爬起，扑向郭姆，要去接郭姆手中的神索。不料，这一下却惊了千里驹，它再一次腾空而起，把郭姆也带到了空中。珠牡一下子惊呆了。神驹带着郭姆冲霄而去，越飞越高，越飞越远，让郭姆从天上看他们未来的天地。

孟夏上弦十三这天，美丽辽阔的玛隆草原上，杜鹃在唱，阿兰雀在叫。达塘查姆会场上，人头攒动，姑娘们如一朵朵盛开的鲜花，阿爸阿妈挺直了平日弯弓似的腰。十三座煨桑台上，点燃了祭神的烟火，看热闹的人们按规定聚集在拉底山顶。岭地长仲幼三系、右翼噶部落、左翼珠部落和达绒十八部落的九百名骑手，盛装在草场上一字排开。吉达日神山上，唢呐吹响了，海螺吹响了，彩旗招展，草场一片欢腾。总管王一声令下，尘烟起处，九百匹骏马载着骑手飞驰而去。

达塘查茂会场上，人头攒动，如山似海。姑娘们穿出了自己最心爱的、平日舍不得穿的衣服，互相嬉笑着、打闹着、追逐着，像一朵朵盛开的鲜花。连那些平日弓身驼背的老阿爸、老阿妈也穿着簇新的衣服，喜笑颜开地挤在人群中，使劲挺着腰，追忆着自己年轻时的一些趣事，倒也像年轻了许多似的。然而，会场上最令人瞩目的，还是那些参加赛马的英雄、勇士。你看：那上岭色巴八氏以琪居的九个儿子为首的人，如同猛虎下山一般。众弟兄一律黄锦缎袍、黄鞍鞯，在阳光照耀下，显得富丽堂皇、灿烂夺目。

那中岭文布六氏以珍居的八大英雄为首的人，如同降在大地的白雪一般，众弟兄一律白锦缎袍、白鞍鞯，在阳光下泛着银光。

那下岭穆姜四氏以琼居的七勇士为首的人，如同布满云雨的太空一般。众弟兄一律宝蓝锦缎袍、蓝鞍鞯，在阳光下放射着琉璃般的光芒。

还有那右翼的噶部，左翼的珠部，达绒的十八大部，达伍穆措玛布部落，富有的嘉洛部落，丹玛河谷的阴山阳山地带、察香九百户等等，无不锦衣彩鞍，人人充满豪情。

没有人不认为自己是胜利者，没有人以为自己不会夺得王位。人人都在祈祷神灵，而且坚信神灵会帮助自己。你看：达绒长官晁通王，还有他的儿子东赞和达绒十八部落的弟兄们，把头昂得高高的，自以为胜券在握。在他们看来，举行赛马大会的预言是马头明王讲给晁通王的，这是神灵给他们的护佑。而玉佳马又是岭噶布公认最快的骏马，没有谁的马赛得过它。所以，达绒部落的人早把那王位视为己有，认为赛马会不过是做个样子罢了。

琪居的众家兄弟，位居长房。他们认为不能丢了长房的身份，而且，如果神灵有眼，就该把这王位让给长房来坐才是。所以他们是个个摩拳擦掌，人人信心百倍。

珍居的弟兄们位居中房。他们认为，以往的好事轮不到他们，要趁今天赛马的机会，合理地夺得王位，也为本房争口气。八大英雄早把骏马驯养得油光水滑，跑起来像是在草上飞。

以总管王绒察查根为首的琼居，虽位于下房，但他们早就心中有数。总管王时时记起十二年前天神给他的预言，这次赛马会，本来就应该是为觉如准备的，就是要让觉如堂而皇之地坐上王位。所以，他们根本不相信晁通说的什么马头明王的预言，也不像晃通和东赞那样大喊大叫，更不像琪居和珍居两房人那样虚荣好胜。他们心中有底，这王位是属于下房的，只有他们的觉如才配娶珠牡做王妃。可是，觉如并没有在他们的行列中。觉如到哪里去了？怎么还不来？总管王和嘉察用眼睛扫视着四周，琼居的弟兄们也焦急地寻找着觉如。

此时，觉如正在珠牡家中，接受嘉洛敦巴坚赞的赠品和祝愿："送上九宫四方的毡垫，愿觉如登上四方的黄金座；送上镂花的金宝鞍，愿觉如做杀敌卫国的大丈夫；送上'如意珠'和'愿成就'，愿觉如做邪鬼恶魔的镇压者；送上饰着白螺环的宝镫，愿觉如为众生做出大事业；送上'如愿成就'的藤鞭，愿觉如当惩恶扬善的国王，做我女儿森姜珠牡的好丈夫。"

祝福之后，家人已将宝马的饰物全部准备停当，嘉洛父女二人眼看着觉如骑上千里宝驹向赛马场飞驰，父女二人也忙朝观看赛马的帐篷走去。

"觉如来了！"人群中不知是谁先看见了觉如，大喊了一声，人们不觉为之一振。这下可好了，达绒东赞的对手来了，玉佳马的对手来了。森姜珠牡也来到了姐妹们身边。她心中暗自高兴：在人们面前出现的，将不再是过去的穷孩子觉如，而打扮得体体面面、富丽堂皇的觉如，是自己未来的丈夫，是岭噶布的大王。珠牡这样想着，不觉把头微微昂起，表现出一副骄傲公主、未来王妃的样子。

珠牡这样想着，注目观看，一下愣住了。她怀疑自己的眼睛出了毛病，便使劲地揉了一下。没错，是觉如。可他，他怎么会这副样子呢？只见他：头戴一顶又破又不合尺寸的黄羊皮宽檐帽，身穿一件绽开口子的牛犊皮硬边破袄，脚踩一双露出了脚趾的皮制红鞠靴子，就连马上的金鞍和银镫也变得破烂不堪了。这哪里是来参加比赛的，分明是个叫花子。

琼居的众弟兄一见觉如这副落魄的样子，顿时大失所望。一个个垂头丧气地走开了，离觉如远远的，生怕他的晦气玷污了他们。只有嘉察和总管王心中明白，虽然觉如让人看着不顺眼，可这岭噶布的王位，定是他稳坐无疑。但是他们也不多说话，只静静地等着赛马开始。

珠牡的眼前一片黑暗，心凉了半截。她简直不能相信面前这个破衣烂袄的要饭花子将成为自己的丈夫。她真想哭，特别是看到觉如那弓身驼背、一副没见过世面的样子，心里更难受。忽然，一只蜜蜂飞来，在珠牡耳边轻轻唱了几句，珠牡顿时笑了，笑得那么好看。她明白了，眼前的觉如，不过又是他的化身而已。自己一时心急，竟忘了觉如的神变本领。

只有达绒晁通王见了觉如这副样子非常高兴。他想，这下可好了，自己没了对手，达绒家不会再担心彩注会落入觉如手中。除了高兴，晁通的另一个感觉是非常放心。所以在赛马场上，只有他对觉如显得格外亲热。此时，晁通更加相信马头明王的预言无比正确。他对琼居那些神情沮丧的弟兄高声喊道："弟兄们，准备好啊，打起精神，赛马就要开始了。"

这喊声分明透露出得意和骄狂。当然，一看到觉如那副经不得阵仗的样子，再看看晁通那春风得意的神情，人们确信：今日得胜者，除他以外，不会是别人。

在阿玉底山下，众家勇士们不先不后，一字排开了，只听得一声法号长鸣，宣布赛马开始。一匹匹骏马像一团团滚动着的云彩，在草地上向前飞驰着。很快，岭噶布大名鼎鼎的三十位英雄跑到了前面：

色巴、文布和穆姜，对内称为三虎将，对外称为"鹞、雕、狼"。他们是岭噶布的心、眼、命根子，是岭噶布的画栋和雕梁。他们的马儿跑得快，不是在跑像飞翔。

以嘉察为首的岭噶布七勇士，是保护百姓的七豪杰，是七十万大军的总首领，犹如七座黄金山，像大地一样能负重。他们的马儿蹄不停，犹如长虹舞天空。

以总管王为首的四叔伯，是岭噶布大事的决策人，也是祖业的继承人。见多识广的四叔伯，犹如冈底斯神山的四大水，是灌溉田地的甘露汁。他们的马儿腾九霄，好似狂风卷黄尘。

以昂琼玉依梅朵为首的岭噶布十三人，是青年英雄的生力军，犹如十三支神箭，是降伏魔敌的好武器。十三匹马好像浓云旋，长啸奔腾震大地。

具有福命的二兄弟，是米庆杰哇隆珠和岭庆塔巴索朗；具有毅勇的二兄弟，是甲本赛吉阿干和东本哲孜喜曲；这四兄弟是岭噶布的四面旗，是支撑帐幕的四绳索，是修盖房舍的四根柱，是四翼兵马的统率人，正直无邪亦无私。他们的马儿犹如大鹏鸟，好似碧空走流星。

嘉洛敦巴坚赞等四位，是持宝幢的四兄弟，犹如白狮子的四只爪，是雪山岭噶布的美装饰。他们在福德之中位最高，众人祝愿他们永不衰老福寿长。他们的马儿跑得飞快又轻柔，好似青龙腾九霄。

俊美的三兄弟以阿格仓巴俄鲁为首，犹如镂花镶玉的刀鞘与箭袋，是岭噶布俊秀丰盛的标志。他们骑着藏地雪山马，好似天空飞雪花。

威玛拉达和达潘是岭噶布的大证人和公正判断者，是成百意见的最后决定者，是成百会议的最后总结人。他们的眼睛观察善恶明如镜，他们的命令恰似锋利无比的钢刀。威玛拉达骑着"金毛飞"，达潘胯下是"金黄黄"，往日为别人排难解纠纷，今日也参加比赛欲称王。

一股股如云似雾的青烟从古热石山袅袅升起，给这隆重、热烈的赛马场罩上了一层神秘的色彩。

在古热石山上，有十三个供烧香敬神的神房，人们在那里已经烧起祭神的柏树枝和一种叫“桑”的树枝。香烟缭绕，布满天空。佛灯也在神器的坛城周围燃起，灯火闪耀，扑朔迷离。只听螺声呜呜，人们匍匐在地，口中念念有词，向天神、护法神祈祷，为战神唱赞歌。

在拉底山上观看赛马的人们，心情一点也不比参加赛马的人轻松。就连那平日最活泼的七姊妹，也紧张得瞪大眼睛，唯恐漏掉赛马场上的每一个细小的变化。在岭噶布的重大活动中，最善于打扮的要数姑娘们，而在姑娘们中打扮得最漂亮的要算七姊妹。重要的不是她们的服饰有多么绮丽，而是她们那婀娜的丰姿、照人的光彩和动人的神态。所以只要她们一出现，立即会引起众人的注目。可她们不但毫不在意，反倒愿意让众人多看自己几眼。

赛马大会进行到一小半，天空出现一片像绵羊一样大的乌云。乌云越来越大，天色越来越黑。接着一声霹雳，眼看一场冰雹在即。岭国百姓惊慌不安。原来是阿玉底山的虎头、豹头、熊头三个地方神不喜欢岭人赛马，把他们的“雪山踏得摇晃，把草原也破坏了”，遂召集属下黑暗魔军，企图把赛马大会搅乱。正当他们即将降下冰雹时，被觉如用神索捆起来，缚到马前，三妖连连叩头，表示愿意归顺，为觉如效力。赛马大会得以顺利进行。

觉如仗着有神驹和神助，故意落在后面，与驼背古如、仓巴俄鲁开着玩笑，又请卦师衮协梯布给他算卦，骗大医师贡噶尼玛给他看病。总管王责怪他把赛马当儿戏，打了觉如的马屁股，江噶佩布猛地向前一冲，追上了跑在最前面的晁通。

晁通眼见距终点不远，正暗自高兴，瞧见觉如到了跟前，好心情顿时像泼上了凉水。他知道自己被觉如骗了，但不甘心落败，继续扬鞭催马往前跑。

觉如追上嘉察哥哥，又起了玩心，立刻变成黑人黑马，逗弄嘉察。哥哥教导说：“重要的不是王位，而是为众生办好事。现在你若松懈麻痹，不仅会丧失王位，还会给百姓带来灾祸。”觉如这才猛醒，朝终点驰去。这时，晁通离金座只有咫尺之遥，胜利在望了！但他的玉佳马突然腾空向后退去，而且拦也拦不住。晁通跳下马来，徒步向金座跑去。玉佳马跌翻在地，喘着粗气，哀哀地叫唤。晁通不忍心，又跑回来，想把马儿拉起，但玉佳马再也走不动了。晁通看看金座，看看马儿，又向金座跑去，但只是在原地踏步。

最后，觉如战胜所有对手赢得胜利。岭地的上师拿着香炉，敲起法鼓铙钹，挥动彩旗，簇拥着觉如登上岭国国王的金宝座。这时，觉如穿上厉神献上的白盔、青铜铠甲和威震天龙八部的战靴，佩着战神献上的宝雕弓、神箭，执着金刚杵和降魔利剑，容光焕发地端坐在象征岭国最高统治权力的黄金宝座上，接受臣民们的朝拜。

总管王绒察查根献上穆布董氏家谱和五部法旗，岭地七英雄、八勇士一个个都献上哈达、各式珍宝。

众家兄弟齐声祝愿威猛的雄狮大王格萨尔："愿您镇压黑魔王，愿您铲除辛赤王，愿您打败霍尔王，愿您降伏萨丹王，愿您征服四大魔，愿您把四方黑暗齐扫光！"

格萨尔见众人心悦诚服，虔诚之至，便开始封臣点将，然后庄严宣告："除了岭国的公敌外，我格萨尔并无私敌；除了黑头藏民的公法外，格萨尔自己并无私法。从今后，我们岭噶布的众臣民，有了十善的法纪，就要把那十恶的法纪抛弃。只要我们齐心努力，众生就能长享太平。"

万众同声欢呼，心悦诚服地拥戴格萨尔为岭噶布的大王，被尊称为"世界雄狮大王格萨尔洛布扎堆"。

森姜珠牡从轻歌曼舞的姑娘们中间走出来了，用长哈达托着嘉洛仓的福祉所依的宝物——天神所用的长柄吉祥碗，内盛长寿圣母的寿酒和甘露精华，笑吟吟地献到了雄狮大王面前。然后，为格萨尔唱了一支美好的祝愿歌："尊贵的雄狮王格萨尔啊，我是嘉洛森姜珠牡女。

"献上拜见的彩绫十三种，还有美酒吉祥碗中盛。披这彩绫能长寿，喝这美酒能办大事情。在您金山似的身体上，犹如彩霞环绕相拥抱，愿武器的光泽和您的光辉，永远灿烂辉煌！

"在您雄伟的身体上，放射着珍宝的彩光，愿常享受福利的甘雨，与众生永不离，雄狮王！在我娇嫩的身体上，俏丽面庞邬波罗花上，荡漾着灵活的眼睛，敬献给您，雄狮王！在曲折的道路上，在办理众人的大事中，我犹如影子随你身，永不分离，雄狮王！"

众姐妹随着珠牡的歌声，跳得更加轻盈。珠牡的眼睛里荡漾着快乐的光彩，比平日更显得婀娜妩媚，楚楚动人。格萨尔的心猛地一动，立刻走下金座，与珠牡二人双双起舞，走进了众臣民中间，陶醉在众百姓欢歌曼舞的喜庆之中。

格萨尔取得岭国赛马大会冠军，登上王位，迎娶了漂亮的姑娘嘉洛森姜珠牡为妃。而当时北方妖魔横行，百姓痛苦不堪。格萨尔为开始其戎马生涯举行祭祀战神的煨桑故事。格萨尔登上王位后约两年左右时间，为了斩妖除魔，请求天神地祇予以佑助，不畏艰难，故而煨桑以祭。于是在藏历阳木鼠年的五月十三日，格萨尔率领岭国各部落到黄河玛杰山进行隆重的煨桑祭祀。这实际上是格萨尔王为以后降伏四方四大妖魔，征服十八大宗、十八中宗和各小宗等做好战前精神准备。

嘉洛部落当时是一个盛产马匹的典型的富有部落，因此受到北方魔国的频繁的抢夺入侵，灾难重重，战争绵延。在祭祀过程中，北方魔国命寄魂牛来犯，被格萨尔用箭射杀。煨桑完毕后，霍尔王子达拉赤噶又率军乘机抢夺嘉洛部落的马匹，被守边大将丹玛绛查、年察阿丹击退，霍尔王子达拉赤噶亦被岭国勇士诛杀。

降魔篇

6.《魔岭大战》

自从赛马夺彩、格萨尔正式称王以后，岭噶布的百姓日子过得平静、安乐、祥和，臣民们喜在心里，笑在脸上，雄狮大王格萨尔终于让他们过上了好日子。

这一天，格萨尔出宫巡视，来到邦炯秋姆草场。那里是石山与雪山的交界处。只见这里雪山的雪白得耀眼，草场的草绿得喜人。白、绿之间，是一些既不长草也没有雪的乱石滩，而这石头又恰恰是红褐色的。红褐色的石滩既把草场和雪山分开，又把二者连在一起，构成了一幅美丽、质朴的画面。岭噶布的马群、牛群和羊群，分别被放牧在草场的右方、左方和中央。那一头头雪白、肥壮的绵羊，像是雪山上滚下来的雪，又像海中的珍珠，在绿草如茵的大草甸子上滚动着、漂游着。

看着眼前的美丽景象，格萨尔大王甚感惬意。一阵倦意袭来，格萨尔脱下身上的袍子，把头伸进袍子右边的袖筒，脚伸进左边的袖筒，像张弓一样，在草场的卓措湖旁睡着了。

就在格萨尔酣睡之际，天母朗曼噶姆驾着彩云，从三十三天上层、清净的天国里冉冉飘下。芬芳扑鼻的香气顿时充溢四野。格萨尔被这香气所染，睡得更加香甜。

天母附在格萨尔的耳边，轻轻地呼唤着："推巴噶瓦，好孩子，不要贪睡快快起。快去东方查姆寺，修学大力降魔法。时间限定三七二十一日，这是天神的命令。好孩子，快快去，别忘记，修法要带梅萨王妃去。"

说完，天母被五色彩虹环绕着，飘然而去。留下的是沁人心脾的芬芳和催人奋起的预言。

格萨尔毫不怠慢，立即起身返回上岭噶，一边走一边盘算着：为了降伏一切恶魔，摧毁所有魔军，我必须像天神激励的大力愤怒王用五种神力降伏恶魔那样，修成愤怒大力法。修法的时机已到，我一定要遵从天母的旨意，带着梅萨王妃立即前往东方查姆寺闭关修行。

回到上岭噶，格萨尔把要带梅萨一起去闭关修行的打算一说，珠牡不高兴了："哎呀，大王，看你说些什么话，你闭关修法，理应我去伺候，要梅萨去干什么？"

"珠牡啊，这是天母的旨意，我看你还是留在家中伺候阿妈的好。"格萨尔见珠牡不高兴，连忙解释。

珠牡舍不得离开大王。她可不愿意让梅萨去陪大王。她想了想，有了主意。

珠牡找到了梅萨，对她说："为了降伏妖魔，大王要去东方查姆寺修猛烈愤怒王大力法，命我同去，做修法侍从。你就同阿妈住在一起吧，等闭关修法后，我们再见面。"

梅萨对珠牡的话将信将疑。她知道珠牡爱抛头露面，所以才找借口想跟大王一起去修法。不管怎么说，我得忍让才是。梅萨并未说什么，点头答应了。

珠牡满心欢喜地跑回来对格萨尔说："大王啊，不是我不让梅萨陪您去，实在是最近她的身体不大好。闭关修法是件苦事，就让她在家歇息歇息，还是让我陪大王前去为好。"

格萨尔本来就喜欢珠牡，虽然也喜欢梅萨，但毕竟又差了一层。要梅萨陪同本是天母的旨意，听珠牡说梅萨身子不爽，也就不再勉强，乐得和珠牡同去闭关修法。

格萨尔大王闭关修法，已过了第一个七天。这天夜里，留在岭噶布的梅萨做了一个噩梦。梦见从上沟刮来了红风，从下沟刮来了黑风，她自己被卷进风里刮走了。梅萨又惊又怕又不明白。第二天一大早，她就带上自己亲手做的甜食，到查姆寺来找格萨尔大王。她迫不及待地要见到大王，问问大王自己的梦是什么意思，会不会发生什么可怕的事。因为大王是可以未卜先知的，他一定能替自己圆梦，也能保护自己。

当梅萨来到查姆寺附近的一眼泉水边时，恰巧遇见珠牡前来背水。一见梅萨绷吉，珠牡心中有些不快，面露愠色，不高兴的心情也带到了话里："梅萨，有什么事吗？"

梅萨顾不得饥渴和疲劳，也顾不得看珠牡的脸色，急急地说："阿姐珠牡，昨天夜里我做了个噩梦，好吓人啊！我是来向大王禀报这个梦的，烦劳阿姐给我通报一声。"

珠牡答应着，背着水走了。可她并没有把梅萨的梦告诉格萨尔，甚至连这个想法都没有。转了一圈，当她背着空桶回到泉边时，却这样对梅萨说：“阿姐梅萨，我已为你通报过了。大王说，总的来讲，梦本非真，由迷乱起，特别是妇人的梦，就更不能相信。你就回去吧，反正再过两个七天，我们就都回去了。”

梅萨听了珠牡的话，只觉得鼻子发酸，泪水充满眼眶，可怜巴巴地望着珠牡：“那，好吧。阿姐珠牡，请你把我带来的甜食献给大王，把我的梦再给大王讲一遍，一定要问问主何吉凶。”说完，梅萨的泪水流到腮边，一扭头，又顺着来路转了回去。

珠牡心中也很不好受，但一想到大王的恩爱，想到现在正在修法的大王是不能打扰的，她还是决定不把梅萨的话告诉格萨尔，却把梅萨带来的甜食献给了大王。

“哎，这甜食像是梅萨做的，她来了？家里出什么事了吗？”

珠牡心中一惊，表面上却像没事人一样，语气中带着嗔怪：“大王说的什么话？梅萨做的甜食，有金子吗？有玉石吗？梅萨能做的甜食，我也一样会做。大王不必多想，还是一心修法才是。”

格萨尔不再说什么，默默地吃着。心情却怎么也不能像先前那样平静。

“格萨尔大王啊，不好了！梅萨王妃被黑魔抢走了，抢到半空中去了！大王快点回岭噶布吧。”在格萨尔闭关修法的最后一天，女婢玛蕾桂桂气喘吁吁地跑到查姆寺报信。

格萨尔一听，骑马就要去追黑魔，却被天母朗曼噶姆的歌声拦住了。

听了天母的话，格萨尔追悔莫及。现在是追不能追，不追又实在太憋气，心中不悦，脸上也没了笑意。但一想到天母的话，一想到要把梅萨从黑魔手中救出，格萨尔就又增添了决心和勇气。他更加发奋地修习降魔的法术和武艺，等待着搭救梅萨的时机。

抢走梅萨的妖魔是谁呢？他又是怎样得知格萨尔闭关修法的消息？事情就坏在晁通手里。

在北方亚尔康魔国，八山四口鬼地、采然穆布平原，有一座九个尖顶的魔宫。那抢走梅萨的黑妖鲁赞就住在这座宫殿里。这个凶恶的黑魔王，身体像山一样高大，长着九个脑袋，九个脑袋上边长着十八个犄角。身上爬满了黑色毒蝎，腰上盘绕着九条黑色毒蛇。手和脚共长有四九三十六个像铁钩一样的铁指甲，比鹰爪还要坚利十分。他高兴的时候面带着怒容和杀气，生气的时候用嘴和鼻呼气。他嘴内呼气，像爆发的火山烟雾；鼻内呼气，像刮起了毒气狂风。在他身边，聚集了一群妖臣和侍婢，他们是：外大臣狗嘴羊牙，内大臣喝血魔童，出使大臣长翅乌鸦，办事大臣黑尾雄狼，女巫遍知无误，女婢花牙女奴，侍卫诵经老媪，还有有法力的异教巫师二十九人。特别是黑魔的父王黑大力士和黑魔的妹妹阿达娜姆，更是武艺超群，万夫莫敌。

就在格萨尔闭关的第七天头上，黑魔鲁赞正在闲坐，晁通派人送来了书信，诉说岭噶布内情：大王格萨尔正在闭关，爱妃梅萨留在家里，正是入侵岭噶布的大好时机。黑魔鲁赞见信，高兴得露出狰狞的笑容。他早就听说了，岭噶布的十三王妃，除了珠牡，就数梅萨漂亮。他想象着梅萨那窈窕的身姿就要属于他鲁赞，心里就像长了刺一样，再也按捺不住。他迅速驾起黑云，带领妖臣魔将，抢了梅萨，席卷了岭噶布。当格萨尔得知此事时，鲁赞早已回到魔地。

格萨尔在天母预言的指示下，加紧修习降魔的法术和武艺。这一天，天母又驾着五彩云霞来到格萨尔身边，告诉他：降魔的时机已到，要速去魔国莫迟疑。

这是格萨尔久已盼望的大事，他哪敢怠慢，马上找来王妃珠牡，告诉她天母的旨意。

“珠牡啊，我的爱妃，我就要去北方魔地，家里的事情多劳你。”格萨尔说完，跨上宝驹江噶佩布就要离去，珠牡却拉住了马缰：“大王啊，我的心上人！雪山上的白狮子，应该在雪山上炫耀威力；森林中的花斑虎，应该在森林里逞威风；雄狮大王是世间众生的大王，显示威武应在我们岭噶布。就是天母有旨意，你也不要匆忙去。吃了甜食喝了酒，路上也不受饥渴。”说着，珠牡把格萨尔扶下战马，献上自己做的甜食和醇美的陈酒。格萨尔哪里知道，珠牡为了留住大王，竟在那酒中偷偷放了健忘的药。格萨尔吃喝完毕，药性发作，倒头便睡，早把那去北国降魔的事忘在了脑后。

不知过了多少天，在一个十五月圆之夜，天母朗曼噶姆又出现在格萨尔的宫中。此时，格萨尔和珠牡正双双睡在床上，天母附在格萨尔耳边说着：“格萨尔啊，雄狮王，闲居静养不应当。现在到了降魔时，搭救梅萨且莫忘。你若再怠慢再迟疑，那就不能降魔反被妖魔欺。”

格萨尔猛地翻身坐起，天母已驾云离去，隐隐约约地还能听见她那悦耳动听的歌声。

格萨尔揉了揉眼睛，猛然记起前番天母给自己的旨意，都是因为贪酒误了大事。一看身边的珠牡睡得正熟，就决定不叫醒她，免得她又拖住自己，多费口舌。

格萨尔悄悄起来，叫醒了侍女阿琼吉和里琼吉，吩咐她俩去背水烧茶；又叫起了侍女玛蕾桂桂，吩咐她去召集众人，商议出兵北地。

阿琼吉和里琼吉忙着背水烧茶，那火焰烧得像猛虎跳，风箱拉得像野牛叫。紫烟像彩云飞，茶气像晨雾绕。阿琼吉和里琼吉知道烧柴的方法和诀窍：黄刺

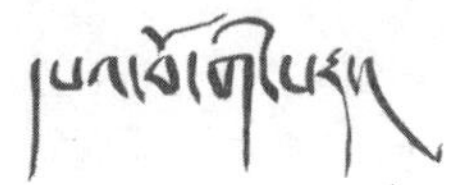

是乌鸦，应当摞着烧；刺鬼是魔神，应当压着烧；羊粪是饿鬼，应当撒着烧；劈柴是英雄，应当堆着烧；柏树是好友，应当挑着烧；麦秸是青年，应当摆着烧。阿琼吉和里琼吉把火烧得旺旺的，一会儿就茶香四溢，充满整个灶房。

王妃珠牡也醒了。她见几个侍女里外忙乱，大王格萨尔也不在身边，甚为惊异，不知道发生了什么事。

格萨尔走进房里，见珠牡已醒，立即吩咐她："快去打开宝库大门，取出我的胜利白盔；再把我的世界披风甲，临风抖三回；取出我的红刃白把水晶刀，再把九万神箭准备好；牛角弓、硬盾牌，金鞍银镫准备好。"

珠牡并不说话。她心里明白，大王又要出征了。前次进酒拖住了他，这次是不是还要敬一杯酒呢？恐怕仅仅再进酒是不行的了。那么，怎么办呢？还要想办法阻止大王去魔地才是呀！珠牡心里这样想着，还是去宝库取来了格萨尔所需的物品。

侍女玛蕾桂桂来到白水晶山的山顶，点火煨桑，同时"格格格"地呼喊着，不多时，岭噶布的三十位英雄战将，十一名王妃以及众多的臣民百姓，都聚集在大广场上。格萨尔当众宣布要去北地降伏黑魔鲁赞，守卫岭噶布的事情就交给嘉察协噶代理。

众人俯首听命。当格萨尔大王跨上宝驹江噶佩布，就要出发的时候，只见王妃森姜珠牡跪着挡在马前。格萨尔一见，心往下一沉，随即下了马，双手搀起心爱的王妃，缓缓地对她说："珠牡啊，我的爱妃，今与王妃离别，我心如针刺，现去北地降魔，是生前注定之事。还望王妃不要心焦，好好服侍妈妈，岭噶布的事也需要你多操持。"

珠牡眼含热泪，接过阿琼吉献上的美酒，叫道："大王啊，请喝下我这碗酒吧！"

看着珠牡的泪眼，望着王妃手中的美酒，格萨尔没有去饮它。他还是耐着性子对王妃说："爱妃珠牡啊，我俩本是从天上一同下凡到岭地的，上边有天神来指使，中间有念神发宏愿，下边有龙神立誓约。现在天母传神旨，要我到北地去降魔，如果违背神旨意，我俩就要永分离。爱妃啊，快快留步让我去。"

珠牡听了大王的话，眼中的泪水润湿了她那玫瑰色的腮，像是带着露水的梨花，更显得娇柔、妩媚。她任凭泪水洒落，语气中有忧又有怨："大王啊，藏地有句古谚语，听我珠牡说仔细：雪山不留要远走，留下白狮子住哪里？大海不留要远走，留下金眼鱼住哪里？森林不留要远走，留下花母鹿住哪里？岭噶布大王不留要远走，留下珠牡托身在哪里？"

"珠牡啊，雪山走远还留下手掌大的山间，白狮子可以住那里；大海走远还留下明镜大的水面，金眼鱼可以住那里；森林走远还留下鞍垫大的草木，花母鹿可以住那里；格萨尔走远还有嘉察哥哥在这里，珠牡王妃就有所倚。”

珠牡见好言语不能打动大王的心，不觉动了气：“我有一件流苏珠宝衣，还有金银首饰在箱里，大王若在岭噶布我为你穿戴，大王若离去，我就用火烧，用石砸，永远不要它。”

格萨尔见珠牡生气，心中也很不高兴：“好言相劝你不听，不听我就不再理你了。放开手，让我走！”

珠牡把手中的马缰拽得更紧，由生气变成了愤怒：“好君王下令臣民欢喜，坏国王说话是骗自己。当初三个大王争相娶我，我在百人之中选中了你。你脚穿难看的破马靴，头戴尖尖破皮帽，身穿百洞烂皮袄，是我珠牡可怜你。现在我成了路边石，随你踢来又踢去，如果你还认我做王妃，就听我话留这里。”

格萨尔听珠牡说出这般绝情之话，顿时火往上冒：“好啊，森姜珠牡，原来你是外表奶白茶红容颜好，却是个内心狠毒的坏主妇，这样泼辣的女人我怎能要？再若无理定把你丢掉！”说完，格萨尔不再听珠牡说话，打马就走。那珠牡并没有放开马缰，所以被江噶佩布拖出足有十几丈远。珠牡又气又急，一下子昏了过去，也就松了手。

恍恍惚惚，格萨尔大王又像是站到了珠牡的面前：那张脸好像十五的月亮白生生，双颊好像放光的红珊瑚，两眼好像破晓的启明星，牙齿好像珍珠串，身躯魁伟好像须弥峰，心地仁慈好像白绸子，语音美妙好像玉笛声。珠牡慢慢睁开双眼，大王不见了，只听见周围的一片呼唤声：“王妃，醒醒！”

“啊，王妃醒了！”

其他妃子见珠牡醒来，忙倒茶端饭。可珠牡见不到大王，哪有心思吃喝。她一摆手，群妃退下，侍女阿琼吉和里琼吉上来侍候：“王妃，有什么吩咐？”

珠牡像是没看见二侍女，像是没听见她俩的话，低低地唱着自己心中忧伤的歌。珠牡的歌虽唱得轻，阿琼吉和里琼吉却听得真。她们为王妃担心，却又想不出什么办法来替王妃排难解忧。二人正不知如何是好，珠牡说话了：“阿琼吉，里琼吉，快快替我鞴马去。我一会儿也不能留在这里，没有大王的生活我一天也不能过下去。我要随大王去北方，不管多远多苦我也要随他去。”

“这……”二侍女面面相觑，见王妃面带怒容，不敢不从命，慌慌忙忙地去鞴马。

珠牡的心定了。趁着二侍女鞴马的时间，她美美地吃了一顿饭。马一鞴好，她立即出宫，头也不回地去追大王。

珠牡马不停蹄地追赶，经过无数山山岭岭和谷地平川。终于在北方一个名叫纳查贡的水草滩追上了格萨尔。雄狮王正在这里休息，宝驹江噶佩布在一边慢慢地吃着青草。大王又以酣畅快乐的环形寝卧方式安睡着。珠牡立即扑到格萨尔面前，搂住大王的脖子，如泣如诉地呼唤着大王："大王啊，你好狠心，把我一个人丢在岭噶布！没有靠山，没有力量，知心的话儿说给谁听？大王啊，如果你实在要去北方，珠牡我也不拦你，让我和你一同去吧！我的好大王，好丈夫，你听见了吗？你醒醒啊！"

格萨尔早就醒了，听了珠牡的哭诉，他心里一阵阵发酸。是啊，和珠牡结婚三年了，三年来恩恩爱爱不曾分离。此去北方降魔，少则半年，多则一载，让她一个人怎么生活呢？格萨尔想着，把珠牡搂在怀里，答应带她去北方。珠牡一听此言，又高兴，又激动，加上旅途的疲乏，她躺在格萨尔的怀里很快睡熟了。

格萨尔看着珠牡那张绽开笑容的脸，替她轻轻擦去腮边的泪水，轻轻亲了亲那丰满的额头，思虑着如何带珠牡一同去北方降魔。

不知过了多久，空中又响起一阵悦耳动听的仙乐，天母朗曼噶姆驾着祥云出现了。伴着仙乐，天姆给格萨尔降下了授记。

格萨尔明白此去降魔是不应该带珠牡的。可是，珠牡怎么办呢？天母似乎明白格萨尔的心思，给他出了个主意："大丈夫不能心太软，心里愁苦也不必。趁着珠牡熟睡时，快快离去别犹豫。我自有办法送她回去。"

格萨尔听了天母的话，轻轻把珠牡放在一块平坦的大石头上，狠了狠心，骑上马走了。

珠牡实在是太累了，特别是听了大王答应带她去魔地的话，心里也踏实了。所以，她这一觉睡得特别香，特别沉。但是，睡得再香总有醒来的时候。当珠牡一觉醒来，早已不见了大王，知道他又丢下自己偷偷地走了。珠牡急忙上马，她还要像以前那样，一定要追上雄狮王。

走了没多远，一条大河横在珠牡面前，河对岸有一位头戴法冠、身穿法衣的法师，正倚着一株檀香树作法。珠牡沿着河的上游、下游跑了一个来回，也没有找见渡口，就冲着对岸的法师大声喊道："喂，有道行的法师，为众生做善事的法师，你可见过一个行路人过河去了？"

"什么，什么样的行路人？"

"长着白螺牙齿紫面皮，穿着岭地的金甲衣，骑着火红的千里驹。"

"看见了，看见了。只是这个人已走远，姑娘你是无法追上他的。"

"不，他是我的丈夫，我的大王，我一定要追上他。"

"姑娘啊，这个地方名叫黑魔沟，这个海是老魔的寄魂海，这个地方不干净，姑娘家最好别靠近。再说，这条大河你是没有办法过来的呀！"

珠牡听了法师的话，无可奈何，却又不甘心就这样转回去，便对法师这样说："有道行的法师啊，请你帮帮我，只求你帮我一件事，有几句话要对我的大王说。”

看着法师，又望了望眼前的大河，叹了口气，慢慢地转了回去。

原来那法师乃是格萨尔所变，听了珠牡的一番话，格萨尔的心一下子悬了起来，回岭噶布的路途遥远，珠牡她一个人，会不会……

向天神做祈祷，请求赐福保佑。眼见珠牡远去，格萨尔心中大为不忍。想起那回岭噶布的路途遥远，又荒无人烟，珠牡一个孤身女子，真要有个一差二错，我怎么对得起她。我去北方降魔，为的是救出妃子梅萨，如果梅萨尚未救出，珠牡倒先有了闪失，岂不让我心痛？特别是一想起珠牡的种种好处，格萨尔的思念之情更切。人心焦啊，我心更焦。人们常说：指示正路的善良人少，心无外骛的修行者少，永远知耻的朋友少，买卖正直的商人少，信仰不变的弟子少，和睦相处的夫妻少。自从纳珠牡为妃，我们相亲相爱整三载，难道真的为了搭救梅萨而丢了珠牡不成？

格萨尔唱罢又想，想了又唱，一时起了转回岭噶布的心思。他真是放心不下珠牡，尽管她发了脾气，说了绝情的话，那不过是因为深深恋着自己罢了。

“推巴噶瓦，你忘记在天界所发的誓愿了吗？”一个声音从空中飘来，柔和中透着威严。这是天母朗曼噶姆发了话。每当格萨尔在危难之时，天母总能及时来到他的身边，给他预言，给他教诲，帮助他摆脱困境、解除危难。

“你到北方去，仅仅是为了梅萨吗？不！更重要的是降伏妖魔、解救众生。这是你自己发下的宏愿，是天神给你的使命，是众生对你的希望。现在，你不能退却，不要彷徨，往前走吧，珠牡自有我来保护，你的七个梵友也会帮助她回岭噶布。”

天母的一席话，如一声惊雷，使格萨尔幡然醒悟，一下子从迷蒙中得到解脱。是的，我不能回去，不降伏黑魔鲁赞，我是绝对不能回去的。

格萨尔匍匐在地，对天祈祷，深感天母的指教之恩。格萨尔骑马向北方奔去，比以前跑得更快更急。他要把思念珠牡之情化作力量，一年的路程走一月，一月的路程走一天，一天的路程只走做一顿饭的时间。

经过了一山又一山，走过了一谷又一谷。这一天天色将晚，格萨尔来到一座像心一样的山前。山顶上有一座四四方方的城，城的四面竖着用尸体做的幢幡，观之令人毛骨悚然。格萨尔心中暗自揣测，这恐怕就是魔地了吧。但是，不管怎么说，今晚也要在这住上一夜。想着，格萨尔下了马，走上前去叩门。

沉重的城门吱吱呀呀地开了一条缝，从里面走出一个天仙般的姑娘，姑娘眨了眨眼睛：“喂，我说你这敲门人，怎么跑到我们魔国来了？看你长得还不同常人，暂且饶你一命。要是鲁赞看见你，再想逃跑难上难。喂，你还站着干什么？快快逃命去吧！”

格萨尔并没有走的意思，上前一步，揪住了魔女的前襟，一把将她推倒在地，姑娘佩戴的金银珠宝装饰品也花花绿绿地撒了一地。格萨尔用膝盖抵住姑娘的胸口，从腰间抽出白把水晶刀直逼魔女的喉头："说，你是谁？这是什么地方？黑魔鲁赞在哪里？"

魔女被尖刀逼着，自知不是格萨尔的对手，只得说实话："我是北方一魔女，阿达娜姆是我名，黑魔鲁赞是我兄，这里是岭与魔国的交界处，我兄命我守边地。雄狮大王啊，格萨尔，久闻大王名声好，好像南赡部洲水龙吟。美丽的孔雀爱玉龙，一听到龙声喜在心。大王啊，格萨尔，你夺去了姑娘我的心。"

听了魔女阿达娜姆的诉说，格萨尔收起了尖刀："你愿意帮助我去降伏黑魔鲁赞吗？"

"听凭大王吩咐！"

"他可是你的亲哥哥啊！"

"是啊，可，可我，我早已过够了这魔国的生活。如果大王不嫌弃，我愿做您的终身伴侣，请您做这铁城的主人。口莫焦，我有好茶酒；身莫焦，我有白罗帐；心莫焦，有我阿达娜姆来解忧。"

雄狮大王被阿达娜姆的诚心感动了，被姑娘的美貌迷住了。看她那玉洁冰清的肌肤，那窈窕婀娜的身姿，那闭月羞花的容貌，叫格萨尔怎能不动心！

格萨尔和阿达娜姆姑娘就这样成了亲。每日里，夫妻二人形影不离。外出，阿达娜姆陪大王跑马打猎；回家，阿达娜姆为大王唱歌跳舞。就这样，不知过了多少日子。有一天，格萨尔突然想起妖魔未除，自己怎么能安心住在这里？可又怕阿达娜姆不让他走。如果得不到她的帮助，降伏鲁赞就不那么容易了。想到这些，格萨尔变得闷闷不乐，聪明的阿达娜姆全都看在眼里。她知道大王的心事，也知道留不住他，便决定帮助大王去降魔。

这一天，阿达娜姆做了一桌丰盛的筵席，格萨尔大为不解：

"王妃，有什么喜事，这样大摆筵席？"

"为大王饯行啊！"

"饯行？"

"是啊，鲁赞不除，大王怎么会安心在这里住下去？今天我就要给大王好好说说降魔的方法，帮助大王得胜利。"

"啊，我的妃……"格萨尔没有说下去。他没想到阿达娜姆竟是这样的明白事理，以大局为重，竟比那森姜珠牡还要胜过几分。格萨尔又想起了珠牡几次阻拦他来北方降魔的事。

"大王啊，从此再往北去，还会遇到很多很多妖魔，碰到很多很多困难。我把这只戒指给你，你如此这般……一定会顺利的。"阿达娜姆褪下手上的戒指，郑重地交给格萨尔大王，又附在他耳边细细地说了半日。格萨尔连连点头，明白了降魔的奥秘。

格萨尔大王与王妃阿达娜姆依依不舍地分了手，按照阿达娜姆所指明的路，启程前往。

走了半日，果然如阿达娜姆所说，先看见一条像大象一样横卧着的白色山岭。山右边，有一座像黑蛇下坡似的桥梁。格萨尔过了桥，又看见一片好像奶汁一样白的海。这海水好惹人喜欢，格萨尔喝了一些，也给宝驹饮了一些，似乎还不过瘾，索性跳进海里，洗了个澡，真是舒服极了。本想在这里好好睡上一觉，又想起阿达娜姆的嘱咐，顿时打消了这个念头。雄狮王又继续往前走，没走多远，一座黑猪鬃一样的山挡在面前。山的旁边，是一片黑茫茫的海，看着令人恐惧。但是，格萨尔大王怎么会怕这些！他正要好好地看看这座山、这片海，突然，从黑海中钻出一条熊一般大的黑狗来。格萨尔知道，这就是魔狗古古然杂。只听魔狗大叫一声“站住”，一下子蹿到格萨尔面前。

格萨尔一见魔狗古古然杂张着血盆大口、立起两爪，就要扑过来的样子，微微笑了笑，把阿达娜姆的戒指举到了面前：“古古然杂，不要见了谁都喊‘站住’，我是阿达娜姆的丈夫。这戒指是阿达娜姆给我的定情之物。你不欢迎反倒要咬我，见了魔王我要告你的状！”

魔狗被那闪闪发光的戒指晃得睁不开眼睛，又听说格萨尔是阿达娜姆的丈夫，心想，阿达娜姆的厉害谁人不知，哪个不晓，还是少惹是非为好！于是就说：“啊，啊，不知大驾光临，恕我老狗无理。您请，请到海子里休息？”古古然杂实在是没话找话。它明知格萨尔不会到黑海里休息，却还要这样说。

“不必了，我还要赶路。”格萨尔收起了戒指，扔给古古然杂一块肥牛肉。魔狗高兴地叼着牛肉，跳进黑海里去了。

格萨尔又往前走，眼前出现两条路，一条是白色，一条是黑色。阿达娜姆说过，白路是活路，黑路是死路。格萨尔顺着白路往前走，一会儿，就看见一座坚固的红色三角城坐落在高高的花石山边。城头上，用五个骷髅做屋檐，用刚死的人的尸体做旗幡。一个长着三个头的妖魔，正立在城门口，见了格萨尔就唱歌吓唬他。

唱完，三头妖的六只眼睛一齐射向格萨尔。见格萨尔也正盯着他，他心中暗自惊奇，哪来这么大胆的人，不但敢往魔地走，还敢使劲盯着我，真稀奇！

格萨尔听三头妖抬出魔国的英雄来吓唬他，他也要回敬几句才是。格萨尔边唱边把阿达娜姆的戒指拿了出来。在日落的黄昏中，戒指的光辉显得更加耀眼夺目。三头妖闭上了五只眼睛。他认识阿达娜姆的戒指，哪敢再怠慢，忙把格萨尔请进城里，摆上好茶饭，送上好饮食。格萨尔并不吃他的东西，只是假意说又困又累需要休息。三头妖次赭信以为真，又忙把格萨尔让进自己的宫中，陪同他一起睡下了。半夜里，格萨尔拿起三头妖的割草刀，将次赭的三个头一齐砍掉，头也不回地骑马而去。他不能回头，因为阿达娜姆吩咐过，如果他回头，三头妖就会复活。

格萨尔算是过了第二道关口。天亮时分，他来到一座像五个指头竖起的高山旁边。这里是一个很大很大的草场，一个长着五个头的妖魔正放牧着黑白两色的羊群。自从进入魔国，格萨尔发现，这里没有五颜六色，除了黑色就是白色，山是这样，海是这样，羊群也是这样。格萨尔还发现，魔国的大小妖魔见了人，都是后说话先唱歌。这个五头妖魔也是如此。

格萨尔早已习惯这套问话的方式，便不慌不忙、铿锵有力地回答说："我是郭姆妈妈的亲儿，我是岭国的大首领，雄狮大王格萨尔。"

五头妖秦恩一听是格萨尔，顿时警惕起来。他虽然从未见过雄狮王，但格萨尔的名字已传四方；都说他是妖魔的死对头，不知自己是不是他的对手。在魔国，五头妖的武艺只在鲁赞之下。如今见到格萨尔，他想和雄狮王比试比试，于是向格萨尔提出比武，一比射箭，二比摔跤。格萨尔欣然应允。秦恩马上立了五九四十五个靶子，它们是：九只绵羊、九只山羊、九层铠甲、九个铜锅、九副鞍木。

格萨尔将九万良友箭抽出，默念助箭辞。念毕，搭箭开弓。弓弦响，箭离弦，闪电般的红黄火焰遮天盖地，如同燃烧的羽毛一样。利箭射穿了五九四十五只箭靶，在空中打了个旋，又回到格萨尔的箭囊中。

五头妖秦恩看呆了，看傻了。他活到偌大年纪，经过、见过的不算少，可从来没见过这样的神箭。他不再展示自己的箭法，服输了。于是进行第二项比赛——摔跤。

格萨尔念动招请天神的咒语，只一下，就把牧羊老汉秦恩摔倒在地。格萨尔用膝盖抵住五头妖的胸口，掏出白把水晶刀，愤怒中带着得意地说："五头妖魔你听着，针尖虽小能要人的命，我人虽小能把妖魔降！如果你还想活命，老老实实为我办事情；如果有半点不应承，现在就要你的命！"

五头妖秦恩一听，自己还有活命的希望，立即答应为格萨尔办事，并讲了自己的身世："我本生在绒国，后被鲁赞抢来，绒国的人也被鲁赞抢掠，这才在魔国住了下来，成了五头妖魔。这样的日子现在就要结束了，我愿随大王去岭噶布，做个善良百姓。"

格萨尔见老汉说得情真意切，深受感动，饶了他的命，并让他立即去鲁赞的九尖魔宫，看看魔王在干什么，王妃梅萨在做什么。

秦恩给格萨尔宰了一头肥牛，又献上一百碗酒，告诉他："大王啊，您一边吃肉，一边喝酒，一边鞣皮子，吃完肉还要砸碎骨头吃骨髓。我去去就来。”

五头妖魔秦恩带着格萨尔交给他的任务，来到魔城九尖宫殿，看见了魔王鲁赞和王妃梅萨绷吉正悠闲自在地坐着。一见秦恩进宫，鲁赞忙问：“啊，我的大臣，你的身体好吗？黑色白色的牲畜都平安吗？国内各地方都安静吗？没有什么敌人来作乱吗？”

“大王在上，容臣子如实禀告：国内各地都很安静，没有什么敌人敢来作乱。啊，多蒙大王庇佑，臣子的身体也很好！”秦恩拜过大王和王妃后，缓缓地回答着鲁赞的问话。

“哎呀，我的大臣，我好像嗅到了生人的气味，这怕是你带来的吧？”鲁赞不愧是魔王，一下从秦恩的身上嗅到了非同寻常的气味。

“怎么会呢？大王，我每天都要放牧羊群，昨天，有一头白羊得了病，我把它杀了，可能溅在身上一些血，或者留下些膻味吧！”秦恩唯恐鲁赞追问自己，急忙解释。

“噢，也许是。”鲁赞将信将疑。“臣啊，你远道而来，坐下休息吧，我还要出去巡视一回呢。王妃，你陪秦恩坐坐。”说着，鲁赞走了出去。

秦恩知道，老魔是不放心。可这也正好给了他和王妃说话的机会。

“啊，王妃，”见鲁赞走出去，秦恩马上对梅萨说，“昨天有个过路的商人，他说是从岭噶布来的。”

“哦，他说了些什么？”梅萨本来是懒洋洋的不想和秦恩说话，可一听他讲从岭噶布来了人，顿时有了精神。

秦恩心中暗笑，格萨尔总算没有白来，他的妃子心中还在想念岭噶布。于是，他故意慢吞吞地说：“他说岭国现在已经没有王，格萨尔已死了一年多。”

“什么，你说什么？”梅萨心中着急，顾不得掩饰自己的焦虑之情。自从被鲁赞抢到魔地来，鲁赞对她真可谓下了功夫，把其他王妃都搁置一边，每日里陪她吃喝玩乐。梅萨吃的是最香最美的食品，穿的是最柔软最漂亮的衣服。老魔对她是百依百顺，梅萨说东他绝不往西。只有一条，老魔不许梅萨思念岭噶布，更不许提起半个岭噶布的字眼儿。所以，梅萨尽管享受着荣华富贵，心中还是不免常常思念家乡，想念她的大王，只是不敢有半点流露罢了。但是，今天一听秦恩说格萨尔已死，她可就憋不住了。

秦恩见梅萨急成这副模样，忙又缓和了口气：“也许是我耳聋没听准，也许是他讲错了话，要不然，我带他到这里来见见王妃，您当面问问他？”

“好吧，你把他带到后宫。记住，别让老魔鲁赞知道。”

“臣子明白。”秦恩高兴地回去了。

秦恩回来的时候，格萨尔已吃完了肉，喝完了酒，鞣完了皮子，正在砸骨髓吃。老汉高兴地把见到梅萨的情形告诉了他，格萨尔把手中的骨头一扔，立即随秦恩去见梅萨。

自秦恩走后，梅萨心乱如麻，原指望有朝一日大王会来搭救自己出魔地，哪想到大王竟先她而去。今天且把那商人叫来问问，如若是真，那她就不想再活下去了；如若是假，那，那定要让五头妖把他吃掉，谁让他尽说些乱人心思的话呢?！

梅萨正兀自想着，秦恩已把格萨尔带了进来。秦恩装作申斥格萨尔的样子，故意大声说："商人，今天王妃有话当面问你，你可要说实话呀！"说着，秦恩给王妃鞠了一躬，退了出去。

梅萨望着这"商人"，那面孔似曾相识；不，岂止是相识，简直是太熟悉了。

格萨尔也直盯盯地看着梅萨，那美丽的头饰遮不住憔悴的面容，那华丽的衣服盖不住瘦弱的身形，她比在岭国时瘦多了。

格萨尔慢慢脱下商人的外衣，露出了雄狮王的服饰。梅萨也脱去魔妃的服饰，只剩下洁白、单薄的内裙。大王和王妃紧紧地搂在一起，梅萨轻轻地抽泣着，格萨尔大王也潸然泪下。

突然，梅萨猛地从格萨尔的臂膀中挣脱出来，大叫着："不要骗我，你这老魔！如今你又变化出格萨尔的样子来试探我！我知道，格萨尔已经死了，死了一年多。今天，我也不活了！"说着，梅萨就向柱子撞去。

格萨尔王眼疾手快，将梅萨一把拉住，又搂在怀里："梅萨，我的妃，你怎么了？怎么连我也认不得了？为了你，我跋山涉水，历尽艰辛，你怎么反倒把我当老魔？"

"你真是雄狮王？"

"你不相信？"

"那么我问你……"

梅萨一一向格萨尔询问岭国的特征，格萨尔对答如流，梅萨这才相信：眼前的这个人，真是自己日夜思念的雄狮大王格萨尔。

"大王啊，那，你快带我逃出去吧！"

"妃子不要心焦，等降伏了老魔我们再走不迟。"

"这……"梅萨有些迟疑。她不是不愿意让格萨尔降伏老魔，而是怕大王打不过老妖反遭伤害。梅萨把格萨尔带到魔王的宫里："大王啊，你看看，这是鲁赞的床，这是鲁赞吃饭的碗，这是鲁赞的铁弹、铁箭。"

格萨尔在床上一躺，像个婴儿一样，只占了床的一角。他又想端那饭碗，拿那铁弹、铁箭，竟拿不起来。梅萨见状，忙劝道："要想打败老魔，是很难很难的啊！"

“那么，我就不要降伏这黑魔了吗？妃子梅萨，你一定知道降魔法，还要帮助我才是。”

“这样吧，我把老魔的黄母牛杀了给你吃掉，你就会长大的。”梅萨说着，动手杀了牛，又把它煮熟。格萨尔一口气吃了这头牛，身体顿时变得又高又大。老魔的床睡不下他了，老魔的饭碗和铁弹、铁箭更是轻而易举。格萨尔心中十分高兴，梅萨也欣喜地说：“这下，降伏妖魔就有希望了。”

梅萨叫格萨尔仍旧回秦恩那里去住，等明天再来告诉他降魔的办法。

这天夜里，梅萨对老魔鲁赞说：“大王啊，不好了，我做了一个梦，梦见我右边的发辫被剪掉了，这恐怕不是什么好兆头。如果大王有个三长两短，叫我怎么办呢？昨天听秦恩老汉说，岭国的格萨尔要来北方降魔呢，不知什么时候就会到这里。您对于您自己的寄魂海、寄魂树、寄魂牛，还要多加小心才好啊！”

老魔呵呵一笑：“妃子不必担心，我的寄魂海是仓库里的一碗癞子血，把这碗打翻，寄魂海才会干；我的寄魂树，只有用我仓库的金斧子砍三次，才会断；我的寄魂牛，只有用我仓库里的玉羽金箭去射，才会死。在我睡熟的时候，我的额间有一条闪闪发光的小鱼儿，这是我的命根子。在鱼儿闪光的时候被箭射中，我才能死。”说完这些，老魔鲁赞忽然后悔起来，“爱妃啊，这些事可千万不能让外人知道，不然，我就真的没命了。”

“妃子明白。”梅萨真高兴，竟这样轻而易举地知道了老魔的秘密。天亮时，梅萨假意关心老魔：“大王啊，为了保险，您还是出去巡视一下吧，万一格萨尔来了，也好早些对付他。”

老魔对梅萨的话深信不疑，而且他也真有些不放心，吃过早饭就出去巡视了。

格萨尔又来到九尖魔宫。梅萨详细给他讲了降魔的方法，先要把老魔的寄魂海弄干，再把寄魂树砍断，再把寄魂牛射死，最后才能杀死鲁赞。

接连三天，格萨尔弄干了鲁赞的寄魂海，砍断了鲁赞的寄魂树，射死了鲁赞的寄魂牛。老魔的妖气消去了不少，身上的铁蝎子和手脚上的毒蛇也变得无影无踪。老魔不分昼夜，一直在昏迷，处于半死不活的状态。现在，就差射死他额间闪闪发光的小鱼了。

格萨尔被梅萨藏在灶间，待老魔昏睡之时，突然射出了雕羽箭。谁知，这一箭竟没有射中。紧接着，格萨尔再发鹰羽箭，这一箭正中老魔额间。但是，鲁赞的妖气未尽，并没有马上死去，反而从床上跃起，扑向格萨尔：“我早就闻出你的味了，你弄干了我的寄魂海，砍断了我的寄魂树，射死了我的寄魂牛，现在又射死了我的寄魂鱼。既然我不能活，也决不让你活下去。”

格萨尔和鲁赞扭打在一起。梅萨生怕雄狮王有失，忙把豆子撒在鲁赞脚下，而把灶灰撒在格萨尔脚下。格萨尔念诵大力咒语，拼命一摔，老魔被脚下的豆子一滑，跌倒在地。雄狮王抽出红刃斩妖剑，将老魔斩为两段；然后将鲁赞的尸体压在一座黑塔下面。格萨尔坐禅静修，超度鲁赞的灵魂到清净国土。此时，格萨尔到魔国才三个月零九天。

此后，格萨尔仍用秦恩为大臣，在魔国大做善事，又住了数年。

7.《阿琼穆扎》

在很早很早以前，工布地方有一个魔王转世叫阿琼穆扎的人，他占领了雪域藏地东部的全部地方，自封为王，称霸一方，危害百姓，喜欢黑色恶道，仇视白色善业。

就在这个时候，岭噶布的格萨尔王派遣岭国奔巴部落的商人尼玛拉杰、东泽雅梅洞德、协饶威三人率领商队和马帮驮着大批虎箱、豹箱、银箱（意为极为珍贵的物品）前往圣地拉萨，到释迦牟尼佛像前敬献黄金、涂抹金身；到上部阿里大寺敬献金顶，祈愿雪域藏地财源丰盛，商道畅通，朝圣之路平安够开启上方嘉噶的佛门，下方汉地的茶道，众生安享幸福吉祥。

商队走到纳隆雪山附近的大草滩，在那里安营夜宿，工布魔王阿琼穆扎属下热堆纳布扎赞为首的五个猎人，刚好路过这里，要上山打猎，他们看见这个商队骡马成群，带着大批金、银、财宝，很有来头，热堆纳布扎赞立即起了贪心，心想，与其上山打猎，不如强夺这个商队，收获不是更大？但一看，商队有很多脚夫，个个十分强悍，还有三十只藏獒看守，自己手下只有五个猎人，肯定占不了什么便宜，于是便返回王城，向阿琼国王禀报。国王立即召集群臣商议，阿琼国王认为，我们阿琼国家地方边远，既不是朝圣之路，又不是通商之道，这帮人突然来到我们这里，一定是另有企图，说不定他们是东方岭国派来探路的奸细，听说格萨尔那个坏人，到处在抢夺地方，扩大疆土。说不定就是岭国的人。众人议论纷纷，大臣珠拉玉桂说："俗话说得好，大鹏飞到家门口，总要拔几根羽毛，岭地商队到了我们地方，总是要收取草费、路费、土地费。"大家一致赞成他的主张。于是派了一支强悍的队伍去收水草费，但岭国商人不愿缴纳这些费用，认为是无理要求。工布兵正好找到一个借口，去抢夺财宝，于是双方打了起来。商队当然不是工布兵的对手，商队和脚夫被工布兵杀的杀，活捉的活捉，只有少数几个人逃了回去。

恰在这时，格萨尔在天界的姑姆朗曼噶姆出现在神帐，给格萨尔降下授记，然后像一道彩虹，飘然而逝。得到授记，格萨尔暗自思忖，消灭一个魔王，又出现一个魔王；消灭了北方魔王，出现了霍尔魔王；消灭了霍尔魔王，出现了姜国魔王；消灭了姜国魔王，又出现了工布魔王。这魔王什么时候才能消灭干净？

不禁有点畏难厌战情绪。但雄狮王又想到：我格萨尔降临人世间的使命，就是降妖伏魔，惩恶扬善，抑强扶弱，造福百姓。天意如此，只能出征降魔。于是派王宫里的神鸟去各地传达命令，让各邦国、各部落首领前来议事。这些神鸟都有灵性，通人性，会说人话。

首领们很快聚集在神帐，总管王绒察查根部署作战方案，决定格萨尔王亲率大军出征。

岭军出征时，王母郭妃娜姆、柔萨格措，王妃珠牡、赛措、晁措、丹萨、莱琼、娜姆玉珍等众妃和岭国百姓，穿着最华丽的衣服，为他们送行。

按照天神的旨意，格萨尔决定，这次出征，路经梅朵雪山时，让晁通担任先锋。晁通虽然不愿意，但不敢不从命，担任了先锋，晁通又十分得意，把自己变作一只猛虎，想吓唬工布兵，企图不战而胜，以便在雄狮王和众英雄面前显示自己的本领。结果弄巧成拙，被工布兵识破，把他活捉去，关在一个黑铁铸造的黑牢里。

古谚说：对敌人要提防，对亲人要保护。格萨尔认为，晁通这个人毛病很多，但毕竟是我们岭国人，现在落到魔国手里，还是要去搭救。

这边格萨尔亲率岭军去搭救，那边魔王阿琼亲自出战，双方在扎曲河边展开了激战。魔国大将帕桂扎杰被岭将巴拉斩于马下，身首分离，岭军初战告捷。

老总管绒察查根提出，我们虽然取得了很大胜利，自己的损失也不小，我军远道而来，将士们十分疲惫，是不是趁岭军获胜，向工布兵提出休战，以便有一个休息的机会，也好祭祀战神，以利再战。大家都赞成老总管的主张。工布方面连战连败，也想重新聚集兵马，同时派人到门域国，向亲赤国王请求派救兵。双方经过谈判，签订了停战协议。

不久，双方重新开战，在岭军前进的路上，有一条巨大的毒蛇挡住去路。晃通自告奋勇，要斩杀这条毒蛇。他拿出一根铁杵，口中念念有词，祈祷战神帮助，然后将铁杵投向毒蛇，由于得到战神帮助，铁杵像一个巨大的火球向毒蛇飞去，击中蛇的头顶，这致命一击，使毒蛇疼痛难忍，在地上打滚，变作一团火，越来越大，向晁通扑去。晁通吓了胆，慌忙转身逃跑，头发挂在树梢上，膝盖碰在树干上，使他不能动弹，毒蛇向它扑去，恨不能一口把晁通吞下。

在这关键时刻，格萨尔一箭射去，正中蛇背，蛇心从前胸滚出来，落在地上，变成一座山。后来就取名为“蛇心山”，因这座山非常像一个巨大的蛇心而得名。

这条毒蛇是工布阿琼的寄魂蛇，它的头部藏有许多世上稀有的珍宝，格萨尔王将这些珍宝取出来，祈祷祝愿，变化出无数的珍宝，成为世间共有的财富，享用不尽。

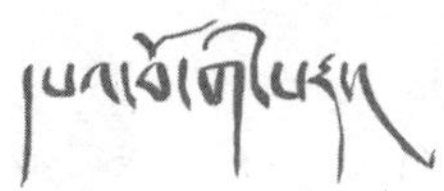

岭军在前进的路上，又遇到一头巨大的野牛拦路，这野牛是阿琼王的寄魂牛。女英雄阿达娜姆一箭将它射死。寄魂蛇和寄魂牛都被射杀，但阿琼是魔王转世，魔性极大，对他不能造成很大伤害，他继续召集兵马，抵抗岭军。他对将士们说：古谚说得好，自己故土是宝地，是好是坏要守护。我们工布地方，绝不能让格萨尔来侵犯。

双方继续进行激战，工布大将率察隆拉角登也被岭军射杀。工布军抵挡不住，老臣协钦罗杰拉桑向国王进言，是不是让王妃带着王子到她的兄长南方朗吉杰布国王那时暂时安身，阿琼国王和四个内大臣领着二十多个贴身随从，携带奇珍异宝，逃离王城，只要人在，以后还有报仇机会，我带着残余兵马，在这里守城。但是，国王、王妃和大臣们都不赞成老臣协钦的主张。阿琼王激昂地说："男子汉的一生，有生也有死，与其屈膝投降，不如奋力一搏，轰轰烈烈死去。"

岭军来势凶猛，很快攻占王城。阿琼国王慌忙逃跑。格萨尔驰马追赶。阿琼逃到一个湖边，那个湖叫巴松措，湖的周边有三个巨大的岩石山因而得名。阿琼用幻术潜入湖底，格萨尔追到湖里，一脚踩在湖心，在岩石上留下深深的脚印。为了纪念格萨尔降伏魔王，造福百姓的功绩，后人在岩石上建造了一座寺院供奉。这是后话。

阿琼王企图乘坐能飞的铁箱升天，但被格萨尔一箭射落。正如阿琼自己所说，他是天神之子，铁箱落地燃烧起火，阿琼王化作一道彩虹消失，没有留下遗体，只剩一个魔城，被称作"工布魔城"。

在格萨尔王亲自主持下，举行了盛大隆重的招"央"祈福仪式，格萨尔向天呼唤：百姓需要的宝藏"央"，上方嘉噶的佛央，下方汉地的茶"央"，古杰藏地的粮食"央"，大食王国的财宝"央"，索波地方的马"央"，柏波地方的多子"央"，松巴地方的犏牛"央"，米努地方的绸缎"央"，玛玛地方的衣服"央"，大森林里的木材"央"，普天之下百姓能长寿的寿"央"，扎西"央"……"恰"和"央"都到雪域藏地来。……

这就是格萨尔王唱的著名的招"央"歌。

按照古代藏民的传统观念，认为世间每一样东西都有它自己赖以生存和繁衍的"宝气"，藏语里称作"央"，意为福禄、财运，吉祥如意的好运气。藏族传统的观念认为，任何东西都有自己的"央"——福禄和财运。马有马的"央"，羊有羊的"央"，金银铜铁、珍珠、玛瑙等也都有自己的"央"。在夺取这些财宝之前，必先夺取它们的"央"。有了这种"央"，即宝气，这些东西即便暂时丢失，最终也能够得到；一旦失去这种"央"，即便得到，最终也会丧失。因此，在以后的各个分部本里，有很多关于争夺"央"的故事。

8.《霍岭大战》

岭国东北面是霍尔地方。霍尔的天帝叫霍尔赛钦，也就是黄霍尔。到吉乃亥托杜王时，霍尔越加强大。他有三个儿子，武艺都非常高强，根据所住帐篷的颜色，分别称为黑帐王、白帐王和黄帐王，其中白帐王武艺最精湛，也最狂妄自大。

格萨尔到北地降魔的第三年即火龙年，白帐王的王妃、来自汉地的噶斯突然病逝。白帐王过不得孤独的生活，便召集群臣商议，要选天下最美的女人做新王妃，决定派宫中会说话的鸽子、孔雀、鹦鹉和老鸦去各方寻找。四只鸟飞到三岔路口，鹦鹉说：大王要我们到各地选美女，假若选不好，大王会说我们无能，会治我们的罪。选上美女，假若人家不愿意嫁给大王，他一定会派兵去抢，必然发生战争，使百姓遭受苦难，无数生灵涂炭。我们不要惹这个麻烦，造这个罪孽，不如回到各自的家乡去吧！

它的话得到鸽子、孔雀的赞同，鸽子回了汉地，孔雀回黄河边，鹦鹉回了门域，只有没有家园的黑乌鸦决定讨好白帐王。它不辞辛苦，飞遍东西南北，终于在岭地发现了世上罕见的美人珠牡。

再说格萨尔去北方降魔，一走三年，珠牡无心梳妆。这天风和日丽，珠牡想起大王临行前说过早则两年迟则三年一定凯旋，现在已是三年整，怕要回来了吧。就叫来侍女阿琼吉和里琼吉帮她洗发梳头，准备迎接大王。这时，刚好霍尔的黑老鸦飞到这里，被珠牡的美艳惊呆，高兴得立刻向珠牡哇哇夸起白帐王来，劝诱她做白帐王妃子：“荣华富贵任你享，强似在这守空房。”

珠牡不喜欢这个白天传播凶兆、夜晚带来噩梦的灾鸟，抓起一把灰向它撒去，想不到这灶灰没撒到黑老鸦，由于用力过猛，反倒把自己的小松石发夹摔在了地上。老鸦一见，立刻叼起来，飞回霍尔，张口吐出一个晶莹碧绿的小松石，向白帐王述说珠牡如何美艳绝伦，举世无双：“美丽的姑娘在岭国，珠牡王妃俏模样。她往前一步能值百匹骏马，她后退一步价值百头肥羊；冬天她比太阳温暖，夏天她比月亮清凉；遍身芳香赛花朵，蜜蜂成群绕身旁；人间美女虽无数，只有她才配大王。格萨尔大王去北方，如今她正守空房……”激起白帐王的贪心和欲心，决意把珠牡抢过来。无论他的大将梅乳泽如何劝说、卦师吉尊益西的卦象如何凶险，他都不管不顾，执意出兵。

珠牡自从看见乌鸦、丢了松石发夹后，一直心神不宁，一天夜里，又梦见山崩地裂，洪水滔天，砸坏了房屋，淹没了牛羊。珠牡被噩梦惊醒，派侍女召集岭国大小战将前来商议。以嘉察和总管王为首的岭国三十英雄应召前来，除晁通外，大家都认为是凶兆，决定派出长、仲、幼系各路骑兵，到霍尔观察动静。英雄丹玛自愿率兵前往，出岭国不久，发现霍尔兵已布满石滩，丹玛让手下人回去报信，准备只身挡住霍尔兵。在他煨桑祭天、赞颂战神时，通人性的坐骑银灰马建议扮成跛人跛马前去偷袭。他牵着跛马一瘸一拐顺利到达霍尔营门，冲进去，砍倒了辛巴梅乳泽这支先锋部队的十八座大帐，踏翻了十八个大锅灶，灶灰四处飞腾，遮黑了天空。辛巴们一时吓蒙，乱作一团。丹玛趁机把霍尔人在阴山、阳山和山谷里放牧的战马赶到一起，从容不迫地赶回了岭国。

晁通见丹玛抢得许多骏马回来，他想逞能，决意去打第二仗。他不听珠牡等人劝阻，骑上白骒马，快马加鞭，飞驰到与霍尔兵对峙的山口，见密如繁星似的霍尔兵马，立刻吓破了胆。这时，梅乳泽发现了他，听他夸口，一箭射去，正中白骒马，马一惊，把晁通摔下来，霍尔兵一拥而上，生擒活捉了他，带到军营里，拳打脚踢，打得他连声呼叫，苦求饶命，接着对白帐王献计说，格萨尔远征北地未回，他愿做向导，领霍尔兵去攻岭国。白帐王喜出望外，亲自率二万巴图鲁向岭国杀来。双方一阵恶战，死伤不计其数。

绒察查根的小儿子昂欧玉达年轻，听到晁通老说男子汉少年英雄，应该去杀敌建功，激起了他的好胜心。他未跟岭国其他英雄商量，就趁夜只身去闯霍尔军营。霍尔营虽说没有防备，被他杀死不少军兵，但急忙迎战的辛巴还是一箭将他射死了。岭国众英雄见到他的战马回来，赶紧出战，也没能救回这位小英雄。

老总管得知爱子阵亡，十分悲伤。当时不少将士阵亡，又加上严冬将近，形势极为不利。此时岭军应退守城池，以待有利时机。但青年将领们决心死战。为了说服大家，总管王只身闯营，他挥动战旗，像礌石从空中滚滚而来。霍尔营帐东边的士兵被他一一打翻，头目赤扎拉玛被斩于马下，接着他杀入白帐王大帐，没找到躲在金座下的白帐王，他就三剑将金座劈成几截，又砍翻八吉祥桌、绿宝瓶，射死许多霍尔兵。在快要冲出东门的时候，门旁一些懦弱的霍尔兵被吓得昏倒在地，总管王骑着战马，踏在他们身上，骤驰而去。这一仗稳住战局，他才向岭将陈述利害，劝说撤军。

珠牡见霍尔王的架势，知道不把她抢到手不会罢休，决定用计骗霍尔王一段时间，她让嘉察和总管王告诉霍尔王：珠牡决定跟他们去，只因正在修行，要等些日子才能出寺。同时，她给格萨尔写了一封信，派岭国的寄魂鸟白仙鹤送到魔地。珠牡的计策得到总管王的赞同，嘉察虽不情愿，但见兵马受损不轻，也希望能用计拖住黄霍尔以待格萨尔回来，就将珠牡的假意允婚告诉了白帐王。

白帐王相信了珠牡的话，等了整三年，珠牡也等了三年整，但格萨尔音讯皆无，梅乳泽倒是来催了。珠牡借口要去上沟拜别姑母，在梅乳泽的看护下，向岭国最高峰爬去。她爬到山顶，拿出随身的水晶宝镜，看见格萨尔与梅萨和另一个美若天仙的姑娘正在饮酒唱歌，珠牡顿时昏了过去。一只喜鹊叫醒了她，珠牡请它充当信使，请格萨尔快回岭国，自己再下山，谎称姑母病得很重，要侍候几天。三天又三天过去，白帐王又叫梅乳泽来催，珠牡说要到中沟与姐姐辞行，她爬到山顶，从宝镜中见到大王与两个妃子在饮酒唱歌，花喜鹊被射死在大帐门口，珠牡十分痛心。但还是写了一封信，这回让一只红狐狸当了信使。快回到达孜城时，珠牡眼睛一亮，有了主意，满口答应即刻启程。

梅乳泽受白帐王派遣，一次次催促珠牡启程赴霍尔，都被珠牡巧妙搪塞。这天，珠牡突然想到一个主意，满口答应梅乳泽。梅乳泽立即向白帐王报喜，珠牡则向侍女面授机宜，酷似珠牡的里琼吉愿意冒充主人。征得总管王和嘉察同意后，她让侍女里琼吉装扮成自己的样子，嫁给白帐王。里琼吉穿戴停当，被隆重地送到霍尔营帐。白帐王以为得到了珠牡，世上最漂亮的女人，心满意足，高高兴兴地退了兵。梅乳泽虽看出破绽，但没有说破。

一天，格萨尔正在北方魔地的帐房里休息，天空里忽然飞来三只仙鹤，仔细看去才知是岭国的白仙鹤，这才想起岭国，想起珠牡和妈妈。他连忙起来，只见仙鹤脖子上还有一封信，原来是珠牡写的。上面写着，由于霍尔兵的入侵，岭国的英雄勇士都已战死，霍尔王要抢她回去，她誓死不从，请格萨尔赶紧回来搭救。格萨尔跨上赤兔马，立刻回国，却被梅萨拦住。

第六天，霍尔兵撤到雅拉赛布山，就在众人扎帐宿营时，一支红铜尾箭呼啸着飞到白帐王大帐里，原来是晁通告密，说那是假的，珠牡还在岭国。霍尔王知道上了当，立即令梅乳泽带十万兵去把珠牡抢来。辛巴不想与岭国打仗，就直接围住达孜城，劝珠牡为了岭国平安，早日跟他们一起走。珠牡相信梅乳泽说得不假，但她不能嫁给霍尔王。白帐王不放心，亲点大军，也来到达孜城。这时，格萨尔的神箭飞来，钉在白帐王座椅上方的柱子上。卫士、梅乳泽、白帐王本人都不能拔下来，正拟撤军，晁通的告密箭又来了，说格萨尔还在很远的地方，不必害怕。白帐王立刻下令攻城，要把珠牡抢走。这时，珠牡将雄狮王留在家里的铠甲和弓箭一一披挂整齐，威武雄壮地出现在达孜城上。霍尔兵一见，吓得魂飞魄散，四处逃散，白帐王也沉不住气了。又是晁通的歌，使霍尔王知道那只是珠牡，于是冲上城去，捉住珠牡，班师回到霍尔。

待嘉察等众英雄赶到珠牡住的达孜城时，已是人去城空。珠牡被掳，嘉察气得七窍生烟，既不和大家商量，也不部署战事，只身追去。白背马懂得主人心思，四蹄生风，不久追上霍尔人。嘉察不顾一切冲入敌阵，白缨刀左挥右砍，霹雳箭四射，霍尔兵马顿时大乱，四散奔逃。压后阵的梅乳泽知道硬拼不过，就想出一个比武的把戏，讲明若嘉察胜，他就劝说白帐王将珠牡和珍宝还给岭国，若他胜，嘉察自动回岭。嘉察没有多想，一箭射去，把梅乳泽的铁盔缨射飞，利箭又飞回箭筒中。梅乳泽变了神色，说是射嘉察的白盔缨，却瞄中前额。嘉察中箭，死于诡计。

嘉察中箭身亡，岭国众英雄闻讯赶来，总管王心如刀绞，昏死过去。王妃珠牡被掳，岭国珍宝被掠，还有何脸面活在世上！众英雄忍不住泪流满面，丹玛把刀一挥，誓欲追杀霍尔兵，为嘉察哥哥报仇，众英雄响应。森伦王急忙拦住，他说最勇武的嘉察已死，不要再做无谓牺牲，等格萨尔回来吧；并建议每人向霍尔营射箭，警示白帐王。箭如所愿，射到了各位英雄想射到的地方。大家这才各自退兵回城。

再说格萨尔降伏魔国后，任命秦恩管理国政，准备回国。这时，梅萨和阿达娜姆给他献上迷魂酒，喝完后他忘记了一切，整天在九尖魔宫里与秦恩下棋，与二妃饮酒作乐。白仙鹤使他清醒过来，但就在他准备赶回去打败霍尔王时，梅萨再次给他喝下药酒，结果又是三年过去了。小喜鹊飞来时，梅萨怂恿格萨尔射死了它；红狐狸带来珠牡的金戒指，并述说了岭人的悲惨遭遇，格萨尔决意不再喝梅萨的酒，为了争取时间，又预先射出了那支神箭以警告霍尔王。但梅萨却在饭食里下了迷魂药。转眼九年过去，一天，神驹江噶佩布唱起歌来，阿达娜姆也劝住了想再阻拦的梅萨，格萨尔这才回转岭国。这时，晁通因为屡次通风报信有功，霍尔人已让他做了三年国王，岭国人被他折磨得困苦不堪。他见到格萨尔假扮的牧羊人，立刻叫森伦去讨水钱、草钱。

格萨尔见到父亲的模样，心酸不已，给父亲奉茶切肉，恢复了真面目，并说明真情。第二天，他又假扮成老乞丐，了解到晁通的险恶用心，江噶佩布忍耐不住，吞下晁通。总管王等人赶来，梅萨和阿达娜姆带着魔地的财物、骡马牛羊回来，格萨尔就将这些分给每一个岭国人。神驹把晁通屙出来，格萨尔派他到达喀部落去放马，自己向霍尔进发。

格萨尔单人独骑，过了霍尔王设下的九道关，翻过三座大山，只身入霍尔国降魔。看见山泉边一个美若天仙的姑娘正在汲水，暗想白帐王为何不娶她为妃呢？他就变成小乞丐，还被智慧仙女化身的吉尊益西迎回家中。吉尊逐渐认出小乞儿就是格萨尔王，就向他表露心意，格萨尔这才显现英雄本相，与吉尊山盟海誓，发愿白头到老。十五月明之夜，格萨尔进宫诛杀霍尔王，吉尊送别大王，为他祈祷，祝他马到成功。

吉尊教格萨尔先砍掉霍尔三王寄魂牛的牛角，让霍尔三王都得了病。之后，格萨尔变化成耍猴的老乞丐，探得珠牡仍像从前那样爱他，感动万分。

当他从王宫出来，被辛巴梅乳泽约到一处僻静树林，向他述说了霍岭战争的始末，表示愿意听从他的指挥，格萨尔暂且饶了梅乳泽的杀兄之仇。回到吉尊家，开始锻造铁链，吉尊让他再去将霍尔王的寄魂牛头上钉上大铁钉，让三王得了重病。她遵命前去卜卦，谎称三王冲撞了家神，必须请五个美女到山上煨桑敬神，同时王宫三门大敞三天，才能把家神请回。

格萨尔在十五月明之夜，揣着铁链，扮成霍尔人，进了王宫的大门和中门，来到紧闭的内城前。他抛出铁链，爬到中间时累乏饿困，难以为继，幸得天母及时赶到，吹了一口气，使他立刻精神倍增，爬到王宫的神龛上。珠牡与白帐王生的儿子哭闹起来，珠牡猜到是格萨尔来了，哄睡孩子，因料到宫中将有一场厮杀，预先做了些准备。

格萨尔闯进白帐王帐中，将其擒获，把金鞍压在白帐王脖子上，将金辔戴在白帐王的嘴里，将宝剑当鞭子挥舞起来，驾驭着他向东、西、南、北方向各跑了三趟。当格萨尔王骑到霍尔白帐王背上的金鞍时，他芝麻大一点的勇气也没有了，好像被狂风吹散的蜜蜂，被皮鞭追赶的老牛。白帐王跪倒在地，向格萨尔王唱了一支求饶的曲，他愿把霍尔国所有的金银财宝作为赔偿，但愿能换回一命。格萨尔听见这懦夫如此之说，更是怒不可遏，当即将他劈成两段。

隐居在城楼上的鹞鸟飞下来落在白帐王的尸身上，叫着咯咯的声音欢呼着，它从头到尾看了个详细，见到白帐王的最后下场，并实现它前生的誓言，抖着翅膀，咂着喙，从此心满意足了。

格萨尔说：“我还要对梅乳泽进行惩罚，并带到岭国去惩治，请兄长放心好了。”

鹞鸟却说：“这辛巴当初一见我就胆怯逃跑，因我穷追不舍，所以违背了我们二人前世的誓约，招来不幸，责任不在他，而在我。当初霍岭开战时，他一开始就再三制止战争，另外你们二人前生是弟兄，所以不能伤害他的性命。我的心愿已足，也该抛弃这鹞鸟的躯壳，到另一个境界去了。”

说完扑打了几下翅膀，向着无际长天，腾空而去。

在章庆科茂白宗城中，唐泽玉周想道：“岭军到霍尔已有好几天，意料的事情已经发生了，得赶快去拜见雄狮大王才是。”遂全身披挂整齐，佩带好三件兵器，骑上快马，向雅泽城飞奔而去。快到雅泽城时，只见东边广场上聚集着岭国军队。唐泽慌忙滚鞍下马，手捧一条洁白哈达，到岭军中说：“我叫唐泽玉周，来向岭国格萨尔大王和岭国大军投诚。”

遂来到岭军中心，叩见了格萨尔大王，并把头盔、铠甲、战马和兵器都献到大王驾前，以白哈达为引见之礼，顶礼膜拜，跪在地上。大王知晓他的为人，自然非常高兴地接受了他。从那天起，唐泽玉周的名字仍照以前，保留了原名。雄狮大王以慈悲之心，将他收为大臣，唐泽非常高兴，也非常感谢。

霍尔国兵败如山倒，还有一些不肯投降的霍尔旧臣四下逃窜，结果都被岭国的将士们一一抓住。格萨尔王亲自找到可恶的多钦，给了他一个命丧黄泉的

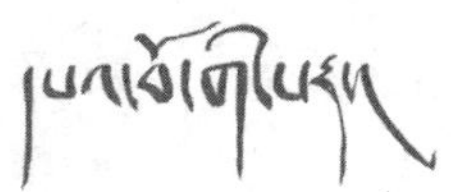

下场。格萨尔又吩咐珠牡快快收拾东西，准备回岭国。格萨尔和岭国众将士又一鼓作气，将黑帐王一举消灭。

当格萨尔转回来时，见珠牡背着孩子，立即沉下脸：“你要把魔王的孽种背到哪里去？”

“大王啊，求你答应我把他带走吧。他虽是白帐王的骨血，也是我的亲生子，是我身上的一块肉，现在还未断奶，离了妈妈，他是活不成的。”珠牡哀求道，“孩子是没有罪的。”

“你还有这样的慈悲心肠！霍尔王杀了我们岭国多少孩子！在他们刀下，死了多少英雄！你快把这孩子扔下跟我走！”

珠牡懂得格萨尔此时的心情，却又不忍心丢下这吃奶的孩子，真是肝肠欲断啊！见大王已经走在前面，珠牡又看了一眼熟睡中的儿子，亲了亲儿子的脸，把他放在库房里，心中祷告着，但愿有人能抚养他，别让他饿死。珠牡抹去脸上的泪水，咬咬牙，一步三回头地出了库房。

见珠牡一个人跟自己走了出来，雄狮王的心里还是放不下那个孩子。心想，孩子是敌人的骨血，长大后还会生敌对之心，应当斩草除根，免留后患。于是又返回去，杀了那小孩，才带着珠牡出敦噶桑珠城去找吉尊益西。

格萨尔回到东门广场岭国的军营，立即派唐泽去传辛巴梅乳泽。

这时梅乳泽正在作茂如宗城中静坐修行。唐泽赶到那儿后，向梅乳泽说明了：“岭国大军到霍尔以后，早就占领了雅泽城，格萨尔王已把白帐王消灭多时了，我已诚心诚意地向格萨尔投诚。”

于是辛巴打发他的属下前往各部落去，叫所有部落都来投降，并通知各大臣说：“我要向格萨尔王请罪。”

辛巴答应和唐泽一起走，当已经走出门后，又向唐泽说：“请你在这儿等一会儿，我到里面去换一件好衣服来摆摆阔。”

一会儿出来，唐泽见他在脖颈上挂了一条铁链，不由发起笑来说道：“现在你似乎不必戴它。”

辛巴和部众由唐泽玉周引导到东城门外岭国军营中心，向格萨尔大王投诚。

霍尔部落带着白雪似的哈达，火焰燃烧似的虎豹皮，红电闪闪似的狐皮，虹彩显现似的绸缎，河滩石头堆积似的绿松石和珊瑚，太阳出现似的黄金，新月初升似的白银等等，礼品好像庄稼堆积。又特别将辛巴部九百个仓库的钥匙和十二部的册籍都放在格萨尔王面前，并照霍尔的风俗磕了六个头，双膝跪在地上。由唐泽玉周领先，将一条洁白而长的绫带，献于大王驾前。他向大王陈词：“南赡部洲的雄狮王啊！辛巴他前生也是天神之子，与我们是天神会的人，太阳自升的大王您，对此哪能不知晓？霍尔兵侵犯岭国时，他曾经再三地衷心劝罢兵，无奈白帐王根本听不进，坚决谏阻的就是他一人。其后在噶里拉唐滩，他对岭国英雄弟兄们，也没有放箭伤过人，最后由于定数难躲避，竟在格巴加让山湾中，与嘉察协噶狭路相逢，还有绒察的不幸事，都由于前业所决定，也是辛巴的福命已完尽，从他内心深处，对您根本没有生过敌对心。请求岭主雄狮王，收下这骏马、宝剑和白绫，这些东西虽然不贵重，却是进献三宝的三礼品，今天来做辛巴的觐见礼，心中的愤怒请息平。我唐泽因您而变为天神之子，是您的大臣请看我情面。这辛巴如大鸟落地的人，要大王慈悲垂顾他之身。"

这样请求后，辛巴站了起来，行了一次霍尔礼，汗流浃背，犹如蒸汽上腾。向格萨尔发出恳切真挚的陈词后，格萨尔说："辛巴梅乳泽呀，你不必口舌巧辩了，我的哥哥协噶和弟弟玛尔勒，现在在什么地方？"

听了这样的问话，辛巴梅乳泽自知难以取得格萨尔大王的原谅，遂起来又叩了三个头说道："请接受霍尔一切部落的投诚吧！至于对我辛巴则由大王怎样说，就怎样办好了。"

格萨尔想到要看看辛巴是否为霍尔部落的重要人物，便说："明日将杀辛巴，霍尔部落全体民众来看热闹！"

于是霍尔部落所有的男子都把马和鞍辔，连同盔甲、武器都献上，所有妇女也都把自己的一切绸缎衣服、松石、珊瑚饰品献上，作为赎命之资，叩头请求道："大宝王啊！这大辛巴是无父者的父亲，无母者的母亲，无依靠者的依靠，无救主者的救主，请不要杀他，请求放个生吧！"于是都抱住辛巴大哭。

所有的老翁老妪等头发白森森、眼睛青乌乌、腿子颤抖抖地集合一起聚拢而来，抱住辛巴，向格萨尔请求："大王啊！辛巴是没有儿女者的儿女，没有侄子者的侄子，是十万老人的爱子，请放个生吧，不要杀他！如果不准的话，我们都要到霍尔河水里自杀呀！"

说着悲恸地号叫着。霍尔的乞丐，连无名之辈也都抓住辛巴哭泣："不要杀他，放个生吧！"

霍尔十二个部落的十万男女、老少、乞丐等人都在哭泣，天地万物也为哭声所震动。

格萨尔王说道："那么，就给你们请求者们一个面子吧！不杀这个辛巴，但要将他作为监禁的罪犯带到岭地去。"

总管王、扎拉王子和丹玛等诸英雄心里很不乐意，但又不敢面告大王。格萨尔看出大家的心情，召集了总管王、扎拉泽杰、丹玛等近臣，对他们说道："留下这个曾经在天国同居的大辛巴，将来对我岭国是非常有好处的，他将是我岭国必不可少的有用之人。"

众人还在为难之际，扎拉高声喊道："父王曾再三告诫我，一定要听格萨尔大王的命令，大家不要再说了。”

就连有着杀父之仇的扎拉王子也能遵从大王的命令，其他人还有什么反对的理由呢？便不再反对了。于是，格萨尔饶恕了梅乳泽，并把他封为霍尔国的首领，同时列为岭国三十位英雄之一。

当格萨尔王带着凯旋的消息和霍尔国的金银财宝，将到圣岭的都城、南赡部洲的中心胜乐宝殿狮虎宫的时候，岭国的山头，谷口等各个地区的人们都是衣甲整齐，马匹都是鞍鞯鲜明，打扮得光彩夺目，喜气洋洋，亲近的人们都骑马前来迎接。其他所有人，则都于房顶上煨起神桑，张起旗帜，吹奏海螺，表示欢欣。都城顶上有三十位大上师奉经煨桑。全岭国的人们，无论是白头的老年人，或是英气勃勃的青年人，以及黄口孺子们，都不例外地压肩叠背，争相拥挤地前来欢迎。彩旗宝伞占满了天空，长号短笛，各种乐器声震耳欲聋，欢乐的舞，幸福的歌，使全岭国沉浸在一片欢乐的海洋之中。

在场之人都欢呼胜利。姨嫂姑婶和姑娘们进献了茶酒，唱着幸福的歌，跳着欢乐的舞，射手们比箭，骑手们赛马，整整庆祝了七天之久。

9.《姜岭大战》

位于岭国南面的近邻黑姜国，是一个拥有十八万户的大部落，国土广大，国王名叫萨丹。国内兵多将广，粮草丰美。萨丹王不仅武艺高超，而且通晓妖法邪术。他不仅对国内的百姓横征暴敛，使百姓苦不堪言，也经常向邻近的邦国、部落发动攻击，使得邻近的小邦国家鸡犬不宁。

这一天，萨丹王一觉醒来，忽然想起要巡视一下他的国家。成群的侍卫和大臣前呼后拥地围绕在国王身边，萨丹王非常高兴。他看了他国内的粮仓、金库、牧场、牛羊，还有数不清的臣民百姓和珠宝绸缎，心中甚是惬意。忽然，他感到像是缺点什么东西，眉头皱了起来。大臣和侍卫们一见国王不高兴，又不知因为什么，所以格外小心侍候，唯恐出错。萨丹王心里不高兴，便没有兴趣再巡视，把原来要狩猎的念头也打消了。

这天夜里，天神幻作姜国的魔鬼神骑着三条腿的紫骡子，像空中的闪电一样落在玉珠塞钦宫中，附在萨丹王耳边说：“大王的苦恼我知道，姜国不缺金不缺银，不缺牛羊和粮草，只缺一种最好的调味品——盐巴。所以，大王吃饭觉着无味，饮茶也不香，邻近岭国有个阿隆巩珠盐海，大王应该把它抢占过来，为姜国所用。”

见萨丹王有些犹豫，魔鬼神知道他是惧怕岭国的雄狮王格萨尔，马上又说：“不要怕，我们的萨丹王。头别怕，我做金盔护着你；身别怕，我做银甲裹着你；脚别怕，我做大地驮着你。”

萨丹王一觉醒来，天已大亮。因为有了魔鬼神的鼓动和保护，他立即决定集合姜国的兵马去抢阿隆巩珠盐海。

萨丹王命姜国的三员大将珠扎白登桂布、杰威推噶、蔡玛克杰为前锋大将军，令王子玉拉托琚为先锋，立即发兵岭国，去夺盐海。

王妃白玛曲珍听到这个消息，立即赶来劝阻。

内大臣柏堆也很赞同王妃曲珍的话，劝大王慎重从事，免得惹起祸端，将来后悔。

老将曲拉根宝却不爱听王妃和内大臣的话，他摸着自己花白的胡须，用教训的口吻说："我们黑姜国名扬天下，兵多将广，萨丹王智勇双全，那盐海本来就该归我们姜国所有，现在去抢夺，哪会有什么祸端！大王不必顾虑，快快发兵才是。"

曲珍王妃见劝不了萨丹王，又转过来劝玉拉王子。

这王子玉拉年方十五岁，王妃爱他若掌上明珠，怎么肯让他去出征呢？

"玉拉啊，妈妈的娇儿，十五岁的娃娃怎么能上战场？年小身体未长大，乳牙未退奶未干，不能随便到阵前。你若有个一差二错，叫妈妈怎么活在人间？"

王子怎能不出征？可听妈妈这样说，又不愿让妈妈生气，就故意说："儿做先锋是父王点的将，您应该先去劝父王才是。"

他不顾妈妈的竭力劝阻，穿起盘龙小红袍，扎上绿色腰带，蹬上黑缎小靴，系上五彩靴带，上马而去。

自从平服了黄霍尔之后，格萨尔大王重新修饰了狮龙宫殿，把王宫建造得十分宏伟壮观，富丽堂皇。雄狮王与众王妃居住宫中，管理国政，大施善事。岭国百姓结束了过去的苦难生活，他们又有了自己的牧场、土地，过上了幸福安宁的日子。百姓们安居乐业，天下太平。

这一天，太阳还没有出山，雄狮王已经起床。只听得琵琶铮锹，铜铃叮当，姑母朗曼噶姆向神子说道："格萨尔啊，你是长了绿鬣的白狮子，你是檀香林中的花斑虎，你是百姓的好君王。你已经降伏了黑魔鲁赞，又消灭了霍尔三王。百姓们快乐，父王和天神们也欢畅。孩儿啊，要想好日子过久长，必须用刀矛来保卫。岭国的南方有个萨丹王，姜国的领地遍四方。他不仅残害生灵百姓，如今还要发兵来夺岭国的盐海，要把阿隆巩珠归紫姜。"

格萨尔一听姜国要来抢夺盐海，立即抽刀在手："好姑母，我马上出征，讨伐萨丹王，保卫阿隆巩珠盐海。"

"格萨尔不要忙，这次打紫姜，要用辛巴王。梅乳泽是降将，如今该他出力量。你赶快派人召辛巴，让他快去盐海旁，专把玉拉王子擒，千万不要把命伤。"姑母说完，飘然而去。

格萨尔并不怠慢，立即叫索波小臣索米班笛去向辛巴梅乳泽传命。

辛巴梅乳泽得知岭国派来使臣，立即下令，命霍尔十三部落和一百二十万户都派人骑马迎接。见了使臣，梅乳泽首先献上一条三庹长的白哈达。

问候大王之后，梅乳泽又一一问候了珠牡等众王妃，岭国的众英雄，祝他们永远健康长寿。使臣把自己的来意一说，梅乳泽听罢，拿出食品招待使臣，拿出礼物献给雄狮王。索米班笛回去了。

辛巴梅乳泽头戴金盔，身披红甲，跨上枣红千里马，来到霍尔的最高山上煨桑敬神。

在格萨尔颁布降伏姜国的命令之后，岭国上下对格萨尔的决定都很不满，一心想除掉这个杀死岭国大英雄嘉察的罪魁祸首。晁通却跑到辛巴梅乳泽那里，用鞭子对辛巴梅乳泽劈头盖脸地乱抽了一顿，拳打脚踢臭骂一番，引起了辛巴梅乳泽的愤恨。这被唐泽玉周听到了，一番了解过后，唐泽知道辛巴的意愿，再三向格萨尔大王请求宽恕辛巴梅乳泽。辛巴梅乳泽把晁通摔得一塌糊涂，疼得晁通声震满山谷。格萨尔大王慧眼识珠，想要试探辛巴梅乳泽的胆识与谋略，便睁一只眼闭一只眼。这使得察香丹玛非常反感和不满。于是骑上快马，奔向辛巴梅乳泽，进行挑战和报复。而辛巴梅乳泽心想，只有坦诚相对，才能打动丹玛。

格萨尔知道此事，极力袒护辛巴，使得丹玛和扎拉泽杰的悲愤之心更加强烈，一心想要为嘉察等人报仇，君臣因此失和，丹玛愤然率部出走，在马拉龙统遇上大雪封路。于是接受天神的预示，说嘉察将显灵才重返岭国。

按照约定之日，嘉察果然现身与岭国君臣相会，除辛巴一人之外，所有岭国人看到了嘉察的身影，并告诉丹玛不要与岭国分开。丹玛当即表示再也不与格萨尔王分离，丹玛与辛巴两人也和解了。

此后梅乳泽带着格萨尔和岭国三十位英雄给自己的三十一支利箭，像疾风一样朝盐海奔去。虽然千里迢迢，但人强马快，只用了七天工夫就到了。

梅乳泽来到盐海边时，姜国人马尚未到达。梅乳泽下马歇息。没过片刻时间，只见黑烟滚滚，尘土飞扬，梅乳泽知道这是抢盐海的人马到了。看着众多的兵将簇拥着一员小将，梅乳泽猜出，这一定是姜国王子玉拉托琚了。姜国兵马众多，自己单枪匹马，怎么能敌得过这来势汹汹的军队呢？梅乳泽灵机一动，想出一条妙计。他立即用霍尔王的口气，写成一封长信，拴在箭杆上，坐在盐海边等着。只见姜国王子玉拉像离弦的箭一样，快马驰来，在离梅乳泽几十步远的地方停住了。

辛巴梅乳泽从怀中掏出一条五尺长的白绸子哈达，面带微笑地来到玉拉面前："尊敬的玉拉王子，我是黄霍尔的内大臣，辛巴梅乳泽是我名。我从霍尔来，要到姜国去，霍尔王有书信，请你报与萨丹王。”

“霍尔人？到姜国去？什么事啊？”玉拉并不下马，傲气十足地问梅乳泽。

“啊，是这样，我们霍尔白帐王，生一王子整十八岁，年岁到了要娶亲，到处寻找小王妃。天神降下预言来，说姜国公主与王子正相配。门当户对年岁好，九宫八字不相妨。霍尔王和萨丹王，结合起来就是世界第一王。”

王子玉拉一听梅乳泽这话，忽然大笑起来：“啊，梅乳泽真是个坏东西，说出大谎骗玉拉。你们霍尔白帐王，早被格萨尔降伏了，霍尔的三十个大英雄，也被雄狮王杀死。只有你这老狗留山上，不嫌丢脸活世上，充当岭国的奴隶和帮凶。我们有耳早听见，你们霍尔已投降。”

“王子不要听人乱讲，堂堂大霍尔王怎能投降。现在有白帐王书信一封，请王子给萨丹王呈上。”说着，辛巴梅乳泽把信递上。

王子玉拉接过信封一看，见写着“黄霍尔王的事情但愿成就”。打开一看，信中内容果然是向姜国求婚，与辛巴梅乳泽说的一样。并且，在信末还署有“从霍尔国雅塞王宫寄出”的字样。玉拉托琚开始犹豫起来。莫非过去的传闻有错？莫非霍尔国真的安然无恙？看这辛巴王倒还谦和恭顺，也许他说的是真的。可是，过去的传闻太多了，这辛巴的话还不能全信，我应该亲往霍尔国去看一看，才知端详。于是，对梅乳泽说：“你这坏辛巴，我不能听你的话！我要去霍尔，看看是真还是假。这里到霍尔，快马一百站，我这千里驹，一天能返回。”说完，玉拉把天青马打了三下，千里驹立即腾空而起，朝霍尔国飞去。

辛巴梅乳泽没想到这小王子还有如此心计，顿时慌了手脚。如果玉拉看清了霍尔的真相，回来就要和自己厮打，我恐怕不是他的对手哩！梅乳泽立即煨桑，请求天神相助。

玉拉托琚来到霍尔国时，果然见霍尔国仍像过去一样，牛羊遍地，骡马成群，王宫周围笼罩着青云，练武场上，三十位英雄像牛角一样排列整齐。玉拉这才放了心，看霍尔的这般景象，霍尔王肯定还在，梅乳泽的话也是真的。

玉拉托琚回到盐海边时，辛巴梅乳泽正在等候他。玉拉托琚以为自己要的聘礼会把梅乳泽难住，没料到他竟然全都答应下来，当然高兴。玉拉也希望姐姐嫁到一个富有的大国。听梅乳泽要和自己饮酒，玉拉爽快地答应了。梅乳泽拿出一只黑金木碗，上面刻有八吉祥花纹，还有正在开放的莲花，周围镶嵌着五种宝石，在阳光照射下，光彩夺目，甚是喜人。梅乳泽斟满一碗美酒，端到玉拉面前。别提玉拉托琚多喜欢这只碗了，碗中美酒的香气早就扑鼻而来，更使王子心醉。

辛巴梅乳泽一边唱歌一边劝酒，玉拉托琚忘乎所以，喝了一杯又一杯，不觉喝得酩酊大醉，话都说不清楚了：“酒已喝足，我要回王宫去，亲事成不成，要和父王再商定。”

梅乳泽见他要走，哪里肯放：“玉拉王子不要走，酒一见风更要醉，你会从马上滚下坡，金刚玉体会跌伤；路上还有条条河，波涛滚滚怎么过？若是走到高山上，跌下崖去不能活，死在半路没亲人，不如留下陪伴我。”

玉拉一听有理。俗话说得好，多喝几碗酒，一定要出丑；多听别人讲，自己少开口。今天实在是喝得太多了，恐不能平安转回王宫，不如在这里歇息歇息。这样想着，玉拉已经身不由己地躺倒在地，顿时响起鼾声。

梅乳泽见玉拉已经睡着，立即拿出牛毛绳子，把玉拉的手和脚捆了又捆；在四周钉了四个铁橛子，把牛毛绳的另一端拴在铁橛子上，试着拽了拽，觉得很结实，这才松了一口气。

那姜国王子玉拉被这一捆，只觉疼痛难忍，酒也醒了几分。睁眼一看，见自己被捆在铁橛上，眼中立即闪出电光，嘴里放出毒气，发根喷出火焰，用力一挣，牛毛绳被挣断。他猛一起身，扑向梅乳泽，玉拉托琚把梅乳泽向上一举，像要举上青天；又向下一摔，像要抛进地狱；向左一推，像要推下石崖；又向右一搡，像要扔向草山。辛巴梅乳泽在玉拉的手中累得呼呼直喘，哪还有还手之力！他急忙喊众神帮助。

积石山山神来了，压不住玉拉；惹乔山山神来了，压不住玉拉；多闻天王和九曜罗曜星君来了，还是压不住这姜国王子。最后，还是白梵天王亲自来了，才把玉拉托琚压在地上。梅乳泽拿出一根十八庹长、胳膊粗的绳子，把玉拉左三道右三道地捆得像个线团团，玉拉这才动弹不得。

梅乳泽把玉拉绑在天青马上，立即向岭国奔去。

二人来到达孜城的王宫，立即被格萨尔传了进去。雄狮王一见玉拉王子那可爱的模样，先就有三分喜欢，但不知心地如何，还要试他一试。那玉拉托琚一听雄狮王的话，面不改色，神情自然。格萨尔想：这小孩不光长得惹人喜欢，还有股子大丈夫的气概哩！脸上顿时露出笑容。

玉拉托琚久闻格萨尔大名，原以为他是个比妖魔还要凶恶的君王，没想到大王如此慈悲心肠，而且又长得仪表非凡、相貌堂堂。他对雄狮王倍加敬佩，于是跪下来，磕了三个头，恳请道：“父王有罪过，饶他一命可不可？如果一定要处死，来生应叫上天国；母后是好人，别让受饥饿；姐姐姜公主，让她来岭国。”格萨尔听了玉拉的话，连连点头：“好孩子，放心吧。你说的我都答应，我待你要像亲弟弟。我封你做大英雄，永远随我做善事。”

辛巴梅乳泽用计生擒了姜国王子玉拉托琚后，岭国兵马在雄狮王格萨尔的率领下离开了岭噶布，大营扎在距盐海不远的地方。大王派巴拉穆江到右边山顶，打探姜军的左翼情况；派达桂达篷到中间的山顶，打探姜国的中军情况；又派出几路兵马四处打探。众将归营后，觉得此次姜国军队来势凶猛，与他们作战，应以智取为上策。

格萨尔与众将反复商量，各路兵马领命，自去照计行事。

辛巴梅乳泽又一次单枪匹马来到盐海边，碰上了姜国的三军统帅珠扎白登桂布等三员大将。梅乳泽见他们那疑惑的目光。

“你说什么？要想得胜万不能？”珠扎白登桂布双眉紧皱，“那么，王子呢？”

“我和王子一同往回走，射死了九头野牛。我俩实在拿不动，王子叫我请兵将。现在不能多说话，耽搁了时间王子会生气。”

珠扎白登桂布一听梅乳泽的话讲得有理，马上命大将杰威推噶跟梅乳泽一同前往，令他们快去快回，要玉拉王子也一同回来。

二人领命，马上前往。走到木隆地方时，迎面来了一人，绿甲绿旗，像绿水一样绿；青鞍青马，像青天一样青。那人威风凛凛，杀气腾腾；那马如箭脱弦，四蹄生风。杰威推噶马上警惕起来：“喂，梅乳泽，前面来的人好凶啊，你知道他是从哪里来的，是什么人吗？”

梅乳泽有些漫不经心，随口答道：“知道。那是岭地的放羊娃惹孜，不要怕，他只是个割草拾柴的人。”

“割草拾柴的放羊娃？我看不像。”杰威推噶不信梅乳泽的话。

“噢，他还有个名字叫丹玛。”

“丹玛？你这个坏东西，谁不知道丹玛大英雄，你怎么说是放羊娃呢？”杰威推噶抽刀向前杀去。

辛巴梅乳泽忙把他拦住：“杰威推噶你别慌，要打仗得我先上，请你观阵在后边。”

杰威推噶已对梅乳泽存有戒心，见他拦住自己，更是怒火中烧。他左手握着马鞭把梅乳泽往一边推，右手挥打战马。正在这时，大英雄丹玛已经来到近前：“好啊，不消我动手，你二人先打了起来！打吧，打吧，我丹玛倒要看看热闹。”

杰威推噶又气又急，一用力推开梅乳泽，向前一纵马，不料那马被梅乳泽突然给了一刀，疼得猛地向上一蹿，把杰威推噶掀翻在地，此时他方知上了辛巴王的当。梅乳泽跳下战马，拦腰抱住杰威推噶，丹玛抽出刀，一刀结果了杰威推噶的性命。

丹玛和梅乳泽二人提着杰威推噶的首级来见雄狮王和众英雄，格萨尔十分高兴，命侍卫献茶敬酒，慰劳他二人。

梅乳泽异常兴奋。此次和姜国作战，他已连立二功。酒喝了一半，他又向格萨尔请战。梅乳泽再次披甲上马，前往姜营。

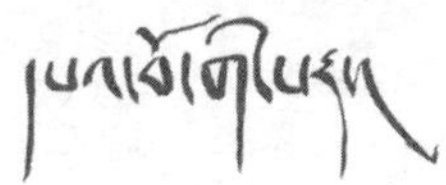

珠扎白登桂布见梅乳泽一人回来，顿起疑心："喂，朋友，我们的王子和杰威推噶哪里去了，怎么就你一个人回来？"

"杰威推噶和我在路上又打死了三头野牛，王子和杰威推噶正在搬肉，让我回来请蔡玛克杰和十名兵士一同前去搬野牛肉。运回来后，我们就都有吃的了。"

听了辛巴梅乳泽的话，珠扎白登桂布冷笑了两声："梅乳泽，你这骗人的家伙，谁还信你的鬼话！你一次又一次来骗我，满肚子诡计把人欺。姜国两员大将不转来，我决不让你再回去。"

辛巴梅乳泽见珠扎白登桂布道破了自己的计谋，立即拔出闪电水晶月牙刀，脸色铁青。

蔡玛克杰见梅乳泽要动手，忙向珠扎白登桂布使了个眼色，又劝梅乳泽道："辛巴王，不要动怒，在王子和杰威推噶回姜营之前，你先留在这里。你的话如果是实，等他们回来你再出去不迟。大臣珠扎一时性急，说话多有冒犯，还请辛巴王多多包涵。"

梅乳泽身在虎穴，当然知道动武对自己没有好处，听蔡玛克杰这样说，也就趁势收回刀，坐在垫子上。谁知他刚坐下，珠扎白登桂布和蔡玛克杰同时站起，扑向辛巴王，放松了警惕的梅乳泽束手就擒。

眼看太阳逝去，黑暗笼罩了大地，梅乳泽仍未归营，格萨尔估计，辛巴王此去没有骗过珠扎白登桂布，反被姜国人困在营里，雄狮王决定立即发兵。

追风骏马放开了健步，吃肉宝刀离开了银鞘，黑羽箭也搭上了宝弓，岭国的一百八十万兵马，浩浩荡荡地向盐海杀去。

盐海边上的珠扎白登桂布和蔡玛克杰见远处尘土飞扬，知道岭兵已经出动，遂做好了迎敌准备。突然，一头硕大的野牛出现在离姜兵不远的山岗上。那野牛长得好凶啊，长角像要插向天空，大吼三声，响彻云霄，四蹄奔驰，地动山摇。姜国兵将一见，忙向珠扎白登桂布禀报。珠扎和蔡玛克杰出帐来看，见那野牛确是凶猛。珠扎吩咐取过弓箭，一箭射去，不料那箭射在野牛身上，竟像茅草一样无力，野牛连根毫毛也未损伤。珠扎的心往下一沉，自语道：我再连射三箭，如果还不能射死这头野牛，就不是什么好兆头了。珠扎白登桂布又连发三箭，同第一箭一样，毫无作用。刚想再次射去一支箭，野牦牛消失得无影无踪，出现在面前的是一匹高大的骏马。神马一跃而起，向前冲去，珠扎也幻作一匹马与它比脚程，没想到跑在拐弯处的一块大岩石旁时，那马又消失不见了，只看见一只雪鸡翱翔天空。珠扎大怒，一箭连一箭，把自己的三百支利箭统统射了出去，雪鸡没有受到任何伤害，反倒慢悠悠地朝岭兵来的方向飞去。

珠扎白登桂布哪里知道，这野牦牛、神马和雪鸡原是雄狮王格萨尔所变，他当然不能射死它了。但是，这野牦牛、神马和雪鸡未射死，反倒把箭射光了。珠扎见山上没有动静，就徒步走去，想取回他的三百支箭。

他刚走下山坡，还没有走到落箭的地方，以丹玛为首的岭国兵将像从天上掉下来似的铺天盖地而来，没容珠扎白登桂布多想，丹玛已经砍掉了他的脑袋。岭兵一路掩杀，杀得姜国人马四处逃命，蔡玛克杰连头都不敢回，一直逃回姜国去了。偌大个营地，只剩下一个辛巴梅乳泽，被捆在木桩上。姜兵只顾逃命，哪里还有工夫去管他！

蔡玛克杰带着残兵败将逃回了姜国，萨丹王气得七窍生烟。他要姜国的一百八十万兵马倾巢出动，去夺回王子玉拉，为大将珠扎白登桂布和杰威推噶报仇，还要让阿隆巩珠盐海永归姜国所有。

姜国的一百八十万兵马与岭国的一百八十万兵马在日那绷黑山下相遇了。

两方相遇，必有一场恶战。姜国法王把无羽黑毒箭搭在三棱铁弓上，铁弓顿时喷出火焰。那箭带着黑烟，径直射向丹玛，正中丹玛的护身青甲上，可并未伤着丹玛。丹玛扬鞭打马，手起刀落，把姜国法王的头砍了下来。姜兵见主帅身亡，顿时乱了阵脚，丹玛挥兵掩杀，姜国众妖全军覆没。

姜、岭两国的战斗越来越激烈，天神降下预言，攻取姜国妖魔需要有神圣的武器——生铁神幻套索和雌雄双头神斧来助战。岭国英雄跃跃欲试，只见那扎拉王子一个纵身变成狼的模样，到魔鬼神洞中取得了生铁神幻套索；老将丹玛变作羊与万户长朗嘉斗法，获取了万户长朗嘉的雌雄双头神斧。众将士一阵欢呼。

一连几天，姜国方面再没有任何动静，格萨尔大王和众英雄驻扎在盐海旁边，日夜守卫着他们的宝贝盐海。这天夜里，雄狮王正在酣睡，天母朗曼噶姆驾着祥云前来，对格萨尔预示降伏姜国国王萨丹之法。

格萨尔一觉醒来，心中非常高兴，立即遵旨行动。

这时，姜萨丹王带着托托三魔孩与兵卒到达了吾玛措湖边，一面在湖边挖找乌头毒药，一面寻找石头，垒灶烧茶，烹煮肉食。萨丹王与托托三魔孩虔诚地向湖中龙神祈祷，请求龙王保佑，乞求准许他到湖中洗澡。在往常，只要有人来到湖边向龙神祈祷，龙女就会变成一个美丽的姑娘娜姬，给来人献上具有檀香香味的宝瓶，同时把湖水变得温热，使人们洗澡更加舒适，而今日却不见一点动静。

心中正在疑惑不解之际，格萨尔大王已来到湖边。遵照天神的指示，运用神通法术，将枣骝马变成了一株檀香树，长在湖边，将头盔变成茂盛的枝叶，将铠甲变成一汪泉水，将武器三眷属等变成许多花丛。人王自已则变成一只金蜂，展开薄薄的翅膀，先在花丛中飞来飞去，后又飞到萨丹王面前，观察琢磨降伏他的办法。

龙女娜姬平时喜欢白色一方，她愿意帮助格萨尔降伏敌人。当她知道格萨尔已经来到湖边时，立即搅动湖水，出现在湖中，优雅地游向萨丹王。萨丹王一见倾心，心中疑云顿时消散，毫不犹豫地下湖洗起澡来。龙女拨开浪花，游近萨丹王身边，然后含情脉脉，伸手递给他一个宝瓶。萨丹王接过宝瓶，只听瓶中圣水咕咕作声，便对准瓶口贪婪地喝起圣水来。那小小金蜂趁他不防，飞入瓶中，当萨丹王喝第二口圣水时，金蜂便顺水钻入他的腹中，又幻变成一把锋利的匕首，在腹中自动搅来搅去。萨丹王像中了癫痫病一样，在湖中摇摇晃晃，站立不住。托托三魔孩见状，立即下湖抓住萨丹的手臂，慌忙把他拖上湖岸，并问他哪里不舒适。他一言不答，只是想：这一定是坏母亲郭姆的儿子觉如使的诡计。他双眼瞪着岭国方向，同时用手向岭国方向一指。这时，匕首又朝着他心脏的黑白交界处一割，他便气绝身死，一动不动地躺在湖岸上。

姜国兵马见萨丹王死在湖边，并不知道是怎么回事，立即去报告王妃白玛曲珍。

那曲珍王妃原是天女下凡，具有神通，不待报告，便知姜王萨丹已死。见到前来报信的大臣，王妃并无惊慌之色。听了王妃曲珍的话，其他人都没说什么，只有大臣柏堆怒气冲冲，穿上九角黑铁甲、黑魔鬼神的护身衣，带上削铁腰刀，骑上黑鹰飞马，一直冲向岭国兵营。

雄狮王正坐在宝驹江噶佩布的背上，四处张望，忽见姜国方向冲来一黑人黑马，立即拔出白把水晶刀，一扬手，刀从柏堆的前胸进去，从后背穿了出来。柏堆大叫一声，跌下马来，当即毙命。

眼看岭国兵马就要攻破姜国的王宫，一直镇守在姜国城堡中的老将曲拉根宝杀了出来。他一路冲杀，并不说话，砍倒了岭国的金旗，踏翻了岭国的大帐，杀死了众多的岭国兵马；而岭兵射向他的利箭，却像茅草一样无力，砍向他的刀枪，像柴棍一样不能伤他。八十位英雄一齐上阵，也没有能战胜他，眼看着他杀得天昏地暗，然后得意洋洋地回宫去了。

一连几天，曲拉根宝老人连连出城，每战必胜，杀得岭兵横躺竖卧，尸积如山。岭国兵将不知如何是好，连雄狮王格萨尔也无计可施。

第二天，曲拉果然又来闯营。在得胜回城的途中，恰恰骑到了宝驹江噶佩布的背上。只见那马背的两边，慢慢长出两只翠绿翠绿的翅膀，带着老将曲拉腾空飞了起来，把老曲拉吓得魂飞天外，连忙狠命地揪住马的鬃毛，才没被摔下去。江噶佩布越飞越快，转眼来到毒海上空，只见宝驹一侧身，翅膀歪了两下，把曲拉扔进了毒海。毒海呼呼地冒着黑泡，把曲拉的皮肉烧得精光，只剩下白生生的骨头漂浮在海边。可怜老将曲拉根宝，竟死在一匹马的手里。

老将曲拉被扔进毒海的消息传入姜城，王宫中顿时一片混乱。姜国失去了最后的靠山，他们再也没有力量和岭国人马抗衡了。大将蔡玛克杰和玉甲赛拉比别人更焦急，因为他二人是姜国剩下的最后两员大将。他们知道，靠他二人是守不住姜城的，二人商量了一下，决定出城求救兵。

王妃曲珍得知二人要去求援，急忙劝阻。蔡玛克杰不听还好，听了这话，反而讥笑起他们的王妃来。王妃曲珍被蔡玛克杰的一席话说得又羞又恼："你们这不知死活的东西，既然不听我的良言，就去送死吧。"

蔡玛克杰二人出得宫门，先烧毁了姜国的金银库，然后骑马出城，没走多远就碰上了岭国大英雄丹玛。

丹玛原想劝说蔡玛克杰归降，那蔡玛克杰也有意降岭，但一想到自己已经在王妃面前夸下海口，又烧了姜国的金银库，此时再降，脸上无光，便把心一横，就和丹玛拼命。他哪里是丹玛的对手，只一个回合，就被丹玛剁成两段。

岭兵大获全胜，进得宫来，众英雄齐向雄狮王敬酒祝贺。众英雄正在喝酒作歌，姜国王妃曲珍左手拉着王子玉赤，右手拉着王子恭赤，来见世界雄狮王。

雄狮王安顿了曲珍母子三人，又令丹玛等众英雄把蔡玛克杰还没来得及烧毁的金银珠宝、绸缎布匹、粮食物品，统统搬出来，留出一部分带回岭国，其余全部散给姜国的穷苦百姓。

雄狮王班师回岭国。从此，岭国和姜国和睦相处，共同过着和平、安乐的日子。

10.《门岭大战》

自从降伏了姜国，又过去了十年，岭国变得越来越富饶、美丽。雄狮王格萨尔居住的达孜城修建得更加雄伟无比。

这天夜里，格萨尔正在王宫安寝，天空中出现了一道彩虹，天神骑着青灰色的神马，在亿万白衣天将的护卫下，驾着白云落在达孜宫中。天神语气威严而平缓地对格萨尔说："南方的魔王辛赤今年已经五十四岁了，他的魔马米森玛布已满七岁，他的大臣古拉妥杰也满三十七岁了。若过了明年，这魔王、魔马和魔臣就无法降伏了。在你还没有出世的时候，嘉察也还年幼，门国的两员大将阿琼古如和穆琼古如带着十五万人马抢劫了岭地所属的达绒十八部落，抢走了马匹、粮食、牛羊，还把岭地的珍宝六褶云锦宝衣抢走了，杀死了很多百姓，还有达绒的两个家臣。而门国的这些罪恶都是在晁通所属的达绒十八部落犯下的，你要托梦让达绒愤怒王兴兵，说门国美丽的公主梅朵卓玛，本该是达绒家的媳妇，今年已经二十五岁，也正该趁此机会娶来才是。"

说毕，天神驾云离去，天也渐渐亮了起来。格萨尔披衣下床，走出王宫，深深吸了一口气，把天神的话细细想了一遍，决定立即前去达绒部落，给晁通预言。

这天，晁通正在静修，忽见他的称作先知鸟的寄魂鸟扑棱棱地飞到神案上，给他降下预言。鸟去言留，晁通牢牢地记住了先知鸟给自己的预言，特别是要娶梅朵卓玛为妻的说法，更是时时在耳边回响。

晁通顾不得再闭关静修，连忙吩咐家将，将达绒部落的七十万人马全部集合起来。

王妃丹萨不知晁通闭关静修时又着了什么魔，忙阻止住家将，询问晁通王要干什么。

晁通既兴奋又不耐烦地给丹萨讲了先知鸟的预言，丹萨听了，不觉一阵冷笑。丹萨见晁通如此蛮横，像是着了魔一般，待要不理他，又怕他真的集合军队去打门域。凭着达绒部落的一点人马，怎么能与强大的门国开战？不仅晁通会有去无回，达绒的百姓们也会死于战争。看来再劝他也无用。于是劝他禀告格萨尔大王。

晁通不再说什么，换上好衣帽，骑上追风马，向达孜城走去。

格萨尔早就料到晁通会来，因为那先知鸟本来就是自己的变化，目的就是要晁通兴兵门域。

“南方门域国王辛赤，是四大魔王之一。大王您已经降伏了三个魔王，为什么要把辛赤留下呢？况且他早年曾兴兵岭地，杀了我们的人，抢了我们的马，到现在，岭国的珍宝六褶云锦宝衣还在辛赤王手里。原来我们无力报仇，现在我们的岭国如此强盛，大王的威名声震四方，为什么还不发兵门域呢？”晁通禀道。

格萨尔听了，微微一笑。好一个晁通，终究改不了油嘴滑舌的本性。听他说得多么冠冕堂皇，又多么理直气壮。

格萨尔看出晁通的心思，立即召集岭国的一百八十万兵马。

晁通得意洋洋地走在岭军的最前面。珠牡率领众王妃手捧各色哈达，来给格萨尔大王和众家英雄弟兄送行。岭国的妇孺老幼站在路边，纷纷为自己的亲人祝愿，愿他们早灭辛赤，早日凯旋。

一百八十万人马浩浩荡荡地开出了岭国，直向门域奔去。这一日，来到南方的达拉查吾山上。

岭国南方的门域，是一个大的邦国，有十三条大河谷，十八个大部落，三百多万人，牛羊遍地，骡马成群，是个富庶的好地方。但是，生活在这里的百姓却不快乐，也不幸福，连起码的生命安全也没有。因为国王辛赤乃是魔王噶绕旺秋的化身，他的大臣古拉妥杰乃是魔鬼绷巴纳布的化身。辛赤手下的六十个好汉，专爱吃人肉、喝人血。邻近的几个邦国经常受到他们的骚扰。抢来的人都被这些魔鬼分着吃了，来不及去抢时，门国的百姓就要遭殃。所以，这里的众生整日提心吊胆地过日子，不知哪天就有被吃掉的危险。

辛赤王今年已经五十四岁，他的魔马米森玛布刚满七岁，大臣古拉妥杰三十七岁整。魔王、魔马和魔臣，今年到了修行的最后一道坎，只要平安地度过这个冬春，他们君臣就将天下无敌，过了今年，他辛赤就要做出一番惊天动地的大事业来。他要一个部落一个部落、一个邦国一个邦国地去征服，然后在世界称王。当听到雄狮王格萨尔已经降伏了三方妖魔时，辛赤确实害怕了一阵子，心惊肉跳地等待着他的末日。但是格萨尔并没有到他的门域来，甚至连一点消息都没有，辛赤王放心了。虽然放心，却一点也没有大意。他严厉地吩咐他的属下，这一年之中，不准外出骚扰，不准轻举妄动，小心翼翼地把这一年熬过去，就什么都不怕了。

这一天，辛赤正在王宫里静坐，漫不经心地把手里的骰子掷来掷去，用来打发那因无事干而嫌太慢的光阴。忽听侍卫来报，河对岸来了许多人马正在安营。

辛赤王一听，把骰子往旁边一扔，说道："废物，哪里来的不知道，多少人马也说不清！滚，滚出去，叫一个有用的人来！"

侍卫吓得连滚带爬地出去了。他生怕出去晚了被魔王吃掉。

可谁有用呢？在这个火头上，谁又敢进去说话呢？

辛赤王见半晌无人进来回禀，怒上加怒，自己走出宫门，正待要喊，恰巧碰上大臣古拉妥杰向宫里走来。古拉妥杰一面安慰辛赤，一面往外走。他要马上出城，看个究竟。

古拉妥杰和好汉达娃察琤二人打马出城，很快来到南方河畔，二人又策马上桥，对着河岸边的军营大喊。格萨尔一眼认出古拉妥杰，并且知道，他就是曾带领军队抢劫岭国的大将阿琼古如的后裔。格萨尔叫过玉拉，附在他耳边低语了一会儿，玉拉笑眯眯地拉过战马，出营来答话。

古拉妥杰见出来个少年，又报名是姜国王子，心里顿时明白了，不必再问，玉拉早已归降格萨尔，此地定是岭国兵马无疑。古拉妥杰愤怒了，果然是岭国兵马，果然是要来犯我门域，不给他们点颜色看看，就不知道我们门国的厉害。不过，还得先礼后兵才是。

古拉妥杰一听岭国是来与门国结亲的，心里轻松了许多，但一看那遍布河岸的百万人马："如果辛赤大王不允婚，你们还敢抢走公主不成？"古拉妥杰瞪起了双眼。

"我们当然不愿意这样，只是希望辛赤王高兴地应下这门亲事。"玉拉不急

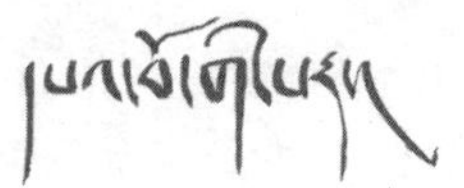

不怒，态度坦坦然然。

古拉妥杰可没有这个涵养。说完，古拉妥杰一打马，回王宫去了。

见到辛赤王，古拉妥杰把情况一禀报，辛赤王大怒。

这时，闻讯赶来的门国众大臣都会聚在宫中。他们听了古拉和辛赤王的话，觉得都有理，但又拿不定主意，七嘴八舌，议论纷纷。有人主张先结亲，有人主张不能就这样轻易地让岭国把公主娶去。双方争执得很激烈，各不相让。最终决议，先派达牟东堆、玉茹明清及其随员和五千名甲士，守住南河的孜勒静绕上渡口、诺布琼绕中渡口和阿噶朵绕下渡口。

辛赤王调兵御敌的这一天，老总管绒察查根谒见格萨尔王，奏道："不知我岭噶布众青年英雄将领中，可有熟悉南河渡口之人？若有，可充当向导前去破敌为妙。若拖延时辰，让敌人先堵住了南河各渡口，那么就坏大事了。"

老总管说罢，霍尔辛巴梅乳泽道："昔日我们有四人，从霍尔来到南门猎野羊，对南河碧水的渡口颇为熟悉，今日我愿导渡南河的上游渡口，中游渡口，可由尼奔达雅和文布阿鲁巴森为首之军去涉渡，下游渡口，就请姜子玉拉托琚为首的姜国大军去抢渡。"

大伙也都同意辛巴梅乳泽的设计，各自按照布局出发。正当岭军各部人马涉渡南河之时，只见南门大将达牟东堆和玉茹明清及其随从五千骑士围守在南河上中下三渡口。这辛巴梅乳泽骑在口喷火焰的枣红马上，显出红厉妖般的凶相，率领红缨大军和协军首领巾帼英雄阿达娜姆的大军，正半渡南河之际，南国大将达牟东堆跃上能飞乌骓马，手握宝弓，搭上五枚快箭，然后将箭一一射去，第一箭从辛巴的白盔顶中央擦了过去，并无多大损伤。却射倒辛巴背后的红缨骑士十五人。接着这第二支箭射向女英雄阿达娜姆，正中胸前的镶金护心镜上，将护心镜射得粉碎，全赖青龙金刚铠甲挡了过去，并无大损。达牟东堆又连射出第三支箭，这第三支箭射翻了阿达娜姆魔国黑缨军中的五名甲士，被河水冲了去。第四支箭从尼奔达雅的前鞍鞒射过，毁了后鞍鞒，但未伤其将士。第五支箭将姜子玉拉托琚的青缨军左右射倒七人，再无他人受伤。

霍尔辛巴恼怒非常，猛力举起黑铁九叉枪，怒吼狂呼。

辛巴把枪投了过去，正好刺中达牟东堆的胸部，枪尖从后背穿过。达牟东堆乃魔子之身，虽被一枪刺得鲜血直流，仍从鞘中拔出大刀，一刀将辛巴的枪杆拦腰砍成两段。辛巴也从鞘中抽出毒气直冒的腰刀，与他交锋。这时，阿达娜姆冲向前来，给达牟东堆一矛，矛尖刺入胸腔内，达牟东堆翻身落于南河渡口岸边。辛巴夺走了他的战马、铠甲和三件兵器，继续奋勇杀敌。达牟东堆率领的三千人马，大部分死于岭军刀箭之下，部分甲士自投南河，另一部分正往山上溃逃。

正在宫中的门国公主梅朵卓玛听说岭国人是为她而来，又梦见门国下起贝壳雪花，天上响起雷声，黄牛身上露珠晶莹，太阳从四方出现，雪山变成风化的石山，美丽的莲花生长在峡谷的冰湖中，预示门国即将遭难。这时，她来到父王宫中，提出愿到岭国和亲，以结束战争，辛赤王却说："国家的事不要女儿担心。只要我在世一天，就决不让你去岭国。"公主黯然退出王宫，预感到父王将离自己而去，古拉妥杰将为国捐躯，自己注定要嫁到岭国去。

大将古拉也赞同公主的意思，再三相劝，暂且把公主许配，过了一年，变成世界无敌时再将公主抢回，并荡平岭国。辛赤王的脸色稍缓，却仍旧怒气冲冲，不愿答应此婚事。

这时，闻讯赶来的门国众大臣都会聚在宫中。他们听了古拉和辛赤王的话，觉得都有理，但又拿不定主意，七嘴八舌，议论纷纷。有人主张先结亲，有人主张不能就这样轻易地让岭国把公主娶去。双方争执得很激烈，各不相让。这时内臣雍仲白杰建议请上师来决定。

那上师闭目静坐，为门国眼前的战事打卦问卜。过了好大一会儿，卦师才慢悠悠地说："这卦象有坏也有好，坏者多来好者少。门国就要遭兵灾，人畜就要血淋淋。安分守己的要受灾难，鸡蛋碰石头的要流血受伤。面对眼前的兵灾，诸位君臣莫忘记：要把自己的部属管得严，要把甲胄整理好，要把盔上的缨儿添，要把骏马的鞍鞯弄整齐，要把毒液涂在武器上，要把箭囊、剑鞘都修牢。我要用威力无比的咒火，要用倒转三千世界的法能，要用毒龙的恶咒，千言万语一句话，我要用尽法术来帮助你们。"

辛赤王大喜，拜过上师，立即调动军队。古拉妥杰首先表示拥护辛赤王的决断。门国的六十勇士、大小战将纷纷响应，个个摩拳擦掌，准备与岭国决一雌雄。

岭军与门军，在娘玛金桥桥头相遇了。真是狮逢对手，虎遇强敌。岭国的七色军如彩云追月，门国的七色军如彩蝶飞舞，两国大军铺天盖地，驻扎在南方河的两岸。

门国的红缨军首领达娃察琤并不搭话，连向岭国的红缨军发了六箭。这六箭射死了岭兵十三人，惹恼了岭国红缨军大将辛巴梅乳泽。只见他把红马使劲一夹，那马立即蹿出几丈远，带着他来到阵前。

辛巴梅乳泽说着，拿出"莲花弯乐"弓。这弓甚是奇特：上半截是大鹏鸟的角，下半截是野牛角，握手处用象牙制成，弓弦是用野马背上的筋制成。这本是霍尔的镇国之宝，如今拿在大英雄梅乳泽手中，恰似如虎添翼。梅乳泽左手持弓，右手抽出一支光亮夺目的长箭搭在弓上，猛地射出去。利箭闪着耀眼的光芒，带着雷鸣般的隆隆响声，直向达娃察琤的胸口飞去。只听"当啷"一声，达娃察琤的护心镜被利箭射得粉碎。由于护符法轮的保佑，达娃察琤没有受到伤害，却也着实吓了一跳。达娃察琤愣了一下，又略微定了定神，故作镇静地对梅乳泽说："有利的买卖还要加添头，高高的城墙还要竖金缨，杀死了人还要赔人命，藏区九部中还没有这个先例。这可是你们霍尔国规矩？你既然有如此好武艺，为什么不到上方的嘉噶，把嘉噶的讲经场夺来？为什么不到下方的嘉纳，把嘉纳的法庭夺来？为什么不回头进攻岭国，把失去的财物拿来？好端端的大英雄却投降了岭国，今日到门域还有脸充先锋，我看你是活得不耐烦了！既如此，今日我就送你下地狱。"达娃察琤一箭射去，正射在梅乳泽左膀的甲片上，把甲片打碎了一大块，气得辛巴王哇哇大叫。他抽出腰刀，正要向达娃察琤扑去，一条细细软软的套绳忽然飞向达娃察琤，毫无准备的门国英雄一下子被绳子套住了脖子。梅乳泽闪电般地冲到达娃察琤跟前，举刀连劈，把达娃察琤斩于马下。抛出套绳的玉拉也赶到眼前，二人将达娃察琤的首级取下，打马回营。

雄狮王重赏两员大将。格萨尔知道，此次进兵门域不比降伏其他三个妖魔，辛赤老魔已是魔法成就，就要修炼得天下无敌，加之他手下的大臣古拉妥杰，甚是厉害，所以就更加难以对付。这一开兵见仗，就先让他们杀了十三个兵士，虽说斩了他的一员大将，却也挫伤了岭军所向无敌的锐气，究竟应该怎样对付这可恶的辛赤王呢？天王只是给了进军的预言，并没有告诉我怎样降伏这老妖，如今在这南方河畔，两军对垒，岭兵人地生疏，万一有个闪失，就不得了。

入夜，雄狮王辗转反侧，不能安寝。快到天亮时分，一阵香风吹过，随着仙乐、环珮叮当之声，天母朗曼噶姆驾着彩云出现在格萨尔眼前。格萨尔猛地惊醒，翻身坐起，天母好像离得远了，但歌声却是那样清晰，忽而又变得很细很弱，但格萨尔却听得真切，那愁蹙的眉梢渐渐展开，他已经明白了降魔的秘密。

第二天早上，铃声一响，格萨尔大王把岭国大将召集在神帐里。众将领似群星捧月，把雄狮王围在中间，静静地听大王给他们面授机宜。

众英雄遵照雄狮王的旨意，各自回到营中，把圣水和护身结发给岭国的将士。没过一会儿，果然如雄狮王所说，门国的大将古拉妥杰又来挑战。

这古拉妥杰生得面如满月，虎背熊腰，真是个仪表堂堂的男子汉。那穿戴就更漂亮了：头戴阳光普照金盔，盔顶一个火焰似的红缨，身着黄金甲，外罩黄缎子披风。金色花纹和箭袋里，有吃肉的毒箭五十支；在日月对照的弓袋里，藏着一把铁弓；腰间佩带着一把吸血宝剑，胯下是一匹鹅黄色的千里马。

岭国的英雄们早就做好了迎敌的准备，见古拉妥杰快到营门之时，从大营中一下飞出五员大将，为首的正是大英雄丹玛。

古拉妥杰本来就怒火冲天。昨天达娃察琤没有活着回去，已经丢了门国的脸，古拉冲到这两军阵前，就是要吐出这口咽不下的气。看到丹玛又是一副没有把他放在眼里的神态，更加恼怒，恨不得把丹玛一口吞下肚去才好。古拉妥杰强忍心头火，跟着岭国的五位英雄来到一个平坦的地方，一比高低。

丹玛虽然听了雄狮王的嘱咐，还是想在众英雄面前显示一下自己的本领，特别是要让古拉妥杰看看自己的箭术。丹玛抽出一支鹰翎箭，搭在“开乐”宝弓上，仍然是一副满不在乎的表情：“喂，这个地方叫‘亡命平原’，我们五个人叫‘死神阎罗’，你这黄袍人先看看我的箭吧。”

丹玛毫不经意地拉了一下弓，离弦的箭向古拉妥杰飞去，只听“喀啷”一声，正射在阳光普照金盔上，却没有伤着古拉妥杰。

古拉气得两眼通红，指着丹玛大叫：“什么英雄丹玛，你还差得远着哩，明明是武艺不高，还硬要说是无心射我。你已经射了我一箭，我若不还你一箭，倒说我怕了你。”说着，一支毒箭射来，正中丹玛的盔缨。那毒箭射掉丹玛的盔缨后，又继续向英雄们后面的树林飞去，射倒了几株百年老树，树林里顿时燃起熊熊大火。

丹玛虽然没有受到伤害，却因毒气熏心，变得神魂不定，在马上坐立不稳，似要跌落下来。古拉妥杰见状，得意地哈哈大笑：“英雄丹玛，徒有其名！我只射了一箭，你的狐狸相就露出来了，我再射一箭，定要你的狗命。”

不容古拉妥杰再次射箭，岭国的其他四英雄的箭已经射了出来，随后，四人又一起挥刀向古拉妥杰冲去。虽然四英雄的箭都没有伤着古拉妥杰，也使古拉妥杰不得不收起弓箭，举刀迎战四将。古拉妥杰虽是妖魔化身，但要敌住四位大英雄，也深感力不从心。他不敢恋战，一夹马肚子，只见鹅黄马的四蹄也冒出红光，顿时连人带马不见了踪影。

四英雄护着丹玛回到雄狮王的神帐，格萨尔给他服了不死神丹，又用千佛的头发烧火微熏，丹玛不仅恢复了体力，而且精神大振，比原来更胜三分。只是把迎战古拉妥杰的事忘得一干二净。

就这样，岭国的英雄们与门域的古拉妥杰等众魔臣连战数日，杀得难解难分，双方都有些损失，却没有分出胜负。

这一日，晁通拍拍身上的铠甲，挺着胸脯出来请战。这晁通因见连日来众英雄不能战胜古拉妥杰，又仗着自己有些法力，所以一张口就把话说得挺满：“身上没有法力的上师讲经，给当地的信徒们留下耻辱；外表装腔作势，实际丑态百出，看见的人都觉得羞耻；懦弱的人夸口说怎样勇敢，庞大的军营也要受耻辱。可惜岭国的众英雄，竟连个古拉妥杰也不能战胜，这怎么能不令人感到羞耻。”

“晁通王，你……”丹玛气得怒火冲天，上前要抓晁通，被辛巴梅乳泽拦住了。梅乳泽附在丹玛耳边低声说：“丹玛，不要着急，胆小鬼已经在夸海口，大有把山岳翻转来的样子，大有把海水一口吸干的样子。晁通自己说的话，马上就要应在他自己的身上。我们就等着看吧。”

格萨尔也觉得晁通的话很不中听，但因他是长辈，又不好过分训斥，只得问帐下众将：“哪位愿与晁通王同去迎战古拉妥杰？”

晁通本来就是不受欢迎的人，刚才那番话又犯了众怒，谁还愿与他同往？倒是丹玛想看看他晁通是怎么个英雄，所以愿领命与晁通同行。

二人出帐，各骑上坐骑，朝营门前的空地跑去。丹玛有意比晁通慢几步，落在后面。晁通可是一心想在岭国众英雄面前逞逞威风，立即打马奔到古拉妥杰面前，并不搭话，抽剑便刺。

古拉妥杰见今天岭军只杀出一人一骑，心中暗自纳闷，见剑已到马前，顾不上多想，立即抽刀迎战晁通，只一个回合，便把晁通的铠甲砍下一大块，把个晁通吓得屁滚尿流赶紧往回跑。古拉妥杰正要追时，被丹玛一箭挡了回去。

丹玛笑着跟在晁通后面回到格萨尔的神帐。晁通那套伎俩，早已被众家英雄看在眼里。玉拉托琚趁着格萨尔没注意，在晁通的追风马的尾巴和鬃毛上各拔了一撮毛，又在晁通的狗尾巴上拔了一撮毛，找了张哈喇皮，一条哈达，一头牦牛，摆在晁通面前，为他庆功。这虽能瞒得过格萨尔，却遮不住众英雄的眼睛。英雄们哈哈大笑，笑声飞出了神帐，充溢在山谷中，把刚才被晁通奚落所压下的怒气一股脑地发泄了出来。

晁通气极了，眼睛里布满了血丝，趁着大家不注意，拿起一块小石头投入水中，施起了法术。顿时，大火冲天，随着山崩地陷般的隆隆响声，雹子大的铁块从天上降落下来。众英雄一下停住了笑，纷纷向神灵祈祷。

“玉拉和丹玛不应该开这样的玩笑，特别是在这降妖伏魔的紧要关头，我们众家兄弟应该一致对敌，不要再互相捉弄。晁通叔叔，对他们的做法，请你不要太介意。您的法术对岭军威胁太大，快快把这邪术除了吧。”

晁通听雄狮王这样说，灰白色的脸上才露出一丝喜气，把胡须往左一摆，又往右一甩，连声说：“遵命，遵命！但是，若要我收回法术，请每人给我一支箭。”

众位英雄还要说什么，被格萨尔用目光制止了，强忍着心中的不满，把一支支系着哈达的箭递给了晁通。

晁通左手拿着系有哈达的箭，右手伸向脚下，从碗口大的水中取出一块白石子，吞入口中，邪术顿时消逝，太阳也重新露出笑脸。

二十九日，降魔的日子到了，格萨尔遵从天母的旨意，早早地来到南方玉山山麓、谷尼平原的上首。他见到一座骏马似的岩石上头，有一块牦牛形状的大铁块，上面装饰着人的头骨，用血淋淋的人的肠子围在四周。格萨尔不忍看这惨状，飞快地来到铁块下面，轻轻推开一道小门，里面是间暗室。格萨尔定睛细看：右边是一只九头毒蝎。这就是辛赤王生命的支柱。左边是一只九头乍瓦，长着铜胡须铁尾巴，这是古拉妥杰生命的支柱。雄狮王慢慢拈弓搭箭，射死了毒蝎和乍瓦，回头便走。这是天母的旨意，只有用弓箭才能除掉这两个妖魔的寄魂动物，并且不能回头。

门域的国土上立即出现了各种灾象：天上出现扫帚星，山上无故燃起大火，猫头鹰哈哈大笑，大地上布满红炭水，灶上的四方白铜锅裂成八块，神庙里的狮虎柱被毒蛇缠绕，马厩里的马被虎吃掉，长流水的神湖里结了冰，神山金城崩塌，辛赤王的宫殿金梁被折断。举国上下，人心惶惶，惊恐万状。

公主梅朵卓玛做了个极为不祥的梦。梅朵卓玛心中暗想：门国连连出现灾象，自己又做了这么个梦，这究竟是什么意思呢？

公主焚香祈祷，乞求神灵让自己清醒，让自己能圆梦。神灵似乎真的让梅朵卓玛明白了，这一明白，公主不禁害怕起来。原来，梦是这样的：降下贝壳的雪花，是象征要降下大雪；天上响起的雷声，黄牛身上的露珠，象征着属牛的辛赤王的灾难；太阳从四方出现，是可敬的古拉妥杰丧失威望的象征；雪山变成风化的石山，象征着门国要遭难；美丽的莲花生长在黄河峡谷的冰湖中，象征女孩子要送敌人。

公主越想越怕，如果岭国真的是为自己而来，真的要与门国结姻缘，那么为了门国，也该嫁到岭国去才好。梅朵卓玛想着，来到辛赤王的宫中，对父王说愿到岭国和亲，以便尽快结束这场可怕的战争。

辛赤王因为寄魂的毒蝎被射死，已经失去了往日的精神，但魔王的本性仍旧使他强打精神，不愿在女儿面前承认自己不行。梅朵卓玛公主诺诺然地退出了父王的寝宫，心神不宁地回到自己的宫中。她预感到，父王将离自己而去；古拉妥杰大英雄也要为门国捐躯；而自己，则注定要嫁到岭国去。

岭军再次吹起号角，众英雄一齐向门军冲杀。由于射死了寄魂的乍瓦，古拉妥杰失去了灵性和魔性。他虽强打精神，却也禁不住岭国众英雄的四面夹击。辛巴梅乳泽一抛出套绳，正套中古拉妥杰的脖子。众英雄把他带到格萨尔面前，听凭大王发落。

格萨尔见古拉妥杰生得一表人才，又英勇无敌，就想像收服梅乳泽和玉拉托琚那样，也收他为岭国大将。但古拉妥杰并不为格萨尔的话所动，却怒目而视雄狮王。接着，古拉妥杰泪如雨下，他觉得这样死去未免太冤枉了。

众英雄见古拉妥杰如此无礼，齐声喊斩他。格萨尔也情知不能挽回，遂下令将其斩首。

就在杀死古拉妥杰的同时，岭地的三术士也降伏了门域的魔鬼上师。

岭国大军一直向辛赤王的魔宫逼近。门国的青年冬丁惟噶把箭搭在弓上，站在宫顶的平台上恶语歌之。

丹玛不听这话还好，一听这话，不由得怒火中烧，“嗖”地射出一箭。与此同时，青年冬丁惟噶的箭也已发出，两支箭在空中相遇，碰了个粉碎。不等冬丁再搭箭，丹玛的第二支箭又离了弦，一下正中冬丁的头盔中心，把天灵盖揭去了一大块，冬丁惟噶一下子从宫顶跌落下来。

这时，辛赤的王宫已燃起熊熊大火，火焰直冲霄汉，好像白云都要燃烧起来。这是辛赤王指使他的侍卫们放的火。火光中，辛赤王在向火神做紧急的祈祷。天空中突然伸出一架魔梯，辛赤王全身披挂，威风凛凛地爬上梯子。眼看着魔王越爬越高，就要隐没在云层中了，突然，一支利箭呼啸着，射中了魔梯。格萨尔大王骑着千里宝驹江噶佩布出现在半空中，宫中的大火顿时减弱了许多。

辛赤王一见格萨尔的神箭射中了他的魔梯，气得青筋暴凸。他站在魔梯上，抽出一支毒箭搭在弓上射出，这当然对格萨尔毫无损伤。雄狮王反手回射一支箭，正射在辛赤王胸前的护心镜上，穿透护心镜，直刺辛赤的心窝。魔王痛得号叫着滚下魔梯，跌进他自己点起的火海里。

至此，世界雄狮大王格萨尔降伏了世界的四大魔王，拯救了四方百姓，天下太平，万众安康！

11.《大食财宝宗》

《魔岭大战》《霍岭大战》《姜岭大战》和《门岭大战》被称作四部降魔史。假如把《格萨尔》这部卷帙浩繁、结构宏伟、内容丰富、色彩斑斓的史诗，比作一座雄伟的艺术宫殿，那么，这四部降魔史，就是支撑这座艺术宫殿的四根栋梁。如果拿人体来比喻，就是一个人生命力运行的经络系统。其他各部，都可以看作是从这里派生出来的。

在格萨尔降伏了四方妖魔之后，又过了三年的光景，大英雄嘉察的儿子扎拉王子也长成了少年英雄。这天，正是仲夏初一，刚过午时，达绒长官晁通舒适地坐在檀香木宝座上，一边喝酒吃肉，一边不断地盘算着：我的妃子丹萨已经老了，另外两个虽然貌美，我却不中意，就像没有牙齿的人吃炒青稞一样难受。听人讲丹玛的姑娘已经长大，又漂亮又柔顺，若能将她娶来，那是再美不过了。只是不知丹玛是不是愿意。

晁通一想起美丽的姑娘就心醉神摇，心想怎样才能让丹玛心甘情愿地把女儿送过来。一碗酒下肚，主意有了：格萨尔和扎拉最喜爱的大臣就是丹玛，如果大王做媒，丹玛绝不会说二话。这就要使大王和王子高兴。怎么办呢？对了，王子扎拉的坐骑在与南方魔王打仗时死掉了，至今还没选出合意的良骥。自己虽有好马千匹，但没有一匹能当作礼物献给王子的。听说西方大食国有匹名叫“青色追风”的千里宝驹，是从大鹏鸟蛋中孵出的，耳朵上有撮绒毛团，四只蹄子上也有绒毛，瞬息之间能绕南赡部洲走一遭。若能将这匹马弄来献给扎拉王子，王子定会非常喜欢，格萨尔大王也会高兴。那时，再请大王父子跟丹玛说，这门亲事就……晁通越想越高兴，把酒喝得啧啧响，好像怀里已经搂着那个漂亮的姑娘。

奉晁通的密令，嘉卡谐格米吾托尊、东通图吉米桂杰麦和嘉列柏布益查米三个家臣前往大食去盗“青色追风”马。三人丝毫不敢懈怠，一路急行，第十天头上，到了大食国。恰逢大食国王由一百二十个内大臣、一百二十个外大臣和一百二十个骑士陪着，威风凛凛地出城巡山。他们一路走，一路赛马比箭，甚是威武雄壮。

这下可美了达绒部落来的三个盗马人。不用打听，不用寻找，他们看清了大食国王胯下的那匹青色宝马，果然是蹄不着地，行走如飞。那大食的宝马竟无人看守、任人偷盗不成？天底下没有那样便宜的事。原来，晁通为盗宝马，早已施法术于护马大臣，罩上了迷魂的帽子，所以在宝马被盗的第二天下午，护马大臣东赤拉郭才从混沌中解脱出来。“青色追风”马等三匹良驹早已不知去向。

东赤拉郭立即带三百勇士去找宝马。大食国王也在占卜求卦，想问问宝马的去向。女卦师扎色热纳挥动着花卦绳，十三支神箭搭在弓上，四十八粒松石放在卦骰上面。过了一会儿，她神情庄重地说：“在东方两条河流交汇的地方，犹如一个长矛尖似的红石崖下面，有一座像犄角般的城，马就在那里面。”

大食王赛赤尼玛明白了，原来是岭国人偷了宝马，不由得怒火顿起。心想，藏区的四大王中，我大食王是无人匹敌的。无论是上面的印度，还是下面的汉地，都不敢犯我大食；我也安守在自己的疆土上。那东方的格萨尔为什么要偷我的宝驹呢？“青色追风”马本是大鹏鸟雏，是我大王的命运宝驹，是大食国的财宝象征，价值无法计算。如果不追回宝马，大王我与那死尸还有什么区别呢？赛赤尼玛把眼一瞪，即刻就要发兵岭地，夺回“青色追风”马。遂向大食所属的各部落调集兵马。大食本是富庶之邦，兵强马壮，武器精良，兵马一拉出来就与诸国不同。更有那百户、千户和万户各率自己的部下，蜂拥随大王向城外杀去。

再说达绒长官晁通自从偷了“青色追风”马，娶了丹玛的姑娘，心里美滋滋的，丝毫也不考虑因偷马而可能引起的祸事。直到大食国的兵马包围了他的大帐，晁通还在床上做着美梦。

侍女慌忙喊醒了晁通，告诉他被包围了。晁通吓得魂飞天外，赤身裸体地钻到了一口大锅下面，藏了起来。这下可好，不仅看不见近在咫尺的战斗，连厮杀声也听不清楚。晁通想，反正有他的儿子在领兵作战，只要把入侵的敌兵打退，就会将他从锅底下救出来。但是他渐渐觉得胸闷气堵，原来这锅下面虽然安全，却比不得帐房内舒畅。晁通不想再待在锅下，但又无力把锅掀开。他感到憋得厉害，慢慢地失去了知觉。

突然，一阵香风从脸上掠过，晁通用力地吸了两口，像是有两辈子没呼吸过似的，但眼睛仍旧很难睁开，四肢也酸酸的、软软的，不能动弹。

“快看，这锅下有个死尸！”

“哪啊，是活的，他在装死。”

一些粗鲁而生疏的声音在晁通耳边回响。晁通用力睁开眼睛，马上又闭上了。这是吓的。眼前这些人分明都不是他达绒部落的人，显然就是敌兵了。怎么办呢？晁通闭着眼睛，心中紧张地盘算着对策。东赤拉郭闻声赶来，一见躺在地上的晁通，认出就是前次来岭地时在喜筵上见过的主人。真是佛祖保佑，让他落在我的手里。东赤拉郭忙吩咐手下兵将：“这次出兵就是为他而来，快把他绑起，献到大王座前。”

大食的兵马带着晁通往回撤，走到北方的一个大草滩时，三个大臣吩咐把晁通带来。大臣朗卡妥郭一见晁通那狼狈不堪的样子，把他嘲笑了一番，并威胁说：“我们大食的宝马，是大鹏鸟的雏儿，是无敌大王的坐骑，不要说动手去偷，就是用你的小眼看一下都不许。你现在最好把马交出来。常言说：早上用羊作赔偿，迟到下午赔马也不行。如果不快些交出宝马，就拿你抵命。”

晁通一直跪在三个大臣面前，一听要拿他抵命，吓得连胡须都颤抖。他左思右想，表示要投降大食国王，做内应把宝马要回来。晁通回到岭国，说大食要派兵攻打两国，岭国英雄们信以为真，立即披挂出征。

格萨尔心中暗想：晁通为了自己的目的，用尽了心机和诡计；这次与大食作战，都是因为他自己引起的。但按照预言中“时值木虎年，去攻大食财宝城，为岭地藏区辟财源”的说法，该是征服大食国的时候了。格萨尔认为，这次出征，应该让扎拉王子去。于是，传令调兵，有岭国三部落的兵马。此外，还有三十英雄、八十勇士，以及霍尔军、魔国军、门域军、姜国军，也都聚集待命。雄狮王宣布，由王子扎拉任岭军统帅，用三年半时间征服大食国。大王委以重任，但王子扎拉有些忐忑不安。扎拉虽然勇敢，但因为从未离开过雄狮王，所以缺乏自信。老总管绒察查根看出了王子扎拉的忧虑，忙起身对王子说：“扎拉啊，你是穆布董氏的后代、大英雄嘉察的亲生子，你是雄狮大王的代理人、十万精英的主宰。好孩子，别犹豫，岭军勇猛赛霹雳，夺取胜利并不难。到了危难时，大王总会有安排。”

扎拉这才安下心来。军队已经聚集，王子下令出发。格萨尔大王和王妃珠牡等众叔伯、姑姨，一直将扎拉王子送到岭国北方与大食的交界处。

那阿达娜姆自从帮助格萨尔降伏了自己的亲哥哥北方魔王鲁赞后，即做了格萨尔的妃子，很少出征打仗。这一次因格萨尔不能亲征，她求大王应允让她率北方魔军助战，她也禁不住要试试自己的武艺。

大食国损兵折将，赛赤尼玛大王十分烦恼。君臣们坐在一处，谁也拿不出好的对策来。沉默了半晌，大将军赞拉多吉站了出来，向大王禀告自己的计谋，赛赤尼玛和众臣听了都点头叫好。大食王忙吩咐众将依计而行。

过了两日，大食国兵营突然旗幡招展，人头攒动。大食王子察郭达瓦头戴插红纹缨头盔，身披盔甲，手持“吃肉”宝剑，肩挎青色铁弓，箭囊内插满铜翼铁箭，胯下骑黄嘴战马，率红缨军直奔岭军北营。赞拉多吉、昂察达米率军袭击姜营。大食国兵将黑压压漫山遍野，一心要与岭军决一死战。

岭军初战得胜后，斗志有些松懈。想那大食国兵将不过如此，胜利在望；只待休息两日后进兵，便可直捣大食国的老巢，取得全胜。谁知大食国不等岭兵进攻，倒先铺天盖地杀来，岭军匆忙应战。这时大食兵马已经杀到帐前，众英雄簇拥着赞拉多吉，点名要岭国王子扎拉决一胜负：“太阳运行处，群星欲敌对，炎热光芒不可阻；雷声响动处，浓云欲敌对，霹雳电光不可阻；大河奔流处，沙砾欲堵塞，河中波涛不可阻。我们大食国，岭军欲敌对，大食军队不可阻。听说扎拉是统帅，出帐和我战一回。”

王子扎拉欲出帐迎战，被众将拦住了。丹玛心中暗想，昨夜的梦不吉祥，今早大食军包围了我们的军营，还须小心才能免祸殃。他出帐上马，来到赞拉多吉面前。大食王子察郭奔了上来，不容赞拉多吉与丹玛搭话，抽出那“吃肉”宝剑，挡在丹玛面前：“恶狼都有吃羊心，猛虎都有杀马心，我王子察郭只有搅乱岭军的心，只有杀死岭人的心，只有杀死你丹玛的心。”

丹玛见这乳臭未干的小子也敢在他面前说大话，不由得火往上冲：“清水河流回漩处，金眼鱼是水獭的食物；刺树上的小雀，是青色鹞鹰的充饥物；小狐狸察郭达瓦你，乃是我丹玛要降伏的玩物。我这如霹雳的披箭，搭在能推动山岳的宝弓上，射向那高山，石崖也会裂开，今天先给你尝尝。”丹玛说着拉动了弓箭，只听轰轰隆隆地响，如山崩地裂一般，正中大食王子的胸口，什么护身符也没法抵挡得住，一下子将心劈为八瓣。

赞拉多吉见王子死得很惨，顿时急红了眼，定要与丹玛拼个你死我活。丹玛又拉弓射箭，却奈何赞拉不得。赞拉见扎拉王子不出帐，丹玛的箭又不能损

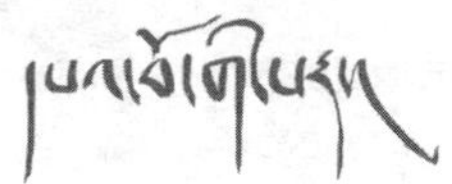

伤自己，更添了几分勇气，手一挥，大食军兵向岭军掩杀过来。丹玛单身匹马，拦挡不住。两军顿时混战起来。

这一仗，岭军大败。格萨尔的侄子大英雄巴森，还有大将卓赛阵亡，死伤兵马不计其数。晁通的脸上又布满了阴云，扎拉王子也觉得没脸见人。众英雄心中有苦难言，不知该怎样挽回这败局。

大帐内，扎拉王子一觉醒来，吩咐整队摆宴，迎接雄狮王格萨尔。群臣不知王子为什么要下这样的命令，都以为他想大王想得着了魔。王子见众臣并不依令而行，便说刚才得了一梦，梦到格萨尔大王要亲征大食。众臣听了，将信将疑地出帐执行王子的命令。

格萨尔大王果然来了。他并没有带很多兵马，只有三千六百多侍从。王子扎拉向大王禀报与大食作战的结果后，大王毫无嗔怪之意，反而安慰大家说："我们岭地，金山的根基不动摇，大海的水不混浊，暂时受挫没什么了不起，没有什么敌人不可战胜。"

众英雄这才变得喜悦起来。

大食国得知格萨尔亲自出征，惊恐异常。国王赛赤尼玛为了抵御岭兵，特请来黑教术士三百六十人，用火山燃炽的毒咒修炼九种物质，炼了七天七夜，硫黄、鸽子粪、蛇骨头等九种东西忽地燃起大火，把大食城包围起来，不要说有形的生物，就是无形的魔鬼也休想靠近。

格萨尔并不理会大食城周围的大火，反而带着众将走下山坡，来到一个三条沟交汇的地方。雄狮王吩咐烧茶休息。

第二天，雄狮王与大食对阵。格萨尔威风凛凛地骑在宝马上，手握一把宝剑，大食王一见那剑，认识。这是东方玛哈国王用六种珍贵的铁、妖魔尸体中的六种毒和掺有红花的六妙药锻制而成的。剑尖利而软，剑腰细而长，剑把硬而滑，剑口青而暗，能砍坚硬石崖，能斩潺潺流水。赛赤尼玛见那宝剑忽忽闪光，红光亮得耀眼，青光恰似闪电，早吓得跪在地上，合掌向格萨尔拜道："雄狮大王啊，拯救六道的上师，以前我连一个嘛呢也没念过。请大王宽恕我，死后别让我下地狱。我把所有财宝献大王，请您超度我的亡魂。"

赛赤尼玛一一道出存放财宝的地方：在扎玛依隆红岩旁边，有一块像马一样的巨大岩石，在它底下有别处所没有的财宝，其中有海螺全胜宫殿，自鸣绿玉门，如意宝贝，蓝珍珠网，紫玛瑙龟，黄玛瑙狗，海螺白羊羔，水晶鹅色骏马，绿玉母犏牛，善走的铁制公犏牛，长角的青色牦牛……

格萨尔手起剑落，砍下大食王的首级，将他的盔甲弓箭作为战利品，然后按照大食王的心愿，引他的亡魂到净土，同时也超度了所有阵亡将士的亡魂。

富饶美丽、财宝成堆、牛羊成群的大食国终于被征服了。格萨尔大王遂率领各路大军班师回岭。

这天，阳光灿烂，鸟语花香，众人把大食国得来的宝物，整整齐齐地摆放在营地中央。前有魔军，后有门军，左面是姜营，右面是霍尔营。格萨尔大王的宝帐位于中军之中，帐顶金缨飘扬，旗幡密布；帐内珍宝堆积，富丽堂皇。世界雄狮大王格萨尔安坐在金光灿灿的宝座之上，王子扎拉坐在叔父旁边的银座上。众叔伯、姑嫂、兄弟姐妹团团围绕在宝座后面。魔国、霍尔国、姜国和门国的大将及官员们分坐在两侧。每个人穿的都是绸缎，像被七色彩虹裹着一般，光辉绚丽，色彩斑斓。宝座上的格萨尔大王更是与众不同，只见他：头戴映红顶子帽，上插九尖金刚帽缨，身穿紫色织金缎袍，胸佩赤金护身符，足下日月金刚靴，真好比神仙下世，菩萨再生。大王环视左右，又看了看堆积如山的财宝，心中喜悦，高兴地说："你们是引导众生的上师，黎民百姓的首领，英雄好汉的战神，我今日要唱一支国王神语六颤曲。后世的黎民百姓们，听此一曲可以除恶趣，引此一语可以得极乐。我们已经降伏了四大妖魔，那是因为唱了降魔四大曲。"

格萨尔接着说："四魔降伏不算完，岭地的百姓还缺很多东西，为了众生得安乐，我们还要去降敌。一为今年财宝城，二为索波宝马城，三为阿扎玛瑙城，四为碣日珊瑚城，五为祝古铠甲城，六为米努绸缎城，七为嘉纳茶叶城。世界财宝的大树，应该种在我们岭国；世界的奇珍异宝，应该归我们岭地所有。臣民们，分吧，分吧，财宝分给你们，分给百姓，福禄分赐给你们，这是上天的旨意。"

格萨尔大王说完，帐下的臣子和帐外的军民都欢喜若狂，欢呼声震撼雪山草地。

大食国的财物中，最丰富最宝贵的就是牛了，首先把牛分给大家。财物分配完毕，英雄们分立两旁。以珠牡为首的众王妃和姑嫂、姐妹们分别到各个牛群中，挤出母犏牛的乳汁，献于雄狮王及各位英雄面前。格萨尔大王吩咐立即返回岭国。大王要闭关九年，在此期间，诸国要休整兵力，等候神灵的预言。大王双手合十：愿神鹫栖止享安乐，愿家乡吉祥多平安，愿天下百姓得安乐！

12.《朗赤绵羊宗》

为了拯救众生的宏伟事业，格萨尔闭关修行，整个岭国无论上部、中部、下部，处处佛法昌盛，风调雨顺，没有疾病肆虐，百姓安居乐业。这时，五位空行母驾着吉祥彩云，飘飞到狮龙宫殿上空，给格萨尔降下预言：现在是到了降伏上部北方朗赤国王的时候。格萨尔立即命内臣米琼卡德和王妃森姜珠牡召集岭国各地英雄和头人到达塘查姆广场聚会。他们两位立即远处派信使，近处用法鼓和法号，将格萨尔王的命令传达下去，众英雄纷纷表示要按时到达。唯有达绒晁通，在降伏大食财宝宗的时候他虽然立了大功，但在分配战利品时与大家一样只给了一份，对此他十分不满，借口要在家修行，不愿意出征。格萨尔王知道后，严厉地训斥了他，晁通不得不前来参加聚会。

各路英雄来到达塘查姆广场，把哈达和金银财宝献给格萨尔王。在法螺和法号声中，格萨尔来到神帐中央，端坐在金座之上，由威玛拉达主持聚会，格萨尔讲述了天神的预言，各路英雄纷纷表示愿意听从天神预言，追随格萨尔王降伏朗赤王。同时派信使向四方各国传达天神旨意，北方魔国、霍尔、姜国、门国也都表示愿追随大王出征。大家回各自地方准备，格萨尔王也回到狮龙宫殿。

大王决定岭国和四方四国的兵马到大食国聚集。岭国英雄们佩带武器，呼唤战神，煨桑祭祀，会聚到达塘查姆广场，比箭、赛马、训练、唱歌跳舞，整整用了七天时间。又用三天时间沐浴、加持、煨桑、灌顶，然后森姜珠牡和里琼吉带领岭国姑嫂们和岭国百姓，隆重欢送出征将士。

走了十三天，各路大军来到大食国国境，受到大食国君臣百姓热情隆重欢迎，然后聚焦在念姆大广场，向格萨尔王献上珍贵礼品，大家相会，甚为欢欣，唱歌跳舞，欢乐了七天。之后，格萨尔命丹玛做统领五国大军的长官，并让丹玛、噶德、森达、协噶丹巴四人做先锋，攻占关隘。他们来到朗赤国的北方大草原，消灭了碣隆姜格、特让布迈、仲归姜根等具有幻术的守关将领，用他们的鲜血祭战神。

岭国大军来到北方盐湖之滨，在那里安营扎寨。格萨尔得知四位大臣受到风暴袭击而遭遇困难，立即到那里去拯救四位大臣，然后继续前行，走了四天四夜，走到有很多野牦牛的朗赤国境内，在那里宿营，等候岭国大军。

这时，本教上师达纳做了一个噩梦，梦见朗赤国发生了很多不幸事件，他认为这是不祥的征兆，写信向国王报告。朗赤国的七个猎人看到岭国大军已进入朗赤国境内，十分惊讶，立即向国王报告，尼玛凌熙国王十分愤怒，派信使到各地，下令英雄们迅速集中起来，抗击岭军。雅梅董纳陵巴和措察东仁两员大将率领三百勇士，向岭营发起猛烈进攻，但这两员大将被丹玛和森达斩于马下。

四个逃回来的朗赤兵士，向国王禀报战败的情况，气得国王咬牙切齿，发辫都竖起来，立即派三员大将、三十名勇士，前去捣毁岭营。格萨尔已经得到天神预言，知道朗赤兵将来劫营，当即率领巴拉、噶德、丹玛等人去迎敌，在原来杀死两名朗赤大将的地方，与雅梅东图等三员大将率领的朗赤兵相遇，双方激战多时，威琼托迈等十三名勇士被岭军消灭，朗赤国被格萨尔降伏，岭国得到了珍贵的绵羊“央”，就是能够世世代代繁殖绵羊的“宝气”。

13.《索波马宗》

转眼间，三年过去了。这年正月初八黎明之时，在东方玛沁邦拉山的神殿里，聚集了天、龙、念三尊及善业护法童子二十五人。神灵们预示，攻取索波马城的时间到了。但格萨尔对神灵们的预示装聋作哑，一点也不听从，连年不断的征战，使大王也感到有些疲倦和厌烦，既不召集六部的臣民，也没有一点进军的意思，每日里与众王妃们在一起饮酒作乐。

众神见格萨尔如此懒散，就商议着必须如此如此，方可使雄狮王发兵索波马城。

天上方的噩兆，星的噩兆，鸟的噩兆，空中风的噩兆，虹的噩兆，声音的噩兆，地上人的噩兆，狗的噩兆，鼯鼠的噩兆，这九种噩兆一起降到了索波马城。马城出现很多怪现象：

天空出现了扫帚星，滚滚黑云急驰，像一头黑猪要吞噬生命似的；降着血雨，散播着瘟疫和疾病。

一只蛇头黑鸟，落在马厩北面的屋顶上，张着嘴吞噬着小麻雀。突然，一阵狂风骤起，紧接着是倾盆暴雨，电闪雷鸣，蛇头鸟向高空飞去。索波马城的城门上，出现了五色彩虹的帐篷。

群山环抱的大山谷里，一个八旬老妇生下一只黑狗。这只狗长着鸟儿的喙牙和肉翅膀，小声说着人的话语。

在王城的右边，有一块神扁石，国王在扁石上面一座帐篷中忽然被猴子抱起，滚下山坡。

神虎梅日查通被一只黑狗咬死，而且被吃了一半。

……

凶险的噩兆和怪兆，搅得索波马城的人们心神不安。国王决定在极喜自在魔神庙里占卜。外道法师六十人齐集庙中，占卜结果是这些噩兆和怪兆均由岭地降下。国王大怒，即命六十名外道法师立即作法消灾。

法师们要国王收集黑鸟、黑狗等九种黑物的心和血，收集九种毒物及金、木、水、火、土五行之物，然后念诵然扎帕瓦苟多咒经，修九九八十一种施食禳灾退法，画恶咒符于地下，十天之后，将收集的各种污物一起抛了出去。

岭国遭到了报复。

森珠达孜城上的金胜幢倒了；一只盾一样大的青蛙，在紫褐色的茶城的仓库里蹦跳；丹玛玉郭宫门旁，黑蛇摇着尾巴；颇若宁宗城上空，枭鸟飞来飞去；美丽的直堆朗宗城的庭院中，洒下了十个血点。岭国的僧俗百姓们，白天观凶兆，夜晚做噩梦，上上下下，人心惶惶，比索波马城更甚。

王妃森姜珠牡提醒格萨尔道："大王啊，我们美丽的岭国出现了凶兆，如果再不想出个消灾的办法，我们是不会有安宁的。"

格萨尔觉得王妃所言甚是，立即吹起螺号，擂响战鼓，远方的派使者，近处的听呼唤。他要集合六部众生，共同商议如何消灾禳祸。

第二天，阳光照到半山腰时，众英雄会聚在森珠达孜城。大家都认为眼前的灾祸是因索波马城念咒引起的。但怎样消灾，还想不出办法。晁通擅长巫术，他明白这是索波赤德王的外道放的咒，给岭国带来噩兆，只有他能破此道。

格萨尔知道众英雄不喜欢晁通，但眼前所现噩兆，是索波方面施放的，只有晁通能禳退此施食凶咒，应该让晁通先施法消灾，才能出兵索波。

听了格萨尔大王的吩咐，众英雄点头称是，晁通更是得意非常。他高傲地说：匍匐的蛇跳得再高，也比不上苍龙；蝙蝠飞得再高，也比不上金翅鸟；利箭人人都能射，而禳退咒力的只有我。得意洋洋地向格萨尔索要消灾的供品。

第二天黎明时分，诸英雄齐聚在森珠达孜城上，看达绒长官晁通施法术。只等他念完咒，各路兵马就进军索波马城。

达绒长官晁通站在城堡前的一座小山上，头戴九股金刚石顶子的黑帽，身披黑色仙衣，手持威镇神鬼的生铁橛和飘摇三千的黑旗。身后站着抛掷施食刀箭的一百六十人，使三棱铁橛的三十六人，击鼓的八十人，一律头顶黑帽，身披黑衣，足蹬四层底子的绿色长靴，看上去杀气腾腾，阴森可怖。

一阵乱箭射出后，晁通念起了咒语："这一箭射出去，要落在索波马城的中心，将索波王的生命勾去，让外道喇嘛口吐鲜血，让城堡上下翻覆，让城内人痛心绞肠，让城内的马蹄生疮，让城内的牛头昏迷路，让城内的羊倒地不起，让男人们的头折断，让女人们的血流干。我手中的三棱黑铁橛，要把有形和无形的灵魂全勾住。黑暗在前面引，狂风在后面催。快快来吧，要把他们全部压成粉灰！"

念罢，晁通射出一支黑箭，又摇了摇黑旗。站在后面的人把施食刀箭也全部抛了出去。刹那间一股黑风骤起，带着一团火光，向索波城中飘去。

各路兵马已经聚齐，只等雄狮大王格萨尔一声号令，就要发兵。

以绒察查根为首的岭地老一辈们，已不能随大王出征了，想走路不能举步，想射箭拉不开弓，虽然老天拔地，却依旧豪情满怀。因为他们的子孙已长大成人，他们的雄狮王长生不死。就像谚语里说的那样："深谷里被箭射中的牡鹿，临死没有什么可恐惧。有小鹿崽留在山坡上，可以觅饲草游山岗，有头角长成的希望；飞行疲劳的大鸿雁，来到无垠的旷野也不后悔，有金蛋留在居汝湖边，还可振翅绕行海滨，有六羽丰满的希望。"老人们眼看着儿孙们要出征，心中又难免惆怅。他们只能为格萨尔大王祝福，为儿孙们祝福，愿他们打胜仗，早回乡。

众王妃簇拥着森姜珠牡，也来为雄狮王送行。她们的脸，像美丽的花朵，可花朵上还有晶莹的露珠；她们的歌，如动听的百灵，可欢乐的鸣叫中又流露出几分凄切。森姜珠牡手捧一块碧绿、硕大的松石，上面缠绕着五彩哈达，敬献到雄狮王面前，并满怀深情地为大王祈祷祝福。

格萨尔大王接过哈达松石，从箭囊中取出一支利箭，指着它对珠牡说："一支箭上具备的东西，一个上等女人身上都具备。心地正直如竹子，心胸阔大如箭翎，智慧锐利如箭镞，口齿伶俐如箭矢，将痛苦和罪过抛背后，把佛法和善事捧前胸，知道对上师要信仰，知道对乞丐要施舍。珠牡啊，我走后，岭地的老幼你要多照应，诸事烦你多操劳。"格萨尔又将国事做了交代，然后率队出征。

神箭飞了三七二十一天，方才到达索波王城，落在中层珊瑚天窗上面，随着一阵电闪雷鸣，狂风夹着暴雨、冰雹，铺天盖地地落到城中。城中王宫摇晃，百姓惶恐，国王娘赤昼夜不得安寝。第二天一早，国王急急派出身边的侍臣外出巡视，并要求立即回来报告。

这时，索波上下已出现了许多噩兆：河水失去了本来的颜色，神山落下雷箭，草山爬出了毒蛇，神湖干涸，白狮头上的绿鬣蓬乱……索波王娘赤拉噶吩咐召见所有大臣议事。众臣心情不安，神色紧张地来到王宫。他们都见到了噩兆，现在要听听国王的圣断。娘赤拉噶如皓月的脸上露出一丝笑容，用慈祥的目光环视着大家，缓缓说："昨夜我做了个梦，今日又看到黄缎书信一封。梦见一道光出现在东方，闪着五色的光芒，光的尖端插到我身上，我的心和光芒融为一体。梦见了比这里更好的地方，那里财物享用不尽，遍地是喜人的好风光。今日黄缎书信上的意思除了本王无人知，上写着：'上界天神格萨尔，今年要光临索波国，他是天神之子，要打开成就的宝库门；他是心不动的金刚手，要将外道教义毁灭尽。'神灵命我们好好迎接他。从今日起，这东日森宗城要好好洗刷干净，扯起华盖竖起旌旗和幡伞，准备一个镶着五种珍宝的宝座，铺上最好的垫子三百六十副，派三十名大臣，带九色礼品，前去迎接世界雄狮大王格萨尔来索波马城。"大王知道打不过岭国军队，有意向格萨尔投诚。

听了大王的这一番话，众臣面面相觑，都以为大王一定是妖魔附体，在说疯话。大臣拉吾多钦明白了大王的意思，而且知道大王绝非狂癫，说的都是真话。拉吾多钦犹如黑刺扎心，表示决不投降。拉吾多钦的话引起了众大臣的强烈反响，虽然没有说出来，但娘赤拉噶大王看出来了。他压住内心的烦躁，耐心地向自己的大臣们解释。

众人见劝不住大王，请来了王子拉吾和仁钦。两个王子都不愿降岭。拉吾向父王献上三匹上好的哈达，禀道："面对敌人的挑战，父王应把坚强的人马、铠甲整顿齐，把各种英雄好汉召集起，安营扎寨，把守要道。怎么能引狼入室，摆酒迎敌呢？"

"儿啊，把不能摧毁的岩石用石头去砸，像无识的枭鸟要摔落山岩下；未灭的炭灰用嘴吹，可怜胡须被烧焦。父王我和雄狮王，要做佛法誓言一致的施主，你们和岭国王子扎拉要做可亲可爱的好朋友。不动刀枪得安乐，我们会比过去更富有。"

拉吾和仁钦见父王执迷不悟，便不再说话。他们要按照自己的想法行事，联合下索波，调动一百二十万兵马，分四处扎营，同时召集幻师七兄弟，在贡巴阿梅夏纳托贝山前的草滩上设下埋伏。

幻师七兄弟将索波军变成蚂蚁，把马群变成雀群，在滩对面的羊卓湖中央，变出外道大师的讲经院和无数的寺庙，中间有佛殿和经堂，上有脊顶、庙檐、万民伞、胜利幢、花花绿绿的旗幡等，装饰得十分美丽。下面是僧舍，有城墙围绕着，里面有各种树木的林园，有沐浴的水池、花园，一些飞禽走兽在嬉戏着，简直与天堂无二。只等岭军一进入草滩，变幻的索波军便一举杀出。

雄狮大王格萨尔率领着百万岭国人马，浩浩荡荡地开进了索波马城，没有遭到任何麻烦，反而受到索波国王娘赤拉噶的热烈欢迎和盛情招待，他希望格萨尔大王留在城中，普度众生。心有灵性的雄狮王知道，索波王是一片真心；他也知道王子拉吾和仁钦已布下幻寺，设下埋伏。所以格萨尔并不在城中久留，他要尽快破掉王子拉吾的幻寺，平服叛逆者。雄狮王安抚了索波王娘赤拉噶，随后领兵启程，直奔贡巴阿梅夏纳托贝草滩。

岭军来到山前，格萨尔吩咐扎营休息。众英雄应召来到大帐里，听候吩咐。

格萨尔指着前方草滩对面的幻寺，脸带笑容，说："索波王子拉吾和仁钦，想用幻术战胜我们。他们把兵马变得让人看不见，还要请我到幻寺中。我明天一早就去寺院灌顶讲法，任凭他说什么就做什么。众英雄要兵分两路：一路据守军中，大将是丹玛；第二路由玉拉和梅乳泽率领，从草山背面压迫敌军。达绒长官晁通，继续施法放咒，岭兵必胜无疑。"

破了索波王子设的幻寺，幻变的兵马顿时恢复了原形：索波军从四面将留守营地的岭军团团围住，东面是朗拉托杰，西面是拉吾多钦，南面是哲察冬扭，北面是汪贝赛日，王子拉吾和仁钦居中。索波兵刀枪攒动，摇旗呐喊。

正在这时，以玉拉和梅乳泽为首的岭军第二路人马从索波军背后掩杀过来，索波军腹背受敌，顿时乱了阵脚。可怜剽悍的索波军队，只好落荒而逃。

拉吾和仁钦两位王子战败后退回王宫，对多钦等众将大发雷霆。正当他们重新部署准备和岭军决战时，国王娘赤拉噶来到了。索波王仍旧劝告王子不要莽撞行事，否则后果不堪设想。但是，王子拉吾和仁钦根本听不进父王的忠告，执意要和岭国决一雌雄。索波王见他们如此不把父王放在眼里，又气又怒又没有办法，只得任他们去死。

两位王子见父王盛怒而去，不仅不后悔，反倒想打个胜仗给父王看看。前次从边城逃走是因为准备不足，这次，如果不打败岭军，决不生还。

拉吾和仁钦披挂整齐，率队出城。面前的岭军铺天盖地，王子扎拉带头迎战，玉拉挥刀与拉吾战在一起，经过一阵鏖战，玉拉赶来助战，一把刀使得上下翻飞，得心应手。眼见拉吾刀法已乱，玉拉猛地朝拉吾的头上劈去，拉吾想躲，已经晚了，半个头盔连着杯口大的额角被削了下来，疼得拉吾大叫一声，摔到马下，被玉拉断为两截。仁钦见哥哥阵亡，慌了。多钦等大将也不敢恋战，急忙夺路而逃。岭军大获全胜。

王子仁钦和大将多钦等无颜见国王，便投奔他乡。娘赤拉噶虽然早已预料到拉吾必死，可还是不免伤心。军情紧急，岭军已经将上索波全部占领，索波王只得把怜子之心暂且收起，吩咐备盛宴款待岭国军兵。

格萨尔大王高举金杯，唱起了取宝歌："山间松石雾腾腾，百花开放红艳艳，甘露香气冉冉升。这美丽壮观的索波马城，是所有马匹的神魂归依处。能把一切福禄召引来，是取到一切物品的宝库。骏马前额上的白点如启明星，将梵天的骏马福禄召引来；黄铜色骏马闪光辉，将厉神的骏马福禄召引来；四条马腿似松石，将龙王的骏马福禄召引来……"

唱罢，将杯中酒一饮而尽，取过宝弓，搭上神箭，一箭将藏宝的磐石劈成两半，一匹彩虹似的宝马柔巴俄宗，抖一抖美丽的鬃毛，四蹄轻踏，似要腾起一般，诸英雄早将准备好的绳套抛了过去。天空中降下花雨，宝马归于岭地。

与索波马城相邻的，是索波铠甲城和玉城，这里有英雄勇士喜欢的铠甲，也有姑娘媳妇喜欢的美玉。由于地理位置的原因，人们把马城叫作上索波，把铠甲城和玉城叫作下索波。上索波马城的娘赤王投降了岭国，王子仁钦和大臣多钦却不肯归顺，逃到下索波铠甲城。谁知下索波大王莽吉赤赞听说上索波被岭国征服，娘赤王也已降岭，早就吓得哆哆嗦嗦，哪里还敢收留这两个不肯归顺岭国的王子和大臣。

莽吉王正不知该如何对待仁钦王子和多钦大臣时，上索波娘赤王派人送来一信，说格萨尔大王要王子和大臣回马城，饶他们不死，恕他们无罪；假若继续藏匿下索波，或引敌前去，便将他们二人碎尸万段。所以，娘赤王恳请莽吉王派人将王子和大臣送回上索波。此信算是帮了莽吉王的大忙，正合他意。如果将二人留在下索波，不但不能活命，而且下索波也会因此遭祸殃。于是，莽吉王把王子仁钦和大臣多钦叫到座前，将娘赤王的信拿给他二人，好言劝他们回马城。

王子仁钦看罢信，对莽吉说："大王，格萨尔的话是不能相信的。如果下索波不能停留，请把我们送到别的国家去，回上索波只有死路一条。"

大臣多钦可不这么想。他已经在外边流浪够了，就是回上索波被杀头，也愿意返回家乡。他心里思念那离别并不很久、却又仿佛过了百年的索波马城。

莽吉王又劝王子仁钦不要违抗父命，如果他不回国，说不定格萨尔大王会对他的父王施以酷刑。

仁钦虽然不情愿回马城，可是见多钦不想和自己在一起，莽吉王又极力相劝，更怕自己孤注一掷会对父王不利，便答应立即返回马城。

莽吉王派了一员得力大臣将王子仁钦和大臣多钦送至上、下索波交界的河口，娘赤王早已派人在那里等候。

回城的第二天，娘赤王带着王子和大臣向格萨尔大王请罪，又献上许多金银绸缎。雄狮王格萨尔依信上之言，恕二人无罪，命二人继续留在娘赤身边，辅佐上索波王管理马城，并决定岭军明日班师回国。

就在格萨尔决定回国的当天夜里，龙王邹纳仁庆忽然驾着祥云出现在格萨尔的神帐内。只见他身穿松石铠甲，头戴玉盔，佩九种兵器，骑着黑色海马，满脸带笑地对格萨尔说："索波马城已攻下，但雄狮不能回岭国。大鹏飞腾在太空，避开劲风非良禽；大鱼遨游在海中，避开浪潮非金鳞；坐骑驰骋在大道，避开河滩非骏马；岭军已经征服上索波马城，放弃铠甲、玉城非英雄。下索波莽吉赤赞王，甜言蜜语毒计心中藏，在岭军回国的半路上，他埋伏下精兵六万人。让你英雄无暇携武器，令那懦夫无处去逃生；有翼失去空中道，有腿不能在地上行。更有扎拉郭杰那魔臣，射技精良力大能捕雷霆，还有那……格萨尔啊，雄狮王，八日这天要率岭兵攻到下索波，那里有英雄喜爱的铠甲城，有姑娘喜欢的碧玉城，有存放财物的宝库城，都要攻下不能等。"

听了龙王的预言，格萨尔并不像过去得到天神预言那样兴奋。他懒懒地躺着，不想起身，心中有些不快。自从被遣下界，就没有过一天清闲日子，每逢降伏了一魔，待要歇息片刻，便有天神降下新旨。这次更加特别，不等班师回岭，又要去征服下索波。想那天宫有多少英勇之士，为何不让他们也下界走走?！我和千里宝驹就是每日行千里路，也还有许多地方巡行不到；每日获得多少战利品，也还有许多妖魔未归顺。不行，不行！大丈夫前日生怕违誓言，今天倒要给天宫递辞呈。

格萨尔久经征战之苦，已生厌烦之心。特别是想起在三十三天界上无忧无虑的生活，就更加不愿留在人间。这么一想，禁不住自言自语起来："白梵天啊，我的王母，请安居在普胜宫，不必再给我降预言！厉神们啊，龙王仁庆，请安居在雪山和龙宫，不必再给我降预言！大丈夫并非怕敌人不能克，终生劳累对作战生厌心。今天我要把人身变神身，要把幻身变法身，要把岭军撤故土，发愿以后再相逢。”

说完，格萨尔把自己变化成八岁小孩大小的身体，通体放着虹光；把宝马江噶佩布变成一匹三岁马驹大小的身体，鞴上宝石马鞍，像无风时的炊烟一样，从岭军大营一直升到天空，神、龙、念诸神，谁也无法挽留他。

这时，东方出现一道白光，天神出现在白光之中，挡住了格萨尔那道像烟一样的虹光，对格萨尔喝道：“格萨尔，你要往哪里去？！自从你降生岭地后，天、龙、念及诸神，哪有一天有空闲，但谁也没有出怨言。格萨尔你是大丈夫，是飞禽里的大鹏，是百兽里的雄狮。降魔大业非你不行。战争使你太劳苦，有我天神来帮助。不要再出怨言欲归天，克敌之时只有懦夫才会逃遁。”

面对天神，格萨尔无言以对。想到多年的征杀之苦，想到久等自己回归的父母，想到在战争中死去的众将士，格萨尔的眼泪像荷叶上的露珠，扑扑簌簌地掉了下来。

姑母朗曼噶姆像知道格萨尔的委屈似的，骑着青色水牛出现在他面前。那随之而来的芬芳之气，沁人心脾，使人神往。天母极力安慰着格萨尔：“格萨尔啊，你来下界虽非自愿，却降伏了众妖魔，拯救了四方百姓，这样的大业只有你能完成。你在为众生造福时，上有比父亲大的白梵天王，下有比母亲大的龙王仁庆，中有比兄弟大的厉神格卓，三者都在保护你。白昼你出征在阵前，这护佑如影随形；夜晚你安寝在帐中，这护佑如同怀中婴。格萨尔啊，泄气话以后不要再讲，大业未就不能回天庭。”

神、龙、念各部众，战神、厉神、空行、勇士等如黑夜的星辰一般聚在空中，用期待的目光凝视着格萨尔。

以丹玛为首的岭军大将和王子扎拉也都齐声呼唤雄狮大王格萨尔，焦急地期望格萨尔重回大营。

格萨尔见此情景，顿生忏悔之心，遂向神、龙、念及战神、空行拜了一拜，又望了一眼下界的扎拉、丹玛等诸将，说道：“大鹏鸟生在须弥山顶，若不能绕行四洲，空长金翅有何用？白狮子雄踞在雪山之顶，若不能装饰雪山，空长绿鬣有何用？斑斓虎栖息在森林，若不能装饰密林，空有六纹有何用？我格萨尔降生在岭国，若不能降魔伏妖，空有六艺有何用？惧怕劳苦想天庭，违背誓言空忏悔有何用？我要立即率岭军，杀到下索波铠甲城，降伏莽吉赤赞王，拯救索波众百姓。”

格萨尔说完，诸神降下花雨，赐给岭军诸将以黄金铠甲，然后像彩虹般消逝了。

按照天神的旨意，格萨尔振作精神，率领岭国兵马，降伏了下索波马宗。

下索波君臣全都丧命，格萨尔吩咐开城，住在城外的岭军纷纷涌入。八十英雄紧跟在雄狮王的后面，来到城堡外的一座石崖。格萨尔用金刚杵一敲，石崖轰隆裂开，六只大石柜显现出来。三只柜子里，装的是五颜六色的松石，三只柜子装的是镶有虎皮边的铁甲，此外还有金银玛瑙等珍宝。众英雄上前，从柜中取出金银玛瑙和各种玉石、铠甲，放在已经准备好的驮马上。格萨尔将所得八十二套盔甲全部分给岭国众位英雄，把各种松石带回去，分送给众王妃和姑娘们，让她们打扮得更美丽。

14.《阿扎玛瑙宗》

土龙年六月初十日，岭国的商队路过碣日国，达泽王毫不犹豫地命令手下的兵将去抢岭国的财物。

岭国商队的首领，是名扬藏地的三个商人，名叫麦雪尼玛扎巴、达伍协饶扎巴和达隆达瓦扎巴。这是个大商队，有骡子一千五百匹，赶骡帮的仆人一百五十人，还有银子上万，货物无数。见碣日国出兵来抢商队的财物，尼玛扎巴搭弓射箭，达瓦扎巴举刀相迎，协饶扎巴舞动长矛，三个扎巴与碣日兵将战在一处。不到一顿茶的工夫，尼玛被飞索套住，做了俘虏；协饶连人带马陷入淤泥，被碣日兵石击刀砍，弄得半死不活；达瓦则被碣日大将的利箭射死，岭国商队的财物全部被碣日兵将掠进城里。

达泽王一见抢来的金银财宝那么多，高兴得手舞足蹈。大臣托拉赞布提醒大王道：“我们虽然抢到了岭国商队的财宝，可也埋下了祸根。”但国王却不以为然。

就在岭国商队被抢之后，两个商人尚未返回岭国之前，格萨尔得到天母的预言：“北方碣日达泽王，杀了岭国商人，抢了岭国货物，进攻碣日夺取珊瑚珍宝的时机已来临。男人无珊瑚装饰是乞丐，女人无珊瑚饰品心不宁。取来碣日的珊瑚装饰岭国，降伏达泽王得以解脱。”

格萨尔王命侍臣去请总管王、王子扎拉和大将丹玛速速进宫议事。雄狮王命尼玛和协饶把商队遭劫一事向大家诉说一遍，英雄们气愤异常，个个摩拳擦掌，决定出兵征讨。

岭国大军晓行夜宿，不多日，来到阿扎玛瑙国边境。格萨尔命使臣带着礼物入城向国王问候，请阿扎王让出一条路，岭国将通过此地向碣日进军。

在阿扎玛瑙城南面的司隆玛夏鼎宗，住着老臣拉浦阿尼协噶。几日来，夜间猫头鹰鼓翅，白昼鹫鸟落滩，山边又有许多毒蛇咬尾，阿尼协噶噩梦不断。

种种不祥之兆使他心神不安。这天早上，阿尼协噶到王宫来向尼扎王禀报。国王决定请猴头女魔热噶达问卜打卦。女魔像风一般旋进宫内，右肩插十三支箭旗，左肩插十三支矛旗，右手持勾魂妖牌，左手擎旋风套索，鼻孔冒浓烟，口中喷烈火，连吼三声。阿尼协噶忙献上金曼扎和一匹白绫，问道："现在阿扎国的神、龙、念为何动怒，降下凶兆？"

"聪明的大臣啊，我们阿扎有花玛瑙、紫宝石、绿松石，还有宝藏不可数。这些珍宝恐有失，冰峰雪消融，山上树干枯，山下水源绝，难道你们没看见？假如珍宝被别人抢去，人会得疫病，牲畜会死亡，国运将衰败。"

君臣正在问卜之时，侍臣禀报，岭国大军前来借路。大臣的梦，女魔的卜，公主的话，全部应验了。岭国人马果然到了阿扎，那么，该怎么办呢？热噶达说："玛瑙城将守不住，地方会有变迁与兴衰。"尼扎王此时才明白过来。虽然岭国人马不是来攻打阿扎国的，但碣日紧连阿扎，碣日城破，阿扎岂能长久？看来这条路是借不得的。尼扎王一面拒绝给岭国让路，一面迅速召集国内兵马，准备拒敌。

格萨尔大王听说阿扎王不肯借路，愤怒异常。次日出营绕阿扎国转了一圈，只见岩石环绕的山峦中，雄山如白铜，雌山如彩陶，子山像鹅蛋，水晶山像牦牛。东边的神湖似明镜，西边的磐石像谷囤。中间有马尾一线光，内藏美丽玛瑙矿。无生命的气微动，有生命的兽狂吼。上阿扎坚险石山如宝剑，除非鹫鸟不能过；中阿扎两山如尖刀，除非野牛不能过；下阿扎两水相交织，除非鱼儿不能过。三沟到处有毒树，枝叶好似兵器竖；毒水滔滔顺山流，水势汹涌起波涛。

格萨尔看罢回营，闷坐不语。凭阿扎的险峻地势，绕路不可能，借路又不肯，这该如何是好？雄狮王在心中盘算了一个晚上，也没有想出降敌妙策，郁郁然躺在榻上。天母朗曼噶姆出现在云端，缓缓地对格萨尔说：欲取碣日珊瑚城，必须先破阿扎玛瑙城。

格萨尔点兵完毕，才发现达绒晁通父子并不在场，心中纳罕。那晁通一贯喜欢在众人面前显示自己，今日为何不到？总管王也发现晁通没来，立即派使臣去请。

晁通来到宫中，格萨尔已经点兵完毕。格萨尔将达绒部应出兵数目、进军顺序又讲了一遍。各部、各国英雄纷纷回去准备，进兵日期推至二十九日。

十五日，各路各部各国英雄均已聚集。按照惯例，出征前英雄们要先骑马绕十三座净房一周，然后向森珠达孜宫右面的山峰射出一支箭。

以尼奔达雅为首的色巴英雄四十人，个个服饰华丽，靴帽鲜艳，虎皮箭袋、豹皮弓鞘整整齐齐。绕行十三座净房一周后，尼奔抽出一支金箭，将山峰射掉帐房大的一块。其他英雄的羽箭也纷纷射出，射得岩石迸出朵朵火花，甚是

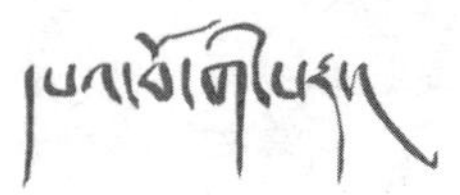

壮观。

玉赤的银箭，闪着火光，飞向那座挡路的山。只听轰隆一声响，石山齐刷刷地崩塌了一半。

原来在玉赤准备射倒这座石山时，晁通却在暗中祈祷，愿石山如金刚般坚固，所以石山只倒一半，实则是晁通从中作祟。

轮到达绒部走来时，晁通勒马搭箭，与拉郭二人同时拉弓，双箭齐飞，两座山峰顷刻崩塌。拉郭用挑衅的目光看着玉赤及文布的英雄们，分明在说，你们只会出狂言，哪能射倒石山？真正能射倒石山的只有我们父子！

玉赤怕雄狮王和扎拉王子不悦，强忍住心头怒火，装作没看见似的，没有搭话。那文布的九位英雄不干了，纷纷提缰跃马，朝达绒晁通父子逼近。拉郭也毫无惧色地迎了上去。

眼看二部要争斗，丹玛拍马走到众位英雄中间。见丹玛拦在中间，拉郭不作声，文布的九英雄也回了本部。尼奔达雅想，文布与达绒二部，就像老鸹与枭鸟一样合不到一起。虽然暂时平息了争吵，但晁通诡计多，玉赤性子急，出征后难免还要发生争斗，要大王早做安排才好。

格萨尔见二部争斗不休，甚是生气：众英雄见大王动怒，不敢再说什么。达绒和文布两军更是惶惶然，不敢作声。众人随雄狮王进帐。神帐内早已摆下宴席，英雄们闷坐吃喝，不似往常。老总管见众人不快，心里很不舒服，遂起身道："众英雄在这样热闹丰盛的宴席上，像哑巴一样喝酒有什么意思？常言道，赛马要喊叫，喝酒要热闹。今天趁众英雄都聚集在此，我们再赛一次骑马射箭，输了的，要摆宴请众英雄喝酒。年老的由我绒察查根、色巴阿杰和达绒晁通比武艺。年少的，由嘉洛朗色玉达、达绒洛布泽杰和穆尼威噶比本领。少者骑马带射箭，每射一箭唱一曲。老者比赛自己拿彩注，一是色巴阿杰的长腰刀，二是我总管的大砍刀，三是晁通的月牙钩镰刀，获胜者要奖励。"

格萨尔说这个主意好，总管王和阿杰也赞成，晁通只好沉默不语。

晁通将绿玉雕翎罗刹箭搭在雷鸣罗刹弓上，心中祈祷罗刹保佑。但箭飞向铠甲，到了近前，忽然一偏，把旁边的石头射了个洞。晁通很丧气，但也无可奈何。

色巴阿杰搭在龙吟宝弓上的鹰翎箭，射中了两副铠甲。

比武最后轮到总管王绒察查根。老总管将雄狮箭镞的雕翎箭搭在梵天宝弓上，默默向梵天祈祷。顷刻间，他的额头上忽然长出一只肉眼，将三副铠甲的甲叶、边边角角、连同缝隙都看得十分清楚。他一箭射出，不但射穿了三副铠甲，把三块护心镜射个粉碎，而且把摆放铠甲的岩石也射裂成几瓣。

丹玛将射穿了的铠甲拿给大家看，众英雄连连称赞，三把宝刀归了总管王。

老英雄的比赛刚见分晓，三个小英雄走上前来。

达绒的儿子洛布泽杰心中憋着一股气，父亲的刀已经输出去了，自己可不能再输。他急急忙忙把铁镞翎羽箭搭在角胎弓上，轰隆一声，将磐石射掉一半。洛布泽杰骄傲地一抬头，得意洋洋地看了一眼笑得合不拢嘴的父亲晁通。

第二个小英雄穆尼威噶一扬手中的宝弓，向另外半块磐石射去，磐石不仅被射穿，而且随着飞箭不知去向。

正当众英雄惊奇之际，嘉洛朗色玉达上了阵。玉达唱罢一箭射出，利箭摧倒了整个磐石，箭镞深深插入地里。

格萨尔见三位小英雄的武艺如此精深，非常高兴，忙吩咐取过奖品，每人赐金币一百枚，绸缎一匹。众英雄每人赏他们银币十枚，绸缎一匹。

比武结束，众英雄各自回营。

因为文布与达绒不和，岭国的出兵日期由二十九日推到了次月的十五日。

这天，格萨尔下令进攻阿扎，王子扎拉把大营扎在玛瑙城外的一座山下。整个大滩中布满了岭兵，烧茶的火光把夜空照得如白昼一般，牛马骡遍及整个山坡。阿扎王尼扎，立即派大将洛玛克杰带领十二万人马守住山口关隘。

在扎拉的大帐内，众英雄边吃喝边议论阿扎国的情况。辛巴梅乳泽站起身来请战："敢冲锋陷阵的人，是英雄里面的英雄，是好汉里面的好汉。我辛巴带着霍尔十万兵，战马鞴鞍鞯，鞍鞯镫鞦已齐备；磨利大砍刀，刀鞘刀柄已齐备；箭矛抽出鞘，扳指扣弓弦。我做先锋杀过去，犹如霹雳摧石崖；大军随后来，要像河水流平川。骑兵要像冰雹降，步兵要像风雪扬，红缨犹如烈火燃，黑缨犹如乌云翻，花缨犹如彩虹闪。"

森达、玉拉等岭国大将立即站起身来，愿与辛巴梅乳泽做先锋。

第二天，辛巴、玉拉、森达等各带一百名将士向阿扎行进，正遇出城巡哨的一百名阿扎兵将。只一顿茶的工夫，阿扎兵被杀死杀伤二十几人，俘虏六人，剩下的全部逃散。

阿扎王又派兵埋伏在冈拉昂青雪山关隘处，当岭军行至冈拉昂青雪山脚下之时，阿扎军投下滚木礌石，射出大批毒箭，使岭军受阻，无法前进。损失了不少将士的岭军奋力拼杀，终于冲出一条血路，杀死了守关的将领，迅速占领了高耸入云的冈拉昂青雪山。

看守阿扎国第二道城池是猴面魔女，这魔女掌握有高超的幻术，连晁通等岭国术士都无法降伏。格萨尔骑着神驹江噶佩布来到城下，呼唤来十三战神威尔玛，与魔女一较高下。这女魔哪里是格萨尔的对手，没几个回合就抛出登天绳欲逃亡天界。格萨尔见势，立即抽出神剑，将登天绳砍断，降伏了魔女。

重重关隘被攻破，三个万户率众归顺的消息传到了阿扎王宫。尼扎王立即

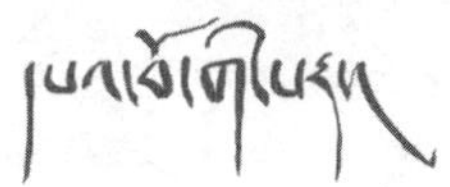

召集群臣众将商议对敌之策。大王的弟弟赞杰雅梅，愿率三百骑兵出城迎敌。

众臣说王弟亲自迎敌，恐对大王不利。王妃和姐妹也婉言相劝。但雅梅主意已定，一定要出城杀败岭兵。

尼扎王因昨晚梦兆不祥，心中烦乱，又喝了点儿冷水，肝胀得比石头还硬。别人的话听不进，自己的话也说不清。但是，弟弟要出城，他倒觉得不适宜。见众人劝不住弟弟，他从颈上取下大刀烈火护身符，戴在赞杰雅梅的胸前。老母亲唯恐儿子上阵有失，颤巍巍地捧出一条吉祥长寿结。赞杰雅梅告别王兄和母亲后出发了。

阿扎军驻守在红砂山上，岭军扎营在红砂山下，两军对垒，刀矛林立，人喊马嘶，甚为壮观。

岭国众将聚集在王子扎拉的大帐内，商议破敌之策。辛巴梅乳泽的主意，大家都说好。玉拉托琚说："我们去山那边袭击，大军从山这边进攻，两面夹击，此山必克。"

王子扎拉点头赞许。

第二天，岭将二十七人乘大鹏鸟飞到红砂山的另一边，发现了阿扎大营。辛巴命降将加纳拉吉唐赛前去阿扎大营观察动静，其他英雄各自隐藏起来。

唐赛取得赞杰雅梅的信任，急忙出营，来见辛巴梅乳泽等众岭将。梅乳泽一想，破敌的机会来了，遂与玉拉、森达等六英雄装扮成阿扎千户的模样，随唐赛一起来见赞杰雅梅。

森达手捧一条吉祥哈达，来到赞杰雅梅面前，那王弟伸手来接，被森达一把捉住。辛巴梅乳泽一声喊，七位岭国英雄一齐动手，杀死大臣三人，杀伤万户三人，生擒了王弟赞杰雅梅。然后众箭射向赞杰雅梅，一命呜呼。

辛巴梅乳泽和玉拉托琚，立即收赞杰雅梅所属的三个万户归于岭国统领。

处理了赞杰雅梅的尸体，辛巴梅乳泽等又乘大鹏鸟飞回岭国大营。阿扎军群龙无首，不攻自破。虽然碰上少数不怕死的抵抗了一阵，但最后依旧是死的死，伤的伤，降的降，红砂山很快被岭军占领。

驻守在红砂山下纳端宗里的阿扎军，已乱成一团。唐赛奉王子扎拉之命，派人送去一封劝降信。信里说，要想活命只有投降，倘若反抗，就像头碰金刚石一样。守城的千户们全部愿降。第二天黎明，为首的阿扎千户率降兵出城迎接岭军。

唐赛立即吩咐人取来青稞五百六十大袋、七百二十小袋，献到王子扎拉和众英雄的面前。

扎拉吩咐将青稞收起。唐赛告诉王子，阿扎国有座宝城，上三层为金银绸缎城，设有三十六道门；下三层是铠甲兵器城，藏有三十九副甲；中三层是粮食城，一层青稞，二层白米，三层装满上等麦。粮食城中共有谷仓九十九座，里面有青稞的父亲章杰，母亲第雅，女儿格托，儿子扎仁，孙子堪第，孙女索寿，舅舅扎通，姨娘玛章，还有青稞长官玛达，僧人阿达，男仆尼杰，女仆喀热，青稞的家族全在这座粮食城中。岭军若得此城，所需的一切就都有了。

第二天，是个吉祥的日子，扎拉率军继续前进。

格萨尔王率领的大军，比王子扎拉的先锋部队走得缓慢。这天，他们行至一座石山和平滩之间，发现了九只恶狼的脚印。晁通放出六只猎狗。不多工夫，六只狗赶着母子两只狼回来了，晁通抬手一箭，两只狼应声倒地。晁通高兴极了，原来打狼竟是如此容易。

两只狼皮还未剥完，左边山顶和右边滩头同时响起阵阵狼嚎声。很快，满山遍野都响起了狼嚎声。接着，黑压压的狼群朝岭军包围过来。晁通这时慌了手脚，躲在一块大磐石后面，战战兢兢地把仅有的三十支箭射了出去，一只狼也没射死。

达绒的家臣也纷纷射出利箭。狼一只只倒下了，可更多的狼又围了上来。眼看手中的箭所剩无几，恶狼却越聚越多，屙出来的粪便臭气熏天，不一会儿，达绒晁通等人便熏得昏了过去。

岭国的天神见达绒部遭狼群袭击，立即降下霹雳杵，这才将群狼震死，替晁通解了围。

消灭了狼群，岭军又被毒树林阻挡。只见那一株株树，高耸入云，枝叶黑色，树干上缠满毒蛇。蛇头向空中摇动时，毒气遮日月；蛇尾向地上摆动时，大地生黑沫。格萨尔知道，这些毒蛇毒树，利箭不可摧，长枪不能敌，霹雳不能毁，大刀不能劈，只有达绒晁通能降伏。于是，他命令晁通出营破这毒树毒蛇阵。

晁通修起烈火施食大法，毒树林刹那间化为灰烬。那毒蛇也被白梵天王降下的千辐霹雳轮击成粉末。

再往前走，就是长有毒草、布满毒虫的滩地。只见那毒草根根似针，那毒虫有空中飞的，有地上爬的，让人看了发抖。格萨尔在一块坐垫大的磐石上坐下，开始对毒草、毒虫进行规劝。

格萨尔说完，大虫向右旋，小虫向左旋；天上飞的，地上爬的，整个大滩顷刻间虫子全无。虹光照遍山谷，充满芬芳气味。

岭军很快来到阿扎城外，与王子扎拉的先锋部队会合。岭国将士犹如石山倾倒，骑兵如雹子下降，步兵似狂风扫地，满山营帐，遍地马匹。

岭军误以为这座城便是阿扎王城，其实是一座罗刹大城堡。城里住着蛋生的九人。这九人来历非同一般。当年女罗刹受孕怀胎九年九个月，生下十八只蛋。其中三只白的，三只黄的，三只蓝的。蛋破之后，出来九人。白蛋出来的乃白天魔神的幻变子，黄蛋出来的乃花厉魔神的幻变子，蓝蛋出来的乃黑地魔神的幻变子。其余九只蛋破，出来九匹马。就这样被人称为蛋生九人九马。这九人九马甚是厉害，长到九岁时便精通九种武艺。自从岭国入侵阿扎，尼扎王又把拉浦阿尼协噶派了来，使蛋生九人如虎添翼，攻破此城变得更加困难。

王子扎拉下令岭国的三员大将森达、玉拉和达拉赤噶可破此城。

第二天一早，三员大将各率本部兵马向罗刹城进军。正逢白蛋生的那三个神魔幻变子赶着一百匹驮着金箱的骡子出城。三部将士射箭掷檑木，罗刹城驮着金箱的骡子死的死，逃的逃，转眼间不见了踪影。守在城中的其他六个蛋生人冲了出来，猛虎般地在岭军中左冲右突，三部岭军死伤过半，所剩无几。三英雄大战六灾人，直杀得天昏地暗，日月无光，狂风大作，飞沙走石。天神、厉神、龙神纷纷前来助战，蛋生六人六马此时纵有通天的本领，也经不住如此猛烈的攻击。也是命该他们下界的劫数到了，三英雄左右开弓，连砍六刀，六灾人化作一股清风归了天。

守城大臣阿尼协噶，见蛋生九人九马被诛，便弃城而逃。

岭国大军浩浩荡荡开进了罗刹城。这座城堡果然奇异。城中有汉地的茶树，印度的檀香，门域的柿树，察绒的葡萄，甘露浇灌的果树，像牛奶一样的海子。树上飞鸟鸣唱，海中鱼儿摆尾，真正是人间的天国。

弃城而逃的阿尼协噶如同惊弓之鸟，漏网之鱼，急慌慌朝阿扎王城奔驰。大将丹玛紧追不舍，追了好一阵，才追上他。丹玛抽出一支铁箭，问道："你是阿尼协噶吗？人都说你是英雄，如何逃得比狐狸快？再快我也能追上你，让你尝尝铁箭的厉害。"

没等丹玛的铁箭射出去，阿尼协噶也抽箭在手："山崖上面有霹雳，大江上面有桥梁，丹玛上面有我协噶。不易听到的肺腑言，能听也能讲；大丈夫上阵，能战也能逃。既然你来送老命，我定杀你不轻饶。"

阿尼协噶和丹玛的箭同时射出，二人的盔缨同时落地，但谁也没有射伤谁。二人再次射箭，护心镜同时射得粉碎，而人却安然无事。二人抽出大刀来，大战了几百回合，最终还是不分胜负。

阿尼协噶不敢恋战，架开丹玛的大刀拨马就走。丹玛见一时不能胜他，也就不再追赶。

阿尼协噶催动善飞海螺驹，一口气逃回阿扎王城，向尼扎王禀报和岭国兵马交战的情况。他说："现在要取胜已经不可能，一则大王性急躁，二则王弟命归阴，三则幼弟年龄小，四则重臣都战死，剩下的兵将就像黎明时的星星。现在若想活命，一是逃到边远的沙滩，二是向岭国投降。"

尼扎王听协噶这么说，甚觉丧气。在他看来，现在无论如何不能讲投降的话，因为城内还有他们君臣二人，还有王弟赤德赞布等勇猛大将。如果守不住王城，还可以向北方碣日请求援兵……想到这里，尼扎王顿觉还有退路可走，心中立即升起一团希望："雄狮勿苦恼，雪山无冬夏；鱼儿勿苦恼，江河不会枯；勇士勿丧气，胜利能得到。阿扎王宫外，城墙比雪山坚硬，内城堡比岩石牢固。王城的主人是尼扎，聪明如太阳，力大赛疯象。幼弟赤德赞布，年轻有胆略，力大如黑熊。还有大臣协噶你，智慧过常人，凶猛如狮子。我们不能逃，我们不投降。"

阿尼协噶见大王不肯投降，知道是尼扎没有和岭国兵马交过锋的缘故。没见过鹫鸟的小雀自称大，没见过海洋的小鱼赞水洼，没见过岭军的尼扎自以为比格萨尔强。既然大王不肯逃走，他当大臣的怎么可以逃呢？

正当阿扎君臣二人商议如何守城迎敌之时，岭国大军已经包围了王城。

在王宫里，尼扎王的妹妹娜姆珍琼对王兄说："我们打不过岭军是肯定的，不如早点开城门投降。"听罢王妹一番话，众大臣面面相觑，无话可讲。阿尼协噶曾经劝过大王投降岭国，尼扎王拒绝了，现在岭军兵临城下，眼看城堡岌岌可危，不知大王是否肯投降，也不知雄狮王格萨尔肯不肯纳降。众臣不由自主地把目光投向尼扎王。

尼扎王也觉得妹妹说得有理。但是，前次大臣阿尼协噶的劝告已被自己顶了回去，现在和岭国交锋已久，再去投降岂不难堪？尼扎王对王妹说："现在投降不如战死。"他告诉众臣："事先有主张的是俊杰，临时能想办法的是智者，事后出主意的是蠢材。当初战争开始时，曾经打卦问过卜，预言说，苦尽幸福来，黑暗过去是光明。岭军虽勇猛，我们也要守两年。如果城堡守不住，大王我要远走北方求祝古，那里也有个格萨尔，请他为阿扎雪耻辱。"

藏地使臣帮助调停，尼扎王也不听，还误以为他们在施诡计。

岭国众英雄听说阿扎人不肯和解，气得暴跳如雷。格萨尔也很生气，认为阿扎君臣不知好歹，遂命大军从四面攻城。

森达冲到东门下大骂："看在藏地王的面上，岭国愿与阿扎和解，阿扎君臣竟不知好歹。我森达现在率兵攻城，要让你阿扎兵将身首分离，心肺剁成碎块。"

阿扎君臣这时才知道藏地使臣前来商议和解之事不是欺骗。尼扎王面露悔色。大臣玉珠更是后悔不迭，急急慌慌出城，想将那尚未远去的藏地使臣追回。他追上了使臣，奉若上宾，恳请他们二人再去岭营求情，说阿扎国愿意投降。

藏使无奈，只好再去岭营，向格萨尔大王禀报阿扎愿降。雄狮王大喜。藏使第二次来到阿扎王宫，叙说总管王的要求，尼扎王件件应允，并立即开城门迎接格萨尔大王入宫。

岭军入城，尼扎跪拜雄狮王，献上金银珠宝等九色礼品。为感谢藏使奔走调解，尼扎王把一颗鹅蛋大的宝珠藏在一升金粉下面送与他们二人，其他阿扎大臣也纷纷送上自己的礼物。各色礼品整整驮了十驮。然后尼扎王又恳求藏使多住几日，藏使不愿多住，次日便启程返回藏地。辛巴和丹玛等人给藏使送行送到城外。

是夜，雄狮王格萨尔在尼扎王的宫内安寝。黎明时分，天母朗曼噶姆降临寝宫，给格萨尔降下预言："阿扎王已降，现在要取宝藏。三天后是吉日，要把宝库开启。一是金石龟，此乃五海之宝，被罗刹五兄弟所收藏；二是两棱锋利剑，用九种精铁制成，日后降妖伏魔总有用；三是蓝宝石；四是琥珀蛋；五是美珍珠……还有玛瑙虎、玛瑙雀、玛瑙瓶、红玛瑙、绿玛瑙、花玛瑙……上等宝物无数，要用计谋去收获。取了宝，还要为宝藏找到顶替物。取时要带六英雄，方能如数取到手。"

第三日一早，格萨尔带着辛巴、玉拉、森达、达拉、丹玛、晁通等六人出城，经中阿扎而去。在江边的一个石崖中，有一个神像似的石胶封的箱子。格萨尔打开箱子，取出五湖玛瑙宝藏清册、安置顶替宝藏法、五水磐石宝藏清册，还有东边的虎崖、南边的白泉、西边的鸟舌丹崖、北边的矛山等所藏宝物的清册。

拿到这些册子，格萨尔大喜。君臣继续往前走。来到石山与雪山之间，格萨尔变作一只大鹏鸟，在两山之间盘旋，寻找那只宝贝雪狮。

听到大鹏鸟扇翅的声音，那只在千年古洞中雄踞的雪狮探出头来，看见了山下的六英雄，立即吼叫着扑下山来。那雪狮模样十分吓人，眼睛如日月，牙齿似白雪，舌头像闪电。转眼间，它扑到了英雄森达面前。森达飞快地抽出宝剑。狮爪已经抓住森达坐骑的脖子，骏马鲜血直流。森达挥剑砍去，刹那间白狮不知去向。森达催马向雪山走去。战神威尔玛关闭了千年古洞，白狮无处藏身，便掉头向森达扑来。战神威尔玛使森达挥起宝剑，一下将白狮的头劈成两半，倒地而亡。森达擦了一把汗，刚要去把雪狮驮下山，谁知那手一碰狮身，雪狮竟变为一堆珍宝：狮皮变成右旋绿玉佛珠，两爪变成珊瑚，狮头变成玛瑙，狮心变成烈火如意珠，狮眼变成绿玛瑙……森达又惊又喜。正在这时，玉拉和达拉赶到，三人将所获宝物拿回去向格萨尔禀报。大王说，得到了雪狮宝，明日该去五湖收取玛瑙城了。

次日，君臣七人来到雪山下的海螺湖边，龙王前来献茶，请格萨尔大王到龙宫小坐。雄狮王随龙王循水路而去，来到如意树下的绿玉宝座上坐下。龙王献上宫中宝物玛瑙佛珠、金银碧玉箱，然后和龙子龙孙送雄狮大王上岸。格萨尔将一串珊瑚珍珠念珠用绸缎裹着，放进铜匣里，然后投入水中，作为给龙王的回赠。

接着，格萨尔君臣又先后来到了绿湖、黄湖、红湖、青湖，众龙神纷纷前来迎接、献茶，然后请雄狮王步入龙宫，奉送许多珍宝。格萨尔一一接受了这些珍贵的礼品，并逐个做了回赠。至此，五湖之宝全部取到。

格萨尔君臣回到阿扎王城，又开启了城内宝库，然后将所得财物分给众人。

分完珍宝，格萨尔命令阿扎王尼扎，带着王妃、公主等眷属和侍臣到藏地去住三年，即日启程。雄狮王派大臣尼玛坚赞做了阿扎王，管理国政。

全部事务处理完毕，雄狮王命岭军在阿扎城休息，准备向碣日珊瑚城进军。从开始交战到攻克阿扎，整整花了三年时间，让那祸首碣日达泽王白白过了三年好日子。

15.《碣日珊瑚宗》

碣日国守城大将叫白杰岗鲁，得知岭军进犯，立即召集众将商议退敌之策，他说："岭军在阿扎被阻三年，我们在碣日准备了三年。现在岭军已经入境，英雄们比武赛智的时机来到了！明日黎明，去踏岭营帐，留下二十人守大营，其余男子都出阵。"众将束紧盔甲，磨利刀枪箭镞，喂饱战马，准备去踏敌营。

岭军用计把碣日兵马引出来，趁机攻占了边城，岭军掩杀过去，碣日军兵败如山倒，像潮水般退了下去。岭军连连获胜，到太阳落山之时，在达里河边扎寨宿营。达里河是通往碣日城的要道，河水湍急，常有妖魔出没，可称得上是一条天堑。岭军放眼望去，只见河水滔滔，并无来往行人和船只。为了渡过达里河，次日清晨，格萨尔大王站在河边，唱起了召神歌，唱罢，手持宝剑催马渡河。到了彼岸，用剑连击达里河。第一剑，将河水斩断；第二剑，将河中肉鳄鱼斩断；第三剑，将护河魔鱼的心脏剖开。顷刻间，达里河见了底，太阳照到河床上，一片金光。大王一挥手："众英雄们，不要回头，速速渡河！"自从那日起，达里河断为两截，上下流水潺潺，中间一片乱石滩。

残余碣日兵将败回王城，向达泽王禀报与岭军交锋情况，当说到格萨尔三剑斩断河水、岭军已渡过达里河时，满座大惊。碣日君臣吓得面色如土，半晌不能言语。不知过了多久，大臣达拉昂郭才向大王说道："东边起风时，要想到在西边树一旗；北边降雨时，要考虑到在南边修城池；小雪和细雨纷飞，要预防暴雨大雪的袭击；岭国大军来犯碣日，要有准备才能得胜利。大王啊，怎样出阵，怎样守城，要早早商议！"

碣日王又恨又怕，回想岭国和碣日的仇不是一天两天的了。很早很早以前，岭人就到碣日来抢掠过，射杀了碣日的寄魂牛，踏翻了牧人的帐篷，还杀害过

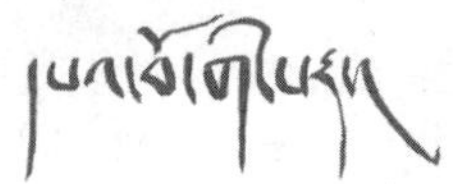

三个长官。所以三年前岭国商队从这里经过，他们才抢了点儿财物，作为对他们的赔偿，谁知格萨尔竟以此为理由，兵发碣日。幸而被阿扎尼扎王挡了三年，但也终于没能挡住。据说岭国的兵马是挡不住的，我们又有什么办法可想?!达泽王越想越丧气，慢慢抬起头，见所有的大臣都眼睁睁地看着自己，只得强打精神，点兵派将迎敌。达泽王当即点起绿缨军十万，大将洛察洛玛和托拉赞布做首领;再点十万红缨军，大将鲁堆热夏和达拉昂郭做首领;又点十万白缨军，大将玉珠丹巴和鲁雅赞布做首领;最后点起马尾缨军十万人，大将车堆雅梅和章杰协噶做首领。四十万碣日兵将很快点毕，各个首领领令回营，准备三日后出兵。

岭国大军已经接近碣日王城。

这天黄昏，在离王城不远的唐东滩宿营。格萨尔在神帐内早早地睡下了。连日来鞍马劳顿，他不曾好好睡过。现在岭军已逼近碣日王城，孤城指日可破，格萨尔想好好歇息歇息，也让将士们好好歇息歇息。格萨尔睡得又香又甜，像是在天界一样舒服。黎明时分，在天界的姑母朗曼噶姆降临神帐，她头上饰五宝，手上持明镜，告诉格萨尔进军莫迟缓:“两只白鹫争巢穴，谁飞得快白石崖便归它;大小骏马争草滩，谁跑得快绿草滩便归它;碣日和岭国争珊瑚，谁进兵神速此宝便归它。达泽王已派出精兵四十万，领兵的大将如恶狼。”天神告诉格萨尔，“不要睡觉快快起，快快带兵去出击!”

格萨尔不敢再睡了，立即召集岭国众英雄，点兵四十万，以东赞、森达、玉赤、察玛、拉郭、丹玛等八员大将为首，快速向碣日城进兵。格萨尔说:“要将碣日城包围得像套环系小瓶，利箭放射如冰雹降，呐喊声要像千雷鸣，将敌人消灭如吹灯。大军随后会赶到，还有战神威尔玛的厉神兵。”

岭军经过一番激战，攻克了王城外面的四座小城，并攻克碣日大营。

碣日大营被劫，死伤兵将不计其数，剩下的大将和兵士更加慌张，只好退回王城。

碣日君臣根本没想到岭军会来得如此迅速，达泽王慌忙与文武大臣商议对策。

大臣息瓦威噶很焦急，心想，大王派了那么多兵将，设了重重障碍，岭军还是如此迅猛地攻到了王城下，这座城是守不住了，不如趁早到祝古国去投奔宇杰托桂大王，早就听说他具有与格萨尔相同的神力和武艺，请求他的保护，我君臣才能得一生路，便向国王进言:“大王啊，岭军是无敌的部队，明天就会攻入城内，如果两军再交锋，除非是鸟飞上天，要想逃脱不可能。只要君臣能长寿，事业和人言不可畏。暂且丢弃这碣日城，投奔祝古宇杰托桂，求得精兵打回来，最后王城仍可归。”

达泽王一听息瓦威噶劝自己逃跑，很不高兴，愤怒地说："我堂堂碣日达泽王，不能食敌人觉如的肉，颤抖抖逃遁有何用？"

见大王震怒，其他大臣和大将不敢再说什么。达泽王即刻下令，命弟弟红缨王东赤达玛率精兵六万去攻扎拉王子的大营。

当晚，红缨王东赤达玛偷袭扎拉王子的大帐，却误入姜国兵营。玉拉挡住东赤达玛，二人各射三箭，未能伤着对方；又比刀法，仍不能分出胜负。姜军大战碣日兵，两军各有伤亡。眼见天色渐明，岭国其他邦国、部落的兵将也围了上来，东赤达玛唯恐有失，不敢久战，率军退回王城。

不知从什么地方又冲出一支人马，为首的一员将生得面白唇红，英俊潇洒，骑在一匹绿鬃白马上，直奔达绒军，砍伤一员岭将，又杀死十个岭兵，待东赞、丹玛等岭军大将追来时，这员大将就像不知从何地而来一样，又不知到何处去了。

这员将正是碣日达泽王的哥哥雅杰托噶。因外出修炼，久未回城，听说岭军进攻，他才匆忙赶回碣日，进城前先给岭军一点厉害，然后飞进王宫。

达泽王一见王兄到了，喜出望外，忙率群臣众将参拜哥哥，然后吩咐摆宴。宴席间，达泽问起破敌之计，雅杰托噶气势汹汹地说："以前和岭军交战屡屡失败，并不是碣日兵将的勇气弱，而是格萨尔太厉害。不过，最后胜败还难定，碣日还有四大将，除此之外还有众勇士，定能给岭军狠狠的回击。"雅杰托噶吩咐四员大将马上把碣日城中的溃散兵将召集起来，待他去岭营中诱敌成功后，迅速出击。雅杰说完，飞出王宫，变成山岳般大的白神牛，九庹长的牛角像天箭一样，牛角尖上喷着毒气，白尾巴一甩，天空降下雷雨。

正欲攻城的岭军被毒气一熏，心神迷乱起来，连路也分辨不清。格萨尔修起降魔大法，战神威尔玛赶来相助，白牛这才安静下来，任岭国众英雄将其四蹄系上铁绊。战神又给它浇上金刚盟誓之水，众人给他搭上各种绸缎。格萨尔将其送至北方，做了厉神唐拉的坐骑。

从王兄雅杰托噶一出城，达泽王的心里就一直很紧张。他盼望哥哥得胜，也为哥哥的武艺、幻术担心。虽然修炼多年，但不知他是不是能敌得过格萨尔。这天夜里，王兄没有回城，达泽做了个噩梦。几次出城皆败的达泽王想逃走了。没有了王兄，又兵微将寡，这座孤城是无论如何也守不住的。为了活命，达泽想逃跑。但是，逃到哪里去呢？有的大臣说，去北地祝古国；有的大臣说，他们愿去尼婆罗；最后有个大臣出了个主意，让大王自己占一卦，看神意如何？

于是，达泽王在人皮上面用黑色卦绳占了一卦。卦辞说，到北方祝古去为好，应该住上三年。众臣满心高兴。达泽吩咐杀一头黑犍牛，大家歃血盟誓，君臣同甘苦，不潜逃，不投降，一起到祝古。为了不让这秘密泄露出去，达泽王把属下兵将召来，告诉他们，明天他要亲自带兵出城，与岭军决一雌雄。

岭军得知达泽王要逃跑，便迅速追击，将他们全部消灭，并夺取了王城。城堡内，遍地珊瑚之树，美不胜收。过去达泽王统治碣日，每三年到这里来收取一次珊瑚，因为和岭国打仗，至今已有五年没有收取了，所以珊瑚树长得硕大无比，有些已长出城堡之外，被海水、礁石磨损了不少。其中有几株珊瑚长得格外显眼，一株颜色鲜红，有胳膊粗细，一庹长短，枝枝丫丫，长得非常茂密；一株像透明的水晶，只有一肘长短，却有牛腿般粗，几根枝丫长得错落有致；一株颜色微紫，像只乌龟趴在地上。还有许许多多珊瑚长成各种禽兽模样，多为白色。格萨尔大王给各部各族的众英雄分配珊瑚珍宝。众人高高兴兴地领到了自己应得的宝物。

分配完宝物，格萨尔又给碣日国百姓发放布施。命女英雄阿达娜姆留在碣日镇守，嘱咐她，对凶顽的武夫，要削掉他的牛角尖；对软弱的百姓，要像羊羔一样爱护。不要向人炫耀华服，不要向人炫耀美丽的剑鞘，不要向人炫耀马匹的健步。对外不要像利刀刃，刀刃太利会脱柄；对内的绫结不要系得太紧，太紧了绫结会断绝。其余岭国兵将随格萨尔返回岭国。

阿达娜姆率碣日众百姓出城相送，岭国大军按顺序离开王城。

16.《卡契松耳石宗》

岭国西部有一个叫卡契的邦国。国王赤丹路贝本是罗刹转世，力大无穷，也狂妄得不可一世。九岁继承王位，征服了尼婆罗国；十八岁时降伏了威卡国；二十七岁，战胜了穆卡国，并强娶堆灿公主为妃。此后进一步东征西掠，周围的小邦国家均归他所属。赤丹还有一兄一弟。哥哥名鲁亚如仁，弟弟叫兴堆冬玛，这兄弟二人是赤丹王为非作歹的得力帮凶。此外还有内大臣七十四人，外大臣一百零八个，属民四十二万户。由于连年征战并未遇到对手，赤丹路贝便认为天下无敌了。

这一年，赤丹路贝年满三十六岁，他的狂妄随着财宝的聚集和增多，也发展到了极点。这一天，他召集卡契国的臣民，在宫外举行盛大宴会，给臣民们赏赐了大量的珠宝和财物。只见那赤丹王，披散着一头火焰般的红发，口中喷着雾一般的毒气，威风凛凛，得意洋洋地对臣民们唱道："地位比我高的是日月，势力比我大的是阎罗，军队比我多的是草木，除此之外谁也敌不过我。现在的南赡部洲，除了嘉噶、嘉纳和岭地三个大国家，其余全部归顺了我，我卡契大军怎能不去征服？"

王妃堆灿洛琚玛见赤丹如此得意，又把那杀父之仇记起，想这魔王强占我国土，抢掠我国财宝，又把我抢来为妃，不让他吃点苦头，我心不安，我父王九泉之下不能瞑目。想到此，堆灿说："当今世界上比你赤丹王力量大的只有一个人，他就是岭国格萨尔王。人称赡部洲无敌手，能降伏这样的人才是大英雄，才是无敌大王。"

那赤丹路贝狂妄地说："就照王妃所言，我们卡契的大军现在就出动，一定要征服岭国王。"赤丹一言出口，群臣振奋。他们也同自己的大王一样觉得天下无敌，如果能将岭国征服，那么天下的所有小邦国就会自己前来投降卡契。

只有坐在前排第一个花绸坐垫上的首席老臣贞巴让协不以为然。这老臣已经一百一十三岁了，经历了卡契国的三代国王，素以老谋深算著称，深得臣民百姓的尊敬和爱戴，凡事赤丹王也让他三分。他认为对付强大的岭国，不能像征服其他小邦国家那样轻举妄动，与格萨尔为敌，是卡契将要灭亡的先兆。为了整个卡契国的存亡，他向大王进一忠言，但大王听不进去。

赤丹王气势汹汹，杀气腾腾，口出狂言，无人能劝。老臣贞巴让协也不敢再说什么。由王兄鲁亚如仁、大臣多桂梅巴和托赤布赞为首的三万大军，经过一个月的准备，到了三月二十九日，开始向岭国进军。

就在卡契进犯岭国之前，格萨尔王正在闭关修本尊上师的猛力法。到了三月初十日夜半之时，天神给他降授记："那卡契国的赤丹路贝王，已对岭国动了邪念，会派大军来进攻，你要立即召集众兵马，消灭他的先锋队，再去卡契降魔妖。"

第二天一早，格萨尔召唤内侍去分别通知各个属国的英雄前来岭国共议大事。

因为要等候没有赶到的诸国英雄，也为了选一个吉日降敌，格萨尔请神、龙、念帮助，一连降了十八昼夜大雪，使卡契兵受阻一月有余。

到了二十九日，岭国众英雄披挂整齐，率四十二万雄兵，来到格萨尔的大帐外。众岭军均在列队等候，只等他一声令下，立即出征迎敌。

格萨尔下令，丹玛、玉拉托琚等六位勇将率三千骑兵为先锋，其余部队缓缓行进。

卡契军被风雪阻挡了一个多月，为首的三员大将心里十分焦急，因为赤丹王在等候着他们胜利的消息，老是在路上耽搁怎么行呢？好不容易等那风停雪住，卡契军迅速行进，眼看就要到岭国属地黄河川了。

这天晚上，卡契大将多桂梅巴翻来覆去不能入睡，后半夜刚有些蒙昽睡意，就开始做梦。梦见东方雪山顶上跑下一头白母狮，惊天动地吼了三声，一直扑向卡契军，卡契的兵马纷纷倒地，血把狮子的四蹄染得鲜红。又梦见东方紫石山顶跑下一头长毛野牛，犄角像燃烧的火焰一样红，一跃跳进卡契的军营，摇了三次牛角，卡契的帐房都被震倒。还梦见东方森林里，蹿出一头斑斓猛虎，

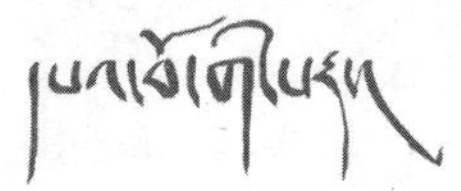

一跃跳进卡契军中，张开血盆大口，把卡契的英雄全部吞入口中，四颗獠牙全染红。

多桂梅巴一觉醒来，天已大亮。他把自己的梦想了又想，忽然想起了老臣贞巴让协的话，竟与自己所梦完全相同，不禁打了个寒战。他忙来到赤丹王的哥哥鲁亚如仁的帐中，与王兄和大将托赤布赞商议如何进军，并把自己的梦讲了一遍，巧的是王兄和托赤布赞也做了同样的梦。于是三人决定大军缓进，先派出二人到岭地查看一番，回来再说。此时他们才想起“自视过高有隐患，轻敌冒进会遭殃；时机、智谋与英勇，三者安排要适当”的说法是多么有理。

两名卡契大将化装成两个叫花子，穿着破衣破鞋，背着破包袱，拿着比头还高的拐杖，装出一副可怜相，一步三摇地向岭地走去。他们巧妙地躲过了岭国的巡逻兵将，用三天时间，把岭地内外、前后，看了个清清楚楚，正当他们兴高采烈地要回卡契大营的时候，被半空中投来的套索套住了。原来，那雄狮王早知道卡契已派出二人前来岭国侦察，他是故意让他们看个够，才下手。

投出飞索套住他们二人的正是格萨尔的近侍唐泽、米琼、秦恩三人，他们把卡契侦探押回大营问话。

格萨尔一见那两个卡契大将，微微一笑，不用问也知道了他们的姓名和来意。他吩咐唐泽快把这二人关起，自己摇身一变，变作那两个卡契的叫花子，直往卡契大营走去。

天快亮时，两个叫花子雄赳赳地迈着大步，像走熟路一样一直往前走，像办成了大事一样昂首挺胸，全身冒着热汗，嘴里哼着歌曲，眼睛兴奋得发光，好像有无限的话要讲。进得卡契大营，坐在自己应坐的坐垫上，喝够了茶酒，吃饱了肉食，这才向三位首领禀报。

多桂梅巴听完二人的禀报，并不十分相信，因为从自己的梦境来看，进攻岭地并不是件十分容易的事，哪会像他二人说的那么简单。但是，又不能随便怀疑二人的话，特别是在这众将心里惶惶然的时刻，他二人讲的毕竟能起到安定军心、鼓舞士气的作用。

第二天一早，卡契大军在两名神变的侦探引导下，向岭国的玛格红岩关隘进发。大军刚刚进到关口，骤然响起杀声，碎石如迅雷滚滚而落，箭矢像冰雹哗哗降下，把个卡契大军打得七零八落，士兵抱头鼠窜，哪里还逃得出去，三万兵马乱作一团。多桂梅巴知道中计，再找那两个带路的侦探，早已不知去向。多桂更加愤怒，阎王似的脸变成了青紫色，口中喷毒气，双眼冒赤光，大声喝叫迎战。

这守在关口的乃是碣日国的大臣却珠，一听多桂梅巴叫阵，马上从山上急驰下来，和多桂梅巴照面。

那多桂梅巴见卡契军处在四面包围之中，无心和却珠比武，恳请这碣日大将让一条路。却珠不肯。多桂大怒，与其等死不如战死，他把刀一举，跳到却珠跟前。那却珠抽出长矛正要向多桂刺去，森达和玉拉扑了过来，挺枪便刺多桂。多桂抡起青铜刀大战岭国三将，东砍西劈。青铜刀原本削铁如泥，却对岭将的绸甲无可奈何。多桂见青铜刀不能砍伤岭将，遂抛开围攻自己的三岭将，转身杀向岭兵。一阵砍杀，十几个岭兵当即毙命。辛巴梅乳泽和丹玛见这多桂凶猛，立即冲上前，挡住他厮杀。多桂梅巴依旧不肯同他们交战，抛开他俩去砍杀岭兵。这时，格萨尔变化的两名卡契将也挺起矛向多桂刺来。多桂大怒，挥刀向他俩劈去，仿佛山崩地裂一般，两边的岩山倒塌下来，一下砸死了卡契兵将六百多名，那格萨尔的变化也化为乌有。这时多桂才知是格萨尔的变化所致。多桂知道今天作战败多胜少，立即转回身，与剩下的将士向关口冲去，与走在队伍后边的王兄鲁亚和大将托赤布赞合兵一处，迅速退出了关口。

一连三天，岭国和卡契军没有交战。第四天一早，卡契营门大开，王兄鲁亚如仁一马当先冲了出来，闪电般飞进岭国营地，东劈西砍，杀死霍尔兵和姜兵不计其数。守营的三个小长官刚要挺枪来战鲁亚，不料刚刚碰上他的铜刀，便浑身流血，逃走了。鲁亚如仁见状，高兴得哈哈大笑，气焰更加嚣张，骄横地向前冲，一直冲到军营当中，被勇士唐泽拦住了。唐泽张弓搭箭，射向鲁亚如仁。谁知那箭竟如羽毛般飘到鲁亚的胸前就落了下来。鲁亚大笑，挥刀朝唐泽扑去，唐泽忙举矛招架。那长矛碰在青铜刀口上，一下断为两截。唐泽扔掉变成两截的长矛，欲反手抽刀再战鲁亚，已经来不及了。鲁亚的青铜刀已经到了唐泽的面前，唐泽一闭眼，此命休矣！只听“当啷”一声，唐泽一睁眼，是姜国王子玉赤和玛宁长官双双挡住了鲁亚如仁的青铜刀，才使唐泽幸免于难。鲁亚被这突如其来的长矛吓了一跳，随即暴跳起来，丢下唐泽来战玉赤和玛宁长官。他要把这二人砍死，以消心头之恨。鲁亚使出全身力气，却不能战胜这两员岭将，心里着急，刀法也乱了，渐渐有些招架不住，刚冲进岭营时的那股嚣张之气也消了不少。正在鲁亚力不能支的时候，大将多桂梅巴赶到了。多桂一来，战势马上发生变化，鲁亚凭空添了不少精神，气力也觉大长。多桂挥刀劈向玛宁长官。玛宁长官一闪身，人躲过去了，刀劈在了马脖子上。战马立即倒地而亡，玛宁长官也被掼下马来。剩下玉赤一人迎战两员如狼似虎的卡契大将，实在是身单力孤，只有招架之功，没有还手之力。就在这时，格萨尔骑着火红的江噶佩布马自天而降。卡契二将一见格萨尔前来助战，自知不是对手，不敢恋战，慌慌张张地退回大营。

那托赤布赞先冲入索波军和大食军的营地，没有得胜，又窜入岭国色巴军中，被察东丹增扎巴等三人用三根飞索套住脖子。色巴三将用力拉飞索，几乎要把托赤布赞拉下马来。这卡契将忽然想起自己的青铜刀还挂在马鞍上，忙挣扎着摘下青铜刀，连砍三下，把飞索砍断，飞也似的逃回自己的营地。

正在岭军乘胜追击之时，那达绒长官晁通，从格萨尔调兵开始，就阳一套阴一套，表面上积极，暗地里按兵不动。到岭国与卡契交战到关键时刻，晁通却在暗自盘算着怎样做才对自己最有利。想那卡契兵马非同一般，特别是那威名远扬的青铜刀，若是被它砍中，只有死路一条。而且卡契的兵精粮足，赤丹王的权势又大，后援部队一定很多，还有卡契周围的三个邦国，肯定也会帮助卡契来战岭国。这次无论从哪方面想，除了格萨尔仍留在岭国外，其余都和以前霍尔入侵时的情况相同。岭国肯定会遭殃。以前我投降了霍尔，得到了多少好处啊！让我称王，给我数不清的财宝。可恨那格萨尔一回国就把王位夺了回去，还罚我做这做那，每次出征，也是让我晁通冲在前面，到分配战利品时却把我放在后头。现在，要想把王位重新夺回来，只有投降卡契。鼓槌要击到鼓面上才会出声，我晁通要登上王位才能威名四扬。想到这，晁通找出自己珍藏已久的吉祥如意羊脂玉碗，又装满五种珠宝，取出隐身木戴在耳后，趁着天未大亮，骑马向卡契大营飞奔而去。快到卡契兵营时，晁通取下隐身木，现出身形，请卡契大将直接把他带到多桂梅巴跟前。晁通进得帐来，纳头便拜，然后献上礼物："这是吉祥如意宝碗，想吃什么有什么，珊瑚珠宝样样全。再献上洁白哈达是库缎，算作礼品来见大臣面。"

多桂梅巴仔细观察着晁通的一举一动，看他不像格萨尔的变化之身，这才让侍卫铺上氆氇垫子，端上茶酒牛肉，问他有什么事要禀报。晁通受宠若惊，双膝跪在地上，双手合掌，恳请王兄鲁亚马上出兵，他说："对那檀香树般的岭国，卡契兵马从外部砍，我晁通从内部砍，岭国没有不败的道理。"晁通投靠卡契军，答应做内应。卡契军已经受过格萨尔用幻术的一次欺骗，怕有诈，让晁通立约起誓。这才相信晁通是真降。晁通又把岭国的情况、作战的部署统统告诉了鲁亚如仁，并对卡契如何进兵也指点了一番，然后才离开卡契大帐回到达绒部落。

卡契大军靠着晁通的隐身木的威力，绕过了岭营，来到岭珍居文布氏的夏季牧场阿吉达塘扎营。这也是晁通的主意。虽说达绒、文布两部已和好，但是晁通总是不能忘记前仇，一有机会，就要进行恶毒的报复。

卡契兵败回国，晁通称王的美梦破灭。这本来就够让他心烦的，偏偏投降卡契的事又败露了。并不是格萨尔有意告诉诸将，而是那被卡契抓获的文布商人把这事告诉了王子玉赤和玛宁长官。商人们是在卡契营中听卡契兵将议论岭国晁通如何给他们王兄鲁亚献了宝碗，又如何让卡契军使用他的隐身木才绕过岭军营地，来到文布牧场的。卡契兵败逃走时，哪里还顾得上什么文布商人。

于是，商人便成了晁通投降敌人的证人。

那玛宁长官听商人讲罢，立即持刀上马，前来找晁通算账。他边走边想，这晁通着实可恶，专门骗人出坏主意，把我们文布商人交敌手，还勾引卡契来入侵。自己不知羞耻想登王位，这样的仇能不报吗？丢失的财物能不追回吗？今天无论如何也要和他分个山青水绿，见个上下高低。来到晁通帐外，玛宁长官大声喝道："晁通，你这无耻投敌的两面派，不要躲藏，快出来！出来与我比比武，不出来的是狐狸。"

晁通知道大事不好，但听那玛宁长官在外面辱骂自己，却也不能忍受。不管心里怎样胆怯，表面上，晁通还是气势汹汹。他戴上蓝色伞形罗刹盔，披上连环锁式罗刹鬼甲，佩上弯弯罗刹弓，拿上带响的罗刹鬼箭和可砍九层铠甲的罗刹鬼刀，跨上罗刹鬼马，威风凛凛地冲出帐来，矢口否认他曾投降卡契、引敌入岭的行为："你要追财物，应找卡契人；你要报仇恨，应找卡契人。你不去追敌到此来是何意？看你外貌温和内心狠，就像那坏刀子割了自己的手，恶狗反来咬主人。你不能战胜敌人卡契，反倒来找我寻烦恼，这是什么道理？"

晁通说着就冲向玛宁长官，那达绒部落的其他将士也纷纷上前。文布的将士和其他诸部的大臣、勇士们也赶来观看。眼见一场恶斗又要发生，碣日国大将却珠一个箭步跳到晁通和玛宁长官中间："你们两家闹纠纷，无所顾忌说大话，都以为自己比天高，天空好像容不下。谷穗虽然高昂着头，镰刀不割它能行吗？文布、达绒虽然势力大，不受约束能行吗？纠纷好比石上霜，只有国法的太阳能融化，双方的是非要分清，消除怨恨用正法。有什么事情最好用嘴讲，出手打斗要受罚。文布、达绒各罚黄金一百两，如果再打还要罚。"

却珠的话很得人心。文布的人把玛宁长官拉到自己一边，达绒的人马也后退了几丈远，双方都愿意照却珠说的办。老总管绒察查根认为分清黑白要看事实，不要花言和巧语。真理像流水一样长，流言像地鼠尾巴一样短。现在要紧的是向卡契进兵，在战争中自然能分清谁是英雄，谁是懦夫。接着，总管王把岭军诸部向卡契进攻的目标一一分配清楚。此外，"卡契绒巴四部落，雄狮大王亲自去，还有阿扎、碣日、索波兵，跟随大王去攻击。大军要在本月二十九日起，挥兵开到西方去。这次降伏敌军时，最重要的是勇气，人马兵器要备齐，英雄斗志别丢失，谁要逃跑去投敌，未死就送他下地狱。岭国大军人心齐，此次征战定胜利。"

总管王说完，欢声雷动。唯有达绒部落的将士有些不满，要他们达绒部落单独打仗，获得胜利是很困难的。但是命令已下，不容更改，只能拼死去战了。

卡契连连失利，紫岩九城和白岩九城均被岭军占领。残兵败将逃到赤丹王的宫里报告战况，使赤丹路贝大为恼火。特别是大将查桂穆玛的死，更使他像刀子剜心一般疼痛。只见他眼圈发红，青筋暴跳，全身颤抖，半天才说出一句话："现在该轮到我上阵了，不是格萨尔兵败，就是我赤丹战死，像狗一样地活着有什么意思?！"

赤丹把刀、箭、矛三样武器一一挂在腰间，跨上战马要去找格萨尔决一胜负。王后和公主从后宫跑出来，你拉我扯的，不让他走。这时老臣贞巴让协从佛盒里取出一条哈达，对赤丹说："老臣我虽然忠心为国家，好心说出肺腑话，大王却听作欺人话；老臣我智箭虽锋利，大王岩石般的金耳射不穿。如今还想拼武力，不如巧妙来算计。只凭鲁莽去作战，白白送命取胜难。"

"老臣有什么好计策，请快快讲出来。"王后已顾不得许多，吩咐贞巴让协快讲。

"现在要由守势转攻势，派王弟兴堆冬玛带兵去攻打岭军的门、姜、文布三部。还要快些召集尼婆罗兵，昼夜兼程来卡契，进攻岭军的大营。大王您快把兵器库中的石炮抬出，用它的时机已来到。再去威卡和穆卡国，让他们速派救兵。四国兵马合一处，定能踏平岭军营。"

老谋深算的贞巴让协说完，卡契君臣认为胜利有望了。赤丹王立即调兵遣将，召援兵的召援兵，做先锋的做先锋，卡契宫城顿时忙乱起来。

石炮从兵器库中抬出，架在中卡契紫岩石九城之下，王弟兴堆冬玛吩咐放炮。卡契兵的喊声伴随着炮石声，如天雷滚过。西边的孔雀城被摧毁了一大半，守城的岭兵非死即伤，无一漏网；北边的乌龟城也有三面城墙被炸毁，死伤壮士三百多名；南边的玉龙城被炸毁了一面城墙，也死了不少人。守城的玉拉托琚、玉赤、玛宁长官等怒吼着杀出城来，正好和王弟兴堆冬玛打了个照面。那王弟的脸像阎罗一样赤红，眼睛比脸还要红，见到岭国兵马就像要喷出火来一样燃烧着："玉龙吼声虽然大，三春过后成哑巴；猛虎纵然会跳跃，本领使尽摔岩下；觉如凶悍似强大，权势用尽卡契就要降伏他。在我红脸都德面前，兵将越勇我杀得越疯狂，我的凤翼朱砂马像闪电样快，我的锐利铜刀赛霹雳，喝血铜箭能把岭国的石岩射穿。"

玉拉和玉赤兄弟二人双双站了出来，冲了过去，兴堆冬玛忙抽刀相迎。忽然，兴堆冬玛想起自己的铜刀不能对付岭将的软绸甲，遂摘下腰间的拳头般大小的一块石头，向玉赤抛去，那玉赤不曾提防，被石块击中胸部，疼得他大叫一声，翻身落马。岭兵以为玉赤身亡，都要找兴堆冬玛拼命，特别是玉拉托琚，见弟弟坠马，不知性命如何，心如刀绞，怒火中烧，立刻抛出飞索，正好套在兴堆冬玛的脖子上。兴堆冬玛并不惧怕，又掷出一石，玉拉一偏身，没有打中，却差点把他从马上震落下来，手中的飞索一松，兴堆冬玛趁势脱了套。眼见天色已晚，又不知玉赤性命如何，玉拉无心再战。那兴堆冬玛领教了玉拉的厉害，也无心恋战。双方各自归营。

岭兵把玉赤抬回大帐。玉拉用格萨尔的头发给他熏烟，又给他吃了王母的长寿丸，玉赤顿时恢复了神志。玉拉这才松了一口气。但是，如何降伏那红脸妖魔兴堆冬玛呢？玉拉托琚一筹莫展。这时，他真希望格萨尔大王在自己身边。

心想大王，大王就到了，玉拉托琚高兴得要发狂了。

格萨尔微微一笑："这兴堆冬玛的前世本是屠夫，死后十三次转生为猪身，身受无数次烧炼之苦后，才转生为卡契王子。现在在他的肚脐里和头顶上各长有一撮猪毛。我自有降伏他的办法，玉拉不必过虑，七日内，守住营地要紧。"

卡契军营也来了援兵。原来是赤丹王怕弟弟一人难以胜敌，又把哥哥鲁亚如仁派来与兴堆冬玛共同对付岭兵。兴堆冬玛见了王兄大喜。连日来岭军营门紧闭，使兴堆冬玛大为恼火，这下王兄来了，他兄弟二人正好合兵向岭营出击。

第二天，正是格萨尔讲的该是兴堆冬玛被降伏的日子。卡契王兄弟二人率兵杀向岭营。先用炮石轰，再用弓箭射，然后挥舞青铜刀杀向岭军。岭兵被这飞石箭矢铜刀杀伤了不少，但是并没有后退的意思。突然，兴堆冬玛愣住了。只见一个战神般的人站在自己面前：紫玉般的脸上，一双红珊瑚似的眼睛瞪得大大的，身上佩着九种兵器，胯下一匹火红的坐骑。兴堆冬玛想，这人肯定就是格萨尔了。兴堆冬玛大怒，冲上来就劈，却什么也没砍中。格萨尔挥起宝剑，兴堆冬玛的头滚落在地。雄狮王又挥一剑，把兴堆冬玛那无头的身子连同魔马一起劈成两半。只见从那倒地的尸体中飞起一只鸽子，这本是兴堆冬玛的精灵所变。格萨尔的化身马上变作一只大鹰，抓住了鸽子，弄个半死，扔在格萨尔大王真身面前。格萨尔吩咐挖一个三角形的九尺深洞，把兴堆冬玛的尸体连同鸽子一起埋下，然后在洞上修起一座黑塔，以镇妖魔。

那王兄鲁亚一见弟弟丧了命，正要逃跑，玉拉哪里肯放，一箭射出，正中鲁亚胸部，把心肺射得粉碎。鲁亚并没有立即死去，挣扎着向玉拉扑来，青铜刀一砍又一绞，把玉拉的绸甲从肩头撕下一块，玉拉的肩膀也受了伤。玉拉托琚怒不可遏，一挥大刀，把个鲁亚如仁剁成肉泥。

王兄王弟均已降伏，格萨尔命令向卡契王城进军，最后消灭那老魔赤丹路贝王。

那赤丹路贝早已等候在王城下，得知王兄王弟已亡，横下一条心，今日要与格萨尔拼个你死我活。他眼见岭军浩浩荡荡，蜂拥而来，并不搭话，挥刀便冲杀过去。岭国众英雄围住他，刀砍矛刺，轮番进攻，并不能伤害于他。赤丹的青铜刀也未造成对岭将的伤害。这时，格萨尔大王出现了。仇人相见，分外眼红，赤丹王恨不能一口生吞了格萨尔："今天要找你报仇雪耻，报肉仇我要吃你三块肉，报血恨我要喝你三口血，我还要捣毁你的岭国，杀死你的兵马……”

死到临头，卡契王的大话仍不绝口，让格萨尔气昏了头。

格萨尔本想劝他投降，见他如此凶恶顽固，一挥剑，把赤丹王劈于马下。岭兵万众欢腾，欢呼他们的雄狮大王格萨尔又为赡部洲除了一大害。

卡契老臣贞巴让协率众投降，并把格萨尔迎到一座坚固的石岩跟前。这块石岩平如铜镜，十分光滑。格萨尔用白梵天王的金刚杵敲了三下，宝库的大门便打开了。宝库中有十三个四方形的石箱。第一只石箱中是一尊一肘高的青玉度母像和一只能自动鸣叫的玉杜鹃。第二个石箱中，有十对玉如意和金银八吉祥宝物。第三只石箱中，是十二部典籍和法器。其余的石箱中分别装有金刚石、白松石、红松石、黄松石等各种珍珠宝贝。岭国兵将立即将宝箱抬出去，准备运回岭国。

格萨尔王召集卡契的降臣降将以及众百姓，将部分财产留给他们。因那卡契王子只有五岁，所以格萨尔要老臣贞巴让协管理国事。王妃母子仍住原来的城堡。吩咐已毕，下令班师，卡契的臣民百姓依依不舍地前来送行，祝愿雄狮王格萨尔吉祥如意。

17.《匝日药物宗》

在查茂岭达绒部落的颇若宁宗，晁通正在闭关修行。这时，药师仙女幻化成一位美丽动人的门巴姑娘，带着一股仙气，飘然来到晁通跟前，对他做出各种亲昵温柔的表示，使得晁通心摇神迷，神魂颠倒。半夜时分，那位仙女般的门巴姑娘倏然消失，晁通顿时觉得六神无主，不知所措，像得了一场大病，上身像烈火一样发烧，下身像掉进冰窟一样发冷，周身剧烈疼痛。晁通心想，那个美丽的姑娘，究竟是神仙下凡，还是妖魔的化身？找什么药，才能治好我的这身病？他一占卜，显示：只有用南方匝日圣山的药物，才能得到彻底医治。

恰在这时，姑姑朗曼噶姆给格萨尔降下授记：现在到了降伏南方匝日药物圣山的时候。按照天神的旨意，格萨尔立即召集岭国各部落和各邦国的兵马，准备出征。听说大王要去降伏匝日药物圣山，达绒部落的人马十分积极，认为这下可以找到医治晁通长官的药物了。

岭军浩浩荡荡向南方进军，来到吉库大坝子安营扎寨，立即向匝日圣山发起进攻。双方发生激烈战斗，南门域国的小王子达威奇洛被达绒兵马活捉，送到格萨尔王帐前邀功。在格萨尔王威严而慈悲的精神感召下，达威奇洛表示降服，将门域匝日地方所有的神秘都无保留地禀报了格萨尔。

达绒部落的兵马用幻化的大炮将匝日山口的关隘全部轰毁，大败匝日兵。

匝日大将玉珠崩仁见损失惨重，十分气愤，单人独骑去闯岭营，如同野狼闯入羊群，任他左冲右杀，无人能敌，达绒部落的拉吾尼玛扎巴和达色扎拉两员小将也被他打落马下，这时，噶德曲炯贝纳带着幻化的大炮，打击南方兵马，取得重大胜利。

南方部队内部，玉珠崩仁和洛珠饶色之间发生内讧，将整个部队分为两部分，给岭军以可乘之机，使南方兵马受到很大损失。另一员大将协噶色力图促成双方和解，共同对付岭军。但是，洛珠饶色表面上表示愿意和解，暗地里带着自己的人马，去投靠岭军，协噶色知道后，立即带兵追赶，不料遭到岭军阻击，被丹玛一箭射死。岭军派人去接应洛珠饶色。

最后，格萨尔王亲自出征，降伏了玉珠崩仁，射杀了门域国王息堆杰布，开启南方药物宝藏，带回岭地，造福岭国百姓。从此雪域藏地有了能够治病救人、延年益寿的珍贵药物。

同时委派达绒玉拉贡赞做匝日门域国的代理国王，在那里弘扬白色善业，消除黑色恶业。

18.《托岭之战》

格萨尔年纪尚小的时候，托茹国王崩图曾率大军侵犯岭国，杀害五位头领，抢走五百多匹马，使岭国遭受巨大损失。之后，托茹崩图国王的儿子朗卡坚赞继承王位，这个国王比他父亲还要贪婪，还要狂妄，仇视白色善业，喜欢黑色恶业。

一天，朗卡坚赞国王像着了魔似的，乘坐一个巨大的皮囊，遨游太空，环视苍穹，整个世界看得清清楚楚，明明白白。当他到东方查姆岭上空时，发现这里是一个非常美丽的地方，草原如同酥油浇灌，碧绿丰润，雪山如同奶酪堆砌，洁白晶莹，那里的百姓过着欢快安乐的生活。托茹国王见了之后，非常羡慕，立即产生了要抢夺这个地方，归自己所有的想法。于是迅速返回国去，决定派大军进攻岭国。

心地善良、崇尚白色善业的老臣耕噶扎顿诚恳地劝说国王，贪心不要太大，不要无端地企图侵占别人的土地，挑起不义之战，会给自己造成灾难性后果。但是，被贪心冲昏了头脑的托茹王，根本听不进老臣的忠言，亲自率领大军攻打岭国，他想消灭岭国，创造一个震惊世界、传之久远的伟业，自己也成为一个名扬天下的英雄。

托茹国与岭国之间的战争，因此而爆发。

岭国大将森达阿东与托茹大将色桂崩图，前世是父子关系。因前世缘分，两个人交战不久，便明白了这个关系，这也是天意，两个人停止交战，森达阿东带色桂崩图去拜见格萨尔王。格萨尔王的威严与慈祥，神力与智慧，让色桂崩图深深折服，表示愿意承认前世父亲，今生再以父子身份，为格萨尔王效力。格萨尔王十分高兴，令色桂崩图作为岭军先锋，率领岭军去攻打托茹国的王城。

色桂崩图熟悉托茹国的地势地貌，带领岭军消灭了托茹王的寄魂物，逐一攻克四周的碉堡，最后占领王城。托茹国王还想顽抗，被格萨尔王一刀劈为两截。其余大将和各头领都表示愿意臣服格萨尔王。

岭军开启托茹国的玛瑙宝库，把珍贵的玛瑙带回岭国。委任色桂崩图为托茹国首领，托茹国的百姓从此享受幸福吉祥的日子。

19.《棋陵铁城宗》

格萨尔王在降伏米努绸缎宗等周边十四个邦国之后，在狮龙宫殿闭关修行。从此，米努宗与棋陵宗之间，通商往来十分密切，百姓之间的来往也十分频繁。但是，岭国与米努之间的战争长达三年多，这期间，米努与棋陵之间的来往几乎完全中断，棋陵君臣在王宫议事，不知米努宗究竟发生了什么事，国王朗卡扎堆决定派内大臣玉桂多次去考察。第二天，他带着四十个能干的人乘坐一个能飞的大木船到米努。他们从空中看到米努王城拉卡仁姆顶上，遍插查姆岭的法幢，山谷里刻有壁画，砌有察察麻尼堆，昔日的米努完全变了样。他们下了飞船，潜入王宫会见米努大臣尼玛琼饶为首的首领，方才知道岭国与米努发生战争达三年之久，米努被岭国占领，他们也已向岭国表示臣服。玉桂多钦等人感到十分惊讶，立即乘坐飞船，返回棋陵国，到朗日贡玛王宫拜会国王，详细禀报他们观察到的情况。君臣们也大为震惊，但不知应该怎么应对，于是决定请卦师岗噶央措占卜。卦象显示：应守护好自己的家园。大家都认为这是天意，应该按卦师说的办。但是，大臣玉珠多钦却与众人不同，他激昂地表示：要消灭来犯的岭军，帮助米努百姓恢复过去那种吉祥幸福的日子。

也许是命中注定，朗卡扎堆必有一劫，他不听众臣的主张，转而支持玉珠多钦，认为他能够成就名扬天下的大事，决定委派噶玛玉杰为先锋，率领六员大将，十五万大军前往米努，下令他们在达萨查姆附近的两河口山安营扎寨。等待时机向米努进攻。驻扎在米努长城边上的尼玛琼饶不按照众人商议好的部署，在米努王城四周派兵建营地，不分昼夜派人去侦察，趁米努兵不注意，强占了两河口山附近大片米努土地，毁坏了岭军建立的所有佛塔和庙宇。竖立在山口的风幡，建造在江河上的桥梁，也全部予以毁坏，格萨尔王建立的佛法秩序，也全部废除，使这一地方完全回复到过去魔王统治时代的黑暗状况。

这时，在狮龙宫殿修行的格萨尔王，得到姑姑朗曼噶姆的授记，召集岭国和各邦国的首领聚会，下达向棋陵进兵的命令。二十九日上午，岭国军队浩浩荡荡出征。经过二十八天的艰难行程，到达荡然曲堆安营。

这时，米努地方有棋陵的侦探，发现岭军铺天盖地而来，立即去向玉珠多钦禀报。将领们商量如何应对。老臣尼玛琼饶提出，我们恐怕不是格萨尔的对手，棋陵与岭军，是不是通过协商谈判，达成和解，这样对双方都有好处。当即遭到玉珠多钦的斥责，他说：“我们棋陵一定要与那个名声很大的格萨尔争个高低，不信我们打不过他们。”棋陵下令，明天就要向岭军发起进攻。

第二天，玉珠多钦像着了魔似的，独自一人去闯岭营，他挥舞宝剑，左劈右杀。大批岭军将士死于他的剑下，无人能敌，玉珠杀红了眼，直杀到天黑，才返回大营。当天晚上，玉珠多钦召集棋陵将领议事，首先讲述他如何独闯大营，岭军无人能敌，他傲慢地说：看来格萨尔的军队也没有人们所说的那样可怕。然后做出作战部署。

次日上午，派出五百精兵去闯岭军大营，遇到岭军顽强抵抗，双方展开激战，眼看棋陵兵坚持不住，玉珠多钦立即派兵增援，双方杀得天昏地暗，死伤无数，整个山谷遍地都是死人和死马，鲜血像河水一样流淌。

第二天双方再战。岭军方面，丹玛、尼奔、绒察玛莱、辛察隆拉觉登、巴拉米姜噶布等大将率领各自部落的精兵，太阳刚刚出山时，就向棋陵军发起进攻。玉桂赞布出来迎战，他挥动宝剑，左劈右杀，杀死岭军无数。岭军一员大将抛出一根神套索，像套烈马一样套住玉桂赞布，将他拉下马来，如同捆羊毛一样，将他捆得结结实实。岭军趁势掩杀过来，棋陵军大败。

万户长玉珠巴杰想，刚一交战，棋陵军就遭到如此重大损失，如果再打下去，还会有更多的伤亡，我自己战死是小事，双方都会死很多人，米努国已经败了，我们肯定打不过岭军，与其这样做无谓的牺牲，不如早点投降，还能挽救无数生命，主意一定，便派人到岭营送信。联系好之后，立即带着自己的人马投降岭军了。

大将玉珠多钦抵挡不住，返回王城，拜见国王朗卡扎堆，如实禀报战况，说岭军比我原来想象的要厉害得多，不但打败不了岭军，他们很快就会来进攻王城。朗卡扎堆国王没有责怪他，立即部署保卫王城，国王亲率一队人马，守卫晋格措拉山口；令玉珠多钦守卫扎拉琶玛山口，米桂熬庆守卫森布扎昌山口，严密把守岭军通往王城的所有道路。

格萨尔率领岭国大军跨越阿钦荡然大草原，来到岗钦大雪山脚下。天神朗曼噶姆给格萨尔降授记，要岭军在达隆山口扎营。格萨尔带领丹玛、噶德、巴拉、阿达娜姆等大将察看地势，到晋拉山口时，正好与棋陵朗卡扎堆相遇，两个国王也不搭话，双方立即交战。这朗卡扎堆是魔王转世，精通法术，力大无比，见到岭军，他弯弓搭箭，口中念念有词，呼唤魔神助战，然后用力一射，把一座巨大的岩石射得粉碎，碎石像雨点，像冰雹落到岭军阵中，打杀无数士兵，还砸死了三员大将。岭军遭到这突如其来的打击，损失惨重，阵脚大乱。国王乘势再向格萨尔王射了一箭，但由于有战神威尔玛保护，没有伤到身体。格萨尔大怒，拿出神箭，向棋陵国王射去，把头盔上的大鹏羽毛射落，但也没有伤到他的身体。两个国王飞向太空，比赛射箭，再比长矛，最后比赛剑法。彼此难分胜负。

第二天，两个国王又在上岗拉山口相遇，朗卡扎堆向格萨尔连砍三剑，如同砍在天空的彩虹，对格萨尔王一点伤害也没有。格萨尔向朗卡国王砍了一剑，将盔甲砍得粉碎，砍在右臂上，差一点从战马上跌落下来，朗卡扎堆疼痛难忍，立即掉转马头，逃回王城。

在晋格措拉山口，两军对阵，奇巴扎拉泽杰将玉珠多钦劈为两截，棋陵军大败，退回去坚守王城。

为了攻取王城，格萨尔到岗堆晋拉雪山顶上祈福，呼唤各路战神前来助阵。一时间，岭国的战神都来助阵，天空中光芒四射，千年不化的岗堆晋拉雪山之上的积雪，顷刻间融化了，为岭军开辟了道路。这时，噶德曲炯贝纳走向岩石山上，祈请炮神助阵，立即从山洞里飞出八十个威尔玛炮神，每发炮弹都有牦牛那么大，向隘口发射，所有关隘都被摧毁。

晁通打死朗卡国王的寄魂虎。格萨尔射杀了寄魂物九头神龟。但是，朗卡国王的魔力非同一般，杀死了他的寄魂物，还伤害不了他。他命内大臣拉桂东泽打开铁城，放出十八只铁鸟到岭营上空观察，看怎样才能战胜岭军。朗卡扎堆国王派人到棋陵所属三个边远的国家，让他们立即派精兵强将来保卫王城。

这边格萨尔命令晁通用法术摧毁棋陵的铁城，因为铁城里不但藏有铁鸟，还藏有很多具有魔力的武器，一旦棋陵王使用这些武器，岭军就会遭到很大损失。得到大王的命令，晁通非常得意，这又是他显示别人没有的本事的最好时机，他边炫耀边作法，摧毁了铁城，也烧毁了十八只铁鸟，棋陵王就没有了与外界联系的手段，只能守卫孤城。

西方柏热玉宗得到铁鸟送来的信函，要他们前去保卫王城，玉宗君臣商议，我们无力与岭军对抗，格萨尔大王迟早会征服棋陵国，我们不如早点向岭军投降。万户长饶色旺扎向丹玛敬献哈达，表示投诚，达玉上、中、下三部落也同时向岭军投诚。在措宗查姆城里的守军见大势已去，由大将昂桂东赞带领，携带贵重礼物向岭国投降。

但是，还有人不愿投降，坚持继续与岭军作战，内大臣拉桂东赞和大将陵赤托桂奔图为首，召集十个万户长所属的兵马，浩浩荡荡向岭军发起进攻，大有要决一死战的气概，作战非常勇敢，虽然死了很多人，但继续进攻，占领了不少岭军的城堡。格萨尔派丹玛等大将，向棋陵军队发起反攻。朗卡扎堆国王也亲自带兵出来助战，格萨尔王挥舞剑与他拼杀。魔王朗卡的死期已到，格萨尔一挥宝剑，使他身首分离，落马而亡。

战斗结束，格萨尔念经祈福，为所有在这次战争中死亡的双方将士诵经，超度他们的亡灵，使岭国将士的灵魂能够升天，魔国的亡魂来世不再变为恶魔，不再伤害生灵。

格萨尔前往西方玉宗的红岩山下，用慈悲之心，收服守护宝物的四个地方神祇，使他们变为维护白色善业的保护神，继续守卫玉宗宝库。

第二天，格萨尔王率领岭国的英雄们，开启玉宗宝库，将一部分宝物分给棋陵百姓，一部分带回岭国。然后封闭宝库石门，念经祈祷，祝愿玉宗宝物的“央”永不衰败。

格萨尔王率领岭国大军返回岭国，棋陵大臣拉桂东赞和玉桂赞布等人带领当地百姓，为格萨尔和岭军送行。

20.《阿里金子宗》

有一天，岭国境内忽然来了三个陌生人。一个头上系着白绫巾，胸前佩戴金子护心镜，华服上绣着狮虎花纹，长得英俊、潇洒而又年轻。另外两个衣衫朴素，看样子像是主仆三人。辛巴梅乳泽正好到岭地来见格萨尔，恰巧碰上这三个陌生人。一见这主仆模样的三人，心中好生奇怪。特别是见那少年长得仪表堂堂，竟有些喜欢起来，不由得上前动问:“喂，你从哪里来，叫什么名字？”

那少年一听说眼前这长者就是闻名天下的大辛巴梅乳泽，立即回答说:“我从北地阿里国来，名叫玉杰托桂。”然后说明来意。

原来，这少年玉杰托桂本是阿里大臣赞拉多杰的儿子，因为目睹魔臣当道，百姓受难，才逃出国来。久闻格萨尔王专门降妖伏魔，惩恶扬善，请他到阿里来降伏那七魔臣，为民除害，救百姓出苦海。梅乳泽带着玉杰主仆三人来到森珠达孜宫去拜见格萨尔和王妃珠牡。

辛巴梅乳泽已把玉杰的情况向大王禀报过了，玉杰托桂正了正头上的白绫巾，正欲跪在地上，被珠牡扶住了。不知为什么，从一见到这美少年的面，珠牡就像见到久别的儿子一样，对他格外亲热。见王妃如此亲切相待，雄狮王又如此慈祥，玉杰心里又高兴又悲伤，向大王和王妃禀报了阿里百姓的苦难，盼大王前去解救。

看到阿里少年，格萨尔很高兴，但人王告诉他，今年是虎年，不宜出兵，龙年才能出兵。

玉杰托桂听大王说要等到龙年才能发兵，心里暗自焦急：到龙年，还有三年的时光，这漫长的三年，怎么熬呢？格萨尔大王一眼就看出了阿里少年的心事，立即安慰他："阿里的七个魔王，要由岭国的七个勇士去降伏，龙年用兵，定能取胜。这三年中，我派你去琼居穆姜部，做王子扎拉的谋臣。你有很多事要学，也有很多事要做，不要悲伤了，孩子，也不要忧郁了，玉杰。"说完，格萨尔为阿里少年做了长寿灌顶。

珠牡亲切地拉住玉杰的手说："孩子，来，我带你看看我们森珠达孜宫。"玉杰托桂随着王妃珠牡走出宫来。珠牡带着他，前后左右把森珠达孜宫细细地看了一遍。

从东面看，这宫殿是白色的，就像月光照映在海螺上面。

从南面看，这宫殿是黄色的，如同阳光映照在金山上面。

从西面看，这宫殿是红色的，好似紫铜熔在炉膛里一般。

从北面看，这宫殿是蓝色的，犹如碧玉浸在海水中间。

看上面，彩云幕帐挂天边；看中间，吉祥花雨飘不断；看下面，美丽龙女舞正酣。这实在是座迷人的宫殿！看见它，能荡涤罪恶；住进去，能变成神仙。

看过宫殿，玉杰随着王妃去向大王告别，然后前往穆姜部去见王子扎拉，并留在扎拉身边做谋臣。

转眼间，三年过去了。这一天，正是土龙年十月初十。黎明之际，格萨尔大王正在酣睡，空中突然出现一片祥云，花雨纷纷飘落，伴随着阵阵幽雅的仙乐，云头上现出一个二八妙龄仙女。她就是格萨尔在天界的妹妹妲莱威噶。只见她微微翘首，妩媚而又威严地望着格萨尔："哥哥莫睡快快起，有句话要提醒你。土龙年已经来临，平服阿里到时机。"

雄狮王格萨尔立即把四个使臣派出召集四路兵马。吩咐人马于十八日在达塘平坝聚集。

岭军将士出征前，王妃珠牡与众王妃开始煨桑。香烟缭绕，弥漫云天。珠牡虔诚地向诸神祈祷，为他们祝福！

第二天，岭军出征。阿里少年玉杰托桂一马当先，与辛巴梅乳泽并辔而行。岭国大军夜宿晓行，翻山越岭，第九天晚上就到了阿里境内，在一座像九条黑蛇盘踞的石岩边扎下大营。

这阿里国确实是个好地方。王宫是一座三层高的雄伟壮观的宫殿，顶层用黄灿灿的金子盖成，中层用绿油油的松石修筑，底基是五光十色的玛瑙营造。蓝宝石做梁柱，红珊瑚做回廊，整个宫殿珠光宝气，金碧辉煌，较之那雄狮王的森珠达孜宫来也毫不逊色。然而，居住在这宫殿中的阿里国王并不快乐，皆因为徒有国王虚名，并不能管实事，国家重权全部落在七个魔臣手里，国王成了聋子的耳朵。魔臣说东，国王不能朝西，这样的日子，使阿里国王常常闷闷不乐，郁郁寡欢。

这一日上得殿来，一坐上那黄金宝座，阿里王达瓦顿珠就懒洋洋的，不一会儿，竟打起呼噜来。

众臣上殿一看，大王正在宝座上酣睡，纷纷静立两侧。他们也很体谅这有名无实的国王的苦衷，知道七魔臣不到，叫醒大王也没用，不如让他多睡一会儿，只有睡着的时候，他们的国王才会笑。

七个魔臣上殿来了，见达瓦顿珠还在睡觉，立即上前把他摇醒。

达瓦顿珠确实做了一个梦，一个奇奇怪怪的、从来没做过的梦。也不知是好是坏，他不敢贸然开口，若说不好，轻则使七魔臣不悦，重则会大发雷霆。大臣赞拉多杰也劝大王把梦说出来，因为他也做了个梦，梦见和他分别已有三年之久的儿子回来了。见自己最信任的大臣赞拉也劝他说，达瓦顿珠王不再犹豫，原原本本地讲出了那梦境。

多丹桑热知道格萨尔的军队要来了，立即让魔鬼六兄弟准备打仗。

第二天，多丹桑热骑上一头红毛老虎，爬到一座神山顶上，一眼就望见了草原上如星辰的帐篷和林立的刀枪。多丹桑热不见则已，一见就眼中冒火。他使劲一打虎屁股，红毛虎直向岭营窜去。魔臣右手高举长枪，左手提一条红色飞索，像一团火，杀气腾腾地杀向岭营。

这时，岭军营中的各位英雄，早已看清那恶魔气势汹汹地冲营来了。无敌勇士丹玛暗想，照天神空行母的预言看来，今天是我立功的机会到了。于是，立即跨上宝马，戴上白头盔，穿上白铠甲，腰间系好腰刀、弓箭，披挂整齐，俨然一位白色战神从天而降。他扬鞭策马，冲出营盘，迎了过去，刚好与那魔臣碰个正着。

那魔鬼冷不防与这样一员威风凛凛的猛将相遇，不免一愣。举枪向丹玛连刺三枪，把丹玛的铠甲戳掉三四块甲片，幸好没有刺伤皮肉。这一下惹得丹玛怒火高三丈，满面怒容，就像蓝天突然卷起一堆乌云一样。他抽出一支金翎箭搭在弓上，只见那支金翎神箭发出万道金光，不偏不倚，正射中魔臣多丹桑热前额，脑浆白花花地洒了一地，那魔怪的尸体就像黑色朵玛一样，直挺挺地倒在地上。

这时，那魔鬼的坐骑——吃人的红老虎，也龇牙咧嘴地向丹玛扑来。丹玛眼明手快，顺势又是一箭，正射中那恶畜的心窝，随着一声凄厉的惨叫，那孽畜也像蔫了气的皮口袋一样，倒在地上断了气。

岭国观阵的君臣看见丹玛斩了妖魔，杀死恶虎，心中无比高兴，纷纷向他道喜，祝贺他立了大功。这时，雄狮大王格萨尔却想得更远，他知道要是魔臣的寄魂山——桑玛东泽红山不毁掉，很难降伏别的魔臣。于是，他昂首仰视长天，请求在天空保护岭军的战神铲除那座魔山。他正在祷告的时候，只见万里无云的朗朗晴空，突然出现一朵鸟儿一般大小的云块，看着看着那云块渐渐变大，最后，阿里军营的上空全被浓云遮住，电闪雷鸣。接着，就像石山崩裂时飞滚的乱石一样，下起一阵猛烈的冰雹。就在冰雹下得正紧的时候，忽听一声霹雳，震得天摇地动。那座魔山就在这霹雳声中化为乌有，阿里魔军的官兵一个个吓得丧魂失魄，惊恐万状。

魔臣多丹多吉再也按捺不住，他打发大臣扎西尼玛快出发，快马疾驰去王城，向国王争取援兵。扎西尼玛立刻就骑上银翼追风马，向王城疾驰而去。不一会儿就到了王城的通哇让翠宫。他在宫前下马，径直上殿参见国王。这时，阿里黄金国二十五个小邦的君主，以及当朝一百八十名大臣正聚集金殿议事。扎西尼玛走到国王达瓦顿珠的宝座前面，将魔臣遇害的经过详细述说了一遍，并且向国王请求增派援兵。

大臣报告完毕以后，国王心想：如果现在调集军队直接与岭国雄狮大王对抗，一则非我所愿；再则，老百姓也一定会反对。但是，如果根本不发一兵一卒，魔臣们又一定不会答应。倒不如设法拖下去，推迟发兵的时间。我可以一面发布调集军队的命令，一面告诉魔臣半月之内不可能集合好军队；这样就能赢得了时间。想那格萨尔王，是得到天神扶助、具有大智大勇又长于神幻变化的无敌英雄，十五天内，一定能把魔臣消灭掉。可是结果怎样谁也无法预料，于是国王以诓骗的口气说道："神的儿子，扎西尼玛呀，你莫要在此久坐，立即赶回兵营去，告诉前方作战的大臣，在这十天半月内，一定调集军队来支援，大军来到以前，一切行动必须谨慎。要知道兵马集齐需时间，传令魔臣众头领，囤守兵营莫乱行，待等半月期限到，我亲赴前线去劳军！"

大臣们也都约莫知道了国王的心思，于是假意下去准备兵马粮草，一副恨不得马上就能上阵的样子，大臣看到这样的情况便又快马回去禀报魔臣，说在十五天内，王城一定发来大军，国王达瓦顿珠，也将驾临前线。魔臣们听后，并不知这是国王缓兵之计，心中还盘算着：我们几个魔臣纵然敌不过岭噶的兵将，但是，现在国王决定阿里全境一齐动员，只要全国行动起来，夺取最后的胜利还是有希望的。因此，对国王的计划也没有产生什么疑虑。

可是，那个叫多丹多吉的魔臣却火冒三丈，脸色"唰"的一下变得漆黑，就像罩了一层浓厚的乌云，两只愤怒的眼睛闪着一股凶光，二话不说，跳上九头铁狼，直向岭国军营冲去。

这时，岭噶军营里，老总管绒察查根，立即戴上日月炬白银盔，穿上必胜如意白甲，抽出青锋宝刀，拔出神箭，像黑熊喝饱了血以后醉疯了的样子，猛不可挡地迎了上去。黄帐霍尔的辛巴梅乳泽看见老将出马，也像红毛精灵出洞一样，同时冲出营门，向恶魔扑去。

黑妖魔多丹多吉把绒察查根打量了一番，说："哟，你这老东西肝火还旺着哩，是活得不耐烦了吧？你哪里是我的对手，莫来找死，我看你怪可怜的，还是趁早回去吧！"

然后他又骄傲地说道："你右面那个红骑士，似乎有点小本领，让他和我来交手，不至于失我英雄身份。头戴碧玉冠的老东西，头发那样白，活像大雪盖了顶；嘴里牙掉光，活像个干崖洞草也没长一根；眼睛那样绿，活像秋泉枯水一小坑。你那三处倒霉的地方，既不配做我的箭靶，也不配做我的刀砧。猛虎捕条小山鼠，会遭到讥笑和议论。我若杀你这小老头，更会引起众说纷纭。我饶你不死，赶快回营。红虬大汉你听真！趁今天红日照头顶，我们试试高低，比比输赢，要是棋逢对手，就斗个筋疲力尽，地暗天昏。要是本领不一样呀，就杀个你死我活，你我两个只能剩一人！"

说完，他对准辛巴额头就是一箭。辛巴眼明手快，等箭一到面前，伸手一把抓住，他一用力，就把那箭折成几段，扔到脚下。这时，老总管绒察查根，抽出一支八角水晶箭搭在白螺自开宝弓之上，只听"嗖、嗖"两声，两支箭同时射了出去，一箭正好射在魔臣多丹多吉前额正中央，一箭射在那九头铁狼的心窝。两个妖魔，应声倒地，脑浆、鲜血流了一大摊。那作恶多端的魔鬼，就像羽毛被火烧掉一样，顷刻间化为乌有，再也不能在人间作恶了。

两位大臣立下大功，返回营帐。

第二天，也就是初七的上午，魔臣米纳冬同大力士，骑着一匹名叫"黑铁追风"的马儿来到阵前，他喊道："我不去找岭噶兵营别的勇士，专去找昨天那两个骑士。要是不能像摘草莓那样把那两个人头和马头摘下来，我就不算一条好汉！"

说罢，就像闪电一样冲到岭军阵前。这时，大将噶德曲炯贝纳勃然大怒，脸上堆起团团阴云，两只眼睛像闪电一样直冒火光。他牵过坐骑，飞身上马，冲出营门，对着那魔臣疾驰过去，正好与那魔臣撞个正着，两骑辔头交错，二将鼻息相闻。魔臣米纳冬同大力士，把来将打量了一眼，举起短枪，那枪尖在阳光下一闪一闪地放着光，对准噶德，用尽全身之力戳了过来。噶德连人带马差点跌在地上，幸好有护身符保护着，人马都未受伤。却令他怒火高三千丈，他一急，顾不上使用武器，伸开双手，一下子就揪住那魔臣和黑铁马的脖子，死死往下按着，那魔臣米纳冬同黑大汉，慢慢变成了一堆血淋淋的肉块，七零八落地散在地上，只见一缕青烟，他便已魂飞魄散。噶德把那堆肉块收拾起来，挂在黑铁魔马的鞍子后面，轰回了阿里兵营。据说阿里全军上下看到这奇景，一个个吓得魂飞魄散，许久说不出话来。

再说，第二天拂晓，金鸡刚一打鸣，魔臣赞嘉卡雪，骑上火焰追风铁马，暴跳如雷地吼叫，就像天上恶煞星坠地一样，放马向岭噶军营冲去。这时，岭噶营内，勇士东赞郎都阿班看得清楚，突然想起了空行母的预言，便自言自语地说道：这个恶魔赞嘉卡雪不正是我的对头吗？这下该轮到我出马立功了。于是，牵过玉鸟青骢马，又迅速穿上金刚碧玉绿铠甲，戴上碧玉冲天盔，插上绿色水绸箭旗。这身装束真是威武。只见他飞身上马，像青龙出海一样，出营而去，正好迎上魔臣赞嘉卡雪。只听“嗖”的一声，一支铁箭向郎都阿班飞来，把铠甲片射掉好几块，幸好没有伤到皮肉。魔臣一看，吃了一惊，心想，噫！这小白脸看来箭是奈何他不得的。我用宝剑结果他吧！于是，又举起他那黑铁青锋剑，“唰、唰、唰”一连三剑，劈头盖脸地向阿班砍来。不料，敌手没被砍倒，宝剑却断成了两截。赞嘉正在吃惊的当口，只见郎都阿班抽出一支羽翎箭搭在满环铁弓之上，把弦上的箭“嗖”的一声放了出去，那箭正好穿透赞嘉的心脏，赞嘉应声倒地，一命呜呼。

魔臣每每上阵却都有去无回，剩下的人哪里咽得下这口恶气，哪里还等得了国王的援兵。次日，魔臣达贡桑秋，怒不可遏，肺都快气炸的样子，在营帐里不停地转着圈。转着，转着，他也产生了一个倒霉的念头，于是急急忙忙地牵来牛头黑马，向岭噶军营疾驰而去。这时，岭噶军营中的勇士米琼卡德，跨上火焰枣红马出阵对敌。魔臣一箭向米琼射来，没有射中，他又刺了一枪。只刺着米琼的铠甲，未刺伤皮肉。达贡恼羞成怒，又抡着大刀砍了过去，刀只碰上米琼的头盔，仍未砍着米琼。接连三招都未得手，那恶魔气得暴跳，抱起羊那样大一块石头看准米琼狠砸过去，因米琼有灵符护身仍然没有砸着。魔怪看到这一招儿也奈何他不得，于是愤怒地使出他那最后的看家本领——用手揪扯。这一招儿确也不错，只见他伸出魔手抓住米琼铠甲的领子，把米琼推搡过去，着实折腾了好大一阵子。这下，可把米琼惹火了。他也来不及唱歌，拔出尖刀，对着那恶魔腋窝使劲一刀捅去。你道米琼为啥专捅恶魔的腋窝？一则因为米琼个子太小，别的地方够不着，再则自己又被恶魔提在手中，确实不好使劲。恶魔复仇心切，一心想尽快结果米琼，根本没防着米琼的这一手。米琼这才捡了一个便当。这一刀果然厉害，从腋窝一直插到恶魔的心脏，只听恶魔惨叫一声，便倒在地上，一动也不动了。

第二天，红眼魔臣米玛查热大力士，骑上追风黑魔马，就像恶龙出海一样，凶神恶煞地向岭军阵前冲来，这时，岭军营中，无敌勇士森达阿东，牵来耀眼银光马，只见他头戴银盔，身穿白甲，刀出鞘，箭上弦，就像天神从空中而降，威风凛凛地出营接战。他就把那支黑色神风箭，对准森达射了过来，没有射中。

那毒箭里流出来的毒液把森达的铠甲、衣服等都染得漆黑，身体却没有受到什么伤害。这时，白袍将森达阿东看到自己变得像个灶神一样，不禁勃然大怒，盛怒的脸上像罩了一层厚厚的黑云，眼中迸发的怒火，像天空闪耀的电光。

森达阿东举起青锋大砍刀，一刀砍过去，只听“咔嚓”一声，红眼睛魔臣连人带马被砍成两截，倒在地上。森达阿东不损一兵一卒，力劈魔将，大获全胜，兴致勃勃地回营请功去了。

这时，岭军营中，雄狮大王抽出一支霹雳箭，递给曲鲁达彭，让他降伏口吐烈焰的魔臣和魔马。

第二天上午，那个口吐烈焰的魔臣卡拉梅巴，眼睛里喷着仇恨的火焰，心中翻起嫉妒的波涛，骑上枣红追风驹，冲出营门，一路上口中不断喷出一团团火焰，鼻孔中连冒着一缕缕黑烟。那追风驹真的跑得快，四蹄生风，眨眼间就冲到了岭军阵前。这时，岭军营中，达彭跨上玉鸟青骢马，像天神下凡，像山妖出洞，像猛龙出海，勇不可当地迎了出去。魔臣先抽出一支铁箭，“嗖”的一声向达彭射来，射掉达彭三块铠甲片。接着，又刺了一枪。这一枪又刺掉四五块铠甲片。以后，他又挥动钢刀，一刀砍来，砍掉了达彭头盔上的黄绫顶缨。这时，他看一连用了三种兵器都未得手，心想用兵器是难以取胜了，得换换招数才行。于是，他抱起牦牛那样大一块巨石，狠狠地向达彭砸下去。幸亏岭噶的保护神暗中把那石头接住，达彭才免掉了一场可怕的灾难。

卡拉梅巴心想，这样锋利的武器，这样重的石头都奈何他不得，今天，不如先回去，免得遭遇不测。以后一定会找到报仇的机会。想罢，抽了追风驹一鞭，夺路而去。他正在马蹄扬起的滚滚尘土中狂奔的时候，达彭催动玉鸟青骢马紧紧追了上来。那玉鸟青骢马不愧为神马，只见它放开四蹄，如离弦的飞箭向那魔马追去，眨眼间，跑到魔马前面挡住了去路。魔臣一看无法逃跑，便横下一条心，立马持枪，准备拼个你死我活。岭噶英雄达彭还是不慌不忙，抽出雄狮大王格萨尔赐的那支霹雳箭，搭在白色宝弓上，“嗖”的一声把那霹雳箭射了出去。因有战神在暗中为箭引路，只见那支神箭闪着耀眼的火光，端端正正钻进了恶魔的心窝，那恶魔的心、肝、肺都被箭镞从心口带了出来。达彭又立了赫赫战功，喜气洋洋地回到了岭噶军营。

十五日的上午，天空晴朗，气候宜人。当金色的阳光洒遍大地的时候，岭噶的格萨尔大王，将岭噶的全军人马集合在中军帐内，做了进军阿里王城的新部署。

格萨尔王分拨停当以后，岭国君臣兵将都按照雄狮大王的部署大显神通，从天上、云端、离地一肘处，兵分三路，浩浩荡荡地开始向阿里王城进军。这时，为首的魔臣已经全部都被消灭，阿里的军队如鸟兽散，各自回家去了。大

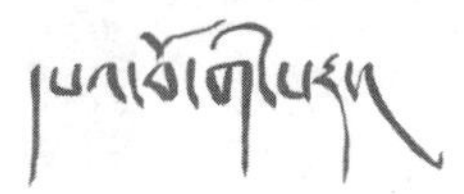

臣扎西尼玛等一行七人，星夜回到阿里王宫，向国王报告了七个魔臣全部被杀，以及格萨尔君臣率领岭噶神兵，正在往王城进发的喜讯。

达瓦顿珠王闻报，欣喜异常，立即吩咐扎西尼玛鸣号，通知全国百姓，准备隆重迎接岭国君臣。

阿里金子国所有的人，上自国王大臣，下至庶民百姓，都在热诚地盼望着格萨尔。这时，国王的爱女、阿里国的公主扎西茨措从王宫里走了出来，这是个心地善良、美若鲜花的姑娘，她满怀深情地唱了一首迎宾曲，献给格萨尔王。达瓦顿珠国王献上珍贵的礼品。看到阿里金子国的君臣百姓如此热情地欢迎，格萨尔非常高兴，他喜欢阿里这美丽的地方，也为达瓦顿珠和公主的一片赤诚感到欢欣。雄狮王也由衷地为阿里祝愿："一愿臣民幸福，人人和顺！二愿国家安宁，四境太平！三愿财物丰富，百业昌盛！"格萨尔说："请达瓦顿珠王放心，从今后，银色的岭国和金色的阿里，会相亲相爱，情同手足。敌人来了，共同持枪灭仇寇；朋友来了，一起切肉待客人。"格萨尔又说："岭军来此王城除了降伏七魔，还要办件大事情。要打开阿里金窟，取出黄金珠宝，请公主扎西茨措随我前往。"那公主扎西茨措本是天女转世，在三十三天界与格萨尔曾有一面之交，相约下界后，在阿里金子国相见。扎西茨措是格萨尔打开黄金宝窟的好帮手。

那一天，当东山顶上升起太阳的时候，雄狮大王和阿里公主到金窟前，只见金光闪闪的石壁上嵌着一朵蓝宝石刻的八瓣莲花，那翠莲晶莹剔透，光彩夺目。格萨尔口中念诵真言，祷告神灵帮助他打开金窟之门。

天空中现出五彩祥云，各色花雨纷纷飘落，公主扎西茨措来到格萨尔面前，先把一个约一肘长的金子曼陀罗敬献给雄狮王，然后转身面向宝窟门，右手摇动彩箭，左手举着一面净无纤尘、闪闪发光的金镜，对宝窟门说："这是人间仙境阿里，有价值无量的高山，有供人享用的畜群，有取之不尽的宝藏，有用之不竭的密林，有象征幸福的八种吉祥物，还有数不清的珍品。宝窟啊，该是开启你的时候了。请金窟的四大保护神在今天这吉祥的时刻，帮助格萨尔大王打开宝窟，把祖传珍宝交给后人。"公主说完，将手中彩箭插进那朵八瓣莲花的正中。格萨尔也用五股金杵点了一下莲花的花蕊，只见石壁忽然裂开一条缝，这缝越来越宽，越来越大，一股股芬芳的香气从那裂缝中飘了出来，沁人心脾。

守窟神将显现了，他把一尊有箭杆长的如来金佛，一尊珊瑚的无量寿佛，一尊白海螺观音佛，一尊绿松石度母像……一一捧出，献给了雄狮王。

格萨尔从守窟神将手中接过一尊尊佛像。接着，那马头大的、羊头大的、拇指大的金块，像石山崩塌一样从窟中滚了出来。金块后面，散碎细小的金粒、金砂，像流沙般接连不断地流了出来。

公主扎西茨措捡了五块马头那样大的金块，又捧了五捧金砂，放回金窟，作为镇窟之宝，随即关好窟门。

格萨尔把所得珍宝逐一分配：几尊佛像本是阿里应得之物，雄狮王把它们留在阿里金乡，其余宝贝带回岭国。

格萨尔来阿里金子宗的两件大事圆满成功，便率领大军返回岭国。阿里国王达瓦顿珠以及王后、公主等人，只得噙着眼泪，依依难舍地返回宫殿。格萨尔大王带着大军浩浩荡荡凯旋回到岭国，将阿里的宝藏分给岭国众将以及百姓，众人的喜悦不必言表。为了众人的福祉，格萨尔大王又在闭关静坐，等待下一次天神的预示！

21.《穆古骡子宗》

降伏了象雄珍珠国、阿里金子国等邦国后，格萨尔大王又开始闭关静修，除了父亲森伦、母亲郭姆、王妃珠牡、内侍米琼、大臣丹玛以外，不见任何人。一天夜里，天母朗曼噶姆向他预言，告诉他降伏穆古骡子城的时机已经到来，要他速速带兵前去攻打，降伏魔王，开启宝库，将宝贝骡子的“央”带回岭地。

第二天一早，格萨尔命内侍米琼速召岭国各部首领立即到森珠达孜宫议事。格萨尔向众英雄讲述天母的预言，穆古骡子城的国王尼玛赞杰反对白色善业，施行黑色恶业，是个极端残暴的魔鬼，现在降伏他的时机已经到了。

岭国各部英雄纷纷点头。老将丹玛立即写了数封信，命使臣送往各属国，要他们急速调集人马，前来岭国森珠达孜宫听令。岭国各部首领也要从速将人马聚集。

吉年吉月的二十八日这一天，各个属国的人马到了岭地。北方魔国、霍尔国、姜国、门国、上下索波、大食国、阿扎玛瑙国、碣日珊瑚国等邦国的人马与岭国各部的人马汇集在森珠达孜宫前的广场上，整个广场战旗飘扬，人马沸腾，热闹非凡。

广场中央设一金子宝座，上面放着雄狮大王格萨尔的披风。以扎拉为首的岭国众英雄分坐两边，侍女们纷纷献茶敬酒，大家边吃边喝边等候各属国的英雄们的到来。

各国的英雄们到了，骑着骏马，佩着刀剑，远远地就下了马，朝王子扎拉和岭国众英雄走来。到了扎拉的宝座跟前，众英雄一面向王子致敬，一面奉上各自带来的九种礼品，每份礼品要有九样东西，表示最珍贵的奉献。

献礼毕，大将丹玛向各部各国英雄宣布雄狮大王的将令：“东方穆古骡子城的国王尼玛赞杰，是魔王玛章如扎转世，他施行黑色恶业，仇视白色善业，手下有三员大将，八十条好汉。天母已经降预言，定要在今年铁马年，征服穆古骡子城。大军要立即出征，扎拉、尼奔和玉拉，是率领岭军的大将。格萨尔王还要在岭地静坐修大法。等到降伏尼玛赞杰、攻克穆古骡子王城、超度死亡将士的时候，大王自会来穆古，与众位英雄在一起。”

岭国大军准备出征了，以王妃珠牡为首的姑嫂、姐妹们，焚香祝祷，敬酒献茶，为大军送行。

各国首领将各自的厚礼交给米琼，请他呈献给雄狮大王。格萨尔也有赏赐，各位英雄得到的赏赐均不相同。辛巴梅乳泽得到一支神箭，心中也非常高兴，心想：那穆古有许多异常勇猛的将士，过去从未与他们交过锋；今年的梦境和征兆都非常好，现在又得到大王亲赐神箭，我辛巴梅乳泽定能立下大功。

在王子扎拉的率领下，岭国大军走了七天，来到德拉查茂滩，王子传令扎营。大军的营帐，如同天上的星星一样，一座连着一座，布满了整个大滩，非常壮观。扎好营帐，开始烧茶做饭，只听风箱声好像雷鸣，炊烟袅袅似云雾缭绕。

晚饭过后，王子扎拉召各路首领前来大帐议事。不等众位英雄开口，达绒长官晁通站起来唱道：“岭国穆古无怨仇，派兵征讨欠情理；大军不如留此地，只派我晁通一人去，利用幻变和计谋，引诱穆军来岭地。一旦穆古来进犯，降魔退敌才有理。”

岭军首领们虽说不相信晁通一人能办成如此大事，但认为他所说的穆古与岭国旧日无仇，无故征讨欠情理的话还是对的。众人低头不语，只等王子扎拉下令。

辛巴梅乳泽深知晁通的为人，早年因他私通霍尔王，使战祸延续数年，百姓遭难。如果让他只身前去穆古，不知又会干出什么阴险的事来，他走到王子扎拉跟前，恭恭敬敬地说：“达绒长官说得很有道理，但让晁通王只身前往，我们怎么能放心得下？我们不如派个使者去穆古，就说岭国几十万大军要到东方嘉纳去迎亲，路经此地，想借穆古的城堡休息七天。我想那尼玛赞杰王肯定不会答应，他只要不借城堡，我们就可以借机进兵了。”

“太好了！”“辛巴的主意太妙了！”众将都说梅乳泽的主意好，王子扎拉也点头称赞，立即修书一封，派使臣前往穆古城去见尼玛赞杰王。

派出使者的同时，岭军继续前进。大军经过达乌娘乌地方，消灭了为数不多的守军，获得不少财宝。到达森圹纳查莱，有的部落想阻挡岭军前进，但无异于蚂蚁挡大象，一与岭军接触，就抱头鼠窜了。有的部落见势不妙，早早投降称臣。

岭军又走了七天七夜，在莱圹查茂地方宿营，等候派出去的使臣回话。

岭国使臣到达穆古骡子城，先去见大臣鲁杰，将王子扎拉的信呈上。鲁杰立即将信送到王宫。穆古王臣正在宫中议事，一见岭国的信函，尼玛赞杰王接过一看，愤怒异常，立即对群臣说："岭国说要借我的城堡休息，这全是骗人的鬼话。如果他们真的要去嘉纳迎亲，路经穆古倒也无妨，可看这信的口气，完全是仗势欺人，不把我们穆古放在眼里。他们岭国人可以在别的地方横行，到穆古可行不通……"

大臣们听罢，也很气愤，认为岭国是故意挑衅，但是，如果不问情由就去与岭国交锋，好像也不是个办法。英雄章岭扎堆向大王禀报，愿带十万穆古军出城查看，以探虚实。

尼玛赞杰王点头答应说："章岭扎堆，你带三十名英雄，十万大军，出城去看看岭军借路是真是假，若是真心，可以让路请他们进城歇息，若是来犯之敌，你们就是我穆古军的先锋，绝不能放过岭军的一人一马，我率大军随后就到。"

岭国使臣回到大营，向王子扎拉禀报，说穆古给了好茶饭，只是没有回信来。扎拉知道，尼玛赞杰王绝不会轻易答应让路，因此必须做好准备。扎拉遂派出十五名大将，各带一百名骑士，前去穆古侦察。行至才曲河畔，恰遇穆古派出的十万大军。

双方大将怒气都很大，几句话说不到一起就开打。岭军这边辛巴、森达等出战，穆古方面由章岭扎堆和森格扎堆、玉珠等迎战，几个回合，辛巴将玉珠扎堆劈于马下。岭军的援军在女英雄阿达娜姆率领下赶到了。援军与森达、丹玛合兵一处，将穆古军杀得大败，穆古兵将死伤无数，大将其梅白桑被活捉。岭军得胜回营，王子扎拉见初战告捷，自然十分高兴，取出金币、绸缎，分别赏给有功将士，作为奖励。

被俘的穆古大将其梅白桑被捆得像个线团，推进了王子扎拉的大帐。众英雄纷纷抽刀拔剑，要杀他庆功。晁通显得比别人更加愤怒，右手握刀，左手抓住其梅的头发，定要亲手斩他，以解心头之恨。总管王绒察查根夺过晁通手中的刀，对王子扎拉说："手中没有武器的敌人不能杀，杀这样的人算不得真英雄。王子啊，我们不如劝他投降，进攻穆古的时候，还可以让他做向导。"扎拉连连点头，称赞总管王的主意好。绒察查根转过头来劝其梅白桑投降。其梅见王子扎拉宽厚，总管仁慈，深感不斩之恩，遂俯首称臣。绒察查根很是高兴，对其梅说："你既已投降称臣，就是我们岭国的人了，我问你几件事，你要如实回答。"其梅白桑双膝跪倒，双手合十，谦恭地回答说："总管王请问，凡是我知道的，一定如实禀告，不敢有半句假话。"其梅白桑尽自己所知，将穆古骡子城的情况全部告诉了总管王和王子扎拉。

穆古骡子城的森格劲宗宫殿内，国王尼玛赞杰端坐在宝座上，大臣们分坐两边。王妃协赛卓玛、王子其梅朗卡洛珠、公主央珍曲吉措姆也都在国王身边坐着。众人正紧张地等候派出去的十万大军的消息。败阵而归的森格扎堆闯了进来，向大王详禀同岭军交锋的情形。群臣听罢大惊，国王尼玛赞杰更是又气又急，急怒攻心，竟昏厥过去。吓得王妃和公主惊叫起来，急忙吩咐侍臣拿来圣水，轻洒在尼玛赞杰王的头上、身上。穆古王这才慢慢睁开眼睛，一双血红的眼睛像要喷出火来，满月似的脸庞布满了乌云，变得靛青靛青的。如墨的眉须也变得焦黄，一口螺牙咬得像是在嚼炒青稞。尼玛赞杰一把推开王妃，猛地从宝座上站起来，大骂坏觉如。尼玛赞杰王决定将败将森格扎堆和岗察巴瓦发配到边远的日努曼杰荒滩，以示惩罚。然后命鲁杰康松锁达、堆杰巧巴腊松、赞杰帕瓦岗纳三员大将和各路首领，各率本部人马，前去抵挡岭军。最后穆古王警告将士们："如果得胜有重赏，胆敢像狐狸往后逃，要活剥人皮处死刑，王法森严定不饶。"

众英雄、首领点头称是，却没有出宫去聚集兵马。穆古王觉得命令已下，不明白众将为何还不依令而行，正要发怒，王子其梅朗卡洛珠给父王敬献了一条世界上最长的哈达，恭恭敬敬地说："请父王息怒，大臣森格扎堆一生对父王忠心耿耿，患难与共，请父王不要处罚他吧。两位大英雄阵亡，虽然令人悲痛，却也是命中注定的事。请父王不必过于悲伤，我们一定要奋力杀敌，为死去的将士报仇。也请父王饶恕森格扎堆，给他们一个改过的机会。父王啊，请恩准孩儿的请求。"

大臣们也纷纷跪倒，为森格扎堆等人求情。尼玛赞杰见此，怒火稍平："既然你们都为他们求情，不放逐他们了，但是，不能让他们再留在穆古城中。森格扎堆，你随便到什么地方去吧。"

森格扎堆跪倒谢恩："感谢大王不放逐之恩，我一定遵照您的旨意，离乡背井，远远地去流浪，请大王珍重贵体，祝王子安康。"说罢，森格离开王宫。

当天晚上，森格扎堆和岗察巴瓦二人悄悄商议着去哪里合适。想来想去，二人觉得对大王忠心耿耿了一辈子，却受到大王的严厉责罚，既然尼玛赞杰如此无情，不如去投奔岭军。二人商议罢，带着手下的两万人马到岭营向扎拉王子投诚。

就在森格扎堆和岗察巴瓦投降的第二天，穆古大军也离开了王城；在距岭军不远的亭曲桥畔扎下了大营。此时方知森格和岗察已率兵投降岭军。众将异常愤怒，早知如此，当初就不该为他二人求情。鲁杰更是又气又恼，决定独自去踏岭营，捉住森格、岗察二人，以解心头之恨。

岭军没有任何准备，任凭鲁杰横冲直撞，左劈右杀，如入无人之境。鲁杰从北门冲进去，又从南门杀出来，守卫南门的亭岭国王提刀迎战，被鲁杰一刀砍在右手上，痛得他滚下马来。辛巴、森达、多钦、木里国王等七人共战鲁杰，却珠、噶德等七人将亭岭国王救回大营。

七员岭国英雄与鲁杰大战不止，任凭刀砍箭射，皆不能伤他。阿达娜姆飞马赶到，迎面射了鲁杰一箭，利箭像羽毛一样飘落在地上。却珠将亭岭国王送回大营后，也转回身来与鲁杰大战，此时鲁杰已被岭将围在中间，却珠乘其不备，抛出套索，被鲁杰一刀砍断。鲁杰趁势扑向却珠，又虚晃一枪，冲出包围圈，逃回穆古大营。

鲁杰回营，自吹踏营已获成功，只是人单势孤，对付岭军的千军万马和无数勇士，显得力不从心，没能获得更大的胜利。穆古众将一听，纷纷要和鲁杰一起去踏岭营。鲁杰只好答应，因为说出去的话，像泼出去的水一样难以收回。

过了几天，穆古军将士们准备完毕。鲁杰一马当先，后面紧紧跟着赞杰、载钦、廓昂达彭、琼钦扎巴等穆古军的大将们，还有不可计数的众军兵，直扑岭军大营。

岭军早有准备，穆古军闯进大营，众英雄就从四面杀出，双方一阵恶战，互有伤亡。

鲁杰等穆古大将回到大营，然后商议如何退敌，最后商定，先派人回王宫向尼玛赞杰大王禀报战况，请大王派出援军。在援军未到之前，他们决定不再出兵。岭军也一直没有出兵，两军相安无事。

穆古使者回到王宫，向大王禀报战况。穆古王一听大军惨败，十分愤怒，要亲自率领大军出征。王子其梅朗卡手捧哈达，跪在父王前说："父王啊，我今年已经十五岁，要为国家出力，愿为父亲分忧。父王金身玉体，最好不要轻举妄动，孩儿我愿替父王出征。"大将协饶扎巴、琼堆梅吉、雅瓦嘉仁、达茂克杰、达玛托郭等五人，愿随王子前往救援。

王子决计替父王出征，急坏了王妃和公主。王妃疼爱儿子，公主不舍幼弟，她们每人拉住王子一只手，苦劝王子不要出征，说得尼玛赞杰的心都动了。无奈其梅王子主意已定，再难更改，公主和王妃只得挥泪送别。

岭国众英雄聚集在扎拉王子的大帐内，商议如何破敌。最后商定，长、仲、幼三系各派一人回岭地向格萨尔大王禀报与穆古军交战的情况。大军从明日起进攻穆古大营，一鼓作气攻进王城。

第二天，辛巴、丹玛为先锋，王子扎拉率大军随后，浩浩荡荡地直奔穆古大营。前军行至穆军营地，竟不见穆军踪影，岭军兵将感到吃惊。人们在悄悄议论，有人说这是穆军在用幻术，有人认为穆军是被吓跑了。丹玛立即向王子扎拉禀告说："王子啊，真稀奇，穆军突然无踪迹；是幻术还是恐惧？是逃走还是藏匿？"

王子扎拉问丹玛有什么好主意。丹玛回答说："依我之见，明天先派辛巴梅乳泽乘飞船去侦察一下，找到穆军驻扎的地方，把守敌消灭，穆古王城就好攻打了。"扎拉认为丹玛说得有理，就令辛巴回营准备，第二天一早出发。

次日晨，没等辛巴出营，晁通已经抢先飞出了营。原来那晁通不愿放弃这次立功的机会，昨晚就用幻术造了一条水晶飞船，四边镶有美丽的吉祥花纹，船头装有鳌鱼的头。今天一早，又变化出三个和自己一模一样的人，坐在飞船四边，又命一百名达绒部的勇士坐进船内，悄悄地飞了出去。

水晶飞船飞到图噶劲宗城的上空，见有一座五层高楼，最上层有四个角楼，里面藏有不少人。晁通找到穆军藏匿的地方，并探听到穆古王子将亲率六十万援军很快赶到这样重要的情报，心中十分高兴，立即返回向扎拉王子报告。众英雄认为，岭军远征到此地，将士们都十分疲劳，让穆军长期固守城堡，于岭军不利，现在应该立即向穆军进兵，逐个攻克城堡。玉拉要王子将格萨尔大王的神箭赐给众位英雄，攻城之际，该用这些神箭了。王子扎拉允诺，命大军首先向图噶劲宗城进攻。丹玛和辛巴率领大军来到图噶劲宗城下，将城堡团团围住，连清风都难通过，然后丹玛下令放箭。岭军的箭矢像冰雹一样，飞进城堡，众军兵的呐喊声赛过雷鸣。守城的穆军也将滚木礌石劈头盖脸地砸下来，不少攻城的岭军死于木石之下。城堡一时难以攻破。岭军改变作战部署，从东南西北四个城门一个个进攻，终于攻破了整个城堡。岭军从四面八方涌进图噶劲宗城。穆古守军大部投降，只有大将赞拉巴瓦率少数军兵登上城楼，至死不肯投降。岭国众英雄搬来梯子等登城之物，玉拉等人率先登上城楼，围住赞拉大战。赞拉毫无惧色，半步不退。岭国五英雄战他不下，索波王子仁钦的肩膀被砍伤，跌下战马。东赞见仁钦坠马，略一分神，大腿被赞拉砍伤，也滚鞍落马。眼见围上来的岭军兵将越聚越多，赞拉知道取胜无望，只得逃走。见到城楼下拴着几匹战马，赞拉有了主意。趁玉拉等人去救仁钦和东赞，赞拉跳下城楼，像云朵一样飘落在东赞的玉佳马上，玉佳马载着赞拉像闪电一样飞出城门，转眼间消失在旷野之中。

图噶劲宗城被岭军占领，将士们争先恐后地登上最高的角楼，焚香祈祷，庆祝胜利。

丹玛和辛巴等出城去接王子扎拉，王子非常高兴，对攻城的所有将士都有赏赐。岭军上下一片欢腾，唯有东赞重伤在身，又失去心爱的玉佳马，心中悲痛。

从图噶劲宗城中逃出的赞拉，在旷野中将逃出来的穆古兵将召集在一起，总共有一万多人，赞拉带着这些残兵败将，直奔查雅宗城而来。见到查雅宗城的主将鲁杰，赞拉将图噶劲宗城失陷前后的事向鲁杰禀报。鲁杰听罢，只觉火往上撞，心像被油煎一样难受，就要披挂出城，找岭军报仇。手下大将极力劝慰，才使鲁杰怒火稍平，遂派人前往达茂宗城向王子其梅禀报，请王子拿主意。

王子其梅回信说："赞杰等穆古将士战死，确实令人悲伤，但英雄为国战死，死得值得。现在我们必须立即进攻岭军，为死难的将士报仇，才是正理。"王子其梅和鲁杰迅速合兵一处，向图噶劲宗城进兵。穆古大军二十万，将图噶劲宗城围得铁桶一般，黎明时分，向四个城门同时发起猛攻。

辛巴、却珠和阿达娜姆等大将率军从各个城门冲出来，把穆古兵将全部杀退。

败回查雅宗城的穆古大将，锐气大减。有人胆怯地说：岭军太强了，我们根本不能取胜。众将没有办法，只好向王子报告。小王子心想："前次图噶劲宗城失陷，我尚未敢向父王禀报，原想让鲁杰将图噶劲宗城夺回来后再告诉父王，现在看来这仗很难再打，穆古兵将已让岭军吓得惊魂不定，我若再不亲临阵前，就无望取胜。"王子想罢，一面给父王尼玛赞杰修书一封，禀告与岭军交战的情况，一面给玉尼王写信请援，最后将达茂宗城的所有守军共五十万人聚集起来，他要亲率大军去与岭军决战，夺回图噶劲宗城。

穆古王接到王子其梅的信，得知大将赞杰等阵亡，悲愤不已。意欲亲自出征，王妃和公主及大臣们又苦苦相劝，坚决不让他亲临阵前。那王妃和公主流着眼泪，劝尼玛赞杰投降岭国，让大王下令召王子回宫，不必与岭国交战，也不要去收复什么图噶劲宗城。王妃疼儿心切，公主爱弟之情，打动了穆古王。他何尝不思念爱子？王子出征，万一有个闪失，王妃和公主怎么活下去呢?！尼玛赞杰王当即给王子和鲁杰写了一封信，命侍卫速速送到王子手中，让他坚守城堡，切不可贸然出兵。

在图噶劲宗城堡里，聚在一起的众英雄正在商议进兵之事。老总管绒察查根告诉众人，昨夜他曾得一梦，天神说，此时宜于进攻查雅宗，迟则恐怕生变。

众英雄也认为应该攻打查雅宗，而且越快越好。王子扎拉命人回营准备，次日黎明出征。

第二天，岭军浩浩荡荡开出图噶劲宗城。大军行至白玛塘，正遇二次来夺图噶劲宗城的鲁杰所率的穆古大军。

王子其梅接到父王的书信，守城不出，鲁杰则尚未见到国王的手书，故而率军又来与岭军交战。穆、岭两军相遇，一方像猛虎出山，另一方似恶狼扑食，同时发起了进攻，箭矢似冰雹，刀矛如闪电，人喊马嘶，吼声赛过雷鸣。战马扬起的灰尘遮天蔽日，三界像是在摇动，山崖似要倒塌，大海将被填平。

穆古军一连折损几员大将，顿时大乱，无论鲁杰怎样呵斥，也止不住溃逃之势，鲁杰无奈，也随着大军撤回了查雅宗城。

岭军又将查雅宗城团团围住。丹玛等人再无耐心逐门攻破，遂在城墙下放起火来。火借风势，风助火力，大火烧红了半边天。鲁杰见大势已去，不愿与城堡同归于尽，就打开城门逃了出去。王子其梅将鲁杰等穆古军兵接进达茂城中，立即派侍卫向父王告急。

穆古王得知载钦战死，查雅宗城被焚，穆古军损兵折将，末日将至，尼玛赞杰再也按捺不住了。刚要跳起来，又忍住，以往每次自己要亲征，均被苦苦劝住，这次他决计不再与人商议，定要率兵出城，为死去的将士报仇，收回被占的城堡。

尼玛赞杰王虽说在悄悄行动，还是被王妃发觉，公主和王妃哭成了泪人，大臣们纷纷跪倒，恳请大王不要亲征。与其亲征，不如请玉尼国王派兵救援。若能请来援军，定能解穆古之危。穆古王也觉言之有理，立即修书一封，连夜派出三名使臣，悄悄去玉尼国请援。

穆古王子其梅率领一支人马，直奔扎拉大帐，要与扎拉较量一番。阿达娜姆等想要拦阻他，皆挡不住，其梅忽而挥刀，忽而放箭，拦在面前的兵将死伤无数，眼见就要逼近扎拉的大帐。达玛多钦和阿达娜姆等人从后面赶来，四五条套索一起向其梅抛去，将他套住。那其梅并不惊慌，轻抽宝剑，只一挥，就将套索全部砍断。

王子扎拉迎出大帐，吩咐众将不可伤害其梅，他要亲手活捉这个小王子。扎拉说着，将手中套索抛出，其梅用剑连砍三下，套索竟不能断。扎拉用力一拉，其梅滚鞍落马，被岭将捉住。

剩余的穆古军在赞拉和达茂克杰的率领下退回达茂宗城，一面向尼玛赞杰王禀报战况，一面调兵布阵，坚守城堡。

穆古王尼玛赞杰得知爱子被俘，肝胆俱裂，不由分说，跨上“日绕世界”宝骡，飞出王城。赞拉和达茂克杰见大王亲自驾临，又惊又喜。穆古王并不想多说什么，吩咐赞拉和达茂克杰随自己去攻打岭军，誓死救出王子其梅。穆古军将立即随大王卷土重来。尼玛赞杰一路上把匹骡子催得像是在地面上飞，赞拉和达茂克杰拼命在后面追，才勉强紧随其后。到达岭营，坐骑已经大汗淋漓，将士们也都气喘吁吁。穆古王可不管手下军兵的死活，一到岭军大营，就直扑扎拉王子的大帐。

端坐大帐正中的王子扎拉，听得帐外喊杀声惊天动地，知道是穆古王尼玛赞杰到了。王子心想，那魔王只有格萨尔大王叔叔才能降伏得了，我是胜不了他的。但是，我必须亲自出阵，才能挡住穆古军凶猛的进攻。

穆古王与扎拉王子大战。扎拉知道此魔难以对付，所以格外小心。一顿茶的工夫，尼玛赞杰王的刀法渐乱。不是他的武艺不精，而是悲国哀子之心使他不能控制自己，原想三下两下就把扎拉劈死，谁知这岭国王子竟如此难敌，难怪手下大将连连折损。扎拉猛地一挥刀，尼玛赞杰的盔缨飞上了天。这一刀虽未伤着他，却着实把穆古王吓了一跳。尼玛赞杰拨马就走，王子扎拉挥兵掩杀，穆古军大败而归。

就在这时，玉尼国王派来的援军到了。刚一与岭军交手，就死伤了不少人。岭军大将玉拉劝玉尼大将玉珠巴瓦说："穆古国末日降临，你们来救也没用。将熄的灶灰要用水浇，熊熊烈火才添新柴草。你们不要白白送死，我们岭国对敌人决不轻饶。"

玉尼国王本不欲参与穆岭之战，无奈穆古王和王子几次三番派人求援，若不去呢，好像是见死不救，情理难容，这才将玉珠巴瓦派了出来。玉珠听玉拉说得有理，与其在这里白白送死，不如悄悄转回玉尼国，于是告别岭军，率兵回去了。

扎拉王子命大军将达茂宗城围住。那些守城的穆古军卒见岭军浩浩荡荡，旗幡招展，哪敢再战，只因尼玛赞杰王在此亲自督战，才勉强将城上准备的滚木礌石扔了下去，却也不能伤害岭军。

岭军兵将每天攻城不止，歇息中还唱起劝降歌，直唱得穆古大军军心浮动，完全丧失了斗志。穆古王见此情景，知道自己本领再大，也无力回天，遂带着赞拉悄悄溜出了达茂城，回王宫去了。

国王一走，守城的将士将城门打开，走的走，降的降。达茂宗城被岭军占领了。

尼玛赞杰和赞拉逃回了穆古王城森格劲宗。王妃协赛卓玛因为受到岭国保护神所施的咒术，身体有些不适。迎接尼玛赞杰王的只有公主和一些守城大将。穆古王见所剩的大将像黎明前的星星一样稀少，公主也是形孤影单，面色憔悴凄楚，尼玛赞杰王禁不住潸然泪下。君臣、父女只有唏嘘哀叹，悲伤不已。

一连过了几天，尼玛赞杰王一直未出寝宫，他在细细思谋着今后该怎么办。王妃和公主极力劝他投降岭国，告诉他这是唯一出路。尼玛赞杰也不是没动过这个念头，因为这仗实在难以打下去，取胜更是不可能的事。可堂堂穆古大王若投降岭国，岂不是要在世上留下恶名，让后人耻笑？与其苟且偷生，不如战死疆场，留下美名，让后人传诵。

尼玛赞杰决定与岭军拼个高低，比个输赢。他又将为数不多的大臣和战将召在一起，告诉他们要誓死抵抗岭军。大臣和战将们无言以对，唯有听命于大王。穆古王命赞拉为主将，将各路兵马重新调配，然后大宴群臣众将，对天盟誓，与森格劲宗城共存亡。

王子扎拉聚集众英雄，准备即刻向穆古王城森格劲宗进兵。但他知道，天

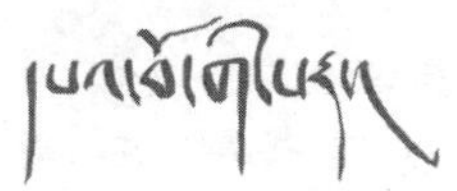

神有预言：降伏穆古骡子城一定要格萨尔大王亲自出征。在大王到来之前，我们最好暂不出兵。

等到四月二十九日，一声螺号长鸣，岭军开始攻城。王子扎拉攻东门，尼奔攻南门，森达攻西门，玉赤攻北门。穆古王尼玛赞杰亲自率兵抵挡，虽然兵微将寡，但有大王亲自督战，穆古兵将自然十分英勇。所以岭军久攻而不能克敌制胜。

正在两军相持不下之际，雄狮大王格萨尔骑着江噶佩布飞到了森格劲宗王宫顶上。穆古王一见格萨尔自天而降，又惊又怒，指着格萨尔大骂。

穆古王说话间，格萨尔已从宫顶落下，对尼玛赞杰说："你是杀人的屠夫，我是降伏屠夫的神子。穆岭交战已三年，你仍活着把人骗，若不杀你不能为死去的岭国英雄报仇冤，不杀你我格萨尔白白活人间。但你若要虔心发愿，也可以不让你的灵魂入地狱，超度你升天。"

穆古王岂肯忏悔，面对格萨尔，他恨不能一口把对方吞下去。顾不得再和格萨尔多费唇舌，尼玛赞杰挥刀朝格萨尔猛劈，雄狮大王岿然不动，任凭穆古王劈来砍去，尼玛赞杰的刀如同砍在彩虹上一样，根本不能伤害格萨尔。尼玛赞杰像一头疯牛，狂奔乱跳，一把刀舞得像闪电，格萨尔看他砍得差不多了，又不肯投降，将宝剑挥去，穆古王的人头离了体。穆古王尼玛赞杰一死，残余将士纷纷投降，开城迎接岭军。

王妃协赛卓玛和公主央珍曲吉措姆得知大王身死，虽然悲伤，也明白无法报仇，强忍悲痛，向格萨尔投降。王妃让公主拿出种种宝物，献给格萨尔大王，作为觐见之礼。协赛卓玛对雄狮大王说："久闻大王英名，今日得以相见，是我母女的福分。我母女诚心归顺大王，愿今后能常见大王面。尼玛赞杰是我终身伴侣，恳请大王超度他。听说王子在岭营，也请大王放回他，穆古国不能无人掌朝政。我的女儿可随大王去岭国，终身大事由您定。这是我的三个心愿，请雄狮大王发慈悲，我死后才能闭双眼。"

格萨尔见王妃说得恳切，点头应允，但要公主央珍曲吉措姆同岭军一起去取穆古骡子宝藏，王妃也满口答应。

五月十五日，是个吉祥的日子。格萨尔带着晁通和穆古公主央珍曲吉措姆来到云隆德扎岩山，扎拉王子等岭国众英雄随后观看。

格萨尔三人来到岩山下，一面印有大师手印的红石岩矗立面前，左边是一股清泉，右边是一片鲜花。三人盘腿而坐。格萨尔拿出弓箭，口中念念有词，请天、龙、念神助佑自己开启宝藏，然后将箭射了出去。

只听一声巨响，在大师手印的下面开了一扇门，三千头骡子涌了出来。公主央珍曲吉措姆左手托着金盘，右手将拇指大的白米撒向骡群。公主不停地撒，白大米却丝毫不见减少，骡群吃着雪白的大米，向格萨尔等三人聚拢来。公主高兴得唱起吉祥歌。

格萨尔君臣将骡子赶回森格劲宗城，取出玉石绳子，拴住骡子，那玉石绳竟也是越拉越长，直到把所有的骡子都拴住了，才不再变长。

得到了骡子宝藏，格萨尔命辛巴去达茂宗城将穆古王子其梅接回王宫。母子、姐弟相见，自有一番感慨。三人抱头大哭一场，想到尼玛赞杰王已经身亡，母子三人更加悲伤。王子其梅听说格萨尔已将穆古骡子宝藏开启，十分惊奇，又十分敬佩雄狮大王的法力，遂备上厚礼前去拜谒格萨尔大王。格萨尔见小王子如此明理，自然十分高兴，决定立即为王子举行登基典礼。

第二天，穆古王宫外的广场上，搭起一顶硕大的帐篷，内设一辉煌耀眼的黄金宝座。穆古的臣民百姓在广场聚集，雄狮大王宣布："王子其梅朗卡洛珠继承王位，今日登基，主持国政。"臣民百姓立即欢声雷动，王妃和公主也是喜泪盈眶。

格萨尔大王又说："亭岭国王战死，由英雄森格扎堆主持国政。从今日起，王子其梅与森格扎堆排入岭国英雄之列。公主央珍曲吉措姆将带回岭国，看哪位英雄有福分，将娶她为妻。"

众百姓和兵将又是一阵欢呼。

那霍尔的大英雄辛巴梅乳泽也盘算开了。

梅乳泽有个侄子，今年十七岁，尚未婚配，那穆古公主的举止不凡，相貌姣好，不如将她配给侄子。梅乳泽想罢，走到雄狮大王面前，献上一条一庹长的哈达，然后说："大王啊，我有个侄子叫隆拉觉登，虎年出生，今年满十七岁。虽说年纪小了点儿，但和公主前世有缘分。隆拉年小武艺高，比我辛巴强一倍；公主貌美心地好，与侄子隆拉正相配。我辛巴只有此一心愿，不知大王能否恩准？"

众英雄认为辛巴战功显赫，他的要求合情合理，也纷纷帮助辛巴说话。雄狮大王无话可说，点头应允。

因为公主央珍曲吉措姆不忍离家，岭军又住了一个月，才班师回岭。王妃和王子率臣民百姓出城相送，母女、姐弟挥泪告别，不知哪年哪月才能相见。

22.《廓热盐宗》

格萨尔王在降伏南方米厘王国之后，在狮龙宫殿闭关修行；承受着一阵美妙悦耳的仙乐，姑母朗曼噶姆出现在眼前，给他降授记：降伏北方廓热盐宗的时候到了。格萨尔立即吩咐内臣米琼卡德和秦恩通知各部落、各邦国首领前来查姆岭议事。各个首领、各路英雄很快会聚在狮龙宫的大殿，格萨尔王讲述了天神的旨意，命令各路英雄迅速做好准备，出征北方廓热国夺取盐城。

不久前，北方廓热地方的商人到外地经商时，遭岭地的强盗的抢劫，所有贵重商品和骡马都被抢夺，还杀了一些商人和脚夫，幸免于难的几个商人急急慌慌跑回来，向托杰赤赞国王禀报，国王十分气愤，下令派兵到岭地，把被抢夺的物资和骡马全部抢回来。

遵照国王的命令，大臣们商议，怎样才能把东西要回来？他们认为，首先应该弄清楚是什么人抢的？藏在什么地方？于是决定派阿努仓巴和米琼拉奔两个能人，装扮成乞丐，到岭地去探听。他们两人走了一个多月，来到岭地，仔细探听。他们两人悄悄来到达绒部落，在达绒长官的马群里，发现廓热王国最著名的骏马、被称为“金翅宝马”和“大鹏展翅”的都在那里，还有廓热商队的一百多匹骡马，也都在达绒长官的马圈里。那些珍贵的货物也都堆放在达绒长官的仓库。他们断定，抢劫廓热商队的不是一般的强盗和土匪，而是岭国的达绒晁通长官。他们立即返回，向国王禀报。

也就在这个时候，北方廓热国里也出现了种种不祥之兆，“朗宗秋姆”王宫顶上的法幢突然被风吹折；北方野猪石山遭雷击；红石山顶突然出现一群野狼大声哭泣；穆布神山的经幡之上大白天出现猫头鹰喊叫；深山里的獐子跑到家门口，凡此种种，都是不祥之兆。国王十分震惊，立即命卦师胡纳噶热占卜。卦辞显示：所有这些不祥之兆，都来自岭国，只有派兵攻打岭国，征服他们，才能消除廓热地方的灾祸。

托杰赤赞国王召集群臣和大将商议，大家一致认为应该占卜结果，派兵攻打岭国。于是廓热大军浩浩荡荡向岭国进兵。托杰赤赞国王同时委派勇士东堆雅梅带一百头母骡子，一百头公骡子，驮上稀有的珍贵物品，到北方祝古国，购买武器和物资，做好充分准备，发下毒誓，一定要打败岭国。

格萨尔派寄魂神鸟到各地通知，各路大军很快会聚到查姆岭，按照格萨尔王的命令，立即出征，走了几天，来到黄河上游的玛堆纳玛大草原扎营。

北方廓热兵马也在昼夜兼程，来到大食地方，先锋大将玉珠扎堆是个爱用脑子的人，他心想，坏孩子觉如是个诡计多端的人，应该先派人去侦察，看他有什么布置，于是派了二十五个骑兵。大食兵马早已得知这一消息，在一个路口设了埋伏，当廓热侦探来到山谷时，滚石礌木一起放下去，同时乱箭齐发，二十五个骑兵几乎全部被打死，剩下的几个人也被大食兵活捉，送到格萨尔王那里，大王亲自审讯，廓热的侦探没有侦察到岭军的情况，反倒让格萨尔毫不费力地了解到廓热兵马的全部情况。

玉珠扎堆见派出去的侦探久久不回来，知道出事了，于是派达晾堆雅梅、赞杰朗卡罗威、托日玉珠扎堆三员大将去闯大食兵营，他们横冲直撞，大杀大砍，大食兵毫无防备，遭到重大损失，达刍罗玛等五个大将和五百个勇士丧生。

大食兵马进行反击，双方发生激烈战斗，岭国兵马日夜兼程，前来援助，先锋霍尔兵、姜国兵、门域兵在北方竭玛拉山口与廓热兵相遇。

尽管岭军源源不断而来，越聚越多，但廓热兵毫不畏惧，大将托日扎堆带领一支军队冲进岭营，岭军以为自己兵马众多，而廓热兵刚打了败仗，毫无防备，被廓热兵马打得稀里哗啦，损失惨重。双方又展开了一阵激战。廓热的老臣们看到岭军势力强大，他们自己的很多英勇无比的战将先后战死，感到十分悲痛，也失去了继续作战的勇气。

这时，格萨尔大王亲自来到北方廓热，杀死了廓热王的寄魂野牛，降伏了那些危害善业的妖魔，把他们改变为维护善业的护法。岭军一个个攻克廓热的关口。廓热的大臣和大将们感到岭军势不可当，于是表示愿意投降，打开城门，请岭军入城。

格萨尔打开食盐宝库，黑发藏民最需要的盐巴，如同洁白的雪，源源不断地从宝库里流淌，人们欢呼歌唱，庆祝胜利。

23.《柏岭之战》

柏哈热国位于匝日圣山南面一个靠大海的地方，这个国家地域辽阔，人口众多，兵强马壮，在一个称作香赤塘的非常宽广的大坝上修建了一座叫玛厦晋宗的王城，中央的宫殿有千层高，全部由白铁铸成，周围的城墙有三道，全部由黑铁铸成，十分坚固。宫殿上的金顶能够阻挡天空的日月运行，由人皮制成华盖；四面八方，高耸入云，大鹏难以飞翔，雄狮难以跳跃。在这座宏伟宫殿的东边有雄狮面露楼，南边有猛虎碉楼，西边有仙鹤碉楼，北方有神龟碉楼，如同众星捧月，拱卫着王宫，周围有一万个堡垒环绕，内城外城都十分坚固。

就在这样异常宏伟坚固的王宫里，居住着柏哈热国王达玛赤赞，这是一个魔鬼转世的人，充满魔性，从小以杀戮和作恶为乐事，从不知要做好事善事，对三宝充满敌意。

在藏历四月十五那一天，晨曦初照之时，姑姑朗曼噶姆伴随着一阵悦耳动听的仙乐，来到狮龙宫殿，降下了要降伏柏哈热国王赤赞的授记。同时告诉格萨尔，为了降伏赤赞国王，应派晁通到柏哈热国经商，要带上最好的货物，使柏哈热人感到羡慕，进而激起他们的贪婪之心，晁通是个从不让人、爱惹是生非的人，必然发生纠纷，你就有理由征讨柏哈热国了。

得到姑母授记，格萨尔便幻化成马头明王，以他的口气告诉晁通，你来了好运，将会得到一位比王妃珠牡还要美丽的姑娘。你现在必须立即到柏哈热国去做生意，柏哈热王妃有一位仙女般漂亮的公主，你带上珍贵的货物去，一定能够得到她。

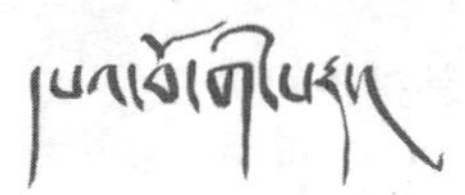

得到“马头明王”的预言，晁通喜出望外，第二天一早就去向格萨尔王禀报，要求到北方去做生意，为岭国换回宝贵的珍宝。格萨尔装作什么也不知道，同意他去经商，还告诉他，路上要注意安全，防止强盗。

晁通的长子色奔的儿子诺布泽杰娶卓萨泽登为妻还不到三年，晁通就让他上战场。诺布泽杰心想，昨晚我做了个噩梦，出现很多凶兆，今天爷爷又让我这个新婚不满三年的孙子上战场，这不是什么好的兆头，好像我今年总要出个事，与其在家守着娇妻出现灾祸，不如轰轰烈烈战死疆场，给世上留下美名，让人们传诵。所以，毫不犹豫地表示要听爷爷的话，上战场去。

为了弄清柏哈热国的情况，晁通找到一个曾经到处流浪、四处乞讨、叫扎洛的乞丐，向他询问有关情况，那个乞丐大肆吹嘘柏哈热如何强大富有，不讲实际情况，气得晁通将乞丐扎洛赶走。那个乞丐走到柏哈热国，又极力宣扬岭国如何凶恶残暴，他们正准备血洗柏哈热地方。由此引起了双方的战争。

装扮成商人，第一次到柏哈热地方时，由于晁通精通法术，没有遇到什么麻烦。王孙诺布泽杰初战消灭了柏哈热的守城勇士，名声大振，小将的名字传遍岭地各部落。

柏哈热的达玛赤赞国王得知岭国一个小将竟然消灭了守城勇士，十分愤怒，立即命王子诺布伦珠率领大军进攻岭地。格萨尔王也认为自己出征的时候到了，立即率领大军占领柏隆恩姆大草原，双方对阵，诺布泽杰打死了王子诺布伦珠，自己也中箭身亡，两个公子，年纪轻轻，双双战死疆场。

格萨尔王下令要为诺布泽杰报仇，命巴伦达玛做先锋，向柏哈热发起攻击。女英雄阿达娜姆一箭将柏哈热勇士热扎喜堆射死，岭军大胜。岭军乘胜追击。守卫柏热色曲渡口的大将昂桂托拉发现岭军正准备渡河，便做好准备，在岭军渡河时发起攻击，使岭军受到很大损失，大挫岭军进攻势头。

昂桂托拉大将手下有一个著名的巫师，叫阿其堆姆曼尊，他精通法术，他施用法术进攻岭军，晁通和白泽东达让夏的法术更高一筹，将他降伏。他被格萨尔王的威严与慈悲所折服，向岭军投降，取了一个密名叫多杰泽登，隐藏在岭军队伍之中，帮助岭军打仗。格萨尔派二十一名英雄，攻克柏哈热重要城堡夹泽仁姆，打死了守城的七个勇士。

格萨尔王以幻化之身到柏哈热王城，摧毁了国王寄魂物九头怪兽。丹玛一箭摧毁了魔将噶饶旺秋的寄魂物宝塔。摧毁了寄魂物，柏哈热出现了种种不祥之兆，达玛赤赞国王异常愤怒，率领魔军大战岭军，双方打了三个月之久，不分胜负，双方的损失都很大。柏哈热有一个具有智慧的老臣叫协金，写了一封书信，用箭射到岭营，表示愿意向格萨尔王投降。达玛赤赞国王也知道这仗是打不胜的，于是将过去俘获的岭军大将东泽尼玛珠扎派回岭营，委托他向格萨尔王禀报，我死不足惜，请大王指派一个能代替我做国王的人，并保证我的母亲尼玛泽准、王妃达萨措、王子诺布泽珠等人的生命安全。

达玛赤赞同时向岭营连射七箭，但对岭军没有造成什么损失。达玛赤赞因魔性不灭，他自己不打算向格萨尔投降，走到噶饶旺秋王宫顶上，搭上一条彩带，企图升上天空，逃往远方。达绒诺布泽杰看他要逃亡，立即射箭，把彩带射断，彩带射断后，赤赞国王往下坠落地，但是，地方神祇不让他坠落，又将他托起。当他飘荡在空中时，格萨尔王射出一支神箭，立即燃起熊熊大火，将魔王赤赞烧成灰烬。

格萨尔王对王后和王妃、王子，以慈悲之心善待他们，委托王子尼玛珠扎为柏哈热国国王。将魔法横行的地方，变作白色善业昌盛的地方。

24.《白热山羊宗》

岭国降伏祝古兵器宗三年之后，铁龙年四月十五日晚上，姑母朗曼噶姆给格萨尔托梦授记，要派兵到大海彼岸米努地方降伏绸缎宗。按照天神的旨意，格萨尔召集属于岭国的各个邦国兵马，向米努地方进军。岭军从四面八方进军，到达白热边境时，白热国王的弟弟热扎喜达玉梅面前出现很多不祥的征兆，做噩梦，他请本教上师阿琼给他占卜解梦。上师占卜结果，认为远方觉如的兵马即将到来。白热君臣商议，决定召集兵马准备迎敌，同时又让大臣噶吾班觉携带九驮珍贵的财宝到岭营谈判，希望双方能和谐相处，不要兵戎相见。如果谈判成功，就可避免流血战争。

噶吾班觉等人到了岭地，首先遇到达绒晁通，他自以为是，自作主张，不但挡了他们的路，还用乱箭将他们射杀，白热宗与岭国之间谋求和解的路被堵死，进而不可避免地爆发了战争。

格萨尔千方百计首先射杀了热赞三兄弟的寄魂牛和寄魂虎，减少了他们的魔力。白热君臣们竭尽全力与岭军拼杀，打死了仁钦达鲁等岭军很多将士，但终因寡不敌众，退回到王宫里死守。白热赞巴瓦托杰和热魔玉珠扎巴二人多次闯进岭营，杀伤不少岭军，但最后被岭军乱箭射杀。热扎喜达玉梅请本教上师阿琼来助阵，但被岭军砍死，热扎喜达自己也无路逃生，被玉拉等岭军俘获，押送到岭地作为人质。白热国王的王宫卡顶琼宗被岭军攻占，许多极其宝贵的珍宝被岭军抢夺，作为这场战争的代价。将卡顶琼宗王宫改为供奉佛祖的庙宇，消灭异教，弘扬佛法，百姓们享受幸福安宁的日子。

25.《米努绸缎宗》

米努绸缎国，是个岛国，分上、中、下三部，由姊妹二人治理国政，女王达鲁珍管辖中、下米努，王妹娜鲁珍管辖上米努。

松多纳滩上，坐落着米努绸缎国的王城。城内的王宫里住着女王达鲁珍和妹妹娜鲁珍。女王的威望极高，米努国也很富庶。王城外还有诸多城堡，依次住着谋士八人，内臣七百三十人，外臣一千五百人和战将百员。君臣们掌管着各自的城堡，女王属下的一百八十万户百姓过着和平安宁的生活。

一天，一个住在绿色水城中的叫冬赤阿珠的大臣忽然听从嘉纳地方来的商人说：岭国与白热国交战，白热王被格萨尔降伏。平素与白热王交往甚密的冬赤阿珠一听大惊失色。一面为白热王难过，一面决定为白热王报仇。冬赤阿珠立即带着贵重礼物前往王宫，请女王达鲁珍召集米努人马，出兵白热，赶走岭国人，收复白热国。

女王达鲁珍一听，美丽的脸庞上透出一团杀气："我是能拯救和护佑百姓的女王，冒犯了我就要被喝心血。"女王又说："听说格萨尔勇武超群，法力过人，怎样才能战胜他，还要想个办法才是。明天我请上师聂布算个卦，看看卦象怎么样。特别要问问王妹娜鲁珍，看怎样才能打败格萨尔。"

上师聂布闻听女王有请，立即穿上黑布衣服，戴上黄布头巾，系上蓝布带子和围裙，带上人皮拂尘，挟着打卦的工具，从谷里一直飞向王宫，像一道黑色的闪电，瞬间来到。王宫内，文臣武将已经聚齐，达鲁珍女王威风凛凛地坐在金座上，含笑坐在松石宝座上的王妹娜鲁珍，像一尊美丽的天女塑像。

女王命卦师占卜，聂布卦师将山羊肉和驴血献于魔鬼神面前，燃起黑芫荽叶子，一股浓烈刺鼻的黑烟向四周弥漫。聂布阴沉着脸，汗流如注，牙齿磨得咯咯响，人皮拂尘向上一扬，双目紧闭，口中念念有词。半晌，聂布睁开双眼，向女王和众臣们禀报："天、龙、念三神都护佑着格萨尔。但是，我们如若不抵抗，也会被岭军所征服，待到岭国发兵来，再想为白热报仇就不可能了。命运注定岭国要来进攻，八十英雄进王城，米努现在就聚兵，女王的威望高，将士的武艺强，较量一下会取胜。"

上师的话一说完，大臣们纷纷议论起来。有的说现在就向白热进攻，有的认为过去和岭国并无冤仇，还是和好为妙。

绿松石宝座上的王妹娜鲁珍想，为什么要与岭国打仗呢？我应该劝说大家与岭国和好，如果不能，也要率我自己的属下投奔雄狮大王格萨尔。于是向女王进言："向下的流水挡不住，西斜的落日拦不住，我们米努虽强大，注定不能胜岭国。那雄狮大王格萨尔，是统治三界的主人，岭地八十英雄，个个具备三种武艺。我们米努和岭国，既无前仇，又无今怨，何必无故去寻衅？依我看，与岭国和好是良策，万民才能有安乐。"

王妹娜鲁珍天生丽质，一头乌发像天上的浓云，黑油油的披在肩上，秀丽的脸庞，洁白如月，体态如白藤，似绿竹，百姓们都叫她绸缎国的明灯娜鲁珍。王妹不仅长得俊美，而且心地善良。她的话深得人心。有的大臣情不自禁地点着头，有的大臣却偷眼看着女王达鲁珍，这是怕女王怪罪。女王还没有说话，女王的丈夫、大臣杰泽奔巴从坐垫上跳了起来，咆哮着："我们不必和岭国讲交情，应该出兵为白热国报仇雪恨。"

这个杰泽奔巴，倚仗自己的地位和武艺，平素专横霸道惯了，无人敢惹。今日他话一出口，群臣像以往一样，立即停止议论，缄口不言。

王妹娜鲁珍也不愿与他费唇舌、争高低，就不再说话，心里却打定主意要与岭国和睦友好，决不与格萨尔大王为敌。

此时，居住在白热国王宫的格萨尔已得到天母的预言，告诉他米努绸缎国的女王已将军队聚集，欲为白热国报仇。要格萨尔在本月初九日将岭军召集在一起，准备与米努交战。格萨尔并不怠慢，立即命众将来宫中议事。众英雄听了大王所说的天母预言，群情振奋，纷纷站了起来，恨不能马上出兵。

岭军浩浩荡荡地出征了，没有走几天，来到一个雾气腾腾的地方。一片大水围着一座石崖，石崖上长着几株高触蓝天的大树。格萨尔知道，这就是天母预言中所说的毒树毒水。毒树的叶子比刀还快，无论是人还是野兽，碰上即死。石崖周围的水，被毒树所遮蔽，天长日久，也变得和树一样的有毒。

格萨尔一拍宝驹江噶佩布的脖颈，宝驹腾空而起，瞬间消逝在云雾中，一盏茶的工夫不到，就将一瓶净水带回。这是天神和上师装在里面的五种不同的水，是三宝的净水，可以洗净一切污浊的罪恶之水，有去毒之功效。雄狮王手捧宝瓶，一面向水里和树上喷洒净水，一边祝愿：愿新长的百树都是檀香树，愿新流出的水都是甘露水，愿此地变成绿草地，愿树木鲜花都茂盛。

只听一声巨响，天神降下一把神火，将毒树烧得精光。格萨尔手中的净水瓶也像喷泉一样，将毒水冲走了。一条大路出现在岭军面前，周围开满了鲜花，就像夏天一样。大军当即跨过毒水，在前面的滩中扎下营帐。

这边岛国米努也已经准备完毕，上、中、下三部的军队，比天上的繁星还要多，骑兵像黄云流动，步兵如大雪飘落，战鼓擂得像夏日雷鸣，螺号吹得像青龙长吟。

米努国的上师聂布带着五百弟子在一座红色城堡中修炼施食，准备向岭国抛出去。这天晚上，只听一声炸雷似的响声，随着一道红光，红色城堡就没有了踪影。米努王达鲁珍闻报，赶来查看，也觉心惊肉跳。

第二天一早，米努君臣聚在宫中议事，纷纷议论昨晚上师被击死一事，都说一定是岭地护法神发威，降下霹雳，将米努上师击死。交战之前，发生此事，肯定不是好兆头。大臣尼玛绕登从坐垫上站起回禀：尚未交战，就出现种种不祥之兆，还是慎重为好。

王妹娜鲁珍连连点头，众多的大臣也深以为是。女王的丈夫杰泽奔巴却认为尼玛绕登是一派胡言，他猛地从虎皮垫上跳起，对女王达鲁珍说："如果针有两个头，巧手裁缝也用不成；如果议事厅里有两种主意，力量再大也办不成事情。已经讲过的不能更改，犹如瀑布不能往上流。米努与岭国不能友好，我们一定要为白热国报仇，现在要立即发兵去白热，不能在这里费时光。"

女王达鲁珍高兴得脸上放出异彩，王妹娜鲁珍却气得七窍生烟。前次议事凭空受了他一番抢白，今日他虽说是针对尼玛绕登讲的，可话里句句藏着对自己的恶意攻击。她再也耐不住心中的怒气，指着杰泽奔巴就骂："你再高贵也是臣子，我再平庸也是君主。古谚说，仆人肥了要欺主，不感激主人还责怪主子的言行；女儿肥了欺母亲，不孝敬慈母反而虐待慈母。你杰泽奔巴肥了和我来较量，我和王姐达鲁珍，本是一母所生。慈爱的父母同样地疼爱，我俩的权力一样大小，只有长幼的区别，决定了君臣的辈分，我敬姐姐胜过慈母，所有的命令都服从，我姐妹两人本来相亲无隙，就是有人挑拨我们的关系。我们和岭国本无仇无恨，无端挑衅没来由。就像那牧羊的牧人，如果豺狼不来危害，满山谷大叫没来由。我自己所属的上米努，金子一般的领土不愿蒙上战争的灰土，你杰巴如果是英雄，自己去和岭国人打仗吧。"

王宫之中，是战是和，两种主张相持不下；女王与王妹之间也产生了分歧。当天晚上，娜鲁珍决计离开王宫，率属下大臣回上米努。到了自己的辖地就好了，也免得受杰泽奔巴等小人的气。于是，娜鲁珍念动咒语，使姐姐达鲁珍和她的大臣们昏然入睡，而后率自己的属下，将金银绸缎等值钱的东西装了五百驮，命一百个骑士赶着先走。娜鲁珍也穿戴整齐，带着武器，跨上白色追风马，走在骡子驮队的后面，一行人悄无声息地朝上米努而去。

第二天上午，女王达鲁珍不见了妹妹，四处打量了一下，金银、绸缎也少了很多，达鲁珍气得大骂："娜鲁珍这个坏东西，偷了我的东西逃走了。"只好带着自己的人马，单独与岭军作战。

双方交战多时，各有损伤。岭军初到，疲劳未消，自然不愿恋战。下米努军人少力孤，也不敢死拼。又过了一顿茶的工夫，双方各自收兵回营。

大臣杰泽奔巴见岭军势大，知道这仗没法再打下去了，于是率军返回下米努王宫。女王达鲁珍一见丈夫如此模样，非常心痛，立即亲自准备茶点饭食，让杰泽奔巴好生休息。旺尼奔巴等大臣告诉女王，王妹娜鲁珍已经归附格萨尔，岭军已到达上米努。达鲁珍一听，怒火中烧，亲自披挂上阵，直取格萨尔。

她达鲁珍哪里是格萨尔的对手？格萨尔红人红马，连射两箭，一支射中女王，一支射中坐骑，达鲁珍连人带马一起跌翻在地。神箭只射碎了女王的几片铠甲，达鲁珍并没有受伤。她从地上一跃而起，向格萨尔射了一支箭，正中格萨尔身旁的一块大石头，石头被射得粉碎。格萨尔再次弯弓搭箭，正要射出，达鲁珍的箭已先向他射来，只听“咣当”一声，正射在雄狮王的护心镜上。格萨尔见这魔女死到临头还如此猖狂，气得将弓狠命一拉，神箭呼啸着飞过去，要了达鲁珍的命。

达鲁珍刚刚毙命，战神和厉神立即将一座白石崖压在她尸体上。天神降下花雨，空中出现彩虹，一片祥瑞之兆。

消灭了达鲁珍及其手下大臣，下米努收归雄狮大王格萨尔管辖。君臣回到上米努，女王娜鲁珍和扎拉王子为雄狮大王摆宴庆贺，君臣百姓祈祷祝福，一片欢腾。

至此，上、中、下米努均已收服，格萨尔率众英雄兵将，将金城中的宝物一一运回下米努王宫，除了分给臣民百姓的外，余者全部运回岭国。格萨尔命娜鲁珍做上、中、下米努三部的女王，另派门国大将东达噶琼做她的辅臣，留下一千五百三十三人做米努国的御敌军，然后大军准备班师回岭。女王娜鲁珍见岭军要回国，知道无法挽留，只得准备厚礼，为雄狮大王送行。

从此以后，消除了战乱之祸，米努百姓过上了吉祥快乐的太平日子。

26.《雪山水晶宗》

一连征服了几个邦国以后，格萨尔大王回到了岭国森珠达孜宫。王宫周围，紫雾霭霭，布谷鸟鸣声悠扬，阿兰鸟啼声令人心醉。还是家乡好哇，春三月绿草茵茵，夏三月百花争艳，秋三月果实累累，冬三月白雪皑皑。格萨尔在心中连连感叹着。这次，他要好好地歇息歇息了。

火龙年四月初八日黎明时分，从西南方向飘来一朵祥云。随着一股芬芳的香气，姑母朗曼噶姆出现在森珠达孜宫前，端立云头，对格萨尔说：“你自天界降生以来，不能被你降伏的敌人没有一个，从你手下逃走的也无一人。现在敌人还没有完全征服，你还要努力去降伏众妖魔。雪山水晶城的拉达克王，以烧杀抢掠为生，以热血鲜肉为饮食，以猛兽毛皮为衣服，降伏他的时机已经来到。”

雪山国那里由于邪恶作祟，女妖玛章茹扎投胎转世，成了统治那块地方的年轻国王，取名旋努噶布。噶布仗恃身边大臣毕扎膝下的五个儿子和八十名大将的武力，先后吞并了拉达克区域的十三个部族，继而便登基爬上了王位。他称王之后明令：上行者，不准去嘉噶朝圣学经；下行者，不准去嘉纳研习经典；他还蛮横地封锁了通往冈底斯雪山朝圣的通道。在噶布国王如此残酷的统治下，众百姓饱受折磨，挣扎在水深火热之中。

旋努噶布国王狂妄自大，叫嚷谁也比不过他的雄厚武力，竟以为自己无敌于天下。他经常叫嚣，即便是发疯的大象和他狭路相逢，他旋努噶布也绝不会退避躲让。旋努噶布的骄横气焰比雪山还高，狂暴残忍比蛇蝎还狠毒。正是这个残暴的旋努噶布国王，对岭国真是恨之入骨！他想，从前在拉达克周围如柏绕这样一些小国是年年都要向他交粮纳税的，可如今这些小国都被岭国征服了去，还有谁来向他进贡纳税呢？他越想越气恨，决心伺机报复，借以重新夺回那些失去的小国。这个邪念一旦萌发，便在旋努噶布王的心中日夜膨胀，最后竟达到难忍须臾的程度。

这天，魔王旋努噶布和大臣毕扎家五子和八十员大将以及一百一十九名武将等，会聚在冬仲仁莫宽敞的长形正殿里。殿内的每张大桌上，各种美味鲜肉一堆又一堆，刚从酒坛中打出的醇酒一碗又一碗，蜜一样甜的鲜果一盘又一盘，缭人眼目，芳香扑鼻。盛宴正在大殿里进行。旋努噶布里面穿青色水纹内衣，外着织锦缎外衣，上罩黑熊衣，头戴三尖白毡帽，黄金的烟斗，碧玉灰盘，高坐在紫檀木宝座上，用那冒着毒气的嘴对群臣众将宣布发兵岭国。

大臣昂堆奔仁等众将也都赞成，只有老臣根桑扎巴和亭仁拉郭不同意出征岭国。根桑扎巴想："我们大王现在犯了祝古王和卡契王以前的毛病。以前我多次劝阻过大王，现在大王决心已定，看来很难再劝，但不劝又觉心中不安。"老臣左思右想，还是决定向大王进言。众将听老臣根桑扎巴的话有道理，旋努噶布王也点头应允。于是派老臣亭仁拉郭去请牛头神。大王吩咐留下热血鲜肉、红牛皮旗子，迎接尊贵的牛头神。

第二天早上，牛头神被请来了，于是给它准备了热腾腾的人血礼酒，新鲜的人肉食品，此时，烧燎人肉，烟味四起，迎接牛头神的红牛皮旗子猎猎招展。牛头神一到，立即占卦问卜，然后说："岭兵来了，雪山国要按国王的命令行事。和岭兵作战，要用一百铁橛霹雳、一百利刀霹雳、二百赤血霹雳进行袭击。胜败乃前世所定，苟安一时没有好处。"

听罢牛头神所言，众人纷纷说："人神同心，雪山国的事情好办了。"老臣根桑扎巴只觉似有一盆冷水迎头泼来，自头顶凉到脚底。怎么神也是这样的旨意呢？既然如此，神意难违呀。看来，雪山水晶城的末日到了。

雪山国顿时沸腾起来，个个装铠备甲，四十万大军准备齐整，于二十九日出征岭国。走了七天，就到了北地柏绕。这个只有千户部落的小国，原是连年向雪山拉达克朝拜纳贡的。自从在岭军进攻碣日国途中，首领哈日索卡杰布自愿向格萨尔大王投降，就不再向旋努噶布王进贡。柏绕投降岭国后，因为晁通的儿子拉郭在与卡契作战中阵亡，为了安慰、抚恤晁通，格萨尔把柏绕赐给了达绒部落晁通王。

拉达克大军一到，主帅毕扎五子和大将东图等商议，决定先派使臣去向哈日索卡通报，如果柏绕能够从现在起恢复进贡，那么两国依旧和好如初。如果七日之内拒不纳贡，拉达克大军就将荡平柏绕。

首领哈日索卡杰布接到毕扎五子的手书，大惊失色。原以为只要投靠了岭国格萨尔大王，就平安无事了。谁知这拉达克王竟不肯罢休。如果不答应向雪山国纳贡，柏绕将顷刻化为灰烬；如果答应下来，又要像旧日一样，受雪山国的辖制。哈日索卡左思右想，又和手下大臣商量，决定一面假意投降，一面派人向岭国格萨尔大王禀报，请大王发兵救援。

柏绕大臣森赤堆郭和云撒却噶来到拉达克大军营帐，向主帅毕扎五子谢罪，请大军到部落内先歇息歇息，首领哈日索卡正在为雪山国征集贡品，七日内定然纳贡。毕扎五子大喜，认为出师大吉，柏绕一投降，后面的几个小邦国更不用费吹灰之力。毕扎五子一连向七个小邦国派出使臣，送去内容与柏绕相同的信，想不动刀枪使其继续向雪山国纳贡。谁知第一个送信的使臣就碰了钉子，达玛国拒绝投降，回信说：“如果让我达玛王向雪山国朝拜纳贡，先得问问世界雄狮大王格萨尔。大王若说照旧给你纳贡，我达玛王即缴清；若雄狮大王不答应，任你说什么也不行。”

达玛王的回信气得毕扎五子暴跳如雷，扬言达玛国杀死了他们十名士兵，所有财物抢掠一空，命令立即向达玛国进兵。要扫平达玛国方解心头之恨。

这达玛国已经赐给大将丹玛。丹玛的儿子玉拉杰赞驻守在此，雪山国的书信到来，恰逢杰赞回岭国办事。国内大臣欧依达奔回复了毕扎五子的信后，知道雪山大军必来进犯，忙聚集手下将士，准备迎敌。同时派出使臣，星夜赶往岭国，向格萨尔大王告急。

达玛国的使臣十五天后到了岭国，先去谒见丹玛，禀报了详细情况。丹玛带使臣来见正在闭关静修的格萨尔。

格萨尔听丹玛说完，对丹玛说：“天神早已预言给我，收服雪山水晶国的时机已到，现在拉达克王来进犯，理应反击不迟疑。”

格萨尔说罢，吩咐侍臣召集岭国各部及各国首领到森珠达孜宫商议出征雪山水晶国，解救小邦国之危难。格萨尔立即点起一百二十万大军，分两路向雪山国进军，第一路由他亲自率领，却珠和噶德为先锋。第二路由王子扎拉率领，阿达娜姆和森达为先锋。

丹玛见大王没有点他做先锋，心中有些不悦。王子扎拉对他说，因为他今年有厄运，大王怕他上阵有失，所以叫他留守岭国。丹玛一听，内心十分感激大王对他的爱护，却更加坚决地要求出征。格萨尔无奈，只得同意。命丹玛另点六十万大军，作为第三路，跟在扎拉后面出征。另外又派人去请晁通，说没有晁通，这场仗就没法打。

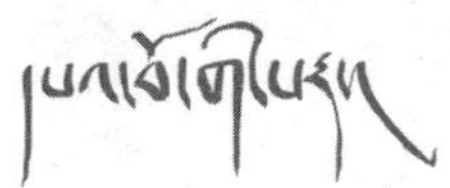

雪山拉达克王旋努噶布一直也没有得到大军的消息，欲再派出一路大军，被大臣东图劝住，说："大王不必再派大军，不如派人乘木鸟去侦察一番，看看到底发生了什么事情。"

旋努噶布王点头同意。遂派东图和另一员大将乘木鸟前往达玛国侦察。

二人到了达玛国的上空，只见刀矛林立，人马如云。又往低处飞了飞，已经能看得清楚地上行人的面貌。岭军也看见了这只奇怪的木鸟，连射两箭，木鸟上的两员拉达克大将被射死，木鸟栽落在地上。大军立即前行，很快就到了达玛国。

第二天，雪山国大军也到了达玛。丹玛想："大王说我今年有厄运，若不抢先出兵，恐怕真要应了此说。不如我先出阵，杀他一回。"丹玛来到雪山国的营帐前挑战，毕扎五子出来迎战，就要披挂上阵。大将东赤占堆拦住了毕扎，对他说："对付这么个老不死的家伙，何须您亲自上阵，还是让我去取他的头吧。"东赤占堆转眼间冲到了丹玛面前，宝剑已经刺了过来。丹玛见此人来势凶猛，慌忙向后一闪，躲过他的宝剑，随即将格萨尔所赐神箭射了出去。这一箭正中东赤占堆的眉心，又从脑后穿出。丹玛割了他的首级，拨马回营向格萨尔大王报喜。

雪山拉达克国王和众臣为了获得岭国人马是否已开到达玛国增援的消息，特派出机械木鸟飞临前沿上空进行侦察。可是，木鸟飞去已整整十五天了，仍不见返回，国王和众臣都心急如焚，坐卧不安。这时，大家聚集在宽敞的拉达克王宫里，紧张地磋商和谋划着。

旋努噶布一面派出援军前往达玛国解拉达克军之危，一面继续在国内征集人马，准备与岭国较量高低。

眼见雪山国兵马源源不断地又到了达玛地方，并且此次派来的大将昂堆奔仁正是岭国老英雄丹玛的对手。雄狮大王恐怕昂堆前来破营，对丹玛不利，也对岭军不利，格萨尔命晁通和唐泽二人跟在自己左右，决定先将地方神朗郭降伏，以灭雪山国大军之威。

雪山国的援军歇息了两天，大将昂堆奔仁耐不住了，立即披上恶魔空城黑甲，戴上黑色璎珞魔盔，右佩黑熊皮箭袋，内插索命毒箭五十支，左挂黑狗皮弓袋，内装黑色角弓，手执罗刹利剑，剑柄缠着黑绫，跨上黑鸟善驰骏马，像夏天的乌云一样飘出雪山大营，直奔岭军阵前，丹玛出来迎战。两人先比剑，后射箭，昂堆奔仁被丹玛射杀。格萨尔高兴地对丹玛说："你的厄运已过，丹玛啊，现在你可以放心了，我也不必为你担忧了。"

雪山国大营内一片混乱。因为前去岭营讨战的昂堆奔仁黎明出营，至日落仍不见回营，不知到底出了什么事。昂堆的两个弟弟东郭连梅和嘉协东堆要立即出营去寻哥哥。活着要见人，死了要见尸。众将见天色已晚，出营唯恐有失，纷纷劝说二人明日再上阵。

东郭和嘉协好不容易熬过一晚，第二天天刚亮就披挂出阵。二人急慌慌直奔岭军大营，岭国大将却珠出阵拦在他们面前。一阵厮杀，东郭和嘉协都被岭军杀死。

再说在雪山拉达克营帐中，自昂堆单枪匹马偷袭岭营去后，众将都在等候着他的胜利归来。可是，过了好长时间，还不见昂堆人影，大家顿时感到情况不妙，准是凶多吉少。毕扎三弟兄看见兄长有去无回，活像鱼儿裸露河滩，更是焦急、痛苦和坐卧不安；又像有一条毒蛇在他们胸中翻动，复仇的火焰一阵比一阵炽烈。弟兄三人哪里按捺得住，牙齿咬得咯咯直响，不住地号叫着，决心要去岭营报仇雪恨。不一会儿，他们披挂停当，纵身上马，带一队决胜轻骑，踏上了去岭营的山路。

他们在到达珊瑚国边界时，恰恰和岭营的先头人马遭遇，真是冤家路窄。珊瑚国的大臣却珠，脚夹马镫，手中挥舞着“青蛇腾空”长矛，一马当先纵到阵前，立马横刀，高声唱道：听完却珠的规劝，毕扎三弟兄中有两人简直蒙了。狐疑、犹豫，一时心中乱了主意。和两个兄弟截然相反的是老三赤扎拉玛。他认定却珠刁钻狡狯，是来诱降的，刚才的甜言蜜语包藏着祸心，一点也信不得。他前言不合后语，一会儿说他专程前来传送口信，一会儿又说他一行如何凶猛像霹雳，可能兄长已被他们杀害。我不趁此机会替兄长报仇，还老老实实在这里任他胡说，受他愚弄干啥？要使哥哥九泉之下瞑目，今天就非得跟他们血战一场不可！想到这里，赤扎拉玛怒气直冲脑门，两眼直冒火星，横刀挡住却珠，嘴唇笨拙地翕动几下后开口了。赤扎拉玛话音一落，拍马上前，挥舞着寒光闪闪的阔叶大刀扑了过去，接连向却珠大臣脑门猛砍三刀。因为大臣却珠有大圣咒师保护，所以躲过了这闪电般的三刀。却珠眼疾手快，紧捏长矛嗖嗖两下。说来也巧，那最后一矛竟一下扎进了赤扎拉玛的心窝，穿过胸背，一股股红的鲜血顺着矛尖喷射而出。却珠纵上前去，手起刀落，将赤扎拉玛的首级连同盔翎一起砍落下来。

这时，岭国猛将噶德曲炯贝纳正和魔臣毕扎的老四嘉学冬堆厮杀在一起。冬堆手持霹雳金刚长矛，电闪般向噶德步步逼刺。因噶德是自在圣人，蒙受密乘护荫，结果冬堆的每一枪都像刺向茫茫虚空。噶德趁机扑上前去，左手揪住他的胸襟，右手卡住他的脖颈，嗨地大吼一声，将冬堆腾空举了起来，让他双脚朝天，再狠狠地将他掼在地上，就这样不住地上抛下摔，左右乱扔。往天上抛时，犹如牧童抛掷“吾朵”石，呼呼作响；往地上摔时，犹如鸡蛋在石上撞击，啪啪破裂；往左右扔时，犹如咒师挥动经幡，旗声猎猎。嘉学冬堆经过这番折腾，血糊糊的，全身骨架早已散脱，五脏六腑被搅成一团，好似一皮口袋牛奶搅成了酸奶。噶德曲炯贝纳撩衣扎袖，上前一刀将冬堆的头颅割了下来。

战场的另一侧，魔臣毕扎的老幺赤扎纳玛和岭将阿扎尼玛扎巴这时正杀得难解难分。双方兵器并举，你来我往，业已战了好几个回合。忽然，赤扎纳玛刀路一变，以鹞鹰翻身的机敏之势，紧靠一步，一刀捅进了尼玛扎巴的腹部，随着钢刀一抽，一卷肠子被血淋淋地拖了出来。尼玛扎巴忍住剧痛，咬紧牙关，红着双眼，顺势将捂住伤口的左手一甩，一把热乎乎的鲜血洒了赤扎纳玛一脸。趁对方用手揩眼之际，说时迟，那时快，尼玛扎巴的钢刀早已从他脑门唰地砍了下来，像劈芫根一般赤扎纳玛的头颅滚落到了地上。岭将尼玛扎巴也因伤势过重，流血过多，倒在了血泊之中。

在阵地的另一角，紧随三员勇将的岭国决胜士兵们也同拉达克士兵摆开了战场，厮杀扭打在一起。岭国决胜士兵，人人虎体，个个彪形，向着雪山兵勇猛冲击。战马激越的长啸声和惊天动地的喊杀声混成一片。钢刀在闪光，长矛在飞舞，铁蹄扬起的尘土在翻滚，兵器的撞击声撕裂人心，淹没了阵阵落马的惨叫声，眼看雪山兵渐渐支撑不住了！他们节节败退，死的死，伤的伤，最后只有少数几个雪山兵侥幸逃回了拉达克营地。

一场恶战终于结束了。噶德曲炯贝纳给遇难的索波大臣尼玛扎巴念了经开了路。在超度诵经时，勇将和决胜士兵们向英雄遗体表示了深深的哀悼。清理过战场，他们又将毕扎三孽贼的首级绑在马鞍后面，才郑重地将尼玛扎巴的遗体抬上马背，驮运回营。

岭军凯旋，岭营一片欢腾。在庆功大会上，雄狮格萨尔大王对三员勇将和决胜队士兵们降伏魔臣毕扎三孽贼的英雄行为大加赞赏，并对他们立下的功劳分别赐予了不同等级的优厚赏赐。

雄狮大王还亲自看望了索波大臣尼玛扎巴的遗体，为岭国失去这位豪气冲霄的英雄表示了无比的悲痛。最后为尼玛扎巴举行了火化祭奠仪式。

当晚，夜幕降临时，驻扎在雪山边境的拉达克总营，从逃回的士兵口中得知毕扎三虎将全皆阵亡的消息，人人悲痛沮丧，紧张气氛一下笼罩了整个营地。有的在埋头沉思，有的在喟然叹气，有的在瑟瑟发抖，到处笼罩着一股令人窒息的空气。面对这片凄凉景象，谁还有心思合得上眼呢！翌日，天刚蒙蒙亮，这支失去头马的队伍，好似一盘散沙，又好似一袋散落在鼓面的豌豆，各自忙着收拾、鞴鞍，一个个似丧家之犬，惊恐地爬上了马背，敛声屏息地朝拉达克腹地悄悄逃去。岭军立即追赶，青石城堡也不复存在了！去拉达克王宫的咽喉要道已被打通！

当大军扎下营来，待好好看清楚地形，才惊觉这真是一处天险，敌军守住隘口，大有一夫当关万夫莫开之势。

依照更朵老人的计策，工匠们整整忙碌了十五天，一架状如长颈大雁的木鸟终于制造成功了！它可以昂首曳尾，可以扑翅腾飞，可以收翅降落，可以左右旋转。是日，这只大小适度、体态轻盈的木鸟，被铁匠和木匠们抬放在众人面前。大臣、勇将以及侍臣们一齐涌出帐门来到木鸟周围。他们立即被这只做工精细，形状别致，操作自如，栩栩如生的木鸟吸引住了！人人惊讶，个个佩服，大家都赞不绝口！

经过一番商议，决定先由玉拉托琚和达拉赤噶等十五名骁勇壮士乘坐木鸟前去关隘侦察攻击。接受任务后，姜王子玉拉托琚等十五名壮士即刻披挂行动。不一会儿木鸟便飞临高空，他们首先侦察了关隘的地势和险情。他们发现，在这一狭长地带里，既有六道险关峡谷，还有六处开阔平地。他们商议决定选择接近关隘口的一处平地降下木鸟，首先灭其关隘守兵，然后再将其险关一一攻克。

这边岭营勇将玉赤和卡契庭学楚结准备停当，率领着兵勇们照原部署出发了！他们的任务是正面佯攻，一接近关隘，他们便正面从大路上开始了攻击。

正当雪山拉达克的守兵埋伏在乱石丛中准备反击岭军时，突然见关隘口处降下一只奇异的木鸟，倏地又从木鸟中冲杀出十五名壮士来，除留下警戒保护木鸟数人外，其余六人皆径直朝把关的士兵处冲去。个个张弓搭箭，顷刻之间，便将拉达克守关士兵射倒在地。岭国这一突如其来的袭击，使雪山兵晕头转向，张皇失措，还以为是神明施展的幻术呢！待他们仔细一看时，啊，原来是岭国的人马！“这下我们可完了！”拉达克大将日戎格布痛心疾首，暗暗叫苦，“我们往山下冲吧，山下岭国人马似大江滚滚；我们往山上杀吧，山上岭国兵勇又凶猛似霹雳。眼前这些岭国兵勇，不是从天而降，便是从地里冒出来的，不然他们是无路可来的呀！我等若再继续困守，不是束手就擒，便是被活活困死！与其如此，不如豁出命来，冲杀出去，同他们拼个死活……”

当这位拉达克头领日戎格布还未想出一个头绪来的时候，岭国的十名勇将已冲到了他们面前。这时，拉达克的日戎格布和赤察冬突两名大将慌忙张弓搭箭，拦住去路。

日戎格布左手扳开雕弓，右手急取铁箭，搭上箭，拽满弓，使出全身力气，只听得“嗖嗖”两声，铁箭直奔岭国姜地勇将布依拉格和姆依扎格吉村二人而来，“当”地扎进了二人胸前的铠甲。幸亏护法神暗中保佑，铠甲只掉下几块甲片，皮肉一点也未伤着。

岭将玉拉怒发冲冠，左手拈起硬弓，右手取出铁箭，直端端地向对方射去。说时迟，那时快，箭镞从日戎格布的胸口扎进去后，复又从背脊骨缝隙中穿了

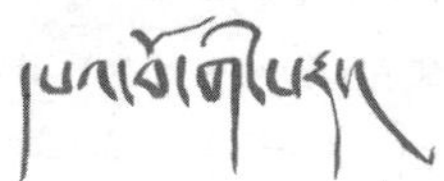

出来，还把站在他背后的两名士兵一并射中，三人一齐倒地身亡。

与此同时，岭将东迥达拉也射出一箭，正中拉达克大将赤察冬突的额头，铁箭复又从他的脑后勺飞了出来。赤察冬突“咚”的一声倒在了血泊之中。

岭国勇将和决胜队员们的士气一下高涨起来，在一片雷鸣巨响般的冲杀声、口哨声中，大家一齐冲向狭道下端。至此，岭军一路直抵雪山国王宫，将王宫四面包围。

雪山王旋努噶布亲自出战，格萨尔挡住他的去路。旋努噶布见面前这人，面目紫红，好像琼石；牙齿洁白，胜似海螺；眼睛明亮，犹如夜晚的星星；身体像须弥山一样雄伟；座下宝马，光泽赛彩霞；身上兵器，闪闪如日月。雪山王大惊：“你，你可是格萨尔？”边问边将宝剑上的血渍在马鬃上擦了三下。格萨尔将无敌宝剑握在手里，回答说：“我是拯救罪恶魔王的神，世界雄狮大王格萨尔。”旋努噶布一听是格萨尔，新仇旧恨一起爆发出来：“我是雪山国的主人，你边地的恶寇为何来侵犯？我后悔当初雪山国强盛时没有讨伐你，现在杀你为我雪山国的将士们报仇吧。”旋努噶布说着挥剑向格萨尔刺去。

雄狮大王一面架住迎面而来的利剑，一面历数魔王的罪恶：“风火激荡的坟场中，引度魔王的时机已经降临。不懂真理的拉达克君臣，对母亲般的众生怀恶意。无所不为抢劫岭部落，心怀愤恨扰乱四方邻国，狂傲自大赛过高山，无缘无故挑起战祸。若不降伏你无法拯救众百姓，不降伏你枉称雄狮大王。”

旋努噶布的宝剑连连向格萨尔挥去，但如同向彩虹上刺去一样，虽竭尽全力，却不能损伤雄狮大王。气得雪山王扔了宝剑，伸手去抓格萨尔，也抓了个空。雄狮大王让旋努噶布砍够了，抓完了，只用剑轻轻一点，雪山王连同座下马一起被劈为两半。

雪山王被降伏，跟他同时出宫的三个大臣也死了两个，只剩下阿达姜赤还在与晁通斗法。晁通念动咒语，战神威尔玛前来助阵，晁通朝阿达姜赤连砍三刀，最后一刀正砍在他的胸上，阿达的胸前像开了一扇大门，红赤赤的心肺落在地上。

而大魔王昂堆此时仍在叫嚣，丹玛边说边紧紧地监视着走过来的昂堆。不一会儿，昂堆越来越近，只见人和马都是血糊糊的，简直成了血人血马。鼻和嘴还不时吐着团团腥味毒气。大臣察香丹玛绛查屏住呼吸，两眼死死盯住昂堆，那张“征服三界”的硬弓上，早已搭上“食肉猛兽”铁箭，心中不断默祷着战神威尔玛的保佑，对着渐渐走近的昂堆，瞄准他的要害处，竭尽全力忽地射了过去。只听耳边嗖的一声，铁箭便从昂堆奔仁的右肋扎了进去，穿过他的肺和肝，又从左肋上冒了出来。从箭镞的穿透力看，这支箭要是射在石包上，恐怕石包也会被射得粉碎。然而射在昂堆身上却未能使他致命，因为昂堆是魔怪转世，他的另一个致命处还没有伤着，他还能拼，还可以反扑。中箭后的昂堆抬头一看，当他看到乱石从中露出的丹玛头盔上的宝蓝翎缨时，便“唰”地抽出柳叶大刀，纵身扑了过去。丹玛见这孽贼中箭后还未倒地，仍如此气焰嚣张，不由得怒从心起，眼迸火星，满脸杀气。浓雾笼罩着山岩。昂堆抡起柳叶大刀，扑向丹玛。昂堆因用力过猛，丹玛闪身迈开后，大刀“当”的一声砍在了丹玛身旁的一块大青石上，大石被劈为两半。昂堆打了个趔趄。丹玛眼疾手快，趁一刹那“咻”地补上一箭。这支箭不偏不倚正中昂堆的眉心。只听得“扑哧”一声，昂堆脑袋开了花，脑浆喷洒一地，散发出一股熏人的臭味。至此，这个冥顽不灵、矢志不悔的吃人孽贼才像死牛瘫软在地，一命呜呼！

丹玛见魔怪昂堆奔仁倒地，跃上前去，一刀将其首级连同盔翎一起砍了下来，牢牢绑在鞍后，飞身上马，返回岭营。

雪山国君臣均被降伏，宫门大开。岭军蜂拥而入，格萨尔吩咐将士打开宝库，取出金银物品，分给岭国诸英雄和雪山国众百姓。

雪山国老臣根桑扎巴身穿黄缎子锦袍，腰系水纹红绫带子，扔掉手中的藤杖，前来朝见雄狮大王格萨尔，请求大王慈悲，为旋努噶布君臣超度，然后开启雪山水晶宝库。格萨尔点头应允。

三月初三日，是取珍宝水晶的日子。格萨尔大王率晁通、却珠、玉拉、米琼等九人前往司马仁珠山的右沟取宝。岭国君臣煨桑祈祷。随着香烟缭绕，从石崖下面现出一个白发仙人，与格萨尔大王耳语片刻，然后在石崖上画了一个圈，就不见了。格萨尔知道这画过的石崖内有宝藏，就用大斧将石崖劈开。刹那间，狂风怒吼，雷霆轰鸣，急雨猛雹，纷纷而下。众位岭国英雄站立不住，手中的兵器也纷纷落地。格萨尔口中默默念动咒语，瞬时风平雨停，晴朗的天空出现彩虹，花雨纷降，香气四溢。岭国君臣向劈开的石崖深处走去，越往里走越亮，渐渐亮得睁不开眼睛。格萨尔心中喜悦，遂用一条哈达将那耀眼的白光盖住。众英雄这才睁开眼睛，四下一望，见有一铜柜，两人多高。格萨尔上前将柜子打开，里面有水晶石制成的佛塔八对，千手千眼观世音、七目救度母、圣母金刚菩萨等佛像，还有各种宝瓶、八吉祥物、念珠等均为白水晶所制。铜柜右边是个牛皮柜子，打开后只觉红光耀眼，里面都是赤色水晶所制的各种宝物。岭国君臣再往前走，又见一松石柜子，闪闪发光，内装宝物均由青色水晶所制。岭国君臣尽取宝物，又用各种青稞所制的替代品将柜子装满，然后走出石洞。格萨尔重新将石门封住，君臣十人回岭营而来。岭国众兵将迎接取宝的君臣，格萨尔大王赐给每位英雄一串水晶念珠。众人非常欢喜，高唱颂歌。然后说：“我们已经取到了水晶珍宝，大王啊，现在应该班师回家乡。”雄狮大工下令班师。

岭国大军浩浩荡荡踏上归途，只见那：北地的部队好像野牛犊冲过石崖，英雄的犄角发达昌盛；霍尔国的部队好似猛虎跃出山林，美丽的斑纹发达昌盛；姜国的部队如布谷回归盆地，六啭鸣声悠扬动听；门域的部队如苍龙在天上飞跃，阵阵吼声如雷鸣；大食的部队像雄鹿在草山上奔腾，美丽的茸角发达昌盛；索波的部队像野鹅在海上翱翔，翅膀有力非同一般。

27.《香香药物宗》

格萨尔王降伏了危害百姓的妖魔鬼怪，开启许多宝库，将宝物的“央”取出来，造福岭国百姓，然后在宫中修行。

一天，格萨尔王在名为“汇聚宝见”的宫殿里稍事休息，黎明时分，仙女朗曼噶姆飘然而至，告诉格萨尔，降伏香香牟尼玉热杰布国王，夺取药物宝藏和名为“燃烧的马头”的稀世珍宝的时机已到，不要贪睡，快行动。

格萨尔不想兴师动众，刀兵相见，伤害无辜百姓，他装扮成一个浪迹天涯的乞丐，带着晁通，到亭域的雍忠圣湖边，想利用晁通精通法术这一特长，把深藏在圣湖里的珍宝偷来。晁通没有找到珍宝，却自作聪明，到亭域的野哇地方偷了六十多匹骏马，将马群赶到黄霍尔境内，造成一种假象，好像骏马是霍尔人偷盗的，然后悄悄地把马群赶到自己达绒部落。

第二天，亭域的勇士晋布米玛发现骏马被盗，四处查找，发现马群被赶到霍尔部落的足迹，立即回来，带领亭域七勇士去追讨。一直追到霍尔部落的上热瓦测萨地方，马蹄印在这里消失，他们便断定盗马贼就是黄霍尔人，赶走一大群马匹，作为报复。热瓦测萨的巴雅崩恪等人发现自己部落的马群被盗，十分愤怒，立即带人追赶，一直追到霍尔与亭域边境叫阿佳圣湖的旁边，双方都认为对方无理抢了自己部落的马群，也不搭话，立即开弓射箭，跃马挥剑。

这样就开启了霍尔与亭域之间的战端。

众人将霍尔马群被亭域人抢走的情况，向辛巴王禀报，辛巴王异常愤怒，认为一定要教训那些亭域人，立即下令召集霍尔十八大部落的兵马，会聚在阿钦卓吾隆玛大草原，择日出征，同时派人向格萨尔王禀报。格萨尔王已经知道这些情况，骑着神驹江噶佩布，幻化成普通的旅客，一人一马，来到上亭域牟尼碣扎地方，向亭域国王的寄魂湖方向，连射六支神箭，射中寄魂树，立即起火，烧成灰烬。神箭的威力，使得寄魂湖也沸腾起来，湖水烧干了一半。牟尼亭域国王的生命力立即减少了三分之一，头晕目眩，立即从国王宝座上摔了下来。

这时，辛巴王派去的使臣马不停蹄地走了四天四夜，来到岭国，拜见格萨尔王，禀报详情。格萨尔王认为，这次降伏亭域国王的使命，落在了辛巴王身上，既然已经准备出征，就决定让辛巴王担任先锋。

两个使臣回到霍尔，传达格萨尔王的旨意，辛巴非常高兴，当月十六日，黄霍尔九十万大军，两万一千六百名勇士，浩浩荡荡出征亭域地方，霍尔兵马到达娥扎科玛雄珠地方时，被亭域的侦探发现，报告守军大将阿桂津波，他立即率领守军出战，正好遇到霍尔大将布伊噶钦和卓绒桂布达彭，双方展开激烈交战，卓绒桂布达彭挥舞宝剑，将守将阿桂津波斩于马下，取得首战胜利。霍尔兵乘胜追击，亭域的耶威日珠宗珠被霍尔兵占领。

这时，格萨尔王率领岭国大军，也准备出征，援助霍尔兵马。为了阻挡岭国和霍尔兵马，亭域国王在玉日寄魂湖举行盛大的祭湖法会，外道大巫师色哇喇嘛阿底手拿宝物投向寄魂湖，正准备祈愿外道战神来助战，格萨尔的护法神立即显示神威，掀起一股旋风，将巫师连同宝物一起卷入湖底，正如同羊粪蛋沉入水底，化为乌有，外道巫师的法力，在岭军面前一点作用也没有了。亭域国王十分愤怒，打算自己亲自出征，亭域大臣扎赞达瓦东恩自告奋勇，愿替大王出征，他从朗夹宗钦王宫的侧门出去，冲入霍尔大营，如同野狼冲出羊群，左砍右杀，霍尔兵死伤无数，他用魔幻套索套住辛巴梅乳泽，正准备抢入王宫。在这危急时刻，格萨尔令扎拉泽杰等二十五名勇士去相救，扎拉砍断魔幻套索，救出辛巴。

岭军陆续来到亭域，霍尔兵热情相迎，兵力增强，士气大增，玉须扎噶山下，星罗棋布，全是岭国军队。亭域兵马也在亭域神山脚下扎营。为了抗击岭军，亭域玉热杰布国王命达噶巴杰等三个大臣迎请罗刹森桂来助战。这个罗刹森桂法力极大，假若他来助战，将会对岭军造成极大威胁，东琼噶布得知这一情况，立即向格萨尔大王禀报。请教灭妖之策。格萨尔大王告诉他，降伏罗刹妖魔的使命，落在老英雄丹玛身上。丹玛领命出战，一箭射死罗刹，不但消除了岭军一个大威胁，格萨尔和丹玛等君臣八人攻进罗刹城，打开宝库，获得许多宝物，还得到获取宝物的铁钩等许多“央”的宝藏。

罗刹森桂被杀，亭域国王更加恐慌，下令严密防守各个关隘，十万户长鲁堆热噶厦在七个勇士的护卫下，冲进霍尔大营，不但杀伤大批兵士，还打败了门国战将达瓦晁赞。岭国和霍尔兵联合反击，战胜亭域的七勇士。

第二天，亭域大将玉珠托琚在十名勇士护卫下，向岭营发起冲锋，岭国大将玉拉去迎战，射杀了他，三个亭域勇士向岭国投诚，将亭域的情况详细告诉岭国将领。亭军不见三个勇士回营，扎赞达瓦命两个勇士去侦察，同时向国王禀报。这时岭军也在研究战况，决定由辛巴和丹玛等七个勇士带领三百多名军士进攻亭军，亭军在三个将军带领下，用大军包围了岭军，双方在狭长的山道相遇，都没有退路，于是展开了激战，扎赞达瓦力大无比，砍断了辛巴的长矛，又向辛巴身上砍来，辛巴一闪身，砍到他的战马“洛布雍贡”头上，当即倒地。亭域的赞桂梅日挥刀将辛巴的战马“洛布雍贡”砍为两段，辛巴只好徒步作战。格萨尔看到要战胜扎赞达瓦必须先降伏他的寄魂青蛇，大王带着岭国大将登上亭域葛日若波山顶，乱箭齐发，将扎赞达瓦的寄魂毒蛇“卡拉热角”射杀。

晁通用法术摧毁了亭域的四座幻术塔，使外道法术不能发挥作用。于是王子扎拉泽杰砍杀了扎赞达瓦。亭域为了报这血仇，玉威崩图等三位英雄去闯岭营，但遭到岭军打击，女英雄阿达娜姆用箭刺死赞桂梅日，扎拉用神索套住桂波玉威将他活捉，岭军大胜。玉扎和贡杰射箭摧毁了亭域卦师寄魂树，亭域君臣立即头晕目眩，像失去知觉。过了很久，当他们苏醒过来时，大家都感到仅靠亭域自己的力量，难以战胜岭国。亭域国王玉热杰布诞生之时，赞神、魔神、龙神合力帮助他制造了一个生命寄魂宝物，存放在西方香香扎噶地方一个九头特让（一种怪兽）的嘴里，要尽快把生命寄魂宝物拿来保存好，才能保证国王生命无恙。公主臧陵泽尊带着几个贴身用人经过神秘通道去取宝物。半道上，被岭军俘获。公主臧陵泽尊见到格萨尔王威严而慈祥的面容，不由从内心深处产生爱慕和敬仰之心，将香香地方的药物全部献给了格萨尔大王。

岭国和霍尔的英雄们用幻术和火炮，逐渐攻克了王宫周围的四座大域堡和八座小城堡，对亭域王城“朗来琼宗”形成包围圈。接着，格萨尔让他的勇士们将玉热杰布国王的生命寄魂物雪山之上的白水獭、岩石之上的野牦牛、河水里的六头金鱼，同时消灭。同时消灭大臣洛堆的生命寄魂物。亭域君臣感到十分恐慌，知道王城再也守不住了，一起逃往边境的赞布柏隆地方。

格萨尔不去追击，让亭域国王、王妃、王子和少数随从暂时住在赞布柏隆地方，岭军趁机占领亭域王城朗来琼宗和周围四个城堡，控制了整个亭域地方。岭军就地休息七天，举行法会、超度亡灵。

然后按照天神的旨意，向北方大海边的海市蜃楼色陵地方进军。位于大海边的香香国的七部落，分上、中、下三个部分，上部称作甘露药物陵，中部称寻香乌类陵，下部称珍贵宝物陵。格萨尔用幻术攻取海市蜃楼色陵地方，获得世界上少有、色陵地方独有的珍贵药物，夺取“药央”，使这些药物能够在雪域藏地繁衍生长，造福黑头藏民，惠及世间所有的人。

28.《伽岭之战》

雄狮大王格萨尔收服了穆古骡子城之后，又征服了远在大海那边的乌朗金子国，开启了它的黄金宝窟，得到了无比珍贵的金子。格萨尔将金子等珍宝财物分给乌朗、岭国和各属国的臣民百姓，之后，准备率岭军回国了。乌朗的臣民百姓苦苦哀求，恳请雄狮大王和岭国诸位英雄多住几日。格萨尔不忍推却百姓们的一片好意，遂吩咐大军暂缓启程。乌朗百姓请岭国大军在乌朗最美丽的地方拉塘仁姆草原扎营。

格萨尔的大帐搭在草原中心。这大帐太神奇了，帐外没有绳子，用美丽的彩虹做帐绳；帐内没有柱子，做支撑的是无形的金刚。雄狮大王格萨尔高踞宝座之上，诸英雄似众星捧月般围坐在他的周围。这天，正当英雄们跑马射箭、姑娘们跳舞唱歌之时，从东方飘来一朵洁白的云彩。这朵白云慢慢飘到神帐之上，芬芳的气息立即弥漫大地，随着悦耳的音乐声，半空中出现一道彩虹，天母朗曼噶姆对雄狮大王说："智勇非凡的格萨尔，收服乌朗国之后，应该返回故乡去。还有诸多的妖魔，等待你去降伏。东方有个邦国叫伽域，国家虽小力量强，国王托拉扎堆今年年满二十五，是到了他生命中的'坎'的时候，伽域的国运也不佳，最好在今年降伏他。若错过了今年，托拉扎堆难降伏，海外的十八个邦国，就要被他收为属国。"

姑母又告诉格萨尔："为了降伏托拉扎堆，要去天界请嘉察。伽域王子毒日梅巴，具有非凡的魔力，前世注定要嘉察来降伏他。"

说罢，天母逝去。格萨尔却在心中思量着：为了征讨乌朗国，已经花费不少时间，死伤的兵将不计其数，剩下的将士也已十分疲劳，要继续出征伽域，实在困难。想那伽域，地方虽小，但兵精粮足，将士们均通幻术，地势也很险峻，要战胜它，谈何容易。但天母已经降下预言，降伏妖魔本是我格萨尔下界的神圣使命，就是再难也不能后退。想罢，格萨尔对神帐内的诸英雄讲述了天母的预言，下令向伽域进兵，降伏魔王托拉扎堆，夺取伽域的紫色骡子宝藏和具有神变的兵器等宝物。

总管王绒察查根说，天神给格萨尔降的预言，与他家祖传的红色预言宝卷里所说的预言极为相似，东方伽域地势险要，外面的城墙十分坚固，里面的将士非常剽悍骁勇，进攻此地，绝非易事。但是，现在若不将魔王托拉扎堆降伏，一旦海外的十八个邦国被他收为属国，到那时非但不能降伏魔王，反而会成为砸岭国自己脑袋的铁锤。所以，还是应该按照神的预言立即出征为好。

各邦国、各部落的首领走到格萨尔大王的金座前，争先恐后地要求当先锋。

格萨尔大喜，命霍尔、姜国、祝古、上下索波、日努、乌朗等六国的军队做先锋，立即做好出征的准备。

这时，天空又现祥瑞之光，天母再显真容，告诉格萨尔：嘉察协噶将要显圣，来与岭军诸将会面。众英雄又惊讶，又兴奋。特别是各属国的将士们，早闻嘉察英名，却无缘得见真面。若能在此一见嘉察真身，这可真是千载难逢的机会呀。

众英雄等啊等，盼啊盼，当阳光照到格萨尔神帐顶上的时候，从遥远的天边缓缓地飘来一朵彩云。格萨尔吩咐摆上供品，焚香奏乐。君臣们怀着喜悦和崇敬的心情望着那块神奇的云朵，手中挥动洁白的哈达，朝云朵高声呼唤。

随着一阵悦耳的仙乐，芬芳的香气弥漫了大地，云朵缓缓下降，嘉察协噶如同朝阳冲破晨雾，端立在霞光之中。座下一匹瑞雪般的白马，身穿亮银铠甲，刀矛弓箭，披挂得整整齐齐，显得比生前更加英俊。嘉察骑着白马，慢慢来到神帐门口。

岭国君臣欢呼起来，一起出帐，将嘉察迎进大帐，请他坐在早已准备好的白银宝座上。众英雄这才后退几步，将备好的哈达献上，向嘉察协噶问安致意。

待众人坐好之后，老将丹玛手捧九条红白哈达，恭恭敬敬地来到嘉察的面前，唱起颂词。

听罢丹玛的歌子，嘉察面露欣喜之色，心想，岭国的臣民百姓，靠着雄狮大王的恩德，安居乐业；君臣们齐心协力为众生谋利益，没有办不成的事情，没有降伏不了的强敌。嘉察对丹玛说："以你丹玛为首领的众英雄，我嘉察向你们深深致意！今日我下界来，与诸英雄相会心欢喜。从前我们曾一同出征，降伏妖魔创业绩，如今我远在天界，也时时把你们惦记。闻知岭国要去收服伽域，我嘉察要来显神威。莫说城池坚固关隘险，莫说魔王群臣凶猛如虎狼，灾难再多也要战胜它。敌手勇猛不可怕，敌手越凶越能显出英雄的本色。"

嘉察唱罢，岭国君臣喜不自胜。王子扎拉给父亲献哈达，便紧紧依偎着父亲，尽情地享受着过早逝去的父爱。嘉察见自己的爱子长大成人，喜悦异常，却顾不得与王子多说什么，而是将降伏伽域的计策对岭国君臣讲了又讲。众英雄听得明白，牢牢记在心里。

为了庆贺与嘉察相逢，格萨尔下令摆宴赛马，然后请嘉察为获胜者发奖励物品。王子扎拉紧随父亲，寸步不离。

岭军开始进兵伽域，走啊走，历尽千难万难，一路之上消灭了许多妖魔鬼怪，制服了寄魂猛兽。岭军又连续攻破了铁山、江河、岩石和雪山四道险关，翻过十八座高入云天的雪山，到了坝热嘉雪。这里从前是强盗出没的地方，有六个孪生兄弟在这里称霸。这六兄弟后被伽域国王收服，派他们做了这里一百二十个部落的首领，把守伽域国关隘。六兄弟今年正满二十五岁，年轻气盛，勇猛刚烈。若此六兄弟一起出阵，必然给岭军带来极大的威胁。因此，格萨尔决定逐个降伏。

第二天，格萨尔派出二十九名英雄、二十九名勇士，由乌朗大将赤杰桑珠带路，前去袭击强盗首领森姜拉噶居住的坝热嘉雪大营。众英雄和勇士至太阳落山才到达坝热，立即将大营包围起来。长系的英雄以东赞为首，从东面先攻进了大营。强盗首领森姜拉噶早就出营巡山，此时尚未归来。岭军乘机袭击了他的营盘，把所有财宝抢掠一空。强盗不怕死，就怕别人把他们抢来的东西再抢走，这对强盗来说，是极大的耻辱。

出营巡山的强盗首领森姜拉噶回来，得知营盘被抢掠，心中像有一团燃烧的火，单人独骑直奔岭营而来，他一提马缰，白马像道闪电，驰入岭军大营。

岭国众英雄见森姜拉噶如此狂傲骄横，蔑视岭军，早已按捺不住，争相出阵与森姜拉噶交战，竟不能胜他。嘉察协噶大喝一声，让众英雄闪开，只一眨眼的工夫，飞到森姜拉噶面前，抽刀便砍。森姜拉噶见众英雄不能胜他，心中正在得意，人都说岭军厉害，其实不过如此。忽然飞来一白人白马，一把刀砍得火花四溅，与刚才的众人不同，森姜拉噶不敢怠慢，忙举刀迎战。他一连向嘉察砍了数刀，如同砍在空中彩虹上一样，用力砍下去，却轻飘飘落在半空中，根本碰不着嘉察。森姜拉噶心想，此人必是彩虹化身，所以刀枪不能杀他，我且不与他交战，先杀两员岭将再说。想着，森姜拉噶拨马就走，嘉察在后面紧追不舍。

森姜拉噶一路冲杀，无人能挡，一直闯进岭军大营。老将丹玛连射十几支箭，也不能伤害他。森达和热扎两员大将举刀就朝森姜拉噶身上砍，森达只觉得宝刀像是砍在岩石上一样，直震得自己的手臂发麻，森姜拉噶却毫毛未损。森姜拉噶甩下森达，提缰催马，朝王子扎拉的大帐冲去。王子扎拉迎出帐来，对准森姜拉噶连射三箭，像是豆子撒在鼓面上，三支利箭从森姜拉噶的身上轻轻滑落，扎拉抽出“雅司”宝刀，来战森姜拉噶。嘉察也赶了上来，同时，又围上六员岭国大将，八位英雄将森姜拉噶围在中间，依旧不能胜他。森姜拉噶不怕别人，只惧嘉察一人，乘众岭将稍有疏忽，将身上的一只小皮袋打开，一股毒气冒了出来，六员岭国大将立即昏了过去。森姜拉噶一阵狞笑，举刀与嘉察父子大战。见不能伤害他父子二人，森姜拉噶将宝刀入鞘，冲上前去一把抓住扎拉举起来，又想把他摔到岩石上。嘉察见爱子被抓，皓月似的脸罩上了乌云，他猛地转到森姜拉噶的左边，挥刀砍去，将举着扎拉的那只胳膊砍断了。森姜拉噶的血管被切断，鲜血像喷泉一般涌了出来。嘉察又砍一刀，将脸色苍白的森姜拉噶劈于马下。

岭国众英雄欢呼起来，将躺在地上的王子扎拉扶起，簇拥着嘉察父子二人，转回岭军大营。

这之后，嘉察又降伏了森姜拉噶的兄弟司巴拉噶、鲁赤拉噶等四人，攻占了六兄弟驻守的城堡，只剩朗卡其达郭布一人率残兵败将逃回伽域王城。

伽域国共有十二万户，人不算多，地也不算大，但兵精粮足，非常富庶，气候温和，风景秀丽。整个国土，分上、中、下三部，王城建在中部，叫“米玖毒卡沟雪”，意为“永固毒城”。王宫用金刚石构筑，十分坚固，高达九百层，

日月星辰环绕着它。王宫里有一百三十个大宝库，珍藏着各种宝物、粮食、武器。小宝库不计其数，各类应用什物应有尽有。王城因为经过一百八十种烈性毒草熏染，外界来的瘴气毒雾不能伤害城内之人，而外面来的人却经受不住毒城的浓烈毒气。只要一靠近，就会被熏得心肺俱裂，猝然而死。

王宫的中央，有座“阳光灿烂”宫殿，国王托拉扎堆就住在这里。

这天，托拉扎堆国王高坐在黄金宝座上，两边的银座上分别坐着王兄森格扎堆和王子毒日梅巴，还有四个大臣、三个将军、十二个部落首领，依次分坐在两旁。君臣们正在议事，侍卫来报：“大王，强盗首领朗卡其达郭布求见。”

托拉扎堆一愣，心想：他来干什么，莫非……难道……

“快让他进来。”朗卡其达郭布急匆匆跨进殿门，叩见大王，详细禀报了古纳拉多地方和柏热嘉雪城堡失陷、五个兄弟被杀，以及所有财宝被抢掠的情况。朗卡两眼冒火，愤愤然要求大王立即派兵攻打岭军，为兄弟报仇，夺回财物，收复失地。

伽域君臣听了禀报，既震惊又愤怒。伽域同岭国远日无冤，近日无仇，这坏觉如为何要来侵犯我们？这次岭国来犯，杀了我们的人，抢了我们的东西，占了我们的城堡，如果不出这口气，伽域就无法在世界立足。伽域君臣义愤填膺，忙着商议调兵布阵。

就在伽域君臣调兵布阵之时，岭军已经从强盗城堡启程，来到赞布措拉山口。这座大山甚是奇伟，站在山顶，可将伽域的山川河流、城堡村庄尽收眼底。格萨尔率军到达山口后，与众英雄登上山顶观察，看了一会儿，对乌朗王子奔杰赤赞说：“你熟悉伽域的地势，就在这里给我们讲讲吧。”乌朗王子好像早就等待这个表现自己的机会，立即指着面前的山川河流，唱起歌曲，详详细细地讲述了一番，这又是一段著名的“山赞”。众英雄听得津津有味，格萨尔也很满意，更加喜欢这员小将。

岭国君臣下了山，率军转过山口，继续前进，格萨尔下令奔杰赤赞带路，英雄们去攻取竭宗穆茂德雅城。

这竭宗穆茂德雅城有三道城墙，全部由磁石构筑，只要外面有持铁器的人来，里面就能知道。奔杰赤赞早知此情，事先就让岭军在盔甲兵器上涂了一层药，使磁石失灵。所以，当岭军悄悄靠近城墙时，伽域兵将并不知晓。

丹玛、森达、热扎和阿扎等四员大将分别率兵攻打四个城门。丹玛用格萨尔所赐神箭射开了东门，率先冲进城去。另外三员大将也纷纷破门而入，占领了竭宗。城堡中有许多兵器，也被岭国兵将所得。

伽域国王闻报，立即派大将毒曲梅日罗霞和毒曲梅巴率军来夺竭宗穆茂德雅城。谁知这座坚固的城堡到了岭军手中，变得更加坚固，无论伽域军怎样攻打，也不能攻下。因为伤亡太大，毒曲梅日罗霞只好率兵退了回去，丹玛等人并不追赶。

待伽域兵马撤走之后，丹玛等将大开城门，将格萨尔大王和嘉察协噶迎了进去，岭军大营也移至此地。

毒曲梅日罗霞率兵败回王城之后，托拉扎堆王命卦师占卜。卦辞说，若由赤杰隆纳巴姜率兵进攻，定能获胜。

托拉扎堆王立即命赤杰隆纳巴姜率兵于次日出发。

第二天，伽域军又来到竭宗穆茂德雅城下，赤杰隆纳巴姜身穿黑色战袍，箭囊里装着五十支用幻术制成的利箭，肋下一口宝刀，是用天石锻造；一条马鞭，是用毒蛇编织而成；座下战马，跑起来比闪电还快，具有非凡的魔力。

竭宗城堡中的乌朗王子奔杰赤赞见今天伽域的主将是隆纳巴姜，知道此将非常了得，便提醒众英雄要格外注意。正好前一天晚上丹玛的梦兆不祥，他也吩咐众将不可大意。

岭国兵将开城迎战，赤杰隆纳巴姜冲到阵前，并不搭话，猛地扔过一个比野牛还大的铁蛋，将几十名岭军砸得血肉横飞。接着，隆纳巴姜又射出一箭，岭军接二连三地倒下一片又一片人马。

岭军阵中驰出几员大将，持枪挥刀朝隆纳巴姜杀去。不等他们靠近，隆纳巴姜连射数箭，冲过来的几员大将都被射翻在马下，隆纳巴姜催马闯入岭军阵中，十几员岭将都挡不住他。丹玛的孙女婿卓洛达茂克吉见隆纳巴姜如此猖獗，挺枪便朝他刺去。隆纳巴姜把宝刀一挥，卓洛达茂克吉被砍于马下，当即死去。丹玛的梦兆应验了。

见卓洛达茂克吉身亡，丹玛痛得大叫一声冲了上去，其他大将也随丹玛一起，将隆纳巴姜紧紧围住。隆纳巴姜毫无惧色，将自己的几件兵器轮番使用，尤其是那根蛇鞭，抡得风雨不透，岭国英雄根本不能靠近他。那蛇鞭抡着抡着，一股股毒气喷了出来，岭国众英雄被毒气所熏，不能支持，纷纷落马。

隆纳巴姜见状，一阵狞笑，朝格萨尔的神帐扑去。嘉察协噶像是自天而降般飞到隆纳巴姜马前，举刀大喝："伽域魔将休无礼，我嘉察协噶要制服你；快快下马投降免一死，否则让你身首两分离。"

隆纳巴姜屡屡得胜，哪肯听从嘉察的劝告，一提马缰，扑向嘉察。嘉察见他如此凶猛，忙举刀相迎。两人战在一处，真好比天上的苍龙相争，地上的虎豹相斗，打了多时，也不能分出胜负。二人心中都不由得暗自称奇。那隆纳巴姜武艺高强，又有魔力，从未遇到对手，今日与岭军交战，也是屡战屡胜，眼看就要打进神帐，谁知竟碰上这员大将，打了这半晌，仍不能胜他，究竟该如何是好呢？嘉察本是彩虹化身，自以为能百战百胜，今日碰到这员魔将，非但不能杀他，反而有被他战败的危险，岂不怪哉?!

隆纳巴姜的刀砍在嘉察身上，像是砍清风。隆纳收起刀，又抡起蛇鞭，猛抽嘉察，嘉察抡起宝刀将蛇鞭断为九截。隆纳巴姜见蛇鞭被毁，气得几乎昏厥。他使劲扔掉手中的一截羊尾巴长短的蛇鞭，恶狠狠地朝嘉察扑去。这一扑，竟离了坐骑，也把嘉察从马上推了下去。二人在地上滚在一处，互相撕咬。隆纳巴姜咬嘉察，分明使了很大劲，却什么也咬不着。嘉察却将隆纳的鼻子和耳朵咬了下来，把个魔将弄得满头满脸是血，狼狈至极，也愤怒至极。隆纳怒火攻心，一使劲，将嘉察压在身下。

岭国众英雄见嘉察被压在下面，纷纷围了上来。扎拉、辛巴、丹玛、达玛多钦、扎巴隆珠等人七手八脚地抓住隆纳巴姜的四肢，恨不能将他撕成碎片，嘉察趁机站起身来。

隆纳巴姜见嘉察脱了身，自己又被这么多岭将纠缠着，恨得他牙齿咬得咯咯响，心中却在默默祈祷魔鬼神的助佑。片刻间，隆纳巴姜又运足了力气，四肢同时用力，拳打脚踢，将围他的岭国大将打出几丈远。隆纳飞快地将毒箭搭在弓上，一连射出几支毒箭，达玛多钦被射倒。

趁众英雄去救达玛多钦之际，隆纳巴姜又把嘉察抓在手里，然后高高举起，想把他摔死。嘉察却使劲抓住隆纳的盔甲，使他不能用力。隆纳的战马“咴咴”地叫着，走向它的主人，隆纳顺势跨上坐骑，纵马朝外冲。岭军众将见状大惊，一时不如如何是好。

嘉察被隆纳抓在手里，又羞又恼，又气又急，用尽力气想挣脱出来，却无济于事。

扎拉和辛巴从后面追赶，丹玛、热扎和森达在前面挡路，箭搭在弓，却不敢放射，怕伤着嘉察。丹玛吩咐用套索，十几条套索同时飞向隆纳巴姜，套中了他的脖颈。众英雄一齐用力，几乎将隆纳拉下马去。

隆纳巴姜被十几条套索套着，也有点儿心虚，他此时只想赶快脱身，急于要把手中抓着的嘉察弄死。只见他一用力，将嘉察猛地举起，拼尽全身力气，朝路旁的一块巨石摔去，然后挥刀割断脖子上的套索，扬长而去。

多亏隆纳巴姜这一摔，才使嘉察脱了身。嘉察飘然落地。正正盔帽，拍拍铠甲，跨上战马就要去追隆纳巴姜，被丹玛等人拦住，苦苦相劝，说此人武艺非凡，看来寿数未尽，现在去追也很难取胜。嘉察虽然不再追赶，却难消心头之气。

第二天太阳刚刚升起，嘉察便飞出岭营。丹玛、玉拉、辛巴等英雄紧随其后，冲进伽域的大营。赤杰隆纳巴姜和哈日梅巴拦在众英雄面前。嘉察一见隆纳巴姜，眼睛都要喷火，丹玛却不让他与隆纳交锋，告诉他，隆纳当死在他丹玛手中。嘉察也不答话，转身去战哈日梅巴。

丹玛和隆纳巴姜对视片刻，丹玛将格萨尔所赐神箭搭在了弓上，念诵道：“战神啊，请把神箭指引！雄狮大王啊，请助佑我得胜！”

念罢，将神箭射出，锋利的箭镞穿透铠甲，钻进隆纳的心窝，又从他后背穿出，射死了他身后的几个伽域兵卒。隆纳巴姜咬着牙，瞪着眼，举刀朝丹玛就砍，一刀砍掉铠甲上十几个叶片。丹玛反手又射出一支利箭，正中隆纳的额头，隆纳巴姜这才跌下马来，倒地而亡。岭国兵将上前取下他的人头。

嘉察欲与哈日梅巴交战，不等他靠近，哈日梅巴的三支利箭已朝他射来。嘉察一转身，用手一指，那三支箭调了个头，朝伽域兵卒飞去，十几名兵士应声而亡。嘉察哈哈大笑，气得哈日梅巴暴跳如雷，挥刀来战嘉察。利箭不能伤着嘉察，大刀更奈何不了他。哈日梅巴知道嘉察乃是虹身，遂不再与他交手，拨马败回大营。

伽岭双方各自收兵。伽域国损兵折将，特别是赤杰隆纳巴姜阵亡，使将士们惊惧万分，兵无斗志。大将们商议立即派哈日梅巴回王城，向托拉扎堆大王禀报战况，请求援军。在援军到来之前，伽域军坚守营盘，暂不出战。

哈日梅巴很快回到了王城，进宫向国王和大臣们详细禀明与岭军作战的情况。托拉扎堆大王与王兄、王子和众大臣商议了半日，也没有什么办法。大臣尼玛赤尊一拍脑门，向大王禀道：“大王，若靠兵马交战，我们根本不是岭国的对手。但我们可以用幻术，我们的幻术可是岭军没有的。”

“对，对，对呀！”“是呀，怎么我们都没想起来呢？”

尼玛赤尊说：“大王，我看明天可以派托明带领一百名幻术士，从空中把天石扔下去。同时请十三位大食咒师放咒，定能把岭军消灭在城堡之中。”

“好，就这样。”托拉扎堆吩咐侍卫去请大术士托明，又派哈日梅巴去请大食咒师准备第二天放咒。

次日，托明带着百名术士运用幻术，很快到了竭宗城的上空。托明见岭军都驻扎在城里，非常高兴，立即命术士投下天石和飞刀，竭宗城内立即燃起烈焰，尘土飞扬，遮天蔽日的，托明以为是他的幻术和咒师放咒的结果，不禁哈哈大笑。

正在托明得意之际，竭宗城内火灭烟消，城堡又好端端地呈现在他们面前，岭军在里面人欢马跃，丝毫没有受到打击的样子。这使托明十分惊异。这究竟是怎么回事呢？

原来，晁通和岭国的术师们经过占卜，早已知道伽域的术士要来进攻，便用幻术制造了一个假竭宗城，而把真的城堡遮蔽起来。

托明既惊讶又恼怒，原以为自己的幻术十分厉害，没想到岭国的术士们更

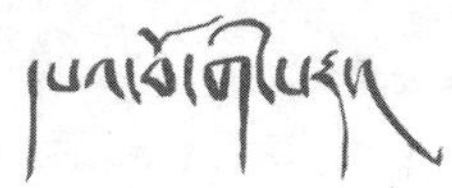

胜他们一筹。眼看天石和飞刀已经用光，他们又不肯这样毫无结果地回去，因为这样回去，怎么好向大王交代呢?！托明一咬牙，命术士降落在竭宗城内，与岭军拼杀起来。

那托明术士虽然武艺高强，但毕竟不是岭军的对手，打了两顿茶的工夫，便被嘉察协噶活捉，关押在城堡之中，派日努将士看守。

王兄森格扎堆要亲自出战，以尼玛赤尊和哈日梅巴为首的文臣武将恳切相劝，争着要替王兄出阵。但森格扎堆的主意已定，执意要出城与岭军决战。

岭军已从竭宗城出发，步步逼近王城。森格扎堆披挂整齐，飞马驰出王城，向岭军大营冲去。一路之上，逢人便杀，见人就砍，索波大将仲拉赞布被他砍于马下，大食首领扎巴隆珠也被他砍伤。嘉察父子拦住森格扎堆，众英雄围上来二三十人。森格扎堆暗暗将身上的一个小皮口袋打开，毒气立即喷了出来，岭国众将被熏得昏死过去。嘉察和王子扎拉忙下马去救众将，森格扎堆趁机向格萨尔的神帐杀去。格萨尔站在大帐门口，朝森格扎堆射了一箭，正中坐骑的胸部，“飞龙宝马”一个趔趄，险些将森格扎堆扔到马下。森格念动咒语，祈求伽域战神保佑，坐骑迅速恢复了脚力，没等格萨尔射出第二支箭，森格拨马而逃，恰遇前来接应他的尼玛赤尊。

嘉察和扎拉父子二人为众英雄焚香祷告，众人慢慢苏醒过来。嘉察命军卒将他们扶回帐内歇息，自己带王子扎拉又来追赶森格扎堆，正好与尼玛赤尊和森格扎堆相遇。

尼玛赤尊闪开一条路，让王兄森格扎堆先走，自己挡住嘉察父子。嘉察挥动宝刀，与尼玛大战，几个回合之后，他一刀刺中尼玛的腹部，肠肠肚肚流了出来。尼玛怒目圆睁，一手将流出的肠子往肚子里塞，一手挥刀继续与嘉察交战，气力渐渐不支。嘉察又挥一刀，将尼玛赤尊拦腰斩断，伽域军大败而归。

见王兄森格扎堆败回城来，王子毒日梅巴就要出阵。王妃德噶白珍唯恐王子有失，执意不准他出城。毒日梅巴报仇心切，苦苦恳求父王答应自己的要求。托拉扎堆觉得王子武艺非同一般，出城不会有失，况且坐守城池也无异于等死，因此答应了王子的请求。王妃德噶白珍眼看王子出城去，像是被人摘去了心肝，大哭不止。

见伽域王子出城，格萨尔又高兴又担心。高兴的是，只要降伏了这个王子，伽域王城即刻可破，但若万一有失，岭军就将前功尽弃。嘉察看透了格萨尔的心思，对他说:“雄狮大王不必担心，我下界的目的就是要降伏伽域王子，这一仗定胜无疑。”

就在格萨尔与嘉察说话之时，伽域王子毒日梅巴已经冲进岭营，像是一股狂飙，旋得人睁不开眼睛。这王子太厉害了，左手持刀，右手仗剑，左右开弓，人们还不明白怎么回事，已被他杀了不少岭军。

格萨尔见毒日梅巴年少英俊，武艺超群，打从心里喜欢，吩咐众将不准伤害他。嘉察暗暗将神套索抛了出去，那王子不曾防备，被套索套中，虽然刀剑齐下，也不能砍断套索。王子仰天大叫，泪流满面。

嘉察将毒日梅巴拉下战马，捆绑结实，押到格萨尔的神帐内，听凭雄狮大王发落。

岭国众英雄见嘉察活捉了伽域王子，围上前来，扬刀举剑，就要动手，被格萨尔喝住。雄狮大王亲自为毒日梅巴灌顶，清洗罪过，绑绳也不知去向。

伽域王子见雄狮大王如此慈祥，立即投降称臣，格萨尔将他留在自己身边听用。

得知王子毒日梅巴被捉，王兄森格扎堆率领倾城兵马来战岭军，要夺回王子。嘉察命扎拉去迎战森格。扎拉挥动“雅司”宝刀，拦住森格扎堆，战了几个回合，不能分出胜负。扎拉默默祈祷，请求天神助佑，手中的“雅司”宝刀立即指向森格，一道烈焰喷出，魔臣化为灰烬。

随森格扎堆一同出城的哈日梅巴等伽域兵将也被岭军斩尽杀绝。伽域王城只剩下一个能打仗的国王托拉扎堆。格萨尔挥兵冲进王城，要托拉扎堆投降，可以免他一死。

伽域王不听王妃和左右的劝谏，手持幻术制成的斧子和利箭，发了疯似的冲出王宫。岭军将士见托拉扎堆双眼冒火，面目狰狞，纷纷后退，逃得稍慢的，便被他的利斧劈倒。

托拉扎堆狂呼乱叫，孤身一人与岭军大战，近处的用斧砍，远处的用箭射，岭国众英雄一时竟不能靠近王宫。

岭国众英雄飞马向雄狮大王禀告。格萨尔“哼”了一声，将神箭搭在弓上，一抬手，神箭呼啸着飞向魔王，托拉扎堆大叫一声丧了命。

王妃德噶白珍强忍心中的悲痛，率百姓出宫迎接格萨尔大王和岭军将士。

格萨尔率军进城。伽域国与其他邦国不同，宝物非常多，宝库也多，有查雅玛瑙宗、金刚宝石宗、玛瑙珊瑚宗、如意宝藏宗，还有玉石宗、粮食宗和兵器宗等等。这些宝库个个都像一座城堡，分布在伽域王城的四周。格萨尔率众将将宝库一一开启。

王妃德噶白珍禀告，伽域国最神奇的宝库是骡子宝宗，从未有人打开过。格萨尔心中高兴，因为攻占了穆古骡子城之后，给岭地百姓带来很大福分，如果能在伽域开启骡子宝库，岭地百姓将福上加福。雄狮大王随王妃德噶白珍来到一座岩山前，王妃说，这就是骡子宝库。格萨尔看了看这奇伟的山，认定山上的一面镜子般光滑的石壁就是宝库之门。格萨尔盘腿静坐，祈祷天神帮助他开启宝库。须臾之间，石壁裂开了，十四白唇骡子像飞一样跃出石洞，接着，成千上万匹骡子潮水般地从洞中涌了出来，共有九十九万匹。

这壮观的景象，连伽域的王妃德噶白珍也没见过，心中更加敬仰格萨尔大王。

雄狮大王将部分骡子留给伽域的臣民百姓，其余全部驮上伽域的宝物，运回岭国。

王子毒日梅巴恳求雄狮大王让他留下来陪伴母亲，王妃也流泪请求，格萨尔答应了，让王子留在伽域主持国政，从此，魔王当道的伽域，升起了善业的太阳。

嘉察完成了下界的使命，乘彩虹而去。王子扎拉虽想与父同去，无奈肉身难变，只得跪倒在地，请父亲的在天之灵保佑自己，保佑岭国百姓，保佑岭国的降魔大业早日完成，他父子能在天界相会。

29.《松巴犏牛宗》

与祝古一海之隔的，是一个叫松巴贡塘的邦国。松巴国有五百五十万人家，国王名叫松巴贡赞赤杰。王妃朗萨梅朵措生有两个公主，大公主东达威噶，已经出嫁。二公主梅朵措姆，年方一十三岁，长得如花似玉，身材窈窕，走起路来如杨柳飘摆，说起话来似笛声悦耳。已有许多国家前来松巴求亲，贡赞赤杰王一个也没有应允。

达绒长官晁通也曾派人前去求亲，同样碰壁而归。晁通心中不满，又不敢明目张胆地去抢。想来想去，只有悄悄地，在格萨尔看不见的时候，把那女孩骗来。

机会终于来了。雄狮大王要去闭关修观世音菩萨的脱恶之法。晁通就钻了这个空子，乘机把隐身木戴在耳朵上，脚上捆了张能神速行走的鱼皮，带上神飞索，前往松巴贡塘。

晁通走了二十四天，来到松巴国的神山上，藏在一块岩石后面，从怀中掏出笛子，吹了一首召引公主梅朵措姆的咒曲，然后就在那里等候公主的到来。

到了“煨桑”的时候，公主和三位姑娘穿绸披缎，打扮得漂漂亮亮，拿着三种白色供品和三种甜食，前去神山“煨桑”敬神，大将洛布曲桑等五人紧跟在公主身后护驾。

晁通一见公主梅朵措姆出宫往神山而来，像蝌蚪见了牛奶一样喜悦。特别是见到公主那窈窕的身影出现在神山脚下，更像小孩见到天空的彩虹一样兴奋异常。晁通掏出笛子，把那召唤女孩子的咒曲又吹了三遍。公主梅朵措姆一听，身不由已地冲到晁通面前，晁通立即抛出飞索，把梅朵措姆像捆羊羔一样捆了个结实，带回岭地，立即为儿子玛尼完婚。

那跟随公主的三个姑娘和五员大将转眼间不见了公主，暗自纳罕又非常惊慌，不敢再在神山耽搁，速速回宫向国王和王妃禀报："公主梅朵措姆好像到天国去了，不知从哪里吹出来的笛声，把她召了去。"王妃朗萨梅朵措一听，顿时昏了过去。国王把檀香净水洒在她的脸上身上，王妃才慢慢睁开眼睛，看了看周围："我的孩子梅朵措姆在哪儿？我的公主在哪儿啊？快给我找回来，快给我找回来啊！"说罢又痛哭起来。国王贡赞赤杰也落了泪，亲自爬上宫顶，狠狠地擂起法鼓，将法旗四面招展，群臣众将迅即赶来，松巴王把公主梅朵措姆去煨桑失踪的消息告诉众人，问该怎么办好。

坐在右边上首的大臣托郭梅巴开言说："我们请上师顿巴威噶打个卦吧，上师的占卜是极灵验的。"卦师占卜显示："公主梅朵措姆被马头明王的化身带走了，现在在一个牛犄角的城堡里面，和一个宝贝公子成了婚。"小臣邹纳威噶飞速回王宫向大王复命，松巴王一听女儿被晁通抢去，就要马上聚兵去找晁通，夺回自己心爱的公主。

大将托郭梅巴站起来说："国王不要亲征，还是派我托郭梅巴去岭地吧，我要让晁通的头颈两分家。"左边为首的大将彭堆拉玛也挺身站起，他要与托郭梅巴率三千松巴兵前往岭国，荡平达绒部落。

松巴军队用计智擒晁通，让他老老实实交出公主。晁通谎称"我晁通从来不偷不抢不骗人，骗人的人遭雷击"。他说："是上岭色巴部落的抢了公主。"还说，色巴的商队这几天将要路过这里，不信你们可以问他。托郭梅巴和彭堆拉玛一听这话，心想，先抢了他的商队再说。于是，令人将晁通关起来，待他们抢了色巴的商队再处置他。

松巴将士把抢来的骡马分成了四份，一份留给国王贡赞赤杰，一份分给几员大将，一份分给各队的首领，一份分给全体松巴兵士。

色巴部落的英雄尼奔达雅和玉赤得知商队被抢，立即到狮龙宫殿，向格萨尔报告。

格萨尔当然知道色巴的商队遭劫，也知道这事本由晁通引起，晁通正陷于松巴军中，于是下令："开启松巴宝库的时机已来到，立即去征服松巴，运回财宝。"

由于晁通的贪婪好色，挑起了松巴与岭国之间的一场大战，这正应了一句谚语：晁通若不惹是生非，格萨尔难成伟业。

格萨尔率领岭国大军，很快达到松巴边境。国王贡赞赤杰得知这一消息十分震惊，也异常愤怒，你抢了我的爱女，还来抢占我的土地，我怎么能够容

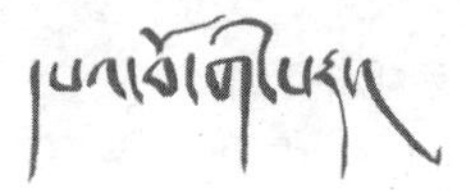

忍？下令调集松巴所有的军队，坚决抵抗。

岭军与松巴军几经交战，双方都死伤了不少将士，仍然没有分出胜负。

自从岭军打到松巴贡塘，打打停停，停停打打，不觉已有一年。一年来，松巴军疲于应付，不敢有半点儿懈怠，所以把宫中原有的大宴小宴一律废除，很长时间没有痛痛快快地欢宴过一次了。这次被岭国杀得大败，松巴王贡赞赤杰反倒大摆起宴席来。

群臣和众将对着美酒佳肴，却全然没有胃口，一个个愁眉不展地坐着发呆。贡赞王心里也很难受：想我松巴国，往上数七代，做买卖也没到过岭国，连口角也未曾发生过。可到了我这一代，除了争斗和打仗，安乐好像云缝中的太阳一样难得。今年晁通这坏家伙抢了我的女儿还不算，坏觉如又率十万大军到了这里。眼看一年已经过去，松巴的大将连连战死，如今所剩无几。剩下这座王城，恐怕连一月也难守。莫非我真的到了寿终的时候？贡赞赤杰只顾自己胡思乱想，猛一抬头，见群臣众将全都不声不响，不吃不喝，闷坐在那里，心中很不自在。想这些大臣平日大话连篇，大将平日耀武扬威，如今一句话也没了，一点勇气也没了。但是，不管怎么样，也得把这座孤城守住。于是，贡赞赤杰强打精神，装出笑脸，吩咐侍臣给众人倒酒，然后命令在座众将分兵把守东南西北四门。众将诺诺然领命而去。

四月十九日，太阳刚刚照在格萨尔的神帐上，岭国四路人马就向松巴王城四门同时发起进攻。

松巴王城被岭军攻破，贡赞赤杰王身穿飞鸟翼衣，向空中逃去。岭将噶德抛出飞索，却没有套中。松巴王逃离王城。太阳已经落山，众将报告，除贡赞王逃遁，其余兵将全部投降。格萨尔心里明白，松巴王并没有走远，只是在一个地方隐藏着。第二天一早，格萨尔变化成一个白须白发的老者，用计将躲在山洞里的松巴王抓获。见到格萨尔，松巴立即双膝跪地，双手合十："上师雄狮大王，有缘谒见的人是不会进地狱的。久闻您的威名，今天终于来到您的身边，多么高兴啊！"格萨尔对他说，只要你真心归顺，我可以饶你不死。

松巴王心里一亮，觉得自己有生的希望了，马上向雄狮王献上礼物："大王啊，我有宝库一百一十二处，内藏珍宝无数。我把它们都献给您。我贡赞赤杰今年二十七岁，也把这一庹之躯献给您。无论让我做什么，喂狗、挡牛、牵马都可以。还有我的王妃朗萨梅朵措，本是米努绸缎国王的女儿，我夫妻二人都不愿留在松巴城，愿随大王回岭地。请大王给以仁慈的保护，我松巴家乡的这些居民，也请您待他们像您自己的百姓一样。大王啊，请不要推辞，请做我的主人。"

格萨尔偕松巴王共同返回岭军营地，岭国众英雄立即煨桑相迎。

五月二十四日，是木曜和胜星相交的日子，太阳照到格萨尔的神帐上，雄狮大王、王子扎拉，尼奔达雅、玉拉、老将丹玛等君臣十六人，来到已被扎拉攻破的松巴达察上面的宝马王宫，煨桑祭神，然后打开宝库，一头神犏牛跑了出来。这头犏牛的犄角是珊瑚做成，四蹄像是扣上了四个松石碗，白嘴巴好像悬了面海螺宝镜，尾巴像浓云一样密集。噶德立即抛出神索，套住了这头宝贝犏牛。接着，五百头一样大小的犏牛徐徐而出，将那头宝贝犏牛团团围住。格萨尔打开另一个宝库，从里面走出一头乳犏牛，浑身白似海螺，松石犄角，玛瑙蹄子，被六百头乳犏牛围绕着，像天边的白云一样缓慢地游出宝库大门。岭军获得了犏牛"央"，将它带回岭国，从此雪域藏地有了犏牛，成为藏民生活中不可分离的一个部分。

格萨尔吩咐班师回岭。松巴王贡赞赤杰和王妃朗萨梅朵措依依不舍，送了一程又一程，已经送出了松巴国境。虽然不愿分开，格萨尔还是离去了。望着岭军远去的背影，松巴王和王妃慨然长叹。

回到岭国，格萨尔开始闭关静修。门口立着一块像岩石般的苍多，"苍多"意为界石，闭关修行的时候，放置在静室外边，表示自己不越此石外出，亦拒绝接见来客。除王子扎拉、王妃珠牡、侍臣唐泽、米琼四人外，其他人一律免见。

30.《迦绒粮食宗》

天母给格萨尔降授记，要他前去征服南部迦绒地方。瞬时间，岭国上下信使遍地，传达着天神的授记。几天之后，上岭黄金八同胞、中岭水柏六部落、下岭木氏狼部四众、右翼噶部、左翼粮部、达绒赞部、嘉洛富部、丹部十二万户、贡觉黑白阿拉、狄乌梅措玛布、十八格若董科等大小岭各部会聚一处，远远望去岭军的白色帽顶子犹如雪山耸立，红色帽顶子宛若火舌腾飞，黑色帽顶子恰似狂风翻卷。岭军在名为"吉祥草沮洳地"的草坝扎营整顿，然后逐渐从察瓦杰姆绒上部到神秘之城日玛迦日左面山谷的中南路进军，于三月十日越过达曲桥。

在南部上沿边缘的蛮荒之地，茹达海洋的上角，此地水中泛着骇人的波浪，林中长着带毒的木刺，这里是残暴的魔鬼统领的地方，岭国军队来到这里，与迦绒兵马交战。

刚一开战，无敌勇士森达阿东如利镰割草般将达香布巾手下近四十名士兵顷刻间杀死，并将魔臣托桂赞玛崔砍成两半。第二天，魔将充琳达规卡玛上阵，他如同冰雹击毁黑茅草般将不少岭国士兵杀死，而后与卓美噶托楚比剑时，被一剑砍断大腿落马坠地。此时，达喷度噶董布手持九头宝矛迅速赶来，从充琳左胸刺入从他后背穿出，他顿时口鼻喷血而亡。这一天岭军大获全胜。

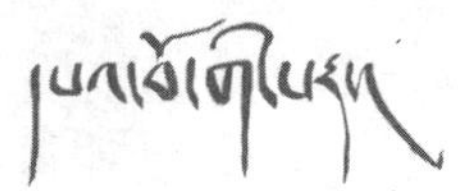

过了三天，噶德曲炯贝纳又杀入敌阵，将魔方数名悍将击败，使得敌军乱了阵脚，加之岭军三门大炮齐发，不少魔军丧命。但是魔军并不畏惧，悍将赞桂颇念杀入岭军营地，给岭军造成巨大损伤，正在岭军招架不住之时，察香丹玛赶来杀死了他，并杀死近四十名魔军。与迦绒之间的战斗越来越激烈，箭如雨下，矛如流星，马嘶人喧，血流成河，尸积如山，战争场面惨不忍睹。

魔王颇顿纳布杜登亲自上阵，任凭岭军刀箭如暴雨却不能伤及魔王体肤。格萨尔王跃马上前，与魔王相斗，格萨尔王用宝剑砍死魔王坐骑，噶德和贝日杰村两位勇士即刻冲上前从左右死死抱住魔王，魔王却突然变为一头野牦牛狂奔，用尖利的牛角刺伤了贝日杰村，在这危急时刻，格萨尔王也变身为一头白如雪山的牦牛，与魔王变身的野牦牛对角拼斗，经过十八次角斗，最终魔王变身的野牦牛落败而逃，魔王又变幻成人身，企图坐木鸟逃亡，被达绒官人发现，冲上前去将其活捉。魔王死不投降，还想与岭军拼杀，但他气数已尽，当即被岭军杀死。格萨尔王将魔王的灵魂超度，又将其王子立为国君，获取粮食福藏，布施给当地百姓。

31.《祝古兵器宗》

上方嘉噶地方南部，有一个信奉外道教门的国度。国中有一个叫班智达雅霞的大修士，多年来闭关坐禅，苦修大自在天大法，但是毫无所得。因为久修不能成道，他便想了个办法，将自己的右胳膊缠上布，再倒上芝麻油，然后点燃，作为供养之物。这一苦行，感动了大神。大自在天遂亲示神容，允许赐给他所需要的最高成就。班智达雅霞一心要保卫外道教义，请求大神赐予能够战胜一切的成就。大神当即答应他将成为黑暗世界的大法力的非天，梵语称作阿修罗，妖魔、罗刹、饿鬼等同道者，给他借出了盔甲、兵器等，赐给他能够战胜一切的成就与教诫，并赐予授记道：“在最后的时光里，你将成为一个有极大权威的军国国王。”班智达雅霞得到大神的真言，又有了能够战胜一切的成就，便骄狂起来，不把任何人放在眼里。

这天，班智达雅霞来到位于嘉噶灵鹫山和醉香山之间的美丽碧池中沐浴，恰好碰上一位神通广大、法力无边的修持密咒的仙人色吉钦布。二人彼此互望了一眼，班智达雅霞的嗔怒之心勃然而起。刹那间，班智达雅霞变作一条长长的毒蛇，用身子将碧池围绕起来，蛇头吸吮着池水，池面上顿时毒气弥漫，好似海上腾起大雾一般。

同在池中沐浴的百姓们哀号起来。仙人色吉钦布却不紧不慢地作起法来，瞬时变化成大鹏鸟，左右两爪分别立于灵鹫山和醉香山顶，又把翅膀连抖三下，三千世界顿时左右摇晃起来，万钧雷霆，直向下劈；猛烈冰雹，倾盆而下；火焰风舌，吞噬地面。班智达雅霞眼见有被火舌吞噬的危险，慌忙收起变化，隐身遁去。仙人色吉钦布再次作法，将池水变成甘露之汁，令众百姓继续沐浴，然后飞逝而去。

班智达雅霞并不肯就此罢休，立即修起法来，准备七天之内炼成魔法，抛出施食，以报复仙人色吉钦布。

哪知刚修到第三天，仙人色吉钦布已得到预言，于是立即修起诛戮大回旋法，把四根净橛杵向四方抛去，顿时四方火起，熊熊大火罩住了班智达雅霞，使他求生无路、脱身乏术。班智达雅霞临死之前发下一毒愿："愿我此身转生后，投生为藏区赡部洲的生命之主，经咒教义的刽子手，让我能用武力征服世界。"

如班智达雅霞所发毒愿，他转世投生在祝古国，取名宇杰托桂扎巴，父王名叫拥忠拉赤赞布，母后名叫象萨鲁牡白吉，长兄叫达玛朗拉赞布。宇杰长到三岁，就能弯弓射箭，刀马箭三艺日渐成熟，无论是天上飞的还是地上跑的，皆能百发百中。满六岁时，征服了六大邦国。九岁时，又击败了各路入侵之敌。到了十三岁，祝古王辞谢人世，祝古开始赛艺比武选王。经过十八天的激烈比赛，宇杰托桂战胜所有对手，被拥立为祝古国王。

祝古分上、中、下三地。上祝古色隆贡玛滩，有金色灿烂的四大湖；中祝古霞如朗宗城，有紫雾弥漫的多嘉热瓦平原；下祝古晁拉郭噶，有银色辉煌的四大山。宇杰托桂自从称王以后，权势大得无人能抗衡。驾前有智勇双全的文臣武将，属下部落有九十九万户，金银财宝不可计数。因为征服了七大强敌，国土日渐扩大，属民日益增多，声威大震。

己亥年，雄狮王率领岭国军马征服了北方碣日国的珊瑚城之后的第三年，格萨尔修完了大乘正见禅定和自我解脱禅定，功德及法术获得了不可思议的增长。就在格萨尔解除坐禅、终止修行的第二天黎明时分，天空中忽然出现一个火焰般的红人，告诉他："格萨尔啊，今年你们一定要打到祝古去。祝古国也有个格萨尔，你俩要在交锋时见分晓，岭地和祝古要在战争中分高低，今年正是打开兵器库的佳期。"

到此时为止，格萨尔率领着岭国的兵马，已经征服了大食财宝城、索波马城、碣日珊瑚城、阿扎玛瑙城等十二个大邦国。岭国变得粮丰衣足，兵强马壮，人丁兴旺。但是，格萨尔仍然觉得征服祝古是件很困难的事。他知道，祝古国王的属下，有许多武勇盖世、刚毅顽强、法术高深、神变莫测的外道魔类大臣，这些人作起法来，能使山岳首尾颠倒，江河上下翻卷，祝古的儿郎个个都精骑擅射，马似飞龙，箭如霹雳。要征服祝古，绝非易事，单是从岭地到祝古的路程就有一月之久呢！格萨尔这样一想，心中更觉忐忑不安。但是，既然天神下了授记，再难也要去攻打。

岭地的老少英雄们又聚在一起了，白玛拥忠大会场设起了九十九排上等座位，众英雄挤挤插插，聚于一堂。

格萨尔缓缓从宝座上站起，极目远望：在巍峨耸立的拉扎泽姆山岳之上，格佐日玛峰突兀峥嵘，高接蓝天；在险峻嶙峋、层峦叠嶂的山岳之中，玛杰邦拉神山迤逦磅礴，雄伟壮阔；在土地肥沃、部落兴旺的山岳之下，纳嘉秋姆森林深邃又茂密。这就是我们岭地，是世上唯一美好又庄严的圣地。由远及近，格萨尔大王的目光又落在众多英雄的脸上，他郑重而庄严地向勇士们道出了天神的预言："……诸佛与菩萨的教谕，飞天和空行的授记，大战神的严命，三件大事聚在一起，告知我这样一件重要的事：今年若不把北方祝古的兵器夺回岭地，光明正法的声音，将不会在人们耳边响起。妖魔鬼怪将来取我们的金银珠宝，夺我们的骡马牛羊，杀我们的臣民百姓，众生将遭受劫难，恐惧、疾病、灾荒、刀兵战乱会把岭国变成一片荒滩……为了避免这种灾祸到岭地，我们要召集各国兵马，出动十万大军，立即向祝古进兵。"

众大臣和老少英雄个个神情肃穆，却掩饰不住内心的激动，他们又要与大王出征了。

为了帮助格萨尔降伏祝古王宇杰托桂，天母朗曼噶姆决定派一个空行母下凡，去做宇杰王的妃子，在格萨尔北征祝古时，作为内应。

到了初八日，狮面天母在宛巴扎卓大寒林圣地大宴众飞天和空行。席间，天母指着空行母噶姆多吉说，只有她具有嫁给祝古王的缘分，一定不要推辞。到祝古的期限是三年，三年一过，愿意留下就继续留下，不愿留下就回来。

空行母噶姆多吉慌忙站起，恳求道："请别让我到祝古去，天神和魔鬼怎能生活在一起，乌黑和雪白扭成一根绳没有意思。我这洁净晶莹如水晶的身体，下到人间有顾虑：身体怕被魔鬼玷污，血脉恐要受阻碍，命脉恐要受损害，外脉怕要被撕裂，内脉怕要被折断。还是不要派我去了吧，若是空行中一定要有人去，那么最好掷骰拈阄。"

天母见噶姆多吉不肯下界，立即告诉她，空行母下界并非只她一个。魔国的阿达娜姆，岭国的梅萨绷吉，姜国的王妃，都是空行下界。现在为了帮助格萨尔完成降魔大业，请她务必不要再推托。

天母的一番话使噶姆多吉心中豁然，立即应允下凡。众空行纷纷唱起送亲歌，喝起送亲酒，欢欢喜喜却又依依不舍地送噶姆多吉下界。

再说那祝古国王宇杰托桂，称王一年后曾娶一王妃，夫妻二人恩恩爱爱，六年后生下一子。王子三岁时，王妃便病逝了。托桂王悲哀凄楚，郁闷愁苦，不理国事，专为王妃祈祷祭祀九个月。六月初一这一天，祭祀期满，遂接受祝古国上、中、下三等人的请求，除去丧服，沐浴身体，换上美丽的锦衣，佩上华贵的饰品，打扫宫城，洗涤殿宇，重理国政。到了初八日这天，众臣提议出游，宇杰王欣然允诺。

自从王妃死后，宇杰托桂一直沉浸在悲痛之中，这是他第一次出宫游玩。四位重臣，十九位大将，一百二十名内臣，一百二十名中臣，一百二十名外臣，簇拥着祝古王出了城门，浩浩荡荡地前往山林之中，准备好好地玩上几天。

赛马、射箭、比武、掷骰子，宇杰大王很久没有这样开心地玩过了。到了第五天晚上，正是八月十三日，宇杰王睡在雕有孔雀交错的床上，心旷神怡地做了个梦。快天亮时，宇杰托桂醒来把梦中之事又细细地想了一遍，认定今天定有大喜大福降临。

当太阳的金光洒向山顶之时，祝古王派出内大臣一百名，个个换上华丽的锦衣，漂亮的靴子，像风一般向前猛跑，向古杰多吉威噶神山献上黄金、白银、绸缎、马牛羊等，进行祭祀。

祭完了山，又祭海。祭了海，宇杰托桂又带着众臣去朝拜圣湖。

因为一直不见梦中的吉兆出现，祝古王不觉有些心焦。正在焦急之时，忽然发现前面的山腰上有两个仙人般的姑娘在采花。仔细看了一会儿，不远处又发现一个姑娘。宇杰托桂心中一阵高兴，坐在那绵软的锦缎坐垫上，用红色丝巾把他那像皓月般洁白光亮的面孔擦了又擦，然后招呼众臣："喂，你们看。"众臣顺着大王的手指望去，也看见了三个美丽似仙的姑娘。宇杰托桂想起了自己的梦，兴奋地告诉诸人："昨夜黎明前，我睡觉得一梦，梦见拉隆玉措湖岸上，一道虹光从东方升起，虹光中出现了三朵花，白色的是美丽的蜀葵花，红色的是夺目的藏红花，青色的是幽雅的邬波罗花。这三朵花呀，都被我宇杰采摘下，你们说，这梦境与今日所见差不差？"众臣已从大王的话里听出了弦外之音，那梦中的三朵花当然是预示着眼前的三个姑娘，大王分明想纳这三个女子为妃，却又不好意思明讲。这是想让众人把话讲出来。

祝古王像孔雀听到雷声一样喜悦："对呀，对，这三位姑娘，一定是上界赐予我的。快，快去把她们请过来，我一定要娶她们为王妃。"

三个姑娘本是天母朗曼噶姆所派，这时，天空中顿时现出绚丽的彩虹，花雨纷纷自天而降。祝古大王宇杰托桂在众臣的簇拥下，也前来迎接这三个美丽动人的妃子。众人献上无数珍宝，唱起了赞美王妃的歌。

祝古君臣喜迎新人入城，黄金、白银、珊瑚、玛瑙的饰品任她们挑，任她们选。举国上下，一片欢腾，欢迎来自仙界的姑娘，庆祝他们又有了王妃。

噶姆森姜措嫁给祝古王宇杰托桂为妃，已近三载。五月初一这天，噶姆森姜措得到神灵的预言，已经到了降妖伏魔的时候，她把自己打扮得比鲜花还美，令人销魂失魄。她喜滋滋、娇滴滴地走出寝宫，手执一把金壶，先为托桂王斟了一杯酒，然后说："古杰地方和我们久有冤仇，第七代祝古大王时期，他们曾出兵到我祝古，杀死了大王的弟弟，又像在山头上猎鹿群一样杀死了我们许多将士，像在山谷中追黄羊一样杀死了我们无数百姓。大王啊，此冤不申你空为大丈夫，此仇不报你枉称祝古王，不把古杰地方拿到手，你的权势是虚空。等到岭国和古杰地方联合起来，就非但报不成仇，反要被仇人所杀。"

听罢王妃一席话，宇杰王如梦初醒："王妃呀，你真是说到我心里去了。我足智多谋的妃子，若不是你提醒我，倒把这前世冤仇忘得干干净净了。好，这次我若不把那仇敌消灭掉，就算是你生养的。"

托桂王传令集会，大臣和战将们应召前来。宇杰托桂把要征服古杰藏区的事一说，立即得到大臣霞赤梅久等人的响应。

宇杰王决定派王兄朗拉赞布带领祝古军出征。

祝古军一路夜宿晓行，所经之处，弱小邦国皆闻风丧胆，纷纷开城让路，不敢有所怠慢。古杰国王丹赤杰布早已得到报告，祝古大军正向他的国境进军。边城森姆宗告急。古杰王速召耶如和云如两地兵马三万，不分昼夜地赶到森姆宗解围。援军一到就和围城的祝古军打了起来。长途跋涉的疲劳，加之人马远远少于祝古，尽管将士们奋力拼杀，古杰兵马还是很快被击败了。打败了援军，祝古军更加肆无忌惮，一口气攻下了森姆宗。

森姆城的守军和耶如、云如两路援军一起退入查姆宗，立即派人把战败的情况向古杰王丹赤杰布禀报，请大王再派援军到查姆宗，共同守城。

攻下森姆宗的祝古军，兴高采烈地欢庆自己的胜利。王兄朗拉赞布命令部队休息几日，准备攻打查姆宗。

丹赤杰布王得到兵败的急报，焦虑万分。如果任祝古军这样节节胜利，古杰危在旦夕。但是，怎么办呢？凭古杰地方的这点兵马，是不能和祝古军对抗的，对抗的结果只能是以卵击石。

大臣们纷纷不召自来。他们也感到情况十分危急，一旦祝古军打进来，古杰地方就有覆灭的危险，人人都难以逃生。君臣们聚在一起，紧张地商议着对策。最后一致决定：第一，再派援军到查姆宗，死守此城。第二，速派人到岭地，向格萨尔大王告急，恳请派兵救援。丹赤杰布王给使臣拿出王宫里最珍贵的宝物，作为觐见格萨尔王的礼品。

再说岭国，雄狮王自从得到天母的预言，决定征服祝古之后，岭地的兵马纷纷聚集到王宫的周围。格萨尔又派使臣前往霍尔国、姜国、门国等十二个邦国，辛巴梅乳泽等大将立即率兵前来岭国，共同讨伐祝古。岭军先到古杰地方，打败祝古兵，解救了古杰之围。

这天，扎拉王子得到天神的预言，要他们降伏黄金洞窟中的祝古君臣的寄魂物方可大破祝古，取得胜利。

第二天，晁通在前，众英雄在后，来到一条山谷，只见山崖重重叠叠，森林郁郁葱葱。谷口有一道流水，顺着谷垴直泻而下。顺着这流水，岭国君臣来到一处像毒蛇般往下蜿蜒窜出的石崖下，一个极其隐蔽的洞口出现在面前。晁通一指："这就是祝古君臣的魂魄所依处，我们今天要把苍狼的獠牙敲下来，把猛虎的皮子剥下来，把豹子的斑点割下来，把大熊爪子掰下来。"

众英雄个个摩拳擦掌，跃跃欲试。洞内的猛兽听见洞外人声鼎沸，也骚动起来。只听那苍狼嚎叫，猛虎长啸，花豹猛吼，大熊咆哮，纷纷蹿出洞来。先蹿出的苍狼把晁通咬住拖来拖去，吓得晁通不敢睁眼。梅乳泽急步赶上，把苍狼劈成了两半。见苍狼已死，黄熊大吼着朝梅乳泽扑去，森达奋起大砍刀，把黄熊的头砍落在地上。花斑豹一跃而起，抱住了森达的头，森达一抬手抓住豹子的两只前爪，一下掼在地上，玉拉抽刀上前，把豹子拦腰砍为两截。只听一声长啸，猛虎蹿出洞来，把众英雄吓了一跳。猛虎直扑玉拉，咬住他的肩膀左摇右甩，王子扎拉上前挥起宝刀，劈开了猛虎的头。

那最后出洞的乃是摧毁三界的大黑熊，咆哮声如苍龙轰鸣，一出洞就抓住玉拉的腰向上一举，又向下一摔。辛巴、丹玛、森达三人挥刀猛砍。黑熊丢下玉拉，又把辛巴抓起，像拖羊尸一样把他拖了去。众英雄紧随其后，拼命想把辛巴梅乳泽救出来。黑熊一眼看见晁通，竟把梅乳泽丢下，直奔晁通，吓得他三魂九魄都蹿到头发尖上了，跪在地上大声哀求："神熊呀，求您饶命，我把那祸首已经引到您这里来啦……"

黑熊并不理会晁通的哀求，一爪下去，抓住他就往嘴里塞。晁通想这下可完了，慌忙把自己变成一块石头。那黑熊见嚼它不动，遂吐在地上。

女英雄阿达娜姆早已忍耐不住，急忙在山岳宝弓上搭上闪电火焰铁箭，连连向黑熊射了三支，直射得大黑熊魂飞魄散，头朝地，脚朝天，像座大山崩塌，倒地而亡。众英雄像鹫鸟掠食一般拥了过去。那晁通比谁跑得都快："这熊尸中有大自在天的亲赐宝物，你们都不知道，由我来取好了。"

众英雄见晁通又要抢功，愤愤不平，待要说什么，被王子扎拉止住了："这黑熊本是我岭国之敌，众英雄不必你争我夺，现在由霍尔、姜国和岭国各出三人，共同把大熊剥开好了。"

众英雄依言而行。从黑熊的脑子里取出三块鸡蛋大的弹丸，这是天魔神、地魔神、空魔神的魂魄依存处。从心脏里取出精铁的九股金刚杵，是那托桂王的魂魄依存处。从肝脏里取出一个明显的鹫鸟翅膀，是众魔臣魔将的魂魄依存处。另外那大熊的爪子、猛虎的皮毛、苍狼的獠牙，这三件东西，在攻克祝古时都是必需之物。

在天母的明示和帮助下，岭国君臣又取得了祝古的黄金福运。琪居色巴氏消灭了九头猫头鹰寄魂鸟，琼居穆姜氏消灭了九尾灾鱼，只是那该消灭野人的珍居文布氏和该消灭毒树的达绒部落各自遇到了麻烦。

这麻烦依然是晁通引起的。预言中本来讲该由文布氏消灭毒树，而野人该由达绒部落消灭，只因晁通怕野人力大凶猛，所以在讲预言时把这两个寄魂物换了一下。因此文布氏找不到野人，达绒部落也寻不到毒树。

拉郭带领达绒部落的人找呀找，找了一天，也没见毒树的影子，回来后问晁通："父亲，找不到那毒树可怎么办呢？您有什么办法吗？"

晁通想起了预言，这才把实话告诉拉郭。拉郭听了很不高兴，让父亲把实话告诉扎拉王子，以便重新分配降伏之物。晁通哪里肯依，况且事已至此，再说就不好了。于是晁通重新焚香占卜，卦曰：消灭毒树之人该是玛宁长官。拉郭无奈，只得去请玛宁长官帮助。

拉郭王子随着玛宁长官走呀走，一下就找到了那棵毒树。那树长在一个小平滩中，就像一具僵尸，树梢上有男鬼猫头鹰在唱歌，树根有女鬼在舞蹈。见了树，拉郭等达绒部落的英雄一齐上前，轮番砍，但奇怪的是，无论怎么砍，也砍不断，用火烧，也烧不着。无奈，只得请玛宁长官亲自动手。那玛宁长官只一下就把毒树砍断，然后用火烧尽。众将高高兴兴地回营复命。

以玉赤为首的文布十英雄，一直朝那罗刹命堡大峡谷走，途中碰上无数次意想不到的困难。好不容易来到那野人栖息的断崖下，找到了恐怖野人。谁知那野人竟刀枪不入，不仅不能消灭他，反倒被他杀死兵将二十多人。玉赤不肯罢休，一直与野人僵持着，已经坚持了七天。晁通等人消灭了寄魂毒树，想起那命该丧于他手的野人，遂带着达绒部落的英雄们朝罗刹峡谷走去。正碰上野人逞凶，晁通还是害怕得发抖，虽然他命中注定该是消灭野人之人。见那野人朝他走来，吓得他扭头就走，从脑后把刀扔了过去。说来也巧，这刀正劈中野人的脑袋。晁通仍没命地往后跑，跑了一阵，觉得无人追赶自己，这才回过头来。见野人已死，喜得他大叫着，蹦跳着，像个小孩。

祝古大臣霞赤梅久带着残兵败逃回祝古。途中，他迷失了方向，错把尼婆罗当成祝古，不顾死活地往那里赶。眼见随从越来越少，他也不以为然，直到看见那茂密的森林和幽深的峡谷，才发现迷了路，但已经晚了。其他的祝古兵将逃回宫城，向宇杰托桂大王详细禀报与古杰地方和岭国作战的经过，把那岭军的厉害加倍地描述了一番，要求大王倾巢出动，一定要与岭国分个高低上下，并把古杰地方踏平。

宇杰王对兵败并不放在心上，只是霞赤梅久未归使他有些担心，但也没有露在脸上。只见他微微一笑："大鹏鸟高飞也有掉羽毛的时候，斑斓虎发威也有爪子失灵的时候，我们常胜的大军今天遇到岭国那些坏小子，有些损失也没什么关系。我们当然不能就此罢休。我们祝古的百万大军，要统统开到古杰地方去。这样的大军，会使日月暗淡，能把大海舀干，能使高山颤抖，会让沙漠让路，我们还有什么可怕的呢？！”

为了增加军马数量，祝古王决计向邻国绒穆塔赞王和噶域阿达王求援。粮草齐备，兵马聚集。为保证军情的准确性，祝古国出兵之前，祝古王派寄魂秃鹫向岭军的方向飞去，侦察岭军军情。岭国士兵一看来了一只异常庞大的秃鹫，立即报告总管王。总管王建议晁通变作一匹死去的马引诱秃鹫停留，当秃鹫来到尸马身边时，晁通立即恢复真身，拉开弓箭射向秃鹫，结果了它的性命。

这边古杰地方的七十六万大军随着岭国的大军迤逦前行。

行至离祝古还有十天的路程时，藏王丹赤忽感不适，遂命四卦师占卜问吉凶。四卦师按卦图所示的三百六十卦，整整推算了三天，才向丹赤王禀报结果：

在祝古的朗嘉托宗，有一座像人狮跳跃似的山峰，山峰上有座四方形的水晶城，城内有一位活了几千岁、叫司贝阿琪甘姆的老太婆，她手里有四件宝物：“一是美丽的隐身木，二是威震三界的黄金锣，三是黑风雨拂尘，四是白风雨拂尘。这四件宝物，若能全部取得，就能统治四大洲；若能取得三件，则能统治三千世界；若能取得两件，则能统治南赡部洲；若能取得一件，则只能统治南赡部洲的一半。若能取得宝物，则祝古即破，若得不到宝物，不要说岭军和古杰军队，就是把四大洲的部队全调来，也难破祝古。”

古杰没有能够取得这种宝贝的能人，只好向岭军求救。这时王子扎拉也得到预言，与众臣商议，决定派达绒长官晁通前往四方水晶城取宝，因为他懂得法术。晁通和丹玛等岭军勇士用法术得到了隐身木等四种宝物，为战胜祝古王做好了准备。

又经过数月的苦战，岭国和古杰联军攻占了王城以外的所有城堡。王子扎拉吩咐诸军，将祝古的王城紧紧围住，真是围得飞鸟无法越过，河水难以流过，清风难以飞舞。

被围在城里的君臣们乱作一团，心不定七上八下，意慌张忐忑不安。这时，空行母所变化的噶姆森姜措三姐妹心中暗想：看起来，消灭北魔，开启祝古兵器城的时机已到。她们三姐妹和宇杰托桂王生活了三载。在这漫长的日子里，虽然开始心里不太愿意，但也过得和和美美，每日里和大王亲亲热热，相互爱恋。现在大王命在旦夕，是不是说服他带着祝古将士臣民一起到岭营中投降呢？若这样，或许可以保全他的性命。想到此，三姐妹在金壶中斟满香茶，在银壶中倒满美酒，在松石盘里摆了牛肉，在玛瑙盘中放上甜食，带着侍女们捧的捧、端的端，摆在君臣们面前。噶姆森姜措从脖颈下的“赡部光明”护身佛盒中取出一条洁白哈达，献于托桂面前，深情地劝大王向格萨尔投诚，还能够保得性命无虞。但是，也许是命中注定，祝古王不愿投诚，要像一个真正的英雄那样，宁可战死，也决不投降。

正如噶姆森姜措王妃所说，不投诚的后果，王城被攻陷，祝古王被格萨尔射杀。

祝古君臣已除，所剩残兵败将全部投降。王妃噶姆森姜措带着众王妃、侍女等前来拜见王子扎拉，献上城内的各种奇珍异宝，并唱了祝愿曲。

岭军攻占祝古之时，格萨尔正在森珠达孜城南面的莲花光寝宫中，坐在狮皮宝座上，巍巍然入了三摩地。

自从岭军进攻祝古，格萨尔一直闭关静修，这样的日子过了一年五个月零三天。这天，格萨尔一起床就觉得心情格外好，正当他闭目静修的时候，天母朗曼噶姆身着绫罗彩衣，佩着珍宝珠玉，打扮得像十六岁的少女一样美丽动人，告诉他祝古城已被攻克，不要懈怠快去祝古地，用化身的妙计为众生做善事。

遵照天母的预言，格萨尔到祝古，大做善事，超度祝古君臣的亡魂到净地，拯救活着的百姓出苦海，开启珍宝库和兵器库，把祝古的兵器及珍宝运回岭地。

32.《阿达鹿宗》

很久很久以前，岭部落先祖曲佩纳布时代，魔王达赤赞布率大军侵犯岭地，杀了岭地的人，抢了岭地的牛羊，摧毁了玛沁雪山脚下的“玛沁鹿宗”，两国之间结下了深深的冤仇。仙女贡曼杰姆给女英雄阿达娜姆降下授记：现在到了报岭部落这个冤仇的时候了，不但要报过去的仇，还要降伏魔王达赤赞布，开启神鹿宝库。阿达娜姆立即向格萨尔王禀报，大王也早有此意，立即召集岭国各部落的兵马到达塘查姆大会场聚集，由大将丹玛下达大王的命令，由王子扎拉泽杰、阿达娜姆、丹玛绛查率领，岭军向魔王达赤赞布的国家进军。

魔王达赤赞布统领的国家，地域辽阔，物产丰富，兵力强大。岭军派去的侦探看到，达赤的兵马如同天上的星星，布满了大地。岭军通过达赤的第一道关口时，遇到达赤的守军，双方发生激战，岭国大将尼奔达雅用长矛刺死了达赤大将赞杰雅玛卡查，突破了第一道关隘。第二道红岩隘口被辛巴和丹玛联合攻克。第三道隘口被玉赤贡恩突破，岭军乘胜前进。

晁通看到别的英雄连连立功，心生嫉妒，在战场上立不了功，就带着达绒部落的去狩猎，企图创造一个奇迹。但是，出征不利，刚一上山，七个勇士就被达赤王的士兵射杀，晁通一无所获，他逃回来，还跑到文部部落说大话，吹牛皮。格萨尔王已经知道这些情形，于是诵经祈祷，超度那七勇士的亡灵，然后只身前往，消灭了魔王的寄魂狐狸，守军头领哈拉布向格萨尔王献关投降，为夺取神鹿宗创造了条件。

国王达赤赞布得知前线失利，非常愤怒，立即召集群臣商议退敌之策，前朝老臣协钦尼玛让厦献言：看来我们打不赢岭国军队，为了保证国王性命不受伤害，为了黎民百姓能够免遭战乱之苦，大王还是早下决心，将玛沁鹿宗献给格萨尔王，过去杀了岭国的人，应该按照规矩赔偿命钱，抢掠来的东西，应该归还人家。达赤国王大怒，不但听不进他的良言，还把他逐出大臣之列，从此不允许他进宫议事。立即下令集合全国兵马，并领军发起进攻。

女英雄阿达娜姆得到天仙授记，只身出阵迎敌，一连杀死桑珠赞布等几大将，声威大振。辛巴和丹玛联手，杀死了魔将沙桂雅梅、达纳查吾、桑珠达杰等人，大获全胜。魔将东查虎巴见那么多兄弟被岭军打死，悲愤难抑，不顾一切冲向岭军大营，要为他们报仇。阿达娜姆挥刀迎战，将他斩于马下，接着又将魔国名将赞杰崩仁砍为几截，大显神威。丹玛用神索套住魔将桂波托赤布赞，并将他活捉。

晁通见各路英雄都取得很大战果，唯有自己寸功未立，使施用法术，将整个岭营隐蔽起来，使前来进攻的达赤兵马找不到对手，英雄无用武之地，而岭军可以随时出击。晁通认为自己为岭国立了一大功，比杀死几个敌人，作用更大，沾沾自喜。

格萨尔趁机降伏了魔王达赤的寄魂野牛。丹玛冲进魔王兵营，将魔王达赤的坐骑宝马琼桂登钦抢来。岭国战神用法术诱导魔臣哈拉误入岭营，被噶德活捉将他摔死在岩石上。总管王绒察查根下令包围达赤国王的宫殿，魔臣尼玛让厦带领一部分将士向岭国投诚。格萨尔王亲自降伏了魔王达赤。森达阿东打死守城的魔将姜楚昂纳，在宫殿顶上高高地升起绘有猛虎、雄狮、大鹏、苍龙的战旗，格萨尔王和岭国的英雄们会聚在宫殿之中，在“扎噶协宗”城堡前举行祈祷法会，祈愿当地的守护神和地方神协助岭军打开宝库，阿达娜姆双手高举用彩旗缠绕的宝盆，呼唤宝物的“央”。宝库缓缓开启，如潮水奔涌，从宝库里面依次走出十三种不同的神鹿。格萨尔王用智慧法力，将神鹿分给各个邦国和各个部落。从此，雪域之邦有了珍贵的神鹿，成为黑头藏民的生活中不可或缺的宝物。神鹿的肉可以食用，神鹿的角可以制药，造福黎民百姓。

格萨尔弘扬白色善业，在过去魔王达赤赞布统治的地方，升起了幸福的太阳。善待所有主动投诚的魔王达赤的王妃、王子和将士们，并委托达赤王子达鲁尼玛扎巴为达赤地方的长官。

33.《朗特宝藏宗》

格萨尔王降伏了许多妖魔鬼怪，收服了许多邦国和部落之后，在狮龙宫殿

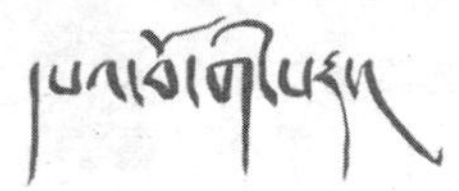

闭关修行。一天，姑母朗曼噶姆给他降下授记，告诉他：降伏朗特宝宗的时候到了。第二天天一亮，格萨尔王就下令，让岭国各部落和各邦国的军队迅速到岭地查姆岭大广场集合，不得延误。按照大王的命令，各路大军很快聚集到一起。丹玛绛查、阿达娜姆、索波大臣朗卡托澎、霍尔辛巴梅乳泽等大将一起去拜见格萨尔王，大王给他们灌顶祈福，赐给护身符，然后立即出征。

大军出征时，以森姜珠牡、丹玛的女儿丹姆措、莱琼鲁姑查娅等岭国著名的五大美女为首的驻守家园父老乡亲都来送行，为他们焚香祈福，祝愿将士们早日平安地凯旋。

与此同时，晁通大做法事，运用法术，给朗特国降灾祸。晁通的法术十分灵验，朗特国里立即出现了很多异常现象，灾祸频生，弄得人心惶惶，军无斗志。丹玛等岭军先锋趁势到达北方达纳查吾地方，攻占各个关隘和山口，控制所有险要地方，为大军打开了通道。

这时，岭国的战神也对朗特国王朗赤多丹扎巴进行误导，激起他对岭国的仇恨，国王心想，觉如这个坏家伙，他占领了岭国周围的很多地方，抢夺了他们的许多财宝和能够获得宝物的“央”。不但如此，还十分狂妄地想占领更多的地方，抢夺更多的财宝，在当今这个世界上，能够打败觉如这个坏家伙的只有我朗特国王朗赤多丹扎巴，于是召集群臣，商议如何进攻岭国，打败觉如。群臣都附和大王的主张，认为应该立即派兵攻打岭国。个个摩拳擦掌，慷慨激昂。唯有国王心爱的公主梅朵娜泽不赞同父王的主张，她向父王禀报：昨晚我做了一个梦，出现许多凶险之兆，预示朗特国会遭祸殃。今晨我心神不宁，也是不祥之兆，公主向父王进言：“恳请父王息怒，不要发兵进攻岭国，不要与英雄格萨尔王为敌，否则必然会遭祸殃。”但是，朗特国王根本听不进公主的劝告，反而斥责女儿，说：“你们女流之辈，头发长，见识短，不许你们参与国政。”同时命令达赤桂波、托列桂波、朗卡托钦三个大臣，率领大军向岭国进军。朗特军队到达北方岩石山达纳查吾时，抢劫了岭部落的一个大马群，岭部落派人来追讨，朗特与岭国之间的战争，就从这里开始爆发。

以阿达娜姆为首的岭国勇士们与朗特国军队发生激烈战斗。丹玛主张岭军应派出许多小部队，先抢占各个山口。按照丹玛的布置，岭军以少胜多，获得巨大胜利。双方的战斗在各个战场激烈进行。这时，姑母朗曼噶姆向格萨尔降授记：大王应亲自带兵去增援。格萨尔率领岭国大军，迅速来到前线，与阿达娜姆、丹玛等人会合。援军到来，军心大振，丹玛要独自一人向朗特军发起进攻，以胜利迎接格萨尔王。阿达娜姆劝丹玛不要逞匹夫之勇，应该与辛巴联合，一起进攻。格萨尔王和其他将领都赞成阿达娜姆的主张。丹玛与辛巴合兵一处，向朗特发起进攻，岭军大胜，除阿噶姜赤桂波等少数人逃跑外，其余朗特军全部被消灭。

打了败仗逃回来的阿噶姜赤桂波不敢回到朗特国王那里，他率领七十多名忠于自己的勇士，带着哈达和贵重物品，去拜会阿达娜姆、丹玛和辛巴等人，表示愿意向岭国投诚。

按照朗曼噶姆的授记，格萨尔到昂钦九峰魔王山降伏有九个铁头的黑色毒蛇，它是朗特国王的寄魂物。这只毒蛇，有九个铁头，魔力极大，只有摧毁了九个蛇头，才能将它彻底制服。格萨尔王用神箭将九个铁头一个个射杀，终于制服了朗特国王的寄魂物，为岭军进攻朗特王城，扫除了一个重要障碍。

朗特国王的寄魂物被降伏，但他命不该绝，还有力量，为了报复，当夜他派大批兵马去袭击岭营。岭军知道魔王的寄魂物被制服后，他会疯狂地进行报复，因此早有准备。当朗特军来闯营时，扎拉王子、辛巴、丹玛、阿达娜姆等勇士一同出击，消灭了夹褚金、昂钦唾桂等朗特国的大将。

王子扎拉泽杰率领岭军攻占了通往王城的第一道关隘；噶德曲炯等人用火炮攻克了第二道关隘，打死了朗特大将朗赤珠拉。丹玛射杀了另一个大将辛堆昂玛。

朗特的大将差不多被消灭。岭军再次发起猛烈进攻，迅速攻破第三道、也是最后一道关隘，将岭国战旗插遍周围的城堡顶上，并将森姆达宗王宫像铁桶一样严密包围。朗赤多丹扎巴企图乘天梯逃往梅岭国，格萨尔看见后，挥舞宝剑，将他劈为两截。岭军降伏了朗特宝藏宗，彻底摧毁了魔道，弘扬白色善业。然后将朗特国的宝藏带回岭国，受到岭国百姓的热烈欢迎。

34.《雪山宝藏宗》

蕴卡瓦噶博，是一个非常美丽的地方，高原地方，雪山巍峨，高耸入云，雪山上有威武的雄狮，中部地区，绿树成荫，林中有各种珍奇的鸟类，平原地区，草原辽阔，湖泊星罗棋布，如繁星点点。蕴卡瓦噶博地方的百姓，过着吉祥安康、美好幸福的日子。

距离蕴卡瓦噶博不远的地方，有两个分别叫棕色魔国和叫黑色魔国的国家，他们依仗自己有强大兵力，经常侵犯蕴卡瓦噶博的土地，抢夺他们的财宝。黑色魔国国王有三个儿子，都有资格继承王位。老国王刚一死亡，三个儿子就为争夺王位发生内讧，大打出手，最后信奉外道的大儿子墨尔底纳布继承王位，统治着这个黑色魔国。墨尔底纳布这个人嗜杀成性，他派兵四处烧杀掠夺，杀了许多野牦牛，用湿牛皮做帐篷；杀了许多野马，用马肠子做绳索；杀了许多梅花鹿，用鹿角做旗幡；杀了许多斑斓猛虎，用虎皮做衣服；杀了许多花豹，用豹子皮做垫子。墨尔底纳布喜欢吃血淋淋的肉，喝鲜红的血，他极端残忍，做尽

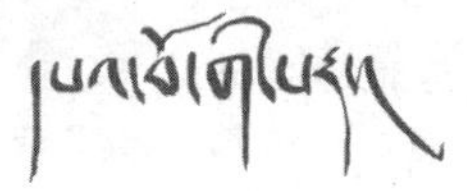

了人世间的坏事。

墨尔底纳布不满足于烧杀掠夺，上山狩猎，他想占领整个蕴卡瓦噶博这个美丽的地方，于是派兵侵犯，杀死了无数无辜百姓，射伤了国王扎西饶杰，占领了整个蕴卡瓦噶博国家。扎西饶杰国王还没有来得及留下遗嘱、交代后事就过世了。墨尔底纳布国王本是魔王转世，他无恶不作，吉祥安康、美丽富饶的蕴卡瓦噶博生灵涂炭，山岗之上，布满尸体；江河之中，流淌着鲜血，财物被抢劫一空。百姓们朝不保夕，啼饥号寒，苦不堪言。

蕴卡瓦噶博的国王已经过世，王位无人继承，为了拯救受苦受难的百姓，蕴卡瓦噶博的保护神念经祈祷，设法将当地的情况告诉龙王邹纳仁庆，请他告诉格萨尔，快来拯救蕴卡瓦噶博的黎民百姓。格萨尔本是天神、龙神、念神三神合为一体之身，大王的阿妈是龙王之女，龙王稍一指点，格萨尔就明白了自己的使命，立即召集群臣商议，并决定达色拉桂崩鲁做前锋，向蕴卡瓦噶博地方进军。

达色拉桂崩鲁率领岭军，来到蕴卡瓦噶博地方，远远地看见名为“珍纳顶康”的王宫，“珍纳顶康”，意思是“云雾中的宫殿”，正如它的名称一样，高耸入云，雄伟壮丽，主宫周围，绿树环绕，草原如同铺上绿色的地毯，林中各种鸟类啼鸣，是一个十分幽静美丽、仿佛是神仙住的地方。如今却叫墨尔底纳布这个魔王糟蹋成为人间地狱，百姓苦不堪言。格萨尔王率领的军队，肩负着抑强扶弱、惩恶扬善、弘扬白色善业、消除黑色恶业的使命，一定要消灭这个恶魔。

占领了王宫的墨尔底国王得知岭国大军到来，非常惊慌，也非常愤怒，说：“你这个坏孩子觉如，不管好你岭国地方，跑到我这里来捣什么乱？”立即下令让大臣柏蜕昌巴米玛率领大军去迎击岭军，双方激烈交战，死伤众多，魔臣柏蜕昌巴米玛被岭军乱箭射死，其余将士逃回王宫。

蕴卡瓦噶博大臣扎西顿珠偷偷来到岭营，向达色拉桂崩鲁大将详细禀报了百姓们遭受的苦难，希望格萨尔王的军队拯救他们出苦海。阿达娜姆作为一个女将，听了百姓遭受那么深重的苦难，母亲遭杀戮，遍地是被遗弃的孤儿，她怒不可遏，立即挥舞宝剑，披挂上阵，冲向魔阵，魔将达瓦白出来迎战，他们两人先比剑法，后比箭法，战了无数回合，不分胜负。墨尔底的将士见用刀剑战胜不了阿达娜姆，于是抛出魔绳，将阿达娜姆套住，然后捆得结结实实，带到军营，准备送到墨尔底地方处置。远在岭国的格萨尔王，看见了在前线发生的一切，他立即幻化成一个外道上师，把神驹江噶佩布幻化成一根手杖，把兵器幻化成上师的法器，在一个深山的禅房，装扮成坐禅修行的模样。

墨尔底纳布国王将阿达娜姆和大臣扎西顿珠带到法场，准备当众处死。忽然，刮起一阵旋风，黑云翻滚，云雾之中，出现一个罗刹，念着咒语，对国王说：墨尔底纳布不要怠慢快过来，尝尝我上师手中的祭品。把各种秽物倒到国王身上，国王像中了毒气一样，立即昏厥过去。大臣们十分惊慌，不知所措，一个人提醒大家，应该派人到"罗堆卡涛"禅房去请外道上师，请他做法事，消灾驱魔，才能拯救国王的性命。王宫里立即派人去请，可是没有请到。

岭军趁机冲入法场，把阿达娜姆和大臣扎西顿珠救出来，带回岭营。

这时，晁通运用法术，在墨尔底内部散布谣言，制造隔阂，互相猜忌，产生矛盾，最后发生内乱，墨尔底大臣达日伦与堆魔巴热之间相互仇杀，搞得天昏地暗。岭军趁机进攻，大获全胜。

墨尔底虽然遭到惨重损失，但纳布国王毕竟是魔王转世，魔力非凡，手下也有很多魔兵魔将。墨、岭之间，进行长期你死我活的战争，双方都遭到重大伤亡，唐色玉珠的儿子唐色珠扎被墨尔底人杀死。为了报仇，霍尔兵向墨尔底部队发起进攻，打死了哲思达查等七个魔国大臣，魔军大败，岭军乘胜占领了蕴卡瓦噶博王城，夺得了那里丰富的雪山宝藏。

35.《梅岭之战》

在岭国的北方，有一个国家，叫梅岭金子国。老国王膝下有三子，长子名朗如赤赞，力大无比，威猛过人；次子达赤拉堆，笃信外教，心狠手毒；幼子达噶尼玛虽武艺高强，却心地善良，对两位哥哥的恶行时有不满。老王死后，长子朗如赤赞做了国王，有了权势，更加肆无忌惮，作恶多端；二弟达赤拉堆更是如鱼得水，助纣为虐。兄弟二人的恶行常常受到幼弟达噶尼玛的劝阻，二人非但不听，反而认为弟弟是有意与他二人为敌，遂下决心要除掉这碍手碍脚的小弟弟。

二人左商议右商议，终于想出了一个办法。

这天，朗如王找来了梅岭金子国有名的九个刽子手，对他们说："我的三弟一贯心术不正，要与我争夺王位，现在命你们将他用草绳捆绑，送到叫作'火山喷涌'的天葬场上去。"见九个刽子手面露惧色，朗如王很是不悦，说："那里有毒蛇猛兽，不用你们动手，用不了多一会儿，达噶就得丧命。"

九个刽子手遵旨将达噶尼玛用草绳捆缚着，送到那毒蛇猛兽出没的天葬场，就飞也似的逃回王宫复命。

达噶尼玛被捆绑着，躺在地上，身边围着一圈毒蛇和猛兽，它们不但没有伤害达噶，反而护卫着他，给他吃喝。达噶身上的草绳自己断了，达噶能起身自由活动了。但是，他再也不想回到那魔窟般的梅岭王国，也不想见那恶贯满盈的两位兄长。他要到一个干干净净、没有罪恶的地方去。达噶拜谢了护卫他多日的毒蛇猛兽，来到一个距梅岭不远的秘密山洞中闭关修行。修行到了三九俱全的日子（指九年又九个月零九天），达噶忽然想看看两个哥哥在做什么，也想知道梅岭的百姓生活得怎么样。于是，装扮成乞丐模样，往梅岭而去。

自从除掉幼弟后，朗如王兄弟二人更加为所欲为地鱼肉梅岭百姓。行善的，遭祸殃；作恶的，受奖赏。没过多久，朗如赤赞王就恶名远扬了。天下人都知道他有战将九十人，勇士七十人，属民四十三万户，更有那无敌英雄嘉拉兄弟三人辅佐他。朗如王因此日益骄横，不把天下人放在眼里。

看到这种情形，达噶尼玛内心感到十分痛苦，他认为应该帮助梅岭的百姓消除苦难。但他也知道，仅凭自己一个人的力量，无论如何对付不了两个哥哥，怎么办？于是，他想到了格萨尔大王，听说岭国有个格萨尔王，专门降妖伏魔，惩恶扬善，我若去投奔他，不愁战不胜两个哥哥，梅陵的百姓们也就有救了。达噶尼玛立即动身前往岭地。

恰在这时，格萨尔正在森珠达孜宫安寝，天母朗曼噶姆向他预言说："平服梅岭的时机已到。"

第二天一早，就在格萨尔下令岭国各部首领到王宫前的坝子聚集的时候，达噶尼玛装扮成一个乞丐，来到了岭地。丹玛一见这人面生，便问："喂，四处流浪的乞丐，你是从哪里来的？要到哪里去？"达噶也停住脚步，细细打量起面前这位大将来，心想："看这大将的穿着打扮、说话的口气，定是岭地英雄丹玛。"就回答说："可尊敬的大臣啊，我并不是四处流浪的乞丐，而是大宗族的人，从梅岭而来，要求觐见雄狮大王，有要紧的事情禀告。"

丹玛一听是梅岭王子，就立即带他前往森珠达孜宫去谒见雄狮大王。

达噶尼玛见到至高无上的雄狮大王，立即匍匐在地，磕了三个长头，献上洁白的哈达，然后禀告："我从梅岭来，名叫达噶尼玛，是梅岭王的三王子，不是无食而游荡，不是无衣而行乞，也不是无家可归而流浪，只因梅岭起祸殃。自从父王去世以后，兄长二人掌朝纲，因我不能将神魔平等看，王兄将我送去喂猛兽……久闻岭国是圣地，雄狮大王降妖伏魔镇四方，达噶今日来投奔，恳请大王收留我。"

格萨尔闻听此言，甚为感动，再看王子模样喜人，更是高兴，遂命丹玛将他带回宫中暂住。又对达噶说："你就先住在丹玛帐内吧，我答应你，从今往后，今生今世都恩护着你，不必忧虑，不必焦急，好孩子。"

一个月后，各国各部人马到齐，雄狮大王的宝帐内，设有日月相对的金座，格萨尔大王和王子扎拉已经坐定。格萨尔环视四周，对梅岭王子达噶尼玛说："岭国众将领还不认识你，亲爱的王子啊，给大家表演一下你的武艺吧，我们都想看看哩！"

表演什么呢？达噶尼玛想了一下，从弓袋箭筒中取出弓箭，走出大帐，举目四望，想找个目标。

只见远远的吉拉石崖顶上，雄龙像野牛奔腾，雌龙像骆驼跳跃，赤电火花四射，在石崖中心，竖着一支雷箭，有九个太阳大。达噶尼玛点了点头，选中那雷箭作为射击目标。只见他张弓搭箭，一扬手，银扣箭飞了出去，石崖顶上的那支雷箭立即向四方迸裂，碎为齑粉，那石崖却连水点大的岩片边也没有震落。众人看得目瞪口呆，半晌才纷纷说："丹玛的箭术，号称举世无双，达噶的箭术却比丹玛的还要厉害，岂不奇哉?！"格萨尔大喜，立即封达噶尼玛为"古拉箭王"。达噶从此名声大震，丹玛将自己的幼女嫁与箭王为妻，并封他为三十一万零五百户的总长官。

达噶尼玛有了官位，有了妻子，也有了名号，现在只有一件事未做，那就是返回梅岭。其实，格萨尔大王早有安排，讨梅大军也已准备完毕。大王一声令下，岭军浩浩荡荡往梅岭而去。

一个月后，大军已经来到梅岭境内。这天宿营后，大王召集众将议事，商议如何取下梅岭。古拉箭王达噶尼玛心想："若是梅军与岭军开战，双方都会死很多人。特别是两个哥哥，虽然行为不端，我也要以慈悲之心感化他们，最好劝他们投降雄狮大王才好。"

岭国君臣认为古拉箭王言之有理，格萨尔立即派使臣三人前往梅岭王城去送信劝降。三人走了二十天，才来到梅岭王城。三人进宫，向朗如赤赞大王呈上信件，朗如王看毕，心中暗暗冷笑，想我堂堂朗如王，怎么能投降呢?！他立即挥笔写了一封回信，大意是要格萨尔好好守住自己的岭地，不要贪婪，不要借机侵犯梅岭金子国，如果不自量力，前来进犯，定遭祸殃。

打发了三个岭国使臣，朗如赤赞立即派小臣去召集梅岭四部和内外大臣首领前来王宫，立即点兵布将，命嘉拉旺如拉赞、朱拉梅杰罗玛、达雅辛杰罗玛兄弟三人各带九员大将、三万士卒，又命九员大将各带兵士一千五百人，埋伏在北方阴谷中，一旦岭军敢来进犯，放箭要如冰雹降，挥刀要像电光驰，一举歼灭。

将士们依令而行，浩浩荡荡开出梅岭王城，第十五天头上，来到杂曲惹梅河边，在三个渡口上安营扎寨。嘉拉决定梅军不再前往，就在此地等候与岭军交战。倚仗杂曲河天险，打败岭军。

不久，岭国大军也来到杂曲惹梅河边，两军展开激战。无论嘉拉三兄弟如何吹嘘，自以为天下无敌，取得了一些小胜，但在格萨尔率领的岭军面前，结果是明显的，梅岭军队大败，岭军乘胜追击，包围了梅岭王城。梅岭军屡战屡败，很多大将被岭军杀死，朗如赤赞王怒不可遏，亲自带着朱拉和帕拉两员大将冲出王城，闯入岭军大营。格萨尔率众英雄亲自迎战。一番恶战，帕拉被斩，朱拉被擒，朗如赤赞王独自一人逃回王宫。格萨尔见朱拉英勇非凡，有意收降，但朱拉死不肯投降，还大骂格萨尔和岭国众英雄。雄狮王见他如此顽固，就下令挖一个三角形的九层深坑，将朱拉投入坑内活埋，又用九层黑色岩石压在上面，顶端放了一束黑花，表示既要消灭魔类，又要超度他们的灵魂。

梅岭国连损两员能征善战的骁将，如同宫殿倒了栋梁，上上下下一片惊恐。众臣认为梅岭再也无力抵挡岭国的进攻，唯有朗如赤赞王觉得胜败尚难确定，执意亲自出城迎战岭军，为朱拉等几位大将报仇。

王子觉卧朗热已经十三岁，自觉已经成人，欲替父分忧，向父王请战出城。众将不忍让年少的王子出阵，但王子志坚意决。朗如王只得应允，让王子随自己出城。

梅岭国王父子二人率众将从东门杀出，刀光如闪电，箭矢似冰雹，锐不可当。岭军纷纷向后退去。朗如王父子率军猛烈冲杀，岭军伤亡不计其数。

雄狮大王闻报，率众英雄摆开阵势。森达一马当先来战朗如赤赞王。二人你来我往，战了约有一顿茶的工夫，虽没分出胜负，森达却见力怯，心中一着急，立即默默念诵，求格萨尔大王助他一臂之力。这一念诵，顿时像是换了一个人。森达纵马向前，只一刀，就把朗如赤赞劈为两半。岭军呐喊着冲上去，将朗如赤赞的首级取下。

王子觉卧朗热见父王被杀，急得红了眼，今天若不能为父报仇，还有什么脸活在世上？王子打马飞到森达马前，与森达战在一处。那玉赤对森达叫了声“让我收拾他”，就冲了过来，谁知这一冲，正撞在觉卧朗热的刀刃上，玉赤立即滚鞍落马而亡。

岭国众英雄一见玉赤身亡，一拥而上，把觉卧朗热围了个严严实实。格萨尔见王子年幼，不忍杀死他，只用剑轻轻一点，觉卧朗热的灵魂就像青鸟一样飞向了天空，飞到了净土。

朗如赤赞父子被降伏后，王妃东噶仓央和大臣班玛扎巴率残余兵将和全城百姓烧香扬幡，迎接格萨尔大王入城。

在梅岭厦娃玉隆地方，藏有一种比阿扎玛瑙国的玛瑙还要珍贵的玛瑙。格萨尔亲自率众英雄来到厦娃玉隆的一面石壁下，将手中的彩带轻轻挥了三下，巨大的石壁一下开了三个门，芬芳的香气飘了出来，悦耳动听的鼓乐声回荡其间。三个一庹长的玛瑙小男孩，从三个石洞中款款走出，右手举着彩带，左手托着宝盆，念诵祝词。祝词尚未念完，各色各样的玛瑙如同泉涌，从石洞中源源不断地涌了出来。接着，又跑出骏马、牛犊，飞出雄鸡和杜鹃，臣民百姓见了，无不欢喜。

格萨尔亲自主持，将梅岭的这些珍宝分给岭国各部和各属国以及梅岭的臣民百姓，整整分了十八天。

分罢珍宝，格萨尔委任大臣古热托杰掌管梅岭国政，然后率军班师回岭。

36.《底噶尔佛法宗》

北方有一处名为酿昂格巴嘉仁的地方，这里居住着一个食人肉、饮人血，被称为门玛尼沃迦的部落，国王名叫底噶垂吉杰布，他属下有食肉女妖的七个儿子担当重臣，他们利用自己所掌握的神变之术危害四方生灵，他们将与自己不同类的人视为妖孽，有些被他们杀死，有些用幻术变作非人非畜的畸形生灵。

阿尼贡曼杰姆给岭国降下授记，要他们去降伏无道门玛尼沃迦部落。岭国军队接受授记后，立即进军外道之地，两国之间发生战争，门玛尼沃迦人精通神变之术，十分难以对付，双方交战长达数年之久。

擅长神变之术的妖魔七兄弟杀死不少岭国勇士，还将一些勇士活捉后，将他们变为畸形生灵活活受罪。晁通心生悲悯，使用神变之术将这些被变为非人非畜的勇士转变为人。岭国勇士贡巴达雅也精通神变之术，他降下利器冰雹，用雷击死妖魔七兄弟中的三名，但对其他四个妖魔却无法应对，他们依旧用法术残杀着岭国军士。

就在这关键时刻，格萨尔王心生一计，在眉宇间展示神、龙、念三种境界，在手心展示十八层地狱及三千世界的情景，使得妖魔四兄弟顿生敬仰之心，立即遁入佛门，在降伏外道底纳和底玛之时，他们做出了重大贡献。格萨尔王降伏底噶神变王，获得各种伏藏宝物。

37.《廷牟尼神宗》

格萨尔王降伏祝古兵器，获取金子“宝央”，率领岭国大军，返回查姆岭的途中，姑母朗曼噶姆给格萨尔王降下授记：降伏亭域地方魔王魔臣的时候到了。

也就在这个时候，亭域国王朗卡杰村得知那个叫觉如的坏孩子，到北方降伏了无比强大的祝古兵器国，威震世界，普天之下，没有人不知道格萨尔的名字。朗卡杰村心想，最近我做了很多噩梦，都是不祥之兆，是不是觉如那个坏孩子要来侵犯？于是下令严密把守山口、路口和河口，不让岭军一人一马进来。

格萨尔令大食部队和碣日部队做先锋，浩浩荡荡向亭域地方进军。亭域将士发现后，堵住各个山口、路口和水路，而岭国军队则要强行通过，双方的战争就此开始。

亭、岭之间发生战争，胜败难分之时，绒察查根按照授记布置作战，决定加强对亭域的军事攻击，双方展开了更加激烈的战斗。在这关键时刻，格萨尔王亲自出征，给亭域重大杀伤。亭域的大臣们感到战况对自己不利，主张与岭军议和停战。但亭域国王听不得这些忠言，他下令动员全国所有能打仗的人，都必须出征，向岭军发起攻势。

亭域大将毒然米基力大无比，独闯岭军大营，势不可当，用铁球击中岭国大将尼崩，使他落马昏厥过去。岭军救起尼崩，巴拉感到十分愤怒，也独闯亭域大营，杀死魔臣卡琪，为尼崩报了仇。阿达娜姆带领岭军进攻亭域，杀伤大量亭域兵马。

亭域大臣宁赤见自己方面连连受挫，独自一人不顾一切地冲进岭营，岭军没有防备，达绒部落的人受到很大损失，色巴东本和昂钦两员大将也被宁赤杀死。他大胜返回亭域。

尼崩为了报上次一石之仇，独自一人冲进亭域兵营，一路冲杀，杀死了魔臣多登和崩图等二十余人，获得大胜。

为了阻止亭域军队的进攻，并尽快打败他们，格萨尔首先摧毁亭国国王的寄魂鸟，然后又到“东拉噶姆”地方，消灭寄魂野牦牛、寄魂狮子和寄魂虎，紧接着，双方又开展激烈战斗，由于国王的寄魂物都被消灭，将士失去作战能力，逐渐被消灭，国王朗卡杰村成了孤家寡人，企图逃往外地，格萨尔一箭将他射死。

格萨尔在亭域地方弘扬白色善业，给亭域百姓带来和平安宁的日子，同时获得了天然自成的神像，将他迎回岭国。

38.《乌斯茶宗》

格萨尔降伏穆古骡子宗，获得骡子“宝央”，胜利回到岭国才三个多月，在岭国的东方，发生了一件重大事情，东方有一个叫阿郎乌斯地方，由于先辈们积德行善，思及后代，那里盛产茶叶，行销各个地方，上至王公大臣，下至普通百姓，都非常喜欢喝那里的茶，乌斯地方的人世世代代以种茶为业，茶叶生活，过着十分富裕而安详的生活。乌斯的茶业兴盛，引起周边一些地方的羡慕，由羡慕产生嫉妒之心，总想获取那里的“茶央”，据为已有。

一个叫“当司米古”的罗刹转世的女魔王，她率领三百六十个女臣，像天上的星星那样多的女兵，来到上部乌斯茶山，控制了那里的茶叶。一个叫“四头毒蛇”的男魔王，率领三百六十个男臣，男兵像云雾一样占据满山遍野，占领了中部乌斯茶山，霸占了那里的茶叶。魔王噶饶旺秋的王子，黑色魔国的核心噶然旺秋率领大军，像一片黑乌鸦一样，侵占了整个下部乌斯茶山。魔王、罗刹和乌斯的内奸，三方面勾结起来，无恶不作，他们吃人肉，喝人血，用血淋淋的人头砌“拉泽”，用人骨头做城堡，整个乌斯地方，成了罗刹和魔王的屠宰场，一片恐怖，上至乌斯国王大臣、王妃王子，下至黎民百姓陷入苦海之中。

噶饶旺秋召集罗刹“当司米古”和魔王“四头毒蛇”到乌斯王宫，自己威严地坐在国王宝座上，宣称从今天起，我就是乌斯茶宗的国王，你们都要听从我的号令，还举行了隆重的坐床大典。当司米古和四头毒蛇自知噶饶旺秋势力强大，而又极其残忍，便表示愿意臣服。

守护乌斯茶山的护法神，看到这种情形，大为不忍，顿生慈悲之心，自己又无能为力，仅凭自己的力量战胜不了这些罗刹和魔王，于是向天神祈祷，恳请天神派神兵降伏这些罗刹和魔王，拯救苦难中的百姓。在天界的姑母朗曼噶姆立即给格萨尔降下授记。

与此同时，乌斯国的玉珍玛等茶主三姐妹，她们是空行母的化身，因此虽然年轻，但十分懂事，她们不辞辛劳，翻山越岭，来到岭国，请格萨尔前来征讨罗刹和魔王，拯救苦难中的百姓，夺回珍贵的“茶央”。

按照天神的旨意、百姓的请求，格萨尔亲率大军，降伏了噶饶旺秋和罗刹，夺回了茶宗，获得了珍贵的“茶央”。

39.《穆蒙银子宗》

霍岭大战期间，格萨尔降伏了霍尔国白帐王和黄帐王，灭了霍尔国，使它成为岭国的一个属国，曾经威震世界的霍尔国，沦为格萨尔旗下的一个小邦国。只有黑帐王逃离了霍尔。他想，当初白帐王不听我和辛巴的劝告，硬要兴兵去抢珠牡，结果自己死于刀下，霍尔国也亡了。霍尔战败之时，黑帐王带着十五名勇士和十万大军，离开霍尔，到琼布国王才旺登巴那里寻求保护。琼布国王允许黑帐王和他带来的人马居住在琼布国，给他们金银、粮食和所需物品，并告诫他要认真思考霍岭大战的起因、战事经过，以及应有的教训，没有答应与岭国作战、帮助他们恢复失地。

这样平平安安地在琼布地方过了几年宁静的日子，但是，黑帐王内心并不宁静，他复仇之火不但没有熄灭，反而随着时间的推移，燃烧得更加猛烈，他见琼布国王不愿帮助他复仇，就想别的办法。他听说有一位精通法术的上师，叫特让喇嘛让巴，便秘密拜访他，告诉他这几年离乡背井、远离亲人、寄人篱下所受的苦难生活，他表示希望精通法术的上师，指导他怎样才能修炼得道，精通法术，打败岭国，收复故土。特让上师得知黑帐王与他自己一样，信奉外道，仇视白业善法，于是答应运用法术，帮助他复仇。他们一同去找同样信奉外道的穆蒙银子宗的国王杳热琼修帮助。

这时，格萨尔降伏穆古骡子宗刚刚回到岭国，姑母朗曼噶姆给他降下授记：告诉他黑帐王秘密去拜见外道上师，穆蒙国王查热琼修已经答应他要打败岭国，为白帐王和黄帐王复仇，你应该赶紧率领岭国大军去降伏穆蒙国，夺取银子“宝央”。

得到姑母授记，开始时，格萨尔王并没有像往常那样立即行动，他心想，多年来，年年征战，将士们和老百姓都十分辛劳，疲惫不堪，应该给他们一个休养生息的机会。再说，每次战争的结果，双方都要死很多人。给百姓造成极大痛苦。因此，当特让喇嘛念诵咒经，诅咒格萨尔王，施行法术伤害岭国时，格萨尔也没有太在意，更没有打算兴兵征讨。

特让喇嘛让巴更加肆无忌惮，以为自己的法术发生了作用，格萨尔王奈何不了他，不但用法术诅咒，还派兵攻打达绒部落，达绒长官晁通带兵反击，攻下穆蒙宗的一个城堡。穆蒙国王大怒，不听老臣和泽珍娜姆公主的劝告，率领大军进攻岭国。在这种情况下，格萨尔不得不率军征战。

穆蒙与岭国之间的战争就这样发生了。

这场历时数年的战争，大致经历了三个阶段：

第一阶段，双方都在向对方发起攻击时，在山路上相遇，狭路相逢，战斗激烈，双方都有很大伤亡，岭军打退了穆蒙军的进攻，取得初步胜利。

第二阶段，岭军主动发起进攻，夺取穆蒙的城堡，格萨尔王射杀了穆蒙国王的寄魂物一双神鸟。

第三阶段攻下穆蒙王城，格萨尔射杀企图逃跑的查热琼修国王，活捉了国王的姐妹。格萨尔在公主泽珍娜姆的帮助下，开启穆蒙银子宗的宝库，获得“银央”，并娶公主泽珍娜姆为妃，然后胜利返回岭国。

40.《巴噶拉神奇王》

辽阔无际的海洋的那一边，有一个用金山、玉石山、银山、海螺山等各种珍宝环绕的大国，国王叫巴噶拉神奇国王，在很久很久以前，魔王露霞巴纳布、魔狗罗噶当斯钦巴纳布等先后降生在这个国家，然后噶拉国王转世，国力十分强盛，财富极为丰富，妖怪组成的军队如同天上的繁星布满大地。

国王任命东方夏瓦茹仁、南方九头森布、西方帕瓦岗吉、北方鲁赤纳布等四人为防守外城的大将。国王的王宫由四个城堡组成，十分宏伟，任命四个大臣防守内城，整个巴噶拉防卫十分坚固，可谓坚不可摧。国王巴噶拉这一年已经一百八十岁，他听说东方岭国地方，有一个叫格萨尔或“觉如”的人，他降妖伏魔，威名远扬，国王顿生嫉妒之心，怎么能让“觉如”这个小儿名扬天下，超过我巴噶拉，于是率领大军进攻岭国，决心要消灭这个觉如。

巴噶拉不自量力，自取灭亡，魔军被岭军消灭，岭军攻进巴噶拉境内，王妃赤姜手捧哈达向格萨尔投降。格萨尔在巴噶拉国弘扬佛法，造福百姓。

地狱篇

按照传统的说法，说唱艺人讲完了《地狱大圆满》，英雄格萨尔的故事也就讲完了，作为“仲肯”——格萨尔说唱艺人的历史使命也就完结了，他也该归天了，到格萨尔大王那里去。因此，艺人们很少讲《地狱大圆满》。但为了论述英雄格萨尔的全部业绩，又不能不讲地狱大圆满的故事，所以，有的艺人把《地狱大圆满》的故事分解为《地狱救母》《地狱救妻（珠牡）》和《女英雄阿达娜姆》《格萨尔勇斗阎罗王》《安定三界》《格萨尔王返回天界》等故事来讲述。这里翻译编纂了三种不同的部本。

41.《地狱大圆满》

格萨尔焚毁妖尸，帮助嘉纳地方获得太平。返回途中路经秦恩的故乡绒地，君臣陪同他一起去看望久别的妻子。这对秦恩来说是极大的恩惠和荣耀。然后决定立即返回岭地，绒王、王妃和秦恩的妻子等虽舍不得秦恩离去，也不敢说把他留下。格萨尔大王将嘉纳的茶叶、牲畜等留了一些给绒王，赐给秦恩的妻子达萨“白昼安宁”哈达一条、“鲜花灿烂”松石一颗。对其他大臣和首领，也都有赏赐。

格萨尔君臣一行回到了岭地。王子扎拉率众英雄、臣民百姓前来迎接。唯独不见王妃阿达娜姆。格萨尔心中诧异，忙问扎拉，阿达娜姆为什么没来迎接他。原来，在格萨尔去嘉纳刚刚三个月的时候，阿达娜姆就病了。阿达娜姆知道自己不行了，将手下的大臣召到榻前，告知后事：待雄狮大王从嘉纳回来，请将我的随身宝物献给大王。说罢，阿达娜姆死了。过了七七四十九天，阿达娜姆的灵魂到了生死沙山山口，被小鬼引到了阎罗王的面前。阎王一见阿达娜姆是个与众不同的女人，知道她生前杀生无数，罪孽深重，阎罗王的缘孽镜直径九百拃，周长九百九十庹，所铸的四方秤砣有大象尸体那么大。阎罗王把阿达娜姆的善业和恶业称了十八次，次次都是恶业重于善业。阎罗王不容阿达娜姆再说什么，就对她说：“阿达娜姆因杀生的恶业报应而死，应该在‘等活’

地狱中待五百年；又曾积下恶心怒之业，应在阿鼻地狱待九年；又曾悭吝钱财，应在畜生地狱里待九年。”

念罢，九百鬼卒将阿达娜姆拖出阎罗殿，送到“等活”地狱，到格萨尔从嘉纳返回岭地的时候，阿达娜姆已经在地狱里待了三年，受了无数不能忍受的痛苦。

当格萨尔得知王妃阿达娜姆已经过世的时候，心想，阿达娜姆生时是个很英勇又很高傲的女英雄，死后是否到天宫中去了呢？格萨尔决定去看看。在天宫中没有找到阿达娜姆，格萨尔又分别到修罗道、畜生道、饿鬼道去找，还是没有。最后，格萨尔到了地狱，看到阿达娜姆果然在这里。格萨尔回到岭地，然后跨上宝马江噶佩布，来到地狱门口，大吼了三声。

格萨尔举目四望，见爱妃阿达娜姆正在火狱中号啕。她也看见了雄狮大王，知道大王是来超度自己，更加感到疼痛难忍，恳请大王快快救她出地狱。格萨尔在心中念诵着：“曾因宝贵鹿茸而被杀的大鹿，因肉食而被杀的马牛，因麝香而被射死的獐子，因皮毛而被杀的狐狸，因斑纹被杀的虎豹，因战争而被杀的兵卒们，我接引你们超生。我妻阿达娜姆的罪孽已满，现在也应升入天界。”念诵毕，以阿达娜姆为首的十八亿亡魂及各种生灵的魂魄像百鸟被逐似的被超度到了净土。

格萨尔一百天的修行日期已到，收拾了一下自己所用的东西什物，骑上宝驹准备返回岭地，在香水河七渡口与岭地的仆人白杰相遇了。白杰告知郭姆堕入地狱，雄狮大王一听就急了，立即念动咒语，宝马闪电般飞起，转眼间到了生死沙山上面。只见死人们像风吹积雪般上下走着。翻过沙山，来到阎罗无渡河，格萨尔挥动利剑，将汹涌的浪头划开一道大口，截流而过。宝驹载着雄狮大王又跃过广大无垠的阴府大滩，这才到了阎王跟前，却没有见到母亲郭姆。格萨尔心中一阵烦乱，举起“降伏三界”宝弓，搭上金尾神箭，喊道：“你这个横暴的刽子手，没有良心的阎罗王，前次将我的爱妃阿达娜姆带入地狱，这次又将我母亲摄来，真是气死我了。阎罗王，速速将我母亲交出来！”

说着，格萨尔射出金箭，却没有射中阎王，格萨尔又将“愿成就”藤鞭举起，质问阎罗王：“阎罗王，都说你能判别善恶，行善的能够解脱，作恶的才堕入地狱。我母亲一辈子积德行善，你为何要将她打入地狱？这么说来，行善和作恶都是一样的结果吗？”

“怎么会是一样的结果？善恶因果，比如将一根头发分成八份、将一个芥子分成百份还要细微而不乱。你的母亲虽然行善，可你呢，你一生虽然降伏了众多的妖魔，但是也杀害了许多无辜百姓。他们有的堕入地狱，有的流落嘉纳，你并没有拯救他们，所以你母亲才堕入地狱之中。”阎罗王不紧不慢地说。

格萨尔听阎罗王振振有词，气得火往上撞，拔出宝剑朝阎罗王和御前的五大判官——东方金刚佛化身狮子头，南方宝生佛化身猴头，西方无量光佛化身熊头，北方不空成就佛化身豹子头，中央毗卢遮那佛化身牛头——身上乱砍。殊不知这些佛的化身是砍不死的，雄狮大王也是气昏了头，几剑下去，非但未损阎罗王和判官一根汗毛，自己的脑袋反而掉了下来。

阎罗王一见格萨尔人头落地，并不惊慌，知道他乃天神之子，自有神力将自己的脑袋接上。

果然，只过了片刻，格萨尔就复了原。那金刚佛化身的狮子头判官教训起他来："我们是正直判别恶善的人，是细算因果账的人。在阎罗王面前，好汉没有用武之地，强梁不能把头抬，行骗者不能说谎，嗔怒者不能施威。你格萨尔可以在世间称大王，地狱里却没有你逞强的地方。"

格萨尔越发生气，难道我没有遵照神佛的旨意？难道我没给众生谋福利？这阎罗王和判官也太不讲道理了。不给他们点儿颜色看看，他们就不知道我雄狮大王的厉害！

"你们这些阎王和判官，有力量的使出来，有神威的显出来，有快马的跑起来，有武艺的练出来，有神变的飞上天，无神变的钻入地，我雄狮大王要救母亲出地狱，你们若再拦阻，就要用智慧宝剑把你们砍。"

阎罗王见格萨尔又要逞强，冷笑一声："高山之上还有天，山自诩为高没意思；暴君之上有阎王，君自诩为强是谬误；白鹫之上有大鹏，鹫自诩技高将受侮；大河之上有船和桥，河自诩流急要受冻结苦。论身体你大不过须弥山，论语言你猛不过紫雷电，论权力你高不过阎罗王，论心意你比不过虚空界。并不是你母不信我佛法，而是儿子罪恶大，格萨尔恶生的孽果，成熟在郭姆的身上。你挥剑要斩我阎罗，却砍断了你自己的脖颈。你行的善事不用自说我们也知道，现在要继续行善才能救你母出地狱，再逞凶残你母要受更多的苦。你如果对母亲有爱心，母亲在哪里你就该到哪里去。你如有坚甲快披挂，如有利刃快挥舞，如有快马快驰骋，如有勇气快争斗。快去吧，郭姆正在忍受那刀砍斧劈之苦，还要经过冷狱和热狱的轮回，生铁沸汁就要灌进你母亲的嘴里了……"

格萨尔浑身颤抖，口中呜呜号叫，心中如刀割一般疼痛，仿佛阎罗所说的酷刑正在他的身上施行。格萨尔抖了抖身上的白甲，摇了摇头上的白盔缨，握紧了手中的宝剑，一提马缰，就要去寻母亲郭姆。虎头判官自告奋勇，在前头为格萨尔带路。

二人先到了八冷地狱，这冷狱分为八层，一层比一层冷九倍。第一层虎虎婆冷狱比人间冬天的水冷九倍，第二层矐矐婆冷狱能将人头大的铁球冻成两半，第三层长叹冷狱，可使铁球裂成四半，第四层裂如莲花冷狱可将铁球裂为八块……最下面一层的大优钵罗花冷狱铁球可裂为一千块。格萨尔见冷狱中的众生正被刀砍锤砸，叫苦之声响彻整个冷狱。寻了一遭，母亲郭姆并不在这里，格萨尔问虎头判官："我母亲在哪里？冷狱中的人究竟造下什么罪恶，让他们在此受这样的苦？"

虎头判官哈哈大笑："人都说格萨尔大王是有前知的，原来不中用。这些人在世间互相残杀，互相吞噬，深山中放火，河水里撒毒，故而被投到八层冷狱，你若能将他们超度到快乐之处，就会见到你的母亲。"

格萨尔见众生受苦，心中悲哀，眼泪像那树叶上的露珠般滚落下来。遂诚心诚意地向诸佛祈祷，从体内绕脉和江脉中发出一股有力的风，吹过众生的身上，又用力念了一声"啪"，冷狱中受苦的众生全部被度到净土。虎头判官又带格萨尔前往八热地狱。这八热地狱也分为八层，一层比一层热九倍。第一层热狱中，天地山川都像装满了火的铁筒，红赤赤的，热风怒号，火焰四射。火焰顶上，好像火轮转动，发出隆隆之声，火势甚为猛烈。火焰中安置有人头形的灶石三块，灶石上架一铜锅，铜锅之大，周围可走十八马站。锅内铁水沸腾，浪花翻卷，有数不清的男女在锅内上下滚动，哀号声惊天动地。灶台旁边还堆着一些被煮过的尸骨，颜色灰黑。这里也没有母亲郭姆。格萨尔不忍再看，催促虎头判官快些带他去他处。

虎头判官又把格萨尔带到孤独地狱，那里有一个赤铁滩，滩上燃着大火，众多男女在火中耕作，舌头被扯出老长，上面放着四个犏牛角形的铁酒盏，盏内也燃着烈火。虎头判官说，这是在世间说假说、造谣言、挑拨离间之人，死后要受这种惩罚。郭姆也不在这里。

格萨尔随虎头判官又往前走，来到血海沸腾地狱。这里的人们都被血海煮得皮肉脱尽，红色浪花中翻卷着白色骨头，看上去阴森可怖。接着，格萨尔又到了铁山、铁城、铁房子、毒水、火坑……格萨尔看了，心中疼痛难忍，向诸佛祈祷。

转瞬间，地狱中的众男女都到了净土。虎头判官把格萨尔带到一条花花绿绿的小路上，对他说："你母已到净土，速速回你的岭地去吧。"

没过多久，珠牡因久病不治离开了人世。而当时格萨尔正在离岭国不远的修行洞中修炼。侍女里琼吉含着悲痛的泪水来到大王修行的地方，向大王诉说了珠牡王妃逝世的消息，大王一听珠牡离世，悲伤难抑。他没想到自己最爱的王妃珠牡也早早离开了自己。珠牡是白度母化身，一生伴随自己，有着一颗善良慈悲的心，没做过什么坏事，应该不会和阿达娜姆与母亲那样误入地狱了吧。于是，格萨尔来到白度母的住地，从东门找到西门，又从北门找到南门，寻遍了每一个角落，仍是没有找到珠牡。他想起与珠牡的种种美好过往，会不会她在他们以前曾经经过的重要地方停留？格萨尔又循着记忆，找遍了他们曾经待过的地方，一个地方一个地方地找，却又一次一次地令他失望。突然，天母朗曼噶姆从他身边降下，跟他说珠牡也落入了地狱，让他到地狱去找。

“你这个横暴的刽子手，没有良心的阎罗王，前两次将我的爱妃阿达娜姆和母亲带入地狱不算，这次又将我最爱的妃子珠牡摄来，她那么善良，那么慈悲，到底犯了什么错，落入你这阴森可怖的地狱？阎罗王，请快将我爱妃交出来！”格萨尔抽出宝刀，质问阎罗王道。

“怎么会没有错？善有善果，恶有恶果，你的大王妃珠牡虽然善良慈悲，可就是因为她，霍尔的白帐王才起兵你岭国，多少冤魂都是因为她惨死，而你一生降伏妖魔，但是也做了许多杀害无辜百姓的事，连年的征战，多少生命不是死在你的手里？他们有怨而你并没有拯救他们，所以你的王妃珠牡才堕入我这地狱之中。”阎罗王振振有词。

说着，格萨尔挥刀摧毁了阎王殿，找到珠牡，将她和地狱中受苦的亡魂也一起引度到极乐世界。

七个月后，父亲森伦王也染了重病。格萨尔又将父亲送往净土，做了超度之事。这之后，又处置了一贯挑起内讧、危害岭地的达绒长官晁通王。降伏了四方妖魔，安定了三界，格萨尔要返回天界了。

格萨尔回到岭地，王子扎拉率众首领、众英雄前来迎接。雄狮大王向众人讲说地狱之事，臣民百姓听得惊叹不已。

又过了几个月，一天晚上，鄂洛家的女儿乃琼娜姆忽然做了一个梦。因为这梦做得好奇怪，自己不能解释，就到森珠达孜宫来请雄狮大王为其圆梦。乃琼献上五彩哈达，然后开始说梦：“梦见森珠达孜宫顶上，金翅鸟在那里展翅，金翅鸟的两只眼睛旁边升起了太阳和月亮，鸟颈铁的金刚宝杵上，火焰如狂飙奔腾飞扬，色彩缤纷的翅膀上，霓虹闪闪放光芒，十二支大片尾翎上，燃烧着智慧的火山，口中发出鸿雁的鸣声，飞向察多的石崖。石崖顶上檀香树被风吹倒，大地也震撼动摇，万物凌乱纷扰，金翅鸟的身上被火烧。火焰的一头站着孔雀。檀香树叶着了火，树旁出现霓虹彩霞，虹光辐射向四方，其中一股射向金刚地狱。虹光的后面有一茶室，茶室上生出一棵藤，藤树上落着一只白螺鸟，白鸟绕着岭国飞一周，然后向天国飞去。”

格萨尔听乃琼说完，告诉众人，这本不是什么梦，而是对岭地众生未来的预卜。众人一听。定要格萨尔讲端详，乃琼也恳求大王明示。格萨尔就按照乃琼梦中所示，一件件地讲了出来。

格萨尔讲罢，岭地众人只觉惶然，尼奔达雅担心地问：“大王啊，若岭地的众英雄像藤子一样蔓延着枯干了，岭国的河山由谁来维护呢？”

“古谚说：‘叔父去世的第二天，子侄继承其事业。’这你不必忧心。”

雄狮大王为乃琼圆梦不久，总管王绒察查根派仆人来禀告：“在赞冷拉卡山顶，鹞鸟的羽毛被风吹动着；如果鸟毛落在平地上，请金翅鸟予以护持。”

格萨尔闻听此言，知道绒察查根即将不久人世，立即去向伯父问安。岭地众英雄也聚在老总管的身边，只听绒察查根对格萨尔大王说：“本月初八日，伯父我要到别的国土去，临别之前，我有几句话要告诉岭地众生。”

众英雄献上哈达和各种珍宝，请总管王训示。

绒察查根像一盏快熬干了油的灯一样，说话已经很费力气：“我死之后众人不要难过，因为我不是死亡是幻化。有的人死在山顶上，幻化之身挂于兵器上，一点祭品也不曾见到，骄傲无知地堕入地狱去，这样的人死得无价值。有的人死于三谷口，死尸被鸟、犬、野兽争着吃，不知道他的家乡在哪里，这样的人死得没意思。总管我临死之前要说几句，请把这遗言传于后世。岭六部的众百姓，应同心同德做事情，对外要马头并齐步调一致，敌人就是死神也不足惧。对内要同铺座位同心办事情，事情再难也不可惧。敌人来攻击，要扼住他的脖领压下去，弱小者来投奔，要以诚相待给便利；适逢苦乐要用智慧，权势在手要珍惜……我的这些话，事有变化的时候须提一提，时运升降的时候要记一记。”

格萨尔和岭地众英雄纷纷点头，表示记住了老总管的临终嘱咐。

到了初八日，天色还没有大明的时候，格萨尔命岭地上师将供品摆好。当太阳照到山尖的时候，城上空出现了各种彩虹，鹫鸟像尘埃一样在空中盘旋飞绕，花雨飞降，四周充满香气。绒察查根的女儿娜姆玉珍来到父亲的面前，为父亲唱送行的歌。

“父亲啊，现在空中降下花雨，城头彩虹围绕，这是您成就虹身的瑞兆。父亲若果往净土去，女儿我就不痛苦。脱离了世间的轮回海，女儿我愿随父亲去。”

这时，西南方出现了各种虹光，虹光中现出一匹马，毛色纯白，鬃蓝尾青，头角像松石一样透明晶莹，遍体虹光闪烁。这马只停留了片刻，就逝去了。再看总管王，遗体已经不见，只留下衣物、头发和指甲。

雄狮大王和王子扎拉等人见总管王化作彩虹而去，十分惊讶，遂命娜姆玉珍继承父业，做岭地的总管。

这天，格萨尔下令，召岭国各部的男女老少到森珠达孜宫集会。

臣民百姓们打扮得漂漂亮亮，兴高采烈地来到森珠达孜宫前的广场上。他们想，大王召见，一定又有什么恩赐，因为妖魔已经降伏，四方安定，岭国的骡马成群，牛羊满山，金银珠宝不可计数。百姓们什么都不缺了，虽然日子过得幸福又安乐，可还是希望大王能多多赐福于他们。

森珠达孜宫外的广场上，搭起了大帐篷，雄狮大王格萨尔高坐在金子宝座上，威严中透着慈祥。他下界已经八十一年了，八十一年来，他东征西杀，降妖伏魔，终于实现了他的宏愿，三千世界的众生终于过上了和平安宁的生活。返回天界之前，格萨尔还有些事要托付，也还想再看看曾经属于他的臣民百姓。

看着应召前来的百姓们，格萨尔吩咐他们尽情地玩乐。百姓们的欢歌笑语，使格萨尔十分高兴，想到自己就要返回天界，不免要对众生说几句话。但是，俗谚说："临终不说多余的话，这是上等好男儿；飞行不多拍翅膀，这是有翅力的好鸟儿；奔驰不需鞭子打，这是善走的好马儿。"话多虽然没必要，三言两语还需讲。

格萨尔一一嘱咐儿孙辈的孩子们，要诚心诚意弘扬白色善业，杜绝黑色恶业；要多做好事，多行善事，尊敬父母，要能听智者之言，不要听信坏人的谎言等等。然后，把王子扎拉叫到座前，对他说："孩子啊，你是嘉察的儿子，像你父亲这样的男子汉，世人中间难找寻。你要学习父亲，好好报答父母的养育之恩。现在我把岭国的国事托给你，把国王的宝座交给你，把岭地的百姓交给你。你要保持贤父的良规，保持我雄狮王的国法，对百姓要和气，不要把公众的财物据为己有，不要轻信闲言碎语。俗语说：'如果武器常磨拭，战神自然会助你；若要马儿跑得快，全在平时细心喂。'叔叔的这些话你一定要牢记。"

格萨尔说罢，觉得话说得够多了，"狗叫多了人心烦，话说多了讨人嫌"，别人愿听有一句就够了，若不愿听空说百句。

王子扎拉手捧红光闪耀的绸哈达，献给雄狮王叔叔，请大王永住人世："亲爱的雄狮王叔叔，侄儿扎拉愿意替您死，请您不要把众生抛弃。虽说命尽无法留，但大王与凡人不相同，生死完全有自由，您若定要归净土，也请您再住三年，待岭地的儿孙成长后，在老年人的话语说完前，大王叔叔您再走。"

岭地众生也纷纷匍匐在地，恳请大王不要离去。格萨尔大王接过王子的哈达说："从古至今，谁也难把死亡抗拒，我已到了回归净土的时候，谁也不能挽留，只要把我的话记在心里就行了。"

扎拉见大王执意不肯留下，就请大王把百姓们不明之事给予预言："大王啊，过去岭人做什么，都很快乐都称心，您是我们的保护人，对岭地众生有大恩。哺育大恩可同慈母比，关心和爱护赛过姊妹和兄弟，有了大王您的护佑，我们才能骑骏马，我们才能佩武器，岭地才能牛羊成群马满坡，儿孙来往山谷间。如今您若返天界，谁做我们的保护人？黑魔像石山搬掉后，会不会出现小石岩？黄霍尔像草山摧毁后，会不会再出现小草山？天、地、半空中的魔鬼神，被驱赶后逃虚空，今后会不会重新危害我岭国？达绒晁通被降伏，后代还会不会起纷争？……古谚说：'部落太多上师苦，管家太多仆人苦，儿子做贼父母苦，家境太贫门犬苦。’大王您若走了我扎拉苦，请您把今后的事情说清楚。”

雄狮大王见王子说得恳切，很是感激，但返回天界的时间是不能更改的，既然我不能再住岭国，就把王子所担心的事说个分明吧：“扎拉啊，我的好侄儿，莫心焦啊莫忧愁，魔国的黑妖和白妖，来世变作黑白大毒蛇，只对老鼠贪心大，还要受岭国的大鹏鸟的管辖。霍尔三王也自有去处：白帐王来世是九部冤魂鬼，对世间人没有心，用不着去降伏他，让他做本尊的护法神。黑帐王来世是千眼愤怒护法，只对天上的事业有嗔心，用不着把他去降伏，他会用心保护善法。黄帐王来世是角劈雷神，不用降伏自会奉善法。达绒长官晁通王，在乌鸦城被降伏时，我在他身上已压上一座水晶白佛塔，你们不必再惧怕，岭国内讧的祸根已被挖。天、地、半空的魔鬼神，已经变作岭地的护法……王子啊，危害岭地的妖魔已降伏，众生今后的安乐要靠你维护。”

扎拉见大王执意不肯留下，再劝无益，只得默立一旁，岭国众英雄勇士、臣民百姓也不再说话。

就在格萨尔大王向王子托付后事之时，宝马江噶佩布正在大滩上与群马嬉戏玩耍。突然，宝马长嘶三声，眼中流出泪水。它知道，格萨尔大王就要返回天界，自己也将随大王一同返回。

群马静静地看着江噶佩布，不知发生了什么事。只见宝马连声嘶叫，山上山下狂奔起来。

昔日同时在疆场上驰骋的骏马——美背白背马，白臂宝珠马，火山会飞马，千里善走马，乌鸦腾空马，黑尾豺狗马，红雄鹰马，青鬃马等纷纷聚拢来，希望江噶佩布告诉它们究竟发生了什么事。

宝马江噶佩布站住了：“同生一地的骏马们啊，雄狮大王就要归净土，我江噶佩布也要随大王去了。”

“想我江噶佩布，当初与神子推巴噶瓦一同下界，天生的三种本领众人皆知。一是可同劲风比速度，二是可与人类通言语，三是可与群马赛智谋。我陪伴雄狮大王东征西杀，给世人留下了说不完的故事。现在大王已把王位传给了王子扎拉，我也要把鞍鞯传给王子的坐骑——白臂宝珠马才是。”

只见那宝马，四蹄已经腾起，背上的黄金鞍，有条玉龙盘绕在鞍上；前鞍鞒像是金太阳，后鞍鞒又像螺月亮；四四方方的银花垫，镶嵌着五种珍宝；一双银镫挂两边，好像玉盆垂马腹；下边是花花绊胸带，好像引入群山的黄金路；一条珠宝交错的马后鞒，好像进入平原的赶马鞭；一条镶着白蛇的肚带绳，系在肋下走路最平安……

江噶佩布腾起又落下，将身上的鞍鞯饰物留给白臂宝珠马，嘱咐它和群马，然后在地上打了三个滚，站起来抖了三次毛，长嘶一声，升天而去。

群马变得躁动不安起来。有的上山入谷，奔跑不休，有的嘴唇拖地，长卧不起。

与此同时，雄狮大王箭筒中的火焰雕翎箭也立了起来，“嗖”的一声，神箭离开箭筒，向天界飞去。

这时，与雄狮大王一同下界的红面斩魔宝剑也离了鞘，对兵器库中的众剑红光一闪，宝剑围绕所有兵器绕了一圈，也飞向天际。

高踞宝座上的雄狮大王格萨尔，忽然感觉到了什么似的，吩咐珠牡：“快去看看我的宝马还在不在，宝剑和神箭在不在，快去看罢快回来。”

珠牡骑上玉鬃马，火速赶到王宫，那马、剑和箭均已无影无踪，急忙回来向大王禀报，格萨尔立即说：“我的兵器和坐骑已返回天界，我明早也要离开岭地。”

岭地的臣民百姓虽不愿大王返回天界，却也无可奈何。

第二天一早，白梵天王、王母、天母、哥哥东琼噶布、弟弟龙树威琼、妹妹妲莱威噶、嫂嫂郭嘉噶姆和十万天神、空行，前来迎接神子推巴噶瓦返回天界。悦耳的仙乐，响彻虚空；奇异的香气，布满中界；天神们翩翩起舞，娓娓歌唱；众空行铺下绸路，搭起彩桥，从空中直垂地面。白梵天王将一条洁白的哈达递与格萨尔。

雄狮大王见众神前来迎接，天父白梵天王又赐给自己哈达，很是感激：“父王啊，您对孩儿恩情重；孩儿与您不再分离，只是难舍众生，难舍岭地。”

白梵天王说：“孩子啊，你本是神子下界，现在降伏妖魔之事已毕，你理应心向天界，随父王归天去。”

岭地众生听白梵天王唱罢，心中十分忧伤，格萨尔也是恋恋不舍。但是，时间已到，刻不容缓。

格萨尔的躯体缓缓向空中升去。左右侍立的二王妃珠牡和梅萨，也告别了姑娘们，随大王升到了黑白云相接的天界。

天空顿时布满彩虹，香气四溢，花雨纷降，众天神将格萨尔大王和二王妃团团围绕，返回了天界。

42.《地狱救母》

格萨尔降伏四大魔王后，继续征战四方，先后降伏了大食财宝宗、麻夏宝马宗、索波马宗、碣日珊瑚宗、阿扎玛瑙宗、祝古兵器宗、卡契松石宗、雪山狮子宗、阿里金子宗、松巴犏牛宗、柏日绵羊宗、丹马青稞宗、米努绸缎宗、梅岭金子宗、穆古骡子宗等十八大宗、十八中宗、十八小宗，以及数十个邦国，获得巨大财富，分给岭国和属国的百姓，使他们过上美满幸福的生活。

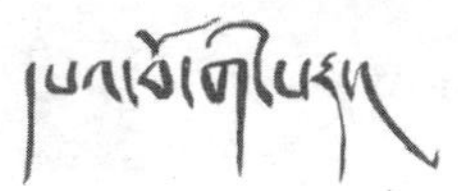

格萨尔完成天神给他的使命，返回天界的时间到了。

格萨尔命嘉察的儿子扎拉继承王位，又让他娶绒国公主阿曼为王妃。扎拉激动万分，向格萨尔大王以及总管王等老臣和英雄们磕头谢恩。

头发白似海螺的老总管，由两个臣子搀扶着，从坐垫上慢慢站起来，向格萨尔大王献上吉祥哈达，对众人说："绒岭两国的好姻缘，好似洁白的哈达无污点。王子扎拉万事如意，为美满姻缘向大王敬礼，上师献上长寿结，叔伯们献上白哈达，英雄们献上黄金箭，祝王子姻缘美如花。"

岭地众英雄纷纷向扎拉献礼，姨嫂们也向阿曼献上白哈达和松石，祝阿曼终生快乐无忧愁，与王子扎拉到白头。

为王子扎拉的婚事，岭国上下一连庆祝了十三天。

在为王子举行婚礼时，唯独不见阿达娜姆，格萨尔问别人，总是支支吾吾，不肯明说，他们怕影响婚礼的喜庆。

格萨尔王回顾自己征战四方的一生，既有降妖伏魔、造福百姓的喜悦和自豪，同时因为杀死无数生灵而感到痛心，不管怎么说，他们也都是有生命的，杀生总是有罪孽的。格萨尔想到这里，心情无比沉重。

大婚结束，格萨尔终于知道了阿达娜姆的死讯。原来，在格萨尔去嘉纳刚刚三个月的时候，阿达娜姆就得了重病，她知道自己不行了，将手下的大臣召到榻前，对他说："我死后，不用举行超度法会。望你们在黑色的魔地，有敌则戈矛同举起，待友则财物相周济；仇人面前同敌忾，内部苦乐要统一。待雄狮大王从嘉纳回来，请把我头上戴的金银首饰、颈上的珊瑚玛瑙、背上的绸缎金龙锦、头上这顶白盔帽、身上这袭白盔甲，都要献给他。"

说罢，阿达娜姆闭上了眼睛。过了七七四十九天，阿达娜姆的灵魂到了生死沙山山口，被小鬼引到了阎罗王面前。阎王一见阿达娜姆是个与众不同的女人，对她说："我有话要问你，你同别的女人不一般。头上发辫掩盖了上半身，脸上部好像少女，能压服百个女儿身；脸下部好像青年汉，能压服百个男子身；口不净冒着血肉气，手不净恶臭实难闻；上身好似黑鸟翅轮廓，下身笼罩着罪恶的黑影。你是什么地方的亡魂？你叫什么名字？你生时供过多少上师？向穷人放过多少布施？在无主的水上修过多少桥梁？在无主的山上立过多少旗幡？在堕入地狱的今天，有什么谒见我阎王之礼？"

阿达娜姆听阎王一说，心中有些害怕。想自己一生，东征西杀，不断杀伐，罪孽深重，不敢说话。阎王心想，你不说，就用我的缘孽镜和阎罗秤来看看，来称称。阎罗王的缘孽镜直径九百拃，周长九百九十庹，远看像十五的明月，近看像山峰顶上的太阳。看着它，像是从谷口看风景一般，任何人在世间所做的一切都能在镜中一一再现。看着看着，阿达娜姆的眼泪止不住了，因为她看见了自己的恶行。

牛头鬼手持紫色阎罗秤过来了，那秤杆长十八庹，雷霆生铁水所铸的四方秤砣有大象尸体那么大。阎罗王把阿达娜姆的善业和恶业称了十八次，次次都是恶业重于善业。阿达娜姆吓得心惊胆战了。

阎罗王不容阿达娜姆再说什么，就对她说："阿达娜姆因杀生的恶业报应而死，应该在'等活'地狱中待五百年;又曾积下恶怒之业，应在阿鼻地狱待九年;又曾悭吝钱财，应在畜生地狱里待九年。"

念罢，九百鬼卒将阿达娜姆拖出阎罗殿，送到"等活"地狱，到格萨尔为王子主持大婚时，阿达娜姆已经在地狱里待了三年，受了无数不能忍受的痛苦。

当格萨尔得知王妃阿达娜姆已经过世的时候，心想，阿达娜姆生时是个很英勇又很高傲的女英雄，死后是否到天宫中去了呢？格萨尔决定去看看。在天宫中没有找到阿达娜姆，格萨尔又分别到修罗道、畜生道、饿鬼道去找，还是没有。最后，格萨尔到了地狱，看到阿达娜姆果然在这里。格萨尔闯进阎罗殿，朝阎罗王的宝座射了一箭，眼见宝座摇摇欲坠，阎罗王走了出来，对格萨尔说："我是文殊菩萨委派的阎罗王，开天辟地就住在这里。菩萨说恶人要下地狱，那阿达娜姆要在地狱里熬过五百年方能解脱，这事你要拯救不可能，亡魂从这里无法超生。"

格萨尔举目四望，见爱妃阿达娜姆正在火狱中号啕。她也看见了雄狮大王，知道大王是来超度自己，更加感到疼痛难忍，恳请大王快快救她出地狱。

格萨尔在心中念诵祈祷词："曾因宝贵鹿茸而被杀的大鹿，因肉食而被杀宰的马牛，因麝香而被射死的獐子，因皮毛而被杀的狐狸，因斑纹被杀的虎豹，因战争而被杀的兵卒们，我接引你们超生。我妻阿达娜姆的罪孽已满，现在也应升入天界。"

念诵毕，以阿达娜姆为首的十八亿亡魂及各种生灵的魂魄像百鸟被逐似的被超度到了净土。

超度了以阿达娜姆为首的十八亿亡魂，不久，格萨尔的母亲也因病逝世。阎王又把她打入地狱。格萨尔一听，怒不可遏，立即念动咒语，宝马闪电般飞起，转眼间到了生死沙山上面。只见死人们像风吹积雪般上下走着。翻过沙山，来到阎罗无渡河，格萨尔挥动利剑，将汹涌的浪头划开一道大口，截流而过。宝驹载着雄狮大王又跃过广大无垠的阴府大滩，这才到了阎王跟前，却没有见到母亲郭姆。格萨尔心中一阵烦乱，举起"降伏三界"宝弓，搭上金尾神箭，喊道："你这个横暴的刽子手，没有良心的阎罗王，前次将我的爱妃阿达娜姆带入地狱，这次又将我母亲摄来，真是气死我了。阎罗王，速速将我母亲交出来！"

阎罗王见格萨尔又要逞强，冷笑一声："高山之上还有天，山自诩为高没意思；暴君之上有阎王，暴君自诩为强是谬误；白鹫之上有大鹏，白鹫自诩技高将受侮；大河之上有船和桥，大河自诩流急要受冻结苦。论身体你大不过须弥山，论本事你猛不过紫雷电，论权力你高不过阎罗王，论心意你比不过虚空界。并不是你母不信我佛法，而是儿子罪恶大，格萨尔恶生的孽果，成熟在郭姆的身上。你挥剑要斩我阎罗，却砍断了你自己的脖颈。你行的善事不用自说我们也知道，现在要继续行善才能救你母出地狱，再逞凶残你母要受更多的苦。你如果对母亲有爱心，母亲在哪里你就该到哪里去。你如有坚甲快披挂，如有利刃快挥舞，如有快马快驰骋，如有勇气快争斗。快去吧，郭姆正在忍受那刀砍斧劈之苦，还要经过冷狱和热狱的轮回，生铁沸汁就要灌进你母亲的嘴里了……"

格萨尔浑身颤抖，口中呜呜号叫，心中如刀割一般疼痛，仿佛阎罗所说的酷刑正在他的身上施行。格萨尔抖了抖身上的白甲，摇了摇头上的白盔缨，握紧了手中的宝剑，一提马缰，就要去寻母亲郭姆。虎头判官自告奋勇，在前头为格萨尔带路。

二人先到了八冷地狱，这冷狱分为八层，一层比一层冷九倍。格萨尔见冷狱中的众生正被刀砍锤砸，叫苦之声响彻整个冷狱。寻了一遭，母亲郭姆并不在这里，格萨尔问虎头判官："我母亲在哪里？冷狱中的人究竟造下什么罪恶，让他们在此受这样的苦？"

虎头判官哈哈大笑："这些人在世间互相残杀，互相吞噬，深山中放火，河水里撒毒，故而被投到八层冷狱，你若能将他们超度到快乐之处，就会见到你的母亲。"

格萨尔见众生受苦，心中悲哀，眼泪像那树叶上的露珠般滚落下来。遂诚心诚意地向诸佛祈祷，从体内绕脉和江脉中发出一股有力的风，吹过众生的身上，又用力念了一声"啪"，冷狱中受苦的众生全部被度到净土。

虎头判官又带格萨尔前往八热地狱。这八热地狱也分为八层，一层比一层热九倍。这里也没有母亲郭姆。格萨尔不忍再看，催促虎头判官快些带他去他处。

虎头判官又把格萨尔带到孤独地狱，那里有一个赤铁滩，滩上燃着大火，众多男女在火中耕作，舌头被扯出老长，上面放着四个犏牛角形的铁酒盏，盏内也燃着烈火。虎头判官说，这是在世间说假说、造谣言、挑拨离间之人，死后要受这种惩罚。郭姆也不在这里。

格萨尔随虎头判官又往前走，来到血海沸腾地狱。这里的人们都被血海煮得皮肉脱尽，红色浪花中翻卷着白色骨头，看上去阴森可怖。接着，格萨尔又到了铁山、铁城、铁房子、毒水、火坑……格萨尔看了，心中疼痛难忍，向诸佛祈祷：愿将此血海毒海的众生，引度到净土！

转瞬间，地狱中的众男女都到了净土。虎头判官把格萨尔带到一条花花绿绿的小路上，对他说：你超度了众生，也就超度了你的母亲。她已得到解脱，到净土了。

格萨尔回到岭地，王子扎拉率众首领、众英雄前来迎接。雄狮大王向众人讲说地狱之事，臣民百姓听得惊叹不已。

这时，总管王绒察查根派仆人来禀告：“在赞冷拉卡山顶，鹞鸟的羽毛被风吹动着；如果鸟毛落在平地上，请金翅鸟予以护持。”

格萨尔闻听此言，知道绒察查根即将不久人世，立即去向伯父问安。岭地众英雄也聚在老总管的身边，只听绒察查根对格萨尔大王说：“本月初八日，伯父我要到别的国土去，临别之前，我有几句话要告诉岭地众生。”

众英雄献上哈达和各种珍宝，请总管王训示。

绒察查根像一盏快熬干了油的灯一样，说话已经很费力气：“我死之后众人不要难过，因为我不是死亡是幻化。总管我临死之前要说几句，请把这遗言传于后世。岭六部的众百姓，应同心同德做事情，对外要马头并齐步调一致，敌人就是死神也不足惧。对内要同铺座位同心办事情，事情再难也不可惧。敌人来攻击，要扼住他的脖领压下去，弱小者来投奔，要以诚相待给便利；适逢苦乐要用智慧，权势在手要珍惜……我的这些话，事有变化的时候须提一提，时运升降的时候要记一记。”

格萨尔和岭地众英雄纷纷点头，表示记住了老总管的临终嘱咐。

到了初八日，天色还没有大明的时候，格萨尔命岭地上师将供品摆好。当太阳照到山尖的时候，城上空出现了各种彩虹，鹫鸟像尘埃一样在空中盘旋飞绕，花雨飞降，四周充满香气。

这时，西南方出现了各种虹光，虹光中现出一匹马，毛色纯白，鬃蓝尾青，头角像松石一样透明晶莹，遍体虹光闪烁。这马只停留了片刻，就逝去了。再看总管王，遗体已经不见，只留下衣物、头发和指甲。

雄狮大王和王子扎拉等人见总管王化作彩虹而去，十分惊讶，遂命女儿娜姆玉珍继承父业，做岭地的总管。

43.《安定三界》

雄狮大王格萨尔从地狱里救出了母亲。七个月后，父亲森伦王也染了重病逝世。格萨尔又将父亲送往净土，作了超度。这之后，又处置了一贯挑起内讧、危害岭地的达绒长官晁通王。

降伏了四方妖魔，安定了三界，格萨尔要返回天界了。

这天，格萨尔下令，召岭国各部的男女老少到森珠达孜宫集会。

臣民百姓们打扮得漂漂亮亮，兴高采烈地来到森珠达孜宫前的广场上。他们想，大王召见，一定又有什么恩赐，因为妖魔已经降伏，四方安定，岭国的骡马成群，牛羊满山，金银珠宝不可计数。百姓们什么都不缺了，虽然日子过得幸福又安乐，可还是希望大王能多多赐福于他们。

森珠达孜宫外的广场上，搭起了大帐篷，雄狮大王格萨尔高坐在金子宝座上，威严中透着慈祥。他下界已经八十一年了，八十一年来，他东征西杀，降妖伏魔，终于实现了他的宏愿，三千世界的众生终于过上了和平安宁的生活。返回天界之前，格萨尔还有些事要托付，也还想再看看曾经属于他的臣民百姓。

看着应召前来的百姓们，格萨尔吩咐他们尽情地玩乐。百姓们的欢歌笑语，使格萨尔十分高兴，想到自己就要返回天界，不免要对众生说几句话。但是，俗谚说："临终不说多余的话，这是上等好男儿；飞行不多拍翅膀，这是有翅力的好鸟儿；奔驰不需鞭子打，这是善走的好马儿。"话多虽然没必要，三言两语还需讲。想着，雄狮大王对臣民百姓们说："后代的青年儿孙辈，都要向本尊托性命。上对长辈要敬重，下对弱小不欺凌；对外不暴露自家丑，对内不欺压老百姓；不分尊卑说话要和气，切忌去做坏事情；要尊敬有恩的父和母，因为福分是他们生；王子嗣位要知奉佛法，它可使地方都安宁；要向土地神去求福，它能使夏季六谷生。"

格萨尔一一嘱咐儿孙辈的孩子们，要多做好事，多行善事，尊敬父母，要能听智者之言，不要听信坏人的谎言。然后，把王子扎拉叫到座前，对他说："孩子啊，你是嘉察的儿子，像你父亲这样的男子汉，世人中间难找寻。你要以父亲为榜样，好好报答父母的养育之恩。现在我把岭国的国事托给你，把国王的宝座交给你，把岭地的百姓交给你。你要保持贤父的良规，保持我雄狮王的国法，对百姓要和气，不要把公众的财物据为己有，不要轻信闲言碎语。俗语说：'如果武器常磨拭，战神自然会助你；若要马儿跑得快，全在平时细心喂。'叔叔的这些话你一定要牢记。"

王子扎拉手捧红光闪耀的绸哈达，献给雄狮王叔叔，请大王永住人世："雄狮大王离岭地，岭国幸福谁谋取？岭国百姓把谁依？雄狮大王叔叔啊，请您不要离岭地！亲爱的雄狮王叔叔，侄儿扎拉愿意替您死，请您不要把众生抛弃。虽说命尽无法留，但大王与凡人不相同，生死完全有自由，您若定要归净土，也请您再住三年，待岭地的儿孙成长后，在老年人的话语说完前，大王叔叔您再走。"

岭地众生也纷纷匍匐在地，恳请大王不要离去。格萨尔大王接过王子的哈达，对众生唱道："大鹏老鸟要高飞，是鹏雏双翅已长成；雪山老狮要远走，是小狮玉鬣已长成；我世界太阳要落山，是十五明月已东升。从古至今，谁也难把死亡抗拒，我已到了回归净土的时候，谁也不能挽留，只要把我的话记在心里就行了。”

扎拉见大王执意不肯留下，就请大王把百姓们不明之事给予预言。

雄狮大王见王子说得恳切，很是感动，但返回天界的时间是不能更改的，既然我不能再住岭国，就把王子所担心的事说个明白。

就在格萨尔大王向王子托付后事之时，宝马江噶佩布正在大滩上与群马嬉戏玩耍。突然，宝马长嘶三声，眼中流出泪水。它知道，格萨尔大王就要返回天界，自己也将随大王一同返回。

群马静静地看着江噶佩布，不知发生了什么事。只见宝马连声嘶叫，山上山下狂奔起来。昔日同时在疆场上驰骋的骏马纷纷聚拢来，希望江噶佩布告诉它们究竟发生了什么事。

宝马江噶佩布站住了：“同生一地的骏马们啊，雄狮大王就要归净土，我江噶佩布也要随大王去了。”说着，江噶佩布唱道：“想我江噶佩布，当初与神子推巴噶瓦一同下界，天生的三种本领众人皆知。一是可同劲风比速度，二是可与人类通言语，三是可与群马赛智谋。我陪伴雄狮大王东征西杀，给世人留下了说不完的故事。现在大王已把王位传给了王子扎拉，我也要把鞍鞯传给王子的坐骑——白臂宝珠马才是。”

江噶佩布说完，在地上打了三个滚，站起来抖了三次毛，长嘶一声，升天而去。

第二天一早，白梵天王、王母、天母、哥哥东琼噶布、弟弟龙树威琼、妹妹妲莱威噶、嫂嫂郭嘉噶姆和十万天神、空行，前来迎接神子推巴噶瓦返回天界。悦耳的仙乐，响彻虚空；奇异的香气，布满中界；天神们翩翩起舞，娓娓歌唱；众空行铺下绸路，搭起彩桥，从空中直垂地面。白梵天王将一条洁白的哈达递与格萨尔。

岭地众生见格萨尔王就要升天，十分忧伤，格萨尔也是恋恋不舍。但是，时间已到，刻不容缓，格萨尔对众生唱了一首离别的歌：“离开岭地我心也恓惶，必走的命运已注定。我雄狮要归天界去，祝愿岭地部落人人平安。不要悲伤要欢乐，愿我们来世再相见。”

唱罢，格萨尔的躯体缓缓向空中升去。左右侍立的二王妃珠牡和梅萨，也告别了姑娘们，随大王升到了黑白云相接的天界。

天空顿时布满彩虹，香气四溢，花雨纷降，众天神将格萨尔大王和二王妃团团围绕，返回了天界。

附录三

著名说唱艺人扎巴和桑珠

扎巴·阿旺嘉措

扎巴·阿旺嘉措（1905—1986），男，藏族，西藏自治区昌都地区边坝县人，是当代最著名、最具影响力的《格萨尔》说唱艺人，被誉为“国宝”。

扎巴出身于贫苦农奴家庭，从小给农奴主放羊，他的故乡属于康巴地区，那里有很多优秀的说唱艺人，扎巴从小就受到他们的熏陶，他一面放羊，一面听老艺人讲《格萨尔》故事，逐渐学会了说唱《格萨尔》故事。从那以后，扎巴开始以说唱《格萨尔》为生。

说唱艺人的一个重要特点是云游四方，扎巴从故乡边坝走向圣地拉萨，边朝佛边说唱，几乎朝拜了西藏所有著名的圣山圣湖，游历了许多名胜古迹。他曾三次去朝拜过地处西南边境、山高路险的扎日圣山，还到过日喀则、昌都、江孜、琼结、乃东、萨迦等古城，曾经从后藏地区沿着喜马拉雅山到阿里地区，朝拜冈底斯山和玛旁雍措湖。他走到哪里就在哪里说唱。扎巴自幼聪慧过人，天赋甚高，具有惊人的记忆力。二十多岁时，他在表演艺术上已经达到了很高的造诣。从那以后直到1959年西藏进行民主改革，扎巴一直以说唱《格萨尔》为生，云游四方，漂泊流浪，成为一位著名的说唱艺人，“仲肯扎巴”的名声传遍了半个西藏。扎巴阅历丰富，胸中装着故乡的山河湖海，他说唱时能够把自己的经历、感受和体验，融入史诗中去，演唱风格雄壮浓厚，豪放深沉。

1959年，西藏实行民主改革，百万农奴获得翻身解放，扎巴被安排到川藏公路林芝段做养路工。劳动之余，他经常给养路工、来往旅客和当地群众说唱《格萨尔》。1979年初，西藏师范学院（即西藏大学的前身）的老师们发现了扎巴的艺术天赋，把他请到拉萨，专门组织人记录整理老人的说唱本。并成立了我国第一个从事《格萨尔》研究的机构——西藏师范学院（即现在的西藏大学的前身）格萨尔研究所。它的主要任务就是为扎巴老人服务，记录、整理、编辑、出版扎巴老人的说唱本。

1986 年 11 月 3 日上午，扎巴老人在说唱《巴噶拉国王》录音时不幸逝世。享年八十一岁。

扎巴老人生前共说唱 25 部，近 40 万诗行、400 多万字，这相当于 20 部《荷马史诗》、12 部印度史诗《罗摩衍那》和两部《摩诃婆罗多》。若翻译成汉文，约为 2000 万字，相当于 5 部《红楼梦》。扎巴老人一个人的说唱本的字数，比世界上著名的五大史诗的总和还要多。这是一个惊人的数字，一份珍贵的文化遗产，一笔巨大的精神财富，更是迄今为止最系统、最完整的一套艺人说唱本，为《格萨尔》的传承和发展做出了最为突出、最为显著的贡献。

桑珠

桑珠（1926—2011），男，藏族，昌都地区丁青县琼布如村人，与扎巴老人一样，是一位著名的《格萨尔》说唱艺人，被誉为“语言大师”和“国宝级人才”。

昌都地区有很多优秀的《格萨尔》说唱艺人，桑珠从年轻的时候就受到老一辈说唱艺人的影响和熏陶，逐渐学会了说唱《格萨尔》故事。从那以后，与扎巴老人一样，桑珠开始以说唱《格萨尔》为生。

因为生活贫困，十五六岁的时候，桑珠第一次告别父母，离开故乡，与朝佛的香客一起，开始了说唱艺人的流浪生涯。在流浪途中，他见过不少艺人，并聆听他们的说唱。比如到达索县时，在索县绒布寺听过玉梅父亲洛达的说唱。后来，他还到过比如县、安多县等地说唱，然后朝圣冈底斯山，后来到波密和工布地区说唱。

1950 年，桑珠来到拉萨，在拉萨卖艺说唱。山南地区的一位著名的大贵族拉加里，相传是吐蕃赞普的后裔，他非常喜欢《格萨尔》，邀请桑珠到他家说唱，从此桑珠的生活有了改善，知名度也大为提高。他也曾在楚普寺和色拉寺给一些喇嘛讲《格萨尔》故事。1959 年，西藏进行民主改革，桑珠也分到了土地、牦牛等生产资料，流浪了几十年后，在墨竹贡卡定居下来。半农半牧之余，桑珠常常骑马翻山来到牧区，继续说唱《格萨尔》的故事。

1981年，桑珠被西藏社会科学院聘请作为重点艺人，授予副研究员的职称，专门记录整理说唱本。桑珠老人生前共录制45部、48册《格萨尔》。

1990年，桑珠被文化部、国家民委、中国社科院、中国民协四部委联合授予“格萨尔说唱家”的荣誉称号。2002年，“桑珠艺人说唱本课题”立项，进行专门的编辑、整理，出版全套藏文本，同时组织翻译成汉文。

2011年2月16日，桑珠老人在拉萨市墨竹贡卡县病逝，享年八十五岁。

我们这部《英雄格萨尔》就是以扎巴老人和桑珠老人的说唱本为基本框架编纂的。

后　记

在编纂《英雄格萨尔》的过程中，得到中国华夏文化遗产基金会会长耿莹女士、理事长耿静女士、秘书长德央女士的资助、帮助和支持。

北京金色度母影视传媒有限公司负责人德央女士以及公司里的潘晓丽、田光岚、董艳敏、扎西东智等同志在搜集资料、编辑整理、录入排版、打印校对等方面，做了大量工作，给予我很大帮助。

本书在每卷之前，刊印了六幅精美的格萨尔唐卡做插图，为本书增色不少，也有助于读者更好地理解和欣赏史诗的时代风貌、民族特色和故事内容。

这些唐卡选自四川省甘孜藏族自治州格萨尔王文化有限公司主持绘制的《格萨尔千幅唐卡》、青海省黄南藏族自治州唐卡画师宗者拉杰主持绘制的巨幅唐卡画卷《彩绘大观》以及我主持绘制的四十卷藏文版《格萨尔》精选本的唐卡插图。

《格萨尔千幅唐卡》的主要绘制者之一是根秋扎西先生，《彩绘大观》的主要绘制者之一是宗者拉杰先生，《格萨尔》精选本唐卡的主要绘制者是青海省黄南藏族自治州的唐卡画师东智先生。在编选唐卡插图的过程中，他们给予我热情帮助和指导。

作家出版社的有关领导和本书的责任编辑罗静文、杨新月等同志在编辑出版过程中，给予热心的帮助、鼓励和指导。

在此，谨向他们致以深切谢意。

我愿借此机会，对在编纂过程中给予关心、帮助、鼓励和支持的所有同志和朋友们，表示深切谢意。

我反复强调:《格萨尔》这部古老的英雄史诗，历史悠久，内容丰富，精深博大，语言优美，是一部“震撼人心的伟大史诗”，具有永久的艺术魅力。我虽然经过几十年的艰苦努力，刻苦学习，兢兢业业，孜孜不倦，精益求精，不敢稍有懈怠，但是，比之伟大的《格萨尔》，这部《英雄格萨尔》所涵盖的内容，也只是冰山一角、沧海一粟。我将不断努力，深入研究，继续补充和完善，精益求精。

真诚地希望所有关心《格萨尔》事业的同志和朋友给予帮助和指导。

降边嘉措

2018年3月25日于北京

图书在版编目（CIP）数据

英雄格萨尔 / 降边嘉措编纂. -- 北京 : 作家出版社，2018. 5（2021.5重印）

ISBN 978-7-5063-9999-9

Ⅰ. ①英… Ⅱ. ①降… Ⅲ. ①传记文学 - 中国 - 当代 Ⅳ. ①I25

中国版本图书馆CIP数据核字（2018）第077202号

英雄格萨尔（全五卷）

作　　者： 降边嘉措
责任编辑： 罗静文　杨新月
装帧设计： 意匠文化 · 丁奔亮
出版发行： 作家出版社有限公司
社　　址： 北京农展馆南里10号　　　**邮　　编：** 100125
电话传真： 86-10-65067186（发行中心及邮购部）
86-10-65004079（总编室）
E-mail:zuojia@zuojia.net.cn
http://www.zuojiachubanshe.com
印　　刷： 北京中科印刷有限公司
成品尺寸： 165×240
字　　数： 1800千
印　　张： 131.5
版　　次： 2018年5月第1版
印　　次： 2021年5月第3次印刷
ISBN　978-7-5063-9999-9
总 定 价： 480.00元（精）